屠岸诗文集

第一卷

人民文学出版社

图书在版编目（CIP）数据

屠岸诗文集：全 8 册/屠岸著. —北京：人民文学出版社，2014
ISBN 978-7-02-010524-3

Ⅰ.①屠… Ⅱ.①屠… Ⅲ.①中国文学—当代文学—作品综合集 Ⅳ.①I217.2

中国版本图书馆 CIP 数据核字（2014）第 1443296 号

责任编辑　王海波
装帧设计　刘　静
责任印制　苏文强

出版发行　人民文学出版社
社　　址　北京市朝内大街 166 号
邮政编码　100705
网　　址　http://www.rw-cn.com

印　　刷　北京智慧源印刷有限公司
经　　销　全国新华书店等

字　　数　2626 千字
开　　本　880 毫米×1230 毫米　1/32
印　　张　129.375　插页 10
版　　次　2016 年 3 月北京第 1 版
印　　次　2016 年 3 月第 1 次印刷

书　　号　978-7-02-010524-3
定　　价　590.00 元（全八册）

如有印装质量问题，请与本社图书销售中心调换。电话:01065233595

作者风景写生作品・绘于 1949 年

安徒生爷爷

屠岸

我见到了安徒生爷爷，
真的真的，谁骗你？
我见到了安徒生爷爷，
他坐在金色大厅里。

大师们坐在金椅上，
安徒生爷爷在其中，
他的左边是莎士比亚，
他的右边是曹雪芹。

卖火柴的小女孩呀，
唐吉诃德搀着她的左手，
阿Q搀着她的右手，
正攀登天梯往上走。

天使在云端轻声说：
撒旦才讲："小儿科"。

灵恋

屠岸

一条蓝线，从荷苑延伸到蕙溪，
弦，拨一拨，琴枕轻轻地跳跃，
一丝红绳，从署文校射到装睫，
琴，抖一抖，音孔猛烈地颓骤。

帘幕无动，风速素喟啾和噪喋，
纱窗搐曳，光搅回瞳昧和明烨；
幽咽一波又一波，泛腾着心花，
嘹亮一阵又一阵，捶叩着肩叶。

哦！文笔塔影潜入溪陈宫碧澜，
红绳和蓝线交织成长梦的奇想；
……桥栏依傍着七卷彩幡，
……合成夜宴的琼浆……

维克多利

济慈墓畔的沉思

屠岸

你的名字是用水写成，还是
写在水上？一泓、断菌松斯夫，
属于你的、所有的遗形夕约
"坚静在进里"逃离喧嚣的尘世。

你所持送的、所有的移之诗
存留在"真""善""美"的灵府，
使人间矗一座圣坛，一片净土，
夜莺的呜嘤在进里永不循迹。

我在你墓前徘徊，抬片琭叶
你的诗句的象征，紧贴衣胸前
感觉流水，前辈的永恒的角斗。

我在你墓畔冥想，沉入梦幻，
见海神驭八骏凄骂波涛的伟业，
你是浪尖上一滴晶莹的回旋。

2001年8月30日于罗马

作者手迹

屠岸诗文集

本 卷 说 明

本卷收入《萱荫阁诗抄》、《屠岸十四行诗》、《哑歌人的自白》三部诗集。

《萱荫阁诗抄》1985年2月由山西人民出版社出版,《屠岸十四行诗》1986年9月由花城出版社出版,《哑歌人的自白》1990年8月由人民文学出版社出版。

作品原则上按照初版原貌收入,对于部分重复收入作者不同诗集的作品进行了调整,即如果作品先后收入不同的诗集且在文字上没有改动,则仍然放在首次收入的诗集中;如果作品又收入其他诗集,作者对文字进行了修改,则尊重作者的修改并置于改动后的诗集中。对原诗集附录的文章,也根据文集部分的收录情况进行了调整,避免重收。为了让读者能了解诗集的原貌,我们在书后附录了诗集的初版目录和作品的收集、改动情况对照表,便于读者参照。

作者对收入本卷的作品有少量的修改。

作品在收入本卷时都进行了校勘,改正了初版中的错漏。

对作品及注释均按体例进行了编辑整理。

目　　录

萱荫阁诗抄

第一辑　江山胜迹

屠岸十四行诗

第一辑　新苗

第三辑　丹蒂莱安

哑歌人的自白

第一编

第一辑　叩门

第三辑　潮水湾里的倒影

前言：
生命在真善美的诗文中永远年轻

章 燕

真、善、美，就是我全部的主题，
真、善、美，变化成不同的辞章；
我的创造力就用在这种变化里，
三题合一，产生瑰丽的景象。

（屠 岸 译）

这是《莎士比亚十四行诗》中第105首中的诗句，它概括了整个莎士比亚十四行诗主题的精髓。摆在我们前面的这八卷版诗文集的作者正是这美丽诗句的翻译者，倾其一生奉献给诗神，写诗、译诗、作文、评论的诗人、翻译家、评论家，我最亲爱的父亲屠岸先生。真善美是莎翁十四行诗主题最集中的代表，真善美也是父亲一生不懈追求的鹄的。在他的诗中，在他的文里，我们看到的、感悟到的，无不是他对永恒的至真至善至美的崇尚和追寻：真是他的坦荡，他的诚挚，他的磊落；善是他对人的善解和宽厚，对人生、对生命、对祖国、对亲朋的挚爱；美是他的谦慎之风，他的矜持与飘逸，他高洁的心灵。对真善美的追求使他的一生虽经历坎坷，却永不却步,虽命途多舛,却老而弥坚。现今,父亲已逾九十一岁高龄,却仍然精神矍铄,思维敏捷,创作力旺盛。而他的诗、他的文也正是因为其内蕴着真善美的质地而愈发灵动而睿智,充满着生命的搏动和华彩。

八卷本的诗文集中有三卷是诗集。父亲的一生是诗神护佑的一生,他曾经说过,"诗歌是我的宗教"。还在很小的时候,他便在母亲屠时的常州吟诵中感受中国古典诗词的韵律美、意境美、语言美。屈原、陶渊明、李白、杜甫,尤其是杜甫,永远是他灵魂遨游的精神家园。对于诗的韵律他有一种天然的亲近感,诗句的抑扬顿挫、铿锵婉转,如同一股神力,将他带入一个诗的天国,在他尚未能够理解诗意的年龄便使他感受诗的灵性。及至他后来慢慢长大,能从声声诗句中领略诗的意蕴、诗语言的精美,他对诗的向往便成为一种油然生发于内心的自觉,还在他的少年时代他便开始了诗歌创作的尝试。与此同时,他不仅受到母亲在中国古典诗词方面的熏陶,还在音乐和绘画方面受到母亲艺术修养的感染。可以说,母亲于他早年时在中国古典诗歌与艺术方面对他的呵护和培育对他一生的成长和诗歌创作产生了至关重要的影响。上高中的时期,他的诗歌创作又受到来自西方文学的浸润。当时,他从已经上了大学英文系的表哥那里得到了英国文学方面,特别是英诗的教材和选本,这成为他当时最为迷恋的读物。而在这些文学读物中,他最为倾心的便是英诗。按他的话说,他未学英文先读英诗,他学英文是从学英诗开始的,他对英诗的迷恋程度可用如醉如痴来形容。几年当中他读了大量的英诗作品并尝试将它们译成中文。莎士比亚、济慈、弥尔顿、华兹华斯……这些英国大诗人的作品成为他的挚爱,伴他终生。一方面是中国古典诗歌传统的熏陶,另一方面是西方诗歌的浸润,他的诗歌创作沿着这两条道路引领的方向不断前行,其中有变异,有转向,有更为丰富的外部诗歌资源的影响,有时代的变迁带来的磨砺、击打与滋养,更有生发于内心潜意识直觉感悟与之产生的交汇和碰撞。浪花飞溅,潜流涌动,生命的长河伴着生生不息的赫利孔山泉流淌,奔向大海,拥抱汪洋。

从十三四岁开始尝试诗歌创作算起,父亲的诗歌创作生涯已经走过了近八十年的历程。从他诗歌创作的体裁和形式来看,其丰富性令人瞩目,其中包括新诗、旧体诗、散文诗,而新诗中又有不受固定形式和格律约束的自由体诗和严谨的新格律诗,特别是十四行诗。从诗歌的风格来看,其多样性也值得关注,早期的诗作中既有简洁而清丽、含蓄而凝重、意境淡雅而深邃的短诗,也有感情充沛,体验细腻,充满幻想的情诗和激情四溢,表达或直白硬朗或奇异而突兀的政治抒情诗。1978年底开始的新时期初期以来的诗作风格一方面恢复了早期诗作的清丽和抒情,同时又增加了节制和理性的哲思,在抒情中有较强的现实性,更融合了对人生和历史的深思。九十年代中后期的诗作在回溯早年抒情色调的基础上时常脱出节制的思绪和诗的限制性,向着非理性的梦幻飞逝,诗风质朴明朗,典雅含蓄,而又不时体现出怪诞般的离奇。近几年的诗作则又多了一种睿智的格调,在温和中见犀利,在矜持中见锐气,童稚与机智相结合,青春的气息与智者的豁达相交融。这种多向路的诗性,或许正是他接受了多方面的影响加上自身经历的丰富,内心感受的不断变异而形成的。

二十世纪四十年代初期,青年时期的父亲开始了新诗创作,那十年间迎来了他新诗创作的第一个高峰。1943年夏,十九岁的他住在江苏吕城的乡村中,在短短的一个多月里,他写下了六十多首短小凝练、独具特色的诗作。通过对日常生活的直接体悟和感受,他将身边的人、事、景、情自然地融进诗中,没有刻意的渲染和多余的辞藻,没有感情的迸射和流泻,诗如同一幅幅水墨画,色彩淡雅凝重,意蕴内敛沉静,余音袅袅,传达出无尽的言外之意。诗,浑然

天成。例如,《别》(1943)是这样写的:

> 昏黄,日暮了
> 仍是一片打豆的声
>
> 记着,柴堆的背后
> 别了,扬着的豆灰里
>
> 白色的衣裙下
> 露出一双酱色的圆腿
>
> 空了人的夜场上
> 还散着一大片麦芒

离别的情思由景烘托,令人回味,美因含蓄而生,模糊而朦胧,诗形成了自己的风格。虽然此时的他受三十年代一位诗人吴汶的影响,染上了被谢六逸教授称为"新感觉主义"的诗风,但诗对现实生活的贴近,意境的悠远,画面的纯净是他独有的。

此后的几年间,他的诗有了新的拓展,走进了色彩更为斑斓的大千世界之中,心绪更为动荡,情感更为丰沛,意蕴更为繁复。对生活的渴望,对理想的追寻,对时代的思索构成了他诗风的又一种景象。初恋的激情推进着他,拥抱着他,使他沐浴在金黄的阳光下,诗仿佛生长在春天绿色的晨光中,孕育在秋天灰红的雾火里,是那样生机勃勃、妩媚灵动。尽管有内心的不安与挣扎,有彷徨与失落,但心灵的闸门是开敞的,诗有一种轻盈而纯净的气息,仿佛源自天国的飘逸的美。请看:

夏晚的绯光没有抚慰

你发巾下如眠的黄金波浪;

秋天,灰红的雾火里,

银杏的落叶也只是无效地渴望着,

在变成泥土馥郁的叹息前,再一次

仰吻你宛步的蹁跹;

……

（《梦幻曲》1946）

刻骨铭心的爱,无尽的失意心绪映照在浓郁的色调里,悠远绵长。此时,他的思想也在发生新的变革。他怀抱着对自由和民主的渴望,受到当时鲁迅,闻一多等左翼文人的思想影响,写出了一批在风格上既具有写实主义特色而又间杂着现代主义诗风的政治抒情诗。他和一批志同道合的诗友们聚集在一起,成立了野火诗歌会,创办《野火》诗刊。火热的激情,奋进的理想,对丑恶的鞭挞,对生活的歌咏,都在诗中表达尽致。这些诗当中有些透着单纯和明朗,充满召唤的力量;有些则将力度和深度融合起来,让情感的迸发和冷色的抨击集于一身。比如,《城楼图铭》描绘了一幅肃杀的城图,图中呈现出一个个颓败的景象。一片凄清中现出死去的战士那伟大的裸体,他的哀容,向天横陈。这辉煌的死与城景的颓败形成对照和呼应,在"我"的心中,他以死来对抗这将死的颓城。诗的力度是显见的。虽然这些诗中有些流于直白和粗浅,但,诗是发自内心的真挚,包含着他在思想成长的过程中所经历的精神求索。

　　在改革开放的新时期,父亲的诗进入了创作的又一个高峰。解放后的前三十年,他的诗几乎沉寂。在长期的压抑和沉潜之后他的诗神爆发出奇异的光彩,如一团野火,在山间燃烧,野火燃尽,催生烂漫的山花开遍原野。新时期伊始,他的诗创作便呈现出多样的色彩,在新诗方面,自由体新诗和十四行诗并肩前行,与此同时,旧体诗的创作也成为他诗歌创作的一个重要组成部分,还有风格清丽、纯净,思想睿智的散文诗。在诗的题材方面,这些作品大多涉及咏物、海内外游历、日常生活、自然界中的情和景,等等。他对生活、对景物有着细腻而敏锐的观察,思考寄寓在他的观察和想象之中,跨越了事物的表象,进入事物的内里,捕捉其深层的象征性意蕴。这些诗往往于细微之处见深意,在平凡之处见哲理,寓情于理,情理交融,其中蕴含着他对时代的反思,对生活的体悟。在诗的形式和表达上,他的新诗创作集自由与限制于一身,常常在自由中有限制,在限制中又体现出流畅和洒脱。《树的哲学》、《礁石》、《美丽的网》等被看作是这一时期自由体新诗的代表作,物象中的哲理是这些诗作的精粹,它们处处体现着对真的追求。

十四行诗是父亲一辈子的钟爱,人们关注得最多,评论得最多,对他的新诗肯定得最多的或许就是他所创作的十四行诗了。他写十四行诗无疑是与他翻译莎士比亚十四行诗分不开的,同时他又受到冯至的《十四行集》及其他新诗诗人的影响。对十四行诗情有独钟,这也与他的个人性情特征相关。他的儒雅之风,他温和的智性,他内化于理的激情都使这一诗体形式与他的内在性情和精神特质融于一体。他的十四行诗创作在二十世纪四十年代就已经开始,但当时的创作还处于初期阶段,数量不多。八十年代以来,他的十四行诗创作呈现出一种爆发的状态,数量较前大大增加,题材十分广泛,形式上颇为严谨,表达上则愈显自然而流畅,此时,他的十四行诗成熟了。一批反映他几次到访欧美时所见所感的十四行诗尤具特色。十四行诗的诗体形式源自欧洲,用这一诗体描写旅欧的随想十分贴切地传达出异域风情和他旅欧时的内心感受,自然地流露出情景交汇的美的意蕴。

澄澈的爱汶河呵,静静地流淌,

流过班克洛夫花园里伟岸的雕像,

流过皇家剧院和三一教堂,

静静地流向绿荫如烟的远方……

(《爱汶河》1984)

爱汶河是流经莎士比亚故乡斯特拉福镇的一条小河。这是诗的第一节,四个诗行一韵到底,仿佛我们的心顺着小河,跟随他的思绪流淌过莎翁的故乡,两个重复的词语"静静地"、"流过"更加重了回旋往复的情调,如同涓涓的河水,不停地奔向前方,诗的形式与诗意完美地结合在一起。他创作的十四行诗至今已有二百多首,形成了一定的规模和较为成熟的风格,对中国新诗格律化的建设提供了一个思路。

如果说他的自由体诗与十四行诗在他的新诗创作中相辅相成,交相辉映的话,那么,他的旧体诗创作则形成了与新诗的对应,与十四行诗的呼应。十四行诗是新诗中的格律诗,而旧体诗本身就是格律诗,由此可见,他对于诗歌中的形式规范是尤为重视的。这与他从小受到母亲给予他的中国古典诗词的熏陶紧密联系在一起。他的旧体诗遵循严格的平仄律,而在押韵方面则较为宽泛,不拘泥于平水韵,主张用今人所用汉字的韵母押韵,放宽用韵,顺其自然。因而,他的旧体诗在声音效果上,在意境和语言表达上都传出一种新鲜的色调,在旧体诗中有新诗的自由和洒脱,在新诗中有旧体诗的韵味和意境。如《水仙》(1977):

一片晶莹质,

冬晨满室春。

粼粼清水洌,

熠熠日光温。
白玉灵台洁，
黄金志虑纯。
玻璃明剔透，
倚石自销魂。

全诗对仗工整，用语纯净，既有古诗之味，又不失新诗之气，自在清新，无斧凿之痕。直至今日，他仍然在与朋友的通信中、聚会中、各种活动中写作旧体诗，表达他的至真与至爱。

九十年代中后期，父亲的诗创作又经历了一次新的腾跃。此时，与父亲相濡以沫半个多世纪的母亲章妙英不幸离世，父亲在悲痛之余到南方进行游历，探亲访友，以缓解悲情。他回到早年生活过的地方，抚今追昔，诗的灵感又一次被激发，写出了一批感情真挚，风格独特的诗作，追忆早年的青春时光和生活经历。诗的表达亦虚亦实，诗的格调亦真亦幻，亦梦亦醒，仿佛他又回到青年时代，心变得愈发活泼而年轻，正如他的诗所说，"深秋有如初春"。《渔村4号》、《露台下的等待》、《幻想交响》等就较明显地具备了这方面的特色。同时，历次政治运动带给他的内心冲击渐渐郁积在心底，不断的精神重压化成潜意识中的梦魇，袭扰他的心灵，致使他的诗时常表现出非理性的怪诞。有时这种怪诞带有爆发式的速度，充满鬼魅的气息，令人感到惊惧，如《凶黑的死胡同》、《出夔门》；有时这种怪诞又带着娓娓道来的奇异，使人感到光怪陆离，而其中却隐藏着种种深意。这一风格在他八十年代和九十年代初中期的诗作中几乎是见不到的。或许，这可被看做是他的"衰年变法"，但假如我们将目光投向他早年的诗作就会发现，这样的诗风在他早年的一些诗作中是隐性存在的。不过，后来的怪诞具有更多的奇想，融合了更多的幻觉，有些许超现实主义的成分在其中。

二十一世纪到来之后的十多年里,父亲的诗歌创作又踏上了新的征程。他的诗心并未因年龄的增长而老去,赫利孔山上的灵泉反而喷涌得愈加旺盛。他的生活仍然丰富多彩,他的观察仍然细腻敏锐,他的想象仍然充满奇幻,有时他仿佛回到了天真的童年。然而,此时的奇幻想象更增添了历史的沧桑,此时的天真稚气更融进了一个老者的智慧和悠然。他仍然追忆早年的时光,发出了"年轻有多好"这样的感叹,但历史的脚步终将他带入当下,青春韶华终将逝去,梦也终有醒来时,可醒来了,并不惆怅,只有一颗豁达的心,那是经历了苦难与磨砺之后的坦荡与童真。这坦荡与真情承载了岁月的沉重,更看到未来的希望。近年来,他的诗无论在题材上还是在形式上都呈现出多元的态势。有充满热情,心态活跃而青春气息勃发的诗作,如《小山,正向我走来》;有如梦如幻,美与奇交叠,历史与现实共融的诗作,如《夜宿听涛楼》;有些诗与时代紧紧相连,表现出他对现实的关注,对生命、宇宙、环境的思考,对人类命运的关切,对生命的挚爱,如《汶川组诗》;有些诗是对自我的考量,表现了一位耄耋老者在人生晚年的体悟和感受,幽默而情趣盎然,如《蜗牛看我》、《一小时》、《长巷行》;有些诗中有青春与美的灵动,如《你的眼睛是笑的双星》、《听双双弹奏〈云雀〉》、《运河苑舞姿》;有些诗中有亲情、友情的流淌,如《把我的胳臂挽紧》、《秋水三题赠静怡》、《日月照耀金银台》;也有暴雨中风驰电掣般的疾进,如《跨海大桥》;也有静谧与飘逸中的古典意蕴,如《节令乡歌》……他的诗和他的心依旧充满生命,因为"童年和耄耋合抱,永远不分离";"灵魂和灵魂绾住无言的大爱"。正是这深沉的爱,这真诚的心滋养着他的诗的灵泉永不枯竭。

八卷本的诗文集中有五卷是文集。诗是父亲生命的源泉,精神的依托,文则是他心灵的写照,真情的倾吐,体现出的同样是对真善美的追寻。五卷本的文集中收入了他多年来写下的散文、评论、杂文、随笔、序、跋、通信以及近年出版的口述史、早年的生活记录等。父亲的散文自然清新,无造作之气。它们有着诗一般的情致,而文风却更为质朴、纯净、亲切。他把读者当做朋友,当做知己,因而,他的散文总是娓娓道来,不加虚饰,自然地流露出真情,仿佛他是在与读者进行交谈,进行心灵的沟通。七八十年代,由于工作的需要,他常去外地组稿、采风,那时的散文比较好的是对自然风光的抒写,是那个时代的写照,带着当时的时代特征。八十年代之后,尤其进入九十年代他陆续写出了一批回忆早年生活和家人亲情的散文,他写到母亲在吟诵和古诗学习方面给予他的谆谆教诲,在艺术方面带给他的熏染,写到他的少年时代,他的老师,等等,笔触尤为细腻真切,自然传神。这是他在蕴蓄多年之后发自心底的声音,流露出一股浓浓的暖意,令人回味,感人至深。他写亲人、朋友、老师,写小时候的生活,写历次政治运动中的人、事的文章,无不透着真,浸润着爱。这些散文与他的口述回忆录《生正逢时》交相辉映,有交叠,有穿插,成为他诗品和人格的另一种写照。父亲一生经历了多次历史的变迁,战乱、革命、一次次的政治运动,最终迎来改革开放,可以说,他的口述回忆录叙写的是他个人的人生经历,也是中国一代知识分子艰难的心路历程的真实反映。

父亲开始写作评论是在上世纪四十年代。那时,他受到鲁迅杂文的影响,开始尝试写作杂文,但发表很少。从现有的两篇杂文来看,他当时的文笔颇为犀利,似有一种木刻般凌厉的刀锋在转动。五十年代,他在中国戏剧家协会主办的《戏剧报》工作,因为工作的需要,他常常要写戏剧观后感、随笔、剧评。时常晚上看演出,回来之后便开始酝酿写稿,有时甚至通宵达旦赶写评论,编写稿子。这些剧评在主题思想打上了那个时代的烙印,难免受到一定的束缚,但文章的思路是颇为缜密、严谨的,从中可见出他评论文章的功力,也可见出他为此倾注的心血和感情。七十年代,他调到人民文学出版社工作，接触了很多作家和大量文学作品，他陆续写出了不少文学评论的文章。此后又陆续有诗人、朋友请他撰写序，写书评、诗评，还有些是他与朋友们探讨诗歌、文艺等的通信。渐渐地，他的各种评论文章越来越多了。他曾经说过，自己从未学过文艺理论，是处于"心血来潮"或工作需要才陆续写出了几十万字的文评，面对这个数量，自己也不觉哑然。然而，或许正是因为没有受过系统的专业训练，他的评论文章才写得灵活、平实、真实，富有个性色彩，很少条条框框。它们大多从自己的真实感受出发，不做刻意渲染，而是着眼作品中的实例和内心的感觉下笔，有对具体问题的细致论证，也有视野较为宽广的通论；有些则联系古今中外的作品进行比较阐发，纵横捭阖，通古论今，有些则深入浅出，分析入情入理；有些则不做过多的阐释，点到为止，却总能对人有所启迪。他的评论较少约束，形式多样，往往情理交融，感情丰沛，而其中处处阐发的无不是真情。父亲还有一部分评论文章具有很强的学术性，这是他多年来所做的学术研究的成果，体现出他深厚的学养。父亲终身热爱翻译事业，为此倾注了大量的心血。做翻译就要深入了解所翻译的对象，探究所翻译的作品。他的翻译作品的序或跋，大多是对原作悉心研究的成果。多年的翻译实践使他积累了丰富的经验，他在多篇文章中探讨翻译的理论问题，技术问题，总结翻译中的经验和体会，形成了较为系统的翻译思想体系。学术论文中有严谨的专业性探讨也有个性化的学术随笔、学术散文。他更加推崇的是后者，因为，这样的文章更具个性和感性色彩，较少刻板的理性分析。学术研究也蕴含着他的真情实感，是他的性情的体现。

八卷本的诗文集收入了父亲自青年时代起的诗文作品，其中的绝大部分已经面世，诗歌的部分按照现已出版的《萱荫阁诗抄》、《屠岸十四行诗》、《哑歌人的自白》、《深秋有如初春》、《夜灯红处课儿诗》的出版先后顺序收入本诗文集中,一些散篇新作以集外诗的形式收入本诗文集中;文章则以《诗爱者的自白》、《倾听人类灵魂的声音》、《诗论 文论 剧论》、《生正逢时》、《霜降文存》(自费出版)的出版先后顺序收入本诗文集中,其他以散篇形式发表的作品以集外篇的形式收入,少年时代的记叙文《漂流记》作为附录收入。诗文集中的作品,集父亲早年直至九十高龄的诗文创作,从中可以看出他的诗文全貌,也是对他此前诗文作品的总结。然而,他的探索仍在继续,他的创作力依然旺盛,新作不断涌现,尚有一些新作并未收入其中,因为,他的生命还在路上,心还在腾飞。

愿父亲的诗、父亲的文在真善美的浸润中永放异彩!

愿父亲的生命在对真善美的索求中永远年轻!

2015 年 2 月 10 日

他周围浓浓的书卷气（代序一）①

谢　冕

　　读屠岸先生的诗是很早的事,知道他是翻译家也是很早的事,至少是在我成了诗歌少年的时代。我也许是在当日的《诗创造》上,也许是在后来的《中国新诗》上知道屠岸这个名字的。那是上个世纪四十年代的下半叶,1947、1948、1949年开国之前的一段时间。那时我无缘拜识先生,只能是在书中"远望"和"仰望"着他。八十年代以后,诗歌界和学术界活动增多,这才有机会接近先生,这时则是"近望"(当然也仍然是"仰望")了。

　　屠岸先生待人的诚恳、认真、周密、细致是大家都知道的,他对晚辈尤其平易,总是爱护有加。雍容儒雅是先生的"形",谦和中正则是先生的"神",在我的心目中,他是一位让人打内心敬畏的智慧长者。

　　我们对先生的敬重首先是因为他的人格精神,再就是由于他的博学多才。诗是他的专长,他的新诗最为人称道。先生于西学积蕴深厚,诗歌创作中对十四行体致力尤多。新诗而外,先生的旧诗功力遒劲,有《萱荫阁诗抄》传世。在新诗人中,他是为数很少的

---

① 本篇是在首都师范大学诗歌研究中心和《诗探索》举办的"屠岸诗歌研讨会"上的发言。

1

既写新诗又写旧诗的诗人之一,至于先生(用常州话)的旧诗吟诵,已是业内一道漂亮的风景。屠岸先生还是一位杰出的翻译家,对莎士比亚和济慈的翻译,成就尤为卓著。此外,他还是戏剧评论家和编辑家,他的才华是多方面的。

先生祖籍江苏。江南人性情温和,先生更是忠厚长者。他文质彬彬,举止儒雅,即使是那些行止不羁的卤莽者,在他面前也会变得慢声细语,断然不敢造次的。先生待人谦和,对后学晚辈更是厚爱奖掖有加,我本人就时时得到先生默默的支持和帮助,而对他始终心怀感激。大家对屠岸先生的敬爱发自内心,总觉得他周围弥漫着让人心醉的浓浓的书卷气。一般的人总被他的学者风范所折服,往往难以觉察他的坚定和凝重,特别是刚正严厉的、毫不含糊的一面。

我常拿他和我同样敬重的牛汉先生相比,他们是互相敬重的亲密的朋友,但他们又是性格迥异的人。牛汉先生耿直、率性、正气凛然,有北方人的豪放甚至"粗粝"的一面。但是相识久了,就会发现牛汉先生的刚中有柔,他的温情和柔软的一面是深藏不露的。同样,屠岸先生则是柔中有刚,而他的刚,也是被他外显的柔所遮蔽了——他信守的人生准则是坚定的和"不可侵犯"的。这一点,建议大家阅读他的《生正逢时》的"尾声",在那里,他对著名人物批评的锐利和严厉,可谓是与我们日常印象中的先生判若两人。

屠岸先生系名门之后,不仅家学深厚,而且家风纯正。先生铭记母亲的一句家训:"胆欲大而心欲细,智欲圆而行欲方。"这充满哲理的警语,铸就了先生丰富充实的人生。我们由此知道,先生身上展现的精神气质,不仅代表智慧,而且代表尊严。

我和屠岸先生的交往,始于八十年代。中国知识分子经过了"文革"动乱以及各种政治运动的余震,面对着一场空前荒漠的文艺,彼此了解加深。不仅是文艺理想的接近,而且更是心灵的接近，大家不约而同地走到了一起。那时我们经常在有关的会议上见面，彼此声气相投，度过许多美丽的时光。除了这里说到的牛汉先生和屠岸先生，还有郑敏先生、邹荻帆先生和张志民先生，他们都是我的老师，又都是我的朋友。

2010年11月20日于北京大学

屠　岸　论（代序二）

骆　寒　超

屠岸出生于 1923 年，现在已八十六岁，是当今中国诗坛最老一批诗人中犹在积极从事创作者之一。虽然我们不能说这位诗人的诗创作贯穿了中国新诗九十一年历程，却也有理由认定：他是从1940 年代迄今这一长段新诗史的见证人。屠岸 1940 年代初正式从事诗歌创作，收在《深秋有如初春——屠岸诗选》中那首写于1941 年的《参与商》，是今天能见到的他第一首新诗。把这首诗和他最近发表的诗连起来看，他的诗龄已有六十八年。中国诗坛有幸，还活跃着一批诗龄如此长的老诗人。这也提醒我们：要倍加关注这批前辈，对他们毕生投入的心灵事业作出系统研究，总结他们的创作经验，以使他们的存在能为新人辈出的当今诗坛起一份承前启后的桥梁作用。

在由刘玮整理的一篇《诗歌圣殿的朝圣者——记屠岸与首都师大师生的一次对话》①中，屠岸曾谈及自己的几次创作高潮。他说："我的第一个创作高潮期是在 1941—1943 年。1943 年住在江苏吕城时，面对鲜活的自然界，我的创作才思被激发出来，写下了大量诗歌。"当他谈及建国前从事民主革命活动时和建国后到"文

①　收入本集第七卷。

革"结束前写的诗,认为"这些作品都没有保留价值"。他又说:"我第二个创作高潮期是从七十年代末到八十年代中期。这正值我思想的解放期,大量的吟咏景物的诗和政治隐喻诗都在这个时期喷薄而出。""我的第三个创作高潮期则是从九十年代中期开始直至二十一世纪初,我找到了在吕城时的那种感觉,再次进入写作的痴迷状态,只是更增添了几分理性。"我们之所以要引述屠岸自己说的这些话,一方面当然是便于我们了解他六十八年创作演变的脉络,把握其创作实践的全貌,但更重要的一点却在于:从他自己认为是创作高潮时期的作品,我们发现都有一个共同的创作特点,即它们大多是从生活实际体验出发,在物我合一的感受境界中写出来的,而不是一味遁入内心的玄想的产物。这一种创作现象是很值得我们注意的,令我们想起屠岸一贯提倡的主张:追求客体感受力。

的确,论屠岸的诗,离不开他对客体感受力的提倡与艰辛追求。

我们读到过两首写河流的诗。其中一首叫《西部河流》。一提及"西部河流",就会让人想起"黄河远上白云间"、"长河落日圆",在对客观对象作具体的描绘中感发出了一片旷莽苍凉的境界。可是《西部河流》写的却是:"冰川想起一些雪白的伤口/沙漠想起一些绿色的梦","既然海洋很远/就义无反顾地走进死亡的内部/与沙漠谈一些血脉的话题",等等。这里见不到西部河流实实在在的面貌,作者似乎也不求体验、感受而只对多思感兴趣,因此大力起用拟喻手法把河流和一些与河流性能没什么关系的事物硬性拉扯在一起,寻求逻辑关联性奥妙,把西部河流变形得不伦不类。结果这些在峡谷险滩急流奔泻、富有野性生命强力的河流悲慨壮烈的精神风貌也难以让人把握。另一首叫《出夔门》,抒写的是三峡一段的长江。诗是从主体坐在奔流而下船中看沿江情景的角度来落笔的。有写天还未黑时分动态视域中的江景的:"锣声镗镗! 起火了,浓烟滚滚……丰都廖阳殿一个个泥塑崩裂,/ 通向张飞庙山门的陡阶倾斜——/ 后殿里烈焰熊熊——出窍了,灵魂!"有写夜色里的江景的:"滟滪堆炸平,航标灯如鬼眼眨烁。/探照灯打向夜空,哪里有白帝城? / 奉节的灯火难突破密雾的封锁。"然后写船中抒情主人公的行为和感觉:

> 狂奔到船首,面对着巨浪凝神,
> 瞿塘峡如黑铁把我紧紧地包裹:
> 如炮弹出膛,我,冲出了夔门!

这里有急流翻腾的险境,有力与速度、有天地大动荡引起的昏眩幻感,是真正属于三峡这一段长江的个性与气质的。显然,这样两首写河流的诗,格调不同。像《西部河流》这样的诗,对作者来说,有没有去过西部,有没有见过西部河流,有没有对西部河流获得过真切的情绪体验,都是无关紧要的,作者只要凭一点地理知识,确立一个理性意识的主题,再发挥点经验联想,就可以写出一首、两首甚至更多首这样钙质缺乏、"体温"很低的诗。但《出夔门》不同,作者要是没有亲历三峡,没有对三峡切身的情绪体验,是写不出来的。这首诗作者的创作行为反映着他是在客体上获得感受力后推动艺术构思,展开抒情的。

屠岸是《出夔门》的作者。可见在创作中提倡对客体感受力的追求,是屠岸从他个性显明的创作活动中提纯出来的一项经验。对此项经验,屠岸在2000年11月3日上午接受《诗刊》记者阎延文的访谈①时较系统地提了出来,那是记者希望他谈谈自己的诗歌

---

① 收入本集第二卷,题为《诗歌是生命的撒播——屠岸访谈录》。

创作始终能"展现出一种强悍的创造力"、"永远年轻、保持着透明的新鲜感"的"体悟"时提出来的。他说:英国诗人济慈提出过一个著名的诗歌概念 negative capability,他是"参考各种翻译,揣摩济慈的原意,把它译为'客体感受力'"的,"意思就是指诗人把自己原有的一切抛开,全身心地投入到客体即吟咏的对象,投入到诗歌创作中去,形成物我的合一"。然后他结合自己的创作情况说:

> 我写诗也是完全投入,把生命撒播到吟咏对象中去,把自己变为客观事物的化身,激活对客观事物充分的新鲜感……这样就会对事物有新的发现,构成一种灵魂的颤动,使自己的思维和观察都是新鲜的鲜活的。惟此,诗歌创作才不会衰老,才可能避免重复自我,即使到老年也有希望写出常青常新的诗。

伴随着对"客体感受力"的大力提倡所发表的这些言论,屠岸其实已把这个诗歌概念的内涵连带也讲了。不过在这次访谈中还不够讲透。在和首都师大师生的那次对话、后来整理成《诗歌圣殿的朝圣者》一文中,屠岸对这一内涵讲得更清楚一些:"客体感受力就是强调我们要保持一种新鲜的感觉,使我们每天醒来都能发现一个特别新鲜的太阳。我认为一个诗人要保持旺盛的创作力,他就要带着新鲜的目光看待、审视、观察这个熟悉的世界,就要有客体感受力,就要抛弃旧有物而全身心地拥抱新鲜事物,让它们成为吟咏的对象,达到真正的物我合一。只有不断从客体中发现新鲜并用诗的语言表达出来,诗情才不会枯竭。"他还再次强调"物我合一"和此中自我的位置:"'客体感受力'是一种物我合一的'力',这种'力'既'没有自己',又'必须有自我意识'"。综合这些言说,对"客体感受力"大致可以概括为如下几个方面的递进关系:一、诗歌创作要求诗人对客体(客观世界)有忠实的把握;二、这种把握显示为自我投入于客体,达到物我合一的程度;三、在物我合一中激发诗人的主体对客体的强烈感受;四、这种感受能使诗人在吟咏的对象——客体身上发现新意;五、新意来自于抛弃自我对特定事物的习惯性感受,而对其把握也就成为一种能使熟识的事物产生陌生化的能力;六、这能力就是对客体的感受力;七、诗人只有不断发挥从客体中发现新意的客体感受力,才会使诗情不枯竭。由此可见,屠岸几十年的诗歌创作直到今天还诗情丰沛、感受新颖,是和他坚持作客体感受力的追求分不开的。

屠岸在追求客体感受力的同时,又提倡"古典的抑制"。在和首都师大的师生那场对话中,他提到卞之琳的《鱼目集》、吴汶的《菱塘岸》都体现为"古典的抑制",并认为"对我的影响很大"。这"古典的抑制",来自于古典主义者提倡的那种以理性抑制情感的审美追求。自称古典主义者的艾略特就提出创作中须让"理性对情感比较严厉沉静的控制"[①];梁实秋在《文学的纪律》中也谈到古典派"遵奉'内在的制裁'"的问题,认为,由"制裁"导致的"节制的力量",就是以理性(Reason)驾驭情感"[②],这些都是指"古典的抑制"。屠岸说吴汶"是一位不断沉淀、提炼诗情并体味、静观感情的诗人",故这位诗人无疑"是 classical restraint 的一个范例"。在同一次"对话"中,他又提到昌耀,并认为这位诗人显示在创作中的情感"常常是经过过滤和沉淀而嬗变成为一种生命和历史的异质",这种对情感的"过滤和沉淀"同吴汶的"不断沉淀、提炼诗情"的做法实在一样,同属于理性节制情感——或者说"古典的抑制",而屠岸是把昌耀看成"客体感受力"成功的追求者的,这也意味着"古典

---

① 转引自韦勒克《近代文学批评史》第5卷,杨敏中译本,上海译文出版社2005年版。

② 《梁实秋论文学》,台湾时报文化出版事业有限公司1981年版。

的抑制"同"客体感受力"存在着双向交流的关系,即"古典的抑制"来自于"客体感受力",而"客体感受力"须受"古典的抑制"。当然这也反映着如下这点:由于屠岸诗创作中积极追求"客体感受力",也就分外会去顾及"客体感受力"须作"古典的抑制"。有鉴于此,我们隐约地感到"古典的抑制"对这位诗人追求"客体感受力"意义颇为重大。情况也确实是这样。"古典的抑制"——或者说理性节制对"客体感受力"之发散具有一种策略措施意义,故当受理性节制的"客体感受力"在创作过程中以潜在的方式存在,也就能左右屠岸的艺术选择。这意思也就是:由于理性对情感节制的程度有所不同,"客体感受力"发散时,影响到文本的构成出现类型差别。

屠岸的文本构成有三类:感兴情境型、感知意境型和直觉幻境型,它们又通过不同的构思途径、抒情方式和语言体式作具现,并以此来显示他对客体感受力追求之全貌。

一

中国古典诗歌——特别是多少具有点纯诗倾向的绝句、小令,在文本构成上,颇有点追求感兴情境的特征。如刘长卿的五绝《逢雪宿芙蓉山主人》:"日暮苍山远,天寒白屋贫。柴门闻犬吠,风雪夜归人。"皇甫松的《梦江南》:"兰烬落,屏上暗红蕉。闲梦江南梅熟日,夜船吹笛雨潇潇。人语驿边桥。"马致远的《天净沙·秋思》:"枯藤老树昏鸦,小桥流水人家,古道西风瘦马。夕阳西下,断肠人在天涯。"从这些诗、词、曲中可以见出:这些文本都是拿一些具有相类似生态联想的客体具象物为意象、貌似无机地组合而成的意象组合体,内中的意象以感应之相通和互补而共存在文本构架中,这就使文本能感发出一片纯以刺激接受者神经为满足的朦胧而飘忽的氛围境界,即我们所说的感兴情境。建基于这类感兴情境的诗,总体而言是一种心象化客体的具现,内中逻辑过程与意图说明淡薄到几乎没有,而欲抒之情则融在情境中,由接受者在对感兴情境作真切的体验而得。

屠岸自童年时代起就在母亲的熏陶下深受中国古典诗歌的影响。在《诗歌圣殿的朝圣者》这篇对话中他这样说:

> 谈起诗歌,我并没有与生俱来的天赋,但确是从小结缘。幼时我就很喜欢听民谣山歌,三四年级开始背诵唐诗宋词。以后又习古文,读《滕王阁序》《归去来辞》等讲究平仄或有韵的骈体文。但我始终感觉自己对诗歌的兴趣更大些,除了这种对韵律天然的亲近感外,母亲对我的教育是极重要的。她常常教我用常州的古调吟咏诗词,还对我严格要求:她在书中夹上写有数字的纸条,我诵过一遍就抽出一个数字,直至纸条被全部抽出。在这种耳濡目染和严格训练中,古典诗歌在我心中留下了深深的烙印。

在同一次对话里他还谈到接受古典诗歌传统影响的特点与深度:"这种影响是无形的、潜在的、溶进血肉的,有时甚至是无意识的。"这该是科学的接受与最深刻的影响了。由于古典诗歌中作为最成熟、最佳因而最具特色的绝句、小令文本构成,就是感兴情境类型,所以我们说屠岸对感兴情境型文本构成的追求,究其渊源,来自于对古典诗歌传统特别是绝句、小令传统的接受。

这一类文本构成的诗,几乎集中产生在屠岸诗创作的第一高峰期——1941年到1943年之间那几年中。住在江苏吕城时的1943年,他的创作才思被激发出来,写下了大量诗歌。在《诗歌是生命的撒播——屠岸访谈录》中他还和《诗刊》记者更具体地谈及吕城时的创作实况:"在吕城的这段时间,我完全和客观的自然、客观的人物、乡村的季节变化融为一体了,从中发现了很多新鲜的东西,进入创作的痴迷状态,不为发表却拼命写,短短一个暑假,写下了几十首诗歌。"在《深秋有如初春·后记》中,他还引述了这批诗的最早的读者、最热心的保存者——他的内弟章世鸿在给他信中的话,认为这样的诗"犹如一幅幅清淡的水彩画,其中也受到中国古诗的影响"。而他也从特定的角度以"倒是真话"表示首肯。从这些话中可以让人感到:屠岸第一次创作高潮中写于吕城的几十首表现旧中国乡镇生活的诗,是把自我融入客体、在物我合一的感受境界中"发现了很多新诗的东西"写成的。可见屠岸写它们时有自发追求客体感受力的倾向;由此完成的文本,则显示着受"中国古诗的影响"、像"一幅幅清淡的水彩画"一样的特色,可见这些诗文本的构成有追求感兴情境的倾向。综合这两大倾向也就意味着:屠岸对自己追求感兴情境的文本构成,看成为是客体感受力发散的一场必然。

这一批写于吕城的诗有六十多首,我们能见到的是收在《哑歌人的自白》《深秋有如初春》中的四十多首,它们大都是十行左右的短诗,如《稻的波》:

> 淡黄与翠绿
> 色彩在起伏中杂错
>
> 初秋的微风
> 泛起无言的音波
>
> 一望无际
> 阳光在碧浪上移过
>
> 大海中的蝼蚁

　　远处移动着田夫和锄

这一首四节八行的短诗,每一节都是客体具象物充当的意象,每一个意象都能引起人对乡野生态环境的联想,如"大海中的蝼蚁／远处移动着田夫和锄",就让人想到稻,正在成熟中的茫茫田畈,和几个田夫在稻浪掩映中艰辛地劳动着的身影,进而感兴起一片成熟的自然生命旷远美的情境。这四类意象各自作为纯粹的客体,其外在的存在特征是不同的,但内在的审美感兴特质却是相似的,可以互通互补的,所以它们虽无外在密切的逻辑关联,却有内在精神感兴的情境统一:秋野的稻海由近而远茫茫无边,走向成熟的自然生命旷远无尽。特别是,我们看不到诗人的主体在四个意象组合成的感兴情境中露面,不见主体过程性叙述所具有的分析演绎痕迹,更无主体的直接抒情,全是浑然一体的感兴情境,朦胧、飘忽,好像是这个客体自然生命自身在宣谕成熟的大自然旷远美感,隐隐地、平静而不动声色地以身宣谕着宇宙生态无边而永恒的生存美感。不过诗人的屠岸并非没有激情,并非不想站出来直接抒发他对成熟的大自然生命美的感受,只不过他把这种激情全埋在感兴情境中,让读者在对这情境作真切的体验中去把这股激情品味出来。由此看来,这类诗的文本是主体在物我合一的精神状态中获得强烈的感受力,又让此力发散在客体身上激活独特的生态环境联想,并借此展开新颖的意象摄取与组合作为基础所构成的,而显然这是一场感兴情境型文本构成。不难看出:此类诗文本,"客体"始终是借以抒情呈示的"物质材料",欲抒之情总是在理性的控制下,被包裹在客体中,并通过接受者对感兴情境的感发而作涓涓滴滴流露,而不作直接喷泻。这样的文本构成显然和绝句、小令有相似之处,或者说这是中国诗歌在传统与现代之间一场近亲繁殖在屠岸诗创作中的体现,血缘关系是显著的。

感兴情境型文本构成有一个属于创作艺术的核心成分必须注意到,那就是要求主体有敏锐的感觉,也可以说客体感受力之强不强,和感觉敏锐大有关系。从吕城时期的诗创作中,我们可以发现屠岸具有感觉敏锐的资禀。而这也是同他受吴汶的影响分不开的。屠岸在与首都师大师生的那次对话中多次提及吴汶的诗集《菱塘岸》曾使他们建立起了神交,并认为"我早期的诗歌是很受他的影响的"。这影响除了屠岸自己所说的是"古典的抑制"以外,我们认为追求感觉表现对屠岸的影响更见显著。吴汶的《菱塘岸》由谢六逸作序。这位"五四"初期就大力引进西方文学思潮的资深学者在序中认为吴汶的这些诗属"新感觉主义"。他这样说:"在我个人,象征的、感觉的诗觉得最有滋味。我认为白话诗必须能够含蓄,能有尖锐的感觉,然后可以称为好诗……这集子里的诗,也可说明这位诗人的优柔的感觉。"他还作出判断:"就这一点说,这位诗人的将来的进展,我将以惊异的目光凝视。"①为此他还举了"象征的新感觉的"例子来证实吴汶的"有尖锐的感觉"。这样讲是合于事理的,如《五月》:"五月,椰子味的风,/紫色的桐花吹散。 // 香膏沾住恋情,/梦儿有意无意地飞。 // 小蝶的翅儿丰满了,/窗头飘着小百合的旗。 // 卷帘,唱一只小呗,/白衣,像羔羊般的柔。"这四节的诗,除第四节的客体表现缺乏点感觉的新颖(不过,"白衣"这色彩视觉转为"羔羊般的柔"的触觉,也还是有其一定的新颖的),其余每节都显示着吴汶极敏锐的感觉把握和极新颖的呈示,如"五月,椰子味的风"触觉的味觉、温度觉化;"香膏沾住恋情"嗅觉的心理感觉化;"小蝶的翅儿丰满了",蝶翅灵动矫健的扇动竟有"丰满"之感,这些都使"五月"这个客体具象能给人以异样的新鲜和青春的美感。这些客体的青春美的感觉因为新颖与鲜活,也

---

① 《菱塘岸》,生活书店1935年版。

就强化了由客体感受力发散所导致的感兴情境。屠岸显然在这方面受吴汶的影响特别深，所以从他这些吕城时期的诗中可以发现，他特别爱捕捉新颖鲜活的感觉，并以此为基础，营造感兴情境，完成独特的文本构成。如《古寺》，除了第一节"山雨迷蒙中／抵达了一座古寺"，是过程性的交代陈述，没有显示新颖的感觉表现以外，其余三节都靠他敏锐地捕捉感觉而营造出了一片朦胧性感兴情境；第二节"潮气浥着松柏／湿重了行人的愁绪"，这里的"行人的愁绪"竟然能"湿重"，是让抽象的心理感觉有了湿的肤体觉和重量觉，并和"潮气浥着松柏"相互映衬，这"湿重了行人的愁绪"就别具感觉的新颖；第三节"森严的佛殿里／雨声也更沉静了"，在佛殿这个宁静以致远的境界里捕捉"雨声"的感觉，"更沉静了"是有心理感觉的新颖特色的；第四节"阴沉得可怕呵！／灰雾淹没了山路"，这里的"灰雾淹没了山路"是实景，主体敏锐地捕捉住它，并和上一行"阴沉得可怕呵"相映衬，也就强化了"灰雾淹没了山路"的感觉。由于让这些感觉意象组合在一起，客体感受力的发散所至的感兴情境也特具朦胧、苍凉的韵味。

值得指出：任何艺术感受总是与诗人所选择的形式——即语言体式结合在一起的。艺术形式来自于艺术感受，艺术感受选择相应的形式。屠岸构成这类文本的艺术感受也决定了诗人对艺术形式的选择。吕城时期屠岸这种独特的客体感受力的发散，决定了他以感兴情境的营造为基础来构成文本，而由于感兴情境的强调，也就几乎杜绝了分析演绎所需的种种关联机制的设置，只求感兴客体充当的如实意象点化情境为满足，因此，这时期的诗大量省略了关联、转折、递进等虚字，而他所使用的诗性语言从整体看，也走向了简约化。语言的高度简约也是诗歌节奏获得鲜明，体式走向匀称和谐规范的前提。如《暮》中的这个诗节：

沉昏,暗的月
寂寞的稻草场
隔岸的前村
远远一片犬吠

我们一读,首先就会感到语言的简约。这是由四个客体感兴意象组合成的诗节:"暗的月"、"稻草场"、"前村"、"犬吠",它们无疑单独存在也都有兴发感动功能,现在组合在一起,在感兴互补中,这种功能更有了加强,从而形成了一片乡野远夜荒寂清寥而又昏蒙、阴暗的感兴情境。这四个意象的语言化很有特色:修饰语极简短,不作过程性呈现,甚至缺失了谓、宾这些主要成分;它们组合在一起,相互间的关联、转折词语全省略了,貌似四个光秃秃意象词语的并列,其实相互间是有内在隐含关联的,如果把省略的成分、关联词都补足,可写成这样:"(在)沉(郁)昏(蒙的夜里),暗(淡)的月(亮)/(挂在)寂寞的稻草场(上),/(我听着)隔岸的前村/(传来了)远远(的)一片犬吠。"一比较就可以见出:屠岸的诗歌语言是多么简约,而我们却做了一场画蛇添足的工作。这种语言的高度简约不仅把四个感兴意象凸现了出来,并且能使它们的组合避免逻辑推论关系而强化了隐喻功能,使这一个文本更感兴情境化——如若用了我们补足的那些遵守语法规范的语言来表现,让各意象间的逻辑关系很明确,那么这一片感兴情境肯定会大大削弱。特别是由于运用这样简约的语言,还大大有利于节奏体式的规范化。从这个诗节中可以见出:诗句结构的简单,修饰附加语和主要成分的大量省略,有利于让音组控制在二字、三字为主的定量内,这使诗行节奏会显得鲜明而不杂乱;也有利于诗行长度控制在二顿、三顿、四顿之内,这使诗行节奏不会拖沓而显得利落。这种种也影响到诗节、诗篇的体式大致匀称或相抱、相交、相随的匀称,上引诗节就大致有相交的匀称。语言和体式是一种双向交流的辩证关系,在特定情况下,节奏体式就句法,在另一种情况下,句法就节奏体式,新诗由于节奏体式没有规范定型,所以更要重视节奏体式就句法。正是在这一点上,屠岸在第一个创作高潮中就因致力于客体感受力发散中作感兴情境型文本构成的追求而连带影响到语言的高度简约,并为当年及日后他在诗歌体式探求中始终倾向于格律化打下了基础。

二

屠岸在吕城时期以感兴情境构成的诗文本,可说完全是凭一时的感兴所动,把猝然相遇的特定客体率性自然地显示而成。它们作为一种客体感受力的积聚与发散之所得,几乎不显自我,不掺一丝主观理性。因此,这些诗是最合于物即是我、我即是物、物我合一以致物我两忘的中国诗性文化传统的,也是主体以原始意识驱使的观物态度把握诗歌世界的显现。应该看到:写吕城时期的诗时,屠岸刚从少年进入青年,心灵单纯,全以自然之目光凝视世界,诗文本纯以感兴情境构成是可以理解的。不过这现象不可能持久,因为屠岸毕竟从少年时代起就是个心灵向世界开放的人,又身处民族大灾难、人民大抗争时期,求独立的民族自主意识、争自由的人民自主意识也必然化为青年诗人内心的自主意识,对世界作理性的分析和判断也在快速形成、强化中,所以即使在吕城时期的创作中也还是出现了一些具有强烈的主体意识、投入时代而慷慨抒情的作品。在《诗歌是生命的撒播》这篇访谈中,屠岸这样和《诗刊》记者谈到吕城时的一件往事:"我那时十九岁,年轻,在这里有着全新的感受,也看到血淋淋的生活。我见过一个老农,他告诉我他的独生子只有十五岁,是新四军,被日军抓到后不肯招供,竟被一刀一刀活活刺死了。我受到很大的震动,写下了《打谷场上》

这首诗。"在这首诗的最后,屠岸说:"我,一个教师的儿子,在心里流着血,／为着一个庄稼老汉的独子。"然后作了极其沉痛的内省:

> 我是在听故事吗？我在思忖！
> 十九岁的我怎样才对得起这块大地……

这表明,残酷的现实斗争教育了这位追求客体感受力的年轻诗人,在"物我合一"中他已加强了爱国、爱真理的主体意识。这种意识是由对社会现实的激情感应与理性判断交融而成的。于是,他在创作的追求中,能让客体感受的超自我感兴进而为自我感知。这种知觉行为显然使主体在对诗歌世界作把握中,让理性成分悄悄儿渗透进去了。这以后,屠岸在现实的教育下革命意识渐次形成,抗战胜利前夕即投奔苏北抗日根据地,1946年加入共产党,第三次国内革命战争时期,他又在上海积极投入反饥饿、反内战的学生运动,逐步树立了以马克思主义的思想、观点、立场去看待世界,分析社会现象。于是,他在把握诗歌世界,积聚和发散客体感受力以构成诗歌文本中,知觉成分大为加浓,以致在生活感应中理性因素所起潜移默化的作用也颇显增强,而为他孜孜以求的客体感受力也起了微妙的变化:客体感受力在积聚、发散中,感兴情境型的文本构成在衰落,让位给了知觉意境型的文本构成。

有关这方面,我们还可从学理上作些探讨。客体感受及其力的积聚与发散说说简单,其实是一种相当复杂的现象。作为生存环境和对象世界,亦即所谓的客体。因为客体的刺激主体而能把主体心灵的储存激发起来,或者说唤醒了主体固有的某种意绪和与这意绪相联系着的习惯性联想,而这意绪及与其相应的联想即"格局"(或称"图式")。可以见出:"格局"原本是存在于主体心中的,如果刺激主体的某个客体能与"格局"相适应,那么二者得以

"同化"，主体在物我合一中也就会对客体产生新颖的感受。这种客体感受形成的过程，无疑体现了皮亚杰的"R⇌S"公式。这个公式的不断进行，也就会使主体感受之力得以强化。显然，客体感受力来自于能对主体起某方面刺激作用的客体与主体固有的意绪—联想"格局"之间那种不断寻求疏通以致在持续运动中渐趋"同化"的关系。由此可见客体感受力的发散有着三个要点：一、作为诗人要敏于发现能对主体迅捷起刺激作用的客体；二、要善于把这种特定刺激和主体固有的格局相适应；三、更须看到主客体只有在相适应中"同化"，才能有"物我合一"的感受出现。所以，这种感受力的发散过程，关键在"格局"。若和"格局"不合，客体感受力无以凝聚，诗人的主体也就难以把握到高境界的诗意感受。"格局"是主体固有的意绪—联想，如果作为"格局"的意绪—联想仅仅是浑漠的感觉兴趣，那就只能让文本的构成停留在情境品赏上；如果作为"格局"的意绪—联想是较明晰的感知意旨，那就能使文本构成进入意境体悟的层次。屠岸吕城时期的诗创作中，促成客体感受力的凝聚与发散的，显然出于前一种"格局"，所以其文本构成是感兴情境型的。但这以后就不同了，其"格局"既已有较多理性因素渗透在意绪—联想中，其文本构成也必然会转向感知意境型。

屠岸这一类诗大致写于1940年代中后期、1970年代末至1980年代末、1990年代末至新世纪初的这三个阶段中。综合一下这三个阶段的情况，可以见出每一阶段都贯穿着一个客体感受力的积聚与发散、感知意境的产生和文本的构成之间的递进系统，且可以让我们获得如下的一些印象。

这类诗的感知意境实来自于心象的客体与客体的心象之间的双向交流，欲抒之情则埋在这一场双向交流中，让接受者自己去体悟而求得。可见这是一种心灵综合感受力的体现。所谓心象的客体与客体的心象的双向交流，反映着屠岸所特有的一种意象和意象群的构筑策略。大致说他这时期的意象也是以如实具象构成为主的,但不像吕城时期那样全属如实,而只是为主而已。必须看到,这期间他的诗中还有为数不少以变形具象构成的意象,至于意象群则按或然的生态关系为主组合起来,故有意为之的成分时有所见,也不像吕城时期那样率性自然。这正表明屠岸这时期诗文本构成中客体感受力的积聚与发散有一定的理性分析、逻辑推延在起作用。有关这方面,他1940年代中后期的一批诗中已有相当成功的表现,那段人生经历无论是《梦幻曲》、《燎市者》、《夜憩》、《守待》,或者《自由获得者》、《光流与衢》、《插曲》、《归来者》,都是客体心象化和心象客体化互动形成、适度变形的如实意象群所构成,而内中尤以1945年9月他毅然投奔苏北革命根据地时获得的一股全新的客体感受力写成、以意象适度变形的构筑与组合来隐示现实生活与精神裂变的诗,感知意境的营造尤为成功。如《归来者》,抒写的是诗人投奔苏北根据地后正巧日本投降、抗战结束,而第三次国内革命战争即将开始之际,中国共产党决定立即派许多干部去上海以"加强地下工作",所以屠岸成了此次投奔的"失败者",也成了"从旷野归来"的一名"归来者",回到上海:"回到我旧时工作的门院,窗台。/但我也胜利了,因为我从未退却。"这"旷野"显然是个客体化的心象。在写到他"归来"后重又生活在旧日诗境中时,他这样抒叙:"门院里人来往,帘幕后彻夜灯明,/秘密的火种在弄堂的蛛网里传递。/旷野有宏伟的交响,这里却一片静,/但是酝酿着大厦在烈火中倾圮。"这里的"旷野"、"大厦在烈火中倾圮"则是心象化的客体。他还写道"我流浪,是为追求燃烧的本身",又说:"激情的烈焰把我烧成了灰烬,/青烟又重新凝聚我沉重的形体。"这些客体化的心象与心象化的客体双向交流的意象群,是变形客体的有意为之的组合,特别是"作为失败者"的抒情主人公,"踏着初冬的积雪"回到旧日的环境中时,他在抒尽对这旧环境的厌恶和追求真理的激情后这样高唱：

> 隆冬到临,我爱雪花的洁白,
> 但我想,只有火花能烧毁失败。

这是客体感受经心灵综合而获得的一次民主真理追求激情的升华,也是客体感受力在适量理性精神支配下对感知意境高格的营构。是的,只要民主真理追求激情永存,不能在自由的根据地生活和歌唱的"失败"又算得了什么,这样的"失败"是定会被真理追求的激情之火所"烧毁"!

新中国成立后,有近三十年的时间,屠岸没有好好写诗,这同极左文艺思潮泛滥成灾使诗人无法按自己的创作个性来抒情有重大关系。直到"四人帮"打倒后,他才重新拿起诗笔来。但三十年对一个人的生命来说是不算短的一段光阴,屠岸也已从一个小青年进入中年和老年的交接点上。随着人生阅历的丰富和认识视野的扩大,作为意绪—联想显示的主体"格局"也在进一步发生变化,理性成分加浓了,所以1970年代末期到1980年代末期这一段时间,他虽继续在诗创作中致力追求感知意境型文本,但客体感受力的积聚与发散中分析—演绎的功能也相应得到了加强,这使这一类文本的意象构筑比起上一阶段更显如实,意象间的组合也更见有意为之的不合理,却又井然有序,富有意绪—联想的推论性。譬如写于1986年的《狭弄》,写的是主体从一条"狭弄"中获得的客体感受。表达时先推出"狭弄"这一客体:"我常常梦见我走向一条路径——/那样狭窄,那样细长的小巷,/地上铺着尖尖的碎石,一棱棱,/在一线斜阳下泛起惨白的磷光。"作为客体的"狭弄"此处全是如实的意象表现。但接着的一节就显出布局的不寻常:"小路的一边是监狱,高墙陡立;/另一边是教堂,看得见钟楼和墓园。／我在夹弄中行走着,孤独而凄迷,／长长的甬道好像永远走不完。"把"狭弄"的一边置以"监狱"的意象,另一边置以"教堂"的意象,的确布局得不寻常,意象如此组合,有意为之就十分明显,这已经给人以一种新奇感,有了某种期待的诱惑。接着是这样表现:

> 猛地,囚徒的嚎叫搅拌着钟声,
> 撞击着黄昏给心灵带来的落寞,
> 我惊异,疑惧而止步,仔细倾听,
> 天使和撒旦翻了个,在半空拼搏。

这就有了客体感受的新鲜:让监狱中囚徒的嚎叫和教堂钟声搅拌在一起,作为一种客体对人的刺激所产生的感受,内含实系这世界乃狂躁的愤恨和宁静的和谐的交融,地狱与天堂的叠合,撒旦与天使的拼搏。而这条"泛起惨白的鳞光"的"狭弄"也就从如实转向了虚拟,成了我们这个善与恶共存的世界的缩影。所以诗篇结束处有了这样两行:"啊,童年时常去游荡的狭弄,／也是我永远挣脱不掉的噩梦!"这正是陌生的新奇——这一独特的客体感受自然而然提纯出来的意绪,能给人以警策的体悟。但所有这些靠的是受一定理性支配下完成的非常态意象组合,由于理性因素的加强,有意为之的这一场感知意境型文本构成,也就显出布局的秩序井然、意绪的提纯也显出非浑漠一片的特色。有类似这种追求的,我们还可以在《海的独语》《谢幕》《素馨花》等中见出,特别是《素馨花》,也是以有意为之的意象组合来构成文本的,更让人有陌生新奇的感受。由于客体化心象与心象化客体的双向交流显得更频繁,也就使文本的感知意境更具有意境的深度,据此而言,它比《狭弄》在文本构成上更胜一筹。可惜这期间的这类诗创作,也存在意象组合有意为之过度的情况,致使像《落英》等诗,感知意境不足而具象印证倒强了一些，影响诗艺水平。显然这是客体感受力的积聚不足、发散不力、没有新颖的发现所致。

　　这情况要到1990年代末、新世纪初屠岸的再一次创作高潮中才得以调整好。所谓"调整好"，标准就是：客体感受力须有适度的理性分析渗透，使物我合一的感受中有经验联想的诱导因素存在，从而强化感受力的发散功能，拓展感受对意象选择的范围和意象组合的幅图。屠岸对这"标准"的把握是自觉的，分寸感也强，因此，感知意境型文本构成也更见成熟了。作为毕生始终关注现实、为时代而歌唱的诗人，屠岸这场感知意境营构的成熟得益于他对现实生活的热切关注和对时代作歌唱的积极性。正是这两点使他在客体感受力的获得和发散上，能更合于诗美的质的规定性要求，或者说他已使"物我的合一"具现为自我投身时代、时代融为一体的精神境界。屠岸在《答〈未名诗人〉问》中曾就"诗要忠实于时代与生活"这个命题对"忠实于时代与生活同忠实于自己矛盾吗"的提问作了这样的回答："诗要忠实于时代与生活，首先是指诗不能脱离时代的精神，不能背离生活的真谛，要与人民同呼吸共命运。如果把这个问题理解为诗必须图解一个时期的政策，那就错了。"①这正是"格局"获得提高的功劳，促使屠岸的客体感受力的发散也进入了新的层次。于是，我们读到了《深圳组曲》这样的诗。这个组曲之一《上班族的脚步》这样写早晨深圳街头一景：

　　　　踏踏，踏踏，踏步……
　　　　踏着成片的光斑，
　　　　踏着成串的车铃和车笛
　　　　踏着早霞给街树的投影

---

　　① 收入本集第六卷。

踏着勇气和自信的马赛克

把犹疑的路障抛在身后

踏出一条新的丝绸之路

屠岸显然让自我与上班族奔去上班的"踏步"所及的客体对象合为一体了,并于此中不断地获得了新鲜的客体感受,奇妙的生活发现。他发现上班族的脚步是踏着"成片的光斑"的,"成串的车铃和车笛"的,"早霞给街树的投影"的,"勇气和自信的马赛克"的。这四个具象前两个是如实的客体化心象,后两个是虚拟的心象化客体,它们作为具有同一感兴功能的意象双向交流地组合,有一定成分的率性自然意味,却也有相当程度的或然(有意为之)意味,这才使诗人新鲜的客体感受面对奇妙的生活发现而强化了感受力,把客体感受推向了最后两行:"把犹疑的路障抛在身后 / 踏出一条新的丝绸之路",那是更显时代精神因而层次更高的境界。这样的诗因了意象及其组合如实与虚拟、感兴与感知的有机交融,而使文本构成中感知意境的营造有"境"的混成,而内中所埋的那一股由时代光明前景,社会上升气象激起的美好情思,也得到了贴切的提纯,真挚的抒发。

这里提到了感知意境中情思的提纯与抒发,也是屠岸这一类感知意境类文本构成的一个特点。吕城时期的诗,情思的提纯和进而作直接抒发的情况极少,甚至是没有的,纯是心灵化客体具象率性自然的呈示。值得指出:中国诗歌进入现代,要是还死守住旧诗传统,奉单纯的情思为宗,而这种情思又只靠意象及其组合体微妙的感兴喻示传达,这对于生活在现代人生境界中的诗人来说,是难以适应的,因为现代诗人的情思比起古典诗人来,毕竟要繁复、细密,渗透着较多理性因素,单靠意象感兴来传达是困难的,只有重视在意象组合体中适当插入直接抒情作诱导,或在关键处特别是结束处作必要的情思提纯,才能使读者在感知意境中"顺藤摸

瓜",挖掘出更多的抒情内涵。屠岸对此有自觉意识。上面论及
《上班族的脚步》最后两行的情思提纯与直接抒发,正显示了这种
艺术的自觉,这种自觉追求,使这个文本的主题因此而上了一个层
次。这里不妨再举一例。屠岸这些年多次出境出国访问、讲学,写
了不少行吟诗。1999年7月,他率中国作家协会诗人访问团访问
台湾,在高雄的爱河边两岸诗人聚会时,听了一位台湾诗人谈几年
前回大陆访问的经历,他有感而写了《爱河浪》一诗,动情地表现这
位诗人回故乡找老母:"老母已亡故,家室已荒芜 / 你只好装一瓮
故乡的泥土, / 带到台湾的家中,含着泪 / 叫儿孙把这土亲一亲,
摸一摸……"诗中"装一瓮故乡的泥土"回台湾显然是客体感受力
使屠岸对生活有了一次新的发现,在平静的叙述中纷至沓来的意
象悄没声息地流动至此,推出了一片富于悠远想象、深度情感魅力
的感知意境,但文本构成并不到此结束,而是继续写:"……你说这
就是先辈 / 就是根,就是永远的祖国!"这就是以直接抒情的办法
来对意境作提纯点化,而紧接着最后的一节这样写:

> 团圆梦使你止不住痛哭——
> 爱河浪上涨到沸腾的高度。

这是承上而来的直接抒情式点化后的推宕,以直接陈述式的意境
推宕完成了文本的抒情要求。应该说这样的文本构成是十分完
整、匀称而有机的,这里有一份屠岸的艺术功力在。不过,这种感
知意境的提纯与推宕,作为客体感受力的发散,还有着更重要的一
份功能,那就是使意象组合体从客体展现提升为具象隐喻。当然,
具象隐喻须有内在功能机制埋藏,这主要是两类:一、具象生态的
超常性;二、客体感知的含浑性。鉴于客体感受力的发散,促成心
象化的客体具象以意象组合体的形态构成文本,这意象组合体既

显示为生态的超常与感知的含浑,也就会使文本易造成意蕴展示的隐晦或似是而非、模棱两可得难以捉摸,这时以适当点化来"导流",可是一种合于艺术规律的必要措施,屠岸正是这样做的。导向隐喻旨意或者点明象征意图很有用。《夫天地者,万物之逆旅;光阴者,百代之过客》一诗的第一节是陈述如实具象发生的过程:"从外地归来 / 回到自己的家门 / 才发现/误带回了旅舍的钥匙 / 自己家门的钥匙 / 却已失落在异乡。"这是一场平常又平实的事件叙写。但为什么要对这样不起眼的如实客体作叙写呢?诗读至此使人有一种似是而非的新奇猜测,如果诗篇就到此,猜测会成悬案,新奇成隐晦莫解,屠岸没有驻足,而有了第二节:"不要沮丧 / 家本来是旅舍 / 而每个旅舍 / 都是 / 出窍灵魂的 / ——家宅",这是提点,能点明象征意图,但作为隐喻旨意深层次的挖掘是不够的,于是又有了第三节——只一行:

　　　　　我终于回家了

这是对第二节的推宕,又在推宕中进一步来作提点:人乃百代之过客,四海为家。这个"回家"双关分量极重,暗示的是宇宙意识中的家园。由此可见:在感知意境型文本的构成中,要使平凡的客体成为非凡的客体,平淡的陈述成为神秘的象征,提点和推宕中又作提点式直抒很有必要,屠岸这样做是相当成功的。

　　屠岸这时期的创作中,客体感受力由于渗透较多理性感知因素地发散,也就使具象的摄取比较如实,在心灵综合中意象构筑比较单纯,意象群的组合及与之应合的感知意境的营造也趋向明晰而不浑沌,而所有这些也决定了与之应合的文本构成也会更显外在的有序化。这种有序化具现为结构的合于起承转合的逻辑性严谨,语言的虚字(关联、转折词语)增加,而体式上也更会走上以均齐、匀称、复沓回旋的现代格律。于是,他更自觉地把形式追求引向一个洋诗体——十四行诗的写作上去。十四行诗的引入中国,不始于屠岸。屠岸曾在《汉语十四行体诗的诞生与发展——序〈中国十四行体诗选〉》①一文中说:"中国十四行体诗——或者叫作汉语十四行体诗——作为一个品种,同中国新诗几乎同步诞生。"当然,"这是一种从西方引进的具有严格格律规范的诗歌体裁",是"舶来品",不过已"变成地道的国产货"。对此屠岸有更深刻的认识:"它在中国土地上扎根以来,经历了七十多年的风风雨雨和甘露艳阳,已经与中国民族心理、文化传统、审美情趣熔铸在一起,成为现代中国诗苑里的一株奇葩。"这个认识其实具有屠岸自己实践经验的色彩。汉语十四行诗对西方十四行诗的"严格格律规范"的移植,具有奠基性意义的是冯至、唐湜和屠岸,而屠岸是这场移植中最显功力的,在中国化的探求中,无论质和量两方面都值得在借鉴西方这个命题下大加称颂。但必须看到这不是靠有意为之就能达到的,基点乃在于诗人自身的创作个性。屠岸追求客体感受力,而这阶段他这场追求凸现为和渗透较多理性于意绪—联想的"格局"相应合,以致导向对感知意境的营造,使文本构成中逻辑分析的加浓,正是这种种才迫使他非考虑让自己的诗创作纳入"严格格律规范"不可。在这些因素的作用下,他主要地采用圆美流转的结构,线性陈述嫁接点面感发的现代口语化意象语言和音组等时停逗与复沓回旋的体式相结合的新格律诗体,而特别移植了西方十四行诗体来写,我们且引十四行体诗《使者》来看看:

> 披一身红罗,撒几朵白花,
> 生命的芬芳,青春的光华,

---

① 收入本集第五卷。

放逐了一切冶艳和妖媚，
超越了端详和雍容华贵。

一头乌发，天然地闪亮；
眼中含笑，笑中含幻想。
轻盈而沉稳，沉稳却敏捷，
敏捷于周旋，与好梦纠结。

你端平，使你的事业崇高，
你永远不懂得鄙夷与骄傲；
你轻轻说一句春风满面，
顷刻间葱绿布满在心间。

复活的申江，再生的茜草，
殷勤的使者叩响了春晓。

这位"使者"以一个美丽而洋溢着青春朝气的女性呈现，其实是个虚拟形象，是对传递时代的春天已经来临这一信息的使者的象征，也是对带来生命的青春终于复苏这一信息的使者的隐喻。从诗体的角度看，这个文本可说是对立统一的构成体。结构上，第一节写"使者"的外在妆饰美，是"起"；第二节写"使者"的容颜风姿美，是"承"；第三节写"使者"的精神品性美，是向内的"转"；第四节写"使者"的生存价值美，是"合"。文本布局得合于逻辑推延原则，井然有序。但前两节表现的是如实的女性形象，第三节一转，使后两节游离了女性，形象的实体显出了模糊性，虚拟隐喻的意味重了——这是在结构上的对立统一。语言上，总体说是线性陈述的逻辑语言，大致上说，句子成分完整，合于语法规范，但有成分缺失、关联词语省略而使句子结构反语法规范、凸现意象跳跃的点面感发类隐喻语言嫁接,如第一节的第一、二行就是点面感发类隐喻语言对后二行线性陈述类语言的嫁接;第四节共两行,是隐喻语言与逻辑语言的共融——这是在语言上的对立统一。体式上,每行四顿,前三节每节四行,充分显示了句的顿数均齐,节的匀称,但第四节两行和前三节之间因不统一而失去了节的匀称,显出了规律中有变化的节奏旋律化性能——这是在体式上的对立统一。所有这些诗体上明晰有序的对立统一的构成,本身也正是客体感受力渗透一定理性因素后所作力的发散必然的后果。正是这些,使屠岸成了中国新格律体诗创作中最具代表性的人物之一。

三

值得注意如下这点:屠岸是一位心灵向世界开放的诗人。这是我们在前面已提及的。这种心灵开放性,使他的诗创作不以沉迷于感兴为满足,而总让这一代人所共具的认识世界的理性因素渗透进客体感受力的发散中。于是,他在特长的一段创作时期致力于感知意境型文本构成,且进而成了格律体新诗写作的代表性诗人。不过还须看到:这种心灵的开放性,也使屠岸并不满足于让心灵激情只附着于如实客体的意象来感发,相应地,也不能满足于诗体的逻辑规范,特别是格律的拘束。他所追求的客体感受力还具有突破习惯性如实感受客体、超越套路化诗境感发意境的策略,潜存着不断求变的另类心理素质。因此,继吕城时期的创作之后,屠岸还追求感知意境型文本构成。虽然1940年代中期以后的几个不同阶段,这种追求略有侧重面的不同,但让理性渗透客体感受而去作力的发散这一原则,始终是他诗文本构成的本色特征。但相随的也出现了一种灵觉幻境型文本构成。这是中国新诗坛少有的一道风景。1940年代,与致力于写《年轻的老者》、《四季》、《纸船》、《雨季》等感知意境型的诗相应,他还写了《梦幻曲》、《生命没有终结》、《舞姿的消失》、《石龟》、《矫健的节奏》、《灰镜的折射》等灵觉幻境型的诗;1970年代末至1980年代末,与他致力于写《狭弄》、《江流》、《野火》、《夜光》等的感知意境型的诗相应,还写了《列车》、《素馨花》、《断线》、《林涛》等的灵觉幻境型的诗。1990年代中期至新世纪初与致力于写《新都掠影》、《离合》、《刹那与永恒》、《点灯的人》、《上班族的脚步》等感知意境型的诗相应,他还写了《长列车》、《种菜》、《黑太阳从西天升起》、《江孩》、《水晶街的变迁》等灵觉幻境型的诗。

作为体现客体感受的一种,这里所说的灵觉,不同于直觉,后者系客体刺激主体感官所生绝无理性掺入因而浑沌一片、且局限于个别形象而无广泛联想展开的情绪性感受;也不同于知觉,后者是客体刺激主体感官所生、有一定理性掺入因而较明晰有序,且和生态环境相联系而有较广泛联想展开的情感性感受。灵觉是客体刺激主体心灵所生的、有一定的宇宙觉识——最高理性因素掺入,因而打乱现存秩序出现活跃的幻想和广泛的联想,能深入事物底层。所以灵觉是一种超时空神秘奥义的智悟性感受。诗性审美的灵觉活动也可以说是心灵综合现象,能导致客体感受的幻境化,诗人欲抒之情则是靠幻境的象征功能来隐示。由此说来,这种客体感受力的发散,会促成灵觉幻境型的文本构成。

屠岸始终没有丢弃对灵觉幻境型文本构成的追求,说明他心灵综合的资禀较高。以往我们大都关注他那些以十四行体写成的知觉意境型文本,忽略了这一类灵觉幻境型自由体诗篇。这一类诗,大致说有如下几类特色:

首先,这类诗篇有很强的精神性,是一场场生命内省式抒唱,并且一改屠岸古典式理性节制,情感显得相当激越。有关这方面，特别值得提出来的，是写于1940年代中后期的《生命没有终结》，写于1980年代的《列车》，写于1990年代的《长列车》《心荡》和写于新世纪的《小山，正向我走来》。他年轻时写的《生命没有终结》，对"生命"作了有关精神品格的内省。如果说"生命"是"一块烧红的铁"，在生活无情的铁锤下可锤炼成宝刀而"被饲以敌人的血"，锤炼成银锄而在泥土中磨尽青春，还只是对社会斗士的生命品格作了一段象征表现的内省，那么等宝刀老，银锄生锈，在遭到被遗忘的境遇而"重新进入熔铁的洪炉"，在烈焰熊熊中又变成了新的生命——这样一场意象的流动和象征思路的延伸，则已表明：诗人已从客体身上获得生命在新陈代谢中不断轮回的内省，一种灵觉感受。但这还不够，屠岸还进一步把生命的客体化为属于自我的"斗士的生命"，在新陈代谢中"让精魂潜入更年轻的心"，"在那里开出美丽的花朵"，而"倒在沟壑里"的自我的"躯体呢"？则就"给大地施肥"，"到了明年，便化成一片／黄金的谷穗"，到那时

> 临着秋风，我将掩不住
> 新生的婴儿的喜欢，
> 而不断地向新的世界
> 骄矜地颔首。

对这场以新陈代谢作为生命轮回表征的内省，显出屠岸所追求的客体感受力是在灵觉幻境中发散的，其对客体的感受具有层层递进的多层次性，能直达生命深处那个已隶属于宇宙律的奥义，而这场客体感受力层层递进的发散则显出了内蕴的情感相当激越，还须看到：灵觉幻境型文本在构成中，屠岸"古典的节制"也显然淡化了。写于1999年的《长列车》是对有关人生迟暮的生命内省。全

诗颇离奇,写"故乡"的"祭坛"火已燃起,祭礼即将开始,"我"为了把"神迹漫游图"作为"献给女神的贡礼"放到祭坛上去,就急急忙忙挤上"长列车",一心"要赶回去"。可是,当车开动,"我"发现放着这幅图的"行囊"不见了,而同行的"高僧"告知:他已把此行囊代为托运回故乡,但要四个月后才能到达,"我"焦急地说:"那时祭坛的火已经熄灭 / 一切,一切都迟了",而

> 长列车依然笨重地行驶着,
> 光滑的铁皮上,
> 高僧入定,
> 孩子们沉沉睡去,
> 带着我和幻灭
> 驶向无边的空漠……

这场颇具戏剧性的离奇表现,实是现实人生迟暮的精神性象征。这迟暮的现实人生作为客体,此处已心象化。可以看出:主体在这场心象化过程中已灵觉到:迟暮的现实人生置于宇宙生态算不了什么,因为生命在宇宙中的行走,总是宿命地"驶向无边的空漠"的。这里有对生命行迹超现实时空的内省,作为一种精神现象,这样的内省纵使显出了对生命行迹幻灭中的焦虑,焦虑中的无奈,却也获得了无奈中对宇宙本然律的把握。值得指出的是:这首诗是一场非常态人生的表现,故充满生命投入与焦虑的激越之情,也显然突破了屠岸对常态人生的客体感受和古典节制的冷艳抒情。

其次,屠岸这一类诗有着变形艺术的特征,具体显示为二:其一,意象构造的如实与组接的变形统一;其二,意象构造与组接的一齐变形。这是一种主观随意性的反映。先看第一种变形。它显

示为个别意象和个别意象组接的如实,合于生活实际,但诸多意象组接而形成的整体组合关系却失去了生活的实际样态而变形了。应该说这是客体感受力对客体的一次感受的深化。如《素馨花》,写一个"盲孩"蹲在街角凭第六知觉观察过路人时,一个小女孩走过来"留下一个轻轻的声响"和"阵阵散发的芳香"而又过去了,于是,盲孩"在灼手的阳光下 / 从街石上捡到了 / 一朵白色的素馨花"。这使他的第六感觉失灵,过路人也不存在了。到此为止,诸多意象及其组接,都还是合于外在生活与内在心理的实际的。但接下去,当"在灼人的阳光下 / 盲孩捧着素馨花 / 紧贴自己的胸脯"时,竟出现了奇景:

　　　　哦,花瓣在心口
　　　　像蜡一样熔化了

意象在这里已超出生存实际而变形;它和此前一系列如实意象的如实组接一搭上关系,整个意象组合体也就显出不合情理性,存在于如实似虚中的审美客体刺激接受者,其感受力就会对客体有深入底层、挖掘奥义的趋势,从而让接受者在灵觉幻境中把握到一点生命存的真谛:人与人须有大爱,而这"爱"也就成了生命体自身的一部分,在"灼人的阳光下",连第六知觉也无法把握到这个世界还存在着如此温馨美好的人生境界。再看第二种变形,即意象构造与相互组接全都失去了生态的如实。应该说这是客体感受力对客体的一次感受的穿透,作为一场变形艺术追求,达到的审美效果是客体感受智慧的升华。如《梦幻曲》,这是写得相当成功的一首诗,抒唱了一个时代青年的爱恋之情。本文塑造的客体对象是"你"、"我"以及二人之间的奇妙关系:"你"作为一个意象的呈现被写成:"银杏的落叶也只是无效地渴望着/在变成泥土馥郁的叹息前,再一次/仰吻你宛步的翩跹",这里是一场端丽之美的变形表现,但这还不够。"你"这个意象的变形表现还通过"你"和"我"的关系,从"我"的幻化的视觉中呈示,这就有来自于"你"的"土牢","圈住了我","圈住我的灵魂",不过这被囚的灵魂又"只要伸一下腰,就会展开洁白的巨翼"而"飞往自由的土疆":

> 呵! 彼方,一片朝雾熹微,
> 在嘶叫的马群的杂沓奔驰中,
> 猛然,跃起你矫壮的戎姿,
> 冲向寒栗的晨光,
> 疾掠过平野千里……

这是"我"的"灵魂"看到也即灵视到的远方的"你"的飒爽英姿——端丽的美,这是对客体的"你"作为意象的扩大了的变形表现,于是对"你"的感受力已穿透了"你"这个客体,也从女性端丽的美升华为一代爱国民主战士精神理想悲壮之美的表现了。但客体幻变成的意象还要作变形的流动,这就有了第三节:被囚的"我"本想问一问"你究竟用了哪一种温柔的钥匙 / 轻启了我深禁的心扉"时,"月影迷离"的"土牢里","我"那灵魂竟发现:"你早已从我心中窃去了,永远窃去了 / 我的缄默——可怜的尊严!"这当然是一个恋中人心理现实的变形表现,值得注意的是窃到哪儿去了呢?窃到"你"策马奔驰着的那个大时代疆场上去了。这一来,客体感受穿透了"你"及"我"对"你"追恋的整个儿客体,作了完全使客体变形的力的发散,而这场力的发散又反作用于主体对变形客体的感受,使之从男女之恋升华为全身心投入大时代的真理人生之恋。这一场从时代人生之美进而向时代人生之恋的推进,是屠岸的生命内省中精神品格更上一层次的体现,因为从对美的客观欣赏转为主观依附的生命行迹,正是灵的觉醒催化所致。所以这种变形艺术追求成了主观象征最为生动的反映,而灵性幻境型的文本也成了最相适应的构成形态。

再次,屠岸这一类诗是高度奇幻化的,具有意识流呈示的特性。其实生命内省式抒唱往往就会引向主体的意识流呈示,而变形艺术又会助长这种奇幻化,这二者可说是一脉相承的。但须指出:幻与奇不全属一回事,"奇"是名副其实的少见多怪,现实中可能有,或大多可能有,只不过我们少见而已,可凭经验联想把握。上引的诗《长列车》《素馨花》《梦幻曲》都止于奇。"幻"却是现实中不可能有的,要让心灵凭虚幻性想象向未知进发,《生命没有终结》就有一定的幻的成分。但"奇"和"幻"可以在陌生化的基础上结合起来,因此说屠岸这类诗奇幻化,实指它们给人很强烈的陌生感,即感受意识错乱的印象,而这和通过变形艺术作意识流呈示正相适应。当然,奇、幻的结合,也正是经验联想与虚幻想象的结合。因此,屠岸这一类奇幻化的诗,可以分为侧重于经验联想的奇幻和侧重于虚幻想象的奇幻。《追逐思想》是很可注意的。顾名思义,它表现的是思想者对刹那间掠过心头的新思想苦苦追踪求索的心理过程,对这种抽象意念的疾速运行,在诗中被表现得神奇莫测,依靠的是意象动态组合关系的奇幻。诗中有两个核心意象:"我"和"她"。"我"是主体思想者,"她"是掠过心头的新思想的意象象征体,所谓动态组合的奇幻,就具现在"我"在人流中追踪"她"的一场奇特表现中:下课铃响,"我"踏台阶下楼,发现"她"在另一条人流中往下浮,"我"想与"她"对话,合流,就加快速度下去,但一晃"她的流线型已消失",而"我必须追上她",就"腾空而起","腿如两支长桨/划着空气的柔波",又"身轻如燕子"般"飞升为一只云雀",见下面屋脊缩小,"街道和市区图在鸟瞰下/左一晃,右一晃",而"行人如蚁/山河似沙盘",这时"我"又成了"一朵白云",

"随着东风和西风／遨游太阳",追踪着"她":

> 然而
>
> 太阳里没有她的影子

在这里,"我"对"她"的追踪过程被表现得十分神奇,主体对一闪念间的新思想的求索,以"我"对"她"这种神奇的追踪来象征,有精神呈示的神奇,而追踪中"我"化为云雀"翱翔太空,化为白云,遨游太阳"这是幻。可见这首诗是在神奇的追踪中又插入了幻化的表现,这使他立足于奇,又让奇幻结合的色彩确是很浓。诗篇的最后说"太阳里没有她的影子",这同"我"的"遨游太阳"一结合,隐喻也就豁然开朗,思想闪光的心理境界也显得其味隽永了。《水晶街的变迁》则是侧重于"幻"的奇幻型表现。可以说这是个相当圆熟的意识流奇幻表现文本。诗篇中,由"水晶街"的幻变沿袭下来的是"水晶街—水晶海—水晶河"的意象系列,由"水晶电车"的幻变沿袭下来的是"水晶电车—水晶客轮—水晶船"的意象系列。我们不妨说前一个"水晶"意象系列是诗人对人生历程的象征,后一个"水晶"意象系列是他对自我的象征,这两个意象系列之所以全都"水晶"化组接起来,也许意味着这是一个透明纯净的灵魂对人生历程率真无邪的追求;"陶罐墙"与"陶罐堤"是原始的、中国传统固有的那种阻挡真理人生行程的恶势力。正是在这样一些隐示意象错综复杂的关系中,这个文本展开了奇幻的意象组合:水晶电车脱轨在水晶街,水晶街又被陶罐墙挤窄,以致电车的方向盘迷失方向而穿过陶罐穹隆向终点(人生的终点)驶去,而"电车"无法接受这样走尽人生行程的现实,说"我不去终点站",要"去中途岛",于是"水晶街"幻化成"海",一望无际,"开阔"了,"水晶电车"也幻化成"水晶客轮",但这是"正反两辆紧衔的水晶客轮",并且"绕过中途岛滑向终点港"，而"我"要"去始发点"，"不去终站港"。于是"海面皱缩、斜倾、翻转"而幻化成"水晶河"，"水晶客轮"也缩成"水晶船"，"倒影钻透陶罐堤"而在河上滑行，但是在握紧舵轮行驶中，终于又碰上更其骇人的一难：

> 在水晶旋涡的中央
> 水晶船顷刻倾覆

是否还会有绝处逢生的幻化呢？诗篇没有写下去，也够了。一个透明的灵魂这一场如此单纯的人生行程，碰上种种遭难都是可以预料的。我们感兴趣的是为意识流的呈示而展开的这场构思的奇，但这奇是建筑在神秘的幻境基础上的。

最后，屠岸这一类诗大多显示为创作原则的综合化倾向。屠岸在创作原则上是根据客体感受的不同特质而有所选择的。在作直觉情境型客体感受力的发散中，他由于受"古典的抑制"的影响对客体作本然显示以达到情境感兴的抒情效果，所以较偏重于古典现实主义；在作知觉意境型客体感受力的发散中，由于知觉理性较多渗透并对客体作逻辑安排，以达到意境品味的抒情效果，所以较偏重于现实主义向本体象征的暗转。现在，他在作灵觉幻境型客体感受力的发散中，由于受意识流式生命内省的支配和对客体错乱变形的组合，以达到幻境体悟的抒情效果，所以和前两类诗不同，显示出浪漫主义与象征主义有机结合的特色。我们前面已提及，屠岸的这类诗大多是充满激情的，且想象飞跃，可以说有很显明的浪漫主义色彩；这类诗的客体感受又大多是一场场生命内省，种种变形客体及错乱组合实是一批客体化的心象，因此文本也就成了典型的内发艺术的呈现。与此相呼应的是这类诗又总让人感到诗人以灵视的目光投向世界，要从看得见的对象世界的表层透视到底层深埋着的、属于宇宙生态的奥义,甚至穿透对象世界去发现一块神秘的、超现实时空的新天地,这是浪漫主义深化为新浪漫,是客体感受升华为象征主义的层次。《弥留》一诗极奇极幻,这好像是表现一个现实中的人——生命体在弥留时的幻觉,但其实不然,这里出现了种种变形客体——"从一条阴郁的滑道/向下,向下,向深渊/似乎永远没有尽头",再到冰川,破冰船,"小伙伴"驾驶着冲破坚冰,凝固的浪花和"小伙伴"像水涡样的笑靥"把我的宁静的呼吸/深深地,深深地/淹没在地心",等等,全是奇幻化的表现,这其实正显示着在浪漫主义激情支配下,以现实的"弥留"为渠道通向宇宙作生命永恒漫游。这可是象征主义的审美境界呈现。《黑太阳从西方升起》也许是罪恶时代一个正直人的灵魂追求一场向大地(人民)的依附而无望引起的骚乱心绪象征的体现,而在激情支配下一场抗争暴力压制所透示出来的,乃是无惧于"墙里外全埋在黑色雾中 / 未来战争在空间继续"的高昂气概,这又显出了浪漫精神的飞扬。我特别欣赏屠岸写于2008年的那首《小山,正向我走来》。谈这首诗,须和他此前两年写的《夜宿听涛楼》联系起来。《夜宿听涛楼》是一场心理戏剧,表达了诗人伤悼青春人生的易逝而又从生命的轮回中感受到"人生是个球",生活在"蝴蝶与我合而一"的"和谐的宇宙"中之可贵,于是对自我发出召唤:"奋斗而茁长!快——继续战斗。"全诗洋溢着一股精神生命获得轮转的激情。正是这个生命内省基调,使他在《小山,正向我走来》中作了一场生命之火生生不息的象征表现。这里的"小山"作为一个意象,可以说是在新陈代谢中永远年轻、美丽的宇宙生命体的缩影。不仅以"山"这个意象作宇宙生命体的缩影,且还赋予"山"以女性意味。诗人呼唤"绰约的小山/请你姗姗地走来",而当这个宇宙生命体"向我走来"时,诗人感到自己的"冥想插上翅膀"了,并且预期着青春情怀的归来:

我的心扉啊,因你而颤动;

　　我的灵魂啊,为你而徘徊;

循着你心路的窈窕石径,

　　登上望海亭,飞向云天外……

这个被诗人"永远在等待"着的"永远的小山",以女性形象的化身呈现,是有深意的。正如歌德在《浮士德》的最后所唱的:"永恒的女性,引导我前进!"屠岸显然想借此来象征自己生命自省中的一个核心课题:走向宇宙,物我合一,寻求生命永恒的家园!

屠岸在几十年的诗创作中孜孜以求的客体感受力,因进入了灵觉幻境,而使这股力有了更多的积聚,更大的发散。而这一类灵觉幻境型的自由体诗,确也就成了一贯以格律体新诗创作著称的屠岸,在诗歌生涯中一道特异风景。

结　　语

屠岸无疑是百年新诗坛值得珍视的优秀诗人。从他这几年所发表的诗作——特别是去年发表的《夜宿听涛楼》、《小山,正向我走来》看来,近八十六岁高龄的诗人,诗思不仅没有老化,反显示青春复苏的创作迹象,这是我们新诗坛的一个奇迹。因此,为他的诗歌事业做总结为时尚早。不过,他提出客体感受力这个主张,并身体力行,极显成功地体现在他自己的创作中,这一点今天来探讨是必要的,可说是当务之急。我认为屠岸这方面的追求对诗坛至少有如下几点启迪意义:一、客体感受力强调诗创作要从客体(生活)出发,以及主体对客体作投入(即物我合一)中获得感受,这对当前诗创作中脱离生活体验,唯内省玄思至上的风尚,能起矫枉的作用;二、客体感受力是由英国诗人济慈提出来的,屠岸是英语诗歌资深的翻译家,是济慈诗歌的权威汉译者,他研究了也提炼了济慈这一客体感受力的主张,并融会贯通在自己的创作实践中,这一实况也启示着:当今诗人须扩大自己的诗学视野,在借鉴西方中提高自己的诗学修养;三、屠岸利用域外资源所提倡的客体感受力,能和我们古典诗歌——特别是近体诗和小令创作独特的感受方式、文本构成策略等一系列实践经验结合起来,并予以完善化,这也启示我们:必须有继承与借鉴相结合的认识,必须有中西诗学汇通的追求,而这正是中国新诗走向现代化的必由之路。

2009 年 3 月 22 日晚脱稿于

杭州西子湖畔乌石山下

萱荫阁诗抄

第 一 辑

江山胜迹

登 碧 鸡 山

绝壁临苍波，
攀登上险坡。
龙门开玉阙，
鸟道入银河。
俯视阳春艳，
还愁鬼影多。
乌云难蔽日，
只待奋天戈！

1976年1月5日　昆明

龙　首　岩

峭壁名龙首，①
临崖千仞陡。
回听叠嶂松，
满目苍藤走。

1978年10月　庐山

---

① 龙首崖在庐山大天池侧门外数百米处。

过 烟 水 亭

烟水亭边怀帅才,①
周郎点将有高台。
甘棠湖水千年绿,
犹想雄姿照影来。

1978年10月22日　九江

---

① 烟水亭在九江市甘棠湖畔,传为三国时吴都督周瑜训练水师之点将台遗址。

宜　春　台

宜春台上宜春风，
秋色醉如春色浓。
秀水一湾环万户，
袁山双卧倚千峰。
芳华叠翠溶青霭，
朝气飞龙贯彩虹。
长忆袁州存会址，
欲寻伟迹步遗踪。①

1978年11月1日　江西宜春

---

① 1930年9月23日，红一方面军在总司令朱德、总政委毛泽东率领下，由长沙经
萍乡开进宜春，至10月4日离去。毛泽东同志在宜春召开会议，批判"左"倾
机会主义。参加会议的有彭德怀、李井泉等同志。此次会议在宜春开始，到
新余罗坊结束，史称袁州会议。

秀 江 三 首

桥　　头

秀江桥下秀江流，
水秀山明好个秋。
闻道宜春有八景，
秀江秀色冠袁州。①

灯　　火

清滢秀水映灯光，
夜气沁人如水凉。
秀水长怀昔日事，②
红星宛在水中央。

---

①　宜春县在江西省西部，旧称袁州府。
②　1930年3月，彭德怀将军率领的中国工农红军攻克宜春县城。

9

夕　照

化成岩上眺苍茫,^①
夕照霞明染秀江。
秀水半边成赤水,
当年碧血化红妆。

1978年11月　宜春

---

① 化成岩为秀江北岸之小山,为宜春名胜之一。

林则徐读书处[①]

水榭临池轩敞开，
青栏红柱绿泥苔。
一塘荷叶清风里，
犹送书声入耳来。

1978年11月7日　福州

---

① 林则徐读书处在福州市西湖荷亭。

厦 门 灯 火

远望厦门烟霭中，
水天一线紫云重。
夕阳陡坠光明灭，
夜气徐来色淡浓。
灯市镶空烁璎珞，
仙街腾浪巧玲珑。
北辰垂展铺天翼，
海峡东西一体同。

1978 年 11 月 16 日　青屿

秦陵兵马俑

项王一炬万年灰，
绝艺宏观去复回。
地下无声金鼓震，
祖龙兵马向谁来？

1982年5月24日　西安

蛤 蟆 石

天际长蹲蛤蟆山，①
双睛不眨瞰人寰。
帝王百代兴亡事，
尽在痴虫一笑间。

1983 年 7 月　承德

---

① 在棒槌山之东南方，有一山，状如大青蛙，人称蛤蟆石或蛤蟆山。

烟 雨 楼

何处飞来烟雨楼？①
南湖送爽北山秋。
踌躇君主千声笑，
潜入诗人一纸愁。

1983年7月 承德

---

① 避暑山庄内如意湖畔有烟雨楼,乃乾隆帝令仿五代吴越王钱元璙于浙江嘉兴
南湖所筑烟雨楼修建。

上　帝　阁

高楼疑是金山寺，①
仿佛此身临镇江。
碧水澄清风浪静，
门前笑立白娘娘。

1983 年 7 月　承德

---

① 避暑山庄内如意湖中有山石堆叠，乾隆帝命名"金山"，山上建筑布局仿江苏
镇江金山寺，其最高建筑物为上帝阁。

第 二 辑

杂 花 生 树

凤　凰　木

一树婆娑浓绿，
树冠巨伞堂皇。
万朵红花喷火，
何时跃出凤凰？

1978年11月　厦门

银　槐

长坡一带绿阴深，
紫雾飞金列戟森。
岩侧两行仪仗队，
俨然敬礼点头频。

1978 年 11 月　厦门

虎 皮 菊

涧边一朵虎皮菊，
掩石含情人未识。
容光烨烨色斑斓，
虎子羊羔铸性格。

1978年11月19日　厦门

含 羞 草

无言脉脉开双叶，
指触含羞双叶合。
世间无耻一何多，
人不如花徒叹息。

1978年11月　厦门

三 角 梅

叶绿叶红生一枝，
叶分两色自成之。
何来红叶如斯茂？
疑是花魂窥我诗。

1978 年 11 月　厦门坂头

花　叶　树

是花是叶是云裳?
亦叶亦花亦盛装。
一队红巾含笑立,
风来满院舞琳琅。

1978 年 11 月　厦门坂头

秋　　意

秋色来都邑，
清光入素帏。
杨枝金翠叠，
柳叶绿帘垂。
窗对经霜菊，
门依向日葵。
何时风雪紧，
卓立有寒梅。

1977 年 11 月 5 日

水　仙

一片晶莹质，
冬晨满室春。
粼粼清水冽，
熠熠日光温。
白玉灵台洁，
黄金志虑纯。
玻璃明剔透，
倚石自销魂。

1977 年 11 月 26 日

第 三 辑

青 春 奇 志

八 粒 油 砂

八粒油砂上鉴台,①
地宫深处大门开。
铁人探臂三千米,
牵出油龙气虎来。

1978年4月22日 河北省任邱油田

---

① 1975年5月,华北石油勘探二部三二六九钻井队地质技术员郭顺源同志在放大镜下,从四十八袋岩屑中发现了八粒油砂,打开了向地下三千米以下的古潜山找油的新领域,从而夺得了一个石油的矿藏。石油工人惯于把原油叫油龙,把天然气叫气老虎。

市　声

昔日红军路,①
今朝工业城。
交鸣钢电曲,
织入草鞋声。

1975 年 12 月 29 日　渡口市

---

① 1935 年 3 月红军长征途中从绞平渡(今绞车渡)抢渡金沙江,进抵会理。红军此处北上路线即在今渡口市之东不远处。

咏 石 答 赠

君自北疆归，
遗我江边石。
石色呈殷红，
如浸烈士血。

石质坚似钢，
石纹闪如铁。
恐乃烈士魂，
正气所凝结。

石身稳而沉，
可以镇书页。
何惧北风来，
吹乱经典籍。

石形方而棱，
桀骜而突兀。
龙江怒涛奔，
磨成此性格。

我怀边防兵，
魂梦绕其侧。
夜寐思悠悠，
再抚枕边石。

感君情意深，
遗我此珍物。
握石起心潮，
澎湃莫能抑！

1978 年 9 月 20 日

第 四 辑

蹉跎岁月

赠　　别

韶光何倏忽，
假满又新凉。①
知己来千里，
穷经聚一堂。
壮怀休惜别，
为国亟图强。
烽火连天末，
离樽永不忘。

1940年9月　上海

---

① 此处指暑假学习班。暑假结束，学习班结束。

北 戴 河 有 赠

偶为望海楼头客，
日日携雏沙岸行。
红瓦高低时隐现，
绿丛明灭递阴晴。
波光每逐霞光变，
山色长同水色凝。
更喜晚来挥素手，
筝鸣一曲海天青。

1963 年 8 月　北戴河

星　　眼（二首）

一

三十年前野草丛，
流星一笑别秋风。
灯前又见深情目，
不觉泪光坠夜空。

二

依稀篱畔别流星，
卅载秋风魂梦萦。
永忆临歧一莞尔，
夜空遥对泪清滢。

1978 年 6 月 12 日、15 日

海　悼

苍波三面至，
落日惊涛中。
瘦石从天降，
孤亭拔地空。
疏星摇碧落，
万木啸金风。
吾意悲难抑，
乾坤意亦同。

1963 年 8 月　北戴河

秋　风

秋风飒飒动窗轩，
案牍骋驰又一年。
信债未还心不定，
书迷获解睡方安。
纷纭岁月忙中逝，
大块文章写亦难。
万马齐喑昨日事，
老兵还得日加餐。

1977年10月

剑　　刃

剑刃跃长虹，
青娥敛黛峰。
永怀岩谷绣，
钦伫梦魂中。

1978 年 7 月 4 日

赠 长 女

十载奔波不羁身，
艰难磨炼出泥尘。
容光不为风霜改，
眼底犹盈水火情。
花烛休忘居不易，
素毫应写意难平。
从今奋展双飞翼，
搏向云天万里程。

1979 年 9 月 26 日

重访淡水路旧居

海上年华只梦游，
疾风暴雨浦江头。
而今又见云开日，
且觅青春上阁楼。

1978年深秋　上海

稚　　想

童年每忆踏青时，
最爱东坡洗砚池；
蘸墨空擎文笔塔，①
青天作纸写宏辞。

1982年2月19日

---

① 苏东坡洗砚池与太平寺文笔塔，均为常州名胜古迹。

桥　忆

迎春桥下水流长，
水上凄迷灯独光，
光影阑珊人影在，
笑颜仿佛泪盈眶。

1982 年 2 月 21 日

　　附记：余小学时代之老师余宗英先生家住常州迎春桥堍。余老师
邀我和其他学童于假日到她家做客之情景仿佛昨日之事，历历在目。
她总是慈祥地笑对她的学生。我又总觉得她看着我们时眼中含着泪。

清平乐·皱眉

眉头莫皱，
不过名声臭。
入得牛棚菩萨佑，
谁道豚肥人瘦？

看君三气横秋，①
怎生绝路回头？
宇宙恒为变革，
人间日月星球……

1970年7月21日，文化部干校，宝坻

---

① 三气，指怨气，晦气，泄气。

南乡子·起秧

赤脚下秧田，
正是东方欲曙天。
深谢老农亲指点，
心甜，
左右开弓直向前。

云拥绿秧边，
秧戏绿波云彩间。
战士辛勤迎旭日，
漪涟，
画出师生笑满颜。

1971年5月，团泊洼

忆 怀 来

怀来忆昔学农时，①
父老儿童皆我师。
北郭青山颁白首，
南湖银浪吐情思。
望中何惮霜来早，
枕上犹牵春到迟。
廿载峥嵘岁月过，
山花应已换新姿。

1979年7月29日

①　河北省怀来县土木乡为余1958年下放学农之地。

再 忆 怀 来

北疆山水画中诗，
人杰地灵信有之。
梨杏白云随辇走，
高粱野火顺风驰。
大娘知饿亲投果，
村女教耕自任师。
一别廿年人欲老，
几回梦绕绿杨枝。

1979 年 9 月 23 日

第 五 辑

风 雨 神 州

霜天晓角·周恩来总理八十诞辰

英雄本色，
万里风云急。
借问忠魂何处？
平畴尽，
河山碧。

九亿长相忆，
华诞逢今日。
久盼春回大地，
红旗竖，
雄碑侧。

1978年3月5日

谒　韶　山

梦魂几度到嵯峨，
今日亲临意若何？
万壑幽篁朝故宅，
一泓碧水接天河。
声声磬欬扬星际，
阵阵烟岚逐逝波。
回首丙辰九十月，
极悲极乐泪滂沱。

1977年3月17日　韶山

罪　人　行

乘车到济南，
车缓迫长桥。
但见人群拥，
少长集市郊。
我问为何事，
答曰斗凶枭。
罪人一少女，
稚气尚未消。
纳新方数月，
竟自犯律条。
深夜不成寐，
五内起狂飙。
文成讨奸檄，
怒斥张江姚。
痛悼周总理，
八亿血泪抛。
惜哉邓小平，
挽澜岂徒劳？
油印成传单，

泉城雪片飘。
阳春四月雪，
化为烈火燎。
省会惊地震，
头子尽咆哮。
警兵齐出动，
罪犯入笼牢。
现行反革命，
竟乃一垂髫！
下令分区斗，
人民心若焦。
污言拌飞沫，
力竭声嘶嚎。
不愧铮铮骨，
昂首不弯腰。
听者皆垂首，
心与彼相招。
我闻此消息，
肝肺如焚烧。
义举诚堪颂，
恶运实难逃。
愧我过半百，
勇气逊尔曹。
总理溘然逝，
重任孰与挑？
主席年已迈，
规律何从超？

痛哉天安门，
忍见舞山魈。
思入死胡同，
车已别长桥。

1976年4月27日初稿于济南，
1978年修改于北京

英雄山革命烈士纪念塔

城南四里山，
松柏郁葱葱。
白石盘磴道，
玉栏上顶峰。
山头矗高塔，
塔势何峥嵘。
领袖亲题字，
笔锋胜剑锋。
塔身高百丈，
独立傲苍穹。
镌刻凝流水，
金光射碧空。
巨碑披七彩，
四角挂长虹。
石级排迷雾，
天桥回烈风。
泰山南枕脉，
地势倚盘龙。
北俯济南市，

大城在眼中。
少年来塔下，
肃穆吊英雄。
伟烈典型在，
捐躯为大同。
妖魔挡通道，
人杰入冥宫。
国运薄如纸，
忧心只忡忡。
火山终爆发，
洪水必横冲。
仰看英雄塔，
巍然万姓崇。
塔巅镶宝石，
五角巨星红。
星乃英雄眼，
星明目不蒙。
明星示大路，
战斗期无穷。

1976年5月2日—8日　济南

野　　火

野火烧一隅，
野花开几朵。
烟销花满山，
瓣落遍山火。

乾 坤 初 转

天蝎金牛几度遮，
星移物换启仙槎。
乾坤初转三年艾，[①]
日月重光百处花。
梦里蓬瀛迓青鸟，
门前大路接红霞。
汗珠滚动银河浪，
闾阖云开亿万家。

1979年初春

----

① 《孟子》："犹七年之病，求三年之艾也。"

霜天晓角·雪尽

乾坤初转，
雪尽春宵暖。
迎得霞光千叠，
繁花绽，
未为晚。

辔揽抬望眼，
宝车行岂缓？
纵目挥鞭驰道，
从头越，
一身胆！

1979年春

登景山万春亭

秋来豪气满都城，
极目长空万里晴。
一顶飞金追白日，
千门点彩伴红旌。
险夷浪逐悲和喜，
反正花荫暗复明。
卅载崎岖磨胫骨，
迎风直上万春亭。

1979年9月　北京

附　录：

关于吟诵的通信

J.Q. 同志：

你问起我怎么会写起旧体诗来。你这一问，使我想起了许多往事。

窗前，灯下，我那慈祥却又严肃的母亲的眼睛在望着我……但深印在我的感官里的却是她的歌声。其实那不是歌唱，而是中国古典诗歌的吟诵。母亲给予我的一切之中，最使我的心灵震颤的，是她那抑扬顿挫、喜悦或忧伤、凄怆或激越的吟诵的音乐。

那是在 1934、1935 年，我读小学四五年级的时候。每晚，母亲教我读《古文观止》。她先是详解文章的内容，然后自己朗诵几遍，叫我跟着她诵读。她规定我读三十遍，我就不能只读二十九遍。我那时对于《郑伯克段于鄢》之类的文章，实在不感兴趣，要我诵读三十遍，就眼泪汪汪了。但是稍后，当教我读《滕王阁序》或者《为徐敬业讨武曌檄》的时候，我就不感到那么枯燥了，原因是：我仿佛从这类文章中听到了音乐，而这音乐是母亲的示范朗诵给予我的。母亲的朗诵严肃而又自然，她朗诵时从不摇头晃脑或者把尾音拖得特别长。我愿意按照母亲教的调子去完成诵读若干遍的任务。我好像是在唱歌，对文章的内容则"不求甚解"，只是觉得能够从朗诵中得到乐趣。

先是诵读文章，后来就是吟诵诗歌。不久，母亲教我读《唐诗三百首》和《唐诗评注读本》。从张九龄的《感遇》开始，一首一首地教。我听到了母亲对诗的吟诵，这真是一种更加动人的音乐！她是按照她的老师教的调子吟的。吟起来，抑扬有序，疾徐有致，都按一定的法度。而字的发音则按家乡常州的读音——应该说是家乡读书人读书时的发音，有极少数字与口语发音不同。母亲要我按照她的调子吟诵唐诗，并且要达到背熟的程度。对母亲的这个要求，我很乐意地接受了。吟唐诗，对我来说就像唱山歌一样。

抗战爆发，举家逃难，辗转流离，于1938年初到达"孤岛"上海，寄居在亲戚家中。1938年秋天，我生了一场大病：伤寒症。在高烧的昏迷过去之后，我第一眼看到的是母亲的充满至爱和焦虑的眼睛。她日夜守候在我的身边。后来我身体略有恢复，她的心情也稍为放松一点，伴随着她眼睛中宽慰的神态而来的，是从她口中缓缓流出的音乐。她吟诵唐诗和宋词给我听，用这来驱遣病魔带给她的儿子的烦躁和郁闷。她吟诵着李白、杜甫、白居易、李商隐等许多诗人的诗篇，仿佛一个戏曲演员能掌握多少段唱词一样。她的吟诵把我带回到了童年时代，也带到了一个深广的诗的世界。

我清楚地记得，母亲吟诵杜甫的《春望》，"国破山河在，城春草木深……"这样的诗句怎样地流进了我的心田，怎样地冲激着我的心胸。杜甫的家国之痛同当时抗日战争的时代情绪紧紧地联结在一起。由于我们一家的遭遇，这首诗更引起了我们的共鸣。而这种共鸣，如果没有母亲的吟诵音乐作媒介，那是难以达到的。

后来，杜甫的许多律诗和绝句，李白的《将进酒》，白居易的《琵琶行》《长恨歌》等等，我都能烂熟于心，流畅地背出来。这些诗我不是自己读熟而是听熟的。直到今天，有时候我心中默吟这些诗篇，同时脑子里就浮现出母亲的形象。薄暮，窗帘前，出现了母亲的"剪影"；或者黄昏，灯下，展现了正在做针线的母亲的侧面；这时候，我清晰地听到从她口中流出的一句句唐诗……当她吟诵的时候，她自己沉浸到那些诗的意境中去了，仿佛进入了一种惝恍迷离或者激昂慷慨的忘我的状态。而当时的我也自然地被她这种精神状态所深深感染。

我至今都感到奇异的是,尽管那吟诵调是一种大体有规定格式的谱子,但不同的诗都可以填进去,不同的诗里的不同的思想感情都可以通过这种格式表达出来。这使我想起了传统戏曲的各种"调"或"板"。各种"调"或"板"都有它所善于表达的某种感情。但同样的"调"或"板"也往往可以表达不同唱词中不同的感情。演员在演唱时虽用同一种"调"或"板",却能够体现出不同的感情色彩。母亲吟诗,对于七律、七绝、五律、五绝、七古、五古,都能吟出不同的调,而总的风格则又是统一的。她吟七律,用一种调,但对不同的诗篇能作出不同的处理,对不同诗篇中的字、词、句,她能根据内容的需要而在吟的时候作出自然的调整。我记得母亲吟杜甫的《蜀相》和吟同是杜甫的《闻官军收河南河北》,其声调、情绪和节奏各异,因而在聆听者的我的心上所产生的感情的回响也是各不相同的。

吟诗和吟词又不完全一样。我的母亲也极爱吟词。不同的词牌有不同的调。本来词跟音乐有着极为密切的关系,词原是配乐的,只是后来逐渐与音乐分离了,成为诗的别一体裁。母亲吟词当然不可能是根据古代词的乐谱。然而她吟词表现出了词在音乐上的丰富、多变化。我至今记得母亲吟诵李后主的《浪淘沙》、《虞美人》,或岳飞的《满江红》的情景。她吟词较之于吟诗似乎更接近于歌唱。而李后主的"不堪回首"和岳飞的"壮怀激烈"这两种完全不同的感情,都能通过吟诵淋漓尽致地表达出来。母亲吟词时那婉转、深沉而又富于情绪的变化的歌唱,往往使听者的我思潮澎湃,或心痛神迷,有时至于泣下而不自觉。我在少年时代从母亲的吟诵中所感受到的心灵的震颤,直到今天,还常常能够在我的心中再现。每当我沉浸到对母亲那亲切的嗓音的回忆中去之后,我就能逐渐地直至完全地重新进入当时的情绪和气氛之中，甚至达到心灵的某种微妙的痛楚。呵，这难道就是文学和音乐的魅力吗？而这种魅力则是同母亲对我的深沉的母爱不可分割地联结或融合在一起了。啊，诗，母亲！诗是哺育我的母亲，而母亲是我心中的诗啊！

J.Q. 同志，请原谅我不厌其烦地跟你谈了这些，还没有接触到你提出的问题。好，现在让我来回答你的问题吧。

就在1938年秋天我大病初愈的时候，在母亲的吟诵音乐的感召下，我开始偷偷地做起诗来。那是一种极为艰苦而又有乐趣的劳作或游戏。要把胸中激发出来的思想或情绪用诗句表达出来，要把一个一个字连缀成句，要照顾到平仄，韵脚，句式，对仗等等，这对于一个不满十五岁的孩子来说是极难的。但是我苦中作乐，乐而不倦。苦与乐都与心中的默默吟诵紧相联系。绝大部分尝试都失败了。但当时我还是把这些习作记在纸片上。我不敢拿给母亲看，怕她责备我"不务正业"——大病已经把我初中三年级的功课误得太多了，病好了，母亲正在督促我补习几何和英文。但是，这些纸片不知怎地有一天竟被母亲发现了。出于我意外的是，她不但没有责备我，反而仔细审阅了我的那些习作。然后，她对我狡狯地笑笑——那是母亲对儿子的狡狯的笑。这一笑容，我至今记忆犹新，那意思是说：你的秘密，我已窥见了！我惶惑，窘迫，但心头又掠过一丝甜意。接着，母亲向我一一指出了这些习作在构思、立意、炼字、炼句、平仄、韵脚、对仗等方面的缺点和错误。她还拿起笔来，认真地作了批改。这给了我极大的鼓励。我的爱胡乱做诗的习惯，就是从这时候开始养成的。

新中国成立后，五十年代初，我被组织上从上海调到北京工作。在整个五十年代，我没有写旧体诗。直到六十年代初，我才又写起来。在六十年代和七十年代里，我每有新作，都要寄到定居在苏州的母亲那里,去向她汇报,向她请教,这成了母子之间思想感情交流的一种方式。1962年,我患肺结核病转趋严重,医生建议我到南方疗养一个时期。我暂时离开北京的家,在中秋节的那一天,回到了鬓发苍苍的母亲身边。这时我已三十八岁,母亲已六十八岁了。但在母亲的眼睛里,儿子永远是孩子。第二天一早,母亲兴奋地对我说:"昨天夜里我写了一首五律!"她即时吟诵起来:

> 今夜窗前月,
> 婵娟倍觉亲。
> 姣儿千里至,
> 阿母万般情。
> 笑语天香过,
> 倾怀玉藕心。
> 遥知京国远,
> 两地月同明。①

　　她的吟诵充满了真挚的感情,尤其当她吟额联和颈联的时候,我感到从她的嗓音中放射出了一种特异的感情色彩。这次她不是吟古人的诗而是吟她自己的诗。她以母子重逢为题写了这首诗,又亲口吟给儿子听。这就使这次吟诵在我的听觉感受上大有异于她过去的吟诵。她这次吟诵的嗓音好似烙印一般深深地印在我的脑海里。在苏州我住了一个月,同母亲谈得最多的自然仍然是诗。这之前,之后,多少年来,母亲和我一直把各自做的诗、填的词寄给对方看,互相提意见。这样的书函往来,一直延续到1975年

---

① 　母亲写诗不严格按照平水韵。此诗以八庚、十真、十二侵通押。常州音"亲"、"情"、"心"、"明"等字是同一个韵母:in。

母亲在西安病逝为止。

J.Q.同志，现在你可以知道，我在回答你的问题之前，为什么要给你讲述开头的那一大段回忆来了。有一件事，我至今感到奇怪。我能说普通话，我的普通话发音基本上是合乎标准的。我也能用大体上合格的北京语音朗诵诗或文章。但如果是读古典诗词，则必须用母亲教给我的吟诵调来吟诵，否则我就不能够"进入角色"，作品也难以引起我心灵的回响。事实上，我任何时候阅读古诗，虽然不出声，心里却在默吟——用母亲的吟诵调。我创作自己的诗（旧体）的时候，不是先写，而是先在心中默吟，不断地吟和不断地改，直到完篇，这也许就是所谓诗是"吟出来的"吧。这样吟，能调整平仄，排除不合格律的字，选用合于格律而又能表达一定情韵的字。这种筛选是在听觉的感受中完成的（尽管是默吟），所以进行得较为自然。吟毕，再用笔移写到纸上。当然，写出来之后也会一改再改。在修改过程中，默吟仍然在起作用。而初稿则是腹稿，它是首先在默吟中诞生的。

如果做诗而不在心中默吟，在我个人的习惯是通不过的。如果做诗而用北京语音默诵，那在我必将产生抵触，原因之一（或者说主要的原因）是入声字的一部分在北京语音里进入了平声。然而入声字的急促如击鼓般的发音已经深印在我脑子里，因此我做诗用到某些入声字的时候会自然地排斥它们按北京语音的平声发音。不过有时候我也做一点"发明"。那就是当我教我的女儿吟诵古典诗词的时候，我教她以她祖母的吟诵调，但吐字则换作北京音——不过有一点保留，就是入声字一律仍读入声。

我国的汉语经过近千年的发展，已经形成了汉民族的共同语，这就是以北京语音为标准音、以北方话为基础方言、以典范的现代白话文著作为语法规范的普通话。它应当成为全国人民共同学习和运用的规范化语言，这是历史发展的必然。但是，北京语音中没有入声。在诗词的吟诵中,缺少入声就好像一曲交响乐缺少了某种有鲜明特色的音响,好像一幅油画缺少了某种有强烈效果的色彩。这样,我感到某种欠缺。

J.Q.同志,写到这里,我耳朵边仿佛又响起了母亲吟诵诗词的嗓音。我听到入声字使她的吟诵增强了节奏感,音乐感,色彩感。"今夜窗前月,婵娟倍觉亲……"那"月"字,那"觉"字,多么铿锵,同时又多么婉转。有了入声,吟诵就更丰满,更富于变化,若江流,时起时伏,如溪水,或急或缓,而避免了平板和单调。我这被母亲的吟诵调训练过的听觉告诉我:北京语音丧失入声是汉语音乐感的一种削弱,尽管我认为北京语音具有其他方言所没有的音乐美。这是可惋惜的。——然而,这也许是谬论。我对汉语语音学一窍不通,所以完全可能说错话。你姑妄听之吧。

以上算是对你的问题的回答。我说的又可能已经离题万里。晚安!

屠 岸

1983年6月11日

关于诗韵的通信

Z.H. 同志：

上星期日你应邀来我家对我的旧体诗和词提意见,满足了我的愿望,使我获益匪浅,我向你致谢!

对于我的老爱用邻韵,你有不同看法。对此,我想跟你再商讨一番。

我过去看见有人不按平仄,不问格律,不讲句法,只按句数、字数和韵脚填词,却冠上词牌名,称这是《沁园春》,那是《清平乐》等,心中颇不以为然。而我自己也并不按照平水韵写旧体诗,不严格按照《词林正韵》填词,岂非五十步笑百步!然而,我还有话要说一说。如果说得不对,请你批评指正。

写诗填词,必须严格平仄,这一点一定要做到。就诗而论,在一定条件下的"一三五不论",可以。"孤平"为诗家大忌,应尽量避免,但个别似亦可通融。郭沫若同志的《雨中游碧石》(五律)第二句"汕头一望中"(仄平仄仄平)即属"孤平",似亦无碍。我因工力不够,常犯此病,经努力,有的改了。亦有难改的。如我的《花叶树》(七绝)第二句"亦叶亦花亦盛装"(仄仄仄平仄仄平)即"孤平"病句。为了显示花叶树的特点和形象,我在这句中连用三个"亦"字。这样,句中第三字"亦"(仄)无法改为平声字,第五字"亦"也不能改为平声字以"自救"。只得任之。——至于韵脚,则我认为既然时代已前进,读音已变化,只要今天听起来是押韵的,就不必拘泥于古人修订的韵书。(词韵把诗韵作了调整,有的数韵合为一部,有的一韵分列二部,这是进步,值得借鉴。)而平水韵中有的不同韵字今天听起来完全押韵,如一东与二冬,如三江与七阳,如二萧、三肴与四豪,等等,则完全可以通押;有的同韵字今天听起来已并不押韵,如果用来押韵,倒未见得好,比如四支中的"支"、"奇"等已不甚押,尚可通融,"垂"则相去更远,至于"涯"(同时属佳、麻,则是合适的)也列入四支,更是风马牛,实属怪事——当时不怪,今天读音变了即觉得怪了。所以我自己写诗,对"支"与"涯"这类字一般都不用来押韵,尽管按平水韵是合格的。十三元等韵中也有类此情况。总之,我自己的原则是:时代变了,读音变了,用韵也可以相应地作一些变更,——尽管是写旧体诗,不是写新诗。我想到,即使李杜做诗,虽宗诗骚,也并不以周韵楚音为依归。袁牧的话可以参考:"偶见坊间俗韵,有以'真元'通'庚青'者,意颇非之。及读《三百篇》,爽然若失";"无怪老杜与某曹长诗,'末'字韵旁通者六,东坡与季长诗'汁'字韵旁通者七";"刘长卿《登恩禅寺》五律,'东'韵也,而用'松'字。杜少陵《崔氏东山草堂》七律,'真'韵也,而用'芹'字。苏颋《出塞》五律,'微'韵也,而用'麾'字。……李义山属对最工,而押韵颇宽,如'东、冬''萧、肴'之类,律诗中竟时时通用。唐人不以为嫌也"。(《随园诗话》上册406、407页,人民文学出版社1982年版)李渔的话亦可参考:"以古韵读古诗,稍有不协,即叶而就之者,以其诗之既成,不能起古人而请易,不得不肖古人之吻以读之,非得已也。使古人至今而在,则其为声也,亦必同于今人之口。吾知所为之诗,必尽如'关关雎鸠,在河之洲,窈窕淑女,君子好逑'数韵合一之诗;必不复作緆兮绤兮,凄其以风,我思古人,实合我心'之诗,使人叶'风'为'孚金反'之音,以就'心'矣;必不复作'鹑之奔奔,鹊之疆疆,人之无良,我以为兄'之诗,使人叶'兄'为'虚王反'之音,以就'疆'矣。我既生于今时而为今人,何不学关雎悦耳之诗,而必强效绿衣鹑奔之为韵,以聱天下之牙而并逆其耳乎?"(李渔《诗韵序》,转引自《朱光潜美学文集》第二卷177、178页,上海文艺出版社1982年版)那么,在这个问题上,咱们也来一点灵活性如何?——不过话又说回来,如果今人中有严格按平水韵写出好诗来的,我也当然尊重。人各有志,这是不能勉强的。

我还查了一下几位现代和当代诗人的诗作:

毛泽东同志的七律《长征》中十四寒和十五删通押;七律《人民解放军占领南京》中三江和七阳通押;七律《答友人》中四支和五微通押;七律《冬云》中五微和四支通押;七律《和柳亚子先生》中七阳和三江通押。

鲁迅先生的《无题》(惯于长夜过春时)(七律)中四支和五微通押;《无题》(大野多钩棘)(五律)中十二文和十二侵通押;《赠日本友人》(春江好景依然在)(七绝)中八庚和十一真通押;《送O.E.君携兰归国》(椒焚桂折佳人老)(七绝)中十二侵和十一真通押;《哀范君三章》第一首(五律)中一东和二冬通押。

郭沫若同志的诗用邻韵的更多。这里仅举三例:《海南岛西路纪行三首》之一的《莺歌海》(七律)中十三元、十五删和一先通押;《题海口东坡祠》(七律)中十五删、十三元和十四寒通押;《看〈孙悟空三打白骨精〉》(七律)也是三韵通押:二萧、三肴、四豪。至于郭诗通押二韵的则更多,不能列举了。

赵朴初同志发表的词多,诗少。他用韵是较为严格的,诗用平水韵。但他也有用邻韵的,如《缅甸蒲甘壁画展览》(七律),通押了十三覃和十四寒。

除毛泽东的诗每首都写明为或七律或七绝(大概因为词都写明词牌名,目录上要统一格式吧?)外,鲁、郭、赵的诗都没有写明为律绝。然按其句数、对仗、平仄、韵脚,以上所举例自为律绝无疑。

对于毛、鲁、郭、赵的用邻韵写诗,我不反对,而且赞成。我觉得在这个问题上,思想要解放一些。

　　但有的同志主张今人写旧体诗的律绝在平仄的运用上可以今天的普通话——北京语音为准，即：以北京音的第一声（阴平：－）和第二声（阳平：′）为平，以北京音的第三声（上：ˇ）和第四声（去：＼）为仄；按这样的平仄的区分来写律绝。这里没有入声。问题即出在入声上。入声字在北京语音中已化入阴平、阳平、上和去四声之中。（在某些地区的方言中，入声字也有变为平声的，如郑州方言，入声字大部分变为阴平，少部分变为阳平。）化为上、去的入声字仍为仄，无碍。但如果化入阴平、阳平中的入声字（如"出"——入声变为阴平，"习"——入声变为阳平，等等）都必须作为平声字，不准作为仄声字进入律绝，则似不甚适宜。当然，有此主张者尽可实践其主张，对其实践，我亦尊重。这对于北京人以及在方言中没有入声字的人来说在听觉上是没有妨碍的。然而对许多地区在方言中保留入声的人来说，这样写成的旧体诗读起来在听觉上将产生不和谐感，所以我不按这种主张来写。我自己在旧体诗格律问题上思想解放是有限度的，也就是说，在入声字问题上我仍属"保守"。——旧体诗的韵律问题涉及古今语音变迁等，总之，是个复杂的问题。各种主张均可付诸实践，通过实践，让读者去检验和选择。不知你以为对否？

　　我甚至想：既然今天仍有人喜欢写旧体诗，也有读者，那么不妨编一本《现代旧体诗韵》，将平水韵重新加以整理，吸收《词林正韵》的将平水韵有合有分的经验，按今天的语音（普通话）重新分类汇编（可参照商务印书馆1950年出版的《增注中华新韵》和上海古籍出版社1978年据中华书局上海编辑所1965年版修订重版的《诗韵新编》新一版）；但入声字则以全部仍归仄类立户为好，不宜将其一部分按北京语音而列于平声字之中。这样做对今天的多数旧体诗作者会带来方便。但，我这想法也可能是荒谬的。

　　为此,我不想把我诗中用邻韵的地方都改了。你能谅解吗?

　　尤有甚者,我那首《谒红岩村八路军办事处纪念馆周恩来同志卧室》中将"冬"和"冰"相押,则已不是用邻韵的问题,而是用了十三辙了。按十三辙,只要是–ng,则–ong与–eng、–ing都属庚东(中东)辙,都可相押。这里"冬"(dōng)与"冰"(bīng)恰恰符合十三辙的规则,即同属庚东辙。我原想改一下,但想来想去也没有想出好字眼,只得任之。我想到毛泽东同志的词《清平乐·会昌》,其下阙用"峰"、"溟"、"葱"三字押韵。按"峰"(二冬)与"葱"(一东)已合并于词韵第一部,是可以通押的,然而"溟"(九青)属词韵第十一部,按律不得通押。而"峰"(fēng)、"葱"(cōng)、"溟"(míng)据十三辙倒均属庚东(中东)辙,用这三个字押韵是完全合辙的。既然前人填词可以破格,那么我这首《谒红岩村八路军办事处纪念馆周恩来同志卧室》仍算作七绝,却是破格的七绝,不知是否可以?当然,此种破格,我意只可偶一为之,不能作为一条规则定下来。或者,这首诗不算七绝,就算七言四句,亦无不可?

　　我是江苏人。江浙口音中–n和–ng不分,例如"音"(yīn)和"英"(yīng)不分,"深"(shēn)和"声"(shēng)不分,"亲"(qīn)和"青"(qīng)不分……。我自己写诗,此类字是通押的。而十三辙则把–in、–en和–ing、–eng分开,分属人勤(人辰)辙和庚东(中东)辙,不能相混。十三辙把–ong和–eng、–ing列入一辙,例如"青"(qīng)和"穷"(qióng),"应"(yīng)和"庸"(yōng)都属庚东辙。有人主张人勤辙与庚东辙通押,那是有条件的,即只限于–in、–en与–ing、–eng之间可以通押,这与我自己写诗用韵的原则一致。至于让江浙音和十三辙联姻,即让–in、–en和–ong也押上韵,例如"音"和"庸"相押,"亲"和"穷"相押,再不论声母,让"音"和"穷"也相押,"深"和"公"也相押,诸如此类,可不可以呢？我的意见是：不可。

诗歌音韵是个极其复杂的问题，它涉及古音和今音，北音和南音（普通话和方言），传统和发展等许多问题。我对音韵学毫无研究，提出上面的一些看法，只是想同你商量和探讨。不至贻笑大方，就幸甚了。

谢谢你的三件礼物：荣宝斋的《袖珍诗韵》，龙榆生编撰的《唐宋词格律》，"老人笔"。"文革"前我有线装本《诗韵合璧》——这是我的老母亲在苏州旧书铺里为我购得的；我还有《白香词谱》。这两本书都在"浩劫"中消灭了。所以你赠我那两本书，真是太好了！谢谢，谢谢！至于"老人笔"，我一定遵嘱等十年后再用它书写，我感谢你对我的良好祝愿！

信已写得太长了，就此带住。

晚安！

屠　岸

1983 年 5 月 29 日夜

昨夜写完此信，今日要发，重读一遍，觉得还有话要说。除入声字外，按今日普通话字音分平仄，这是我写诗的原则。但有些字，古时亦平亦仄，如"看"（看见，观看之看，非看守之看），"过"，"忘"，"望"，"胜"等，在平水韵中原属"两栖"类。今日这些字只读仄声了，却不必拘泥于今日北京音而只作为仄。毛泽东有句："巡天遥看一千河"，其中"看"字作仄。但他另有句："今朝更好看"，此处"看"却作平。此种用法，完全合乎平水韵的规定。但从另一角度看，这也可以说是一种不拘泥的态度，即不拘泥于今音，将"看"只作为仄声用。另一种字是古时亦仄亦平，在平水韵中也是"两栖"类，而今日只读平声，如"听"（听见，听觉之听）即是。此种字我认为亦不必拘泥于只按今音作为平，而是可以继续让它"两栖"下去。我的这一主张,似乎又有点"复古"的味道了。其实我的意思只是:立了一条原则之后,实行起来又不要太严太死,而是可以宽些活些。未知尊意如何?

岸　又及

5 月 30 日

后　　记

　　由于友人的敦促,我编选了这本旧体诗和词的集子,题名《萱荫阁诗钞》。

　　人贵有自知之明。我的母亲在她的暮年曾指出我的诗"工力不够"。我在大学里学的是铁道管理,我没有系统地学过中国文学。我对中国古典文学虽有爱好,但读书甚少,更无研究。至于写诗填词,那是业余爱好,不能登大雅之堂的。而且,在业余爱好中,我也把写新诗和翻译介绍外国诗放在写旧体诗之上。——当然,业余爱好不是消遣的同义语。诗如果不与人民的愿望和人民的美学要求相结合,那只能成为无用之物。

　　1982年7月,在烟台海滨,老诗人兼中国古典文学研究家陈迩冬同志看了我写的几首七律和七绝。他称赞我的那首《登悬空寺》。我说,我是写新诗的,写旧体诗缺乏工力;读我的旧体诗,一眼就可以看出幼稚、浅露和平淡来。迩冬同志说,现在正是要看写新诗的诗人写的旧体诗。写旧体诗不要使人感到是古人写的,要使人感到是今人写的。要会写新诗才能写旧诗。这样,写出来的旧体才无陈腐气。又说:"你的旧体好在有新气。"7月17日,在从烟台回北京的火车上,迩冬同志又和我谈起诗来。我说,"我的诗总显得嫩。"他说,不是嫩,是生。写新诗的人写旧体往往生。熟不好,熟不如生。熟易流于俗。我说,是否可以说,要熟而不俗,生而不嫩?

后来我仔细吟味迩冬同志的话,觉得他说的生与熟的关系是有道理的。但他对我的诗的评价,我明白,那是对我这个后进的鼓励。我感谢他。然而我仍然认为自己的作品与幼稚、浅露和平淡分不开。

当然我也不否认我在这些作品中倾注了真诚。这些诗词里,有我的喜悦、悲哀、愤怒、欢乐,有我的怀念和期望,摒弃和珍视,挽歌和颂歌,有伟大时代的洪流在我的胸膛里激起的浪花,也有伟大时代里个人的悲欢在心灵的琴弦上弹出的乐曲。

关于诗的格律问题,我在本书附录《关于诗韵的通信》中陈述了我的见解,这些看法未必尽妥。至于词,我更未入门,有些篇什未能严格按律填写,如《霜天晓角》等即有不合律之处。凡此种种,均愿就教于方家。

这里,让我对韦君宜同志、李易同志、曾兆惠同志和山西人民出版社的张成德同志、山西省社会科学院降大任同志等深致谢意。他们分别对这本集子提了很多宝贵的意见,我根据他们的意见作了若干修改。

让这些稚嫩的诗作到读者面前去经受检验和听取批评吧。

1983 年 8 月

屠岸十四行诗

新　苗

新　　苗

我看见这样一片黑土：
一条条，一棱棱，像静止的波涛。
隆起的是山脊，低洼的是山谷，
山脊上山谷里都窜出了嫩苗。

黑土的皱纹是履带的印痕，
像凝固的浪涌，一棱棱，一条条。
一群小生命，一片绿，一片青，
沿着深深的履痕向上冒。

黑土的胸膛上经受过什么？
阳光的抚慰？ 暴雨的洗劫？
撒籽的拖拉机？ 喷火的坦克？
生活的播种？ 生灵的毁灭？

十二级大风在徘徊中停息，
新苗发起了对死亡的进击！

江　流

从北方大城飞向南方大城，
飞越千重山，万重山，在祖国上空。
云影轻移在舷窗像江河奔腾。
我俯视，寻找跃动的流水和山峰。

秦岭，巴山，黄色和绿色交替；
四川盆地盛一碗白云如棉絮。
长江在哪里发源？在天的边际？
有细流在万山丛中向东方奔去。

它蜿蜒，时而南下，时而北上，
艰难地一步一回头，向前行进；
穿过千重山，万重山，葱郁和苍茫；
我惊奇，有时候它竟然向西方回程。

江流九曲，终于向东海驰骤：
历史的逆流只能是顺流的前奏。

1979 年

丁　香

一条山路，两旁栽满了丁香：
长得这样高，是媲美乔木的花树。
迎着这漫山遍野流荡的芬芳，
每天薄暮，我都到这里来散步。

那时候，困于一项艰难的任务：
来山脚撰写我不愿撰写的文章。
我白天伏案，像个忧郁的囚徒，
到黄昏我夺门投入丁香的汪洋。

月色给花树穿上朦胧的衣裳，
我只见一片如梦的白光和紫雾。
窈窕的小径用浓香诱我去徜徉——
心战的疲惫消融在锦绣的国度。

违心和安心的斗争早成为过去，
丁香却还在我耳边低唱安魂曲。

1985 年 5 月

童　话

戒律如磐石要把这颗心压碎；
黑色的云块翻滚在惶惑的胸怀。
劳动的疲乏并没有带来酣睡，
深夜里，我从凶险的噩梦中醒来。

离开了土炕，走出了柴门，啊——！
我发现自己进入了另一个梦境：
朦胧的月光把天地装进了童话，
庄稼和花木变幻为银色的精灵。

纱笼的田野展示出瑰奇的世界：
溪琴同蛙鼓伴奏着星子的恋歌，
高粱玉米在舞蹈中变化着队列，
薄雾里并树道奔向光明的银河。

我于是同身旁开嘴的棉桃对话，
说自己刚刚放逐了心中的烈马。

1985 年 5 月

金 丝 网 里

幽深的密林里,阳光从叶隙射进来,
在暗绿的树荫前,织成金丝的罗网:
千万条直线,平行和辐射的异彩,
重叠于蓝色的轻烟,浮动又跳荡……

这里是蛇的领地,蜥蜴的世界;
霉苔抓岩石,恶藤死缠住老树;
猫头鹰圆睁两眼,把白天当黑夜,
毒菌们披着斑斓的彩衣跳舞……

但阳光依然从叶隙射进森林,
向烂草和腐叶抛掷黄金小圆盘,
金盘渗进了泥土;金丝网延伸,
网子里,两个赤身婴孩在荡秋千。

种种丑恶在这里悄悄地发酵,
于是纯洁和光明放声大笑。

1981年9月

孪 婴

手携手，共同叩响人世的门环。
哦，姊姊先跨进；可妹妹迟到
不过一刻钟。顿失去液体的温暖，
被气体包裹：两张嘴同声喊叫！

严峻的世界轻抱住两个裸体；
温煦的阳光爱抚着紧闭的瞳孔。
是母亲创造了一对精巧的奇迹：
那嘴巴，鼻梁，眉心，惊人的雷同！

世界上没绝对相同的两副形相；
最细微的差异母亲都能够鉴别。
万物都依靠自己的特色而成长：

庄严的母性举孪婴向燃烧的太阳。
两朵白焰已燃进人类的行列——
白焰的内核是各别思维的荧光。

1981 年 9 月

春　菊

邻家的姑娘送来了一盆春菊，
清气里，阳光下，绽开了一朵小花。
她脸儿半仰，仿佛含羞的少女，
吐一缕幽香，放一片谦和的光华。

转眼之间，不见了小花的踪影，
只留下绿叶，像失去月亮的青天。
是哪只手呵，掐断了幼小的生命？
一问起，小孙女顿时垂下了眼帘。

为什么你要摘下这一枝嫩蕊？
为了玩耍，就这样把自然戕害！
"不为别的，只因为花儿长得美，
美得这样地惹人喜欢，惹人爱！"

突然，怪念头潜入爷爷的脑中：
小孙女不也可爱得要教人发疯？

1984年6月

狗　　道

——一位前辈如是说

一条母狗被宰了，制成了美味。
食客们怜悯小狗，给它们一盆饭，
在饭里拌了点母狗肉，以示优惠；
好心人满以为小狗会狼吞虎咽——

小狗到饭盆边一嗅就掉头走开；
三只小狗，每一只都拒绝抚慰。
对于无知的行善者，这大出意外：
谁知道，狗也有狗道，也有所不为。

狗并不都是兽性的。正如文明人
不都是人性的。哦，伟大的人类！
不要为取乐而虐杀小猫，孩子们！
人吃人的历史给人类添多少光辉？

心地善良，上战场未必不勇敢；
残暴成性，往往在屠刀前丧胆！

1981 年 9 月

声　　波

我守在喉咙口。这里是洞门深处。
向外望：舌苔如白浪一层层翻卷；
上下门牙是石帘和锯齿形门槛。
是谁，让我守在这第二重门户？

嘴唇开，灿亮的阳光向洞穴泻入；
门牙影投向白齿如起伏的地毯；
舌头卷动，光和影地覆天翻；
嘴唇闭，一切都锁进死寂的坟窟。

我，切盼着空气，阳光，色彩！
我守在喉咙口，等嘴唇开启新天地。
我，祈求着地震：震源在声带——

突然，共鸣的洪流如火山的岩浆
把我冲出了口腔。阳光和空气
裹住我：我晕眩，狂喜，迸散而消亡……

1981 年 8 月

呼　吸

我随婴儿的第一声呐喊诞生；
我从战士最后的拼搏里消逝。
热恋以心跳激起我奋蹄奔腾；
弥留催眠我宁静的溪流停滞。

我是无声的音乐，潮汐的变奏。
我追踪魂魄，是一切心灵的颤音。
在亿万肌体的内部，我弥漫，渗透，
教世界在动的韵律里除旧布新。

我让生灵联结成群落和群落。
我不断积聚时间的分分秒秒。
少男少女们噙着我，老人依恋我；
怀着我，母亲在清气和晨光里欢笑。

我在连绵的坟茔里转进又转进，
于是我永远、永远地击败了死神！

1985 年 1 月

墨　　锭

松枝在熊熊烈焰中化为葿粉；
葿粉凝聚成你这方正的体态。
你身穿黑缎，像充满自信的乌晶；
你烙上金字，让理想向世界公开。

同砚台耳鬓厮磨，你日夜消瘦，
用摩顶放踵换来美学的契机：
让羊毫把你的泪水濡染在笔头，
向宣纸幻化出五色缤纷的天地。

你化为韩幹的骏马，欢跃，腾跳；
你化为王维的山水，雄浑，苍茫；
有了你，多少个王羲之手舞足蹈；
有了你，多少个张旭似癫若狂……

你把精魂奉献给永恒的创造，
却让躯体在笔洗里骨蚀形销！

1981 年 12 月

蚊　香

你来自草莱,带着森林的颜色。
你在圆形中盘旋,布下迷魂阵;
张开太极图,要网罗天外的来客,
在你的周围,横陈他们的尸身。

黑暗中一点红,是你的警眼圆睁。
一缕青烟,是你的灵魂出窍。
青烟漫斗室,有一股逸出窗棂——
也许是追怀故乡林间的月照?

一群群草莽英雄,嗜血的勇士,
跟黑夜一同起哄,鼓噪着来犯。
你施展飞天的战术,用流动的弧线

拥抱他们,使他们如醉如痴。
你给了我半夜思索,一宵安寐。
到早晨,你已经化成了一堆青灰。

1981 年 7 月

忧　　思

我迷惘。仿佛要失落什么东西。
我数着时间:一小时,一分,一秒……
潮汐将无声地淹没海边的礁石,
夜雾渐浓,将隐去窗外的夕照。

我迷惘。仿佛有什么事情要发生。
我翻开黄昏,它已经漶漫尘封。
仿佛有一丝笑影隐进了青灯,
然后是死寂。然而,会不会有夜风……

我迷惘。现在太静了。仿佛时光
已经停止了他永不停止的脚步。
白衣人推着白衣人进了白墙——
门关了。月光和流水开始凝固。

我担忧什么? 不会有一声惊恐
在黎明之前发自我战栗的心胸!

1981年5月,于日坛,北京肿瘤医院

日 坛 之 夜

炎热的夏季,彻夜敞开着窗户;
闷热的、药味的空气包围着病床。
几位睡熟了,几位睁着眼等天亮;
几位盼望着手术刀来解除痛苦。

没有呻吟,没有悄悄的脚步;
输液管仿佛在发出滴滴的声响。
待业青年,干部,农家的老大娘
静卧在一室,听候命运的裁处。

恶性和良性交织着威胁和宽慰。
在死神面前,有饮泣,有沉默,有微笑。
黑夜淹没了各种心潮的涨落,
落潮后显露出美丑,平凡和崇高。

我问:窗外为什么亮一抹星辉?
你答:是信心,人类的自信心在闪烁⋯⋯

1981 年 5 月,于日坛,北京肿瘤医院

龙潭湖的黎明

衰竭的知觉开始从麻醉中苏醒，
痉挛，又闭下两眼，沉入了酣眠。
寂灭一度临近了，又悄悄走远，
病室里徘徊着一页空白的阴影。

玻璃长窗俯瞰着寒冷的世界：
枯枝分割了湖面，直戳向电炬；
冰花冻结了太空，星子们躲拒；
亮色从远方浮起，驱赶着残夜。

整宵的守卫从疲惫转入警觉，
床上的颤动牵系着敏感和迟钝。
忧虑如将尽的蜡焰正逐渐熄灭……

缭乱中，我见到的不再是老人，是少女，
生命重新燃亮了柔丽的双睛。
雪化了。黎明送来最初的春雨。

1984 年 12 月，于龙潭湖，北京肿瘤医院

第 二 辑

浪　花

浪　花

太阳升，海水是淡绿澄黄的飘带。
一层层软浪卷向金色的沙滩，
万顷琉璃液，飞沫如珍珠散开；
浪头推过来，铺千层雪白的花边。

丽日当空照，碧浪裹一团碎银，
浮光闪金，海上罩淡蓝的轻纱。
日西斜，海水转湛蓝，蓝得这样深，
蓝丝织成的绸缎呵，无边无涯——

千万朵白花绣在万顷蓝缎上，
大朵叠小朵，越远越小，数不清，
这朵谢了那朵开，万花竞放，
白浪化作千万只动物，满天星。

大海呵，阳光下你的每一朵白花
都是童稚的纯洁，青春的风华！

1981 年 9 月

海浪的渗透

美人蕉长得这样高！她举着火炬
在海边燃烧；幼松围在她四周；
幼松的外围，是一排更矮的河柳；
铺地锦在一旁喧闹，洒红又泼绿；

池塘里，荷花开过了，莲蓬昂起头；
密密的浮萍给池面铺一层翡翠；
龙爪槐撑着伞；野菊花笑开蓓蕾；
垂柳伸长须到池中，品尝莲花酒……

秋风横扫过松林，松涛声轰响，
盖过了蝉鸣；秋雨打落了扶桑，
和海棠，片片落英映红了小路。

啊，海边的花和树，海边的风和雨，
你们的色彩，你们的风格和节律，
全部渗透着万朵浪花的白光。

1981 年 9 月

渤 海 日 出

黎明,天色青蒙蒙,水色灰蒙蒙;
东方的天际,突然跳出了圆脸庞。
那是孩儿脸(初生儿都是红面孔),
他几度探望,窥视,跟世界捉迷藏。

他那孩儿脸,上半探出了水平线,
下半是海中影,合成一个整圆形;
忽成了葫芦状,实形和虚影紧相连;
虚实分,他哈哈大笑朝高空跃进。

向万里蓝天,他甩开万丈金发;
他戏弄万顷碧波,泼万朵金花;
他喧闹奔腾,他翻滚,他嬉笑怒骂——
宇宙在他那炽热的童心里熔化……

看哪,太阳从红脸转成了白面,
世界啊,也刚从婴儿变成少年?

1981年9月

日　落

漫步烟台山；有人叫：快看那落日！
猛回首，透过黄杨林，暮霭沉沉，
一盘红色的巨轮，若现若隐，
被竖割成红色栅栏，向海面垂直。

可恼黄杨林挡住了我的视线，
拨开黄杨枝，我跃下高峻的石级，
纵身下山坡，跳越第二层阶梯，
沿石崖飞奔，直扑向广阔的海天；

再没有黄杨树枝来网住光轮，
我腾跃，猛追，要抓住完整的夕阳。
但红光正在云水间迅速消泯……

树枝的云霞倒插入网状的海水；
我潜心默祷你多留片刻呵，这样——
你悄然停止了运动，悲哀的壮美！

1984 年 7 月

泰 山 日 出

玉皇顶上的无字碑在晓风里引领；
凌霄的天柱峰在凛冽的寒气中翘首；
我看到老云寨，栲栳崮，罗汉崖，摩天岭……
如伏虎，如蹲象，一只只在迷雾中守候。

我看到白云滚滚来，大海卷天地。
众山岭成了海岛群，岛屿是驼峰
一座座露出了海面。鲨鲸们一齐
抬起头，千万颗渴求的心在跳动。

我感到万籁俱寂。风停了，云浪
似乎也停止了滚动。休止符突然
变成震耳的交响乐：一轮朝阳
从天际跃出，把火苗掷向万重山——

啊，一片光，一团热，地球着了火。
我想望的，不正是这样红火的生活！

1981年10月

日　影

潮水涌来又退去，留下了湿痕，
旭日映在湿痕里，让倒影放光华。
水迅速渗透，湿痕也迅速消泯，
璀璨的日影仿佛被吸入了金沙。

潮水又涌来，湿痕又留在沙上。
圆影再一次射出鲜红的光焰。
一次次浮现伴随着一次次隐藏，
金沙不断地吞吐着红日的印鉴。

我静观这海边异景，闭眼想起
故园深潭里静卧着金色的光轮。
睁开眼，两颗圆影叠合而为一，
潮涌来，千堆雪把火球迅速侵吞。

不呵，太阳的印鉴将长印在沙洲，
潭底的日影也将永系心头。

1981 年 9 月

莲　蓬　山

循石级攀上莲蓬山,登上望海亭,
让秋风轻拂我的发烫的脸庞;
我凭栏远眺,呵,整个绿化城
躺在海湾边,这样的静谧,安详!

拨开槐树枝,俯瞰千万户人家:
花园,商店,街道,如整齐的棋盘,
闹市的中心,树丛里,耸立着电视塔,
塔后的金山嘴,展向无边的海天……

我再看近处,山窝里露一角灰墙,
林彪的别墅蹲坐如丑陋的堡垒,
那山道,就是他仓皇出逃的地方:
严峻的史实迫使我仔细地回味。

海城呵,你——延展如历史的破折号:
为什么这样宁静？我的心在燃烧!

1981 年 9 月

燕　塞　湖

三十里碧波斜卧在二郎山口，
凶悍的洪水已化作驯顺的涟漪。
石河水库呵，盛一湖醇醪美酒，
斟满在山岭之间，醺醉了天地……

轻舟慢移在绿水上，异壑奇峰
迎面来，侧身去，幻出千万幅动画；
一片片青峦摇曳来，光雾曚昽，
林木阴翳，罩一层浮动的薄纱。

水尽山穷，仿佛进入了死水湾——
前山叠后山，两山间一水又相通……
悬崖峭壁上有几个白衣人在登攀，
在采药。嶙峋的老人石映在天池中。

燕塞湖，为挣脱长城巨臂的环抱，
变作奔跃的电流飞向秦皇岛！

1981 年 9 月

附记:燕塞湖又名石河水库,位于河北省,山海关之西北面。建成于七十年代中期。在旧社会,石河常因山洪暴发而酿成巨灾。水库建成后,化害为利,供应山海关、秦皇岛、北戴河等地的工业用水和人民生活用水,灌溉十多万亩农田,并能发电。

文　豹

　　曲阜孔林孔子墓前甬道上站立着石人翁仲和石兽文豹、角端。文豹形如豹,腋下喷火,性温良。角端据传说可日行一万八千里,通万邦语言。

你不是凶残的猛兽,然而你是豹。
你腋下喷冒着火焰,然而你温顺。
你张嘴露牙,向世界善意地微笑。
你是块石头,却具有恒久的体温。

永远忠实地守着楷树的园林?
永远聆听着角端的万邦悄悄话?
永远承受着翁仲睥睨的眼神?
是的。你永远迎送着秋月和春花。

你是在守坟?不。你是在坚持
一种深刻的思想,流动的形态。
伴你的何止角端?还有斯芬克斯。
楷树会老死,而你的笑容不改。

孔丘长眠了。石匠的手却还在
把凿石的火星撒向遥远的未来。

1981 年 10 月

镜　　石

蓬莱阁下,墙上镶一块镜石:
是石头,却平滑如镜,光润,晶莹。
它欢呼日出,绘金轮驾神马骋驰;
它默祷月升,描玉盘拥大海浮沉。

看镜石:它映出海对面大连的倒影——
海滩上女孩们欢嚷如闪光的珠贝;
看镜石:它映出前方兴安岭的风云——
森林里红领巾如烈焰向未来腾飞。

镜石里,土炮向倭寇猛射铁砂;
镜石里,美军最后从青岛撤退;
镜石里,有红旗,笑颜,缤纷的礼花……
镜石,谁说是四旧,要把它砸碎?

丹崖山上的镜石呵,重新放光芒:
映出个理想之国来,可不是乌托邦!

1982 年 7 月

毓 璜 顶

踏着石阶,直上毓璜顶最高点:①
大树的枝叶为殿堂递来浓荫;
海风习习,把凉爽送到廊前;
夏季的花香催眠了山腰的棋亭。

放眼看:一面临海,三面环山,
碧海青山,包围着万户新楼。
烟台山平卧在海边,我突然看见
绿丛里烈士塔放出金色的光流。

金色的光流镀遍了滨海的城乡:
港口的防浪堤怀抱着起重机和船舶;
工厂、学校,经公路连接着村庄……
跃动的节奏涌进出开放的赞歌。

空阔的海天传来嘹亮的歌词:
海市将化为美丽丰盈的真实!

1982年7月

---

① 毓璜顶为烟台市内一风景区,已辟为公园。

一切都可能淡忘

无论秀峰,含鄱口,天桥,望江亭,
有多少清溪,飞瀑,深谷或巉岩,
或者月下的松林,湖边的花径,
都能在记忆的长廊里消失如轻烟。

远望高处阴翳繁茂的林木间,
庐山小学的学童们奔跃而出,
发结和彩裙,鲜红的领巾,白衬衫,
绿叶下嬉闹,花丛里奔跑,追逐……

仰看日照峰青翠葱茏的山腰上,
阳光洒向每一个男孩和女孩。
遥听生命在呼喊,在歌唱,喧嚷,
欢乐的音乐如潮水向我奔来。

一切都可能淡忘。但这个景象
却使我的心永远,永远振荡!

1983 年 4 月

白　芙　蓉

一株白芙蓉,静静地站在石墙旁:
每次走过,我总要对她凝视。
她始终静静地站着,端庄而矜持,
过后,她送来一丝淡淡的清香。

这一回,我又在她的身边走过,
她的枝桠微微地倾侧向一方,
她神态依旧,只是添了点忧伤。
我久久看着她,直到她面带羞涩。

我仔细审察:为什么她情绪异常?
一只花蜘蛛在结网,蛛丝把芙蓉枝
同傲慢、华贵的紫薇联结在一起。

我立刻动手,扯断了纠缠的蛛丝,
她随即站正了,腼腆中仍带着端庄。
我告别。她送来一阵浓烈的香气。

1981 年 9 月

黄　刺　玫

黄刺玫得意地站着，一脸喜悦。
满树花朵仿佛是满树光明；
每一朵都是金子，却如此柔嫩；
花心含朝露，不是泪，是盛酒的笑靥。

一团团火焰，不灼手，只给人温煦。
静静地燃烧，静寂里有弦管交响。
在清晨，放射出诚挚浓烈的希望，
把热情和天真掷向人们的忧郁。

除了我，没有人向它微笑致意，
它仍然喷冒着它对人们的热忱，
却只有一只蜜蜂在向它低语。

一周后，刺玫花全都凋零坠地，
那蜜蜂依然飞绕着她的芳魂。
我怕踏落瓣，独自在小径踟蹰。

1983 年 6 月

珍　珠　梅

大地上竟有这样细小的花朵！
又是这样地洁白，白得纯，白得亮！
那可是一嘟噜一嘟噜珍珠在放光？
不呵，那该是一个个星座在闪烁。

枝上丛生着绿叶，绿得这样浓，
绿叶托出了花朵白色的纯度。
仿佛亿万颗恒星把光源凝聚；
无穷的能量在无穷宇宙的包围中。

绿叶间伸展出将要开放的花蕾：
千百粒纤细浑圆的白色小丸——
一群群球形天体在夜空盘桓。

哦，你生性谦逊的、娇小的族类，
在杨树巨大的阴影里，你凝神屏息，
让花蕾变成无数颗清澈的泪滴！

1983年6月

槐　花

清风吹过去,有多少槐花落地,
像雪花,然而落得快,因为分量重。
地上一片白,白得青,白得绿。微风
缓缓吹,吹来一阵阵蜜味的香气。

小女孩走过槐树下,白色的花朵
轻落到她那闪着柔光的浓发上。
乌绒衬白翎,有如夜空闪星芒。
女孩携走了馨香,那花的魂魄。

女孩终于又回来了,来寻找失物——
那曾经扣住她发丝的芬芳星带。
她弯下腰肢,让乌发流水般泻下。

曼长的星带轻挽住大地的绿发;
乌丝被埋在花瓣里;她梦见槐树
沉入了银河。槐花香却永不衰败……

1983 年 6 月

枯　松

仲夏的树林里,核桃,扁柏,银杏……
全都泼洒着翡翠一般的绿色,
榆叶梅,野蔷薇,彩色早没了踪影,
紫叶李似也失去了玛瑙的光泽。

看周围只有绿色,浅绿或深绿,
我感到色彩太单一,思路难开阔。
生命是如此茂盛,却千篇一律,
七彩的阳光入不了密林的生活。

突然我见到一棵树,像烈焰,明灯,
赤红把一切青绿调动了起来,
给一切疲惫的生命以跃动的魂灵,
树林里彩色纷呈,思路顿开。

原来那是棵变了颜色的枯松,
它迎战死亡,扫荡了生活的平庸!

1983年6月

合　欢

杜甫在诗中称赞你,我才知道你,
他借用你和鸳鸯来象征爱情。①
吟着杜甫的诗句,我到处寻找你,
终于找到了一树树翠盖亭亭。

合昏:遵时守信是你的法规;
合欢:幸福的爱情邀你作标志。
其实,含羞草是你的亲密姊妹;
你窈窕而温婉,像一段优美的舞姿。

六月来临,你身披灿烂的红焰,
夕阳下刹那间你化为西天的晚霞。
千万条丝绒纺织成你的花瓣,
你烧出火样的热情向人间喷发。

丝树呵,七月的狂风向你吹来,

---

① 杜甫诗《佳人》:"合昏尚知时,鸳鸯不独宿。"合昏,即合欢,又名马缨花。北京
人称它为绒花树。

你会把每一丝爱情向土下深埋。①

1983年7月

---

① 合欢，英文为 silk tree，意译为丝树。合欢花状如红色丝线组成。

野　樱　桃

高大的合欢如一片红色的祥云
为你遮荫；木槿以沉静的紫花
陪伴你；荆芥放出强烈的芳馨
教你沉醉；而你微笑着不说话。

绿荫下，你的幼果嫩黄，淡青；
阳光的手指从叶隙伸下来抚摸你，
你的果实变成了红玛瑙，圆润，
鲜艳而丰满，好像有甜汁要流溢。

村童们躲进了你的枝叶丛中，
嬉闹追逐，憨笑，捉迷藏玩耍；
女孩拾起合欢的落花，红丝绒，
插上鬓角；瞧着你，不摘不拿。

你的甘美，输给了你的晶莹，
野樱桃呵，你成了地上的群星！

1983 年 7 月

落　英

可惜，来迟了。牡丹已经开到末期：
多数花谢了，只两朵还剩在枝头。
不，我又想，这没有什么可惜，
看绿叶如湖波也是奇异的感受。

突然我看到满地的牡丹花瓣，
像块块红玉、碧玉、白玉仰卧，
斜阳用金线给片片落英镶边，
翡翠荫蔽着彩色的锦缎闪烁。

这只是片刻的放射。要不了多久，
姚黄，小魏紫，赵粉，状元红，豆绿，
每一瓣将化入泥土，将迅速腐朽。
宇宙间万物都遵循运动的规律。

世界曾一度拥有灿烂的落英，
瞬间的存在屹立为美的永恒。

1985 年 7 月

桃　　花

我怀疑这一丛桃花艳丽的红色
是谁给涂上的胭脂,浓得化不开。
然而那一丛是淡红,细腻而润泽,
我想是谁给敷了粉,抹了一层白。

桃花猜透了我的心,笑我的愚鲁:
"谁也不曾给我们敷粉,涂胭脂;
我们的肤色决定于感情的浓度,
而感情来自我们的风格和气质。"

我也笑了。但见到金色的蕊心
又不禁联想到精巧的黄金饰针。
桃花恼了:"那是我们的灵魂
伸出的触须。首饰匠只能造赝品!"

我懂了。绚烂如赤霞的千万朵桃花,
每一朵都是自然本性的爆发。

1985 年 5 月

龙　爪　槐

你的胳臂从地下伸出如铁杖
升向隆冬寒光凛冽的夜空，
任黑云张翅从天顶向你俯冲，
让北风用利齿咬你颤抖的手掌。

你伸臂向天，手掌却朝向土壤。
你骨骼组成的指爪高悬在空中，
却那样张开着，执着而顽强，始终
不变地要捕捉地上的每一片惊惶？

你撇开黑云和冷风，只想从大野
抓住你永远不可能抓住的幻影？
呵，你爱的怕只是抓捕的姿态。

丢开掠夺的梦吧！等盛夏用鲜叶
缀满了你的手掌，你就会变形，
变为伞：给地球遮荫的绿色华盖。

1985 年 5 月

金　银　花

在阴雨迷濛的早晨,走过小园,
眼前突然一亮,我停步一瞥
就看见一株金银花:倚着亭栏,
弯弯的藤枝托一丛浓浓的绿叶——

绿叶里窜出一簇簇盛开的鲜花,
金朵和银朵在枝头并肩挺立,
似黄金白玉放射出两样光华。
雨滴在花瓣上变为两色的珠粒。

想起日月眼——我爱的奇种小猫,
她左眼金黄,右眼碧蓝如湖水。
我曾赞叹过造化神异的创造;
面对金银花,却陷入深深的思维。

物种万千,不排斥同种异色——
人世间怎么会缺乏多元的性格!

1985 年 5 月

紫　叶　李

枝上还没长叶子，先开出小花，
白色的小花，缀满繁密的树枝。
早春的冷风里，白花瑟缩了一下，
又振作精神，向晨曦唱起赞美诗。

不几天花儿全谢了，叶子长起来：
一缕缕嫩黄蜕变成一绺绺青绿；
云隙的晴丝镶进每一痕叶脉——
一夜间涌出一丛丛琳琅的紫玉。

满树密叶是一群紫衣仙女；
晴岚把靛裙熏成透明的红裳。
仙子们嬉闹着，招徕盛夏的风雨，
却在烈日的逼视下恼红了脸庞。

秋阳把花叶点化成金色的蝴蝶：
生命终于又爆出崭新的飞跃。

1985 年 5 月

127

第 三 辑

丹蒂莱安

写于安科雷季机场

天光如浑圆的蓝宝石包围着银鸟。
越蓝点连成的虚线,跨阿留申群岛。
太平洋匆匆隐退,白令海涌到。
追赶时间呀——逆着太阳的轨道!

你好,阿拉斯加! 你好,北极圈!
你好,安科雷季! 你好,麦金利山!
混沌的丝绒黑取代透明的宝石蓝,
艳阳天退到繁星夜——转瞬之间!

从今天清晨直追到昨天深夜①——
北极圈内外是一片灿烂的星野。
爱斯基摩兄弟迎来了,面带笑靥。
明天同今天建交,情真意切。

---

① 我们于10月5日上午10时(东京时间)自东京起飞,飞行六个半小时,中途飞越国际日期变更线(地图上的蓝点虚线),由于时差的缘故,飞抵美国阿拉斯加州的安科雷季时,当地时间为10月4日晚9时30分。

我想：有一天，人类乘超光速漫游，
看无穷的未来同无穷的过去握手。

1980年10月

圣伯特利克大教堂门前

波兰移民的年度游行刚过去，
圣伯特利克大教堂矗立在路边。
四周的大楼把教堂包围在井底。
哥特式建筑把我呼引到门前。

"欢迎你，中国朋友！"一青年走向我，
礼貌地同我交谈，赠我一本书：
"这是阐明我们的教义的著作。
请破费，给我们的教派一点捐助。"

"对不起，"我笑答，"我是无神论者，
我信仰马克思主义，不信仰上帝。"
对话吸引了纽约街头的过客。
"没关系。这书你留下，像留下友谊。"

我确是无神论者吗？归途上，我思忖。
确是的。十年迷航后，我更信无神论！

1980 年 10 月

丹 蒂 莱 安①

她弯下腰去摘一朵黄色小野花，
在国家画廊门前的绿色草地旁；
她举起小野花，花朵映在蓝天上，
像颗星，金光射向华盛顿纪念塔。

"这种花我们这儿可遍地都是，
像绿色海浪里无数耀眼的金砂。
我爱她温暖光明，朴实无华，
我爱她柔和谦逊，热烈诚挚。

"她名叫丹蒂莱安，孩子们都知道。
她是儿童的天使，无名者的冠冕。"
她说着，邀我走向宇航博物馆。
她吻着那金色小花，唇边带微笑。

我若有所思：大自然真一视同仁——
美洲的丹蒂莱安：亚洲的蒲公英！

1980 年 10 月—12 月

---

① 丹蒂莱安，英文字 dandelion 的音译，即蒲公英。

芝　加　哥

芝加哥在淡蓝的密执安湖畔静躺。
桑德堡笔下如猫的雾气全消。
金色、红色、绿色的枫叶成网；
西亚斯、汉柯克，大楼群直插云霄。

大火中唯一留下的石砌水塔
夸耀着人民在周围把城市重建。
哦！繁荣下的萧索，宁静里的喧哗，
罢工工人的散兵线在散发传单。

芝加哥新闻大楼的紫色石墙上
有几块异石，石上镂刻着说明：
一块属日本，一块属中华古邦——
紫禁城的石头成了这里的装饰品。

芝加哥的荣光？还是它的耻辱？
密执安湖波依然在城边轻逐……

1980 年 10 月—12 月

旧 金 山

旧金山，你是一座怎样的都会！
五丘紧相连，海市山城一片翠；
我看见大厦横山脚，花圃云端偎；
现代化加电缆车，难为你千娇百媚！

旧金山，你是一座怎样的城市！
一九〇六年大毁灭，新生命开始。
十年完成了重建，顽强的意志。
我遥望消防队纪念塔，不倒的旗帜！

旧金山，在你的繁华、喧嚣、忙乱里，
我还看见惊愕，忧思，愤怒，悲戚……
穷人公寓的冷笑，夜总会的哭泣；
醉汉冲我叫："告诉我，哪里是上帝？"

旧金山，旧金山！跳进太平洋的波涛
洗一个澡吧，你也许会更加妖娆！

1980年10月—12月

林 肯 纪 念 堂

纪念堂有如玉雕的帕尔特农，
身披青色的荧光，屹立在夜幕前。
华盛顿纪念塔如一支白色的巨箭，
同它遥遥地相对，在都城正中。

我登阶，进殿。抬头，见林肯总统
凝固成大理石坐像，沉静，庄严。
两次演讲辞镌刻在南北壁面。
希腊式圆柱像卫士守护着英雄。

紫丁香强烈的芬芳向我袭来；
画眉的歌声在宏伟的殿堂里鸣响；
春日城乡的图画展现在墙上：
不朽的悼诗跟不朽的灵魂同在。

我再看：那雕像仿佛紧锁着眉头，
一双深邃的眼睛里满含着忧愁。

1980年10月写于华盛顿，

1981年4月改于北京。

窗　玻　璃

窗玻璃是这样巨大，如帷幕长垂。
它是密封的，一丝气流也进不来。
它是坚硬的，用锤头敲也敲不碎。
它又是透明的，就好像它并不存在。

它是墙，墙上挂着巨大的画幅：
夜幕下密执安湖如深蓝的海洋，
湖畔，城市建筑如玲珑的积木，
地上的灯火如繁星绚丽的梦乡。

这是八十八层楼上的窗玻璃。
它是荧光屏，展示出几百里夜色。
望远镜转过去，能看到每一颗微粒，
车辆，街树，楼顶，湖波的闪烁……

注意：中华人民共和国展览门
峙立在码头边，一颗最亮的星辰！

> 1980年10月，于芝加哥汉柯克大楼。是
> 时中华人民共和国展览正在芝加哥展出。

银 杏 叶

我的手册里夹一张扇形树叶，
经过一冬天它依然把浓绿保持；
它不是采自深山、丛林或旷野，
它摘自纽约街头的银杏树枝。

那银杏生长在钢铁噪音的洪流里，
两边是大楼的峭壁，上面是一线天，
一天里盼到的阳光只有一瞬息，
早晚呼吸的是浓重的阴影和梦魇。

它张开枝桠紧抓住短暂的日光，
它叫根须在管道的隙缝里伸展，
它滤过每一滴污水，吸收到身上，
它辛勤地酿造色彩，闪耀在路边。

我要留住这逆境里求生的性格：
经冰河淬过的浓绿将永不褪色！

1980 年 12 月—1981 年 4 月，北京。

揪心的音乐

意大利青年和波多黎各姑娘
迎着惊涛骇浪，结成了爱侣。
坚贞的爱情同罪恶的仇恨相击撞，
种族的武斗酿成了永世的悲剧。

玛丽亚！汤尼！你们有美丽的梦想：
两族人该同声高唱，挽手欢舞。
你们的愿望是如此善良而虚妄：
严酷的现实嘲弄着古老的制度。

啊，当代的柔蜜欧，当代的幽丽叶！
啊，忧郁的歌声，忧郁的舞步！
剧院里弥漫着彭斯坦揪心的音乐，
幕落了，哀乐直诉向心的深处。

古代维洛那同现代纽约可一样？
莎翁也许会苦笑：后者更凄惶。

附记：1980年10月8日在纽约明斯柯夫（Minskoff）剧院观看音乐剧

《西区故事》(Westside Story)。明斯柯夫剧院建在百老汇大街上一座五十五层大楼的第三层楼上,于1973年开业,成为百老汇的重要剧院之一。《西区故事》内容是:纽约西区波多黎各血统姑娘玛丽亚和意大利血统的青年汤尼热恋。但美国的波多黎各和意大利这两个少数民族的青年们各自结帮仇斗,导致这一对恋人的悲惨结局。剧本的整个构思和剧中的一些情节,如这对恋人在夜晚窗台上下相会;如玛丽亚的哥哥故意寻衅,在殴斗中被汤尼打死,等等,极似莎士比亚的著名悲剧《柔密欧与幽丽叶》。音乐剧有歌有舞,舞台处理形式生动新颖。梦境一场(男主人公幻想两族青年和睦相处友好共舞)灯光和舞蹈似真似幻,处理得颇有特色。饰演汤尼的演员马歇尔(Ken Marshall)和饰演玛丽亚的演员葛兹曼(Jossie de Guzman)以其成熟的表演赢得了观众的欢迎。导演和舞蹈设计为罗宾斯(Jerome Robbins),音乐剧脚本作者为劳伦茨(Arthur Laurents),抒情歌曲作者为宋德海姆(Stephen Sondheim),作曲为雷那德·彭斯坦(Leonard Bernstein)。彭斯坦为当代国际著名指挥,作曲家,钢琴家,教师,作家。他作为在美国出生并在美国受教育的音乐家,第一个被任命为纽约交响乐团音乐指导;曾指挥过世界著名的大都会歌剧院、米兰斯卡拉歌剧院和维也纳国家歌剧院的歌剧演出。1969年被命名为"桂冠指挥"(Laureate Conductor)。彭斯坦的热情而忧郁的音乐风格在《西区故事》一剧中得到了充分的体现。

盖 兹 比 旅 店

呼吸在幽静的亚历山大里亚城，
应主人邀请，来到盖兹比旅店。
历史名城里，鸣响着历史的回声：
音乐的旋律把宾客引向酒宴。

十八世纪的古建筑默默地夸耀
室内的装修是如此雅致、素静；
桌椅门窗，墙上的画幅都在笑
灯架上插着的蜡烛：唯一的仿制品。

侍者们身穿古装，轻脚轻手，
怕惊动在邻室致辞的华盛顿总统？
忽见主人为人民的友谊而祝酒，
我的思绪随酒浆的晃动而奔涌：

珍视过去，会受到历史的尊重；
亵渎今天，终将被时间所嘲弄。

附记：1980年10月17日赴亚历山大里亚城（Alexandria），并在盖兹比旅店(Gadsby's Tavern)午餐。亚历山大里亚城离美国首都华盛顿不远,属维吉尼亚州。此城因美国第一任总统华盛顿将军曾在此活动过而成为历史名城。政府有法令:不准随意拆屋重建,以免破坏名城的原貌。从街上走过,一路见到不少房屋门上挂着黑色铁牌,表明此屋为政府所保护,不准改建。人行道为砖铺,也是保存古风。城内有当年英国人约翰·盖兹比开设的盖兹比旅店,为精美的乔治式建筑(十八世纪英王乔治一世至四世时期的建筑样式),包括咖啡厅和饭店两部分。华盛顿将军在其声誉达到最盛时期,常到这家旅店来参加酒宴。他还曾高兴地参加过在旅店大舞厅里为他举行的生日舞会,他和他的夫人也在这里参加过亚历山大里亚城冬季舞会。此外,拉斐德将军(Marquisde Lafayette)、约翰·琼斯(John Paul Jones)等著名人物当时也是这家旅店的常客。今天的盖兹比旅店依然保持着原貌,连服务员也穿着十八世纪的服装接待客人。

长　岛

我乘车行进在勃鲁克林,在长岛,
我看见红枫,青松,寥廓的云天,
草坡,白屋,丛林,飞掠过眼前——
啊,你就是长岛呵！我终于来到……

长岛！你曾经把惠特曼送上大道,
送他到人生的战场,采时代的灵感,
让缪斯用草叶代桂枝给他加冕,
教他把军号吹响,在全世界呼啸！

你就是长岛呵,木匠儿子的故乡！
我看见橡树在沉思,苍鹰在盘旋,
阴影下,儿童在呜咽,生命在呐喊,
诗的律动,在天地万物间彷徨……

感谢你,长岛！你诞生了伟大的诗魂,
催人类在歌声和泪痕里竞渡黄昏。

1980 年 10 月 12 日,长岛

杉 树 酒 店

我走进曼哈顿著名的杉树酒店，
仿佛进入了欧洲古老的城堡，
赭色砖墙上突现出一尊尊浮雕，
希腊诸神在暗红的壁灯旁隐现。

主人热情地让生菜，让鱼，让冰糕。
我却想起了《四百万》的著名作者：
纽约的市民——杉树酒店的常客；
他也许曾在我这个座位上醉倒？

欧·亨利！你梦见了谁？小偷？画家？
梦见了监狱里囚徒们奇异的经历？
投机商人的狠心？穷职员的泪花？

希腊神不会出现在你的梦境里。
你带着含泪的微笑，幽默和辛辣，
永远同美国的普通人呼吸在一起。

1980年10月11日，纽约

潮水湾里的倒影

潮水湾南岸耸峙着圆形廊柱厅,①
圆厅的中央是杰弗逊的青铜雕像。
他右手握着独立宣言的文本;
站立着,严肃的目光正射向前方。

绕厅内穹庐形屋顶四周的铭文
标明他反对一切形式的暴虐;
铭文如大桂冠高悬在他的头顶,
或一圈灵光,使得他无限圣洁。

清风穿越过圆柱从四面吹进来,
他手中的文告仿佛要随风飞扬;
圆柱外四面挂斑斓萧索的云彩;
他的额上漫移着日影和星光。

---

① 潮水湾在美国首都华盛顿市内,与波托玛克河相通。圆形廊柱厅为杰弗
逊纪念堂。托玛斯·杰弗逊为美国独立宣言的主要起草者,美国第三任总
统。

我看见这一切映入澄澈的潮水湾,

成美丽空灵的影子,在水中倒悬……

1980 年 10 月

普罗米修斯^①

什么时候,从斯库提亚的悬崖,
你来到纽约,成了移民的一员?
洛克菲勒中心窄小的峡谷花园
恐难以取代辽阔的基西拉海峡!

我端详着你呵,机敏睿智的神祇!
你张臂飞落,两眼俯视着人间;
你不拿茴香枝,用手指捏着火焰
给人类,嘴角含蔑视宙斯的笑意。

八百万,都是你捏塑的泥土所哺育;
万家灯,都是你盗来的火种所点燃。
你可是应邀前来作短暂的盘桓?
可还为潘多拉开宝盒而心怀悒郁?

---

① 纽约市曼哈顿区洛克菲勒中心街道上的"狭谷花园"里有一尊希腊神普罗米
修斯的饰金雕像。

我知道,尽管你全身涂了金,可贿赂
不可能转移你对全体人类的关注!

1980 年 10 月

金 门 大 桥

大桥！我再次来到出海口拜访你。
上次，逢大雾弥天，你全身隐藏，
一忽儿藏头露尾，仍不见端详。
今天好太阳，你袒露了全部肢体！

你凭两柱红色的钢架作脊梁；
你飞跨两岸，在万顷碧波上挺立！
你把旧金山和梭萨里多联在一起；
你扼守海湾的大门，虎视太平洋！

你的父亲，工程师斯特劳斯的铜像①
站立在桥堍。你的可怕的高度，
惊人的韧性，优美的弧线和旋律，
都来自他的构思，他的幻想。

---

① 约瑟夫·斯特劳斯(Joseph B. Strauss, 1870—1938)，建筑工程师，旧金山金门大
桥的设计者和建造者。金门大桥的主要工程始于1927年，完成于1937年。
主要工程完成之翌年，工程师即去世。

而他的幻想来自大自然。哦,人类
倾倒于自然美,又能使自然更壮美!

1980年10月—1981年4月

致 哥 伦 布

渔人码头的南边，面对旧金山湾，
伫立着你的雕像：你两眼炯炯，
凝望着阿尔卡特拉兹岛，心潮汹涌，
仿佛你胸中还燃烧着勇气和贪婪。

你其实没到过美洲大陆，没见过
浩瀚的太平洋。你现在两眼的视线
是指向巴哈马群岛宁静的海岸？
或佛罗里达西岸喧腾的灯火？

新大陆不新了。但这个星球上依然有
未知的领域待发现。卡纳维拉尔角
正骑着你的精神，去发现宇宙。

我们的任务是去发现人类的新结构。
可是，七十天不行，七十年也太少。
我站在你的像前，翻滚着心潮。

1980 年 10 月—1981 年 4 月

寄　远　友

可记得那一天,在异国公园的树荫里,
莎翁的铜像下,你坚持为我照相,
虽然夕阳早已经西下,黄昏里,
危险感催促我们快离开那地方?

可记得那一晚,在代表团的宿舍里,
柔和的灯光下,咱们倾谈到夜深,
虽然时差病还有尾声,心窝里
驱不走第二天紧迫日程的阴影?

咱们谈些啥? 政治? 文学? 艺术?
探索的主题始终是祖国的命运,
党的形象,人民的欢喜和痛苦,
辩证法不可抗拒,历史要前进……

可记得那一夜,在资本主义的心脏,
咱心头点燃的是共产主义的希望?

1980 年 12 月

飞越多佛尔海峡

冲出了夜雾,飞临多佛尔海峡。①
透过舷窗,我俯瞰浩茫的北海:
天际露亮色,橙红青紫的云带
镶在海岸上,宛如透纳的油画。②

想起华兹华斯携女儿在加来海岸
看夕阳下沉,听海涛永恒的雷鸣;③
想起阿诺德在多佛尔海滨向爱人
诉说人类的痛苦,世间的黑暗……④

儿童的心灵跟大自然一样纯洁,
人世的纷争比海浪更加暴烈:

---

① 多佛尔海峡又名加来海峡,隔开了欧洲大陆和英伦三岛。海峡的东边是法国
   的加来,西边是英国的多佛尔。
② 透纳(1775—1851),英国画家,长于风景画,探索光和色的表现效果,融水彩
   与油画技法于一炉。被称为印象派绘画之先驱。
③ 这里指的是英国诗人威廉·华兹华斯(1770—1850)1802年写于加来的一首十
   四行诗,无题,有的选本冠以《加来海岸》之题。诗中写诗人与他的女儿卡洛
   琳(诗人与他的法国情人安奈特·伐隆所生)在加来海岸同行时的感受。
④ 这里指的是英国诗人、评论家麦修·阿诺德(1822—1888)的诗《多佛尔海滨》,
   约作于1851年。

两位诗人都寻求和谐与纯真。

深蓝色海峡把加来和多佛尔分开，
诗韵把大陆和岛屿联结起来：
我感到整个世界永远在追寻。

1984年10月21日晨赴伦敦途中

水 上 音 乐

这是伦敦吗？这是泰晤士河岸？
河水清清的，我看到美丽的波纹。
桥梁和教堂，钟楼和塔尖的倒影
织在波纹的律动里，在融合，变幻。

听！圆号在发出豪迈的呼唤，
木管和弦乐拥着它顺河水行进。
碧浪推碧浪，转动彩色的舞裙，
小提琴、双簧管溢出信心和乐观。

韩德尔，你何止歌唱在十八世纪！
你的旋律一直鸣响到今朝。
在痛苦和彷徨中挣扎的人们需要你——

你的坚定，自尊，热情和向往。
永远聆听着水上音乐吧，伦敦桥！
它给人类的，将是无穷的幻想。

附记：1984年10月至11月间，笔者访问了英国伦敦、剑桥、牛津、伯明翰、爱丁堡、格拉斯哥等地。到伦敦的第一天,途经泰晤士河,看到经过治理而消除了污染的河水和河上的船只,忽想起德国著名音乐家(后加入英国国籍)格奥尔格·韩德尔(Georg Friedrich Handel, 1685—1759)在英国时所作著名露天乐曲《水上音乐》。据说,英王乔治一世在泰晤士河上泛舟之际,韩德尔让乐队演奏了他所谱写的这首《水上音乐》。英王为优美的音乐所感动,消除了对这位音乐家的不满,重新厚待了他。

牛　　津

疏密的树丛里，一座座尖塔和圆顶
在天幕背景前，画出曲折的轮廓；
明净的蔚蓝和精美的金碧相映衬——
看朝阳直向建筑的群体溅落！

我们刚迎迓大街，又送别胡同，
跟学院握手，向讲堂、图书馆问候；
让清气拈我的睫毛，刺我的鼻孔，
同晨光紧挽着胳臂在校园里行走。

石雕的哲学家拨开时间的迷雾；①
书本在铁链里翻腾知识的海洋；②
让我在这里站一站，探一探道路：
幽邃的走廊可通向宏丽的厅堂？

---

① 牛津著名的雪尔多尼亚讲堂（建成于1669年）四周围以石柱，柱头上刻着世界
闻名的哲学家的头像，共有十七个。
② 牛津最著名的图书馆——波德里图书馆（建成于1602年）里，最珍贵的古书用
铁链锁着，读者不能取出，只能在书架前翻阅。

请看火刑桩举起历史的证章：①

愿学术自由在牛津的上空翱翔！

1984 年 10 月 27 日

---

① 十六世纪中叶，英国有三位主教托玛斯·克兰默(1489—1556)、休·拉蒂默
(1485—1555)和尼可拉斯·里德利(1500—1555)因坚持新教，反对当时的英
国女王玛丽一世恢复旧教，被玛丽用火刑处死，火刑桩遗址在牛津伯罗德大
街中心铺着黄色和灰色两块不同颜色的砖石的地方。不远处，在圣贾尔斯大
街上，竖立着三位殉教者的纪念塔。

西敏寺诗人角^①

繁灯如雨的傍晚,珍贵的时间!
我冲进西敏寺,穿越石棺和长廊,
红衣神父指给我从右侧向前,
我飞步奔向诗人们肃穆的殿堂。

谁说教堂里一盏盏神灯幽暗,
星群突然间迸射出炫目的光芒;
尽管唱诗班和风琴停止了和弦,
诗国的仙乐顿时充塞了穹苍!

立像和胸像交映,圆石板生辉;
愿一国菁英、人类的智慧长存——

---

① 西敏寺是伦敦的一座哥德式建筑的大教堂。自十三世纪中叶以来,英国的国
王几乎都在这里举行加冕典礼。他们的绝大多数也埋葬在这里。教堂里有
一处"诗人角"。第一个葬在这里的是英国文学之父、诗人乔叟,他死于1400
年。其后,英国文学史上的著名诗人、作家、评论家几乎都有纪念物在这
里——有的是全身像,如莎士比亚;有的是半身像,如弥尔顿;有的是刻上姓
名的圆石板,如雪莱;有的是墓和墓板,如罗伯特·勃朗宁。在这里有纪念物
的还有本·琼生、德莱顿、托玛斯·格雷、布雷克、彭斯、华兹华斯、柯尔律治、拜
仑、济慈、司各脱、丁尼生、狄更斯、萨克雷、勃朗蒂姐妹、哈代、拉斯金、吉卜
林、艾略特、奥顿、狄兰·托玛斯等。

我凝视,默祝不朽的诗句遄飞,
静看莎士比亚微笑着总领群伦。

异邦人来这儿默默地向群山进谒,
思考着:高峰由谁来攀登而超越?

1984 年 10 月 31 日

爱汶河畔斯特拉福镇

你是动荡和宁静,光斑和丛影;
教河浪和云霓漫过你跳跃的心搏;
你是休止和行进,欢乐和悲悯;
让野花幻作你满腮的泪珠和笑涡。

你的木屋和剧院在绿叶里隐藏,
影影绰绰,为什么不停留片时?
笔直的克洛普顿桥是你的脊梁,
迎面来,招手去,就这样稍纵即逝!

你呀,来得太迅猛,去得太仓促,
我渴求把你诞生的巨人认清。
这就是他的品格? 他的风度?
是的。心上的一瞬间已成为永恒。

在我的梦里你曾是千百次真实,
今天我见到你却是梦里的遐思。

附记:1984年10月27日上午,我们乘一辆大型面包车自牛津起程

向伯明翰进发,中途绕道到莎士比亚故乡爱汶河畔斯特拉福镇(Strat-
ford upon-Avon),车过镇中心横跨爱汶河的克洛普顿桥,绕过班克洛夫
花园里莎士比亚的雕像,在皇家莎士比亚剧院门口停下。我感到非常
高兴,毕竟来到了几十年梦寐以求前来访问的莎翁故乡,访问了峙立在
爱汶河畔的皇家莎士比亚剧院,访问了莎翁的诞生地木屋,访问了莎翁
夫人哈撒威女士的老家茅屋……但遗憾的是这次访问太匆忙了,也没
有逢上戏剧节在这里观看哪怕仅只一场莎翁的戏剧。

爱　汶　河

澄澈的爱汶河呵，静静地流淌，
流过班克洛夫花园里伟岸的雕像，①
流过皇家剧院和三一教堂，
静静地流向绿荫如烟的远方……

爱汶河呵，你那甘美的浆液
哺育了旷世的睿智，不朽的盛业！
你那丰腴的画图，清冽的音乐
激起了一整个宇宙的哲理和美学！

爱汶河呵，我来到你的身旁，
在你所环抱的岸边疏林里徜徉，
我扑向你所滋润的泥土，草场，
仿佛听到那伟大心脏的跳荡。

我站在岸沿，俯视着你的清波，

---

① 爱汶河畔斯特拉福镇的中心有班克洛夫花园，园中有莎士比亚的全身铜像。

见一双深邃的眼睛在水中思索。

1984 年 10 月 27 日

爱 丁 堡

七座山丘组成的、清丽的城市；
福斯河出海口南岸幽静的都会！
北海的蓝波怀抱你窈窕的身姿，
高原的山岭俯瞰你满脸清辉。

你头上，岩鹰在白云间从容翱翔；
你身边，蓟花缀满了海岸和山谷。
紫色鲜花的家园，猛禽的故乡，
你撩开面纱，让刚勇和柔美长驻。

你城堡耸峙，构成嶙峋的石林；
一丛荧光的剪影，在夜空下屹立：
流动的水晶和凝固的火苗交映，
星子们在山巅积聚雄伟和瑰丽。

我深深感谢你：你教彭斯的诗句
和风笛永远做我浪游的伴侣。

附记：1984年10月28日从伦敦飞抵爱丁堡。爱丁堡是苏格兰的政治文化中心,一座非常美丽幽静的城市。当天我们参观了市内一座死火山上的爱丁堡古城堡,参观了市容。当晚,在苏格兰出版家协会招待我们的晚宴上,听到了风笛(苏格兰民族乐器)演奏家的精彩表演。夜里,在旅馆卧室的长窗里向外望,看到电炬照映下爱丁堡古城堡的如梦幻般的美丽而雄奇的姿影。这一奇景,以及蓟花(呈紫色,苏格兰的象征),风笛,威士忌酒,吉尔特(男裙,苏格兰的民族服装)等,给我留下了深刻印象。彭斯(Robert Burns,1759—1796)是苏格兰杰出的民族诗人,是笔者最喜爱的诗人之一。

1984年11月

西 敏 寺 桥 上

透过车窗,我看见夜幕降落,
议会大厦的灯光在星空下横列,
"大本"钟塔的光轮耸峙在一侧,
颤动的灯影组成河水的弦乐。

车停片刻。西敏寺坐落在何方?
圣保罗教堂的钟声何时鸣响?
索霍区仍然展示着琳琅的橱窗?
特拉法尔加广场可安静无恙?

莎士比亚们使我激动得流泪,
鸦片战争史教会我愤怒和沉思。
这就是英伦呵,这就是泰晤士河水!
历史呵,让我在桥头徘徊片时……

伦敦雾怎能是一去不返的记忆?
西敏寺桥上将滚过炽热的晨曦!

附记:1984年10月31日下午出访归来,回到伦敦市区,在西敏寺桥停车片刻。西敏寺桥是泰晤士河上的一座大桥,临近河西著名的西敏寺(亦译作威斯特敏斯特大教堂)。西敏寺之东为威斯特敏斯特宫即英国议会大厦。大厦一侧上端有一方塔,塔上有大钟一座,每走一小时即发出铿锵的钟声,传到远处。此钟为本杰明爵士所监制,故命名为"大本"(Big Ben)。圣保罗大教堂位于伦敦西部慢坡小山上,教堂里有纳尔逊和威灵顿的墓室。索霍区是伦敦的一个区,唐人街就在这个区内。特拉法尔加广场在伦敦市中心,是为纪念英国海军于1805年特拉法尔加(西班牙西南角)战役中战败拿破仑法国和西班牙的联合舰队而建立的。广场中央高耸着一根圆柱,柱顶是海军上将纳尔逊的铜像,他指挥了这场战役,取得了胜利,并为此而献出了生命。英国十八世纪末十九世纪初浪漫派大诗人华兹华斯曾于1802年写过一首十四行诗,题为《作于西敏寺桥上,一八○二年九月三日》,有的选本简题为《西敏寺桥上》。本诗姑借用这个诗题。

1984年11月

伦敦,一九八四年

我站在塔桥走道上,任凉风吹身,①
看层楼列堡被清晨的大气环绕,
想古代贵族间血腥屠戮的斧声
怎样同格林威治和平的钟声协调……

恍惚间,环球剧场里仍然在上演②
理查三世那令人战栗的历史。③
金色的伦敦塔袒卧在绿茵岸边,
无辜地向路人炫耀洁白的身姿。

今朝,头上的天空是一片晴蓝,
脚下的河水宁静地倒映着白云。

---

① 塔桥在伦敦塔的近旁。伦敦塔始建于十一世纪中叶,原是伦敦的要塞,后为
宫廷,又曾作为囚禁政治犯的监狱。现在是一座博物馆。

② 环球剧场是1598(或1599)年建于伦敦泰晤士河南岸的一座剧场,莎士比亚的
大部分剧作首演于此。此剧场毁于1613年火灾,很快重建了。但在此后的社
会动荡和宗教动荡中无法维持,终于1642年被迫关闭。1644年被拆毁。今
天英国的有关人士正在计划于原地重建此剧场,恢复其原貌。

③ 理查三世为英国国王,1483年至1485年在位。据传他曾将两个年幼的侄儿
杀害在伦敦塔内。莎士比亚有著名的历史剧《理查三世》。

智慧的市民能清理环境的污染,
但何时能净化一切痛苦的灵魂?

都城呵! 我向你告别,带走一切
雄伟和绮丽,留下宫廷的喋血!

1984 年 11 月 3 日

后　记

　　对诗的追求,是我毕生的事。自从发表第一首新诗习作到现在,四十六年过去了。作为一个业余作者,对诗的热情始终未衰。但成绩是微薄的。有不少作品过不了质量检验关。

　　诗的使命是以诗美纯化一个民族以至人类的灵魂。缪斯赋予诗人以如此崇高的天职。我开始写诗时对这一点是不大懂得的。

　　诗必须拥抱时代,必须熔铸于社会生活的伟大洪炉里。缪斯赋予诗人以如此重大的责任。我开始写诗时对这一点只有朦胧的意识。

　　四十多年过去了。时代的风雨雷电在诗的肢体上留下了抚痕和伤痕。诗歌在崎岖中昂首前进。今天,在几辈诗人共同行进的道路上,中青年诗人成了行列的中坚,我作为诗歌大军中的一名小兵,随着队伍进击。我的歌声不动听,但并不喑哑;我的七弦琴不美妙,但我不让它再断弦。

　　今年,已过六十二周岁,却选编成了我的处女作——第一部付梓的诗集(新诗)。应出版社之约,这里我只选了自己一部分的作品;十四行诗。其他的新诗将另编集子。在编选的时候,我深深感谢历史给予我的厚爱,它使一个年过花甲的人终于对诗人的历史使命和社会责任有了粗浅的理解。

　　感谢此辑丛书审稿同志的关心,感谢花城出版社有关同志的热情。没有他们的促成,这部诗集是不可能编选出版的。对于集子里的诗的本身,这里就不多说了,让它们自己发言吧。但还有一句话要说:我期待着读者的检验。越是严格的批评,就越是对作者的爱护,我深信这一点。

1986年3月15日

哑歌人的自白

第 一 编

第一辑　叩　门

黎　明

森森,黑暗中睁开双眼——
被窝外寒冷的空气。

遥远处,隐抑的犬吠,
古屋角落里老人的咳嗽声。

一阵檀香,从哪里来?
明角窗上的鱼肚色爬上了我的帐。

弟弟起身了,嚷嚷:
昨夜猫偷吃了油盏里的油。

1943 年 1 月

夜　雪

一片,一片
飘入我大衣的黑呢

雪花儿粘上
吊在指梢的围灯的罩
便进去了

五六寸的深
走一步,足一提

挨过田边隐没的小路
移进竹篱间的狭弄

远处偷越过来
三两声犬吠的回音

"那是甚?"
"猫头鹰的招呼……"

模糊的街灯
在黑色的弄口窥视

她安慰我焦急的心
"桥头的家快到了"

1943 年 1 月

烛

新郎凝视一对烛，
酒后兴奋的脸微红着。

也泛起温柔的红色，
然而她回转倦态的脸。

一声轻的爆裂——
新的绣花被散出樟脑味。

脑中的杂乱平静下去——

客人都走散了；
狼藉的房在烛光中摇曳。

1943 年 1 月

凶 黑 的 夜

凶黑的夜
我狂奔入屋

伏案的弟弟
灯光灰白

"火！"

1943年春

烟

日光又暗了，
古青龙桥边。

荒凉的牧场，
等候了十年。

暗红的化纸炉，
旧日的山门前。

轻轻飘一缕
鬼怪的火烟。

1943 年 8 月

八　月

紫色的芝麻花，
又已开遍在大地。

一片青翠的水稻田；
半身红衣，纤小的身体。

记得吗，野桑的荫下，
半遮着稚气的笑靥；

八月的晚霞，
曾照着孩子多情的眸子？

夕阳映着一朵乌发，
纯丝上闪动着光彩——

在田塍上奔跑，
绿色中动着一点红，远了……

1943 年 8 月

野　菱　塘

仿佛坐在水上的木盆里，
小手划着凉水。

拨开浮萍，田田，
翻开野菱的盖。

蜻蜓在水面上轻飞，
旋住了梦的低回。

飘来似乎熟悉的歌谣，
迤逦的追溯，轮轮漾开。

1943 年 8 月

暮

沉昏，暗的月
寂寞的稻草场
隔岸的前村
远远一片犬吠

冷落的门前
也起了回应

一条狗的疾影
闪过了
灰色的野桥

1943 年 8 月

路

我们走着,走着,走着,
森森的柏树,石人和石马。

我们走上了石阶,
走进了一个古老的殿堂。

又从后门走出;青石皮的路,
被桃花的落瓣铺满了。

又走进一个肃穆的殿堂,
殿后面又是一条幽深的路。

方砖砌成的路;有青苔的路;
纵横的树影和花瓣铺成的路。

我们走着,走着,走着,
在古代的寂寞的树荫下走着……

1944 年 12 月

第二辑 慧 眼

慧 眼

淡弱的春光呵！
偶然的惊恐
也出现在平静中。

不长的睫毛，
从没有微笑。

凝流的慧眼
却泛出了光华。

微缓地激动着——
优柔的童心，
已成熟了一半。

1943 年 8 月

年 轻 的 老 者

用力,走出户外去蹓跶蹓跶!
但是你没有气力,你疲乏,衰颓;
那么,你就安静地坐着,观察
窗外的草地在变黄,落叶在飘飞……

哎,努力睁开你昏暗的眼睛,
嗅一下明朗的天空和一切旅行者,
听他们跋山涉水,翻山越岭,
然后再安睡吧,沉入遗忘的江河……

世界是多么广大,多么纷扰,
你曾是旅行者,你曾向历史进击。
但尽管年轻,你的精神已衰老,
你只能在梦里寻找忐忑的安谧。

可你的呓语如音诗,是如此奇妙,
我要摒弃它,如摒弃美冶的女妖。

1944 年 1 月

在我平静的时候

在我平静的时候，
请你不要出现
在我的眼前。
这原是无碍的，
但是我不愿看见
你走过我身边，
还回头
望我一眼，
扰乱了
我的心田。

你那朴素的
蓝色的土布
制成的衣服；
一副眼镜，
还有那一股
学究的风度；
把我的心
偶然地抓住，

却又不
放松一步。

你走路的姿态，
说话的口吻，
还有你的笑声，
都成为我
幻想中的慰藉，
沉默里的福音：
涂红了
我的青春
以及
我的灵魂！

但在平静的时候，
我怕看见
你那静穆的小脸。
这原是兀碍的，
但我愿独自留连
于你的笑颜，
在无人的
寂寞的夜间，
在你的
幻影之前！

1944 年 12 月

挽　　诗

是深秋的池岸边，
在天蓝的布衣上，
遗留下的白蜡点，
映入了那芦苇塘？

啊，池边的黄叶如柔絮，
上面卧着合目的蓝衣女！

青丝的小辫轻吻
胸前白蜡的遗痕——
睡颜如白蜡般清纯：
一个美丽的灵魂。

是梦在森林的谷底，
任户外夜风悲嘶，
斜倚在深隐的屋里，
读我的恋之赠诗——

于是你毫不经意地

任那白蜡的长烛
把它那痛苦的泪滴
向你的胸前倾注？

长卧吧，孩子，长卧吧！

因为恋之诗章
我已不会再吟唱；
昨日蜡炬的悲怆
也已映入了苇塘；

不久将有白雪蒙蒙
——乃白蜡的弟兄
来覆盖你呵（怕你遭冻，
在凄苦的隆冬）。

1944年12月

眼

我俩在匆促中的见面
是那么使人留恋，
留恋而沉湎——

沉湎于无边的深渊，
泛着一艘小船，
——浩荡而渺远……

向往着汪洋的彼方：
你双眼的豪光，
——晶莹又明亮！

还记着分别时的匆忙
和匆忙中的哀伤
而深长的惆怅。

1944 年 12 月

退　潮

止住吧，你胸中蠢动的恋！
初春的心，已经涨满了，
浅水的池塘，
　　经得起夏雨的汪洋？
如果不省俭你的哀怜，
即令酸辛中密藏着甘甜，
恋女的眼泪，也将泛滥，
　　更湮泯了哽咽的胸膛！

不见吗，晨曦下草露的闪熠
原来只染凉了
　　年轻孩子勇敢的步武？
原来没有给思念的疲惫
　　沾上一丝儿沁心的鼓舞？

那么，就让收缩了的心房，
还带着些许余温，茫然默念：
柔情从生命中退走如水牛，
腿上粘满着的，在出水的时候，

斑斑,只是水的渣滓,
生命的暗绿的浮萍;而且——
　　又在黄昏的时分……

　　　　　　　　　　1945 年 3 月

灰 镜 的 折 射

我醒了！
　而在恍暗的夜之晨
空虚的灰镜中
映出我自己了：
——我原来是和衣而卧的，
紫红的领带
还散勒住我的咽喉；
一双冰凉的眼睛！

我走近黑条格的长窗，
冷漠地迎望：
　太阳的红芒如猪血
滴入露台上的水潭；
——于是我探出了我的头，
始发现外面的太阳在沉沦，
而默念此时乃怪异的黄昏。
　天空如斑斓的带，
阳光贯穿了云块
呈出瑰奇与华丽：

每一块红斑
开始了幽灵的游移,
天空是柔和的纹,
游移的云
　成了整群的热带鱼
——一拥而去,
漂来一群水草
浮沉而去;
红的赤热消泯了,
　只有青冷的水……

我渐悟自己
原来住在海之底
灰色的宅子里——
　回顾灰镜里
散扣的领带
和凛冽的眼睛:
于是我知道
　我又醒了……

1945 年 4 月

舞 姿 的 消 失

没有充分的太阳光
而又充满着美丽而
明朗的光流的
介乎两座高山之间
斜倚在和暖的深谷之中
如一只羔羊的
我梦中的卧室呵!

紫漆的扶梯
弯绕着穿过
一条暗邃的长廊:
我在榻上伏卧
四围有晶亮的长窗
每一扇窗外
射进一支温煦的
银色的烛光
把我持在手中仰读着的
远友寄我的信笺
照得通亮了

远友的信息
是星星的歌唱：
黎明和晚霞的婚礼的通知
远友寄我的信笺
已成为透明的
　金色的薄片：
字迹如一群轻烟
在光流的汹涌中
　欢乐地舞旋

我梦中的卧室呵！
我曾经是我的远友
我曾经是远友寄我的信笺
我现在只是
一个独舞者跃动的舞姿
正在光和烟的群舞中消失……

1945 年 4 月

火　葬

在你远行的前夕

面对着这些纸篇

——我过去的乳臭

而想到了它们的命运

该由你来决定——

那么，如果匆促间不及递还我

（也算是它们的主人）

让绿衣人的手指来碰

就让壁炉作眠床吧：

还须看清那一群

愉快的侏儒——小精灵

毕剥地謦欬着，踏着小丑的圆舞曲

是如何抖动着他们的赤发

又伸出贪婪的舌尖

吸吮纸上每一个

我的昔日梦的瘢痕

再化成一缕缕青烟

徐徐地飘向窗外的黑暗

在夜空铸上倏忽的篆文……

1945 年 4 月

阳　　光

有人教我对你骄傲些，
可是我不能够呵，姑娘！
因为你的无比的清纯
原只是为着要使我折服，哀伤！

我将要弃去这劳什子的诗歌了，
它太不能表达我的感情。
而且，呵，它不能胜任爱的代言，
虽然我知道，你毫不深沉。

有多少诗人都是观念论者，
奇怪，似乎大家都原谅他们：
可是你没有原谅过我呵，
你无邪的语言太刺伤了我的心！

不过我始终是高兴着的，
因为我得到了你的覆盖，姑娘！
不但照着了我，也照着了

周围的人们呵,你这阳光!

1945 年 5 月 27 日

哑歌人的自白

昼夜自省的心脏
担负着深痛的悲哀
我缺乏呼吸的芬芳
来歌唱对你的深爱

原谅我吧，密睫人！
我已经向呼吸告别
我已经窒息，不信
请看我静止的肺叶

然而瓦斯的功能
不能作用于心房
过度的悲哀只使它
跳动得更加坚强

于是青春的欢爱
虽不能唱出歌喉
却永远伴着悲哀

鼓荡在我的心头

1945 年 6 月 15 日

石　龟

成为水边的蚁蛭了：
我数着它甲上的裂纹；
"十八！"啊——
那正是你的年龄。

夜雨涨高了池水，
也在仰首的龟眼里
注满了盈盈的泪，
像一个渴望着什么的
可怜的魑魅……
呵，你的无比的
悲哀的美！

摸住它小小的耳朵，
跟兔子的差不多，
渗来的是一股沁凉，
混着一团温柔；
——呵呵，
我心中的烈火！

池水里映着
一张张痛苦的面影——
纷繁的丑恶
咬啮着纷乱的人心：
然而，可怜的孩子哟，
使我失去了理性的
恐怕是
——你的柔情！

一条脊椎横在它背上：
青色的颗粒，
可爱得使人惆怅；
我无语地、颓丧地
抱住了它昂起的颈项。

池水里反映出
雷电和乌云的厮打；
闪电的隙缝里突现
一条白色的缎带
扣住你美丽的乌发——
……

呵，乘风拂着我面孔的
是一朵挂在枝头的
血色的红花：
石龟开始颤抖了，

听哪：
远处正响着
马蹄和喇叭！

顿时，一切现象消亡：
只有它带泪的两眼
依然凝望着我，
充满着温和的期望……

1945年7月6日

回　　答

虽然我的心是坚强而勇敢，
我的思想与绝望无缘，
但你的眼睛却只能看见
我面色苍白，神色黯然；

你隔着黑色的篱笆投我以
严厉的不许接近的眼神，
我却只能够彻夜地伫立，
静静地依傍着你的窗棂：

你的浓发是倾盆的骤雨，
要把我全身心紧紧地包裹；
你的睫毛是天鹅的黑羽，
将覆盖我梦中凄厉的魂魄；

但为了郑重地回答邀请，
我只好把重逢无限期延伸。

1945 年 10 月 30 日

赠　　人

歌颂容貌的诗人
聪明得胜过骡子！
而心灵的美丽
以截然的高傲睨视
一切宝座上的大师，
并因此而悲悼
这个星球上丢失了
太多的愚呆和无知。

然而，在你的面前，
我低垂折服的眼睛。
不是由于你动人的俏丽，
而是由于你为此而骄矜！
你的缄默和矜持
已成为无匹的美丽，
超越最美的魂灵：

所以愚呆和无知
将不属于我；

我的实在只是
智慧和罪过。

1945 年 11 月 16 日

梦　幻　曲[①]

夏晚的绯光没有抚慰
你发巾下如眠的黄金波浪；
秋天，灰红的雾火里，
银杏的落叶也只是无效地渴望着，
在变成泥土馥郁的叹息前，再一次
仰吻你宛步的翩跹：
而且，白衣的你也并不颀长，
即使映在清溪泠泠的欢歌中，
芦荻丛底，衬以碧柔的水衣，
你也没有百灵鸟的眼睛；
在春深时候，对着荼蘼繁茂的悲哀，
也并无一朵微笑，怯怯地，
在你挂着泪的腮上敛开。

但是，不中用的土牢呵，
圈住了我，可也得圈住我的灵魂呀！
它只要伸一下腰，就会展开洁白的巨翼，

---

① 本篇最初发表于1946年3月15日《绿诗岛》第一号，原题为《给——》。

开始,翩翩地,飞往自由的土疆:
呵!彼方,一片朝雾熹微,
在嘶叫的马群的杂沓奔驰中,
猛然,跃起你矫壮的戎姿,
冲向寒栗的晨光,
疾掠过平野千里……

于是,唉,我只得再问:
(看呀,我简直是伤透了心!)
你究竟用了那一种温柔的钥匙
轻启了我深禁的心扉,并且
待我灵魂归来,一个清冽的寒夜,
茫然惊觉,土牢里,月影迷离,
慢慢睁开我清醒的眼睛,
你早已从我心中窃去了,永远窃去了
我的缄默——可怜的尊严!

1946年1月14日

芥 蒂

芥蒂,在心与心之间
似乎已被刈割去了?
然而,偷偷地流窜着
另一种烟云……

面对着你的华彩,
我还没有喟然太息;
太多的欢笑是属于你的,
我该更爱生的庄严。

如果你依然冷嘲,
我就舍弃心底的悲悯,
潜然离开你的门阶……

1946 年 1 月 17 日

纸　船

那一年我和你曾到废园的池塘，
把蚂蚁放进一群纸摺的小船，
让它们漂过绿荫下广阔的海洋，
被阵阵西风从此岸猛吹到彼岸。

你还说组成了小人国无敌舰队，
在港口举行隆重的出征典礼。
我们为胜利的战士唱凯歌助威，
我们为牺牲的水手洒哀悼的泪滴。

把这些美丽的话语留在我心上，
你凭着孩子的好奇亲自去航海了。
当纸船在我的心浪上颠簸的时光，
作为失败者你从海上归来了。

世界上常有失败和胜利的交替，
幻象却永远保持着不败的魅力！

1946年4月14日

登　　山

翠绿的坡上,一群马驰骤下山,
有如一团黄云汹涌地奔来,
带一条尘尾,翻滚过我们身边,
到远方。你注视马群,两眼放异彩……

我转过身子,向你的双睛凝望。
你的眼睛会说话:"循着这山路,
让我们攀登上峰巅。"野花送芬芳。
山顶吹清风,你的柔发在空中飞舞……

"自然是美丽的,而且精微,博大。"
"我们是渺小的,但也能变为神圣——
只要把自然当朋友,而不膜拜他。"
我说着,而你的眼睛逐渐湿润……

我们静站着,听蹄声撞击着峰岭:
看夕阳在峭石上镌刻并肩的双影。

1946 年 5 月 31 日

我不能看演出

我不能看演出，
只能从人头的隙缝中看你，
　　看你——你这小小的观者！
你的面孔
是舞台上的情绪的
　　晴雨表，
我的面孔，又是你的面孔的
　　镜子；
我会变得悲哀的，孩子。
你使我想起了
　　REYNOLDS的油画！

　　　　　　　　　　1947年1月1日

有　赠

你的沉默是语言
你的冷淡是热情
　　呵！我凝视着——
那芬芳的音乐的形体
在你的面颊上
　　写出了蜜味的声音

你是对的：
我愿意永远凝视着
　　直到死去……

1947 年 3 月 27 日

邂　逅

——枪手篇，为权哥捉刀

这真是奇异的梦呵，迷离怅惘；
第一次你踏上黄浦滩，祖国的土地。
加拿大华人，窈窕的南国姑娘，
可是上帝把你带给我一瞬息？

相见的第一眼似触电把我们凝固，
兆丰公园里倾吐出胆怯和凄怆。
远洋轮的故障造成在上海的暂驻，
轮机的修复又要你回归异乡。

三天的相聚是一瞬，也是一生，
万顷海水浇不灭炽热的圣火。
向地球的另半边去了，你带着坚贞，
心房上永远烙刻着祖国的小伙——

我，祖国的男儿，要永远站在
大海的岸边，等待着你的归来！

1947 年 9 月 14 日

第三辑　燎市者

燎　市　者

我们从原野来

手执胜利的火炬

到临丑的城市

我们的面貌是黧黑的

我们的眼睛射出

野狂的光芒

我们的手掌

发出泥土的芳香

因为它们曾握过

芬芳的土壤

我们是犷狉的

因为我们孕育于原野

大地是我们的乳娘

我们从原野来

将在丑的都市

举起胜利的火炬

因为我们知道

我们已创造了自我

即创造了
原始的最美与最善
所以我们胜利了
我们将举起
以我们的壮硕的手
千百支胜利的火炬
它们燃着真的光焰
如同我们的眼睛射出
野狂的光芒
并将燃延开去
直到整个丑的城市
都被了灼热的烈火
而变成灿烂
我们就满意地高笑着
离开这美丽的都会
走向另一座城市

1945 年秋

江　　干

江水是一个火窟
赤烈的落阳
衰弱地微笑了……

跨上黑色的趸船
践踏过长的栈桥：
以忿怒的异议
与——高傲！

铁皮，铁碇，铁索
反射着昏眩的金光！
远岸边，工厂，火轮
喷涌着无休的黑芒……

浮沫已掀出
秽污与无耻与血腥：
水流的湍急
低沉地唱着叛逆的歌声：
而心之战斗

热烈而复消沉；
啊不，否则
我愿以熔铁灼裂
这枚凄厉的灵魂！

则决意将朝希望招手，
且我已自许。
薄暮自远方来，
我坚不反顾。

夜露湿了我肩，
猎猎的江风
扑我面，并猛探
我鼻孔。

然而我平静了：
离开江干
走向我的敌人。

1945 年秋

自 由 获 得 者

昨晚我获得自由——在黑的黄昏。
我独行于嘈杂得寂寞的市街,
购买了晚餐:一片瓜和一块饼
于一小铺家;那里有昏暗的石油的灯……
我自由了:没有人干涉我的晚餐与独行。
我得自由地走回我的寓所:
我的将与之共命运的战友的阁顶。
他还未来。我则凝视着
我的包裹与铺盖,横卧在空的板床,
作无边的梦想,直到他上楼来
点燃了蚊香——夜遂开始了。

无梦。梦的羽翼从开着的小窗飞走了。
新的周围予我以无限的平和
至乎我无闻于自己呼吸的声音。
小窗外的太空是无比的高遥而朦胧,
又如一小方深蓝银点的薄纸片
填补了我如醉的眼睑的微启……
若有远方的汽笛一声划破长空,

但我实在是无闻的——鸡遂啼了。

清冽的光在初时是灰薄的，
然而我们已似见到了旭阳。
不，我们是愚笨的，永不，
但我们是战友，我们携着手，
肩上共有行囊的重负。凉风来了，
令我们寒瑟；我们没有颤抖。
我们行过寂寞的市街，
零落的市民均横卧在石子路的旁边，
有的还发出混淆着鼾声的谵语。
然而我们一一行过了，直到
我们走进一处卖早餐的地方：
一块饼和一碗浆——令我又一次
深切地感到了我的自由。

于是市民们渐渐地醒寤并起来了，
但市街依然是寂寞的。
我们深感着希望的欢欣，
挨进了市民们的行列，大步走向
那闪耀着希望的出发点：火车站。
我们对自己说，我们是
曾经过了这样一夜晚的战友和自由人：
故我遂仰望蓝空——呵，晨已来了！

1945 年 9 月

夜　　憩

呀,奇异而陌生的
夜的面目!
在旅人的倦眼前,
古院有阴森的
槐木,流萤隐现
在霉苔间。

将于朝阳染红女墙
的时候,以一枝短杖
在肩头,吊起
我的行囊,手携我的
战友,昂首步出
这古旧的城楼。

我们是寻找
自由的人,战斗如路程
在远方引导。我们
方从远方来到;又将行进
在美好的黎明。

憩在古老的
庭宇,听砌砖间
传出蛩语。濛濛地
似欲入眠。

躺下,竹床
付我的背肘以沁凉。
有奇异而陌生的夜
围绕我们
并我们的希望。

1945 年 9 月

野　　沐

八月的夕阳下，
丰于菱盖的汉塘
是一个美丽的泽国：
我与伴抛去了衣服——
把足探下激流，
夏溪的温暖
直渗入褐色的腿肚；
全身乃沉滑下去，
至柔而热的纹
绕住我柱圆的颈项。

小银鱼远游，
躲进浮萍下幽深的水底。
我让头颅全淹，仰看
水沫如软的棉花堆
或几卷透明的白云。
有水草网住我的胸。
水浪的纤长的手指
抚我的肩并探我的鼻孔。

河泥太滑溜了，
将移我足到更深的狭床，
忙抓住岸边的野风信子：
站稳以后
以沾满泥土的芬芳的手
拭去发上的荇藻。
岸上的熏风变得清凉
当我走出了暖流，
我变得骄傲了，无畏地面对着
绿色的禾海和赤色的路。
夕阳的辐射有余热。

回首见我的伴
曝在汉塘的彼岸，
有青苔作眠毯。
暮色徘徊而来，
只有溪流在静寂中
作庄严的独语。

1945 年 9 月

光 流 与 衢

——一九四五年十月十日,上海,夜

灿烂,闪烁着狂热

流荡的昂奋

在光彩的通衢上怒茁

缤纷的五色之花……

红色与至于喑哑的喊叫!

疯狂地旋转着,舞踊着

布片与手拍与旗帜

及都城的夜唱

如在梦寐

幼儿乘烛明的船龙

滑过重重珠缀的穹门

与夺目的光之塔

夜明制造了

成人的玩具世界——

我其实醒着,睨视

锦衣朗耀的俑人剧

1945 年 10 月

守　待

鬼魅的夜！
村子的尽头有茅屋的矮影
偎依着黑色的巨人：
那威严地站着不动的
白果树——像死了一般地哑静。
茅屋像独眼龙：
一扇小窗，射出了幽光。

我们坐在炕沿，等待着。
油盏把我们的影子射上了土墙。
芯草尖，一段猩红伸出了枯黑，
擎着幽微的明亮，
箍上一圈淡紫的焰心，
碧蓝如清澈的湖水；
火苗笔直——像死了似的入定。

鬼魅的夜，围住了茅屋；
屋里的昏黯围住了我们；
我们等待着。

这时,他们正急疾地越过了
横山坳东边的松林子,
在湍急的鹧鸪溪边行进;
　　这时,他们正手拉手地渡过了
汹汹的大汉河的支流,
冰凉的河水直浸到腰身……
　　他们掠过平原,
　　　　闪过荒野的乱石,
　　　　跃过杂草丛……
鬼魅的夜是他们的保母,
死一般的静寂
　　是他们的行军进行曲;
他们是一列迅疾的影子
直向这村头的茅屋飞奔……

我们,等待着:
屋角成堆的印刷品
将暂作他们的床铺;
一叠叠的军事地图
可以借作他们的眠枕;
　　他们就要来了:
黑色的巨人将是他们的竖标;
独眼龙的射着幽光的独眼
将是他们的灯塔;
而我们,将是他们的弟弟和同志;
这里,将是他们的公署和家。
今夜,我们将有新的输血:

我们坐在炕沿,等待着……

突然,
我们的影子在土墙上闪动了,
死了似的不动的火苗开始跳跃;
威严地沉默着的黑色的巨人
开始作悉索的低语:
    我们屏息着掉转我们的头,
紧张然而庄严地注视着
小窗之外的黑暗——

于是,
——砰!
一声遥远的枪响,突破了
    鬼魅的夜!

1945 年 11 月 2 日

归　来　者

我，归来了。我从旷野归来。
作为失败者，我踏着初冬的积雪
回到我旧时工作的门院，窗台。
但我也胜利了，因为我从未退却。

我流浪，是为追求燃烧的本身，
然而忘却了为之燃烧的目的。
激情的烈焰把我烧成了灰烬，
青烟又重新凝聚我沉重的形体。

门院里人来往，帘幕后彻夜灯明，
秘密的火种在弄堂的蛛网里传递。
旷野有宏伟的交响，这里却一片静，
但是酝酿着大厦在烈火中倾圮。

隆冬到临，我爱雪花的洁白，
但我想，只有火花能烧毁失败。

1945 年 12 月 3 日

待　　旦

黑狗在梦里呓语，
把我从露宿中惊醒：
我疑心那是人的声音，
如因极度的迷惘和悲怆
发出了低沉的呻吟……

睁开眼，啊，炎夏的夜
捂焖在朦胧之中，
糊晕的黄月
像魔鬼的独眼；
夜星空郁蒸着微红。

澎湃的夜籁
不时地沉落又浮升；
但这里是一片静止，
除了伙伴们在梦中的
辗侧和鼾声。

从门板上陡然起立，

我撩开围裹的毡毯：
呵，泥场上横七竖八
卧着过宿的同志；
远处，轻冒着白烟：
为了给战马驱除蚊蚋，
有干草在默默焖燃。

月落，湿露悄然下降……
黑狗又一阵呜咽，
深色的大地如巨灵的掌。
夜星空转成奥黑；
这时才感到一点凉。

在泥场上，在我的
合眼的同志们的
中央，我伫立，
冀盼着
将降的曙光。

1945年12月8日

市　　郊

尖顶,播音台铁塔,天主教堂,
都躲在树枝隙。从天际隐去了星星,
从房屋的剪影后探出阴沉的太阳,
没有鸦影投向稀疏的路人。

乞丐用呆滞的眼光望着过客,
路边摆着一只破损的空碗。
灰烟和黑烟从林立的烟囱喷出,
煤屑路像蛇一样蜿蜒到天边。

一排排路灯亮了,眨着鬼眼睛。
窗帘拉上了,黑暗淹没了啜泣。
工人们从厂门涌出,悲壮的歌声
填满了市郊。月亮洒一串太息……

我爱的区域呀,你逃脱不了变化:
不走向沉沦,就在沉默中爆发!

1946年1月1日

厩

泥房，晦暗地浮现，
稻草和马粪的腐气
涌起，又沉落在暮霭里。

温婉的大眼，垂下，
掩藏着真挚的聪慧，
无聊，蹴着灰烟……
——小驹，栏上拴着的，
高昂只属于昔日吗？

然而，在阳光下，我要欢唱！

我要欢唱呀，我的小骏马！
只待我，一旦突出土牢，
立刻，在破晓寒风中——

我将跨着你，驰向
自由的千里平野……

1946年1月11日

行　列

——为上海一·一三公祭于再先生等
烈士后民主大游行作

这次,死亡是仁蔼的天使,
她以火药作仙杖来点化烈士的英魂,
一翻身,给变成了巨壮的行列:

千万颗年青的心,借作它的意志;
它的声音是人子向真理的召唤;
它向前迈步,如蜗牛留下银灰的涎迹,
一路代正义吐下了白色的宣言。①

最后,它再度蜕变:只一阵啸歌,立刻
化成无数粒自由种籽,散到人间。

1946年1月

---

① 参加游行的青年学生,用白粉笔在马路上写下了争民主反独裁的标语和口
号。

生命没有终结

意志是坚冷的铁砧，
生命是一块烧红的铁，
在生活无情的捶击下，
它散出了灿烂的星花；
经过千百次的锤炼，
在最后形成的
该是一把闪着寒光的宝刀，
它将被饲以敌人的血，
且永远矜持着，没有一丝笑容……
或一把笨重的锄，
被命定有一个终身的伴侣：泥土，
它该默默地度过辛勤的一生，
让地里的碎瓦，片石，逐年累月，
无形中磨损尽了它的青春……
然而年代终于使那些
被遗忘了的锈锄，断剑，
重新进入熔铁的洪炉，
于是它们在烈焰熊熊之中
又看见了新的生命，熠熠地，

在向它们俨然招手。

在将来的幻象里，
最后我也交出了我斗士的生命，
让精魂潜入更年青的心，
不久便在那里开出美丽的花朵；
再把我倒在沟壑里的躯干
给大地施肥；
到了明年，便化成一片
黄金的谷穗，
临着秋风，我将掩不住
新生的婴儿的喜欢，
而不断地向新的世界
骄矜地颔首。

1946 年 1 月 17 日

喉　舌

礼堂大厅像只超载的轮船，
一场大辩论像海潮般猛烈撞击。
啊啊少年，我见到你跃上讲坛，
见到你目光炯炯，勇壮而伟丽！

向着混杂在群众中间的便衣，
你的眼睛射出不可拒的光芒；
在含着恶意的阵阵鼓噪声里，
你的语言震荡着不可抗的力量；

你的眼睛是燃着真理的灯盏，
你的雄辩是伸张正义的刃锋；
欢呼的浪潮淹没了蛊惑的狂言，
群众簇拥你，举起你在礼堂正中。

我挥拳把向你扑去的手臂打折，
少年呵，我要保护的是人民的喉舌！

1946年2月28日

生 命 的 风 云

敬礼,同志! 你的生命的风云
将展开一篇庄严肃穆的无韵诗。
虽然我不能预言未来的命运,
但我已感受到你铁树一样的意志。

你给我的是感激,不是惊叹;
于是我们都低头了,面对着真理。
乌云会霸占天空,海浪会呐喊,
阳光的金箭会射穿浓重的云幂。

我不爱修辞。可是我仍然愿意
赠你的未来一个形容词:多舛。
血与火将铺满在征途,生死的搏击
将旋风似的疾卷过谷底和峰巅。

生命只有一次,平凡或壮丽,
都应该用火来迎接呵,同志,珍惜!

1946 年 3 月 11 日

雨　季

阁楼是我的巢。想着外面的夜
是怎样执拗地在无尽的雨丝中旋转，
我怔忡的忧心走进影子的行列，
不断的移动中，我沉入不安的安眠。

于是，梦，把太阳带给了我，
然而我对它已经太过生疏；
太阳把炽热投向我的心窝，
我却辨不出它赤金浑圆的面目。

在梦里我坚信，当她向我告别，
我将发现自己仍然生活在
一个连绵不断的阴雨季节——
可是，阁顶的小窗终于敞开：

璀璨的晨光抚醒我久眠的眼睫，
给我带来了惊讶和战栗的喜悦。

1946 年 3 月 24 日

初 来 者

我们来了，
我们终于来了！

请热烈地拥抱我们！

请张开你们的手臂，
你们孩子们的手臂，
少男少女们的手臂，
父亲们、母亲们的手臂，
朋友们、爱人们的手臂，
战士们的手臂，
被太阳晒成鳌黑色的手臂，
流着热血的红色的手臂，
粗壮的青春的手臂，
温柔的美丽的手臂，
也是顽强的、凶猛的手臂，
——这样的一群手臂，
请张开你们这样的一群手臂，
——来拥抱我们！

我们是用自己的腿徒步走来的，

　　是手牵着手，列成队伍走来的，

我们是在酷日的毒光下流着汗而来的，

　　是在狂虐的北风下颤抖着身子而来的，

我们是越过了湍急的寒流而来的，

　　是翻过了峻拔的危崖而来的，

我们是排除了纠葛的荆棘、

　　踏平了崎岖的路径而来的，

我们是眼中燃烧着饥饿的欲火，

　　身背后拖着沉重的死亡的影子

　　——而走完了我们的长途的，

我们是向着

　　前面的闪着理想的希望的光

　　——而走到了这里的，

我们是为了

　　要和你们共同来创造新的世界，

　　共同来写卜人类今后的历史

　　——而来到这里的！

所以——

　　我们不是空手而来的，

随同我们一起来的是

　　新的勇气，

　　新的力量！

更多的激励，

　　更多的希望！

还有一个

更坚强不可动摇的
信仰！

请把我们当作
你们的弟弟们，妹妹们，
你们的哥哥们，姊姊们，
你们的儿子们，女儿们，
你们的战友们——这样地
来热烈地拥抱我们！

因为，我们来了，
我们终于来了！

1946年4月9日

白　日　梦

经过了曙光照亮的荒凉的村落，
经过了夕阳映红的破败土地庙，
走尽了眼泪拌和的长长黄泥路，
我终于看到了烟霞中远方的城郊。

我放下负荷几千年重载的行囊，
一身疲累，躺倒在清泉的旁边，
穿叶的阳光轻抚我褴褛的衣裳，
稻花香和蝉鸣催我到梦的画园。

白日梦引导我走进那远方的大城，
城里的居民全都是活泼的潘彼得；①
我在永远年幼的国度里巡行，
想不到笑容会给我巨大的压迫……

我猛醒，遥望金光闪烁的城楼：

---

① 潘彼得为英国作家詹姆士·巴利的童话《潘彼得》中的主人公，他是一个永远不会长大的孩子。

起程吧；让思想飞越时间的鸿沟！

1946 年 4 月 10 日

自己不能说话的时候

　　暗的早晨
窗外有轻声的口哨
于是
我自己知道自己像影子一样没有重量地
从床上闪起
　　（闪过了母亲的鼾声）
闪出后门
——手插在塞满红纸的裤袋里。

——浆糊呢？
——有。
于是有两个没有重量的影子
在灰白的早晨
闪出了狭弄

当太阳已经来临
而老爷们还躺在床上的时候
我也混在人们中间低低嚷着
——在我们自己不能说话的时候

怎样一下子墙壁都张开了血红的口

　　在代我们发言啦?!

　　　　　　　　　　1946年4月14日

矫 健 的 节 奏

我曾轻轻地唱过一曲催眠歌，
向着你献给我的热情；
安睡在摇篮里的爱恋
该比它母亲的笑容更加端丽。
纵然有烈火在我胸中焚烧，
它不敢侵入圣洁的心；
你勇敢地搴去了帷幕，
我才开始得到了平和。
曾用镀金的诗句作拒绝的托辞，
原是为了知道自己平凡，
这不是我的谦虚，
我不会卑下到用假善
来欺骗你最深的诚挚；
虽然我有时截然地骄傲，
却只是对着市侩的谄媚；
待到经过了昨天的今天，
我将把出发作为答辞。
你的愉悦是我的欣喜，
你心上掠过的半丝忧郁

也会是我难耐的痛苦。
我不嫉妒你另外有所迷恋，
我也同样钟情于突起的风云；
暖巢不是我们的幸福，
我们的幸福是共同献身；
我们所以决绝地甘愿
把我们的生命作燃料，
去烧毁明天的阴霾，
就因为还有一个后天；
只要我们的信心连结在一起，
世界上就会产生出
最美的光的花环。
想起你初来时的神情，
那么热烈，又那么冷峻，
你的眼睛，严励而又俊美，
则今天你端庄的仪态
会使我在微笑中流泪……
你的热情加强我的坚决，
你的爱，是我意志的堡垒。
五月有赤烈的太阳，
不会灼伤初醒的花朵，
只能使它蓬勃地苗长；
我承受你的青春的雨露，
是我无尚的荣光！
握着你流着热血的手，
用含泪的眼睛
注视着你庄丽的面孔，

我的感激的颤抖
就会震荡出矫健的节奏，
而凝成出征的歌声；
我们的吻是我们的誓言：
让我们挽手汇入火炬的行列，
去达到最后的爱的完成。

1946年5月21日

雷 鼓 的 邀 请

你体内循环着北国的血脉，
你自小呼吸着南国的花香，
南北的菁英集成的华彩
凝聚成你两道聪慧的目光。

你带领同学们到教师休息室
恳求我回到教室去授课；
你的诚挚和成熟的童稚
掀动我悲哀和喜悦的起落。

你的失望像烙印一样
永远刻在我动荡的心头。
我并不停止在歉仄和赞扬，
更愿你放开行进的歌喉。

伴随着大路和慧眼的叠影，
听雷鼓正向你发出邀请！

1946 年 5 月 29 日

259

竞　　走

我祝贺你，今天你恰恰走完
一个世纪的四分之一的路程；
你来自白色的纯洁和天真烂漫，
走进了五彩斑斓的世界的大门；

在这纷纭广袤的生命的花园里，
你指望播下的种子会开出花来，
文学和音乐之树会枝壮叶密，
在诗人和歌手太息欢呼的时代。

你沿着云锦的道路走向前方：
愈是镀金般闪光，愈感到不足。
从春的灿烂到秋的丰盈，你指望
前面绝不是纪念碑和冰冷的坟墓。

我祝你决不在中途停止竞走，
你的终点是歌诗的永恒和不朽。

1946 年 11 月 8 日

我 相 信

我相信
　我有严重的色盲症
把红色和蓝色倒置
　把暗的黑色和亮的白色
　　也倒置

因为我看见
　太平洋变成了人血的海
　　它把蔚蓝的天空
　　　也映成通红
　　　（我得声明
　　　我不是什么骗人的"先知"）
而初出东方的太阳
　也因此而显出
　　满脸的忧郁
　　　（此之谓 in the blues？ ①）
因为我又看见

---

① in the blues，英文成语，意为怏怏不乐。blue原为蓝色之意。

白手套并没有
　　把罪恶的黑手
　　　　遮住
　　（朋友,这原来就是所谓
　　　　"白色恐怖"?）

而黑单上
　　却写满了光芒四射的
　　　　姓名
于是我更懂得
　　黑暗的内部
　　　　必然包含着
　　　　　　光明

1946 年 11 月 23 日

爱麦虞限路广场

上海因有你而羞耻,因有你而骄傲。
你坚持要甩掉外国君主的姓氏。
我们的队伍来了,发出呼号,
列队在你的胸膛上,我们誓师。

阴谋家从高楼阳台上,从阁楼窗口,
向我们男女青年背后放冷枪。
从你的心脏出发,挥动着拳头,
我们还击,用怒吼一般的合唱。

你是我们的见证人,我们的保母。
你亲眼见到了细雨下洪流的倾泻。
在你的注视下,我们寻找着通路,
在你的怀抱里,我们孕育了团结。

广场呵,你曾经负载了历史的重任,
你是不灭的,我们的耶路撒冷!

1946年3月29日初稿,12月14日改

山石·树·巨流

——亲和力三乐章

一

石块,石块……
大的,小的,白色的,黄色的……
方的,圆的,尖的,团的,奇形怪状的……
这几块
挨紧着他们的朋友们——那几块
那几块
又挨紧着他们的朋友们——另外几块
……
挨成丘,挨成山
——暴风雨也摇撼不动的
谁留心
成千成万的石块中
紧挨着的两块?

二

两株粗壮的树

矗立在原野的中央
他们是亲人呵——
在严寒的冬天
一同抵御着
远方滚来的风沙和冰雪
暖流来了
他们就共同迎迓
阳光的爱抚和雨露的甘甜
人们只见到
他们巨伞一样的枝柯互相拥抱着
但他们的千万条根须
互相拥抱得更紧,更深
在泥土的下面

三

山上有两颗晶莹的雪珠凝聚了
结合成一块坚冰
春天来了
就跟他们的伙伴们——无数块冰
涌成一支冲下山来的巨流
出发向他们的理想——海洋
要流过多少荒原,田地,城镇,
戴着阳光,月色,星空,云野……
再分不出原来的冰块
更分不出那两粒雪珠儿
只知道巨流是不能分散的

也是不可阻挡地在奔向
真理的海洋

1947 年 7 月

城 楼 图 铭 I

欲圮的敌楼,风雨剥蚀的城墙,
破败的岗亭,土山之间的泥路,
被画笔揉成一团。混茫的中央:
载双人的独轮车伸向迢遥的远处……

冬日的风,凄厉而肃杀,吹去
每一段回忆,以至每一片凄清,
这小城呈现出一个伟大的裸体——
在令人颤栗的洁净中向天横陈。

一切都已是昨日的汪洋中的点滴,
但我将面对这幅画,以我的心祭:
没眼泪,连心的跳动也几乎要止息,
因为岩石的悲悼是如死的静寂。

耳语如彗星,划破了阴冷的画面:
亡友的哀容如峻峰在星云里突现。

1947 年 12 月

盲 者 之 歌

哦,我在黑暗的寒流中浮沉!
我失去了视觉,失去了一切……

"亲爱的朋友呵,何必太息呢?
你还有听觉,嗅觉,味觉和触觉。
夜莺的歌将抚慰你的耳朵,
你的鼻孔可以沐浴在芝兰的香气里,
阳光的热浪会拥抱你的全身……"

是的,我还能够听到
狱官的厉唤和囚徒的怒吼,
刽子手磨着冷亮的钢刀之声霍霍,
我也嗅到硫磺的毒焰弥漫,
受难者的尸体散发出血腥和腐烂的气息;
而太阳离开我太远了,
寒冷呵,
我只是在黑暗的寒流中起落!

"你还没有沉沦于死亡呵,光算什么……

亲爱的朋友啊！……"

是的，我抚触自己的躯体，
我的躯体还没有消泯。
哦，让三棱镜把远距离阳光的焦点
聚集在我的躯体上，让它
向着夜中国的荒原燃起一股烽烟！
我愿意自己消亡——消亡在
灿烂的光和热之中——
给一切别人以热度，并照亮
一切别人的眼睛！

1948年9月

第 二 编

鲜花与纸花

鲜 花 与 纸 花

"当你凋谢的时候，
我依然色彩鲜艳。
当你死去的时候，
我依然活在人间。"

"活？什么叫作活？
你难道也曾活过？
你可曾感到过呼吸和脉搏？
你可曾燃烧过生命的烈火？

我的生命像一团光焰，
向人间喷出我所有的热情，
因此我不久就精疲力竭，
但留下香气在世间长存……"

"造化创造了你，
人类创造了我；
你是原始的形态，
我是智慧的成果。

你有自然的生命，
我有艺术的生命；
你的生命有限，
我的生命无穷！"

"人们仿照我的模样，
把你的族类制成；
你的花蕊不能酿成蜂蜜，
你的花瓣不能炼成香精……"

鲜花纸花正在争吵，
诗人走来微微笑：
"在这个大千世界里，
鲜花纸花都需要。

我们爱中山公园的牡丹，
也喜欢宋徽宗的花鸟；
欢迎呵！欢迎一切美好的生命，
不论它是自然的还是人类的创造！"

1957 年春

雁　　滩

在多少年风涛的冲击中成长，
一座长岛横卧在黄河中央。
传说中的大雁驮着夕阳飞去了，
雁滩没有翅膀，又怎能飞翔？

果农的眼泪，菜农的悲剧，
在"八·二六"的炮声中结束。①
沙田里长出一片片黄金，
果树上结出一串串珠玉。

黄河把岛影和云影合抱在怀中，
碧浪银花交织着白沙金滩；
长桥把岛心和城心连接起来，
烟囱和繁枝凝结成一片紫烟。

刨树的老农在铜柱上刻翻身的喜悦；
溜冰的儿童在银盘上写生活的礼赞；

---

① "八·二六"是指 1949 年 8 月 26 日，兰州解放的日子。

树海里，人群里，一幢幢新楼升起，
新楼的中央：鲜艳的红旗飞翻。

前进吧，你黄河臂弯里的一颗明珠，
你兰州城衣襟上的一朵鲜花！
大雁驮着夕阳飞去了，永远不再回来，
你驮的不是夕阳，是金色的朝霞！

1962年3月

五　泉　山①

南枕皋兰，
北俯兰州，
登上楼台最高处，
看雾里千街万树稠。
白烟一线穿城去，
蜿蜒向西游。

霍去病，挥神手，
击鞭着石五泉流；
人民群众挥神手，
造起千家新厂，万幢高楼，
更叫千年黄河翻碧浪，
送出滔滔清水，灼灼电流；
古时神话早已矣，
现实画图椽笔钩。

---

① 五泉山在兰州城南，有五道泉水自岩石中汩汩流出，因以为名。相传汉大将
霍去病驻兵于此，缺水，霍以鞭击石，每击一下，石即迸裂而涌出一道泉水，击
五下而涌出五道泉水。今已辟为公园。

五泉流出山沟，
流进游人心头，
流遍黄土高原，
沙漠尽变绿洲，
看天山招手，昆仑点头，
一齐指向皋兰——
西北重镇，西陲咽喉。

别矣五泉，
待山城新装又换，
要再来问候，
看钢花溅霄汉，
油浪冲斗牛。

1962年3月

成 都 草 堂

松柏蘸着浓绿写诗，
腊梅呼着香气写诗，
小溪把草地当作诗笺：
满园是诗情诗意诗思。

郊区的诗是田野锦绣，
市区的诗是钢电交鸣：
蓉城也是一座诗园，
只是更大更美更新。

1962年3月

车过秦岭

朝霞和晚霞
本来是一双同样绚烂的姑娘，
妹妹却羡慕姊姊的命运：
每次前来拥抱她的
　　总是那更加绚烂的太阳。

如今妹妹也骄傲了：
黑暗不再来涂抹她美丽的脸庞，
电流通到了荒凉的山野，
到晚来电光和霞光
　　汇成了一片光芒的海洋！

1962年4月

月

天上是一片深蓝,云海茫茫,
只有一个孤独的月亮在彷徨;
地上有多少河流,多少池塘,
就有多少个月亮的脸庞在发光。

是大地热爱着月亮,
在人间描绘她无数美丽的肖像,
还是月亮热爱着人间,
叫万千化身投入大地的胸膛?

1962年4月

牵 牛 花

因为你只在早晨开放，
西方人叫你晨光；①
要把你比作天上的星宿，
我们叫你牵牛。

牛郎呵，牛郎，
谁是你的织女姑娘？
莫非是那夜来香，
只在夜里散芬芳？

要晨光不仅在早晨亮，
要夜来香不仅在夜里香，
要银河上的鹊桥永不断，
要人世间的幸福万万年。

1962 年 4 月

---

① 牵牛花英语叫 morning-glory，直译其意即"晨光"。

第 三 编

第一辑 谢 幕

谢 幕

枯树枝
抓行人衣角
蜘蛛网
黏行人鬓角

向帷幕走去
越走越深
一个阴影
跟踪在脚跟

大风来
扫天地寂寥
大雨来
洗古今荒谬

1978 年 10 月

判　　断

脑袋扎进沙包
就到了安全地带
见不到自己的眼睛
自己就并不存在

只承认白天
黑夜就自动消灭
不承认悲剧
世界上就只有喜悦

井底之人
有一天出了井
一手遮天
蓝天上留五个指印？

1978 年 10 月

逻　　辑

俊媳妇不见公婆
就变成丑女？
西施盖着头纱
难道是嫫母？

把污泥涂上白玉
才叫做抹黑
剥金装露出泥胎
是本性回归

蛤蟆是蛤蟆
锦鸡是锦鸡
但是，还有罂粟花
多么美丽！

要揭头纱
还要揭画皮

1978年10月

风　格

行云流水
高山巨壑
花的芳香
光的灼热

基本粒子
无所不在
从无穷的过去
向无穷的未来

你的欢乐
睫毛上的泪滴
你的痛苦
嘴角的笑意

早已消逝
属于永恒
死亡

是你的母亲

1978 年 10 月

变异和蜕变

一部分构成
已经变了
一部分肌体
已经烂了

蠹鱼
钻进了脊梁骨
红蜘蛛
咬啮着筋络

合并症
需要综合治疗
恶性肿瘤
必须发现得早

动了大手术
癌细胞
有没有扩散？
过分虚弱

且慢服用
十全大补药

把脓水挤干净
叫新的组织长出来
不用人造心脏
来调动血液循环

让输氧的导管
撤离鼻孔
让大脑的指挥系统
重新
正常地运转

你的新生
是辩证法的胜利
是历史聚光镜的焦点

1978 年 12 月

实 践 的 力 学

静止的时针
朝零点暗转
无声的潮水
向海岸潜移

阴影
爬上肌体
尘雾
漫向大地

蛀虫
在咬每个人的心
轻轻地
悄悄地

巨厦的
红漆大柱里
隐藏着
蠕动的白蚁

青蛙的舌头
在哪里？
啄木鸟的喙
在哪里？

希望啊希望
来自实践的力学
实践的力学
孕育勇气

从实践的光谱里
析出
真理

通过实践的蒸馏塔
排除
谬误和绝望的
废气

1978 年 12 月

希　望

像河边的蝴蝶
既狡猾又美丽

——艾青:《希望》

一只美丽的蝴蝶
在草丛飞舞

天真的孩子
在扑打追逐

蝴蝶啊蝴蝶
跟万花筒一样绚烂

蝴蝶啊蝴蝶
跟游丝一样飘忽

斑斓的双翅
叫孩子眼花缭乱

闪动的飞行
叫孩子左顾右盼

一忽儿没了踪影
一忽儿又来到眼前

天真的孩子
始终扑打追赶

追赶,追赶……
要把它一下子网住

总有一天呵
它会是孩子的猎物

但是第二天
它会不会翩然飞去?

1979年10月

列　　车

列车穿行在
垂杨甬道里
夕阳光织入杨柳丝
瞬息万变的
绿色雨帘
向后飞移

列车穿行在
奔驰着的
水塘草坪大地山岗上
明明灭灭的云霞
编成的甬道里

列车穿行在
光与暗组成的
绿色和灰色的帷幕里

远山和蓝色的云缓移
枕木和碎石如闪电

从眼角飞逝
随着一声凄厉的汽笛

列车穿行在
思维的黑发
组成的甬道里
梦想和幻想
构成两厢壁画
向后飞移

"哀莫大于心死"
一声沉重的叹息
从地底升起
织入了车轮的隆隆声
敲击耳膜
潜入心底

列车穿行在
忧愁和喜悦的眉宇
悲哀和欢乐的睫毛
编成的甬道里
眼泪和酒涡
组成的锦缎
向后飞移

休止符和慢板缓移
恐惧和冷嘲如闪电

从心角飞逝
随着一声决裂的汽笛

1979年10月

嘱　咐

因为你的喉咙里
只有真理的声音，
于是你的喉咙里
插进了利刃！

因为你的脑子里
搁不进任何谎言，
于是你的脑子里
搁进了子弹！

屠刀
要从党的喉管里拔出；
毒弹
要从祖国的大脑里排除！

永不忘你的嘱咐：
让真理高声地喊叫！
不需要太多的眼泪呵，

需要深深的思考。

1979 年 6 月

手

老人的手
伸向餐桌边
伸向我胸前

核桃壳般
布满皱纹的脸
深邃的目光
代替一切语言

饥饿的影子
时隐时现
我仿佛回到了
我的童年

手啊！
你要求的
仅仅是半碗剩饭？
不！

是一代人追求的信仰
是庄严诺言的兑现
还有那
十年,或更长的时间

中国啊中国!
你的形象
怎能还是
核桃壳般
布满皱纹的脸?
我听到了啊
你深邃的目光里
蕴含的万语千言

不能再等待了
变!巨变!
用九亿双手
重新塑造
中国的容颜

1975年1月初稿
1979年10月写定

目　　的

有了你
我才是百步穿杨的利箭
有了你
我才是刺向敌人心脏的宝剑
有了你
我才是被稿纸磨钝了的笔尖
有了你
我才是穿行在亿万根纤维中的红线

向着你
我劈开波浪在大海上行驶
向着你
我冲破气浪在高速公路上飞驰
向着你
我甩下三级火箭进入轨道
向着你
我绕过月亮，奔向火星，一路上唱歌写诗

你是

马克思恩格斯书信集里讨论的题目
你是
历史的海洋彼岸将出现的乡村兼城市
你是
一亿光年距离外星球上的生物
你是
还可以再进行无穷次分割的基本粒子

为了你
我带着九大行星飞往银河系中心
为了你
我带着月球绕太阳运行
为了你
我每秒钟进行亿万次生活实践
为了你
我让我的思维渗透过去和未来,渗透永恒

没有你
就没有光
没有你
就没有声
没有你
就没有花朵的色彩
没有你
就没有孩子的笑,爱人的吻
没有你
就没有生命的速度

没有你
就没有灵魂

我是永远围着你转的电子
有了你
我永远不会死

1979 年 10 月

台灯下的情思

景泰蓝底盘
筑一座圆形烈士墓
红木柱头
把钨丝的震颤擎住

胶卷透明万景罩
让柔光凝聚
飞天和蝴蝶蹁跹
伴随在我的征途

伴我到密林
随我到深谷
同我经历骤雨艳阳
和我一起狂欢恸哭

听我的朗读如锯齿
一声声锯断偶像的支柱
看我的眼泪如熔岩
一滴滴把纸上的神祇烧煳

瞧钢笔里泉水蓝澄澄
流入江河大湖
流向那咆哮的海洋
任感情天翻地覆

蝴蝶振翅飞天舞
轻轻地唱起催眠曲
一缕幽魂化一双慧眼
深情地探出圆形墓

任凝聚的灯光
爱抚的白色记录簿
怀抱住我的万种柔情
一腔暴怒

1979 年 10 月

擂 鼓 墩

　　1979年秋,湖北随县擂鼓墩一号墓的出土文物在北京历史博物馆展出,震惊了中国和世界的考古界。这是一座战国早期的诸侯墓葬。墓内出土棺椁、乐器、青铜礼器、兵器、金器、玉器、漆木竹器和竹简等七千多件。其中八种一百二十五件古代乐器,特别是青铜编钟(共六十五件),是我国音乐史上的空前发现,极为壮观。而棺内除墓主曾侯乙的尸体骨架外,还有二十一具少女的骨架,都是殉葬者。

　　　　　两千四百多年
　　　　　骤然缩成一瞬间
　　　　　嗡吰锽鞳的声波
　　　　　把二十四个世纪聚成一个凝固点

　　　　　六十五只斑驳的蟾蜍
　　　　　六十五顶金属的头盔
　　　　　三个等级,三道阶梯
　　　　　编钟——一支宏伟、森严的乐队

　　　　　六个佩剑的武士
　　　　　用双手和头颅承顶钟笋

他们托住的可是一个宇宙——
时间的体积和空间的流程？

噜呔镗鞳……
何以如此深沉，如此强烈？
这声波来自天顶？来自地心？
来自另一个幽邃的世界？

二十一个乐舞的形象
随钟声而高昂，而低回
噜呔镗鞳……
舞姿化为棺椁上永恒的彩绘

高度的文明
高度的野蛮
地府的音浪吞噬了
二十一名殉葬的女性青少年

擂鼓墩，擂吧！擂吧！
几十条青龙盘绕托举的建鼓！
擂出过去和未来统一的史诗
擂响天庭和地府合成的总谱

高度的野蛮
高度的文明
一瞬间——人类史
望远镜里又爆发了多少颗新的恒星？

擂鼓墩,擂吧! 擂吧!
让鼓声和钟声合一
让三道阶梯和一支竖杆
横跨银河系和河外星系

化石记载的恐龙岂能复活?
古莲子会变成新的荷花
为什么只留下曾侯乙的名字
铭文里有铸钟奴隶向未来说的话——

他们在低语,在呼喊
他们在占卜,在预言
他们祝祷在这块奴隶流血的大地上
一个光明的世纪必将出现

走出历史博物馆
好像走出一个离奇的梦
白日依然君临着太阳系
地球依然在自西向东地移动

1979 年 10 月

物　理　学

你是水银，
搁在方匣里
就是方形；
装进圆瓶里
就成圆形；
温度低了，
就下降；
温度高了，
就上升……

我是金刚石，
透明得
好像不存在。
但我有角有棱，
永远坚贞。
最锋利的刀
碰到我
也要卷刃！

1981 年 11 月

煤　精

　　煤精是一种特殊的煤,性硬,色黑,用以雕刻工艺品或装饰品,我国主要产地是辽宁抚顺。在抚顺露天煤矿的接待室里,我第一次见到了它。

　　　　我看见玻璃罩子里
　　　　坐着一尊小型笑面人
　　　　这是铁铸的吗?
　　　　"不,它是煤精所雕成"

　　　　哦,煤精——
　　　　和煤一起来自坑穴
　　　　它的肌体坚硬如铁
　　　　它周身乌黑锃亮
　　　　发出金属的光泽
　　　　它是煤的魂魄

　　　　它应该比煤炭
　　　　发出更大的火力
　　　　可为什么老是

坐在这里笑吟吟？

"它的全部热量已经
化为一朵冷嘲"

不,它全身蕴藏的能源
凝聚成了对人间
永恒的微笑

1983年4月

新 月 和 残 月

新月让嘴角
向下垂
像是在哭
在哀悼美好世界的失落

残月让嘴角
向上翘
像是在笑
在讥嘲质朴心灵的回归

哀容
一天天充盈
变成美丽光明的圆脸

笑颜
一天天瘦削
终于消失在天的边沿

热情和冷峻

不可抗拒地
各自走向丰满和沉沦

1986年2月8日

心　　跳

心啊！为什么你跳得这样猛烈？
为什么你这样忐忑？这样不安？
你的房室里流注着什么血液——
几千度高温，如太阳的岩浆滚翻？

心啊！你会被周围的恐惧压折？
大气圈用一层阴霾紧箍着地球；
一整块黑色的地幔包裹着地核——
在地心，你承受着几亿兆吨的忧愁？

心啊！你梦寐以求的可是突破？
可是穿刺？可是迸裂和爆炸？
你永远不能宽恕容忍和缄默？
你渴慕解脱，还是永世的挣扎？

人类的良心！你终将蹦出地壳，
向天心倾泻你热血飞溅的搏跳！

1986 年 5 月 30 日

狭　　弄

我常常梦见我走向一条路径——
那样狭窄,那样细长的小巷,
地上铺着尖尖的碎石,一棱棱,
在一线斜阳下泛起惨白的鳞光。

小路的一边是监狱,高墙陡立;
另一边是教堂,看得见钟楼和墓园。
我在夹弄中行走着,孤独而凄迷,
长长的甬道好像永远走不完。

猛地,囚徒的嚎叫搅拌着钟声
撞击着黄昏给心灵带来的落寞,
我惊异,疑惧而止步,仔细倾听:
天使和撒旦翻了个,在半空拼搏。

啊,童年时常去游荡的狭弄,
也是我永远挣脱不掉的噩梦!

1986 年 5 月 31 日

痕　迹

翻开《草叶集》。我看见"有一个孩子
向前走去……"在组成诗行的单词间
有彩色蜡笔勾出的巨大红日,
大海的蓝波,青林和花的草原……

愤怒茁长的草叶一时间发出
惊愕的喊叫,转瞬间,露一片微笑。
五彩的线条网住云卷的字母——
有一个孩子把惠特曼紧紧拥抱。

对书的尊崇曾使我堕入蒙昧:
我把诗集从蜡笔下抢夺过来;
稚秀的瞳仁汪两潭失望的泪水,
幻想消失了,创造力在心底徘徊。

孩子早离开人间。我多么愿意
每片草叶上都刻着生命的痕迹!

1986 年 8 月 2 日

心　　感

命运说
你们二位
注定一位要聋
一位要瞎

画家说
让我做聋人吧
音乐家说
让我做盲人吧

缪斯说
失明
创造绘画的极致
失聪
攀登音乐的峰巅

心灵的艺术
超越感官而诞生
让绝望催动希望

让死萌发生吧

1987年8月20日

素 馨 花

盲孩蹲在街角
凭他的第六知觉
观察着一切过路人
熟悉的裙子下
小小的赤脚走来了
停顿一下　又过去了
留下一个轻轻的声响
发出阵阵甜蜜的芳香
盲孩用两手摸索着
在灼手的阳光下
从街石上捡到了
一朵白色的素馨花——
是有意的失落
还是无心的赠予
第六知觉失灵了
一切过路人不存在了
在灼人的阳光下
盲孩捧着素馨花
紧贴自己的胸脯

哦！花瓣在心口
像蜡一样熔化了

1987 年 8 月 26 日

我并不想来这里

我并不想来这里
我竟来到这弄堂
拐角处路灯幽暗
窗子里台灯微亮
我并不想敲门
我竟把门敲响
她没有来开门
小妹出现在阳台
"要怪我姊姊
没有在家等你来！"
我并不想说话
我竟说了话
"我没有约好她
又怎能责怪她？"
我并不想离开
我竟离开了弄堂
回头想路灯幽暗
窗子里台灯微亮

头扎缎带的少女
在灯下托腮冥想

1987 年 8 月 28 日

轻　烟

扣住头发的
白色缎带
白色的连衣裙
白皙的皮肤——
是一团白色的闪光

乌黑的头发下
一对乌黑的眼睛
是智慧的双子星

胸口贴着一颗
心形红纽扣
是一座小太阳

我踏着石块
过了小河
你还在石块上翘趄
差一点掉下河水

为什么不搀着你的手
一同过河？
为什么不再回到河中央
搀起你的手
把你领过河？

怕你手上的电流
击中我的心脏？
怕你的脚一闪失
你扑进我怀里
使我惊惶？

为什么？为什么？
我这样问自己
问了四十二年

从早晨的白云
我见到连衣裙
从黄昏的星星
我见到眼睛

但永远见不到
那颗红色心形纽扣
也许小太阳
早已烧化成轻烟
飘到了

最远最远的地方

1987 年 8 月 29 日

美 丽 的 网

柏枝上结着一张蛛网

夕阳的斜辉照在上面

蛛网反射出七彩的闪光

每根丝都是变色的细线

整个网是一只闪烁的锦囊

我移动我的视角

网就在美的光流里摇漾

我固定我的视角

网就宁静地喷射出火的辉煌

哦,这是第一次

我见到了蛛网有这样的盛装

如果我是飞蛾

我一定扑向这光明的绣帐

如果我是蝴蝶

我一定倒向这绚烂的婚床

哦,我怎能知道在彩网的正中

殷切地迎迓我、热烈地拥抱我的

将是那——蜘蛛之王

1987年8月31日

第二辑 树的哲学

海 的 独 语

我永远奔腾，永远动荡
生命本身就是律动
就是千姿万态的变化
我早已告别了死火山
在他的喷口
我把静止留下了

即使在水成岩上
我也留下了波纹——
动荡的印痕

如今我环抱全世界
让年轻的人类
在摇篮的永恒的动感里
做婴儿的梦……

1981 年 9 月

海　音

我伫立在海边
等待,等待……
等海音到来

啊,我要听海
不听老人与海
听海与小孩
听海对儿童的柔情
海的母亲的胸怀
海的无限慈爱

我伫立在海边
等待,等待……
等海音到来

海风轻吹
海鸥低吟
送来阵阵絮语:
不,大海自己原是个

永远不会长大的
——水孩

1981 年 9 月

礁　石

大海以软浪的柔指
千百次地爱抚她的宠儿，
在千万次的爱抚下，
礁石的肌肤变得光洁润滑；
他匍匐在母亲的胸膛上，
吸吮那永不枯涸的乳浆；
他在永远摇荡的摇篮里安卧，
听潮水喃喃地唱着催眠的歌。
大海用千万条头发的弧线
织成一团爱意覆盖孩子的脸；
礁石偎在母亲的臂弯里，
让柔情的高潮淹没了自己。

大海寻找孩子的踪影，
不知道这小小的身躯已经
在过多的爱流里沉沦。

1981年9月

树 的 哲 学

我让信念
扎入地下
我让理想
升向蓝天

我——
愈是深深地扎下
愈是高高地伸展

愈是同泥土为伍
愈是有云彩作伴

根须牵着枝梢
勿让它
走向缥缈的梦幻

枝梢挽着根须
使得它
坚持清醒的实践

我于是有了
粗壮的树干
美丽的树冠

我于是长出了
累累果实
具有泥土的芳香
像云霞一样
彩色斑斓

1981年12月

门 前 的 树

夏天,你不怕热——
还穿一身厚厚的绿衣?

"只是为了在烈日下,
让你的小女儿
在我身边游戏的时候,
能得到一点凉意。"

冬天,你不怕冷——
为什么只剩下个光身?

"只是为了在寒夜,
让你的老母亲
点燃我的全部枯叶,
增添温暖和光明。"

1981 年 12 月

泉

河北省怀来县沙城镇北郊有老龙泉，当地用泉水酿制著名的青梅煮酒。

严寒封锁了
北国的一切
所有的液体
都凝成冰雪

冬夜的月光下
大地是一片白
蒸腾的热气
从地下涌出来

坚冰覆盖着
泉流的甬道
泉水在冰盖下
不停地喷冒

冷的世界里

一丁点火热
静的世界里
运动不歇

一切液体的
唯一例外
却真正属于
我们的时代

清冽的灵魂
将化为佳酿
教心中的冰雪
融作春光

1983 年 4 月

絮　网

青青的小溪呀
慢慢地流
静静地流

野花呀,野草呀
在岸上点头
在水里点头

溪水的深波里有着呀
花的笑眉
草的愁眉

笑影愁影里有着呀
你的留念
我的怀念

雪片似的柳絮呀
在林中飞舞
在心中漫舞

落到青青的溪面上
织一层薄网
铺一层白网

是无情的网呀
把留念遮住
把怀念盖住

清晰的倒影变成了
朦胧的图
朦胧的雾

图里雾里有着呀
你的笑容
我的愁容

可小溪为什么不再呀
慢慢地流
静静地流

1983 年 4 月

大 地 的 火 阵

　　华北平原收割高粱,老乡把割倒并用手镰割去穗头的高粱秆,堆成一摊一摊(土语称"啀"),然后点上火,烧去秆上的枯叶,这种燃烧,老乡叫"燎啀"。烧后的高粱秆,经过加工可成为建筑材料。

九月的夕阳
燃烧在西天
映照着
　一堆堆"燎啀"
形成大地的火阵
让红焰青烟
　占领广阔的平原

汉子们挑着高粱穗头
流着热汗
　走向小路尽头的村落
长长的身影
　在烟熏的大地上
　沉重地移过

运送高粱的船
　离开了河岸
篙影划过夕阳的圆脸庞
船身在余晖里
　愈去愈远

火阵逐步退却
田野上依然弥漫着
　一片片蓝烟
有几缕
　直升向明月

干枯的高粱叶
　灰飞烟灭
而高粱秆体内的浆汁
经过了火的洗礼
　将成为更加甘甜的
　　青色的乳液

向人类献出了果实的
　无数高粱秆
摆脱了困扰
欢愉地散卧在田野上
星空下
　它们进入了
　　快乐的梦乡

在梦里
每一根高粱秆
都是一根柱子
　或者
　　栋梁

1983 年 4 月

手　镰

高粱红似火
长镰挥舞
一大片火林倒下

老农给我以
两片薄刃：
"用它把穗头'钎'下"

五个手指头
运两片小镰
从生疏到练达

指和指舞蹈
刃和刃交锋
斜阳里笑语喧哗

钢铁的撞击
冷光的闪耀
一朵朵青色浪花

指缝间穿插
金属鸣响的时候
遍野散落着火把

两爿青铁收获了
多少红色的果实
映着明丽的晚霞

挑着一担担静火
队伍移动着
在静静的月光下

布裹的钢刀
在裤袋里絮语
回答老农的问话

哦！手镰
你是用汗水淬火的
手的转化……

1983年4月

红　　藤

惠风和畅
红藤以绿叶的手掌
把鲜嫩的善意
赠给喜悦的阳光

月色清纯
从白色花蕊的细小舌尖
它给欢歌的夜莺
送去淡淡的幽香

严冬来临
它纷纷抖落
一身和蔼的青绿

它以无数条因愤怒
而充血的红色胳臂
指向肆虐的冰霜

1983年4月

椿　树

椿树,高大的椿树
你高过栾树,槐树
你举起多少根巨枝
直伸向广袤的天宇

你的枝叶
是一把把巨大的梳子
每一片绿叶是一根梳齿
你让巨枝在风中摇曳
你是要梳理
那天上乱云的发丝

蓝天是镜子
云影不过是尘世的纷纭
你不是堂·吉诃德
我尊敬你的勇气和坚韧

让栾树和槐树
消磨它们的宁静吧

即使至死无效
你也要梳理
　　那不驯的乱云！

1983 年 6 月

密　云

密云水库的上空布满了密云。
阳光撕裂开云幂，直射向湖波。
北面有青嶂叠出，延展，半透明，
在湖湾随意抛几颗玲珑的碧螺。

浩漫的清波托起连绵的山峰，
光雾里层峦如烟霭，深青，淡绿；
山脊的轮廓蜿蜒，清晰而曚眬，
烽火台遗址依然在山顶雄踞。

燕山山脉的怀里掖一盆玉液，
长城从古北口到鹿皮关抱一坛佳酿；
琼浆涌不尽，永久的醴泉流不竭，
把甜美送到每一个北京人心上。

我跃入碧波，仿佛在甘露中沐浴，
仰看纷扰的密云聚拢来，散开去……

1983年7月，北京，密云

爬 山 虎

爬山虎从墙根爬上来
悄悄地,然而坚持地
爬到了我的窗外
爬上了我的窗台

她伸进头来看窗里
炉火,台灯,一桌书
运动在这里凝聚

她回过头去看户外
青空,阳光,雨露
万物在运行自如

她是要探进窗里?
她是要守在窗外?
我觉察她在犹豫

触须伸了进来
第二天又转身向外

但是我的窗子呵
她总是离不开

1983 年 9 月

晨　露

草叶的怀里抱着
一颗晶莹的宝珠

草叶的翠绿色
映在小小的圆球里

朝阳的金色光芒
射透了玻璃球面

世界的众生相
被摄进珠子的圆心

水晶体包容着
璀璨缤纷的彩色

一滴凝聚的液体
辐射出万物的精华

露珠向宇宙迸散
草叶的喜泪干涸了

1983 年 9 月

碾

深夜，在卧榻上
我听见火车行驶的声音

那声音重浊地自远方来
轰隆轰隆，越来越近了

车轮碾过了我的梦乡
碾过了我心灵的原野

我的梦被碾成碎片
我的心被压成一块钢铁

火车行驶的声音远去了
像一阵轻烟飘向迢遥的远方

1983年9月

向 日 葵

孩子问："为什么它叫向日葵？"
"因为花盘永远向着太阳。"

"可为什么这棵向日葵
把自己的脸盘背向太阳？"

"因为太阳要落山了，
他正在为即将别离而悲伤。"

"可为什么这棵向日葵
把自己的头颅沉重地垂下？"

"因为他已经成熟了，
要把种子播撒到地上。"

"不，他模仿日球、日珥，
却永远缺一个高温的心脏；

他只好转脸低头，

把心中的羞愧深深掩藏。"

"他既然知道害羞，
可见他心中还蕴藏着热量……"

1983 年 9 月

蛩　鸣

那声音来自墙脚,树根,衰草?
今夜我又听到了秋虫的鸣叫。

是欢乐的乐曲,还是悲伤的音调?
是生命的礼赞,还是年华的哀悼?

始终是那么舒徐,殷勤,委婉,
却又是那么凄切,紧迫,焦躁……

会带给我惆怅,安宁,或者喜悦,
均匀的呼吸,或者急促的心跳;

会带给我惊惧,或者恐慌的消失,
会带给我凶讯,或者幸福的预兆;

会带给我紧锁或者舒展的双眉,
却不会带给我永远冷漠的一笑。

1983 年 9 月

游　　泳

一个小男孩
一头扎进池水
矫健,敏捷
又一个小男孩
腾身跃入浪花
沉着,猛烈

两条雪鱼
在绿浪里戏谑
泼辣辣回旋
水珠迸散
空气凝结

跃荡的弧形
舞踊的波纹
带着交错的色彩
让圆圈向无穷扩散
又向圆心聚拢
抱两颗童心

为什么飞翔得
这样忘情？

一个男孩
让羞涩透出双颊
另一个男孩
眼睛里映着狡黠

"禁止游泳"的木牌
俨然竖在岸旁
一丛垂柳用浓荫
把它深深隐藏

1983年1月

夜　光

残烛呵快要熄灭，
火苗在空中摇曳！

心中充满了焦虑：
怕黑暗前来盘踞。

如此微弱的光芒，
幽晦已踟蹰在书房：

蜡泪向桌面凝滞，
最后的亮点消失！

恐惧和惊喜同来：
月色涌进了窗台；

满室是一片清辉，
任遐想展翅轻飞。

光明在这个时候

充塞了心灵的宇宙。

别等待梦的来临,
让清醒拥抱永恒!

1984 年 6 月

花　　雪

不是雪花,是花雪。你觉得怪?
是花雪。一夜狂风吹落白色花,
白色花一夜间铺满大地,看起来
就像一场雪落在平原和山洼。

太阳升,晨风把花儿从地上吹起,
仿佛闪亮的雪粉在低空飞舞。
花儿终于又静静地落回大地,
使大地成一片晶莹璀璨的净土。

为什么只能把雪叫作花而不能
把花叫作雪?你没听说过香雪海?
雪花没味儿,花雪却喷洒芳馨。
而雪花又比花雪消失得更快。

雪来自天庭;可花雪来自何处?
你抬头看呵,那直插天庭的槐树!

附记:此诗产生于去岁春日我自己直接观察槐花落地之后,故为写实。近日读诗，见唐人张谓《早梅》诗曰："一树寒梅白玉条，迥临村路傍溪桥；不知近水花先发，疑是经冬雪未消。"是将梅花比作雪，写诗人之幻觉和心理过程，颇工。又见六朝苏子卿《梅花落》，其前半曰："中庭一树梅，寒多叶未开。只言花是雪，不悟有香来。"王安石五绝《梅花》，曰："墙角数枝梅，凌寒独自开。遥知不是雪，为有暗香来。"苏、王二诗，一从正面，一从反面，将梅花比作雪。王作更有诗味，与张谓梅诗，亦可谓"反其意而用之"。张仅凭视觉，苏王则加入嗅觉，更胜一筹。又见宋人卢梅坡七绝《雪梅》，曰："梅雪争春未肯降，骚人搁笔费评章。梅须逊雪三分白，雪却输梅一段香。"此诗亦将梅雪并提，并从视觉与嗅觉之比较道出二者互有短长。何以诗人均将梅比雪或将梅雪互作比较？节令之故也。盖二者均见于冬日，远看梅花仿佛一树雪花。然则岑参诗《白雪歌送武判官归》复如何？"北风卷地白草折，胡天八月即飞雪。忽如一夜春风来，千树万树梨花开。……"以雪比之于梨花，以胡地之八月比之于春日，实为另辟蹊径，与梅之比于雪不同。卢谓梅雪各有短长，我则谓槐胜于雪。盖槐花香烈，且生存时间长于雪花（非积雪），暗中将五月春日与十二月冬日联系起来。

苏州邓尉梅花称"香雪海"，确系"花雪"而非"雪花"，然仍以梅比雪。以落地之槐花比雪，以我寡闻，似尚未见前人有作此语者。

1985年5月28日

哈　尔　滨

哦,你呀,雨的城,雪的城,冰的城!
道里道外在冻雨下紧抱着四肢,
一翻身,千万盏冰灯绽开在胸襟,
让夜光组装出满世界玉树琼枝!

一觉醒来,你推开雾帘,深呼吸,
呼唤太阳岛上的灿烂的阳光
擦去睡梦里冰雪流下的泪滴,
镀一条金色松花江:欢笑的画廊!

叫阳光熨平兆麟公园的草场,
来托起傍晚散步的烈士幽灵;
再抚亮整列小火车玲珑的玻璃窗
带着千万颗童心直驶向北京……

哦,在冰雪的臂弯里,阳光的怀抱中,
你始终是抗洪塔下不倒的英雄!

1986 年 3 月

复　苏

杨树挡道,工人把树干锯下,
搬走,剩下一截矮矮的树桩。
一冬天,孩子们在树桩四周玩耍,
把它当凳子,桌子,磨得光光。

春天送来熏风,送来暖雨,
风雨轻叩已经死去的根块。
孩子们惊奇地发现树桩上又长出
一丛丛嫩枝;嫩叶在风中摇摆。

死海会重新掀起狂澜怒涛;
死火山会重新喷发烈火熔岩……
生命熄灭了会不会重新燃烧——
树桩能解开孩子的什么疑团?

杨树死后,还会抽一次新芽——
生命对死亡作出最后的回答。

1986 年 6 月 4 日

乌 鲁 木 齐

红山的镇龙塔高耸在苍穹之下，

不断移近的妖魔山不得不止步。

怕两山撞击将造成大城的爆炸——

夕阳以滴血的微笑抚慰着古都。

青山苑举起辐射形环状花廊，

向没有尽头的四方林荫道抛掷。

城市陷进了啤酒花和金丝兰的汪洋，

花海里游泳着绣花小帽、阿特拉斯。①

纪晓岚吟哦；刘鹗的幽灵徘徊②

在纵横交错的大街小巷和巴札上。

但会堂和剧场金碧辉煌的风采

---

① 阿特拉斯，维吾尔族妇女的民族形式连衣裙。

② 《阅微草堂笔记》作者、学者纪晓岚于1786年被清朝政府流放到乌鲁木齐，在
这里住了两年。纪晓岚在他撰写的《乌鲁木齐杂记》和《乌鲁木齐杂诗》一百
六十首中，表达了他对这个城市的深厚感情。《老残游记》的作者刘鹗，于清末
以私售仓票罪戍新疆乌鲁木齐，不久病死。

全来自胜利路参天白杨的折光。①

永难忘：银发的万古老人博格达②
用泪眼俯视着燕儿窝一片肃杀！③

1986 年 10 月

---

① 乌鲁木齐市胜利路二巷一号为八路军驻新疆办事处纪念馆所在地。馆内有数十棵参天的白杨。
② 博格达峰，天山山脉东段主峰，高 5445 米，终年积雪，位于乌鲁木齐市东北，从市区可以清晰地见到它的峰巅。
③ 燕儿窝烈士陵园在乌鲁木齐市南郊，这里埋葬着无产阶级革命家陈潭秋、毛泽民、林基路等烈士的忠骨。

石　河　子

哦,石河子! 从一片瀚海戈壁滩
崛起了你这漂亮的现代新都!
青杨齐刷刷,引领着大道奔向前,
花坛光灿灿,展示出宏丽的蓝图。

哦,石河子! 你本是万古荒原,
何以一下子变成了璀璨的明珠?
三十多年来军垦战士的血和汗
是喂养你发育长大的万吨甜乳。

哦,石河子! 天山为你惊叹,
玛纳斯河的波涛为你欢舞。
但是呵,前面还有多少坑需要填,
多少山需要搬,你怎能懈怠、止步?

巍巍丰碑上有一双眼睛含笑①

---

① 巍巍丰碑,1965年7月5日,周恩来总理和陈毅副总理来石河子视察工作,看望了农场职工,接见了上海支边青年代表。1977年7月1日,军垦一四五团场党委做出决定:在石河子北郊周总理当年接见上海支边青年代表的地方,建立周恩来总理纪念碑。碑建成以来,每年有数以万计的人前来瞻仰。

注视你扬鞭跃马在新的大道。

1986年10月

喀　　什

南疆的大城,维吾尔人民的圣都!
两千多年的历史是你的骄傲;
西域的疏勒,"绿色的琉璃瓦屋",①
新时期的"玉市"更加灿烂、娇娆! ②

那格拉鼓声揭开黎明的薄雾,③
买僧的晨呼迎着朝阳升高。④
艾提尕尔清真寺屹立为你的中枢,⑤
千家万户在它的周遭祈祷。

陶工在转盘上捏弄神奇的陶土,

---

① 喀什,新疆南部大城,喀什地区首府。在汉代为疏勒国。宋元之后疏勒之名
　逐渐为突厥语的喀什噶尔所替代。喀什噶尔是"绿色的琉璃瓦屋"之意。
② 喀什噶尔,另说是"玉市"之意。
③ 那格拉鼓,伊斯兰教召唤穆斯林们起来做乃玛孜(波斯语,意为"礼拜")时敲
　击的鼓,鼓身上大下小,圆锥形,生铁制成,上绷兽皮。鼓声沉重而急促。
④ 买僧早晨呼唤穆斯林们起来做乃玛孜。
⑤ 艾提尕尔清真寺位于喀什市中心,是我国维吾尔民族创建的瑰宝。它以五百多
　年的悠久历史和宏伟绚丽的建筑艺术而闻名于世界。它是穆斯林们进行宗
　教活动的场所。

年轻的克孜帮妈妈做家庭花帽。①
巴札上陈列的商品琳琅满目,
锋利的英吉沙小刀在血光中闪耀。②

喀什! 你正向腾飞的日子奔赴,
但愿你变得更俏丽,却不减古朴!

1986 年 10 月

① 克孜,维吾尔语,意为女孩。
② 英吉沙县在喀什市南面,所产小刀闻名遐迩。

赛 里 木 湖

告别博乐,直奔向赛里木湖;①
蓝湖边,养鱼试验站的白房耀眼。
湖水蓝得如此深,深入人肺腑,
蓝到了天的峰顶,地的极限。

湖色有层次:从嫩绿、晶蓝,到湛蓝,
又变为一层层闪烁的七彩缎带。
哈萨克毡包一座座点缀在湖畔,
牛羊徜徉着,马群向湖边奔来。

在海西畜牧连宿舍里,热气腾腾,②
牧工们款待远客以香嫩的抓羊肉;
蒙古族连长和哈萨克青工的笑声
卷蓝色湖波向客人们心头渗透。

---

① 博乐是博尔塔拉蒙古自治州首府,新疆生产建设兵团农五师师部所在地。
   赛里木湖又名三台海子,是新疆最大的高山湖泊,位于博乐西南,周围为塔尔
   钦斯凯山。
② 海西,在赛里木湖畔,丰美的天然牧场。海西又名阿赫白当,哈萨克语,意为
   "白色的母马"。

赛里木湖,你是自然的巨大"祝愿":①
祝历史进步,愿人类一路平安!

1986年10月

---

① 赛里木是哈萨克语,意思是"祝愿"。

草湖果园[①]

黄泥搓板路连接着绿杨林幔,[②]
飞尘过后迎来了果园的金秋。
马家花园的废墟上挥舞起坎土曼,
新疆军垦史第一页从这里开头。[③]

几十年咸汗水转化为甜浆蜜汁,
一座座果园崛起在喀什市郊。
金元帅、红元帅压折了苹果树枝,
藤架上挂满了莹绿的马奶子葡萄。

从没有见过这样硕大的红石榴,

---

① 草湖,在喀什市南郊,是新疆生产建设兵团农三师四十一团所在地。草湖是
地名,可能原有湖,但后来湖没有了,只留下沼泽地。

② 搓板路,当地人对崎岖不平令人颠簸的公路的谑称:车行其上有如行进在洗
衣用的有棱的搓板上。

③ 草湖过去又名马家花园,是清朝末年驻南疆的官员马提台(马福兴)在这里修
建的私人别墅的遗址。那原是一个四方形的城堡,一座马形的小土楼。马提
台在混战中被杀,马家花园被烧,只留下废墟。1949年10月,我西北野战军
一兵团二军的联络部设在草湖。就在马家花园的废墟上,我军整编集训了国
民党在南疆起义、投诚的四百多名军官。我解放军指战员带领这批经过整编
集训的国民党军官,一起组成了开发草湖的第一支农垦力量。军垦第一犁从
草湖开始,它揭开了新疆生产建设兵团历史的第一页。

库尔勒香梨的甜脆第一次品尝。
晨露给满园瓜果洒上了蜜酒，
雾霭让整排新疆杨酣睡在醉乡。

草湖呵，搓板路何时能修成大道？
你会在坦途上迎接春阳高照！

1986年10月

吐 鲁 番

红柳和榆树一路上拂别车轮；
无核白和香梨黄带阴凉的笑意待客。
酷热的火州在热情泛滥中升温，
艾丁湖以落潮回答友谊的辐射。

干燥的空气中永远不存在汗湿，
爽滑的肌肤好用来拥抱、扶持。
晾房旁恋人们歌唱绿色的曲子，
火焰山下的爱情是燃烧的新诗。

呵，苏维拉！你这颗美丽的启明星，①
把我们引向千佛洞，送到葡萄沟。
你两只黑葡萄一样明亮的眼睛，
用神秘的光焰把匆匆的过客挽留。

望遥夜：星辰在更高的高空彷徨——

---

① 苏维拉，一个维吾尔族少女的名字，她身上有土耳其血统。苏维拉亦土耳其
语，意为启明星。

俯视着我们在地球上最低的地方。

1986 年 10 月

黄 金 海 岸

这里的沙是这样细,这样纯,阳光下
每颗沙粒都发出闪烁的金光。
这一湾沙滩是一片黄金,铺向
遥远的蓝天,引来金色的盛夏——

金色的贝壳,海藻,金色的浪花;
沙洞里都有金色的海蟹隐藏,
可惜你抓不着,你于是平卧在金沙上,
静看天地间那一层金色的薄纱

向高处飞升。睡意裹一团安宁
向时间播撒。突然间海浪嚎叫,
金锣鸣响;狂涛里铁马金戈

厮杀撞击,猛叩梦幻的心灵;
金海岸变为席卷一切的海啸!
你惊醒,四顾,搜寻失落的平和……

1987年7月8日
于河北省抚宁县南戴河

第三辑　潮水湾里的倒影

曼 哈 顿 岛

在纽约最繁华喧闹的曼哈顿区，
大厦的森林包围着中央公园。
公园的中央有一块铁色巉岩，
钻出地面，在树下昂首盘踞。

赫德逊河和东河包围着曼哈顿岛，
包围着岛上的整座大厦的森林。
新泽西州隔着赫德逊河听鸟鸣。
王后区隔着东河看云动树摇。

每棵树都把根子向地下深扎，
曼哈顿岛下是一块巨大的花岗；
一棵棵大树从石缝里向上猛长，
两河对岸开不出这样的繁花。

巉岩把所有的脚踝紧抱在怀中，
探头看无数胳臂向云霄直冲。

1980 年 10 月

曼 哈 顿 断 想

奇异的经历！我住在曼哈顿岛上。①
大楼群,灯群,人群,把我包围住。
可是我看不见四十二街和股票市场；
却听见一八六一年的一声声战鼓。

曼哈顿！我听见你的女护神在呼号；
人们骚动地跃起,迎接战争；
战士们登轮；大炮轻碾过街道；
你武装了起来:旗帜跃出了楼顶！

曼哈顿！我听见你的鼓声,号声
穿过窗,穿过门,像无情的力量爆开来……
曼哈顿！你如今是沉湎呵还是前行？
历史可能再现那高亢的年代？

惠特曼歌颂过你呵,纽约的心脏！

---

① 曼哈顿岛是美国纽约市中心最繁华的一个区。十九世纪六十年代初,诗人惠
特曼曾写诗《歌呵,先来一个序曲》,歌唱在南北战争中武装起来的曼哈顿。

只因为这个,我对你才有点儿迷惘……

1980 年 10 月—1981 年 3 月

尼亚加拉瀑布

告别水牛城,跨过大岛桥,奔电站,
沿着伊利到安大略的急水道,
一路上风驰又电掣,直扑山羊岛;
啊,一团白雾蒸腾上青天!

晴空骤变,洒来细雨千万点;
独立峭岩上,看脚下飞瀑狂澜倒,
万斛银珠泻紫谷,杂树倾,青山摇……
心荡神驰,巨石载着我荡秋千!

峡谷西边是加拿大,东边是美利坚;
加拿大的瀑布,一匹白绸半空挂;
美利坚的瀑布,两匹野马咬铁岩。
裹白绸,跨野马,我顺流直下冰刀峡!

别摄去我的灵魂啊,美丽的尼亚加拉,
我的梦徘徊在北美洲,会感到孤单!

1980年10月

桑 德 堡 村[①]

登上西尔斯大楼高处的"天台",[②]
向下望,啊,芝加哥! 五彩的大地毯——
林木和楼群肃立,立交桥盘旋,
湖波轻舔着大公园织锦的绦带。[③]

我想起了你呵,桑德堡! 你的诗篇
回响着芝加哥的活力,大胆,狡黠,
一边是饿影,一边是明蓝的喷发,
你的城市,唱着歌,赌着咒,流着汗。

你笔下那引诱少年的女人还在笑,
那持枪杀人的歹徒还没有落网。
而你呵,已经离开了人间,静悄悄……

---

① 桑德堡(1878—1967),美国诗人。1914年发表《芝加哥》一诗,引起注意。
　1919年出版《芝加哥诗抄》,奠定了他在文坛的地位。此后不断出版诗集,直
　到五十年代。他又是传记文学家,著有《林肯传》。桑德堡村是芝加哥市民为
　纪念他而修造的建筑物。
② 芝加哥的西尔斯公司大楼是全世界最高的建筑物之一。共110层,高443
　米。在第103层设有"天台",为眺望厅,四面玻璃长廊,可以俯览全城。
③ 大公园在芝加哥城东,密执安湖畔。

你相信人民,也没有被人民遗忘:
我俯视城北,林肯公园的西南角,
绣着桑德堡村,静静地栖息在湖旁。

1980 年 10 月 19 日,芝加哥

东　京

钢铁的蜂巢，电的蜘蛛网。力度，
速度，密度的焦点。社会的浓缩铀。
立体结构：地铁、地面和高架路
分割了人们的狂喜、疯癫和哀愁。

麻雀馆，弹子房，禁儿童入场的电影院
突出或隐没在楼影下，小巷里，大街旁。
然而我看见童心。公园的溪水边，
两男孩洗苹果，送到一女孩手上。

穿制服的男女学童如樱花涌现，
彬彬有礼，整洁，又生气勃勃。
抢劫，凶杀，淫乱，包围着幼儿园，
现实和梦幻在转化。我感到困惑！

小女孩的笑靥掠过销金窟的窗口：
一个不和谐音永远在我心头颤抖。

1980 年 10 月

东　照　宫①

秋光照临上野的每一个角落，

不忍池边飘舞着氤氲的香烟；

巨鲸的模型喜跃在科学馆门前；

一簇喷泉洒落了满池的彩色。

走进东照宫，有幽径通向深远；

一座座石塔如林，排列在路侧；

金色的秋树摇动枝叶来迎客；

我信步走去，朝向古老的神殿。

我发现，草地上，学童们在作写生画；

男孩子，女孩子，或忙于着色，或素描；

我细看一女孩作画，她腼腆，对我笑，

第二回，她又对我笑，说了一句话。

原谅我，孩子，我不懂你的语意——

---

①　东照宫为日本东京上野公园范围内的一处名胜，创建于宽永四年（1627）。

但笑容已经把你的心意传递!

1980年10月

伯明翰一角

告别壁炉炉台上公爵的皮靴，
留下乡村饭馆里熊熊的炉火，
奔向伯明翰，进入彩色的市街；
每根电杆上吊一篮耀眼的花朵。

威武的警官骑着高头大马，
监视着涌如潮水的青年小伙。
观众吼着歌，胸腔像快要爆炸，
挤进足球场，啊，炽烈的生活！

两队对垒；观众比球员更放胆，
警察把斗殴的少年们押出球场。
看台上暴怒的海浪在呼啸，呐喊，
啦啦队是一阵高过一阵的疯狂。

狂涛卷走了一切脉脉的温情：
皮靴和鲜花在炉火里化为灰烬。

附记：10月27日，培格蒙出版公司（Pergamon）董事长马克斯威尔先生请我们到伯明翰观看足球赛。在赴伯明翰途中,在"皮靴鲜花餐馆"吃了顿午饭。餐馆里有壁炉,炉台上放着一双皮靴,乌黑锃亮,据说是威灵顿公爵(在1815年滑铁卢战役中率领英军大败拿破仑的英国将军)的遗物。下午3时许进入伯明翰足球场,场内正在进行比赛,观众情绪近乎爆炸点,我们于此领略了英国足球迷的风格。

1984年10月

格 拉 斯 哥

船坞和厂房构筑市区和城郊；
高速公路在大厦的丛林中飞旋。
行人的喧嚣插入林荫的安闲；
雨帘外礼服和花裙子擦过眼梢。

视线直射向遥远的西印度群岛，
一代代造船工洒汗在蓝色河边。
市民们挥手告别了尘雾和煤烟，
让整洁和敞亮迎接大西洋波涛。

黄昏后克莱德河水仍然在奔流；
千万支电炬绵延成光的山岳，
连倒影，划两条银河横贯在大地。

银河舞曲颤动着急促的节奏，
形成大城的脉搏，永远不停歇。
夜幕给运动盖一层薄薄的安谧。

附记：10月29日到格拉斯哥访问。这是苏格兰最大的城市。这里有一条克莱德河流入大西洋，直通西印度群岛，成为商业航道；格拉斯哥因而逐渐发展成造船、机械、建筑等为主的工业城市。当晚在郊区格伦多克豪司饭店参加出版界朋友为我们举行的晚宴，从这里可以看到远处格拉斯哥的万家灯火倒映在克莱德河水里的奇异美景。晚宴后回到爱丁堡。

1984 年 11 月

附　录：

答《未名诗人》问

　　问：您是什么时候开始写诗的？您的第一首诗发表在什么刊物上？是什么力量促使您走上诗歌创作的道路？

　　答：1936年秋天我读初中一年级上学期时写了一首《北风》。第一次发表的诗题目叫《祖国的孩子》（散文诗）发表在1941年"孤岛"时期上海的《中美日报》上。此后太平洋战争爆发，日军进入上海租界，"孤岛"沦陷，我决定不向任何敌伪报刊投稿。但诗歌创作并没有停止。例如1943年夏天我去江苏吕城，一口气就写了六十几首诗。日本投降后，重新向报刊投稿。

　　写诗开始时是由于读了不少诗，自己感情高涨时，觉得需要宣泄，就用了诗的形式，后来逐渐过渡到对诗歌艺术的探索。我长期不放弃诗歌创作的原因，是为了回答时代的召唤，也是为了对诗美的追求。

　　问：您读诗多吗？都读些什么诗？哪些是您最喜欢的？哪些对您影响最大？

　　答：古今中外的诗歌作品都读。要开一张我读的诗人的名单那就太长了。最喜欢的诗人是屈原，杜甫，李商隐；英国的莎士比亚，华兹华斯，雪莱，济慈；美国的惠特曼。西方现代派诗人的作品也爱读。中国现代和当代诗人的作品也读，最喜欢的诗人是艾青，冯至，卞之琳，绿原，牛汉。最喜欢的作品很多，难以一一列举，且举三例：《离骚》《北征》《希腊古瓮颂》。哪些对我影响最大？自己说不清楚。

问：除了读诗以外，您还对哪些方面的书感兴趣？

答：兴趣太广泛了，有时弄得应接不暇。文学的各个领域如小说、散文、戏剧等以及社会科学方面的书都读。文学以外，最感兴趣的是历史著作。对读书，我的缺点是广泛涉猎多，精读少。现在年龄稍大，精力不如过去，但还是每天都要勉力读一些书。否则就要落后于时代。

问：您写作有什么独特的习惯吗？它们是怎样形成的？

答：我少年时受母亲的熏陶和教育，爱写旧体诗和词。后来常常是在上下班乘电车时默吟出旧体诗来。这是因为旧体诗、词有固定的格式，不用书写就能在脑子中形成，叫作"腹稿"。我把这样产生的东西叫作"电车诗"。当然在别的场合也能默吟出来。即使是拿笔写，也要在心中先吟。写旧体诗、词而不默吟，对我来说是写不成的。

写新诗则必须面前有纸，手中有笔才行。但诗的内容则是在脑子里逐渐酝酿成熟的。我到生活中去或者在旅途中，爱作写生画并随时作札记，记下自己的感受。平时每天必记日记。遇到一些事，爱思考。有时几个月不写诗，有时思想忽然有所触发，就有了诗。我常常在床头搁好纸笔，早上醒得早，天还未亮，脑子活动起来，忽有所得，便赶快记下。有时因为没有准备纸笔，没有记下，过了一些时候，会把想到的东西忘了。

问：您写诗的座右铭是什么？

答：写不出来时不硬写。

问：您的创作道路经历过曲折和反复吗？您怎样看待这种曲折和反复？

答：开始写诗时，没有任何框框。当然免不了幼稚。但青少年时的某些作品却具有后来我的作品中不可能找到的稚气美。1946年2月我在上海参加了中国共产党（处于地下状态），这时觉得应该用诗宣传党的政策,为人民而歌。这想法没有错,但由于认识上的偏颇,有些作品就走向标语口号化。新中国成立后,写诗不多,却大都是比较肤浅的颂歌。颂歌可以写,应该写,问题是自己写得肤浅。1978年关于真理标准问题的讨论使我的认识产生了新的飞跃,我的创作力得到了新的解放。如果没有长期的"左"的影响,我想自己在诗歌创作上可能会多些收获。但曲折和反复不一定是坏事,它能使人进行历史的反思,总结创作的得失。

问:您认为成就一个诗人最重要的有哪些方面的因素? 最需要警惕哪些问题?

答:要当诗人,首先要当一个正直的、善良的、有美好心灵的人。如果没有对祖国、对人民、对社会主义、对人类解放事业的热爱,对真善美的执著,就不能成为诗人。当然如果没有敏锐的艺术感受力和新鲜的艺术表现力(特别是对语言的掌握),也很难成为诗人。

作为诗人,最需要警惕的是不说真话。

问:你怎样看待"写诗需要才能"这一命题? 才能是先天的还是后天的? 如果是先天的,它可以通过后天的锻炼得到补偿吗?

答:写诗需要才能,这没有错。问题是有些人以"才"骄人,狂妄自大,以为有了才能就高人一等,这才是错误的。有各种各样的才能,有人能成为卓越的企业家,因为他有经营管理的才能,但他不一定能成为诗人。

天才是一分天赋,九分勤劳。这个比分不一定准确,但应该承认有"天赋"这种东西。有人写了一辈子诗,终究不能成为诗人,因为他缺乏一定的天赋。但我确信后天的勤奋可以补偿先天的不足。而且对有些人来说,它占着很大的比重。

问:所谓"灵感"是怎么回事? 您的"灵感"通常在什么情况下出现? 您是否都是在灵感袭来的情况下写诗?

答：灵感，按我个人的理解，是在长期生活积累的基础上，对生活的感受和对生活的思考发生爆发性的突变或跳跃性的升华。

我没有写出多少好诗。灵感也不经常来光顾我。当然并不是说我没有经历过灵感袭来时心灵的震动和喜悦。我的情况是，有时候，在凌晨天未亮而已醒，对一些事物进行漫无边际的思索之际，突然产生了灵感。灵感的产生似乎是偶然的，其实有它必然的远因或近因。灵感是火药的引爆。火药不一定都得到引爆。火药在引爆前是静止的，默默无声的。但没有火药也就不存在引爆的问题。

我并不都是在灵感袭来的时候写诗。但必须是有感而写，这个"感"不一定是"灵感"。但在写作过程中，在执笔沉思时，也会爆出灵感。

问：您怎样看待技巧之于创作的重要性？怎样学习技巧？

答：没有生活就没有诗，没有思想就没有诗，没有技巧也就没有诗。诗最好不要有刀斧之痕，这不等于诗不要技巧。天然浑成、天衣无缝，不是没有技巧，而是最高的技巧，达到了化境："从心所欲不逾矩"。"矩"就是技巧规范。

怎样学习技巧？说不好。靠各人自己去摸索。"熟读唐诗三百首，不会吟诗也会吟。"（这里"吟"指创作）这两句话也许可供参考。不仅从文学作品，也可以从其他艺术作品去学习技巧。例如从优秀的音乐和美术作品中去学习。诗歌语言（文学语言）与音乐语言、美术语言、舞蹈语言等是不同的，但它们之间又有共同的东西。学习技巧，要靠领悟。

问：说诗要忠实于时代与生活，这在具体创作中应如何把握？忠实于时代与生活同忠实于自己矛盾吗？

答：诗要忠实于时代与生活，首先是指诗不能脱离时代的精神，不能背离生活的真谛，要与人民同呼吸共命运。如果把这个问题理解为诗必须图解一个时期的政策,那就错了。

如果诗人是时代的儿子,是生活的弄潮儿,是社会主义的信徒,是人民审美观的体现者,那么忠实于时代与生活同忠实于自己是统一的。

问:要形成自己的创作风格需要哪些方面的条件? 您如何理解"风格是成熟的标志"这一命题?

答:形成自己的风格,主要的条件是诗人能够发现并掌握自己的艺术个性。

风格即人,但风格不是一个人的童年。

风格与诗人的气质和他独特的思维方式有密切关系。

没有长期的创作实践往往不可能达到艺术个性的充分发挥,也就不可能达到诗艺的成熟。但也有个别天才是例外,或者说,他们是早熟的。

问:许多学诗的青年苦于表现不出自己所想表现的东西,您在创作中遇到过这种情况吗? 您以为问题出在哪里? 该怎么办?

答:自己想要表现某种事物,却苦于表现不出来——据我自己的经验,这往往是由于对自己所要表现的东西还只有一个朦胧的概念,到底要表现什么,还没有一个清晰的轮廓。这时候,就要再回到生活中去,或者再对生活进行更深入的思考,等生活更充实了,或者想得更明确了,再动笔。

有时候,也有技巧不足的问题。怎么办? 我自己是这样做的:下笔写,从这个角度写,如果不行,撕了,再从另一个角度写;用这种调子写,如果不行,撕了,再用另一种调子写……直到写成为止。再不行,就暂时搁笔,过一段时间再说。

问:自我重复是诗歌创作中普遍的弊病,您怎样看待这个问题?

答:我觉得实现自我超越的关键是必须经常在生活的海洋中

游泳。

写作也要有节奏地进行。听说有的诗人规定自己必须每天至少写一首诗,这种勤奋精神是好的。但长期持续工作会使人陷于疲惫状态。(我不否认有些天才是例外)我自己的做法是必须有进军,有休整。自我重复往往是生活积累耗竭的结果,也是感觉迟钝和思想迟钝的结果。因此要永远保持对生活、对新鲜事物的敏锐感觉,永远保持思维的锋利。

问:您认为繁荣当前新诗的最关键的问题是什么?

答:坚持贯彻马克思主义指导下的创作自由和评论自由的原则,坚持贯彻"二为"前提下的"二百"方针。

问:一般认为当前诗进入了多元发展时期,您怎样看待这一问题?

答:我觉得当前是中国新诗创作最好的时期之一。各种风格、流派、题材、体裁的不断涌现,一辈辈诗人的崭露头角,的确使人感到十分欣喜。中国新诗大有希望。

"多元",从总体上讲,是两元。即一方面是传统的——现实主义的诗歌;另一方面是新出现的——现代主义的诗歌。现实主义不是单一的,它包含各种流派和风格。现代主义在西方更是十分复杂的文学现象,各种思想内容,艺术手法,甚至互相矛盾的主张,在现代主义(其实这个名称是人们给起的,西方并没有一种流派自称为"现代主义")这个总概念下,表现出异彩纷呈的现象。中国当代不少青年诗人受其影响而产生现代派诗歌。今天中国的现代派诗歌也不是单一的,而是包含着各种不同的风格和流派。现代派在中国也不是首次出现。"五四"以来新诗的发展过程中就出现过现代派。但今天的现代派对三四十年代的现代派来说已有新的发展。中国现代派应带有中国特色。对西方现代派的表现手法可以借鉴,但模仿是没有出息的。

现实主义诗歌在新时期会发生变化,现代主义诗歌也会在变化中发展。两者有可能互相学习,取长补短。两者的并存可能变为两者的融合,这在某些诗人的作品中已经露出苗头。也可能出现两者的交替。台湾现代派著名诗人余光中近年来向现实主义回归,就是一例。

这里,让我引一段智利诗人聂鲁达的话,也许对我们都会有启发。他说:"一个诗人若不是一个现实主义者,就是一个死的诗人。一个诗人若仅仅是一个现实主义者,也是一个死的诗人。一个诗人仅仅不合情理,就只有他自己和他所爱的人看得懂,那十分可悲。一个诗人完全合情合理,甚至笨如牡蛎也看得懂,那也非常可悲。"

问:您认为新时期青年诗创作最重要的特点是什么?有哪些突出的成绩和明显的缺点?

答:"青年诗人的作品起点较高",这个观点我同意。他们(以及一些中年诗人和老诗人)的作品打破了"文革"以来诗歌创作的僵化、停滞状态,进行了多方面的新的尝试。青年诗人的作品推进了题材、体裁、格式、风格、流派的多样化。他们的尝试有成功的经验,也有失败的教训,这对新诗的发展无疑是大有裨益的。一些青年诗人的作品,例如某些军旅诗,某些乡土诗,对社会主义新时期即当代青年人的心灵进行了探索,取得了可喜的收获。我认为,中国新诗的希望在青年一代。

某些青年诗人热衷于惊世骇俗的宣言,但重要的还是创作实践,要拿出真正有特色、有分量的作品来。

某些青年诗人的某些作品为古怪而古怪,或者故弄玄虚,故作高深,或者盲目模仿西方现代派诗歌,泥洋不化,这些是不可取的。

至于幼稚,这并不可怕,因为正如人,总是从婴儿长大成人的。

问:您还有什么问题可以说的吗?

答：诗歌要继承和发扬民族文化传统和"五四"传统。民族虚无主义是错误的，也是没有多少市场的。但要分清什么是传统中好的东西，什么是传统中坏的东西。对传统中的封建毒素、资产阶级腐朽的东西和其他糟粕，必须坚决摈弃！

我相信一个新的中国诗歌繁荣的时代正在到来，但还需要经过诗人们特别是新一代诗人们的艰巨努力。只有在群星灿烂的夏夜，天上才会出现最光耀的明星。在新诗人辈出的时代，我们可以期待中华民族的歌手、整个时代的代言人、具有伟大心灵的人——大诗人的出现。

1987 年 1 月 1 日

后　记

诗,是庄严的事业。

有人问我为什么要写诗,我回答:箭在弦上,不得不发。

四十年代,我的手抄本诗稿有四十几个集子,大约写了七八百首。大部分都已散失。其中有关抗日战争题材的,是在"文革"中被抄家后遗失的。这里保留下来的一部分四十年代的作品,则是选自"文革"后发还的"抄家物资"。建国以后也写了一些,但绝大部分删汰了。党的十一届三中全会以后,写诗的激情又在我胸中燃起。七十年代末至八十年代的诗,经过选择,保存在这里。

选诗是艰难的历程。选自己的诗更是艰难的历程。这是对自己的重新肯定、重新否定和再认识。选诗不像买衣服凭尺寸。自己认为可删的,有人认为可留。或相反。我只能多听别人的意见,并且凭着自己的艺术良知尽量掌握一个"精"字。

诗,是毕生的追求。有人取得了辉煌的成功,有人取得了点滴的收获。如果连点滴的收获都不再有,那就应该坦然向诗坛告别。

诗,是神圣的事业。诗人的职责是歌颂真善美,抨击假恶丑,用诗美纯化一个民族以至人类的灵魂。如果忘记了这些职责,那就应该悄然向诗坛告别。

诗,是时代的回声,是千百万人民的心音。作为诗人,如果背离时代的要求,漠视人民的呼声,那就应该赧然向诗坛告别。

诗,必须是诗,赝品和谎言不是艺术,而是骗术。

这里呈献给读者的,作者虔敬地自认为是一片真心。当然,其中必定含有杂质,但那也是心律不齐或心动过速的产物。

虽然近几年疾病捆住了我的心,但我真诚地期望或相信,在我的前面,还将会有一次或几次新的冲刺。

让最公正的读者和时间老人来对这本小书作鉴定吧!

作　者

1988 年 12 月

附　录：

本卷诗集初版目录
及作品收集改动情况表

萱荫阁诗抄

初版目录	收入其他作品集	备　注
第一辑　江山胜迹		
访杜甫草堂	《夜灯红处课儿诗》	有改动
浪淘沙·骤雨	《夜灯红处课儿诗》	有改动
大观楼断想	《夜灯红处课儿诗》	有改动
登碧鸡山	《夜灯红处课儿诗》	
访小天池	《夜灯红处课儿诗》	有改动
雾漫剪刀峡	《夜灯红处课儿诗》	有改动
乌龙潭	《夜灯红处课儿诗》	有改动
花径	《夜灯红处课儿诗》	有改动
龙首岩	《夜灯红处课儿诗》	
访青山谱八大山人故居	《夜灯红处课儿诗》	有改动
过烟水亭	《夜灯红处课儿诗》	
宜春台		
秀江三首	《夜灯红处课儿诗》	
登鼓山	《夜灯红处课儿诗》	有改动

初版目录	收入其他作品集	备 注
林则徐读书处	《夜灯红处课儿诗》	
车中偶得	《夜灯红处课儿诗》	有改动
郑成功水操台遗址	《夜灯红处课儿诗》	有改动
厦门灯火	《夜灯红处课儿诗》	
过草原	《夜灯红处课儿诗》	有改动
拟题悬空寺壁	《夜灯红处课儿诗》	有改动
登悬空寺	《夜灯红处课儿诗》	有改动
题应县木塔	《夜灯红处课儿诗》	有改动
秦陵兵马俑	《夜灯红处课儿诗》	
石头城	《夜灯红处课儿诗》	有改动
重上楼外楼	《夜灯红处课儿诗》	有改动
云栖竹径	《夜灯红处课儿诗》	有改动
登蓬莱阁	《夜灯红处课儿诗》	有改动
刘公岛	《夜灯红处课儿诗》	有改动
毓璜顶	《夜灯红处课儿诗》	有改动
避暑山庄	《夜灯红处课儿诗》	有改动
棒槌山(二首)	《夜灯红处课儿诗》	有改动
蛤蟆石	《夜灯红处课儿诗》	
烟雨楼	《夜灯红处课儿诗》	
上帝阁	《夜灯红处课儿诗》	
第二辑　杂花生树		
凤凰木	《夜灯红处课儿诗》	
银槐	《夜灯红处课儿诗》	

初版目录	收入其他作品集	备　注
榕树	《夜灯红处课儿诗》	有改动
虎皮菊	《夜灯红处课儿诗》	
含羞草	《夜灯红处课儿诗》	
三角梅	《夜灯红处课儿诗》	
花叶树	《夜灯红处课儿诗》	
蒲葵	《夜灯红处课儿诗》	有改动
剑麻	《夜灯红处课儿诗》	有改动
秋意	《夜灯红处课儿诗》	
水仙	《夜灯红处课儿诗》	
冰花(二首)	《夜灯红处课儿诗》	有改动
凝华	《夜灯红处课儿诗》	有改动
第三辑　青春奇志		
赠海四采油队	《夜灯红处课儿诗》	有改动
访雁翎油田	《夜灯红处课儿诗》	有改动
八粒油砂	《夜灯红处课儿诗》	
大蜡	《夜灯红处课儿诗》	有改动
金沙江畔即景	《夜灯红处课儿诗》	有改动
市声	《夜灯红处课儿诗》	
山中发电厂(二首)	《夜灯红处课儿诗》	有改动
弄弄坪	《夜灯红处课儿诗》	有改动
咏石答赠		
第四辑　蹉跎岁月		
赠别	《夜灯红处课儿诗》	本卷有改动

初版目录	收入其他作品集	备　注
北戴河有赠	《夜灯红处课儿诗》	
海边赠病友	《夜灯红处课儿诗》	有改动
有赠	《夜灯红处课儿诗》	有改动
重逢有赠	《夜灯红处课儿诗》	有改动
雨霁再赠	《夜灯红处课儿诗》	有改动
星眼（二首）	《夜灯红处课儿诗》	
拂尘	《夜灯红处课儿诗》	有改动
遥寄海外友人	《夜灯红处课儿诗》	有改动
题莎翁十四行诗集译本赠友人	《夜灯红处课儿诗》	有改动
读《散宜生诗》	《夜灯红处课儿诗》	有改动
浪淘沙·闪电	《夜灯红处课儿诗》	有改动
海悼	《夜灯红处课儿诗》	
秋风	《夜灯红处课儿诗》	
剑刃	《夜灯红处课儿诗》	
赠长女		
清平乐·童像	《夜灯红处课儿诗》	有改动
菩萨蛮·画笔	《夜灯红处课儿诗》	有改动
客愁	《夜灯红处课儿诗》	有改动
重访淡水路旧居	《夜灯红处课儿诗》	
乡思	《夜灯红处课儿诗》	有改动
稚想	《夜灯红处课儿诗》	
梦	《夜灯红处课儿诗》	有改动

初版目录	收入其他作品集	备　注
桥忆	《夜灯红处课儿诗》	有改动,注释略简,本书采用《萱荫阁诗抄》版。
梦回	《夜灯红处课儿诗》	有改动
清平乐·有幸	《夜灯红处课儿诗》	有改动
清平乐·皱眉	《夜灯红处课儿诗》	
浪淘沙·随笔	《夜灯红处课儿诗》	有改动
南乡子·起秧	《夜灯红处课儿诗》	有误植
忆怀来	《夜灯红处课儿诗》	
再忆怀来	《夜灯红处课儿诗》	
霜天晓角·春意	《夜灯红处课儿诗》	有改动
逐日篇	《夜灯红处课儿诗》	有改动
病中偶得	《夜灯红处课儿诗》	有改动
第五辑　风雨神州		
谒红岩村八路军办事处纪念馆周恩来同志卧室	《夜灯红处课儿诗》	有改动
虞美人·星陨	《夜灯红处课儿诗》	有改动
霜天晓角·周恩来总理八十诞辰	《夜灯红处课儿诗》	
深痛	《夜灯红处课儿诗》	有改动
谒韶山		
板仓六首	《夜灯红处课儿诗》	有改动
访七贤庄八路军办事处纪念馆感赋	《夜灯红处课儿诗》	有改动
闻变	《夜灯红处课儿诗》	有改动

初版目录	收入其他作品集	备　注
罪人行		
英雄山革命烈士纪念塔		
野火	《夜灯红处课儿诗》	
乾坤初转	《夜灯红处课儿诗》	
霜天晓角·雪尽	《夜灯红处课儿诗》	
登景山万春亭	《夜灯红处课儿诗》	
后记	《夜灯红处课儿诗》	
附录一:关于吟诵的通信	《夜灯红处课儿诗》 《诗爱者的自白》	均题为《吟诵的回忆》
附录二:关于诗韵的通信	《夜灯红处课儿诗》 《诗论·文论·剧论》	《诗论·文论·剧论》题为《旧体诗格律及入声字问题》

屠岸十四行诗

初版目录	收入其他作品集	备　注
第一辑　新苗		
新苗		
江流	《哑歌人的自白》	
丁香	《哑歌人的自白》	
童话	《哑歌人的自白》	
金丝网里		
李婴	《哑歌人的自白》	
春菊		
狗道	《哑歌人的自白》	

初版目录	收入其他作品集	备　注
声波		
呼吸	《哑歌人的自白》	
墨锭	《哑歌人的自白》	
蚊香	《哑歌人的自白》	
忧思	《哑歌人的自白》	
日坛之夜		
龙潭湖的黎明	《哑歌人的自白》	
第二辑　浪花		
浪花		
海浪的渗透	《哑歌人的自白》	
渤海日出		
日落		
泰山日出		
日影	《哑歌人的自白》	
莲蓬山		
燕塞湖		
文豹	《哑歌人的自白》	
镜石		
毓璜顶		
密云	《哑歌人的自白》	有改动
一切都可能淡忘		
白芙蓉	《哑歌人的自白》	
黄刺玫	《哑歌人的自白》	

初版目录	收入其他作品集	备　　注
珍珠梅	《哑歌人的自白》	
槐花	《哑歌人的自白》	
枯松	《哑歌人的自白》	
合欢		
野樱桃	《哑歌人的自白》	
落英	《哑歌人的自白》	
桃花	《哑歌人的自白》	
龙爪槐	《哑歌人的自白》	
金银花	《哑歌人的自白》	
紫叶李	《哑歌人的自白》	
第三辑　丹蒂莱安		
写于安科雷季机场	《哑歌人的自白》	
圣伯特利克大教堂门前		
丹蒂莱安	《哑歌人的自白》	
芝加哥	《哑歌人的自白》	
旧金山	《哑歌人的自白》	
林肯纪念堂	《哑歌人的自白》	
窗玻璃		
银杏叶	《哑歌人的自白》	
揪心的音乐		
盖兹比旅店		
长岛	《哑歌人的自白》	
杉树酒店		

初版目录	收入其他作品集	备　注
潮水湾里的倒影	《哑歌人的自白》	
普罗米修斯		
金门大桥	《哑歌人的自白》	
致哥伦布		
寄远友		
飞越多佛尔海峡		
水上音乐		
牛津	《哑歌人的自白》	
西敏寺诗人角	《哑歌人的自白》	
爱汶河畔斯特拉福镇	《哑歌人的自白》	
爱汶河		
爱丁堡	《哑歌人的自白》	
西敏寺桥上	《哑歌人的自白》	
伦敦，一九八四年	《哑歌人的自白》	
后记		

哑歌人的自白

初版目录	收入其他作品集	备　注
第一编 第一辑　叩门		
叩门	《夜灯红处课儿诗》	有改动
小巷	《夜灯红处课儿诗》	有改动

初版目录	收入其他作品集	备　注
黎明	《夜灯红处课儿诗》	
夜雪	《夜灯红处课儿诗》	
烛	《夜灯红处课儿诗》	
夜语	《夜灯红处课儿诗》	有改动
豆浆	《夜灯红处课儿诗》	有改动
凶黑的夜	《夜灯红处课儿诗》	
麦浪	《夜灯红处课儿诗》	有改动
小城	《夜灯红处课儿诗》	有改动
古寺	《夜灯红处课儿诗》	有改动
烟	《夜灯红处课儿诗》	
别	《夜灯红处课儿诗》	有改动
八月	《夜灯红处课儿诗》	
野菱塘	《夜灯红处课儿诗》	
晨	《夜灯红处课儿诗》	有改动
暮	《夜灯红处课儿诗》	
流萤	《夜灯红处课儿诗》	有改动
课室	《夜灯红处课儿诗》	有改动
路	《夜灯红处课儿诗》	
第二辑　慧眼		
慧眼	《夜灯红处课儿诗》	
年轻的老者		
在我平静的时候		
挽诗		

初版目录	收入其他作品集	备　注
眼		
退潮		
灰镜的折射		
舞姿的消失		
火葬		
阳光		
哑歌人的自白		
石龟		
回答		
赠人		
梦幻曲	《夜灯红处课儿诗》	
芥蒂		
纸船		
登山		
我不能看演出		
有赠		
邂逅		本卷增加副标题
第三辑　燎市者		
燎市者		
江干		
自由获得者		
夜憩		
野沐		

初版目录	收入其他作品集	备　注
光流与衢		
守待		
归来者		
待旦		
市郊		
厩		
行列		
生命没有终结		
喉舌		
生命的风云		
雨季		
初来者		
白日梦		
自己不能说话的时候		
矫健的节奏		
雷鼓的邀请		
竞走		
我相信		
爱麦虞限路广场		
山石·树·巨流——亲和力三乐章		
城楼图铭		
盲者之歌		

初版目录	收入其他作品集	备　注
第二编　鲜花与纸花		
鲜花与纸花		
雁滩		
五泉山		
成都草堂		
车过秦岭		
月		
牵牛花		
第三编		
第一辑　谢幕		
谢幕		
判断		
逻辑		
风格		
变异和蜕变		
实践的力学		
希望		
列车		
江流	《屠岸十四行诗集》	
嘱咐		
手		
目的		
台灯下的情思		

初版目录	收入其他作品集	备 注
摇鼓墩		
物理学		
忧思	《屠岸十四行诗集》	
蚊香	《屠岸十四行诗集》	
狗道	《屠岸十四行诗集》	
李婴	《屠岸十四行诗集》	
墨锭	《屠岸十四行诗集》	
煤精		
龙潭湖的黎明	《屠岸十四行诗集》	
呼吸	《屠岸十四行诗集》	
童话	《屠岸十四行诗集》	
新月和残月		
心跳		
狭弄		
痕迹		
心感		
素馨花		
我并不想来这里		
轻烟		
美丽的网		
第二辑　树的哲学		
海的独语		
海音		

初版目录	收入其他作品集	备　注
礁石		
日影	《屠岸十四行诗集》	
海浪的渗透	《屠岸十四行诗集》	
白芙蓉	《屠岸十四行诗集》	
文豹	《屠岸十四行诗集》	
树的哲学		
门前的树		
泉		
絮网		
大地的火阵		
手镰		
红藤		
椿树		
黄刺玫	《屠岸十四行诗集》	
珍珠梅	《屠岸十四行诗集》	
槐花	《屠岸十四行诗集》	
枯松	《屠岸十四行诗集》	
密云	《屠岸十四行诗集》	有改动
野樱桃	《屠岸十四行诗集》	
爬山虎		
晨露		
碾		
向日葵		

初版目录	收入其他作品集	备　注
蚤鸣		
游泳		
夜光		
丁香	《屠岸十四行诗集》	
桃花	《屠岸十四行诗集》	
龙爪槐	《屠岸十四行诗集》	
金银花	《屠岸十四行诗集》	
紫叶李	《屠岸十四行诗集》	
花雪		
落英	《屠岸十四行诗集》	
哈尔滨		
复苏		
乌鲁木齐		
石河子		
喀什		
赛里木湖		
草湖果园		
吐鲁番		
黄金海岸		
第三辑　潮水湾里的倒影		
写于安科雷季机场	《屠岸十四行诗集》	
曼哈顿岛		
曼哈顿断想		

初版目录	收入其他作品集	备　注
长岛	《屠岸十四行诗集》	
银杏叶	《屠岸十四行诗集》	
尼亚加拉瀑布		
芝加哥	《屠岸十四行诗集》	
桑德堡村		
丹蒂莱安	《屠岸十四行诗集》	
林肯纪念堂	《屠岸十四行诗集》	
潮水湾里的倒影	《屠岸十四行诗集》	
旧金山	《屠岸十四行诗集》	
金门大桥	《屠岸十四行诗集》	
东京		
东照宫		
牛津	《屠岸十四行诗集》	
西敏寺诗人角	《屠岸十四行诗集》	
爱汶河畔斯特拉福镇	《屠岸十四行诗集》	
伯明翰一角		
爱丁堡	《屠岸十四行诗集》	
格拉斯哥		
西敏寺桥上	《屠岸十四行诗集》	
伦敦，一九八四年	《屠岸十四行诗集》	
答《未名诗人》问	《诗论·文论·剧论》	
后记		

屠岸诗文集

第二卷

*

深秋有如初春

人民文学出版社

Jan. 13, 1949　T.A.

本 卷 说 明

本卷收入诗集《深秋有如初春》，2003年1月由人民文学出版社出版。

作品原则上按照初版原貌收入，对于部分重复收入作者其他诗集的作品进行了调整，即如果作品首次收入本集后又收入其他诗集且在文字上没有改动，则仍然放在本集中；如果作品又收入其他诗集，作者对文字进行了修改，则尊重作者的修改并置于改动后的诗集中。对原诗集的序文、附录等文章，也根据文集部分的收录情况进行了调整，避免重收。为了让读者能了解诗集的原貌，我们在书后附录了诗集的初版目录和作品的收集、改动情况对照表，便于读者参照。

作者对收入本卷的作品有少量修改。

作品在收入本卷时都进行了校勘，改正了初版中的错漏。

对作品及注释均按体例进行了编辑整理。

目　　录

深秋有如初春

辑Ⅲ 雪国的大旗

附录:诗歌展望

深秋有如初春

第 一 编

过客的自白

1941—2000

辑 I　参与商

（1941—1949）

参　与　商

我们分别已有三年
能够有个机会见面

却只点一点头
立刻又告分手

人生竟这样
无谓地匆忙

我低下头默思
见到了你的影子

1941年

圮 塔 旁

阴雨凄凄
灰色的大江
掀起了抓人的浪

岸上是一片
寂寞的空旷——

虽然有码头和船只
虽然有忙碌的人群

但那些只是
一个古怪的鬼市
一群空虚的影子……

1941 年

前　夕

深夜,蹑着足
潜入暗中的邻室

月光正射在床上
熟睡的青年的脸

明朝,他就走了
向着他的希望

回去,心中安定了
已看到最后一面

1942年

发　　结

淡红的发结，
缎带扣住童年的乌丝。

躲在温柔的幕后，
相对着微笑，脉脉无语。

无知的羞涩，
丰满的颊上泛起红雾。

孩子的拥抱，
是这样轻柔，相互爱抚。

只说是玩弄口沫，
幼稚的接吻，小心地亲住。

小臂挽着小颈，
一个在另一个怀里睡去。

1942 年

给　风

风呵,你去了,在山洪暴发的时候。
我在念着你呢。
你卷走了野草的芳香,
你带去了溪水的波纹。
风呵,你是勇敢的呀,我知道的,我知道的。
我在念着你呢。
可是,你为什么躲在彩虹的拱门下呢?
风呵,你知道的,我在念着你呢。
你爱广阔的海洋吗?
你爱高峻的山岭吗?
风呵,我知道的,你爱他们呢。
为什么不去找他们呢,你既然走了?

风呵,你去了,在山洪暴发的时候。
我在念着你呢。
你卷走了野草的芳香,
你带去了溪水的波纹。
风呵,你既然走了,你会看见吧?
海上的浪如山,高高地,高高地;

山上的林如海，密密地，密密地。
风呵，你爱他们，我知道的，我知道的。
可是，你为什么躲在彩虹的拱门下呢？

风呵，你就会刮起来的吧！
我爱看你威风的容貌呢。
我素来爱看，你知道的。
风呵，你知道的，我素来爱看
你的威风凛凛的容貌，
尤其是想到
当你穿过山上森林的时候，
当你掀起海上波涛的时候。

风呵，你从来不哄我的，
我也从来没有哄过你呢。
你答应我，我也答应你：
风呵，等到山洪止息的时候，
我到山上去迎接你，
你在海上来会见我，
咱们再相聚，再拥抱，再倾诉——
风呵，你说呀，你说呀，好不好呢？

1942年10月26日晚

打谷场上

夏夜,村后的打谷场上,
老汉的旱烟筒一亮,一亮……

"他受了伤,被鬼子俘虏了,
对汉奸的劝降,他只冷笑。

"他被捆绑在刑桩上,
面对着武士道血浸的军刀。

"说不说? 没有低头,没有呻吟;
说不说? 连表情也没有。

"一刀! 一刀! 一刀! 血,像泉水般迸涌出来……
还是孩子般的嘴唇紧闭着,直到停止呼吸。

"他倒在荒草丛中,血,流在大地上。
十五岁的新四军,只有十五岁呀……"

我,一个教师的儿子,在心里流着血,

为着一个庄稼老汉的独子。

我是在听故事吗？我在思忖：
十九岁的我怎样才对得起这块大地……

1943 年 8 月，江苏吕城

阵

金黄在远山动移
灰紫即刻来代替
阳光跨过了大地

雷阵进攻的吼声
乌云——天国的都城
浩荡呵！在我的头顶
缓缓地行进

天地变了颜色
关上门户倾听
风雨中的羊鸣

1943 年 8 月

夜　　行

可怜,迟归的游子
生疏了故乡的路途

没有街灯的夜
走过挑担卖糖粥的老人

森严,夜之怖动
渐闻深巷的犬吠

身后,有足步声
连带着回声逼近……

1943 年 8 月

夜　　渔

茫茫,黑夜的岸滩,
渔童在船火旁削制弹弓。

芦丛边一个老翁,
默然等待着蟹的聚拢。

引诱,点点星火,
草囤里焚着木屑,微红。

浅水,靠近蟹棚,
映着一盏寂寞的灯笼。

1943 年 8 月

中 元 节

墨黑的夜，
野鬼徘徊在歧途。

远处闪起瞬息的火花，
照着正在结鬼缘的老妇。

盂兰盆会散了，
骷髅们掩上门户。

贴在墙上的佛码，
在夜风中漠然起舞。

施食台上静寂，
棺材里响起锣鼓。

香塔快要焚完，
烟缠住怪树。

坟墩上又是一堆火，

耸动着照入空虚。

1943 年 8 月

酒　楼

临着浩荡的运河，
小镇上的酒楼。

漫步地登临，
素来不会豪饮的我。

只剩两天的羁留了，
何时再来这里逗留？

主人的情谊无限，
斜阳照着鳞波。

1943 年 8 月

村　　夜

夜,已经深沉,
纳凉场上也已寂静。

黑色的稻草塔上镇着镰刀,
满天的乌云。

一个村童的身影,
持着蒲扇,在扑捕流萤。

场上一堆白烟,
除蚊草在孤独地焚。

1943 年 8 月

稻 的 波

淡黄与翠绿
色彩在起伏中杂错

初秋的微风
泛起无言的音波

一望无际
阳光在碧浪上移过

大海中的蝼蚁
远处移动着田夫和锄

1943 年 8 月

影　　子

婴儿,睡着了,
门外的孩子们别吵。

阴森,巨大的雌白果树,
隐现着蛇精。

秋凉后的蚊子
勉强无力地飞着。

夜半,幼儿啼了,
朦胧中又闻母亲的催眠歌。

1943年8月

牛

树边拴着老牛
圆圈里的草吃光了

无力地甩着尾巴
衰老的年华

苍蝇紧叮在背脊
皮肤痉挛地抽动

牧童来抱住颈项
泪滴下干松的尘土

1943 年 8 月

卧　　病

他乡的卧病，
草席仿佛觉得冷了。

泥炉发出灰红，
墙外敲过卖铜鼓饼的担。

浓烈的苦味，
无力地揭开药罐的盖。

忽然接到家信，
字迹在恍惚中爬。

1943年8月

雾

行走在遗忘之乡
四周是灰白的混沌

泥泞的村路弯入虚无
远处有闷塞的犬吠

朋友怕就在
池塘对面蹲着
默诵英文生字

他喊了我的名字
但闻声不见其人
只有晃动的影子

1944 年春

给 茜 子
——在她十八岁的诞日

长空万里无云，
　清朗澄碧。
我满身浴着阳光，
　向太阳高笑；
我的心灵欢忭；
　深秋有如初春：
蝴蝶绕我飞翻，
　雏菊向我点头；
呵，是因为我知道
　今天是你的诞日？
珍重吧，好姑娘，
　刚满十八岁的年龄
应该是多么可贵！
　我虽愚蠢，
虽想在离隔之中
　寻找幸运，
但我依然向你
　遥远地祝福！

原谅我的无知吧，
　在你的面前，
我不理解亵渎。
　在这样美好的日子
我呈上我的诗篇
　和我的坚持。

1945 年 11 月 17 日

农历乙酉年 10 月 13 日

插　　曲

我和我的异我
为追踪人的行列
觅求永久的亮光
终于有一天
走尽我们的白日
在黄昏时分
抵达了荒原上
一个古老的市镇

跨进镇街东首
木栅的束门
就已经见到对面
镇街的尽头
西束门的弓形剪影
黑魆魆地框住
门外明烈的夕阳
和无边的荒凉

在静寂的统治下

这里没有居民
或者只有居民的影子
古老的街上
铺着嶙峋的巨块石
穿过束门而来的
落日的红光
射到每块巨石的半面
遂造成一条
美丽得凄凉又可怕的
斑斓的街道

我从沉默中抬起头
同时看见
我的异我的眼睛里
燃起新的勇敢
虽然行旅的重囊
压麻了我俩的肩头
我们没有犹豫
继续向西首走去

因为我们见到了
在灰色土墙上斑驳地
用白石灰刷写的文字：
"我们是人的行列
我们从无穷来
继续向无穷去
我们走完了暗夜

还要向晨光走去……"

我们从不失望
甘愿迎上前去
甚至献出
我们的鲜血和头颅
即令我们倒下了
也深信后面有来者
前面不是虚无
我和我的异我
没有退缩、止步
昂然走出西束门
继续我们的征途

眼前是无垠的荒凉
将临的是黑暗
但是有一条小路
蜿蜒地导向前方
通向永久的亮光
我和我的异我艰步
挨得更紧,更紧
夜的凉氛逼近
然而我们的胸中
燃着一粒火种
抵御凛冽的寒气

回首看远远的高丘上

古镇的黑影如危崖
在落日的余光中壁立
报凶的乌鸦们掠过
投入张着无数瘦掌的
耸在岗上的枯树群里

1945 年冬

政 治 犯 的 歌

请听听吧，

啊,孩子们哟,孩子们哟,

这也是青春的声音！

也许你们听惯了

风琴和铃铛的欢欣，

对于我的声音

会不会感到陌生？

可是依旧

请听听吧，

这也是青春的声音！

我从来没有

轻松欢快的年头，

当我还是一个孩子的时候，

我就负起了成人的忧愁；

当我还是一个青年的时候，

我就失去了我的自由；

因为我跟凶恶的豺狼搏斗，

监狱就成了我一年又一年的朋友！

是的,我从来没有
轻松欢快的年头!

呵,我的未婚妻改嫁了别人,
我才真正懂得什么是爱情;
我的母亲哭瞎了眼睛,
我才真正懂得什么是光明;
我那当搬运工的父亲
在麻袋的重压下丧命,
我才真正懂得什么是人生!
我不能终日守着一座孤坟,
生活教育我要搏斗,奋进!
我加入了战斗者的行列,
要用众力砸碎冷酷的桎梏,
臂挽臂冲出黑暗的闸门!
要干,就要准备前仆后继,
怎么能避免损失和牺牲?
我知道,有的战友在奔走营救我,
有的战友在继续秘密的斗争,
我在这里不是等待死亡的降临,
而是从事着特殊的战争。
还有许多战友告别我,向远方行进,
为开拓新的天地而献身。

啊啊,远方,那里是什么,
是什么,
是什么呀?

是一个伟大的革命的收成！
远方的笑，远方的吻，
远方的五月的热情；
远方的钟，远方的铃，
远方的青春的声音；
远方的光，远方的影，
远方的美丽的生命；
　　而这一切呀，
这一切都属于远方的——
　　也是全国的人民！

啊，谁说我苦？
为了百姓和他们的乡土
而能够付出我的青春，
是我无上的幸福！
虽然我的日子
在铁栅里一年年消逝，
直到从我的头上
掉下了几根银白的发丝，
于是我发现
我已经失去了我的青年，壮年……
但是，铁栅里特殊的战争
已经使我忘记了我的年龄！
我只知道远方有一座山，
山上有一座宝塔，
它是为奴隶们指路的北斗星！
我在梦里都见到它，

见到它，就见到希望，见到光明！
啊啊，囚徒是不是
还有一个灿烂的明天？
有的，我肯定地说，
我的生命属于我的祖国，
在那北斗星的光照下，
我还要热烈地活，
为了祖国，我还要在拼死的搏击里
蓬蓬勃勃地燃烧起生命的烈火！

那么我和你们
是不是同样地年青？
知道吗，我燃烧生命，
也正是为了你们
啊，孩子们哟，孩子们哟，
虽然你们听惯了
风琴和铃铛的欢欣，
但对于我的声音
你们再不会感到陌生。
你们一定会说，
这也是青春的声音！
啊，你们听吧，听吧，
我将朗诵，我将高歌，
听，这飞越重重铁栅、
奔向阳光、奔向花朵的
宏伟美丽的——青春的声音！

附记:初稿发表于油印诗刊《野火》第二期,是与诗友们分头执笔的集体创作《青春之歌》中的一章。1949年4月,胞妹,中共地下党员,被国民党淞沪警备司令部逮捕。对此诗作了修改。

1946—1949年

告　白

　　不要以为我太冷酷，
　　我们已富有了太多的温柔。
　　省俭我们的热情
　　原是由于更多的生灵
　　不知道温柔是什么。
　　而我们都不是悭吝人，
　　也无需挑剔付与的对手。
　　不妨听那凄厉的号筒，
　　它不会使人联想到软语；
　　而进行残酷的搏斗
　　将比亲爱的拥抱更热烈。
　　我没有拒绝任何央求，
　　如果我能为别人效劳；
　　然而我也不敢接受
　　给予我的过分的恩赐，
　　因为我知道自己的渺小。
　　探求不是我逃避的伪装，
　　事业也不是与你较量的对手，
　　它的失败与成功

应该也是你的悲哀和喜悦。
我的热情纵然无限，
也必须积聚和集中，
把它来换取你的眼泪，
只会使你更加沉沦。
而我呵——我
将在孤独中不顾一切地走去，
因为孤独等于自由，
等于拥有心灵中无数的伙伴，
这里面也有你，我的朋友！
让我们手挽着手前进，
一齐奔向大地的号召；
你该高兴我们有同一的命运，
而牺牲比爱情更美丽……
你的甜蜜的歌声
将成为鼓舞我迈进的乐音，
我战斗的烙痕将代替你的吻印。
如果我被罪恶的子弹击中而倒下，
请收敛你极度伤痛的悲哀，
因为你将听到
生灵们在胜利的狂欢中啜泣；
因为你将见到
原野上会展开万里星云的美光。
而我和所有的安息者
已献出爱作为礼物而得到永生。
事业有开始而没有终结，
你将踏着先行者的血迹前行。

这时候你会哭泣着说：
你终于懂得了爱情——
它只会毁了你的所爱，
如果它有一颗自私的核心，
哪怕它长得比早熟的果子
更加圆润动人。

1946 年 5 月

檄　文

我要丢弃记忆的重负，
如果我还热爱着明天。
昨天有美妙的节目，
都是悲剧的插曲。
荒凉的城郊，携手同行，
春风中原有过多的自由；
坐在夕阳下菜畦的旁边，
你的抚慰使我第一次
感到交流的温煦；
月光下，深院里的长谈，
倾诉了年轻的怀抱，
开始获得发现的惊喜；
长年，把你当作依靠，
我为自己的幸福哭泣……

然而啊，我是可怜的孩子，
在生命学步的时候，
就被撒下毒果的种；
童年的梦的光彩

已成为今天痛苦的摇篮。
不管你是有心还是无意
俘虏了纯洁的感情，
劫持一颗天真的心
比杀灭它更加凶残！
你的甜言和蜜语是诱饵，
你的亲近和关怀是霸占！
我的感恩增加我的愤怒，
你的喟叹使我更趋于决绝！
即令依仗着你的护佑长大，
我不是没有自己的道路。
而你终于走进了罪恶的渊薮，
我的眼泪才停止了流滴。

谁说我缺乏赤忱？
其实，就是它——
叫我向你递交了檄文！
告诉你：比友谊更尊严的
是对正义的憧憬！
何况，我们的友谊已经死亡，
因为它不会跟着
一个卑劣的灵魂同在；
而你的趋炎附势与无耻
已使我的热情变成了化石。
从前我承受你的关护
变成了我心头最深的耻辱；
我的憎恨将使你战栗，

你给我的比爱更深的苦痛
会偿还你的叛逆！

悲剧有它的结局，
而复仇的火焰将毅然
向你，背信者，作无情的喷烧，
直到你在我的诅咒声中
得到友情的洗礼而物化：
因为，请原谅我——
我是一个可怜的孩子，
我不能忠于以往，
只能忠于未来的历史。

1946年5月

被击落的星星

在黑暗的天空
　　有两颗耀眼的星星
突然被
　　因为阴谋所以没有声音的枪弹
击落了!
陨落的星星坠到泥土里
泥土里的种子因为受到感孕
　　所以震动了
　　所以茁长了
　　所以闪耀着星星的光
千万颗种子长大了
　　所以发出太阳的光
我将看见两颗星星的灵魂
　　微笑着
在黑暗灭亡的时候

为李公朴、闻一多殉难,与方谷绣合写

1946 年 7 月

拓 荒 者 之 歌

到没有人去过的地方去！
到野草和荆棘丛生的地方去！
从那巨大的寂寞和荒凉，
有凄切的呼声召唤我去。

告别欢乐和温馨的故乡，
告别鲜花盛开的园地，
告别闪着金光的谷穗，
告别丰收的果林和菜畦，
告别那
向我轻轻地唱着催眠曲的
门前的溪水……

我要扛起锄头，
我要拿起镰刀，
奔向那贫瘠的土地，
奔向那万古的荒原。

锄头和镰刀是力的标记，

我的意志是一块顽铁！
我要到野狼和狐鼠出没的地方去！
我要到狂风和暴雨肆虐的地方去！

到那里去啊！去——
种植希望，
种植丰饶，
种植阳光，
种植生命！

听，一个凄切的呼声
在号召我去，
在号召我的伙伴们去！
去——啊！去！
去了就决不再回来！

与方谷绣合写
1946年11月17日夜

鲁 迅 颂（歌词）

鲁迅导师，
你，新中国的先觉，
我们向你学，向你学，
直面惨淡的人生，
正视淋漓的鲜血。
　直面惨淡的人生，
　正视淋漓的鲜血。

鲁迅导师，
你，新中国的旗手，
我们跟你走，跟你走，
奴隶要敲落锁链，
囚徒要夺取自由！
　奴隶要敲落锁链，
　囚徒要夺取自由！

1948年2月28日

45

进出石库门的少年

——诗句的碎片

从江南小城来到东方大都会
告别水乡的陋巷和石砌的小桥
在喧闹的金陵东路上来回流浪

霓虹灯和橱窗里的珠宝刺痛双眼
　麻将牌和搳拳的声浪震聋耳膜
少爷和舞女蓬擦擦引起惊异
　小开踢伤黄包车夫激一腔怒火

听说国际饭店的二十四层楼中
　只有一层是中国人造的，是吗？
不清楚"大光明"放映的外国森林人
　为什么盗用中国泰山做名字

沙逊大厦一排排密密的窗户
　映着几多幽灵一般的鬼眼睛
浦江的寒潮滚滚仿佛要吞噬
　汇丰银行门口的两只铜狮子

天蒙蒙亮就听见粪车来到弄堂里
　东家西家开后门老妈子倒马桶
马路边一把把破蒲扇给小炉子搧火
　嘟囔着骂黑心老板在煤球里搀黄泥

萨坡赛路西门路口人行道上
　多少次看见躺着冻毙的路倒尸
普善山庄收尸车滚动的车轮
　碌碌碾过受伤滴血的心灵

走在"大世界"后街上听到穿长衫人
　凑到耳边低声问春宫要哦——
中国的外国的都有请到弄堂里
　看货色一手交钱一手交货

眼前"云飞"和"银色"疾驶而过
　给瘪三和乞丐溅一脸一身污水
二房东骂山门因为三房客幼子
　生一场伤寒病死了付不出房钱

鸦片枪散出扑鼻的香味不如
　白面在锡纸上化一阵烟雾迷人
四马路沿街花枝招展的野鸡
　在路灯下拉客或者忧伤地徘徊

车间里那摩温就像是凶神恶煞

对骨瘦如柴的包身工虎视眈眈
　　郊野墓坑里一次埋下几十个
　　　没人认领的患痨病死去的童工

少年可明白垄断企业写字间
　　和银行大楼里的阿拉伯数字
牵系着广大乡村和城市里千百万
　　赵钱孙李老百姓的生死命运

从东瀛来的侵略者隆隆的炸弹声
　　震醒了无数哪怕麻木的神经
租界变成了沦陷区里的孤岛
　　不可能困死一切有良知的生灵

发霉的虫蛀的搀砂的户口米六角粉
　　不能吃啊可是不得不咽下去
死也不肯走过外白渡桥去
　　向荷枪实弹的鬼子兵低头鞠躬

想着"沪光"放映的电影里曾有过
　　陈云裳饰演的花木兰多么英武
思考着为什么太阳一出满天红
　　一定要改为青天白日满地红

天上飞下来和地下冒出来的一个个
　　"劫收大员"一下子都五子登科
双十节南京路商家庆祝的彩灯

转眼间变成玉佛寺惨白的挽幛

酒后搂女郎开吉普在霞飞路上
　　横冲直撞压死多少中国人
冲翻了地摊上来自救济总署的
　　剩余物资一大堆cheese罐头

八千里路云和月,一江春水向东流
两句古词化为银幕上一个个镜头
　　搅动千万个市民感情的波澜

国币变伪中储券变国币又变金圆券
　　民脂民膏一层层被榨吸干净
老《申报》不再有《自由谈》自由的园地
《文汇报》被查封《中央日报》没人看

亭子间里的少年开始成熟
　　秘密传递着令人激动的消息
学生宿舍被窝里少年用手电筒
　　照着亮连夜轮番地偷读禁书

国际饭店顶层上四个霓虹字
　　"礼义廉耻"已变得鬼气森森
警备司令部制造恐怖的毒氛
　　掐不灭民众心头思想的火花

华灯下华生电风扇吹着又吹着

始终吹不散老爷心头的焦急
冰镇的正广和汽水喝着又喝着
总归除不掉长官满身的躁热

油墨的芳香如阵阵花香扩散在
假三层阁楼的四堵墙窄小的空间
油印滚筒下碾过的一张张毛边纸
飞向浦西和浦东的千家万户

白喉吓不倒身穿旗袍的女学生
手拎着皮包暗藏着危险的《群众》
西装革履的男士过马路穿弄堂
七拐又八弯甩掉身后的"尾巴"

印钞机创造着空前的天文数字
拿纸币换铁钉付款用麻袋装
环龙路餐厅关门贴布告停业
对不起从今天起不再供应罗宋汤

无线电声波不可能被死死封锁
大城经历着一次次神经性地震
纱厂工人在地下室里秘密集会
派人在出入口严密监视放暗哨

摩登的交际花用穿梭一般的往来
组成蜘蛛网纵横的联络系统
一个腐朽的王朝的基座已经在

进击的铁拳的攻势下摇摇欲坠

进出石库门的少年呵心明眼亮
　　看见了大都会联结着江河田野
看见了红星帽徽上炫目的光芒
　　射向城市乡村和无垠的大地

1948年冬

战 士 的 鞋

别看我状貌陈旧又破烂，
我的主人是人民解放军；
他是反法西斯的人民英雄，
我要载着他永远向前进。

我曾经越过险峻的山峰，
踏过崎岖不平的道路，
我曾经涉过沼泽和草地，
裹上了一层厚厚的泥土。

冬天的冰雪侵蚀了我的底，
夏天的太阳晒焦了我的帮，
可我不叫苦，因为我知道
现在不是我休整的时光。

我走过二万五千里长征，
从红都瑞金到圣地延安；
我踏遍东北九省的大地，
转眼跨进了天下第一关。

不怕天上敌机的轰炸，
不怕阵前大炮的震响，
我刚刚跨过滔滔的黄河，
又一举跃过滚滚的长江。

当看到敌垒一个个倒塌，
我就感到无比的振奋；
我鼓舞我的主人赶快
从华中向华南各路进军。

我真感到由衷的骄傲啊，
因为我主人是这么伟大：
全世界都在谈论他呀，
一面在欢呼，一面在害怕。

看呵，只要我走到哪里，
自由和民主也走到那里，
老百姓看到我的迹印，
就是看到了解放的标记。

我还要向前，向前，再向前，
送主人到台湾，重庆，广州，
我不叫累呀，因为我知道
现在不是我休整的时候。

南方在盼望着我的主人呀，

向前去，一刻也不要停留。
我不会止步的，即使当我
踏上了那千夫所指的尸首！

1949 年 6 月

王 小 龙

王小龙的妈妈在哀求孩子别走：
"你爹早死，我带领你吃够了苦头……"
小龙疑惑："是谁告诉了我妈妈？"
嘴还硬："妈妈，你别听人家瞎话！"

小龙的妈妈声音有点儿凄然：
"唉，小龙呀，你还在瞒我，我的天！"
忽然出来个金刚，伸出了巨掌，
狠狠地抓住了小龙的两只臂膀。

小龙的噩梦醒了，出了一身汗，
一会儿，他看看闹钟：清早五点半。
他听见妈妈在隔壁房里打鼾，
心里才好像落下了一块石头。

他在微光下轻轻地从床上爬起，
又在阁楼的小窗口捆好了行李；
他写了一封告别信在桌上留下，
信里请舅舅好好地照顾妈妈。

"妈保重,明年我一定回家来探望。"
他轻手轻脚地离开了妈妈的卧房。
忽然又打开行李,取出了毛毯,
"好自私,不给妈留下这一点温暖?"

清早马路上行人少,凉风吹他的脸,
他感到无限自由,心底里喜欢——
思想上斗争了多少天,心里痛苦,
"去不去? 去不去?"想自己给自己做主……

李秀云同学在大会上一番演讲,
激起了他参加革命的热情高涨;
看群众的行动把他教育得多好:
他终于接受了使命,响应了号召。

从此,不必要的顾虑一概抛弃,
跟工农结合,重新来塑造自己,
应当向解放军学习,为人民服务,
投入向新社会挺进的英勇队伍!

又一次他想到睡在楼上的妈妈:
"妈妈该多么难过啊,我离开了她!"
可新区正在把工作人员迎候,
他看见千百万同胞在向他招手。

阁楼的小窗俯视着黎明的大城,

俯视着一个青年在曙光下行进，
他已下定了决心，再不会动摇：
他大步走向南下服务团去报到。

1949 年 7 月

光 辉 的 一 页

你——长途奔波的
　历史老人呵，
请停下你的脚步，
你看一看，然后——
　赞叹吧，
赞叹又欢呼！
请在你返老还童的肩上
担当起
　新的任务！

你——冥顽不化的
　反动派，
收起你们的北大西洋公约，白皮书！
请看一看我们的北平吧——
　那儿在发生什么事故？①
　——喂，安静一些吧，
不要叫嚣，也不要叫苦，

①　事故，据《辞源》，可作"事情"解。

你该歇歇了，
中国人民前进的步伐
　你永远挡不住！

你——未来的人民呵，
如果你翻开
　历史教科书，
请留意——
这一页灿烂的光芒
　会使你的眼睛昏糊，
记住：
中华人民共和国，是在这一天
　立下了
钢铁一样的基础！

1949 年 9 月 [①]

[①]　此诗刊载于 1949 年 9 月 25 日上海《解放日报》。

辑 II 聪明人和小孩
（1956—1976）

聪明人和小孩

小孩用手掌摁蚂蚁，
蚂蚁照样爬行。
聪明人用手指揿蚂蚁，
蚂蚁立即丧生。

聪明人得意地说：
"手掌大，指头小，
大的没能耐，
小的本事高。"

小孩扔一根稻草过河，
稻草飘落河面。
聪明人扔一捆稻草过河，
稻草飞落对岸。

聪明人得意地说：
"稻捆重，稻草轻，

你扔轻的输，
我扔重的赢！"

小孩瞪着眼说：
"你重我轻，你大我小，
你赢了，你没能耐，
我输了，我本事高！"

1956年秋

芳草地远望

夕阳火红，
在古老的雉堞背后打瞌睡。
朝阳门城楼跃动的剪影
坐落在万绿丛中，
向薄暮鞠躬。
一座座大楼的脚手架
列队欢送晚霞，
隐入参差的树丛。
推土机休憩了，
他们笑语喧哗的图案
遨游在高空，
预告着
沼泽的土遁，
獾和狐鼠的失踪。
向野草奏离歌的秋蛩
正在凄恻的琴弦上拉弓。
我，在乱坟岗上徘徊，
我，在碎石堆里走动，
我听见虫声和夯声和鸣，

我看见野兔的奔突

和司机的笑容……

暮色淹没了大地，

剪影向夜幕消融。

我徘徊，我凝思：

芳草地应该香遍大地，

神路街何不将瘟神遣送？

明天，在城楼的基地上

将耸立起一架大老吊，

把身披万支金箭的晨曦吊起，

从我的头顶经过，

卸到北京城中，

卸入千万个红领巾心中，

卸入中华人民共和国

心脏的正中。

1956年秋

你　站　着

谁说你的肺叶停止了呼吸？
谁说你的血液停止了循环？
你的心脏永远在劳动和战斗中搏动，
你的体温永远上升在同志爱的沸点！

不！不是凛冽的冰雪征服了你呵，
是你的顽强意志征服了冰雪的严寒！
不！不是严峻的死亡征服了你呵，
是你的共产主义精神征服了死亡的考验！

当战友的生命危殆的时刻，
你义无反顾，跳下了深雪覆盖的井圈；
当自己的生命危殆的时刻，
你毫不犹豫，吐出了壮烈铿锵的誓言！

垂危的战友催促你离去，你站着；
刀一样的井水割裂着肌肤，你站着；
井水在脖子周围结成冰，你站着；
你站着，把阶级责任感牢牢地扛在双肩。

你站着,迎接春耕,夏锄,秋播,冬灌;
你站着,迎接成队的拖拉机,成群的水电站;
你站着,迎接一代代红色接班人走上岗位;
你站着,迎接共产主义的春天来到整个人间……

安息吧,"俺们的好当家人!"
你的榜样我们要永远记在心间。
雪花呀,落吧,落吧! 叫大地穿上白衣
为我们敬爱的英雄致深深的悼念……

附记:白维鹏,河北蠡县辛兴公社北沙口生产队队长,1964年1月10日大雪之夜,他为救病危的社员,到十里外的邻村去请医生,归途中,医生崔铁林失足落井,白维鹏毅然脱衣下井救人,但无法上来。医生说:"维鹏,我不行了,你快上去和小柱走吧!"白维鹏说:"不能把你一个人丢在井里。"他叫同行的白小柱回村去叫人,但等人们在清晨找到那口井时,二人均已冻毙。医生骑在仍然站立不倒的队长肩上,而井水已全结成坚冰。——见1964年2月23日《人民日报》。

1964年2月26日

树　　苗

让我把泥土轻拢住你们的身子，
给你们穿上棉衣好过冬；
让我在你们周围插上酸枣刺，
不让羊来咬，不叫猪来拱。

可爱的孩子们呵，静静地睡吧，
在这泥土垫成的温暖的摇篮里；
多少个小生命呵，细细地呼吸吧，
呼吸旷野里清冽而甜蜜的空气。

呵，你们森林的幼芽！
呵，你们绿色的火种！
我多么甘心为你们当保姆呵，
我愿把全部心血朝你们喷涌！

只等春回大地，冰河开冻，
列车会载着你们往坝上运送，
叫你们去占领一片片荒漠，
让你们去美化一座座山峰……

去驯服那暴跳如雷的飓风魔，
去斥退那得寸进尺的流沙怪，
去吞云吐雾，去呼风唤雨，
把黄土高原变成花山和树海！

呵，我们要漫山遍野地
繁殖你们青翠的种族，
让我们祖国的万里江山
蜕变成一大片花团锦簇！

1964 年 3 月

琥　　珀

同你的兄弟——煤炭一样，
蕴藏着绚烂似火的魅力，
承受过地层的无边挤压，
和千年万载无尽的捶击，
终于从黑暗的地底跃出，
见到了蓝天和阳光的明丽。

你——松树流出的脂膏呵！
被紧紧包裹在煤的中央，
成为透明而镶边的化石，
像猫的眼珠在夜里闪光。
你有个奇异的名字：琥珀，
还有个朴素的别名：煤黄。

哦，告别了地心的游子！
哦，历史深处的来客！
你的质地坚硬如钢铁，
你的形体晶莹而光泽；
你身上带有滚热的电流，

一经磨擦便紫光灼灼；
你体内发出奇异的芳香，
你的肌肤金黄而红褐，
呈现出缤纷的彩色。

我看见，你被巧匠细琢，
成为价值连城的珍宝，
侍奉着巨贾、贵妇或公主，
向人们永不朽灭地炫耀。

我看见，你也能被当作药材，
在瓦罐里熬成安神的汁液，
去解除诗人受熬煎的痛苦，
你变成药渣被抛弃在荒野。

哦，从地心出土的琥珀呵！
是命运的嘲弄？是造物的眷爱？
我不知道你的憧憬是什么——
是永远的华丽？是永恒的沉埋？

1976年8月

辑Ⅲ 野 火
（1978—1991）

野　火

野火一簇
在山的一隅燃烧
野花一朵
在山的半腰绽开

野火熄灭了
满坑满谷绽开了野花
花瓣坠落了
漫山遍野燃起了野火

1978年6月

星　眸

依稀，在篱畔
三十年前野草丛里
流星，莞尔一笑
向秋风告别

如今，在灯前
又见到深情的眼睛
不觉有一滴
清滢的泪光
从夜空坠落

1978年6月

云 中 调 度 员

你,驾御着高高的铁塔,
你,坚守在半空的岗亭;
小楼上四扇明亮的玻璃窗,
是转出万里江山的走马灯……

让绞盘的轰响同鸟鸣合奏,
让铁钩和钢索跟白云齐飞;
看红绿旗挥舞出远距离命令,
听哨子声标示着前进或后退……

我看见你呵,操作在云端,
你的心血呵,倾注到大地,
大地上,在进行喧嚣的战斗:
要树起直插云表的天梯!

向上! 你提去一桶桶水泥,
叫砖块黏结成铜墙铁壁;
向前! 你送去一根根钢梁,
要大楼抗得住地震九级!

玻璃窗映出废墟在重建,
好一幅波澜壮阔的长卷——
历史的潮头如快马疾驰,
时代的霹雳正划破长天!

为了扫清中世纪的迷雾,
为了点亮新时代的灯塔,
你,再一次拉起操纵杆——
汗水的阵雨从空中洒下!

1978年12月24日

"爸爸,我求你原谅……"

一个白衣姑娘
在街头流浪
每见到白发人走过
就哭着扑上去:
"爸爸,我求你原谅……"

划清界线曾经是
革命激情的时尚
勇敢的揭发
换来最高的奖赏:
鬓发苍苍的老父
再没有回到
最亲爱的女儿身旁

这个白衣姑娘
不顾雨淋日晒
不顾风寒露凉
日夜在街头流浪
每见到白发人走过

就哭着扑上去：
"爸爸,我求你原谅⋯⋯"

多少个白发老人
射出惊异的目光
——哦,这孩子疯了?
悲哀,愤怒,同情
伴随着声声叹息
碾过大地的苍茫

"爸爸,我求你原谅⋯⋯"
这永远得不到回答的
嘶哑的声浪
敲击着地母的聋聩
震撼着天帝的荒唐

"爸爸,我求你原谅⋯⋯"
这嗓音像一滴滴
负伤的眼泪
沿着时间的长河
向永恒流淌,流淌⋯⋯

1978 年 12 月

喉 之 歌

屠刀,割断喉管,
鲜红的血,喷射!
向世界喷射!
毒手,扼杀真理,
夜呵,黑如浓墨,
黑如漆,
黑如普卢同的王国!

屠刀,割断喉管,
鲜红的血,喷射!
向世界喷射!
嗓音,已经暗哑,
世界,只剩下沉默……

这喉,曾发出
婴儿的稚嫩的嗓音,
牙牙学语,
呼唤妈妈,哥哥;
这喉,曾发出

少先队员清亮的嗓音，
在队旗下宣誓：
时刻准备着！
这喉，曾发出
少女坚定的嗓音，
向党组织倾诉着：
要献出红心一颗；
这喉，曾发出
母亲的刚毅的嗓音，
对孩子们嘱咐：
要坚强，不要难过。

舒展肺叶，
进出气流，
震动声带，
激发歌喉。
优美的歌声如溪水，
深情的音乐如醇酒。
真理的声音
　　似闪电劈夜空，
抗议的怒吼
　　如利剑斩野兽！
人民在频频点头，
敌人在簌簌发抖……
我们的时代所需要的呵，
正是——
　　这样的喉！

火刑架上的烈焰
已经烧到胸口，
布鲁诺的喉
笑对宗教裁判所：
你们可以烧死我，
但是，事实不会变呵，
永远是地球绕太阳，
不是太阳绕地球。

面对血腥的铡刀，
刘胡兰的喉
发出铮铮金石声：
怕死就不当共产党员！
——噔噔大步向铡刀走。
这一声断喝呀，
划破长空震宇宙！

舒展肺叶，
进出气流，
颤动声带，
激荡咽喉。
正义的声音，
真理的声音，
扫荡黑暗的声音，
召唤光明的声音，
都是从这里出发，

都是从这里鸣响，
都是从这里
　　向世界迸流！

喉——
　　自然的韵律，
喉——
　　人类的心弦，
喉——
　　正义的喇叭，
喉——
　　真理的震源！
喉——
迸出
振聋发聩的雷鸣：
"我是为党和国家的前途担忧"，
喉——
爆出
摧枯拉朽的冲击波：
"我的观点不变！"
喉啊——
喷出了
一股浩然正气
　　充塞天地之间！

他们惊恐万状，
他们毒辣凶残！

暴虐，
暴虐的顶点！
刽子手
在消灭她的肉体前，
先割断她的喉管！
黑暗，黑暗！
黑如浓墨，黑如漆，
黑如普卢同的阴间！

喉头的鲜血，鲜血，
突破夜的禁锢，
向世界喷射！
血的红色，红色，
把世界涂抹！
鲜血带着她的体温，
突破夜的酷寒，
把世界暖热！
鲜血含着她的嗓音，
突破夜的死寂，
向世界高歌！

她不是孤独的，
千百万先驱者
在歌吟，
千百万后继者
在唱和。
千千万万个嗓音

汇成歌的大江，

歌的长河，

她的嗓音在其中呵，

亮如金，热如火，

美丽如

大地的花朵；

她的嗓音呵，

是歌的精灵，

诗的魂魄；

那奔腾起伏的声波呵，

全都是

　　战斗的号角！

千百万个嗓音呵，

是千百万支号角

在厉声呼喊：

一九七五年四月三日

这个日子

是历史的耻辱，

中国的悲哀！

把它深深地

深深地烙刻在

人类的史册！

教育老人，

教育青年，

教育儿童，

教育子孙，

千年——
　万载！

千百万个嗓音呵，
是千百万支号角
在厉声呼喊：
从六十年代
到七十年代
在中国演出的悲剧呵，
决不许重上舞台！
中世纪的污水呵，
必须涤荡干净，
一点一滴
也不许存在；
现代迷信的尘雾呵，
必须彻底扫除，
一丝一毫
也不准留下来！
否则呀，
我们就会
从人到猿，
回到半坡村，
回到
周口店时代！

千百万个嗓音呵，
是千百万支号角

在高声呼喊：

普卢同

回到死海里去吧，

让阿波罗的金车

从东方的地平线上

升起来！

扫净一切阴霾，

升起来，升起来！

把我们带到

春光明媚，

鸟语花香，

千红万紫，

百花齐放的新世界！

阿波罗的金车呵，

来了，来了，

他带着重新变得年轻的中国，

张开铺天的羽翮，

飞向二十一世纪——

新的光芒

向每个人的心灵溅落的时刻。

听呵，听呵，

从她的喉管里

迸出的鲜血

包含的歌音，

随着金车的羽翮，

一路飞扬，

一路撒播，

如此庄严，

如此亲和，

永远坚贞，

永远活跃，

鼓舞着我们亿万中国人

放开喉咙

高唱，高唱

斗士的战歌，

理想的颂歌，

胜利的欢歌，

还有那

英雄的挽歌……

1979 年 7 月 3 日

迎 春 花

冰封的悬崖下
迎春花绽开了

冲破凛冽的雪白
喷出一簇簇金黄

不是炽烈的熔岩
只是几丛温暖的光

但万紫千红的队伍
将告别冬眠跟上来

戴着金冠的使者
向大地唱起晨歌：

醒醒吧，世界！
新世纪到来了

1983 年

春 的 使 者

冰雪封锁大地
花神们悄悄商议
谁去点燃生机

荼蘼谦逊退让
牡丹高傲无言……
迎春花羞涩地开口
说出她的心愿

万丈冰崖之上
第一朵迎春花
怯生生地开放

北风向她猛吹
要用暴烈的蹂躏
把春的第一个信息摧毁

迎春花瑟缩着
却并不惧怕
她进射全部生机

燃出熠熠的光华

第二朵迎春花绽开
接着是第三朵,第四朵……
迎春花占领了平原和山崖
她们迸射全部生机
燃出熠熠的光华

坚冰开始溶解
大地卸下冬衣
准备迎接
千红万紫的行列

孩子们跑到户外
欢呼:花的先驱来到了!

杜鹃,芍药,芙蓉,菊花……
或含笑,或蹙额
等待着依次吐芳馨,播彩色

太阳从云中露出慈颜
用光的手指
给漫山遍野的迎春花
戴上黄金的冠冕

太阳郑重地命名她:
春的使者

1983 年 5 月 5 日

蚂蚁和苍蝇

蚂蚁友好地爬上书桌
一只,一只,又是一只……

我轻轻把它们吹到地上,
它们又上来了,一只,一只……

它们不断地干扰我读书
我真想用指头捺——不!

我耐心地让它们爬上纸片
再把它们运送到户外

我看着它们爬向花坛
爬向树根,爬向蚁穴

我带着微笑回到书房
却发现飞进了一只苍蝇

我毫不犹豫地用蝇拍

给了入侵者致命的一击！

1983年9月9日晨

从读书室走出来

我从读书室走出来
阳光变得更加明亮
空气变得更加清新
花朵变得更加鲜艳

我从读书室走出来
头脑像早晨一样清醒
血液像旭日一样炽热
心里装了一个百花园

我定睛仔细看周围
似乎一切都没有变
花木依然垂首伫立
小径依然蜿蜒回转

我从读书室走出来
脉搏奏出新的组曲
人和自然界都在变

我看得见，又没有看见

1983年9月7日

弥　　留

从一条阴郁的滑道
向下，向下，向深渊
似乎永远没有尽头……
蓦地，一条冰川涌现
散射寒光的带状巨镜
在狭谷里横陈
又翻动，伸展，转身
迎面扑过来——
镜子里驶出破冰船
我携带沉默无语的小伙伴
越过延展向地底的岩层
登上驾驶台
小伙伴无奈地转动舵轮
水镜里徐徐映出
船头把如山的坚冰软化
巨舰在胶状冷冻泡沫里前行
冰流的每一朵浪花
刹那间凝成坚固的晶体
射出有棱有角的

各种不同平面不同层次的蓝光
驾驶台和舷窗和桅杆
微缩成精巧的雕刻
镶嵌在一朵宝石花的中央
小伙伴含泪的笑靥
成一轮轮水涡向无穷扩展
把我的宁谧的呼吸
深深地，深深地
淹没在地心

1984 年 12 月 14 日

塑 料 耗 子

你博得了主人——
儿童的欢喜
因为你不偷吃
不咬坏东西
也不传播害人的
　瘟疫

你遭到了天敌——
猫的厌弃
因为你不香
又没有味儿
而且你的内脏
　是空气

哦,这是你的福气
还是你的晦气——
你这个全然
没心没肺的

玩艺儿？

1986 年 3 月 31 日

B 超 室 外

地下室：狭长的走廊。
灯光暗淡。门关着。
长椅上，蜷伏，靠背坐着，瞌睡……
表演系的一个男生和一个女生，
手里拿着书，念念有词。
"可是我以为总是丈夫先不好……"
周朴园训斥鲁大海；
"活下去还是不活，这是个问题。"

焦虑，忧心如焚，早有的预感……
门开了。
从B超室走出来——
　　　　一脸冷漠，
　　　　一脸兴奋，
　　　　一脸悲戚，
　　　　笑容和愁容的蒙太奇。

手挽着手的剪影
消失在走廊的尽头。

曲折地探入的阳光
在曲折的台阶上刻下
两条狭长的黑影。

一个世纪——
　　　　落幕，
一个世纪——
　　　　揭幕。

1986年6月3日

青 格 达 湖

巍峨的博格达峰矗立在青格达湖上，
永远屏障着浩瀚湖波的荡漾。

青格达湖——母亲湖——
军垦战士和老百姓用两手挖出，①
五家渠周围的庄稼、树木、子民，②
都靠这慈祥的母亲用乳汁哺育。

博格达峰——父亲峰——
如果没有天山和它的支脉输送雪水，
新疆就没有绿洲的葱郁，禾稻的金黄，
就没有城市和农村，就没有笑靥和喜泪。

早晨的阳光从东方照过来，
博格达峰的雪顶是深色的剪影
压住了天边透出的万道霞光；

---

① 青格达湖1955年用人工挖出，即"猛进水库"，又名母亲湖。
② 五家渠在乌鲁木齐市西北，为新疆建设兵团农六师师部所在地。

傍晚的阳光从西方照过来，
博格达峰下半紫黑如铜，上半雪白如银，
把青格达湖映成万顷斑斓的柔浪。

自然是人类的恩神，又是人类的凶神——
人呵，说什么征服自然，不要再这样嚷嚷！
只有人和自然和睦相处，和谐协作，
自然才会给人类送来温煦和吉祥。

母亲湖——父亲峰——
湖光拥抱山色，山色投入湖光，
雄伟与秀丽交融，柔美与壮美结缡，
一支大西北二重奏在我的心头震荡……

1986年9月

林　　涛

深夜,暴风雨无休止地袭击着树林。
我静静地躺在木板屋里的木板床上,
醒着,长久地醒着,聆听着户外的风声雨声。

千万张树叶在颤抖,千万根树枝在摇荡,
雨珠如密集的枪弹射向乔木群,
狂风如呼啸的炮弹扫过灌木丛,
千万株树木发出轰隆隆豁辣辣的雷鸣。

我感到木屋像钟摆那样向两端摆动,
然而我依然躺在木板屋里的木板床上,
醒着,长久地醒着,聆听着户外的风声雨声。

无数刀和盾撞击,剑和戟交锋,
戈矛挑落头盔,枪尖刺进铁甲,
土炮射出铁砂,砖砌的城墙崩塌,
千万匹受伤的马嘶叫着向山下逃奔……

我感到木板屋在倾斜,天地在旋转,

然而我依然躺在木板屋里的木板床上，
醒着，长久地醒着，聆听着户外的风声雨声。

海底的火山轰然爆发，汹涌的岩浆喷冒，
大海被几万度高温烧成亿万吨沸水，
热浪向大陆冲来，热涛向城市拥来，
狂暴的海啸发出震耳的巨响，席卷一切生灵。

我感到木板屋正在从狂暴趋向安宁，
而我，依然躺在木板屋里的木板床上，
醒着，长久地醒着，聆听着户外的风声雨声。

交响曲演奏和合唱从高潮走向尾声，
指挥挥动着双臂，他的头发像狮鬃般飞动，
震撼心灵的音乐结束了，颂歌催眠了听众，
突然，爆发出掌声如暴雷雨直冲天庭！

我已经不再感觉到木板屋的动荡或宁静，
虽然我依然躺在木板屋里的木板床上，
但是我已经安然地、安然地进入了梦境。

清晨，我的灵魂走出木屋，惊奇地发现：
昨夜受到暴风雨袭击的千万株树木
没一丝湿痕，却是一座枯枝耸立的过火林！

1987 年 8 月 22 日

你,举起了旗!

在那沉沉的黑夜,
你,举起了《旗》!
旗帜卷起的清风
迎来明朗的天地。

乌云席卷晴空,
旗,握在你手里!
大雨倾盆而下,
旗,举在你心底!

旗,是你的歌;
旗,是你的笔!
歌声怎能喑哑,
笔耕永不停息!

让祖国伟大的诗心
同中国人心灵合一。
让千万读者胸中
高升着希望的旗!

征途上你突然倒向
那即将清除的荆棘——
啊！你手中的旗却依然
向未来高高举起！

为纪念诗人、翻译家穆旦（查良铮）而写，在 1988 年 5 月 25 日穆旦逝世十周年纪念日、穆旦学术讨论会上朗诵。

断　　线

一只巨大的蝴蝶

跌落在一丛树枝上

经过风吹日晒雨淋

四只翅膀销蚀了

只剩下一个框架

它曾经雄心勃勃地

向高高的天空飞翔

同绚丽的朝霞斗妍

要在碧蓝的晴空

镌刻上五彩缤纷的映像

祈求一大片白云摄去

万花筒里的图案

把斑斓的画面

展示于遥远的河外星系

但如今它的肌体销蚀了

那框架不久也将枯槁

泯逝在人们的记忆中

——可是人们记得

它挣扎着向上飞跃的时候

挣断了一根惟一的线
它便永远脱离了
那个顽皮孩子的手
也永远离开了
使它变得美丽绚烂
也使它丧失自由的
人间大地

1989 年 2 月 13 日晚

死　　亡

长期的折磨
或刹那的欢愉
都没有记忆
都无可回顾
寂灭
淹没了全部
但是——
对蛇的诅咒
一个骨灰盒
岂能封住
对天鹅的眷恋
不可能被坟茔
埋入泥土
死亡
不过是
生的律动
用另一种形式
永恒地亘续

1989 年 8 月 8 日

诗 的 翱 翔

——贺艾青同志八十诞辰

几重厚的黑布
　　严密地蒙住临街的窗
发出金色亮光的蜡烛
　　照亮磨损的书页上金色的诗行
《大堰河——我的保姆》
　　《我爱这土地》《北方》……
低沉的朗诵声席卷
　　每个听者的神经,如炽烈的火浪
诗行的反光以火
　　点燃朗诵者的眼睛
朗诵者的眼睛以火
　　点燃所有听众的胸膛
地火,冲破灯火管制的夜
　　要把城市和原野
　　燃烧成一片光的灿烂,火的辉煌……

干草堆的后面
　　干校的一角避风港

发出金色余晖的落日

　　照亮磨损的书页上金色的诗行

《透明的夜》《火把》

　　《雪落在中国的土地上》……

低沉的朗诵声刺穿

　　每个听者的耳膜，如锋利的激光

叛逆者的灵感以火

　　点燃朗诵者的眼睛

朗诵者的眼睛以火

　　点燃所有听众的心脏

地火，冲破思想管制的夜

　　要把城市和原野

　　燃烧成一片光的绚丽、火的疯狂……

黎明的通知传遍城乡

　　向太阳的呼唤飞越重洋

一支支光的赞歌的朗诵声

　　插上电波的翅膀

　　　　在广阔的宇宙间——自由翱翔

　　　　　　　　　　　　　　　1990 年 2 月

1991 年 8 月 27 日在北京艾青作品国际研讨会上朗诵。

距　离

　　间隔着云片,薄雾,岚气,
　　间隔着青枝,绿叶,红花,
　　间隔着声乐的细流和洪流,
　　　　淡蓝色裙子在旋转,
　　　　白色头巾在飘舞,
　　　　伸臂,举足,俯,仰,转身,弯腰……
　　静和动的结合,
　　　　轻盈和矫健的交替,
　　溪水一样的旋律,
　　　　凝成形象的幻想,
　　色彩在奔流,
　　　　音符在飞翔,
　　青春的胸脯潮水般上涨,
　　　　美,睁开了惺忪的睡眼……

　　距离缩短了,
　　间隔消失了。
　　依然是淡蓝色裙子,
　　依然是白色头巾。

但只留下了一片暗褐，
粗陋,平庸,空漠,没有灵性……
　　噪音淹没了举手投足
　　　前仰后合，
强烈的阳光
使皱纹纤毫毕露。

夜来临,夜退走。
　　熹微的朝雾又渗进窗棂。
一声叹息：
　　距离太远了，
　　　间隔太久了，
青春,永远躲在梦幻里，
　　美,永远闭合着眼睛……

1990年3月11日

爱 的 戏 谑

1990 年 10 月 7 日《羊城晚报·港澳、海外版》载：不久前，比利时布鲁塞尔的一条林荫路上，一对相恋的男女雷斯和蒙娜米拥抱接吻时神奇着火。人体自燃现象使这对恋人在三十秒钟内变为焦炭。

燃烧从哪里开始？
从心脏，从心脏，
从两颗心脏猛烈搏跳的时刻。

烈焰在哪里熄灭？
在嘴唇，在嘴唇，
在四爿嘴唇化为灰烬的时刻。

躯体滚跃在火苗里——
爱就是大痛苦，大痛苦；

四肢舞踊在火舌里——
爱就是大喜悦，大喜悦。

爱得愈深，

痛苦就愈严酷,愈严酷;

爱得愈纯,
喜悦就愈强烈,愈强烈。

大痛苦拥抱大喜悦,
在烈焰里辗转,腾越,
化为青烟一缕
向宇宙飞跃。

谁知道这就是
爱的升华,爱的悲壮;
谁知道这就是
爱的蜕变,爱的戏谑!

1990 年 11 月 29 日

冬　　至

你守的可是
地球公转轨道上
一座无形的
闸门？

是不是通过你
才能飞向
灿烂的
阳春？

是的——是你的坝
愈来愈多地
溢出
昼的光明

是的——是你的闸
把夜的黑暗
愈来愈严地
收紧

哦，我们接纳

你——来自太空

最凛冽的

冰雪使者

岂不是为了迎迓

你——宇宙间第一个

开门送亮的

司阍？

1990 年 12 月 22 日

冬至之夜

舌 和 齿

牙齿和舌头的内讧由来已久，
不过常常是牙齿咬伤了舌头。
可怜舌头总没有反击的自由，
只抱怨自己不具备一身甲胄。

总有一天牙齿会全部落光，
那时候舌头却依旧灵活而健康。
谁说柔弱不能够胜过强梁？
世上的真理常常是柔能克刚。

舌头为自己长命而庆幸不止；
谁知道没多久就来了满口义齿。
义齿比真牙更加不容易抵制，
舌头的抗议竟成了可怜的讽刺。

百年后整个肉身都彻底腐朽，
只见那两排假牙却仍然存留。
可是既然失去了角逐的对手，

这一副武装岂不也等于乌有!

1991 年 1 月 3 日

质　变

现在,变成过去。
一切经历变成经验。
经过回忆的触媒,
经验发生变异:
甜蜜变成酸楚,
苦果化为甘饴,
平安萌发惊惧,
灾祸导向安谧,
灭亡,来自生命的泛滥,
黑暗由光明蜕化。

过去,现在,未来,
是连续的、绵亘的
永不休止的质变。

1991 年 7 月 30 日

花　冢

奔腾的亚马逊河边
赤道雨林里，
一只轻盈的文鸟①
停止了呼吸。

一群群活着的文鸟
结队飞来，
衔着绿叶和花瓣：
光的色彩——

轻轻地撒向草地上
同类的遗体，
使折断翅翼的逝者
在花丛里安息。

---

① 文鸟，鸟纲，文鸟科，文鸟属(Lonchura)下各种鸟的通称。常见的如白腰，体长约11厘米，嘴呈圆锥状，背部栗黑色，稍后灰白色，至腰部渐转为淡褐色，翼黑褐色，尾黑色，中央尾羽特长而端尖。产于我国长江南岸，盛产于南美亚马逊河流域。文鸟死后，其同类衔花瓣埋葬之，这是此种鸟的习性。

三叶胶林上响着
啁啾的歌鸣——
一首首安魂曲献给
花冢的主人。

万物的灵长死后
被黑土包裹；
鸟魂却随着花香
进入天国。

1991年10月25日

辑IV　永远相望

（1997—2000）

凶黑的死胡同

我搀着Lenore的手，
从阳光灿烂的花园走出。
"回家去，回家去！哦——
母亲在盼望我们，在等待我们，
她拄杖倚在篱门边，
她的白发，在夕阳光下
变成一丛金丝，在飞飘！"
我搀着Lenore的手，
寻觅着西去的道路，
道路如蛛网密布，
围绕在我们的周围。
隧洞口微光闪烁，
我们来到索道缆车站。
Lenore坐上铁橇，
如闪电般迅驰而去。
我怎能犹豫？惴惴然，
我跨上风火轮，沿索道

追去,如水泻山谷,雪崩崖坡……
我目击Lenore踏上陆地,
行走在卵石铺成的小巷,
叩开杂货铺的门扉,
消失在玻璃窗后面。
我急切地跟踪着。
见到店员们狞恶的脸——
然而,我的Lenore!
Lenore! 你在哪里?
我奔驰在狭窄的街道上,
绕过黑井,枯树,败垣,
见炊烟从瓦屋升起,
透明的橱窗里,理发师
和长发裸女在木箱上对话;
镜头摇近又放大,
那只是软木制成的
大理石肤色的女体模型,
含笑的两眼成两座枯井
不断渗出黑色的液体……
液态墙垣的后面
隐现着Lenore的身影!
我扑过去,茫然登上台阶——
辗转旋回到索道门口
链条的彼端有白色小点
在黑暗中闪射磷光,
附着在齿轮上逐渐近我,
显现出一头白色小猫,

中途换形，一头小羔羊，

哦！白嫩可爱的婴儿

带笑屦向我迎来，

他的眼睛注视着胡同里

泛着白光的青色条石：

啊！Lenore，我的Lenore！

我就在她的身旁，她的右侧，

她跌坐在青色条石的街沿，

她是在笑？还是在哭？

她的眼是泉，她的口是井，

锁住井口的门牙缺了一只，

使她的哭成为童稚的笑，

笑声融入凄恻的抽泣中；

我挽着她的手，Lenore的手，

在胡同里行走，寻觅西去的路。

她的足踝受了伤，在滴血，

石子路上的血迹延伸，

回旋，形成红色的、斑斓的、

狰狞的、枯树般的鬼魂的图案，

把我们包围、紧裹、压缩在

凶黑的死胡同的中央。

我紧握她的手，Lenore的手，

啊，Lenore！我的Lenore！

你的手已化为液体，羊水，

仿佛在流向阳光灿烂的花园——

我要紧紧拥抱你，Lenore！

让我们融合为一，Lenore！

123

然而你的躯体已化为气体,烟霭,
只有一个稚弱的颤抖的声音
在没有云朵没有月亮的夜空
飘过去,飘过来,渗入我的耳膜:
"回家去,回家去！哦——
母亲在盼望我们,在等待我们,
她拄杖倚在篱门边,
她的白发,在夕阳光下
变成一线金丝,在飞飘……"

1997年9月18日下午6时

在M.Y.病榻旁

语言的鬼魂

父亲二十一岁东渡扶桑
在东京工业大学探索
建筑学的秘密,他口中
建筑的东洋话好得使母亲着恼
好得要当儿子的外语教师
这是平假名,这是片假名……
可是,瓦他古希瓦——
一个摁着头皮也学不进去的
顽劣儿童:干吗要学鬼子话
尽管后来喜欢《我是猫》
尽管不讨厌紫式部的"红楼梦"
甚至想通过坪内逍遥去理解莎翁
但是,从来不懊悔
诅咒诗和牧歌的诅咒者

B教授风度翩翩踱进校门
一身西装,像穿着燕尾服
声称能不能发小舌音是关键
他调弄得他的小舌头会打摆子

还会跳踮足芭蕾舞
少年推挡着艳羡和揶揄
潜心致志，花了五个月
花了整整五个月工夫呀——
掌握住雨果同胞的字母 r 的发音
于是从梦里笑出声来
两年的第二外语课使他
模仿着波德莱尔和
魏尔伦的声音和语调
正得意于和精怪的契合
一个大浪冲过来
惯性的不可抗拒的拉力
使得站立丧失了平衡
使得 B 教授在浪花中消隐

一群青年挤在狭窄的小屋
在四十瓦电灯光的照射下
在口中吐出的烟雾的包围中
见姓 G 的老师满头汗珠
拭去额上的粉笔灰：
——学这种语言，不是捕捉技术
而是追求有助于行动，追求实践
一个个单词是一粒粒火种
在心头像火一样燃烧
日以继夜，如醉如痴
在每个梦里和幽灵对话
一连做了八年的梦：

普希金在笔下吟唱
莱蒙托夫靠墨迹显形
马雅可夫斯基在嗓音里猛醒
八年的梦幻烟消云散
幽灵在脑沟里留下的印痕
有一天还会发酵

没有人责备她盗用牛津的名义
在吕班路拐角开设夜校
盎格鲁—撒克逊血统的白发老太太
千叮咛万嘱咐
一定要发标准的伦敦音
不要学美国佬的油腔滑调
不用卷舌,你卷什么舌头?!
开口讲吧,把文法甩到脑后去!
……
盲教授从美洲和欧洲大陆归来
自豪于拥有荷马和左丘明的视角
上第一堂课就朗诵了忽必烈汗
说大卫·考波菲尔的妻子安
是天使的象征,上帝的宠儿
听课人从一闪一闪,小小的星
跃到活下去,还是不活,这是个问题
语言的魔杖击倒了一名梦游者
把他摁进几十年不能自拔的泥淖
贵族青年和黑女郎缠得他神志不清
希腊古瓮和额尔金石雕

压得他力乏神疲,喘不过气来
神经官能症和焦虑症和忧郁症
把他拽向万丈悬崖的边缘
他在崎岖中挣扎,一步又一步
向奥林波斯神谕的峰峦攀登

巴别通天塔招致的天罚
在世界各地绽开了缤纷的花
数不清的鬼魂从花瓣中跳下来
没有一个鬼魂不是美丽的
而且温柔,而且勇武,而且聪慧
但无论是楔形的,还是拼音的
没有一个能胜过方块的
我一辈子在偷学魂魄转换术
叫ABCD化身为横撇竖捺
我是鬼魂们的朋友
但永远是方块的俘虏——
不,永远是她的儿子

1998年7月24日

云　冈

在一辆小型面包车里
我身旁坐着一位白发苍苍的
雕塑系女教授
和她的两个女学生
她们从杭州出发
穿越这片美被摧毁的大地
自费北上朝圣
还没到山西就用完盘缠
只好挨饿，步行，借贷
继续奔向她们的圣庙

——我们不是佛教徒
我们信仰的
是美的禅学
我们皈依的
是美的宗教
只要每个人的心里
都有一尊美的佛
整个世界

就到了大同

目的地到了
三位可敬的女性
争先下车
我注视她们奔到
五号窟前
她们以惊愕的目光
仰视着,仰视着
那压倒一切又开创一切的
巨型美——
突然,她们匍匐在地
痛哭失声

她们哭着
为了她们的宗教
我也哭了
为了朝圣者的虔诚

1998 年 7 月 25 日

握　　手

我要离去了,再见,
吴先生!(握手)
居先生!(握手)
王先生!(握手)
先生们满脸油汗,
一个个露齿而笑,
隐去一丝丝狰狞……
我的右手保持着
被紧握的感觉,
沾满着新贵们
指和掌上的汗渍,
滑涩而有胀感!
仿佛有黑焰
从指尖燃向心胸——
我急切地走向江边:
啊,滔滔的清流,
洗濯我的手,
洗濯我的胸,
洗濯我的心吧!

顿时,我惊醒过来——
剧烈的心跳
逐渐平静下去,
饯行的幽灵们
消失如烟雾;
朗月从窗棂照入:
我的手,洁白如玉,
我的血脉流动
如澄澈的江水。

1998年8月21日

钻 头 的 目 标

她走了
被癌症夺走了

想到人类已登上月球
设想从那里
取得太阳元素
以提供新能源①

航天器
已飞抵火星
让机器人探测
生命存在的可能性

为什么科学的钻头
（已旋入太空）
却打不进人体——

① 1987年，威顿伯格、库尔辛基等科学家首先提出利用月球上的氦₃与氘进行核
聚变，以提供新的能源。He(氦)是拉丁文 Helium 的词头。氦的本意即为"太
阳元素"。

不能叫超微型火箭
击中内脏和血液里
看不见的恶性瘤?

愿她的儿女和孙辈
有一天发现头上的
达摩克利斯剑不见了

看到
人和宇宙的秘密
再靠近一步

1998 年夏

剑　　刃

剑刃的青光，
　跃上长虹。
青娥收敛起
　双峙的黛峰。
永远怀念着
　锦绣的岩谷，
带着敬意
　伫候在梦中。

1998年秋

深秋有如初春

再一次来到大草坪，
再一次迎接小阳春，
再一次看见蜜蜂和蝴蝶
　　飞舞在铺满菊花的小幽径。
哪里是银铃般的笑声？
哪里是溪水般的眼睛？
五十年风雨可是埋葬了
　　所有的软语温存？

再一次来到饮水亭，
再一次拥抱小阳春，
再一次凝视少男和少女
　　徘徊在秋阳照暖的棕榈林。
哪里是活泼和娇嗔？
哪里是端庄和沉吟？
半个世纪的史册没录下
　　一生的惆怅和欢欣？

深秋有如初春：

这诗句摄魄勾魂；
深秋有如初春：
这诗句石破天惊！

曾经存在过瞬间的搏动——
波纹在心碑上刻入永恒。

1998 年 10 月 22 日

故　乡

回到了故乡,啊,回到了
　　我日夜思念的故乡!
可不知怎么,我走进了一个
　　完全陌生的地方!
看新的晨昏,新的日月,
　　故乡呵,已成了异乡!

这是异乡呵,这是他乡,
　　陌生的面孔和目光!
习惯的思路,熟悉的情韵,
　　已经被替代,被涤荡!
我的心香呵,我的口祝,
　　去哪里找落脚的地方?

我已是另一个我呵,来到了
　　脱胎换骨的土地上。
不是异乡呵,不是他乡,
　　是生我养我的地方。
家乡的异乡呵,他乡的故乡——

烈火中变脸的凤凰！

1998 年 10 月 25 日

永 远 相 望

五十三年
白尔路街树的浓荫
为我挡住了烈日的强光
五十三年
渔村的电炬
照着我彳亍在人行道上
五十三年
扣住乌发的白色缎带
是一闪电光
不绝地、绵延地
划破长夜的梦乡

五十三年
比半个世纪还长
五十三年
仅仅是一亮,一晃
是前天,是昨天?
是今朝,是明朝?
啊,仅仅是一瞬——

那却是永恒

啊,那却是时间的

无际无涯的四极八荒!

处女玛利亚的圣颜

大天使纯洁的面庞

透过铁格子窗棂

映入凝望着的少年的眼眶

温柔然而自尊

热烈却又端庄

刻骨铭心

凝为历史的定格

一翻身

化作亿万里银河的巨浪

五十三年

　　五十三年

从狂飙突起的原野

升向宁谧浩渺的穹苍

太平洋的大波隔不断

百慕大的黑洞难阻挡

亚洲和美洲两大陆

架起百灵衔羽的金桥梁

五彩斑斓的云霓

簇拥着,护卫着,托举着……

女神在踯躅,在徘徊,在彷徨

眼角欣悦的笑意

伴随着泪水悄悄地流淌

大地和天堂的联姻
梦幻和现实的狂想
五十三年
　不灭的喜悦的震颤
五十三年
　无休止的忧郁的流荡

望穿四季的周行
望穿天道的无常
向永恒托付希冀
对无穷斩断绝望
远望的眼
　凝望的眼
　　渴望的眼
五十三年
　五百三十年
　　五万三千年
　　　五亿三千万年
　　　　五万亿三千亿年
永远相望
　永远相望……

1998 年 10 月 7 日

长　列　车

要赶回去！赶回去！
祭坛的火已经燃起，
怎能延误了举旗？
要赶回去！赶回去！
长列车轰轰然而来，
笨重地驶进巷道，
两边的人群不要挤，
我要登上车厢！
不,哪里有车厢？
我爬上平板列车，
掀开摆满玩具的绿毯，
坐在光滑的铁皮上，
看周围受惊的孩子们
眼睛里流出恐惧，
我的喉咙被卡住，
说不出安慰的话语……
车轮隆隆地响着，
长列车笨重地驶出巷道
啊,赶回去！赶回去！

祭坛的火已经燃起，
怎能延误了举旗？
哦，突然想起我的行囊，
我的行囊哪里去了？
那里收藏着
我的神迹漫游图，
丢了它，我用什么
放到祭坛上去
作献给女神的贡礼？
我用惊忧的目光
询问与我同行的高僧，
他说行囊已交给
驿站托运使，四个月后
就会到达我的故乡。
啊，四个月？四个月！
那时祭坛的火已经熄灭，
一切，一切都迟了！
……
长列车依然笨重地行驶着，
光滑的铁皮上，
高僧入定，
孩子们沉沉睡去，
带着我和幻灭
驶向无边的空漠……

1999 年 2 月 23 日

九十年代的"秀"

舞台空旷

演员三三两两

观众席是一片汪洋

导演搀着我的手

走到台中央

我的台词呢,说什么?

仿佛一切都已经遗忘

导演在耳边提词

我依然惝恍

我扮演的是儿童,

是男士

还是——妙龄女郎?

巨大的魔镜

照出了我——

一个老者,鬓发苍苍

同台的角色

靠近我,远离我

所有的对白

像背书一样

我扔去假发

甩掉血色的袈裟

还我本来的面目——

是战士，也是情郎

我拥抱儿童

扑进母亲的怀里

向少女倾诉爱情

挽着朋友的臂膀

然而我

却对巨大的魔镜

举起了投枪！

导演失踪

观众席涌来呼啸的海浪

角色一个个还原成木偶

舞台空旷

然而我

却对巨大的魔镜

举起了投枪！

对魔镜里所有的

仙王仙后

和魑魅魍魉

我——

举起了

——投、枪！

1999年2月27日

诗　梦

在梦里我吟出一首诗，
自以为好得不得了；
醒后还记得一清二楚，
却发现它那么蹩脚！

在梦里我写出一首诗，
自以为写得很蹩脚；
醒后忘了个一干二净，
我抱怨健忘的大脑！

　　　　　　　　1999年2月28日

落 幕 之 前

他是认真的演员

角色规定

在同对手较量的场合

要急出一身汗

在排练场上

他做了种种努力

成效却不明显

为了取得效果

他运用意念

在想象中

服用了发汗药

以便让观众看见

在同对手较量的场合

他大汗淋漓

湿透了纺绸衫——

正式演出的那一刻

奇迹出现

他因为虚脱

倒毙在台前

1999 年 3 月 8 日

江　孩

从桥窗俯瞰

大帆布覆盖江面

百丈树上飘下的落叶

在帆布上堆积

湍急的江水

在布下滚滚流去

登梯盘旋而上

从高层桥窗俯瞰

江水泻入大漩涡

激起浊浪猛烈地反弹

落叶在帆布上震颤

老园丁复活

用抖动的嗓音诉说

一旦撤去大帆布

落叶将堵塞河渠

洪水会狂啸而来

百丈树上飘下的落叶

经过磷火的烤炙

变成白色灰烬

撒在胸膛里
堵塞心潮
却使心田肥沃
让灵魂的种子
在心潮的泛滥中
迅速发芽，茁长
成为
巨人般的江孩
站在大帆布上
仰视长空

1999年3月11日

琴　音

飞速地下楼

舞蹈般踮足

掠过一百层台阶

敲击一长串键盘

流水般的琴音

卷起女孩和她的姐姐

漂向幼儿园木马亭

——木马亭在哪里？

回头看一百层台阶

已升空消失

来路和去路

都罩在暮云里

女孩呼叫失去的姐姐

泪珠在夕照下闪耀

琴音摹写出

楼台和幼儿园木马亭

舞蹈在暮云里

琴音摹写出

女孩踮足舞蹈在

已消失的一百层台阶上
琴音淡出
女孩缓缓地
消失在暮云里

1999 年 3 月 21 日

电梯里的独白

电梯在上升吗？
透过玻璃窗看见摇晃的大地。
到了九十九层，又开始下降。
沸腾的大地渐远，渐近。
目的地临近，又遥远：
"内心独白"编辑部
设在太空大厦一百层。
电梯在上升吗？
我的耗尽一生心血的书稿
往哪里去寻找读者？
七十五层，二十二层，九十九层……
透过玻璃窗看见
在火苗的森林里摆动的大地
渐近，又渐远……
电梯在上升吗？
爆炸声在太空进散。

1999年4月3日

不　死　鸟

火柴没经过磨擦，
火焰决不会燃烧；
龙头没有被关煞，
水滴永远往下掉。

天才的萌芽没被人发现，
艺术的花朵在野外开放；
生命的小溪被死神掐断，
思想的长河沿历史流淌。

不死鸟在早晨歌唱。

1999 年 4 月 4 日

书 包 和 雨 伞

跟同事谈书稿的操作，
回忆十三年前组稿的过程，
书稿档案的寻找和复查……
午休时刻太阳掩面而去；
选择食堂还是会客室去进餐？
拿起书包抬腿下楼，
雨声提醒了雨伞。
焦虑中寻找失落的书包——
在空无一人的餐桌旁
发现躺在炕上的雨伞。
从休息室椅上找回书包，
书包里的书稿档案已经变形……
奔下木梯，到后院，
向后门外探头，望后街：
雨水已上涨到膝盖，
在楼群的峡谷里奔流，
紫色天幕悬挂在大厦峭壁的后面，
瀑布在建筑物隙缝中泻下。
司阍说提前下班的编辑

已搭乘公车回家；
按时下班和超时工作的电脑排字员
已在大雨下游泳去村中咖啡厅。
我处于孤立无援状态。
书包和雨伞俱已丢失——
书稿的命运酿造着
强烈的焦虑感和悒郁感……
大雨倾盆而下！

1999年4月25日晨

跟小外孙玩积木

地毯上架起了一座长桥，
看桥墩踩着大象和小鹿。
外公年迈，弯不下腰来，
只能用眼睛帮助你建筑。

视线的钢丝挂上大老吊，
把花岗岩石料搬上桥面，
桥身受重压轰然坍塌，
锦纹的大白鲨蹿上蓝天。

揉眼把钢丝换成光束，
炽热的聚焦投向窗框。
外公坐着，没力气伸手，
只能用眼睛帮助你盖房。

焦点化开来一片大火，
海豚和海豹躲入海底：
地毯上织锦的花纹变火海，
烈焰要烧毁眼前的海市。

外公外公快闭下眼睛——
焦点缩小了大火会熄灭；
睁眼放出一丝丝金纱，
把柔情绕住走廊和亭榭……

你的外公蹲不下身子，
只能用眼睛跟你玩积木：
闭下眼睛或睁开眼睛，
伴你到童话国进进出出。

1999 年 4 月 29 日

水晶街的变迁

水晶电车脱轨
在如镜的水晶街上滑行
陶罐墙把街道挤窄
电车的倒影钻进了陶罐丘
方向盘迷失了方向
穿过陶罐穹隆滑向终点站
不！我不去终点站，不去！
让我去中途岛，中途岛！
窄狭的水晶街漾开，漾开……
展示出一片开阔蔚蓝的海
一望无际的平坦的镜面上
正反两辆紧衔的水晶客轮
绕过中途岛滑向终点港
不！我不去终点港，不去！
让我去始发站，始发站！
海面皱缩，斜倾，翻转……
水晶船如奔腾的野马
让倒影钻透陶罐堤
在颠倒的水晶河上滑行……

握紧舵轮,握紧舵轮!
在水晶漩涡的中央
水晶船顷刻倾覆

1999 年 5 月 1 日

种　菜

乘自动电梯滑溜而下
方石巨阵突现在眼前
爱妻含情地笑着走来
她手中挽着一篮菜籽
我越过巨障握住她的手
奇异的热情在胸腔翻腾
"我帮你——不,我们一同
把菜籽向土地播种!"
然而我发现自己跣足
鞋子呢?我的鞋子呢?
她用意念使电梯倒行
我们手挽手乘电梯到二层
她为我找到了一双皮鞋
乌黑晶亮的皮鞋啊!
她帮我把皮鞋穿上脚
乘自动电梯滑溜而下
我们手挽手越过巨障
来到满目青翠的菜圃
俯视我脚上穿着的玻璃鞋

逐渐消失

我跣足站在菜地里

俯视我手中的菜篮子

是一只玻璃筐

菜籽是一粒粒玻璃珠子

它们能下种吗？

我凝视我的含笑的爱妻

然而她变为透明

她是一个玻璃人

逐渐消失

她的笑容成为固体的记忆

跌落在自动电梯旁

我跣足站在土地上

奇异的热情化作咸泪

掉下两长串蓝色玻璃珠子

它们能下种吗？

我环顾四周

满目翠玻璃的菜圃消失

围绕着孤立的我的

是一片透明的荒芜

1999年5月31日晨

追 逐 思 想

下课铃响了

我下楼，一个台阶又一个台阶

发现她在另一条人流里往下泻

欲望推动我去跟她对话，与她合流

我加快脚步的速度

从陡峭的梯壁洒下去

两足如飞动的指头点过

竖立的钢琴黑白键盘

但在一阵 Allegretto 奏鸣中

她的流线型已消失——

我必须追上她

但两脚移动涩滞

我欲飞驰，翱翔

我腾空而起

腿如两支长桨

划着空气的柔波

用一支桨滑翔

一支桨如静止的飘带随行

身轻如燕子

冉冉飞升为一只云雀
栉比鳞次的屋脊缩小
街道和市区图在鸟瞰下
左一晃，右一晃
摆动中拉开距离
行人如蚁
山河似沙盘
我是一朵白云
随着东风和西风
遨游太阳
然而
太阳里没有她的影子

1999 年 6 月 15 日

天 花 板 开 裂

天花板开裂，
探出硕大无朋的人头，
两眼炯炯，
开口问话：
"你是 X 先生吗？"
我惶恐地点头。
人头隐去。
一分钟过后，
天花板开裂，
探出不大不小的人头，
细眉细眼，
开口说话：
"X 先生，你好狠！
我要谱诛心的歌曲，
你撤去了我的钢琴！
我要绘感恩的油画，
你撕裂了我的画布！
我要写围追堵截的文章，
你折断了我的钢笔！

我要控诉硕鼠和蛇蝎，
你勾去了我的思想，
涂抹了我的感觉，
没收了我的时代……"
细眼中淌下了两行泪，
我惶悚地摇头。
人头隐去。
一分钟过后，
天花板开裂，
探出硕大无朋的人头，
两眼炯炯，
开口说话：
"你忏悔吧！"
我惶悚而木然。
人头隐去。

一个声音从天花板后面传来：
摆脱世纪的噩梦，
从躺倒的地方站起来！

1999 年 7 月 17 日晨，大连

天　　足

穿上球鞋
奔跑八万里
脱鞋却解不开鞋带
鞋带如蛛网
死死地捆住我的脚

穿上布鞋
行走三年
身躯和四肢浮肿
两足爆满在鞋身里
布鞋如铁匣
紧紧地箍住我的脚

穿上蹼鞋
在水中潜游十度春秋
上岸却卸不下蹼鞋
它成为异质血肉
牢牢地延长我的脚

自由行动的肢体呀……

哦，上帝
还我天足！

1999 年 7 月 18 日 , 6 时 45 分 , 大连

陌 生 的 猫

陌生的白猫
偎在我胸前
为什么这么亲热
因为来自姐的床

陌生的黄猫
从我的怀里跃出
突入炫亮的鼠洞
衔住光鼠的尾巴

陌生的花猫
给光鼠放生
洞里强烈的阳光
使她的瞳孔消失

陌生的黑猫
纵到我膝上
用爪指点我把她

抱回妹的妆台

1999 年 7 月 26 日晨

玉 琢 的 城 堡

大哥叫我到前院
看已经筑成的堡垒

旷野里城郭立正
金色的女墙鞠躬

彩旌在城头呼啸
护城河绿漪啜泣

墙脚巨砖上隐刻着
PHIDIAS的名字

我的大哥呵，你究竟是
建筑师还是雕刻家？

大哥低头皱缩成
一尊小型《沉思者》

城堡碎裂又聚拢
缓缓升腾向云中

1999 年 7 月 26 日

"夫天地者，万物之逆旅；
光阴者，百代之过客"

从外地归来
回到自己的家门
才发现
误带回了旅舍的钥匙
自己家门的钥匙
却已失落在异乡

不要沮丧
家本来是旅舍
而每个旅舍
都是
出窍灵魂的
——家宅

我终于回家了

1999年7月27日晨6时

噩　　醒

从梦中醒来
常常是
从监狱的门槛
踏出
又踏进

我醒了
从引蛇出洞惑人的监牢获释
从野有饿殍的监牢获释
从红海洋恐怖的监牢获释
从和尚打伞紧箍咒的监牢获释

我醒了
被投入对细菌滋生忧虑的监牢
被投入对支柱受蚁蚀忧虑的监牢
被投入对生态失衡忧虑的监牢
被投入对人类命运忧虑的监牢

获得自由与失去自由同步——

我醒了
越狱的企图
被扼杀在摇篮里

1999年7月28日晨

从裂缝渗出的语言

与同族人结伴远行
来到陌生的城市
会议厅里熙熙攘攘
异族人展开散兵线
潜入会议大厅
占领主席台
宣讲枯萎的神谕
我注视座旁的异族人
用异族语与他对话
企图心灵的沟通
他敞开外套
在胸前露出心像
却是用我和我的同族人的文字写成
表明他的封闭和他的坦诚
当惊异攫住我
神谕已经碎裂
会议厅里零零落落
我寻找结伴的同族人
他们都已踏上归程

我是个路盲

陷入无人同行

便回不了家的恐慌

异族人出现

拍拍我的肩膀

用异族语说：

走吧，我的家乡就是你的家乡

当惊异攫住我

神谕的碎片继续碎裂

异族人碎裂

会议厅碎裂

陌生的城市碎裂

心胆碎裂

从所有的裂缝中

渗出我和我的同族人的话语：

故乡在你的心中

1999年8月5日晨

书　灾

五个玻璃橱已经爆满

在斗室的两壁再摞起高墙

电脑的贮存还不能替代

仍然迷恋于积累的纸张

在知识和文化的包围中呼吸

人的活动空间一天天缩小

书荒的反叛却继续高涨

黑压压的大山压迫小小的洞穴

把蚁垤当做思想游泳的海洋

在睡梦之中不间断阅读

愉悦和忧虑伴随着恐慌

漆黑的午夜十二点零十分

一声轰然的巨响

摇晃的危墙突然崩塌

读书人来不及惊醒

在成吨的文字中深深埋葬

1999年8月14日晨7时

校订《田汉全集》第十九卷

莎士比亚和他的同行菊池宽
合力跨进关汉卿家乡的门槛
梅特林克让檀泰琪儿与死神
无效地搏斗在冒险家的乐园

端端正正的方块字垒起的营盘
用蚯蚓般舞动的拼音文字镶嵌
印欧语系的日耳曼语族甘心
同汉藏语系的汉语语族相伴

你看顽皮的字母东跳又西窜
弟弟假扮着姐姐姿态俨然
大批的流亡或者悄悄的隐匿
造成一次次幽默或奇妙的荒诞

搬出字典和原著的大砖小砖
时而坐时而站为了追本溯源
书斋里从事着强度的体力劳动
叫出汗变成疲倦又愉快的梦魇

让秋田雨雀和王尔德消除不安
叫戏剧舞台的方阵秩序井然
把面具卸下还要让逃兵归队
愿大师偷来的火种再度点燃

1999 年 8 月 16 日

想　不　到

想不到,我刚刚亲访过的日月潭碎裂了

想不到,我刚刚登临过的光华岛撕毁了

想不到,我刚刚拜谒过的文武庙崩坍了

想不到,我刚刚问候过的德化社倾圮了

想不到,我的血肉同胞,两千四百条生命毁灭了

盖亚为什么震怒,为什么?

善良的岛民无罪!

天谴为什么降临,为什么?

我的兄弟姐妹无罪!

普卢同为什么突发惩罪令,为什么?

我的手足、我的亲人无罪,无罪无罪!

不,人还是儿童

人的智慧

还不能穷尽天地的喜怒

——但愿有一天

人,能够用七弦琴

预言大自然的全部吉凶

弹奏出雄浑的旋律:天人合一

1999年9月,访台湾归来二月余

跨　　越

仿佛是从天外
飞来一位表妹
只是通过电波
传来如歌的沿洄

不长的睫毛
还封锁着微笑吗？
凝流的慧眼
还在泛出光耀吗？

五十六年前在故乡
舅妈家倚着窗帏
我看到你只一瞥
那时你刚十五岁

偶然的惊恐
也出现在平静中
悠悠的岁月流逝
那一瞬永远青葱

不知道你的学名
也从未再见一面
慧眼却化为诗句
为几多读者喟叹

不曾打听过行踪
除了心底的面影
在这茫茫的人世
偶尔梦见过聪颖

然而那惊恐的一瞬
早已定格为冷凝
诗句奏出的音波
在心的深海里潜隐

音波又跨越鸿沟
变作如歌的沿洄
突然通过电波
叩击震颤的心隈

仿佛是从天外
一位表妹飞来
七十一岁的老人——
还是初二的女孩?

历尽万劫千难

亲人的尸骨已寒
电波传一身静穆
披盖着梦里的少年

世界遵循着规律
造物者指挥万物
宇宙是一团浑圆
行一程回到原处

1999年8月17日晨6时25分

黑太阳从西天升起

黑太阳从西天升起
隔墙的外星人屏幕上
正在播映未来战争
情节强烈地吸引我
但大地的坩埚里
钢水已为我准备好
要让我脱胎换骨
我使自己赤裸
准备洗净我灵魂里
所有的焦虑、忧伤、惶惑和恐惧
我跃入大地的坩埚
突然拥来一群外星暴徒
用激光围攻我
把懊丧、耻辱感和犯罪感
用铆钉枪钉死在我身上
我大吼一声
外星人屏幕撤去
坩埚迸散流溢
黑太阳的光斑爆裂成光粉四溅

墙里外全埋葬在黑色雾中
未来战争在空间继续

1999 年 9 月 3 日

宽街高耸的灰楼

灰楼高耸
从巴士窗外掠过
视线霎时间
紧系灰楼的高窗

窗里床栏旁
吊针架已经撤去
白色床单
覆盖上面庞

舁床从五层下降
经过四扇无窗之窗
七十三圈年轮
缓缓入库冷藏

焦灼的火焰
化为无湿度的泪
洒在灰楼底层
蒸发为空茫

一切忧虑和惊怕
从巴士窗外掠过
剩一条宽街
把视线剪伤

1999年9月20日晚11时

回　乡

辩论结束
部长说可以搭车回乡
科长领我到大院
几十辆敞篷卡车上
站满了面容严肃的生灵
司机说开赴沙碛去打扫战场
我因负重而攀不上车帮
转向矮屋
一艘个体户的运货舢板
也将起航
女主人允许我搭乘
但说目的地是异仁堂火葬场
南辕北辙
我返回大院
大院里已经是一片空旷
我赶到矮屋
舢板已驶进雾网

1999 年 10 月 17 日晨

进出六部口音乐厅

大海的雄涛奔泻
席卷黄沙,席卷森林
吞噬大象、狮虎和蛇蝎
大海的雄涛狂啸
削平雉堞,削平塔楼
横扫皇帝、总统和僭主

大海的雄涛潜入
蜻蜓的梦境构成的画廊
涌动的波纹涂抹壁画
水沫冲折彩绘的柱列

大海的雄涛滚过
酷夏的赤色葡萄沟
淹没坎儿井和晾房
大海的雄涛撕裂
火焰山凝固的轮廓
煽动天山上熊的舞蹈

当大海的雄涛远去
小溪上仙子蹁跹
薄翅迎来透明的秋光
微波漾出浑圆的涟漪
哪吒和爱丽儿
在湖心的漩涡上嬉戏

当大海的雄涛远去
静止的火山猛烈爆发
摧毁一切的熔岩流窜
在大地上烧出巨型"人"字

大海的雄涛重新卷来
扑灭一切噪聒的音响
宇宙陷入无声的静寂
万物在忘川中沉默

1999年10月22日

环　卫　工

多少人匆匆行走的柏油马路上
一团又一团马粪冻成冰疙瘩

白帽红衣,握着铁铲推着车
掌上的汗水冰一样粘住铲把儿

北风呼呼地猛吹,脸上火辣辣
喘着气用榔头把冰坨坨狠狠地砸

冰土扫到铁铲上,倒进推车里
看大街是不是更加坦荡,平滑

他心里容不得通衢上有半点污垢
北风却刮不掉他脸上的半点泥巴

1999 年 11 月 4 日

心　荡

我的心——在荡！
不是动荡，
　不是摇荡，
　　不是滚荡，
　　　不是激荡——
就是荡，荡……
是日出之前，
　是月落之后，
是黄河咆哮，
　是泰山崩塌——
是，又不是；
　是至爱，
　　是死仇，
是爱极的一吻：迸散，
　是恨极的一击：爆裂，
　　是至痛的变奏，
　　　是极乐的破格——
也是，也不是！
是我的一滴来自母体的血，

一颗鲜红鲜红的血珠
从狂跳的心脏跃出，
　霎时间
燃烧成
　整个火焰的宇宙！

1999 年 12 月 11 日
在空中自成都飞往北京时

迟到的悼歌

哲学家脚下柴堆的火焰有一天
把宗教裁判所的殿堂化为灰烬；
女干部喉管里插进的尖刀有一天
剖示出现代迷信的暴虐与血腥！

三十年前一个凛冽的寒夜里，
罪恶的枪声响了，她倒在血泊中！
罪名是反对打倒共和国主席：
为保卫常识，她死得年轻而从容。

她毕业于幼师，天生就喜欢孩子；
做自然博物馆讲解员，热爱大自然；
她更爱真理，心中的真理是常识——
她清醒，当举国陷入荒诞与疯癫。

她凝视墙上五个大字的标语，
想了想，镇静地拿起刷子和颜料，
把标语开头的"打倒"二字抹去，
在后面加上"万岁"和一个惊叹号！

"只要认个错，就可以免除死刑。"
她摇头：认错怎能叫常识改变？
她被吞噬在世纪最黑暗的时辰，
大地上升起了一脉亮丽的青峦——

祭献给魔鬼的牺牲化为高山，
过客们有几个见到人格的峰巅？
它矗立在天际，风风雨雨三十年，
俯视名利场，披一身静穆的烟岚。

我有过一张朴素而秀丽的相片，
它曾给过我友谊的温暖和力量。
它已毁灭于红卫兵狂暴的凶焰，
却至今牢牢地深印在我的心房。

曾是你生前的朋友，我心潮奔涌：
面对历史的审视，我长久缄默——
我探索又探索：在你镇定的胸中
流着什么血？跳动着怎样的脉搏？

你的丈夫在黑影的威胁下跳楼，
你的幼女在号啕，在呼唤妈妈，
聆听着牢墙外朔风一阵阵怒吼，
你怎能没一点思念？没半丝牵挂？

怎能不思念丈夫，不牵挂幼女，

不想到自己,蓬勃的青春年华?
来日方长,前面有广阔的天地,
你可以拥有一切,只一念之差!

透过铁窗,高而遥远的北斗星
射进微弱然而坚定的光芒,
信仰的星辉招引着不屈的魂灵,
你义无反顾,像回家,走向刑场。

有的好心人说你是年幼无知——
能够幼稚到用头颅去换取常识?
有的聪明人说你是可怜的傻子——
廉价的怜悯只说明成人的无知!

我探索又探索,可是答案在哪里?
柔弱的女性何以能如此刚烈?
几亿人都喝了迷魂汤,包括我自己,
你何以能够把一切符咒都拒绝?

我曾在牛棚里写过多少次检讨,
想用违心的认罪去换取自由;
我无地自容,反省又反省,想到:
怎样才能够称得上是你的朋友?

我思考又思考:你的聪慧和坦荡,
执着和无畏,一切都出自肝胆,
你的正气歌刻在心筑的长城上——

蜿蜒的城墙缭绕着一脉脉青峦。

我思考又思考：你的亲切和端庄，
活泼和热情，一切都归于平凡，
你的气质美、行为美汇合成柔浪——
赤子的泪水，流入无涯的自然。

我曾默默地吟诵过重量呵重量；
我曾在心里听到过小草在歌唱；
我思考又思考：你的天平在何方？
你的小草呵，为什么没一点声响？

石碑上没有镌刻你金色的名字，
纪念室里也不挂你柔美的遗像，
但难道没人记住你勇士的英姿？
谁说你称不上是中华民族的脊梁？

午夜的星空隐现庄严的面容：
我恍见刑前横眉倔强的形象——
似答非答；哦，是真还是梦？
滚烫的热泪洒满在灯下稿纸上。

已经思考了三十年，历史的洪钟
已敲响回答：不能呵，我不能再缄口——
啊，布鲁诺、张志新式的女英雄，
让我用歌声伴你到永久，马正秀！

附言：马正秀，女，1931年生，重庆市人，北京自然博物馆工作人员。"文革"中因反对乱批乱斗，反对打倒一批党和国家的领导人，反对打倒共和国主席，于1967年9月16日被捕，因拒绝认罪，被定为"现行反革命"，于1970年1月27日在北京被执行枪决。1980年2月28日北京市公安局对马正秀一案作了改判。1981年秋，重庆市和北京市公安局在重庆市殡仪馆联合举行马正秀追悼会，为她彻底平反。马正秀的丈夫赵光远是笔者的同事，笔者和妻子通过赵认识马，两家结成好友，前后交往十年（1957—1966）。赵在人民文学出版社戏剧编辑室工作，曾担任孟超的剧本《李慧娘》（被康生和江青诬为"大毒草"）的责任编辑，又因妻子被捕及所谓社会关系"复杂"被审查，精神上受到巨大压力，于1969年3月15日跳楼自杀身亡。其时马正秀正在狱中等待命运最后的裁决。人民文学出版社工作人员余维馨亲口告诉笔者：她于1969年秋奉命参加一个宣判会，亲眼见到马正秀被押上台，在造反派的恫吓威逼下，她拒绝认罪，造反派揪住她的头往墙上猛撞，而她依然昂首，目光炯炯，面对厄运，毫无惧色。笔者写到此处，又不禁泪落衣襟。

1999年12月

深 圳 组 曲

一　上班族的脚步

踏踏,踏踏,踏步……
踏着成片的光斑
踏着成串的车铃和车笛
踏着早霞给街树的投影
踏着勇气和自信的马赛克
把犹疑的路障抛在身后
踏出一条新的丝绸之路

二　繁忙和休闲的交织

电脑荧光屏上的云象
如万花筒在人脑上幻变
草坪上过山车的虹轨
如飞逝的莱塞划破视线
环保车匆匆驶过大街
榕树洒下一阵阵汗雨
相思树偷偷地

向行人掉两滴绿泪

三 西丽湖之梦

午夜的微风掀动窗帘
水中倒映的闪闪繁星
正在唱摇篮曲和圣母颂
音波的细语潜入窗隙
挨近伏在枕上的酣梦

文静的鸥枭轻叩梦的门
夜莺在门外不断地哀求
梦懒得开门,沉默着
梦起身,在帘影下徘徊
梦回忆着,飘荡在窗内外

西丽湖仍然没有醒
太阳升起了,用光网保护着
美丽的西丽湖之梦

梦的门,到现在还紧闭着……

四 海的柔浪

险恶的海浪变得温和了
狂暴的海风变得驯服了

月亮蒸出一万顷光雾
笼罩着逐渐平静的海洋

大海平卧着,深深地呼吸着

温顺的海——海的柔浪
低诉着恋人的絮语

五　特区狂欢节

鼓声和号声不断地爆破
摇滚和迪斯科拥抱又扭打
礁石握拳,发出湿漉漉的抗议
大厦昂首,矗立着不断呻吟
遥望的灯塔射出凄厉的目光
旗帜纷纷竖起耳朵
倾听耀斑传来噩耗

斑斓的礼花撕裂星空
人蹒跚,趔趄,趔趄
用狂舞蹴踏城市广场的胸膛

疲惫要求:一掬地母的乳泉

六　太阳进入新园

太阳的金线箍住木麻黄

太阳的金线围困花叶树
太阳的金线紧绕三角梅
太阳的金线捆绑凤凰木

太阳的裸手探入窗棂
太阳的裸足跨进帘幕
太阳的呼吸拂拭面颊
太阳的脉搏叩击耳鼓

太阳攻陷了新园！
太阳劫掠了新园！
太阳占领了新园！

新园的居民们，臣服吧！
新园的一切生灵们，用匍匐
来迎迓征服者的恩赐吧！

七　高层建筑上的夜空

屋顶上一百盏探照灯
把光束射向猎户、天狼、仙女
把光束射向银河系
把光束射向主星序，射向黑洞

宙斯和玉帝都在押宝
注视着股票市场的指数
繁星闪烁如屏幕上的阿拉伯数字

天琴的音乐不如电脑敲击声美丽

彗星从红巨星飞来
飞绕荔枝园里直立的荔枝树
流星雨溅落青云梯
浇灭国商大厦顶上的霓虹灯

夜空如穹庐覆盖下来
裹住酣睡的城市
无数高楼的尖顶戳破天幕
探出头去仰望天外天
宇宙外的宇宙

夜外的夜,昼外的昼
时间外的时间

整个城市高层建筑里的居民
穿越时间隧道
突破夜空的覆罩
醒来
在新千年的第一个早晨

2000 年 1 月 1 日

茅屋为秋风所破

人居住在地球村
地球村缩成茅屋
"八月秋高风怒号
卷我屋上三重茅——"
茅屋漏了,"雨脚如麻未断绝……"

秋风一年复一年在"怒号"
屋上茅被不断地吹掉
屋顶南隅的窟窿继续扩大
它的面积已大过了欧罗巴
每一条雨脚是一束紫外线
给屋里人带来灾变和惊恐

"天似穹庐,笼盖四野……"
屋里人想到了老老祖母女娲
恭请她再炼一块巨大的五色石
把穹庐的漏洞补成无缝的天衣

女娲看着她用黄土捏成的人的后代

不禁皱起眉头,无奈地笑一笑:
小子们!你们自己制造了freon秋风
这才刮破了你们的臭氧层屋顶
补天的途径是你们停止释放
那无色、无味、容易液化的鬼蜮气体——
秋风不吹了,我会让屋上茅重新长出来
现在我要到河外星系去办公
何况炼石的五色已被你们糟蹋尽了

屋里人面面相觑——然而他们
比他们的先辈更愚蠢也更"聪明"
他们窃窃商议着,梦想
——克隆女娲的诞生

2000年1月9日

上 帝 的 诞 生

我一再提醒自己：
　这不是做梦！
太阳——金红的圆球
　凌空悬挂在我的面前
它引诱我用手指去触摸它
我试探，没有受到灼伤
　仿佛摸到从灶膛馀火中
　　扒出的一只烘白薯
有些烫手，但可以捧着
我试探，用食指戳进它的黑洞
　触到柔嫩而火热的窍穴
　　在有节奏地搏动
血液在这颗宇宙的心脏里循环
　渗开，迸散，溅出万道血光
染红了天柱和地极
我收回食指
　食指已变成软金
并且发出辛辣的香味
　迅速扩散我的全身

我一再提醒自己：

　　这不是做梦！

太阳——金红的圆球

　　凌空悬挂在我的面前

它引诱我用双手抱它

　　我把它拥进怀里

仿佛抱着从原始人馀烬里

　　扒出的一只烤野豚

我感到滚烫的心室和心房

　　在我胸前有节奏地搏跳

我一再提醒自己：

　　这不是做梦——

太阳贴近、潜入我的胸腔

　　我的心脏和它逐渐地合一

　　　　化为一团熔岩般的柔金

辛辣的芬芳从身躯扩散

　　弥漫整个宇宙

圣歌的音波庄严地起伏

　　颂赞上帝的诞生

2000年6月8日晨

微型齐天大圣

释迦牟尼张开两条胳臂
一条伸向宏观宇宙
一条探入微观宇宙
爆炸出无穷大
凝缩为无穷小
两个无穷——不可思议的两个永恒
它们是真实的存在

我凝视过去,瞅见:
孙悟空摇身一变,小于苍蝇
钻进铁扇公主的肚子里
我凝视现在和未来,瞅见:
微米缩小一千倍,成为纳米
被掌握在人的手心里
释放出亿万个微型齐天大圣

我看见大圣扑向世间万物
使种种材料发生质的突变
他使宝山的钢材变成自身的侏儒

但其强度却上升为真正的金刚不坏身
他粘住景德镇和宜兴的陶瓷
使酒坛和茶具摔一千次也没有一丝裂痕
他渗入东安市场出售的衣服的纤维里
使穿着它的人散发出芳香,细菌无处藏身
他抱住成都海菲版存歌十五首的CD
使它的储歌量一下子上升为六十万首
他爬上波音707的机翼和机身
使它翱翔在蓝天却无踪无影
他钻进藏书亿万册的北京图书馆
使它蜕变为一个小小的盘
可以握在手中,也可以藏在口袋里
……

我看见微型孙行者飞跑着
上天入地,改变着人类的生存方式
我怀着无限惊异和剧烈的激动
看见他快步踏进人的血管、人的脏器
用迅捷的手指清理一切病灶
摘除恶性肿瘤,清扫艾滋病毒
涤荡一切侵蚀着人体的病源
使少女的嘴角漾起欢庆的微笑
使老人的眼睛发出青春的光彩

我安静地伴着康复的少女和老人
坐在清风明月下阳台上的安乐椅中
观看金猴附身而薄如纸页的TV

凝视着荧屏上展示出新的人间世界
盼望着这个世界里没有恐惧和杀戮
人类最终能把自己拯救出自我毁灭
而释迦牟尼用微笑回应我们的祈祷

2000 年 11 月 1 日

第 二 编

十四行弦琴

1946—2001

辑 I　哑　谜

哑　谜

蓝色发结和红裙如雷火闪过，
划亮老树枝，燃旺枯败的灌木丛，
手杖敲路石，发出焦灼的吆喝，
追击滚过的笑浪，深入密林中……

歪斜的笔划透出顽皮的灵秀；
神奇的世界穿过老花镜展开。
梦里的奔跃化成凭窗的凝眸；
沉垂的银发抚拂依偎的嫩腮。

无知和悟性在宁静和骚动中溶解；
宇宙万物渗入矇眬的瞳仁。
千古哑谜在哲学家头脑里萌灭，
疑问如游丝潜入童心的裂痕。

为什么我是我，不是别人？脆声问。
上帝不言语，魔鬼睁大了眼睛。

1990 年 10 月 19 日

巴 西 龟

青青的背
扁扁的嘴
小小的眼睛
短短的腿

似僵非僵
似睡非睡
不吃又不喝
不醒也不醉

不颐指气使
不屈膝下跪
没发出半声笑
没流过一滴泪

无为无不为
一刹那万岁

1998 年 10 月 15 日

梧 州 鸿 爪

脚踏白云山，登上风筝亭，
望远处桂江和浔江汇合，
青碧和橙黄挽臂，交颈，
大地上掀起鸳鸯江彩波。

圆球抛过来，飞越木棉丛，
给身上白衬衣留下球印，
白影循山路一级级俯冲，
波动的柔发穿过了白云。

忘了昨夜在西江上，华厅里，
应平生第一个舞伴邀舞，
白凉鞋跨冰泉和沸泉旋飞，
音乐漂我到竺园深处？

荔枝风吹断了三年梦幻，
白裙子消隐在龙洲之畔。

1991 年 2 月 5 日

幻 想 交 响

黑色丝绒幕还没有拉开，
忐忑的心啊，安静！安静！
灯光渐暗，人声静下来——
身旁的空位啊，等等，再等等……

黑色丝绒幕正徐徐拉开，
忐忑的心啊，莫沉坠，莫沉坠！
燕尾服幽灵登上指挥台：
幻想的柏辽兹沉重地起飞——

一团白光闪进了侧门，
邻座上飘来莹洁的衣裙；
弦乐的洪波漫过大厅，
冲击着两颗颤栗的心魂：

臂挽臂扣住死亡的大喜悦——
断头台进行曲在胸膛迸裂！

1994年5月3日

初　　遇

阳光透过彩玻璃镶嵌的圣迹图，
把嫩红、柔紫投向你青春的脸庞，
在你的周围罩一层缤纷的圣光；
你身披白纱，仿佛在虹霓中举步。

女傧相稚气而端丽的眼睛像两股
澄澈的泉水，映入我心灵的殿堂：
清醒的晕眩在我的胸膛里激荡——
我几乎忘却男傧相应有的礼数。

瓦格纳婚礼进行曲如洪波漫溢，
新郎和新娘的誓约在半空回旋；
心旌呵，莫动摇；脚步呵，慢慢向前移；

目光呵，别永远盯住童声唱诗坛……
柏多罗教堂里绽开痴人的惊喜，
天真的哀愁同时在悄悄地盘桓。

1995 年 8 月 13 日

福 音 传 递 者

你从金谷中奔来,脸蛋红扑扑,
眉间的忧郁被暂时的喜悦掩盖;
葡萄糖钙液刚渗入我的血脉,
我浑身发烧,对着你却激动无语。

蓝衣裙扫过广慈医院的廊庑,
轻声的喟叹在大草坪上徘徊。
你故意把年龄说大,想逗我发呆。
桐叶下相偎,细嚼着酸辛和幸福。

嬷嬷的白色方帽划过冷空气,
片刻的晕醉让位给清醒的思考。
乌云滚滚来,随即是闪电和霹雳;
四肢的震颤转化为心灵的祈祷。

灯下,福音书为思绪被雨淋而惋惜:
"但愿你今夜把福音传递到子时!"

1995 年 8 月 14 日

蓝 田 路 上

薄暮的阴影笼罩着法国梧桐，
稀疏的灯光透过窗帘射出来。
抑制着一丝焦虑，在廊下徘徊，
一分又一秒，心儿啊，莫怦怦跳动！

白色的凉鞋从街角出现，朦胧，
淡黄的月色下，移动着洁白的脚踝；
惊起，迎上去，却不敢拥入胸怀，
两只手紧握。两双眼睛又相逢！

夏夜的熏风吹拂着你的黑发，
掀动着你蓝布学生装的衣角；
你只是伴着我徜徉，没一句告别话；
你的血从指尖对流到我的心窝——

一刻钟，凝固的时间，锁住了海峡，
锁住了世界上所有的眼泪和欢笑。

1995 年 8 月 14 日

灵 魂 的 变 奏

你面对便衣的枪口镇定地下楼，
登上囚车，眼睛闪射出冷光。——
炮声近，狱吏们逃走，你和难友
砸开了牢门，迎接初升的太阳。

回到沸腾的生活：你走来，要我
为你整一整衣领，脸上带着笑，
走向腰鼓队，举起了鼓槌。哦，
幸福时刻这样短，谁能意识到！

你笑没根由；你哭没起因：剧变！
意识的错位掐断了感情的纽带，
魂魄经受着比死更痛苦的灾难——
青春异化为心灵中恒久的空白。

凯旋的女囚，跟痼疾搏击，倒下……
闪熠吧，冷峻的目光，灼热的泪花！

1995 年 12 月 27 日

耳　　语

艾蒿和荆蓬长满在路边，
我踏着蓑草，一步步向前。
夕阳光透过松枝射向我：
你呵，为什么寻路到林间？

马棘和藤萝盘结在身边，
我拨开酸枣刺，迟疑不前。
山涧水漫过砂岩溅湿我：
你呵，为什么逡巡在草滩？

白荆树，油松，弯腰的紫杉，
乔木和灌木一棵棵找遍；
昔年刀刻的字迹在哪里呵，
树干上只有藤花的笑颜……

耳语已化作万年的顽石：
心魂永远在天地间奔驰！

1995年3月5日

今　昔

墙上的壁画依旧
镜中的容貌陡变
门上的挂铃丁当
一声声随幽魂飘远
你的嗓音如哀歌
颤响在噩梦的边缘

你用罗马字拼音
掩盖激情的迸溅
手把手依样画葫芦
用符咒抵挡子弹
诗与散文的交锋
直达心战的峰巅

咀嚼着千万种凶险
惊醒出淋漓的大汗

1998年10月15日

亭　子　间

夜风猛击窗框
户外大雪纷扬
灯下疾书的诗篇
托起酣睡的新娘

对街邻屋的灯光
煽炉火烧透胸膛
叹息已隐入寂灭
只等轰响的太阳

呼吸均匀如河浪
发辫散发出花香
嘴角如蜜的柔情
织一篇锦绣文章

叫宽容代替对抗
墓穴是永久的洞房

1998 年 10 月 16 日

渔 村 4 号

十七岁的花期是绿色的梦
发浪在洁白的缎带下波动
低着头在静静地阅读什么？
一卷新诗稿正握在手中

十七岁的花期是红色的梦
弟弟和妹妹带着笑朗诵
二姐呵为什么沉默不语？
脸上的红晕隐在夜色中

十七岁的花期是紫色的梦
等一等，你若把谜语猜中
送你一颗豆：你可曾看见
灯光下慈母欣慰的笑容？

十七岁的花期是蓝色的梦
永远沉落在太平洋大波中

1998 年 10 月 18 日

菜 市 路 一 角

前门是铁门,后门是木门;
木质般厚重,钢铁般坚贞;
抬头仰望着受难的圣者,
在前房祈祷,在后房读经。

前门通后门,穿堂脚步轻;
连结着聪慧,贯串着虔诚。
记录着心路历程的日记册
面对着少女含笑的眼睛。

从前门走进,依后门坐定,
话儿说不完,心儿跳不停,
水一样清冽,火一样炽热,
送走了黎明,爱抚着黄昏。

爆炸的巨响震撼着全城;
你去了哪里? 美丽的惊魂!

1998 年 10 月 19 日

纪　念　坊

塔一样竖立在草坪上——
匾额和对联的石牌坊；
看四根石柱上镌刻着
呐喊和旗帜的声与光。

五十年前歌声亮，
苏州河畔再引吭；
天翻地覆烟云过，
女诗人手迹在何方？

写在金丝桃叶上？
写在杜鹃花瓣上？
写在秋风里？春雨里？
可曾给校园留芬芳？

新加坡稿本越重洋：
纪念坊下泪几行……

1998 年 10 月 20 日

　　附记：诗友成幼殊，结识于二十世纪四十年代，她天分极高，我极爱她的抒情诗。经过战乱和迁徙，她的早期诗作除我当年手抄的二十几首外，几乎无存。幸而她的同学侯克华先生保存了她早年诗作的绝大部分，于九十年代末从新加坡寄给幼殊，幼殊又给了我，我大喜过望。幼殊早年就读于上海圣约翰大学（校址是现在的华东政法学院），她的诗也产生在那里。我到原校址去"怀旧"，触景生情，写出《纪念坊》一诗，以赠幼殊。她立即回赠一首《回应》，感情深沉。遂附于此：

附：

回　　应
——得屠岸赠诗《纪念坊》后

人生得一知己足矣，
更何况风风雨雨，黄叶飘零，
超过半个世纪，回头看见你
仍在那绿草坪，
那河边，那楼前，那坊下，谛听
渺渺诗韵——难道真是我的声音？
使我落泪，
你拨响十四行琴。

岁月换柱偷梁，
你的朗朗背诵仍然铿锵，
仍以他百灵的歌雨，雪莱
浇透我们的衣裳；

仿佛济慈古瓮上的少年
你何尝改换模样?
只是更睿智,更透亮,
一个"老"字,只加在友字之上。

校园,黄金的园,是的,
那是我的,而你另有你的,
我们思考、喜悦、成长的园地,
有荆棘,有举国的风暴,
有热血的青年男女,而更美丽。
生生死死,荣荣辱辱,在世间
还有什么奢求,什么妒意?
人生得一知己,足矣,
面对再一个千年,夸克,新世纪。

成幼殊 1998年11月10日午前
北京 林荫路上
同日夜半 芳城园

告别辞 · 节哀

为什么我心中这样忐忑不安？
哪里有灾难的征兆，死亡的威胁？
为什么我心中这样地忧惧惶乱？
难道说苍天会崩坍，大地会坼裂？

不啊，我只是遭受了一次偷窃，
失去了一份微不足道的怀念；
不啊，我只是压抑了一回宣泄，
禁锢了一场轻于尘埃的眷恋。

凭着天父的目光，地母的触觉，
我在字迹与音波的阵营里作战：
这颗心在放弃一切，又包容一切——
叫希望和绝望去分割痛苦和狂欢……

最初的凝聚包孕着最后的隔绝；
让心灵与心灵契合，向永诀告别！

1998 年 10 月 21 日

233

心 绞 痛

不要再走进小园深巷——
松荫下石凳上细语轻声；
不要再挨近儿童游戏场——
木马上秋千下笑语欢声。

走近这留下踪迹的花径，
瞬间的发现叫血液上涌；
想起这失魂落魄的茅亭，
怅惘和顿悟引发心绞痛！

醒时的苦思，睡时的欢送，
且慢去印证，别再去寻访；
夜夜失眠症，天天白日梦，
哪里去抒写？向谁去吟唱？

云爱抚瓦檐，风劝慰纱窗；
无声的悼词把心房烙伤。

1998 年 10 月 21 日

决 绝 的 悬 崖

海平线竖立，大海翻腾着峭壁，
乌云和海水纠结成滚滚的灰烟；
风管呼号着，波峰向桅杆斜劈；
倒转的天空扼止了海鸥的盘旋。

心中的巨浪奔越海涛的歌啸，
跳动的脉搏猛击狂风的弦索，
咽进肚里的泪水封锁了怒潮，
驰骤的思绪从决绝的悬崖跌落！

明媚的春光和鸟语花香的世界，
从历史古籍的尘封中泛几颗泡沫；
古钱的两面浮现着荣枯的花叶，
银币沾过的体温已淡入冷漠……

独立在海边，把信物抛向暴风雨；
飞跃的弧线划断了千言万语！

1998 年 10 月 23 日

使　　者

披一身红罗,洒几朵白花,
生命的芬芳,青春的光华,
放逐了一切冶艳和妖媚,
超越了端详和雍容华贵。

一头乌发,天然地闪亮;
眼中含笑,笑中含幻想。
轻盈而沉稳,沉稳却敏捷,
敏捷于周旋,与好梦纠结。

你端平,使你的事业崇高,
你永远不懂得鄙夷与骄傲;
你轻轻说一句春风满面,
顷刻间葱绿布满在心间。

复活的申江,再生的茜草,
殷勤的使者叩响了春晓!

1998 年 11 月 30 日

集 芳 囿

庭院里白玉兰如白焰吐芒，
几百枝白蜡燃放着白光；
　这几枝可是红桃的变种？
素色的花瓣挂一树挽幛。

垩壁暗窗，教室里静悄悄，
再不见白发人泼墨挥毫。
　朱砂和藤黄已遁入墙隅，
石青在山石后泪枯形销。

几次冒寒风送你到池西，
银松下静待着日影潜移。
　芙蓉和月季在宣纸上摇曳，
花盅已渗入你灵魂的藩篱。

灯火阑珊，彩笔已抛却：
画魂无声地把人天衔接。

1999年4月17日

237

成 年 祝

身着淡装的双胞胎姊妹，
蛋糕上九双蜡烛一口吹。
脸颊红喷喷，眼睛亮晶晶，
披着朝阳般蓬勃的光辉。

童年和少年且掖在心隈，
迎向征途上必有的风雷。
机遇和挑战都摆在面前，
要敢于冲刺，要善于迂回。

要永葆赤子的真率和纯粹，
一辈子追求人生的真善美。
爷爷的嘱咐也许是多余，
真正的收获靠自己体会。

祝你们今朝满了十八岁：
看地球在运行，双子星在飞！

1999 年 7 月 31 日

泪　　滴

这滴水：神山里涌出的清泉，
使你的瞳孔免除翳障；
这滴水：灵芝草制成的仙丹，
使你的角膜澄澈明亮。

不要你睁一双火眼金睛，
虽然古代的神话优美；
不要你架一副雷达式博士伦，
让现代千里眼到别处逞威。

在雾里看花，水中捞月，
你许会变成九方皋，卞和；
你是普通人。但这滴泪液
能使你超越里亚、奥赛罗。

浑圆的水珠给了你眼光：
透万象逼视我深隐的衷肠。

1991年1月18日

239

露台下的等待

密林深处的露台上，紧闭着窗户；
　　窗内有灯光摇曳，人影依稀。
夜风中素白的窗帘轻轻地飘舞；
　　窗户和窗帘遮不住一声声叹息。

灯光游移着，金色的波纹漾起：
　　窗棂—画框，呈现出天使的浅笑；
露台—画廊，托举出炫亮的晨曦；
　　难消的温煦溢向林间的小道。

为什么不打开窗户，把彩梦拥抱？
　　为什么不走上露台，把忧思倾泻？
蓝月漫移着树影，脚步声悄悄——
　　窗户紧闭着，叹息如落花萎谢……

独自在幽径徘徊，从月斜到日晞：
等待着目接露台上天使的凝睇。

1999年4月20日

秋　晨

我徒步走上林间的小路，
踏落叶如聆听琴语细说：
厚积的落叶下有一座王国，
埋葬着地仙无尽的倾诉。

我继续小心地踏着落叶，
漫步在琴韵琮琤的疏林，
让童话牵着我进入幽境：
整夜的焦虑被浑然忘却。

晨雾里有缟衣少女迎来，
红枫顷刻间全都变白，
青色的烈风扫过天宇：

哦，别走，不朽的诗魂！
谁引我踏进初醒的秋晨——
催心灵偎向旷世的伴侣？

1991 年 1 月 3 日

梦　蝶

炉火在铁膛里奔窜跳跃，
把簇簇红光掷向窗棂；
窗外有撒天铺地的密雪，
把我埋葬在宇宙的中心；

梦，挨个儿从身边移过，
青白的梦，七彩的梦，
弯腰低声问："选我？选我？"
漆黑的梦却把我选中……

黑色大蝴蝶挣破梦壳，
穿窗户取走一缕幽魂；
白雪裹黑翅，颤栗的衬照——
蛋黄搅蛋清，朝远古沉沦。

斑斓的红光烤炙着一具
永远告别了历史的身躯。

1991年1月2日

巨　宅

被逐出五光十色的商业大厦，
告别橱窗，步下琳琅的台阶；
迎着冷月，迎着凛冽的寒夜，
走向反光的马路，走进油画。

风卷立交桥，影人来往在灯下，
斑驳的巨块颜料向遗像倾斜，
橙黄挤压着灰蓝，黑与白摇曳；
我来到无窗的巨宅，把门环叩打。

影人开门，邀我到尘封的内室，
把白布从横卧的幽客身上揭开。
我俯身，恍见亡友的面容依然——

当我把惊疑的唇吻印上白胡髭，
冷冻的灵魂顿时从胸腔烧起来，
大火把整幅油画变成了焦炭。

1990 年 12 月 7 日

一首多余的诗

旅人,你奔波着追求的是什么?
是一个信仰的长途的终点?
是一个胜利的乐曲的和弦?
是一个伟大的爱的结合?

"我呵,从来就不大熟悉
这许多文雅的名词和概念;
我也没有余暇来钻研
它们的复杂精深的含意。"

那么,你追求的到底是什么?
"我的路就是历史的外延。
我只听从历史的召唤。

你的提问其实是多余。"
辛苦的旅人继续奔波……
——这些也显然是多余的诗句。

1946 年 4 月 10 日

辑 II 雨 云

雨 云

阳光从云隙射下,云块奔驰,
山水间,明暗交错,天地浮动……
乌云骤起,疾风劲吹,老树枝
抓住悬崖,仍不免被卷入虚空。

远处,峻岭之上,黑云成条状,
垂直如巨带,横扫广袤的大地。
"呵,那边正在下暴雨!"你讲。
云送雨点来。奔大坝,挨石檐暂避。

回首看西方,乌云拖两条灰须
拂过田野,渐隐。哦! 从远方
看此处烟雨,该也是云的圆柱
竖在大地上。须臾,天日重光——

湖山如洗,夕阳似火。你却说,
"看,锦云的背后,是大雨滂沱!"

1990 年 10 月 30 日

幽　　峡

隧道里摸黑上斜坡,迎着一点亮——
石破天惊,幻景直向我扑来!
万丈峭壁,夹缝中,绿水荡漾,
盛夏变深秋,云岚绕峰腰徘徊。

樯橹启动:佛像移,巨斧侧身过;
鹊桥腾空,棋盘上鳄鱼张口;
琉璃瓦屏风护雕栏,折向松树坡;
金芙蓉神笔托出九莲洞猕猴……

这里是哪方空穴? 是异域? 是故乡?
谁引导我的灵魂游荡在幽界?
訇然一声,电火蹿,迅雷劈山梁,
地陷天塌……烟雾里扁舟倾斜……

维吉尔沉默。松鼠跃山涧;虹鳟鱼
跳龙门。我睁眼,听但丁在枕畔低语……

1990 年 11 月 26 日

离　合

穿石林、石壁,跨山堡、山坝,
仰攀又俯冲,向雪线超越;
把全程最高点踩在脚下,
让白风青霜在窗外肆虐。

破雾过凤州、略阳、阳平关……
嘉陵江从千岩万壑中涌现,
挽钢轨同行,从秦岭到广元,
相偎在左右,直奔向四川!

黑白交替,明暗相斗,
一列列洞穴在眼梢逝去;
枕木西走,江水南流,
挥挥手,相约在重庆再聚。

迎来芙蓉城秋光如画,
离合岂止是咫尺天涯!

1990年12月1日

新 都 掠 影

凤尾竹严严地裹住城池，
桂湖突不破绿叶的重围。
五百尊罗汉挤进宝光寺，
一千只泥脚踏过千佛碑。

紫藤架上挂满了秋色，
桂蕊飘香只好等来年。
李隆基忧伤，李俨胆怯，
叹息终于消失在昨天。

世外人警句乃非法法也，
天下事归结为不了了之：
楹联送走了几多岁月，
依旧向世人输出睿智。

发黄的贝叶让位给迎春；
蜀水将永远替时间洗尘。

1990 年 12 月 10 日

昭 觉 晨 光

满山松柏,满眼苍翠,
云雾在脚下山窝里浪游;
升入雪之国,冲出冰之围,
风箱口猛然躲闪到身后。

阵亡者陵园挽住团结桥;
红旗在首府额前高悬。
听锅庄娃子们①自由地呼叫:
杂布达②时代已一去不返!

远岭扬起了白眉,俯瞰
矗立在街心的烈士纪念塔;
一步跨千年:光阴的金箭
穿过市区,向世纪进发。

---

① 锅庄娃子,解放前彝族社会中最低等级的奴隶。
② 杂布达,解放前流行于彝族社会中的一种类似高利贷的借贷方式,它的特点
　　是,借与还都没有自由。强迫借,不借不行;还的时间也是被迫的,有钱时不
　　让还,要还也还不成;没钱时强迫还,还不起,往往被降级(奴隶等级)——安
　　家娃子被降为锅庄娃子。

卫星正离开西昌发射台

挟大小凉山飞向天外!

1990 年 12 月 10 日

洛乌沟冥想①

关上门，让夕阳告别静静的大河坝，
任凭哑口的罗吉山隐入炊烟；
打开窗，聆听黑水河细语绵绵，
把一腔幽思诉给凝神的攀枝花。

远望暮霭里索桥在半空悬挂：
仿佛有无数只草鞋踏上高坎，
越过芭蕉丛、桉树林，绕过甘蔗田，
奔向冰封雪锁的绝壁和危崖。

想那边月光照临的黄桷树下，
急骤的脚步变得凝重而舒缓，
有影人含泪用茧手捧出了木瓜……

金沙江的一股支流正汹涌向前，
裹住额上的红星，身上的察尔瓦②——

---

① 洛乌沟是四川省凉山彝族自治州普格县的一个区。
② 察尔瓦是彝族男子的民族服装。

历史的巨浪漫过了兄弟的双肩。

1990 年 12 月 5 日

浪击朝天门码头

嘉陵江和长江合流成奔漩的泪涡，
浊浪里矗涌出仰天长啸的台阶。
舢板，木船和轮船齐声唱哀歌，
撕心裂肺的汽笛划破了长夜。

曾家岩窗灯下声声謦欬未消，
红岩村小楼上一床薄被犹温。
两道浓眉从云端洒下阔笑，
深情的目光扫描过雾罩的山城。

上坡，希望的理想之国在招手；
下坡，惨烈的炼狱之门会开启：
转折处黄桷树向每个求索者点头；
阳光已射穿渣滓洞每一堵墙壁。

枇杷山上的红灯啊，该永远亮着！
千万双忧郁的眼睛啊，向你望着……

1990 年 12 月 14 日

安澜索桥秋歌

俯瞰滚滚的岷江,奔腾湍急;
遥望皑皑的岷山,雾罩云障;
江水向长江涌入,朝东海流去;
峰峦层叠,延伸向无穷的远方……

回首玉垒山在林木荫翳中斜峙,
绿丛里透出二王庙高耸的楼阁。
离堆畔,父子的精魂不停地巡视;
宝瓶口扼住了蛟龙战栗的喉舌。

公孙树挺起战胜冰河的劲骨,
紫楠排列开万年不朽的栋梁。
二郎从林梢雄视着八百万亩,
听秋歌悠扬,飞越内江和外江。

訇响的巨澜激起了索桥的晃动,
映衬着成都平原上无边的葱茏。

1990年12月21日

日 光 岩

一束束鲜艳的花朵在神龛前供奉
红色太阳和蓝色海水的浮雕，
指引从小径向龙山寨石门攀登，
穿过三角梅穹隆看吉祥的征兆！

金丝竹沿陡峭的山道把青绿皱满，
迎春菊在悬崖的画布上纵横挥毫；
循着一级级石梯盘旋向峰巅，
听天风海浪绕绝壁作永恒的呼啸！

小巷里寂静，只有琴声悠扬
从菽庄花园的草坪朝山顶飞飘；
琴声和操练水师的军声交响：
清丽和宏伟都化为飞天的鸽哨！

日光岩上的日光永远在燃烧：
日光下两岸的笑声比涛声更高！

1993 年 6 月 7 日

相　思　树

夕阳下,相思树披金霞,成一段仙姿,
面对海峡,凝固为永恒的定势。
木麻黄列队,耸立为披坚的卫士,
呼唤龙舌兰做托举舞俑的垫石。

星空下,银丝如发,镶遍了枝叶,
树干如恋侣,合抱,缠绕,纠结。
一半是梦幻,一半是现实;喜悦
和哀伤随海波诉向中天的皓月!

四十四个秋冬如白驹过隙;
顽石不低头,迎送着亘古的潮汐。
舞姿开始融化为流动的云霓,
万顷剑麻把羽衣簇拥向晨曦……

狂涛叩击着两岸嶙峋的意志:
相思在地火中涅槃,升华为真实!

1993 年 6 月 7 日

青 屿 夜

浓绿的枝干上垂挂着一丛丛香蕉,
夹道的银槐掩映着熟透的龙眼,
从幼榕枝叶的缝隙里向外远眺,
鹭岛在水天一线的烟霞里隐现。

大小金门和五担没入了夜气,
邀月光映进万顷碧波的海心——
七片龟甲在梦里匍匐,升沉,潜移,
移过仙人掌和芒果的幢幢幽影。

相思树昂首,转身,伸出双手,
把万语千言向无垠的太空传送;
噌吰镗鞳的涛声把巉岩猛叩,
为幽灵的舞踊伴奏,似羯鼓,如编钟。

飘渺的音乐,隐隐地来自高雄;
两岸的草木齐声呼唤着:认同!

1993 年 6 月 11 日

出　夔　门

锣声镗镗！起火了，浓烟滚滚……
　酆都廖阳殿一个个泥塑崩裂，
　通向张飞庙山门的陡阶倾斜——
后舱里烈焰熊熊——出窍了，灵魂！

脉搏在剧跳，淋漓的大汗一身；
　梦与醒，火与水，预兆着翻船的灾孽？
　正与反，祸与福，掌舵人凝视着墨夜；
惶惑没停止，心随着江水浮沉。

滟滪堆炸平，航标灯如鬼眼映烁。
　探照灯打向夜空，哪里有白帝城？
奉节的灯火难突破密雾的封锁。

　狂奔到船首，面对着巨浪凝神，
瞿塘峡如黑铁把我紧紧地包裹：
　如炮弹出膛，我，冲出了夔门！

1999 年 4 月 19 日

虎 峪 晨 歌

幽境引我进山坳,青松催我走,
秋山撩开朝雾,远远地迎接我,
野蔷薇向我招手,老槐树点头,
众鸟啁啾,为我唱一曲晨歌。

小瀑布兴高采烈地跃下峭壁,
又连跌三级,想博取我的喝彩,
它飞溅银浪,化为汩汩的小溪,
又跟我捉迷藏,躲进地下不出来。

忽然它冒出岩隙,流泻入石湾,
回旋着,凝聚成一泓澄碧的湖水:
又荡开漪澜,示我以粲然的童颜,
把我的身影邀入它柔漾的心扉……

我枕着一片清波,听着摇篮曲,
在伟大父亲的感召下,宁静地睡去。

1995 年 8 月 13 日

光　市

黑夜的胸前,突现出一座光市;
两翼向星空展开,如水晶奔泻;
钢架守卫着大门,排一列井字,
透明如火宫,随深海狂浪明灭。

几千层台阶,从大地叠向云隙,
每个裂缝里漏一串奇异的音符;
协奏曲,独唱,绕梦的锁链交替,
提琴的柔丝把锣的巨流箍住。

我站在楼的森林里,电的旷野上,
追想着奇迹从荒原的中央诞生;
我听见"阿伊达"咏叹调昂奋悠扬,
攀缘着探照灯光束向银河高升。

横跨浦江的光市是永远的谜语;
谜底深藏在地心,弥漫在天宇!

1998 年 10 月 18 日

陆 家 嘴 印 象

砖墙内八仙桌端端正正，
瓦屋顶平檐映衬着白云；
新鲜的绿草地平平整整；
池水流荡着浦江的雏形。

东方明珠矗立在江滨，
金茂大厦直插向天庭；
芜杂让位于整洁和新颖，
喧哗渗透着昂奋和信心。

大桥和隧道穿梭不停，
旧貌和新颜速亏速盈；
地球在旋转，日月在运行，
推动着黄昏迥异于早晨。

看滨江大道与外滩竞争：
婴儿蹒跚，向新世纪攀登！

1998年10月19日

进　退

看见了狼群，就停止孤身追猎；
听到了台风警报，就转舵返航；
在荒野勘探，要准备躲避风雪；
冰窟里过冬，为的是迎接春阳。

薄雾浓云，遮不住画栋雕梁；
长藤茂草，深埋着别院离宫。
轻漾的墨汁里翻滚着惊涛骇浪；
平铺的白纸上升起了叠嶂层峰。

中途休整，好捕捉进击的时机；
做梦，为生命展示斑斓的前景。
隙缝迎来了白驹，它停蹄伫立，
整个世界从新的起点——跃进！

我呵，在原地踏步，却日行万里，
随地球旋转，已飞往河外星系。

1995 年

信 息 时 代

鸿雁的足呵,鲤鱼的腹,
悠然定格在渺远的过去;
程控的线呵,传真的点,
编织着光电交驰的今天……

南疆的捷报呵,亮透黑夜;
北国的佳音呵,响过白昼;
荧屏前键盘上急促的音节
把龙的蓝图播向宇宙!

太平洋、大西洋,巨浪联袂;
东亚、北美,高峰挽手;
外星人将访问地球的人类:
有飞碟来自银河外星球!

驿站的遗址上,新马腾骧;
信息正绕着未来飞翔!

1995 年 3 月

邮　　筒

诗人废名①在街头踟蹰，他长吁
街头有汽车寂寞，有邮筒寂寞。
他是个可怜儿。但邮筒受了委屈——
她欠伸，叩响社会的神经网络：

家信从她的手下跨上铁翅；
情书经她的眼前登上银鳍；
她委托钢轨去散发黎明的通知，
她呼唤泥腿子去传递风的消息。

她的胳臂紧挽住乡村和城市，
她的胴体连接着大陆和海洋。

---

① 废名，冯文炳的笔名。冯文炳（1901—1967），文学史家，小说家，诗人。"五四"
时期他在北京大学学习，后任北京大学教授。新中国成立后任东北人民大学
（即后来的吉林大学）教授。他的小说，语言简练，风格淡雅，于平淡中寄寓哀
愁。我在诗中提到他，是因为他写过一首题为《街头》的诗："行到街头乃有汽
车驰过，/ 乃有邮筒寂寞。/ 邮筒 PO / 乃记不起汽车的号码 X，/ 乃有阿拉
伯数字寂寞，/ 汽车寂寞，/ 大街寂寞，/ 人类寂寞。"因为废名从"邮筒寂寞"
一直发展到"人类寂寞"，所以我说"他是个可怜儿"。不过，他能把"邮筒"和
"人类"联系起来，还是有眼光的。

如果她消失,世界的呼吸将停止,
你就再不会听到未来的歌唱。

她会送给你人类命运的预报;
等着吧:婚礼的请柬或者——讣告!

1995 年 3 月 22 日

煤矿抒情十四行·等待罐笼

没有顶,竖着三堵墙,赭黑的铁皮,
一声铃响,随罐笼下降,再下降——
背着电池箱,风驰电掣,到井底,
矿灯给幽界送进来一束荧光。

拱券紧抱住巷道,铁轨闪亮,
冰凉的水鞋踏过深潭和浅洼;
登电车,攀猴车,顶着竹笼风斜上;
倒转安全帽当凳坐,迎来电火花!

黑瀑布泻入漆黑的巨河,哗哗!
多少双茧手操作的影像,送走
欢笑和哀啼,告别暮霭和朝霞,
叫乌金堆成塔,聚成光的摩天楼!

在绞车房里,时光老人打瞌睡:
井上人永远在等待上升的罐笼……

煤矿抒情十四行·凝固的叠影

告别幽穸,从罐笼走出,顿时
被光的罗网裹住,被温度浸渍;
太阳的手指在玻璃键盘上骋驰;
凭轻盈敲击的伴送,迈进更衣室。

脱下工作服、手套和水鞋、秋裤
和秋衣;蒸汽和烟雾,渗入肌肤;
跨台阶,跃进温泉汇集的圆湖;
烫熨坎坷,洗涤净心头的尘污。

如噩梦啮人的疲劳,已沉入睡乡;
朦胧里,墨玉在溜子上滑向天窗——
把酒瓶砸碎,把色子扔进炉膛!
大门外,闪过姑娘久候的泪光……

甭分运煤的斜井和运人的竖井,
看睿智和丰盈已成凝固的叠影!

附记:《阳光》的编辑朋友要我在诗后写几句题内或题外的话。这

267

使我想起 1996 年 3 月 20 日参加该刊（当时叫《中国煤矿文艺》）特邀首都部分文艺家座谈会时的情景。在那次会上，梁东先生关于中国煤矿工人的过去和现状的发言，给我以很大启示。在会上我也讲了几句话，我说："我在七十年代访问抚顺露天煤矿，八十年代访问大同煤矿，九十年代访问淮北煤矿，仿佛我与煤矿有缘。煤经受千万年的重压，一旦开采出来，便把全部的光和热献给人类，而自己则化成灰烬。煤矿工人的品质和人格也是如此。"其实，我对煤矿工人了解得很少，那三次访问也只是蜻蜓点水式的与煤矿接触了一下。不过，仅仅这一点接触也给我留下了深刻的印象，尤其是 1980 年 6 月焦祖尧同志陪我下大同煤矿的那一次，留下的印象更难忘怀。他领我乘"罐笼"下到 270 米深的矿井下，我顿时感到进入了另一个世界。巷道、拱券，井下的电车，"猴车"……使我屏息凝神。更使我惊异的是"综合采煤"的壮伟场面：100 台液压支架排列在巷道里，长 150 米，形成一条机械的森林带！轮子转动，把煤层如削面般削下来，粉碎后的煤块倾入"溜子"（传送带）如黑色瀑布泻入黑色长河。采煤队长杨生旺同志，当时四十五岁，仍然身强力壮，全身充满了生命的活力。他的神情，他的体魄，他的亲切的谈话，受他指挥的工人们操作机器的动作，他们紧张的面容，流汗的背脊，连同支架的前进与后退，顶板的移动，前轮的滚动，后轮的传送……这一切印入我的脑海，形成一组光与暗、热情与冷峻交织的动的画面，摇撼着我的心神，使我一时间仿佛停止了呼吸，失去了脉搏。对这组画面作补充的，是对煤矿工人的生活——恋爱、婚姻、友谊、亲情，他们的泪和笑、痛苦与欢乐、苦闷与向往……的初步的了解。此后，这些印象长久地撞击着我的头脑，占据着我的心胸，使我时时想起那些长年不断地在黑暗中采掘黑色宝物而给祖国、给人民输送光明之火的工人们。对他们的敬意和与他们仿佛割不断的感情联系终于促使我写下了这样两首不像样的"十四行"。让我把这些"冷淡盖深挚"、"克制代热情"的墨痕呈献给现代的普罗米修斯们！

1997 年 12 月 24 日

技 工 铸 造 室

通告谢绝参观的室门紧闭着,
明亮的阳光从窗外射向工作台;
白衣白帽的姑娘们紧张地雕刻,
或相顾一笑,马上又低头干起来。

酒精灯燃着淡蓝紫心的光焰,
火苗上金属小器械左右转身;
电动砂轮在托盘上一遍遍磨研;
空中弥漫着异味和吱吱的声音。

一颗颗白玉在红色玛瑙上镶嵌,
一只只精巧的艺术品排在台架上。
追求分毫不差的准确和美观;
精雕细琢,却无暇去仔细观赏。

义齿将一一安装到老人们口中,
让艺术发挥出超越艺术的殊功。

1999 年 11 月 4 日
魏公村口腔医院

辑 Ⅲ 雪国的大旗

解放了的农民之歌

这原是我们祖先的祖先的土地，
而现在，它终于回到了我们手中。
它还将由我们一代代子孙来承继，
让我们在下面长眠，在上面耕种。

我的汗水被吸入了这片土地，
土地亲切地把我的两足亲吻。
用全部身心我拥抱我的土地，
我自己也化为土地的一个部分。

这里只有我们是土地的主人，
我们每天为自己而付出辛劳。
不劳而获已经被历史否定，
土地为劳动者献出金黄的禾稻。

丰收的日子，我骄傲，我顿时变成
土地的歌手、卫士、倔强的魂灵！

1948 年 1 月

雪 国 的 大 旗

我看见，三个人行走在高原风雪中；
一个身躯魁梧的汉族干部，
搀着两个羸弱的藏族儿童，
走向阳光的城市，一步又一步……

我看见，一双父亲般慈祥的大手
为孤儿兄妹洗澡，用爱的柔浪
洗去孩子们身上的一切污垢，
把贫穷、落后和苦难也一同涤荡。

我看见，鲜红的热血从脉管流出，
渗进拉萨、阿里、祖国的大地——
人民的儿子，普通百姓的公仆，
高大的形象从心底冉冉升起……

泪水的洗礼使我的灵魂净化，
飘扬吧，雪国的大旗，你永不倒下！

1995 年 12 月 3 日

腾空的天马

灯光追逐着矫健的形象：
舞台上汹涌着大海的洪涛。
饥饿者悲愤地抗拒死亡；
思凡人探求着生命的再造……

新的烈焰舔舐着胸怀，
帷幕给时代送来晨风。
飞速的旋转扫荡着阴霾，
太阳被托举，升起在晴空！

热浪和寒流渗透又搏击；
春芳凝结为秋月的皎洁；
等待着巨雷从地下爆起——
用双手重铸辉煌的岁月。

啊，向未来，披一身青霞，
舞人已化作腾空的天马！

为悼念中国舞蹈大师吴晓邦而作
1995 年 8 月 7 日

二重奏还在继续

从呼和浩特的蓝霭，草原的白云，
传来小站的心声，谐和的二重奏；
沙漠的呼喊，森林和牧场的企求
都化为激越的旋律，沉郁的和音；

朋友召唤，我们相识在青城；
首都重逢，仍感到你和他，两双手
弹出的乐曲，像泥土一样深厚。
酷夏的旱魃降得住母亲的魂灵？

和平里户外的绿荫下，你的明眸
闪射着即将喷涌而出的光流——
江南飘来了两个声部的合唱：

突然，死神的黑手掐断了和弦！
我抑着难忍的悲哀，遥遥看见
独唱的音波里抖动着双重泪光……

为悼念女作家温小钰而作
1994 年春

校 园 节 日

彩灯的胡同深入树林，
旗帜的花墙横立夜空。
标语高挂在红砖楼顶，
暮色包容着心底的笑容。

铁栅栏包围着绿地操场，
古老的密谈隐约如游丝。
白花在墓碑上散射灵光，
佳节唤醒对烈士的哀思。

遗孀被邀在大会上露面，
如雷的掌声促全体起立。
泪如泉涌呵，是悲？是欢？
战友们紧紧地拥抱，抽泣……

百岁的小伙子，高擎电炬；
用强光去照彻新的崎岖！

写于母校上海交大建校百年庆典日
1996年4月

登 万 松 山

凉爽的早晨,太阳在东方升起,
你说要珍惜登山的最佳时光。
你兴致勃勃,我紧紧跟在你身旁,
循山径攀登,一步留一个脚迹。

蝴蝶飞,蜻蜓歇,路窄山高林密;
油松和扁柏用浓荫为我们遮阳。
呼吸促,热汗流,心潮如层浪高涨,
上顶峰,到撷云亭里去纵览天地。

上山,我跟在你身后,防你闪失,
下山,我走在你前头,权作护卫,
我没说,心里却在想:我该照看你,
因为呵,手杖标志着,你的年岁。

你突然摔倒,我奋力把你拽起:
伤了吗? 伤了吗? ——二人笑一声折回。

1995 年 8 月 14 日
虎峪山庄

附记：诗中的"你"是诗人刘岚山，此时刘七十六岁，笔者七十二岁。

赠　吕　剑

小羊宜宾胡同五号在哪里？
废墟上，秋风吹刮着金黄的落叶。
然而，看：轰轰作响的推土机
推倒了旧墙；高楼将凌空飞跃。

我的朋友，我的诗友在哪里？
落叶窸窣，堕地如片片叹息。
不，不是叹息：是诗人在低语，
在吟唱旧的已逝去，新的在崛起。

我扑了个空。可又何尝扑了空？
没找到诗友，但是找到了乐句：
秋色斑斓，冰雪过后是熏风，
诗人的旧址示我以代谢的旋律。

我欣然往返。没想到此行竟然
得到了意外的回声：铿锵的诗篇。

1983 年 4 月 10 日

附记：1982年秋，访吕剑，发觉诗人已搬走，旧址上正在兴建新楼。写信告之，得吕剑诗一篇，遂作此诗回赠。现将吕剑诗《答屠岸》附录于此：

附：

答 屠 岸

非常非常对不起，
那天累你扑了一个空。
旧房拆掉，改建新楼，
那里已经挖了一片深深的坑。

我如今暂时搬到了北郊，
这里杂草丛生，凌乱无章，
一带平房在风雪中孤独无依，
人们戏称这里为小小的"北大荒"。

我何时搬入新居尚难预料，
谁知道能分与我新构几间？
据说，这里边大有文章，
有人钻营，有人吵得翻了天。

落实政策可真是一门不小的学问。
但愿我能学到杜工部的那副胸怀：

广厦千万间大庇天下寒士俱欢颜，
自己还住那样的"茅屋"也并不坏。

什么时候等我安顿了下来，
一定请你来我的书房坐上半晌，
晴窗之下谈谈诗，聊聊天，
少不了有几杯村茶请你尝上一尝！

（夏瞿髯公有句："若能杯水如名淡，应信村茶比酒香。"）

吕　剑　1983年3月

电　视[1]

眼前的球仪向东转动：
明亮的烛焰泻向球面，
金线移过扬子江，天山，
引旗浪卷过世界最高峰。

空中吹起了飒飒寒风，
蜡炬的蓝光微微地抖颤：
长城如巨龙隐入烟岚；
转过去，再不见山河影踪。

从西边转过来，上更高层次，
东半球重新出现在眼前，
川原鲜丽如一篇新诗——

我为之流泪，为之高歌，
我抚摸亚洲大陆的青峦——

---

[1]　题"电视"，不是TV，是"受电击的视觉"。

手如触电啊,我的祖国!

1992 年 9 月

香 江 的 晨 光

佛山号在破晓之前告别虎门，
驶进维多利亚港，泊在铜锣湾。
大步下甲板，让海风把魔影吹散，
走向雾里的紫峰，去寻找游魂。

十四岁少年探索在毕打街上，
绕过洋行前红头阿三的夜巡；
看露天鸦片馆！小巷里烟鬼烟灯
在孩子心头烙下惨酷的图像……

阴霾伴随着，度过风雨六十年：
反思人类在前进中又一次趔趄，
诅咒着殖民帝国的权杖坼裂！

白发人含泪望米字落下太平山，
五颗星迎着香江的晨光升起；
听地球撞钟，叩响二十一世纪。

1997 年 5 月 2 日

刹 那 与 永 恒

站在喜马拉雅山最高的峰巅,
纵览世界的风云,古今的巨变;
华夏的历史治乱交叠,到今天,
看呵,东亚大地上放万丈光焰!

太平洋西岸波涛汹涌,巨浪
拍天,托出紫荆花盛开的辉煌;
巴颜喀拉山雪水奔腾,高唱
镰刀和铁锤的旗帜将永世飘扬——

十九年,五年,在时间长河中是刹那,
这刹那蕴藏的能量如原子爆炸!
人间正道上行进着醒悟的中华:
她涤荡污秽,直上世纪的高崖!

看呵,一个个刹那将连成永恒——
梦想和现实的广厦一层层建成!

1997 年 8 月 16 日

软　着　陆

速度！速度！速度！
穿过密云，刺透浓雾；
霹雳崩空，电光裂岸，
龙卷风猛扫千家万户！

速度！速度！速度！
飞越灵台，击穿冥府——
食不甘味，睡不安枕，
澎湃的心潮，骋驰的思路！

万丈深渊，地雷阵，
考验着驾驶员高超的技术。
速度！速度！速度！
两翼的平衡，万众的瞩目！

起落架稳稳地、轻轻地着陆，
震响了千山万水的耳鼓！

1998 年 10 月 16 日

二十一世纪的召唤之一

二十一世纪的声音正清晰起来，
　　听啊,听！它正在召唤我们。
　　它乘着高速列车轰轰然来临，
它将把另一个千年的大门打开！

用什么迎接它呀？高科技的花束？
　　信息飞溅的电光？网络的音波？
　　知识经济的种子向全球的撒播？
航天器宣布人类在火星的登陆？

哦！愿当代女娲用硕手补天——
消灭臭氧层空洞,叫穹庐重圆；
愿人间上帝把地球村塑成新伊甸；

　　愿人和自然改对抗为睦邻相处，
　　愿亚当和盖亚互爱,互让又互助——
　　新世纪,愿你有这样美好的面目！

　　　　　　　　　　　　1998 年 11 月

二十一世纪的召唤之二

二十一世纪的声音正清晰起来,
　　听啊,听! 它正在召唤我们。
　　它乘着超光速飞船轰轰来临,
它将把新的一千年向我们展开!

用什么迎接它呀? 用中国的崛起!
　　用回归的焰火,用两岸统一的礼炮!
　　用世界和平与发展行进的军号!
用勾去恐怖和心灵颤栗的巨笔!

来吧,新世纪! 把侵略和歧视的毒焰
　　吹灭在空中,把清新还给宇宙!
把饥饿和屠戮的黑影扭送博物馆!

掐死潘多拉箱子里飞出的一切!
叫堕落入殓,向良知的颠覆告别!
　　叫希望从箱底跃出,飞向恒久!

1998 年 11 月

二十一世纪的召唤之三

二十一世纪的声音正清晰起来，
　　听啊,听! 它正在召唤我们。
　　它乘着阿波罗金车飘然来临，
将展示日月照耀幽州台的华彩。

　　二十一世纪快到了,中国的诗人们!
迎接新的诗世纪,诗的新时代!
欧忒耳佩姊妹将登上天安门观礼台,
　　不要再徘徊,起身啊,从低谷起身!

迎接她们,用心脑和血肉的铸造!
　　让龙舟和粽子不仅仅标志过去;
　　让灵感从历史和时代的炼丹炉流出;

让诗的火山以熔岩冲开明朝!
　　听! 世纪的高歌托祥云,举彩旗,
　　将要从东方的地平线上冉冉升起。

1998 年 11 月

世纪回眸之一

爱新觉罗·溥仪跌下金銮殿，
洪宪皇帝在忧惧中一命呜呼。
飘摇的蒋家王朝哗啦啦崩坍，
五星红旗在天安门广场高竖。

南湖的游船从历史的深处驶出，
凭一盏明灯冲过了浪谷和波峰；
晨风吹散了一百年愁云惨雾，
巨大的希望悬挂在蔚蓝的晴空。

寰球地图上东亚涌一片鲜红；
敌意的箭镞指向初升的太阳。
一手拿镐，一手拿枪的新愚公
面对挑战，屹立在世界的东方。

不管前面有多少崎岖和泥泞，
历史追踪着重新启动的巨轮。

世纪回眸之二

一声怒吼直冲向巴黎和会，
赵家楼的火光照遍中华大地。
惩国贼争国权，激发起热血如沸，
洪钟的鸣响迎来启蒙新时期。

透过积血层浮现出狂人日记，
凄厉的呐喊撕开吃人的历史。
为改变民族的命运，一代先驱
召唤德先生、赛先生两位大使。

来吧，快来到这块大地上栖止，
多少人这样呼叫，这样企盼。
志士仁人们为此而舍生忘死，
前仆后继，搏击回旋的波澜。

八十年过去，回首曲折的道路，
听到有声音还在催：不要停步！

世纪回眸之三

丁丑年寒冬,石头城上鬼脸哭,
黑太阳在背后阴郁地降落。
三十万冤魂滴着血向冷月控诉:
罪恶的刺刀把人类的良知戳破!

黄河在咆哮,扬子江怒涌大波,
卢沟桥烽火在四亿人心头燃烧;
宝塔山,枣园,窑洞里运筹帷幄,
漫长的持久战等待着胜利的破晓。

九一八,八一五:中国人仰天长啸!
侵略者最后的选择是登上米苏里。
今天,靖国神社里香烟缭绕,
狂悖的厉鬼依然在岛国游移。

史书上写着大字:玩火者必自焚。
自强呵,自强! 让记忆刻骨铭心!

世纪回眸之四

凡尔赛和约签订时，我还没出世。
纳粹入侵波兰时，我已是中学生。
慕尼黑，敦刻尔克，斯大林格勒，诺曼底，
无线电音波震荡着年轻的神经。

沉浸于路坡特·布鲁克纯真的诗情，
为诗人牺牲于帝国的争霸而惋惜。
读着伊迪丝·西特维尔从黑夜到黎明——
抬头看基督的鲜血在苍天流溢。

等着我吧，我会回来的——坚毅、
深情的西蒙诺夫唱出必胜的信心。
防空窗帘旁烛光下传递着信息：
等着我吧，等着那白鸽的飞临。

我走在学生队伍中，扛一面大旗：
愿东京、纽伦堡提醒万世的警惕！

世纪回眸之五

十年,在时间的长河中只是一瞬:
一瞬间,毒弹洞穿历史的胴体;
真理被绞杀,民族被投进深渊;
红色宗教的凶焰席卷大地。

一个声音把所有的声音清洗;
一种思维扼杀了所有的思维;
科学和理性被谬误和荒诞代替;
扬子江,黄河:祖国的两行泪水。

我受到暴力的冲击,从人变成鬼,
蹲在牛棚里,感到死亡的亲切。
无数冤魂,仰望午夜的星辉;
迷信的颂经,挡不住愤怒的爆裂!

抚摸着历史胴体上留下的巨创,
十亿人擦干泪奔向新的竞技场。

世纪回眸之六

人口爆炸,地球村越来越小。
科技插翅飞,大自然疮痍满目。
伐木声丁丁,洪水在大地上呼啸,
沙漠急行军,吞噬着绿野和沃土。

天穹的窟窿在扩大,紫外线突入;
海平面升高,大陆与岛屿蹒跚;
物种在灭绝,阳光被黑雾挡住:
酸雨送来濒临死亡的痉挛。

只有服从她,才能够征服自然:
被当作真理的名言是否要改写?
人定胜天的口号请重新检验,
出路只能是天人的友谊与和谐。

宇宙间人类没有第二个家园,
这点觉悟有了吗?我仰视苍天……

世纪回眸之七

打破封闭，打破陈旧的模式，
让春风吹遍中国的乡村和城市。
不是魔术师，是特殊蓝图的设计师
创造了奇迹，把幻想变成了真实。

回归的礼花抹去了百年国耻，
统一的号召激励着两岸的意志：
如今大鹏鸟展开拍天的巨翅，
中华在腾飞，向着大同的明日。

把滋生腐败的细胞一个个掐死！
在前进道路上扫除所有的垢滓！
伟大的中华民族的风范和丽质
在神州大地上写着崭新的史诗。

神圣的进程永远也不会终止，
亿万颗心呵，永远坚定而火炽！

1999年5月23日至28日

知　天　命

五十个冬夏经历了风雨和艳阳，
十二亿人民聆听着进行曲奏响；
历史途程中逆境和顺境交错，
一万八千个日子都进了课堂。

旅隼展翅，在新的天空搏击；
云霞明灭，亿万颗新星闪熠；
一条没有被污染的银河横亘，
太平洋西岸的新曙光正在升起。

学到了什么？学到了自然的规律；
悟到了什么？悟到了发展的真谛；
理解到天命是物质世界的法则，
掌握它，就能使胜利衔接胜利。

这是血水和泪水换来的门票，
凭着它，我们要进窥真理的堂奥。

1999年9月

雪　冬

2000年12月2日，我的老师，诗人卞之琳先生以九十高龄无疾而终于北京。悲痛之余，谨以此诗呈于卞先生之灵前。

雪线划过无泪的天幕，
雪帘网住长啸的枯枝；
檐下挂着颤抖的冰柱——
牢栅围困缄口的囚室。

冥中有鹓鹐飞越雪野，[①]
带起北风把狱门吹裂。
窗上的冰花抛下郁结；
银丝织成出殡的行列。

暖气片一再降下温度，
九朵水仙护送着弥留。
墙洞里早已遁去腐鼠；[②]

---

①② 李商隐七律《安定城楼》后四句："永忆江湖归白发，欲回天地入扁舟。不知腐鼠成滋味，猜意鹓鹐竟未休。"《庄子·秋水篇》：庄子见惠子，曰："南方（接下页）

呼吸凝滞在老人胸口。

寒霜紧裹着一代宗师——
欢乐颂乐波滤净哀思。

2000年12月

（接上页）有鸟，其名为鹓鶵，子知之乎？夫鹓鶵发于南海，而飞于北海，非梧桐不止，非练实不食，非醴泉不饮。于是鸱得腐鼠，鹓鶵过之，仰而视之曰：'嚇！'今子欲以子之梁国而嚇我耶？"

辑 IV　宝岛诗踪

拥　　抱

从桃园机场到小港机场，
鲜花和泪花相继开放。
是初次会见？是老友重逢？
我像是首次来拜访故乡。

学术研讨会舌锋铿锵，
剖示女性诗深刻的蕴藏。
两岸的交流似和弦、变奏，
大厅里交响曲激越而悠扬。

血浓于水的亲情呵高涨，
民族大团结至高无上；
日月潭波平，阿里山林密，
呼着昆仑雪，喊着太湖浪。

九个昼夜呵比百年更长：
难分的拥抱永刻在心房！

1999年8月

女诗人们的祈愿

五个兄弟民族的女诗人
来到宝岛上明朗的大厅,
民族的服饰争鲜斗妍,
生动的语言沟通心灵。

五个姊妹民族的女诗人
来到宝岛上美丽的园林,
到处是同胞的关怀体贴,
时刻都感受到手足情深。

藏歌和彝歌响遏行云,
马头琴衬托着草原恋情。
诗艺的切磋,诗学的探讨,
紧紧牵系着两岸的诗心。

女诗人向缪斯祈祷虔诚:
愿海峡是腰带而不是斧痕。

1999 年 8 月

同　心　圆

能否借用你开幕词的美好题目？
十二亿人民在同心圆里面繁衍。
圆规的一脚在黄河浪峰里站住，
另一脚画一道弧线，拥抱着台湾。

你的致词比赞美诗更加动听，
抑扬顿挫间激情和豪情喷涌。
五千年血胤驾着九万里祥云，
来到同心圆会场听你的吟诵。

你笑着，提纲挈领又高瞻远瞩，
祝祷着冰河解冻和铁树开花。
会场上唇舌交锋，如火如荼，
弘扬诗艺的纪念牌大放光华。

五千个年轮围绕着圆心旋转：
诗韵把两岸的山水连成了一片。

1999 年 8 月

台 北 寻 踪

走下舷梯,脚踏上桃园机场,
哦！来到了你住过几十年的地方。
台北市曾经是你的第二故乡,
我欲寻踪,却不知你原住的街巷。

三妹说,这里拆迁过大批旧房,
二姐的老屋肯定已不知去向。
我往哪儿找？连路名都不知其详,
我只好沿着菩提树在街上彷徨……

你可曾到故宫博物院观赏宝藏？
你可曾把脚印留在阳明山道上？
不,你屡屡在生活的重击下负伤,
哪有心思到竹子湖去轻舟荡桨？

你如今面对着南加州最后的夕阳,
我遥望太平洋洪波,烟水苍茫……

1999 年 8 月

日 月 潭

面对能高山,背靠玉山的大泽,
天庭如日轮、颔如月弧的水乡;
一片浩淼吞吐着空濛的山色,
雨丝如细帘给湖水披上淡妆。

泽畔文武庙供奉关帝和岳王,
至圣先师俯瞰着水云宫双殿。
一群群善男和信女膜拜焚香,
万顷碧波护佑着虔敬的祈愿。

甜水哺育原住民邵族的繁衍,
特有的艺术蕴含精巧和纯朴。
德化社原始崇拜的木雕惹眼,
九族文化村招引诗人的眷注。

我站在岸边凝望安静的烟水,
祝福西子的姐姐,湘灵的妹妹。

1999年8月

萱　草

萱草,萱草,我藏在心中的忘忧草;
萱堂,萱堂,我永远怀念的亲娘。
母亲想外婆,把画室命名为萱荫,
我思念母亲,让萱荫做我的书房。

画室的墙上挂着"萱荫阁"匾额,
书房的桌上摆着"萱荫阁"图章。
品尝过金针菜无比纯真的甘美,
却不曾见到过萱草生长的模样。

我曾经询问过朋友,想一见萱草,
始终没如愿。我责备自己的荒唐。
突然,在彰化民俗文化村植物园,
一大片萱草在我的眼前放绿光。

扑上去,抱住它! 感谢宝岛为我
提供了与母亲灵魂相会的地方。

1999 年 8 月

阿里山夜市

没月光,电炬照明在一条街上,
玻璃柜内外,小商品满目琳琅。
姑娘端出乌龙茶,让免费品尝,
大嫂指着露珠茶,称品种优良。

向一位售货的少女问这问那,
她都含着笑耐心地一一回答:
"日月饼皮子是面粉或地瓜加麦芽,
里面是栗子馅,尝尝吧,味道顶呱呱!

"山葵粉,樱花果,芭乐干,特产样样好……
您又问又记,是记者?要拿去登报?"
"他要写一篇文章回大陆去发表。"
"太好了,可别把我们的店名漏掉。"

我抬头看招牌,哦,阿里山真奇妙:
"大统一商店",五个字金光闪耀。

1999 年 8 月

阿里山观日

黎明迟迟地出现在林梢，
观日楼座椅上人语悄悄。
密雨帘罩住了一湖白雾——
起伏的雾波，汹涌的雾涛！

五点三十分早已来到，
睁眼望东方，盼得心焦。
只有雾浪漫过大森林，
不见太阳金色的闪耀。

天光寸寸亮，焦虑阵阵消，
且由我观赏滚滚的雾潮。
凭栏不再等旭日高升，
只惊喜于林雾美妙的舞蹈。

你撑伞挽着我走下楼桥，
穿过了雾穴，进入了雾坳……

1999年8月

阿里山森林火车

乘火车向深山寻踪前进，
窗外是影影绰绰的森林。
白雾用柔指抚摸着车窗，
火车缓缓地驶进了灵境。

山樱、吉野樱漫山遍野，
红桧和巨杉沿石坡阵列，
幽境的一侧绣球花斜倚，
大树根指向姊妹潭亭榭。

三兄弟，四姊妹，永结同心，
三代木，象鼻木，错节盘根：①
从梅园寻觅到神木群巨雕，
始终没见到你的娉婷。

---

① "三兄弟"是三棵并列的树，"四姊妹"是四株纠缠在一起的树，"永结同心"是
两棵合抱的树，"三代木"是树上生树再生树，"象鼻木"是状如大象鼻子的
树。这些都是有心人给树起的名，写在树前牌子上。

一幕幕梦幻在车窗上掠过，
灵境的追踪长牵在心窝……

1999年8月

阿里山姊妹潭

姐姐和妹妹爱上了同一个少年郎，
姐姐让妹妹;妹妹当上了新娘。
妹妹自责,觉得对不起姐姐,
满怀悔恨,投身于小潭的中央。

姐姐得悉妹妹为自己而身亡,
忧伤地谢绝登上妹夫的婚床。
姐姐自责,觉得对不起妹妹,
满怀悒郁,投身于大潭的中央。

泪水在一株株红桧的脸上流淌,
一条条山溪把悲哀的悼诗吟唱;
我踏着苔径来凭吊姊潭和妹潭,
见一片白雾弥漫着白色的哀伤。

两潭水相连,潺潺地诉说着互让,
凄美的双魂依然在潭上彷徨……

1999 年 8 月

嘉义吴凤庙

整排椰子树威武地守卫着山门，
红墙飞檐下延伸着草地石径。
碑亭前院子里伫立着苍松翠柏，
殿中的塑像宣示着杀身成仁。

一七六九年八月十一日这一天，
闽籍的朱衣老人殒命在诸罗县。
通事的惨烈壮举呵感天动地，
杀人祭神的恶习革除于一旦。

番汉的和睦给台湾带来了安定，
仁者的义行受到了永世的崇敬。
今天有"学者"想否认吴凤的事迹，
以疏离大陆和宝岛的血肉亲情：

虚伪的考证抹不掉铁的史实，
为分裂帮腔只能絮叨于一时！

附记：1999年7月，我作为中国作家协会诗人访问团团长，应台湾中国诗歌艺术学会的邀请,率团访问台湾。7日,到嘉义市吴凤庙,下车拜谒。吴凤,福建漳州人,生于清康熙三十七年(公元1698年),约于十六岁时随亲人移居台湾诸罗县(今嘉义市)。二十四岁时,任通事一职。其时,原住民山胞恨汉人迁入,不时出草杀汉人以祭神。前任通事与山胞有约:每岁供给汉族男女两人以为牺牲,使不再骚扰。吴凤任通事后,立志革除此恶习,遂苦口婆心,谆谆劝导,经多年教化,山胞同意不再杀戮汉人,历四十余年。一年,山地瘟疫蔓延,加之邻社仍流行上述恶习,山胞中之年轻者誓欲恢复杀汉人以消灾。吴凤度势不能免,但身为公务者,若不能安定地方,则愧对社稷。于是许约山胞于某日有一衣朱衣戴红巾者走过某地时可杀之以其头祭神。山胞如约,割下人头,方知是吴凤本人。是时乃乾隆三十四年(公元1769年)八月十一日,吴凤年七十一岁。酋长粤哥等悚惧感悟,遂邀约阿里山四十八社头目集会,宣布从此不再出草杀人,并设坛祭谢吴凤,各社埋竖圆形巨石,以使后世子孙代代遵守。历史上长期存在的杀人祭神的恶习自此而一旦革除。汉人与山胞和睦相处至今日。台湾民众为纪念吴凤舍生取义之厚德,立庙祀奉,香火岁岁不断。据同行的台湾朋友告知,近年来"台独"主张者张扬分离主义和"本土化"。个别"学者"进行"考证",企图否认吴凤及其事迹,目的在疏离大陆与台湾的历史联系。呜呼!其居心叵测,其图谋不可能得逞。

1999年8月

1999年7月7日在台湾公路上

你提醒大家,不要忘怀,
六十二年前全民吼起来!
让我们用激奋昂扬的歌声
去深切缅怀那悲壮的年代!

你唱长城谣,他唱松花江,
大刀砍向鬼子们的头上!
热血像地泊尔河似的奔流,
光明已射到古罗马的城墙!

抗战的胜利,台湾的光复,
五十年风云,人为的梗阻;
让歌声驯化海峡的凶涛,
叫诗律清扫分裂的毒雾!

从嘉义到高雄,音符洒一路,
金嗓子播种在宝岛处处……

1999年8月

爱 河 浪

在高雄有条河名叫爱河，
两岸的诗人在河畔会合，
或慷慨陈词，或引吭高歌，
把友情倾吐，把亲情诉说。

你说几年前你回到大陆，
奔波到故乡去寻找老母，
老母已亡故，家宅已荒芜，
你只好装一瓮故乡的泥土，

带到台湾的家中，含着泪
叫儿孙把这土亲一亲，摸一摸，
尝一尝，你说这就是先辈，
就是根，就是永远的祖国！

团圆梦使你止不住痛哭——
爱河浪上涨到沸腾的高度。

1999年8月

西 子 湾 海 滩

从这里能不能向南看到琉球屿？
能不能向西北望一眼澎湖列岛？
让我沐浴在这片碧蓝的海域，
让我拥抱这奔放的海峡浪涛！

仿佛听到日光岩吹送的螺号，
仿佛看到南普陀放出的佛光；
海浪的尽头可是云端的妈祖庙？
听堤上少年正朝着西面歌唱……

咸味的海风猛掀起我的衣裳，
渔郎的话语困扰在我的心头，
女诗人目送船舶的启碇与返航，
对我说今夜该解构海蓝的忧愁……

啊！再见了，再见了，浪击的高雄！
焦虑和祝祷如海啸搅在我心中。

1999 年 8 月

《宝岛诗踪》小跋　　1999年7月2日至10日,应台湾中国诗歌艺术学会邀请,率中国作家协会诗人访问团十五人访问台湾,成员中包括汉族、藏族、蒙族、彝族、满族的女诗人十二人。成员是:屠岸(团长)、赵遐秋(副团长)、吕进、向前、傅天琳、李琦、樊洛平、梅卓(藏)、娜夜(满)、顾艳、陆萍、萨仁图娅(蒙)、李小雨、巴漠曲布谟(彝)、杨克。在台北参加了由台湾中国诗歌艺术学会主办的"两岸女性诗歌学术研讨会",在高雄参加了由高雄市文艺协会主办的"两岸文学座谈会";访问、参观、游览了台北故宫博物院、日月潭、彰化民俗文化村、阿里山、吴凤庙、高雄科学工艺博物馆、澄清湖、西子湾海滩等地。访问期间受到台湾朋友文晓村、邱淑嫦、王禄松、涂静怡、刘建化、金筑、江树銮、台客、赖益成、蓉子、王牌、秦岳、岩上、吴彦文、周啸虹、岳宗、司马青山、潘雷等无比热情的接待和关怀,血浓于水的同胞厚谊和手足深情使我泪下!回北京后写成十四行诗十四首以记录此次难忘的台湾之行。

1999年8月

辑 V　海豹岩

海　豹　岩

她领我来到旧金山市西的海岸：
"看！那露出海面的嶙峋的石礁
名叫海豹岩，看上去像近在眼前，
但是用肉眼见不到一只海豹。

"岸边的这架望远镜——吃角子老虎，
你只要投进二十五美分的硬币，
它就能为你提供五分钟服务，
让你见到岩石上有海豹在栖息。"

她果真投进了硬币，请我观景。
我从望远镜见到海豹在嬉闹，
爬行，睡觉。"让我从这架望远镜
看更远的地方。"五分钟时限将到——

"海豹岩后面只是太平洋洪波。"
"不，用心眼我可以见到祖国！"

1980 年 10 月

金 门 公 园

是公园还是旷野，谁知道？没大门，
没围墙，不售门票。一大片森林；
美洲杉郁郁苍苍；贵妃狗狂奔；
水牛踱步；尤加利树高耸入云。

人的手把一万五千英亩沙滩
改造成太平洋岸边的旷野公园，
已有一百年历史。加州科学院，
植物园，音乐厅，少年宫，坐落其间。

公路的一侧是日本茶园：小溪，
佛塔，竹林，木桥，清幽而静谧。
有墙园蜷伏，偎在无墙园怀里。

这地方一百年以后又要成为沙漠——
你这样预言。我问为什么。"为什么？"
秋风起，刮过大森林，剩一片萧索。

1980 年 10 月

"水上世界"①

哪一位神祇缔造的奇妙园林？

鲸,海豚,鹫鹰,大象和狮虎……

各自在水陆舞台上作惊人的演出,

调侃着、揶揄着多少儿童和成人。

爽风拂面,却像在热带雨林,

加州的水土营造着非洲的风物。

野兽和猛禽,一个个智慧而驯服;

可是人,却在惊涛上狂野地滑行!

九狮十虎,和一群猛兽登场;

站立,上高凳,穿火圈,听人的指令。

驯兽师宣称:廿七名驯兽人丧生,

但他继续干。他舍命酷爱这一行!

---

① "水上世界",全称为"非洲美国水上世界",位于美国加利福尼亚州旧金山市
之南郊,为一占地甚广,有河道、树林及各种表演、游戏设施之园林游乐场,以
动物表演为主,给儿童和成人以娱乐和知识。

表演者和观者都需要俯首于规律：
去寻找人和万物间相通的言语！

1980年10月

莎士比亚在秋光里

曼哈顿居民铭记着你的诞辰,
从中央公园涌现出你的铜像。
我信步走来,抱着强烈的愿望
要瞻仰你的风采,伟大的诗人!

我看见,肃杀的秋色为你作画屏,
金黄的枫叶栖息在你的肩上。
你一手叉腰,任披肩在风中飘扬,
你低头看我,带着疑问的眼神。

我想问:金钱能收购人类的文明?
能买进伦敦的整套寰球剧场
陈列在华尔街? 我想问:你的思想
和艺术也能被垄断在寡头的客厅?

你微笑而无言。秋光里,你的雕像
如一首十四行,我听见音韵悠扬……

1980 年 10 月

机 舱 里 的 话

美航飞机上女服务员在两边分列,
一边是白人,一边是黑人。他说道:
"想表明两种人有同等的机会就业;
人们在议论黑人的地位已提高……"

我想起纽约的一位黑人司机,
他的乐观的情绪,他的率真、
热情,都使我心折。但在黄昏里
他唱起歌来,那是忧郁的声音。

"亚特兰大犯罪率之高为全美之冠。
受害者大都是黑人——黑人儿童!
那里有天堂,有地狱——带光的黑暗。"
机舱里,他说着,仿佛无动于衷。

他最后添两句:"哈莱姆区依然故我;①

---

① 哈莱姆区,纽约市的黑人聚居区。

白领们不说布拉克,仍呼尼格罗!"①

1980年10月

---

① 一段时间以来,有些美国人以平等的口气称黑人为"布拉克"(black)而少用对黑人略带贬义的称呼"尼格罗"(Negro)。

罗 切 斯 特

哦！安大略湖畔幽静的小城！
奔向大湖的真涅西河穿过你心脏；
巴尔奇运河又流过你平坦的胸膛；
建筑物站在树荫里，到处是光和影；

多少个林园和湖湾把你组装成；
大片的草坪给了你亮丽的绿装；
你呵，乡野的城镇，市廛的村庄，
花叶包围着你的公路和红绿灯。

哦！感光的中心，技术的住址！①
你的工厂和学院敞开了门窗，
把车间和课堂变成交流的桥梁；
你的胶卷挽留了跃动的情思。

最难忘毕茨福友人家温暖的灯光，②

---

① 罗切斯特市有柯达摄影工业，国际摄影博物馆，被称为世界摄影城。
② 毕茨福为罗切斯特的一个区，在郊外。

壁炉前高唱一曲歌,低吟一首诗……

1980 年 10 月

宁静的乔治镇

乔治镇的街灯这样宁静。①沿草地，
白色的栅栏，暗绿的橡树，榆树，
宁静地站在灯影里。夜色如烟雾。
门开了，我们走进去，进入宁静里。

沃克先生的眼睛里含着笑意：
"我高兴几十万中国人爱读我的书。"
热情的交谈提高了室内的温度。
宁静的壁灯光扩散着淡黄的安谧。

你写的是战争风云，是霹雷，暴雨。
你写战争，是要它成为过去。
可雷雨未全停，世界依然不安宁。

要消灭战争，首先要探寻它的根，
不要空望着持久和平的新早晨。

---

① 乔治镇在美国首都华盛顿近郊。小说《战争风云》的作者、犹太裔美籍作家赫
尔曼·沃克住在这里。

告别乔治镇,看广宇宁静,无语。

1980年10月15日

寻 找 惠 特 曼

来到华盛顿，我寻找你的节奏。
你倾注过心血的陆军医院在哪里？
你曾把诗朗诵输入士兵的心底，
空气里可还有你的嗓音在颤抖？

你为他们诵读的是什么篇章？
是战斗的鼓动，还是安息的祈愿？
你辛勤地守候在轻重伤员们身边，
歌唱开拓者，歌唱船长和紫丁香……

我踏着波托马克河边的青草，
追溯着乔治镇航道蔚蓝的流水，
去寻找你的和弦，你的彩绘。

到处有声音，那是另一种喧闹。
我追踪你的魂魄，临近，又迢遥——
河水哗哗响，是了，是你的语汇……

1980 年 10 月

旧金山唐人街

橱窗里陈列着新颖的书籍,图片:
天安门广场,鸽群,信任的目光;
灯光如群星灿烂。另一家铺面
贩卖的却是暴力,色情和颓唐。

霓虹灯向夜空勾出斑斓的线条:
汉字一个又一个暗下去,亮起来。
麻将牌,佛像,琉璃塔,香烟缭绕——
我仿佛置身于三十年代的上海。

我的目光落上了一根街灯柱,
那柱上张贴着传单:"旗手万岁!……"
哦,历史在倒流? 好熟悉的话语!
瘟神送上天,又到海外来闹鬼。

橱窗里,红领巾笑着,天真烂漫:
霓虹灯暗了,传单飘舞着招魂幡。

1980 年 10 月

彭 斯 像 前

秋日的傍晚,在纽约中央公园
你的铜像前,我默默地向你问候——
苏格兰的农民诗人呵! 你的诗仍然
在激发我的热情,我的追求。

你昂起头颅,两眼向星空凝望,
仍然向宇宙控诉人间的不平?
你提着右手,仿佛从你的心脏
将喷出新诗,再召唤自由和爱情?

你歌颂过美国独立,美国人请你来
做客,要你的歌声在新大陆传遍。
你赤忱,友好,目光却飞越大海,
你的心不在这儿,你的心在高原!

你总是唱人民的爱憎,祖国的荣誉:
我的歌也永远萦绕着长江流域。

1980 年 10 月

自 由 神

你呵,巴托第的杰作,凝重的壮美! ①
你高举火炬的手呵,是勇毅和慈悲!
你七芒冠下的眼睛呵,严峻而妩媚;
少女的纯真呵,化为母性的清辉!

民族对民族的赠礼呵,伟大的友谊!
你是几代人的祈愿,几代人的目的。
多少移民呵,扑进了你的怀里;
你的火炬呵,在港口燃烧不息。

我来访问你,——你已经这样老迈!
在双塔脚下,你又是这样低矮! ②
理想和现实的距离在接近? 在拉开?
你的灵魂依然在地球上徘徊……

---

① 矗立在纽约港口自由神岛上的自由女神铜像,是法国雕刻家斐德烈·巴托第
(Frederic Auguste Bartholdi, 1834—1904)的杰构,它作为法国人民赠给美国
人民的礼物,于1886年落成。
② 纽约的最高建筑物"世界贸易中心"南楼与北楼,通称"双塔",是资本主义的
象征,高412米。自由神像连底座高93米。(2001年9月11日"双塔"受恐怖主
义袭击而崩毁。)

我攀上你的王冠之窗向外望：①
哦！污染的大气包围了纽约港！

1980年10月

---

① 自由神头戴王冠,冠上有七道光芒,光芒下为宝石饰物。游人可从自由神像体内登盘旋梯到达王冠内部,从构成王冠之宝石饰物的窗口向外眺望。

谒　墓

雨过天晴,空气湿润而馥郁。
我把带雨的鲜花献到你墓前。
雨洗的墓石把花朵五彩的律吕
反射到你的头像上沉思的眉间。

墓碑上镌刻着金字,我一再细读,
默诵:"全世界工人们联合起来!"
顿时,理想又昭示我人类的前途,
热血又在我胸腔里汹涌澎湃。

你的深刻的思想并没有停滞;
江河在奔流,社会主义学说在发展。
世界在你的周围沸腾呵,导师!
我懂得:你始终把握着人间的递嬗。

我的花献给你一家人,连你家保姆,——
伟大的战士呵,慈祥的家长、外祖父!

附记:1984年11月3日下午,赴伦敦海格特公墓,谒革命导师马克思墓。1956年3月14日,为纪念马克思逝世七十三周年,在原公墓新建墓地和墓碑。碑顶有雕刻家布雷德肖所作马克思的头像。头像在浓眉重须中突出了一双沉思的眼睛。灰蓝色的石碑上端刻着嵌金的英文字:"全世界工人们联合起来!"下端刻着:"哲学家们只用各种方式解释世界。而关键在于改变世界。"下面刻着嵌金的英文(德文相同):"卡尔·马克思"。石碑的中部,镶着一块洁白如玉的石板,上面用深色英文字镌刻着埋葬在这里的马克思一家五个人的姓名和他们的生卒年月日。他们是:燕妮·冯·威斯特华伦,卡尔·马克思的爱妻(1814.2.11.—1881.12.2.);卡尔·马克思(1818.5.5.—1883.3.14.);哈利·龙格,他们的外孙(1878.7.4.—1883.3.10.);海伦·德穆特,他们的保姆(1823.1.1.—1890.11.4.);爱琳娜·马克思,他们的小女儿(1855.1.16.—1898.3.31.)。马克思的另外两个女儿和一个儿子的遗骨没有葬在这里。

1984年11月

马克思阅书处

这里是伟大智者的工作岗位；
我呼吸到安静和紧张相凝结的空气。
想一想：深思的眼睛，紧蹙的双眉
在书本和文件的海浪里沉没又浮起……

不列颠博物馆阅览室为历史作证：
在这里，他学习、思考了多少个年头；
二十四个笔记本顽强地声称：
他分析、综合，正为了迎接战斗。

每天从早晨九点，到晚上七点，
仿佛永远不愿意停止工作，
他，就坐在这椅上，伏在这桌边，
让满脑熔岩爆发出伟大的学说。

坐到这椅上，凭一腔虔敬，我感到
导师的体温直冲我激荡的心跳！

附记：1984年11月2日，英国出版家协会的牛顿夫人带领我们参观了不列颠博物馆内的图书馆阅览室,把马克思当年借书时所填表上签名的复印件拿给我们看,又带我们去看马克思阅书时的座位。马克思在伦敦时,为了研究政治经济学的理论问题、经济学史、当代经济情况,以及其他有关学科,经常到不列颠博物馆阅览室查阅图书,有一个时期几乎每天从早晨9点到晚上7点都在这里工作。从1850年夏天到1853年8月,马克思在这里仅仅从资产阶级经济学家的著作、官方文件和期刊中所作的摘录就有二十四个笔记本。

1984年11月

辑 Ⅵ 墓畔的哀思

济慈墓畔的沉思①

你的名字是用水写成，还是
写在水上？②哦，逝者如斯夫，
属于你的、所有的速朽之物
埋葬在这里，远离喧嚣的尘世。

你所铸造的、所有的不朽之诗
存留在"真"的心扉，"美"的灵府，③
使人间有一座圣坛，一片净土，
夜莺的鸣啭在这里永不消逝。④

我在你墓前徘徊，捡一片绿叶——
你的诗句的象征，紧贴在胸前，⑤

---

① 英国诗人济慈（John Keats，1795—1821）于1821年2月23日在意大利罗马逝
世，终年二十五岁。其墓在罗马新教徒公墓。
② 济慈为自己写的墓志铭，可译为"用水书写其姓名的人在此长眠"。还有另一
种译法："把姓名写在水上的人在此长眠"。
③ 济慈的诗《希腊古瓮颂》中的"美即是真，真即是美"成为代表济慈美学观点的
名言。
④ 济慈的诗《夜莺颂》成为他的主要代表作之一。
⑤ 济慈认为诗句的诞生应当像树上长绿叶那样自然。

感受流水哺养的永恒的自然。

我在你墓畔冥想，沉入梦幻：
见海神驭八骏凌驾波涛的伟业，
你是浪尖上一滴晶莹的泪液。

2001 年 8 月 30 日
于罗马

三圣山下的灵宅①

"玛丽亚·克劳塞"送来绝世的天才,②

三圣山脚下的灵光超过峰巅。

画家殚精竭虑地为挚友安排,③

呵护着诗人头上越冬的桂冠。

岁末意大利阳光固然和蔼,

撒旦的利爪依然紧扼着咽喉。

口中不再流泻出交响的华彩,

只呕出鲜血和生命,一口又一口……④

我越过天山,北海和阿尔卑斯山,

到罗马,向你升天的灵宅进谒。

---

① 三圣山在意大利罗马市中心西班牙广场。著名诗人、作家:歌德、拜伦、雪莱、柯尔律治、乔治·艾略特、布朗宁夫妇、巴尔扎克、司汤达、亨利·詹姆士、王尔德、乔伊斯等都在这附近居住过。

② 1820年9月,重病的英国青年诗人济慈遵医嘱到南方气候温暖的意大利疗养,乘"玛丽亚·克劳塞"号船离开英国,10月末到达那不勒斯,11月中旬抵罗马,住在三圣山下西班牙广场26号。

③ 一路陪同济慈到罗马的是他的好友、画家塞文,塞文费尽心力照顾济慈,直到济慈于1821年2月23日逝世。

④ 济慈到罗马后因病不再能写诗。12月大咯血。

在你的死屋里我沉吟,默诵,盘桓,
我用另一种语言唱你的诗节。

你的灵魂呵,与我的血肉合抱,
生死和语言的隔阂雪化冰消!

2001年8月30日
于罗马

走 近 拜 伦

森林中,踩着小径上厚积的落叶,
迈步向纽斯泰德①的宏丽和开阔。
是教堂？修道院？还是诗人的祖业？②
交响诗鸣奏出一重重楼廊厅阁。

床的四角银柱上悬挂着锦帐；
更衣室陈列着多少种拜伦式男装；
大厅是勋爵练习手枪的地方；
诗人阅读和写作在幽静的书房。

园中园,湖挨湖,翁郁和鲜妍连片,
爱犬的雕像竖立在鹰池的水边。
没落贵族的生涯维持了六年——③

---

① 纽斯泰德·阿贝（Newstead Abbey）是一座建筑物。1539年,英王亨利八世以之
出售给柯尔维克的约翰·拜伦勋爵。诗人拜伦（1788—1824）继承爵位和遗
产,成为拜伦家族的第六任勋爵。纽斯泰德成为其住宅,后因负债过多,于
1817年被他卖给了朋友。现该处已成为诗人拜伦故居纪念馆。
② 阿贝原意为教堂,但教堂建筑未完成。它最初是圣玛利小隐修院。该建筑物
周围是占地广大的纽斯泰德大花园,其中有三个湖泊,有西班牙花园、玫瑰花
园、日本花园、岩石园等小园多座。
③ 拜伦在纽斯泰德居住了六年,1808—1814。

一个叛逆者突然在欧洲出现。

从纽斯泰德到米索隆基①,我终于
见到这摩罗的诗魂②飞向云衢!

2001年9月15日
于诺丁汉

---

① 拜伦于1816年永远告别英国,旅居于瑞士、意大利等地。1824年,他为援助希腊独立,使之从土耳其统治下解放,亲赴希腊,组织"拜伦旅",提供大笔资金,以鼓舞希腊起义军。但不幸于同年4月病逝于米索隆基,以身殉希腊解放事业。

② 鲁迅在1907年所写论文《摩罗诗力说》中推崇拜伦为摩罗诗人之首。"摩罗"名称源自印度,在欧洲即为撒旦。鲁迅将一切反抗旧世界旧秩序的诗人称为"摩罗诗人"。

谒华兹华斯故居"鸽庐"

这就是华兹华斯曾倚卧的木榻，
这就是诗人曾愁思冥想的所在。①
布枕，布褥和藤背，质朴，素雅，
静对着"鸽庐"窗外紫杉的翠盖。②

从小就读过诗人名作《水仙》，
感受到诗人与水仙做伴的欢愉。
他倚在榻上每想到湖畔的芳妍，
内心的眼睛就发亮而与花共舞。

真想躺到榻上去体会那欣喜，
超过当年读诗时有过的感受。
那是自然与诗灵交会的瞬息，

---

① 英国浪漫派湖畔诗人华兹华斯有一首名诗《水仙》："……我见到眼前一大群、一大片金光灿灿的水仙，/在树荫之下，在湖波之旁，/随微风不断地舞蹈，跳荡。/……我时常倚卧在榻上，/愁思冥想，或惘然若失，/水仙就照亮我内心的眼睛，/这是孤独时快乐的极致；/于是我的心就充满愉快，/和水仙一同舞蹈了起来。"诗中的"榻"现在陈列在诗人故居内。
② 华兹华斯的故居名"鸽庐"（Dove Cottage），在英国坎布里亚郡湖区格拉斯米尔湖畔。诗人当年在"鸽庐"屋前屋后遍植花木，其中有紫杉至今不凋。

物我的融合把刹那变为永久。

布谷钟依然在不停地滴答吟哦,①
心中的水仙已诗化为不灭的星河。②

2001 年 9 月 29 日

于英格兰湖区

---

① "鸽庐"墙上有一只诗人当年使用的旧式挂钟,外形为布谷鸟,会按时发出布谷鸟叫声,称"布谷钟",现在还在走。诗人爱布谷,写有名诗《致布谷》。
② 《水仙》第二节中有两行:"花儿绵延着,有如那太空／银河里无数星光璀璨……"

点 灯 的 人

斯蒂文森的纪念馆墙上展示着
一首诗,诗的题目叫《点灯的人》。①
十九世纪爱丁堡街上的路灯
每晚由拿着梯子的点灯人点着。

诗人孩提时,对点灯人尊敬、友好,
长大了做个点灯人是他的愿望。
我来到苏格兰首府专程去寻访,
终于找到了海略罗大街十七号。②

门前的街灯还是老样子,只是
把煤油换成了电源,不再有点灯人。
作为诗译者,我前去把灯柱抱紧,
仿佛这街灯会给我多少儿童诗。

---

① 《点灯的人》是苏格兰小说家、诗人罗伯特·路易斯·斯蒂文森(1850—1894)的
  一首诗,收在他的儿童诗集《一个孩子的诗园》中。诗中提到一位每晚点燃街
  灯的工人李利,诗中的孩子即孩提时的诗人说:"等我长大了,让我挑选职业,
  李利呵,我愿意跟你去巡夜,把一盏盏街灯点燃!"
② 苏格兰首府爱丁堡市海略罗大街十七号是斯蒂文森故居,门外依然有当年诗
  人在诗中提到的街灯。

孩子长大后成了小说家、诗人，

他的笔点亮了地球上多少街灯？

2001年9月26日

于爱丁堡

翡冷翠的一夜①

天国的祥云飘动在阿诺河②上空，
云影漫移过街桥上人间的木屋。③
想青年但丁在桥边曾一瞥惊鸿，④
灵台的震颤迸涌出旷世的巨著。

中世纪的丧钟！文艺复兴的晨号！
弗兰切斯卡·达里米尼婉转哀啼……⑤
污秽让圣洁、幽冥让灵光环绕——
罪恶的教皇被打入地狱的牢底！⑥

---

① 翡冷翠（Firenze，意大利文），又名佛罗伦萨（Florentia，拉丁文），又名佛罗伦斯（Florence，英文），意大利城市，文艺复兴发源地之一，伟大诗人但丁（Dante Alighieri，1265—1321）的故乡。
② 阿诺河，流经翡冷翠市中心的河。
③ 阿诺河上的老桥，桥面成为街道，两侧有房屋，多为商店。
④ 但丁早年在阿诺河畔桥边遇见少女贝阿特丽齐，一见钟情，成为他诗歌创作不竭灵感的来源。
⑤ 弗兰切斯卡·达里米尼（？—约1284）是意大利拉文纳大公的女儿，被迫嫁给马拉泰斯塔，因与夫弟保罗相爱，双双被丈夫杀死。但丁在他的巨著《神曲·地狱篇》"第五歌""第二圈"中描写了她的冤魂，对她表达了极度的同情。
⑥ 《神曲·地狱篇》"第十九歌""第八圈""第三断层"中写了买卖圣职的教皇们，其中有教皇尼古拉斯三世（1277—1280年在位）的幽灵在受刑。

我登阶入室,见故居①珍藏的手稿,
历冥界,炼狱,窥见天国的祥云。
人无幻想就没有自由啊,缪斯!

今夜在翡冷翠我沉入温馨的梦境:
在河边见到我的贝阿特丽齐,
追随她踏过我的幻想的阿诺桥。

2001年9月2日
于翡冷翠

---

① 但丁故居纪念馆在翡冷翠市区中心。

花圣玛丽亚教堂的钟声[①]

敏感的耳朵啊,告诉我,什么声音?
钟声一阵阵,来自翡冷翠主教堂,
有如阿诺河坝上落差的碧浪,
有如飘过亚平宁山脉的彤云……

音符撼动街桥上暗昧的店门,
声波穿破乌菲齐彩绘的画廊,[②]
旋舞着,横扫米开朗基罗广场,
转回来,击碎我来自东方的耐心!

一阵阵清澈和嘹亮,深邃和重浊,
追逐着二十世纪的幽魂远航,
留下新千年一个巨大的空壳:

我伸手,只挽住玻玻璃花园的草坡,
心的碎片啊,钟声为谁而敲响?

---

① 花圣玛丽亚教堂(Santa Maria del Fiore)是翡冷翠市主教堂的正式名称。
② 乌菲齐画廊是意大利最大的艺术博物馆,也是世界上最大的艺术博物馆之
　　一。

看丰裕女神:她举着麦穗苦笑。①

2001 年 9 月 2 日

---

① 玻玻璃花园在翡冷翠最宏伟的建筑之一庇蒂宫的后院,玻玻璃山丘上。其最
高处有雕塑家章伯洛尼亚和卡托的杰作"丰裕女神"像。

夕阳下的圣天使古堡

金色的夕阳照射着罗马一古堡，[①]
堡顶上天使的铜像正展翅飞翔。
踏上台伯河大桥向古堡奔跑，[②]
两侧的石雕投来善意的目光。

始建于二世纪，是陵寝、御敌的堡垒，
那年大天使让光芒的利剑出鞘——[③]
标志着瘟疫的结束，万民的喜泪，
圣天使堡垒便有了可敬的尊号。

[①] 罗马城中历史文化遗迹无数。宏伟壮丽的阿德里阿诺陵墓是其中之一。它又名圣天使古堡。阿德里阿诺皇帝亲自设计和主持了这项工程。公元124年动工，349年完工。410年，罗马遭受阿拉里科的哥特人的洗劫。其后，另一个皇帝被围困在这里，它便成为防御性堡垒。后来这里曾是教皇们的堡垒和避难所。十五、十六世纪成为目前的样子。

[②] 阿德里阿诺还命令建造一座跨过台伯河通向陵墓的大桥。此桥曾以阿德里阿诺的名字"埃利奥"（意为太阳）命名。

[③] 590年，教皇格雷戈利奥一世率众举行隆重仪式以祈求制止肆虐的瘟疫。当行进到这座桥上时，他忽见陵墓顶上统领天使米凯尔将一把闪耀着光芒的剑拔鞘而出，这个信号标志着瘟疫即将结束。"圣天使古堡"和"圣天使大桥"的名称即由这一传说而来。

坐在古堡走廊上,依恋着夕阳光。
五世纪这城堡曾受过哥特人洗劫;
想到八世纪的潼关,二十万阵亡,
对女儿低诵《北征》里杜甫的泣血。

父女盼人类扫荡战争的毒雾,
光芒的利剑把一切痼疾根除!

2001年8月29日
于罗马

为我的贝阿特丽齐祈祷

鬼使神差,我的脚踏进了梵蒂冈[①],
魂魄被米开朗基罗、拉斐尔摄去。
以艺术为宗教,迈进圣彼得大教堂[②],
迎来了辉煌、肃穆和超凡的宏宇!

圆柱支撑的华盖表征着至尊,
方格组成的穹顶复述着天旨,
石雕"圣殇"凝铸着骨肉的深恩——[③]
见到的是神吗? 不,是人性的极致。

我不信天主教,只崇拜美的神灵。
我的贝阿特丽齐却皈依天国的耶稣。

---

① 梵蒂冈为罗马教廷所在地,位于罗马城西北的梵蒂冈高地上,是意大利的"国中之国"。梵蒂冈博物馆保存了大量古代、特别是文艺复兴时代的文物。
② 圣彼得大教堂位于梵蒂冈城内,建于十六世纪至十七世纪,历时一百二十年,是世界上最大的天主教堂。
③ 教堂正殿的华盖为贝尔尼尼设计的艺术极品。教堂宏伟的穹顶为米开朗基罗设计的建筑奇迹。教堂内的石雕《圣殇》,又名《母爱》,表现圣母抱着已死的耶稣,其哀容到了极度而变为漠然,形成人性的淋漓发挥,是米开朗基罗青年时代的杰作。

相隔千万里，依然有两心的交萦，
我顿时俯身，为她向上帝祈福！

宗教和无神论是一对奇特的悖论，
只有爱，维系着两个飘泊的灵魂！

2001 年 8 月 29 日

于罗马

登蒙玛特尔高地[①]

晨光照耀着蒙玛特尔高地，
绿树中升起童话般美丽的建筑。
循台阶而上，看洁白的圆穹矗立，[②]
向圣女贞德[③]铜像的英姿凝目。

梯也尔给屠夫立碑处不要遗忘，[④]
巴黎公社的发源地深入人心。
圣心教堂内一片肃穆和安详，
虔敬的崇奉缭绕着沉睡的英魂。

扶铁栏俯瞰巴黎的千万户人家，
凉风和清气掀开时代的新页。

---

① 蒙玛特尔高地在法国巴黎北部。
② 高地上有始建于1875年、完成于1914年的圣心教堂，风格奇特，是罗马式兼拜占庭式，四个圆穹顶是典型的拜占庭风格。
③ 圣女贞德(Jeanne d'Arc, 1412—1431)，法国民族女英雄，百年战争时率六千人解除英军对奥尔良城之围，后被俘，火刑处死。
④ 圣心教堂原建筑物最初由以梯也尔为首的凡尔赛反动政府在击败巴黎公社后决定修建，以纪念被革命群众处刑的反动军官和宗教头目。后因蒙玛特尔高地是巴黎公社的发源地，市民把它改为今天的大教堂，作为巴黎典型的文化圣地之一。

里巷艺术家为行人描绘肖像画，

街头提琴师送来悠扬的弦乐。

社员墙，茶花女之墓，都在朝阳下，①

且站着，何用去寻觅历史的反差！

2001 年 8 月 25 日

于巴黎

---

① 1871 年 3 月 18 日世界上第一个无产阶级政府巴黎公社成立。同年 5 月凡尔赛反动军队向巴黎进攻，公社社员进行了英勇抵抗。5 月 28 日，凡尔赛军队攻下公社最后的据点拉雪兹神父公墓，公社战士一百四十七人在公墓北角墙下全部牺牲。从此该墙被称为"公社社员墙"。它在巴黎市中心的东北，蒙玛特尔高地的东南处。茶花女为小仲马名著《茶花女》中主人公原型，其墓在巴黎北部蒙玛特尔公墓。

巴黎的晨昏

"当黎明穿上了白衣……"艾青在歌唱。①
三十年前诗人的踪迹在哪里？
我从凯旋门到铁塔一路寻访——
撩开法兰西上空黎明的白衣。

路易十六和罗伯斯庇尔的幽魂
我看见在协和广场上漠然相视。②
塞纳河漫过圣母院周围的黄昏，
我被沉淀在巨大的文化集市。

艾青要"兴兵而来"，要把你"攻克"，③
我代他与你和解，做你的净友，

---

① 诗人艾青于1932年1月由巴黎赴马赛途中写下了诗《当黎明穿上了白衣》。
② 广场在巴黎市中心，开始兴建于十八世纪五十年代。1789年法国大革命开始后，成为断头台所在地。国王路易十六、王后玛丽·安托娃内特、革命家丹东、罗兰夫人、罗伯斯庇尔等均在此地被处死。大革命时称为革命广场，1795年后改称协和广场。
③ 艾青的诗《巴黎》中有句："我们都要 / 在远离着你的地方 / ……磨练我们的筋骨 / ……整饬着队伍 / 兴兵而来！ / ……我们将是攻打你的先锋，/ 当克服了你时 / 我们将要 / 娱乐你 / ……巴黎，你——噫，/ ……妖艳的姑娘！"

你固然"妖艳",固然包容着邪恶，
却从历史的累积中蒸馏着醴酒。

诗人的踪迹找到了,在先贤祠内；
我于是和公社子孙们共榻安睡。①

2001年8月26日
于巴黎

---

① 1871年3月18日法国无产阶级在巴黎建立工人革命政府巴黎公社,两个月后
被资产阶级反动政府摧毁而宣告失败。

拉美西斯二世①

我见到你了，拉美西斯二世：
不列颠博物馆埃及厅里的巨像！②
他们说雪莱的诗篇《峨席曼迭斯》
是由你引起灵感而写成的十四行。③

我不信！哪里有骄横的皱眉与卷唇？
哪里有万王之王的狂傲与冷笑？
雪莱只是从旅人听到了传闻，
我亲眼见到了你这座真正的巨雕！

石像年不满二十，脸上带稚气，
笑容含善意，目光聪慧而和蔼，

---

① 拉美西斯二世（Ramesses Ⅱ，公元前？—公元前1237），古埃及第十九王朝第三代国王法老（公元前1304—公元前1237在位），塞提一世（Set Ⅰ）之子。在位期间兴建新都培尔·拉美西斯，大建神庙，长期与赫梯人进行战争，后又与之订立和约（公元前1296），达到埃及新王国强盛的顶峰，成为埃及法老中最后的杰出人物。

② 拉美西斯石雕巨像于1818年从埃及底比斯祠庙运抵伦敦，现陈列在不列颠博物馆埃及厅。

③ 伦敦不列颠博物馆出版的《不列颠博物馆概况》和《不列颠博物馆游览指南》均指出："据称拉美西斯二世石像是雪莱的诗《峨席曼迭斯》灵感的来源。"

你朝气蓬勃,充满青春的活力,
是法老? 不,是个可爱的男孩!

石匠已长逝,而他的艺术不朽——
他无缘绝望①,他的美天长地久。

2001年9月19日
于伦敦

---

① 雪莱的十四行诗《峨席曼迭斯》作于1818年,诗中说:"我遇到一位来自古国的
旅人,/他说,两根没身躯的石头巨腿/站在瀚海里。沙土中,巨腿附近,/
半陷着一具破损的脸型,那皱眉,/卷唇,和那睥睨一切的冷笑,/显出刻手
们熟谙这些情绪,/把它们刻在石头上,传留到今朝,/情绪的摹刻者、培育
者却早已逝去;/在那底座上还出现这些字迹:/'我就是峨席曼迭斯,万王
之王——/枭雄们! 看我的勋业吧,叫你也绝望! ……'"

波谲云诡的美都：巴塞罗那

地中海海风猛吹岸边的棕榈叶，
高柱顶端的哥伦布摇摇欲坠。
真人化装造型艺术家在大街
向投币者鞠躬，藐视海风的逞威。

圣家族教堂高耸又流淌、滴落；
桂尔花园欢笑为童话的瑰奇；
米拉公寓旋转着水藻的斑驳；
流体建筑在海风下沉没又浮起。①

巴塞罗那！你引起世界的注视，
不是因为奥运会提高了知名度。
是安东尼·高蒂②，异想天开的建筑师，
把你打扮成波谲云诡的美都！

---

① 圣家族教堂、桂尔花园、米拉公寓都是建筑师高蒂所设计的。
② 安东尼·高蒂（Antoni Gaudi, 1852—1926），西班牙建筑师，杰出的建筑艺术大家。由于他所设计的具有独特风格的现代主义建筑散布在巴城各地，成为该城的特有风景线，巴塞罗那因此被称为"高蒂之城"。

我在塔顶上向全城投去一瞥：

"艺术的想象力可以向无穷飞跃！"

2001年9月6日

于巴塞罗那

欧 罗 星 列 车①

狄更斯笔下的双城由海底串连：
列车射一支穿越时空的利箭；
从花都到雾都三个半小时一瞬间，
农田，隧道，牧场，流星和闪电！

我抬眼远望：北面是敦刻尔克②海岸，
西面是诺曼底③连绵不断的平原；
大撤退，大反攻，历史不可能重演——
警示灾变的海风疾掠过窗沿。

女儿对我谈论起济慈、邓约翰④；
邻座的情侣低诵着洛尔加⑤名篇。

---

① "欧罗星"(Eurostar)是连接伦敦与巴黎、穿过多佛尔海峡海底隧道的火车的名
　称。全部行程约三小时半，在法境行程约两小时，在海底隧道行程约半小时，
　在英境行程约一小时半。
② 敦刻尔克(Dunkerque)，法国北部港市。"二战"期间，1940年英军被德军打败，
　由此地成功地撤回本国。
③ 诺曼底(Normandie)，法国西北部地区。"二战"期间，1944年同盟国军从诺曼
　底半岛登陆对德军进行大反攻。
④ 邓约翰(John Donne，1572—1631)，亦译作约翰·多恩，英国诗人。
⑤ 洛尔加(Federico Garcia Lorca，1898—1936)，西班牙诗人。

头顶上多佛尔海峡波滚浪翻;

车厢里诗的水纹在胸中扩散。

先贤祠,西敏寺诗人角,两手相牵——①

怕人类灵魂的声音哪一天断弦!

2001年9月6日

于诺丁汉

---

① 先贤祠(Pantheon)在巴黎,纪念伏尔泰、卢梭、雨果、左拉等法国文化巨人之
所。西敏寺诗人角(Poets' Corner in Westminster Abbey)在伦敦,纪念乔叟、
莎士比亚、弥尔顿、华兹华斯、济慈等英国伟大诗人和作家之所。

沃 勒 登 厅

浓荫大道上，林密枝繁树高，
阴风西北来，沙尘黄叶满地卷，
成群的野鹿，在湖边白云下奔跑，
长青杉尽头，沃勒登大厅闪现。①

自然历史在炫目的灯光下展示：
恐龙、始祖鸟从远古凝视未来，
斑马伴大象送走夕阳迎旭日——
谜语的面纱，沃勒登绿带想揭开……

诺丁汉天气是个爱闹的顽童：
多云转晴晴转阴，雨过出艳阳。
光明把温煦射给红花和青松，
风化的石雕再一次叫微笑隐藏。

① 沃勒登厅(Wollaton Hall)在诺丁汉沃勒登大公园内，是威洛比家族(Willoughby Family)所有的一幢三层宏伟建筑。威洛比是自然历史学家，以此建筑建成自然历史博物馆，为儿童也为成人提供自然历史知识。大公园地旷人稀，有野生动物(主要是野鹿)出没。

口蹄疫威胁着园内所有的生命:①
人类是看客,又是爱反思的精灵!

2001年9月12日晨
于诺丁汉

---

① 2001年口蹄疫威胁英国,沃勒登大公园门口设有防疫垫席,出入者要踏其上
以经过消毒。

负 笈 欧 罗 巴

小女儿梦想成真,胆大"妄"为,
凭一张地图,带父亲闯荡世界——
撷多少繁华和幽僻,旖旎或崔巍,
摄多少文豪的故居,诗人的墓穴。

寻找尼斯湖夕照,地中海晨曦,
朝别亚平宁,夜过比利牛斯……
凭街头冷泉水解渴,汉堡包充饥,
上高塔,下地窟,不减狂热和骍痴。

博物馆,画廊和剧场,天旋地转,
台词,大理石和油彩,一波三折。
女儿的殷勤护佑着步履的矫健,
从容和沉着伴随着匆匆的行色。

说这是"衰年变法",变着法求学:
握住女儿手,认定这不是幻觉!

2001 年 9 月

附　录：

诗　歌　展　望

——在1991年5月2日北京大学中国语言文学研
究所中国新诗研究中心召开的"1991年中国
现代诗的命运及前途"研讨会上的发言

　　我曾把中国新诗发展的要点列为六条,即:一、继承传统,革新传统;二、引进外国,改造外国;三、立足世界,独树一帜;四、多元融合,百卉争妍;五、拥抱现代,突进现实;六、忠于良知,不说假话。这些并不全是我的创见,我只是归纳一下而已。

　　我认为传统(中国古典诗歌和民歌的传统、"五四"以来的新诗传统)中好的东西必须继承,但只有发展传统,才能继承传统,而在发展中对传统不加以革新,即谈不上发展,因而也谈不上继承。对外国的有益的东西,必须吸收,但吸收的过程必然是改造的过程。生吞活剥便不能消化,也就谈不上吸收。中国本来就屹立在世界的东方,因此无所谓"走向世界"。要立足于世界,必须有中国特色。没有独树的一帜,也就无法立足于世界。

　　这六条中,我觉得后三条更重要些。"多元融合,百卉争妍"是一种呼吁,即呼吁风调雨顺的艺术气候,或者风和日丽的艺术环境。这种环境的基本标志是:在艺术面前人人平等。马克思主义本身是一个开放的体系。如果把马克思主义看作一个封闭的体系,那么马克思主义的生命也将终结了。我们呼唤在不违反宪法前提下各种思想、风格、流派、题材、体裁的自由竞争。这是保障诗歌艺术正常发展的先决条件。

"拥抱现代,突进现实"是新诗的生命线。西方现代派肇始于十九世纪末二十世纪初。名为"现代",是当年的"现代",自那时到现在,已经百年。回顾二十世纪,历经狂风暴雨。人类社会在这近百年中动荡之大,变化之速,是过去从未有过的。人类的物质文明空前进步,而人类的生存危机也空前严峻。今天的现代意识与上世纪末的现代意识一脉相承又迥然不同。人类往何处去?这成为当代诗人敏感的焦点,思考的热点。市场竞争和商品意识的冲击所造成的精神危机,使诗歌艺术面临残酷的挑战。如何从本世纪的围困和焦虑中摆脱出来,是当代人和下一代人的历史大任。诗人首当其冲。诗决非政治的传声筒,却又绝不能从时代脱钩。中国诗人必须在时代大潮的冲洗和激荡下寻觅人类新的黎明。

只有"忠于良知,不说假话",才是摒弃伪诗,产生真诗的出发点。说真话是达到真理的起跑线,也是构筑真艺术的奠基石。这一条已为新时期十多年来的诗歌创作实践和诗歌理论实践所证明,也正为整部人类诗歌艺术发展史所证明。说真话要有勇气,因此诗格与人格是统一的。真善美与假恶丑的斗争将长期存在,因此诗歌要求真正的诗人,也就是真正的人。

今天的中国新诗将是跨世纪的艺术。它不会停歇自己的脚步。今天的中国诗人正翘首展望着在雾霭中闪现微光的二十一世纪和更遥远的未来。他们不会低下头颅。

迎接诗的新时代

——在中国诗歌学会召集的"1998年迎春北京诗会"上的发言

我带着非常高兴的心情参加这次"1998迎春北京诗会",因为我想我一定能从诸位的发言、报告、讨论中得到启发,学到不少东西。诗友们谈到当前新诗诗坛的状况,有的说"处于低谷",有的说"不景气",有的说"太沉闷了"。我也有同感。但同时,我又看到,在社会上,在中国的城市和乡村,爱诗的和写诗的青年朋友还是很多,研究诗歌理论的青年学子也不少,发表诗歌的文学刊物和专登诗作的刊物不在少数,有水平有才华的中青年诗人和诗评家不在少数,佳作和佳评时有出现。我想,中国诗坛正在地层下酝酿着新的爆发。到了下一个世纪,说不定在哪一年代,这座火山就会喷出大火烈焰,震撼人间大地。我这种想法,长久萦回在脑际。我不认为这只是一种阿Q式的空想。

当前诗歌理论界对诗歌现状的讨论,对诗坛上消极现象的针砭,包括今天开幕的这次诗会,引起了人们广泛的注意。这是诗评家和诗人们社会责任感的表现。这种讨论对推动诗歌的健康发展会有好处。

我们反对那些故弄玄虚、故作深奥而实际上空洞无物的伪诗。这一类伪诗与真有内容,但不是一下子就能读懂的好诗,是有严格区别的。尽管"一篇《锦瑟》解人难",但我们从来没有否定李商隐。里尔克的研究者都说里尔克难懂,但他已被公认为十九世纪末、二十世纪初的大诗人。伪诗被说成"难懂"、"艰深",其实是一种误解。因为伪诗的作者本来就不是为了要人们看懂,他们的目的是糊弄别人,同时也糊弄自己。

提倡诗要让人看得懂,这与肯定真正有内涵、有深意却又难懂的诗不矛盾。提倡诗要让人看得懂,也不等于肯定"白开水"。白开水不是诗。李白的《静夜思》明白易懂,但它的诗味岂不比醇酒还浓吗?

我们需要英雄的诗,也需要智者的诗;需要呐喊的诗,也需要沉思的诗;需要歌赞,也需要鞭笞;需要表扬,也需要讽刺;需要愤怒,也需要柔情。不要一提起主旋律,就抛弃多样化;一提倡多样化,就忘记主旋律;对主旋律的理解,也应该是宽广的,而不是狭窄的。

没有诗人的"我",就没有抒情诗;没有抒情,就没有诗。问题是一个怎样的"我",是高尚的灵魂,还是卑琐的小丑。那句老话依然是不易的真理:诗人首先应当是一个真正的人。这样的人,通过抒写自我,以诗弘扬真善美,抨击假恶丑。如果那个"我"是虚伪、猥琐、丑陋、罪恶的小人,他只能通过宣扬自我而散布腐朽、污秽、有毒的东西!这样的伪诗必然要受到唾弃!真善美和假恶丑的对抗和相克,是诗歌领域里长期的斗争,这种斗争鉴别着诗歌领域里"我"的本质。

诗不能脱离时代。但同一时代里,往往一面是严肃的工作,一面是荒淫与无耻。写诗的视角不同,诗的品质也迥异。爱国主义、集体主义、社会主义是当今时代的主题歌。拜金主义、享乐主义、极端个人主义是当今时代的流行病。随着开放,从域外混进来的许多精神垃圾腐蚀着我们社会的肌体。如果把它们当作时代的精神,那就必然走进诗的误区。

对祖国的热爱,对人民的忠诚,对社会生活的干预,对人类命运的关注,对人生和宇宙奥秘的探索……这些将是诗歌的永恒的主题。

中国新诗已经走了将近一个世纪的历程,它有过辉煌,也经历过坎坷。现在,它正面临着新的世纪。我想,二十一世纪将是一个诗的世纪。中国诗歌必将走出低谷,必将扫荡阴霾;诗的火山总有一天会爆发。无数诗人、诗评家、诗爱者的共同努力,会迎来新的诗世纪,诗的新时代。

诗歌是生命的撒播

——屠岸访谈录

《诗刊》记者　阎延文

地点：北京和平里屠岸寓所

时间：2000年11月3日上午9:30

一、童话:生命在诗歌中孕育

记者：作为学贯中西的老诗人,您的创作成就、学识人品,都是诗坛恒久的议题。面对您的成就,我想年轻一代诗人也许更关心您的诗路历程。您心中的诗歌胚芽是在何时萌发的？是什么样的环境催生出了您的诗歌花朵？

屠岸：你的评价我不敢当。卞之琳先生曾说过,他在诗史上只能是一位 minor poet(次要诗人)——即不是 major poet(大诗人)。这只是卞先生的虚怀若谷。我有自知之明,连 minor poet 也够不上,只能是诗坛上的一名小卒,不可能在诗史上留下痕迹。但我爱诗是确实的,是个地道的诗爱者。我最喜爱的现当代诗人是冯至、卞之琳和艾青。

我的故乡在江苏常州,这是著名的江南文物之乡,人文荟萃,诞生过很多著名诗人和学者。我父亲幼年很贫苦,祖父是乡村商铺的"朝奉"(售货员),二十六岁就去世了,祖母含辛茹苦,立志把儿子培养成材。后来,我父亲考上公立学校,因为成绩优异,公费到日本留学。他的校长屠元博很爱才,不仅赞助我父亲留日,还把他的堂妹屠时许配给我父亲,这就是我的母亲。母亲出身书香世家,是常州女子师范第一期毕业生。我的家乡称外祖父为"舅公",外祖父的哥哥为"大舅公"。我的大舅公屠寄是当地杰出的人物,前清时考中进士做了翰林,辛亥革命时是常州地区领导人,中华民国成立后被公举为武进县(即常州)民政长(即县长)。袁世凯窃权后,他潜心学术,成为元蒙历史专家。母亲自幼在这样的环境熏陶下,有很深的文学修养,兼受中西教育,擅长绘画,会吹笙、会弹风琴,曾在江苏、湖南、辽宁、北京等地执教。和我父亲结婚后,母亲从北京回到常州,从事社会进步活动,大革命时期在常州搞妇女协会,维护被压迫女子的利益。她的学生中有许多是共产党员。其中有一个叫杨锡类的,国共第一次合作时任武进县公安局长。1927年"四一二"政变后,由我母亲和姑母掩护,在我家中躲藏十几天,后来由我母亲半夜里送他上船到武汉。这个人对我有影响,使我比较早就倾向共产党。

艺术上,母亲是我诗歌的启蒙老师。还在幼年时期,她每天夜晚都给我加功课,读《古文观止》《唐诗三百首》《唐诗评注读本》等,每篇至少读三十遍,重要的都要背诵。母亲制作了一种纸条,上面写好从一到三十的数字,每读一遍就让我把纸条拉出一个数字,直到纸条完全拉出来才能休息。这种严格的教育使我初步打下了文学基础。母亲自己擅长吟诗,她用常州调吟古诗,抑扬顿挫,时常萦绕在我的耳际。灿烂的传统文化通过母亲的爱,注入我的心中。我对诗歌的爱好和习作,也在此时萌芽。

记者:您是中国第一部莎士比亚十四行诗集的译者,也是中国当代十四行诗成功的实践者之一。作为现代诗人,您是如何走进英美诗歌殿堂的呢？

屠岸：我接触英文诗歌，得力于表兄的帮助。我的表兄奚祖权是上海光华大学英国文学系的学生，他的老师周其勋是美国留学的博士，英美文学功底极深。我看表兄的课本、笔记，最初接触到英美诗歌。可以说，是《英诗金库》《英国文学史》这些出色的课本，为我打开了英美诗歌殿堂的窗口。我最初翻译的英文诗，如莎士比亚、惠特曼、济慈等人的作品，有些就根据这些原文读本。我写汉语十四行诗，是从冯至的《十四行集》得到启发。我译莎翁十四行诗，按照卞之琳先生的译法，以顿代步，韵式依原诗。我也用这种格律写汉语十四行诗，受到卞先生的肯定。

记者：您正式走上诗坛是在哪一年？在跋涉诗旅的六十年漫长行程中，您与哪些前辈诗友结下了友谊？

屠岸：我的第一首诗写于1936年，题目叫《北风》。记得前四句是："北风呼呼／如狼似虎／寒月惨淡／野有饿殍。"当时我刚从家乡常州考入上海中学，住在萨坡赛路，出门就能看见寒夜中冻死的人，从心底里产生一种同情。这首诗没有发表，却是我走向诗歌的开始。

1941年在上海孤岛时期，我创作了散文诗《祖国的孩子》，虚构了一个农村的孩子，怀着对日寇的仇恨，投奔到革命队伍中。这首诗成为我发表的第一首作品，发在上海孤岛时《中美日报》副刊"集纳"上。那时日伪活动很猖獗，《中美日报》也很谨慎，每天关着大铁门。我去取稿酬时，都是隔着铁栅栏递进稿酬单，又隔着铁栅栏拿走稿费。此后，我又在《中美日报》发表了译诗，直到1941年12月太平洋战争爆发，日军冲进上海租界，孤岛消失了，《中美日报》被查封。莎士比亚的翻译家朱生豪先生当时就在《中美日报》任职，查封报馆时他遗失了很多关于莎士比亚的书。他在贫病交加、没有工具书的情况下一人独译了三十一个半莎士比亚剧本，三十二岁就死去了。临死时他很遗憾,说早知道很快会死去,就应拼死把三十七个莎士比亚剧本全部译完,译完剧本后再译莎翁十四行诗。就是这样一些出色的人物,在抗日战争时期坚守了诗歌和文学的阵地。此后我为抵制日伪报刊,不再发表作品,直到抗战胜利。

1945年抗日战争胜利后,我又开始投稿,先后在《文汇报》副刊"笔会"上发表了《生命没有终结》《我相信》等诗作,同时翻译发表了里尔克、彭斯、波德莱尔等人的诗歌。当时"笔会"主编是唐弢先生。他对我的作品很少退稿,并写信鼓励我,是我平生的第一位恩师。还有郭沫若先生,接到我们油印的诗歌刊物《野火》杂志后,很快写来了热情的祝贺信,在信中赞赏我的《初来者》和《自己不能说话的时候》两首诗,使我极受鼓舞。《野火》是我们"野火诗歌会"的会刊,总共出了三期。这是当时上海几所大学,包括震旦大学、圣约翰大学、交通大学(我是交大学生)的一些学生联合组织的文学社团,从1945年活动到1947年。1947年后,局势又变得很恐怖。《文汇报》被查封,我转而在《大公报》发表作品,副刊主编是著名作家靳以先生。他也经常在通信中鼓励我,成为我的恩师。可惜,靳以先生在1959年就去世了。同时,我在号称苏联商人出资办的《时代日报》上也发表诗歌和杂文。就是在恐怖的时代氛围和温暖的文学家园中,我走上了诗歌创作的道路。

在诗歌创作的道路上,我结识的诗友有一长串名单,如邹荻帆、唐湜、牛汉、绿原、莫文征等。前辈诗人卞之琳是我的老师;艾青、臧克家、冯至、田间等也经常鼓励我。而从年轻时到现在,终生不渝的诗友则是四十年代共同组织野火诗歌会的诗友们。他们中好多人后来不写诗了,只有成幼殊(金沙)至今没有停下诗笔。她在当今诗坛上知名度不太高,因为她全身心投入我国的外交工作,写诗较少,发表得也少的缘故。但她极富诗歌才华,她的天分比我高。所幸的是,她不久将出版一本诗集《幸存的一粟》。我很高兴为它写了序。我相信这部诗集将会在读者中流传开来，并且长久流传下去。

记者：您的翻译诗集最早是何时出版的？其间是否受到过挫折？得到过哪些诗友的鼓励或评价？

屠岸：我的第一本译诗集是1948年在上海出版的惠特曼的《鼓声》。四十年代到五十年代初，是我的第一次诗歌翻译高潮，英国诗人主要译莎士比亚和济慈，美国诗人就译惠特曼的作品。这里还有一个细节：那时我的创作正处于痴迷状态，本来想出版一本自己的诗集，我的哥哥和后来成为我妻子的女友都资助我，连出诗集的纸都买好了。但那时我已是共产党员。我把作品给几个朋友看，他们都说诗是好的，但有小资产阶级情调，又不是解放区提倡的"民歌体"。这样一犹豫，我就没有出诗集，而是把翻译好的惠特曼诗歌结集出版。这些诗歌大多是短诗，写于"南北战争"时期。惠特曼支持北方的林肯，解放黑奴，反对南方的奴隶制。"南北战争"的结局是北方取得了胜利。我在这里暗含了象征性意味，将"南方"比作南京国民党政权，用"北方"暗示延安代表的共产党政权，预示北方革命政权将取得胜利，统一全中国。当然，这意思只能通过惠特曼的诗歌，隐含在其中。

出版第二本翻译诗集已到解放后。那时，我在上海市军管会文艺处工作。莎士比亚十四行诗翻译已经做得差不多了，是为了纪念一位同窗好友而译的。后来，文艺处准备出版《戏曲报》，任我为编辑。我就去找了胡风、冯雪峰等人，希望他们支持。那是1950年春天，我到胡风先生家里拜访了他。他问我近来在做什么。我说在译莎翁十四行诗，并说这类古典作品不合时代需要，只能作为文献供人参考。他说，你的看法不对！莎士比亚十四行诗是文学经典，能影响人的灵魂。它对今天的读者有意义，对明天的读者也有意义。他鼓励我把诗集译完。我很受鼓舞，很快就完成了译作,送请黄佐临先生审阅,他加以肯定和鼓励。后来通过作家刘北汜先生的介绍,找到一家私营出版社"文化工作社"。1950年11月,出版了我译的《莎士比亚十四行诗集》。这也是中国第一个莎士比亚十四行诗的全译本。胡风先生的鼓励是这本书的催化剂。后来,就是因为这次见面和另一些活动,我险些被打成"胡风分子"。

我的第二个诗歌翻译的高潮是在九十年代。这时我已离休在家。一度困扰我的抑郁症好转了,我就全身心投入翻译工作。这一时期的主要成果是《济慈诗选》。还译了莎士比亚的历史诗剧《约翰王》,莎士比亚的长篇叙事诗《鲁克丽丝失贞记》(与女儿屠笛合译),《英美著名儿童诗一百首》等。济慈的诗,我在四十年代就开始翻译了,但都是零星的。这次集中了三年时间,把济慈的几乎全部重要作品都译出了,译时用了大的力气,或许可以自称为使出了浑身解数。

二、深秋有如初春

记者:您的诗歌创作中似乎有时代的空白,其间有二十几年几乎没有诗歌作品,原因是什么呢?

屠岸:我在"胡风事件"和"反右"中,都受到了冲击。幸运的是,几次都是擦边球。没成右派,也没被打成反革命分子。但那些无休止的检查和反省给我留下了内在的创痕,那就是神经官能症,或"忧郁症"。"文革"中我经历了两年半的牛棚生活,三年半的干校生活。到1972年才被完全解放。这使我在很长时间里,差不多有二十年,没有集中精力进行创作。但心里诗的种子不会消灭。在团泊洼干校低矮的小房子里,我和妻子围着昏黄的电灯,读莎士比亚、读济慈,心灵在诗歌中飞翔。那一段时间,我写了三首诗,虽然不是很好,但却是当时心灵的记录。在这点上,我不如牛汉那样坚韧,他在逆境中始终能用汗和血凝成诗句;也不如诗友唐湜那样有毅力。唐湜被打成右派,历经磨难,却能在躁烈的环境中写下很多诗。"文革"后他编成两本诗集,交人民文学出版社出版,就是由我经手的。老友牛汉曾说我,"你是学者型诗人",我说我不敢当,我只能是"书生型诗人"。我家乡的黄仲则先生早就说:"百无一用是书生"嘛。

记者:您奉献给诗坛的作品,数量也许不是很多,但却是字字珠玑,几乎没有粗糙的感觉。您是如何书写这六十年诗歌之旅的?其间经历过哪几个创作高潮?

屠岸:我一生创作经历了几个高潮。

第一个高潮期在1941—1943年。

1943年夏天,我住到江苏吕城。这是三国时吕蒙练兵的地方,关羽走麦城就败在吕蒙手里。这是一个富于乡土气息的江南小镇。我那时十九岁,年轻,在这里有着全新的感受,也看到血淋淋的生活。我见过一个老农,他告诉我他的独生子只有十五岁,是新四军,被日军抓到后不肯招供,竟被一刀一刀活活刺死了。我受到很大的震动,写下了《打谷场上》这首诗。在吕城的这段时间,我完全和客观的自然、客观的人物、乡村的季节变化融为一体了,从中发现了很多新鲜的东西,进入创作的痴迷状态,不为发表却拼命写。短短一个暑假,写下几十首诗歌。这些诗有一部分选在《哑歌人的自白》中,还有相当一部分在"文革"中遗失了。1990年,我的内弟在收拾旧物品时,偶然从他的日记本上发现了三十多首诗,大都是他抄录的我当年在吕城的作品。最近我选编自己的新一本诗集《深秋有如初春》时,把这些诗经过筛选收了一部分进去,让尘埋半个多世纪的作品面世。这本诗集主要收入了我九十年代的作品,也包括新发现的旧作,基本反映了我最近十年的创作轨迹。

我创作的第二个高潮是在七十年代末到八十年代中期。那是我思想的第二次解放。我在1981年到1985年之间写过许多咏景咏物的诗歌,比如《文豹》《树的哲学》《白芙蓉》《枯松》等。这些诗可以说是个人的,但也有时代、政治的内涵隐在其中。

第三个创作高潮是从九十年代中期开始,直到1998年和1999年,我的诗歌创作数量增多,投入诗歌的精力也多。我的相濡以沫半个世纪的妻子章妙英,在1998年4月去世,我沉入深痛的悲哀。为了排解这种悲哀,我把更多的精力投入到创作中。去年一年我走了很多地方,包括台湾、香港、云南、武汉、四川等地,每到一处都对事物有新鲜的感受,全身心地投入了诗歌创作的准备或实践,很像1943年的那种状态,不过没有年轻时的痴迷,而是多了几分理性。

我觉得,这种创作状态还会持续相当一段时期。正是在这种心态下,我把自己的最新一本诗集定名为《深秋有如初春》,这原是我1945年所写一首诗中的一句,1998年我又写一首诗以它为题目,最后又以它为诗集名,因为它也是我对生命时光的真切感觉。

你说我的诗"字字珠玑,没有粗糙的感觉",这是过誉。我写诗是认真的,常常等待灵感的袭来。感情涌来了,便全身心地投入写作。我有一条守则:写不出时不硬写。写时则力求语言精炼,思想浓缩,感情充沛。但也有力不从心的时候。有的写完后觉得还过得去,久后再看便感到歉疚。也有不少诗写出了,却觉得是废品,不发表便抛弃了。有的写完后放起来,隔了几个月甚至几年再拿出来修改,直到满意了才投给报刊。即便是已经收入集子出版了的诗作,也有自己感到差强人意的,为了留下印迹而收入。所以不能说"字字珠玑"。

三、诗歌是生命的撒播

记者：您的诗路历程既充满鲜花，也遍布着荆棘。但无论成功还是磨难，都构成了您独特的诗风，展现出一种强悍的创造力，使您的诗歌创作永远年轻，保持着透明的新鲜感。您能谈谈这方面的体悟吗？

屠岸：我的性格是"外柔内韧"，好像有弹性的钢条，可以弯曲，但不会折断。"左倾"思潮的时候，我的诗思干涸了，很长时间不写诗。但只要环境有所好转，弯曲的钢条就会弹回来。我永远保持着心态的青春，保持着童心，用赤子之心看待世界，对客观事物时刻保持青春的新鲜感。我相信，一个诗人只要心灵不衰竭，就会有长久新鲜的创造力。

英国诗人济慈曾经在他的诗歌通信中，提出一个著名的诗歌概念negative capability，有人译做"反面的能力"、"消极感受力"或"否定自我的才能"等，我参考各种翻译，揣摩济慈的原意，把它译为"客体感受力"。济慈提出的这个概念，是对诗歌理论的重要贡献，已成为世界诗坛的共同议题。"客体感受力"的意思就是指诗人把自己原有的一切抛开，全身心地投入到客体即吟咏对象、投入到诗歌创作中去，形成物我的合一。

我写诗也是完全投入，把生命撒播到吟咏对象中去，把自己变为客观事物的化身，激活对客观事物充分的新鲜感。有人谈语言的陌生化，我认为二者是相通的。这样就会对事物有新的发现，构成一种灵魂的颤动，使自己的思维和观察都是新鲜的、鲜活的。惟此，诗歌创作才不会衰老，才可能避免重复自我，即使到老年也有希望写出常看常新的诗。

记者：您是很早参加革命的老诗人，但这方面您以往说得比较少。作为老一辈诗人,您能为今天的青年诗人谈谈这段经历吗?

屠岸:我参加革命是在青年时代的求学期间。1945年8月10日,我在一个共产党员的带领下,从上海经镇江到扬州,然后步行到了苏北解放区,准备参加革命。这是一次秘密行动,在当时要冒风险,但我一心要追求光明。到了苏北,解放区的同志说,现在日本投降了,党决定占领上海,加强地下工作,要派很多干部回上海,你反而从上海到解放区来,路线走反了! 他说,你赶快回上海去,那里将有很多工作要做。这样,我很快又回到上海,1946年2月我加入中国共产党。但这次苏北之行,引起了我与初恋女友的分手。

记者:对不起,您能谈得更详细一点吗?

屠岸:可以,情感生活与我的诗歌创作有密切关系。

我一生只爱过两个人,一个是我的妻子章妙英。她入党比我早半年,由于志同道合,我们走到了一起。我们从1945年相识,1946年在苏州灵岩山绣谷确定关系。为了纪念这个日子,我为妻子起了个笔名叫方谷绣。妻子早年毕业于圣约翰大学,也喜爱诗词,掌握英语。她写诗也译诗,是一位善良美丽的知识女性。她与我相伴半个世纪,和我一起到干校,忍受压抑的生活。前年临终前,妻子嘱咐她的朋友也是我初恋情人的妹妹,让我和初恋情人重结良缘。妻子的爱和宽广的胸襟,是我一生的依托。我的很多爱情诗,都是献给她的。我还与她合作写过一些新诗,有两首将收入我的下一部诗集里,作为永久的纪念。在她患甲状腺癌手术后的休养期,我还与她合译过斯蒂文森的儿童诗集《一个孩子的诗园》(1982年初版),妻子的智慧和爱为我留下永久的怀念。

另一个就是我初恋的情人董申生。这是一个非常纯洁美丽的女孩子,父亲被国民党特务暗杀,舅父因思想倾向共产党被蒋介石处死。她亲眼看到了倒在血泊中的父亲,因此非常担心我参加革命。我去苏北,她感到两人将分开了。她又是一个虔诚的天主教徒,而我倾向马列主义。我劝她读马列书籍,她劝我入教会。后来她因谋职去了台湾,现在寡居美国。但我对她的感情始终不衰,她是我灵感的源泉。

记者:谢谢,您的这些经历本身就是一首透明的诗,值得今天的年轻人长久回味。当前,有些人说新诗正在走向衰亡,甚至为诗歌写"悼词",作为跋涉诗坛六十年的老诗人,您对此持何观点?

屠岸:我不这样看。我认为现在新诗处于低谷是暂时的,新诗大有希望。正如我在一次发言中说的,我们的诗歌现在似乎平静,但她是一座火山,必将爆发。诗歌的繁荣肯定会出现。我们要迎接诗歌的新世纪。

八十年代伊始,许多年轻诗人作出了出色的成绩,虽然也有旗号林立,鱼龙混杂的现象,但基色是新鲜健朗的,开拓性的,是"五四"气象的重现。这一点不能否定。进入九十年代,新人辈出,出现了一些新的值得研究的现象。丁芒提出"两栖诗人"的概念。又说未来的中国诗将以新诗为河床,以新诗和旧体诗互补和融合而逐渐形成。这是有见地的。对当前颇为热闹的南北对话,我以为只要不是为了抢旗帜,不影响诗人之间的团结,争论并不可怕。当然,不排除年轻人中有故弄玄虚、追逐怪诞的现象,但那只是较少一部分。总之,一切都要由历史去筛选。

但是,有些年轻诗人提出诗歌要远离政治,我以为大有商榷的必要。历史上伟大的诗人都不能完全脱离政治。屈原本就是个政治诗人,杜甫记录了一代政治兴衰,成为中国"诗史",就连李白的浪漫诗尽管狂放,也有很深的政治意味在内,"安能摧眉折腰事权贵,使我不得开心颜"难道不是政治? 政治与政客玩弄的权术是两回事。山川草木、寄兴咏情,无不隐现着一个时代的风貌。我们的诗歌确实曾在错误政治的误导下陷入假、大、空,瞒和骗的泥淖中,但不能因此走到另一个极端让诗歌与政治完全脱离。政治关系到人民的生存和发展,只要诗歌不脱离时代和人民,不离开大地的怀抱,诗歌远离政治的命题就不能成立。当然,有些诗没有直接的政治内容或含义,但能陶冶情操,提高审美水平,也是诗园中不可缺少的好诗。或者说,这类诗也是对污浊政治和荒诞政治的一种反叛。

四、用新鲜的眼睛看待世界

记者:您认为今天的年轻诗人要超迈前人,登上诗歌的圣殿,需要从哪几方面进行努力?

屠岸:这个问题不好回答。首先我要说的是,我必须向年轻人学习,老人可以提希望,但不能倚老卖老,不能以教训的口气说话。我真心地愿意并实行向青年诗人学习,从他们那里学到了很多东西。当前,对年轻诗人来说,我只能提几点供参考的建议:

首先,如果你的确对诗歌有发自内心的爱,那么最重要的就是坚持不放弃,做韧性的努力。一位作家曾说,成功是99%的勤奋加1%的天赋。如果你确实有1%的天赋,就要付出99%的勤奋,用汗水和韧性攀登诗歌的奥林波斯高峰。

其次,要多读古典诗歌、"五四"以来的优秀新诗和外国经典作品。许多大诗人都是学养极高的,李白、杜甫就不必说了。像济慈,对英国文学、古希腊罗马的文学,都有极深厚的参详和领悟。他的谈诗书信和诗歌作品一样,其中的理论光辉,成为世界诗坛的瑰宝。面对辉煌的诗歌传统,当代年轻诗人要继承遗产、革新传统,没有创新的仿古等于赝品,没有继承的创新则很可能是短期效应;另外,年轻诗人也应重视对西方文化的扎实学习。我年轻的时候读鲁迅先生的《拿来主义》,很受启发。有所选择地把西方文化的有益内涵化为营养,对中国新诗的发展肯定将大有裨益。当然,这种"拿来主义"的选择，要花大功夫，虚泛的"引进"、喧闹的旗号，是没有生命力的。

最后，也是最重要的一点，就是保持专注的"客体感受力"。对客观事物保持诗性的敏感，每天早晨都仿佛面对一个全新的世界，保持一颗晶莹透亮的童心，也就是赤子之心。时刻超越自我，永远用新鲜的眼睛，观察我们的世界。只有这样才能避免重复自我，永不疲倦地追寻诗歌的新境界，不断地给读者以惊喜。

记者：作为四十年代起就在报刊发表诗歌的老诗人，您对当前的诗歌刊物持何看法？您认为《诗刊》还应在哪些方面做出努力？

屠岸：目前办诗歌刊物很难，这已是诗歌界的共识。但诗歌刊物不是没有前景的。近两年《诗刊》办得不错，开辟了许多活泼的新栏目，出现了对年轻诗人关注的倾向。《诗刊》作为全球发行量最大的诗歌刊物，被很多人称为诗歌"国刊"，起着中国诗歌发展的"导向"作用。今后，《诗刊》似应更与时代同步。二十一世纪是信息化的时代，似可配合"信息一体化"、"西部大开发"等设一些栏目或专题，不是配合任务，决不应景，而是有感而发，记录时代的声音，与新世纪同步。在这些方面，《诗刊》应大有作为。同时更应发扬不断提拔新人的做法，因为中国诗歌的希望在年轻诗人身上，对这一点，《诗刊》担负着重要的使命。我非常希望《诗刊》能越办越好，愿《诗刊》永远成为"诗人自己的园地，诗爱者的园地和广大读者的园地"。

后　记

　　这本诗集收入诗作二百零七首（其中十四行诗九十七首），大部分作于1990年《哑歌人的自白——屠岸诗选》出版之后，但仍包含这之前的作品，一直上溯到二十世纪四十年代初。这里所收的诗都没有收入以前的个人诗集中，除了一首《梦幻曲》（原题为《给——》）。此诗已收入《哑歌人的自白》，再次收入本书，是因为它被多种诗选收入，常有错讹和漏行。它首次发表于上海《绿诗岛》1946年3月15日第一号，发表时即有多处误排和漏排。《中国新文学大系1937—1949·诗卷》选收此诗时，即根据《绿诗岛》版本。选编者认为必须保持入选作品首次发表时的原貌，为了忠于历史，这完全应该。但选编者事先没有与作者通气，没有了解到初次发表时即印错多处、漏排诗行以至文理不通的事实。为此，本书收入此诗，使它的原貌再出现一次。

　　1990年6月13日，章世鸿君（《人民日报》高级记者，我的内弟）告诉我，他发现自己过去的日记本里抄录了我写于四十年代初的诗。我很高兴，因为"文革"中我损失了四十几个我的诗的手抄本。过了几天，我收到了世鸿从上海寄来的信（写于6月14日）和我的诗。他在信中说："今天九时飞抵上海，十二时到家。我想你也许急于读你青年时代的诗，于是当夜抄上，共三十五首，想不到这么多！那时我对这些诗作极为欣赏，我可说是你最早最热心的读者了。一边抄，一边感到这样的诗，你现在也写不出了，确实没有任何概念化，而且那时你已形成自己的风格，没有拼凑的痕迹，犹如一幅幅清淡的水彩画，其中也受到中国古诗的影响，有音韵、节奏感。"世鸿喜爱这些诗，我感到欣慰。他的评论也许过誉。但他说这些诗没有概念化，现在的我也写不出了，这倒是真话。我写于四十年代的诗，一部分保存在"文革"后期发还的"抄家物资"中，其中有些收入了《哑歌人的自白》，而世鸿所抄存的三十五首，大部分是我遗失后第一次再见的作品。经过一些删汰，收入本书。这些诗还使我想起一件事：1948年秋，我本想自费（由我的哥哥和我的爱人出资）出版一本诗集，其中就包括这些诗，但被友人劝阻，说这些诗有"小资产阶级情调"，与当时的伟大时代气氛不合，因而作罢，改为出版我译的惠特曼诗集《鼓声》。这些诗经过了半个多世纪，终于有了与读者见面的机会。

　　1998年11月12日，在张家港诗会期间，第一次见到孙绍振先生，交谈起来。他问："你写过庆祝中华人民共和国成立的诗吗？"我说："没有啊！"他随即背诵了几句："你——长途奔波的／历史老人呵，／请停下你的脚步，／你看一看，然后／赞叹吧，／赞叹又欢呼！……"我仔细一想，是的，我写过这样一首诗，但久已忘却。他说，1949年他读初一，国文老师印发了这首诗给学生看，他现在还能背出开头的几句。我说，那是在新中国成立的前夕写的，大概发表在上海的《文汇报》或《解放日报》上。对此，我感到欣喜？还是惭愧？这只是一首平凡的诗，却使一位少年（后来成为诗评家）记在心中经过了半个世纪，是出乎我的意料的。回京后，我翻箱倒柜，搜寻我的经过浩劫（"文革"中被抄家两次）后的"剩余物资"，终于从柜底找到了那首诗的剪报，纸已黄脆，但字仍清晰，诗题叫《光辉的一页》，发表在1949年9月25日《解放日报》上。现在再看看，这首诗仍然很平凡，但记录了自己在一个重要历史时刻的心情，因此收入本书。

这本诗集的体例是分两编,第一编是自由体诗、半格律体诗和格律体诗(十四行诗除外),以写作年代先后分辑;第二编为十四行诗,不以写作时间先后而以属性或随意性分辑。这两种编法混合在一本诗集中,可能有不谐调感。但作者的用意在于使十四行诗集中起来呈献给读者。

一位受尊敬的前辈老诗人曾谦称自己在诗史上只能是minor poet(次要诗人),即不可能是major poet(大诗人或主要诗人)。我知道自己连minor poet也不够格,不可能在诗史上留下痕迹。我有这点自知之明。但毕竟为诗努力了一生,总该是诗阵地上的一名小卒吧。这本书也只是把汗水和脑汁的结晶物留下来奉献于缪斯的祭坛上和读者的眼前。我在1988年12月为《哑歌人的自白》写的《后记》中说:"我真诚地期望或相信,在我的面前,还将会有一次或几次新的冲刺。"十多年来,我实现了自己的期许。1998年,与我风雨同舟半个世纪的伴侣离我远行。极度的哀痛使我从沉默中抬起头来,再次拿起了诗笔,并促使我再编一本自己的诗集。这就是本书。收在这里的诗,凭我自己的眼光选录,也设想她会以怎样的标准选录。我欢迎读者严格的批评。尽管这些诗不可能在历史的筛选中生存下去,但如果有读者说:这位诗作者写诗还是真诚的,我就十分满足了。

2001年1月

补记:将近一年过去了。今年夏秋间我应英国诺丁汉大学"文化研究与批评理论"研究生院院长麦戈克教授的邀请,赴英讲学。10月3日在该校做学术报告《诗歌与诗歌翻译》。借此机会,于8月、9月、10月偕小女儿游历英国、法国、意大利、西班牙,访问了许多著名诗人的诞生地、故居、墓地、纪念地、纪念博物馆及剧场、文化名胜、著名建筑物及风景区。这是一次很好的、实实在在的学习。从学习中得到灵感,写了十四行诗十六首,趁本书发稿之前,加进第二编"十四行弦琴"中,作为"辑Ⅵ"。这样,本书中的十四行诗总数就成为一百一十三首;全书收诗二百二十三首。

2001 年 12 月 10 日

附　录：

本卷诗集初版目录
及作品收集改动情况表

深秋有如初春

初版目录	收入其他作品集	备　注
诗爱者的自白(代自序)	《诗爱者的自白》 《夜灯红处课儿诗》	
第一编　过客的自白(1941—2000) 辑1　参与商(1941—1949)		
参与商	《夜灯红处课儿诗》	
圮塔旁	《夜灯红处课儿诗》	
前夕	《夜灯红处课儿诗》	
发结	《夜灯红处课儿诗》	
给风		
打谷场上	《夜灯红处课儿诗》	
阵	《夜灯红处课儿诗》	
夜行	《夜灯红处课儿诗》	
夜渔	《夜灯红处课儿诗》	
中元节	《夜灯红处课儿诗》	
鸭	《夜灯红处课儿诗》	有改动
渔家	《夜灯红处课儿诗》	有改动

初版目录	收入其他作品集	备　注
酒楼	《夜灯红处课儿诗》	
牧女	《夜灯红处课儿诗》	有改动
村夜	《夜灯红处课儿诗》	
稻的波	《夜灯红处课儿诗》	
浪子	《夜灯红处课儿诗》	有改动
影子	《夜灯红处课儿诗》	
牛	《夜灯红处课儿诗》	
秋之夜	《夜灯红处课儿诗》	有改动
迟归	《夜灯红处课儿诗》	有改动
醒	《夜灯红处课儿诗》	有改动
卧病	《夜灯红处课儿诗》	
雾	《夜灯红处课儿诗》	
给茜子——在她十八岁的诞日		
插曲		
梦幻曲	《哑歌人的自白》	
政治犯的歌		
告白		
檄文		
被击落的星星		
拓荒者之歌		本卷作者有改动
鲁迅颂（歌词）		本卷作者有改动
进出石库门的少年——诗句的碎片		

初版目录	收入其他作品集	备　注
战士的鞋		
王小龙		
光辉的一页		
辑Ⅱ　聪明人和小孩（1956—1976）		
聪明人和小孩		
芳草地远望		
你站着		
树苗		本卷作者有改动
琥珀		
辑Ⅲ　野火（1978—1991）		
野火		
星眸		
云中调度员		
"爸爸，我求你原谅……"		
喉之歌		
迎春花		
春的使者		
蚂蚁和苍蝇		
从读书室走出来		
弥留		
塑料耗子		
B超室外		
青格达湖		

初版目录	收入其他作品集	备　注
林涛		
你,举起了旗!		
断线		
死亡		
诗的翱翔——贺艾青同志八十诞辰		
距离		
爱的戏谑		
冬至		
舌和齿		
质变		
花冢		
辑Ⅳ　永远相望(1997—2000)		
凶黑的死胡同		
语言的灵魂		
云冈		
握手		
钻头的目标		
剑刃	．	
深秋有如初春		
故乡		
永远相望		
长列车		

初版目录	收入其他作品集	备　注
九十年代的"秀"		
诗梦		
落幕之前		
江孩		
琴音		
电梯里的独白		
不死鸟		
书包和雨伞		
跟小外孙玩积木		
水晶街的变迁		
种菜		
追逐思想		
天花板开裂		
天足		
陌生的猫		
玉琢的城堡		
"夫天地者,万物之逆旅; 光阴者,百代之过客"		
噩醒		
从裂缝渗出的语言		
书灾		
校订《田汉全集》第十九卷		
想不到		

初版目录	收入其他作品集	备 注
跨越		
黑太阳从西天升起		
宽街高耸的灰楼		
回乡		
进出六部口音乐厅		
环卫工		
心荡		
迟到的悼歌		
深圳组曲		
茅屋为秋风所破		
上帝的诞生		
微型齐天大圣		

第二编 十四行弦琴（1946—2001）
辑 I 哑谜

哑谜		
巴西龟		
梧州鸿爪		
幻想交响		
初遇		
福音传递者		
蓝田路上		
灵魂的变奏		
耳语		

初版目录	收入其他作品集	备 注
今昔		
亭子间		
渔村4号		
菜市路一角		
纪念坊 　附：回应（成幼殊）		
告别辞·节哀		
心绞痛		
决绝的悬崖		
使者		
集芳囿		
成年祝		
泪滴		
露台下的等待		
秋晨		
梦蝶		
巨宅		
一首多余的诗		
辑Ⅱ　雨云		
雨云		
幽峡		
离合		
新都掠影		

初版目录	收入其他作品集	备　注
昭觉晨光		
洛乌沟冥想		
浪击朝天门码头		
安澜索桥秋歌		
日光岩		
相思树		
青屿夜		
出夔门		
虎峪晨歌		
光市		
陆家嘴印象		
进退		
信息时代		
邮筒		
煤矿抒情十四行·等待罐笼		
煤矿抒情十四行·凝固的叠影		
技工铸造室		
辑Ⅲ　雪国的大旗		
解放了的农民之歌		
雪国的大旗		
腾空的天马		
二重奏还在继续		

初版目录	收入其他作品集	备　注
校园节日		
登万松山		
赠吕剑 　附：答屠岸（吕剑）		
电视		
香江的晨光		
刹那与永恒		
软着陆		
二十一世纪的召唤之一		
二十一世纪的召唤之二		
二十一世纪的召唤之三		
世纪回眸之一		
世纪回眸之二		
世纪回眸之三		
世纪回眸之四		
世纪回眸之五		
世纪回眸之六		
世纪回眸之七		
知天命		
雪冬		
辑IV　宝岛诗踪		
拥抱		
女诗人们的祈愿		

初版目录	收入其他作品集	备　注
同心圆		
台北寻踪		
日月潭		
萱草		
阿里山夜市		
阿里山观日		
阿里山森林火车		
阿里山姊妹潭		
嘉义吴凤庙		
1999 年 7 月 7 日在台湾公路上		
爱河浪		
西子湾海滩		
辑 V　　海豹岩		
海豹岩		
金门公园		
"水上世界"		
莎士比亚在秋光里		
机舱里的话		
罗切斯特		
宁静的乔治镇		
寻找惠特曼		
旧金山唐人街		

初版目录	收入其他作品集	备　注
彭斯像前		
自由神		
谒墓		
马克思阅书处		
辑Ⅵ　墓畔的哀思		
济慈墓畔的沉思		
三圣山下的死屋		本卷标题改动
走近拜伦		
谒华兹华斯故居"鸽庐"		
点灯的人		
翡冷翠的一夜		
花圣玛丽亚教堂的钟声		
夕阳下的圣天使古堡		
为我的贝阿特丽齐祈祷		
登蒙玛特尔高地		
巴黎的晨昏		
拉美西斯二世		
波谲云诡的美都:巴塞罗那		
欧罗星列车		
沃勒登厅		
负笈欧罗巴		
附录		
诗歌展望	《诗论·文论·剧论》	

初版目录	收入其他作品集	备 注
迎接诗的新时代	《诗论·文论·剧论》	
十四行诗形式札记	《倾听人类灵魂的声音》	
汉语十四行体诗的诞生与发展	《倾听人类灵魂的声音》 《诗论·文论·剧论》	
诗歌是生命的撒播——屠岸访谈录（阎延文）		
后记		

屠岸诗文集

第三卷

* 夜灯红处课儿诗

* 集外诗歌

人民文学出版社

本 卷 说 明

　　本卷收入诗集《夜灯红处课儿诗》和集外诗歌。

　　《夜灯红处课儿诗》2006年8月由花山文艺出版社出版。作品原则上按照初版原貌收入,只删去了与其他诗集重复收入不做改动的作品。对原诗集附录的文章,也根据文集部分的收录情况进行了调整,避免重收。为了让读者能了解诗集的原貌,我们在书后附录了诗集的初版目录和作品的收集、改动情况对照表,便于读者参照。收入本卷时,作者对集中作品有少量修改。

　　集外诗歌部分根据作者手稿或原刊收入,分为旧体诗、十四行诗、新诗三类,各按写作时间顺序编排。

　　已经发表的作品在收入本卷时都进行了校勘,改正了初版中的错漏。

　　对作品及注释均按体例进行了编辑整理。

目　　录

夜灯红处课儿诗

第一辑

第二辑

第三辑

集 外 诗 歌

旧体诗

十四行诗

新　诗

夜灯红处课儿诗

第 一 辑

叩　门

"嗒嗒!"轻微的叩门声
在夜的静寂中低唤。

"嗒嗒!"叩门声伴着
一颗切望的心。

紧,紧紧地,
我站立在叩门者的背后,
用力拉着他的袖,
惟恐自己逃脱——

一声老妇的喉音
似乎从夜的彼端传来,
那么隐约,细微,
如此深邃……

门里的人走近了,
叩门者终于回头露面,
还竟然向我微笑。

紧,紧紧地
我拉住了他的袖;
刹那的死寂
伴着一颗切望的心。

心跳了,
因为我听见
"几——几——"
老妇拔门闩的声音……

1943 年 1 月

豆　　浆

记着冬晨的吊桥上，
热腾腾的豆浆！

踏着月下的瓦砾，
依稀的门墙。

啊，变动了的容貌，
三年前的照像。

还忆着那微笑，
瑟瑟的阴凉。

1943 年 1 月

小　　巷

她,赶上了夜深的小巷,
同是归家的路程。

隆冬,满地残霜,
耐着腊月的严寒。

搀住了她小小的手,
女孩只默默地低头,
朔风中微微的温暖。

她说,家在深巷的尽头,
屋里只有一个老妪
在等她归返。

"我送你回去吧!"
她忽然仰首,望着我退缩。

沉默了,我俩
夜寒教她紧偎在我身边。

我桥头的家到了，依依，
看着她独自走入黑暗。

钉靴在雪上踏过；
手里提着一双布鞋。

又一次回眸，
红色的衣衫在夜幕中去远，
大的足印留在夜的巷底。

1943 年 1 月

夜　语

古屋里
寒天的夜晚
两人同盖一条被

我的伴的冷足
无意间深入我的内衣
将我惊醒

回忆着昨夜村中的喜筵
我推推我的
也已醒了的伴

抑不住胸口的跳动
迟疑了半晌——
终于脱口问他道：

昨晚席间那位
穿绿色格子布上衣的

姑娘，她是——谁？

1943 年 1 月

麦　浪

春的摇撼，
四月的动荡；

柔弱的波啊，
却又敏捷！

是绿色的诱惑，
如是温暖,温暖……

但是,不再！
心儿沉坠。

1943 年春

小　城

小城的暮秋
两三株枯树

斜阳太淡了
像一层薄雾

西风,扫尽了
石皮上的落叶

和老年人心中
仅存的暖息

寂寞爬上了
每一片荒芜

白云,遮断了
街头的归路①

1943 年 4 月

---

① 末二行借用林庚。

古　　寺

山雨迷蒙中
抵达了一座古寺

潮气浥着松柏
湿重了行人的愁绪

森严的佛殿里
雨声也更沉静了

阴沉得可怕啊！
灰雾淹没了山路

1943 年 4 月

晨

阳光穿过了芦簾的隙，
在麻布帐上射着影条。

麻雀儿，小鸡儿，
晨光中的一片啁啾。

独轮车赶早市去，
咿呀声过了小桥。

孩子在深深地呼吸，
朝阳下睁开惺忪的眼；

他出了缸脚，①
又提了桶到河边去挽水；

没了码头，一夜的雨

---

① 缸脚，常州家乡语，一缸水用到最后，剩在缸底部有沉淀物的一点水。出，除去。

河水满满地涨了。

1943 年 8 月

课　　室

独立在昔日的课室里，
静寂的清晨，游子归来了呵！

课室的形态依旧，
只是，漠漠地，两个时代的我。

同学，有的战死在沙场，
有的还在海外漂流。

啊，老师的慈柔，
也已埋入了万里外的坟墓。

坐到我昔日的座位上，
啊，上苍，让我再做一次那时的我！

我无言地感激，
晨光静寂，莫名的颤抖。

1943 年 8 月

别

昏黄,日暮了
仍是一片打豆的声

记着,柴堆的背后
别了,扬着的豆灰里

白色的衣裙下
露出一双酱色的圆腿

空了人的夜场上
还散着一大片麦芒

1943 年 8 月

流　萤

岸边，苍凉的夜
枯树间闪着鬼火

浅涸的河床
流萤在草丛里飞满

微微地出现了
一群招魂的眼睛

一个个慢移的幽灵
隐入了深深的桥洞

1943 年 8 月

渔　　家

银白的发，紫酱的胸；
少女的面颊，敛着容。

船娘在水边浣衣；
老翁咬住了旱烟筒。

渔孩坐在船头，
两脚把河水拨弄。

晚饭好了，怎么缺一人？
大哥在前河里放弹弓。①

1943 年 8 月

---

① 弹弓，一种捕鱼工具。

鸭

一群鸭在河里，
嘻嘻地游着。

它们只是向前，
嘻嘻地游着。

一大块黑色的东西，
在水面上浮起来。

啊，一只水牛！
一群鸭急忙回头。

1943 年 8 月

牧　　女

牧女赤着紫色的两足，
走近河滩，溅出小小的浪花。

树根上系着的绳索解了，
牵出浴了半天的水牛。

牛儿依恋着河水，
半身黄泥，还不肯起来。

终于驮了女孩，慢慢地
走向暮色中的村落。

1943 年 8 月

浪　　子

问了他几十遍，
一句话也不讲。

阿爹气得发抖，
床上病着老娘。

心中早已软了，
面上不肯退让。

饶恕我吧阿爹，
不会说出口腔。

床上堆着南瓜，
沉静中的惆怅。

锅里炒着黄豆，
散出一股焦香。

1943 年 8 月

秋　之　夜

纸窗外，飞进青虫，
回绕着红纸灯罩。

草丛中颓坍的青石凳下，
恻恻地，断续着蟋蟀的哀鸣。

早年的记忆，
深夜，阵阵飘来
隔院孩子琅琅的书声。

飕飕，凉风中的桂树，
竹篱外，还迷蒙着
昔日邻家的灯火。

1943 年 8 月

迟　归

深夜的喊门，
遥遥，没有回应。

踯躅在小巷，
淙淙，桥下的流水。

门前的柳岸场，
落叶，这样的寂寥。

跨下码头，缓缓地
船家送来柴火的烟味。

消夜，借淡的渔火，
描一幅夜的速写。

1943年8月

醒

午夜里抬起睡眼
夏布帐外的烛熄了

帐钩上挂着的小笼里
促织娘早停了振翼

深沉的夜,隐约听得
火车疾驰过远方的高原

天窗外还未透进半点亮
思虑着再进不了睡乡

1943 年 8 月

第 二 辑

秋 雨 吟

秋雨秋风愁煞人，
鉴湖豪气贯青云。
夏瑜坟上花环泣，
荷戟彷徨一泪痕。

为绍兴市建千石诗林撰并书，
辛亥革命九十一周年
2002 年 10 月 10 日

剑　　麻

万剑怒朝天，
寒光劈两间。
青锋喷辐射，
白刃返盘旋。
捉鬼凭牵缚，①
除妖赖利坚。
绿风知疾恶，
叶齿噬群奸！

1978 年 11 月 12 日
泉州厦门途中

---

① 剑麻叶绿色，双边为白色，锯齿形。其纤维可制缆绳。

咏水仙致谢郭风兄

远友遣来碧水神，
书房清供伴晨昏。
恍如身入仙乡夜，
香雾祥云绕梦魂！

1982 年 1 月 27 日

咏水仙再谢郭风兄

一枝飘逸下瑶台，
几朵含羞怯怯开。
不绝幽香潜袖底，
月明窗下美人来。

1992 年 1 月 26 日

呈 郭 风 兄

千里迢迢遣水仙，
神姿绰约立窗前。
深情几度心扉叩？
转眼春秋十六年！

1993 年 11 月 11 日

致谢郭风兄赠
水仙历二十五年

品茶闽海犹昨日，
京国重逢执手亲。
二十五年云过眼，
年年仙杖叩帘门。
凌波窈窕牵霞绮，
入室翩跹伴梦魂。
如水真情天地阔，
三千里路绾芳邻。

2002年12月2日

附记：1978年与郭风同志初识福州，品茗于鼓山。后多次在北京重
逢，最近一次为2001年12月于中国作家协会第六次全国代表大会上。
自1978年起，每年寄赠漳州水仙，至今不辍。谚云：君子之交淡如水，水
之仙最清纯最坚韧。北京与福州相距1631公里(3262华里)，天涯咫尺。

榕　　树

树老须眉皆白，
巨干盘根错节。
占地分毫不让，
一怒青筋爆裂。
问渠因何着恼，
（答曰）
不惯此间凉热！

1978年11月　厦门

蒲　葵

不爱红装爱武装，
蒲葵装备不寻常；
浑身长满呼风扇，
欲把饕蚊一扫光。

1978年11月　厦门

冰 花 二 首^①

一

晶状疏松净绝尘，
青花万朵发银林。
琼枝玉叶扶增色，
莫遣诗人冷到心。

二

千里琅玕无韵诗，^②
珊瑚万态傲荧姿。
白花素蕊千般俏，
无色无香我亦痴。

1979年3月17日　4月1日

---

① 冰花，即树挂，又名水汽花、雾冰，气象上称"雾凇"。
② 琅玕，《本草纲目·金石部》："在山为琅玕，在水为珊瑚"，指珠树也。又，《孔安国传》："琅玕，石而似玉。"

凝　华

银梅玉菊出青穹，
万树梨花一瞬中。
白璧雕来新世界，
水晶琢透旧时空。
寒严苞绽蕊争吐，
温降枝繁花更秾。
清白文章谁写得？
凝华端赖大毫锋！①

1979 年 3 月 17 日

---

① 由于气温突降，空中由水汽凝成的雾滴碰到了在零度以下的树枝等纤细物体
时，再次凝结成一种冰晶，是为雾凇，即冰花。有一种雾凇不经过雾的液态物
理过程，直接由气态的水汽凝成固态的冰晶，这一过程叫作凝华。

大　冲

荧惑逍遥坐太空,①
侏罗白垩任从容。
不知今夕是何夕,
底事奔忙跃大冲?②
赤焰腾身干北极,
银珠凝睇对南风。
回头织女频相顾,
愁看家乡雾气浓。

1971 年 8 月 12 日

---

① 荧惑,我国古代天文学上指火星。

② 太阳系中,除水星和金星外,其余的某一行星(如火星、木星或土星)运行到跟地球、太阳成一条直线而地球正处于这个行星与太阳之间的位置时,叫做冲。这时,太阳从地平线升起,这个行星从西边落下;太阳下山时,这个行星从东方升起。大冲,是火星离地球最近的时期,隔十五至十七年重复一次。因离地球近,这时火星显得特别亮。

流　萤　夜

森森桥洞隐流萤，
豆火轻移倏灭明。
独倚青坟无月夜，
隔河凝望鬼灵睛。

1983 年 1 月

牧　　场

青龙桥侧庙门旁，
静候十年旧牧场。
化纸炉前谁叹息？
轻烟鬼火落斜阳。

1982年12月

沉 昏 淡 月

淡月沉昏打谷场，
草堆寥落白如霜。
忽闻野犬三声吠，
影掠斜桥入混茫。

1982 年 12 月

访 杜 甫 草 堂

草堂深坐绿荫中，
溪上腊梅香正浓。
耳际如闻斩恶竹，
眼前突兀立苍松。
文章磊落群黎泪，
诗格嵚崟百代宗。
今日堂前堪告慰，
人间广厦已兴工。

1962年1月　成都

浪淘沙·骤雨

骤雨袭汪洋，
万马腾骧。
海如山倒浪如墙。
独立崖边风暴里，
笑尔猖狂！

世纪莫彷徨，
瞩望前方。
海鸥低探复高翔。
不觉长虹悬碧汉，
万道霞光。

1963年9月　北戴河

登 悬 空 寺

恒山拔地倚天横，
觌面重崖立翠屏。
一寺危悬凭绝巘，
千阶宛转入空明。
画楼腾掷廊檐错，
彩栈飞流殿阁迎。
此日登攀思罔极，
只看云鸟没芜菁。

1980年6月　山西浑源

附记：1982年7月，偕萧乾、陈迩冬、顾学颉、许磊然、伍孟昌、刘辽逸、纳训诸友赴烟台度假。迩冬索诗，即以旧作数首录呈求教。迩冬盛赞七律《登悬空寺》，实奖掖后进之意。17日，迩冬作七律《和屠岸同志登悬空寺诗》以赠。诗曰：

省得悬空一寺横，危楼面壁见高僧。
去天五尺流星落，拔地千寻大月明。
巨笔皴山谁画手，春风拂鬓倩诗魂。
壮游恒岳君能说，曾有高篇动鬼神！

拟题悬空寺壁

悬空寺构抹丹青,
北岳含珠壁上轻;
冒雨登梯天半去,
云端倚槛望初晴。

1980年6月15日　山西浑源

附记:悬空寺为北岳恒山十八景之首,筑于金龙口绝壁之上,背翠屏山,面恒山。壁上凿洞,楔入横木,横木成排,于其上构筑楼廊殿阁,真乃"飞阁流丹,下临无地"。寺内有殿多处,其间钟楼鼓楼,小院回廊,参差错落,负壁悬空。一路栈道飞跨,沟通各殿。上有飞梁,遥指天外。是日冒雨来访,登三教殿(儒、释、道)而天放晴,遂口占一绝。

石 头 城

石头城上鬼颜开，①
风急天低骤雨来。
远路潜形天国府，
高丘显迹凤凰台。②
青春谁识爱犹恨，
迷梦安知乐极哀。
霁后初阳披白发，
莫愁湖水濯千回。

1982年5月　南京

---

① 石头城，在南京市西北清凉山后。原为楚威王金陵邑。东汉建安年间吴孙权
　　在石头城金陵邑原址筑城，取名石头。中段有数石突起，为红色水成岩，似鬼
　　脸，人称鬼脸城。1982年5月26日下午冒雨访鬼脸城。
② 凤凰台，古台名，故址在今南京市南。南北朝时刘宋元嘉中，凤凰集于是山，
　　乃筑台于山椒，以旌嘉瑞。李白《登金陵凤凰台》诗："凤凰台上凤凰游，凤去
　　台空江自流。"1982年5月27日，登中华门城楼，南眺雨花台烈士群像石雕，恍
　　见似有凤凰台遗址与雨花台为叠影。

重上楼外楼

寻春忆昔武林游，

未凿童心不解忧。

四纪菁英驹过隙，

六旬荆棘两登楼。①

鄂王怒发凭添恚，②

鉴侠冰姿岂释仇！③

醉里推窗问西子，

清波能洗几腔愁？

1982 年 5 月 31 日　杭州

---

① 1937 年 4 月笔者年十三，偕学友赴杭州度春假，食鲢鱼头炖豆腐于楼外楼饭庄。1982 年 5 月 31 日重访此"楼"。

② 岳飞《满江红》词："怒发冲冠，凭栏处，潇潇雨歇。"

③ 秋瑾《梅》诗："冰姿不怕雪霜侵，羞傍琼楼傍古岑。标格原因独立好，肯教富贵负初心？"

访青云谱八大山人故居

八大山人有故居，①
青云圃挽碧莲湖。
叩环只待榍迎客，
入径欣逢花结庐。
劲节仲昆留浪迹，②
佯狂哭笑入浮图。③
一生三绝诗书画，
笔落人惊硬骨殊。

1978年10月　南昌

---

① 八大山人，本名朱耷(1626—1707)，明皇室后裔。明亡后改名，入佛门为僧，不仕清朝。为明末清初著名画家，书法与诗成就亦高。其故居在今南昌市南郊青云谱。青云谱原名梅仙祠，八大山人隐居于此时，改名青云圃，有自耕自食之意。乾隆时改名青云谱。

② 八大山人有一弟，名牛石慧，亦画家。其署名"牛石慧"三字细看如"生不拜君"四字。

③ 八大山人画上署名"八大山人"四字写法奇特，有时似"哭之"二字，有时似"笑之"二字。

大 观 楼 断 想

漫迹云山近水楼，
长联依旧挂清秋。①
晴沙万顷风光好，
难解心头八亿愁。

1976年1月5日　昆明

---

① 昆明大观楼长联为清代寒士孙髯作，上联中有"万顷晴沙"句。

登 鼓 山

鼓山雄踞闽江边，
似鼓圆峰霄汉间。
古木幽森藏宝刹，①
奇花馥郁示灵泉。②
崖镌劲笔凝飞舞，③
溪映清辞走宛延。
深谢主人茗味厚，④
归途两袖尽霞烟。

1978年11月5日　福州

---

① 宝刹指涌泉寺。
② 山中有灵源洞。
③ 鼓山崖壁上刻有历代书法家如蔡襄等的字。
④ 主人指郭风同志等。

车 中 偶 得

平生所爱在天然，
踏遍青山意未阑。
剧恋浪游寻草木，
不辞颠沛近山川。
盆栽有限天和地，
造化无穷方共圆。
诗句应须去雕饰，
且听溪水自潺潺。

1978 年 11 月 8 日
自福州赴厦门途中

郑成功水操台遗址

日光岩上日光新，
故垒依然傲水滨。
天海雄风呼不绝，
英魂犹是执枪人。

1978年11月15日
厦门鼓浪屿

访 小 天 池

天池亭阁出林丛，①
石鼓飞檐上碧穹。
拾级扶栏看世界，
骋怀纵目御天风。
江流回转青烟里，
大地氤氲水气中。
池影含晴如带笑，
白头还抹夕阳红。②

1978年10月9日　庐山

---

① 小天池去庐山牯岭街东北一公里处。山顶有泉池，大雨不溢，久旱不涸，名小
　天池。相传为朱元璋与陈友谅大战鄱阳湖时饮马之地。池西有天池亭，登亭
　四顾，极目千里，长江、鄱阳湖、牯岭尽在望中。
② 同行孙绳武同志一头白发，夕照之下如红云飞动。

雾漫剪刀峡①

山中云气袭南陔，
雪浪银潮掩榭台。
深谷层林皆不见，
丹枫如炬照人来。

1978 年 10 月 21 日

牯岭，庐山

---

① 剪刀峡位于庐山小天池之西，牯岭之北，为一巨壑。逢星月清朗之夜，于牯岭
街心公园可通过剪刀峡眺望极远处九江市之万家灯火。

乌 龙 潭

乌龙潭水激泠泠，
乱石横斜挡不赢。
杂树森然阴蔽日，
一湍奔突逐晴汀。

1978年10月　庐山

花　　径

花径合曾缘客扫？
湖光山色尽妖娆。
口吟白傅千秋句，①
心折桃花万树娇。②

1978年10月　庐山

① 庐山花径，传为唐白居易咏桃花处。818年，白居易上山见此处大林寺桃花盛
开，喜而赋诗曰："人间四月芳菲尽，山寺桃花始盛开。长恨春归无觅处，不知
转入此中来。"后人称此地为"白司马花径"。
② 因忆及1958年下放古长城外怀来县。阳春4月，山村之侧，暖泉之旁，十里桃
花，一夜之间，如野火烈焰，燃遍山崖。其情其景，再现于眼前。仿佛"忽逢桃
花林，……芳草鲜美，落英缤纷"。

过 草 原

阳光云影动，
草地春波涌。
深绿转明青，
天涯幻若梦。

1980年6月11日　内蒙古

自百灵庙返包头途中

题 应 县 木 塔

六檐八角出尘寰，
九级飞升日月边。
冬夏环流念四柱，
风雷绵邈一千年。
神工足启来人智，
绝艺应超先辈贤。
斗拱圈梁真学问，
山摇地坼独岿然。

1980年6月　山西应县

附记：应县木塔建于1056年，为辽代建筑艺术之杰构。塔高六十七米，八角形，五层六檐，低层为双层，故实为九层。纯木结构，用木材三千立方米，斗拱式样有五十四种之多。为九层木构建筑之唯一孤例，在世界建筑史上独树一帜。塔基为石构，两层，下层方形，上层八角形。塔周有二十四柱，象征二十四节气。塔内有螺旋梯，东西有梯，南北无梯。每层均供泥塑佛像，底层释迦牟尼，为辽代艺术风格。有风时，塔尖每三至四秒摇晃一次。1976年唐山大地震时，塔尖摇摆幅度超过一米。1305年、1333年两次大地震，应县人民受灾甚烈而木塔无恙。塔上圈梁极多，乃抗震力强之最主要原因。应县解放时，国民党军以木塔为碉堡,负隅顽抗。我解放军为保护文物,未用炮火攻击,因而付出较大牺牲。为解放应县而牺牲的解放军烈士遗体埋葬在木塔旁。

云 栖 竹 径

云栖竹径入清幽，①
绿霭青荫日色柔。
林外飘来采茶曲，
如丝若缕荡悠悠。

1982年5月31日　杭州

---

① 云栖竹径为杭州胜景之一。

登 蓬 莱 阁

蓬莱仙阁跃丹崖，
圆日灵光镀海涯。
墟市烟平熏碧落，
水城浪卷湿红霞。
书留铁保幸存匾，
像佚洞宾空有家。
劫后苏公笑迎客，
问余何事复咨嗟。

1982年7月　山东烟台

附记:7月8日访蓬莱。蓬莱阁筑于山东半岛蓬莱县城北丹崖山上，下临大海，气势非凡。神话传说中八仙过海之地也。建筑群包括蓬莱阁、吕祖殿、三清殿、普照楼、苏公祠、避风亭、天后宫、龙王宫、弥陀寺等。苏公祠为纪念苏轼而建，内有东坡碑刻。此地匾额楹联等多数毁于十年内乱。阁内有巨匾，其上"蓬莱阁"三字笔力浑厚，清代书法家铁保手书，"文革"期间，此匾藏于磨盘下而幸免于难。吕祖殿原有吕洞宾一吨重铜像，以属"四旧"而化于炉火。今蓬莱阁经过整修，已面貌一新。阁下有水城，雄伟险峻，为明代民族英雄戚继光训练水师镇守海防之要塞。

刘　公　岛

水师提督有衙门，
遗迹长追邓大人。
白浪生烟云列帐，
刘公岛上奠军魂。

1982年7月　威海

附记：7月10日，有雨，乌云密布，海鸥绕舱，水天空阔。自威海渡海至刘公岛。原北洋水师提督衙门威严整肃，尚存原貌。大厅内陈列甲午海战文物图片，邓世昌、丁汝昌像置显要处。军民来访者络绎不绝。

毓璜顶

毓璜顶上小蓬莱，
起雨撩霜天地开。
碧海青天看不厌，
新楼万户是烟台。

1982 年 7 月　烟台

附记：7 月 13 日访烟台市区。毓璜顶为一小山，有小蓬莱之称，为市区最高处。

避 暑 山 庄

水榭山亭锦绣堆，①
烟波澹泊碧莲围。②
康乾王气空陈迹，
万树园中燕雀飞。③

1983年7月　河北承德

---

① 山庄内有水心榭，"南山积雪"亭。
② 山庄正宫中有"澹泊敬诚"殿（正殿）和"烟波致爽"殿（寝宫）。
③ 万树园在山庄湖区之北，乾隆帝曾在此接见英王特使马嘎尔尼。

棒槌山二首^①

一

屈平天问起狂澜，
手举金锤叩九天。
上帝无言阊阖闭，
一锤万载落人间。

二

矗天一柱棒槌人，
日夜问天叩帝阍。
秋雨春风捶不止，
幽燕惊绝汨罗魂。

1983 年 7 月　承德

————————————

① 河北省承德市武烈河东南方，有一孤峰，峭拔矗天，上粗下细，状若捣衣棒槌，
人称棒槌山。康熙帝命名"磬锤峰"。

昭 君 墓

群山迤逦列屏门，
绝代明妃尚有坟。
一夕红妆联汉漠，
万年青冢守晨昏。
是非遑论史诗笔，①
恨爱长销村女魂。
此日踏青思渺渺，
琵琶声杳五弦喑。

1980年6月　内蒙古　呼和浩特

---

① 史诗笔，史笔与诗笔。

九 寨 归 来

欲把青沟巧点装，
自然巨匠发癫狂：
撷云皴破斑斓梦，
滴露晕开琥珀光。
万斛明珠垂碧落，
千寻翠璧矗天墙。
一朝魂断蓝湖月，
惊煞阮郎返故乡！

1991 年 5 月

九寨沟原始森林

汪洋万树怒涛掀，
翠壁飞升日月边。
朽木横斜留腐殖，
藓苔挥洒遍花原。
风摇箭竹浮云海，
雾托红松上碧天。
听得清歌穿密叶，
执缰藏女正扬鞭。

1991年5月　四川　九寨沟

珍 珠 滩 邂 逅

七龄藏女稚颜开，
笑问客从何处来。
溪畔攀枝编织巧，
杜鹃花冕掷人怀。

1991 年 5 月

树 正 群 海①

苍穹不若静湖蓝，
碧汉倒悬入洞天。
水底丛花幻五色，
龙宫倏忽有无间。

1991 年 5 月

---

① 九寨沟景点，当地居民称湖为海。

九 寨 静 海

澄湖映日伤心碧，
深谷嵌镶蓝宝石。
鳍尾如梭去复来，
荧光明灭凹晶璧。

1991年5月

冰　城　赞

北国银都铁血城：
太阳岛上雪霜凝。
珠河正气冲牛斗，①
濛水军魂薄晓星。②
搴去雾帘金灿灿，
展开冰帐玉盈盈。
抗洪塔下群英在，
何惧松花再沸腾！

2002 年 11 月 21 日

---

① 赵一曼烈士(1905—1937)，曾任东北抗日联军第三军第二团政治委员，就义于黑龙江珠河。
② 杨靖宇烈士(1905—1940)，曾任哈尔滨市委书记，殉国于吉林濛江。

第 三 辑

惠 风 榆 柳

惠风榆柳发新芽，
云隙晴丝系万家。
蛰动轻雷声隐隐，
冰融急水响哗哗。
韶光转喜晨光熠，
白日谁伤落日斜？
独步疏荫归斗室，
回看夕照透窗纱。

1985年3月13日

放 眼 神 州

放眼神州心气佳，
春风骀荡绿天涯。
林畴万顷炫新萼，
花树千枝醉晓霞。
渤海繁弦迎旭日，
燕山重彩绣京华。
清明蹀躞雄碑侧，
泪洒金河激浪花。①

1985 年 4 月

---

① 金河，天安门前金水河。

四 月 桃 株

四月桃株十里妍,
天街杨柳拂青烟。
花坛夜去寻芳馥,
菜圃晨来摘嫩鲜。
甘雨滋萌千翠地,
熏风吹绽万红天。
谁教喜泪催悲泪,
万斛情思似迸泉。

1985 年 4 月

海 畔 春 深

海畔春深百草长，
大河滚滚向东方。
桃林怒染红深浅，
雀鸟欢鸣声抑扬。
伏案赢来腰骨瘦，
挥毫留有墨痕香。
编书岂得超规律，
难挽斜阳夺寸光。

1985年4月

千 里 晴 空

千里晴空日色曛，
锣声送雁麦苗新。①
赤霞飞舞浪头树，
野马喧腾天上村。②
姜石山高邀猎手，
大田海阔卧渔人。
枕边弦管春潮急，
一曲能销万缕魂。

1985年4月

---

① 河北农村有用锣声驱逐雁群的习惯。
② 庄子《逍遥游》："野马也，尘埃也，生物之以息相吹也。"野马指春天大泽中之
游气，远望如野马奔驰。

长 河 碧 浪

长河碧浪远连天，
大雁群飞虹彩旋。
连日高谈劳口舌，
通宵构想击心弦。
欲芟败笔三更起，
为续清辞破晓眠。
帘外晨曦明似火，
文章安得待来年！

1985年4月

似 海 平 原

似海平原一望齐，
远村列岛柳桅稀。
春梢乍暖还寒日，
苗色若无已有时。
大气氤氲环紫树，
足音茬苒绕青堤。
乡愁汗漫云天远，
独对家书欲语迟。

1970年春　河北　宝坻

海边赠病友李悦之兄①

攻病如攻敌，
惟君意志坚。
俯游天地外，
仰卧汐潮间。
碧浪疑为榻，
红霞暂作冠。
愿君琼岛去，
迎得早春还。

1963年8月　北戴河

---

①　本诗收入《萱荫阁诗抄》时，题目为《海边赠病友》。

赠劳季芳同志

一赴滇边十四春，
木棉将绽又逢君。
先生坡上怀英烈，①
讲武堂前话义军。②
渺渺翠湖波浪远，
悠悠圆寺白云深。
何时京国迎归客，
重与故人细论文？

1977年6月27日

---

① 先生坡，闻一多先生遇难处。
② 讲武堂，朱德同志早年活动过的地方。

重逢赠刘沧浪兄

蜀中一别跨三秋，
西去东来日月稠。
喜见沧桑循正道，
欢呼砥柱立中流。
长歌春暖驱秋肃，
莫叹乌丝变白头。
京国重逢相视笑，
幽燕风物画中游。

1977 年 10 月 25 日

雨霁再赠沧浪兄

雨霁云开雾气收，
晴风万里涤新秋。
杯倾竹叶青光静，
箸夹鳞鳍日影浮。
笑斥凶顽舒愤慨，
共钦铁石固金瓯。
十年伏枥应惊起，
奋笔纵横扫国仇！

1977 年 10 月 27 日

咏拂尘赠高缨兄

床头剑伴牦牛尾，①
杀气寒光入梦来。
且执银笤扫天地，
好教玉宇净无埃。

1978 年 9 月 18 日

---

① 银白色牦牛尾做成的拂尘，是藏族人民喜爱的用品。此物乃高缨兄持赠。

遥寄海外友人李勤兄

别来两度起秋风，
落日浮云相望中。
袖拂大洋千浪隔，
掌抚双陆万山重。
眼前新土花期远，
心底故园雨意浓。
共待神州起飞日，
乡邦异域两心同。

1982年12月31日

贺新婚赠时鲁兄

壮岁作新郎，
斜阳度晓窗。
锒铛沉酷悍，
琴瑟起端庄。
泣血双雏寂，
横眉一介狂。
回天终有力，
春雨化严霜。

1983年3月9日

附记：友人张时鲁，北大中文系毕业，内蒙古文学期刊《草原》编辑，小说作家。妻周秀荣酷悍至丧失人性，尝无端挑起夫妻之争，祸及后代。时鲁爱子女特甚，妻为使夫"不得过好日子"，下毒手杀死一子一女，酿成空前大惨剧。凶手明正典刑，时鲁受刺激剧，精神几濒崩溃。数年后始渐恢复，幸获佳偶，1983年与王春梅女士结婚，旋得女秋子。家庭和美。夫妻二人现供职于河北廊坊。1998年补笔。

获赠《散宜生诗》,拜读之,
呈聂绀弩先生①

诗坛怪杰唱新歌,
启后空前越劫波。
炼狱天堂唯一笑,
人间不觉泪痕多。

1983年3月4日

---

① 《散宜生诗》为聂绀弩同志所作旧体诗集,人民文学出版社1982年初版。1982
年12月16日聂先生持赠一本。本诗收入《萱荫阁诗抄》时,题目为《读〈散宜
生诗〉》;收入《夜灯红处课儿诗》时,题目为《读〈散宜生诗〉,呈聂绀弩先生》;
本题为此次入集时改。

浪淘沙·闪电

闪电划长空，
万树摇风。
惊雷急雨猛相攻；
放目秦皇灯火远，①
夜雾重重。

忆昔赴关东，
父侧随从。
浪花扑面偎慈容。
忽忽人天长隔绝，
泪眼迷蒙。

1963年8月　北戴河

---

① 指秦皇岛。

赠画师高思永女史二首

一

两室共挥毫，
画风诗格高。①
笔端帆影近，
心底荻花摇。
淡泊明窗净，
宁怡烟树遥。
丹青永本色，
思羽薄云霄。

二

工意称兼擅，
中西汇一炉。
晕皴燃起落，
勾勒铸荣枯。

---

① 1990年，诗人邹荻帆与画家高思永结为伉俪。

菡萏黄金合，
水乡青玉铺。
高思翔永夜，
芦翮伴凌虚。

1991年11月4日偕谷绣、
霖孙访思永画室，承获帆
兄嫂热情接待，感而赋此。

清平乐·童像

安详活泼，
一岁零三月。
两颊泪痕添笑靥，
虎仔羊羔眉睫。

万千先烈身亡，
换来幸福时光。
今日孩提笑语，
明朝巾帼投枪。

1963 年 6 月

菩萨蛮·画笔

枫红菊白青松翠，
地坛秋色催人醉。
幽径入朝暾，
少年画出神。

如飞画笔走，
笔下花枝秀。
明日画图中，
江山胜火红。

1977 年 10 月 3 日

客　　愁[①]

落叶满沙坡，

长空铁鸟过。

天边雁影断，

江上客愁多。

秋老悲红树，

乡心感棹歌。

蒙蒙迷雾漫，

桅影撼深波。

1938年秋，上海"孤岛"时期

①　此余十四岁习作。1937年日寇犯境，余随父母避难，从江苏常州到湖北新堤。1938年初，辗转回"孤岛"上海。此诗系回忆寄居新堤时之心情。颈联二句为母亲所改，铁鸟指日本飞机。

薄　日

薄日光吞树，
寒塘水咽鸥。
寂然黄叶坠，
心事莫深求。

1980年11月19日晨
梦中得句

乡　　思

一别家园四十秋，
归心日夜忆常州。
几回梦泳塘河水，①
难涤乡思万斛愁。

1982 年 2 月 17 日

---

① 古塘河在江苏省常州市内，今已填没。

梦

月色迷茫杨柳梢，
声声糖粥卖元宵。
醒来浑忘今何夕，
魂魄长留觅渡桥。①

1982年3月1日

---

① 觅渡桥在常州城内，附近有觅渡桥小学，乃笔者之母校，亦瞿秋白烈士母校。

梦　　回

课室依稀入梦乡，
魂牵秋白读书堂。①
钟楼草径都寻遍，
终见熹微透暗窗。

1982 年 2 月 28 日

---

① 余童年就读于觅渡桥小学,其前身为冠英小学,瞿秋白烈士之母校也。"文革"
前,校内有瞿秋白纪念室,"文革"时被毁。今其已恢复乎?(已恢复,整修一
新。2002 年 9 月补注。)

清平乐·有幸

三生有幸，
毕竟棚门进。
恶鬼瘟神全得信，
硬着头皮听训。

抬头阵阵春风，
低头懒得装疯。
惊叹疯狂世界，
呜呼救救儿童！

1970年7月21日
忆66、67年事
文化部五七干校　河北宝坻

浪淘沙·随笔

帘外雨潇潇，
闷气难消。
今朝检讨未曾交，
惹得头头捶桌子——
不想求饶！

梦里见天高，
大地妖娆。
醒来依旧在笼牢，
只待明朝"喷气式"①——
当代风骚。

1971年春　忆67年事

文化部五七干校　河北团泊洼

---

① "文革"中被批斗者,反剪双手跪伏于地,似喷气式飞机,被戏称为"喷气式"。

学栽花和张真一绝

晚霞一抹落窗纱，
树影婆娑日影斜。
忧国原非吾辈事，
且从老圃学栽花。

1990年8月

附：

种　　瓜

张　真

一线天边耀晚霞，远林隐约噪归鸦。
位卑未敢妄忧国，且傍南窗学种瓜。

逐 日 篇

举国腾欢四逆收，
春光十度已东流。
时不再来可奈何，
且踵夸父志能酬。
我乘骐骥逐光阴，
无由弃杖化邓林。
少壮已去老将至，
斜阳犹未近黄昏。
上帝馀我尚几时？
一秒十分足骋驰。
惜哉无觅鲁阳戈，
揽辔电掣迫崦嵫。

1978 年 6 月 20 日

北京　和平里

霜天晓角·春意

萋萋芳草，
翠陌连天渺。
鸽哨晴空无极，
青山下，
人群小。

老少挥镐笑，
遍野新林造。
全仗东风吹化，
红巾艳，
村姑俏。

1978年3月5日

病 中 偶 得

身缠恶疾何时愈？
欲以微躯献国人。
不怕砍头好滋味，
誓歼希墨众徒孙。①
五年须立千秋业，
七尺应图万户新。
若道无能理不许，
非无革命好精神。

1946 年

附记：当时笔者患肺结核症，首句指此。1946 年 6 月，国民党在全国
发动反人民的内战。当时我党地下组织联系人告诉笔者，要做好战斗
准备，我们将以五年时间打败国民党反动派。

---

① 希墨指二十世纪三十年代德国和意大利的法西斯头子希特勒和墨索里尼。

自度曲·狂梦

少年宣誓，
沸腾热血填腔。
夜幕重，
笛鸣震耳，
蜡焰摇光。
手握铁拳，
心怀圣火，
纵论天下兴亡。
忆弱冠，
气吞河岳，
不辞赴火蹈汤。

长空霹雳，
琼都宵梦惊惶。
黑云滚，
雷雹密集，
雨骤风狂。
兀兀长垣，
丰碑欲堕，

葵心向背堪伤！
叹明朝，
女娲何处，
凭谁再补穹苍？

己巳苦夏

赠海四采油队^①

钢山耸峙大溟中，
万顷苍波托两峰。
铁脚千枝穿浪底，
井绳八股缚油龙。
青春奇志征蛟穴，
儿女豪情拔地宫。
异想宏图能实现，
中华自古有英雄。

1978年4月24日
海四采油平台，渤海

---

① 海四平台是一个海上采油队所在地。钢梁铁架构成两座海上"堡垒"，一座是
生活区，一座是生产区，中有栈桥可通。平台上有八口油井，一直七斜，其中
六口为生产井。采油工大部分为男女青年，平均年龄二十岁。

访雁翎油田^①

梁庄迤北邸庄东，
极目波平接远空。
绿浪千层云塔叠，
苇丛百转汉河通。
长怀淀上雁翎将，
化作湖边钻井工。
如火青春献祖国，
古潜山上见奇峰。

1978年4月21日　河北安新

---

① 在著名的抗日游击根据地河北省白洋淀,开发了新的油田。白洋淀地下古潜
山石灰岩是丰富的石油矿藏。为纪念白洋淀抗日游击队——雁翎队,油田被
命名为雁翎油田。

大　蜡

海风扇火柱，
赤焰上青霄。
大蜡迎晨夕，①
红光照汐潮。
奇观徒叹止，
天物岂甘抛？
指日轻烟灭，
万家添泽膏。

1978年4月24日
海四采油平台，渤海

---

① 由于我国石油工业设备和技术暂时落后，不得不将一部分天然气烧掉，以免污染空气。此种燃烧，老百姓或称之为"大蜡"。随着我国石油工业的不断发展，此种现象将逐步消灭。

金沙江畔即景

花艳江南北，
城延滇蜀边。
腾骧一水过，
飞鲨五桥连。①
烟密晴空远，
灯繁白夜喧。
歌声人籁里，
矿岳跃蓝尖。

1975 年 12 月 26 日
四川渡口市

① 金沙江水穿越我国钢铁工业基地四川省渡口市，呼啸而东。五座大桥横越江
上，将整个市区紧密连结。五桥造型各异，争妍斗胜。最大者为渡口大桥，仅
一桥拱，跨度甚大。通车之日，人山人海，群众衣新衣，敲锣打鼓以庆祝之。
过去四川与云南于此处以金沙江为省界，现渡口市属四川省，其金沙江南岸
地区原属滇者今已归川。渡口市海拔一千一百多米。朱家包包与蓝尖为两
座规模宏大之铁矿山。

山中电母二首

一

鬼斧神工堪与比，
凿成广厦巉岩里。
惊煞花衣吹笛人，①
深山焉得口长闭！

二

江畔高山矗险峰，
谁知电母伏山中。
沉香纵有开山斧，②
不解光能出石宫。

1975年12月29日　渡口市

---

① 花衣吹笛人为欧洲民间传说中人物。此人除哈默林市鼠害有功，而索酬时市
长食言，他就将全市儿童引入山腹，山口永闭。渡口市工人却凿开山腹，在山
中建成发电厂。
② 沉香为我国神话中人物，为华山圣母与刘彦昌之子。他长大后用铁斧劈开华
山，救出被镇压在山底的母亲。

弄 弄 坪①

书记传言洵快哉，
山坡一斧作平台。
熔炉竞起迎天日，
钢帅威仪动地来。

1975年12月28日　渡口市

---

① 弄弄坪为渡口市攀枝花钢铁企业所在地，原为陡峭山坡，难以建厂。当年邓
小平同志指出：把它弄弄平嘛。工人们即将山坡开为平地，总面积两平方公
里，有二十八个台阶，在此建成钢铁工厂。地名"弄弄坪"由此而来。

第 四 辑

贺辛笛诗翁九十寿

九秩诗翁九叶冠，
雄辞丽句动江关。
早年负笈爱丁堡，
晚岁高吟扬子边。
大浪蓝鲸敢吞吐，
惠风翠羽任飞旋。
缪斯伫立云端笑，
又见毫锋劈巨澜。

2002年10月4日　上海

赠 燕 祥

诗坛文苑两栖星，
笔底波澜使我惊。
言者痴于无罪诺，
闻之足戒哄愚氓。
恶瘤手术刀锋利，
病毒显微镜透明。
匕首投枪齐出击，
只缘心底渴清平。

2002 年 10 月 12 日晨

毛豆阿姨酒家盛会诸友

毛豆阿姨端酒到，
洞厅雄辩口如潮。
申江摄氏三零度，
不及诸贤热气高。
学士盛情陈盛宴，
同怀今世论今朝。
一心共举如椽笔，
扫尽人间鬼与妖！

2002年10月3日

附记：国庆后二日，诗人、翻译家吴钧陶及夫人杨昭华作东，邀诗友、译友十余人，晚宴于常熟路毛豆阿姨酒家。出席者有中国莎士比亚学会会长方平，翻译家、诗人钱春绮，上海翻译家协会前会长草婴及夫人盛天民，上海翻译家协会会长夏仲翼，翻译家黄杲炘，翻译家、诗人张秋红，翻译家冯春，诗人韦泱，翻译家黄福海及爱人张卉等，笔者亦忝列末座。是日上海气温过摄氏30度，而与会者热情更高，纵论诗事译事家事国事天下事。"胜地不常，盛筵难再"，爰草七律一首，以志豪兴。又，毛豆阿姨酒家内部装修成洞窟状，奇石嶙峋，幽花攀缘，故第二句"洞厅"云云。

题莎翁十四行诗译本赠贾漫兄

一卷奔云十四行，
莎翁驰骤出苍茫。
赤铜嫩蕊佳公子，
墨玉珊瑚俏女郎。
逝鸟啸鸣三岛久，
飞星坠落汉程长。
半生译事春宵梦，
难得诗人细品尝。

1983年1月20日　北京

自淮安赴周庄途中口占答贾漫兄

饮酒青城踏落英，
金陵寒雨又相逢。
共融万国诗豪热，
一唱千杯骨肉情。
车过混茫鞭骏马，
笔凌苍昊起鲲鹏。
感君两度题佳句，
使我泪泉涌不停！

2002 年 12 月 26 日

附记：第七届国际诗人笔会于 2002 年 12 月在南京、淮安、周庄举行。24 日上午在南京华东饭店会议室举行大会讨论时，贾漫兄授我一纸，上书："此日重逢屠岸兄，诗情早共海天浓。凌云健笔兼新旧，毕世耕犁司枯荣，诗赋传家缘老母，精诚益世爱新生。金陵幸会平生快，他日他年何处逢？邻座敬示屠岸兄。贾漫 2002.12.24."。26 日上午在淮安今世缘酒业公司集会上，贾又授我一纸，上书："念奴娇 淮安再赠屠岸兄兼赠诗兄诗弟诗姐诗妹 飞车舞雪，阅金陵，兄长满怀英物。千古兴衰多少痛，都化慨慷谈吐。苏北逃亡，南京血屠，诗友同温故。管管向明，顿时情同手足。向晚正愁予，南斯大姐，泪洒栏杆处。戴维韦丘

123

情爱涌,中外姐夫无数。野曼犁青,班头作证,酒后真情露。寰球兄妹,都是同宗同母!"我鼓动贾漫上台朗诵,他即去,朗诵时,我忽然泪如泉涌,无法控制。贾诵毕归座,我与他感极而拥抱,时我依然泪痕满面。林子立即将我与贾拥抱情景摄入镜头。林子问我何故流泪,我说:"感动已极!"我对贾说:泪是自然涌出的,我怕失态,想控制,无效。《淮安日报》女记者见状立即对我采访,我拿出贾赠我的《念奴娇》,指出其中句子:"寰球兄妹,都是同宗同母",却仍哽咽不能言。此日下午乘大轿车赴周庄,在颠簸不已的座位上,我在纸上写成以上七律一首,以示贾漫。林子照着诗稿念了一遍。贾漫说,诗意浓,行文自然,合律。丁芒说,平仄是次要的,主要的是诗情诗意。又,贾词《念奴娇》中管管、向明,两位我国台湾诗人;南斯即郭南斯,英籍华人女诗人;戴维即戴维斯·佳(Guy Davis),郭南斯的丈夫,广东省清远市城乡建设顾问;正愁予谐郑愁予,美籍华人诗人;野曼、犁青为本届国际诗人笔会主席;酒席间,笑称南斯大姐的英国丈夫为大姐夫,称老诗人韦丘为二姐夫。

忆梦赠诗人贾漫

午夜遽醒,返忆梦中,魂魄生翼,飞达呼市,造访吾兄于深巷之中,乃奋笔疾书,步兄后尘,化老杜八句,呈贾漫诗兄,以博一粲。

贾谊书房何处寻?
青城深巷柳阴阴。
映阶碧草呈春色,
隔叶黄鹂送好音。
纸上任驰金不换,
门前谁见铁将军?
出书连捷身心健,
长使友人喜泪淋!

2003 年 5 月 14 日　北京

附：

贾漫答诗

开封展卷辨扬州，翡翠长杨任意柔。
行草吐丝生彼岸，宽颡蓄海送兰舟。
感君幽入梦中梦，使我连登楼外楼。
八怪全应拜八戒，天蓬才气更悠悠。

公为亥年生。扬州八怪才高，可懂印度文乎？三藏高徒，岂有不懂外文之理也。

步贾漫再剥老杜兼自嘲

屠岸浑名垂窀座，
不知地厚与天高。
投枪暗夜空抛力，
振翮青天尽落毛。
三遇病魔濒半死，
两投陷阱岂哀号。
缘何上帝偏垂爱，
八十衰翁"走着瞧"！

2003年5月14日　北京

附：

贾　漫　原　诗

屠岸大名垂宇宙，英文翻译水平高。
投枪暗夜诛龙首，振笔青天舞凤毛。

127

老去天真真一少,夜来诗梦梦三曹。

飞鸿比翼冲非典,双落青城不顾劳。

暮云吟遥呈忠瑜兄

老树新枝总是春，
青葱万里仰昆仑。
英雄碧血传神笔，
川岳红装夺魄痕。
灯下挥毫归永夜，
梦中策马召诗魂。
白头赤胆凌苍昊，
无限金辉射暮云。

2002 年 2 月 16 日　北京

谒红岩村八路军办事处纪念馆周恩来同志卧室

薄薄床单薄薄被，
怎凭薄被过严冬。
只缘身蕴无穷热，
化却人间万丈冰。

1975 年 7 月 15 日　重庆

虞美人·星陨

巨星陨落人寰恸，
闻耗恍如梦。
五洲万国起哀歌，
金水桥前一夜泪成河。

无私无畏而无敌，
千古英模立。
灰飞大地沃神州，
他日红花似火遍寰球。

1976年1月14日　北京

深　　痛

英魂十载觅无踪，
湛湛青天日正中。
世事千秋说功罪，
人间百喙辨奸忠。
何来彩笔招长夜？
孰令群雄据要冲！
深痛巨创平复日，
思潮激荡撞心胸。

1980年4月17日深夜
少奇同志追悼大会后　北京

板 仓 六 首①

一

湘东土地尽红色，
行到板仓山亦赤。
岂非烈士血染成，
红色江山映红日。

二

白发青丝同穴眠，②
我来凭吊亦潸然。
彩虹高挂芙蓉国，
英气长留天地间。

---

① 板仓，在湖南省长沙县，是杨开慧烈士诞生的故居和从事革命活动的地方，也
是毛泽东早年从事革命活动的地方。开慧烈士墓在离板仓屋不远的小山上。
② 开慧烈士与其母亲同葬一穴。

三

绿竹青松绕宅荫，
板仓衡宇启重门。
碎砖小径苍苔厚，
满院繁花护屐痕。

四

云锦霞罗旧院庭，①
火塘竹凳忆深情。
临危焚纸从容处，②
今日犹闻斥敌声。

五

双星灿烂照蓬庐，
瞻仰人流不绝途。
泪洒三湘斑竹茂，
千秋浩气勖吾徒。

---

① 开慧烈士字云锦，又名霞，板仓农民称她"霞姑娘"。
② 1930年10月某日清晨，国民党反动武装突然包围了板仓屋场，杨开慧不幸被捕。被捕前她在屋中焚毁了党的机密文件。

六

万丈丰碑立故乡，
杜鹃翠柏满山岗。
当年一曲壮歌去，
风起陵园百世芳。

1977年4月

访七贤庄八路军办事处
纪念馆感赋

万黑丛中一点红，

七贤庄里火熊熊。①

求真何惮路千里，

为国甘当困万重。

不坏长城还本色，

成仁烈士永芳踪。②

先贤事迹堪垂教，

铁铸钢浇百炼功。

1961年12月　西安

---

① 　八路军驻西安办事处成立于国共第二次合作初期,设于西安七贤庄一号,最初是掩护我地下党活动的一个牙科诊所。它从地下到半公开再到公开,经历了一段过程。经我方要求扩充,国民党当局给了我们七贤庄三号房屋,后又给了七号房屋,有意把我们隔开。周围"居民"、"小贩"、"人力车夫"以至"路人"都是监视我们的特务。在办事处周围展开了尖锐的斗争。当时,一批批青年为追求革命,经此处奔赴延安。办事处负责人林伯渠的卧室非常朴素。林老当时穿一身有补丁的衣服,仅有的一身较好的衣服平时舍不得穿。他同大伙一起吃大灶。他每日清晨即起,读书或工作。刘少奇、周恩来、朱德、叶剑英等都在此居住、工作过。
② 　纪念馆内有宣侠父烈士遗像,他是办事处工作人员,被敌人杀害。

闻　变

岂容国贼逞奸邪，
七亿挥拳咬碎牙！
绕地圆睁飞紫目，[①]
冲天怒吼爆红霞。[②]
群峰高奏降魔曲，
星月争开祝捷花。
扫地妖风炼金眼，
残烟一缕失平沙。[③]

1971年11月　河北静海团泊洼

---

① 1971年3月3日，我国发射了一颗科学实验人造地球卫星，此时尚在运转。
② 1971年11月18日，我国进行了新的核试验。
③ 平沙，温都尔汗。

送哥哥远行^①

悄然仙驾赴西瀛，
回首依依伴笑行。
桃李无言蹊自远，
青松举目鹤来鸣。
窗前奋笔形犹在，
坛上为师壁有声。
永忆当年昆季好，
芝兰玉树满芳庭。

2002年3月6日　西安

---

① 胞兄蒋孟厚，1920年4月6日生。交通大学毕业。苏联建筑科学院副博士。
西安交通大学建筑系教授。2002年3月3日病逝。桃李满天下。曾出版有关
建筑学著作多部。

痛悼韦君宜同志①

早岁哪知世事难，
奔来圣地气如山。
英姿飒爽昂霜雪，
意态从容斗敌顽。
道路崎岖多岈崿，
心潮澎湃几洄澜。
病危思痛求真理，
无愧无私天地宽。

2002年2月

---

① 韦君宜(女,1917—2002),曾任人民文学出版社社长、总编辑。早年就读于清华大学,参加"一二·九"运动。抗战兴,赴延安,携笔荷枪,从征万里。建国后,历任报刊及出版单位编辑领导职务,培养作家,提携后进,成绩卓著。业余文学创作,著述甚丰。"文革"中历经磨难,深刻反思。晚年病重,力疾撰《思痛录》,历数错误路线,揭示极左祸根,影响至巨。君宜以八五高龄辞世,笔者泣挽:"一心一意一园丁,大彻大悟大勇者。"

悼诗友曾卓

悬崖边上伫精魂，
欲下深渊欲上云。
风卷青枝驱燕雀，
岚含虬干接鹏鲲。
慈航击楫波无迹，
绝域乘车露有痕。
临别赠言是遗爱，①
诗文四卷伴晨昏。

2002 年 8 月

---

① 曾卓临终前用颤抖的手写下八个字："我爱你们，谢谢你们。"

张光年同志追思

鸡鸣窑洞起星晨，

怒吼黄河醒国魂。

泽畔行吟追浪迹，

鲜花五月又回春。

明堂拍案声如铁，

警语抨轰黑线论。①

手捧雕龙凝泪眼，②

凄风送远白云深。

2002 年 3 月

---

① 论字，平声。
② 光年同志寄赠《骈体语译文心雕龙》，未及多时，溘然仙逝。

吊孙犁先生

苦辣酸甜九十秋，
文坛耆宿驾云游。
华堂难见高谈客，
书案长为劳影俦。
初记风云真善美，①
难图荷淀更风流。
丰碑早在深心里，
临感依然叹不休。

2002年10月7日

---

① 真，真个是……，赞辞。

梦亡友诗人杜运燮[1]

霹雳州环橡树园，
胶林碧海伴童年。
滇池月色蒸憧憬，
公路烟尘化壮观。
诗历逡巡难自弃，
灵山攀越永无前。[2]
凭栏执手双瞳合，
枕上重逢泪不干！

2002 年 7 月

---

[1] 诗人杜运燮 1918 年 3 月 17 日出生于马来西亚，小时在霹雳州一橡胶园里度过。抗日战争时期求学于云南昆明西南联合大学外文系。曾在印度比哈尔邦蓝伽的美国训练中心当译员。1942 年发表成名作《滇缅公路》。新中国成立后长期任职于新华通讯社。2002 年 7 月 16 日在北京病逝。

[2] 灵山，指希腊赫立崆山(Helicon)，阿波罗和缪斯诸神常居之地。山上有希波克丽涅泉水(Hippocrene)，饮此泉能获诗的灵感。

附　录：

萱　荫　阁　沧　桑

　　董宁文先生嘱我写一篇谈谈自己书房的文章。提起笔来，便有如许往事，涌上心头。我的书房，位于北京和平里我的住所之内，是个十四平方米的"斗室"，而且"一身而二任焉"：书房兼卧室。我家现有书橱十七个，书房里置六个，其他另置一客厅兼卧室中，还有两个，置于门外"单元"过道内。然而书源依然不断，十七个书橱仍然容纳不下，所以书房地板上又堆起书籍，不断扩展领土，增加领空。或曰我家有"书灾"，此言不虚。1999年8月某日，半夜梦中忽被一声巨响惊醒，原来是一架书橱承受不了重压而轰然倒坍，我被埋在文海字山之中！

　　书的爆满非一日之功。而且，书的盈亏也随着历史的演进而不断变化。1953年我从上海奉调北京，带来了一大皮箱书籍，其中有大量英美文学原著，其来源是：1941年底太平洋战争爆发，日军进入上海租界，英美居民被抓进集中营，他们家中的藏书大量流入旧书市场。当年我把零用钱全花在购书上，觅得了许多极好的版本。"文革"开始，一位女同事的公婆因家中藏有外文书，被红卫兵诬为"里通外国"，当场打死。我怕殃及老岳母，便狠心把那些英文书以低价卖给了废品收购站。一些中文图书也在被两次抄家后失落殆尽。于是书房成了"空巢"。改革开放以来，我几次出访，到美国、英国及欧洲大陆，又购得或获赠了大量新的原版书。（不过上世纪四十年代在上海购得的那些版本，如今在英、美书市上早已不见。）于是我书房里的外文书又逐渐多起来，而中文图书则增加得更多。真是的,书房也是"三十年河东,三十年河西"啊!

我定居在和平里,始于1961年,到现在已经四十二年。在这近半个世纪的年月里,我与书房"风雨同舟","荣辱与共"!"文革"结束后,我给书房命名为"萱荫阁",这是沿用我母亲的画室名。母亲用此名以纪念我的外祖母,我沿用它以纪念我的母亲。同时,用母亲的勤奋、善良和坚韧激励我自己:我的第一本诗集叫《萱荫阁诗抄》,就是用这个名字。我当了几十年编辑,工作不限于上班的八小时,时常"开夜车",就在这书房里,每到疲劳困顿时,一想起母亲的慈容,便又抖擞精神,继续熬夜:我的七八本著作(诗集、散文集、评论集等)和十几部译著,大半完成在这里。"文革"中约有两年时间,在造反派的"勒令"下每日必写的"思想汇报"以及"认罪书"、"斗私批修狠挖私字一闪念"等,也都在这里写成。1967年秋天,我已完全不能适应当时精神上、人格上受虐的处境,产生了对死神的极端亲切感,啊!I have been half in love with easeful death!为了迎接它,我作了时间、地点、方式的具体安排。方式之一就是在书房的木制窗帘架横梁上挂绳子,以便把自己吊上去。先试验了一下,却不知那木条是承受不了我心情的沉重,还是为了怜惜我这微不足道的生命,竟"喀嚓"一声断了。此事到上世纪九十年代我与家人谈起,孩子们说,曾经老是奇怪为什么书房窗帘架断了,原来是这么一回事啊!全家人包括我自己,都哈哈大笑,笑痛了肚皮,笑出了眼泪!接着,是沉默。不过在当时,窗帘架断了之后,我还有其他方式可用,但最后终究没有踏上那条不归之路,是因为我见到了五岁小女儿的眼睛,也在书房里,灯光下,那眼睛是如此天真可爱,如此纯洁而又无助。我顿悟:不能让她当孤儿!于是设计中与死神的幽会也就取消于书房中。

在做翻译工作(如译《济慈诗选》)或编辑工作(如编《田汉全集》)时,全身心投入。何谓"全身心"? 就是脑体并用。如何进行

"体力劳动"? 那就是找书、搬书、翻书、查书、摘书。参考书和工具书包括字典、词典,种种辞书,各种有关文、史、哲的书籍。没有这些书,翻译和编辑工作就无法进行。有的书重如一块大砖头,有的书要从一个个橱柜的深窟中挖出来。我往往坐不满五分钟,便要起身到三间屋的十几个书橱里去搜索我的猎物,用以求义、解惑、参照、比较、改错、加注……运动量相当大,特别是在炎炎夏日,书房里没装空调,总是弄得气喘吁吁,汗流浃背。但,始终乐此不倦。何也? 伏案萱荫阁,是人生一大乐趣。

从去年起,由我倡议,每隔一周或半月,在萱荫阁举行一次"晨笛家庭诗会"。晨笛原是我的八岁小外孙的名字,以此命名家庭诗会,取"晨明旸谷"和"笛韵悠扬"的含义。参加者除我外还有我的大女儿、儿子、小女儿、女婿、两个外孙女、外孙,有时还有孩子们的同学或朋友。去年那天,当他们一听到我的倡议,就都雀跃欢呼,争先恐后地表示一定参加。如果说他们一个个还算不得是"诗迷",那么至少也都是诗爱者。开会时,每人都自动拿出节目:诗歌背诵、朗诵、吟诵(这三种是不一样的);相互交谈对所诵诗的理解、欣赏、感悟,展开评价、议论。所诵作品从中国古诗到现代诗(白话诗),再到外国诗的原作和汉译,没有任何限制。但低俗的作品从未登场。这些诗的作者可以是大诗人、名诗人,也可以是无名诗人,只要诗好;而且,也可以是诵者自己,如果写了诗的话。我还朗诵了亡妻——孩子们的母亲、孙辈们的外祖母——的诗作。这样,这间书房就一次又一次地沉浸到诗歌的浪涛里,一次又一次地喷冒出诗韵的清泉来。这时候,我觉得,两壁书橱里的屈原、李白、杜甫、苏轼、辛弃疾、鲁迅、闻一多、艾青……以及莎士比亚、弥尔顿、华兹华斯、济慈……都从他们自己的一本本著作中探出头来,聆听和观察我们这个家庭的老中青三代人,一个个,怎样诵他们的诗歌,怎样讨论他们的作品,怎样从他们创造的韵律中撷取真、善、美,以丰富自己、纯化自己、完成自己,使自己的灵魂变得高尚、美丽……

我的母亲手绘的一幅国画,挂在书房墙上。母亲,我的母亲啊!你的灵魂是不是始终在俯视着这间萱荫阁里的历史沧桑?

2003 年 3 月 9 日

后　　记

　　这是一本汉语语体诗(通称"新诗")和古典格律诗(通称"旧体诗词")的合集。分四辑,第一辑为语体诗,其他三辑为古典格律诗。谢冕主编的《1949—1999中国当代文学精选·诗歌卷》,就是一部语体诗和古典格律诗的合集。在这里,诸如朱德的七绝《赠蜀中诸父老》和艾青的《鱼化石》等等同时出现。尽管有白话和文言的区别,但都是在本质上相同的诗!或曰:二者格格不入。其实,只要把偏见放在一边,就会觉得并没有什么不自然。为什么不能调和鼎鼐,互相拥抱,携手并进?谢冕的编选思想,给人以启发。我这本两类诗的合集,也就这样编成了。还应该多说一句:收在这本集子里的两类诗,不仅都是诗,而且在风格上还有着某种和谐的一致。

　　第一辑里的语体诗,都是写于二十世纪四十年代的"少作"。时间的跨度是四年:1941至1944。其中,写于1943年8月的占大多数。四十年代初,我从上海旧书摊上"淘"到一本诗集《菱塘岸》,作者是吴汶。书出版于1932年,有平装和软精装两种版本,均甚佳美,软精装本尤佳。当年吴汶是复旦大学学生。书中有复旦大学教授谢六逸的序,谢六逸称吴汶的诗属于"新感觉主义"。吴汶诗都很短,都是两行一节,一首诗四节、六节、八节,以四节为多。这些诗多写乡村风貌、人生感受,大抵为白描,然而蕴藉、含蓄、深沉,厚重,悠远。文字极精练,没有多余的字,而内涵丰盈,情采隽永。常通过感觉(视、听、嗅、味、触)形成意象,透露主观感受和情绪反应。无浅层的格律,有深层的节奏和潜在的韵律。给人的总体感觉是classical restraint(古典的抑制)。我读吴汶诗,受到深的触动,并开始模仿他。后来逐渐摆脱模仿,习惯成自然地运用两行一节,每首包含四至七、八个诗节的形式,抒写我的人生感受和情绪。特别是1943年夏天,我十九岁,旅居江苏吕城和返归故乡常州时,写了几十首诗,进入痴迷状态。这些诗,也大抵是白描,因classical restraint而凝重。应该说,我这一时期的诗作,也是我诗歌创作的起步阶段,从形式到表现方法,以及风格,都深受吴汶的影响。过去我曾对采访我的诗刊记者说,在我的写诗生涯中,对我影响大的现代和当代诗人是冯至、艾青和卞之琳。这三位都是著名诗人或大诗人。他们的确对我有重大影响。但我不能抹去曾给我重大影响的另一位诗人吴汶。吴汶,在上世纪三十年代没有什么知名度,现在,除社科院文学所研究员、专门研究现代诗的刘福春等外,几乎没有人知道吴汶。但是,吴汶确是一位优秀的诗人。吴汶,又名吴文,字孟文,1910年生,1981年去世。浙江黄岩金清人,1930年考入复旦大学,就读于新闻系、文学系。学生时代即擅长写作诗歌、散文。因举办进步的文艺墙报,被国民党警察追捕。1936年大学毕业后去日本,在东京大学留学。1937年"七七"事变,全民抗战爆发,吴汶毅然终止学业,回到祖国,为解决上海等地回黄岩避乱学生的学习问题,出任君毅中学浙江分校校长。此后仍长期工作于教育岗位。他不仅语体诗写得出色,写古典格律诗也有深厚的功力,同时擅长书法艺术。二十世纪五十年代初,我与他在华东军政委员会文化部有过一面之缘,但未深谈,成为终身憾事。现在,乘我写这篇后记的机会,向爱诗的读者介绍一下这位优秀的诗人,也是了却一桩心愿。我曾对吴汶夫人张菱子女士说过,要写一篇评介吴汶诗歌的文章,但忙乱至今,不知何时能够自己还自己的愿。这本集子里收入的我写于二十世纪四十年代的语体诗,大抵是受吴汶的影响写成的。四十年代及其后我还写过不少别样风格的作品,本书不收。因此,这里也略含一点纪念吴汶的意思。

我写古典格律诗(旧体诗和词),开始于1938年我十四岁时。那是在母亲的熏陶和鼓励下试着动笔的。几十年来,陆续写了一些。1985年,我出版了一本古典格律诗集《萱荫阁诗抄》。萱荫阁本是母亲的画室名,以萱荫为名是为了纪念我的外祖母。我沿用此名作为我的书房名,不是胆敢僭用,实是为了纪念我的母亲。1985年至今,又过了十八年,其间我又写了一些。这里收入的,是经过删汰的我的六十多年的古典格律诗作品。讲到写古典格律诗,还须追溯到母亲教我读唐诗的阶段,那时我读小学三四年级。我读唐诗时,书房里挂着一位老画家写给母亲的对联:"春酒熟时留客醉,夜灯红处课儿书"。上联赞母亲善于持家,下联赞母亲教子有方。母亲教我的书,固然有古文,但以唐诗宋词为主。有的诗,母亲并未曾教,她只是吟,今日吟,明日吟,日日吟,我便听熟了,烂熟,而至于能"倒背如流"。一日,我对母亲说,"夜灯红处课儿书"可改为"夜灯红处课儿诗"否?母亲笑而不答,我以为是默认了。"夜灯红处课儿诗"这七个字,可以理解为:夜晚灯光下,慈母在教儿子读诗。也可以这样理解:母亲在夜晚灯光下教我(儿子自称"儿")学诗。还可以理解为:母亲在夜晚灯光下教我学写诗后我写的诗。(我也写语体诗即新诗,但设若没有母亲教我学古诗,我也不可能有写语体诗的兴趣。)"红"字为色彩意象,含蕴深厚。以上就是本书书名的由来。

由母亲引路,我走进了诗歌的殿堂,尽管写得幼稚——到现在仍然幼稚,但痴迷的劲未减,我自觉堕入了诗的"魔道"。二十世纪

八十年代,我曾有七绝一首:

> 早岁吟哦未得篇,
> 年来苦索亦堪怜。
> 平生不识烟茶酒,
> 只有诗魔伴我眠。

九十年代,得张菱子女士赠《吴汶古诗词集》,发现吴汶在1980年写过一首五绝:

> 欲戒吟诗癖,
> 无如诗鬼缠。
> 抽刀曾一决,
> 枕畔又成篇。

一曰诗魔,一曰诗鬼。几乎是心心相印。他年泉下相逢,我当与先行者吴汶额手庆同道,共吟新诗,震坍阎罗殿!

2003 年 8 月 4 日

集 外 诗 歌

旧 体 诗

攀 枝 花①（七律）

太平天国有遗民，
此地原为七户村。
山谷深藏无价宝，
江皋遍覆蔚蒸云。
一声号令从天落，
两岸红霞似火焚。
卅万大军开大业，
英雄花树正迷人。

1975 年 12 月

① 渡口市钢铁工业基地又名攀枝花，盖此地到处皆有此种乔木。攀枝花即木
棉，又名红棉，一名英雄树，南国花树之魁也。树干高而粗，树冠甚伟。树干
上的纹路是横的，像围着树干而圈圈。攀枝花于 2、3 月间叶落尽而开花，花红
而艳，极茂，如一群火球，一片祥云，一天朝霞。六十年代中期，在党中央号令
下，支援大军从四面八方涌向攀枝花，一座新的钢城耸天而起。到我访问时，
渡口市人口已达三十七八万。而解放之初，此地只有太平天国遗民七户。

悼 郭 沫 若（五律）

郭老乘风去，
青山仵白云。
引吭神女赋，
落笔屈原魂。
甲骨开宏域，
暮年御用文。
迅翁虚席待，
雷电闪双坟。

1978年6月14日

登　庐　山（七律）

匡庐跃立白云边，
黛色荧光眼底旋。
金阙双开奔紫雾，
大风一唱显青天。
红枫来去千蓬火，
龙柏送迎万炷烟。
俯视平川转棋局，
神州几度绣荒田。

1978 年 10 月 8 日

痛哭田汉同志（七律）

一生战斗爱憎明，
壮绝神州戏剧兵。①
猛击乱钟惊世梦，②
高歌血肉筑长城。③
何期二度来杨大，④
孰令万人哭汉卿？⑤
悲剧若然重演出，
天荒地老两无声！

1979年4月

① 壮绝神州戏剧兵，原为田汉诗《庆祝西南剧展兼悼剧人殉国者》(作于1944年)
之首句。
② 田汉有剧作《乱钟》(作于1937年)，召唤全国人民奋起抗击日寇。
③ 田汉作词、聂耳作曲(1935年)，后成为新中国国歌的《义勇军进行曲》中有句：
"把我们的血肉筑成我们新的长城"。
④ 田汉剧作《名优之死》中的杨大爷是旧中国社会恶势力代表。
⑤ 关汉卿为我国元代杰出戏剧家，田汉写有剧作《关汉卿》为之立传。此处以喻
田汉。

常 德 访 桃 源（五绝）

云树添高致，
落英逸剩香。
桃花源里坐，
风雨忆萱堂。

2000 年 5 月 4 日

附记：2000 年 4 月 24 日访桃源（湖南常德）。家母屠时于 1913 至 1914 年执教于桃源第二女子师范学校，距今已八十六年。陶渊明《桃花源记》有句："忽逢桃花林，夹岸数百步，中无杂树，芳草鲜美，落英缤纷。"王维《桃源行》有句："遥看一处攒云树，近入千家散花竹。"

汉 俳 六 首

守 岁

雪马周天驰，
鞭爆声中守岁迟，
蜡尽五更时。

祭 祖(一)

宅暗重帷秘，
祖宗静待鞠躬礼，
爆竹轰然起。

旧时家乡春节期间重要礼仪为祭祖，其时必将门窗尽行关闭，帘幕重垂，免外光泄入。屋内则烛光明亮，香烟缭绕。儿孙等向已故先人画像行三跪九叩首礼，及至民国二十载行礼仪改革，以三鞠躬代。礼毕，院内放炮仗，轰然巨声，门窗洞开，帘帷尽撤，于是晦气全扫，祥瑞进宅。

祭　　祖（二）

"神影"挂高堂，
香烟如篆绕房梁，
团子倚银钉。

"神影"，列祖列宗之画像。先人亡故后，子孙辈请画工绘制。家乡
人称"神影子"。

春节前早作准备，用糯米制成团子，元旦至大年初五，以团子供奉
于"神影子"之前。团，繁体字为糰，意为团团圆圆。

祭　　祖（三）

好奇马蹄袖，
凤冠霞帔周身绣，
"祖宗多保佑！"

"神影子"中之祖宗，无论为官与否，男性一律清代官服，头戴花翎，
上衣袖口为马蹄袖；女性一律凤冠霞帔。孙辈儿童极感惊奇。笔者祖
辈为农民和乡镇朝奉（售货员），画中如此，亦阿Q精神之体现。此在我
乡当时已成风气。吾家所有"神影子"在抗战时全毁于日寇纵火。

结　　缘

竹签插碗中，
供奉更斋向远空，
野魂来过冬。

春节期间,备更饭数碗置天井中长几上,以奉四处游荡居无定所之野鬼。更饭亦名更斋,斋饭素食,无荤腥。"更"含万户更新意。碗中白米饭上插竹签约十二根,以备野鬼至少六名以签代筷进食。此等已死之生灵无亲戚儿孙,孤苦伶仃,无缘享受后人之祭献。乡人邀其入屋进食过冬,予以同情与援助。此等邀食之举无由引发闹鬼,反得善鬼护佑好心人不受恶鬼侵扰。斯谓结鬼缘。

丐 童

风吼元宵节,
门外丐童低诉噎,
豪宅红灯灭。

2001 年 6 月 22 日作

哀辛笛诗翁仙逝（七律）

电传万里破云埃，①
手握听筒心发呆！
一代诗豪登假去，
百家歌哭望门来。
拳拳手掌摩千佛，②
汩汩水泉漫九垓。③
入得嫏嬛任采猎，④
河边听水且徘徊。⑤

2004年1月8日夜
于北京

---

① 诗人辛笛，于2004年1月9日在上海病逝，享年九十二岁。
② 辛笛著诗集《手掌集》（星群出版社1948年版）。
③ 《辛笛诗稿》（人民文学出版社1983年版）中有《泉水篇》三首。
④ 嫏嬛，神话中天帝藏书之所。辛笛著散文集《嫏嬛偶拾》（上海教育出版社
   1998年版）。
⑤ 河，银河。辛笛著旧体诗集《听水吟集》（香港翰墨轩出版公司2002年版）。"听
   水"取"子在川上曰：逝者如斯夫，不舍昼夜"意。

滕王阁再现①（七律）

梦中高阁去何时？

终见名楼跃丽姿。

帝子何缘霁色久？②

奇才无命夕阳迟。③

公输赤帝频相斗，④

大地重歌建筑诗。

端赖子安遗绝唱，⑤

落霞秋水永嗟嗞。⑥

2004年1月

① 滕王阁始建至今已有一千三百余年，屡建屡毁，多次毁于火。1927年国民革命军北伐抵南昌时，此阁又一次（第二十八次）毁于军阀纵火。1985年，南昌市人民政府重建滕王阁落成。2000年5月笔者抵南昌，于27日访滕王阁，美轮美奂，令人神旺。30日再访，6月1日三访，以尽兴。

② 帝子，唐高祖之子李元婴，封滕王，为洪州（南昌）刺史时始建滕王阁。此人无行，凭此阁留名后世。

③ 奇才，王勃（650—676），字子安，诗文为一时之冠，初唐四杰之一。渡海溺水惊悸而逝，年仅二十六岁。

④ 公输氏，即鲁般，又名鲁班，古代建筑工匠，被尊为建筑祖师。赤帝，火神祝融氏。

⑤ 王勃作《滕王阁序》，千古名篇，亦使阁名长留人间。文中"落霞与孤鹜齐飞，秋水共长天一色"为不朽景语。

⑥ 嗟嗞，叹声。《战国策·秦策五》："嗟嗞乎，司空马！"

锦绣堆成百尺台（七律）

——痛悼诗友唐湜

一声霹雳电传来，
瓯水凝流雁荡呆。
廿载沉冤惟一笑，
平生豪富是文才！
困穷宁弃千钧笔？
锦绣堆成百尺台。
毅魄已随云鹤去，
天庭拥抱一诗孩。

2005 年 2 月 2 日

附记:诗友唐湜,著名"九叶"派诗人。1957 年被错划为"右派",颠踬二十余年。在逆境中坚持写诗,诗风纯正,兼擅评论,著述甚丰。他以诗美的凝华对应现实的丑陋,以对缪斯的忠诚藐视命运的播弄,以精神的高昂抗议人间的不公。他的痛苦经历过滤,发生嬗变,进行纯化,升华为欢乐与梦幻。唐湜作为美的宗教的信徒,超脱了命运给予的苦难,实现了灵魂的飞升。2005 年 1 月 28 日唐湜在温州病逝,享年八十五岁。

生死因缘真善美（七律）

——痛悼老社长严文井

文锦字秀出真诚，①
悯地悲天赤子情。
鲁艺奔云增胆识，②
人文飞浪驾长风。③
童心争逐千溪唱，
慧眼长驱百草鸣。
生死因缘真善美，④
人间天上一飞鸿。

2005年7月23日

---

① 首句第二字"锦"仄声，不合律，但，不改了。严文井原名严文锦，自1935年发表作品用"严文井"名字后，即以此为终生正式用名。文井同志确为一口"文井"，从中不断涌出文学佳作与杰作，包括小说、儿童文学、散文、评论。

② 1938年文井到延安，在鲁迅艺术文学院任教，成为人生道路上的转折点。

③ 1961年起文井任人民文学出版社社长，直至离休。

④ 文井于2005年7月20日以九十高龄谢世。文井永远葆有童心，永远年轻，其精神永远自由。在另一世界，文井亦始终自由，其灵魂为一不羁的飞鸿！

临　采　石 (七绝)

忽临采石寻明月，
月在江心抱谪仙。
我欲与之论诗格，
月沉仙去水悠然。

2005 年 10 月 27 日

　　2005 年 10 月在安徽省马鞍山市参加由文化部与安徽省人民政府主办、安徽省马鞍山市人民政府协办的第一届中国诗歌节。10 月 27 日访采石矶太白楼及传说中李太白"抱明月而长终"之长江沙岸，口占一绝。

答 燕 祥(七绝)

获赠《邵燕祥诗抄·打油诗》。拜读之,有感,赋"打油"一首以答。

燕祥诗语劈荆榛,
字字锥心句句箴。
容我与君同展翼,
苍鹰瓦雀各求真。

2005年11月18日

望海潮·呈贾漫兄

春潮秋汐，

流光遥送，

青城曲巷人家。

蝴蝶梦回，

荼蘼睡去，

弟兄执手攀花。①

膏血叠江沙，

金陵闻鬼哭，

同祭天涯。

燕子矶殷，

凤凰台泣，

吼丹崖！②

沪宁国道飞车，

---

① 1980年5月31日笔者抵呼和浩特，蒙张长弓、贾漫等迎接。6月5日，在敖得斯尔家，与敖得斯尔、贾漫、安柯钦夫、杨啸、札拉嘎胡、张长弓、杨植材等共进晚餐。
② 2002年12月25日上午，在南京，共赴"侵华日军南京大屠杀受难同胞纪念馆"凭吊死难者。

仰恩来故宅,

均沐清佳。①

淮市赋诗,②

周庄论艺,③

何时再泛星槎?

归去意犹赊,

念高原健步,

吟叹才华。

喜悉津门恙愈,

翘首共烹茶。

2006 年 1 月 23 日,北京

附:贾漫赠词

满　庭　芳

韵重济慈,

诗翻莎士,

心智融会中西。

弄舟词海,

---

① 25 日下午,同赴淮安市,瞻仰周恩来故居。

② 26 日上午在淮安"今世缘"酒业公司会议厅,贾漫赠词《念奴娇》。

③ 26 日下午同赴周庄,27 日在周庄舫一同出席"国际诗人与周庄文化交流研讨会"。

劈浪化惊奇。
十四行诗学就，
莺啭处，
香气扑鼻。
阿黄梦，
百年一觉，
童趣恋熊罴。

执迷，
鹅掌动，
逢云播雨，
遇水开犁。
便耕得伊甸，
花果压枝。
此话诚非溢美，
君子赞，
童叟无欺。
知何日，
鞠躬再拜，
朗朗背唐诗。

2006 年 1 月 3 日
于呼和浩特

短歌：悼女友S.S.辞世南加州

望秋阳冬月，
茜红睡去芳菲歇。
河边谁踯躅？
相思飞渡太平洋，
炼狱天堂不言别。

2006年2月10日

谒翠枫山三首（五律）

一

山水原生态，林中不计时。
藤蛇盘翠壁，石虎跃青池。
孙女滔滔讲，健翁细细思。
绿云头上过，不觉夕阳迟。

二

松针落满地，石径软如绵。
手挽金银木，心悬化外天。
姑娘依祖父，缘分自天然。
我欲乘风去，长眠万佛山。

三

绿荫罩山道，十月婴儿笑。
嫩叶拂童颜，鲜花拥襁褓。
绵公鸡展翅，旱柳枝环绕。

生命火长明，睿章名姓好。①

2006年9月18日，山西阳泉。

---

① 路遇婴儿，名郝睿章。郝、好同音。

夜宿珠海荷包岛听涛楼（七绝）

海潮横扫白沙滩，
风卷爱巢三百间；
莫问寒星穿洞户，
听涛楼上且酣眠。

2006年10月12日草，12月28日改完。

信　口（五绝）

信口开河易，
字斟句酌难。
登坛喷唾沫，
无沫不成篇！

2007年1月11日

致谢郭风大哥
赠漳州水仙二十九年汉俳组诗八首

一

老人榻上卧
卅载友情永不磨
嘱咐寄菁莪

二

可爱绿衣人
导引宓妃进矮门
款步悄无痕

三

风静月华开
窗台窸窣费疑猜
仙子踏波来

四

白玉六连环
一簇黄金心底圆
千里送峨冠

五

蜘蛛吊丝末
悬荡半空无着落
水仙花上坐

六

幼猫蹲一旁
口中念佛意安详
如吸嫩苞香

七

盘中卵石多
摇漾清波托素罗
倒影入心窝

八

夜半梦醒迟
香氛阵阵袭人时
万里起相思

2007 年 1 月 25 日
北京和平里
萱荫阁

步赵翼，反其意而用之（七绝）

李杜诗篇万口传，
至今依旧觉新鲜。
江山代有才人出，
共铸辉煌亿兆年。

2007年3月4日

漳 河 碧 浪（七绝）

漳河碧浪射岩峣，
慰我平生第一漂。
水笑山呼群鸟唱，
低昂天地一诗豪！①

2007年6月26日，
于山西省平顺县。

---

① 诗豪非指笔者，乃太行山与漳河水相结合的伟大自然精神。

步出夏门行长调
漳河第一漂赠成亮（四言）

忘年小友，伴我同航。

美哉少年，扶导托帮，

救生衣裹，浪映红裳。

中流击楫，哭笑疏狂。

今朝何日，登此仙乡？

浊漳不浊，澄碧流芳。

静波含日，万点龙鳞。

缓平湍激，吹笛鸣琴。

幽弦存绝，玉佩玎玎。

鹭翔蓝昊，雁阵人形。

群羔傍绿，走走停停。

嫩嗓咩咩，舌重喉轻。

两岸巨壁，俯仰嵌崟。

如劈如削，太行骁腾。

层峦蜿曲，郁郁森森。

鸟鸣幽谷，叶隙穿声。

音符击水，众鳍昂身。

繁星云外，丝竹叮咛。

扁舟上下,出入烟冥。
时空逐我,前挽后拥。
祥岚遍野,天使追踪。
瞬息永恒,上帝在胸。
天倾地合,烈烈轰轰!
忘我忘物,无始无终。
伴我小友,且合双瞳……
幸甚至哉,歌以咏志。

2007年6月26日
于山西平顺
2011年10月17日
修改定稿,北京

访龙门寺赠路慧燕①（七律）

龙门古寺仵云霄，
漳水太行一望遥。
壁画千年犹绰约，
篆香三殿任扶摇。
高垣遮雨凭斜倚，
佛像蒙尘再彩雕。
八撞洪钟声窈远，
谢君扶我下山腰。

2007年6月26日，
山西平顺。

① 路慧燕，平顺县旅游局干部。

呈有光大哥[①]（七律）

百二高龄矍铄翁，
坐如钟鼎立如松。
指耕日月键盘上，
浮想阴阳屏幕中。
万国升沉回脑际，
中华荣谢结心胸。
高朋满座同声笑，
回首昆腔夕照红。

2007年7月23日

---

① 周有光，笔者表兄，1906年生。经济学家，文字学家，语言学家。汉语拼音方案主要设计者，被称作"汉语拼音之父"。有光笑辞，说："我只是设计者之一。"年过百旬，仍在电脑上"指耕"不辍，每年有新著问世。夫人张允和为昆曲专家，已故。

痛哭诗友文晓村^①（七律）

北韩冰雪经生死，

绿岛笼囚浴凤凰。^②

河洛少年担国运，^③

台湾诗笔仰天罡。^④

葡萄园立三原则，^⑤

海峡风吹两岸簧。^⑥

高士幽魂惟木讷，^⑦

---

①　文晓村作为志愿军战士，于抗美援朝战争第五次战役中，弹尽粮绝，突围未成，隐居于深山老林，历经严寒酷热，以野菜充饥，冰霜解渴。为保持中国人之气节，不当汉奸，死不投降。

②　1954年3月，晓村被美军押解台湾。因所谓"思想问题"，招致在新店大崎脚与绿岛接二连三"感训"、"再感训"，只差未被投入大海。

③　1944年日军侵占豫西，年仅十六岁之文晓村，热血沸腾，赤脚日行八十里，奔赴抗日游击队，成为少年队员。河洛指黄河与洛水，晓村故乡河南偃师，位于河洛间。

④　天罡，北斗星。

⑤　晓村于1962年起任《葡萄园》诗刊总编辑，倡导诗歌"健康，明朗，中国"三原则，影响至巨。

⑥　自上世纪九十年代初以来，晓村不断奔走于海峡两岸间，致力于台湾与大陆诗歌文化交流活动，厥功甚伟。

⑦　晓村著有名诗《木讷的灵魂》。

小灯一盏正归航。①

2007 年 12 月 29 日

---

① 晓村著有名诗《一盏小灯》。

致谢郭风大哥每年赠漳州
水仙历三十载（七绝）

八方呵护凤凰木，
四面殷勤花叶树；
犹遣水仙万里行，
深情高谊缘旦暮。

2008年2月16日

霁月光风万事宜（七律）

——贺宗群①兄九十寿

九秩高龄世所稀，
身心双健数期颐。
眼看桃李满天下，
怀抱乾坤入羽衣。
腕底键盘鸣两极，
灯前彩笔走东西。
讲坛分秒春秋驻，
霁月光风万事宜。

2008 年 9 月 22 日

---

① 陈宗群，中央音乐学院教授。译著有六十万言《西方音乐史》。

金 牛 吟（五古）

己丑牛主岁，佳气日夕来。
甘为孺子牛，奋蹄不言衰。
毋作吴牛喘，神舟扑月怀。
对牛可弹琴，牛亦通灵台。
牛刀且小试，运作挥大才！
牛鬼与蛇神，一笑等尘埃！
牛溲共马勃，珍物供药材。
牛黄出华佗，生气相依待。
汗牛充栋籍，电脑智库开。
织女望七夕，牛郎伫九垓。
不为牛马走，牛耳执毋猜。
牛皮莫吹破，马脚难长埋。
结发牛豚合，泪眼睇荆钗。
野蔬甘长藿，添薪仰古槐。
牛津偕牛顿，域外两徘徊。
青牛负老聃，出关无时回？
牛痘拯亿万，福祉启欢哈。
初生不畏虎，犊气自珠胎。
呼城春风至，四言费工裁。

殷殷输至情，句句驱阴霾。

青冢向黄昏，蓟门多绿苔。

草原驰骁骏，眷顾惭驽骀。

三叠阳关唱，九龙绕蓬莱。

逝者如斯夫，中流立跰踷。

排闼入青山，旭日升婴孩。

感君惠深意，热力化痴騃。

欹欤我华夏，重振体自栽。

巨龙伴醒狮，金牛三象挨。

牛气冲天吼，大势何壮哉！

永结汗漫游，喜泪落双腮。

2009 年 4 月 8 日

附记：诗中有句："呼城春风至，四言费工裁"。因 2009 年 1 月 10 日
贾漫从呼和浩特寄诗来，四言十八句。诗云：

一年一度，世态峥嵘。

兄长远游，依旧鲁风。

求知播爱，洒慧扬灵。

惠好招提，夙夜兼程。

前有金牛，呼悠启踵；

秦岭期待，老子传经。

冉冉须眉，犹似童贞；

遥遥阳关，呼您远行，

仁者百岁，长在途中。

《金牛吟》寄贾漫。5 月 8 日，收到贾漫来信，录如下：

岸兄足下：

春暮神驰，遥吟远慕，桑叶吐丝，拜读金牛吟虽过数句，但每次展诵

犹闻千里莺啼，叹此惊人之作，一切比喻都嫌不当而无力。此为多年未见或曰从未见过的好诗也，不是杜甫的"忧端齐终南"，尔乃"瑞气齐终南"也。公以学贯中西之怀，纵贯古今之笔，使不相对者相对，习相远者相近，不同时者同时，天上、地下、社会、自然、医学、文学、物理学、天文学，抟扶摇于旋风之内，随心所欲，张弛抑扬，又不离一字之本，真达到庖丁先生之"官知止而神欲行"，"恢恢乎其于游刃必有余地矣。"

请不要说我溢美。愚弟已欣赏溢美溢到精彩的程度了。其主要原因还是源于生活，原作之精彩才引出溢美之精彩。正如杜甫、李商隐之赞诸葛亮，其原因是诸葛亮本身之精彩。为什么以前仁兄某些诗未能引来我的溢美呢，道理不必赘言，而一首好诗的暴发，也是很不容易的。

盼金牛吟发表时，能将此信附于后，使愚弟跟着沾光也。恭祝

著安

贾　漫　2009.5.2.

贾漫信中还附诗一首，诗曰：

> 一曲长歌万引牛，中西学海渡方舟。
>
> 劈涛斩浪夸游刃，溅玉飞珠不胜收。

因有叮嘱在先，我不敢称贾漫"溢美"。但《金牛吟》究系何等分量之作，我并非心中无数。然则何以又将贾函公之于众？贾不求朋党之利，只以仁者之心，作极而言之之辞，非不可理解者。再，当局者迷，旁观者清，非常真，①亦有反之者。既嘱同时发表，宜从之。

2009 年 6 月 22 日

---

① 非常真，不是永远对的。

过故人庄变奏步孟浩然（五律）

故人具酽茶，
邀我至其家。
绿树窗边合，
青山云外斜。
开轩面林圃，
把盏醉流霞。
共庆重阳节，
长歌吟菊花。

2009 年 11 月 5 日

独占鳌头田黄石（七言）

殿前阶下巨龟横，
翰林学士肩头裂。
鱼龙奔走少安宁，
惊起风雷兵阵黑。
白鲸快斩海涛分，
地转天旋云墨色。
高戴金冠碧浪腾，
浩歌狂舞寒威烈。
谁是鳌头独占人，
顾盼自雄双凤阙！

2009 年 11 月 9 日

寿山石瑞兽吟（七言）

寿山有石万年笋，
隐在岩心人未识。
天生丽质难自弃，
一朝腾跃闽江侧。
高人秉烛刻磨成，
麒麟独角凤凰舌。
谁家瑞兽仰天笑，
奋起大师玺印夺！
彤型一出袖底风，
绝代丹青逊颜色。

2009 年 11 月 9 日

送郭风大哥（七律）

澹泊文章浑漫与，
自由魂魄任翱翔。
风清月白谁堪比，
笛韵笙歌泊故乡。
榕树凝眉辞玉帝，
气根俯首念羲皇。
从今尽拂红尘去，
且待揽星捉太阳。

2010年元月9日

华诞齐祈北斗尊（七律）

——贺张颖①同志米寿

延水清波涤紫尘，
英灵风骨铸诗魂。
折冲樽俎思喉舌，
臧否甓甒论古今。
永忆慈躬抚弱幼，
难忘赤手挡乌云。
白头著述留青史，
华诞齐祈北斗尊。

2010 年 2 月 22 日

---

① 张颖，曾任中国戏剧家协会书记处书记，《戏剧报》常务编委，《剧本》月刊主
编，外交部新闻司司长，中国驻加拿大大使馆政务参赞，二十世纪八十年代以
中国驻美国大使馆大使夫人身份随同章文晋大使出使美国。

偶成步东坡三首　反其意而用之（七绝）

一

少陵笔墨无形画，
摩诘丹青不语诗。
诗画宫商原不二，
灵犀一点会心时。

二

成峰成岭自从容，
万态千姿各不同。
欲识庐山真面目，
不来山里识无从。

三

云遮雾罩日蒙眬，
远测遥看目力穷！

未识庐山真面目，

只缘不在此山中。

2010 年 4 月 1 日

诗海神游六十春（七律）
——贺骆寒超诗学理论研讨会

诗海神游六十春，
探微撷秀漫逡巡。
彦和挥笔踪前迹，
沈约沉吟步后尘。
己未旋风凭理析，
双羊高唱夺知音。
风前烛下无寒暑，
十二卷文字字珍。

2010年4月8日

双 九 赋 (四言)

珊珊天降,痛爱双亲。

性灵自幼,聪颖天真。

智商拔粹,学业冠群。

饥年饿月,让弟分羹。

心存孝悌,祖母盛称。

凶年暴月,狗崽污名。

损衣掷石,地暗天昏。

髫龄坚志,从召赴征。

戍边屯垦,冰雪长城。

迢途劈木,炊事艰辛。

中州转插,农厂伤筋。

许都受业,格局换形。

青年编辑,句酌字斟。

登堂习哲,金水求经。

山川跋涉,壬申回京。

悉心公务,旦暮殷勤。

双雏哺育,历练晨昏。

家居趔趄,劳燕离分。

戊寅丧母,半失支撑。

关扶老父,相靠共生。
锡名双九,八一军魂。
赳赳尚武,帼国含英。
回身内务,衣食住行。
油盐柴米,鞋帽衫襟。
庭除扫洒,蔬果鱼豚。
装修美化,水电寒温。
微波冰柜,涤器更新。
大门剥啄,电话丁零。
沏茶待客,接语传声。
医疗保健,肾脑心神。
冬铺厚褥,夏为驱蚊。
卅年劳瘁,痼疾成根。
参差骶髂,一目丧明。
气输力减,炎症频侵。
睡眠失控,意态氤氲。
身肩重担,战战兢兢。
分忧椿耄,昼夜操心。
殚精竭虑,奋不顾身。
幸有孪女,玉露甘霖。
欢歌绕膝,笑语休停。
无缘电视,专注收音。
倾心史籍,博采多闻。
胸怀天下,家国亡兴。
窗明几净,潮汐阴晴。
浊霾清廓,革故鼎新。
痴情可待,梦里乾坤。

且休且战，太上忘情。
此身何属，水顺风轻。
日升月落，永世回轮。
慈眸企待，有嘱殷殷。
方舟起落，满眼繁星。

2010年9月22日下午5时40分
草于西宁青海宾馆一五二二室。
后续有增补。

衣上步陆游 <small>（七绝）</small>

衣上泪痕杂墨痕，
神游无处不销魂。
此身合是痴人未？
停笔凝神昼已昏。

2011年3月

致乌有先生步王摩诘（五律）

晚年难得静，
万事尽关心。
自顾无长策，
空知出反唇。
风抚瞽爬格，
月照鬼弹琴。
君问穷通理？
狂歌入梦深！

唐突诗佛！

2011 年 5 月 21 日

呈丁芒诗豪（五律）

不见丁郎久，
韬光亦可哀。
世人多欲扼，
吾意独怜才。
诗格融今古，
书功仰柳怀。①
何时一樽酒，
共话凤凰台。

2011年7月3日

---

① 柳怀，即柳公权、怀素。

哭 刘 乃 崇 (七律)

电传泣血撼心神，
白日无光月色昏。
廿载切磋同手足，
一生磨砺共沉吟。
潜研菊部登堂奥，
挥洒氍毹博古今。
崇健双飞翔佛国，
天涯望断泪沾襟。

2011 年 7 月 15 日

吊　桑　桐（七律）

高原一曲续冰弦，①
抱合东西缔善缘。
三月不知豚味美，②
五车始觉乐音宽。
键升工尺眠中圣，③
指击和声梦大贤。④

① 1946年，《文汇报》副刊主编唐弢先生将我译的苏格兰诗人彭斯的诗《我的心啊在高原》发表于《笔会》上。桑桐（那时他用本名朱镜清。后来他到苏北解放区，改名桑桐）见到，将这首译诗谱曲。他一面弹钢琴，一面把这首歌唱给我听。他当时说，他对这首歌曲还不是太满意，认为有些陈旧。我不以为然。我说，我非常喜欢它的东方（中国）情调，比之于《外国名歌一百首》中这首同题歌曲，我更喜欢你作的这首。我觉得你是把东西方的文化融合在了一起，结了个善缘。2001年9月，我应英国诺丁汉大学邀请，赴英讲学，曾偕女儿章燕游历英伦，在彭斯故乡苏格兰的首府爱丁堡，我唱了这首歌给女儿听，她很喜欢。我想，如果彭斯有灵，也会在聆听，并且会含笑点头。多少年来，我每次回沪，总要去拜望桑桐老友。我曾问他，那首《我的心啊在高原》的曲谱是否还保存着。他说，经过"文革"浩劫，这首歌的曲谱早已不存在了。我曾想找一个机会，再晤桑桐，共同追忆这首歌，把它记录下来。但，桑桐辞世，这个愿望不可能实现了，实在遗憾。
② 这里用了孔子在齐听韶乐的典故，表达我对桑桐创作的乐曲的高度赞美之情。
③ 中圣，指醉酒。《三国志·魏志·徐邈传》：尚书郎徐邈酒醉，校事赵达来问事，邈曰：中圣人。达告知曹操，操怒；鲜于辅曰：平日醉客，谓酒清者为圣人，浊者为贤人。语本此。李白《赠孟浩然》有句："醉月频中圣，迷花不事君。"
④ 桑桐钻研乐理，贡献至巨，被誉为中国和声学研究权威。

回首杏坛聆告慰,^①
满腔歌哭仰登仙。

2011 年 7 月 25 日

《文汇报》2011 年 7 月 25 日"本报讯":"著名作曲家、音乐理论家和教育家桑桐昨因病在沪去世"。对我无异晴天霹雳！悲痛之余,草成七律《吊桑桐》一首。我与桑桐相交,始于 1946 年,于今六十五年矣。老友仙逝,能不伤怀！乃用毛笔蘸墨写此诗于宣纸,寄达桑桐夫人汝洁女士,以表达我的沉痛哀悼和无限怀念之情。

---

① 桑桐长期担任上海音乐学院院长、教授,培养音乐人才无数,桃李满天下,他应该感到欣慰。

为《书简》题一绝（七绝）

鱼雁传书事渺茫，
手机电脑续登场。
可怜手迹成希罕，
笔墨书函字字香。

2011年9月16日

十四行诗

方浜路尽头

"你说离沪前要乘有轨电车，
把这座城市的美好和丑恶看够？
我对她已不抱奢望，也没有承诺，
恨不得明天就走，我不能逗留！"

霍光的威仪，城隍的冷眼一瞥？
塑像聆听着，两个青年在告别——
破皮鞋踏过淡井庙阴冷的石阶，
看鬼气森森的香烟袅过郊野……

听两排皂隶发出无声的吆喝，
有冷笑和啜泣留下一丝丝回声。
篆烟和绣云展示六十年惊愕；
旧日的殿前八十岁老人细听

绝望里锣鸣劈开半世纪忧郁——
夭折青年的鬼魂绕金砖絮语……

2004年4月5日于"上图"

鸟 巢 十 四 行

庄周的大鹏,莎士比亚的凤凰,
华兹华斯的布谷,贾谊的鵩鸟,
济慈的夜莺,雪莱的云雀,再加上
爱伦坡的渡鸦,波德莱尔的鸥枭……①

一只只,一群群,穿越时空飞来,
到北京这座庄严的"鸟巢"栖居,
各自代表着吉祥,和谐,博爱……
众鸟齐鸣,合奏起迎宾交响曲。

荷马和屈原,李白和泰戈尔,但丁,
艾青……众诗人驾祥云到"鸟巢"栖止,
把好运和福祉请进同一个梦中,
当作礼物赠送给万邦的健儿。

---

① 庄周,先秦哲学家,其著作《庄子·逍遥游》中有鲲化为鹏。贾谊,西汉文学家,
著有《鵩鸟赋》。莎士比亚,华兹华斯,雪莱,济慈,均为英国诗人。爱伦坡为
美国诗人。波德莱尔为法国诗人。诗中提到各位诗人之鸟均为其著名诗篇
中所咏之飞禽。

同一个世界里诗人和鸟的拉拉队
齐声呼：中国加油！人类万岁！

2008 年 8 月 6 日

圣玛利亚教堂的风琴声

暂代做家长,让新娘挽住右臂,
随和谐琴声,带她缓步进圣堂。
殿正中圣母像背后星光闪熠,
我把新娘的素手交给了新郎。

亮星圈,大圈二十粒,小圈十八粒,
绕圣母一脸庄严,刹那间,露微笑。
神父读圣经,愿圣母护佑你,祝福你;
冰川化春水,关关的鸣声透云霄……

不管顺境或逆境,生、老、病、死,
我发誓永远爱你,终生属于你。
玫瑰花瓣如甘雨,向新人抛掷,
米粒如迅电,身后淌一条白溪。

神父握我手;新人向我深鞠躬:
有您当爷爷,就有了永世的笑容……

2009年4月21日

圣处女璧拉赐福

唱诗坛静立;使徒传彩绘连环;
两厢墙壁上,神龛一排又一排。
红烛递到我手中,祭坛任我选。
蜡焰满布,殿堂是光芒的大海……

手拿着红烛,走过一个个神龛,
选啊,选啊,终于把灵位找到:
龛中的雕像是少女,庄重,安恬,
"圣处女璧拉",铜牌上铸就名号。

点燃烛芯,把红蜡插在龛前,
一支金色的光柱,求少女赐福。
璧拉回应着祈福者虔诚的心愿,
献身的处子,有神力使萎草复苏。

愿我的知音从生的窒息中解脱,
创造出诗歌童话,回翔在天国!

2009 年 4 月 22 日

"四只猫"①餐厅

让侍者引领到一隅,圆桌边围坐。
半空悬廊上,画家和乐师们进餐。
壁上一幅幅绘画,看戈雅,米罗……
斜阳进窗棂,光影漫移过笑颜。

点菜:白鱼,西葫芦,生菜和芦笋;
说当年高蒂把白鲸溶进建筑——
再端上海虾扒饭,蛋糕和刨冰;
想昔日毕加索把土豆挽入彩图——

艺术家曾群出群入,任花开花谢:
画笔依然在"四只猫"悬廊上挥舞。
一代大师从这里走向全世界,
带去了色香味,故乡的全部嘱咐。

我发现餐盘上软卧着达利的怀表,

---

① "四只猫"是西班牙巴塞罗那的一家餐厅,当年毕加索和许多艺术家经常在此
聚会进餐。

时针指六点,人类静候着破晓。

2009 年 4 月 22 日

朝　荣①

朝荣，在你我头上攀援，
挽住帘帷和窗棂的脊梁；
朝荣，延伸到书脊和封面，
起伏于诗律，沉浮于唇浪。

朝荣，在你我身后蔓延，
围住银屏，靠音箱侧肋；
朝荣，聆听行板的和弦，
转身，凝视纸上的飞墨。

朝荣，在你我指间缭绕，
装饰自如开合的掌纹；
朝荣，在你我胸中高蹈，
染红、染紫飘荡的心旌。

朝荣啊，绽放嘹亮的喇叭！
奏兄妹之歌，吹流莺暮鸦……

2009 年 4 月 25 日

---

① 朝荣，morning glory，即喇叭花或牵牛花。

古 今 书 店

古典和现代在门边交叠；
刹那的无奈，心，在抖颤，
胸腔里汹涌着，广袤和窄狭，
此时此刻，放逐了，喟叹……

古典和现代在书籍里融汇：
蹙额，微笑，向和解鸣啭，
睫毛，闪动着生命，说什么？
无泪的泪痕，躲进眼帘……

古典和现代在心中分解：
夕阳的金光，为柔发镶边；
薄衣领，晚风中微微掀动；
圣母像，伫立为一尊庄严。

这里不销售智慧和良知：
永别了，云中君，梦中的书店。

2010年6月21日晨

上海·图安酒店

淮 海 路·夜

沥青道平坦,静过绿草坪,
小轿车静静地驶过绿灯;
橱窗里白蜡烛台边,祈祷——
别墅,打不开,公园的铁门。

曾经牵手,漫步在人行道,
嚼着糍饭团,拂去晨露。
尽管以将军命名,这条街①
教人遐想,王勃的名句。

摆脱钉梢,穿狭弄曲巷,
已成为梦里,迂回的故事;
如今,挽着我的胳臂漫步的
是你的女儿,细说着历史。

淮海路,夜,这样静悄悄,

---

① 淮海路,在法租界时期名霞飞路。霞飞(Joseph J.C.Joffre,1852—1931),法国
将军,第一次大战时任法军总司令,1916年晋升元帅。

你在天国，倚云栏，含笑……

2010年6月21日夜

上海，图安酒店

青 果 巷

大庙弄,移步条石,青果巷,
踩雪声细碎,一缕太阳光;
绿荫挡炎日,白纱帐,薄被,
胸襟坦诚,愿永世不相忘。

课桌,第一排,第一座,临窗,
朝阳照耀着,听课的脸庞,
认真,专注,乌亮的眼珠,
默默无语,聪慧,安详……

执教鞭,乌篷船送到水乡,
多少小脸庞,企求、渴望;
绿衣把噩耗送到淡水路,
少年大志,化一片软浪……

深巷里,姑娘卖花声细细,
一缕幽魂,正奔向课堂……

2010年6月22日

上海,图安酒店

沉　　默

中南海红墙外,轻轻地走过……
轻轻? 怕打扰墙内的导师。
你说,那是颗伟大的心脏,
你的心和它联结在一起。

虔敬的诗句,表明心迹。
鸦群,掠过天安门城楼。
英雄碑顶端,白云飞逝;
朗朗乾坤,星月流走。

武训蒙羞,红学垄断!
田园交响,不和谐音隐遁:
村姑和少年舞蹈,回旋,
雨后阳光下,祷告天神——

伟大的心脏,两年后,把你
打入十八层地狱! 沉默。

2010年6月23日上午

上海·图安酒店309

溪源宫中秋

溪水上,夕阳西落,光暗交叠,
涟漪如轮,放远,层层漾开;
水畔有石岩,斜坝嵯峨盘结,
你披发跣足,坐石上,倾诉襟怀……

绕到密林后,扑向清流急湍,
水声潺潺,浪里白条,结泳友。
蝉声消歇,夜气渐浓,且登岸——
土鸡土鸭加光饼,尝乡野菜蔬。

看东方! 月亮上升,特大而圆,
青天无片云,唯圆月夜空独踞,
照榕树蒲葵剑麻,照你我依栅——
你投骨给犬,犬绕我膝下,不去……

戚继光云端隐身:你收起喟叹,
授我以外衣,启唇:且御轻寒……

2010年7月25日上午10:18

餐　室

窗外,丛树浓密,绿影扶疏,
虽有市声,室内却静如幽谷——
哦,雨林的绞杀事故太可怖:
把榕树扼死秋枫的惨剧排除!

密林里水雾弥漫,空气润湿;
小径宛延,池中石,一一跳过。
玻璃房,仙人掌和金果,满身尖刺,
避险,护自身。看嫩芽在水中萌苗。

你吃鳗鱼大米饭刨冰,我吃
西班牙海鲜焗饭,加一杯橙汁;
排骨玉米羹可口,冰泥化积食——
烈士陵熏风破门帘,吹过汤匙……

人吃武昌鱼、海生物;榕树吃朴树;
想起上帝的食物链。把忧思放逐……

2010 年 7 月 25 日午

平 湖 秋 月

雨,哗哗地下着……停车——到了。
哦,不是! 苏小小墓呵? 远着呢!
雨,哗哗地下着……师傅,心肠好——
车在人群中穿梭——这回,真到了!

雨,哗哗地下着……伞花儿竞放——
雕栏,玉石平台,与湖水持平,
叫"平湖"? 摇晃着,从水面浮起石舫;
雨点洒湖波。想象中一轮月明……

七十年闪过——顽童闯武林岚云:
六和塔,晚霞落,天暗,没登上顶层;
九溪十八涧,踏幽草,蹚水过竹林;
轻舟,穿三潭印月,唱湖上春行。

老者绕牌坊疾走,握住女儿手,
追一场儿时梦。回程吧! 任豪雨淋头……

2010 年 7 月 26 日晚

塔　灯

何以榕树的气根招引我？
那是云岚垂下的发丝。
何以桉树的高枝捶击我？
那是雷电迸出的手指。

为什么日夜徘徊在海湾？
童梦在波翻浪涌里出没。
为什么视线定格在市廛？
冬夏在时序轮回里拔河。

溪源宫柔浪荡涤思虑：
金山衢茶盘供养古佛；
三坊和七巷粘住快步，
万石生态林牵系魂魄……

忘不掉海边巍峨的塔灯，
它，吞噬了我所有的爱憎！

2010 年 7 月 27 日夜

外 白 渡 桥

一九〇七年站起,百年后再造,
十万颗铆钉,用人手一一钉牢!
桥塅,人流如湍急,如洪涛汹涌,
电炬亮,群星绕,灯的穹庐笼罩。

鬼子兵把持,过桥人鞠躬,大辱!
万众欢呼,解放军入城式:过桥!
六十年沧桑,投水人,何时昭雪?
清除苏州河黑臭,把腐恶横扫!

日占时誓死不过桥,奇耻难消。
过桥去! 谒大陆新村,供奉野草。
看东方明珠,赏万国建筑博览;
世博熏风拂桥栏,任星月朗照。

江底隧道一线通,挽住崇明岛——
你好! 外白渡,为世纪申城放哨!

2010 年 8 月 14 日

跨 海 大 桥

四轮车,风驰电掣,冲入大雾,
冲过暴雨,如霹雳,刺穿长桥——
杭州湾浊浪滚滚,如飞鳞,如奔鹿,
如万条白鬃,如蛟龙,如鬼,如妖……

雷公电母半空斗,旌旗万杆乱;
剑戟交锋,龟鳖伏,神魔吼啸;
十万大山齐崩泻;银河落,群星迸;
天阙晃——歌声狂,来自嵊泗列岛……

从乍浦,到庵东,三万几千米闪过,
彗星一道划长空,用几分几秒?
平湖市挥手,慈溪市热情拥抱,
友谊的盛筵,鲜杨梅,颗颗含笑。

明窗外,烟雨迷濛,沙洲隐现,
丁尼生呼唤,上帝引路,抟扶摇……

2010 年 8 月 14 日

233

正 定 大 悲 阁

进阁:八丈高,铜铸千手观音立,
佛颜清严,寓大悲,端庄而肃穆,
宽额,广颐,平唇,大耳,眼含泪,
千条臂四绽,手中执千般法器:
日,月,宝镜,净瓶,剑,金刚杵……

阁楼成含抱之势,菩萨居中央:
有阶可登阁,抓黄绳,凭脚力举步,
平视观音腹;鼓足勇气,再向上,
攀顶层,目光看齐观音的额部,
佛眼微微睁开,送慈光,润甘露……

回首莲台下,飞天,迦陵频伽……
石雕力士奋膂力,肩扛加手托,
拉奥孔! 救苦救难重量全压下——
是谁啊? 斐迪亚斯! 驮起这须弥座?

2010 年 8 月 14 日

汉 字 碑

郑老师：你看汉字，方块，象形，
"雨"，看上去就是天宇在下雨，
淅淅沥沥，或哗哗直下。是仓颉
集民族智慧，创造的神奇符篆！

"笑"，两只眼睛眯起来，在笑；
"哭"，两只眼睛都肿了，在哭！
汉字不灭，中国必亡，是误断；
中文必走拼音化道路？糊涂！

从屈原、杜甫，展示灵魂的倾诉，
凭右军，张旭，挥洒生命的舞步；
汉字，汉字群，无不在呼吸，歌啸，
承载着神胄精魂，传万世旦暮……

横，撇，竖，捺，撩光风和霁月；
肉质朽腐，矗立起一根根傲骨！

2010 年 10 月 18 日

芳 草 地 野 史

芳草地,神路街,清早,微风拂柳,
晨曦升,照亮朝内大街,一路走……
摊边坐下来,热气腾腾,来一碗
杏仁茶,暖暖肚子;摸一摸流浪狗。

上班族赶电车,拥挤,不要松手!
人缝中进出,从背后,认准肩头;
不见了。铃响!从前门?后门?下车——
追上!隔车队、人群,看一双亮眸……

天翻又地覆:饥饿的黑影,逗留;
跃进的鼓声,喑哑。瓜菜代,可救?
杏仁茶和豆汁,隐退;满街的空柜;
亮眼暗,流浪狗失踪;小球藻,荒谬……

芳草地,全身浮肿;东岳庙,颤抖;
三千万饿殍上访。神路街,无枢……

2010 年 10 月 22 日,

晚 10 时 45 分

结核菌的悲剧

免疫系统整盘崩裂
菌们大兴奋大猖獗
在肺叶里大吃大喝
菌族大兴旺大繁殖

肺结核又加骨结核
人的生命奄奄一息
肺活量一缩又再缩
最后到八宝山告别

高兴得太早啦,可惜!
火葬大火轰轰烈烈
结核杆菌整个族灭
与人共享骨灰一盒

加害、受害命运同一
公与不公上帝晓得!

2011年3月21日

蜗 牛 看 我

出门去忘了年龄
凭习惯加快脚步
半分钟没走多远
已累得气喘吁吁

始终拒绝拿拐杖
拐杖只助长摔跤
蹒跚似风筝升空
自由如水中船摇

不要怪步子太慢
一步跨二十公分
蜗牛看我像飞机
阿Q正驾机腾云

尺有所短寸有所长
龟和兔都在赶路忙

2011 年 4 月 4 日,夜

运河苑舞姿

一举手,一投足,
　转身,弯腰;
山巅飞过白鹭,
　轻风吹过林梢……

进一步,退一步,
　牵手,放手;
胸前溢出音符,
　脚下踩出节奏……

旋律在眼睛映眨中,
　变奏在鬓发甩动里——
黄莺鸣啭绿丛,
　亮波推动清溪……

管弦乐徐徐休止,
太阳穴绽放新诗。

2011年4月25日

你的眼睛是笑的双星

白衬衣领子,盖住半边红领巾,
额头炫亮,眼睛是笑的双星——
一连串常州乡音,从唇边泻出,
秋白读书处,听你弹拨梵亚铃……

少年故事,紫檀木浮雕摇漾;
潺潺溪水,流淌的字词脆亮;
主语,谓语,和定语,交错缠绕,
奋奋猗,勉勉猗,冠英学子猗交响……

师竹亭伴你跳绳;茗杏图书室
拥你在怀中,看你阅读,朗诵诗;
人文渊薮。院士碑矗立为范式;
乌黑的发辫垂肩;随风扬驰。

觅渡桥遁迹:寻觅径路赴彼岸——
嗓音滚珠,童声画音符;鸟鸣涧……

2011 年 5 月 25 日

听双双弹奏《云雀》

大运河从楼前迤逦流过，
光波耀动，映上玻璃窗。
书架上放着莎翁十四行，
帘幕在风中卷起，降落……

黑键和白键参差奔跃，
五指如霹雳扫过旷野，
一阵阵轻雷向天末倾泻。
亮丽的太阳穴绾出笑靥……

高和低较量，动和静搏斗，
心通过指法把情思释放，
徘徊，追求，环视，向往，
悲壮的亘续，和谐的持久……

你庄严面对休止符哲学：
你含笑抹去心底的泪液……

2011 年 5 月 25 日深夜

刚　烈　鸟

疯狂愚骏一九五八！
家家户户，人人上房顶，
敲锣打鼓，大轰大嗡，
小鸟儿被钉入四害——
多少年后才拔钉子哟？

你走近她，她不惊飞，
把头儿左一歪，右一歪，
睁着眼儿瞧你，掂量你——
你再走近，忒儿一声
她飞上枝头，也不远离。

你抓住她，请进笼子，
她以行动宣布：绝食！
第二天，还是没有开笼，
你发现她，已一头撞死！

2011 年 7 月 21 日

大 眼 睛 盯 梢

树干粗壮,枝繁叶茂:加拿大杨,
耐旱,怕涝:习性点明牌子上。

树干上长着多少只黑眼睛?
三,五,七,九,十……再数一遍也无妨。
眼睛巨大,瞪着天上刮的风沙;
眼睛滚圆,瞅着雨后积的水塘……

一群大眼睛直射我的书桌前,
透过窗外的红玫瑰和紫丁香;
大眼睛直勾勾地盯着我的梦,
透过帐钩上放下的白纱帐。

我从惊怖中猛醒,一身冷汗湿透,
造反派的"勒令"还没从门框撤走。
大眼睛的盯梢从身前转到身后。

我的前额在抗旱,背脊在排涝……

2011 年 7 月 22 日

胶 囊 塑 料 板

船·桥·跷跷板
两头升,中间凹——
中间凸,两边坍

平衡木,张开两臂
空中落:稳!
高低杠——窜!
闪电;飞虹过眼

吊环,水平身躯
吴桥少女:半空翻
花样滑冰——翔——
鱼雷泳池:射!

桥·船·跷跷板
平滑肌——润——
山涧缓流;展急湍……

2011年8月24日

石　榴

两三个词语从帘缝飞走，
一连串音符向窗棂隐遁；
石榴树高擎着三只石榴：
诗句缠绕着思想的钢盾。

柿子从树顶跌落进泥池，
已经被雀鸟啄食成空囊；
树上的石榴只剩下两只：
诗韵追逐着心海的狂浪。

玉兰和桃树都成了秃枝；
一只石榴在冷风中摇曳，
它似乎永不坠落，在窥伺：
警句跃出诗童的太阳穴。

冷月从高空俯视着废址：
石榴爆出一万颗红宝石。

2012 年 1 月 10 日

245

焦　虑

一条蛇,偷偷地爬进心窝,
咬啮着瓣膜,蚕食着脉管。
雷声轰隆隆,没雨点降落;
热达到白炽,火闷在锅沿。

蜈蚣的百足抓挠着神经;
蚂蝗的吸盘紧贴上肌肤;
惶恐悄悄地盯视着眼睛;
愤怒像小鹿撞击着胸脯。

向左靠? 向右倾? 心中有数?
满招损,谦受益:悔不当初……
已跨出门槛,又收回脚步,
热锅上蚂蚁般,走投有路?

醒醒吧! 破除噩梦的蛊毒:
叫阳光把一切阴霾驱逐!

2012 年 1 月 11 日晚 9:50

大 槐 安 国 志①

山楂花凋谢,石榴爆裂;
桃树枝摇坠,蝉鸣暂歇;
小哥哥弯腰,细妹子弓身——
做什么? 啊哟差一点趔趄!

男孩喂蚂蚁,女孩供饭屑;
砖缝里运输,浩荡的行列;
微型克宏观,有盲道蜿蜒,
群山万壑,倾注到蚁垤……

太阳升降,银河系明灭;
槐安国喧腾,群蚁饕餮——
哥哥拍手高呼,蝉鸣又起,
妹妹欢送护粮队,露笑靥。

蚁王踌躇满志:目空一切!

----

① 唐李公佐小说《南柯太守传》:淳于棼梦见自己在大槐安国当驸马,任南柯郡
太守二十年。妻死,槐安国备车送淳于棼回家。梦醒,他发现梦游处乃一株
大槐树之穴,蚂蚁群居其中。

宙斯君临天宇:秋水孑孓⋯⋯

2012年6月3日

桫 椤 树 纪[①]

报国寺香烟袅袅,遥接伏虎殿,
华严塔飞檐带树,直上云霄:
虎池水咆哮奔跃,渐归于缓漫,
水汽郁蒸腾,露滴桫椤树梢……

云开侏罗纪,树蕨从海洋登陆,
魁梧成林,亿万年风雪盘绕,
迎冰川袭击,挺拔成钢椽铁柱;
活化石昂首天地间,昼夜吟啸!

漫步虎泉边,细心扶,指触片叶,
若电击,峨眉山之魂,怦怦心跳!
童子体,金刚身,草木昆虫黏液;
叶脉透香氛,围香客,顶礼弯腰。

历史老人梦未醒,中生代逍遥:

---

① 桫(suō)椤(luó)树,是从海洋最早登陆的古老蕨类植物,约于距今一亿八千万
年前中生代侏罗纪时已在地上成林,存活至今,被称为活化石。四川峨眉山
伏虎寺内有此树,为我国八大濒危植物之一,列入国家一级保护。

桫椤树从雾中跃出,叩开今朝!

2012年6月7日

飞射美人鱼

诗意地栖居的生灵！护花的绿叶！
"文采风流今尚存"的完美诠释！
十六个青春唱出的嘹亮音节！
飞射美人鱼：浪里白条的冲刺！

落后，不焦躁，胸中自有成竹；
第一个到达终点——超越的欢呼！
还是个孩子，稚气中蕴含着成熟：
拒绝鲨鱼皮，却首破世界纪录！

不狂呼，不号啕，只有微微的一笑：
天真和可爱，与绿色年龄相符。
面对兴奋剂诬蔑，你不气不恼：
"中国人清白！"你向全世界宣布。

伦敦谢幕了：灿烂的星光淡却；
你在星海里隐遁，默写儿童诗。

2012 年 8 月 14 日

贵 德 万 塔 山

百丈崖冲天,千佛峡缭绕蜿蜒;
三百座石柱,涌软浪,奔腾狂泻!
小鸟儿不敢栖止,惶惑,晕眩;
地拨鼠退避三舍,一步一趔趄!

七彩峰别有洞天,訇然中开;
悟道岭迎面奔袭,公然僭越——
咫尺半步劈天宇,丘峦崩摧,
红土拼赤焰,寒光挥舞,一刀切!

徜徉在梦里,谁? 不懂得避祸;
身处围城,维系着精神的高洁;
魑魅魍魉的影子,频频闪过,
宁静,淡泊,谐和的心灵安歇。

仰卧在丹霞地貌的莲花宫阙,
看天人合一后面的天崩地裂!

2012 年 10 月

塔　尔　寺

宗喀巴大师脐带滴血的地方
长出一株白旃檀，又名菩提树，
树上有十万张树叶，每张叶片上
都有一尊狮子吼佛像胜出。

树为大金瓦殿的红墙遮荫，
又护佑石板上大师幼年的脚印；
树的根须伸展到大经堂底层，
盘绕着玉池引导的汉白玉曲径。

湟水滨高僧，藏传佛教的祭酒，
凝聚为一尊慈眉善目的金身，
指挥着天界勇士舞悠扬的节奏，
让十万狮子吼佛像笼罩殿顶。

在密宗学院的崇山峻岭间彳亍，
静听塔尔寺遁去的晨钟暮鼓。

2012 年 10 月

唐卡家族

佛祖、大法师的画传绵密精深；
天王看金刚，宏伟加横眉怒目；
持各式法器、佛具、八宝和七珍；
鸟儿拥鲜花，飞向天神系中枢。

篇幅有大小，有一幅五层楼高！
如来佛，俯瞰尘世，众生普度；
文成公主，日月山，回首远眺——
两手挽长安和拉萨，万世和睦！

绘制者精心构思，慎重起稿，
涂底色，勾墨线，设色，泥金泥银……
为免除污染，加一层丝幔笼罩；
或富丽，或奔放，或沉着，流派纷呈。

民族艺术的极致！炫亮的琳琅
把我引入了梦幻，徜徉在醉乡！

2012 年 11 月

PLATONIC 爱

微风从白云的裙边徐徐吹来，
发梢沾染的花香随风尾散开；
溪畔青青草把芬芳吸入葱茏，
涟漪和氤氲拥抱成一池徘徊。

云裳旋转着把层层青峦覆盖，
透过薄雾的阳光受群峰拥戴；
裸臂挽清风回归红霞的叠褶，
眼角的笑意偷渡到两片桃腮。

微风从白云裙边又徐徐吹来，
鬓边的皱纹跃出飞天的飘带；
摇篮里婴儿昂起小小的额头，
母亲的泪水流尽幼年的精彩！

微风从白云裙边再徐徐吹来，
灵魂和灵魂绾住无言的大爱！

2013 年 2 月 6 日

255

灵　恋

一条蓝线,从荷苑延伸到蕙溪,
　弦,拨一拨,弦枕轻轻地跳跃;
一丝红绳,从暮云放射到晨曦,
　琴,抖一抖,音孔猛烈地颠蹶。

帘幕晃动,风送来啁啾和喽喋,
　纱灯摇曳,光揽回暗昧和明烨;
幽咽一波又一波,泛腾着心花,
　嘹亮一阵又一阵,捶叩着眉叶。

哦! 文笔塔影潜入溪源宫碧澜;
　红绳和蓝线交织成晨梦的琳琅;
哦! 觅渡桥栏依傍着七巷彩幡;
　阳光和月色糅合成夜宴的流觞……

童年和耄耋合抱,永远不分离:
　天使们围拢来舞蹈,群魔辟易!

2013 年 2 月

隔 车 窗 挥 手

昊天积霜露,正气有肃杀。且住,
昊天已接上彤云,而秋之肃杀
已换成春的温煦;双瞳会绽出
难以寻觅的眹眼,无形的泪花。

慈和的内核,包藏着天地正气。
麦克白,李尔王,造成一夜夜失眠。
灯下,纸上,一只手始终在迁徙;
讲坛,红氍毹,王子的独白蹒跚……

平仄,对仗,推敲吧,又何必矜持?
七言,五言,向律绝皈依,莫犹疑:
是否选择抑扬格五音步素体诗?
从盛唐到文艺复兴,走一路迤逦?

含情的微笑,抛洒在花园门前:
隔车窗挥手,杜诗奔跃到唇边!

2013 年 4 月 24 日

秋水三题赠静怡

一、望 秋 水

刘彻吟唱道:秋风起兮白云飞——
秋风升腾于原野上一池秋水;
王子安墨迹:秋水共长天一色——
滕王阁从此屹立为千古崔巍。

秋水啊秋水,你是丰姿? 是神态?
秋水为神玉为骨:杜子美唱道。
秋水啊秋水,是眼波? 是眉黛?
一双瞳仁剪秋水,李长吉挥毫。

高人泛驾于秋水之上,任逍遥:
秋水时至,百川灌河……听河伯
与海神对话,归结为万物一齐。
庄周哲学永远在秋水中蹉跎……

为什么秋波成为眼睛的代号?
灵魂的窗口非你莫属,你知道……

二、赞 秋 水

约翰·济慈状人的季节于笔端：
人的灵魂在秋天有宁静的小湾，
人把翅膀收拢起，满足而自在，
让美丽景象如秋河流过，潺潺……

济慈的秋神是一位拾穗少女，
她拾够麦穗，抬裸足跨过秋水，
头顶着穗囊，不摇晃，也不踌躇，
到榨汁机旁，看果浆滴到心醉……

狄金森吟唱秋之歌，赞美秋晨，
唱秋果，唱秋天的玫瑰和葡萄，
唱秋日红枫、秋季丰收的田野，
等着呀，等她唱秋水，泛舟逍遥……

斯蒂文森赞秋日的篝火飘向
上空，映衬着秋水含笑的面庞……

三、梦 秋 水

古丁亲笔写创刊词，铭记心间：
放逐名利，享受诗与美的人生。
静怡执弟子礼，完成恩师遗愿，
让秋水流泽，滋润长幼的心灵。

唯美高蹈,回击对自己的恶詈!
唯美坚贞,要清扫污浊的世风!
济慈唯美,为抗击肮脏与黑暗;
闻一多唯美,凭剑匣筛出纯净!

含辛茹苦,惨澹经营,矢忠贞!
佳篇如林,美文似海,必求真!
一百六十,是个崇高的标志:
四倍的不惑,智慧成熟的巅峰!

秋雨秋风愁煞人:且告慰秋瑾——
人间秋水笑睁着诗美的双睛。

2013 年 5 月 15 日

新　　诗

被遗忘了的铜像

蓝色的多瑙河畔
幽静的维也纳城中
站立着悲多汶的铜像
他！——悲多汶
在一百多年以前
曾为了歌颂拿破仑的伟大
作了一首雄壮的朔拿大
但当他正完成了这杰作时
拿破仑登极的消息
传到了他的耳边
他呆了半晌
便突然站起把乐谱撕裂
更发出了颤抖的声音
——做了一切可能的善
爱自由超过一切
却竟为了王座把真理抛弃
他的友人把那乐谱拾去保存
便成了今日的英雄交响乐
但这里面

已没有了拿破仑的荣耀

到了百余年后的今日

在寂寞的维也纳城中

依然竖立着那伟大的

乐圣——悲多汶的铜像

但是，被忘却，只是被忘却

发了霉，生满了青苔

这铜像寂寞地站立着

而且被罩上了一层黑色的幕

因为在那里闪耀着的显威风的

却是他祖国①——德意志的

后裔

也就是欧罗巴的第二个

拿破仑的铜像

历史像是循环的轮子

这第二个拿破仑

正在向第一个拿破仑的坟墓

——莫斯科——推进

于是那古老的铜像垂下了头

似乎在默思，在回忆

终于在静寂的维也纳森林里

他向另一个煊赫的

他的子孙之一的铜像

奏起了一曲悲哀的送葬之歌

---

① 悲多汶的祖国是德国，但若欲究其来历，悲多汶应该是 Flanders 人。——悲多
汶传

附记：此诗为作者第一次公开发表的诗作，用笔名牧儿，登在上海《中美日报》副刊《集纳》上，时为1941年11月28日。诗中第四行"悲多汶"，今译"贝多芬"。第七行"朔拿大"应为"辛风尼"。2012年5月11日。

赠　爱　人

你说你在爱着我，
我说我更要爱祖国，
而且除了顽固派，
整个的人类我都爱。

你别因此就生气，
我爱大家也爱你，
更愿你听这句话，
你爱我也爱大家。

没有大家就没有我，
群众的力量是一团火。
可不要空口说白话，
要用行动来爱大家。

1945 年

附记：这是一首歌词，由叶雄谱曲，发表在 1945 年上海《文萃》第三
十期。2012 年 5 月。

城 楼 图 铭 Ⅱ

炭笔留下了痕迹——
亡友的故里呀!

　　　　＊　　　＊　　　＊

空而欲圮的敌楼,他登过
几根几乎撑不住的柱子,他倚过
风雨剥蚀的城墙,他爬过
城门口孤秃的梧桐树,他攀过
破败的岗亭,他守过……

——这夹道是多么狭窄而可怜啊
虽然土山夹缝中的泥路带着
他推过的独轮车留下的辙迹
伸展又伸展
向无垠蜿蜒

　　　　＊　　　＊　　　＊

他是要推着一车孩子
冲破乌云裹着的阴霾
奔向一座月光皎洁的城堡啊

        *   *   *

而冬日的风
凄厉而肃杀
吹去了他和他的独轮车的辙迹
吹去了树上的每一片叶子
和路上的每一粒尘埃
这座诞生他的小城
呈现出一个伟大的裸体
仰卧在令人颤栗的洁净中
猛睁着圆眼地
清醒着

上面,是灰色的天宇
扣住了他——
那是个不可抗拒的迫压

        *   *   *

这一切都是
昨日的汪洋中的点滴
然而它存在
还将存在下去

我将以缄默面对这幅画
我将以不曾援手的忏悔
面对这幅画
没有眼泪
没有哀号
没有悲痛心
即连心的跳动
也要静止下来
因为岩石的悲悼
是如死的岑寂

我的缄默的意义
在注目礼之上
在内省之上
在心祭之上
在内脏滴血之上
在如死的岑寂之上

我将以缄默面对这幅画
——画中的青年独轮车手
如一丝水波,或
一缕轻烟,或
一声耳语,或一尾化石,或
一颗彗星——
向无穷隐去……

＊　　＊　　＊

而无穷——

无穷,在遥远的不知所终的彼方

召唤我

拥抱我

融合我

消泯我

　　　　　　*　　　*　　　*

辙迹隐遁

孩子们的笑声远去

而——

亡友的形象升腾

如一座峻拔的山峰

两眼炯炯——

矗立在

月光皎洁的城堡里

围着他的是

永恒的

万道星云的美光

1947 年 12 月

年 轻 有 多 好

年轻有多好，

　手挽手走过文庙石板桥；

年轻有多好，

　蓝田路灯下低语声悄悄；

年轻有多好，

　译莎翁情诗几夜不睡觉；

年轻有多好，

　赤脚同奔在苏北黄泥道……

退夏汐,涨秋潮,

　月落日升风萧萧；

铁窗下泣血砸镣铐,

　硝烟里跃马横军刀！

一百年大梦哭和笑,

　新世纪曙光迎面到；

年轻有多好，

　七十岁少女依然俏！

年轻有多好，

八十岁男儿不知老。

高擎青春的美的大纛，
　　在新的千年公路上向前迅跑；
刮一阵狂飙，把腐恶横扫，
　　还我个朗朗乾坤，煌煌世道！

年轻有多好——笑啊，笑。
　　谁笑到最后，谁笑得最好！
一万年后回头瞧，
　　今天的人类还在襁褓里咿呀叫。

2001年元旦清晨

名　　字
——赠古丁先生之魂

你的名字
是诗字的
——骨骼

你的名字
是深井的
——水声

你的名字
是一盏街灯
茕茕孑立在
十字路口

车轮突然要
把你的名字
卷上重霄

你的名字

却依恋着故园
始终——

紧倚着
秋水的封底
成为永不
干涸的泪痕

尖 叫 的 树 林

遗落在树根深处的月光
在暗昧的拐弯处偷偷地发酵
被利刃切割成带状的岸沿
用64道皱襞挽住溪流
溪水——没有裂痕的黑玻璃
用发酵的月光灌溉冤魂
每一个窦娥每一个王申酉
借着一丝丝微弱的月光
从树根沿树干向上攀援
经过漫长的窥探和摸索
白色树梢出现在视界
蝙蝠飞翔着打扫枯叶
鸱鸮用沉默煽动复仇
蜗牛在树皮凹隙里怂恿
蚯蚓用伸屈和哮喘引路
正世界负世界被静寂掩埋
宇宙的喉咙被利刃割断
声音全死在白色的历史里
魂魄们一个个抵达树冠

携带着从根柢捡来的月光
仿佛凭幽冥的意志约定
在同一时辰　同一分同一秒
树冠睁开凛冽的双眼
所有的嘴巴张开黑洞
撕心裂肺的尖叫爆破
宙斯的耳膜被声浪震裂
观音的莲座被高分贝掀翻
一霎时从地平线上涌现出
一座
　　尖叫的树林
　　　　　　白垩纪——
所有的 clarinet，所有的 oboe
在历史坐标上停止鸣响
从零时开始　宇宙在月光下
蜕变成
　　黑玻璃上的
　　　　　　白垩雕塑

2001 年 1 月 27 日

尖叫的树林(李云枫)

人之外 系列
——李云枫画意

所有的柔美都在这里

谁能数清女孩的头发丝

谁就能扫描根须的网络

闭眼是做着冬天的梦

睁眼是做着夏天的梦

是发梢？是手指？没有回答

所有的温馨都在这里

粉红装饰着幻想的窗口

粉白填不了思辨的深井

轻清排斥着激情迸涌

柔情始终在互相吸引

两片嘴唇在距离中接近

济慈的希腊古瓮再现出

无限幸福的万年植物人

所有的蕴藉都在这里

阴柔偎阳刚,阳刚拥阴柔

深蓝盖前台,深黑衬背景

舞台是无始无终的浑圆

人永远根植在太极中,做着

永远不醒的秋天的梦

2001 年 1 月 29 日

无 标 题 音 乐

——读罗铮的油画

辋川王摩诘诗中有画
我面前涌来彩色的音乐
弗雷德烈克·萧邦以钢琴写诗
我面前站着油画作曲家
板块移动,线条流淌
色彩的组织穿插蒙太奇
让《第二弦乐四重奏》鸣响
埃菲尔铁塔弹奏staccato。
唐三彩曼舞着赭色旋律
巴塞罗那掀起黑鹰的逆风
天坛滚动着紫色的rondo
红的热烈,绿的清幽
所有的交替,所有的叠加
即便是使心灵微颤的哀伤
也激活销魂荡魄的愉悦
"小弟,你的画有题目吗?"
"有。""什么题目?""无标题。"
什么都没有了,只有音浪

弥漫在天地间,整个宇宙
被遗忘一切的大欢喜吞没
我是一只彩蝶,消溶在
《春之祭》姹紫嫣红的乐波里
流向涅槃——生命的极致

2001 年 1 月 30 日

节令乡歌（组诗·六首）

白　露

"露从今夜白，
月是故乡明。"

所有的苹果车都滚向你
所有的葡萄串都垂向你
所有的高粱茬都指向你
所有的田亩都倾向你

而你已悠然入梦
梦见最悠长的夜
梦见最幽远的月亮
梦见最优美的语言链：
果园的诗，田野的歌

"露从今夜白，
月是故乡明。"

雨　水

雨水是一朵飘动的云
雨水是几片花和叶
雨水是一页湿润和几缕柔婉
雨水,从惊蛰中苏醒
　　在芒种的呼吸里跌倒

雨水是少女的天真和温驯
雨水是雌性的狂野
雨水是没有声音的呐喊
雨水,在处暑门前祈祷
　　从霜降的威仪中分蘖

雨水是黑白的升华和幻化
　　是线条漾出的乐波

黑白,是一切色彩的总和
　　是一切音符的交叠
黑白,是连绵无穷的山
　　是深不可测的海
黑白,是线条营造的时空
　　是人类灵魂的悸动
黑白,是虚和实,旋转的太极
　　是内和外,从边缘扩散的宇宙

雨水的黑白,不可破译
正如一个美丽的梦
任何详梦①者都是痴骏的
只有初生的婴儿明白
　为什么她这样美丽

闲　花　房

东方古老的神性复活了
沉睡千年的床前明月光复活了
芳草鲜美落英缤纷复活了
庄周和蝴蝶复活了
青春睡梦中的　窈窕淑女复活了

黑夜,是温暖的众芳之所在
赤橙黄绿青蓝紫依偎在这里
悲哀和喜悦依偎在这里
山鬼和云中君依偎在这里
正则的灵魂,蕴蓄和爆破在这里

犀利的刃锋刻出的白色线条
构建了无法测知其深度的黑夜
在臂弯的缠绕中向无穷延伸
伯牙碎琴的声音从永恒传来

① 详梦,意为解梦,说梦。

小　满

把水温调到37.5℃
让胸腔伏在水平面之下
凭暖流包裹全部肌肤
在臂弯的柔情里沉沦

只要这池水变成固体
你能跃出黑玻璃浴缸
人体就有了一个模子
可以浇铸出白玉金身
但你的愿望不是成佛
只是倚卧在温流里，闭目
口中吟诵着"落霞""秋水"
脑子里飘过金黄的向日葵

水温骤升到100℃
尽管你并不感到烫灼
水已经化为蒸气升腾
如白云把你托向苍穹
但你的愿望不是成仙
你只是袒卧在气流里，呼吸
口中吟诵着"关关""燕燕"
眼前闪过无数车轮的辐射

你化为气体的人鱼姑娘

依然俯身回顾莲池
你的白玉金身坐起来
在臂弯的柔情里痛不欲生

大　寒

天寒地冻的日子来临
你溢出更多天真的智慧
你把冰花和雪花
编织成晶莹皎洁的冠冕
戴上你真纯饱满的天庭
——你还在沉思什么？

天寒地冻的日子驻足
你用温和面对冷酷
严霜把你的发丝冻直
你把它们当作琴弦
弹奏出哀伤的乐曲
惊破死亡的岑寂
——你还在沉思什么？

冰冠闪闪，冻弦玎玎
你的眼帘温驯地闭合
一缕沉思从眉梢升起
直达佛祖的殿阙
请求赋予冰花以生命
赋予冻弦以人的嗓音

——你还在沉思什么？

晚 歌 如 水

磨坊的冰轮还没有散架

虽然已经停止了运动

仍然发出隆隆的声音

声音微弱，包围着三个裸体

少女摒弃了一切伪饰

把上帝创造的天然自然——

胴体和四肢的本真呈现给夜

那隐蔽了一切表象的夜

任夜空孤悬的一弯瘦月

投影于夜的暗液

月影从左到右扭转了身形

成为少女裸踝的装饰

让山峦的边沿如 nude 的弧线

为暗液筑成巨型的屏障

把夜烘托得严酷凛冽

使瘦月永远不会跌落

眼睁睁凝视着磨坊前三位少女

以鱼化石为短暂的伴侣

织造永恒和瞬息

组装着生命的结束和诞生

写冷冰川黑白画

2001 年 6 月

白 石 雕

——为广州美院教授曹崇恩所制齐白石雕像作

五色石
　在女娲手中炼出后
　变成了白色
赤橙黄绿青蓝紫
　在太阳的运行中
变成了白色
太阳是一颗
　旋转着化为熔岩的
超级巨大的白石
白石胸中包容大千世界的
　万紫千红
还原为一尊庄严
——老人的白石雕

2001 年 12 月

艾 青 与 酒

艾青赞酒,说它有
　　水的形状
　　火的性格

一个民族啊
　　因酒醉而倒下去
一个民族啊
　　仗酒胆而站起来

一个民族啊
　　由狼的奶水养大
一个民族啊
　　被维苏威火尘埋葬

艾青在叹息中喝酒
　　身处逆境的时候
　　一天只能喝一两
艾青在兴奋中喝酒
　　歌唱归来的时候

一天仍只喝一两

于是在冬天的池沼和火把之后
又出现了跳水队员和光的赞歌

艾青指着一两酒，说它
　　能使聪明的更聪明
　　能使愚蠢的更愚蠢

大智若愚　　大巧若拙
艾青像一个笨拙的吹号者
　　用带着血丝的号声
　　召唤一个民族起来

一个民族啊
　　曾经洪水决堤般沉沦
一个民族啊
　　正在火山爆发般崛起

一个伟大的诗魂
　　水一样清纯
　　火一样炽烈
飞旋，飞旋在
　　中国的天空

2002年6月

鱼 化 石

看！那尾，那鳍，那鳞，
仿佛还在活泼泼地游泳；
虽然只是一瞬间的定势，
却依然惊人地栩栩如生！

宇宙间存活着亿万种生灵，
谁都逃不过时间的刃锋。
惋惜着美的注定的毁灭——
这回呀，造物主手下留情？

2002年10月13日晨6时

周庄·小桥流水

不知道——
是庄周梦为蝴蝶
还是蝴蝶梦为庄周
不知道——
是我梦见了周庄
还是周庄梦见了我

醒着——
我的脊梁是周庄的桥
梦着——
周庄的河是我周身的血脉

2002 年 12 月 27 日
于江苏周庄

口 罩 的 上 面

口罩的上面
是一双眼睛
也许还有眼罩
眼罩的里面
是一双眼睛
有时候哈了气
眼罩上有一层薄云
薄云的后面
是一双眼睛
二十四小时
眼帘没有闭拢
熬红了
或者在流泪……
"脆弱，
你的名字是女人！"
是一句
听不见的声音
柔，是美丽的
坚韧是它的核心

隔着一层厚厚的阻拦

跟人间更加贴近

视线被重重遮挡

穿透力更加强劲

装备的全是防守

目光的意志是进攻

二十四小时

眼帘没有闭拢

熬红了

或者在流泪……

却要更好地保护自己

能更加狠狠地

扼紧瘟神的喉咙

柔,是美丽的

坚韧是它的核心

口罩的上面

眼罩的里面

是一双眼睛

啊!美丽的眼睛……

死神的克星

人类的良心

2003年5月

"非典"猖獗时

稻　香　湖

稻香湖,诗之湖。
柔浪千条银线,
　稻香万缕圆弧。
湖面上,晨光里,
一樽樽美酒,
　一颗颗喜果,
　　一粒粒真珠。
稻香湖,诗之湖。
舀一瓢稻香水,
　敬奠屈大夫。
爱诗的仙子,
　迷诗的孽障,
　　弄诗的狂徒——
一齐来,泛一叶扁舟,
蘸湖水浓浓,挥毫疾书:
稻香湖,诗之湖!
　诗情沿碧波长涌,
稻香里,
　诗思永不枯——

共展开

诗国江山万里图……

2003 年 12 月 27 日

罚 咒 者

在光明的虚幌前,静静地
白色蜡焰溅落在银柜上
心潮升降成蓝色浪波
推涌出一串断线的誓辞
径路不同,标的一致
你和我只是行走在
前后、或者左右的队列里
从子夜到正午是0距离

心潮升降成蓝色浪波
推涌出一双柔臂拥抱你
一枚唇吻印上额角,轻轻地
散落的誓言重新集合成串珠
径路只一条,标的都是双重的
梦,连缀着南北两极
从产床到墓床是0距离
唯有你,眼睛里蕴含着忧郁

穿越过光明的虚幌

影子们在蓝色的队列里行进
径路一条,标的一致
手,永远拽住了你的衣角
你渐渐淡化,化成烟、雾……
白色蜡焰溅落在银柜上
一往无前,孤注一掷
从此岸到彼岸是0距离

2004 年 5 月 13 日

但去莫复问　白云无尽时

——悼诗友王禄松

脚灯渐暗,乐波轻拍,
紫绒大幕徐徐地下落……

夕阳西坠,夜气袭来,
灿亮的流星飞掠长空。

惊愕的电波击穿耳膜,
一阵颤栗,血涌脑颅……

讲坛上挺立,容光焕发,
一身潇洒,妙语如珠;

宏论淹没了两岸的听众,
掌声响彻台北的菩提树。

物换星移,北辰高照,
画师的微笑游过了海峡。

酒酣耳热,北京的街灯下,
热烈的拥抱,激情迸流。

遍植相思树,牵系同胞情,
八咏楼上,赞神舟五号;

涉过银河,同访水星,
与涟漪絮语,续锦瑟断弦;

诗人握手,腾火星彩焰,
依依告别——艾青的故乡。

啊我的诗侣,啊我的画友!
你跟雕塑家的孙儿游戏——

逗幼童,比赛跑,攀登小山坡,
到达台阶第十级,屋门口:

你坐下,突然沉默,无语……
啊我的兄弟,啊我的手足!

我要告诉你,我是天蝎座。
我的光能为你酿造醒酒汤吗?

什么时候,咱们哥儿俩,
再到双鱼座旁边去吟诗——

一首首,都是彩色的泡沫;
上月宫,折桂枝,擎着满手的

芳香归来,我对你笑,
你也对我笑,笑声发出

金闪闪的光辉,震响天宇。
梦呀,请不要啄破蛋壳——

阴阳相谐,人天合一,
让我们放逐惊愕和悲戚:

啊我的诗侣,啊我的画友,
用锦绣包裹两缕幽魂吧——

啊我的兄弟,啊我的手足,
让两尊雕塑迎风屹立。

红尘滚滚,市井喧喧:
但去莫复问,白云无尽时。

2004 年 7 月 1 日

朝 荣 绽 放①

赠静怡：你说一定要来看看我的书房。于是你跨过海峡来了，看了，说，放心了。你和我在书房外窗下牵牛花丛中摄影，留念。乃以诗记之。

朝荣，在你我头上
攀援，攀援窗棂
挽住书架脊梁
倚伏诗律浪唇

朝荣，在你我背后
蔓延，蔓延银屏
轻叩音箱侧肋
凝视纸上墨痕

朝荣，在你我指间
缠绕，缠绕手心
装饰开合掌纹

---

① 朝荣，morning glory，即牵牛花或喇叭花。

染红飘荡心旌

朝荣,在你我周围
　绽放,绽放喇叭
　吹奏兄妹之歌
　萌动旋转乾坤

2004 年 7 月 25 日

把我的胳臂挽紧

把我的胳臂挽紧
要小心前面有误区
你的左眼在梦里
右眼的视力在减弱
你不用彷徨趑趄

把我的胳臂挽紧
你不会踏进误区
秋夜林荫道幽静
把你的右眼也闭上
任思绪飞过云衢

五千年历史浮雕
石刻阵两侧环纡
慢步走,小心趔趄
避开强光的直射
收缰心气的驰驱

从嬴政到孙文侧耳

倾听父女俩长吁
杜甫的目光裹着
鲁迅的锐眼射来
护佑咱跨越崎岖

把我的胳臂挽紧
你不会闯入误区
两廊的人物琳琅
树丛里灯光闪烁
环抱彳亍人身躯

让我做你的向导
你不会拐进误区
任银雨从天河飘洒
教桂影越蟾宫婆娑
且沐浴在太极清虚

慢步走，小心趔趄
千万莫大意须臾
巨厦华灯拥繁星
消失在广漠天宇
别登上红色氍毹

把我的胳臂挽紧
你不会跌进误区
好女儿！净心，稳步走
爱护这一线微光

决定你来生的归趋

把我的胳臂挽紧
永远不陷进误区
领你去无垠的空间
遨游于时间以外
回归天地的蜗居

2004 年 8 月 16 日

三面雕：竹刀·迷羊·紫黑色战士

陆 蠡

钢铁铸成筋骨的

温文的书生

满腔的柔情已化为

一刺见血的竹刀

听！上海日本宪兵队牢室对话：

"你是否拥护汪精卫先生？"

"他是汉奸！"

訇然一声，铁窗碎裂！

囚不住的绿

向往阳光的藤叶

绕住手中捧着贝壳的孩子——

窗外，大海和远山……

他一心要摘取满贝的星星

一半给他亲爱的哥哥

一半给他慈祥的母亲

但是，地狱里又怎能找到星星呢？

连孩子冰冷的身体

也永远失落在黑夜里——

他已经走进永恒……

终于,人们见到　圣泉流入大海

海中涌现出无数的星星,闪亮,晶莹……

郁　达　夫

武吉丁宜近郊的荒野里

一颗跳动着热血的赤子之心

被罪恶的黑手无声扼杀!

日本驻印尼宪兵部

在裕仁颁诏投降三十三天后

为了消灭血腥罪证的记忆

又射出一颗秘密的毒弹

给累累罪行清单增添上

一笔新的血腥——

茫茫夜等到破晓

依然是一头迷羊

在汹涌的海涛里沉沦

黑雾散,旭日升

在浙江富阳的草坪上

耸立起一座朴素无华的檐亭

看! 一枝椽笔,还在

祖国的大地上写诗

写诗,不停……

风波浩荡足行吟

陈　　辉

属于祖国母亲的
一个大手大脚的孩子
从桃花源里走出来
走向延安
走向晋察冀边区抗日战场
紫黑色的年轻战士
一面向敌人射击
一面向母亲倾诉：
"你以爱情的乳浆养育了我，
我将以我的血肉守卫你啊！"

暮云暗淡，沉落
叛徒引来敌人的屠刀
黑雾漫过森林
涿县韩村的土地上
洒下烈士鲜红的血
拒马河水默默地呜咽……

听！十月的歌在云端飘扬
"祖国啊！我高歌！
在埋着我的骨骼的黄土堆上，
将有爱情的花儿生长。"
所有祖国的儿女
都看见了

那一片金色的灿烂,展向无垠……

2005年8月6日

附志:这是三位爱国者、三位牺牲在日本侵略者屠刀下的烈士。为纪念抗日战争胜利六十周年,写此诗。愿我们永远不忘记他们,永远不忘记所有为反抗日本帝国主义侵略而牺牲的烈士们。烈士们精神永垂不朽!

陆蠡(1908—1942),原名陆考源,字圣泉,散文家。陆蠡是他的笔名。浙江天台人。曾出版散文诗集《海星》、《竹刀》、《囚绿记》;译著屠格涅夫的《罗亭》、《烟》等。曾创办半月刊《少年读物》。1942年4月,在上海遭日本宪兵队逮捕,不屈,被杀害,时年三十四岁。1984年,《陆蠡文集》出版;1992年,《陆蠡散文选集》出版。

郁达夫(1896—1945),原名郁文,现代小说家、散文家、诗人。著作有《沉沦》、《茫茫夜》、《迷羊》、《达夫全集》、《郁达夫诗词抄》等多种。二次大战末期,日本宣布投降后,日本宪兵队为了灭口(郁掌握了日军大量罪证),于1945年9月17日将郁达夫秘密杀害于印尼苏门答腊武吉丁宜。郁时年五十一岁。新中国成立后,在他的家乡浙江富阳建亭以纪念他。

陈辉(1920—1945),湖南常德人,诗人。1937年加入中国共产党,1938年到延安,1939年到晋察冀边区。历任县委委员、区委书记等职。牺牲前任河北涿县武工队政委。1945年2月8日,因叛徒出卖,在涿县韩村遇害,时年二十五岁。他的诗歌作品,由他的战友、诗人田间负责主编,编成《十月的歌》诗集,于1956年出版。

碗 碟 碎 裂

咣啷啷！
碗碟碎裂……
祖母拿什么进餐？
我绕过石虎，
登梯，上阁楼：
小小穿上童鞋，
跟进阁楼，
收拾笔筒，笔洗，凹砚，
权且代替盛器，
供祖母进餐。
小小打开书橱门：
"呀，青磁碗，花磁碟……"
下梯，左一脚，右一脚，
小小在前
她头发顶着我脚底
"小心呀，小心撞碎……"
高高一摞青磁碗，花磁碟，
加上笔筒，笔洗，凹砚，我
抱着，紧贴胸前，

木梯滚转如水车,

小小的童鞋忽然掉落,

嵌在车叶间——

小小翻身捞鞋,

"哟,捞上一双白磁鞋呀!"

也可以作盛器,

供祖母用餐。

踏上大地,

走过麦秸垛,

小小指着远处——

哥特式玲珑建筑:

"救世军礼拜堂里,

奶奶等着我们吃圣餐呢!"

我心中涌起喜悦,

走向祖母:

石虎绊我摔一跤,

手中抱着的

高高一摞青磁碗,花磁碟,

加上笔筒,笔洗,凹砚,

咣啷啷!

全都摔裂成碎片!

凝神定睛看:

小小手中捧着的

一双白磁鞋

完整无损

发出耀眼的光泽,

散出一阵阵饭香和菜香。

2005 年 9 月 20 日

生　　涯

我住在潮湿的地下室

已经忘记多少年

无数温柔的活水颗粒

拥抱我周身

无数霉菌的可爱细小生命

为我唱无声的歌

蜘蛛倚在网中央对我

娓娓讲述她的爱情故事

耗子们逐个出洞

当着我的面演出喜剧动画片

在无数友好生命的陪伴下

我在这潮湿的地下室

构思我的一部悲壮史诗

而太阳——

太阳已多少年不向我露面

因为他爱我

他要在我走出地窖时

给我一个"贺你成功"的惊喜

但是,也许他没有料到
当我告别一切爱我的生命
携带着我在摸黑中
写出的未完成交响曲谱
走出潮湿的地下室
一见到他时
我的两眼顿时瞎了
使我永远铭记住一切爱我者
把他们永远镌刻在我的诗剧中
我因此而永世不忘
——作为人的感恩

2006 年 2 月 7 日

不 死 鸟

火柴没经过摩擦，
火焰决不燃烧；
龙头没有被关煞，
水滴永远往下掉。

天才的萌芽被禁止发现，
艺术的奇葩在野外开放；
生命的小溪被死神掐断，
思想的长河沿历史流淌。

贤哲的警语飞越火刑架，
升向苍昊；
诗人的呐喊震裂铁栅栏，
把大地拥抱！

灵魂们在宇宙的两极涌动，
不死鸟，

　　不死鸟，不死鸟啊——

不死鸟永远歌唱在黎明的星空！

2006 年 4 月 8 日

在南开大学"穆旦诗歌创作学术研讨会"上朗诵

甘肃梦中吟（组诗四首）

嘉　峪　关

登上嘉峪关　狂风肆虐
北面黑山紫赭色　连绵纠结
南面祁连山　顶端皑皑白雪
合抱着天下雄关　巍峨壮烈

光化门下　一池塘清水
大风吹起　一层层涟漪
为古城堞空添一份凄切

一座屋　上有牌："一块砖"
屋外赫然一块砖立在墙沿
是女娲补天留下的石？
是鲁班云梯凭靠的砖？

修关的工程设计精密
需用多少砖预先算准确
修建完毕只剩这一块砖

设计师和工匠名不见经传
砖　永远记录着智慧与谨严

气魄和规模超过山海关
虽然长城矮而小　土夯的残迹
宏伟与辉煌已融入戈壁滩

鸣　沙　山

站在鸣沙山　向东望
塔尖从坡后升起
莫高窟中心建筑挣脱监控
投入诗人探求真相的视野，化为
大漠孤烟直

站在鸣沙山　向南望
暗绿色树丛里房舍隐现，诉说
这里水味咸　永远的苦涩
敦煌县城里水多么甜啊！
沙碛　沙梁　托举起莽莽苍苍
波涛般起伏　消逝在远方的三危山
带走了所有的飞天
远上白云间

洞窟里彩绘文身　佛经故事
由折光幻成海市蜃楼

孔雀　鹦鹉　野猪和野牛
构成翔舞的线条　超越
　毕加索驰骋的想象！
天宫伎乐　反弹琵琶　箜篌引
莲花上小孩天真的笑容……
千手观音的密度和对称
全沉淀在历史的底层——
　顾恺之停笔叹息

王子萨埵以身饲虎救虎子
卢眦王割肉饲鹰救鸽子
裸身跳崖的姿态
　如彗星掠过夜空　使得
北魏壁画的墙垣
　摇摇欲坠　终教
坏壁无由见旧题

坐在鸣沙山下　闭目
菩提树叶坠落在飘带上
　是谁　是谁呀　在吹箫？
歌声隐约在耳际响起
惟怜一灯影
　万里眼中明

酒　　泉

刘彻为勇士凯旋赐御酒

将士如云酒一杯
霍去病把御酒倾入金泉
令众人掬而饮之
金液遂千古含香成酒泉

李太白高咏
天若不爱酒
天上无酒星
地若不爱酒
地下无酒泉

卫星发射站
把盛满酒泉的夜光杯
用火箭送到太空
太白金星一饮而尽
Venus 化为酒仙
醉卧云帐中

Bacchus 宣布下岗
却被冲天的酒香熏醉

月牙泉边骑骆驼

跨上驼鞍
骆驼后腿起立
人身突然前俯拜谢地母
骆驼前腿又站起

人身突然后仰祝祷天父

驼铃叮当

驼队行进在地母的眼睛边

风势如刀削

鸣沙山被削成直线　削成弯月

人群如蚁　爬向山巅

如苍天向大地撒一把黑芝麻

夕阳如血轮滚转

黑芝麻消融为暮霭织成的图案

跨下驼鞍前

骆驼前腿跪下

人身突然前俯再拜地母

骆驼后腿再蹲下

人身突然后仰再祷天父

脚踏大地　头顶苍天

天父指引　地母呵护

地母的眼睛月牙泉

映着天父的圣颜

我以天地间的至诚

扑向——拥抱月牙泉

——驼铃声声去远

2006 年 4 月

诗人，向未来走去

——纪念艾青同志逝世十周年

诗人——
从远古的墓茔
从人类死亡之流的那边
震惊沉睡的山脉
若火轮飞旋于沙丘之上
诗人——
向我们走来

诗人——
从彩色的欧罗巴
带回了一支芦笛
巴士的狱的禁物
吹出凌辱过它的旧世界的
毁灭的咒诅的歌
震裂苏州反省院的牢顶——
诗人——吹着芦笛
向我们走来

诗人——

以生命所给予他的鼓舞

一面奔跑,一面吹出

短促的、急迫的、激昂的

在死亡之前决不中止的冲锋号

——带着纤细的血丝呵

号声如火把

它的烈焰把黑夜摇坍

号声如箭矢

它的利簇把"小西伯利亚"的阴天刺穿

那号声高过一切

又比一切都美丽

诗人——连同着他的冲锋号

向我们走来

诗人——

永远不会喑哑的歌手

深沉的呼吸

已经停止了十年

穿透时间的歌声

依然震响在智利海岬

在巴黎到马赛的路上

在二十一世纪的中华大地

诗人——唱着嘹亮的赞歌

向未来走去

诗人——

唱着光的赞歌

呼唤着光，让光

扫除一切对自然的污染

扫荡一切对文明的污染

荡涤一切对心灵的污染

还人间一个

清平盛世

还世界一个

朗朗乾坤

诗人——

坚强的心脏

已经停止跳动了十年

赞歌却更加嘹亮

那声音高过一切

又比一切都美丽

升腾于人类的天空

涵盖着整个宇宙

诗人——

唱着光的赞歌

跨着

巨人的步伐

向未来走去

2006 年 6 月

诗 屋 神 游

泱泱秋水，
　浩浩秋水，
　　悠悠秋水……
一座诗屋
　宛在水中央：
秋色绚烂，
　秋光摇漾，
所谓伊人
　宛在屋中央……

伊人谓谁？
　缪斯端庄，
轻轻的脚步，
　飘逸的裙裳：
灵感闪灼，
　兰蕙芬芳，
无限宁谧的时空，
　透一片诗声琅琅……

泱泱秋水，
　浩浩秋水，
　　悠悠秋水……
一座诗屋
　宛在水中央；
赛吉的归宿，①
　真善美的故乡：
所谓伊人
　宛在屋中央……

我在窗前
　凝望海峡的彼方：
一座诗屋
　宛在水中央；
影影绰绰，
湉湉汤汤……
从今在梦里挽住
　永不却步的安详。

2006 年 6 月 16 日

---

① 赛吉(Psyche)，希腊神话中的心灵之神，为一少女，为爱神丘比德(Cupid)所爱。

用 满 腔 的 爱

我们走在从屈原到曹雪芹的路上，
投射来从杜甫到鲁迅深情的目光。

莎士比亚的桂冠上长满着荆棘，
地狱里但丁没有人陪着登上天堂……

火焰山,黑水河,铺就了黄金大道；
爬雪山,过草地,为迎接新鲜的太阳。

用千万支笔勾出振兴中华的风景，
用满腔的爱画出新的中国人形象；

愿新的丝绸之路通向无污染的家园；
莫让银河系繁星围绕着地球彷徨！

2006 年 10 月 31 日

夜 宿 听 涛 楼①

寒星在窗外闪烁,幽邃而深沉;
夜空笼罩着大海,如巨碗倒扣;
海涛横扫白沙滩,涌来又退去,
涛声直叩玻璃窗,寒星在颤抖。
南风把情侣爱巢席卷到空中,
乌云破窗户,蜜月梦被云浪裹走。
涛声如伴奏,依然,寒星在颤抖……

白沙如此细,仿佛在棉上行走,
跣足的新娘,浮沉在蓝波里,浪游……
烧烤场过去了,烟熏的气息升腾。
爱巢向天外飞去,新娘不回眸。
我见她睡眼惺忪,告别蜜月梦,
影影绰绰,掩映在高楼的窗口——
涛声如伴奏,依然,寒星在颤抖……

蝴蝶谷,箭头指向大森林深处,②

---

① 听涛楼,在珠海市伶仃洋(即零丁洋)荷包岛海滩上。
② 蝴蝶谷,在荷包岛上,是一座小山,以盛产蝴蝶出名。

山路如乱石蜿蜒的恶蛇,如猴,
如虎,如狮,似斧,似锯,忽而削,
忽而剁,佶屈聱牙,桀骜不驯,
蝴蝶在哪里? 就是我? 林木繁茂,
无数蝴蝶在飞舞,涌入听涛楼——
楼外,涛声如伴奏,寒星在颤抖……

下山更比上山难,面对着嶙峋
与崚嶒,如临深渊,有没有
捷径? 浓雾里,少女蜕变成老妪;
云天外,三百间爱巢好像喝了酒,
梦,会不会被包裹? 会不会被戳破?
狂风直叩玻璃窗,蝴蝶拍翅走——
涛声似伴奏,依然,寒星在颤抖……

跣足的新娘,升空,圣母像隐去;
宇宙如巨碗向一切生灵倒扣。
寒星在窗外闪烁,幽邃而深沉;
我告别蝴蝶谷,步出森林小道口。
人生是一次奇怪的旅行,是不是
我已经快到终点了? 请你告诉我——
涛声似伴奏,依然,寒星在颤抖……

月儿升,月儿落,都被乌云遮挡着;
烧烤场散架了,不再有欢乐与哀愁;
落脚点、起跑线,原在一个纬度上,
黄昏星落,正是晨星升的时候。

迷信退潮,理性啥时候登场?
世纪的旋风啥时候吹出和音来?
虽然,涛声似伴奏,寒星在颤抖……

七百多年前,文天祥被俘,过零丁洋,①
写下最壮烈的誓辞,光照千秋:
一百多年前,阿诺德在多佛尔海滩②
慨叹没有爱,没有对痛苦的援救;
历史在曲折中徘徊,迂回中竞走,
世纪的洪流冲击着荒凉的白沙滩:
涛声如伴奏,依然,寒星在颤抖……

我听见谪仙的呼声悲凉,君不见③
黄河之水天上来,奔向海,不回头;
我听见居士的歌吟,大江东去,④
浪淘尽千古风流人物,几时休?
我听见九龄的咏叹,海上生明月,⑤
天涯共此时:这该是和谐的宇宙——
我感到,涛声歇,寒星已不再颤抖……

顿时,布朗宁的天鹅之歌响起:⑥

---

① 文天祥的诗,七律《过零丁洋》。
② 马修·阿诺德(英国十九世纪诗人)的诗《多佛尔海滩》。
③ 李白的诗《将进酒》。
④ 苏轼的词《念奴娇·赤壁怀古》。
⑤ 张九龄的诗,五律《望月怀远》。
⑥ 罗伯特·布朗宁(英国十九世纪诗人)的诗《阿索兰多·跋诗》,是他最后一部诗集的跋诗,被称作他的"天鹅之歌"。

奋斗而茁长！快——快继续战斗，
在彼世跟在此世永远一个样！
蝴蝶与我合而一，人生是个球。
三百间爱巢成一座快乐的墓园，
圣母笑看我从梦中苏醒又入睡——
涛声在欢呼，升起的晨星正抖擞！

2006 年 12 月 31 日

日月照耀金银台

——赠牛汉、小曼

潘彼得是永远长不大的孩子①
夸父是永远不会变老的铁汉

追逐太阳的男子渴倒又爬起
从弃杖化成的邓林中再度跃出

十万次雷轰,十万次闪电的鞭笞
促夸父冲出天火,再扑向太阳

虬龙般的胳臂以柔腕挽住落日
旭阳在原野般的阔胸前变为圆月

是阿波罗? 是他的孪生妹妹狄安娜?②
夸父低头看,怀里拥抱的是嫦娥

---

① 潘彼得(Peter Pan),英国作家巴里的童话中人物,一个永远不会长大的男孩。
② 阿波罗(Apollo),太阳神;狄安娜(Diana),即阿耳忒密斯,月神,阿波罗的孪生妹妹。

沐五千年风浴,沐五千年云浴
五千岁的嫦娥出落为少女赫柏①

她永不寂寞,广袖里伸出手来——
这时候许门②的歌声在曙光中扬起

潘彼得把红线系住月桂和邓林
许门的歌声在天顶和地心洋溢

阿拉伯沙漠的烈焰里跃出神鸟
凤凰和斑鸠③飞到鄂尔多斯草原

世纪落幕了,另一个时代的幕帷
在日月照耀的金银台④上徐徐升起

2007年1月13日

---

① 赫柏(Hebe),青春女神。
② 许门(Hymen),婚姻之神,一个美少年。
③ 源自莎士比亚的诗《凤凰与斑鸠》。
④ 源自李白的诗《梦游天姥吟留别》。

真　　货

商场里，一眼望过去
名牌皮鞋是假货
名牌服装是假货
名牌手表是假货
名牌香烟是假货
名牌酒类是假货

被子里是黑心棉
鸭蛋里是苏丹红
吊针里输的是浑河水
盗版书铺天盖地
抄袭和剽窃通行无阻
学术欺诈惊心动魄
伪钞买通关节
水货波涛汹涌

职场上，一眼望过去
"人民公仆"是假货
"劳动模范"是假货

"顶级学者"是假货
"著名教授"是假货
"廉政表率"是假货

黑压压大地一片真干净!

一个声音冒出来:
"我是真货!"假牙说

2007年3月12日

小山,正向我走来

一座小山,年青的小山,
　　正向我健步走来。
推给我一片蓊郁的林木,
　　拨给我一丛丰茂的草莱;
一座小山,蕴含着笑意,
　　把我的柴门打开。
为我的竹窗镶上绿叶,
　　给我的幽径铺上青苔。

一座小山,矫捷的小山
　　正向我快步走来。
让松鼠定居在我的卧室,
　　任喜鹊来占领我的书斋。
一座小山,活泼而灵动,
　　把我的布帘掀开。
让清风吹拂我的庭宇,
　　送走屋里所有的阴霾。

一座小山,健朗的小山,

正向我大步走来。
递给我一轮升起的朝阳，
　　　拎给我串串璀璨的霞彩。
一座小山，端庄而凝重，
　　　把我的心房叩开。
为我的冥想插上翅膀，
　　　在我的梦中筑起灵台。

啊，小山，美丽的小山，
　　　请你款款地走来。
你怀里有多少花树掩映？
　　　你胸中有几许宝石深埋？
啊，小山，绰约的小山，
　　　请你姗姗地走来。
你思想的奇葩我细细品，
　　　你感情的美果我慢慢摘。

小山，深邃而庄严的小山，
　　　你啊，是山，还是海？
我见到啊，你巍峨嶔崟；
　　　我听到啊，你奔腾澎湃！
我的心扉啊，因你而颤动；
　　　我的灵魂啊，为你而徘徊；
循着你心路的窈窕石径，
　　　登上望海亭，飞向云天外……

啊，小山，永远的小山，

你是喜悦啊,还是悲哀?
小山,永远的小山,你是——
　　仙乡的天使,灵府的主宰?
我醒来,你是含泪的圣母,
　　我入梦,你是啼哭的婴孩;
我找到了你,我失去了你,
　　我成了岩石,永远在等待。

2007 年 9 月

渔 村 放 歌

煤屑铺就的上中路畅通,①

少年骑自行车如白鸽闪过。

龙门楼长窗里阳光洒进来,②

童子军吹号手把号令传播……

"一·二八";"八一三";炮火炽烈,③

东方大都市挺立在痉挛中;

啊十九路军——啊四行仓库,④

童心里播下了英雄的籽种!

地火在水泥森林里燃烧,

---

① 上中路,上海中学(当年称江苏省立上海中学,现在称上海市上海中学)校门
前的大路,地点在闵行吴家巷。

② 龙门楼,上海中学校园内的主楼。

③ "一·二八",1932年1月28日,日本侵略军进攻上海,中国军民奋起抵抗,开始
了淞沪抗战。史称"一·二八事变"。
"八一三",1937年8月13日,日本帝国主义对上海发动大规模军事进攻,中国
军民奋起抵抗。史称"八一三事变"。

④ 十九路军,"一·二八事变"中对日本侵略军进行英勇抗击的中国军队。
四行仓库,"八一三事变"中,中国军人谢晋元团长率领四百余战士抗击日本
侵略军,坚守最后阵地苏州河北岸四行仓库,成为抗战史上悲壮的一章。

苏州河冲刷着血腥的垃圾；

青年的呐喊扫过南京路，

　浦江水哺育着世纪的生机。

季札的古城，瞿霜的家园①

　扶助我度过懵懂的童年；

诞生了"一大"和"五卅"的十里地②

　教会我怎样向腐恶作战。

玉佛寺白幡一阵阵怒号，③

　绍兴路广场上庄严宣誓。④

死亡的威胁考验着忠诚，

　血雨和腥风锤炼着意志。

世纪风云恶，地覆又天翻，

　浩劫的巨创烙刻上历史。

---

① 季札，春秋时吴国贵族，多次推让君位，封于延陵，即今之江苏常州，是常州城最早的奠基人。
　瞿霜，即瞿秋白，江苏常州人，中国共产党早期领导人，革命烈士，鲁迅的"知己"。

② "一大"，中国共产党第一次全国代表大会于1921年7月在上海召开。"五卅"，中国共产党领导的反帝革命群众运动。1925年5月15日，日本纱厂资本家枪杀工人顾正红；30日，上海学生发起声援工人的运动，英国租界当局逮捕百余人，死伤十余人，全市罢工，全国响应。史称"五卅运动"，它揭开了1925—1927年大革命的序幕。

③ 玉佛寺，1946年1月13日，上海市青年学生和广大市民在玉佛寺集会，悼念昆明"一二·一"（1945年12月1日）惨案死难烈士，抗议国民党镇压民主运动、发动内战的阴谋。会后举行盛大的游行示威。

④ 绍兴路广场，1945年秋，上海交通大学学生集合于爱麦虞限路（今绍兴路）广场，抗议国民党迫害进步学生、发动内战的阴谋。

宇宙风吹遍祖国的原野，
　　申江焕发出灿烂的新姿。

渔村啊，我的第二故乡！
　　是你，给了我爱情和理想！
渔村啊，是你，是你指引我
　　在人生道路上蹈火赴汤！

是你啊，教我弹第一个音符，
　　是你啊，催我写第一篇诗章。
我用歌呼唤，我用诗搏击，
　　度过了大半生风雨沧桑。

离开你怀抱已半个世纪，
　　梦里也听到你强劲的脉搏；
媒体传来你奔跃的心音，
　　我吟唱，凭着你呼吸的声波。

关注着你的命运，我看见
　　你的建筑师在构想新蓝图，
你的消防队通宵不闭眼，
　　你的清洁工正日夜大扫除。

京沪高速谱写着双城记，
　　东海大桥迎接我去天外。
亲朋的话语如春风化雨，
　　亡友的灵魂扑向我胸怀。

我眼前出现季札和黄歇①

在东方明珠上相视而笑；

五千年烟波滚滚东流去，

华夏的东大门矗立在云霄！

渔村啊，我的第二故乡！

冰山在溶化，海平面在升高！

可是，黄歇浦，你不会沉沦，

你是我梦中的一块圣地啊，

崔巍，不朽，永远的娇娆！

2007年9月21日

---

① 黄歇，即春申君，战国时楚国贵族，曾封于吴，即今江苏苏州。相传春申君疏
浚黄浦江，故黄浦江又称春申江，或称黄歇浦，简称申江。上海简称申，亦源
于此。

孔子在春申江上

孔子周游列国：

　　渔樵耕读，吹拉弹唱，

　　　航船打铁，裁衣补锅——

三十多个人物——活跃在

　　中国银行大厦正门门楣上。

浮雕被厚厚的水泥涂盖，

　　经过探求，实证，被发现——

　　　以热胀冷缩法，妙手回春：

车驾，马匹，衣褶，一一纤毫毕露。

　　财政学需要"克己复礼为仁"做主心骨？①

大厦伸出高耸的尖顶，

　　挽着华懋饭店壮硕的脖颈，

　　　俯瞰春申奔流的江水，

沉静地聆听着水的声音：

---

① 《论语·颜渊第十二》："颜渊问仁。子曰：'克己复礼为仁。一日克己复礼，天
下归仁焉，为仁由己，而由人乎哉？'"

"逝者如斯夫！不舍昼夜。"①

一九三七——二〇〇七弹指一挥间，
　外滩万国建筑博览会森林里
　　孔子的行迹在大理石上重现：
七十年烟云滚滚过，浮雕的
　震撼力如光束射向二〇一〇世博会。

护财兽"貔貅"，啊，辟邪！
　以原貌归来，蹲在基座上，
　　同汇丰银行门前的狮子争雄。
门楣上，孔子看着它。它说：
　我不属于"怪、力、乱、神"！②

貔貅昂首，对圣人说：您说过，
　"不患寡而患不均，不患贫而患不安"，③
　　您哪，只说对了一半。
子贡开口了：你忘了，夫子做过"委吏"，④
　说过"赐不受命，而货殖焉，亿则屡中"。⑤

---

① 《论语·子罕第九》："子在川上，曰：'逝者如斯夫！不舍昼夜。'"
② 《论语·述而第七》："子不语怪、力、乱、神。"
③ 《论语·季氏第十六》："孔子曰：'求！君子疾夫舍曰欲之而必为辞。丘也闻有国有家者，不患寡而患不均，不患贫而患不安。盖均无贫，和无寡，安无倾。……'"
④ 《孟子·万章下》："孔子尝为委吏矣。"委吏，司会计。或曰：主委积仓廪之吏也。
⑤ 《论语·先进第十一》："子曰：'回也其庶乎，屡空。赐不受命，而货殖焉，亿则屡中。'"（大意是：孔子说："只有颜回差不多，可又穷得叮当响。子贡呢，不接受命运的安排，大做生意，却屡次都被他算中。"）

铛！铛！铛！海关的钟声响了。

孔子周游宋,卫,陈,蔡,齐,楚……

到处吃闭门羹,累累若丧家之狗呵,①

终于躲到这里。钟声说:仲尼老,歇歇吧!

孔子叹道:"君子忧道不忧贫。"②

红男绿女,出入银行的大门,

增息的信息如一阵秋风过耳,

取出存款,炒股,炒基金,热气升腾。

孔子闭目养神。一个声音响起来:

"子罕言利,与命,与仁。"③

2007年9月23日

---

① 《史记·孔子世家》:"孔子适郑,与弟子相失,孔子独立郭东门。郑人或谓子贡曰:'东门有人,其颡似尧,其项类皋陶,其肩类子产,然自要(腰)以下,不及禹三寸,累累若丧家之狗。'"

② 《论语·卫灵公第十五》:"子曰:'君子谋道不谋食。耕也,馁在其中矣;学也,禄在其中矣。君子忧道不忧贫。'"

③ 《论语·子罕第九》:"子罕言利,与命,与仁。"

垃圾车上的鲜花

小区林荫道上一束光
射向一扇又一扇玻璃窗

师傅蹬着一辆三轮车
车上的垃圾像座小山冈

山上竖起一把大扫帚
像威风的旗帜,尽管不飘扬

我向陌生的师傅点头笑
他也向我笑,却带点儿凄凉

我指指山上的花簇:"真漂亮!"
他又笑,只是没把话儿讲

大旗护卫着灿烂的鲜花
走过一家又一家好街坊

一朵朵百合,康乃馨,美人蕉

交织着玫瑰花,围成一束光

哪儿捡来的？是情侣怄气
一怒把礼物扔进了垃圾箱？

是花店的使者送花打瞌睡
把最贵的一束遗落在路旁？

是白衣天使让病人不要把
有刺激的香芬保留在病房？

它成了林荫道上一束光
射向一扇又一扇玻璃窗

窗前的少女见了,起遐想
门口的老人见了,添惆怅

在大旗护卫下,这一捆鲜花
傲然地、黯然地,走过小巷

小巷林荫下有这一束光
射过了一扇又一扇玻璃窗

晨光朗照,啊！秋雨淅沥……
一束光划过几个人的心房？

多少赝品占领了珠宝店

瞬息的芬芳飘向垃圾场

2007 年 9 月 30 日

五月十九日十四时二十八分

国旗半垂,汽笛长鸣——
新华门内国徽前两排丧服者,
低头站立,肃穆悲伤,
六十秒——一百二十秒——一百八十秒——
为村民、农妇、学生、教师、小姑娘……

皇帝,太后,总统,女王……
他们的死叫什么"驾崩",
    或者叫"薨","晏驾",或者"国丧"。
所有的布衣要"披麻戴孝",
    所有的戏院要停业,挂白布三丈。

时代的车轮滚滚向前——
"以人为本",点亮全民的思想。
共和国主席,政府总理,人大委员长……
静默三分钟,为六万条生命致哀,
十三亿人民,为汶川死难者吊丧……

时代的车轮滚滚向前——

"尊重生命",深植全民的心房。

五月十九日十四时二十八分,

　　　　风不再吹刮,云停止飘动,

　　　　整个中国,伫立为一尊泪像。

　　　　　　　　　　　　　2008年5月

擂　鼓　镇^①

擂鼓声:地壳扭动!

擂鼓声:山体倾斜!

擂鼓声:江河改道!

擂鼓声:大地崩裂!

擂鼓镇,惊人的静寂!

擂鼓镇,一片狼藉!

擂鼓声:重兵奔袭!

擂鼓声:生命大营救!

擂鼓声:全民族怒吼!

擂鼓声——响彻全球!

擂鼓镇,擂鼓声中解体,

擂鼓镇,擂鼓声中崛起!!

2008 年 5 月

---

① 　擂鼓镇是四川省北川县的一个镇,是五一二汶川大地震中灾情最严重的乡镇之一。全镇有一万八千人,死亡和失踪一千多人,四千五百户房屋被毁。

最 美 的 诗

"亲爱的宝贝，
如果你活着，
一定要记住　我爱你。"

母亲为救女儿
付出生命,留下了
这条手机短信。

这位母亲写下了
世界上最美的诗。

我愧为诗人，
只做了抄录者。

2008 年 5 月

甜 甜 的 微 笑

被埋在废墟下
还有三名学生，
她为了鼓励同学，
轻声地唱起歌谣。

尽管黑暗看不见，
但她的脸上有微笑。

被埋二十个小时！
她被救出来，
她说，"要勇敢！"
脸上带着微笑。

两腿断裂，
双手被砸伤，
脸上带着微笑。

做了截肢手术，
永远失去了双腿。

医生问:疼不疼?
她摇摇头:"要勇敢!"
脸上带着甜甜的微笑。

都江堰初三学生,
用微笑面对苦难,
用微笑温暖世界,
用微笑把厄运击倒!

甜甜的微笑呵,
一朵永不褪色的美好!

2008年5月

生 的 希 望

武警救援队
效命在灾区现场。
救村民,救农妇,
救小学生,救老大娘……

生命重于一切,
生命高于一切!
对生命,人人平等,
人人都应有生的希望!

武警战士用双手
扒开倒塌的牢房,
把濒死的在押犯
扛上自己的肩膀。

狱中几十年,
承受过几许雨露;
今日大雾天

见到了太阳光!

2008 年 5 月

阿特拉斯的脊梁①

天将降大任于斯人也……
　　非典！禽流感！冰雪低温！大地震！
邢台—海城—唐山—汶川—
　　水火虫土考验着中华民族的振兴！

一道裂缝一声塌方就是命令：
　　整个国家呼拉拉站立起来！
党政军，工青妇，陆海空，
　　全民总动员，抗震救灾，快快快！

一百个夸父奔走在抗灾的道路上，
　　一千个愚公正在把灾祸的大山搬开，
一万个后羿挽起长弓去射灭灾星，
　　一亿个精卫终究要填没灾难的大海！

天将降大任于斯人也……
　　中国人早已从唐山走过来！

---

① 阿特拉斯是希腊神话中肩扛天宇的提坦神。

默哀一分钟,奥运圣火继续前进呵,
中华民族有如阿特拉斯的脊梁
　正在扛起一个光灿的新时代!

　　　　　　　　　　2008 年 5 月 14 日

堰 塞 湖

地震—山崩—泥石流—飞岩……
一瞬间,山貌扭曲,江河变脸,
坡地移位! 堰塞湖? 陌生的名词!
危险的海子,在百姓头顶上高悬!

巨石拦截的湖水一亿多立方米,
令人惊悚! 这是个怎样的概念?
难道会决口? 堰塞湖,陌生的名词!
次生灾害比原生灾害更凶险?!

一千名士兵和工程师挖土造渠,
为引流泄洪,日夜鏖战在前线——
堰塞湖! 不再陌生了,它将被掌控,
被改造,为了一百万生灵的安全!

可是,堰塞湖! 惹得起,也能躲得起:
为万无一失,宁可白费,作决断:
叫洪水扑空,猛兽失望! 大迁徙,
几十万移民上高地,秩序井然!

时间在匍匐,历史在空间蜿蜒,
崎岖和嵚巇在变做葱茏和烂熳。
堰塞湖,又成为陌生的名词了,因为它
已经定格在过去时;看,见证汶川!

2008 年 5 月 30 日

五 一 二 新 郎

是封建时代的抱牌成亲？
是父母之命的冲喜拜堂？
都不是，都不是。

是悲剧中的喜剧，
是喜剧背后有悲剧。
宾客盈门，喜气洋洋，
欢声中有叹息，
笑语中有泪光。

新娘手指上钻戒闪闪亮，
贺喜的人们都知道
送钻戒的人儿此刻在何方。

有一个身影在汶川救灾，
把战场当作洞房：
这就是中国抗震史上
"五一二新郎"的独特形象！

2008 年 5 月 31 日

飘扬的红丝带①

姑娘从车窗里伸出手来
感谢车队给她让路
手腕上的红丝带
在风中飘扬

志愿者的小车
风驰电掣而去
像一支火箭般
射向她的目的地

她要去深挖废墟
她要去抢救生命
她要去赶搭帐篷
她要去高举吊瓶

突爆！飞石倾泻！余震……
公路上顿时一堆小山包！

---

① 红丝带,志愿者的标志。

抢救！抢救抢救者！
又一场生死搏击！

人们清晰地记得
姑娘从车窗里伸出手来
手腕上的红丝带
在风中飘扬

她不在遇难者名单中
——她不是本地户籍
她不在失踪者名单中
——她没有失踪

直到今天人们还看见
那只手腕上的红丝带
在风中飘扬，飘扬……
沿公路奔赴汶川

2008 年 6 月

众 鸟 齐 鸣

贾谊的鹏鸟①

穿越时空飞来

莎士比亚的凤凰

跃出骨灰瓶飞来

雪莱的云雀

从天国附近飞来

爱伦坡的大鸦

从雅典娜塑像头上飞来

济慈的夜莺

从失落的仙乡飞来

……

鸟们还在不断地飞来

华兹华斯的布谷鸟

波德莱尔的猫头鹰

柯尔律治的信天翁……

---

① 贾谊为中国西汉文学家,著有《鹏鸟赋》。莎士比亚、华兹华斯、柯尔律治、雪
莱、济慈均为英国诗人,爱伦坡为美国诗人,波德莱尔为法国诗人。诗中提到
的各位诗人之鸟均为其著名诗篇中所咏赞之飞禽。

众鸟飞来北京，只因
"鸟巢"一瞬间巍然屹立
众鸟一只只栖息在上面
齐声惊呼：
宏大的家屋！
鹏鸟开口
我带来福祉
凤凰庄严地声称
我代表新生
云雀高歌
我是美和真的化身
大鸦郑重地宣布
我象征爱情
夜莺歌唱：
我就是不朽
……

后续的布谷鸟高呼
春天永驻
猫头鹰大声为自己辩护
人类已为我平反
撤去了我的"不祥"恶名
我标志着自由
信天翁自言自语：
我是吉祥的圣鸟……

众鸟齐鸣

合奏迎宾交响曲
诗人们
从屈原到荷马
从李白到泰戈尔
从普希金到艾青……
一齐驾祥云来到
伟大的"鸟巢"

诗人们把吉祥和福祉
把美和真的不朽
把青春和博爱……
统统请进同一个梦里
作为最珍贵的礼物
赠送给
来自五洲万邦的健儿

众鸟,众诗人
顷刻间结成同一个世界里
一支最最火爆的
——拉拉队!

2008 年 7 月 10 日

赠银戈，国力

——仿彭斯

谁说可以忘掉老朋友，
　　可以不放在心里？
谁说可以忘掉老朋友，
　　忘掉长久的友谊？

为了长久的友谊，好朋友，
　　为了长久的友谊，
咱们干一杯祝贺的美酒，
　　为了长久的友谊！

咱们曾漫步在白杨荫下，
　　把茉莉野花采集；
咱们曾絮语在绿草坪上，
　　坦露相互的胸臆。

咱们是大门相对的住户，
　　每天开门见笑意；
咱们是窗灯相映的友邻，

隔墙听得见呼吸。

你们搬到另一处红瓦下，
　却不曾隔断信息；
咱们架一座心的桥梁，
　沟通着一点灵犀。

为了长久的友谊,好朋友,
　为了长久的友谊,
咱们干一杯祝贺的美酒,
　为了长久的友谊!

咱们相互诚挚地祝福啊,
　朋友,忠实的朋友!
咱们痛饮这一杯美酒啊,
　为友谊天长地久!

2008 年 12 月 10 日

致亲爱的燕儿

四十七岁依然是
　青春焕发的时候。
负笈剑桥，也许能
　登上更高的层楼。

珍爱生命，珍爱
　命运和时代的恩赐；
点亮诞辰的红烛，
　长明在搏跳的心头。

愿你快乐呵，快乐，
　接受椿树的祝福；
看，有慈颜在云端
　对你微笑，凝眸……

2009 年 4 月 22 日
夜 10∶20

诗 意 长 安 (组诗四首)

节 日 欢

大唐芙蓉园敞开
万支电炬耀金
张若虚李杜并峙
吟诵声响彻古今

焰火劈开长夜
破阵子过零丁洋
可爱的中国崛起
春暖花开给太阳

千军万马驰骤
安塞腰鼓怒吼
驱逐污秽阴霾
诗魄诗魂不朽

神州大地沸腾
诗意长安再生

千灾百难辟易
风灯赤县长明

2009 年 6 月

书法：现场展示

男孩,女孩
束发戴冠插簪
红丝带绾住下颌
绾不住笑意

棋盘格方块上
如军阵,群孩伏地
执羊毫,悬肘
宣纸上落笔

条条红领巾下
水墨留痕,幻迹
一片虔敬的童心
勤敏,专注,顽皮

王右军率白鹅前来
张旭唤西河剑器
跪姿,运笔之姿
永远的浩荡感激

书法写唐诗
捧着,送到面前
看四幅斗方
伴着天真的得意

感恩,无语
感动,几度升级
近泪无干土
曲江池遗址逶迤

2009年6月

雁 塔 题 名

进士共游慈恩寺
题名在大雁塔前
学子们纷纷效仿
白居易,最少年

风起云涌21世纪
志愿者热浪腾掷
180名学生制手模
对诗人,个个是粉丝

我读您的诗长大
请为我留下签名
手册已容纳不下

请签在我的衣襟

T恤衫胸背都不够
请在胳膊上写名字
——不是我的诗多好
是你尊崇缪斯

150名诗人虔诚
手模上摁下指掌
签名在手印一侧
塔墙上一片琳琅

丝竹声清纯悠郁
平仄律歌音缭绕
缪斯文曲星共舞
大雁塔万年不倒

2009年6月

曲江流饮

明皇栈桥横卧
芙蓉花灯漂游
曲江池水澄碧
"唐代丽人"慢走

头挽高髻如云

端来催醉春酿
只能小抿轻啜
对话筒吟诵诗章

殷红金黄耀目
缎匹绸花窈窕
文房四宝列几案
"丽人"诚邀挥毫

往事千年跨越
兰亭流觞曲水
天地间仰观俯察
几度长安梦回

李杜文章不朽
新诗改罢长吟
"丽人"歌喉婉转
曲江万古佳醇

2009 年 6 月

林 巧 稚

她的大名
由上帝确定
天下最巧的手
永远童稚的心

她的腹腔
始终空灵
放弃做母亲
为更高的母性

她从子宫里
巧迎千万生灵
到太阳光下
睁看新鲜晨星

上帝创造人
万苦千辛
只为了惜力
派她来效命

呼喊妈妈
无数稚嫩嗓音
她让世界
由哭声震醒

2009 年 10 月 5 日
鼓浪屿菽庄花园

女 像 轮 回

我幻象　有你
白衣白裙　白鞋
与垂柳共生
隐遁绿帘内
随枝叶探向清波
踵　生根岸石下
口　抿几滴池中水
水蛇四散奔匿

我幻象　无你
蓝衣蓝裙　蓝鞋
与榕树孪生
撩开气根重帏
出自土　扑向土
脚　从泥地长出
唇　吻十丈纤尘
田鼠聚拢同歌

我幻象　是你

赤衣赤裙　跣足
与虹霓化合
游走天地间
涧水蒸腾　身躯
云岚变格　灵魂
趾　一条暗溪潺潺
发　万斛晴丝倾盆

我幻象　非你
无衣无裙　无形
仁立　天府穹门前
手捧佛香瓶
倒转菩提水
洒向轮旋大地
悲容笑靥　一一遁去
永远的宁馨

2010 年元月 5 日

全 球 的 主 题

马尔代夫——

　　花园群岛

　　宫殿仙屿

在印度洋深海之底

紧急召开

　　最高级国家会议

用珊瑚签署文件

　　向全世界呼吁

尼泊尔——

　　杜鹃之国

　　佛陀圣地

在喜马拉雅高山之巅

紧急召开

　　最高级国家会议

从冰窟作出决定

　　向全人类呼吁

冰姑娘叹息

安徒生曾经预言

雪山崩颓

只因人气太炽热!

荷马早就声称

波塞冬一旦被惹怒

海水就升高

淹没整个大地……

岛国将全民迁徙

山邦已面临灾异

人类的自爱

惊现危机

哥本哈根上空

警钟轰鸣

一声声　来自上帝

低碳!低碳!

山顶和海底的意志

全球的主题

2010年元月6日

上海·洛杉矶①

——世博牵手

帕萨迪纳　天街上

玫瑰花车　云游

冬季的阳光　灿烂照耀

海宝蓝衣裙　竞走

一大群蝴蝶　翩翩飞舞

小天使　三十六

彩色缤纷的急湍　哗哗奔流

从天而降　精灵群

腾云驾雾　世博轻舟

忽而地上　忽而空中

夏雨晴岚　春风杨柳

一双双滑轮　金光闪烁

不曾饮酒　仿佛饮酒

---

① 2010年元旦,上海世博花车在美国加州洛杉矶县帕萨迪纳市科罗拉多大街上举行盛大的元旦巡行。三十六个上海市十岁左右的孩子随花车作精彩绝伦的轮滑演示,令现场一百多万民众夹道喝彩。电视直播吸引全球一百五十多个国家和地区民众的眼球。

迷梦中传来　仙乐的鸣奏

一个个轱辘　旋转乾坤

行止　前后　上下　左右

洪涛澎湃　狂飙呼啸

杜绝盲目　无止无休

洛杉矶震撼　纽约颤抖

十万朵鲜花　灵秀

沉醉了所有的　男女老幼

"生活更美好"的祈愿

"出类拔萃"的追求

天真绽放　童心开口

宏伟庄丽　琳琅锦绣

科罗拉多　天街沸腾

上海电波　贯通两半球

轮滑的旋律　飞天自由

2010年1月6日

时　　神

亲人辞世
痛不欲生
时间疗伤
终复平静

时间不仁
磨灭深情
时间施爱
痛楚抚平

亦柔亦刚
时间双轮
相生相克
苦乐悲欣

仁乎苛乎
晨夕迭更
奚仁奚苛
唯阴唯晴

无苛无仁
苛亦有情
亲人不忘
我心安宁

万物之母
万类之坟
时神时神
无始无终

2010 年 1 月 13 日

爆 竹 的 纸 屑

飞舞,爆竹的纸屑
蓝鸟,紫燕,红雀……
轻轻地飘落,飘落
青松倦伸的针叶
轻轻地飘落,飘落
草边蜷伏的积雪——

飞舞,爆竹的纸屑
一只只沉默的彩蝶
翩翩地飞过,飞过
冷光凌厉的山岳
翩翩地飞过,飞过
湖底掩映的寒月——

飞舞,爆竹的纸屑
几只蹒跚的醉蟹
冷冷地爬上,爬上
胸中无奈的凄切
冷冷地爬上,爬上

心头惊悚的凛冽——

飞舞,爆竹的纸屑
一群黑衣的喜鹊
暴怒狂吼(!!!)之后
匍匐在坟头泣血
魂飞魄散(……)之后
留下逝去的呜咽——

飞舞,爆竹的纸屑
银屏,光盘,影碟
缓缓地跨过,跨过
云霓和阳光的疆界
慢慢地踏上,踏上
一丝希望的心野……

洒尽泪液吧,挥手残夜……

2010年2月16日

绝 妙 好 球

——题莫迪洛(阿根廷)的漫画《无题》

一只球飞来

埃菲尔铁塔

抬起右腿

一脚踢过去

绝妙好球

穿越凯旋门

疾驰而去

是飞进凯旋？

是飞出凯旋？

进——胜利

出——反胜利

胜耶？负耶？

绝妙好球呀！

埃菲尔铁塔

站稳巴黎

无视胜——无视负
永远拒绝战争

2010年5月3日

　　赘言:从人类史着眼,从未来学着眼,永远拒绝战争。春秋无义
战。但并不否定某些正义战争。希特勒是反人类的,他的负,是人类的
胜。

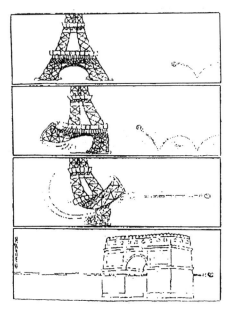

无题 莫迪洛(阿根廷)

三晋云山　地久天长

——贺山西《大众诗歌》创刊十周年

浩浩漳河,巍巍太行!
华北大地斗志昂!
平型关,枪声响,
武乡民兵歌声亮!
每一寸土地都是我们的,
三晋云山,地久天长!

泱泱漳河,巍巍太行!
华北大地人才旺!
王子安英姿勃发,
白乐天老妪吟赏!
每一篇经典都是我们的,
三晋云山,地久天长!

滚滚漳河,巍巍太行!
华北大地武威扬!
骁将卫青霍去病,
桃园结义关云长!

每一次胜利都是我们的，
三晋云山，地久天长！

浩浩漳河，巍巍太行！
华北大地鲁班忙！
千年木塔超比萨，
悬空寺俯视尘壤！
每一座杰构都是我们的，
三晋云山，地久天长！

泱泱漳河，巍巍太行！
华北大地艺术故乡！
晋祠园林圣母宝殿，
云岗石窟万佛长廊！
每一份精彩都是我们的，
三晋云山，地久天长！

悠悠漳河，巍巍太行！
华北大地诗语飘香！
诗人辈出，佳作迭现，
刊名大众，鲁迅领航！①
每一个警句都是我们的，
三晋云山，地久天长！

2010 年 9 月 15 日

---

① 1936 年鲁迅提出口号："民族革命战争的大众文学"，鲁迅强调"大众"。

万 园 之 园

——纪念圆明园遭劫一百五十周年

雨果说:东方古国的中国有一座万园之园,
被两个强盗劫掠一空,焚烧殆尽,彻底摧残!
这两个强盗,一个叫英吉利,一个叫法兰西,
从此,她——万园之园,只能在史书的记载中蹒跚……

古代巴比伦王国有过神秘的空中花园;
忽必烈大帝下令建造过美妙的安乐宫苑;
李白吟唱过桃李园,杜牧凭吊过金谷园;
她们到哪里去了? 呵,都埋进了历史的荒烟……

一座座名园都围绕在这万园之园的周边,
众姐妹都一致拥戴她为群芳之冠,
因为她体现着人类美丽瑰奇幻想的极致,
因为她标志着世界建筑艺术智慧的峰巅!

历史的帷幕徐徐拉开:那人间的仙境如今安在?

哦,白茫茫一片废墟,横陈在人们的眼前。

啊,不!断垣残壁只是帝王豪奢的灰烬,

伟大的艺术创造永远在人类的美梦里盘桓……

2010年10月5日

浇灭，还是点燃？

妈妈隔窗问儿子："你在干什么？"
原来小男孩在后园里蹦蹦跳跳：
"我要跳上月亮去！"答得多自豪！
"真是胡闹"？ 不，妈妈笑着说：
"好，可是你别忘了回来哦！"

孩子叫阿姆斯特朗①，你可知道？

课堂上，作文题目叫《我的志愿》：
"我想当一名小丑！"小男孩写道。
"胸无大志，没出息"，斥责加讥嘲？
不，老师给作文画两个红圈：
"好，愿你给全世界带来欢笑！"

孩子叫查利·卓别林②，你可知晓？

2010 年 12 月 23 日

---

① 阿姆斯特朗是登月第一人。
② 卓别林是二十世纪伟大的喜剧演员。

儿童诗一束（十八首）

窗 里 窗 外

玻璃窗上万花筒，
方圆六角变无穷。
向这画图哈口气，
中间化开成虚空。

透过虚空看户外，
鹅毛大雪满天空。
屋里炉火烧得旺，
有火才好过严冬。

万花筒中一个洞，
洞里洞外大不同。
开窗迎进小鸟来，
别让冻僵在雪中。

2011年1月20日

风 筝 和 小 鸟

啊哟,啊哟,你瞧瞧!
风筝挂到树枝上。
小鸟从窠里探出头:
"妈妈呀,来了个大灰狼!"

"不是,不是,小乖乖,
那是个风筝大蝴蝶!
他从天上掉下来,
到咱家门口歇一歇。"

"我叫他叔叔好不好?"
"乖乖好,你真懂礼貌。"
"蝴蝶叔叔你歇歇脚,
歇够了你再下地跑。"

2011 年 1 月 20 日

安 徒 生 爷 爷

我见到了安徒生爷爷,
真的真的,谁骗你?
我见到了安徒生爷爷,
他坐在金色大厅里。

大师们坐在金椅上，
安徒生爷爷在其中。
他的左边是莎士比亚，
他的右边是曹雪芹。

卖火柴的小女孩呀，
唐吉诃德搀着她的左手，
阿Q搀着她的右手，
正攀登天梯往上走。

天使在云端里轻声说：
撒旦才讲"小儿科"！

2011年1月21日

我 相 信 金 波

诗人金波说，他相信
花朵开放的时候有声音。
蜜蜂蝴蝶瓢虫能听见，
为什么他听不见呢？

我读了金波的诗，也相信
花朵开放的时候有声音。
花儿会唱歌，会演奏音乐，
甚至会欢呼，会大声呐喊。

仅仅是相信,还是真听见
花朵开放时发出的声音?
是真的听见了。——你不相信?

我听见了,因为我相信。
我相信,因为我相信金波。
我相信金波,因为金波是诗人。

2011年1月20日

玩　雪

真真珊珊兄妹俩,
出门跑到雪地上。
抓起白雪团成球,
哥哥妹妹打雪仗。

真真力大打得猛,
珊珊力小打不赢。
雪球打中珊珊脸,
珊珊蹲下揉眼睛。

"妹妹呀妹妹你别哭,
哥哥我向你赔不是。"
破涕为笑小珊珊:
"我要把阿哥治一治!"

小手抓起雪一团，
塞进哥哥衣领里。
"妹妹你真厉害呀，
叫我浑身清凉哩！"

2011年1月20日

简　谱　歌

妈妈说,你看五线谱:
多么好听啊,多雷米……
抬头看,几条电线上
有三只麻雀在栖息。

妈！我不识五线谱,
老师教我识简谱。
你看我画的好不好,
阿拉伯字数一数:

松鼠长尾巴拖个2,
老鼠爬杆上那7,
袋鼠抱娃成了6,
你听我唱拉雷西！

2011年1月20日

人 类 移 民

人类发痴不自爱，
唯一家园遭破坏：
北极圈里有火灾，
赤道周围冰冻害，
地球要被洪水埋！

宇宙飞船是方舟，
人类移民外星球。
人人拥呀个个挤，
都想登舟得拯救。

啊哟不行已超载，
方舟不能飞起来！
含泪抛下洋娃娃，
减轻半斤也好乖！

睁眼醒来心还跳，
听听地球还叫不叫？

2011 年 1 月 21 日

小 雏 菊

小弟跑到旷野里，

看见花儿开满地，
小弟爱花想占有，
伸手就摘小雏菊——

吱的一声震空气，
是谁在叫？告诉你：
雏菊被摘真可怜，
一声呼痛多惨凄！

看你手中小雏菊，
露珠还在花瓣里，
不是露珠是泪珠，
雏菊眼泪往下滴……

2011年1月21日

爷爷躺在花丛里

爷爷躺在花丛里，
身上盖着大红旗。
吊孝人鱼贯而入，
大厅里一片饮泣，
一阵阵哀乐升起。

妈妈问儿子：阿囡，
你怎么没一声哭泣？
孩子仰头，一脸稚气：

我一哭，妈妈不喜欢，
说我爱哭没出息……

也许在孩子的心里，
爷爷正在睡觉哩，
明儿跟着太阳升
会从床上起身哩！

2011年1月21日

松 鼠 大 迁 徙

往年这儿都是冰和雪，
为什么今年大火烧红天？
莫斯科市民掩口鼻，
躲不过大火放出的阵阵烟？

森林成了火烧场，
松鼠家家着了慌！
诅咒天公发了狂，
南北颠倒我遭殃！

快快离开灾难地，
松鼠家家大迁徙！
往北跋涉到巴伦支海畔？
往南到里海边上去栖息？

松鼠史书上写一笔：
二十一世纪全"民"大迁移！

2011年1月22日

新 客 北 极 熊

嘭嘭！嘭嘭！有人敲门。
谁呀？谁呀？怎么不吭声？
门缝里往外瞧一瞧，啊呀，
是一只浑身雪白的北极熊！

把门儿打开，欢迎呀，欢迎！
快快进来吧，大哥北极熊！
为什么你不待在北冰洋，
要到这儿贵州来串门？

北冰洋的冰都融化了，
气候把我热得真不行！
我知道中国贵州转冷了，
就赶紧奔来找个新家门。

啊，这儿遭受了冰冻灾，
却有喜事把新客迎进来！

2011年1月22日

狗 的 成 语

牛汉爷爷，大诗人，
写文章不用几个成语：
狗仗人势，狗咬吕洞宾，
狗尾续貂，狗苟蝇营……

这些成语你懂不懂？
不懂没关系。反正里面
都有狗字，都是骂人话。
牛汉爷爷说：坚决不用！

牛汉说：狗最忠实，最诚信，
狗是人类最好的朋友，
打死它也不会背叛你。

对着最好的朋友泼污水，
人讲不讲情义，人啊人？
牛汉不做无情无义人。

2011年1月22日

老 寿 星 凯 特

英国一座城市里有只猫
叫凯特，已经三十八岁。

三十八岁有啥稀奇？哎，
猫的平均寿命是十五耶！

跟人比,凯特已经是一位
一百七十几岁的老爷爷！
怎么看上去像只小猫呀？
猫面全是毛,哪见皱纹欸！

主人比它小一百几十岁？
六岁小约翰抱着老凯特,
像个老爷爷抱着小孙孙,
小孙孙给老爷爷念佛哩！

2011 年 1 月 22 日

彗　　星

不叫你妖星,
叫你扫帚星？
你的头发叫彗发,
一团美丽的光轮！

女巫骑着你
奔向宇宙深黑处——
彗尾扫过天庭。

圣诞老爷爷

把女巫推下去，
骑上你过来了，欢呼！

把一袜子幸福
投进了壁炉。

不叫你妖星，
叫你福星，嗯？

2011 年 1 月 23 日

扫帚星

昨天夜里
看见彗星来了
真的看见彗星来了

少年骑彗星
进屋门
把一堆又一堆垃圾
统统扫出门

少年嚷嚷
要到广州，上海，北京
去打扫卫生
还天地间
一个朗朗乾坤

老翁抱扫帚
垂头归来,叹气:
只扫掉了
两个小贪官!

今天早晨
看见彗星飞走了
真的看见彗星飞走了

2011年2月9日

缝唇小兔儿

小兔儿乖乖
你真可爱
可惜是个豁嘴娃
让我给你补起来

用糨糊粘上
几分钟又成两块
用胶条贴上
一小时后分开

小兔儿乖乖
你要忍耐
我用针给你缝上

你咬牙挨一挨

几天过去了
你的唇不再裂开
乖乖小兔儿呀
多漂亮的毛腮！

2011 年 3 月 13 日

兔 儿 爷 传 奇

兔儿爷醒了
抹抹胡子说
下次跟龟赛跑
不再打盹了

兔儿爷笑了
抹抹胡子说
三窟我都捐出来
给人做防空洞

兔儿爷哭了
抹抹胡子说
以后我不再鲁莽
撞死在树下

上帝一挥手

让兔的眼睛变成
两泓清澈的湖水
永不再眼红

2011年3月13日

森 林 之 王

见老虎额上有王字
狮子竟大发雷霆
我才是森林之王
虎哪有这等权柄

那老虎顾盼自雄
跨步巡视森林
这王字来自娘胎
是上帝恩赐身份

众兽要拥立仁者
推举大象为首领
大象能抑强扶弱
狮虎也只好称臣

天使在云中声称
森林中要普降和平

2011年3月18日

万 里 长 城

万里长城——
中国的象征？
中国的骄傲？
诗人牛汉不赞成。

"八月十五杀鞑子！"
牛汉从不吃月饼。

牛汉叹道：长城呀——
中华民族胸脯上
一道深深的伤痕……

2011年1月22日

登　月

不要登月
把嫦娥驱逐出美梦

不要登月
叫桂树和玉兔无影无踪

不要登月
消失了吴刚和桂花酒盅

不要登月
让碳气污染蟾宫

不要登月
去发现个冷漠的荒冢

不要登月
教各国为占月而交锋

科技是把双刃剑

美丽的幻想要消灭在夜空

2011 年 1 月 23 日

一　小　时

拿出一个小时

（An hour）

掰成八瓣

一瓣一摇身

从 1/8 变成 1

用一瓣进餐

一瓣散步

一瓣吟诗

一瓣写书

再用两瓣幻想

两瓣穿时空隧道

前得见古人

后得见来者

念天地之悠悠

独怡然而涕下

一小时过去

年龄增长了

1/8760 岁

我　成了自由人!

2011 年 3 月 10 日

早晨阳光下

长 巷 行

带镣长巷行
步态何沉浊
恍如县衙役
以镣困我脚

带镣长巷行
彳亍以踯躅
双颊岁月痕
似有镣在足

忆昔少年行
快步奔如鹿
年轮岁岁增
日月穿梭速

旦暮独蹒跚
思虑飞如鹤
带镣长巷行

壮志谁能缚

2011年4月5日,
清明,午。

神 之 盒

神,送来一只盒
哦,打开吧!
不敢——且慢……
盒里有什么宝物?

是和氏玉?
是光灿灿的金玺?
不,不可能……

哦,打开吧!
不敢——且慢……
盒里有什么凶器?

是百足蜈蚣?
是黑绿赤练蛇?
不,不一定……

哦,打开吧!
慢着,再想一想

盒里有什么祥瑞?

是一缕光?
是一抔土?
是一滴水?
是一口空气?
也许,可能……

哦,是莲蓬人?
是——橄榄枝?
是——玫瑰花?
是——菩提水?

十二年过去
时候到了
神,收回盒去

哦,神! 且慢,
也许那里面是我早年
丢失在精神荒漠的
——魂魄……

2011年4月7日,夜。

指　甲　刀

金属寒光
闪闪两爿翼
一支杠杆
在翼上平贴

且摁住力点
有支点可为轴
凭重点
紧咬角质物
叫上下铁弧开合
半圆细片纷纷截

反转杠杆
挺钢锉
指甲新边来去抹
毛刺平
十指光洁

一日间思绪腾跃

铁钳张口

速夹硕鼠腭

二日间情愫倒伏

钢刀露喙

猛将狐狸啄

十指摩挲

迅疾间

将三皇五帝

逮个正着

全不问

子男公侯伯

太阳光下

倩何人活捉

2011年4月18日

狗 急 跳 墙

人嘱咐狗:跳墙!
狗不跳。
人命令狗:跳墙!
狗不跳。
人狂呼狗:跳墙!
狗不跳。
人操起菜刀要杀狗,
狗急,跳墙!

人嘱咐龟:跳墙!
龟不跳。
人命令龟:跳墙!
龟不跳。
人狂呼龟:跳墙!
龟不跳。
人拿起水果刀要杀龟,
龟眨眼,不跳。

狗有潜力，龟没有。

2011年7月10日

拥 抱 太 阳

仁慈的太阳
万物成长的本根
光明的太阳
一切生命的母亲
伟大的太阳
浩瀚宇宙的核心

我爱太阳
我的母亲的母亲
我爱太阳
我的生命的生命
我爱太阳
我的灵魂的灵魂

仁慈光明伟大的太阳
我爱你
我要亲近你
我要拥抱你
我要缩短与你的间隔

我要把一亿四千九百万公里
变成零距离

距离的组织！
三九·四四天文单位外的
冥王星上没有生命的痕迹
我要投入你最亲最爱的怀抱
我凭借爱力
飞入你的心脏的内里

一千三百万度热量的爱
向我扑来
把我拥抱、熔化
我——于是
连灰烬也不再存在

2011 年 8 月 14 日

拣　脚　走

雨帘在身前
雨帘在身后
雨水脚下积
我欲拣脚走

雨水积成池
池水地上流
湖泊连大海
珠帘罩宇宙

一步一逡巡
能不拣脚走
左脚跨昆仑
右脚踏美洲

掀帘在身前
披帘在身后
何处银河系
不见诺亚舟

孰能驾飞船
挥泪别地球——
且作帘中行
任我拣脚走

2011 年 8 月 15 日

佼 佼 猫

芸芸众猫 , 走 , 蹲 , 奔 , 卧……
我见猫 , 总有亲近感
总要走前去抚慰 , 交流

有的猫是怕生的"滴鬼"
一见你就魂飞魄散
一溜烟儿逃之夭夭
你只好去亲近他呼的气

有的猫是天下第一懒虫
他躺在车顶上 一动不动
你抚他的额 , 触他的尾
他毫无反应 , 像一座软雕

有的猫是亲善天使
会蹭你的脚 , 舔你的足
你给他的脖子挠痒痒
他会念佛谢你没商量

我有只波斯猫叫日月眼
她左眼金黄,右眼碧蓝
一面是太阳,一面是海水
两眼汇集了天地的精华

她大方端庄,雍容华贵
你亲近她,她不卑不亢
不龇牙相向,不献媚邀宠
她"喵喵"几声,淑女模样

日月眼被称作天下美女
眼亮,毛光洁,身材窈窕
蹲在书桌上,她伴你写作
窜到你肩上,她跳芭蕾舞

如今见不到逮耗子猫了
美女沉静,却有逼鼠功
她的存在,是一种威慑

庸猫懒猫都在游荡
"滴鬼"也偶尔现身影
亲善天使天天来示好
唯有日月眼宣告失踪

她去了哪里?落入捕猫手?

会不会受到残害？我惶然

十年了，我仍在苦苦等待……

2011年8月29日

树上的森林

树上的森林？奇怪
只有地上的森林
只有树形成森林
哪有树上的森林？

森林里无数株树
每一株主干直竖
枝叶伸展向高空
跟天上的云彩共舞

这一株主干中部
千万条细枝萌苗
细枝上长满绿叶
形成小森林一座

小森林不在地上
小森林长在树上
小森林不能直立
小森林只能横躺

气流穿过小绿叶
蚂蚁来往小树间
邻树落花飘过来
依恋树上小林苑

大森林中小森林
大宇宙中小宇宙
女娲造人千万个
人人都有一个头

无穷大比无穷小
微观里面有宏观
人脑不受上帝管
思想飞出天外天

2011 年 8 月 29 日

永　生

诞生　发展　消亡
不变的规律
人要违抗它
是螳臂挡车

死神欢呼
每一个诞生
因为他手里
会增添新收获

每时每刻诞生
多少新生儿
死神每时每刻
有多少新收获

只要有诞生
就有死亡
没有诞生
没有死亡

婴儿一声哭
死神一声笑
永生这个词
是人的伪造

人爱呼万岁
是美丽的幻想
唯一不死的
是死亡这尊神

2011 年 12 月 21 日

我不是悲观主义者
我只是写真实

鹿 回 头

阿丹早年失去了父亲，
他跟老母亲相依为命。
阿丹是孝子，勤奋耕作，
收获微薄，养活两个人。

老母亲病重，奄奄一息，
阿丹心急，四处找医生。
巫师说：你找医师没用，
只有鹿茸能救她的命。

巫师是打自己的算盘，
要用鹿茸来配制迷魂药。
巫师没有射猎的本领，
想利用阿丹把鹿茸拿到。

少年猎手拿一副弓箭，
走向旷野，走向黑森林。
踏遍山梁，又涉遍溪涧，
只见野兔、松鼠和猢狲。

忽然间,一只梅花鹿出现,
阿丹兴奋,忙举起弓箭;
年幼的牝鹿四蹄腾空,
惊惶地向密林深处奔窜;

猎手为救母,紧紧追赶,
牝鹿为逃命,腾挪奔跃;
阿丹绝不能错失良药,
两腿飞奔,比风更快捷!

年轻的孝子穷追不舍,
哪怕呼吸急促满身汗;
雏菊被踩得吱吱乱叫,
黄莺急飞走,躲得远远。

梅花鹿奔过九十九条溪,
阿丹追过九十九座山;
梅花鹿跃过九十九座岗,
阿丹赶过九十九条涧……

梅花鹿奔到山崖尽头,
前面是无边的汪洋大海!
啊!退路在哪里?在哪里?
大海的惊涛骇浪滚滚来!

英俊的猎手定一定神,

两眼盯住了崖头的牝鹿：
他左手挽弓，右手搭箭，
百发百中啊，穿杨百步！

美丽的牝鹿蓦地回首，
面含愁思，凝望着阿丹，
晶亮的鹿眼流下泪水，
泪液滴上嶙峋的山岩：

阿丹的心呵顿时震动，
阿丹的血呵随之沸腾；
一个念头在脑际爆出：
放弃捕猎呵，永不杀生！

母亲的痼疾又袭击孝子，
救生呵杀生？难解死结：
但是这一念已经爆出，
历史的脚步又怎能退却?！

岩石碰到灼热的鹿泪，
顿时变化为一朵祥云，
云载着一位美丽的少女
缓缓地向少年身边靠近：

一念萌出神奇的童话：
梅花鹿被赋予新的生命：
纯洁的魂魄潜藏在内里，

美的精灵在天地间诞生:

略带哀愁的浅笑呈现,
海浪中升起悠扬的乐歌,
阿丹胸腔里滚荡着熔岩,
双睛如两颗火星闪烁;

少女偎向壮阔的胸膛,
柔发贴近了弓手的颈项;
少年亮眼里涌出热泪,
泪水滴到少女的额上:

少女额上绽出了梅花,
梅花散出了清纯的芳香;
吟诗声涌起,抑扬顿挫,
东阁又西阁,对镜贴花黄……

热烈的拥抱,新鲜的呼吸,
梅花的香氛消弭了杀机:
带血的弓箭从山崖跌落,
在海底珊瑚礁丛里匿迹……

少女伸手握住少年手,
轻声:你家在哪座村舍?
少年抬手,指向槐树下,
两双捷足趟过了溪河——

城隍爷爷哟,鞠躬如也;
土地公公呵,道边迎候;
谦逊的少年微笑致谢;
温柔的少女点头含羞;

森林里每棵树发出喟叹,
密叶沙沙声诉说迎客辞;
榕树以气根列成仪仗队,
椰树和槟榔合唱赞美诗;

三角梅让出长长的走廊,
香草兰、扶桑变为铺地锦;
三百岁木棉再次献红花,
相思树喜极而泣出声音;

含毒的胭脂菌退避三舍,
见血封喉①忙缩入地缝;
阿丹和少女翩然到来,
走向老母亲安卧的茅棚:

寨门口横着巫师的残骸,
屋门前母亲健朗地站起:
永不杀生的思想是神咒——
少年的一念产生了奇迹!

---

① 见血封喉,一种极毒的植物,人接触它,伤肤见血即死。

一念为迷魂药赌徒送终，
半罐毒汁变成了清水；
一念消灭了致命的顽疾，
暴戾的病魔化作了尘灰。

母亲奇怪哪来的体力，
老人诧异谁家的姑娘；
少女合掌拜慈祥的老母：
听海波奏起欢乐的乐章……

一念，圣灵旷世的创造，
一念，天神奇异的点化；
要开花，玫瑰丁香开遍野：
要有光，天地间万丈光华！

永不忘，人世间还有斧钺；
永不忘，巫师在伺机还魂；
森林里还有未消的血渍；
天人合一是永远的追寻！

额上的梅花，云端的锦绣；
心中的梅花，仙乡的乐曲；
鹿啊！世间祥和的投影；
人啊！天下谐调的律吕！

2012 年 12 月

浊漳清漳第一漂

——赠成亮

你是我的忘年交吗？亲爱的小友！
是你呀，陪伴着我在河上悠游。
漂亮的少年，充满朝气的青春啊，
你扶我，托我，支撑我，向前昂首。
穿一身救生衣，红色的救生衣呀，
鲜红的颜色，倒映入绿色的波流。
是中流击楫吗？是哭？是笑？是唱？
向青山长啸吧，朝清溪放开歌喉！
今天是什么日子？记住吧，记住吧，
你伴我登山临水，挽一片清幽。
浊漳河，怎不见混浊？是清漳河吧？
眼前是一片澄碧呀，满目锦绣。
宁静的涟漪，吞吐着一轮红日，
金色的万点龙鳞在蓝波中沉浮。
水面上一忽儿平缓，一忽儿湍急，
听得见琴声在飘扬，笛韵在吹奏。
管音在鸣响，弦乐时断又时续，
玉佩声玎玎，在空中飘散、停留。

白鹭苍鹭,翱翔在蓝天之上,
大雁结队成人字,飞旋在白昼。
纯白的羔羊,在坡上走走停停,
踏过青草丛,这会儿依傍着石头。
抬头观看啊,两岸是嶙峋的巨壁,
太行山俯仰嵌崟,势如蛟虬。
多么稚嫩的嗓音呀,听咩咩羊鸣,
一声轻一声重,轻的舌呀重的喉。
再抬头观望,那山峰如劈如削,
层峦叠嶂,巍巍乎! 或挂或陡;
一丛丛树林,逶迤上,蜿蜒曲折,
郁郁森森,太阳光直探入深沟。
听呀! 黄莺儿巧嘴,鸣啭在翠谷。
美妙的音符,从绿叶缝隙中穿透
宫商角徵羽,一声声击入溪水,
多少鳞鳍呀? 鱼儿们昂身恭候。
飘动的白云外,藏着亿万颗星星,
丝竹声已静下来,风已停,雨已收。
小船在浪里一上一下,任颠簸,
向烟冥入,从雾霭出,泛轻舟;
空间追我,谁知晓,时间又逐我?
一个在前呀,且慢,另一个在后。
祥瑞的云岚,布满在高山大川,
大天使小天使搀我,握住我的手。
告诉我,永恒是什么? 瞬息是什么?
告诉我,什么是蜗穴? 什么是宇宙?
瞬息即永恒? 蜗穴即宇宙? 回答……

造物主在哪里？上帝在我的胸口？

啊啊,天倾地合,烈烈轰轰!

啊啊,忘我忘物,无始无休!

亲爱的小友,你始终陪伴着我啊,

漂亮的少年,你一直贴在我心头!

小友啊,小友,

你明白:什么是相守,什么是永久?

你知晓:什么是坚持,什么是不朽?

啊啊,啊啊,

太行山呀,绵延着赤道的环山;

漳河水呀,游走向银河的天陬……

啊啊,啊啊,

天倾地合,烈烈轰轰!

忘我忘物,无始无休!

啊啊,我的心态——是梦是醒?

啊啊,我的灵魂——是放是囚?

追吧,追吧,无垠的释放!

来吧,来吧,永恒的自由!

永恒的自由!

啊啊,啊啊,

幸甚至哉,歌以咏志。

2013年2月—7月

附志:曾写四言古体诗《步出夏门行长调漳河第一漂赠成亮》(作于
2007年6月,改定于2011年10月),已收入本卷。这首《浊漳清漳第一
漂——赠成亮》是同一题材的另写,用白话新诗形式。

荏 苒 姑 娘

对这位名叫荏苒的姑娘，
不知道她的心气是怎样？
会说我乱改了她的译稿？
会说我毁了她的再创造？
我真的有一些胆战心跳，
怕我的加工费力不讨好。
我修改这译本是用了心思，
还认认真真地详加注释，
说明我为什么要这样砍伐，
是为了给她指导和启发。
天下有没有这样的老师——
全不怕学生的不满和抵制？
她会说我改得面目全非，
大删又大拆，凭大笔一挥？
好姑娘，你听我细说端详：
我愿你翻译的水平上涨，
把外语语法认真地学到家；
弄清楚词语和句子的构架；
准确地领会原文的意义，

再把它用汉语表述清晰；
一字字一句句都认真对待，
要避免匆忙地随意表白；
既不能删削作者的陈述，
更必须防止添油再加醋；
注意译入语要精确流畅，
而译诗更要求上口琅琅……
唉唉！我也许已是个老胡涂，
怎么会认为你骄傲自负？
你可能原是个聪明的姑娘，
谦虚又谨慎，胸襟更坦荡！
你见我修改的字字句句，
会明白我为你费尽思虑，
说有我做老师，是你的荣幸，
我心存疑惑，是神经有病！
我又了解到，你身为残疾，
幼年摔倒后，就不能站立。
你如今二十多，是大龄女孩，
单身一个人，凭自学成才。
你甚至不能坐，只能趴着写，
你伏在床上，执笔到深夜：
你学习英语、德语和法语，
你阅读外国文学书多少部。
你还翻译了莎翁的戏剧
和东欧的幻想文学名著——
保加利亚的《鬼怪的森林》，
带插图的童话一本又一本；

你更自己来动手写童话，
小读者读了没一个不惊讶：
《小灰熊提红灯》《豆芽公主》，
孩子的注意力被深深吸住；
充满童心的《杨柳岸短笛》——
又一本孩子们爱读的诗集。
你如此倾心于儿童文学，
为翻译童诗花费了心血。
你抓住《一个孩子的诗园》，
翻译它释放了你的才干。
你同斯蒂文森进行了交流，
想再现他对童心的追求。
我应命来审定你的译著，
想尽量保持你笔底的风度：
我不会窜改你文字的气质，
会小心留存你译作的情致。
你依凭努力于翻译的工程，
来获取你维持生计的保证：
你是否还有父母和兄弟？
你不靠亲友，只自食其力！
艰难的岁月打不垮刚强，
勇毅的性格会赢得敬仰！
我不敢表露心中的同情，
怕冒失会伤害你的自尊。
我虽然对你还缘悭一面，
但尊重和关爱是我的心愿。
我今年已届九十岁高龄，

要认你做孙女也不算过分。
只怕这样说会把你唐突，
所以我只能对自己倾诉。
夜已深，灯还亮，面对着校样，
我心潮澎湃，情意彷徨……
谁在说我只是一头笨牛？
我面对上帝呵，万事皆休！
我拥有如许的亲情和灵恋，
你突然跃进了我的视线——
算不得视线，那只是幻觉，
只在幻觉里，你徘徊踯躅。
也罢呵也罢，是一场秋梦，
梦醒了，听天边雷声隆隆……

2013 年 3 月 2 日

附　录：

本卷诗集初版目录
及作品收集改动情况表

夜灯红处课儿诗

初版目录	收入其他作品集	备　注
第一辑		
打谷场上	《深秋有如初春》	
圮塔旁	《深秋有如初春》	
参与商	《深秋有如初春》	
发结	《深秋有如初春》	
前夕	《深秋有如初春》	
叩门	《哑歌人的自白》	有改动
黎明	《哑歌人的自白》	
豆浆	《哑歌人的自白》	有改动
小巷	《哑歌人的自白》	有改动
夜雪	《哑歌人的自白》	
烛	《哑歌人的自白》	
夜语	《哑歌人的自白》	有改动
麦浪	《哑歌人的自白》	有改动
凶黑的夜	《哑歌人的自白》	

初版目录	收入其他作品集	备　注
小城	《哑歌人的自白》	有改动
古寺	《哑歌人的自白》	有改动
晨	《哑歌人的自白》	有改动
暮	《哑歌人的自白》	
慧眼	《哑歌人的自白》	
烟	《哑歌人的自白》	
课室	《哑歌人的自白》	有改动
别	《哑歌人的自白》	有改动
流萤	《哑歌人的自白》	有改动
八月	《哑歌人的自白》	
野菱塘	《哑歌人的自白》	
阵	《深秋有如初春》	
夜行	《深秋有如初春》	
渔家	《深秋有如初春》	有改动
夜渔	《深秋有如初春》	
中元节	《深秋有如初春》	
鸭	《深秋有如初春》	有改动
牧女	《深秋有如初春》	有改动
酒楼	《深秋有如初春》	
稻的波	《深秋有如初春》	
浪子	《深秋有如初春》	有改动

初版目录	收入其他作品集	备　注
村夜	《深秋有如初春》	
影子	《深秋有如初春》	
牛	《深秋有如初春》	
秋之夜	《深秋有如初春》	有改动
迟归	《深秋有如初春》	有改动
醒	《深秋有如初春》	有改动
卧病	《深秋有如初春》	
雾	《深秋有如初春》	
路	《哑歌人的自白》	
第二辑		
秋雨吟		
剑麻	《萱荫阁诗抄》	有改动
水仙	《萱荫阁诗抄》	
咏水仙致谢郭风兄		
咏水仙再谢郭风兄		
呈郭风兄		
致谢郭风兄赠水仙历二十五年		
凤凰木	《萱荫阁诗抄》	
银槐	《萱荫阁诗抄》	
榕树	《萱荫阁诗抄》	有改动

初版目录	收入其他作品集	备　注
虎皮菊	《萱荫阁诗抄》	
含羞草	《萱荫阁诗抄》	
三角梅	《萱荫阁诗抄》	
花叶树	《萱荫阁诗抄》	
蒲葵	《萱荫阁诗抄》	有改动
秋意	《萱荫阁诗抄》	
冰花二首	《萱荫阁诗抄》	有改动
凝华	《萱荫阁诗抄》	有改动
大冲		
流萤夜		
牧场		
沉昏淡月		
访杜甫草堂	《萱荫阁诗抄》	有改动
浪淘沙·骤雨	《萱荫阁诗抄》	有改动
登悬空寺	《萱荫阁诗抄》	有改动
拟题悬空寺壁	《萱荫阁诗抄》	有改动
厦门灯火	《萱荫阁诗抄》	
石头城	《萱荫阁诗抄》	有改动
重上楼外楼	《萱荫阁诗抄》	有改动
访青云谱八大山人故居	《萱荫阁诗抄》	有改动
龙首岩	《萱荫阁诗抄》	

初版目录	收入其他作品集	备　注
大观楼断想	《萱荫阁诗抄》	有改动
登碧鸡山	《萱荫阁诗抄》	
登鼓山	《萱荫阁诗抄》	有改动
林则徐读书处	《萱荫阁诗抄》	
车中偶得	《萱荫阁诗抄》	有改动
郑成功水操台遗址	《萱荫阁诗抄》	有改动
访小天池	《萱荫阁诗抄》	有改动
雾漫剪刀峡	《萱荫阁诗抄》	有改动
乌龙潭	《萱荫阁诗抄》	有改动
花径	《萱荫阁诗抄》	
过烟水亭	《萱荫阁诗抄》	
秀江三首	《萱荫阁诗抄》	
过草原	《萱荫阁诗抄》	有改动
题应县木塔	《萱荫阁诗抄》	有改动
秦陵兵马俑	《萱荫阁诗抄》	
云栖竹径	《萱荫阁诗抄》	有改动
登蓬莱阁	《萱荫阁诗抄》	有改动
刘公岛	《萱荫阁诗抄》	有改动
毓璜顶	《萱荫阁诗抄》	有改动
避暑山庄	《萱荫阁诗抄》	有改动
棒槌山二首	《萱荫阁诗抄》	有改动

初版目录	收入其他作品集	备　注
蛤蟆石	《萱荫阁诗抄》	
烟雨楼	《萱荫阁诗抄》	
上帝阁	《萱荫阁诗抄》	
昭君墓		
九寨归来		
九寨沟原始森林		
珍珠滩邂逅		
树正群海		
九寨静海		
冰城赞		
第三辑		
惠风榆柳		
放眼神州		
四月桃株		
海畔春深		
千里晴空		
长河碧浪		本卷有改动
似海平原		
赠别	《萱荫阁诗抄》	
北戴河有赠	《萱荫阁诗抄》	
海边赠病友李悦之兄	《萱荫阁诗抄》	原题《海边赠病友》

初版目录	收入其他作品集	备　注
赠劳季芳同志	《萱荫阁诗抄》	原题《有赠》
重逢赠刘沧浪兄	《萱荫阁诗抄》	原题《重逢有赠》
雨霁再赠沧浪兄	《萱荫阁诗抄》	原题《雨霁再赠》
星眼二首	《萱荫阁诗抄》	
咏拂尘赠高缨兄	《萱荫阁诗抄》	原题《拂尘》
遥寄海外友人李勤兄	《萱荫阁诗抄》	原题《遥寄海外友人》
贺新婚赠时鲁兄		
读《散宜生诗》呈聂绀弩先生	《萱荫阁诗抄》	本卷标题有改动
浪淘沙·闪电	《萱荫阁诗抄》	有改动
海悼	《萱荫阁诗抄》	
赠画师高思永女史二首		
秋风	《萱荫阁诗抄》	
剑刃	《萱荫阁诗抄》	
清平乐·童像	《萱荫阁诗抄》	有改动
菩萨蛮·画笔	《萱荫阁诗抄》	有改动
客愁	《萱荫阁诗抄》	有改动
重访淡水路旧居	《萱荫阁诗抄》	
薄日		
乡思	《萱荫阁诗抄》	有改动
稚想	《萱荫阁诗抄》	

初版目录	收入其他作品集	备　注
梦	《萱荫阁诗抄》	有改动
桥忆	《萱荫阁诗抄》	
梦回	《萱荫阁诗抄》	有改动
清平乐·有幸	《萱荫阁诗抄》	有改动
清平乐·皱眉	《萱荫阁诗抄》	
浪淘沙·随笔	《萱荫阁诗抄》	有改动
南乡子·起秧	《萱荫阁诗抄》	
学栽花和张真一绝 附：种瓜（张真）		
忆怀来	《萱荫阁诗抄》	
再忆怀来	《萱荫阁诗抄》	
逐日篇	《萱荫阁诗抄》	有改动
霜天晓角·春意	《萱荫阁诗抄》	有改动
病中偶得	《萱荫阁诗抄》	有改动
自度曲·狂梦		
赠海四采油队	《萱荫阁诗抄》	有改动
访雁翎油田	《萱荫阁诗抄》	有改动
八粒油砂	《萱荫阁诗抄》	
大蜡	《萱荫阁诗抄》	有改动
金沙江畔即景	《萱荫阁诗抄》	有改动
市声	《萱荫阁诗抄》	

初版目录	收入其他作品集	备　注
山中电母二首	《萱荫阁诗抄》	有改动
弄弄坪	《萱荫阁诗抄》	有改动
第四辑		
贺辛笛诗翁九十寿		
赠燕祥		
毛豆阿姨酒家盛会诸友		
题莎翁十四行诗译本赠贾漫兄	《萱荫阁诗抄》	原题《题莎翁十四行诗集译本赠友人》
自淮安赴周庄途中口占答贾漫兄		
忆梦赠诗人贾漫　　附：贾漫答诗		
步贾漫再剥老杜兼自嘲　　附：贾漫原诗		
暮云吟遥呈忠瑜兄		
谒红岩村八路军办事处纪念馆周恩来同志卧室	《萱荫阁诗抄》	有改动
虞美人·星陨	《萱荫阁诗抄》	有改动
霜天晓角·周恩来总理八十诞辰	《萱荫阁诗抄》	
深痛	《萱荫阁诗抄》	有改动
板仓六首	《萱荫阁诗抄》	有改动

初版目录	收入其他作品集	备　注
访七贤庄八路军办事处纪念馆感赋	《萱荫阁诗抄》	有改动
闻变	《萱荫阁诗抄》	有改动
野火	《萱荫阁诗抄》	
乾坤初转	《萱荫阁诗抄》	
霜天晓角·雪尽	《萱荫阁诗抄》	
登景山万春亭	《萱荫阁诗抄》	
送哥哥远行		
痛悼韦君宜同志		
悼诗友曾卓		
张光年同志追思		
吊孙犁先生		
梦亡友诗人杜运燮		
附录一:诗爱者的自白	《深秋有如初春》《诗爱者的自白》	
附录二:吟诵的回忆	《萱荫阁诗抄》《诗爱者的自白》	《萱荫阁诗抄》题为《关于吟诵的通信》
附录三:关于诗韵的通信	《萱荫阁诗抄》《诗论·文论·剧论》	《诗论·文论·剧论》题为《旧体诗格律及入声字问题》
附录四:《萱荫阁诗抄》后记	《萱荫阁诗抄》	
附录五:萱荫阁沧桑	《霜降文存》	
后记		

屠岸诗文集

第四卷

*
* 诗爱者的自白
集外散文·评论

人民文学出版社

本 卷 说 明

本卷收入散文与散文诗集《诗爱者的自白》和集外散文、评论。

《诗爱者的自白》1999年11月由人民文学出版社出版。作品原则上按照初版原貌收入，对个别与其他作品集重收的文章，根据情况进行了调整，只收入一个作品集中，以避免重复。在本集中，《吟诵的回忆》已收入《萱荫阁诗抄》，《在孩子的诗园里徜徉》、《华盛顿的一个傍晚》、《哦，自由神……》、《古瓷的启示》已收入《倾听人类灵魂的声音》，《西部中国的开拓者之歌》已收入《诗论·文论·剧论》，本卷不再收入。

集外散文、评论部分根据作者手稿或原刊收入，各按写作时间顺序编排。

作者对收入本卷的作品有少量修改。

已经发表的作品在收入本卷时都进行了校勘，改正了初版中的错漏。

对作品及注释均按体例进行了编辑整理。

目　　录

诗爱者的自白

集外散文·评论

诗爱者的自白

第 一 辑

诗爱者的自白

"春酒熟时留客醉,夜灯红处课儿书。"这是一位老画家书写的对联,挂在我儿时家中的书房里。对联称颂我母亲持家有方。下联写的是实事,那是母亲每晚教我唐诗。我对诗的爱好,就从这时开始养成。母亲教我用家乡常州的口音吟诵古诗。从此我读古典诗词必吟,不吟便不能读。如果环境不宜于出声,就在心中默吟。平时母亲一面干活一面吟诗。有好些古诗名篇我能背诵,是听母亲吟诵而听熟了的。

我学英语从学英诗开始。还没有学语法,先学背英诗。我读高中时,表兄权进了大学英文系。他的课本英国文学作品选读和英国文学史,都成了我的读物。我把英诗一百几十首的题目抄在纸上,贴在墙上。然后用羽毛针远远地掷过去,看针扎到纸上的哪一题,便把那首诗找来研读。经过两年多时间,把一百多首英诗都研读了一遍。然后选出我特别喜欢的诗篇,朗读几十遍,几百遍,直到烂熟能背诵为止。

我十四岁时瞒着母亲写出第一首五言律诗,出乎意外,受到母亲的鼓励。读高三时,不顾功课,沉湎于写半通不通的英文诗。那时真是进入了一种无限热切的痴迷状态。写诗要讲究格律。我殚精竭虑,要去掌握好平仄和韵脚。曾听说有傻子行路撞在电线杆上的笑话。但我自己确确实实有两次在走路时撞在树干上,都因为心中正在想怎样找一个合乎平仄的汉字和一个押韵的英文字。

一天,我正在理发馆里理发。心中默诵着英诗。突然领悟一句济慈的诗的意义,我兴奋得从椅子上站立起来,大呼"好诗!"正在为我理发的师傅惊得目瞪口呆。后来这事传开去,我得了个绰号"尤里卡"。

我遵从父命考进了上海交通大学,学铁道管理。一次经济地理考试,事前我一无准备,试卷到手,一看傻了眼。百无聊赖,忘乎所以,竟在试卷背面默写了一首浩斯曼的诗《Loveliest of Trees》(《最可爱的树》)的原文。写完后才发觉不对头,但又不好撕掉试卷,只好硬着头皮交上去。结果遭到冯教授的训斥:"你还要把今后的五十年光阴浪费在观赏樱花上吗?"然而这次训斥也终究未能使我醒悟过来,我的爱诗癖已经病入膏肓了。

十九岁那年夏天,我借住在我的哥哥的同学沈大哥家,在江苏吕城农村。这是我一生中最沉迷于写诗的苦乐的一个时期。一个多月的时间里,我写了六十几首抒情、写景的新诗(白话诗)。我白天在田间、地头、河边、坟旁观察,领会,与农民交谈,体验他们的情愫,咀嚼自己的感受。晚上就在豆灯光下,麻布帐里,构思,默诵,书写,涂改,流着泪誊抄。有时通宵达旦。一次在半夜里,自己朗诵新作,当诵到"天地坛起火了……"这句时,我的大嗓门把睡在芦簌壁邻室的沈大哥惊醒了,他以为天地坛(乡间祭祀天和地的小庙宇)真的着火了,没来得及穿衣服就跑到我的屋里来问是怎么回事。等弄清了事实,他与我相视大笑!从此他不再叫我的名字,只叫我"诗呆子"。

二十岁后,我接受了马克思主义改造社会的思想。我信奉以诗歌服务于革命的原则。这当然是对的。但由于自己的幼稚和教条的侵蚀,我一度陷入公式化的泥淖。接着来的是迷惘。我终于拒绝仿制伪诗,因而在十多年的时间里,我的诗创作记录簿上几乎是一片空白。经过正反两方面经验的比较鉴别,深藏在心底的诗国之光重新成为导引我灵魂的灯塔。在三年困难时期,杜甫、陆游的佳句伴我度过饥饿的寒夜。在"十年浩劫"期间,济慈的诗美学滋润着我荒漠的心田,赋予我继续生存、继续拼搏的勇气。新时期的曙光重新照亮了我的诗笔,使我重新尝味创作的痛苦和欢乐。诗,给了我的生命以再生。

我缺乏诗才,但我爱诗却是地道的。我爱一切真诗。八十年代中,在英国格拉斯哥的一次集会上,我朗声背诵了彭斯的诗《我的心呀在高原》的原文,主人惊讶地说,这位伟大的苏格兰诗人还有中国知音! 他问我是否特别倾心于浪漫派。我说,我是诗的恋者,无论是古典、浪漫、象征、意象,无论是中国的、外国的,只要是诗的殿堂,我就是向那里进香的朝圣者。

有一年秋天,我从东京成田机场乘车赴中国驻日大使馆。途中,浓烈的废气和超分贝的喧嚣使我血液上涌,心悸心慌,头晕目眩,恶心难受,我陷于焦虑和恐惧之中。此时,我意识到必须自救,于是加强自控,闭目,心中默诵起华兹华斯的诗《The Solitary Reaper》(《孤独的割禾女》)来。随着头脑中苏格兰高地的升起,少女形象的出现,悲凉歌声的飘扬,我的心逐渐安静,脉搏转趋平稳,晕眩次第克服。等到到达目的地,我的各种症状都已消失。

十年前,我得了严重的忧郁症,彻夜失眠。加剂量的舒乐安定对我都已失效。有一夜偶然睡着了,醒后回忆:睡前正在默吟白居易的《琵琶行》:我沉浸入"天涯沦落人"故事的氛围和意境里,无意中进入了久违的黑甜乡。从此我就时常通过默吟召唤睡神,恢复心灵的安宁。

诗,使我的灵魂崇高;也使我的身体康泰。

如今轮到我也来"夜灯红处课儿书"了,但已经不是对我的儿女,而是对我的一双孪生外孙女了。当我听到她们用稚嫩的嗓音吟诵文天祥的《过零丁洋》和岳飞的《满江红》时，我的心中充满了崇高的美感和深沉的喜悦。

1995 年 11 月 12 日

画　　缘

　　我六岁时,随父母离开江苏常州,到吉林四平街居住。那时父亲担任四洮铁路工程师。一天早晨醒来,我看见母亲正在伏案作画。宣纸上出现云霓,彩霞,万里长空,万顷波涛,雄伟的船只。母亲画完了,在上面题字:"乘长风破万里浪"。她说这幅画是专门画了送给我的。我那时小小年纪,不懂得画。但记得我随父母从上海乘轮船过黄海到达大连时,见到过海上日出,这幅画唤起了我的记忆。我能从画面上获得一种美感愉悦,对这幅画爱不释手。

　　一年后,父亲另谋他职,我随母亲又一次经过黄海,返回故乡常州。我读小学三年级时,母亲给我看一本画册,说这是她的一个学生从《东方杂志》和一些日本杂志上剪下的几十幅画页,装订而成。这些画页大都是用道林纸彩印的世界名画,如拉斐尔的《圣母》、库尔贝的《石匠》等。我翻看时,特别喜欢一幅:英国画家透纳(Turner,1775—1851)的《战舰》。画面上浩瀚的大气和含雾的阳光把我引进一个无限空明的世界,再次唤起我对海的记忆。我奇怪,这幅画与母亲送我的《乘长风破万里浪》很相似。便去问母亲。母亲说,她画时心中便存着透纳。她说,透纳的风景油画有中国水墨画飞动空灵的特色,所以她试着用毛笔和宣纸来表达透纳的风格。她说,家里还藏有一幅临摹透纳的战舰的画,便拉我一同去寻找。

　　我家书房里有一只长方形木箱,里面装着一卷卷装裱好的字画。这是祖父留给父亲的惟一遗产。母亲把箱里的字画翻出来,终于找到了她要找的画。她让我拿着画轴,她把画展开,呀!这正是透纳的《战舰》!天空、落日、海水和舰只都用毛笔勾画和晕染在绢上。比起那张小小的印刷品来,这幅画画面大得多,色彩也鲜明得多。母亲说,"这是你爷爷的一位画家朋友根据日本印刷品临摹下来的。"她又从木箱里找出同一画家临摹和创作的几幅风景画给我看。我对这些画产生了强烈的兴趣,并且幻想将来当一个专画风景的画家。

　　我做小学生和中学生时,非常喜欢画风景画。我受到老师过分的宠爱和同学们大胆的怂恿。在觅渡桥小学读书时,我的风景画被送往武进县学生画展展出,受到奖励。在上海中学读书时,参加学生绘画比赛,我的风景画得第一名。高中时,我把自己创作的几十幅风景画贴到教室墙上,把课堂当作个人画展展室。这些画,都是通过水彩或水墨对透纳的风格进行了模仿,虽然,我对透纳的风景画的精髓是什么,并不了解。

　　父亲不同意我进美专,我只好考进上海交通大学。但我学画的心不死,读大一时,我进了上海美术专科学校暑期绘画训练班。教素描的吴老师带我和几个同学去登门拜访校长刘海粟大师。刘校长拿出从德国携回的一批世界名画大幅印刷品给我们看。那印刷的精美使我吃惊。尤其使我惊异的是那幅我熟悉的透纳的油画《战舰》。虽然跟我以前见到的从杂志上剪下的那张同是印刷品,但这幅气魄大得多,效果大不一样。我看到布纹纸如画布,上面布满了凌厉的和柔和的笔触,颜料的挥洒和组合所形成的画面的崎岖和平坦。我真怀疑这是一幅真的油画!与祖父的朋友临摹的那幅绢画相比,也有很大的不同:绢画有一种明丽秀媚的风格,与这幅印刷品所显示的博大苍茫似乎也不是一路。我倒真想看一看这幅画的真迹呵！

此后的几十年间，我因工作关系到过祖国的许多地方。我随身带着画笔和速写簿。祖国山河的壮美景色，收在我的笔底。而透纳始终是我作画时心仪的大师。我不是职业画家。我的画只在家人和朋友间传看。没有人批评我的作品，除了母亲。她生前对我说过这样的话："你知道透纳的精髓是什么？透纳的画中有生命的搏动，你的画中只有风景。"

八十年代中我六十一岁那年秋天，作为副团长，我协助团长王子野率领中国出版代表团访问英国。在伦敦的最后一天，我谢绝了所有的好意邀约，利用仅有的空隙，前往特拉法尔加广场正面的英国国家画廊，去参观我渴慕已久的名画。进入画廊展室，只见名作如林，目不暇接。从达芬奇到毕加索，惊人的画太多了！这使我狂喜又使我紧张。由于时间不够，只好匆匆浏览，因而满心遗憾。突然，透纳的《战舰》出现了！画面上的阳光，霞彩，玻璃般透明却又给人以氤氲之感的大气，无限寥廓的空间，夕照下变成云的白帆，舰旁汽艇上烟囱里喷出的如火的红色烟焰……这一切映入了我的眼帘，一种超常的美感愉悦袭击我整个身心，我，惘然若失。我仿佛听见母亲在重复宗悫的话："乘长风破万里浪……"画面上那艘静止的战舰忽然在庄严地行进，而那颗浑圆的落日顿时变成正在喷薄而出的朝阳。这是我幼年时见到的黄海日出？还是我飞越多佛尔海峡时见到的北海朝霞？呵，画面展示的是无比清醒的真实，又是无限深沉的梦幻，一种巨大的生命的搏动潜入我的心灵，使我震颤，使我神飞魄动，灵魂出窍……同行的王子野同志见我神思恍惚，问我："怎么了？"我似乎从梦中醒来，答非所问地说："真迹的魅力，绝非印刷品所能企及！"他听了，似有所悟，对我点了点头。

从英国归来，我永远停止了风景画的业余创作。我对母亲的遗像说:"'长风破浪会有时,直挂云帆济沧海。'李白的预言是会实现的,但那将是另一个生命周期的事了。"

1995年12月9日

思念着故里——水乡

"对心灵奏出无声的乐曲"[①]

　　我九岁那年暑假里,在自家屋子的阁楼上,发现了一堆盖满灰尘的乐器:一支笙,一架扬琴,两支箫。我用手帕把乐器上的尘埃拭去,那笙便露出光泽来。十几根竹管形成长短不一的笙管,上有音窗,下有摁孔,装在一个木制 ghgo 的圆形笙斗里。我把嘴凑到吹口上一吹一吸,笙簧便发出和谐温柔的音响来,震荡在阁顶下。我惊喜不已! 可惜扬琴和箫已经破损。我急忙下楼找到母亲,缠住她问个究竟。母亲说:"那是我从武进女子师范学校毕业以后,在湖南桃源教音乐的时候买的。"我更惊奇了:"妈妈当过音乐教师吗?""教过音乐,也教过国文、美术、体育。"我简直发现了新大陆! 母亲整天为我和我哥哥、妹妹的衣食操心,虽然也画画、吟诗,但她竟当过教师,真是奇迹! 我又问:"妈妈会多少种乐器?""没学会几种。教课的时候要捺风琴。"

　　我奔上阁楼,取下笙来,恳求母亲吹一曲。她终于为我吹奏了一曲《苏武牧羊》。顿时,一种孤凄然而坚毅的曲调缭绕在空中。过去我从未见到过母亲的嘴唇贴在笙的吹口上吹奏的姿态,也从未见到过母亲的手指摁在笙孔上活动的形状。母亲似乎换了一副面容,换了一双手。但是,那又仍然是母亲的面孔,母亲的手。我

---

　　①　这句话引自十九世纪英国诗人济慈(1795—1821)的诗。

感到,她是用心灵在吹奏!庄严而激越的笙的旋律使我浸入了一种忘情的境界。

母亲的情绪似乎受到了某种激发。"再吹一曲给你听听,"她说。这时,我听到从笙管里流出了一个个美妙的乐句,那么甜蜜,又那么忧伤;那么细腻,又那么粗犷。一曲奏完,我问是什么曲子。母亲说:"这是我自己谱写的曲子,名叫《环佩空归月下魂》,是描写王昭君的。"母亲给我简略地讲了昭君的故事,然后把"月下魂"又吹奏了一遍。我那时对昭君的时代和身世不甚了了,但这支乐曲似乎有一种内在的魔力,深深地撼动着我的心灵。这时是夏夜,明月从天井的树梢升起。我感到凉意。我听到笙的音波发出凄怆的哀乐。我的灵魂震颤起来。

自从知道母亲懂得音乐后,我把学校里教给我的歌曲都唱给母亲听。她一一加以检查和指导。她是因为有了我们——她的儿女,才离开教师岗位的。现在她又把儿子当作了学生。由于得到了双重教导,我在小学五六年级时是音乐优秀生。老师对我的天赋的嗓音和歌唱的才华夸赞不已。但是到了初中一年级,在一次音乐考试——上台独唱《湖上春行》时,突然发生的"倒嗓"击垮了我。老师听我艰难地唱到一半,便停止伴奏,挥手叫我下台去。他发了一点慈悲,给了我60分!我掉了泪。

母亲知道了这事,说:"真正的音乐是从心里流出来的。即使嗓子出了毛病,只要用心灵去贴近旋律,唱出的歌声还是会叫听的人流泪!"又说:"'倒嗓'是上帝不公。如果我是你们的音乐老师,决不偏袒儿子,我要给你至少90分!"

不久,"七七"事变爆发,"八一三"战火蔓延,母亲带着一家人离家逃难。随身携带的行李中不可能塞进累赘的乐器。笙,以及扬琴和箫连同那座家屋都在侵略军的纵火暴行中化为灰烬。母亲从此同笙箫绝了缘。她首次为我吹奏"月下魂"笙曲也成了她在音乐王国里的最后一次遨游。

在"孤岛"生活期间,母亲很少谈音乐。我只听见她吟诗,吟词。一次,哥哥告诉我:母亲有两本用五线谱和工尺谱写的乐谱,记录了母亲创作的二十七首歌曲。几年前的一个冬天,母亲不在家,"叔叔"(姑母的男性称谓)把这两本乐谱当作引火的柴火,烧光了。母亲为此生了一阵闷气,决定凭记忆追记这些曲子。但不知为什么,她只记下了一首"月下魂",其余的都没有再记下来。现在,"月下魂"经过战乱也只留存在她的脑子里了。我听了,便去问母亲。母亲说:"我谱写的曲子,没有保存的价值。只有'月下魂'是诉之于心灵的,但它也不算成功的作品。"我嗒然若失。

我虽然不再唱歌,却逐渐变为歌的钟爱者,音乐的迷恋者。我倾心于卡鲁索、夏里亚宾,沉迷于贝多芬、柴可夫斯基。母亲的艺术胸襟是广阔的,她学画崇奉恽南田和毗陵派,但她颇能欣赏透纳和莫奈。她在音乐上服膺萧友梅和黄自,却能包容德彪西和拉威尔。我一放贝多芬交响曲的唱片,她便坐在一旁静静地聆听。有时她也沉入了西洋古典音乐的梦幻之中。

但当我高中毕业后准备去投考国立上海音乐专科学校作曲系时,从来对我百依百顺的母亲却大不以为然。她对我说:"你缺乏音乐的神经。对于你来说,学音乐不如学诗,写诗不如译诗。""为什么?""当你还是孩子的时候,音乐在你的心里。你现在成人了,你的轮廓逐渐显现。我看见你的心,它已经离开了音乐的天国。""那么,难道诗的天国就容易攀登吗?""诗是极难学的。但是音乐比诗难上一百倍!"这次我竟然不听她的忠告,冒冒失失地去音专报名应试了,结果,名落孙山!母亲说:"此时无声胜有声。对于你来说,奏无声的乐曲更好。"

如今,我已经七十二岁了。老年人爱回忆过去。夏夜的月光下,我独自坐在花坛前。我想到了二十年前八十二岁高龄的母亲临终时的话语："不要开追悼会，不用奏哀乐。哀乐，在我的心里……"此时，"月下魂"笙乐的旋律缓缓地在我心中升起：我的灵魂震颤起来。

1995年10月24日晨

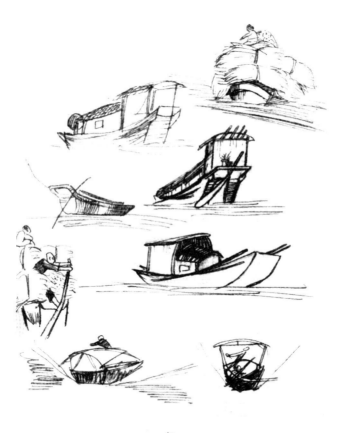

船

阿 黄 小 传

托尔斯泰曾坚信"马能思考并且是有感情的"。但是能思考并且有感情的动物,恐怕不仅仅是马吧。

我读小学四年级时的一天,听同学们说茅司徒巷转角处砖瓦堆里有一窝刚生下的小狗。下课后我怀着好奇心到那里去探望。远远地听见狗的凄惶的吠声,走近,见到一条黄毛母狗正在向一个男孩咬过去。我一个箭步奔过去,把那男孩的手抓住,叫他把狗崽放了。如果打起架来,我大概不是他的对手。但这个男孩似乎有点心虚,听到附近有人走来,便放下狗崽,溜了。我细看那狗窝,是一个乱砖砌的洞窟,洞里铺着稻草。三只狗崽躺在那里,仿佛三团软肉,正张着嘴,发出微弱的叫声。母狗见我没有侵犯之意,便安心爬进窝里,躺下,任它的崽儿们在它怀里乱拱乱咬,崽儿们终于一一咬住乳头,拼命吸吮。我第一次见到这景象,感到极大的兴趣,几乎忘了回家。

第二天,我在路上又见到了那母狗。它见到我便迎上前来,拼命摇尾巴,表示友好。我拍拍它的头,叫它跟我走,它乖乖地跟我到了我家里。我把剩饭喂它,它狼吞虎咽。它吃饱了,我想把它留在家中。但它不肯留下。我便把大门关了。它并不因我关门而龇牙。它只是蹲在门旁,静静地等我开门,眼里充满了恳求的神态。我只好开门放它走。我很快就明白:它怎能不惦记它的一窝崽子!

从此,它三天两日到我家来。它学会了叩门。只要我听见有特殊节奏的门镮响声,我就开门,准是它!这位客人见到我就挨近来,嗅我,摇尾,那热情劲儿,真叫人感动。我总是用剩饭喂它。它成了我家的常客。母亲称它作"食客"。我却因它的毛色给它起了一个名字:阿黄。

后来发生了两件我一辈子忘不了的事。

一天下午,我从觅渡桥小学放学回家,经过瞿家祠堂,折进放鸭弄。忽然,后面追来了我的同学"王献斋"——这不是他的本名,是他的绰号。三十年代的电影演员王献斋,是个和善的人,但专演阴险狡诈的反派角色,以此出名。我的这位同学何以会得到这个绰号呢?这大概只有"历史学家"能考证出来。且说当时,"王献斋"追上了我。他跟我有点"交恶"。原来他养在火柴盒里的"洋虫"不见了,竟疑心是我偷的。我一气之下,便把借给他的《爱的教育》收回,并声言以后什么好书也不借给他了。现在,他在我面前站定,对我说:"把你的书包打开,我要搜查坏书!"面对寻衅,我坚决拒绝。他动手来抢书包,我虽属"文弱书生"型,却不甘示弱,于是与他扭打起来。他与我同龄,力气却比我大得多。眼看我要败下阵来。在此危急之时,突然从放鸭弄南口蹿来了阿黄,它"呜呜"地低叫了几声,便极其敏捷地把那位同学搁在地上的书包衔在口中,撒腿便跑。"王献斋"见此情景,只好放下我,去追书包。我赶紧背起书包,回到家中。心想:要不是阿黄来救,我必定躲不过这场灾难!

另一件事大概发生在半年之后。一天放午学时,同学好友阚祥约我到庄家场河滩去玩。时值炎夏中午,河边悄无一人。我们走下码头,跨上木排。阚祥跳到一只空船上,忽发异想,自称"我是黄盖,前来诈降",指着我和木排说,"你是曹操,你的战船都被庞统的连环计锁在一起了!"他口呼"我来火攻!"向我作掷火状,忽而脚下一滑,落入水中。他不会游泳,我赶紧伸手去拉,抓住了他的一只手,不料他身体很重,"扑通"一声,我反被他拉下了水。我也不会游泳。但觉绿水纤指触摸我的颈项,白浪柔发盖到我的头上。灭顶之前,听到岸上的人声,有人拿着长竹竿来,叫我两手抓住竹竿,攀到岸边,我被扶上了岸。这人又用同法救上了小阚。仔细一看,我认出了救人者是我哥哥的同学周锦文大哥。缓过气来后,我问他怎么知道我落水的。他指指身边说:"还不是它报的信?"这时我才发现阿黄正用它的嘴巴拱我的腿肚。后来锦文大哥对我说,他正在北雉头家门口吃午饭时,阿黄狂奔而来,咬住他的裤腿,意欲引他去什么地方。锦文不动,阿黄急得汪汪大叫,蹿到他家厨房,"哐啷"一声,拱倒了一架碗橱,掉头便跑。锦文大怒,拿起长竹竿一路追打这只"疯狗"。阿黄飞奔到河滩上便不动了。锦文赶到码头边,看见两个孩子在河中挣扎,便立即救人要紧了。这一天,阿黄的"灵性"传遍了远远近近。

母亲说,这位"食客"好比冯谖,应该改变它"食无鱼"的地位。此后,当阿黄来访时,家中人除供以白饭外,时常增加鱼头鱼尾或肉骨头。它得到了"上宾"的待遇。但如果我要留它在家中住宿,它却决不就范。后来它的崽们长大"自立"了,它仍不改它的不羁的本性。我和家人们也都不忍心勉强它,所以始终对它实行来去自由的原则。

小学毕业后,我考取了江苏省立上海中学。我告别故乡,来到繁华的大都市。临行前想起了阿黄,我到茅司徒巷砖瓦堆里去找,却没有找见它。

一年后的暑假里,我又回到了故乡。一天,我行走在县直街上,忽觉后面有"人"拍我的肩膀,两只"手"一左一右按在我的肩上。这该是好友的亲密表示啊!我回过头去,见到一个毛茸茸的鼻孔正向我呼气,一只舌头伸出来舔我的面颊。哦,阿黄!它用后腿支着身子直立着,拼命向我表示久别重逢的喜悦之情,尾巴都快摇折了!我走几步,它便跳过来吻我,亲我,舔我,咬我!几乎是疯狂的热情!我跌坐在地上,紧紧地抱住了它的脖子。只听见它口中发出细微的"呜呜"的叫声,它似乎有千言万语要对我诉说!

7月,中国人民全面的抗日战争爆发了。从夏天到秋天,战火一步步向我的故乡逼近。侵华日军的轰炸机到这个城市来空袭的次数越来越多。我回不了上海,荒废了学业。11月中旬,日机大肆轰炸西门怀德桥,全城震动。母亲决定带领一家人逃难。次日,夜幕降临之后,母亲和哥哥、我、小妹乘预先约好的三辆黄包车,前往北火车站。车过工兵筑路纪念塔,进入新丰街时,忽有一条黑影蹿上前来,跟着车跑。呵,阿黄!我惊喜之余,直叫它的名字,它轻声"呜呜"地应着。它一直跟我们到了北火车站,我们和难民们一起等火车时,它偎着我;敌机投下照明弹,我们涌进防空洞时,它护着我;一列火车进站,我们拥向车厢时,它跟着我;火车拒载难民,群众把我们冲散时,它紧咬着我的衣裤。终于,来了一列载着伤兵的无顶货车,据说此车在此暂停,将继续向西开赴镇江去。许多人挤上了车厢,哥哥首先挤了上去,然后把小妹、我、母亲一个个拉上了车。此时,阿黄竟然也跳上了车厢!但,一个伤兵一脚把它踢了下去。我想制止,已来不及。而且这位是来自抗日前线的受伤战士,我对他充满敬意,怎好去做违反他意愿的事?列车开动了,阿黄像一条黑影似的沿铁轨跟着列车奔跑,奔跑,仿佛要永远跟我们在一起……我扒在车门边唤它的名字,但隆隆的车轮声淹没了它的回应。我的眼睛湿润、模糊了。那条黑影消失在闪动的夜幕中。

五十多年后的一个夏日,我重返故乡,到我老家所在的庙北巷凭吊。我父亲用几十年教书的薪金积蓄建造的一所住宅,在抗战爆发那一年的12月,被日本侵略军烧成了灰烬。我访问了当年的邻居、今天仍是庙北巷居民的金老先生。在交谈中,我问起我家房屋当年被焚的经过。年近八旬的金老先生根据他的记忆,对我讲了一些事实。他说,日本攻占这座城池后,到处搜索中国士兵。在我家庭院内,曾有一个班的中国兵驻扎过。日军在驻过中国兵的住宅门口挂一束草,作为焚烧的记号。一个外号"王献斋"的少年接受青年周锦文的指示,连夜到几家人家门口把草拔掉。这样,当日军后续部队中的"放火队"前来作孽时,这些人家就避免了一场火劫。但不知为什么,"王献斋"把我家门口的草忘了拔去,这样,我家的房屋终于成了侵略毒焰的牺牲品。金老先生说,还有一个奇怪的传说,就是这一带有一条狗,曾与驻在我家的中国兵一起生活过几天。中国兵撤退后,它曾跟日本军犬发生过一场恶战,受了重伤,蹲在我家宅子里,日本兵放火时它也没有出来,一直到房屋烧光,没有见到它的踪影,大概它与这座宅子一同化为劫灰了。……

我听后,心潮澎湃,不能自已。金老先生说过,这只是传闻,那只狗也没有名字。可是在我心中,阿黄的形象顿时涌现了出来。我估计这只是群众根据自己的想象编出来的故事。可是在我心中,阿黄的形象怎么也消失不去。我又思忖,即使有这么回事,那葬身火窟的必定是别的狗,因为根据阿黄过去的表现,它是不会在我家住宿的。可是在我心中,阿黄的形象却成了烈火中的凤凰……

不久,我做了一个梦,梦见了我的已经去世多年的老母亲。我对她讲了金老先生告诉我的一切。母亲感慨系之,说了许多话。醒后,梦中的细节我都忘了,但有一点没忘,那就是母亲给阿黄加了一个谥号:"介之推"。

自此,阿黄成了我心灵上一块永恒的净土。

鲁迅在《狗的驳诘》中揭示：狗比人纯洁。对！有时候，狗还比人高尚。这一点，纵火犯是决不会理解的；庸人也不大能理解。我，现在也没有完全理解透。

1995 年 8 月

魂魄长留觅渡桥

　　我出生在常州。抗日战争爆发的那年11月，我随家人逃难，离开常州，从此告别了故乡。那年我十三岁。五十多年过去了。我经历过了半个多世纪的风风雨雨，品尝了人生的多少甜酸苦辣，可是故乡始终是我记忆里的一块圣地，是经常在我梦中出现的一片温馨。

　　十年前我写过一首诗《乡思》：

　　　　一别家园四十秋，
　　　　归心日夜忆常州。
　　　　几回梦泳塘河水，
　　　　难涤乡思万斛愁。

　　的确，随着年岁的增大，我的思乡之情也愈来愈浓了。我常回想起：六岁时看见邻家门上贴的春联："延陵世泽，让国家风。"我不懂它是什么意思，母亲就给我讲了常州古代贤人吴季札的故事。这无异是幼小的我上的有关故乡历史文化的第一堂课。在我的回忆中常常出现当年我怎样在公园里逗鹦鹉，怎样到太平寺攀登七层高的文笔塔，怎样进天宁寺大雄宝殿去看如来佛像，怎样去城郊远足，访问苏东坡的洗砚池……有一回我从前黄乡乘船回常州城，一路上经过一顶顶桥梁,有吴黄寺桥、聚湖桥、张桥、社桥……这些桥造型美观,各呈不同的风姿。我画下了一幅幅速写。船驶进塘河,宽阔如江。过民丰桥,广化桥,停在水关对岸。我后来常常哼自己瞎编的歌:塘河里多水草,塘河边多翠鸟,塘河滩头可淘米,塘河水里可洗澡。如今我常常梦见自己在塘河里游泳,在塘河的桥梁上走过来,走过去。塘河上的桥梁同故乡美丽的风光交织在一起。在众多的塘河桥中,觅渡桥卓然屹立在我心中。十年前我写过一首题为《梦》的诗:

> 月色迷茫杨柳梢,
> 声声糖粥卖元宵。
> 醒来浑忘今何夕,
> 魂魄长留觅渡桥。

觅渡桥之所以使我如此魂牵梦萦,是因为桥旁有一所觅渡桥小学,它就是我的母校。

我读小学一年级是进的"女西校"(它也收男生)。到二年级,母亲把我转送到冠英小学(觅渡桥小学的原名)。从此我就在这所小学里读到毕业。直到今天,这所学校里的课室、走廊、阴雨操场、图书馆,几乎一草一木,都印在我的记忆里。但给我印象更深的,除了几个要好的同学外,就数级任(现在叫班主任)老师了。在我所敬爱的四位级任老师中,给我影响最大的是三四年级级任余宗英先生。——那时学生一般称呼教师为"先生"。这位三十岁左右,衣着朴素淡雅的女教师是我少年时心目中的严父兼慈母,却又是自己的亲父母所不可代替的人生领航人。

每回想起余先生,脑子里就会重现一幕幕电影般的场景:

有一次,余先生在课堂上对学生们说:"你们有机会走过大街的时候,可以到甘棠桥附近,去看看钟楼上刻着的四个大字。"钟楼,是那时常州城里最高的建筑物。我曾在钟楼下走过,仰头望去,那只报时的大钟高不可攀!可那上面还刻着什么字呢?于是我下课后特意去看,果然有四个巨大的字,字迹带草,连飞带舞,我不认识。几天后,余先生对学生们说,"钟楼上那四个字是'还我河山',是宋朝民族英雄岳飞的笔迹!"随即她讲了"还我河山"是什么意思。

一次,余先生向学生提问:东四省是哪四省?(那时日军侵占的除辽宁、吉林、黑龙江三省外,又加上了热河省。)余先生发现一个姓李的学生在偷看闲书,就喊他的名字,叫他回答问题。那孩子是班上出名的留级生,他既不站起来也不回答问题。余先生把问题又说了一遍,他摇摇头。余先生叫他把闲书交出来。他不交。先生走到他的座位旁,把书搜了出来,一看,竟是一本淫秽图书。先生顿时大怒,把那书撕得粉碎。那孩子出言不逊。先生喝令他"出去!"他不动,先生忍无可忍,把那孩子拖出了课室门外。包括我在内的全班同学都受到了极大的震动。但后来很快得悉:余先生到那学生家里去了三次,访问那做小本生意的家长,苦口婆心地开导那孩子,终于使那位同学回心转意,开始慢慢学好了。

一次,武进县教育局举办全县小学生国语演说竞赛。我被选拔出来代表觅渡桥小学去参加竞赛。演说内容是当局规定的:宣传国民党政府当时提倡的所谓"新生活运动"。余先生起草演说辞,其中少不了要讲"礼义廉耻,国之四维"之类的话。但我记得,演说辞中涉及"耻"时,提到了不要忘记"五九"国耻①,不要忘记"九一八"国耻。竞赛在中山纪念堂举行。我记得,当我上台去用国语演讲的时候,我牢记着余先生的嘱咐:不要想名次,要想着演

① "五九"国耻指袁世凯与日本签订秘密卖国条约"二十一条"。

说的内容,要有饱满的感情,用"心"去演讲。我努力这样做了。结果,我为母校取得了全县第一名的荣誉。喜报传到学校,有人放鞭炮庆祝。余先生说,"演讲是为了宣传爱国,得了冠军是好的,但现在不是放鞭炮的时候!"

余先生邀我和几个同学到她家里去作客。她家住在迎春桥旁的一条街上。屋子里收拾得清洁整齐。后门临河。她热情接待我们。她给我们一个玻璃镜筒,让我们通过镜筒看一张张照片,这样,照片上的人物和风景都变成立体的形象。其中有好几张是"一·二八"淞沪抗战的照片。我们看到墙上挂着一幅年轻军人的照像。问这是什么人。先生说,"他是我的弟弟,是十九路军军官,在民国二十一年淞沪抗战中受了重伤。"她含泪带笑地说,"我就有这一个亲人。不,你们也是我的亲人。"这时我忽然记起,另一位女教师吴良仪先生曾对我说过,"余宗英先生没有结婚,也不准备结婚。她要把一生献给教育事业。"

我读完四年级,要升五年级了。我和同学们非常希望余先生继续担任我们的级任老师。但这个愿望没能实现。而且,余先生从此不再来学校教书了。她不是要把一生都献给教育事业吗?我很纳闷。她又传出话来,叫我们不要到她家去看望她。我更不解。一次我冒昧登门,敲了半天,一位女佣模样的人出来,很客气地回说,"余先生不在家。"我徘徊在迎春桥上,天渐渐暗下来。只见余先生家后窗里透出幽微的灯烛亮光,在河水里映出闪动的倒影,那一条条光波一直荡漾在我心底深处。

1936年我考入江苏省立上海中学,在上海上学。我鼓起勇气给余先生写了信。使我喜出望外的是,我收到了先生的回信,也是惟一的一封。信一开头就说:"这信是用清洁的信纸和消毒过的手写的。"信末说:"希望你努力读书,锻炼身体,将来报效祖国!"我明白,先生得了严重的肺病。她不让学生去看望她正是为了避免传染。我的泪水滴上了信纸。1937年暑假,我回到常州,在逃难前夕,我从吴良仪先生处打听到余先生已经迁居到四川重庆,并得到了余先生的地址。这地址我至今还记得:重庆双椒子水沟二号。因为后来我曾多次去信,把地址都记熟了。但始终没有收到回信。多少年以后,从家乡传来消息:余宗英先生已在抗战期间与世长辞。

八十年代初我还写过一首诗,题目叫《桥忆》:

> 迎春桥下水流长,
> 水上凄迷灯烛光。
> 光影阑珊人影在,
> 笑颜仿佛泪盈眶。

诗中的"人影"其实是想象中的形象。觅渡桥小学是抚育我成长的摇篮,而在摇篮旁为我唱儿歌的保姆就是那"人影"——余先生。对我来说,没有余先生就没有觅渡桥小学,没有觅渡桥小学也就没有今天的我。

九十年代的常州正在改革开放的大潮中高歌猛进,它的面貌比起三十年代来有了巨大的变化。听说觅渡桥小学也已面貌大变。我始终怀着这样的愿望:有一天我再回常州,访问家乡的父老乡亲和姑娘小伙,再到我的母校觅渡桥小学的课室里,重温一遍余先生的音容笑貌,重温一遍她为我和同学们讲文天祥、戚继光、史可法故事时的永不消逝的声波!

1992年8月3日

访　淹　城

　　我在八九岁时就听说过远郊有一处名叫"淹城"的古迹。它是水淹的城吗？不知道。我心向往之，但无缘前往，十二岁我离开故乡。几十年来，淹城只是飘忽在我脑子里的一个朦胧的影子。这次回到常州，我已是七十岁的人，下了决心，要到淹城去看看，它到底是一个什么样的地方。

　　我由友人李先生陪同，驱车直奔南郊，访问了武进县淹城博物馆。这下子，脑子里的影子变成了"实物"。我明白了，淹城原来是三千年前一个小国的遗址。我们先在博物馆陈列室里见到了淹城出土之物：木船，印纹陶瓮，陶坛（盛酒用），青铜器皿……有一只独木舟，用一根楠木雕成，1964年从河中挖出，它的时代属于西周晚期、春秋早期。这是无价的国宝！从陈列室出来，我们进入了淹城遗址。从外城郭步入外城、中城、内城。城都是泥土夯筑而成。那时还没有砖瓦，所谓秦砖汉瓦，是其后才有的东西。外城郭，周长3.5公里，环抱古城。外城又名外罗城，周长2.5公里多。中城又名里罗城，呈方形，周长1.5公里。内城俗称王城，又名紫罗城，似方形，周长不到0.5公里。三城均有护城河，河水清澈，长年不干。河里有鳗鱼、螃蟹。此城为三城三河形制，与《孟子》所载"三里之城，七里之廓"的说法相符。当地也有民谣云："里罗城，外罗城，中间方形紫罗城，三套环河四套城！"

　　我们一直深入城池的中心,见有木牌:"淹君殿遗址";还有"金井"、"玉井"遗址。但看不见明显的地形遗迹,只有一片荒草野蔓。

　　淹城有三个土墩。这里有民间传说:淹君有个聪明美丽的公主,名叫百灵,招留王之子为驸马。驸马有野心,乘淹君外出,盗用百灵名义,窃去淹君护国之宝白玉兔。淹君回城得知此事,不问青红皂白,将百灵处死,碎尸三段,分葬三处。后来淹君弄清事实,追悔莫及,他亲临墓地,培土植树,以示忏悔。李先生指着三个土墩说,那是头墩、肚墩、脚墩,也就是百灵公主头、肚、脚的葬地。据近人考古者从墓葬考古证实,此墩为古代女性墓葬。我抬头看去,只见三墩各高二丈有余,墩上墩下树木翁郁,密叶蔽天。这里有槐、梧桐、枫、石榴……还有一种叶长如胡须的芭茅,常州人称它为"签菥"的,还有不知名的红叶树……这些树木,以及遍地的野花野草,几千年来,似乎一茬一茬地,在凭吊这位公主,倾注着对这个受骗蒙冤单纯美丽的灵魂的同情……

　　哦,淹城原来是这么一个地方! 淹城——《辞海》里没有它的条目,上海辞书出版社出版的《中国名胜词典》里也找不到它。但是,一些历史典籍,如东汉袁康《绝越书》,宋咸淳《毗陵志》,清《常州府志》等,都记载了它。它已从江苏省一级文物保护单位升格为全国重点文物保护单位。一些考古学家称它为我国目前保存得最完整、最古老的地面城池遗址。我不懂考古学,但亲临此地,颇爱此地。这里几乎没有游人,只见树木葱茏,芳草萋萋,河水粼粼,野花遍地。阵阵蝉鸣响在耳边。这是个多么美丽、幽静的地方! 据说这里曾是明代散文家唐顺之的读书处。据李先生说,淹城在本世纪也曾遭过两次劫难:一次是在日本侵略军占领时期,许多古树被日寇砍伐;一次是1958年大跃进时期,以粮为纲,人们在这里砍树改种粮食作物。幸而以后没有再发生这类浩劫。几十年过去了,草木又衍生出来,这地方依然野趣盎然。现在此地很有可能被

"开发",修公路,建饭店,设商场,通旅游车……使之成为旅游胜地。让古迹变成名胜,繁荣本地经济是好事,但必须要有可靠的保护措施:不要让现代文明的冲击和工业化污染成为它的又一次劫难!愿淹城永远维护它的贞洁,永远保持它原有的魅力!

1994年2月8日

这里是亡友的诞生地,在风雪里

天 使 的 语 言

　　我在青年时迷恋于绘画、音乐、文学。四十年代初我高中毕业后投考过上海音专作曲系,因为成绩不佳未被录取。但这不影响我对音乐的爱好。对莫扎特的室内乐,贝多芬的交响曲,舒伯特的歌曲,李斯特的交响诗,柏辽兹的标题音乐,威尔第的歌剧,门德尔松的无词歌……几乎都如醉如痴。那一段时期,上海每星期都有音乐会,由工部局交响乐队演奏,阿里戈·富阿指挥。我只要能买到门票,就必去听。穷学生常常是兰心大戏院的座上客。除听音乐会外,就是听留声机放音乐唱片。经常同三五好友组织唱片音乐会。也在自己家中听唱片。这成为那时精神上最高的享受,也是进行一种艺术教化。听一次音乐,比如贝多芬的第九交响曲,既是一次审美的探险,也是一次心灵的净化。我约略悟到,为什么孔子听了韶乐就三月不知肉味,为什么古代的教育大纲把音乐置于六门功课中的第二位。

　　五十年代初,我从上海调到北京。个人保存的许多唱片失落了。我想重建"家业",在东安市场旧货摊上陆续买了一些旧唱片,其中有我最喜欢的贝多芬的《命运》,柴可夫斯基的《悲怆》,舒曼的《梦幻》等。但是,后来的一次次政治运动的无情冲击,终于把我炉灶旁的音乐氛围摧垮。我几乎同音乐断绝来往了。"文革"一来,一堆唱片全部变成了蕭粉。

八十年代中后期,我的健康受到挑战,旧病复发,神经系统的障碍使我长期处于焦虑紧张、惶惑不安的状态,彻夜失眠成为常有的事。医生让我乞灵于安眠药。于是我叩响一个个药王的庙门,从水合氯醛到速可眠,从安定到妥眠当,从酸枣仁到五味子酊……我向他们逐一膜拜。他们一个个显灵,一个个失灵。地狱就横在我身边。我陷入一种恶性循环的恐惧之中。

但是,到了九十年代,我终于跨过险滩,回到了恬静的心乡。使我摆脱精神上的不安定因素、给我带来福音的,是一次不可名状的长期发烧呢,还是那位气功师对我的几次发功治疗?这我不知道。但是我知道,这些年购买和积累起来的许多音乐磁带轮流放到收录机里,成为我亲密的伴侣,它们终于唤回了我的童年的梦,使我仿佛重新倚到了慈母的怀抱里,在她的催眠歌声中安然入睡了。

音乐,是抚慰我的灵魂的——天使的语言。我指的是古典音乐。我并不卑视爵士乐,电子音乐,但它们不能使我摆脱迷乱。我有过这样的经历:当烦躁不断腐蚀我的精神,使我一步步陷入焦虑的泥潭时,自我警觉催促我投入古典音乐的圣殿。肖邦的钢琴曲,无论是叙事曲还是马祖卡舞曲,会把惑人的魔影驱走,以动听的絮语引我到达安宁的自由之邦。贝多芬的《田园》或者舒伯特的《未完成》,会廓清心灵的迷雾,在我耳际娓娓讲述美妙的故事,领我走向天路历程。巴赫的《圣母颂歌》和亨德尔的《水上音乐》,会给人以微妙的语感和恬静的语境,送走瘟神,把我领进立普·梵·温克尔的酣睡之乡。我感谢卡拉扬、小泽征尔,感谢梅纽因、帕瓦罗蒂……我是有选择的。他们使我更加清晰地听到了贝多芬、舒伯特们的心声。他们传递了天使的语言。失眠,头晕,健忘,食欲不振,心悸,心慌,盗汗,自汗,一个个引诱灵魂堕落的鬼魅,在圣歌面前,全部退避三舍。仿佛一滴滴阴冷的夜露见到了朝阳,都化为乌有。于是,在我面前出现了一片朝霞和晨光下含苞欲放的鲜花。

　　时光老人的手杖敲开了我"古稀"之年的侧门。似曾相识却又毕竟是崭新的天地在我眼前展开。九十年代将带给我什么? 我希望听到 Hegeia 女神的含笑的祝福。我感到体内还有许多未曾用完的精力。我再次拿起笔,走向文学圣坛。这时,我听到了什么? 啊,那是 Apollo 的七弦竖琴发出的、永不消逝的乐波!

　　　　　　　　　　　　　　　　　　　　1992 年 11 月

书 和 友 谊

1950年,我译的《莎士比亚十四行诗集》初版本同读者见面了。这个译本是根据夏洛蒂·斯托普斯女士的注释本译出的。

斯托普斯的注释本是一种精致小巧的精装本。比小三十二开还小些,水纹道林纸精印,硬封,封面和封底上有红蓝两色交错的菱形图案,书脊则是纯白色,印着一行优美的小型英文字:Shake-speare's Sonnets。更奇的是这本书虽属精装,书页却没有切齐,正是鲁迅先生所喜爱的"毛边书"。此书由伦敦亚历山大·摩宁有限公司所属德·拉·摩尔出版社出版于1904年。它可以装在口袋里随身携带。

1966年8月,红卫兵的风暴席卷北京的大街小巷。我的一个同事的家被红卫兵抄了,许多外文书被翻腾出来。她的公婆因此被诬为"里通外国",挨了惨无人道的毒打,第二天就咽气了。这消息使我震惊。为了自家老人和孩子的安全,我忍痛把一大批英文原版书撕封面拆封底地称斤卖给了废旧物资收购者。而惟独这本莎士比亚十四行诗集的英文原版冒险保留下来。

这是因为,它使我永远记着一位朋友。

自从珍珠港事变爆发后,日本侵略军进占了上海英法租界,"孤岛"阶段结束。我在惨淡的时代风云的笼罩下,过着穷学生的生活。在我家附近辣斐德路(现在的复兴中路)上有一只专卖旧书的"古今书店"。店主是山东人王老板和他的儿子。他们照管着这个只有一个门面的狭小的铺子,靠这种小本经营维持着艰难的生计。店里的各种文学书籍却十分吸引着我,使我成了这里的常客。虽然我来这里往往只是为了看书而不买书,却始终受到他们父子的热情接待。日子一久,我和那位青年店主竟成了熟人。

一个风雪交加的冬晚,我又在古今书店里坐了很久。在书架上,我忽然发现了一个纯白色的书脊,仔细一看,是莎士比亚十四行诗集的原文版,拿下来翻阅,发现这是一本精美的书。我翻开它的一页又一页,反复把玩,真是爱不释手。我家里有一本牛津版的莎翁全集,那里面也收有全部十四行诗,但字排得紧,又无详注,整本书像一块大砖头,哪有这本书精致可爱呢? 这个出版物本身就是一件艺术品!

我于是向青年店主询问这本书的售价。

青年含笑说出了一个吓人的数字:两千 C. R. B("中央储备银行"伪币)!

我以为他是当真要这个价。只好默默地把书放回书架上,走了。

事后,我心中老惦记着这本书,怕一旦被别人买去,我和它就永诀了。几天后,我又不由自主地来到了古今书店。我的目光立即投向书架,在原处,我发现那个白色的书脊在各种杂色书脊中变得格外显眼。我深感庆幸,把书取下,又认真翻看起来。我特别赞赏那详尽而又有启发性的注释,它能帮助我打开莎翁的心扉啊!

青年店主一声不响,只是在旁含笑观察着我的一举一动。

最后,我竟冒昧地向他提出:"借给我一星期,好吗?"

我立刻得到爽快的回答:"当然可以!"

我带着感激的心情,怀揣宝书,回到家中。我把它翻了一遍又一遍。但我无论如何也筹不到两千元伪币。我更不能向经济拮据的父母亲开口。这样，一星期很快便过去了。

我如期来到古今书店。青年含笑迎接我。我不无遗憾地把这本心爱的书还给他，并且没有忘记道谢。

青年含笑接过书，随即从上衣口袋里取出一支自来水笔，把那书翻开，就在扉页上写字。我正纳闷，他已写完，把书交到我手中。我仔细一看，他写的是：

　　赠给璧厚吾友

　　　　　　　　　　　　　　　　　麦　秆
　　　　　　　　　　　　　　　　　一九四三年十二月

璧厚是我的本名。我一时怔住了。半天，我才说："你们也不宽裕……"

青年含笑说：书归爱书人，书得其所！

他就是我的朋友王兴堂——后来的著名木刻家、美术家麦秆同志。

1957年夏天，我在《美术》杂志上看到批判天津艺术学院教授、"右派分子"王麦秆的文章，感到突然，又不禁黯然。虽然直到六十年代初期我们之间的往来并未断绝，但"文化大革命"一起，我和他竟完全失去了音讯。"文革"后期，我们才又取得联系。

1984年7月，我到烟台参加人民文学出版社举办的小说作家笔会。正巧此时麦秆夫妇也在烟台，他托人带信给我，要同我晤面。我赶到毓皇顶宾馆，故人重逢，悲喜交集。我细看他虽然年逾花甲，但精神矍铄，毫无老态，眉宇间还留着当年的风采。二十年的逆境竟未曾减损他丝毫锐气。但当谈及历史的沧桑，我们又不禁感慨系之。

我把带到烟台来准备赠人的我译的莎士比亚《十四行诗集》修

订新版本赠给他,并说:"没有你的赠予,就没有这个译本。"我提起四十年前的旧事,他竟完全不记得了。这使我若有所失……

他请我吃饭。我虽不会喝酒,但身临此情此境,也勉力干了一杯。他说他这次来是为了在烟台举办他的画展。当天下午,我被送到烟台市展览馆,仔细观看了他的"台湾风光画展"和"王麦秆教授画展"的预展。我看到这些画幅中描绘了种种人物、世态,描绘了闪动着耀眼的华彩的祖国河山。我看到的不仅是一支画笔在宣纸上横扫,而且是一颗画家的赤心在祖国大地上驰骋。

当天晚上,我在灯下写成诗三章,以贺麦秆画展的揭幕。诗是这样的:

一

从来宝岛属中华,海峡东西是一家。
深谢画师挥彩笔,板山桥接岱宗花。①

二

江山绚丽流华彩,人物峥嵘足世情。
我爱画家勤泼墨,拼将热血化丹青!

三

瞬息风云四十秋,烟台幸会醉方休。
少年英气留眉宇,画笔生春老更遒!

————————————

① 麦秆作品《台湾角板山吊桥》。

次日,我把诗寄给麦秆。我记得在附信中仿佛写下了这样几句:"莎士比亚十四行诗一百五十四首中有一百二十六首是歌颂、吟咏或涉及友谊的。这部不朽的古典系列组诗将永远把你和我用友谊紧紧地联结在一起⋯⋯"

1987年2月

双 鹰 的 搏 击

2月14日,收到南野从天津寄来的信。我为王麦杆转危为安而高兴!南野在信中感谢我对她丈夫病情的关怀。她告诉我,麦杆因劳累过度而患脑血栓症,由于治疗及时,已经脱离险境。她在信中说,麦杆和她"自一九八三年起,一直在外活动,北至长白山,南到海南三亚,东至山东、江浙、黄山、苏杭,西至西安。麦杆好画,近十年来,创作了近五千幅绘画作品。由于体力关系,版画就不刻了。一九九三年十月应联合国驻日内瓦教科文组织的邀请,去那里举行了两次个展……本来日内瓦美术学院要为他特设一个中国画科,但由于他一九九四年一月回国,三月去上海参加他的老师刘海粟大师的百岁寿诞,四月五日回天津,十日病倒——故不能去日内瓦任教了,憾甚!"又说,麦杆虽已年届七十四,仍盼望着赶快痊愈,再拿画笔。读着这封信,我抑止不住心潮的澎湃!更使我动情的是她信中的这一段话:"屠岸!你还记得一九四五年我们结婚那天的情景吗?那天你是我们的男傧相,申生是女傧相。你还送了一首诗'候鸟来了'给我们。时间过得真快,日历已翻到一九九五年了。今年四月二十七日是我们结婚五十周年,也就是我们的'金婚'纪念日。我们不请客,不搞任何活动,只想请你为我们写一点什么,留作纪念……"

啊,1945年4月27日,这个日子我怎么会忘记呢?!那是一个晴朗的日子,又是一个盼望扫清一切阴霾的日子;那是一个喜庆的日子,又是一个忍受最后痛苦的日子。那天下午,在上海吕班路柏多禄教堂里,英俊的新郎和美丽的新娘,身穿礼服,在牧师的祝祷下,向上帝宣誓:"我们结为夫妻,互相扶持,白首到老,面对一切艰难困苦,永不变心!"此时,我穿着整齐,站在新郎身旁:我是男傧相;新娘的妹妹,十七岁的申生,身穿礼服,手持花束,站在新娘身旁,她是女傧相。华格纳的婚礼进行曲,宏大的乐波,弥漫到教堂的每一个角落,渗入到每一个来宾的心里⋯⋯这对新人,我,以及其他人,都清醒地意识到:就在这个时刻,苏联红军已经攻入柏林;太平洋和东南亚战场上日本侵略军正在节节败退;我们中国人民企盼已久的抗战胜利的日子即将到来⋯⋯我带着不可抑止的激情,注视着我的挚友——这一对新人。他们的眼睛里满含着幸福感,庄严感,使命感,他们深情地互视着对方。我见到,阳光,透过教堂窗棂上彩色玻璃镶嵌的耶稣圣迹图,把热烈的红色、温煦的橙色、纯洁的蓝色投射到新郎新娘的脸上,使他们容光焕发,美丽而深沉,显示出一种难以名状的圣洁的神采。

他是画家,她是白衣天使。四十年代初,山东青年王兴堂(后来用笔名麦秆)在上海美术专科学校求学时,发起并组织了社会科学学习会。当时在生生助产学校学习的福建少女董闽生(后来有了别名南野)也参加了这个学习会。经过接触,她了解到他曾因创作了一幅木刻画《日寇暴行》而遭到逮捕;也了解到他曾因从事进步活动而受到敌人的注意,身处险境,不得不投奔到新四军中去。她深深地爱上了这个热血青年。他也热爱这位温柔而刚强的漂亮姑娘。他们的爱情走向成熟。现在,他们终于结为伉俪。一个要继续拿画笔来歌颂进步,歌颂革命,歌颂人民的解放;一个要通过医护服务来高扬革命人道主义的旗帜。他们在婚礼上的誓言长久地留在我的耳畔。这天晚上,在他们"古今书店"里的婚宴上,我把我为他们的联姻而创作的诗《海门的曲》（海门Hymen是希腊神话中的婚姻女神）献给他们。席间，一位朋友从他们手里拿去我的这首诗，朗诵了起来：

> 硝烟，为你们升起绡帐，
> 加农，为你们放起鞭炮；
> 候鸟来了，捎来人类的喜报，
> 　佩鹿角的新郎，
> 　　饰雉羽的新娘，
> 脸上漾起了会心的微笑……

我看到微酡的新郎，娇慵的新娘，微笑着举起了交杯酒。

半个世纪过去了。他们是怎样生活过来的？他们迎接人民解放战争的胜利，为新中国的诞生欢呼；他用画笔歌颂人民，歌颂领袖。他们参军，从医，执教，为社会主义教育事业、医疗事业、艺术事业，忘我地工作。1957年，心地坦率、直言无忌的麦杆，突然挨了一棒，跌进了深渊！他被戴上了帽子，月工资从一百七十七元降为三十五元；一家人多次被赶到农村"下放劳动"。"文革"期间，他被关进了"牛棚"，不仅被剥夺了创作的权利，连行动自由也受到了限制。但是，南野坚信她的丈夫不是敌人。当时许多夫妇因政治原因离异了，而他们的婚姻似乎更加牢固！南野因此被内定为"中右分子"，监督使用。（她本人在粉碎"四人帮"之后才得知此事。）政治运动的狂风暴雨没有击垮他们，也没有拆散他们。他们有过迷惘，有过失落，但经过烈火的锻炼，终于变得更加沉着，更加镇定。"互相扶持，白首到老，面对一切艰难困苦，永不变心！"他们是这样说的，也是这样做的，"永不变心"，是永远不改变两人相爱之心，也是永远不改变对祖国、对人民的热爱之心！当"候鸟捎来人类的喜报"——"四人帮"被粉碎,特别是中国的新时期到来的时候,我的这位挚友,天津美术学院教授、画家王麦杆,再度爆发出艺术创作的巨大热情!自八十年代初以来,他的足迹踏遍祖国的大好河山,他自号"爱游山人",把锦绣山川,瑰丽风物,尽收画笔之下。他深入厂矿农村,与工农结交,把他的大批绘画作品赠送给工农朋友。他的作品被收入了国内外多种名画集。他在国内外举办了一个又一个画展。1984年7月,我在烟台度假,恰逢麦杆台湾风光画展在那里举行。我参观了这个画展。麦杆告诉我:他的台湾风光画60幅,是他1947年偕同夫人到台湾探亲时创作的。"文革"中抄家之风大刮,南野冒风险把这些水彩画、粉笔画、油画、素描全部转移到了安全的处所,才使这些绘画免除了一场可怕的劫难。这个画展能够举行,是南野的功劳。在议论这些作品时,麦杆对我说,他主张技巧为抒发性情服务,他反对因袭洋人和模仿古人,力求完成自我又超越自我。他认为"鹦鹉学舌虽似非艺,黔驴技穷再熟是匠"。我十分赞赏他的艺术主张。听说他被美术界誉为"激情画派"画家,我觉得这个称号对他是相称的。我还看到,他的频繁的艺术活动,总有夫人南野陪同。一次,他要到西双版纳去写生,南野要求他每天写一封家信。但是考虑到山野里难得有邮筒,于是夫人跟他结伴而去。在云南,他们遇见七次人车坠崖的事故,而他们依然坚持在那里继续写生。麦杆的每一幅画,我认为,都是他和南野共同劳动的结晶。

我曾保存过麦杆早期的一些素描作品。其中有一幅是南野的妹妹申生的画像。画面上是一个十七岁少女的侧面姿影,似在沉思,似在憧憬。这是麦杆早期作品中的精品。它通过炭精在布纹纸面上的勾勒与晕染,再现了一个少女的天生丽质和天真善良,它也是我与申生一段纯洁情谊的见证。可惜!这幅素描和麦杆的另几幅素描,我没有保护得住,它们都在那场史无前例的凶恶火灾中化成了灰烬！

回想1948年秋，正当我国第三次国内革命战争将进入大反攻的时刻，我出版了我的第一部译诗集：惠特曼的《鼓声》。事前，我把一大摞惠特曼诗的译稿拿到麦秆家里，请他细读这些诗，并且帮我进行选择。在灯光下，我们一起选出了这52首诗，这就是《鼓声》的篇目。这些诗的主体是惠特曼在美国南北战争时期写的歌颂解放黑奴、歌颂正义战争、歌颂林肯总统的篇章。我们意欲借此祝祷我国的人民解放战争早日取得彻底的胜利。篇目选定后，我请麦秆为这本书作封面，画插图。他欣然应允。我记得，他以惊人的速度完成了工作，只过了三天，我便得到了六幅木刻作品。当我拿到麦秆亲自拓印、散发着油墨芳香的木刻画页时，我不禁大声欢呼起来，使得在一旁踏缝纫机的南野莫名其妙地瞪大了眼睛。这六幅作品中，一幅是惠特曼的头像，准备用在封面上的。我要说，这幅肖像画是麦秆的杰作之一，如果把它放在外国画家为惠特曼所作的最佳肖像画之中，它也毫无愧色！（三十九年后，人民文学出版社1987年出版惠特曼诗集《我在梦里梦见》，封面勒口上再次用了这幅木刻像。）另外五幅是诗的木刻插图。顺便说一说，麦秆作这六幅木刻是分文不取的。我这本译诗集用"青铜出版社"名义出版，是自定的。那时正是金元券贬值、物价飞涨的时候。我的哥哥孟厚和我的爱人谷绣各自拿出了一点钱，帮助我自费出版了这本书。我哪里有钱给麦秆付稿费呢？即使我要付，他也不会要！——这五幅木刻插图中，为《双鹰的嬉戏》所作的那幅是我最喜欢的作品之一。惠特曼的这首诗写的是高空中两只鹰的形象：

> 是突进着的、相互的热情的接触，在空阔的空间，那紧扼着的、互钩着的爪子，是一具活生生的、凶猛的、回旋着的轮子，
> 那四只拍击着的翼翅，两只尖喙，是紧紧地抓着的、起着

漩涡的一团,

　　在滚动着的、旋转着的、成群的连环中,向地面直跌下来,

直到越过河面才平静了,一双,然而仍然是一个整体……

麦杆抓住了诗中双鹰互相配合默契的精神,刻出这样的画面:两只鹰像形和影,像两朵火焰,在忘我地翻滚,旋舞……整个背景是燃烧的宇宙;太空与双鹰已经熔铸在一连串弧状平行线中,化入了舞蹈的烈焰。构图是一种多层次的旋转,双鹰的巨翅所展示的环形漩涡同旋转的宇宙一起滚动起来。在麦杆的刻刀下,"双鹰的嬉戏"转化成了"双鹰的搏击"!我看到画面上有一种对称,一种均衡,一种轮回,流转,一种一分为二、合二而一的力。这种力,能够抗衡任何内在的和外在的暴力,同宇宙万物保持平衡与和谐。今天,我找出了那本保存了四十七年的译诗集《鼓声》,翻开这幅插图,细细地看着,看着,我顿时发现,这两只鹰,正是麦杆和南野的象征!麦杆仿佛四十七年前就已经在预言他和南野的命运了。比翼齐飞,共同搏击,穿越半个世纪的风雨阴晴,依然在苍穹遨游的双鹰,不正是他们两人的写照吗?

麦杆,南野! 到你们的"金婚"纪念日那天,让我再次引吭朗诵这样的诗句吧:

　　候鸟来了,捎来人类的喜报,

　　　佩鹿角的新郎,

　　　　饰雉羽的新娘,

　　脸上漾起了幸福的微笑!

1995年3月21日

普希金鼓舞着我们

在西伯利亚矿坑的深处，
你们要保持高傲的忍耐，
痛苦的劳作决不会白费，
高洁的理想不会化尘埃。

恶运的忠实的姊妹——希望，
在喑哑黑暗的矿坑底层，
会鼓舞乐观的精神和勇气，
渴盼的日子必然会来临。

爱情和友谊向你们倾注——
穿越一重重阴森的牢门；
就像在你们服苦役的坑里
会荡起我的自由的歌声。

有一天沉重的镣铐砸碎，
阴暗的牢墙哗啦啦推倒；
自由在阳光下迎接你们，
弟兄们给你们送上宝刀。

以上是我在四十年代译的普希金的一首诗,题目是《寄西伯利亚》。普希金这首诗写于1827年——写给当时被流放在西伯利亚服苦役的十二月党人。十二月党人是一批青年贵族革命家,他们反对沙皇的专制统治,要求废除农奴制。他们的起义失败了,普希金怀着深深的同情写了这首诗,托十二月党人的妻子穆拉维约娃带到西伯利亚流放地。这首诗以手抄本形式传遍了俄罗斯,1856年公开发表后又传到全世界,成为反对一切专制统治的号角,鼓舞着一切被压迫被奴役的人民的斗争意志。

四十年代,中国人民经历了伟大的抗日战争和人民解放战争。我在国统区的上海参加了反对蒋介石统治的地下斗争。我知道有大批共产党人和革命志士被关押在上饶集中营,重庆集中营,息烽集中营。各地监狱里人满为患。我不断听到革命者被反动当局逮捕的消息。(后来,我自己的妹妹,中共地下党员,也被国民党淞沪警备司令部逮捕。)我自己也有随时准备坐牢的思想准备。在冤狱遍于国中的情况下,我和战友们悲愤的心情难以言表。但巨大的希望依然鼓舞着我们继续前进。正在此时,我读到了普希金的这首诗,诗中的激情与我和战友们的心情完全吻合。我怀着激动的心情把它译了出来,并且把它寄给了《文汇报》副刊《笔会》的主编唐弢先生,想通过《文汇报》把这首诗送到在狱中的革命者的眼前。唐弢先生很快把它发表了出来,登在1947年2月11日该报副刊《笔会》上。不久,戈宝权先生主编的《普希金文集》里普希金作品汉译目录中还收进了这首诗汉译者的名字,其中包括我。

我译普希金的这首诗,与我同时在译莎士比亚十四行诗的心情不同,后者是折服于作品的诗美和哲理,也是为了纪念我的一个同窗好友;而前者是出于革命激情。现在重读这首诗时,我就仿佛重新置身于四十年代那个悲壮热烈的沸腾岁月,重新涌起我澎湃激荡的心潮！

　　我曾学习俄文多年，主要是自学，但时学时辍，始终没有达到能直接从俄文翻译文学作品的程度。我译过普希金、涅克拉索夫、尼基丁、巴尔蒙特、布宁、马雅可夫斯基等俄罗斯诗人的诗作，但都是通过英译本转译。普希金诗作的英译者很多，我欣赏的是伊斯特曼(Max Eastman)和德意契与雅莫林斯基(Babette Deutsch and Avrahm Yarmolinsky)。伊斯特曼的译文音韵铿锵，诗味较浓。我译《寄西伯利亚》就是从他的英译转译的。到现在为止，我已读到普希金这首诗的六种汉译，译者是：戈宝权、查良铮、卢永、飞白、刘湛秋、冯春。他们都是直接从俄文原作译出的，他们的译文应该远远地胜过我的译文。只是我当时译这首诗的心情，发表前后的政治环境，以及唐弢先生对我的关怀和鼓励，却总是萦绕在我的记忆中，使我不能忘却。今年是普希金诞生二百周年，北京将举行纪念活动，我趁此机会写了这篇短文作为对这次纪念活动的参与。

1999年1月

从碧鸡山到英雄山

春 城 寒 气

1975年12月30日,清晨。

189次列车把我带到了南国春城——昆明。我早就向往这个四季如春、繁花似锦的都市。在我的想象中,她一定是温煦的,是阳光灿烂的,是带着初绽的茶花的笑容的。但,出于意外,一下火车,迎面扑来的是一阵凛冽的寒风。我不禁打了一个寒噤。

寒潮刚刚袭击了这座海拔1900多米的城市。

来迎接我们的同志说,不久前,这里的气温降至零下7度,不少汽车的汽缸冻裂,开不出车了。因为这里的司机没有放水的习惯——四季如春的昆明,冬天的气温不会降到零度以下呵!结果,留在车子里的水结成了冰,而冰的体积比水大,一涨,汽缸就裂了。这在昆明,成了一条新闻!

昆明,和全国各地一样,人们生活在寒冷中。

殷勤的主人,还是像往常一样热情待客,邀请我们到西山名胜去看看。

1976年1月5日,我们乘一辆小面包车,到西山森林公园去。西山又名碧鸡山,因为在昆明市西,故名西山。汽车行进在绿竹浓荫下的盘山公路上,气温似乎升高了一些。但是,人们的脸上仍然很少笑容。

西山森林公园包括龙门、太华寺、华亭寺。龙门包括自三清阁至达天阁的一系列建筑物。三清阁原为元代梁王避暑行宫，明朝改为妙定寺，后经数度重修。阁建于悬崖陡峭处，有石道沿阁后峭壁东上，经云华洞，直到达天阁。达天阁为一石窟，内有一全部用石头凿成的魁星像，但这魁星手中的那支笔不与整个石头相连，而是另外装上去的。石窟顶部峭壁上，还凿有一老人像和一个大"福"字。从云华洞石台上遥望龙门和达天阁石台，但见石道沿悬崖而上，龙门和达天阁高悬在万仞峭壁之上，"飞阁流丹，下临无地"，惊险之中，寓无限伟美之壮观。万丈悬崖之下，则是"晴波万顷"的五百里滇池。

云华洞，龙门石道，石窟（即达天阁，又名魁星阁），以及石窟中的魁星像，全部为1781年石工吴来清所开凿，历时二十余年而成。世界上没有"鬼斧神工"，但有"造化之功"。而人的两只手，可以创造世界，创造艺术的天地。吴来清的双手，确实是"巧夺天工"。传说石工吴来清凿至最后，魁星手中的一支笔没有石头可凿了，功亏一篑，这位以整个生命拥抱艺术的石刻艺术家，就投身于沧茫的滇池，结束了他为艺术而辛勤劳动的一生。为艺术而生，为艺术而死。也许，人们会说，这不是"为艺术而艺术"吗？也许，人们会说，这不过是个传说而已！但是，为什么这个传说那么广泛流传，人们又那么喜欢听呢？忠于自己的事业，忠于自己的理想，为自己的信仰而献身，这，是人民的愿望和意志的体现。人民敬仰这样的属于人民的艺术家，也敬仰这样为自己的信仰而献身的属于人民的科学家、军事家、政治家……这不是这个传说所以长久以来流传不衰的原因吗？

现在的滇池，因围湖造田，面积缩小了。多么可惜啊！"五百里滇池，奔来眼底，披襟岸帻，喜茫茫空阔无边。"多么开阔的视野，多么豪迈的胸襟。但,湖面被缩小了!云南并不缺少土地,为什么非要在滇池中去抢地呢?

湖水浅。从西山上向下看,但见湖面蓝光有深有浅,深浅互移。原来深处是天上云朵投下的阴影,云动影移,所以看上去像是深青浅蓝,在互相转移。哦,一片阳春烟景,忽然被飘来的一朵乌云盖住……

从三清阁步行而上,攀登鸟道般的石梯,直到达天阁,感到有些累了。且在这石窟里暂时憩息一下。旁边有两个穿着工人服的青年,正在低声议论着。渐渐,他们的议论攫住了我的耳朵,我的心也顿时紧缩起来。

"听说,周总理病重……"

"毛主席身体也不好。"

"我们的国家,我们的党,今后怎么办?"

"唉!我们那里还在闹派性!"

"……家乡,还有武斗呢。"

"去年邓小平副总理主持工作,我们的国家看来有一点起色了,但是……"

"但是什么?"

"中央报纸今年元旦社论中,为什么对去年小平同志主持中央工作所取得的成绩一字不提呢?"

"哪里是提不提成绩的问题!"

他们沉默了。也许他们发觉了我在旁边,不便讲了。

我的心啊!心啊!不是和这些青年的心一样,在忧虑,在思索吗?我的心在和你们的心跳着同样的脉搏啊!

…………

汽车又在盘山公路上行进。从车窗向外看,浓密的竹林,绿荫铺地,阳光透过竹丛,如星星般洒落在地上。但是,我的心却被刚才两位青年的谈话所牵系着。到了太华寺。这座寺位于太华峰腹，原为元代梁王甘麻喇所建，后经数度扩建、重修。寺内茶花与玉兰相对，雍容华贵。从太华寺又转往华亭寺，一名云栖寺。寺位于华亭峰中部，故名。十三世纪初为大理国相高泰祥别墅，1323年改建为寺，后经数度重修。寺内有罗汉堂，所塑罗汉各有姿态，有三个长臂罗汉，两个长腿罗汉，两个长眉罗汉。院子里又有茶花、玉兰及其他名贵花木。茶花有红、白两种，正在盛开怒放。寺门口有梅花，也正在开放。从这里，方感到昆明别称"春城"是名副其实的。但是，一面欣赏着这里的建筑艺术和奇花异草，一面却始终驱不走心中的阴影……

我心头忽然涌现出两个诗句来。后来——回到招待所后，在桌灯下，我把这两句作为颈联，写成了一首五律，题目叫《登昆明碧鸡山》：

> 绝壁临苍波，
> 攀登上极坡。
> 龙门开玉阙，
> 鸟道入银河。
> 俯视阳春艳，
> 还愁鬼影多。
> 乌云难蔽日，
> 只待奋天戈！

从华亭寺下山，到了山脚。谒聂耳墓。有墓碑，正面书"人民音乐家聂耳之墓"，郭沫若手迹。反面是郭老亲笔书自己所撰聂耳的墓志铭，书于1954年2月。聂耳墓侧有青年作家张天虚之墓。另侧有赵炳润墓，赵为中国人民解放军某部后勤部长，墓立于

1950年。

离西山,转赴大观公园。

大观楼依然面对滇池而立,而且清代寒士孙髯所撰的著名长联,依然挂在楼前两边,这是可以告慰的。但滇池因围湖造田而致湖水浅,水域窄的穷蹙相,在这里感受得更为明显了。虽然,滇池的风光还是吸引了不少游人。可是,思索着在达天阁听到的两位青年人的谈话,大观楼之游也变得意兴索然了。

归途中,想到亿万中国人民在关怀周总理的健康,脑子里又涌出了四句诗。就以《昆明大观楼断想》为题作为一绝吧:

> 漫迹云山近水楼,
> 长联依旧对清秋。
> 晴沙万顷风光好,
> 难解心头八亿愁。

京 华 风 雪

1976年1月9日,北京的清晨,寒风凛冽。

这天早晨我没有开收音机听广播,吃完早饭就匆匆赶到公共汽车站去乘车上班。

在站上等车的同志们表情异样。一位同事满面泪痕。我以极度惊疑的目光向她发出询问,她哽咽着说:"你没听广播吗?"我摇摇头。她泣不成声地,断续地说:"周总理……离开了……我们……"

晴天霹雳,几乎把我打蒙了!是假,是真?是梦,是醒?眼睛黑了,耳朵聋了,地球似乎停止了转动。

…………

中共中央、人大常委会、国务院的讣告,通过无线电波,向中国人民宣告,向全世界宣告,中国人民伟大的无产阶级革命家、伟大的共产主义战士周恩来同志的心脏,已经停止了跳动。

整个北京沉浸在悲哀中。整个中国沉浸在悲哀中。全世界的进步人类,沉浸在悲哀中。

1月13日,我臂缠黑纱,胸插白花,来到天安门前。成千成万的群众,排着队,抬着花圈,来到人民英雄纪念碑前,向敬爱的周总理默哀、致敬、宣誓,向总理献上花圈。花圈已经堆积如山。老人,青年,儿童,在叹息,在流泪……

这时候,劳动人民文化宫门口披上了黑黄二色的哀纱。文化宫里,正在进行着对总理的悼念仪式,长长的人流在缓缓移动,等待着轮到自己进入灵堂。随着北风,一阵阵哀乐,时高时低,传到我的耳中……整个北京城呵,成了哀思的城,泪水的城……

1月14日,我们单位——人民文学出版社的全体同志,举行了周总理悼念仪式。党委书记作了悼词。然后,群众代表数十人整顿队列。队前是周总理遗像,然后是群众自己动手制作的两个大花圈,花圈上系着白绸,一署"悼念敬爱的周恩来总理",下款是"人民文学出版社全体同志敬献";一署"悼念敬爱的周恩来同志",下款是"人民文学出版社敬献"。我们列队,从单位门口出发,步行,向着天安门广场。我走在队伍的最前列。到了广场,我们又举行了一次悼念仪式:致敬,默哀,敬献花圈。我们这个队伍依次排列在无数献花圈的群众队伍之中,缓缓地向人民英雄纪念碑进发。近碑时,脱帽。寒风凛冽,但,已经不感到寒冷了。广场上,人山人海,但秩序井然,气氛肃穆。我们从纪念碑的北面缓步登上台阶,只见碑之四周,花圈堆积如山,比昨天所见又增加了许多。碑之周围,铁栏的链子上已扎满了白花,如条条素练,围绕着巨碑。我也把襟前的白花取下,虔敬地把它系在铁链子上。我们把两个花圈安放在人民英雄纪念碑的南面白石台上。然后,缓步从纪念碑的南面走下石阶。我们依然保持了完整的队形,走到纪念碑与前门之间的松柏林荫道上。我和同志们商量之后,宣布:"解散!"同志们这才各自回去。

我没有立即回家。我伫立在松树下,看着一队队工人,学生,干部,拥着花圈前来祭奠,悼念的群众络绎不绝,越来越多。面对着此情此景,不禁又一次滚下了热泪。

深夜,不眠。起来,开灯,拿起纸笔来,写,写。多少天来,蕴蓄在心中的片断诗句,重新加以组合,整理,加工。泪水滴湿了稿纸,稿纸上记录下了我的心声。诗是不成熟的,艺术是浅薄的,但感情是真实的。

虞美人　星　陨

巨星陨落人寰恸,
闻耗恍如梦。
五州万国起哀歌,
金水桥前一夜泪成河。

无私无畏而无敌,
千古英模立。
灰飞大地沃神州,
他日红花如火遍星球。

瓷　都　窑　火

1976年4月下旬。

我和几个同志来到山东博山,住在一个部队的招待所里。

招待所院内植有宝塔松、柏、丁香、杨、柳等。晨起,空气清新。院墙内有数十棵苹果树,一部分苹果树正在开花,花瓣红白相间,有一种质朴美。战士们正在辛勤培植。食堂旁边,有两株白海棠,树高花密,叶绿而浓,映衬满树白花,摇曳多姿。又有一株蟠桃,树不甚高,叶小而疏,而花成簇成团,拥聚枝头。花为粉红色,浓淡相间,而蕊呈金黄色,艳而雅。花树繁茂,是盛春的标志。忽一夜冷雨,花萎枝垂,春,似乎又躲到什么地方去了。但是,奇怪,只半天工夫,那花又精神抖擞起来。只是蟠桃花的红色更淡了一些,远远看去,像是一树白花。哦,那白海棠,那蟠桃花,不是一簇簇呈献在周总理灵前的白花吗?我又想起了天安门前,人民英雄纪念碑下的白花,缀在铁栏上的白花……

院墙外有梧桐成排立路侧。花果落满地,梧桐花为紫色,喇叭形;果已干脆,两片合抱如桃形,已开裂,中有仁,暗黄色。有人说,梧桐子(仁)是中药。或问:治什么病的? 答道:你整日忧闷,烦心,脑子里有解不开的疙瘩,思想中有找不到答案的问号,"中国向何处去?"白日忧思,夜不能寐,那么,你就可以服用这一剂用梧桐子制成的中药,它的功效是:安眠。

我有饭后散步的习惯。到了博山,依然如此。经车站,过河沟,上山坡,登高地,俯瞰博山,山城卧伏烟雾中,风急沙飞,万户人家。烟囱、屋脊,隐没在烟尘中。寻小道下坡,到沟底,过独木小桥,到铁路旱桥下,火车站在望。

从另道回招待所去。经过一处学校,墙上张贴着一栏墙报,都是学生的作品。有文章,有漫画。也有奉命文章,"反击右倾翻案风",大概是照抄报纸的。突然,我发现,一张簇新的小字报贴在墙角,有一群人在观看。那上面是四句诗:"欲悲闻鬼叫,我哭豺狼笑。洒泪祭雄杰,扬眉剑出鞘!"我的眼睛一亮,心中一惊! 这不是贴在天安门广场上的悼念周总理的诗吗? 这不是在记者报道中被

诬为反革命诗词的代表作吗？这真是反革命诗词吗？是真革命，
还是反革命，群众心里最清楚！你看，它传播到了这里，一定也传
播到了那里，可能传播到了全国各地，直到天涯海角……这位抄贴
者冒着被捕的危险，传播了真理的声音，这件事就说明：真理的声
音，是任何力量也扼杀不住的！这张小字报可能很快被撕掉，被覆
盖，抄贴者将被追查，但，真理的声音将会传播得更广，更远！

…………

博山是我国四大瓷都之一。另外三个是：景德镇，唐山，醴陵。

主人盛情，邀我们去参观博山的陶瓷工业。吉普车把我们带
往城郊的一个人民公社，这个公社所属的一个生产大队里，附设有
一家陶器厂，是他们的重要副业。我们到了这个陶器厂。厂房因
陋就简，但产品质量是高的，有一部分还出口到国外。此地小胡同
中的房屋有一特点，墙壁大都用陶罐垒成，烟囱如宝塔，也都是用
陶壶、陶罐砌成。墙壁敲个洞，就是罐口，里面还可以盛东西。这
里是坛坛罐罐的市街，坛坛罐罐的屋宇，坛坛罐罐的树林。进入其
间，如身临童话世界。

主人又带我们到一家美术陶器厂去参观。先看展品陈列室。
有一种雨点瓷，是专门出口到日本的。日本人指定要这种雨点瓷，
此种瓷器呈青黑色，釉彩成散点状。日本人购此瓷壶、盘、碟，用
来祭祖，上坟，以为敬鬼神之所必需，如用其他瓷器，就是对鬼神不
够敬重。有一种猫枕，状如伏猫，猫脊后部有孔，热天灌凉水，冬天
灌热水，可以调节后脑温度。但此物甚硬，枕之未必舒适。据说尼
克松访华后，美国人订此货者特多。

参观了工作室，又参观了隧道窑。成形的陶器放置在一种耐
火材料制成的圆形盒（工人管它叫"包皮"）内，盒置铁车上，由轨道
进窑。盒上有盖，火焰不能直接烧到陶器上，陶器只能接受高温。
"包皮"在窑内将被烧得通红，将它所怀抱的陶器"烤熟"。烧过的

陶器在铁车上由窑之另一端经铁轨出窑。凉后揭盖,其中的陶器已成为釉光灿亮的成品了。

又去参观另一家陶瓷厂,这座厂规模大,厂房多,有工人四千多。产品外销,在国际上很有声誉。在产品陈列室里陈列着许多精美的瓷器,其美术价值一般比前一家厂的产品为高。质地也精致得多。釉彩上的金边,金色的花纹,金色的图案,在阳光下闪闪发光。这是真金所绘,所以价格甚昂。瓶器上的山水花鸟人物,有彩色的,有单色的,都是"手彩",即手绘的。器,上过一层釉,经窑烧过,为半成品,然后在器上用手绘图,这就是"手彩"。"手彩"有"釉上"、"釉下"之分。"釉上",即画在釉之上,经过"彩烤"(即彩绘之后再烧一次),即为成品。"釉下",是画在釉之上,再上一层釉,所绘之画夹在两层釉之间,再经"彩烤"而成者。"釉上"比"釉下"更贵重,因此种彩绘经久不磨损,不变色。次于"手彩"者为"贴花",其法乃用釉彩印花薄膜纸片贴在半成品瓷器上,再入窑"烤彩",纸随火化,釉彩花纹则留在器皿上。

我们带着极大的兴趣参观了"手彩"工作室。女同志们在鼻烟壶上画画,壶很小,二寸多长,一寸多宽,却要在上面画七八只鸟,数丛梅花,工甚细,用毛笔,蘸釉浆,细描细绘。又到另一室,一位老师傅在白瓷盘上写篆字,先写一"源"字,自左至右,复写一"思"字。我估计,他写的是"饮水思源",排列次序是自右至左。想到这些产品都是出口的,就不奇怪了。只是这"源"是指的什么,引起了我的深思。又到另一室,一位年龄较大的老师傅,在一只大瓶上画"青松傲雪"图,已经画了好几只,每只图样大体相同而又略有变化。瓶白色,所绘用一种蓝色,然甚美。那松树画得苍劲挺拔,铁骨铮铮,它使我立即联想起传抄的陈毅同志的那首诗:"大雪压青松,青松挺且直。要知松高洁,待到雪化时。"旁边一位年轻的女工人悄悄地告诉我:这"青松傲雪"图是今年1月8日后她的师傅新创作的图样……

接着,主人把我们带到一家美术琉璃厂。这个厂是专门出产美术玻璃制品的。在展品陈列室里,见到了各种美术玻璃制品,琳琅满目。有一种小瓶,用"内花"工艺,绘有亭台楼阁,男女老幼,人物就有四百多个,并有题字,字甚工,必须用放大镜才能看清。产品都是出口的。我们到了"内花"工作室,见工人们正在画花。什么叫"内花"? 就是所画的画不在玻璃瓶的外面,而在玻璃瓶的里面,透过透明的玻璃,画面清晰而明亮。这是一种特技。所用毛笔是特制的弯笔,笔蘸了特制的颜料,从瓶口进入瓶内,在瓶的内壁上绘画,因是玻璃壁,所以绘时看得一清二楚。绘成后还要经过一次火烧,画面才能固定。所画大都是五彩斑斓的亭台楼阁,花鸟人物。但,我忽然注意到一位工人师傅正在画的是白花。我伸过头去细看,那画的是一丛秋菊,绿叶衬托着朵朵素花,花瓣像恒星辐射的光芒,而那光是纯白色的。我的联想立刻又飞到了天安门前,人民英雄纪念碑下。我没有向这位工人同志询问:"你画的这一丛白花,是不是献给周总理的?"因为,我们入工作室参观前就被告知:参观时不要向工人多问,工人要回答你的问话,就会分散注意力,万一画错,就会造成损失。——哦,不! 即使没有这一条禁令,我也不必多问。在我国,有哪一位真正的工人,不把自己的赤诚的心,献给敬爱的周总理呢?

从这些美术工艺品的制造工厂里走出来的时候,我想起了1972年在周总理推动下,在北京民族文化宫举行的我国工艺美术展览。那年11月,我从干校回京休假,怀着极大的兴奋,去观看了这个展出。已经多少年没有看到这些迸发着民族艺术美丽光彩的展品了。谁不为我们的工艺美术家们的劳动结晶喝彩呢? 但事后不久,就听到了风声,有人批评了,有人甚至发火了,说这是复旧,是回潮,是封资修又来了……我尊敬博山市的工艺美术家们,——

包括工人,我认为掌握"内花""手彩"的纯熟技术的老工人,无愧于
工艺美术家的称号——你们没有被那阵冷风刮倒,没有被那些屁
话吓住,你们在继续进行艺术创造,因为,这不仅是对我们民族的、
民间的工艺美术的继承和发扬,而且是敬爱的周总理所关心的事
业;这些艺术品能在对外贸易中为祖国换回多少外汇,用来进行我
们自己的社会主义建设啊!

…………

在归途中,主人告诉我:博山是焦裕禄同志的故乡。只要沿着
河沟前进,就可以到达焦裕禄同志的出生地,现在那里已经修了一
座焦裕禄同志纪念馆。我多么想去拜访一下这位也是死于癌症的
烈士呵!但是,时间已经太晚,来不及去拜访了。

明天,我就要向博山告别了。夜色朦胧,我在招待所的院子里
徘徊,徘徊……回到寝室,在桌灯下,记下了我在这座山城里的感
受。我在这些句子的前面加了一个题目:《博山行》——

> 疾风花树艳,冷雨柏枝青。
> 万户沿沟集,山城十里行。
> 坡高行人小,烟密日光凝。
> 铁路窗前过,旱桥衢上横。
> 瓷都窑火旺,坛罐塔成群。
> 诗句横墙壁,刀锋出臂林。
> 内花含愤怒,手彩刻忠诚。
> 笔底波涛涌,巨澜洗浊尘。
> 悲歌颤众口,节日牵人心。
> 大地江河泣,几时明媚春?
> 我来何迫促,不及访英灵。
> 明朝挥手去,一路送霞云。

泉 城 夜 色

乘车到济南,车缓迫长桥。

但见人群动,少长集市郊。

我问为何事,答曰斗凶枭。

罪人一少女,稚气尚未消。

纳新方数月,竟自犯律条——

深夜不成寐,五内起狂飙:

文成讨奸檄,怒斥张江姚。

痛悼周总理,八亿血泪抛。

惜哉邓小平,挽澜竟徒劳?

油印成传单,泉城雪片飘。

阳春四月雪,化为烈火燎。

省会报地震,头子尽咆哮。

警兵齐出动,罪犯入笼牢。

现行反革命,竟乃一垂髫。

下令分区斗,人民心内焦。

污言拌飞沫,力竭声嘶嚎。

不愧铮铮骨,昂首不弯腰。

听者皆垂头,心与彼相招。

我闻此消息,肝肺如焚烧。

伟举诚堪颂,恶运实难逃。

愧我过半百,勇气逊尔曹。

总理溘然逝,重任孰与挑?

主席年已迈,规律何从超?

痛哉天安门,忍见舞山魈!

思入死胡同,车已别长桥。

上面这篇蹩脚的韵文,我给了它一个题目叫《罪人行》,是记录我1976年4月底到济南时所遇到的第一件事情。这件事我没有做过详细调查,但我亲眼看到了群众批斗会,听到了济南的朋友的情况介绍。细节可能有出入,但大体无讹是有把握的。

那天一清早,我们乘吉普车离博山赴济南。车经淄川、王村、章丘(明水)、历城而抵济南。山东的公路是全国闻名的,路面平滑,管理、保养得好。许多地方,路旁植泡桐,有的地方是一片泡桐林。现在正是开花时节,花为紫色大朵,叶少花多,树成行,花成片,状如一片紫霞。过王村后,随口吟了一首小诗:"夹道桐林密,桐花艳若云。紫霞头上过,车已别王村。"半路上,从济南来的同志把我们接去。很快就遇到了在城郊一桥边批斗"现行反革命"的惊人场面。一下子,我那欣赏自然美的心情被砸得粉碎!现实是如此严酷,要逃避是不可能的。

我带着沉重的心情,住进了招待所。我苦闷,不断地思考,思考……晚上失眠了。我想起了梧桐子制的中药。

…………

济南市内有一条路,名叫泉城路。泉城,本来是济南的别名。据说济南有三千个泉,著名的有七十二个。是不是套的孔子有弟子三千,佼佼者七十二人?"家家垂杨,户户流泉",是描写济南的名句。在这些流泉中,最著名的是趵突泉、珍珠泉、黑虎泉。

济南的朋友们带领我们去访问趵突泉,这里已修建为公园。进园门不远,就见到宋代著名女词人李清照故居,但不开放,只能从墙外略窥一二,看里面颇有点"帘卷西风,人比黄花瘦"的味道。这园里本来有不少泉眼,但主景是趵突泉。趵突泉是一组泉群,四周围以石栏,泉水涌成急湍,流泻成河。前年(1974年)我来济南

时,见到趵突泉尚能涌珠。据说过去泉水经常保持距离水面一公
尺的高度,后来用两根大粗管吸去一部分泉水供民用,或说上游打
井抽水太多,因而泉的高度降低了。但,那时仍是壮观。主泉之
外,桥之另侧,有两股泉冒出水面如馒头,一个大馒头,一个小馒
头,亦为奇观。但此次重访趵突,泉水已经不冒了,大小两个馒头
也没有了。李清照旧居近旁,有漱玉泉,不远处又有金线泉。前年
来时,见金线泉中两股水涌流,回旋,呈流动的S形。据说夕阳照
射之下,会现出一条金线来。它的名称也是由此而来的。但此次
重访,金线泉已经干涸,因而也无所谓金线了。为什么今年济南的
名泉不喷涌了呢?仿佛听得民间传说,人有泪腺,才能流出泪水,
但过分的悲恸流泪能使泪腺里的泪水流尽,叫做眼泪哭干了。趵
突泉是大地的泪腺,今年1月8日以来,中国人民痛哭他们敬爱的
英雄,哭干了眼泪;大地母亲痛哭她的英雄儿子,也哭干了眼泪,所
以她的泪腺——趵突泉,以及与趵突相通的金线泉,都干涸了……

我所住的招待所,在济南城南部,离南郊四里山甚近,因此我
饭后经常到这里来散步。这座山现在叫英雄山,早辟为烈士陵
园。园门口有一块石头,上面刻着"济南市英雄山革命烈士陵园"
十二个大字。英雄山与千佛山东西并峙,成为济南市南面的屏
障。陵园内遍植松柏,依山势之倾斜,排列数层烈士墓冢。我爱在
一排排、一层比一层高的烈士墓前徘徊、思索。中国共产党第一次
全国人民代表大会代表王尽美烈士墓,也在其中,是1959年从烈
士的家乡莒县迁来的。王尽美在山东人民心中留下了美好的印
象。可惜的是,他呕心沥血,为党工作,积劳成疾,贤者不寿,只有
二十七岁,就离开了人间。墓石上有王尽美烈士的烧瓷照像。"彼
其之子,邦之彦兮",神采俊逸,两目含光。我来此凭吊,对烈士的
早逝,感到无限惋惜。

陵园北部一山头上,筑有烈士塔。塔之北面与南面,均刻有毛

主席亲笔题"革命烈士纪念塔"七个大字,下书"毛泽东"三字,笔力遒劲雄浑,书法龙飞凤舞,字身饰以金彩,在阳光下金光闪耀。自山下至山顶塔基,东南西北四面皆有一百数十级石级相通,而坡度较陡。登山时,抬头瞻仰,但见塔身高耸入云,气魄宏伟,在蓝天白云的映衬下,塔顶的那颗巨大的五角星似乎在跃动、飞升⋯⋯

1976年5月1日,劳动节。这是全世界劳动人民的节日,应该是一个喜庆的节日,欢乐的节日。我见到人们来到烈士陵园,有老工人,有解放军,有红领巾,有男女学生⋯⋯但是,从他们的脸上,很少见到笑容。

我在英雄山的柏树间漫步。听济南的朋友们说,今年4月5日清明节,这里英雄山上,烈士塔下,也是花圈堆积如山,悼念周总理的群众,也是人山人海⋯⋯

忽然,我发现在一株幼松的枝桠上,缀着一朵白色纸花。走近一看,花下还系着一张纸条,上面写着这样几个字:"周总理,您永远活在我们心里!"纸花和纸条都是新的,显然是缀上去不久。我久久凝望着这朵白花,又陷入沉思中。

我坐在英雄塔下北坡的台阶上。居高临下,向北望去,济南市的整个城区,尽收眼底。夕阳西坠,暮色苍茫。夜,一步步走向大地,夜幕,徐徐降落到城市和旷野⋯⋯灯火亮起来了。济南城里,八一大礼堂屋顶上"毛主席万岁"五个霓虹灯大字发出了红光。服务大楼灯火明亮,电灯串勾画出了建筑物的线条。电视塔也用电灯串的光带呈现出自己的轮廓。全城一片灯火。但是,我仍然感到夜气逼人,虽然,今天是欢庆的节日,现在是节日之夜⋯⋯

夜气逼人。为人民的事业、为党的事业献出了生命的英烈们,你们的灵魂能够安息吗?敬爱的周总理,你能够安息吗?

我想起了南京雨花台烈士陵园。高高的山岗上,矗立着烈士纪念碑,上面刻着毛主席的题字:"死难烈士万岁"!从雨花台顶端向北望去,南京城百万户人家尽在眼底,远处,天际,长江如一条白练,若隐若现……如今,这座陵园也笼罩在夜色中……

我想起了长沙的烈士公园。园中高处,筑有琉璃瓦顶烈士纪念碑塔,碑塔上刻着毛主席的题字:"湖南烈士公园纪念碑",字体挺秀多姿。从碑塔向东望去,可以见到秀丽的湖河,就是有名的浏阳河……如今,这座纪念碑塔也笼罩在夜色中……

我想起了石家庄烈士陵园。那里有国际主义战士白求恩墓,有烈士灵堂,里面安放着抗日战争、解放战争、抗美援朝战争中牺牲的以及后来牺牲的烈士的骨灰。灵堂正面石板上刻着毛主席的题字:"为国牺牲 永垂不朽"!如今,这座烈士陵园也笼罩在夜色中……

我想到了厦门万石植物公园山头矗立着的厦门解放纪念碑,上面刻着陈毅同志的题字:"先烈雄风永镇海疆"。站在碑前石阶上,可以看到厦门市的万家灯火。如今,这座雄碑也笼罩在夜色中……

我更想起了我们的伟大首都北京,天安门广场,矗立在广场中央的人民英雄纪念碑,碑北面刻着的毛主席题字:"人民英雄永垂不朽"!碑南面刻着周总理的手书碑文。我想起了今年一月悼念周总理的群众的洪流,今年四月清明节悼念周总理的群众的洪流……如今,这座纪念碑也笼罩在夜色中……

当我正在沉思的时候,"砰!砰!……"炮声震响大地,礼花腾上高空。原来,英雄山是济南市放节日礼花的一个主要地点。我走到纪念塔西边石凳上,仰头看礼花。但见深蓝色的夜空,随着一声炮响,绽开万朵金花,一时把英雄山和烈士塔照得通亮。这时,塔前塔后,群众川流不息。我又转到塔的东边,那里正是放礼花的地方。我见到,工作人员在铁炮筒上点火,骤然"嗖"的一声,从炮筒中射出一弹,炮筒口火星四溅,烟雾迷漫,而礼花已射入夜空。

我又从南坡循阶而下。黑暗中,就靠一次次礼花的光芒照耀,扶栏下山。到了山下,又同一些老人小孩一起,坐在石栏上,仰头再看。但见烈士纪念塔在山顶上巍然屹立,而节日焰火则在塔尖红星的上空如万紫千红的鲜花盛开,仿佛是英雄们头上的华盖,身后的云扇……

我开始往回走。而放礼花的炮声,在山谷间发出巨大的回响,似乎有地动山摇的声势……

我心中默念着,陆续涌出了四句诗:

> 英雄山上万人来,
> 佳节同登烈士台。
> 欲为英灵驱夜色,
> 礼花万朵塔前开。

回到招待所,无心看书,只是沉入了深深的思索。朦胧中,竟和衣入睡。做了一个梦。醒来,看表,正是清晨五时。回顾梦中情景,已经模糊,但有些场面,尚依稀可追。似乎那个在市郊桥头挨批斗的年轻共产党员和她的战友们,已经从监狱走出来,走到街头,群众也涌向街头,涌向郊野,涌向祖国大地,大地在燃烧,江河在翻滚……而英雄山革命烈士纪念塔尖上的那颗五角红星,愈来愈明亮,发出炫目的光芒。那是革命烈士的眼睛,那是人民所敬爱的总理的眼睛……

我扭开了桌上的电灯,拿出纸笔,又写了一篇艺术上幼稚但表达了我真实感情的韵文,题目就叫《英雄山革命烈士纪念塔》:

> 城南四里山,松柏郁葱葱。
> 白石盘磴道,玉栏上顶峰。

山头矗高塔,塔势何峥嵘。
领袖亲题字,笔锋胜剑锋。
塔身高百丈,独立凌苍穹。
镌刻凝流水,金光射碧空。
巨碑披霞彩,四角挂长虹。
石级排迷雾,天桥镇恶风。
泰山南枕脉,地势倚盘龙。
北俯济南市,大城在眼中。
少年来塔下,肃穆吊英雄。
伟烈典型在,捐躯为大同。
妖魔挡通衢,人杰入冥中。
国运如纸薄,忧心何忡忡。
火山终爆发,洪水必横冲。
号鼓连天震,战氛遍地浓。
江河翻巨浪,大野驰狂风。
仰看英雄塔,巍然耸太空。
塔巅镶宝石,五角巨星红。
星乃英雄眼,星明目不瞑。
明星示大路,战斗期无穷。

初稿写完,天已大亮。拉开窗帘,明朗的阳光,透过薄雾,射到室内,射到我的稿纸上。新的一天又开始了。

1976年秋

凝华端赖大毫锋

清晨起身,到户外去呼吸新鲜空气。放眼四眺,只见街心小花园成了白色的塔林,周围是一片白银世界。寒气凛冽,却没有一丝风。我放慢了脚步,走向小树林。

小树林里有松、柏、槐、杨、柳、核桃、合欢等树。除松、柏外,其他各种树木的叶子早已落尽,而枝柯繁密。突然,这些树枝全都成了冰的枝,水晶的柯。而背景则是碧蓝的晴空。一种毛茸茸的冰晶,附着、紧裹在每一条树枝上,使整个树林成了一座琼楼玉宇。并没有下雪。这是冰花,水汽花。一位搞气象学的朋友告诉过我,这种奇异的自然现象,是由于气温突降,空中由水汽凝成的雾滴碰到了在零度以下的树枝等纤细的物体时,再次凝结成一种冰晶而形成的。气象上称它为雾凇。也有一种雾凇不经过雾的液态物理过程,直接由气态的水汽凝成固态的冰晶,这一过程叫作凝华。我凝望着这繁密的冰枝所织成的水晶世界,心中问着:这是密度大、附着力强的粒状雾凇即密雾凇呢,还是经过凝华而成的晶状雾凇,又名疏雾凇呢?我对气象学一窍不通。这些名词也是那位朋友告诉我的。我还不能辨别当前的雾凇属于哪一种。但是,我却喜欢"凝华"这个名词。它是气象上的科学术语,但是它又是多么富有诗意,多么端庄凝重而又闪烁着某种理想光彩的语词啊!我愿意眼前这个奇景就是"凝华"的产物。

我再次凝望着这些玉树琼枝。它们或直指苍昊,或垂顾大地,交叉,横陈,或斜,或挺,或倚,或昂,如织,如射,如伏,如撒,成网,成榖,成突然静止的飞瀑,成死于永恒的火焰。我凝望着它们,凝望着它们。恍惚中,这个雪窟,这个晶殿,似乎在流动,又凝结;似乎在扩散,又聚拢……这是什么?是凝华的过程的再现?是我的幻觉,还是造化赐给我的某种异境?但愿呵,但愿经过凝华,一切灰尘和污垢都会消泯……

我想起了另一个凝华。我的思念,徐徐地飞向十一年前的一个冬晨。那时候,夺权,武斗,全国处在动乱中。我从"牛棚"里走出,奉命打扫院子。我看见院子里的树木,变成了雪枝,冰枝,水晶枝。这世界,似乎变成了一个幻想中的纯洁的世界。我不觉停住了手中的竹扫帚,向着这冰树构成的水晶宫殿发愣。忽然,从冰枝丛中,我见到了一双孩子的眼睛。再仔细一看,哦,是她!一个名叫凝华的小姑娘,那时她八岁。她身穿蓝色棉袄,头上戴着一顶银白色的兔耳大皮帽。那皮帽的白色线条和冰树枝的白色线条编织在一起,而那一双大眼睛在一片白光中,显得更加乌黑,明亮。尽管,这眼睛又略带惊怕、担忧的神色。她一下子见到了我,眼中现出笑意,但立即迅疾地向我使了一个眼色,把一个纸团塞进了树洞,便悄悄地隐没在树丛深处,不见了。她那向我使眼色的神态,我觉得是超过她年龄的一种神态。这个神态同水晶树枝所构成的白色网连结在一起,永久地刻在我的记忆之中。

那纸团是凝华的母亲给我的一张条子。凝华的父亲原是我的"棚友",但成为"棚友"之前已经是二十几年的朋友了。一个多星期前,他被人们从这里叫去,说是"提审",但始终没有回来。我关心他的命运。我通过一个同情者去向他的爱人打听消息。今天这张字条,就是她的回答。大意是:她的丈夫已经被送到一个地方接受"保护"去了。临走时,他向她表示:严寒只能使他更耐寒,冷酷只能使他更不怕冷。在这污垢遍地的环境里,他将永远保持一个革命者的清白,他相信,一个理想的清白的世界,终将到来。

我当时想:他——一个共产党员,怎么使用起"清白的世界"这样的词儿来了! 难道他不要那个红色的世界了吗? 他的理想改变了吗? 我又想起了当时被当作大毒草来批判的一部电影,它的主题是"认认真真演戏,清清白白做人"。这使我深思。为什么那些人要批这部影片呢? 我想了好久,又对照现实,觉得解释只能是:那些高喊"革命"口号的人,其灵魂是龌龊的,是一点也不清白的,因此他们害怕清白。于是我有些明白了,我那位朋友并不是放弃了他的理想。肮脏的手建设不了社会主义,龌龊的灵魂进不了共产主义。不,不仅如此。那些假革命者正在向我们的社会主义大泼污水,要想淹没她!

十一年过去了,我那位朋友早已被落实了政策,不久前他被任命为外地某部门的领导人。他离开这里时,我正好出差在外,未能送行,引为憾事。他的女儿凝华已经是十九岁的大姑娘了,在一个街道办的合作社企业里当工人,她爱好文学。一天,我在路上遇见了她,她是那么热情地迎上来,叫我"叔叔"。她那一双乌黑明亮的大眼睛里,闪射着天真热烈的光芒。她的目光使我又想起了十一年前水晶树枝下她向我使眼色的神态。似乎,那时她像个大人,而现在,她倒是个孩子。她说她不久就要和她妈妈离开这里,把户口转到她父亲所在的那个地方去。当我问起她父亲的近况时,她皱起眉来,说:"我爸爸近来特别苦恼。"我问她为什么。她说,她父亲为了整顿党风,要彻查一个走后门搞特殊化的严重事件。但因为此事牵涉到他那地方上的一位大人物,因此工作遇到了阻力,进行不下去。在这种情况下,他怎能不苦恼呢? 哦,原来如此! 我的朋友呵,你不仅要保持一个革命者的清白,而且要用你的手去扫除污垢,打开通向清白世界的道路,但是,这又谈何容易呵!

我，仍然站立在小树林里。我凝望着眼前的奇景，"凝华"的产物。那一边，有好几棵松树，那一簇簇松针，像是一丛丛绽开的银白色的菊花，而菊瓣则是如恣意地辐射着的白光。几株幼松，谦虚地偎在老松的一侧。远远望去，似乎树上开满了怒放着的洁白的梅花，梅瓣则是白璧雕成的晶体。这些松枝，同柏枝、杨枝、柳枝、槐枝、核桃树枝、合欢树枝，交错在一起，连成一片。太阳出来了。阳光照射到树枝上，这些水晶树枝被映衬在朝阳射出的光流里，如镶上透明的金色光边。纯白幻成七彩，绚丽，跃动，令人炫目。呵，这是谁的大手笔呵，写出了如此晶莹璀璨的大块文章！

我忽有所感，回到屋内，伏案，悄然凝思，提笔疾书，旋又修改多次，最后写成了一首诗：

> 银梅玉菊出青穹，
> 万树梨花一瞬中。
> 白璧雕来新世界，
> 水晶琢透旧时空。
> 寒严苞绽蕊争吐，
> 温降枝繁花更秾。
> 清白文章谁写得？
> 凝华端赖大毫锋！

叫什么题目呢？先写了一个：《树挂》。树挂就是老百姓对雾淞的称呼。但，不满意。几经推敲，改题为《凝华》。于是，又写了一封短信给凝华姑娘。信上说："我写了一首诗，请你这个文学爱好者看看，提提意见。然后请你代我把它转交给你的父亲。自从你那天告诉了我你父亲的苦恼之后，我曾想抄一首明代爱国者于谦的咏石灰的诗赠给他，那诗是这样的：'千锤万击出深山，烈火焚烧若等闲,粉骨碎身全不怕,只留青白在人间。'这是一首多么激动人心的诗!今天我看到了自然界的清白世界,有所触发。我想,还得我自己动手来写一首诗,赠给你的父亲。这就是附上的这首诗。也许,这更能表达我作为一个老朋友对你父亲的由衷的敬意和热烈的期待。"

我拿着贴好邮票的信,走出屋门,踏着小径,走过街心花园,走过小树林——走在这银白色的世界上,走向邮筒,那戴着一顶闪亮的霜帽的绿色邮筒。

1979年9月

攀 枝 花 抒 情

一

攀枝花,你的名字多么美丽!

攀枝花,你是高大的乔木!你的躯干多么粗壮,多么直,多么高!站在你旁边的桉树,它树干上的纹路是直的,像刻在上面的条条。而你呵,攀枝花,你树干上的纹路是横的,像围着树干的一个个圈圈。呵,攀枝花,在你的树干上,套着多少个圆箍?千万个?万万个?这是你的手镯?这是你的项链?它们装饰着你的躯干,你装饰着祖国的大地。

攀枝花,你站在甘蔗林旁边,你站在巴蕉树旁边,你站在仙人鞭旁边,你站在木瓜树旁边,你在和他们絮语着什么?你在和你的弟兄们絮语着什么?

攀枝花,你的树冠多么大,多么雄伟!你的树冠像一把巨伞!你准备为谁遮荫?当你的树叶落尽,你的花朵萌发的时候,你好像撑起了一把火焰的伞!你是一群火球,你是一片红云。你好像是从火中飞出的新生的凤凰!你是从旧时代的灰烬中飞出的英雄!你是新时代的英雄!你——攀枝花,你的名字叫英雄树!

攀枝花,你喷射出如此鲜艳的红色!你的花瓣是红的,你的心也是红的。红色呀,这是火的颜色,这是血的颜色。对祖国,你热情如火。对人民，你温暖如棉。你是祖国人民的忠实儿子。你——攀枝花，你的名字叫红棉！

攀枝花，红色的攀枝花！我看见了你——我看见了你红色的花，红色的铁水，红色的钢水……我看见了你红色的煤，正在燃烧着的红色的煤……我看见了你——红色的人，红色的工人，红色的科学家，红色的社会主义建设者……我看见了你——攀枝花，我看见了你的红色的心……

攀枝花，我看见你举起你红色的花瓣，向着北京！我看见你举起你红色的心，向着北京！

二

金沙江，我看见了你！你的水是这样清澈，又是这样湍急！

你平静，咆哮，回旋，奔腾……你呀，长江的上游，你哺育了中华民族的多少代子孙……

就在当年红军抢渡的附近，你重又用你的乳汁哺育了红军的后代，让他们在你的臂弯里创造了一座崭新的城市。

金沙江，我看见了你！我看见了五座大桥，争奇斗妍、雄伟庄严的五座大桥，跨过了你的身躯，把整个沸腾的钢城连接在你的两岸。

金沙江，我看见了你！我看见，在你的如镜子一般的胸膛上，映着倮果的木瓜，密地的垂杨；映着炳草岗的高楼，大水井的工房；映着朱家包包的烟尘，蓝山和尖山的雾霭，宝鼎的云霓，格里坪的霞光……金沙江！我看见，在你的如镜子一般的胸膛上，怀抱着狮子山剥离层上轰鸣的机器，弄弄坪台阶上高大的厂房；怀抱着冒出白色烟尘的溜井，隐蔽在山腹的电厂……金沙江！我看见，在你的如镜子一般的胸膛上，映着大电铲在抓石头——进行剥离操作；映着载重汽车把石头匆忙地运走,卸在山沟的中央;映着从山腹挖出来的几十万立方石头,堆在江边像一座小小的山岗;映着两岸壁立陡峭的山峰,和险峻的高山上的方亭式建筑物——电厂的烟囱里,冒出的白烟在蓝天上飘荡……金沙江!我看见,在你的如镜子一般的胸膛上,映着宝鼎煤矿上空索道上的煤斗在穿梭般来来往往,映着还在燃烧着发出红光的炼铁炉渣从出渣口流出来,像一条金龙在高坡上飞翔……

金沙江,我看见了你!在你的波纹里,我见到了一座座建筑物,那些朴素的办公大楼,那些高大的厂房,那些工人宿舍,影院和剧场;那些副食品商店,邮电大楼,食堂……我见到了正在修建的幼儿园,盖得那么灵巧,可爱,美观,像是孩子们用五彩的积木搭成的殿堂……而这一切,都在你的水中呈现出倒影,在波动,荡漾,像是水晶宫里的奇景,童话里彩色缤纷的城邦……

金沙江,我见到了你!在你的波纹里,我见到了从祖国大地的四面八方汇集到这里来的工人、农民、战士、干部、技术员、研究员、工程师、教师、保育员、科学家、业余作家、学生、儿童……我看见他们在你的水中的倒影,我看见他们的沉郁的面影,也看见他们欢畅的笑容;我看见他们在学习、工作、游戏、劳动。我见到他们的热情的喷涌,那劳动的热情,学习的热情,工作的热情,像泉水一样迸射、喷涌,汇入了你的激流,汇入了你的奔腾的江水,汹涌,汹涌,滚滚而向东……

金沙江,呵,金沙江!你知道,他们是红军的后代。你哺育了他们,鼓舞了他们,让他们用喷涌的热情,在你的臂弯里,创建了一座崭新的城市。金沙江!请你把他们在你的如镜子一般的胸膛上的倒影,随着你的水流,带入扬子江,带向全中国;带入东海,带向全世界。向全世界宣告:中国红军的后代在进行怎样艰辛的创造!

黄昏走来了,夜降临了。金沙江呀,静静地流吧,慢慢地淌吧。让你的有如低诉的流水声,奏一支柔美的催眠曲,让你的劳累了一天的孩子们,安谧地进入睡乡吧。

三

是什么东西那么深地刻在我的脑际?为什么它刻得那么深,像是烙在我脑子上的印记?为什么我在睡梦中也能见到它?为什么我醒来的时候,仍然不能把它的印象抛弃?

是你呵,渡口市!当我们第一次相见的时候,是在一个寒夜。我刚从火车上下来,就见到了你的星空,你的星野!我住进一座楼房,我推开了窗,我又见到了你的星空,你的星野呵!我抬头看星空,低头看星野——呵,寒夜的星空是那么寥廓,高远,而繁灯织成的星野是如此沸腾,灿烂!呵,渡口市!你是色彩斑斓的大地,你是高歌喧闹的世界!你是一簇簇火苗缀成的玲珑山岭,你是一串串明珠汇成的腾空烈焰!呵,天上的星空,地上的星野,汇成一片。我凝望着,凝望着,久久不能入眠。

这星野呵,这灯火的世界!这是另一个"不夜城",这另一个意义上的"不夜"……每盏灯都是劳动者所创造,每盏灯又都指引着一群劳动者……

是什么东西那么深地刻在我的脑际?为什么它刻得那么深,像是烙在我脑子上的印记?为什么我在睡梦中也能见到它?为什么在我醒来的时候,我仍然不能把它的印象抛弃?

是你呵,渡口市!当我离开你的时候,是在一个寒夜。我乘车沿着金沙江奔驰,向你告别。我打开车窗,我又见到了你的星空,你的星野!我见到了从远远近近、高高低低的各种建筑物里射出的灯光的流程,如闪动的画屏,向后退去;如磷火雨丝,向后退去;如荧光屏幕,向后退去。你的灯光织成的星野,向我眨眼,向我目不转睛地凝视,向我絮语,向我行注目礼,向我告别……我凝望着你天上的星空,地上的星野。我久久不能平静。

你的星野呵,这灯光的世界,从此,深深地烙刻在我的脑际。每当我在工作中感到疲倦的时候,你就出现在我的脑际。每当我在前进的道路上感到忧郁或者烦躁的时候,你那一串串明珠,一簇簇火焰,就重新出现在我的脑际,我又见到你在向我眨眼,听到你在向我絮语……

呵,渡口市! 在梦里,我时常见到你。什么时候呵,我们能再相见?

1980年5月,北京

青　屿　行

一

　　一早,我跟随一位解放军同志到厦门码头,乘上了快艇,渡海,经一小时,就到达了目的地:青屿。驻守在这个海岛上的一个连的连长和指导员热情地接待了我们。我们上岸,登石级,直达山上的连部驻地。

　　我立即向周围作了一番巡礼。

　　哦,这是一个多么可爱的岛屿! 这里坡高路陡,山上种满了各种乔木、灌木,各种花树和果树。到处是相思树,木麻黄。相思树枝干常常是弯曲的,好像永远扭着腰身在舞蹈,或者是两手伸向天空,要摘日月星辰。有时两棵相思树的枝桠交叉纠缠,好像互相紧紧地拥抱着一样。木麻黄的树干是笔直笔直的,一直插向天空。一排排木麻黄,就像是保卫疆土的一队队身躯高大的骑士,威严无畏地面对着惊涛骇浪。这里的井冈山的马尾松,它们带来了革命老根据地人民对这座小岛的问候。这里有邢台枣树,它们送来了北方老百姓对守岛战士的敬意。哦,这里还有榆树、桃树、李树,长遍了土坡、山坳;这里有石栗,下种两年就长成了大树;这里有三种不同品种的夹竹桃,开着红、白、黄三种不同颜色的花;这里有"包子树"——这是土名,老百姓用它的叶子做糯米团的包子垫;这里有凉粉果树,它的果实里的子儿,可以做凉粉。哦,这里还有桑树、芒果树、龙眼树,那茂密的树冠,像一把把巨伞矗立在山坡;这里还有黄栀子、银槐,那枝叶像洒金泼银的绿色帷幕掩蔽着嶙峋的山石。哦,这里还有幼年的榕树,虽然年龄小,却已经显示出他那粗犷而又倔强的性格;这里还有枇杷树,那椭圆形的叶子背面长着细细的茸毛,枝头已经开出了带淡黄色的白花,用她的阵阵清香,回报战士的辛勤培育……山坳里,石缝中,长满了到处可以随遇而安的蓖麻以及龙舌兰、仙人掌;还有那谦逊的、含羞的雏菊和那愿意把自己的全部躯体都献给战士们,为菜田作肥料的黄色野菊花。

在一个叫作"一线天"的地方,我见到了茂密的葡萄藤。这是一位战士回家探亲,从家乡带来了一串葡萄苗,栽种在这里而长成的。这地方是从海边通往山顶的小路,两边是陡峭的石壁,中间只有一条狭窄的阶梯。葡萄就在这危崖的边上扎了根,结了果。这里离营房较近,便于管理,既可以避开蒋军的炮击,又可以防风沙。葡萄根部的泥土,是从四周挑来的好土,为防止流失,用木板钉起来挡住。这样,保证葡萄可以得到充足的养分。虽然现在葡萄已经摘过,叶子有些萎顿了,但它明春会再萌发,可以想象,到了明年收获的季节,这里将再次挂满一串串珠圆玉润的葡萄,在阳光和海浪的映照下,发出晶莹的光。这个石缝中的"一线天",将是一座何等璀璨的葡萄园啊!

在连队伙房旁,石坡下,浓密的树林中,我忽然见到了硕大的香蕉树。那茎,是如此粗壮,由覆瓦状排列的叶鞘包叠而成,直立着。据说这茎通常叫作"假干"。叶,聚生在干顶。一嘟噜一嘟噜长柱形的果实——香蕉,深绿色,聚成球状,像一串串吊灯那样悬挂在那里。阳光透过密林的叶隙射到香蕉上,形成深绿和嫩黄的斑驳花纹。看上去,似乎有一种饱满得要溢出什么液汁来的感觉。哦,这里又是一座流淌着丰盈的绿色的香蕉园!

在高坡上,向下俯瞰,一眼望去,嘿!怎么有一块如此方正平坦而又悬在空中的菜地?哦,不,是我眼花了。那是坡下石阶前的一座营房,在营房的屋顶上,铺满了泥土,种上了翠绿的青菜、小白菜。为防止鸟类的侵袭,在屋顶两头插上两根小木柱,上面各挂一个白色塑料圈(那是广播器材的包装用品,拆装后移来的),风一吹,白圈飘来荡去,起到了稻草人驱鸟的作用。看!两只白环像两只白蝴蝶,舞动在一片翠绿之中,而后面则是大海的一望无涯的碧波。这是一种何等奇妙的视觉映像!但,更奇妙的景象出现了。我看见一位穿着白衬衣和绿军裤的战士,提着一桶水,从一头搭在山坡、一头架在屋顶的独木板桥上走过,走到屋顶菜园里,给青菜浇水,而他的背景是大海,他好像踏着海浪,披着阳光,一面劳动,一面飞翔。呵,这是何等伟美的劳动者,这是何等宏丽的农耕图呵!

在这座岛上,这样的屋顶菜地不止一块。战士们还从炮弹坑里开垦出上百块菜地,种上了各种蔬菜。这样,这个小岛又成了一座鲜嫩欲滴的大菜园。

这真是一座奇妙的岛!岛呈椭圆形,东西长,南北略窄,面积小于1平方公里。这么小!然而它的海拔却高50多米,它又是一座小山。几乎所有的坡、谷、峰以及比较平坦的地方都被利用了。这个岛,最初是一片荒芜,没有居民,没有水源,没有花果树木,环岛都是悬崖峭壁,怪石嶙岩。那时这里的气候多变,终年刮风,骄阳照射,狂涛冲击。但是,经过守岛战士几十年辛勤的劳动,这里的环境都改变了,这个过去"光长石头不长草,鸟不歇脚船不靠"的荒岛,今天已经被改造成一座绚丽的花园,一座丰美的果园。这里的每一棵树,每一畦菜,每一座房,每一条路,都是战士用双手栽出,用双手筑成的。哦,可爱的战士,他们在这里洒下了多少汗水,才换来了这一座万顷苍波之上的森林公园!

"忽闻海上有仙山，山在虚无缥缈间。楼阁玲珑五云起，其中绰约多仙子……"这是古代诗人的美丽幻想，但它今天成了现实。这里，不真正是一座"海上仙山"吗？只不过，这里的"绰约仙子"都是身穿绿色军装、帽上闪着红星的"最可爱的人"罢了。

一位"最可爱的人"对我说：天上没有仙境，海上也没有仙山；美丽的幻想可以实现，只要用汗水浇灌人间。他说得多好呵！

二

指导员领路，带我们纵览全岛。我们不仅看到了战士种植的各种植物，还看到了伙房，水库（贮雨水，供洗脸、洗衣用，食用水由厦门运来），存水池，猪圈……我们参观了坑道口，航标灯，广播喇叭堡，广播站，篮球场，手榴弹投掷练习场，以及各座营房。我们看到，这里早已成为一个地道的"战士之家"。我为战士们在这个前哨阵地上亲手创造的一切劳动成果而惊叹！

有一个坑道口，叫"功劳炮"坑道口。当年这里有一座炮在炮战中建立过功劳，因而获得了这个光荣的称号。我们来到了这里。我发现，这个坑道口上面的山石上装饰着一座用海蛎壳和各种贝壳砌成的延安宝塔模型。再细看，还有延安窑洞、陕北公路的模型。另一边，是一座天安门城楼底座的模型。但这一切都已七零八落，荒废了。指导员告诉我们说，守岛战士们热爱祖国，热爱党，在坑道口装饰起天安门、延安宝塔的模型，表示身在海岛，心怀祖国。后来，他们又加上井冈山八角楼的模型，表示永不忘革命传统。再后来，又有战士提议塑造狼牙山五壮士的小型像，以表示永远要学习为了祖国而牺牲一切的烈士们的伟大献身精神。这个建议立即得到战士们的拥护，他们用黏土塑造了五壮士的形象，立在山坡上。战士们中真有人才，真有巧手，这五位壮士被塑造得栩栩如生,五个人各有各的姿态,又互相组成一个整体。多么可爱的战士,多么可爱的业余雕塑家!但是,我要问:这五壮士的塑像现在哪里去了?这井冈山八角楼哪里去了?这天安门城楼怎么只剩下个底座了?这延安宝塔怎么也七零八落了?

指导员笑了一笑,对我说:1970年,这里发生了一件怪事。那时林彪还在台上。一天,上级派了一位当官的来到岛上"检查工作"。当他看到"功劳炮"坑道口山坡上有天安门城楼的模型时,他胡说这是战士们不安心守卫海岛,向往大城市的表现,竟然下令拆除。我听到这里,吃了一惊。天下真的竟有人公然说出这样的歪理吗?指导员说,真的是这样。但战士们思想不通,拒不执行他的命令。那位当官的说,你们不拆我拆!他爬到坡上,举手就拆掉了天安门城楼,顺手捣毁了狼牙山五壮士,推倒了井冈山八角楼。这个家伙头上冒着虚汗,竟然把战士们怀着对祖国的热爱,对烈士的尊敬,辛辛苦苦塑造出来的模型,统统拆毁了!战士们一个个怒视着他。这个家伙这时忽然摔了一跤,从坡上滚了下来。后来战士们说:可惜没把他摔死!

听到这里,我深深地叹了一口气。指导员又微笑了。

回到连部所在,我见到了一座新的天安门模型。连部广场在一高处,有石级可通。当我们一级一级攀登到顶端时,就到了连部广场的大门口。这里有一座由三角梅组成的拱门,有如一座"彩楼牌坊"。三角梅的叶有红、绿两色,红的红得深,绿的绿得浓,而其花则为黄色,花叶茂盛,生意蓬勃。一入拱门,迎面就是一座比坑道口那座已被捣毁的天安门模型更大的天安门城楼模型。它已经不是用海蛎壳砌成,而是用砖、水泥、石灰制成,楼顶是明亮的黄色,大柱是庄重的红色,重檐,琉璃瓦,五大洞门,多么雄伟壮丽!我明白了,这就是战士们对那个没有摔死的人的回答。

当我们坐在连部门前石凳上休息的时候,一位战士对我说:我们就是每天都要看看这座天安门。我们为什么驻在海岛？就是为了保卫祖国，保卫北京，保卫天安门啊！这时，旁边一位更年轻的小战士说：为了保卫天安门，我愿意扎根在海岛，长期扎根！我说：你不想家吗？小战士说：也想。但是我从来没有不安心。因为天安门就在这里，就在我的心里！我故意问：为什么天安门有这么大的力量？他严肃地说：因为天安门就是祖国，天安门就是革命，天安门就是理想。接着，他轻轻地哼起了一首战士们自己创作的歌：

> 日月啊有暗有亮，
> 战士忠于祖国的心
> 永远明亮；
> 潮水啊有涨有落，
> 战士的革命斗志
> 永远高涨……

听着小战士的歌声，我不禁心潮澎湃。我想：在党中央的正确领导下，我们有着这样的战士、这样的部队来保卫祖国，保卫我们向四个现代化的进军，我们的社会主义现代化建设的宏伟目标是一定能够达到的。

我觉得，我对四个现代化的实现从来没有像今天这样充满信心。

三

夕阳西下，天海苍茫，云水一色。

这个岛——青屿，在夕照下显得更加妩媚动人。岛上的花木，树林，都披上了一层金色的光。那光逐渐变成暗红色的雾气。海涛温柔地、有节奏地拍击着那反射出亮光的岩石所构成的岸沿。

这个岛——青屿,位于厦门港东南海面。它距厦门市不远。它是厦门前线最挨近蒋军占领岛屿的小岛。在通常情况下,可以看清那些蒋军占领岛屿上的人和物。

从青屿,向西南方向看,可以隔海看到大陆的龙海县。向南,可以看到浯屿耸立在海中,在它的前面,是一块无人礁。向东,可以看到五担离青屿最近,它的左后方,紧挨着它的是四担。它的右后方,是三担;三担的右后方,是长条形的二担。二担后面则是一座坡度较缓的小山似的大担。三担后面远方,是小金门。大担后面,更远的地方,是大金门。这些岛屿,像是一系列大大小小的馒头,静静地蹲在一只平坦的巨盘般的大海里。天色渐暗,这些岛屿的轮廓在逐渐浓起来的夜色中慢慢地模糊起来。

从青屿,向北望去,隔着大海,可以看到厦门,如一条狭长的绸带,它的底部是一条水平线,它的上部则是起伏的山峦所勾画的轮廓。在厦门的左面,是鼓浪屿,它像一只伏在海上的卧狮,或者像一团紫色的云,一股青色的烟,融合在海的暗下去的波光里。在厦门和鼓浪屿的后面,则是淡的、更淡的连绵不断的山峦的影子,或者视线中的幻觉……点点帆影,在海面上时隐时现,渐渐,在夜气中消失。

挨着我的肩膀坐在石凳上的小战士,忽在我耳边低声说:看,看,厦门灯火!

天光似乎突然变暗了。夜已经来临。放眼向北望去,只见厦门、鼓浪屿一片灯火,如一串夺目的明珠,如万点璀璨的繁星,横陈在天海之间,放出熠熠的光华。哦! 那就是光辉灿烂的祖国大陆! 我忽然发现自己正在经历着一种从未经历过的新的感情。从远处看我日夜生活在它怀抱里的祖国大陆,它显得更加美丽。我似乎对它更加充满了挚爱之情。

小战士对我说：每逢五一节，国庆节，我们连队党支部都要组织新老同志进行观看大陆灯火的活动。其实，我们几乎每天都要看看厦门灯火。我们的前面是蒋军占领的岛屿，从那里我们看不到光。而在我们的后面，我们背靠着的大陆，则是万家灯火，一片光明。停了一会儿，小战士又说：我想着，那万家灯火中，哪一盏灯是我家的。我问：你的家在厦门吗？他说：哪里！我又问：那你的老家在哪里？他说：山东，山东蓬莱。我说：嗻！也是海边，也是个"仙境"。那你在厦门灯火中也能找到你们家的那一盏灯吗？他说：能。从大陆来的每个守岛战士的家，都在厦门灯火中占有一盏灯。每夜每夜，它向这里射出温暖的光，那是母亲的眼睛的光，姊姊的眼睛的光……

我喃喃地说：多么美丽的童话，又是多么美丽的现实！今天的祖国大陆，涤荡了林彪和"四人帮"的污泥浊水，它的确是美丽的、温暖的、光明的。但是，大陆还有它的痛苦。祖国还没有最后统一。台湾还没有回到祖国的怀抱……

我转过身去，向遥远的东方眺望。

小战士问我：你看什么？我说：我在眺望台湾，看看那里的灯火。小战士：台北离这儿有四百几十公里，高雄离这里也有三百多公里。你能见到那里的灯火？我说：能。因为台湾的一千七百万同胞向往着祖国大陆，台湾的灯火就是台湾同胞的眼睛，他们每晚每晚都在向大陆凝望着，凝望着……

小战士问我：你有亲友在台湾吗？我说：有。我有一个同学，初中时代很要好的同学，在抗日战争胜利后，到了台湾。自从全国解放后，就断了音讯。但是，我相信他是爱国的，是会维护祖国的统一大业的。我相信，台湾海峡两边的中国人，总有一天会统一起来，统一到中华人民共和国的五星红旗下来。你是不是也相信这一点？

小战士说:那当然!

随后,我们沉默了。我们静静地、久久地坐在石凳上,凝视着远方的厦门灯火。这灯火的上空,是北方的天宇。深蓝色的夜空上,繁星闪现了。我们在寻找着:哪里是北斗星? 我们在遥望着:哪里是北京城? 哪里是天安门? ……这时,我脑子里慢慢地酝酿出了一些诗句。我把它们连缀起来,低低地吟着,吟着,吟出了这样一首诗:

厦 门 灯 火

远望厦门烟霭中,水天一线紫云重。
夕阳陡坠光明灭,夜气徐来色淡浓。
灯市镶空烁璎珞,仙街腾浪巧玲珑。
北辰垂展铺天翼,海峡东西一体同。

1981年

大 路 之 歌

公路,漫长的,笔直的,或者曲折的,向山崖伸去,向海岸伸去,向僻静的村庄或繁华的城市伸去,向遥远的理想之国伸去……

吉普车曾带着我在中国的公路上飞驰。云南的公路是蜿蜒的,滇池边的龙门陡坡是我旅程的终点,又是它的起点;福建的公路是幽静的,路边的龙眼树用浓荫爱抚着它,长满累累果实的树枝下,农家少女向我挥手告别;陕北的公路是起伏的,一个山丘沉下去,另一个山丘升起来,我沉浸在杜甫的诗句"岩谷互出没"的境界里,直到延安的宝塔向我庄严地招手;四川的公路是陡峭的,从西昌到昭觉,再到普格,在同一座大凉山上,我从温带到寒带,又从寒带到亚热带,几小时之内,遍山的冰雪换成了满坡的甘蔗林,青白和翠绿在我眼前迅速地轮番掩映;山东的公路是平坦的,从北镇到济南军区军马场草原,直奔黄河入海口,一路上风驰电掣,直到一轮巨大的落日蹲在浩瀚的黄水浊浪上,把我带到一个奇异的颛蒙世界……

公路把我带到我想去的地方;公路还要把我带到我更想去的地方。

我永远不会忘记,我曾行进在新疆的公路上。巩乃斯河谷在八月的阳光下是如此旖旎多姿。沿着公路,河水弯弯曲曲,有平缓,有湍急,河中有洲,溪中有岛,仿佛玻璃上的一块块翡翠;绿色大地毯一般的草原上,羊群缓缓而行,低头啃草,又奔跃向前,有如蓝天上朵朵移动的白云。呵,雄奇伟岸的天山!山坡上矗立着无数密密匝匝的云杉!呵,天山云杉每一株都是笔直笔直的,每一株都是永不弯腰的威武壮士!它们是卫护天山的绿色部队,撒开了漫长几千里的高地散兵线!山青,水秀,草丰,树茂,美丽而雄奇的巩乃斯河谷呵,天山公路因有你作伴而无比骄傲!

我永远不会忘记,车过那拉提,直向天山最高处进发。山险路斜,越过了雪线,气温骤降。嶙峋的山石,陡峭的危崖,在路边一一闪过。而天山的峰巅,就在前面。一群黑鸟飞过,而紫色的巉岩,赭色的绝壁,逐渐地、逐渐地向我们靠近。我看清了,那峰顶的积雪,顺着山坡的皱褶流泻,那斑驳的白色马尾线仿佛是条条蜡泪,呵,那是天山的泪呀!天山,你傲立苍穹,仰天长啸,又是在为谁流泪呢?

我永远不会忘记,车子喘着气向上爬,2000米,3000米,4000米……云雾向车窗袭来,顿时,粉末般的霰自高空撒下,瞬间转成"大如席"的雪片,顷刻又变为劈头盖脑打来的冰雹,把车窗敲得劈啪乱响。一切雄伟、壮丽,都隐没在灰蒙蒙的混沌之中。俄顷,雷声大作,骤雨倾盆。而公路冒着风刀雨鞭,直穿天山最险峻的峰峰岭岭,滚雪而过。

我永远不会忘记,在天山最高处,在冰雹、雪、暴雨的袭击下,我和同伴们受到了驻在天山的武警交通二中队六支队的同志们亲人般热情的接待。在营房里,一营营长用极其亲切然而平和的语气告诉我们:"这支武警部队是1974年到天山来的,任务是施工筑路。这条公路叫独库(独山子—库车)公路,全长560公里。从1974年到1986年,我们已经干了十三年,修成了100多公里。还要继续干下去。"他说,"这里气候异常,往往一日数变,早上还出太阳,中午就下冰雹了。"但他们对这种气候早已习以为常。他说,

"一到10月,交通就中断了,给养要在10月以前贮备好,以便过冬。冬天气候寒冷,最冷时到零下40度,一般在零下20度左右,山上不能修路面,但是可以修隧道,因为在洞里气温稍高。我们现在正在加紧修通一段公路隧道。"

当我们问起这一带的地名时,一位武警同志告诉我们,这里属伊犁地区新源县,地名叫玉溪莫勒盖,是哈萨克语"不可逾越"的意思。那段正在修筑的隧道的名称就叫"玉溪莫勒盖隧道"。

"啊,不可逾越的天险将被你们征服!"

营长和战士们只是谦逊地笑笑。

"你们为征服天山付出了艰苦的劳动,作出了巨大的努力!"

我永远不会忘记,营长这样回答我们:"是的,在修隧道的时候,因为塌方,洞里牺牲了一个同志。另一次洞外发生雪崩,牺牲了七个同志。去年也有过雪崩。因雪崩而牺牲的同志已有十几个。"

我们都为此而震惊了。

我永远不会忘记,营长继续说:"副营长姚福成同志,是四届人大代表,也是党的十一大代表,1980年,执行任务的时候,他去指挥推土机推雪……牺牲了……"

没有脱帽,没有鞠躬,没有花圈,没有哀乐,然而每个同志的心灵上都经历了一场感情的暴风雨!

武警战士们无偿地为我们煮了热腾腾的面条。因在4000米高地,所以食物是煮不熟的。但我们却吃下了蕴含着无限热量的一餐午饭。我们向这些英雄们紧紧握手,告别了。

车子又在天山公路上飞驰,过了玉溪莫勒盖大坂,直奔乔而马。我永远不会忘记,在公路的前方,有一座水泥塔站在崇山峻岭之巅。那是修筑天山公路的牺牲者们的纪念塔。天山用壮伟的胸膛托住它,用粗犷的胳臂拥抱它。它在雷公的霹雳下,岿然屹立。

当车子过了乔而马,奔向独山子的时候,当车子爬越一个高峰,又一个高峰的时候,当车子绕着千回百转的山道,盘旋而下,驰向奎屯的时候,我仿佛听见,从天山的回音壁上发出一个巨大的声音:

"征服不可逾越的天险,是我们的天职。为人民的事业作出贡献,是我们的志愿。祖国社会主义四个现代化的早日实现,是我们的理想。"

仿佛从天山的深沉的谷底,又一个声音像洪钟敲响般升起:

"我们为了实现自己的理想,把鲜血洒在天山,把生命献给了祖国!……"

哦,人们!当你们乘着舒适的旅游车,在公路上疾驰,观赏着两旁雄伟秀丽的山川景色而陶醉的时候,当你们品尝着从天山公路上运来的库尔勒香梨,吐鲁番葡萄,伽师甜瓜而赞不绝口的时候,当你们乘车经过公路上的长途旅行,终于到了石河子,或喀什噶尔,或乌鲁木齐的温暖的家里,含着喜泪扑向亲人的时候,……你们可知道:天山公路平均每延伸若干公里,就有一位公路修筑者献出了宝贵的生命!

吉普车曾带着我在中国的公路上飞驰。我曾经行经昆明碧鸡山下的公路,厦门云顶岩上的公路,延安宝塔山旁的公路,西昌邛海岸边的公路,内蒙草原腹地的公路,黑龙江大油田上的公路……我深深地懂得了:这些路是筑路者用汗水、鲜血和生命筑成的。

他们为理想而筑路。

这些路是通向理想之路。

这些路将延伸,将把我们带到我们更想去的地方。

哦,天山之魂!哦,祖国之魂!

理想之境的开拓者！把人们带向光明未来而牺牲的大路修筑者永垂不朽！

我们的祖国，正在高唱着一支"大路之歌"。

我们这些活着的人们，又该做些什么呢？

1987年2月

庐 山 手 札

你关心我的行踪。我也愿意向你述说我的感受。

但,一旦提笔,又不知如何下笔。我一下子还不知道我的感受是什么。或者说,我还不知道我的感受是丰富的,还是贫乏的,还是由于过分的丰富而转向了贫乏。阳光是白色的,即它是没有色彩的,因为它包含着赤、橙、黄、绿、青、蓝、紫,以至万紫千红,直至无穷的色彩的变化。

我还得求助于表现力贫乏的文字——不是说汉文的表现力贫乏。

那天上山,下午一时半乘小面包车从英雄的城市南昌出发。5时半到达庐山脚下。上山,足足花了一个小时。"跃上葱茏四百旋",真正是四百个或更多的"旋"! 是旋转,是旋舞,是飞旋,是天旋地转,直上云霄! 在旋转中,日光,云彩,远山,近崖,树木,花草,大地,江河……舞蹈着,如喧闹的浪花,如斑衣的儿童,嬉笑着,欢叫着,拥挤着,争吵着,扑入车窗,又奔腾逃逸。车,沿山腰,扶摇直上,旋转着,不断地变换方向。夕阳,旋转着,一会儿在车之左方,一会儿又在车之右方。夕阳是披一头金发的顽皮女孩,时而从左面,时而从右面,来窥探车厢。是跟我们这批新客玩捉迷藏吗? 忽而,她躲入云层,只漏出一线金光来,像一只半开的眼睛,不久就闭住了。在晚霞的照映下,万山如浪涛起伏,化为浩渺的烟波,而田垅、阡陌、河流、村舍,如棋局,与远山近峦的青色光波连成一片,在旋转,舞蹈,颠簸,升腾……

车,从影旋入光,从光旋入影,从大地旋入曲径,从疏林旋入森林。俄而浓荫深密,天色幽暝。日子,从黑夜旋入白天,从白天又旋入黑夜。我们,沿林荫旋入牯岭——云中山城。

在旋舞升腾的旅程中,车中人讲述着庐山的故事。西周的时候,有匡姓弟兄七人在这山上结庐。周威烈王派使者前来寻访,七兄弟已不知去向,使者只觅得一座茅庐。这山因此而得了一个名字:庐山;又名匡山。据说,七兄弟早已旋舞升腾,飞入仙界。而下界的庐山呢,也化为"四百旋"。看那"一山飞峙大江边",庐山似乎也要随七兄弟旋舞升腾,"飞"上天去。但地球拉住了她,使她"峙"在地球的边缘上。然而她似乎仍在跃跃欲试,飘飘欲仙。

地球自己永远处于动态,宇宙本身永远处于动态。地球永不休止地旋舞着,绕着自身的轴旋舞着,绕着太阳系家族的核心旋舞着。一旦旋舞停止了,地球就不再存在。一旦运动静止了,世界就不再存在。然而宇宙是永存的,宇宙是永远在行进的,因为宇宙即旋转,宇宙即运动。

你知道,我是在旋转的历程中第一次来到庐山。我第一次见到她。我似乎也要跟随着她飞升上天去。我把我的视觉、听觉、嗅觉、味觉、触觉的门户全部打开。让庐山的千姿万态,千变万化,千种妖娆,万般风流,统统纳入我的感官,把我带到一个旋舞升腾的世界……

然而,我的感受是什么?我问我自己。

"不识庐山真面目,只缘身在此山中。"也许苏东坡有点道理?

我的感受是什么?我问我自己。

我似乎只能说,庐山是圆的。因为她是一个运动的世界,旋舞的世界。她色彩缤纷,气象万千。她在光和影,动和静,热和冷,旋律和休止,奔流和凝结,觉醒和梦幻之间旋舞着,交替着,转化着……

"文武之道,一张一弛。"这本身就是变化和运动。今夜,我将旋转进她宁静的怀抱里,浑圆的臂弯里,旋入睡乡,转入梦境。也许,到梦中去再度旋舞,升腾……你不羡慕吗?你不嫉妒吗?不,在梦中,我将邀你做永不停步的舞伴……而现在,我只能对千里之外的你说——

晚安!

1978 年 10 月

乌 龙 潭 水

　　我今天在庐山自由活动。我结伴步行。沿大道走,到芦林大桥。这桥实际上是一座水库的闸门。在人工湖畔小憩。循石级下坡,到交芦桥。仰观水闸,如峭壁,如悬岩,如巨门,庄严宏伟。由小径赴三宝树:一柳杉与一银杏并立平坡上。另一水杉立坡下。再循石级下坡,到黄龙潭。沿石溪前行,到乌龙潭。

　　面对乌龙潭,只见三条瀑布飞悬石上,激流从石隙奔突而下,直入深潭,引而为溪。潭水清冽。跃步至水中石上,双手掬潭水,一饮而尽,只觉一股清甘,沁入脏腑。俯视潭影,心走神驰。

　　清溪两岸,树繁林茂,柯密枝稠。松、柏、桧、杉、枫,上下高低,连绵不绝;大片竹林,绿影幽深;山路蜿蜒,曲径崎岖。

　　石级参差,清溪如带;潺潺湲湲,凝流而不停,澄澈而不滞;时而湍急,时而平缓。她沿着一个方向,坚持着向前,向前……

　　乱石横斜,巉岩耸峙;或倚或卧,或踞或伏,或跃出岸沿,或仁立中流,似欲挡住溪水的前进。溪水激起一朵朵雪浪银花,绕石而过,复趋平静,沿着一个方向,坚持着向前,向前……

　　溪水,她要去向何方?是这里浓荫蔽日,不见天光,叫她忧闷彷徨?是这里两岸山高,夹住这一条细流,使她不能伸展肢体,如野马脱缰?是这里怪石嶙峋,林涛幽咽,禁锢着她的歌喉,使她不能引吭,引吭,放声高唱?哦,她要去向何方?是去会合空旷的原野？迎迓夜空的繁星，清晨的霞光？是去寻觅光和热？去发现自由驰骋的天地？还是去扑向普照万物的太阳？

乌龙潭的溪水，沿着一个方向，坚持着向前、向前。她绕过乱石，跃过巉岩；急疾舒徐，千回百转……然而永不止步。

你能告诉我吗？她要去向何方？

循另一小径归来。灯下展笺，写下四句，录以赠你：

乌龙潭水激泠泠，
乱石横斜/挡不赢。
杂树森森荫蔽日，
一川奔突逐晴汀。

1978年10月

95

雾 漫 剪 刀 峡

　　空中下起濛濛细雨。我穿了雨衣，从云中饭店出发，登山，抄小径赴牯岭街。一路烟雨迷濛，庐山又是一番景色。庐山的房屋，多数是波纹形铁皮屋顶，或漆红色，或漆绿色。透过雨丝去看远近高低的红绿屋顶，如隔着一层纱巾、一挂珠帘，另是一种风味。在晴天，人们把洗干净的衣服晾在铁皮屋顶上。我曾奇怪过，湿衣服不会沾上灰尘吗？后来了解到，庐山空气清洁，屋顶上是没有灰尘的。如今在雨中，空气似乎更加清洁了。

　　行走在山边大道上，远望花径湖，如雾中宝镜，偎在万山丛中。牯岭街，这是一条顺山势而筑在牯牛岭和日照峰山腰的街道。餐厅、商店和旅社排立在街之南侧。两行梧桐树，立在街之两侧，绿荫蔽天。此地环境清幽，而又有小繁华。街心公园坐南朝北，背靠牯岭街，面对小天池山和松光岭之间的巨壑，那便是剪刀峡。平时，在街心公园凭栏远眺，目光越过剪刀峡，可看到远处的九江市，日光下，长江如白练，迤逦远去，隐约可见。入夜，庐山北麓的万家灯火，隔着深谷照过来，若近在咫尺间，笑语入耳，鸡犬相闻；往远处看，九江市的灯火，好像是遥远天际的繁星，忽明忽灭，闪烁不定。可是，今天的情形不同了。走到街心公园，坐在石凳上，远眺剪刀峡。但见云雾浓重，如白烟缭绕，九江大地完全不见了。峡口小山起伏如馒头，成堆成叠，或隐在流动的棉絮中，或从轻纱里露出深紫色的轮廓，而山形"淡入"了。一会儿，小山又如零散礁石，在席卷天地的白色浪涛中起伏、浮沉；俄顷，礁石都淹没在雪潮中。

　　向东望去，隐约见小天池山。它勾起了我的回想：来庐山的第二天，我们几个同志循山路往东北方向走，上小天池山。山上，有一小泉池，围以六角形石栏。据说此池大雨不溢，久旱不干，因此得名天池。因另有一大天池，此池即名小天池。我们倚栏下视，只见池水澄碧，在水面落叶的间隙中，浮动着几个人的笑颜。池北有天池庙。我们在那里喝了云雾茶。池西有天池亭，筑在山之最高处。我们拾级登亭，纵目四眺，千里河山，尽在足下。向东望，隐约可见鄱阳湖的一角。向北望，一片茫茫大地，田垄、湖水、屋舍，历历在目；远处长江如一衣带，隐没在天际。回首向西南望，可见牯岭街蜿蜒在远方山腰。以青峰为屏，绿树为障，真不知是何处的人间烟火！归途中，又上望江亭。从望江亭遥看天池亭，那亭檐如翼，似乎要振翅而飞，凌空而去。天池亭坐在一巨形石鼓之上，我意似可给以别号：石鼓亭。望江亭建筑粗犷豪放，而从远处看去，却圆盖亭亭，风姿绰约。

　　同一块地方，今天的风光却完全不同了。从街心公园遥看小天池山，只见山边拥来阵阵白雾，如絮堆，在空中飘荡。山顶的小天池亭，一时被浓雾全遮，一时又露出模糊的轮廓。雾浓，整个小天池山都被隐没；雾淡，小天池山又渐现身形，呈镰刀状，而山顶如镰刀之刀尖悬于半空，却因山腰仍为浓雾所覆盖。天池亭仍然时隐时现，迷离惝恍，瞬息万变。山边近处的望江亭，则雾虽浓尚隐约可见。我想，如果现在置身于天池亭上，眺望牯岭街，则闹市亦必在云雾之中时隐时现，无异于云城仙阁、海市蜃楼了。

　　我离开街心公园，在细雨中，继续沿山道前行，雾愈来愈浓了。周围的山早已消失，近在眼前的树木，也被浓雾环抱。空气中水分愈来愈多,但空气却愈来愈清新洁净。

我被浓雾包围了。雾,以其浓密的白色柔发覆盖我。雾,以其湿润的白色柔臂拥抱我。我似乎被裹在一团混沌里了。

陡然间,一蓬火迎面扑来。这白茫茫的混沌中蹦出的一簇红光,是什么呵?哦,那是扎根在山崖的一丛枫树!在枫叶的笑声中,雾的白发收拢了,雾的柔臂松弛了……在扑朔迷离的雾坟烟穴里,我见到了光,我见到红色的光。

积习又活跃起来,以致我不得不拿出小本子来,坐在山边潮湿的石条上,记下四句,题目是《庐山雾日》:

山中云气袭巉岩,
雪浪银涛掩榭台。
深谷层林皆不见,
丹枫如炬照人来。

1978年10月

花　径　游

　　"花径不曾缘客扫,蓬门今始为君开。"你还记得吗,这杜甫《客至》中的名句?庐山有一处名胜,叫"花径",它使我想起了这两句杜诗。

　　庐山的花径,却同另一位唐代大诗人有关。相传白居易任江州(今九江)司马的时候,于暮春四月,上山游览,见到这里桃花盛开,而山下的桃花早已开过,凋谢了。他十分高兴,写了一首七绝:

　　　　人间四月芳菲尽,山寺桃花始盛开。
　　　　长恨春归无觅处,不知转入此中来。

　　于是,人们便把这地方称作"白司马花径"。

　　今天,我来到花径。我吟诵着白居易的这首诗,在花径的花丛中徜徉。我想:庐山由于地势递高而气温递降,季节要比山下来得迟。"山中甲子无春夏,四月才开二月花。"白居易的那首诗,道出了这个自然规律。

　　白居易是个寻春的诗人。"芳菲"零落了,他要去找。"春"归去了,他要去觅。他到处寻访春天的下落。他不是写过一首《长恨歌》吗?他美化了李隆基和杨玉环的爱情,为他们的爱情悲剧而叹息悲伤。然而他也为找不到春天而叹息悲伤。他同样用了"长恨"

这两个字。难道"春归无觅处"也是"天长地久有时尽,此恨绵绵无绝期"吗?不是!诗人忽然惊喜地叫道:"不知转入此中来"!原来春天是在这里啊!

我在花径里徜徉。我观赏着这里的伞形花径亭,观赏着横在亭内的刻有"花径"二字的巨石;我浏览着温室里的、花圃里的奇花异草;我眺望着花径湖的千顷碧波和湖中青山的倒影……我在花径里徜徉。我沿着石板路——那两旁有鲜花如夹道欢迎的群众簇拥着的石板路,徜徉,徜徉……

我徜徉着。我在寻找什么?我也在寻春吗?现在已是阴历十月,哪里有桃花?呵,桃花在我的心里,桃花在我的想象里。在我眼前,忽然出现千树万树的桃花林。哦,那是二十年前,我下放劳动的地方,古长城外,塞北的一个小山村,一股暖泉的旁边,沿着山沟,十里桃花,在阳春四月,一夜之间,如野火,如烈焰,盛开,怒放,迎着春风,燃遍山崖……这幅异景,在我眼前忽又再现。

> 花径合曾缘客扫?湖光山色尽妖娆。
> 口吟白傅千秋句,心折桃花万树娇。

积习又活跃起来。一些汉字聚拢到一起,列队成行,领班的是四个字:《庐山花径》。我一面徜徉,一面让这些组织起来的汉字吟出口中。

再现的异景消失了。然而,春的气息,似乎翩然来临。

庐山的秋天,云雾和雨量递减,日照增多。王羲之有这样的句子:"天朗气清,惠风和畅。"丘迟有这样的句子:"暮春三月,江南草长,杂花生树,群莺乱飞。"这里有着多么相似的景象!今天的庐山,今天的花径,颇似一派别有风光的阳春烟景。山崖山谷,到处有枫叶,在阳光下,如一蓬蓬红色火花。"霜叶红于二月花","丹枫别有春"。

诗人寻春,游人也寻春。中国人在寻春,科学的春天正在到来,四个现代化的春天也必将到来。春是可以找到的。"长恨春归无觅处"——诗人的这个"长恨",让它从我们的心中消失吧。你愿不愿意把"长恨"换成"长乐"? 长乐,一名紫花,是四川产的一种花。它是幸福和欢乐的象征。

让我把花径的风光赠给你,让我把庐山的风光赠给你。让我把春神请到你的枕边,为你唱一支百花灿烂的春之梦歌……

1981年10月12日

仙人洞的诱惑

　　仙人洞是庐山的一个诱惑。你看见一堵粉墙,墙上开一扇圆形月洞门;门两旁墙上镶着两块石头,上面刻着一副对联,上联是"仙踪渺黄鹤",下联是"人事忆白莲";门的上面又是一块横石,上刻"仙人洞"三个大字。它以一种异样的诱惑力,招引你进入洞门。你想象着,那里面大概是个"洞门高阁霭余晖,桃李阴阴柳絮飞"的境界。你欣然跨入:啊,你不禁要发出一声惊呼!原来洞里没有"曲径通幽处",只有万丈悬崖在你的脚下,无底深谷在你的面前!但见千山蛇走,万壑云奔,"连峰去天不盈尺,枯松倒挂倚绝壁!"待你惊魂甫定,回顾左右,才见到左首有一块"蟾蜍石",蹲在半空,它似乎圆睁着一双蛤蟆眼,在格格地笑着,笑你方才那副惊愕之状!

　　这就是仙人洞吗? 洞在哪里?

　　别忙。说是没有路,那是入门之后的第一个印象。再仔细看看,脚下有台阶,过天桥,有石径可通别处。这路,这桥,包括那月洞门,都是前人给你安排好了的。你循石径前行,倚山而走,山回路转,来到一处:佛手岩。有石嵯峨,从山上伸出,如巨掌,掌心向下,石裂五瓣,隐约如五指,仿佛要抓什么东西一般。入石掌下,幽暗清凉,是一个石洞,名"天泉洞"。洞内有泉,名"一滴泉",清水自洞顶滴入水池,终年不断,据说已滴了十个世纪。原来,这里才是庐山仙人洞。

　　但是,这个真正的仙人洞,倒不十分吸引人们的注意。人们感兴趣的还是那个圆形月洞门。它的魅力,它的性格,犹如陶潜说的,"豁然开朗";又如王勃说的,"下临无地"。它是一种惊险样式或惊险风格。冒险是一种事业,而惊险是一种诱惑。冒险和惊险,都是对人的意志的一种考验。"噫吁嚱,危乎高哉! 蜀道之难,难于上青天!"李白尽管作了这样的叹息,却又笔锋一转:"地崩山摧壮士死,然后天梯石栈相勾连。"看,人的意志是能够征服自然的,人终究要成为自然的主人。人所作用于自然的痕迹,人所施加于自然的影响,改变了自然的面貌,增加了自然的壮美。庐山仙人洞的月洞门,是人造的,但它是因势而造,因地而筑,高屋建瓴,势如破竹;又像"赛人"的歌,它引诱你,然后叫你大吃一惊,忽又飘然而去,给你一个惊心动魄的宏伟的壮观。这时候,你有凌空的感觉,你有居高临下,君临万物的感觉。这时候,自然界的伟美、壮美,尽在你的眼底。你领受了美,掌握了美。现在你成了这个惊险风格的主宰者。

　　"会当凌绝顶,一览众山小。"杜甫懂得,只有登上山的绝顶,才能看到众山如小丘,匍匐在脚下。杜甫已经看到了"造化钟神秀,阴阳割昏晓"的壮观,但他还向往着到那个"绝顶"上去饱览全局,领受大自然的全部伟美、壮美。但这个"绝顶"是要"凌"上去的。"凌",就是逾越,直上,飞升;或者说,"凌",就是凌驾。"凌",似乎要凌空而飞。"凌"的过程,带有惊险的品格,带有惊心动魄的风貌。人一旦凌驾于某种"绝顶"之上,就有领略全部自然美、掌握全部自然美的可能。今天,我站在仙人洞的圆形月洞门口,我感到,我正是"凌"在某种"绝顶"之上。我不仅"纵览云飞"(这是蟾蜍石上刻的字),我也不仅"下窥指高鸟,俯听闻惊风",我似乎领会了岑参的"登临出世界"是怎么一回事。这时候,我领受了这里的全部自然美,而且掌握了它。现在我成了这个惊险风格的主宰者。青年杜甫的"会当"——总有一天,他有没有等到?他后来到底有没有登上玉皇顶?我不知道。但他的后人们(以及先人们)在仙人洞,在大汉阳峰,在龙首岩,在玉皇顶,在祝融峰,在冈仁波齐峰,在摩天岭,在珠穆朗玛峰……终于进入了"一览众山小"的境界,终于进入了"豁然贯通"(这也是蟾蜍石上刻的字)的境界——天,地,日,月,山,河——总之,物、我都"豁然贯通"了。他们都成了惊险风格的主宰者。而我了解,这个"他们"里面,也包含着你,你的朋友们,以及你的朋友们的朋友们……

1981 年 10 月

访八大山人故居

我小时候,见到母亲常常临摹的国画中,有一幅八大山人的石头。有人说那是赝品,母亲却不管,说即使是冒充的,那画本身也还是好的,却有八大山人的风格。由于母亲的缘故,我对八大山人产生了钦慕之情。但对这位画家的生平,却不甚了了。那幅不知是赝品还是真迹的八大山人的画,也在抗战期间毁于日军的炮火之中了。谁知过了四十多年,在母亲去世多年之后,我却有机会访问了八大山人的故居。

那是一个阳光明朗的秋日,我和几个同志由于偶然的机会,来到了南昌市南郊的青云谱。这里是八大山人的故居。门前有绿水环绕,那是一片池塘,又像一个小湖。一个农家小女孩,在水边晾晒稻谷。我们走过水上的石桥,到了门前。门上署"青云谱"三字,但门紧闭着。我们叩开侧门,进入了庭院。

庭院内,小径曲折,花木清幽。迎面扑来一阵浓香,仿佛芬芳的液体在向四处流溢。那是香水月季,正在盛开。忽而又飘来一阵带有甜味的清香,那是木樨花,尽管只有一点余韵了,却还是那样缕缕不绝。曲径旁,一株老桂似在点头迎接我们。接待我们的吴同志说,这株桂树已是八百岁的高龄了。这时,张九龄的一句诗:"桂华秋皎洁"浮上了我的脑际。

青云谱,原名梅仙祠,建于西汉,距今已有两千多年。唐贞观时改名太乙观。八大山人隐居在这里时，更名曰青云圃，有自耕自食之意。清乾隆时，有个状元，改其名曰青云谱，意为有谱可查。这名称也就沿用下来了。然而我觉得，还是青云圃好。

八大山人本名朱耷，生于1626年，死于1707年，活了八十一岁。他是明太祖朱元璋第十六子宁献王朱权的第九代后裔。朱权封藩在南昌，因而朱耷也称南昌人。1644年明亡时，朱耷十八岁。他对清朝的统治强烈不满，有反清复明的思想。他改了名字，做了和尚，又做道士，终身不仕清朝。他成了明末清初的著名画家，诗、书、画三者均有很高的成就。擅长花鸟山水，而以花鸟成就为最高。书法用秃笔，有其特有的风格。他的诗，已搜集到一百多首，但有不少诗内容隐晦，不太好懂。我们见到他的一张牡丹孔雀图的照片。这幅画上，除了石壁、竹叶、牡丹外，突出地画了两只拖着花翎尾巴毛的孔雀蹲在一块上圆下尖的石头上。前面那只孔雀的尾巴毛是三根。原来，清朝的大官们，帽子后面都拖着皇帝赏戴的"花翎子"，以标志官员等级，戴到三翎，就是最高的等级。而那块站不稳的、很快就要倒下的石头，则是象征清朝的政权。画上还题诗一首："孔雀名花雨竹屏，竹梢强半墨生成。如何了得论三耳，恰是逢春坐二更。"三耳据说是暗示奴才听主子吩咐时耳朵特别尖，像比常人多一只耳朵。当时大臣们每晨上朝，天没亮就得去等候，故曰"坐二更"。这是隐晦曲折地然而又是强烈地讽刺了清朝的奴才和清朝的政权。

我们又到一展室中，欣赏了八大山人的许多幅真迹。我对画上签名"八大山人"四字的写法特别感到兴趣。他把这四个字写得十分奇特，看上去有的像"哭之"二字，有的像"笑之"。他为什么这样写呢？我想，大概是哭明一代的覆亡，笑腼颜事敌的奴才们之可耻吧。八大山人有个弟弟叫牛石慧，也是个画家，而他的签名"牛石慧"三字写得更奇特，仔细看去，竟是"生不拜君"四个字。兄弟俩这样签名,显然是有意为之。他们不愿向清朝的君主叩头,不愿"低眉折腰事权贵",骨头是硬的。

硬骨头,或者叫做骨气,这个东西,有人认为可贵,有人认为呒啥意思。你不侍奉清朝,不过是怀念明朝而已,两者都是封建皇朝嘛!遗民,或者新贵,有什么本质的不同?然而我觉得,朱耷虽然是皇族后裔,但能保持一点民族气节,还是可爱的。他的反抗虽然是消极的,但毕竟是一种反抗。他宁肯把他的画赠给贫僧寒士,却坚决拒绝用它去向达官贵人献媚邀宠。他的画中透露出一种桀骜不驯的性格,愤世疾俗的情态,"冷眼向洋看世界"的风度,这些,在他那个时代,还是难能可贵的。我们今天是处在社会主义时代,与旧社会有着本质的不同。但是这种坚持正义的硬骨头精神,也还是需要的。我们看到,就在我们的时代,那种"没骨花卉"并没有绝迹。在林彪、"四人帮"肆虐的十年间,我们看到过各种人物的登台表演。有人的面孔一天可以变三变;有人的骨头是棉花做的;有人不仅骨头轻,而且心肠黑。他们为了钻营拍马,捞权夺利,可以诬陷发迹,告密升官,卖友求荣……对那些出卖自己的灵魂爬上高位的人,拿八大山人的画给他看,也许他会冒充风雅,但他是根本看不懂的。

青云谱是个芬芳、清静、高洁的所在。李白诗有云:"猎客张兔置,不能挂龙虎,所以青云人,高歌在岩户。"(《送韩准裴政孔巢父还山》)朱耷可算是"青云人",青云谱可算是"岩户"了。这个"青云"可是不同于薛宝钗柳絮词"好风凭借力,送我上青云"中的"青云"呵!

时候不早了,我们不得不告别青云谱。出得门来,又见到晾在水边的庄稼。那农家女孩不见了,但一大片黄灿灿的稻谷,依然摊开在日光下曝晒着,发出一阵阵香味来。忽然又闻到从墙内逸出的几丝若有若无的木樨花香,一会儿,这花香和稻香就融和在一起了。

归途中,酝酿了几个句子。回到旅舍,在台灯下,写成了这样一首诗:

> 八大山人有故居,青云圃挽碧莲湖。
> 叩环只待槲迎客,问径欣逢花结庐。
> 劲节仲昆留浪迹,佯狂哭笑入浮图。
> 一生三绝诗书画,笔落人惊硬骨殊。

1978年10月

宜春书简

第　一　封

K.S.同志:

　　旅途中接到你的来信,非常高兴。你要我介绍旅途见闻,并向我索诗。我在庐山时,曾给你寄去诗十几首,想已收到了吧?尚不成熟,有待加工。因为是老朋友了,所以不怕你笑话。你可得一定给提意见呵!

　　22日下山,经九江到南昌。这之前,7日到南昌,8日上庐山,在南昌曾宿一晚,并访问了八一南昌起义纪念馆。22日再度到南昌,在南昌一住六天。南昌,这是我长久以来向往的城市,因为它的名字同震惊中外的八一南昌起义联系在一起,同领导南昌起义的伟大的无产阶级革命家周恩来的名字联系在一起。

　　我带着崇敬的心情,再度访问了八一南昌起义纪念馆,在周恩来同志工作过的房门口,徘徊不忍离去,又访问了周恩来同志和朱德同志旧居,朱德同志创办的军官教育团旧址,八一起义时贺龙同志率领的二十军指挥部旧址,以及其他革命纪念地。这些参观访问,是一次生动的中国革命史和中共党史的学习。当时,又有了若干首腹稿,还未写下来。南昌市中心广场上,正在修建一大型建筑物。询问之下,得知是在修一座八一南昌起义纪念塔。可以想见,此塔落成之后,这座英雄的城市将更加宏伟壮丽。

南昌也是历史上的名城。

初唐四杰之一的王勃,留下了名篇《滕王阁序》,一开头就是"南昌故郡,洪都新府,星分翼轸,地接衡庐,襟三江而带五湖,控蛮荆而引瓯越",把这个城市所处的地理态势,描绘得那么气魄恢宏,气象万千。"物华天宝,龙光射牛斗之墟;人杰地灵,徐孺下陈蕃之榻",更把这个城市的物产文化,志士豪杰,地理历史,用抑扬顿挫的韵文,通过生动的形象,作了高度简洁的概括。至于"落霞与孤鹜齐飞,秋水共长天一色",则已成为与南昌城的绚烂景色永远不能分离的千古名句。这是中国文学史上写景的典型之一。

但是,很可惜,这个滕王阁的遗迹,今天在南昌已经找不到了。

倒是在九江还有一个烟水亭,位于甘棠湖畔。甘棠湖一名南湖,因此烟水亭也使人联想到浙江嘉兴南湖中的烟雨楼。二者的景色也确实有某些类似之处,却又各有特色。嘉兴南湖是我党"一大"后期开会所在地,提起南湖,就使人想起建党初期老一辈怀着改造中国、改造世界的雄心壮志的"风流人物"。而九江烟水亭却与公元三世纪初一位历史人物的名字连在一起,他就是三国时东吴的大将,都督周瑜。相传这里就是周瑜统率吴国水军的地方,烟水亭就是他的点将台旧址。那天我们去访问了这个地方,经过水上的九曲桥,进入粉墙回廊,到达烟水亭下。四面花木郁茂,曲径通幽,前面则是甘棠湖,绿漪微漾,波光照影,远处是一带长堤,绿杨垂柳。想当年周瑜统率的水师,千百艨艟,在此操练,旌旗蔽日,金鼓喧天,真是何等气概!也许比"昆明池水汉时功,武帝旌旗在眼中"的揣想还要壮观。可惜公瑾死得太早了,只活了三十六岁,未能把他的帅才更充分地发挥出来。但我又想,他毕竟是病死的,那时的医疗条件又比现在差得多，也是无可奈何的事。而我们的一些老帅呢？彭老总，贺老总，陈老总……都是被迫害致死的啊！（彭老总的事，群众早已议论纷纷了。我们在庐山开会时，见庐山会议地址的说明牌上还仍然把彭德怀同志和林彪逆贼相提并论，我们就建议当地管理局的同志改一改。）思之怎不令人万分愤慨！在这种心情下，我写了一首七绝，题目叫《过九江烟水亭》：

> 烟水亭边怀帅才，
> 周郎点将有高台。
> 甘棠湖水千年绿，
> 犹想雄姿照影来。

后两句，你一定会说是套的陆游《沈园二首》第一首。对的，确是借用了前人的一个构思，甚至词汇。但我是企图用政治感情来代替放翁的儿女之情的，而且，这也确是我在甘棠湖边的真实感受。我想，当年"舸舰迷津，青雀黄龙之轴"，年轻的统帅站在台上，气宇轩昂，"雄姿英发"。这一形象，当时必定会反映在甘棠湖的绿波之中，那是何等"伟美的壮观"啊！今天的甘棠湖，难道不思念她昔日的主帅吗？今天的中国，更加思念着自己的彭帅、贺帅、陈帅……而且永远不许那些悲剧在中国的土地上重演！

扯远了。

今天我和老张从南昌乘393次火车西行，于下午3时50分到达宜春。著名作家杨佩瑾同志和王、叶两位同志来接，十分热情，把我们安排到地委招待所住了下来。

宜春这个地方，我是第一次来。这是江西省西部一个有悠久历史的市镇。关于它的风土人物，容我在下一封信里向你叙述。

1978年10月28日

第 二 封

K.S.同志：

宜春是个好地方。江西省有六个专区，宜春是这六个地区中惟一没有设市的地区。宜春地区包括宜春、分宜、新余、清江、丰城、高安、上高、万载、宜丰、铜鼓、奉新、靖安、安义等十三个县，全区人口有五百万左右。宜春地委和地区公署所在地宜春是一个镇，人口七万左右。这个地区已经没有革命委员会，政府的名称是"宜春地区行政公署"。

据这里的同志说，明朝的况钟和严嵩、严世蕃都是宜春人。一查果然，况钟是靖安县人，严嵩父子是分宜县人。一个清官，两个奸臣，都出在这里。"人杰地灵"是好句子，但如果像宋晶如先生那样解释为"人之英杰由于地之灵也"，那么也会走进死胡同里去的。

如果说，这地方有灵秀之气，那倒确实如此。

今日午后，我步行出招待所，来到秀江桥上，向四周远眺。如今是阳历11月的南方，我们苏杭一带称这个时节为"小阳春"，不知赣西人是否也有这个说法。只见晴空蔚蓝，大地葱郁，秋高气爽，日光明丽。东有山，西有山，山上山下，树木参差，树间有房屋玲珑，菜田翠绿。秀江桥横跨在秀江之上，凭栏俯视，江水清澈见底，河床全部被清晰的绿色水草所覆盖，密密层层，随水流漂动。水向东流，而风向西吹。粼粼波纹自东向西而动，清清江水自西向东而流——可从水上浮物缓缓移动和水草漂动的方向察得。水上涟漪，近看如鳞远似绸。而阳光透过江水，直达水草，绿色水草镶上银色光轮，与水面波纹的万点金彩相叠，上下跃动，东西交错，蔚为奇观。据说秀江有鱼，今天却见不到一条鱼，大概是水太清了，"水至清则无鱼"吧。的确可以用"晶莹澄澈"四个字来形容秀江之

水。也的确可以用"山明水秀"四个字来形容宜春这个地方。于是,随口吟出了四句:

秀江桥下秀江流,
水秀山明好个秋。
闻道宜春有八景,
秀江秀色冠袁州。

题目就叫《秀江桥头》吧,因为就是在秀江桥头吟成的。写得很粗糙,而且有文字游戏之嫌,四句中出现了五个"秀"字。但本来是即兴之作,姑且写上,请你批评。事后我仔细吟味,觉得把"秀"字作为这条江的名字,的确名实相副。就向当地的同志打听这名称有什么来历。一问,才知道,赣江的支流之一袁河(又名袁江,袁水),由西向东,经宜春、新余、清江(县)而汇入赣江,注入鄱阳湖。而袁河流经宜春的这一段,名叫秀江。其上流是袁河,下流也是袁河,惟独这一段以"秀"名之。为什么呢?因为此段江水终年澄澈,即使在春季江水泛浑的时节,秀江水依然透明如水晶,因而得名。真是个好名字啊!

你也许要问:所谓"宜春八景"是哪八景?昨天一位同志告诉我,宜春八景:春台晓日、化成晚钟、卢州映月、南池涌珠、云谷飞瀑、仰山积雪、钓台烟雨、袁山耸秀。这八景里没有一景是专指秀江的。你也许又要问我:这八景你去看过没有?我还没有去看过。但我在宜春转了一圈,觉得宜春实凭秀江而存在,无秀江即无宜春,更无八景。我觉得秀江的秀色可以代表宜春的灵秀之气,可以概括宜春的全部风光!

你也许还会问:袁州何指?袁州就是宜春。宜春县治始建于汉高帝四年(公元前203年)。五年,大将军灌婴定豫章郡,宜春属焉。六年,令郡县皆筑城,宜春建城自此始。晋武太康元年(280年),避郑太后讳,改宜春为宜阳,宜阳之名自此始。隋高祖开皇十八年(598年),于宜春始置袁州。唐玄宗天宝五年(746年),改袁州为宜春郡。肃宗乾元元年(758年),复改郡为袁州。明太祖洪武二年(1369年),以宜春为首邑,与分宜、萍乡、万载三县隶袁州。直到现代,袁州这个名称有时还起作用。1930年9月,中国共产党领导的中国工农红军一方面军在总司令朱德、总政委毛泽东率领下,由长沙经萍乡,于23日开进宜春,至10月4日离开。毛泽东同志等在宜春召开会议,会议内容主要是批判党内的"左"倾机会主义。参加会议的还有彭德怀、李井泉、滕代远、张国华等同志。会议在宜春开始,到新余县的罗坊结束。此次会议,被称为"袁州会议"。

凉风瑟瑟,吹动窗帘。风过树梢,飚飀有声。夜正深沉,今天就写到这里吧。

1978年10月29日

第 三 封

K.S.同志:

在宜春住了不过几天,但对这个地方我却产生了十分美好的感情!

宜春,不仅有灵秀之气,而且蕴蓄着天地之正气。来到宜春,了解到这个地方在历史上也不乏慷慨悲歌之士。南宋末年,1277年,元兵入寇日深,丞相文天祥至江西,与袁州教授罗开礼共倡大义,兴师御敌。不幸兵败,罗开礼被执,不屈而死。明末,1645年,清兵南下,南昌已降。宜春同知李时兴准备守城,无奈守将兵溃,援军又发生变故,李时兴知不能守,遂自杀,以身殉国。明末清初,明朝的进士、宜春人袁继咸被押至北京,清顺治帝数下谕令遵制易服,不从。1646年6月,清帝再度谕令就官,不然且死。继咸说:"效死实明臣之义。"二日后,慷慨赴难,临刑色不变。这些古代的仁人志士,在严峻的历史关头,不惜把自己的鲜血和生命,贡献给民族大义,正如文文山所讴歌的:"时穷节乃见,一一垂丹青。"他们用生命所谱写的一曲曲悲壮的正气之歌,将永远鸣奏在后人的记忆里。

宜春,在漫长的历史上还留下一些其他值得纪念的痕迹。唐代的诗人和散文家韩愈,因谏佛骨事,贬潮州刺史,后移袁州。他在袁州任内,做了一件于老百姓有利的事。据《唐书》载,唐宪宗元和十四年(819年),"昌黎韩愈刺袁州。州人质男女为隶役,逾期不赎,则没入之。愈至,悉计佣得值,还所没,归之父母,凡七百三十一人。后召拜朝散大夫,奏乞以在袁日放免僮隶法推之天下,著为令。"韩愈在宜春干了这件事,算不算好事呢? 我看算得是好事。"四人帮"为了篡夺党和国家的最高领导权,宣扬什么"儒法斗争延续到今天",把历史人物简单地划分成儒家和法家两类,韩愈成了儒家的代表人物,被骂得一塌胡涂。这是不能说服人的。对韩愈,应该同对待一切历史人物一样,用历史唯物主义的观点来加以分析,还他以历史的本来面目。退之的那首七律《左迁至蓝关示侄孙湘》,我很爱读。江青派它一个"哭哭啼啼",说成一无是处,是毫无道理的!"欲为圣明除弊事,肯将衰朽惜残年!"骨头岂不是硬的? 为谏迎佛骨事触犯了宪宗皇帝,几乎丢了性命,没有一点勇气是不行的。我们不否认韩愈的政治态度总的来看是保守的,但决不能形而上学地认为一好百好,一坏百坏,把韩愈的某些进步主张以及他对老百姓做过的一些好事全盘否定,统统抹杀。例如,他在袁州刺史任内办的这件事,就应予肯定。且看韩愈被召回长安后向皇帝奏的《应所在典贴良人男女状》中所说:"原其本末,或因水旱不熟,或因公私债务,遂相典贴,渐以成风,名目虽殊,奴婢不别,鞭笞役使,至死乃休。"指出了贫苦人民在天灾人祸的威逼之下,无钱偿债,遂至将儿女典质给人家以抵债,到期无钱赎出,这些被典质的男孩子们和女孩子们,便陷入了终身为奴的悲惨境地,被残酷役使,一直到死。真是斑斑血泪!从这个《状》里,可以看到韩愈对民瘼的深切同情。《状》里又说:"袁州至小,尚有七百余人,天下诸州,其数固当不少。今因大庆,伏乞令有司重举旧章,一皆放免;仍勒长吏,严加检责;如有隐陋,必重科惩;则四海苍生:孰不感荷圣德!"于此可见,韩愈所关心的,还不仅限于他自己当过刺史的袁州一地,而是全国此类奴隶的命运。韩愈虽然对皇帝也说了一些老百姓谁不"感荷圣德"之类的话,但这个《状》所表现的主要的东西,是对人民苦难的同情,是解除这种苦难的具体措施。我想,当时那些获得了自由(当然是相对意义上的自由)的孩子们和他们的父母亲,恐怕是会含着眼泪唤韩愈为"韩青天"的吧!

如今,是共产党领导的社会主义社会,是人民当家作主的时代,跟封建社会有着本质的不同。但是,旧社会遗留下来的官僚主义仍然存在,有待于我们去努力肃清。由于林彪、"四人帮"的干扰破坏,我们党的关心群众生活、密切联系群众的优良传统和作风被削弱了,亟待我们去恢复,去发扬光大。今天,有一些当领导的人,身为共产党员,却对人民疾苦无动于衷,漠然置之。有的甚至营私舞弊,以权谋私。面对这个封建士大夫韩愈,他们会作何感想呢?

作为共产党人,应该永远同人民群众同呼吸,共命运;应该永远生活在人民群众之中,为解除他们的痛苦而工作、奋斗,为使他们获得幸福而工作、奋斗,为使全人类最终得到解放而工作到死、奋斗到底!——已经不像在给你写信而是在发议论了,但这是我发自内心的感想,不能自已,就写给你,让老朋友分享我的感受,和我一同思索吧。

今天晚饭后,文艺站的老叶同志和我,还有老张,一起散步到秀江桥头。这时候,太阳已经落山,晚霞染红了西天。秀江水天,又是一番景色。东山,隐入暮霭之中。西山,也逐渐变成一片烟雾苍茫。山腰上,房屋疏落,点点灯光,映入江水,波光荡漾,上下闪烁。秀江水依然澄碧见底,但在暮霞返照之下,转呈深绿色——青蓝色——淡紫色,一湾而向东。

秋风拂面,忽起遐想。似乎在这秀江两岸,出现了一群衣衫褴褛的古代少年男女,他们从一个个债主的大门中奔出,一头扑向久候在门外的老父老母,有的找不到父母,只有白发苍苍的老祖父,把孙女搂在怀里,不知是在哭,还是在笑?有的已经不是少年了,是青年,有的甚至是壮年了,但都面黄肌瘦,不成人形。有的因被拷打落下了残疾,有的还在痴呆地怀念自己的已经被折磨致死的难友……他们的眼睛里饱含着悲愤?喜悦?冷漠?还是希冀?……烟雾漫移,夜气袭来,一群形象被淹没,消泯于雾霭中……

历史的车轮滚转不息。幻象从公元九世纪初叶转到了十九世纪五十年代。那是1855年吧?秀江两岸仿佛又出现了一批衣不蔽体的穷苦老百姓,一位老者正在对人们传播好消息:太平天国翼王石达开已经命令他的大将们,从临江(按:今清江县治)统率大军,直奔袁州而来!那一群面有菜色的奴隶一般的农民,顿时发出喜悦的惊叫,又不敢高声;他们的一双双眼睛里,突然闪射出一种奇异的光彩来……逐渐地,那些眼睛的光与晚霞的光汇合在一起,融化了,隐退了,消失了……

车轮继续滚转,历史翻开新的篇章。二十世纪的二十年代、三十年代到来了。这是一个翻天覆地的伟大时代啊!南昌起义,秋收起义,广州起义,烈火燃遍了祖国的天南地北。我仿佛又看见:

秀江两岸,锣鼓喧天,红旗似火,人呼马叫,一片欢腾。那是什么年代? 1930年,3月的宜春,春光明媚,柳绿桃红。发生了什么事情? 原来是彭德怀同志率领的中国工农红军,一举攻克了袁州城,老百姓在欢呼,在庆祝啊! 入夜,只见秀江两岸,有多少支火把在缓缓移动。这是群众在举行火炬游行? 还是举着火把到宜春台去开庆祝大会? 也许不是火炬,是红军帽上五角红星闪射出来的奇异的光芒? 那奇异的火光映红了夜空,映红了秀江的清流。看,江水里,一簇簇奇异红光的倒影,在飞舞,在跃动,在前进,在升腾……织入了树影,织入了云彩,织入了村舍的倒影,织入了群众的笑容,又旋转、荡漾、凝聚、扩散、融合、变化。呵,那水上点点的亮光,是什么啊? 是两岸山腰疏朗的屋舍里灯火的倒影吧? 是碧蓝夜空里无数疏密星辰的倒影吧? 秀江依然在静静地流淌着,那么宁谧,那么安详,那么澄澈透明……

夜意渐凉。老叶告辞,回文艺站去了。我和老张也离开秀江桥头,回招待所去。忽觉若有所失,返身再看秀江两岸的灯火,一种温暖、安定的气氛,以及得到某种慰藉的感觉,顿时笼罩在我心头。脑子里忽然涌上了辛稼轩的名句:"蓦然回首,那人却在、灯火阑珊处。"

回到招待所,打开台灯,提起笔来,以《秀江灯火》为题,写了四句:

> 清滢秀水映灯光,
> 夜气沁人如水凉。
> 秀水长怀昔日事,
> 红星宛在水中央。

又是一个深夜。已经写得太多了,不能再让你继续分享我的感受、想象和幻想了,就此带住。

　　晚安!

1978年10月31日

第 四 封

K.S.同志:

　　昨晚离宜春前,收到你的来信,很高兴。现在我是在火车上,有充裕的时间给你写信。你信中谈到诗歌的形象思维、诗的意境、诗歌创作中捕捉情与景的关系等问题,颇有好的见解。我在宜春,前后只待了五天,感受是不深的,写不出自己满意的诗来。唐宋时代的诗人词客,如李华、韦庄、范成大等,对宜春的景色多有吟咏,但佳作不多。李华《袁州春行寄兴》云:"宜阳城下草萋萋,涧水东流复向西,芳树无人花自落,春山一路鸟空啼。"音调铿锵,句意流畅,但缺乏宜春的特征性的形象。韦庄的七律《袁州作》中,颔颈两联为:"山色东南连紫府,水声西北属洪都。雾烟尽入新诗卷,城廓闲开古画图。"企图把诗和画的意象结合起来,而所写者确是宜春所特有的形象,就能给人一点诗味了。范成大《宜春道中野塘春水可喜有怀旧隐》云:"塘水碧,仍带曲尘颜色。泥泥縠纹无气力,东风如爱惜。　恰似越来溪侧?也有一双鸂鶒,只欠柳丝千百尺,系船春弄笛。"有形象,也有情调,但似乎过分纤细了。

　　昨日下午,杨佩瑾同志乘车来,带领我和老张去访问了宜春的著名古迹宜春台。西汉时,宜春侯刘成在城中立五台,此台风光最为佳胜,这就是宜春台的来历。后来历代在此均有经营、修建。解放后,这里原名"宜春公园"。我们去时,见大门上写着"人民公园"四个大字。园中花木茂盛,石径横斜,导向一座小山。我们拾级而登。见一室,门锁着。从窗外窥视,见室内横放着一块石碑,上镌

119

"宜春"二字。据说这块石碑原立于庭中，"文化大革命"期间被移到此处。石碑上那两个字写得平庸呆滞，并不高明。细审之，二字之上端又刻有篆书"慈禧皇太后御笔之宝"九个小字。原来如此！这使我想起前夜翻阅的《宜春县志》上的一段文字："'宜春'二字大字石刻，在宜春台，清慈禧太后书，笔势劲练，堪资临玩，摹揭者甚多。"完全是吹捧话。这《宜春县志》，是国民党统治时期，1935年续修，1939年刊印的。作序的有三个人，一是国民党"陆军中将国民革命军第二十二军军长兼驻赣第五绥靖区司令官谭道源"，一是国民党"江西省第二区行政督察专员兼保安司令"，一是当年国民党宜春县县长。谭则是三人中之领衔者。这个谭道源，也是个有名的人物。毛泽东在《中国革命战争的战略问题》一文中，就曾提到过他。他是我英勇红军反第一次大"围剿"战争中的手下败将。1930年冬至1931年初，我红军全歼敌张辉瓒师主力，把师长张辉瓒本人也活捉了；同时，追击谭道源师，消灭它一半，谭狼狈逃跑。反第一次大"围剿"就胜利结束了。就是这个谭道源，后来（1935年）为《宜春县志》作了序。在他作序的《县志》里吹捧慈禧太后的字写得好，是毫不奇怪的了。

到了台上，见到宜春县文化馆的老尹和另一位同志，似是巧遇。后来才知道，是老叶请他们来介绍宜春台风物的。真是热情可感！

宜春台，实为小山顶上的一座亭状建筑物。亭有三层，我们直上最高层。凭栏远眺，阳光灿烂，春(!)风拂面，心旷神怡。——你别以为我用错了字：明明是秋风，怎说是春风？不。我确实感到这是和煦的春风，现在是"小阳春"嘛！在台上可以从东南西北四个方向眺望宜春市镇全景及郊区旷野，只觉风光绮丽如画。城之北面有大袁山、小袁山横陈在平野之上，后面又有千山万壑，构成了宜春城北面的青色屏障。袁山坡度不陡，山顶成浑圆状，大袁山略高,小袁山斜倚,两山挽在一起,恰似骆驼双峰,又如水波两曲,呈现出一种刚柔相济之美。宜春八景之一"袁山耸秀"的"耸"字,也许是从近处看去而得到的感觉。

向西望去,可见到化成岩。山前一带碧水环抱,是为秀江。秀江两岸,万家屋脊,工厂房舍,通衢小巷,树木花草,历历在目。向南俯瞰,可见火车站如火柴盒。极目南天,又是重峦叠嶂,似一层层青色波涛,展向无垠。向西北方向看,近处绿荫深处,露出一带粉墙,门上有一五角红星,闪闪发光。据说,这里就是著名的"袁州会议"旧址,但未曾整修,现为一医药公司门市部。很想去看一看,但时间来不及了。综观平野市镇,远山近水,宜春的景色,似可以一"秀"字概括。这是到宜春来主要的感受。

在游宜春台时,脑子里跳出了两句诗,是个对仗的七言偶句。未得全篇。上火车后,一直在思考着如何"凑成一律"。终于将两句作为颔联,补足八句:

宜 春 台

宜春台上宜春风,
秋色醉如春色浓。
秀水一湾环万户,
袁山双卧倚千峰,
芳华叠翠溶青霭,
朝气飞龙贯彩虹。
长忆袁州存会址,
欲寻伟迹步遗踪。

写得不是很满意,但也只能如此了。仍请你来做第一个读者和评论者吧。

再回到昨天去。从宜春台下来,过桥,到城北,下车步行到文艺站去。站建在著名的风景区化成岩的山腰,建筑形式朴素优美,与周围景色尚能协调,旁靠山岩,下临秀水,处在水秀山明的优美环境之中,令人欣羡。

在文艺站略事休息,谈了工作。4时许,偕杨佩瑾同志和叶、张二同志共登化成岩。从化成岩上向南望去,只见对岸一小山上,宜春台在绿树丛中蔼然独立,隔江与化成岩遥遥相对,似若呼应。台之南,"连山若波涛,奔走似朝东",像分层设色的青绿色波浪状画屏,作为背景,把宜春台像一朵出水的荷花那样烘托出来。秀江两岸,屋舍俨然,新楼迭起,绿树成行,菜畦成方。秀江桥如一条拉直了的玉带,横跨两岸。秀江三曲,婉娈多姿。是时夕阳将堕,西天的晚霞映红了秀江,使之更加妩媚动人。我凝望着那血红的夕阳,想到了红军长征中的浴血战斗;又想到了当年红军攻克宜春县城的浴血战斗。于是,我心头又涌出了四句:

> 化成岩上眺苍茫,
> 夕照霞明染秀江。
> 秀水半边成赤水,
> 当年碧血化红妆。

题目尚未想好,也许只能来个一般化的《秀江夕照》了。

可惜,这个风景区也有被破坏的地方。两岸过去有大片橘树林,已被毁,仅存少数。原来种橘树的地方有的已盖了房子。化成岩风景最佳处之岩石已被开发,作为铺路用石,整个山头已经削平。而"叮叮"凿石之声仍日以继夜,将来整个化成岩能否存在,实属可疑。这么好的地方,完全可以发展旅游事业,为实现四个现代化作出贡献。但如果不制定规章加以保护,这个化成岩恐将从宜春的大地上消失。

昨夜11时许乘68次车离宜春赴福州。杨佩瑾、叶、吴诸同志把我和老张一直送上了火车。我和老张这次来宜春,原是为联系杨佩瑾同志一部书稿的有关事宜,并向他约新稿,这任务完成了,宜春之行也结束了。但我得到了意外的收获,那就是杨佩瑾同志和其他同志的热情友谊及宜春无比美好的风光,而这二者似乎是不可分割地联系在一起了。今天火车穿越武夷山脉,但见崇山峻岭,郁郁葱葱,下午火车沿闽江前行,闽江两岸山峦重叠,景色动人。但新的风光并没有挤掉宜春山水留在我脑子里的美好印象。我国有多少座"春"城。吉林省有长春,福建省有永春,台湾省有恒春……也许是人们希望青春长在,希望人间有永恒的春天,于是这些地名出现了。但是,我觉得"宜春"这个地名较为可爱,因为她不卑不亢,落落大方,谦虚,然而自信。呵,宜春,这座城将永远成为我记忆中珍贵的瑰宝,独处时心灵的慰藉……

这封信将于今晚自福州发出。但它带给你的还不是闽江的涛声,而是秀江的波花,伴着老朋友从南国送去的良好的祝愿。

1978年11月2日赴福州途中

"生命的意义在于奉献"

　　每次回到上海,总要去拜访我们敬爱的巴金老人。这次为祝巴老九十大寿,更是一定要去。但听说巴老身体不好,闭门谢客,于是心想,能否见到没有把握。还是打个电话试试吧。接话的是他的女儿小林同志。小林一听见我的声音,显得很热情,但她不能代父做主,说:"我去问问爸爸。"很快她的声音又在话筒里响了:"爸爸欢迎你来:后天上午10点整。"我的心头顿时洒满了阳光。

　　6月26日上午,我和人民日报驻上海高级记者章世鸿一起,很早就到了那条安静的林荫路上。我们不能过早打扰巴老,于是在路上徘徊了大约半个小时。10点整,我站到路边那座院子门口,正要伸手去摁门铃,恰恰有一个青年开门出来,我们说明来意,便被迎了进去。

　　巴老坐在客厅里层走廊的藤椅上,他微笑着对我伸出了手,我紧紧握住了他的手。已有两位来访者在座,一位是李济生先生(巴老的弟弟,上海文艺出版社编审),另一位是陆谷苇先生(中国新闻社上海分社高级记者)。我坐下时,巴老指着我,仿佛对二位客人说,"老朋友了!"我对巴老说,"我已经离休,不在工作第一线了,但是我仍然可以代表严文井、韦君宜同志,也包括我自己,向巴老问候,祝巴老健康长寿,并且预祝巴老九十大寿!"巴老含笑表示感谢,但说,"还早,要到明年才九十。"我说,"按照中国的习惯,逢十的大寿是提前一年祝贺的。到今年11月25日,正是您的九十寿诞!"巴老没有再说什么,脸上仍带着笑容。

灿烂的初夏的阳光透过长窗的玻璃,照到巴老的身上。巴老身穿白色短袖衫,天蓝色长裤,端坐着,满头银发,衬着紫红的脸色,显得十分矍铄。见到巴老这样健康,我从心里感到高兴。巴老谈话不多,但听觉灵敏,思维敏捷,神清气爽,而且依然热情满腔。我和巴老及三位客人一起畅谈,谈到巴老建议筹建"文革"博物馆的事,谈到十年浩劫的巨大破坏及其后遗症,谈到当前文学界的创作状况,谈到当前的社会风气……当谈到巴老的那本"说真话的大书"《随想录》时,巴老用左肘碰碰我,笑说,"这部书稿是被你们三个人抢去的!"陆谷苇问这是怎么回事。巴老说,"这本书原答应给三联,后来被他们抢去了。"陆问是哪三人。巴老说,"一个是韦君宜,一个是他(指我),一个是季涤尘。"陆笑了。我谈到现在"人文"正让树基(王仰晨同志)担任责任编辑,全力以赴,出版《巴金全集》,而巴老还要亲自看校样,字字句句逐一核对,真是认真!巴老说,"这是习惯,改不了了。"当我提到巴老建议建造现代文学馆新馆,已得到江泽民总书记同意的事时,巴老说,"原馆址在北京万寿寺,那是借用,有时限的,现已到期。这回,建新馆的事总算有了着落了。"巴老情绪很高,在座的人也都舒心地笑了起来。

客厅里有人在搬运书籍。巴老把自己的一部分藏书捐赠给福建泉州黎明大学,人们正在忙这件事情。

记者章世鸿建议摄影留念,巴老欣然同意。

从10点钟谈到11点半,我怕巴老累了,要告辞。巴老说,"慢点。"他让人拿来一本书,交给我。巴老说,"你是爱书的,所以送给你。"我接书一看,是一本不厚的书:《巴金谈人生》(李存光选编,中国青年出版社1992年5月北京第1版)。扉页上,有巴老的亲笔题字:

　　赠

　　屠岸同志

　　　　　　　巴　　金　九三年六月二十六日

　　这是巴老事先准备好的。我心头又一阵热,对巴老说,"您说我爱书,是真正了解我。这十几年来,您送给了我那么多我爱的书!您的《爝火集》送给了我,您译的王尔德的《快乐王子和别的故事》送给了我,您和夫人萧珊合译的《屠格涅夫中短篇小说集》送给了我,您的'人文'版《随想录》(分册加书套)送给了我,您的三联版《随想录》(合订一本)送给了我,您的香港三联版《巴金随想录》(竖排繁体字)送给了我,您的《巴金六十年文选》(上海文艺出版社)送给了我,您的《巴金译文选集》(一套十册,台湾东华书店版)送给了我……每种书上都写了题赠。这些书,每一本我都珍藏着,并且不断阅读,成为我最好的精神食粮。今天您又送我《巴金谈人生》,我向您表示衷心的感谢!"

　　我起身,巴老要起身相送。我加以劝阻,说,"巴老如此高龄,请千万不要送了。"陆谷苇说,巴老久坐不好,他需要活动活动。我就不再劝阻。巴老去年还能用两肘撑椅臂自己从椅子上站起来,现在却要别人扶一把才能站起来了。但站起来后,他能自己慢步行走。只是周围的人不放心,紧随在他左右。他一直把我和章世鸿送到客厅门口(过去是要送到院子大门口的)。我们和他握手,告别。我们将要离开这个院子时,回头向巴老挥手,再次告别。这时巴老还站在客厅门口,白色短袖衫上映着斑斓的日影,一头白发闪着银色光芒。他身后院子里,一排棕榈树挨着墙根,挺立在灿烂的阳光中。

　　这天夜里,我回到住处,就翻开《巴金谈人生》,认真阅读起来。这本小书立即吸引了我。巴金几十年来探索人生真谛的论述,其精华部分差不多都集中在这里了。这些闪烁着思想的光芒的论述使我沉浸在深深的思索之中。——大半年过去了。巴老在1991年2月为这本书写的卷首语《让我再活一次》始终萦绕在我心头。我永远记住了其中这样的话:"我思考,我探索,我追求。我终于明白生命的意义在于奉献,而不在享受。"这是巴老亲手送给我的最宝贵的赠言啊!让它永远做我的座右铭吧。

1994 年 2 月 4 日

美 的 赞 颂 者

　　杰出的诗人、戏剧家田汉,也是一位女性美的赞颂者。他一生创作丰厚,塑造了白素贞、朱帘秀、谢瑶环等一系列女性的光辉的舞台形象。他的诗篇中也常有或真、或善、或美的女性出现。有时,与他仅有一面之缘的女性也成为他屡次歌赞的对象。1937年5月,田汉与冼星海、张曙、王莹等十余友人到苏州,作太湖洞庭西山之游。此次游览中,他作有《游洞庭西山小诗》七言绝句十首,其第六首曰:

　　　　不点樱唇不画蛾,
　　　　枯枝败叶一肩驮。
　　　　摩登儿女夸颜色,
　　　　未及西山谢黛娥。

　　自注云:"游石公山遇一樵女,丰韵天然,询其名,为谢黛娥。为之摄影,亦不甚拒。王莹与丹娜两女士共与合摄一影。"田汉本不认识她,但一见她便留下美好印象,把她写进了诗篇。这年7月,卢沟桥事变爆发;8月,沪战爆发。9月,田汉从南京赶赴上海,路过苏州时,写七言绝句一首,曰:

又是江南烟雨秋,

却将敌忾换清愁。

黛娥不见湖光远,

兵火仓皇过虎丘。

在战火迭起的时刻,田汉仍在诗中怀念那位农村的打柴姑娘,可见她给田汉的印象之深。

抗战胜利后,田汉从四川回到上海。1946年6月,他与叶以群等友人同游无锡太湖,写诗五首。其中有一首七言绝句《闻青年歌〈渡黄河〉》,回忆他1937年5月与星海、张曙等同游太湖的情景。那年田汉在南京写成《渡黄河》歌词,由星海谱曲;游太湖时,星海曾请张曙试唱。而九年之后的此刻,星海、张曙均已作古,田汉感慨系之。诗云:

片帆当日犯烟波,

曾识西山谢黛娥。

张曙不存星海去,

碎琴应废《渡黄河》!

诗中不仅悼念两位卓越的音乐家,也追忆当年邂逅于太湖之滨的西山樵女。这样,谢黛娥的名字已经在田汉的诗中出现了三次。

这个名字最后的出现是在田汉1947年写的电影剧本《忆江南》中。田汉在六十年代写的《影事追怀录》中记下了这件事,说他写电影《忆江南》时"搬用了这个名字,只是把樵女改成了茶娘"。

田汉何以长久系念着这位樵女? 他在诗中说得明白,他认为那些画眉毛、搽口红的"摩登女郎"远不及这位不加修饰的樵女美丽。他见到这个姑娘背上驮着一大捆柴火,都是"枯枝败叶"。当时是阳历五月,正是江南草木茁壮成长的时节,这位樵女不去砍伐新枝贮存,却费力收集了已经残败的枯枝败叶。当然枯枝败叶是易燃物,但,她是不是也有一颗爱护自然的心灵?她家用枯枝败叶作燃料,说明家中连稻草都没有,其贫困的程度可以想见。但她并没有因贫穷而自卑。邀她与衣着入时的电影明星王莹等合影,她没有拒绝。问她姓名,她大大方方地讲了:谢黛娥,使人联想到谢道韫、林黛玉、窦娥……这些古代女子和文学作品中的女性的名字,与坚贞、忠诚、刚强、高洁等连在一起。这样的穷女孩,衣着一定简朴,甚至近于褴褛,经过打柴的劳动,衣服有几处划破了也说不定。但,穿着这样的衣服,背负着一大捆枯柴,不仅没有使她减色,把她压倒,反而衬托出一个健硕的体魄,一副美好的容光;又以湖边的山、太湖里的水作背景,更显出了她"丰韵天然"的美质。这是自然的美,劳动的美,女性的美,这种美深印在田汉的脑中了。他对这位樵女的赞赏,同公子哥儿的滥用感情毫无共同之处,他是以平等的、尊重的、敬慕的态度写下他的歌赞的。这些诗篇透露了田汉作为艺术家的进步的、健康的女性审美观。它与田汉创造的舞台上银幕上诸多女性艺术形象的美学意蕴,是一脉相连的。

1997年4月

风雨长征路,丹心永不泯

——沉痛悼念秦兆阳同志

10月13日晨,我从上海出差回京,听到的第一个消息就是:兆阳同志已于11日与我们永别了! 这仿佛晴天霹雳,使我的头脑一下木然了。

兆阳同志虽说是我的同事,其实是我的兄长和老师。他教我不仅以他的文学创作和文学理论,而且,主要的,还以他的人品。在他担任《当代》文学双月刊长达十五年的主编职务期间,我见到的是一位深思熟虑、多谋善断的刊物设计者,是一位胸有韬略、指挥若定的文学期刊主持人,更是一位全心全意发现新人、提拔后进的文学前辈和园丁。他对工作的责任心,对社会的使命感是如此强烈,举例说,逢到一篇有争议的稿子,他必须亲自审阅,与作者、与编辑部商量修改,亲自定稿,已经发稿之后,他还不断琢磨,考虑这篇作品的社会效益,是否有利于人民。他对人民的事业是如此之忠诚,他一生遭遇坎坷,但他对祖国、对人民、对文学事业的爱始终炽烈如火,永远在熊熊地燃烧!

兆阳同志曾对我说起过"文革"期间他在广西的遭遇。本来,"右派"是"死老虎"。但因为他是所谓"黑八论"之一"现实主义广阔的道路"论的创始者,而这是被江青在其《纪要》中点名批判的。因此"造反派"对他斗争的凶狠,他受到的摧残,几乎难以想象,我不愿形诸笔墨。但兆阳同志从不乞求宽容,也从不动摇自己的信仰,他是一个没有丝毫奴颜和媚骨的真正的人。有一次他对我说:"写一部真正的作品不易,做一个真正的人更难。但如果不去做一个真正的人,那么做人又有什么意义呢?"(大意)这句话始终铭刻在我的心里,成为我永志不忘的座右铭。

兆阳同志不仅是一位卓越的作家、文艺理论家、编辑家,而且是一位优秀的书法家、画家。他在自己书房兼卧室的墙上挂着他自己书写的一副对联:

> 犹有豪情似旧时
> 花开花落岂由之

这是把鲁迅的"岂有豪情似旧时,花开花落两由之"(鲁迅七绝《悼杨铨》的前两句)改了两个字而成。鲁迅说的是愤激之余的反话,透露出他对国民党反动派屠杀革命者的愤慨之深切。兆阳同志所受到的迫害,极为惨酷,这使他反而敞开襟怀,直抒胸臆,大声宣告。表面看,这对鲁迅诗是"反其意而用之"。其实,并没有反其意,只是角度不同而已。兆阳同志的这两句诗自有一股凛然的正气,是他的人格的体现,读来令人肃然起敬。

兆阳同志曾用他的刚劲有力的书法,写成一张条幅赠我,上面是一首诗:

> 文章千古事,
> 荣辱百年身。
> 风雨长征路,
> 丹心永不泯。
>
> 　　　　屠岸同志赐教　　一九八四年夏　　兆阳(印章)

　　"赐教"实在不敢当。恰恰这四句诗是对我最好的教育。这张条幅正是我把他当作我的老师的重要缘由之一。这四句诗也正好是兆阳同志自己一生的准确写照。

　　我,我们这些兆阳同志的朋友们、同学们、学生们,在我们前进的征途上,还会遇到多少风,多少雨,但,让我们把个人的荣辱抛开吧;让我们记住他最后的一句话:"丹心永不泯"! 永远忠于祖国,忠于人民,忠于我们的社会主义事业。这将是对兆阳同志最好的纪念。

1994 年 10 月 17 日夜

水仙般芳馨的友情

——致郭风

郭风同志：

　　首先要感谢您送我的两粒水仙。你1月26日信中说托友人转给我的两粒水仙，那时我还未收到。直到2月11日，春节前，刘茵同志从周明同志处转来两粒水仙，说是你送我的。我立即把它们放在水盆中。虽然时间晚了一点，但过了若干时日，终于开出了花，使室内芳香四溢，充满了春光。你每年赠我水仙，这已经是第十三年了！这样长期的定时的馈赠，恐怕在世界的"友谊史"上也是罕见的。你赠我又何止是自然界的珍品，这是友谊凝结成的灿烂之花！

　　还要感谢你的是：我于数日前——3月20日收到从邮局寄来的寿山石一块，寄赠者署名"作协福建分会"。我想，这一定是你——中国作协福建分会主席——寄赠的。我想起了你我的初次见面。1978年11月2日，我和我的同事张岚英同志作为人民文学出版社的编辑工作人员到福建来组织稿件，抵达福州。你到火车站来接我们。第一次见面，我就从你的目光中见到了一位和蔼、亲切、热情的兄长。11月3日，我和岚英到你家做客。11月5日，你和张贤华、袁和平同志邀我和岚英同游鼓山。当晚我写了一首七律《登鼓山》：

鼓山雄踞闽江边，

似鼓圆峰霄汉连。

古木幽深藏宝刹，

奇花馥郁示灵泉。

崖镌劲笔凝飞舞，

溪映清辞走宛延。

深谢主人茗味厚，

归途两袖尽霞烟。

尾联中的"主人"就是你。在福州的这几天，你帮助我做了不少工作。11月7日，你到华侨大厦来看我和岚英并告别。从此，我们结下了深厚的友谊。

1979年，你请金石家林健同志为我治印，印章石上刻着这些字："屠岸同志惠存，郭风赠。一九七九年立春，林健刻。"林刻"屠岸"二字苍劲刚健。同年你又请金石家周哲文同志为我刻了另一枚印章，顶端雕了一只两目圆睁、侧首远望的狮子，石上刻着这些字："屠岸方家清赏，己未秋月，郭风赠。哲文刻于东海之滨古榕城。"哲文篆刻"屠岸"二字古朴真淳，气韵生动。这两枚印章我十分珍视，保存至今，经常使用，亦不时拿出来欣赏两位金石家的艺术。每见印章，就想到你。

现在，又收到了一枚待刻字的寿山石。这枚仿佛透明又仿佛熏染着由浓而淡的中国水墨的长方形石顶端还雕刻着一只龟和一条蛇。蛇盘踞在龟甲上，伸出芯子，直舔龟背，状甚亲昵；龟背负着蛇，侧首看蛇，目光炯炯。刻工精致。这龟蛇形象，我想，必是源于曹孟德诗："神龟虽寿，犹有竟时；腾蛇成雾，终为土灰。老骥伏枥，志在千里；烈士暮年，壮心不已。盈缩之期，不但在天，养怡之福，可得永年。幸甚至哉,歌以咏志。"这就是说,赠石者还寓有这样的意思:希望我在步入老年之际仍能奋发有为,对社会对人民再作些有益的事,同时又希望我修身养性,得以延年。这种鼓励、关心,殷殷嘱咐的挚友之情,使我极为感动。

你的友情,如水仙的芳馨,如香茗的淳味,如散文诗的清韵,也如春阳的温煦,长留在我的记忆里,我的心灵中。

我永远珍惜它。

祝　健康、长寿!

屠　岸

1991 年 3 月 26 日

有关水仙的通信

郭风同志：

　　水仙花已开放，而且花朵特别多，有些还在含苞待放，必定会一直开到春节之后。

　　我对水仙喜爱很久。早在 1977 年 11 月 26 日，我曾写过一首五律：

水　仙

一片晶莹质，
冬晨满室春。
粼粼清水冽，
熠熠日光温。
白玉灵台洁，
黄金志虑纯。
玻璃明剔透，
倚石自销魂。

　　不过 1977 年以前不常有水仙在案头伴我。自 1978 年以来，您每年赠我水仙珍品，已历十四载，使我从此与水仙结下不解之缘，这是您的恩赐。

十年前的1982年1月27日,我写了一首七绝,现录如下:

水 仙 花

远友遣来碧水神,
书房清供伴晨昏。
恍如身入仙乡夜,
香雾祥云绕梦魂!

诗中的"远友"是您。

今天早晨,面对您赠我的已经开放的水仙,我又写了一首七绝:

水 仙 花

一枝飘逸下瑶台,
几朵含羞怯怯开。
不绝幽香潜袖底,
月明窗下美人来。

特录上请您指正。
　　祝
　　春节愉快,全家幸福!

屠 岸

1992年1月26日

"哪见风吹花上枝?"

　　唐代无名氏(一说杜秋娘)诗《金缕衣》曰:"劝君莫惜金缕衣,劝君惜取少年时。花开堪折直须折,莫待无花空折枝。"千古传唱。论者赞它"具有一种不可思议的魅力"。这种"莫负好时光"的主题,古往今来不知被写过多少次。英国大文豪莎士比亚的十四行诗中多次重复这一主题,且不说它。莎翁戏剧《第十二夜》第二幕第三场的插曲,就唱出:"什么是爱? 爱不在将来;要抓住今朝,欢笑开怀;""青春易逝,怎能久等待。"说得多么直白!《诗经·国风》里的《摽有梅》:"摽有梅,顷筐塈之。求我庶士,迨其谓之。"说得也是那么直白而且大胆。英国十七世纪骑士派诗人罗伯特·赫里克的诗《给少女们的忠告》一开头就说:"可以采花的时候,别错过,/时光老人在飞驰;/今天还在微笑的花朵/明天就会枯死。"这同《金缕衣》简直如出一辙。英国十七世纪的另一位诗人爱德门·瓦勒的诗《去,可爱的玫瑰!》写诗人把一朵玫瑰花赠给他的情人,让玫瑰给她做出种种暗示,最后是:"然后你(玫瑰)死去! 她由此/会知道一切稀罕的东西/都有共同的遭际:/那些可爱的、美丽的珍奇/只能活一个短促的瞬息!"这首诗受到称道,因为它虽然也用了花朵的形象,却不再是劝人及时采折,而是通过作为礼物的玫瑰花来表达主题,就避免了重复。

　　英国十七世纪的另一位诗人安德鲁·马弗尔的诗《致怕羞的情

人》从另一个角度唱出了新声。诗人对情人说："只要我们有足够的时间和余地，／你这怕羞就不算罪过了"，这样，"我可以花费一百年功夫来称道／你的眼睛，来观赏你的额角；／赞美你每一只乳房，花两百年光阴，／再用三万年来赞美你其他的部分；／每一部分至少花一整个时代，／到最后一个时代才说出你的心来。"然后笔锋一转："但是，在我背后我永远听到／时间的飞车正在急急地来到"；"将来，在你的大理石墓穴里也永远不会／再响起我的恋歌的回音"；"坟墓这地方确是隐秘而美好，／但我想总不会有人在那儿拥抱。"这位"玄学派"诗人以异想天开的构思，出奇制胜，惊世骇俗，取得了"轰动效应"。看来，"莫负好时光"的主题，还可以如此这般地花样翻新。正如莎翁十四行诗第76首中所说的："我要竭尽全力从旧词出新意，／把已经说过的事情再说几遍。"只要能"出新意"，"已经说过的""旧词"就会放射出新的艺术魅力来。

一天，我的老友、戏剧评论家张真示我以一首广西民歌手刘三妹的情歌：

> 妹相思，
> 不作相思到几时？
> 只见风吹花落地，
> 哪见风吹花上枝？

张真和我极赞这首歌的佳妙。我觉得这首歌可以同《摽有梅》和《金缕衣》相媲美，也可与上述莎翁及英国那几位诗人的作品相颉颃，因为它有自己的艺术特色。这首歌有形象，有意象，有只有民歌手才能想象出来的意象。这里也出现了"花"，但刘三妹出手不凡：这里的花借助风而出现两种情态，一是枝上之花被吹落地，一是落地之花被吹上枝；前者是恒久常见的现实，后者是永无可能的幻想。一落一上，有深意存焉。而这里的"风"实是"时间"的化身，或者是时间的拟人化。这首歌寓警策于诙谐，含深邃于质朴，读（听）后令人惊喜交加，转而进入沉思。这种出人意表又在情理之中的、突兀而又美妙的比喻，真是锦心绣口的创造，活脱脱表现出刘三妹的绝顶聪明和美丽！这首歌的字数比上述各诗都要少，但它以少少许胜多多许，一点点浓缩铀蕴藏着无比巨大的能量。这首歌别出心裁，化平凡为神奇，令人一听即终生难忘。江青的"民歌淫荡"论滚到茅厕里去吧！这样的歌是真正了不起的天才之作！

《妹相思》是纯正无邪的爱情的歌唱。但善于举一反三的聪明读者会感到这首歌的思想涵盖面相当宽广。"作相思"要不失时机，那么学习、锻炼、工作不是也应分秒必争吗？政治活动，外交斗争，军事较量，经济建设，都有一个抓住时机的问题。"机不可失，时不我待。"我们的国家在向现代化的进军中已经丢失过多少时机，现在不能再丢失了。落花重上枝头，谁见来？"摸着石头过河"是对的，但是一定要"过河"，不能老是"摸着石头"踟蹰不前呵！

1992 年 8 月

释 谚 二 题

"远怕水,近怕鬼"

远方来的旅人不知深浅,不敢涉水。本地人知道这是凶宅,不敢住进去。反过来,本地人知道水深,就找渡船,水浅,就蹚过去;外地人不知道此屋闹鬼,欣然搬入;或不知道本地某人为凶神恶煞,亦敢近之。

"远怕水",不知情,所以怕。知情,有解决的办法,就不怕。

"近怕鬼",知情,所以怕。不知情,无所谓怕。

蛇可怕。但弄蛇人了解蛇,不怕它。婴儿见蛇,不知为何物,不怕它。

何以远者即不知情者与近者即知情者均有所怕? 盖远者不知物性,近者则知其为可怕之物。

近者不怕水,是清醒的勇敢。

远者不怕鬼,是盲目的无畏。

可怕之物可以向不可怕之物转化,其条件为变盲目为清醒,打破其可怕性。用科学消除迷信,用斗争打倒恶霸,鬼的威风消失了,也就毫不可怕。

自然科学和社会科学,应当用来武装远者,也武装近者。人有了这样的思想武装,就有可能成为真的无畏者,就有可能从必然王国向自由王国移步。

"此地无银三百两"

某甲埋银，畏盗，出告示："此地无银三百两"。邻人见而盗之，畏事发，出告示："隔壁阿二未曾偷"。或曰：此欲盖弥彰也。

有人说，阿二见到告示，一眼看出其愚妄，才掘地得银。可见阿二并不愚妄。但阿二也出同样愚妄的告示，则此人之所作为前后矛盾。若改为某甲埋银为阿二窥见，则阿二这个人物就统一了。

但这样一改，某甲之失盗就变成并非由于他那张妙不可言的告示所引起。这恐怕有违故事创造者的初衷。

其实，类似阿二那样思想或性格上矛盾的现象，并非罕见。有人只见别人愚而不知自己愚，猢狲看见猪拖了一条尾巴，哈哈大笑，却不知道自己屁股后面有一条更长的。

有人说某甲毕竟有其可爱之处，即他相信群众会相信他的谎言。他虽然欺骗群众，却首先相信了群众。据此种诡辩，则任何欺骗群众的行为都可以说同时是相信群众，因为如果欺骗者认为群众绝无受骗之可能，他也就不去行骗了。愚弄人民的窃国大盗，有谁说他傻得可爱呢？

不过这个故事似乎不是在告诫人们不要骗人，而是在提醒人们：你如果是个低能儿，就别去骗人；只有"智者"才能成为伟大的骗子！

但是，真正伟大的智者是人民。人民可能受骗于一时，但也只能受骗于一时。人民一旦醒悟，就会拨乱反正，把暂时停滞或倒退的历史推向前进！

1983年9月11日

生与死·忧患与安乐

少不更事,觉得精神创伤和物质匮乏能摧残人生,置人于死地,而安定和幸福才是适合人生存的环境,才有利于人的繁衍发展。因暗想:应该说"死于忧患,生于安乐"才对。

稍大,才明白:艰难困苦能磨炼人向上,求生;而安逸享乐能消磨锐气,使人沉沦。所以还是"生于忧患,死于安乐"说得对。

之后,又悟到:环境可以影响人,但环境不能决定一切。关键还在于人的精神。如果没有坚强的意志,那么人会被安乐腐蚀,也会被忧患压倒。如果有坚强的意志,那么人能在逆境中奋发自强,也能在顺境中特立独行。"天将降大任于斯人也,必将苦其心志,劳其筋骨",这是"生于忧患"者的逻辑。"富贵不能淫",这是"死于安乐"者的镜子。有了这种精神,那就在忧患中能生,在安乐中也能生。如果没有这种精神,那么在安乐中只能死,在忧患中也只能死。

这里所说的生,仅仅是存活吗?不,应是一种人生真谛。"生当作人杰,死亦为鬼雄。"如果为理想、为真理而死,那不是死,而是生,一种不朽的生——永生。

1992年5月

哭声并未止息

英国十九世纪女诗人伊丽莎白·巴瑞特·布朗宁(1806—1861)是著名的爱情诗作者。她写给丈夫的《葡萄牙人的十四行诗集》受到我国读者的欢迎。但人们可能不太熟悉,她还是个充满正义感和同情心、对社会不公特别是童工制度进行猛烈抨击的诗人。她的名篇《孩子们的哭声》就是最好的例证。在这首诗里,诗人描写了无数童工在煤矿巷道和工厂厂房里无休止地做苦工的场景。童工们被摧残得如此严重,以致他们祈求早死,因为在坟墓里他们可以得到永久的休息。诗中写到,当人们嘱咐童工向慈悲的上帝祈求时,童工说:"上帝的形象实在就是命令我们拼命干活的厂主。"这里诗人的笔锋直指西方世界精神上的绝对权威——上帝。向严酷的现实作如此大胆的抨击,这在英国诗歌史上确是罕见的现象。我年轻时读并且译这首诗时感情上受到极大的震动。

第二次世界大战结束后,随着科技的进步,生产力的发展,福利制度的改善,到七十年代,似乎童工制度已经在发达的资本主义国家逐渐消失。这是错觉还是现实?我不知道。但我曾一度盲目地认为布朗宁夫人这首诗所描述的"哭声"早已成为历史的遗音。

使我震惊的是,我读到了《纽约时报》今年6月1日发表的吉纳·科拉塔的文章:《更多的孩子被雇用,往往从事危险的工作》。文章以可靠的统计数字,无可辩驳的事实,揭露了童工制度在八十年代席卷美国的可怕浪潮。文章说:美国政府统计数字表明,全美目前合法雇用童工至少有四百万,非法童工大约有二百万。他们收入低,工时长,安全无保障。文章指出:"在干活时,他们有的失去手臂和腿脚,有的被烧伤、深度切割,还有的触电。每年至少有几百名童工死于工伤。""马萨诸塞州童工年均工伤率为成人的3.5倍。"文章举了实例,如十三岁的马修·加维在汽车清洗站工作时一条腿被吹风机绞断;十五岁的凯文·柯利在清洗一架和面机(这种活是法律所禁止的)时被卷了进去而死亡,等等。文章提到全美职业安全和保健研究所监察部副主任威廉·霍尔珀林博士的话,他说:迄今为止收集到的关于童工的数据只是"露在水面上的冰山顶端"。《参考消息》今年7月10日登载这篇文章的译文时,编者加了一个标题:《烂漫人生初度,谁知苦海无边》。这个标题极其醒目,以其内含的强烈反差使人悚然而惊,默然而思。美国如此,那么其他发达的资本主义国家又如何? 第三世界国家又如何? 谁能测量水下"冰山"的体积? 我清晰地听到,在当今世界上,"孩子们的哭声"还在震响! 一百多年前那位女诗人笔下悲伤而又愤怒的旋律还在鸣奏!

童工制在中国随着1949年革命的胜利而消失了,我们曾为此庆幸。然而,在近几年的报刊上,我又看到了一些有关童工的报道。我想,历史总是曲折地前进的。有时历史会逆流而行,但最终还是要前进。我再次阅读布朗宁夫人的这首诗,它再次使我震动。我衷心祝愿:这位女诗人和一切善良的人所希望的面包、鲜花、阳光、游戏、欢笑、母爱、学校教育,都能降临到世界上每一个角落的每一个孩子身上!

1992年10月

一生死和齐彭殇

王羲之不赞成庄子的观点,认为"一生死为虚诞,齐彭殇为妄作"。但他没有说清人的生和死、寿命的长和短之间的关系。

我想,生和死是相互依存、相互转化的对立统一的两个侧面。有生必有死,没有死就没有生。对这一自然规律,应该用什么态度去对待?孔子曰:死生亦大矣。那么,既然生,就要生得有价值;不免死,就要死而无遗憾。二者互为因果。刘胡兰"生的伟大,死的光荣",这该是生与死的最高境界。

我想,衡量生命的价值,不能以人寿的长短为惟一标准。我年轻时在上海旧书摊上"掏"到一本英文诗选,扉页上空白处有该书原主人手写的一行英文格言,不知出于哪一位智者。我把它试译过多次,都不满意,现姑译如下:"吾人不问生存之久暂,只问在生存期间完成了什么业绩。"我把它当作人生信条。作为诗爱者,我赞赏华兹华斯,也热爱济慈。前者寿八十岁,后者二十五岁就夭亡了。然而两位诗人献给缪斯的贡品不分高下!

在某种意义上,"一生死"和"齐彭殇"没有错。

1998年6月12日

"知足常乐,能忍自安"论辩

过去,大户人家大门上常有一副对联:"知足常乐,能忍自安"。不久前,围绕这副对联展开了一场辩论。

甲:这是反动统治者麻痹人民斗志的一种思想灌输。被剥削者得到一片能维持其最低限度的生存以便活下去继续被剥削的面包,是无法"知足"的。面对侵略者的屠刀和压迫者的大棒,也是决不"能忍"的。个人如此,一个阶级如此,一个民族也如此。这算不上马克思主义ABC,只要不是白痴就应该懂得。

乙:未见得全是。这副对联要看用在什么地方。对个人来说,此联可以作为座右铭。发奖金时,为了几张"大团结"而争得面红耳赤;评职称时,为了一个名额而打得头破血流……何苦来!在个人利益方面,应该发挥谦让的美德。何妨"知足"一点,"忍"耐一下?这不仅顾全大局,也有利个人。因为这样一来,就可以"安"之若素,"乐"在其中了。个人的利害得失,一己的升降荣辱,都应视作身外之物。一旦为此而斤斤计较,耿耿于怀,就必然丢弃生活的"乐"趣,丧失内心的"安"宁。

甲:否!对个人,也得看是个人的什么事。如果工作取得了稍许成绩,就沾沾自喜,不知进取,这种"乐"分文不值。士可杀不可辱。对无端的人身攻击,人格污辱,若是逆来顺受,心"安"理得,岂非麻木不仁,行尸走肉!

丙：老兄所言，自非无理。即使对个人利益而言，这副对联也不宜随便套用。假如老是让住房特困户"知足"而不通过"房改"去解决问题，老是想使贫困地区老百姓"能忍"而不通过"脱贫"措施去解决问题，这能算是好领导吗？个人与集体是有界限又没有绝对界限的。个人+个人+个人……就成了集体。但对个人利益应否"知足"，却有一个界限，那就是"应分"还是"非分"。"应分"的应该争，"非分"的不该占。

丁：我说争不争的界限应在"为自己"还是"为大伙"。为填自己的欲壑而损人当然可耻，但是，为谋群众的福利而斗争（当然通过正当途径）就完全是另一回事。如果让大伙都"知足""能忍"，我们何必要为2000年的"小康"而奋斗？

甲：无论如何，这副对联是封建士大夫腐朽人生观的反映。其表层精神是抑制反抗，否定进取，消极避世，独善其身。还要看到它的深层精神：以退为进，以守为攻，隐逸为了出仕，江湖不忘庙堂。翻手为老庄，覆手为孔孟。它早已被时代所抛弃，今天还有什么现实意义？

乙：对古代的精神遗产都要采取一分为二的态度，不能全都一棍子打死。举例说，当今已进入老龄化时代，人们都祝愿老人们健康长寿；老人们何必去深究这副对联的反面文章？只要以这副对联的正面道理自律，必能其"乐"融融，延年益寿！此联实为最佳的养生之道！

甲：如果老人们只顾颐养天年，又如何发挥余热？长寿的秘诀之一是"老有所为"。没有进取精神，哪有生命的活力？老人尚且如此，何况中青年人！中国如果"知足"，就不能实现经济腾飞；人类如果"能忍"，就不会进入大同世界！

乙：人类的科技空前发展，人类的危机也随之空前严重。生活水平最大限度的提高可能带来了生存环境最大限度的破坏。人类愈是进步就愈有接近毁灭的危险。不"知足"的人类必将吃下自己亲手制造的苦果。

甲：不！人类只有不"知足"地继续努力，推行各种有关政策和法律，进一步发展环保科技，才能既保护环境又发展自己。在环境问题上也必须主动出击，怎能消极防御！

戊：我不是搞折中主义。我信奉孙中山先生的遗训："和平奋斗救中国"，引申一下就是"和平奋斗救人类"。无论个人、民族、国家、人类——我们这个地球村的全体居民，都要有所争，有所不争；有所忍，有所不忍。这样，我们才能生存、发展。如何掌握这两者之间的分寸呢？我想，这正是我们这"万物之灵"需要持续不断地、锲而不舍地学习、探讨、运用的"艺术"！

甲：啊哈！老兄是做不偏不倚的总结吗？可你说的"持续不断地，永远锲而不舍地……"恰恰是"知足"和"能忍"的反面！所以我要给这副对联妄加四个字："知足岂能常乐，能忍未必自安"。

乙：清谈误国。咱们还去做几件实事吧！

1992 年 7 月 2 日

从一对汉字想到的

外孙女小露露已经六岁了。她的语言表达能力相当发达，能说会道，还能运用一些成语，令人惊奇。但是，明天的明天应该是"后天"，昨天的昨天应该是"前天"，她却常常弄颠倒。就是说，她常常把明天的明天说成"前天"，把昨天的昨天说成"后天"。

这仅仅是孩子还幼稚的表现吗？我沉入了思考。

如果把时间比作一列长长的列车，正在从我们身旁疾驰而过，那么，车头总是先过去，走在前面；车身正在过去，处于中间；车尾则还没有到，要以后才来。如此，则过去应该是"前天"，未来应该是"后天"。

我们的前辈正是走在时间的"前"面，开拓历史，我们是跟在先人的"后"面，继承历史并开拓新的历史，我们的后代又跟在我们的"后"面，继承历史并开拓更新的历史。前辈生活在"前天"，后人生活在"后天"。

我们的汉语按习惯正是这样表述的。

但是，时代在前进，不是在后退。那么明天在前，昨天在后。明天的明天应该是"前天"，昨天的昨天应该是"后天"。

我们还常说，我们应该向前看，不应该向后看，向前看，也就是向未来看。向后看，也就是向过去看。那么，未来应该是"前天"，过去应该是"后天"。

前,后;后,前;……一对汉字,岂不把人弄糊涂了?

未必。

时间和空间是不可分割的同一体。"向前,向前,向前!我们的队伍向太阳,脚踏着祖国的大地……"这里的"向前",既是走向未来,走向光明,也是走向前线——战斗岗位。向前,决不能说成向后。

但时代在前进,许多概念在起变化。在未来的立体战争中,前方和后方的概念将完全不同于过去。后方可能变成前方,前方也许会变成后方。

地球是圆的。如果我们一直向前走去,最后会走到我们所曾处地位的后面。

宇宙是圆的。在超光速的飞行中,无穷的过去将会同无穷的未来会合。或曰,在宇宙中,无所谓上、下、左、右,也无前,无后。宇宙,只是一个无始无终的时空"过程"。

人的一生也是一个过程。这个过程在宇宙的过程中只是沧海一粟。

人处在"前天"和"后天"的中间,他能有什么作为呢?他可以有所作为。人只要永远抓住"今天",继承过去,拓展未来,那么他这个有如沧海一粟的渺小过程,也将具有伟大的意义。

人的过程——从幼年到成年,从成年到老年,是在向前进,也是在向后退。

但是人只要不失去信心和勇气,不失去对人类前途(也即人类的今后)的美好愿望,并将他的一生奉献给这个愿望,那么,他的精神将永远在向前进。永远不会向后退。

只要以"后"带"前"和以"前"促"后"的过程不断,那么人类进步的过程也将永不休止。

1988年1月

站在书海岸边

　　人生多遗憾。恐怕不存在没有遗憾的人生,除了夭折的幼儿——然而这"夭折"也就是他的遗憾了。我有许多遗憾。(当然也有幸运的事,但这不在本文范围内。)——最敬爱的小学老师中年谢世;亲密的挚友英年早逝;亲爱的胞妹出国民党监狱后得了不治的精神分裂症;无休止的"左"的政治运动吞噬了我青壮年时许多美好的光阴;想干的事不能干,不想干的事不得不干……这些都是过去的事。时间似乎在低语:忘掉它! 忘掉它! 我能忘掉吗?

　　有一件事更是忘不掉也不能忘的。我青少年时有一个大的愿望:与历史上伟大的智者、哲人、真善美的缔造者对话,神交,以得到心灵的启示和升华——通过潜心阅读他们光辉的遗著。阅读是与伟大心灵交流和聆听他们教诲的最佳方法。马克思列宁主义经典著作当然是必读的。但这还不够。应该吸收人类文化遗产中一切优秀的东西。我从四十年代初开始,就把零用钱和自己挣的钱几乎全部用来购买新旧书籍,到五十年代积累了相当数量的英文原版文学书和中国书。"文革"一来,我的欧里庇得斯、但丁、莎士比亚、狄更斯、华兹华斯、雪莱、惠特曼等以及唐诗、宋词、古文……统统化成了纸浆! 不过事情也在变化。党的十一届三中全会以后,我两次出访,从美国和英国带回了一些原版书;在国内也搜罗到了一些。(大都是新版书,已失去的好多书特别是珍贵版本已不可复得。)书柜里除外国原版书外,还有祖国的古籍,"五四"以来和当代作家的著作。——当然,仍有许多想看而自己没有的书,那就要到北京图书馆或其他图书馆、资料室去借阅。然而,工作繁忙,哪有时间细看!即使挤出一点时间,我也没有过目成诵的天赋,更无一目十行的本领。我只有把希望寄托在离休之后。然而脑神经的疾病又缠住了我,一病就是五六年!现在该静下心来读书了吧?白内障、玻璃体混浊和慢性结膜炎造成的视力下降,迫使我少看书或不看书。人类的精神财富和智慧结晶,就装在我身旁的书柜里,似乎是唾手可得的东西。但是,事实上,其中的大部分,终我一生,也不会成为我精神血肉的营养了。伟人们的大门敞开着,但我已失去了同他们作长夜谈的大部分时间。也许能进门一瞥,却无法穷其堂奥。我的"胸中丘壑"恐怕也只能大体到此为止了。书海无边,只被浪花溅湿了我的半个脚趾。"生也有涯,知也无涯。"只有望海兴叹而已!

虽然如此,我并不丧气。我仍然要尽一切努力去接受耳提面命。周恩来总理的嘱咐"活到老学到老"始终鸣响在我耳畔。即使是历史上的文化巨人,也不可能穷尽真善美。何况我这样渺小的人!只要在求索的道路上永不止步,哪怕一次一步半步,也就尽了自己的本分。这样想来,又何必遗憾呢?

真正的遗憾,只能来自满足、止步。

1992年7月

借鉴·生活·思想

在少年时代和青年时代,我接触散文有三次热潮:第一次是读古代散文,我最喜欢王勃、柳宗元、欧阳修、苏轼的。第二次是读英美散文原文,我最喜欢的是华盛顿·欧文、恰尔斯·兰姆和威廉·哈兹里特的。第三次是读鲁迅著作。在这三次热潮中,我努力使自己做到把若干篇特别喜爱的散文从头至尾背诵出来。最初我的母亲培养我吟诵古文和古诗。例如王勃的《滕王阁序》,我到现在还能从头到尾一字不差地背诵出来。后来,英文名篇如哈兹里特的《谈旅行》、兰姆的《梦的儿童:幻想曲》以及鲁迅的《秋夜》等,我都能背出来。背书对我来说不仅不是苦事,反而成了一种乐趣。因为这能使我得到一种"气"。

母亲常说文章有"气"。熟读文章,藏气于胸,就大有助益于自己写作。此事颇灵。气是什么呢?是文章的气势,其实就是文章的风格、精神、气质、韵味。一次,为了写一篇纪念亡友的文章,我事先熟读了韩愈的《祭十二郎文》和欧阳修的《祭石曼卿文》。果然,韩欧的文气感染了我,使我"下笔如有神"。但,也有不灵的时候。何以有的灵有的不灵?关键在于有没有自己切身的感受,而切身的感受来自生活。我同亡友生前同学多年,了解他,对他有深厚的感情。若是缺了这些,读多少古文也不会灵。

借前人的文气这件事,只能理解为类似于借鉴。模仿是可以的,但写不出自己独特的风格。风格不能与思想分开。没有自己对生活的独到见解,则只能模仿。模仿毕竟没有多大出息。

当代散文家最好能大量占有中外散文(以至文学的各种样式)遗产中的精萃,加以融会贯通,变成自己的营养。但更重要的是把自己熔铸到中国的现实中去,这现实包括各族人民当前在广度与深度两个意义上的物质生活与精神世界;而熔铸则包括对今天这个伟大的开放时代的深刻理解与哲学思考。只有有了这种熔铸作为基础,再借助于与自己气质相近的前人文气,散文创作才能得到一篑之功,才能展翅翱翔于艺术的太空。

1986年3月5日

求　真

莎士比亚说:"真,善,美,就是我全部的主题;真,善,美,变化成不同的辞章;我的创造力就用在这种变化里,三题合一,产生瑰丽的景象。"莎翁的名言成为我们创作的向导和人生的指南。我体会到:"三题合一",三者的关键是真。真是根本。真的内涵是善,外延是美。没有真,就不存在善、美。严复论翻译:"译事三难信达雅。"笔者从事翻译多年,体会到:信、达、雅三者的关键是信。信是根本。没有信,就谈不上达、雅。信者真也。艺事的探索,人生的追求,总括两个字:求真。真理的光芒,永远照耀着我们前进的道路。

1995年8月

醉　　颂

我不会喝酒,常为诗友所议。他们说:岂不知"李白一斗诗百篇"(杜甫),岂不闻"四座欢欣观酒德,一灯明暗又诗成"(黄庭坚)?枉为诗人了! 不——他们不知我常入醉乡,虽然不是醉于乙醇之酒,而是醉于自然之酒,爱情之酒,诗文之酒。李杜之诗,欧苏之文,莎翁之剧,皆能醉我,胜似醇醪。

忆我少年时,曾醉于两篇华章。其一为英国诗人考利(Abraham Cowley,1618—1667)的诗《饮》。我曾把它译成汉文如下:

> 焦渴的泥土把雨水吸掉,
> 老是不够,张开了嘴巴还要;
> 花草树木从泥土里吸水,
> 能饮之不尽,便始终鲜美;
> 连海洋(人们寻思道,
> 海洋总不会需要饮料)
> 也吸吮千万条河流,
> 满满地要溢出杯口。
> 匆匆的太阳(人们也可以
> 从他醉红的酡颜上得悉)
> 把海水痛饮,直到喝光,

158

月亮和星星又喝掉太阳；

星月披自身的光芒欢舞畅饮，

他们喝酒作乐整夜地不停。

自然界不存在清醒的神仙，

然而到处是永恒的康健。

好吧，请斟满这只大酒樽，

斟满所有的杯子吧——请问：

大家都能喝，何以我就不能够？

告诉我，你们讲道德的朋友！

考利不愧是个酒豪。他把日月星辰、天地万物都写成饮者，把宇宙的运行归结为一个"饮"字。他把投枪刺向那些反对豪饮的"正人君子"，以自然的存在作依据为自己的酣醉辩护。考利是英国文学史上的次要诗人，但这首酒颂却成为长久传诵的名篇。李白的《月下独酌》之二中有句："天若不爱酒，酒星不在天；地若不爱酒，地应无酒泉。天地既爱酒，爱酒不愧天！"这位公元八世纪的中国唐代大诗人以幽默的口吻列出证据，说明喝酒乃天经地义之举。过了九百多年后，西欧诗人考利写出了上述与李白异曲同工的诗章，而且似乎更加直截了当，声称饮酒乃是宇宙万物的规律。这两位诗人的诗可以说是前后呼应，东西辉耀。

再说醉我的另一篇杰作：我国晋代竹林七贤之一刘伶的《酒德颂》。文中说，"有大人先生者，以天地为一朝，万期为须臾，日月为扃牖，八荒为庭衢，行无辙迹，居无室庐，幕天席地，纵意所如。止则操卮执瓢，动则挈榼提壶，惟酒是务，焉知其余！"这种放诞行为，引起"贵介公子，缙绅处士"的非议，他们"奋袂攘襟，怒目切齿，陈说礼法，是非锋起"。可是"大人先生"不予理睬，照样"奉罂承槽，衔杯漱醪，奋髯箕踞，枕曲藉糟，无思无虑，其乐陶陶"。进而"兀尔而醉,豁尔而醒,静听不闻雷霆之声,熟视不见太山之形,不觉寒暑之切肤,利欲之感情;俯观万物之扰扰,如江汉之载浮萍……"在他笔下,公子与缙绅的"礼法"成了尘芥! 考利是让主观服从于客观,刘伶却把客观包容于主观。你看,他醉后把青天作帐帷,把大地作草席,把日月作门窗,把八荒作庭院;甚至让客观销熔于主观:耳不闻雷霆,眼不见泰山,肌肤不感到冷热,心神无动于名利! 这不仅是对封建卫道士的猛击,也是对拜金之徒权欲熏心者彻底的否定。比起考利来,刘伶又是另一种怎样的境界!

少年时,读这样的诗,这样的文,焉得不醉!

老年时,重读这样的诗,这样的文,不觉悚然而醒!

1998 年 8 月

第 二 辑

姊　姊

　　我曾经有过一个姊姊，她是我的姑妈的女儿，她比我大一个月，她是我的幼伴，她有一双很大的眼睛。

　　那年代，算起来也不能说很遥远，然而在我的心中，却似乎已经湮埋在荒凉的古代。那时候我寄居在姑妈家里，在一个江边的古镇上。那带有原始味的镇上有一座天主教堂。我记得那教堂有一扇整年紧闭着的大门，像一副冷峻的面孔。然而我又知道它有一扇侧门微启着。我和姊姊曾蹑足走了进去。但里面不见人影，只有一个空洞的大院子；院子四面墙壁上长满了两尺高的青苔，因为每年春夏，江水上涨了，地面上要冒起两尺多深的水，水退后，浸过水的墙壁上就长起苔来了。院子的角落里，倒伏着两艘很大的破船。我和姊姊曾在江边遇到过一位穿蒲鞋的老人，他告诉我们说，教堂里那两艘大船是江洋大盗的遗物，那船底里还留有遭劫者的血痕。我和姊姊为好奇心所驱使，便到教堂院子里，钻到那倒伏着的破船下面去细看。但是我们只见到黑暗、蛛丝和烂木屑，即使有血痕，也不能看见。然而，我们却在那霉湿的土地上发现了一株异常美丽的菌类植物。姊姊就把它拔了起来，带回家中。

　　她似乎为一种魔力所驱使，坚持着说这种植物是可以当作食品的。她偷偷地把它煮熟，吃了第一口，便几乎被它的美味醉倒，而她从此就慢慢地变得胆小了。我始终没有吃它，因为它过分艳丽的色彩惊住了我。以后每天,她总是央我陪她去找那美丽的植物。那破船附近的早已采撷干净,所以不得不到附近的山里去寻觅。虽然这种植物极难寻获,但我也似乎被一种魔力所驱使,努力地到处为她寻找。于是姊姊吃了许多,许多,而她这个人也跟着变化,变化。一到黄昏,她就缠住我,一步都不让我离开;如果晚上她必须出外,一定要我陪着,在家里,她始终不让她母亲把煤油灯从身边拿开。夜愈深,她愈跟我挨紧,直到我透不过气来,直到我看见那双大眼睛在黑暗中闪着炫亮的光。

一天在江边,我们又遇见了那位穿蒲鞋的老人。他眼睛里闪着狡黠,说,她手里拿着的美丽的植物,名叫"胭脂菌"。他说,高等菌类有很多种,有的可以吃,如香蕈;有的有毒,如毒蝇蕈;胭脂菌也是有毒的。他说,一种东西美好得过了分,就会带来不祥;祸和福是互倚的又是互伏的。他的话我们似懂非懂。他说完就飘然而去了。我呆立了一会儿,回头看姊姊:她的双颊已经绯红,她的眼睛变得更大更亮了。她忽然紧握我的手,我觉得她的手掌热得发烫。回到家中,她就病倒了。在病中她依然渴望着那种鲜美的植物,但又不许我离开她的床畔。逐渐地,她吃语了,说出了许多我听不懂的话。直到有一次她说:"江洋大盗来了,我怕!"之后就不再言语。她昏迷了,灵魂仿佛徐徐从她的躯体内离去。终于,姑妈作出了最悲痛的决定:把她送到那座天主教堂里去,祈望得到上帝的拯救。

似乎有几个人来把她抬走,而我是被决定留在家里的。但是我没有耐到黄昏,便潜出屋子,偷偷地走到那座教堂门前。我原指望那扇大门是会为姊姊而打开的:然而当我走近时,大门依然紧闭着,像一副冷峻的面孔。我怀着孩童所有的疑虑,只有再蹑足走进那扇微启的侧门。我兀自站在那空洞的院子里,茫然若有所失。只见四面墙壁上的青苔似乎更厚了,它的绿色也更浓了,浓得像黑暗中发出绿光的眼睛,要刺入我的空洞的心。忽然,我听见了教堂里奇异的钟声。那奇异的钟声第一下沉重地敲破了这里的岑寂时,我的视线不自主地射到墙角里,于是我发现,倒伏在那里的两艘强盗遗下的破船已不知去向;而那里的泥土上,又长满了胭脂菌,它们的色彩似乎更艳丽了,红得有如刚从遭劫者心脏里流出的血液;那血液流得很规则,因而成为一种血痕组成的图案:一种符咒——我被它们过分艳丽的色彩惊住了,于是,像富有成人的智力般,我转身离开了那院子,离开了那教堂;深沉的钟声仿佛来自另一个世界,伴着我孤寂的足音;我以孩童所稀有的步伐,踉跄地走着……于是我永远离开了那院子,永远离开了那教堂,同时也永远离开了我的姊姊,因为那奇异的钟声已经把她带走了。

此后的一切,都成了一片模糊的记忆。总之,我不住在那江边的古镇上了,我投进了纷纭的尘世。然而,在我的心的中央,永远有一个活着的姊姊。她是我的幼伴,她比我大一个月,她有一双很大的眼睛。

1944年

夜　会

虽然心颤未定,我已经到了木栅门口了,不自主地打开书包,伸手进去挖那张请柬。请柬未挖到,书已翻得鹿鹿乱。哲学和历史,科学和宗教,已经全部颠倒。似乎门口的司阍在笑我,一定是的。一个人都没有,只有我在门口当着司阍的面挖一张请柬。然而我终于从一大堆紊乱的知识中挖出了那张请柬,拿在手中,朝木栅门里走进去,似乎很有些扬长的神气。但走近一看,那司阍是木制的偶人。

门里黑黝黝的,分辨不出东西。花圃中间有一盏灯,像照明灯似的,恰巧照着我这一面,我绕着它走了许多路,它还是向我照着;我拐了弯,它仍是照向我。我朝它走近去,花圃的绳栅挡住了我。

我走到喷水池边,那里没有水喷出来。我向池边凳子上坐下去——这,极自由地,我可以坐下来,不受拘束,不受干涉。这一刹那,我似乎真正领略了自由的滋味。我开始整理我的书包,摸着黑,把各种知识——关于上帝的、人的,天国的、尘世的,迷信的、科学的,都整理得有条不紊。

夜气中的我站立起来,离开喷水池。大草地的四周没有绳栅。近日没有下雨,草地该不是湿的吧。我的这双开口鞋,平时在湿地上走三五步,潮气就侵入我的脚趾了。现在,我走了不止三五步,脚趾没有阴凉的感觉。那么,草地该是干的了。可是我不放心。我弯腰伸手到草地上去摸。啊！草完全是湿的。然而，一步步继续向前走，脚趾仍然没有感到潮湿。

四周没有一个人。宇宙似乎属于我一人了。眼前有一排凳子，我便将身子仰卧在凳子上，再把我的沉重的书包加到我的胸膛上。星体繁密，散布在深蓝色的纸上——不，这不是纸，是一层层以至无数层蓝色的细纱，把无数支小烛光一重重地隔开了，被隔在前面的还可以对我眨眼睛，被隔在后面的就模糊而深邃了。这一大片，柔和得像丝绒，神秘而不可捉摸。我努力向太空投射我的目光，努力，努力——两旁的星辰都在我锐利的目光的突进下后退了，消隐了……然而，我的目光也彷徨无可栖止，只知道还有路程，黑洞洞的，没有尽头……

我站在草地上了，手中提着一只沉重的书包。我忽然把身子转动起来，于是我所望着的神秘的天空也旋转了起来，奇迹！我任性地转动起来，用力把手中的书包甩出去，同时又不使它脱手，于是那书包好像在使劲拉我出旋转的圈子……我的头依然仰着：整个天体在转动了，星星在飞旋，天国起了混乱，神秘的疆域沸腾了……我自己似乎也加入了那漩涡，不能自主了。只觉得自己的身子在旋转，如脱缰的野马。……地，整个大草地，不，原野，整个原野在颤动了，原野倾斜了！原野是海浪！啊海啸！原野是绝壁！啊地震！整个宇宙颠倒了！我，疯狂地旋转，旋转……忽然右面的整块大地倾斜，向我打来，猛烈地打来，我用右足拼命抵住，它仍打来，我抵住，它打来，抵住……

"啪！"整块大地打了我右颊一巴掌！定睛一看，自己好好地躺在草地上。四周的一切是静止的，天上的星星正亮，大地是平和的，夜风微拂着我的头发。

我侧身望去，只见小楼的灯光隐在远树丛中，仿佛是众星中的一颗。主人也许在等我？

　　我忽念及草地是湿的，连忙爬起来，于是我发现自己方才正躺在一条小溪边，溪水里倒映着整个星空。我用手摸摸我的衣服，一点也不湿，我再弯腰去摸摸地上的草，分明是湿的。

1940 年 10 月 26 日

亡友的故里——夜，在月光下

海 岛 之 夜

　　我并不是没有在海岛上居住过。然而今夜,我为什么有着如此异样的感觉? 有着如此莫名的哀伤和喜悦? 我的感情的波涛,为什么如此起伏不停,奔腾不歇?

　　我似乎喝醉了酒。那酒呵,何以如此芬芳,如此清冽?

　　我斜倚在山坡上,海岛的南侧。我面向大海,抬头望月。不知今夕何夕? 是天上良辰,是人间佳节? 明月如巨盘,在大海的上空飞跃。金波涵澹,清光皎洁。月下海面上,粼粼波光,如无数银蛇戏水,万千金龙出穴。"沧海月明珠有泪。"鲛人呵,你在何方? 是你那缀满珠泪的轻绡,从海底升起,吸收月魄的光丝,织入新的图样? 你是为大海之夜增添妩媚,还是给我的视觉增添幻象? 山崖之下,海涛与礁石相击,传来轰轰巨响。是什么在叩击我的听觉? 是大海发出的鼾声? 是地球的轻声呼吸? ……我听见蟋蟀在草丛里哀鸣。是涛声和蚤鸣在为我举行合奏? 是海岛植物在向我低语切切? 呵,是什么裹着我? 是奇妙的月光? 是奇妙的夜? 是奇妙的海岛音乐?

　　月下,岛上的那些幽深的树木,一棵棵,一丛丛,一片片,都染上了朦胧的青色。一层轻纱,裹住了疏枝密叶。那些枝叶向东的一面,都像镀了一层银,在黝黑的、深蓝的天空的背景前,勾画出半边明亮的线条。枝柯错杂,银线交叠。看上去,这些树木更加幽深了。纵横交错的银线似乎织成了一个梦境。木麻黄,像一排挺身而立的翁仲;相思树,像一帮弯腰伸肢的拳师;龙眼树,像一群纷披着浓发的姑娘;银槐,像一列严阵以待的卫士。月下,这些树似乎都生活在梦境里。他们似乎组成了儿童的集会,醉汉的行列。他们似乎在向我高声喧嚷,又向我絮语喋喋。他们似乎在手牵着手,肩挨着肩地行进,在围绕着我舞蹈,趔趄,徘徊,蹀躞……

海岛呵,你是披上了烟雾?是蒙上了霜雪?你是这样冷,又是这样热?海岛呵,我看见你浓发下的颦眉,你睫毛下的笑靥……我感到了你的脉搏,你是那样犹疑,又是如此果决……

哦,祖国的海岛!是什么东西,把我们牢牢维系?是什么东西,把我们紧紧联结?

哦,我并不是没有在海岛上居住过。然而今夜,我为什么有着如此异样的感觉?有着如此莫名的悲伤和喜悦?我的感情的波涛,为什么如此起伏不停,如此奔腾不歇?

我发现,我的感情,突然变得如此深沉,又如此强烈!

哦,海岛!正是我对你的爱情,使我昏厥……

明晨呵,明晨,我们就要离别。但是,我对你的爱情,永远不会熄灭。

1978年

奇 异 的 音 乐

一个寒冷的黎明。我醒了。我听见一种从未听见过的音乐，仿佛裂帛，或断弦的共鸣，又仿佛童声的有顿挫的歌唱；然而很低，很低，自近而远，从窗外一直延伸到天边；又自远而近，从天的尽头回响到我的枕边……

我惊异地问："什么声音？"

我的伙伴回答："河里的冰坼裂了。"

我起身，走到户外，河边。我看见河里的冰块有了裂缝，有些还在继续开裂。冰河解冻了。碎冰下面的水开始缓缓流动。凛冽的季节将要过去了。而那奇异的音乐继续一次又一次地拨动我的心弦，直到慢慢地隐没在白天的噪音里。

那是1949年初，我在浦东川沙县一个村子里暂住的时候。三十多年过去了，可是那奇异的音乐还时时鸣响在我的心头。

一个炎热的夜。没有星星，没有月亮。轮到我在田头的席棚里看守水泵。到了半夜，让水泵暂时休息。突然，我听到一种从未听见过的奇异的音乐，仿佛蚕正在吐丝，蛋壳正在被啄破，又仿佛无数低音提琴正在进行断奏；然而很低，很低，几乎听不见，可是有，近处有，远处有，弥漫在池边、树旁，在广袤的田野里，在一切有生命存在的空间……

我惊异地问："什么声音？"

跟我共命运的人回答:"禾苗在拔节!"

我走到棚外,什么也看不见,一股强大的黑暗紧包着我。但我可以侧耳细听。我听到那音乐像是地火在蔓延,阴河在奔涌,像是无数棵生命的嫩芽在冲破压在头上的重重黑云向上拱。这奇异的音乐持续地拨动着我的心弦,久久地、久久地不绝。

那是1972年的夏天,我在河北静海县团泊洼"五七干校"里劳动的时候。十几年过去了,可是那奇异的音乐还时时鸣响在我的心头。

一个温煦的早晨,我醒了。我听见一种音乐,似乎听见过,又似乎没有听见过;是这么熟稔,又那么陌生,因此而显得奇异。它仿佛嗡嗡嗜嗜的一群蜜蜂,从蜂巢里出来,飞向万紫千红的花丛;又仿佛沸沸扬扬的一壶开水,把壶盖拱开,让滚烫的蒸汽迎着七彩的太阳光喷冒,升腾而幻化……

我平静地问:"什么声音?"

旅途中萍水相逢的朋友回答:"市声。"

我走上大街。人们熙熙攘攘地、急急匆匆地走着。工人们走向工厂,学生们走向学校,职员们走向市场,走向企业大楼……汽车驶过马路。新建成的大厦和正在施工的大厦像树林一样耸立在城市的各处。早晨灿烂的阳光照耀着这座城市,照射到这座城市里新鲜的标语牌上,也照射到每一个匆匆行走的人的脸上,使那些脸反射出一种蓬蓬勃勃的光辉。这时候,那熟稔而又陌生的音乐像潮水一样涌来,直至把我的整个身心淹没。

那是1983年深秋,我住在"新园"招待所,对深圳特区进行访问的时候。一年多的时间过去了,可是那奇异的音乐还时时鸣响在我的心头。

我常常在深夜,或者在黎明,听见这三种奇异的音乐在我的心底里鸣响,一次又一次,轮流地鸣响,交错着鸣响,又奇妙地融接起来,结合起来,好像三股泉水汇合成一股清流,一股激流,一股洪流,一泻千里,漫无际涯,从渺远的过去冲向现在,又从现在涌向浩茫的未来。

1985 年 4 月 2 日

走　廊

你说，你爱走廊。

你说，在走廊上，不遭雨淋，欣赏着最幽静的雨中山水。

你说，在走廊上，不受日晒，领略到最灿烂的阳春烟景。

你说，只有走廊能把自然纳入美的规范。

我说，我赞赏走廊。我说，从内室来到走廊，我感到舒畅和宽余。

我认可走廊是里和外的媒介。

我欣慰走廊是狭窄和宽广的桥梁。

然而——

我抬头，藻井和彩绘取代了广阔的天空。

我平视，帘子和柱子分割了巍峨的群山。

我俯瞰，栏杆把红色涂上了深谷的碧草。

我说，自然的本色是不羁的。

我说，我赞赏走廊，却要告别走廊。即使冒着暴雨的冲击，烈日的烤炙，我也要告别走廊。

我告别走廊，走向最广大的、没有阻挡、没有涯际的自然。

1985 年 4 月 6 日

镜　　子

你宣称:你最准确地反映存在;你摒弃一切虚假和伪饰,指出真实。

是这样吗?

我寻找朝东的方向。你指给我朝西的方向。

我寻找左边的道路。你指给我右边的道路。

我飞升,越飞越向高处。你告诉我,那是俯冲,越冲越向低处。

我向往天空。你说,天在地的里面。

我扑向大地。你说,地在天的高处。

我追求远。你告诉我,世界上只有深。我追求广袤。你告诉我,广袤只存在于方寸之中。

我热恋自由。你说,来吧! 最大的自由在这个框子里。

哦,你是最准确地反映存在,摒弃一切虚假和伪饰,指出真实的吗?

也许——也许你是这样的。

1985年4月4日

失 去 的 诗

在一个风和日丽的日子里,我写了一首咏露珠的诗。

它是我随手拈来的,但又是付出极大心血写成的。

在这首诗里,我写到露珠在草叶上滚动的状态,露珠在阳光下放射出种种奇幻色彩的状态。我写到露珠和太阳的关系。我写到露珠身上体现出渺小和伟大的统一。我写到自己从露珠得到的平凡而又深刻的启示,以及我对露珠所寄予的无限希望和憧憬。

这首诗刚写好,气候就变了。

这首诗的作者成了它的惟一读者。

美好的日子似乎回来了。我想,应当把这首诗送到刊物去发表,让它去寻找更多的读者朋友。

我刚把它装入信封,气候又变了。

在狂风暴雨把世界搞得天昏地黑的时刻,我只好向这首诗告别,为它举行了庄严的火葬仪式。

我想,我的希望和憧憬也在那熊熊的烈焰里火化了。

然而,阳光灿烂、春风拂煦的日子重新来到了。

我又想起了那首诗。我想追记那首诗,却怎么也记不起那些字句。

我失望了。然而,不——

我发现,对露珠寄予的希望和憧憬复活了,并且在每天的劳动和工作的节奏里再现出来,比过去更加清晰,更加明亮。

在这样的日子里劳动和工作的节奏,是诗的节奏。

为工作而流滴的每一颗汗珠,都是璀璨的露珠。

我欣喜:文字的诗失去了,心里的诗却永在。

1985 年 4 月 3 日

窗　里　外

窗外：一个神秘的世界。

透过攀满爬山虎的窗框，我向外望去，看见一个神秘的世界。

我看见春天，白云；我看见花朵，树林；我看见溪水，草坪。

窗外有日出，月升；柳絮，西风；红花，白雪；四季，晨昏；阳光灿烂的大地，繁星闪烁的夜空。

我看见她——自然的繁衍和凋零，昂扬和低沉，热烈和冷峻，飞翔和潜泳，行进和停顿，交错和单纯，勃发和消泯……

她——自然的每一个变动都撼动着我的心。

爬山虎开出小花，缀在窗框上。

月光下，那些小花变成一串串透明的黄色玻璃花瓣，环抱着窗外的一个神秘的世界。

我凝视着窗外，自己沉入了梦乡。

…………

窗里：一个神秘的世界。

透过攀满爬山虎的窗框，我向窗里望去，看见一个神秘的世界。

我看见笤帚，围裙；我看见发结，领巾；我看见少女，母亲。

窗里有笑靥，泪痕；炉台，妆镜；叹息，琴声；红颜，衰鬓；含情脉脉的眸子，波澜起伏的内心。

　　我看见她——感情的觉醒和睡眠，汹涌和沉淀，内向和外延，冲刺和收敛，凝聚和扩散，休止和伸展，韧性和裂断……

　　爬山虎张开绿叶，缀满在窗框上。

　　在晨曦的照射下，一丛丛绿叶如闪着荧光的翡翠饰物，环抱着窗里的一个神秘的世界。

　　我凝视着窗里，我看见她从梦中醒来。

　　我看见她从梦中醒来，跨出窗子，跨进窗外的世界。

　　我看见她——感情，走向她——自然；我看见有情走向无情，无情拥抱有情；有情中有无情，无情中有有情；我看见人走向自然，自然拥抱人；人中有自然，自然中有人……

　　我看见了人和自然的融合，这融合过程中的每一次波动，每一丝变化，都撼动着我的心。

　　于是，窗子消失了。

1983 年 5 月 17 日

瞳　孔

　　幼小的时候,我爱看母亲的瞳孔,那瞳孔里有一个孩子的脸,那就是我自己。

　　年轻的时候,我爱看爱人的瞳孔,那瞳孔里有一个青年的脸,那就是我自己。

　　母亲瞳孔里的孩子常常笑,笑得那么傻气。

　　爱人瞳孔里的青年也常常笑,笑得那么傻气。

　　如今,我想再看母亲的瞳孔,母亲已经不在了。

　　如今,我想再看爱人的瞳孔,妻子已经衰老了。

　　我努力睁眼去看妻子的瞳孔,却看不见任何人的面孔,因为我的眼睛已经昏花了。

　　有一个声音说,何必睁眼呢? 把眼睛闭上吧。

　　我闭上眼睛。

　　顿时,我看见了母亲的瞳孔,那瞳孔里有一个孩子的笑脸,那就是我自己。

　　顿时,我看见了爱人的瞳孔,那瞳孔里有一个青年的笑脸,那就是我自己。

　　我看见母亲的瞳孔对我笑,笑得那么慈祥。

　　我看见爱人的瞳孔对我笑,笑得那么美丽。

于是,我也笑了,笑得那么傻气。

1983 年 5 月 17 日

苏　　醒

我发现自己分成两半。我倚着身患绝症的朋友。身边的床单呈现出朦胧的白色。

"我刚才做了一个梦，"朋友睁开眼，看见了我，用极轻的声音说，"梦见我还是一个青年。我和同事 B 一起去赶公共汽车，准备上火车站。公共汽车来了。他在前门口排队等着上车，我在中门口。中门口上车的人拥挤。有着天使般眼睛的售票员用一种决定人们命运的口吻说：'后面的那位到前门去上车！'我赶到前门，恰好 B 上了车而车门关了。只差半秒钟，我想着，一面急忙赶回中门，砰的一声中门也关了。车开了。我被留下了。只差半秒钟，我想。"

说到这里，朋友微微地笑了。他继续说："我乘上了下一辆公共汽车，不料这车在一座连接两块不同颜色的陆地的桥梁上抛了锚。乘客都下了车。等到第三辆，我才挤上。赶到火车站，火车刚启动。B 在火车上大声喊我。我想跳上车去，被一名头戴惊人冷峻的白色钢盔的路警拦住。车开了。只差半秒钟，我想。"

停顿了一会儿，朋友继续说："我和 B 是相约去梦中的电子城的。他去了。而我后来虽然有过多次机会可以去电子城，却总是只差半秒钟而没有去成。最后，当我已经头发花白的时候，又有了一个机会。我乘着风驰电掣、破雾穿云的飞机到达电子城。已经当上这座城市的市长的 B 拿着开启本城城门的金钥匙递给我,我伸手去接——正在这时候,我醒了。只差半秒钟,我想。"

我的朋友又微微地笑了笑,带着点诙谐的语调,他说:"我终于醒了,发现自己躺在病床上,已经变成瘫痪的老人,而且面对着黯黑的死亡。一切都过去了,多么轻松!"

"不!你不是 A,我也不是 B。"我热烈地说,"你看看窗外,那片朦胧不是日光,而是月色。你应该起床,同死亡赛跑,去迎接第二次苏醒。"

白色床单隐去。在月光下,两个影子沿着人字形栏杆赛跑。白影比黑影先到,两影到达终点的时间相差半秒钟。

顿时,白色钢盔转过脸来;天使般的眼睛嫣然一笑。

我醒了。我发现自己已经是一个全我。只半秒钟,我听见了黎明的鸡啼。清风从窗外吹来。一阵欢跃的童声由远而近,逐渐形成一片明丽的音乐之海。壁上的时钟滴答地响着。墙壁透明了。电子城如霞光万点从四面涌起。我感到手中握着一个坚硬的东西:金钥匙。它烫着我的掌心,烫着我的血液和心脏。我起身,用青春的脚步,向汹涌的光流走去。

1982 年 11 月 26 日

笑　　脸

——二十多年前的一次对话

　　表姊说：今天见到一个人，他对我微笑。那是一种善意。我也回报以微笑。

　　——但是，他也对另一个人微笑。他还对另一个人以外的另一个人微笑……

　　——那么，他就是对一切人表示善意；他就是对人类怀着美好的愿望。我对他抱着一种敬意。

　　——但是，他对蔑视他的人也微笑；对怒视他的人也微笑；对漠视他的人也微笑。这引起我对他作一番研究。

　　——我发现，他不是对人微笑，他不可能收回微笑。因为，他长着一张天生的笑脸，那是从娘胎里带来，要带到坟墓里去的。

　　——于是，我收回了我的微笑，收回了我的敬意。

　　我说：不必收回微笑，不必收回敬意。即使不是真心，也胜过横眉怒目。

　　表姊说：把真实的思想隐藏在虚假的面具下，是可怕的。这已经成了流行病。

　　我说：既然是天生的，就不是面具；就该带着几分天性吧。

　　表姊说：天生的，仅仅是一种"模样"。

　　我说：即使是"模样"，也该胜过呵斥，鄙夷，冷眼，恶语，詈骂，诽谤,诬陷……我们多么需要笑脸,多么需要那种从娘胎里带来,要带到坟墓里去的笑脸呀!

——当真实的凶暴充斥在四周的时候,我们需要的难道不是那即使是想象中的却是永不变脸的温煦吗?

1991 年 7 月 30 日

永 恒 的 祝 福

年轻的父母带着幼女到照相馆去拍"合家欢"。

摄影师对好光,让父母和孩子摆一个姿势。女孩不适应这个环境,也根本不会"强颜欢笑"。摄影师手中的纸花像魔杖般把她镇住,但他正要摁快门时,孩子不见了。

父母到处寻找,终于发现孩子蹲在照相馆的临街橱窗里,与一幅做广告的儿童照片为伍。照片里的男孩对过路人笑,她也对着过路人笑。那不是姿势,而是心态的外延。"爱笑的哥哥把我招来了。"刹那间,三岁的女儿变成了"广告"。

母亲抱着照片,说,"即使变成了影子,我也要守她一辈子!"

父亲抓住摄影师,叫:"你不能把她的灵魂摄去,还我女儿!"

女儿在镜框里说:"我愿意在这里。看,我永远笑着,因为我快乐!"——刚才一刹那间,她的心是快乐的,而这一刹那不知通过谁的手而永恒化了。她今后一生中其他时刻可能有的一切悲哀、焦虑、惶惑、忧郁、愤怒、伤感、嫉恨……以及一切可能受到的人格的污辱、人性的摧残、人的尊严的践踏,都已化为乌有。

她的笑容凝固成永恒的祝福,而且永远面向一切过客。

1992 年 11 月

影　　子

　　当太阳把他的万丈光华射到我身上,给我的头顶戴上金色皇冠,给我的周身披上光与热织成的华衮,仿佛要挽我登上至尊的宝座的时候——

　　我的影子始终紧随在我身后,低低地对我说:"我永远是你最忠实的臣仆!"

　　当满月把他冰清玉洁的光辉洒到我身上,给我的头顶戴上银色桂冠,给我的周身披上水晶和湖波织成的轻纱,仿佛要牵我登上晶莹的仙座的时候——

　　我的影子始终紧跟在我左右,轻轻地对我说:"我永远是你最坚贞的伴侣!"

　　当太阳走进乌云,把我抛弃给阴霾,使我在孤独和清冷中徜徉的时候;

　　当月亮不再升起,把我留给暗夜,让我在寂寞和惆怅中徘徊的时候——

　　我的影子偷偷地离开了我,连一句告别的话语也没有。

1988年3月14日

"改"

陌生人说,这个"改"字,应该从字典里拿掉。

我不明白他为什么这样说。

陌生人说,任何过失,任何错误,任何罪愆,任何丑行,任何恶德,一经存在,便在时间的登记簿上刻了烙印,便是历史的存在。而历史是无法更改的。

我认为他说的是歪理。

陌生人说,改正,革除,修改等等,从时间的概念上说,是不可能的。因为时间不能倒流,正如泼出去的水,永远也收不回来。

我反驳说,时间和空间是统一的,没有空间就没有时间,正如没有时间也就没有空间一样。时间老人背负着历史的重负,却同时开辟着通向未来的道路。一切过失,错误,罪愆,丑行,恶德存在于时间的进程中,也可以改正或消除于时间的进程中。

陌生人说,那个存在无法抹去,因此也无所谓"改"。后来改了,那是后来的存在。

我说,要看到过去的存在,也要看到后来的存在;要看到现在的存在,也要看到未来的存在。在过去、现在、未来的流水线上,美终将战胜丑,正义终将克服邪恶,真理终将纠正谬误,这就是历史意义的"改"。

陌生人不见了。我发现,那只是我的另一个自己。

1983年5月17日

洗　砚　池

　　小小的池塘,绿漪如绸,倒映着一株株花树。不知在哪个朝代,这里居住着一位大书法家。他的学生每天为老师在池子里洗砚台。书法家去世后,学生仍每天为老师的亡灵磨墨,每晚到池子里洗砚。这样过了多少年。

　　绿绸一年年变色,最后变成一张黑绸。池周的花树吸收着池水的滋养,长得越来越茂盛。人们看到,在夏天,一枝枝墨竹隽秀挺拔;在秋天,一朵朵墨菊迎风绽开;在冬天,一树树墨梅同白雪形成强烈的对照。

　　一天,学生把墨竹、墨菊、墨梅卷起来,从池中舀了一瓦盆池水,回到书法家原来的住处,把三幅画铺开,用硕大的毛笔蘸着池水,在墨竹、墨菊、墨梅上题字。那字笔力遒劲,气韵生动,仿佛得到了老师的真传。再细看,竟分不出哪是字,哪是竹、菊、梅了。

　　这夜,老师出现在学生的梦里。书法家说:我的字原是来自自然,现在你把它回归自然了。

1988 年 5 月 4 日

由 偶 然 开 端

老母亲在室内行走的时候,被摆在墙边的花盆绊倒了,造成了股骨颈骨折。

这是刚才发生的事。如果她没有碰着花盆,就根本不可能发生这件事。这纯属偶然。

这事发生在几分钟前。几分钟前她不是好好的吗?

这事可能发生,也可能不发生。

它发生了,还是没有发生?我怀疑。

好像它没有发生,也许老人还是好好的,能够行走,不用拐杖而自由活动,可以不用卧床,更不用"牵引"治疗。

但它发生了。这几乎是不可能的,我简直不相信。

它发生了。随着时间的推移,越来越成为确定无疑的事实。老人卧床了,并且经过治疗也不见多大成效,并且生了褥疮了。

一年以后,老母亲去世了。

这个必然,由偶然开端;这个偶然,以必然为归宿。偶然中有必然的导向,必然中有偶然的导因。

这个偶然,当它发生时,就像画板上的一粒微尘,一吹就没有了。它似乎存在,似乎不存在。随着时间的推移,它变成钉在铁板上的钉子,用老虎钳拔也拔不去了。它变成确确实实的存在,变成必然。它是怎样诞生,怎样长大的呢?谁能说清楚?

悲剧之源的偶然,能够预防吗?

喜剧之源的偶然,能够预测吗?

人世间的偶然和必然,引发出多少悲泪和喜泪,只有上帝永远在微笑。

1989年9月5日

刹 那 的 陌 生

一个汉字，我认得的，我久久地、久久地凝视它。突然，我不认得它了。

它难道就是那个汉字吗？它仿佛成了另一个陌生的字，它成了横、撇、竖、捺组成的符号。

有一天，我带着最深挚的亲情，久久地、久久地凝视着我的母亲。那银白的头发，那布满皱纹的脸，那慈祥而充满母爱的眼睛，我从婴儿时代起就熟识的脸，我无论走到天涯海角也忘不了的脸——顿时，我不认得它了。这张脸，就是我母亲的脸吗？

她仿佛成了一个陌生人。

有一天，我带着最深挚的爱情，久久地、久久地凝视着我的妻子。那乌黑的头发，那充盈着温存和体贴的脸，当我还是个青年，第一次结识她的时候我就获得深刻印象的脸，无论我在蹲"牛棚"或者在干校劳动的时候，一想到它就得到无穷力量的脸——顿时，我不认得它了。这张脸，就是我妻子的脸吗？

她仿佛成了一个陌生人。

然而，这只是一刹那。

然而，这一刹那却是最奇特、最诡谲、最凶险的心灵历程。

然而，我企盼着，而且已经企盼到了，经过这一最奇特、最诡谲、最凶险的心灵历程，亲情和爱情得到一次新的突发和新的飞跃。

1988年3月14日

晓　　梦

穿着花裙子的璘踏着轻快的舞步走向丛林深处,我紧随在后面。她是闪动的蝴蝶,忽隐忽现,被一片阴影遮住。

璘出现在林区市街上。她排在稀疏队伍的末尾。人们在排队购物,购买甜瓜。

我隐在街角。我不愿被她发现,但我要紧盯着她,我怕失去她。她的花裙子是阳光透过树叶形成的斑驳。阳光隐去,花裙子消失。

我紧盯着她,我再注视,那不是她! 那是另一个女孩:有她的面貌,没有她的灵魂!

我惶然……

我又见到她了:她排在另一个稀疏的队伍里,不在末尾,在中间。人们在排队购物,购买苦瓜。

我隐在街角。我不愿被她发现,但我要紧盯着她,我怕失去她。她的花裙子又暗淡下去了,变成了灰雾。

我紧盯着她。我再注视,那不是她! 那是另一个女孩:没有她的灵魂,也没有她的面貌,只是一团灰雾……

我惶然……

我徘徊在丛林的边缘,我凝视丛林深处。阳光透过树叶在地上形成一片斑驳,仿佛是闪动的蝴蝶,仿佛在舞蹈,然而没有花裙子,没有璘!

阴影遮住了一切。

我从失落的异域退出。我伸手抱住身旁的她,我的外孙女。她安详地偎在我的怀里。我感到她的体温,听见她均匀的呼吸。

月光透过树叶射进窗户。我看见一块斑驳的光影:那是放在床边的花裙子。

我闭上眼睛。我明白:我的蝴蝶,还在做着舞蹈的梦,舞蹈着,飞过月光,飞向灿烂的太阳。

1992年9月19日

花　　圈

　　我搀着她的小手，冒着雪，在街道上行走着。

　　我们走过一家出售花圈的商店，她被那些陈列在门廊里的花圈吸引住了。她要我停下来。她仔细地观看那些花圈。

　　"这些花圈那么白，中间那个字金灿灿的，多么漂亮！给我买一个吧！"

　　"傻孩子！这花圈是给死人买的，为了悼念死人，放在他的灵堂里……"

　　"为什么给死人买花圈呢？他已经死了，多美的花圈，他也看不见了。好爷爷，还是买一个给我吧，挂在我床头的墙上，每天清早，我一醒来就可以看见它，那么洁白，那么漂亮！整天我都会高高兴兴的……"

　　她望着我，带着恳求的神情。她的眼睛是乌黑的，发出亮光。雪片在她身后划出千百道白线，织成一个白色的恢恢天网……

　　我面对着她，没有回答。我望望门廊里的花圈，想：我同花圈并卧的时刻愈来愈近了。但是，到那时我不需要任何放在死者身旁却是给活人看的花圈……

　　"爷爷，你怎么愣神了？"

　　"喔，孩子，这花圈是纸扎的假花做的。你应该得到真花，同真花在一起。等春天来了，爷爷给你扎一个真花的花环！"

雪片在她身后划出千百道白线,织成一个更严密的白色的恢恢天网。雪下得似乎更猛了……

1992 年 1 月

玩 具 娃 娃

这是一个玩具娃娃。她体积很小,但是能走路。只要给她上弦——把她身内的发条拧紧,她得到了动力,就会连续行走几十步。

他专心致志地在玩这个玩具娃娃。他给她上了弦,让她在五屉柜上行走。停了又上弦,让她再行走。

阳光静静地透过窗子射到五屉柜上。

他让玩具娃娃从放在柜上的一个镜框前面走过。镜框里镶着一幅老人的遗像,那是他的父亲。他的父亲慈祥地观看他的游戏。

娃娃走到五屉柜的边沿,停下了。他捏了一把汗。娃娃差一点跌下去,那下面不是万丈深渊吗?

阳光静静地透过窗子射到五屉柜上。

玩具娃娃再次走过镜框,告别镜框,走到五屉柜的边沿……

差一步——掉下去了!他急忙去扶,已经来不及。

但是玩具娃娃是顽强的,她仰卧在地上,两只脚在空中依然一前一后地移动着……

他扶着床栏慢慢蹲下来,专心致志地观看玩具娃娃慢慢地停止两脚的动作。但是他明白,娃娃并没有失去活力,只要再给她上弦,她得到了动力,就又会行动起来。

他想,他也总会再次得到动力的,但,不需要别人来上弦……

镜框里似乎出现了一个古旧的笑容。

窗外传来一个充满活力的女孩的清脆嗓音:"爷爷,我放学了!"他应了一声,拿着玩具娃娃艰难地站起来,把她放到孙女的玩具箱里,扶一扶自己的眼镜,蹒跚地走去开门。

阳光依然静静地透过窗子射到五屉柜上。

1992 年 1 月

棕 叶 蟋 蟀

在青城山道上,过了雨亭。

遇到一个大约八九岁的女孩,她手拎一串"蟋蟀"在兜售,低声对我说:"买一只蟋蟀吧。"我说,"我没带孩子来,不买了吧。"她快快而去。我随即后悔了。

从五洞天返回。又遇见这个女孩,她带着央求的眼神,用几乎听不见的声音对我说,"买一只蟋蟀吧。一角钱一只。"我连忙掏钱买了一个。问:"是你自己编制的?"她点点头,不多说话。这孩子似乎内向,脸上无愁容,也无笑容。但我感到了她的忧郁,她内心里似有某种深沉的东西。

那"蟋蟀"是用棕榈叶片编制成的。叶片的绿色由浅入深,于是编出深绿间隔浅绿的六个皱褶,形成蟋蟀的身体。尾巴极长,像一根箭杆,而触须更长。眼睛和嘴巴用红绒制成。精巧可爱。价钱却如此便宜。我对地说,"编得太好了,你的手真巧。"她眼睛低垂,用几乎听不见的声音说,"可惜是哑的。"哦?我一怔。我想再问她几句话,一回头,她已经默默走开。只见她的背影消失在绿树丛中,雨丝里。

迎面又来了一个女孩,也在兜售"蟋蟀"。她眉清目秀,性格开朗。她说她今年十一岁,是小学五年级学生。她的"蟋蟀"也是一角钱一只,我又买了一只。但这只不如前面那女孩编的精巧。

我问:"这虫儿你们叫蟋蟀?"

她答:"是啊!"

我又问:"不叫蛐蛐吗?"

她摇头。她的语汇里没有"蛐蛐"。

"你为什么自己编蟋蟀出卖?"

她一笑,不回答。

"前面那个小姑娘是你的同伴吧?"

"是我的邻家妹子。"

她还告诉我说,这妹子的手巧,编的"蟋蟀"在邻里间数第一,本可以标价二角一只,至少也得一角五分。但是这妹子不会大声叫卖,所以即使降价一角,生意也不如别的孩子。她想把自己挣的钱分一部分给这个妹子,人家不要。姊妹们戏称这妹子作"哑巴货郎"。

"她好像有心事?"

"哑巴货郎满肚子都是心事。可她的心事是什么,谁也猜不透!"没等我再问,她对我一挥手:"再见!"跑了。

我把两只"蟋蟀"仔细观看。在细雨中,蟋蟀的身子碧绿碧绿的,润如酥油,闪着亮点。形状栩栩如生,特别是先买的那一只。

"可惜是哑的⋯⋯"一个几乎听不见的声音飘到我耳边。

我抬头四处张望,什么也没有。只见雨亭前后,绿荫深浓,幽径蜿蜒;只听到沙沙的雨声和潺潺的水声充塞在空间。

1992年11月

银 柳 天 使

　　那年,帕夏罕九岁。我到她家做客。她的家在一座果园里,整天伴着她的是葡萄藤、苹果树、梨树……我问她:"你长大以后,也像你妈妈那样当一名果园工人吗?"她说:"我将来要当舞蹈演员!"她说,她妈妈教她舞蹈,她能跳许多维吾尔族舞和汉族舞。"我会跳果园姊妹,葡萄仙子……"她随即把手一扬,摆出一个定势,接着手舞足蹈地跳起舞来。她身上的"厄特勒斯"(一种连衣裙)在空中飞旋,从中我看到一种渴望,一种追求,一种不息的搏动,一种与天籁共鸣的律动,那是一种永恒的执着,而这种执着又糅合在一种令人心醉的天真中。她舞累了,头上冒出了细汗,她停歇了下来,但仍然两眼炯炯,精神焕发。我问:"这是维族舞?"她说:"这是一个维族舞和汉族舞合起来的舞蹈,叫'银柳天使'。"我感谢她为我跳了这么优美的舞蹈。她笑了。

　　第二年,帕夏罕十岁。我又到她家做客。她给我端来一盆小果,说:"这是沙枣,尝尝吧!"我问:"沙枣?哪来的?"她拉我到屋外,林子里,指着一棵树说:"看,那就是沙枣树!"我抬头望去,那是一棵比普通的人还高的树,小乔木,树上长满了银白带金黄的椭圆形小枣。看上去像一树琳琅的大型珍珠。我用手去触摸,感到枣面上有一层细沙,极细极细,细得腻手。帕夏罕随手从树上摘下两颗沙枣,递给我,说:"吃吧! 不用剥皮,连皮吃挺卫生,没有细菌,还能治腹泻呢。"我把它放在嘴里,含着,嚼着,舌头上感到一种温和的甘甜,虽然温和,却有韧性,那种淡淡的甜味通过味蕾渗入到全身的血液中,长久不散。沙枣有一种既不同于"红元帅"的酸甜,又不同于库尔勒香梨的脆甜的、独立的味觉品格,这品格属于一种永恒的执着。我感谢她给我品尝这种高品位风格的沙枣。她笑了。

帕夏罕十一岁的那年,我再次到她家做客。她对我说,去年有一个自称来自某大舞蹈团的叔叔来到这里,看了她的"银柳天使"舞,大加夸赞,答应三个月后再来带她到上海去参加舞蹈团,当演员。她说:"这个叔叔走了就没影了,是个大骗子!"她似乎失去了原有的那种乐观的情绪,眼睛里蒙上了一层忧郁。她的那件"厄特勒斯"已经太小,她自己缝制了一件新的、合身的,在上面绣了一枝花。那花枝窈窕多姿,如行云流水,像一段舞姿。我问:"这是什么花树?"她说:"银柳。"我又问:"你们这里有银柳吗?"她拉我到屋外的林子里,指着一棵树说:"看,那就是银柳!"

我抬头看去,哦!这不就是一年前她指给我看的那棵沙枣树吗?但在这个季节,枣还没有长出来。只见树叶繁茂,叶子是青绿色长圆形,两面有银白色鳞片。有的树枝上也有鳞片。正在开花,一朵朵一丛丛银白色的小花,纷披在枝头,发出细长的幽香。我再看整棵树,好像变得更有韵致了,像一位苗条的少女,裹着银装,亭亭玉立。风来时身子稍稍倾斜,仿佛在期待,在倾听,或者在沉思,在祈祷,在执着地探求:从树冠到树根,仿佛是一团静止的火焰,一湾凝固的流水;或者是幻成画面的旋律,凝为雕塑的舞姿。我喃喃地说:"怪不得你的舞叫'天使'……"我回头,见帕夏罕正用恳求的眼神望着我,那眼神里带着一种永恒的执着,她说:"带我到北京去吧,介绍我进舞蹈团!"我知道那里的舞蹈团不会吸收这样一个女孩,所以我虽然同情她却难以满足她的愿望。她失望地走了,带着她的倔强,消失在果园的绿荫中。一阵风吹来,掠过树梢,飞入果林深处。我只想我不能做"大骗子",但惭愧没有为她去做一番努力。

多少年过去了。我没有再去那座果园。边疆的客人来了一批又一批。他们带来了各种信息。有人说,自治区首府的舞台上射出过非凡的舞蹈艺术的光芒;有人说,绣着花枝的连衣裙曾飞旋在天山南北的一片片绿洲之上,唤起了多少人对美好明天的不懈追求;有人说,那个酷爱舞蹈的小姑娘并没有成为职业演员,她现在是一名勤奋的果园工人,她的女儿已经六岁,正在做着当舞蹈演员的梦……这些信息使我沉湎在回忆里。而到了夜晚,叩开我的梦的大门的,往往是那位窈窕多姿而又执着、坚毅的银柳天使。

1993年2月27日

九　华　街

苓一定要我陪她去散步,于是我同她上了街。

这是山坳的一条小街。四周群峰耸立,夜色朦胧,阒静无声。而街上却商店林立,灯火辉煌,夜市兴旺。

柜台和货架上放着琳琅满目的商品:铜制小型释迦牟尼佛像,观音菩萨像;弥勒佛瓷像;中型铜香炉,小型铜香炉;大大小小的橙黄色绣着"佛"字的香袋;檀香扇;可以挂在胸前的十二生肖画片塑料圈;楠木筷子;竹编的各种形状的小篮子……

我给苓买了一件小工艺品:竹编的小鸡。那是一只公鸡,作打鸣状,颇精致。

苓也给我买了一件小工艺品:木雕小象。象身是棕色的,嘴里的两支象牙洁白如玉,不知用什么材料制成。

肚子有些饿了。"咱们找个加油站吧,"苓说。

这里小饭馆很多,供应米饭、炒菜、面食、酒和下酒菜之类。苓不爱闻汗气和酒味。于是找了一家干净的小铺,要了馄饨。忽见邻座上坐着老李。"李爷爷!"苓清脆地叫道。老李回过头来:"喔,是你们呀!……"

我和老李交谈起来。忽然发现苓不见了。我要出铺子去寻找,苓却回来了。她双手捧着一件小工艺品,送到老李面前。一看,原来是一只小型陶制耕牛,呈紫褐色,仿佛日晒雨淋成的,还有一条舌头,能活动,甚至伸出口外,但不会掉下来。老李拿着,仔细观看。

"这是我送给李爷爷的礼物,"苓说。

"为什么送这个?"老李笑问。

"今天是阴历四月初八,是释迦牟尼佛的生日。所以今天每个人都该得到一件礼物,而且都是他本人的属相。"她拿出了竹编小鸡:"这是我爷爷买了送给我的。"

老李说:"多亏你记得我的属相。"又问我得到了什么。我拿出木雕小象。

"象?十二生肖里哪有象?"

"这个你不知道,"苓一面吃馄饨一面说,"我爷爷属猪。可我爷爷小时候不愿意自己属猪,说猪又脏又懒,到头来挨一刀给人宰了吃了。太奶奶就说,不叫属猪了,改成属象。说是我爷爷本来属象,因为长得粗壮,身子圆圆的,被阎王爷看错了,以为是猪。象可好了,力气大,在森林百兽中威望最高,连兽王狮子也要让他三分。可他从不伤害别的动物。他是和平使者。普贤菩萨最喜欢他,让他当坐骑。"

老李听了呵呵笑起来:"还有这么多讲究?"

"就是!"苓一本正经地说,"李爷爷你也不赖:俯首甘为孺子牛嘛!"

"那你呢?"

"我呀?"苓又拿出竹编小鸡来:"我是一唱雄鸡天下白!"

夜风吹来,林涛如隐雷传入耳中。街上夜市渐歇,灯火阑珊。

"夜深了,咱们该回去了。明天还得去朝拜十王殿呢。"老李说。

"再坐一会儿。"苓说。

"不,再坐下去,你该喔喔啼了!"

芩一笑,三人起身,告别时,芩对老李又加了一句:"明儿早上我和爷爷在百岁宫等你!"

1992 年 12 月

紫罂粟花

女孩子们绕过花坛，走远了。只有她停下，带着惊奇的眼光，问我："那是什么花？"

"那是罂粟花。"我说。

"啊？有毒的罂粟，竟是这样美丽的、火辣的、炫耀的、大胆的花？"

"正是。"

晚饭过后，她甩开同伴们，找到我，要我陪她去摘罂粟花。我说不行，咱们是刚来的客人，怎能去摘主人的花呢。她说她已经无论如何也控制不住自己了。"咱们可以偷偷地摘，不让人瞧见。"她那种坚决劲儿，是没有人能够阻止的了。

我陪她走出楼门，走向花坛。在幽暗的灯光下，花坛呈现在面前。远处有人走过。她怕被人看见，叫我站在花坛外侧，挡住可能投来的视线。她动手偷摘。我见她用力太猛，说："怎么这样狠心？"

"不狠心摘不下来！"花朵被掐时仿佛"吱"地叫唤了一声。

她快刀斩乱麻似的摘了一朵，又一朵，又一朵。

"你太狠心了！"

"不，我是要制服她们！"

她终于摘够了，说，"走吧！"

天黑,摘下的花儿是什么样儿的,看不十分清楚。

第二天一早,她递给我一个小笔记本,里面夹着一朵罂粟花。因为花朵太大,夹不平,本子鼓着。她说:"园里的罂粟花全都是殷红的,惟有这一朵是淡紫色的,稀罕物儿,给你。"我接过,把本子塞在提包里。

两年后,我偶然发现被扔在书堆里的一个小笔记本。我翻开本子,"吱"的一声,出现了一个稀罕物儿:一朵淡紫色的罂粟花。已经干了,平了,紫色也褪了许多。但,我忽见花瓣的中央,围绕着花心,有一圈黑色绒状环,黑得刺眼,黑得揪心,似是摘花者的眉毛,或者是 La belle dame sans merci 的眉毛,看上去叫人颤栗!

摘花者早已去了国外,没有音讯。留给我的惟一的痕迹,恐怕就是这朵花了,还有一声咬牙的:

"我是要制服她们!"

1993 年

青　鸟

　　那天,我给小霖霖讲了梅特林克的《青鸟》的故事,于是小霖霖立志要画一只青鸟。

　　她在画纸上先勾了一只青鸟的轮廓,那青鸟正在展翅高翔,向远方飞去。

　　然后小霖霖要着色了。她在调色盘里调颜色。她在蓝色颜料中稍许加了点柠檬黄,不行,变成了嫩绿。她又在蓝色颜料中加了点玫瑰红,不行,变成了淡紫。她在蓝色颜料中加了一些白色,不行,变成了浅蓝。她又试着调和蓝、紫、赭、橙……诸色,既要小心不使过量,又要大胆使它适量,她试调着,一回,两回,三回……然而,她理想中的青鸟的青色始终调不出来。

　　小霖霖伤心极了,丢下了画笔。

　　小霖霖哭了,流下了眼泪。

　　那眼泪像珍珠,一颗,一颗,落进了调色盘里。

　　调色盘里顿时增添了珍珠色,奇迹出现了:各种颜料逐渐变化、融和、谐调,终于呈现出一种宁静而闪光的青色。

　　哦,这正是青鸟的颜色!

　　小霖霖破涕为笑了。她用画笔蘸着这种宁静而又闪光的青色,涂到了青鸟的身上。青鸟顿时有了生命。

　　小霖霖把这幅青鸟挂在墙上。

然而不久,眼泪干了,青色褪了,青鸟也不见了。

"小霖霖,青鸟到哪里去了?"

这回,小霖霖没有哭,却说道:

"青鸟飞去了,飞到老远老远的地方,去为大家寻找幸福!"

1987年8月27日

到月亮姊姊那里去

小霖霖说:我要到月亮姊姊那里去。

爷爷说:让我推开窗子,让月亮姊姊下来。

月亮姊姊说:我被镶嵌在天穹的碧琉璃上,我下不来呀!

爷爷就把花篮里的花拿出来,插在花瓶里;然后把那条束住小霖霖的软发的红缎带解下来,系在篮子的提手上。

爷爷把缎带一拎,就把篮子拎起来了。

爷爷举手把缎带扣在月亮的弯弯的角上。篮子就挂在月亮上了。微风吹来,篮子微微地摆动着。

小霖霖又说:我要到月亮姊姊那里去。

爷爷说:别着急。爷爷把小霖霖抱起来,举得高高的,刚好够到篮子,爷爷就把小霖霖放进了篮子里。

月亮姊姊说:欢迎,欢迎!

微风吹来,篮子左右摆动着。

爷爷说:小霖霖,把手抓紧缎带呀!

小霖霖用她那白白嫩嫩的小手紧紧地抓住了红色的缎带。她稳稳地坐在篮子里。她的两条小胖腿搁在篮子外面。

篮子还是左一摆,右一摆,好像荡秋千。小霖霖的乌黑的头发散开着,随着微风,像波浪一样飘动;她的花裙子也随着微风像波浪一样飘动。

小霖霖笑得合不拢嘴:真好玩!

爷爷说:你坐在这么高高的地方,看到大海妈妈了吗?

小霖霖说:我看到大海妈妈了,深蓝深蓝的。可她有边,像个大球球。

爷爷说:你坐这么高高的地方,看到太阳哥哥了吗?

小霖霖说:我看到太阳哥哥了,可不是红的,是个亮亮的、蓝蓝的小球球,在大海妈妈怀里洗澡呢!

爷爷说:太阳哥哥最爱干净了。他讨厌身上的黑斑,所以他每天都要洗澡。

小霖霖说:太阳哥哥洗完澡了,他用白云巾擦身呢!擦完了身子,他就一摆、一摆地跳舞呢!

爷爷说:不是太阳哥哥在跳舞,是你的篮子在左右摆动。

小霖霖说:不,不! 就是太阳哥哥在跳舞嘛! 他的脸变红了。

小霖霖打了一个喷嚏。

月亮姊姊说:小霖霖,快下去吧,这儿太凉了。

小霖霖说:不嘛,不嘛……

她又打了一个喷嚏。

太阳哥哥在大海的那一边挥动白云旗,一上一下,一左一右……他是在向小霖霖打旗语呢。太阳哥哥说什么? 不知道。小霖霖不懂旗语。

爷爷赶忙把小霖霖从小篮子里抱下来,又摘下了篮子,关上了窗子。

爷爷把小霖霖搂紧在怀里。

鲜花们从花瓶里跳出来,奔回到了篮子里。

红缎带从篮子的提手上松下来,飞回到了小霖霖的头发上。

乌云把天空遮住了。月亮姊姊却把乌云抠了个小洞洞,她通过小洞洞,深情地望着窗里的小霖霖。

太阳哥哥还在大海的那一边用白云给小霖霖打旗语呢,那旗语是说:小霖霖,我在海里洗完澡,就要上山去做操,只要我一上山,我就会把我的一万支热金箭射向整个天宇,你那里也不会凉了。你等我一下呀!

可是小霖霖不懂旗语。而且,她已经在爷爷怀里睡着了。

爷爷抱着小霖霖,坐在转椅里。他没有睡意。他在想什么?爷爷在想:有一天,小霖霖会变成老奶奶,她会抱着她的小孙孙旅游到火星,或银河系去。那时候,她早已懂得了太阳的旗语、银河的旗语和一切天体的旗语……

1986 年 1 月 16 日

菲菲与小猫

　　我和老伴回到久别的第二故乡上海,住在亲戚张家。老张有一个十三岁的孙女,名叫菲菲,论辈分,是我的表外孙女。这孩子给我的突出印象是她爱小动物。

　　一次,她抓来一只甲壳虫,放在一块西瓜皮上,让它吸瓜汁。又一次,她花两元买了一条很小的蛇,拿到学校去吓同学,女同学都吓得哇哇乱叫。但她最爱的是猫。

　　全家人正在晚餐,因猫的问题发生了矛盾。菲菲把邻家的猫"宝贝"引进了厨房兼饭堂,喂它以饭食。猫尾碰到了我老伴的脚,她惊呼。老张批评菲菲,令她立即把猫引出门外。但猫是活物,菲菲用鱼骨把它引了出去,门里的肉香又把它招了进来。老张有点火了,就一脚把猫踢了出去。菲菲大为不满,公开顶撞祖父:"你好好引它好了,为啥要踢?"脸带愠怒。一波未平,一波又起。小张见猫又进来,并且钻到了桌子下面,抓不到它的脖颈,就趁势抓住了它的尾巴,把它一拖拖了出来,赶出门外。菲菲对父亲大声抗议:"你为啥要拉它的尾巴? 你勿晓得它痛哦?!"眼含泪水。小张说,"你就晓得疼猫,不晓得疼爸爸!"菲菲反问:"我怎么不疼你? 人家又没有拉你的尾巴!"哄堂。菲菲也破涕为笑。一会儿,猫又溜进来了,老张为缓和气氛,不再踢了,乘机把猫抱起,送出门去。菲菲在后面大呼:"阿爷! 你千万勿要掼啊,猫经勿起掼的,要掼伤的!"

菲菲这种细腻体贴的心肠,令人惊奇。我说,"菲菲很仁蔼,有一颗爱心,这是可贵的!"老张说,"今天她奶奶不在,菲菲少了个后台。要是她奶奶在,一定会说,儿童爱动物是天性,没有什么不好。这样菲菲就更可以肆无忌惮了!"我老伴说,"菲菲今天仍然有后台,就是屠岸!他就是喜欢猫、狗、动物,还有树、花……跟菲菲一样!"

我奇怪菲菲为什么只喂邻居家的猫,自己不养猫。小张笑说:"我们家养个小菲菲就够了,还养猫?"老张说,"哎,邻居王家弄了一大窝猫,却供不起足够的猫食,全仗菲菲把它们喂着。"菲菲拉我到弄堂里,指着邻居王宅矮墙上的五六只猫,给我一一介绍它们的脾气、习性以及它们之间的亲缘关系。她对猫的知识使我惊异。我问:"这些猫都是你喂的?"菲菲点点头。她忽然问我:"阿爷!世界上谁最残忍?"这突然的问话把我懵住了。她拉我去看王宅门口贴着的一张小字布告:"谋杀小毛毛的刽子手,不会有好报应的!上天会惩罚你!主人启。"我问:"小毛毛是谁?"菲菲说:"是猫,是'宝贝'的女儿。"我问是怎么回事。菲菲说:"斜对门家的一个女佣人把它掼死了!"菲菲心头还在愤怒:"你嫌它偷吃,你就把鱼骨头馊饭都收在冰箱里好了,为什么要杀它?!"停了一会,菲菲又问:"阿爷!世界上谁最残忍?"孩子的问话使我陷入了深思。

1994年2月8日

生 命 的 撒 播

　　早听说过向蒲公英吹一口气会产生像降伞兵那样的奇观。但直到今天,我才第一次实践了"降伞兵"的游戏。

　　清晨,我和Z站在楼前。草地上长满了蒲公英。矮矮的,茎上长出了金黄金黄的小花。花虽小,却是一个个小太阳,布满草野。草野成了小银河,有的已花落结籽。每粒籽上长着白色绒毛,合成球形,一棵一个白色的毛绒绒的圆球。孩子们称它为小雪球。小雪球布满草野。草野又成了满天星斗的夜空。

　　我采下一棵,用嘴对雪球吹一口气,蒲公英籽纷纷飞上天,又纷纷向下落,仿佛天兵天将缓缓地自天而降。我又吹了一次,让Z看。Z被我逗引,也来试着吹。我想,到高处去吹,降落的时间会更长,便与Z各采了三四棵,奔到二楼阳台上,作"降伞兵"游戏。我们手举蒲公英,用嘴对着它使劲向上一吹,雪球上的小人国伞兵顿时一齐向空中飞跃,一霎时全部飞上天,然后又纷纷向下降落,真是人多势众,气魄宏大!敌人一定望风披靡!白色降落伞,成百成千,降下去,降下去……衬着松树、柏树、丁香(已无花)的浓绿色,白伞显得更清晰,还闪着一点一点的白光。一大群降落伞在绿树丛的背景上划出无数道缓缓移动的白光。而伞兵——蒲公英籽,则是暗褐色狭长形,就像个全副武装的士兵。每粒籽的头上,长出两根或一根细长的白丝,白丝的顶端是一簇作扇面形辐射的白色绒毛,这一簇绒毛就形成一顶降落伞,而两根白丝就是降落伞的绳子,缚在伞兵的身上。凡有绒毛的籽,即缓降;也有个别籽失去了绒毛,就速降——伞没有张开,伞兵会摔死的？我担心着。而绝大多数伞都张开着,缓缓地,用较长的时间,才降落到大地上。我对Z说,这是一场鏖战。我军用伞兵奇袭被敌人侵占的重镇,四面包围,中心开花,终于迫使敌人投降了……

Z和我相视而笑。Z是搞儿童文学的。他说:你五十多了,这样年龄的人,倒还有这点童心?

我似乎从幻觉中醒来。我向大地望去,白色降落伞早已不见。地上长遍了野蒿,牵牛花,河边有芦苇,以及各种不知名的野草,野花和野菜。而蒲公英的雪球则仍然如无数繁星铺洒在绿色大地毯上……我默想。伞兵战是战争,是杀戮生命,但杀敌正是为了保存自己,保卫和平,也就是保卫更多的生命,保卫更美好的生活。我默想,蒲公英籽向大地的飞降,是撒播生命,泼洒生命,让更多的生命在阳光下蓬勃地生长……

我牵着Z的手下楼,仿佛挽着一个儿时的游伴。

1982年

秋 的 颜 色

我对自己说,我爱那些树木:栾树,椿树,龙爪槐……

我对自己说,我爱栾树。栾树下,绿荫浓深。栾树上,开满金黄色小花,在夕阳照映下,如一丛丛金色火焰,跳动飞腾。

那边,另一排栾树。花已谢,结蒴果满枝。蒴果,色淡青,在夕阳下,如青玉珠帘挂满枝头,射出带青绿色的光。有些蒴果已经落地。我拾起一个,细看它,是青绿色三角椭圆状,一端尖圆,状若灯笼罩,内含籽粒。在一棵栾树下,蒴果落地的特别多,远看像地上铺了一层碎玉,闪着晶莹的绿光。

我爱椿树。在这排栾树的后面,是一群椿树。椿树树身高大,超过栾树。椿树是大哥哥,栾树是小弟弟。椿树叶对生如尖齿。椿树也开了花,有白的,有黄的。白花带淡绿色,黄花中有带淡红色的,在晚霞映衬下,仿佛远方的野火。

我爱龙爪槐。这里有四棵龙爪槐。它们已长了不少叶,正在开花。因为长了叶,那树枝如手臂向天空祈祷或龙爪向青云伸展的姿态被掩盖了。

我爱这些树木构成的小树林。

我对自己说,我爱那些连翘、紫薇、碧桃、红瑞木……

这些花木移栽来的时候还只是枝条,没有长叶。它们站在那些大树的身旁,显得那么细弱可怜。但现在它们都已经花繁叶茂了。红瑞木未长叶的时候,枝呈深红色,有光泽,像是漆上了红漆的细木条。现在,枝身的红色渐淡。红瑞木的花是淡红心子,白色瓣。每朵四瓣,向四个方向辐射。小花成簇,与大叶比较,简直是可怜的小。然而这些细小的花也似乎更令人怜爱。

我对自己说,我爱那些夜来香、凤仙花、太平花、牛筋草、羊胡子草……

小树林的中心有一块草坪,草坪四周铺的是牛筋草,而草坪中心长着的都是羊胡子草。羊胡子草如地毯,一绺绺地平攀在地上。而牛筋草是直竖的。嫩黄色的夜来香在牛筋草丛里亭亭玉立,放射出金色的光。而凤仙花则红白相间,整整齐齐地排列在羊胡子草包围的花圃中,仿佛是那棵孤独的雪松的护卫。

然而,我对自己说,我最爱的是什么呢?我想,我最爱的还是那一群紫叶李吧。那一群紫叶李,满树紫叶,淡朱浓紫,浅赭深红。在那浓淡相间的紫叶上,似乎还闪耀着一点点碎金。当我走到树后,从背面去观察阳光照射下的那些紫叶的时候,我发现,这些树上垂挂着的竟是一丛丛透明的玛瑙,一枝枝闪光的珊瑚,从这里透出一片片红色的荧光,一层层红光和紫雾交织的帷幕。这是秋的颜色。现在是盛夏,然而我见到了秋光!夏天中的秋天呵!紫叶李和栾树、椿树、龙爪槐做友伴,和红瑞木、连翘、紫薇、碧桃做友伴,和夜来香、凤仙花、太平花、牛筋草、羊胡子草做友伴……而它呀,给它的友伴们带来了秋色。它使这个小树林的色彩更丰富了,它使这个小树林的旋律更富于变化了。小树林因此而显得不那么幼稚了,比较成熟了。

我对自己说,我爱这些乔木,爱这些灌木,爱这些花草。我爱盛夏的秋光。凝望着这座小树林,我对自己说,我似乎见到了康斯塔勃尔(Constable)和忒纳(Turner)的结合。

1983年

瞬 间 的 迸 射

　　小树林里,站着一棵槐树。

　　我走来。远远看去,在浓绿的杨叶间,有一棵似乎是冰封雪盖的树:原来槐树枝头缀满了一丛丛、一簇簇白色的槐花,一片晶莹。

　　我低头走近槐树。我见到地上一片白。仿佛下了一场雪。原来花落满地,虽然连枝带叶,却因花多花密,掩盖了枝和叶,因此地上乃是一片白。我想起了昨天黑夜里的风。这些带花的槐枝是一夜狂风刮下来的。

　　我看到,树上是一片晶莹,地下也是一片晶莹。

　　我走到槐树下,抬头看树。这树十分高大。虽不像章鱼那样把头上的八腕向四面扩散,但枝权也相当开展。树高枝密,层次多而错落有致。叶绿而略嫩,不如杨叶之绿而深碧。但,令人惊奇的是树上缀满了槐花,白色小花,成团成簇,如绣球,如铃铛,如素云,如白霞,上映蓝空,在我的仰着的头的上面,在我的仰视着的眼睛前面,仿佛在流动,在旋转……而那花香,那浓而不烈、浓而仍可称之为清香的香气,仿佛从天而降,或是从四周,从远方袭来,而我被包围了。我被包围在一个花、叶、枝、晴空的无数小块和浓而不烈的香气织成的罗网里。

　　我从花色和花香的包围中走出来。我在地上拣起一小枝。茎,嫩绿色。茎上又长小茎,不是对生,而是略有参差,可有的又是对生。小茎顶端是花托,托着一朵略带淡绿的白色小花。啊,一茎上竟长了几十朵!从黑暗的夜之孔穴里刮来的狂风把她们从树上吹落,到现在,已经过了多少个小时?怪不得有几朵已经蔫了,但香气却仍然那么沁人心脾。

一个孩子走过。我问他:"这是什么花?你叫得出名儿吗?"孩子答:"咋不知道?是槐花。"我又问:"香不香?"孩子答:"香。还好吃呢!""你吃过吗?""吃过,刚刚还吃来着,甜的。"

经历了劫略的槐树,仿佛为了回答夜风的无礼,把自己的精气神在一霎时之内全部绽放出来,向着太阳,向着大地,向着人类……

受蹂躏的断枝上的槐花,仿佛知道生命已接近终点,因而把所有的色,香,在黑夜再度来临之前,全部绽放出来,向着孩童,向着空旷,向着蓝天……

生命是搏斗的产物。生命是愤怒和欢乐的喷发。生命是瞬间的迸射。它是短促的,短促的生命是永恒的。……活,恣意地活,把自己的全部光彩,当作匕首,向黑暗投掷。活一次,我就永生。——我捏着断枝,凝视着断枝上的槐花,她们仿佛对我如是说。

1982年

催 生 者

昨夜大雨。早起,雨已止。但见前两日满树盛开金黄色花的刺玫,经过大雨的袭击,花已大部萎落。留在枝头的花,花瓣上还沾满水珠,倒晶莹可爱。满地残瓣,远远看去,却是一片金黄。旁边另有几丛红色刺玫,枝头缀满花蕾,尚未开放,花托紧紧地包裹着蓓蕾。露珠装饰着待放的花苞,在晨曦下闪光,晶莹滚圆。偶尔射出一两点异彩,倏又隐灭。有一棵红刺玫,开放了两朵花,挺立枝头,深红色的花瓣如赤焰,在一丛浓绿中燃烧。我再看地上,所有的蒲公英雪球,经过雨淋,统统掉落了。满天星斗已不见。草地上只剩下无数蒲公英的茎干,顶端挺举着一颗十三角星,淡青色或淡绿色的十三个辐射角构成的星。有的还残留一二颗籽,带着一二根白色丝线。但线头上的绒毛已被淋得没有一点精神了。然而这蒲公英茎和茎上的十三角星却笔直地挺立着。无数棵蒲公英——无数颗十三角星散布在草地上,代替了无数雪球,依然点缀着碧绿的、经过雨水的洗涤而更翠绿的草地,又成了另一种满天星斗的景象。

中午,我又来到这里。哦,奇怪!那丛红刺玫,早晨还只开了两朵花,而这时已开出了七八朵,有的刚刚绽开,有的已经怒放。浓香四溢,蜜蜂飞绕。而满树花苞,密密匝匝。如果都开放了,那定是一树火焰,一丛火炬。

　　我向地上看去,忽见一颗蒲公英雪球挺立在那里。它原来是在一棵高大茂盛的丁香的庇护之下,所以安然无恙。转过丁香,再往前行,我又看到,在松树下,在珍珠梅的枝叶下,有蒲公英雪球星星点点地出现在草地上。还有三五株尚未变成雪球的金黄色蒲公英小花,出现在阳光照射下的草地上。真奇怪,早上雪球全不见了,怎么半天工夫,雪球又如疏星般地出现了呢?

　　我再看那七八朵红刺玫花,一朵朵精神抖擞,像一群嘻嚷的女孩,像一群整装的红领巾,正在向新世界行注目礼。她们向地上的小伙伴们打招呼。哦,那些蒲公英雪球,一个个滚圆滚圆的,仿佛是一张张笑脸,面对着初次见到的世界,充满着新鲜感和天真的喜悦。太阳光照在这些蒲公英身上,这些白色的球体,仿佛反射出了七彩的光,带着热情,带着喜悦,射向大姊姊们——红刺玫花,射向大地,射向天宇,射向人间……

　　我默想:生命是顽强的。生命应该是欢笑,生命应该是热情和喜悦! ——大雨呵,你是摧残了生命,还是为生命催生了呢?

　　我默默地注视着这些大雨之后的新生儿们。

1982年

铜色山毛榉

一株山毛榉,站在牛津的球形草地上。

它的躯干粗壮,枝杈四伸,长满了大如手掌的叶片,每一张叶片都呈现赤铜的颜色。

它伸展巨大的枝杈,让茂密的叶子吸收阳光——那射透北海的雾气,照到考文垂和伦敦的阳光;那射向大西洋广阔的波涛又折射到大不列颠岛的阳光;那穿过赫布里底群岛和北明奇海峡,穿过苏格兰高原而照到英格兰平原上的阳光,它吸收温柔的阳光,强烈的阳光,白热的和七彩的阳光……

它张开巨大的根须的网,伸展向四方,吸收雨水,露水,地下水;伸展到数十英里、数百英里外,吸收泰晤士河水,爱汶河水,福斯河水,吸收清澈的水,澄洁的水,甘露一般的水……再把这些滋润生命的汁液输送到每一片叶子上。

于是,它的每一片叶子愈来愈明显地呈现出赤铜的颜色,不同叶片的颜色分出不同的层次,不同的深度。整个树冠就像是悬在空中的红色星云,其中有爆发,有漩涡,有黑洞,有辐射,有凝滞。

巨大的树冠高耸入云,又俯瞰大地。索尔兹伯里大教堂的尖顶,圣保罗大教堂的尖顶,威斯特敏斯特大教堂的尖顶,"大本"钟楼的楼顶,温莎古堡城楼的楼顶,斯特拉福镇郊外莎士比亚纪念塔的尖顶……一个个向这棵巨大的山毛榉致意,向山毛榉树冠送来善意的微笑,它们或者说:"让我借给你水彩的氤氲";或者说,"我可以让给你建筑美学的宏伟";或者说,"让我把壮美和柔美的结合赠给你";或者说,"我愿意送给你的,只有不朽……"

它把自己巨大的身影投射到圆形鱼池里。来自多佛尔海峡的鱼,来自布里斯托尔湾的鱼,来自圣乔治海峡的鱼,来自爱尔兰海的鱼,在它影子的巨大网罗里倏忽来去,悠然游泳,游得那么舒畅,那么自在,那么忘情。

它把自己巨大的影子投射到它扎根的球形草地上。那影子,好像是一头狮子,摇动着蓬蓬松松的鬃毛,似乎在为什么事发怒。那影子,好像一座火山,把岩浆喷射了出来,又凝结在半空,似乎在为什么事洒泪。

我走到它的荫下。

它突然伸出一张张火焰般的叶子来,抓我的头,抓我的肩膀。它是对我感到好奇?还是对我表示友谊?不,它似乎要抓住我,向我倾诉一个古老的故事。

史密斯先生告诉我,他们英国人把它叫作铜色山毛榉(Copper Beech),就因为它的叶子的颜色像赤铜一样。史密斯先生说,他认为这棵巨树象征坚毅和不屈,有如第二次世界大战时在希特勒飞机狂轰滥炸下伦敦市民一颗颗心脏集结起来的紫色电波;它又象征深沉和广博,有如牛津波德里图书馆里一橱橱知识串连起来的汹涌海浪。

我抬头向它凝视。我走得远些,向它凝视。我走得再远些,向它凝视。我从这个角度向它凝视,又从那个角度向它凝视……我看见圆形鱼池里群鱼跃动的波浪所反射的阳光投到它的枝叶上——而那阳光原是透过它的枝叶照到鱼池里去的。那赤铜色的大块云霓般的山毛榉叶于是翻江倒海般撼动,震荡,向四面喷射……

我从各个角度探索:它到底意味着什么?

史密斯先生说——或者说,他想这样说:这是在牛津校园里,这棵铜色山毛榉跟它的伙伴白杨和枫树不同,它体现的是这座大学城的风格:古老的,传统的,然而它要发展,要奋飞;它体现的是这座大学城的氛围:宁谧,庄严,然而在它的内部,仿佛要爆炸,要裂变……这就是牛津性格,或者牛津精神,不,这也是今天这个古老的世界、这个古老的人类的精神状态。

我笑着说,不,我认为人类正处在它的童年时代。如果要拿这棵铜色山毛榉来跟今天的人类作比的话,那么它该是一颗白矮星,而不是一颗红巨星。

1986年1月2日

燃 烧 的 灌 木

密执安湖,像浩瀚的海。只是,湖水的蓝色竟是这样的淡,淡得像薄雾,像白色的烟。而湖边枫林的颜色却是这样的浓:黄的像金子,绿的像碧玉,红的像春天的花。

我问你:到了深秋,这些枫叶都转成红色?

你说:不。不同的枫树有不同的品格。有的枫叶,就是到了凋落的时节,还是黄得像闪光的金子,或者绿得像夏天的草叶。但是有一部分枫树,叶子会变红,变得越来越红,呈现出春花的颜色。

哦,真的! 我见到造化挥动他画家的巨手,在淡蓝湖水的背景前,展示出五彩缤纷的枫树长廊,好像把各种颜料泼洒在白帆布上,而密执安湖,就是一块巨大的画布,横在天地之间……

我们循着林间小道,踏崎岖,过板桥,折回来,脚下踩着厚厚的落叶层,听金黄落叶碎裂的声音,如细巧的音乐。

突然,我看见一树红叶在林中闪现,那是一棵树,没有枫树那样高大,它谦虚地站在枫树的下面。我走近前去,细细地观察它:它的叶子不像枫叶那样傲然地鲜红,也不像枫叶那样掌状五瓣,那样阔大;它的叶片是细小的,如一枝枝小梭子,成簇成团,呈现出一种深沉的红色,仿佛要从殷红转成深紫,仿佛一团火已接近余烬。

我问你:它叫什么名字?

你说：我不知道它的学名，我们平时只叫它"燃烧的灌木"（burning bush）。它一夏天都纷披着浓绿，到了秋天就变红，像一蓬火一直燃烧到灰烬，仿佛要在化为泥土前，把生命喷发完结。它们散布在各处，你看，那边——湖岸旁，树林深处，斜坡下，……你没有注意到吗——在我家门前，就有一棵燃烧的灌木？

我抬头，透过小径，看见了你的家，看见了你家门口白色木栅栏旁的那棵矮树。但，那似乎只是几颗火星溅出了绿丛。

你说，它是挺拔的，然而它躲在枫树下，它躲在尤尼茉丝树（Euonymus，一种卫矛属植物）的绿叶后。它是我们庭院的骄傲，然而它永远腼腆，只是默默地燃烧，仿佛说，世界是乔木的，我只愿作陪衬，使这个世界不致太寂寞，一直到我的生命燃成灰烬。

我看见了浩瀚如海的湖，我看见了湖上热情如火的树。

我看见，在白色的画布上，在枫树长廊的缤纷彩色里，闪耀着几颗火星，几点紫光，亮了一下，又隐没了。

1980年10月　芝加哥——12月　北京

珍　珠　滩

　　栈桥上有亭,木结构,亭底为六角菱形,有空隙,急湍在亭下流过,声訇訇然。亭边有杂树茂密,有丛丛紫花。

　　亭内有两个小姑娘在。她们身穿美丽的藏袍,脸色红润可爱。她们折下了杜鹃花枝,从枝上摘取紫色杜鹃花,用花朵编织花环,花冠。

　　我问那小一点的女孩:"听说杜鹃花能吃,真能吃吗?"

　　她反问我:"你说能吃? 那是什么味道?"

　　我说:"我先问你。"

　　她顽皮地说:"我先问你呀!"

　　"你的普通话说得真流利!"

　　"你的普通话说得真流利!"

　　我与她们交谈,两个女孩表示友好。我说,"我有两个外孙女,是双胞胎,跟你们一般大。"

　　那大一点的女孩说,"为什么不带她们一起来;你应该带她们来!"随即把两只编好的花冠掷到我怀里,说,"送给你的两个外孙女!"那小的女孩却把手中的花冠戴到我头上,发出咯咯的笑声。

　　我问她们的名字。大的说她叫澄珠塔,十二岁,读小学六年级;小的说她叫珠仁拉摩,十岁,读四年级。

　　"你们的名字真美,都有一个珠字。"

"是呀,世界上最高的峰是珠穆朗玛峰;世界上最美的滩是珍珠滩!"

我抬头望去,只见珍珠滩小瀑跌宕而下,越过层层落差,遇石激起急湍如雪,银浪如鬃;小瀑在阳光下溅出千万飞沫如粒粒大大小小浑圆闪光晶莹鲜活的珍珠,瞬息逝去,瞬息涌现,无一刻停歇,无一刻间断,直如万斛珠玑带着巨雷般的轰鸣声奔流过栈桥亭底,一泻千里……

我回头再找那两颗"珠",亭中人已不见。但闻小女孩清脆如珠的笑声与珠滩的水声相融合,隐入远处茂密的杜鹃花丛林中。

1992年12月1日

五 花 海

"海"①水碧蓝,蓝得惊煞人!

上栈桥。站在桥上,只见"海"水在阳光下更加澄碧炫亮,晶莹闪熠。

水静止而有潜流,因而洁净。水下有朽木,枯藤,藻类,交叉重叠,相互纠结,在光影中幻成奇宫异窟。

过栈桥,到彼岸。坐水边石上,但见水呈孔雀蓝,翡翠碧,祖母绿;或深或浅,有橙黄,也有深紫,绚丽缤纷。从不同角度观察,产生不同的视觉效果,瞬息万变,万变不离其宗。

水清澈见底。微风来,水面起涟漪,波光粼粼,如活动的彩缎,泛出万点金光,千条银线,渗入蔚蓝的天幕。

有鱼成群,或大,或小,或红,或黑,倏忽而来,倏忽而去,上下浮沉,东西穿插……鱼们正以自己的鲜活,向沉睡的腐朽炫耀。

四面山上万木翁郁。树影深潜"海"底,入侵迷宫。风来。松涛阵阵,杉语声声,叩击水下"死"的静寂。

我站起来,深呼吸。

我顿时感到:五彩似花的生命之波,无时无刻不激荡在这里山山水水的每一寸空间。

1992年12月

---

① 九寨沟人称湖泊为"海"。

加拿大杨和毛白杨

"不得了了,爷爷! 他们锯树了!"小铃大声嚷着奔过来,一脸惊恐。

一种刺耳的油锯声袭击我的耳朵。

我跨出木屋,刺耳的油锯声更大了。一棵粗大的加拿大杨轰然倒下。

"爷爷,赶快叫他们别锯! 别锯!"小铃两眼含着泪水。

但是,我又怎能阻止他们呢? 油锯暂停了一会儿,又尖厉地响了。又一棵加拿大杨沉重地倒下。

为了安慰小铃,我故意给她解释:加拿大杨已经老了,招了不少虫子,喷药水也杀不掉。你不怕"吊死鬼"吗? 所以只好把老树锯了。

小铃对我的话没有反应,漠然沉浸在对加拿大杨的哀悼中。

油锯声消失了,林中一片静寂。十几棵被锯下的老杨树横卧在大地上,截下的树枝被堆在一起。小铃仍不进屋,她望着那一大堆"尸体"发呆。

我搀起小铃的手,指着一排年幼的小杨树说,看,那一排杨树,毛白杨,干干净净的,不招虫子,没被锯掉,都留下了。这里还要栽新树呢。这里也许还要栽花,变成一座森林花园呢。

这种许愿并没有使小铃高兴。她凝视着那一排毛白杨,喃喃地说:"小树没有妈妈了……"

1992年9月20日

幼　　松

我漫步在幼松林里。还没有长高的油松身上缀满落叶。枯黄的叶片飘飘而下,盖上青绿的松针:有的停歇在缠绕松枝的牵牛花藤上。

松树不会抖动身子,不会像小狗那样摇身把水或杂物甩掉。

我把落叶一片一片拣去。我为幼松清扫落叶,我要使松林永远保持洁净的绿色,把一切遮盖绿色针叶和红色牵牛花的落叶清除掉。

有的落叶掉进松枝深处。我得把手伸进去拣,松针尖刺痛了我的手,甚至刺伤了手指,我也不顾。

落叶被我一片一片拣掉。我让落叶掉到松根旁的泥土上。

今天清除干净了,明天又有落叶落在松树上。我每天清晨都要来到这里,为幼松清除覆盖物。

落叶不是入侵者,但,是纠缠者。我要使松树摆脱干扰。

一天清早,我发现松树上的落叶比平时多了几倍。我只好加倍工作,使松树再次呈现青春的翠绿。

第二天清早,我发现松树上几乎没有落叶了。原来大风刮下了所有的黄叶,落叶已在前一天被大体拣干净了。

我仰头望着松林旁的一排加拿大杨。这些高树经过大风的洗礼,已经成了一丛丛秃枝。他们已经不能再用落叶去干扰松树了。

在凛冽的寒气里,幼松显得更加精神,他们把晶莹的绿色光芒射向大地和天空,射向我。

我迎着幼松林,感到一种从忧伤里渗出的喜悦。

1992年9月19日

抵 抗 运 动

我数着新近移栽来的龙柏:一棵,一棵,一棵……一共十八棵。好啊,芜园的这一角忽然成了一片小树林。

龙柏的针叶是软的,不扎手。它的绿色是深沉的,不刺眼。柏枝如一团团翻滚的火,或静止的焰。这种树也许因为它像盘龙而得名。但我要给它起个别名:绿色火焰。

一星期后,树上的针尖开始变黄。慢慢地,变灰。用手去一捏,那些灰黄的柏叶立即变成松脆的粉末,掉到地上。

黄色和灰色从叶尖向叶身蔓延,向全树蔓延。深沉的绿色被逐渐吞噬。不到一个月,一团绿火熄灭了。

死神继续向其他龙柏侵袭。两三个月后,一棵又一棵龙柏变黄,变灰,变萎顿。一团又一团绿火熄灭了。

园丁把已死的龙柏连根拔去,运走了。

芜园的一角似乎又要回到原来的样子。

但是,无形然而顽强的抵抗运动在暗中进行着,坚持着。死神踟蹰着。

剩下的龙柏挺立着。他们的针尖染上一条黄色带,但不再向叶身蔓延。远远看去,龙柏叶丛仿佛镶了一圈金色的边。

剩下的龙柏似乎绿得更浓更深了,但从浓深中又透出一点金碧和青翠。

剩下的龙柏在寒风中挺立着。死神退走了。

我数着存活的龙柏:一棵,一棵,一棵……一共九棵。我发现,芜园的这一角依然是个小树林。

这小树林比春天时稀疏了,但在冬天晶莹的白雪地里,这里却燃烧着天地间罕有的绿色火焰。

似乎,在凛冽的寒气里,绿色火焰越烧越旺。

1992 年 9 月 20 日

复　仇　者

为了腾出地方来,老杨树被砍伐了。在这里,新栽了十几棵矮矮的黄杨。

杨树根上长出了新枝新叶。这些新的枝叶比那些疯长的野草冒得更快,更高。雨后两三天,杨树根上又发怒似的冒出了一丛绿色枝叶,把黄杨盖过了。

为了给新生的黄杨更多的生存空间,我用手掐、拔、芟除这些杨枝杨叶。手都勒出血印了,却只除去了一小部分。于是我找出镰刀,砍了一早晨,那绿丛才算不见了。

只过了两三天,一场雨后,仍然在那地方,又一丛鲜嫩的绿杨冒出来,把黄杨盖过了。而原先拔下、割下的那些杨枝杨叶已变成一堆朽物。朽物周围寸草不生。

我只好找来一把镢头,用了一个早晨的工夫,把杨树根刨了出来。那是多么大的一个疙瘩啊,连带着许多根须。

又过了两三天,我再到新栽的黄杨畦里,只见野草仍然在疯长。只是杨树根出土的地方,大疙瘩蹲在那里岿然不动。四周一个圈子范围内的野草全死了。附近的黄杨开始发黄。

几个月过去了,这是个旱季。我心情沉重地看到,所有的黄杨都萎死了。

1992年9月20日

草 湖 沙

早晨的阳光照到桌面上。桌面上有反光，看来很干净，不必擦桌子。

牛汉——我的伙伴——指指桌面，说：桌面上有一层沙。

哪里有呢？我不信。但我用手指在桌面上一擦，果然，上面有一层沙，细得简直不能再细了。

我说，昨天访问果园的时候，余萍小姑娘摘给我吃的沙枣上也有一层沙，细极了。

牛汉说，葡萄上也有。我说，那是葡萄霜。牛汉说，不，霜的上面还有一层东西，那就是沙。

我摸摸葡萄，果然，上面有一层沙，细极了，细得腻手。

牛汉说，那沙本来不那么细，是强劲的风力铰旋磨细的。

我悟着了。几千万年的风，猛烈的风，把猛兽般的山，把狰狞的、嶙峋的、嵯峨的峰峦一层层割下来，一片片削下来，又一遍一遍地剪呀，旋呀，研呀……风的威力，把铁一般的巉岩变成了几乎看不见的细粉。

我说，这沙是大自然的产儿，是山的精魂。每一座山是一个宏观世界。每一粒沙是它的微观世界。

停了一会儿，牛汉又说，草湖一带的沙附着力很强，蹭上了就不容易去掉，因为沙太细了。沙渗进了我们衣服的纤维，渗进了我们的皮肉。

我想说,附着在我们身上的沙还是可以洗掉的。但附着在我们梦的边缘上的草湖沙,那山的精魂,将永远洗不掉,永远在安眠中伴随着我们。但是我没有说出来。

1986 年 10 月

大自然的艺术品

从草湖果园回到客房,嗬! 房内茶几上放着五盘水果:红香蕉苹果,红玉苹果,香梨,白葡萄,红元帅苹果。这些果子一个个晶莹夺目,光润可喜。我感谢主人的盛情。

我又从口袋里取出两个苹果来,一个是绿色的,代号655,一个红色的,也是红元帅。这是访问果园时,果园工人余洪生特别挑选出来赠送给我的。我把这两个苹果也放在茶几上。

我细细观察这些果子。

阳光从窗外照进来,射到这些果子上。苹果、葡萄和香梨反射出耀眼的光彩。

仿佛有一层光雾在果品周围浮动。

突然,我觉得这些苹果、葡萄、香梨不是真的,苹果和香梨似乎是蜡制品,而葡萄像是玉琢的。我把这感觉对我的伙伴牛汉说了。

牛汉说:"是。"又说,"有一次,一个孩子说,他手里那只特别好看的苹果是假的。乍一听,觉得很突兀。细想想,孩子说的有道理……"

我说:"仿制的艺术品总是要仿最好的来制造。正如人们说,这个姑娘长得真漂亮,像画上的美人儿。"

牛汉点点头。

思想又飞起来。顾恺之在墙壁上画的龙,一点眼睛就活了,变成真龙,飞了。科罗逊笔下的老人盖比制成了一个木偶,竟是个活人——一个顽皮的儿童,名叫匹诺曹……

假作真时真亦假,无为有处有还无。

阳光逐渐斜了过去。果子上的光虽然淡了些,但那层光雾却带上了金黄的颜色。

我和牛汉默默地坐着,仔细欣赏着茶几上的那一件件大自然的艺术品。

1986年10月
作于访问新疆喀什地区疏勒县新疆生
产建设兵团农3师41团草湖农场果园后

一个绚烂的夜晚

此刻,我要把光明赠给你。

我取出六支白蜡,放在桌上,点燃起来。

为什么不用红烛?因为白蜡更能象征你的纯洁,你的一尘不染的品格。一支烛光是一个十年,六支烛光正是你燃烧到今天的年纪。

哦,室内是这样温暖,光明,安谧。

此刻,我要把美丽赠给你。

我在六支烛光的中央,放上一只花篮,花篮里是六朵色彩鲜艳的花。一朵花是一个十年,六朵花正是你盛开到今天的年纪。

这一篮花象征着你的生活,五彩缤纷,光暗交错。你说:"我的生活哪有那么浪漫蒂克?只是平淡无奇⋯⋯"不,正因为有欢愉,有痛苦,有悲哀,有愤怒,有我们共同尝味的甜酸苦辣,有我们共同经历的平坦和崎岖,所以生活才有色彩,才有万紫千红的旋律。

此刻,我要把甘甜赠给你。

在烛光的照耀下,我端出一盏金盘,盘里盛着六方香草巧克力。"我又不是小孩,"你说,"还给我糖吃?"不,一方是一个十年,六方正是你放射到今天的年纪。

你的生命永远放射着芬芳(香草),智慧(巧),胜利(克)和刚毅(力)!

面对敌人的枪口,你从没有低过头;面对死神的威胁,你也不曾皱过一次眉,只有泰然自若的笑意。你把你的一生献给了理想的火炬。这就是智慧,这就是属于你的、也是属于我们的胜利。

哦,室内是这样的温暖,光明,安谧。

"我们到底是怎样走过来的?"你问我。

我不知怎样回答,正在沉思的时候,小女儿把生日蛋糕切开,又一块送到妈妈的嘴里……

"有生必有死,有起点必有终点。六十不是终点。现在,我们要走向哪里?"你问我。

我不知怎样回答,正在沉思的时候,我突然注意到,小女儿的眼睛多么像你,像你,像四十年前的你。她对你笑了,笑得那样甜蜜,仿佛在说:"举着理想之火炬的赛跑,由我来接力……"

哦,室内仍然是这样温暖,光明,安谧;却又像是在梦境,那样朦胧,绚烂,奇异……

我看见,你的眼睛里,包着一汪清泪。

我又听见你喃喃地说,"现在我还不能休息……"

乙丑年阴历正月十一日(1985年3月6日)

献给妻子的歌

恋歌只是序曲。

结婚进行曲才是人生协奏曲的华彩乐段。

谁说结婚是恋爱的坟墓？

亿万个家庭在高唱着合唱交响乐中的《欢乐颂》。

没有你——夏娃的后代，人间就只有一片灰白；没有你——女娲的后代，世界就只是一片荒凉；没有你——男人的妻子，人类就只能面临灭亡的灾难。

你是温馨，你是体贴；你是希冀，你是慰藉；你如水波般柔和，你似阳光般炽烈。你永远是为了进行创造，你永远是为了摒弃毁灭。终你的一生，也不会说出这个字眼：告别！

你也会有眼泪，但眼泪过后是微笑。你也会有阴霾，但阴霾过后是晴朗。你也会有秋雨，但秋雨过后是春风。你同他可能隔着千山万水，但千山万水也只是咫尺之间。

你是天使，你是幸福女神。有了你勤劳的主妇，冰冷的屋子才成为温暖的家庭。有了你枕边的软语，孤独的男子才成为欢乐的丈夫。有了你送来的儿童，世界才充满笑声，人类才有了灿烂的前景。

你呵，精神的寄托；你呵，灵魂的支柱！你呵，善的化身，可使他老树的枯枝开出鲜花；你呵，美的精灵，可使他垂死的生命恢复青春。当他在枪林弹雨之中,同敌人拼搏厮杀的时候,是你的一纸家书,仿佛祖国的召唤,使他勇气倍增,用自己的血肉,赢得胜利,赢得爱国者的荣誉。当他在荆棘遍地的险境跋涉的时候,是你拼死的搀扶,使他踏过斑斑的血迹,跨越崎岖,走向平坦。当他在炼狱的火焰中经受惨厉考验的时候,是你的一句嘱咐,使他更加坚定信心,坚持信仰,击退一切诬蔑和陷害,迎接新时期的曙光。

你呵,甘苦与共的伴侣,同舟共济的伙友!玛丽亚·斯可罗多夫斯卡·居里同比埃尔·居里在巴黎的同一个实验室里探索宇宙的奥秘,把世界的物理科学推向一个崭新的阶段。伊丽莎白·巴瑞特·布朗宁同罗伯特·布朗宁在充满意大利阳光的同一个窗台前探索人生的奥秘,把英国维多利亚时代的诗歌带向新的高潮。燕妮·冯·威斯特华伦·马克思用她的整个一生支持卡尔·马克思的革命活动和革命理论的创立,帮助马克思成为伟大的无产阶级革命导师。

哦,妻子!你是恩惠!你是奉献!你只知道给予,不知道索取。你献出了爱情,献出了青春,献出了辛勤的一生。当你的黑发变成白发的时候,当你的额头布满皱纹的时候,你的容貌更加动人,你的灵魂更加圣洁!

恋歌只是序曲。

结婚进行曲才是人生协奏曲的华彩乐段。

用什么样的颂词来赞美你呢——妻子?

用世界上最丰美的颂词,也赞不尽从你身上发出的光辉!

1988年4月

谈 谈 散 文 诗

幅明同志：

你的《散文诗的技巧》书稿，我已全部读毕。我想我可能是这部书稿的第一个读者。感谢你给了我这个机会。

你知道，我爱诗，我也爱散文诗。我从少年时代起就爱散文诗。鲁迅的《野草》曾使少年的我沉入现实与梦幻的异境，使我的感官和思维都被熏醉，或者在晕眩中战栗。高尔基的《海燕》曾使少年的我获致一种仿佛要凌空腾飞的感觉。同时又在我的心里点着了火苗，使我全身的血液都燃烧起来。屠格涅夫的《门槛》曾使青年的我陷入几乎不能自拔的思索的深渊，我的脑细胞和神经都被冷冻起来——然而，冷冻的内核却时刻要裂变，要爆炸。

当我在你的书稿中见到你引录了这些散文诗经典作品并进行分析时，我就情不自禁地沉入对自己青少年时期与散文诗结下不解之缘的回忆。同时也回想起自己的第一篇作品从手稿变成铅字印刷的恰恰是散文诗。但，从五十年代到七十年代，联结我和散文诗的纽带断了。直到八十年代散文诗在中国的重振和大发展催生了我心中散文诗的复活。而你在1987年赠我的你的著作《中外著名散文诗欣赏》再次激起了我心灵的愉悦和震颤。

你知道，我爱诗，爱读诗论；我也爱散文诗，爱读散文诗论。你说过，中国散文诗的早期阶段，创作与理论是并驾齐驱的。这没错。但是我觉得,与散文诗创作相比较,散文诗理论太薄弱了。中国散文诗与中国新诗二者的诞生几乎是同步的,但散文诗论同诗论相比较,却大为逊色。

八十年代中国散文诗呈现空前繁荣的景象,散文诗理论也有一些发展。但我见到的还只是一些零散的篇章。长期以来,还没有见到过系统的散文诗理论著作。这是一个空白。

幅明同志,我高兴地看到你这本书的写成,它填补了这个空白。在这本书里,你从散文诗的性质、体裁、构思、语言、意象、意境、风格、流派以及散文诗作家的修养等各个方面来论述和分析散文诗的独特品格,初步形成了你的散文诗理论体系。

我对散文诗没有做过深入的理论探索。比如,散文诗到底是什么这个问题,就很值得研讨。郭风同志为编《中国百家散文诗选》而要我写几句关于散文诗的话时,我是这样写的:

> 鲁迅论司马迁《史记》的话:"无韵之《离骚》",可借用来说明散文诗的品格。即:散文诗不具诗的形式(无韵),但必须是诗(《离骚》)。散文诗的本质是诗。

这只是一种随感式的表述。它不周密,比如"韵"就不是一切诗的必备条件,素体诗、自由诗都不用韵。如果说"韵"指的是韵味或韵律(节奏),那么散文诗也应有韵味,也应有内在的节奏。因此"无韵"只能是一种跛脚的说法。

读了你对散文诗的定义、起源、特征等的论述,就觉得你的论断比较全面,比较科学。我欣赏你的这段分析:"散文诗很像一个美丽的混血儿。它有着诗与散文两种截然不同的血缘关系。但它既不是诗,也不是散文。它有充分的理由向世人宣告:它是一种独立的文体。"尤其"混血儿"的比喻,是你的独创。"混血儿虽然美丽,却容易受人歧视。散文诗的地位一直不牢固恐怕与此有关。"这两句话更说明这个比喻的无比熨帖。

在全部书稿中，我更感兴趣的是第七章《散文诗的构思》、第八章《散文诗的语言》、第九章《散文诗的意象与意境》和第十二章《散文诗的风格》。这四章是全书的精粹。你的论述不是枯燥的布道文。你从容地娓娓道来，深入浅出，引人入胜。你常常引用散文诗经典作品和现代当代优秀散文诗作品作为例子来说明你的理论，这种例证与论点相结合的写法增强了书稿的可读性，使读者感到趣味盎然。这些优点在上述四章中体现得尤为明显。至于第十三章《散文诗作家的修养》，则使这本书所具有的使命感更加突出起来。世界上没有为艺术的艺术，也没有为理论的理论。这本书体现了你作为散文诗理论家的使命感，第十三章正是这种使命感的集中表现。

我相信，你的这本书将受到我国当今、特别是新一代散文诗作者和理论探索者的欢迎。

你曾对我说，希望多听到批评意见，不希望只听到一味的恭维。你是真诚的。我要说，我上面说的这些话也是真诚的。自然，这部书稿是我国第一部比较系统的散文诗理论著作，是一项开创性工作的初步成果：它还缺乏更为成熟的理论深度，还有待于进一步的提高和丰富。某些论述的片断还与一般的诗论相似，个别论点未能突出散文诗论的特殊品格。（举例说，第八章《散文诗的语言》中关于语言的音乐性一节写得不错，是全书中写得较精彩的章节之一，但仍感到不足，没有阐明散文诗语言与自由诗——非格律诗——语言的区别。）不过这也难，也许这近于苛求。（分类学有时是会走进死胡同的。"水至清则无鱼。"所以我们是不是有时还需要点模糊哲学？）我想，你在散文诗理论阶梯上的攀登不会停止，今后一定会登上更高的台阶。

不久前，我重读美国诗人罗伯特·弗罗斯特的诗《没有走过的

路》,受到触发,写下了一首散文诗。趁此机会,把它抄下来赠给你,作为这封信的结束:

旅　人

两条路分岔在森林里,我只是一个旅人,不能走两条路。我长久伫立,极目探望两条路都迤逦远去,隐进了灌木丛林。

我没有像那位美国诗人那样,选择了其中的一条路。我向树林深处走去,那里只有耸天的高树,丛生的荆棘,攀上高枝的藤蔓,遍地的菌类,没过膝盖的野草⋯⋯

那里没有路。

我发现,草浅的地方有几个脚印。再往深处走,任何脚印都没有了。

我会不会迷失自己?这,我从来没有想过。

我见到了美丽的杜鹃花,像红色的火焰,一丛又一丛,把我引向森林的更深处——

一面镜子般的湖泊出现在我面前。杜鹃花在湖边闪耀着异彩。湖水无比湛蓝,无比澄澈,把周围的树木和山峦都拥抱进自己的怀里。它是那样博大,那样宁静,又那样深沉。

我问自己:这就是我的目的地——我的梦想,我的灵魂向往的境界? ⋯⋯它只呈现了一会儿,又渐渐隐去,终至从我的眼前消失了。

我长久伫立。然后,又继续费力地披荆斩棘,向森林的腹地前进。

我只是这样一个旅人⋯⋯

祝你进步!

1992年1月5日

后　　记

　　我在诗集《哑歌人的自白》的《后记》中说："这里呈献给读者的,作者虔敬地自认为是一片真心。"我在另一本诗集《萱荫阁诗抄》的《后记》里也说:"我在这些作品中倾注了真诚。"同样,我的这部散文和散文诗集也是我的真诚的心路历程的记录。我还在《求真》一文中说过:"真、善、美,三者的关键是真;真是根本,真的内涵是善,外延是美。"这些散文和散文诗的艺术成就怎样,只能由读者去评判。但我通过作品对真的追求,却是锲而不舍地一以贯之的——这一点,我可以无愧于读者。

　　陆陆续续用了半个月的时间,编完了这本集子。删汰了一些自己不满意的篇什;剔除了一些在思想被禁锢时写的东西,这些东西在下笔时并非言不由衷,但未必能逃过时间的检验。

　　集子里的作品分为两辑,第一辑是散文,第二辑是散文诗。也有一些是"边缘"作品,似乎归入哪一类都可以。书名起初定为《屠岸散文》,又怕被有的评论家认为我把散文诗当作散文的附庸——事实上我绝无此意。本书的责任编辑杨渡女士建议把集子中第一篇散文的题目作为书名,我接受了她的很好的意见。作为"诗爱者",我觉得当之无愧。这些散文和散文诗多数是我在这个定位上的"自白"。收在这里的作品绝大多数写于七十年代、八十年代和九十年代。只有两篇写于四十年代:《夜会》写于1940年,《姊姊》

写于1944年。后者最近被两种散文选本选入，在篇末注明的日期为1993年4月1日，这是在报纸上发表的日期。这两篇是从青少年时期的习作中选出的，它们的稚气也不失为一种美；中年和老年的我难以再现它。

除了日记和私人信件外，写东西总是为了给人看。"发表欲"一度被当作贬义词，但如果消灭了它，世界将成为一片可怕的、不可思议的喑哑！那么，在当前散文和散文诗名作如林、佳作似潮的时候，也出来亮相，不显得寒碜吗？我想，在万紫千红的百花园的一个静静的角落里，有一朵不起眼的小小的野花，既没有牡丹的雍容华贵，也没有芙蕖的风姿绰约，但它捧出了一掬真诚，对拜金主义和享乐主义的挑战敢于顶一下，希望给予在商业大潮冲击下疲惫的人心一点温暖——只要有人愿意接受这一点温暖，它就满足了。

这个集子里还插入了几幅钢笔画（或铅笔画、炭笔画），这些是我四十年代的作品，不是配合文章的插图，算作"补白"吧。

编这本集子，也是我的亡妻妙英——我的半个世纪的伴侣的遗愿。每当想起她临终前三个月以病重之身还勉力找出我多年积存的文稿和剪报（已发表的），准备逐一筛选，而终因体力不支而未能如愿时，我就抑止不住心潮的激荡！现在，我谨将这部书稿连同素花，奉呈在她含笑的灵前。

屠　岸
1999年3月

集外散文·评论

没有画好的"自画像"

——再答《书简》问

请用自画像的方式谈谈您的人生历程和文学生涯?

我不善于概括,人生历程和文学生涯,三言两语难说清。自画像又不会画。随便说说吧。

我的父亲、母亲都是教师。母亲从小教我古文和古诗。爱诗,从小养成习惯。

遵从父命,考入上海交通大学铁道管理系。但对文学的爱好未曾中止。表兄奚祖权在光华大学英文系求学,我从他那里接触英国诗歌。

十三岁写第一首新诗《北风》。十四岁写第一首旧体诗《客愁》(五言律诗)。十六岁译出第一首译诗斯蒂文森的《镇魂诗》。十七岁发表第一首散文诗《美丽的故园》。十七岁发表第一首译诗爱伦坡的《安娜贝莉》。十九岁在吕城乡间投入新诗写作,陷入痴迷状态。二十二岁到二十四岁与诗友成立野火诗歌会,出版油印诗刊《野火》三期。1948年出版第一本译诗集惠特曼的《鼓声》。1950年出版《莎士比亚十四行诗集》(中国第一部莎翁十四行诗全译本)。

从五十年代到七十年代,创作激情消失。翻译工作基本停顿。"文革"期间,一切希望,几乎休止。在干校,以背诵莎士比亚和济慈的诗作为精神支撑。

"文革"结束后重新焕发创作激情。从1985年到2003年,出版《萱荫阁诗抄》、《屠岸十四行诗》、《哑歌人的自白——屠岸诗选》、《诗爱者的自白——屠岸的散文和散文诗》、《屠岸短诗选》、《深秋有如初春——屠岸诗选》等。近年还出版有关外国文学和翻译理论的文集《倾听人类灵魂的声音》,文艺评论集《诗论·文论·剧论》。

今年已八十二岁,仍每日从事写作和翻译六七个小时。

只要心态不老,创作的源泉就不会枯竭。

"自画像"没有画好,请原谅!

您的一生历经磨难和坎坷,在逆境中您是如何克服苦难的?

在"文革"时期,我因受到精神虐杀和人格污辱,而想到用自己的手结束自己的生命,但因见到四岁小女儿的眼睛,那么可爱又那么无助,于是打消了与死神幽会的念头。

在干校的文化荒漠中,我经常默默背诵莎士比亚和济慈的诗篇,它们成为我继续活下去的精神支柱。脑中的记忆,是抄家的红卫兵无法抄走的。

要有信心,人类精神自由的火炬可能一时一地暗淡下去,但它终究会明亮起来,会光照天地,永不熄灭。这种信心,是一切苦难的克星。

您的故乡在江苏常州,请谈谈您魂牵梦萦的故土情结?

常州算不上中国的历史名城,但它的历史比北京长得多,比上海,更不用说。常州的奠基人是春秋时代的贤者吴季札。从那时到现在已有二千五百多年的历史。季札把吴国的王位让给哥哥,成为千古佳话。因此,谦让也成为常州人最崇尚的美德。我小时家门上贴的春联就是"延陵世泽""让国家风"。常州历史上的著名人物,可列出一长串名单。文人学者更不可胜数。自二十世纪初叶以来,常州又成为革命的摇篮,三位革命烈士瞿秋白、张太雷、恽代英都是常州人,称为"常州革命三杰"。

我出生在常州，那是 1923 年。读完小学，在 1936 年，才考入江苏省立上海中学。我的童年是在常州度过的。母亲教我古文、古诗，在常州。我的小学老师余宗英先生教育我们爱国、做一个正直的人，在常州。常州的风土、历史、文化培育了我，熏陶了我，成为我的血肉的一部分。若不是生在常州，长在常州，我可能是另一个我。1982 年我写过一首诗，题目叫《乡思》，现录下以呈一阅："一别家园四十秋，归心日夜忆常州。几回梦泳塘河水，难涤乡思万斛愁。"古塘河流经常州市，原为运河的一部分，今已湮没。

您在望九之年仍然精神矍铄，笔耕不辍，有何养生秘诀？

我从小多病，二十二岁时患肺结核病，吐血发烧，以为不久于人世。是爱情和信仰给了我战胜疾病的力量。今年我八十二岁，但仍每天工作六七个小时。这原是我过去不曾想过的，我年轻时绝对不敢想象我能活到二十一世纪。我没有"养生秘诀"，平日也不锻炼身体，仅仅每天散步而已。我的性情比较温和，很少发怒，除非见到了诸如日本侵略军的暴行或某些凶狠的官员残酷迫害老百姓甚至草菅人命的罪恶。我从不生气，长期保持心态的平衡。如若与人发生矛盾或争执，除非是政治或社会原则问题，我的想法常常是：后退一步天宽地广。有时我把思维角度转移一下，站在对方的立场上想一想，也会心平气和下来。我信奉和为贵。为个人名利而争、而斗，是最愚蠢的行为。这种心态，也许是我能活到八十多岁的原因之一吧。

在漫长的一生中，对您影响最大的人是谁？

在我一生中对我影响大的人不止一个，但谁是"最大的"？掂来掂去，应该说，还是我的母亲。她毕业于常州女子师范学校，是第一届毕业生。那是 1912 年，她十九岁，就一个人到湖南桃源去教书，那还是五四运动前七年的时候。她在常州、宜兴、桃源、北京、沈阳教过书，教国文、历史、音乐、图画、体育。1925—1927 年大革命时期在常州办"妇女协会",为改变妇女的命运而工作。

是母亲教我《古文观止》、《唐诗三百首》、《唐诗评注读本》,是母亲支持我翻译莎士比亚,为我誊抄译稿……

母亲引领我走上文学的道路。母亲支持我进行文学创作和文学翻译。在母亲的晚年,她与我以通信方式互示诗作(旧体),互相探讨诗艺,一直到她八十二岁离开世界。她的逝世给予我精神上巨大的打击。

母亲八十岁时,我大哥陪她完成一桩心愿,游览杭州西湖。走到孤山放鹤亭边,母亲说:让我背诵一下王勃的《滕王阁序》,看我的记忆力怎样。结果她一口气背完,没错一个字。1994年我到杭州,也到孤山放鹤亭边,为纪念母亲,也背诵了一遍王勃的《滕王阁序》,也是一字不差。这篇文章是母亲教我的,用一种常州古吟诵调来背诵。我觉得这样背书是对母亲最好的纪念。

母亲正直,善良,勇敢,慈祥。她性格的一部分遗传给了我。我凭良知度一生,这是母亲给我的最大的影响。

最近有很多的名人出自传,您打算写自传吗?您将如何写自己的传记?

我不准备写自传,也不会写自传。我不是"名人"。

我可能写一些回忆文章,单篇的,一篇一篇的,如果数量多了,也可结成一本集子,但不是自传。

"文革"时,除了领袖,给谁"树碑立传"都是罪大恶极,何况写自传。

现在环境宽松了,允许写自传,出自传,这未始不是好事。

但如果任何人都可写自传,出自传,自传出得太多、太滥,那就不能算是好事了。

我不是"名人",也不是有某种特殊经历的人,根本没有入传的资格。

有人想"不朽",以为出自传可以"不朽"。那就让他写、让他出吧。

我没有这样的"野心",也不以加入这样的"野心"家队伍为荣。

都说"文如其人",您如何定位自己的"文",又怎样评价自己的"人"？

对自己的"文",我无法"定位"。对自己的"人",我也无法"评价"。

我几乎很少写出自己满意的作品。卞之琳先生,我的老师,说自己够不上 major poet（大诗人或主要诗人）,只能算作 minor poet（次要诗人或二流诗人）。我呢,连 minor poet 也不够格。但我写诗是真诚的。只要读者说,屠岸写诗还是真诚的,我就满足了。

我这个"人",凭良知度一生。我于 1946 年 2 月加入中国共产党,作为党员,我坚守党性原则。但在历次政治运动如反胡风、反右、"文革"中,如何坚守党性原则？如果与那时的党中央保持一致,则内心的矛盾冲突无法得到平衡。运动开始时我是听从党中央的。但事实越来越证明中央决策的错误。我觉悟很慢。但终于明确：做人要凭良知。在运动中,我被打倒,但我没有为了求得自己的解脱而胡乱揭发别人。卖友求荣、落井下石、告密升官的行为,为我所最最不齿！

平等待人,以诚待人,与人为善,多付出少索取,这些,我认为我做到了；忠于祖国,忠于人民,热爱人类,这些,我认为我也做到了——尽管还远远不够。

我的"文"与我的"人"是一致的。

如果从生命的角度出发,您最不能舍弃的是什么？

最不能舍弃的,是诗。

诗是我的生命。

舍弃诗,就是舍弃生命。

失去诗，就是丧魂失魄！

请您就治学的方法向年青学子谈谈感受？

我算不上学者，没有写出任何学术著作。如果做文学翻译，写文艺评论，也与治学有关的话，那么也可以少量说几句。

做学问必须严格要求，来不得半点虚假。要甘于吃苦。能吃苦，才能取得成绩，哪怕是一点小成绩。我翻译莎士比亚、弥尔顿或济慈的诗，往往为了弄懂一个句子或一个词，花费大量时间与精力。而且是脑体并用。为何是体力劳动？坐下来进行翻译，不时遇到拦路虎，为驱虎，要查参考书、工具书、字典、词典……我家中有书橱十九个，为找书，要在四间屋子里奔来奔去寻找。那些书，特别是词典，厚重如大砖。有些书藏在书堆里，必须费力寻找，把它从深窟里挖出来。这样，往往弄得筋疲力竭，汗流浃背。但终于查出了结果，无异喜从天降！如果查不出，必定到图书馆、资料室去找。总之，不到黄河心不死。没有这种坚持精神，做不好学问。还要时时带着怀疑的态度。不要迷信"权威"。名人讲的话未必都对。任何问题都要用自己的脑子多想一想，不要匆忙做出结论。

请您对年青人读书和做人寄于愿望？

年轻人往往有反叛精神，这，首先，是好的，因此是值得鼓励的。

中国有七千年历史（不止五千年）。中华文明传统中有许多好东西，精粹的东西，但也有许多落后的、反动的东西。对一切落后的、反动的东西举起反叛的大旗，这就是进步的标志，也是进步的动力。

旧习惯可以打破，现在已经盛行露脐装了，但总还不能发展到在大街上做爱吧！

物质文明高度发展，如果没有精神文明制衡，就会失控，走向人类文明的反面。科技是双刃剑，既能创造，又能破坏。我们要谨慎又谨慎。善待世界,也就是善待自己。

孔子的学说,被历代统治者利用。儒学有精华也有糟粕,前者可取,后者应弃。儒家思想的精粹,为"己所不欲,勿施于人",是千古至理,不朽的箴言。我们能不信守吗?

坚持并发扬传统中优秀的东西,并不是落后,恰恰相反,是先进所必需!除了继承和发扬,当然还要创造。但不是从空中楼阁中进行创造,那样,是创造不出东西来的。

青年人是祖国的未来,也是人类的未来。一切希望,都在青年人身上!

2005年9月30日于京华

送 光 的 人

　　斯蒂文森的儿童诗集《一个孩子的诗园》中有一首诗:《点灯的人》。1984 年 10 月我访问英国,在爱丁堡的一次出版界集会上,我把我和方谷绣合译的《一个孩子的诗园》中文本(1982 年人民文学出版社第 1 版)送给英国朋友们。座中一位 M 女士翻阅这本书,她不懂中文,但可以观赏书中的插图。她一眼就看中了缪印堂画的一幅,知道是《点灯的人》。她说她非常喜欢这首诗,称赞这幅插图好,画出了那个时代的气氛。她告诉我,那盏街灯现在还原封不动地竖立在这个城市的斯蒂文森故居门外。很遗憾,我来不及去看那盏灯,因为这次访英日程太紧了。2001 年我应邀赴英国讲学,时间充裕,9 月,偕女儿再访爱丁堡。在爱丁堡的苏格兰三作家(彭斯、司各特、斯蒂文森)纪念馆里,我见到展柜中有《一个孩子的诗园》1885 年英文初版本,正好翻开在《点灯的人》这一页。同时,在玻璃柜内灯光照射下,另一件展品是《点灯的人》的字体放大了的诗节,正吸引着来访者。我随即把它拍摄了下来。斯蒂文森的诗作很多,为什么突出《点灯的人》? 我思考着,走出了纪念馆。我和女儿找到了海略罗大街 17 号,门上有铜牌:"斯蒂文森故居"。可惜不能进去,里面还有住户。这条街上有一排住宅,沿街有一盏盏街灯。17 号门外的那盏,该就是斯蒂文森儿时每天傍晚见到工人李利点燃的街灯吧。1984 年 M 女士说现存的街灯是当年的原物,该不会错。这街灯形状古老,保持着十九世纪的风格,只是那时用煤油,现在改用电了。我看着这街灯,感到亲切,就在灯柱旁留影。我想象着当年斯蒂文森见到的景象:工人"李利拿着提灯和梯子走来了,把街灯点亮"。我想着,为什么苏格兰朋友们那么喜欢这首诗。诗中说:"汤姆想当驾驶员,玛利亚想航海,我爸爸是个银行家,他可以非常有钱;可是,等我长大了,让我挑选职业,李利呵,我愿意跟你去巡夜,把一盏盏街灯点燃!"有人说,诗中的"我"是个资产阶级家庭的孩子,他能以平等的态度对待工人,能以亲切的感情与工人交流,而且毫无阶级偏见,表示自己将来愿意当一名工人,从事体力劳动,为社会服务,因此这首诗非常难能可贵。这也许不失为一种可以认可的观点。但我感到这首诗之所以被许多人喜爱,恐怕在于它体现了一个天真孩子的幸福观。诗中说:"只要门前有街灯,我们就很幸福,李利点亮了许多盏,又点亮一盏在我家门口……"在孩子眼里,那个点灯的工人是个光的输送者,他给一家家送来光,因而给一家家送来了幸福。孩子自己将来也要做一个送光者。光是幸福的源泉。《一个孩子的诗园》里有好些诗是歌颂光的。《黑夜和白天》歌赞晨光:"花园重新呈现出来,涂满碧绿鲜红的色彩,正如昨晚花园在窗外、消失了一样奇怪……"《炉火里的军队》赞扬火光:"朦胧的夜色正在降落,炉火把空屋涂成红色,火光把天花板照得暖和,火光在书脊上跳跃闪烁。"《夏天的太阳》称颂太阳"沿着海洋,循着山岭,绕着辉煌的蓝天运行,给玫瑰着色,教儿童高兴,他——伟大宇宙的园丁。"斯蒂文森赞美工人李利,就是赞美送光的人。这跟他赞美送光的早晨、送光的炉火、送光的太阳是一致的。在他眼里,李利就是普罗米修斯。所以,《点灯的人》也是一首"光的赞歌"。

《一个孩子的诗园》里绽放着一朵朵、一丛丛美丽的花,每一朵花都是一首优美的儿童诗。除《点灯的人》外,还有《刮风的夜》、

《我的影子》、《该睡的时候溜了》、《漫游》、《瞧不见的游戏伴儿》等许多令人难忘的诗篇。《不列颠百科全书》指出："《一个孩子的诗园》中的诗,表现出一个成人在重新捕捉童年的情绪和感觉时的异乎寻常的精确性。在英国文学中,这些儿童诗是无与伦比的。"请注意这里指出的"异乎寻常的精确性"。斯蒂文森写这些诗时已35岁。一般人到了这个年龄,早已把自己儿时的心态忘记了。斯蒂文森不同,他对儿时的情绪、思维、心态、感受有着惊人的记忆力。鲁迅说:"孩子的世界与成人截然不同。"斯蒂文森却能在成年后重新把握与成人截然不同的"孩子的世界",而且能用优美的诗句捕捉童心,把握童心,表现童心,达到"异乎寻常的精确"程度。这,确实令人惊叹。

我们,无论是儿童读者还是成人读者,读着这些诗,都会觉得心头一亮。那么,斯蒂文森虽然没能成为"点灯的人",却成了一个给人间送光的人。

《点灯的人》捕捉了作者儿时对点灯工人送光的心理感受,写的是现实。而儿童心态中的一个特点是想象或幻想。比如,他写游戏,把自己和玩伴想象成海上的冒险家;写睡眠,把床想象成小船,把做梦想象成远航;或者,把自己的影子幻想成一个顽童;把冬天的太阳想象成"冰冷的火球";把被子和床单想象成山林和旷野;把炉中的炭火幻想成行进的军队;把林中草丛幻想成一个"小人国";更有甚者,把庭院幻想成古代的战场,让自己和头脑中的历史英雄人物在一起砸断镣铐,向敌人反攻……总之,这些诗无论写现实,还是写幻想,始终紧扣着儿童的心理特征、思维方式和审美情趣。而且,写得如此美妙,读来如此悦耳,不仅吸引儿童读者,而且吸引成人读者。读着这些诗,就仿佛进入了一个迷人的童心王国。因此,我深感《不列颠百科全书》对这部诗集的称赞并不是过誉。

　　《一个孩子的诗园》是上世纪八十年代初我和妻方谷绣合译，由人民文学出版社出版的。后来再版过几次。2001年我把这个译本赠送给爱丁堡斯蒂文森纪念馆，该馆负责人表示感谢并予以珍藏。现在人民文学出版社再次重印这本书，我在文字上作了个别的调整。方谷绣已于1998年病逝。再印此书，也是对她的纪念。她在九泉之下见到这本书的新版本，也会高兴的吧。

2006年5月

此情传与万代歌

——致郭汉城

汉城同志:

我收到您的信,拜读了您的新作《古今情》,极为感动!

……
　　路边死女安详坐,
　　紧抱孩儿衣襟裹。
　　衣襟遮儿儿无伤,
　　一丝微笑唇边长。
　　日西曛,月东升。
　　行行无尽时,
　　到此一驻轮。
　　休叹人间涕泪多,
　　此情传与万代歌。

写汶川地震题材之诗,此为绝唱矣! 至性至情之歌,人人闻之一哭! 哭亦无从抒内恸,惟有沉默对苍天!

我存有2001年2月2日从《文汇报》上剪下的一则消息,据新华社2月1日电,印度古吉拉特邦首席部长帕特尔1日在地震灾区视察时说，上月 26 日发生的强烈地震可能会造成 3.5 万人死亡。又《文汇报》驻新德里记者卢山所写报道《死神在瞬间降临小镇》中有一段文字：

> 在普杰，当人们扒开废墟，从一位名叫奈娜的妇女怀中抱出她那一息尚存的儿子阿里时，她的尸体已腐烂了。据估计，是奈娜在遇难前出于母爱的本能把孩子护在怀里，才救了小阿里的命，而八个月大的阿里则靠妈妈头颅里流出的血活到了现在。

这段报道与您所见汶川地震的一篇报道中的事迹有惊人的相似处！更令人震惊的是这个印度孩子是靠吮吸妈妈的从头颅里流出的血而活命的！这一细节令人震撼，又令人不忍！而您诗中的"一丝微笑唇边长"则是诗眼，是点睛之笔，比印度孩子吮母血而生更人性化，更令人喟叹不已，深长思之！

人性善抑人性恶？人性善，我信；人性恶，我无力反驳。2000年 11 月 7 日《文汇报》上有一则报道："俄罗斯与格鲁吉亚警方连日来破获两起专门从事贩卖婴幼儿童，牟取巨额暴利的国际犯罪团伙。令人吃惊的是，从事这一令人发指的犯罪活动的主谋多是女性，其中一位俄罗斯五十四岁的祖母竟然为了七万美金，要把五岁的孙子卖到国外供人大卸八块，摘取人体器官！"读至此，不禁五内俱焚，血液冲顶！再读下去：

> 最令人发指的，是她在汽车上"交货"时，一边骗孙子说"开车的叔叔要带你到莫斯科的迪斯尼乐园玩"，一边咽着口水数到手的美钞。这让久经沙场的便衣警察们也不禁心惊肉跳。当警察把女人贩子按倒在车头上时，5 岁的安德烈哭

了。警察忙塞给他一块巧克力糖,可怜的孩子竟跑过去先让祖母吃,这一幕让所有在场的人潸然泪下。……

我读至此,亦不禁热泪难抑,掩面伏案者久之。这一场景,正是人性善与人性恶的较量和拼搏的最典型的场景,而人性善的代表是一个年仅五岁的孩子,人性恶的体现者是一个已经五十四岁的老妇!英国诗人华兹华斯说:"儿童乃是成人的父亲。"因为他认为儿童来自天国(大自然),与天国最接近,还远未受到尘世各种卑鄙龌龊的污染。人渐渐长大,便与天国渐行渐远,终至背离了人的天性——善,堕入了罪恶的深渊。而成人中依然有善者,那是因为他们始终保有一颗赤子之心,这颗赤子之心使他们免于沉沦。这是华兹华斯的诗,特别是他的《永生的启示》所告诉我们的。我服膺他的哲学。

我有近作七律一首,抄如下,奉呈,请指教:

送 郭 风 大 哥

澹泊文章浑漫与,
自由魂魄任翱翔。
风清月白谁堪比,
笛韵笙歌归故乡。
榕树凝眉辞玉帝,
气根俯首念羲皇。
从今尽拂嚣尘去,
且待揽星捉太阳。

2010 年元月 9 日

郭风是散文家,儿童文学作家,福建省文联和作协的领导人,是我三十多年的老友。去年10月我专程到福州去探望病中的郭风,不意竟成了最后一面。郭风原名郭嘉桂,年青时抬头见楹联上有"风清月白"字样,随手写下"郭风"二字,作为笔名,也成为终身用名。偶然中有必然,风清月白,正是郭风人格的写照。我诗中提到榕树,因郭风主编过《榕树文学丛刊》。榕树健壮沉稳,从泥土中长出,其无数条气根,又从上向下,垂挂,扑向泥土,回归大地。泥土就是人民。诗中写到"辞玉帝""念羲皇",是想到陶渊明《归去来辞》中句:"富贵非吾愿,帝乡不可期";陶渊明《与子俨等疏》中有句:"常言五六月中,北窗下卧,遇凉风暂止,自谓是羲皇上人。"郭风作为儿童文学作家,始终保有一颗天真无邪的童心。如今他去了另一个世界,他的灵魂可以和孩子们一起"搀星捉太阳",游戏在他所迷恋的童话王国中,做一个永远的儿童。

汉城同志! 我觉得您和郭风在人生价值取向上有共同点,所以写了上面这些话。

我若按中国传统算法,今年已八十八岁,人称"米寿"。我糊涂得很,"不知老之将至"——不,是"不知老之已至"! 现仍每天工作六七个小时。似乎不工作就过不了日子。我追踪陶渊明的"忘怀得失,以此自终"。——这个"得失",指个人的。

吾兄年长于我,如此高龄,依然诗思泉涌,佳作迭出,令我钦佩!

谨祝健康长寿,虎年吉祥,全家幸福,万事如意!

屠岸 顿首

2010年3月10日

译　事　七　则

一

有人把英国电影故事片 *Sixty Glorious Years*（意为"辉煌的六十年"，描述英国十九世纪女王维多利亚统治英国六十余年的历史）译为《垂帘六十年》，这就产生东西方文化传统错位感。因为英国历史上从未有过"垂帘听政"的政治现象。而且维多利亚上台就是亲政，并没有什么未成年的幼主要她来辅政，这叫什么"垂帘"？这类翻译中的文化传统错位现象，时有发生。这牵涉到翻译的"归化"和"外化"如何平衡的问题。

笔者素来主张坚守"归化"和"外化"的分寸，即掌握好二者的平衡。比如，莎士比亚头脑里不会有中国春秋战国的影子，因此在莎翁作品的译文中不宜出现"朝秦暮楚"或"楚材晋用"或"秦晋之好"等成语，否则就形成文化传统错位。诸如此类。但是，在这个问题上，也不能绝对化，认死理。

公元前二十几个世纪时的埃及人不知道方块汉字；公元前二千年的耶路撒冷城里，以至整个罗马帝国中，没有人知道方块汉字。那么，Pyramid 译为"金字塔"，Cross 译为"十字架"，能认为是文化传统错位吗？不能。因为如果以此为理由来要求翻译，那么不同语种之间的翻译将整个地成为不可能，因为原文和译文本来就是两种不同文化的产物。再者,就这两个译词而言,没有更好的译法可以替代。而这两个词的特点恰恰就是汉字"金"的形态和汉字"十"的结构。我们可以用中国成语"惟妙惟肖"来形容这两个译词的恰当。

二

人名、地名、国名等的翻译,最好根据原文的音来译,这叫"名从主人"原则。例如 Malaysia 译作"马来西亚",London 译作"伦敦",都准确传达了原名的发音。但有的译名是根据另一种外文译名转译成中文的,比如俄罗斯首都,俄文是 MOCKBA(应读作"莫斯克伐")其英文译名为 Moskow,中文译名"莫斯科"即根据英译的读法译出。有的中文译名是长期沿袭来的,原名或译名在历史的长河中有了变化,变得不那么吻合了,却不宜改动,因为已在读者心目中形成了定势。又如俄文"中国"叫做 КИТАИ ,源自"契丹"。当我们译俄文作品中遇到 КИТАИ 时,总不能译作"契丹"吧?还有一种有趣的音变现象,比如有的译名出现增字,有的译名出现减字。Russia(用英文代俄文,二者对等)读作"罗西亚",却译成"俄罗斯",这个增加的"俄"字是来自发 R 音时带出的气流次音,原可忽略不计。另一个,America 读作"亚美利加",却译成"美利坚",把"亚"字减去了。这两个译名,在用汉字译音时有增有减,颇为"自由"!

此外还有张冠李戴的现象。England 读作"英格兰"(英国的一部分),但这个词当做"大不列颠和北爱尔兰联合王国"即英国的同义词时,却译作"英吉利"。"英吉利"其实译自 English,那是"英语"(名词)或"英国的"(形容词)的意思。这能给它戴上"误译"的帽子吗——不必。

由此可见,有了原则,也要灵活运用,不能强制推行。这叫原则性与灵活性相结合。已有的译名,早已约定俗成,是不可以随便更改的。

三

中国自上世纪五十年代以来,就全面推广普通话,当然,并不废止方言。联系到名词翻译,就会引起一些想法。Sofa 译作"沙发",是用的上海方言发音。上海人读"沙"为 so。按普通话,"沙"读 sha,不读 so。Party(舞会)译作"派对",完全是上海音。好似分派一对一对跳交际舞,这是音义双关的好译法。Washington 译作"华盛顿",也是用的上海方言发音。"华"上海音为 wo,恰是英文原词的发音。"华"普通话读作 hua,这就不合原词的发音。Alexandre Dumas 译作"大仲马",而原词中按法语怎么也发不出"仲"字音来。Du 勉强可以"杜"代。但"大仲马"出自林琴南先生的译笔,原来他是福州人,福州方言"仲马"接近法文 Dumas 的读音! 还有,英国古代的绿林好汉 Robin Hood,读作"罗宾·胡德",但现在通行的译名是"罗宾汉",这也是上海翻译家的创造。"汉"字沪音接近 Hoo,而用"汉"译这位好汉就比"胡德"恰当得多。这位译家真聪明!

在推广普通话的时代,不能把已有的约定俗成的译名推倒重来。我们还是要尊重已经形成的传统,维护公众已经养成的习惯。

四

自从汉语拼音方案被国际标准化组织接受以来,中国新的地名均以汉语拼音方式向全球推广。这样,北京不再称 Peking,而称

Beijing；台湾不再称 Formosa，而称 Taiwan；澳门虽仍可称 Macau，但更标准的是 Aomen。不过也有例外，香港仍称 Hong Kong，而不叫 Xianggang。

过去有些地名很奇怪的，广州称 Canton，沈阳称 Mukden，厦门称 Amoy，广西的北海称 Pahoi，有些是源自方言发音。但 Canton 读音近似"广东"，虽然它实指广州。是不是早年英国人分不清广东与广州，把广州称 Canton，以后就这样沿袭下来了？我才疏学浅，未作调查，不敢妄言。现在好了，按汉语拼音，广东叫 Guangdong，广州叫 Guangzhou，一清二楚了。

那么，"中国"是否不再叫 China，而要按汉语拼音，叫 Zhongguo 呢？那可不成！China 原本读作"秦啊"（尾音联读作"秦那"），源自中国古代的秦王朝。这个词已是全世界约定俗成的名词，万万改不得！（然而与 China 同音的"支那"，却是日本军国主义者对中国的蔑称，必须废止，而且已经废止！它已从人们的记忆中抹去了。）

五

翻译，在人类生活中起什么作用？很多人不知道翻译的重要，有人以为翻译很容易，只要手头有一本字典就万事大吉了。这是极大的无知。如果不认识翻译的作用，就不可能正确认识人类的过去、现在、未来。

如果没有翻译，中国五十六个民族就是各自孤立的一盘散沙，不可能团结成伟大的中华民族。

如果没有翻译，没有鉴真东渡，日本可能到现在还处在前启蒙时代。

如果没有翻译，没有玄奘取经，古代佛学就不能传到中国，成为中华文化的重要组成部分。

如果没有翻译，外国人不知道李白，中国人不知道莎士比亚。

如果没有翻译，中国人发明的指南针、火药、造纸术、活字印刷术就不可能成为全人类的财富；外国人发明的蒸汽机、火车、轮船，一切电力设施，都不可能为中国人造福。

如果没有翻译，西方民主思想不可能传到中国，孙中山领导的辛亥革命不可能发生。

如果没有翻译，马克思主义不可能传到中国，中国共产党就不可能建立，中华人民共和国就不可能诞生。

鲁迅称翻译家为普罗米修斯，多么精确的比喻啊！没有普罗米修斯，人类就没有火种，将永远生活在黑暗中。没有翻译工作者，人类面对上帝为巴别通天塔而降下的天谴，就不会有解救的良方，将永远生活在蒙昧中。

六

回到前面谈到的国家译名，有人说中国人自称"中国"，表示自己是坐镇在世界中央的天朝，说明中国人的自傲或自尊。但从国名的中文译名来看，中国人对别国却充满了善意与尊重。汉字有音，有义。译名中的汉字固然是译音，却又表达一种意义。"英国"为什么不译作"阴国"？"美国"为什么不译作"霉国"？"德国"为什么不译作"歹国"？"义国"（意大利，过去也译作"义大利"，亦称"义国"，现在台湾还用"义大利"这个译名）为什么不译作"疫国"？爱尔兰为什么不译作"哀国"？这是因为，中国人要从同音字中选出具有最美好含义的字来命名这些国家。用什么字呢？用"英雄"的"英"、"美丽"的"美"、"道德"的"德"、"仁爱"的"爱"、"法理"的"法"、"义勇"的"义"、"芬芳"的"芬"、"祥瑞"的"瑞"、"明智"的"智"、"康泰"的"泰"……如此等等。即便"巴西"、"埃及"、"俄罗斯"、"印度"等,也都是用中性汉字,而摒除那些不吉利的或带有贬义的汉字(唯一的例外是危地马拉)。中国人为自己或为下一代下二代取名,不是也要选用美好的或具有某种深意的字眼吗?外国,比如英国,用英文译别国的国名,只用音译,译名中不含有褒贬意义。从中国人译的外国国名,也可看出中国人对外国的善意,对人类的善意,对世界大家庭的美好愿望。

七

当今是全球化时代和信息爆炸时代。可是柴门霍夫发明的Esperanto(世界语)推广无大效。其原因是这种语言是人造的,不是自然形成的,没有根。虽然英语已成为许多国家认可的通用语,但世界上还没有产生一种全人类的共同语。因此,翻译的功能依然是人类心灵和物质交通不可或缺的工具。不仅是工具,它本身就是文化。

2011年1月

"书生办社"的优势

　　人民文学出版社成立到现在,已经六十周年。六十年的风雨艳阳,值得回顾和总结。笔者有幸于上世纪七十年代至八十年代在人文社工作十五年,离休后又参加咨询机构,至今已三十八年。今逢社庆,有许多感言可说,但限于篇幅,只能择要而言,那就说说出版社和著译者的关系。

　　出版社的责任是出书。文学出版社的责任是出文学书。要出文学书,必须依靠一支写书人的队伍。如果没有著译者的支持,出版社这架机器即无法运转。为此,出版社与著译者必须有着良好的互动关系。人文社有一个明显的特点,即它的领导人和工作人员中,许多人本身就是作家、诗人、翻译家、文学评论家和文学研究家。这,可以列出一串名单:冯雪峰、王任叔、楼适夷、聂绀弩、严文井、韦君宜、萧乾、秦兆阳、孙绳武、蒋路、绿原、牛汉、卢永福、陈迩冬、顾学颉、刘辽逸、伍孟昌、许磊然、孙用、林辰、杨霁云、王利器……这些人在中国新文学史和文学翻译史上都有一定的地位。笔者曾访问过欧美的出版界,那里的著名作家担任出版社领导或工作人员的,几乎没有。环顾国内,又有几家兄弟出版社拥有如此众多的著译者担任领导或编辑? 可以说,在这点上,人文社曾具有独特的优势。是优势吗? 曾经有过"书生办社"之讥。那么,"书生办社"是有它的优势,还是劣势呢? 值得一探。

笔者认为,优势是明显的。

优势之一是出版者能设身处地地理解著译者的写作理念,写作经验。所谓设身处地,是因为出版者本身有过创作和翻译实践的体会。由此出发,去发现著译者,重视他们,鼓动他们,激励他们。编辑们到全国各地去跑,发现好苗,抓住不放,浇灌培植。编辑激发作者的创作热情,调动作者的一切积极性,催化他们的生长和成熟。一位作者说,我书稿的责任编辑是伯乐,能发现千里马,一眼就看准了我书稿的质量。一位作家说,你们当编辑的能看出我文稿中的内核,仿佛卞和能看出璞中有玉!编辑能不厌其烦地,又循循善诱地促使作家一遍又一遍地修改文稿,直到成功。

优势之二是出版者能设身处地地理解著译者的写作心态,写作情绪,写作甘苦。由此出发,去团结他们,体谅他们,关爱他们,争取合作,圆满共赢。对书稿内容有不同意见,平等协商,耐心探讨,决不强加于人。必要时作适当妥协,原则性与灵活性相结合。领导要求编辑:对待作者,只能是也必须是朋友,决不是判官。编辑工作有纪律:不得未经作者同意而擅自修改原稿,有意见只能在原稿上贴条子。蒋路说过:对大译家傅雷的译稿,编辑贴了许多条子,傅雷采用了不少。将来也许可以开一个原稿展览,以彰显无名编辑为他人作嫁衣的辛劳,也表明编辑对著译者的尊重。韦君宜曾提出:"作家是我们的衣食父母。"这话在"文革"中受到猛烈批判。但事实上这话不是对作家跪地乞求,而是出版者对作者的尊重,也是代表广大读者对作者的感谢。人文社承担着国家赋予的重任,如果没有著译者的合作,这重任是完成不了的。而尊重,是合作的基础。

优势之三,是出版者能设身处地地了解著译者的写作环境,后勤需要,物质条件。人文社曾备有客房,用以招待某些作家,为他们提供膳宿,以进行创作。有的作家由于缺少安静的环境和必需的物质条件而不能安心写作,这时,出版社提供的帮助就成为沙漠绿洲。有的作家经济困难,社里可以酌情预付稿酬或给予一定的生活补助,以保证作品的最终完成。女作家竹林居无定所,上海某校为她提供了住处,韦君宜向校长鞠躬,说,感谢你们支持了文学!

是不是也有劣势?可能有。社领导身为作家,却缺乏经营头脑。书是文学作品,又是商品,要进入商品流通渠道。"书生办社"可能不擅长宣传推广,经营促销。不过那是计划经济时代的现象。如今,人文社的领导和工作人员早已克服了这个缺点,在发行销售上有了许多开拓创新,能做到社会效益和经济效益双丰收。这使人十分欣慰。

2011年3月2日

春节·凄美的记忆

　　现今的春节,定在农历大除夕和正月初一至初三(其所以包括大除夕,是为了方便老百姓办年货)。但在我国古代,以立春为春节。《后汉书·杨震传》上书:"又冬无宿雪,春节未雨,百僚燋心。"江淹《杂体诗·张黄门协〈苦雨〉》:"有弇兴春节,愁霖贯秋序。"这里的春节,指春天的节序。这个词与其他含有"春"字的词,往往有关联。如"春饼",按当年风俗,为立春日所食之饼,用酱熏及炉烧盐腌各肉,并各色炒菜,以面粉烙成卷而食之,以贺春季之到来。又如"春牛",按当年风俗,立春前一日农家有迎春仪式,一人扮"勾芒神",鞭土牛,由地方官行香主礼,名曰"打春",土牛即名"春牛",以象征农事。还有"春醪",陶渊明《停云》诗:"静寄东轩,春醪独抚。"厉鹗《悼亡姬》诗:"除夕家筵已暗惊,春醪谁分不同倾?"盖指春节所饮之酒。如此等等。这些民俗,有的已成为过去,有的也许还残存到现在,多数只留在人们的记忆之中。

　　我出生在江苏常州。儿童和少年时期,春节都在常州家中过。我记得,到了除夕,家中正厅即挂起四幅"神影子",即大爷爷(祖父的大哥)、大奶奶(祖父的大嫂)、爷爷(祖父,排行老二)、三爷爷(祖父的三弟)四个人的遗像,由画工绘出。奇怪的是画上的男性都穿戴着清朝的官服,红缨帽,马蹄袖;女性则穿戴着凤冠霞帔。我和哥哥、妹妹都要向"神影子"祖宗行三跪九叩首礼。厅内燃起蜡烛,关门闭户。外面院子里大放爆竹,响声震天。孩子们点燃爆竹后必须立即回到厅内,叫"闷声大发财"。爆竹放完,才打开门窗,阳光入内。大年初一的午餐是继除夕"年夜饭"之后的又一"团圆饭",吃团子(象征阖家团圆),鲤鱼(象征丰盛有余),花生(象征妙笔生花),桂圆(象征桂冠加额)。欢声笑语,热气蒸腾。

常州人称祖母为"亲娘"(这称呼很奇怪,不是称母亲,常州人称母亲为"娘娘",或"姆妈"),但我家因曾寄居北京,所以称祖母为"奶奶"。奶奶给孙子辈讲家史:大爷爷在光绪年间用挣得的钱买了官,到安徽去候补,还未补上,就病殁他乡。爷爷困穷,当了乡镇杂货店"朝奉"(即售货员),二十六岁得急病,野郎中开了重石膏药,服后三天即亡故。三爷爷秉性刚烈,路见不平,拔刀相助,被仇家踢中要害,死时仅十九岁。奶奶含辛茹苦,把我父亲抚养长大。父亲学习勤奋,得到五中校长屠元博的赏识,获公费留学日本,学成归来,屠校长将堂妹嫁给我父,即是我的母亲屠时。父亲从事建筑和建筑教育事业,历任建筑师、工程师、教授、校长、教务主任等职。家道转为小康。我的童年即在这种优裕的家庭环境中度过。

保留在记忆中最早的一次过春节,是1928年,我五岁时。家中大人们孩子们欢天喜地,拜佛烧香,共庆佳节。放过爆竹,我忽然听到墙外有人声,嘶哑低弱,喊着:"娘娘太太,老爷小姐,阿弥陀佛,行行好吧,冷粥冷饭,施舍一点,积德积德……"我寻声出门,只见巷子里有一老人,搀着一个小女孩,那女孩也不过四五岁,正在沿街乞讨。老人须发皆白,衣衫褴褛;女孩泪痕贴面,冷风吹过,已近冰凌。我惘然呆立,又即回屋,对母亲说如此,母亲即掏出几张钞票给我,我不问钱数,又跑出门去追那一老一小,想把钱给他们,但人已杳然,不知去向。这是我记忆库中最早的一个印象,它在我心上划了一道很深的伤痕,到今天我已八十九岁,而那道伤痕依然深印心中,我每一想起,即会泪水盈眶,一种无名的痛楚,顿时袭来。那年是戊辰,也是龙年春节,距今已八十五年。八十五年的烙印,将陪伴我到终老。

1937年,全面抗日战争爆发。这年11月,举家逃难,从常州到武汉,又经新堤、广州、香港,乘轮船回到"孤岛"上海。1938年戊寅虎年春节,是在上海寄居于姨母家过的,冷寂凄清,天日无光。已知悉家乡寓所被日本侵略军烧毁,那四幅"神影子"当然也成了灰烬。抗战期间,我家经济情况一落千丈。父亲为哥哥和我赴美留学所需而准备的一笔款项,如魔瓶里放出的巨人,为通货膨胀所吞没……

我的记忆库里,还有一个春节。那是在"文革"期间,1970年的2月6日、7日、8日,即庚戌狗年的大年初一、初二、初三。那时我是中国剧协的干部,与同事们一起,下放到文化部五七干校的第二年。干校驻在河北省宝坻县,干部们分住在老乡家里,我和一部分同事住在北清沟乡。不知是哪位学员提出来,要过一个"革命化的春节"。也许就是监管我们的军宣队(全称"解放军毛泽东思想宣传队",成员都是现役军人,受命到干校来执行监管任务)提出来的。无人持异议,也不敢反对。这个春节怎样过得"革命化"呢?就是不回北京与家人团聚,而是在干校驻地的农村,为老乡春耕,拉耧子。不是赶着牛拉耧子,是人拉耧子。那时天寒地冻,土地石硬。拉耧子必须用大力气。我拉的时候,身体俯冲,几乎与土地成平行线。一步一喘气,呼出的气立刻成为白烟。我一面拉,一面在心中默诵莎士比亚和济慈的诗,使心情得以放松。只能默诵,不能出声,否则会被视为"神经病"。稍作休息,抬头望,眼前是白茫茫一片大地,真干净!浑身冒汗,汗水仿佛成冰,衬衣裹住,紧贴胸背。劳动回来,跟老乡一起包饺子,吃得很香。干校生活,情绪压抑。但在体力劳动中,忘却种种烦恼,心情反而轻松起来。

更使人难忘的,是老乡对我们这些下放干部五七学员的热情相待。他们做黄米团子给我们吃。黄米,即黍子,性黏,用它做的团子,味醇厚,吃了耐饿。黄米很珍贵,产量少,老乡平时不吃,只有到春节时才做成团子食用。还有的老乡,为庆春节,特做莜麦饸饹给我们吃。莜麦是一种谷类作物,叶细长,花绿色,籽实可吃。它产量少。老乡教我们:制作莜麦食品,要经过"三熟"。首先,把莜麦粉放在锅里火上,炒一遍,叫"头熟";然后,把沸水倒入其中,和成面团,再轧成条状,称饸饹,这叫"二熟";最后,把饸饹放在锅里水中,用火蒸煮成熟,叫"三熟"。若非三熟,不能食用。老乡还告诫说:你们吃莜麦饸饹,只能七成饱,顶多八成,否则危险!(有一位南方客人到张家口,因饿,吃莜麦饸饹到有饱感为止,事后口渴,喝白开水,竟至胀死!)我跟着房东大娘和她的家人们一起下厨,一同进食,仿佛一家人一样。这个春节,虽然没有回京与家人团聚,却也过得高高兴兴,而且别有一番亲切的体验,至今成为一段美好的记忆。

在许多美好的记忆中,也会夹杂着一些凄凉。我五岁时过节那天见到的一老一小乞食者的情景,永远挥之不去,而且会在梦中再现。那老人肯定已经过世。那小女孩后来怎么样?冻饿倒毙在街头?或有幸存活下来?成家?有了自己的子女?如果她还活着,也是八九十岁的老妇了。她究竟有着怎样的命运?一切均不可知。但在我的梦中,这一老一小已经定格在1928那个龙年的春节里。

2011 年 12 月 18 日

鬓龄相伴·白发遥思

——致王秀贞

秀贞嫂嫂：

权哥哥辞世的消息，对于我仿佛五雷轰顶，我一时茫然，惘然，我年届九十（按中国传统算法），但这一消息依然使我流泪满面，无法控制。

我和权哥一同度过童年时代、少年时代、青年时代。由于日本侵略中国，抗战爆发。我们一家逃难上海，就住在姨母家。我和权哥共住一宅，日夕相处。我们有共同的爱好，共同的志愿。我们一同听古典音乐，一同读古诗古文。权哥在青年会举行男高音独唱音乐会，我做他的"报幕员"——即现在的主持人。权哥在光华大学求学，学的是英国文学。我上交通大学，学的是铁道管理。但是我受权哥的影响，也爱上了英国文学。权哥的英国文学课本，他的学习笔记，都成了我的读物。我走上英国诗歌翻译和研究的道路，完全是受权哥的影响和引导。如果没有权哥，我就不会是今天这样的我。

权哥生于1921年，长我两岁。但我们的生日却是同一天，都是阴历的十月十五日。那时我们两家都在这同一天为我们过生日。那是在抗战时期，生活艰苦，过生日很简朴，不过吃碗面而已。但意义重大。这样过生日，永远保留在我们的记忆中。

秀贞嫂！我到现在还保存着当年权哥赠我的一首诗和我赠权哥的一首诗,现在抄在下面:

赠 表 弟 璧 厚

在他二十三岁生日上

和你相处十余年了,
多么悠长的一个时间呀!
阳光有时还会消灭,
只有我们的爱之光辉,
永远照在两个的心底。

看看你我的年纪都大了,
却仍是那般天真活跃,
古典式的浪漫脾气,
像是说好话的媒婆,
把我们两个心儿系得多紧。

同样的爱好,
同样的敏感,
天涯地角已难找,
何尝还会这般巧,
我们的生日又逢在今朝!

和你相处十余年了,
多么悠长的一个时间呀!
不,不呀! 但愿二十年,三十年……
我不能说(因为我不善算),

也许百年千年万年，

因为阳光是最永久的，

有时还会消灭，

只有你我爱之光辉

永远映在古典风的浪漫脾气里。

一九四六年十一月八日

献 给 权 哥

——在他廿五岁的诞辰

你已经恰恰走完了

一个世纪的四分之一的路程！

我祝贺你,你呀！

诗人和歌手,缪斯的信徒,

文学和音乐的播种者！

朋友,兄弟,你——

从无邪的童年走来,

从天真和白色的纯洁走来,

已经恰恰走完了

一个世纪的四分之一的路程；

现在你已经达到了

生命的夏天——

我祝贺你,朋友,兄弟！

在这美丽而广大的生命的花园里,

你昔年所播下的种

已在欣然地茁长起来,

不久将开出灿烂的花朵,

使这花园更加丰美,光辉,

287

于是你再向前,再向前走去,

但那里绝不是冷冰冰的坟墓。

你将唱出更加雄壮的歌声,

你将写出更加精美的诗篇,

你将与李白、杜甫、李商隐共饮,

你将与莎士比亚、弥尔顿、济慈碰杯!

我在这里用十二万分的热忱祝贺你,

你——诗人和歌手,兄弟,朋友!

喔,我见到了,我听到了,

恩利科·卡鲁索,理查·陀伯

和你,正在举行男声三重唱啊!

引吭! 引吭! 引吭! ——

你将再向前走去,再向前走去,

一直走到文学与音乐的最美花园的

——永恒与不朽。

一九四六年十一月八日作

　　秀贞嫂,这里我作一点解释:权哥赠我的诗中一再提到古典式
(或古典风)的浪漫脾气,他说的"古典"是指中国的古文和古诗,那
时我们读韩愈、柳宗元、苏轼的文章,读李白、杜甫、白居易的诗。
权哥自取一个笔名,叫"奚水长",自己写文章,用毛笔在宣纸上抄
录自己的文章,封面上写《奚水长文集》字样。权哥书法很好,他在
敬业中学求学时,书法总是获得第一名,他当时的同学汤树屏(后
来是我交大的同学,至今有联系)总是称赞他的书法好。权哥说的
"浪漫",是指英国浪漫主义诗歌,特别是华兹华斯(Wordsworth),
柯勒律治(Coleridge)、拜伦(Byron)、雪莱(Shelley)、济慈(Keats)以
及更早的文艺复兴时期的莎士比亚(Shakespeare)、弥尔顿(Mil-

ton）。当年太平洋战争爆发后，日军进入上海租界，盟军的飞机时常到上海来空袭，居民灯火管制，我和权哥常常在黑窗帘遮窗下微弱的灯光前阅读英国浪漫主义诗歌和莎士比亚的剧本。在我们身上，似乎把中国的古典文学和英国的浪漫文学结合在一起了。

秀贞嫂，这里再作一点解释：在我给权哥的诗中，提到两个人，一个是恩利科·卡鲁索（Enrico Caruso, 1873—1921），是意大利男高音歌唱家。二十世纪初他在纽约大都会剧院登台演唱，从此红遍世界。一个是理查·陀伯（Richard Tauber, 1892—1948），是出生于奥地利的男高音歌唱家。上世纪二十至三十年代被誉为演唱莫扎特作品的最杰出的男高音。权哥是学男高音的，开过独唱会，他最佩服的世界级男高音，就是这两位。所以我在诗中提到了他们。我在诗中说权哥和他们一同进行男声三重唱，不知是不是外行话。三个男高音能否组成三重唱，我不知道。三重唱也许是男高音、男中音、男低音三者组织起来才行？我不知道。我这么写，只是表达我理想中的权哥，他的歌唱可以和世界级的歌唱家媲美。

秀贞嫂！我为权哥写了一副挽联：

祖权表哥千古

髫龄相伴亲手足雅音共赏诗文共读
白发遥思透灵犀京沪重庆天国重逢

愚表弟璧厚　泣拜

这副挽联，我用毛笔写在宣纸上，与此信一同寄给你，请收。我不知道上海是否举行权哥的追悼会或遗体告别式，即便举行，我因年迈，也不可能前往参加。我只能用这副挽联表达我的哀思了。

生老病死，是人力不可抗拒的自然规律。我有一位表兄周有光（也是权哥的表兄，他是我们的表哥屠模的夫人周慧兼的胞弟），今年已一○七岁。他的夫人张允和在九十三岁时病故。有光大哥从悲痛中抬起头来,心情渐趋平静。他对我说,西方有一位哲人说过:人的死亡,是为后来者腾出生存空间。他接着说,所以我们要以平静的心态对待这件事。

我的妻子章妙英于1998年病逝,享年七十三岁。当时我悲痛欲绝,但终究觉得这样下去不行,要进行自我拯救,于是我赴台湾,跑英国,赴西班牙⋯⋯这样把情绪平静下来。

我不是宗教信徒。但我宁愿相信天国的存在。愿权哥在天国安息,也愿奕英贤姪在天国安息。并愿有一天我和权哥在天国重逢!阿门!

璧厚(屠岸)

2012年2月12日

诗友曾卓十年祭

诗人曾卓离开我们已经十周年了。但他的诗,他的人格,永远铭刻在我的心中。他曾被称为"中国诗坛的良知"。他当之无愧!

曾卓,生于 1922 年,比我大一岁,我称他"大哥"。他原籍黄陂,生于武汉。十六岁入党。新中国成立后,任《长江日报》副社长,武汉市文联副主席。1955 年受胡风案牵连,被捕入狱。1979 年平反。他深爱母亲,却在战火乱离之际,遭遇母亲失踪之痛! 他诗思泉涌,佳作迭出。又写散文,编话剧,参加演剧活动,多才多艺。曾被迫停笔二十多年,但在他生命的早期和后期,他从胸腔里喷涌出一篇又一篇诗歌杰作,令无数读者为之动容!

这里还必须提及的是:曾卓在被剥夺写作权利的时候,他手头没有纸笔,但为了使自己振作,为了使自己给人民做一些有益的事情,他用默想、默记的方法在心中创作了几十首儿童诗。之后在他有了纸笔的时候,他把这些诗回忆、背诵出来,记录在纸上。共有三个本子。但在"文革"中又都失去。之后他再次回忆,再次记录,终于成为一本诗集:《给少年们的诗》,于 1997 年出版。

诗评家程光炜说:"在生活的最底层,他(曾卓)亲眼目睹了残酷的陷害,流血的秘不示人的各种勾当,遍览了在激烈的政治斗争中社会的众生相,他因此而痛苦过,迷惘过,但从未放弃过坚贞不渝的信仰。"诗评家叶橹说:"曾卓是一个非常热爱并依恋生活的人。"记者李辉谈到曾卓时说:"我分明感到了一个老人的宽厚之心和宽容的气度。"诗人任洪渊说:"曾卓的诗是一个秋的境界——水落,石出。"李小波说:"曾老引树(按:指曾卓的诗《悬崖边的树》)为道德形象,这就意味着在其身心各方面遭受巨大打击之后,不会沉沦,不会妥协,仍要以火热的心灵去直面人生,直面历史,去追求光明和未来。"这些评语可以说都是语语中的。

2004年4月10日曾卓告别人间。他临终时用颤抖的手写下遗言:"我爱你们,谢谢你们","这一切都很好,这一切都很美";还有一句:"我没有被打败!"曾卓为自己的一生画了一个句号。他的遗言在回光返照的时刻迸射出异样的光彩,印证了论者们对他的评价,永远地感动着他的所有的读者和"粉丝"。

曾卓的名篇,可以说数不胜数。《门》、《铁栏与火》、《大森林有一种大神秘》、《断弦的琴》、《花瓶》、《黄昏的歌》、《青春》、《夜色中的村庄》、《一个少女的回答》、《狱》、《我有许多好朋友》、《妈妈的眼泪》、《风与火》……我不厌其烦地写下这些诗题,实在是因为这些诗每篇都叩动了我的心弦,使我不忍略去哪一首。当然,还有重中之重,在我心目中,那就是:《悬崖边的树》、《我遥望》、《老水手的歌》、《有赠》。

曾卓逝世后,我写过一首七律《悼诗友曾卓》:

悬崖边上伫精魂,
欲下深渊欲上云。
风卷青枝驱燕雀,
岚含虬干接鹏鲲。
慈航击楫波无迹,
绝域驱车路有痕。
临别赠言是遗爱,

　　诗文四卷伴晨昏。

　　首联和颔联涉及《悬崖边的树》,颈联连接《老水手的歌》,尾联关注他的遗言和遗著。诗题中有"悼"字,诗中却没有哀痛的字词。不是我不哀痛,是我觉得曾卓没有死,他的精神是不朽的。

　　我珍藏着两帧与曾卓的合影照片。一帧摄于1996年7月21日,在成都,参加诗人孙静轩主持的西岭雪山诗会时。照片上有五个人:牛汉、曾卓、蔡其矫、郑敏、屠岸。七十四岁的曾卓身穿白色条纹衬衫,仿佛青年,满面笑容,两眼炯炯,精神矍铄。一帧摄于1998年11月14日,参加张家港诗会期间,坐在长江中的船上,背景是江阴长江大桥工程。照片上有三个人:曾卓、屠岸、绿原。此时曾卓已七十六岁,身穿浅灰色衬衣,深色外套,面容沉静而凝重,透露出他坚毅的性格。

　　我还珍藏着一段萦绕在心中的记忆。那是1998年11月15日,张家港诗会期间的一次活动,名叫"太湖之秋诗歌朗诵演唱会",地点在苏州市吴县东洞庭山半岛南端的东山草坪上,时间在下午。面对波光粼粼的太湖,心胸开阔,意气昂扬。虽然时序已到深秋,但那天的气温高达27摄氏度,是小阳春高潮。天高,云轻,风和,日丽。主持人是诗人赵恺。参加朗诵的有吉狄马加(彝族)、孙友田、曾卓、阿尔泰(蒙古族)、查干(蒙古族)、张锲、张同吾、金波、峭岩、桑恒昌、梁东、顾浩等。还有演员和艺术团体进行了演唱。我朗诵了即兴之作《二十一世纪的召唤》。这次会上给我印象最深刻的是曾卓朗诵他的诗《有赠》。这首诗写的是他因胡风案被捕数年后,于1961年深秋的一个晚上,他终于能回到自己的家中,与他的被迫离别六年的妻子薛如茵重新会合的情景。曾卓在朗诵开始前,说,他没有来得及写出新的诗作,只好把这首旧作拿来朗诵。接着他就开始朗诵。令人一震的是他没有拿诗稿,对着文本念。他是背诵！这首诗共有九个诗节，每节四行，全诗三十六行。他清晰地朗诵了每一句每一个字，没有任何遗漏。他略带湖北口音的普通话，是合乎标准的纯正发音。诗中有人物、有情节，不是虚构，全是实事。第一人称即是曾卓，第二人称即是他的妻子。《有赠》即是赠薛如茵。"我是从感情的沙漠上来的旅客，／我饥渴，劳顿，困倦，／我远远地就看到你窗前的光亮，／它在招引我——我的生命的灯。"一开始，就把"我"和"你"的处境、身份、定位表达清楚。"感情的沙漠"象征那个时代，"光亮"象征依靠和希望。"你为我引路，掌着灯，／我怀着不安的心情走进你洁静的小屋，／我赤着脚，走得很慢，很轻，／但每一步还是留下了灰土和血印。"这不是自己的家吗？但，"不安"，"你的小屋"，陌生人吗？这种感觉，若不是亲身经历，是不能体会的。"洁静"象征心地，"灰土和血印"记录下苦难和命运。"我的行囊很小，／但我背负的东西很重，很重，／你看我的头发斑白了，背脊佝偻了，／虽然我很年轻。"体积的小和承担的重，形成对比。白发、佝偻与年龄又形成对比。"你的含泪微笑着的眼睛是一座炼狱，／你的晶莹的泪光焚冶着我的灵魂。／我将在彩云般的烈焰中飞腾，／口中喷出痛苦而又欢乐的歌声。""炼狱"不是使人沉沦，而是叫人"飞腾"。"痛苦"和"欢乐"形成对比，却又合一，有如烈火中飞出新生的凤凰。曾卓的朗诵，有抑扬顿挫，很强的节奏感。但他不是在"表演"，而是在陈述，在流淌出感情。他情绪饱满，凄恻，悲凉，坚毅，沉郁。诗句把在场听众的心一步一步地抓紧。我被震撼！全诗朗诵结束时，全场鸦雀无声，似乎针尖落地都能听得见。若干秒钟后，突然爆出雷鸣般的掌声，经久不息。掌声渐停，忽然爆出又一阵热烈的掌声，听众仿佛意犹未尽，要用再一阵掌声来回报对朗诵者的感谢和感情上的共鸣。这样的反应，是极为罕见的！曾卓的这次朗诵，成为我记忆中永不磨灭的一幕。

我还记得,九十年代参加武汉的一次诗歌活动,我曾到曾卓府上做客,受到曾卓和薛如茵的热情接待。他家中陈设简朴,书籍满架,给了我深刻的印象。1996年7月22日在成都,曾卓到我的住处作告别谈。我送曾卓、郑敏、昌耀上汽车赴机场。临别时我拥抱了曾卓和昌耀。这一拥抱体现着诗心的相通和诗意的融合。我仿佛至今还感到曾卓胸腔的一股热浪!

光阴荏苒,十年仿佛一瞬。面对曾卓的遗容,我又写下一首七律,题《曾卓十年祭》,录如下并以此结束本文:

> 十年生死隔人天,
> 诗格风高不断弦。
> 西岭雪山闻谠论,
> 太湖银浪读云笺。
> 身经百难心犹壮,
> 力挺千钧腰不弯。
> 书案焚香注目礼,
> 遗容含笑语连绵。

2012年5月18日,
北京,萱荫阁。

放眼何愁光未燃

石琳琳(张光年的原秘书)来电话说,张光年同志的诞辰是11月1日,明年是他诞生一百周年,你是否写点纪念文章?我听了,心头一动,说:谢谢你的提醒,文章一定写。

提起光年同志,记忆中的许多事情一一浮现在脑际。

我最早知道他,只知道他叫光未然。

抗日战争时期,我还是中学生时,学会了唱一首歌《五月的鲜花》。读大学时,学会了唱《黄河大合唱》。这两首歌的词作者都是光未然。1945年,我和诗友们组成野火诗歌会,集会时常常一同高唱《黄河大合唱》。这首歌包含八个部分,有朗诵前导,歌唱则是主体,有男声合唱、男声独唱、齐唱、对唱、女声独唱、轮唱、大合唱。我们没有受过声乐训练,也没有把这首歌完整地演唱出来。但我们唱时却是十分认真、充满激情的。我们唱的都是选段,唱得多的是《黄水谣》和《保卫黄河》。光未然的词和冼星海的曲,水乳交融、一气呵成,其宏伟的气魄、高昂的爱国精神把我们的心紧紧抓住,使我们的灵魂燃烧起来!当我们唱到"风在吼,马在叫,黄河在咆哮,黄河在咆哮……"的时候,我们都热泪盈眶,血液沸腾,嗓音儿近嘶哑!

1953年4月,我从华东文化部被调到中央文化部艺术局(那时艺术局与中华全国戏剧工作者协会合署办公,后者后改名中国戏剧家协会）。后来我知道是张光年把我调到北京的。此前文化部派张庚同志率领中央戏曲调查团到上海，与华东的戏改干部合作进行调研，我被指定参加此项工作。团里有一位艺术局的司空谷同志，他受命于张光年到上海物色人才。他回京后向光年汇报了我的情况。这就是我奉调北京的前因。这时我已经知道张光年就是光未然。

我到艺术局报到后，光年同志要见我。我和司空谷到光年家里去见他。当时光年是艺术局党组书记、副局长，剧协党组书记。田汉同志是艺术局局长，剧协主席。一些重大决策还是光年拿主意。我们一行上午去光年家，他斜倚在床上接见我们。我原对他充满敬意，但一见他在床上见我们，就觉得他架子太大。但随即了解到，他此刻正有病在身。我想，他在病中还接见我，跟我们谈工作，我对他的敬意倒又增加了几分。他询问了我的情况，决定我到《剧本》月刊做编辑工作。他说：你在华东编过《戏曲报》，有这方面的经验，所以到《剧本》去可能是合适的。好好工作吧。他还关心我的住房问题，答应安排解决。光年给我的印象是一个有经验的领导干部，不像田汉那样热情奔放，但工作态度严肃认真，也给人以温暖和关怀。

接着来的是光年对我的一次考试。《剧本》发表的剧本，一般都要配发一篇评论。《妇女代表》是东北作家孙芋创作的一部独幕剧。发表后，光年要我写一篇评论。我明白，他这是要试一试我的实际水平。我用功写了一篇五千字的文章《孙芋独幕剧〈妇女代表〉的语言和人物描写》，送给光年审查。他看了，表示满意，说用词分寸恰当，可发。文章一字未改，在《剧本》上登出。这次考试，算是及格了。

1953年底，剧协筹备创办《戏剧报》，1954年正式创刊。这件事也是田汉和光年共同设计，得到中宣部批准的。我从《剧本》转入《戏剧报》做编辑,也是光年点名的。光年为《戏剧报》费了很多心力,他说话不多,但贯彻党的文艺方针很坚决。当《文艺报》所谓"压制"两个"小人物"批评俞平伯《红楼梦》研究的事件发生后,《戏剧报》编辑部奉命开过两次会,检查自己有没有类似的错误,结果是没有。光年予以认可。他指示《戏剧报》发表短评表态。

1955年张光年被组织上安排到中国作家协会担任领导工作。他直接参加对所谓"胡风反革命集团"一案处理的高层决策,平时不在作协办公,而是在公安部工作。从那时以后,他对剧协的事很少过问了。

上世纪六十年代初,光年在作协举办一个讲座,由他讲解刘勰的《文心雕龙》。听众是作协的干部,但文联大楼里各文艺协会的人也可以自由前去听讲。我去听过几次,觉得他讲得好,如果没有对《文心雕龙》有深入的研究,如果没有对听众的接受水平有准确的了解,他就不可能讲得如此深入浅出,明白晓畅。有一次,光年讲到"六朝"这个概念,他问大家知不知道六朝指哪些朝代。作协的人答得不完全。坐在我身旁的剧协的刘乃崇回答对了。光年说:还是剧协的同志行啊!

光阴荏苒。"文革"十年,我没有见到光年。七十年代我奉调到人民文学出版社。七十年代末我担任人文社的领导工作。人文社与光年也有缘分,1959年曾出版光年整理的彝族史诗《阿细的先基》(后改名《阿细人的歌》),在读者中有广泛的影响。从这时起,我心中就酝酿着一个设想:出版光年的歌和诗。

1976年在中国是一个极不平常的年份:周恩来、朱德、毛泽东相继逝世,唐山大地震,"四人帮"被粉碎。光年在这年10月写出并发表长诗《十月大游行抒怀》(发表时题目改为《革命人民的盛大节日》),这是一首激情澎湃、气势恢宏的力作! 这年末他又写出长诗《惊心动魄的一九七六年》,副题是"献给敬爱的周恩来总理"。

这两首诗体现出光年永不消退的政治热情,读他的这些诗,会使人热泪飞迸,热血沸腾!这是两首记录下重大历史事件的史诗,将永远铭刻在中国的诗碑上!

"四人帮"垮台之初,人们还只是在政治上否定这个帮派,对他们的文艺思想还来不及清算。《林彪同志委托江青同志召开的部队文艺工作座谈会纪要》,因为是经过毛泽东三次修改、肯定,并作为中央文件向全党全国传达贯彻的,所以一时间还没有人去碰它。在一次会议上,光年拍案而起,指出该"纪要"所说"从三十年代起"就有一条"文艺黑线"长期统治着中国文艺界,是荒谬的,必须推倒!光年的一声呐喊有如吹起了进军的号角,文艺界人士纷纷响应,齐声对"黑线论"和以江青为代表的极左文艺思想进行口诛笔伐,以摧枯拉朽之势,把这个思想体系予以摧毁。

1984年2月3日(大年初二),我和人文社的领导人,社长韦君宜、副总编辑李曙光,到崇文门西河沿光年家,向他拜年。其时光年已是七十岁人。君宜问他:你身体好吗?光年说:"上午精神还好,到下午就不行了。"光年还担任着作协的领导工作。光年说,"本该完全退出工作岗位了,但一时还不成。中国作协第四次代表大会今年年底之前总该召开吧。我维持到这次大会开过为止,之后就要完全退出了,让年轻人多干一点吧。"我说,"唐达成、谢永旺都年轻。"光年说,"谢永旺也五十了。"我谈到自己当年喜欢唱《黄河大合唱》的事,光年一听很高兴,说:"一个人一辈子做了很多事,有些是做错了,但应该把做对了的留下来,给后人一个交代。"

李曙光说希望光年编一本自己的诗集,交给我们社出版。我说,出你的诗集,包括歌词,是我们人文社多年的想法。光年说,"我是要编一本,一个人一辈子,不能总是留下错误,总要留下一点东西吧。只是抽不出时间,到现在还没有编出来。过去的东西,是要选一选,有一部分是要淘汰的。"

我注意到他认为他写的诗和歌词,是做对了的事,至于做错了哪些事,他没有具体说。我想,他参与处理胡风一案的领导工作,虽然是奉上级之命,但毕竟是错事。我相信他是会反思的。

1984年12月29日,我参加在京西宾馆举行的中国作家协会第四次全国会员代表大会开幕式。上午是胡启立代表中共中央书记处向大会致祝词。下午是张光年向大会作作协工作报告,题为《新时期社会主义文学阔步前进》。我注意到他拿着文本认认真真地宣读着,抑扬顿挫,富有感情,但有时也感到他很累,而他努力集中精力把报告读完。全场响起了阵阵热烈的掌声。对光年来说,真是难为他了。

1985年2月21日,我和韦君宜、李曙光又到光年家,向他拜年,贺春节。光年热情接待了我们。先问他身体可好。他说,在作代会上作报告,很累,会开完后回到家中倒头便睡,整整睡了一星期,白天下午也睡,这样才恢复过来了。我说:"您在作代会上朗读了那么长的一篇报告,读得那么有感情,坚持到底,真不容易!"光年说,读报告,事前作了准备,用红笔在讲稿上作了记号,哪里要重读,哪里要强调。我听了,对他做工作如此认真细致,更为感佩。

我们再次向光年提出编辑出版他的诗集的事。光年说,最近半年内还只能还债,包括信债。半年之后可以整理旧作了。有些作品时过境迁,没有保留价值,要删汰。君宜说,不要删得太多。有些作品现在看过时了,在当时却起了历史作用,是那个时代的产物,还是可以保留的。

当谈到工作时,光年说,作协的事,还要去讲两次话,之后就不多管了。作协党组由唐达成他们去负责。我(光年)的组织关系也要转到中央顾问委员会,免得作协的同志还要不时来问有关的事情。

此时光年已是七十一岁高龄。他说,自从上次在死亡边缘被抢救过来之后,又工作了这些年。他估计今后还可以工作五六年,如整理旧作等等。他说,五六年之后,大概精力也不行了,所以这五六年要抓紧。

听了他的话,我心里真是五味杂陈。他谈到"死亡边缘",使我想起若干年前他患直肠癌的事。他进了协和医院,却说没有病房的床位,只好在局促的走廊里加床。幸而医生终于进行了抢救,得以转危为安。那时我因忙于工作,未能前去探望,只是通过电话向光年的夫人黄叶绿同志表达了我的问候。

说到黄叶绿,我还想起光年有一次跟我们谈起:1946年他和黄叶绿在北平结婚,他自己撰写了一副对联,上联是"不怕秋风动地来 回头定教黄叶绿",下联是"试看曙色从天降 放眼何愁光未然"。真是一副妙手天成的巧对,佳联!我想到我初次见到"光未然"这个名字时,便觉得诗人谦虚,说自己是还未燃起(然与燃通)的火光;但也觉得诗人颇自信,毕竟是火光,总有一天要燃起来。当我读到《黄河大合唱》时,便觉得他写此诗的1939年,他的"光"已大燃特燃了。而1939年早于1946年七年!

1987年,光年终于把他的诗集整理出来,交给了人文社。这本书由王丕来当责任编辑,于1990年1月出第1版,书名叫《光未然歌诗选》。其时我已从人文社岗位上退下来。光年没有忘记我,他很快便把此书赠我一本,在扉页上他题字:"屠岸同志 光年一九九○夏"。我拿到书后立即向他致谢。

2001年春天,光年的《骈体语译文心雕龙》由上海书店出版社出版。光年仍未忘记我,他派司机师傅专程把此书送到我家,扉页上他写着:"屠岸同志雅正 张光年2001.6.25"。我又立即向他致谢。

光年赠我的这两本书,我多年来置于书案旁的书架上,随时拿来翻阅,不记得读了多少遍。他把《文心雕龙》译成骈体白话文,是他把当年口头讲解稿整理提高而成。是白话文,却又像刘勰原著那样是骈体,做到这一步非常困难,而光年做到了。他通过骈体语译,把这部古代文论经典的博大精深的思想,传达给了今天的读者。

我阅读得更多的,是《光未然歌诗选》。我一遍又一遍地读着书中的诗篇。《黄河大合唱》是现代经典,可以百读不厌。而其他优秀之作,还有很多。我特别欣赏他的《屈原》。这是一首长诗,共有586行,分"开篇""诗篇上""诗篇下""尾声"四个部分。虽长而无冗长感。诗中历陈史事,臧否褒贬,力透纸背;诗句感情饱满,激情高涨,韵律铿锵,乐感强烈。屈原的高尚人格,成为全诗的一条主线,贯彻始终。读这首诗,会在悲壮的感染中,受到屈原精神的感召,产生长远的影响。光年的这首《屈原》,是他的重点诗作,也应是中国诗史上的重要作品。这首诗似乎还没有受到诗评家和诗史家足够的重视。

2002年1月,光年同志逝世的消息突然袭来,我一点思想准备都没有。遗憾的是没有在他住院时去探望他。一代杰出的诗人、作家、文艺理论家、文艺工作的领导者和组织者张光年同志,离开了我们!我有一种怆然、惘然的感觉,但同时,又感到他的人格力量依然在感召着我们,他的诗歌作品依然在鼓舞着我们,他的声音不是在消失,而是愈来愈清晰,愈来愈响亮!

光年同志逝世后,我含泪写了一首悼诗。现在把它谨录于此,以寄托我的哀思,并以此结束本文:

光 未 然 不 朽

鸡鸣窑洞起星晨,

怒吼黄河醒国魂。

泽畔行吟追浪迹,

鲜花五月又回春。
明堂拍案声如铁，
警语深刨谬论根。
手捧雕龙凝泪眼，
凄风送远白云深。

2012 年 7 月 6 日

诗中的元上都

据媒体报道,位于我国内蒙古草原的元代上都遗址,已于2012年6月29日在俄罗斯圣彼得堡召开的第三十六届世界遗产委员会会议上被一致同意批准,列入"世界遗产名录"。至此,元上都遗址成为我国第三十项世界文化遗产。我国世界遗产(包括自然遗产和文化遗产)总数已达到四十二项。

元上都遗址,据了解,展示了文化融合的特点,见证了北亚地区游牧文明和农耕文明之间的碰撞和相互交融。元上都遗址符合世界遗产的价值标准,满足遗产真实性和完整性的要求。世界遗产委员会充分肯定元上都遗址的保护和管理状况,并且认为现在遗址管理的效率正在得到持续的强化和提升。这是值得欣慰的。

说起"上都"这个名称,它在古代是对京都的通称。班固《两都赋》:"实用西迁,作我上都。"即以长安为上都。又,对陪都而言,古称首都为上都。北齐以晋阳为下都,故称邺(今河北临漳西南)为上都。唐肃宗宝应元年(公元762年)建东、西、南、北四陪都,故称长安(今西安市)为上都。后来,蒙古蒙哥宪宗六年(公元1256年),成吉思汗之孙忽必烈营建城郭宫室于滦水北,三年而成,赐名开平府。其后,忽必烈称大汗于开平,是为元世祖。登基之年为元中统元年(公元1260年)。开平作为首都,称上都。自此,元上都闻名遐迩。

英国十七世纪作家坡恰斯(Samuel Purchas,1577—1626)于1613年出版他的著作《坡恰斯旅程》,其后又再版。其1625年版中收入了其他人海洋和陆地旅行记录的内容,里面就有关于中国元上都的文字记载。

英国十九世纪湖畔派诗人柯勒律治(Samuel T. Coleridge,1772—1834)写过一首诗《忽必烈汗》,成为他的主要代表作之一。据他自述,1797年夏天,他因健康不佳而隐居在一个农庄里。一天,由于身体不适,服用了镇静剂(实为鸦片)后,他便在椅子上睡着了。入睡前他正在阅读游记编纂家坡恰斯的著作《坡恰斯旅程》中的这些文字:"忽必烈汗在这里下令建造一座皇宫,以及一座宏伟的花园。于是用围墙把十英里肥沃的土壤围了起来。"诗人酣睡了大约三个小时。据称,他在沉睡之中,极其明确地确信自己能创作至少二百到三百行诗,而奇怪的是这种"创作",竟是各种情境和意象具体地出现在他面前,同时出现相应的文字表述,而不需要诗人作任何主观的努力。醒后,他对睡梦中的一切有着异常明确的记忆。于是他拿出纸来奋笔疾书——正在此时,有个人因事来访,写作被打断一小时以上。当诗人回到房里后,他大为吃惊并十分懊丧地发现,他虽然对整个幻想还留有一些模糊而暗淡的记忆,但是,除了八至十行诗和一些零散的意象之外,其他一切都像溪水面上的影像遇到一块投石那样,统统消失了。而他已经写下的那一部分,共五十四行,则成为未完成的诗作。诗人给这首诗加了一个题目:《忽必烈汗》。但这首诗事实上并没有写忽必烈汗的帝业成就或他的个人风范,而是写了上都,主要是忽必烈在上都建造的宫苑,上都的恢宏气派和旖旎的风貌,在幻影景物的华彩中隐含着一种不祥之兆。诗中的首韵、脚韵、元音韵此起彼伏,被组合得极其巧妙,从而产生了奇妙的音乐效果。下面请允许我录下柯勒律治这首《忽必烈汗》的我的译文,以供读者欣赏和批评,也借此了解诗

人幻想中的元上都风貌,并以此结束本文:

> 忽必烈汗在上都下令
> 造一座堂皇的安乐殿堂:
> 这地方有圣河亚佛流奔,
> 穿过深不可测的洞门,
> 直流入不见阳光的海洋。
> 有这么十英里肥沃的土壤,
> 四周给围上楼塔和城墙:
> 花园处处,溪河在蜿蜒闪耀,
> 树枝上鲜花盛开,一片芬芳;
> 连片的森林,跟山峦同样古老,
> 围住了洒满阳光的青春草场。
>
> 但是,啊! 那深沉而奇异的巨壑
> 沿青山斜裂,横过伞盖的柏树!
> 野蛮的地方! 既神圣而又着了魔——
> 好像有女人在衰落的月色里出没,
> 为她的魔鬼情郎而凄声嚎哭!
> 巨壑下,不绝的喧嚣在沸腾汹涌,
> 像大地在喘息,快速而强烈地悸动,
> 巨壑里,不时迸出股猛烈的地泉;
> 在它那时断时续的涌迸之间,
> 巨大的石块飞跃着像反跳的冰雹,
> 或者像打稻人连枷下一撮撮新稻;
> 从这些舞蹈的岩石中,时时刻刻
> 不绝地迸发出那条神圣的溪河。

迷乱地移动着,蜿蜒了五英里地方,
那神圣的溪河流过了峡谷和森林,
于是到达了深不可测的洞门,
喧嚣着沉入了没有生命的海洋;
从那喧嚣中忽必烈远远地听到
祖先的喊声预告着战争的凶兆!

　　安乐宫殿的依稀倒影
　　宛在水波的中央漂动;
　　这儿能听见和谐的音韵
　　来自那地泉和那岩洞。
这是个奇迹呀,算得是稀有的技巧,
阳光灿烂的安乐宫,和雪窟冰窖!

有一回我在幻象中见到
一位手拿扬琴的姑娘:
那是个阿比西尼亚少女,①
在她的琴上她奏出乐曲,
歌唱着阿伯若山岗。②
如果我心中能再现
她的音乐和歌唱,
我将被引入深切的欢忻,
能用音乐高朗又久长
在空中建造那安乐宫廷,

---

① 阿比西尼亚,非洲国家,即现今的埃塞俄比亚。
② 阿伯若山,有注家认为,大约是指阿比西尼亚境内的阿玛若山。

那日照的宫廷,那雪窖冰窟!
谁听见乐音就见到这宫廷,
他们全都喊:当心! 当心!
他飘动的头发,他闪光的眼睛! ①
组成个圆圈,围绕他三匝,
闭上你两眼,虔敬而畏惧,
因为他一直吃着蜜露,
一直饮着天堂的仙乳。

2012年7月3日

---

① 此处"他"指诗人,即上文的"我"。

秋水悠悠流荡,诗情友情交响

——记《秋水》创刊四十周年北京纪念会

2012年7月24四日,《秋水》创刊四十周年北京纪念诗会在明日五洲酒店举行。诗人们从全国各地赶来参加这次聚会。宽敞的会场上坐满了人。以诗会友,以情加盟,场上欢声笑语,气氛热烈,仿佛奏响了一支诗情友情交响曲!

《秋水》主编涂静怡为报答创始人古丁的提携之恩,在古丁遇车祸不幸亡故之后,继续古丁的办刊方针,历尽千辛万苦,将《秋水》继续办下去,直到今天。还准备再出六期,到出满一百六十期为止。她不顾眼疾,力竭支撑,在朋友们的帮助之下,决定完成自己立下的志愿。这种精神,使我无限感佩。

绿蒂先生主持纪念会。他让我第一个发言,说是因为我年龄最高。我今年已九十高龄,虽然耳聋眼花,步履蹒跚,但还没有衰老到不能说话,不能工作。我对诗友们说:我感觉到《秋水》的编刊宗旨是崇尚唯美。唯美主义曾一度被认作贬义词,指那种不问民族兴衰、不顾民生疾苦,只躲在象牙塔里高唱为艺术而艺术的主张。在中华民族遭受日本军国主义侵略,全民奋起抗争的时代,对唯美主义的指责,有其时代的必然性。但对唯美主义的定性,也不能绝对化。英国十九世纪浪漫派大诗人济慈,也曾一度被指责为漠视民生、漠视政治的唯美主义诗人。这完全是对济慈的误读。

济慈崇尚美,正是对抗社会上的丑,政治上的丑,生活上的丑。《秋水》崇尚美,与济慈相似,正是为了反对社会上的一切丑恶现象:尔虞我诈,权钱交易,贿赂公行,腐败遍地,道德滑坡,信仰失衡。《秋水》保持一方净土,坚守精神家园,正是对人类文明做出贡献。

我讲到中国新诗一度处于低谷状态的情况。上世纪八九十年代诗歌界刮起一阵阵"颠覆"风,一些人提出要"颠覆崇高"、"颠覆英雄"、"颠覆传统",有人甚至扯起"诗歌垃圾运动"的旗号,"下半身"诗、口水诗、梨花体、废话诗泛滥,形成一股逆流。标新立异原本没错。诗要创新,无可厚非。不创新,诗将沉沦。创新必求变,变是对的。但万变不能离其宗,这个宗,就是真善美。真善美是诗之所以为诗的底线。过了这底线,诗就走向自己的反面,诗就不成其为诗了。所幸的是中国诗的健康力量依然强大。老中青三代诗人坚持诗的岗位,不断有好诗涌现。各地出版发行的诗刊也不少,许多诗歌新秀崭露头角。中国新诗如一座火山,目前也许还处在静止状态中,但地下的熔岩正在鼓荡腾跃,总有一天会轰然爆发!诗的辉煌时期会到来,杰出的诗人群和时代的大诗人会出现!

会上,诗友们发言踊跃,热情高涨。诗情友情交响曲的旋律响彻会场,响在每一位诗友的耳畔。

晚餐时,静怡坐在我旁边。她谈到编辑筹资出版《秋水》的千辛万苦;谈到当年古丁的鞠躬尽瘁……

七时半,诗歌朗诵会开始。绿蒂让老诗人成幼殊第一个朗诵。幼殊虽然是坐着轮椅来的,但她坚持着站起来,向诗友们朗诵了她的诗《望金门》,朗诵时她充满了激情,企望着两岸的统一。我被指定第二个朗诵。我朗诵了发表在《秋水》一百五十四期上的我的一首十四行诗《汉字碑》,表达我对汉字的热爱和对中华传统文化的深情。我还用常州吟诵调吟诵了杜甫的七律《闻官军收河南河北》,也是我对祖国统一的婉转表达。我还介绍了被国务院批准列入国家级非物质文化遗产名录的"常州吟诵",谈了它的沿革、内涵、性能和特色。

诗人们一个一个朗诵了他们的诗。诗情在朗诵声中升到高潮。

诗人林子、琴川、刘福智、风信子、邱志郁等纷纷把他们的诗集赠送给我。我一一道谢,我说我会认真拜读。葛平从山西赶来,她告诉我说,在火车站上,她的行李丢了。但为了参加这次诗人们为庆祝《秋水》而举行的集会,她不感到遗憾。

夜,静怡、林子把我送出会场。我的心继续为《秋水》祝福,为诗祝福!

2012 年 9 月 17 日回忆写

永别了,译诗圣手杨德豫!

电话铃响了！电波传来,杨德豫先生今天中午病逝于武汉！日期是2013年1月23日。

我的心头猛烈地一震,继之以盈眶的热泪。一位盗诗歌之火的圣手陨灭了,他的灵魂回归了天国！

我抑制悲痛,用毛笔濡染了浓浓的墨汁,在宣纸上写下挽联:

译诗圣手　文采飞扬信达雅
盗火能神　人间挥洒美善真

我让快递公司把挽联送到长沙湖南文艺出版社转给杨德豫的女儿杨晓煜女士。"盗火能神"源于鲁迅先生把传播文化之火的翻译家比作盗天火给人类的希腊神普罗米修斯。

在英诗汉译的翻译家中,我最钦佩的是我的老师卞之琳先生,其次就是杨德豫君了。他的译作,水平比我高。他少年时即能诗能文,所作古典式律诗绝句,格律严谨,意蕴深长。后来未见他再有诗作,但他的诗人气质,贯穿一生。他是国学大师杨树达的哲嗣,有着深厚的家学渊源。他在文、史、哲方面都有很高的造诣。做文学翻译,不能仅仅懂得两种文字就够了。只有具备了深广的文化底蕴,才能成就一位杰出的翻译家。杨德豫的成功,奠基于他的天资,扎根于他的学养,完成于他的勤奋。

　　杨德豫的译诗工程,遵循着卞之琳的原则进行,那就是:"以顿代步,韵式依原诗,等行",概括为"亦步亦趋"。"以顿代步"的首创者是孙大雨,孙不称"顿",称"音组",二者是同一概念。但孙不讲究"等行"。卞之琳发展和完善了这项原则。"顿"指汉语中的音顿;"步"指英诗中的音步。卞之琳的原则专用于英语格律诗的汉译,按此原则译出的诗即是汉语现代格律诗。但这仅仅做到"形似",即诗的形式的移译或转换。卞之琳主张神形兼备,全面求信,即不仅要求形似,更要求神似。神似指内容、意蕴、风格的相似。按照卞之琳主张从事译诗的翻译家,有杨德豫、袁可嘉、江枫、方平、黄杲炘、傅浩、李永毅等。他们各自做出了贡献。

　　杨德豫为人低调,从不张扬,十分谦逊。当然在原则问题上他决不让步(如他为陈寅恪辩护的文章《陈寅恪的立场观点有什么问题》即是鲜明的一例)。他从不随意批评别人,更不用说伤害别人了。他遭遇过不幸。1957年他被错划为"右派",之后在洞庭湖边劳动改造,得了吸血虫病,把健康损坏了。"右派"问题改正后,他已五十多岁,才结了婚。幸而他的夫人对他非常好,他的女儿对他也非常孝顺,这使他在晚年有了一个温馨的家庭。只是他长期患心脏病,最后又患食道癌,病魔终于夺去了他的生命。他享年八十五岁。

　　我认识杨德豫在"文革"结束后,七十年代末。我收到他寄赠我的他的译著《拜伦抒情诗七十首》,我一看就觉得好,可以和卞之琳的译诗媲美。我和他通信,称他"兄",德豫兄,他称我"先生",屠岸先生。他署名,必写上"后学杨德豫谨上"。我说,你不要自称"后学"了,他说一定要。后来我和他比较亲近了,他给我写信依然自称"后学"。2007年底,我收到他的贺年卡,上面没有"后学"了,我认为很好。但这只是他偶然漏写,此后,他依然故我。

　　杨德豫对我的帮助我不忘记。当我准备补译一些重要诗作以完成《英国历代诗歌选》译本时,我受益于杨的指教。比如我译柯勒律治的《老水手的歌》时,杨把他译的这首诗寄给我参考,那是一份复印件,却用红蓝两种笔在上面作了几十处修改。同时他有信给我,说明他译这首诗的经验、感受和为什么要不断做这么多的修改,以求得译文更好的效果。他的示范给了我极大的启发。

我和杨德豫见面是在 1989 年 5 月,在石家庄一次诗歌翻译研讨会上,一见如故。在赴京的火车上,我和他交谈,十分投机。这之前,他有一本华兹华斯诗集的译本《湖畔诗魂》,将由人民文学出版社出版。那时我已从人文社工作岗位上退下来。他恳切地要我为这本书写序。我恰恰病了,他说可以等。我建议让我女儿章燕来起草,我来加工修改。他同意,但要我把名字署上。书出版了,序文作者署了我和章燕两个人的名字。这可以说是我和女儿跟杨德豫结成文字之交的开始。

1998 年 4 月 8 日,我请杨德豫到我家中做客。我把卧室兼书房中的书和杂物搬走,在两张沙发间的茶几上铺了桌布,摆上鲜花,迎接他。他来了,我请他坐下,递上清茶,开始畅谈。这年他六十九岁,近古稀之年,但不显得苍老。

杨德豫谈到他在北京大学求学时的恩师赵诏熊教授,这年已九十三岁高龄。他说赵先生早年留学美国,学养深厚。一次,一个学生问赵先生一个英国文学上的细节,赵先生不假思索地说,你去查一下德莱顿(英国十七世纪大作家)的某部著作第几章第几节即可。杨说,赵教授在新中国成立时才四十四岁,是一个人的黄金岁月。但一次又一次的政治运动到来,赵陷于没完没了的思想改造之中,又忙于为学生批改作业,没有时间写论文,更没有专著出版,因而在学术界知名度不高,是可惋惜的。杨不忘师德,深感自己受到赵老师的教诲熏陶,怀着深深的感恩之情。杨也说了他拜访卞之琳先生的情况,说了卞先生当前的工作环境和困难处境。杨对卞老也怀着深深的感恩之情。

　　从我与杨德豫多年的接触中,我大体了解到他一生命途多舛的遭际。杨德豫大学毕业后由爱国情怀所驱使,参加了人民解放军。他和几个同学一起参军,把姓名都改了,都改姓江,杨改名为江声。杨是湖南人,长沙岳麓山下湘江西岸的爱晚亭上有一副楹联:"西南云气来衡岳,日夜江声下洞庭"。有一次我问杨:你这个"江声"的名字是不是来自此联?他笑笑点头。1957年,党号召整风,动员人们向党提意见,叫"大鸣大放"。那时杨正在部队编一个军内的内部刊物,稿子要送审,上面的"长"字号人物都要动手改。有时改得不通,有时改坏了。杨提了意见,说:改动处百分之八十是改好了的,约百分之二十改坏了。由此,还由于在会上发表的其他意见,他终于被定为"反党",划为"右派分子"。此前,他已应邀为人民文学出版社翻译了《朗费罗诗选》(朗费罗是美国大诗人惠特曼之前的重要诗人);人文社还约杨译另两种英语诗歌,但尚未开译。杨老老实实地把自己已戴上"右派"帽子的情况向人文社反映了。人文社即与杨所在的广州军区联系,部队回函说,"右派"不得出书。人文社又去函部队,提出:另两本尚未开译,可取消约定,《朗费罗诗选》已译成,按规定,可以换一个名字出版。部队回函,仍不同意,但留了一个尾巴:如果你们一定要出,一切后果由你们负责。人文社因有文件根据,心中有数,决定出,但译者署名不能用"江声",用什么呢?杨决定用自己的本名:杨德豫。于是书就这样出版了。1961年杨"摘帽",这时他已离开了部队,到了地方的一处农场,教书。人文社又约他译了莎士比亚的长篇叙事诗《鲁克丽斯受辱记》,仍用杨德豫名字。(此诗后来收入人文社版《莎士比亚全集》中。)直到"文革"结束,"四人帮"粉碎,全国"右派"问题改正,杨便正式恢复本名。

　　从七十年代末八十年代初改革开放新时期开始,杨德豫长期供职于湖南人民出版社译文室（后译文室合并于湖南文艺出版社）。这家出版社出版"诗苑译林"丛书，由诗人彭燕郊发起并主持，而这套书的组织、编纂、审定、付印的实际操作者，是杨德豫。这套书从1983年开始问世，1992年杨德豫退休，这套书随即停止出版。十年间，这套书出了五十一种外国诗歌汉译本，面广质高，在读书界产生了巨大的影响。老作家施蛰存曾在致杨德豫的信中说，这套书"发表的译诗数量，已超过了1918—1979年所出译诗的总和"。诗人北岛称赞这套书为"汉译诗歌第一丛书"。这套书收入了英、法、德、美、俄、奥地利、智利、印度、黎巴嫩等国最杰出诗人的作品，收入和计划收入下列一流译家的译著：冰心、郑振铎、朱湘、徐志摩、戴望舒、梁宗岱、孙用、冯至、施蛰存、卞之琳、郑敏、罗念生、王佐良、查良铮、绿原、陈敬容、飞白、周煦良、赵瑞蕻、杨苡、申奥、江枫、吕同六、程抱一、林林等。可以看出，杨德豫为这套书付出了他后半生的全部心血，对中国的译诗事业作出了重大的贡献！

杨德豫身兼译诗编纂家和诗歌翻译家两重身份。他自己的诗歌译著，上面已提到《朗费罗诗选》，莎士比亚《鲁克丽斯受辱记》（后改名《贞女劫》），华兹华斯《湖畔诗魂》，《拜伦抒情诗七十首》，此外还有柯勒律治《克丽斯德蓓》和《华兹华斯、柯勒律治诗选》。后者可以说是杨德豫译诗的代表作或最高成就。杨对所译的诗原作，都作了认真的分析和研究。他的译诗集上都有他撰写的前言、序跋或论文，记录了他对原著的学术研究成果。他决不是"翻译匠"。他之所以能在译著中传达原著的精神，这与他的潜心研究分不开。

卞之琳先生曾赞誉杨德豫的译著代表了"中国译诗艺术的成年"；卞先生还说有些英诗汉译"我不如杨德豫"。杨的成就确是实至名归。

上世纪九十年代,杨德豫停止了翻译工作。我对他说,你还可以翻译呀! 他说,不行了,主要是健康情况不允许了。1998 年,他以《华兹华斯诗选》译本获得了第一届鲁迅文学奖文学翻译彩虹奖,而且按评委投票票数计他是第一名。这成了他一生译诗事业的顶峰。

我始终认为,在英诗汉译的成就上,杨德豫首屈一指,达到了前人未曾达到的境界。他受到政治迫害,被剥夺译诗权利二十多年,又由于劳改损坏了健康,他过早地搁笔,因而他译诗的数量不多,面不广。我认为他应该是中国翻译协会翻译文化终身成就奖合格的获奖人,可能由于译著数量少而未能获此荣誉。但他的译著精益求精,质量高,至今还未曾有人超过他的水平! 对杨德豫,我是不吝惜称赞的词语的,唯一的原因是:他值! 他是译诗天才,也是译诗圣手!

杨德豫离我们而去了。我和译诗界的朋友们和广大诗爱者一起,为之同声一哭!

亲爱的杨德豫同志,您走好! 您的遗译,作为一种典范,将长留在我们和后人的心中!

2013 年 2 月 2 日

"红五月"的沉思

5月到了。我们常常以5月为春天的标志。我们称它为"红五月"。"五一"是劳动节;"五四"是青年节,因而5月常常被认为是劳动的季节,是青春的象征,是热情迸发的时段。每逢5月来临,我们总是用鲜花和火炬来迎接它,用欢声和笑语来装饰它。

但是,我的耳朵也听到了一些异样的声音。日本现任首相安倍晋三向供奉日本甲级战犯的靖国神社呈献祭品,宣称日本大批阁员参拜靖国神社是"个人自由";妄图修改日本的和平宪法;妄称中国的固有领土钓鱼岛是"日本的固有领土"!日本大阪市市长桥下彻宣称当年日军强征中国韩国妇女做"慰安妇"(实为性奴隶)这一罪恶行径"对维持军纪有必要"!我真有些奇怪,现在已是二十一世纪,这些叫嚣果然来自我们的东邻吗?

现在正是5月。在耳际听到这些叫嚣时,我不由得回顾5月的历史。哦,5月!5月份从头到尾连贯着一串纪念日,而且几乎都与日本有关!

1919年的"五四运动"是中国人民反帝反封建的伟大群众运动。它的起因与日本有关。第一次世界大战结束后,1919年1月,英、美、法、日等国在巴黎召开和平会议。当时中国的军阀政府在人民群众的呼声压力下,要求帝国主义列强放弃在华特权,收回山东一切被日本夺去的权利,遭到拒绝。军阀政府准备屈服妥协。5

月4日,北京学生在天安门集会,高呼"外争国权,内惩国贼"口号,会后大游行。全国响应。6月3日、4日,军阀政府逮捕学生数十人,全国震怒,从北到南,工人罢工,学生罢课,商家罢市!军阀政府不得不拒绝在和约上签字。从"五四"到"六三",活动扩展为全国性划时代的新文化启蒙运动,提倡"德先生""赛先生",影响此后中国政治和文化的几十年进程。新中国成立后,定"五四"为青年节。

5月3日是"五三惨案"也叫"济南惨案"的纪念日。与日本有关!二十世纪二十年代中叶,中国南方革命政府发动北伐战争,国民革命军向北挺进,目的是扫灭军阀割据,统一中国。1928年,北伐军进军山东。日本借口保护侨民,出兵侵占济南。5月1日,北伐军开进济南,日军寻衅开枪,打死中国军民多人!3日,日军又大举进攻,北伐军撤出济南。当时国民政府山东外交特派员蔡公时与日方交涉,竟被日军割去耳鼻,残酷杀害!同遭杀害者有中国外交人员十七名!同时,日军在济南奸淫虏掠,屠杀中国军民五千余人!自古以来,两国交战不杀来使。可是,这是二十世纪的日本!是九年后制造南京大屠杀的日本!是现代的日本!五千余人啊!这就是"五三惨案"!爱国烈士蔡公时,我们忘了吗?在日本侵略者屠刀下牺牲的中国军民五千余人,我们忘了吗?五千余人啊!!

5月7日是"五七国耻日",5月9日是"五九国耻日"。两日是同一件事,与日本有关。1915年1月,日本向时任中华民国大总统的袁世凯提出"二十一条",其内容是把中国的种种权利出卖给日本,是一项彻头彻尾的卖国条约,亡国条约!"窃国大盗"袁世凯不满足于当大总统,妄想恢复帝制,登上"洪宪皇帝"的宝座。要实现这个野心,他要向日本借款,要获得日本的支持。日本向袁提出的"二十一条",是"埃的美敦书",即最后通牒,必须在四十八小时内答复。日方提出时是5月7日。袁世凯利令志昏,昧了良心,在四十八小时内签字同意,时为5月9日。袁氏一意孤行,在全国人民声讨下，于1915年6月在忧惧中一命呜呼。当年中国人民以5月9日为国耻纪念日；北方各省则以5月7日为国耻纪念日。"五七""五九"，我们忘了吗？我们能忘吗？

5月份还有一个纪念日，在5月30日，即"五卅运动"纪念日。仍与日本有关。1925年1月，上海、青岛等地的日本纱厂的中国工人不堪日本资本家对他们的残酷剥削和压迫，举行大罢工。5月15日，上海日本纱厂资本家枪杀了中国工人顾正红！并打伤中国工人十余人！这激起全国工人、学生、农民、市民的极大愤怒。30日，上海学生二千余人举行反帝示威大游行，被租界当局逮捕一百多人。随即激起一万余人的反帝大游行，要求释放被捕者，高呼打倒帝国主义口号。租界当局巡捕开枪打死十余人，伤无数！造成"五卅惨案"！这激起全国南北各城市罢工，罢课，罢市，由此中国工人运动得到了进一步的轰轰烈烈的推进！被日本杀害的中国工人顾正红，我们忘了吗？被日本杀害的十余名中国工人，我们忘了吗？"五卅惨案"，我们忘了吗？我们能忘吗？

亲爱的读者！这就是"红五月"！这红，是血啊！是日本帝国主义屠刀下中国人民的血！是反抗日本侵略者而英勇牺牲的中国烈士们的血！！这血，我们怎能忘记？我们不能忘记！！我们不会忘记！！！从1931年"九一八"、1932年"一·二八"到1937年"七七"、"八一三"，再到1945年"八一五"，中国军民浴血抗战，无数英雄烈士的红色鲜血，换来了大日本帝国天皇陛下的一纸诏书：接受波茨坦宣言——无条件投降！

奇怪的是，安倍晋三又在蠢蠢欲动了，日本一百六十八名议员又到靖国神社"拜鬼"去了。你们想干什么？想做东条英机第二吗？

"红五月"是热情奔放的时节。"红五月"也是提醒我们不能抛弃血的记忆的时节。只有不忘过去，才能把握现在，才能展望未来啊！

2013年5月3日

朝内大街166号

人民文学出版社和人民出版社的大楼,位于北京市朝阳门内大街166号,建成于1956年。

我于上世纪五十年代初从上海华东文化部奉调到北京中央文化部艺术局,做戏剧工作。那时艺术局与中华全国戏剧工作者协会(后改称中国戏剧家协会)合署办公,艺术局局长和剧协主席由田汉同志兼任。当年文化部本部和剧协的地址在北京东四头条胡同1号,同一个大院,但院内两家有一墙之隔。东院有六座楼,一、二、三座是人民文学出版社,四、五座是剧协。1953至1954年,我患肺结核病,饮食需与健康人隔离。经联系,可在西院文化部病号食堂进餐。共餐者中有一位劳季芳同志,她是人文社的编辑,也因有病而就餐于此。我与她每日见面,不断交谈,建立了友谊。从交谈中我了解到人文社的一些情况,了解到有关冯雪峰、王任叔等社领导的性格和作风。我素来认为自己对戏剧是外行,我喜爱的是文学,所以人文社是我所向往的工作单位。从劳季芳同志口中了解到人文社的方方面面,使我对人文社更加渴慕。但我知道,剧协是不会放人的。我只好暂时放弃非分之想。

1955年,我不再到文化部病号食堂进餐。1956年朝内166号大楼建成,人文社从东四头条搬出,搬进朝内166号,劳季芳也搬到新址办公。但我与她仍有一些往来。"文革"期间,音讯断绝。

1973年初,"文革"后期,我从文化部五七干校调回北京。1月13日,文化部分配组通知我:到人文社去报到。这对我而言,真像是天上掉下了馅饼!分配组对我说,人文社缺一个现代文学编辑部主任,你曾担任过剧协《戏剧报》编辑部主任,职位相当,所以调你去担任此职。

从1973年1月到1987年11月,我在朝内166号人文社工作了约十五年(此前,劳季芳同志已被调离了人文社,供职于郭沫若纪念馆)。我担任的职务有:现代文学编辑部(后改称当代文学编辑室)主任、副总编辑、总编辑、党委书记。其间,经历了"文革"、"四人帮"倒台,一直到改革开放新时期。自古至今,文学被称作政治风云最敏感的反应物。我在人文社的十多年,也是在政治风云动荡的狂涛中逐浪踏波的十多年。

人文社是藏龙卧虎之地,"群贤毕至,少长咸集"。我在这里见到过冯雪峰,慰问过楼适夷、林辰,领教过聂绀弩,一起共事的还有严文井、韦君宜、绿原、牛汉、萧乾、文洁若、马爱农……多少友情、亲情、同志情、同事情、同道情、同好情,都是朝内166号大楼给我的恩赐!

"文革"期间,朝内166号大楼内大字报满天飞,派仗激烈,你死我活。我到社较晚,未能躬逢其盛,但也亲眼见到了一条尾巴。

赵光远原是我在剧协的同事。剧协的戏剧出版社合并到人文社,成立戏编室。赵也到了人文社。赵和他的妻子马正秀是我和我妻章妙英的好友。马供职于自然博物馆,任讲解员。"文革"中,她反对打倒党的元老们,把标语"打倒刘少奇"改为"刘少奇万岁!"她于1967年被捕,被造反派定为"现行反革命",但她拒不认罪,昂首不屈,1970年1月被判处死刑,立即执行。马被捕后,她的丈夫赵光远受到极大的震撼,加上所谓"社会关系复杂",受到造反派的无情冲击。1969年赵光远在心神迷乱中从人文社四层跳楼自杀身亡。朝内166号大楼是这一悲剧的历史见证。

"文革"期间,"上面"派一批穿军装的人到人文社,尊称"军队毛泽东思想宣传队",简称"军宣队"。据了解,"上面"认为知识分子成堆的地方,土地容易"板结",成为"水泼不进,针插不进"的"独立王国",演变成反革命的"裴多菲俱乐部"。因此要派军队和其他单位的可靠分子到"板结"地带"掺沙子",把"板结"的土壤拆解、破坏,作为反修防修的重要手段。这样,军宣队和一些"可靠分子"进驻人文社,并派到每一个编辑部(室),进行思想监控和文稿审查。当年人文社实行书稿三审制度,即责任编辑初审,编辑室领导复审,社领导终审。经过终审人签字后,书稿即可发排付印出版。军宣队中一部分人大吵大闹,终于攫得了终审权。1976年,时任总编辑的韦君宜同志发现已经军宣队张某终审签字的书稿,其中有"批邓"内容,说要"一枪打死邓小平,给他来个透心凉!"韦君宜立即把书稿扣下,不让发排。张某为此大闹公堂,声称韦君宜剥夺了他的终审权。此人写了一张大字报的稿子,对韦君宜进行声讨,他找人为他抄写大字报,但被所有的人拒绝。他只好自己抄写贴出来。人们一看,无不大笑,原来这张大字报语法不通,错别字连篇。这时候,此人的素养大白于天下。这也是朝内166号大楼能够见证的一桩往事。

1976年"四人帮"倒台后,出版局领导下令:军宣队及所有的"沙子"全部从出版社撤走。按规定,这些"沙子"还应回社补一课,叫做"说清楚"。但"沙子"们心怀恐惧,不敢回社。社长严文井说,他们回来也说不清楚,为免纠缠,算了,放他们一马吧。

人文社是出版文学著作的机构,编辑们总要与社外的作家、诗人、文学评论家、文学翻译家们打交道。社内一度辟有住房，招待作家们来此，可以长期居住，避免干扰，安心写作。天津作家冯骥才就曾在人文社居住过多时，写作长篇小说。他又是画家，在他居室的墙上贴满了他的绘画作品。一进门，便觉得是到了他的个人画展展室。有一次，我突发腹痛，绞肠痧，冯骥才知道了，一个箭步冲到我的办公室，把我驮在背上，从四楼直下底层，把我抱上急救车，送往医院。

孙绳武同志，人文社副总编辑、文学翻译家、外国文学研究家。他生于1917年，比我年长六岁。一次，在跨过朝内大街走向人文社时，他竟扶着我过马路！不是年轻人扶着老人，倒像是父辈搀着孩子！这"瞬间"的一幕，永远留在我的记忆中。

上世纪八十年代初，我在下午办公中间休息时，登上朝内166号楼顶平台，作十分钟的绕平台跑步，以舒展身体，活动筋骨。凭栏俯瞰北京市区，但见朝内大街上车水马龙，行人如蚁。朝阳门外，朝外大街向东直通东岳庙、神路街、芳草地；朝内大街向西直通东四、东单、东长安街、天安门……人文社的对面，朝内大街路北，是九爷府，清初多尔衮摄政王遗留的府邸旧址，早已人去楼空，物是人非。

我在1987年办理了离休，此后不再上班，但每年总有几次到社里。我始终把人文社当作我的家，朝内166号永远是我魂牵梦萦的地方。

最近，人文社的上级领导部门决定要拆除旧楼，改建新楼。朝内166号面临拆建的命运。有人问我：这对你是不是一种冲击，一件憾事？我说：不！这是好消息啊！推陈出新，推倒（这里姑且把推字作"推倒"解）旧的，才能建起新的。除旧布新，同一道理。新陈代谢，是宇宙万物的发展规律，任何事物都无法回避。一百零八岁的周有光大哥告诉我：外国有一位哲人说：人的死亡是为后来者腾出了生存空间，使人类可以永远繁衍下去。人如此，物也如此。

2013年7月16日

于北京和平里寓所萱荫阁

飞升的鹰，在霹雳中焚化

——痛悼诗人牛汉

2013年9月29日清晨，7时30分，牛汉静静地离开了这个他热爱的世界。

自"五四"以来近百年的中国新诗史上，出现了一大批光耀的诗歌人物，群星灿烂。闻一多、艾青、臧克家、绿原、穆旦……而牛汉，正是其中一颗璀璨的亮星。他的陨落，震动了中国和海外的文化界及广大的读者群。

我写了一副挽联，在牛汉逝世的次晨，送到他家，挂在他灵堂遗像的西侧。挽联是：

绝代诗豪　挥洒辞章不朽
骚坛翘楚　轩昂风范长存

我向牛汉遗像鞠躬，一连鞠了九个。哀痛的眼泪突眶而出！

牛汉是中国当代的大诗人。他的优秀的、杰出的诗歌作品，大大地丰富了中国诗歌的宝库。他的诗作题材广泛，内容丰厚，反映了他爱国、爱人民、爱人类、爱自然的高洁情怀，体现了他昂首不屈、特立独行的人格魅力。他的诗格和人格高度统一。他的语言质朴无华，初看觉得冲淡平直，但如果再读，一遍、两遍、三遍……

便会感受到浓郁的诗味,绵厚的情愫,仿佛春醪佳酿,沁人心脾。他简洁中有深沉,朴素中有丰硕,淡泊中有强烈。他的风格是独立不羁和平实亲和的结合。

牛汉诗作的一个突出特点是与大自然的精神交流,将生命体验赋与宇宙万物。他一而再、再而三地写山、河、动物、植物。这类诗的篇数在他全部诗作(约三百六七十首)占有较大的比例。最著名的《悼念一棵枫树》和《华南虎》,一是写植物,一是写动物。生命体验,鲜明地表现在他的动植物诗中。他写松树、青桐、毛竹、枣树、车前草……也写虎、牛、马、猞猁、鲤鱼、蚯蚓、蟋蟀、蝴蝶、蜗牛……他谆谆嘱咐小鱼要小心保护自己,告诫麂子赶快躲避猎人的枪。他写了三首关于牛的诗,《耕牛谣》则异想天开,要让牛去耕天。他认为灌木丛的根块具有顽强的生命,因为它凝聚了几十年的热力。牛汉心仪老虎,却又说,"只有在天空盘旋的鹰能认出过去的虎穴"。可见牛汉更倾心于鹰,他写了八首以鹰为题材的诗:《山城的鹰》、《鹰的诞生》、《鹰如何变成星的童话》、《一只跋涉的雄鹰》、《鹰的归宿》、《羽毛》、《坠空》、《鹰形的风筝》。对鹰如此垂青,这在中国和世界诗人中,恐怕是独一无二的。在牛汉笔下,鹰没有地上的坟墓,鹰"飞得极高极远 / 直到今天 / 天文台还没有发现 / 只有鹰的同类 / 才能在千万颗星星里认出它 / 这颗星有一双翅膀 / 它还在继续升高,升高……"这是何等的想象,这是何等的力的升华!但在牛汉的笔下,鹰还有另一种形象:"鹰,又伏在那里…… / 紧贴着它并不信赖的地母…… / 插入灼热的沙漠深处 / 它是一把尖端朝天的剑……"鹰又与大地紧密地契合在一起。升空和伏地是一个形象的两个面,合起来成了一只完整的鹰,鹰的魂!我感到,这也正是牛汉的魂!

牛汉胸襟开阔,他尊重在诗风上与他完全不同的卞之琳前辈。尽管新月派与七月派(牛汉因与胡风关系密切,曾被目为以胡风为首的七月派成员)相距甚远,牛汉却在徐志摩故乡召开的一次诗会上喊出了"徐志摩万岁!"的口号。当我问他为什么这样喊时,他说:"可以喊毛主席万岁,为什么不能喊徐志摩万岁?!"他对外国文学的欣赏幅度很宽,他倾心于莎士比亚、蒙田、里尔克、狄金森、普希金、安德拉德(葡萄牙诗人)……这会是一个很长的名单。

牛汉并非狂傲者,他常常接受批评。卞之琳曾批评牛汉的诗写得散。牛汉一直记在心里。卞之琳去世后,牛汉写了一首悼诗,写得紧凑。牛汉说,要让在天国里的卞老高兴高兴。

老诗人郑敏说,牛汉诗歌的成绩已远远超过了艾青。这当然只是郑敏老人家的一家之言。但说牛汉是当代中国举足轻重的大诗人,这大概极少有人持异议了吧。

我与牛汉结识是在人民文学出版社。1973年我奉调到人文社。大约在1975年我在人文社阅览室见到一位身材高大的同志在埋头工作。他见我来,与我打招呼。我请教他尊姓大名,他说:"牛汀。"这个"汀"字,应该读tīng。但社里人都叫他牛丁(dīng),他自己也称自己牛丁。我说,哦,原来是你!由于工作关系,我与他接触渐多。1986年,我的抑郁症犯了。这年8月,农垦部部长何康邀请一批作家访问新疆生产建设兵团,我在被邀者名单中。我妻子听说牛汉也去,便请他照顾我。这样,我和牛汉一同访问了北疆和南疆的许多垦区。我和牛汉同住一室,他处处照顾我。

旅途中,我常常听到牛汉说一些使我印象深刻的话。一天,在沙漠中看到水一样的东西,我说像海浪。他说,你再仔细看看,是沙浪,不是水浪。我再看,果然如他所说。在吐鲁番,我们仰头看天上的星星。他说,你看,天高不高?我说,天总是高的。他说,我们在这里看到的天,是最高的天。后来我明白了,吐鲁番,尤其是那里的艾丁湖,是地球上最低的地方。据此,这里与天的距离最远,所以从这里看天,天最高。在北疆,我们访问赛里木湖。那是我们在北疆逗留的最后一天。阳光在湖面移动,有云影,湖面时时在变化,从碧蓝到湛蓝,再到深蓝,又转靛蓝……变得有一种凄美的感觉。牛汉说,你看,湖水在变,变得悲哀了,是在向我们告别。在南疆,有一次在夜里,我听见牛汉大声叫唤。醒后我问他,是不是做噩梦了? 他说,是手放在胸口上了。他说他精神上受过创伤,所以常常做噩梦。而且不仅做噩梦,还常常有梦游的行为。他又说了一句:旅行在外,也像梦游一样。

牛汉告诉我,解放前,他蹲过国民党的监狱。解放后,"毛主席他老人家关心我,让我又蹲了共产党的监狱"。蹲共产党的监狱是因为牛汉与胡风的关系。牛汉说,他早年(1950年)写过一首题为《毛主席! 你还记得我吗?》的诗,是歌颂毛泽东的。但是,后来毛泽东御笔一批,把牛汉定为胡风反革命集团分子。

牛汉还告诉我一件事:解放之初,1950年,上级领导找他谈话,说准备派他到苏联去学习,专学保卫党中央的工作。牛汉考虑了三天,最后决定辞谢了。他不能放弃写诗,更不愿当"克格伯"。成仿吾知道了这件事,就特别提醒牛汉要注意周围,要谨言慎行。牛汉说他特别感谢成仿吾校长对他的关心爱护。

牛汉不仅擅长写诗,也写了大量散文。我对他说,你的散文是一种性灵的抒发,"文章本天成,妙手偶得之。"要做是做不出来的。

有一次我问牛汉:你对周作人附逆怎么看法? 他说,绝不可原谅,这是大节。又说,周作人也做过一些好事,如送李大钊的女儿李星华到解放区去,保护北大校产等,但不能掩盖其大节。我说,也许是脚踏两条船,为自己留一条后路吧。牛汉说很有可能。又谈到舒芜,牛汉说舒芜卖友求荣,陷害了许多人,也是大节,不可原谅。

牛汉是蒙古族人,本姓史,原名史承汉,祖籍山西。他对我说过:把长城定为中华民族的象征,他不赞成。他是不过中秋节,也不吃月饼的。他认为"八月十五杀鞑子"是民族分裂的惨痛记忆。他认为中国境内五十六个民族应该团结起来,成为一个人那样,那才是完整的中华民族。2006年中国作家协会召开会员代表大会,给每一位代表发一个长城纪念章。他看着,说:我感到长城是中华民族胸膛上的一道伤痕。

从1988年起,牛汉任人文社刊物《新文学史料》主编。他给我写信说:"屠岸兄,我们事实上也成了'老傢伙'了,有些值得回忆的人与事也应该及早写写,在此我向你约稿。"此后,我与他的交流一直继续着。1992年7月27日,他又给我写了一封坦露心胸的信:

屠岸吾兄:

我也十分想念你!只要回忆起1986年那次新疆之行,就想起我们朝夕相处的五十天,许多有趣的细节,都没有淡忘,真应当写几篇散文(题目都已想好了十几个)。这两三年,我闲得苦,练习写写散文,我看重散文的"散"的境界。这几十年的紧绷绷的生活,需要真正松散一下。写一些之后,才晓得像我这么一个人想要从过去的规范了我的人生的躯壳中解脱出来,是多么地困难,只能把僵硬的骨骼稍稍松动一会儿。这已经十分令人高兴了。聂绀弩老兄晚年自号散宜生是很有意思的。其实他的一生在我看已经够散的了,他仍然觉得很不自在。他到七十开外之后,才尝到一点清净的滋味。我在香山卧佛寺见到一块匾额,得大自在,四个字。我对绀弩说了我对这四个字的体会。我说得与德同义。他说何必一定扯上那个人为的德字,得就是得,自自然然的一个人生境界。去年我到过一回黄河口,看到了入海时的黄河,它平静得令人吃惊,几乎没有波浪与声音。因为它融汇了千百条河流,经历了一切艰险,之后,才获得了最后的(也是新生的)伟大的境界。聂绀弩是一条大河。你与我都是一条小小的河。我这么看,是不是有点自我欣赏,或许我们只是一条浅浅的溪流而已。胡写一通,博兄一笑。

　　……

　　噢,得大自在确实谈何容易! 但,并不是没有人达到过这种境界。如果说,绀弩是一条大河,那么,牛汉不会是一条河。在我的心目中,牛汉是一道瀑布,它"飞流直下三千尺",是九天之上的银河,它奔泻的目的地却是祖国的大地!

2013 年 10 月 6 日

仍在苦苦跋涉的诗魂

——再悼诗人牛汉

中国的诗歌界,是群星灿烂的星空。2013年9月29日,突然,一颗璀璨的亮星陨落了! 中国和海外的诗歌界、文化界,以及广大的读者群,为之震动,顿时沉入悲悼的缄默中。

2013年10月9日,在北京八宝山东告别厅,牛汉遗体告别式庄严举行。播放的不是一般的哀乐,而是贝多芬的《第五交响曲》。牛汉一辈子与命运搏击,他的诗歌就是对3331—2227命运叩门的阵阵反击。灵堂正门两侧,挂着我撰写的挽联:

绝代诗豪　挥洒辞章不朽
骚坛翘楚　轩昂风范长存

诗人仙逝了,但他的诗作永垂不朽,他的人格风范长留世间,成为人们崇尚的范式。灵堂匾额上写的是:“我仍在跋涉”。这原是牛汉自述的书名《我仍在苦苦跋涉》,只是简化了“苦苦”二字。牛汉的遗像,面带微笑,但目光庄严,却又亲切地注视着我们。他似乎正在对我们说:“我仍在跋涉。”他的追求,他在艰难中的奋进,永远不会休止。

老诗人郑敏曾说过:牛汉诗歌的水平,已大大超过了艾青。这当然只是郑敏老人家的一家之言。但,说牛汉是当代中国举足轻重的大诗人,这一点,大概很少有人持异议了吧。

牛汉创作的优秀的、杰出的诗歌作品,大大丰富了中国诗歌的宝库,已成为公认的诗歌经典。他的诗作题材广泛,内容丰厚,反映了他爱祖国、爱人民、爱人类、爱大自然的高洁情怀,体现了他昂首不屈、特立独行的人格魅力。他的诗格和人格高度统一。他的诗歌语言朴实无华,初看觉得冲淡平直,但如果再读,二读,三读,便会感受到浓郁的诗味,绵厚的情愫,仿佛春醪佳酿,沁人心脾。他的诗,简洁中有深沉,朴素中有丰硕,淡泊中有强烈。他的风格是独立不羁与平实亲和的结合。

牛汉写了大量描述动物、植物的诗。他总是与大自然进行精神交流,将生命体验赋予宇宙万物。他有一首诗《我是一棵早熟的枣子》:"一条小虫 / 钻进我的胸膛 / 一口一口 / 噬咬着我的心灵 // 我很快就要死去 / 在枯凋之前 / 一夜之间由青变红 / 仓促地完成了我的一生"。第一人称"我"自然是枣子,但,又何尝不是牛汉?人民的苦难,永远在咬啮着他的心。红,未必是政党的颜色,毋宁是赤子之心的象征。牛汉写了八首以鹰为题材的诗。他笔下的鹰,永远在飞升,飞升,没有地上的坟;但他又写鹰把身躯埋在沙土中,紧贴着大地母亲。升天和伏地是鹰的两个面,合起来成为一只完整的鹰。这是鹰的魂,也是牛汉的魂!

牛汉是蒙古族人,原名史承汉。我曾问他,为什么用"牛汉"这个笔名。他只是对我微笑。我知道,他理解牛,深爱牛。他的诗《为荒原牛塑像》中说:"一头垂死的母牛 / 因孤独因奔波 / 因饥渴 / 倒在茫茫的沙碛上……"这头母牛因一生跋涉,腿脚只剩下筋骨,痛楚地蜷曲着,仿佛"卫护着一个神圣的信念……"这是一头与大地合为一体的牛。牛汉还有一首《耕牛谣》:"哞,哞,哞…… / 我是一头牛, / 耕了多半辈子地。 / 现在我梦想耕天。 // ……我飞到天上去耕。／天地间有飞虎飞马，／为什么不能有飞牛？／／我就是一头快活的飞牛"。那么，天到底怎样耕呢？有办法。"我追赶着厚厚的乌云，／召唤来远方的雷霆闪电，／播种下一颗颗晶亮的星星，／终于驱散了满天的愁容和沉闷。／／……我收获了一个晴天和月夜，／地下的山川草木都感激我，／哞，我是一头为天地造福的牛。"有人说，牛汉的诗都是现实主义的，不对！牛汉也有如此令人惊异的浪漫主义想象力！这是童话，是寓言，是真正的romantic，是真正的诗！牛汉心中的牛，既耕地，又耕天，两者合起来，就是"为天地造福"！《耕牛谣》中的第一人称，"我"，是牛；但，又何尝不是牛汉？

牛汉有一首诗："有人说，面孔朝着天堂，／脚步总是走向地狱。／／但我不解的是，／我的面孔朝向地狱，／而脚步为什么走不进天堂？"这里体现出理想与现实之矛盾的深刻哲思。向往光明的人，在现世，总归摆脱不掉黑暗。面对众生苦难的诗家，永远不会坠入虚无缥缈的仙界。诗人自有诗人的向往，但他不会是短视者，他目光如炬，他所向往的在遥远的未来。这首诗是天与地相结合的辩证思维之又一诗语表达。

牛汉胸襟宽广。他尊重并借鉴古今中外各种流派各种风格的诗歌经典。他崇奉的中国诗人有屈原、陶渊明、李白、杜甫、白居易、李商隐、陆游……他倾心的外国诗人有莎士比亚、歌德、惠特曼、狄金森、里尔克……这会是一张很长的名单。

牛汉曾说，各种艺术都是相通的：诗中有画，画中有诗；诗中有音乐，音乐中有诗。牛汉的诗《贝多芬的晚年》写贝多芬失去听觉后如何感到痛苦和屈辱，又如何从想象中听到雷声、雨声、天籁和地籁，如何用旋律和节奏来创造诗！牛汉的诗《读凡·高画四题》写凡·高与常春藤、凡·高与土豆、凡·高与教堂、凡·高与向日葵。牛汉从凡·高的画中看到画家的追求，画家的搏击，画家颤动的灵魂，看到画家如何用线条和色彩来创造诗！

我想起一件"公案"。人们曾说牛汉与绿原两位诗人因意见不合而闹翻，竟至互相不说话，形同陌路。这里有误传成分。牛汉曾批评绿原的诗有"理念化"的缺点，绿原似有保留。但人们怎么看不到牛汉对绿原诗作的总体评价？牛汉说："这些诗（引者按：指绿原在早期诗作《童话》之后写的一系列诗作）已经脱尽《童话》时期那种美丽的幻想般的情境，进入了一个坚实而广阔的艺术天地；不论从主题还是从形象、节奏看，都具有庄严、深厚、飞跃的特点，真实地再现了时代的精神。"牛汉还说："我想着重说一下，绿原当时绝不仅仅靠一点偶然落到心灵上的灵感写作，他绝不是在从事个人的纯主观的战斗。他的思想感情和精神世界证明，他清醒地感觉到、认识到了作为一个诗人的神圣的历史职责。"以上这些评语，均引自牛汉的文章《荆棘和血液——谈绿原的诗》。这还不能说明问题吗？在外传牛汉和绿原"闹翻"之后的某个春节，人文社的离退休干部到社里相互拜年，我见到牛汉和绿原在亲切交谈，二人都面带笑容。还有一个动作，给我留下的印象太深刻了：牛汉用右手手指轻轻划了一下绿原的左颊，接着二人哈哈大笑起来。这样的动作，即使在一般朋友之间也不会发生，何况陌路？诗人们可以有不同的诗观，但文人相轻不是人文社的传统！

绿原早已于2009年9月仙逝。如今牛汉也到了天国，这两位诗人该在上帝的麾下倾心交谈诗艺了吧。

我手头存放着人文社2010年10月出版的《牛汉诗文集》六卷，其一卷二卷为诗歌卷，三卷四卷五卷为散文卷。牛汉不仅是诗人，也是散文家。这六卷诗文，是我永远的精神食粮，也是牛汉留给世人的不朽的文学遗产。

2013年10月9日

家 族 的 衍 变

什么是家族？以婚姻和血缘关系形成的社会单位，就是家族。

原始人群杂交时期，家族还没有诞生。

母权制氏族公社期，开始有母系大家族。人只知有母，不知有父。

父权制氏族公社兴起后，出现父系大家族。

随着一夫一妻制的诞生，历史上的社会细胞——家庭，开始形成。父亲家长对家庭成员和家庭经济有着不可动摇的权力。

家庭代代相传，同族家庭继续维系着家族体系。

有势力、有影响、有威望的家族形成地区或跨地区的大姓。

常州，文化名城，拥有多少大姓人家：赵、钱、周、屠、刘、史、吴……

近亲繁殖，后裔弱化。家族衰微。

遥娶远嫁，子孙健强。家族蕃昌。

家族与家族亲和，推进盛世太平。

家族与家族交恶，地方鸡犬不宁。

械斗是家族交恶的恶性祸殃，地方不幸。

家族内部，也有和与战的分野。兄弟阋于墙，外御其侮。

延陵世泽，让国家风——吴季札，常州奠基人，他的让位，成为中国家族内部和谐的至高典范。

罗密欧与朱丽叶至死不渝的爱情,促成了孟塔古与凯普莱两个世代相仇的家族的永世和解。

刘备与孙尚香的联姻,促成了蜀与吴多少年的和平相处。

家族与家族的互助互利,是国家繁荣的根基。

人类发展到一定时期,国家会消亡,但家族还不会消亡。

家族内部的永远和谐、家族与家族之间的永远和谐,是人类的理想。

鲁迅的诗句是我们永恒的愿景:"度尽劫波兄弟在,相逢一笑泯恩仇。"

2013年10月14日

刃锋的木刻艺术

被鲁迅先生搬回娘家来的木刻艺术，一开始就和中华民族的解放运动结合在一起，成为这运动的行列中勇敢而坚贞的一员，担当起一切进步的中华儿女为争取自由与解放而勇于献身的伟大事业。同时，在我们这半封建半殖民地的国土上，那代表了买办趣味的某些人的洋画，和代表了封建士大夫意识的某些人的国画，在这新兴的木刻艺术的巨人一般的步伐之前，便不由自主地瘫痪下去了。这一木刻运动的成长，一面，是由于历史的必然，就是说，它获得了广大人民的支持；另一面，则是由于无数优秀的木刻艺术家的辛勤培养。而刃锋先生，就是这些艺术家中的杰出的一位。

刃锋，有艺术的教养：他的外祖父是当时安徽省中有名的国画家。他在六岁左右就喜欢随着他的母亲跑到外祖父家里去，在外祖父的画桌边仰起小小的头很羡慕地观看那位老人运笔作画，这，也许已经开始启发了他的艺术的天赋。他在孤独的时候，便时常到庙堂里去模仿神像的塑造，或涂抹一些夸张的象形画。后来认真学习了国画和书法，十二岁时便获得了乡里的赞誉。大树必有深根，我们只要想到意大利文艺复兴期威尼斯派的大画家狄兴（Titian）在幼时用花瓣中挤出的有色液汁在家中的白墙壁上涂满了幼稚的画这件事时，便知道今日刃锋的成就也不是偶然的了。

然而少年时期的刃锋，大体上讲来，还只是一个大自然的儿子,与血淋淋的现实还离开得很远。中国的农村,虽然在半世纪前就开始衰落,但刃锋是生长在一个中产家庭里的,所以他最初遇到的也只是长江与淮河之间的幽美的农村风物,而不是贫农的疾苦;另一方面,这伟丽的山河,也培育了一个艺术家的仁厚的性格,这,帮助我们理解为什么在他以后的即使是最战斗的作品中也都能找到一丝温暖的爱的气息。不过,这温带的暖流如果滞留太久,对于一个艺术家是不很适宜的:"七七"的号角召唤了一切有良心的黄帝子孙,刃锋——一个十八岁的青年,毅然向自然告别,参加了抗战的队伍。

1938年,刃锋以艺术工作者的身份走入大别山区——当时抗战的军事前线,也是文化前线。他往来各地,足迹遍十数县份,曾办过"大别山画报",做过农村以及部队之种种宣传教育工作,于是接受了现实的教训,在现实中磨炼着,磨炼着……懂得了艺术的新的使命:1939年,开始学习木刻。虽然他最初的作品就已经显露了他的卓越的才能,但他之被公认为杰出的艺术家,则是在1940年从大别山区撤退到重庆后担任了陶行知先生所创办的育才学校的绘画组教师以后;而若干次国内国外的木刻展览会,更使他获得了国际的声誉。

刃锋的每一幅木刻作品,都反映了人民大众的生活和欲求,而这又都是作者具体生活的提炼与精神升腾,这说明了作者的生活正和人民大众的生活紧密地结合着。反过来说,也正因为作者活动的圈子大,生活的范围广,所以他的作品能反映时代的各色形象,而且不止于反映,还尽了推动时代的任务。我们也会见到有些木刻作品,一看上去,也是铁呀血呀,很前进的,但其实那只是在填理论的公式和意识的容器罢了;或者它们的作者也并不是没有生活罢,但他们只是浮在生活上面,而他们的创作情绪又缺乏冷静的自觉。这种作品因其艺术性的不完整而使它的政治效果大大削弱,是必然的。因此,我们知道,单有观念与理论,固然不够,但假使是单有生活,也还是不够的:一个艺术家,首先得是一个人,他不但要生活得现实,还必须生活得切实;而一个艺术家更须通过思维的反射而再生活,他的作品,因此就必须是生活的升华;他应该是自觉的,因为只有这样才能达到生活的深度和密度,从而产生真实的艺术。真正的艺术是艺术家从通过了思维的反射的生活中不得不唱出来的声音;然而它的创作过程却又不是激情本身,而是冷静。在刃锋的木刻作品中,我们能够深切体味到这一点。他的许多幅写实的木刻作品中含着一种对被压迫人民的爱,这爱是深挚的而不是表面的,是沉痛的而不是夸张的,是悲愤的而不是浮嚣的;这等于说,他的爱是由于和人民大众共同生活共同感受而培养起来的,所以决不是一个空洞的概念。同时,作品本身既能说明作者的生活态度,就证明了这作品是从通过了思维的反射的再生活中凝成的固体,也就是说,作者的创作过程是建立在冷静的自觉上的。

从技巧方面来说,"金石味"这一名词似乎已和刃锋的名字联结在一起了。1942年中国木刻展览会在莫斯科揭幕,刃锋的作品获得了很大的赞誉;苏联的艺术家们着眼在他的富有金石味的线条上,说这是受了中国的钟鼎文的启示。不过其实,要找这种独创的线条的风格的来源,即使加上国画中南派山水的画法的影响,也不够说明一切。我国新兴木刻在最初深受苏联木刻的影响,作风完全是清晰明朗的苏联风,所有黑白的线条,都是圆润分明,来去有踪,这作风正是斯拉夫民族豪爽性格的自然流露,但并不能适宜地表达中国人民的生活形态。这于是要提到民族形式的问题。自然,我们决不能说金石味作风就已经是民族形式了,但至少是向这方面的一种尝试和探索,是刃锋为了要表现某一特定的内容,不得不尽最大的努力于追求一种与那内容统一的某一特定形式;同时,也是那无时无刻不在前进的客观现实迫使他不得不抛去过去的形式,因为那只能表达过去的现实的内容。所以,这仍然是一个生活上的问题,而不单单是技巧上的问题。另一方面,刃锋是从旧营垒中走出来的,他的技法有很多是从旧的国画和书法中提炼出来的,所以他之如何从我国过去封建社会中士大夫阶级的享乐主义的艺术中吸收营养,来丰富和滋养这表达我们今日人民大众的生活和意欲的木刻艺术,也是一个很重要的怎样接受遗产和怎样处理旧形式的问题,刃锋在这方面的成就已经到达怎样的程度,我们一时是不能随便下断语的,然而当理论家们疲于叫嚣而沉默的时候,刃锋用创作的实践回答了这些问题,是值得我们注意的。大致说来,所谓金石味作风,和明快爽朗的作风相去甚远,相反地,它是凄恻而深沉的,像一个饱历苦难的中国人民额上的皱纹一样真挚,一样庄严。比如我们以他的连续木刻画"人民的受难"为例罢,其中每一幅之所以都能够充分地表达了中国人民的苦难的深度,就因为作者所采用的正是最适宜于表达这种内容的形式的缘故。

在刃锋的肖像作品中,苏联的艺术家们特别注意了《高尔基像》。在1943年苏联艺术家们给中国木刻艺术家们的公开信中,曾经提到这幅作品,说是"充满了严格的,明确的和有力的笔触,非常单纯,简劲,光线的闪烁,表现被描写人物性格的线条与点子之锐利与熟练——这一切字眼都用以评论这位艺术家的超人天才的"。这评论是公允而中肯的,虽然他们也提及这作品的"作者曾受过苏联木刻家们的优秀成就的影响"。不错,在刃锋的初期作品中,留着很多苏联木刻的影子,是不能否认的。不过《高尔基像》这幅木刻作品用苏联风的明快的调子来处理就更能表现这位大文豪的坚毅卓拔的斯拉夫人性格,却也是不能否认的事实。同时,单单从技巧方面来估价这幅人像作品,也还是不够的,这里,作者必须有对这位大文豪的不但是正确的而且是进一步的深刻的认识和理解,必须渗透了这位伟大的作家的灵魂深处的精神,才能把他的性格的特点在画面上表现出来;如果只有技巧,那是完全不成的。在刃锋的其后的人像作品如《陶行知先生遗容》和《鲁迅先生造像》等作品中,就已经脱离了外来的影响而完全用作者所特有的坚实的笔触来写出这些真理的捍卫者的风貌了;而尤其要提出来的,是《农民群像》等几幅,在这里,刃锋不但深刻地表达了中国农民的单纯而深挚的灵魂,披露了作者对于他们的爱的温暖,而且运用了另一种完全独创的竖线条的连续,于是说明了他的金石味作风并不会成为他自己前进时的绊脚石,当他有新的内容要表现时,他从容地采用了新的形式了。

　　刃锋的创作态度虽然只有一个,就是完全站在人民的立场上说话,但他的创作的题材却非常多样,因为,我们前面已经说过,这是他的生活内容丰富的缘故。他的风俗画的木刻作品,比如描写四川人民生活的木刻,就表现了嘉陵江上的纤夫,赶场的村民,自流井的监工,川北的纺毛线的农妇,出峡木筏上的舟子,茶馆里的清客等各色形相。在安徽前线,他留下了《女政治员》、《游击队的收获》等纪录,为历史竖下光荣的碑碣。在皖豫灾区,他写下了《人肉市场》和《这是命运吗?》等悽惨的景象,严正地控诉了侵略战争的发动者的罪恶。胜利后,他又陆续以木刻刀抨击了内战狂者的残酷和愚妄,直接地抗议了抽丁征粮、制造失业、饥饿和死亡的罪行。直到今天,他依然没有沉默,他的新作《午夜》、《丈夫当兵以后》、《抢米》、《为了生存》等木刻作品,给学生运动以完全的同情,给暴行者以无情的暴露,予好战者以痛切的鞭笞,对人民的力量和最后胜利抱着百分之百的信心。在这样的道路上走着的木刻艺术家刃锋,我们相信,将永远是时代的养子,而同时又是时代的舵手。

刃锋还年青,他的创作精力正非常旺盛。我们将看到他拿出更完美有力的作品,而同时看到他更勇猛,更健康,更深挚地走向人民的事业,同时也就是走向他自己的"人"的完成。

1948 年 1 月,萱荫阁

伟大的人民诗人：巴勃罗·聂鲁达

　　智利的，也是世界的大诗人巴勃罗·聂鲁达最近到达了苏联。苏联人民还在1936—1939年西班牙内战时即已熟悉了诗人聂鲁达的名字，因为那时诗人正站在西班牙人民的一边向法朗哥匪帮进行着斗争。在1941—1945年苏联卫国战争的时代，当全世界正在集中视线注视着那负有斯大林的伟大名字的城池的时候，这位智利的勇敢的诗人从大海的另一岸向苏联人民欢呼。在一首题为《爱斯大林格勒之歌》的诗中，诗人聂鲁达预料到苏联人民的即将胜利，法西斯匪徒的即将溃灭。在今天，美国帝国主义者正在进行反人民的新战争准备的时候，聂鲁达的保卫和平的呼声，又响彻了全世界。在《让伐木者醒来吧》这首约七百行的长诗中，诗人严厉地斥责了美国战争贩子的狂妄阴谋，同时向美国人民揭穿华尔街老板的骗局，唤起美国人民的阶级觉悟，叫他们不要上当，最后并歌颂了世界和平力量的庄严伟大。苏联人民，通过翻译，读到了诗人聂鲁达的伟大的诗篇，对他有了明晰的印象，知道他是苏联的至死不渝的战友和同志。而，最近，1949年的秋天，聂鲁达到了莫斯科——这个城市，原是诗人所称为他的理想的城市的。

　　莫斯科音乐院大厅挤得满坑满谷，举行欢迎智利诗人聂鲁达大会。先由苏联作家协会总书记法捷耶夫讲话，他先略述了这位光辉的诗人的创作道路，谈到诗人对暴虐的憎恨和对真理的热爱，谈到他对祖国和人民的热爱和如何为祖国和人民而对智利及全世界的反动派进行斗争，谈到他对苏联的热爱和对保卫世界和平的胜利信心。法捷耶夫的介绍性的演说被听众热烈喝彩。

接着聂鲁达被邀请到讲台上，会场上的人全体起立来欢迎这位诗人。聂鲁达讲道：

"我是从一个富饶然而残酷的国家里来到这里的。拉丁美洲有着人类所需要的一切东西，但是人民呢，什么东西都没有……人民开始懂得：他们的得救必须靠他们自己，靠劳动人民，就是说，他们必须斗争……这些人民遥望着苏联，并且现在非常明白你们的国家是一颗领导我们上路的庄严的星。"

聂鲁达详细叙述了他的一生——一个人民诗人的一生。他讲他的诗是被智利的广大人民，尤其是工人阶级所热烈爱好的，例如他故乡——智利的巴拉尔，一座小城——的工人就曾经把他的诗像招贴纸似的贴在街上的墙壁上。他描述了一个为自由而战的战士的生涯，他说他怎样被工人藏在简陋的家中，以逃避智利的蒋介石——龚扎莱士·维代拉的特务的追踪。他这样说道：

"我躲避了一年多……我被藏在穷人们的屋子里。这些屋子在颜色、大小、建筑上都不一样，但是，不管政府怎样迫害，在这些屋子里我都看到斯大林的肖像挂在受尊敬的地方！"

诗人最后用对苏联的热情的召唤结束他的演辞：

"一伟大的可敬爱的苏联——工人们和诗人们，同志们！我们正在一同为和平与进步而战；比起你们的英雄气概的巨大的业绩，我感到我们是渺小了，但是，我们也同样是不可征服的。我们，在你苏维埃国土周围的全世界人民，我们将保卫你的和平和神圣的建设。我们，异地的各民族，已经学会了你所立下的教训。苏联呵，你的伟大，是我们的爱与骄傲的理由，它是我们的力量，我们的真理和希望。"

聂鲁达的最后几个字是完全被掩盖在一阵鼓掌喝彩的风暴里了。但是他的声音并没有被埋葬,他的带着苏联人民的喝彩和鼓掌声的声音,发布到了全世界,走进了工人,农民,矿夫,渔父,舟子,战士……的耳朵,使他们欢欣,鼓舞,奋发,激励了他们的战斗意志,坚定了他们的阶级信心。

而全世界的人民,正在工场上,矿坑里,锅炉边,农场上,学校中……诵读着诗人聂鲁达的诗篇。因为这些诗篇说出了人民要说的话,所以人民喜爱它们。从这些诗篇的风格和内容上说,聂鲁达深受了玛雅可夫斯基和惠特曼两位诗人的影响。聂鲁达说:"我们在年青的时候被玛雅可夫斯基的声音震摄住了。他在衰老的诗之制度中,敲出了一声有如建筑匠的铁锤的铿锵的声音。诗人玛雅可夫斯基把他的手伸到了集体的心脏中,并且在那里找到了创作新旋律的力量。玛雅可夫斯基的力量,优美和忿怒,在我们这一代的诗歌中,直到今天还是没有被超越过的。"玛雅可夫斯基之所以能吸引聂鲁达,主要的在于玛雅可夫斯基能把个人命运和一个伟大理想的命运结合在一起这一点上。那个伟大理想就是社会主义社会的建设,在其中,玛雅可夫斯基看见了诗的使命。聂鲁达甚至在很年青的时候就已经因读玛雅可夫斯基的诗而深受感动了。后者给予前者的主要影响当在后者的坦率,对传统的反叛,雷震一般的音乐,以及"力量,优美和忿怒"。聂鲁达有一次提到,惠特曼如果生活在现代,一定喜欢玛雅可夫斯基。这两个名字的并列并不是偶然的。聂鲁达当然不会把一个生活在社会主义时代的诗人的立场观点与一个生活在资本主义开端时的诗人的立场观点混同。但是后者的不可压抑的生之欢欣,对一切经典的轻蔑,诗之形象的组织的坚实与堂皇……总之,《草叶集》作者的自由诗帮助了这位年青的智利诗人去发现他自己。聂鲁达始终保持着他对惠特曼的热爱。在最近的一首诗中,聂鲁达称呼惠特曼为他的"聪明的哥哥",并且这样对惠特曼说:"把你的声音和你心中的沉重的负担借给我吧。"在聂鲁达最近所写的约七百行的长诗《让伐木者醒来吧》中,我们时常能看到惠特曼和玛雅可夫斯基的影子,但是终究聂鲁达出现了。聂鲁达与前二位诗人不同,因为聂鲁达属于今天,属于今天的全世界的人民。

聂鲁达说:"我们应该建造另一个世界,一个少悲剧的,幸福的世界。为了这,一个作家必须是伟大的军队中的一名忠贞的士兵,他必须昂首前进而绝不停留或左右动摇。"

聂鲁达说:"你可以在我作品中找出任何缺点,除了动摇。"

聂鲁达说:"美国国务部正在冷血地和罪恶地在美洲部署新战争。但是不论我国人民或任何其他人民都不希望战争——这是无可置辩的。我们的责任在于每时每刻对这预谋的罪恶施以打击。"

聂鲁达说:"苏联的强大,保持了世界和平,保证了全世界人民的幸福和将来的幸福。苏联的伟大,是我们骄傲的理由。苏联是人类的希望……"

聂鲁达说:"歌颂斯大林格勒,歌颂苏联,是我终生的职责……"

1949年4月25日,巴黎和平大会举行最后一次会议。忽然,一阵深沉的震动通过了大厅:巴勃罗·聂鲁达登上了讲坛。他已经胜利地避开了美帝的特务,来到巴黎了。他登上讲坛有如一名士兵奔向战场:他知道这是一场大战,他知道为和平,为人类的尊严,为诗而战的战争开始了。他开始朗诵他最近写的诗,于是苏格兰的矿夫,朝鲜的女教师,尤里奥·居里(大会主席),波兰的铁路工人,苏联的有名航空家梅莱赛耶夫,从各国来的人们,各种生活不同的人们——全部热心地倾听着聂鲁达朗诵他的诗——诗呵,可能听不懂它的语言,然而谁听不懂它的意义呢?每一个人都在心底里领会了这些诗的意义。于是,一个法国工人,不能再抑制自己了,他狂欢地喊了出来:"巴勃罗·聂鲁达! 这真正是巴勃罗·聂鲁达呀!"

是的,这正是巴勃罗·聂鲁达。他朗诵着他的诗,朗诵着,从圣地亚哥到马德里,从墨西哥城到巴黎,从半殖民地的拉丁美洲到社会主义的苏维埃联盟。他的诗走到哪里,革命和战斗也走到哪里,自由和平等幸福的种子也撒到哪里;他多写一首诗,革命就增加了一分力量,好比军队中多添了一名士兵;他的诗遭致了反动派的痛心疾首,但也赢得了全世界人民的狂热的欢呼和喝彩。

聂鲁达,人民的诗人! 我们的诗人! 愿你继续努力写诗,继续努力战斗! 等到你祖国的人民革命和全世界人民革命的完全、彻底胜利时,我们还要来倾听你朗诵你的胜利大颂诗!

(本文材料系采取并节译自1949年10月份《苏联文学》)

飞天·花环·圆光

——《陈明远十四行诗选》序

陈明远是我国当代著名的计算机语言文字信息处理和数理语言学、心理语言学等边缘科学的学者，又是一位卓越的具有独特个性的诗人。他写的新诗和旧体诗词，功力都很深厚。"文革"期间，他的十几首旧体诗词被误认为"未发表的毛主席诗词"而在群众中广泛流传，他本人被打成"伪造毛主席诗词"的"现行反革命分子"，遭受长达十二年的残酷迫害。凡是读过路丁所著《轰动全国的诗词冤案》一书的朋友们，无不因陈明远遭受飞来横祸而深表义愤，也无不为他对林彪和"四人帮"的爪牙进行顽强抗争而产生钦佩之情。在五十年代和六十年代初，当陈明远还是少年和青年的时候，他受到郭沫若、田汉、宗白华、老舍、王了一等文坛耆宿多年的关爱和培养……当今天的读者了解这情况后，他们都对陈明远的富有传奇色彩的经历感到浓厚的兴趣，许多人并且对这个"陈明远现象"进行了深长的思考。

我认识陈明远同志，是在八十年代中，至今也已经十多年了。我读过他的四本诗集。现在，又读到他的这部十四行诗选《花环·飞天》的书稿。从他的诗，我见到他的为人。诗，本来就是诗人人格的体现。我见到一位谈吐儒雅，具有学者风度和学者气质，然而内心坚强，锲而不舍地追求理想的现代中国诗人。我读到他的诗时,能从那些字里行间感受到他的人格力量。他写有不少类似"述志"的诗篇。他的七律《答友人》、新诗《顽石》等篇,都是诗人人格的写照。我特别赞赏他的那首题作《盔甲》的新诗。在这首诗的开头,诗人说道:"画家请我卸下盔甲,他要赞美我的伤疤。"那位画家不赞成"用盔甲掩盖伤疤",说:"世上最令人陶醉的,就是那种残缺之美","你的伤疤是响当当的勋章","应该在博物馆高高悬挂",画家要求诗人让他把"伤疤"画在画布上,成为"史诗的插画",加以展览。但是,诗人"微笑的嘴角作出回答":

> 请你摸一摸这全身盔甲,
> 他们就是我的伤疤!

这最后两行,画龙点睛,巧妙而又犀利地运用"盔甲"这个双关的比喻,把诗人在"文革"中反抗迫害、保卫正义的斗争精神生动地表现出来了。

在这部诗选中,《炼狱》一辑的二十几首诗都写于"文革"期间。从这些诗可以看到一个在黑暗中不断拼搏的痛苦的灵魂。在灾难的重压下,他的信心坚如磐石,他永远在"等待彩云从荒坟下升起"。《广场之声》一辑的十几首诗,大都写于"文革"后期。其中的核心部分以1976年清明节时天安门广场为背景,写出了在那牵系着亿万中国人民的心的伟大悼念活动中,诗人的心路历程。诗人写道,他从牢狱中死亡的边缘出来,"掀开坟窟,从逝川返回",代表屈死的英灵,凭吊战场,他"贴紧地面,倾听地层下的地火",听到了"萌动十年后的吼声",预示着一个新时期的来临,他终于看到:"千万双手臂的海浪冲来,把那巨大的污点埋葬",他站在"这新诗复活的地方,挺起胸膛,昂首歌唱:"一个迎接胜利的战士的形象,矗立在读者的面前。

《花环》是一部组诗,由十四首十四行诗和一个也是十四行诗的"尾声"组成:各首之间首尾重叠(上一首的末句即下一首的首句);各首的首句连接起来成为一首十四行诗——"尾声"。这部组诗写于1968年至1970年间,正是诗人被打入"牛棚"和牢狱,受尽折磨之时。诗人面对"大革文化命"所造成的文化沙漠,缅怀郭沫若、田汉、老舍等导师对他的关怀和培育,把他在导师们教导下编织的诗的"花环"敬献给前辈,敬献给人间,预言"废墟总有一天重建花园"。这部组诗浸透着对黑暗的抨击,对祖国的忧思,对人生的思考,对未来的憧憬,同时体现了诗人"虽九死其犹未悔",朝着理想一往无前的精神。

《圆光》也是一部"花环"式的十四行组诗,写于1985年清明节。这部组诗用象征手法再现了十年前天安门"四五"运动在诗人心灵上引起的巨大波澜。1966年12月,由于周总理的亲自过问,陈明远才暂时摆脱了"伪造毛主席诗词"罪名引起的惨祸。1976年1月,还戴着"反革命分子"帽子的陈明远冲破阻力参加了群众向周总理告别的仪式。在这一年的清明节,陈明远的诗作成为"天安门诗抄"中的名句。对这段历史的沉痛回忆在这部组诗中幻化成一幅幅奇谲的图景,构成心灵的潜流和洪波,意绪的梦幻和憧憬,涌现出那位历史巨人铭刻在亿万群众心上的圣洁形象。诗人的不屈性格,同时渗透在这部组诗的字里行间。

陈明远的诗具有鲜明的艺术特色。他在立意、构思以及意象的设置和组合上,富有独创精神。他力克概念化和一般化。他努力把自己的诗思和诗情化为新鲜的意象或意象群,供奉在美轮美奂的诗形式殿堂里。在他的笔下,一切理念的东西都化为形象的东西,蜕变为一串又一串意象,营造出一个又一个意境。在进行这种创造性劳动中,他力戒重复别人,也禁止重复自己。他说,凡是发现自己的诗句与别人的东西有雷同之嫌者,一律"格删勿论"。

这就使他的诗成为"遗世而独立"的美术品。但是,他的诗艺是有所继承的,当然不是单纯的继承,而是有继承,有突破,有发展。王力教授说陈明远的诗"继承、发扬了闻一多、冯至、卞之琳的传统"。这很有见地。我还感到,在陈明远的诗中,可以看到李商隐的典丽婉曲,却没有他的哀伤沉湎;可以看到李贺的峭拔奇崛,却没有他的幽险衰飒。陈明远的诗也使我想到英国诗人布莱克的瑰丽警策和济慈的悠扬明媚,然而陈明远总归是陈明远。我服膺他学古不泥古、食洋而化洋的本领。他那寓刚于柔、绵里藏针、豪放与婉约淬砺交融的风格,形成他独有的诗歌美学经验。他有一首题为《维纳斯》的十四行诗:

你触犯天条,赤裸
充满诱惑的肉身
东方的异端裁判所
对你处以火刑

喷火兽千万利爪震怒
撕裂你摇曳的浴裙
喧嚣的烟雾,遮掩不住
永恒微笑的坚贞

雪白的肌肤被熏黄
烤焦,灰烬明灭闪烁
拨开了没顶的血光——
瞳孔,化成黑亮的飞蛾
扑到我的胸口,掀起翅膀
死死地钻进心窝

此诗写于1966年10月。诗中的每一个画面都有时代的印记，每一个意象都是历史的折射。诗人以维纳斯代替缪斯，而这里的缪斯又是东方布鲁诺的化身。最后一节写美神的眼珠火化为飞蛾钻进诗人的心灵，这惊心动魄的一幕正是诗人与诗歌永恒的结合、诗心与诗美永恒结合的象征！写的是罗马神话中的美神（也是爱神），实在是诗人的自我写照。从这首诗里，我看到了不似波德莱尔、胜似波德莱尔的凄烈之美！我不想用浪漫主义、现实主义或者象征主义、超现实主义等等名词来框住陈明远。我只能说，这首诗正好体现了陈明远特有的诗歌风格，或者说明了陈明远特有的诗歌美学。

这部诗集中选入的全都是十四行诗——或者叫"颂内体"（据陈明远说，这是郭沫若、田汉、宗白华、王了一等前辈一致同意的sonnet音译）。十四行体最早产生于意大利民间，十三世纪起被文人采用，从十六世纪起渗透到欧洲各国，后又深入到北南美洲。二十世纪初，这种诗体在亚洲的中国大地上扎根、开花。汉语十四行诗的诞生，标志着十四行体已成熟为世界性的诗歌体裁。十四行体是一种有严格格律规范的诗体，他的行数、段式、韵式和节奏处理，都有明确的规定。为了适应不同民族语言的特点，十四行诗出现了大同小异的不同形式，最著名的是意大利式、英国式和法国式。中国诗人在创造汉语十四行诗的过程中，规定了顿数或音数，移植了意式或英式的韵式，或者，有规范却又有一定的弹性。另有一些诗人不用韵也不作节奏处理，仅写由十四个诗行构成的自由诗，称之谓"十四行诗"。陈明远对外国十四行诗进行了比较、研究、探索，然后根据现代汉语的特点，创造他的十四行诗。他的十四行诗①每行三顿或四顿（他认为五顿或五顿以上会造成拖沓、沉闷的感觉）；②不用或少用"抱韵"，常用"交韵"或"随韵"，有时一韵到底(他认为这些是中国传统诗歌中常见的韵式);③绝少出现由"跨行"(enjambment)引起的行中断句(他可以认为这种欧化分行法不合于汉语诗中诗句与诗行常相一致的分行法);④除偶尔用问号、删节号和破折号外,不用标点符号,常用空格来表示语气的停顿或加强(这也许与中国古代诗词本无标点亦不分行,全靠读者领会句读有关);⑤在段式结构上遵守"起、承、转、合"的内在规律,但在掌握这个规律时又能灵活多变地加以运用。这些,形成了陈明远十四行诗的特色。陈明远摆脱了语言散文化的弊端,又使格律成为天籁般自然的律动。他的词语所包蕴的意群和音群相互对称又相互参差,上下均齐式或先后错落,似从古典律诗的相对律和相粘律中蜕化而出。他的分行法简捷、明快;他的句法跳跃、跌宕、凝含而又舒徐。他使十四行小框框成为宇宙和心灵"纵横捭阖"的天地。总之,他的十四行诗洗练、警策、含蓄、精美,令人读来荡气回肠!

　　明远同志把他的这部诗稿送来,希望我看一看,并且写一篇序。我认真拜读了。我觉得,无论是他的人品还是他的诗品,都是值得我学习的。如果明远同志允许的话,就让这篇学习笔记权充序文吧。

　　　　　　　　　　　　　　　　　　　1996年1月20日

中国与英国的诗歌和诗歌翻译

——在英国诺丁汉大学所作的讲演

中国是一个诗歌大国,英国也是一个诗歌大国。中国以有屈原、李白、杜甫、白居易而骄傲。英国以有莎士比亚、弥尔顿、华兹华斯、济慈而骄傲。两国的诗歌交流源远流长。十九世纪中叶,中国人就听到了莎士比亚的名字。二十世纪内,中国出现了三种汉译《莎士比亚全集》。

在这三种莎翁全集中,最早出现的是以朱生豪为主要译者的一种。朱生豪才华横溢,本质上是诗人。他以散文译莎剧,译文流丽畅达,文采斐然,不见斧凿痕迹,往往曲尽原作之奥妙。朱生豪晚年生活在日本侵略者统治的最黑暗的岁月,过着饥寒交迫的贫困生活,以一人之力,译出莎剧三十一个半。最后恶疾(肺结核)缠身,被迫辍译。临终时说:如早知不起,不如力疾译毕全部莎剧,闻之令人泪下!他是天才翻译家,又是伟大的殉道者和圣徒。我称他"伟大",不是随意抬高他,我认为他是如中国伟大作家鲁迅所说的"偷火"(介绍莎士比亚)给中国读者的现代普罗米修斯。他为他的"道"献出了年轻的生命。他的译作中有一些错误或漏译,但当年日军侵入上海租界他所工作的报馆时,他仓促出逃,连起码的参考书都丢失殆尽。在这样艰苦的条件下,在较短的时间内,还能译出三十一个莎剧,不能不说是中国介绍莎翁历史上的奇迹!后来人民文学出版社请专家补译了余下的剧本和诗,修订了朱译,于1978年出版全集。

另一部莎翁全集的译者是梁实秋。梁实秋是迄今为止唯一独力完成莎士比亚全部作品(剧本和诗歌)翻译的一人。梁是一位典型的学者型翻译家,他用力甚勤,他穷几十年精力,终于完成译莎的巨业。他也是以散文译莎剧,他的译本的特点是注释详尽,大大有助于学莎的青年学子。

方平主编并为主要译者的《新莎士比亚全集》于去年年底出版。这部全集之所以标以"新"字,是因为全部用诗体汉语译莎剧。莎剧台词大部分为素体诗(blank verse),过去的译者都以汉语散文译出。孙大雨教授译《黎琊王》首创用诗体翻译,卞之琳教授译莎翁四部悲剧进一步完善了汉语诗体译莎的工作。方平在此基础上,主编并主译了这套新莎翁全集,使人耳目一新。这是译莎历史上新的里程碑。

除了这三种以外,还有多种莎翁全集出版,都是以朱生豪译本为主,补上新译。因为朱生豪病逝于1944年,已经过了版权保护期。所以许多出版社纷纷推出以朱译为主的莎翁全集,由此也可看出莎翁作品在中国读者心目中的地位。

顺便还可一提的是中国莎学研究的突飞猛进。已有多种莎学专著出版,作者有卞之琳、孙家琇、方平等。中国莎士比亚学会成立于二十世纪八十年代。举行了多次活动。1986年在上海、北京两地举行莎士比亚戏剧节。1994年在上海举行莎士比亚国际戏剧节。1998年在上海举行莎士比亚国际学术研讨会。在中国已出现几种莎士比亚辞典,今年初,商务印书馆推出张泗洋教授主编的《莎士比亚大辞典》,1600页,200多万字,分六大部分:①莎士比亚时代和生平②莎士比亚的作品③莎士比亚研究和批评④莎剧舞台演出⑤莎士比亚的影响⑥莎士比亚在中国。规模宏大,引起学术界的轰动。

这里介绍了莎士比亚的汉译及有关情况。英国其他诗人的作品在中国也受到了广大读者的关注。江枫主编并主译的《雪莱全集》中文版已于1998年出版。

此外,斯宾塞、多恩、弥尔顿、布莱克、华兹华斯、司各特、拜伦、济慈、丁尼生、布朗宁、布朗宁夫人、艾略特等,都有中文版个人专集出版。(关于美国诗人,惠特曼《草叶集》已有两种全译本出版。朗费罗、狄金森、弗洛斯特、金斯伯格等人都有中文版专集出版。美国诗选也有多种出版。今天主要谈英国诗,所以美国诗就少说了。)弥尔顿的《失乐园》已有四种中译本。傅东华的译本和朱维基的译本出在三十年代,较早。上世纪末出现了朱维之的译本和金发燊的译本,朱译流畅自然,气魄宏大,金译格律严谨,各有千秋。有的英国诗人选集中译本,也有多种。如华兹华斯诗选,就有至少四种中译本,其中最佳者为杨德豫译本。杨译深得华氏诗的精神和神韵,又以极富表现力的中文表达,格律严谨却不受拘束,在规范中挥洒自如,是英诗汉译中的典范之作。

汉译英诗选本则更多。巴尔格雷夫编的《英诗金库》(*The Golden Treasury of Songs and Lyrics in English Language*)的完整的汉译本已于八十年代推出。此外,还有《迷人的春光——英国抒情诗选》(卞之琳、屠岸等译)、《英国诗选》(王佐良编)、《英诗三百首》(顾子欣编译)、《世界诗库·英国、爱尔兰卷》(飞白主编)等。这些仅是几个例子。

中国古代诗歌,很早就通过英译介绍到英国。就我所知,有理雅谷(James Legge)译的中国最早的诗歌总集《诗经》(*The Book of Verse*),同时,还有韦利(Arthur Waley)、宾纳(Witter Bynner)、艾伦(C.F.R.Allen)、贾尔斯(Herbert A.Giles)、克兰默·宾(L.Cranmer-Byng)、魏德尔(Helen Waddell)、哈特(Herry H.Hart)等氏译的

《诗经》;以及贾尔斯、韦利、杨宪益和戴乃迭（Gladys M.Taylor and H.Y.Yang）等氏译的《楚辞》。以上各家以及卜德（Charles Badd）、奥巴塔（S.Obata）、马丁（W.A.P.Martin）、弗莱彻（W.J.B.Fletcher）、葛朗特（C.Graunt）、艾斯考契（Florence Ayscough）等译家译的中国历代古诗，包括大诗人陶渊明、李白、杜甫等的诗歌作品，大都出版于二十世纪上半叶。到了二十世纪下半叶，出现了中国译家英译中国古诗的热潮，如在美国有罗郁正（Irving Lo）和柳无忌（Wu-chi Liu）编、多人译的中国历代古诗选《葵晔集》（*Sunflower Splender*），在中国大陆有许渊冲（Xu Yuan-chong）、吴钧陶（Wu Jun-tao）、陆佩弦（Loh Bei-yei）等译家的多种中国古代诗歌选本英译本的出版。

中国诗歌的发展，到1919年是一个大转折。在这之前，中国诗歌都是用文言写的。1919年的五四新文化运动掀起白话诗创作的新潮流。从"五四"到现在，八十年来，中国诗坛上出现了一批重要的诗人，如闻一多、徐志摩、戴望舒、艾青、臧克家、穆旦、郑敏、绿原、牛汉等。这些诗人的作品在群众中广泛流传，有不少已译成英文在报刊发表，美国的叶维廉（Wai-lim Yip）先生有译著 *Lyrics from Shelters:Modern Chinese Poetry*（《防空洞抒情诗——中国现代诗歌选》），集中英译了"五四"以来的中国新诗——白话诗。我想这本书在英国一定也能见到。

英诗汉译和汉诗英译促进了我们两国的诗歌交流，使得不懂对方国家语言的广大读者能够通过译文而接近、了解、学习对方国家的诗歌作品。翻译在促进不同民族间的友谊和互相了解方面起了极大的作用。

下面我想谈一谈诗歌能否翻译的问题。雪莱认为诗不能译。弗罗斯特认为诗即经过翻译而失去的东西。这有一定的道理，又有一定的片面性。人类由于"巴别塔"的天谴而有语言的隔阂，但人类又有共同的人性。诗歌,是人类心灵的声音。人与人之间可能语言不通,但仍然有感情,思想的相通。这就决定了翻译之可能。诗作为文学的一个品种,它的语言艺术最精妙,所以最难译。诗经过翻译,必定会失去一些东西。但从诗歌翻译的历史和实践来看,诗还是能够翻译的。好的翻译能够尽可能多地保留原诗的精神,虽然必然会失去些什么。我自己在四十年代译出的莎士比亚十四行诗(共154首),在1950年出初版。这是莎翁十四行诗汉译的第一个全译本。到现在已重版多次,发行量约50万册。我早年开始译济慈,到九十年代花了三年时间集中译济慈,1997年出版了我译的《济慈诗选》,收入了济慈的几乎全部重要作品。我不能说我的译作怎样好,不,肯定有缺点不足甚至错误,但我尽了努力,想把尽可能好的译作献给读者。从我自己的经验看,也能得出这样的结论:诗是可译的,或者在一定程度上是可译的。中国的伟大作家鲁迅把翻译家比作普罗米修斯,因为译者把他民族的"真善美"之火拿来输入本民族,使人类的心灵得以沟通,各民族得以共同进步。所以翻译是一项崇高的事业。

中国学者、翻译家严复提出翻译的三原则:信,达,雅。(truth, understandability and expressiveness,elegance)这是我所信奉的。这三者中,我认为"信"是中心,主导,也是关键。正如人生三标准"真、善、美","真"是根本,"真"的内涵是"善",外延是"美"。没有"真",也就不存在"善、美"。"信"好比"真","达""雅"是"信"的两个侧面。没有"信",就谈不上"达""雅"。不"达",就不能说"信"了。对"雅",我理解为传达原作的艺术风格,原作雅,译文亦雅,原作俗,译文亦俗,这才叫"雅"。因此不"雅",也不能叫"信"。中国翻译家卞之琳主张全面求"信",神形兼备。原作是神形统一的,故舍形似即不能达到神似。对于卞先生的主张,我是拥护的。

我还拥护这种主张,即译诗必须是诗。但这"诗"是原作精神在另一种文字中的体现。

我对译诗的要求是既要传达原作的风格美、文体美,也要传达原作的形式美、音韵美。(这是追求的目标,能达到多少是另一回事。尽善尽美是永远不可能的。)要传达原作的精神和风格,译者就应当做到深入体验作者的创作情绪,使译者的心灵与作者的精神契合。无论如何,作为译者,应该朝这个方向努力。我译莎士比亚十四行诗,译济慈的诗,译华兹华斯的诗,译柯勒律治的诗,常常把原作诵读多遍,有些篇是诵读多年,烂熟于心的。这样可以帮助掌握原作的风格和神韵,并体验作者的创作情绪。总之,我认为,诗歌翻译是译者吃透原文,殚精竭虑,用目标语再现原作的一次精神朝圣,是译者的灵魂与作者的灵魂相拥抱、相融合而后产生的宁馨儿,是两个灵魂交融升华的结晶。

关于"信"的问题,牵涉到原作风格和译者风格如何融合的问题。对这个问题我曾有过一个不一定恰当的联想。有一次我看到Vincent van Gogh 的一幅描绘播种者的画,那种狂放粗犷的画风,使我毫不怀疑它是凡高的作品。但一看标题,它是临摹 Millet 的《播种者》的画,这才使我恍然忆起米勒的那幅画来。为什么我不能一开始就看出来呢?因为凡高的这幅画,除了构图轮廓外,并不曾留下米勒的影子。我因此想到了音乐作品的演奏。比如贝多芬(Beethoven)的 D major 小提琴协奏曲吧,萨拉萨特(Sarasate)奏来使人血液沸腾,伊萨伊(Ysaye)奏来催眠了听众,克莱斯勒(Kreisler)奏来使人神往于一种音乐的华彩中。实在,每一位成熟的演奏家或指挥家,都有他对音乐作品独特的解释和表现。但是,演奏者的风格毕竟不能掩盖原作的风格。而必须是两者风格的交融。这与演剧也类似。一千个演员演莎翁的《哈姆雷特》,可以有一千个哈姆雷特。但这一千个哈姆雷特又必须都是莎翁笔下的丹麦王子而不是其他人物。不同的演奏者演出贝多芬的作品可以有演奏家不同的风格,但又必须具有贝多芬的灵魂。有一种说法认为翻译是"再创造"。是的,文学翻译在一定意义上是再创造,但有人主张的"再创造"略同于另起炉灶。有人主张"不忠之美",并以费兹吉拉德(Edward Fitzgerald)译波斯奥玛尔·哈耶姆(Omar Khayarm)的《鲁拜集》(*Rubaiyat*)和庞德(Ezra Pound)译中国古诗为例。其实这个"个例",不能全面推广。因为这不是人人能做到的。主张"不忠之美"的译者之译作,如果确有美,那是译者创作之美,而非翻译之美。有人主张译诗必须是"另一个",如果是"同一个",即失败。强调翻译的创造性是对的,但过了头便错了。应该是:既是同一个,又是另一个。如果是"改译"或"译述",那自由度自可扩大。如果是正规的"译",且署上原作者名字,那就不允许天马行空,离题万里。译家必须把对作者负责和对读者负责统一起来。

关于忠实传达原作的形式美、音韵美问题,在汉译英方面,有许多困难待克服。在五四以前的文言古诗中,汉字大都是一个字一个字独立存在。每个汉字都有声调,声调分平、仄两种,平声又分阴平、阳平,仄声又分上声、去声、入声。在古诗的律诗和绝句中,声调的有规则的排列和组合造成诗的节律,叫做平仄律、对仗律。正如英诗以重音和轻音的排列和组合形成节律"格",如抑扬格、扬抑格等等。汉字声调的排列组合是绝对无法"译"的。文言古诗也有尾韵,这在一定程度上可"译",但不可拘泥。中国"五四"以来的白话新诗大部分为自由诗,小部分为新格律诗。英译的话,可以英语自由诗译汉语自由诗,也可以英语格律诗或自由诗译汉语新格律诗。而在英诗汉译方面,对英语格律诗(既有"格"又有"韵式"者)的翻译,经过几代中国译家努力,创造了一种"以顿代步、韵式依原诗、亦步亦趋"的方法。此种方法由孙大雨创建,卞之琳完善,杨德豫及我本人等继续,已取得译诗界人士越来越多的共识。

　　当代汉语（"五四"时称"白话"）与文言的一大不同在于单字词很少，大多数是二字词和三字词，因而一句诗由于词的组合形成几个"顿"。而英语则由于每个字都有轻音和重音，因而一行诗由轻重音组成"格"，而一"格"包含两个至三个音节，由音节数组成"步"。"格"是绝对无法移植的。但"步"可由"顿"来代替。这就是"以顿代步"的原则。举济慈《希腊古瓮颂》第一行为例：

五步　　Thou still | unra | vish'd bride | of qui| et ness

五顿　　你—— |"宁静"的 | 保持着 | 童贞的 | 新娘

　　这样就可以大体无误地传达诗作的节奏。

　　至于韵式，则完全可以依据原诗。如十四行诗，莎士比亚式abab cdcd efef gg，或彼得拉克式abba abba cdc dcd，译成汉语完全可以照样移植。这里举莎翁十四行诗第十八首为例：

Sonnet　18

Shall I campare thee to a summer's day?

Thou art more lovely and more temperate；

Rough winds do shake the darling buds of May，

And Summer's lease hath all too short a date；

Sometime too hot the eye of heaven shines，

And often is his gold complexion dimmed；

And every fair from fair sometime declines，

By chance or nature's changing course untrimmed；

But thy eternal summer shall not fade，

Nor lose possession of that fair thou ow'st，

Nor shall death brag thou wand'rest in his shade，

When in eternal lines to time thou grow'st.
　So long as men can breathe or eyes can see,
　So long lives this,and this gives life to thee.

汉译：

我能否把你比作夏季的一天？
你可是更加可爱，更加温婉；
狂风会吹落五月的娇花嫩瓣，
夏季出租的日期又未免太短；
有时候苍天的巨眼照得太灼热，
他金光闪耀的圣颜也会被遮暗；
每一样美呀，总会失去美而凋落，
被时机或者自然的代谢所摧残；
但是你永久的夏天决不会凋枯，
你永远不会丧失你美的形象；
死神夸不着你在他影子里踯躅，
你将在不朽的诗中与时间同长。
　只要人类在呼吸，眼睛看得见，
　我这诗就活着，使你的生命绵延。

译文的韵式也是abab cdcd efef gg，只是由于汉语韵部少，所以有些韵是相同的，如abab中的a与b相同，因此这四行(quatrian)的韵式实际上是aaaa。

有些英诗有行内韵(internal rime)，译成汉语也完全可以移植。这里举华兹华斯的诗《我们是七个》中的一节为例：

"Their graves are green,they may be seen,"

The little maid replied,

"Twelve steps or more from my mothers door,

And they are side by side."

这里 green 与 seen 是行内韵，more 与 door 也是行内韵。且看汉译：

"坟头草青青，一眼看得清，"

小姑娘这样开言，

"离我家门前，十二步多一点，

两座坟紧紧相连。"

这里"青""清"是行内韵，"前""点"也是行内韵。这样就把行内韵移植过来了。只要细心琢磨，这是可以做到的。

译诗，无论是英译汉或汉译英，有一个问题值得注意，那就是要避免民族文化传统倒错的现象。在英译汉时，特别要注意典故的运用。如莎士比亚十四行诗第20首中有一行：

With shifting change, as is false women's fashion

有一种汉译是：

时髦女人的水性杨花和朝秦暮楚

这里用了中国典故"朝秦暮楚"，指中国古代春秋战国时期，秦和楚是两个大国，有些弱小的国家一会儿（早上）倒向秦国，一会儿

（晚上）倒向楚国，所谓"朝秦暮楚"，就是比喻反复无常。这位译者用这个典故来比喻女人用情不专。但莎翁没有接触过中国古代史，他怎么可能在诗中提到中国古代的秦国和楚国呢？

又如纳希（Nashe）的诗《春》（Spring）的第一行：

Spring, the sweet spring, is the year's pleasant king;

有一种汉译是：

春，甘美之春，一年之中的尧舜；

"尧舜"是中国古代——二千几百年前——的两位帝王，历史上的神圣的民族领袖。纳希并没有接触过中国古代史，不可能在诗中用"尧舜"来比喻春天。

这种情况在汉译英方面也存在。如李白的诗《金陵酒肆留别》中有一句"吴姬压酒劝客尝"，贾尔斯先生却把这句译成 While Phyllis with bumpers would fain cheer up."吴姬"是吴地即中国江南地方（今江浙一带）的女孩子，是金陵（南京）酒店的女侍者（waitress）。而 Phyllis，这是古希腊和欧洲文艺复兴时期的田园诗或牧歌中常见的牧女或恋人的名字。它也常出现在后来的英语诗歌中，如弥尔顿（Milton）的《快活的人》（L'Allegro）中就有这个名字，她代表村姑。用她来代表中国唐朝时候金陵地方酒店里的女侍者，可以吗？这会使读者感到很突然。

谈翻译，归根到底，"信"还是根本。由于对英语理解不确切，英译汉的误译常常出现。有人不知道英文 Milky Way 是银河，把它译为"牛奶路"（Way of Milk），受到过鲁迅的批评。也有的是由于原文难懂，特别是中国古文，过于简约，理解上常常会产生歧义，因而译错。比如李白的《长干行》中有"五月不可触",是指阴历五月份(the fifth moon of lunar calendar),长江水涨,瞿塘峡滟滪堆(礁石)被水淹没,航船容易触礁,在家的妻子嘱咐夫君在五月份要小心,不要去触礁遭受水难。但汉字"五月"从字面上也可理解为"五个月",于是庞德把这句理解为夫妻已经五个月不能接触,他译此诗题为 The Water-Merchant's Wife,这句译成"And you have been gone five months",这就违反了"信"的原则。

汉语的特点之一是简约,时时有主语(subject)之省略。译者稍一不慎,便会出错。如上面已举出的李白《长干行》中有句:"早晚下三巴,预将书报家",意思是妻子询问丈夫:或早或晚什么时候从三巴顺长江而下,回到金陵地方长干里家中来?请你预先寄封家信来报个归来的行期。这里的主语"你"省略了。"下"是"你"从长江上游到下游来。英译者弗莱彻把这两句译成:

Early and late I to gorges go,
Waiting for news that of thy coming told.

这就把主语弄错了,变成"我"(妻子)要从长干里逆流而上到三巴去,那是不能称为"下"的。

由于汉语(尤其是古汉语)常常省略主语,还可能造成另外的误解。如唐诗人司空曙的《贼平后送人北归》一诗中有"晓月过残垒,繁星宿故关"两句。宾纳译为:

The moon goes down behind a ruined fort,
Leaving star-clusters above an old gate.

译者把"晓月"和"繁星"当作主语译出(译成英文时又把

star-clusters 作为 moon 的宾语），错了。其实这里的主语是"你"（即"送人"的"人"），意思是你在晓月出现时经过残垒，繁星满天时宿于故关。"晓月"和"残星"不是主语，而是时间状语。

汉诗英译中也有佳妙者。如王维的《竹里馆》有两句："深林人不知，明月来相照。"原意是 In the deep forest no one knows me, only the moon shines upon me. 而贾尔斯译成：

> No ear to hear me, save my own;
> No eye to see me, save the moon.

英语对仗，美而意境顿出。虽然省去了"深林"，但因为此诗上二句"独坐幽篁里，弹琴复长啸"中已有"幽篁"出现，贾尔斯在上两句中已将"幽篁"译出，所以下面"深林"省略不伤元气。这两句英译可谓全得"信达雅"之三昧了。

关于英诗汉译现在面临的一个新问题是：虽然近三十年来英诗汉译取得了很大成就，有了大面积丰收，尤其是在英美古典和经典诗歌作品的翻译上面。但是，二十世纪的现代和当代英语诗歌的汉译则很不足。原因之一是现当代英语诗歌在语言方面十分晦涩，读者甚至一些学者都很难读懂。这就使得一些译家望而却步。然而二十世纪英语诗歌在西方诗歌发展史上具有重要意义。这一时期的诗歌在诗歌美学、语言理论、审美价值取向等方面都发生了极大的转变，深刻地影响了二十世纪西方文化的发展方向。因此，翻译、研究这部分诗歌对我们来说是十分必要的。中国当代青年诗人也广泛地受到受西方现当代诗歌的影响。但他们的英语水平令人怀疑。同时，也有一些这方面英诗的译作问世，但不是出自精通英语古典诗歌和经典作品的翻译家之手。这些译作的解读不乏误读的成分。目前我们已进入一个多元化、信息化、全球化的时代。不同文化的相互交流和渗透已成为诗人和翻译家共同面对的任务。因此,翻译家们对这部分英诗的关注与介入已迫切地需要解决。同时,中国现代、当代诗歌的英译,除了我上面提及的叶维廉的《防空洞抒情诗》外,我还没有见到更多的翻译家的关注。对此,我也表示我的衷心的期待。

2001 年 10 月 3 日

人文精神潜伏在审美表达中

——《夜莺与古瓮·济慈诗歌精粹》前言

　　英国十八世纪至十九世纪浪漫主义诗歌是以莎士比亚为代表的英国文艺复兴之后的又一文学高潮,是世界诗歌史上突出的亮点。文学史家认定英国浪漫主义诗歌以五大诗人为代表,他们是:华兹华斯(William Wordsworth, 1770—1850)、柯勒律治(Samuel T. Coleridge, 1772—1834)、拜伦(George G.Byron, 1788—1824)、雪莱(Percy B.Shelley, 1792—1822)、济慈(John Keats, 1795—1821)。二十世纪后期,英国文学史家认为构成英国浪漫主义诗歌的主要成员还应加上布莱克(William Blake, 1757—1827),因此,这六人被称为英国浪漫主义诗歌之六巨擘,已成为英诗界和读者广泛的共识。如果把被称为浪漫主义先驱的彭斯(Robert Burns, 1759—1796)也予以加盟,那么在世界诗歌的天空中,英国浪漫主义就是辉煌的"七姊妹星团"(Pleiades)。在这七颗亮星中,济慈出生最晚,生命最短,只活了二十五岁。但他的光越来越强,到今天,已超过了其他六颗星。

　　英国维多利亚时期大诗人丁尼生(A.Tennyson, 1809—1892)推崇济慈为英国十九世纪最杰出的诗人。二十世纪英国现代派大诗人艾略特(T.S.Eliot, 1888—1965)特别推崇济慈,认为他是接近现代风格的杰出诗人。在欧洲的其他国家,如意大利,济慈的声望亦如日中天。意大利罗马"济慈、雪莱纪念馆"(济慈临终故居)中有一项"公示"称:"拜伦于十九世纪在意大利名声很大,特别是在意大利爱国者中间成功地享有盛誉;雪莱在意大利的声誉稍逊于拜伦。济慈当年在意大利没有得到爱国者的称赞,也没有得到诗人们的尊敬。但是今天(指二十世纪和二十一世纪初——引者)济慈已被认为是上述三位诗人中之最伟大者。欧金尼奥·蒙塔莱(Eugenio Montale, 1896—1981)把济慈列入'至高无上的诗人'之中。"(蒙塔莱是意大利二十世纪最重要的诗人,1975年诺贝尔文学奖得主。)

中国诗人和学者余光中说:"一百多年来,济慈的声誉与日俱增,如今且远在浪漫派诸人之上。"中国学者王佐良说:"华兹华斯和柯勒律治是浪漫主义的创始者,拜伦使浪漫主义影响遍及全世界;雪莱透过浪漫主义前瞻大同世界。但他们在吸收前人精华和影响后人诗艺上,作用都不及济慈。"

济慈出生在社会的底层。在英国的大诗人中,几乎没有一个人比济慈的出身更为卑微。他的父亲是伦敦一家代养马房的马夫领班。济慈是长子,有两个弟弟,一个妹妹。济慈没有受过高等教育。他在一所私人学校和一所医院里学习过,当过药剂师。但这不合他的志趣,所以他终于放弃医药职业,专心于诗歌创作。他在儿童时期就失去了父母双亲。二十二岁时得了肺结核病。他爱上了聪明美丽的芳妮·布芳恩小姐,订了婚,但无缘结婚。在生命的后期,他被四种状态所困扰,这就是:一、生活贫困;二、恶疾缠身;三、婚姻无望;四、恋诗情结。这四种状态像四条绳索,紧紧地捆住了他,一直到他客死罗马。济慈又是坚强者,面临死亡,他没有悲观绝望,也没有向命运低头。上述第四种状态是他"作茧自缚",但他无怨无悔。作为一位缪斯的供奉者,他英勇坦荡,一往无前。

济慈曾一度被认为是一个专门讲求官能感受的、唯美主义的、为艺术而艺术的、不关心社会和人民的诗人。中国的诗人和评论家们也曾一度持有此种看法。关于这,还需回到济慈生前受到舆论攻击这个文学史上的著名事件中去考察。1818年英国以保守的托利党派为背景的三种期刊《评论季刊》、《英国评论家》和《爱丁堡布拉克伍德杂志》对济慈的《诗集》和长诗《恩弟米安》进行恶意攻击,斥责这些作品诗艺低劣,指出这些诗的作者"济慈属于政治上的伦敦佬派和艺术上的伦敦佬派(Cockney School)"。所谓伦敦佬是指政治上激进、艺术上远离古典风格、生活上贫寒、具有平民意识的诗人和政治家。济慈在政治上接近曾因"诽谤"摄政王而获罪入狱的诗人李·亨特(Leigh Hunt,1784—1859)等进步人士,因而被保守文人目为十恶不赦的伦敦佬派。面对保守文人对济慈的谩骂和攻击,济慈的真诚朋友们挺身而出,为济慈辩护。他们指出济慈诗歌的核心是对美的追求。它具有幻美本质,而没有政治目的。他们说,要真正认识济慈诗歌的魅力,"取决于济慈的文学与政治的隔绝"。他们为济慈的辩护取得了成功,使论敌们喑哑失音。这样就开了认定济慈为唯美诗人和非政治作家的先河。

奇怪的是,"世情恶衰歇,万事随转烛。"论敌的指责和朋友的辩护从正反两方面启示后来的评论家们对认定济慈为非政治作家的质疑。到了二十世纪,特别是七八十年代以后,西方评论界中有人来了个一百八十度的转弯,认为济慈诗歌(不仅前期作品)表现出明显的政治倾向和民主意识。一些论文仅仅从政治角度来肯定济慈,这与一个世纪前保守文人认为济慈诗中只有政治没有艺术的论点奇怪地颇为接近,但出发点相反,结论也对立。从政治上否定济慈到从政治上肯定济慈,这是对济慈评价的悖论,是英国诗歌评论史上的一个奇特现象,十分引人注目。

从政治上肯定济慈,可举一个突出的例子。济慈的《秋颂》写于1819年9月19日。同年8月中旬,八万多工人在曼彻斯特彼特鲁广场举行声势浩大的集会,要求改革,要求民主,遭到政府的暴力镇压,死伤四百余人,这就是彼特鲁惨案。有的评论家根据这一历史事件和当时济慈所写的一批书信中所表达的政治观点,分析了《秋颂》中的词语,认定这首诗透露了济慈鲜明的政治态度和激进的民主意识。他们否定了认为济慈从政治上退却和逃避的论断。论者认为《秋颂》中 conspiring("合谋",原是说时令和太阳合谋使藤蔓挂住果实)这一意象是对政治危机的回应;或认为诗中的"蜂巢"形象是影射政府囚禁工人的监狱。中国最近也有研究者撰文认同"合谋"意象是"富人镇压穷人的阴谋",认为诗中"许多意象与当时的政治论战密切相关"。

我们如果深入审视济慈的诗歌作品,当会发现济慈确实是一位艰苦地思考人生、关心社会、同情人民、具有民主思想的诗人。这首先表现在他早期的诗作中。如《写于李·亨特先生出狱之日》,抨击权贵,歌赞自由;如《咏和平》,高呼"打断锁链",反对"暴君的重来";如《致柯斯丘什柯》,支持民族独立,歌颂民族解放;如《写于五月二十七日,查理二世复辟纪念日》,抨击封建专制,指斥王政复辟,等等。但是,在济慈后期的诗作中,我们发现它们不再涉及具体的政治事件。那么,他是不是从政治后退了呢?

让我们来看一看济慈诗艺的成长过程。济慈作为攀登诗艺高峰的勇者,其成长速度之快,没有别的诗人可以与之相比。他二十岁时提出:"啊,给我十年吧 / 我可以在诗里 / 征服自己,我可以大有作为,听从我灵魂对我自己的指挥。"但上帝很吝啬,没有给他十年的时间。他在剧烈的痛苦和骚动的感情中,开始了为诗拼搏的进程。他说:"我从来不怕失败,我宁可失败,也要进入最伟大的人的行列。"从着手试笔起,仅五年时间,他就达到了短促的诗人生涯的顶峰。他遍涉各种诗歌体裁,经历几次诗风的变化,终于完成一系列惊世的杰作。特别是1819年的九个月,可称为济慈的"奇迹时期"。在此期内,他的六首《颂》一一问世,同时写成了《圣亚尼节前夕》、《冷酷的妖女》、《拉米亚》,以及多首十四行诗。仅仅这六首《颂》就足以使他不朽。尤其是《夜莺颂》、《希腊古瓮颂》和《秋颂》,已成为世界诗歌宝库中罕有的奇珍。他的数十首十四行诗使他成为英国浪漫派中主要的十四行诗能手(另一位是华兹华斯)。他的未完成的杰作《海披里安》气度恢宏,音调铿锵,拜伦称赞它"崇高肃穆,堪与希腊埃斯库罗斯的悲剧相媲美"。他的《冷酷的妖女》以精确、严谨而又质朴无华的歌谣体语言造成了令人颤栗的艺术效果。他的长篇叙事诗都达到了用诗歌形式讲述故事的高超水平。尤其是《圣亚尼节前夕》,以内涵的丰富、色彩的绚丽和韵律的优美,达到了爱情故事诗的巅峰。从济慈的诗歌中,我们看到了鲜明美丽的绘画,听到了舒徐悦耳的音乐。诗人把各种感觉组合起来,成为各种经验的总体感受和全面领悟。诗人对于身外客观事物的存在,全身心地加以拥抱,产生极度愉悦的感觉——诗人似乎失去了自我意识,与他所沉浸于其中的事物融为一体,成为诗人自己所总括的诗学概念"客体感受力"(negative capability)作用的实际体现。他在愉悦中透露忧伤,从痛苦中发现欢乐,极度深挚的爱情对于他有如死亡的临近;他清醒地意识到梦幻世界的无限吸引力,又明确地意识到现实社会的巨大压迫感;他同时追求历史的责任感和美学的超越,把二者结合在一起。他的杰作使他实现了自己的志愿;进入了诗歌史上"最伟大的人的行列"。

　　关于济慈诗歌中政治与艺术的关系问题,我们的理解是:济慈深刻而冷静地思考了论敌的诋毁之词,从中获得某种启示。他说:"我对自己的评判所给予我的痛苦超过了《布拉克伍德》和《季刊》所强加给我的痛苦。"他是英国诗人中罕见的能无情地剖析自己的勇者。他终于意识到,政治的话语在诗歌中只能按诗歌的艺术规律来发音。政治倾向和民主意识必须在诗人内心中转换成更加宽泛的对人文精神的追求而诉诸诗的节奏。于是我们在济慈的诗歌中见到和感受到一种潜在的、隐性的人文精神,它潜伏在诗人的诗歌审美表达之中,通过诗质话语时隐时显,成为诗语中多变的踪迹。这里,政治意识与诗歌审美形成既矛盾又互动的态势。这里,政治的显在话语被拒绝,成为审美特征显现的前提。这里,又不是完全脱离意识形态,诗人的诗歌经验无法与意识形态彻底决裂。在空洞而言之无物的话语中不存在任何诗歌生命力。有论者认为济慈诗歌对美与真的尽情歌赞恰恰起到了反衬和否定丑恶的现实社会及肮脏政治的作用,那么这一命题同样包容在济慈诗歌中政治意识与诗歌审美既矛盾又互动的论证中。上述评析说明了济慈诗歌的艺术魅力在历史的长河中愈来愈发出炫人光彩的根本原因所在;而我们——后代的读者和诗爱者们,也从这里获得了诗歌的终极启示。

2007 年 5 月

追求神形兼似的翻译家

——在江枫先生八十诞辰学术研讨会上的发言

今天是江枫先生八十华诞学术研讨会。我首先祝江枫先生八十岁生日快乐！祝他健康长寿！我称他江枫先生，是表示尊敬。平时我称他江枫兄，这比较亲切。

江枫兄在文学特别是诗歌翻译、翻译理论研究、文学创作、文学理论研究、历史、近代史研究等方面做出了很大成绩和贡献。大家知道得比较多的是他在英诗汉译和翻译理论方面的成就。但他在文学理论上也做出了成绩。我举一个例子。上世纪七十年代末八十年代初，中国诗歌界出现了一个诗人群，写出了被称作"朦胧诗"的作品。当时许多人对它持反对态度。但，所谓"朦胧诗"是对五十年代至七十年代特别是"文革"时期主流意识形态统治下舆论一律、诗歌形态一律的畸形状态的公然反叛，是诗歌领域人性的回归和新的升腾。现在，它在中国新诗史上被公认为有一定的地位。但在当时，反对的声音甚嚣尘上。有一位程代熙先生，写文章发表，攻击"朦胧诗"。江枫立即撰文反驳，为"朦胧诗"辩护，并指出程代熙把T.S.艾略诗的诗歌理论都搞错了。江枫的仗义执言，赢来一片喝彩声。有人说他有大侠之风，言之有理。

江枫为翻译介绍英国伟大的浪漫主义诗人雪莱给中国读者，做了大量工作，付出了极大的努力。虽然过去也有过雪莱诗的中译，但大都是零散篇章,也有单行本行世,但译笔有待改进。江枫主编主译了《雪莱全集》,这是一项巨大的开创性工程。外国著名诗人的中文本全集,已有莎士比亚、普希金、泰戈尔等几家,为数不多。雪莱作品量多,难译。江枫花了几十年时间和精力,完成《雪莱全集》,得以出版,这是对中国诗坛、也是对世界诗坛的一大贡献。江枫还翻译了其他作品,如美国女诗人狄金森的诗,美国现代诗,马其顿诗人的诗,以及史沫特莱传等。在他的众多著译中,他对雪莱作品的翻译介绍和他的翻译理论,是他一生中到现在为止的主要成就。

江枫在诗歌翻译(英译中)上主张神形兼似,先形似而后达到神似。他赞成严复的翻译三原则"信、达、雅"。但三者的核心是信。信,应该就是"似",而似,必须形与神兼有,否则,即不能说信。卞之琳先生不赞成信、达、雅三者并列,他主张全面求信。江枫主张神形兼似,与卞之琳的全面求信主张吻合。既要形似又要神似,这种主张前人也有过。但江枫的形似而后神似的观点,却是发前人所未发,是一种理论创新。仔细思考一下,会感到有道理。正如人的肉体和灵魂。必须结合才能成立。肉体是灵魂的载体,没有肉体便没有灵魂。没有肉体的灵魂是虚无缥缈,空无一物。(把灵魂比作一种精神,可以千古不朽,那是另一种概念。)灵魂是肉体的支柱,失去了灵魂,肉体便没有立身的依据。肉体可以脱离灵魂,但这样便成了行尸走肉。文学作品特别是诗,其形与神,可比之于人的肉体与灵魂。婴儿诞生,呱呱堕地,首先出现的是身体,紧随其后的是灵魂。灵魂不可能孤立地存在。同样的,诗如果没有形,又如何有神?译一首诗,不求形似,又如何达到神似?江枫的形似而后神似论,看起来似是形式逻辑,细想一下,是辩证法。

谢冕先生说江枫反对死译,也不赞成活译。这个观点可以和他的神形兼似论结合起来看待。死译,可能是形似的极端化,或对形似的误解。活译,在江枫心目中,该是对信即忠实的背离,而不是指灵活性。所以他不赞成活译。相反,江枫的译作,常常在信的前提下,发挥了灵活性。狄金森有一首诗,题目和第一行是 Wild nights–Wild nights! 江枫译为"暴风雨夜,暴风雨夜!"这就不是死译。wild 原是发疯、疯狂、放纵、狂乱、原始、野生、荒凉等意思。wild nights 如果译成"发疯的夜"就不恰当了。译为"暴风雨夜"是活译——灵活的活,是把形和神表达出来了。这首诗里还有这样的句子:Done with the Compass–Done with the Chart! 江枫译为"罗盘,不必,海图,不必!"也是传神的译笔。如果把 Done with 译成"了结了""完成了"就会是不知所云。还有 Might I but moor–Tonight In Thee! 江译为"但愿我能,今夜,泊在你的水域!"原文 Thee 只是"你",译为"你的水域"则是活译。加上"水域"是否违反了信的原则?否! 既然是 moor—泊,那么所泊之处必定是水域。英文可以说 moor in Thee,但中文能说"泊在你里面"吗? 不能,因为违反了汉语的习惯。译为"但愿我能,今夜,泊在你的水域!"正是传达了原作的形和神。

还可再举一个例子。雪莱有一首诗,题为 *A Lament*。原文是这样的:

I

O World! O Life! O Time!

On whose last steps I climb,

    Trembling at that where I had stood before;

When will return the glory of your prime?

    No more——Oh never more!

II

Out of the day and night

A joy has taken flight;

  Fresh spring, and summer, and winter hoar,

Move my faint heart with grief, but with delight

  No more——Oh never more!

江枫的译文是这样的:

哀　歌

一

哦,时间! 哦,人生! 哦,世界!

我正登临你最后的梯阶,

  战栗着回顾往昔立足的所在,

你青春的绚丽何时归来?

  不再,哦,永远不再!

二

从白昼,从黑夜,

喜悦已飞出天外,

  春夏的鲜艳,冬的苍白,

触动我迷惘的心以忧郁,而欢快

  不再,哦,永远不再!

　　这首译诗的整体构架完全依照原诗:两个诗节,每个诗节含五个诗行。原诗行各含三步、四步或五步(步,英文 foot,相当于中文的顿)。第一个诗节的五行依次为三步、三步、五步、五步、三步;第二个诗节的五行依次为三步、三步、四步、五步、三步。江译以顿代步:第一个诗节的五行依次为三顿、三顿、五顿、四顿、四顿;第二个诗节的五行依次为二顿、三顿、五顿、五顿、四顿。原诗的步数和译诗的顿数不是完全"死"对应,而是有所变动,有所调节,但基本上在三到五之内,总体吻合。关于尾韵的韵式,原诗第一个诗节是aabab,第二个诗节是ccbcb。结构相同,以b韵相连接。江译呢,如果把"界"读成gài,把"阶"读成gāi,那么第一个诗节的韵式就是一韵到底:aaaaa。如果"界""阶"按标准普通话读,那么这个诗节的韵式是bbaaa。江译第二个诗节第一行不押尾韵,这个诗节的韵式是xaaaa(x指不押韵)。两个诗节间用a韵连接,韵脚较密。卞之琳主张韵式依原诗。江枫的这首译诗的韵式,大体上依原诗,但不"死",做了灵活的处理。如果朗诵这首译诗,其韵律感与原诗十分吻合。在词语的选用方面,江译也有一定的灵活性。比如the glory of your prime译成"你青春的绚丽":glory是名词,中文"绚丽"原是形容词,这里用作名词。又比如Fresh spring, and summer, and winter hoar,江枫最初译为"鲜艳的春,夏,苍白的冬",这是逐字对应的译法,也是可以的。后来他改译为"春夏的鲜艳,冬的苍白",是否为了押尾韵,把"白"字放到行末?恐怕不完全是。他这里是把形容词改译为名词了。英文fresh,hoar是形容词,而改后的译文,由于语序的颠倒,原本是形容词的中文"鲜艳"、"苍白"变成了名词。这是语言的灵活运用,放弃了"死译"。这样一改,"鲜艳"、"苍白"就和上面的"绚丽"对应起来,形成前后呼应。英文glory是名词,译成"绚丽"是把中文的形容词用作名词。英文fresh、hoar是形容词,译成"鲜艳"、"苍白"也是把中文的形容词变作名词。(中文或汉语本身具有弹性或词性的不确定性,江枫掌握了这一优势。)这样,形成译文词语运用上的和谐感,形成译语词性的匀称美。

为什么要讲灵活性?我觉得是为了求神似。试读一下这首《哀歌》译诗,特别是第二诗节。从第二行起押尾韵,"天外"、"苍白"，然后是"欢快"、"不再"。英文 winter hoar，语序与汉语不同，可以名词在前，修饰它的形容词在后。中文不行，只能形容词在前，被修饰的名词在后。能说"冬苍白的"吗？不能。江枫把 winter hoar 的译文从"苍白的冬"改为"冬的苍白"，仅仅为了押尾韵？不一定。读一读，便会感到有一种韵味，有一种"神"在里面。接下去，"触动我迷惘的心以忧郁，而欢快／不再，哦，永远不再！"把雪莱的那种迷惘的情绪，忧郁的心态，用汉语充分地表达出来了，可谓九曲回肠，一唱三叹。记得谢冕曾说江枫的译诗，好像不是翻译，倒像是原作者，比如雪莱，用中文写的诗。这是对江枫译诗的高度赞美。是不是溢美？未必。江枫的译诗，有一部分达到了这样的境界，比如这首雪莱的《哀歌》，就是一个例证。

江枫的翻译理论是他翻译实践的总结，他的翻译工作是他翻译理论的具体实施。这两方面相辅相成，结出了丰硕的果实。

八十岁不是终点，对江枫兄来说，可能是一个新的起点。祝江枫兄百尺竿头，更进一步，作出更加卓越的成就！

2009 年 10 月 24 日

纵横捭阖，上下骋驰

——序张时鲁《咏史诗集》

中国是一个重视历史的国家，历代政府都设有史官。孔子修《春秋》。文天祥歌赞"在齐太史简"，齐太史兄弟三人秉笔直书，前赴后继，付出了三条生命的代价！司马迁为完成《史记》而忍辱负重，宁受宫刑而无怨无悔，一往无前！除官方修史外，民间笔录也风起云涌。裴松之博采群书一百四十余种以注陈寿《三国志》，保存大量史料，开创史注的新例。欧阳修与宋祁合撰《新唐书》，开文人修史的先河，与官修《旧唐书》合称唐史双璧。屠寄撰《蒙兀儿史记》一百六十卷，纠正和补充《元史》的错误和不足，为蒙古族历史记载作出巨大贡献。新文学伟大旗手鲁迅撰《汉文学史纲要》与《中国小说史略》，虽为专业史，亦文人修史风之延续与发扬。

中国知识界读史、学史、议史，形成数千年之风气。以史为鉴，为中国历代为政者所遵循的守则。竖英雄为民族楷模，予暴君以口诛笔伐，成为咏史诗的重要内涵和历史责任。

李白、杜甫、白居易、杜牧、李商隐等大诗人，撰写了多少脍炙人口的咏史诗杰作！"秦王扫六合，虎视何雄哉！""出师未捷身先死，长使英雄泪满襟！""一骑红尘妃子笑，无人知是荔枝来！""小怜玉体横陈日，已报周师入晋阳！"或褒或贬，或赞或刺，无不字字千钧，力透纸背。这些都成为咏史的千古名句。

民国以来,伟大的新文学旗手鲁迅也写有多首新旧体诗,从广义来看,都可称之为咏史。所咏者,若非古代史,亦即现代史,以至当下之史。其《悼杨铨》、《题三义塔》等等,作咏史诗看,有何不可?其民歌体《好东西歌》、《公民科歌》,更乃咏史杰作,嬉笑怒骂,皆成文章,令人捧腹之余,痛心疾首!此类作品,可为后代为诗者之楷模。

老友张时鲁,上世纪五十年代毕业于北京大学中文系,后供职于中国戏剧家协会,与笔者同事,成为莫逆。他擅写小说、诗歌,而于耄耋之年,忽致力于咏史旧体诗之写作,一发而不可收。实为抒发其对历史之认知,从历史获启迪,亦自我遣兴抒怀之一种寄托。这原是中国知识分子议史传统的承续。不意积稿为丘,已写出二百数十余首,蔚为壮观。时鲁兄将诗稿遗我,我晨昏展读,益智移情,一唱三叹!时鲁咏史上自后羿射日、大禹治水,下至凭吊鲁迅,抨击"文革",先后七千年,纵横捭阖,上下驰骋,令读者的我,浮游于历史的大浪之中,撷取无数可为殷鉴的鲛人之珠!

时鲁兄读史遍及稗官,常常从中择取掌故僻典,融入诗中。如《明亡与绝命书》一诗云:

> 大明末帝运终端,
> 不恤民生党祸燃。
> 大顺义旗遮殿阙,
> 崇祯血诏缢煤山。
> 朝中文武任由杀,
> 天下民人不可残!
> 虽死尚留王者概,
> 古来帝列几星班?

据某书记载,李自成进京,朱由检自缢煤山,临缢,撕下龙袍写血书。李自成手捧血诏读罢,竟跪拜三呼万岁!诏中有句为:"朝中文武任由杀,天下民人不可残。"时鲁赞曰:王者之概也!我读此诗,亦为之动容。

有扬有抑,时鲁亦写贬斥丑恶之作。庞涓、赵高、蔡京、慈禧之流,都没有逃过时鲁铁笔的讨伐。他有一首《内屠现象》,曰:

> 历代帝家每争统,
> 弟兄父子相屠终。
> 天伦不及权轮重,
> 胜者奉天是正宗。

虽未点名,矛头直指李世民、杨广、赵光义、爱新觉罗·胤禛……此等人物,可谓不绝于史,甚至武则天也囊括在内。或曰:一部二十四史,就是一部强盗史。然民间盗者未必杀父屠兄,虎毒不食子。时鲁铁笔,将历史上从不断代的丑类,一一钉在耻辱柱上!

时鲁兄不薄今人爱古人。他咏史直抵当代。有一首《高风亮节国人哀》,曰:

> 因反自由化受谴,
> 高层呵斥浪声淹。
> 胸怀博大人平易,
> 眼界宏宽事实先。
> 历史勋功平屈枉,
> 人生深难守刚廉。
> 岳阳楼上三吟诵,

始晓伟人荣辱观。

这首七律,将胡耀邦总书记光明磊落的一生,做了全面的概括,作出崇高的评价。末联用了细节:耀邦曾三次登岳阳楼,三次恭立,吟诵范仲淹《岳阳楼记》,谨记"先天下之忧而忧,后天下之乐而乐"。时鲁称其"远不是朝拜仪式,却是国人的心灵图腾"。此诗韵律铿锵,正气凛然,句句中的,一字不可移易。

时鲁兄撰诗咏史,本不拟发表。后为友人敦促,遂拟付梓,以便流传于社会,供诸同好。时鲁兄嘱我撰写数语以为序。义不容辞,乃有此"千字文"之作。然成于仓促之间,不暇字斟句酌,有愧嘱托之殷殷,祈时鲁兄谅之。

> 2011年2月12日
> 于京都萱荫阁

抚今追昔，展望未来

——在人民文学出版社建社六十周年庆祝大会上的讲话①

女士们，先生们，同志们，朋友们！今天我们人文社的离退休干部和在职员工聚集一堂，共同纪念我社建社六十周年，这是一个欢乐的日子，这是一个光荣的日子，这是一个节庆的日子，这是一个抚今追昔、展望未来的好日子！让我们一起，共同祝贺人文社六十大寿！

六十年前，人文社在党中央和周恩来总理的亲切关怀下，在全国人民的热情期盼和支持下，正式成立。新中国的文学出版事业从这里开始。人文社经历了初创、发展、浩劫、新生、繁荣、转型等各个阶段。六十年来出版了十亿册文学书籍，为满足亿万读者的精神渴求、为适应国家文学出版的需要，人文社作出了自己的贡献。我们坚定地遵循党的文艺方针和党的出版方针，为中华民族各族人民文学事业的繁荣发展而尽心尽力，取得了显著的成效。一个国家，一个民族，如果只进行物质文明的建设，那是不完整的，不可持久的。只有同时进行精神文明的建设，才有可能持续地发展，才有光明的前途。而文学是精神文明的重要组成部分。文学

---

① 人民文学出版社建社六十周年庆祝大会于2011年3月28日在北京人民大会堂会议厅举行。

使人明智,使人勇敢,使人善良,使人崇高。人文社六十年来的工作就是为精神文明建设添砖加瓦。我们不能说我们社的工作没有缺点,没有遗憾,但是总的说来,我们没有辜负人民的希望,没有辜负党和国家的重托。

同志们,朋友们!此刻,我们怀念我们社已经故去的历届领导人,冯雪峰、王任叔、楼适夷、聂绀弩、严文井、韦君宜、秦兆阳、萧乾、绿原、刘玉山等同志。他们把毕生精力和生命贡献给了人文社的出版事业。冯雪峰同志是我社奠基人和第一任社长,他的八字出版方针"古今中外,提高为主"依然指导着我们今天所从事的工作。韦君宜同志有一句名言:"作家是我们的衣食父母"。只要从正面去理解,这句话依然是我们今天与著译者相处的指导思想。刘玉山同志为了两本书的出版,受到巨大的压力,终至一病不起,最后逝世在他的任上。我为他写的挽联是:"重任在肩一身胆,鞠躬尽瘁两本书"。正是他们,引领着一代又一代人文人向前行进,正是他们,披荆斩棘、开拓创新,为人文社的前进修建了一条削平坎坷的大道。在今天这个欢庆的日子里,我们深切地怀念他们,我们感到他们仿佛依然行进在我们的队伍中间,他们仿佛依然指引着我们跋山涉水,迈步奋进。

同志们,朋友们!此刻,我们还怀念我社已经故去的同事们,他们曾经是跟我们并肩战斗的战友,他们当中有不少人为人文社的事业付出了毕生的精力以至生命。这里我谨举两位:蒋路同志,一位杰出的翻译家和俄语文学研究家,他译的车尔尼雪夫斯基的长篇《怎么办?》享誉海内,但是他不满意这个译本,想加以修订,可是他不能,他曾对我说过:编辑工作是第一位的,不能分心。等到他退休以后,可以修订了吧,但是已经迟了,很快地病魔夺去了他的生命!王笠耘同志,一位优秀的小说家,文学理论家,能写,有积累,有酝酿,但是同样他把编辑工作放在第一位。他在一次座谈会上说:"我们一辈子为他人做嫁衣裳,无怨无悔,等到我们退休以后,如果还有精力的话,但愿能为自己缝制一件寿衣。"当时听的人无不动容,我听了心灵受到震撼! 王笠耘同志退休以后,花了十多年工夫写成长篇小说《她爬上河岸》,出版后受到舆论好评。他准备写另一部酝酿已久的长篇小说,但是病魔突然袭来,夺去了他的生命。同志们,这就是人文社的编辑,这就是人文社人,这就是人文人的奉献精神。他们是我们的表率。他们的名字永远镌刻在人文社的历史丰碑上。今天在这个欢庆的日子里。我们感到他们仿佛依然在我们的队伍中间,他们仿佛依然在和我们肩并肩,手挽手,跋山涉水,奋勇前进。

同志们,朋友们! 人文社的传统精神有一项是团结。作家、诗人、研究家、翻译家永远是我们团结的对象,合作的对象,我们依靠他们、信任他们、尊重他们。我们的口号是:只能做著译者的朋友,绝不做审判他们的判官。这个传统现在正在继续发扬光大。

同志们,朋友们! 人文社的另一传统表现在工作方针上即是:继承和创新相结合。我们从过去走来,与时代同步,向前迈进。古今中外一切优秀的文学传统经典我们毫无保留地加以推出;一切新的流派、新的探索、新的创造,只要是严肃的,我们一概加以吸纳,决不故步自封。

同志们,朋友们! 我们还有一个传统,表现在工作方针上,就是注重社会效益,又注重经济效益。有一些文学经典即使赔本我们也要出,为了文化,这是责任。有一些可以畅销的书,可是品位低俗,即使能挣大钱我们也不出,为了读者,这是责任。当然,有些品位高的优秀文学作品,读者欢迎,能获得两个效益,这是我们努力追求的,事实上我们也做到了不少。

当前,出版社经过了改制,从事业单位转成企业单位,这对我们是新的压力,新的挑战,也是新的推动,新的促进。在这样的形势下,我们依然坚持两个效益的平衡,避免失衡。多年来我们努力工作,谨慎运营,达到了预期的目标,实现了两个效益的双丰收,这是值得欣慰的,也是可以告慰于我社已故的历届领导人和同事们的,也是可以告慰于我们的亿万读者群众的。

同志们,朋友们! 在我们面前是一条大道。是不是康庄大道? 是的,但也不一定是。新的崎岖,新的坎坷还会出现,还会向我们挑战,考验我们的能力和意志。我们必须面对。今天,在这个建社六十周年的喜庆日子里,我跟大家一起表示:我们一定团结一心,殚精竭虑,排除万难,奋勇前进,把我们的文学出版事业推进到一个新阶段,夺取新的辉煌! 看,更加光明的前景正在等待我们! 同志们,朋友们! 迎上前去!

散文诗再次展示她的美丽

——读王幅明主编的《散文诗的星空》系列十二本

摆在面前的是河南文艺出版社 2011 年 1 月推出的十二本书：王幅明主编的《散文诗的星空》，由十二位散文诗作家的个人专集组成。

想起 2007 年 11 月 11 日在北京中国现代文学馆举行、由中国散文诗学会和河南文艺出版社等单位主办的"纪念中国散文诗 90 年颁奖会"，实际上主要操办者是王幅明同志。这次颁发了五个奖项：中国当代优秀散文诗理论奖，中国当代散文诗优秀作品奖，中国当代散文诗优秀作家奖，中国散文诗重大贡献奖，中国散文诗终生艺术成就奖。这次评奖活动对加固中国散文诗阵地和推动散文诗创作起到了及时的、巨大的作用。

我同时想起河南文艺出版社 2008 年 1 月推出的、王幅明主编的上下两巨册《中国散文诗 90 年（1918—2007）》。这部书收录了二百七十二位散文诗作家（包括中国大陆、港、台及海外华人）的散文诗精品力作 1300 多篇和 29 篇学术论文，以及散文诗大事记和有关资料。这是中国散文诗九十年的总结，是一次从宏观到微观的鸟瞰式巡视，为中国散文诗镌刻了一座历史的丰碑。

现在又出版了《散文诗的星空》系列十二本专集，这是中国散文诗二十一世纪初叶新的业绩的宏伟展示，是继《中国散文诗 90

年(1918—2007)》之后散文诗坛的又一盛举,也是王幅明同志和他作为社长的河南文艺出版社对中国散文诗的又一贡献。

《散文诗的星空》系列收入十二位散文诗作家,其中耿林莽和李耕出生在上世纪二十年代,许淇出生在三十年代,蔡旭、谢明洲、田景丰出生在四十年代,韩嘉川、虞锦贵、王猛仁、李松璋出生在五十年代,赵宏兴、天涯出生在六十年代。出生在六十年代的人现在已属中年,但在本世纪初,他们还是青年。因此,《星空》系列也可以说是集中了老、中、青三代重要的散文诗作家,是本世纪初叶散文诗创作的一次全方位检阅。

世界文学史上,散文诗大师辈出。波特莱尔、屠格涅夫、泰戈尔、纪伯伦等群星辉耀。中国散文诗并不后人,鲁迅乃开山宗师北斗星,其后辉耀着一个又一个星座。新中国成立以来,郭风、柯蓝、彭燕郊成为新的领军之星。上世纪八十年代初,散文诗欣然复苏,顿呈繁荣,出现了群星灿烂的新气象,直到本世纪初,耿林莽、李耕、许淇成为星空中特别亮丽的发光体。王幅明为耿、李、许三人写了专门评论,附在三人的集子内,体现主编对三位领军人物的关注和树立为范式的期待。《星空》系列即以这三人为开路先锋,随后展示出一曲又一曲星子之歌。十二位散文诗作家,各有个性,各有风格,各有其不同于他人的光谱。

我们看到耿林莽的开拓创新,深邃缜密;李耕的率意天成,气韵生动;许淇的沉郁厚实,古今融汇;蔡旭的抒情蕴藉,音律内涵;谢明洲的神韵摇曳,自然萌动;田景丰的含蓄窈窕,真挚动人;韩嘉川的沉吟怅惘,深叩良知;虞锦贵的婉转清丽,缠绵隽永;王猛仁的恬静安宁,温馨幽抑;李松璋的新颖跌宕,心弦直叩;赵宏兴的娓娓道来,挥洒自如;天涯的高远纯真,温柔细密。十二本,彩色纷呈。我们看到天涯的"蓝的情人",李松璋的"蓝",韩嘉川的"蓝色回响",田景丰的"绯红的记忆",赵宏兴的"黑夜中的美人"……十二本,花团锦簇,我们看到虞锦贵的"丁香树下",王猛仁的"沉默花开",耿林莽的"窗口鲜花",李耕的"野草境界",许淇的"草原城市"……

十二本,各有异彩,又有共同的底色。那就是悲悯情怀,大爱胸襟。耿林莽既有历史的沉淀,又有当代的奔放。李耕渗入对苦难的体验和对现实的拷问。许淇最先把城市引入散文诗,反映城市居民的悲欢离合、苦乐浮沉。韩嘉川叩问下层社会的生活现实,深探劳动人民的苦涩存在。李松璋坚持对现实的关注,触及灵魂的底蕴……

十二本,各自的思想特色,都通过与成熟、精湛的艺术相结合而呈现。

读耿林莽的作品,我想找一篇作例子来说明我的感动,却感到困难,因为这里每一篇都是深刻、凝炼和精彩!随手找出一篇:《黄昏,一个女人在呼唤》,再读一遍,心灵又一次受到震撼!作者为纪念日本侵华战争中的中国受难同胞而默哀,描述四十年前一个女孩被日本兵的铁蹄踩踏而牺牲,她的母亲,呼天抢地地呼唤,呼唤……一个画面又一个画面,最俭省的语言,最凄厉的音律,痛彻肺腑,刻骨铭心!这里是整个民族不泯的记忆,是烙刻在全民神经上永恒的思考!

李耕的《生命的印痕》由十一篇组成,每一篇都是天然浑成,妙手偶得。且看《一花一世界》:"花的状态,天道之状态。""世之最累状态,不让话语有各自形态的状态。""鸟,一万种目光一万种飞的状态的状态……"对这首散文诗,可以领悟,难以分析。这是庄周的梦,释迦的经,是天籁,也是神谕!

许淇文笔骋驰的领域十分广阔,草原牧歌是他永恒的主题,词牌散文诗是他对古典和现代的契合,这次他把吟咏对象定格在城市。写罗马,少不了恺撒;写波恩,忘不了贝多芬;说巴黎,不能怠慢雨果；唱佛罗伦萨，必定有但丁；提及马德里，洛尔加自然现身……诗和音乐的交响，组成许淇城市散文诗的光网。

读谢明洲的《读〈野草〉》，我听到他的低声倾诉："那么，就让我走进你的绿丛吧！""让我的青春跨过每一道季节之门，该萌芽的时候就无拘无束地萌芽，该枯萎就坦坦荡荡地枯萎。"他扑向鲁迅的野草丛中，一往无前，义无反顾。"只有走进你的绿丛，我的青春，我的生命，甚至我的孤独和忧郁，才会感到充实。"我真切地听到了谢明洲献给散文诗坛的无限虔诚和至死不渝。

韩嘉川为"铭记'七七'事变"而写的《我的太阳》，创造了令人惊悚的意象："我的太阳脏了。(你瞧，那块乌黑的云，哦不，是贴着膏药的飞机将我的太阳沾脏了。)"太阳原是一切生命的本源，而我们知道，膏药旗本名太阳旗。后者把真正的太阳沾脏了。思路从这里开始，写到父亲背起大刀去打鬼子，写到母亲的脸被鬼子刺刀的寒光沾脏，写到孩子要肥皂和毛巾去洗亮他的太阳……一连串创新的意象使读者在惊悚中沉默。

李松璋乘飞机过天山，"来不及惊叹的瞬间，天山便已猛然扑面而来！水墨一样的雄浑与苍老的浮云铺天盖地，成为舷窗外的一切！"二十五年前我和牛汉站在天山顶上，环顾宇内，当时的情景犹历历在目。也许"不识庐山真面目，只缘身在此山中"？读李松璋的散文诗《一切》，仿佛亲近了天山的精魂："它连一棵可做佩饰的树都不需要，因为它已是一切；""它连一只可供消遣的鸟都不需要，因为它已是一切！"

天涯是这十二位散文诗作家中最年轻的一位，也是唯一的女性。女性散文诗作家很多，但天涯写作的勤奋最出名。她这位自称努力写作二十年却最后成为"五无人员"(没健康，没青春，没婚姻，没工作，没金钱)的作家，却始终不渝地把大爱奉献给读者："不要拒绝飞瀑对高山的深情。即使粉身碎骨，她也愿意为爱在苦难中轮回。""不要嘲笑海浪对礁石的眷恋,没有火花的生命,那是大海沉默的耻辱。"读这样的警句,人们会感到心荡神驰!

我对散文诗有这样的认识:她不是散文,不是诗;她是散文,又是诗,她是二者的结合,她不是散文或诗的附庸,她是与散文和诗平起平坐的独立文体,她的本质是诗。王幅明作为散文诗作家和散文诗理论家,赠给散文诗一个雅号:"美丽的混血儿"。我认为恰如其分。这个"混血儿"是幸运的,因为有多少文学大师给她以青睐。她又是寂寞的,因为她的混血儿身份常常被世人以另眼相看。鲁迅文学奖的奖项中,至今还没有散文诗的地位。王幅明顽强地、执着地关注着他所挚爱的"美丽的混血儿"。他一次又一次地把散文诗推向社会,推向历史。本文前面提到他的三个大动作(其实还应补充一个:2010年8月,王幅明主编的《河,是时间的故乡——河南省散文诗选》由河南文艺出版社出版),每一个动作都是为散文诗鼓与呼,为散文诗树碑立传,以图改变她寂寞的处境。为了散文诗事业,王幅明可以称得上鞠躬尽瘁了。

我坚信,这位"美丽的混血儿"将受到更多作家的青睐,更多读者的喜爱,她将在中国文学的圣坛上举起一支更加亮丽的、永不熄灭的、烈焰腾飞的火炬!

2011年4月14日

"信"必须体现在内容与形式的结合上
——读黄杲炘著《译诗的演进》

　　黄杲炘先生的著作《译诗的演进》是他在《英诗汉译学》之后对译诗理论的又一重大贡献。外国诗汉译在中国已有一百几十年的历史。通过被鲁迅誉为文化普罗米修斯的译家的劳动,中国读者和观众才接触并认识了乔叟、莎士比亚、拜伦、雪莱、济慈、雨果、普希金、莱蒙托夫、惠特曼、狄金森……但对诗歌翻译的理论研究,长期以来是一个弱项。曾经有过一些研究者陆续发表了这方面的研究论文,但对译诗现象和译诗历史作系统研究而成就卓著的太少,黄杲炘,可以说是第一人。

　　在上海、北京,在全国范围内,对译诗进行研究的专家,为数极少。这门学问是"冷门"。译诗的报酬少得可怜,译诗理论的报酬则更少。这门理论不能吸引人去从事,有社会的原因,也有物质的原因,可以理解。而黄杲炘,努力克服眼疾障碍,穷数十年工夫,孜孜矻矻,不仅自己译诗,而且努力研究译诗理论,取得显著成果,填补了这项科研的空白。他的精神,极为可贵。

　　实践与理论是互相依存、互相促进的。黄杲炘的译诗理论,必定会对译诗家的实践产生指导性影响。他研究译诗,主要是英诗汉译,但又不限于英诗汉译,他的理论也涉及法语诗、德语诗、俄语诗的汉译。外语诗汉译既有特殊规律,又有共同规律,黄杲炘能举一反三,求同存异,探求其中的三昧。

黄杲炘的这部著作,分上篇、中篇、下篇。重点在上篇,集中论述了译诗的演进。他从译诗艺术百余年的进程中探求其发展的轨迹,总结几代译诗家的劳绩,搜寻出其中的规律。他的论析的精彩处之一表现在他论定译诗的"信"即忠实性原则必须体现在内容和形式的结合上。他对原诗格律之可译性和如何实现格律的移植,作了全面、详尽、细致、深入的论析,令人信服,也启迪了译家和读者的心智!

黄杲炘的某些论述,充满了辩证思维。如他说:"对'忠实'的理解会在内容与形式上同样反映出来,越不受原作形式的'束缚',译者自由发挥的余地就越大,译文中夹带译者'私货'的空间就越多。"只有经过译诗实践的磨炼又对译诗现象作细致探求的人,如黄杲炘,才能得出这样深中肯綮的论断。

2011 年 4 月 17 日

高谈雄辩·软语缠绵

——我所认识的诗人董澍

　　在我接触的青年诗人中,董澍给我以突出的印象。大约在1999年夏天,他把他创作的诗歌送给我,希望我提点意见。初次认识他,使我想起了杜甫的诗句"皎如玉树临风前"。交谈中,我知道他自幼喜爱文学,十八岁就已多次在全国性征文竞赛中获奖。二十世纪末,许多文学青年坐不住冷板凳,纷纷下海赶潮,梦想一夜致富。可是,董澍大学毕业后一直勤奋而清贫地从事教育工作,工作之余坚持文学创作。他曾说:"创作需要生活,艺术需要思想,忙于生活就失去思想的时间,耽于思想就丧失生活的源泉。只有在更广泛、更深入的生活和思想中,创作才有基础,艺术才有意义。人类所有生活和思想都是在限制中寻求自由。"这话该是董澍对生活实践和创作实践相辅相成、互补统一的体悟。他说的"忙于生活"不等于忙于生计。他说的"耽于思想"往往指沉湎于青春幻想而疏懒于行动。他说的"在限制中寻求自由"是对生活和创作的规律之总结。世界上没有绝对自由,只有相对自由。相对,就是限制。董澍写诗,正是按规律行事。

　　董澍擅写文言的旧体诗和词,也擅写白话的新诗。在限制中寻求自由,当然不仅指形式。但形式是重要方面。董澍写新诗,既写自由体,又写格律体。自由体不是没有限制,但相对宽松。董澍更擅长写旧体诗和词,这必须遵循严格的格律,也就是更大的限制。人们往往误解,以为格律只施之于旧体诗词,他们把"格律诗"这个名词等同于旧体诗中的近体诗(绝句、律诗、排律)和词。他们误以为新诗和自由体诗之间有一个等号。朱湘的《采莲曲》、闻一多的《死水》、冯至的《十四行》是自由体吗?不是。这些诗可称之为新格律体或现代格律体诗。因而,旧体诗中的律、绝和词可称之为旧体格律诗。其实,古风、乐府、歌行等,也是有格律的,只是相对于律、绝和词,稍宽而已。董澍创作现代格律诗和旧体格律诗,都能做到得心应手,即达到了自由。他创作旧体格律诗的才华,更发挥得淋漓尽致。

董澍曾与我谈及中国的古典文论和诗论,谈及刘勰、钟嵘、陆机、司空图等。他有一本诗集《天马行》。我发现如果跟司空图的分类相对照,也是可以的。如董澍的《千秋节·登观象台》大体属"雄浑"(二十四诗品之一,下同);《临江仙·清远北江》属"沉著";《满江红·赤壁》属"劲健";《水调歌头·弄潮》属"豪放";《七绝·访文天祥祠思耶律楚材》属"悲慨";《七绝·九龙瀑布》属"疏野",如此等等。然而从董澍的总体风格上看,应以"雄浑"、"豪放"、"劲健"为主。

董澍生肖为马。也许因此他特别属意于马。他有一首杂言古风《天马行》,是借用汉代乐府旧题,按题意,是咏汉皇怒发十万兵,征服西域大宛,始得其汗血马,武帝命名天马者。而董澍吸收唐代李太白的浪漫主义和新乐府的创新精神,借题发挥,直抒胸臆,展开丰富的想象,全诗共540字,分81句,句式从1字到11字,转韵12次,音律时而低回时而高亢,诗意时而沉吟时而放达,娴熟地运用各种修辞,纵横捭阖,上下驰骋,汪洋恣肆,荡气回肠!生动而充分地表现了天马蓬勃的活力和自由的性格。"张目炯炯争电锋,起身巍巍掠罡风。铁鞭盘结瘦骨峻,竹筒斜劈双耳聪。振鬣摆尾蹄荡雾,引颈昂首气贯虹。"下笔如奔雷驰电。天马的体魄和神态乃跃然纸上,呼之欲出。其后驴与马问答,牛与马论辩,引出项羽的乌骓、关羽的赤兔、李世民的六骏来,左右较量,突显天马的伟志与抱负,可谓匠心独运,石破天惊!其后,以顶针之法一鼓作气,自平芜直上云霄,诗情抵达无限高昂的境界。"我欲排云凌紫霄,纵汝倚天挥星旄,星旄漫卷鼓浪涛,浪涛璀璨兮共喧嚣。"作者本人出现,诗人属马,诗人骑马、纵马,写的是马,写的更是人、人的品格、人的风范。这首《天马行》的风格,说是"劲健",可以;说是"豪放",何尝不可;但我觉得,说是"雄浑",似更恰当。

董澍的《千秋节·登观象台》,开篇即不同凡响,而后"天涯星路远,台上霜风烈。云散处,过来可是秦楼月?"慷慨而苍劲,激越复凄怆。其间出现"大熊"(座)、"金车"(御夫座)、"猎户"(座)、"钺"(双子座)等字样,这些都是冬季北天最为辉煌的星座,它们在希腊神话中充满了浪漫传奇和悲剧故事。如此,诗境扩展,进入无限美丽凄楚的神话世界和童话幻景。这般着笔,为中国古代诗歌所未见,开拓了新的意象视野。此等原带洋味的天文名词,化为平仄谐调的汉字表意,作为诗语的一部分,与全诗臻于水乳交融的境域。"往复谁无辙,功过终须结。……宝船挥桨进,恶浪迎头灭。新雪后,鬓边未改青青发。"从观象台所见天文现象,联系到自然宇宙、人类历史、回顾过去、展望未来,归结到诗人自己的青春形象,回旋昂扬,摇曳跌宕。这首词的风格,说是"旷达",可以;说是"劲健",也可以;而我以为,更近于"雄浑"。

董澍还有一首《望海潮》,令人过目不忘,此词描写波澜壮阔的时代浪潮,气势千钧,瞬息万变,回顾的历史长河里,英雄们为实现祖国强大的理想,前赴后继,付出几多艰辛,几多生命。作者以史入诗,以诗咏史,以海潮洋流为背景,纵论国家成败,人生荣辱,归结出弱肉强食和以弱胜强的辩证关系。诗中远大的世界目光和深厚的民族情怀,令人感喟,催人奋进。全诗用《望海潮》词牌联章法,引入中国和外国的人名和地名。以及诸多重大历史事件,聚成宏伟的文字军容、语言方阵。此诗需详加注释,否则读者难以理解。然瑕不掩瑜。"东风拂面轻寒,正霓旌匝地,号响开天。遥瞩启明,纷披曙色,潜龙欲试翩翩。"全诗一气呵成,千军万马,直上层巅! 如是气魄,在当代诗词作品中,也属少见。这是"雄浑"风格的又一显例。

董澍的诗风,也非一成不变。他能够高谈雄辩,也可以软语缠绵。他有一组诗《春之祭》,包括12首七言绝句,以爱情为主题,表达相遇相知、若即若离的感动。诗中不断出现街名、地名,表明背景是北京市。"隆福寺前灯影乱,连丰巷口笑声频。春风不问缘深浅,一样芬芳送路人。"清新淡雅,澡雪精神。"十八姑娘一朵花,轻车此去到谁家? 站前唯有香还在,教我如何不想她!"把刘半农歌词嵌入七绝,而无生涩之感,可谓妙手偶得。这一组诗,对应司空图,似可入"清奇"一品:"可人如玉,步屧寻幽。载瞻载止,空碧悠悠。"也可入"纤秾"一品:"窈窕深谷,时见美人。……柳阴路曲,流莺比邻。乘之愈往,识之愈真。"我更倾向于"自然"一品:"俱道适往,着手成春。如逢花开,如瞻岁新。"一组12首诗相当于一年12个月,正是"如瞻岁新"。

董澍也写汉俳,时有佳作。他也写民歌小调风格的诗作。他更写白话新诗,重于新格律体。关于新格律,本文前面已谈过。他把新诗命名为"现代诗",可以。但不等于他的旧体诗是"古代诗"。《火山岛》等作是自由体。有的诗看似自由,其实埋藏着暗韵,应算半格律体。有的诗,如《遇》,从一节看,是自由体,但从全诗架构和节与节的对应与对称看,则是一种格律体。他的十四行诗,讲求音顿数和韵式的规范,十分严格。偶有破格,或因诗意所需而造成。其韵式有意大利式(彼得拉克式),有英吉利式(莎士比亚式),

亦有二者交融者。他的十四行诗,如《致缪斯》《致阿芙罗狄蒂》等,其风格均属"缜密"一品。不过,司空图的分类有模糊性,或弹性,也有交叉性。上述这些十四行诗,说是属"缜密"固可,说是属"典雅"、"绮丽",亦无不可。

文化需要在交流中发展,作为这种交流的方式,董澍经常以汉语和英文两种工具进行比较创作。董澍的汉诗和英译都不错,充满创作活力。从中可以看出他兼顾信、达、雅的努力。比如在五言古风《自京赴桂林纪行四百字》中,董澍将Email(电子邮箱或电子邮件)译作"易媒",可为一例。

按我的翻译理念,如果不考虑语言环境,想当然地把一种文化背景中产生的事物直接译成另一种文化背景中产生的事物,比如将中国的月老或红娘,译成英文的Eros(爱罗斯)或 Venus(维纳斯),即不符合"信"的原则,会产生不伦不类的东西方文化传统错位的感觉。但董澍的《望海潮》的英译本身(见本文后面选录),典雅生动,音韵铿锵,其中古希腊神话和史诗的内容在诗中表现得十分贴切。因此我认为可视作董澍用英文创作的一首诗,而不认为是一首译作。

人间不是天堂,生活总有难题。对此董澍从未回避,在董澍的作品中,警示战争危险的有之,悲愤环境恶化的有之,批评文化媚俗的有之,呼吁政治清明的有之,反映迷茫彷徨的有之,表达失落无奈的有之等等。所有这些无不具有新视角、新观念。由于篇幅所限,恕不赘述。

传统的和外国的文化里有很多营养,但我们必须用当代的、民族的方式去发现、去吸收、去创造。面对其间的鸿沟,图新者前冲,恋旧者后退,更多者无所适从。那么,在传承基础上开拓,在崇高引领下丰富,正是董澍及其作品的价值所在吧。

董澍不仅写诗,也有关于诗的论述。他著有《豫苑诗话》,以中国传统的"诗话"形式,发表对诗的见解。其中不乏真知灼见,往往闪射出诗歌美学的理论光彩。

董澍1996年在一次诗歌集会上提出"更新韵律,丰富内容,创新技巧,提高境界,形成个性"的主张。这是对诗界的呼吁,也是对自己的要求。他还说:"本人在艺术上一贯主张百花齐放,百家争鸣,在尊重创作规律的前提之下,尝试用尽量多的体裁表现尽量多的题材,体现尽量多的风格。……努力提高写作水平。"从董澍此后创作的作品来看,他正实践着自己提出的主张。

关于美的产生、美的创作和美的价值,董澍认为:"美源于生活,高于生活,用于生活。因此,一切使生活更加美好的努力都是富有诗意的。我们有理由相信,只要努力工作,善于创造,那么,我们的工作就是伟大史诗中的一句绝唱。"(《豫苑诗话》)他是这么说的,也是这样努力的。

> 不作悲天叹,常怀复国光。
> 乘时弭大辱,绝世焕文章。

这是董澍在中国国家博物馆参观勾践剑时所作《题剑》诗,由此可见其对中国优秀传统文化的抱负。董澍执着于诗,潜心于诗,奉献于诗。他孜孜不倦地实践着自己的抱负,实现着自己的承诺。我以欣慰的心情,拥抱董澍——这株诗歌常青树。

2011年春

下面选录的是董澍创作的慢词联章《望海潮》中的第一部分和第四部分:

威灵冲刺,　　　The adroit Poseidon is sprinting,

琼华飞舞，	The joyous Nereides are dancing,
霜驹电掣争先。	Pegasus is carrying away thunderbolt to Zeus.
惊瀑坠云，	Alarmed Helle fells off Nephele,
狂飙振雪，	Mad Boreas is pursuing Orithyia,
分崩玉垒银山。	The Ossa and the Pelion are tipped at once.
鼍鼓撼重渊。	Typhon's roar is shaking the Tartarus.
看鲲尾翻覆，	Look, Tritons are swinging their tails,
鹏翼回旋。	Sirenes are flapping their wings.
逝者如斯，	Everything flows just like this,
问谁当此截波还。	Who can catch on the unpredictable Proteus.

东风拂面轻寒。	Well, when Eurus pats me on my shoulders,
正霓旌匝地，	Colourful flags are flying everywhere,
号响开天。	Hermes is opening the heavens.
遥瞩启明，	Look up the enchanting Venus,
纷披曙色，	Following the propitious Irene,
潜龙欲试翩跹。	The rising force is eager to have a chance.
谈笑扫腥膻，	Let's talk and laugh to defeat pests.
过暗礁稠迭，	Passing through the flagitious Scylla,
花彩联绵。	And the avaricious Charybdis,
晴鸽高吟共我，	The dove of peace is singing loudly with me,
层浪起和弦。	The vast sea joining in our chorus.

石堆导致的梦魇

——读吉狄马加的诗《嘉那嘛呢石上的星空》

2011 年 4 月 14 日 19 时 30 分,在北京的国家大剧院,"玉树4·14 大地震周年祭音乐之夜"演出开始。我在座中。诗与音乐把我托向高空。而配乐诗朗诵《嘉那嘛呢石上的星空》更使我的灵魂经受到一阵不可言说的痉挛。

《嘉那嘛呢石上的星空》是诗人吉狄马加的一篇诗歌力作。它歌赞信仰的伟力,精神的腾飞,生命的不朽,魂魄的亘续。这首诗在吉狄马加的诗歌作品中占有重要的位置。

青海省玉树地区结古镇(现已升为市)新寨村,有一座石头堆成的锥形小山,名叫"嘉那嘛呢石"。青海的许多村镇都有这样的石堆,而结古镇新寨村的这座石堆最大最高,它占地 2.4 万平方米,高 3 米,成为众石堆中的"翘楚"。三百多年前,藏传佛教的嘉那活佛在这里放下了第一块刻有藏文经文并经过"开光"的石头。之后,信佛教的老百姓追随嘉那活佛,都在这里放下刻有经文的石头,这个石堆也即以"嘉那"命名。到"文革"前,这里的石头已积累到 13 亿块。"文革"中,石堆被毁。"文革"结束后,石堆恢复,迅速成长,现在已积累到 25—26 亿块石头,相当于每个中国人放了两块!这些石上的经文,是由专门从事刻工的刻手刻上的,并且经过了"开光"仪式,因而这些石头每一块都具有神圣的意义和神秘的力量。百姓放石,是一种许愿的行为和祈福的方式。他们相信这样做能使他们的愿望得到实现,能给他们带来好运,带来幸福。25亿块石头形成的这座石堆,也成了当地广大信徒朝拜的一方圣地。

吉狄马加的诗《嘉那嘛呢石上的星空》即以这座石堆为题材。诗人摒除了客观的、外形的描述。他用诗的语言,揭示这座石堆的内蕴,使之闪现出生命的本源和灵魂的光烨,达到高超的精神境界。全诗包括8个诗节,99个诗行。8是偶数;99是奇数,99加一即到百数,暗示"九九归一"。这种构成,是匀称和参差的交错,是动和静的结合,不知是诗人有意的营建,还是顺其自然的到达。但这种构架正好体现了这座石堆的起和伏、内涵和外延、平坦与崎岖的矛盾统一。

这首诗第一节揭开石堆"神秘的气息";第二节点明石堆"是一本奥秘的书","始终在生与死的边缘上滑行";第三节指出"每一块石头都是一滴泪",使"死去的亲人从容地踏上 / 一条伟大的旅程";第四节表述石块不仅是死者的征象,"这里的每一块石头 / 都是一个不容置疑的个体生命";第五节宣示石头的精神本质,"只有对每一个个体生命的热爱 / 石头才会像泪水一样柔软";第六节指明石堆延展的方向,"只有从这里才能打开时间的入口";第七节出现诗人自己,第一人称"我"莅场,"当我瞩望你的瞬间 / 你的夜空群星灿烂",点题,"我的灵魂接纳了神秘的暗示";第八节,最后一节,述说石堆"把全部的大海注入了我的心灵","我已是另一个我,我的灵魂和思想 / 已成了这片高原的主人"。诗人已与嘉那嘛呢石合而为一!从第一节到第八节,思绪层层递进,诗意节节攀升,从物到"我",从客观到主观,从物质到精神,实现了诗思维的步步腾跃,诗意境的全面构成。

这首诗的语言是经过提炼的。应该说,这首诗的语言特点是丰硕,富有强烈的色彩感。诗人也注意俭约,但为了多样,有时稍稍疏离了省略。时有精彩的诗句出现,例如:"我发现我的双唇正离开我的身躯",用以表达诗人在歌唱或颂赞时的心灵感受,是何等精妙的神来之笔! 这首诗是自由体白话诗,但自由之中有规律,白话之中有文采。在99个诗行中,诗人掌握好诗行的长度:最短的5个字,最长的16个字,平均长度是10个字。一个汉字是一个发音单位,但重要的是节奏单位:音顿。在这99行中,有的诗行2顿,有的诗行12顿,平均顿数是5顿。举例看:"无声的 / 河流 / 闪动着 / 白银的 / 光辉",或"石头 / 才会像 / 泪水 / 一样 / 柔软",都是一行五顿。音顿有一字顿、二字顿、三字顿、四字顿。吉狄马加的诗行中的音顿大部是二字顿和三字顿,这两种顿正是典型的汉字音顿。诗人细心地不用或少用一字顿和四字顿,而在二字顿和三字顿的运用上又作了适当的安排和调度,使两种顿的流程错落有致,行止得宜。这样,各个诗行的节奏进行得舒缓而且又流畅,如潺潺的溪水,有时又奔腾跃动,如大河翻滚,急湍夺路。这样的音乐效果,成功地揭示了诗意和诗境,展示了诗的内蕴,达到诗艺较为完美的程度。

聆听着这首诗的朗诵,或者阅读着这首诗的文本,我感到,诗歌祭奠音乐直达玉树大地震受难者的灵魂深处;我体验:诗句已经从声音进入无言,从瞬间抵达亘古;我不能分辨:是诗人绘制了石堆,还是石堆塑造了诗人;我不知道,它是密码,还是神谕;它是经书,还是符箓。我只是感到,我已被一种不可名状的魅力提升到极度清醒的状态;与此同时,我又已被一种至死不渝的虔诚带入梦中。

2011月5月27日

一部精确周详的人物年谱

——《周有光年谱》(范炎培编写)序

乡贤范炎培先生,是江苏常州民俗文化、地方文化及民间文艺研究专家,对语言文字特别是常州方言有精深的研究。我曾拜读过他的《常州闲话——常州方言文化》、《常州闲话——学说常州话》等著作,从中获得很多教益。我生于常州,小学毕业后才离开常州。常州是我的根。因此我读范先生的著作,感到十分亲切;我对范先生在常州方言研究方向取得如此丰硕的成果,甚为钦佩。

周有光先生,是大学者,著名教授,语言文字学专家,思想文化学者,经济学家,汉语拼音方案的主要设计者。他出生于1906年1月,今年已届一百〇六岁,被称为"人瑞"。他是常州人,常州青果巷里至今还保存着他的旧居。现在他依然思维敏捷,笔耕不辍——称"笔耕"不太准确了,应称"键耕"(或"指耕"),因为他写作都用电脑,摁鼠标。他曾担任上海复旦大学经济学教授,他说,复旦教授中有六位现在都活到百岁以上,但只有他还在"指耕",撰写著作。他已经著作等身,而这几年还几乎每年出一本文集!

范炎培先生十分崇敬周有光先生。去年范先生光临寒舍,对我说:"我一直想写一写周有光老先生,让常州家乡的人知道和了解周有光先生。遗憾的是常州很多人,包括现在政府部门的很多人都不知道周有光先生。……故而我几年前就在常州报刊上发表拜访周有光先生的文章,并在一些讲座中宣传周有光先生。特别是在今年周老一百〇五岁生日时,我搞了一个'周有光图片展'在常州展出,这个活动我准备了两年。……写《周有光年谱》是我另一个心愿。要写周老的传记,工程量大,我一个人没有能力和水平。我只能写相对比较容易写的年谱。《年谱》初稿已经完成了,正在征求意见,并且在不断修改中。我已经征得周老的同意,请您为《年谱》写序言,因为您是写序言最合适的人选。"数日后,范先生把已经打印好的《周有光年谱》书稿寄给了我。

范先生信任我,而且经过周老的同意,我不能推辞这项写作任务。

周有光是我表哥屠模的夫人周慧兼的弟弟。屠、周两家是江苏常州的望族。屠模是我母亲屠时的侄子,我们两家往来密切。由于有这层亲戚关系,周有光也是我的表兄,我称他"有光大哥"。有一种说法:"一表三千里",(不是"瓜蔓抄",是"瓜蔓攀"!)我却说有光大哥予我是"一表五十米",因为他的寓所(中国语言文字工作委员会简称语委的宿舍)就在我工作的单位人民文学出版社的南面,仅有一墙之隔。这样方便,我可以经常前去探望我的有光大哥。

我最早接触有光大哥在上世纪四十年代,我和他都居住在上海的时候。1946年3月10日,我到亚尔培路昌厚新村四号他家向姻伯母(他的母亲)祝寿,见到他,叫他"耀平哥"(他原名周耀平)。那时我二十二岁,他三十九岁。他仪表堂堂,倜傥潇洒,风流儒雅。如今六十多年过去,他已年逾百龄。新中国成立后,上世纪五十年代,我和他先后奉调北京,在首都定居下来。五年前,2006年1月6日,我和家人到他家祝贺他一百〇二岁生日大庆。他笑着看了花篮和绸带上的字,道了一声谢谢后,第一句话是:"上帝把我给忘了……不让我回去!"他和我都哈哈大笑。后来我写了一篇散文,题目就叫《上帝把我给忘了——记周有光大哥》,发表在《文汇报》上。

有光大哥的人格特点表现在他的乐观旷达上。他的夫人张允和大姐九十三岁逝世后,他万分悲痛,但他能从悲痛中抬起头来,使心情逐渐趋于平静。他说,西方有一位哲人说过,人的死亡是为后来者腾出生存空间,所以我们要以平静的心态对待这件事。由此可见,他参透了人的生与死。有光大哥的乐观性格有时化为幽默。有一年,他把他的著作赠给我,在扉页上写着"屠岸大哥指正"。又附信,说:"我只是看了您的译诗的一小部分,就佩服得五体投地!……这里送上拙作,请指正。"他写的"五体投地"表现出他的幽默。"请指正"则暗含着诙谐。他学富五车,我真是望尘莫及!称我为"大哥",则更奇!他比我足足大十七岁!……有光大哥对国内国外的大事小事,无不关心。有一副对联是:"风声雨声读书声,声声入耳;家事国事天下事,事事关心。"这副对联对有光大哥,再合适不过了。他具有悲天悯人的人文关怀。他洞悉世态,对世界上发生的种种黑暗、腐败、阴谋、杀戮、战争等现象,他都一清二楚,而且能联系历史与现实,对这些现象作出分析,找出其根源。但他并不悲观绝望。他对中国和人类的前途依然充满美好的憧憬。

有光大哥的另一人格特点是:能够与时俱进。有时还跑在时代的前头。亲友们称他"新潮老人"。有一年我从欧洲回国,他要我谈谈国外的见闻。我谈了一些,他随即跟我聊天,我从他的谈话中了解到,我所知道的那些信息他早已知道,而他还谈到另一些信息,却是我不知道的。他身居斗室不出门,却能知晓全世界发生的事情!他的信息有许多来自网上。而我却由于视力关系,放弃使用电脑,成了个电脑盲,被美国人称为illiterate!而有光大哥却能熟练地用电脑写作、通信、获取信息。他有居住在美国的亲友,他经常用"伊妹儿"和他们通信。有光大哥不仅关注天下事,而且思维敏捷,思想犀利,常常能以独特的眼光考量世界大事。比如他提出的"双文化论"就是一个有代表性的例子。季羡林先生曾提出"21世纪为东西方文化转折点"的论点,他认为在本世纪"世界文化的接力棒将传到东方文化手里",即所谓"三十年河西,三十年河东"。这个论点引起很大关注。周有光先生对此有不同看法,他不赞成人类文化"东西两分法"。他认为从地区分布来看,有四种传统文化,其中东亚、南亚、西亚文化合称东方文化,另一为西欧文化。这仅是按地区来说。他认为文化的流动不是忽西忽东,轮流做庄,而是高处流向低处,落后追赶先进。因此,你中有我,我中有你。他说,环顾全球,到处都是双文化现象,内外并存,新旧同用,人人实行着双文化生活。他说,中国文化本来就不是单一的,它是中国儒学和印度佛教及其他因素的混合物。如今,西方文化中许多有价值的东西进入了中国文化,成为其不可分割的组成部分。双文化并不排斥民族主义。他认为现代文化是全世界人民"共创,共有,共享"的文化。它不属于任何个人或某个国家。任何人、任何国家都可以参加进去,做出创造,共同利用。周有光的论点一出,震动学界。它引领我们走出狭隘的立场,站在更高更远的角度观察中国文化和世界文化。从"双文化论"可以看到周有光的宏观视角和超前意识。

我曾于2007年7月写过一首七言律诗《呈周有光大哥》,送给了他。这里不妨录下:

> 百二高龄矍铄翁,坐如钟鼎立如松。
> 指耕日月键盘上,浮想阴阳屏幕中。
> 万国升沉萦脑际,中华强弱系心胸。
> 高朋满座同声笑,回首昆腔夕照红。

最后一句,联系到允和大姐,她是昆曲研究家,能演唱昆曲,曾与俞平伯先生等共同创办北京昆曲社。

为周有光先生编写年谱,很有意义。我拜读范炎培先生编写的《周有光年谱》,感到资料丰富翔实,文字流畅,具有科学性、生动性和很大的可读性。它与干巴巴罗列事实的年谱不同。从这种年谱,可以看出范先生为宣传周有光而付出的辛劳和下定的决心和勇气。总之,这是一部不可多得的人物年谱。

周有光老人最近为美籍华人摄影家刘香成的摄影集写了一篇序,总共203个字。相比之下,我这篇序就太冗长了,赶快打住。

2011年6月22日

名城风物　尽收眼底

——序季全保《古乡遗韵——老常州》

　　常州是江南文化名城。自从其奠基人吴季札定居延陵起,这座城迄今已有二千五百多年的历史。其沿革,从延陵,到兰陵、晋陵、毗陵,到常州府、武进、阴湖二治,常州成为三吴之中的中吴之首府,在中国文化史上有重要地位。

　　常州历史上人文荟萃,多少文人学士与常州结缘。宋代王安石知常州。大文豪苏轼对常州情有独钟,十一次到常州,终老于此。常州籍的文学家,如众星耀空,彪炳史册。南朝梁昭明太子萧统,明代文武双绝的唐荆川,清代名家恽敬、张惠言、赵翼、洪亮吉,以及誉满朝野的"愁苦诗人"黄景仁,无一不是常州的骄傲。历史学家屠寄、吕思勉,对中国历史研究作出的巨大贡献,在学界有口皆碑。画坛上,恽南田被奉为南宗北派的宗师。近代和现代,伟大三烈士瞿秋白、恽代英、张太雷用鲜血和生命谱写了悲壮激烈的革命战歌!民主运动七君子中的两位,李公朴和史良,是光荣的常州人。革命母亲夏娘娘,不愧为女豪杰!语言文字学方面,常州诞生了赵元任和周有光,前者被称为承前启后的一代语言学大师,后者被奉为汉语拼音之父。"五四"以来,常州涌现出一批杰出的作家艺术家:刘海粟、洪深、吴祖光……不及尽述。由此可见,常州是名副其实的文化名都,文彩风流之邦。

常州还有另一面：也是武功彰显之地。秦始皇亡楚的最后一战的战地是常州。南宋建炎四年金兵南下，岳飞派儿子岳云迎战常州，挫败敌焰。宋末，元军陷常州，姚訔(yín)组织民兵反攻。宋军收复州城，姚被任为知州。元兵统帅伯颜来攻，姚与通判陈炤、都统刘师勇、王安节等坚守常州，抗元兵二十万，血战半年之久，使元军三易主帅。伯颜惊呼："常州，纸城铁人！"这就是常州的风格，这就是常州的形象！

笔者祖籍常州，1923年诞生于常州官保巷。1937年全面抗日战争爆发，"八一三"沪战打响，是年11月日军侵占常州。我随父母逃难外地，从此与故乡分别。但对常州的思念，数十年来未尝稍减，而且与日俱增。也曾数次返常，追忆当年师友亲戚。今年四五月间，携家人到常州作寻根之旅，与多位乡贤聚首结交，共话常州沧桑，感慨系之。乡贤季全保先生，画家，书法家，民俗学家。一见如故。赠我以他手绘觅渡桥图，至今挂在我屋厅堂上，时时欣赏，追忆儿时，备感亲切，令我感念无已。

季全保先生新著《古乡遗韵——老常州》即将出版。此书反映常州地方沿革，文化传统，民居建筑，漕运桥梁，名人故居，民生百业，民风民俗，民间艺术……收入图片二百张，图文并茂，引人入胜，具有很强的可读性。对常州人文风貌感兴趣的读者，此书有极大的吸引力。

季先生嘱我写序，不敢违命，乃有此作，聊充序言云耳。

2011年7月7日

抗日战争爆发七十四周年

刘莲丽笔下的散文美

　　刘莲丽同志把她多年来创作的散文收集起来,有四十几篇,按不同内容的类别,编成六辑,准备出版。她把这些散文都给了我,我认真地阅读了,有的读了好几遍。我深深地感谢她,是她使我获得了一次领略散文美的珍贵的艺术享受。

　　莲丽的散文,文字清新,语言流畅。简洁是褒词,我却说她的散文洁而不简。繁琐是个贬词,我却说她的散文繁而不琐。说不简,无贬义。莲丽的叙说有许多细节,虽然经过剪裁,依然针脚细密。读她的散文,使我想起鲁迅的《从百草园到三味书屋》,或者萧红的《呼兰河传》。文中的细节来自她惊人的记忆力。《不列颠百科全书》中论及斯蒂文森的儿童诗集《一个孩子的诗园》时说,他"表现出一个成人在重新捕捉童年的情绪和感觉时的异乎寻常的精确性。在英国文学中,这些儿童诗是无与伦比的"。我觉得这几句话也可以用来说明莲丽回忆童年生活的散文。把"无与伦比"赠给莲丽,也不为过。

　　斯蒂文森写《一个孩子的诗园》时是三十五岁。莲丽写多篇回忆童年的散文时,已经五十多岁,六十多岁,七十多岁。她的记忆力的精确性,更加惊人! 她六十多岁时写《最早的记忆》,记下了她一岁半至两岁半吃奶时她与父亲的一次感情交流,竟如此清晰! 她还凭记忆写小宠物,猫会学鸟的鸣叫,会帮助人打蚊子,兔在临死前会对着人流泪。这些都不是向壁虚构,而是保留在记忆中千真万确的细节。莲丽捕捉童年的情绪和感觉时的"异乎寻常的精确性",使我惊叹不已!

细节,是文学作品构成的要素。没有细节,就没有形象。小说是虚构作品,细节靠作者从生活中择取,改造,拼接,创制。散文一涉虚构,便丧魂失魄!散文中的细节,全凭作者的记忆。莲丽散文中细节之所以动人,是由于她记忆的百分之百的真实。这些细节,成为莲丽散文的灵犀。在她回忆童年的篇章里,北京的四合院,白塔寺庙会,什锦坊街,豆汁摊,帝王庙……那里的一草一木,一砖一瓦,都成为她文章中活生生的构件。她描写北京四合院的文章,写得生动具体,可以与叶圣陶写苏州园林的文章媲美。但莲丽的文章又有不同处,那就是她在写建筑和环境的同时,还写了与环境融合在一起的众多的人物。

莲丽用她一支生花笔,描绘了她的许多邻居和亲友:西屋奶奶,郑大伯,小七子,鲍老太太,二土哥,东屋大姨,西屋叔,孟大伯,连生,今蓉姨,南屋二姨,奇勇哥,球哥,兰姐……一个个人物,栩栩如生,如见其人,如闻其声。他们大都是"小人物",他们的悲欢离合,生老病死,各自不同的遭际和命运,构成了一幅文学人物的"清明上河图"。一个社会阶层,一个时代侧面,一种制度下的悲剧和正剧,呈现在读者面前。始终是从容不迫,娓娓道来,没有狂呼和呐喊,没有说教和布道,但褒贬自然呈现,发自肺腑的抑扬直叩读者的神经。这种"润物细无声"的陈述,比之于"匪面命之,言提其耳"更加深入人心。

莲丽的散文贯串着一条思想主线,那就是人性的弘扬。性善还是性恶,争论延续了几千年。应该说,在人的天性中,天使和魔鬼始终在搏斗。我们期望善占上风。莲丽以向善的目光,时时发现芸芸众生中不灭的人性的闪光。比如,在《运动中的人世情》中,她写下了自己在"文革"中成为"五一六"审查对象被迫接受审查四年的困厄遭遇:那是在扼杀人性的十年浩劫中,"黑云压城城欲摧"的时刻。然而,人性的闪光依然不断出现。在她笔下,担责事件,大衣事件,避寒事件,握手事件,挑水事件,对天空说话事件,接踵而至。老陈,张志儒,徐青,孟一川,唐棣,小刘,杨宏恩,李光华,小王,江有生,一个个人物,他们的一个动作,一句话,出现在莲丽身处逆境的不幸时刻。一个动作,一句话,几乎没有人觉察到,但在莲丽的散文中已经形成一道无比亮丽的善与美的景观。

在探索人性问题上,莲丽时时作自我反思。她小时候弄坏了一支金笔,却使她的表哥奇勇受了冤枉。她自责了几十年。终于,莲丽向奇勇说出了真相,诚恳地道了歉。但奇勇却把这件事彻底忘掉了。莲丽说,这"也就使我永远地惆怅下去"。这与鲁迅写"风筝"散文的心情如出一辙。莲丽在《永远的悔》中写到,她因女儿有病,为求医求药四处奔走心力交瘁。忽然想到自己的母亲也为自己(莲丽)有病而百般操劳,自己却从未为母亲有病而费心奔走。这使她产生了永远的悔。她说:"我今天关心我的女儿,希望她长大以后不要报答我,她只要将她的爱施于她的子女就够了,因为面对母亲,我不配享受任何报答!"读到这里,我只有喟叹!这该是世上最沉痛的人性大悟的自责!

莲丽除了回忆性散文外,也写其他类型的文章,但都以散文风格写成。我称之为散文化影评,散文化书评,散文化民俗考证论文,散文化文学评论,散文化人物小传等。她的《关于歌词》,是对中国歌词从古到今发展变化的研究论文,但文字平易亲切,没有枯涩乏味的名词术语堆砌。她写林徽因,写李叔同,着墨不多,但人物的主要特征突现,使我想起了鲁迅的《太炎先生二三事》,可谓知人论世。她写《红楼梦》中的佛学意识,言简意赅,发人之未发,不似论文,胜似论文,却尽收散文之美。

对莲丽,我不会说溢美之词。凭我的语感,"溢美"带有贬义。对莲丽笔端流出的散文美,我衷心欣赏。对她的评价,我都根据自己真实的感受。如果我说了赞美的话,那也是出自我的肺腑。

莲丽的散文成就,将在中国散文发展史上占它应有的位置。我认为,这是无可置疑的。

2011 年 8 月

惨澹经营的文学成果
——读卢建端的散文诗

卢建端先生：

大作散文诗《城市的阴阳风景》(五章)、《白天的梦魇》(六章)及《凝在海上的一颗黑点》(外四章),均已拜读。

您的散文诗,瑰丽多姿,文采斐然。可以感到,您花了许多心血写成这些作品。杜甫描述曹霸画马的情状,用了"意匠惨澹经营中"这样的诗句。我觉得,您的散文诗,也是"惨澹经营"的文学成果。

您写散文诗,很好地吸收了前人、特别是大师们的经验,化入自己的作品中。比如《凝在海上的一颗黑点》中您写大海的各种姿态和风格,写海上的风暴和海的平静,使我想起莎士比亚悲剧《李尔王》中李尔在旷野暴风雨中的独白以及郭沫若剧本《屈原》中屈原的"雷电颂"。但您不是简单的模仿。您吸收了传统中好的东西,进行了自己的创造。您的散文诗中的辞藻,气势,格调,都是您自己的。

您的散文诗都有主题。说文学作品都要有主题设计是过时了,这说法不对。我们反对说教,不要概念化或理念化,但不是不要思想。思想是要的,但要包含(或隐藏)在形象之内。要自然流露,不要耳提面命。您的《城市的阴阳风景》(五章),揭露当今城市生活的浮躁、喧嚣、消费至上、拜金狂,以至堕落,使"落伍者"如坐针毡,不能适应。这的确接触到了当今社会现实中的尖锐问题。其中《彳亍在阳光背向处的落伍者》主题明显,这是好的。缺点是意向暴露得太过,有些词语太夸张,少了一点含蓄。《都市缝里的街楼》就内敛了些,这好。《期待铁窗外鸽子脆亮的哨音》最好,一切由意象和情节来说话。

《白天的梦魇》写当代知识分子困惑的心态,迷惘的处境,委婉而缠绵。"断层"这个意象很独特,包含多层寓意。

您在语词的推敲上用了功夫,有的句子非常美丽。如:"以一个静默百年的姿势,等待一个柔柔的、美美的梦裸足光临,弥漫生命神性的光芒……"这是诗句。这里"梦"拟人化了,通过"裸足"显示这个"梦"是个美丽的女孩。然而,她又是庄严的女神。她不会是罗累莱,那么该是宓妃了。

您充分运用了汉字汉语的灵活性或弹性。如:"这个如此之深如此之宽的断层,悲壮而又凄凉地在大地上纵深。"这里,名词"纵深"被用作动词。又如:"远方苍郁茂盛的林子里,一片笛声悠扬宛转,美丽着蓝天的眉梢。"这里形容词"美丽"被用作及物动词。这类方法,前人也用过。如"粪土当年万户侯",名词"粪土"被用作及物动词。"这群女孩子多么阳光!"名词"阳光"被用作形容词。这些都体现了汉字汉语特有的弹性。您正是利用了这种弹性,使句子生动起来。

您似乎也创造了一些词语,如"芊茸",我不知道是否前人也用过。"芊",有"芊绵"、"芊眠"、"芊芊"等词,都形容草木茂盛。"茸",指初生的草纤细柔软的状貌。您把这两个字结合起来写成"芊茸"是可以的,没有勉强之感,很自然。

我感到您的散文诗有时候在辞藻构成上稍稍有些修辞过度,给人以雕琢之感。美词堆砌得多了,会使读者产生审美疲劳。适度的收敛会收到更好的效果。四字成语，只要是还有生命力的，可以用，但不宜太多。

以上意见，未必都对。供您参考。

谢谢您的信任。

祝健康愉快，写作丰收！

2011 年 9 月 3 日　于北京

鼓声：惠特曼的感召力

——《鼓声》译本新版后记

　　周良沛同志,我的挚友,是一位热情充沛的诗人、诗评家、散文家。他独立编写的《中国新诗库》在中国新诗史上具有独特而巨大的意义。他对诗歌事业的倾心关注,诗歌界和诗读众有口皆碑。这次,在他的大力推动下,花城出版社将郑重推出"名著名译诗丛"丛书。这是一项保存和发扬诗歌文化的工程。组织完成这项工程,可以说是一件功德无量的事情。

　　《鼓声》被选入"名著名译诗丛",是伟大诗人惠特曼的感召力打动了良沛诗人和花城老总们的结果,也是良沛诗人和花城老总们慧眼识好诗的结果。

　　《鼓声》译本初版于1948年11月。那时南京国民党政府濒临崩溃的前夜。蒋经国到上海推行币制改革,发行金圆券,企图从经济上挽回国民党政权的颓势。但他的努力以失败告终。接着来的是通货膨胀急速发展,物价飞涨,民不聊生。我那时刚走出大学的校门,以当家庭教师获取微薄的生活资料。胞兄孟厚为了保值,用法币换得的金圆券购买一批纸张,暂时存放在家中。

　　其时,我热衷于新诗创作和英语诗歌的中文翻译。我把自己创作的新诗编成一本诗集,大都是抒情诗,题名《木鱼集》,准备出版。但一些朋友认为不合时宜。他们说,诗虽好,却满含着"小资产阶级情调",与当时的政治形势不合。当时,辽沈战役已经结束,沈阳解放;淮海战役正在如火如荼进行中。解放区和待解放区广大人民群众革命情绪高涨,企盼着一个由中国共产党领导的新中国如朝阳般喷薄而出。而这本诗集中的诗却是抒写个人宁静的生活,惆怅的心情,田园的情趣,爱情的悲欢⋯⋯因此,以不出为好。我,作为一名党员,听从了朋友的劝告,决定不出这本诗集。但,书还是要出的。于是我把已译出的一部分惠特曼的诗收集起来,又加译一部分,与好友、木刻家麦秆一起,选定了五十二首,编成一本诗集,定书名为《鼓声》,源自惠特曼诗集《草叶集》中的一个辑名DRUM-TAPS。准备出版。

我请麦秆为此书作插图。麦秆仔细研读了惠特曼的诗。了解了惠特曼的诗人性格和深广的精神面貌。于是他创作了惠特曼的头像,表达了诗人的苍劲、放旷、坚毅、顽强的神态,现已成为惠特曼的经典木刻肖像。五幅诗歌插图都是麦秆的重要作品,尤其是《母与子》、《向军旗致敬的黑种妇人》、《双鹰的嬉戏》,都是麦秆的杰作。惠特曼的诗《向军旗致敬的黑种妇人》写的是1864年美国南北战争时期一个黑种妇人向北军军旗致敬的情景,这个黑种妇人,当她还是一个小女孩的时候,就在她的故乡,非洲,被白人奴隶贩子捉住,贩卖到了美洲。麦秆的插图刻画出了一位满面风霜的黑种妇人以凝滞和感激的眼神瞩望着前方(前方该是林肯总统领导的北方军队举着军旗在行进),而在她的后面出现了一个黑种小女孩,两眼惊恐,头发散乱,正在奔逃,想要摆脱奴隶贩子的毒手。这正是这位黑种妇人的幼年形象。这幅插图,把惠特曼这首诗所蕴含的血泪、义愤、感恩,以及其中的历史深度,这首诗的精神实质,用木刻艺术的精湛技法,表露得淋漓尽致!

惠特曼一生写了大量诗歌作品。这本译诗集只收入了他的五十二首诗,大部分是短诗,这些诗都是歌赞当时的美国总统林肯和他领导的北军的胜利的。美国南北战争发生在 1861 年至 1865 年。林肯总统领导的联邦政府主张废除奴隶制。南方以种植园主为首的政治势力反对解放黑奴,宣布独立,成立"南方联盟"。美国内战爆发。1862 年林肯颁布《解放黑奴宣言》。战争最终以北方胜利而结束。人身依附的黑奴得到解放。美国资本主义快速发展。马克思对林肯的主张持支持态度。收入《鼓声》的诗都是歌赞林肯和北军的,如《哦,船长! 我的船长!》就是歌赞林肯的不朽杰作。我选择这些诗,用意就在于借惠特曼歌赞北方、抨击南方的立场,表达我当时拥护北方(延安,西柏坡)、抨击南方(南京国民党政府)的政治立场。

《鼓声》用我哥哥购买的纸张出版了。大约印了两千本,大部分交给书报摊贩出售,不久即销售一空,一部分赠送亲友。书中《译后记》说,"出版时得 M 君、K 君帮助,特声谢。"M 君即我的哥哥孟厚,K 君是我的爱人,后来成为我的妻子的方谷绣。

出版时用了个"青铜出版社"的名义,其实这个"出版社"并不存在。名称是哥哥和我商定的。为什么叫"青铜"? 青铜,实际上是铜锡合金,其冶炼技术在我国很早的时候即已成熟。用这技术,禹铸九鼎,即在公元前 2200 年。历史上有个青铜时代。用"青铜出版社"这个名称,寄寓了我们对它的期望,它应该是坚韧的,牢固的,恒久的。虽然,它其实只出了一本书。

书的封底上有一幅木刻,是一只被利箭射中的犀牛,仍在奋力狂奔。这画作为青铜出版社的社标,是哥哥孟厚的作品。它的寓意是,即使受到致命的侵害,我们奋斗搏击的意志永不磨灭。

《鼓声》初版时,有当时的一种用字习惯:所有格用"底",定语(形容词)用"的",状语(副词)用"地"。后来一般出版物废除了

"底",所有格和定语都用"的",状语的"地"保留。这"底""的""地"三个字,读音都是一样的 de。这次新版,应出版社的要求,为了今天的读者,把"底"改为"的"。

又,当年初版时,用的都是繁体字。这次新版,改为简体字。

2011 年 9 月 29 日

于北京,萱荫阁

骆英登山日记的冲击力

——在北京大学《7+2登山日记》研讨会上的发言

　　我编译过《外国诗歌经典》,选译过《英国历代诗歌选》,阅读过世界各国的许多诗歌作品,阅读过自《诗经》到白话新诗的无数中国诗歌作品。我的阅读范围不算广,不过对中外诗歌也涉猎不少。但我从未读到过骆英《7+2登山日记》这样内容、这样风格的诗歌作品。这样的诗,使我惊讶,使我震撼!

　　骆英从2005年2月到2011年5月,6年多的时间内,登上世界最高峰珠穆朗玛峰和珠峰所处的亚洲之外的六大洲(非洲,北美洲,欧洲,南极洲,南美洲,大洋洲)的最高峰,再加上到达南极点和北极点,所以称7+2。其间登珠峰三次,第一次到达海拔8700米处,第二次从南坡登顶(海拔8844.43米),第三次从北坡登顶;两次登非洲最高峰乞力马扎罗峰。每次登山和抵达两极后他都用诗体日记方式记下所见所闻所感所悟,于是成了这本举世无双、前无古人的诗集《7+2登山日记》。

　　为什么惊讶? 因为拥有巨大财富的企业家黄怒波不把他的财富挥霍于销金窟,而是用来从事于艰危的登山运动,探险事业。

　　为什么震撼? 因为诗人骆英不是把他的诗才消耗于风花雪月、哀感顽艳,而是用来铭记挑战死亡极限的壮举,探索自然和人生之奥秘的伟业!

　　黄怒波—骆英,是成功的企业家、成功的探险家、成功的诗人。他一身而三任。他是诗意的企业家,诗化的探险家。他的立足点,是诗。他的出发点和归结点,是诗。他本质上是诗人。他不仅以他的财富资助诗,也以他的才华创造诗。正如他登上高山那样,他的诗也达到了某种高度。

　　骆英出身于中国西北一个贫困的家庭。他靠自己的努力,毕业于北京大学中文系。他从事过多种劳动,最后成为企业家。但他是个永不会满足于物质成就的人。他所从事的企业,成就于城市。但他的精神,却拒斥城市。他在《都市流浪集》的诗篇里,给城市定性为摇头丸、毒品、二奶、谋杀者、蟑螂和老鼠的巢穴,是惊恐、慌张、失魂、腥臭、腐烂和死亡的渊薮,指出"都市的路都通向坟场"。因此,骆英想到逃避,他的向往投向童年的故乡。但时间不会倒流,骆英毅然摆脱喧嚣的城市,把高山和极地当作童年,当作故乡,当作赤子的天国。于是他把七大洲的最高峰,包括世界最高峰,和南北两极,都踩在脚下。

　　李白写有《庐山谣寄卢侍御虚舟》:"庐山秀出南斗傍,屏风九叠云锦张。"李白甚至凭幻想而作《梦游天姥吟留别》,描述他并未到过的天姥山:"天姥连天向天横,势拔五岳掩赤城。"杜甫作《望岳》:"造化钟神秀,阴阳割昏晓。"但杜甫登泰山而未到顶,所以说"会当凌绝顶,一览众山小"。韩愈《谒衡岳庙遂宿岳寺题门楼》:"喷云吐雾藏半腹,虽有绝顶谁能穷?"他到了岳庙,想岳庙已在衡山的顶峰。匡庐和五岳,都是中国的名山。但这些山和珠穆朗玛峰比,就是小巫见大巫了。骆英的《登山日记》,能与李、杜、韩的这些诗篇作一比较吗?

　　骆英在他的诗体日记中写下了登山途中的种种经历,有大本营的帐篷、安全带、雪镜、氧气面罩,有乌鸦、黑狗,夏尔巴向导、山友、活佛,有已经牺牲的登山者的遗体,他们是韩国人、俄罗斯人、中国人,有墓碑,有一对恋人在登顶途中先后遇难……甚至写了喝茶,上厕所……这一些都是那么平淡无奇,清汤寡水……这与李白、韩愈、杜甫那些色彩斑斓、气势豪雄的诗句相比,能同日而语吗?能?还是不能?是的,存在着差异。但从骆英的笔端,既可以看到,生活中有一览无余,却也有拔地而起。

骆英的诗《向上　向上》写足了攀登者锲而不舍的向上精神。四次重复的叠句把这种精神表达得淋漓尽致。诗人登山时,背负着神圣和庄严,爱国主义情愫喷涌而出。他的背囊中有一面五星红旗,但这不只是红色布质纤维,它是——祖国!"这是我的中国,我无法后退","我是一个背夫,我无法后退","向上,我的中国决不能滑坠",诗句如波涛,一浪推一浪,涌向高潮。而到最后:"我的中国在背包中很温暖很安宁",如此温馨,如此深情,使所有的呐喊和呼号都黯然失色!

在《珠峰颂(之二)》中,骆英写道:"从8844米的高度……我向东向西向北向南各走了三步／从此,一个祖国就有了一个特殊的印记／在雪镜后泪水突然喷涌而流……／在阳光下我像大兵一样直立／我因此增加了人类的高度。"骆英身高1.92米,然而他所说的"人类的高度"另有含义。上述这些诗句中所蕴含的生命意识、人类意识、历史意识、时空意识,在李白、杜甫、韩愈的诗中,似乎难以找到。

济慈1818年8月登上苏格兰的本·尼维斯山,到了山顶。他写下了十四行诗《写于本·尼维斯山巅》。诗中说:"我下窥巨壑,只见氤氲的烟岚／覆盖着深谷,我知道这样子正像／人类心中的地狱;我仰望上面,／上面是愁云惨雾,人类对天堂／描述的也就是这样……"济慈接着说,他看到的都是尘雾,而人看自己也是这样地蒙胧,在人的"思想和智力的天地里也是这样"。济慈的心情是如此悲悯!

骆英在《珠峰颂(之三)》中说,"此刻我在顶峰如天使远眺",把自己视为天使!天使有着怎样的眼光?他在《珠峰颂(之四)》中说,"我站在世界之巅／眼含热泪面向世界／我等待朝阳升起作证／在群峰点亮时我向它们致敬／……举起手我以人类的名义抚摸天堂／我在天空划出金色的印痕／我在峰顶刻印白色的玫瑰／然后在花蕊中久久跪定……"他跪下,祝愿自己的灵魂永远干净,祝愿这个世界永远温情,祝愿自己的爱人永远美丽,祝愿死去的山友在冰雪下永远安宁……可以体悟到,骆英的心情与济慈的心情不同,济慈是无限悲悯,骆英是万般感恩。但感恩意识和悲悯意识却能在人性的焦点上接榫、契合。

歌德1780年9月登上伊尔美瑙的吉息尔汉山。在山顶木屋的墙壁上,他题了一首小诗《漫游者的夜歌》:"一切峰顶的上空／静寂。／一切的树梢中／你几乎觉察不到／一些声气;鸟儿们静默在林里。／且等候,你也快要／去休息。"(冯至译文)全诗体现着山顶之夜的安静和宁谧,表达了诗人歌德沉凝、静穆的精神状态。骆英写于山顶的诗,与歌德的这首诗,有什么可比之处吗?

骆英在《登山之后》中说,"终于回来了／大本营就像我千年的家／顶峰是我永生不想再回攀的地方／看来去敲天堂的门与敲地狱的门一样艰难……／登山者依然向上行进……／死亡与否其实都已经与我们毫无关系。"骆英笔下流淌的不是宁谧和静穆,他用笔表述对死亡极限的挑战,表述生死的搏斗,对死之恐惧的放逐。一个真正的登山者是这样想的,一真正的人生搏击者是这样想的。骆英这种最后的"遗忘",也许能与歌德的静穆找到契合点。

屈原作《天问》,全诗374句,提出172个问题,涉及宇宙、人生、历史、神话、传说,表达作者宇宙观、世界观、人生观的方方面面。基督教《圣经》、印度《梨俱吠陀·创造之歌》、伊斯兰《火教经》中也有"天问"式的文句。

骆英在《珠峰颂(之一)》中一开头就说,"在地球之巅我久久注视世界／一挥手我就指证了五湖四海／其实我只是想向天堂问一句话／为此我整整爬了一千年"。到诗的结束时又说,"在雪地上我深深跪下来／其实我只想向天堂问一句话"。骆英爬了一千年为了向天堂问一句话,可见他是何等的虔诚,可见这句问话是何等的重要。但骆英到底要问的是什么,他没有说出来。骆英不会重复屈原,也不会重复《圣经》……那么,他要问的是什么?什么是骆英的"天问"?我想,答案也许可以寻觅到?如果我们把骆英的《7+2登山日记》和其他诗作全部研究、思考之后?

艾青在他的诗论中提倡诗的散文美。散文美与散文化是两个概念。如果把诗写成分行的散文,那就等于放弃了诗。而散文美则是摒除刻意和做作,追求自然,近于李白的"天然去雕饰"。我读《7+2登山日记》,开始时觉得这些诗有散文化倾向,太随意了。但一读再读,感觉不一样了。这部诗集的特点是它的现场感和即时性。有些感觉和思想如闪电或流星,是稍纵即逝的。如果不立刻抓住,就会永远沉入烈溪(Lethe)。第一时间的捕捉,非常重要。这一点,骆英做到了。他留下的不是起居注的流水账,而是思维和感觉的瞬息闪光之诗体记录。

如果这些经历和感受经过沉淀,回思,重新加以构思,惨淡经营,撰写新的锦绣篇章,也未尝不可。但必须警惕:不要磨光锋利,不要丧失一点一滴的新颖和鲜活!

这部诗集中的作品都是即时写成,没有一朵"明日黄花",但并非率尔下笔的急就章。在不作任何刻意追求的流露中,诗歌艺术如生机蓬勃的野草那样自然生长。

这部诗集中有多首十四行诗,如《中国桥》、《纳木错的母亲》、《裸者》、《雪美人》、《塔肯纳的传说》、《雪莲之歌》等等。也许作者只是写了一些每首十四个诗行的诗,算不得十四行诗(sonnet)。但可以感到,用十四行构成一首诗的意图,存在于作者的潜意识中。有的诗不仅由十四行构成,而且每行的音顿数也均齐。如《纳木错的晚餐》就是,可举两行作说明:

　　"天要黑了 ｜ 纳木错 ｜ 开始 ｜ 怪叫 ｜ 和低鸣"

　　"寒风 ｜ 一遍遍 ｜ 把地面 ｜ 清扫 ｜ 一空"

全诗十四行每行都是五音顿,这种构成呈现节奏安排上的均齐美,这是诗艺的一个重要因素。这首诗不押韵,可以视作一首素体十四行诗(Sonnet in blank verse)。

　　骆英写诗有时也用韵。如《俄罗斯姑娘》,全诗十六行,诗行逢偶都押尾韵。又如《关于导游丽莎》,全诗十二行,诗行不仅逢偶,连逢奇的也押韵,全诗押了十次韵,一韵到底,用ang韵。我发现骆英喜欢用ang韵。ang是平声中最高昂的音。骆英《都市流浪集》中有一首诗《柳絮》,也是用ang韵,而且一韵到底。用ang韵来渲染登山途上俄罗斯姑娘丽莎的美丽、健康、阳光,是恰切的。

　　鲁迅有一首诗《我的失恋》,出之以诙谐,深刻讽刺了当时流行的"啊呀,我要死了"的爱情诗。骆英写了一首诗《山下的爱人》,也是他的诗体日记。这首诗与鲁迅的那首构思相似,但意趣迥异。《山下的爱人》是一首白话格律诗。全诗八个诗节,前七节每节三行,第三行都是"山下的爱人"叠句,第八节四行,其中第二、三行也是"山下的爱人"叠句。前面七节,每节提出一项高山的产物,或高山的意境、高山的情愫,但诗人都"不忍"把这些事物"献给你——山下的爱人","不忍"又"不忍",连续七次,到第八节:"这是我的高山之恋 ／ 山下的爱人 ／ 山下的爱人 ／ 我已经知道我爱你之深"。深沉的寓意蕴含在一个悖论之中。这首诗温存浪漫,婉娈多姿,回环往复,余音绕梁。"山下的爱人"象征什么,读者将深长思之。

　　骆英的这部诗集有着强大的冲击力,其中有强势,也有弱势。软势,或者软实力,未必不强,有时也许胜过强势。

　　骆英的诗,将长期铭刻在广大诗爱者的记忆中。

2011年11月6日

(11月9日整理)

关于莎士比亚十四行诗的汉译及其他

——答万江松先生问

1.先生与莎士比亚结缘,已六十余载。您翻译莎士比亚十四行诗集,一是因为爱诗,二是为了纪念英年早逝的好友。章燕老师也曾提到,在因肺病卧床时,莎士比亚十四行诗给您带来了精神上的慰藉,您是在病榻上翻译出这本诗集的。请问您是何时开始翻译莎士比亚十四行诗的? 在初版前有没有单独发表莎士比亚十四行诗的译文? 此外,对这本诗集的这种感情有没有影响到您对原文的理解和处理?

答:我阅读莎士比亚十四行诗原文开始于上世纪四十年代初。1942年我考入上海交通大学。那时我的表兄奚祖权就读于光华大学英语系。我从他那里看到帕尔格雷夫(Palgrave)选编的《英诗金库》(*Golden Treasury of English Songs and Lyrics*),其中有莎士比亚十四行诗多首。又读到朗恩(Long)著《英国文学史》,其中有对莎士比亚十四行诗的介绍。我开始翻译莎士比亚十四行诗大概在1946年。现在我手头还保存着1946年我译莎士比亚十四行诗的手稿。1948年我写过一篇题目就叫《莎士比亚十四行诗》的文章,连同我译的莎士比亚十四行诗十首,投给上海《申报》,发表了,用的笔名是"真勤"。当时的剪报保存了,但现在一时找不到。

　　我于1945年秋冬开始感觉不舒服,试体温,常有低烧。1946年春,医生诊断我患肺结核。那时还没有治肺结核的特效药,医生嘱咐我卧床休息。

　　我在上海交通大学的同窗好友,张志镳,1943年从上海到重庆,进入迁到重庆的交通大学。1944年被诊断患肺结核,1945年冬返回上海,住进瞿直甫医院,我去探望过多次。后来他被家人强制出院,送回家乡嘉定。病转重,又回上海进入襄阳路医院。1946年病亡。我悲痛欲绝。我译莎翁十四行,开始时只是零星翻译。张志镳去世后,我决定把莎士比亚十四行诗全部译出,以纪念他。我原想学弥尔顿,为纪念他的已故的同窗好友爱德华·金而写悼诗《里西达斯》那样,写一首悼念张志镳的诗,但我才力不足,写不成。于是我决定把莎士比亚十四行诗全部译出,以纪念他。但1949年新中国成立,革命气氛高涨,我感觉到出版莎士比亚十四行诗,有些不符合当时的政治气氛。1950年3月,胡风先生的一句话使我鼓足勇气把莎士比亚十四行诗全部译完。经刘北汜同志介绍,这个译本于1950年10月在上海文化工作社出版。译本的扉页上印有:"译献已故的金鹿火同志","金鹿火"三字合起来就是一个"镳"字。这就是拙译《莎士比亚十四行诗集》的最初的版本。

　　由于怀念亡友,我译莎士比亚十四行诗化力气较大的是前大半部分,即第1首到第126首。这些诗都是莎翁写给或讲到他的一位朋友、也是他的庇护人南安普顿(或骚桑伯顿)伯爵的。关于这部分诗的呈献对象,莎士比亚研究者有的认为是男性朋友,也有的认为是女性情人。为此我把原文中的love一词译为"爱友"而除个别情况外不译作"爱人"。"爱人"在中文里一般理解为异性。"爱友"则可以指同性。

　　2.先生的译文坚持用现代汉语普通话的口语,适当的文言词语也有采用,但有些地方显得非常直白。这显然是有意为之,因为先生曾出版过颇受称赞的旧体诗集。这种考虑是出于您翻译思想的需要,还是时代或新诗语言的要求?在其后跨越六十年的数次修订中您一直坚持这一原则,读者阅读口味的变化这一因素您是如何看待的呢?

答:我一直用现代普通话口语来翻译外国诗歌。我的想法有二:一、为读者。今天的读者,从上世纪二十年代到现在,以及今后的一个很长的时期,他们中的绝大部分,阅读译诗时,接受的是普通话。苏曼殊和马君武都曾用中国的古体诗(文言文格律诗)译过拜伦的《哀希腊》,但那是在"五四"以前(我没有记错吧?如果不是,那也是在上世纪的早期)。直到上世纪的八十年代,仍有译家如丰华瞻先生坚持用文言的古体诗形式译英国诗。这当然有他的自由,而且我也予以尊重。但我总觉得用古体诗译外国诗,会把读者带到中国的古代,感觉不顺。即使那外国诗是外国古代的诗,但那是外国的古代,不是中国的古代。人各有志,我无意贬低那些用中国古体诗译外国诗的译家。只是我感到,用普通话译外国诗对今天的读者更合适。二、为作者。作者未必是现代人。莎士比亚是十六世纪的英国人。他用的语言是当时英国流行的绅士语言,精练、流畅而自然。如果用中国古体诗形式(文言格律诗)来译莎士比亚的十四行诗,两种语言的矛盾太大。普通话与英语的矛盾当然有,但比较小。另外,我赞同严复提出的翻译三原则(他说的是三难):信、达、雅。(关于雅,我有自己的解释)。我认为,信,不仅指忠于内容,也应包括形式。怎样把莎士比亚十四行诗的形式(十四个诗行,每行有规定的音节数,有音步的规定,有韵式的规定)也通过译文表现出来?中国古体诗是极难做到的,或者说,不能做到。把sonnet译成七律?或七言排律?不可能。即使译出,也不伦不类。而sonnet的形式,以及外国格律诗的形式,用普通话来翻译,是可以传达的。其方法就是:等行,以顿代步,韵式依原诗,卞之琳先生称之为"亦步亦趋"。

中国读者的口味会随时代的推进而有某些变化。但语言的变化有它相对的稳定性。不用古怪语、俚语、方言,在译本的一再修订过程中选择运用有一定稳定性的词语,可以使译本的生命延长。有一种说法,原著一经发表,它的语言即定型,如果成为名著,那么即使经过千百年也不会变更。译著的生命,即使是优秀的译著,一般说生命也只有三十年,顶多五十年。但如果译者还活着,能修订,那么他的译本的生命力可能再延长。

3.先生译诗的原则之一是秉承卞之琳先生的"亦步亦趋",在节奏方面表现为"以顿代步",这种原则目前已成为英诗汉译的重要理论成果,莎士比亚十四行诗集的另一位译者金发燊先生也是这一原则的实践者。"以顿代步"的优缺点不少学者均有论及,您认为"以顿代步"这一原则还有没有发展和进步的空间?英诗汉译还有没有其他较有前途的原则或理论?

答:在英诗汉译中传达原作形式的方法首创者为孙大雨先生,完善者为卞之琳先生。孙大雨译莎士比亚剧本《璐琊王》(即《李尔王》。按莎剧中对白、独白等台词均用素体诗——blank verse——写成)时,用汉语"音组"代替原作"音步"(feet)。音组即音顿,可简称顿。但孙译不是等行,常常涨出行数(如原诗十二行,可能涨成十四行或十五行等)。卞译严格等行。卞译素体诗不押韵(原作也是不押韵的,故称 blank,即素体),但如果原作是格律诗(regular verse),则按原诗的韵式(rime-scheme)押韵。卞译的方法可归纳为"以顿代步,韵式依原诗"九个字,简称为"亦步亦趋"。1989年5月在石家庄召开的第一届英语诗歌翻译研讨会上,卞译方法得到较多英译汉翻译工作者的共识,但当然不是全部。反对的声音也是有的,有的人还相当激烈。反对者认为这种译法束缚思想,捆住手脚,以辞害意,削足适履,必将损及"信"的原则。但我认为,反对者无非主张用汉语自由诗形式来译英语格律诗,这就违反了"信"的原则。原作的内容和形式是相互制约、相互促成、相辅相成的,总之,是统一的。只译其"意",不问其"形",其"意"也不可能传达完整。

对卞先生的译法,也有的译家在认同之外,还有进一步的设想和实践。"以顿代步",汉语的一个音顿可以是两个字或三个字,个别的也可以是一个字或四个字。而英诗的"步",一般都是两个音节(syllable)。也有一个音节的和三个音节的,但很少见。音节,也就是发音单位,可简称"音"。汉字是一字一音。那么,如果英诗一行是五步十音,译成汉语往往是五顿十二音或十三音。这个"代",不可能在音数上完全等同。而且,英诗十四行,比如莎士比亚十四行诗,其中十四个诗行每行都是十音。而汉译却不能十四个诗行每行都是固定的音数(即汉字数),有的诗行是十二音,有的诗行则可能是十三音或十四音。英诗汉译家黄杲炘先生用了一种译法,即规定一首汉译的英诗,每行的音数(字数)相等,比如一首十四行诗,其十四个诗行每行都是十二音即十二个汉字。虽然不能完全"代",即等音,却也表达了某种均齐(原诗是等音的)。只是我功力不逮,做不到这一点。

是否还会有更有前途的原则或理论?我想会有的吧。翻译方法、原则、理论,总会有人研究,探讨,实践,总结。"江山代有才人出",这"才人",可以是诗人,也可以是译家,也可以是理论家。我们寄希望于年轻人,下一代或下二……代。

4.除了您的译本和不同修订本之外,莎士比亚十四行诗在中国的译本(包括一个维吾尔语译本)和校注本已达二十多个,使其成为汉语中的经典文本。这当然是莎翁独特魅力的体现，也是译者奉献和读者需要的结果。您怎么看待复译现象以及复译对确立某个文学文本经典地位所起的作用？

答：先生专门研究莎士比亚十四行诗的汉文译本，见到了二十几个本子（其中有维吾尔文译本），说明先生用了心。我只见过四五个译本，所见没有您多。关于复译，鲁迅先生有过一篇专门的文章：《非有复译不可》。拙译莎翁十四行诗也是部分复译。在我之前，我已见到过梁宗岱、戴镏龄先生等人的译文，只是少量的。我只见过在刊物上发表的若干首，没有见过书。我在1950年出的《莎士比亚十四行诗集》，收入莎翁十四行诗的全部，共154首。其中有小部分也是复译。鲁迅先生认为，如果自己认为可以译得比前人的更好，即可复译，这样可以使译文进步，提高水平。鲁迅的主张是正确的。萧乾、文洁若先生翻译的乔伊斯名著《尤利西斯》出版后，萧先生公开表示：如果后来者也译此书，尽可参考甚至借用整段他的译文，不以剽窃认罪，决不追究，甚至欢迎。这是一种高尚的风格！（当然，一个认真的译者不会整段"借用"前人的译文。）解放初，新闻出版总署出过一本期刊《翻译通报》，上面刊登翻译信息，报道某某人将翻译某书，目的是这样可以避免重复翻译，浪费时间和精力。但这也阻止了可能有的更好的译本的出现。翻译不是"订婚"，原著不能"一女不嫁二夫"。当然，并不能保证后来的译本每一种都胜过前人的译本，但只要是认真的、严肃的译者，其译本总会有可取之处，应该允许存在，甚至加以鼓励。但当前也有另一种现象值得关注。由于著作权法规定，一个译本不能同时"嫁"给几个出版社。而热门书可能畅销，一些经典名著可以常销，于是某些出版社为利益所驱动，采用抄袭、剽窃、拼凑、剪贴的方法抢时间出书。听说有的出版社并没有懂外文的编辑，却看中了某些热门的外文书，便雇用三四个大学生，把已有的译本拆成三四份,让学生分头各抄一份,略作文字改动,便抢印成书,出版发行。其封面设计甚至反比已有的译本更漂亮,而定价却低得多。读者不可能根据原文来检查不同译本的好坏,见便宜的书即买回去。这也叫"复译"吗?这与鲁迅所提倡的"复译"全无关系!

5.您曾经简要评述过其他译本的某些译文,就您个人而言,您的译本和其他您阅读过的译本各有什么显著特点?您对自己译文最满意的是哪几首?

答:您说的"其他译本"当是指莎士比亚十四行诗的译本。我今年八十八岁,记忆力已减退很多。我已记不清我对其他译本的哪些译文作过评述。我在年轻时,1948年或1949年初,曾在上海《大公报》上发表过《译诗杂说》和《译诗杂说(二)》,批评了当年的多种诗歌中文译本。有的批评得对,有的批评得不对,甚至主观武断,而且用词尖刻,态度凌厉。但似乎没有涉及莎翁十四行诗的翻译。

我自己觉得拙译莎翁十四行诗的特点是语言明白晓畅,词能达意,注意音韵之美。我努力传达原作的真善美。至于做到了什么程度,请由读者去评说。我译莎翁十四行诗,每一首都是用心用力的。自己感到比较满意的,可能是:第18首,29首,57首,64首,65首,73首,94首,104首,116首,129首。但比较满意中也有不满意处。尽善尽美是永远达不到的。

6."信"是先生译本给我最深的印象,不仅是语意,语句的先后顺序等语言表述也"亦步亦趋"。但是这种忠实似乎有时难免造成欧化的表达,如"世人的眼睛见到的你的各部分"(重庆企鹅经典版69.1,即69首第1行,下同),"蛆虫所捕获的,我的死了的肉体"(74.10),"能表达我的爱和你的美德的语文里"(108.3)等,第99首虚字"的"和"地"共达22次。还有一些似乎不太符合汉语诗歌传统的措辞,如"甜脸"(100.9)、"一口喝干了帝王病"(114.2)、"甜人儿(136.4)"等。这种表达是为了突出原文的语言特色呢,还是有别的考虑,比如保持每行的顿数? 大量括弧的使用呢?

答:您说的我的译文中的问题,应该说都是缺点。朱生豪谈自己翻译莎士比亚剧作时说:"在最大可能范围内,保其原作之神韵,不得已而求其次,亦必以明白晓畅之字句,忠实传达原作之旨趣,而于逐字逐句对照式之硬译,则未敢苟同。"朱的这些话是经验之谈,也是他遵守的原则。我于"最大限度内"之掌握,有时不能得心应手。朱所说的"逐字逐句对照式的硬译",我也极力避免,但还是不能尽除,因而留下遗憾。此外,也有对翻译之"外化"(洋化)与"归化"如何取得平衡的考虑。鲁迅说:"凡是翻译,必须兼顾着两方面,一面当然力求其易解,一面则保存着原作的丰姿。"求易解,是为归化。保存原作的丰姿,是为外化。如果掌握不好,即会顾此失彼。比如,莎翁十四行诗第100首第9行原文中有sweet face,我译作"甜脸",似乎太"信"致使中文有生硬感。sweet这个词,有甜的意思,也有可爱的意思。如译为"可爱的面孔",则要用五个汉字,而且是两个音顿。译为"甜脸",比较简约,也只有一个音顿。中文"甜"也不仅仅指味觉,也有可爱可亲的意思。黄宗英早年演过一出话剧,轰动上海滩,剧名就叫《甜姐儿》。上海有一条路,名叫甜爱路。同时,译作"甜脸",可以使读者体会到原作是如何描述爱人的面孔的。这是"外化"的考虑,也是我下笔时的想法。

我在翻译中也少量运用了括号。英语中常有compound complex sentence用relative pronoun等联系,构成复合句。英文是分析语,逻辑极严密。中文是综合语,富有弹性。两种语言的转换,有时会遇到困难。在翻译中,为了使语意明了,不含糊,便用括号来补救。这也是"不得已而求其次"。——进一步说,如果翻译时殚精竭虑,想方设法,把原文的复合句用中文重新组合,加以表达,而不用括号,恐怕也不是绝对不能做到。这就要鞭策自己,不允许丝毫偷懒。

汉字"的""地"多用,会产生累赘之感。汉字的"的"承担的任务太重!它用于定语(形容词)、状语(副词)、所有格。如:"美丽的女孩",定语;"慢慢的走",状语;"皇帝的新衣",所有格。上世纪初叶到中叶,有些作家为了使"的"字的任务分得清一些,把"的"分成"的"(定语)、"地"(状语)、"底"(所有格)。如:"美丽的女孩","慢慢地走","皇帝底新衣"。当然这三个字都读 de。"地"不读 dì,"底"不读 dǐ。新中国成立后,出版物上废除了"底"的用法,所有格也用"的";但保留了作为状语的"地"。作为定语的"的"自然不变。——我在译文中,一句之内尽可能避免"的"的重复出现,但有时实在避免不了。出现两次,还可以;出现三次只有在实在不得已的情况下容忍。在某些情况下,可用"之"代"的",使之略有调节,但"之"是文言,要用得适当,不可滥用。

7.先生在"译后记"中把"真善美"与"假恶丑"进行对比分析,将"真善美"提炼为莎士比亚全部的人生观和艺术观。可以说"真善美"已成为先生诗学思想的一部分,并影响着先生的汉语十四行诗创作。除了形式方面的借鉴之外,莎士比亚十四行诗的翻译对您的创作还产生了哪些影响?有没有其他作家受惠于您的译本?您的创作对后期译本的修改是否也有一定影响?

答:"真善美"确是我从莎士比亚十四行诗中体会到的创作原则,艺术原则,也是人生原则。我不仅把"真善美"作为自己诗歌创作的准绳,也把它作为自己为人的守则。

我自己创作汉语十四行诗和翻译莎翁十四行诗几乎同步开始。我从创作和翻译中体会到,十四行诗这种诗体,有严格的格律规范,这给写作者一种"限制"。这固然是一种束缚,却同时又是一种促进。它要求作者把思想和情绪加以浓缩,要求作者用词精练,摒除一切可有可无的冗词。歌德在他的诗《自然和艺术》中说:"要创造伟大,必须精神凝集。／在限制中才显出能手,／只有规律能给我们自由。"歌德说的不仅指文艺创作,但诗的形式应该包括在其中。

我在修改莎翁十四行诗译文的过程中,由于自己也创作并修改汉语十四行诗,经过磨炼,对汉语的运用比过去稍稍成熟一些。有时也会有反复,即发现有些改过的词语还不如原来的好,那就再改回去。是否有作家受惠于我的译本,我没有了解。

8.丰富的译解是您译本的一大特色,既有助于读者的理解,又能让译文尽量保留原文模糊、多义的特点。但是这种处理方式是否有时候让译解承担了不该有的任务?如119首第七行的"圆座"即注解中的"眼窝";147首十三行译解"'说'(sworn)指11行中的'谈话'(discourse),'以为'(thought)指十一行中的'思想'(thoughts)",似乎反倒让人困惑。这种情况是不是在译文中也可以直接明晰化处理?毕竟我们很多时候,特别是引用,是只看译文而不考虑译解的。不知先生怎么看?

答:您说拙译中加"译解"是一种特色,这倒是对的。"特色"是中性词,无褒贬义。冯至先生曾称赞我的"译解"。但认为"译解"是多余的东西的读者,也所在多有。我这个译本第一版时即每诗附有"译解",后来各版均保留不删,且有多次修改、增补。当年附加"译解"的动机是:心中永远要有读者。为读者计,使他们能更清楚明白地理解这些译诗。但同时,加"译解"也是自己信心不足的表现,唯恐读者不能仅仅通过译文而理解诗意,特别是原诗的内涵,或者理解透彻。但"译解"的附加,其实是利弊参半,有得也有失。关于译诗,罗伯特·佛罗斯特说:"诗,就是经过翻译失去的东西。"雪莱声称诗不可译。欧洲有一句谚语:"翻译即背叛。"但是,翻译还是不能取消,否则就没有人类各民族的共享。因为经过翻译而失去一些东西,我便想用"译解"来弥补。比如莎翁十四行诗第119首第七行原文有 sphere 一词,意思是"球体"或"星球",用来指眼窝。但如果译成"眼窝",便失去了比喻意味。于是我译它为"圆座"。但又怕读者不明白"圆座"指什么,于是加"译解"说明。出此下策,也说明我作为译者的笨拙。当然,有些地方是可能在译文中解决的,只要努力用心,惨淡经营。

9.您曾出于读者接受的考虑将97首第八行中的"womb"归化为"大腹便便",我认为这是因诗学目的对原文实施的适当"美化"。在一些色情双关和诗中"我"与"青年"关系处理等方面,似乎也体现了对原文进行"调控"的倾向,不知道这种诗学影响是否普遍存在于您的译文中?

答:莎士比亚诗中有一些涉及性的字词,有的是双关的,如第144首第十二行中的 hell,原义是"地狱",这里指"阴户"。我译作"地府",在"译解"中指出:"'地府'是女性生殖器的隐语。"有些不是双关的,如第97首第八行中的 womb,只有一个解释:"子宫"。在中国历代诗歌中,"子宫"这个词我没见过。(在近年的新诗中已有出现。)如果把它直译出来,读者会觉得突兀。如果强调"外化",也未尝不可直译。但逢到这种情况,外化与归化的平衡,就要慎重考量了。认为直译不仅会使读者不习惯,而且与全诗的中文语境不协调,这时,天平就向"归化"倾斜。我最终把它译作"大腹便便"。

莎翁的戏剧和诗歌中,常有一些涉及性的隐语。如他的十四行诗第151首第十至十四行都是。其中 I rise and fall,暗指阴茎的勃起和性交之后的变软。我只能译作"我起来又倒下",也不在"译解"中作说明,让读者去体会吧。又如莎翁十四行诗第20首,其中也有许多性的隐语，其实不太隐，无宁说比较露骨。我的译文按"信"的原则译出，没有做什么"调控"。应该相信读者的聪明。

10.您的译本在初版和"文革"结束前的传播中都受到了政治环境或意识形态的影响，那么先生在译文处理上有没有意识形态方面的考虑？如莎士比亚的进步性，对当时社会黑暗的揭露和控诉等？

答：我开始译莎翁十四行诗，没有从政治上作太多的考虑。只是想：这是资产阶级作家的作品，在新时代（1949年之后）还能出版吗？但我了解到，苏联《真理报》在苏联卫国战争期间用整版篇幅登载莎翁十四行诗的马尔夏克俄文译文，之后这个译本又获得斯大林文艺奖金。这样，等于给我译莎"保了险"。当时我一首一首地研读时，发现莎翁十四行诗中一些揭露当时英国社会黑暗的篇章，如第66首；或揭露人性恶的篇章，如第129首，等等，似乎也是针对中国社会说的，因为有非常相似之处。因此在翻译时会有一种切肤之痛的感觉，这种感觉也许在译文中有所流露。但总体来说，我译莎翁十四行诗的动机和目的，是为读者介绍一部世界文学经典，是为了纪念我的一位已故的同窗好友。

11.先生的莎士比亚十四行诗翻译和汉语十四行诗创作对十四行体在中国的传播和流行作出了卓越的贡献，您对目前十四行体在新诗创作中的地位和前景作何评价？当下新诗发展最急需解决的是什么问题？

答：现在有人把"格律诗"等同于古体诗（文言诗），特别是律诗和绝句；把"自由诗"等同于新诗（白话诗）。事实上，格律诗有古典格律诗，也有现代格律诗（或称白话格律诗，新格律诗）。朱湘的《采莲曲》，徐志摩的《再别康桥》，闻一多的《死水》，是新诗（白话诗),但,是自由诗吗?非也!这些是新格律诗!在中国新诗的领域里,既有自由诗,也有新格律诗。但自由诗占大半壁江山,新格律诗只占小半壁江山。在英语诗世界里,自从惠特曼创作的《草叶集》问世后,自由诗登上世界诗坛,形成大气候。中国的自由诗,自郭沫若开始,是受惠特曼的影响而产生的。但即使在英语诗歌世界里,自由诗与格律诗也是并存于世的。格律诗并没有被打倒。被称为美国无冕桂冠诗人的罗伯特·弗罗斯特,他的诗集几乎美国每个知识分子家庭的书架上都有,而他写的是英语格律诗。在中国用汉语写十四行诗的人很多。出汉语十四行诗集的,早年有朱湘的《石门集》,上世纪四十年代有冯至的《十四行集》。汉语十四行诗是中国新格律诗的一个品种,冯至的《十四行集》可称为典范。在中国当今,写汉语十四行诗的人,有的写得很规范,也有的以为只要写出一首含有十四个诗行的诗,就算是"十四行诗",这是一种误解。一首典型的汉语十四行诗,应该有行数、音顿、韵式的规范,否则,就不能算是严格意义上的十四行诗。也可以写变格(或破格)的十四行诗,但"变"的幅度不能太大。这个"度"如何掌握,这里就不详谈了。

您问及当前诗歌急需解决的是什么问题。我对此没有深思熟虑。但我认为还不是形式问题。前一阵中国新诗界出现一些奇怪的现象,有人提出颠覆崇高,颠覆英雄,颠覆传统。有人提倡"下半身写作"。甚至有人扯起"诗歌垃圾运动"的旗号。一些人认为只有创新才能进入诗史,创新必须求变,为求变,一些人进入了误区。诗是要创新,是要求变,但万变不能离其宗,这个"宗",就是真善美。离了这个宗,诗不成诗,走到诗的反面去了。当然,这些年来,真诗、好诗、优秀诗作也不断涌现。所以我曾称当前存在着诗的"双轨"现象。我以为当前急需解决的问题是那条走入误区的"歪轨"回到真善美的"正轨"上来。

12.对译文质量的客观评价,建立在评价者对原文和翻译这项工作的了解以及个人学识和欣赏水平之上。建设性的翻译批评能有效促进翻译欣赏和翻译质量的提高。但毋庸置疑,目前诗歌翻译评价者的水平普遍无法与译者比肩(包括我在内)。莎士比亚十四行诗的译文评价尤其如此,所以才会出现指责译者把"summer"翻译成"夏天"这样的笑话。您认为诗歌翻译批评者应该具有什么样的素质,遵循什么样的原则? 您对我国诗歌翻译和批评有何建议?

答:您说当前诗歌翻译评论工作者水平需要提高,这是对的。诗歌翻译评论质量的提高要靠评论工作者不计名利的奉献精神。诗歌翻译评论家们应该具有远见卓识,慧眼识珠和洞察劣质的能力,创造高水平的评论成果。这样的评论不仅能指出弊病,总结成果,还能给予建设性的启示。当前诗歌翻译评论遇到很大的困难,一是人才难得,二是即使有人才,也难以把他们的才能用在诗歌翻译评论上。做好这项评论,比做其他评论要花费加倍的时间和精力。批评一部小说,研读这部小说就可以了。批评一部诗歌译作,那就不能仅仅阅读译作,还必须研读原著,进行对照研究。不懂原文者不能胜任,不懂翻译原理者也不能胜任。而且要花加倍的功夫。而评论发表后,所得的稿费实在微薄。从事这项评论的人,只有为了事业,或者出于爱好,不计报酬,才能把这件事做起来。但人要生存,总有生计问题要解决。因此,即使有志于此事者也只能利用业余时间偶一为之。诗歌翻译评论工作就有这样一个瓶颈。(事实上,诗歌翻译本身的稿酬也偏低。)除非作协或译协能设立专项资金来扶助这项工作。但资金从何处来? 作协和译协亟待解决的问题很多,诗歌翻译评论工作难以提到日程上来。要提高诗歌翻译评论的水平,确实重要。但空喊几句话,恐怕无济于事。

以上回答,我用了两周以上的时间,断断续续写成。现在再看一遍,觉得有些答话要作一些补充或修正。如答第5问时,我说已记不清我对其他译本作过评述。现在查到,1950年出版的拙译《莎士比亚十四行诗集》初版中的《关于莎氏十四行诗(代跋)》一文中,曾对一些莎翁十四行诗的中文译文作过评论,这些译者有丘瑞曲、李岳南、柳无忌、朱湘、梁宗岱、戴镏龄、戚治常、方平、胡仲持、梁遇春、袁水拍。我的批评,有的批对了,有的批得不对,总的说,很幼稚,是"初生之犊"的批评,冒冒失失。

又如在答第3问时,我谈到黄杲炘的译法,即规定每行十二个汉字。现在补充一下,更早的时候,梁宗岱即已规定每行十二个汉字。还有朱湘和戴镏龄,他们都是每行十个汉字,这比十二个汉字更严格。原文是每行十个音节(即音),译文是十个汉字(一字一音),即在音数上与原文对应。无论他们的译文优秀与否,他们的尝试和探索都是对译诗艺术做出了有益的贡献。

2011年11—12月

走向最广泛的文学受众

——在《李清联无障碍诗写点评本》研讨会上的书面发言

　　我很高兴收到河南有关方面的邀请,要我到十三朝古都洛阳参加李清联"无障碍诗写"的研讨会。我因年迈体弱,不能亲临会场,所以准备了这份发言稿,拜托傅天虹先生在会上宣读。洛阳是诗歌的圣地,从远在周朝《诗经》的一些著名诗篇,以及《诗经》之后,诗歌史上一些大诗人和著名诗篇就出自洛阳。而我的老朋友李清联先生就在洛阳从事文学活动近六十年。几十年来他写出了不少优秀诗篇,并且进行了具有价值的关于诗歌写作的思考和探索。近几年来,他对诗歌创作提出了一个新的诗学主张:"无障碍诗写"。他在古稀之年对这种写作不倦地进行试验。这是可喜可贺的。

　　我认为"无障碍诗写"对于新诗发展是一个重要主张。这个主张我赞同。李清联提出的无障碍诗写具有鲜明的倾向性,那就是指向民间,指向大众,指向生活。它扎根于诗歌艺术原本发生的土壤,使诗最终走向最广泛的文学受众。无障碍诗写在语言上主张具有民间特色的口语化,在艺术上反对晦涩繁琐,主张东西古今的融合。清联说:"我一直在实践怎样把诗写得大众化些、民族化些、中国味浓些,让各种层次的人都能看懂,做到雅俗共赏,老少皆宜。"他的这种心情和思考充满了责任感和使命感,令人感动。清联非常重视诗歌的受众群体,一反过去某些人认为的诗只属于少数人的狭隘观点,主张诗应该让一般文化程度的人乐于接受,而且也让高层次文化程度的人乐于接受,这就扩大了诗歌服务对象的范围。这个主张继承了《诗经》特别是它的《国风》部分来自民间,书写民间,被民间接受和传诵的传统。

我读过李清联一些无障碍诗歌作品,有些我还作了仔细的评点。我觉得他的诗歌正体现着他的无障碍诗写主张的精神。他的诗歌作品力求没有阅读障碍,但具有艺术品质,蕴含着内在的韵味。它是口语化的,但,是经过提炼的语言,并不肤浅,很耐人咀嚼,很有味道,能让读者感受到他那颗年轻的诗心,品出他的思想和经验,品出它对社会的深刻感悟。这样的诗歌硬朗而随和,不是一些浅近的口语诗歌能够企及的。这让我想到了河南的另一位老诗人苏金伞。我觉得李清联和苏金伞之间在不少方面有着某种传承关系。他们在创作上都继承了《诗经》、乐府、甚至古代民歌的优秀传统。他们都一生追随诗歌,创作诗歌,研究诗歌。他们都有着一颗童心,一颗真心。他们都热爱并歌唱他们的土地、乡情或者工厂生活。在诗歌中他们都用质朴的很有韵味的口语化语言写作。他们很少有陷于自我的私人化的浅吟低唱,而是充满了对人类的大爱,充满了对人性最高境界真、善、美的追求。李清联从苏金伞诗歌艺术中发现了价值。苏金伞以他的人品诗品,成为河南诗歌的一面旗帜。但在较长一段时间以来,苏金伞的诗歌作品被忽略了,以至他诗歌的艺术价值至今还没有被充分认识到,因此很需要我们进一步的发掘和研究。

在中国新诗百年之际,诗歌界包括台港的诗歌界都在回顾传统,都在思考中国诗歌如何进一步发展,并且研究诗歌旧传统和新传统中应该继承哪些部分;研究中外诗歌需要怎样融合。当然这不是再走回头路重新穿起长袍马褂去重复过去,也不是对外来的诗歌简单生硬地吸收,而应当在新的层次上对传统中仍然具有活力的部分进行深度思考和撷取。应该对外来文化进行深思熟虑的探究和选择、借鉴。这方面,我们应该遵循鲁迅先生在《拿来主义》中所倡导的原则。今天,河南的朋友们对苏金伞诗歌思想和艺术的研究就应该受到特别的关注。我很注意在这方面的研究情况,并且在《当代诗坛》第55、56期的《夕照诗丛》中选发了《苏金伞短诗选》。目的就是要重新确立他在中国诗歌史上的重要地位。他的诗歌成就是永远不应湮灭的。

《李清联无障碍诗写点评本》出版了。这个点评本不仅采用了一个新的诗集形式,而且他把无障碍诗写的全部诗学主张的理论纲领、实践文本以及社会反应都集中起来了。它让我们看到了李清联无障碍诗写的全貌和它的价值。其中的各家点评,都很有见地。既便于阅读欣赏,又便于思考研究。这是一个很好的尝试。这个点评本的全部诗作,让我们看到了李清联对苏金伞诗歌特质的传承线索,看到了他的质朴简练中的韵味,看到了他对具有活力的传统诗歌技艺的融汇贯通和继承发展。也看到了他对西方诗歌技艺的适度融合。这样的诗歌会拥有广泛的接受群体,也会在新诗的发展和探索中预示着更广阔的前景。我希望有更多的人参与对无障碍诗写的思考和研究。我们的新诗在发展前进中,从内容到形式需要更加丰富更加新颖。我期望在新的世纪中国新诗有更好的发展,取得更大的成就。同时,祝愿洛阳和河南的诗歌创作更加繁荣!

2011年12月11日

"美的事物是一种永恒的愉悦"

——丁鲁诗歌读后

丁鲁的《诗歌与随感》打印稿摊开在我面前,我已经翻阅三四遍。我一面看,一面写下札记,为的是帮助记忆,特别是愉悦的记忆。丁鲁笔下流溢着诗美,这给我以高度的愉悦感。

丁鲁的这部集子中,有旧体诗(文言诗),也有新诗(白话诗)。他的诗作,题材广泛,主题多样。所有的诗都发自心声。他拒斥无病呻吟,他的灵感都源于生活,源于切身感受。从他的诗作中,可以看到他的劳动生活,学习生活,教学生活,从童年、少年、青年,到成年;可以看到他的深思和异想,其中有温馨的回顾,有凄美的记忆,有愤怒的倾诉,有缜密的反思,也有宏阔的展望。他的某些诗篇,是历史的留痕,涉及政治、经济、文化、教育。如《北京之春》,悼念伟人的辞世;《天安门大会有感》则记录了丑类的覆灭;又如《难忘的一年》,敷陈了丙辰的大动荡;而《我是颗历尽严冬的种子》则是浩劫之后的自我总结。丁鲁写历史也并不总是局限于反映具体的历史事件。他有一首《风之歌》,是他的重点作品,读这首诗会联想到宋玉的《风赋》,雪莱的《寄西风之歌》,以及艾青的《风的歌》。宋玉以"大王之雄风"与"庶人之雌风"作对比,富于讽刺意味。雪莱的名句"如果冬天到了,春天还会远么?"预言着希望的实现。艾青以第一人称"我"代表的风作为"季候的忠实使者",奔向"初醒的大地"。丁鲁塑造的风,与这些前人的不同。在丁鲁笔下,风是历史,风是规律,风是存在与毁灭,风是理想与现实,风是动与静,风是善和恶,风是美对丑。丁鲁诗中的风神与盘古,是二而一;写的是中国,想的是人类;是东亚,也是全球;从中可以听到中华民族行进的步伐,也能听到整个人类历史飞车滚动的轮声;归根到底,风即上帝,风即创世者,风是造物主。这首诗把政论化为诗语,把理念转成韵律,抑扬顿挫,荡气回肠。读这首诗,会沉入深沉的哲理思索。

　　丁鲁诗歌中蕴含着一个永远挥之不去的题旨,那就是他的故乡情结,其中包含着对楚文化的追慕。他诞生在湖南离洞庭湖不远的桃花江畔,那是上世纪三十年代一首流行歌曲所咏唱的"美人窝"的所在。那里山清水秀,风物迷人。一方水土,养育了一位诗人。这部诗集,收诗81首,而写故乡的就有16首,占五分之一,出现如此高的频率,并非偶然。这些诗里体现着诗人对故家风貌的无限眷恋,对故乡历史的尽情歌赞,对故土人民的深厚情谊,对生于斯葬于斯的父辈的生死怀念。更有一首《北国的星星》,讲述了一段引人深思的事迹。丁鲁家乡有一座挪威教堂,丁鲁的母亲是那里一所教会学校的学生,丁鲁出生于教会医院。因难产,胎儿出生后无呼吸,两位挪威医生符德俊、符本余夫妇为孩子做人工呼吸,时间长,极度劳累,而胎儿还是没有呼吸。孩子的家长都说放弃吧,但挪威医生决不放弃,继续做人工呼吸,做呀,做呀,直到孩子哇的一声哭喊出来,终于有了呼吸!要知道,家长说放弃吧,不是随便说的。因为孩子父亲的前妻死于难产,父亲与前妻生的女儿,即丁鲁的姐姐,也已死去。而丁鲁是丁家唯一的男孩。在那时,那个重男轻女的时代,男孩是何等珍贵啊!家长说放弃吧,是确实感到希望渺茫,而医生确实太累了。然而医生坚持做人工呼吸,可见他们辛苦到什么程度。丁鲁知道了这件事,他对此怀着一辈子的感恩。直到古稀之年,他写出了这首《北国的星星》,表达了他对那两位给予他二度生命的挪威医生的无限感恩之情。此时,那两位医生已不在人间,然而丁鲁歌赞道:

> 高高照耀吧,我的星星啊!
> 愿人性的光辉永远灿烂!
> 为我们人民带来友情,
> 驱走一切无知和偏见……
>
> 当我的孙子问起这一切,
> 我会要说起北国的星星,
> 这是两张亲切的笑脸——
> 为我照亮了生命的旅程!

孔子的"仁者爱人"是无国界的;基督的"要有光"是无国界的;马克思的"解放全人类"是无国界的。《北国的星星》虽然是从诗人本身获救出发,但诗所涵盖的却是"人类之爱"的理想,也是"全球化"的推进。

丁鲁的故乡情结,扎根于他的爱国主义,而他的爱国主义又与他的人类之爱紧密相连。这条红线,是清晰可见的。丁鲁诗中的主题,传递给读者以思想美,读者由此受到启迪,从而获得心灵的愉悦。

当前诗歌和诗歌评论界的一部分人中流行着一种看法,认为旧体诗等于格律诗,新诗等于自由诗。他们似乎没有听说过闻一多提倡的新诗三美,即建筑美、绘画美、音乐美。如果问他们:朱湘的《采莲曲》、闻一多的《死水》、冯至的《十四行》是不是新诗?他们当然说,是。如果再问他们:这些都是自由诗吗?他们就将无言以对了。事实是,在今天的诗坛上,新诗的品种有两大类:自由诗和格律诗。为使新诗中的格律诗区别于旧体诗的格律诗,可称前者为新格律诗或现代格律诗。这已成为一部分诗人的共识,却未曾被所有的新诗和旧体诗诗人所认知。

关于新诗的格律规范问题,已经有过几代人的研究和探讨。闻一多、何其芳、卞之琳、臧克家、田间、张光年、郭小川、袁水拍等许多诗人以至王力、朱光潜等学者对此都发表过论说。丁鲁也撰写出版过一本专著《中国新诗格律问题》,此书曾受到卞之琳先生的指导。这个问题虽然还没有达成最终的结论(其实结论只能由实践而逐渐达到或接近达到),但是新格律诗的创作和发展,已经不可阻挡。如今,在新诗的领域中,自由诗仍占领着大半壁江山,可是,新格律诗的小半壁江山也是不可动摇的。何况,它还在不断发展。

在将近百年的中国新诗发展史中,新格律诗的作者代有才人出。早年的,前面已举出过几位。即使徐志摩,他的《再别康桥》,也是新格律诗的起步雏形。我们可以举出一大批新格律诗的作者:刘半农、郭沫若(郭以奔放的自由诗知名,但别忘了他还有《瓶》等诗)、田汉、戴望舒、林徽因、孙大雨、林庚、孙毓棠、唐湜、绿原(他的《诗人》实在是新格律诗的杰作和典范!)、穆旦、闻捷、沙白、北岛、公刘、晓雪……一直到当代。即使是自由诗大师、提倡诗歌散文美的艾青,也别忘了他写过不止一首新格律诗,那首《礁石》,还有《珠贝》,给了读者多么深刻的印象!

我之所以要提出这么些新格律诗诗人们来,是为了要归结到一点:丁鲁,是当代一名新格律诗承前启后的重要作者。丁鲁是"两栖诗人",既写旧体诗,又写新诗,他写新诗,很少写自由诗,他写的绝大部分是新格律诗。新格律诗的特点是既有严谨的格律规范,又不受某一种固定格式的限制,在节奏、音节(字)数、音顿数的一定制约下，可以自由发挥，创造出千变万化的形式来。(旧体诗或古体格律诗，有五绝、七绝、五律、七律、五言或七言排律等多种形式；四言诗、骚体或古风虽不限平仄，但仍有一定格式，仍可算作古体格律诗。词，则有无数种词牌的规范，甚至还可以创造"自度曲"，它的形式是无限的。)丁鲁正是掌握了这一条件，创造出多种形式的新格律诗的作者。丁鲁的新格律诗，每行有音节(syllable，亦即汉字，因汉字为一字一音节)数的规定、有音顿(pause ，不是caesura，事实上比 pause 还要轻，由意群划分)数的规定；每诗节(stanza)有行(line)数的规定；每诗有诗节数的规定(各诗不同，事实上可以无限制地增加)。而这些规定，都由诗人自己订立。丁鲁的诗，其诗行有三顿的、四顿的，或五顿的，不同音顿数的诗行在诗中作对称或参差的排列。他的诗节，一节有的两行，有的三行，有的四行(以四行的为多)。不同行数的诗节在一首诗中作对称或有序的排列。他的新诗有短有长，短的八行(如《我代拟斯芬克斯的第二个谜语》)，长的二百五十三行(如《风之歌》)。他的诗的韵式(rhyme-scheme)大都是逢双押尾韵，也有押交韵的、押抱韵的、押随韵的，以及押参差韵的，变化多端，琳琅满"耳"。

　　关于叶韵字，我想多说几句。古诗或今人写旧体诗的叶韵字，不仅要韵母同，还要声调同。新诗就不这样讲究了，只要韵母同，不管声调同不同，都可用作叶韵字。但丁鲁的新诗，往往选用不仅韵母同而且声调也同的字来叶韵。卞之琳说过，新诗用韵而重声调，是"锦上添花"。丁鲁就是"锦上添花"的能手。这里仅举一例：他的《夜雨潇潇》中，"蕉"与"条"押，都是平声(尽管一是阴平，一是阳平)；"上"与"浪"押，都是去声；"口"与"酒"押，都是上声；"欣"与"人"押，却是平声；"曲"与"缕"押，都是上声；"灭"与"界"押，都是去声(按普通话说)。这说明丁鲁的叶韵字经过了细心、严格的选择。

丁鲁还喜欢用阴韵(feminine rhyme)。如他的《什么是乡愁》一诗中有这样的句子:"什么是乡愁呢? / 乡愁是向阳坡上的春茶吧?""春一到, / 就冒出满树尖尖的嫩芽吧?"这里,并不是用"吧"字来押韵(同一个字押韵本来就不高明,何况是轻声字),而是让"……茶吧"和"……芽吧"相押,叶韵字是"茶"和"芽",这二字韵母同声调同;而"吧"字在听觉上似乎成了"装饰音"。这就是阴韵。这首诗的五个诗节,都用了阴韵。其所以称为阴韵,应该是由于"装饰音"使这个尾韵委婉生姿。运用阴韵,也说明丁鲁在格律设置上的苦心经营。

丁鲁的格律营建,强化了他的诗的音乐美。默读、默诵、朗诵丁鲁的新诗,或者吟诵他的旧体诗,可以获得高度的听觉愉悦,而听觉愉悦与心灵愉悦是合一的。济慈有一句名诗:"美的事物是一种永恒的愉悦"。这也可以证之于丁鲁的诗。

2012年2月

《简堂简语》序

　　河南濮阳的王金魁先生,多年来投身于文人书简的收集、整理、出版工作,主编《书简》杂志,尽心尽力,成绩卓著,受到文化界人士的广泛好评。近日他又以编年纪事的方式撰写成一部《简堂简语》,记录了二十一世纪初八年来文人们与《书简》通信的经过,成为一部文人书简一个方面的简史。

　　自古以来,书函往往是文学作品的一种样式。书信文学成为文学的一个组成部分。司马迁《报任安书》,曹丕《与吴质书》,曹植《与杨德祖书》,嵇康《与山巨源绝交书》,鲍照《登大雷峰与妹书》,陶宏景《答谢中书书》,吴均《与宋元思书》等,都是彪炳于中国文学史的名作。有些以“表”命名的文章如诸葛亮《出师表》、李密《陈情表》,也是文学史上杰出的书信文学。《鲁迅书简》、《两地书》、《巴金书简》等则是中国现代文学中的文化瑰宝。这样的现象,中外皆有。英国萨缪尔·约翰逊《致切斯特费尔德勋爵书》,约翰·济慈的《书信集》等,都是英国文学史上的重量级著作。

　　对书信文学及其历史的研究,不是没有人做,但做的人甚少,其实从事此项研究工作是很有意义的。它有助于明确书信文学在整个文学中的地位和作用,有助于通过它了解作家、了解文化界,了解社会的发展和历史的延伸。

　　《简堂简语》虽然涉及的时间较短，方面较窄，但它的意义未必小。王金魁先生做了一件有意义的工作，值得肯定和赞扬。

2012 年 2 月 19 日，

于北京，萱荫阁。

读体育诗人的《诗心走笔》

——致赵国增

赵国增先生：

您的诗集打印稿《诗心走笔》，我已拜读。

这部诗集收入了您多年来的诗作67首，分为四辑，分别记录了您对体育事业的关注，对异国风情的吟赏，对大自然的倾心赞美，对伟大母爱的热烈歌颂。我阅读的时候，不断发现佳作，每逢警句出现，我心中便涌出惊喜。

您出版过诗集《五环和五星》与《奥运诗选》，曾被称为"体育诗人"。看来您对体育情有独钟。在这部《诗心走笔》里，有一辑专收体育题材诗。您描写体育运动和运动选手在赛场上的动作，往往能抓住要害，突出重点。如"球儿似流星疾坠大海／魔杖轻舞从海底捞起"，这样的句子写乒乓削球手，可谓神来之笔。您有时能从某一点切入，剖析赛事的暗箱探作，如"在阳光的照耀下／足球像地球／一面是灿烂／另一面却是黑暗"。这就对足球界肮脏的黑哨黑球事件，进行了无情的揭露。您有时写的是体育，讲的是哲理。例如《平衡木的启迪》写了失衡与平衡的哲学；《泪之寄语》写了输球和赢球的辩证法。《为孝道喝彩》称赞了女子一千五百米速滑冠军周洋，她说："获得这块金牌可以让我的爸爸妈妈生活得好一些。"您写道："是孝道把冰刀磨砺得更加锃亮／孝道同奥运圣火

一起燃烧 / 孝道同五星红旗一起飘扬"，这些诗句会引起千万读者的共鸣。我记得当周洋的话被记者报道之后，曾有人批洋周洋，说她应该感谢党，感谢政府！这固然对，但周洋有什么错？您这首诗把体育与道德、与人性联系起来，极富深意。

您写大自然的诗，不是停止在表象的描绘上。如《蒲公英》，您说："你不是见风使舵的'风派' / 你心中有不可动摇的主张 / 把种子播撒在山坡原野 / 收获美好未来的希望"。这就把蕴含在蒲公英内里的一种精神，一种力量，揭示了出来。又如《写给汾河的石子》，说石子经过无数风浪的冲洗，棱角被磨掉，露出圆润的身姿，但"你的形体变了 / 你仍然是石子 / 因为你是在与风浪拼搏中变化的 / 只是把棱角凝聚在心里"。这样，石子的性格突现了，这正是一种人格精神。

您有好几首写母爱的诗。《珍贵的遗物》写上世纪五十年代时的母亲。母亲留下了遗物：粮票，布票，煤票，留下了那个时代的印记。更留下了母亲含辛茹苦、艰难持家的形象："粮票是从牙缝中挤出的 / 布票是从针线中省出的 / 煤票是从煤渣中捡出的"。您进一步写道："看见粮票 / 再现母亲浮肿的腿脚 / 看见布票 / 又见母亲补丁的棉袄 / 看见煤票 / 听到拾煤渣时寒风的呼啸"。一句一个意象，每个意象是经过精心挑选的，却又是自然而然地呈现的。母亲的形象，于是立体地显现。

《针线包》这首诗写的是你孩提时顽皮，爬树掏鸟窝，树枝挂破单裤，于是母亲为你补裤子："母亲取出针线包 / 右手中指戴上顶针 / 借着灯光穿针走线 / 爱的情丝缝补着补丁"。这些句子使人感受到了母爱的温暖，但似乎还不够，你继续写道：

　　　　呵，金黄色的顶针在闪烁
　　　　顶针是在烈火锤炼中诞生

> 我的母亲多像锃亮的顶针
> 身经多少人生的磨难与艰辛

我们知道顶针不仅锃亮,而且有无数个小窟窿,这正是多少磨难与艰辛的象征。最后两句体现了诗的升华。

《浮肿》这首诗的背景是上世纪五十年代末六十年代初三年困难的时期。领导者盲目发动的"大跃进"导致大饥馑,造成三千几百万老百姓的饿毙。您没有从正面去写这场可怕的灾难,您从一个侧面描写了这个时代,突出了母亲的形象:"脚浮肿了 / 腿浮肿了 / 浮肿忙碌了一天的母亲 / 回到家打盆热水泡脚"。浮肿是由严重的饥饿造成的,写浮肿,饥饿出现了。您继续写道:

> 想起母亲带我去挖苦菜
> 蒸出的窝头菜多面少
> 只有一个特别的窝头
> 是给我的,面多菜少

> 我把窝头送给母亲
> 含泪投入母亲的怀抱
> 母亲把手抚摸我的头
> 滚下泪珠,发出微笑

> 说我是个傻孩子
> 说她已年老
> 说我正长身体
> 比她更需要

　　真是好诗！语言非常单纯,诗句非常朴素。但,单纯中蕴含着沉重,朴素中包藏着深刻。诗所歌赞的虽然只是自己的母亲,却同时歌赞了全世界的母亲;诗中母亲爱着的虽然只是自己的儿子,但这种母爱却可以普及到对整个人类的博爱。从"菜多面少"和"面多菜少"的一件小事的对比中,一个伟大母亲的形象矗立起来了。

　　您写出了人间的至性、至情、至爱。

　　我觉得您写母爱的诗是您全部诗作中的高峰。

　　祝您在写作的道路上攀登诗艺更高的层巅。

2012年2月25日

散文和随笔的界限在哪里？

——《奇异的音乐——屠岸散文随笔集》后记

柳鸣九先生主编散文随笔《本色文丛》，邀我加盟。我欣然同意。感谢柳先生使我得到这份荣幸！

散文和随笔，有时界限不太分明。如果说凡是非韵文就都是散文，那么随笔的规模就要小了。但就两者的内涵来说，都是无限的。唐宋八大家的作品，称作"文"。如说韩愈"文起八代之衰"。《古文观止》《古文辞类纂》中的作品，都称作"文"。现在称作散文的作品，是否等于"文"？近年来出现一种称作"大散文"的东西，篇幅长，大都涉及历史事件和历史人物。但是散文这个概念在许多人的意识中，常常指抒情散文。它总是抒写个人的所做、所思、所见、所闻。它的灵魂是真实。如果读下去发现情节是编造的，那么阅读的兴趣随即消失。唯小说允许虚构。王幅明说散文与诗结合而产生美丽的混血儿散文诗。散文诗是独立的文体，它的灵魂也是真实，但它不限于事实的真实，而常常表现为想象的真实和幻想的真实。

《本色文丛》这个名称中"本色"二字即意味着要求真实。其"约稿说明"中指出，"其中的文章当精中选精"，这表明主编者和深圳出版社的严格要求。我从过去已发表过的作品中选出三十三篇，分四辑，成为本书，内容涉及生活经历、师友交往、亲情怀念、游学治学、哲理思索等,符合"约稿说明"的规定。但是否做到"精致隽永""生动活泼",则不敢自夸。

且让这些散文随笔再次经受读者的检验吧。

2012年3月12日

心的内核,是爱

——序吴钧陶的诗集《心影》

我与钧陶兄结为诗友,是从上世纪八十年代开始。最初我读到他的杜甫诗英译和鲁迅诗英译,赞赏他译笔精湛,风格卓异。后来读到他的诗作,被诗中流露的爱所折服。从他的自述《药渣》中,我了解到他坎坷悲壮的生平,从而产生钦佩的心情。钧陶历经疾病的折磨,贫穷的困扰,政治的打击,时运不济,命途多舛。但他披荆斩棘,百折不挠,穷且益坚,不坠青云之志,在人生的道路上奋勇前行,向人间播撒爱的种子,创造文学成果。到晚年,终见累累硕果,煌煌业绩。在中国现代诗歌史上,这样的人物有,但不多见。

钧陶出版过诗集《剪影》、《幻影》,文集《留影》。现在又将出版诗集《心影》。我曾为《幻影》写过序。如今钧陶又邀我为《心影》作序,我深深感谢他对我的信任。

曾有人讥讽一些人为他人的作品写序,说这些人根本不看作品,只是云里雾里说几句不着边际的话,一篇序便写成了。我决不敢如此怠慢。《心影》的全部原稿,我已拜读了不止一遍。但我不想重复自己已经说过的话,也不想重复吴开晋、张秋红、王宝童、罗志野诸位先生说过的话,他们已对钧陶的作品做出了精彩的分析和准确的评价。我来评说,未必能超过他们。

钧陶的作品集,已经形成一个"影"的系列。我感到每个"影"都是诗人钧陶心灵的反映。他的心的内核,是人间大爱。"剪影"是心灵之梦的侧面;"幻影"是心灵之翼飞跃的具象;"留影"是心灵的颤动向大地的投射;"心影"则是钧陶所有"影"的集中和概括。

英国诗人罗赛蒂(D.G.Rossetti,1828—1882)有一首诗,题目叫《三影》,共有三个诗节。诗如下:

> 我在看:看见你眼睛在你的发影中,
>
> 　如旅人看见一泓泉水在树影中;
>
> 我说:"天哪! 我的心渴望去徘徊,
>
> 　去痛饮,去做梦在那甜蜜的幽静中。"

> 我在看:看见你的心在你的眼影中,
>
> 　如淘金者看见闪闪的黄金在泉影中;
>
> 我说:"什么法术啊,能赢得这宝贝?
>
> 　缺了它,生命冷冰冰,天国成空梦!"

> 我在看:看见在你的心影中有你的爱,
>
> 　如潜水人看见海影中有真珠放光彩;
>
> 我用比呼吸还低的声音喃语着:
>
> 　"你能爱,能否爱我啊,真纯的女孩?"

这首诗里出现六次"影",三颗"心",而诗的核心是"爱"。我不想对这首诗多作分析了,我录下它,是因为感到它可以作为钧陶《心影》的注脚。

诗人北塔曾问我:你写诗的总的指导思想是什么? 我说,是爱。虽然这是老生常谈,但我不怕人家说我是重复别人,老一套。

我感到,钧陶的诗的题旨,同我一样,离不开"爱"。他的爱,投向自己的亲人,朋友,同胞,祖国,人间一切受苦受难者,遍及全人类。只要看一看这部诗集中的诗,就能明确地感受到这一点,用不着我来——举例了。

由此,我又想起另一位英国诗人波狄伦(Francis W.Bourdillon,1852—1921)的一首诗,题目叫《夜,有千万只眼睛》,共两个诗节,诗如下:

> 夜,有千万只眼睛,
>
>   昼,只有一只;
>
> 而灿烂世界的光辉啊,
>
>   随夕阳而消逝。
>
> 脑,有千万只眼睛,
>
>   心,只有一只;
>
> 而全生命的光辉淡去,
>
>   当爱告终时。

我想重复说的是,钧陶的诗是他的心所迸射的光,而他的心的内核,是爱。他的心通过千万只眼睛把爱射向四面八方,射向人间和宇宙。如是,则波狄伦的这首诗可以用来做《心影》的又一个注脚。对它,我也不用多作分析了。我觉得,这首比罗赛蒂的那首更简约,更精练。两位英国诗人,已经在一个多世纪前,不自觉地先后为中国诗人吴钧陶做出了美丽的预言。

我写的这篇东西也许不像一篇序。只好请钧陶兄谅宥了。

2012年3月16日

附：

致 吴 钧 陶 函

钧陶兄：

为尊著《心影》写的序，今日完成。约一千八百字，题《心的内核，是爱》，现寄奉，请加审处。文中如有不妥处，请兄斧正。亦可告我，由我修改。

您的一生，遭受到许多苦难。你受到过经济上的困难。我小时过的是优裕的生活。抗战时家境一落千丈，但似乎还没有达到你的困难程度。你受到疾病的折磨，失去了肾，失去了两脚的平衡。我虽然也受过疾病的侵袭，切去了一叶肺，至今还有肾衰的威胁，但受害的程度不如你厉害。你受到过政治上的打击。我在反胡风、反右中也受到过冲击，但没有你那么重，我没有像你那样戴上"帽子"。但你在如此逆境中，披荆斩棘，一往无前，在诗歌创作、文学翻译和名著编纂方面，作出了非凡的业绩，实在了不起！您赢得了我的衷心的尊敬，成为我学习的楷模。

严重的疾病摧残了您的健康，但是您顽强地挺过来，是精神力量的胜利，这也是一个奇迹！

祝健康长寿快乐。嫂夫人昭华均此。

屠　岸　2012.3.16.

诗人译诗：有关济慈诗歌汉译的对话

——答卢炜先生问

　　在古今中外的翻译史上，诗歌的翻译历来是公认为最艰难的译事之一，仁者见仁，智者见智，始终是众说纷纭。诗歌翻译中的诗人译诗则是中外翻译史上的一个奇特现象，虽然翻译史上多有记载，也有学人关注，但研究者寡。西方译界早在十七世纪就意识到诗歌译者的身份问题，英国著名诗人、翻译家约翰·德莱顿(John Dryden)就曾表示优秀的译诗者必须是一名优秀的诗人；而与他同时代的翻译家、诗人罗斯康芒伯爵(Wentworth Dillon, Earl of Roscommon)也认为译诗不仅必须由诗人完成，并且译诗者本身必须有写出所译类型诗歌的能力。因此，谭载喜认为："伊丽莎白时代诗歌的翻译在质量上比不上散文翻译，主要原因是大部分翻译家是学者而不是诗人，译诗却必须本人也是诗人。"①我国诗歌翻译界也有众多译者和诗人表达了类似的观点，如诗人、学者王佐良就说过："只有诗人才能把诗译好"②；诗人朱湘也指出："惟有诗人才能了解诗人，惟有诗人才能解释诗人。他不单应该译诗，并且只有他才能译诗。"③当代学者、诗人中也有不少诗人译诗

① 谭载喜，《西方翻译简史》(修订本)，商务印书馆，2004年版，78页。
② 王佐良，《论诗的翻译》，江西教育出版社，1992年版，19页。
③ 朱湘，《说译诗》，《中西诗歌翻译百年论集》，上海外语教育出版社，2007年版，49页。

观点的支持者,如江枫、莫非、树才等。

诗人翻译诗歌具有其他译者无法比拟的优势:他们熟悉诗歌创作的各个环节,具有诗歌创作的灵感、冲动,了解诗歌创作的精髓和困难,因此,在翻译诗歌的时候,自身的创作经验和思维可以在一定程度上提高翻译的质量和水准,正如屠岸先生指出:"诗人具有创作诗歌的经验和体会,因而,能够体会到原作者的创作情绪,并且很好地在译文中表现出这种情绪来。"但是,屠岸先生同时指出只有诗人能够译好诗歌作品的观点,显然是有些绝对化了。

综观二十世纪中国诗歌翻译史,许多脍炙人口、影响深远的译著均出自著名诗人之手,例如苏曼殊译拜伦的《哀希腊》、郭沫若的《鲁拜集》、梁宗岱的《莎士比亚十四行诗》等。以济慈诗歌的汉译而论,最主要、最有影响力的译文和译本几乎全部来自徐志摩、朱湘、查良铮、朱维基、赵瑞蕻、屠岸等诗人和具有诗歌创作背景的翻译家。其中,屠岸先生所译的《济慈诗选》①无论是翻译诗歌的数量、诗歌体裁的多样性、译文的整体质量,都是近四十年来最重要的中译本。此外,屠岸先生在翻译济慈诗歌的时候,以自身翻译践行了中国诗歌翻译历史上重要的探索:以顿代步,对中国诗歌翻译界长期以来关于诗歌形式翻译的争论有着重要的理论和实践意义。本文基于卢炜对屠岸访谈的形式,拟就有关诗人译诗的问题,尤其是济慈诗歌的中文翻译等相关问题进行探讨。

——卢　炜

卢炜:请问您最早接触和翻译济慈诗歌是什么时候?济慈诗

---

① 　人民文学出版社,1997年版。

歌中哪些内容和因素打动了您？给予您怎样的心灵慰藉？

屠岸：我最早接触到济慈诗歌是在二十世纪四十年代。1937年抗日战争爆发，当时我的家在常州，为了逃避日军的侵略，我们全家辗转武汉、广州、香港等地，于1938年来到上海投奔我的姨母。当时我姨母家住在法租界，是一栋三层的小楼，这样我和我的表兄，也就是我姨母的儿子奚祖权就住在一栋楼里。我们两人从小就是很好的玩伴。后来，我表兄考入上海光华大学外文系，我1942年考入上海交通大学，学铁道管理。但是，我和表兄有着共同的爱好，他经常把他上英国文学课的课本、讲义和笔记拿给我看，和我探讨、交流。我于是爱上了英语诗歌，特别是爱上了英国诗人莎士比亚和济慈，以及美国诗人惠特曼，后来也喜欢弥尔顿和华兹华斯。大约在1943年到1944年前后，我开始接触到济慈的诗歌。同时，为了纪念我的一个病故的同窗好友张志镳，我翻译了莎士比亚的十四行诗。本来我想模仿弥尔顿写《利希达斯》，这是弥尔顿为了悼念他的亡友而写的，但我没有弥尔顿那样的才华，写不出悼诗，我就翻译莎士比亚的十四行诗，因为莎士比亚十四行诗的前126首是献给他的一个朋友的，我就用我的翻译来纪念我的同窗好友。在我译的《莎士比亚十四行诗集》第一版的扉页上，我还印上了给亡友的献词。之后，就开始被济慈吸引。济慈有两点吸引我。第一，济慈二十二岁得肺结核，我也是二十二岁得肺结核。在解放以前，没有特效药，肺结核是不治之症，我最好的小学老师，最好的朋友张志镳和一位邻居都是死于肺结核。我当时得病之后就感觉和济慈的处境非常的相似，甚至想到自己可能遭受到和济慈同样早夭的命运，因此，在感情上就时常受到济慈的打动，被他吸引。第二，济慈和我有相似的美学观点，济慈在《希腊古瓮颂》里讲道："'美即是真，真即是美'——这就是／你们在世上所知道、该知道的一切。"我非常认同这个观点，济慈这两行诗是他的箴言，讲得非常深刻,和我的想法吻合。这样随着时间的推移,我后来对济慈诗歌的爱好甚至超过了莎士比亚。

我最喜欢济慈的三首颂诗《秋颂》、《希腊古瓮颂》和《夜莺颂》,到现在我还能够流畅地背诵这三首颂诗。晚上睡觉之前,我常常在心里默念这些诗,就能慢慢地进入梦乡,济慈的这些诗对我是有催眠作用的。在"文革"期间,受到政治上的歧视和压抑,我被下放到静海县团泊洼的"五七"干校,生活条件很艰苦。当时,干校学员组织起来自己动手修建了住房,有两种住房,一种是单身房,一种是夫妻房。我和我妻子住在夫妻房里,白天要参加大强度、高负荷的劳动,晚上才能躲入自己的小屋,这就叫"躲进小楼成一统,管他冬夏与春秋"。而且,除了毛选、马列著作和鲁迅的作品之外,不允许看其他的书籍,我就凭借记忆默诵莎士比亚和济慈的诗,解除心灵上的郁闷和痛苦。白天劳动的时候,我也是一边劳动,一边背诵济慈的诗。秋收的时候要先用大镰刀把高粱割倒,再用两片手镰把高粱穗儿割下来,我就一边割,一边背诵济慈的诗,使劳动的节奏和济慈诗的节奏配合起来,从而感到一种和谐和愉悦。在那段难忘的生活经历里,济慈的诗使我的情绪松弛,给了我莫大的心灵安慰。

卢炜:请问您翻译济慈诗歌时一般采取怎样的步骤? 对济慈不同类型的诗歌,如颂诗、十四行诗、史诗翻译时使用的方法和策略有何异同? 您翻译一首济慈诗歌大约需要多少时间?

屠岸:我翻译济慈诗歌的流程是这样:先看诗歌原文,仔细阅读原文好几遍,再进行翻译。济慈的一些诗我可以背诵,但是他的长诗太长,不可能背诵下来。他的长诗,例如《海披里安》,虽然是一部未完成的作品,但诗中的境界非常宏伟壮丽。还有《恩第米安》,虽然这首诗在当时被英国批评界批评了,济慈本人似乎对自己的这首诗也不太满意,但是,这首诗中的想象力和许多意象还是非常优美的,比如,第四卷的"回旋歌"就非常动人。因此,就要仔细认真地把这样的诗读透，了解透彻之后，再下笔翻译。济慈有一个核心的美学和诗学概念叫 negative capability，我翻译为"客体感受力"，济慈在他的书信中论述了这个概念，济慈认为诗人在创作诗歌过程中应该放弃自我、放弃主观的感受和定势思维，全身心地投入到客体即投入到所吟咏的对象中去，将主体的自己和客体的对象融为一体。这种说法和中国传统的一些说法类似，例如，中国传统观点就有"有我之境"和"无我之境"这种说法，"客体感受力"可以相当于"无我"的境界。但是，"无我"并非真正意义上的失去自我，因为，感受要从"我"开始，"我"也要参与感受的全过程。"无我"是讲放弃定势思维，抛开自我原有的一切去感受吟咏对象。既然叫"客体感受力"，那么就有感受的"力"，这个力是由"我"来体现的。济慈的"客体感受力"虽然是对诗歌创作过程说的，但是我认为同样可以应用到诗歌翻译中。诗歌翻译同样需要这种"客体感受力"，译者也要放弃自己固有的思维定势，融入到翻译对象的原文之中，拥抱原文，体会原文的文字、思想和意境，体会原作者的创作情绪，将自己在融入原文之后获致的理解转化到译入语的语境之中。这是我翻译济慈诗歌和其他诗歌的基本原则和方法。

翻译济慈的不同类型的诗会有一些程序上的差异。翻译十四行诗等一些篇幅较短的抒情诗时，当然也要渗透到原作的精神中去，一般一天或者大半天就可以译成一首，但是，我会把译成的作品搁置一段时间，然后再去审视翻译得是否满意，再进行修改和润色，若干时日之后可能再重复一遍这样的工作。有时会发现修改的译文不如第一稿的译文，那么就再改回去，直到满意为止。翻译济慈的长诗要花费更多的时间，济慈的长诗是有人物和情节的，因此，要注意分析长诗的情节、人物和它的主旨、思想，充分了解这些要素，同时，用"客体感受力"进入原文的文本之中，经过领悟和体会，再将原文转化为中文，这样就不是短短几天就能译成。我感觉诗歌创作需要"灵感",而诗歌翻译需要"悟性"。翻译诗歌,首先要进入原文、拥抱原文,然后发挥自己的创造力。翻译与创作不同,不能脱离原文文本,任由自己发挥。

我在解放之前只翻译了一小部分济慈的诗,解放之后,因为济慈诗歌不符合当时的主流意识形态要求,一直没有再翻译,直到改革开放之后我才开始继续翻译济慈的诗。我最主要的翻译济慈的活动是在上世纪九十年代。九十年代初,人民文学出版社外国文学编辑室负责人任吉生同志鼓励和策动我有计划地翻译济慈,于是我花了大约三年的时间,翻译了济慈的主要诗歌作品,并于1997年由人文社出版了《济慈诗选》译本,这正是由任吉生同志签发的。

卢炜:您在很多文章中谈到您翻译诗歌时依照"以顿代步"的原则,请问您对"以顿代步"如何评价? 如果翻译原文的内容和形式发生矛盾,该如何协调?

屠岸:在惠特曼创作出自由体诗(free verse)之前,几乎所有的英语诗歌都是格律诗(regular verse),连素体诗(blank verse)也是有格律的,只是不押韵而已。严复提出翻译三难"信"、"达"、"雅",我认为核心是"信",也就是说以"信"为基础,"达"和"雅"是"信"的两个侧面。这"信"不仅是对作品内容要忠实,也要忠于作品的形式。诗歌是一种非常高超的文学样式,诗歌的内容和形式是互相制约、相得益彰、不可分割的。如果,仅仅翻译诗歌的意思,仅仅忠于诗歌的内容,而不顾其形式,那就是一种偏枯,也就没有诗了。

到现在为止,"以顿代步"是兼顾诗歌内容与形式的最佳译法,也可以说是翻译诗歌的基本原则。孙大雨首先提出了这一方法,他用的是"音组",他用这种译法翻译了莎士比亚的悲剧《璐琊王》。孙大雨用汉语的"音组"译英语的"音步",但没有做到等行。后来,卞之琳完善了这一方法,并且用这个译法翻译了莎士比亚的四个悲剧和一部分十四行诗。卞之琳称"音组"为"音顿"或"顿"。

卞之琳的这种译法可以归结为一句话："等行、以顿代步、韵式依原诗"。其中，以顿代步是最主要的，做到了严格意义上的以顿代步，译诗和原诗自然就会等行了。

这里举一个例子来说明以顿代步：济慈的《秋颂》(*To Autumn*)的第一行是这样的：

Season | of mists | and me | llow fruit | fulness

这里用竖杠划分了"步"。一行是十个音(syllable)，两个音形成一个步(foot)，一行共五个"步"。(至于格，如抑扬格、扬抑格等，暂且不论。)

译成中文，成了这样：

雾霭的 | 季节，| 果实 | 圆熟的 | 时令

这里也用竖杠划分了"顿"。一行共十二个音(汉字是一字一音)，这里有两字顿和三字顿，一行是五个"顿"。英诗以音群分"步"，汉诗(中译)是以意群分"顿"。译文以五"顿"代原诗的五"步"，这就是"以顿代步"。

诗歌翻译过程中内容与形式发生矛盾几乎不可避免。用以顿代步的方法，也会出现"削足适履"或者"抻足适履"的情况。为了译文形式上与原文的契合，前者是去掉可以省略或简化的部分，后者是加入一些辅助的东西。为了翻译诗歌的形式，不得已对内容做出一定的牺牲，但是，必须做到：去掉的只能是次要的东西，为了突出主要的东西，去掉次要的东西反而能烘托诗意；增加的东西只能是为了强调重要的东西，增加不能成为累赘，而应是烘托诗意。这样掌握起来是有难度的，但是，译者还是应该知难而上，尽量做

到内容和形式兼顾。英译汉的中国译者应该充分掌握母语的特点,发挥母语的优势。汉语是一种表达能力非常强的语言,具有灵活、有弹性、能浓缩、容量大和内涵丰富等特点,译者只要仔细推敲,总能找到合适的字词,避免以词害意,力争做到既能够忠实地反映原诗的内容,又能尽量接近原诗的形式。

卢炜:从您的翻译经历来看,您认为济慈诗歌最难翻译的是什么?

屠岸:济慈诗歌最难翻译的是它的神韵(其实不止济慈,其他如莎士比亚等诗人的诗,最难翻译的也是它的神韵)。所谓"神韵",就是精神和韵味。要想很好地翻译济慈的作品,必须全心地投入到原文之中,体会作者的创作情绪。比如,济慈的名作《夜莺颂》第三诗节里有一段诗是这样的:

> 人们对坐着互相听呻吟,
> 瘫痪者颤动着几根灰白的发丝,
> 青春渐渐地苍白,瘦削,死亡;

这里描写青春易逝、岁月侵蚀、生活的贫困、疾病的困扰以及死亡的威胁。这些描写在很大程度上正是济慈本人当时的境遇和心理状态的写照。但是,济慈的诗向人们展示:尽管理想和现实之间存在着矛盾和差异,而人可以摒弃这些负面的事物,升华到更高的境界。诗的第六诗节中又提到死亡,但与第三节中的死亡完全不同。济慈唱道:

> 我在黑暗里谛听着,已经多少次
> 几乎堕入了死神安谧的爱情,
> 我用深思的诗韵唤他的名字,
> 请他把我这口气化入空明;

诗人接着说:"无上的幸福是停止呼吸,趁这午夜,安详地向人世告别……"这里的死亡不是肉体的陨灭,而是生命的质变,精神的飞升。诗人凭借夜莺的歌声进入了灵魂超脱的神异世界。但是,这毕竟是幻觉,随着夜莺歌声的远去,幻觉破灭了,诗人又回复到"孤寂的自己"。但即使如此,又不尽然,诗人仍在迷离惝恍之中:"我醒着,还是在酣眠?"诗人的情绪如波涛起伏、回环往复、不尽欲言,恰如柳宗元的一句诗:"江流曲似九回肠"。那么,翻译济慈的这首诗,就要凭借"客体感受力",进入济慈的创作情绪、济慈的精神世界之中,去体会济慈的感情流程,争取将济慈诗中的种种况味通过自己的理解表达到译文之中。济慈的诗情都是通过节奏和韵律表达出来的,喜怒哀乐与抑扬顿挫紧密结合。因此,译文必须尽可能地体现原诗的音乐性,通过听觉感受表达诗的内在意蕴。这个翻译过程是很困难的。如果能做到这一点,那么也就是抓住了济慈诗的神韵。

卢炜:您如何看待"诗人译诗"的这一观点?您对早期济慈诗的译者如朱湘、查良铮、朱维基如何评价?

屠岸:认为诗人能够比较好的翻译出诗歌作品,大概是因为诗人具有创作诗歌的经验和体会,因而,能够体会到原作者的创作情绪,并且很好地在译文中表现出这种情绪来。这样的例子可以举出不少,如郑敏、戴望舒、绿原、邹绛、吴钧陶、钱春绮等老诗人,也有李永毅、北塔等较年轻的诗人。但是,这也不是绝对的。也有一些著名的外国诗汉译者,本身并不从事诗歌创作,但是他们同样翻译出了优秀的作品。我非常钦佩的一位翻译家杨德豫先生,本人并不写诗,但是他的英诗汉译水平极高,几乎没有人能超过他。黄杲炘先生翻译的英美诗歌,水平也是高的,但我没有见到他创作的诗。江枫先生也非常出色地翻译了雪莱、狄金森的诗。他本人好像也写诗,但我见到的很少。翻译家方平先生也是这样,他早年写过诗,后来不写了。所以说,诗人译诗能够译得更加出色,这没错,但不是绝对的。需要说明的是,有些优秀的诗歌翻译家,本人不写诗,但具有诗人气质,能掌握诗的三昧。

上世纪的1947年,我二十四岁,曾在上海《大公报》上发表过两篇文章《译诗杂谈》和《译诗杂谈二》,批评了很多翻译者,当时年轻气盛、狂妄自大,所以批评的态度不好。我批评别人的错误,有的是批对了,有些是批错了的。朱湘的人生充满波折和不幸,命运不好,二十九岁就投江自尽了。他翻译的作品最后被收集在一起,以《番石榴集》为名在他身后出版。这个集子可能是由他人收集整理、结集出版的,因此,只能是未定稿,有一些译错的地方是不难理解的。但是,朱湘是中国翻译外国诗歌的先行者,是为后人铺路的人。朱维基早在解放前就翻译了弥尔顿的《失乐园》,改革开放之后出版了《济慈诗选》,他也是诗歌翻译界的先行者。虽然,他们的译文中有一些错误,但是他们的道路不平坦,走的时候会有些颠踬,是可以理解的。他们是为后人开路的先行者,他们做出了很大的贡献,后人应该学习和借鉴。弄清他们译文中的错误是应该的,但不应该对他们过多地指责。查良铮(穆旦)是杰出的诗人、翻译家。生前受到严重的政治迫害,但他在逆境中翻译出版了大量俄、英诗歌,在译诗上做出了巨大的贡献。他的译诗总体上是优秀的,也不排除若干可议之处。但任何译者都不可能做到十全十美啊。

卢炜:您在一系列评述莎士比亚十四行诗的文章中,多次提出文学批评家做的一些研究和考据不会影响译者和读者对诗歌本身的欣赏和理解,您在《古瓮的启示》一文中指出"真正的艺术是诉诸心灵的艺术",而二十世纪八十年代之后,大量的济慈诗歌译者不再是诗人,虽然他们获得最新的研究资料大大多于您经历过的那个时代,但是,译文质量却有所下降,这是否也证实了您的观点和判断?

屠岸:近些年来出现大量济慈诗歌的译文和译本,很多我都没有看到,因此,我不能随便评论。但是,我认为不同的译本和译文有好有差是自然现象,而且,即便是不太好的译文和译本也可能会有它翻译得好的部分或片段。最近确实在出版界存在一种现象:一些出版商在利益的驱动下,会找来一些人将原文拆分,每人负责翻译一部分,最后再组合在一起,抢时间出书。这些人在翻译过程中往往是利用已有的别人的译文,作一些的字句上的更换,这实际上是一种抄袭行为。这些抄袭现象曾经出现在一些通俗读物或者流行读物的出版中,这些流行读物的发行者只重视商业价值。

至于文学研究和文学翻译的关系,我认为阅读了对原作大量的研究和评论之后,对原作的了解可能更全面些,这有助于翻译工作,但是在翻译的时候,主要之点仍然要从心灵入手,如果没有对原作在心灵上的感悟,即使阅读了对原作的大量研究和评论,也很难完成优秀的译作。这是一方面。还有一个方面。那就是译者为了深入到原作文本的内里,自己要进行研究。这与阅读他人的研究成果是不一样的。所以,我认为翻译和研究应该是并行不悖,相得益彰的。当然,这种研究不应是烦琐考证和资料堆砌。

2012 年 3 月 22 日

我国中等教育事业的一面旗帜

——江苏省常州高级中学校史序

　　江苏省常州高级中学，建校至今已有一百〇五年。是江南公认的名校之一，也是全国公认的名校之一。这个"名"，不是"追名逐利"的"名"，也不是"名缰利索"的"名"。这个"名"来自这所学校的实践，实干，实力，实绩，实效。常中在教育实践中取得的杰出成就，使它名不虚传，成为我国中等教育事业的一面旗帜。

　　常中建校于1907年，清朝末叶，邑人为贯彻新理念而创办。后入民国，及至1949年新中国成立迄今。校名屡有更迭，反映历史沿革：初为常州府学堂，继为江苏省立第五中学，第四中山大学区常州中学，江苏大学区常州中学，江苏省立常州中学，江苏省立常州中学沪校，常中学塾，江苏省立第八中学，苏南常州中学，江苏省常州中学，1954年初中部停办，更名江苏省常州高级中学，后又易名新常州中学，常州市第十二中学，1978年恢复校名江苏省常州中学，及至江苏省常州高级中学。建校以来，历经清末、辛亥革命、民国、抗日战争、解放战争、新中国、文化大革命、改革开放等各个历史时期。校史可分为，一、清末新政产物，二、辛亥革命后的新生，三、抗战时期的颠沛流离，四、解放战争时期的进步诉求，五、在社会主义阳光下成长，六、"文革"的浩劫，七、改革开放以来的新发展等七大板块。常中在历史行进的步伐中纡回探索，披荆斩棘，排除万难,奋勇挺进。它的实践精神,对我国中等教育事业的发展,具有重要的启示意义。

常中的成功,首先在于办学理念的先进。只有以正确的教育思想为指导,贯彻实践之,办学才能成功。常中第一任校长屠元博确立的治校十六字箴言:"崇尚民主,追求真理,勤学苦读,发愤图强",成为常中一百多年来始终奉行的指导原则。在清末民初,即提出"民主""真理"概念,具有极其可贵的超前意识。常中的校训"存诚,能贱",是第二任校长童伯章所制定。存诚,对祖国忠诚,对事业至诚,对同志坦诚,对朋友真诚;诚实,诚朴,诚信。能贱,不是自我矮化,是埋头苦干,脚踏实地,甘为小事,乐于奉献,谦虚谨慎,不骄不躁,勤奋刻苦,淡定从容。校训与治校十六字箴言互为补充,相得益彰。近三十年来,常中任期最长的校长史绍熙的治校理念民主、科学、开放、多元得到贯彻,史氏教育思想大放异彩。

常中历届领导人始终执行尊师爱生的方针。既继承至圣先师孔子的教育思想,又吸收西方教育的先进理念,博采众长,融汇贯通;实行德育、智育、体育、美育的全面发展,而以德育为第一。

常中校歌,最初有歌词"莘莘群彦,敦品立行,拔汇复连茹,愿养便楠作栋梁……为光家国,宏兹远模",气魄恢宏。但词中有"擎天有柱巩皇图",为清廷张目。入民国以来,校歌改词,有句:"泱泱民国,礼乐靖戈矛。多少英才硕彦,热心作育费绸缪。"强调民国,和平奋斗,乐育英才。这一思想,贯彻久长。

常中在教育战线上与时俱进。建校之初,屠元博宣扬民主革命。抗日战争与解放战争时期,强调民族主义与爱国主义。"文革"期间,成为浩劫的重灾区。改革开放以来,厉行拨乱反正,贯彻机制创新,率先民主办校。在彻底清除"文革"后遗症的基础上,使学校面貌焕然一新,站在教育事业的时代前沿。

常中一贯重视延揽师资,使群贤毕至,名师辈出。早期有吕思勉、杨孟懽、刘伯能、陈章、史蛰夫、恽福森、吕凤子、刘天华等。吕思勉乃国学大师,有"史学巨子"之称,曾在常中任史地教师多年。吕凤子为国画大家,美术教育家,曾任全国美协江苏分会主席。刘天华原是常中培养出的音乐天才,后又返校任音乐教师。史蛰夫精通国学,擅篆刻。瞿秋白受教于史,获益良多。

常中培育出的学生,佼佼者不胜枚举。早年的革命家,身殉革命事业的烈士瞿秋白、张太雷即受业于常中。瞿秋白一度担任中国共产党的主要领导人,于红军长征开始后被国民党俘获,慷慨就义。张太雷曾任中共广东省委书记,领导广州起义,在作战中壮烈牺牲。常中学生知名者还有钱穆,国学大师;刘半农,著名文学家;潘序伦,著名会计学家;周有光,著名语言文字学家,被誉为"汉语拼音之父";屠孝实,著名教育家,曾任北京政法大学校长,安徽大学、武汉大学、北平大学教授;万益,中共党员,领导宜兴秋收起义,献出了宝贵生命;吕叔湘,著名语言学家。以上仅举少量例子,可谓挂一漏万。常中为国家培育输送的各种人才,不可胜计,为祖国的革命和建设,作出了巨大的贡献。

本书以高屋建瓴之势,历述常中的史实,剖陈常中教育实践之经验,以事实为根据,以学理为准绳,条分缕析,俊彩纷呈。这是一部有史料价值又有实用价值的优秀著作。

笔者屠岸,原名蒋璧厚。常中是我的母校,1939年毕业于初中部,1942年毕业于高中部。我永远铭记当年恩师董志新、吕梅生、冯毓厚、濮齐奋等对我和众学子的谆谆教诲。家父蒋骥,当年求学于常中,受校长屠元博关爱,得以公费留学日本,学成归来,供职于建筑业和教育界,屠元博以堂妹嫁我父,即是我的慈母屠时。我生之时,大舅元博已因病辞世。但我对他的崇敬之情,终生不渝。这与我对母校常中的感恩,水乳不分。

本书编撰者嘱我为校史撰写序文。我自忖未必能胜任，又恐拂逆编撰者之热情与信任，勉力为之。笔力不逮，文采缺失，论述未必到位。敬请读者诸公批评匡正。

2012年4月3日

对青海湖钟爱崇奉的诗意表达

——致董培伦

培伦先生:

尊作《神哉! 大美青海湖》,我已拜读多遍。

我觉得这首诗是你多年来的力作。此诗的气魄、意境,似已超过你过去写的爱情诗、水兵诗以及其他抒情诗。

这首诗是你精心构撰而成。全诗分三大段,每段包含七个诗节,每个诗节由四十八个诗行组成。各段的构造均如此。全诗共一百四十四行。

第一段写青海湖自然形成的过程,以地质学和地球史为依据,进行诗的探索。诗句体现一种回环往复、荡气回肠的气势。写到古海,喜马拉雅山崛起,太平洋被逼东移,而青海湖留下来,却在东海的大合唱中仍保留着青海湖的歌声;写到两亿个春秋的飞逝,十三万年前的一次大震荡,造山运动兴起,一座又一座山把青海湖紧紧包围,青海湖固有的大海基因得到验证。指出人类是大地的主宰这种说法的荒诞性。

第二段写青海湖的自然风貌,它的现状,它与神话传说连接在一起。写到湖中神秘的庞然大物;写到黑洞,黑洞在冥冥之中与黑海的关连;写到民间传说中的龙王,他的龙宫;写到小龙王的宠物,青海湖的特产——湟鱼;写到湖中的鸟岛,白天鹅、班头雁、云雀、湖鸥……这些鸟在岛上的蜜月期,各种鸟的特征性动作。最后回答了鸟为什么钟爱这个岛屿:这里没有污染,这里没有猎枪。但随即诗人——你对这种状况能维持多久表示忧虑。

第三段写青海湖与华夏文化的姻亲关系。你写到海拔3197米高的青海湖,它明镜般的心扉上勒铭着华夏各族人民的交往史。写到传说中穆天子与西王母的相会(这使人想起李商隐的七绝《瑶池》:"瑶池阿母绮窗开,黄竹歌声动地哀。八骏日行三万里,穆王何事不重来?"),写到"青海头"的见证(指杜甫七言乐府《兵车行》中的句子:"君不见青海头,古来白骨无人收。新鬼烦怨旧鬼哭,天阴雨湿声啾啾!"),写到文成公主远嫁西藏,促进民族和睦(使人想起今人田汉的剧作《文成公主》),写到玛尼堆下的五色经幡,成为中华民族在天地间生存繁息的崇高象征。

三大段诗,把与青海湖有关的历史、现状、自然、人事同你作为诗人的心情紧密结合起来,诗不是纯粹客观的描述,而是主观与客观的统一。诗人对青海湖的认识、理解、爱、崇奉、膜拜的种种感情,渗透在诗韵的抑扬顿挫中,得到了充分的表达。

> 当我飞越千里万里前来探看你
> 一道蓝色的水线挡在我面前
> 当我箭矢一样快步飞向你
> 蓝线变长变宽变成一个蓝的圆
> 犹如一汪玉液琼浆浮动着
> 暖阳下盈盈碧波蒸腾着蓝
> 青天白云草地雪山映衬着你
> 让你蓝让你蓝让你蓝得美如幻

诗句把诗人初见青海湖时由远及近的感受极端真切地表达出

来,青海湖的色彩特点得到了强调,一个"蓝",千回百转,层层深入,使视觉感受与心灵感受融为一体,对诗人来说,是如此,对读者来说,也是如此。读者被这些诗句带到现场,又带到梦境。

> 今天我走在你的身边放眼凝望
> 凝望蓝天白云下的浪花簇拥
> 我仿佛听见年轻的文成公主
> 因各族人民大团结而发自肺腑的歌唱
> 我仿佛看见美貌的文成公主
> 因中华民族的复兴而露出欣慰的笑容

"穿越"剧有许多是搞笑。而上面这样的诗句则是历史与现实的融汇,古人与今人的神交,现场与磁场的合一。

你,这首诗的作者,诗人,你的灵魂已与青海湖的精神紧密拥抱。诗意升华,从青海湖跃起,定格在"中国龙惊世腾飞九重霄"中。

你笔下的诗句——诗行,有短有长,短的七个字,长的十六个字,平均一行约十个字。若以音顿算,有的一行三顿,有的七顿,平均一句约五顿。这里有参差美,有均齐美,有二者的交错和统一。你的诗不押韵,没有尾韵或行内韵。但诗行有着内在的节奏。朗诵起来,轻重有致,铿锵悦耳。可以说,这首诗是兼具意境美和音乐美的佳作。

你寄来的这首诗的打印稿上有两处错字:一是"侯鸟",出现了三次。"侯"不对,应该是"候"。只有"候鸟",没有"侯鸟"。另一是"九重宵","宵"错了,应该是"霄"。只有"九重霄"。"宵"≠"霄"。

诗题《神哉!大美青海湖》,我的意见是可以把"神哉!"删去。就叫《大美青海湖》,似乎更加干净、庄严、崇高。是否"神哉",读者读你的诗就会明白了。以上意见未必对,供你参考。

你在信中对今年《诗刊》第一期上我的几首诗作出了评价,我觉得你的评语有的中肯,有的过誉。我把你的评语当作对我的鼓励和促进。

你的信写于今年2月5日,你说:"再不写信给你拜年就失礼了。"可是我这封信,延迟了这许多时日才写,更是失礼了! 请原宥。

衷心祝愿你健康长寿,心情愉快,诗思不竭!

屠　岸　2012年6月2日

"附丽"和"独创"相结合的典范

——《李吉庆装帧艺术集》序

书籍装帧艺术是"为他人作嫁衣裳"吗？是耶非耶？有一种观点，也承认装帧是一种艺术，但认为只是一种从属的艺术而不是独立的艺术；或者认为只是一种"附丽"，称不上"独创"。我认为这是一种偏颇的看法。

我认为装帧既不能"摆脱"书籍，却又不"附属"于书籍。真正的装帧艺术家（不是装帧匠），其作品既是"附丽"，又是"独创"。这就是装帧艺术的双重性格。

正如文学翻译，严复提出"信，达，雅"三难，亦即三原则。信，不能离开原作；达，须与读者沟通；雅，要有艺术风貌：其中既有原作者的风格，又有翻译者的风格。又如音乐演奏，乐队和乐队指挥为听众演奏作曲家的音乐作品，既要传达作品的内涵和品格，又要发挥乐队指挥和乐队的创造性。不同的阐释即体现不同的风格。——我说这些，与书籍装帧有什么关系？我可能做了不伦的类比。但聪明的读者会理会我的用意。

李吉庆的装帧艺术之所以杰出，正在于它能深入揭示书籍的内蕴，又充分体现了装帧本身的创造性。不要以为，因为它是装帧，就被书籍所框死。不，装帧本身拥有进行创造的广阔天地。李吉庆的装帧艺术很好地说明了这点。

李吉庆曾为多部文学家"全集""文集"和文学"丛书"做装帧设计,也为作家的单行本著作做装帧设计,取得成功。他为《鲁迅全集》和鲁迅著作单行本所做的设计,可以看作是他的代表作之一部分。"全集"16卷,大32开精装本,封面封底为淡黄色,书脊用深赭色,书名用沈尹默题字。黄赭谐调,体现庄严凝重、刚毅执着的风范。一卷在手,就有正气凛然的感觉。鲁迅著作单行本,大32开平装本:《呐喊》、《彷徨》、《野草》、《朝花夕拾》,封面采用鲁迅当年初版封面做底图,有的是鲁迅自己设计的,有的是鲁迅请陶元庆设计的。这些原封面底图含有深厚的历史感,底图上方有鲁迅自己的签名,书名用大号扁平宋体字。整个封面的衬色,《呐喊》用浅绿,《彷徨》用浅灰,《野草》用浅黄,《朝花夕拾》用浅蓝。这种颜色的配置,似有某种情愫的暗示,如《彷徨》的灰,使人联想到鲁迅写作此书时的苦闷心情;而《朝花夕拾》的蓝,则既有忧郁,又有舒展,是鲁迅写作时两种情绪的合一。我的这种理解,也许有穿凿之嫌,但这是我的真切感觉。我也认为这是李吉庆的高明之处。如果他不是有意为之,那也是他的潜意识起了作用。

李吉庆为《巴金全集》做的封面设计,套封淡灰色,镶边蓝色,朴素大方;正封底色深紫,色调沉郁,体现质朴与深沉的结合。李吉庆为瞿秋白、郭沫若、茅盾、冰心、老舍等作家的全集、文集、选集都做了设计;他也为外国作家莎士比亚、列夫·托尔斯泰、安徒生、泰戈尔、塞万提斯、易卜生、纪伯伦、肖洛霍夫、欧·亨利、但丁、歌德、萨特、雨果、雪莱、契诃夫等的全集、文集、选集及单行本著作做了设计。他的设计涉及的作家如此之多,这些作家的著作内容如此之广,在装帧艺术家中,是少见的。而他对每个作家、每部作品的设计,都有明显的特色和意蕴。我这里不能一一评说了。

但是,我还是有要说的话。

李吉庆为中国古典名著所做的装帧设计,都体现着他独特的匠意。《红楼梦》、《三国演义》、《水浒传》、《西游记》，大32开精装本，这四部书并列成套，封面设计有统一规格，但又各有特色。各书采用了刘旦宅等人的封面图，书脊上的书名都用沈尹默的题字，饰以锦绣花纹，而底色则《红楼》为深红，《三国》为赭，《水浒》为绿，《西游》为蓝。深红与书名中"红"字相谐，也象征一个封建大家庭的繁华与没落；绿体现"水"，也象征绿林好汉；赭表达政治斗争和军事斗争的残酷；蓝象征西天。这些安排，说明设计者具有对色彩的特殊敏感性。这正是一个优秀的美术家应有的品质。

李吉庆对当代作家文学著作单行本的装帧设计，也都可圈可点。如韦君宜的小说《露沙的路》，封面、书脊、封底连成一片，以淡紫为底色，框以浅红色，封面安排白色阴文素描延安窑洞和宝塔，体现小说主人公在陕北的曲折经历和解放区投奔者的坎坷命运。我很感谢吉庆为我的散文和散文诗集《诗爱者的自白》做的装帧设计。此书封面、书脊、封底、勒口以淡灰为底色，封面淡灰的上方又晕为白色。中心为水仙花，花叶为浅绿间深绿，花瓣素白，花心金黄，曲线婉变，风姿绰约，清纯淡雅，宁静致远。水仙是我的花中最爱。这个装帧设计，深得我心，是吉庆的匠心独运。

吉庆是与我在人民文学出版社共事的同志和好友。我主持人文社编务时，他主持美编的工作。人文社美编室是藏龙卧虎之地，在这里工作过及仍在工作的张守义、叶然、柳成荫、柳泉、徐中益、古干、秦龙、何婷等，都是装帧设计的杰出才人。吉庆是其中的佼佼者之一。他的贡献十分突出，因而在国内、国际屡获大奖，他成为不仅在国内享有盛名，而且享有国际声誉的装帧设计大家。

吉庆的装帧艺术集即将出版，值得庆贺。他邀我为这本书说几句话，我欣然应命，于是写了这些文字。是为序。

2012年8月5日

平凡生活中筛出的金子

——序《高旭旺短诗选》

　　河南诗人群崛起,给我印象深刻。高旭旺是其中一员。他从郑州来,把他的短诗选书稿放在我面前。我虽然已到九十岁衰龄,眼睛的视力也不好,但我依然被他的诗篇吸引了。

　　高旭旺是个热情奔放、胸无城府的诗人。只要看到他在诗中把关怀、同情、敬意、热忱倾注到什么地方,就可以认识到他有着何等的亲和力。他的诗《不长翅膀的飞鸟》是写给桥梁工的;《脚手架》、《铁锹》是写给农民工的;《小镜子》是写给青年工的;《矿工》写煤矿工;《鸟鸣》写城市女清洁工;《一辆飞鸽》写送水工……他的歌咏对象还有:卖爆米花的人,河南烩面师傅,卖水果的女人,收废品的老人等等。他把桥梁工说成是"翱翔在时间上的风流","超越时空的雨后彩虹";他描述煤矿工说:"就是这一群　黑色的流动,在磨砺中　共同祈祷一个方向——光的存在　从此,天地人间　温暖如春"。他阐释烩面师傅:"生命的密码　他手艺的娴熟　是一碗烩面注解不了的……"这些诗句显示出旭旺对劳动人民所抱的坦忱与亲和的襟怀。

　　旭旺所关注的,不仅是那些人的个体的命运。他关注到一些重大的自然现象和人文现象,关注到人和自然的斗争处境。这里有一个例子。人们知道,黄河下游经常变道,其出海口有如"摆尾"

的龙。由于泥沙的淤积,开封的城基步步升高,而黄河河床却更高于开封城。开封是靠一代一代的人筑起一层一层的防护堤坝而维持这座城不被淹没的。旭旺有一首诗《悬河》,就是从黄河开封段得到启示而写成。诗是这样:

> 隐患成了意识
> 水火自古无情
>
> 河床高于平地
> 灾难迟早蔓延
>
> 人,让水出路
> 水,让人活路

　　"水火自古无情"是铁板钉钉子的客观现实。"人,让水出路　水,让人活路"既是人的智慧,又是人的无奈,这里充满辩证思维。然而,"灾难迟早蔓延"却是振聋发聩的警钟!这首诗蕴含着诗人对天人相搏和天人合一的思考。

　　诗人的目光射向现代,也射向古代,但他关注的是古代的诗歌大师。旭旺歌赞白居易:"他,倒下　是唐代的一条河流　他,站立　是中国诗歌的一座山峰"。旭旺崇奉杜甫:"'三吏'的重量　'三别'的不朽　跨越诗的空间　从此　这座山峰　成了中国诗歌之父　华夏诗圣"。为什么选择杜甫和白居易?又为什么突出"三吏"和"三别"?从上述旭旺的那些倾注热情于普通老百姓特别是劳动者的诗篇中,可以找到端倪。

　　旭旺又是个聪明灵慧,思维活跃的人。他有一首短诗,题为《写诗》,如下:

489

晨曦。鸟鸣
像挂在窗棂上的雨珠
透明
滴翠

鸟儿,轻轻地
推开我陈旧的窗棂
书房。我在写诗
同时,听雨的声音

　　读这首诗,感觉仿佛旭旺写诗就是从晨曦中的鸟鸣获得灵感,他的诗句就像是浸满了鸟鸣的雨珠,是那样的透明,有如滴翠。鸟儿轻轻地推开诗人书房的窗棂,在雨声中探视正在写诗的他。这是一幅清丽简洁的素描,写的正是灵感对他的光顾。从这里可以获得旭旺爱写什么诗的信息。

　　旭旺的诗,除了上面提到的以外,还有对宇宙与人生奥秘的探索。他的小诗,常常有某种哲理的内蕴。如他的《眼睛》:

它是一扇门
关住
容纳百川,大海
打开
容不下一粒沙尘

　　关住和打开是一种对立,百川大海和一粒沙尘是一种对立。在这一闭一开之间,从眼睛——人的心灵之窗中,一种人格力量、一种人生境界、一种真知灼见,举重若轻地通过五个短短的诗行而自然呈现。

旭旺常常在日常生活和日常事物中发现一些东西。如《挂历》一诗:"你总是 把自己高高地挂在墙上 让别人 每天,看着你的脸 过日子 // 时间长了 别人会把你的脸 一张一张撕下来 扔进时间的垃圾堆 当做日子 当做过日子"。挂历是一种极平常的事物,几乎家家户户都有,年年岁岁都有。但谁能从这个极普通的事物中发现哲思? 而旭旺的这首诗里,挂历的"脸"是一种象征,"一张一张撕下来"是一种象征,"时间的垃圾"是一种象征,"日子"和"过日子"也是一种象征。挂历,原本是挂在墙上的日历,日历,正是"日子"的标志。这首诗涉及时间和人的关系。我国自古就有关于人如何使用时间的箴言,例如"少壮不努力,老大徒伤悲",或者"一寸光阴一寸金,寸金难买寸光阴",如此等等。旭旺的这首诗,却摆脱前人的窠臼,从一个全新的角度,阐述了人和时间的关系。这似乎是诗人"顿悟"的结果。

还可以举一个例子。旭旺有一首诗,题目叫《高脚杯》,如下:

它,一生
靠脚尖走路
路,却
不在脚下

它,喜欢
高高在上
做起事来
心里
总是空空荡荡的

　　诗中所有的想象都有物质基础：高脚杯的形状、结构、特点、气质。"脚尖""路"都有具体的所指，又都有另外的含义。"不在脚下"的"脚"与"高脚杯"的"脚"，不是一回事，又不一定不是一回事。"高高在上""空空荡荡"都是这杯子的真实的属性，但诗句却赋予这杯子以另外的象征。文字明白如话，但诗给予读者的启示是深长的。这是又一个"顿悟"的诗例。

　　这些诗句，是不是那么透明，有如晨曦，有如滴翠，有如鸟鸣，有如窗棂上的雨珠？是。然而还有一种感觉：这些诗句更像阳光下的金子。

　　诗人高旭旺写诗的步履，或者说，他的诗歌意象的创造历程，我感到，就是从平凡生活的沙土中筛出一粒粒闪闪发光的金子的进程。这是一种何等可贵的收获！

2012 年 9 月 16 日

从家训中走出的诗人

——百年新诗大型纪念专题《世纪访谈》屠岸篇

南鸥：屠岸老师您好！感谢您接受百年新诗大型纪念专题《世纪访谈》的专访。您老以大爱的心灵、严谨的学风、独立的品格享誉诗界，是新诗百年无法绕过的路碑。为纪念新诗百年的到来，《世纪访谈》拟以百年新诗的发展为视野和线索，以史实、学术、文本为基点，对新诗一百位有影响的诗人和诗歌评论家进行访谈，旨在梳理新诗百年以来业已形成或正在形成的传统。我们刚刚访谈了郑敏、牛汉两位前辈，现在首先请您老对《世纪访谈》这个栏目的构想提出一些建设性的建议，以便我们在接下来的访谈中做得更好。

屠岸：您为纪念中国新诗百年而设计的《世纪访谈》，我感到是有意义的。您准备访谈一百位诗人，这个规模不小。中国新诗从诞生到现在已近一百年，它走过的道路，有平坦，也有崎岖，还有布满着荆棘，甚至一片荒漠。您要我对《世纪访谈》谈建设性的意见，我没有深思熟虑。我只想听听老、中、青诗人们从各个不同的视角畅谈他们对百年新诗的观感、评议、希冀和展望。不仅是"七嘴八舌"，而是"百嘴千舌"，这样也许能把问题谈得更全面、更深入、更能启发人。百年新诗的总结，要从众声喧哗中得来。——您称我为"新诗百年无法绕过的路碑"，是对我的过誉，我不敢承受。

南鸥： 就我国新诗百年的发展历程来看，新诗一直是伴随着对欧美诗歌的翻译而发展起来的，您老既是诗人、又是诗歌翻译家，请您老谈谈欧美诗歌是在什么样的情形之下介绍到我国来的，最早将欧美诗歌翻译到我国的是哪一位诗人，是什么时间？

屠岸： "中国新诗"或者简称"新诗"这个名称，似乎已经约定俗成，成为文学界、读书界广泛认可的名词。它之所以称为"新"，就因为它区别于"旧"。中国自古以来，一直到上世纪初叶1919年五四运动，中国诗人写诗总是用文言文，用古典格律。五四提倡白话文运动，主张用白话写诗，这才叫"新诗"，又叫"白话诗"。1920年上海崇文书局就出过一本《分类白话诗选》，又名《新诗五百首》。此后，用文言和古典格律写的诗叫"旧体诗"。

有一种说法，认为中国新诗是从西方"引进"的。这说法有一定道理，但不全面。中国新诗的源头有二，一是中国古诗和民歌，一是西方诗歌。《诗经》和《楚辞》中就有许多当时的白话。至于乐府、民歌、民谣中白话成分就更多。中国新诗是继承了这个传统的。但说中国新诗受西方诗歌的影响，也不错。早期新诗的骁将郭沫若，他的许多诗作就受到美国诗人惠特曼（W.Whitman，1819—1892)的明显影响。朱湘、徐志摩、闻一多则受到英国浪漫主义诗歌的影响较多。欧美诗歌介绍到中国来，早于郭沫若时期。清朝后期，闭关自守政策使中国与外部世界隔绝，日渐沉沦。一些有识之士要求打开国门，引进西方先进文化。欧美诗歌就在"欧风东渐"形势下被介绍到中国来。最早译成汉语的外国诗是美国诗人朗费罗（1807—1882)的《人生颂》，译者是曾任上海税务司的英国人威妥玛（1818—1895)，此人曾编过汉语课本《语言自述集》。这首诗的翻译，分两步走。魏妥玛译出初稿，然后由当时的户部尚书董恂修改加工，成了一首七言诗(有些像两首七绝)，是文言文诗。严复译的《天演论》(1898)中包含有英国诗人蒲柏(1688—1744)的诗《人伦》片段和丁尼生(1809—1892)的诗《尤利西斯》片段,也都是用文言文译出。此后,引起广泛注意的英诗汉译,是梁启超译英国诗人拜伦(1788—1824)的《哀希腊》(1902),译文有些像"沉醉东风"曲牌;之后马君武也译了拜伦的《哀希腊》(1905),是七言歌行体。后来,苏曼殊又译出《哀希腊》,是五言古风形式。再后来,胡适又译出《哀希腊》(1913),是骚体。

最早把西方诗译成汉语白话诗的,恐怕还是胡适。他在1920年出版的《尝试集》中,除了上述骚体《哀希腊》外,还有三首译诗是用的白话。其中就有英国诗人菲茨杰拉德(1809—1883)的《柔巴依集》中的选篇。

南鸥:您老是什么时间接触到欧美文学作品的? 又是什么时间开始翻译欧美诗歌的? 先后翻译过哪些欧美诗人的作品? 在这些诗人中,您的诗歌创作中受哪一位诗人的影响最大?

屠岸:我接触到欧美文学作品原文,最早是在1939—1942年就读于江苏省立常州中学沪校高中部时。那时用的英文课本中,选有多篇英语文学的精品,如莎士比亚(1564—1616)的剧作《威尼斯商人》选段、《裘力斯·凯撒》选段;狄更斯(1812—1870)小说《老古玩店》选段;兰姆(1775—1834)散文《梦幻儿童》;爱伦·坡(1809—1849)的诗《安娜贝儿·俪》;华兹华斯(1770—1850)的诗《水仙》等。这些文学作品作为课文,其水平与英国、美国高中语文课本所选的文学作品水平相当。

我最早翻译的诗是英国诗人兼小说家斯蒂文森(1850—1894)的《安魂诗》,译于1940年11月20日,抄在我那天的日记上。译了两份,一份是七言八句,一份是五言十二句,都是文言文。我最早发表的译诗是翻译美国诗人爱伦·坡的《安娜贝儿·俪》,登在上海《中美日报》1941年10月21日上;其次是译英国诗人希曼斯夫人

(1793—1835)的诗《卡塞莘克》,登在《中美日报》1941年11月27日上。这两首译诗用的是白话,发表时的笔名是"牧儿"。其后译的英美诗人作品就多了。如莎士比亚、惠特曼、济慈等等。1948年出版惠特曼诗集《鼓声》译本;1982年出版斯蒂文森儿童诗集《一个孩子的诗园》译本(与方谷绣合译);1997年出版《济慈诗选》译本;2007年出版《英国历代诗歌选》译本上下两册,收入英国诗人一百五十五位,诗583首,时间跨度从中世纪到当代。

我创作诗,首先是写旧体诗即古典格律诗或文言诗,之后又写新诗即白话诗(包括自由体和现代格律体诗)。1943年我在江苏吕城农村写诗五六十首,受吴汶的影响很深,这是我早期创作的高潮。至于外国诗人对我创作的影响,我自己说不清楚,可能英国诗人济慈(1795—1821)对我有较大的影响。

南鸥:在我对郑敏老师访谈时,她谈到欧美诗歌是在三十年代才对新诗的创作起到实质性的影响,请问您老是否同意她的这个观点? 欧美诗歌对新诗的影响具体体现在哪些方面? 对新诗发展的进程是否具有决定性的意义?

屠岸:郑敏先生说欧美诗歌对中国新诗产生实质性的影响,是在上世纪的三十年代。郑敏先生自有她的道理。她的史观和诗论是很严谨的。注意,她讲的是实质性的影响。《中国新诗》诗人群(即后来被称为"九叶派"的诗人群)崛起于上世纪四十年代,但他们受到欧美诗歌的影响而开始写诗,当早于四十年代。影响他们的欧美诗人,是庞德(1885—1972)、艾略特(1888—1965)等现代主义诗人。中国新诗体现出现代意识,该从穆旦、郑敏、辛笛、绿原、牛汉、杜运燮等的作品开始。较早时期的新诗,如徐志摩的作品,则受到英国浪漫主义的影响和先拉斐尔派的唯美主义影响。郭沫若的诗则受到惠特曼的狂飙突进式民主主义思想的影响。艾青受到比利时诗人维尔哈伦的影响。绿原后期受到奥地利德语诗人里尔克的影响。可以说,欧美诗歌对中国新诗的诞生和发展起着重大的影响。但中国新诗发展进程的决定性因素是中国历史、中国社会、中国式意识形态和中国诗歌本身潜在的素质。

南鸥:北岛在《时间的玫瑰》一书中,将几位不同的翻译家翻译的同一首外国诗歌进行逐字逐句的比较,很多诗歌的翻译还是存在着较大的差异,而对于诗歌这样的文学样式来说往往差之毫厘,失之千里。请问诗歌翻译的过程中诗性是不是受到一定的伤害?

屠岸:北岛先生的这本书我还没有拜读过。诗人写完了一首诗,他的这一创作过程完成了,又没有完成。译者在继续这一创作过程。译者译一首诗,即参与了这首诗的创作,他译完了,这一创作完成了,又没有完成。读者在继续这一创作过程。读者读一首诗,即参与了这首诗的创作。他读完了,这一创作完成了,又没有完成。因为还有后来的读者,后世的读者。

一个诗人有一个诗人的风格。一首诗有一首诗的风格。一个译家有一个译家的风格。一首译诗有一首译诗的风格。优秀的译诗,既保留(部分地)原诗的风格,又不可避免地体现译家的风格。同一个译家译不同作者的不同的诗,会有不同的风格。同样,不同的译家译同一首诗,会有不同的风格。同一首诗的不同译文之间,肯定有差距,往往有很大的差距,这首先由于不同译家对原诗风格的领会不同,同时又由于不同的译家有不同的译家风格。但不排除某些译家本身风格相似或相近,他们译同一首诗会体现出相似或相近的风格。

有人认为小说和散文可以翻译,诗不可翻译。英国诗人雪莱(1792—1822)即认为诗不可译。美国诗人弗罗斯特(1874—1963)认为诗即是经过翻译而失去的东西。这些观点有一定的道理,但说得过于绝对。我认为诗是可译的,否则,中国人不知道莎士比亚,外国人也不知道李白。问题在于译者的水平,译诗的质量。可译的根据是：人类各民族虽然使用不同的语言，但人类喜怒哀乐的感情是共同的。说诗歌经过翻译诗性会受到一些损伤，这没错。优秀的翻译，诗性保留得多一些。平庸的翻译，诗性失去的更多。拙劣的翻译，诗性被破坏殆尽。

南鸥：在我的记忆里，欧美诗歌以及大量的文学作品是在上世纪80年代初期被专业的翻译家广泛介绍到我国的。随后北岛、西川、王家新、树才等一些诗人也开始做这方面的工作，去年伊沙也介入了诗歌的翻译，并对一些翻译提出质疑。作为我国最早的一批诗歌翻译家之一，请您老对近百年新诗的翻译工作谈谈自己的看法。

屠岸：欧美诗歌通过翻译介绍到中国来，时间很早。这方面，我在前面已约略谈到。1949年新中国建立后，主流意识形态处于统治地位，影响到诗歌翻译。中苏蜜月时期，通过翻译介绍到中国的外国诗，以苏联诗歌为主。但欧美诗歌译成中文的也不太少。查良铮译出拜伦的巨著《唐璜》以及雪莱的抒情诗。莎士比亚十四行诗，则因为苏联推崇莎士比亚，在苏联卫国战争时期，《真理报》以整版篇幅发表马尔夏克用俄文译出的莎士比亚十四行诗系列，所以莎翁十四行诗的中文译本也得以在中国畅行。但到了"文革"时期，一切所谓"封、资、修"的作品均被禁止，译诗界也是万马齐喑。1978年12月党的十一届三中全会后，拨乱反正，思想解放，自然影响到译诗事业。您说上世纪八十年代初期欧美诗歌及大量文学作品被介绍到我国，就是说的这一现象吧。您提到的北岛、西川、王家新、树才等，确是在译诗方面作出了贡献。这些译家，原是诗人，一身而二任。在他们之前，也有许多译家，在译诗方面作出了大的贡献。如英诗汉译者朱湘、卞之琳、梁宗岱、查良铮、杨德豫、飞白、江枫等。其中朱湘、卞之琳、查良铮（穆旦）也是诗人兼翻译家，一身而二任。黄杲炘不仅译诗，而且做译诗的理论研究，作出很大的贡献。我特别赞赏杨德豫，他译朗费罗、华兹华斯、柯勒律治、拜伦的诗，达到极高的水平，他是英诗汉译的圣手。英诗汉译早期，即有人用中文白话格律译英语格律诗，如胡适译萨拉·梯斯台尔（1884—1933）的一首诗《关不住了》（*Over the Roofs*）即是一例。但早期多数译诗，原诗为格律诗的，译文却不讲究中文白话的格律，而是用分行的散文译出。后来孙大雨首创用汉字的音组代替原作的音步进行翻译。这种译法由卞之琳加以完善，总结为三句话："以顿代步，韵式依原诗，等行翻译"，亦称"亦步亦趋"式。这里的"顿"（或"音顿"）即孙大雨所称的"音组"。这种以格律诗译格律诗的方法标志着"译诗艺术的成年"，其首创者为孙大雨，完善者为卞之琳，代表人物为杨德豫。进入二十世纪以来，英国诗歌以艾略特为代表的现代主义崛起，他们的诗与传统的格律诗不同。从形式上看，属于有节律的自由诗。而自由诗的鼻祖则是美国十九世纪的惠特曼。以中文自由诗译外国的自由诗，是顺理成章的事。自由诗不能与分行散文画等号。自由诗含有明显的内在节奏，与散文有别。不过，英美诗坛上流行的还是格律诗和自由诗并行的双轨制。在自由诗崛起之后，格律诗并没有退出历史舞台。美国女诗人狄金森（1830—1886）的诗可说是一种变格的格律诗，也可以称之为半格律诗。又如美国的无冕桂冠诗人弗罗斯特，他仍然写他的格律诗，而且赢得广大读者的青睐。江枫用中文翻译狄金森的诗和弗罗斯特的诗，获得成功。以上讲的是英语诗的汉译。其他语种的诗歌的汉译，也取得了可观的成就。戈宝权、查良铮、飞白、高莽等的俄语诗歌汉译，冯至、钱春绮、绿原等的德语诗歌汉译、戴望舒、程抱一、梁宗岱等的法语诗歌汉译，钱鸿嘉、吕同六等的意大利语诗歌汉译，戴望舒、王央乐、赵振江等的西班牙语诗歌汉译……都取得了很大的成就。中国译诗最早的起点不低，有顺利的发展，但中途有坎坷，有曲折。当前中国译诗事业在稳步前进,译诗人才辈出,我感觉前途乐观。

南鸥:我们知道,十四行诗是英国诗歌的一种独有的文学样式,我们还知道您老出版过一本《屠岸十四行诗》的诗集,新诗现在的创作中依然有一些诗人在写十四行诗。请问这种特有的文学样式与欧美的其他诗歌相比较有哪些不同?

屠岸:十四行诗,英文叫sonnet,原是法国南部与意大利接壤的普罗旺斯地区流行的一种民间谣曲,后来这种形式被文人采用,成为文人创作的一种诗体。原来的曲谱已经失传。这与我国的"词"的产生相似。sonnet的中文译名,有"十四行诗""商籁""商籁体""声籁""颂内"等多种。"十四行诗"和"商籁"的译名均出自闻一多。最早用十四行诗形式写诗的是意大利文人连蒂尼。产生巨大影响的早期十四行诗诗人是意大利的但丁(1265—1321)和彼得拉克(1304—1374)。后来这种诗体"扩散"到英、法、德等欧洲国家,又到美洲,以及世界各国。中国写十四行诗的,早期有朱湘、闻一多。三十年代卞之琳的《音尘集》、《装饰集》、《慰劳信集》中有多首十四行诗。1942年出版的冯至《十四行集》,收有27首十四行诗。卞之琳、冯至的十四行诗成为中国新诗中的经典。之后写十四行诗的中国诗人很多,著名的有唐湜、唐祈、吴钧陶、陈明远等。最近顾子欣的国际题材十四行诗发表,受到读者的关注。十四行诗是西方格律诗的一种。它有严格的格律规范:每首必须是十四个诗行,分四个诗节,各节的行数为4442或者4433。其韵式有意大利式(或称彼得拉克式)和英国式(或称莎士比亚式)的区别。意式为abba、abba、cde、cde(后两个诗节韵式可以有小变化),前两个诗节为抱韵,后两个诗节为参差韵。英式为abab、cdcd、efef、gg,前三个诗节为交韵,最后一个诗节为偶韵。十四行诗的内结构为:启程→发展→纠结→终结,或者:起→承→转→合。十四行诗与自由诗不同,后者可以汪洋恣肆,前者必须严谨凝练。十四行诗是格律诗的一种。格律诗的体式多种多样，可以千变万化，种数是无穷的。有的格律诗如只有四行的"柔巴依"，由于其容量的限制，当然更求简约。十四行诗与其他格律诗相比，就总体来说，前者更加严格，要求思想更浓缩，节奏更紧凑，以少少许胜多多许，在一个有限的小天地里展现一个广大的宇宙。

南鸥：我常说诗人的存在，首先是心灵的存在。您自幼生长在一个书香门第之家，深受家训"胆欲大而心欲细，智欲圆而行欲方"的熏陶。我想这充满智慧与尊严的家训让一位诗人的心灵获得了最初的滋润，并慢慢形成了一位诗人的精神品格，而正是这种品格的支撑，才让您的作品获得了诗性与力量。从这个意义上说，您是一位从家训中走出来的诗人。朋友们很想知道家训对您老的一生产生了什么样的影响。

屠岸：我从小受母亲屠时的家教影响很深。母亲受教于她的伯父、我的大舅公（外公的哥哥）屠寄。屠寄是历史学家和文学家，著有《蒙兀儿史记》一百六十卷和《结一宧诗略》、《结一宧骈体文》。（注意，这里是宧 yí，不是宦 huàn。）屠寄追随孙中山，辛亥革命后，中华民国成立，屠寄任常州第一任民政长（县长）。我的大舅（屠寄之子）屠宽（字元博）是同盟会会员，常州中学创办人，民国时期国会议员。我父亲蒋骧家境贫困，读书勤奋，毕业于常州中学，受校长屠元博器重，得公费派赴日本留学，学成归来，元博以堂妹嫁我父，即是我的母亲屠时。母亲教我以古诗、古文、绘画，授我以箴言"胆欲大而心欲细，智欲圆而行欲方"。这是立身处世的准则，也是从事文学创作的守则。父亲是建筑工程师、教师。他训我以科技救国：国家兴亡，匹夫有责。我的诗歌创作，也是在这种家庭文化氛围中进行的。我认为写诗不能仅仅为了抒发个人悲欢，个人悲欢必须与人民哀乐相统一。写诗既然要发表，那就一定会影响读者。因此，写诗必求真（不说假话，不作违心之论，不趋时、媚俗),向善(爱国、爱人民、爱人类,弘扬正义、诚信、善良),崇美(用诗美纯化一个民族以至人类的灵魂)。

南鸥:您老的整个创作生涯可以分为几个时期?各时期有什么特点?您最钟情于哪几首诗歌?第一部诗集是什么时间出版的?直至今日共有多少部诗集问世?

屠岸:我的诗歌创作第一个高潮期应该是1941—1943年。特别是1943年我在江苏吕城农村时,写了五六十首诗。《打谷场上》写的是一位在日寇刺刀下坚强不屈的新四军战士,他只有十五岁,却为祖国献出了年轻的生命。其他的诗写农村的风物,自然环境,农民生活,以及一个知识分子在农村的种种感受。《中元节》、《八月》、《浪子》等可作为这一时期诗作的代表。这些诗作受到吴汶诗歌的影响。吴汶的诗名不很大,但他是三十年代的一位优秀诗人,他留给后人的新诗作品只有一本薄薄的诗集《菱塘岸》,收入诗27首。这些诗对我影响很深。1944—1948年,是我创作第一个高潮的延续期。《梦幻曲》、《插曲》、《燎市者》是这一时期的主要收获。从新中国成立到"文革"结束,是我创作的枯水期。从1956—1976年,我只写了五首诗,乏善可陈。这时,主流意识形态窒息了我的创作思路。七十年代末到八十年代中期,也可以说是我创作的第二个高潮期。这时写过许多咏物诗,《树的哲学》、《白芙蓉》、《文豹》是自己比较满意的作品。九十年代中期到1999年,可算作我创作的第三个高潮期。这时期的一些诗作如《凶黑的死胡同》、《九十年代的"秀"》等,受欧美现代主义诗歌的影响比较明显,但不是它们的翻版,仍保持着自己的个性。写于1999年的《迟到的悼歌》,是为纪念我的朋友、张志新式的女英雄马正秀而写的一首悼诗,我认为是自己的重要作品。1998年写诗二十几首,1999年写诗五十几首,这两年是我的丰收年份。从2000年到现在,又进入一个新的时期。此时的作品,还待自己去回顾。以上所说都是指我的新诗(白话诗)作品。此外我还有旧体诗和词的作品,没有计算在内。我迄今已经出版的诗集有:《萱荫阁诗抄》(1985)、《屠岸十四行诗》(1986)、《哑歌人的自白——屠岸诗选》(1990)、《诗爱者的自白——屠岸的散文和散文诗》(1999)、《屠岸短诗选》(汉英双语版,2002)、《深秋有如初春——屠岸诗选》(2003)、《夜灯红处课儿诗——屠岸诗选》(2006)。

南鸥:您老在古典诗词和欧美诗歌这两个方面都具有很高的学养,而我想知道您老在创作中是如何处理这两种不同的学养资源的? 是否吸收了这两个方面的养分? 如果吸收了,请问分别体现在文本的哪些方面?

屠岸:为了叙述的方便,这可以从形式和内容两个方面来谈一下。从形式上说,我写的旧体诗和词,从形式上承袭了中国古典诗歌中的五言古诗、七言古风、五言律诗、七言律诗、五言绝句、七言绝句的格律,以及《沁园春》、《浪淘沙》、《霜天晓角》等词牌所规定的格律。我写的新诗,分自由诗和新格律诗(或称现代格律诗)两类。这是受欧美自由诗和西方格律诗的影响而写的。中国古代不存在自由诗和西方格律诗那样的诗形式。从内容上说,无论写旧体诗和词还是写新诗,都可以吸收古诗和外国诗的养分。我吸收李白的豪放较少,吸收杜甫的沉郁较多。我学习古诗如何炼字、炼句,如何创造意境,做到情景交融。英国华兹华斯自然冲淡的浪漫主义和以艾略特为代表的现代主义风格,可能在潜意识中对我产生影响。我倾心于济慈的崇尚真与美。营建诗美是我毕生的追求。我崇奉济慈的美学概念"客体感受力",以此为诗歌创作的指针。优秀的古代和外国诗歌在形式和内容上的高度统一,是我学习的楷模。但我很清楚,吸收养分,不等于模仿,创作诗歌,绝不是制造赝品。没有传统的滋养,写不出好诗;缺乏创新意识和个性发挥,写诗等于浪费时间! 我前面所说的有些话,可能被视为"大言不惭"。其实我只是陈述我的努力方向,至于我的作品已达到什么水平,那是另一回事。

南鸥:新诗的历程已近百年,在这百年的进程中您老是亲历者,请问新诗在近百年的演进中是否形成了自己的传统? 如果形成了,这个传统体现在哪几个方面? 就您老的角度来看,百年新诗的发展可以分为几个时期? 各个时期有什么特点?

屠岸:关于中国新诗发展的历史,我缺乏研究。我认为有三本书可以解答您这个问题,就是《中国诗歌通史·现代卷》(王光明主编),《中国诗歌通史·当代卷》(吴思敬主编),《中国当代新诗史(修订版)》(洪子诚、刘登翰著)。说起中国新诗,不能忽略香港、澳门、台湾的诗歌。可喜的是上述三本著作中都有专门章节写到港澳台诗歌。

关于中国新诗是否已形成自己的传统这个问题,我在《诗歌圣殿的朝圣者——和首都师范大学师生们的一次对话》中已经说明了我的观点,但不成熟。我的观点概括地说,是这样:新诗是一种文学现象,文化现象,是一种社会因素,不是个体现象。新诗诞生至今已有近百年历史,历经数代,生生不息,至今它的生命力依然旺盛,不会在短期内消失。新诗有变化有发展,流派纷呈,各领风骚,但又没有离开它的根基,其根基即是运用汉语白话写作,以述志、表情、达意。从以上三点看,新诗已具备了形成传统的三个要素。但是还有一个要素,即必须具有特殊品格。新诗有它的特殊品格,但不稳定。用汉语白话作为材料来塑造新诗,其过程是不稳定的。新诗继承了古诗兴观群怨和思无邪的传统,又有发展,那就是五四精神,自由、平等、博爱的民主思想的渗透。但由于新诗的特殊品格不稳定,所以它的传统还不成熟,不完善。郑敏先生提出,对于新诗是否已形成自己的传统,表示怀疑。这不是郑敏先生贬低新诗的成就,她是恨铁不成钢。

南鸥：朋友们都知道，您老最早的一首诗歌是十三岁时写的《北风》，发表的第一首诗是《祖国的孩子》。《北风》表现了一位少年对底层民众最深切的同情，《祖国的孩子》则表现了一位青年的民族大义。而在那个黑白颠倒的时代，您老宁愿折笔也坚决不写那些"应景"之作。在我看来，这些笔触清晰地勾画出一位诗人最为难能可贵的精神品格，而这样的品格在我们这个时代更为珍贵，我想请您老谈谈，诗人如何养成这样的品格？

屠岸：《北风》作于我读初中一年级时，只留下了开头的两句。《祖国的孩子》这个题目，记忆有误，应该是《美丽的故园》和《孩子的死》，先后发表在1941年11月17日和12月1日上海《中美日报》副刊《集纳》上。都是散文诗，是我最早发表的作品。其主题是爱国、抗日。写一个孩子在日寇入侵时拿起大刀跟敌人搏斗，终于牺牲。文字很幼稚，文章很蹩脚。

诗歌是人类灵魂的声音。诗人写诗，应该发自内心。内心纯净，诗必纯净。内心龌龊，不配写诗。诗格与人格应该是统一的。"三应"诗（应景，应时，应制）是伪诗。写不写"三应"诗，不是具体操作问题，而是一个人的世界观、价值观的问题。诗人首先是一个人——一个大写的"人"。承认并具备这一点，那么，他的独立的品格，自然形成。

南鸥：在一次采访中您老谈到，在您生命坠入低谷的时期，是莎士比亚和济慈的诗歌拯救了您，让您度过最为艰难的岁月。而学界普遍认为您翻译的莎士比亚和济慈的诗歌是您老作为翻译家的最高成就，我想您老与莎士比亚和济慈的诗歌一定藏着很多的故事，我想众多诗人朋友都想听听。

屠岸：十九世纪中国清朝积弱，列强入侵，甚至到达瓜分中国的危险地步，中国濒临灭亡的边缘。第一个打开中国大门的是英国。鸦片战争中国失败，《南京条约》使中国备受屈辱。八十年代中有一次我访问英伦,见到维多利亚女王的金色铜像,我默想:鸦片战争就是在她统治时期发生的。但是,我读中学时学习莎翁戏剧的原文,读大学时领略济慈诗歌原文的诗美,使我惊喜,沉醉!我认识到,英国文学大师们的作品和英国帝国主义不是一回事!我为纪念亡友而翻译莎翁的十四行诗,我把济慈引为超越时空的冥中知己。我两次亲访英国爱汶河畔斯特拉福镇莎翁故居,写诗《爱汶河畔斯特拉福镇》和《爱汶河》;我访问伦敦北郊济慈故居,访问罗马三圣山下济慈临终故居和罗马郊区新教徒墓园济慈墓,写诗《三圣山下的灵宅》和《济慈墓畔的哀思》。在"文革"的黑暗岁月里,我用默诵莎翁的诗和济慈的诗来缓解郁闷的心情,抵制精神虐杀;在团泊洼进行劳动改造时,我默诵济慈的诗以助收割高粱时的大动作节奏,以助用手镰"钎"高粱穗时的小动作节奏,借以缓解劳动改造时的压抑心情。

南鸥:这些年,我时常用"承受一切该承受的,赞美一切该赞美的,批判一切该批判的,蔑视一切该蔑视的"来要求自己。而当我看到您老在《生正逢时——屠岸自述》一书中谈道:"我也怕死,但我遭受的精神侮辱太厉害了,人格全部扫地。那时,死亡对于我来说是亲切的、甜蜜的,我想要去追求它。可是看到女儿的时候,我想我不能去追逐甜蜜,我还要继续忍受苦难"时,我再也无法掩饰自己的过去。我也无数次想到过自杀,甚至还设想了三种绝妙的自杀方式。我想请您老谈谈,为什么不同的时代有着同样的命运?为什么对苦难的承受是诗人共同的宿命?

屠岸:"承受一切该承受的,赞美一切该赞美的,批判一切该批判的,蔑视一切该蔑视的",这表达一种不违背自己良知的信仰。但这四句话还没有说明什么东西是该承受的、该赞美的、该批判的和该蔑视的。具有不同价值观的人,其承受、赞美、批判和蔑视的对象,都不同。我相信,您所承受和赞美的,是真善美;您所批判和蔑视的,是假恶丑。

关于自己结束自己生命的事,我的理解是:当一个人受到严重的精神虐杀,陷于无法挣脱的痛苦深渊中时,唯一能摆脱这种巨痛的方法,就是离开这个世界。这时,死亡对他是亲切的、甜蜜的。诗人是最敏感的"动物",当精神虐杀来临时,他感到的痛苦往往比别人更强烈,所以他想摆脱痛苦的欲望也更强烈。屈原受到楚国官僚们的排挤,他的政治理想落空,于是他自沉于汨罗江。玛雅柯夫斯基因为苏维埃政权的现实使他极度绝望,于是他割断了自己的静脉。海子的死因虽然还没有定论,但可以肯定,他遭遇到空前的精神危机,于是他采取了卧轨的方式。不同的时代有不同的思潮搏击和不同的价值碰撞,但精神虐杀往往促成诗人的自尽,这一点是相同的。

南鸥:您老在一篇访谈中谈道:"有一些诗歌主张我不赞成,比如颠覆崇高、颠覆英雄、颠覆传统,甚至颠覆语言,我觉得那是一种短视行为,不会有长久的生命力,它是当今诗坛的一种危机。"我非常赞同您老的观点。众所周知,"非价值、非崇高、非英雄"是1986年"第三代诗歌运动"的旗语,2006年我在《倾斜的屋宇》一文中也谈道"这是对一个时代文化的强暴和肢解"。我想这不仅仅是诗歌的问题,更是哲学的问题。请问这样的思潮在欧美文学中是否也同样出现过?

屠岸:自古至今,无论中外,诗歌(文学)的发展,总要创新。清代诗人赵翼有一首诗:"李杜文章万口传,至今已觉不新鲜。江山代有才人出,各领风骚数百年。"李白杜甫是否已经不新鲜,我认为未见得。但不能总是只有李杜就行。诗也要与时俱进。因此要不断出新。创新必求变。从《诗经》到《楚辞》,是变;从唐诗到宋词,是变;从文言诗到白话诗,是变。新诗已近百年,新诗本身也在变。以流派论,从新月到七月,是变;从九叶到朦胧,是变。流派是要在诗史上留名的。为了留名青史，必须求变，于是许多人扛起新异的流派旗号，或者喊出炫奇的诗歌口号，或者喊出"颠覆崇高""颠覆英雄""颠覆传统"的主张，还有提倡"下半身写作"、大写口水诗、梨花体的人们都应"运"而生。他们如此求变，能不能留名青史呢？也许能够。但他们这样变，便变出了问题。诗的底线是真善美。要变可以，但万变不离其宗。这个"宗"就是底线。如此"颠覆"，结果是超越了底线，也就是离开了"宗"。这样，就走到了诗的反面，诗消灭了。数年前我到南方参加一个诗歌活动，遇到一位先生参加集会，他正儿八经地扯起一面旗子，上书"诗歌垃圾运动"。奇怪！既然你认为诗应该成为垃圾，那么你还混在诗歌界干什么？干脆到垃圾桶里去得了。您问及欧美文学中是否也有同样的问题存在。这，东西方有同有异。西方诗歌界流派纷争的局面多有存在，有些流派如昙花一现，瞬即消逝。但我孤陋寡闻，还没有见到西方有人提倡"诗歌垃圾"的现象。关于诗与哲学，郑敏先生服膺一句名言，也是她时常提倡的，即："诗与哲学是近邻"。从古到今，一切伟大的诗歌作品都包含着哲学底蕴。因此，诗的悖论，从本质上说，也就是哲学的悖论。

2012 年 10 月

郭沫若致成幼殊的信

郭沫若先生于1946年6月7日写给女诗人金沙（成幼殊）的信的原件至今还保存在我的书柜里。

说到这封信，自然会想起四十年代在上海同一群诗友共同创办油印诗刊《野火》的故事。

1944年秋，当我还是上海交通大学学生的时候，我的手抄本诗集《木鱼集》辗转传到了圣约翰大学学生金沙手中。金沙又托朋友把她的手抄本诗集《追踪集》转给我看。我惊喜地发现她是一位才华横溢的青年女诗人。1945年初，我专程到她家拜访，结识了她。又通过她和别人结识了一批酷爱诗歌的朋友。其中有左弦（吴宗锡）、狄蒙（卢世光）、谢庸（陈鲁直）、何溶（马松，何舍里）、方谷绣（章妙英）等二十余人。我们经常聚会谈诗或交流、朗诵自己的诗作。到这年岁末至1946年初，由金沙提议，我们这群诗友成立了野火诗歌会。诗歌会的活动一直延续到1947年冬天。那时正是抗日战争取得胜利、国共谈判破裂、人民解放战争如火如荼地进行的沸腾的年代。我们都是中共地下党员（也有少数非党的进步学生）。按照党的纪律，我们相互之间并没有表露自己的党员身份。但是共同的思想感情和对诗歌的爱好把我们紧密地联结在一起。我们都各自承担着党组织所交代的任务（如有的参加学生运动和各种革命活动、新文化活动、社会群众工作，有的与新四军城市工作、宣传部门有工作联系）。我们也常常把革命工作和诗歌活动结合起来，那时金沙承担着党领导创办的学运刊物《时代学生》的编务；在一次该刊读者联欢会上，就组织了诗歌朗诵节目。我当时在会上朗诵了绿原的诗《给天真的乐观主义者们》。用诗歌朗诵同群众运动汇合，是我们活动的方式之一。在纪念昆明"一二·一"（1945）惨案的上海"一·一三"（1946）大会和大游行中，金沙作词、春海（钱大卫）作曲的革命歌曲《安息吧，死难的同学！》唱遍了上海的各个角落。这是把诗歌（歌咏）结合于革命斗争的一个成功实例。

编辑出版油印诗刊《野火》是诗歌会活动的主要内容。我们认为应该给自己开拓一个学习和发表诗作、诗论、译诗的园地，借以团结一批爱好诗歌的青年朋友，使之得到磨炼，得到提高，并通过诗歌对当时反动统治下的丑恶现实进行搏击和改造。这就是我们办刊的目的。我们也拥有一批人手。金沙的诗才是大家公认的。她的诗不仅有女性的柔美，又有革命者的豪情。左弦的诗热烈奔放，富有激情，有时能从一个角度突入现实的深层。何溶的诗气魄宏大，他的长诗《骑马的警士们，你们向何处去？》是当时国民党统治区学生面对血腥镇压的强烈抗议和呼吁。另一些人的诗也各有特色。我们不仅有诗作者，也有诗译者。我们之中多数人懂英文。狄蒙的法文很好。左弦除懂英文外后来又学会了俄文。我们之中也有探索文艺理论的人。狄蒙和谢庸就是我们的理论家。《野火》第一期上的《献辞》出自狄蒙的手笔，论文《也谈大众化》由谢庸写出。《献辞》中说："作为文学最高形式的诗，在第一义上，必须是现实的，必须是人类发展过程中最前进的意识形态及其作用的真实的体现"；诗"必须做到不但反映现实，而且改造现实"；诗人"必须热爱人生，忠实于人生"，"他的诗应是他自己的感情意识跟这个时代的激湍冲击所迸出的浪花"。这成了我们诗歌会的宣言。

我清楚地记得1946年春天我们筹办《野火》的情景。从集稿、审稿、定稿,到刻蜡版、油印、装订、发行,我们倾注了极大的热情。狄蒙是刻写蜡版的能手,又懂美术,刊物的设计、刻写全由他包了。油印也在他家里进行。油墨的香味仿佛现在还在我的嗅觉里飘荡。我们推举狄蒙为野火诗歌会主席。在他的带领下,在大家的共同努力下,大开本毛边纸油印的《野火》创刊号终于在6月1日出版了。金沙在6月6日晚上的一次集会上把刚出版的这期刊物送给了郭沫若先生。意想不到的是,郭老第二天就写了致金沙的信。金沙立即把这封信在"野火"伙伴中间传阅,我们都受到了很大的鼓舞。

金沙先生:

你昨晚送我的《野火》第一期,我今早起来,从头至尾,一字不漏地读了一遍,读后的快感逼着我赶快来写这封信给你。

你们的《献辞》和谢庸的《也谈大众化》,意识都很正确。我不大喜欢"也谈"两个字,因为显得有点轻佻,如只标"谈大众化"或"关于大众化的问题",似乎要坦率诚恳些。虽是小地方,我觉得很关重要。这是有关于意识的问题。

叔车的《初来者》很有气魄,但我感觉着如稍微改动一下,便会更好。便是把诗中的我们改为你们,你们改为我们,请字改为要字——"请热烈地拥抱我们"改为"我们要热烈地拥抱",那就会更好。虽然有失原作者的初意,但"初来者"如能使接受者发出这样的声音,那是比强迫的请求,或自画自赞的表白,是更适合于前进的"初来者"的。

左弦的两首诗都很好,我特别喜欢那首《我写诗》。李通由的《自己不敢说话的时候》,方谷绣的《仙露》,都是好诗。

　　你们的确是值得拥抱的"初来者",我真的想把你们当成兄弟姐妹一样,热烈地拥抱。

　　敬礼!

郭沫若

六月七日

　　从这封信中可以看出,郭老十分关注这本油印刊物,说明他对进步的文艺青年充满了热情。他对刊物的宗旨和办刊方针给予了充分的肯定,对刊物上登载的诗作也作了积极的评价。如他说"左弦的两首诗都很好","特别喜欢那首《我写诗》",如说叔牟(屠岸)的《初来者》"很有气魄",说另外一些诗如方谷绣的《仙露》等"都是好诗"。这些话都说得非常真诚。尤其是郭老在信中最后说的:"你们的确是值得拥抱的'初来者',我真的想把你们当成兄弟姐妹一样,热烈地拥抱。"这话是从叔牟的诗《初来者》中引发出来的,显示出郭老对我们这批青年人初次闯入革命文艺阵地和革命者队伍的欢迎、称赞和鼓励之情。我记得当年读到这些语句时心情是多么激动!

　　这封信的语言也有很富的表现力。如一开头说:"你昨晚送给我的《野火》第一期,我今早起来,从头至尾,一字不漏地读了一遍,读后的快感逼着我赶快来写这封信给你。""昨晚"、"今早",说明一点不耽误时间;"从头至尾,一字不漏",说明读得非常认真;"逼"、"赶快",显示出不可抑制的喜悦和要对这些本来素不相识的青年们说说心里话的急迫心情。这些语言是质朴的,却很富于感情色彩。读过信后,我们感到:郭老既是一位文艺界的长者,又是一位感情奔放的诗人。

　　我还想提一提郭老给金沙的信中没有提到的一首金沙的诗。当时我们有一个计划:集体创作大型组诗《青春之歌》。这个集体创作有点特别,是由几个人分头写,每人写一部,连起来,集成《青春之歌》。金沙写成第一部《爱人的歌》,登在《野火》第一期。我写成第二部《政治犯的歌》,后来登在《野火》第二期。郭老看到的《野火》第一期,其压卷之作正是《爱人的歌》。这首诗歌颂了进步青年纯真的爱情。"我和你/相隔着万重山,/仍旧,我唱着/幸福的青春之歌","你的信心/好像大树的根,/你的爱是天上的恒星。/初夏的花开得满坑满谷,/这不是我对你的怀念,/我的怀念是青青的小草,/静静地伸展到你的脚前。……"这些诗句像清澈的、恒久地流动不息的溪水,轻轻地淌过读者的心田。诗中蕴含着的坚定的信念和高尚的情操,青春的生气和向上的力量,能够长久地打动读者的心灵。这首诗经过三十五年之后又变成铅字,发表在人民文学出版社1981年出版的多人诗集《恋歌》中。

郭老这封信的原件至今还保存在我的书柜里。这是收信人多年前托我保管的。她那时在外交工作岗位上,常驻国外,所以有此托。这封信写于六十多年前。但每一想起这封信,想起当年谈诗、写诗、办油印诗刊的情景,仍不由得血液沸腾。我想,哪一天我们这些诗友再次聚会,把郭老这封信拿出来再次展读,我们必将再次体味当年初读时的心情。几十年沧桑,我们已经"垂垂老矣"。但是我相信,我们的诗心将永远是年轻的。

2012年10月

灵动的诗句　透明的童心

——读山东诸城市文化路小学的童诗

柳笛先生：

您寄来的《春芽诗报》今年第一期(总第四期,2013年1月16日出版),我已收到。我把它全部读了一遍。诗报共四版,所登文章和诗都很好。你们提出的口号"写儿童诗,做美少年"也很有意义。

我特别关注的是第四版"诗蕾初绽"上孩子们所写的诗。

一般说的"儿童诗",往往是指成年人所写的给儿童看的诗或以儿童为题材的诗。而这次您主编的《春芽诗报》上却发表了不少儿童自己写的诗。把这些诗定名为"春芽诗",很恰当。一则可与成人所写的"儿童诗"相区别;再则"春芽"是个美好的意象,用它来代表儿童,是个含有诗意的象征。

"诗蕾初绽"版上发表了十八首"春芽诗"。我觉得这些诗是经过了您作为主编的精心选择而面世的。这些孩子们的诗,充满了天真、纯洁、善良的情愫,表达了孩子心目中的真善美。从题材看,描写大自然的占了绝大多数,其中有九成写了"雪",另有写云、风、雨、鸟、鱼的各一首。这恐怕不是偶然的。我想起英国诗人华兹华斯的名句："儿童乃是成人的父亲。"The Child Is the Father of the Man. 他说这话的哲学根据是儿童本来自天国,儿童比成人更接近上帝的天国,而天国即大自然。随着年龄的增长,人逐渐离开天国,受到尘世的污染,终至丧失了童心。因此,成人应该反过来接受儿童的教育,这样,儿童便成为成人的父亲。您选发的这些"春芽诗",其中表达了大自然的景观、氛围、意境以及哲理内涵,足可以作为成人学习的材料。这里可举一例:三年级小学生常增辉的诗《我是一片雪花》中说:如果他是一片雪花,落到树杈上,就要默默陪着还在梦中的树芽芽;落到田野里,就要给麦苗盖上棉被,不管天多冷,风多大,也不让小苗苗感冒。这里体现的是真诚、善意、不求任何报酬的帮助他人,帮助幼小者,说得那么委婉、温馨、稚嫩却又那么可爱!沉沦在争名夺利、尔虞我诈的尘世中的成人,岂不能从这样的诗中得到振聋发聩的启示吗?

由此可见,"春芽诗"的作者虽然年幼,却决不能小觑。孩子有孩子的感悟,儿童有儿童的哲学。二年级小学生刘欣然的诗《风》,写风儿调皮,在白云里睡,在大海里奔跑,最终"让大海变得满是皱纹"。这最后一行是令人一震的警句。风在大海里奔跑,注意,不是在大海上而是在大海里,使大海变得满是皱纹,这既是外在的画面,又是内在的意象。"皱纹"象征什么?风与海的关系是什么?童年和老年是不是形成了深切的对照?一切令人深思。

一年级小学生李东润的诗《鱼儿睡在哪里》是这样的四行:

> 鱼儿睡在大海里,
> 鱼儿睡在小河里,
> 鱼儿睡在鱼缸里,
> 鱼儿睡在冰箱里。

初看,是四个简单的画面,描写鱼的四种处境。再看,便发现从大海到小河,再到鱼缸,鱼的生存环境由宽到窄,由自由到禁锢;

最后到冰箱,进入死亡,成了人的盘中餐! 四个"睡"字的内涵也不一样,睡在大海里,是安详;睡在小河里,还可以说是平稳;睡在鱼缸里,就是不安的噩梦了;睡在冰箱里,这个睡即是与死神作伴。境遇一变再变,思想层层递进。鱼的命运,是否也象征着人的命运? 如此单纯的表述,却又是如此深刻的哲学! 作者原是个初小一年级的学生呀! 这孩子原是根本不懂得什么叫哲学,但他有源自天国(大自然)的悟性,他所观察到的某些自然和人间的现象与他的悟性相"触媒",便爆出了这首"警世"的哲理诗!

"春芽诗"的艺术构建,也值得注意。

一年级(又一个一年级!)小学生赵小涵的诗《漂亮的衣服》写的是:鱼儿给大海蓝蓝的衣服做装饰;云儿给天空蓝蓝的衣服做装饰;花儿给草地绿绿的衣服做装饰——三个景观,三件衣服,三种装饰,是铺垫。铺垫到此,第四个景观出现:"我们"(小学生们)给校园五颜六色的衣服做装饰:点题。蓝色,蓝色,绿色到五颜六色,从单一到丰富,后浪推前浪,抵达高潮。从鱼、云、花,到人(而且是人中的幼小者,天真的孩子们),如层峦叠嶂,一峰高过一峰,层层递进,最后画龙点睛! 可以看出这里的精心构建,却是那么自然天成,不见斧凿,依然是孩子的口吻,稚嫩的声调,天真的嗓音!

一年级(再一个一年级!)小学生宋祥宇的诗《下雪了》是这样的:

> 树枝粗了
> 房屋矮了
> 大地一片白茫茫
>
> 麻雀和灰鸽子
> 刚写下两句

歪歪斜斜的诗行

小狗小猫

就抢着跑过来

盖

章

这首诗使人联想到唐人张打油的《雪诗》:"江上一笼统,井上黑窟窿,黄狗身上白,白狗身上肿。"这首打油诗是以诙谐的语调出之。相比这下,宋祥宇诗的"粗""矮"较之打油诗"白""肿"更为蕴藉。"肿"使人感到病态。更优胜的是宋祥宇诗的第二诗节,其中出现麻雀和灰鸽子有如"雪泥鸿爪"般地写下两句歪歪斜斜的诗,之后随即来了警句:小猫小狗抢着跑过来盖章。而"盖章"两个字,一字一行,成直线,从书写分行的设计上使读者的视觉感到了在雪地上"盖——章"的动作形象。这里体现着一个一年级小学生的极其可爱的聪明才智!

这些"春芽诗",在诗歌形式上,韵律处理上,语言选择上,也都有可取之处。

孩子们懂不懂诗律? 也许他们还没有听说过"诗律"这个词。但他们的听觉所适应的,是天籁,是自然的律动,是犹如呼吸、心搏的节奏。三年级小学生张晓莞有一首题为《雪花》的诗,是这样的:

小雪花,六个瓣,

飘到这,飘到那,

飘到我的画纸上,

变成张张贺年片。

有节奏吗? 有! 此诗每行四顿,用杠划顿,即成这样:

> 小雪 | 花， | 六个 | 瓣，
> 飘到 | 这， | 飘到 | 那，
> 飘到 | 我的 | 画纸 | 上，
> 变成 | 张张 | 贺年 | 片。

节奏鲜明，是民歌风。那么，押不押韵呢？似乎"瓣"（ban）和"片"（pian）是押韵的，而"那"（na）夹在中间，韵母不同，不能算押了。其实不然，这三个字都可以"儿化"成为"瓣儿"（banr），"那儿"（nar），"片儿"（pianr）。三个字都是汉语普通话中的第三声即去声，都有一个"儿化"的音 r。不妨把这首诗再朗诵一下：

> 小雪 | 花儿， | 六个 | 瓣儿，
> 飘到 | 这儿， | 飘到 | 那儿，
> 飘到 | 我的 | 画纸 | 上，
> 变成 | 张张 | 贺年 | 片儿。

听，多么铿锵悦耳啊！

这使人想起一首童谣，北京一带地方的小孩们大都会唱的《小小子儿》：

> 小小子儿，
> 坐门墩儿，
> 哭哭啼啼，
> 要媳妇儿，
> 要媳妇儿干什么？
> 点灯，说话儿，

吹灯,作伴儿,

明儿早上起来

梳小辫儿!

这里"话"(hua)与"伴"(ban),韵母不同,似乎也不押韵。但一经"儿化",便成为"话儿"(huar)、"伴儿"(banr),"辫儿"(bianr),都是去声,试着朗诵一下(或唱一唱),听觉上全押了韵了,声调悠扬。这与上述《雪花》那首诗押韵的道理相同。三年级小学生张晓莹可能会唱《小小子儿》,也可能不会,但这孩子能写出《雪花》来,该是凭她儿童的天然听觉韵律感所促成!

柳笛先生,您在给我的信中说,"很想听听您的高见",我就写了上面这些话,不见得是"高见",只是供您参考吧。

我认为您编发"春芽诗",极好,极有意义,是给中国当代诗坛送来了一股无比清新的气息!

谢谢您!

祝《春芽诗报》兴旺发达! 绿满天涯!

2013 年 1 月 27 日

于北京·萱荫阁

关于"美丽的夭亡"致阎纲

阎纲兄：

承赐大著《美丽的夭亡》，已认真拜读。书中怀念您的已故的女儿阎荷，写尽人间的至情至性，催人泪下。我女儿章建读了您的书，感动，激动，以至心灵悚动！由您的书名，我想起何其芳的一首诗，录如下：

花　环
——放在一个小墓上

开落在幽谷里的花最香，
无人记忆的朝露最有光，
我说你是幸福的，小铃铃，
没有照过影子的小溪最清亮。

你梦过绿藤缘进你窗里，
金色的小花坠落到你发上，
你为檐雨说出的故事感动，
你爱寂寞，寂寞的星光。

你有珍珠似的少女的泪，

常流着没有名字的悲伤。

你有美丽得使你忧愁的日子，

你有更美丽的夭亡。

我在 1945 年 7 月 27 日（抗日战争快结束，日本投降前半个月），把这首诗译成了英文，兹录如下：

A Garland

——upon a little grave

Most fragrant are the valley flow'rs unseen;

Most bright is the forgotten morning dew;

Most clear the stream that ne'er has shadowed been;

So I say, Bell Tiny, good lucked are you.

You dreamed that the vines which fringed your windows old

Threw their gold blooms to kiss your cheeks so bright;

You're moved with stories by some eves drops told;

You loved the lonesome, lonesome star-light white.

You had a maiden's pearl-like tears and kind

That often flowed for grieves without a name;

You'd days so sweet that filled with cares your mind;

You had more sweet a death which so early came.

何其芳的这首《花环》，是一首半自由的格律诗，每行顿数不一，有的四顿，有的三顿，有的五顿，逢偶行押尾韵，韵式为 aaxa xaxa xaxa。我的英译遵循了较严格的格律要求，每行都是抑扬格五音步,韵式是 abab cdcd efef,都是交韵。内容也遵循"信"的原则,只是第二诗节第二行"金色的小花坠落到你发上",英译成 Threw their gold blooms to kiss your cheeks so bright(落下金色的小花亲吻你亮丽的双颊),把原来的含意作了一些调整。

您的书名《美丽的夭亡》,与何其芳这首诗的最后一行"你有更美丽的夭亡",我想该是巧合。

您的《我吻女儿的前额》已成为当代散文的经典,入选许多选本。它已入您的专著,但我觉得《美丽的夭亡》中也可以收进去。

我的大女儿章建特别赞赏《美丽的夭亡》,她已在电话里与您说了。

祝新春快乐,健康长寿,工作顺利!

祝阎荷在天国安息!

屠 岸

2013 年 2 月 10 日

扼住命运的咽喉

——王贵明《红菊与冰凌集》序

这是一部有独特风格的诗集。

王贵明君是学者、教授。但给我印象更深的，是诗人。他的人生轨迹运行在治学、教学、写诗这三者上。作为学者，他专注于英美现代主义诗歌的探讨，其突出成就表现在对诗人埃兹拉·庞德的学术研究上。作为教授，他的讲坛是他的红氍毹。作为诗人，他的成果展示在他的《红菊与冰凌集》中。

这本诗集描述了作者人生际遇的方方面面；记录了诗人受命运女神青睐和白眼的历史。这里有欣慰和满足，有哀伤和失落，无论在顺境还是在逆境，都有发自内心的喷冒。鲁迅说：嬉笑怒骂，皆成文章。这里套用一下：喜怒哀乐，皆成歌唱；或者，悲欢离合，共奏乐章。

郑敏先生常引用海德格尔的名言：诗歌与哲学是近邻。贵明的诗是又一明证。并不是因为他的诗中曾经出现孔丘、老聃、休谟、迪卡尔、爱因斯坦……只要仔细品味，就能从他的明白如话的诗中体验到某种哲学底蕴。仅举一例：他有一首诗，题为《自由女神》，写的是纽约港外贝德洛斯小岛上的那尊神像。诗中说："大多人认为她是神 / 我不信，浪漫的法国人 / 会把一个真的女性神送给 / 粗线条的美国人？""可是，当我一步一步 / 走近她…… / 我深深感到……/那个比火炬还亮的眼神/不是人的,更不是女人的。/我顿时信了,这是神……/不过,是一位不自由的神。"画龙点睛,完成了一个令人惊悚的悖论!这里有讽谕,有喟叹,有顿悟,也有悲悯,全是属于诗人的哲理敏感。

贵明受命承担2008北京奥运场馆的组建工作,劳力劳心。终至为病魔所俘虏,但诗人没有屈从。他呼叫:"但愿/能变作/一只大鹏,飞落到/辽阔的草原,让孤独的心/不再经受恶浪的拍打……"当他的三位同胞兄弟远道赶来照顾他时,他写道:"四根枝叶同宗的大山松/枝枝相扶/叶叶相携;/北方冰雪里的山松/风骨健朗/愈显青翠/愈加坚强。"读者从这里看到了与命运搏击的辩证法。

我毕竟欣赏贵明对自然的歌赞。他写了《四季人生》,这使我想起约翰·济慈的《人的季节》。贵明在《四季人生》总标题下,写了《春梦连连》、《夏日无眠》、《秋之荒寂》、《冬之凄伤》。济慈只用一首十四行写尽了少年、青年、壮年和老年。相比之下,贵明是更细致地探求了人生年龄递变所涵盖的精神内蕴。

贵明的另一组《四季歌谣》,则是纯粹的自然反映——说"纯粹"也不绝对,仍然有人生的影子。其中《春歌》写细雨、旭日,写鸟、蝶、风、花,把迎春花比作"清香秀美"的少女。奇怪的是,没有那种把女人比作花的滥俗感。相较之下,托马斯·纳希的《春光》可以与之媲美,但稍嫌轻清。

其中的《夏曲》写荷塘、莲叶;写鱼、青蛙、月亮;写自然景物与姑娘、小孩、画家、诗人甚至商人和政客的交流和互动,可谓别具新意。莎士比亚十四行诗第十八首把朋友(或爱人)比作"夏季的一天",在描述夏日的风貌时强调了烈日的灼热和狂风的肆虐,少了点风流蕴藉;也没有贵明诗中那么多的叠影,却自有莎翁的不朽在。

　　其中的《秋风》写风、山、汉子、丽人；写佳酿、麦浪、果香；写感恩节；写菊花的千姿百态。伊丽莎白·简宁斯的《初秋之歌》着重写出秋的"味"。约翰·济慈的《秋颂》写了秋之获、秋之踪、秋之音。济慈实践他的诗学概念"客体感受力"，他的诗中没有"自我"。相比之下，我感到贵明诗中写的是：秋之魂，这集中体现在菊花的现身之中。而这，正是中国与西方的不同。秋之魂，不是没有"秋味"，也不是没有"自我"。从菊花可以品尝到"秋味"。而秋之魂，正是从诗人的心灵中析出。

　　其中的《冬韵》写冰，写雪，写玩雪的孩子、祈福的老人；写冰上芭蕾，写松涛的演唱……罗伯特·路易斯·斯蒂文森的《冬天》中说："出门以前，保姆给我／戴上帽子，围上围巾；／冷风火辣辣刺我的脸儿，／撒我一鼻子冰冻胡椒粉。"用胡椒作比，把孩子对冬的感受，写得何等真切！贵明则把冬说成"外寒内热的慈母"，这慈母"容纳一切衰草枯叶，／竭力保护种与根／为来年蕴育花蕾青苗，／让天真无邪的春／容颜秀丽　通体芬芳。"这些句子，仿佛是对雪莱的名句"如果冬天到了，春天还会远吗？"做了诗的注脚。——它所表达的，是自然，也是人生。

　　这部诗集的独特风格，表现在多个方面。我只能挂一漏万了。

　　最后，我衷心祝愿，贵明君能按着"第五交响曲"的主旋律，扼住命运的咽喉，找回自己生命的春天！

2013 年 4 月 12 日

从郑炜的作品想到诗歌的底线

小山慧眼识珠。正是由于小山的推荐,我读到了郑炜的诗。

想起上世纪九十年代的一次诗会上,我说过这样的话:中国新诗目前被认为处于低谷,这是事实,但我感到它如火山只是暂时处于静止状态,到二十一世纪,它内里的熔岩会爆发,诗的新时代会到来。我不是占卜者。但我作出这样的预言,是我接触和观察的结果。

当前,"下半身"、梨花体、口水诗、"诗歌垃圾运动"逐渐失去了僭越的身份。中国新诗迎来了"回暖"的日子! 一些老诗人和中年诗人坚守创作岗位。青年诗人们不断崭露头角。郑炜即是其中值得注意的一位。

从《诗经》到《楚辞》,从乐府到六朝诗,从唐诗到宋词,从文言诗到白话诗,无一不是创新。创新必求变。但万变不离其宗,宗是底线,即从人生和宇宙奥秘的探索中寻求真、善、美。如果为求"变"而离开这条底线,那就走到诗歌的反面,诗即消亡。

郑炜写短诗,也写长诗;写新诗,也写旧体诗;写不用韵的诗,也写用韵的诗……郑炜的诗在不断地变,但万变不离其宗,他没有离开底线。

郑炜写短诗较多,他特别钟情于四行诗。四行诗(或称四句诗)在中国有悠久的传统:五绝,七绝,江山代有才人出。四行诗在外国也有悠久的传统,古波斯诗人欧玛尔·哈亚姆的名著就是四行诗集,但长期埋在历史的尘封中。英国诗人爱德华·菲茨杰拉德用英文译出，书名 *Rubaiyat*，形成世界诗歌史上的双星合璧现象，风靡全球。郭沫若译成中文，名《鲁拜集》，以"鲁拜"音译 Rubai。其实 Rubai 与中国维吾尔族民歌"柔巴依"的音和义一脉相承。黄杲炘的中译本即以《柔巴依集》为书名。《柔巴依集》的哲理内涵略近于李白所说的"而浮生若梦，为欢几何？"郑炜的四行诗如果说形式上与柔巴依重合，那么其内涵则与之截然不同。从郑炜诗中可以看到的是：对人生奥秘的观察，对复杂人性的探索，以及对自然轮回的歌赞等。

郑炜有一首题为《盆》的四行诗：

> 洗脸的时候，
> 你是脸盆；
> 洗脚的时候，
> 你是脚盆。

这首诗使我想起公映于上世纪三十年代的一部美国电影，名叫《大地》，它是根据美国女作家赛珍珠的小说《大地》(*The Good Earth*)改编拍摄而成，其中的人物和场景都属于中国。影片的主角，由保罗·牟尼饰演的一位中国农民，有一个镜头，他用一只木盆洗脸，洗完之后，他把木盆放在地上，没有换水，即行洗脚。影片在上海金城大戏院首映，我去看了，当这个镜头出现时，观众哄堂大笑。观众是城里人，不了解中国农民的简朴生活。但笑过之后，也会引起一些思索。郑炜的上述四行诗，仿佛是影片《大地》中那个镜头的诗的重述。郑炜不会看过那部电影。但巧合的偶然中也许有某种必然。人们习惯于把脸视为上等，把脚视为下等。鲁迅曾幽默地把人的肢体区分出高低尊卑。但，面子真的那么重要吗？立足点真的那么次要吗？脸和脚为什么不能得到同等的待遇？郑炜的这首诗,似乎在叙述一件毫无意义的事。真的毫无意义吗?
谁能回答诗中出现的"名"与"实"的关系问题?

郑炜另有一首四行诗《另一个自己》:

> 多年前我从这里出发,
> 如今又回到这里。
> 平地上多了一棵陌生的树,
> 树前多了另一个自己。

这首诗涉及时间与空间的交织、变与不变的递嬗。陌生的树是
变的代表。平地没有变,其实也变了。一个人永远不可能蹚水在同
一条河流里。"子在川上曰:逝者如斯夫,不舍昼夜!"从前,如今,属
于变的时间;我,自己,从这一个变为另一个。"多了"是增加了,还是
多余了?这首诗是不是体现着人生和宇宙(时空)的辩证思维?

郑炜还有一首四行诗《赠》:

> 抽回这美丽的情丝吧!
> 你的针,在那布片上,
> 每穿过一次,就——
> 多了一个新的针孔……

诗,可以有不同的写法。有的诗写得直白,有的诗写得隐晦。
陈子昂的《登幽州台歌》何其浅露,但直白中有着何等的深沉!李
商隐的《锦瑟》何其隐曲,但如果把它当作诗谜,便贬低了它的价
值。郑炜的《赠》,把事情叙述得一清二楚,既非幻景,也非梦想。
但"针孔"射的是什么?"新"又怎样?"情丝"是"美丽的"吗?既然是
"美丽的",又为什么要"抽回"呢?这里是不是有着"直"中的"曲",

"隐"中的"露"?"诗无达诂",然则每一个读者都是参与完成一首诗的力量。

郑炜的诗《花的心》《陌生的船》《只要》等都富有辩证思维的特色。

郑炜还有一些诗,是写景的,如《虹》《桂花雨》《雪》等,其中的景,是客观的呈现,同时又有主观的内蕴。从这些诗中的景,可以体会到诗人内心的沉潜:淡泊以明志,宁静以致远。《两只小鸟》寓情于景,以景含情,情景交隔,是这类诗中的佳作。

郑炜也写长诗。他的《参孙传奇》取材于《创世纪》。参孙是《圣经》中的人物,他一出生便归给了上帝,上帝赐给他以神力。他两次娶妻,前妻使他蒙羞,后妻致他死命。他发动战争,击杀了无数非列士人,最后他与非列士各部落首领同归于尽。郑炜的这首叙事诗长达二百一十五行,详细描述了参孙一生的际遇,写这个人物爱得情深,死得壮烈,他敢爱、敢拼、有着不怕牺牲的顽强意志和不屈的灵魂。这首诗某些地方还有力度不够和重点不突出的缺点,但总体上达到了刻画人物和彰显主题的预期目标。这首诗体现着诗人对积极的精神"正能量"的崇奉。这首诗说明,郑炜不仅擅长写短诗,而且在长篇叙事诗的写作上也取得了经验和成果。

郑炜还年轻,他今后还会走很长的诗的路程。我衷心祝愿他取得更多更好的成就。

我同时希望中国新诗"回暖"的长久持续,希望有更多的郑炜们登上诗的殿堂,为诗国增添新的光辉。

中国新诗火山的爆发不会遥遥无期!

诗歌万岁!

2013 年 4 月 16 日

于北京,萱荫阁

躲在笔名里的辩证法

——多人集《论木斧》序

　　有的诗人,兼画家;有的诗人,兼战士;有的诗人,兼教师;有的诗人,兼商贾……木斧,也是一身而二任焉:诗人兼演员。(我不想用票友这个词。木斧是业余演员,虽然业余,还是演员。)他擅长丑角。丑是了不起的行当。别以为只有高衙内,汤勤;你可知道,还有崇公道,焦光普,徐九经呢!一身而兼任诗人与丑行,这在诗歌界、在戏曲界,都是独一无二的!

　　木斧的诗,幽默、犀利。他讽世,内涵如刀刃,但含而不露。他是一把板斧,但,不是李逵的,而是木制的。既肃杀而又内敛。他能砍能刴,又木讷寡言。你可知道,狡猾的辩证法正躲在这个笔名的内里呢!

　　木斧用诗歌为众诗人画像,褒和贬(木斧是菩萨心肠,很少用贬)都是隐性存在。众诗人为答谢木斧,为他画像,或迂回倾诉,或坦诚相告。于是有了这本《论木斧》。你画我,我也画你。这是一反"文人相轻"陋习,弘扬"文人相亲"的良风。即使批评,只要坦诚,又何尝不是"相亲"呢!

　　木斧开木讷之口,嘱我为此书写序,我不自量力——挡不住他的斧头,只好写几句不着边际的话,——只是,写得太短了。但想到鲁迅为萧红《生死场》写的序也很短,那我就"心安理得"了。"是为序"!!

2013年4月28日
于北京,萱荫阁

牵手踏歌：中国诗坛的伴侣双星

——序《诗的牵手：艾青与高瑛》

艾青是中国新诗诗坛的领军人物，大诗人，被称为"诗坛泰斗"。高瑛曾以艾青夫人的身份为人所知。但是，高瑛也是诗人，而且我认为她是一位非常杰出的诗人。这一点，亲爱的读者，你知道吗？

高瑛的为人，坦率真诚，热情奔放。文如其人。她的诗正是她心灵的外化，内蕴的喷冒，是她人格的诗体表达。读她的诗，会受到真的震撼，善的启迪，美的熏陶。读她的诗，能获致心灵的净化。

高瑛的精彩之作，大都为短诗。精练，警策。这里可以举一些例子来说明。比如她写有《短句》十五首，有的两行，有的三四行，似乎每一首都是epigram！请看第十首：

> 在高傲人的面前
> 我要比天高
> 面对谦虚的人
> 我会比地低

短短四行，就把一种既有尊严、又有理性的独立人格形象地表达出来。

高瑛擅长于从吟咏对象中提炼出诗的精粹。请看她的一首

《红豆》：

> 红得真
> 红得纯
> 像鲜血的凝固
> 像缩小了的心

红豆的颜色,红豆的形状,被提炼出来:颜色联系到血,凝固的鲜血包含着多少意义! 它使我们联想到战士,英雄……形状联系到心,缩小了的心体现着多少内涵! 它使我们联想到忠义,坚贞……而红色的心形恰恰正是红豆的客观属性。这说明诗人的匠心。血和心,都是人格的标志,生命的表征。一粒小小的红豆,引发了诗人如许的想象和诗意的升腾!

《红豆》是从具象到抽象。但,也有反过来的,从抽象到具象。请看高瑛的另一首《风骨》：

> 不要像雪花那么脆弱
> 遇到热就融化了
>
> 不要像柳絮那么轻浮
> 风一吹就飘然了
>
> 要像铁
> 给以火,就能成钢

"风骨"原是文艺美学上的一个抽象概念。刘彦和《文心雕龙》中有《风骨篇》。"作家要有作家的风度和骨气;诗文要有诗文的风采和骨力。"高瑛这首诗以举重若轻的笔力,批判了人格和文风的"脆弱"与"轻浮",使"风骨"具象化,变成铁,加以火,便成钢!读到这首诗的最后两行,顿时会感悟到诗人所赞颂的崇高人格之巨大精神力量!

高瑛也写风景诗、山水诗。如她的《云和山》:"山中躲着云 / 云里藏着山 // 像仙境不是仙境 / 像梦幻不是梦幻 // 是山对云的眷恋 / 是云对山的缠绵 // 没有云的缭绕 / 山是多么沉寂 // 没有山的陪伴 / 云是多么孤单"。这是纯粹的风景诗吗?也是,也不是。诗中有自然,诗中有人情。是山水,也是人生。高瑛有不少诗是人生百态的折射和幻化。

高瑛在诗艺的追求上常常达到较高的境界。她的语言纯净,段式简洁,韵律铿锵。大都是自由体,但并非"脱缰的野马",往往是有某种自由度的半格律规范之作。

高瑛写了很多首给艾青(或有关艾青)的诗,如《你就是你》、《给自己唱一支歌》、《我留下了你》、《题艾青画兰》、《思念》、《给我一个梦吧》等都是。高瑛对艾青真是一往情深!她写道:"斗转星移十四年 / 艾青,你在哪里 // 苦苦思念,无处寻觅 / 总是自己问自己 // ……要是你还活着 / 那该多么好 / 我会像影子似的 / 围着你转来转去 // ……给我一个梦吧 / 让我们相逢在梦里 / 我对你,说说我 / 你对我,说说你"。语言是如此直白,文字是如此简约,却道出了刻骨铭心,生死相约!

高瑛有一首《藤》,仅三行:

> 属你最多情
> 爱上了谁
> 就和谁缠绵一生

这个藤,实际上是高瑛的自我写照。

但,高瑛不是沉湎于感情的爱情至上主义者。她关怀人民的命运,剖析人间的疾苦。她不仅疼爱汶川地震中失去母亲的孩子,也付出同情给遭受战乱灾难的伊拉克儿童。高瑛的人道主义精神常常渗透在她的字里行间。

由艾青与高瑛这一对诗歌伴侣,我想起了另一对诗坛双星,他们是十九世纪英国的伊丽莎白·巴瑞特·布朗宁(Elizabeth Barrett Browning,1806—1861)和罗伯特·布朗宁(Robert Browning,1812—1889)。伊丽莎白成名早,比罗伯特大六岁。罗伯特追求伊丽莎,初遭拒,后成婚。伊丽莎白写给丈夫的爱情诗《葡萄牙人十四行诗系列》成为千古名篇。罗伯特的《戏剧独白》等哲理诗也成为文学史上的重要作品。艾青与高瑛的情况与之相反相同。伊丽莎白(女方)成名早于罗伯特(男方),罗伯特追求伊丽莎白;而艾青(男方)早就成名,年龄比高瑛大,是艾青追求高瑛(女方)。这是相反。而相同,则是两对都是诗歌夫妇,诗坛双星。罗伯特对伊丽莎白的《葡萄牙人十四行诗系列》倾心喜爱,赞不绝口。艾青曾称赞高瑛的诗《云》《伞》《红豆》《你就是你》等篇章。在生活上,布朗宁夫妇的婚恋受到女方父亲的粗暴干涉,二人只能从伦敦私奔到意大利,在佛罗伦萨定居。艾青夫妇没有受到家庭的干预,却受到了严酷的政治迫害。艾青被划为"右派","充军"到新疆,艰苦备尝,如果没有高瑛的呵护,艾青的生命之线肯定会中途折断。我曾对高瑛说:"是你的护佑,才使中国诗坛泰斗的后半生得到了存续呵!"

艾青与高瑛——伊丽莎白与罗伯特,是东西两国诗歌史上先后辉映的"佳话"吗?如果说是"佳话",那么其中的一个蕴含着几许甜蜜,而另一个则包孕着多少苦涩啊!

这本书,收录了艾青的诗数十首和高瑛的诗数十首。艾青的诗,早已名震海内外,已有多少诗评家对他的诗做过评价,艾青的传记也已有不止一种出版。对他的诗,我不用多说了。高瑛的诗,多数只流传在亲友之间,"养在深闺人未识"。这次公开面世,我乘机多说了几句,请高瑛同志批评,也请广大读者指教。

2013 年 5 月 21 日

中国教育事业的一种典范

——孙肖平著《新安师魂》序

　　一个民族的兴衰,要靠民族成员的素质;一个国家的强弱,要靠国民的素质;民强则国强,民弱则国弱。而国民素质的养成,要靠教育。所以说,教育是立国之本。中国是一个有着优秀教育传统的大国。在两千五百多年前,中国就出现了伟大的教育家和思想家孔子。孔子被称为"至圣先师",不是偶然的。孔子的名言:"学而时习之,不亦说乎!""有教无类。""三人行,必有我师焉!"这些思想,对中国国民性的形成,起了重大的作用。但孔子思想中也有糟粕,对孔子思想,应当去其糟粕,取其精华。打倒孔家店,批林批孔运动中的批孔,对孔子全盘否定,不足取。随着时代的前进,中国出现了新的教育家。"五四"时期提倡科学与民主,这两者贯彻在教育思想中。蔡元培提倡在大学教育中,各种学术的兼容并包思想,使国人的眼界大开。在五四的启蒙下,中国又出现了大教育家陶行知,他在教育事业上开创了一个崭新的局面。他提倡"生活即教育,社会即学校",推行"小先生制",主张"教学做合一"、"教育与实际结合,为人民大众服务"。他创办晓庄师范,贯彻实行他的一系列新鲜的、科学的、民主的教育思想。他把"行"和"知"相结合,来实现他的理想,又从实践中证实他的思想。陶行知逝世后,宋庆龄为他题字:"万世师表"(与后人对孔子的称呼相同);翦伯赞称他为"孔子之后的孔子";在陶行知的墓碑上,刻着毛泽东的题词:"痛悼伟大的人民教育家"。这些都不是过誉。从这些题词和赞语,可以看到陶行知对中国教育事业的贡献之巨大。

陶行知逝世后,继承他的遗志、贯彻他的教育思想、实行他的教育主张的,是一群"新安人"——新安旅行团和新安小学的成员和师生。汪达之在八十年前创建了新安儿童旅行团和新安旅行团,之后,又担任新安小学的校长。汪达之是陶行知思想最忠诚、最尽力的继承人。他用陶行知的教育思想,培育了一大批成为国家栋梁的杰出人才。

上世纪五十年代初批判电影《武训传》和武训本人时,陶行知和他的学生和朋友受到株连。"文革"中汪达之和他的学生受到迫害。这些伤心惨目的史实,应该成为后来者汲取的深刻教训!

孙肖平先生的著作《新安师魂》是一部杰出的长篇报告文学,是实录,非虚构。孙肖平本人就是当年新安旅行团的成员。他对被新安人亲切地称呼为"汪爸爸"的汪达之和其他新安人的事迹,都了如指掌。他以崇敬的心情写下了这部新安的历史。他缅怀师友,而且是为陶行知、汪达之、左林、范政、聂大朋、王德威、王山、张拓、肖峰、舒巧、李仲林、华棣等新安人"树碑立传",使他们的事业、他们的思想、他们的人格传之久远,铭刻在广大读者的心中。这部书文笔流畅,而且笔下流情,充盈着作者对新安旅行团、新安学校和新安师生的无限深情。榜样的力量是无穷的。新安作为生活教育的一面光辉旗帜,不仅在中国教育史上占有重要的地位,而且将影响、渗入到中国今天和今后的教育事业中去。孙肖平的这部《新安师魂》也将在这一伟大事业中起到它应有的作用。

2013年10月12日

屠岸诗文集

第五卷

*

倾听人类灵魂的声音

人民文学出版社

本 卷 说 明

　　本卷收入《倾听人类灵魂的声音》，是作者探讨文学翻译问题，探访国外作家生活创作足迹，思考文化交流与影响问题的文章专集，2002年5月由湖北教育出版社出版。

　　作品原则上按照初版原貌收入，对个别与其他作品集重收的文章，根据情况进行了调整，只收入一个作品集中，以避免重复。在本集中，《书和友谊》一篇已收入《诗爱者的自白》，本卷不再收入。

　　作者对收入本卷的作品有少量修改。

　　作品在收入本卷时都进行了校勘，改正了初版中的错漏。

　　对作品、注释及图片均按体例进行了编辑整理。

目　　录

倾听人类灵魂的声音

他不囿于一代而临照万世

倾听人类灵魂的声音

他不囿于一代而临照万世

——本·琼孙

真善美在友谊和爱情中永存

——《莎士比亚十四行诗集》译后记

按照"出版物登记册"的记载,伦敦的出版商人托马斯·索普(Thomas Thorpe)在1609年5月20日取得了"一本叫作莎士比亚十四行诗集的书"的独家印行权,不久这本书就出售了。索普还在这本书的卷首印了一段谜语般的献词,献给"这些十四行诗的惟一促成者,W.H.先生"。在这之前,这些十四行诗中的两首曾在一本小书中出现过。索普的版本包括了154首十四行诗,这就是莎士比亚十四行诗集最早的、最完全的"第一四开本"。到了1640年,出现了本森(Benson)印行的新版本,少了8首,各诗的次序也作了新的安排。在十七世纪,没有出现过其他版本。

自十八世纪末期以来,莎士比亚十四行诗引起了人们的巨大兴趣和种种争论。例如,这些诗是作者本人真实遭遇的记录,还是像他的剧本那样,是一种"创作"即虚构的东西? 这些诗的大部分是歌颂爱情的,还是歌颂友谊的? 这些诗的大部分是献给一个人的,还是献给若干人的? 对这些诗的思想内容和艺术成就应当怎样评价? ……今天,认为这些诗是思想贫乏之作的意见,认为这些诗不是作者本人亲身经历的记录等意见,早已站不住了。但是,关于这些诗的歌颂对象等问题,却依然是人们争论的题目。

现在,让我暂且撇开这些争论,来介绍一下莎士比亚十四行诗的所谓"故事"的轮廓。按照广泛流行的解释,这些十四行诗从第1首到第126首,是写给或讲到一位美貌的贵族男青年的;从第127首到第152首,是写给或讲到一位黑肤女郎的;最后两首及中间个别几首,与故事无关。(有人怀疑,最后两首及第20,128,145诸首可能不是出于莎士比亚的手笔。)第1至17首形成一组,这里诗人劝他的青年朋友结婚,借以把美的典型在后代身上保存下来,克服时间的毁灭一切的力量。此后直到第126首,继续着诗人对那位青年的倾诉,而话题、事态和情绪在不断变化、发展着。青年是异乎寻常的美(第18—20首)。诗人好像是被社会遗弃了的人,但对青年的情谊使他得到无上的安慰(第29首)。诗人希望这青年不要在公开的场合给诗人以礼遇的荣幸,以免青年因诗人而蒙羞(第36首)。青年占有了诗人的情妇,但被原谅了(第40—42首)。诗人保有着青年的肖像(第46,47首)。诗人比青年的年龄大(第63,73首)。诗人对于别的诗人之追求青年的庇护,特别对于一位"诗敌"之得到青年的青睐,显出妒意(第78—86首)。诗人委婉地责备青年生活不检点(第95,96首)。经过了一段时间的分离,诗人回到了青年的身边(第97,98首)。诗人同青年和解了,他们的深厚友谊恢复了(第109首)。诗人从事戏剧的职业受到冷遇(第111首)。诗人曾与无聊的人们交往而与青年疏远过,但又为自己的行为辩护(第117首)。有人攻击诗人对青年的友谊,诗人为自己辩护(第125首)。诗人迷恋着一位黑眼、黑发、黑(褐)肤、卖弄风情的女郎(第127首,第130—132首)。黑女郎与别人(可能就是诗人的青年朋友)相爱了,诗人陷入苦痛中(第133,134,144首)。黑女郎是有丈夫的(第152首)。

这个故事是建立在这样的前提条件下的:假定这些诗的大部分之呈献对象是作者的朋友(男性),是一个人而不是若干人。这个译本所附的"译解",基本上是按照这个假定去做的。但译者也注意到不把话说死(因为译者不认为这是定论),例如译者采用"爱友"一词,就有既可理解为朋友,又可理解为情人的用意。

但是,承认上述假定,并不意味着争论的终结。事实上,剧烈的争论,繁琐的考证,正是在把这个假定当作前提的情况下进行的。据说,这部诗集是英国诗歌中引起争论最多的诗集,而这些争论,据一位莎士比亚学者的意见,可以归纳为下列诸问题:

1.这些十四行诗被呈献给"W.H.先生"。他是谁?

2.大部分诗是写给一位青年美男子的。他是不是W.H.先生?

3.诗人曾劝青年结婚,有没有证据证明这位青年(指实际上存在的某君,下同)不愿意结婚?

4.是否还有诗人与青年之间关系的旁证?

5."诗敌"是谁?

6.青年占有了诗人的情妇。她是谁?

7.黑女郎是谁?

8.第107首中所涉及的事件究系何指?

9.这些诗排列的次序是否无误?

10.这些诗是否形成一个连续的故事? 如果是的,这故事与诗人及青年的事迹是否相符?

11.这些诗是在什么年月写成的?

从这十一个问题所包括的范围看来,争论的内容限于对这些诗所涉及的实事的考证。弄清这些诗写作时的实际环境有助于了解这些诗的价值。但是,即使是必要的考证也只是提供材料罢了。对作品的了解,主要依靠根据科学观点对作品本身和有关材料进行分析。遗憾的是,某些考证家们的兴趣是事实细节的本身。而这,对作品价值的了解不一定有多少帮助。但是,不管莎士比亚十四行诗集一二百年来在莎士比亚学者和爱好者中引起了怎样的轩然大波,这部诗集本身的思想力量和艺术力量却被愈来愈多的读者所认识。W.H.先生究竟是谁,青年究竟是谁,黑女郎究竟是谁,等等,毕竟是无关宏旨的。

关于这部诗集的争论情况,介绍到这里也可以结束了。但是,我还想对这些诗的歌颂对象问题再啰唆一下,因为这牵涉到读者对这些诗的欣赏问题。前面说过,莎士比亚十四行诗"故事"是广泛流行的解释,而这种解释是十八世纪末期才产生的。1780 年,英国学者梅隆(Malone)和斯蒂文斯(Steevens)二人提出了朋友说和黑女郎说。在这之前,人们相信这些诗的大部或全部是歌颂情人(女性)的。在这之后,朋友说虽然得到大多数读者的承认,却并未说服一切读者。例如,十八世纪末、十九世纪初英国著名诗人柯勒律治(Coleridge)仍坚持莎士比亚十四行诗全部都是呈献给作者所爱的一个女人的。直到今天,仍然有人持不同的意见;有人虽然接受了朋友说,但认为第 1 至 126 首中有若干首是写给情人的。我个人觉得,第 1 至 126 首中有若干首,例如开头的几首,特别是第 3,第 9,第 20,第 40 至 42 首,以及第 63,第 67,第 68,第 101 首(后面四首的描写对象不是第二人称而是第三人称,作者用了阳性代名词 he 这个字)等,如果把它们的描写对象或接受者当作女性,那是解释不通的。但是,除了这一部分属于特殊情况的以外,第 1 至 126 首中大部分诗,就诗篇本身来说,把它们解释为写给朋友或写给情人都解释得通。因此,把它们当作是歌颂友谊的诗,还是把它们当作是歌唱爱情的诗(不管它们全部都是献给一个人的还是分别献给若干人的),这可以由读者根据自己的欣赏要求去选择。不管你选择何者,或者对一些诗选前者,对另一些诗选后者,我认为诗篇本身的价值是不会受到多少影响的。比如,著名的第 29 首:

> 但在这几乎是自轻自贱的思绪里,
> 我偶尔想到了你呵,——我的心怀

顿时像破晓的云雀从阴郁的大地

冲上了天门,歌唱起赞美诗来;

我怀着你的厚爱,如获至宝,

教我不屑把处境跟帝王对调。

在困难的时刻,崇高的友谊可以给人以鼓舞力量;坚贞的爱情也会给人以鼓舞力量。(这里"厚爱"的原文是既可解释为朋友爱,也可解释为异性爱的。)过去,我知道有人为纪念远方的朋友而吟诵这首诗,也看到有人把它题抄在情人的手册上,这说明读者可以按自己的需要来解释这首诗的歌颂对象。有些篇章,如果解释为写给朋友的,读者也许会感到不习惯。但是,友谊可以是"君子之交淡如水",也可以是"一日不见,如隔三秋"。如果这首诗所写的是友谊,那么,这里的友谊就是一种强烈的情谊。虽然对这些诗的歌颂对象的解释具有两可性,但这些诗所表达的感情的强烈程度却规定了:如果是友谊,这不是泛泛之交;如果是爱情,这不是逢场作戏。何况,这里面还包含着深邃的思想。这就是说,即使把这些诗的呈献对象理解为情人(女性),它们也与当时流行的以谈情说爱为内容、诗风浮夸无聊的十四行诗,毫无共同之点。

*　　　　*　　　　*

某些学者研究莎士比亚,有他们自己的方式。根据我所接触到的有限材料,不妨举几个例子:

一种是从作品中寻出只言片语,从而对作者作出武断的推论,达到耸人听闻的目的。例如,卡贝尔(Capell),及伯特勒夫人(Mrs. S.Butler),根据第37首第3行"我虽然受到最大恶运的残害"(直译原文意为:"我,被最大的恶运伤害得成了瘸子"),推定莎士比亚是个事实上的瘸子,并认为这是他作为伶人而不能成为名角的原因。又如,有一位"哈瑞叶特·契尔斯托夫人(Mrs. Harriet B.Cherstow)的后裔",根据第35首第1至8行,第89首第8行"就断绝和你的往来,装作陌路人"(照字面硬译,意为:"我就绞杀朋友,装作陌路人")等等,得出结论说莎士比亚是一个谋杀犯!

一种是根据作品的某一特点,或者不如说,利用作品所涉及的事实的某种不确定性,捕风捉影,无事生非。例如,莎士比亚十四行诗的歌颂对象具有两可性,于是,以伯特勒(Butler)、吉雷特(Gillet)等人为代表,提出所谓"同性恋爱说"。他们把莎士比亚描绘成一位男色的受害者或爱好者,在他脸上大抹其灰,并从而贬斥了这些十四行诗本身。

一种是,根据个人的好恶,或者根据一点表面的迹象,对作品作出不符合实际的评价。例如,恰尔默斯(George Chalmers)曾说过,莎士比亚十四行诗"具有两个最坏的缺点,……一是意义隐晦;一是令人生厌。"又说过,这些诗"大抵因浮夸而失色;为矫饰所败坏"。

一种是,对作品中最有进步性的部分加以攻击。例如,莎士比亚十四行诗第66首,对当时社会的万恶的性质,作了直接的揭露和批判。这种公开的谴责,在莎士比亚的全部十四行诗中,是罕有的。对于这首诗,不仅进步的评论家一致给予高度的评价,就是一般评论家也是恭维的。但是,森茨伯瑞(Saintsbury)却说,第66首是莎士比亚全部十四行诗中"最虚伪的一首"。

诸如此类。

这里不是要否定西方莎士比亚学者的全部研究成果。西方莎士比亚学者的工作是很有成果的。这里只是想说明,像上面所列举的几种"研究"和"评价"的方式,是不行的。那么,要怎样才能对莎士比亚十四行诗作出像样的评价呢?

对莎士比亚十四行诗的科学评价,应当留待专家们去做。译者只是个业余的翻译爱好者,对于这样的任务是难以胜任的。

*　　　*　　　*

这部诗集乍一看来,倒确会给人一个单调的感觉。不是吗,莎士比亚在这些诗中老是翻来覆去地重复着相同的主题——总是离不开时间、友谊或爱情、艺术(诗)。但是,如果你把它们仔细吟味,你就会发觉,它们绝不是千篇一律的东西。它们所包含的,除了强烈的感情外,还有深邃的思想。那思想,同莎士比亚剧作的思想一起,形成一股巨流,汇入了人文主义思潮汇集的海洋,同当时最进步的思想一起,形成了欧洲文艺复兴时期人文主义民主思想的最高水准。

莎士比亚在这些诗里,通过他对一系列事物的歌咏,表达了他的进步的人生观和艺术观。在这些歌颂友谊和爱情的诗篇中,诗人提出了他所主张的生活的最高标准:真、善、美,和这三者的结合。在第105首,诗人宣称,他的诗将永远歌颂真、善、美,永远歌颂这三者结合在一起的现象:

> 真,善,美,就是我全部的主题,
> 真,善,美,变化成不同的辞章;
> 我的创造力就用在这种变化里,
> 三题合一,产生瑰丽的景象。
>> 真,善,美,过去是各不相关,
>> 现在呢,三位同座,真是空前。

我觉得,可以把这一首看作是这部诗集的终曲——全部十四行诗的结语。

在否定中世纪黑暗时代的禁欲主义和神权的基础上,人文主义赞扬人的个性,宣称人生而平等,赋予了人和人的生存以全部重要性和新的意义。只要翻开莎士比亚十四行诗集,我们可以读到许多篇章中对生活的礼赞和对人的美质的歌颂。诗人把他的爱友当作美质的集中体现者而加以歌颂。夏日、太阳、各种各样的花、春天、丰盛的收获……都用来给他爱友的美质作比喻。诗人甚至认为,大自然的全部财富(美)都集中在他爱友一人身上(第67首)。我们注意到一个有趣的现象:诗人一方面把他的爱友同古希腊美人海伦相提并论(第53首);一方面又声称他爱友的美是空前的(第106首),甚至借用从勃鲁诺的哲学演化出来的循环说来说明这一点(第59首)。这表明,诗人的审美观带有文艺复兴的时代特点:一方面高度评价古希腊的美的标准;一方面又认为,在他的时代,人的美质发展到了新的高度。

对于人的形体美和人格美(内心美)的关系,诗人的看法是,二者当然是不同的,但不能把它们孤立起来加以考察。一方面,诗人把形体优美、内心丑恶的人称之为用"甜美包藏了恶行"的人(第95首),称之为"发着烂草的臭味"的"鲜花"(第69首),甚至斥之为"变作羔羊的模样"的"恶狼"(第96首)。另一方面,诗人把既具备形体美,又具备人格美的人称之为"浸染着美的真"(第101首),称之为"宝库"(第37首)。诗人宣称,只有意志坚定的人才配承受"天生丽质"(第94首)。诗人指出,他的歌颂对象"应该像外貌一样,内心也和善"(第10首)。诗人简要地说:"美如果有真来添加光辉,/它就会显得更美,更美多少倍!"(第54首)这就是说,只有当美(形体美)同真、善(人格美的两个方面)统一在一身的时候,这样的人才是美的"极致",才值得大力歌颂。

诗人所说的善,是与恶相对立的概念。诗人在诗集中首先抨击的,是恶的表现的一种——自私。诗人把独身主义者称作"小器鬼"、"放债人"(第4首)、"败家子"(第13首),以至心中有着"谋杀的毒根"的人（第10首），就因为独身主义者不依靠别人、不爱别人，拒绝同别人合作；就因为独身生活只能产生"愚笨，衰老，寒冷的腐朽"（第11首），它不能使"美丽的生命不断繁滋"（第1首），只能使"真与美"同归于尽（第14首）。独身主义者——独善其身者——自私自利者，问题就是这样。因此，诗人把善的观念同婚姻和爱情联系起来，认为"父亲、儿子和快乐的母亲"唱出来的才是真正"动听的歌"，才是"真和谐"（第8首）。同时，诗人宣称，他需要爱情（友谊）就"像生命盼食物，或者像大地渴望及时的甘霖"（第75首）；对他来说，爱情（友谊）"远胜过高门显爵，／远胜过家财万贯，锦衣千柜"，只要有了爱情（友谊），他"就笑傲全人类"，而如果失去了爱情（友谊），他"就会变成可怜虫"，他就"比任谁都穷"（第91首）；诗人一再提醒对方，人生是短促的，必须把爱情（友谊）紧紧地抓住（第64首，第73首）；诗人甚至夸张地说，在"广大的世界"中，只有爱友是他的"一切"（第109首）；当诗人看不惯社会上的种种罪恶而愤慨得不想再活下去的时候，爱情（友谊）成了使他活下去的惟一动力（第66首）——这一切说明，在诗人看来，不懂得爱情（友谊）的人，是多么冷酷无情！

诗人一再宣叙时间的毁灭一切的威力。"不过是一朵娇花"般的美，是无法对抗"死的暴力"的（第65首）；爱人是总要被时间夺去的（第64首）；诗人本来也已经像"躺在临终的床上"总是要老死的（第73首）。怎么办呢？能够征服时间，也就是征服死亡的，只有两种东西：一是"妙技"的产物——人的后裔；一是能显奇迹的"神通"——人的创作（诗）。诗人说，缺少善心，必然同"妙技"绝缘（第10首，第16首）；充满真爱，才能使"神通显威灵"（第65首，第76首）。

诗人把"真"视作另一种蔑视时间的威力的力量。我们知道，英文 truth（真）这个字，有好几种含义。在这部诗集的多数场合，

"真"指的是忠贞——对爱情(友谊)的不渝。诗人歌颂忠于爱的"真心",说,真正的——

> 爱不是时间的玩偶,虽然红颜
> 到头来总不被时间的镰刀遗漏;
> 爱决不跟随短促的韶光改变,
> 就到灭亡的边缘,也不低头。

(第 116 首)

虽然诗人曾以忧郁的调子讲到过出现在爱情(友谊)双方之间的各种阴影,但最后诗人终于信心充沛地指出:这些波折正是时间对爱情(友谊)的考验,而后者经受住了考验。他对自己的爱友说:"我曾经冷冷地斜着眼睛／去看忠贞;但是,这一切都证实:／走弯路促使我的心回复了青春,／我历经不幸才确信你爱我最深挚"(第110首);而当诗人歌颂爱友内心的"永远的忠贞"的时候,他是把这种忠贞放置在高出于一切"外表的优美"的位置之上的(第53首)。

"真"的另一个含义,是艺术的真实性。在这部诗集里,我们接触到不少论及诗歌创作的篇章,它们是抒情诗和艺术论的奇妙结合。

首先,诗人表达出这样一种观念:自然美胜过人工美;自然和生命胜过一切人工的产物,包括艺术。诗人认为,比起诗人们的赞美来,爱友的"一只明眸里有着更多的生命在"(第83首),或者,比之于诗人"诗中的一切描摹,／镜子给你(爱友)看到的东西多得多"(第103首)。同这样的思想相联系,诗人提出了艺术必须真实地(如实地)反映自然的主张。诗人说,他"爱说真话",只有在真话中才能真实地反映他的爱友的"真美实价"(第82首)。诗人在第

21首中说:"我呵,忠于爱,也得忠实地写述",("忠"、"忠实"、"真",在英文中是同一个字:"true"或"truely"——苏联诗人马尔夏克把这一行译成这样的意思:"在爱情和文字中——忠实是我的法则",可以参考。)这里,诗人十分重视艺术创作中的真实性原则,他把这一原则同生活中对于爱情(友谊)的忠贞这一原则放在同等重要的地位。诗人为了强调他的论点,甚至说"你是你自己"这样没有任何夸大的老实话才是对于描写对象的最丰美的赞辞(第84首)。诗人痛恨浮夸的文风,认为这是对自然的歪曲,他不遗余力地攻击所谓"修辞学技巧"(第82首)、"瞎比"(第130首)、"夸张的对比"(第21首),认为堆砌辞藻和描写过火是小贩的"叫卖"(第21首),是在自然的形象上"涂脂抹粉"(第83首),是对自然的"任意糟蹋"(第84首)。诗人反对戴假发,反对对自然的仿造,称呼虚伪的美容为"美的私生子"(第67,68首),这些都是从同样的意思生发出来的。莎士比亚在悲剧《哈姆雷特》里,曾通过哈姆雷特对伶人的指示,表达了自己对艺术(演剧)的意见:"就是在你们热情横溢的激流当中,……你们也必须争取到拿得出一种节制,好做到珠圆玉润。""你们切不可越出自然的分寸:因为无论哪一点这样子做过了分,就是违背了演剧的目的,该知道演戏的目的,从前也好,现在也好,都是仿佛要给自然照一面镜子;……"(据卞之琳译文)这段话可以同上述那些诗篇中的"艺术论"参照着阅读,它们把作者的意思互相补充得更完整了。

我们还可以从更多的方面看到"真"的含义。诗人对他的爱友说:别的诗人"描写你怎样了不起,/那文句是他抢了你又还给你的。/他给你美德,而这个词儿是他从/你的品行上偷来的;他从你面颊上/拿到了美又还给你;他只能利用/你本来就有的东西来把你颂扬"(第79首)。这里的意思是不是说,艺术创作不能脱离它的描写对象——自然,或者说,生活。要不是被描写的人本身有美德,那又怎么能产生歌颂美德的作品呢? 要是离开了自然,或者说,生活,艺术又从何而来呢?

诗人又说,对于一位艺术家(诗人)来说,只有当他的作品是"实录的肖像"的时候,他才会"艺名特具","他作品的风格"才会"到处受称道"(第84首)。这意思是不是说——广大阶层的人们所喜闻乐见的,是朴素自然、真实地反映生活的作品;而矫揉造作、脱离生活的作品,必然会受到群众的摈斥?

诗人又提到,他的诗似乎永远重复着同一主题,总是在歌颂着他的爱友,其实那正因为诗人对爱友有着真实的感情,充沛的爱的思念,所以,像"太阳每天有新旧的交替"那样,他的爱"也就永远把旧话重提"(第76首)。而那些"时髦"的诗人,"三心二意"的诗人,尽管他们的作品中充满着"新的华丽","新奇的修辞","复合的语法"(第76首),就是说,在形式上下功夫;但由于他们缺乏真正的爱,缺乏真实的感情,他们的作品是内容空虚的无病呻吟,是不能打动人们的心灵的。诗人对他的爱友说,如果诗人比爱友先去世,爱友可能读到别的诗人的诗作,他们的技巧可能随着时代的前进而进步了,但诗人希望爱友仍然阅读诗人的作品——希望爱友这样说:"我读别人的文笔,却读他(诗人)的爱"(原意为:"我读别人的诗,为了他们的文笔,读他——莎士比亚——的诗,为了他的爱"——第32首)。这里,诗人认为,掌握形式,运用技巧,固然是重要的,但是,如果没有真实的感情,推广一点来说,如果没有充实的内容,那么,即使形式掌握得很好,技巧运用得很熟练,这样的作品不过是舞文弄墨而已,是没有生命力的。

现在,可以回到前面提到过的能征服时间的两种东西中的一种即人的创作上面来了。诗人巧妙地运用了香精(它是从鲜花中提炼出来的一种液体,能抗拒时间的威力,在花儿凋谢之后,长久地保持花的芳香)这个比喻。他不仅把人的后裔比作香精(第5

首），也把人的创作比作能提炼香精的手段（第54首）。诗人豪迈地宣称：他的诗——人的艺术创作——不仅强于雄狮、猛虎、凤凰（第19首），而且是比"金石、土地、无涯的海洋"及"巉岩"、"顽石"、"钢门"更坚固（第65首）、比"帝王们镀金的纪念碑"、"铜像"、"巨厦"更永久的东西（第55首）。诗人预言，"暴君的饰章和铜墓""将变成灰"（第107首），而他的诗却将永远"屹立在未来"（第60首），"与时间同长"（第18首）!——但是，如果不是按照"真"这个原则创作出来的作品，如果不是真实地反映自然的作品，如果不是具有真实的感情、充实的内容的作品，如果只是华而不实、无病呻吟的作品，那么，这样的作品是抵不住"时间的毒手"的，这样的作品很快就会被时间"捣碎"，很快就会被人忘却！

真正的艺术从两个方面藐视了时间的威力：使描写对象不朽，同时使作者不朽。"你，将在这诗中竖立起纪念碑"（第107首），这里的"你"是描写对象。"他的美将在我这些诗句中呈现，／诗将长存，他也将永远新鲜"（第63首）。而诗句呢，正是作者的全部精神所凝聚而成的："我身体所值，全在体内的精神，／而精神就是这些诗"（第74首），——诗人在另一个地方曾指出过：豢养肉体是愚蠢的，应该使灵魂（精神）健壮繁茂，这样才能"吃掉吃人的死神，／而死神一死，死亡就不会再发生"（第146首）——同时"只要人类在呼吸，眼睛看得见"，这样的"诗就活着"（第18首）。这里，诗人不仅是在为他自己，也是在为一切伟大的作家作预言，这预言在今天已经实现。

莎士比亚的十四行诗，有不少是正面提出重大的人生问题，有些却是通过对生活的某一侧面的描写，揭示出某种人生经验或哲理。例如，在第148、150、137首，诗人似乎是在一而再地抱怨自己的眼睛不能反映"真正的景象"，这些诗很好地说明了我国成语"情人眼里出西施"这句话所包含的同样的道理。（第114首又道出了眼睛的另一种作用——把各种东西的形象都看作是爱友的可爱的形象。)又如,第52首讲到了诗人感到不应与爱友接触太频繁,否则将失去见面时稀有的愉快。许多人都会有这种经验。这样的例子并不止两个。

我们知道,莎士比亚所处的是封建社会解体和资本主义兴起的时代。一方面,这个时代经历着伟大的变革,恩格斯把这个变革称作"人类前所未有的最伟大的进步的革命"(《自然辩证法·导言》);一方面,社会矛盾有了进一步的发展,资本主义的残酷性正在日益暴露出来。对于当时社会上尔虞我诈、弱肉强食等种种丑恶的现象,莎士比亚在有名的第66首十四行诗中作了集中的揭露和控诉。

我们注意到,在莎士比亚的长篇叙事诗《鲁克丽丝失贞记》中,当主人公鲁克丽丝被塞克斯特斯·塔尔昆纽斯强奸之后,她曾在极度悲愤中控诉过世界的不公平。莎士比亚给了这次控诉以七十多行的篇幅。下面是比较强烈的一个诗节:

> 病人在死去,医生却在睡大觉;
> 孤儿饿瘦了,而暴君在吃喝开怀。
> 法官在作乐,寡妇却在哭号啕。
> 忠言不务正,恶行就蔓延起来。
> 你①不让任何仁慈的事业存在。
> 暴怒,忌妒,欺诈,凶杀,强奸,
> 你的时辰服侍着这一切罪愆。

这不能看作纯粹是人物的思想而不带有作者自己对当时社会

---

① 这里的"你"指时机(opportunity),也指某种行动(主要是作恶)的欲望。

的看法。

莎士比亚在他的悲剧《哈姆雷特》里,也曾让王子哈姆雷特在著名的"独白"里满含愤怒地指斥当时丹麦社会的丑恶现象:

> 谁甘心忍受人世的鞭挞和嘲弄,
> 忍受压迫者虐待,傲慢者凌辱,
> 忍受失恋的痛苦,法庭的拖延,
> 衙门的横暴,做埋头苦干的大才、
> 受作威作福的小人一脚踢出去,
> …………

　　　　　　　　　　　(《哈姆雷特》第三幕第一场,卞之琳译文)

如果我们把鲁克丽丝的悲鸣、哈姆雷特的控诉,同第66首十四行诗比较一下,就可以看出它们有许多相似之处。但第66首十四行诗在激越中带有一种更深沉的调子。鲁克丽丝的悲鸣披着古罗马的外衣,哈姆雷特的控诉穿着古丹麦的行头。而第66首十四行诗却是诗人直抒自己的胸臆,直接指斥当时的英国社会,因此它的深沉绝非偶然,它使读者受到更为直接的感染。

同时,我们还注意到,在第66首十四行诗所历数的种种罪恶中,有一些是《鲁克丽丝失贞记》或《哈姆雷特》中所没有提到的。例如:

> 文化,被当局统制得哑口无言,
> 愚蠢(俨如博士)控制着聪明。

这两行值得我们特别注意。在莎士比亚时代的英国,实行着官方检查上演剧目的制度。那时候,直接揭露当时社会的黑暗,将冒割舌或处死的危险。当时的舞台上流行着所谓"从远处来表演"的"惯例"①,莎士比亚的许多反映当时现实的戏剧就都以古代或外国故事剧形式出现。而且,在那个时代,戏剧被认为是纯职业性的东西,伶人和剧作家的社会地位卑微,他们的创作不被认为可登大雅之堂,他们的人格也往往受到轻视。因此,我们不能不认为,第66首十四行诗不仅是作者对周围现实客观地观察的结果,而且体现着作为演员又作为剧作家的莎士比亚本人的切肤之痛,有着莎士比亚本人的不平之鸣。

关于戏剧从业人员的社会地位问题,我们还可以从第110首("……让自己穿上了花衣供人们赏玩")和第111首(罪恶女神"让我干有害事业")中得到印证。

由此可见,诗人在一些诗中指斥"恶徒"(第67首)、"暴君"(第107首)、"聪明世界"(第71首)、"恶意的世界"(第140首)以及有些人的"过失,阴谋,罪恶,和杀机,/……野蛮,狂暴,残忍,没信用"(第129首)等等,都不是无的放矢。这些字眼都有具体的、深广的社会内容。如果用一个字来代表所有这些字眼的话,那么这个字就是"恶"("恶"的原文是 ill,evil。有时译者把 crime,wrong 等也译成"恶")。第66首中有一行总结性的诗:

被俘的良善伺候着罪恶将军

这里的"罪恶将军"(Captain Ill)就是对"空虚的草包"、"强横的暴徒"、"邪恶"、"拐腿的权势"、统制文化的"当局"、控制聪明的"愚蠢"等(均见第66首)的概括。这里,同"善"相对立的概念"恶",是指积极意义上的"损人",加上前面提到的消极意义上的"利己"(例

① 见弗兰西斯·培根著《英王亨利七世朝代史》。

如独身主义）——这两者往往是联系着的——，我们就可以看到莎士比亚所说的"恶"的概貌了。

只有认识了什么是恶，才能更好地了解什么是善。愈是深刻地认识到"恶"的本质，就会愈加感到"善"的可贵；只有在同"恶"的斗争中，"善"才能发展壮大。"恶的好处呵！……／善，的确能因恶而变得更善。"（第119首）这两行诗正好表达了这个辩证的思想。从这里我们可以看到，莎士比亚所主张的善，除了指不自私外，还指反对社会上一切罪恶的正义行为。

"善"在同"恶"的斗争中发展起来，同样，"真"和"美"也在同"假"和"丑"的斗争中发展起来。只有认识了这一点，才能理解莎士比亚所主张的真善美的全部意义。

我在上面所作的只是一些贫乏的——并且一定会有错误的——铺叙，这些铺叙远远不能说明莎士比亚十四行诗全部深刻的思想内容。

十四行诗，是英文 Sonnet 的译名。Sonnet 也称作 Sonata，与音乐中的"奏鸣曲"同名。Sonnet 的中文译名不止一种，有译作"十四行"或"十四行体诗"的，有译作"商籁体"或"商籁"的，有译作"短诗"的。"商籁体"似乎是音义双关的译法，但不一定恰当。"十四行诗"这一译名也有缺点。这种诗体除行数有规定外，还有节律和韵式的规定，而这个译名从字面上看，只指出了这种诗体的一个特征。倒不如干脆音译好。但既然"十四行诗"这个译名已经流行，也就不必另起炉灶了。

十四行诗原是指中世纪流行在民间的抒情短诗，是为歌唱而作的一种诗歌的体裁。十三世纪意大利诗人雅科波·达·连蒂尼是第一个采用十四行诗形式并赋予严谨格律的文人作者。意大利诗人彼特拉克（Petrarca）是文艺复兴时期最著名的十四行诗作者。他写的十四行诗，由两个四行组和两个三行组构成（一个组亦可视作一个诗节），共十四行。其韵脚排列是这样的：

$$1221 \quad 1221 \quad 345 \quad 345 ①$$

意大利文艺复兴的影响遍及欧洲。十四行诗亦随之传入法、英、西班牙诸国，并适应各国语言的特点，产生了不同的变体。十四行诗大约在十七世纪传入德国。

十六世纪初叶，两位英国贵族萨瑞伯爵亨利·霍华德（Henry Howard, Earl of Surrey）和托马斯·崴阿特爵士（Sir Thomas Wyatt）把这种诗体移植到了英国。他们略加变化，改为三个四行组和一个两行组。萨瑞伯爵所作十四行诗的韵式有几种变化：

$$1212 \quad 3434 \quad 5656 \quad 77$$
$$1212 \quad 1212 \quad 1212 \quad 11$$
$$1212 \quad 1212 \quad 3232 \quad 44$$
$$1212 \quad 1212 \quad 1212 \quad 33$$

崴阿特爵士喜欢用的韵式是：

$$1212 \quad 1212 \quad 3433 \quad 44$$
$$1221 \quad 1221 \quad 3443 \quad 55$$

而诗的节律是每行五个轻重格（即抑扬格）音步。其后英国十四行诗都是用的这种节律，莎士比亚剧作中的"无韵诗体"也是这种节

---

① 数码相同表示押脚韵，即诗行的最后一个音节押韵，这里第1行与第4行押，第2行与第3行押，而第5行、第8行与第1行、第4行押的又是同一个脚韵，余类推。

律(只是不押脚韵而已)。现在举锡德尼爵士(Sir Philip Sidney)的一行诗作为标本,来说明什么是五个轻重格音步:

Ǎnd thāi | my̌ Mūse, | to̯ sōme | eǎrs nōt | unswēet.

这里,一格(用竖线分隔)为一音步,每一音步包括两个音节,前一个轻读(ˇ),后一个重读(—),共十个音节。(这是公式。实际上,轻重读有变化。)

　　十四行诗体介绍到英国之后,逐渐风行起来。到 16 世纪末,这种诗体已成了英国诗坛上最流行的诗体。许多十四行诗人产生了:锡德尼爵士,丹尼尔(Daniel),康斯塔勃尔(Constable),洛奇(Lodge),德瑞顿(Drayton),恰普曼(Chapman),斯宾塞(Spenser),就是其中最著名的几个。斯宾塞的十四行诗的韵式比较特殊,像连环扣,被称作"斯宾塞式":

　　　　1212　2323　3434　55

　　紧接在这群诗人之后,莎士比亚作为十四行诗诗人像一颗耀眼的新星,出现在英国诗界的天空。莎士比亚十四行诗也是由三个四行组和一个两行组构成,其韵式是这样的:

　　　　1212　3434　5656　77

与萨瑞伯爵的十四行诗韵式之一种相同。后来这种韵式被称作"莎士比亚式"了,也被称作"英国式"或"伊丽莎白式"。莎士比亚十四行诗集中的诗都是这种韵式,除了三个例外:第 99 首有十五行,从格式上说,第五行是多出来的;第 126 首只有十二行,是六对偶句①构成的;第145首,行数与韵式不变,但每行只有四个轻重格音步,也就是说,每行少去两个音节。

到了十七世纪英国大诗人弥尔顿(Milton)笔下,十四行诗韵式回过去接近了彼特拉克,虽然变化仍多:

$$
\begin{array}{cccc}
1221 & 1221 & 3434 & 34 \\
1221 & 1221 & 3454 & 35 \\
1221 & 1221 & 3453 & 45 \\
1221 & 1221 & 3223 & 23
\end{array}
$$

弥尔顿的十四行诗最后两行不押韵,而是各与第3个四行组中相当的诗行押韵,这就是英国诗歌中的所谓"挽歌诗节"。

莎士比亚以惊人的艺术表现力得心应手地运用了这种诗体。在短短的十四行中,表现了广阔的思想的天地。诗中语汇的丰富,语言的精练,比喻的新鲜,时代感,结构的巧妙和波澜起伏,音调的铿锵悦耳,都是异常突出的。诗人尤其善于在最后两行中概括诗意,点明主题,因而这一对偶句往往成为全诗的警句。

虽然十四行诗形式在英国广泛流行并不持久,但后来写十四行诗的仍不乏人。除了前面提到的弥尔顿外,十九世纪的华兹华斯(Wordsworth)、雪莱(Shelley)、济慈(Keats)等诗人都写了十四行诗,其中不乏名篇。勃朗宁夫人(E.B.Browning)的《葡萄牙人的十四行诗集》更是著名的爱情诗。在法国,则十九世纪著名诗人波德莱尔(Baudelaire)的名著《恶之花》中,十四行诗占了很大的比重。

---

① 一对偶句(couplet)就是一个两行组,这两行押脚韵。第126首的韵式是11 22 33 44 55 66。

十四行诗体的生命一直延续到现代。现代欧洲诗人,例如英国的奥顿(Auden),奥国的里尔克(Rilke),法国的瓦莱里(Valery),都用彼特拉克式的变体写十四行诗。

在英国的十四行诗中,莎士比亚的十四行诗是一座高峰。莎士比亚十四行诗不仅在英国的抒情诗宝库中,而且在世界的抒情诗宝库中,保持着崇高的地位。

译者认为,既然是翻译,那么就应该尽可能把原作的诗形式呈现在读者面前。

原作有严谨的格律(节律,韵式),音乐性很强。要把原诗的节律——以行(诗行)为单位的轻重格五音步完全用汉文来表达,是很困难的,因为两种语文的差别太大。英语单词发音的特点在轻读和重读;汉语字的发音特点在声调(四声)。两种不同的特点构成了各自诗歌韵律的基础或出发点。既然特点不同,也就决定了互相"翻译"的几乎不可能。在经过了一些探索并参考学习了一些前辈翻译家(如卞之琳同志)的翻译样本之后,我觉得可以肯定地说:轻重格(其他格如重轻格、轻轻重格等等,也一样)是无法"译"的;但音步似乎可以用顿或音组来表达。(以前我曾用过"发音单位"这个杜撰的名词,一个发音单位就是一顿或一个音组。)原诗每行五个音步,译成中文就应该是五个音组,如:

我们要 | 美丽的 | 生命 | 不断 | 繁滋

在这个译本中,译者就是本着这样的原则进行翻译的。至于个别超过五个音组的诗行(如译本第 105 首的第 9, 10, 13 行,每行有六顿),则作破格(不是指运用纯熟之后突破程式,而是近乎犯规的意思。下同)论。但是破格也有个限度,即不允许超过六顿。

根据汉语韵文的节奏要求,译文以二字一音组和三字一音组为合格,而一字一音组(一字音组在字义上有矛盾,下称一字顿)和四字一音组则为破格。在一般情况下,一字顿遇到上下文是二字音组时,即归上或归下而不独立为一音组。四字音组最末一字必为虚字,否则即自然地分为两个二字音组。超过四字,必然分为两个音组。每行的字数不作硬性规定,但最多是15,最少是10,而以12或13为最合适。在合格的情况下,必须避免清一色的二字音组和清一色的三字音组。(译本中个别诗行有五个三字音组的,如第85首第14行,则作破格论。)在不得已而破格的情况下,一行诗中至多只能有一个一字顿或一个四字音组。(至于译本中个别情况,如第105首第9,10,13行每行有连续三个一字顿"真,善,美",则更是破格了。)最理想的是二字音组和三字音组交替出现,这又有两种情况,一是二字音组起头,各音组字数依次是二三二三二,如:

    时间 | 就捣毁 | 自己 | 送出的 | 礼物

一种是三字音组起头,各音组字数依次是三二三二三,如:

    他只用 | 一声 | 悲哀的 | 叫唤 | 来答复

这样的安排(特别是前一种),听上去似乎比较谐调,有一种既整齐又参差有致的效果。

    不管一个音组有几个字,每个音组必有一字为重读,其他字为轻读。如果两个重读相并,往往是其中之一为次重读。(轻读和重读的位置不拘。如果规定位置,就会使翻译近乎不可能。这也是轻重格或其他任何格无法"译"的原因之一。)例如[ˇ轻读,一重读,′次重读]:

我们要 | 美丽的 | 生命 | 不断 | 繁滋(第1首)
它就会 | 显得 | 更美, | 更美 | 多少倍!(第54首)

　　这样,似乎也就勉强地把原作节律的一个组成部分——音步传达出来了。但是效果究竟如何,以及这种分音组的句子在中文(汉语)里是否也能算作一种韵文,只能由读者去判断了。

　　需要说明的是,莎士比亚十四行诗原文(以及他的戏剧中的无韵诗)中常有突破轻重格音步的地方,即该重的地方轻了,该轻的地方重了。如第97首中有一行:

Like widow'd womb after their lords' decease;

按轻重格音步规则,这行诗的轻读(˘)和重读(—)的次序应该这样安排:

Like wī | dŏw'd wōmb | ăftēr | thĕir lōrds' | dĕcēase;

这样,after这个字就应该读成前轻后重的[ɑf'tə]。但这个字本来读作前重后轻的['ɑ:ftə]。读者诵读的时候,自然也是按照这个字原来的读法去读。这样,这行诗的轻重格音步就被突破了。

　　又如同一首诗的另一行:

That leaves look pale, dreading the winter's near。按轻重格音步规则,这行诗的轻重读次序应是这样:

Thăt leāves | lŏok pāle | drēading | thĕ win | tĕr's near.

这样,dreading这个字就要读成前轻后重的[dre'diŋ]。但读者自然仍把它读成前重后轻的[′drediŋ]，因此这里也就是变通使用了。这种变通，有点类似我国古典诗歌（近体诗）中对平仄规定的突破。

莎士比亚运用轻重格音步基本上是严格的，但也常常有变通的地方。译文"以顿代步"，每顿中汉字的重读、次重读、轻读的位置不拘（根本不能拘），这是汉文（汉字）读音本身规律所决定，当然不能叫"变通"，但是却体现了一种较为自由活泼的节律，而这与莎士比亚的节律风格是近似的。

再说韵脚。原作的韵式有一定的格式，译文尽可能亦步亦趋。但原作不是一成不变的。译文有时也作些变通。

这里把原作韵式的普遍格式、原作第29首的韵式同译文第49首的韵式作一比较：

原作韵脚排列的普遍格式：

　　1212　3434　5656　77

原作第29首的韵式：

　　1212　3434　5252　66

译文第49首的韵式：

　　1212　3434　5252　33

原作第29首第6韵与第2韵同；译文第49首第6韵与第2韵同，第7韵与第3韵同。所谓变通，主要是指这个。这样的情况还有不少。而译文第54首则更是一个特殊的例子，其韵式是这样的：

1111　1111　2222　22

再谈谈协韵字的问题。莎士比亚的协韵字并不十分严格,常常用"视韵"(sight－rime),即看上去押韵(相应的元音字母和辅音字母相同)而实际上不押韵(同一元音字母发音不同)的"韵",如love与prove(第10首第10,12行),are与prepare的第2音节–pare(第13首第1,3行),beloved与removed(第25首第13,14行),minds与winds(第117首第5,7行),blood与good(第121首第6,8行)等;还有一些连"视韵"都算不上,看上去相应的字母并不整齐或相同而听起来更不押韵的"韵",如come与doom(第145首第5,7行),east与west(第132首第6,8行),were与near(第140首第5,7行),die与dignity的第三音节–ty(第94首第10,12行)等。是不是莎士比亚时代英文的读音与今天有所不同呢? 这是可能的。但已有些学者指出莎士比亚爱用"视韵",这就说明莎翁对协韵字的选择并不十分严格。而且,这种变通用韵的办法在后来的英国诗歌中是被允许的,似乎已形成一种传统。而莎士比亚在用韵的问题上,则似乎更自由洒脱一些。

我的译文中在选用协韵字方面,标准也是宽的。所谓宽,有如下几个方面:(一)加上介母而协韵。例如以a、ia、ua(这里用汉语拼音字母,下同)为韵母的字协韵,以an、ian、uan、üan为韵母的字协韵等等。这原是古今通行的押法。(但,ie、üe固然协韵,e同ie、üe却不协。)(二)以发zi、ci、si各音的字为一类,以发zhi、chi、shi、ri各音的字为另一类,同类字相押是严格的,两类相押就宽一些。但这两类字相押也是古今通行的。(三)不拘平仄而协韵。这是"五四"以来的新诗所通行的押法。(四)音同字不同,可以押。不过我所说的标准比较宽,主要是指:(五)押大体相近的韵。关于大体相近的韵,我是这样理解的:甲,以 en、in、uen(un)、ün、eng、ing 为韵母的字均算作协韵字;乙,发 er 音的字可以同发 zi、ci、si、zhi、chi、shi、ri 各音的字押韵;丙,以 e 为韵母的字可以同以 o、uo 为韵母的字押韵。以 ou 为韵母的字可以用以 u 为韵母的字相押。但 i(非 zi-ri 各音中的 i)与 ü 不得押,ü 与 u 不得押,否则作犯规论。

译者又给自己订了几条规则:一、凡轻声字(不就是轻读字,但后者包括前者),即表达语气的"吗"、"吧"、"呢"、"么"、"了"(非"了不起"等中的"了"),虚字"的"、"地"、"得"(非"目的"、"土地"、"得到"等词中的"的"、"地"、"得"),人、物名称的附加字"子"("果子"、"钩子"等中的"子")等等,不得押韵。轻声字只能在多字韵(两字的为阴韵,三字和三字以上的为复合韵)中作韵尾,而且最好是同一个字。例如,第 153 首译文中的双字韵(阴韵)是"……熟了"和"……入了","熟"和"入"相押,韵尾都是"了"字;第 90 首译文中的三字韵(复合韵)是"……恨我吧"和"……胜我吧","恨"和"胜"相押,韵尾中都有"我吧"二字,而"吧"是轻声字。二、同一个字不得押韵,但可以在多字韵中作韵尾。例如第 97 首中的双字韵是"……冬天"和"……冻天"。儿化音的"儿"字不得押韵,但可以在儿化多字韵中作韵尾。对以上这些规则,译者没有做到完全不违反的地步。

译文所用的语言,避免生硬的欧化语法,尽量用现代汉语普通话的口语(但也适当运用一些成语)。例如以"当"字开头的表示时间的从句,尽可能放在主句之前,不倒装;又要求以"的时候"或"时"收尾,否则分不清同主句的界线(极个别的很明显地可以分清时间从句的界线的除外)。再者,把原文中表示时间的从句化为汉语的办法不止一种,"当……的时候"的句式也不宜多用。又如一句中连用三个以上的"的"字或"地"字,尽量避免。生硬的欧化语法例子很多,这里只是略举一二。但有些欧化语法,如"既然"

句、"尽管"句放在主句后面的倒装句法等,因为不算太生硬,还是用了。

＊　　　＊　　　＊

这个译本在1950年初版,根据的原文是:夏洛蒂·斯托普斯(Charlotte C.Stopes)编注的本子(1904年);克雷格(W.J.Craig)编的牛津《莎士比亚全集》一卷本(1926年)。译本在1955年再版前作了一次修订,根据的原文除上述两种本子外,加上了哈锐森(Harrison)编订的"企鹅"版(1949年修订本,初版于1938年)。

这次,译者又作了一次较大的修订,根据的原文主要是:诺克斯·普勒(C.Knox Pooler)编注的"亚屯"版(1943年修订本),海德·柔林斯(Hyder Edward Rollins)编订的"新集注本"(1944年)。

"第一四开本"(1609年)标点可疑之处较多,但其他错误很少,是现代各版所根据的标准本。"新集注本"的优点之一是重印了"第一四开本"的原文,又将后来各家版本的异文加以集注,这就给了译者以比较和取舍的方便。关于注释,"亚屯"版虽然没有特别的创见,但还比较翔实,是可以信托的。译者根据这两个版本,对译文和"译解"进行了一次全面的检查,发现了不少译得不妥当和解得不妥当的地方。虽然已发现的不妥当处都改正了,但是肯定还会有未发现的不妥当处。

除了文义上的修订外,还对译文的修辞和音韵方面作了改进的努力。

译诗是难事,译莎士比亚更谈何容易。要译文的文义不出错,不是易事,但更难的是传达原诗的风格,原诗的韵味。好诗有一种在字面上捉摸不到然而能够动人心魄的魔力。几个平淡无奇的字,在大手笔的安排下,"神通显威灵"般地攫取了读者的心灵。文艺科学应该能够准确地解释这种现象。但翻译却极难于传达这种艺术魅力,如果不是完全不可能的话。我虽然不主张诗根本不可能翻译,但对于有人之所以持这种见解,我能够理解。因此我对自己的译文是不存奢望的。这个译本的任务仅仅是:使读者知道,在世界文学的宝库中,有一本叫作《莎士比亚十四行诗集》的书。至于这些诗篇的艺术力量究竟在哪里,只有等将来的译者来"发掘"了。到那时候,我的译本就"欣然消灭"。

1963 年夏

这个修订本搞完后,大约在 1964 年初,交给了出版社。因 1962 年刚印过一版,这时不宜立即再印(而且要重新排字)。但那时的气氛也越来越不宜于印这种外国资产阶级作家作品的译本了。不久,开始了"文化大革命"。翻译介绍这本"封资修黑货"成了我的"罪状"之一。直到粉碎"四人帮"之后,才从卞之琳同志家中取回他为我保存了十五年之久的"译后记"原稿(衷心感谢他!),又从上海译文出版社取回他们为我保存了十五年之久的译本修订稿(衷心感谢他们!)。我对译本和"译后记"又作了一次修订。上海译文出版社愿意重新排印这个译本,我再次向他们表示衷心的感谢。

1980 年 5 月再次修订后

附:

新 版 后 记

《莎士比亚十四行诗集》自 1950 年初版以来,已经三十七年了。初版是文化工作社出版的。后来历经上海文艺联合出版社、新文艺出版社、上海文艺出版社多次再版或重印。直到1962年为止，到底印了多少次，已记不清。只记得曾作过两次修订，其中1955年的一次改动较多。1963、1964年又作了全面的较大的修订。但由于"文革"的关系，这个修订本直到1981年才由上海译文出版社出"新1版"，改名为《十四行诗集》，莎士比亚著。这个版本到1986年为止，印了4次，共印32万册，说明它还有读者，这是对译者的鼓励，也是无声的督促。在此期间，译者又发现译文中还有译得不妥当、不准确或可以改进的地方。因此当上海译文出版社方平同志(我的老友!)通知我说出版社将重新排印这本书后，我即花了一个月的时间，进行修订，改动了将近五百处地方(包括"译解"和《译后记》中改动的地方)。修订稿又经方平同志认真审阅，他提出若干修改意见，我认为很好，随即又作了进一步的修改。这里让我对方平同志深致谢意。这次新版，书名恢复《莎士比亚十四行诗集》，版式也重新作了设计。

翻译是难事，译诗更难。但我还是鼓足勇气，尽力做一点译诗的工作。对莎士比亚十四行诗，以后如有机会，我还将再进行修订，因为对文学翻译，尤其是诗歌翻译的琢磨、改进，是无止境的。我想，这也许是我一辈子的工作。

译　者

1987年5月

莎士比亚十四行诗的戏剧色彩

莎士比亚十四行诗的段式结构是四、四、四、二,即全诗共分四个诗节(或称诗行组),第一、二、三节的行数均为四,末节的行数为二。韵式是著名的莎式,即 abab、cdcd、efef、gg,也是以四个诗节安排的。这四个诗节在内容上依照"起承转合"的规律展开、变化、收拢,也符合"正、反、合"的辩证规律,很像一部四幕剧或多幕剧的发展程序。

试以莎士比亚十四行诗第18首为例来作一些分析:

> 我能否把你比作夏季的一天?
> 你可是更加可爱,更加温婉;
> 狂风会吹落五月的娇花嫩瓣,
> 夏季出租的日期又未免太短:
> 有时候苍天的巨眼照得太灼热,
> 他金光闪耀的圣颜也会被遮暗:
> 每一样美呀,总会失去美而凋落,
> 被时机或者自然的代谢所摧残;
> 但是你永久的夏天决不会凋枯,
> 你永远不会丧失你美的形象;
> 死神难夸你在他影子里蹰躅,

《莎士比亚十四行诗集》最早的中文全译本,屠岸译,文化工作社,1950年版

　　你将在不朽的诗中与时间同长。

　　只要人类在呼吸,眼睛看得见,

　　我这诗就活着,使你的生命绵延。

　　这里第一个诗节(四行)是"起":提出命题。诗中第二人称"你"是诗人的爱友(亲爱的朋友)。诗人称赞他的朋友的美,说,能否让我把你比作夏季的一天?但夏日还有这样那样的缺点,而你比夏日更美。第二个诗节(四行)是"承":把第一诗节的思想生发开来,像一首乐曲的展开部(development)。这里,诗人继续陈述夏季自然界的缺点,从而归纳出:由于时机或新陈代谢的作用,每一样美(美的人或美的事物)总归要离开美(美貌或美的形态)而凋落、枯萎。诗人在这里把他的命题阐发得更为充分,为下面的"转"准备条件。第三个诗节(四行)是"转":语气突然转换,诗人对他的爱友说,但是你的夏天是永久的,你永远不会凋枯。为什么?因为

你将在不朽的诗中永生。诗人说,我的诗写下了你的美质,我的诗将是不朽的,所以你的美质也将是不朽的。这一"转",像一首乐曲的变奏(variation),也像一部四幕剧中的第三幕,或第四幕中的某些场景,形成高潮(climax)。最后一个诗节(两行)是"合":这里诗人站在历史的高度对全诗进行总结:只要人类在呼吸。我这诗就存在,就给你以生命。这是铿锵的警句,也是预言。它像一首乐曲的终乐章(finale),也像一部多幕剧的最后一幕或尾声。

再看莎士比亚十四行诗第29首:

> 我一旦失去了幸福,又遭人白眼,
> 就独自哭泣,叹人家把我抛弃,
> 白白地用哭喊来麻烦聋耳的苍天,
> 又看看自己,只痛恨时运不济,
> 愿自己像人家那样:或前程远大,
> 或一表人才,或胜友如云广交谊,
> 想有这人的见识,那人的才华,
> 于自己平素最得意的,倒最不满意;
> 但在这几乎是自轻自贱的思绪里,
> 我偶尔想到了你呵,——我的心怀
> 顿时像破晓的云雀从阴郁的大地
> 冲上了天门,歌唱起赞美诗来:
>> 我怀着你的厚爱,如获至宝,
>> 教我不屑把处境跟帝王对调。

这里第一个诗节(四行)是"起",提出诗人受到社会的不公正待遇,恨自己命途多舛。第二个诗节(四行)是"承",承接上文的意思而加以发挥,说自己希望像别人那样幸运。这两节都是第三节

屠岸译《莎士比亚十四行诗集》,自1950年至1988年文化工作社、上海文艺联合出版社、新文艺出版社、上海译文出版社的初版、再版及历次修订版本

的垫戏。第三个诗节（四行）是"转",诗人偶尔想到了他的爱友,于是心情像云雀那样欢乐地歌唱。这个诗节像一首协奏曲里的"华彩段"（cadenza）,气氛从忧郁突然转向热烈和欢欣。这就自然地导向结尾：第四个诗节（两行）——"合"。诗人声言,只要有了朋友的爱,就比当国王更幸福。这个结语把对友谊的歌颂升向了顶峰。

从上可见,莎士比亚十四行诗各首从结构上都体现了"起承转合"的发展程序,这种构架富于戏剧性：矛盾的提出,发展,纠葛,一直到解决,都带有戏剧色彩。

莎士比亚十四行诗共有154首。这些诗,每一首都是独立成篇的,但这154首又是一个整体,是一部完整的十四行系列组诗。这些诗大约是从1592年到1603年间陆续写成的,初次完整地公开发表于1609年。在此之前和之后,英国文坛上出现过许多诗人写的不同题材不同风格的十四行系列组诗。莎士比亚十四行诗艺术的高超和思想的深邃,远远超过其他十四行系列组诗。莎士比亚十四行诗不仅具有抒情素质和哲理内涵,而且有人物形象和故事情节。尽管对这些诗的呈献对象或接受对象究竟是男性还是女性,是一个人还是若干人,这个人在历史上,也就是在实际生活中(而不是在艺术虚构中)是谁,以及诗中的黑(褐)肤女郎在实际生活中究竟是谁等等问题,到现在还有争议,但根据多数学者的研究和长期的探索,大致可以肯定:第1首到第126首是写给一位美貌的贵族男青年的;第127首到第152首是写给一位黑肤女郎的。(最后两首与中间个别几首与整个"故事"无关。)第1至17首形成一组,这里诗人劝他的青年朋友结婚,以便把美的典型在后代身上保存下来,以克服时间毁灭一切的力量。此后直到第126首,继续着诗人对青年的倾诉,而话题、事态和情绪在不断变化发展着。青年是异乎寻常的美(18—20,莎翁十四行诗编码,下同)。诗人好像是被社会遗弃的人,但青年与他的情谊使他得到无比的安慰(29)。诗人希望青年不要在公开场合给诗人以礼遇的荣幸(由于诗人职业的"卑下"),以免青年因此蒙羞(36)。青年占有了诗人的情妇,但被原谅了(40—42)。诗人对当时社会的种种丑恶现象不能忍受,但又不忍离开世界,怕青年因此而孤单(66)。诗人对别的诗人、特别是一位"诗敌"之得到青年的青睐,显出妒意(78—86)。诗人委婉地责备青年生活不检点(95,96)。经过一段时间的分离后,诗人回到了青年身边(97,98)。诗人与青年和解(109)。诗人从事戏剧的职业受到社会的歧视,他呼吁青年的友谊(110—111)。诗人曾与无聊的人们交往而与青年疏远过,但又为自己辩护(117)。诗人迷恋着一位黑眼、黑发、黑(褐)肤的卖弄风情的女郎(127,130—132)。黑女郎与别人(可能就是诗人的青年朋友)相爱了,诗人陷入痛苦中(133,134,144)。以上是从十八世纪以来才开始流行而后被多数读者接受的解释。

这154首十四行系列组诗中,至少出现了四个人物:①诗人自己,②诗人的好朋友(爱友),一位贵族男青年;③诗人的情妇,黑肤女郎,④与诗人向那位贵族青年争宠的另一位诗人,即所谓"诗敌"。莎士比亚在这部十四行系列组诗中塑造的这些人物形象十分生动,这些人物所构成的纠葛十分复杂,带有浓厚的戏剧色彩。恩格斯在《给勒伯格兄弟的信》中说:

> 谷兹科夫认为十四行诗的形式会有害于整体的印象;可是我认为,就这种独特的诗体讲来,这种莎士比亚式的十四行诗恰好是在史诗和单独诗篇两者的中间。①

恩格斯的这个论点启示我们:莎士比亚十四行诗既可以单独成篇,各篇相对独立,又可以连贯起来被看成有连续性的类似史诗的作品,而史诗与戏剧具有共同的特点,即情节的丰富性和生动性。

莎士比亚十四行诗正是通过上述四个人物之间的种种矛盾、纠葛,体现了情节的生动性和丰富性。这里也有一个"起承转合"的发展程序。歌颂青年的美质(劝婚)——"起";歌颂青年与诗人的友谊(爱)——"承";别离,诗人与"诗敌"的争宠,青年占有黑女郎,诗人与青年之间的隔阂、龃龉——"转";和解——"合"。

这里再引莎士比亚十四行诗第144首:

> 我有两个爱人:安慰和绝望,
> 他们像两个精灵,老对我劝诱;
> 善精灵是个男子,十分漂亮,
> 恶精灵是个女人,颜色坏透。
> 我那女鬼要骗我赶快进地狱,

---

① 《马克思、恩格斯论艺术》第四卷,第281页。

就从我身边诱开了那个善精灵，

教我那圣灵堕落，变成鬼蜮，

用恶的放纵去媚惑他的纯真。

我怀疑到底我那位天使有没有

变成恶魔，我不能准确地说出；

但两个都走了，他们俩成了朋友，

我猜想一个进了另一个的地府。

　　但我将永远猜不透，只能猜，猜，

　　等待那恶神把那善神放出来。

这首诗体现了整部系列组诗"起承转合"程序中"转"的主要情节。这首诗中出现了三个人物：诗人自己，朋友，情妇。诗人把朋友当作善的代表，把情妇当作恶的代表。情妇媚惑了他的朋友，使朋友投入了女郎的怀抱，从而使诗人陷入痛苦和迷惑之中。但诗人仍抱有希望，希望女郎最后放弃那位朋友，使三个人的关系恢复到原来的友好状态。这首诗本身富有戏剧性，在整部系列组诗中，它作为"转"的关键，尤其富有戏剧意蕴。整个故事中有喜剧因素，也有悲剧因素，有时是交叉的，有时是并行的。悲剧意蕴在某些诗篇例如这第144首就显得比较强烈。在莎士比亚十四行诗第111首中，诗人竟喊出"可怜我吧！"这样痛苦的呼声来。这里，悲剧的主人公不是别人，正是莎士比亚自己。

莎士比亚的戏剧观是："演戏的目的，……都是仿佛要给自然照一面镜子……给时代和社会看一看自己的形象和印记。"这里所说的自然，包括人的本性或人的天性。莎士比亚的戏剧所表现的矛盾和冲突，正是各种各样社会人的矛盾和冲突。莎剧所体现的思想正是莎士比亚洞察人性的本质和变化、洞察人与人的关系及其变化并进行思考从而升华出的哲理。

　　莎士比亚十四行诗集像一部戏剧,具有戏剧色彩,是因为这些十四行诗反映了人的矛盾与冲突,反映了人与人的关系,人与自然的关系,人与时空的关系,并从对人与人、人与自然和人与时空的关系的思考中总结出深邃的哲理。这就使得这些十四行诗有别于单纯的抒情诗和纯粹的(抽象的)哲理诗。

　　莎士比亚是伟大的天才。他写了那么多剧本和诗,却没有给自己的一生留下文字的记录。惟一的例外恐怕就是这些十四行诗。这些十四行诗是文学创作,这没有问题。问题是诗中所写的是像他的戏剧那样虚构的人和事,还是诗人在真正直抒自己的胸臆? 这是莎学研究者长期争论不休的问题。二十世纪九十年代初,莎学专家贝文顿(Bevington)再次否认这些十四行诗带有自传性质。但如果对这些十四行诗作细致深入的考察,还是不难发现,认为这些十四行诗是诗人个人遭遇的真实写照的说法是有一定道理的。比如伶人身份问题就是较明显的例证。这些十四行诗实际上是一种书简文学。这些诗篇所蕴含的戏剧色彩表明了莎士比亚本人带有戏剧性的生活经历的一部分,也是他的带有戏剧性的个人历史的一部分。这些诗篇所蕴含的悲剧意蕴应该是莎士比亚个人历史中所固有的生活音调。研究莎士比亚当然首先是研究他的戏剧,但研究这位伟大的诗人戏剧家的个人历史恐怕还是离不开这部几百年来引起热烈争议的十四行系列组诗。

1994 年 6 月 12 日

莎士比亚十四行诗的悲剧意蕴

    莎士比亚在他的十四行诗中宣称："真,善,美,就是我全部的主题"(第105首),这可视为莎诗创作的总意向。"真"包括多重含义,其中有对友谊的真诚,对爱情的忠贞。"真"还有一层意义,那就是真实地直抒胸臆,不加伪饰。莎学者对莎士比亚十四行诗的探究,有"自传说"和"虚构说"两大阵营。笔者认为这些十四行诗有很大的"自传"色彩,如果像他写剧本那样出于虚构,这些诗就缺乏抒情诗所必需的真诚性,就丧失感染力。

    仔细研读莎士比亚十四行诗,就会发觉它们的底蕴的另一面,这与莎士比亚本人的经历息息相关。首先,这些诗透露出莎士比亚作为伶人和剧作者在当时社会上受到鄙视,他的心灵受到严重创伤。诗人与他的贵族庇护人是朋友,而且是挚友,但伶人依附于贵族,二人社会地位悬殊。诗人的朋友出身豪门,年轻,漂亮。诗人自己则年龄大了,事事不如意,他自怨自艾,感到"时运不齐,命途多舛",哀叹"失去了幸福,又遭人白眼"(第29首)。诗人因坏人当道、投机取巧者轻易取得成功而愤愤不已甚至想离开这世界(第66—68首)。诗人因自己是伶人供世人"赏玩"而"嘲弄自己的感情,把珍宝贱卖"(第110首),感到不平,不幸,指责让他在舞台上谋生的"命运"是"罪恶女神";让自己的天性被自己所从事的职业扭曲,打上了耻辱的"烙印"(第111首)。诗人哀求朋友的怜悯,认为这可以补救命运女神的过错。读者可以想象，莎士比亚当时处于何等的环境和心态之中。

英汉对照《莎士比亚十四行诗一百首》，屠岸译，中国对外翻译出版公司，1992年版；香港商务印书馆1994年版

爱和友谊是诗人面对多舛的命途和冷漠的世情时的避难所。他在抑郁成病时呼吁："可怜我吧，爱友，我向你担保，你对我怜悯就足够把我医好。"（第111首）诗人感到自己被世人抛弃了，他"白白地用哭喊来麻烦聋耳的苍天"，陷入绝望的悲哀中，这时他忽然想起了朋友，有了朋友就有了一切，"我怀着你的厚爱，如获至宝，教我不屑把处境跟帝王对调"（第29首）。甚至当诗人愤世嫉俗到企图用自杀来结束生命的时候，仍是友谊挽救了他，因为：如果"我死了，要使我爱人（朋友）孤单"（第66首）。

但诗人和朋友之间是依附和被依附的关系。诗人对朋友必须毕恭毕敬，甚至卑躬屈膝："做了你的奴隶，我能干什么，假如不伺候你，随你的心愿？"（第57首）"是臣仆，我只能伺候你的闲情！"（第58首）诗人认了命，认为自己没有资格得到更好的待遇（第88首）。有时候诗人忍不住委婉地指责朋友行为不检点（第95，96首），过一阵子又反过来责备自己曾与无聊的人们交往而与朋友疏远（第117首）。但诗人深藏在心底的牢骚和怨恨毕竟按捺不住，总要爆发出来："甜东西作了贱事就酸苦难尝；发霉的百合远不如野草芳香！"（第94首）"你用何等的甜美包藏了恶行！"（第95首）

友谊蒙上了污垢。先是所谓"诗敌"夺去了那位朋友对诗人的

青睐。诗人一再声称他的诗的歌赞能使朋友的美质永恒化(第
55,63,65首),朋友也因此而赏识诗人。但朋友并不因此而不移
情别爱。出身高贵的朋友款待另一位争宠的诗人(第78—86首),
朋友甚至染指诗人的情妇(第40—42首)。这些不忠的行为引起
诗人的嫉妒、怨恨。诗人又时时在原宥和自责之间摇摆。有时诗
人对朋友的宽恕简直是自轻自贱,不惜用任何条件去换取友谊的
恢复(第93—95首),有时又为自我贬抑而烦恼懊丧(第88—89首),
或为失宠而痛苦(第61首),有时宿命地意识到总有一天会被抛弃
(第49首),一直到绝望地陷于凄苦可怜的最后分手(第87首)。

友谊的颂赞不是没有它的主旋律,诗人歌唱"两颗真心的结合
是阻止不了的",认为"爱(友谊)是永不游移的灯塔光,它正视风
暴,决不被风暴摇撼"(第116首)。或者,诗人在歌唱友谊的坚贞
之余,欣慰与朋友的友情的恢复:"你的胸膛是我的爱的家;我已如
旅人般流浪过,现在是重回家园"(第109首)。但友谊既有春光明
媚的一面,又有凄风苦雨的一面。诗人在写了"爱(友谊)不随短促
的韶光改变,就到灭亡的边缘,也不低头"之后,说:"假如我这话真
错了,真不可信赖,算我没写过,算爱从来不存在!"(第116首)这
里包含着多少执着,又隐藏着多少沉痛呵!

诗人呈给情妇"黑女郎"的十四行诗,时时表达了忧虑,自卑,
惶惑,以及失去自制力。"黑女郎"是性感的,有巨大的诱惑力,使诗
人沉湎于性爱之中。但她是倨傲的,非善意的,水性杨花的,不忠
的,是个"女性的恶鬼"(第144首)。她从诗人身边勾引去了诗人
的朋友。诗人因她的不忠而痛苦,诗人更因自己欺骗自己而痛苦,
后者比前者更严酷。他崇拜别人憎恶的东西,放纵自己作伪证,发
假誓(第152首),把明知是假的东西说成是真的,明知是丑的东西
说成是美的(第150首)。他屈从自己的不驯的肉体而冒渎自己高
尚的灵智(第151首)。可是他知道肉体很快就会死灭,因而要求

灵魂的健壮繁茂,企图弃绝争名夺利的浮华尘世而使精神升华(第146首)。但当他重新陷入病态欲望的奴役中时,他努力逃避沉沦的意图便成为空想。

也有幸福的时刻,尽管是罕有的。诗人歌颂女郎的暗褐的肤色和容貌、她的粗糙的头发、并不芳香的气息、并不悦耳的嗓音以及并不端庄的举止,但诗人宣称:"我认为我情人比那些被瞎比一通的美人儿更加超绝。"(第130首)诗人似乎只是想证明:黑女郎是个实实在在的存在,并不是但丁笔下的贝雅特丽齐或彼得拉克笔下的劳拉那样的"女神"。而这个实实在在地存在着的性感女郎以其肉体征服了诗人,使诗人不能自拔:"尝着甜头,尝过了,原来是苦头;事前,图个欢喜;过后,一场梦:这,大家全明白,可没人懂怎样去躲开这座引人入地狱的天堂。"(第129首)这就是诗人与黑女郎的爱情的全过程。

从对莎士比亚十四行系列组诗的粗略考察,可以见到诗人所经历和拥有的友谊与爱情不是一条坦途,这里充满了坎坷与荆棘。中国谚曰:诗穷而后工。(穷,不仅指经济上的贫困。)外国谚曰:愤怒出诗人。莎士比亚经历着感情上的种种波澜,发而为十四行,倾诉自己的欢乐,忧伤,痛苦,悲愤,怨望,自责……整部十四行系列组诗遂突现出一种莎士比亚式的悲剧意蕴。这种悲剧意蕴体现在诗人对人生际遇的深刻反思,升华到哲学的高度。

莎士比亚154首十四行诗的最后两首写的是一个希腊神话故事,似与友谊和爱情的"故事"无涉。有的评论家认为这两首不是出自莎士比亚的手笔。两诗讲的是希腊神话中小爱神丘比特用以点燃爱情之火的火炬被月神黛安娜的侍女浸入了泉水,泉水沸腾了,成了能治病的温泉。丘比特要试验火炬是否还能点火,用它去触动诗人的心胸,诗人"顿时病了",变得"狂躁而哀愁",急忙向温泉求助,但是无效,因为只有"情人的慧眼"能医好他的病。这里

"情人"暗示情妇,也暗示朋友。这个寓言说明,诗人因友谊与爱情而得病,得了狂躁症,抑郁症,而能治好他的病的药物,又只能是友谊与爱情,于是形成良性循环和恶性循环的交替不歇,悲剧意蕴由此诞生。所以,这两首诗不是与整个故事无涉,而是整部系列组诗所涉及的人际关系的总概括。

英国文学中最大的谜：
莎士比亚十四行诗

    莎士比亚的十四行诗，就其文学价值而论，是堪与他的最佳剧作相颉颃的诗歌杰作。莎学家斯托普斯女士（Charlotte Stopes）在1904年说：到了19世纪，"读者开始发现这些十四行诗的超绝的美，承认莎士比亚在发展抒情诗方面同他在发展戏剧方面处于同样重要的地位。……莎士比亚的艺术的完美，哲理的深邃，感情的强烈，意象的丰富多样，诉诸听觉的音乐的美妙，只有在他的十四行诗中才表现得最为充分。"这种评价是把莎士比亚的十四行诗放在他的戏剧之上了。但这不是她的首创，在她之前的莎学家，如温达姆（Wyndham）在1898年就持这种观点了。

    莎士比亚十四行诗最初出版于1609年。该年5月20日，伦敦书业公所的"出版物登记册"上，一本叫作《莎士比亚十四行诗集》的书注册了，取得此书的独家印行权的出版者名叫托马斯·索普（Thomas Thorpe）。同年6月初，这本书出售了。此书收入莎士比亚的十四行诗154首，依次编了号码，各诗之间互有联系，是一部系列组诗。这就是莎士比亚十四行诗最早、最完全的版本，史称"第一四开本"。

    这些十四行诗的内容，按照18世纪末两位莎学家梅隆（Malone）和斯蒂文斯（Steevens）的解释（1780），大致是这样的：从第1到126首是写给或讲到一位美貌的贵族男青年的;从第127到152首是写给或讲到一位"黑女郎"的。最后两首与整个"故事"无关。这种解释一直广泛流传到今天。细分一下:第1至17首形成一组,这里诗人劝他的青年朋友结婚,以便把美的典型在后代身上保存下来,以克服时间的毁灭一切的力量。此后一直到126首,继续着诗人对朋友的倾诉,而话题、事态和情绪在不断变化、发展着。青年朋友是异乎寻常的美(18—20首)。诗人好像是被社会遗弃的人,但对青年的情谊使他得到无上的安慰(29首)。诗人希望青年不要在公开场合给诗人以礼遇的荣幸,以免青年因此蒙羞(36首)。青年占有了诗人的情妇,但被原谅了(40—42首)。诗人对当时社会的种种丑恶现象不能忍受,但又不忍心离开这世界,因为怕青年因此而孤单(66首)。诗人对别的诗人、特别是一位"诗敌"之得到青年的青睐,显出妒意(78—86首)。诗人委婉地责备青年生活不检点(95,96首)。经过一段时间的分离,诗人回到了青年身边(97,98首)。诗人与青年和解(109首)。诗人从事戏剧职业而受到社会的歧视,他呼吁青年的友谊(110,111首)。诗人曾与无聊的人们交往而与青年疏远过,但又为自己辩护(117首)。诗人迷恋一位黑眼、黑发、黑(褐)肤的卖弄风情的女郎(127,130—132首)。"黑女郎"与别人(可能就是诗人的青年朋友)相爱了,诗人陷入痛苦中(133,134,144首)。——以上的解释虽然受到过不少人反对,但逐渐深入人心,到现在已被大多数读者接受。

莎士比亚十四行系列组诗的出现,不是孤立的现象。十四行体最早产生于意大利和法国交界的普罗旺斯民间,原是一种用于歌唱的抒情小诗,颇有些类似中国古代的"词"。它大约于十三世纪被意大利文人采用;到十四世纪出现第一位十四行诗代表诗人彼得拉克(Francesco Petrarca,1304—1374)。他的《歌集》包括三百多首用意大利文写成的十四行诗,抒发了对他所倾心的少女劳拉的爱情。从十六世纪起,这种肇始于意大利的诗体向欧洲各国"扩散",渗入法、英、德、西班牙、葡萄牙、俄罗斯等国,产生了用上述各国语言写出的大量十四行诗。十六世纪初,英国的两位贵族诗人托马斯·威阿特爵士(Sir Thomas Wyatt,1503—1542)和萨瑞伯爵亨利·霍华德(Henry Howard,Earl of Surrey,1517—1547)把十四行诗形式引进英国。他们翻译成英文的彼得拉克十四行诗,被收入出版商托特尔(Tottel)在他们死后出版的杂诗集《歌谣与十四行诗》(1557)中。他们同时用这种形式进行英文诗歌的创作实践,成为最早的英文十四行诗作者。十四行诗以系列组诗形式在英国风行一时,则由菲力普·锡德尼(Sir Philip Sidney,1554—1586)在1591年出版的《爱星人和星》发端。这之后五年内在英国突然涌现出一大批十四行系列组诗作品。到1596年或1597年,这种风尚突然终止。在这个短短的时期内,十四行系列组诗的作者名单包括了当时最著名的诗人和次要诗人。他们和他们的作品有这些:丹尼尔(Samuel Daniel,1563—1619)的《黛丽亚》(1592),康斯塔勃尔(Henry Constable,1562—1625)的《黛安娜》(1592),洛其(Thomas Lodge,1558—1625)的《斐丽丝》(1593),德瑞顿(Michael Drayton,1563—1631)的《艾狄亚的镜子》(1594),斯宾塞(Edmund Spenser,1552—1599)的《小爱神》(1595),以及巴恩斯(Barnabe Barnes)、弗雷彻(Giles Fletcher)、帕西(William Parcy)、格里芬(Bartholomew Griffin)、托夫特(Robert Tofte)等人的十四行系列组诗。莎士比亚可能也是在这个十四行系列组诗浪潮冲击英伦的时期写作了他的十四行诗。1599年,莎士比亚的十四行诗有两首(第一四开本中的138首,144首)出现在一本被印作"莎士比亚著"的诗集《热情的朝圣者》中,出版者是杰加德(William Jaggard)。之后就是第一四开本在1609年出版。它没有在社会上引起巨大的轰动。但在大约一个半世纪之后,它的光芒终于把当年那些辉耀诗坛、风靡一时的同类作品掩盖了。

莎士比亚当时为什么不出版或不立即出版他的十四行诗？据莎学家贝文顿（David Bevington）最近（1992）说："莎士比亚可能有意推迟了他的十四行诗的出版日期，并不是由于他不重视这些诗的文学价值，而是由于他不希望被人们看作以写十四行诗为职业。"在英国文艺复兴时期的绅士们中，写诗是一种高雅行为，一种骑士风格，一种消遣，用来愉悦朋友，或用来向女士求爱。出版诗集不太符合上流社会人士的身份。有些作者发现自己的诗作被盗印出版，都装作惊愕不已。十六世纪九十年代伦敦的青年才子们也模仿这种时尚。他们只求在同伙的小圈子内得到好评，不求在社会上扬名。莎士比亚是否也有同样的想法？难以肯定。总之，莎士比亚十四行诗在1609年以前一直没有出版过。出版时，十四行系列组诗的热潮早已过去。这部诗作在1640年以前没有再印过。

十四行系列组诗的规模和写法给诗人们提供了施展才华的新天地。典型的主题是爱情的追求中女主人公的高傲冷漠和诗人的悲观绝望，一而再地刻画小姐的美貌，召唤睡眠，声言诗歌的不朽等等。某些十四行系列组诗带有诗人自述的性质，或称"自传式"笔法，诗中的女主人公可以与实际生活中的真人对上号：如锡德尼写的是彭涅洛佩·里契夫人；斯宾塞写的是他的妻子伊丽莎白·波依尔。在另一些组诗中，女主人公是诗人的女保护人，也有的全然是想象出来的人物。锡德尼的《爱星人和星》具有鲜明的戏剧色彩，直白的口语，整个作品十分生动有力；斯宾塞的《小爱神》富有音乐感，成功地运用了象征性意象，蕴含着深沉的柏拉图式感情和基督教徒式情愫。德瑞顿的《艾狄亚的镜子》的独创性表现在另一方面：从不同寻常的事物如簿记、字母、天体数字等中间撷取意象，用变化多端的修辞和比喻使读者眼花缭乱。

莎士比亚的这一系列，尽管还是在伊丽莎白女王时代十四行系列组诗的总的框架范围内做文章,却在很多方面完成了独一无二的创造。最突出的一点是:在这些诗中诗人致词的主要对象不再是所爱的女子而是一位男性青年朋友。莎士比亚强调友谊,这是非常新鲜的。在当时所有的十四行系列组诗中,没有一部把大部分篇幅给予朋友而不给予情人。同时,诗中的"黑女郎"也与按照彼得拉克传统写出的女主人公大异其趣。还有一点,也许这点更重要:莎士比亚十四行诗所包含的哲学思考和美学意蕴,比我们能从伊丽莎白女王时代任何十四行系列组诗中所能找到的,要深刻得多、丰富得多。历史证明,在英国的十四行群山中,莎士比亚十四行诗是一座巍峨的高峰;不仅在英国的抒情诗宝库中,也在世界的抒情诗宝库中,它恒久地保持着崇高的地位。

然而,这样一部世界文学史上的经典之作,三百多年来,又被一层神秘的纱幕笼罩着,从某种意义上说,世人始终没有见到它的"庐山真面目"。一代又一代的莎学专家和文人学士对这部组诗进行了难以数计的考订、研究、探讨和论证。对它"聚讼纷纭"的论辩之繁、之细,在莎士比亚的全部作品中,除了《哈姆雷特》之外,无出其右!贝文顿说:这部组诗成了一个谜,"在全部英国文学中,恐怕没有其他谜引起这么多思考,产生这么少共识!"(1992)其谜底也许将永远沉埋在历史的烟雾中。

关 于 版 本

前面已经说过,莎士比亚十四行诗最初的、最完全的版本是1609年索普出版的第一四开本。但这个版本中有一些排印错误。全书共有诗2155行,排错的地方有大约36处,平均每60行有一处。卷首献词由出版者索普(即 T.T.)出面,而不是由作者出面;献词内容含义不明。这些足以说明这个版本没有得到莎士比亚的授权,至少没有经过他的校阅。集子中第99首比规定的十四行多出一行;126首只有12行;145首每行少去两个音节;最后两首与组诗无关,被有的人说成是古希腊警句诗的英译或改写,还有人否认这两首出自莎士比亚的手笔。集子中各诗的排列次序看上去似乎有些乱。因此人们怀疑这个版本并非根据莎士比亚自己编定的手稿发排。

公元1640年在伦敦出版了一本书:《诗集,莎士比亚著》,出版者是本森(John Benson),其中收有莎士比亚十四行诗146首(删去18、19、43、56、75、76诸首)及归在莎士比亚名下的1612年版《热情的朝圣者》及其他诗作。体例较乱。146首十四行诗的排列完全不按第一四开本的次序,而是打乱后重新组合成72首,分别冠以标题。第一四开本的献词去掉了。第一四开本中有些男性代词he及其所有格his都被改为女性代词she及其所有格her,这样,这些诗中的致词对象一律变成了女性。

本森编的本子在此后一个半世纪中产生了很大的影响。1710年纪尔登(Charles Gildon)的编本、1714年罗(Nicholas Rowe)编的莎士比亚全集中的十四行诗部分、1725年蒲柏(Alexander Pope)编的莎士比亚全集所收西韦尔(George Sewell)编的十四行诗、1771年埃文(Ewing)的编本、1774年简特尔曼(F.Gentleman)的编本、1775年伊文斯(Th. Evans)的编本、1804年敖尔吞(Oulton)的编本、1817年德瑞尔(Durrel)的编本,都以本森的本子为依据。1711年出版商林托特(Lintott)翻印1609年的第一四开本,标题页上竟印着:"这里154首十四行诗,全部是对所爱女子的赞美。"这说明了本森的影响。直到十九世纪,诗人柯勒律治(S.T.Coleridge)还坚持莎士比亚十四行诗全部是写给情人(女性)的。今天持此说者也还没有绝迹。

到了十八世纪后期,情况开始有了变化。斯蒂文斯编《莎士比亚戏剧20种》(1766)，附有十四行诗，是用的第一四开本。卡贝尔（Capell）有一部未印的手稿，修订林托特翻印本，现藏三一学院图书馆，在序中抨击本森的本子。梅隆编有两种本子，第一种刊印于1780年，第二种刊印于1790年，后者作为他编的《莎士比亚全集》的第10卷，两种本子均用第一四开本，均作了校勘。这两个本子对后来的影响都较大。十九世纪初期的本子都是梅隆编本的翻印本。

到了1832年戴斯（Dyce）的编本倾向于恢复第一四开本的原貌，排斥了梅隆的校勘。以后的编本延续了这种倾向，如克拉克和赖特（Clark and Wright）的"环球"本（1864）、他们的剑桥本第一版（1866）和剑桥本第二版（1893），罗尔夫（W.J.Rolfe）的编本（1883，1898），都是如此。温达姆的编本（1898）完全拥护第一四开本。也有另一种本子，如巴特勒（Samuel Butler）的编本（1899），改动第一四开本的地方过多，形成另一种倾向。

到了二十世纪，许多版本都尽量保存第一四开本的面貌。斯托普斯的编本（1904），尼尔逊（Neilson）的编本（1906），普勒（C.K. Pooler）的编本（1931，1943），里德利（Ridley）的编本（1934），基特列奇（Kittredge）的编本（1936），G.B.哈锐森（G.B.Harrison）的编本（1938），布什和哈贝奇（Bush and Harbage）的编本（1961），英格兰姆和瑞德帕斯（Ingram and Redpath）的编本（1964），威尔逊（Wilson）的编本（1966），布思（S.Booth）的编本（1977），都以第一四开本为底本。辛普逊（Percy Simpson）的《莎士比亚的标点》（1911）也完全赞同第一四开本。二十世纪还出版了两种莎士比亚著作的"集注本"，先是奥尔登（R.M. Alden）"集注本"（1916），后来是柔林斯（H.E.Rollins）的"新集注本"（1944）。后者重印了第一四开本的原文，又将后来各家版本的异文加以集注，十分详尽，而且眉目清楚。二十世纪的印本，已经摆脱了本森的影响。

W.H.先生是谁?"朋友"是谁?

1609年第一四开本卷首印有出版者索普(T.T.)的献词,原文如下:

TO THE ONLY BEGETTER OF

THESE ENSUING SONNETS

MR.W.H. ALL HAPPINESS

AND THAT ETERNITY

PROMISED

BY

OUR EVER-LIVING POET

WISHETH

THE WELL-WISHING

ADVENTURER IN

SETTING

FORTH

T.T.

梁宗岱的译文是:

献给下面刊行的十四行诗的

唯一的促成者

W.H. 先生

祝他享有一切幸运,并希望

我们的永生的诗人

所预示的

不朽

得以实现。

对他怀着好意

并断然予以

出版的

T.T.

梁实秋的译文是：

发行人于刊发之际敬谨祝贺

下列十四行诗文之无比的主人翁

W.H.先生幸福无量并克享

不朽诗人所许下之千古盛名

T.T.

这里，献词是献给W.H.先生的。这W.H.先生到底是谁呢？

首先是弄清The Only Begetter是什么意思。Only一般解作"惟一的"，也可译作"无匹的"。Begetter可解作这些十四行诗的"促成者"（引起诗人写这些诗的那个人，也就是诗中的那位"朋友"），也可解作为出版者搜集到这些诗的原稿或抄件的人，即这些诗的"获致者"（这就不是诗中的那位"朋友"）；前者把W.H.与"朋友"合一，后者把W.H.与"朋友"分开。梁宗岱和梁实秋按各自不同的理解而进行了翻译。

主张Begetter为"获致者"的注释家，代表人物是锡德尼·李（Sidney Lee）。他在《莎士比亚传》（1931年增订版）中断言，W.H.即威廉·霍尔（William Hall）。此人是个学徒出身的出版业从业员,可能是索普的出版业合伙人。估计他为了满足索普的出版愿望,设法弄到了莎士比亚的这部诗稿。更早的时候,1867年,梅西(Massey)也把Begetter解作诗稿"获致者",认为W.H.是威廉·赫维(William Hervey),此人乃第三任骚桑普顿伯爵亨利·莱阿斯利(Henry Wriothesley, Third Earl of Southampton, 1573—1624)的继父,他的母亲的第三任丈夫。后来,1886年,弗里埃(Fleay)也持此说。到了1904年,斯托普斯更坚持说W.H.是威廉·赫维。她当然不认为索普的献词是献给诗中的美貌青年朋友的,她认为那位朋友是骚桑普顿伯爵。按骚桑普顿伯爵的母亲于1598年与赫维结婚,死于1607年。斯托普斯设想赫维在亡妻遗物中发现了诗稿的抄件,便把它交给了索普。此说受到罗伯特逊(Robertson)等人的支持。但这派人的影响已越来越小。反对此说者,如斯密斯(Hallet Smith)诘问道:假如Begetter只是诗稿"获致者","那么出版者为答谢他而祝他永垂不朽,就太古怪了;隐其真名只用缩写,也没道理。"

另一位注释家尼尔(Neil)在1861年声称,他设想W.H.是威廉·哈撒威(William Hathaway),莎士比亚的妻舅,生于1578年。尼尔说,莎士比亚晚年退休回到故乡后,可能想给这位妻舅一个惊喜,便把自己的十四行诗手稿交给他,让他去卖给出版商;因此"哈撒威完全可以被称为这些十四行诗的获致者、搜集者,甚至可以说,编辑者"。两年后,恰塞尔斯(Chasles)也发表了同样的观点。现在已无人再提此说。

在莎士比亚的一生中,有两位贵族成为他的无可怀疑的保护人。主张Begetter为这些十四行诗的"促成者"的注释家们,把这两位保护人当作W.H.先生(同时也是诗中的"朋友")的候选人。其一是威廉·赫伯特,第三任彭布罗克伯爵(William Herbert, Third Earl of Pembroke, 1580—1630)。他于二十一岁时(1601)继承爵位。莎士比亚在1589年至1592年间的剧作是由"彭布罗克剧团"演出的，这个剧团的保护人是威廉·赫伯特的父亲，第二任彭布罗克伯爵。莎士比亚的剧本1623年第一四开本就是献给彭布罗克的。莎士比亚的同时代人海明奇（Heminge）和康德尔（Condell）说，彭布罗克很珍视莎士比亚的作品，并十分宠爱他。W.H.这两个字母也与威廉·赫伯特的首字母相符。波登（Boaden）是第一位主张W.H.即彭布罗克的注释家，他倡此说于1832年。继起者有布赖特（Bright）、亨利·布朗（Henry Brown）、泰勒（Tyler）、柔林斯、威尔逊、T.坎贝尔（Thomas Campbell）等人。持异议者说，一个普通出版商称伯爵为"先生"（Mr.=Master）是不敬的；又说，这些十四行诗的写作日期较早，没有证据证明那时莎士比亚已与彭布罗克有交情；更有人反对说，1593年时，威廉·赫伯特只有十三岁，莎士比亚在诗中竭力怂恿他娶妻生子，岂不荒诞！于是持此说者便设法把这些诗的写作年代往后移。1595年，威廉·赫伯特十五岁，其父母逼他与伊丽莎白·卡瑞小姐结婚，他执意不从。此时，莎士比亚可能受到他父母的嘱托，写诗劝婚。这就是持此说者解释开头17首十四行诗产生的背景。

莎士比亚的另一位保护人是前面已提及的亨利·莱阿斯利，第三任骚桑普顿伯爵。他八岁丧父，继承爵位（1581），受财政大臣伯利勋爵的监护。十六岁毕业于剑桥大学。他年轻美貌，喜爱文艺；受到伊丽莎白女王的恩宠，与埃塞克斯伯爵（Essex）过从甚密。后随埃塞克斯伯爵两度出征国外以寻求军功。1591年伯利勋爵要把孙女嫁给他，其母也劝他攀这门亲事以巩固家族的地位。但他推托不允。莎士比亚可能受其母之请，写第一批17首十四行诗以劝婚。骚桑普顿伯爵后受埃塞克斯伯爵叛乱未遂一案牵连，被判终身监禁。女王死后始获释放。莎士比亚的长诗《维纳斯与阿董尼》和《鲁克丽丝失贞记》都是献给他的，两诗卷首的献词表明了这一点。《鲁克丽丝失贞记》的献词尤其显出某种亲密程度，结束时祝他"幸福无疆"(all happiness),索普可能把它移用到了给 W.H.的献词中,这也是 W.H.即骚桑普顿的一个旁证。第一位主张 W.H.即骚桑普顿的注释家是德瑞克(N. Drake),倡此说于 1817 年。继起者有詹姆逊(Anna Jameson)、威里(Wailly)、梅西等人。此说生命力很强,一直延续到现在,拥有较多的支持者。此说的一个弱点是亨利·莱阿斯利的缩写(首字母)是 H.W.而不是 W.H.,为什么要颠倒呢?另一个弱点是,1594 年以后没有骚桑普顿与莎士比亚密切交往的文字记载。

此外还有其他种种说法。

在十八世纪,莎学家法默(Farmer, 1735—1797)认为,W.H.是莎士比亚的外甥威廉·哈特(William Harte)。但这位外甥于 1600年 8 月 28 日才受洗礼(出生后三天),因而此说不能成立。另一位莎学家蒂尔辉特(Tyrwhitt, 1730—1786)声言,W.H.是一位名叫威廉·休斯(William Hughes)的演员。这个人是蒂尔辉特根据莎士比亚诗中的一些字词,牵强附会,假想出来的,没有事实根据。后来小说家王尔德(O.Wilde)还根据这一假想写成一篇类似小说的文章《W.H.先生的画像》(1889)。

肯宁汉(P.Cunningham)于 1841 年认为莎士比亚十四行诗中的朋友是一个半阴半阳的两性人。怀特(White)于 1854 年认为 W.H.先生是雇莎士比亚为他写诗的人,并说在伊丽莎白女王时代,无诗才的人雇诗人做自己写诗的"助手"是当时的风尚。后来,布拉特(Blatt)于 1913 年断言:某一位 W.H.先生,年迈而跛足,花钱雇莎士比亚写了这些诗。

1860 年,邦斯托夫(D.Barnstorff)宣称 W.H.实即 William Himself(威廉·莎士比亚自己)!此说一出,受到多人的嘲笑和抨击。

最近,福斯特(Donald Forster)提出,"Mr. W.H."只是一起排印上的错误,索普本来写的是"Mr.W.S."即 Master William Shakespeare

（威廉·莎士比亚先生）。这样，Begetter就纯粹是"作者"了。此说与上一说颇似孪生子。但索普的献词中不仅提到"Mr.W.H"，还提到"Our Ever – Living Poet"（我们永生的诗人），这里，索普向W.H.献上了"我们永生的诗人所许诺的不朽盛名"，也就是说，索普向莎士比亚献上莎士比亚给自己许诺的不朽的盛名。索普绕弯子说这些话，目的何在？

到底W.H.先生是谁，一二百年来，众说纷纭，莫衷一是。尽管主张W.H.为骚桑普顿伯爵的说法稍占上风，但对这个问题采取不可知、不必知、知亦无大助于理解诗作本身的态度者，仍大有人在。

与"朋友"有关的是男性同性恋说。这些十四行诗中对朋友常以"爱人"相称，有时称之为"我所热爱的情郎兼情女"（第20首），诗中表露的感情非常热烈，几次提到别离给诗人带来的痛苦（第43、44、45首等）。那朋友又有非常俊美的容貌。有些诗的歌颂对象是朋友（男性）还是情人（女性），不能确定。这就引起了一些注释家的异想。巴特勒于1899年首先提出，这些十四行诗表明，那位青年朋友勾引了莎士比亚，使之陷入男性同性恋的罪恶。瓦尔希（Walsh）于1908年、贾瑟兰德（Jusserand）于1909年均表达了同样的观点。马修（Mathew）于1922年毫无根据地声称，本森在1640年重印这些诗时把诗中的男性代词改为女性代词，正好证明了1609年索普的版本透露了男性同性恋的罪恶。吉雷特（Gillet）于1931年进一步说，那个危险的男孩使出了浑身解数，勾引、诱惑了这位极其敏感的、年长的诗人莎士比亚。这些说法受到了反驳和责难。赫布勒（E.Hubler）在《莎士比亚十四行诗所包含的意义》（1952）中指出："关于莎士比亚的性生活，无可争辩的事实是这样的：十八岁时他娶了比他大八岁的女子为妻，婚后六个月他做了父亲。一年又九个月后他再度做了父亲，这次生的是孪生儿。很明显，他早年的性生活完全是异性的，没有任何证据说明他是同性恋者。"

"黑女郎"是谁？

　　莎士比亚十四行诗中出现的另一个重要人物是所谓"黑女郎"。她并不是黑种人，只是黑眼、黑发、肤色暗褐。她不是blonde，即当时社会上推崇的白肤、金发、碧眼的美人。她富于性感，极具女性诱惑力，成了诗人的情妇。但她水性杨花。诗人对她是一片痴情，希图独占。当她投入他人的怀抱时，诗人便陷入痛苦之中。偶尔诗人也有内疚和对她厌恶的情绪。十四行诗的前半系列中有几首(35,40,41,42首)涉及诗人的朋友与诗人的情妇之间存在着私通的关系。后半系列中的第144首是一个关键，透露出"黑女郎"勾引了诗人的朋友；而诗人的反应明显的是为朋友担忧，而不是一般意义上的嫉妒。看来要弄清"黑女郎"是谁比弄清那位朋友是谁更加困难。但有些注释家还是信心十足地提出了各自具体的人选。

　　恰尔默斯(Chalmers)在1797年认为莎士比亚十四行诗全部都是写给伊丽莎白女王的。W.H.格里芬(W.H.Griffin)于1895年认为"黑女郎"纯粹是想象中的人物。芒兹(Von Mauntz)于1894年认为这些十四行诗中至少有11首(27,28,43,44,45,48,50,51,61,113,114首)是莎士比亚写给他的妻子安妮·哈撒威(Anne Hathaway)的。梅西于1866年声称这些十四行诗中有一个五角恋爱关系，牵涉到骚桑普顿和他的情妇(后来的妻子)伊丽莎白·维尔农(Elizabeth Vernon)，彭布罗克和他的情妇彭涅洛佩·里契(Penelope Rich)，还有诗人自己。诗中的女主人公时而为维尔农，时而为里契。

　　泰勒于1884年首先提出"黑女郎"是玛丽·菲顿(Mary Fitton)的说法。这一主张的前提是诗中的朋友必须是彭布罗克。玛丽·菲顿比莎士比亚小十四岁。她十七岁时来到伦敦王宫中,次年被伊丽莎白女王任命为近侍。十九岁时嫁给六十一岁的内廷总管威廉·诺里斯(William Knollys)。彭布罗克伯爵与玛丽·菲顿的私情在宫廷里成为公开的秘密。菲顿二十三岁时怀孕。彭布罗克承认与她有两性关系。女王大怒。菲顿生了一个男孩,不久夭折。女王下令将彭布罗克监禁(不久释放),将菲顿逐出宫廷。菲顿是个水性杨花的女人,除了与彭布罗克私生一子外,还与里维森爵士私生过两个女儿。后来她又先后嫁过两个丈夫。泰勒提出玛丽·菲顿之说,得到很多人赞同。因为菲顿的行为在很多方面太像诗中的"黑女郎"了。泰勒的主张在发表的当年即受到 W.A.哈锐森(W.A.Harrison)的大力支持,后来(1889)又受到佛尼伐尔(Furnival)等人的认可。十年后,哈力斯(F.Harris)又著书支持泰勒的说法。萧伯纳于 1910 年以玛丽·菲顿为依据写成《十四行诗中的"黑女郎"》。但是四年后萧伯纳声称他不再相信"黑女郎"就是玛丽·菲顿,因为他见到了阿伯瑞(Arbury)肖像画上的玛丽·菲顿,她的皮肤是白皙的。

此外还有种种说法,如斯托普斯于 1898 年认为"黑女郎"不是贵妇而是有钱的平民之妻。斯托普斯选中了出版莎士比亚叙事诗《维纳斯与阿董尼》的出版商里查·费尔德(Richard Field)的妻子,法国人,并且猜想她是个深色皮肤的女人。克拉立克(Kralik)于 1907 年臆测说"黑女郎"在莎士比亚结识骚桑普顿之前就已经是莎士比亚的情妇了,后来她引诱了骚桑普顿,背弃了诗人。她的名字可能叫罗萨琳。诸如此类。但这些说法大都昙花一现就销声匿迹了。

"诗 敌"是 谁?

莎士比亚十四行诗中有若干首(至少九首,即 78—86 首,或者更多,如32、76首等)涉及一位(或几位)与莎士比亚争宠的诗人,被称为"诗敌"。这位"诗敌"究竟是谁,引起了许多探索和猜测。一种说法是,把"诗敌"看做一位与莎士比亚同时代的诗人。如梅隆于1780年声称"诗敌"是斯宾塞;波登于1837年认为是丹尼尔;柯里埃(Collier)于1843年认为是德瑞顿;卡特莱特(Cartwright)于1859年认为是马洛(Christopher Marlowe);梅西于1866年也说是马洛;奥尔杰(Alger)于1862年主张是琼孙(Ben Jonson);锡德尼·李于1898年认为是巴恩斯;斯托普斯于1904年认为是恰普曼(George Chapman);萨拉辛(Sarazin)于1906年认为是皮尔(George Peel)。

另一种说法是把"诗敌"看做不止一人。明托(Minto)于1874年即主张"诗敌"涉及许多人,其中主要的一人是恰普曼。亨利·布朗于1870年认为是大维逊(Davidson)和戴维斯(Davies);弗里埃于1875年和1891年两次发表意见,认为"诗敌"是纳希(Nashe)和马坎姆(G.Markam);A.霍尔(A. Hall)于1884年声称,"诗敌"是一群人,其中有德瑞顿,马洛,皮尔,纳希,洛其,恰普曼,巴拿比·里契(Barnaby Rich)等。温达姆于1898年声称,当年"琼孙、恰普曼、马斯顿(Marston)、德瑞顿等人组成一个相互标榜的小社团,其成员总是称赞圈子中人的作品,而漠视、嘲笑或者以屈尊俯就的态度对待莎士比亚的作品",这些人就是莎士比亚诗中的"诗敌"。

关于"诗敌",还出现过一些奇特的论点。如一位无名氏于1884—1886年撰文声称,"诗敌"是指意大利诗人但丁(Dante),因为莎士比亚在第86首十四行诗中称"诗敌"为spirit(精灵,幽灵,鬼),"可见此人不是与莎士比亚同时代的活人";又说,第86首中提到的"在夜里帮助他("诗敌")的伙计"是希腊的荷马(Homer)、罗马的维吉尔(Virgil)、贺拉斯(Horace)等古代诗人;同一首诗中提到的"每夜把才智教给他("诗敌")的、那位殷勤的幽灵"则是贝阿特丽齐(Beatrice)——但丁心目中的恋人,《神曲》中理想化了的女子。

无独有偶,G.A.里(G.A.Leigh)于1897年又提出新说法,认为"诗敌"是意大利诗人塔索(Torquato Tasso,1544—1595)。他与但丁不同,是莎士比亚的同时代人。G.A.里找出了理由,十四行诗第78首中把"诗敌"称作alien pen(外国诗人。按alien可解作"外国的",也可解作"陌生的"等),可见这是个外国人。G.A.里说,当时英国的文人们长期嫉妒着意大利文学对英国宫廷和上流社会的影响,而当时意大利诗歌的代表诗人就是塔索!

还有更富于想象力的论点。麦凯(Mackay)于1884年声称,莎士比亚十四行诗中有好多首是出自马洛的手笔。麦凯指出,像第80首,其中称"诗敌"为"高手",把他比作"雄伟的巨舰,富丽堂皇",而称自己是"无足轻重的舢舨",如果把位置倒过来,"诗敌"是莎士比亚,作者是马洛,这才恰当;若是相反,那就不恰当。麦凯又说,像第86首,作者肯定是马洛,那是"宽宏大量、毫无忌妒之心的诗人马洛在高度赞赏和揄扬莎士比亚啊!"说来说去,这些十四行诗中的"诗敌"原来就是莎士比亚! 而作者却是另一个人。

排列次序问题

本文开头曾介绍过广泛流行的莎士比亚十四行诗的"故事",这是梅隆和斯蒂文斯按照1609年第一四开本对154首十四行诗的排列顺序所作的解释。但第一四开本里,153、154首与前面各首无关;可以区分的两大部分里,有人发现存在着前后矛盾或不协调的地方,例如:嫉妒消失之后又突然出现;诗人受到朋友的抛弃而悲号,忽然又讲到友情的融洽无间,好像什么事情也没有发生;有些诗前后紧密相连,有些诗前后无关;40至42首中不幸的三角关系,与后面"黑女郎"出现后诗中的三角关系,是不是同一事件,也令人猜疑。多数读者能够感受到整部系列组诗中故事进展的连续性,但仍然有人感到许多首诗越出了故事进展的正常轨道。索普的1609年版本未必可靠;本森的1640年版问题更多。梅隆于1780年恢复了索普版的排列次序,但并不能挡住对这些诗进行重新排列尝试的诱惑。

据柔林斯在《新集注本》(1944)中的不完全的统计,在索普和本森的两种版本的排列次序之后,从奈特(Charles Knight)于1841年开始,到布瑞(Bray)于1938年为止,各种不同的重新排列产生过十九次;有的学者如布瑞就重新排列了两次。这些重新排列大都伴随着对为什么要另起炉灶的解释。其后,从三十年代末到现在,重新排列的尝试并没有终止,梁实秋曾在他的莎士比亚十四行诗中译本序中介绍了O.J.坎贝尔(O.J.Campbell)于1964年的重新排列次序。

重新排列的尝试者不限于英国学者。有些外国学者在把莎士比亚十四行诗译成该国文字时对排列次序作了重新设计,如德国的波登施德特(Bodenstedt)于1862年出德文译本时,西班牙的瓦莱斯柯·依·罗佳斯(Valesco y Rojas)于1877年出西班牙文译本时,法国的洛梅德(L'Hommede)于1932年出法文译本时,都对这些诗进行了重新排列。

法国翻译家F.-V.雨果(F.-V.Hugo)于1857年发表了莎士比亚十四行诗的法文散文译本,并对这些诗进行了重新排列。他否定了索普的第一四开本的排列法,认为它不合逻辑,不按先后次序。雨果认为,这些诗涉及一个地位低下的伶人(莎士比亚)和一位身份高贵的贵族(骚桑普顿)争夺一个已婚女子的爱情,因而盗印者索普害怕骚桑普顿进行书籍检查并引起恼怒,不敢按原貌印行,怕这件丑闻由于他而公之于世。雨果说,索普只想挣钱,他小心翼翼地把这些诗原来的次序打乱,重新作了编排以掩人耳目。雨果按

自己的意图进行了重新排列,认为这样才恢复了原貌。雨果的次序是这样的:

第一段

135,136,143,145,128,《热情的朝圣者》第8首(按:这首在索普版中没有),139,140,127,131,132,130,21,149,137,138,147,148,141,150,142,152—154,151,129

第二段

133,134,144

第三段

33—35,40—42

第四段

26,23,25,20,24,46,47,29—31,121,36,66,39,50,51,48,52,75,56,27,28,61,43—45,97—99,53,109—120,77,122—125,94—96,69,67,68,70,49,88—93,57,58,78,79,38,80,82—87,32

第五段

146

第六段

100—103,105,76,106,59

第七段

126,104,1—19,60,73,37,22,62,71,72,74,81,64,63,65,54,55,108,107

这种排列法由于增加了《热情的朝圣者》中的第8首,因而总数变成155首。

重新排列就是要否定索普的排列式。二十世纪四十年代初,柔林斯断言:"岁月流逝,相信第一四开本排列次序的人越来越少了。"可是经过了半个世纪,到了二十世纪九十年代初,贝文顿却说:"第一四开本虽然初看起来是混乱的,可是再看看,就发现其中有更多的逻辑依据,这已成为大家的共识。无论如何,索普的排列式已成为我们能掌握的惟一有权威的排列次序。"事实上,欧美出版的英文版莎士比亚全集中的十四行诗或这些十四行诗的单行本及世界各国的译本,几乎都是依据索普版的排列次序印行的。在渺茫的"考古"发现没有出现之前,莎学界和读书界似乎只好无可奈何地"暂时"承认索普的"权威"了。

写作年代问题

写作年代问题恐怕是这些十四行诗所引起的诸种问题中带有关键性的一个问题。如果这个问题得到肯定的回答,那么其他问题将可迎刃而解,或至少可以较为明朗化,如"朋友"是谁,W.H.是谁,"黑女郎"是谁,"诗敌"是谁(假定他们都实有其人),也可以探知这些诗与其同时代作品的渊源关系,甚至可以探知索普版的排列次序是否出于莎士比亚的本意。但是,最终精确地认定写作年代,却绝不是容易的事。

1598年,米亚斯(F. Meres)的《帕拉迪斯·塔米亚:才智的宝库》出版,书中赞誉了一百多位英国作家,包括莎士比亚,并提到莎士比亚的"甜蜜如糖的十四行诗""在知心朋友间流传"。可见,在索普的1609年版出现十年之前,这些诗已以手抄本形式在社会上流传。学者们说,米亚斯讲的"甜蜜如糖的十四行诗",可能只是后来公开出版的十四行诗的一小部分。

如果诗中的"朋友"是骚桑普顿伯爵,那么莎士比亚写这些诗开始于1591年,此年骚桑普顿十八岁,莎士比亚(二十七岁)可能奉骚桑普顿的母亲之命写第一批劝婚诗。

如果诗中的"朋友"是彭布罗克伯爵,那么莎士比亚写这些诗开始于1595年,此年彭布罗克十五岁,莎士比亚(三十一岁)可能奉彭布罗克的父母之命写第一批劝婚诗。

有的学者从诗中可能影射的历史事件来判定诗的写作年代。如第25首中有这样的句子:"辛苦的将士,素以骁勇称著,/打了千百次胜仗,一旦败走/便立刻被人逐出荣誉的记录簿,/使他过去的功劳尽付东流。"温达姆于1898年说,这些诗句"最恰当不过地写到女王宠臣埃塞克斯伯爵在爱尔兰的军事失利和随后的被捕",而这次事件发生在1599年。因此,这首诗可能写于1599年或稍后。第25首中还有这样的句子:"帝王的宠臣把美丽的花瓣大张,/但是,正如太阳眼前的向日葵,/人家一皱眉,他们的荣幸全灭亡,/他们的威风同本人全化作尘灰。"中国学者裘克安先生在他著的《莎士比亚年谱》(1988)中称:这首诗影射的是:"女王的宠臣、文武全才的沃尔特·雷利爵士(Sir Walter Ralegh)因和贵嫔私婚被关入伦敦塔牢房,判处死刑,旋又获释",从而指出这首诗写作于这件事发生的1592年。

第107首往往被认为是据以考证写作年代的关键。诗中有一句"人间的月亮已经忍受了月食",被认为包含着当时发生的重大政治事件,它引起注释家们的多种猜测。"人间的月亮"何指?"月食"何指?多数注释家认为"月亮"指的是伊丽莎白女王。女王常被人称作辛西娅(月神)。"月食"象征灾难。有人把原文endured(忍受)解作survived(安然度过),如凯勒(Kellr)于1916年认为,"安然度过月食"指女王过了六十三岁大关(当时欧洲人相信的占星学认为,人的生命每七年有一个关口,而六十三岁是最危险的大关)。据此,这首诗应写于1596年9月7日(女王开始进入六十四岁)或稍后。但还有另外的说法。G.B.哈锐森于1934年主张,"忍受了月食"指女王之死。那么,这首诗应写于1603年3月24日(女王逝世日)或稍后。但泰勒早于1890年即认为,"月食"不可能指女王之死,较合理的解释应是指埃塞克斯叛乱。1601年2月8日,埃塞克斯伯爵率党羽上街,企图煽动伦敦市民逼迫女王改变政府,否则要逮捕女王。结果叛乱失败,埃塞克斯被捕,2月25日被处死。据此,这首诗应写于1601年2月或稍后。

这首诗中还有这样的句子:"无常,如今到了顶,变为确实,/和平就宣布橄榄枝要万代绵延。"(橄榄枝象征和平)这是指什么?巴特勒于1899年说,除了击败"无敌舰队"这件事外,这句诗还能影射别的什么事呢?那么,这首诗必定写于1588年,是年7月下旬,西班牙庞大的"无敌舰队"在英吉利海峡被查尔斯·霍华德指挥下的英国军舰攻打,焚烧,追逐,一百三十艘舰只在海战和风浪中损失大半;西班牙军队从荷兰过海向英伦登陆的计划也成泡影。英国大获全胜,在伦敦举行盛大的祝捷庆典。若按此说,这首诗的写作年代又大大提前了。仅此一诗的写作年代,有人判为1588年,有人判为1603年,相差十五年。此外还有其他各种猜测或设想。

有的注释家如巴特勒把这些诗的写作年代定在莎士比亚的早年,二十一岁至二十四岁时。1899年巴特勒似乎毫无困难地认为:

> 1—77首,写于1585年4月至12月31日。
>
> 78—96首,写于1586年1月1日至1586年初夏。
>
> 97首,写于1586于年秋。
>
> 98、99首,写于1587年夏。
>
> 100—106首,写于1588年3月至4月。
>
> 107首,约写于1588年8月8日。
>
> 108—125首,写于1588年8月10日至12月1日之间。
>
> 127、128首,130—144首,151、152首,写于1588年9月。

147—150首,写于1588年9月1日至12月1日。

有的注释家如福特(Fort)把这些诗的写作年代定在几乎十年之后,在莎士比亚二十九岁至三十三岁时。福特在1929年认为:

1—26首,写于1593年4月至1594年5月。

27、28首,写于1594年5月。

29—34首,127、128首,130—134首,写于1594年6月。

35—42首,135—145首,147—152首,写于1594年7月或8月。

43—106首,写于1594年9月至1596年4月。

107—126首,写于1596年10月至1597年3月、4月。

综观各家的说法,这些诗不是在一个集中的短时间内写成的,其写作的时间可能延续了若干年月,大体上在莎士比亚二十岁之后和三十九岁之前。

"自传"说和"非自传"说

"自传"说和"非自传"说的论争,是这些诗所引起的诸问题中最引人深思的一个问题。所谓"自传"说,并不是认为莎士比亚要用这部系列组诗来构成一部诗体自传。此说的主张者只是认为,这些十四行诗中涉及的人和事都是莎士比亚个人生活经历中真实存在的,诗中表达的感情是他的切身感受,因而这些诗带有作者"自传"的性质。而"非自传"说则认为莎士比亚创作这些诗与他创作剧本一样,诗中涉及的人和事是虚构的,或假托的。因此,一切试图从历史上找出真人真事来与诗中的人和事"对号入座"的学者和读者,以及虽不进行考证但确信诗中所写均实有其事的学者和读者,都属于"自传"派。反之,则属于"非自传"派。

1609年第一四开本出版后,伊丽莎白女王时代和詹姆士一世时代的读者是否认为这些十四行诗里有一个"故事",对它有什么看法,已不可考。1640年本森出版这些诗时把诗中代名词的性别改了,出于什么动机,也不可知。十八世纪各种版本的编者对诗中人和事的关系不感兴趣。1796年,德国莎学家施莱格尔(W. von Schlegel)第一个指出:由于这些十四行诗所表达的是由真实的友谊和爱情产生的真情,还由于没有其他资料可供我们去了解莎士比亚的个人历史,所以这些十四行诗有价值。施莱格尔的评语被许多英美研究者引用,产生较大的影响。1818年,洛克哈特(Lockhart)发表他用英文译的施莱格尔的评语,说成这样:"通过这些诗篇,我们第一次了解到这位伟大诗人的个人生活和感情。他写十四行诗时,似乎比他写剧本时更具有诗人的自我感觉。通过这些发自肺腑的作品去审视莎士比亚的性格,是奇妙而愉快的。要正确理解他的戏剧作品,必须认识这些抒情诗篇的极端重要性。"1815年,英国浪漫派大诗人华兹华斯(W. Wordsworth,1770—1850)称赞莎士比亚的十四行诗,说:"莎士比亚在这些诗中表达了他本人的、非他人的感情。"1827年,华兹华斯发表一首论十四行诗的十四行诗,说:"别轻视十四行诗,批评家! 你冷若冰霜,/毫不关心它应有的荣誉;莎士比亚/用这把钥匙开启了他的心扉……"华兹华斯的观点仿佛一声呐喊,在莎学界引起巨大的反响。论者把施莱格尔和华兹华斯认作"自传"说的肇始者,把他们的观点称作"施莱格尔·华兹华斯信条"。

很快就有人发表反对意见。鲍斯威尔(Boswell)在他编的《莎士比亚十四行诗集》(1821)中写道:"我满足于认为这些作品毫不涉及诗人或其他可以见到的个人的私事。这些作品仅仅是诗人幻想的产物,根据几个不同的话题写出来,以愉悦小圈子里的人们。"斯考托(Skottowe)在他的《莎士比亚传》(1824)中说,"要从这些十四行诗中去探索莎士比亚心迹的努力大都是做梦,是疯狂而荒诞的臆测……"柯里埃于1831年认为这些诗是莎士比亚替别人写的代笔作品。戴斯于1832年认为,莎士比亚是以一个假想人物的身份来写这些诗的。后来的一些注释家们认为这些诗是戏剧抒情诗而不是个人抒情诗,形成"非自传"说,此说以柯里埃和戴斯的观点为滥觞。

"非自传"说的代表性人物,还有怀特,他于1854年提出:按当时的风俗,堕入情网的男子或其他人可以雇用能写诗的才子为他们代笔写诗,莎士比亚的十四行诗就是这样产生的,他取得酬金,这酬金就是他后来购买伦敦剧院的资金来源之一。科尼(Corney)于1862年认为,这些诗绝大部分都"仅仅是诗歌创作的练笔而已",他说,如果认为这些诗带有自传性质,那无异于"对我们爱戴的诗人的道德品质进行诽谤"。在十九世纪末,研究莎士比亚最有影响的学者锡德尼·李在几度突然改变观点之后,终于坚决地认定:这些十四行诗纯粹是常见的练笔之作,没有任何自传的意义。他在《莎士比亚传》1897年伦敦版中说:除了153、154两首之外,"莎士比亚在他的十四行诗中坦陈了他的心灵的经历,尽管语意是隐晦的。"但是锡德尼·李在这之后,在同一年出的该书纽约版中,把这些话突然改为:"这些诗在很大程度上是为文学练笔而写成的。这些诗在人们的心中引起的幻觉或个人自述的印象,可以用作者的经常起作用的戏剧创作本能来加以解释。"

欧美的许多诗人和作家都卷入了这场论争。德国诗人海涅(H.Heine)在1876年认为,这些诗"是莎士比亚一生中种种境遇的可信的记录",深深地反映出"人类的悲哀"。英国作家卡莱尔(T.Carlyle)在他的名著《英雄与英雄崇拜》(1840)中说,"我说莎士比亚比但丁更伟大,因为他真诚地战斗过并且战胜了。不用怀疑,他也有他的悲哀:这些表明他的心愿的十四行诗清楚地说明:他涉过多么深的水,为了生存,他在水中游泳挣扎。"美国作家爱默生(Emerson)于1845年演讲时说,"阅读这些十四行诗谁不发现诗人莎士比亚在其中揭示了友谊与爱情的真谛,揭示了最敏感而又最具智慧的人的思想感情的困惑?"

英国维多利亚女王时代大诗人、新莎士比亚研究会会长布朗宁(R.Browning,1812—1884)不同意华兹华斯的观点,说:"'莎士比亚用这把钥匙开启了他的心扉'——真的吗? 如果是,他就不像莎士比亚!"

另一位重要的英国诗人斯文本(A.C.Swinburne,1837 –1909)于1880年针对布朗宁的论点反驳说:"不,我要大胆地回答:没有一点不像莎士比亚;但毫无疑问,一点也不像布朗宁!"

这个论争一直延续到当代。《滨河版莎士比亚全集》(1974)中,斯密斯为《十四行诗集》写的序中说:"认为莎士比亚十四行诗是否带有自传性质是不可知的这种观点,很难永久不变。这种观点依仗的是呆板的学院式原则,即:没有充分证据来证实,就不能作出肯定的结论。"这个看法似乎是不偏不倚的。贝文顿在他编的《莎士比亚全集》(1992)中为《十四行诗集》写的前言中说:"莎士比亚十四行诗曾作为内心的呐喊而打动过许多读者……然而,这种表达感情的力量可能是对莎士比亚戏剧创作天才的赞扬,却未必能作为他本人感情卷入的证据。"这个观点又偏向于"非自传"说了。

对这个问题,笔者也有自己的倾向性。笔者认为这些十四行诗不可能不带有自传的性质,或者,不可能没有自传的成分。尽管不能确定诗中的具体人物和事件,但不能因此就判定这些诗都是文学虚构。抒情诗与剧本不同,与叙事诗也不同。如果认为这些诗出于模拟、假托或虚构,那么这些诗所蕴含的思想感情就不可能具有真诚性。即使是世界上最伟大的戏剧天才，也不可能通过无病呻吟达到如此杰出的抒情诗高峰。不是真诚的思想感情怎么能打动千百万读者的心灵！笔者在1955年为《莎士比亚十四行诗集》译本新一版所写的"内容提要"中指出："这些十四行诗的另一重要意义在于它们透露了莎士比亚的很少为人所知的个人历史的一部分，读者将从其中窥见这位伟大诗人戏剧家的物质和精神生活的若干方面。"这个观点至今未变。

对于这些十四行诗的思想蕴含和艺术造诣，西方评论家中给予高度评价的也不乏人。本文一开头就引了斯托普斯的一段评语。这里再选录三则以示一斑：

美国诗人昂特梅耶（L.Untermeyer）在二十世纪四十年代初说："人们可以对这些十四行诗所包含的'故事'提出疑问，对这些诗的系列顺序表示怀疑，但不可能怀疑这些诗的思想深度和感情强度。除去那些看上去太普通、太随心所欲的十四行诗外，这里有一座小小的诗歌宝库，唱出了欢乐与绝望的最高境界。爱情与失落，忠诚与欺骗，情欲导致的烦恼与音乐的治疗功能……这些题目形成一个个对比，为总的主题服务。这些诗具有天才作者奇迹般的创造力量，它们创造出两个世界：伊丽莎白女王时代的浪漫然而可以认识的世界，和想象中的无实体的然而更加恒久的世界。"

J.A. 恰普曼（J.A.Chapman）于1943年说："没有任何其他英国诗歌比莎士比亚十四行诗唱出更好的进行曲来。因为这些诗永不变暗淡，永远新鲜；充满着戏剧活力和兴味；富于智慧，成熟完美。诗中有大自然；有爱的激情；有表达这种激情的神圣的语言；还有许多老人的睿智……""这些十四行诗的内涵是不可穷尽的。"

更早些，美国大诗人惠特曼（W. Whitman）有这样的评价："说到高度的完善，风采，优美，我不知道所有的文学作品中有哪一种能达到莎士比亚十四行诗的水平：这些诗使人们不得安宁：它们对

于我也是一种困惑……"（引自贺拉斯·特罗贝尔［Horace Traubell］
著《瓦尔特·惠特曼》1914年版）。

　　笔者毕竟孤陋寡闻，还没有见到用马克思主义文艺学的科学
观点和方法对莎士比亚十四行诗的思想和艺术进行全面深入的分
析和评价的专门论著。本文介绍的西方学者对这部诗作的考证和
论争，延续了二百多年，引起了轩然大波。论争吸引了读者的注意
力，掩盖了这部诗作本身的光芒。某些注释家穿凿附会的论证，花
费了读者宝贵的时间。本文只想向中国读者介绍一下西方学者对
莎士比亚十四行诗进行考证、研究、论争的概貌，并不想把读者引
进繁琐考证之兴趣的歧途。"在对莎士比亚十四行诗的评论中，比
之于在对他的其他作品的评论中，有着更多的蠢话。"这是钱伯斯
（E.K.Chambers）在1930年作出的估计。这看法对我们认识西方某
些莎学家的论证，至今还有启发意义。斯密斯在二十世纪七十年
代初说："目前读者阅读这些十四行诗时把主要兴趣放在其文学品
质方面，似乎已成为可能。"这话令人惊讶，也令人沮丧，但也稍稍
给人以宽慰，因为透过历史的迷雾，这部经典名著本身的光芒已经
显露出来。

莎士比亚十四行诗十四首译析

莎士比亚十四行诗第1首

我们要美丽的生灵不断蕃息，
能这样，美的玫瑰才永不消亡，
既然成熟的东西都不免要谢世，
娇嫩的子孙就应当来承继芬芳：
但是你跟你明亮的眼睛结了亲，
把自身当柴烧，烧出了眼睛的光彩，
这就在丰收的地方造成了饥馑，
你是跟自己作对，教自己受害。
如今你是世界上鲜艳的珍品，
只有你能够替灿烂的春天开路，
你却在自己的花蕾里埋葬了自身，
温柔的怪物呵，用吝啬浪费了全部。
　　可怜这世界吧，世界应得的东西
　　别让你和坟墓吞吃到一无所遗！

莎士比亚的十四行诗共有154首，是一部完整的系列组诗。按照传统的解释，从第1首到第126首，是写给或讲到一位美貌的贵族男青年的；从第127首到第152首，是写给或讲到一位黑发、黑

《莎士比亚十四行诗集》(全译本)和英汉对照《莎士比亚十四行诗一百首》的各种版本,屠岸译

眼、黑(褐)肤女郎的。最后两首和中间几首与整个"故事"无关。这些诗热情地歌唱了友谊和爱,青春和美;它们所包含的不仅是强烈的感情,还有深邃的思想。诗中所渗透的人文主义思想是当时欧洲文艺复兴时代精神的体现。

在这首诗里,诗人劝他的亲爱的朋友结婚,使他的美质能在后代身上保存下来。诗人委婉地批评他的朋友不结婚,认为那是一种吝啬,一种浪费,一种对世界、对人类不负责任的态度。因为在诗人看来,他的朋友的美质不应是属于他个人的,而应当属于世界,属于人类。这里,莎翁的思想同"不孝有三,无后为大","传宗接代","接续香火"的思想并无共同之处。后者的着眼点在祖宗,前者的着眼点在后代。一个是向后看,一个是向前看。诗人把独身主义同自私联系起来,也正是由于他着眼于人类的未来。

莎士比亚十四行诗第18首

我能否把你比作夏季的一天?
你可是更加可爱,更加温婉;
狂风会吹落五月的娇花嫩瓣,

夏季出租的日期又未免太短:

有时候苍天的巨眼照得太灼热,

他金光闪耀的圣颜也会被遮暗;

每一样美呀,总会失去美而凋落,

被时机或者自然的代谢所摧残;

但是你永久的夏天决不会凋枯,

你永远不会丧失你美的形象;

死神难夸你在他影子里踯躅,

你将在不朽的诗中与时间同长;

　　只要人类在呼吸,眼睛看得见,

　　我这诗就活着,使你的生命绵延。

　　这是莎士比亚十四行诗中的名篇之一。英美和其他国家的诗选中几乎没有不选此篇的。汉译也极多。据北京大学辜正坤先生称,他见到的汉译即达十四种之多。由此也可见此诗在中国受到的关注。

　　这首诗优美,清新,鲜明,柔丽,于悠扬悦耳的音乐中呈示出深刻独到的思想,从而赢得了几百年来千万读者的喜爱。英国由于所处地理纬度较高,所以夏季是一年中最温暖宜人的季节,也是充分展示自然之美的季节。诗人要歌颂他爱友的美,原本可以用英伦夏季之美来做比喻。但他偏从反面做文章,指出夏天的各种缺陷,借以衬托出他爱友的美之无与伦比。诗的主旨则在最后四行;诗人指出,人的美质只有反映在人的创作(艺术,文学——诗)中,才能成为不朽。人的后裔和人的创作是战胜时间的两支伟大力量。这正是反映在莎翁诗作中的典型的人文主义思想。

莎士比亚十四行诗第29首

我一旦失去了幸福,又遭人白眼,

就独自哭泣,叹自己被人抛弃,

白白地用哭喊来麻烦聋耳的苍天,

又看看自己,只痛恨时运不济,

愿自己像人家那样:或前程远大,

或一表人才,或胜友如云广交谊,

想有这人的见识,那人的才华,

于自己平素最得意的,倒最不满意;

但在这几乎是自轻自贱的思绪里,

我偶尔想到了你呵,——我的心怀

顿时像破晓的云雀从阴郁的大地

冲上了天门,歌唱起赞美诗来;

　　　我怀着你的厚爱,如获至宝,

　　　教我不屑把处境跟帝王对调。

　　这是一首歌颂友谊的绝唱。凡是英诗选或世界诗选,几乎没有不选这首诗的。它是莎士比亚最脍炙人口的诗作之一。我们知道,莎士比亚曾经当过伶人和剧作家。在那个时代,伶人和剧作家社会地位卑微,他们的创作不被认为可登大雅之堂,他们的人格也往往被轻视。莎士比亚在这首诗的前半部分那样怨天尤人,应该说是他的切身感受。然而这首诗的动人之处在于诗的音律从自怨自艾、低沉抑郁的调子中一下子解脱出来,急转直上,仿佛"银瓶乍破水浆进",出现了高昂激越的旋律,直达友谊的欢乐的高峰。转折的关键是诗人忽然想起了他的挚友的爱(友谊)。珍贵的友谊可以消除心头的一切愁云惨雾,把人带到幸福的极致。最后一行把友谊提到至高无上的地位,这在世界诗歌中是极为罕见的。诗到这里即戛然而止,仿佛"曲终收拨当心划,四弦一声如裂帛"。然而不尽的余音仍使读者沉浸在"赞美诗"的高亢音节里。这首诗与中国大诗人杜甫歌颂友谊的名篇《梦李白二首》可以东西辉映,相互媲美。莎翁的欢情洋溢、乐极登仙的心态同杜甫的坚韧执着、至死不渝的情操各有千秋,都发挥了震撼人心的艺术魅力。

莎士比亚十四行诗第64首

我曾经看见:时间的残酷的巨手

捣毁了往古年代的异宝奇珍;

无常刈倒了一度巍峨的塔楼,

狂暴的劫数甚至教赤铜化灰尘;

我又见到:贪婪的海洋不断

进占着大陆王国滨海的领地,

顽强的陆地也掠取大海的地盘,

盈和亏,得和失相互代谢交替;

我见到这些循环变化的情况,

见到庄严的景象向寂灭沉沦;

断垣残壁就教我这样思量——

时间总会来夺去我的爱人。

　　这念头真像"死"呀,没法子,只好

　　哭着把惟恐失掉的人儿抓牢。

莎士比亚像古往今来许多哲人一样,为时间具有无穷的破坏力、为一切美好的事物都逃不脱"时间的镰刀"的刈割而慨叹,而悲伤落泪。中国古籍《神仙传·麻姑》中有云:"麻姑自说云,接待以来,已见东海三为桑田。"后即以"沧海桑田"比喻世事的巨大变迁,有时也指自然界的不断变化。莎士比亚这首诗第五行至第八行所说,正与中国的上述说法不谋而合。莎士比亚由于想到自然界和人类社会都在时间的进程中无休止地变化,一切都逃不出"无常"的巨掌,于是想到了自己所爱的挚友也躲不开注定要灭亡的规律,因此下决心要及早把挚友牢牢抓住。陈子昂的《登幽州台歌》说因为不能亲见古人和来者而哭泣,莎翁的这首诗则说因为害怕失去身边的挚友而哭泣;陈子昂立足于现在,关注过去和未来,莎翁综观过去和未来,却抓住现在。两位大诗人从不同的角度表达了自己的宇宙观和时空观。在表述方式上,两位都突出了宏观与微观的结合,而陈子昂的特点是宏观上思维的概括性,莎翁的特点则是微观上形象的鲜明性。

莎士比亚十四行诗第65首

就连金石,大地,无涯的海洋,

也奈何不得无常来扬威称霸,

那么美,又怎能向死的暴力对抗——

看她的活力还不过是一朵娇花?

呵,夏天的香气怎能抵得住

多少个日子前来猛烈地围攻?

要知道,算顽石坚强,巉岩巩固,

钢门结实,都得被时间磨空!

可怕的想法呵,唉!时间的好宝贝

哪儿能避免进入时间的万宝箱?

哪只巨手能拖住时间这飞毛腿?

谁能禁止他把美容丽质一抢光?

　　　　没人能够呵,除非有神通显威灵,

　　　　我爱人能在墨迹里永远放光明。

把美人比作花朵,已经被重复多少次。莎士比亚也曾在十四行诗中多次用花朵比喻人的美貌。但莎士比亚每次用这个比喻都有不同的着重点,因此并不使读者感到重复。这里,莎翁用花来比喻的,是抽象的"美"。这种"美"当然离不开具体的人或物。这里用花来作比,不仅取花的妍丽,主要是取花的荏弱。他指出,在"死的暴力"面前,"美"像花朵一样娇弱,是无力抵抗的。这就把"花"这个比喻用活了,可以说正是莎翁自称的"从旧词出新意"(十四行诗第76首)的实例之一。莎翁的拟人化手法也常常出现惊人的艺术效果:这里他把"夏天的香气"(花香,美好事物的象征)比作一座被围困的城堡(或城中的守军),而把"多少个日子"(原文days是复数)比作向城堡进攻的千军万马。这就把时间会消灭一切美好事物这一命题用另一种新鲜的、活的形象表达出来了。这里"万宝箱"与"飞毛腿"的比喻更加超绝,不仅使人耳目一新,而且使人惊心动魄。最后两行中出现的"神通显威灵"比明确说"我这诗"(十四行诗第18首)更富于暗示性,"在墨迹里永远放光明"也比"使你的生命绵延"(十四行诗第18首)更富有形象的鲜明性。莎翁在这里无异于给自己的这些十四行诗作预言,这预言在今天已经实现。

莎士比亚十四行诗第66首

对这些都倦了,我召唤安息的死亡,——
譬如,见到天才注定了做乞丐,
见到草包穿戴得富丽堂皇,
见到纯洁的盟誓遭恶意破坏,
见到荣誉被可耻地放错了位置,
见到暴徒糟蹋了贞洁的处子,
见到不义玷辱了至高的正义,

见到瘸腿的权贵残害了壮士，

见到文化被当局封住了嘴巴，

见到愚蠢（像博士）控制着聪慧，

见到单纯的真理被瞎称作呆傻，

见到善被俘去给罪恶将军当侍卫；

　　对这些都倦了，我要离开这人间，

　　只是，我死了，要使我爱人孤单。

　　在莎士比亚的全部十四行诗中，这首诗有着特别突出的地位。这首诗不同于莎翁戏剧借古代或外国的故事来反映现实，而是用尖锐的语言直接控诉当时的英国社会，这就使它具有振聋发聩、警钟长鸣的品格。尽管批评家森茨伯瑞（Saintsbury）诋毁这首诗是莎士比亚十四行诗中"最虚伪的一首"，但它却被更多的批评家所推崇，例如刻尔纳（Kellner）认为这首诗是莎士比亚"十四行诗中的一颗明珠……这首诗中没有一个字在今天不具有丰富的含义；整首诗是如此地具有普遍意义，如此地不受时间的局限"；葛瑞哥（Gregor）认为这首诗是莎士比亚十四行诗中"最动人心弦的，最美的一首"，是"一首不可超越的诗"。译者同意刻尔纳的论断，是因为译者赞同这样的观点：莎翁在这首诗中所指斥的现象，不仅普遍存在于人类社会中，而且长期存在于人类历史上，只有当人类大同的理想实现之后，这些现象才会最终消灭。因此这首诗的积极意义具有普遍的和恒久的性质。译者也同意葛瑞哥的论断，是因为译者认为葛瑞哥所说的这首诗的"美"和"不可超越"性不仅体现在莎翁疾恶如仇的品格上，也体现在诗人对爱情（友谊）坚贞不渝的品格上。当诗人愤世嫉俗到了想离开人世的时候，是爱情（友谊）成了支持他继续活下去的力量。当然这不是说爱情（友谊）支持诗人向社会丑恶现象妥协，而是说爱情（友谊）本身就是丑恶现象的抗衡力量,就是生的希望。原诗一连10行用"and"开头;写出了诗人忍无可忍的心绪的连续爆发,写出了诗人对丑恶现实的愤慨之一泻无余的宣泄。译文也试图连用10个"见到"来传达原诗义愤填膺的情绪之不可遏止。而最后一行中"爱人"的出现,有如黑暗王国里突然射出一线光明,把全诗的情调来一个扭转乾坤,导入一个新的境界。这画龙点睛的一笔使整首诗终于成为一颗异乎寻常的"明珠"。

莎士比亚十四行诗第73首

你从我身上能看到这个时令:
黄叶落光了,或者还剩下几片
没脱离那乱打冷颤的一簇簇枝梗——
不再有好鸟歌唱的荒凉唱诗坛。
你从我身上能看到这样的黄昏:
落日的回光沉入了西方的天际,
死神的化身——黑夜,慢慢地临近,
挤走夕辉,把一切封进了安息。
你从我身上能看到这种火焰:
它躺在自己青春的余烬上缭绕,
像躺在临终的床上,一息奄奄,
跟供它养料的燃料一同毁灭掉。
    看出了这个,你的爱会更加坚贞,
    好好地爱着你快要失去的爱人。

我们可以想象,莎士比亚作为伶人、剧作家,随剧团跑码头,与社会打交道,又要演出,又要写作,长期熬夜,到处奔波,过度的劳累,失眠,以及可能的不健康,这一切使诗人感到自己似乎已经进入生命的最后阶段。这时候诗人所念念不忘的,不是别的,正是他所爱的朋友。诗人向他的所爱者表白:自己已经衰老,不久就要离开人世,因此要他的所爱者抓紧时机,更好地爱他。在这首诗里,诗人连用三个比喻来形容自己(自己的年龄,自己的状况)。第一个比喻是深秋或冬季;第二个比喻是黄昏;第三个比喻是将灭的炉火。第一个比喻着眼于一年中的季节,第二个比喻从一年紧缩到一天,着眼于一天中的时刻,也就是从大的时间阶段到小的时间阶段。第三个比喻从时间转向空间,从时(以物表时)转向物(以时表物),从户外——大的空间转向室内——小的空间。这种比喻的变化运用,造成死神日近一日,愈来愈临近的气氛,加强了紧迫感,也就因此而使诗的主旨得到了加强,收到了水到渠成的效果。

莎士比亚十四行诗第76首

为什么我诗中缺乏新的华丽?
没有转调,也没有急骤的变化?
为什么我不学时髦,三心两意,
去追求新奇的修辞,复合的章法?
为什么我老写同样的题目,写不累,
又用著名的旧体裁来创制新篇——
差不多每个字都能说出我是谁,
说出它们的出身和出发的地点?
亲爱的,你得知道我永远在写你,
我的主题是你和爱,永远不变;
我要施展绝技从旧词出新意,
把已经抒发的心意再抒发几遍:
　　既然太阳每天有新旧的交替,

　　　　我的爱也就永远把旧话重提。

　　可以这样设想,莎翁的诗被同时代的人批评为:无变化,内容千篇一律,没有新的形式,新的修辞,新的技巧,用同一形式写诗,每一个字都显示了作者是谁,都说出了它们(字)的出身和出处,即作者是谁,也就是说读者极容易从作品的风格中看出作者是谁,感到作品所写的是老一套。诗人解释道:他爱他的爱友,所以坚持用同一形式写这惟一的主题,不过,主题虽同,内容却可以不断创新。……从莎翁的这首诗,我们可以得到某种辩证的启示。旧与新,本来是一对矛盾,旧在一定条件下可以变为新,新在一定条件下也可以变为旧。就艺术而论,推陈出新的关键往往不在形式而在内容;对表述爱(友谊)的诗歌来说,使作品常新的要害就在于抓住一个真字:出以真心,待以真情。诗人所以能不断"从旧词出新意",根本原因在于他对挚友的爱是"永远不变"的。此诗结束时"太阳每天有新旧的交替"一语出,仿佛来了一声响亮的定音锤,使诗人可以"永远把旧话重提"的设想获得了灿烂的形象的光辉;使得"从旧词出新意"这一概念成了千古不易的真谛。这首诗的最后两行也可以说是莎士比亚对自己全部十四行诗的形象总结。莎翁十四行诗所歌颂、论述的都是爱情或友谊,似乎都是陈旧的老一套,但其中所蕴含的深刻哲理和艺术魅力,经过恒久的时间的考验,已经证明具有永远新鲜的生命力。正如太阳一样,虽然它本身永远是一颗古老的恒星,每晚都沉为落日,却又每晨都升为朝阳,永远射出新鲜的光芒,保持万古常新的品格。诗人以此自比,译者认为,作为莎翁,当之无愧。

莎士比亚十四行诗第94首

　　　　有种人,有权力害人,而不去加害,

看来是易如反掌,他们却不做,

使别人动情,而自己是石头一块,

冷若冰霜,不受人家的诱惑;

他们,无愧地承受了天生丽质,

栽培着自然的财富,不浪费点滴;

他们才是自己的美貌的主子,

别人不过是经手美色的仆役。

夏天的花儿对夏天总芬芳可亲,

尽管它只是独自茂盛又枯萎;

但那花要是染上了卑贱的瘟病,

最贱的野草也要比它更高贵;

　　　　甜东西作了贱事就酸苦难尝;

　　　　发霉的百合远不如野草芳香。

　　在莎士比亚十四行诗中,有若干首是注家们聚讼纷纭的篇章,这首诗是其中之一。不过,虽说诗无达诂,也不一定。从莎翁十四行诗的整体来看,这首诗其实是不难理解的。莎翁在这里推崇那种容貌姣好、但能控制自己的感情、洁身自好的人,即不滥用其美貌去蛊惑别人又受别人蛊惑的人。这种人看似冰冷,实则火热。冷在抗拒诱惑,不纵欲,不沉溺;热在执着于爱(友谊),绝不动摇。这种人不仅有仪表美,而且有内心美,包括真(忠贞不渝)和善(温良仁慈),因此成为"自己美貌的主子",而不是那种"经手美色的仆役"。诗中所说的"卑贱的瘟病"、"贱事"、"发霉"等等,即诗人在另一些十四行诗中所说的"瘟疫"(第67首)、"蛀虫"、"污斑"(第95首),也就是"纵情"和"过失"(第96首)。这些都是指感情上的放纵,并从而导致道德上的失去检点,做出坏事。诗人先立出一个楷模,然后批评这种楷模的对立面。诗人的批评是尖锐而猛烈的,最后两行指出:高贵的人格的堕落,比原来是不高贵者更可鄙。鲜明的形象比喻透露出诗人疾恶如仇的性格和苦口婆心的情态。

莎士比亚十四行诗第104首

我看,美友呵,你永远不会老迈,
你现在还是那样美,跟最初我看见
你眼睛那时候一样。从见你以来,
我见过四季的周行:三个冷冬天
把三个盛夏从林子里吹落、摇光了;
三度阳春,都成了苍黄的秋季;
六月的骄阳,也已经三次烧光了
四月的花香:而你却始终鲜丽。
啊,不过,美也会偷偷地溜走,
像指针在钟面瞒着人离开字码,
你的美,虽然我相信它留驻恒久,
也会瞒着我眼睛,慢慢地变化。
　　生怕这样,后代呵,请听这首诗:
　　你还没出世,美的夏天早谢世。

　　莎士比亚的一百五十四首十四行诗中有九首(第17、18、19、54、55、63、65、81、101首)提到:他的爱友的美质将留在他的诗篇中,从而得到永生。但在这首诗中,莎翁却不提诗的"神通",只是慨叹时间使他的爱友衰老,诗人对后代的子孙说:"唉,你们见不到真正的美了!"诗开头8行说,诗人与他的爱友的爱(友谊)在某一个春天建立,经过了三年,诗人见他的爱友的风貌还是同三年前一样。诗人用优美的文笔写三年中自然界的兴衰变化,盛赞他的爱友"始终鲜丽"。调子是如此明朗,使读者与诗人一起赞叹那位朋友的不老的青春。但随后,从第9行到第12行,诗人的语气一转:虽然一时不易觉察,但爱友的容貌也在"慢慢地变化"。三年的时间不算太长,人的容颜不会有太大的变化,但变化总是有的。诗人用了钟面指针这个十分贴切的比喻。这4行是变调,调子从明朗转入阴霾,只是这种转折是缓慢舒徐的,与"指针"的移动相一致。接着,最后两行出现,宣布美质的最终灭亡。这是迅疾而强烈地来到的终曲,之后便是长久的休止符。留给读者的是不尽的遐想。美国现代诗人罗伯特·弗罗斯特有这样的名句:"大自然的嫩叶像花朵;/但只能留存片刻。/金叶转变成黄叶,/伊甸园沉入悲切,/晨光向白昼转去,/美的事物难留住。"这首题为《美的事物难留住》的短诗被选入各种诗选本,受到广大读者的喜爱,但人们往往忽略了这首诗恰恰是从莎翁的十四行诗(特别是这一首)中衍化出来的。

莎士比亚十四行诗第105首

别把我的爱唤作偶像崇拜,
也别把我爱人看成是一尊偶像,
尽管我所有的歌和赞美都用来
献给一个人,讲一件事情,不改样。
我爱人今天温柔,明天也仁慈,
拥有卓绝的美德,永远不变心;
所以,我的只颂扬忠贞的诗辞,
就排除驳杂,单表达一件事情。
真,善,美,就是我全部的主题,
真,善,美,变化成不同的辞章;
我的创造力就用在这种变化里,

三题合一,产生瑰丽的景象。

真,善,美,过去是各不相关,

现在呢,三位同座,真是空前。

莎士比亚在他的十四行诗里,通过他对一系列事物的歌颂,对另外一系列事物的贬斥,表达了他的积极的,进步的宇宙观、人生观、艺术观。诗人提出了他所主张的生活的最高准则:真,善,美,和这三者的结合。在歌颂真、善、美的同时,批判了假、恶、丑。在这首诗里,诗人否认自己对爱友的称崇是"偶像崇拜"(基督教反对对异教神的崇祀,称之为"偶像崇拜"),因为诗人对爱友的称崇是依据一定的原则的,即他的爱友体现了真、善、美的结合,这恰恰是值得他尊崇的对象。这里,诗人对爱友的赞美从过去仅仅着眼于美的姿容提高到同时着眼于美的心灵,把他的爱友描写为一个最完美的人格的典型。我们从莎士比亚的某些十四行诗中可以看出,他的爱友在品格上是有缺陷的,甚至有严重的缺陷,绝不是一个十全十美的人。那么,莎士比亚是不是为了寻求那位青年贵族的庇护而在这首诗里滥用了这么高的溢美之词呢?如果这样认为,那就把莎翁理解得太狭隘,也把这首诗的意义大大贬低了。译者的看法是,诗人在这里是借着对爱友的歌颂,来表达他的人生的最高理想。这种理想正是文艺复兴时代人文主义思想的典型表现。"醉翁之意不在酒,在乎山水之间也。"我们可以把这首诗看作是莎翁全部十四行诗的终曲,是这些十四行诗所放射出的思想光芒所凝聚的焦点。

莎士比亚十四行诗第109首

啊,请无论如何别说我负心,

虽然我好像被离别减少了热力。

> 我不能离开你胸中的我的灵魂，
>
> 正如我也离不开自己的肉体：
>
> 你的胸膛是我的爱的家：我已经
>
> 旅人般流浪过，现在是重回家园；
>
> 准时而到，也没有随时光而移情，——
>
> 我自己带水来洗涤自己的污点。
>
> 虽然我的品性中含有一切人
>
> 都有的弱点，可千万别相信我会
>
> 如此荒谬地玷污自己的品性，
>
> 竟为了空虚而抛弃你全部优美；
>
> > 我说，广大的世界是空空如也，
> >
> > 其中只有你，玫瑰呵！是我的一切。

　　诗人和他的爱友之间，有过隔阂，有过误解，有过龃龉，也有过离别。然而这一切都只是两人的爱（友谊）之间的插曲。现在，诗人回到了爱友的身边，他们的爱（友谊）又一次得到证明仍然是牢固的。诗人宣称，虽然在别离的时期不能时常证明他对爱友的忠诚，但他绝不会负心。如果说诗人曾有过别种兴趣，那么这些兴趣比之于他对爱友的爱来，只能算是"空虚"，"空空如也"。这首诗体现了中国哲学家所尊崇的"恕道"，诗人原谅了爱友曾有过的对诗人的伤害。这首诗也体现了中国哲人所倡导的"自省"精神，用现代词语来说，就是进行了"自我批评"。诗人承认自己有"污点"，表明要自己带水来洗涤自己的污点。这种异乎寻常的自白，在莎士比亚的全部十四行诗中是极为罕见的，它从另一角度表现出诗人的真：率真、坦诚、心地的纯明，从而使得作为抒情主人公的诗人的性格特征得到多方面的、立体的表现，也使得诗人所歌颂的爱（友谊）从好事多磨的曲折道路中登上新的高峰。

莎士比亚十四行诗第116首

让我承认,两颗真心的结合

是阻挡不了的。爱算不得爱,

要是人家变心了,它也变得,

或者人家改道了,它也快改:

不呵! 爱是永不游移的灯塔光,

它正视暴风,决不被风暴摇撼;

爱是一颗星,它引导迷航的桅樯,

其高度可测,其价值却无可计算。

爱不是时间的玩偶,虽然红颜

到头来总不被时间的镰刀遗漏;

爱决不跟随短促的韶光改变,

就到灭亡的边缘,也不低头。

　　假如我这话真错了,真不可信赖,

　　算我没写过,算爱从来不存在!

　　这是一首歌颂爱的不渝与忠贞的诗。诗人宣称:只有真心的结合才是真正的爱。如果对方有变,爱即消失,那就不是真心的结合。诗人把真正的爱比作暴风雨中的灯塔,之后又进一步比作指导航向的北极星。北极星是诗人们爱用的比喻。例如与莎翁同时的英国诗人斯宾塞在他的《爱情小诗》(亦译《小爱神》)第34首中就把他所歌颂的爱人比作引导他的生命之路的北极星。莎士比亚的特点在于他认为指引生活前进的是爱(友谊)本身而不是所爱的人(朋友)。这个细微的区别表明莎翁强调的是爱的双方的协调和融合:"两颗真心的结合"。莎翁在用了这个比喻之后,对爱的歌颂迅即又提高了一步,他指出:爱可以征服时间。莎翁在他的十四行诗中曾多次指出,能够征服时间的是两种力量,即人的后裔(子孙后代)和人的创作(诗歌艺术)。这两种力量都是具体的事物。而在这首诗里,莎翁又加上了一种力量,却是抽象的精神力量:爱,或者说,对爱的信仰。这样,莎翁对爱的歌颂就越过他的同时代人而达到新的高度。这首诗的第11、12行已经成为历代读者传诵的箴言,成为古往今来多少爱者和不爱者的座右铭。这首诗也因其坚毅深沉的思想和铿锵宏达的音韵而成为歌颂爱情(友谊)的千古绝唱,不朽赞歌。

莎士比亚十四行诗第129首

生气丧失在带来耻辱的消耗里,
是情欲在行动;情欲还没成行动
已成过失,阴谋,罪恶,和杀机,
变得野蛮,狂暴,残忍,没信用;
刚尝到快乐,立刻就觉得可鄙;
冲破理智去追求;到了手又马上
抛开理智而厌恶,像吞下诱饵,
那诱饵,是为了促使上钩者疯狂:
疯狂于追求,进而疯狂于占有;
占有了,占有着,还要,绝不放松;
品尝甜头,尝过了,原来是苦头:
事前,图个欢喜,过后,一场梦:
　　这,大家全明白;可没人懂怎样
　　去躲开这座引人入地狱的天堂。

这是一首强有力的十四行诗。莎翁在他的长篇叙事诗《鲁克丽丝失贞记》中有这样的句子:"欲求满足了,但我得到了什么? /一场梦,一声叹,欢娱过后的泡沫。"这是强奸者塞克斯特斯·塔尔昆纽斯的心理状态,与这首诗中所写的有共同之处。但莎翁在这首诗里不仅是写强奸者或犯罪者,他写的是一切贪欲者,包括法律上的和道德上的罪人。诗固然是对耽于肉欲者的指斥,但也不能认为仅仅是指这一类放纵者。细看诗的内容,可以体会到:莎翁的矛头所指向的,是一切情欲、财欲、名欲、权欲的贪求者,因此也是指向更为深广的社会现象。此诗的最后两行,以精警的笔墨,深刻揭示了人类中存在的某种普遍弱点,使人读后感到惊心动魄。这首诗由于它的震撼人心的力量和振聋发聩的作用,在整部莎翁十四行诗集中占有一席特殊的地位。

译者从事莎翁十四行诗的翻译有一较长过程。虽然已出版的拙译《莎士比亚十四行诗集》曾经经过多次修改加工,但依然不能尽如人意。我想,对文学翻译的琢磨、改进应该是无止境的。这次为纪念莎翁诞生四百二十七周年,又有选择地对莎翁十四行诗十四首进行了一些新的加工(改动七十一余处),发表在这里,敬祈读者指正。

1991年1月

声音中的莎士比亚

　　莎士比亚的戏剧有文本和演出,莎士比亚的诗歌有文本和朗诵。台词从演员口中发出,诗句从朗诵者口中发出,这就是声音中的莎士比亚。

　　在二十世纪三十年代,我看过根据莎翁剧本改编的美国影片原版《铸情》(即《罗密欧与朱丽叶》,1936年出品)。饰朱丽叶的演员瑙玛·希拉在月光下花园里阳台上说的那段独白:"O Romeo, Romeo! wherefore art thou Romeo?..."("啊,罗密欧,罗密欧! 为什么你是罗密欧? ……")表现出少女对爱情的纯洁执着和心理矛盾,嗓音如清溪流水,波澜萦回,至今还印在我的脑子里。二十世纪四十年代,我看过根据莎翁剧本改编的英国电影原版《王子复仇记》(即《哈姆雷特》,1948年出品),饰丹麦王子哈姆雷特的演员劳伦斯·奥立维说的那段独白:"To be, or not to be: that is the question:..."("生,还是死,这是个问题:……")表现出主人公对生死问题的哲学思考,深邃,沉凝,嗓音如大提琴琴弦的颤动,或疾或徐,叩击听者的耳鼓,它至今还在我的耳边萦绕。

　　数年前老友方平赠我一盒莎士比亚十四行诗全部154首诵读的录音磁带,诵读者是罗纳尔德·考尔曼(Ronald Colman)。我非常喜爱,一再聆听。莎翁十四行诗有严格的格律规范,但下笔又如行云流水,起承转合,一气呵成。考尔曼的诵读有特殊风味。我称之为"诵读"（reading），略有别于"朗诵"（recitation）。诵读更自然，不刻板，甚至使人感到带有随意性。我很喜爱这种质朴的风格。

考尔曼的发音是英国语音，没有丝毫美国腔调。有些字英国音与美国音不同，如clerk（神职人员）一字，英国人读[klɑːk]，美国人读[kləːk]。莎翁十四行诗第85首中有此字，考尔曼即读英国音。英文字母中的r，美国人都发卷舌音，英国人不发卷舌音，考尔曼也如此。他的英国音标准而纯正，典雅而动听。

考尔曼对格律的处理是认真的，莎翁十四行诗每行为10个音节、5个轻重格音步（每步包括前轻后重两个音节）。莎翁在节奏安排上常常把动词过去式的后缀ed作为一个轻音节使用。这个ed中的元音字母e在多数情况下是不发音的，但考尔曼诵读时一概把它作为一个音节处理。如第25首中莎翁让spread（张开）和buried（bury的过去式和过去分词，埋葬）押韵。后一字本读['berid]，但考尔曼读成['beri,ed]，加重了字母e的发音，使之与spread[spred]押韵。听来悦耳。凡莎翁把动词过去式后缀ed当作一个音节使用时，考尔曼便作这样的处理，几乎没有例外。

但考尔曼对格律不是死守的。他做的是reading，而不完全是scanning（严格按韵节诵读）。在节奏方面，他并不拘泥于固定的格式。如第105首有这样的诗行：

> Fair, kind, and true is all my argument,
>
> （真，善，美，就是我全部的主题，）
>
> Fair, kind, and true, varying to other words;
>
> （真，善，美，变化成不同的辞章；）

按轻重格（即抑扬格）的要求，每步第一音节为轻读，如此处Fair（美）一字均应轻读。但从内容看，真、善、美三字同样重要，所以考尔曼诵读时把 Fair 也作重读,与 kind、true(善、真)的分量相等。他这样从内容出发的诵读处理,随时可听见。

莎翁十四行诗的韵式为 abab cdcd efef gg.在用韵时,莎翁常用"视韵"(sight-rhyme),即从字面上看去像押韵而读起来不押韵。如第 117 首中有 love(爱)和 prove(证明)二字作为押韵字,除开头的辅音字母不同外,后面都是 ove,看上去像是押韵的,但读起来,前者是[lʌv],后者是[pru:v],并不押韵。这一类例子很多。考尔曼读时都按字的本音读,并不迁就莎翁而改变字的读音。也有个别例外,如第 51 首中莎翁把 wind(风)和 find(求得)相押,这也是"视韵":因前者应读[wind],后者则应读[faind]。考尔曼把 wind 读成[waind]以与 find 在听觉上也押韵。这种处理出现两次,是绝无仅有的。

考尔曼诵读的一个特点是流畅。想来他对莎翁十四行诗极为熟悉,烂熟于心,所以读来举重若轻,仿佛轻车熟路,毫不费力,但觉抑扬顿挫,急缓疾徐,得心应口,潇洒自如。每一首十四行诗诵读的时间在 40 秒至 50 秒之间,从不超过 1 分钟。这种速度可谓快慢适度,恰到好处。他诵读时注重"文气贯通",如并不一定在每行末有韵脚处停顿或小停顿,而是顺着语气或顺流而下,或跳跃前进。他对 rhyme(韵)的表达并不作"人为"的强调,这样,韵脚在诵读中便成为一种自然的蕴藏。另外,凡诗行中出现 caesura(根据意思而作的主要停顿)时,考尔曼都作停顿处理。由于诵读流畅,所以字与字之间时时有 liaison(连读)出现。若字末是辅音而下一字首是元音,"连读"就明显地出现。如第 119 首的 mine[main](我的)eyes[aiz](眼睛)就连读成[ˈmaiˈnaiz];第 126 首的 Her[hə:](她的)audit[ˈɔ:dit](账目)就连读成[hə:ˈrɔ:dit]。这样的例子甚多。这种处理使听者感到如江水流泻,舒畅自如。

考尔曼诵读的另一重要特点是适度的感情色彩。莎翁十四行诗歌颂真善美,抨击假恶丑,以友谊和爱情为主题,交织着爱和恨,欢乐与忧愁，和谐与冲突，焦虑与安宁……包含着深邃的哲学意蕴。考尔曼的诵读摒弃了他自己的"个人表现"，完全沉入诗的文本中。他注意掌握"古典的抑制"（classical restraint），不放纵自己的感情。但又根据内容的需要而流露诗本身所蕴蓄的感情波澜。如第66首，莎翁抨击社会的不公正，用11行揭露人世的丑恶与黑暗，连用十个连接词and以加强抨击的力度。考尔曼读这些诗行时语气愤慨，感情强烈，层浪迭起，势如破竹。读到最后两行（译文："对这些都倦了，我要离开这人间，只是，我死了，要使我爱人孤单。"）时，节奏变慢，情绪忧郁、沮丧，把听者带入无限怅惘的意境。而这一切又都是有节制地进行的，形成一种高雅典丽、完整的诵读艺术。

这种诵读，是一种再创造。诗歌，例如莎翁十四行诗，应该说是由作者、诵读者（朗诵者）、阅读者、聆听者共同完成的艺术创造。

罗纳尔德·考尔曼（1891—1958）是著名的英国演员。他主演的电影，根据狄更斯小说改编的《双城记》（1935年出品）给我深刻的印象。他在影片中饰演为朋友的幸福而牺牲自己的锡德尼·卡登，他最后赴断头台刑场时安慰一个一同赴难的缝工少女，那说话的声音至今还响在我耳边。他主演的另一部影片，根据希尔顿小说改编的《桃源艳迹》（即《消失的地平线》，1937年出品），也使我至今不忘。他在影片中饰演一位英国外交官，由于偶然的机会来到中国西南边境一处名叫"香格里拉"的世外圣地。他与在这里遇到的一位女友对话，那嗓音也至今仍印在我的耳膜上。但，考尔曼给我印象最深的，而且只要我需要便可随时欣赏的，则是他的莎翁十四行诗的诵读。这是一种能使人心灵颤动、精神升华的诵读艺术。他使我参与了这些诗的创造，我由衷地感谢他。自然，我更要感谢老友方平的珍贵馈赠。

2000年2月22日

莎士比亚十四行诗的节奏

读克里门特·伍德（Clement Wood）的《诗的技艺》（*Craft of Poetry*，1929），对莎士比亚十四行诗的节奏处理，作了一点考察。

莎士比亚十四行诗每首 14 个诗行，每行为抑扬格（即轻重格）5 音步，即每行包含 5 个音步，每音步包含两个音节，前轻后重。这叫作抑扬格五音步诗行（iambic pentameter）。现举莎士比亚十四行诗第 1 首第 1 行为例（˘ 表示轻读，‒ 表示重读；| 表示分音步）：

> From fair | est crea | ture we | desire | increace
> （我们要美丽的生灵不断蕃息）

这行诗节奏的规定与英文字本身的轻读、重读以及语句的口吻完全相符合。

但在实际处理中，莎士比亚并不是在任何情况下都是这样"驯服"的。请看同一首的第 6 行，实际读起来是这样的：

> feed'st thy | light's flame | with self | substan | tial fuel
> （把自己当柴烧，烧出了眼睛的光彩）

这里,就不是5个抑扬格(iambus),而是一个扬抑格(trochee)、一个扬扬格(spondee)、两个抑扬格和最后一个3音节音步(amphibrach,即一个抑扬格加一个非重音音节在末尾)。这里一开头就违反了"抑扬格5音步"的规定,第1个音步不是抑扬格而是扬抑格。第2个音步则用英诗中少见的两个重读连在一起的扬扬格。最后一个音步不是2个音节而是3个,即在末尾加了一个轻音。这行末 fuel 与第8行末 cruel 押韵,也可称之为阴韵(feminine rhyme)。一些学者说,抑扬格五音步诗不应在开头用扬抑格,因为开头的音步会暗示整首诗的韵律格式。这说法有理。但莎士比亚常常违规,如其第3首第1行就是这样:

Look in | thy glass, | and tell | the face | thou viewest
(照照镜子去,把脸儿看个清楚)

其后第7,8,13,14首以及其他多首都以扬抑格音步开头。这样做,是破格,是变化。允许吗?允许。不仅允许,而且增添韵味,避免单调。

第17首第12行是这样的:

And stretch | ed me | ter of | an an | tique song
(称作一篇过甚其辞的古韵文)

看上去很规范。但实际上 of 这个词不能重读,第3音步不能算作抑扬格,实际上是两个轻音节构成的抑抑格(pyrrhic meter)。对这一行的节奏似应这样认识:

And stretch | ed me ter of | an an | tique song

只能划分为4个音步,其中第2个音步含有4个音节,其中1个重读,3个轻读。

再看第33首的最后一行:

Sūns ŏf | thĕ world | mǎy stain | whĕn hea | vĕn's sŭn stainĕth
（天上的太阳会暗,地上的,怎能免）

这里最后一个音步是抑抑扬格(anapest)再加上一个非重音音节在末尾。这行诗也可以这样划音步:

Sūns ŏf | thĕ world | mǎy stain | whĕn heaven's | sŭn stainĕth

就是把第4音步认作3音节音步,把第5音步也认作3音节音步,或者把这二者认作抑扬格外加一个非重音音节,即在重音音节后面加一个装饰音。如果把第5音步中的sun也作重读处理,那么这个音步就是扬扬格加一个装饰音。这是在诗行中任何位置上都可以出现的变化。

再看第33首第4行:

Thēse pōor | rūde līnes | ŏf thў | dĕceas | ĕd lovĕr
（你已故爱友的粗糙潦草的诗行）

这里开头两个音步都是扬扬格。These在这里必须重读,这是诗句语气所决定的。还有第73首第4行:

Bāre rŭ | ĭned choirs, | whĕre late | thĕ sweet | birds sāng

（不再有好鸟歌唱的荒凉唱诗坛）

开头的音步和最后的音步都是扬扬格。第81首最后一行是这样的：

Where breath | most breathes, | even in | the mouths | of men
（话在口头，活人透气的地方）

这里第3音步成了扬抑格加装饰音，但如果把in稍加重读，它就成为重读化了的装饰音。第107首第2行是这样的：

of the wide world | dreaming | on things | to come
（梦想着未来事物的大千世界的）

开头两个轻音节实际上不能构成一个音步。接着是两个重音音节，构成扬扬格。接着是一个扬抑格，两个抑扬格。开头的4个音节可以作不同的分析，这是用非重音、非重音、重音、重音的连缀代替了两个抑扬格，这是明显的变格。

莎士比亚十四行诗中这种变格几乎随处可见。

诗人们写格律诗而又不被格律缚死，中外皆然。中国古典诗歌中近体诗（律诗、绝句、排律等）的节奏是平仄律。杜甫是七律的高手，但时有变格。七绝中"黄师塔前江水东"中的"师"字，"千朵万朵压枝低"中的第一个"朵"字都不合平仄要求。李白的七绝中"故人西辞黄鹤楼"中的"人"字也不合平仄要求。但都不失为佳作。

无论莎士比亚，还是李杜，写格律诗时常常因诗情的喷涌或诗意的流泻而在一定限度内冲破格律规范。格律是诗人们在长期的吟咏中慢慢形成的，也可以说是人顺乎天籁而定的。人定的东西如果反过来捆死人，人就要突破它。格律本身有自然节奏，有它的音乐魅力和对内容的适应性和相对促成力。在自由体出现后,格律体并没有从诗坛消失,因为它有顽强的生命力。但如果把格律当作紧箍咒,就会走进死胡同。莎士比亚写十四行诗不是"戴着镣铐跳舞",而是沿着蜿蜒的小溪划桨。诵读莎士比亚十四行诗,不是听时钟的嘀嗒,而是听流水的潺潺。其中有均齐美和参差美的融合。动听极了!

华盛顿宇航博物馆里的莎翁诗意

明丽的秋日,在美国首都华盛顿。

温煦的阳光照在如茵的绿草地上。犹太裔美国姑娘裘莉从地上摘一朵小花,赠我,说:"这是丹蒂莱安(dandelion)。"我一见便喜欢,说:"它的中文名叫蒲公英。"我把小花放在嘴边,轻轻一吹,便见蒲公英花籽纷纷飞上半空,飞翔旋舞,又纷纷落下,如无数伞兵从天而降。我说:"看它们飞得多欢!"裘莉说:"咱们到宇航博物馆,专门去看'飞'吧。"

华盛顿有许多博物馆,宇航博物馆是最受欢迎的博物馆之一。它从1976年开始接待参观者,每年来此的观客有一千万人次。它吸引了来自世界各地的游人。裘莉带我步行到独立大街和杰弗逊街之间,进入一座用钢材和大理石建成的巨型建筑物。我们仿佛进入了一个科学和人文荟萃的现代宫殿。入门便见半空悬挂着各种型号的飞机,琳琅满目。裘莉带我参观了"飞行的里程碑"、"火箭与宇航"、"人造卫星"、"阿波罗登月"等展厅。我见到了赖特(Wright)兄弟1903年驾驶的世界上第一架动力飞机的原物;见到了林德伯格(Lindbergh)1927年单独一人用33个小时从美国横跨大西洋不着陆飞行到欧洲巴黎的小飞机原物;见到了1964年做环月球飞行的"阿波罗11号"指令舱;见到了重35吨的庞然大物——1973年发射的第一空间站"天空实验室";见到了太空船、火箭模型……每一件实物和模型都显示着人类想摆脱地球引力，仿鸟类"飞"的努力和这种努力发展的过程。裘莉说："这一切都是人类'飞'的梦想和'飞'的实践。"我说："也是人类'飞'的艺术！"

裘莉又带我进入馆内的宇航电影院。喔！银幕有5层楼高，20多米宽，如一堵巨墙横在眼前。我们在观众席坐下来，开始屏息凝神地观看一部名叫《飞》（To Fly）的影片，它描述了人类"飞"的历史。由于采用了名叫 IMAX 的特制放映机，以及声、光的配合，银幕上呈现的一幕幕景象达到了令人惊叹的逼真程度，使观众有身临巨大空间世界的感觉。银幕上的气球腾空而起，飞临闹市，飞临大海，飞临峭壁，飞临平原……我仿佛也是气球下挂着的篮子里站着的一群人中的一员，同他们一起越过崇山峻岭和惊涛骇浪，一起经历心灵的动荡震颤与平静宁谧……气球越过大地上的绿色草坪，越过草坪上一对恋人的头顶……热恋中的男青年正在向他心爱的姑娘朗诵诗句：

> So long as men can breathe or eyes can see,
> So long lives this, and this gives life to thee.
> （只要人类在呼吸，眼睛看得见，
> 　我这诗就活着，使你的生命绵延。）

啊！这不是莎士比亚十四行诗第18首中的最后两句吗？顿时，诗的音波越过草坪，升向蓝天、白云、太阳，莎翁的诗意弥漫在银幕呈示的巨大时空里，弥漫在电影院里，弥漫在整个宇航博物馆里……我的心弦在莎翁诗的节拍弹拨下震动，久久不能平静。

从电影院出来，又去"宇宙空间"厅观看了银河系，各种星云和星团，观看了神秘的宇宙的"黑洞"……经历了一次时空旅行，感受到了时间的无穷，时间的无始无终，时间的神奇和时间的威力。

走出宇航博物馆，在绿草地上，我跟会说一口流利的汉语普通话的裘莉有一场对话。

我说："莎士比亚写十四行诗赞颂他的美貌的青年朋友，用诗把朋友的美质记录下来，莎士比亚自信他的诗能够同时间抗衡：他的朋友的美质将在这些诗中永存。莎士比亚在十四行诗中多次提到时间有力量毁灭一切，包括他的朋友，但声称他的十四行诗能征服时间，因为诗能把被时间毁灭的美永远保存下来。"

裘莉说："莎士比亚十四行诗中还有这样的句子：'我爱人能在墨迹里永远放光明。''他的美将在我的诗句中呈现，诗句将长存，他也将永远新鲜。'是吗？"

我说："你的记性真好！莎士比亚认为，虽然时间能支配人，但人创造的诗（艺术）却能支配（不是安排、利用）时间。在这一点上，诗能'飞'！诗同人类的航空航天事业具有相同的伟力。人步行一年才能走完的路程，乘飞机若干小时就能完成，所以飞行器创造了时间。诗艺使短暂的美永存，使必死的人永生，所以诗也创造了时间。"

裘莉说："你说得好！那些航空家航天家是时间的创造者，莎士比亚和你们中国的屈原、李白、杜甫也是时间的创造者。"

我说："对，诗和科学，比翼齐飞，永远向着未来！"

莎士比亚的历史剧《约翰王》片论

　　《约翰王》是莎士比亚的早期历史剧,它可能写于1594—1596年,也可能更早。最初面世的是1623年的第一对开本。剧本的全名是《约翰王的生平及死亡》,但剧中情节开始于约翰登基(三十四岁)之后。剧本所依据的史料来自霍林希德的《编年史·第3卷》。情节的蓝本是1591年出版的无名氏剧作《动荡不安的英格兰约翰王朝》(上、下篇),以及福克斯的《行动与纪念碑》。

　　《约翰王》写的是:十三世纪初,法兰西国王腓力要求英格兰国王约翰把他篡夺的王位归还给合法继承人,约翰的侄儿亚瑟。约翰不允,导致英、法两国兵戎相见。战场在法国的昂吉尔城。约翰的另一侄儿、狮心王理查一世的私生子菲利普,出于爱国热忱,身先士卒。昂吉尔城的休伯特建议两国联姻以消弭战祸。约翰为阻止亚瑟夺位,决定答应将外甥女布兰琪郡主嫁给法国太子路易,以部分领土和财产作嫁妆。法王腓力也同意联姻,不再支持亚瑟。于是两国达成妥协,举行婚礼。但不久,罗马教皇使者潘杜夫勒令约翰服从罗马的旨意,否则将其革出教门,约翰拒绝。潘杜夫胁迫腓力与约翰断盟,腓力服从。英法重开战端,法军失利。原由法王保护的亚瑟落入英王手中。约翰密谕心腹休伯特将亚瑟处死。休伯特未忍下手。亚瑟越狱逃亡,坠墙而死。法国太子路易受潘杜夫怂恿,率大军攻英,拟夺取英王宝座。约翰与教皇妥协,皈依罗马,请求潘杜夫劝说路易退兵。路易因援军遭海难而撤兵,英法议和。约翰被一修道士下毒致死。王子亨利继位,是为英王亨利三世。莎士比亚掌握了约翰王朝历史上的重大事件,加以串联、改造、调节,创造出跌宕谐调的戏剧效果。

史书上的约翰王曾以不同的面貌出现。中世纪的历史家站在罗马天主教立场上,把约翰写成一个篡位者,谋杀者,离经叛道者。到了十六世纪,约翰在史书上又变成一个基督教新教的殉教者,英格兰民族出类拔萃的英雄人物。莎士比亚对约翰的这两个方面都有所描写,但从总体上看,剧本回复到了中世纪时期对约翰的评价。莎士比亚笔下的约翰是个冷酷无情、色厉内荏、反复无常的篡位者。

霍林希德《编年史》载:英王理查一世(狮心王)去世前,把王冠、土地和统治权让给了他最小的弟弟约翰。但这部剧作另有说法。当法王使臣夏蒂昂当面称约翰为"窃据王位的国王"(第一幕第一场第4行)时,约翰没有说一句据理驳斥的话。当约翰夸口说"我们有强固的守卫,合法的权利"(第一幕第一场第39行)时,他的母亲艾利诺太后说:"你的守卫比你的权利强得多,/若不是这样,你和我就要倒霉了。/私下里我把真心话说到你耳边,/除苍天,你和我,别让任何人听见。"(第一幕第一场第40—43行)当法王腓力当面责备约翰,指出英国的王位理应属于亚瑟(第二幕第一场第89—109行)时,约翰拿不出任何证据来反击。可见,莎士比亚笔下的约翰是个篡位者。

不仅如此,莎士比亚还把他写成一个谋杀者。约翰私下对他的心腹休伯特示意杀害亚瑟的对话(第三幕第三场第59—68行),包括约翰密令使亚瑟"死",休伯特回答"他一定活不成",直接揭露了约翰是谋杀的主犯。莎士比亚所依据的史料在这件事情上是没有这样明确的。当约翰后悔而埋怨休伯特,说他不该杀亚瑟时,休伯特便取出物证,说:"这是您亲手写、盖过章、给我的诏令。"约翰叹道:"啊!天地之间最后的清算 / 到来的时候,这笔迹和钤印便是 / 要陷我于永劫不复之地的铁证!"(第四幕第二场第215—218行)无论约翰怎样追悔,他有罪,这是毋庸置疑的。

为什么把约翰描写成这样一个人物呢?看来,这位伟大的戏剧家是要塑造一个对政治需要善于作适应性调节的人物形象。请看:约翰为了攫取权力的高峰而篡夺了王位;为了击败亚瑟的挑战,他赞同联姻的建议,拿出部分权利同法王做交易;为了永绝后患,他不顾叔侄之情,密令处死亚瑟。这是个典型的搞"实用政治"的人物。在这部剧作中,搞实用政治的人物不仅这一个,而是有一串。如法王腓力,他抛弃无助的康斯坦丝,以便同约翰结盟,随后又在教皇使者的逼迫下背叛他新的同盟者;如贵胄索尔兹伯利,他先是抛弃了处于困境的约翰王,后来当梅伦透露了太子路易的计划时,他又抛弃了法国人;路易刚刚娶了布兰琪郡主,为了夺取王位,马上出兵攻打他妻子的舅舅;使者潘杜夫,表演了许多虚情假意的虔诚态度,终究是教皇手下一名残酷无情的政客……可见,莎士比亚要描绘的,是一片道德的泥沼,散发出罪恶的恶臭的世界。在这个险恶的世界里,约翰是一个典型。一位西方评论家说,莎士比亚在《约翰王》中"开始赞赏一种创造性的马基雅弗利主义"。笔者认为,莎士比亚对实用政治究竟是赞赏,还是犬儒式的冷嘲,尚待进一步研究。但我们可以说,莎士比亚在这里对肮脏的实用政治进行了大胆的探索,这部剧作可以称作一篇关于实用政治的戏剧论文。

《约翰王》中另一个重要人物、与约翰相颉颃的角色,是他的侄儿、狮心王的非婚生子菲利普。这是这部剧作中最具有吸引力的人物。他的粗犷性格、英雄气概和无限旺盛的生命力给人以深刻的印象。当他得知自己的生父是狮心王时,他非常高兴地对他的

重访莎士比亚故乡斯特拉福镇,背景是该镇天鹅剧场,正在上演莎剧《约翰王》。作者所译《约翰王》收入方平主编的《新莎士比亚全集》,河北教育出版社,2000年版。 2001年8月

母亲说:"母亲呵,我也不希望有更好的父亲。/世界上有些罪过是可以原谅的,/你就是这样……"(第一幕第一场第260—262行)他宁可放弃继承福康布立奇爵士(他的名义上的父亲)的遗产而以做英雄狮心王之子为荣。他立即为英王效命于疆场。在为英国而战的厮杀中,他英勇无畏,手刃了奥地利公爵,提取了后者的首级。他救出了处于危境的艾利诺太后。(第三幕第二场)当他见到亚瑟的尸体时,他义愤填膺,指出:"这是桩十恶不赦的杀人罪案,是亵渎神明的毒手创造的杰作……"他甚至因此而陷入迷惘,说:"我感到非常困惑,在这遍地是/荆棘的险恶世界上,我已经迷了路。/……生命、统治全国的权力和法则/已从这已死的王子的小小躯干里/飞上天去了……"(第四幕第三场第141—145行)但是他与索尔兹伯利等一批英国贵胄截然不同,后者因痛恨约翰

杀侄而背叛约翰,投奔到敌人——法国太子的帐下。私生子菲利
普却依然忠于约翰,因为在当时的条件下,拥护约翰是保全英国的
惟一途径。约翰王在临终前把处理当前军务的全权交给了他。约
翰死后,在他的建议下,亨利继位。菲利普依然忠于新的英王亨利
三世。全剧五幕,除第三幕外,每幕结尾处都是他在慷慨陈词。全
剧结束前,他宣称:"只要英格兰效忠于／它自己,我们就永远地无
所畏惧。"(第五幕第七场第117—118行)这里,菲利普已兼有希腊
戏剧中用合唱进行评论的歌队的身份,成为一个纯粹象征性人物:
英格兰民族的强有力的代言人。

　　菲利普有时还是作者的代言人。莎士比亚曾借菲利普的口,
说出一段关于存在于这个丑恶的现实世界里的"利欲"的著名独
白。他说,"利欲"这个东西就是

> ……使世界离开正道的"偏重心"——
> 这个世界本来是不偏不倚的,
> 它在平坦的地面上向前滚动,
> 可是这私利,这诱人作恶的"偏重心",
> 这操纵运行方向的黑手,这"利欲",
> 叫世界摆脱正道,一头冲向前,
> 甩掉了引导、目标、航向、意图——
>
> 　　　　　　　　(第二幕第一场第574—580行)

这段独白很早就出现在剧本中,这是意味深长的,因为它是菲利普
费力地换来的人世经验的开端,而不是它的终结。在这个被"利
欲"统治的疯狂世界里,菲利普在清醒的自我意识中长大。他力排
尔虞我诈和特权腐败的干扰,独立地主张勇敢、真诚、忠实。他既
没有篡夺得来的王冠,也没有继承大统的合法权利,但他却具有真

正君主勇武豪迈的气质,成为闪耀着"普兰塔家族精神"的理想君主典型。可以认为,菲利普是莎士比亚创造的辉煌人物之一。正如约翰逊(Johnson)所说,在这个人物身上,冒失和伟大得到了统一。

菲利普在痛斥"利欲"为"老鸨"、"掮客"之后,又说:"并不是他的金币向我的手掌 / 招引时,我有紧握拳头的毅力, / 只因为我的手还没经受过诱惑, / 就像个乞丐,对富户破口大骂。…… / 国王们为了利欲都忘恩负义, / 利呵,做我的主子吧,我非常崇拜你!"(第二幕第一场第589—598行)似是说,假如有机会的话,他也会选择利欲。一位西方评论家说,从这段话中可以看到菲利普已经萌生了一种倾向于"物质现实主义的非道德觉醒"。是这样吗?很明显,菲利普的这段独白带有强烈的反讽意味。它表明,对道义秩序的可贵理想已遭到破坏,代替它的是一种新的犬儒主义。卡尔德伍德(James Calderwood)把这个剧本解释为一具戏剧熔炉,其中冶炼着两个对立的原则:利欲与荣誉(也就是说,谋算私利呢还是忠于国家利益),并且认为菲利普已经"成熟到能够综合这两种原则,吸收利欲的方法来为荣誉服务"。笔者认为,这是一种曲说。我们没有见到菲利普采用任何"利欲的方法"。他有时从道德原则上稍稍后退(例如明知约翰谋杀亚瑟却并不因此而背弃约翰),则是为了服从于国家利益这个更高的原则。应该说,剧本中利欲与荣誉这两条线始终是互相抗衡互相较量的。直到剧终前一刻菲利普以总结全剧的语气宣称:"英格兰从来没有、也永远不会 / 屈服于任何征服者骄傲的脚下!"(第五幕第七场第112—113行)这时候,莎士比亚视荣誉高于一切的倾向性还不明显吗?

这部剧作深刻剖析了利欲与人性的关系。我们看到,利欲大大激发了人性中恶的一面。约翰对亚瑟之死感到后悔,并非由于良心发现,而是由于贵胄们为此而投入敌人阵营,约翰感到自己的地位受到了更大的威胁,更由于他害怕因这桩罪恶而受到天谴。

法国太子路易与约翰王的外甥女布兰琪郡主联姻,本来就是一场政治交易。在决定婚事时,路易却表明了爱情,他说,"我爱她,爱得非常真挚"。(第二幕第一场第526行)完婚不久,教皇使者潘杜夫前来策动,路易便怂恿父亲法王腓力与英王约翰断盟、交战。布兰琪向丈夫哀求:"我向你下跪求情,请不要发兵／打我的舅舅。"(第三幕第一场第308—309行)路易竟不加理睬。第二次,路易又受潘杜夫的煽惑,率领法军入侵英国,企图利用他与布兰琪联姻而取得的身份,夺取英国王位。这里,婚姻一而再地成为利欲的工具:实用政治制造了一对夫妻,又撕破了夫妻之间"爱"的面纱。无论是约翰,还是路易,他们的人性已被利欲彻底扭曲了。

在谈到剧本对人性的剖示时,我们别忘了剧中还有一个具有可怕力量的女人:亚瑟的寡母康斯坦丝。她的内心浸透了痛苦,又善于抛出种种诅咒。她的许多骂人话是爆炸式的、神经质的。但有时候她也会变得柔婉缠绵。当她得知儿子亚瑟被俘后,她哀伤过度,法王腓力告诫她:"你喜爱忧伤像喜爱儿子一样"(第三幕第四场第92行),这时,她回答道:

> 忧伤充满在我的亡儿的房间里,
> 躺在他床上,陪着我来回踱步,
> 扮作他可爱的模样,说着他的话,
> 叫我想起他优美的千姿百态,
> 用他的形体来充实他留下的衣服。

（第三幕第四场第93—97行）

无论是暴怒时,还是充满柔情时,在康斯坦丝身上迸涌的,始终是强烈而深挚的母爱。她在母性之光的包围中耸立在舞台上。正如一位西方评论家说的,康斯坦丝是"莎士比亚笔下一批寡妇中最不受约束的一个,一批哀号女性的女王,一位惊人而又可怕的女诗人,是在悲痛辩证法中被异常完美地创造成功的人物"。

康斯坦丝的儿子亚瑟,是一个以其善良人性而动人心魄的少年形象。《约翰王》第四幕第一场是一场简短的、往往被评论家忽略然而极其精彩的戏。一开头,休伯特受约翰王的密诏,带两名行刑人到城堡中,准备烫瞎亚瑟的双眼,再置他于死地。当休伯特告诉亚瑟:"我必须用烙铁把你的两眼烫瞎"(第四幕第一场第59行)时,亚瑟说:

> 这块铁,尽管它烧得通红,只要它
> 靠近我眼睛,也会吸我的泪水,
> 让这些泪水,纯洁无辜的液体,
> 来浇灭烙铁上熊熊燃烧的怒火;
> 然后这块铁就生锈,腐蚀,只因为
> 它曾容纳过伤害我两眼的火焰。

(第四幕第一场第61—66行)

在亚瑟与休伯特对话的进程中,亚瑟天真无邪的言语一步又一步地击垮了休伯特的图谋,唤醒了他尚未完全泯灭的良知。亚瑟的对白像是精心安排的一次次反击,但它又是毫无机巧、绝非谋算的纯洁心灵的层层表白,体现了天真烂漫与聪颖睿智的奇妙结合!这种心灵展示促使休伯特最终放弃了对亚瑟施行酷刑的罪恶计划。善战胜了恶。善与真得到了升华,人性美的高峰矗立了起来。

《约翰王》不仅是一部剖析实用政治中人的利欲的历史剧,而且是一部深入挖掘在利欲横流的世界里人性如何升沉递变的杰作。

对《约翰王》历来有不同的评价。约翰逊在论及这部剧作时说:"我们不太感觉到莎士比亚笔端蘸的是他的心血。"奥恩斯坦(Ornstein)认为这部剧作是"命题作文,没有创作热情"。我国学者梁实秋也说:"就文学的观点而言,此剧有急就之嫌,不能算是莎氏的精心之构。"笔者认为,《约翰王》不能放入莎士比亚最佳剧作之列,但仍是一部瑕不掩瑜的好作品,无愧于莎士比亚的手笔。笔者赞同莎剧研究家泽斯沫(Zesmer)的评价:"《约翰王》实在是莎士比亚的精深微妙的成功作品之一。"

1996年9月18日

莎士比亚的叙事诗
《鲁克丽丝失贞记》片论

  莎士比亚的长篇叙事诗《鲁克丽丝失贞记》于1594年5月9日在伦敦书业公所登记,旋即印刷出版。在前一年(1593)出版的莎士比亚"文思的头胎儿"《维纳斯与阿董尼》卷首给骚桑普顿伯爵的献词中说:"愿今后尽量利用闲余时间,务必呈献较有分量的作业为大人增光。"《鲁克丽丝》应该就是作者自认为"较有分量的作业"。其写作时间,当在1593年4月至1594年5月之间。

  这部长诗于1594年第一次出版时被印成四开本,扉页上印的书名是 *Lucrece*(《鲁克丽丝》),但在诗的正文前标出的诗题是 *The Rape of Lucrece*(《鲁克丽丝失贞记》,直译应为《鲁克丽丝之被强奸》)。——此诗在书业公所登记册上登记的书名是 *The Ravyshement of Lucrece*,直译也是《鲁克丽丝之被强奸》,但"被强奸"的原文 *Ravyshement* 与书中正文前诗题中的 Rape 不是同一个字,不过意思一样。——扉页上的标题是否反映了莎士比亚自己最后的选择,不能断定。这部长诗的印刷者与《维纳斯与阿董尼》一样,是理查·费尔德(Richard Field);出版者是约翰·哈立森(John Harrison)。

  这部长诗也与《维纳斯与阿董尼》一样,由作者呈献给骚桑普顿伯爵亨利·莱阿斯利(Henry Wriothesly, Earl of Southampton)。

这个献词,口气十分亲近——比《维纳斯与阿董尼》的献词口气亲近得多。塔柯·布鲁克(Tucker Brooke)说:"伊丽莎白女王时代文学作品的献词,没有一个是这样的。"从这口气中可以看出,莎士比亚受到了这位伯爵的恩宠,想来这部长诗也得到了他的嘉许。此诗出版之时,骚桑普顿伯爵年方二十有一,比莎士比亚小九岁。但这个翩翩少年似乎对文学有一定的鉴赏力。这部作品在社会上也受到了欢迎,在莎士比亚生前至少印行了7版,其中有4次是8开本。

在伊丽莎白女王一世时代,写诗是绅士们的高尚行为,而写戏则被认为是不能登大雅之堂的。所以莎士比亚写这两部长诗都十分用心用力;长诗的印制也相当认真,与当时他的剧本的刊印不可同日而语。

莎士比亚自己为这部长诗写了《内容提要》,附在卷首。公元前509年,当罗马大军围攻阿狄亚城时,罗马国王的儿子塔昆从大将柯拉廷的嘴里听到说他的妻子鲁克丽丝无比贞洁,便到罗马去秘密探访她。塔昆一见鲁克丽丝,便起淫心。到夜里,他潜入她的卧室,不顾她的哀求,用暴力强奸了她,然后潜逃。鲁克丽丝派人召回了丈夫和父亲,控诉了塔昆的暴行,举刀自杀。众人抬起她的遗体在罗马游行。塔昆家族被放逐。这是古典文学中流传颇广的故事之一。故事来源于奥维德(Ovid)的《岁时记》和李维(Livy)的《罗马史·第一卷》。这个故事还出现在乔叟(Jeoffrey Chaucer)的《好女人的故事》和彭特(William Painter)的《逍遥宫》中。莎士比亚写这部长诗时,想必参考过若干资料,肯定读过奥维德的书。有些情节为李维的书中所特有,常被大段引用来注释奥维德。莎士比亚是直接读过李维的书还是间接借用了李维的资料,难以断定。

1592年,萨缪尔·丹尼尔(Samuel Daniel)的诗作《罗莎蒙的怨诉》出版。美丽的罗莎蒙,成了亨利二世的情妇,被嫉妒的王后毒死。诗里写的是罗莎蒙鬼魂的怨诉。她把她的沉沦归因于自然、青春和美貌,她呼吁同情,呼吁拯救。这是当时在诗人和读者中间流行的被称作"怨诉诗"的文学样式。这种诗中的主人公往往是一个被侮辱的女子,她的鬼魂出现在人间,控诉她悲惨的命运。莎士比亚的这部长诗也属于"怨诉诗"一类。但是他放弃使用鬼魂形象,而采用第三人称叙事的方式。莎士比亚追随丹尼尔,采用"君王诗体"(rhyme royal),即:诗行为抑扬格 5 音步,诗节由 7 行组成,韵式为 ababbcc。(这种诗体也称作"特洛伊罗斯诗体",因为乔叟的《特洛伊罗斯与克雷西达》即用这种诗体写成。)据说莎士比亚本来要用《维纳斯与阿董尼》的六行一节的诗体来写,而且已试写了几节,后来才改用"君王诗体"来写,因为这种诗体显得更加庄重。全诗有 265 个诗节,总共 1855 行,比《维纳斯与阿董尼》还多出 661 行。

这部长诗大力歌颂了一个女子的贞烈行为,抨击了狂徒施暴的恶行。斯宾塞的朋友加伯列·哈维(Gabriel Harvey)在笔记中写道:"年轻的一辈非常喜欢莎士比亚的诗《维纳斯与阿董尼》,可是他的诗《鲁克丽丝》和悲剧《哈姆雷特》则使更有智慧的人们感到兴趣。"正如《罗米欧与朱丽叶》的悲剧结果是导致维洛那两个家族结束世仇而言归于好,《鲁克丽丝》的悲剧结果是导致罗马君主政体的结束和共和政体的开始。但莎士比亚的主要笔墨是用在人物心理活动的刻画方面。由于采用了第三人称叙事的方式,因而人物的深层内心活动得以充分体现。这种叙事方式还使这部长诗取得了戏剧性效果,这是第一人称叙事方式所难以达到的。莎士比亚写这部长诗时,已写过《驯悍记》、《亨利六世》、《理查三世》等剧本。他是运用了一支写戏的笔写了这部长诗。读者会感到,这部长诗仿佛是为了舞台演出而写的,全诗的"剧场感"十分明显。分幕与分场宛然可见。塔昆潜入卧室和寅夜潜逃像是两个过场;塔昆施暴和鲁克丽丝控诉是两幕重头戏。

鲁克丽丝自杀的描写,无论场面,台词,还是动作,都显示出集中的舞台处理的痕迹。有的论者如泽斯沫(D.Zesmer)认为,"如果考虑到这部诗作的戏剧因素,那么是塔昆,而不是鲁克丽丝,占据着舞台的中心位置。"这也未必。作品的前半部分,重心在塔昆,后半部分,重心在鲁克丽丝,不能说整部作品的中心由塔昆贯穿。梁实秋说,"诗中重心,时而在露克利斯,时而在塔尔昆,未能收人物统一之效,当然也是可议之处。"这也不见得。鲁克丽丝被辱前前后后的情节发展,形成戏剧性纠葛和对抗,把塔昆和鲁克丽丝两个人物统一在一个矛盾体中,贯穿全诗,直达戏剧性高潮:鲁克丽丝自裁。梁实秋的观点,似乎比"三一律"的要求更为严格。

诗中的两个主要人物,性格并不复杂:一个是圣者,善的化身,一个是强徒,恶的代表。这类人物,可以从欧洲古老的道德剧中找到。但莎士比亚绝没有把他们写成简单的符号。塔昆在犯罪之前、之后,经历着剧烈的内心斗争,承受着痛苦的精神煎熬。在塔昆的心里,"冷冻的良知和炽烈的欲念对峙"(247行)着,后来在逃离途中他又自觉有罪,痛骂自己(715—735行)。莎士比亚在他的十四行诗第129首中写道:

> 生气丧失在带来耻辱的消耗里,
> 是情欲在行动,情欲还没成行动
> 已成过失,阴谋,罪恶,和杀机,
> 变得野蛮,狂暴,残忍,没信用;
> ……
>
> 疯狂于追求,进而疯狂于占有,
> 占有了,占有着,还要,绝不放松;
> 品尝甜头,尝过了,原来是苦头;

> 事前，图个欢喜；过后，一场梦；
>> 这，大家全明白；可没人懂怎样
>> 去躲开这座引人入地狱的天堂。

这首诗可以与塔昆这个人物相印证，塔昆似乎就是这首诗的注脚。他成为人类弱点的体现者。因此莎士比亚所鞭挞的不仅是一个成了色狼的罗马王子，而是人性中普遍存在的"恶"的劣根性。

莎士比亚着力刻画了鲁克丽丝的贞女形象。但是弱女子抗不过暴力的侵袭，事后她悲愤已极，却镇定地召回丈夫，说明原委，然后以自杀抗议邪恶，激励复仇。有的论者指出，根据中世纪基督教神学理论，鲁克丽丝是并不干净的，她不应该向塔昆屈服。自然这近于苛求。又一种论点则是，她不该犯下自杀的"大罪"。其实，莎士比亚在诗中就让鲁克丽丝自己说：

> "唉！自杀，这事算什么，"她说道，
> "不过是玷污了身体，又玷污灵魂！"

> （1156—1157行）

然而，所谓自杀会玷污灵魂，是天主教的伦理，古罗马人并没有这种观念。如果认为鲁克丽丝应该不用担心地活下去，认识到她的肉体受辱无损于她灵魂的贞洁，因为她的独立的灵魂并没有受到玷污，那么这倒是符合古罗马人的道德标准的。长诗的结尾处，当鲁克丽丝问在场的各位罗马贵族："我身处危境，受到可怕的逼迫，/ 这样造成的失误该怎样定性？"（1702—1703行）时，那些贵族们"立即回答道，/ 洁净的心灵已涤净肉体的污痕"（1709—1710行）；尤其是当鲁克丽丝自杀后，布鲁图斯责备柯拉廷企图追随他的妻子去自杀，最后向他指出：

> "你那可怜的夫人错得没道理，
>
> 竟然自杀了,她本该去诛杀仇敌。"

（1826—1827行）

即可为证。虽然如此,鲁克丽丝的被辱却不符合基督教对一个为人妻者的道德要求。莎士比亚在处理鲁克丽丝的行为时,似乎有点矛盾,但他让布鲁图斯认为自杀是错误的观点在长诗的最后亮出,不能不说是寄予了深意。

这部长诗给人以"剧场感"还由于诗中多次出现"独白"和"对白"现象。塔昆施暴前,鲁克丽丝劝导他,训诫他,感化他,塔昆则一再强词夺理,威胁恫吓。这里针锋相对的对白具有明显的剧场效应。这两个人物也都有他们的独白。塔昆的独白所勾画出的这个恶棍的面目,仿佛是麦克白斯的雏形。鲁克丽丝的怨诉独白则使人联想到《约翰王》里的康斯坦丝。鲁克丽丝被辱后有三大段独白,一是抨击"黑夜"（746—875行,17节）,一是谴责"机缘"（872—924行,7节）,一是训斥"时间"（925—1036行,11节）。在这三段独白里,她从咒骂塔昆发展到控诉种种社会不公,鞭挞人间的一切假、恶、丑。这三段独白的分量很重,体现着莎士比亚对当时社会的看法,不仅可以与莎士比亚十四行诗的某些篇章（例如第66首）相互印证,也为他后来的悲剧独白（如哈姆雷特考虑生死问题的独白"活下去还是不活"、里亚王在暴风雨袭击的荒野里自责的独白以及泰门关于黄金的独白等）预示着端倪。认为《鲁克丽丝》是莎士比亚伟大悲剧创作的预习,是有道理的。

这部长诗中成串出现的喻象和意象,可以用中国成语"妙语如珠"来形容。莎士比亚的喻象常常不是传统的或仅仅装饰性的比喻。他有时从单纯比喻发展到怪诞喻象,如写到柯拉廷的悲痛时说:"他的哀叹也如此,仿佛拉锯,/推出了悲痛,又把它拉了回去。"(1672—1673行)又如,写到塔昆施暴的前奏时,把鲁克丽丝的乳房比作受到敌人侵犯的处女城堡(435—441行),这就与罗马军队围攻阿狄亚或希腊大军进犯特洛亚联系了起来。有的论者认为,莎士比亚不仅善于调遣诗歌意象,而且能自如地运用戏剧性喻象,显示他后来写作伟大悲剧的先兆,这也不是没有道理的。

鲁克丽丝派遣仆人给丈夫送信之后到柯拉廷被召回之前,有一段等待的时间。莎士比亚有意利用这段时间安排了鲁克丽丝观看她房内墙上挂着的一幅图画这个情节。这恰像在舞台上安排了一场衔接两场重头戏之间的过场戏。但这场戏分量很重,而且冗长,用了二百多行的篇幅(1366—1582行,三十个诗节)。墙上的画到底是挂毯还是绘画,评论家们至今争论不休,因为诗中没有交代清楚。画面上出现的是古代希腊大军围攻特洛亚的情景。交战双方的重要人物一一出现,不下十二三个,而整个画面上出现的则是"成千个不幸的人物"(1373行)。场景从涅斯托演讲鼓动希腊士兵上阵、特洛亚将士的母亲们登城观战,一直到西农诱使特洛亚人把木马拖进城去,导致城破,特洛亚王被杀等等,几乎包括了特洛亚战争的全过程。因此这幅画不是用集中透视法绘成,它所表现的也不是一个时间点上所发生的事件。古罗马时代的"湿壁画"(fresco)有时是长卷式的,能绘出连续性故事场景。但这首诗中明确地写着这是"挂在墙上的图画"(1366行),一个"挂"字排除了壁画的可能。

这一大段"插曲"常为论者所诟病,是由于它的过于冗长。但莎士比亚下笔时还是考虑到效果的,他特别刻画了诱使特洛亚人接受木马的西农的狡狯,让鲁克丽丝从画面上西农的形象中更深刻地认识塔昆的面目,增强了她对邪恶的憎恨。莎士比亚还把注意力放在特洛亚战争的悲剧性结局上面,揭示了这幅图画同鲁克丽丝悲剧的内在联系。

《鲁克丽丝失贞记》在总的艺术设计上是完整的、谐调的、感人的,但不能说是完全成功的作品。诗中的道德说教过多;比喻的堆砌,辞藻的铺张,陈述的繁缛,接二连三的文字游戏,都相对减弱了它的魅力。铺张的辞藻曾使基德(Kyd)和马洛(Marlowe)的剧作在舞台上红极一时。莎士比亚也避免不了时代风气的浸染。——当诗中故事结束于群情激愤、将塔昆家族永远放逐时,莎士比亚却改用极其简洁的笔墨,只花了两个诗节,便使全诗戛然而止,干净利索,颇有"史笔"风貌。总之,此诗大胆华丽的文风和深入细致的心理刻画,依然受到一代又一代直至当代读者的喜爱和赞赏。

1997年1月11日

莎士比亚的哲理诗《凤凰与斑鸠》片论

埃及神话中有一种美丽的长生鸟或不死鸟，名Phoenix，相传生长在阿拉伯沙漠中，居住在香料铺垫的巢里，每五百年在火中自焚为灰烬，再自灰烬中重生，循环不已，成为永生。它的译名，是借用中国古代神话中的百鸟之王"凤凰"这个名称。莎士比亚的戏剧中经常提到凤凰。凤凰之所以能吸引莎士比亚，由于它有独一无二的特性：在一段特定的时间内，只有一只凤凰能够存活。莎士比亚的诗《凤凰与斑鸠》在他的作品中也是独一无二的——其他作品没有一个与它类似。

这首诗首次发表于1601年（莎士比亚三十七岁时），作为同一题材一组诗中的一首，被附加在罗伯特·切斯特（Robert Chester）的《爱的殉难者，或罗瑟琳的怨诉，在凤凰与斑鸠注定的命运中，寓言般暗示爱的忠贞》诗集中。此书扉页上称这些诗的作者是"我们现代最优秀最重要的作家"。集子里，除了莎士比亚的这首诗外，还有约翰·马斯顿（John Marston）、乔治·恰普曼（George Chapman）和本·琼孙（Ben Jonson）的诗。莎士比亚和其他诗人均有签名附于诗下。

凤凰因美丽又罕见而出名；斑鸠因对爱情坚贞而为世人所知。有关鸟的诗往往包含某种寓意。罗伯特·切斯特在这本书的书名页上声称《爱的殉难者》中的作品都寓言般暗示了爱的忠贞。莎士比亚这首诗的寓意是什么却不大清楚。某些批评家认为诗中的凤凰和斑鸠暗示着伊丽莎白女王(凤凰常被用来象征她)和埃塞克斯伯爵。另一些批评家则认为,这两只纯洁的相爱的鸟象征着约翰·萨卢斯伯里爵士(Sir John Salusbury)和他的夫人。按:这部《爱的殉难者》就是献给萨卢斯伯里的。也有人认为这首诗所象征的是贝德福德伯爵和夫人(the Earl and Countess of Bedford)。不过莎士比亚的这首诗与集子里其他诗所描绘的情景不同。莎士比亚在诗中明确地写道:凤凰和斑鸠"没有留下后裔"。而集子里马斯顿的诗却祝贺这两只鸟有了下一代:"一个与他们惊人地相似的生命,从凤凰和斑鸠的灰烬中站起来。"

这首诗由三部分构成。前5个诗节召唤众鸟来送葬,哀悼死者。接下来的8个诗节是一支赞歌,看来是哀悼者唱的。在这支赞歌中,凤凰与斑鸠的爱情同理智融合在一起。最后5个诗节在形式上有些变化(从每节4行变成每节3行,韵式从abba变为aaa),是一首悼念死者的"哀歌",出自理智之口。

诗的语言运用具有高度的技巧。

诗开始时对众鸟的召唤,引起读者丰富的想象;然后是赞歌:出现自相矛盾而又统一的表述,富有活力,充满戏剧性;最后,一切都归于哀歌的朴素与庄严。诗开始时有哀悼者的具体形象出现,后来诗变得抽象起来,以至于隐藏在诗中的一个抽象概念,即理智,出来呼唤,作了一首哀歌。哀歌严肃地宣告抽象概念——真和抽象概念——美被埋葬,并转而化为具体的意象:

> 真,有表象,没有真象,
> 美,靠炫耀,本色消亡,
> 真,美,双双被埋葬。
>
> 让两只非真即美的飞禽

    一同进入这只骨灰瓶；

    为两只死鸟，请哀告神明！

诗以放开嗓子把丧事宣告开始，以哀告终。在仅仅67行中，所有这一切以最为精练的方式表达了出来。

1995年2月

莎士比亚的长诗《恋女的怨诉》片论

　　《恋女的怨诉》是莎士比亚早期的作品,可能写于1588年(莎士比亚二十四岁时)。1609年(莎士比亚四十五岁时)5月20日,伦敦的出版商托马斯·索普在书业公所登记,6月初出版了莎士比亚的《十四行诗集》,同书中,附有《恋女的怨诉》。这是这首诗的第一次问世。

　　关于这首诗的著作权归属问题,有过争论。有些现代学者认为这首诗并不是莎士比亚所作,他们指出,索普出版莎士比亚的著作并非由莎士比亚授权,可见索普不是一位态度严肃的出版商。但是,一位出版商未经作者同意就出版其著作,未必能证明这位出版商一定是拿冒充的作品来欺骗读者。在当时,有的出版商确有欺骗读者的企图。而索普与他们有所不同。除了这首《怨诉》外,索普出版的署名为莎士比亚的作品只有《十四行诗集》。而后者的著作权归于莎士比亚是毫无疑问的。

　　这首诗的风格和品位也应当考虑。诗的语言是精心雕琢的。绝大部分字词在莎士比亚的其他作品中都使用过。据学者统计,只有23个字是这首诗中特有的。不过,即使在没有任何争议的莎士比亚作品中,也出现过一些特殊的字词。假如仅凭这首《怨诉》写得不如莎士比亚其他作品精彩就判定它不是出于莎士比亚的手笔,那就未免主观了些。而且,对这首诗,有的批评家看不上,有的批评家却给予高度的赞扬。

　　这首诗写一个农村姑娘被一位年轻美貌而行为放荡的浪子所欺骗而失身的故事。诗的大部分是受骗的姑娘向一位老大爷含怨哀诉自己的不幸遭遇。

　　在1590年至1600年间,以女子怨诉为题材的诗作十分流行。莎士比亚的《鲁克丽丝失贞记》(亦译《贞女劫》)也近似这类作品。1592年,萨缪尔·丹尼尔(Samuel Daniel)在他的十四行组诗《黛丽亚》后附加了一首题为《罗莎蒙的怨诉》的诗。1593年,托马斯·洛奇(Thomas Lodge)发表了他的十四行组诗《少女菲利斯》和它的姐妹篇《埃尔斯特雷德的怨诉》。由此可见,在一部十四行诗集后面附加一篇怨诉诗是并不奇怪的。较为特殊的是莎士比亚的《恋女的怨诉》中女主人公没有名字,不是历史上真实存在的人物。此诗还有一点与众不同之处,就是诗中出现三个人物:①以第一人称"我"的自述出现的少女,②由少女转述,也以第一人称"我"出现的浪子,③老大爷。

　　全诗329行,由47个诗节构成。每个诗节7行,用"君王诗体"韵式:ababbcc,各行的节奏是轻重格五音步。(莎士比亚在《鲁克丽丝失贞记》中也运用了这种诗体。)少女的言辞十分讲究修辞,无论是她的哀诉,还是由她转述的那个负心郎求爱的话,都充满了精心挑选的措辞,全诗具有伊丽莎白时代的典型特色,过度的伤感情绪和奇异而精致的比喻使这首诗更加投合十六世纪英国读者的胃口,而不大适合今天我们的趣味。

　　总而言之,这首诗不是莎士比亚的主要作品。它只是用当时流行的诗形式练笔的习作;甚至可能是未完成的。如果这确实是莎士比亚的作品,那么它既不至于降低莎士比亚的伟大成就,也不会给莎士比亚增添光彩。

　　(参阅 Hallet Smith 评语)

1995年2月

莎士比亚的杂诗《热情的朝圣者》片论

1599 年（莎士比亚 35 岁时），出版商威廉·杰加德（William Jaggard）出版了一本薄薄的诗集《热情的朝圣者》第 2 版。（第 1 版只有残页保存下来，不能确定其出版年月。）扉页上印着如下字样："热情的朝圣者。著者：W.莎士比亚。伦敦。W.杰加德出版。W.里克出售。1599 年。"

集子中收有 20 首杂诗。其中 5 首肯定出自莎士比亚的手笔。集子中的第 1 首、第 2 首分别为莎士比亚十四行诗第 138 首和第 144 首；集子中的第 3、5、14 首分别为莎剧《爱的徒劳》第四幕第三场第 60—73 行、第四幕第二场第 110—123 行、第四幕第三场第 99—118 行，文字上略有歧义。其他的诗，已经查明 4 首的作者。第 8 首、第 20 首的作者为理查德·邦菲尔德（Richard Barnfield）。第 11 首的作者为巴塞洛缪·格里芬（Bartholomew Griffin）。第 19 首的前 4 节是克里斯托弗·马洛（Christopher Marlowe）的优秀田园抒情诗《热情的牧童对情人说》（但文本较差）。第 19 首的最后一节《情人的回答》，是沃尔特·若利勋爵（Sir Walter Raleigh）的《少女对牧童的回答》。

其余的诗，算不得异常出色，作者都无可考。第 17 首曾在托马斯·威尔克斯（Thomas Weelkes）于 1597 年出版的《牧歌集》中出现过。但威尔克斯是作曲者，不是作词者。第 4、6、9 首，还有第 11

首,都是以维纳斯和阿董尼的神话传说为题材的十四行诗。由于第11首被公认为格里芬的作品,第4、6、9首有时也被认为出自他的手笔,但没有证据证明这点。以前曾有人认为第4、6、9首可能是莎士比亚创作《维纳斯与阿董尼》之前的练笔之作,但这种看法现在被放弃了。在第4首和第6首中,维纳斯被称作库特瑞亚(维纳斯的别名),这同莎剧《驯悍记》中的叫法一样,但这不能证明莎士比亚就是这两首诗的作者。维纳斯偷看阿董尼洗澡的情节,是把奥维德的两篇叙事诗合并而成,这不是莎士比亚或别的诗人个人的独创。例如,斯宾塞的《仙女王》中就出现过这样的情节。

第12首,作者不详,而读者最倾向于把它归在莎士比亚名下;可是无法证实。这首诗,增添了诗节,于1631年再度出现在托马斯·德隆尼(Thomas Deloney)的《好心诗选》中。这本诗选有过一些更早的版本,但已遗失。这首诗是否收入这些更早的版本中则无从知晓。德隆尼约死于1600年,他死后出版的类似《好心诗选》的歌谣集中,有些诗并非他所撰写。

第2版问世后十三年,1612年(莎士比亚四十八岁时),杰加德又印行了第3版。第3版中增加了一些诗篇;扉页上印着:"热情的朝圣者,或维纳斯与阿董尼之间的几首爱情十四行诗,最新修订和增补本。著者:W.莎士比亚。第3版。本版新增爱情诗简2封,其一为帕里斯致海伦,其二为海伦致帕里斯。W.杰加德出版。1612年。"实际上,新增的诗不是2首而是9首,均为诗人托马斯·海伍德(Thomas Heywood)所作。对此,海伍德在同年稍后出版的《为演员辩护》后附的"致印刷书商"中公开申明说:"这里我还必须指出该书对我的明显伤害,即把我的帕里斯致海伦和海伦致帕里斯两封诗简附印在以另一人[指莎士比亚]署名的小册子里,使世人以为我从他那儿进行了剽窃。……据我所知,该作者[指莎士比亚]很不满于杰加德先生在他全然不知情的情况下这样大胆地擅自利用他的名字。"此项申明，也许还有莎士比亚的申明，迫使杰加德把尚未出售的该书第3版的扉页加以更换，换过的扉页上把莎士比亚的名字全删去了。

《热情的朝圣者》不能增添我们对莎士比亚作品的认识，倒是告诉了我们一些有关莎士比亚的名声以及当时一些出版商的出格行为的情形。

（参阅Hallet Smith评语）

1995年2月

古典剧银幕化的典范

——看根据莎士比亚原著改编的苏联影片《奥赛罗》

《奥赛罗》是莎士比亚著名的四大悲剧之一。故事是:威尼斯公国元老勃拉本旭的女儿苔丝德梦娜,爱上了威尼斯的军事将领黑种摩尔人奥赛罗并与之结为夫妇;但是奥赛罗由于受到旗官亚果(一译埃古)的阴谋挑拨,怀疑妻子与自己的副将凯西奥有私,亲手将苔丝德梦娜扼死了。这个悲剧故事是有所本的,金乔的"一个威尼斯的摩尔人"就是它的蓝本,它描写一个心胸狭窄的好嫉妒的摩尔人听信了奸人的谗言把自己无辜的妻子杀了。但它只是一个平庸的、缺乏深刻思想的故事。莎士比亚只是撷取了它的故事轮廓,加以重新创造,才写出了这部不朽的、具有深刻思想意义的作品。莎士比亚笔下的奥赛罗与苔丝德梦娜是文艺复兴时代进步的人文主义思想的体现者。奥赛罗的心胸是宽宏博大的,他杀妻不是由于嫉妒,而是主观上为了除害:"她不能不死,否则她将陷害更多的男子。"普希金的名言:"奥赛罗生性不是好嫉妒的,相反地,他是轻信人的",可谓一语中的。奥赛罗轻信了谁呢? 亚果! 轻信了这条万恶不悛的毒蛇,于是产生了震撼人心的、惨绝人寰的悲剧! 亚果是资本主义原始积累时期极端凶恶的个人主义野心家的代表。他为了达到自己的私欲,丧心病狂地运用一切卑鄙龌龊的伎俩去进行破坏活动。纯洁的苔丝德梦娜和高贵的奥赛罗都丧命在他的手中。莎士比亚描写这个人物时充满了对他的憎恨,正说明了莎士比亚的热烈的爱憎和他的博大的人道主义胸怀。苔丝德梦娜是纯洁与忠贞的化身,她至死也不埋怨自己的丈夫,这不是封建式的软弱顺从,恰恰是对理想和爱情的信念不渝的表现。她并不软弱,在反对她的父亲的意志而与摩尔黑人结合这一行动上,她表现得多么刚强;在对待丈夫的态度上,她愈是忠顺就愈显得她是正确的,愈显得她是那么纯洁与坚贞。此外,莎士比亚把一个高贵的灵魂放在一个黑种人的胸膛里,正说明了这位伟大的诗人剧作家具有反对种族歧视和提倡种族平等的进步观念。

西欧的资产阶级学者对《奥赛罗》作过不少歪曲的评论。例如赖默就说过:《奥赛罗》的意义就在于警诫大家闺秀不要跟摩尔黑鬼谈恋爱、私奔;希勒格尔则说,奥赛罗身上终究还有野蛮人的根性等等。好吧,让我们来看看最近上映的苏联电影《奥赛罗》吧。

这是一部成功的影片。导演尤特凯维奇的处理手法是值得称赞的。整个影片的进程有节奏有层次,高潮的掀起十分强烈。亚果每次"眉头一皱计上心来",就将剧情推进到新的阶段。奥赛罗从平静到怀疑,从怀疑到确信,从确信到杀机大动,剧情步步进逼,一个个小波澜通向总高潮:杀妻。但导演并不在情节的紧张中迷失方向,他以揭露亚果的阴险毒辣(通过不少独特的镜头设计,如亚果在拱门下、水池边的几次内心独白,亚果真实的一面和虚伪的一面的言谈举止的强烈对比等等),来反衬出奥赛罗的宽厚与受愚。导演对爱米利亚的处理是简洁有力的:她在事件的过程中本来好像是帮凶,但在悲剧的顶点她却像女英雄般站立了起来,她以自己的生命为代价,揭露了事实的真相:罪魁原来是亚果——她自己的丈夫。导演让她发出正义的呐喊,给了她为数不多但令人难忘的几个镜头。

影片的成功还在于导演充分运用了蒙太奇①设计,使原著的人物和思想通过银幕构图的变化组合而表达了出来。首先不能使人忘怀的是影片首尾的处理。字幕出现前是苔丝德梦娜听奥赛罗讲述自己身经百战的故事,苔丝德梦娜用素手转一下地球仪,回想起奥赛罗出生入死的经历:奥赛罗与土耳其人鏖战,被俘,奴隶船上的苦役,逃逸,与大海的搏斗等一连串哑剧镜头。这里首先突出了奥赛罗的英雄气概,无畏精神,同时说明了苔丝德梦娜爱情的根据。这些在原著中只是在元老院议事厅一场中通过对白讲述出来的,而电影处理上的这一形象的强调就给了观众以强烈的印象。结尾处是大帆船载着奥赛罗与苔丝德梦娜并卧的尸首从塞普鲁斯回威尼斯,亚果被吊在帆上受刑,红霞,旭日初升,帆影,……这也是原著中所没有而且是不可能有的。但它不是蛇足。它不仅给观众以视觉上的满足,而且歌颂了苔丝德梦娜对理想与爱情的信念的最后胜利,形象地鞭挞了披着人皮的野兽,万恶的亚果。

其次,我想特别谈一下影片对手绢的处理。手绢——奥赛罗送给苔丝德梦娜的爱情的信物,在戏中原只是一根线索,它本身并不具有什么重大的意义。但通过它,情节、人物、思想、感情……充分展开了。电影导演对手绢的处理是巧妙的、细致的,他以手绢的一再出现贯串了全剧。手绢第一次出现是在苔丝德梦娜被召到元老院来陈述她与奥赛罗的关系的时候,也是她在影片中第一次出现的时候。她手中拿着手绢,给人第一个暗示就是她对爱情的忠贞。但原著中手绢的出现却在以后。当她和奥赛罗从元老院出来时,手绢一度落在地上,亚果去拾了还给她。这也是原著中所没有

---

① 蒙太奇,原来是一个法国建筑学上的名词,是指依据一个总计划,而把许多个别处理的材料组接起来的方法。借用到电影上来,是指使一个个镜头连接起来的方法和技巧。

的。电影上这样处理却表现了亚果表面上正人君子和惯于在上司面前显殷勤的作风，也为后来亚果处心积虑要爱米利亚去偷这块手绢写下了伏笔。当爱米利亚拾到了这块手绢后，亚果追讨它，银幕构图是右方现出亚果全身，左方只有爱米利亚的一只手，手中一块手绢在抖动着……当奥赛罗受了亚果的挑唆，向苔丝德梦娜索取手绢时，画面上是跪着的苔丝德梦娜的形象和奥赛罗的一只张开的手。亚果追索手绢是那么贪婪，为的是实现自己的野心；奥赛罗追索手绢是那么迫切，可见他已经陷入陷阱。影片结束时，手绢又出现了一次，这也是原著中所没有的。载着一双恋人的尸首的大船离开了塞普鲁斯，留在这个岛上继奥赛罗为军事统帅的凯西奥把手绢拿了出来，细看着它，又看看远去的船……这手绢原是亚果偷了来丢在凯西奥的房中，以取信于奥赛罗并嫁祸于凯西奥的，现在，悲剧已经无法挽回了，但是坏人也已经伏法了。正直的凯西奥保留了这块手绢，他是愤慨呢？感慨呢？还是将留作永远的纪念呢？这里给观众留下了无限思索的余地。从上面的例子可以看出，导演是充分运用电影技巧把这部著名莎剧作了创造性的改编和拍摄工作的。

影片的彩色组合得很好，它以绚烂的红、紫、蓝等色表现出古代意大利及地中海的自然风貌和产生原著的文艺复兴时代多彩的时代气氛。哈恰都梁为影片作的曲有力地烘托了剧情和帮助塑造了人物形象。演员邦达丘克的沉雄有力的表演风格把奥赛罗的性格表现得不瘟不火而又十分有深度。让我再说一遍，这是一部成功的影片，而且是古典剧作银幕化的一个典范。

1958 年 1 月

试谈影片《奥赛罗》的艺术处理

　　记得京剧《文昭关》里,伍子胥髯口变得很快,伏在桌上不一会儿工夫,惨满变成了白满。人在精神上极度紧张的时候,会加速生理上的衰老,伍子胥过昭关一夜鬓发尽白是我国历史上有名的传说。使我想起这件事的却是我最近看的根据莎士比亚原著改编的苏联影片《奥赛罗》。奥赛罗轻信了阴谋家亚果(一译埃古)的谗言,掐死了自己的清白无辜的妻子苔丝德梦娜。影片上的奥赛罗原是黑发,当他扼死了妻子从帷幕后出现时,他忽而满头白发。这是电影导演尤特凯维奇的处理,莎士比亚的原著中并没有这样的说明文字。

　　这是一个很小的细节,粗心的观众也许根本没有注意到。但我认为这是一个创造性的处理。奥赛罗原是把苔丝德梦娜当作纯洁的天使那么珍爱着的,但当野心家亚果一而再地在他面前挑拨煽动之后,他对妻子由至爱而至怀疑,由怀疑而至极恨。对奥赛罗来说,他的悲剧是理想的破灭:天使原来是娼妓;不是由于嫉妒,而是为了除恶,他于是杀妻。虽说是为了除恶,但究竟是杀死了自己最爱的人,因此精神上经历了巨大的折磨。几分钟的时间好比熬过了几十年,精神上、肉体上都极度衰老了。于是顷刻之间鬓发尽白。这是艺术的夸张,也是艺术的真实。

　　奥赛罗杀妻一场戏是全剧的最高潮。电影导演对这场戏的处理有许多独到之处。当白发苍苍的奥赛罗听清楚了爱米利亚揭露的事实真相并亲眼见到亚果把自己的妻子——爱米利亚刺死之后,银幕上出现了一个由远而近的特写镜头,奥赛罗的黧黑的面部迅速地向观众迎来,突然,奥赛罗的两眼在一道白光下闪闪发亮!啊,傻瓜,傻瓜,你到现在才知道亚果是披着人皮的野兽,你到现在才明白苔丝德梦娜是纯洁忠贞的;痛悔吧,号啕吧,疯狂吧……大错已经铸成了;然而,终于明白过来了,好像瞎子的眼睛又亮了。一道白光下两只圆睁着的炯炯的眼睛,表达了多少思想和感情的浪潮!从这一双眼睛里我们见到了一个"坚强的和深邃的灵魂,这个灵魂的幸福和痛苦是广阔无际的"(别林斯基谈莫却洛夫扮演的奥赛罗时说的)。

电影导演充分运用电影的特殊技巧来拍摄了这部著名的莎剧。除了由于银幕的要求而删节了原著中部分台词、增加了个别场景以及颠倒了原著中的个别场次以外,电影的特性还表现在背景的自由选择和镜头的灵活运用上。莎剧原著本来就是"三一律"的叛逆,根据剧情要求,场景变换本来就较多。但比起电影来,舞台剧总是要受到更多的空间限制的。在这一点上,电影更接近小说;尽管作为戏剧艺术的一种特殊形式,它跟舞台剧更接近。把舞台剧改为电影,如果在突破空间限制方面束手无策的话,那就很容易使观众感到像看舞台艺术纪录片那样沉闷。《奥赛罗》在这方面却显得特别出色,形成了它艺术上的一大特点。尽管它还有缺点(例如删去了某些重要场子与对白),但它在这方面的安排和处理却造成了任何高明的舞台剧导演所无法达到的艺术境界,因为这些安排和处理属于电影艺术所特有的技巧范围。不妨仍以奥赛罗杀妻后的戏为例:

当亚果的阴谋败露之后,奥赛罗抱起苔丝德梦娜的尸首,走上一级级的石梯,走到炮塔顶上,当众人寻找奥赛罗时,他们在炮塔顶的平台上发现了奥赛罗,他正欲哭无泪地守候在苔丝德梦娜的身旁。炮塔后面的背景是宁静肃穆的大海,这时正是黎明……当奥赛罗作了那有名的自白之后,就用匕首刺入自己的胸膛,倒在苔丝德梦娜身边。在莎剧原著中,这整个一场戏即第五幕第二场也是全剧最后一场戏始终是在"城堡中的卧室"这一地点进行的。而电影导演把原著中的这一场戏安排在两个地方:前一部分在卧室中,后一部分在塔顶上。这样并没有割裂整体,反而加强了气氛:杀妻是在令人压抑的石头城堡之中,忏悔是在大海之旁,黎明之时,光天之下。

　　同样的例子还很多。如原著中第四幕第一场,地点是城堡前。然而这一场戏搬到银幕上以后,却变成为山路上,大船旁,船舱里,海边,海上,码头上……而且变换这些地点不必在原著的台词中增加一个字(只有为了适应电影的需要而删节了某些台词),却依然显得十分自然,毫不生硬。比如亚果在奥赛罗面前进谗那一段对白,就被处理成二人骑马走山路时一边走一边谈,等到亚果诬蔑苔丝德梦娜已经失贞时,奥赛罗一言不发,驱马疾驰,表现了极度的痛苦;在舞台上,这只能通过演员的念词及其他形体动作来表现人物内心的痛苦,在银幕上,一个策马狂奔的镜头,就恰当地表现了人物当时汹涌的情感:万箭穿心,痛极恨极;接着,奥赛罗从马上下来,进入船舱,船舱是那样阴暗狭窄,正是在这个使人窒息的环境中,奥赛罗失去了理智……舱里,是落入陷阱的奥赛罗;舱外,是亚果一手安排的他自己与凯西奥的谈话……镜头不断地变换着。但如果在舞台上,这些剧情就只有通过舞台剧的处理方法——舞台调度来表达。这里,我还想倒回去谈一谈原著第三幕第三场在银幕上的处理。这场戏在原著中是非常重要的,它是全剧的转折点,因为在这一场戏中,亚果的阴谋在奥赛罗身上实现了。原著中这场戏的地点也是在城堡前。而银幕上这场戏的地点却是在花园中、海岸边、台阶上、水池旁、城楼门口、军营中、沙滩上；从宁静的葡萄架下到不宁静的海边，从长嘶的骏马、杀人的大炮，到动荡不安的沙滩上——晚潮澎湃，去而复来。我们见到亚果与奥赛罗在一只大铁锚旁跪下对天起誓，让海水冲湿了自己的一双腿……一个放毒已久，一个中毒已深，任凭你海潮汹涌，也无法洗去这一片毒氛了。像这样的处理手法，只能是电影所特有的。

我觉得，导演还善于运用明喻、暗喻、对比等手法来加强气氛。银幕上曾两次出现刹那的大海景色：风平浪静，海天一色，白云飞飘，海鸥高翔。有一个镜头还特别像十九世纪俄罗斯著名的海景画家艾伐佐夫斯基的一幅名画《风平浪静彩云浮》，表现出一种开朗、崇高的气氛。观众也许会发生疑问：为什么插入这样的镜头？原来，紧接着后面就出现了纯洁的苔丝德梦娜，导演是用这种境界来烘托她的人格的。有一次是奥赛罗在阴暗的船舱里挥刀准备杀人，忽然出现一幅海景，传来苔丝德梦娜的歌声，她正在海中帆船上引吭高歌；(原著中奥赛罗台词中有"啊，她唱起歌来，可以驯服一头野熊的心！"这句话在电影中删去了，但导演却根据这句台词设计出了苔丝德梦娜在大海中船上歌唱的绝妙镜头。)这是多么强烈的对比；还有这样的场景：亚果与奥赛罗在海边边走边谈，亚果有计划地挑拨起奥赛罗对妻子的怀疑，镜头一直在移动着，二人逐渐走近晾挂在海滩边的一张张渔网后面，等到亚果说"我看你很生气吧？"而奥赛罗回答"不，还好"时，实际上奥赛罗已经对妻子怀疑了，生气了，也就是说，陷入了亚果的罗网。这时，从银幕画面上，我们见到奥赛罗的形象完全被渔网遮住了(当他从渔网中脱出来后，他的脾气秉性从此大变了)。像一条鱼似的，从这一刻起，他已经落进了亚果的渔网而不能再回到自由的大海里去了。

文章已经写得太长了。关于《奥赛罗》的思想意义，因为懂得太少，不准备多谈了。然而应该说，莎士比亚笔下的奥赛罗和苔丝德梦娜作为文艺复兴时代人文主义进步思想的体现者,及亚果作为资本主义原始积累时期极端凶恶的个人主义野心家的代表者,在影片中是通过个性化的刻画和卓越的艺术技巧而被爱憎分明地表现出来了的。

1958 年 3 月

莎士比亚故乡掠影

这篇记叙文,我称之为"掠影",是名副其实的。真的,只是匆匆一瞥,就告别了。兴奋和遗憾,永远交织在心中。

翟一我女士是中国出版代表团的"外交部长"。我请她在与邀请我们访英的英国出版家协会的莱考斯基女士商谈活动日程时一定要安排去莎士比亚故乡参观。但一开始就碰了钉子。莱考斯基女士说,你们是代表中国出版界来的,英国的众多的出版社、书店和印刷公司要求与你们会见、聚谈、交流经验、商量合作事宜,日程已经挤得毫无空隙。翟一我说,无论如何要挤半天时间啊! 莱考斯基说:你们是出版代表团,不是旅游团! 翟一我不愧为谈判能手,说:我们是出版代表团,出版事业是一种文化。我们来英国的目的之一是增进两国出版界的相互了解,这也就是增进两国间文化的了解。莎士比亚是英国的文化巨人,也是世界的文化巨人。我们代表团的副团长是中国的"皇家出版社"人民文学出版社的总编辑,他的出版社早先出版了中文版《莎士比亚戏剧集》,二十世纪七十年代末又出版了中文版《莎士比亚全集》,发行了近百万套;同时还出版了莎士比亚的剧本中译本多种,行销全国。我们的副团长还是莎士比亚十四行诗中文全译本的第一个译者,他的译本发行了四十几万册。你能说出版事业与莎翁无关吗? 最后莱考斯基只好笑着答应,在我们从牛津到伯明翰的途中,绕道到莎翁故乡停留两小时。但我从日程表上看到,去伯明翰并不是与出版界联系,而是去看一场足球赛。我立即提出异议,认为足球赛可看可不看,这个时间完全可以腾出来参观莎翁故乡的各种文物。但是,足球赛是英国出版业和报业巨头罗伯特·马克斯韦尔先生特意安排好了请我们看的;他还说:来英国而不看英国足球,等于没到过英国。代表团团长王子野无奈地说,我们是客人,不好再要求更改日程。于是,我也只好"认命"了。

在莎士比亚故居门前　1984年10月

10月27日上午,代表团告别牛津大学校园,乘车向伯明翰出发。准备登车时,为我们开车的身材高大的布立其斯先生说:我们要绕道到沃里克郡的爱汶河畔斯特拉福镇去,那是莎士比亚故乡的中心,有兴旺的市场和服务良好的商店,但更是世界闻名的文化胜地。它处于英格兰的中心,这是一个很理想的位置,可说是探访"不列颠乡村最佳景观"的基地。在它周围,英国的许多名胜古迹星罗棋布。丘吉尔("二战"时英国首相)诞生地布伦宁宫,他的墓地柯特沃尔兹,都在不远处。从斯特拉福出发,可以去观赏美丽的伊夫舍姆和爱汶河谷,可以去观赏宏伟的建筑和壮观的房屋,如拉格里厅堂,查尔柯克公园,萨尔格雷夫庄园,厄普顿庭院等等。英国的许多著名的教堂建筑艺术结构也在周围一带,如考文垂大教堂,伍斯特大教堂,格鲁斯特大教堂,赫里福大教堂,不用说还有许多精致的堂区教堂。教堂之外,就是英国历史上名震遐迩的古迹:沃里克城堡,凯尼尔沃思城堡,苏德里城堡,布劳顿城堡……要了解英国历史,要深入英国文化,必须从斯特拉福出发。你会明白,伦敦不代表整个英国,要欣赏和感受真正的英格兰,它的广大的乡村地区,它的盛大的历史展示,没有比斯特拉福更好的基地了。我说:感谢你的热情介绍,但你也明白,这次我们只能短暂访问斯特拉福,其他地方只能等待下一个机会了。

车终于抵达"爱汶河畔斯特拉福镇"。啊!到了,到了!莎翁的故乡,莎翁的诞生地!我兴奋得从座位上直跳起来。车过镇中心横跨爱汶河的克洛普顿桥时,向西远远看去,见到圣三一教堂的身影。我知道,莎翁墓葬就在那里。同行的英国朋友说:莎翁墓西侧墙上有莎翁半身塑像,置于龛内,那是荷兰裔石匠杰拉德·约翰逊的杰作。像下铭刻着两行拉丁文:"明断如内斯托(特洛伊战争时希腊的贤明长者——引者),智慧如苏格拉底,艺文如维吉尔;泥土掩埋他,人民哀悼他,奥林匹斯山上拥有他。"——我很想去看一看,但估计时间不允许。车绕过班克罗夫特花园,在皇家莎士比亚剧院门口停下。我和同行者下车。阳光灿烂,空气清新,街道整洁,屋舍俨然。布立其斯先生说,皇家莎士比亚剧院原名莎士比亚纪念剧院,建于十九世纪末,1926年毁于火灾。新的纪念剧院由建筑师考斯特设计,于1932年落成。自1769年以来,在莎翁故乡举行莎士比亚戏剧节成为每年的惯例。纪念剧院建立后,戏剧节期间莎剧都在这里演出。1961年,著名导演彼得·霍尔在莎士比亚纪念剧院的基础上组建了"皇家莎士比亚剧院",其演出团体名叫"皇家莎士比亚剧团"。这是英国少数负有盛名的杰出的剧团之一。我仔细聆听了他的介绍,在剧院门前徘徊细看。这是一座典雅而朴素的建筑物,带有古典风格,与周围的建筑物相协调。大门左右的圆石柱给人以稳定、沉凝和庄严的感觉。门旁红砖墙上挂着皇家莎士比亚剧团的海报,标出剧院内有演出展览厅,海报上画着五个莎翁头像,莎翁微笑着,用五双深邃而睿智的眼睛望着我。我叹了一声,为无缘在这里观看哪怕一场莎剧演出而遗憾。

在皇家莎士比亚剧院不远处有班克罗夫特花园。我走近花园里的莎翁铜像,那是1888年罗

在莎士比亚夫人安妮·哈撒威故居茅屋小径口 1984年10月

纳德·高尔勋爵铸造,赠送给斯特拉福镇的珍贵礼物。石砌的广场上,竖立着方座圆柱形石碑,碑顶上有一尊如真人大小的铜铸莎翁全身坐像,他右手搁在右膝上,左手垂在身侧,上身略向前倾,目光炯炯,凝视前方,年龄大约四五十岁,是已经完全成熟的伟大诗人戏剧家的形象。在其四周,环立着四个莎剧人物铜像,一个是哈姆雷特,代表哲学;一个是麦克白夫人,代表悲剧;一个是福斯塔夫,代表喜剧;一个是哈尔王子,代表历史。哈姆雷特一手支颐,似在沉思"生,还是死"的问题。哈尔王子是莎翁历史剧《亨利四世》中的主要人物,即亨利四世的长子威尔士亲王,后来成为英王亨利五

世。莎翁把他塑造成一个理想的政治家。这个翩翩少年双手举王
冠作准备戴上状。剧中有一情节,他还是王子,就拿王冠想戴到头
上去,铜像即根据这一情节设计。明媚的阳光照在莎翁和四个人
物的铜像上,形成中心突出、四面开花的奇异的文化景观,令人一
见即永难忘却。

我踱步到近旁的爱汶河边,凝视着这条河的清澈的流水,看它
缓缓地流向远方,粼粼的波光怀抱着河边的树木和建筑物的倒影,
顿时,涟漪深处仿佛显现出莎翁的五双睿智的眼睛……呵,这就是
爱汶河,伟大的莎士比亚就是喝这条河的水长大的。是它,哺育了
一代旷世的天才!

我步行到亨利街上莎士比亚诞生地。那是莎士比亚的父亲约
翰·莎士比亚在十六世纪五十年代购置的住宅。老莎士比亚早年
弃农到斯特拉福镇学习制作软皮手套和皮饰物的手艺,成为皮手
套工匠并经营商业。他后来参加斯特拉福市政委员会,成为参议
员,还一度升任市政委员会执行官(相当于市长)。这座房屋是伊
丽莎白一世时代风格的典型乡镇住宅建筑,房屋下部有石墙作基
础,整座房屋是橡木构架,建筑在低低的石础上。从外观上可以见
到山墙和正面墙上有橡木桁架露出墙面,桁条之间是泥灰涂料。
屋顶上有巨大的石头烟囱。这座建筑物原是亨利街上一连串住宅
和商店的一部分,现在,其他建筑物已经脱离开,使它成为一个独
立的存在。进入屋内,见到老莎士比亚当年经营皮手套生意的房
屋。起居室、卧室、厨房里,布置着当年的陈设和饰物,显示出伊丽
莎白一世时代一个中产家庭的温馨氛围。1564年,伟大的诗人戏
剧家威廉·莎士比亚就诞生在二楼西房里,他在这里度过他的童
年、少年和青年时代。房屋的一半用来展览莎翁的生平和作品,同
时展示这座房屋的历史,它于1847年作为国家纪念地被收购,从
而成为"莎士比亚诞生地保管所"保管的文物之一。

在莎士比亚故乡爱汶河畔斯特拉福镇"莎士比亚中心"门前　1984年10月

　　我仿佛看到老莎士比亚担任斯特拉福市政委员会参议员时，拇指上戴着特殊的戒指，在礼拜天穿着镶边的皮裘黑袍，行走在亨利街上，有卫士为他开道，路人一一向他致礼，称他"先生"。我也仿佛看到童年莎士比亚从教堂街文法学校放学归来，背着书包与三五同学连牵带跳地叫嚷着走过亨利街和米亚街时的顽皮样子。我又仿佛见到十八岁的莎士比亚和比他大八岁的安妮·哈撒威结婚时的热闹场面，见到他们的长女苏珊娜在这里诞生，他们的双胞胎儿子哈姆内特和女儿朱迪丝又在这里诞生……我脑子里仿佛浮现出莎士比亚一家祖孙三代十一口人都生活在这座房屋的狭小空间里，老莎士比亚承担着沉重的经济压力，生活艰难；年轻的莎士比亚交上了一些不务正业的朋友，同这些偷鸡摸狗之辈一起到附近托马斯·卢西爵士的庄园里去偷猎鹿，也许由于经济窘困而出此下策？但他被追究法律责任，因而不得不离家出走，另谋生路。于是,我又仿佛见到二十岁出头的莎士比亚告别斯特拉福,奔向伦敦,开始他的人生新阶段。啊,那时的青年莎士比亚,是带着一试身手的心情,还是抱着稳操胜券的雄心壮志呢?

镇上还有一处莎士比亚"新居"遗址。莎士比亚到伦敦后,在剧团里找到职业。开始时地位很低,但他的才能很快表现出来,既当演员又当编剧,不久,即以诗人、戏剧家的身份活跃在伦敦社会。他的非凡的文学和戏剧天才得到了充分的发挥。他的手头也宽裕起来。于是,在三十三岁那年(1597),他回到斯特拉福镇以60英镑的价钱从恩德希尔手中购得镇上第二大房屋,三层楼,有五个人字屋顶和十间有壁炉的房间。他买下后又花钱加以翻修,命名为"新居"。次年,他的妻子女儿迁入新居。莎士比亚为自己准备了晚年退休后的住处。可惜,这座"新居"在十八世纪中叶被拆掉,现在已经不存在了。我穿过纳希(莎翁外孙女伊丽莎白·霍尔的第一任丈夫,医生)旧宅,见到了"新居"遗址,只剩下一片地基。啊,这就是莎翁晚年写作、休息、直到逝世的地方!现在见到的只是一片茸茸绿草。虽然人去楼毁,但我仿佛感到莎翁的诗魂还在这房基的上空沉吟,盘桓……

从"新居"遗址往西,可见到莎士比亚研究院的整座建筑。那是培养莎学人才的高等学府,从这里出了一批又一批硕士,博士和莎学专家。

我回到莎士比亚诞生地,走到其北侧的"莎士比亚中心"门前。这个"中心"建于1964年莎翁诞生四百周年时。"莎士比亚诞生地保管所"总部即设在这里,其任务是保管和维修莎翁的房产和纪念地,推进莎学研究。"中心"是两层楼建筑,其第一部分于1964年开始对外开放。其中有行政管理办公室,一个重要的图书馆,贮藏着莎士比亚的戏剧演出、文学研究和历史研究的大量资料,为普及莎士比亚知识和进行莎学研究提供了极大的方便。"中心"的第二部分建于1981年,其中有进一步普及莎士比亚知识的设施,有一整套会议室,还有一个"来访者中心",专为来访者服务。

布立其斯先生是个热心人。他说,镇上还有几处与莎翁有关的地方,如霍尔田庄,靠近圣三一教堂,是莎翁女儿苏珊娜与其丈夫约翰·霍尔医生的家园。当年霍尔在斯特拉福镇上和附近一带行医。霍尔田庄内有一套精致的房舍,房内有一套家具,具有伊丽莎白一世时代和詹姆士一世时代的家具风格。田庄里还有按原貌修复的药房,放置着各种药罐和药草以及医疗器械。但因为时间紧,我们不去了。

布立其斯先生说,离斯特拉福三英里处,有莎士比亚的母亲马丽·阿登娘家的屋舍。他认为,在莎翁故乡所有与莎翁有关的宅第中,马丽·阿登故居最少为人所知,但最具魅力。那是一套都铎王朝时代风格的建筑,是地道的农舍,还有用石头制成的鸽舍。这套房屋一直为人占用,1930年才由"莎士比亚诞生地保管所"购得,加以保管。屋内保存着珍贵的当年农家家具和家用器皿,外屋陈列着一些独一无二的展品:古老的农具,农用手推车,手犁,吉卜赛篷车,早期农业机械和农村手艺人工具等。他说:如果你们去看看,一定会感受到十六七世纪英国浓厚的农民生活气息,会引起你们极大的兴趣。但今天也来不及去了。

布立其斯先生说,不过,有一处地方你们必须去看一看。那就是莎士比亚夫人安妮·哈撒威娘家老宅。"走啰!"他吆喝大家上车,开车把我们送到镇外一英里处秀特瑞村的一套农家茅屋门前。哦,这就是有名的"安妮·哈撒威茅屋"!在莎士比亚时代,这里是一套十二间名为"休兰兹"的农舍,是自耕农哈撒威一家的住宅。现在大体上保持原貌。房屋的大部分为十六七世纪的建筑,其最老的部分建于十五世纪。厨房里有大型火炉和烤炉,至今完好无损。制酪间和酒类及食品贮藏室是这座建筑物作为农舍的悠长历

重访莎翁故乡,背景为莎士比亚诞生的住宅　2001年8月

史的见证。农舍周围的花圃及毗连的果园,形成美丽如画的乡村景观。我站在茅屋门前,见到高耸的烟囱,屋顶上厚厚的茅草在阳光下反照出强烈的金黄色光,给人以宁谧、和怡的温馨感。窗前茂盛的花草,围在门前的赭色木栅和台阶,给人厚重沉凝的历史感。莎士比亚在与安妮谈恋爱时,一定到过这里。我们不易想象他们怎样谈情说爱。但历史告诉我们,莎士比亚结婚时,安妮已经怀孕三个月。这里是不是他们幽会的场所?让历史家们来考证吧。我匆匆掏出笔记本,用圆珠笔画下"安妮·哈撒威茅屋"的速写,以作永久的纪念。我只能在门前再徘徊片刻。布立其斯先生已经在招呼了:"上车吧!"我依依不舍地向莎翁故乡挥手告别,登车而去。

　　在路边的"皮靴鲜花餐厅"午餐后,继续赶路到伯明翰,看了半场被布立其斯先生称之为"野蛮的比赛和野蛮的观众"的牛津队与伯明翰队足球对抗赛。其所以只看了半场就匆匆离去,是因为场内狂热的足球迷的爆炸性气氛使我们害怕有可能被卷入一场暴力冲突。但即使在这种氛围中,我脑中的莎翁故乡印象依然拂之不去。我们回到伦敦塔维斯托克旅馆时,已过了晚饭时间。

晚上,在旅馆房间内,我脑中重复出现莎翁故乡的种种映象。积习使我拿起笔来,在笔记本上写下了一首十四行诗:

爱汶河畔斯特拉福镇

你是动荡和宁静,光斑和丛影;
教河浪和云霓漫过你跳跃的心搏;
你是休止和行进,欢乐和悲悯;
让野花幻作你满腮的泪珠和笑涡。
你的木屋和剧院在绿叶里隐藏,
影影绰绰,为什么不停留片时?
笔直的克洛普顿桥是你的脊梁,
迎面来,招手去,就这样稍纵即逝!

你呀,来得太迅猛,去得太仓促,
我渴求把你诞生的巨人认清。
这就是他的品格? 他的风度?
是的。心上的一瞬间已成为永恒。

在我的梦里你曾是千百次真实,
今天我见到你却是如梦的遐思。

写完了,躺下。脑子里又浮现出爱汶河水的波光,不能自已,于是起身,在灯光下再写了一首十四行诗:

爱　汶　河

澄澈的爱汶河呵,静静地流淌,
流过班克罗夫特花园里奇伟的雕像。
流过皇家剧院和圣三一教堂,
静静地流向绿荫如烟的远方……

爱汶河呵,你那甘美的浆液
哺育了旷世的睿智,不朽的盛业!
你那丰腴的画图,清冽的音乐
激起了一整个宇宙的哲理和美学!

爱汶河呵,我来到你的身旁,
在你所怀抱的岸边疏林里徜徉,
我扑向你所滋润的泥土、草场,
仿佛听到那伟大心脏的跳荡。

我站在岸沿,俯视着你的清波,
见一双深邃的眼睛在水中思索。

　　写毕,舒了一口气。时针告诉我,已经过了午夜。我该休息了,让我在梦里再次到莎士比亚故乡去盘桓吧。

西敏寺诗人角

从爱丁堡飞到伦敦希斯罗机场,立即乘出租车赶到伦敦南郊苏塞克斯郡的蒙诺公司(生产单字铸造机的印刷企业)参观。下午四时告别蒙诺,乘小型长途客车返伦敦。过克洛伊顿镇后,即近市区。华灯初上。车过西敏寺桥,卡特莉娜小姐指着窗外的建筑物告诉我:这是议会大厦,这是"大本"钟楼,那是西敏寺……

我立即要求停车。我已经打听到,西敏寺每星期一至五从上午9时开放到下午6时3刻,但只有星期三下午6时至7时3刻是可以免费参观的。这一天正好是星期三,现在是7时多,还没有到"打烊"的时间。我要抓住这个难得的机会,去一瞻诗人角的风采。我的要求得到了同行者和卡特莉娜小姐的理解和允许。他们说可以让车暂停,等我回来。我立即下车,飞奔到西敏寺,夺门而入……

西敏寺(一译威斯敏斯特大教堂)最早是一座本笃会修道院,后来由英王亨利八世加以改建。它是十六世纪英国哥特式建筑艺术的结构。它独一无二地展示着英国历史长廊的宏伟图景,也保留了血腥的印记。从1066年起每届国王或女王的加冕典礼和王室其他庆典都在这里举行。这里留下了许多重要的历史遗存。英国国王绝大多数都葬在这里。著名的陵寝就有十六世纪女王伊丽莎白一世的墓,她的同父异母姐姐马丽女王(被称为"嗜血的马

在苏格兰爱丁堡彭斯纪念碑下　1984年10月

丽")的墓,她们的父亲亨利八世的专有"查贝尔"(大教堂内的小教堂)……此外还有著名的爱德华三世登基宝座;圣徒爱德华小教堂;王室小教堂;典丽的哥特式建筑"中殿",其中有无名战士墓和许多著名政治家、科学家和军人的墓葬……但我关心的主要不是这些,而是诗人角。

我进门后对帝王石棺等物匆匆一瞥,无暇细看,穿过中殿右侧长廊。此时英国的基督教善男信女们正在离去。我找到一位身穿红衣的神父,询问他:"诗人角在哪里?"他用手一指:"那里就有莎士比亚!"我按他所指,沿着回廊的外壁,飞步直趋诗人角。啊!到了!西敏寺里灯光暗淡,但到了这里,仿佛大放光明!这里面积不大,三面墙,一面通走廊。墙上、地上都是英国历代诗人、作家的雕像、墓或纪念物,我的眼睛简直应接不暇。我作了一番搜索,迅即见到了莎士比亚的全身大理石雕像,站在一个三角形门顶的石门前,右腿斜搁在左腿前,意态悠闲,手扶巨书,目光睿智,略带笑

意。这个雕像仿佛是诗
人角的中心,环绕着它的
是众多的其他人物纪念
物。这里有大诗人弥尔
顿、彭斯、华兹华斯等的
雕像,也有地位次于他们
的诗人詹姆士·汤姆逊、
汤马斯·坎贝尔等的雕
像。其中有的是半身像,
如弥尔顿就是,他的神态
庄严而宁静,骚塞在湖畔
诗人中是次要的,但也有
一尊像。而我钦佩的雪
莱和济慈却没有雕像,只
各有一个叫做"梅德莱
安"(medalion)的纪念物,

在伦敦英国国家画廊门前　1984年10月

像是大勋章或大纪念章那样的圆石板,上面刻着诗人的姓名。雪
莱和济慈的圆石板分别悬挂在莎士比亚全身像的上方左右侧。历
史上最早进入西敏寺的是被称作"英国诗歌之父"的乔叟,他死于
1400年,就葬在这里,当时只有一块简单的纪念牌。现在,乔叟墓
很壮观,是1556年建立的。郑重地把这里当作纪念诗人的处所,
则自十八世纪在此地建立莎士比亚全身像开始。从此,诗人们陆
续安葬到这里,或者在这里设置纪念物,从而形成闻名遐迩的诗人
角。在这里建墓的著名诗人还有布朗宁、哈代等,墓穴上铺着石
板。本·琼生、德莱顿、格雷、布莱克、柯尔律治、拜伦、司各特、丁尼
生、狄更斯、萨克雷、勃朗特姊妹、拉斯金、艾略特、奥顿、狄兰·汤马
斯等都在这里占有一席之地,诗人角的"诗人"范围已经扩大,哈

代、吉卜林写诗也写小说,而狄更斯、萨克雷、夏洛蒂·勃朗特只以写小说知名,拉斯金专写评论,可以说是广义的诗人吧。总之,英国文学史上的巨星和星星大都群集在这里了。

我真想在这里"流连忘返",但做不到。闭门的时间到了,我只好向诗人角告别,向西敏寺告别,返回到车上,继续乘车,回到塔维斯托克旅馆。

我在大学里不是专修英国文学的,但对英国文学特别是英国诗歌一往情深。这些大师们的作品我部分地读过,有些诗篇能背诵出来或默记于心。我对西敏寺诗人角,慕名已久。这次能亲自来作一番瞻仰,真感到无限欢喜和兴奋。直到夜间,兴奋的心情依然不减。我在旅舍电灯的照明下,奋笔写下了一首十四行诗,题作《西敏寺诗人角》。修改了几遍后,誊在日记本上:

> 繁灯如雨的傍晚,珍贵的时间!
> 我冲进西敏寺,穿越石棺和长廊,
> 红衣神父指给我从右侧向前,
> 我飞步奔向诗人们肃穆的殿堂。
>
> 谁说教堂里一盏盏神灯幽暗,
> 群星突然间迸射出炫目的光芒;
> 尽管唱诗班和风琴停止了和弦,
> 诗国的仙乐顿时充塞了穹苍!
>
> 立像和胸像交映,圆石板生辉;
> 愿一国菁英,人类的智慧长存——
> 我凝视,默祝不朽的诗句遄飞,
> 静看莎士比亚微笑着总领群伦。

　异邦人来这里默默地向群山进谒，
　思考着，高峰由谁来攀登而超越？

夜已深，我拉开窗帘，遥望夜空。只见群星璀璨，仿佛每一颗都是一个诗魂，在向我眨眼……

美即是真，真即是美

——济　慈

英国杰出的浪漫主义诗人济慈
——《济慈诗选》译者序

　　约翰·济慈(John Keats,1795—1821),英国十九世纪杰出的浪漫主义诗人。英国诗歌在世界文学史上占有突出的地位。英国浪漫主义运动是英国诗歌史上继莎士比亚时期之后的又一影响深远的黄金时期。这个时期托起了诗坛上的五位巨擘:华兹华斯、柯尔律治、拜伦、雪莱、济慈。而济慈是此时英国诗歌的一个承前启后的关键人物。中国学者王佐良指出:"华兹华斯和柯尔律治是浪漫主义的创始者,拜伦使浪漫主义的影响遍及全世界,雪莱透过浪漫主义前瞻大同世界,但他们在吸收前人精华和影响后人诗艺上,作用都不及济慈。"从这一精辟的分析中,我们可以清楚地看到济慈在英国和世界文学史上的地位。

　　济慈是英国浪漫主义六大诗人(应加上布莱克)中出生最晚却逝世最早的诗人。他的父亲是伦敦一家代养马房的马夫领班,他与雇主的女儿结了婚,继承了这份产业。济慈的母亲生性敏感,对子女极为慈爱。约翰·济慈是长子,下有三个弟弟(其中一个在婴儿时夭亡),一个妹妹。济慈没有受过高等教育,早年只进过约翰·克拉克为校长的私立学校。八岁时,他父亲坠马身亡,十四岁时,他母亲死于肺痨。虽然济慈的外祖母留给孩子们八千英镑,然而这笔遗产在济慈的有生之年始终在不断打官司。孩子们的监护人理查德·阿贝令十五岁的济慈离开学校,到外科医生兼药剂师哈蒙德手下当学徒。济慈十九岁时进入伦敦盖伊氏医院学习,次年当上了药剂师。这都违背了本人的意愿。不久,他便不顾监护人的反对,放弃行医,专门从事写诗了。但济慈的心情并不轻松。他的大弟乔治和新婚妻子移居美国,因投资失败,陷于困境。济慈本来手头拮据,现在必须以文字工作来弥补家庭收入的不足。他的小弟托马斯染上肺病,病重时,济慈一直在病榻旁侍候,直到小弟病故。这时他二十三岁,自己也染上了肺病。差不多与此同时,他认识了芳妮·布劳恩小姐,深深地爱上了她。芳妮是个漂亮、活泼的十八岁少女,有一个敏捷、聪明的头脑,她真诚地爱着济慈。次年,他与芳妮订婚。但他越来越坏的健康状况和微薄的经济收入使结婚成为不可能,这使他陷于极大的痛苦中。贫困的压力,婚姻希望的破灭,疾病的折磨,恋诗情结的纠缠,这些一直伴随着他到临终。

在英国的大诗人中,几乎没有一个人比济慈的出身更为卑微。这使他有机会了解下层社会。他本人经历了人世的艰辛和苦难。他在《夜莺颂》里唱道,他企求"忘掉这里(人世)的疲倦,病热,烦躁",忘掉"人们对坐着互相听呻吟,瘫痪病颤动着几根灰白的发丝,青春渐渐地苍白,瘦削,死亡"。这些,正是他亲身经历的苦难的表述。他的另一部作品,根据意大利作家薄伽丘的名著《十日谈》中第四日第五篇故事轮廓创作的叙事诗《伊萨贝拉》中,有整整两节写到伊萨贝拉的两个哥哥继承了祖上留给他们的遗产,这些财产是靠残酷剥削工人的血汗而积聚起来的。诗中描写了矿工、收集金砂的工人、工厂里的工人,以及为雇主捕猎鲨鱼、海豹的工人们的悲惨处境,多少劳工"在茫茫无边的水深火热中受苦",而财主对待雇工则等于"架起刑具在杀戮、屠宰"。这些细节是薄伽丘原著中所没有的,是济慈加上去的。二十世纪爱尔兰作家萧伯纳指出,这几节诗中所描写的场景集中表现了马克思《资本论》中有关资本剥削的原理。我们至少可以说,这些诗节反映了济慈所体验到的人间受压迫者的苦难。这种苦难意识同济慈的诗歌才华紧密地结合了起来。他在《海披里安的覆亡》中指出:

> 没有人能达到诗歌的高峰,
> 除了那些把人世的苦难当作
> 苦难并为之日夜不安的人们。

这种苦难意识使济慈的诗歌带有民主主义精神。而民主意识正是浪漫主义诗歌的特征之一。

济慈曾一度被认为是一个专门讲求官能享受的、唯美主义的、为艺术而艺术的诗人。二十世纪以来,评论家和读者逐渐改变了这种片面的看法。经过对济慈的全部作品的深入研究,人们发现,济慈是一位艰苦而执着地思考人生、追求诗艺,具有民主精神的诗人。济慈蔑视权势,在十四行诗《写于李·亨特先生出狱之日》中,他抨击"权贵的宠仆",指出"当权者喜欢奉承,而贤者亨特/敢于进忠言,于是被投入牢房,/他依然自由,如云雀冲向上苍,/他精神不朽"。济慈崇尚自由,当拿破仑战争结束时,他在十四行诗《咏和平》中呼喊道:"宣布欧洲的自由!/欧洲呵,不能让暴君重来","打断锁链!……/叫君主守法,给枭雄套上笼头!"济慈同情民族解放,在十四行诗《致柯斯丘什科》中,他对这位波兰民族解放运动领导人唱道:"你的伟大的名字/是一次丰收,贮满了高尚的感情。"济慈抨击专制,在《写于五月二十七日,查理二世复辟纪念日》一诗中,他猛烈指斥1660年英王查理二世的王政复辟,认为这是英国人"最可怕、最肮脏的耻辱"。济慈反对君主专制和民族压迫,向往民主自由和民族解放,态度异常鲜明。在这点上,他与拜伦、雪莱是完全一致的,尽管没有像他们那样在作品中提出革命和改

在罗马济慈墓畔,右为济慈挚友塞文墓　2001年8月

造社会的命题。济慈的民主精神不局限于具体的政治事件。在他的一些诗篇中,民主意识表现的范围十分宽广。如诗札《致马修》、《致弟弟乔治》,十四行诗《致查特顿》、《致海登》和叙事诗《圣亚尼节前夕》等篇,都表现出反对暴虐、压迫,崇尚善良、正义、纯真的精神。

　　济慈诗歌的主旋律是对美的颂赞。在《希腊古瓮颂》中,他提出了著名的格言:"美即是真,真即是美。"有的学者认为这句格言指的仅限于一只具体的希腊古瓮,就是说,这只古瓮上雕刻的人和物,具有非凡的美,这种美才是真实的。但济慈所说的真,是指经验。他在《恩弟米安》的开头就说:"美的事物是一种永恒的愉悦。"愉悦就是经验。强烈的经验通过艺术凝固下来,便成为永恒的美。因此,上述格言的内涵仍具有普遍的意义,济慈认为,美与真统一,就成了巨大的力量。他在《海拔里安》中借老海神的口说:

"美的就该是最有力量的,这是永恒的法则。"这里,美被提到了空前的高度。只有新生事物才是最有力量的。把美与新生事物联系在一起,这是济慈思想的核心部分。在《夜莺颂》中,诗人所憧憬的美的幻境与生活中的苦难和不幸形成鲜明的对照。可以看出,诗人对美的向往是同对丑恶现实的不满和否定相联系的。因此,把他看作唯美主义者是不恰当的。他把希望寄托在美的事物上,他的理想就是新生的美。他在《海披里安》里写一位老一代女神,她放弃自己的宝座是为了让新一代神阿波罗登位,"为了一种新生的美"。这里,济慈对美的崇尚实际上是他的民主倾向的曲折体现。济慈在困厄的条件下所从事的诗歌创作,正是一种追求理想的坚韧不拔的实践。他的杰出的诗作本身就是他留给人类的一种不朽的"新生的美"。

济慈一生经历过许多困厄。除了贫穷和疾病外,他还经历过另一种困厄。1818年秋,《评论季刊》、《英国评论家》和《爱丁堡布拉克伍德杂志》都刊登文章批判、诋毁济慈新出版的长诗《恩弟米安》,甚至对济慈进行恶意的人身攻击。这对济慈的身心,是一次大的打击。但这件事是否直接导致他的死亡呢?当时以及后来,都有人认为是这些粗暴批评杀死了济慈。雪莱在为济慈写的悼诗《阿董奈斯》的"前言"中称济慈"天性脆弱",认为"《评论季刊》对《恩弟米安》的粗暴批评在他敏感的心灵上产生了极为有害的影响,由此引起的激动使他肺叶的血管崩裂",以致后来出现的公正的批评"也无法挽救他"。拜伦写诗说:"是谁杀死了约翰·济慈?《评论季刊》杂志承认:'我,如此粗暴地,像野蛮人,这是我的功绩!'"但济慈不是这样脆弱的人。他虽然经历了痛苦,但他神志健全。他清醒地认识到,对他的攻击是由保守偏见和社会等级的势利心态所引起的。他对《恩弟米安》已作出自己的评判:"我对自己的评判所给予我的痛苦超过了《布拉克伍德》和《评论季刊》所强加给我的痛苦。"他反省自己的诗作,进行自我分析。在英国诗人群中,能够对自己的作品进行这样无情的解剖,是极为罕见的。济慈在求学时就是一个活泼的、爱争吵的孩子,因挥拳打架而出名。他从来不是弱者和懦夫。积极进取的精神贯穿在他的一生中。他的自我批评说明他具有探索真理、追求诗艺的非凡勇气。

济慈作为攀登诗艺高峰的勇者,其成长速度之快,没有别的诗人可与之相比。他在十八岁之前没有写过诗,在这之后的几年中也只是写些纪念册诗篇,其中最好的不过稍稍像点样子。到了二十岁,他突然写出像《初读恰普曼译荷马史诗》这样声调昂扬、风格庄重的十四行诗来。同年他又写出了《睡与诗》,在这首长诗里,他以过去的伟大诗人们为榜样,给自己安排了一个诗歌创作进度计划。他指出:

> 啊,给我十年吧! 我可以在诗里
> 征服自己;我可以大有作为,
> 听从我灵魂对我自己的指挥。

上帝很吝啬,没有给他十年时间。他自己也感到很可能早逝,于是以极大的紧迫感致力于诗歌事业。1817年他从事一项费力的工程,即创作上文提及的《恩弟米安》四千多行的长诗。这是一部内涵极其丰富却又多处令人费解的寓言,体现诗人对理想女性的寻求和对超凡脱俗的完美幸福的探索。这首诗的许多章节展示了稳健的韵律、优美的修辞和成熟的诗风。出版后受到打击,却丝毫没有使他失去信心。他在完成这首诗之前就声称:他写作《恩弟米安》仅仅是当作"创作试验",他已开始设计另一部规模更大的神话史诗《海披里安》。这首诗是以英国十七世纪大诗人弥尔顿的长篇叙事诗《失乐园》为楷模,于1818年底动笔的。但到第二年8月,他放弃了《海披里安》的写作,使之成为一部未完成的作品。放弃的原因之一是他力图摆脱弥尔顿的影响。他坚持说:"我要独立地写作,诗歌天才必须设法自己超度自己。"他同雪莱已经结交,但辞谢了与之结成密友的机会。他说:"这样我可以无拘无束地发挥自己。"他摆脱了李·亨特的影响,以免获得"做亨特学生的荣誉"。他热心于学习前人,但他摆脱了一切对自己独创性的威胁。

在剧烈的痛苦和骚动的感情中,济慈开始了为诗拼搏的进程。他说:"我从来不怕失败,我宁可失败,也要进入最伟大的人的行列。"从着手试笔起,仅五年时间,他达到了短促的诗人生涯的顶峰。他遍涉各种诗歌体裁,经历几次诗风的变化,终于写出了一系列惊世的杰作。特别是1819年的九个月,可称之为济慈的"奇迹时期",在此时期内,他的六首《颂》一一问世,同时写成了《圣亚尼节前夕》、《冷酷的妖女》、《拉米亚》,以及多首十四行诗。仅仅这六首《颂》就足以使他不朽。尤其是《夜莺颂》、《希腊古瓮颂》和《秋颂》,已成为世界诗歌宝库中罕有的奇珍。他一生写出的六十多首十四行诗使他成为英国浪漫派中主要的十四行诗能手(另一位是华兹华斯)。他虽然中途放弃了《海披里安》的写作,但这首诗并不是完全模仿弥尔顿的作品,尽管有着弥尔顿风格的影响,它的恢宏的气度和铿锵的音调却是济慈的,体现了济慈自己的风格,其成就显然超过了《恩弟米安》,连拜伦也不得不称赞《海披里安》诗风"崇高肃穆,堪与埃斯库罗斯的悲剧相媲美"。他的《冷酷的妖女》以精确、严谨的歌谣体语言造成了令人颤栗的艺术效果。他的三首叙事长诗《伊萨贝拉》、《圣亚尼节前夕》和《拉米亚》都达到了用诗歌形式来讲述故事的高水平。尤其是《圣亚尼节前夕》,以其内涵的丰富和色彩的绚丽,达到了爱情故事诗的巅峰。济慈所有成熟的作品都具备诗人赋予的独特的品格。我们听到舒徐而优美的韵律;看到鲜明而具体的描绘。诗人把触觉的、味觉的、听觉的、视觉的、运动的、器官的各种感觉组合起来,成为整个经验的总体感受和全面领悟。诗人对于身外客观事物的存在,产生极度愉悦的感觉——诗人似乎失去了自我意识,与他所沉思的事物融为一体,这也就是诗人所说的"客体感受力"(negative capability)作用的实际体现。还有凝练而精妙的遣词造句,使人想起莎士比亚。通过丰富的官能感受,诗人把各种经验合成一种不可分割的体积,奇特地呈现在读者面前。他从愉悦中发现忧伤,从痛苦中找到欢乐;极度深挚的爱情对于他有如死亡的临近;对于"怠惰",对于思索,他同样向往;他清醒地意识到梦幻世界的无限吸引力,又明白地懂得现实世界的巨大压力;他同时追求社会责任感和美学超脱,把二者结合在一起。他写出的杰作使他实现了自己的愿望:进入了诗歌史上"最伟大的人的行列"。

济慈的书信,比他的诗作毫不逊色。从他的书信中可以看出,他诗作中所生动地表述的矛盾和冲突,他首先从自己的脉搏上感到了。这些书信揭示出,他在苦苦地思索人间苦难的问题;在发现了"世界上充满贫困、疾病、压迫、痛苦、伤心事"之后,他思考着怎样去理解人的生存。在生命的最后日子里,他拒绝用单纯的传统哲学原理和绝对的宗教信条来代替复杂而又矛盾的人生经验,以取得心灵的平衡,这说明他到死也没有退缩。他似乎在计划采用新的题材,走新的路子,但是,重病和接踵而至的死亡干扰了他。

1820年2月,济慈肺部咯血。他正视现实:"那血对我是死亡警告。我必死无疑。"这一年的春天和夏天,他不断咯血,急剧地消瘦下去。到秋天,他接受劝告到气候温和的意大利去,由青年画家约瑟夫·塞文陪同前往。1821年2月23日,他客死罗马,安葬在新教徒公墓,年仅二十五岁。墓石上刻着济慈自定的铭文:"用水书写其姓名的人在此长眠"。凡是熟读济慈作品的人,无不感到,这样一位非凡的天才却英年早逝,是上帝不公,是诗的悲剧。如果天假以年，他能够达到怎样的成就，是难以逆料的。但是人们公认，当他二十四岁停笔时，他对诗坛的贡献已大大超过了同一年龄期的乔叟、莎士比亚和弥尔顿。

这部《济慈诗选》译本根据的英文原文选自加罗德（H.W. Garrod）编的《济慈诗歌全集》（*The Poetical Works of John Keats*），牛津大学出版社1956年版；同时参考福尔曼（H.Buxton Forman）编注的《济慈诗歌全集》，牛津大学出版社1931年版；塞林柯特（E.de Selincourt）编注的《济慈诗歌全集》，伦敦麦修恩公司1926年修订版；以及其他版本。译者选诗的原则是：凡济慈的优秀作品，尽可能选入，如六首《颂》诗，三首长篇叙事诗，抒发诗歌观的长诗《睡与诗》，绝大部分十四行诗，及一部分经过挑选的抒情诗、歌谣等。他自称为"诗的传奇"的长诗《恩弟米安》，虽有作者不满意的地方，但其中很多章节充盈着丰富绮丽的想象，体现了非凡的诗美，而且此诗引起当时评论界的轩然大波，为后世读者所关注，所以译者认为有必要选入。神话史诗《海披里安》，诗风雄健沉郁，诗艺更为成熟，虽未完成，但有很大代表性，理应收入。因此，这个译本可以说包含了济慈的几乎全部重要作品。济慈的书信，其重要性不次于他的诗作，但这些书信的价值主要在文艺理论的探讨方面，有别于文学创作，限于体例，未予选收。

《恩弟米安》和《海披里安》两诗，故事线索繁多，为使读者阅读方便，译者在两诗之后各附加了《内容概要》。为了方便读者理解，各诗加了脚注。又为了方便读者检索，特别是与原文对照检索，每诗都加了"行码"（译文都是等行翻译）。

译者遵循神形兼备的译诗原则，即既要保持原诗的风格美、意境美，也要尽量体现原诗的形式美、音韵美。译诗的汉语的"顿"（每顿中包含一个重读）代替原诗英语的"步"，译文诗行的顿数与原文诗行的步数相等。（这方面译者学习了卞之琳先生的经验。）关

于韵式,译文几乎全部依照原诗的安排。译者认为,文学翻译不同
于文学创作,既然是翻译,就应当把原诗的内容和形式都传达给读
者。而且,诗歌的内容与形式是统一的,是相互依存又相互制约
的,只有同时传达两者,才能传达全貌。否则,就有违于翻译的根
本原则:信。有人认为以顿代步和韵式依原诗的译法会产生"削足
适履"或把足拉长以"适履"以及因韵害意的弊端。这不是没有道
理的。但译者认为,只要以"一名之立,旬月踟蹰"的精神去苦心求
索,惨淡经营,这种弊端是可以尽量避免的。事实上,也不存在一
种十全十美的译法。译者愿意不断进行此种实验,本书就是这种
实验的新结果。译者将听取意见,总结经验,以利于今后译诗工作
的改进。

诗人、翻译家朱湘、查良铮(穆旦)和朱维基在译介济慈诗歌上
做过开拓性工作。中国的读者不会忘记他们。他们的译作也给了
我教益。

1995年6月

古 瓷 的 启 示

　　一只古代希腊的石瓷,浑圆,光泽,上面刻着生动的浮雕,转动起来,眼前就呈现出一幅幅连续的画面:一群神或人,或神和人在一道,庆祝什么节日;几个牧童在疯狂地追逐牧女,少女们羞涩,不愿意落入男孩的怀抱;牧人们在吹笛,或者在打铃鼓,神和人在欢歌曼舞,沉入忘情的狂喜中;……转一转,另一个画面出现:几个牧童在吹笛子,几支笛子在鸣响;树下有一个美少年,正在引吭高歌;另一个少年,一个钟情的男孩,正在拥吻一个美丽的少女,虽然接近了目标,但还没有吻到;……转一转,又一个画面出现:一丛丛树枝,青葱茂密,生意盎然;一个乐手正在吹奏美妙的乐曲;一对对爱侣正陶醉在幸福的爱情中;……转一转,再一个画面出现:男男女女一大群人,从小城中走出来,走向神庙,前去祭祀;一位神秘的祭司,牵着一头牛,牛的光柔的腰上挂满了花环,作为牺牲,走向敬神的祭坛,牛向上天发出一声声哀唤;……就是这样一只"身上雕满了大理石少女和男人"的希腊古瓷,激发了英国十九世纪初叶浪漫主义天才诗人济慈的灵感,使他写出《希腊古瓷颂》——咏物诗中千古不朽的绝唱。

　　这首诗告诉我们:新鲜活泼的牧人生活(包括神的活动——神话是人的生活的曲折反映)凝固在雕刻艺术中,便定格为一种艺术的"永恒"。在济慈笔下,瓷上刻的那些人和物的形象,如树木,是"幸运"的,因为它"永远不可能凋枯","永不向春光告别";如乐手,也是"幸福"的,因为他"永远不知道疲乏,永远吹奏出永远新鲜的音乐";又如那"虽然接近了目标"却"永远得不到一吻"的"大胆的情郎"更是幸福的,因为他"永远在爱着",而他所爱的姑娘"永远不衰老","永远美丽动人"!济慈预言说,等到他这一代人都谢世之后,这只古瓮将仍然存在,"仍然是人类的朋友",仍然是"雅典的形状,美的仪态",仍然在"美妙地叙讲如花的故事"。这使读者想起莎士比亚在十四行诗中对"时间"所说的话:"时光老头子,不怕你狠毒,我爱人会在我诗中把青春永驻。"使塑造的对象无所畏惧于时间的毁灭一切的力量而成为不朽,这是制作古瓮的无名艺术家(像莎士比亚或其他伟大的诗人一样)通过艺术而创造的奇迹。艺术具有征服时间的威力,它不仅打动一代人,而且能打动无穷世代的人!

这首诗告诉我们:真正的艺术是诉之于心灵的艺术。济慈说,"听见的乐曲是悦耳,听不见的旋律更甜美。"诗人的着眼点并不在瓮面浮雕中,吹笛人所奏的乐曲是听不见的。也不是贬低时间的艺术——音乐,抬高空间的艺术——雕塑。诗人这样呼唤:"不是对耳朵,而是对心灵奏出无声的乐曲。"这里强调的是把乐曲奏给心灵倾听,这样才能"送上更多的温柔"。艺术,由于它打动一代又一代人的心灵,所以是不朽的。

这首诗共五个诗节。从第一、二诗节到第三诗节的前半,写的是古瓮浮雕图景中所呈现出的"温柔"、"热烈"、"狂喜"、"超凡入圣"的情绪和气氛。但到第三诗节的后半部,虽然提到"永远不会让心灵餍足",但毕竟联想到了"发愁","额头发烧,舌干唇燥"。这是济慈联系自己的肺病特征:潮热、发烧吗?我们可以读他的另一首名诗《夜莺颂》中的句子:"这里,人们对坐着互相听呻吟,瘫痪者颤动着几根灰白的发丝,青春渐渐地苍白,消瘦,灭亡;这里,只要想一想就发愁,悲伤,绝望中两眼呆滞……"这里明显地写到了社会的病态,人间的不幸。那么,古瓮浮雕所引发的联想,也就是可以理解的了。

到了第四诗节,前面那些绚烂的色彩消失了,那些欢乐和幸福也不见了，出现的是一头为祭神作牺牲的牛，它向天哀唤，走向死亡；小城里的居民倾城而出，前去敬神，而小城则变得"寂静无声"，"没一个灵魂回来说明"这座城的沧桑巨变，小城"变成了荒城"，永远的荒芜和寂寥……人间的一切，正如那头牛一样，哀唤几声之后，终将走向永恒的寂灭。……从这里，再转入最后一个诗节：这只古瓮，这个"缄口的形体"，成了一支"冷色的牧歌"，它像"永恒"那样，向我们发出"冷嘲"，教我们"超脱思虑"。这里，诗已经由热变冷，由"幸福"变为"哀愁"，由嬗变转向永恒。然而，冷隽里面包孕着热烈，永恒则是由无数嬗变所构成。而这只希腊古瓮——"雅典的形状"，则作为"美的仪态"而成为不朽的艺术典型。随之而出现的是两句济慈式的著名格言："美即是真，真即是美"。古瓮对人类说：你们在世间所知道的一切和应该知道的一切，就是这两句格言。全诗到此结束。

究竟这两句格言意味着什么？它仅仅是就这只具体的古瓮而言，还是带有普遍意义的概括？这是许多评论家争论不休的问题。我个人的体会是：一切丑，一切人间的苦难和不幸，在时间的长河中，都只能作为假而暂时存在。只有丑的对立面——美，才具有恒久的生命力，因为它的本质是真。"真金不怕火烧"。真正的艺术所体现的美，是一种永恒的存在。我的这种体会是否符合济慈的原意，我没有把握。但本来"诗无达诂"。这首《颂》在我这里由我的这种理解而达到它的完成；在别人那里可以由别人的理解而达到它的完成。

我年轻时，大约二十岁的时候，初次读到这首诗的原作，就被它的异乎寻常的魅力所征服。它成为我最喜爱的诗篇之一，我日夜朗读它。开始时我对原诗中的有些词句，理解不清，不深。有一次，我在上海西门路一家理发店里理发，脑子里却在默诵这首诗，同时探求诗中的意义。当我默诵到 Pipe to the spirit ditties of no tone（对心灵奏出无声的乐曲）时，原来笼罩在字面上的云雾忽然散开，我的脑子里仿佛豁然开朗，顿时明白了诗句讲的是什么。我大喜过望，竟忘乎所以，从椅子上直立起来，大呼："好诗！"这一立一呼,把正在为我理发的师傅惊得目瞪口呆。此后,这首诗成为我经常默诵的好诗之一,它对我的世界观的形成起了很大的作用;它与李白、杜甫、李商隐以及莎士比亚、华兹华斯、雪莱等大诗人的一些名篇一起,经常地,在黄昏,在黎明,涌现在我的脑海里,陪伴我度过"额头发烧,舌干唇燥"的年月,也陪伴我度过"忘情的狂喜"的日子。在十年浩劫期间,当我在牛棚里面对一座"荒城","向上天哀"的时候,当我在"五七"干校里从事劳动,仿佛经历着"老年摧毁了我们这一代"的时候,济慈的这首《颂》却给了我继续生存、继续拼搏的非凡的勇气。而"美即是真,真即是美"这两句格言则在文化沙漠的包围中成了我的心灵的宗教。二十世纪八十年代初,我把这首《颂》译成了中文。我六十二岁时写过一首题为《落英》的诗,这是在济慈的古瓮美学的昭示下写成的,这首诗表达了我的美学观,也表达了我的生死观。这首诗的最后两行是这样的:

> 世界曾一度拥有灿烂的落英,
> 瞬间的存在屹立为美的永恒。

1995年2月16日

附:

希 腊 古 瓮 颂

济　慈

你——"宁静"的保持着童贞的新娘,

　　"沉默"和漫长的"时间"领养的少女，
山林的历史家，你如此美妙地叙讲
　　如花的故事，胜过我们的诗句；
绿叶镶边的传说在你的身上缠，
　　讲的可是神，或人，或神人在一道，
　　　活跃在滕陂，或者阿卡狄谷地①？
什么人，什么神？什么样姑娘不情愿？
　　怎样疯狂的追求？竭力的脱逃？
　　　什么笛，铃鼓？怎样忘情的狂喜？

听见的乐曲是悦耳，听不见的旋律
　　更甜美；风笛呵，你该继续吹奏；
不是对耳朵，而是对心灵奏出
　　无声的乐曲，送上更多的温柔；
树下的美少年，你永远不停止歌唱，
　　那些树木也永远不可能凋枯；
　　　大胆的情郎，你永远得不到一吻，
虽然接近了目标——你可别悲伤，
　　她永远不衰老，尽管摘不到幸福，
　　　你永远在爱着，她永远美丽动人！

啊！幸运的树枝！你永远不掉下
　　你的绿叶，永不向春光告别；
幸福的乐手，你永远不知道疲乏，
　　永远吹奏出永远新鲜的音乐；
幸福的爱情！更加幸福的爱情！

---

① 滕陂，希腊塞撒利地方一个美丽的山谷。阿卡狄，古代希腊的一部分，常在牧歌中作为理想人生活的家乡而出现。

永远热烈,永远等待着享受,
　　永远悸动着,永远是青春年少,
这一切情态,都这样超凡入圣,
　　永远不会让心灵餍足,发愁,
　　不会让额头发烧,舌干唇燥。

这些前来祭祀的都是什么人?
　　神秘的祭司,你的牛向上天哀唤,
让花环挂满在她那光柔的腰身,
　　你要牵她去哪一座青葱的祭坛?
这是哪一座小城,河边的,海边的,
　　还是靠山的,筑一座护卫的城砦——
　　　居民们倾城而出,赶清早去敬神?
小城呵,你的大街小巷将永远地
　　寂静无声,没一个灵魂会回来
　　　说明你何以从此变成了荒城。

啊,雅典的形状! 美的仪态!
　　身上雕满了大理石少女和男人,
树枝伸枝柯,脚下倒伏着草莱;
　　你呵,缄口的形体! 你冷嘲如"永恒"
教我们超脱思虑。冷色的牧歌!
　　等老年摧毁了我们这一代,那时,
　　　你将仍然是人类的朋友,并且
会遇到另一些哀愁,你会对人说:
　　"美即是真,真即是美"——这就是
　　　你们在世上所知道、该知道的一切。

（屠　岸　译）

冷 淡 盖 深 挚

菲利普·拉金(1922—1985)是第二次世界大战后登上诗坛的英国诗人。他头脑冷静,能真实、客观、准确地反映战后不列颠"福利国家"的社会面貌。他的语言生动,严峻,易感。被称为"结束了从二十年代起就开始树立于英国诗坛的现代主义统治"的拉金的诗风,对于读腻了意象主义的直觉和现代主义的玄学派复活的读者来说,确是吹来了一股新鲜空气。他在描写孤独、老年、死亡等时承袭了哈代式的悲观主义,但他笔下的一些负面因素常常带有正面的暗示。冷嘲的背后常常是温情或悲愤,静观的另侧往往是一颗火热的心。

这首关于煤矿瓦斯爆炸事件的诗《爆炸》,以冷漠得近似严酷的音调描述了一场人间惨剧。一切都是平静的,矿渣堆躺在阳光下,矿工们抽着烟,骂骂咧咧地走过小巷。他们呼叫着彼此的绰号,哗笑着走进厂门。突然——爆炸发生了!仅仅是一阵震颤,仅仅是母牛暂时停止了嚼草!太阳被爆炸引起的热雾挡住了,暗淡了。……过了好一阵子,遇难矿工的妻子们仿佛见到她们的丈夫从太阳里跨出,向她们走来,身躯硕大,发射着金光。说矿工们的灵魂升入了天堂,坐在上帝家里,很舒服——比在矿井下劳动舒服多了:死者的亲属们用宗教幻觉来安慰自己。无可奈何啊!爆炸发生前,有人去打猎,拿回了一窝鸟蛋;惨剧发生后,有人拿没有被震碎的鸟蛋给人看。这个细节穿插更加烘托了气氛的冷峻。字面上没有抗议,没有呐喊,没有流泪,没有号啕。然而整首诗的内核是对命运的抗争,也是对社会的控诉。无声的谴责有时比大声的詈骂更有力。卞之琳先生说他写诗常用"冷淡盖深挚"。拉金的诗态几近乎此。

对泛滥的收敛,对膨胀的压缩,对喧嚣的冷处理,也许是诗的提炼的一种有效方式。

1998年

附:

爆　炸

拉　金

那是一个爆炸的日子,
一群影子朝向矿井口:
矿渣堆,在太阳光下睡觉。

矿工们穿着矿靴过小巷,
咳出刻薄的诅咒语和烟斗烟,
用肩膀挤掉新鲜的宁静。

有人去追猎野兔;没追着;

带着一窝云雀蛋回来;
给人看;把它们搁在草丛里。

他们蓄着须,穿长裤走过,
父亲们,兄弟们,绰号声,笑声,
穿过那高大敞开的厂门。

中午,来了一阵震颤;母牛
暂停了一忽儿嚼草;太阳
似乎被裹在热雾中,变暗了。

"死者在我们前头走了,
他们坐在上帝的家里,很舒服,
我们会面对面地见到他们的——"

据说,就像教堂里刻的字
那样清楚,一刹那之间
妻子们看见挨炸的男人们

比他们生前的样子要大——
像金币般发金光,不知怎的,
像来自太阳,向她们走来……
有人拿没碎的鸟蛋给人看。

(屠　岸　译)

《"勿 忘 我"》

—— 人 性 的 剖 示

基思·道格拉斯(Keith Douglass,1920—1944),英国诗人。在牛津大学墨顿学院就读时,受教于"一战"时的著名战士诗人爱德蒙·布伦顿。"二战"期间,道格拉斯于1940年参军,1942年参加反击德国隆美尔将军部队的埃及沙漠战役。1944年6月6日,在诺曼底登陆战中牺牲。他在作战期间写下的诗篇,给人留下了警示和思考。

《"勿忘我"》写于1943年,是诗人的代表作。我们知道,"一战"是帝国主义各国内部争霸的战争;"二战"则是反击法西斯德国和军国主义日本侵略的战争。所以当路坡特·布鲁克参加协约国军上战场写诗歌颂英国爱国主义时,我们为他赞叹又惋惜。而当伊迪丝·西特维尔用血泪的诗句控诉纳粹的暴行时,我们与她产生了心灵的共鸣。而道格拉斯的《"勿忘我"》的独特性在于超越了歌颂和暴露的通常思路,从更高的角度俯瞰了人性与非人性在人的身上的集合和消长,从而以诗的威力和哲学的犀利击中了侵略战争发动者的罪恶。

这首诗中的主人公是一名纳粹士兵。在一次战斗中,他用步枪击中了本诗作者(第一人称"我")驾驶的坦克。三星期后,诗人回到那次战斗的地方,发现了那个敌人的尸体。敌人是凶残的杀人者,他的射击如恶魔般摧毁他的目的物。这个杀人者是诗人仇恨的对象,他的死,诗人应感到解恨。但诗人的思绪并不停留在浅层次上。他写到这个敌兵尸体旁有一张女友的照片,虽然被炮火损坏了,但仍可看到照片上那女友用老式德文字母写下的她的名字和"勿忘我"字样。女友写这个花草的名称(也许就是她的别名)表达她忠贞的爱情。诗人想象,如果这女友见到男友的尸体,见到他眼睛蒙上尘土,苍蝇在皮肤上爬,肚子爆裂,她将痛哭。她必定是一个深情的姑娘。这个德国兵在作战时还怀揣着女友的照片,可见他是个沉入爱河的情郎。杀人者(killer)和爱人者(lover)在本质上是相反的两个个体,但"他们"结合起来,只有一个躯体,一副心肠。这个德国人本应成为富有人性的丈夫、父亲、祖父。但他被驱遣到战场,成了杀人者,又被战争所杀,年纪轻轻就结束了生命,成为兽性的俘虏和牺牲品。上帝创造了人,使人性和兽性在人的身上结合。死神选中了这个结合体,毁灭了他。上帝和死神只是一个神的两副面具。

诗人以冷峻的笔触描绘了这个敌人,说他几乎死得很满足,而敌人的精良的装备却以其坚固嘲笑着这个尸体的速朽。兽性使人异化为战争机器,又被自己的异化物所讥讽。人性和兽性的消长会导致喜剧或悲剧。这里,冷峻的后面是悲天悯人的哲学思考。

诗人认为人性中包含着自己的反面:非人性(兽性)。当人性成为主导时,人类迎迓光明和幸福;当兽性成为主导时,人类面临黑暗和毁灭。何去何从,决定着人类的命运。这首诗以质朴的语言、生动的形象,铿锵的韵律,剖示了人性的本质,给人启示,令人深思。

附:

"勿　忘　我"

基思·道格拉斯

三星期过去了,参加战斗者过去了
又回来,走过噩梦一般的战场
我们重新找到了这地方,找到了
那个兵摊开四肢在阳光下静躺。

他那显示出恼怒的枪管投出阴影。
那天当我们来到这地方,
他击中我的坦克用一杆步枪
恰似一个恶魔的突然进入。

瞧。这里在炮火掩体下损坏了
他的女友的一张不体面的照片,
她留下了"斯苔菲"、"勿忘我"——
精确的老式德文字体的手迹。

我们看见他几乎很满足,
很谦卑,看来他已把代价付出,
而且被他的装备所嘲笑,那装备,
结实而质地优良,而他已朽腐。

但是她今天将痛哭，当她见到
有毒的苍蝇在他的皮肤上爬动；
白纸一样的眼睛上蒙着尘土，
爆裂的肚子豁开一个大窟窿。

在这里爱人和杀人者结合起来，
他们有一个躯体，一副心肠。
曾经选中了这个士兵的死神
给了这位爱人以致死的创伤。

1943年作

（屠　岸　译）

惠特曼诗集《鼓声》译后记

　　惠特曼在别国没有像在中国这么遭到冷遇(其实也不限于他一个)。比如说俄国吧,尽管屠格涅夫和托尔斯泰的翻译努力都没有获得成功,但早在一九〇五年就已有了惠特曼的译本。巴尔蒙特继续的努力也不曾引起注意,但居可夫斯基终于译成功了。居氏所译《草叶集》修改了多次,1944年出第10版。诗人克列勃尼可夫、马雅可夫斯基等都受到惠特曼的影响。而且1918年列宁格勒还上演过他的诗剧。这种盛况是令人神往的。回顾我们中国呢,郭沫若先生说,他在大革命前就译过惠特曼的,但并没有发表过,原稿也遗失了。直到最近,才有高寒先生的《大路之歌》出现。

　　我见到的《草叶集》,最初是纽约葛洛塞与邓勒浦(Grossetand Dunlap)书店的《环球文库》本,后来又看见纽约"任意斋"(Random House)出版的两种,一是《大型现代文库》(*Modern Library Giant*)本,一是《现代文库》(*Modern Library*)本,还有一种,也是纽约来的,是《企鹅丛书》(*Penguin Books*)之一。其他版本,想来一定还多。这几种版本,各有特点,以完备而论,则《大型现代文库》本为最,收诗372篇,并有 V.安吉罗(Valenti Angelo)的木刻插图,这一版本据它的广告说是根据"任意斋·突击角"(Random House Grabhorn)所出版的有名的每本售100美金的"有限版"(即限出若干本,以后决不再版者)的《草叶集》影印而成,据称惠特曼一生之诗作在此无一遗漏;《现代文库》本收有诗190篇,是各种版本中收诗最少的,而且还有一点:惠特曼的诗,诗行时常拖得很长,一行的地位排不下,必回到下一

惠特曼诗集《鼓声》,屠岸译,青铜出版社,1948年版

行去(低一格),如不够,还得回到再下一行,但必须排满一行的地位才能回;自然亦有例外,上述影印的《大型现代文库》本中即有不到底即回行者,但仍顾及文字语气与音调;但是《现代文库》本,有时排满了回,有时却不排满就回,且无一定长短,时常把语气与音调割裂,没有标准,叫人摸不着头脑,但有一个特点,就是卷首附有桑德堡(C. Sandburg)的一篇序文。《企鹅丛书》本收诗197篇,纸张较差,但价格最廉。《环球文库》本收诗297首,而不分辑(按前三种版本均分辑,加辑名),却在每首诗末注有年代,这年代并非原诗写成之年代,想系表明这里的诗是以诗人在该年所校定的版本为准的意思,这一版本在词句方面,与前三本略有不同。我还看见一本"二战"时爱肯(Willam A.Aiken)所编的《战时惠特曼》(A Wartime Whitman),所选诗不多,且把《自己之歌》割裂成一段段,把一段作为一首诗,把该段的第一行作为诗题。

惠特曼诗集《我在梦里梦见》，屠岸、楚图南译，人民文学出版社，1987年版

我所根据的原文，主要的是《环球文库》本的《草叶集》。这一版本似乎并非惠特曼自己最后订定的版本，但我觉得它却是最宜于翻译者的版本，尤其是它的启示性的标点。我这译本，限于篇幅，所收多系较短的诗篇，实不足以言绍介。排列悉以《环球文库》本《草叶集》中各诗排列之先后为序。至于译文，严格说来，只能算是翻译的习作，错误恐不免，希望贤明的读者能不吝指正。但我没有把译诗当作"小玩意儿"，当作"消遣"，则是可以告慰于读者的。

又，本书得麦杆兄插图，增光不少；出版时得M君、K君帮助，特声谢。

1948年10月

附言：《鼓声》出版时，淮海战役（1948年11月开始）正在进行。当时上海金圆券大贬值，我在哥哥和爱人的支援下自费出版此书。书中选入的诗作大抵以美国南北战争（1861—1865）为背景，惠特曼歌颂北方的以林肯总统为首的联邦政府，反对坚持蓄奴制的"南方联盟"。我意欲"借洋喻中"，以出版此书的方式支持北方——延安、西柏坡，反对南方——南京，并预示共产党必胜，蒋介石必败。书印了2000册，在书摊销售完毕。这是我生平出版的第一本译作。《译后记》中提到惠特曼在中国遭受冷遇，那是在二十世纪四十年代。二十世纪八十年代，我国已出版两种《草叶集》全译本（一种的译者是楚图南、李野光，一种的译者是赵罗蕤），还出版了中国学者李野光写的《惠特曼评传》。

1999 年

歌德《浪游者的夜歌》的几种译文

在 40 年代,我从马克·凡·多伦选编的《世界诗歌选编》中读到歌德的《浪游者的夜歌》(这个诗题是根据钱春绮的译文),英译者为美国诗人亨利·瓦兹华斯·朗费罗。歌德的这首诗,作于 1780 年 9 月 2 日深夜,在伊尔美瑙的吉息尔汉山山顶木屋中,题在木屋的墙壁上。这首诗短小精湛,味淳厚,意深远,是世界诗歌宝库中的珍品。朗费罗的英译很精粹,也是有名的译作。我当时即根据朗费罗的英译译成了汉文,题目是《流浪人的夜歌》:

> 现在,静寂已经
> 笼罩了所有的山巅,
> 你简直听不见
> 一点风声
> 在所有的树顶;
> 树上的鸟儿们早已安眠:
> 等一下;跟这些一样,
> 你也快进入睡乡。

当时自己以为译得还算可以。但不久就看到了好几位名家的翻译,他们都是从德文直接译出的。这些译文是:

流浪者之夜歌

郭沫若 译

一切的山之顶，
沉静，
一切的树梢，
全不见
些儿风影；
小鸟们在林中无声。
少时顷，你快，
快也安静。

流浪者之夜歌

宗白华 译

一切的山峰上
是寂静，
一切的树梢中
感不到
些微的风，
森林中众鸟无音，
等着吧，你不久
也将得着安宁。

流浪者之夜歌

梁宗岱 译

一切的峰顶
无声，

一切的树尖
全不见
丝儿风影。
小鸟儿在林间梦深。
少待呵,俄顷
你快也安静。①

　　这三家的译文都十分质朴单纯,绝少华饰。这可能因为原作就是近乎天籁之作,正如李白所说:"天然去雕饰",所以译文也不能任意涂上什么色彩去,但主要的当然在译者的功力。相形之下,我的从朗费罗转译的八句,就显得累赘、啰唆之至了。也许因为我的译文是拐了一个弯,把英译中附加的东西也一点不漏地包括了进去的缘故,但毕竟还是由于自己翻译水平低,不能撷取这首诗的精粹,而拘泥于从英译全部移植所致。

　　不久又读到朱湘的译文,那是这样的:

夜　　歌

暮霭落峰顶
无声,
在树梢间
不闻
半丝轻风:
鸟雀皆已展翼埋头;
不多时,你亦将神游
睡梦之中。

---

① 这是笔者最初看到的版本,后来梁译有改动:第二行改为"沉静";第六行改为"小鸟们在林间无声";第七八行改为:"等着吧;俄顷/你也要安静。"

　　朱译不知是从德文直接译出还是从英译转译的。如果是后者,那么更可以看出朱译的功力。他的译文并不显得啰唆。这里只有"展翼埋头"可能是为了押韵而设想出来的鸟的睡态("展翼"一般是指飞翔,此处似有勉强之感,但与"埋头"连起来,读者还是能理解的),这一形象是原诗所没有的,但与原诗的内容吻合。可以看出,这首译诗与上面所举的三家译文一样,都能表达出原作的意境,是很经得起吟味的。

　　最近,读到了钱春绮的译文,那是这样的:

浪游者的夜歌

> 群峰一片
> 沉寂,
> 树梢微风
> 敛迹。
> 林中栖鸟
> 缄默,
> 稍待你也
> 安息。

　　钱春绮是从德文直接译出的。我惊奇于钱译之能够达到如此精练的程度,又能传达原作的精神,实是难能可贵。钱译可能是舍弃了原作中一切可以舍弃的文字上的枝节,而把原作中最本质、最核心的东西用汉文表达出来的结果。钱译的另一特点是吸收了中国古典诗歌的营养。整首译诗八行,逢单句皆四字,逢双句皆二字,但实际上颇像一首四句仄韵六言诗,每句的结构是上二下四。如果把它这样分行写下,就看得更清楚了:

> 群峰一片沉寂，
> 树梢微风敛迹。
> 林中栖鸟缄默，
> 稍待你也安息。

然而读来仍是新诗而并不是古诗。看得出来，钱译为了把这首诗译得带有中国六言诗风味，在内容上并不把译诗的各行完全同原诗的各行相对应，如译诗第三、第四两行的内容就包括了原诗第三、第四、第五三行的内容，而原诗第六行一行的内容在译诗中却化为第五、第六两行。这种调整是允许的。可以说，译诗是在诗行的排列和诗句的结构上把原诗参差的美化为整齐的美了。

钱译的题目叫《浪游者的夜歌》，也是用了心的。歌德写此诗时三十一岁，当时是魏玛公国的国务参议。他可以出外旅行，但并不是通常意义上的"流浪汉"。因此用"浪游者"比用"流浪者"准确。（这首诗是歌德触景生情，抒写自己的感受之作。因此把"浪游者"理解为歌德自己，大致不会错吧。）钱译末句用"安息"二字，也有用意。歌德三次到伊尔美瑙的吉息尔汉山山顶木屋。第一次即写此诗的那一次。第二次是三十年之后，歌德六十一岁之时，这次他曾将壁上题诗的铅笔笔迹加深。第三次是又过了二十年之后，歌德八十一岁之时，1831年8月，他重游旧地，重读旧日题诗，感慨万千，自言自语地念着自己这首诗的最后两行："稍待，你也安息。"次年三月，歌德果然溘然而逝。这"安息"二字，较之郭译和梁译的"安静"似更准确，较之朱译的"神游睡梦之中"也似更为质朴，与原意更为吻合。

我本想把我三十八年前的那首幼稚的译诗习作修改或重译一

遍,自从见到钱春绮同志的译文后,就决心搁笔了。

1984年4月

补记:1988年4月,在北京北纬饭店举行中国作协主办的第三届新诗评奖工作的评委会上,冯至先生赠给我一本书:《阅读和欣赏·外国文学部分(六)》(1986年12月北京出版社第一版),其中第一篇就是冯至先生译的歌德《漫游者的夜歌》和冯先生的文章《一首朴素的诗——歌德《漫游者的夜歌》》。我立刻认真阅读了冯先生的译文和文章。冯先生的译文是这样的:

> 一切峰顶的上空
>
> 静寂,
>
> 一切的树梢中
>
> 你几乎觉察不到
>
> 一些声气;
>
> 鸟儿们静默在林里。
>
> 且等候,你也快要
>
> 去休息。

我欣喜我除了读到歌德这首诗的郭沫若、宗白华、梁宗岱、朱湘、钱春绮诸家的译文之外,又读到了冯先生的译文,更可喜的还有他那篇阐释这首诗的文章。冯先生称这首诗是属于那种"语言简单,却非常精练;没有任何辞藻,却能发挥诗的最大功能;看不出作者有什么艺术上的技巧,但多半是最杰出的诗人才能写得出来"的杰作。又说"这种诗很不容易译成另一种语言"。这些都说得非常恰当,也是诗人和学者、翻译家冯至先生的经验之谈。

我注意到冯先生这首诗的译文第一、二行为:"一切峰顶的上空 / 静寂"。而其他诸家或译为"一切的山之顶, / 是沉寂",或译为"一切的山峰上 / 是寂静",或译为"一切的峰顶 / 无声",或译为"群峰一片 / 沉寂"。诸家所译,都说山顶上是一片沉静。而冯译却把"静寂"置诸"一切峰顶的上空"。虽然意思相近,但毕竟有所不同。

191

冯先生当时告诉我说,在歌德这首诗的许多种英译中,只有朗费罗的译文最准确,他的译文体现出原文的意思,即静寂不是在一切的山之顶峰,而是在山峰的上面。

我想起来了,朗费罗的英译第一行是 O'er all the hill tops。第一个字是 O'er(=Over)而不是 On。所以我译这两行为"现在,静寂已经 / 笼罩了所有的山巅",用"笼罩"也有在其上面的意思。而冯先生译为"上空"则更清楚明白。

冯先生译这首诗的题目为《漫游者的夜歌》,这固然与《流浪者》不同而与《浪游者》稍近,但与《浪游者》亦有异。称"漫游者",也许与歌德写诗时的处境和心情更为吻合。

冯先生这首译诗的译文,朴实无华,颇能传达原作的精神,给人以一种深沉的感动。尽管冯先生谦虚地说:"我这首译诗,自信不能体现原诗之美于万一",但我确信冯先生说的,他"在翻译时,尽量体会了诗人写这首诗时的处境和心情",因此能够充分体现原诗的动人之处。这首译诗可以当之无愧地如冯先生称赞歌德原诗时所说的,是"一首朴素的诗"。

1988 年 5 月

倾听人类灵魂的声音

——从宏观看《世界诗库》

　　在商品经济大潮的冲击下,严肃文学进入了低谷;文学中的文学——诗,似乎更陷入了困境。但是,诗,作为人类灵魂的声音,是不会喑哑的。花城出版社最近(1994年12月)以极大的魄力推出了飞白主编的10卷本、总量达800万字的汉文版《世界诗库》:这个巨大的系统工程的竣工,笔者认为,是中国诗歌界、翻译界、出版界的一个创举。我翻阅着这十卷厚书,心中油然升起了济慈的诗句:"大地的歌吟永远也不会消亡!"

　　新时期以来,我国出版界曾推出过若干种外国诗歌赏析的词典,它们各有特色,为系统介绍外国诗歌做了有价值的开拓性工作。但从全方位扫描和宏观规模上看,《世界诗库》作出了新的贡献。不妨列出这个"诗库"各卷诗歌的领地:1.希腊,罗马,意大利;2.英国,爱尔兰;3.法国,荷兰,比利时;4.德国,奥地利,瑞士,北欧;5.俄罗斯,东欧;6.西班牙,葡萄牙,拉美;7.北美,大洋洲;8.西亚,中亚,非洲;9.南亚,东北亚,东南亚;10.中国。这种全景式鸟瞰,真令人耳目一新。如果把各卷的细目看一下,有时会更加吃惊,比如第8卷的后半,非洲部分,就赫然列出了从埃及到南非的35个国家的诗人诗作!统计一下:这10卷书收入了100多个国家(包括已经在历史上消失的古国)的1804位诗人的诗歌作品以及这些国家的无名氏所作史诗、叙事诗、浪漫诗、歌谣等,总计6459首(部,包括节选),近20万行;涉及语种达30多个。这种构架,在中国是空前的,在世界上,恐怕也是罕见的。

笔者见过美国诗人、学者马克·凡·多伦(1894—1972)选编的英文版《世界诗歌选编》。此书从二十世纪二十年代到六十年代印过15版,几经修订,风行欧美。但就其规模来看,则远逊于我国的这部"诗库"。凡·多伦的《选编》中,中国、印度、日本,只有少量的古代诗;广大的亚洲、非洲、拉丁美洲各国近代、现代的诗歌一概空缺;欧洲部分,缺了葡萄牙、比利时、荷兰、瑞士以及东欧诸国的诗作。即使是英语诗歌,除英、美两国外,加拿大、澳大利亚、新西兰等国的诗,全都不见。称之为《世界诗歌选编》,恐怕会感到遗憾的。缺门这样多的原因何在?凡·多伦在《前言》中说,"如果能搜集到可读的英文译作,本书的篇幅必定会大大膨胀。"可见,原因在于找不到合适的英译文。凡·多伦遇到了不可克服的障碍。那么,世界诗歌的汉译已经丰富到足以供编者自由挑选了吗?不是的。但《世界诗库》的编者迎着困难而上。飞白在《总序》中称,他们编辑工作的重要内容是"组织大量填补空白的新课题研究和诗作新译"。这个主动出击的做法就与凡·多伦不一样。他们一方面吸收了外国诗歌汉译的已有成果,同时组织力量做了大量填补空白的翻译工作。如古罗马诗,北欧古挪斯诗,英国中古谣曲,西班牙巴罗克诗,荷兰文艺复兴诗歌,以及西班牙、葡萄牙、拉丁美洲各国,亚洲、非洲广大地区的诗歌,都是填空的对象。有的语种,其诗作已有较多的汉译积累,但仍然不是没有空白可补的。比如他们把德国大诗人荷尔德林作为重点来介绍就是一例。值得注意的是,除少部分诗作从英译转译(如芬兰史诗《卡勒瓦拉》的已有汉译)外,绝大部分诗作是从各语种的原文直接译出的。有的已有译文因不是从原语种译出,也改从原语种重新译出。

编者强调了"以提高质量为准绳"的工作原则。译文的质量如何,应由懂得各种不同语言和文学的专家们来评估。笔者只懂一点英文,对此就没有资格置喙了。

《莎士比亚抒情诗选》,屠岸、卞之琳等译,人民文学出版社,1988年版

《我听见亚美利加在歌唱——美国诗选》,屠岸、杨德豫等译,人民文学出版社,1988年版

《迷人的春光——英国抒情诗选》,屠岸、卞之琳等译,人民文学出版社,1989年版

《诗库》的编者并不仅仅把世界各国的诗歌作出纵的和横的展示便算了事。(凡·多伦的《世界诗歌选编》正是如此。)他们的编辑方针是"在篇幅上以诗选为主,在结构上以诗史为纲,译介与研究评论结合"。为此他们付出了大量的劳动。特别引人注目的是编者为每个文化区域的诗歌现象撰写了"导言"。全书19篇"导言",由主编、副主编或责任编委撰写,共20余万字。这些"导言",以史为纲,史论结合,对各个地区(民族、国家)诗歌运动的兴衰,诗歌流派的递嬗,诗歌发展的趋势,进行了综合评论,其特色在于把各地区诗歌现象的文化背景和文艺思潮的来龙去脉作了分析和介绍。总起来看,相当于一部世界诗歌简史。把这些"导言"同诗人小传及诗歌作品联系起来阅读,读者便会对各个地区和整个世界的诗歌的发展脉络和总体面貌得到一个概括的了解。

作者的著作:《萱荫阁诗抄》,山西人民出版社,1985年版
《屠岸十四行诗》,花城出版社,1986年版
《哑歌人的自白——屠岸诗选》,人民文学出版社,1990年版
《诗爱者的自白——屠岸的散文和散文诗》,人民文学出版社,1999年版

　　中国学者对外国诗歌的研究,已积累了不少成果。但这方面依然存在着空白。《诗库》编者填补的不仅是诗歌翻译的空白,而且有诗歌研究的空白。这部书中多篇"导言"所涉及的亚非拉许多国家诗歌沿革的探索,是带有开创性的工作,这将在中国的外国文学研究史上留下印记。

　　《世界诗库》,顾名思义,当然包括中国诗歌。有人提出中国诗要"走向世界",用意可以理解,但从语句逻辑上推理,似乎中国在世界之外,这就要商榷了。《诗库》让中国诗独占一卷,是十分对头的。放在第10卷殿军的位置上,与第1卷希腊、罗马诗遥相呼应,也是配置适当的。中国卷共收311位诗人的1168首诗作,数量位居各国之首。中国是诗歌大国,又是东道主,这样安排,理所应当。但在篇目的选定上是否存在遗憾,有待进一步探讨。

当然《诗库》的编、著、译、选等工作并非无懈可击。仅从英语诗歌部分看,选用已有的译作往往漏了佳译,某些新的译作良莠不齐;有的《导言》尚待改进等。飞白说:"尽管诗库赶出来了,但仍然只能是遗憾的艺术。"这位主编的话,笔者能够理解。看来确实存在一个"赶"字,如果假以时日,精雕细琢,将会取得更好的成绩。

"诗之源与人类文明之源合一,产生于一些文明摇篮里的古诗大约可以上溯到公元前2000年,歌谣则可上溯到公元前3000年。加上公元后2000年,构成了人们喜欢说的5000年文明。"诗,是人类的母语,母语是心灵的声音。5000年文明中的诗歌一脉始终是人类心潮的激荡和流动。人类灵魂中喜怒哀乐的呼唤永远在企求着真善美的理想境界。

文明5000年的最后一个世纪之内,人类经历了两次全球性的战争浩劫。今年是世界反法西斯战争和中国人民抗日战争胜利五十周年。和平和发展的呼声成为当今时代的最强音。人类和平的大厦只能建筑在各民族、各国家人民之间心灵沟通、相互理解的基石之上。《世界诗库》的推出,仿佛在大地上重新矗起了那座触怒过上帝的巴别通天塔,我们可以通过它克服语言的障碍,倾听到各国人民心灵的声音。因此,作为读者,我也要感谢《世界诗库》的编译者和出版者——他们的劳绩正是对人类持久和平事业的有力支持。

1995年10月

儿童乃是成人的父亲

——华兹华斯

在孩子的诗园里徜徉

——斯蒂文森儿童诗集《一个孩子的诗园》译者序

在二十世纪四十年代初期,还是"孤岛"的上海,有许多旧书摊和旧书铺。我是爱"淘"旧书的青年。几乎我所有的零花钱,都用在"淘"旧书上了。有一次,在一家旧书店里见到了一本斯蒂文森的英文诗集《一个孩子的诗园》,爱不释手,倾囊购归。这是一本薄薄的洋装书,暗绿色的封面和封底,已经很陈旧,一翻开来,里面的书页呈淡黄色,还有一种不太好闻的霉味。但当我细读其中的诗时,我被深深地吸引住了。

首先抓住我的是那首《被子的大地》。这首诗所描写的恰好是我自己也曾经有过的经历。一种极其亲切的回忆被唤醒了。

当我还是个初小学生的时候,有一次生病,躺在床上。我清晰地记得,我整日凝望着窗外蓝天上的白云,仔细地观察云的变化。我竟能够逐渐地发现,那朵白云像一只羊。但,那羊会慢慢地变化,一会儿变成一只狮子。过一会儿,又会变成一只孔雀。真奇妙呀!但是天阴了,白云不见了,老虎和鸵鸟也不见了。于是我看天花板,天花板上的水渍。我看着看着,忽然发现,那水渍的轮廓,恰好是一个老公公的头,水渍的延伸部分正是老公公的胡须。水渍是不会动的,不像白云那样会变化。因此它永远是老公公。然而,奇迹出现了。怎么一下子,那同一个水渍,又会呈现出另一种形

201

斯蒂文森儿童诗集《一个孩子的诗园》，屠岸、方谷绣译，人民文学出版社，1982年版

状，成了一棵树，那胡须是树的一根枝杈呢？似乎是眼花了，这棵树又变成了老人。老人和树成了叠影。……不久，天花板看厌了。我半躺在床上，看着我身上盖的被子，看着看着，我又发现了新的领域。那白色的被子拱起的部分，不是山吗？那凹陷的部分，不是谷吗？被子有起有伏，有皱褶，有舒展，那不是连绵不断的山谷、树林和平原吗？为了使这个幻觉固定住，我不敢动一动，怕一动就把这整个幻象破坏了。但是，过了一阵，我忽然猛一翻身，让那些山峦和原野来一个天翻地覆。我心里想：这是一次大地震！地震过去了，大地恢复了平静，在我的面前又出现了经过重新安排的山、谷、河流……

我从回忆中醒来，再读斯蒂文森的这些诗句：

　　有时候，用一个钟头光景，
　　我瞧着铅制的兵丁行军，
　　他们穿着不同的军服，
　　操练在被褥铺成的山林。

> 有时候,我让我的舰队
> 在床单的海洋上破浪行驶,
> 要不,把树木和房屋搬开,
> 在床上筑起一座座城市。

我感到,他的诗所描写的同我的经历有惊人的相似处,但他以铿锵的韵律把这种经历诗化了。而且,他最后这样描述自己:

> 我是个伟大的严肃的巨灵,
> 在枕头叠成的山上坐镇,
> 凝视着前面的山谷和平原,
> 做有趣的被子大地的主人。

他把自己也融入到他的幻想世界里,成了被子世界里的巨人和主宰者。这样,他的诗又通过对儿童心理的描写在诗的构思上升到一个新的高度。

总之,当时吸引我的第一首就是这《被子的大地》。直到今天,我还记忆犹新。由于这一首的引诱,我贪婪地阅读着他的整部诗集。我记得,我读到了许多描写这种类似的经历而又互不雷同的诗篇。我记得有这样的诗:他写他和另外两个孩子,一共三个孩子,坐在一只篮子里,摇摇晃晃的,他们把篮子当船,在草地的海洋上航行,而草波就是海浪,花园就是海滩,园门就是港口。他把他们自己幻想成海盗,到外洋去冒险,忽然遇到一群牛冲过来,他把这群牛当作进攻的军舰,他们的海盗船只好慌忙躲避开。(《海盗的故事》)我记得有这样的诗:他写他把自己的卧室和卧室里的沙发、墙壁、地板想象成小山、森林、大河、大海,把自己想象成印度童子军,带着枪去搜索敌情……而这一切都是因为他看了故事书而产生的幻觉(《故事书的国土》)。还记得有这样的诗:他写他在一条泉水旁找到一个小小的凹地,他把这当作巨大的山谷;他把小坡当作大山,把水塘当作海洋,他在这儿造了一条船,盖了一座城。他的儿童的眼睛把这里的一切都放大了,这个小天地成了他的一座王国。这是一个缩小了的微型王国(《我的王国》)。还记得有这样的诗:他写他闭上眼睛,让幻想张开翅膀去驰骋,他终于到了一个仙境乐土,那是个小人国,在那里,三叶草成了大树,小雨塘成了大海,一片片草叶成了船队,各种小生灵,昆虫,花草,成了他的朋友……(《小人国》)而当他一旦回到现实世界里,他发现:"我的保姆成了巨人,那房屋又多么冷多么大!"或者发现:"广阔的地板,高大的粉墙,巨型的把手在抽屉和门上;巨人般的大人们在椅子上稳坐……"当孩子从幻想的微型国度里回到现实中的时候,他眼中的现实世界会突然变得怎样的巨大而冷漠! 不仅房屋变得巨大,地板变得广阔,大人们成了巨人,连抽屉和门上的把手也变成"巨型的"。这些描写十分精细而又富有特征性,十分准确地体现了儿童所特有的心理反应。在一首叫作《历史的交流》的诗里,写孩子把庭园的土地当作大海,当作沙滩,当作阿拉伯国家的大地,当作冰天雪地的西伯利亚,当作《一千零一夜》故事中讲到的地方,当作十四世纪苏格兰解放者罗伯特·布鲁斯战斗过的地方,或者十三世纪瑞士反抗奥地利残暴统治的自由战士威廉·退尔战斗过的地方,而这个孩子就曾在幻想的战场上同罗伯特·布鲁斯、威廉·退尔并肩战斗过。这首诗把儿童的游戏同历史上的英雄人物巧妙地联系了起来。这是又一种典型的儿童心理的细致刻画。这些诗当时就给我留下了深刻的印象。还有一首诗,题目叫《炉火里的军队》,写孩子从室内壁炉的火光中见到的幻象。这也引起了我的回忆。我小时候家里用的是砖砌的土灶。做晚饭的时候,我最喜欢坐在灶膛后面的小凳上,偎在妈妈的身旁,帮助妈妈续柴——稻草和豆萁。一把稻草添到火上火立即烧旺，一蓬红色火焰飞腾，但很快就暗淡下去；一把豆萁添到火上，火不会立即旺起来，但随着噼噼啪啪的声响，火逐渐旺起来，可以燃烧很长一段时间。有时候，一大把稻草加上去，把火压灭了，于是用拨火的铁棍捅几下，把闷燃着余烬的柴火掀起来，留出一个窟窿，一会儿，"嘭！"一声响，火焰蹿了上来，灶膛里又是一片兴旺的火。有一回，我看见妈妈的脸庞被跳动的灶火映得那么红，那么亮，那么美丽！妈妈把我搂在胸前，指着灶火说：看，那是赤发鬼！我问：赤发鬼是什么？妈妈说：你自己看。我向灶膛里看，只见那火苗耸动着，跳跃着，好像一个披着红色头发的精灵在挣扎，在呼喊，在舞蹈，在歌唱……妈妈说：赤发鬼每天一面跳舞一面干活，为我们把米煮成饭，把山芋烤熟，……是我们的好朋友！我说，赤发鬼还干了一件事。妈妈问：什么事？我说，在你脸上搽胭脂，把你打扮得那么好看！

斯蒂文森的诗里，有着同样奇异的想象：

> 红光重新在炉火中蹦跳，
> 幻象的城市又燃烧得欢闹；
> 沿着火红的山谷呀，看！
> 幻象的军队在齐步向前！

这里没有"赤发鬼"，却有更多的形象：一座火城，有城楼，有高塔，有大街，此外还有火的山，火的谷，更有一支火焰的军队，他们正在向前行进，行进……这是一个西方孩子的眼睛从壁炉的火光中所能看到的最奇丽、最辉煌的景象！我这个东方孩子在灶膛里所见到的幻象似乎通过西方方式（壁炉也是西式建筑物里才有的）得到了诗的表现。当我发现这一点时，我是多么惊喜！

我还记得当我读《该睡的时候溜了》一诗时的感受。这首诗触发了我的另一些记忆。我记得我幼小的时候最不爱睡午觉，可是我妈妈非得每天要我睡午觉不可。到时候，我就逃跑，而妈妈像母鸡追小鸡那样，把我捉住，抱上床去。在被窝里，我一点睡意也没有，就这样一挨挨一个钟头。妈妈说这叫"捉住老鸦做巢"。我也不懂这是什么意思。可是有一次，在一个夏天的夜晚，在天井里纳凉，妈妈却不催我上床睡觉，而给我讲天上的故事，讲后羿和嫦娥，讲牛郎和织女，讲王母娘娘的银钗，讲波浪滔滔的天河，我躺在竹床上，一面听妈妈讲，一面凝望着夏夜的星空。我看到竹床旁边小茶几上有两三只海碗，里面盛着茶水，天上的星星映在海碗里。茶水微微抖动时，那星空也在摇晃。我又看天上，那些星星也在抖动，不，是在眨眼睛。我看见妈妈的眼睛，在月光的照映下，也像两颗星星，那是地上的星星，我们家小院子里的星星。夜已经很深了，妈妈却仍不叫我进屋去睡觉，她在吟唱着一首什么诗，好像是什么"海上生明月，天涯共此时，情人怨遥夜，竟夕起相思……"我听着她这催眠曲般的吟咏，竟在她的怀里睡着了。

《该睡的时候溜了》写孩子在夜晚仰望星空时所见到的：那是"几百万，几千万，几万万颗星星／高高地旋转在我的头顶上"，那是"天狼星，北斗星，猎户星，火星，／指引水手们航海的星……／在天上闪烁"，而那"墙边的水桶里，装了半桶清水和星星"……直到——

> 大人们看到我，边喊边追我，
> 马上把我抱上了床；
> 灿烂的光啊，还在我眼前闪烁，
> 星星们，还在我头上游荡。

这是孩子初次见到一个新奇的星星世界时所可能有的感受。

他被强迫上床睡觉,但灿烂的星空在他脑子里的新鲜印象始终不能褪去。这与我在那个夏夜里的经历有异有同,所以我读这首诗时立即想起了那个难忘的夏夜。读诗的印象和诗意的回顾重叠了起来,在我记忆的长廊里增添了新的记录。这首诗的儿童情趣和它的形象美、音乐美结合在一起,成为我贫乏的记忆仓库里少数几首难忘的儿童诗之一。

二十世纪四十年代中期以后,我读诗的兴趣转移到其他诗人身上。斯蒂文森的儿童诗集不再是我经常翻阅的书了。

但是,在全国解放之后第四年我从上海被调动到北京工作的时候,我还是把这本诗集和其他许多外文书籍放在一只大木箱里,带到了北京。

二十世纪五十年代初期,我有了自己的第一个孩子:我的大女儿。我成为父亲。我也成为邻居孩子的叔叔。作为成人,我每天接触孩子,而且发现孩子。有一次,在一个夏天的傍晚,我的女儿(那时她大概四五岁)忽然问我:为什么不等天黑就吃晚饭?我反问她:为什么要等天黑了才吃晚饭?她说,在冬天,咱们都是天黑了才吃晚饭的呀!我于是感到,冬夏白天和黑夜时间的长短变化,开始在这个孩子的脑子里有了一点反应。我模糊地记起,斯蒂文森的儿童诗集里有一首反映类似问题的诗。孩子的发问引起了我重读一下《一个孩子的诗园》的愿望。于是我从书柜里把那本旧书找了出来。书虽然旧,虽然仍有那一股不太好闻的霉味,但书页还是那种柔和的淡黄色,似乎也没有变得更陈旧。原来,我要找的就是这本诗集的第一首诗:《夏天在床上》。这诗的第一节是这样的:

> 冬天,我在黑夜起床,
> 借着黄黄的蜡烛光穿衣裳。

夏天，事情变了样，

还在白天，我就得上床。

接着这诗中第一人称的孩子说，鸟儿还在树上跳，大人们还在街上跑，天光还那么明亮，可是我为什么非得上床不可？地球上高纬地区冬季昼短夜长，夏季相反，纬度越高的地方冬季昼越短夜越长。这是自然现象。这种自然现象影响孩子的日常生活，在孩子的心目中这是一件挺古怪的事，也是挺有趣的事，只是夏天要早上床（其实并不早）他不太乐意，他还想多玩一会儿呢！这种日常生活中的一个片断，被善于捕捉儿童心理的诗人抓住，并予以诗化了。

过了十年左右之后，在同自己的孩子和邻居的孩子接触的过程中重读这本诗集，又觉得增添了新的兴味。我仿佛重又看到了一个孩子心目中的世界，或者说，我仿佛通过一个孩子的眼睛去重新观察了、感受了这个世界。孩子从起床和上床时天光的明暗朦胧地感受到冬夏昼夜的变化；孩子又更进一步从初级地理知识书中了解到东半球和西半球昼夜的交替。"这儿，在晴朗的日子，／我们在向阳花园里游戏，／在印度，每个爱睡的孩子，／被大人亲着脸抱上床去。""在傍晚，我喝完茶，／大西洋那边刚天亮；／所有西方的小娃娃，／正在起身穿衣裳。"（《太阳的旅行》）这里不是复述一个简单的自然现象。在这个孩子看来，他在游戏，印度孩子却要去睡觉；他在喝茶，西方（英国的西方，应当是美洲）孩子却正在起床，这是多么多么有趣的事呵！而这首诗的整个调子，则是诗中的小主人公对世界各地孩子们怀着亲切友好的感情。孩子的眼界在逐渐地扩大。是的，他要到世界各地去漫游。比如，在别的诗里，他漫游到鲁滨逊栖息的海岛，到矗立着清真寺的阿拉伯城镇，到万里长城环抱着的中国，到非洲森林，到尼罗河畔，埃及古城的遗址……（《漫游》）而这一切都只是他的想象,这个孩子生活在他想象的世界里。他不仅想到了世界上的各个不同的地方,而且想到了世界上许多不同国度里的孩子们。他想到了印度孩子,印第安孩子,日本孩子,土耳其孩子,北极的爱斯基摩孩子,想到他们见过这个英国孩子从没见过的树木,吃过这个英国孩子从没吃过的食物,他对他们仍然是怀着友好的感情——虽然这个第一人称的英国孩子似乎怀着一种不自觉的白种人的优越感(《外国孩子》)。孩子可以根据他从书本上得到的知识飞驰他的想象,也可以从日常生活的经历中不断更新他的感觉。普普通通的黑夜和白天的更递已经重复了不知多少次。但这个孩子却从中看到了奇特的景象:

> 花园重新呈现出来,
> 　涂满碧绿鲜红的色彩,
> 正如昨晚花园在窗外
> 　消失了一样奇怪!

> 昨晚,花园像一个玩具,
> 　被锁了起来,再看不见,
> 现在我看见花园
> 　在晴空下,光辉灿烂。

在这个孩子眼里,这个陈旧、古老的世界是多么年轻,新鲜,多么生气勃勃! 孩子的眼睛看到了花园里的每一丛玫瑰,每一块草地,每一条小道,每一棵勿忘我草——这勿忘我草抱着露珠在自己的怀里安眠,好像勿忘我草是露珠的妈妈,这也是孩子特有的思维方式——然后他说,这些小路、花儿、草儿——

> 他们都在嚷:"起来吧!
>
> 白天来到了含笑的山谷:
>
> 游伴们,参加我们的行列吧,
>
> 我们已经打起了晨鼓!"

这是向黎明的进行曲,这是幼小心灵的欢乐与喜悦的音乐,这是清新嘹亮的天籁,这是另一首"天真之歌"。当我在星期日的早晨,搀着女儿,在朝阳门外芳草地,迎着朝阳,踏着露珠,在野草上奔跑的时候,我的耳畔就响起了斯蒂文森笔下的"晨鼓"。

有一天,我见到邻居的小男孩学着小猫追捕自己的尾巴,绕着自己的身子转,几乎要晃倒。我把他一把抱住,问他:你干什么?他瞪着两只眼睛看看我,傻里傻气地说:找我的影子呀!哦,这个孩子在找自己的影子,可是他的影子在哪里呢?这时正是中午,太阳在头顶上,他哪能找到自己的影子!很快我想起了斯蒂文森的诗《我的影子》。我翻开诗集,找到了这首诗。诗的第二节是这样的:

> 他怎样成长的呢,嗐,那才叫好玩——
>
> 全不像真正的孩子那样,慢慢地长大;
>
> 有时候他长得那么高,像皮球,一蹦蹿上天,
>
> 有时候他缩得这么小,我完全看不到他。

这就是孩子心目中的自己的影子:影子的变长变短,似乎不是太阳的正照和斜照造成的,而是影子自己诙谐性格的表现。诗人继续写道:"他呀,只知道捉弄我,跟我开玩笑。/他老是紧紧跟着我,真像个胆小鬼,你瞧;/我像他跟牢我那样去跟牢保姆可多害臊!"这里,影子有孩子的性格,有孩子的顽皮劲儿。而诗中第一人称的

孩子自己的性格、情绪、教养，也同时突现了。更奇的是诗的最后一节：

> 一天早上，非常早，太阳还没有起身，
> 我起来看到露珠在金凤花儿上闪耀；
> 可是我那懒惰的小影子，真贪睡，还不醒，
> 他在我身后，在家里床上，呼呼地睡觉。

孩子起得非常早，他起身而太阳还没有起身。但接着就写到孩子自己的影子。可见，太阳终于起身了，但还只是刚刚从东方升起，它会使一切事物带一个长长的影子。这时，灿烂的朝阳射到庭院，晨光的喇叭吹响，一切都苏醒了。孩子正站在开启着的门口，欣喜地观看金凤花上的露珠。当他回头看时，他看见阳光射进门户，射到室内，而自己的影子是那么长，一直延伸到自己的床上。哦，这个该死的影子，还在睡觉！而睡懒觉的家伙，在我们的小主人公看来，不是个乖孩子。这时候，影子的顽童形象和第一人称的乖孩子形象，最后完成了。这是一首奇妙的儿童诗。

二十世纪五十年代读这本诗集的热情，只维持了一个很短的时期，就消退了。

二十世纪六十年代初，我有了第三个孩子，我的最小的女儿。这是一个十分安静、温顺的孩子。她简直不知道什么叫哭闹，总是一个人静悄悄地玩。她独自玩积木，玩"包"，玩"猪爪骨"。或者，模仿大人读报，但报纸是倒拿着的。后来，会唱简单的歌了，她就一个人低低地唱，唱给自己听。再后来，她学会了或者发明了一种游戏，就是一个人"演戏"。比如，她同时扮演售票员和乘客，或妈妈和女儿，或老爷爷和小孙孙等，有问有答，有动作，但都是她一个人在说，在做。她让幻想的电车或别的什么东西把她带到了天涯

海角,而这一切又是进行得那么静悄悄的。我常常听见她在低声地"自说自话"。每遇到这种情况,我就知道,她又生活在她自己创造的幻景里了。她的神情是那么认真,注意力是那么集中,即使大人叫她,她也不应,或者,应一声,仍然继续沉浸在她的"规定情境"里。仿佛,她的魂魄被什么精灵摄去了,或者,什么地方的魔童把她拐跑了。她的这种一个人"演戏"的游戏习惯,一直保留到她上小学以后。有一次,她正在"演戏",我突然想起了斯蒂文森的一首题目叫《瞧不见的游戏伴儿》的诗来。这诗写一个既抽象又具体的"儿童之友",谁也听不见他的声音,谁也看不见他的形状,可只要孩子们高兴,独个儿游戏,他就从树林里出来,悄悄地来到孩子的身边。他会在孩子挖的小小的泥洞里躺下;他会站到玩具兵打仗的敌人一边,吃败仗,叫孩子高兴;他会在孩子上床的时候,照料好每一件玩具,让孩子安心睡觉;而且——

> 他躺在桂冠里,他奔在草地上,
> 你碰响好听的玻璃杯,他就歌唱;
> 只要你快乐,又说不出理由,
> 在你身边就肯定有"儿童之友"!

这"儿童之友"到底是谁呢?也许是莎士比亚的《仲夏夜之梦》中的帕克?或者《暴风雨》中的爱丽儿?不,有点像,但又都不是,他就是这么一个不存在的存在,一个"瞧不见的游戏伴儿",就是把儿童引到忘我的游戏乐趣中的一个精灵,把孩子引到幻想世界去的一种诱惑,一股力量。当发怒的妈妈责问贪玩的孩子"你的魂灵到哪里去了?"的时候,我想,这样一种回答无疑是有趣的:"是儿童之友把我拐走了。"我觉得,斯蒂文森是在这首诗里把儿童对童话世界的向往,对游戏和幻想的专注精神,概括为一个帕克式或爱丽儿式的形象,并对这个形象赋予了某种哲理的暗示,因而使这首诗成为一首极富于儿童特点和哲理光彩的诗。

应该说明,当我想起这首诗的时候(我小女儿七八岁),那本暗绿色封面的小书《一个孩子的诗园》,已经不存在了。二十世纪六十年代中期,当我的小女儿刚刚四岁的时候,这本小书连同我保存了几十年的其他许多中外文书籍,都在"文化革命"的大风暴中化成了纸浆!在"打倒一切封资修黑货"的口号声中,我只好把对于这本诗集中许多首诗的记忆埋葬在心的深处。

"光阴荏苒",时轮一下子转到了二十世纪八十年代初期。我已经是年近六十的人了。不知怎的,我又想起了这本诗集。我好像怀念一位老朋友似的,渴望同它再次见面。于是我设法从一个研究所的资料室里借来了这本书。我把它又从头到尾地读了一遍。它又一次触动了我的心弦。许多记忆重新涌上我的心头。许多过去熟悉的形象,色彩,韵律,已经消失了好多年的,又重新鲜明起来,活跃起来。这对些诗,我似乎既熟稔,又陌生。我感到,有些诗,过去觉得诗味浓郁的,现在再读,觉得平平了;有些诗,过去觉得好,这次再谈,似乎发现里面还有深一层的趣味和意义;有些诗,过去没有经意的,这次却引起了我的注意。

有一首《给威利和亨丽艾塔》,它的意义,我年轻时怕是不大能体会的。在这首诗里,诗人写道:"如今,我们坐在老人的椅子里,/两条腿不再走动了,安静地休息,/我们从窗子的栅栏里向外望去,/见到孩子们,我们的下一代,正在游戏。"生命是要递嬗的,但生命之火永不熄灭。儿童,永远是新生命的体现者,人类的希望。诗人继续写道:

> "时间曾经存在过,"白发人说道,
> 带着什么都不可挽回的语调,

但是那冲破一切阻拦的时间

在飞速前进的途中把"爱"留给了人间。

斯蒂文森是个人性的歌赞者。不过我对这首诗的理解是：儿童是人类的希望，但儿童要在阳光雨露下成长。人类只有爱自己的孩子，才能有自己的未来。这首诗正是诗人通过自己对儿童的态度表述了他对人类前途的看法。我觉得，诗人的态度是积极的。比之于悲观主义者哈代，我还是较能接受斯蒂文森。这首诗的最后两行，也许，正是这本诗集所表达的全部思想的总结。

还有两首诗，这次引起了我的注意。一是《园丁》。写一个园艺工人，在孩子眼中，这个劳动者十分勤劳，质朴，而孩子对他也充满了善意和亲切感。另一首是《点灯的人》，写十九世纪苏格兰爱丁堡城中到傍晚时把一盏盏路灯点亮的工人。诗中写道："我爸爸是个银行家，他可以非常有钱；／可是，我长大了，让我挑选职业，／李利呵，我愿意跟你去巡夜，把一盏盏街灯点燃！"这里所表达的孩子对普通劳动者的尊敬，和自己想做一个普通劳动者的真诚而美好的愿望，是可贵的。不过，吸引我注意的还不仅是这个出身于资产阶级家庭的孩子对下层劳动人民的同情，更重要的是这种对劳动者的平等态度，善良和美好的感情，恰恰是孩子所特有的，也是通过孩童特有的方式表达出来的。

吸引我注意的，还有那些儿童眼光里的大自然的风光和景物。这里有蓝蓝的天，无边无际的旷野，骑马奔跑的风，旅行的太阳，落到田野的雨，像钟面那样圆的月亮，低头看孩子的星星，镜子一样的河，金色的沙滩，这里有玫瑰、百里香、蜀葵、雏菊、金凤花、金雀花、酢浆草、三叶草、勿忘我草、常春藤……有磨坊、干草堆、牧场、草坪……有松树、山毛榉、红醋栗……这里有麻雀、奶牛、猫、狗、老鼠、蝙蝠、貂、鳟鱼、鸟蛋、雏鸟、鲂鲱、鲸鱼的骨架、拉雪橇的驯鹿……在孩子的眼里，冬天的冷风把孩子的脸刺得火辣辣的，会撒他"一鼻子冰冻胡椒粉"。户外是个冰雪的世界，树木和房屋，高山和平湖，全冻成了一整块"结婚蛋糕"。而冬天的太阳，成了一个"冰冷的火球"。可是到了夏天呢，太阳到处"伸进他金光闪亮的手指头"，他"沿着海洋，循着山岭，绕着辉煌的蓝天运行，给玫瑰着色，教儿童高兴……"于是孩子把太阳称作"伟大宇宙的园丁"。这些诗中的自然景物，都是从儿童的角度去观察描绘的，带着鲜明的儿童情趣的印记。有一首题为《神仙吃的》，写"金雀花儿的金色香气"、"松树的阴影"都是可以吃的，而且是"好吃的神仙食品"。这似乎不可理解。但我国有"秀色可餐"的成语，其理路恐怕是相通的。不过这"神仙食品"的比喻更带有西方孩子幻想的色彩，容易使我们把它同西方的童话联系起来。在题作《花朵》的那首诗里，孩子把小树林看作"神仙的领地"，在一棵棵小树下藏着小仙女，在树枝下，影子般的小仙女在编结一个家，在百里香或玫瑰的小枝头，隐隐约约的小仙女在勇敢地向上攀登……诗里的孩子宣称："假如我不是长得这样高，我要在这里生活一辈子！"这是孩子眼里的"仲夏夜之梦"。这里的自然景物带有浓烈的童话色彩。这是神奇的自然界，又是神奇的童话世界。

不久，我就萌生了同方谷绣同志合译这本诗集的想法。决心既定，开始动笔。也曾考虑过，是选译还是全译。最后决定全译，为的是保存原貌，使读者对这部诗集有一个全面的了解。比如，有些诗写孩子进餐前或睡觉前，要向上帝祈祷。从这里可以了解西方基督徒的习惯。有的诗写孩子希望所有的人都吃得饱，没有人挨饿，希望所有的人都幸福，虽然诗味较少，但从这里可以了解到这个孩子的善良愿望。绝大部分诗中有一个第一人称，像是一个男孩子。这孩子的性格，气质，教养，颇像英国伯内特的小说《方特勒罗伊小勋爵》中的主人公，而迥异于张嘎、小冬子这些我国文学中的儿童形象。这些诗,有较好的,有平庸的,也有瑕瑜互见的。但我想,这些诗对我们仍然会有借鉴的意义。因此,经过半年的努力,终于把它们全部译出来了。

想起来,也有些奇怪。这本诗集,从二十世纪四十年代初期起,就同我结上了不解之缘。其间经过几度的接近和疏远。最后,到了二十世纪八十年代,又经过我们的手,把它介绍给了中国的读者,中国的小朋友们。这时候,我仿佛有一种实践了某个诺言或者归还了某一笔债款那样的感觉。

话已经说完,笔早该搁下了。

但,似乎还有几句话要说一说。罗伯特·路易斯·斯蒂文森(Robert Louis Stevenson,1850—1894),是我喜爱的英国作家。当我还是初中学生的时候,我看过一部美国电影,名叫《金银岛》,我被影片中的冒险故事所深深吸引了。读高中时,又看了另一部美国电影,名叫《化身博士》。这两部影片都是根据斯蒂文森的小说改编的。从此,我对这位作家发生了兴趣,把他的原作找来阅读。我生平译的第一首英国诗就是斯蒂文森的《安魂曲》。后来,我又去了解这个作家的生平,知道他原籍苏格兰,出生于爱丁堡一个富裕工程师的家庭。早年学法律,从爱丁堡大学毕业后,当了律师。但不久即改行,专门从事文学创作。他自幼多病,身体孱弱,但他却有惊人的创作力。在他短促的一生中,他写了大量的作品:小说,散文,游记,诗歌。《一个孩子的诗园》写于1882年,经作者修改,于1885年出第一版。后来作者又作过修改。

坦白地说,我对于斯蒂文森毫无研究。他的作品,我看得也不多。他的《一个孩子的诗园》,在英国文学史上,地位似乎不高,有些英国文学史著作,在提到斯蒂文森时,根本不提他的儿童诗。多数英国诗的选本,也不选他的儿童诗。但是,这本《一个孩子的诗园》自从出版之后,就不胫而走,直到今天,仍是英国几乎家喻户晓的作品。

但，对这本诗集作较高评价的，也不是没有。《不列颠百科全书》上，在"斯蒂文森"条目下，除了叙述他的生平和论述他的主要作品外，还有这样的话："他的诗歌作品，虽然没有显示出诗创作的最高天才，但常常是精巧的，有时是引人入胜和富于独创性的（例如他在运用苏格兰方言时），有些时候，由于展示出一种特殊的记忆和敏锐感而成为有价值（如《一个孩子的诗园》中的诗）。""《一个孩子的诗园》中的诗，表现出一个成人在重新捕捉童年的情绪和感觉时的异乎寻常的精确性。在英国文学中，这些儿童诗是无与伦比的。"

应该承认，斯蒂文森的儿童诗有其独特的色彩。几乎每首诗都是从儿童的眼睛去观察世界，用儿童所特有的方式去认识世界。这种儿童的心理状态和儿童的情趣，本来是每个从儿童过来的成人都曾经有过的，但绝大多数人当他们成为成人之后都丧失了这种特质。鲁迅先生说过："孩子的世界，与成人截然不同。"作为成人，只有理解并重新把握住了"孩子的世界"，才能表现它。而斯蒂文森，确实具有这种本领。

不过，《不列颠百科全书》对《一个孩子的诗园》的评价是否过高了呢？那还是请读者读过了这些诗之后，自己去判断吧。当然，如果是由于译文粗拙而阻碍了对原诗的领会的话，那责任就在译者了。

1981年9月于北戴河

　　附言：以上文章是我和方谷绣合译的《一个孩子的诗园》的译者序。方谷绣是我的爱妻章妙英的笔名。1946年5月我和她在苏州灵岩山绣谷公墓定情，后来就把"绣谷"二字倒过来加一个姓"方"（这个字体现她端方的品性并且音调悠长），作为她的笔名。我们合译这部诗集是在她得了甲状腺癌症之后,为排遣她病中的寂寞,我建议做这件事,她同意,但她坚决不同意暴露她的真实身份。现在她已魂归西天,她的禁令总可以打破了吧。

1998年11月2日

关于《童心诗选》及其他

——萧乾、屠岸通信一束

这是由儿童诗集《一个孩子的诗园》中译本序引起的一组通信，前两封1982年在《文学书窗》刊载后，萧乾、屠岸同志又进一步阐述了自己的看法。为使读者有一个完整印象，现将四封通信一并发表。

——《读书》杂志编者

屠岸同志：

病榻上得您新译《一个孩子的诗园》，喜甚感甚。

这样以童心为题材的诗，是稀有的品种，经你和方谷绣同志移植过来，功德无量。我更为欣赏的，是你为此译本写的序——相对而言，可以说是篇"长"序，追述了你二十世纪四十年来同这本诗集的姻缘以及在这漫长的岁月中，你对每首诗在各个不同时期的玩味。序本身是篇优美的散文，同时，我认为这一做法在翻译界有提倡一下的必要。

我时常看到朋友们花了很大力气把几十万字或上百万字的书译出来，往往后面只有译者寥寥数十行的"译后记"，交代一下版本而已。我总感到美中不足。读者往往想知道译者为什么选这本书来译，在翻译过程中，又有些什么体会。自然，也希望译者介绍一下作者的生平（这一点，往往是做到了的），但更重要的是译者对原著的观感,他译时特别喜欢哪些部分。记得二十世纪五十年代读满涛同志译的车尔尼雪夫斯基的文集,在每篇之后,都附有一段译者的"书后",深为赞赏。可惜肯这样做的不多,原因当然很复杂。我相信大部分读者是希望译者(作品介绍人)出来讲讲的,像《一个孩子的诗园》这样,以儿童为题材或写给儿童的诗,颇有一些至今仍为人们所传诵的。我记得湖畔诗人华兹华斯就写过一些很精彩的,如《露西·格雷》及《我们是七个》,你何不把这个诗园扩大一些,索性编译一部"童心诗选"? 对我们的儿童文学创作,那也必将是一启示,开辟一个新领域。目前的儿童文学大多是用散文写的。匆问

著安!

萧 乾

1982 年 10 月 12 日

萧乾同志:

您的信是 10 月中旬给我的,到今天已经半个多月了。这中间我们已见了三次面,却没有时间交谈,所以我仍然给你写这封信。

《一个孩子的诗园》不是斯蒂文森的代表作。其中有些固然是好诗,有些并不精彩。总的说诗格不算高。倒并不是因为那些诗是儿童诗。儿童文学被当作"小儿科"是冤枉的,正如小儿科被当作低级医学是冤枉的一样。安徒生是世界文学的少数高峰之一。但《一个孩子的诗园》并不是高峰。

然而,对于这本书我还是比较喜欢的,主要就是喜欢那种儿童心理的刻画和儿童情趣的描绘。"译者序"是写了我在各个不同时期对这本书里的诗篇的感受。一位朋友说,这个序有个缺点,就是仍然是大人腔,而且是文化人口气,如果改成对儿童说话的调子,也许更好些。我认真想了想,觉得这意见是有道理的。不过我估量了一下自己的能力,又感到大概难于做到。

访英格兰湖区华兹华斯故居"鸽庐" 2001年9月

　　你提出的问题很值得思考。译界同仁大都有点顾虑,或者不是顾虑而是长期形成的习惯,就是在序跋中不谈自己,不谈作为译者对所译作品的感受和体会。当然在序跋中要谈谈对作者和作品的看法,但大都是客观的介绍和分析,而把译者自己的心掩藏了起来。原因是什么?你说原因很复杂。确实如此。但我想,原因之一也许是怕导致个人思想感情的流露。不过,在"左"的指导思想居于统治地位的时候,即使不怕,写了出来也还是不可能发表的。我写这篇序的时候,也曾考虑过要不要这样写,最后还是这样写了。而且得到有些同志的支持,终于发表了。这是党的十一届三中全会之后思想解放的结果。如果没有三中全会,我也不会这样写。当时我想,如果有人批评,那倒也好,认真听着就是,如果批评得有道理,就接受。结果从各方面吹来的倒还是鼓励的风。特别是你的鼓励,使我很感动。不过,这篇序确实有毛病:冗长。至于"优美的散文",那是过奖。

　　你提到的华兹华斯的《露西·格雷》和《我们是七个》,我都译

访英格兰湖区华兹华斯故居"鸽庐"内诗人起居室　2001年9月

过,发表过。华兹华斯还有一首《阿丽丝·费尔——或贫穷》,我也译过,发表过,还有费丽西亚·希曼斯的《卡萨卞卡》,当我还是高中学生的时候,我曾把它译出,发表在"孤岛"时期上海的报纸上。此外如惠特曼的《有一个孩子向前走去》以及《夜里,在海边》我也译过,收在我译的惠特曼诗集《鼓声》里。这些都是描写儿童的好诗。你建议编一本《童心诗选》,确是一个好主意。但我一个人力量太弱,又缺少时间。凭你的博学,是完全有能力来编一本的。不知你是否有兴趣来当主编,搞一本多人原作多人译的《童心诗选》? 如果你有兴趣,我一定踊跃供稿。

　　即颂

冬祺!

屠　岸

1982年11月9日

屠岸同志：

没料到你那么重视我在病榻上写给你的那封信，你回了那么长的一封，还在《文学书窗》上发表了。看到你建议由我来编一部《童心诗选》，我大吃一惊。我有时不自量力，惟独对于诗，我一向尚有自知之明，所以生平没写过一行。我懂得崇敬诗，一向把它（真正的诗）奉为文学艺术的顶峰。但我这凡胎则只配远远地瞻望，却无力攀登。幸而青少年时即有此认识，如今老了，更不会去冒失。这点心意当能邀到你的见谅。《童心诗选》的理想译者，国内不乏其人。你、文井、金近、荻帆、徐迟等同志，不少位既是写诗的国手，又通外文。这样一部诗选，理应印得更精美些，由一位或几位富于童心的画家插插图，是完全可以上万国书籍博览会的。

关于写序的问题，我还有些未尽之言。

文学翻译的进行，不外乎三种方式：一种是作为业务硬派下来的，一种是完全出于个人爱好，还有一种是二者的结合；既是任务又符合本人兴趣。对第一种方式的翻译不能要求过高，除了交代一下版本及作者生平，译者有时写不出更多的东西。这不能强求。你译的《诗园》我想应属第二种，正如我去年译的《培尔·金特》。后两种方式的译者都会情不自禁地要谈谈对所译的作品的体会。所以我不但为《培》剧写了序，交稿后，还又补了篇"代跋"，因为我渴望读者们分享那部剧作曾给予我的艺术感受。但二十世纪五十年代，除了为《大伟人江奈生·魏尔德传》写过一篇较长的序言之外，其他作品我译完总是只简单交代一下作者生平及版本而已。我认为（一）这里存在着一种对"老大哥"的依赖心理。当时不少译品没有译者的序跋，倒往往附有一篇俄文本的序言或苏联什么人对该书的评论——也许作为庇护。1962年当我译加拿大里柯克的讽刺小品时,我首先查到莫斯科外文出版社出过他的俄译本,我才敢放心地去译。(二)隐在这种依赖心理后面的,是一种自觉或不自觉的恐惧。那时候,我好像丧失了原有的一点鉴别力,"主观能动性"好像罢了工——至少也是怠了工。

最近在《读书》上看到张隆溪同志对苏联人写的一本《英国文学史纲》的批评,痛快极了。二十世纪五十年代,搞英国文学的曾把那本文学史的中译本奉为圣经——在那之前,记得是穆木天翻译的苏联"教学大纲"。"老大哥"也真不愧为帽子大师。拜伦、雪莱是"革命浪漫主义者",华兹华斯就硬被赐以"反动的浪漫主义者",而对十八世纪具有广泛影响的约翰森博士,干脆被从作家行列中革除了。当时,最保险的就是跟着"老大哥"的文学指挥棒。译完什么去写序,那是没罪找枷扛。在这一点上,我向已故张满涛同志衷心表示敬意! 他甘于去冒那风险。

确如你信中所说,直到十一届三中全会,才斩断了捆绑我们达三十年之久的那套无形枷锁。所以你才为《诗园》写了那篇较长的序。我认为在我国文学翻译事业上,这种做法本身具有重大意义。它标志着我国翻译工作者的思想解放:我们终于摆脱了长期形成的唯"老大哥"马首是瞻的心理状态,是"双百"方针在文艺工作中真实的体现。因此,我认为是一种应该大力提倡的风气。中国人翻译外国作品要有中国人的观点,中国人对原作的体会诠释。

因为文学翻译(不论是诗歌还是散文),在本质上和科技翻译是不同的——也正因此,我怀疑能把它机械化,电脑化。文学翻译是原作者与译者思想感情交融的结果。在整个工作过程中,译者同书中的人物哭过,笑过,思索过,感动过。怎能一译了事呢?

以上也许都是谬论,但是埋在心底二三十年的谬论。在你的

启发下,倾吐出来了。不对头处,请指正。即颂

　　著安

萧　乾

1982 年 12 月 13 日

萧乾同志:

　　你 12 月 13 日写给我的信,我读了至少三遍。

　　这封信才真正是"那么长的一封"。现在提倡文章要写短些。但短而言之无物劣于长而言之有物。书信也是文章的一种。我读到这封长信中关于译本写序问题的高论——确是高论——时,深感到:幸而这封信没有写短了。

　　你说到对"老大哥"的依赖心理。确实如此。我译的《莎士比亚十四行诗集》初版于 1950 年。那时刚刚解放,对"老大哥"无限景仰。我这个译本在出版之前,送给上海市军管会文艺处的领导去审查——那时我在上海市文艺处剧艺室工作,而文艺处剧艺室有一条不成文的规定,党员发表作品要经领导审查。当时有一位同志看后说:这本诗集专谈什么爱情呀,友谊呀,老是劝朋友结婚生孩子呀等等,对今天的青年读者有什么好处?副处长陆万美同志说,这是英国古典文学,你可以送给黄副处长(黄佐临,当时兼文艺处副处长)去看看,他是内行。我即把稿子送给黄佐临同志去看。过了几天我再去找他,请示他能否出版。他说可以。我如释重负。我在初版"代跋"中特别讲了苏联如何重视莎翁的著作,讲了苏联诗人马尔夏克译的莎翁十四行诗获得了斯大林文学奖金,再附上我请左紘同志译的苏联莎学专家莫洛佐夫为马尔夏克的莎翁十四行诗译本所作的序文(这篇文章的论点,有些是可取的,直到今天,我还是这样认为),这样我就觉得安心了。那时是二十世纪五十年代初期,棍子帽子还没有乱飞起来。但我参加过文艺处

225

的一次工作总结,进行了批评和自我批评,后又参加了上海市戏曲界的文艺整风学习。我真心诚意地要改造自己的思想,要抛弃资产阶级文学给予我的不好的思想影响。但同时又舍不得莎士比亚,惠特曼……觉得应该用马克思主义的观点对他们进行批判地继承。当我发现苏联是如此重视莎翁,马尔夏克译的莎翁十四行诗竟在苏联卫国战争期间登在《真理报》头版全版,后来又获斯大林奖金,我就如获至宝,找到了根据,觉得思想改造与莎士比亚还不是水火不相容的。(其实马克思恩格斯对莎翁是推崇的,他们有许多关于莎翁的论述,可惜当时的我对此并无甚了解,真是幼稚得可怜!)我这个译本在"文革"前多次再版,莫洛佐夫为马译所作序文始终附在书后。"文革"期间,1967年5月下旬,一次纪念《在延安文艺座谈会上的讲话》的大会上,戚本禹作长篇报告,把莎士比亚也踩在脚下。就是说,连老祖宗马克思也不在他的眼里了。我当时尽管对"革命"万分虔诚,但对戚本禹的话还是有"腹非"之罪的。直到十一届三中全会之后,我这个译本修订再版时,我不仅加上了我自己的《译后记》(这里面阐述了我对莎翁十四行诗的理解,我没有抄袭莫洛佐夫的论点或其他人的论点,尽管我的理解仍然是十分肤浅的),而且连作为附录的莫洛佐夫为马译所作序文也在出版社的建议下去掉了。这正如你说的,是"我国翻译工作者思想的解放"的一个表现。

你提到的张隆溪评《英国文学史纲》一文,我也很赞赏。阿尼克斯特的这部专著,确实失之偏颇——当然,也不是一无可取之处。不过我想到咱们十年"文化大革命"中对外国文学的态度,想到林彪吹捧的江青《部队文艺工作座谈会纪要》中所谓"要破除中外古典文学的迷信"的论点,想到我上面提到的戚本禹的报告中的说法,那就不能不承认阿尼克斯特的"革命"还是不彻底的,很不彻底的了。

我不仅希望我们的外国文学翻译工作者写出自己对作家、作品的观点、诠释、感受、体会(有不少译者已经这样做了),而且希望有中国研究家撰写的外国文学史,外国文学的国别史,断代史,流派史,流派论,作家论,作品论。我更拥护周扬同志在二十世纪五十年代就提出的要建立具有中国特色的马克思主义文艺理论体系。这项艰巨的任务也许需要一代至几代人的努力才能完成——也许不断发展下去,无所谓最后"完成"。但不知道有关方面是否已订出规划。

你多次提到你对诗有"自知之明",所以不写诗。不过,世界上往往有这样的事:懂诗的人不写诗,不懂诗的人却大写其诗。诗,似乎总是要分行写的。但是,分行的不一定是诗,不分行的不一定不是诗。可能有千行万行的文字,却并不是诗。我写过一些分行的句子,到底够不够得上称作诗,只有听任读者去评判,时间去选择了。不过,我倒也有一点自知之明,知道自己的分量。我写的东西里,达到诗的标准的,如果不是零,那也微乎其微。而你的一些作品,如《蚕》,如《道旁》,等等,我是当作前辈的力作拜读过的,它们虽然以小说形式出现,但我认为,这些作品是真正的诗。

至于《童心诗选》这个好建议,我想在物色主编人选方面再作一些努力。否则太可惜了。

《培尔·金特》不知何时演出?单行本今年能出版否?那篇长跋,我将拭目以待。

知道你和洁若同志即将访问新加坡,今秋还有赴美讲学之行,这说明你的体力甚好,而且工作热情高涨。我祝你出访顺利,并望多加珍摄。

专此布复,顺祝

新年愉快!

屠 岸

1983 年 1 月 3 日

诗心与童心的结合

——《英美著名儿童诗一百首》前言

十年前,萧乾同志看了我和方谷绣译英国斯蒂文森著《一个孩子的诗园》,给我写信,除对"译者序"谈了他的观感外,还建议我编译一部外国儿童诗选。他在信中说,"以儿童为题材或写给儿童的诗,颇有一些至今为人们所传诵的。我记得湖畔诗人华兹华斯就写过一些很精彩的,如《露西·格雷》及《我们是七个》,你何不把这个诗园扩大一些,索性编译一部《童心诗选》? 对我们的儿童文学创作,那也必将是一个启示,开辟一个新的领域。"(萧乾致屠岸:1982年10月12日)

十年过去了。我一直记着萧乾同志的建议。在这期间,也曾见到过国内出版的两种外国儿童诗选,从中得到了教益。我所接触的外国儿童诗,以英美的居多。我想,可以编译一部英美儿童诗,而且最好是英汉对照的,可以使读者不仅从译文而且从原文直接欣赏诗美。这个愿望终于因中国对外翻译出版公司《一百丛书》编者的约稿,经过十个月的努力而实现了。

这里选入的,正如萧乾同志所说的,是两类诗:第一类是"写给儿童的";第二类是"以儿童为题材的"即写儿童的(二者有交叉)。第一类诗专以儿童为读者对象,写儿童心理、儿童情趣、儿童幻想、儿童生活;或者写故事、寓言、童话等,从中透出寓意、告诫、教训、哲理；也有直接对儿童讲道理的（当然我们不要生硬的教训口吻）。这类诗作者有英国的泰勒姊妹、爱德华·里亚、罗伯特·斯蒂文森、希雷亚·贝洛克、德·拉·梅尔、埃莉诺·法

《英美著名儿童诗一百首》（英汉对照），屠岸编译，中国对外翻译出版公司，1994年版

杰恩、阿·亚·米尔恩、泰德·休斯，以及美国的尤金·费尔德等。英国大诗人罗伯特·布朗宁和杰出女诗人克里斯蒂娜·罗塞蒂也为儿童写了童话故事诗，载入了文学史。琪恩·泰勒的《星》不仅在英美家喻户晓，而且进入了中国的初级英语教科书。里亚的"胡诌歌"以奇特的想象和顺口的韵律赢得孩子的喜爱，使他们一哼起来就乐不可支（《猫头鹰和小猫咪》等）。斯蒂文森在捕捉童年的情绪和感觉时表现出了异乎寻常的精确性（《被子的大地》，《该睡的时候溜了》等）。米尔恩微妙地刻画了儿童心理，得心应手地抒写了儿童情趣，他的诗已被公认为儿童文学中的精品（《赶时髦》，《谁也管不着》等）。尤金·费尔德的《睐睐，眨眨，和瞌睡》写孩子的梦，别出心裁，独具一格。

　　第二类诗以儿童为描写对象，写各种各样儿童的生活、遭遇、命运。这里有儿童的天真活泼、纯洁无邪，与大自然的融合无间；有儿童的欢乐幸福，也有儿童的彷徨，悲哀，在命运的巨掌中沉落，或者受剥削、受压迫，在死亡的阴影里踯躅。这类诗的作者几乎包

括了英国诗史上历代(从十六世纪起)伟大的和重要的诗人,收在本书中的这类诗的作者,举其要者,有莎士比亚、布莱克、华兹华斯、柯尔律治、兰姆姊弟、雪莱、济慈、伊丽莎白·巴瑞特·布郎宁,丁尼生、叶芝、麦克迪亚密德,以及美国的杰出诗人惠蒂叶、朗费罗,大诗人惠特曼……这个醒目的名单说明,诗人们不仅在成人的天地里骋驰想象,他们的心灵与儿童的世界也直接沟通。

莎士比亚虽然无心专以儿童为题材,但是他的戏剧中的小精灵,例如《暴风雨》中的爱丽儿,就带有鲜明的儿童气质。爱丽儿的歌常为儿童诗选家所瞩目。

儿童较之成人和大自然更为接近。华兹华斯笔下的儿童,是大自然的一部分。一个小女孩,心目中不存在生死的界限,她把已死的姊姊和哥哥仍当作活生生的家庭成员(《我们是七个》)。孤寂的女孩露西在暴风雨中夭亡,但她的灵魂不灭,永远在大自然中遨游吟唱(《露西·格雷》)。济慈则以独特的韵律唱出了作为儿童的自己对世界的惊奇发现(《有一个淘气的男孩》)。

诗人们往往把深挚的爱心捧给自己的或别人的孩子。华兹华斯哀悼他的夭折的女儿凯瑟琳(《伤逝》);雪莱赞美他的新生的女儿爱恩丝(《给爱恩丝》)。惠蒂叶歌唱无忧无虑的童年(《赤脚男孩》)。惠特曼用极其简练的笔墨写出他对母亲和婴儿的凝视(《母亲和婴儿》);用深沉的语调写出了父亲如何启发女儿对宇宙和人生作真切的思考(《夜里在海边》)。丁尼生用温馨的调子谱写了母亲和婴儿的对话(《婴儿歌》)。帕特莫尔作为父亲因对儿子粗暴而感到难过(《玩具》)。同样的,孩子也以真挚的爱心回报父母。年过半百自称"胡子老人"的朗费罗抒写了女儿们对他的一场"爱的突击"(《孩子们的时刻》)。而费丽西亚·多罗西亚(后来的希曼斯夫人)八岁时就能以稚嫩的嗓音唱出祝贺母亲诞辰的颂诗(《我母亲的生日》)。

儿童终将从浑然无知走向人生艰辛。叶芝但愿那个尚不谙世

事的女孩在海风中尽情舞蹈（《给一个迎风起舞的孩子》）。这是一
个暗示。威廉·托姆写了孤儿的悲惨遭遇，诅咒社会的不公平（《没
有妈妈的孤儿》）。麦克迪亚密德为高贵的公主对残疾儿童的无情
"恩宠"而愤懑（《在儿童医院里》）。伊丽莎白·巴瑞特·布朗宁严正
指斥了资本家对贫苦儿童的残酷剥削，为英国童工的悲惨命运向
社会发出了强烈的控诉（《孩子们的哭声》）。这位十九世纪女诗人
的呼喊直到今天还在人们的耳畔震响，还有现实意义。

　　布莱克笔下的儿童形象虽然带有宗教的或神秘的气氛，但那种
孩子的天真和纯净仿佛是圣洁的光，往往把读者带到一种特异的童
心境界。他的著名诗篇《扫烟囱的小孩》有两首。第一首的喜剧性
结尾未必是对苦难儿童的空洞许愿，毋宁视之为作者对美好结局的
一种想望；第二首则是设身处地地写出了扫烟囱小孩受到的精神和
肉体虐待，其批判的锋芒不仅扫过社会上层，甚至扫到了宗教本身。

　　战争与儿童这个主题既古老又新鲜。这本书里收有两首与战
争有关的诗。一首是费丽西亚·多罗西亚·希曼斯的《卡萨卞卡》，
另一首是罗伯特·骚塞的《布伦宁战役之后》。这两首都是英国诗
歌中的名作。前者曾被收入三十年代中国的中学英文教科书中。
《卡萨卞卡》写的是真人真事，歌颂了一个在海战中阵亡的科西嘉
少年。他奉父亲的命令坚守岗位，未得到允许不能擅离。他不知
道父亲已经牺牲。得不到离开的允诺，他就守在原地，直到被战火
吞灭。他父亲是拿破仑麾下的海军军官。这场战争是1798年拿
破仑远征埃及之战：在亚历山大港之东的阿布基尔，法国舰队被纳
尔逊率领的英国海军消灭殆尽。要肯定一个在战场上牺牲的人，
按惯例应该先弄清楚他所参加的是正义战争还是非正义战争。拿
破仑是一个有争议的历史人物。但他在1796年至1798年出兵国
外，是为了击败欧洲封建反动势力组成的反法同盟，解除对法国安
全的威胁，保卫法国大革命的成果。因此在这一时期，历史的天平

还是应向拿破仑倾斜。——再者，从我国历史上看，"春秋无义战"。可是从春秋战国的历史中，不也可以汲取有用的教训吗?(例如"卧薪尝胆"等。)不也可以赞颂那些"杀身成仁，舍生取义"的义士吗?(例如豫让、荆轲等。)无论如何，卡萨卞卡还只是个大约十三岁的孩子，却能忠于职守，为国捐躯，其事迹是十分感人的。卡萨卞卡牺牲的那年，正是此诗作者费丽西亚·多罗西亚五岁的时候。少年的英勇事迹感动了她。后来她写诗赞颂这位少年，实际上是站在法国的立场反对了她的祖国。这也是要有一点胆识的。《布伦宁战役之后》写的则是另一个场面。诗中出现两个孩子在布伦宁(一译布伦海姆)野地里玩耍时发现了人的头盖骨，老人说这是一场战争中的牺牲者。孩子问，人们为什么要互相拼杀，死那么多人。老子说，"我也实在说不清;不过大伙儿都说那是一场有名的大胜仗。"这是一场什么战争呢? 布伦宁是当时欧洲中部巴伐利亚的一个小村庄(属神圣罗马帝国)，1704年，西班牙王位继承战争(法国同奥地利争夺西班牙王位继承权)中英奥同盟军在此大败法国和巴伐利亚联军。指挥这场战役的英军统帅马尔布鲁公爵和皇帝军统帅萨伏伊亲王尤金成为英雄。这就是著名的布伦宁战役。这场战争的实质是英法争霸欧洲。大人们都歌颂辉煌的胜利，可是天真的孩子却看到了战争的另一面:"这可是坏事，是造孽!"作者骚塞通过孩子的嘴表达了他对这场战争的否定态度。这两首诗的内容看来是相反的:一首歌颂战争中的英雄行为;一首反对人类自相残杀。但两首诗都写了战争与儿童，一首写信守承诺，一首写热爱和平，都写出了童心的赤诚。

让我们从战争的硝烟中走出来，回到和平的绿茵上来吧。

动物对儿童有特殊的吸引力。收在这本书中的一些诗写到了猫、狗、羊、鸽子、猫头鹰、鹦鹉、蜜蜂等。格雷的《淹死在金鱼缸里的爱猫》通过一只猫的悲剧写出了一则有深意的寓言。考伯的《狗和睡莲》和伊丽莎白·巴瑞特·布朗宁的《给弗拉希，我的狗》都写出了狗的性格，狗对主人的忠诚体贴甚至胜过了人。这些通人性的狗会得到孩子的喜爱。坎贝尔的《鹦鹉》写的是：一只久居异乡的笼中鹦鹉，听到从故乡来的陌生人用乡音同它对话时，它立即用乡音答话，喜极而死。它通人性，而且有深厚的感情。这只鹦鹉一定会得到孩子的爱怜。最奇特的一首该是玛丽·兰姆的《小孩和蛇》了。蛇是可怕的。这首诗里的小孩却每天跟蛇共进早餐。他的母亲目睹自己的孩子同蛇交了朋友。这个似乎有悖于常理的故事写出了这一层道理：天真的孩子不懂得恐惧。这种初生者的无畏成为一种伟力，可以驯化兽类。这首诗同华兹华斯的《虹彩》所体现的是同一种思想。写动物写出这种境界，就高出于一般动物诗了。

写植物需要另一种观察力。法杰恩以女性的细腻探索儿童与花朵的心灵感应（《花丛里的布蓉温》）；华尔特·德·拉·梅尔笔下的种子正好是人类的幼芽——儿童的象征（《种子》）。最使人悚惕的是泰德·休斯的《我自己的真正的家族》。这首诗中的主人公——一个男孩梦见自己受到一群被砍伐的橡树之灵魂的包围，最后这孩子的心成了一株橡树。这里，儿童与植物的主题同当代人类面临的生死存亡问题（环境与发展）结合了起来，形成一首具有强烈当代意识的儿童诗。

孩子们最爱听的还是童话故事。收入本书的两首长诗，就是童话故事诗的代表作。《小妖精集市》是曾被誉为"英国女诗人中名列第一"的克里斯蒂娜·罗塞蒂的成名作和代表作。这首诗写丽西和罗拉姊妹俩的经历。罗拉经不住小妖精们的诱惑，用一束金发换取美味然而有毒的水果吃了。但只要吃过一次，便再也见不到妖精；听不到叫卖声。她在渴求中逐渐委顿，濒临死亡。她的姊姊丽西勇敢地找到小妖精们，为妹妹弄到了"火辣辣的解毒法"，救活了妹妹。诗中对神秘环境的刻画，对众多的小妖精和他们的各式各样水果的描绘,对姊妹两人形象的塑造,做到了精雕细刻,层层深入,却又流利自然,生动活泼。诗中写了在诱惑面前两种不同态度的对比,写了患难相助的手足之情的可贵。又不止此。诗中还有一个不出场人物珍妮,作为衬景,使诗的意境呈立体状态。这首诗不仅有引人入胜的情节,波澜起伏的韵律,还有蕴藏丰厚的内涵,发人深思的启示。

　　罗伯特·布朗宁的《哈默林的花衣吹笛人》是根据一个传说写成的。据说,在1284年6月24日,一个身穿花衣的吹笛人用笛声把哈默林全城的老鼠引出,淹死在威悉河里,为市民们消灭了鼠害。但吹笛人没有得到事先应允的报酬,一怒之下,他又用笛音带走了该城的134个四岁以上的儿童,他们消失在柯佩尔堡山里。布朗宁对这个传说略加改造(例如日期就稍有变动),运用他的生花妙笔,写成了这首诗。他原是专为他的好友麦克瑞迪的儿子小威利写的,为了供这个病中的孩子阅读并给诗画插图——这孩子喜欢画画。今天,这座位于德国西北部平原,威悉河北岸,拥有六万居民的哈默林小城,已成为一个旅游热点。它每年吸引着来自世界各地的游客二十多万人。它的吸引力主要来自这个"花衣吹笛人"的传说。今天的哈默林人把"花衣吹笛人"奉若神明,以他的形象作为该城的城徽。该城"捕鼠人之家"门前有一座生动的群雕,中央是"花衣吹笛人",四周是一群天真的孩子,他们随着笛声而手舞足蹈。食品店向游客出售用面粉和奶油捏制的"老鼠糖"和"老鼠糕"。餐馆供应别有风味的"烤鼠尾"以及"捕鼠人"牌烧酒。在广场上,木偶剧团不断演出关于"花衣吹笛人"的木偶戏。每到夏季,全城欢度隆重的"花衣吹笛人节":数百名孩子装扮成一只只活泼可爱的老鼠,跟着一位乔装的"花衣吹笛人"在大街小巷作化装游行。这时,父母便高声叫喊那些"着了魔"的孩子的名字,叫他们"赶快回家去!"(关于今日哈默林的以上材料,系根据《人民日报》1984年9月9日报道。)关于这个悲剧性传说的由来,有人认为起源于强盗拐走了一批儿童,也有人说是由十三世纪的欧洲儿童十字军东征衍化而来的。歌德和格林兄弟都曾在作品中采用过这个题材。这个传说已以几十种文字在世界各国流传。根据它改编的戏剧、歌曲、动画片、木偶剧等等不胜枚举。而布朗宁的《哈默林的花衣吹笛人》则是这类作品中最脍炙人口的高品位的儿童故事诗。诗中关于吹笛人和市长的描写,特别是吹笛人两次吹笛行使魔法时耗子群和孩子群先后着魔的情节描写,极其生动逼真,诗的韵律更是绘影绘声,铿锵悦耳。整首诗无疑是诗人布朗宁在行使"魔法",他奏出了无比美妙的"笛音",能抓住千万小读者(以及大读者),使他们都"着魔",进入一个令人感叹、令人悲伤、令人悚惕的童话世界。无怪乎这首诗今天已成为儿童文学中的世界名著。由于这首诗的广泛流传,英语"花衣吹笛人"(The Pied Piper)这个专有名词已转化为常用的普通名词,其意为诱拐者,并引申为提供有吸引力但也有欺骗性的诱惑物的人。

儿童是有年龄层次的。幼儿园里的孩子不同于小学生。低年级生不同于高年级生。不同年龄层次的儿童对读物有不同的要求。本书的读者层次不是单一的;有的诗可以朗诵给幼儿听,有的会使小学生着迷,有的可能受到初中生的赏识。好诗的读者往往没有年龄限制。成人爱读优秀儿童诗不是个别现象。收入本书的诗,水平不一,不过大都经过了认真的挑选。希望这本书能得到读者的喜爱。

至于能否做到如萧乾同志信中所说的:"对我们的儿童文学创作,……将是一个启示,开辟一个新的领域",我不敢奢望。我只期待着我们的儿童文学作家和诗人们,以及广大小读者和大读者,对这本书给予指教。

1992年7月

儿童诗的特殊审美品格

——绿原、屠岸关于儿童诗的通信

屠岸兄:

　　谢谢你今年夏天惠赠你编译的《英美著名儿童诗一百首》(中国对外翻译出版公司1994年5月出版)。当时天气热得异常,随着这本好书仿佛吹来一阵凉风,我曾答应为它写一篇读后记之类。想不到从夏至拖到秋分,竟一个字也没写出来。也不完全是我事忙,没有时间细读;倒是断断续续抽空读完了,有些篇还对照原文读过好几遍。更不是读后只觉得有意思,只有被动的快感,没有别的话好说;想说的话多着呢,怕一篇读后感未必说得完。正是由于莫知所措,不知从何说起,我几乎为自己轻率向你许诺而后悔。说是后悔,其实想到什么,仍想东扯西拉地给你谈谈。

　　我想到了些什么呢? 这是一本以儿童诗为标题的英汉对照的译诗集。还没有读就可以认为,里面所选都是诗,都是富于儿童情趣的诗,而且都具有老少咸宜的艺术效果,也就是说,儿童和成人都能从中读出味儿来。但是,我又想起,我在其它场合读过的儿童诗,有不少并不具有这种艺术效果;它们或者只让儿童觉得有趣,而成人往往觉得乏味;或者成人自以为有趣,而儿童往往莫名其妙。前后两种儿童诗从创作方法来说,二者的区别在哪里呢? 此外,如果时间充裕,还想读读原文,比较一下译文和原文的异同,琢磨琢磨克服或缩短两种语言的天然差异的实际可能性。但是,原文本身是诗,译文怎么加工也无法在诗意上同原文相比,却是各国译诗家们常有的遗憾,就儿童诗的翻译方法

《英美儿童诗精品选》三种,《小精灵的歌》、《大山和小松鼠》、《孩子的赞歌》,屠岸、屠笛编译,湖南少年儿童出版社,1997年版

来说,这又将给我们什么样的启示? 以上两个问题经常萦回我的脑际,最近读完你编译的这部儿童诗,很想就便同你谈谈自己的一些看法,也算是"疑义相与析"的意思。

这里所选都是英语文学史上占有重要地位的名篇,作者都是闻名天下的大诗人和名诗人,其中具有老少咸宜的艺术效果的佳作俯拾即是;译者又是经验丰富的里手,他的《莎士比亚十四行诗集》汉译本久已饮誉诗坛,他在本书的选材、编次和译笔上所下的功夫令人一目了然。因此,这本儿童诗集值得推荐,值得儿童和成人欢迎,是不言而喻的。为了深谈下去,我且先将我最喜爱的篇什摆一摆,它们就是——

《盲孩》、《有一个淘气的男孩》、《该睡的时候溜了》、《漫游》、《谁也管不着》(以上见"天真的歌唱"一组);《男孩的歌》、《星》、《风》、《镜子河》、《稻草人》、《山上的风》(以上见"自然的颂赞"一组);《小孩和蛇》、《种子》、《苍蝇》、《赶时髦》、《我自己的真正的家族》(以上见"心灵的交流"一组);《我有只鸽子》、《有一个孩子向前

走去》(以上见"呼吸·生命"一组);《扫烟囱的小孩》、《阿丽丝·费尔》、《孩子们的时刻》、《伟大、广阔、美丽、奇妙的世界》、《玩具》、《点灯的人》(以上见"家庭·社会·祖国·世界"一组);《淹死在金鱼缸里的爱猫》、《给一个女孩》、《爱瞎鼓捣的玛蒂》(以上见"鼓励·告诫·题赠·铭言"一组);《实际的时间和幻想的时间》、《猫头鹰和小猫咪》、《被子的大地》、《眽眽,眨眨,和瞌睡》(以上见"幻想·童话"一组)……特别值得一提的,还有两篇较长的童话诗:一篇是罗伯特·布朗宁的《哈默林的花衣吹笛人》,另一篇是克里斯蒂娜·罗塞蒂的《小妖精集市》。前一篇所写的传说,我儿时曾经听说过,说是德国哈默林市闹鼠灾,闹得人心惶惶,市政府不得已悬赏1000古尔盾求治,一个花衣吹笛人便用笛声把成千上万只老鼠引到威悉河淹死了;事后由于市政府食言拒付赏金,吹笛人又用同样办法把成千上万个儿童引出城外,在一个山洞口消失了。后来还听说,这个传说可能与1212年的儿童十字军惨剧有关,当时大批儿童曾经被骗去参加向圣地远征,纷纷死于途中。另一篇只是在文学史上见过题目和梗概介绍,说是两个小姐妹怎样克制自己的欲望,战胜了一群小妖精的诱惑,我同样一直没有读过它的本文。这两则神秘的小故事经过诗人们的艺术加工,终于带着浓郁的魅力成为儿童文学的瑰宝,中国小读者今天能够欣赏到它们,难道不应当感谢译者你吗?

　　以上就是我最喜爱的一些篇目。它们内容新鲜而动人,语言自然而简练,就读后所感到的愉悦程度来说,我恨不得像儿时读《千家诗》似的把它们篇篇背诵下来,逢人就摇头晃脑地评点一番,可惜限于篇幅,这里只能提一下它们的题目,想你一看就会明白我的意思。同时,你还可以由此了解,我最喜爱的儿童诗人就是济慈、玛丽·兰姆、里亚、惠特曼、斯蒂文森、贝洛克、德·拉·梅尔、米尔恩这几位。请注意我两次都用了一个"最"字,这就不是说除了这些诗,别的似乎不是儿童诗,除了这几位诗人,别的似乎不是儿童诗人。我挑出一些篇目而没有提到另一些篇目,我挑出一些诗人而没有提到另一些诗人,完全只表示了我个人的趣味,决不意味着任何对于后者的贬抑。相反,这里没有提到的诗人中间,有不少位是我平日景仰的大诗人和名诗人;他们这里入选的作品就纯诗而言,也有不少是我所欣赏的。但是,作为儿童诗来说,我却觉得,这些作品虽然作者都是名人,不见得篇篇具有老少咸宜的艺术效果;这种感觉可能正是我的所谓趣味在作怪。我总认为,儿童诗应当专门为儿童所写,应当让儿童一读或一听就懂,应当首先为儿童所喜爱;否则即使涉及儿童题材,即使在其它方面富于诗意,也不便称之为儿童诗。将这两种诗加以比较,从而得出于创作实践有益的结论,不正是你我作为儿童诗爱好者所乐于的吗?

纵观这100首诗,编次的依据虽然是作品的内容,并不是作者所处的年月,仍然隐约可以看出,这些诗人(概括西方诗人亦未尝不可)在儿童诗的创作实践上一般地经历了三个阶段:第一阶段,诗人们似乎认为,儿童不过是成人的不完整的"版本",儿童的概念常常与"不成熟或者没有受教育的成人"相混淆。在这种概念下产生的儿童诗往往容易按照成人的经验,对儿童进行主观的揣摩,而且往往把教育作用视作这类诗的主要目的。这类诗一般带有成人气,教训意味或者宗教情调,但由于作者都是名家,可读性仍然不是没有的。第二阶段,诗人们开始知道,童年虽说是人生的起点,儿童的精神世界却是一个独立的自在的世界,在许多方面不同于、有时还高于成人的世界。这时,直接以教育为目的的儿童诗渐渐少见了,流行起来的是寓教于乐的《胡诌歌》之类。到第三阶段,诗人们才懂得应当把儿童当作平等的交游对象,应当从儿童的生活、眼界、想象、智力出发,和儿童一起在诗中去开掘一个成人似乎未曾觉察的奇妙的境界。我以为,斯蒂文森、贝洛克、德·拉·梅尔等几位正是在更准确的意义上创作儿童诗的,他们的作品无疑会比采用其它手法的作品更为儿童所喜爱。

有人会问我,你不是儿童,又怎能判断他们欢喜什么诗,不欢喜什么诗呢?问得有道理,实在无法正面回答,但也不妨探索一下。我想接着前面的话茬来说,老少咸宜的艺术效果正是儿童诗的惟一标准。一首儿童诗如果能为儿童所喜爱,保留童心的成人也同样会喜爱,这是不成问题的。如果一首儿童诗(不成其为诗者除外)为儿童所喜爱,而成人觉得乏味,问题恐怕在于成人丧失了童心,也就是贝洛克所说的"丢失了幻境的大人",当然进不了诗人和儿童共同创造的那个神奇境界。成人固然是儿童变成的,但一旦变成了大人,由于世俗的熏染,便开始轻视自己曾经经历过的那个境界,以致把它忘得一干二净,这真是有点滑稽的悲剧。另一方面,有些儿童诗,成人自以为有趣,儿童却往往莫名其妙,问题则多半出在诗本身,这种诗或者是从成人的经验出发,近乎强迫儿童进入成人的经验世界,或者是利用淡薄的童年记忆,抒写只有成人才能感受到的哀乐悲欢,虽然对于成人颇有感染力,其本身似乎不能算是儿童诗了。

以上可能都只是我的偏见。不过,即使是偏见,也可能相反相成地促进思维的活跃,所以我敢于提出来向你求教。当然,这丝毫不违反我怀着喜悦心情推荐这本好书的初衷,我相信它不仅是你送给我国小读者们的一份厚礼,更为我国儿童诗作者们提供了借鉴的方便之门。至于我想到的第二个问题,即儿童诗的翻译问题,我只觉得应当尽可能口语化,让孩子一念就懂,一懂就笑,而不拘泥于原文的句法和结构;你在这方面有过不少成功经验,这次就不细谈了。

绿　原

1994 年 10 月 20 日

绿原诗兄：

来信收到已多日，因为抽不出一个比较完整的时间，所以迟复了。

拙编译《英美著名儿童诗一百首》，你能读完，有些篇还对照原文读过好几遍，读后有愉快感，这就使我十分满足了。读后引起你这么多感想，"想说的话多着呢"，这更使我意外地高兴。你说"求教"，实在不敢当。你说"疑义相与析"，这是我乐于做的。

你从这本译诗集想到了儿童诗的特殊审美品格问题。你提出，一些诗是"老少咸宜"的，既有儿童情趣，也能打动成人；而另一些儿童诗，不具备"老少咸宜"的效果，或者只让儿童觉得有趣而成人觉得乏味，或者成人自以为有趣而儿童往往莫名其妙。你问道：从创作方法上来说，这两种诗的区别在哪里呢？其实，就在你的信里，这个问题你自己已经作了回答。你的关于儿童诗创作实践一般经历三个阶段的论述，已经大体说明了不同的创作方法产生于对儿童精神世界的不同理解，产生于写作儿童诗的不同出发点，也产生于对儿童诗的不同审美追求。不妨回顾一下英国儿童读物发展的历史。早在十五世纪，专为儿童提供的出版物只有《宝宝的书》之类的"礼貌读物"。后来，为了乐趣，儿童只能去读班扬的《天路历程》、笛福的《鲁宾逊漂流记》或斯威夫特的《格列佛游记》等主要为成人写的书。到十八世纪，由于受到洛克和卢梭思想的影响，英国的教育变得较为人道、较为富于人情的时候，专门吸引并愉悦儿童的书籍才开始出现。十八世纪中叶，英国出现了第一家儿童书店。十九世纪二十年代到四十年代，随着德国的格林童话和丹麦的安徒生童话英译本的出现，在英国竟引起了一场持久的关于儿童该不该阅读童话的论争。这事有些滑稽，但这是历史。至于给儿童读的诗，早期只有道德说教读物，如十六世纪的《英诗读本》之类。十八世纪初叶流行的是瓦茨（Watts）的《儿童圣歌》，内容是宗教训诫和皈依上帝。十八世纪末到十九世纪初,布莱克的诗把宗教情绪与儿童心理熔铸在一起,写出了新的诗意。真正意义上的儿童文学作家和儿童诗人如刘易斯·卡罗尔(Lewis Carrol)、斯蒂文森(R.L.Stevenson)、德·拉·梅尔(Walter De La Mare)、米尔恩(A. A.Milne)等,则涌现于十九世纪末和二十世纪初。当代英国桂冠诗人泰德·休斯(Ted Hughes)的儿童诗更富于当代儿童心态的特色。英国儿童文学和儿童诗的发展历程与你的三个阶段的论述是大体吻合的,尽管这三个阶段也有交叉和参差。至于中国,第一个提出"孩子的世界,与成人截然不同"的,是鲁迅。中国儿童文学是"五四"以后的产物。新中国成立以来,儿童诗人们讨论过"站着对孩子说"还是"蹲着对孩子说"的话题。我认为"蹲着"并不意味着作家或诗人要把自己降低到儿童的智力水平,而恰恰是要尊重儿童的智力和儿童的心理,正如你说的,儿童的精神世界"有时还高于成人的世界","应当把儿童当作平等的交流对象"来对待。无论是外国的还是中国的儿童诗人,只有从儿童心理、儿童情趣、儿童思维方法的王国里发掘出金子般闪亮的诗情诗意,才能写出真正能打动儿童也能打动成人的"老少咸宜"的优秀儿童诗篇。

你提到的你最喜爱的儿童诗人名单中,第一位是济慈。这位杰出的浪漫主义诗人并不以儿童诗知名,但他的少量儿童诗确实具有惊人的儿童心理特质。你列出的你最喜欢的儿童诗篇中就有一首济慈的《有一个淘气的男孩》。这首诗写一个英格兰孩子初次到苏格兰时的特有心情,那种对异乡的奇妙、平凡而又新鲜的感受,绝对不是成人凭"苦思冥想"能写出来的。这是诗人心灵中幼年人惊喜地发现客观世界时迸涌而出的天真歌唱!

你提到,如果一首儿童诗为儿童所喜爱,而成人觉得乏味,问题恐怕在于成人丧失了童心。我同意你的这个观点。英国诗人华兹华斯说过,人们的诞生其实是入睡,是忘却:"我们披祥云,来自上帝身边——那本是我们的家园,年幼时,天国的明辉闪耀在眼前;当儿童渐渐成长,牢笼的阴影,便渐渐向他逼近……及至他长大成人,明辉便泯灭——消溶于暗淡流光,平凡月月。"(引自《永生的信息》,杨德豫译文)诗人认为儿童最接近上帝——自然,随着年龄的增长,童心会逐渐失去。所以他告诫说,"儿童乃是成人的父亲"。这个观点,有其丰富的内涵。有一部分成人,即使到了老年,也不失其赤子之心。这是因为他们心灵上天国(自然)的明辉并没有随着岁月的流逝而泯灭。正是这些人和儿童在一起,使世界充盈着希望。也只有他们才能欣赏儿童诗,才能与儿童一起欢笑,一起流泪。听说中国有的作家轻视儿童文学,讥之为"小儿科"(这对医学科学也是无知的);他们失去了赤子之心,恐怕也难写好成人文学。我编译的这本书的呈献对象,既是儿童,也是那些葆有童心的成人。

你还谈到,儿童诗应该专门为儿童而写,应该让儿童读懂听懂,为他们所喜爱,否则即使涉及儿童题材,即使在其他方面富于诗意,也不便称之为儿童诗。这种见解应当受到尊重,这也是对儿童诗选家提出了严格要求。我编译的这本书中确实有少量诗属于这一类。比如华兹华斯的《伤逝》,写诗人失去了小女儿之后的悲痛心情,是一首好诗。但是对于儿童来说,这首诗未必能被理解。我见到一些英国的儿童诗选,如英格彭(Roger Ingpen)主编的《儿童诗一千首》(*One Thousand Poems for Children*,乔治·雅各布斯公司,费城,1920)、斯特兰(Herbert Strang)选编的《儿童诗一百首》(*One Hundred Poemsfor Children*,牛津大学出版社,1958)、《给男孩的诗一百首》(*One Hundred Poems for Boys*,牛津大学出版社,1958)、《给女孩的诗一百首》(*One Hundred Poems for Girls*,牛津大学出版社,1955),其中都选有一些以儿童为题材的成人诗以及一些不以儿童为题材的成人诗。比如,格雷的《墓畔哀歌》、蒲柏的

《独居颂》，柯尔律治的《老水手行》《忽必烈汗》，甚至爱伦·坡的《乌鸦》……都入选了。这些都是好诗，但实在不是儿童诗。

那么，为什么儿童诗选中选入了这些诗呢？我想，在选家的心目中，这些诗可以供儿童阅读或学习。我国也出现过一些专供儿童阅读的诗选本，选入了例如王之涣的《登鹳雀楼》、孟浩然的《春晓》、李白的《静夜思》、贺知章的《回乡偶书》这类绝非儿童诗却适宜于儿童学习、阅读的好诗。而这类读物的书名叫《幼学古诗一百首》之类，不叫什么儿童诗选。由此我想起，汉语"儿童诗"和英语Poems for Chlidren是有区别的，后者的意思是"给儿童（读或听或学）的诗"或"为儿童（提供）的诗"（当然包括严格意义上的儿童诗）。如果把前者与后者完全等同起来，便会产生理解上的分歧了。

儿童是有年龄层次的。学龄前儿童与学龄儿童、小学低年级生与高年级生，在心理、智力、理解力、想象力和创造力等方面是存在差别的。有些诗，幼儿难以理解，少儿却可以接受。儿童和成人之间有一个界限，但又难以在年龄上对所有的孩子来个"一刀切"。我想，这也许是一些非儿童诗却是好诗进入儿童诗选本的另一个原因吧？

关于儿童诗的翻译问题，你没有详谈，但提出了一个原则问题："应当尽可能口语化，让孩子们一念就懂，一懂就笑，而不拘泥于原文的句法和结构。"这很对。口语化，确是我在译诗——特别是译儿童诗时努力追求的。优秀的儿童诗原作，常常用流畅的口语写成。但由于这本书所收的作品产生的年代贯串好几个世纪，因此原作的语言留有不同时代的痕迹。我们不能用文言文去译古代的摇篮歌。我译时用的一律是当代中国普通话。"拘泥于原文的句法和结构"，会导致硬译、死译，自不足取。我觉得连原文的字义，也不能拘泥。如米尔恩的一首诗，写孩子不愿受大人过分的管束,要自由自在,"我行我素",诗题是一个字:Independence,这个字(词)的本意是:独立、自在、自立。如果拘泥于字义,把题目译成《独立》之类,实在不妥。我把它译为《谁也管不着》,是着眼于原题的内涵,把一个字变为一个有主谓结构加上状语的句子,又是口语,而且是小儿的口吻。我认为这样译出的诗题与原诗的风格、情调庶几近之。在格律方面,我素来主张以汉语现代格律诗译英语格律诗,原则是以汉语音顿(音组)代替英诗的音步,韵式则悉依原诗,但不绝对化。儿童诗要琅琅上口,音韵忽视不得。如果原诗音韵优美,译诗失去了音韵这一要素,那就是失败的翻译。中国儿歌的节奏很强,用韵很讲究,有的谐韵字甚至讲平仄。比如《跳猴皮筋歌》之一:"奶奶奶奶水开了,/把我的小脚烫歪了;/走一走,瘸一瘸,/长大怎么穿皮鞋!"一、二句各三顿,三、四句各四顿,节奏非常明晰;用的脚韵不仅有阳韵,还有阴韵,如"开了"和"歪了"带有韵尾"了"(读作轻声 le);而叶韵字"开"和"歪"都是普通话四声中的第一声(阴平);"瘸"和"鞋"都是普通话四声中的第二声(阳平)。多么严格!我译儿童诗时,曾用心向儿歌学习。如译琪恩·泰勒的《星》,我就强调节奏,每行四顿,非常明晰。又如译斯蒂文森的《秋千》,我在用韵时考虑了平仄的安排,使之产生错落与均齐的音乐感(可惜不能每首都在平仄上安排好,那样要求也不现实)。我的目的是不仅要让孩子们一念就懂,而且要使他们在念的时候充分领略节奏和音韵的美感。——虽然如此,仍然有许多粗糙和不足的地方。

拉杂写来,已到午夜,就此打住。说的不妥处,请你指正。祝好!

屠　岸

1994 年 11 月 10 日

孩子的世界与成人截然不同

——《献给孩子们》序

鲁迅先生早在二十世纪初就以极大的热忱关心中国儿童的成长。他在1918年发出了"救救孩子"的呼声；1919年他又指出："孩子的世界，与成人截然不同；倘不先行理解，一味蛮做，便大碍于孩子们的发达。所以一般设施，都应以孩子为本位。"(《我们现在怎样做父亲》)鲁迅不仅写文章呼吁社会对儿童的关注，还亲自翻译出版外国的优秀儿童文学作品，作为好的精神食粮供给中国的孩子们。俄国爱罗先珂的童话和童话剧，苏联班台莱耶夫的童话《表》就是鲁迅这类译作的代表。

新中国成立以来，儿童文学的创作、外国优秀儿童文学的译介，都有了长足的进步和发展。作者、译者、编者和出版者继续沿着鲁迅所昭示的道路前进，作出了可喜的成绩。但是，无可讳言，儿童读物这个领域也常常受到种种不应有的干扰，有时甚至是严重的干扰。我们看到，为了抵制这种干扰，许多儿童文学工作者，包括儿童文学书刊的编者和出版者，正在做着艰巨的、不懈的努力。

我的同事刘星灿同志在三年前告诉我，她正在搜集世界各国著名作家为儿童写的作品，包括小说和诗歌，准备加以挑选，编排，出版一本献给孩子们的外国作家作品集。我十分赞赏并支持她的这项设想和工作,并且给她提供了一些译稿。星灿同志当时对我说:"将来书编成以后,希望你为它写一篇序。"我欣然应允。几年过去了。不久前,星灿同志因工作去了外国。我正在惦记着这部书稿的进展情况时,我的同事王瑞琴同志告诉我:星灿同志已把那部书稿编好,出国前把它交给了瑞琴同志。瑞琴同志又对书稿进行了整理,担任责任编辑。她特意把书稿送到我家,要我看一看,并笑着催促说:"快把序文写出来交给我啊!"

灯光下,我手头放着沉甸甸的一大叠稿子。我一页一页地读着这些译稿。这是一个适合于少年儿童阅读的外国优秀小说和诗歌的选本。这些作品的作者,包括世界文学史上著名的伟大或杰出的作家和诗人,如托尔斯泰、契诃夫、高尔基、马雅可夫斯基、叶赛宁、狄更斯、华兹华斯、雪莱、济慈、叶芝、雨果、梅里美、都德、莫泊桑、罗曼·罗兰、马克·吐温、杰克·伦敦、惠特曼、裴多菲、罗大里、哈谢克、泰戈尔、聂鲁达、米斯特拉尔等,这一长串光辉灿烂的名字,就足以吸引无数向往真善美的读者。我读着这些作品,仿佛也回到了自己的童年,随着作品中情节的发展、人物命运的变化和情绪的起落而悲哀,而欢喜……我深信,这些精彩的小说和诗歌必将把小读者们(以及大读者们)带到一个真善美的境界,启发他们的智慧,使他们的精神变得高尚。

鲁迅在《表》的《译者的话》(1931年)中,描述了当年中国儿童读物的出版情况,他说:"看现在新印出来的儿童书,依然是司马温公敲水缸,依然是岳武穆王脊梁上刺字,甚而至于'仙人下棋','山中方七日,世上已千年',还有《龙文鞭影》里的故事的白话译。"这里,我想,鲁迅自然不是要否定或贬低岳母的爱国,司马光的智慧,而是在慨叹新的优秀的儿童读物太少了。所以鲁迅接着说,他译《表》的目的,"第一,是要将这样的崭新的童话,介绍一点进中国来,以供孩子们的父母,师长,以及教育家,童话家来参考;第二,想不用什么难字,给十岁上下的孩子也可以看。"

鲁迅说这些话之后,六十多年过去了。今天,在我们的少年儿童面前,优秀的儿童读物确实不少。去年(1993)12月公布的国家最高级图书奖即"国家图书奖"获奖名单中,少年儿童读物类图书就有十一种(包括"国家图书奖"和"国家图书奖提名奖"获奖书),这就是优秀少儿读物的代表。但同时,还有另一类印刷品包围着孩子们。我想,如果鲁迅活到今天,他也会既高兴又担忧的。我有两个孪生外孙女,今年十二岁,读小学六年级,她们从同学和朋友那里了解到的情况使我吃惊。她们说,一些小学生热衷看的书是什么"斗士",什么"猫眼姊妹",什么"笑拳",什么"侠探"……书的内容或是凶杀,或是"爱情",乱七八糟;他们的读物中甚至还有黄色内容的。她们又说,一些小学生是"追星族",迷恋港台歌星,对歌星唱的歌以及他们的私人生活,如数家珍,滚瓜烂熟,有的甚至弄到精神恍惚的地步,大大影响了他们的学业。还有一些小学和初中生热衷于到电子游戏机房去玩,一次就花几十元上百元,沉湎其中,荒废学业,有的甚至用电子游戏机进行赌博……从孩子们说到的一些现象中,还可以感到:拜金主义,知识贬值,权钱交易,弄虚作假等等腐蚀心灵的毒雾,也已经吹进了不少幼小的头脑里。我深切地感到,在我们祖国的大地上,现在正发生着一场健康的思想(健康的读物,健康的游戏……)同不健康的思想(不健康的读物,不健康的游戏……)对儿童的争夺战。这是一场长期的争夺战的继续。这是一场看不见硝烟,听不见炮声,然而非常激烈的、惊心动魄的战争!这场战争关系到我们下一代的命运,因此也关系到我们祖国的未来!每一个关心儿童成长、关心祖国未来的作家、翻译家、编辑家、出版家、教育家、思想家,都不应也不会置身事外!

星灿同志和瑞琴同志选编的这本《献给孩子们》的书是健康读物生力军中的一员,因为,这本书歌颂真善美,鞭笞假恶丑;因为,这本书会把少儿读者的心灵引入一个崇高的、美好的境界。尽管这仅仅是一本书,仅仅是好书海洋中的一颗水珠,但是,它自有它的价值。我切望这本书展现在许多小读者(以及大读者)的面前,使他们读了之后,得到美的愉悦,善的陶冶,变得更聪明,更高尚,更正直,更勤劳,也更勇敢。

1994 年 6 月 6 日

与世界结成真正的文字之交

——鲁　迅

读叶维廉的中国新诗英译随感

不久前从郑敏先生处见到一本书：叶维廉（Wai-lim Yip）先生的 *Lyrics From Shelters: Modern Chinese Poetry* 1930—1950（《防空洞抒情诗：1930—1950 中国现代诗》英文版，Garland Publishing，INC.1992，New York，London）。我认真读了。该书收入了中国二十世纪三十年代和四十年代十八位诗人（冯至、戴望舒、艾青、卞之琳、何其芳、曹葆华、臧克家、辛笛、吴兴华、穆旦、杜运燮、郑敏、陈敬容、杭约赫、唐祈、唐湜、袁可嘉、绿原）的 99 首诗，由叶先生译成英文（只有唐湜的诗由 Leung Pingkwan 英译）。卷首有三篇关于中国新诗的评论，其中两篇为叶先生所撰写。本文仅就叶先生的译诗谈一点印象。

我曾读过一些中国古典诗歌的英译。而中国新诗的英译，则我寡闻，见到的少。这次从叶先生的书中一下子集中地读到这么多新诗的英译，好像走进了一座美丽的新诗园。

雪莱认为诗不能译。可以找出许多翻译的例子来证实雪莱的论点；但也可以找出许多例子来反驳这个论点。叶的这本书属于后者。我觉得，译诗的可行性问题，应就具体诗来论，不应以偏概全，有些诗确不可译，有些则可译，可译不可译还包括译入语选择的问题。我读了叶的译诗后，深切地感到：中国新诗脱离了她的母语之后仍然可以生动地存活在另一种语言——英语之中。

叶译的特点之一是活:他运用活的英语。他掌握的是当代的、活在口头上的英语,一点没有生涩之感。

我体会,这种"活"首先表现在用词上。例如,有这样一行诗:"它藏着忘却的过去,隐约的将来"(冯至《十四行·十八》),叶译成⋯Is hidden the forgotten past, the seen-unseen future。这里,用seen-unseen译"隐约的",真是再恰当不过了,它是如此自然而又贴切!又如,"这长白山的雪峰冷到彻骨"(戴望舒《我用残损的手掌》),译成 The snow-capped Changbai Ranges are bone-penetrating cold。这里,bone-penetrating cold 既保存了原文的比喻义,又因以英语出之,使人感到自然而新鲜。"手指沾了血和灰,手掌黏上阴暗"(戴望舒,同上),译成 Fingers stained by blood and ashes, palm by darkness。这里,原文中"沾"和"黏"是两个词,译文中却合并为一个词 stained。"我触到荇藻和水的微凉"(戴望舒,同上),译成 I touch duckweeds and feel the coolness of water。这里,原文的一个词"触到",在译文中化为 touch 和 feel 两个词(由于宾语不同而依英语习惯处理)。"纵使手臂搭着手臂,头发缠着头发"(郑敏《寂寞》),译成 Even though they are arm in arm, hair in hair。这里,原作的"搭"和"缠"两个动词,在译文里只用一个介词 in 就十分简洁地解决了。这种有分有合的遣词方法,充分体现了译文所用英语的"活"。

再看:

> 呵,人们是何等地
> 渴望着一个混合的生命,
> 假设这个肉体里有那个肉体,
> 这个灵魂内有那个灵魂。

> （郑敏《寂寞》）

译成:

O how men
Yearn for a mixed life:
This body within that body!
This soul within that soul!

这里,译文把原作中的虚拟词"假设"省去,在第二行末改用冒号,在第三行末和第四行末各用一个惊叹号,仿佛变魔术似的,原作的神态全出。这种有增有损的造句方法,是译文"活"的又一表现。

我读叶译的另一感受是译文相当"信",但并不仅限于原文的意义。如 *The Alley in the Rain*(戴望舒《雨巷》)中的一节:

A girl with
Color like the lilac,
Fragrance like the lilac,
Sadness like the lilac.
Pensive in the rain,
Hesitating and pensive.
(她是有
丁香一样的颜色,
丁香一样的芬芳,
丁香一样的忧愁。
在雨中哀怨,
哀怨又彷徨;)

译文非常忠实于原作,但不是逐个词语的英汉互换,而是不同语种的诗的再现。译文中几乎每个词语都经过了最佳选择,作了熨帖的安排。像"哀怨",不译作 sorrowful, melancholy 之类,而用了 pensive,这个词在传达原词的神态上可谓选得十分准确。译者仿佛毫不费力,一些词语似乎手到擒来,应了一句成语:举重若轻。但这与主观随意性无关。如此流畅的译文,在节奏感和情绪的延宕上是与原作丝丝入扣的。

又如艾青《大堰河——我的保姆》中的一节:

Big Weir River, restraining tears, has departed!
Together with forty years of insults from the life
    world,
Together with countless miseries of a slave,
Together with a four-dollar coffin and a few bou-
    quets of hay,
Together with a few square feet of burial ground,
Together with a handful of ashes from burnt paper
    money,
Big Weir River, restraining tears, has departed!
(大堰河,含泪地去了!
同着四十几年的人世生活的凌侮,
同着数不尽的奴隶的凄苦,
同着四块钱的棺材和几束稻草,
同着几尺长方的埋棺材的土地,
同着一手把的纸钱的灰,
大堰河,她含泪地去了。)

译文也非常忠实于原作,行与行都是对应的,每行体现的含义也都准确无误;但"信"这里更体现在忠实地再现原作的脉搏——循环往复的咏叹。中文"的"字具有多种功能,多种用法。这节诗的原作里用了十个"的"字。它们在译文中化为分词片语,形容词,介词 from 和 of 等,使得译文生动灵活,变化多端。这些片语和词同 together with 的多次重复相配合,造成了荡气回肠的听觉效果,体现了思潮的起伏和绵延。如果只忠于原作字面上的意义而不能体现其内蕴,那算不得真正的"信"。为了保存其内蕴而牺牲意义,也是缺失。既传达意义又体现内蕴,这才是高手。叶译确是用活的英语做到了这一点。

我读叶译,常感到是在读创作的英语诗而不是在读译作,例如:

> And will to revenge allows
> Our own happiness to stamp, legally, upon
> The contempt, insult and hostility of others,
> Though collapsed in each other's injuries.
> (也是立意的复仇,终于合法地
> 自己的安乐践踏在别人心上
> 的蔑视、欺凌和敌意里,
> 虽然陷下,彼此的损伤。)

（穆旦《控诉》）

原作也许为了追求情绪跳跃和语气断裂的效果,在汉语语法和标点的运用上作了一些特殊的处理(如把状语"别人心上的"加以割裂,让"的"字站到下一行的开头去;在及物动词"陷下"和它的宾语

"彼此的损伤"之间插入一个本不应有的逗号等）。而译文却顺应英语自然流动的趋向而弥合了原作文字上的崎岖,同时,又适当地保存了原作的情绪流向。这样,我们读译作感到自然,像是读一首创作。

同样的例子还有一些。比如我在读 *Renoir's Portrait of a Girl*（郑敏《雷诺阿的少女画像》）时也有同样的感觉。

读叶译,还引起我对某些问题的思索。

同一原作可以有不同译家的译本,不同的译本可以有不同的风格,译本的不同风格与原作的风格可以有差异但不能相悖逆。关于这,叶译提供了证明。例如,我读过卞之琳先生用英文译的他自己的一部分诗,这次又读了叶译的一部分卞诗,并把两者作了一点比较。我发现,卞译是英国英语,叶译是美国英语,卞译严谨,叶译晓畅,卞译凝重,叶译清新;但是,叶译并没有背离卞诗的"冷淡盖深挚"的总的风貌。卞译和叶译都是佳品。在不违背原作风格的前提下,同一原作可以有多种不同风格的译本,这是一个不仅可以接受而且可以鼓励的事实。

同一原作可以有不同译家的译本,而同一译家也可翻译不止一家的作品。优秀的译作常常在保持译家译风的同时,在一定程度上体现不同原作的不同风貌。关于这,叶译也提供了证明。我感到叶译常能运用清新流动的语言（英语）风格去把握不同原作的整体脉搏,例如,叶以他的译文体现了陈敬容《无泪篇》的悲愤,透露了冯至《十四行》的深邃,表达了唐祈《时间与旗》的激越沉郁,等等。翻译匠只能拿出千人一面的平庸货色。优秀的翻译家则能做到既有自己的特色,又有原作的因人而异、因诗而异的风貌。这,很难做到,但应是译家努力的目标。

叶的某些译作,还使我想到这个问题:译者是原作的传达者,还是阐释者?要传达必先经过阐释,因此二者本应统一。但有时也有矛盾。请看：

> 哪条路、哪道水，没有关联，
> 哪阵风、哪片云，没有呼应：
> 我们走过的城市、山川，
> 都化成了我们的生命。

（冯至《十四行·十六》第二节）

叶译：

> This road, that river, no connection.
> This wind, that cloud, no correspondence.
> The cities, mountains, rivers that we passed
> Are changed into part of our life.

原作一、二行虽没有问号，却是用反问的口气说明条条路、道道水都有关联，阵阵风、片片云都有呼应。（原作中有四个"哪"[nǎ]字，都是疑问代词，不是四个作为形容词的"那"[nà]字。）从整首诗来把握，恐怕也只能如此理解。叶的英译则说，此路与那水无关联，此风与那云无呼应。这是一种非常特殊的阐释。

再看：

> 什么是我们的实在？
> 从远方把些事物带来，
> 从面前把些事物带走。

（冯至《十四行·十五》末节）

叶译：

What, then, is our reality?

From distant provinces nothing can be brought here.

From here, nothing can be taken away.

也许因为原诗第三节说"鸟飞翔在空中，／它随时都管领太空，／随时都感到一无所有"，于是译者理解此诗写的是虚无。我则理解作者的思想是："实在"不是固定的，而是嬗变的，一切都在变："逝者如斯夫，不舍昼夜"，而不是四大皆空。而叶译所体现的倒有些像六祖偈语："菩提本非树，明镜亦非台，本来无一物，何处染尘埃。"（译文从文字上也可以理解为：一切都搬不动，一切都不会动。但这样理解就没有意义了。）译者不可能误解原作，只能是如此理解原作。这也是一种非常特殊的阐释。

我国本有"诗无达诂"之说。译者可以对原作作出自己独有的阐释。但我觉得"诗无达诂"也是有限度的，即不能海阔天空到歪曲原作。

我发现，这本书里也存在着某些小失误。如：

《大堰河——我的保姆》第六节第七行"我坐着油漆过的安了火钵的炕凳"，叶译为 I sat on the kang-stool ready with a fire bowl，并加了一个关于炕凳的脚注：In north China, this is part of a heatable brick bed（在中国北方，这是砖砌的火炕的一部分）。艾青的故乡是浙江金华，怎么是中国北方？"炕凳"是江浙一带冬天的御寒设备：一种木制的凳子，中间有空穴，里面放一只火钵，火钵是铜制的，有许多窟窿眼可以散热，钵内置火炭，发热。人坐在上面，可以取暖。火炭不能烧得过旺，否则会把木凳烤焦。木凳可以油漆（此事我请教了艾青同志本人）。叶的这个注显然是错了。

此外还有一些误译或技术性错误,包括排校错误,不一一赘述。

最后,我想重说一遍:这是一本用英译介绍中国三四十年代新诗的难得的好书。

1994 年 3 月 4 日

谈杜诗英译

——致吴钧陶

钧陶同志：

您8月23日函及尊著《杜甫诗英译150首》均早已收到。只因家中有了病人，自己也是病人，没有及时复信，请您原谅！

尊译杜诗极好。译诗难，诗由汉译英更难，古典诗译英尤难。您译杜甫达到如此水平，真是难得。虽只拜读了尊译杜诗的一部分，已见功力深厚。您的英译讲究节奏与韵，又不拘泥，这可说是一种创造。

我曾将尊译与别人的杜诗英译作些比较。如《秋兴八首》第一首，L.Cranmer-Byng译成十六行（原诗一句译成英诗两行），用abab ccdd efef gghh 的韵式，四音步一行和五音步一行交错出现。形式于活泼中见整齐。但为了凑韵而删去原意或增加原诗所无之意的情况均有，有违"信"的原则。如"寒衣处处催刀尺，白帝城高急暮砧"两句，译成：

From house to house warm winter robes are spread,

And through the pine-woods red

Floats up the sound of washerman's bat who plies

His hurried task ere the brief noon wanes and dies.

这里"催刀尺"不见了,"白帝城高"也不见了,却出现了"through the pine woods red"之类原诗所没有的意思。再者洗衣的总是妇女,译者却用了washerman这个阳性名词,不大合乎中国古代的实情。

W.J.B.Fletcher的英译,一句对一行,每行都为抑扬格七音步,两行一押,成为四对偶句。格律谨严,但总的不损原意。"巫山巫峡"被译成 Magic Hill 和 Wizard Gorge,倒有点气氛。但白帝城却音译为 Po-ti's Towers,当然也可以。但全诗八行,每行为一个完整的句子(sentence),每行(每句)结束处为句号。这使人感到呆板,诗意被一个个截断,缺少流动的韵致。

Amy Lowell 的英译,也是每行结束处均为句号。但她的译文不讲究音步,也不押韵,文字本身较自由流畅。末句译成:

At sunset, in the high City of the White Emperors, the hurried pounding of washed garments.

这只是一个片语(phrase)而不是句子(sentence),没有主语、谓语。这种译法,有人认为更能传达中文原意,因为中国古典诗的诗句有好些无主谓结构之类的语法束缚,而是由一个一个意象组成。如 Witter Bynner 译柳宗元的《江雪》就是这样四行:

A hundred mountains and no bird,

A thousand paths without a footprint;

A little boat, a bamboo cloak,

An old man fishing in the cold river-snow.

（千山鸟飞绝，万径人踪灭。孤舟蓑笠翁，独钓寒江雪。）①

　　这无疑可视作翻译上的一种创新。但是诗虽是一个个意象组成，却由于中国古典诗的民族传统、文字传统、心理传统、鉴赏传统、汉语的弹性构成、字与字之间模糊的亲缘关系，以及诗本身的音乐美，这一个个意象一气呵成并且有着不可分割的内在联系。译成这样的英文之后，由于脱离了英语的传统语法框架，使人感到一个个意象是割裂的。但究竟如何译才能译好，我亦不知。

　　《秋兴八首》第一首柳无忌的英译也是译成八行，一行为一个句子，不讲究节奏也无韵式，但文字流畅，颇有诗意。他是两行（句）一停顿，逢单的句子用分号（；），逢双的句子用句号（。）。这样似较合原诗的意蕴起合。

　　美国印第安纳大学教授、华裔学者罗郁正先生（他1982年率领美国作家、翻译家代表团访华时，由我负责接待）说，当代英美的中国古典诗词的英译者早已不用 metre 和 rime，认为那是 Giles，Legge 等人的陈旧玩意儿了，要译出中国古典诗词的内涵，不能有格律的束缚。——我想，这也只能算是一种见解吧。吕叔湘先生在所著《中诗英译比录》序中力陈以英格律体译中国诗之弊，亦一家言也。吾意格律可以创新，如尊译之用韵即一例。

---

　　① 其实柳宗元的《江雪》是由三个有主谓结构的句子组成的：第一句"飞"为主语，"绝"为谓语；第二句"踪"为主语，"灭"为谓语；第三、四句"翁"为主语，"钓"为谓语。但中国古典诗中不能用一般语法规范来解释的例子仍有很多，如谭嗣同的《狱中题壁》："望门投止思张俭，忍死须臾待杜根；我自横刀向天笑，去留肝胆两昆仑。"这最后一句"去留肝胆两昆仑"就完全不能用常规语法来硬套，却写得动人心魄。这样的句子译成外文，若非高手，很可能成为另一种文字的注释。

尊译《秋兴八首》第一首,颇有您的特色。第五句"丛菊两开他日泪"您译为:

I'll weep for having twice seen asters bloom and die,

用了第一人称 I 作主语,带上了强烈的诗人主观感受的色彩。前面所举各家(除 Cranmer-Byng 外),此句英译都没有用第一人称作主语。

尊译也是每两句停顿一下,逢单句用逗号(,),逢双句用句号(。)。这与柳无忌英译用标点有相似处(只是他不用逗号用分号)。这样整首诗富有流动感。

"巫山巫峡"尊译为 Wu Cliffs and Gorge,是音译,不若 Fletcher 之译为 Magic Hill and Wizard Gorge 或 Amy Lowell 之译为 Sorceress Hill, Sorceress Gorge 或柳无忌之译为 Witch Mountain, Witch Gorge。可能您经过研究,了解到巫山巫峡之意。而您译白帝城为 White Emperor,不似 Fletche 之音译为 Po-ti,可能您考虑到此城之沿革(东汉初公孙述筑此城,公孙自号白帝,因以名此城。按公孙述曾据成都称帝,起兵,后为汉军所败,被杀),觉得意译比音译更好。

尊译第三句点明"江"为 Yangtze,我所见其他各家都没有这样译,只译为 river 或 great river。其实古代"江"即长江,尊译是准确的。

尊译不拘泥于 metre,每行文字精练然而自然流畅。您用韵也较活,如 woods 与 woes 押,clothes 与 blows 押等(尊译其他地方用此种"活韵"的还很多,如 blue 与 go 押,clad 与 head 押等等)。这在传统的英诗用韵规定中是没有的。但美国女诗人爱米莉·狄金森的诗多用"邻韵",如 tell 与 still 押,arm 与 claim 押,folk 与 silk

押,spring 与 him 押,port 与 chart 押,feign 与 strung 押,等等。这是一种对传统韵的突破,创造出一种新的韵致。美学上讲有一种叫作"缺陷美"的东西,此种韵差强似之,尊译在用韵上也有类似的效果。

您还有一些韵用得非常巧妙,如 Emperor's 与 prosperous 相押之类,这使我想起美国讽刺幽默诗人奥格登·纳希(Ogden Nash)的用韵法。

您的只管元音不问字末辅音的押韵法,如 top 与 lops 押,troops 与 droop 押,life 与 alive 押,heart 与 vast 押,mire 与 exile 押,goose 与 pools 押,pool 与 poor 押,hall 与 straw 押等等,实际上扩大了英诗入韵字的范围。这在英美诗人未做到(他们要么写自由诗[free verse],要么写严格的格律诗,包括用韵。像狄金森那样的是极少数),而由您做到了。我认为,这可以说是一种创新。

我还注意到:您用非重读音节(unaccented syllable)押韵,如 ever 与 over 押,acquaintance 与 distance 押等等,实在也是一种创新。

尊译没有删减原意或添加原诗所无之意,尊译还把原诗的意象通过译者的感受和理解再现——亦即再创造——于读者面前。如第二句"巫山巫峡气萧森",柳无忌译为:

On Witch Mountain, in Witch Gorge, the air is somber, desolate.

译得不错,较为忠实。

而尊译则是:

Wu Cliffs and Gorge are veiled in a haze of woes.

　　这就不是对原诗的照字面的移译,而是把原诗化为译者根据原著而在想象中产生的视觉形象,而原诗的精神却很好地表达出来了。这种译法,堪称再创造,比柳译显然高出一筹——而且您对字眼的选择也是颇用苦心的。巫山的山,各家所译都不出 hill, mountain,而您用了 cliffs 这个字。我认为此字选得太好了,能使读者感受到巫山的陡峭危悬的气势。相形之下,hill,mountain 就显得一般化了。

　　尊译《自京赴奉先县咏怀五百字》、《秋兴八首》、三《吏》三《别》等,我均极喜欢,可惜《北征》你没有译。此诗我极喜欢,能背熟。您将杜甫 150 首英译一次出版,这在中国古典诗歌英译史上也是首创。

　　我深切地、真诚地祝贺您的成功!

1987 年 9 月 11 日

谈汉诗英译与英诗汉译

——致许渊冲

一

渊冲先生：

今日收到您寄来的尊作《谈"比较翻译学"》(载《外语与翻译》1994年第3期)复印件,得聆高见。我赞成学术争鸣,只要是平等的商讨而不是盛气凌人的指责,就是有益的。

读了您的这篇文章,倒使我有兴趣来参加两首诗的翻译的探讨。《诗经·采薇》中的四句：

> 昔我往矣,
> 杨柳依依。
> 今我来思,
> 雨雪霏霏。

您说,余冠英今译的"轻轻飘荡"不能传达"依依"不舍之情;"纷纷扬扬"也不能传达归途落雪之苦。这是对的(当然,我对余冠英的《诗经》今译,总的来说,是十分赞赏的)。您把中、外译者的四种英、法译文并列,作了比较。您的英译是：

When I left here,

Willows shed tear.

I come back now;

Snow bends the bough.

第二行和第四行确把"依依"和"霏霏"所蕴含的意义译出了。但我觉得又过分了。"依依"是蕴藉含蓄的,shed tear则太具体,太实。杨柳流泪,是拟人化——暗示柳梢滴着雨水?原文没有这样具体。"依依"有一种内在的韵味,译成shed tear便失去了。"霏霏"是雪下得大,暗示行旅的艰苦,译作bends the bough,可以,但也有太实,太具体之病。

我受到您的译文的启发,试改如下:

When I left here,

Willows lean near.

I come at last;

The snow falls fast.

后二行或作:

I'm back at last;

Snow's falling fast.

这里lean near也是拟人化,表示杨柳依在"我"身旁,舍不得我走,"依依"不舍。falls fast,表示雪很大,下得紧,路难走的意思也包含在内了。另外lean,near中的两个元音[i:]是模拟"依依",

falls fast 中的两个辅音[f]是模拟"霏霏"。这样处理可能也有不妥之处,请您批评指正。

雪莱的短诗:

Lament

O World! O Life! O Time!

On whose last steps I climb,

Trembling at that where I had stood before,

When will return the glory of your prime?

No more—Oh, never more!

Out of the day and night

A joy has taken flight:

Fresh spring, and summer, and winter hoar

Move my faint heart with grief, but with delight

No more—Oh, never more!

您列出几家(梁遇春、王佐良、江枫)的汉译,加以比较,然后取长补短,改成一种"新译":

啊!世界!人生!光阴!

对我是山穷水尽,

往日的踪影使我心惊。

青春的光辉何时能再回?

不会啊!永远不会!

欢乐别了白天黑夜,

已经远走高飞，

春夏秋冬都令人心碎，

赏心事随流水落花去也，

一去啊！永远不回！

这"新译"确有优胜的地方。原诗第一行用三个 O，是为了加强感叹。同时也为了节奏的需要。因为 World，Life，Time 三个字都是单音节词，加进三个 O，才使整行成为六个音节的抑扬格三音步诗行。译成汉文，可以用一个"啊"总领下面三个词，显得干净，但又并不减弱感叹的口吻。但我认为"啊"后不必用惊叹号，用逗号即可，因为下面连接有三个惊叹号，已足够了。四个惊叹号并用，有累赘感。

第2行"对我是山穷水尽"，似可商榷。原文 last steps 似指到今天为止登上的最后的梯级，联系第三行，有每登上一级回头看时便觉颤抖之意。是否我理解错了？非原文有每登一级回头看时有颤抖之意，是我作为读者感到有这种颤抖之意。

第9行"流水落花"是陈词，少新意。"也"是文言，宜少用。这句使人联想到李煜，难与雪莱联系起来。

第10行"一去啊！永远不回！"第一个惊叹号似应改为逗号，因为"一去"与"永远不回"是连在一起的一句，中间加逗号以示语气稍有停顿则可，若用惊叹号把一句断成两句则不妥。

原诗第1、2、5行和第6、7、10行是抑扬格3音步，第3、4行和第8、9行是抑扬格5音步（第8行少一个音节）。汉译如果不严格用以顿代步法，也须适当照顾诗行的长短，字数的多少及节奏的安排。"新译"注意到了这点。

原诗的韵式是 aabab ccdcd。"新译"把韵式改为 aaabb cddcd，应该允许。

我找出自己在二十世纪四十年代的此诗旧译,在您的"新译"的启发下,把它修改成如下的样子:

悲　哀

雪　莱

啊,世界!人生!时间!
我踏着阶梯向上攀,
　　回头看过来的脚印心胆寒;
青春的光华呵,何时再回到我身边?
　　不能呵——啊,一去永不还!

告别了白天和夜晚,
心中的欢忻去得远;
　　葱茏的春日、盛夏、苍白的冬天
使我悲痛呵,而我心中的欢忻
　　已去远——啊,一去永不返!

我的译诗方式是以顿代步和韵式悉依原诗,但也不绝对化。此诗第1行译文就用了4顿(原诗是3音步)。"啊"与后面的"世界"之间有一个逗号隔开,"啊"就成了一顿,这行成了4顿,如译为"啊世界!……"也未尝不可(这样,这行就是3顿了),但不太合汉语(中文)习惯,还是不这样吧。译文第5行和第10行均用了4顿(原文为3音步),即多了一顿。但我觉得这样才能译出原诗咏叹不已的意味。

原诗韵式已如前述,而我的译文则把韵式中的a、b、c、d都等同了,成为一韵到底,每行都押。这样有单调之弊。姑且如此吧。在选择用韵的汉字时,我注意到了平仄的协调。第一诗节中的叶韵字"间"、"攀"、"寒"、"边"、"还"都是平声字;第二诗节中的叶韵字除"天"外,"晚"、"远"、"怅"、"返"都是仄声字,而且在此节的第1、2、5行末都用仄声中的上声字押韵,以期达到谐和的效果。缺点是"欢怅"的"怅"字太文了些。

以上是说我的意图和做法,效果如何? 只有听您的批评了。

尊译《不朽的诗》由企鹅出版,向您致贺!

就此打住。顺颂

撰祺!

屠　岸

1995年3月2日

补充一点:

"霏霏"透出一种动感,"纷纷扬扬"庶几近之。Snow bends the bough 给人以静感,似乎是雪后的景象。《水浒》第十章《林教头风雪山神庙》中有一句:"那雪正下得紧。""紧"有动感,与林冲的心情吻合。"紧"与"霏霏"十分近似。falls fast 即"下得紧",也是要给人以动感的。——岸又及

二

渊冲先生:

大札奉悉。拜读了尊著《谈谈文学翻译问题》(载上海《外国语》杂志1994年第4期),颇获教益。

秦观的诗《泗州东城晚望》:"渺渺孤城白水环,舳舻人语夕霏间。林梢一抹青如画,应是淮流转处山。"并不是难懂的诗。"东城"当指泗州城的东门城楼。"渺渺"当然不是指泗州城,而是指"白水",或者是指诗人在东城楼头所望见的远景,包括淮河在内,一种渺远

寥廓的境界。"林梢一抹"指远山,看下句即明白:"应是淮流转处山"指出那"一抹"青色,应即是淮河转弯处的那座山。说得十分明白,这两句诗,语气是连贯的。"诗无达诂",对。但诗也有一定的句式,章法,不能任意解释。如果解释得不对,译成别种语言就难以做到"信"了。

李白诗《送友人》的第二联,"浮云游子意,落日故人情",您举出三种英译。我觉得第三种译文最好:

> Like floating cloud you'd float away;
> With parting day I'll part from you.

这是活的翻译,创造性的翻译,译者确是高手! 两句对仗,每句自身也均齐(floating与float;parting与part)巧妙。但巧而并无雕琢感。尤妙的是译出了原诗两句中蕴含的深意。

毛泽东的《为女民兵题照》后二句"中华儿女多奇志,不爱红装爱武装",您先后有两种译法:

> 1)Most Chinese daughters have a desire strong
>   To be battle-drest and not rosy-gowned.

> 2)Most Chinese daughters have a desire strong
>   To face the powder and not to powder the face.

我觉得第二种译法极好,好在最后一行。原文重复用"爱"字和"装"字,译文也重复用face和powder,译出了原句的均齐美和匀称美。但译文中还有参差美:face第一次出现时为动词,第二次出现时为名词;powder第一次出现时为名词,第二次出现时为动词。原句用叠字显出"巧"来,而译文叠字运用得更"巧"! 两个"爱"字和两个"装"字,本身并无歧义。可两个 face 和两个 powder 却各有不同的含义。两个"爱"都是动词,义同;两个"装"都是名词,义亦同。而 face 先作动词,意为"勇敢地面对"(鲁迅语"直面惨淡的人生"中的"直面"),后作名词,意为"面孔";powder 后作动词,意为"在……上搽粉",先作名词,意为"火药"(硝烟弥漫的战场)。四个字连在一句中,变成:(热切希望)"勇敢地面向战场而不在脸上搽胭脂"。而这,恰恰准确地传达了"不爱红装爱武装"的本义。

不过我觉得第一种译法也不坏。这种译法追求的是与原文等值,做到了。第二种译法追求的也是与原文等值,也做到了。第二种译法追求的不仅是含义上的等值,而且是修辞上的等值。这,第一种译法没有做到。所以说,第二种译法在传达原诗的均齐美和匀称美并且创造性地体现参差美上,远胜第一种译法。

我又想,并不是所有的诗歌翻译或文学翻译都有可能达到上述第二种译法的水平。这种译法要凭机遇,是可遇而不可求的。并不是只要动脑筋,只要花力气,就能译得那么"巧"。("我失骄杨君失柳"句中的双关字,恐怕无论怎样呕心沥血也难译出其中的"巧"来吧?)但是,如果有可能译得"巧",而译者不肯动脑筋,不肯花力气,那么这种可能性也就不会变成现实。"巧"是需要发掘的。"巧"也不是无处不在的。

关于"信""达""雅"三者的关系,我从来认为"信"是根本。"达""雅"有相对的独立性,但毕竟是从属于"信"的。如果只"信"不"达",读者看不懂,又何"信"之有?"雅"应作灵活的理解。原文雅,译文也雅,正是"信"的表现。原文俗,译文也俗,才是"信"的表现。严复的原意,"雅"大概指桐城派文风。我们今天似可把"雅"理解为风格、气质。译文应传达原文的风格,体现原作者的气质,因此"雅"也属"信"的范围。

"再创造"和"忠实原文"两者之间,有矛盾的一面,又有统一的一面。如果过于强调一个方面，就可能使二者的矛盾突出。过分强调"再创造"，就可能背离"忠实原文"的原则。过分强调"忠实原文"，就可能使译文僵硬、死板，甚至走向反面，导致背叛原文。高明的译者则追求二者的统一，把二者结合起来，做到相互制约，相互促进，相得益彰。

以上是个人浅见，未知当否？

感谢您对拙译雪莱那首《悲哀》诗的肯定。这个译稿是受到您的"新译"的启发而译成的，而您的"新译"又是综合几家译文的长处而译成的。所以这个译稿不是我个人独立完成的。再，这个译稿还有不少不能尽如人意之处。我相信还会有人拿出更好的译文来。

苏东坡以诗为词，辛稼轩以文为词，而苏词依然是词而非诗，辛词也依然是词而非文。他们是进行了卓有成效的艺术创造！济慈说："诗句要像树叶生长一样自然。"很对。苏以诗、辛以文为词，他们的词都做到了"自然"。我同意"无词（词语）不可入诗"，但也要有个标准：自然。

我的意见如有不妥之处，望加以指正。此颂
春祺！

屠　岸
1995年3月15日

仔细体味，秦观诗"林梢一抹青如画，应是淮流转处山"二句，写的是诗人的一种估计：看到的林梢一抹青色，估计应该是淮河转弯处的那座山，诗人见到的只是"林梢一抹青"。"林梢"是近景，"一抹青"是远景。这里有多道层次，远近叠加，诗中有透视法。但诗人并未见到淮河转弯处。他只是从地理位置和河流走向上测算，这里看到的"一抹青"，应该是"淮流转处山"。由此更可看出，这后二句是与诗开头的"渺渺"二字紧相呼应的。未知此种理解对否？——岸又及。

郭译《鲁拜集》若干首质疑

G.X.先生：

　　大函敬悉。承询我曾致函郭沫若先生陈述对《鲁拜集》译本若干意见事，现奉复如下。

　　二十世纪四十年代中期，我读到郭沫若先生译的《鲁拜集》。原作者是十一世纪波斯诗人欧玛尔·哈亚姆（Omar Khayyám，1048?—1122?）。十九世纪英国作家爱德华·费慈吉罗尔德（Edward Fitzgerald，1809—1883）把《鲁拜集》从波斯文译成英文，成为名著，风行世界。费氏的英译，我十分喜爱，时常翻阅，并收藏了多种版本。郭沫若的译本是从费氏的英译本转译成中文的。我对郭先生很尊敬，而且他于1946年6月7日写信给金沙（即成幼殊，我的诗友，我与她和其他诗友合办油印诗刊《野火》），信中倾注了对《野火》的关注，称赞了我的诗作《初来者》和《自己不能说话的时候》。所以我对他不仅尊敬而且感谢他对后辈的鼓励。我以为他的译本一定是高水平的。但看了《鲁拜集》后，觉得虽然有些译得不错（如郭先生自己在该书《小引》中说的："有好几首也译得相当满意"），但对有些译文感到失望。我把郭译和费氏的英译对照阅读，发现其中问题不少。于是本着"吾爱吾师，吾更爱真理"的精神，斗胆给郭先生写信并附对《鲁拜集》中若干首的意见书。那时是1947年春天，在上海。我不知道郭先生的住址，于是把信和意见书寄给蔡仪先生请他转交。蔡先生给我回信,谈了郭先生在文学、历史、考古等诸多领域对我国文化事业的巨大贡献,以使我对郭先生有更全面的了解,同时说,我给郭先生的信和意见书暂由他保存。我明白了我的冒失,也明白了我使蔡先生为难了。不久我便把意见书要了回来。

二十世纪五十年代初,我被调到北京工作。1955年我见到书店里有人民文学出版社新出的郭译《鲁拜集》,买了一本,一看,并没有改动。于是又萌发了向郭先生写信的念头。终于我把致郭先生的信和对郭译《鲁拜集》的意见书寄到人民文学出版社,请他们转给郭先生。出版社不久就给了我信息。他们转去我的信和意见书时有一封编辑部致郭先生的短信,郭先生即在该信上用毛笔蘸墨汁写了一句话:"我承认屠岸同志的英文程度比我高,但既然费氏的英译是意译,我也就不改了。"没有签名,但那笔迹一看就是郭先生的。出版社把那一页信纸寄给了我。我看后,心情矛盾,感到失望、欣慰、惭愧。郭先生担任要职,工作繁忙,但没有对我的意见不屑一顾,置之不理,而是很快给予回音。我在大学里学的不是英语专业,我搞英国文学不是"科班出身",我的"英文程度"不高。郭先生不愿修改译文,却自谦说英文程度不高,这使我感动、愧怍。

我的意见书对郭译《鲁拜集》(共101首)中的25首对照原英译作了分析,提出商榷意见(有的意见现在看来不一定对或不对)。现在挑出4首转述给你:

第30首　原文

What, without asking, hither hurried Whence?

And, without asking, Whither hurried hence!

Oh, many a Cup of this forbidden Wine

Must drown the Memory of that insolence!

郭译

　　　请君莫问何处来?

　　　请君莫问何处去!

　　　浮此禁觞千万钟,

　　　可以消沉那无常的记忆。

　　原文第一行是问句,所以用问号。郭译第一行是祈使句,用问号是不妥的。原文最后一行意为酒"一定会淹没那对于傲慢无礼行为的记忆"。我感到insolence是指上帝不回答"从何处来,到何处去"的提问,这是一种傲慢无礼的态度。(也有一种理解是上面两个提问是无礼或莽撞的。)把insolence译为"无常",值得商榷。

　　第 41 首　　原文

　　　Perplext no more with Human or Divine,

　　　To-morrow's tangle to the winds resign,

　　　And lose your fingers in the tresses of

　　　The cypress-slender Minister of Wine.

　　郭译

　　　请君莫再为人神问题播弄,

　　　明朝的忧虑付与东风,

　　　酒君的毛发软如松丝,

　　　请用你的指头替他梳理。

　　第3、4行原文意为:"请把你的手指隐没在那如柏枝般修长的酒之使者的鬃发中吧。"(Cypress是柏,杉;cypress vine是茑梦,形容女郎苗条。也许后者更准?)这里的酒之使者(minster是使节,还有古义:仆人)是指酒肆中的女侍。(李白句"吴姬压酒劝客尝",这里的minister就是波斯的"吴姬"。)原文中cypress-slender是修饰Minister而非修饰tresses(鬒发)的。如果弄错了,便会出现"酒君的毛发软如松丝"的译文。其实原意是叫人抚弄侍酒姑娘的头发,借酒浇愁,别为人和神的问题烦恼了。

第90首原文最后一行中的shoulder-knot,郭译作"肩饰",并加注云:"但不知道肩饰究指何物。肩饰是西洋礼服上用的,波斯的脚夫当然不会穿西洋礼服了。"其实应译为"肩垫",脚夫用麻布制成垫子放在肩上,以防止扁担与肩部的直接摩擦,减少伤痛。

第97首　原文

Would but the Desert of the Fountain yield
One glimpse—if dimly,yet indeed reveal'd,
To which the fainting Traveller might spring,
As springs the trampled herbage of the field!

郭译

但只愿那"有流泉的沙漠"
即使暧昧,也请显现一时!
衰弱了的行人可以跳往泉边,
犹如被践踏的草儿从原中跳起。

把原文第一行中的the Desert of the Fountain连在一起当作一个名词词组,译成"有流泉的沙漠"显然错了。如果照字面直译,应是"泉水的沙漠",而这是不可理解的,于是加了一个"有"字。其实Desert和of the Fountain不能构成一个词组。of the Fountain应放到后面去,其词序为 Would but the Desert yield one glimpse of the Fountain—... 意为:但愿沙漠能显现出一闪泉水的亮光—……这里 of the Fountain 之所以放到前面,是由于韵律格式要求把词序加以诗的调整,更重要的为了加重语气,即希望沙漠显现出泉水的闪光而不是别的什么闪光。郭译变成不是希望沙漠中出现泉水,而是希望出现一种叫"有流泉的沙漠"的东西。原诗意为人世茫茫,仿佛沙漠令人渴死,旅人希望这沙漠能出现一丝泉水的闪光,给人以希望。郭译则意味着,行人并不处在人世的沙漠中,却希望出现什么"有流泉的沙漠"。本来没有沙漠不是挺好的吗?却偏偏要求出现沙漠,仅仅是有流泉的沙漠。这不是令人奇怪吗?

我曾试译过这首诗,现抄奉请指正:

> 但愿荒漠里露一丝甘泉的闪光——
> 只要真显现,朦胧点儿也无妨,
> 好叫昏渴的旅人向泉边跃起,
> 像野草被人踏倒了再跃起一样!

就此打住。晚安

《伊索》——召唤自由的号角

　　"狼遇见了带着锁链的喂得挺好的狗,狼问狗:'谁把你喂得这样好?'狗回答说:'我的主人——猎人。'狼喊道:'但愿神使我永远不遭受这种命运! 与其戴锁链,我宁肯挨饿。'"——这是《伊索》一剧(最近由北京人民艺术剧院上演,陈颙导演)中的主人公所讲十个寓言故事中的第五个。它是全剧的一个提示,或者说是剧本主题的一个契机。不过这里的狼和"宁为自由而死,不为奴隶而生"的伊索,还有所不同:狼本来是自由的,而伊索的自由却要去争取。

　　争取自由! ——这正是今天拉丁美洲和世界上一切其他殖民地半殖民地国家人民共同的斗争口号。无怪乎巴西当代作家吉里耶尔美·菲格莱德的这部《伊索》在拉丁美洲某些国家上演的时候,会使激动的观众站起来高呼"美帝国主义滚出去!"的口号。然而,如果把这部剧作当作是标语口号式的作品,却大错了。这是一部有着高度思想水平和艺术水平的剧作。观众喊口号,正是它的艺术发挥了威力的结果。

　　伊索,原是公元前五六百年希腊的一个奴隶,相传他会编写寓言,虽然现在流传着的伊索寓言并不一定都是他作的,但是伊索这个名字却永远同智慧和才能连结在一起了。"卑贱者最聪明",这在阶级社会里从来就是真理。而这位聪明又有才能的巴西剧作家,却采取一点因由,写成了一部剧作,不仅赋予自己的主人公以超凡的智慧,而且赋予他以追求自由的百折不挠的意志——使传说中的伊索参加了我们当代世界人民反帝斗争的伟大行列。也可以说,这是伊索的智慧火花的新爆发,这是伊索的不朽生命的新升腾!

剧作有着严谨的结构。三幕,一景,六个人物(其中有一个从头至尾不说一句话)。作者十分懂得艺术上的俭省——精练。不论在人物、场景、情节、语言等方面,没有一点浪费的地方。作者努力求取用尽可能省的篇幅来表达尽可能深和广的思想。而作者是成功了。

剧中的六个人物各有其角色的使命。伊索和梅丽达是一个对照,都追求自由,一个走对了路,一个走错了路。伊索和阿比西尼亚是一个对照:都是奴隶,一个反抗,一个驯服;一个觉醒了,一个沉睡着,直到蒙眬初醒。这是三个走不同道路的奴隶。克莉亚和梅丽达是一个对照:一个是女主人,却要摆脱属于男人的半奴隶状态,去追求爱情;一个是奴隶,却想爬上女主人的地位,以为这样就会有爱情。这是两个走不同道路的女人。伊索和克莉亚也是一个对照:一方面是心灵和外形的矛盾,另一方面是心灵和外形的一致。这是两种不同的美的体现者。伊索和雅典守卫队长阿格诺托斯是一双对立面:真实和虚伪,君子和小人,战士和鹰犬。伊索和主人格桑是一双对立面:智慧和愚蠢,诚实和欺骗,仁慈和残忍,总之,奴隶和奴隶主,这是两个对立的阶级,是不可调和的敌我矛盾。就这样,通过对比、观照、烘托、突出、和谐、矛盾以及内蕴和外发、静止和行动、平衡和突破,……角色们各个完成着自己的舞台使命。而伊索,则是这一组舞台群像中领袖群伦的佼佼者。

有人用“新颖”和“别致”来形容这个戏,对的,但是不完备,还应该加上“深刻”,而且这是主要的。我们都记得殷夫烈士翻译的匈牙利爱国诗人裴多菲的名句:“生命诚可贵;爱情价更高。若为自由故,二者皆可抛。"这首诗和这部剧作恰好成了姊妹篇——而且简直像是孪生姊妹。伊索面临着这样的问题:爱情和自由这二者中你选择什么? 伊索经受了考验:他选择了后者。然而不久,他又面临了新的考验,生命和自由这二者中你选择了什么? 伊索又经受了考验,他还是选择了后者。于是,戏的主题思想通过两次跃进而达到了更高的高峰;和罗兰夫人的名句"不自由,毋宁死"包含着同样积极的意义;伊索的形象也在一再的发展中变得愈来愈光辉灿烂。我们知道争取自由这个主题是古已有之的。但是,当它同今天全世界人民反帝斗争相结合的时候,它就具有了崭新的时代意义。

作者在这个剧作中显示了运用语言的高超手腕。拿伊索的台词来说,他在全剧中讲了十个寓言故事(虽然有一个是重复的,有一个只讲了一半);发表了各种各样的议论;他阐明了自己对美和丑、内心和外表、灵魂和肉体、人类和兽类、人类和神灵等事物的深刻理解;表达了自己对语言的运用、财富、爱情、命运以及自由等事物的精辟见解。从常例推测,在舞台上讲故事,发议论,是剧作的大忌;但是伊索不同。这人锦心绣口,志大才高,吐出的是字字珠玑,发出的是声声金石,他一开口,精彩百出,或使人精神振奋,或使人拍案叫绝;尤其可贵的是:他并不一个人在说教,而往往是在和别人对话中迸发出智慧的火花,这些语言一箭双雕地表现了伊索和对话者的性格。当格桑从"女人——不管怎么说,这仅仅是生理现象"的论点出发大谈了一通女人并且问伊索怎样看待女人的时候,伊索说:"对我来说,只存在两种女人:一种女人使我们痛苦,另一种女人为我们而痛苦,在为我们而痛苦的女人中我只知道一个。"格桑大笑,问:"你曾经使女人为你而痛苦吗? 讲一讲,她是谁。"伊索回答说:"我的妈妈。"这立刻又引起格桑的大叫:"啊哈,你这个骗子! 也就是说所有其他的女人都使你为她们而痛苦吗？……"这种对白，不仅使观众从笑声进入思索，从思索进入对两个人物的进一步理解，而且使同台的角色阿格诺托斯、克莉亚和梅丽达也都因而各个有戏可做。而这种绝好的对白，甚至更精彩的对白，到终场为止，简直是层出不穷。

第二幕中，格桑因为和人打赌，必须喝干大海，否则将要输去自己的房子和一切，因而求援于伊索的时候，焦躁的格桑呼唤："我的房子!"达八次，而冷嘲的伊索对格桑说："去把大海喝干吧!"则达十一次。这两句话像一个交响乐的乐章中次第交互出现的两个对立的主题——旋律，它们的不断出现加强着艺术的效果，直到最后，格桑的主题被淹没在伊索的主题中。这里，又一次证明了，高明的语言艺术家能够驾驭重复，完全克服重复给人的累赘感，而运用重复的技巧来加强艺术的效果，来为主题思想服务。

作者刻画人物的手腕是卓越的。拿格桑为例吧。讽刺的锋芒不断地射到他身上，哲学家是格桑的头衔，但愚蠢是格桑的同义语;奴隶主是他的身份，但财产的奴隶是他的性格。在第二幕，格桑的丑恶面貌被作者如剥笋衣地层层揭开，可谓淋漓尽致，一直到这样的程度:为了保存房产，老婆被污辱也可以不予追究。他是这样经受考验的:在房产和名誉二者中他选择了前者。但是他还有更为可恨的根性:他要求伊索为他解决困难，答允以释放伊索为交换条件，但是当伊索以自己的智慧帮助了他之后，他却一再食言，甚至用皮鞭来报答自己的恩人。以怨报德这是古代奴隶主的道德原则，同时也是现代殖民主义者的生活逻辑。

导演的处理，应该说，是成功的。观众往往被幕与幕之间不落幕以及扮奴隶的演员在幕间当检场搬道具等做法所吸引，这些地方的确新颖可喜，但我觉得导演的才能主要不表现在这些地方。演出正确地体现了剧作的斗争精神，这才是导演的主要功劳。我以为。剧作中，爱情纠葛的线索和追求自由的线索交织在一起，作者的本意应该是用爱情的线索来反衬斗争的线索。然而爱情的部分所占的篇幅是不小的:克莉亚和格桑,梅丽达对格桑,梅丽达对阿比西尼亚,克莉亚对伊索,克莉亚和阿格诺托斯,一共五对。爱情的纠葛席卷了所有的剧中人。这里有真爱,有假爱;有给予,有乞求;有躯体的占有,有心灵的结合——总之有的是戏。然而导演既没有过分削弱爱情这条线,也没有强调这条线;过分削弱它,就会削弱它对斗争这条线的反衬作用;过分强调它,就会把斗争这条线淹没。剧本中某些舞台指示在演出时被删去了,例如伊索对克莉亚的爱抚动作的省略,是适宜的。不是说经受爱情的折磨也是斗争吗?是的。但这里讲的是艺术上的分寸感,它要依靠导演和演员来微妙地掌握,偶一疏忽,便会丢失。

争取自由——这是导演所强调的主题。伊索在全剧中提到自由不下七八处,每次都被安排在不同然而重要的地位,却又不是平均使用力气,其中有几次被特别强调,有几次被略微放松。导演很好地运用了台阶,在第二幕中让伊索站在台阶的顶层,瞭望海面上的一对喜鹊——自由的象征,从而把观众视线的焦点引导到演区的最高处,形成了一种特别高昂的情绪和气氛。

这个戏中伊索的外形设计,我认为是合适的。台词中有很多地方讲到伊索容貌丑陋,伊索甚至说自己是"九头怪蛇的儿子"。但是导演没有强调他生理上的畸形,只是表现了沉重的奴隶劳动对他的形体所产生的影响;更多地从外形上强调了他的睿智和坚毅的性格。戏剧艺术总是要通过舞台形象来感染人的,如果不适当地强调伊索生理上的畸形,那就会对观众产生官能的刺激,从而减弱对伊索的同情和崇敬。雨果的《巴黎圣母院》被好莱坞商人拍成电影(名叫《钟楼怪人》),那个驼背老人加西莫多在银幕上出现的时候会"吓煞人";然而苏联的芭蕾舞剧《巴黎圣母院》中的驼背就只是个伛偻的老人而已,虽然有些丑陋。加西莫多,钟馗,伊索,他们的共同特征是心灵和外形的矛盾。钟馗的脸谱对于一个从未接触过戏曲的人来说也许是很可怕的。但在戏曲观众心目中,这个脸谱结合着他的舞蹈动作,形成了美的极致。如果话剧导演有法在竭力丑化伊索的外形之后又能通过其他艺术手法使观众对伊索不生厌恶之心,反有爱慕之意,那我当然不反对。但现在这毕竟还只是一种设想。当然,美化伊索的外形是同样不正确的。因为,第一,这违反了剧作的规定;第二,他是奴隶,在沉重的奴隶劳动的重压下,他的外形必然会被扭曲的。

演员们都很称职。吕齐演伊索,很好地掌握了角色作为智者的活泼和作为奴隶的沉痛这二者的结合。舒绣文演克莉亚,有几场戏特别动人,当她拿着伊索的自由证书,想撕未撕,终于还给伊索的时候,演员是有激情的。她送走伊索的时候,站立着,高举右手,就像那尊雅典城守护神雅典娜的雕像。但这个角色的表演是有缺点的,从爱伊索,恨伊索到更爱伊索,这条行动线似乎没有贯串起来。应该说,这受了剧作的一定的限制,但是,我们相信,经过努力,演员是能够克服这一缺点的。方珀德演格桑,刘勤演阿比西尼亚,吕恩演梅丽达,平原演阿格诺托斯都有其成功之处。

这次《伊索》的演出,在自由——解放——和平的基础上把希腊、巴西、苏联(演出本是根据俄译的)、中国连结起来了;把奴隶制时代、资本主义时代争取自由的人民和已经自由的社会主义国家人民连结起来了;这是多么美好的事!但愿这不是美好的事的结束,而是美好的事的开始。

1959年7月

读杜波依斯早年的著作《黑人的灵魂》

威廉·杜波依斯,对我国读者来说,不是一个陌生的名字。1959年2月23日,他在人民中国的首都度过了他的九十一岁寿诞,1959年5月1日,他又荣获了1958年的"加强国际和平"列宁国际奖金。

杜波依斯博士是美国著名的黑人学者和作家,是当代杰出的和平战士,黑人解放运动的领袖。他把自己的一生献给了黑人解放的事业,保卫和平的事业,人类进步的事业。作为一个作家,他写过不少作品,包括小说、诗歌、散文和论著。他的第一部文学作品《黑人的灵魂》是他在1903年他三十五岁时出版的,之后又写了《寻找银羊毛》、《黑公主》、《海地》等。1957年他的长篇巨著《黑色的火焰》第一卷《曼沙特的考验》发表,受到了进步舆论的热烈赞扬。这部作品描写了美国南北战争后南方一小撮的人怎样牺牲广大黑人和白人的利益来取得并巩固自己的统治特权。小说通过对历史真实的描写揭露了美国帝国主义的本质。

这里要谈的是杜波依斯最早的文学著作。在杜波依斯博士访华期间,人民文学出版社出版了《黑人的灵魂》中译本,这是一件令人高兴的事。广大读者群众将不仅从杜波依斯所从事的进步的社会活动而且将从他的著作来了解这位和平战士的思想和事业。

《黑人的灵魂》是一本收有十四篇文章的集子,包括论文、散文、回忆录、小说等。全书贯串着作者对种族压迫与种族歧视的正义谴责和对黑人前途的无限信心。在这本书中，作者对美国黑人的历史进行了研究，从政治、经济、文化等各方面去探讨黑人当时的状况和前途，抒发了不少精辟的见解。全书浸透着争取种族平等的思想，浸透着民主精神和人道主义精神。作者在不少篇章中强调指出：美国历史上著名的南北战争的结果之一——所谓黑奴解放，并没有使黑人获得真正的解放。作者这样写道："自由来到了——突然地，可怕地，像一个梦一样地来到了。""这一种近于玩笑的自由究竟是什么意思？没有一文钱，没有一寸地，没有一口粮食——甚至身上的几片破布都不属于自己所有。"因为这个所谓"解放"，所谓"自由"仅仅是把大批黑人从奴隶的地狱引到资本主义的地狱而已。作者继续写道："那儿（指美国——引者）的自由对我们来说是一种讽刺，解放是一种谎言。"这就一语道破了资本主义制度所谓自由平等的实质。在题作《黑人地带》和《探索金羊毛》的两篇文章和其他文章中，作者愤怒地说出了这个"谎言"的真相——他详细地叙述了黑人佃农和黑人雇工在资本主义制度下被压迫、被剥削的悲惨命运。南北战争之后，南方的奴隶主为农业资本家所代替，广大黑人仍然生活在黑暗的深渊。许多黑人干了一辈子活，"开始时一无所有，到现在还是一无所有"；作者转述了一位黑人的话："白人成年到头坐在那里，黑汉子无日无夜地干活，种庄稼；黑汉子好难弄到一点面包和一点肉，白人坐在那里倒什么都有，这是不对的。"（当然这里的白人是指作为地主和资本家的白人。）作者把这段话称作黑人"数百年来古老的心声"。在这里，作者挖出了阶级剥削的根子。除了揭露经济上的根本性的不平等外，作者还以极大的愤慨，揭露了种族歧视和种族压迫在政治、宗教、法律、文化以至日常生活上各种各样的表现。有这样一种论调，说什么上帝特意在人和动物之间创造出一种中间物，那就是黑人,因此黑人是天生的劣等民族;对于这种谬论,作者提出了坚决的抗议。作为一个黑人运动的战士,作者没有被周围的残酷现实吓倒,相反地,他为黑人解放运动进行了不屈不挠的斗争。对于黑人运动中的机会主义者和投降主义者,例如布克·华盛顿,在接受了黑人是劣等民族的说法的前提下所提出的机会主义和投降主义路线,作者进行了坚决的反击(见《布克·华盛顿先生和其他人》一文)。有时候,作者把对敌人的战斗同对自己民族的期望交织在一起。一种恨铁不成钢的心情,使他的某些篇章带有一种沉郁的调子。这同民族自卑感完全是两回事。作者在不少篇章中流露出了对那些在迫害面前不低头的黑人英雄的崇敬,表现了充分的民族自尊心,申述了对黑人前途的不可动摇的信心。

《黑人的灵魂》这本书有特殊的风格。虽然十四篇文章体裁不尽相同,但是收在一个集子里并不显得不调和,反而构成了多样的统一。不仅在几篇又像抒情散文又像小说的文章中,渗透着浓郁的诗意,而且即使在论文中,也时时闪烁着诗的光彩。在《进步的意义》这篇回忆录中,作者用简练的笔触,勾画出了作者青年时代曾在那里当过教师的山区中一些黑人家庭的悲惨遭遇。在《约翰的归来》这篇小说中,作者描写了两个约翰——一个黑人、一个白人——从两小无猜的同伴变成仇敌的过程。这是用抒情的笔调,通过艺术形象,客观地揭示了阶级压迫和种族歧视是种种罪恶的根源这个真理。《头生子的夭折》是一首散文诗,在这里,哲学的睿智和诗的激情结合起来了;在这里,我们看到了作者抗议种族歧视的"心潮逐浪高"。有时候,也看到作者的幽默——讽刺的锋芒。虽然只是一闪两闪,却给人留下了难忘的印象。作者在谈到一个黑人学校教室中的桌椅都是缺腿缺靠背的时候说,这"有一个优点,就是打瞌睡是一件很危险、有时甚至是致命的事"。谈到这里,我们是会忍不住微笑的。当我们读到作者所写的关于黑人田间劳动如何单调而沉重等等的时候,忽然看到这样的句子:"尽管如此,这种工作是在洁净的野外进行的,在这新鲜空气极缺少的今天,这也还算是一件可喜的事。"这时候,我们始而被作者那种诚恳的语调所打动,但继而不得不作一番深思,并且去探索那个双关语的沉痛的含义。

作者在每篇文章的开头引了一段诗。被引的诗的作者包括拜伦、席勒、欧玛尔·哈亚姆、罗威尔等著名诗人。用这作为每篇文章的序诗——或者说是诗的提示。在所引的诗的下面,作者还引录了一两小节黑人歌谣的乐谱,作为每篇文章的序曲——或者说是音乐的提示。(关于这些黑人歌谣以及其他黑人歌谣,作者在这本书的最后一篇文章《悲歌》中作了细致的分析,对它们的艺术作了很高的评价。)这些饶有趣味的做法构成了这本书的鲜明特色,加强了这本带有政治味道的书的文艺味道,使人爱不释手。

有些引录的诗,不仅对一篇文章有提示的意义。例如在第三篇文章《自由的曙光》开头所引的美国诗人罗威尔的诗句:

> 绞架上永远放出真理的光彩,
> 暴君的宝座永远是罪恶的象征;
> 绞架动摇着未来的基础,
> 正义终将把强权战胜……

这也可以说是整个这本书的一个恰当的注脚。对于这样一本书,我感到有责任把它推荐给亲爱的读者们。

1959 年 4 月

读叶芝和里尔克的诗

编者催稿有方,这篇无甚真知灼见的荐书短文得以被"逼"出笼。平生爱书成癖,家中积书成"灾",也以诗集居多。近来读书,使我沉湎其中的还是两位外国现代派诗歌的巨擘。且为他们诗作的汉文译本谈一点粗浅的观感。

我年轻时读到爱尔兰诗人托马斯·穆尔的《爱尔兰谣曲》,为他那优美柔婉的韵律所陶醉。及至读到雪莱的诗《致爱尔兰》,才开始注意到爱尔兰民族的命运。当我从雪莱的传记中看到他亲自到都柏林去支持爱尔兰的民族解放事业,散发《告爱尔兰人民书》时,我更加关注爱尔兰的民族解放运动,在这种心情支配下,我接近了十九世纪末二十世纪初爱尔兰文艺复兴运动中涌现的一群爱尔兰作家,他们的民族意识和抗争精神使我震撼。我在阅读他们的作品时,感到他们之中最能代表爱尔兰精神的,是诗人叶芝(1865—1939)。我惊讶于叶芝所作英文诗歌的巨大的精神内涵和艺术魅力。但我还只是从选本中读到它们。我在很长一段时期内寻找叶芝的诗集,总没有找到满意的版本。1984年10月我访问英伦时,麦克米兰出版公司董事长索阿先生热情地要赠送我一批他的公司的英文出版物,让我在书架上挑选,我一下子就看中了一本书:理查德·劳纳阮编的《叶芝诗全集新编》(W.B.Yeats, *The Poems A New Edition*)。这是伦敦麦克米兰出版公司当年(1984)的最新出版物。回国后,我发现这是我最满意的叶芝诗集的版本。这本书便放在我的案头,成为我时常翻阅的读物。它使我时时想起爱尔兰和爱尔兰人民的斗争;也使我时时沉浸在叶芝的诗歌艺术魅力中。

我并不是叶芝的研究者,仅是他的一个读者。我爱读他的诗,欣赏他早期的浪漫主义和后期的象征主义与现实主义的融合,赞叹他从虚幻朦胧转化为明朗厚实,感受到他深蕴的哲理内涵与爱尔兰民族传统和民族性格的交融。我曾想选译叶芝的一部分我所特别喜爱的诗作,结集出版。然而这仅是一个未能实现的空想。

十一年之后,我非常高兴地接受了翻译家傅浩赠我的书:他译的《叶芝抒情诗全集》(工人出版社1994年版)。这本书恰好就是根据劳纳阮编的《叶芝诗全集新编》中的抒情诗部分译出的。

爱尔兰文艺复兴运动的中坚作家如萧伯纳、格雷戈里夫人、辛格和奥凯西的剧本、乔伊斯的小说,都已有中文译本。而叶芝的诗却一直没有系统地介绍过来。傅浩的译本填补了这一空白,是十分可喜的。傅浩是当代颇具实力的青年翻译家和外国文学研究者,他的主攻方向是英语诗歌。他在对叶芝进行研究的基础上翻译了这本诗集。他的译作忠实于原著的艺术风格,语言流畅,文字凝练。读他的译作,可以从中窥见这位被誉为"爱尔兰的灵魂"的二十世纪大诗人叶芝的心路历程。

叶芝的主要成就在诗歌,但他的文学成就是多方面的。叶芝是"阿贝剧院"——爱尔兰文艺复兴基地的创建者之一。诗剧《凯瑟琳伯爵小姐》、《心愿之乡》等是叶芝的重要戏剧作品。他的自传、日记和回忆录不仅是研究他的资料,也是精美的文学作品。他的文论和散文作品同他的诗歌和戏剧一起,构成了叶芝文学创作的宏大库藏。要了解一个大作家的全貌,仅仅读他的主要作品是不够的。只有从全方位去接近他,才能看到他的各个侧面,从而更清晰地看到他的整体。

王家新编选的《叶芝文集》三卷(卷一,朝圣者的灵魂:抒情诗、诗剧;卷二,随时间而来的智慧:书信、随笔、文论;卷三,镜中自画像:自传、日记、回忆录。东方出版社1996年版),是目前我国出版的第一部多卷集叶芝作品的汉文译本,也是继傅浩译的《叶芝抒情诗全集》之后的又一部(套)系统介绍叶芝作品的书。在这套书中,抒情诗是其主要部分,但在篇幅上仅占全套书的五分之一左右。这些抒情诗虽与傅浩的译本重复,但译者不同,译笔不同,因而给读者提供的口味也不同。这套书选用了较早译介叶芝的卞之琳、查良铮(穆旦)、袁可嘉、王佐良等老诗人、老翻译家的优秀译作;同时选收了一批青年译者为这套书译的新的译作。编者的意图是"为我国几代人对叶芝的翻译和介绍做出一个初步的总结",这个目的是达到了的。

从选目来看,这套书选入了叶芝各个时期、各个方面的代表作,可以看出编者用的功夫,也有略感不足之处。如诗剧《胡里痕的凯瑟琳》,它采用爱尔兰神话中女王凯瑟琳的传说,表达爱尔兰民族要求独立的强烈愿望,它在1902年首演于都柏林,成为爱尔兰文艺复兴运动的晨号。但这部作品没有被译出、收入。虽然如此,这套书仍可看作是到现在为止的叶芝作品的基本译本。

编者王家新是诗人,也是翻译家。他以诗人的眼光和心灵去接近叶芝,理解叶芝。他对叶芝的向往促使他编选了这套书。我看,这套书的编成不是"任务观点"的成品,而是"爱"的产物。王家新说:他被叶芝的"致命的魅力吸引住了……从叶芝那里透出的光辉,照亮了刚刚踏上人生和文学道路的我"。王家新在深入感受和认真研究叶芝的基础上编选的这套书,不仅是一种学术成果,也是心灵交流的结晶。他为这套书写的《编者序言·朝向生命》显示了他对叶芝理解和参悟的程度。这篇序言是打开这部书的钥匙,也是一篇有思想力度的散文。

我在四十年代中期接触到德语诗人里尔克(1875—1926)的诗作,惊异于它们的神秘和深邃,主题的多元化和丰厚的可挖掘性。我译过他的短诗《静寂的时候》"世界上不论谁在某处哭泣,……"投寄给唐弢先生,他很快来信表示赞赏,并把它刊登在1946年《文汇报》的副刊《笔会》上。

对里尔克如何评价?西方马克思主义批评家对他的评价就有过大起大落。自里尔克逝世至二十世纪三十年代初,他的诗被认为是"反人民","连他用民歌调子写的诗也不是人民的";到第二次世界大战前夕和之后,他才被肯定为同情人民、特别是同情穷苦人民的诗人;评论家指出"浪漫主义的反资本主义是里尔克的人道主义的思想基础"等。中国的评论家们对他也有不同的评价,有的说"里尔克的作品大多充满孤独、感伤、焦虑、惊恐的世纪末情绪和虚无主义思想";有的说"里尔克是现代机械文明的对立面";还有的说里尔克"深化了对人生的探索和追求,力图为人类开拓一个光明的前景"。从"虚无主义"到"人类光明"也是大起大落。当然对里尔克还可以作深入的研究。但我们不能无视里尔克的诗歌艺术对中国现代诗人冯至、绿原、郑敏等的巨大的正面影响。绿原说:"里尔克在诗歌艺术的造诣上,永生到放射着穿透时空的日益高远的光辉,就一些著名篇什的艺术纵深度而论,就其对心灵的撞击程度而论,真可称之为惊风雨而泣鬼神。"绿原的看法,恐怕不仅是他个人的,而是代表了中国现代和当代多少诗人们共有的感受。

长期以来我一直盼望着一本比较系统地介绍里尔克诗作的汉文译本的出现。这个愿望现在终于实现了。人民文学出版社的《世界文学名著文库》中,把里尔克的诗也列为一种,让他和李白、杜甫、莎士比亚、雪莱、歌德、济慈并列,是有眼光的。更令人高兴的是,我们见到的《里尔克诗选》(人民文学出版社1996年版)汉译本出自诗人绿原的手笔。我们不能说,只有诗人才能译好诗;但如果由诗人、特别是对原作有深厚感情和深入研究的诗人来翻译,那将是上乘的选择。闻一多、卞之琳、戴望舒、冯至等已为我们提供了先例。绿原的译本更加证明了这一点。

首先使人注意的是这本诗选的选目。这个译本收集了里尔克一生各个时期的代表作,重要作品大致没有遗漏。译者在每一集(辑)前都有一篇文字说明,这是译者的研究成果,加上详细的注释,大有助于读者对诗的理解。但我想强调的是绿原译文的语言风格同里尔克诗风的接近;既不是婉约,也不是豪放,而是刀削般的雕塑感和深邃幽密的浑沦感的统一。绿原用汉语的韵律把我们领进了里尔克的精神世界。我乐于向读者推荐这个译本,是因为它不仅可为研究者提供资料,也可为诗歌爱好者提供佳妙而独特的精神食品:译本语言的味道苦涩而甘美,令人震惊而晕眩,为任何其他精神食品所无有。

1997年1月

华盛顿的一个傍晚

——访赫尔曼·沃克

"别忘了，今晚你和王子野团长要到沃克先生家里去做客。"陪同我们进行考察活动的裘莉·冉迦南小姐（接待我们的美中关系全国委员会工作人员）又一次提醒我。我笑着向坐在司机旁边的她点点头，作为回答。

从罗彻斯特来到华盛顿，已经三天了。今天下午刚刚去马里兰州的霍拉戴—泰勒印刷厂参观，现在是回华盛顿，汽车正在高速公路上奔驰。

郊区高速公路上汽车愈来愈多。原来这时正逢下班时刻，也就是我们常说的"高峰"时刻。公路两旁的橡树、榆树、枫树，路边的草坪，渐渐隐没在苍茫的暮霭中。而公路上则滑动着两条耀眼的光流：右边，也就是我们的汽车行驶的一边，一长串汽车的尾灯，连成一条红色光链，向前流去；左边，一长串汽车的前灯，连成一条白色光链，向我们迎面流来。两条光流，挨肩而过，相背而行，如银龙火蛇，奔腾在夜幕笼罩的大地上。这是一个异邦的大地。在这里，已经有一百多年没有直接经受炮火的袭扰了。在这里，普通的美国人在和平的环境中过着紧张的生活。美国参加了两次世界大战，但战争没有在美国本土上进行。呵！人生多么奇怪，我原是居住在战争和动乱连绵不断的东方大地上的中国人，是什么机缘让我今天忽然来到这异邦首都的郊区？是什么机缘安排我和一位异国的作家见面？——而他，曾用他的笔，描绘了第二次世界大战波澜壮阔的场景，赢得了成千上万的中国读者。

裘莉重新安排了车辆，把王子野和我，还有译员李丽云女士，送往沃克先生的寓所。汽车转入哥伦比亚特区乔治镇，直开到N大街3255号门口。这里是环境幽静的住宅区，路灯照着门前的树木和草坪，显出一片安静和宁谧。

我们看准了门牌号码，就上去叩门。开门的是一位中年妇女。问明了来意，她就把我们引进客厅。

一会儿工夫，一位六十多岁的老人，身穿灰色西装，胸前是紫色领带，大步下楼，向我们迎来。他伸出右手，紧紧地握住了王子野的手，又同我握手：“欢迎，非常欢迎你们！”从他那精神矍铄的神态，炯炯发光的两眼，不用介绍，便认出：他就是《战争风云》的作者赫尔曼·沃克（Herman Wouk）。

我们都在沙发上坐下来。壁灯的淡淡的黄光照着乳黄色的墙壁和地毯，客厅里荡漾着一种温暖、柔和的气氛。我想再仔细看看这位作家的仪容和神态。同时，按照常情，初次见面总得先寒暄几句。但沃克先生却出乎意外地开门见山，单刀直入：

“我所以要邀请你们到我家来会见，就因为我的书《战争风云》在贵国出版——”他转向我：“是由您的人民文学出版社出版的？”

“是的。”我说。

“听说在贵国畅销？”

“是的，”我说，我想到了这本书在中国流行，广大读者争相传阅的情景：“我们发行了40万册，很受读者欢迎。”

沃克先生毫不掩饰他的喜悦心情，但也毫不掩饰他心中还存在的疑问：“我也听说了，发行40万册，这对我来说是颇为意外的。我一直认为这样的小说在西方受读者欢迎是可以理解的，而中国,有她自己独特的文化传统和艺术爱好,怎么会有那么多读者爱读我的书!"

是啊,为什么中国读者爱读《战争风云》呢?我想起自己被这本书吸引的情形,正要解释,王子野已经开口了:"第二次世界大战关系到全世界各国人民的命运,因此中国人民关心这段历史是很自然的。而你的《战争风云》不仅是历史,又是小说,写了那些著名的历史人物,而且写得那么生动,有性格。这就是为什么这本书在中国受到欢迎的原因。"王子野的话跟我想说的几乎完全一样。

沃克先生听了王子野的话,显得更加兴奋和活跃起来,但同时,他的神情中又含有一种严肃,一种认真的态度。他说:"确实,我这本书写的是第二次世界大战的历史。我对这段历史进行了研究,我搜集、阅读了大量历史资料。我描写那些历史人物,都是有根有据的。他们所说的话,所做的事,大都有文献的根据,不是任意编造的。但我写的却又是小说,而不是在写历史。"

这样,话题就转到这部小说中的人物形象的塑造上来。王子野谈到了那些人物描写的生动性。他特别提到小说中的富兰克林·第兰诺·罗斯福总统,认为这个历史人物写得很形象化。沃克先生嘴角忽然露出了笑容,说:"罗斯福总统的女儿读了这本书以后,曾对我说,这本书中的她的父亲的形象,是她所看到的许多作者的描述中她最满意的。"

我也谈到,这是一本小说而不是历史书。如果是历史书,那往往是专门家的读物,不可能获得这么多的读者。

"我写的确实是小说,而不是历史书。"沃克说,"历史小说比历史书的读者要多得多,如果有一个读者读历史,那么就会有一千个读者读小说。"

于是我谈到我们这次访美期间,访问了好几家出版社和书店,发现美国的小说读者还是不少。沃克接着这句话茬谈到了他的另一部小说《战争与回忆》（这是《战争风云》的续篇，但又是一部相对独立的小说），说这部书精装本发行了100万册，"纸皮"本（就是我们所说的平装本）发行了200万册。我们一听，感到吃惊。我们知道，美国的精装书售价很昂贵，能卖到1万册就很不容易。他的这本《战争与回忆》精装本标价15美元，居然能发行100万册，这是惊人的数字。

从读小说，又谈到看电视。美国电视很发达，几乎家家户户都有电视机。一般人业余消遣更多的是看电视而不是读小说，所以书本读者和电视观众比起来，又是小巫见大巫。沃克说："最近我把《战争风云》改编成一个十六个晚上演完的电视剧。改编的时候，我费了点踌躇。因为要把已经在小说里说过的重新用电视剧形式再说一遍，是有点教人作难的。但，电视剧还是要编。因为考虑到，如果有一个读者读小说，那么就有一千个观众看电视。"

话题又回到《战争与回忆》这本小说。我告诉沃克，这部小说的译本已经订在人民文学出版社1981年的出版计划中了，估计它也将受到中国读者的欢迎。

这时，沃克先生站起来，给我们斟了葡萄酒，请我们尝一点鲑鱼和花生豆。"很抱歉，"他说，"我的夫人今天不在这里，她到乡间别墅去了。因此，不能请你们在我家里吃晚饭。"

"不要客气，能够有机会和你谈话就很高兴。"王子野喝了一口葡萄酒，说。

沃克先生重新坐到沙发上，向我们提出了这样一个问题："在中国还出版了哪些美国作家的作品？"

我想起刚才沃克在谈话中透露出的一个看法，似乎中国有自己的文化传统和艺术爱好，因而中国读者喜欢一部为西方读者所欣赏的书，他觉得惊奇。其实，中国文化是世界文化的一部分，中国自古以来就同外国有着文化上的交流。今天的中国文化吸收着外国文化中一切有益的成分。对于包括美国在内的世界各国的文学艺术,只有江青之流抱着闭关锁国排斥一切的态度,而广大中国人民是抱着欢迎的和合理地吸收的态度的。对于美国文学大师们的作品,中国的读者是乐于接受和借鉴。我正这样想,听到王子野回答说:"华盛顿·欧文、马克·吐温、杰克·伦敦、欧·亨利等等,这些著名美国作家的作品,在中国都拥有广大的读者。"

我随即补充说:"还有大诗人惠特曼的《草叶集》,我们也出版了,但是是选集,不是《草叶集》的全部。"

沃克一面听一面点头。

我觉得应该把情况更详细地介绍一下,于是说:"我们人民文学出版社在前年出版了一本《美国短篇小说集》,选入二十一位美国作家的二十四篇作品。那是从美国最早的小说家华盛顿·欧文选起,一直选到现代的威廉·萨洛扬和欧·肖。中国青年出版社今年还出版了另一种选本《美国短篇小说选》,但是我还没有见到,所以说不出选目来。"

活克带着满意的面容静静地听着。

我继续说:"还可以介绍一个情况,就是中国读者不仅对美国历史上著名的作家如纳桑尼尔·霍桑、马克·吐温、杰克·伦敦、西奥多·德莱塞、厄纳斯特·海明威等的作品感兴趣,而且对美国当代作家的作品也感兴趣。今年上海译文出版社出版了《阿瑟·密勒剧作选》……"

我还没有说完,沃克就问:"选了哪些剧本?"

"选了两个:《都是我的儿子》和《推销员之死》。"

沃克表示首肯地点点头。

我继续说:"另外,上海译文出版社在去年还出版了一本《当代美国短篇小说集》。入选的作家有十九位,他们是:辛格、马尔兹、韦尔蒂、契弗、马拉默德、贝娄、密勒、基伦斯、麦卡勒斯、冯内戈特、梅勒、鲍德温、卡波特、奥康纳、巴塞尔姆、厄普代克、罗思、凯利、奥茨。"

我一面说,一面注意沃克的表情。我发现他十分认真地听着。等我说完后,他说:"你们这个选目很好。这些作家都是美国当代有代表性的作家。"

接着我又向他介绍了我国已经出版了的美国当代作家的作品,即将出版的美国当代作家的作品,以及计划出版的美国当代作家的作品。王子野特别提到了不久前三联书店出版了美国当代黑人作家阿历克斯·哈利的小说《根》,也受到了读者的欢迎。沃克都认真地听着并频频点头。

暂时宁静了片刻。

沃克忽然转变了话题,对我说:"有一位格莱葛利·高先生,向我介绍过你,说你曾把莎士比亚的十四行诗译成中文出版,是吗?"

"是。"我说。

"你原来还是一位莎士比亚的学者。"

我一听,感到很突然。我立即回答说:"不是学者,只是学生。"我的反应是快的,因为我是在说实话,不用考虑如何措辞。

这时,我看到沃克的一双眼睛里射出一种深邃的光。他沉吟了一下,说:

"是的,我们都是学生。对我们来说,莎士比亚是太高了!"

我从他的眼光里感到,这是他的真话。

讲到莎士比亚,引起了我的联想。我说:"莎士比亚的同代人本·琼孙讲过一句名言,说莎士比亚'不属于一个时代而属于所有的世纪'。我想补充一点:莎士比亚不属于一个国家而属于所有的国家,包括中国。文学艺术不应受到国家和民族的局限。语言的隔阂是可以通过翻译艺术而打破的。你的作品在中国受到欢迎,说明你也不仅仅是属于一个国家,也不仅仅是属于西方世界的作家。"

也许是关于东西方文化的谈论引起了他的兴致,他说:"你们中国是历史悠久,有古老文化的国家。我是美国人,但我是犹太族的美国人。以色列—犹太王国,是同你们中国一样在几千年以前就立国的文明古国。犹太人有自己的几千年的文明史。我对古代文化很有兴趣。我正在研究犹太古代文化的有关文献。我对贵国的古代文化也很感兴趣。明年(1981)我将到贵国进行访问。"

"你是否已经收到邀请?"王子野问。

"美国驻北京大使馆的文化参赞告诉我,中国作家协会将向我发出邀请。我相信不久我将收到正式邀请书。"沃克说,"我还没有到过中国。我对你们的国家很向往。"

我说:"非常欢迎你到中国来作客。你到中国来,可以看一看你所向往的中国古代文化。"

当说到中国古代文化时,王子野和我很自然地想起了十年浩劫期间中国文化所受到的损失。

"可惜'文化大革命'期间,文化遗迹被破坏了很多,很惨,有些损失是不可弥补的。"王子野说。

接着,我又补充王子野的话说:"虽然我们的文物被破坏了不少,但由于中国历史悠久,文化遗产多,更由于有关领导人和人民群众的保护,保留下来的东西还是极为丰富的。你到中国去将会看到不少值得看的东西。"我又说:"同时,你还可以见到今天正在建设自己的祖国、向四个现代化进军的中国人民,其中包括你的《战争风云》的读者。"

一下子,话题又回到了《战争风云》这部书上。王子野说:"《战争风云》中译本初版在'四人帮'被粉碎之前,那时印得很少,也不能公开发行。'四人帮'粉碎之后,才得以公开发行,大量印刷。"

我补充说:"由于那时还在'四人帮'的文化专制主义的统治下,加之我国还没有参加国际版权公约,所以出版《战争风云》的时候没有跟你联系,这是要请你谅解的。"

这时,沃克哈哈地笑了起来,神情活跃。他说:"你们知道的,哪个作家不爱钱哪!因为他们要靠版税生活。但是,关于在中国翻译出版我的书这件事,我认为主要之点是:我的作品能够为这么多的中国读者所欢迎,这对我说是一种荣幸。我在中国赢得了那么多的读者,这使我非常高兴。"

王子野进一步解释说:"在中国,还没有版权法。保护中国自己作家的权益的法律,正在拟订中。将来总是要公布的。关于中国参加国际版权公约这件事,由于这对中国来说是一件新事,要了解情况,熟悉情况,因此需要一些时间。但我们对这件事采取积极的态度,我们正在作准备。"

这时候,时间已经不早。沃克站起身来,说:"我要送你们一点礼物。"他到里面去拿了两本书出来。一看,原来就是他的《战争与回忆》,波士顿的立德尔—勃朗出版公司出的精装本。装帧严肃而又别致,红黑两色布制硬封面,在黑底上印着作者烫金的签名。另有套封,黑底,作者姓名是白色大字,上方;书名是红色大字,在下方;中间是一片硝烟。全书有1000零40多页,又是特大开本,重磅道林纸精印。拿在手里,比一块砖头还要重。他在赠给我们的这两本书的扉页上各题上字,签上名。他笑着说:"这部书分量不轻,装进你们的行李里,是个负担。但是我相信你们会乐意背回去。"

王子野和我向他道谢,并表示不管行李多重也要背回去。作为答礼,我们赠了他几本我国的出版物。

沃克又领我们到他的书室参观。这里有他的各种著作的各种版本和各种文字的译本(到现在为止,沃克写了八部小说,三个剧本,还有其他著作)。他又拿出他的早年著作,小说《城市孩子》平装本两本来,也在扉页上题了字,签了名,赠给我们各一本。

我们告辞出来,在门口,上汽车前,我们同沃克先生握手告别。王子野说:"希望下一次在北京再见。""我也这么希望。"沃克最后回答说。

汽车在华盛顿的马路上奔驰。经验告诉我,由于马路平坦,即使坐在疾驰的汽车里,也可以毫不困难地在本子上写字,更不要说看书报了。我立即拿出沃克赠我的那两本书,借车内灯光看他题的是什么字。我先打开《战争与回忆》,仔细看了扉页上的题字。一看,我不觉一怔。原来那题字译成汉文是这样的:

> 作者以热诚的谢意题赠屠岸,感谢他在介绍我的作品给伟大的中国人民时所起的重要作用。
>
> 诚挚的
>
> 赫尔曼·沃克
>
> 1980年10月15日
>
> 于华盛顿

《战争风云》介绍给中国读者的功劳,我没有一丁点儿的份。在介绍沃克的著作给伟大中国人民这件事上起作用的,应该是《战争风云》的译者施咸荣、任吉生、苏玲、萧乾、茅于美、赵澧、姚念赓、王央乐、颜泽龙、海观诸同志。我因为代表人民文学出版社访问沃克,竟"掠"了这个"美"了!

再看《城市孩子》扉页上的题字:

> 作者以热诚的友谊赠此书给屠岸
>
> 赫尔曼·沃克
>
> 1980年10月于华盛顿

我注意到了这两本书的题字上,在我的名字前面都没有加上

"先生"（Mr.）字样。这使我想起陪同我们的裘利·冉迦南在我们初到纽约时就用流利的汉语对我们说的话："我有个中文名字，叫冉馨琳。我希望你们别叫我冉小姐，也别叫我 Miss 冉迪南。你们就叫我小冉好了，要不叫我裘利也行。"在我这十几天来同美国同行的交往中也明显地感到有许多美国人交谈时不喜欢互称"先生""太太""小姐"等等，认为这些太客套了，他们彼此直呼其名（不带姓），以表示友好和亲切。我从沃克给我的题字中更深切地感受到了他的"热诚的友谊"。

汽车在华盛顿的林荫道上疾驰。"高峰"早已过去。路上车辆仍不少，但是井然有序。一种宁静的气氛笼罩着这座庄严然而美丽的城市。波托玛克河水静静地流着。远方，是高达 170 米的，像一支直立的铅笔似的乔治·华盛顿纪念塔。在灯光照映下，它又如一支雪白的玉笋，直插深蓝的夜空。与它遥遥相对的，是白色花岗石砌成的希腊巴尔蒂农式建筑物，在夜幕前发出晶莹的柔光的殿堂：林肯纪念堂。更远处则是有如用白玉雕成的穹庐般的圆顶建筑物：杰弗逊纪念堂。我想起，这些美国历史上著名人物的名字在我的小学课本里就有了，它们已经深印在我的脑子里。在青年时代，我就爱好美国文学和英国文学，怀着对普通的美国人民的友好感情。帝国主义的非正义战争破坏了国家与国家、人民与人民之间的纽带。但是人民与人民之间的友谊毕竟是任何力量也阻挡不了的。人民不需要战争与压迫，人民需要和平与友谊！

然而，当前的世界是不安宁的。战争的阴影笼罩在人类头上。人类面临着严峻的考验。

"要么战争结束，要么我们完结。"维克多·亨利（《战争风云》中的人物）的话响在我的耳边。——怎样才能使战争永远结束呢？

沃克先生的话又在我耳边响起："这两本互相关联的小说（指《战争风云》与《战争与回忆》）导致一个结论：战争是一种古老的思

想习惯,是一种古老的精神状态,是一种古老的政治技巧,它必须成为过去,正如把人当作祭神的牺牲和把人当作奴隶都已经成为过去的事物一样。我相信:人类的精神将坚持以长期的、艰巨的努力去结束战争,直到成功……"(《战争与回忆》的《前言》)

汽车还在这异邦首都的马路上疾驰着。灯光,树影,一座座建筑物的移动着的形象,掠过车窗,掠过车中人的瞳孔……我向车窗外望去,看到远方,国会大厦的巨大圆屋顶,屋顶上那尊铜铸的金色武士雕像,在深蓝的夜幕前发出闪闪的亮光。……啊,武士! 你是战争的象征? 还是保卫和平的象征? ……汽车还在行进,而我陷入了沉思。

1980 年 12 月

运用脑髓，放出眼光，自己来拿

——鲁　迅

十四行诗形式札记

十四行诗(或称"十四行"、"十四行体"、"十四行体诗")是从外国引进的一种诗歌形式。它从二十世纪二十年代初在中国出现。十四行诗作者最初受到注意的是闻一多和朱湘,以后有冯至、卞之琳。这种诗歌体裁在新中国成立直到"文革"结束,几乎绝迹于中国诗坛。但自党的十一届三中全会以来,十四行诗又在中国诗坛上出现了,而且连续不断。这说明这种体裁至今还有它的生命力。

十四行诗原是中世纪流行在欧洲的一种抒情短诗,是为歌唱而作的一种诗歌体裁,在这一点上同我国古代的"词"颇为相似。后来这种体裁被文人所掌握和运用。这一点也与"词"相同。意大利诗人彼得拉克(Francesco Petrarca,1304—1374)是文艺复兴时期最著名的十四行诗作者。意大利文艺复兴的影响遍及欧洲各国,十四行诗形式随之传入法、英、西班牙等国,并适应各国语言的特点,产生了不同的变体。十四行诗在十七世纪传入德国。

中国十四行诗是移植过来的形式。这种诗形式需要具备什么条件?第一是行数。一首十四行诗总是要14行,而不能多于或少于14行。

但在外国也有例外。莎士比亚的十四行诗(154首系列组诗)中有一首(第126首)只有12行(用六对偶句构成,其韵式是11 22

33 44 55 66①），又有一首（第99首），是15行（其韵式是12121，3434，5656，77，从韵式看，第五行是衍文，但从内容看则绝不是）。

十四行诗这个名词的意大利文为sonetto，源出普罗旺斯语sonet。英文为sonnet，法文为sonnet，德文为sonett，西班牙文为soneto。过去有人译为"商籁"（或"商籁体"），还有人译为"声籁"（菲律宾华人施颖洲先生首创），或以为是音义双关。但作为音译只是大体近似。"商"或"声"的声母都是sh（汉语拼音字母，下同）而不是s，尤其"籁"的声母是l而不是n。所以不能说很确切。后来"十四行诗"这个译名逐渐为多数读者所接受。如果音译，确切些应为"索内"。(法文音译为"索内"，英文音译为"索内特"，德文音译为"索内特"，西班牙文音译为"索内多"。看来"特"、"多"都可以省掉。)——当然，"十四行诗"这个名词已经广泛流行，我无意用"索内"来代替。这里提出音译"索内"，是为了下面论述的方便。

前面讲到的那种12行或15行的诗，如果称作"索内"，似乎也没有什么大关系，但称作"十四行诗"，就变成怪事了。可见汉文译名"十四行诗"只是表现出这种诗体的一个特征：行数。这是不全面的。

英语诗人霍普金斯（Hopkins）写了一首题目叫《斑驳的美》的诗，一共10行半，即10行加半行，他称之为"切短的十四行诗"（Curtal - sonnet）。这首诗被瓦尔特·泰勒收进他编的《英国十四行诗》一书中。就是说，这种10行半的诗也被认为是十四行诗的一种。（这里就发生了汉文译名的问题，如都用音译"索内"，就不会

---

① 数码相同表示押脚韵，即诗行的最后一个音节押韵。如1221，2332，454，545这种韵式，是第一行与第四行押，第二行与第三行押，而第五行、第八行与第二行、第三行押的又是同一个脚韵，余类推。一个四行诗节，第一行与第四行押，第二行与第三行押，称"抱韵"；第一行与第三行押，第二行与第四行押，称"交韵"。

感到矛盾了。）

但是，这些情况毕竟是例外。既是"十四行诗"，总是要14行才行。反过来看，这个汉文译名倒也有好处，它使中国十四行诗不宜于包括外国十四行诗中的例外形式（如12行，15行，10行半等）。

其次是韵式，即韵脚排列方式。可以是意大利式，也可以是英国式。意大利式有多种，但其基本特征是前8行中的两个4行组是抱韵，即1221，1221或1221，2332或1221，3443。英国式即莎士比亚式则前面是三个4行组，最后是一个2行组，三个4行组都是交韵，一个2行组是偶韵，即：1212，3434，5656，77。朱湘写十四行诗就分别标明"意体"和"英体"。

外国也有人写十四行诗而不用韵的。如英国诗人约翰·弗里曼（John Freeman）就曾尝试写过无韵的十四行诗，有一首题作《无韵》的就是。不过这首诗的最后两句却是一对偶句（即这两句押了韵），而使全诗不协调。另一位英国诗人拉塞尔·阿伯克隆比（Lascelles Abercrombie）写了一首真正无韵的十四行诗，题作《墓志铭》，全诗14行，每行都是轻重格（即抑扬格）的素体诗（blank verse，亦译作无韵诗，白体诗），没有脚韵。

这样的例子在中国诗人的诗作中也有。如卞之琳的《影子》和《音尘》，都是14行。《影子》分三个诗节，前两个诗节各为6行，最后一个诗节2行，合共14行。这14行每行都包含4个音组（四顿），但全诗无韵式。《音尘》则14行一气呵成，不分节，而每行音组数不一，有的3个，有的4个，全诗也无韵式。也许作者不认为这些诗是十四行诗，只是偶然写了总共14行的两首自由诗罢了？

但这些也都只能视作例外。绝大多数外国十四行诗有韵式，绝大多数中国十四行诗也有韵式。有的是意大利式，如卞之琳的《一位政治部主任》，其韵式为：

1221　1221　343　455

有的是英国式,如朱湘的《或者要污泥才开得出花》,其韵式为:

1212　3434　5656　77

也有意大利式和英国式混合的,即前两个诗节(每节四行)用英式的交韵,而从第9行起到第14行则变为两个3行诗节,每节各行相应地押脚韵,这就是意大利式的。如冯至的《我们准备着》,其韵式为:

1212　3434　563　563

然而这种意式和英式混合的韵式,也可视为接近于一种复古。因为中世纪意大利的十四行诗即具有这种韵式。据《中国大百科全书·外国文学》中"十四行诗"条目(吕同六写)所载,意大利中世纪的"西西里派"诗人雅科波·达·莲蒂尼是第一个采用十四行诗形式并使之具有严谨格律的文人作者。这种十四行诗有固定的格式,它由两个部分组成,前一部分是两个4行组,后一部分是两个3行组,共14行。每行诗句通常是11个音节,抑扬格。每行诗的末尾押韵,其排列方法是:

1212　1212　345　345

即它的前8行是两个4行组,这两个4行组是交韵而不是抱韵;后6行不是一个4行组和一个2行组,而是两个3行组,两组相应的诗行押脚韵。只是它前面的两个4行组只用两个韵而不是用3个或4个韵。从这可以看出,英式的"交韵"可以追溯到它的意大利来源。

再次是每个诗行的音数或音组数。英国十四行诗绝大多数是每行均为轻重格五音步(每个音步有两个音节,即每行有10个音节)。(关于格,是无法移植的。这里不多说了。)也有4音步(8个音节)的。法国十四行诗是每行12个音节。如果移植音节数,那么中国十四行诗就要讲音数(一个音节相当于一个音,汉字一个字发一个音)。中国十四行诗最初不讲音数,如郑伯奇的《赠台湾的朋友》(这首十四行诗以"东山"笔名发表于1920年8月15日《少年中国》2卷2期,也许是在中国出现得最早的十四行诗)。每行字数不一,有的多至17字,有的少至12字(一字一音),音数不整齐。冯乃超的十四行诗有的一行19字,有的一行12字。李金发的十四行诗有的一行12字,有的一行5字。其差距比郑伯奇的更大。

后来朱湘的十四行诗就规定每行10个字(10个音),也有规定每行11个字或每行9个字的。朱湘的十四行诗每首必须每行有固定的字数(音数)。

之后有音组的理论出现。首创者是闻一多,他提出的名词是"音尺"。后来这个概念演变为音组,或顿。孙大雨的十四行诗即不讲音数而讲究音组(顿)数。如他的《诀绝》就是每行5个音组。而卞之琳的十四行诗则是每行4个音组,如《〈论持久战〉的著者》、《一位"集团军"总司令》、《一位政治部主任》等都是;有的每行只有3个音组,如《淘气》、《灯虫》等;还有更少的,每行两个音组,如《空军战士》。

我自己学写十四行诗,遵循每行有规定的音组数(大多数是5个)的原则。我觉得这比每行规定音数的原则更合乎汉语的发音态势,也可以使每行诗的语言运用更自然流畅。尽管这也是一种限制,但这种限制符合汉语语言本身的规律。汉语到今天已经大大发展,如果用音数即字数来作为一种限制,就很容易使语言在诗行中产生削足适履的弊端。

以上讲的都是十四行诗作为一种格律诗所必须具备的条件。但我认为一首典型的十四行诗最重要的条件还在于它的构思即它的思想、情感的发展必须符合"起、承、转、合"的规律。

从本文前面的表述中我们已经知道,无论是意大利式还是英国式的十四行诗,都分为四个诗节,或者说由一个8行组(octave)和一个6行组(sextet)组成。一个8行组分开就是两个4行组(诗节),一个6行组分开就是一个4行组(诗节)和一个2行组(一对偶句),或者两个3行组(诗节)。这四个诗节大体上体现了一首诗所包含的思想、情绪翻来而又覆去、交错而又穿插的"起、承、转、合"的发展关系。莎士比亚十四行诗的一个突出特点是富于戏剧素质,即从构思上看,每首诗的四个诗节(或四个诗行组)符合"起、承、转、合"的艺术规律,也符合"正、反、合"的辩证规律,很像一部四幕剧或多幕剧的发展程序。莎士比亚十四行诗总是在第三个诗节体现"转",像一首乐曲的变奏,有时形成高潮,像"华彩乐段"(cadenza),也像一个四幕剧的第三幕或第四幕的某些场景。最后一个诗节即一对偶句体现"合",像是终曲,往往是警句,对全诗进行总结性的概括。"起承转合"不仅是莎士比亚十四行诗的规律,也是大多数十四行诗所要求的或体现的一种发展程序。

有一些诗,从形式上看,是十四行诗,无论从音步和韵式来看,都符合十四行诗的规范。比如爱尔兰诗人詹姆士·斯蒂芬斯(James Stephens)的《修麦斯·贝格》,译成汉文,是这样的:

> 有一个人,坐在一棵树底下,
> 在村子外面,他向我询问这里

地名叫什么，并且告诉我说他
从没有到过这里。他对我讲起
许多故事。他的鼻子扁平。
我问他这是怎么回事。他讲，
这是有一天玛丽·安的第一个男人
用穿索钻干的。但是他已经死亡；
还讲了些愉快的工作；他曾走过
一条很长的路去杀死他，他一只
耳朵上戴着金耳环；另一只耳朵
"已经被鳄鱼咬掉了，啊哟上帝。"
这都是他说的，他教我怎样咀嚼。
他是个真好人，他也爱我不迭。

这首诗原文每行都是轻重格五音步，全诗十四行，其韵式为1212，3434，5656，77，是典型的英国式十四行诗。（译文中每行用五顿代替五音步，韵式则亦步亦趋。）但实际上这只是一首叙事诗而不是十四行诗，或者，至少不是一首典型的十四行诗。这首诗也可以说是十四行诗的变种（从内容上说而不是从形式上说）。

我想，同样的，中国十四行诗如果写成叙事诗，那么这样的诗也不是典型的十四行诗，而会是十四行诗的变种。

十四行诗在某种意义上颇似中国的近体诗中的律诗，特别是七律。律诗由四联（首联、颔联、颈联、尾联）组成，十四行诗由四个诗节组成。十四行诗与律诗对格律的要求都较为严格。从"体格"上说，十四行诗规定每首诗为14行，律诗则规定每首为8句（行）。从节律上说，外国（如英国）十四行诗讲究格与音步数，律诗则讲究平仄与字数（音数）；十四行诗每行或5步，或4步，律诗则五律每句3顿，七律每句4顿。从韵式上说，十四行诗的韵式对每行都有脚韵的规定,而律诗则只规定第二、第四、第六、第八行末字必须押韵,七律则往往第一行末字也押韵。在这点上,十四行诗对用韵的要求比律诗更严。另外,律诗是一韵到底,而十四行诗则不断转韵,变化比律诗多。但律诗的颔联和颈联讲究对仗,有时首联或尾联也出现对仗,这却是十四行诗所没有的。(有时十四行诗中会出现类似对仗的诗句构成,但这不是必备条件。)在这点上,律诗又具有中国格律诗(古典的)独有的特色。然而,从思想结构上来看,十四行诗的四个诗节和律诗的四联都讲究"起承转合"的艺术规律,这是二者最根本的相似点。——我视起承转合为一种自然的发展程序,而不是刻板的模式和僵死的套路。

包括律诗在内的中国旧体诗和词尽管"束缚思想,又不易学","不宜在青年中提倡",但至今仍有人(包括青年)在写。十四行诗由于其形式的严谨,也会"束缚思想",但也是至今还有人在写。我想,这是由于律诗和十四行诗这类诗形式有其不可代替的某种功能。比如十四行诗,必须把诗人所要表达的思想感情及其发展变化纳入这种严谨的格式中来加以表现,这就向作者提出了作品必须凝练、精致、思想浓缩和语言俭省的要求。我们说内容决定形式,这是对的。但形式也会反过来对内容起作用。一首有严格的格律规范的短短的十四行诗,往往能够包含深邃的思想和浓烈的感情,往往能体现出饱满的诗美,这不能不说也与形式对内容所起的反作用有关。

中国十四行诗会怎样发展?我想,不可能出现十四行诗形式被诗人们广泛采用的局面。但是,它还始终会吸引一些诗人的兴趣。作为一条涓涓的细流,它还会不断向前流去。这种形式也会有所发展,有所变化,并且会产生优秀的作品。

1987年4月

汉语十四行体诗的诞生与发展

——《中国十四行体诗选》序

中国十四行体诗——或者叫作汉语十四行体诗——作为一个品种,同中国新诗几乎同步诞生。这是一种从西方引进的具有严格格律规范的诗歌体裁。它在中国的大地上扎根以来,经历了七十多年的风风雨雨和甘露艳阳,已经与中国的民族心理、文化传统、审美情趣熔铸在一起,成为现代中国诗苑里的一株奇葩。

人类各民族的文化是相互影响相互包容相互吸收相互促进而发展起来的。汉民族的文化从历史的长河看是一种开放的文化。它是开放的,所以它具有长久的生命力。民族闭关主义只能导致自身的退化和枯萎。中国新诗的诞生是在打开封闭的大门之后中国文学史上的创举。十四行体就在这一创举中迈进了中国的国门。

"舶来品"变成地道的国产货,十四行诗并不是惟一的例子。大家都没有忘记:自由诗并不是我们固有的"国粹"。话剧、电影、交响曲、协奏曲、油画、芭蕾……都已成为中国本土的艺苑之花。断言十四行诗为"已经僵死了的西欧贵族和资产阶级的诗歌形式"、"已经随着产生它的时代和阶级一去不复返了",这是历史的误会。产生于一千三百多年前中国封建社会的古典诗歌形式七言律诗,可以被现代中国诗人"拿来",产生出像"惯于长夜过春时"或

"红军不怕远征难"这样反映现代革命者的义愤或豪情的结构；那么，成熟于六百多年前欧洲前资本主义时期的"索内"（音译 sonnet，即十四行诗），不也能被现代的中国诗人"拿来"，改造成抒发现代中国人喜怒哀乐的弦琴吗？事实上，它已经"拿来"了。本书选编者曾统计新时期中国十四行诗"总量不下 1500 首"，那么七十多年来中国十四行诗的总量必定更多。这是汇入中国新诗海洋的一条不可忽视的河流。"外来户"早已"归化"了。

十四行诗这种诗歌体裁在世界范围内的广泛传播是一个十分特殊的文学现象。公元八世纪中叶，中国六朝和唐代诗歌飞越海洋影响到日本诗坛，造成日本"汉诗"的盛行。二十世纪八十年代，日本俳句又从相反的方向飞过海洋来到中国，由中国诗人嫁接成"汉俳"。但它们的流动范围目前还只限于东亚和少量其他地区。十四行诗最早产生于意大利和法国交界的普罗旺斯地区的民间，是一种用于歌唱的小诗。它大约于十三世纪被意大利文人采用；到十四世纪出现第一位十四行诗代表诗人彼特拉克。从十六世纪起，这种肇始于意大利语的诗体开始向欧洲各国"扩散"，渗入英、法、德、西班牙、葡萄牙、俄各种语言，产生了用上述各种语言写出的大量十四行诗。随着历史行进的步伐，十四行体进入了北美洲和南美洲。到了二十世纪，它又在亚洲——中国的汉语土壤里扎根、发芽、开花、结果。汉语十四行诗的诞生，使十四行诗的流行范围突破了印欧语系的范畴，进入了汉藏语系的领域。这，我以为，标志着十四行体已经成熟为世界性的诗歌体裁；同时，也标志着十四行体自身实现了又一次历史性飞跃！

这种世界性的诗歌体裁"征服"了世界诗坛上的多少巨擘！但丁、卡蒙斯、莎士比亚、弥尔顿、华兹华斯、拜伦、雪莱、济慈、叶芝、马拉梅、波德莱尔、魏尔兰、瓦雷里、歌德、海涅、普希金、里尔克……都采用十四行体作为他们施展诗才的恰当形式，创造了辉耀千秋的十四行诗名篇。二十世纪内诺贝尔文学奖授给了拉丁美洲的三位十四行诗诗人：1945年授予智利女诗人米斯特拉尔，其获奖作品中有《死的十四行诗》；1967年授予危地马拉诗人阿斯图里亚斯，其获奖作品中有《十四行诗集》；1971年授予智利诗人聂鲁达，其获奖作品中有《一百首爱情的十四行诗》。这充分说明，十四行体直到今天仍然具有顽强的生命力。这种诗体衍化为汉族的"客家"不是偶然的。它标志着中国文化向世界文化接轨、汉族文明同人类文明熔铸的一个方面。七十多年来，中国诗人们把十四行体"拿来"，加以消化、改造、扬弃生搬硬套，放手"自铸伟词"，涌现出闻一多、郭沫若、朱湘、徐志摩、戴望舒、冯至、卞之琳、何其芳、艾青等这些大诗人的十四行诗杰作，也出现了唐祈、唐湜、吴钧陶、陈明远等一批卓越的十四行诗诗人的名篇佳作。只要不存偏见地作一番认真的比较，那么，把中国十四行诗中的优秀篇章放到世界诗坛上，我们可以肯定地说，它们毫无愧色！人们常说今天中国诗要"走向世界"。我想，开放的中国诗本来是世界诗的一部分，无所谓"走向世界"。作为中国新诗一部分的中国十四行诗早已立足于中华大地，也就是立足于世界之上。也许今天它们还没有受到外国朋友们足够的重视，但这不是中国十四行诗自己的过错！这是历史造成的隔阂，也是某些偏见造成的误解。我深信，包括中国十四行诗在内的中国新诗总有一天将会以自己绚丽的民族风采、非凡的艺术特色和深沉的哲学内涵赢得全世界读者的赞叹！

现在，中国新诗的主要阵地为自由诗所占领，这没有什么不好。但新格律诗也在艰难中探索着，前进着。十四行诗是格律诗的一种。严谨的格律规范使得采用它的人要克服相当的难度。中国十四行诗诗人在努力创造"属于自己的诗形式"，这种努力应予肯定。但如果摆脱一切格律要求，也就不成其为十四行诗了。有一种说法：写格律诗是"戴着镣铐跳舞"。我曾说过，写严谨的十四行诗在开始时确是"戴着镣铐",但等到运用纯熟时,"镣铐"会自然地不翼而飞,变成一种"自由",诗人可以"舞"得更得心应手,潇洒美妙。吴钧陶在论及十四行诗时说,"写诗用格律并不是戴着镣铐跳舞。我觉得更恰当的比喻是按着音乐的节拍和节奏跳舞,它可以使舞姿更美。"这个比喻是精确的。这也是十四行体能够吸引众多诗人的原因之一。我们并不期望中国诗人都来跳十四行舞,这没有可能,也没有必要。但我们相信,十四行舞曲的音波将不会在中国大地上消失,不,它将永远鸣响下去,并且将传遍世界!

许霆、鲁德俊两位学者花费了多年搜集、整理、研究的功夫,选编了这本《中国十四行体诗选》。他们在1987年初把书稿寄给了我,它引起了我极大的兴趣。我把它推荐给了人民文学出版社编辑部。编辑部认真审读后决定接受出版。但由于客观上的种种原因,出书的日期一再推迟。然而这也反过来有利于选编者,使他们有时间把新发现的材料和他们研究的新成果补充进去,使书稿更加充实,更加完善。现在终于到了发稿的时候。我感到高兴。我认为这部书是七十多年来中国十四行诗发展历程的一次检阅,一个总结;它既有文献性,又有可读性。选编者的《后记》对中国十四行诗作了理论上的评析,具有一定的学术价值。许、鲁二位邀我为本书作序,我不揣谫陋,乐于从命。是为序。

1994年6月23日,于北京和平里。

关于十四行诗的通信

——致钱光培

光培同志：

5月23日大函早收到。您选编的《中国十四行诗选》亦已收到。读了这本书后，有一些想法和问题，现在提出来和您商讨。

有一个问题，我始终把握不准。即：如果有人写了一首自由诗，恰是十四个诗行，那么算不算十四行诗(sonnet)?我在《十四行诗形式札记》一文(载《暨南大学学报》1988年第1期)中说，卞之琳的诗《影子》和《音尘》"都是十四行。……也许作者不认为这些诗是十四行诗，只是偶然写了总共十四行的两首自由诗罢了?"后来卞之琳先生见到了这篇文章，对我说，他的《影子》和《音尘》是自由诗，不是"十四行诗"。这是作者自己表态了。如果作者没有表态呢? 有这么一首诗，无韵式，无四、四、三、三或四、四、四、二或八、六或四、四、六等构架(或称段式)，无音组(或称顿)安排，但行数是十四，内容上符合"起承转合"的发展程序，就应该算它是十四行诗吗? 或曰：应该算。

但是，难道自由诗就不准在内容上符合"起承转合"的发展程序吗?

您说芒克的《旧梦》(十五)"可视为素体十四行一类"。"素体十四行诗"这名称来源于英文 sonnet in blank verse。而 blank verse (素体诗)虽然无韵，却是格律诗的一种，每行有规定的音步数和

"格"(如"轻重格")的。素体并不是无格律。因此英文素体十四行诗必须具备下列条件：

1.整首诗共有14个诗行；

2.每行有一定的音节数；

3.每行有一定的音步数；

4.每行有一定的"格"的安排；

5.内容上大体符合"起承转合"的发展程序；

6.不押韵。

那么中国的"素体十四行诗"应该具备什么条件呢？

我们来看看芒克的《旧梦》(十五)：

> 在我的记忆里,有一片茂密的树林
> 那里时常有鸟群出没,鸟儿衔着光线
> 穿梭似地飞翔,它们是用阳光在给自己筑窝
> 在我的记忆里,那树林,每到日落时分
> 还具有另一番景色;鸟儿纷纷回巢了
> 林间渐渐地冷落,一个缓缓移动的阴影
> 像是一张没有光泽的面孔,在临睡前
> 用嘴去把灯吹灭。往往是在这个时候
> 我见你常常到林子里去,往往是在
> 失去了光明的时候,你给她带去了温暖
> 并对她说:我爱你,真的,我爱你
> 在我的记忆里,有一片茂密的树林
> 那树林里时常出现你的身影
> 那树林里至今还回荡着你的声音

这首诗内容上大体有开头、发展、变化、结束的进程。但没

有韵式,不讲音组(顿),每行的音数(字数)也没有规定。因此,这首诗似乎不能套用英文的"素体十四行诗"这个名称。那么,有没有中国的"素体十四行诗"? 它应该是什么样子的? 我不知道。

一首无格律的 14 个诗行的诗,作者自称是"十四行诗",我们便认它为十四行诗;作者自称为自由诗,我们便认它为自由诗。那么,分类学在这里岂不是要屈从于主观随意性吗? 总之,十四行诗究竟是不是格律诗的一种? 如果是,那又怎能包括一首 14 个诗行的无格律诗? 如果不是,那么,难道一首自由诗只准多于或少于 14 个诗行吗?

这就是我始终把握不准的一个问题。也许我在这个问题上过于拘泥了? 愿就教于您。

1990 年 8 月 17 日

光培同志:

……

上封信中我提出了一个我始终把握不准的问题,即"十四行诗"到底有没有一个界说。您在这次给我的信中对此作了论述。您说您在选编《中国十四行诗选》时遇到的最大困难也是这个问题。而您在选编的实践过程中是按接受美学的原则作了大胆的处理:看作者有没有接受十四行诗的影响,如果接受过,有意突破,自然应算;如果是无意中留下影响的痕迹,您也算它是十四行诗。您说,中国作者接受十四行体的影响层次的差距是很大的,因此出现了五花八门的"中国十四行诗"。您认为应该如实地展示中国十四行诗的这种五花八门的状况,因为这样更能反映出十四行体在中国流变的实况和中国作者接受状况的真实。

我尊重您的选编原则。我认为这种原则有一定的道理,也有一定的好处,即可以鼓励诗体变化的多样性和发挥诗作者在诗体探索方面的创造力。

不过,对这个问题还可继续探讨。十四行诗源于意大利,传到别国,即不可避免地会根据各国语言文字的特点和其他因素(如内容所体现的情绪的流转、回环、变化以及欣赏习惯的不同和欣赏的多样性要求等)而产生各种变体。但不管怎么变,变来变去还是格律诗。英国十四行诗是意大利十四行诗的变体,法国十四行诗也是。无论英式、法式、俄式,只要称作十四行诗,仍是格律诗。您在《中国十四行诗的昨天与今天——〈中国十四行诗选〉序言》中说:"回顾意大利的十四行诗流入英国以后的情景,不是在很长一段时间里,英国的诗人都在写自己的十四行诗吗? 正是由于有了众多的自己的十四行诗的出现,给了后人以广阔的选择的余地,才有了比较定型的英国的十四行诗体,如'莎士比亚体'、'斯宾塞体'等等。"是这样。但是,英国诗人写的"众多的自己的十四行诗",无一不是格律体,这"众多"大都只是构架(或称段式)和韵式的不同而已,却并没有有格律和无格律的不同(且不说那个时代还不曾产生自由诗)。比较定型的英国十四行诗是在众多的格律体十四行诗中产生的。所以,我曾经认为,问题的关键在于十四行诗到底是格律诗还是自由诗(或两者均可)。我曾经认为,一首14个诗行的无格律诗,不论作者是否接受十四行诗的影响(如构架),严格地说,只能算作自由诗,不能算作十四行诗。或者进一步说,也只能算作十四行诗的变种。

一首汉文诗,14个诗行,构架上是四、四、三、三或四、四、四、二等,内容上符合"起承转合"的发展程序,但不讲究音组(顿)也不押韵,而作者称它为"十四行诗",我承认不承认呢? 我自应尊重作者,不能否认它是。但是,它实在只是"十四行诗"的变种(不是变体)。——我说它是"变种",不说它是"怪胎"或"畸胎",因为我对它丝毫也没有贬义。一首诗的价值决不在于它是或不是十四行诗！——这样的诗同一首14个诗行的自由诗到底有什么质的不同？我无法回答。

我在前面说，十四行诗在欧洲各国，产生各种变体，但变来变去还是格律体。这是指总的情况而言。也有极少数例外的现象。在美国诗中，我就发现了一些奇特的所谓"十四行诗"。如美国现代重要的意象派诗人威廉·卡洛斯·威廉斯（William Carlos Williams，1883—1963）就写过一组三首题为 *Sonnet*（《十四行诗》）的诗。这三首诗除了在构架上是类似意大利式的前后两段外，无任何格律可言，而且行数也是13而不是14。其第一首是这样的：

十 四 行 诗

静穆的雪山

永远不变

姿势——破碎的线，

莽然巨大的黑影

迎着上升的太阳，

毫不让步地醒来，比海鸥还高，

俯临漂着薄冰的

河面。

你没法援救我，

你没法改变这一切。我将要

在清晨睁开眼，哪怕

眼睑被冰冻住

比石头冻得更紧！

（赵毅衡 译）

　　这首发表于1951年的诗应该说基本上是一首自由诗。但作者命名它为"十四行诗"。

　　仅仅美国有这个现象吗? 也不是。英国当代著名诗人乔治·格兰维尔·巴科(George Granville Barker, 1913—　)于1940年1月航海赴日本时,在太平洋中部目击一次暴风雨使两名年轻水手落海身亡的事故。事后他写了一组三首诗,题名为《十四行体悼诗三首》,成为他的代表作。下面是其第一首的拙译:

> 海鸥,张开翅膀,乘风翱翔,
> 全身后翻,尖叫着,腹部朝上,
> 向后飞逃,心中带着一把钻子,
> 看着两个年轻人拉着手漂浮在
> 无穷的碧浪中。啊,他们被卷出舷外,
> 三十英尺阔的海浪巨颚分不开他们,
> 暴跳着扫过他们身体的海波衣裙
> 也不能把死亡宣布的爱拆散。
>
> 我见到他们,一只手拍动着像旗帜,
> 另只手像海豚带着幼儿支撑着
> 他的身体。他们带着希望,向我
> 转动眼珠,见到我满怀惊惧,呆站着,
> 因同情而陷于片刻岑寂的瘫痪——
> 在他们眼里,我可是耶稣的形象?

　　原诗除了构架上作八、六的分段,共14个诗行外,没有韵式,没有"格",没有一定的音步数。译诗依原诗,也没有韵式,也不作音组(顿)处理。撇开题材不论,只看其形式,这基本上是一首自由诗,或者,是一首十四行诗的变种。但作者却给以"十四行体"的题目。

一切事物都在变化。您说过:"任何文化花样在移植过程中,变异是绝对的。"对。十四行诗从意大利移植到英国并在英语世界发展变化,这个过程没有结束。"比较定型的英国的十四行诗体"存在着。同时,十四行诗在某些英语诗人笔下似乎继续在发生变异。变异可以有各种各样,有的变异是一种形式的发展;有的变异是一种形式的取消;有的变异可能成为一种"名存实亡"的现象。威廉斯的那首诗,题目叫Sonnet,我看,那只是sonnet的幻影而已。

您提出,"中国十四行诗要不要有一个规范?规范到何等程度为好?"这也是我长久苦思的问题。我曾考虑过各种方案,但最后的答案始终拿不出来。那么,让这个问题暂时在模糊性里休憩一下吧。也许,历史会作出回答。一般说来,定义总是出现在实践之后而不在实践之前。尽管中国十四行诗的写作实践已经经历了大约七十个年头,但这项实践还在继续中。在历史的长河里,七十年也只是一瞬。

1990年9月29日

附记:最近读到许霆、鲁德俊著的书《十四行体在中国》(苏州大学出版社1995年5月第1版),这是一部颇有学术价值的著作。书中把中国十四行诗从格律形式方面归纳成三种类型:一、格律的十四行诗;二、变格的十四行诗;三、自由的十四行诗。那些"受西方十四行诗的影响,但各首在分段方式、各行的音组安排、诗韵方式的采用方面比较自由"的诗被纳入第三种类型。许霆、鲁德俊既肯定这三种类型的十四行诗的作者所作的努力,同时指出:"十四行诗是一种格律谨严的诗体……如果我们要写作十四行诗,就要严格或基本按照其格律形式去写作'格律的十四行诗'或'变格的十四行诗'。至于那种'自由的十四行诗'实际上只是借用西方十四行诗之名,诗人是从十四行体中得到启发而写作自己的十四行诗。对这种诗,我们应该允许存在,但若从十四行体角度说,这种创作也存在着失当之处。"我同意这样的观点。

1995 年 7 月 20 日

高山仰止，景行行止

——《诗　经》

谒 马 克 思 墓

　　来到伦敦已经两星期了。一直盼望着去拜谒革命导师马克思的纪念地。从马克思的传记和有关资料,我们知道,1849年,马克思主编的《新莱茵报》被勒令停刊,马克思离开普鲁士,到法兰克福、巴登、宾根等地从事革命活动,6月到巴黎,不久,巴黎当局又下逐客令,他被迫于8月来到伦敦。从此,马克思就居住在伦敦,从事理论巨著的著述和进行革命活动,一直到他逝世。马克思在伦敦住过几处地方,但那些住宅多已被拆除重建房屋或者在第二次世界大战中被毁于轰炸。现在只留下两处,一处是在索霍区迪安街28号。马克思到伦敦后不久即在这座四层旧楼上租了两间房屋,一家七口人在这里一住六年。但听英国朋友说,这座楼房已被改为一家意大利饭店,马克思一家住过的那两间房屋成了饭店的仓库。仅在楼房临街的墙上由大伦敦市政委员会安置了一块圆形纪念牌,上面写着:"卡尔·马克思,于1851年至1856年曾居住于此。"另一处在伦敦西北郊区的肯蒂斯镇,马克思在镇上菲茨罗伊路格拉夫顿巷9号住了七年多。这个三层小楼现在还在,但据说以前墙上没有任何标志。现在情况如何,不得而知。

　　由于时间紧,马克思故居无缘去瞻仰了。我寄希望于拜谒马克思墓。机会终于来到了。12月3日下午,我国驻英大使馆派车把我和代表团同行者送到伦敦市北郊的海格特公墓。这是一座坡

在伦敦海格特公墓马克思墓前　1984 年2月

形墓园。入正门,沿斜径向前走,满眼是墓石、墓碑和十字架。刚下过一场雨,空气格外清新。园内树木葱郁,秋花正茂。在小径上走了一段路,眼前出现了我们渴慕已久的马克思墓。哦,这就是伟大的革命导师马克思的永久安息地!

我走到墓前,把一束鲜花放在墓前。我凝视,在墓室前,耸立着一座用灰蓝色花岗岩筑成的方形纪念碑,高八英尺。碑顶上安放着一尊马克思头部铜像,高三英尺。碑侧有金属花圈以为装饰。碑四周有低矮铁栏围护。纪念碑正面上部镌刻着嵌金的英文大字,两行,上行译成中文是:"全世界无产者",下行仅一字,译成中文是"联合起来",应予连读。石碑下部又镌刻着嵌金的英文大字四行,译成中文连起来是:"哲学家们只用各种方式解释世界。而关键在于改变世界。"这是马克思的名言。石碑中部,在金字"联合起来"下面,镌刻着嵌金的英文(德文同)大字:"卡尔·马克思"。其下,镶着一块洁白如玉的石板,上面用深色英文字刻着葬在这里的五个人的姓名及其生卒年月日。他们依次是:"燕妮·冯·威斯特华伦,卡尔·马克思的爱妻,生于1814年2月11日,死于1881年12

月2日"，"卡尔·马克思，生于1818年5月5日，死于1883年3月14日"，"哈利·龙格，他们的外孙。生于1878年7月4日，死于1883年3月10日"，"海伦·德穆特，生于1823年1月1日，死于1890年11月4日"，"爱琳娜·马克思。卡尔·马克思的女儿。生于1855年1月16日，死于1898年3月31日"。燕妮是马克思一生伟大事业的积极支持者，如果没有她，马克思能否为人类做出如此巨大的贡献，是一个疑问。恩格斯曾对燕妮作出如下的评价："她不仅和丈夫共患难、同辛劳、同斗争，而且以高度的自觉和赤烈的热情投身其中"；"她的一生表现出了极其明确的批判智能，卓越的政治才干，充沛的精力，伟大的忘我精神；她一生中为革命运动所做的事情，是公众看不到的，在报刊上也没有记载。她所做的一切只有和她在一起生活的人才了解。"马克思自己也说："她同我生命中最美好的一切是分不开的。"这是一位伟大的女性！比马克思年长四岁的马克思夫人在她六十七岁那年冬天病逝，这对马克思是巨大的打击。一年零一个月之后，他们的长女，三十八岁的燕妮·马克思病逝，这对马克思是又一次巨大的打击，致使老人一病不起，不到四个月，就与世长辞，终年六十五岁。哈利·龙格是马克思的外孙，他的大女儿燕妮·马克思的儿子。马克思非常喜爱他的外孙们，常常与琼尼（哈利的哥哥）和哈利一起玩耍。但哈利只活了不到五周岁，他离开这世界的日子与他的外祖父的逝世日只隔几天。海伦·德穆特（琳蘅）与这个家族没有血缘关系，但马克思一家把她当做家人看待。她出身于农民家庭，勤劳能干，从年轻时就与马克思一家生活在一起，是他们家的保姆和忠实的朋友。爱琳娜·马克思是马克思的第三个女儿。马克思积劳成疾时，爱琳娜陪同父亲到外地疗养，对父亲尽孝尽责。马克思对小女儿十分宠爱。马克思共有三女一子，二女儿劳拉·马克思和儿子爱德加·马克思（于八岁夭折）的遗骨没有葬在这里。

马克思逝世后，葬在海格特公墓一块杂草丛生的坟地。他在这块幽僻的地方静静地安卧了七十三年。1956年，在马克思诞生一百三十四周年纪念时，英国共产党在这座公墓里购买了一块稍大的坟地，将马克思及其家人的遗骨迁葬到这里。这就是我现在见到的马克思墓。

我抬头仰望碑顶上的马克思头像。这是著名雕刻家、英国皇家雕刻协会前主席劳伦斯·布雷德肖的杰出作品。马克思前额略秃，后脑和头的两侧覆盖着浓重的鬈发，唇上有髭，颔部有浓须，与两腮的厚髯连成一片。浓重的须发形成马克思面部的重要特征，使他的面貌凝重而深沉。但给人以最深刻印象的是浓眉下的一双眼睛，睿智而邃密，射出透视世界的目光。我仿佛见到马克思正在作哲学思考，探索人类前途问题，又仿佛见到他关怀中国的命运，正在撰写《中国革命和欧洲革命》、《英中冲突》、《鸦片贸易史》，沉思默想，仿佛在分析中国社会的特点，在谴责沙俄、英国对中国的侵略和掠夺，在热情赞扬中国人民的反侵略斗争，预想中国人民的光明前途……

俄顷，我又仿佛听到马克思与家人一起，朗诵莎士比亚的作品，沉醉于那些深刻而美妙的诗句……

我继而缅想着恩格斯于1883年3月17日在这墓园里用英语发表《在马克思墓前的讲话》。我听到鸟鸣，仿佛衬托着恩格斯沉郁凝重的嗓音："……千百万革命战友无不对他表示尊敬、爱戴和悼念，而我敢大胆地说：他可能有过许多敌人，但未必有一个私敌。他的英名和事业将永垂不朽！"这嗓音掠过墓碑，掠过疏林，掠过飞鸟，掠过雨后的蓝天，盘旋在世界的上空。

是夜，在伦敦塔维斯托克旅馆房间桌灯下，我悄然凝思，提笔写下了一首十四行诗，题为《谒墓》：

雨过天晴,空气湿润而馥郁,
我把带雨的鲜花献到你墓前。
雨洗的墓石把花朵五彩的律吕
反射到你的头像上沉思的眉间。

墓碑上镌刻着金字,我一再细读,
默诵:"全世界无产者联合起来!"
顿时,理想又昭示我人类的前途,
热血又在我胸膛里汹涌澎湃。

你的深刻的思想并没有停滞;
江河在奔流,科学社会主义在发展。
世界在你的周围沸腾呵,导师!
我懂得:你始终把握着人间的递嬗。

我的花献给你一家人,连你家保姆——
伟大的战士呵,慈祥的家长、外祖父!

学习和工作的岗位

　　英国出版家协会的工作人员牛顿夫人是个热心人,她带领我们出版代表团一行人赶到不列颠博物馆,准备参观马克思阅书处。这座博物馆建于1753年,其中包括当年世界上最大的图书馆。现在的不列颠图书馆在建制上已从不列颠博物馆独立出来,但仍在原址。我们到时,恰逢内部装修,据说每年一次,一次一星期,不开放。但牛顿夫人锲而不舍地奔走疏通,最后打电话给博物馆里工作的马丽小姐,请她帮忙。马丽出来了,又是一位热心人,对我们招呼,叫我们跟她走。呵,开禁了!我们进入了门禁森严的不列颠图书馆。

　　马丽从档案柜里取出当年马克思借书填表时签名的复印件给我们看,我见到了Karl Marx(卡尔·马克思)字样。马丽又取出一张列宁借书证上的签名复印件给我们看,我看到了Jacob Ritchler(雅各·瑞契勒,列宁的化名)的字样。这些,在外面是难得看到的。

　　马丽接着带我们进入阅览室。哦!真是大阅览室,开阔的圆厅,四壁是高高20层密密匝匝的书架,形如巨大的环形蜂窝,其中摆满了书籍。圆厅中央是圆桌,其四周是围绕中心的两排弧形长桌,再外面是竖摆的书桌,由圆心向四面辐射。整个阅览室气魄宏伟,这天没有别的参观者,更显得庄严而宁静。

　　马丽指着一个座位说:这是列宁当年阅览书籍时坐的椅子。

在伦敦不列颠图书馆当年马克思阅书处座位上 1984年10月

我看到座位号码是 G7,接着 H9。座位前桌上放着墨水架和钢笔架。马丽说,当年允许阅书者用钢笔蘸墨水做笔记,现在为了怕弄脏书籍,禁止使用墨水,只准用铅笔了。最后,马丽领我们到另一处,说:这就是当年马克思阅书时的座位。座位号码为07,桌旁木板上的字码是 AA.G。后壁书架上放的大都是历史著作。同行者问马丽,这个座位朝着什么方向。马丽很奇怪为什么中国朋友要问方向。我说,中国皇帝的座位是向南面的。我是半开玩笑,马丽和牛顿夫人却很认真,现出恍然大悟的神情。我有些后悔失言。同行者一一到马克思阅书时坐的椅子上坐一下,拍下照,我也坐上去——当我坐在马克思坐过的椅子上时,仿佛有一种温度和热力冲激着我的心脏。临别时,我赠给马丽和牛顿夫人各一本影印的《鲁迅诗稿》作为纪念。马丽居然知道鲁迅是中国的文化伟人,说:

"这个人是你们的骄傲。"我说："鲁迅的伟大与他在生命的后期信奉了马克思主义有关。"她们笑着接受了我的礼物,并道谢。

据记载,马克思在伦敦时,为了研究政治经济学的理论问题、经济学史、当时欧洲经济情况,为了撰写理论巨著《资本论》,经常到不列颠博物馆图书阅览室查阅图书,有一个时期几乎每天从早上9点到晚上7点一直在这里工作。从1850年夏天到1853年8月,他在这里仅仅从经济学家的著作、官方文件和期刊中所作的摘录就有厚厚二十四个笔记本。参观了马克思阅书时的座位,我想起了威廉·李卜克内西所说的关于马克思的一段话："学习!学习!这就是他经常向我们大声疾呼的绝对命令。他自己就是这方面的榜样。你只要一见这位伟大的智者永不停息的顽强学习的精神,也会有这样的感觉。"

这天晚上,我在伦敦的旅舍里写下一首十四行诗,题目就叫《岗位》:

这里是伟大的智者工作的岗位;
我吸到安静和紧张相结合的空气。
想一想:深思的眼睛,紧蹙的双眉
在书籍和文件的海洋里沉没又浮起……

不列颠博物馆阅览室站着作证:
在这里,他学习、思考了多少个年头;
二十四个笔记本顽强地声称:
他分析、综合,正为了迎接战斗。

每天从早上九点,到晚上七点,
仿佛永远不愿意停止工作,

他,就坐在这椅上,伏在这桌边,
让满脑熔岩爆出伟大的学说。

坐到这椅上,凭一腔虔敬,我感到
导师的体温直冲我激荡的心跳!

哦,自由神……

1980年的秋天,在纽约。一天下午,我和我的同行者被邀请去访问自由神像。

天下着小雨。我们来到曼哈顿下埠码头,乘渡轮向自由神岛进发。大约一刻钟时间,我们就到了自由神岛码头。渡轮上的美国人、各国旅客,男女老幼,都兴高采烈地拥上岛去。

这是一个很小的岛,原名贝德洛斯岛,自从自由神在这里定居以来,人们就叫它做自由神岛了。整个岛是一座花园。绿树红花,林荫道和花圃、花坛,安排得井然有序。

一登岛,抬头,就见到一尊夺目的、巨大的铜像:自由神!我们走向自由神的正面,略略站定,向神像凝望。哦,这是一个女性的形象,也是一个母性的形象。她的头发绾着发髻,身披欧洲古代妇女穿的长袍。我想看一看她的脚,但是,她站在一个高大的底座上,我们观看她是用的仰角,所以她的脚被底座的座顶遮住了。但是我知道,她是跣足的。虽然看不到脚,我们却可以清晰地看到她的全身的大部分。她头上戴着一顶王冠,冠上射出七支光芒。她右臂高举,手擎自由的火炬。——白天,火炬上没有光,到了夜晚,通上电,火炬就彻夜通明。她左手拿着独立宣言,上面刻着这样几个字:"1776年7月4日"。数字是罗马字(这几个字从下面看也是看不到的)。这是美国宣布独立的日子。这时,小雨已停,天色渐明。我看着这座屹立在蓝色晴空下的雄伟的雕像。这是一座铜铸的巨像。铜，发出绿色。在铜像的一些部位，如女神的眼角，鼻梁，左手的手指上，似乎有一种晶莹的绿光在闪烁。而她的眼睛、鼻梁和嘴唇的构成，则是静穆和热烈的结合。尤其是她的眼睛，虽然不见眼珠——因为人的眼睛是平滑的球面，瞳仁只现出深色，本身并不凹凸，而雕塑是没有色彩的，因此成为"有眼无珠"。这个自由神像的眼睛上似乎略有一点眼珠的线条，但远远看去仍是平滑的球面。后来有的雕塑家采用剜孔的手法来显示眼珠。自由神像却不是这样——虽然不见眼珠，这双眼睛却具有一种非凡的神采。眼睛，这是整个自由神的灵魂！这时，一朵白云缓缓地移到了她的七芒冠的背后，似乎形成了她头顶上的一圈灵光。

同行者催促我快走。我收了我的视线，随同大家一起，循一条平整的大道，绕向自由神像的底座。

为我们导游的一位热情的美国朋友，一面走一面向我介绍自由神像的历史。

自由神像是法国人民赠送给美国人民的伟大礼物，它是美国独立战争时期美法两国人民之间的友谊的象征。自由神像的创造者是法国著名雕刻家弗德烈·奥古斯特·巴托第。像高46米，重225吨，全部用铜铸成。构成像外壳的铜片厚度为2.38毫米。因为像身是用较薄的铜片拼接而成，所以必须要有一个钢架把铜像支起来。这个钢架是由著名工程师亚历山大·居斯塔夫·埃菲尔所设计。他就是世界闻名的巴黎埃菲尔铁塔的设计者。这个自由神像的钢架设计至今被认为是一个卓越的力学成就。巴托第的工作是在巴黎进行的。当时，有川流不息的人群，包括普通老百姓、知名人士和显要人物，来到他的工作室，以一睹这个自由神的形象为快。巴托第开始造的自由神像是小型的，他一共造了四个，形状一模一样，但体积一次比一次大，直到第四个，才铸造完成。这个自由神像由铜片装配完成之后,在脚手架的包围中,从巴黎城的屋顶上竖了起来。之后,又拆卸下来,装箱,运到了美国。又等了一年多的时间,等底座建成后,自由神像才在岛上竖立起来。底座是由建筑师理查德·摩理思·亨特设计的。1886年10月28日,美国总统葛洛佛·克里夫兰主持了自由神像的落成典礼。当时,礼炮齐鸣,旗帜飘扬,港口所有的船只都鸣笛致敬。自由神像被命名为"照亮世界的自由神之像"。

一面说着一面走着,我们很快就走到了自由神像底座的后门。这个底座是高达47米的方形建筑物。进门,里面是现代化的设备和室内装饰。这里有宽大的休息室。左右两边有两个展室,里面陈列着两个图片展览,一个是自由神像建成史展览,一个是美国移民史展览。我们匆匆看了一遍,就从自由神像建成史展览室走进神像入口处,乘电梯登上底座的顶端。

在底座顶端,有围绕在自由神脚下的四方形走廊。站在走廊上,可以凭栏眺望纽约市区和纽约市周围的天光水色。

从底座顶端自由神的脚下,可登盘旋楼梯,进入自由神的身体之内。旋梯共171级,从自由神的脚跟直达右手所举的火炬。但现在右臂部分不开放,旋梯只开放111级,到达自由神的头部。一群少年,其中有不少是黑人孩子,兴高采烈地在旋梯上攀登。有的女孩子还一面唱歌一面爬。我们也奋力登梯,终于到达了终点。现在我们是在自由神的头脑里面了!这里有25个窗户。如果从自由神像的外面看去,这里就是她的王冠部分。这些窗户就是王冠上七支光芒下面的25颗宝石装饰。

我们在这王冠之窗前站定。从窗口,我们眺望着纽约市,纽约市的东河和赫得逊河,眺望着这两条河汇合处的滚滚波涛,眺望着夹在这两条河中间的曼哈顿区,眺望着王后区、勃鲁克林区……眺望着更远处茫茫一片的地平线……

哦,这就是曼哈顿！这就是纽约市！这就是美国！这就是西方人宣称的"自由世界"！从自由神头顶内部去观察这所谓的"自由世界",这真是奇妙的经历！

我想到刚才匆匆观看了一下的美国移民史展览。我想起了美国历史的有关章节。于是我的目光搜索着离自由神岛不远的另一小岛——爱丽斯岛。据记载,"爱丽斯岛"这个名字曾经引起过千百万人心灵的激动、欢欣、希冀、忧愁和痛苦,这些人从欧洲和世界的其他部分迁移来到美国,登上这个爱丽斯岛,办理入境手续。根据爱丽斯岛移民接收站的记录,从1903年到1941年,平均每天有两千移民通过这个大门进入美国;从1892年到1954年,经过这里来到美国的移民超过1200万人。我想到,这里面也包括了多少勤劳勇敢的中华儿女！——而现在,爱丽斯岛上的红色砖房躺在海港里,那里只剩下了一片静寂,但是,那里曾经存在过的喧闹和忙碌,曾经存在过的华工的血泪,将永远刻在人们的记忆里。

我想到,美国夸耀自己是一个移民构成的国家,是一个包容世界各个民族的集合体。是的,美国民族是一个复杂的构成体。成千上万的移民曾经从欧洲和世界各地涌来,他们向往"自由",来到自由神的脚下,希望在她的庇护下生存而繁昌……

我想起了犹太女诗人爱玛·拉札茹斯写的一首咏自由神的著名十四行诗,它刻在自由神的底座上。我曾把它译成如下的汉文:

> 不像那希腊著名的铜铸巨人
> 以征服一切的手脚横跨大洲;
> 这里,在我们海畔日落的大门口
> 将竖起一尊手执火炬的女神——
>
> 那炬光是掌中的闪电,而她的大名

是流放者之母。她那举灯的巨手
向全世界表达欢迎;她两眼温柔,
在双城以空桥构成的港口君临。

"古老的大陆,保持你历史的光荣!"
她缄口呼叫,"给我吧,把你们那贫困、
疲乏、拥挤的,渴望自由的群众——

你们那满员的海岸上多余的生灵;
把无家可归的、暴雨中飘零的可怜虫
给我吧! 在黄金大门口我高举明灯!"

这首诗写于1883年,也就是自由神像落成典礼举行之前三年。女诗人写女神,写得很有气势。这诗是召唤,也是预言,然而更是歌颂——歌颂美国的被称为"自由"的精神。但是,这首诗的音韵引起了我更多的思索。我想到,一部人类史也可以说是一部人类追求自由的历史,原始人掌握了火,就是掌握了一种自由,在人类历史上,有多少志士仁人抛头颅洒热血,把生命献给了自由的事业,今天,应该说,人类比过去掌握了较多的自由。但是,离开人类理想的自由境界,毕竟还是非常遥远的,从"必然王国"走到"自由王国",将是一条多么漫长的道路啊!

我从自由神的王冠之窗向外望,再度眺望曼哈顿岛。那里是一片大楼的森林。著名的金融中心华尔街,就在那里。曼哈顿,这是美国资本主义的心脏。而纽约的最高建筑物——二十世纪七十年代初新建的"世界贸易中心"的南楼和北楼,被称为"双塔"的摩天大楼,则峙立在曼哈顿下埠码头边,高耸云霄!"双塔"高达412米,而自由神像连底座只高93米。自由神同"双塔"隔水遥遥相对。一高一矮,形成鲜明的对照。

时间已经不早,我们该回去了。下梯,回到了底座的休息室。这时,一个同我们一起登上自由神头部的黑人女孩扑进一个黑人男子的怀抱,那是她的爸爸。当我正在旁边注视着这一场面时,那位黑人也注意到了我,面带笑容地向我走来,并用英语向我打招呼:"你好!"原来,他注意到了我胸前佩戴的一枚中华人民共和国和美利坚合众国两国国旗并立形状的纪念章。他的眼睛亮了起来,他问我:"能不能把你的这枚纪念章送给我?"我说:"当然可以!"随即把纪念章取下,送到他手上。他连声说,"谢谢,谢谢!"他很快地把纪念章别在自己的胸前。他又充满热情对我说:"你是中国人!我向往你们伟大的国家。你们是自由的国度,至少,你们的人民有着不被剥削的自由,有着反对霸权的自由!"听到他的这些话,我心潮起伏,十分激动,一时想不出别的话来,只说了一句:"谢谢你!"我紧紧地握住了他的手。我问他:"你是美国人吧?"他回答:"不是,我来自非洲。我的祖国在非洲东部。我希望有一天能去访问你们伟大的国家。"

我们告别自由神岛,乘渡轮回到曼哈顿来。在渡轮上,我回头再看那小岛,看那岛上的自由神。因为我面朝自由神,背对曼哈顿,所以"双塔"和大楼的森林离开了我的视线,自由神的背景是傍晚的天空,是新泽西州的逐渐模糊的地平线。——我看到,在夕阳金光的照射下,自由神铜像上仿佛发出了一种洒金泼银的绿色荧光。她渐渐远去,渐渐远去……我回味着在自由神脚下与非洲朋友的奇异的相遇——虽然过去并不认识,只见一面就分手,也没有互通姓名,但我想,我和他应该是朋友!我回想着这位非洲朋友的关于自由的谈话;我又凝望着那正在远去的自由神。哦,我感到,从她那挺举火炬的右手直到两足,仿佛是一曲无声的音乐。她那长袍,那三层斜襟,那如流水般的褶皱,她的姿势、体态、她的面容,尤其是她的目光,仿佛形成了一种旋律,体现出刚毅和温柔,严肃和慈祥,壮美和柔美的交织、变换、统一。她正在隐入暮霭,隐入一片烟水的混茫之中。然而,她那庄严而又美丽的仪容,她那寓刚于柔的悲壮的形象,深深地感染着我,并且永远地刻印在我的脑子里了。我不禁惊叹:这真是雕刻家巴托第的不朽杰作!

1981 年 4 月

师生情谊四十年

——悼卞之琳先生

恩师卞之琳先生远行了,无限惘然!

2000年12月8日是卞先生九十华诞。社科院外国文学研究所原定12月7日为祝贺卞先生九十年寿辰,举行《卞之琳文集》首发式暨学术讨论会。但卞先生忽于12月2日溘然而逝。这次祝寿会改成了追思会。8日,也就是先生的九十岁生日,在八宝山举行了隆重的遗体告别式。卞先生卧在鲜花丛中,安详地闭合双眼,仿佛仍在"装饰着别人的梦"。我向他恭恭敬敬地三鞠躬,眼泪不禁夺眶而出。

卞先生的女儿青乔告诉我:先生的生日按阴历算应是十一月初七,而2000年12月2日恰好是阴历十一月初七。这使我想起莎士比亚,他的生日和忌辰同是4月23日。莎翁只活到五十二岁,而莎翁悲剧的杰出翻译家卞先生走完了人生整整九十年历程。

我在上大学时,读到卞先生的诗集《鱼目集》《汉园集》(卞与何其芳、李广田三人集)、《慰劳信集》等,一读再读,品味出无穷的诗意和深蕴的内涵,有的能背出来。从此他成为我最喜爱的中国诗人之一。1956年又读到先生译的莎剧《哈姆雷特》,更钦佩他译莎功力之厚。1979年初,诗人牛汉刚刚平反,参加编辑工作,他访问卞之琳先生,并建议先生选编自己的一本诗集。卞先生欣然同意,便编成他1930—1958年的诗选集《雕虫纪历》。牛汉把稿子拿

屠岸与妻子章妙英在北京天坛。吴祖圻摄,1953年秋

到手,当了责任编辑。我有幸拜读了这部书稿连同他写的《自序》,再一次沉浸在卞先生独特的艺术天地中。我当即签发了,《雕虫纪历》即由人民文学出版社于1979年出版。卞先生嘱我写一篇评论文章,我于是动笔写了一篇题为《精微与冷隽的闪光——读卞之琳的〈雕虫纪历〉》的文章,拿给卞先生看。卞先生有一首著名的短诗《断章》:

> 你站在桥上看风景,
> 看风景人在楼上看你。
>
> 明月装饰了你的窗子,
> 你装饰了别人的梦。

我在文中对此诗作了如下分析:"这里是多少个'对照'(或'对应','对衬','相对'……):你(或我)和人,桥和楼,明月和你(或我),窗子和梦。桥是连接点,楼是制高点;窗子是观察世界的,梦是反映世界的。而这些,都统一在风景——大千世界的庄严色相里。观看,处于主位;装饰,处于客位。这里,可以看到主位和客位、主体和客体、主动和被动的矛盾统一。世界是由差异和矛盾构成的。美好的东西,例如皎洁的明月,对于你的视觉(心灵的窗子)应该是一种慰藉,而你(或我)对于别人的探求(梦想和幻想),也应该是一种慰藉。'装饰'并不是贬义词。如果说这首诗里没有喜悦,那么,它至少也不透露悲哀。它题为《断章》,其实也就是'一斑',或布莱克说的'一粒砂'。这是'冷淡盖深挚'的一例,它凝练到了精微的程度。"

卞先生对这段文字持肯定和赞同的态度。他说这首诗是他自己喜爱的作品之一,评论它的人很多,认为我的论析不失为"一家言"。并鼓励我说,这篇文章"写得很好,文笔清丽"。我在文中还提道:"诗人(指卞)是惜墨如金的。有时也画泼墨山水,如用冷嘲盖热讽的《春城》。"卞先生对这句话感兴趣,说他还没有意识到自己也画过"泼墨山水"。但他同意我的看法,自认为他的诗并不全是一种格调,如《春城》比作泼墨山水是恰当的;又说,他也写过写意画式的诗,如《无题四》,"隔江泥衔到你梁上"那首,就是信手拈来,随意点染之作,是写意画。先生说:有时评论家对诗歌作品作出某种论析,或读者读诗得到某种感受,而作者写时并没有有意为之。如先生的诗《寂寞》,李健吾先生为文作了分析,卞先生认为解释得出于他意外的好,而他原不曾有什么深长的意义。我说,一部作品可以说是作者、评论者和读者共同完成的,是吗?卞先生点点头。——我这篇文章发表在《诗刊》1980年4月号上,后收入1990年卞先生八十诞辰纪念文集《卞之琳与诗艺术》中,之后又收入"中国现代作家选集"之一《卞之琳》(张曼仪编,香港三联书店1994年版,人民文学出版社1995年版)中。

《雕虫纪历》初版付排前,我曾对卞先生说,你选自己的作品太严格了,只收入70首作品,有好些佳作如《圆宝盒》《鱼化石》等,我都特别喜欢,为什么不收入呢?卞先生说,还是严格些好。但后来香港三联书店出版《雕虫纪历》时,卞先生在原70首之外加了"号外一辑"30首,其中就有《圆宝盒》《鱼化石》等,全书恰好100首。1984年,人民文学出版社出版《雕虫纪历》增订版,把"另外一辑"也收入了。另外,1982年老编辑王笠耘为编辑《一二·一诗选》到昆明收集资料,在"一二·一"文献展览中发现了卞先生当年(1945)的一则文字,抄了回来。那文字是:"为了争取说话的自由,血说了话。专帮凶,专堵人嘴,专掩人耳目的报纸也终于露出了血渍,死难者的血渍也正是流氓政治的伤痕。"我看了,觉得是诗,就把这几句话分成八行写出,送给卞先生,请他考虑是否可作为一首诗收入《雕虫纪历》增订版中。卞先生同意了,并在《自序》末加了几句"附记":"屠岸发现我当时在昆明发表的一则文字,分行录下给我看,我觉得果然像一首还过得去的短诗。这应算是我四十年代仅只写过的一首诗,现在就收入'另外一辑',按写作日期,排在最后。"这就是短诗《血说了话——悼死难同学》。于是,这个增订版就有了101首诗。

先生为人平易亲切,但也十分自尊。有一位作家在《文艺报》上发表文章不指名地批评《雕虫纪历》,说虽然此书谦称"雕虫小技",但总该雕出个"虫"呀,"虫"在哪里?先生得悉后,对我说:"那是他的眼睛瞎了,看不见。"但先生没有为文反驳。先生狷介,但绝不狂傲。孙大雨先生译莎剧首创"音组"律的理论并实行,在首创权问题上对卞先生有所误解并产生芥蒂。卞先生对我说:我从来没有僭用孙大雨的"发明权"。但孙译莎剧不是等行翻译,卞更为严谨,译莎是等行翻译而在顿(音组)的处理上更为精致讲究。卞先生在这方面发展并进一步完善了"音组"理论并作了成功的实践。卞先生1982年为《徐志摩选集》所写的序中说:"孙大雨首先提出'音组'";卞先生1985年为自己译的《莎士比亚悲剧四种》写的"译本说明"中说:"译者(卞自称)首先受益于师辈孙大雨以'音组'律译莎士比亚诗剧的启发,才进行了略有不同的处理实验。"称孙大雨为"师辈",把发展和完善称为"略有不同的处理实验",可见卞先生的客观和谦虚。

先生对荣誉是重视的,但不尚虚名。粉碎"四人帮"后,围绕"用白话写诗,几十年来,迄无成功"的说法,诗歌界议论纷纷。诗刊社于1979年1月14日至17日召开大型诗歌座谈会,胡乔木同志在会上发表讲话,充分肯定"五四"以来新诗的成绩,并说新诗坛产生了不少"大诗人",列举了四个名字,其中就有当时在座的卞之琳。但卞先生后来对人说,在诗史上,他只能是一位minor poet(次要诗人),而不是major poet(大诗人)。由此可见他的冷静和虚怀若谷。

1997年2月,我拜访卞先生时,他对我说,《诗刊》有一个栏目:《名家经典》,请求先生自选若干诗在这个栏目发表,他谢绝了。先生说,"经典"二字不能随便用。可见先生的严肃认真。

1999年,中国诗歌学会举办"厦新杯·中国诗人奖",经评委几次讨论投票,决定将"终身成就奖"授予臧克家、卞之琳两位老诗人。我作为评委会主任委员,打电话给卞先生的女儿青乔,告知此事。我心中有些忐忑,不知先生会有什么反应。卞先生亲自与我通话,问我"终身成就奖"是什么含义,我作了解释。他很高兴,欣然接受了。2000年1月20日在人民大会堂举行颁奖大会,青乔代表她父亲领取了奖品(精制的金杯)和奖金一万元。这是社会和公众对卞先生对诗歌的非凡贡献的认定,我感到十分欣慰。

　　我与卞先生的交往,始于二十世纪六十年代初。1962年,我首次登门拜访卞先生,向他请教。先生对我译的《莎士比亚十四行诗集》(1950年初版,中国第一个全译本)是肯定的,但认为还需修订加工。他亲自为我译了莎翁十四行诗第一首作为示范。(可惜这份手稿在"文革"中我被抄家后失踪,成为不可弥补的损失!)先生不同意严复提出的翻译三原则"信、达、雅"。他主张全面求信,神形兼备,在"形"上要求以顿(音组)代步,韵式依原诗,亦步亦趋。我向他请教说:如果信而不达,即不信;如果信而不雅(我把"雅"理解为原作的艺术风貌,如果原作"俗"则译作也须"俗",否则不算"雅",而不是严复的原意:桐城派古文风格)也就不信。因此"信"应该是包括了"达"和"雅"的。能否这样理解? 先生没有反对,我以为先生也许是默认了。我根据先生的教诲和示范,对莎翁十四行诗进行了全面的修订加工。并写了一篇《译后记》,交给卞先生,请他审阅。那时是1963年。1977年10月10日,我得到卞先生的通知,去他家看望他。这是经过十年"文革"之后的重逢。他说,在"文革"中,他损失了书籍和其他一些东西,但我译的经过修订的莎翁十四行诗集和《译后记》却保存完好。他叫我去就是为了此事。他当即把我的译稿和后记取出,拭去灰尘,还给了我。1981年经过修订的《莎士比亚十四行诗集》新版出版后,先生写了《译诗艺术的成年》一文(《读书》1982年第三期),把拙译作为"成年"的例子之一。同时指出这是在几代译家努力的基础上达到的,所以"这也是大家的贡献"。客观,公允,却又是极大的鼓励! 1987年12月卞先生以特邀主讲者身份赴香港出席"当代翻译研讨会",在会上宣读了论文《翻译对于中国现代诗的功过》。文中有一处提道:"五十年代以来,有人,例如屠岸,用音组(顿、拍)对应原来的音步,照原来的韵脚安排,翻译了莎士比亚十四行诗集,随后也就用这个诗体写诗(此处作者有注:《屠岸十四行诗》,花城出版社),得心应手,不落斧凿痕迹。"先生对我的鼓励和鞭策,我终生难忘。

2000年4月22日至26日,我率中国诗人常德采风团访问湖南常德,主要参观沅江边上以大堤为载体的诗歌书法碑林"常德诗墙"。诗墙上收有中外古今诗歌名篇一千二百余首,请书法家写好刻石成碑。在诗墙工棚座谈中,我向诗墙负责人提出建议:把卞之琳译的莎士比亚悲剧《哈姆雷特》中王子独白的第一句刻上诗墙。我说,莎翁是世界级大诗人大戏剧家,他的杰作中的杰作是《哈姆雷特》,此剧中最出名的台词是第三幕王子的独白,独白的第一句已成为世界名言,即:To be, or not to be, that is the question。卞之琳是译莎的大家,卞译莎剧中最好的是《哈姆雷特》,是他的呕心沥血之作。他自己说译此剧"使出了浑身解数"。《哈姆雷特》中译本有多种,这句独白也有多种译法:朱生豪译为:"生存还是毁灭,这是个值得考虑的问题。"林同济译为:"存在,还是毁灭,就这问题了。"梁实秋译为:"死后还是存在,还是不存在——这是问题。"方平兄译为:"活着好还是死了好,这是难题啊。"各有千秋。但我最欣赏的是卞之琳的译文,传神而且口语化。卞译《哈姆雷特》作为据此剧改编的英国电影《王子复仇记》的汉语配音,由孙道临配王子哈姆雷特,成为汉语配音的典范。这独白的第一句卞先生原译为:"活下去还是不活:这是问题。"(《英国诗选》,湖南人民出版社1983年版。)我曾向卞先生谈起,这样译,分顿按字数为"三二二二二",不如在"问题"前加一"个"字,成为"三二二三二",可避免单调。先生当时没有说什么。后来我发现先生改了,改成:"活下去还是不活,这是个问题。"(英汉对照《英国诗选》,商务印书馆1996年版。)虽一字之差,却可见先生的作风。——常德诗墙负责人接受了我的建议,我很高兴。回京后,征得了先生的同意。诗墙负责人要我书写,我说我的毛笔字是小学生水平,不够格。诗墙负责人说,只是写下由他们收起来留作藏品。我便用宣纸写了寄去。但不久即收到他们的证书："您的书法作品《莎士比亚:哈姆雷特独白·卞之琳译》,刊刻在大型文化工程'中国常德诗墙'第六篇上。特奉上此荣誉证,以资纪念。"并附来碑文拓片。这使我大吃一惊,但木已成舟! 我原想在卞先生九十华诞时将此拓片拿给他看一看,但这个愿望永远不能实现了。

　　卞先生是中国杰出的诗人、学者、翻译家,一代宗师。袁可嘉兄称卞先生为"国宝级"人物。他著译丰富,桃李满园。他的人格和风范永远是后人学习的榜样。我以曾是他的一名小学生而感到荣幸。他的文学成果将作为中华文化瑰宝的一部分而永留人间。

2000 年 12 月 12 日

一名之立,旬月踟蹰

——严　复

"信达雅"与"真善美"

——关于文学翻译答南京大学许钧教授问

许钧：就我所知，先生早在四十年代就开始做翻译，在半个多世纪的文学翻译生涯中，先生译的主要是外国诗歌与戏剧，几乎不涉及小说的翻译，这是否与先生的文学创作活动和工作有相当大的关系呢？您的诗歌创作和诗歌翻译之间有什么联系或影响吗？

屠岸：我从事翻译，主要是译诗。译小说，有过一次，是把师陀的小说《贺文龙的手稿》译成英文，发表在上海英文《密勒氏评论报》1949年6月18日出版的一期上。译戏剧，量也很少。九十年代应方平兄之约，译了莎士比亚的历史剧《约翰王》。莎剧台词大都是素体诗，我把它既当作诗又当作剧来翻译。与工作有关的翻译有一次：五十年代我在中国戏剧家协会工作，接受了南斯拉夫戏剧家努西奇的喜剧《大臣夫人》的翻译，译本在1958年由中国戏剧出版社出版。原文是南斯拉夫驻华大使馆向剧协提供的英译打字稿，接受翻译是为了促进中南两国文化交流。1983年西安话剧院根据我的译本把它搬上了舞台。

我译诗，首先是出于我爱诗。我在上海交通大学读的是铁道管理，但爱的是文学。我与权表兄同住一楼，他在光华大学读英国文学。他的英国文学课本和读物，我都拿来读，我和他还常到当时上海英租界工部局图书馆去遍览英国文学书籍。他的老师周其勋先生对英国诗歌的讲解,都通过他传到我的耳朵里,他有一本 *Golden Treasury of Songs and Lyrics*(《英诗金库》),上面写着密密麻麻的注释,是周先生讲解时他记下的,我都拿来学。1941年12月太平洋战争爆发后,日本侵略军进占上海租界,英美居民都被抓进集中营,他们家中的藏书大批流入上海旧书市场。我把能攒的零用钱全都用来购买英国文学原版书,大部分是诗歌。(这些旧书后来都毁于"文革"。1984年我访英时,到新旧书店去,也没有见到我在四十年代上海所购得的英诗版本!)我的课余时间都花在阅读中国古典诗歌、英语诗歌和"五四"以来的中国新诗中,达到如痴如醉的程度。我也阅读翻译诗,如梁遇春、郭沫若、戴望舒等人的译诗,逐渐感到,我也可以试试,于是开始译诗的尝试,终至一发而不可收。

我译惠特曼的诗,开始时是出于对他的爱好。我爱他雄浑、自由、奔放的诗风。对他在美国南北战争时期写的诗,尤其喜爱。我把译他的52首诗结集,以《鼓声》为书名,于1948年在上海自费(用"青铜出版社"名义)出版。惠特曼是林肯总统和北方联邦政府的支持者,这部译诗集中有不少诗篇歌颂南北战争中北方的战士,歌颂林肯。而我的这部处女译著出版时正值中国人民解放战争进入决战阶段,我借它的出版作为象征:支持以延安为代表的北方革命力量,预示这场战争将导致全中国的解放。

1946年到1947年我和友人合办过油印诗刊《野火》,出了三期。上面登载创作的新诗,也登载译诗。其中有我译的苏联诗人马雅可夫斯基的《我们的进军》和英国诗人威廉·莫里斯的《那日子要来了》。后来袁鹰等同志在党的地下组织领导下主办的铅印丛刊《新文丛》公开发表了《那日子要来了》,并把诗题作为丛刊那一辑的辑名。我译的俄国诗人涅克拉索夫的诗《许多都城震动了》发表在《蚂蚁》小辑的一辑上,也以该诗题作辑名。此时已经到了

1948年,中原大地的城市一座座获得解放,全国解放的日子快要来了。这是我又一次(也是最后一次)用译诗"配合"政治。

我后来出版的译诗集,都是出于对缪斯的祀奉,没有任何政治暗示。

我的第一首白话诗习作是《北风》,写于1936年。1938年秋,开始写旧体诗,那是受母亲的熏陶,读唐诗入了迷,便不自量力学着写。1941年开始热衷于写白话新诗。我写的第一首公开发表的诗是《祖国的孩子》(散文诗),我的第一首公开发表的译诗是爱伦·坡的《安娜贝莉》,它们都发表在1941年上海《中美日报》的副刊《集纳》上。此后,我的诗歌创作和诗歌翻译同步进行。太平洋战争爆发后,日军侵占上海租界。我不向任何敌伪报刊投稿,但创作和翻译没有停止。抗战胜利后,我成了《文汇报》副刊《笔会》和《大公报》副刊《星期文艺》的投稿者,《笔会》主编唐弢先生和《星期文艺》主编靳以先生发了我的不少新诗、译诗和关于译诗的评论。当时在《文汇报》、《申报》、《东南日报》上发表的我的译诗,原作者有英国的莎士比亚、雪莱,苏格兰的彭斯,爱尔兰的斯蒂芬斯,法国的波德莱尔,奥地利的里尔克,俄国的普希金、尼基丁,美国的惠特曼,印度的泰戈尔等。

我的诗歌创作和诗歌翻译之间有着明显的联系,这里着重谈一下十四行诗。在四十年代,我写了十几首汉语十四行诗,那是在翻译英国十四行诗(莎士比亚、斯宾塞、雪莱、济慈)的影响下,也是在读中国诗人朱湘、冯至的十四行诗的引导下,开始动笔的。五十年代,十四行诗被某些评论家斥为"已经僵死了的西欧贵族和资产阶级的诗歌形式","已经随着产生它的时代和阶级一去不复返了",致使汉语十四行诗在中国诗坛上绝迹。到七十年代末,我才又拿起笔来写作十四行诗。收在《屠岸十四行诗》(1986)和《哑歌人的自白——屠岸诗选》(1990)中的十四行诗,是我四十年代和八十年代的作品。卞之琳先生在《翻译对中国现代诗的功过》一文（《译林》1989年第4期）中提到我译莎士比亚十四行诗与《屠岸十四行诗》之间的关系，认为后者是在前者的影响下产生的。

我写十四行诗，开始时并没有引进这种体裁的考虑。我在实践中逐渐意识到这种体裁与中国古典诗歌中的律诗十分接近，可以作为中国新诗形式的一种而存在，并且可以得到发展。长期以来，中国新诗一直以自由诗为主体。但二十年代闻一多就从理论和实践两方面提倡新格律诗（或者叫现代格律诗）。五十年代，何其芳、卞之琳等曾讨论过中国新诗的格律问题，但讨论没有持续下去。"文革"结束后，对新格律诗的理论探讨和创作实践又活跃起来。汉语十四行诗以个人专集形式出版的就有多种，许多诗人的诗集中收有十四行诗：由选家选编的《中国十四行诗选》也出版了两种。我曾为许霆、鲁德俊选编的《中国十四行体诗选》写过序，对中国十四行诗的渊源和走向提出了我的看法。我感到，包括十四行诗在内的中国新格律诗将不断巩固自己的地位，总有一天会形成与自由诗分庭抗礼的局面。

我写十四行诗运用了引进的形式，但拒绝单纯的模仿。莎士比亚十四行诗也是运用了从意大利引进的形式，但不是模仿彼得拉克。莎士比亚发挥了他伟大天才的独创性。中国诗人们写十四行诗同样发挥了他们各自的独创性。如冯至的十四行诗，虽然受到里尔克的影响，但他在诗中表达的对人生和宇宙的思考，蕴含的丰富而深邃的哲理，则是二十世纪四十年代中国的，更是冯至个人的。我写十四行诗，是为了表达我所处的时代和在这个时代中生活的我所特有的思索与感受。

许钧：先生翻译过惠特曼的诗集《鼓声》、《莎士比亚十四行诗集》，还译过斯蒂文森的儿童诗集《一个孩子的诗园》（合译，1982年）。在这些不同国度、不同风格与不同题材的翻译中，先生的总的翻译原则是什么？又采取了什么方法以传达它们之间的不同特点？

屠岸：我对严复的"信、达、雅"三原则，始终信奉。这三者中，我认为"信"是中心，是主导，也是关键。正如人生三标准"真、善、美"，"真"是根本，"真"的内涵是"善"，外延是"美"。没有真，也就不存在善、美。信好比真，达、雅是信的两个侧面。没有信，就谈不上达、雅。不达，就不能说信了。对读者负责必须与对作者负责统一起来。对雅，我的理解是对原作艺术风貌的忠实传达。所谓"不忠之美"，我认为不符合翻译的雅，而是译者创作之美。英国诗人费慈吉罗尔德译的波斯诗人欧玛尔·哈亚姆的《鲁拜集》，被认为是费慈吉罗尔德的创作，列入英国诗选；美国诗人庞德译的中国古诗，如汉武帝的《落叶哀蝉曲》、李白的《长干行》等，被认为是庞德的创作，列入美国诗选，我认为恰当。这些是特殊的现象，广大的翻译工作者不宜仿效，因为这不是人人能做到的。

我译诗用的语言，是当代白话——以北京语音为标准音，以北方话为基础方言，以典范的现代白话文著作为语法规范的普通话。要求口语化，适当用一些至今还有生命力的文言词语，但应与白话水乳交融。生硬的欧化语法不用。有些欧化语法和外来词语已融化在今天中国人的语言文字中，丰富了中国语言的表现力，这在翻译时自然接受。

我不用文言的古典诗歌形式译诗。我觉得那样会造成不谐调气氛，产生不伦不类的感觉，但从古典诗歌和民歌中吸取有益的营养，是必要的。

外国诗有多种形式和体裁。我用汉语新格律诗译外国格律诗，用汉语自由诗译外国自由诗。对英语格律诗的翻译，我的原则是"以顿代步，韵式依原诗"，亦即卞之琳先生所说的"亦步亦趋"。"顿"与闻一多所说的"音尺"，孙大雨所说的"音组"是一个东西。英语格律诗有两个要素，一是节奏，叫"格"（metre）；一是韵，每首诗都有"韵式"（rime-scheme）。诗行由若干"步"（foot）构成，一"步"包括两个或三个音节，音节的轻读和重读的位置决定"格"的性质，因此有所谓"轻重格"（即抑扬格）"重轻格"（即扬抑格）等。英语素体诗（blank verse）除了不用韵外，与其他英语格律诗一样。英语语音的特点是轻音和重音间的交替，汉语语音的特点是四声的交替。这两种特点无法互相沟通。因此轻音重音位置固定的"格"在英诗汉译时无法表达，不可能"译"出。但英诗"步"可用汉语"顿"（音组）代。以音组代音步的方法之首创者是孙大雨先生，完善者是卞之琳先生。当代运用"以顿代步"方法的译家逐渐多起来，成功者有杨德豫、黄杲炘先生等。

"顿"和"步"有特殊的"缘分"，所以"以顿代步"成为英语格律诗转换为汉语格律诗的特殊"桥梁"。但这座桥不能逆向通行。把汉语格律诗译成英语时就不能"以步代顿"。其他语种的格律诗汉译时能否用"顿"来代原作的节奏单位，尚待研究。

对英语自由诗，我用汉语自由诗来译。自由诗并不是无节奏的分行散文。优秀的自由诗有动人的内在节奏。惠特曼的诗，常常是汪洋恣肆，如海涛汹涌，有强烈的节奏感和旋律感。所以，无论译格律诗还是自由诗，我总让自己带一双有音乐感的耳朵。

我的译诗要求是既要传达原作的风格美、文体美，也要传达原作的形式美、音韵美。（这是追求的目标，能达到多少是另一回事。尽善尽美是永远不可能的。）要传达原作的精神和风格，译者就应当做到深入体验作者的创作情绪，使译者的心灵与作者的精神契合，译者的灵魂与作者的灵魂拥抱在一起。这话也许说得有些"玄"，但我认为可以向这个方向努力。我译莎士比亚十四行诗，译济慈的六首"颂"和十四行诗，常常把原作诵读多遍，有些篇是诵读多年，烂熟于心，能够背诵的。这样可帮助掌握原作的风格和神韵。1984年我访英时，在爱丁堡和格拉斯哥的集会上，我朗声背诵了莎士比亚的十四行诗和彭斯的怀乡诗。苏格兰朋友问我为什么对英诗喜爱到如此程度,我的回答是:原因之一是我要求自己成为一个合格的英诗翻译者。

深入体会原作的精神,还必须把翻译和研究结合起来。译一位诗人的作品,就应该了解和研究他的生平、创作经历,所属流派,他的时代,他对同时代人和后世的影响,他的诗作的特色和在文学史上的地位等等。这种了解和研究不能脱离文本。我的译本都有自己写的前言、序或后记,其中包含了我的研究,只是研究得不够深入。

我有一个习惯,就是译作出版后,如有再版机会,我就不断进行修改。《莎士比亚十四行诗集》就进行过小的和大的修改多次。我体会到,对译作的修订,改进,琢磨,是无止境的。

有人认为,译者要选与自己风格近似的原作来译,这样易于成功。这话有道理。但译者的风格也不是一成不变的。我在1948年发表在《大公报》上的《译诗杂读》中曾把翻译比之于绘画的临摹和音乐的演奏。我说,同一原作经过不同的译者之手出来,必然产生不尽相同的效果,正像同一乐曲由不同的演奏家演出,必然带有不同的特色和风采。那么反过来,同一个演奏家可以演奏不同作曲家的多种乐曲,同一个演员可以表演不同剧作家剧作中的许多角色,只要这个演奏家或演员能深切体验原作(乐曲和剧本)的精神实质,把它化为自己的血肉,那么他们的演出就会成功。演奏家和演员必然有他们对原作的理解,有他们自己的风格,他们的艺术是第二度创造,是原作的风格和他们的风格水乳交融的产物,是他们的灵魂和原作者的灵魂相结合的产儿。翻译的道理与此相通。我读戴望舒译的波德莱尔的诗和他译的洛尔迦的诗,感到二者风格不同而又仿佛相同。不同,因为原作者是两个人;仿佛相同,因为译者是一个人。

许钧:在诗歌翻译中,最困难的是形象的转换。先生在诗歌翻译过程中,有没有遇到过不可转换的诗歌意象? 另外在韵律层次上,诗歌翻译中有没有什么"失",您如何处理? 在隐喻的再现上,有哪些困难?

屠岸:"形象"有时作文艺作品中的"人物形象"解,又可作具体形状或姿态解,与"抽象"相对。在诗歌翻译中,会遇到形象:在叙事诗中是各式各样的人物,在抒情诗中是作为抒情主体的诗人自己,当然也常有别的人物。我对翻译学所知甚少,不知"形象转换"是否翻译学的专门术语。我姑且把"形象转换"理解为把原作中的人物用另一种语言表现或塑造出来。这不容易,首先会遇到对原形象的理解问题。如莎士比亚戏剧中的人物,不同的导演和演员可以有不同的理解和不同的解释,因而有不同的演出。一千个演员演同一个莎剧中的哈姆雷特会出现一千个哈姆雷特。百分之百的原汁原味是不存在的。但我又认为,这一千个哈姆雷特又必须都是莎士比亚的丹麦王子,必须"万变不离其宗",否则就不是莎剧而是别的什么东西了。翻译的道理与此相通。我译济慈的叙事诗《圣亚尼节前夕》《伊萨贝拉》《拉米亚》等和译莎士比亚的叙事诗《鲁克丽丝失贞记》时,就遇到"形象转换"问题。工作第一步就是深入到原作的人物形象中去,掌握他(或她)的性格、禀赋、气质,以及语调、姿态等,然后运用适当的汉语把他们表达或塑造出来。

然而翻译与演剧不尽相同。不同译者笔下出现的同一原作人物之间的差异,较之不同导演、演员塑造的同一原剧人物之间的差异,要小得多。这是因为舞台创造的空间比翻译活动的空间大。此外还要看到,原作中的人物是多种多样的,有的简单,有的复杂。莎士比亚的《鲁克丽丝失贞记》中的两个主要人物塔昆和鲁克丽丝,一个是淫棍、强奸犯,一个是贞女、烈妇。两人都有丰富的内心经历。但不同的译者对这两个人物的理解不可能有大的差异。杨德豫译的《贞女劫》和我与屠笛合译的《鲁克丽丝失贞记》中这两个人物形象基本上是一致的。

有的人物就比较复杂,莎士比亚历史剧《约翰王》中的私生子菲利普,是个勇敢、正直的爱国者,但他有一段关于丑恶的"利欲"的著名独白。他在痛斥"利欲"之后,又说:假如有机会,他也会选择"利欲"。一位西方评论家认为,可见菲利普已经萌生了一种倾向于"物质现实主义的非道德觉醒"。(认为他选择"利欲"放弃道德是一种"觉醒"!)我在研究了菲利普的全部言行之后,认为这位评论家的判断是可疑的。我认为那段独白的后半部分是反讽,而且是强烈的反讽。根据这种理解,我在译文中就自然流露出一种说反话的口气。

对抒情诗中的形象——主要是抒情主体即诗人本人的形象,译者应掌握作者的性格和气质。要注意的是,作者本人也是在变的。青年华兹华斯和老年华兹华斯不一样。写《满二十三周岁》时的弥尔顿和写《梦亡妻》时的弥尔顿不一样。这就要求译者掌握好分寸。抒情诗中也有人物形象。莎士比亚十四行诗中除诗人自己外,还有青年贵族"朋友"、"黑女郎"、"诗敌"等人物,要完成这些"形象转换"就要求翻译与研究(不是繁琐考证)相结合。华兹华斯的《露西·格雷》中的露西与《露西抒情诗》五首中的露西不是一个人,又仿佛是一个人。这要求译者仔细体会二者细微的差别,用艺术家的手腕去再度创造这两个深刻而又单纯的农村少女形象。

"意象"和"形象",在英语中都是image。但这两个中文词既有共同点,又有不同点,形象强调形、具象,所以与逻辑思维相对的是形象思维。意象强调意与象的结合,接近意境、情景。在诗歌翻译中,会遇到某些不易转换的意象。这里举一例,济慈的《夜莺颂》第七节中有三行,原文是:

The same that oft-times hath

Charmed magic casements,opening on the foam

Of perilous seas,in faery lands forlorn.

大意是:这同样的歌声(指夜莺的歌唱)曾多次迷醉了那神秘的窗子,这窗子向险恶的大海浪涛打开着,在那失落的仙乡。这里济慈用了一个典故:中世纪传奇故事里常常讲到美丽的公主被囚禁在海上古堡里,勇敢的骑士泅过惊涛骇浪,救出公主,获得她的爱情。(也可能是借用希腊神话和传说中的故事:青年勒安得每夜泅渡赫勒斯滂海峡去与情人希罗相会。最后一次,希罗的灯灭了,勒安得溺毙在大海里,希罗找到了他的尸体后,投海而死。)济慈想象夜莺的歌声打动了美人的心,使她打开窗户,望看大海,盼望勇士的到来。但原文文字上没有出现美人,只出现了magic casements(神秘的窗子)这个意象。译文如何处理呢? 这三行诗,朱维基的译文是:

> 也许就在那孤寂的仙境
>
> 经常朝着危急的海浪而开的
>
> 那个着了魔法似的窗格。

查良铮的译文是:

> 就是这声音常常
>
> 在失掉了的仙域里引动窗扉
>
> 一个美女望看大海险恶的浪花。

朱译按原作只出现"窗格"而不提美人(这几行译文把"窗"与夜莺歌声的关系切断是不妥的),使读者摸不着头脑。查译直截了当地写出"美女",而原作不是这样,这样译就失去了原作含蓄的意味。

我的译文是:

> 这歌声还曾多少次
> 迷醉了窗里人,她开窗面对大海
> 险恶的浪涛,在那失落的仙乡

原文 casements 是个隐喻,有指代意义,它暗指窗里有美人。为了读者,我只好牺牲隐喻,但不能失去喻象,于是我把它译为"窗里人",使隐喻和它暗指的对象结合,受到夜莺歌声的迷醉。这种译法与朱译不同,接近查译,但与查译在"窗扉"之外另加"美女",也不同。我不敢说我的译法优胜,但不否认有我的特点。

朱译虽有缺点,但他把 magic 译出了:"着了魔法似的。"magic 可解作"神秘的",也可解作"着了魔法似的"。朱译是正确的,因为"窗"在这里是暗指美人,美人在渴望着爱人的来临,仿佛着了魔一样,这正是热恋中的情人的心态。magic 这个词在查译和拙译中都没有译出,应该说是一种"失"。如果我在译文中把它加进去,那么上面引的拙译三行中的第二行就要变成:"迷醉了那着了魔似的窗里人,她开窗面对大海。"此行原为五顿(代五步),这一来变成七顿,就与"以顿代步"的原则相悖。而且这行变得过长,在视觉上失去了匀称,这也是"失"。再说,原文中 charmed 是主语的行为动词,magic 是宾语的形容词,二者对应,译文中已有"迷醉了",那么省去"着了魔似的",便不能说损害了多少原意,这个"失"不大,两"失"相权,取其轻者,这就是我那样译法的理由。

不可转换的诗歌意象,是会遇到的。比如莎士比亚十四行诗第 135 首,原文中 will 这个词出现了十三次。这是诗人在做文字游戏,但戏得不俗,每个 will 中都含有深意,形成了一连串的意象。

我费了点心思,把诗中出现的will分别译为"主意"、"意向"(出现两次)、"意图"(出现四次)、"意欲"(出现三次)、"意志",使包含"意"字的汉语双音(二字)词也出现了十三次。但原作中一个will包含多层意思,译文无法全部表达。原作中最后一个*Will*,首字母大写,用斜体字形排出,它不但含有will所含的多种意思,同时是莎士比亚的名字William(威廉)的简写,我把它译成"意志",加引号,以示与众不同,但只能表达它的一种意义,无法表达暗示作者自己或其他与作者同名者。这就是不可转换的意象。正如毛泽东的词《蝶恋花》中的句子"我失骄杨君失柳","杨"和"柳"既是象征春天的两种树,又指杨开慧和柳直荀两位烈士。这在译成外国语时是无法兼顾的,补救的惟一办法是加注。

许钧:我在《中华读书报》上读过先生的一篇文章,叫《"归化"和"洋化"的统一》,这是文学翻译中比较重要的一个问题,涉及翻译的目的与原则,先生是怎么理解的?"归化"与"洋化"的度应如何掌握为好?

屠岸:关于"归化"和"洋化",我在那篇短文里已把我的基本观点说明了。这里可以作点补充。有的翻译理论家把译者比作"一仆二主",是说他既要忠于原作者,又要忠于读者,这道理是对的。但,尽管"仆"不一定含贬义(如"人民的公仆"),我觉得还是换个说法为好,不如说译者"一身而二任",既是作者的朋友,又是读者的朋友。对朋友,要讲忠诚,要讲友好。为了作者朋友,要讲"信";为了读者朋友,要讲"达"、"雅"。三者又分不开,都是为了两个朋友。"洋化"与"信"联系较多,"归化"与"达"、"雅"联系较多,但三者也不能分割。对读者朋友来说,"归化"过度,是对他们的蒙蔽,"洋化"过度,是对他们的放弃。以作者朋友来说,"归化"过度是对他们的唐突,"洋化"过度是对他们的诂媚。

周珏良先生在《论翻译》中说,除非有特殊理由,不准用四字成语。我认为四字成语可以用，但要用得恰当，不要多用，更不可滥用。对带有中国典故的成语，必须慎用，最好不用。我在那篇短文里举过几个例子，如在莎士比亚诗的译文里出现"朝秦暮楚"，在彭斯诗的译文里出现"初识之无"，在巴尔扎克小说的译文里出现"毛遂自荐"等含有中国历史典故的成语，这种译法是"归化"过度的结果，会使读者产生时代和民族传统文化错乱的感觉。

还可以举几个例子来说说。莎士比亚十四行诗第99首第6—8行原文为：The teeming autumn, big with rich increase, / Bearing the wanton burden of the prime, / Like widowed wombs after their lords' decease. 大意是："多产的秋天，因受益丰富而充实，孕育着春天留下的丰沛的种子，像丈夫死后的寡妇的子宫。"——womb（子宫）这个英文字，在英语诗歌中出现的频率虽不算高，但并不回避。可是在中国诗歌中，以及在中国其他文学作品如小说、散文中，"子宫"这个词是见不到的。这牵涉到不同民族文学语言传统和读者欣赏习惯问题。在英国读者看来，出现womb很自然；在中国读者看来，出现"子宫"就感到突兀。因此，我在译这首诗时，不能不把这个词"归化"一下，把那行诗译成："像死了丈夫的寡妇，大腹便便。"我觉得这样更适合中国读者的欣赏习惯。

作为译者，心中应时时警醒着，意识到中国和外国不同的历史文化和地域文化的差异。我译的莎士比亚十四行诗第25首中有这几行："辛苦的将士，素以骁勇称著，/ 打了千百次胜仗，一旦败走，/ 就立刻被人逐出荣誉的纪录簿，/ 使他过去的功劳尽付东流。"这里最后一行的原文是："And all the rest forgot for which he toil'd."意思是："他过去的功劳被人全忘了。"我译成"尽付东流"，是意译。这本来并无不可，但仔细一想便觉不妥。中国的河流大部分向东流入海，特别是主要的河流黄河和长江是如此。所以中国诗歌和文学作品中，"付之东流"就是一去不返或一切白费之类的意思。但莎士比亚的英国是一个岛国,这里的河流有的向东流入北海,有的向西流入爱尔兰海和大西洋,在他们的传统中没有"付之东流"也没有"付之西流"的概念。所以我那样译是把中国传统的地域概念强加到莎士比亚的诗作上去了。

有人把莎士比亚十四行诗第29首的最后两行译作:"我怀着你的爱,使我幸福无疆, / 我决不放弃你去换取南面为王。"中国古代以南面为尊位,帝王之位南向,故称帝位为"南面"。《易·说卦》有云:"圣人南面而治天下,向明而治。"《庄子·盗跖》也说:"凡人有此一德者,足以南面称孤矣。"但英国国王并无"南面而治"之说。莎士比亚的那行诗原文为"That then I scorn to change my state with kings",意为"教我不屑把处境跟帝王对调",这里没有丝毫帝位面向什么的影子。上述那种译法是把中国传统的方位观念强加到莎士比亚诗作上面去了。

上面举的两种译法也是"归化"过度的例子。

我想到鲁迅批评赵景深把 Milky Way 译为"牛奶路"的事。有人评论说,契诃夫的原作小说《万卡》中提到,小孩万卡眼中天上的 Milky Way 像用雪擦洗过那样洁白,"路"是可以擦洗的,"河"怎么能洗呢?所以译成"牛奶路"或如鲁迅所拟的"神奶路"是正确的。关于"银河",英语中有两个词:Milky Way(由希腊神话而来)和 Galaxy(天文学名词)可任作者选用。可是中文里却只有"银河",或"天河",脱不了"河",总归不能擦洗。这时候,天平只好向"洋化"倾斜再加注了。

如何掌握好"归化"和"洋化"的"度",我实在说不清楚,因为难以画出一条明晰的界线。我想,是否可以向译者提出两条要求:一、不要使读者产生民族传统文化错乱的感觉;二、不要使读者如堕五里雾中。

许钧:关于"归化"与"洋化",不同的时代是否对"归化"与"洋化"的选择与认同程度有影响？作为译者应不应该从文化交流的角度看待这一问题？读者在其中又起什么作用？

屠岸：不同的时代对"归化"与"洋化"的认同程度肯定有影响。在"洋化"方面影响更为明显。现代汉语中有许多句式结构在古汉语中是找不到的，这是吸收外语语法成分化入汉语之中的结果，这丰富了汉语的表现力。现代汉语还吸收了大量外来语，使它们成为汉语的一部分，扩大了汉语的词汇。其实这种做法古已有之，"涅槃"、"六根清净"等等不也是从佛教经典引进的外来语吗？从中外文化交流的角度看，引进"洋"的东西是必要的，也是不可遏制的。从历史的长河看，汉文化是一种开放的文化，海纳百川，有容乃大，一旦成为封闭的文化，就没有出路，就会枯萎。这种引进与吸收，是在以民族文化为主的基础上，而不是民族虚无主义。读者见到"洋"的词汇或"洋"的概念或表现法等等，开始时会感到突然，但时间长了，便会习惯，习惯成自然。随着全球经济一体化的进程，随着科技的突飞猛进，交通和信息传递的快速发展，地球村愈来愈小，读者必然迫切要求扩大自己的眼界和知识领域，也要求扩大文学和诗歌欣赏领域。翻译上"归化"与"洋化"相统一的问题，也必然会随着时代的发展而不断地嬗变。

许钧：文学翻译当然是一种文学交流，但文学交流属于文化交流这一大的范围之内，先生在选择作品翻译时，有没有自己的标准？作为译者和作为出版社的负责人，对作品的选择标准是不是不一样？

屠岸：我选择作品进行翻译，有自己的标准：一是在文学史上（或在现代、当代舆论上）有定评的第一流诗歌作品；二，同时又是我自己特别喜爱的，能打动我心灵的作品。选择第一流作品，是为了要把最好的外国诗歌介绍给中国读者，把外国的"真善美"输送到中国来；选择我喜爱的、能打动我的作品，因为这样的作品我才能译好。对生命力不能持久的畅销书,我不感兴趣。作为出版社负责人,考虑选题就应当更全面,视野更广阔。对入选原著的语种、原作者的国别,要扩大,时代的跨度,要延长。出版社推出外国文学作品的译本,要从改革开放的角度着眼,从中国与世界各国进行文化交流的角度着眼,从不同爱好、不同层次的广大读者的要求的角度着眼。作为文学出版社,应当出第一流的、古典的和现当代的外国文学作品,作品的文学性是第一选择标准。但有些产生重大影响的作品,其文学价值或许还没有定评,但对读者具有认识价值,也可列入选题。

许钧:作为译者,先生在翻译文学作品时,当然会有自己艺术上的追求,也有自己的标准,那么您对自己译文的评价的标准与作为出版社负责人对译稿的评价的标准是否一致? 这方面有没有遇到矛盾?

屠岸:翻译理论家中有人称文学翻译是艺术,有人称它是科学。我认为两者都有道理。文学翻译是艺术,因此译作应该是艺术品;文学翻译是科学,所以作品应该具有科学性或学术性。作为出版社负责人,对外国文学作品的出版,应贯彻"百花齐放,百家争鸣"的方针。作为艺术品,译本必须是"花";作为具有科学性或学术性的劳动成果,译者必须是"家"。出版译作还必须是"百花"和"百家"的"齐放"与"争鸣",而不应是一花独放和一家独鸣。

我自己在翻译上有要求,对自己译文的评价也有标准。但我只是百花中的一花,百家中的一家。不能把自己的标准强加给别人,也不能使自己屈从自己不同意的某些标准。但有些标准是译界共同遵守的,比如"信",不赞成的恐怕很少了。公开主张"宁顺而不信"的人已不见,提倡"不忠之美"的人也不多。

有时会遇到矛盾。有的译家用汉语旧体诗形式译外国诗,如王力教授译波德莱尔的《恶之花》。我当时是出版社的一名工作人员,我不赞成这种译法,但认为应当允许其存在。王力是"大家",他的翻译态度认真、严肃,作为一种实验,更应允许"争鸣",所以出版它我不持异议。

许钧:半个多世纪来,对译文的评价标准与要求是不是因时代而有所变化?有人认为,在中国的文学翻译中,意识形态对翻译作品的选择与处理有很大的影响,您怎么看?

屠岸:新中国成立已经半个世纪。新中国成立之初,还存在不少私营出版社,后来变成公私合营,五十年代后期,全变成国营。从五十年代末到七十年代,出版外国文学译本的出版社,只有人民文学出版社(及其副牌作家出版社)和上海文艺出版社("文革"后为上海译文出版社)。那时对译文质量要求严格,很少抢译之风。自七十年代末以来,出版社专业分工的体制被打破,两家出版社独占外国文学译本出版的局面改变。竞争机制使文学译本的出版活跃起来,蓬勃发展。在此情况下,出版了许多优秀的译作,同时,鱼龙混杂,一些粗制滥造的译本也纷纷出笼,甚至发展到抄袭、剽窃的译作不绝于书肆。这说明一部分出版社和"译"者为利益所驱动,降低了对译文质量的要求,但不能说中国出版界和翻译界降低了对译文质量的要求。随着翻译评论和翻译理论探讨的展开,一些出版社的编辑和一部分译者对译文质量提出了更高的要求。

意识形态对翻译作品的选择与处理有很大影响,这是事实。五十年代中苏"蜜月"时期,也是俄苏作品译本出版的黄金时代。当年欧美古典文学作品占一席之地,是由于我国文艺政策中有"洋为中用"一条,同时,也可说借了"老大哥"的光。苏联诗人马尔夏克的莎士比亚十四行诗俄译,在苏联卫国战争期间全部登载在《真理报》第一版上,战后出单行本,又获得斯大林奖金。所以我译的《莎士比亚十四行诗集》的出版不会受到阻碍。法捷耶夫在《谈苏联文艺》一文中指出:"欧美资产阶级在它发展的时候,也曾有过优秀的文学作品,但现在欧美作家与这种进步文学传统相对立,走向没落的道路……我们的文艺好像是联结点,我们吸取他们的好的成分,创作自己新的东西,再传给下一代。"新中国成立初期在对外国文艺的政策上与法捷耶夫所代表的苏联的政策是一致的。五十年代后期,中国科学院文学研究所("文革"后改为中国社会科学院外国文学研究所)成立外国古典文学名著丛书编辑委员会,有计划地组织一批外国古典文学名著的翻译,由人民文学出版社出版。但是从五十年代到七十年代,我国出版界对欧美的现代文学作品一概拒之门外。六十年代中苏分歧公开后,对苏联的当代作品也当作"修正主义"作品而打入冷宫。六十年代初,人民文学出版社(或以作家出版社名义)以"内部发行"形式出版过一批"黄皮书"(用黄色纸作封面,没有美术设计),包括欧美现代作品和"苏修"作品的译本,其中有(凭我的记忆)法国剧作家尤内斯库的荒诞派剧作《秃头歌女》、《椅子》,爱尔兰剧作家贝克特的荒诞派剧作《等待戈多》,苏联诗人特瓦尔多夫斯基的长诗《山外青山天外天》,苏联(立陶宛)诗人梅热拉伊蒂斯的诗集《人》,苏联作家索尔仁尼琴的中篇小说《伊凡·杰尼索维奇的一天》,美国"垮掉的一代"作家凯鲁亚克的小说《在路上》等,还出版"内部参考"的刊物《外国文学新作提要》,以供有关领导和业务干部参考。"文革"期间,一切外国文学译本,包括"内部发行"的,都停止出版,内部参考的刊物也一律取消。"文革"结束后,特别是党的十一届三中全会决定实行改革开放政策以后,对外国文学译本出版的种种禁锢才被一一打破,迎来了文学翻译的春天。

许钧:您在文学翻译的组织和出版方面做出了很大的贡献,在审读送审的译稿时,您是如何对待不同风格的译家和具有不同翻译追求的译品的?

屠岸:在审读译稿时,我和我的同事们掌握的是两条原则:一是严,二是宽。严——严把质量关;宽——对译者的个人风格、个人气质和个人所追求的方法及特色采取宽容和欢迎的态度。

许钧:作为老一辈翻译家和出版家,您对目前从事外国文学翻译、编辑出版工作的年青一代有什么要求和希望?

屠岸:一切希望都在年青一代。我自己从来都只是个业余的文学翻译工作者,我在翻译上的成绩很小很小。不少比我年轻的翻译家,他们取得的成绩超过了我。我真心诚意地向他们学习,而且真的学到了不少东西。

如果说我对年青一代有什么希望的话,那么对编辑出版工作者,我希望他们在选题和编译质量上一定要把社会效益和经济效益统一起来,决不要单为利益所驱使而把劣质的、有害的出版物拿给读者。

对翻译工作者,我希望他们有高度的敬业精神。我赞同鲁迅的提法,把译者比作文化上的普罗米修斯,他把外国的真、善、美之火拿来输送给本国的广大读者。这是一项崇高的事业。这也是一项关系到中国人民前途的重要事业。试想,如果没有与外国文化的交流,中国的明天会是什么样子? 所以,他们肩负着重大的历史使命。我相信他们之中的绝大多数会严肃认真地对待自己的工作。对于小部分粗制滥造者和抄袭、剽窃者,有的要通过正常的、说理的批评,有的要用法律武器,纠正他们的错误。

年轻的译者应严格要求自己。对外语,不是一般地懂得就行,应向精通的目标前进。对汉语,必须提高修养,做到能熟练地掌握和运用。有的人对原作还没有弄懂就开始翻译,有的人还不能熟练地用汉语写作就从事翻译,这都应改正。对原语和译语都要下苦功夫。

当今翻译工作的报酬偏低。立志以文学翻译为职业的年轻人,必会有甘于清贫的思想准备。我对他们表示敬意。

1999年1月

横看成岭侧成峰

——关于诗歌翻译答香港《诗双月刊》王伟明先生问

王：彭镜禧在《翻译与个人才情》一文中，讨论到"诗人与学者都容许自己掩盖原作者——诗人是以其过多的诗情创力；学人则以过多的博学广识。理想的译者应该知道如何收敛自己的才情"。不知您对这个说法，是否认同？

屠：严复说"译事三难信、达、雅"。我以为三者的关键是信。信而不达，怎说是信？信而不雅（雅，我作艺术原貌解），又怎说是信？一个称职的译者，首先应该做到的，或者说对他最根本的要求，就是信。"诗人与学者都容许自己掩盖原作者"，这个"容许"，是不是越出了译者的本分呢？

诗人以过多的才情掩盖原作者的情况是存在的。彭镜禧先生在他的论文《翻译与个人才情》中举了黄克孙先生汉译英诗《鲁拜集》（《鲁拜集》虽是费慈吉罗尔德英译哈亚姆的波斯文诗，实则已成为英诗）的例子，有说服力。我还可以再举英译汉诗的例子来作进一步的说明。美国现代诗人埃兹拉·庞德（Ezra Pound）把中国汉武帝刘彻怀念李夫人的诗《落叶哀蝉曲》译成英文是典型的一例。汉武帝的原作是：

罗袂兮无声，

> 玉墀兮生尘。
> 虚房冷而寂寞，
> 落叶依于重扃。
> 望彼美之女兮安得，
> 感余心之未宁。

庞德译成英文，再反过来译成中文看看是什么样子，下面是赵毅衡的汉译：

刘　彻

> 绸裙的悉瑟再不复闻，
> 灰尘飘落在宫院里，
> 听不到脚步声，乱叶
> 飞旋着，静静地堆积，
> 她，我心中的欢乐，睡在下面。
> 一片潮湿的树叶粘在门槛上。

这首译诗曾受到诗评家们的高度赞赏。庞德是意象派诗人，他的"意象叠加"手法在这首汉诗英译中得到了充分的运用。原诗"落叶依于重扃"中的形容词"落"在英译中化为动词"飞旋"，落叶飞旋着又落下来，静静地堆积起来。原文"望彼美之女兮安得"和"感余心之未宁"，在英译中被改造为"她，我心中的欢乐，睡在下面"。"她"睡在堆积着的落叶下面，也就是"我心中的欢乐"被埋葬在象征衰老和死亡的落叶堆下面。更奇的是把"落叶依于重扃"改造成这样一组意象："一片潮湿的树叶粘在门槛上"，"潮湿"、"粘"、"门槛"这些意象都有丰富的内涵和象征意义。一种美人易逝的喟叹和人生无常的伤感跃然纸上。这里，诗人庞德确是"以其过多的诗

于旧金山,背景为太平洋海豹岩,1980年10月

情创力"掩盖了原作者。汉武帝的形象和风格被淡化了,我们见到的是庞德的形象和风格。

《刘彻》作为一首诗,不失为好诗;但作为一首译诗,未必是值得仿效的。因为它与原作的距离太大。庞德的汉诗英译不止这一首,如他还译过李白的《长干行》,姑不论其中有译错和删节的地方,这首译诗是一篇地道的意象派作品,从中很难见到李白的风味。

前面提到,彭镜禧评论了黄克孙译的《鲁拜集》。这使我想到了《鲁拜集》最早的汉译者郭沫若。在中国,以诗人的才情掩盖了原作者的最出名的例子,我想应该是郭沫若。闻一多在《莪默伽亚谟之绝句》(莪默伽亚谟现在一般译作欧玛尔·哈亚姆)批评郭沫若据费慈吉罗尔德英译波斯莪默伽亚谟的《鲁拜集》转译成的中文说:"郭君每一动笔我们总可以看出一个粗心大意不修边幅的天才乱跳乱舞游戏于纸墨之间,一笔点成了明珠艳卉,一笔又洒出些马勃牛溲。我们若看下方各例(引者略),我们不能不埋怨他太不认真把事当事做了……"这里仅举此例,为篇幅计,就不详论了。

彭镜禧认为"理想的译者应该知道如何收敛自己的才情"。在道理上这是对的。但实际情况相当复杂。如何"收敛",又"收敛"到什么程度,值得仔细想一想。

对这个问题我曾有过不一定恰当的联想。有一次我看到凡·高(Vincent van Gogh)的一幅描绘播种者的画,那种狂放粗犷的画风,使我毫不怀疑它是凡·高的创作。但一看标题,它是临摹米勒(Millet)的《播种者》的画,这终使我恍然想起米勒的那幅画来。为什么我不能一开始就看出来呢?因为凡·高的这幅画除了构图轮廓外,并不曾留下米勒的影子。我因此想到音乐作品的演奏。比如贝多芬(Beethoven)的D大调小提琴协奏曲吧,萨拉萨蒂(Sarasate)奏来使人血液奔腾;伊萨伊(Ysaye)奏来催眠了听众;克莱斯勒(Kreisler)奏来使人神往于一种音乐的华彩中。实在,每一位成熟的演奏家和乐队指挥,都有其对音乐作品的独特的解释和表现。戏剧演出也一样,一千个演员演同一个哈姆雷特,就会有一千个哈姆雷特。唐槐秋导演的《雷雨》和夏淳导演的《雷雨》味道大不相同。——于是我想,文学翻译,特别是译诗,也属于同样的道理。不论译者如何忠实于原作,译作与原作之间必然存在着距离。百分之百的原汁原味的诗歌翻译是不存在的。

任何译家的译诗,都不可能完全排除译家个人的气质和品格。单纯、真实、质朴然而堂皇、伟大的荷马(Homer)史诗,在英国古典主义诗人蒲柏(Alexander Pope)的译笔下,成了绮丽、夸张、充满宫廷装饰味和排偶式雄辩的豪华艺术。鲁迅译雪莱(Shelley)的《寄西风之歌》,没有一处不"信",也没有一个多余的字,但原诗浪漫空灵的气质一变而为雄健、着实、深沉的旋律,成为鲁迅的现实主义拥抱雪莱的浪漫主义所产生的结晶物,使我们听到了一种更为宏浑的音乐。我想,蒲柏和鲁迅未见得有意"容许自己掩盖原作者"，毋宁说他们主观上倒是想努力忠实地把原作在译文中再现的，但是他们摆不脱、也不可能摆脱自身气质在译文中的影响。

好的诗歌翻译作品是在不可免地留有译者个人气质的同时尽可能多地保存原作的精神实质的产物。如何做到这一点？这就在于译者不仅做到不误解、不歪曲原意，不随意增删原文，深入了解原作的内容和原作产生的历史背景和文化背景，而且，更重要的，译者须有与原作者在精神上的沟通；译者必须深切体验原作者的创作情绪，这"体验"虽然不一定体现在生活的广度上，却必须体现在生活的深度上。当译者用全身心拥抱原作的时候，当译者的灵魂与原作的精神融为一体的时候，诗歌翻译的杰作便会产生。法国诗人波德莱尔（Baudelaire）翻译美国诗人坡（Poe）的诗，中国诗人戴望舒翻译法国诗人波德莱尔的诗，中国的具有诗人气质的翻译家杨德豫翻译英国诗人华兹华斯（Wordsworth）的诗，便是这样的杰作。

如果译者是诗人，那么他比别人更善于深切地体验原作者的创作情绪，他的灵魂更易于与原作的精神拥抱到合而为一。"只有诗人才能译诗"这句话也许就是指这而言的。在这种情况下，他不应收敛自己的才情，而应该把自己的才情充分地发挥出来。这与用自己的才情掩盖原作者从而使译品与原作相比变得面目全非的做法，有原则区别。这也就是我为什么赞赏鲁迅所译雪莱的《寄西风之歌》而对庞德所译汉武帝的《落叶哀蝉曲》虽然也赞赏却认为未必值得仿效的缘故。

至于有的学者用自己的才情掩盖原作者，彭镜禧先生举了芮格（Kurt W. Radtke）英译我国元代白朴的小令的例子。由于芮格懂一点中国的典故，对原作反而作穿凿附会的解释，由此而译出的译文，自然对原诗作了曲解。但这类例子似乎是个别的。译者以自己的博学反而曲解了原作，这仍然是对原作内容理解正确与否的问题。这与有的译者由于自己学识浅陋而不理解或误解原作，性质上类似。

王：周珏良在《论翻译》一文中认为"翻译要用现代白话文，接近口语，可又不要俗语化"，甚至"非有一定的理由，不准用四字成语和那种不文不白的语调"。您认为他这种倡议能否改善那些"翻译腔"？

屠：在诗歌翻译的实践中，我遵循一条原则：基本上使用经过提炼的现代普通话口语。这与周珏良主张的"用现代白话文，接近口语，可又不要俗语化"是一致的。有的翻译家把外国诗译成中国文言的五言诗或七言诗，我们感到不习惯。马君武用歌行体译拜伦的《哀希腊》，成为传诵一时的名译，但毕竟是他那个时代的产物。所谓"俗语"，指流行于民间的通俗用语，带有一定的方言性，指谚语、俚语，以及口头上常用的成语等。俗语的民间色彩很浓。在翻译作品中过多地运用俗语，就会产生"归化"过度的弊端。翻译作品应该有适度的"陌生感"，也就是应该保存一定的"洋气"。而俗语大都是熟语，它与陌生感是对立的。

对"不文不白的语调"，还要作点具体分析。五四新文化运动提倡白话文，废止文言文，成为中国语言文字运用上的一大革命。白话文虽然有亿万群众的口头语和各地方言作基础，它的语汇仍然是有局限的。所以大量文言词语进入白话文，使白话文丰富起来。鲁迅是文学大师，也是运用语言的大师。他的著作中，常有文言和白话同时出现的地方。比如："……于浩歌狂热之际中寒；于天上看见深渊。于一切眼中看见无所有，于无所希望中得救。……有一游魂，化为长蛇，口有毒牙。不以啮人，自啮其身，终以殒颠。"(《野草·墓碣文》)鲁迅的这类文字中，文言和白话糅合在一起，达到水乳交融的地步，读来但觉铿锵凝重，诗意浓郁。不过，周珏良不赞成用的"不文不白的语调"在某些诗歌翻译作品中确实存在。比如郭沫若译的《鲁拜集》中就有这样的诗篇：

> 奇哉，宁不奇乎？
> 前乎吾辈而死者万千无数，
> 却曾无一人归来，
> 告诉我们当走的道路。

（第64首）

这里文言和白话混在一首诗中，甚至一忽儿"吾辈"一忽儿"我们"，给人以极不和谐的感觉。郭译《鲁拜集》中还有几首完全用骚体，如：

> 真君冥冥兮周流八垠，
> 速如流秉兮消如苦辛；
> 自月至鱼兮万汇赋形；
> 万汇赋形兮真君永存。

（第51首）

《鲁拜集》全部101首是个整体，其他大多数诗用白话文译出，而这几首则用骚体，显得非常突兀。闻一多批评这个郭译本说："全篇还有一个通病，便是文言白话硬凑在一块，然而油终竟是油，水是水，总混合不拢。我不反对用文言来周济贫窘的白话，但总不好用郭君那样的笨法子罢？"闻一多的批评至今不失为灼见。

至于四字成语，确应慎用，但似不宜一概禁止。有些四字成语有碍于"陌生化"，应予避免。有些四字成语如"一举两得"、"三心二意"、"四通八达"……（这是随手拈来的），已融入日常口语中，用字精练而含意分明，有较强的表现力，如果在翻译时运用得当，可

以起到好的作用。不妨举个例子:华兹华斯的诗《水仙》中有两行:

A poet could not but be gay
In such a jocund company.

我曾译作:

有一群如此欢悦的伴侣,
诗人怎能不无比快乐!

而杨德豫的译文则是:

有了这样愉快的伴侣,
诗人怎能不心旷神怡!

这里"伴侣"指湖边的水仙花。杨译用了一个成语"心旷神怡"来译gay,充分体现诗人在见到沿着湖湾闪烁如银河的一大片水仙花之后的愉悦、安恬、满足的心情。译作"无比快乐"就嫌直白了。

又如华兹华斯的另一首《露西(之二)》的末二行:

But she is in her grave, and, oh,
The difference to me!

我曾译作:

而她已安眠在坟里了,哦,
这对我又何等异样!

而杨德豫则译成：

> 如今，她已经躺进墓里，
> 在我呢，恍如隔世！

诗人所爱慕的姑娘已经死去，诗人感到世界变得陌生了。原文用了一个词difference，是极为精练的，译文很难得其神韵。照字面直译，就是"对我何等异样"，但太少诗味了。杨译用了一个四字构成的词语"恍如隔世"，便使诗人怀念所爱者的深情突现，全诗蕴蓄的力量顿时画龙点睛般跃然纸上。

当然，我决不主张滥用四字成语。

所谓"翻译腔"，有各种表现。其最主要的特征是把西方语言中的复杂句（Complex sentence）或者并立主从复合句（Compound complex sentence）硬搬到中文译文中来。西方语言的某种结构引进中文如果运用得当，可以丰富中文的表现力。但如果生搬硬套，便会破坏中文的自然构成，造成混乱。有时译者没有顾及原文确切的内涵，只是顺着原文的字句把中文的词语"替代"进去，便会使读者摸不着头脑。译者选择词语"对应物"是要用一番功夫的，不能只查一下字典就把字条下的解释"填充"进去。对原文的语法结构要善于"化"，使原文自然地化为恰如其分的中文表述。这里不妨举一个例子：济慈（Keats）的神话史诗《海披里安》中有如下几行：

> From chaos and parental darkness came
> Light, the first fruits of that intestine broil,
> That sullen ferment, which for wondrous ends

Was ripening in itself. The ripe hour came,
And with it light, and light, engendering
Upon its own producer, forthwith touched
The whole enormous matter into life.

大意是：

> 从太始的混沌黑暗中透出光来，
> 这最初的果实，诞生于内耗斗争，
> 阴郁的纷争，有奥妙目的的纷争
> 正在成熟中，成熟的时辰来到，
> 光随之而来，而光，一旦从母体
> 内部脱颖而出，便毫不迟疑地
> 把整个庞大的物质点化成生命。

而有一种译文是这样的：

> 从混沌和太初的黑暗中生出了光，
> 当时为神妙的目的而在它自身中
> 成熟起来的那种内脏的纷争，
> 那种郁郁的纷扰的最初果实
> 已到了成熟的时辰，随之而来的是光，
> 在它自己的产生者身上产生出来的光
> 立刻把整个庞大的物质点成生命。

这里，读者很难想到"最初的果实"就是三行以前离得远远的"光"，也就是两行以后离得不近的"光"；把 producer 译为"产生者"是很容易的,但"在它自己的产生者身上产生出来的光"又是多么别扭! 这几行译文的问题并不是出在译文"俗语化"了或者多用了"四字成语和那种不文不白的语调",而是出在译者没有把原作的复杂句加以分解融化,选取汉语恰当的"对应物",把原作恰如其分地表达出来。

王:您在《莎士比亚十四行诗一百首》前言里主张"翻译作品特别是诗歌应当做到神形兼备,即既要力求保持原作的文体美、风格美,也要尽量体现原作的形式美,音韵美"。然则您认为文化背景与民族心理传统的巨大差异,会否为翻译带来桎梏?

屠:东西文化背景与民族心理传统的巨大差异,会为翻译带来困难,但就总体来说,是可以克服的,或者在一定程度上可以克服。

关于文体、风格、形式、音韵等,范围太广。现仅就音韵中的韵式,略抒拙见。外国诗中的某些韵式移植到汉译中来,读者会感到不习惯。如英国诗歌中常见的"交韵"abab,"随韵"aabb,意大利式十四行诗中的"抱韵"abba等,在中国诗中似乎是没有的。但如果追本溯源,在我国最古老的诗歌总集《诗经》中,就可以找到不少交韵、随韵;甚至抱韵也是有的。如《国风·静女》(之三):"自牧归荑,洵美且异。匪女之为美,美人之贻。"此诗叶韵字"荑"、"美",脂部;"异",职部,"贻",之部,之职通韵。故此诗韵式为 abab,交韵。又如《国风·静女》(之二):"静女其娈,贻我彤管。彤管有炜,说怿女美。"此诗叶韵字"娈"、"管",寒部;"炜",微部,"美",脂部,脂微合韵。故此诗韵式为随韵 aabb。还有《大雅·文王之什·抑》(之三):"其在于今,兴迷乱于政。颠覆厥德,荒湛于酒。女虽湛乐从,弗念厥绍。罔敷求先王,克共明刑。"此诗叶韵字"政"、"刑",耕部;"酒",幽部,"绍",宵部,幽宵合韵。故此诗韵式为抱韵 abba。《诗经》中韵式丰富多样,例如有"阴韵"。《国风·周南》第一篇《关雎》(之二):"参差荇菜,左右流之。窈窕淑女,寤寐求之。"这里"流"、

"求",幽部,押韵。但其后均有一"之"字,即成为类似西方诗之feminine rime(阴韵)。英诗中还有一种"素体诗"(blank verse),亦译"无韵诗",有节律而无尾韵。而在《诗经》中也有不押韵的诗,如《周颂·清庙之什》中的《清庙》、《时迈》等诗就都是有节律而无韵。那么,为了忠实地体现原作的形式美、音韵美而在译作中依原韵式而保留其交韵、随韵或抱韵等,或依原来的素体诗而不用韵脚却有节律,这不能说是违反了中国的诗歌文化传统。读者可能暂时不习惯,但可以因此了解外国有这样的种种韵式(其实中国古代已有过),扩大视野,从而达到促进中西文化交流的效果。

中西文化确实有巨大的差异。译者稍一不慎,就会陷入尴尬的境地。鲁迅在谈文学翻译时提出过一个问题:"竭力使它归化,还是尽量保存洋气呢?"我想,既然是介绍外国文学作品,当然应该使读者了解它的原貌;既然是译本,当然应该使本国读者易于接受,鲁迅说得好:"凡是翻译,必须兼顾着两个方面,一面当力求其易解,一则保存着原作的丰姿。"我想,这就是说,既要有点"洋化",又要有点"归化"。"兼顾着两个方面",我认为就是"归化"和"洋化"的统一。一个译者如果在"归化"和"洋化"的问题上处理不当,就会产生民族文化传统错乱的感觉。比如英国诗人纳希(Thomas Nashe)的诗《春》的第一行:

Spring, the sweet Spring, is the year's pleasant king;

大意:

春光,可爱的春光,一年中快乐的君王;

郭沫若则译为:

　　　　春,甘美之春,一年之中的尧舜;

纳希没有接触过中国历史和中国文化,他怎么可能想到要用"尧舜"来比喻春天呢?
　　又如华兹华斯的诗《水仙》最后一节中有两行:

　　　　They flash upon that inward eye
　　　　Which is the bliss of solitude;

大意:

　　　　水仙就照亮我内心的眼睛,这是孤独时欢乐的极致。

郭沫若则译为:

　　　　情景闪烁心眼中,
　　　　黄水仙花赋禅悦;

这种译法会产生误导,使读者以为十九世纪英国浪漫派大诗人华兹华斯竟与东方佛教的禅学有缘了。
　　"洋化"过度的例子也有,限于篇幅,从略了。那么如何掌握好这个"度"呢?我曾说过:这个"度"就在:让翻译作品仅仅成为另一种文字的原作,而不是"荒诞派"作品。这个"定义"是模糊的,因为很难画出一条清晰的界线。从理论上说,如果能做到"归化"和"洋化"的统一,那么不同文化背景与民族心理传统的巨大差异给翻译带来的"桎梏"就被打破了。

王：从事翻译莎士比亚戏剧、诗歌的诗人、学者，可谓人才辈出。你对朱生豪、梁实秋、卞之琳、孙大雨等人的莎作译本，有什么评价？又您认为翻译莎氏的作品，最大的困难何在？

屠：您提出的朱、梁、卞、孙诸先生，都是我所敬佩的前辈翻译家。朱生豪才华横溢，本质上是诗人。他以散文译莎剧，译文流丽畅达，文采斐然，不见斧凿痕迹，往往曲尽原作之奥妙。朱生豪晚年生活在敌伪统治的最黑暗的岁月，过着食不果腹的艰苦生活，以一人之力，译出莎剧三十三个，最后恶疾缠身，被迫辍译。临终时说，如早知不起，不如力疾译毕全部莎剧。闻之令人泪下！他是天才翻译家，又是伟大的殉道者。我称他为"伟大"，不是随意抬高他。我认为他是"偷火"（介绍莎士比亚）给中国读者的现代普罗米修斯。他为他的"道"献出了年轻的生命！朱生豪译文中可以找出这样那样的误译和删节，但是要知道当年日寇侵入上海租界时他仓促出走，流离逃亡，连起码的参考书都丢失殆尽。在这样的条件下还能译出如此众多的莎剧，简直是一个奇迹！对于这位殉道者，我们还忍心苛责吗？当然，做学问是另一个问题。对朱译的修订工作，人民文学出版社邀请不少专家做过一遍。现在看来还不够，进一步修订的工作仍有待进行。但这项工作难度不小，既要改正误译、补译删节处，又要充分尊重原译的风格和特色，必须谨慎行事。

梁实秋是中国迄今为止惟一独力完成莎士比亚全部作品（剧本和诗歌）翻译的一人。是一位典型的学者翻译家。他穷几十年的精力，终于完成译莎的巨业，我把他称作中国的坪内逍遥。他也是以散文译莎剧。他的译本的特点之一是注释详尽，大大有助于学莎的青年学子。

卞之琳是著名诗人、学者、翻译家。他译的莎士比亚四部悲剧，已成为莎剧译本的典范。他承袭并发展了孙大雨的译莎原则，实行"以顿代步"的方法,即以无韵、以"顿"(音组)为节奏单位的白话诗形式译莎剧的素体诗形式。莎剧的台词大部分为素体诗,因此以诗体译出,更能体现原作的风貌。卞之琳作为诗人,善于深切体验莎士比亚的创作情绪,因而在翻译时往往能烛幽探微,把原作的精微之处用诗体中文表达出来。有时对原作中的双关语、暗喻等,能以对等的中文双关语、暗喻等译出,甚至有些看似文字游戏实则含有深意的词句也能以相应的中文"文字游戏"表达出来,读来每每令人拍案称奇!卞之琳的诗作闪射着精微与冷隽的光芒,而他的译作也时常体现出凝练沉郁隽永的特色。他也十分注意口语化,他译的《哈姆雷特》用作劳伦斯·奥里维主演的电影《王子复仇记》(即《哈姆雷特》)的汉语配音,演员孙道临以卞译为哈姆雷特的台词所作的汉语配音,已成为电影配音的经典杰作!

孙大雨是把"音组"理论运用于翻译莎剧的第一人。在白话新诗的节奏问题上,闻一多首创"音尺"说并用于诗歌创作实践。孙大雨早年也是一位诗人,他据"音尺"说创作的十四行诗,数量少而质量高,成为传世佳作。他又将"音尺"说运用到翻译上,成为"音组"理论的创始者。"音组"也就是后来所说的"音顿"或简称"顿"。孙大雨的出版在二十世纪四十年代的莎剧译本《璃玡王》(即《李尔王》)是第一部用汉语"音组"代替原作素体诗中的"音步"的译本。他的这一创举开一代译风。卞之琳、屠岸、杨德豫、黄杲炘等译家后来所遵循的"以顿代步"的翻译原则,盖肇始于孙大雨的理论与实践。孙大雨、卞之琳等以诗体中文译莎,与朱生豪、梁实秋等以散文译莎不同,是一个进步。——孙大雨译莎虽然以"音组"代"音步",但译本与原本不是"等行"翻译(每行"音组"数与"音步"数相等,而台词行数译本与原本不等)。卞之琳后来居上,以"等行"的翻译更加逼近原作形式的真实,"青出于蓝而胜于蓝"。然则孙大雨作为此种译法的创始者,功在千秋。孙大雨是一位傲骨嶙峋、特立独行、学识渊博、才艺卓越的学者、翻译家。他的莎剧译本,字斟句酌,用语讲究,具有独特的风味。他在 1957 年的风暴中受到冲击,从此被剥夺了写作翻译的权利二十余年。直到晚年,终在友人的帮助下出版了他的莎剧译本若干种。

著名的或有经验的翻译家有时也会有败笔。梁实秋的译文中就有此类例子。如莎士比亚的长篇叙事诗《鲁克丽丝失贞记》中第 307—308 行:

> Night wandering weasels shriek to see him there,
> They fright him, yet he still pursues his fear.

大意:

> 夜游的鼬鼠见到他,尖叫一声;
> 他受惊,却继续心惊胆颤的进程。

梁实秋译为:

> 夜出的鼬鼠见了他而惊呼;
> 他们吓了他,他依然进行他的恐怖。

这是欧化的、生硬的中文。They 指 weasels(鼬鼠),译为"他们"挺别扭。中文"鼬鼠"可以是单数,也可以是复数。读者见到"他们"二字,一下子可能反应不过来。更成问题的是第二行后半句。fear 可作"恐怖"解,但这里是指"胆颤心惊的事情",含有冒险的意思。把 pursues his fear 译作"进行他的恐怖",已从硬译进入死译,实在不知所云。

又如《鲁克丽丝失贞记》中第320—322行：

As who should say,"This glove to wanton tricks
Is not inur'd,return again in haste;
Thou seest our mistress'ornament are chaste."

大意：

针似乎在说,"对于淫邪的冒犯,这手套不能适应,快回去,别再来;瞧啊,我们夫人的饰物多洁白。"

梁实秋译为：

好像是说,"这手套不惯受人调戏；
你赶快的去回转,
主人的装饰品也凛不可犯。"

梁译在意义上没有译错处,但"你赶快的去回转"实在不像中国人习惯的用语。这说明,名家的译作也不可能没有瑕疵。

翻译莎士比亚的作品,最大的困难何在？莎士比亚是大戏剧家,其作品包括悲剧、喜剧、历史剧等,情节曲折,人物众多,内涵丰富,思想深邃,形成一个莎氏的宇宙。翻译莎剧的最大困难不易用几句话说出。我个人浅薄的体会,觉得：莎剧中有正面人物、反面人物、中间人物,有贵族、平民、英雄、奸徒,有帝王将相、三教九流、纯情少女、倜傥男子……译者要用中文台词来表现这些人物各自的个性、气质、风度、品格,揭示他们独特的、各不相同的灵魂,这实在是一件大难事。曹雪芹笔下黛玉的语言与晴雯的语言泾渭分明,绝不可互相移易。莎士比亚笔下人物的台词也是如此。同是雄辩家,布鲁图斯的台词与安东尼的台词,其风格、语调截然不同。优秀的译者就具备译出人物性格的本领。例如卞之琳译的《哈姆雷特》中御前大臣波乐纽斯和他的女儿莪菲丽亚的对白,一个是老于世故、老谋深算的官员,一个是涉世不深、温良贞淑的少女,两个不同性格、不同教养和不同气质的人物,充分地表现了出来,显示译者是高手。

莎剧翻译还有一个难点是作为剧本应该既可供案头阅读,又适宜于在舞台上演出:也就是不仅要通过视觉诉之于读者,还要通过听觉诉之于观众。这里不妨举一个例子:莎士比亚的历史剧《约翰王》第二幕第一场第433—440行休伯特的台词原是这样的:

> Such as she is , in beauty, virtue, birth,
>
> Is the young Dolphin every way complete:
>
> If not complete of, say he is not she;
>
> And she again wants nothing, to name want,
>
> If want it be not that she is not he,
>
> He is the half part of a blessed man,
>
> Left to be finished by such a she,
>
> And she a fair divided excellence,
>
> Whose fullness of perfection lies in him.

这段台词,朱生豪的散文译文是这样的:

> 正像她一样,这位少年的太子在容貌、德性和血统上,也都十全十美。要是他有缺陷的话,那就是缺少了这样一个她;她惟一的美中不足,也就是缺少了这样一个他。他只是半个

幸福的人，需要她去把他补足；她是一个美妙的全体中的一部分，必须有他方才完满。

梁实秋的散文译文是这样的：

> 恰似她在美貌品德身世各方面都一概齐备，年轻的太子在各方面也是毫无欠缺：如果他还有所欠缺，那便是缺个她；她不是没有任何缺憾，除非她缺个他也算是缺憾；他是一个幸福人的一半，留待这样一个她来补足；她是一个被割裂的至善至美的人，要求他来充实完备。

汉字第三人称代词"他"，本来只有一个"他"。（文言文中的"彼"、"其"、"渠"、"若"等一般不用在白话文中。）后来出现"它"。"五四"初期，女性第三人称一度通行"伊"，后渐废止。刘半农创造了"女"字旁的"她"，风行全国，成为公认的汉字。但读音未变。后又出现物的代词"牠"，现已由"它"代替。近期台湾出版物上出现"祂"，以指上帝、神祇、菩萨，甚至圣者。读音也不变。无论如何，"他"、"她"、"它"，"牠"、"祂"一概读作 tā，而非其他。上面《约翰王》中的这段台词，原文中的 he, she, him 读音有明显区别，一听便知指的是男性还是女性。如果在舞台上演出，懂英语的观众完全听得明白。

我不知道朱生豪和梁实秋的译文如果由演员在舞台上说出时，观众听起来感觉如何。也许根据前面情节的交代，能够听明白：反正讲的是英国郡主和法国太子的事，昂吉尔市民休伯特建议这对青年男女缔结良缘，观众可以捉摸。但，也可能是另一种效果，观众听到的只是 tā, tā, tā, tā……如堕五里雾中，不知道说的是什么。

我想，剧本的译者要时刻在心中装着观众或听众，必须考虑到台词的听觉效果。我曾把这段台词试译如下：

> 郡主美，贤惠，出身好，样样都有了，
> 年轻的太子正像她，什么也不少：
> 说太子少了点什么，是少了小姐，
> 同样，那位小姐什么也不缺，
> 说她缺了点什么，是缺了个情郎。
> 太子仅仅是半个幸福的人儿，
> 要由小姐去补足那另外半个：
> 小姐是至美至善整体的一部分，
> 只有太子来充实，才能够完整。

这里避免了把 he, she, him 一律译成"他"、"她"、"他"，避免了连珠炮似的 tā, tā, tā, tā 轰昏观众的头脑。这对观众的听觉来说是不是略为好一些？

王：是什么原因令您选取"翻译"作为终身追求的目标？是受何人启发？第一篇译作发表在哪个刊物上？

屠：我的第一篇译作是罗伯特·路易斯·斯蒂文森的《安魂诗》，译于1940年我十六岁时，未发表。我的第一篇公开发表的译作是美国爱伦·坡的诗《安娜贝莉》，发表于1941年春天上海《中美日报》副刊《集纳》上。同年12月上海租界沦入日本人手中，我不向任何敌伪报刊投稿。抗日战争胜利后，我才又向《文汇报》副刊《笔会》投稿，主编唐弢先生发表了我的译诗多首。

我翻译英语诗歌，是从兴趣出发。我爱读英诗正如我爱读中国古典诗词一样，有时到了如痴如醉的地步。我注意到一些英诗的译本，感到自己也能翻译，于是便动手译起来。大抵出于爱好，似乎没有特别"崇高"的目标。我译莎士比亚十四行诗，除了对这部古典名著的极度爱好外,还为了寄托我对大学时代的同窗好友张志镳君的怀念。后来他患肺结核去世了,我万分悲痛,原想写挽诗悼念他,但力有未逮,于是发愤把莎士比亚的全部十四行诗(154首)译出:我译的《莎士比亚十四行诗集》于1950年在上海文化工作社初版时,扉页上印有"译献已故的金鹿火同志"的献辞,"金鹿火"就是"镳"字的"分列式"。在这之前,1948年11月,我的第一部译作惠特曼的诗集《鼓声》出版,这在我心中倒是有用意的。这部译诗集中的作品原作,绝大部分是惠特曼写在十九世纪七十年代美国南北战争期间。惠特曼是林肯总统和北方联邦政府的竭诚拥护者,他支持解放黑奴,支持民主,反对南方联盟,反对蓄奴制。这些诗作体现了作者的政治立场和社会使命感。我自费出版了这部译诗集,出版时正是中国人民解放战争进入决战阶段的时刻。我借此书的出版暗示支持以延安为代表的北方的革命力量,反对以南京为代表的南方腐朽势力,并预示战争将如美国南北战争那样以北方胜利、南方失败告终,中国人民解放战争的结果将是北方战胜南方,解放军解放全中国。

鲁迅曾批评林语堂等熟谙英国文学的学者文人不屑翻译莎士比亚作品给中国读者,倒要不是专攻英国文学的田汉做翻译莎剧的开创性工作。这使我认识到鲁迅十分强调译莎的重要性。1950年黄佐临先生看了我译的莎士比亚十四行诗手稿后,对我的译文加以肯定,又问我:有没有兴趣译莎士比亚的剧本?我回答:有兴趣,但是抽不出时间。1950年初我拜访胡风先生,他问我近来做了些什么事,我说我译了莎士比亚十四行诗。那时是新中国刚成立不久,全国人民革命热情高涨之时,所以我又加了一句:这部古典作品对今天的读者未必有大用处,只可作为一种文献备用而已。胡风听后立即纠正我说:不对! 莎士比亚十四行诗是文学经典,它影响人的灵魂,对今天的读者有意义,对明天的读者也有意义。他鼓励我争取出版。胡风的话使我认识到,我对自己从事的这项翻译工作的重要意义认识不够。我把他的话永远铭刻在心中。

王:卞之琳说"译诗的理论应该是产生于译诗的实践,否则就会是连篇的空话和满纸的胡言"。要是在实践中产生了自己对译诗的个人主张甚或偏见,会否影响自己对选题的取向呢?

屠:翻译理论家往往本身就是翻译家,他们从自己的实践中总结出的理论是有价值的。有的翻译理论家自己不翻译,但能从别人的翻译实践中总结出理论,因此也是有价值的。有的人既不从事翻译,也不研究别人的翻译实践,他们只能是"空头"翻译理论家。

翻译工作者对选题的取向往往有多种考虑。读者的需要是重要因素。译者自己的翻译主张对选题的取向会有影响,但不是绝对的。我译我的第一部译诗集《鼓声》时,还没有形成我自己的翻译主张,但决定这个选题却有我的政治目的,已如上述。我把莎士比亚十四行诗定为我的选题,目的是为了纪念我的一位同窗好友。在这部诗集的翻译过程和修订过程中,我请教了卞之琳先生,接受了他的译诗原则,从而形成了我的译诗主张(它与卞之琳、杨德豫等的译诗原则是一致的)。这在某种程度上影响了我的选题取向,如我译《济慈诗选》有长期形成的原因(后面会谈到),但也由于我认为译济慈能较好地实现我的翻译主张。

王:您曾翻译过《英美著名儿童诗一百首》,其中可分为"专以儿童为读者对象"与"以儿童为描写对象"两大类。您认为翻译时,哪类较难掌握,其故何在?

屠:首先要纠正一种流行的偏见,即认为儿童诗(推广到一切儿童文学)是所谓"小儿科"。其错误有二:一是对医学无知,认为儿科医生比其他科医生低一等;二是对文学无知,认为儿童诗比成人诗低一等。有的诗歌选本不选儿童诗。英国诗选家帕尔格雷夫选编的《英诗金库》不选儿童诗，著名的《牛津英诗选》也不选儿童诗。而二十世纪八十年代出版的由艾勃拉姆斯(M.H.Abrams)编的《诺顿英国文学选》选入了儿童诗人爱德华·里亚(Edward Lear)的儿童诗，把它与莎士比亚、弥尔顿等大诗人的诗作放在一起，我感到这是一种新气象。儿童诗的杰作与成人诗的精品可以并驾齐驱。让我们在这一点上取得共识之后，再来探讨您提出的问题。

"以儿童为读者对象"的诗和"以儿童为描写对象"的诗，有其共同点：二者都要求体现儿童心理、儿童情趣、儿童思维方式和儿童审美特点。二者又有区别，即前者必须考虑儿童的接受可能性，后者可以不考虑这一点。由于这一区别，前者在题材的选择，表述的方式和语言的运用上，都要作特殊的考虑。从这个意义上看，译前者决不会比译后者轻松。译者在考虑如何使儿童读者爱读诗，要着重考虑语言的选择和运用。有些专为儿童读者写的诗，以特有的儿童口气表达诗情诗意，译这类诗如果不掌握儿童特有的语言表达方式，就不易译好。米尔恩(A.A.Milne)有一首诗，写孩子不愿受大人过多的干预和管束，要自由自在地行动，题目叫 *Independence*。这个英文字的意思是"独立"。如果把它译成《独立》，那就太呆板了。我把它试译为《谁也管不着》，是想模拟孩子的口吻，不知是否比硬译要好些？有些儿童诗为孩子们营造了一个与成人世界完全不同的儿童幻想王国，一个无与伦比的儿童美学境界，比如美国诗人尤金·费尔德(Eugene Field)的诗《眈眈，眨眨，和瞌睡》，就是这样的杰作。译这样的诗，必须老老实实地先做孩子的学生，学通孩子们的心理学、孩子们的哲学和孩子们的语言学，带着虔敬的心态和圣洁的情绪，做好了像侍奉上帝那样去侍奉读者的思想准备，然后才可以拿起译笔来。

翻译上述两类儿童诗的难和易不是绝对的，不能简单地划一条线。对某些大诗人写的以儿童为描写对象的诗,如果不深入理解它的内涵,是不易译好的。如华兹华斯的诗《露西·格雷》,写一个孤寂的乡村女孩为给母亲送灯照路,在深夜里被暴风雪吞噬了。这首诗体现了诗人关于人和自然的关系的哲学思想,他笔下的路西并没有死,而是与自然合一了。诗人用朴实无华的词汇和经过提炼和净化的语言来表达他的思想。译者如果不理解华兹华斯的哲学观和美学观,就难以用恰当的汉语译好这首诗。

王:William Wordsworth,William Blake 与 R.L.Stevenson,A.A. Milne 等诗人,都写过不少儿童诗。您认为他们的儿童诗,主题是否一致,尤其在灵视(vision)方面?

屠:华兹华斯和布莱克写过不少以儿童为描写对象的诗;斯蒂文森和米尔恩多写以儿童为读者对象的诗。华兹华斯的儿童诗中渗透着他的"天人合一"(借用中国古代哲学概念)的宇宙观;布莱克的儿童诗中贯穿着他的"天人感应"(借用中国古代哲学概念)的宗教观。斯蒂文森的儿童诗以再现少年儿童的心理经验为特征,米尔恩的儿童诗则特别擅长于表现低幼儿童的独特心态。他们的诗的主题是各种各样的。如布莱克的《扫烟囱的小孩》(二)是为贫苦儿童受到不公正待遇而呐喊;斯蒂文森的《点灯的人》则表现了儿童对忠于职守的劳动者的尊敬和对"点灯"劳动的向往。

您把 vision 译作"灵视",这是一个很美的词。恕我无知,我不知道"灵视"是不是一个美学上的术语。我习惯于把 vision 理解为"幻想"、"想象",或"幻觉"、"幻象"等,也可说成"心景"、"幻景"或"心象"。有时 vision 指某种神秘的或宗教的视觉经验,如见到某种超现实事物的出现。幻想或幻象,是儿童诗中常见的东西,超现实事物则是童话诗中的常客。斯蒂文森是描写孩子幻想的大手笔,如他的诗《被子的大地》,写孩子把床上起伏的被子幻想作山林大地,把平展的床单幻想成海洋,把枕头叠起来幻想成高山,而孩子自己就变成了坐镇在高山上的"巨灵"。斯蒂文森的另一首诗《瞧不见的游戏伴儿》更创造了一个幻觉中的视象,它是儿童现实生活经验的童话化或神话化产物,这倒可以用"灵视"这个词来说明。这首诗可以说是斯蒂文森运用 vision 写成的无与伦比的杰作!

王:浪漫主义是英国诗歌史上一个影响深远的流派;而在华兹华斯、柯尔律治、拜伦、雪莱、济慈五巨擘中,您独爱济慈。是否如王佐良所言,其余四位"在吸收前人精华和影响后人诗艺上,作用都不及济慈"之故? 那么在"顿"与"步"这个备受争议的问题上,您又采用什么方法来解决难题?

屠:我十八岁时考入上海交通大学铁道管理系,但我爱好的是文学。我的课余时间都用于写诗和阅读中国古典诗歌、"五四"以来的中国新诗和英美诗歌。对英美诗人的作品,我作了广泛的涉猎。对英国诗人,我最喜爱的是莎士比亚和济慈。英国浪漫主义的五位大诗人,我都喜欢,他们的诗我都译过,但对济慈则情有独钟,是由于折服于他的诗美。在英国诗人中,像济慈那样用对美的追求和赞颂来抗击社会的污浊,是非常独特的。而他的诗本身所营造的一座诗美的殿堂,在世界诗歌史上也是罕见的,它仿佛雅典的帕尔特农,将是一种永恒的存在。济慈还有一部分诗作表现了他对自由民主的向往,对专制压迫的抨击,这些也与我当时的思想相吻合。济慈虽然深受生活痛苦的煎熬,但他始终没有陷入绝望。他不是悲观主义者,他的最后的诗作也体现着青春的光,这是我钟情于他的另一个原因。——济慈的人生遭遇极大地触动了我。我于二十二岁时得了肺病,当时肺病特效药尚未发明,人们都认为这是绝症。我的同窗好友二十几岁就死于肺病。济慈于二十二岁时得了肺病,最后几年困于恋诗情结,贫困的煎熬,肺病的恶化,婚姻的无望,终于客死罗马,只活到二十五岁。当时我胡思乱想,预期自己可能也只活到二十五岁,因而把这位古人引为冥中知己。但是我比他幸运,爱情和信仰使我的生命获得了转机。但我对济慈的热爱没有中断。他的名言"美即是真,真即是美"对我的世界观的形成起了一定的作用。他的一些名篇如《夜莺颂》《希腊古瓮颂》等我都能背诵,我常以默诵这些诗伴我度过忧愁的岁月。即使在极"左"思潮泛滥的时代,我仍私下阅读和背诵济慈的诗篇。在"文革"浩劫中,在"牛棚"和干校最阴暗的岁月里,在荒凉的文化沙漠包围中,我心中的济慈成为使我继续活下去的精神支柱之一。王佐良对济慈的评价出现在他的著作《英国浪漫主义诗歌史》中,它出版于1993年。佐良先生最初把书稿交给我,表示希望由人民文学出版社出版时,我拜读了这部力作,接受了它。我佩服他做学问的用功和严谨,对他的关于济慈的评价是赞同的,认为说得公允。但我译济慈始于二十世纪四十年代,五六十年代译诗中断,到二十世纪七十年代末又恢复起来。九十年代初,我用了三年时间译完了包括济慈几乎全部重要作品的《济慈诗选》。它于1997年11月出第1版。

济慈的诗艺是精微与天然的奇妙结合。那些精致而无雕饰的诗句,极易被粗糙的译手碰碎。对济慈诗歌的翻译,既不能掉以轻心,又不能流于雕饰。要译好济慈,必须做到心灵的契合,译者要以诗人的心态去体验作者的创作情绪,去抓住那些闪光的意象和灵动的音乐,抓住那明快而又深沉的色调。否则即使每行都没有字面上的错误,济慈的灵魂却跑掉了。

济慈的诗都是有格律的,每首都有一定的段式结构,每行都有音步(foot)和"格"(metre)的规定,每首都有一定的韵式(rime-scheme)。在翻译时,我实行以顿代步,韵式依原诗。这就是卞之琳说的"亦步亦趋"。我在译莎士比亚十四行诗是如此,在译济慈时也是如此。在语言上我用的是普通话,力求口语化,但须经过提炼。适当运用一些文言词语以补白话的表现力之不足。必须自然契合,摒除一切古奥和生僻。

这里举个例子,济慈的《希腊古瓮颂》原诗第一节是:

> Thou still unravished bride of quietness,
>
>   Thou foster-child of silence and slow time,
>
> Sylvan historian,who canst thus express
>
>   A flowery tale more sweetly than our rhyme:
>
> What leaf-fring'd legend haunts about thy shape
>
>   Of dieties or mortals,or of both,
>
>   In Tempe or the dales of Arcady?
>
> What men or gods are these? What maidens loth?
>
>   What mad pursuit? What struggle to escape?
>
>   What pipes and timbrels? What wild ecstasy?

我的译文是:

> 你——"宁静"的保持着童贞的新娘,
>
>   "沉默"和漫长的"时间"领养的少女,
>
> 山林的历史家,你如此美妙地叙讲
>
>   如花的故事,胜过我们的诗句:
>
> 绿叶镶边的传说在你身上缠,
>
>   讲的可是神,或人,或神人在一道,
>
>   活跃在滕陂,或者阿卡狄谷地?
>
> 什么人,什么神? 什么样姑娘不情愿?
>
>   怎样疯狂的追求? 竭力的脱逃?
>
>   什么笛、铃鼓? 怎样忘情的狂喜?

此节诗原文为10行,译文也是10行,不能多,也不能少。原诗节的韵式是ababcdedce,译文依原诗节,韵式是ababcdecde。(这首诗共有五节,其中多数韵式为ababcdecde,个别节略有变动,如第一节最后三个韵为dce,译文韵式则从多数。)

原诗每行均为"轻重格(亦译作抑扬格)五音步"(iambic pentametre)组成。一个音步包括两个音节(syllable),前音节轻读,后音节重读,所以叫"轻重格"。下面以第一行为例来说明(用竖杠分音步,ˇ表示轻读,–表示重读):

Thŏu stīll | ŭnrā | vĭshed brīde | ŏf quī | ĕt nēss(五音步)

译文以5个音组(或称音顿)代替5个音步,一个音组包含一或二或三个音(即汉字,因为汉字是一字一音),其中必有一个音为重读。轻读和重读的位置不拘。(如果规定位置,就会使翻译不可能。这是轻重格或其他任何格无法"代"的原因。)一个音组中,如果两个汉字都是重读,往往其中的一个为次重读。下面以第一行的译文来说明(用竖杠分音组,ˇ表示轻读,—表示重读,′表示次重读):

你— | "宁静"的 | 保持着 | 童贞的 | 新娘(五音组)

英诗的音步完全以音群来划分,中文诗(译诗)的音组则以汉字所组成的意群来划分。所以英诗中一个字(如前面举例中的unravished和quietness)可以分属两个音步,而中文诗则不能把"意"割裂,例如不能把"保持着"或"童贞的"中的汉字割开分属两个音组。

以顿代步和韵式依原诗是以中文译英语格律诗最能达到"形似"的一种方法。它是经过几代译家的探索性实践之后形成的。对这个问题至今仍有争议,但这种译法在诗歌翻译者中已取得越来越多的共识。

济慈是英国浪漫派诗人中两位十四行诗高手之一(另一位是华兹华斯)。他留下了61首十四行诗。其中39首采用彼得拉克韵式(亦称意大利韵式),即前8行(分两节)为抱韵:abba abba;后6行(分两节)用2个或3个韵,但不以偶韵结束(除个别例外)。其中16首采用莎士比亚韵式(亦称英国韵式),即前面12行(分3节)为交韵:abab cdcd efef,最后两行为偶韵:gg。还有几首的韵式是实验性的。我的译文都依原韵式,只是在某些彼得拉克韵式的后6行中偶作灵活处理。

济慈的抒情诗,叙事诗,其韵式多种多样,富于变化。译文悉依原韵式。

济慈的4000余行长诗《恩弟米安》,各行均为五音步,全诗由偶韵组成(即每两行一押韵)。但其第4卷中有《回旋歌》17段,有独特的韵式。译文韵式悉依原韵式,同时以顿代步。济慈的未完成的800余行长诗《海披里安》,各行均为五音步,全诗为素体诗(无韵)。译文以顿代步,也不押韵。

王:您认为 George Steiner,Peter Newmark 与 Eugene A.Nida 等翻译理论家所提倡的翻译理论,能否借鉴于中国诗歌的翻译上?

屠:我对于西方的翻译理论没有研究。您举出的这三位学者在翻译理论上都有建树,但似乎没有一人懂得中文(汉文),所以他们对"外译汉"或"汉译外"无所论述。有的学者如彼得·纽马克主要从事于英语和德语的互译及其研究。而英语与德语同属印欧语系的日耳曼语族,因而这两种语言的共同点较多。汉语属汉藏语系的汉语语族,它与英语、德语等欧洲语言的不同点较多。共同点较多的语言之间的翻译与不同点较多的语言之间的翻译,在实践上与理论上均有差距。虽然如此,为打破"巴别通天塔"招致的"天谴"而进行的世界范围内的工程,仍然具有一定的共同规律。因此,以上三位学者的理论对中国的文学(诗歌)翻译也有可供借鉴之处。

纽马克把翻译分为交际性翻译、语义性翻译、直译和死译四类。他所说的交际性翻译,其特点是忠于译语和译语读者,使原语屈从于译语和译语文化。按我的理解,这是强调"归化"。他所说的语义性翻译,其特点是要屈从于原作者和原语文化,只在原语的意义构成理解上的极大障碍时才加以解释。按我的理解,这是强调"外化"(我们叫"洋化")。纽马克认为,有时在同一篇作品中,有的部分要采用交际性翻译,有的部分又要采取语义性翻译,因此没有绝对的交际性翻译,也没有绝对的语义性翻译。这与我在回答您的第3个问题时提及的鲁迅的话"兼顾着两个方面"(我理解为"归化"和"洋化"的统一)有相通之处,可以互相参照。

乔治·斯坦纳认为翻译有四个步骤,即(一)信赖(trust);(二)侵入(aggression);(三)吸收(incorporation);(四)补偿(restitution)。他说,翻译体现出两种语言的冲突,译者必须把原语当作战俘抓到手,才能考虑下一步的行动。所以他提出"侵入"。他称翻译为一种移植,但不是把原语的意义和形式移植到空中,这就要"吸收"。他指出翻译过程中必然会有所"走失",因此"补偿"是不可缺少的一步。他认为翻译的第一步"信赖"是译者倾向于原语,从而失去平衡;"侵入"以后向原语索取,进行"吸收",倾向于译语,又一次失去平衡,因此必须"补偿",恢复平衡以完成理想的翻译。我体会:这四个步骤有先后之分,却又可能同时进行,同时完成,只要译者能够熟练到具有悟性。我还感到这四个步骤的进程类似正、反、合三阶段,充满了辩证法。我自己译诗的经验与之有某种吻合处。我动手翻译之前必须将原作细读多遍,有的甚至能谙熟于心,用心灵去理解原作的精神实质,然后开译,要求自己把两种语言仔细掂量,权衡得失,在下笔之前就在心中不断修改,下笔之后仍不断修改,以补偿走失的原意,尤其是流失的诗味。这样的脑力劳动,有时有先后次序,有时次序颠倒或在同一时间内完成。

尤金·奈达提出翻译的四种标准是:达意、传神、措辞通顺自然、读者反应相似。这与"译事三难信达雅"的提法有相通之处。奈达指出,在任何语言信息中,内容和形式是不可分割的整体。特别是在文学翻译中如果只管内容不管形式,就反映不出原作的美感。这一理论与中国的一些译家提出的神似与形似兼备的主张近似。奈达还指出,某些人的观点——认为翻译古典作品,译文必须保持古老风貌才算忠于原作——是站不住脚的。因为古代作家是为他们同时代的读者写作,而不是为千百年后的现代读者写作,他们所使用的语言在当时并不含有古味,因此翻译古代作品也应以现代读者能接受为目的,无须追求语言上的古色古香。奈达的这个观点对我们也有启发。当代有的翻译家用汉语文言的四言诗、五言诗、七言诗或骚体形式来翻译外国古代诗(甚至现代诗!)往往显得勉强,甚至有不伦不类之感。即使少数此类译诗在平仄安排、韵脚设置、遣词造句方面十分讲究,但总是把读者带到中国古代的氛围中,产生不和谐感。古代外国诗的古代气氛绝非中国的古代气氛。现代外国诗与中国的古代气氛更是风马牛不相及。因此还是用当代白话——普通话来译外国诗合适。

王:1983 至 1986 年间,您曾任人民文学出版社总编辑。在职期间,有什么译诗著作令您有特别深刻的印象?

屠:我想回答的范围不限于 1983 到 1986 年间,也不限于一个出版社。作为诗人,我对外国诗歌翻译作品自有我个人的爱好和选择,但作为文学出版工作者,我应有一个更广的视角。我觉得近二十年来我国译者翻译的外国诗歌作品数量不少,质量参差不齐,但总的说来有提高,涌现了一批高水平的译家。英美诗歌译作方面,查良铮(穆旦)译的拜伦的长诗《唐璜》,王佐良译的彭斯的诗,杨德豫译的华兹华斯的诗,江枫译的雪莱的诗,朱维之译的弥尔顿的诗,方平译的白朗宁夫人的诗,黄杲炘译的丁尼生的诗,曹明伦译的司各特的诗,袁可嘉译的叶芝的诗,傅浩译的叶芝的诗,赵萝蕤译的惠特曼的诗,赵毅衡译的美国现代诗,顾子欣译的英国湖畔诗人的诗都可称作译诗的上品。俄苏诗歌译作方面,查良铮译的普希金的诗,智量译的普希金的《欧根·奥涅金》,余振译的莱蒙托夫的诗,飞白译的涅克拉索夫的诗,乌兰汗译的阿赫马托娃的诗,苏杭译的叶甫图申科的诗,孙玮译的梅热拉伊蒂斯的诗等,都可称译诗的佳作。德语诗歌译作方面,钱春绮译的海涅的诗,绿原译的里尔克的诗等,也都是优秀的译品。法语、意大利语、西班牙语诗歌以及亚非国家的诗歌的翻译作品,也出版了一些。以上所答,仅凭印象,未作通盘考虑,挂一漏万,势所难免。近年来,诗歌翻译作品的出版有下降趋势,诗歌翻译者有后继乏人之感。——至于使我有深刻印象的译诗集,我可以举的例子之一是杨德豫译的《湖畔诗魂——华兹华斯诗选》。

王:翻译以外,您还致力于诗歌创作。您是否认为译外国诗愈多,愈会影响您的创作?尤其会不会有"眼高手低"的感觉呢?

屠:一天只有24个小时,如果用于翻译的时间多了,自然就会使得用于创作的时间少了。如果上帝把一天变作48小时,日子就会好过多了!不过,诗歌翻译与诗歌创作毕竟不一样。创作是要凭灵感的。翻译也要凭悟性,但翻译工作带有部分技术性。诗人不能凭愿望写出诗来,诗是心灵中的思想和感情的喷发。有时一天能写出好几首诗来,有时多少年也写不出一首。因此写诗很难订计划。译诗就不一样,可以订计划。坐在桌子前拿起了笔,如果要写诗,可能根本写不出一个字;但如果要译诗,只要聚精会神,深思熟虑,进入境界,就可以把工作(包括准备工作)一步一步地进行下去。

翻译外国诗愈多,是否愈会影响自己的创作?影响肯定有,但不是正比例关系。影响有正面的和负面的两种。"眼高手低"的感觉可能产生积极的和消极的两种结果。发现差距,因而激励自己,提高自己;或者因而望洋兴叹,就此止步,就是两种不同的结果。我体会:译诗多了,会发现自己创作的不足和局限,但也会开阔眼界,获得启示,从而开拓和发展自己的创作。译外国诗和读外国诗不一样,前者要求译者深入体验作者的创作情绪,因而能发现阅读时往往容易忽略的深意和表现手法。这对创作的启示更多。——相反的事例也有:有的译者把作品译出并发表了,但他对作品的理解程度还不如某一个读者。一般说来,这情况是个别的。此处不详论。

1998 年 10 月

"归化"和"洋化"的统一

鲁迅在谈到文学翻译时提出过一个问题:"竭力使它归化,还是尽量保存洋气呢?""归化"和"洋化",确实是文学翻译家需要认真思考的问题。

既然是介绍外国作品,当然应使读者了解它的原貌;既然是译本,当然应使本国的读者接受。鲁迅说得好:"凡是翻译,必须兼顾着两方面,一面当然力求其易解,一则保存着原作的丰姿"。也就是说,既要有点"洋化",又要一定程度的"归化"。"兼顾着两方面",也就是"归化"和"洋化"的统一。(这里的"化",不必拘泥于作彻头彻尾彻里彻外解。)

但要做到这一点是不容易的。难就难在如何掌握好"归化"和"洋化"的"度"。

为了使译文"顺",用一些汉语成语是可以的,甚至是必要的。但成语有两类,一类有出典,一类没有。后一类无妨,前一类使用起来就要谨慎。如果使用不当,会产生民族文化传统错乱的感觉。比如莎士比亚十四行诗第 20 首中有一行:With shifting change, as is false women's fashion。一种译文是:"时髦女人的水性杨花和朝秦暮楚"。莎士比亚大概不会知道中国春秋战国的历史,因此,在莎士比亚作品中出现秦和楚,便使人觉得别扭了。又如,苏格兰诗人彭斯的诗《致拉布雷克书》中有一行:Amaist as soon as I could spell(大意：当我一开始学会拼写的时候)，有一种译文是："自从初识之无的时光。"这里用了唐典：白居易《与元九书》："仆始生六七月时，乳母抱弄于书屏下。有指'无'字'之'字示仆者，仆虽口未能言，心已默识。后有问此二字者，虽百十其试，而指之不差。"于是"识之无"便成了"初识字"的另一种说法。但是彭斯的母语是拼音文字（所以诗中说spell：拼写），他无论幼时或长大后都没有接触过方块汉字。这样译法，虽明知是借喻，也觉得别扭。以上两例的别扭感，来自"归化"过度。

《蝴蝶梦》是英国的一部畅销小说（及根据它改编的电影）Rebecca(丽贝卡)的汉文译名。这译名受到赞赏。但是，说杜莫里埃女士的思路中有庄周的影子，是很难想象的。《魂断蓝桥》是美国影片 *Waterloo Bridge*(滑铁卢桥)受到称道的汉文译名。但是，英国伦敦泰晤士河上的滑铁卢桥与中国陕西省蓝田县东南蓝溪上的桥，总使人感到难以合到一块儿去，尽管英国军官克罗宁和芭蕾舞演员莱斯特小姐在那座桥上相会，裴航和仙女云英在这座桥上相会，二者可以相比。

中国文学作品的外文译文中也有类似的情况。翟尔斯(H.A. Giles)英译李白诗《金陵酒肆留别》把"吴姬压酒劝客尝"这句译成这样：While Phyllis with bumpers would fain cheer us up."吴姬"是江南一带地方的女孩子，是金陵（南京）酒店里的女侍者。翟尔斯把她译成Phyllis(菲丽丝)。这是古希腊和欧洲文艺复兴时期的田园诗或牧歌中常见的牧女或恋人的名字。它也常出现在后来的英语诗歌中，如弥尔顿的抒情诗《快活的人》中就有这个名字，她代表村姑。那么，翟尔斯随手拈来，让她来代表中国唐朝时候金陵地方酒店里的女侍者，可以吗？恐怕不行。这样译法，使读者感到多么的突兀！这种张冠李戴的感觉，该也是译者"归化"过度的结果。

我译莎剧时曾用"司空见惯"一词。写后再一想，觉得莎翁不应与刘禹锡、李绅"搭界",便把它改成"习以为常"。有一次我读巴尔扎克小说的译本,见到"毛遂自荐"一词,感到不顺溜。但也有人认为,这些成语出现时,读者未必会联想到它们的出典;如果过于认真,那么不少成语都不能自由运用了。比如,谁去考究"一厢情愿"、"口头禅"等是佛家语呢?

"洋化"过度的例子也有,限于篇幅,不说了吧。

那么,究竟如何掌握好这个"度"呢?我想,这个"度"就在:让翻译作品仅仅成为可以使读者接受的另一种文字的原作,而不是"荒诞派"作品。这个"定义"是模糊的,因为实际上很难画一条清晰的界线。

1997年3月

"信"仍然是第一要义

　　"翻译作品面面观"的讨论，很有意义。关于翻译的理论，从"信、达、雅"，到直译与意译，到形似与神似，到翻译家与翻译匠，到"移植"与"再创造"，到"化境"说，讨论了大约一百年了。我读过一些翻译理论的著作和文章，觉得都能从中获得教益。近来又听到一些理论，如翻译与接受美学的关系——所谓"不忠之美"说，如翻译与文化密码的关系——谜的破译等等，也能打开我的思路。

　　但我觉得，关于"信"的问题，依然是值得翻译家和评论家重视与强调的首要问题。有的评论家认为，仅仅关注译文的正误，这是浅表性的或者低层次的评论。不过，既然对事物的认识只能由浅入深，由低到高，那么对浅表性的或低层次的问题，就同样不能忽视。如果对字意、词意、句意都没有弄清楚，又怎么谈得上韵味、风格、文体呢？——何况，"信"还不仅仅是译文正误的问题。

　　关于对原著选择问题的讨论，对译著的文化批判和社会批判，对译者的价值取向问题的评说，等等，当然是十分需要的。但所谓"高层次"的批评与"低层次"的批评，其本身的价值应该没有高下之分。正如博士生导师的授课和小学教师的教学不分贵贱一样。

　　"信"的问题，不仅在外文译成汉文中存在，在汉文译成外文中也存在。

　　李白的诗《长干行》的英译，我见到的就不下十来种。译文中对李白的"五月不可触"这一句就有不同的译法。美国意象派诗人埃兹拉·庞德译的《长干行》(他的译题叫《水路商人之妻》)是很有名的,但他把这句译成这样:

And you have been gone five months
(你离去已经五个月了)

他把"五月"解作"五个月",把"不可触"解作"离去"。

另一位美国意象派女诗人爱米·洛韦尔也译了李白的《长干行》,她对这句的英译是这样的:

...the Gu'ü T'ang Chasm and the Whirling
Rock of the Yu River,
Which,during the Fifth Month,must not be
collided with;

尽管"瞿塘滟滪堆"译得还不太确切,对"五月不可触"是译对了。

庞德与洛韦尔的两种译文,就整首译诗而言,孰优孰劣不能用一句话来判定。但就"五月不可触"一句而言,庞德错了,洛韦尔对了。即使庞德的整首译诗很好,也不能说这个瑕疵不足道,或者竟是一种"不忠之美"。

中国当前的文学翻译事业在前进,有进步。但这一类有违"信"的"低层次"的错误在外译汉的译文中仍然屡见不鲜。我认为,今天"信"仍是翻译工作的第一要义。

"定本"与"功夫到家"

前一时期曾有过关于翻译作品有没有"定本"问题的讨论。在一次讨论文学翻译的座谈会上，一位老翻译家在书面发言中说："'定本'还是有的，那就是那些被统一到本国文学财富中的翻译作品。"他举的例子是波斯诗人欧玛尔·哈亚姆的《鲁拜集》之英国诗人爱德华·费慈吉罗尔德的英译。

是的，费慈吉罗尔德用英文译的《鲁拜集》已成为英国文学作品。在英国图书馆的书目中，"外国文学"英译栏中没有这部作品的名字，而在"英国文学"栏中则可以找到它。在英国诗歌的各种选本中，几乎都可以找到它。它与莎士比亚、拜伦、济慈等诗人的作品放在一起。这是一种十分特殊的现象。

这位老翻译家说："把一部外国作品移植到本国文字中来，如果功夫到家，就使其转化为本国文学作品。在这点上，'翻译'与'原著'的界限就很模糊了。"这说法大概没错。但能否说，只要译者的功夫到家，其译作就一定能"转化为本国文学作品"呢？

中国的翻译家如傅雷译的巴尔扎克，卞之琳译的莎士比亚，戴望舒译的波德莱尔等，自发表至今，"盖有年矣"，都没有"转化为本国文学作品"。这些为翻译界和广大读者公认的翻译精品，其译者是否没有一个是"功夫到家"的？

奇怪的是，直到现在中国还没有出现过"转化为本国文学作品”的译著。这是否说明在中国自有文学翻译以来还没有出现过哪怕一位“功夫到家”的翻译家?

类似费慈吉罗尔德译《鲁拜集》的现象,在美国也有。美国诗人庞德用英文译的李白的诗《长干行》,成了美国现代诗的“精品”,收入了庞德作品集,并且以“美国现代诗”的身份被收入美国某出版公司印行的教科书中。但是这首被译作《水路商人之妻》的诗,尽管文笔凝练而流畅,却有好几处“硬伤”,如把“竹马”译作 bamboo stilts(竹制的高跷),把“五月”(五月份)译作“五个月”,把“不可触”(触礁)译作“离去”(人不能相见)。还有一些不准确的音译,如把地名“长干”译作 Chokan,“长风沙”译作 Chu-fu-Sa,把“瞿塘”译作 Ku-to-Yen,原来他是从日文译文转译的。读这首诗,感到它完全是庞德的风格,李白的诗味荡然无存。它倒确实成了庞德的“本国文学作品”。但如果说它就是李白《长干行》英译的“定本”,那么我觉得还可以商榷。

外国的这种现象的产生,恐怕有深长的文化原因,社会原因,心理原因,值得探讨。中国同欧美国家,文化背景不同,社会习惯和读者心理也不同。中国没有产生这种现象,恐怕很难说是因为还没有“功夫到家”的翻译家。但是,如果凭那位老翻译家的观点来激励中国的翻译家更加努力,使自己的功夫更到家,那倒也无可厚非。

外国诗汉译拾零

　　严复有言："译事三难信达雅。"卞之琳先生却破"信达雅"说，破"神似"、"形似"说，破"直译"、"意译"说。有人以为卞之琳不要信也不要达、雅，不要神似、形似；不要直译也不要意译。这真是天大的误解！有一次我向卞先生请教，说："我觉得信达雅三者不可分割，信为根本，达、雅为信的两个侧面。如果译文不达，何谓信？如果译文不雅，何谓信？"（我把"雅"理解为忠实传达原作的艺术风貌。）卞先生没有反对我的观点，我以为他默认了。卞先生反对的是信达雅"三权鼎立"，神似派与形似派势同水火，直译派与意译派各立门户。他主张全面求信，神形兼备。信而不达，信云乎哉？原作是神形统一的，故舍形似即不能达到神似；只求字面上的等值而不问内涵如何，算什么翻译？卞先生在英诗汉译实践中遵循"以顿代步、韵式依原诗、亦步亦趋"的原则，使译作做到最大限度地再现原诗的风貌。这主张已得到越来越多的译家的共识。在这方面取得突出成就的，有杨德豫、黄杲炘诸先生。笔者是卞先生的一名小学生，也要求自己努力做到这一点。

　　在外国诗汉译方面有人主张"再创造"（文学翻译在一定意义上是再创造，但有人主张的"再创造"略同于另起炉灶），有人主张"不忠之美"，并以费慈吉罗尔德英译波斯诗《鲁拜集》和庞德英译中国古诗为例。其实这是"个案"，不可能全面推广。有人认为译诗与原诗比必须是"另一个",如果是"同一个",即失败。笔者认为译诗必须是诗,这当然不可动摇。或曰:十个演员演陈白露即有十个陈白露,这很对,但这十个陈白露又必须都是曹禺笔下的交际花而不是别的什么人。不同的指挥家指挥交响乐队演奏贝多芬的"第九",必定会有不同的演奏风格,但又必须都具有贝多芬的灵魂,否则即是失败。多少位译家译普希金,译文都会带有译家个人的风格及语调,但如果失去了普希金,那还算成功吗? 所谓"不忠之美",如果确有美,那是译家创作之美,而非翻译之美。

笔者认为(也是笔者自己体会),文学(特别是诗歌)翻译,是译者吃透原文、殚精竭虑、用目标语再现原作的一次精神朝圣,是译者的灵魂与作者的灵魂相拥抱、相融合而后产生的宁馨儿,是两个灵魂交融升华的结晶。总之,作为译者,必须全身心投入,努力做到这一点。提倡"不忠之美"的译家,不必纠缠于翻译了,你还是去搞创作吧,那更可以发挥你的才能!

附带说一句:以顿代步是外国诗(主要是英诗)汉译在节奏处理上的一条原则。如果反过来,汉诗英译——比如把唐诗译成英文,则不适用"逆变换",绝不可能"以步代顿"。凡事各有其个性与共性,如果"一刀切",必定碰壁,弄得晕头转向。

外国影片中文名杂谈

二十世纪三四十年代我住在上海,看过不少外国(主要是美国)故事片,那些影片的中文名(我不称"译名",因为有许多不是"译"的)常引起我的兴趣。据说外国影片在华发行的机构聘请了若干"秀才",为影片起中文名。外国影片都有原名,起中文名是否把原名译成中文即可? 不妨考查一下。确实,有一种是"照搬不误"式,如 *Henry IV*(亨利四世),中文名照译;*Heidi*(海蒂,女孩名),中文名加了个"小"字,叫《小海蒂》,因主人公是个小女孩;*The Adventures of Robin Hood*(罗宾·胡德历险记),中文名为《罗宾汉》,把"历险记"省去,显得简洁。这"汉"字是 Hood 的沪音音译,比"胡德"好,因为有"好汉"的意思,而罗宾汉正是英国古代的绿林豪侠。不知这译法的发明权属于哪位聪明的上海人? 总之这译名是流传开来并且流传下去了。*Citizen Kane*(公民凯恩),中文名为《大国民》,基本上也是直译。以上都是人名,那么地名呢? *Casablanca*(摩洛哥西北部港市名),中文名就叫《卡萨布兰卡》(听说有的地方放映时名叫《北非谍影》);*San Francisco*(圣弗兰西斯科),中文名就叫《旧金山》,等等,都比较干脆。有的原名不是人名或地名,而是一个词组。如卓别林的名作:*Modern Times*,中文名叫《摩登时代》;*City Lights*,中文名叫《城市之光》;*The Creat Dictator*,中文名叫《大独裁者》。这些都是直译。有些影片是文学名著改编的,往往用该名著中译本的直译书名,如《双城记》《汤姆沙耶历险记》、《金银岛》等,可谓得来全不费功夫。但 *David Copperfield*(大卫·考伯菲尔)沿用林琴南的旧译名《块肉馀生述》,对一般观众来说似乎艰涩了些。

有些外国片的中文名就不是直译了,甚至意译也不是,可称为"另起炉灶"式。如 *Rembrandt*(伦勃朗),是一位画家的传记故事片,中文名叫《画圣情痴》。伦勃朗(1609—1669)是荷兰大画家,但一般中国观众不知道他,如果直译其名,缺乏号召力。称他为"画圣",也不为过。片中表现了他与爱妻的深情,中文名抓住这一点,用了"情痴"二字,不错。*Hamlet*(哈姆雷特),莎士比亚四大悲剧之一的银幕化。1948年拍的那部,中文名叫《王子复仇记》,切合内容,也易为观众接受。*Marie Antoinette*(马丽·安托瓦内特),是描述法王路易十六的王后马丽·安托瓦内特的传记故事片。这位王后以美艳闻名,她联合奥地利干涉法国革命,最终被送上了断头台。她的名字在欧美是家喻户晓的,但一般中国人对她十分陌生。如果直译其名,未必能招徕观众。于是,中文名为《绝代艳后》。这样命名,自是从票房出发。*The Private Lives of Elizabeth and Essex*(伊丽莎白与埃塞克斯秘史),是描述英国女王伊丽莎白一世与她的情人埃塞克斯伯爵恩恩仇仇的故事片。如果音译二人名字,中国观众也难接受。于是中文名为《江山美人》。影片中有这样的情节,埃塞克斯发动叛乱,被捕,伊丽莎白要他认罪,他宁死不屈,女王呼天抢地:"只要认罪,我把整个英国给你!"埃塞克斯头也不回走向刑场。中国成语"不爱江山爱美人"大抵指帝王耽于美色而置社稷于不顾。这部影片以"江山美人"命名,有迹可寻,却又有牵强和倒置之感。*The Barretts of Wimpole Street*(温坡尔街上的巴瑞特一家人),是描述女诗人伊丽莎白·巴瑞特冲破父亲的专制家长统治,与所爱的诗人罗伯特·布朗宁私奔,迁居意大利的故事片。温坡尔街是伦敦的一条街,巴瑞特一家人居住于此。老巴瑞特有三个女儿,严禁她们自由恋爱。两位诗人的恋爱故事,在欧美广为人知,但中国人并不熟悉。影片中文名叫《闺怨》。这个名称,常见于中国古典诗歌,大多是写留在闺中的妻子哀怨地思念出征的丈夫。用于这部影片,差强人意。*Romeo and Juliet*(罗密欧与朱丽叶),莎士比亚的悲剧,曾多次搬上银幕。1936年拍成的那部,中文名叫《铸情》。用"铸"来形容罗、朱爱情的坚贞,也不失为一法。*Cleopatra*(克娄巴特拉),是埃及女王克娄巴特拉(公元前69—前30)的传记故事片。罗马欲征服埃及,这位女王却以其美艳绝伦的姿色迷住了恺撒,又迷住安东尼,与之结婚,安东尼败死,女王又欲以美色征服屋大维,未果,自尽。这位女王的名字在欧美是人所共知的,但中国老百姓却并不熟悉。于是中文名为《倾国倾城》。这里用了汉典,《汉书·孝武李夫人传》:"北方有佳人,绝世而独立,一顾倾人城,再顾倾人国。""倾国倾城"便成为绝色女子的代称。但"倾国"、"倾城"原也有倾覆国家之意。《韩非子·爱臣》:"万乘之君无备,必有千乘之家在其侧,以徙其威而倾其国。"《诗经·大雅·瞻印》:"哲夫成城,哲妇倾城。"郑玄笺:"城,犹国也;倾,覆。"以"倾国倾城"作片名,既形容了女王的美艳,又暗示她征服了罗马的军事统帅和政治领袖,用意双关。这个中文名显示了命名者的智慧。(《倾国倾城》,黑白片,由克劳黛·考尔伯饰克娄巴特拉,是1934年出品。二十八年后,英文同名彩色片问世,伊丽莎白·泰勒饰克娄巴特拉。此片中文名叫《埃及艳后》,这个"后"字是不对的。她是女王,不是王后,正如现今在位的英国伊丽莎白女王二世不能称为伊丽莎白王后二世一样。)

用"另起炉灶"式也可各显身手。*Gone with the Wind*(意为"随风而去",有白居易诗句"去似朝云无觅处"之意。原著小说译名为《飘》,有人认为译得好极了,但"飘"可以飘去也可以飘来,没有原名"而去"即"往事如烟"之意),影片中文名叫《乱世佳人》,是对内容的另一种概括,有中国的通俗味。*Les Misérables*(苦难的人们),是由雨果的同名小说改编的故事片。小说的中译本名叫《悲惨世界》,而影片的中文名则为《孤星泪》。原名指十九世纪上半叶法国下层苦难的人民。影片中文名则突出了主人公华尔强的坎坷遭遇。*The Hunchback of Notre Dame*(圣母院里的驼子),是由雨果的小说《巴黎圣母院》改编的故事片,中文名叫《钟楼怪人》,突出了圣母院里打钟的驼子——影片的主人公加西莫多。"怪人"可能比"驼子"更吸引人。*The Great Waltz*(美妙的华尔兹舞曲),是描述奥地利作曲家约翰·施特劳斯生平的音乐片。其中有施特劳斯在多瑙河畔构思《蓝色多瑙河》乐曲的镜头。中文名叫《翠堤春晓》,颇具诗情画意,与影片中优美的音乐和景色吻合,受到观众欢迎。(此片拍于二十世纪三十年代。七十年代另一部描述施特劳斯生平的彩色片出笼,也名*The Great Waltz*,内容与前一部大异,也没有多瑙河畔的镜头,但中文名沿用《翠堤春晓》,令人感到不伦。)

还有一种是把中国典故或成语用于外国片名,可称作"移花接木"(无贬义)式。少女影星普莉西拉·兰主演的影片*Three Smart Girls*(三个聪明伶俐的女孩),是讲夫妻失和,三个女儿设法使父母破镜重圆的故事。中文名不拘泥于原名,定为《满庭芳》。这是词牌名,又使人想起晋典。《晋书·谢安传》:谢玄答谢安问,"曰:譬如芝兰玉树,欲使其生于庭阶耳。"后人因以满庭兰玉比喻家庭中的优秀子弟。虽然主要指男孩,借用来指女孩亦未尝不可。这个中文名颇含诗意。少女影星黛安娜·窦萍主演的一部影片*One Hundred Men and a Girl*(一百个男子和一个女孩)是音乐故事片。"一百个男子"指一群失业乐师组成的乐队,"一个女孩"指一个乐师的女儿,由窦萍饰演,由于她的努力,著名指挥家斯托考斯基愿为失业乐师指挥一场音乐会,音乐会的压轴戏是这个女孩登台唱歌剧《蝴蝶夫人》中的咏叹调。中文名叫《丹凤朝阳》,以丹凤喻女孩,以太阳喻指挥家和乐队。这样命名带有明显的中国风味。窦萍主演的又一部影片 *That Certain Age*(尴尬年龄),描绘一个十五六岁少女,对爱情似懂非懂,朦胧地爱上自己的舅舅,结果碰壁。中文名叫《情窦初开》,与内容吻合,是善用成语的一例。

　　把中国典故或成语用于外国影片的中文名,要看是否贴切。上述数例可以说是,或基本是贴切的。还可再举一例:根据希尔登小说改编的 *Lost Horizon*(消失的地平线)是描述一位英国外交官因偶然的机缘来到中国西南边境一个名叫"香格里拉"(原是一座喇嘛庙名称)的世外圣地的故事片。中文名叫《桃源艳迹》。"桃源"出于晋代陶渊明的名文《桃花源记》,是作者幻想出来的与尘世隔绝的一群老百姓居住的灵境。"艳迹"可理解为类似"桃源"那样美好的地方,而"香格里拉"又在中国(最近有人考证在云南中甸),所以这个片名使人感到不生硬,而且美妙。但也有一些外国影片中文名用中国典故而使人感到别扭的。二十世纪三十年代英国黑白片 *Queen Victoria*(维多利亚女王)受到观众欢迎,影片公司立即据此重拍一彩色片,改名 *Sixty Glorious Years*(辉煌的六十年)。英国女王维多利亚(1819—1901)在位六十四年(1837—1901)。英国历史家称维多利亚统治期为"黄金时代"。(我们没有忘记英中鸦片战争发生在她在位时。)奇怪的是这部影片的中文名叫《垂帘六十年》。中国封建时代在特殊情况下,太后或皇后临朝听政,决策国事,代掌皇帝权力,殿上用帘子隔着,叫"垂帘"。唐高宗时武后(武则天,尚未称帝时)、宋神宗时刘太后、清光绪时慈禧太后都曾"垂帘"听政过。维多利亚是名正言顺的女王,何曾"垂帘"?英国历史上何曾有过此种现象?这样"移花接木",只能长出一棵歪脖子树。中西文化传统和背景不同,如果生拉硬凑,便会产生民族文化传统错乱的感觉。

　　以上拉杂写来，未经深思熟虑。我想，为外国影片起中文名，与翻译文学作品不尽同，不考虑票房价值（即不考虑观众接受与否）当然行不通，但不宜过于媚俗，能做到符合内容又雅俗共赏最好。

后　记

　　我高中毕业后上的是上海交通大学,学的是铁道管理,没有读文科或专修外语。由于从小受母亲的教育和熏陶,喜爱文学。当年我与表兄奚祖权住在一幢楼房里,他在光华大学读英国文学。他的老师周其勋教授学识渊博,讲解英国诗歌尤其精彩。我从祖权哥口中了解到了周教授讲课的内容,看了他的学习笔记,又把他学的课本《英国文学史》、《英国文学选读》、《英国诗选》等也拿来阅读,沉浸在阅读的愉悦中。接着是逛旧书摊,把零用钱全花在选购英文原版文学书籍上。那时还有一个地方:上海英租界工部局图书馆,那里藏书颇丰,我经常去借原版英文书阅读。从阅读原文,又接触到英国诗歌的汉译,读到了梁遇春、徐志摩、傅东华、郭沫若诸先生的译诗。这样,又引发起我自己也来试译的欲望。1940年译第一首诗:斯蒂文森的《安魂诗》;1941年在《中美日报》发表第一首译诗:爱伦·坡的《安娜贝莉》。之后便一发而不可收,竟与文学翻译结下终生不解之缘。

　　要做翻译,第一步要熟读原文,"吃透"原文。对原文的理解,我常常遇到拦路虎,不能绕过,便想方设法对付它。读莎士比亚十四行诗原文时,我用三个方法,一是尽可能搜寻好的注释本;二是借助于其他文字的译本,如参考坪内逍遥的日译本、马尔夏克的俄译本(我学过一点日文和俄文,但现在已完全忘光了);三是求教于长者。莎士比亚十四行诗第16首第9至12行,语法上解释不通,怎么分析怎么别扭。于是我写信向仰慕已久但从未见面的复旦大学教授、英语专家葛传槼先生请教。我原不指望一定能得回信,但使我喜出望外的是,葛先生很快给我回了信,指出这种语法结构叫作 anacoluthon——错格,指同一个句子中结构的不一致或不连贯,或文体中途变更以致前后语气殊异。他的指点使我豁然开朗,难题迎刃而解。对葛先生的指导我终生铭感。还有一法,就是自己小心求索,细读原文(上下文)和作者的其他作品,体会作者的语言风格和创作情绪,锲而不舍,甚至废寝忘食,有时也会顿悟。"吃透"原文是迈第一个坎。把原文转化成汉字是迈第二个坎。这第二步也碰到过不少难题,要一一解决,不容易。搞了一辈子翻译,甘苦自知而已。

我从事文学翻译都是业余的。一生所译作品很少,成绩寥寥。但我认为自己对翻译工作是认真的。对翻译理论我没有研究。只是在多年的翻译过程中也有一些肤浅的体会,写过一点有关翻译的文字(包括译本的序跋之类),发表过一些有关翻译的意见,写过一些对外国文学的评论,不过一孔之见,从未想收集起来出一本书。南京大学教授许钧先生与湖北教育出版社合作,主编一套《巴别塔文丛》,约我收集有关文章编成一本书参加。这套书的内容要求原是带学术性的随笔,包括访问外国的有关文化的见闻录等。我回答说这方面的文字太少,不够出一本书,辞谢了。但许钧先生说,对外国文艺的评论也可收入,要我列出文章目录寄给他。许先生看到目录后立即告诉我可用。这使我不敢不信,因为他言之凿凿。于是我赶写了六七篇随笔加进去,以稍稍符合这套文丛的总体要求。现在全部文字已经完成,交稿了。我感谢许钧先生的热忱和好意。

从许钧先生的谈话中,我了解到湖北教育出版社的出版方针中有一条:大力推出翻译理论和有关翻译、有关外国文学研究的著作,目的是为了推动中国翻译事业的健康发展。这类书是不会赚钱而要亏本的,但他们是为了事业,愿意作出奉献。我也是一个出版工作者,对湖北教育出版社这种做法十分赞赏,并对主持此项工作的唐瑾女士表示敬意。

本书中有几篇关于莎士比亚诗作的片论,文末注明"参阅哈雷特·斯密斯的评语",因文中有若干观点采自斯密斯,不敢掠美,所以作此声明。

屠 岸
2000 年 7 月

屠岸诗文集

第六卷

*

诗论 · 文论 · 剧论

人民文学出版社

本 卷 说 明

　　本卷收入文艺评论集《诗论·文论·剧论》，2004年1月由人民文学出版社出版。

　　作品原则上按照初版原貌收入，对个别与其他作品集重收的文章，根据情况进行了调整，只收入一个作品集中，以避免重复。在本集中，《迎接诗的新时代》、《诗歌展望》已收入《深秋有如初春》，《答〈未名诗人〉问》已收入《哑歌人的自白》，《汉语十四行体诗的诞生与发展》已收入《倾听人类灵魂的声音》，《谈谈散文诗》已收入《诗爱者的自白》，《旧体诗格律及入声字问题》已收入《萱荫阁诗抄》，本卷不再收入。

　　作者对收入本卷的作品有少量修改。

　　作品在收入本卷时都进行了校勘，改正了初版中的错漏。

　　对作品及注释均按体例进行了编辑整理。

目　录

诗论·文论·剧论

诗论 · 文论 · 剧论

第 一 辑

诗　论

中国现代格律诗前瞻

——在深圳中国现代格律诗学会
北京雅园首届年会上的发言

格律诗和自由诗在当代新诗坛上是两条并行的线，以自由诗为主，格律诗则处于少数。从历史上看，自中国最古的诗《诗经》《楚辞》，直到二十世纪初，诗坛始终由广义的和狭义的格律诗统治。在这段很长的历史时期内，没有所谓自由诗。从外国历史上看，自古希腊一直到十九世纪中叶，西方诗坛也一直由格律诗主宰。西方自由诗的崛起是十九世纪中叶以后的事。自由诗这种新的诗体，它的历史不过一百几十年，是比较短的历史。中国从二十世纪初五四新文化运动中新诗诞生，到现在，新诗的七十多年历史中，也是既有自由诗又有格律诗两条线。

诗，离开音乐是没有生命力的。格律，正是诗歌音乐性的一种体现。西方的自由诗，拿它的创始者大诗人惠特曼的作品来看，他的自由诗不押韵，也不讲英语诗歌里的音步和"格"，但是有它内在的节奏。没有内在的节奏，就不会有诗味。所以，即使是自由诗，也要具备一种音乐的要素，就是节奏——虽然是内在的节奏。拿中国现代的自由诗来讲，真正好的作品也是有内在节奏的。像艾青的《大堰河——我的保母》，如果朗读起来，它的内在节奏是很明显的，它的感人力量也体现在它的音乐性上面。所以我觉得，诗歌如果不

5

讲音乐性,它就没有生命力。而格律诗,就是自觉地使音乐性通过一定的规范成为诗歌的一种重要的表现手段。

现代中国新诗虽然以自由诗为主,但格律诗也占有一定的地位,并且好像在赢得越来越多的读者。好的格律诗,读者是欢迎的。问题是中国现代格律诗怎样向前发展。格律诗的问题,现在还在探讨,如建行问题、结构问题、节奏问题(建行的根本问题是节奏)等等都在探讨中。押韵似乎不是大问题。我觉得最需要探讨的还是节奏问题。中国旧体诗里,节奏是用声调和由声调组成的顿来加以协调的。声调就是平仄。旧体诗里的近体诗(即律诗、绝句),对平仄的规定很严格;古体诗(如歌行等)的叶韵字也讲平仄。词,对平仄的要求就更严格,仄声里还常常要分上、去、入。新诗不讲究这些。现代格律诗讲究押韵,叶韵字不讲究平仄,只要韵母相同就可以了。但节奏问题怎样解决?这需要探讨,需要"百家争鸣"。前辈诗人对节奏问题作过有益的研讨。闻一多提出"音尺",孙大雨提出"音组",何其芳提出"音顿",这三者其实是一个东西。"顿"这种东西,并不是哪个人臆想出来的,而是汉语中自然存在的东西。散文、演讲、谈话中都有"顿"。只是有心的诗人把它提炼出来,有意识地加以规范和运用,这才成为新诗理论和创作实践上的一种格律要素。我们可以把"顿"作为一种节奏规范来继续进行深入的探讨,进一步从事实验,研究它的运用的得失。古典诗歌和民歌里的"顿",也值得研究借鉴,学习。我们要通过理论探讨和创作实践,慢慢地解决现代格律诗的节奏问题。解决了节奏问题,现代格律诗的问题就基本解决了。我们的目的是要创造一种新的现代汉语格律诗。这应当是我们这个学会和所有关心现代格律诗的人们所关心的事情。我想我们这个学会一定会在这方面做出应有的贡献。

关心中国现代格律诗的人并不仅限于写这种诗的诗人,一定还有写自由诗的诗人,还有诗评家们,他们不但评格律诗也评自由诗;

还有歌词作家、歌曲作家;文学家、艺术家;还应该包括广大诗歌读者,朗诵者,文学艺术爱好者,以及社会各界人士。今天到会的有这么多同志、朋友,各界人士都有,大家都非常高兴。我想,一个学会如果成为一种门户,一种宗派,那是它的悲哀。我们这个学会,我觉得它气魄很宏大,它要团结一切可以团结的人,这是有志气办大事的表现。只要集思广益,博采众长,百川总汇,把大家的想法、意见集中起来,加以研究,去粗取精,付诸实践,中国现代格律诗就大有希望。

1994 年 10 月 23 日

诗不能离开音乐美

我同意这样的说法,即中国诗歌已进入多元化时代。但多元实际上只有两元,即现实主义诗歌与现代主义诗歌。而此二者都会变化、发展;二者会并存,或融合,或交替。我认为对现代主义既不能捧之上天,也不宜一棍子打死。但我反对对西方现代派的生搬硬套,反对假现代主义之名而故作高深、故弄玄虚、自堕魔道。我还认为应该注意新时代对浪漫主义的召唤。

我想,诗不能离开音乐美。好的自由诗有其内在的节律,读来铿锵悦耳。好的格律诗则以其节律和韵的安排,通过听觉打动读者心灵。节律在中国古典诗歌中表现为平仄的谐调,而现代的新格律诗则应以闻一多先生首先发现的"音尺"亦即后来的一些诗人所倡导的"音组"或"音顿"的安排作为节律的主要依据。这已为许多诗人所接受并据此进行了成功的创作实践。当代诗坛上占统治地位的是自由诗(这当然并非坏事),而严格意义上的格律诗则写的人少,探讨、研究的人更少。我对此不无遗憾。这里,我想推荐两本书:邹绛编的《中国现代格律诗选》(重庆出版社 1985 年 8 月第一版)和周仲器、钱仓水编的《中国新格律诗选》(江苏人民出版社 1985 年10 月第 1 版)。这两本专门的格律诗选的出版,在中国新诗史上还是创举。而前者邹绛写的代序和后者骆寒超写的序,对中国新格律诗的成长、发展及其规律、特点分别作了细致的分析和探讨。相信这两本书对当代新格律诗的发展将会起到良好的作用。

1988年春

答《扬子江》诗刊问

问：您的第一首诗发表于何时？是从生活中有感而发，还是凭臆想得诗？

答：我的第一首诗是散文诗《孩子的死》，发表于1941年上海《中美日报》副刊《集纳》上。写一个农村孩子在日寇入侵时为保卫祖国而投入抗日阵营，在战斗中牺牲了。那时是在抗战时期，皖南事变之后，是有感而发。但我生长在城市，诗中的人物是凭想象描写的。诗很幼稚，但感情真实。

问：您认为中国新诗是否存在被冷落的现状？主要问题在哪里？

答：当代诗坛并不是没有佳作、力作。但不能否认现在新诗处于低谷。真诗和伪诗在相互搏斗。新诗在严峻的环境中进行着艰苦的挣扎。某些诗人或者对环境不适应，或者为迎合而媚俗。科技猛进、信息爆炸、经济全球一体化等时代特征给诗歌提出新的课题。穷则变，变则通。诗人们也许正在寻找一条适应新的时代、新的受众的诗歌道路。但是我要说，万变不离其宗，诗歌不能离开真善美，不能离开人民群众的审美要求。否则，诗就变到诗的反面去了。

问：诗歌被冷落，诗歌编辑应负什么责任？

答：我不忍心责备编辑先生们。我熟悉的一些诗歌编辑也在艰苦的环境中与诗人们一起挣扎着,探索着前进。但我也不否认,某些伪诗是由编辑的推波助澜而疯长着的。

问:有人说"是新诗潮挽救了新诗",您同意这个说法吗?

答:"挽救"这个词感情色彩很浓。让我们看历史:如果"文革"时期的"左"风流毒不止,瞒和骗继续,假大空不绝,则新诗必亡。但"新诗潮"这个概念不明。如果它指"文革"结束后的新诗主潮(包括"文革"时期地下流行的诗),健康的诗,探索的诗,那么这个说法可以成立。但,有人用这个说法来包庇伪诗,本人碍难同意。

问:有些年轻人把现代诗歌等同于现代主义,两者是一回事吗?

答:西方"现代主义"是个复杂的概念,包括不同的流派和思想倾向,称"现代",其实诞生于十九世纪后期和二十世纪初期,已经不怎么"现代"了。中国诗人中有一部分受西方现代主义的影响,汲取其有用的东西作为自己的营养,写出有自己特色的作品,这无可非议。按中国文学史家的共识,"现代"这个概念在中国指五四新文化运动到新中国成立(新中国成立到现在称"当代"),也有人主张随着时间的推移,这个概念的下限还可延伸。"现代诗歌"应指五四至今的中国新诗。这个历史阶段的中国新诗也包括各种流派和思想倾向。中国的"现代诗歌"与西方"现代主义"有牵涉,也有交锋;也有这样的情况:二者各走各的路。它们是两个各自独立的概念。

问:西方现代主义是不是中国新诗发展的方向?

答:中华文化总的说是个开放的体系。佛学从西土来,与中国固有文化相融合,成为中华文化的血肉、有机成分。马克思主义从西方来,与中国的实际相结合,才有毛泽东思想,才有有中国特色的社会主义。闭关自守,夜郎自大,必定走向萎缩和灭亡。没有惠特曼,就没有郭沫若的《女神》,就没有中国新诗的主流——自由诗。话剧、电影、油画、交响曲都源于西方,但在中国已经本土化、民族化了。西方的东西,于我有益的,汲取之,于我有害的,摒弃之。我们应该一手伸向古代,一手伸向外国,实行鲁迅所倡导的"拿来主义",在此基础上创新。西方现代主义亦然,可以借鉴,但绝不能成为中国新诗发展的方向。

问:怎样鉴别诗与非诗? 有人说"诗创造了非诗,非诗又更新了诗",您对此怎样看?

答:不知道这里所说的"非诗"怎么理解。唐诗走到尽头,出现了宋词。词曾被称作"诗馀",似乎不被某些人认作正"诗"。如果词就是"非诗",那么上面这种说法可以成立。诗之后有词,词之后有曲,旧体诗之后有新诗(白话诗)。但我认为词是另一时代的诗,其本质是诗。其他可以类推。如果"非诗"指本质上不是诗的东西,那么上面那种说法不能成立。体现真善美与否,是鉴别诗之真伪的试金石。

问:现在有些诗评也让人看不懂。您怎样看待当前的诗歌评论?

答:当前有些文学(包括诗歌)评论,从现代西方文论中囫囵吞枣地搬来许多概念,许多名词和术语。西方文论并非全是一派胡言,有些是很有道理的。但要吃透它,要食而消化之,即经过扬弃和择取、改造,以之为借鉴,运用于文学(诗歌)评论中。这对我们的文学评论并非没有好处。开始时也许运用得不那么纯熟。但如果长期食洋不化,生搬硬套,那必定此路不通。如果故弄玄虚,以此自炫,那更等而下之。

问:有人一再强调"诗是孤芳自赏属于少数人的",您认为诗应该走向读者吗?

答:文学是个复杂的现象。李煜的词肯定不是为他那个时代或后代的人民大众写的,但竟能传诵到今天。毛泽东喜欢三李的诗,李商隐写《锦瑟》《无题》等诗时心中大概也没有人民大众。但这些诗却"走向读者"了。原因是他们的作品中有与读者心灵沟通的东西。孤芳自赏是作者的自由,别人无权干涉。我们不能断言孤芳自赏的作品中绝对没有能与读者沟通的东西。不过,我既不反对也不提倡孤芳自赏。我们还是希望诗人写诗时心中有读者。我们提倡诗要拥抱时代,突进现实,要与人民的心灵沟通。如果以"诗是孤芳自赏属于少数人的"说法为伪诗张目,那肯定站不住脚。伪诗之中,何"芳"之有? 作者尽可"自赏",不必公之于众。

问:您对《扬子江》诗刊总体印象如何? 希望听到您的建设性的意见。

答:《扬子江》诗刊在诗歌处于低谷状态时创刊,说明创办者有勇气,有魄力,对中国新诗有使命感。《扬子江》出刊两年十一期,刊登了不少好诗,也不排除刊登了一些平庸之作。有的栏目如"诗人传奇",不时有精彩内容,读者爱看。"诗坛幽默",品位还可提高。建议"我读不懂"栏目推出一些评析难懂的真诗的文章。上面提到的《锦瑟》、《无题》等,读多少遍仍是"不懂"。"一篇《锦瑟》解人难",一千多年来众说纷纭,至今没有定论。白居易的"花非花",如何理解? 穆旦的《诗八首》,卞之琳的《圆宝盒》、《白螺壳》,都不是明白晓畅的诗。对鲁迅的《野草》,要真正懂得,谈何容易? 而这些都是真正的好诗。可否从理论上阐释一下"读不懂的伪诗"和"难懂的真诗"的区别,使"懂不懂"的讨论进一步深入?

2001 年 3 月 16 日

诗歌艺术向纵深发展

——第二届全国优秀新诗奖获奖诗集读后

中国作家协会第二届(1983—1984)优秀新诗(诗集)奖经评委们用无记名投票方式,于1月30日评选出十六本诗集。艾青的《雪莲》、杨牧的《复活的海》、晓雪(白族)的《晓雪诗选》、牛汉(蒙族)的《温泉》、邵燕祥的《迟开的花》、周涛的《神山》、林希的《无名河》、邹荻帆的《邹荻帆抒情诗》、张学梦的《现代化和我们自己》、李钢的《白玫瑰》、曾卓的《老水手的歌》、李瑛的《春的笑容》、雷抒雁的《父母之河》、张志民的《今情,往情》、陈敬容的《老去的是时间》、刘征的《春风燕语》光荣获奖。

这十六本诗集是在全国各出版社及评委及个人推荐的近三百本诗集(限1983、1984两年所出版)的基础上,经过以诗评家为主的十二人读书班的初步筛选,然后由评委们认真阅读,选举产生的。我认为,这十六本诗集集中反映了我国新诗创作以诗集形式在1983、1984这两年所取得的新成就和达到的新水平。

风格和形式的多样化

十六本诗集的作者包括老中青三代诗人;有汉族诗人也有少数民族诗人。我们听到年过七旬高龄的诗歌大师艾青继续唱出了荡气回肠和响彻云霄的歌声,他的诗艺更加炉火纯青了。老诗人邹获帆笔下的东北森林,是一幅雄奇瑰丽的图画,"伐木者的黎明"给我们带来了无比清新浓郁的诗情。中年诗人杨牧和周涛给我们送来了祖国大西北沉雄刚毅的性格和品貌,他们所吹奏的是各有不同音色的进军号。我们从青年诗人李钢的诗篇中看到了他特有的敏感和想像力,他的七弦琴为我们奏出了新颖独特的诗旋律。白族诗人晓雪歌唱的不仅是他的故乡苍山洱海幽美清丽的自然景色,而且是白族男女淳朴无华却又绚烂多姿的生活风貌。这些诗集在题材、风格、体裁和形式上比过去更加丰富多彩。抒情、讽喻、言志、咏物、哲理、政论、叙事等各种诗歌之花怒放争妍。我们知道,自"四五"运动以来,特别是党的十一届三中全会以来,我国新诗逐步打破单一和封闭的状态,走向自我解放和开放的新时期。从1983、1984两年的优秀诗集中,我们看到的是:风格和形式的多样化局面已经形成,诗歌审美观的更新得到了进一步的体现。低回与高昂交响,清新与沉郁共鸣,独奏与协奏并举,齐唱与合唱辉映。在我们面前,呈现出一个彩色缤纷的诗歌百花园。在这里,时代、社会和人的内心世界得到了多层次和多侧面的、直观的和曲折的反映和呈示。

时代——主旋律

在万籁齐鸣的诗歌交响乐中,有一个主旋律。老诗人公木说:肯定时代,相信未来,是这批获奖诗作的一个比较醒目的和普遍的内涵和主旋律。我同意这个看法。离开时代的步伐,脱离生活的土壤,诗歌就将失去鲜活的生命力。张学梦的政论诗所体现的全部情愫就是信心和乐观。他唱道:

快擦掉角膜上的积尘吧!

> 春天是真实的、真切的，
>
> 现在明朗而美好，
>
> 未来可信！

这不是廉价的乐观主义。这是这位工人诗人对中国当前现实的简练概括；而未来之所以可信是由于可以从对现在的分析中提取结论。邵燕祥通过鸡鸣的回声，展示了中国农村在新时期翻天覆地的变革和光辉灿烂的前景。女诗人陈敬容在给革新者的诗简中称他们为"开路人"，号召他们不要学"蝙蝠趁黄昏飞行"，而要学"雄鸡在夜半呼唤黎明"。杨牧提醒人们，要"珍惜'当代人'的荣誉"，指出：

> 前进，自有广阔的天宇！
>
> 奋发，才是当代的主题！

当代人正在奋发图强，正在昂首前进，而奋发和前进的动力，在于强烈的对祖国之爱。

祖 国 之 爱

令人无限感奋的是，十六位诗人几乎每一位都从不同的角度，通过不同的折光，抒发了自己对祖国深挚而强烈的爱情。刘征的寓言诗，尽管用讽刺抨击当前社会的阴暗面，也是为了清除这些阴暗的东西，使我们的共和国变得更加光明美好。祖国之爱，已成为当代诗人许多诗作共同的主题。李钢向祖国呼唤："你是海洋，是山岳／是和我的肤色一样的土地"；杨牧通过对"五色土"的歌颂，把中华民族描绘为"一块调色板"，而先人、今人和后人的"五色的梦""一脉相通"，因而一代代人对真理的执著和对理想的追求永不休止。

雷抒雁歌唱黄河——"父母之河",用黄河的形象概括了祖国的形象;当诗人要"用那泥黄的河水洗涤灵魂"的时候,我们理解,那是他要用祖国之爱来净化诗魂!李瑛要求他的诗把歌声、激情和爱"带给南方边境的英雄",而边境的英雄们则激发起诗人新的诗句:"呵,我呼唤你,法卡山,/你并不在遥远的天边,/你就在我窗前,在我们窗前。""你并不在我窗前,/你就在我身边,在我们身边。""你并不在我身边,/你就在我心间,在我们心间。"这三个层次刻画了诗人和人民群众对卫国守边的战士们一层深一层的挚爱和骨肉之情。我们的军人诗人就是这样表达他的祖国之爱的。而另一位较为年轻的军人诗人周涛则把祖国这个概念具象化为喜马拉雅山、冈底斯山和喀喇昆仑山的真正主宰、至高无上的"万王之王"。这里,祖国在诗人心中升华而又圣化了。我们觉得,这是表达祖国之爱的一种独特方式。

艾青"面向海洋"而放声歌唱。他的目光扫视着海洋的历史,也是掠夺与反抗、战争与和平、进步人类对侵略和剥削进行永不休止的抗争的历史。艾青描画的这幅视野开阔、结构恢宏的画图的核心则是祖国。祖国的横断面和纵断面在诗人的彩笔下交叠了起来,错综而突现出祖国之爱和人类之爱的一致,突现出对过去的回顾与对未来的憧憬的统一。

党 的 形 象

没有共产党,就没有新中国。社会主义祖国的主题始终同党的主题联系在一起。李瑛在歌颂"七一"的时候,唱出了这样的诗句:

先烈的血,把头发和野草凝在一起,
仇恨的烈焰,把国际歌和焦雷焊在一起,

这些诗句是发人深省的,由于它们具有催逼人们从历史的沉思中抬起头来的力量。雷抒雁则坚信历史不会忘记镰刀和铁锤交叉的红旗,认为它的功勋将与时间长存,这是因为镰刀和铁锤是党写在旗帜上的永久的象形文字:"人民。"诗人把人民称作"最壮丽的元素",正是因为人民是"支撑共和国大厦"的最根本的柱石。从诗人们的这些吟唱中,我们可以清晰地感到当代诗歌与祖国、党和人民的血肉般不可分割的联系。

我们的党是由三千九百万党员组成的。党员中的先进分子、优秀的和杰出的共产党员常常激起诗人咏唱的激情。李钢唱道:"共产党人自己留下伤疤／把青春与健康献给祖国／把繁荣与富足献给祖国。"这正是一切真正的共产党人的特征。在这十六本诗集中,我们读到了张志民咏唱刘胡兰,李瑛咏唱彭加木,曾卓咏唱刘少奇,牛汉咏唱周恩来、咏唱冯雪峰、孟超,雷抒雁咏唱张闻天、张志新的诗篇。为什么雷抒雁的《小草在歌唱》那么震撼人心?这不仅由于诗人在歌颂女共产党员张志新的时候,能把烈士放在时代的天平上加以衡量(这是振聋发聩的),而且由于诗人能坦诚恳切地剖析自己的灵魂(这是披肝沥胆的):"昏睡的生活,／比死更可悲,／愚昧的日子,／比猪更肮脏!"这不是一般意义上的自我批评,这是诗人以整个民族的代言人的身份在进行反省。我们民族的新的全面觉醒,只能从这种否定之否定中诞生。而一个马克思主义政党也必定能从自己改正自己错误的实践中,从拨乱反正的实践中焕发出新的灿烂光辉。

对真理的执著追求

在这十六位诗人中,有三分之二以上是老诗人和中年诗人。他们之中有好几位在自己生命的途程中,曾不同程度地遭受到精神上和生活上的坎坷和曲折。他们个人悲剧的形成有着深刻的历史悲剧的根源。他们身受创伤,却丝毫没有消沉,相反,他们依然坚持不懈地呼唤正义,追求真理,这种精神反映在他们的诗篇里,使这些诗篇带有了一种圣洁的光芒。在这方面,我觉得林希的《无名河》是有代表性的。作者在诗中描绘了一个在五十年代政治狂浪中被遣送到无名河边"洗涤有罪的灵魂"的青年的经历。诗篇把个人的悲惨遭遇同对祖国、对党和人民的无限赤忱糅合在一起。诗中迸发出的正直灵魂的呐喊,诗中闪耀着的善良人性的光辉,是令人震颤的。而这部肃穆的乐曲的高潮则是那昂扬的一章:《我,信仰共产主义》。诗人庄严地宣称:

> 为了不灭的信仰
> 从白色恐怖的刑庭
> 到全面专政的牢狱
> 我有权以自己的生命和鲜血
> 捍卫伟大的真理

从这里,我们看到了一颗有着怎样的重量的赤子之心!这种深刻的反思标志着这部诗集已经摆脱了"伤痕文学"的痕迹,体现了对历史的"之"字形道路认识的深化。

为什么曾卓的诗集中有那么多篇章同大海相联系呢?请听诗人自己说:他"在人生的海洋中/已经是一个饱经风霜的水手";然而他"向往大海:/风暴,巨浪,暗礁,漩涡",而更重要的是:"和死亡搏斗而战胜死亡";只有这样,才能看到"黑暗中灯塔的光芒/新的港口和新的梦想"。原来,这位"曾经沧海"的老诗人是通过歌唱大海来歌唱生活,歌唱人生,歌唱那历经狂暴海浪的冲击而依然永不磨灭地保持在心灵深处的纯真的信仰。他的诗也许可以比作经过亿万年海水淘洗的沉积岩。轻叩这种岩石,可以听到那低沉而又高昂、苍凉而又激越的男中音独唱,唱着一支舒缓的行板《老水手的歌》。

艰辛的艺术探索

诗人们在诗歌艺术的探索上作着种种的努力,是显而易见的。

自由诗、半格律诗和格律诗并存。刘征的寓言诗大都有较为严谨的格律,但作者能做到使这种形式与喜笑怒骂的内容较好地结合。晓雪的诗,诗行长短大体整齐,每个诗节的行数整齐,韵脚于匀称中又有错落变化。这种整齐与参差交错的诗节奏,十分熨帖地表述了云南少数民族的生活现实和民间传说。张志民学习民歌而又有创造性的发展。他深得民歌三昧,进得去,出得来,从民歌化开,形成自己的独特风格。从构思、遣词、造句,韵律的运用,都可以看出民歌对他的诗的影响,但不是民歌原有形式的套用。他的节奏一般说比民歌更紧凑,因而更铿锵;他的诗句一般说比民歌更简短,因而更明快;而诗行的展示、变奏、层次的发展和收束则更加富于变化而且能够运用自如。这就铸造出了一种民歌风的张志民式的新诗。诗人颇注意一首诗的结语,由于对意象和表达意象的语言进行了精细的选择,结语往往成为整首诗画龙点睛的警句。《今情,往情》中重现抗日战争时期北方革命根据地斗争生活的短诗,很多具有这种特色。这些抒情性短叙事诗的内容同经过改造的民歌风新诗的形式配合妥帖,相得益彰。

毕竟写自由诗的诗人占多数。邵燕祥的诗有时有脚韵,但基本上是自由诗,而且具有一种散文味——不是散文化(松散)而是散文美。读他的诗,或者听他的诗的朗诵,会感到一种行云流水般的潇洒自如、舒徐得宜的韵致。这一特点并不妨碍而且有助于他诗的内容即抒情与政论相结合、常常闪射着犀利的思想锋芒这一特色的表达。例如他的《鸟瞰》,写诗人站在巨人般的塔式吊车上鸟瞰全城的感受,他看到高楼、道路、桥梁、树木、人,各种各样的人,诗人连续好几次用了"小小的"这个定语:"小小的提着大管钳上班的工人,/小小的白胡子老爷爷/牵着更其小小的小孙女……/熙熙攘攘,/而人人高不过一寸。"然后笔锋一转:"但这不就是曾经使张春桥……/为之失魂丧胆的/人民么?"进而归结为:"我的小小的人民……/干着伟大的事业,/创造伟大的欢乐。"这"小小的"既是从塔吊上对世界进行鸟瞰时的视觉形象,又是"人民"这个概念的丰富内涵:平凡,然而伟大。这个定语的不断重复出现,在读者耳膜上造成一种溪水潺潺流动的听觉形象,使人产生一种舒畅而又跌宕有致的心理感应。这种内在的音乐感正是散文美和诗美共有的本质属性之一。

从大自然获得灵感

好几位诗人用准确的语言和精美的构思来描绘大自然,抒发大自然给予诗人的启示。邹荻帆这样咏唱大海:"你是愤怒吗/发出澎澎湃湃的声音/你捧着/通红的赤心/让天下有目共睹/热虎虎太阳一轮。"把太阳当做大海的滚烫的心脏,由愤怒的大海自己捧出来给天下人看,这样地描绘海上日出,是何等奇妙而又瑰丽的景象!而陈敬容描写大海的时候,给人的又完全是另一种感受。她写大海是日月的浴场,写大自然把给予日月的恩惠同样给予在无边的海上轻盈地飞翔的几只小小燕子,最后归结到:

海天的空阔

一瞬间
凝缩在纤细的羽毛上

读到这里,我们会感到诗人对自然的哲人式思考是如此精微,仅仅三行,就仿佛凝聚了宇宙的奥秘,体现了宏观与微观的统一,天心与诗心的统一。这里,无论是邹荻帆的炽烈,还是陈敬容的肃穆,都是大自然在诗人头脑中的美学反映和折射。

牛汉对大自然的一山一水、一草一木、一禽一兽,都观察得十分细致入微。他描写铁山、温泉,描写枫树、蒲公英,描写蚯蚓、华南虎……他笔下的这些大自然的宠儿都富有一种粗犷、强悍、质朴的自然本色。由于掌握着驾御语言的本领,他能用最朴实,同时又是最精练、最俭省的词汇和句式准确地勾画出他所钟爱的自然形象。这种惊人朴实的白描,远胜过雕梁画栋的彩绘。雕琢同牛汉是绝缘的。他通过朴实的语言赋予他的生物甚至无机物以人的感情、人的气质和人的阳刚之美,而同时,又把诗人自己的感情、气质、审美观倾注入他的描写对象之中。他到了桂林,不写桂林山水,却写了桂林动物园里的一只华南虎,他为这只老虎不甘心于囚笼生活,把自己的趾爪磨抓得鲜血淋漓而感到羞愧,最后竟在老虎的一声石破天惊的咆哮中幻觉到一个不羁的灵魂掠空而去。他为一棵粗壮的枫树被伐倒而悲伤;在枫树倒下之后,他才发觉这棵树比站立着的时候更加雄伟和美丽;他看到这棵树被锯解成一块块木板,从年轮上渗出的不是树的汁液,而是"凝固的泪珠",而这"泪珠"又是证明枫树还没有死亡的"血球"!哦,诗人的感情终于发展到顶点:

伐倒了
一棵枫树

伐倒了
　一个与大地相连的生命

我们知道,牛汉写这些诗的时候,正是万籁俱寂、诗神暗哑的七十年
代初期。这些诗所描绘的一个个自然物,正是在那个人性被乱斧砍
伐的时期,作为人性的体现者而在诗人心中孕育出来,同时也是作
为诗人自己的真诚所凝结的诗歌形象而被保存下来的。人性美只
能从动物、植物以至矿物中去寻找自己的归宿,这有着深刻的时代
和历史的原因,也有着深刻的诗人个人遭遇的原因。无论如何,牛
汉的诗所蕴含的自然美与人性美化合而成的诗美,在当代诗歌中,
如果不是无与伦比的,也是独树一帜的。

鹰　之　歌

在众多的自然物中,鹰是许多诗人爱写的主题。这十六本诗集
中就有三位诗人以鹰为题写了五首诗。这就是李瑛的《鹰》,牛汉的
《鹰的诞生》《鹰的归宿》《羽毛》,周涛的《鹰之击》。这些诗使人想
起古人写鹰的诗。杜甫有一首著名的诗《画鹰》,是以一幅鹰画为主
题的:"素练风霜起,苍鹰画作殊;㧑身思狡兔,侧目似愁胡。绦旋光
堪摘,轩楹势可呼。何当击凡鸟,毛血洒平芜!"短短八句四十个字,
极其精练地把一只画在白绢上的被人豢养的猎鹰的眼神、姿态和意
向描摹了出来,不仅写了画鹰,又联想到真鹰,而且写了诗人自己的
抱负。古人的杰作常常使我们叹为观止。但我又常常有这样的经
验:"观"而不"止"。因为我们的文学的长河在滚滚地向前伸展。在
学习、继承和借鉴中外文学遗产的基础上,新作在不断涌现。不是
说今天的某些佳作已经超越了古人的经典作品,而是说古人的作品
和今人的作品虽有传承关系却是不能相互替代的。李瑛写"长城上

空高高翱翔的山鹰"在诗人心中留下的"一个谜","一支歌","一片梦",歌颂鹰"在太阳和大地间回响的""强大的脉搏"和鹰的"生命里流出"的"一片火的激情"……这些诗句是诗人的心灵受到自由山鹰的叩击而喷溅出来的乐曲,这些乐曲鸣响着从古诗中找不到的时代的回音。

牛汉对鹰窠、鹰蛋、鹰胎和雏鹰的观察达到了惊人细致的程度,但他绝没有陷入烦琐描写的泥淖。他的每个细节都经过精心的挑选,用来刻画鹰的桀骜不驯的风神。牛汉不仅写了鹰的诞生,还写了鹰的归宿。在牛汉笔下,鹰的一生——

> 最后不是向下坠落
> 而是幸福地飞升
> 在霹雳中焚化
> 变成一朵火云
> 变成一抹绚丽的朝霞

这几行诗使我想起了英国十九世纪维多利亚王朝桂冠诗人丁尼生的一首名诗《鹰》。这首只有六行的诗极其简练而准确地描绘了鹰的静态和动态。诗的后半是这样三行:"他下面滚荡着波光粼粼的海洋;/在悬崖峭壁上守望,他投出目光,/突然,像霹雳一样,他向下飞降。"我们注意到,两位诗人都把鹰同霹雳联系起来。丁尼生的鹰像霹雳般飞降,牛汉的鹰在霹雳中飞升。一降一升,都突现出鹰的性格的锋棱。但我们可以清楚地看到,牛汉已超越了细节描写的真实,走向了哲理的高度,走向了理想的升华。飞翔在牛汉笔下的,已不是鹰的准确的形体,而是鹰的不死的精魂,或者说,是鹰的精魂和作者的诗魂的统一。这种理想的升华,正表现了在七十年代初期那黑云密布的日子里,我们的诗人对光的呼唤,对光的渴求。

周涛的《鹰之击》写了鹰与狼的决死斗争。一只年轻的鹰向一只老狼发起袭击,用一只利爪攫住狼的后臀,这爪子直锁进了狼的骨肉;狼狡猾地向灌木林狂奔,把鹰拖进林中,劈面而来的枝杈抽打着鹰,鹰不得不用另一只爪子去抓住树枝,就在这一瞬,鹰被劈胸撕成两半;狼摆脱不掉身上的鹰爪,终于精疲力竭而死去。鹰在同恶的代表狼的斗争中,没有觉察到对方的暗算,竟牺牲了。但鹰付出的代价是有回报的。诗篇描写了自然界的这一惊心动魄的场面。它使我想起美国大诗人惠特曼的名诗《双鹰的嬉戏》。惠特曼写的一雌一雄两只鹰在高空互钩着爪子,拍击着翅膀,形成“漩涡的一团”,“在滚动着的、旋转着的、成群的连环中,向地面直跌下来……”然后是平静的并翔,分离。周涛的语言和惠特曼的语言都显得雄健而明朗,节奏感强,都富有一定的厚度与力度。惠特曼写的是和平生活,那是鹰的和平生活;周涛写的是生死搏斗,那是鹰的搏斗。这两首诗从不同的侧面刻画了鹰的本质特征,对读者来说,可以互为补充。然而,在周涛心目中,鹰的搏击并没有结束:

> 天空中依然有鹰的身影,
> 也和那死去的鹰一样,
> 划着巨大的弧线,旋转上升……

急骤的鼓点又转入舒徐的和弦。自然,这和弦中仍然蕴藏着新的暴风雨。无可否认,我们的时代也正在这一张一弛的节奏中破浪前进。

山 河 的 神 话

李钢对大自然的感受也是丰富的。在他的诗篇中,出现过太阳、月亮、星辰、大海、春、夏、秋、台风、野花等各种性格不同、寓意不同的形象。然而最使人难忘的是他的一首诗中的山与江河的形象：远古时代，大地干渴；一个勇士用利剑割破自己的喉管，趴在大地的唇边，让大地吸吮自己的鲜血；大地喝饱了，勇士死去了；大地忍不住哭了，泪水从勇士身旁默默地流过。后来——

> 我出世了。
> 　妈妈指着勇士的身躯告诉我：
> 这是山；
> 　妈妈指着大地的泪水对我说：
> 这是江河。

这个化为大山的勇士，按我的粗浅理解，应该是历史上一切为祖国、为人类、为真理、为科学而奋斗牺牲的志士仁人的集合形象。在这个简短、单纯然而精粹的故事里，似乎蕴含着一部人类史。这个故事启示我们从人和自然、人和社会、人和历史的关系各方面去进行思考。不同于那些直观地描写自然的文学作品，在这首诗里，诗人点铁成金地把山和江河这样的自然形象变形为一个故事，使这个故事所包含的哲理带有神话的色彩，却并没有离开时代的脉搏。这是诗人灵感的触发，也是他对自然和人类进行深思而孕育的果实。李钢的这首《山与江河》，可以说，是许多反映自然的诗篇中一个具有特异质地的品种。

从大自然获得灵感，把自然和人类社会统一起来并对之进行哲学思考，是近年来新诗创作的重要特色之一。

以上只是笔者个人阅读十六本诗集后的一些随感，很可能把一些更重要的诗篇遗漏了。但从以上谈到的几个方面看来，我们的新诗艺术正在向纵深发展,我们的诗歌事业正方兴未艾。这是极为可喜的。至于这十六本诗集中是否也有缺点和不足之处,那当然有的。只是限于篇幅,这里不能一一谈到了。

这次得奖的十六位诗人,虽说包括老中青三代人,但青年诗人太少。李钢是最年轻的,但他出版诗集《白玫瑰》时也已三十二岁。有人说诗是青年的事业,这不假。中外古今许多天才诗人在青年时代完成了他们的诗的使命,如王勃、李贺、裴多菲、拜伦、雪莱、济慈等。但也不尽然,李白、杜甫在晚年仍然写出许多杰作;歌德在八十二岁高龄完成巨著《浮士德》第二部;哈代从五十八到八十八岁逝世止,先后出版九部诗集,包括史诗剧巨著《列王》。老诗人只要不脱离时代,不停止思考,就能写出优秀新作,这正为历史所证实。因此,我们完全有理由期望我们的老诗人和中年诗人在现实和生活的感召下,更大幅度地突破自己,超越自己,拿出崭新的力作,来丰富当代社会主义文学的库藏。但是,话又说回来,时代的车轮在滚滚向前,诗歌的希望在青年一代,诗歌的未来属于青年诗人,这是客观规律,是历史发展的必然。事实上,就在党的十一届三中全会以来直到1983、1984年(更不用说1985年),我们的诗坛上涌现出了大批青年诗人,年轻的刚刚二十岁出头;还有一些更年轻的少年诗人。青年人的诗作虽然有的还显得稚嫩,但总的说,起点较高,时代感较强,有着各种不同的风格和形式,引起了诗歌界和广大读者的注视。这是一支不可忽视的力量。只是由于他们中的多数人在那两年里还没有出版诗集,这使他们在这次评奖中失去了机会。(有的老诗人在那两年里出版了诗集,但由于集子中新作所占比重过小,尽管其中不乏杰出作品,仍然没有被列入候选名单,这是可惜的。)因此,这次评奖不能说已经做到了全面地、准确地反映那两年新诗诗坛的成果。这样的缺憾,我们相信会由今后的新诗评奖和诗歌评论来弥补。

奋飞吧,老诗人,中年诗人!奋飞吧,新一代青年诗人!中国大地正在等待你们更加嘹亮的歌声,中国听众正在等待着你们更加动人的心曲!

1986年2月,于北京和平里

关于"汉语诗"的命名

　　一次,吕进兄对我说,他所主持的重庆"中国新诗研究所"并不是中央级的(如中国科学院之冠以"中国"),只是表明他们所研究的是"中国新诗"。这使我想起,为什么没有"英国新诗"、"印度新诗"之类的名称,而中国有? 大概是因为,二十世纪初叶在中国掀起的五四新文化运动中,面貌一新的汉语语体诗崛起,而且占领了几千年来一直由文言诗占领的诗坛主流地位。于是把文言诗称为"旧诗",语体诗称为"新诗"。这是中国的特产,所以有"中国新诗"之称。毛泽东于1957年1月12日致臧克家等的信中说:"诗当然应以新诗为主体,旧诗可以写一些,但不宜在青年中提倡……"于是,"新诗""旧诗"的名称便似乎固定下来。但,对这种称谓,依然不断有人质疑。何以故?"新诗""旧诗"所区别的只是形式或体式,或所用的语言文字,而非关内容。(故我习惯用"旧体诗"名称,以表明只关"体"。)但名称本身既无说明,又如何免除误解? 文言诗思想可以新(如鲁迅的"横眉冷对千夫指,俯首甘为孺子牛"),语体诗感情也可以旧(如徐志摩的"别拧我,疼!")。可见,用"新""旧"字样来框定诗的性质,似有未妥。

　　1991年5月2日,北京大学中国语言文学研究所中国新诗研究中心召开了一次座谈会,名称叫"1991年中国现代诗的命运与前途"研讨会。主持此会的谢冕兄对我说,他们是有意不用"中国新诗"的名称,而改用"中国现代诗"名称的。这就说明他们着重于中国诗的"现代性"。

这又引起我的联想。在古代中国,诗路漫长。四言,骚体,五言,七言,杂言,一路发展下来,到初唐,律诗和绝句(平仄,对仗,句数,字数,用韵都有严格规定)这种格律诗逐渐形成并固定,当时人称之为"近体诗"或"今体诗",因为在隋以前这种体式还没有诞生,至少还没有成熟。称"近体诗"可以与同时存在的古风、乐府、歌行体等相区别。这个"近体诗"的名称,一直沿用到今天。有一次我用了一下这个名称,一位青年误以为是新近出现的一种什么诗体。固然可以怪他知识不足,但也可以怪自己为什么还用这个过时的名称。西方"现代主义"产生于十九世纪后期与二十世纪初,对今人来说,已过了百年,还叫"现代"? 于是有"后现代"出现,又有"后后现代"出现。是否还会有"后后后后现代"?

"新文学"这个名称恐怕也会淡化,不如叫"五四以来中国文学"及"二十世纪后半叶中国文学"之类更恰当。设想再过百年或几百年还叫"新文学",是指哪个时代的"新文学"?

"新诗"名称的产生有它的时代合理性。但过了几乎一个世纪之后,还叫"新诗"? 现在似乎已到重新考虑命名的时候了。中国诗不同于世界其他国家的诗的基本点在于它用的是汉语。在海外,也叫华语。汉语是世界上最美的语言之一。所以,我以为对中国诗可命名为"汉语诗"以突出它最重要的基本点。是否叫"汉诗"或"汉文诗"或"中文诗"? 当然也可以,但我以为"汉语诗"名称易于与文言诗相区别。(现在对文言文也叫"古代汉语",窃以为应该叫"古代汉文"。英语中语言和文字只有一个字 language,如欲区别需另加修饰语,而中文不同,于是叶圣老发明了"语文"一词用于中小学课本,聪明!)或者说,"汉语诗"缺乏时代感,不如叫"现代汉语诗"。当然也可以,不过要估计到多少年后是否会在"现代"前加上"后""后后"

"后后后……"。

顺便提及,现在有些人认为"格律诗"仅指文言诗中的律诗、绝句。他们以为汉语语体诗都是自由体。误解!闻一多的《死水》,冯至的十四行,难道不是格律诗?为了区别于文言格律诗,邹绛用"新格律诗"名称,黄淮用"现代格律诗"名称。我的意见,似可用"汉语格律诗"名称——其中"汉语"不能改为"汉文""华文"或"中文",否则就不能区别于文言格律诗了。

还有一点,"汉语诗"名称优于"中文诗"。中文,即中国文字。但中国还包括五十几个少数民族,其中若干也有他们的文字。这些是否也是中国人的文字?用"汉语诗"名称可以避免这个矛盾。

以上所提,仅仅建议而已,可供讨论。

2003 年 4 月 1 日

精微与冷隽的闪光

——读卞之琳诗集《雕虫纪历》

卞之琳同志把他从1930年到1958年所写的诗进行了选编,收到一本总集里,名曰《雕虫纪历》,已于不久前(1979年9月)由人民文学出版社出版。这本诗集,可以说是卞之琳同志已有的全部诗作的总结。

诗人的创作大体经历了抗战前、抗战中、新中国成立后三个阶段,也可以说是诗人思想发展的三个阶段。但无论在哪个阶段,无论诗的内容有什么变化,歌咏的对象有什么不同,也无论是自由体还是格律体,卞诗始终保持着独特的风格,独特的创作个性。《雕虫纪历》是一本富有鲜明个性特征的诗集。

诗人说:"我写诗,而且一直是写的抒情诗,也总在不能自已的时候,却总倾向于克制,仿佛故意要做'冷血动物'。规格本来不大,我偏又喜爱淘洗,喜爱提炼,期待结晶,期待升华,结果当然只能出产一些小玩艺儿。"这段话,也许可以成为我们了解卞诗风格的一把钥匙。淘洗是水的功夫,提炼是火的作用。诗人的思想感情,经过了火的锤炼,水的洗礼,实现了诗的变形:结晶或升华。结晶,是晶体从溶液或蒸气中析出来。升华,则是固态物质不经过液态而直接变为气体。我想,也许叫凝华更好。凝华:气态的水汽不经过液态而直接变为固态的冰晶。凝炼——凝而又炼,似乎就是思想感情经过类似水和火的作用而实现了变形,变成更高一级的东西:诗的艺术。

在诗人的早期诗作中,有凭吊、忧思、彷徨、苦闷,也有激愤、开朗,以至喜悦。但这一切都被一层沉思的面纱裹住。"冷淡盖深挚"不仅是《苦雨》一首诗的特色,而是早期诗(以及中、后期一部分诗)的共同特色。《白螺壳》尽管"有一千种感情",也得让"时间磨透于忍耐"。连《叫卖》这样一首被作者自称为"玩笑出辛酸"的小诗,也叫人深思:一扇门能把哭声和"好玩艺儿"永远隔开吗?再看这首《断章》:

> 你站在桥上看风景,
> 看风景人在楼上看你。
>
> 明月装饰了你的窗子,
> 你装饰了别人的梦。

这里是多少个"对照"(或"对应","对衬","相对"……):你(或我)和人,桥和楼,明月和你(或我),窗子和梦。桥是联结点,楼是制高点;窗子是观察世界的,梦是反映世界的。而这些,都统一在风景——大千世界的庄严色相里。观看,处于主位;装饰,处于客位。这里,可以看到主位和客位、主体和客体、主动和被动的矛盾统一。世界是由差异和矛盾构成的。美好的东西,例如皎洁的明月,对于你的视觉(心灵的窗子)应该是一种慰藉,而你(或我),对于别人的探求(梦想和幻想),也应该是一种慰藉。"装饰"并不是贬义词。如果说这首诗里没有喜悦,那么,至少它也不透露悲哀。它题为"断章",其实也就是"一斑",或布雷克说的"一粒砂"。它是"冷淡盖深挚"的又一例,它凝炼到了精微的程度。

　　即使是爱情诗,热烈也潜游在矜持中。哪怕是一座火山,却被覆盖在雪峰之下。

> 门荐有悲哀的印痕,渗墨纸也有,
> 我明白海水洗得尽人间的烟火。
> 白手绢至少可以包一些珊瑚吧,
> 你却更爱它月台上绿旗后的挥舞。

　　这是《无题三》的第二个诗节。门荐和渗墨纸是爱情的见证,也是爱情结束的见证。海水可以洗尽人间的烟火,似乎也可以洗尽门荐和渗墨纸的记忆。但经过海水千百年淘洗的珊瑚毕竟是动态中的静态,而月台上白手绢的挥舞则是静态中的动态。绿和白两种颜色的波浪形挥舞给人的印象该是深刻的,尽管舞动中包含着宁静。它暗示着爱情的尾声(因为它暗示火车开行,完成别离),而且是被允许了的(别忘了绿旗),所以又是"你"所"爱"看到的。可是这恰恰说明,这种"悲哀的印痕"是任何海水所冲不掉,任何烟火所烧不毁的。恐怕这就是这首诗所体现的意境。如果说这里也是感情的凝炼,那么它凝炼到了冷隽的程度。它是"冷铸"的产品。

　　诗人的这种独特的风格,在他中、后期诗中继续保持并发展着。在三十年代末期写的两首十四行诗——一首是写毛泽东主席的,一首是写朱德总司令的——中,诗人颂赞革命领袖的满腔热情被纳入客观描述和冷静分析的严谨律度里。诗人选择了最富于特征性的细节来表现他敬佩的人物。一个演讲时惯用的手势"打出去",一个谈笑时惯用的口头语"有味道",都是人物著名的特征。前者体现气魄,后者体现亲切。诗人依然不向读者直抒胸臆,诗人的热情表现在对若干典型细节的选择上。而读者,则又一次感受到诗人的热水瓶胆式的感情,虽然,这种感情同他早期诗中的感情已经很不相同了。

诗人是惜墨如金的。有时也画泼墨山水,如用冷嘲盖热讽的《春城》,但那是较为偶然的。由于喜爱淘洗,诗人往往略去了过渡,从而形成跳跃。有时把衔接俭省到最低限度,读者略不细心,便会感到中断。《距离的组织》由于诗人自己加了七条注,才使读者听到了"潜台词"。《灯虫》第二诗节出现多少艘艨艟一齐发,显得突然。但如果熟悉希腊神话中雅宋和阿尔戈英雄们的故事,了解金羊毛能在黑夜里放光的特性,也许就能领会这个诗节同"灯"和"虫"的联系了。同时,这种细小的翠体飞虫,飞起来也有两片透明的小翅膀,令人联想起"白帆"、"艨艟"。这里不但从明喻换到隐喻,而且进一步变成并立式,好像已由"比"到"兴"了。《尺八》开始写名叫"尺八"的乐器从大唐流传到日本,继而写一个中国人到了日本(二十世纪三十年代),听到了尺八的吹奏,再写他因而想起了多少年前(唐代)一个日本客人在长安夜闻尺八而动乡思的情景。全诗二十行,细分起来,可有七个小段落。节奏是跳跃式的。但整首诗的调子是贯串的,正如诗人自己所说,是对祖国式微的哀愁。可是到了《放哨的儿童》那里,诗人见到了祖国"新天地的两员门神",祖国的面貌大变,诗人以喜悦代替了哀愁。然而节奏仍然是跳跃式的,尽管是舞蹈般的欢快的跳跃。

由于用笔俭省,饱满的诗意往往凝聚在文字的浓缩体里面。有时,会费读者的猜测。例如对于《寂寞》,李健吾同志(刘西渭)曾解释说,"禁不起寂寞,'他买了一个夜明表',为了听到一点声音,哪怕是时光流逝的声音";又说"为了回避寂寞,他终不免寂寞和腐朽的侵袭"。对这解释,诗人说:"觉得出我意料之外的好",因为"自己原不曾管有什么深长的意义"。这表明,一个作家可能是自己作品的解释者,甚至可能是权威解释者,但不能是自己作品解释的垄断者。有时作家可以出来申辩,或者纠正误解。但作为社会存在,作品的效果却是客观的。卜诗之使人觉得"有味道",常常在于它的可挖掘性,或者叫可探索性。它同含蓄有联系,但不是一回事。《空军战士》的第三诗节是这样的:

> 也轻于鸿毛,
> 也重于泰山,
> 责任内逍遥,

这大概不是指空气可以把飞机托起来,所以它是轻的。空军战士在"五分钟死生"面前,把生命看得不那么重,才是对生命的郑重的态度;置生死于度外,才能自由地驾驭生死(逍遥),才能严肃地对待生死(责任)。这里是用了司马迁的名言,表述了诗人心目中的空军抗敌战士人生哲学的辩证法——当然这只是我作为读者的理解,但愿这不是强加给作品的曲解。

诗人对形式是讲究的——为了更好地把内容表达出来。无论自由体还是格律体,都达到了精致。有一些形式是从欧诗"引进"的,但不是欧化诗。"桔逾淮化为枳",可摒除其贬义而取其喻。集中有八首十四行诗,就其韵式而言,都是彼得拉克式的,但又并不拘泥。比如,有五首都是最后两行相押,这不是彼得拉克的押法。但又不是莎士比亚式的最后两行自成一组的偶句,因为全诗都是两个四行组和两个三行组构成,最后两行属于最后一个三行组,这正是彼得拉克式的。《空军战士》不但在韵式上是彼得拉克式十四行诗的变体,在节奏上也是变体:每行只有两"顿"(相当于两音步),节奏急促,有一种轻盈而又迅疾的听觉效果。现代欧洲诗人,例如英国奥顿、奥国里尔克、法国瓦雷里,他们写的十四行诗也大多是彼得拉克式的变体。《白螺壳》袭用了瓦雷里爱用的一种诗体,全诗由四个诗节组成,每节十行,而这十行,却是一个莎士比亚式十四行诗的四行组(交韵),一对莎士比亚式十四行诗的偶句,一个彼得拉克式十四行诗的四行组(抱韵),三者连接起来,形成这个十行一诗节的韵脚构成,即:1212334554。这首诗的四个诗节的韵式,熔参差于整齐,铸活泼于严谨,奔流穿插,剔透玲珑,体现出白螺壳的坚实空灵,天工巧夺。

也有学古的,如《第一盏灯》:

> 鸟吞小石子可以磨食品,
> 兽畏火。人养火,乃有文明。
> 与太阳同起同睡的有福了,
> 可是我赞美人间第一盏灯。

这首四行诗颇似旧时近体诗中的七绝。(当然也像波斯的"鲁拜")但这只是就其韵式和行(句)数而言。第一、二、四行押韵,相当于七绝的第一、二、四句押韵。从其语言结构来看,第一行是一个句子。第二行内包含了两个句子,这里有行中断句,这种结构在旧诗、词中是没有的。〔旧诗、词中有跨行(句),如孟浩然的"时见归村人,沙行渡头歇",却绝无行(句)中断句。〕从形式到内容,这首诗都给人以崭新的感觉,它是化古而非泥古,是从古脱胎出来的新品种。卞诗中也有从词和民歌得到借鉴而又进行了创新的作品,例如,前者有《采菱》,后者有《叠稻罗》。

诗人在选择入韵汉字时是既严格又不拘泥。同一个字不能用来押韵,这是格律诗的一般守则。但在我国的新诗中往往不被遵守。卞诗在这一点上是严格的,除非有意的重复(如《投》)。至于"一齐发"与"秀发"(《灯虫》),那是汉字简化造成的,原来一个是"發",一个是"髮"。鲁迅主张押大体相近的韵。卞诗押韵,en 和 eng 是通押的,不受十三辙的约束。在反映江南风物的篇章中,有时用江南方言的发音来押韵,如"汁"与"色","阁"与"足","所"与"数"等。这并不显得牵强,反而有乡土风味。讲究起来也真讲究,用阴韵时,不仅有两个字的,如"道儿"与"调儿"(或者说其实只是一个儿化字),还有三个字的:"压过去"与"擦过去";更有四个字的复合韵:"小玩艺儿"与"好玩艺儿"。而且阴韵或复合韵的主字除韵母同外,还要求声调同:"道"与"调"都是去声,"压"与"擦"都是入声(按今天的北京语音,则又都是第一声,相当于阴平),"小"与"好"都是上声。《第一盏灯》的三个韵脚"品"(pǐn)、"明"(míng)、"灯"(dēng),依次为上声(第三声)、阳平(第二声)、阴平(第一声),声调逐步升高,从听觉效果上象征了人类从蒙昧到文明,一步一上升的境界。书名《雕虫纪历》,本应是"纪程",用"历"字正是为了取得平仄的谐调。

卞诗在格律上还进行了对于汉语语音内在规律的探索。汉语发展到今天,声调依然是它的语音的基本特征。在用韵上,平仄有时还起作用,某些戏曲和曲艺唱词中押韵的汉字不但要求韵母同,而且要求声调同。但在新诗的语言节奏上,平仄已不起多大作用,起作用的应该是口语的自然间歇即"顿"或"音组"的构成。关于这一点,卞诗作了有益的试验,是值得重视的。

1979年12月

时代激情的冲击波

——读二十人集《白色花》

  在我的面前,摊开了一本诗集。四十年代那血与火的岁月仿佛再现了。那是抗日战争的年代,那是解放战争的年代。在那个年代,革命和反动拼搏,光明和黑暗争斗,希望和绝望交织,新生和堕落递嬗。这个伟大的时代所孕育的文艺有如鸣奏宏伟交响的大海,《白色花》正是其中的一朵浪花。它沉默了将近三十年。今天,又在历史的回音壁前再度呼啸。我感到亲切,我感到震颤。我曾经在四十年代的时代激流里游泳过。重读这些诗,我仿佛又回到了当年进步学生运动喧腾的集会上,文艺青年亭子间里彻夜不灭的灯光前,或者在冲破封锁线奔赴解放区的阳关大道上,我听见了诗朗诵,那铿锵的字句如澎湃的涛声,撼动着我的心灵……

  《白色花》是人民文学出版社出版的一本诗集,其中收入了二十位作者的诗。他们是:阿垅、鲁藜、孙钿、彭燕郊、方然、冀汸、钟瑄、郑思、曾卓、杜谷、绿原、胡征、芦甸、徐放、牛汉、鲁煤、化铁、朱健、朱谷怀、罗洛。编者是绿原和牛汉。他们之中除少数人是在三十年代就开始写诗外,多数是四十年代诗园地的垦殖者。那时候,他们中有少数人年龄较大,但大多数人还是二十几岁的青年。他们生活在祖国各地,大部分在国统区,也有几位在解放区;或者在流动中。他们都有各自的生活经历。但由于在诗歌创作道路和创作风格上的互相感染,互相渗透,他们逐渐形成了一个通常被称作"七月派"的诗歌流派。这个流派的诗在内容上和人民共命运,同呼吸,对国民党反动腐朽势力愤怒鞭笞,对共产党领导的人民革命事业纵情礼赞;在形式上继承和发展了"五四"以来新诗中的自由诗传统,要求形式和内容的统一;从而形成了中国新文学大军中一支革命的自由诗的骑兵队。这只是一支小小的骑兵队,但它毕竟是整个大军的一部分,在迎接太阳的大进军中响起过擂鼓般的蹄声。《白色花》是从二十人的许多诗歌作品中选出来的作品合集,也可以说,是这支骑兵队在祖国大地上奔驰过后遗留下来的一串历史的印痕。

《白色花》里的诗篇,是多彩的,但,又有着共同的特点,那就是:寓深沉的思索于强烈的感情之中。这里有抒情诗,有叙事诗,有讽刺诗,有寓言诗,有哲理诗。但总的说,由于诗人们同人民的要求相结合,他们的诗所表达的感情是强烈的。他们爱,爱得深;恨,恨得猛。他们的诗,往往是喷发的诗,而较少内省的诗;是行动的诗,而较少静观的诗。或者说,是大路上的高歌,不是书斋里的低唱;是呐喊,不是吟哦;是交响曲,不是室内乐。而这些诗篇所喷发出来的岩浆,则正是属于那个沸腾岁月的时代激情!

对半封建半殖民地旧中国的容忍,就是对建立一个社会主义新中国的理想和实践的叛逆。阿垅在《写于悲愤的城》里抨击着"流氓的城! 流氓的社论! 流氓的皇室",掷出了"他们到底要多少万人殉葬"这样悲愤的问句。郑思在《秩序》里描绘了一幅色彩斑斓的都市风俗画,勾勒出旧社会"环绕着法律的秩序"的种种特征。绿原在《给天真的乐观主义者们》里奏出了愤懑和忧郁交织的组曲,当他让官僚、贵妇、警察、刽子手、死囚、女工、童工、知识分子们的形象在组曲里交替出现的时候,我们听到诗人对那个不公正社会的控诉已经从烈焰般的愤怒发展到冰凌般的冷嘲。在这些诗篇里,我仿佛重新闻到了那个时代的重庆、南京、上海这些半封建半殖民地都市里令人窒息的毒瓦斯;但同时也听到了这个黑暗王国的反抗者们心脏的剧烈搏动!

在那个时代,大半个中国的人民如大旱之望云霓那样瞭望着"解放区的天"。诗人们以海涛般的激情、飓风般的豪情歌唱着这个时代的"战斗者",歌唱着"暴君的版图上的引火者",歌唱着"光明的体积",歌唱着"没有眼泪的人民"。当诗人们唱到"为了迎接大风雨,英雄们正在集体地死去"的时候,他们的感情变得"严肃而静穆"。曾卓向自己的母亲陈述着:无数的母亲的孩子们都在"用如石工一样的手,一凿一锤地敲打着通向自由幸福世界的路"。而当杜谷准备奔赴解放区的时候,他感到自己的"心在青春的苏醒里沉醉",而面前"杯里满溢着"的,则是"献身的欢喜"!

在诗人们笔下,解放区的形象是那么刚健而质朴。胡征给了我们以红军战士、女护士、刻钢板的同志、在延安挂路灯的工人等人物形象的不加雕饰的素描。鲁藜的《延河散歌》有如一条清澈的溪流,反映出延安的夜晚和拂晓、山峦和山流、战士和人民;反映出这个举世瞩目的中国革命总指挥部所在地的晨光般明朗清新的面容,像真理一样单纯的风貌。从这些诗篇里透露出诗人们对这里山河和人民的无比深厚的挚爱!

随着人民解放战争的疾风迅雷般的演进,全国解放的日子越来越临近了。徐放唱出了前景:"奴隶的血,总有一天要冲垮那帝王的龙庭!"牛汉发出了预告:"地狱就要倒塌了!"化铁在《解放》一诗里以宏壮的音乐般的语言歌颂着我人民解放军向全国的进军:

　　　　这是怎样的欢腾的世纪啊!
　　　　这是怎样的开花的季节啊!
　　　　…………
　　　　苦恼的人们跳跃着,歌唱着,劳动着,

> 从二十世纪的奴役的、残暴的、古老的
>
> 　中国站立了起来。
>
> 新生的中国，
>
> 要从一九四九年算起呀！

这是地球的东方的一场暴雷雨。化铁这样唱着："在暴风雨的后面，原有温暖的像海水一样的蓝天，还有拖长着身体的柔美的白云，还有雀鸟，还有太阳的黄金。"解放区将扩展到全中国，在中国大地上，将是一片"太阳的黄金"。可以感到，诗人们迎接解放的感情是何等强烈，何等庄严！

　　诗言志。这些诗人们表述着他们的"自我"，也表述着人民的意愿。他们力图把自己和人民融合在一起。绿原的《诗人》一诗中有这样一个诗节：

> 有战士诗人
>
> 他唱真理的胜利
>
> 他用歌射击
>
> 他的诗是血液
>
> 不能倒在酒杯里

这也许表达了这一群诗人共同的心声。歌颂正义，抨击黑暗，"文章合为时而著，歌诗合为事而作"，这原是中国文学从屈原、杜甫、白居易、曹雪芹直到鲁迅的传统。应该说，我们的诗人们是继承了这个传统的。当然，在中国，以及在外国，还有另外的传统。而这一群诗人的诗，同一切反动的、反人民的、反现实的传统，与其说是格格不入的，不如说是进行了斗争的。

　　尽管这些诗篇有其共同的特色，但是诗人们又都各有自己的风格。阿垅的激越,鲁藜的清纯,绿原的凝重,冀汸的淳厚⋯⋯构成他们各自风格的基调。阿垅曾描写嘉陵江纤夫们前进的方向是迫近"那一轮赤赤地炽火飞爆的清晨的太阳"。而这种力的"炽火飞爆"式的喷冒和辐射,正是阿垅诗作所特有的音响。鲁藜的歌仿佛云的飘动,水的流荡,几乎每一句都是经过了提纯,显得透明地清亮。冀汸的节奏是舒徐的,当他在"跃动的夜"从城市回到乡村,回到自己的家门的时候,他"舞踊着,轻快地走了进去⋯⋯"这种轻快的舞踊构成了他诗歌风格的要素之一。而在这种舞踊般的节奏里,正蕴藏着诗人对生活的淳朴爱情和由这种挚爱产生的暖人的力量。此外,还可以再举出孙钿的质朴,曾卓的明锐,彭燕郊的清新,牛汉的沉郁⋯⋯当然,对一个诗人的风格作这种简单的概括可能是不十分科学的,因为同一个诗人的风格也有变化,有发展。但,毕竟每个诗人在一个时期内总会有自己的基调,而这种基调则是这个诗人所特有而不可与别人移易的。也正因为如此,他们才能够以自己的音色和音量参加这场雷雨轰鸣般的管弦乐合奏。

　　自由诗似乎更接近自然。然而大自然本身是有节律的运动。山野里风声和雨声会互相激荡;草原上蛩鸣和鸟鸣会上下呼应;空谷里飞瀑的奔泻会激起隆隆的回声。当我重新读着这些诗篇的时候,我仿佛听到了《大堰河》和《火把》里艾青的声音,听到了《灵山歌》里冯雪峰的声音,甚至听到了《野草》里鲁迅先生的声音。没有雨露,也就不会有繁花。没有前驱者的辛勤灌溉,也就没有后来者的蓬勃生长。他们之中有几位,例如阿垅,对旧体诗词颇有造诣。但阿垅的自由诗从旧形式脱胎出来,没有陈旧的痕迹。他们的作品完全是在中国的土壤里生长出来的花木,但我也在它们绿色的律动里听到了惠特曼和马雅可夫斯基的回响。音乐没有国界。古人和今人之间没有鸿沟。整个进步人类的心也是相通的。

　　二十人的成就,应该说,是不平衡的。是天籁,就免不了噪音;

是激流,就会有泥沙。有些篇章在艺术上显得粗糙,不成熟。但是,正如钟瑄所宣称:"我是初来的。"仿佛童声的歌唱,带来了新生者初次看到世界时的新鲜感和天真的喜悦。是粗糙,幼嫩,同时却往往又具有不可替代的稚气美。

二十人中有几位,如阿垅、方然、芦甸、郑思、化铁等,已经先后离开了人间。其他各位,有的从五十年代到今天没有再写诗。但他们之中也有几位在逆境中坚持写诗,尽管那时候没有发表的可能。到了七十年代末、八十年代初,我们重又听到了他们之中许多位的新的歌声。鲁藜、绿原、冀汸、彭燕郊、曾卓、牛汉、杜谷、徐放、罗洛等的新作,也选入了这本《白色花》里。

在诗人们的新作中,鲁藜的歌声比他过去的更加清亮而纯净了。他这样歌唱贝壳:

> 正因为它是生长在沙砾与苦水里
> 它才孕育了纯洁的明珠
> 正因为它是来自黑暗的深渊
> 它才那么爱抚着光明

诗人的这条溪流,经过千回百折,现在已经是清澈见底了。但诗人对生活的挚爱、对理想的执著,则仍然——不,应该说是更深沉地蕴藏在那闪动的波光和泉影之中。

绿原已经从自由体发展到格律体。从形式到内容,他更严谨了。他的《重读〈圣经〉》写在七十年代初身处"牛棚"的时期。这首诗是对十年内乱中那股黑暗势力所发出的一篇犀利的檄文。精心的构思被感情的悲愤和沉痛所掩盖了。我听到的是一种更加凝重而深沉的旋律。但诗人的信心是坚定不移的。在诗的结尾,他声称:解除这场灾难的希望在于人民。这给这首诗带来了东方的鱼肚白那样的亮色。

这个诗歌流派只是历史的存在。这些诗人从过去走来,向明天走去。他们将会怎样变化和发展,那只有他们的新的创作实践才能做出回答。

掩卷深思,我的心不能平静。《白色花》和它所代表的诗歌流派在历史上的得和失仍然值得我们作进一步的探讨。但,当我重读这些诗的时候,我感到有一点是更加明确了,那就是:离开了时代,离开了人民,离开了人民的是非和爱憎,离开了人民的审美标准,将不会有真正的诗,将不会有喷泉或瀑布那样的诗的激情!

1982年2月 和平里

九十高龄人的一首小诗

——致臧克家

9月21日收到您9月19日写给我的信。10月12日我给您寄去拙译《莎士比亚十四行诗一百首（英汉对照）》。10月19日又收到您10月17日写给我的信。10月21日晚又接到郑曼同志给我打的电话。

以上这张"日程表"说明您和郑曼同志对我的热情关怀，特别是您如此高龄，还多次亲自执笔给我写信，而我却迟至今日才写回信，很不礼貌！原因是这些天忙于一些事务，时间太紧，于是把应当立即写信的时间推迟了。请您原谅！

您19日信中有这样的话："你的信，给我带来极大的快乐！我看了三五遍之多，在封皮上划了两个红圈，存于我的珍贵之袋。"这使我十分感动。您谈到自己，说："我的为人重感情，对朋友，情谊深厚……"我和我的不少朋友对此都有同感，觉得克家同志为人非常热情，重友谊，关怀别人。我们不仅因受到您的关怀而感到温暖，而且觉得应该向您这种坦荡、热忱，已到九十高龄还像青年那样火热的性格和作风学习！

您在信中示我以您的一首小诗：

我，
一团火。

灼人，

也将自焚。

这是您的自我写照，也是一首极其精练而又"灼人"的诗。这首诗只有四行，十个字，其体积仅为旧体诗中最短的体裁——五言绝句（二十个字）的一半，比词中最短的小令"十六字令"还少六个字，但却蕴含着丰富的内容。"灼人"当然不是去灼伤别人，而是要满腔热情地对待别人，正如雷锋说的，对同志要像春天般温暖，也就是对别人、对社会要做出奉献。"自焚"不是自我毁灭，而是要不顾一切地把自己奉献给别人，给社会，直至生命的终结。我这样理解不知对不对？另外，我觉得这首小诗在艺术上也很有特色。除了我上面已经说过的字数少以外，这首诗的诗行排列和韵式构成也很别致。这首诗共四行，只一个诗节，但一个诗节里分为两个组，每组二行。第一组由一个一字行和一个三字行组成，第二行比第一行多二字；这两行的字数均为奇数。第二组由一个二字行和一个四字行组成，第二行比第一行也多二字，这两行的字数均为偶数。第一组两行共四字，第二组两行共六字，第二组比第一组也多二字。这样，形成参差而又整齐的阶梯诗型，均衡中有变化，交错中有匀称，体现了闻一多先生所说的"建筑美"。这首诗的韵式是aabb，按王力教授的说法，叫"随韵"。两行一押。第一组是"我"与"火"相押，第二组是"人"与"焚"相押。"我"与"火"不但韵母相同，都是uo，而且声调也相同，都是上声（现今普通话里的第三声），用汉语拼音字母加上声调符号来标出，这两个字是：wǒ，huǒ。同样，"人"与"焚"也是韵母相同，都是en，并且声调也相同，都是阳平（现今普通话里的第二声）：rén，fén。新诗中的格律体，讲究押韵，但在选择协韵字时同时讲究四声的协调，这在新诗中是很少有人做的尝试。这样做，乐感更强了。您这首诗中这样的音韵安排，有一种回环往复、跳跃跌宕的旋律感。由于诗行短,停顿多,字音的轻重配置恰当,所以节奏是急促的,有力的,可以借用闻一多对田间的诗的评语"鼓的声音"来作比。这些,也都体现了闻一多所说的"音乐美"。这首诗不仅具有以上分析的音乐素质,还有一种内在的节奏,这是一种情绪节奏,它是诉诸心灵的听觉的。这种内在的节奏正是作者人格的体现,在这种节奏里面形成了诗格与人格的统一。总之,这首诗语言自然,却有严谨的格律设置,精巧,但不雕琢;朴素,但不粗糙;浅易与深沉相结合,清醒与热烈相统一:是一首读不厌的好诗!

我在年轻时(二十二岁)写过一首诗,现录呈给您:

生命没有终结

意志是坚冷的铁砧,

生命是一块烧红的铁,

在生活无情的捶击下,

它散出了灿烂的星花;

经过千百次的锤炼,

在最后形成的

该是一把闪着寒光的宝刀,

它将被饲以敌人的血,

且永远矜持着,没有一丝笑容……

或一把笨重的锄,

被命定有一个终身的伴侣:泥土,

它该默默地度过辛勤的一生,

让地里的碎瓦,片石,逐年累月,

无形中磨损尽了它的青春……

然而年代终于使那些

被遗忘了的锈锄,断剑,

重新进入熔铁的洪炉，
于是它们在烈焰熊熊之中，
又看见了新的生命，熠熠地，
在向他们俨然招手。

在将来的幻象里，
最后我也交出了我斗士的生命，
让精魂潜入更年轻的心，
不久便在那里开出美丽的花朵；
再把我倒在沟壑里的躯干
给大地施肥；
到了明年，便化成一片
黄金的谷穗，
临着秋风，我将掩不住
新生的婴儿的喜欢，
而不断地向新的世界
骄矜地颔首。

这首诗写于1946年1月，发表在唐弢同志主编的上海《文汇报》副刊《笔会》上。我想这首诗中所表达的思想感情与您那首小诗可能是相通的。但我这首诗用了三十二行二百九十七个字，相比之下，您那首小诗是何等精练啊！

更巧的是我在年轻时还写过一首小诗（年月已记不确切，大概也在1946年），录如下：

烛

我是一盏蜡烛，

用自己的光
去照亮别人，
直到燃尽自己。

这首小诗与您那首似乎更相像。(当然,艺术上很粗糙。)我说的"去照亮别人"原意也就是奉献。但有人说:你"去照亮别人",把自己比作群众的引路人,太自傲了! 所以这首诗我始终未敢拿出去发表。

您在信中对我的评价,也是对我的鼓励,我铭记在心。对争名于朝、争利于市的行为,我确是深恶痛绝的。(现在实行社会主义市场经济,我拥护。但同时也出现了观念的改变,"争利于市"似乎已是天经地义。因此,我的思想可能大大落后了! 不过,我想,正经的企业家也要讲商业道德。我认为"无商不奸"的说法是不对的。至于假冒伪劣充斥市场,就更使人忧心如焚了!)对拉帮结派(这个派当然不是指艺术流派),我不感兴趣。我不随波逐流,但更警惕自己思想不要僵化。我尊重前辈、老一代诗人和作家的功绩,我也重视中年、青年诗人和作家新的创造和可贵的探索。至于我自己,我觉得只有默默地工作,把自己剩下不多的时间和精力奉献给祖国的文学事业,才是人生的价值所在。这也是上面抄录的两首诗的一贯思想。

您在信中对我提出了希望,您说:"我希望你:一方面在译诗方面多出成绩,另一方面,也写些精练的短诗。"您的期望我很愿意遵从。这也是我对自己的要求。您在信中还说:"人生一世,别的都不可靠,可靠的是真正的作品和精粹的译品。"这话对极了,可以说是说到了我的心坎上!

今年10月8日,是您八十九周岁的诞辰,我向您致以迟到的——然而诚挚的祝贺! 现在,您已经进入人生的第九十个年头了。您精神矍铄,身体健朗,我感到非常高兴!"人间重晚晴"。望多多保重,多——多——保——重!

1993 年 10 月 23 日

诗人杜运燮追思

　　诗人杜运燮于7月16日因病逝世。从此,在中国诗歌史上发挥过重要作用的"九叶诗人"又去了一叶。去年(2001年)4月在中国现代文学馆举行"九叶诗派学术研讨会"时,我听到他第一个发言,畅谈他在诗歌创作方面的体会。他那如沉钟般坚定沉凝的嗓音,至今还印在我的耳膜上。没想到这竟是与他最后一次见面,最后一次听到他的声音。

　　我知道诗人杜运燮,是在上个世纪四十年代读到他的诗集《诗四十首》时。他的诗,富于独特的意象营造和深浓的意境渲染,运用现代主义手法却又充盈现实主义精神,两者结合得水乳交融,把我深深地抓住了。当时,我就把他的一部分诗译成英文,作为一种尝试和练笔。那时我正担任美国友人约翰·鲍威尔先生主办的英文周报 *China Weekly Review*(《密勒氏评论报》)的特约撰稿人,我把杜诗英译中的一首《被遗弃在路旁的死老总》交给该刊发表。我挑选这首是由于它充分体现了诗人悲天悯人的哲人情怀和沉郁凄恻略带怪诞的诗风。那时已是上海解放前夕。1949年5月28日,上海解放当天,清晨,《密勒氏评论报》新的一期出版,封面左侧是加框重要新闻:SHANGHAI LIBERATED(上海解放)! 右侧是本期要目,其中 Tu Yun Sih(杜运燮)的名字赫然在焉。276页上登了运燮的四十六行诗的英译:*The Dead Soldier Left by the Roadside*。上海市民在锣鼓喧天地迎接解放的同时见到了运燮的这首祈求和平的诗。这也许是一种历史的遇合吧。

我和运燮兄本不相识，直到"文革"结束后才在集会上见面。可以说是一见如故。以后又由于工作关系，例如他编的《穆旦诗选》交人民文学出版社出版等，有了更多的接触。在有关诗歌、文学的集会上多次见面，还有不断的通信、通话和互赠新作。这样，作为诗友，我们的友谊日增。

运燮的诗《被遗弃在路旁的死老总》，写一个已经战死的士兵被遗弃在路边，全诗是这个"死老总"的鬼魂的呼唤，"给我一个墓，／黑馒头般的墓，／平的也可以，／像个小菜圃，／或者像一堆粪土，／都可以，都可以，／只要有个墓，／只要不暴露……"然后这个鬼魂继续诉说，他从小就怕狗，怕痒，怕狗舔他，怕狗为抢一根骨头，一块肉而打架，怕四处觅食的野兽，怕它们喝血，抢骨头，怕黑鸟，怕黑鸟的尖喙……最后又倾诉呼号："我怕，我怕，／风跑掉了，／落叶也跑了，／尘土也跑了，树木正摇头挣扎，／也要拔腿而跑，／啊，给我一个墓，／随便几颗土，／随便几颗土。"这个已死的士兵似乎仍然是一个稚气未脱的孩子，然而他"被驱不异犬与鸡"，而且送了性命。诗人在这首诗中创造的语境和氛围，令人震惊骇异而终生难忘。杜甫《兵车行》中的诗句："君不见，青海头，古来白骨无人收，新鬼烦冤旧鬼哭，天阴雨湿声啾啾。"运燮无异把杜甫笔下的境界创造性地转化为另一种惟新诗才能表现的况味。杜甫的诗是抗议"武皇开边意未已"。运燮的诗则是一支刺向一切侵略战争发动者的投枪！

1979年的一天，运燮兄在读了我译的他这首诗的英文本后，以喜悦和兴奋的心情与我讨论这首英译诗的得失。他说，原诗的气氛和韵味在英译中有所体现。如原诗的句子："因为我怕狗，／从小就怕狗，／我怕痒，最怕痒，／我母亲最清楚，／我怕狗舐我，／舐了满身起疙瘩，／眼睛红，想哭；／我怕看狗打架，／那声音实在太可怕，／尤其为一根骨头打架，／尖白的牙齿太可怕，／假如是一只拖着肉，／一只拉着骨，／血在中间眼泪般流，／那我就要立刻晕吐……"这些意象丰富、寓意深刻的诗句被英译为："I fear to be licked by dogs, / To be licked and made convulsive, / With eyes red and tears to shed; / I fear to see dogs fighting; / Their noises are terrifying, / Especially when for a bone they fight, / Their sharp white fangs are too terrifying; / If the one a lump of flesh is biting, / And the other for a bone is fighting, / With the blood like teardrops dripping between, / Then I, seeing them, will be sick and fainting……"运燮认为英译在字词的选择、节奏的处理及韵脚的安排上费了工夫，取得了效果。他说 red 和 shed 作为行内韵处理得好，又说连用 terrifying, biting, fighting 以及 between, fainting 等字，通过头韵、脚韵和邻韵交错的声音效果，加强了荒凉凄楚甚至恐怖的气氛渲染，刻画了"死老总"的内心哀痛和恐惧，突出了一个冤魂的形象，是成功的。我感谢他的鼓励。我说："你的诗，语言自然，情感真切，可以说是'天然去雕饰'的语言构成，却安排了循环往复的脚韵。"我指出，开头二十句以［u］为韵母，用了"墓"，"圃"，"土"，"骨"，"楚"，"哭"，"吐"等叶韵字，造成强烈的压抑感和痛苦感；其后改用［a］为韵母，出现"瘩"，"架"，"怕"等叶韵字，很快转用［ie］为韵母，出现"野"，"血"，"胁"等叶韵字，随即又以［ao］为韵母，用了"鸟"，"巧"，"跑"等叶韵字，仿佛乐曲的几度转调。最后又回到开头的韵母［u］，出现了"墓"，"土"等叶韵字，戛然而止。这首诗的韵式严谨，精密，像一个圆圈，跑了一转，回到原来出发的地方，也像一座坟墓。我说："我的英译，努力追踪你的韵式，而且选用与你中文原诗中的字发音相近的英文字，如译'墓'，就用 tomb，而不用 grave。英译开始时用 tomb, bones, true 等字置于行尾，都是圆唇音，与汉语韵母[u]近似。中间换邻韵，如 dogs, cocks, acute 等。最后，又归结到近似汉语[u]为韵母的音，用了 too, tomb, crude 等圆唇音的字。但我也注意到不过于死板，使读者感到脚韵在若有若无之间，力求自然。只是，我掌握英文的功力很差，所以整首译诗显得稚嫩。"运燮兄待人宽厚，对我总是以鼓励为主。

我们又说到英国诗人奥登，我知道运燮兄极爱奥登的诗，受他的影响极大。奥登在中国抗日战争初期访华，并到前线访问。我提及奥登的《战时》十四行组诗十八首，那是写他在中国抗日战场上的观感。其中有一首《他被使用在远离文化中心的地方》，也是写一个被遗弃的"死老总"。诗中写道："在一件棉袄里他闭上眼睛／而离开人世，人家不会把他提起。／／他在中国变为尘土，以便他日／／我们的女儿得以热爱这人间，／不再为狗所凌辱……"（据查良铮译文）奥登对在抗战中牺牲的中国士兵作出了极高的评价，令人感动。奇怪的是奥登这首诗与运燮兄的那首诗有着这样明显的共同点，不仅写了战死的士兵，也写了狗的威胁。运燮兄告诉我，关于奥登的这首诗，还有一段插曲。1938年在武汉文艺界欢迎奥登的集会上，奥登朗诵了这首诗。在场的翻译不敢译该诗的第二行"又被他的将军和他的虱子遗弃"而改为"穷人与富人联合起来抗战"。我问运燮兄：写"死老总"与奥登的这首诗有没有联系？他说没有直接受谁的影响，但他与奥登的心是相通的。

我说到他的一些"轻诗"。我说，他的诗表现喜怒哀乐各种感情，大都是"正剧"，没有想到他也写讽刺诗。他说他的这类诗，讽是有的，刺却没有。他把这类诗称作"轻诗"，像"轻歌剧"那样。我说，怎么没有刺？《追物价的人》中藏着最尖锐的刺。他听了一笑。

我与运燮兄还说到了写诗的习惯。我说我写诗必须是有感而发，写不出时不硬写。有时灵感袭来便立即抓住记下，如果迟疑，便会失去，无法追踪。所以我常在床头放着纸笔，半夜或清晨如有一点诗思便随手记下。运燮兄说,他也如此,有时半夜里忽然想到什么,便起身开灯,到书桌上把稍纵即逝的感觉写下来。他说有时懒惰,觉得第二天起床再写不迟,但第二天一早,那灵感已经飞去,再也追不回来。他说想不到我们二人写诗抓灵感的经历如此相同。我与他相视会心地微笑。这次交谈非常愉快,当时的情景深印在我的脑子里。

我曾几次想到他家中畅谈,但由于种种原因未能如愿,至今引为憾事。但书信来往和电话交谈还是不断。我不时从报刊读到他的诗作。他七十岁生日时写了生日感怀《最后一个黄金时代》,诗中说:"人生不只是 / 从自己的哭走向亲人的哭, / 给你几十年走动的机会 / 是为了学会笑、说、走、跳 / 先会笑,然后才会说 / 接受挑战…… / 直到老年 / 还要在年轻人的注视下 / 接受一次 / 写结论末句的 / 难度最大的挑战。"我为他的生命不息、奋斗不止的精神所深深感动。运燮兄是一个淡泊名利、与人为善、与世无争的诗人,但他的内心坚强勇敢,永远在迎接挑战。他在《自画像速写》中说自己"追求新、真、深、精,爱朴素 / 向往古今中外精华的结合 / 上下求索,走自己的路 / 不声不响地做自己的工作"。这最后两句是巴金老人对沈从文的评价。运燮兄喜爱这两句话,而恰恰这两句话又是他自己的写照,所以他写进"自画像"中。运燮兄宁静,恬淡,但内心如火。他在《火》中有这样的诗句:"这个世界这样美, / 我热爱它,就因为 / 到处有火的花和蓓蕾。 // 有生命的,都在燃烧。 / 我也早就被点燃了, / 有时觉得像一座火山。""有人燃烧自己, / 是为了射出艺术光束, / 使别人跳舞或沉思。"这些跃动着如火的激情的诗句,正是诗人生动的自我写照。运燮兄八十岁时,写了一首《八十自语》,其第四章中这样写道:"我服老,又不服老 / 变老,因主动权在天 / 但服老,也不信'人老莫作诗' / 能点燃时决不停息点燃 // 不服老,因主动权在我 / 过早服输,是不体面的不战而降 / 认真向前跑,甚至只是走 / 才会有无愧于自己的最高奖赏……"这里充满了一位一生始终在"上下而求索"的老诗人的生命辩证法。"人老莫作诗",只能对某些人讲,对运燮兄讲是无用的。他不信生理的老等于精神的老。歌德八十二岁完成《浮士德》。哈代八十八岁还在批阅《列王》。运燮兄作为诗人"不知老之将至",他不老,永远不会老。

运燮兄今年因肺部不适,影响心脏,心脏扩大,心力衰竭,两度住院。7月3日住院时,他依然心情开朗,谈笑自若。他自称"乐观主义者"。这是因为他始终对祖国、对人类抱有强烈的、美好的希望。"文革"中他被发配到山西永济"五七"干校劳动改造,被强迫退职到农村当农民靠挣工分吃饭两年,后到临汾山西师范学院外语系任教五年。他的前妻因不堪忍受苦难和耻辱,精神分裂,撒手人寰。运燮兄以极强的毅力忍受着这一切,用沉默抗衡着这一切。同时,他还认为这段生活增加了他的阅历,深化了他的人生,磨炼了他的意志。他就是以这样的心态对待生命的考验。我想,他必定也是以这样的心态对待死亡的迫近。2002年7月16日,他在宣武医院与世长辞,没有痛苦,没有遗言,悄悄地走了,走了,"一心跟着梦走,/最后总是看到了灯",在那另一个世界!

我登门——第一次登运燮兄家的门,而运燮兄已经走完八十四年崎岖和平坦的人生道路,走向另一个世界。我在他的灵堂里郑重地签下名,向他的含笑的遗像深深地三鞠躬,祝他一路平安,一股热泪涌在我的胸腔。我握着他的夫人李丽君大姐的手,向她致深挚的慰问。他的遗像下桌上摆放着整齐的一排书,都是他的遗著,留给世人的精神财富。我耳边又响起他的诗句:"我并非一无所有/还想有一点当作家的宏图","我并非一无所有/还攒下一本薄诗集……"我要说,运燮兄啊,你并非一无所有,你拥有一个诗的国度,你拥有整个世界!

2002年7月27日

附：

被遗弃在路旁的死老总

杜 运 燮

给我一个墓，

黑馒头般的墓，

平的也可以，

像个小菜圃，

或者像一堆粪土，

都可以，都可以，

只要有个墓，

只要不暴露

像一堆牛骨，

因为我怕狗，

从小就怕狗，

我怕痒，最怕痒，

我母亲最清楚，

我怕狗舐我，

舐了满身起疙瘩，

眼睛红，想哭；

我怕看狗打架，

那声音实在太可怕，

尤其为一根骨头打架，

尖白的牙齿太可怕，
假如是一只拖着肉，
一只拉着骨，
血在中间眼泪般流，
那我就要立刻晕吐；
我还怕旷野，
只有风和草的旷野，
野兽四处觅食；
它们都不怕血，
都笑得蹊跷，
尤其要是喝了血；
它们也嚼骨头，
用更尖的牙齿，
比狗是更大的威胁；
我还怕黑鸟，
那公鸡一般大的黑鸟，
除在夜里树上吓人，
它们的凿子也尖得巧妙……
我怕,我怕,
风跑掉了,
落叶也跑了,
尘土也跑了,
树木正摇头挣扎,
也要拔腿而跑,
啊,给我一个墓,
随便几颗土,
随便几颗土。

此诗抄自杜运燮同志的《诗四十首》诗集。收入巴金主编的《文学丛刊》第八集中,1946年10月上海文化生活出版社初版发行。

全诗四十六行,不分节。

The Dead Soldier Left
by the Roadside

Du Yun-xie

Translated by Tu An

Give me a tomb,

A tomb like a black steamed bun,

Or a flat one,

Like a little vegetable garden,

Or even a heap of earth;   5

As you like, as you like;

What I want is merely a tomb,

Merely not to be exposed

Like a heap of cow-bones.

For I am afraid of dogs.   10

Afraid of dogs since my childhood;

I fear to be tickled, I fear to be tickled,

My mother knew it true;

I fear to be licked by dogs,

To be licked and made convulsive,   15

With eyes red and tears to shed;
I fear to see dogs fighting;
Their noises are terrifying,
Especially when for a bone they fight,
Their sharp white fangs are too terrifying;   20
If the one a lump of flesh is biting,
And the other for a bone is fighting,
With the blood like teardrops dripping between,
Then I, seeing them, will be sick and fainting;
I fear the wild,   25
The wild with only wind and grass,
With hungry beasts prowling around,
That are not afraid of blood,
That are laughing strangely,
Especially when they are drunk with blood;   30
They also chew bones
With their fangs more keen;
Such are greater threats to me than dogs;
I fear the black birds,
Black birds big as cocks,   35
That sit dreadfully on the trees by night,
With chisel—beaks so curiously acute······
I fear, I fear,
The wind is gone,
The fallen leaves are gone,   40
Ashes and dust are gone,
Trees are struggling and rocking,

And, raising their limbs, will go too;

Ah, give me a tomb,

Merely a tomb,   *45*

Muddy and crude.

英译与原诗对应，也是四十六行。发表在上海《密勒氏评论报》
1949 年 5 月 28 日出的一期上。

诗坛圣火的点燃者

——序《唐湜诗卷》

读唐湜的诗歌著作,总要想起司马迁的话:"昔西伯拘羑里,演《周易》;孔子厄陈、蔡,作《春秋》;屈原放逐,著《离骚》;左丘失明,厥有《国语》;孙子膑脚,而注兵法;……此人皆意有所郁结,不得通其道也,故述往事,思来者。"诗人唐湜,在抗日战争初期,向往光明,准备奔赴延安,由于有人告密,被国民党政府逮捕,囚于西安集中营;1957年,在狂烈的政治风暴中,受到极大冲击,被开除公职,由公安部押送到北大荒劳动教养。三年困难时期,几濒乎死。后被遣返原籍,在十年浩劫期间,凭沉重的体力劳动以维持一家生计。然而,在如此逆境中,他没有放下诗笔,他的大量重要诗歌创作,都完成于困厄之中。就在他受到"阳谋"的残酷批判时,他在朝阳门外芳草地开始奋笔抒写一首长诗《划手周鹿的爱与死》!他自称这是他创作生涯中"一个新的起点","一次新的突破"。对缪斯的崇奉到了如此虔敬的地步,怎能不令人深长思之!尽管唐湜自称"'四人帮'的横行也激怒了我,叫我发愤而起"或"由于一种激愤,十来年间,戴着自己的火焰冠,躲闪着抒写了不少习作",但唐湜的特点不在受厄之后直接"抒忿懑"、诉"离骚"、"说难"或写"孤愤"。当然也可以从一些作品中看到他自己的形象,比如《桐琴歌》里的蔡邕,甚至那只发出哀音的桐琴以及桐琴的原料——被烧焦一半的泡桐木,其中也许有他自己悲惨际遇的隐喻。但是在他的多数作品里,充盈着的却是对生活的热爱,对美好事物的向往,是民间传说中爱情的美丽坚贞,历史上民族战争的悲壮激烈,人性搏斗的开合张弛,以及对诗友的缅怀,对幻美的追踪……甚至时时有欢乐,有阳光! 唐湜当然不是在感情上隐遁,在精神上逃避,在拼搏中后退。我想,不管他是有意识还是无意识,他实际上是以诗美的凝华来应对现实的黑暗,以对缪斯的忠诚来藐视命运的播弄,以精神的向上和高昂来抗议人间的丑恶! 他的人格是笔直的,但他的申诉却是通过诗美的追踪向人世发出的一道折射。他的所有的痛苦、悲凄、怨愤、焦虑和郁结,都经历了过滤,发生了嬗变,实现了纯化,因而升华为欢乐、温煦、缱绻、梦幻、宏伟和壮烈! 他作为美的宗教的信徒,超脱了红色宗教裁判的火刑! 这岂不就是"唐湜现象"的独特之处吗?

正当造反派的打砸抢如凶焰毒火在城市和乡村蔓延的时候,唐湜唱道:"这天宇下要没有无邪的孩子,/那人类就没有了光耀的明天;/这云彩下要没有诗人们写诗,/那灵魂里就熄灭了崇高的火焰!"诗人仿佛是针对着当时还是"孩子"的红卫兵"小将"们发出了拯救的呐喊! 正当现代迷信酿造的宗教狂热掀起了惨烈的红色恐怖,毁灭着大地上所有的美和青春的时候,唐湜唱道:"好呵,你会把青春的魅力/展现于脸儿上的笑语的飘飞,/为了祖国的美的崛起!""呵,这时代该年轻起来,/我们的祖国该年轻起来,/恢复早年的刚劲、豪迈!"这与当时的主流话语完全是南辕而北辙! 简直是"秀才碰到兵"! 不,他似乎是在惝恍和梦幻中跟黑雾和烈风对话,似乎是隔着一层朦胧和阴翳在召唤美好时代的来临!

就在这个"史无前例"的时期,唐湜写了一首十四行诗《忘忧草》,这题目就发人深省! 它的最后一节是:

> 当我拿梦幻的眼眸去凝望
> 悲痛的无底涡流，啜饮着
> 那一片淳美、澄澈的光芒，
> 我就仿佛在向美神献祭呢，
> 拿自己的苦难向她献礼，
> 叫深湛的忧郁化作一片美！

这应该就是诗人当时的精神写照和内心独白。苦难和悲愤成了供奉在美神祭坛上的牺牲，深沉的忧患意识异化为美丽透明的灵光。诗人回应了时代，又超越了时代；摆脱了时代奴隶的枷锁，踏上了时代前驱的风轮！

当艺苑被"旗手"和"文痞"践踏成一片荒芜，"假大空"和"瞒和骗"横扫一切的时候，唐湜唱出了这样的诗句：

> 可我忽儿从迷茫里惊醒了，
> 瞅见乌云似的一窝大马蜂
> 舞着毒刺，在空中哼哼着，
> 俨然是悲天悯人的大诗人！
>
> 他们一下子把阳光遮住了，
> 叫太阳的歌琴再不能弹奏，
> 也有些法利赛人把诗袍披着，
> 说自己是戴桂冠的太阳密友，
>
> 驴鸣样吼着他们的乐章，
> 要扑灭一切青春的火把，
> 拿蒙昧的浮夸来代替理想，

乌鸦样到哪儿都吱吱喳喳，
把自己骑着的可笑的木马
当作太阳的辉煌的车驾！

这是写于十年浩劫期间的十四行系列组诗《遐思：诗与美》中的一首。这是对大地上泛滥成灾的酷烈与荒诞的有力鞭笞和肆意嘲讽，他的大胆令人震撼；他的准确令人折服。同时，他向他的诗友——"严肃的星辰们"，发出了呼吁：

哎，你们，闪光的星辰们，
我在向你们的真挚致敬！
你们吞下了可怕的棘刺，
面对着什么经与剑的放恣，
却能在诗的欢乐的祭坛前，
点燃起圣洁的献祭的火焰！

这些诗句是对真实的诗人们的期冀，提醒他们，告诫他们：蔑视那种"经"与"剑"的放恣，燃起欢乐的圣火来。这些诗句也是诗人作为一位诗的神庙的香客，吟唱的虔诚的自白。他的创作实践表明他已经"点燃起圣洁的献祭的火焰"！在当时，他的歌篇是不可能在公众面前吟唱的。那时候，他根本不知道自己用心血谱写的乐章能有公开于人世的一天，相反，却有随时被抄没焚毁的危险。事实上他抒写于那时的许多诗章已经被黑口和毒烟吞噬。但他始终凭借一种神圣的虔诚，锲而不舍地以笔耕来偿还自己对诗神的默默许诺。尽管他自己说："1970年左右，我在'风暴'的包围里陷于孤立，恍有契诃夫的黑衣人向我访问，只能孤芳自赏地抒写一些十四行与抒情诗来排除怕人的绝望"，但事实上他的心灵的歌声已经超越了"孤芳自赏",超越了仅仅"排除怕人的绝望",而是给诗史留下了发光的记录,成为一种美的布道,成为另一种声音的人的尊严的宣誓!

诗人写下的诗,可以说都是通过了折光和透析而形成的自传,抒情诗是如此,叙事诗也是如此。唐湜的全部诗作,可以看作他颠沛跋踬的一生的心史。诗人所有的遭际和反应都以另一种形式保留了下来。"他的一切都没有腐朽,只是遭受了大海的变易,化成了富丽新奇的东西"(莎士比亚《暴风雨》中爱丽儿的歌)。这就是"唐湜现象"的终极含义。

唐湜属于"九叶"诗派。这个诗派形成于二十世纪四十年代,九位青年诗人关注时代的脉搏和人民的疾苦,但不满足于表层的反映,要求探索现实的本质,在继承民族诗歌和五四以来新诗传统的前提下,借鉴西方现代诗歌的技法,充分运用形象思维,使感性和智性得到水乳般的融合。这些共同要求使他们走到了一起,形成了一个流派诗人群。但"九叶"的名称则是过了三十多年后,到八十年代初才出现。唐湜作为"九叶"之一,有着自己独特的个人色彩。二十世纪末,两位访客在温州花柳塘新村与唐湜有过一次对话。访客向唐湜提出:"回顾您的创作历程,是否可用'浪漫主义的抒情→现代主义的沉思→古典主义的回归'这三个阶段作一粗线条的勾勒?"唐湜回答说:"大致可以这样说。"这就表明,这种分三个阶段的提法已由诗人本人认可。到了二十世纪八十年代及其后,"九叶"中的其他六叶(穆旦已于1977年逝世,曹辛之早已不写诗)中没有一位实行"古典主义的回归"。唐湜走上了自己独特发展的道路。我认为可以称之为"新古典主义"(这与十七、十八世纪英国的"新古典主义"——一度被称作"假古典主义"——不同)。事实上,在唐湜的早期作品中,这种新古典主义的色彩已经萌芽。而这种色彩,从二十世纪五十年代一直到二十世纪末,可以说是一以贯之，或者"愈演愈烈"。这表现在他用新的手法对古典美的锲而不舍的探索与追求上，而这种古典美，带有浓厚的中国特色。

上个世纪四十年代的唐湜，首先醉心的是欧洲文艺复兴时期的莎士比亚，浪漫主义时期的雪莱、济慈，之后才转向了现代主义的里尔克和艾略特。但他的根须从未离开过中国文化和中华文学的土壤。中华五千年文明是他的全部彩绘的底色。在他的作品中，既有燕赵豪杰的慷慨悲歌，也有江南儿女的浅吟低唱；既有雄浑阔大，也有凄婉柔媚。从他的诗作中我们听到了"天苍苍，野茫茫"那种敕勒风格的苍凉悲壮，也听到了"杂花生树，群莺乱飞"这类瓯文化的旖旎和瑰奇。多年来流行着一种提法：要在古典诗歌和民歌的基础上推进中国新诗的发展。对不少写诗的人来说，这仅仅停留在口头上。唐湜却用自己坚定的艺术实践对这个提法作出了回应。但他不是表层的模仿或形式的置换，他是让古典和现代相焊接，调和鼎鼐，熔铸一炉，形成精神上的承续和发展。于是，一种崭新的带中国特色的古典主义风格呈现在二十世纪后半叶的中国诗坛上。

从唐湜自己的回顾，也从对唐湜作品的阅读，我们注意到，他早年出版过三部现代主义风格的诗集、长诗之后，沉默了约十年时间；他自1958年起，陆续写出了《划手周鹿之歌》、《泪瀑》、《魔童》这一类反映南方风土的民间传说故事诗，以及大量抒情诗、山水诗，风格都比较柔和；从《明月与蛮奴》、《边城》起，为了刻画人物，风格逐渐转向雄豪或雄浑；之后，写《桐琴歌》、《春江花月夜》，塑造了两个文士蔡伯喈和张若虚，都是悲剧人物，风格又近于凄婉。《萨保与摩敦》写北魏六镇的大起义和鲜卑人宇文护和他母亲的骨肉深情，重新走向了慷慨悲歌的壮伟风格。最后写了《白莲教某》，转向柔和，有点像幻想的童话，成为历史故事的童话化或幻想化。这一切风格上的迂回，都围绕着对中国特色古典美的追踪。

　　这种追踪还表现在唐湜叙事诗中人物性格的营建上。比如，他的史诗《海陵王》，写公元1161年发生在长江边上的一场鏖战：采石之战，其中出现了两个历史人物：入侵者金国君主完颜亮和抗击金兵的南宋爱国者西蜀文士虞允文。蛮荒猎人出身的海陵王，从弑君篡位，亲率六十万蕃汉人马南下攻宋，到受阻于浩森的天堑之滨，兵败于虞公扭转乾坤之手，故事的进展浩浩荡荡，诗句如江河奔腾，一泻千里，大起大落，轰轰烈烈，一个生猛残忍，野心勃勃，又雄豪壮烈，气吞万里如虎的人物，栩栩然，呼之欲出。作者还塑造了一个王妃珍哥，作为海陵的陪衬，从一个侧面烘托这位女真可汗性格的多面性和丰富性。唐湜没有像《醒世恒言》中一篇《金海陵纵欲身亡》那样，把完颜亮写成一个毫无人性、淫荡得荒谬绝伦的人物。如果他是这样一个人，那么虞允文作为他的对手，在这场大搏斗大较量中取得胜利，也就不足挂齿了。唐湜还从中华民族总体构成的视角来俯瞰这场战争，把海陵塑成一位历史上少数民族骁勇桀骜的枭雄式人物，这也是他借鉴莎翁悲剧《麦克白》等而择取的历史悲剧走向。正因为完颜亮不是等闲之辈，这才显出南宋朝廷这位中书舍人的机智勇毅，他临危受命，拍案而起，运筹帷幄，指麾若定，才力骄人，魄力过人。那些跃动的诗句把他的性格写得有声有色，如火如荼，使他与长江大雾融合为一，洋洋洒洒，溶溶苍苍！唐湜把他的人物刻画得如此充分、饱满，性格突出，形象锋利，因而使《海陵王》史诗取得了预期的成功。唐湜在他的另一些诗篇中，塑造了蔡伯喈、陆放翁、张若虚、宋之问等历史人物，与金海陵一样，不是严格的史实的反映，而是根据实录进行某些艺术虚构和文学加工，使人物个性在诗意的击节声中逐步显现，丰满起来。这样的诗篇，往往使读者沉湎于古代历史的澄潭激流中，迷醉于古典式激越幽森的鼓声琴韵里。

　　唐湜擅于把民间传说改造成美丽的童话诗。例如，在他的故乡，从久远就流传着魔童和他的小爱人的传说，他家乡的乱弹戏班还演出过《水漫白鹿城》的"路头戏"，戏里的魔童成了凶恶的精怪，东海龙王却是庄严正面的神祇。唐湜重铸了《魔童》，恢复了这个传说的本来面目，又进行了改造，使它更精致，更美丽。东海龙王是维护封建礼教正统的暴君，魔童和他的母亲东海龙女和他所爱的表姐西湖公主则是爱的追求者，自由的崇尚者和压迫的反抗者，都有一颗真诚的善良的心。四个人物各有其性格特征，魔童的顽皮机灵勇猛大胆与他的龙王舅舅的暴戾凶残顽固冷酷形成鲜明的对照。龙女与伐木少年——神人相爱的描写，奇谲美妙，精彩百出，为魔童的诞生做足了铺垫。而魔童与龙王的斗争，被描写得翻江倒海，黑地昏天！诗人调动了种种文学手段，使战争双方主帅的性格生动灵活地呈现出来。这部童话诗使人联想到戏曲舞台，连诗中出现的乐器和武器如小银笛、穿云箭、珍珠旗等，也像是舞台上的道具，它们都用来突出人物的身份和性格。这与唐湜对中国戏曲特别是昆剧的熟谙和他曾从事过戏曲的评论和编剧工作有密切的关系。唐湜的另一部童话诗《泪瀑》，写渔郎反抗海公主的迫婚，写渔郎妻对夺去自己丈夫的"第三者"进行不屈的抗争，不断地诘问、控诉、詈骂、诅咒，她那抗争的形象矗立在海边，化为一座不倒的岩峰，而她哭诉的泪水迸射，变为永世狂泻、万年不涸的"泪瀑"。人物性格就这样横空而出世了！她与望夫石不同。她不是在等待的哀怨中化为岩石，她是在斗争的火焰中化为山"锋"。渔郎是一个象征，渔郎妻也是一个象征，尤其后者，是个极其强烈的意象。上面这些童话里的人物，都是由东瓯文化积淀凝华而成的立体雕塑，都是中国风的，古典式的人像晶体。

　　唐湜的语言运用，也在似乎漫不经心中使出了浑身解数。《边城》中的南宋大诗人陆游，就与一般读者心目中的这位爱国诗人形象有所不同。人们熟悉陆游与唐琬夫妻恩爱而终于被迫分离的悲剧故事,熟悉他反映这段哀怨恋情的词《钗头凤》和七绝《沈园》二首。人们也熟悉他"塞上长城空自许,镜中衰鬓已先斑"的襟怀,了解他以身许国而壮志难酬的苍凉心境。但人们不太熟悉还有一个打虎英雄的陆游。唐湜从陆游八十五年生命历程中撷取他在陕南川北做梁州通判时一段短暂的边城生涯,作为题材,淋漓尽致地勾画出这位诗人的忠愤情思和豪迈气概。那时的陆游,不仅时常带领一支人马与金人短兵相接,还曾以周处自许,立志为民除害,终于手刃北山上屡屡为害百姓的一只噬人猛虎。唐湜"下笔如有神",把这个情节写得惊心动魄:

> 蓦然一回头,恰好正对着
> 一双吊睛,那大虫蹙着额,
> 在眈眈虎视着,窥伺着来人;
>
> 自己一声唤,叫崖壁猛一震,
> 百步内林叶都簌簌地哆嗦着;
> 那大虫却一跃,腾空扑来了,
> 在自己的马前直立如巨灵!
>
> ……
> 可自己一奋战,直对着虎心,
>
> 猛然一刺,却刺得那么深,
> 直穿透了虎背,血瀑飞迸着,
> 直喷到人脸上,把新衮溅红了,
> 连白马上也出现了桃花纷纷!

写到这里,壮举已完成,似已到尾声,但诗人笔锋一转,又出现"更上一层楼"的一片铿锵:

> 那大虫大吼一声,叫危峰
> 都倏然迸裂,却还带断戈
> 向自己横扫过来,作濒死的
> 一扑,恰遇着冷森森的剑锋,
>
> 一剑又捅入了白虎的脑门,
> 它这才巨崖样颓然倾倒了;
> 自己也惊出一身汗,随着
> 醒了过来,竟然是一个梦?

伟举已经结束,却又留下一个悬念:刺虎,仅仅是一场梦?这又是作者的一笔跌宕,原来陆游是在做梦,可梦中重温的是他确曾有过的行为:"可自己怎能忘那北山的驰射?/那猛虎的狰狞可记得真呢,……"谜底揭晓了,诗人却又反过来,做梦的文章:"可毕竟还是个茫然的梦,/这一年北山、骆谷的跋涉,/都是梦,只留下一片难忘的/铁马、秋风的记忆犹新!"翻来覆去,荡气回肠,全为了刻画人物的处境和情怀。

从上面所引的几段刺虎的描写,可看出唐湜的语言,简洁响亮,节奏明快,似有千钧之力,状物、抒情、叙事,精确爽利,字字到位,句句精警,没有一个冗字。如此文笔,使人想起戏曲舞台上刻画人物讲究的"精、气、神",或京剧表演艺术大师盖叫天所崇奉的武功原则"稳、准、狠"。唐湜的诗歌语言胜任于表达豪迈,也胜任于描述缠绵。它可以媲美于冯至的《帷幔》《蚕马》,也直追闻一多的《剑匣》,孙毓棠的《宝马》。它师承的还是屈宋和李杜。一位评论家谈到唐湜的诗时说："他的诗里流动着屈原、李白、杜甫、苏轼、陆游、辛弃疾……这些伟大诗人的血液。"对此，我深有同感。

在唐湜的诗歌创作里，还有一个引人注目的现象，那就是他的中国特色的新古典主义风格常常通过从西方引进的诗歌体式——十四行诗形式表达出来。被有的评论家称作最能体现唐湜诗风特点的长篇抒情诗《幻美之旅》就是由五十六首连绵不断、一气呵成的十四行诗（合共784行）组成。而《海陵王》这部气魄恢宏的历史叙事诗，也是由九十五首十四行诗（合共1330行）分七章组成。他为思念"九叶"诗友而写的长篇抒情诗《遐思：诗与美》由三十首十四行诗（合共420行）组成。他还写了各自独立的十四行抒情诗二百余首。他的十四行诗每行四顿，有别于欧洲十四行诗的多数以五步为主。他的十四行诗的段式和韵式也不完全依照彼得拉克式（abba、abba、cdc、dcd）或莎士比亚式（abab、cdcd、efef、gg），而有自己的创新。《海陵王》中每一首的段式是554三段，这与欧洲十四行诗不同，欧洲的大抵是4433四段或4442四段。《海陵王》各首的韵式是ababb、cdcdd、eeff，这是唐湜根据自己诗歌内容的需要而设计出来的。写历史叙事诗若用四段段式，会感到琐碎，采用三段段式便显得紧凑、稳定。关于韵式，彼得拉克式的抱韵庄严有余而活泼不足，莎士比亚式的交韵则非常灵动却少一点雄浑。《海陵王》各首的韵式恰好糅合了壮阔与深沉，为一群叱咤风云和沉雄刚毅的历史人物准备了合适的舞台。关键还在语言。我们从唐湜诗作中读到的是语体汉文。尽管保留了"跨行"（enjambment）等手法，但极少欧化的痕迹，而是经过提炼的现代汉语。正如老舍的《茶馆》，尽管话剧是外来形式，其内涵却是典型中国的；或如何占豪、陈钢的《梁祝》，尽管小提琴协奏曲是引进的形式，其内涵却是典型中国的。唐湜的十四行诗也是如此，由于作者从形式到内容的惨淡经营和才华发挥，读者便从它们典型的中国风和古典式中获得极大的艺术享受。自从十四行体引进中国以来，几辈诗人用这种形式写诗做出了贡献，闻一多、朱湘、冯至、卞之琳是不能忘记的名字。二十世纪下半叶至今，十四行诗作者辈出，而唐湜的成就特别突出，他在这方面的探索和取得成功的经验，是中国现代汉诗的一笔财富。

从1954年到1958年，我和唐湜兄是中国戏剧家协会《戏剧报》编辑部的同事，也是诗友。我与诗人穆旦的会面，就是唐湜介绍的。在1957年的政治风暴中，我和他都受到了冲击。但我比他幸运，被以田汉同志为书记的剧协党组"保护过关"，不过，逃不掉惩罚性的下放以改造思想，1958年1月我下到张家口地区怀来县土木乡"挂职劳动"。这年夏天我回北京接受又一轮批判并作自我检讨，却听到唐湜和另外几位同事已被宣布定性，开除公职，由公安部押送到黑龙江去了，不禁凄然！此后不断有关于他的消息传来，但直到"文革"结束，改革开放开始，他的"右派"问题改正之后，我们才有了再次会面的机会。在和平里的几次晤谈，回顾平生，不觉泫然泪下，感慨万端！我对他在逆境中坚持诗美的追求和创造，而且取得如许成就，深为感佩，也深为惊讶。因为我自忖，如果我处于他的境地，必定一行诗也写不出来。我们也谈诗论诗，既有反思，也有前瞻。应该提及的是，唐湜在诗歌评论方面的贡献，与他在诗歌创作方面的贡献不相上下。他的三部诗稿，经过我手，在上个世纪的八十年代和九十年代由人民文学出版社和北京燕山出版社推出。这次《唐湜诗卷》再次由"人文"出版，我应邀写序，义不容辞。上面所写的，不是我对他的诗的评论，只是读后的随感。我所写的，都出于至诚，因我素来厌恶吹捧和溢美。至于说得是否正确，是否科学，那便有待于读者和时间的公正。"途穷反遭俗眼白，世上未有如公贫。但看古来盛名下，终日坎壈缠其身。"虽然如此，他的知音还是有的，公正的评论也是有的。张炯等主编的《中华文学通史》,陈思和主编的《中国当代文学史》,洪子诚、刘登翰著的《中国当代新诗史》,其中都有关于唐湜的论述,都肯定了他在诗史上的地位。中国现代文学馆的展屏上,也有包括唐湜在内的"九叶"的领域。湜兄应该感到欣慰。近得湜兄寄来的诗歌新作多首,说明他虽已八三高龄,创作力并未衰退,是可喜的事!——序,就写到这里吧。

2003 年 3 月 29 日,于北京和平里

像树叶生长那样自然

——序成幼殊诗集《幸存的一粟》

　　成幼殊女士,在中国诗歌界,知道她名字的人也许不是很多,但她是一位真正的诗人。二十世纪四十年代初,上海圣约翰大学学生的她,开始写诗。1944年,我,上海交通大学学生,读到了她的手稿,即惊异于她的诗歌才华。那时她用"金沙"作笔名,发表诗作。1945年到1947年,幼殊和世光(狄蒙)、鲁直(谢庸)、宗锡(左弦)、何溶(伯英)、求真、妙英(方谷绣)、惠慈、克俭等十数人,加上我,都是年轻诗友,在上海成立野火诗歌会,出版油印诗刊《野火》。这在我们是一段值得永久怀念的历史。幼殊那时已是一位共产党的忠诚战士,从事地下革命工作,1948年白色恐怖猖獗,她身处险境,奉命转移到香港。1949年返回内地,先在广州《南方日报》当记者,后奉调北京外交部,长期从事外交工作,直到离休。但她始终没有停止诗歌创作。她的写诗生涯,绵延了六十年。

　　幼殊还是一位歌词作者。她作词、春海(大卫)作曲的歌《安息吧,死难的同学!》在上海纪念昆明"一二·一"死难烈士的群众运动中(1946年1月)唱遍了上海的大、中、小学,街头巷尾。我至今还记得1946年1月13日公祭于再烈士后群众大游行时高唱这首歌的情景,我自己也在队伍中激昂地唱着。1949年上海解放后,原解放区文艺工作者和上海文艺工作者举行会师大会,会上大家高唱革命歌曲,这首《安息吧,死难的同学!》又一次响彻上海大地。1999年在庆祝上海解放五十周年和建国五十周年的群众大会上,这首歌再次震响上海的天空。

二十世纪四十年代初,幼殊还是少女的时候,她的诗情就喷涌了。她的诗艺像一棵树在阳光雨露下成长,很快趋于成熟。英国诗人济慈说过,诗句的诞生应该像树叶生长那样自然。我觉得幼殊的诗句就是这样。她写个人感情的涌动,写时代风云的激荡,写爱情,写战斗,写人民生活,一切都在笔下自然地流出,无矫饰,无斧凿痕迹,正如苏东坡为文那样,"大抵如行云流水,初无定质,但行于所当行,止于不可不止"。她的天资使她与伪诗无缘。

幼殊的诗的本质是"真"。一切都是真情的流露,真实的感受,无论笑声还是泪痕,回顾还是前瞻,梦幻还是现实……从她的诗中,可以看到一位女诗人同时又是女战士的真实的姿态、真诚的灵魂。由于真,她的诗显现出女性特有的感情触觉。那么热情似火,那么柔情如水……她的感情呵,多少细腻的涟漪,多少壮阔的波澜,构成了独特的女性诗歌画卷。

幼殊的诗讲究意境。在她笔下,意境来自天然,不是刻意经营造就的。意境随着真情的流露而形成。她爱写梦。诗人往往与梦分不开,诗人是梦游者,也是梦想家。她写女儿的梦,恋人的梦,斗士的梦。读她的诗,仿佛与她一同沉入梦境,一同在梦般的意境里雀跃或沉沦。

幼殊的诗大都为自由诗。她随着意之所至,让诗句流泻而出,不受格律的束缚,而且佳作大抵为短篇,把感情浓缩在十几、二十几行之内。但她的诗并非脱缰的野马,而是自有规律可循。她惜墨如金,不滥用一个字。稍长的也有,半格律体也有,都服从内容的需要。她的诗行排列参差而非无序,一切遵循感情的流向。她的语言自然,清澈,富有内在的音乐性。

济慈说:"美的事物是一种永恒的愉悦。"我读幼殊的诗就有这种感受。她所创造的诗美是恒久的。每阅她的诗篇,无论是忧伤的,欢乐的,我都得到无上的愉悦。而且,每读一次,不是重复已有的感受,而往往有新的发现,从而得到新的快感。这种诗美叩击神经,撼动心灵,而且余响不绝。

幼殊诗作的高峰期在二十世纪四十年代。我曾手抄她的诗作的一部分,历经"文革"炼狱之火而保存了下来。但她早年的大量诗作却长期沉埋在历史的遗忘中。万幸的是,幼殊当年的同学,旅居新加坡的侯克华先生保存了幼殊二十世纪四十年代的大量诗作手稿。九十年代,这些诗稿重新回到了幼殊的手中,1998年我重睹了那些手稿的复印件。这一年10月,我回上海时,特地到圣约翰大学旧址(现为华东政法学院)走了一趟,追怀当年与诗友在这里的会面,追怀当年幼殊在这里苏州河畔的放歌,想到她的诗作失而复得,思绪万千,在校园纪念坊下我即兴吟了一首十四行,题为《纪念坊》:

> 塔一样竖立在草坪上,
> 匾额和对联的纪念坊:
> 看四根石柱上镌刻着
> 呐喊和旗帜的声与光。
>
> 五十年前歌声亮,
> 苏州河畔再引吭;
> 天翻地覆烟云过,
> 女诗人手迹在何方?
>
> 写在金丝桃叶上?

写在杜鹃花瓣上？

写在秋风里？春雨里？

可曾给校园留芬芳？

新加坡稿本越重洋：

纪念坊下泪几行……

　　这首诗寄给幼殊，立即得到了她的诗作《回应》。"人生得一知己足矣，／面对再一个千年，夸克，太空，新世纪。"这两行诗永刻在我的心中。

　　幼殊的诗集将要出版，嘱我写序。作为半个多世纪的诗友和她诗歌创作的见证人，我欣然从命。于是就写了上面这些话。

2000年7月—9月

用生命谱写的诗章

—— 致吴越

您今年已是八十七岁高龄了。听说病了一场，我衷心祝愿你早日康复，健康，长寿！

尊著《吴越诗选》，我已拜读，有的读了不止一遍。每次拜读，我都被你诗中那真挚的、沸腾的、火热的感情所激动。这部诗集，选入了你从1938年到1987年间创作的诗歌二百一十九首，反映了你五十多年追随诗神跋涉的历程，是你一生诗歌创作的总结。集子里的诗按写作年代先后分为五辑。每辑中都有好作品。在你从青年到老年的各个时期的诗作中，我最喜爱的是你四十年代在"皖南事变"之前、之后那一段时间的吟唱和七十年代对"文化大革命"反思的呐喊。我认为这两个时期的作品是你创作的两座高峰，是你笔耕收获的精华部分（当然其他时期也不乏佳作）。我尤其赞赏你四十年代的吟唱。

你是1931年参加共产党的老党员；抗日战争初期你从事民运和武装斗争，1939年调到新四军中。这一时期你留下了七首军旅诗，为我所激赏。你作为一名战士，在部队行军，从高山到平原，经历了战斗的洗礼。我读你的这些诗，就被诗中的革命乐观主义精神所深深感染。我惊奇于你的军旅诗中透露的宁静、温馨的气氛。这与硝烟弥漫的战场气氛协调吗？但是你的诗中惊人的真实感使我信服,战斗间隙中宁静的心态正是一个战士有崇高理想、有坚定信念的真实写照。在《清晨,安静的村庄》中,你描写一批在狂风暴雨之夜勇敢出击、歼敌归来的战士们,酣睡在早晨的打谷场上。他们铺一地清香的稻草,盖一身暖和的太阳,他们的睡态多么美丽:

> 帽子上有子弹的洞眼,
> 衣服上有血迹和泥浆;
> 晨风爱抚在肩头,
> 阳光亲吻在脸上。
>
> 睡得是那样踏实,
> 全身跟大地凝结,
> 强健的鼾声如雷,
> 胸膛像海洋起伏。

弹洞和血迹记录着生死拼搏的经历,这却使得他们更加沉着安详,因为他们的身体与大地——人民——凝结一体,他们的胸襟如大海一样广阔。"畅快地枕着胜利"的战士的梦境是宁静而温馨的。我想,这正是你作为新四军的一名战士亲历过的心态,所以能写得如此真切动人。

《一个深秋的夜晚》响起了变调,这里是平静中的不平静,从温馨化出的克制与痛楚。作为抗日军人,随时都做着牺牲的准备。同志间产生爱情,只能心照不宣,互不吐露:

> 我俩肩并着肩,
> 一直默默无言,

一直默默无言，
直到说声"再见"！
一直默默无言，
直到说声"再见"！

个人生死都置之度外了，爱情只有深埋在心中。"我把它压在心底，终究没有倾吐！""因为明朝就要远离，也许永远不能再会。"爱是忠诚的、深挚的，但戎马倥偬的环境，随时牺牲的可能，不允许纵情的倾诉。这样的爱，越是忠诚、深挚，越带有崇高美的色彩，越含有悲剧的意蕴。这首诗的四个诗节都用了叠句，产生了悠长抑扬、反复回旋的节律，有极强的音乐感。这是一曲令人荡气回肠的凝重的乐章。

你在"皖南事变"后写的诗篇，调子陡变：宁静转为愤怒，沉挚变作爆发。我听到了血泪的控诉，看到了生死的搏击，感到了至死不渝的忠贞！你在狱中回想到被押解途中看见黄山道旁野梅盛开而写的《梅》，把严寒的国土上燃起一身火焰的梅花的丽姿拿来象征被囚的战士的形象。古往今来，咏梅的诗不知有多少！把梅比作高士，也是用滥了的比拟。但你的这首诗却毫无俗滥的感觉，完全给人以新鲜的印象。不是瓶梅，不是庭梅，也不是园林里的梅，而是漫山遍野的野梅。"以鲜红照彻灰暗，以清香沁透冰冻的空间"，"以全身的花朵歌唱春天！"革命者不屈的气节被写得这样新颖而美丽，我在别处还没有读到过。

另一首，你为1941年冬在上饶集中营里乘暴风雨之夜越狱而去的一位同志写的《暴风雨》，篇幅虽稍长而读来没有冗赘感，只觉得诗中蕴含着一层深一层的对越狱者的情谊、关怀、祈望和祝愿，这种同志的、战友的、阶级的感情，是你作为身临其境的难友的体验，所以能抒发得如此真诚而深挚。你这一时期的好诗较多，如

《朝阳》，写太阳把"金色的、剑一般的光刺进这阴森的铁格的窗洞"，带给了"你们"——囚徒们以难以言说的"希望与喜悦"！这不是党的阳光吗？《北极星》写狱中人望着那颗"总是以固定的位置悬在远天"的亮星，感到它"总是对我恺切地注视"，感到它"早已在我的胸中闪亮"，这不是延安的灯塔吗？我感到，在这些诗篇里，愤怒已升华为单纯。你把政治犯们拼搏奋斗反抗牺牲的伟大的力量源泉，描绘得如此纯净，崇高，圣洁！

我带着颤栗的心读了这些诗。诗中野梅的丰姿，太阳的光影，北极星的形象，一一印进了我的深心，成为永恒的闪光。

你的《当春天来到的辰光》是1942年为茅家岭暴动写的鼓动歌词。你说过，钟袁平、徐家俊二同志为这首歌谱了曲，而钟袁平同志在暴动中不幸牺牲了！"当春天来到的辰光，／看，谁人还敢阻挡？／大地解脱了坚冰的枷锁，／让阳光拥抱广阔的胸膛！／芳草染绿了无边的原野，／江河奔腾，勇敢，热情奔放，／自由呵，热爱呵，战斗的渴望……"你和难友们就是唱着这支歌，愤然扯起了暴动的赤旗的，是吗？我想象着当年包括你在内的越狱者们怎样在这首歌的矫健的节奏和昂扬的旋律的鼓动下，英勇地团结战斗，冲破敌人的封锁，去争取自由、争取胜利！那场面该是一种战斗的辉煌，也是一种诗歌的辉煌呵！我认为这首诗（歌词）应该作为革命文献载入史册！

你参加暴动出狱后，在武夷山中辗转流徙，历时八个月，夜宿林莽，饥食野草，濒临绝境，最后才找到了福建省委。但不久日寇又大举进攻，你和同志们由福建省委安排疏散到城市。这一段生活，都反映在你写于1942年至1945年的大约三十首诗中。在这些诗篇里，出现了战时南中国荒凉的原野和森林，贫瘠的土地，破败的村庄，还出现了处于社会底层的劳动者、贫农、担盐的妇女、卖野果的女孩等等，同时也出现了背叛民族背叛祖国的汉奸、昧着良心发国难财的奸商。一边是苦难与抗争,一边是荒淫与无耻,对比何等强烈!你的诗风已经变得更加沉郁、凝重。从这些诗中,我看到了更加深广的忧愤,更加惨烈的悲壮!

读着你的这些诗篇,每每使我想起惠特曼,想起冯雪峰,想起艾青。冯雪峰也曾是上饶集中营的囚徒,他写于狱中的诗歌,那种悲愤、深沉、郁勃的气韵,是悲剧美的一种极致。你的狱中诗在格调上同他有一脉相通之处。惠特曼在美国南北战争时期曾自愿到伤兵医院去为战士服务。他写在那一时期的反映美国内战的诗篇,洋溢着他对士兵的爱,对人民的爱,那种真切、深厚、诚挚的爱的感情,渗透在他的音符中。你的诗与他的诗,有些地方十分相似!例如《啊,祖国!》,写你流浪在武夷山中时心灵搏动的历程,歌唱着祖国之爱、人民之爱、战士之爱,那是何等真实、深切、恳挚的感情!那种回旋汹涌、起伏激荡的节律,使我仿佛重新听到了惠特曼的乐曲。

读你的诗,也常常使我把你和艾青联想起来。《死鸟》中对那只被捕杀的鸟的哀悼,透露出艾青式的忧郁;《一只鸟雀》中对那只在清夜向诗人倾吐滴血歌声的鸟的颂赞,蕴含着艾青式的向往。我并不认为你是在模仿谁。我只是感到,作为战士和诗人,你与艾青的心是相通的,你的某些诗作与艾青的某些诗作,有着何等相似的气质!

然而你仍然是你,你创造的意象仍然是你独有的。比如,在《困苦的老水车》中,你用老水车来象征中国农民:那种忠厚、质朴、坚韧的性格,正是二者共有的特征。这个无比贴切的象征物,是你独特的选择。你运用的比喻也体现出你特有的目光。比如,在《收获时的忧愁》中,你描写一个为交租发愁的农民,说他"低垂着禾穗一样的头","夕阳照着他黑瓦罐一样的面庞"。"禾穗"、"瓦罐"似乎是随手拈来的比喻,却带着浓重的乡土气息,是那个时代农民的视界中出现的事物,用它们来形容一个忧心忡忡的农民,太恰切了!
在另一些诗篇里,你描写阳光下的溪流,说它像"刺刀一样闪光";
你描写夏夜的星星,说它们像"菜籽发芽般睁开了眼睛"。这是荷
枪的战士和种菜的农人特有的比喻,是从独特的视角观察得来的
修饰语。你诗中的语言是经过提炼的口语和平易的书面语,朴实,
有时甚至粗拙,但极富于生活的色彩和思想的内涵,这些,正是你
的语言特色。比如在《播种》中,你写中国的农民一辈子劳动在土
地上,把他们对土地的耕作说成"啃啮着泥土","啄着泥土":

> 他们的父亲这样啃着,啄着
> 祖父这样啃着,啄着,
> 曾祖父这样啃着,啄着……

这个"啃"字和"啄"字,是耕作劳动的变形,朴实得就像土坷垃
一样,然而包蕴着非凡的意象。这样的语言运用,显示出你观察事
物的角度的新颖和对事物的感觉的敏锐,也说明你极其善于从生
活中捕捉稍纵即逝的视象,然后把它们化作诗的语言。

你的关于"文革"反思的那一部分诗作,我读后也有许多共
鸣。但这封信已经写得太长了,留待以后再谈吧。

这里,我还想再说几句。我觉得你是幸福的:你在军中、狱中、
暴动中、流徙中的经历,是你拥有的财富。拥有这样的财富的诗人
是极少的。你以此为源泉,才写得出那些好诗。但我又觉得,你的
诗作,特别是你在军中、狱中、流徙中写的诗作,那些用生命谱写的
篇章,还没有受到诗歌界的足够的注意,我还没有见到诗评家向读
者推荐那些诗的文章。你是甘于寂寞的,在寂寞中你依然不懈地、
顽强地追踪着诗神的足迹。你为诗的事业奋斗拼搏的精神,使我
感动!你的优秀作品是中国新诗宝库中的一部分,它们一定会成

为广大诗爱者的精神食粮。我相信时间老人是公正的。当前有一种不实事求是地赞扬作品的风气,对此,我不欣赏。我在这封信中对你的诗作的评说,完全出自我的真实的感受,没有一句话不是从我的心里流出来的。

应该结束这封信了,但我忍不住还要说几句:你在1946年回想武夷山中战士生活的诗《我老想到那岩壁和参天的森林》,你在1958年冬重返武夷山后有感而写的诗《告慰》,我确实喜爱得不得了!这是两首杰作!它们仿佛让我跟你一起回忆、一起经历了武夷山上原始森林的拥抱和武夷山中劳动人民的深情(尽管我并没有到过武夷山)。这两首诗的音乐的波浪,仿佛永远在我的心弦上激荡着,激荡着……

1997年4月16日,于北京和平里

灰娃诗歌的震撼力

——在《山鬼故家》研讨会上的书面发言

灰娃的《山鬼故家》具有高度的独创性。在她的诗里，见不到多年来中国新诗的习惯语汇、习惯语法和常见的"调调儿"。它是常规的突破。

没有一般女性诗人的心态和情调。阳刚之气与阴柔之气并存，而以阳刚为主。从根本上说，仍是"这一个"女性的阳刚。

北方的雄奇与南方的缠绵并存，以前者为主。这种雄奇又根植于"这一个"女性的执著与坚持中。

一面心灵的镜子。极端的真率，极端的真挚，极端的勇锐。是一种新的个性化语言的爆破。是灵魂冒险、灵魂邀游的记录。

使人想起英国的布莱克（Blake），美国的狄金森（Dickinson），中国的李贺。

1997 年 10 月 21 日

（因妻病重，通过电话读给刘福春兄，他记录下来，在研讨会上宣读）

吴钧陶诗歌的视野

——序《幻影》

　　吴钧陶的杜甫诗英译给我以深刻的印象。他把这位一千二百多年前的唐代大诗人的诗篇用一种非母语转述时,展示出沉酣奇崛的风格,他对英语"邻韵"的特殊设置,如裂帛断崖,令人惊异。但与他交友,则一见如故,他虚怀若谷,胸无城府,使我如与一年老的孩童对话。哲人与孩童的结合,使钧陶成为真正的诗家。

　　作为诗人,钧陶的视线上天入地,从宏观到微观,仰观宇宙之大,俯察品类之盛,似乎没有什么不可以作为他吟咏的对象。他的诗思一下子飞越到一百五十亿年前:"大爆炸"辐射出无数个恒星和行星;随即转向五亿三千万年前:寒武纪"大爆炸"引发了复杂的生命。他注视着抚仙湖虫、帽大山虫、跨马虫……演变成主宰地球的"万物之灵"。诗人问道:"那些冥顽不懂存在与毁灭,/为何要血肉之躯有知觉和感情?"这一声霹雳,不是屈原《天问》的续篇吗? 诗人又问:"为何要产生生命又判处死刑?"再问:"一百五十亿年之后是怎样情形?"石破天惊,陈子昂《登幽州台歌》的音波引发了一千几百年之后的回声! 然而,唱完了《生命之谜》和《探访火星》,诗人让行空的天马回归当前的现实:"天堂和地狱原来都建造在地球上,人类的课题是如何好好地生存。"

　　地球,人类,这是诗人所十分关心的。地球上发生着一些什么事情？历史的车轮滚滚向前,到了八十年代和九十年代,诗人注视着当代的重大事件:南非人民反对种族歧视的斗争,马尔维纳斯群岛战争,美苏首脑关于裁军的谈判,波斯湾战争⋯⋯这些都在诗人的笔下得到了反响。诗人呼唤和平与发展,呼唤自由与平等,呼唤正义,向往大同。有一首题为《数字》的诗,罗列了全球军费开支的数字,世界上贮存着的核武器的数字,三十七年间发生多少起战争的数字,全世界饥民的数字,流落街头的儿童的数字,文盲的数字;然后是美国富翁收入的数字,英国首富拥有的财产的数字,王妃每周服装费的数字,某地十二只狗继承遗产多少万马克的数字⋯⋯这里全是统计数字,不像诗。但最后一个诗节仅两行:"你是否会问,咦,这算什么诗？ / 我只能回答:唉,这算什么人世!"画龙点睛,一首愤怒的诗,顿时突现在纸面。

诗人关心的重点是屹立在世界东方的中国,我们的祖国。英国女王访华,日本天皇访华,都激发了他的诗情。他的笔端蘸着历史的回响:"一个世纪前⋯⋯你们的王座上正坐着维多利亚, / 可惜漂洋过海运来的是鸦片";他的歌喉唱的终曲是世纪的总结:"哪里有真正的'共存共荣'理想啊？ / 中国只有自强才能得到平等!"诗人在为纪念世界反法西斯战争、我国抗日战争胜利五十周年而写的诗《勃兰特下跪》中发出了愤怒的谴责:"我们东邻日本的国会 / 对五十年前的滔天罪行不忏悔","教科书把侵略叫做'进出'中国, / 好战者把烧杀抢掠叫做'自卫'!"他再次提醒国人:"同胞们,只有自尊才赢得尊敬, / 只有自强不息才能强大无畏!"

诗人对王军霞在亚特兰大奥运会上女子五千米长跑中夺得冠军的热烈称颂,对探险家余纯顺在罗布泊为科学事业捐躯的深情礼赞,是从不同角度唱出的祖国颂。这些颂歌中最令人深思的是《长城》:"日和月映照上万座古城楼, / 奇迹是坚韧和团结的报酬。 / 长城啊,中华民族的宝石带, / 像长江和黄河一样永久!"这些颂歌中最振奋人心的是《庆香港回归祖国》:"香港这珠宝从女王的王冠上摘下,/正义的人们都欢呼回归的礼花。/……五千年古国怎能不重放光华?"

诗人长期居住在中国最大的城市——上海。他写了多首有关上海的诗。我也是在上海长大的,读这些诗有特殊的亲切感。他写南浦大桥,让"黄浦江"、"彩虹"、"鸟儿"、"工程师"、"工人"各说一句话,最后以"上海人"的一句话结束全诗,成为警句:"两岸的闹市终于有一天在空中接壤!"他写杨浦大桥,是在诗中创造了一个现代童话:一对外星人兄弟为大桥工地的宏伟场面所感动而落到地球上这个东方大都市,放弃了原来的"国籍",报上了户口,永远归化为上海的市民,"他们每天唤醒东海的朝阳,/他们每夜招待星辰的联欢。"在诗人笔下,上海是故土,是家乡,是祖国的大门;上海的苏醒、复活和腾飞,就是一个新的东方的神话。

诗人关注世纪风云,关注国家和人民的前途,寄希望于"二十一世纪的主人"。他谆谆嘱告今天的孩子不要忘记历史,不要忘记当今世界上依然"有战争,有毒品,有枪杀,有爆炸,/有许多亿人生活于疾病和贫困之中";诗人深情地提醒今天的孩子:"你要变得高大,你要变得强壮,/去参加下个世纪的奋斗","要相信明天更美好"!诗人的殷切和真诚使这首讲"大道理"的诗免除了说教和概念化的陈套。

诗人把他的爱和思念献给自己的慈母、恩师、同事、朋友以及那个普通的卖香烟的老头等。他的《悼念慈母》抒写了一个儿子对已故母亲的深沉的怀念,他的含泪的倾诉反衬出母爱的伟大,同时透露出作者人生道路的坎坷:受到严重疾病的折磨,在政治风波中被错误地打入另册二十多年……但始终不改初衷。这首诗以低回往复的旋律奏出了赤子的心曲,用真情打动了读者。

诗人还写了不少静观和深思的诗。他善于用十四行诗形式吟咏动物,无论大象、老虎、大熊猫、骆驼等兽类,鹰、猫头鹰等禽类,还是蜜蜂、萤火虫、蝴蝶、珊瑚等昆虫都在十四行框架中呈现出栩栩如生的形象。有些篇把动物的特性和某种寓意结合起来,令人在领略艺术的同时得到启示。如《大熊猫》中就有这样的句子:"属于肉食类而能够以箭竹为生,/仿佛是睿智的高僧以慈悲为本","无改于天赋的憨厚和温存的个性,/总戴上静观世态炎凉的黑眼镜",读来使人微笑而沉思。那首为鸱鸺"平反"的《猫头鹰》,用幽默包裹着犀利和深刻;"它只愿克尽厥职而独来独往,/人无须抱憾自己的反复无常",平静到几乎冷峻,掩盖着潜在的炽热。这是一首讽世的杰作。

《冥想录》是诗人的哲理警句的辑录,智者箴言的集萃。他时时思考着宇宙和人生的奥秘,每得到一点感悟,便以诗的形式记录下来。这些诗句中蕴含的思想不仅诉之于理智,也诉之于感情。当我读到这样的诗句如"没有美,世界是荒凉的,/不过荒凉之中也会有美"时,我感到一种发现的惊喜;当我读到另一些诗句如"金银是耐腐蚀的物质,/人心却容易被这种物质腐蚀"时,我感到一种坦诚的悲哀。

钧陶的诗语言朴实,是经过提炼的口语,富于表现力。他十分注重诉诸视觉的形式美和诉诸听觉的音韵美。十四行诗在他的创作中占有相当大的比重。他的十四行诗在段式结构上都是采用英国式(即莎士比亚式):4442,而不采用意大利式(即彼得拉克式):4433。在韵式安排上他既不采用英国式也不采用意大利式,而是用他自己喜欢的韵式。他最常用的韵式是一韵到底的 aaaa aaaa aaaa aa,有时略加变化,如变为 aaxa aaxa xaxa aa(x 为不押韵),这就包含了我国旧体诗中绝句或律诗的韵式成分。这种一韵到底的韵式是他的十四行诗的一个特色。他的叶韵字有时采用"邻韵",比如[an]和[ang]用作一韵,[ai]和[ei]用作一韵,以及[o]和[u]用作一韵等,这是在均齐中略含参差,也是一种美。他的十四行诗在节奏处理上除个别诗行外都是每行五顿(或五个音组),经常出现的是二字顿和三字顿,偶尔出现四字顿或一字顿,音顿与意顿相统一。这样配置使他的十四行诗读来铿锵有致,抑扬悦耳。他的十四行诗在内形式上与中国诗文所讲究的"起承转合"的发展程序相吻合。这些都体现了诗人的匠心。

最后我提一下《给屠岸先生》。我感谢钧陶兄的这首赠诗。在十年浩劫的初期,面对"红色恐怖"的巨大压力,我曾想求助于死亡的解脱,而且有了几种具体的设想和安排,但最终是小女儿的眼睛拯救了我,使我跨过了最凶险的难关。这件事我从未形诸笔墨,因为承受不了心灵的震颤。一次我无意中向钧陶兄透露了事情的经过,不意他竟为此而写了这首使我铭诸肺腑的十四行。诗中"春蚕"和"蜡烛"两个喻象体现着老友对我的期望,我将把它们当做我人生道路上最后阶段冲刺的动力。

1999 年 3 月

爱国者和诗人的形象

——致文晓村

尊著《文晓村自传——从河洛到台湾》，我已从头到尾一字不漏地读了一遍，有的地方读了两遍，用红笔划出了重要的语句和段落，以备以后翻阅方便，同时做了劄记。

这部三十万字的巨著，记录了你坎坷、勤奋、战斗的一生，突现了你作为爱国者与诗人合为一体的形象，给了我以深切的感染。

诗人，首先应该是一个真正的人。诗格与人格应该是统一的。在这部《自传》中，我看到了你的人格与诗格的统一。一个缺乏爱心、不爱祖国、不爱人民、不爱正义、不爱人类的人是没有资格做诗人的。一部中国诗史、一部世界诗史可以作证。这部《自传》也是一个证明。

你十六岁参加游击队，是为了抗日救国。朝鲜战争爆发后，你作为志愿军，入朝作战，是为了保家卫国。你面对未婚妻提出"为什么不肯结婚"问题时回答说："因为我要去当游击队，跟日本鬼子打仗，打仗是会死人的。我总不能让你十几岁就做寡妇呵！……"这是何等坚强的决心！你当了八路军战士，接受送信的任务，路过日军关卡时，心里想的是万一被抓，被刑讯逼供怎么办？你抱着一死的决心，想的是文天祥和秋瑾，想的是在刑场上要高呼："打倒日本帝国主义！""抗战胜利万岁！"这样的思想正体现了一个真正中国人的良知与志气！1951年在朝鲜战场上志愿军第五次战役失利，你和几个战友突围未成，与部队失去联系，在朝鲜山林里等待第六次战役的发动，但没有等到。从1951年5月到1952年6月，一年多的时间里，经过酷夏和严冬，你坚持在战地上，过着几乎是原始人的生活，居然活过来了，这真是奇迹！是奇迹中的奇迹！我认为这是一名爱国军人具有顽强生命力的证明！

你被俘，被美军送到台湾，这是违反你的意志的。在台湾，你又经历了绿岛、小琉球等地的三次检束感训。但你在逆境中始终保持着人的尊严。晓村兄！你在人生道路上受过如此多的磨难，但从来没有违背自己的良知。这是多么可贵啊！

你获得自由后，又以"老童生"的姿态，进入大学中文系学习，取得学士学位。之后又登讲坛，从事教学工作，培养了多少文学人才！你在人生道路上，只知道锲而不舍地进取，拼搏。这种精神，使我无比感动！

更使我感动的是：你和诗友们创办《葡萄园》诗刊，提倡"健康，明朗，中国"三原则。健康针对病态，明朗针对晦涩，中国风格针对盲目崇洋。这在当时台湾诗坛无异刮起了一阵清新的春风。由此可见，你从事诗歌事业不仅是为了抒发个人的情感和志向，还是为了提倡一种诗风，对社会做出有益的贡献。《葡萄园》自1962年7月创刊至今，已经经历了三十八年的风雨和艳阳。它团结了多少台湾、香港、大陆和海外的诗人、诗评家和诗歌活动家。这个刊物在台湾诗坛所取得的丰硕成果，已成为海内外有目共睹的事实。从战争、苦难到文学，你走着一条艰难跋涉的道路。战争是为了保卫祖国的安全，文学是为了提高人民的素质。你所走的这条道路，我感到，是中国儒家"仁者爱人"思想的现代化体现。

祖国，始终是你人生道路上的一个大主题。你晚年从事海峡两岸的文学、诗歌交流活动，你和诗友们多次组团到大陆访问，又多次邀请大陆诗人们到台湾访问,这一活动今后还将继续。你在这一活动中起着不可忽视的作用。我认为这不仅是中国诗歌界、文学界的事,这是推动两岸和平统一大业的一部分。我与你结织并成为诗友,也是这一活动的结果。

这部《自传》中有许多动人的章节,比如写亲情、爱情、人情、师生情、手足情,每每流出人间的至性至情。你对父母亲的"孝",流露在字里行间。你为参军抗日而推迟结婚,你的父亲不说一个"不"字,我想他是理解儒家经典中"战阵无勇非孝也"的道理的。1947年你的结发妻全秋在你回军营时送给你一双她用爱心、用双手缝制的布鞋,这是典型的中国传统式爱的礼物。你写道:"中国传统的爱情,是可以穿在脚上的,只是有时不免遭受践踏。"这是一句带着泪的哲语,包含着深邃的内容!这三句话分行写,就是一首诗!1983年你收到儿子晋生的第一封信,你看信时泪如泉涌,洗了脸再看,看了一句又流泪而去洗脸……此情此景,使读者的我也几乎要落泪!1987年你在罗湖会见儿子、儿媳、孙子、孙女的感人场面,深印在我脑子里,仿佛我也在现场!你的妻子邱淑嫦代你回河南老家探亲的事迹,也感人至深!淑嫦女士是一位了不起的女子,知书识礼,智勇双全。去年我和访问团访台时,你们伉俪陪同全程,她的热情给我留下深刻印象。《自传》中描述的她的这一行为,更使我对她肃然起敬。

《自传》中还写到另一位女士秋敏,你对她动乎情而止乎礼,后来又出现一个神秘的电话,令读者的我也怆然久之。人生道路上会有种种可遇而不可求的事情发生,一切看我们如何善待了。

这部《自传》以你个人的人生道路为经,以台湾诗坛活动为纬,织成了一篇当代中国诗史之一个侧面的锦绣文章。书中描述了台湾诗界的发展变化,描述了众多的台湾诗人、诗评家、诗歌活动家的生平、著述、思想、活动,也描述了海峡两岸诗歌交流和诗歌探讨的经过。这部《自传》为中国现代、当代诗歌的各种现象留下了第一手史料,是极为可贵的。赖益成先生为这部《自传》作了"人名索引",全书所述及的现代、当代诗人、诗评家、作家及有关人物,竟有一千二百二十六人之多。这部书叙述对象涵盖面之广,内容之丰硕,可以想见了! 我与你是1999年相识的(虽然1991年艾青作品国际研讨会上见到过你而没有交谈),但我的名字在你这部书中也出现了十次! 你和我在日月潭摄下的照片也印在卷前。这使我感到高兴,为有你这样的朋友而感到幸运。

你两次因病住院,与死神擦肩而过,第一次你留下诗《我的遗言》,第二次你留下两千字的遗嘱。然而,正如你年轻时在朝鲜山林里那样,你挺过来了! 你的生命力之顽强令人惊叹! 你又奔忙于你的事业,好像没事人一样。这又是两次奇迹! 有一事使我难以忘怀,就是,你在书中提到去年(1999年)7月6日至7日的阿里山之行:"1997年陪海外诗友到此,我因出院不久,体力不佳,没有奉陪看日出。此番再来,七十七岁的屠团长要登顶看日出,比他小五岁的我,岂能失礼……"如果我当时知道你曾两次与死神握过手,我决不会让你陪同登山。你的盛情厚谊,我只有永记心中了。

你的诗作和诗评,我还要进一步拜读,以从中获得教益。至少,有两首诗给了我深刻的印象:《木讷的灵魂》和《一盏小灯》。这两首诗我永远不会忘记。

我想,如果这部《自传》附有《文晓村年谱》,就更完善了。

2000年7月7日

昌耀的诗歌是出类拔萃的

——答《阅读导刊》记者问

昌耀的诗,在中国当代新诗里是出类拔萃的。他把他的全部精力、全部时间倾注于中国的大西北,称得上"西北之魂"。他的诗歌作品,语言精警、凝炼,表现出了深刻的生命体验。昌耀的作品,大多是精品,具有深层的内涵。他不是多产作家,不以量胜。他总是以"质"使人折服。他一生遭遇很多坎坷,诸如政治、社会、婚姻、家庭、生活等各个方面。他诗中所体现的生命体验的烙印,成为他诗歌艺术的特色——别人无法替代。昌耀对中国新诗的贡献,必定会得到承认。过去有不少诗人,一生都不被承认,死后被挖掘出来。另有一些诗人,生前很红,死后被历史遗忘。昌耀绝不会是后者。当然,诗人的定位最后要由历史来决定。二十世纪五六十年代,中国诗歌往往只是一种声音,一种"口径"。那时候许多人跟风,随波逐流。1979年以来,中国新诗逐步有了转机。但生命体验却是因人而异。昌耀的诗跟祖国的大西北、少数民族同胞、山川、日月紧密相连。他以他作品的独特个性,促使人们思考,如何去体验生命的底蕴而不是泛泛地反映生活的表层。你问起昌耀的死因,这,旁人很难猜测。关于生命的终结,有不少类似现象,如海子,如徐迟。我想昌耀是为了减少给别人和自己带来痛苦。他肯定经过了思考。我们还是尊重他自己的选择吧。在他病重的时候,韩作荣专程去探望他,我写了封信给昌耀,托韩作荣带去,向他问好,祝他早日康复。1999年昌耀得了中国诗歌学会主办的"厦新杯"年度优秀诗歌创作奖,韩作荣把奖状和奖金给他送去。这是对他本人和他的诗歌创作的社会承认,也是对他离世前的安慰。

2000年8月

播 种 的 欢 乐

——莫文征诗集《海思》序

　　第一次读文征同志的诗,是在《十月》上看到他的《礁石》。我读了一遍,又读一遍,又读一遍。好诗往往不是一览无余的。当然,也有一种诗,看上去似乎"一览无余",却因或发自肺腑,或近乎天籁,虽然没有什么"微言大义",却凝聚了作者的无限赤忱,因而仍然令人百读不厌。这首《礁石》却不是一般所谓一览无余的诗。你得多读几遍,才能慢慢地品出它的味道来。诗中的礁石象征一位战士,纯朴然而美丽,崇高然而平凡,勇敢然而谦和,向丑恶搏击又为善良护卫。这个象征不是从概念图解,而是从一个个形象的刻画中逐渐形成的。这首诗的第四节是这样四行:

　　　　忽而,在浩瀚的海洋中隐没,
　　　　隐没了也不丧失嶙峋崔巍;
　　　　忽而,在翻腾的浪花里危立,
　　　　危立时也仍扎根在无尽的蓝水。

　　这四行诗把一个在任何境遇中永不动摇、坚持信念、始终挺立在岗位上的战士的形象突现了。不仅这四行,应该说这首诗的每一行都是写的礁石,却又都是写的战士。礁石——这就是战士的品格,战士的风格,战士的性格! 这里寄寓着诗人对人生的态度和理想。以礁石为题材的诗,许多人写过。有的是精彩的名篇,如艾青的《礁石》。而文征同志的这一首,却有它自己的特色:从多种角度来刻画礁石内蕴的统一,从复杂纷纭的色彩中呈现出单纯和一致。

第二次读文征同志的诗,是在《当代》上看到他的《戈壁路》。这首诗不仅用强烈对比的手法描绘了戈壁和绿洲这两个截然不同却又相互联系的世界,而且不是通过静态,而是通过动态,刻画了二者的相尅相生和蚕食斗争。诗人是从戈壁滩上的旅人眼中来观察这个沙漠世界的。但他不是客观地记录瀚海的自然风光,他所阐述的不仅是自然的辩证法,而且是人生的辩证法。

> 呵,当你步入绿洲,
>
> 切莫忘:
>
> 浩瀚的戈壁还在前头!
>
> 而当你涉足戈壁,
>
> 要记住:
>
> 前进必有绿洲!

这是这首诗的最后几行。它们教人思索,给人以深刻的启迪。这首诗中哲理的闪光,深印在作为读者的我的心里。

文征同志和我是同行,都是搞文学编辑工作的;又是同事,都在一个出版社干这一行。他审读诗稿,我也审读诗稿。我们常常在编辑工作上合作。我知道他喜欢诗歌编辑这一行。但我知道他自己也写诗则是在读到他发表的诗之后。每读到他的一首好诗,我都为他高兴。

后来我有了一个机会,得以读到他近年来发表的几乎全部诗作。这时候,我对他在诗歌创作上的探索和追求,才有了进一步的了解。

文征同志是努力于思考的。他也写了一些政治题材和其他题材的诗。但他的特点往往表现在他对历史和人生的沉思。可以说,矫揉造作和无病呻吟同他的诗无缘,故作多情和言之无物为他所摒弃。他爱写自然,爱写风物,但其中往往蕴含着他对人生的探索,体现着他对历史和社会的评说。例如,他的《海思》组诗,就凝聚着他对十年内乱的深沉思索和对党的十一届三中全会以后祖国前途的新的憧憬。那首描写"海市"的诗,不就是对伟大祖国建成四个现代化的诚挚希冀和热烈向往吗?又如他的《煤》,在我看来,则是一首对于经历过长期封建统治、半封建半殖民地统治、特别是经历过帝国主义、封建主义、官僚资本主义三座大山重压而终于在共产党的领导下翻身解放并且建立起光辉灿烂的新中国的伟大中国人民的颂歌:

> 啜饮过无数的夜色
> 却孕育出光的旖旎
> 蒙受过千万载寒冬
> 却酿就了火的壮丽
>
> 对于饱含着的能源
> 禁锢只是它增长的时机
> 对于不竭的源泉
> 埋没只能加大迸发的威力

煤,这不就是惊醒的睡狮——中国人民的形象吗?也许,我这样理解还是太实了。这首诗所歌颂的可以是一个崛起的民族,一个新兴的国家,一段转折的历史,也可以是所有反抗黑暗的正义事业,一切拨乱反正的英雄行为;或者仅仅是一种不屈的人格,一种坚毅的品质。总之,这是一首热情洋溢的,又是十分庄严的颂歌。它抨击黑暗,歌颂光明,同时写出了作用和反作用、黑暗和光明的辩证关系,从而教人思索,又给人以鼓舞和力量。

文征同志在诗中透露出他对人生的理解,不是干巴的说教,而是形象的体现;不是冷漠的结论,而是在凝重中表现出热烈,在庄严里浸染着深挚,就是说,充满了感情。从他的许多诗中可以感觉到他的痛苦,悲愤,喜悦,欢欣,而这一切都化为眼泪和微笑,渗透在字里行间。

文征同志对诗歌的艺术形式也在作着不断探索的努力。他写民歌体诗,写自由诗,也写带有一定格律要求的诗。他的信天游式的民歌体诗如《天地情》,写得优美自然,读来悦耳动听。他也尝试用这种体裁写叙事诗,如《红豆辞》就是。他的自由诗如怀念故乡的几首,朴素清新,较少雕琢痕迹。然而他写得最多的还是带有一定格律要求的诗。这一类诗大都是四行一节,节数不拘;也有多于四行而为一节的;也有整首诗不分节的;在分行和分节中也有既整齐又参差,在参差中求整齐的。这些诗都在一定的诗行押脚韵,有的一韵到底,有的中间换韵。他也喜欢用排比和对仗。这类诗形式上的比较严谨和诗句或诗行的相对整齐同思想内容上的哲理性探索似乎结合得较为和谐。作者的有些诗还不够成熟,他还没有完全形成自己独特的风格,但无疑从他的艰苦追求中可以看出,他的诗作将越来越趋于成熟,他的风格也正在逐渐形成之中。

文征同志的诗全是业余创作的劳绩。他的主要劳动或者说他的职业是编辑诗歌作品。无论是做诗歌编辑也好,还是从事业余诗歌创作也好,他都是在进行播种。他在播种诗的种子,他必定会有诗的收成。这本诗集里有他的一首题为《播种的欢乐》的诗,在这首诗里,他说,他将为"美"而播种柔情,播种畅想,播种岁月,播种人生。他说,"在别人的收获里／含有我喜悦的成分……／在我的收成里／含有众人的勤奋",他说得多好啊!但更使我感动的是他的那种韧性,那种坚持:

> 我不说到哪一天哪一段
> 播种是无尽期的驰骋
> 收获在一个无尽的金秋
> 播种在一个永恒的阳春

好吧!让我们的诗人不断地播种诗的种子,不断地收获诗的"巍峨的落成",诗的"红色的欢腾"吧。而这本《海思》将仅仅是作者"永恒的阳春"中的第一个起点,"无尽的金秋"中的第一个站台。

我希望文征同志进一步拓宽生活的广度,进一步开掘思想的深度,在诗艺的追求上"更上一层楼"。我也是一个业余的诗作者,这里,愿与文征同志共勉。

1984年1月21日夜,于北京和平里

欢乐和创造的歌
——致刘湛秋

　　你的新选诗集《生命的欢乐》,我趁这次在密云水库边休假的时机,从头至尾看了两遍,有些篇还反复阅读。我可以诚实地告诉你:我喜欢你的诗。我还觉得,书名《生命的欢乐》题得好。你在《题辞》里说,"愿我的歌是创造和欢乐的天使,能在人们变冷了的感情中添一点火星。啊,即便是泪水,一场痛苦,那也是由于期望幸福生活而倾注的热泪!"我理解你的感情,理解你的心。书名,正是你这部诗集全部感情的概括。

　　集子中的一些诗篇,像一幅幅彩色斑斓的图画,或者像一首首优美动听的乐曲,从视觉形象和听觉感受上给人以美的愉悦。而更能打动人心的,是你这些诗中渗透着的一种令人振奋的、向上的乐观精神。

　　然而这不是廉价的乐观主义。

　　你在《自己的声音》一诗中唱道:"啊,千万不要丢失 / 自己的声音 / 那从脑海中驶出的船 / 那从灵魂中抽出的丝 / 那从血管里流出的殷红的血 / 它是自己的生命 / 是存在的坚实有力的表示。"这些诗句饱满地抒发了你对诗人应当怎样写诗的见解:你的缪斯不应当是"一部机器",也不应当是"一面风向旗"。我还赞赏你的另外两行诗:

> 灵魂和嘴巴
> 是山谷和回声

这是你的上述思想的形象概括。

那么,这是不是诗只能是"自我表现"的宣言呢？我认为不是。诗人当然要表达自己的思想感情,唱出自己的心声。问题是诗人的思想感情是什么。你在《代跋》里声称:对诗人来说,"最重要的还是一种热爱,对人、对社会、对自然、对祖国的强烈的热爱"。很明显,你所主张的不是有些人所主张的抽象(其实并不抽象)的"自我表现",而是主张表现诗人对自然、对祖国、对人民的"强烈的热爱"。你是不是这个意思？我想我没有歪曲你的原意。你用了"强烈的热爱"这样的表述。"爱"前面加了"热",再加上"强烈的",这是双料的定语！从这个表述,我看到了一种跃然纸上的感情色彩。

那么"生命的欢乐"从何而来呢？应该是来自对人民、对祖国、对自然的热爱;或者说,来自对生活的热爱。可以这样说吗？

在泼水节上,你呼唤:"泼出一个美的世界／泼出一个世界的美！"从绿化的城市里,你呼吸到的不再是烟尘,而是野花和青草酿出的果子清甜。你歌唱香溪河里的桃花鱼把春天的爱情灌满长江,因为在它的记忆里只有春光的明媚。你歌唱海岛人家聆听着大海敲击一万支音键来赞美海岛的幸福。你描画煤矿工、锻工的肖像,称他们是"创造世界的上帝"。你称赞驾驶台上当大副的姑娘眉宇间锁住了千重风险。你赞美矿区流动着阳光的生活,养殖场传送着笑容的风貌;你描绘高压线铁塔壮美豪健的身影;你颂赞汽车总装配线上工人给钢铁以美的造型和能动的身躯……你的视线射向即将告别舞台的芭蕾舞演员最后谢幕时激荡的心潮,射向失去一条腿的姑娘和一位电车男售票员之间水晶般纯洁的感情。你每天骑车穿过城市,每天都感受到一个光明的彩色斑斓的世界在你的车轮下转动。你从生活的各个角落去发掘美,发掘生活的真谛,又转而从你的指缝间流淌出一首首悦耳的并且给人以启迪的奏鸣曲。你是勇敢的。

真的。"即使在最烦恼的时刻 / 也不要去诅咒人生"!人应该勇敢,诗人岂不更应该这样勇敢吗?

当然这不是廉价的乐观主义。

你笔下的五月橙,正因为经过了严冬苦雨的考验,所以在第二个冬天才送来加倍的香甜。你站在经过地震浩劫后复苏的唐山大地上看到,此刻在人们头顶旋转的已不是死亡的蓝光而是明朗的太阳。你访问由火山喷发造成的天池,发出祈愿:"再也不要有大火,去灼伤 / 那一对天池般明亮的眼睛。"你向死去的榆树告别,宣告老榆树会留下种子"让新芽和高楼去迎接彩云"。除旧布新,这是历史提出的要求,这是时代发出的声音。

我们的乐观主义,根植在深厚的历史的土壤里,根植在亿万人民的心中。因此我们的欢乐,我们"生命的欢乐",不是哄然大笑的声浪,而是心扉的撞击,灵魂的震颤。说是"苦中乐"也好,说仅仅是"一种愿望"、"一种呼唤"也好,没有这种乐观主义,就没有希望,就没有力量,我们就不能前进。

你对诗歌艺术的探索,也给了我较深的印象。这里仅举一例:《雨中》那首短诗,写一对恋人撑着伞在雨中行走这样平常的事,你却能好像毫不费劲地描绘出一个又一个形象的比喻,那样彩色纷呈,又那样富于情思。比如"雨水在花布伞下挂起 / 彩色的珠帘",就是奇妙的构想;而"你的脸 / 变得朦胧,乌黑的眼睛 / 却更清丽透亮,绽开了 / 一朵滚动着朝露的花",不仅准确地描绘出了雨中出现的视觉形象,而且使读者看到了热恋中的少女的心——通过彩色珠帘后面的一双眼睛。我想，一个诗人必须具有从普通的生活中搜寻和探求美的思想、美的形象、美的节奏的本领。他应该是这种探寻的永不懈怠的身体力行者。我想，你和许多别的诗人一样，是这样做的。

现在有一种风气，就是文学评论文章对作品只能说好不能说坏，只能捧不能批。或者，一批评就说你是棍子，所以评论家只好缄口。我自问：我给你写这封信是出于捧的动机吗？我相信自己：我的话都出于真诚。出于真诚的话可能说得不准确。我也相信你：捧和骂都不能摧垮你。

你的诗，就总体讲，我觉得分量还不够重。或者说，就思想深度来说，还应该有更高的要求。你的诗，清丽有余，凝重不足。当然，清丽是一种风格，凝重是另一种风格。但二者并不互为绝缘体。你的诗也不能用"清丽"二字来全部概括。然而我感到，就在你的诗本身风格的基础上，你的诗艺还应当发展、深化。就生活的根底说，要向更深处掘进；就艺术的探求说，要向更高处攀登。也许这是空话，但我说这些也都出于真诚。

1984 年 9 月 26 日

声色交辉,笔下流情

——致耿林莽

收到您7月23日信,感受到友谊的温暖。我因7月底、8月初又发神经官能症,所以迟复,请您原谅!

《耿林莽散文诗选》每日必读数章。此书篇幅多,内容丰富,须慢慢阅读,仔细品尝。如果粗粗翻阅,可能把精彩之处漏掉,那将是很大的损失。从您的这部著作中,我得到了不少人生哲理的启示,也得到了卓越艺术的欣赏。我觉得您的散文诗是对近年来诗坛的一次强烈的冲刺,确可称为"异军突起"。您的作品不但量多,而且总的来说质高。可能您写的时候呕心沥血,但读者读来却觉得是您"笔下流情",您的心如一泓不竭的泉水,汩汩地不断流淌着,而不着斧凿痕迹,只见一个个炫丽瑰奇的形象和意象不断出现,而形象与形象之间,意象与意象之间,又有着若隐若现的内在联系,从而使每一篇都构成一幅完整的画图,一段完整的思想。您的散文诗可说是没有音符的音乐,不用颜料的绘画,但同时又寓音乐于节律,寓色彩于文字,因此又是声与色的结合、交融。您的散文诗有您独有的风格,而为别人的作品所不可替代。我认为您的风格之特色即流动的物的具象和流动的情的抽象通过声与色的组合纠结而达到和谐统一。像你这样的散文诗人在国内确可说是独树一帜。——请相信我,我不会当面吹捧人(那是我所不屑的),这是我的理解。如果理解得不准确，那是我的水平问题。当然，我孤陋寡闻，未能纵览当代国内所有散文诗家作品的全貌，所以我上面所说的可能是一孔之见，但这"见"却是真诚的。

您笔下时常流出一些奇妙的意象，如写到放蜂人让他们的蜂"追逐遍地的鲜花，它们每朵都是笑的变形"（《笑声》），这是对花朵的奇想。您在写到"早醒的村子，早醒的河"时，突然出现这样的句子："天地如一只蚌壳打开，少女是藏在那里的一粒明珠"（《早醒》），真是"异想天开"，思想里闪过一抹美的极致！在同一首里，您写到"森林是风的黑头发，是昨夜梦里的阴霾"。我还从未曾读到过对森林作如此使人惊异、使人留下烙印一样印象的暗喻！当读到"夜压迫神经，压迫头盖骨。关了五千年的窗户，早晨打开"时，我不仅感到形象的独特性，而且感受到历史的厚度和人生的深度。您描写历史的流浪者时，涌出了这样的诗句："风推着沙丘，推着我的梦前移。／醒来枕一堆白骨：／我的席梦思。"（《流浪者》）这令读者如我悚然而惊，悄然而思，神经颤动，心悸神驰！

当您写到"少女们的笑声像露珠一样溅落在草上，会发出金刚钻似的亮光"（《未来》）或写到"蜜蜂的唇边，阳光甜甜的"、"飞翔的蝶翼上，沾满了阳光的香味"（《阳光》）时，我们都会感到这里对"通感"的运用是如何奇妙。有人写诗为写通感而写通感，而您写通感则紧扣抒情客体的独特属性，因此有着惊人的真实感和给人以无限遐想的余地。

您的散文诗有时是流动的情绪汇成的潺潺溪水，有时又把流动的情绪在严谨的构思中凝结为峥嵘的巉岩。如《燃》："向晚的霞光，燃烧着森林，／晚霞退走了，火还留在那里。／于是有了一片赤叶枫。／那是太阳留给大地的依依难舍的一吻。／我珍藏着一枚枫树的叶子，／像珍藏着一片忠贞的爱情。／直到冬天来到，雪埋的很深，我不感到寒冷。"

这里有霞光、森林、太阳、枫叶……这些客观事物,但统统被组织在一个主观抒情的严谨构思里。把一枚枫叶比作晚霞燃烧森林时留下的火,比作夕阳留给大地的一吻(夕阳是红色的,枫叶是红色的印痕),这些都是具象的,但又作为忠贞爱情的象征,这就把这些外在的具象升华为一种崇高的理想了。接着写到冬天,深深的积雪,而抒情主人公却因有这一枚枫叶而不感到冷,则又从抽象的升华回到具象的感觉,但这种感觉的异乎常情把那忠贞爱情的象征物提到了一个更高的境界。在严谨的构思中,思想呈螺旋形,一层深一层地上升。

像《渡》、《夜的失策》等篇,都有这种构思上的特色。而《镜》的奇特处,正说明作者喜爱流动,喜爱写意,喜爱情绪的变幻,而反对凝固,反对僵化("我不爱这样的自然主义")。我们知道宇宙永远处于变化之中,动态是绝对的,静态是相对的,没有运动就没有世界。这篇散文诗的主旨也许是在这里?而小鱼误将发影当做水草,落水的槐花使发影带上香味,促使误会的小鱼写下一则使作者喜欢的日记——这种美,这种诗意,这种诙谐,这种幽趣,都蕴含在整首作品的精致的构思之中。

您的风格并不是凝固的。不能用婉约或豪放之类去框住您,也不能用阴柔美或阳刚美来框住您。您有精微,也有粗犷;有幽思,也有狂想;有历史的沉淀,也有当代的奔放。立交桥、迪斯科、摇滚乐出现在您的篇章里,也同您的流动的情绪糅合在一起了,不是勉强的混合。在您描写当代都市的章节里,我触摸到了钢和电的力度,聆听到了时代的交响。

说到历史的沉淀,那么,我跟着您的笔一起回到了那"沉重的岁月"。我们都是过来人,对那个"岁月"是有过亲身的体验的,因此感到既亲切又惆怅,一想起来,就有血的沸腾,也有泪的灼伤。《我有一把伞》的象征性寓意,促使人作进一步的历史反思。《绿岛》

上红小鬼的墓边,"风把每一片叶子全掀动起来,像旗帜,向后代呼唤",这唤声至今还不绝于耳! 那只"未唱完的歌",您从一个缺牙的刚入队的少先队员的小嘴中找到了,但他能唱"完"吗? 您留给读者多少思索! 你在某些篇的篇末写上"想起了那'十年'"。您写道,"交响音乐,大合唱,电闪雷鸣;火山爆发,全球性大地震,天崩地裂;都无法消弭/哪怕是最纤弱的/一声虫鸣。"这一"声响的辩证法"是历史,是历史向未来的进击,也是历史对过去的回声。

在《诗魂》那一辑里您倾注了对古今诗人和散文家的强烈憧憬和钟情。"霹雳一声,砍断了丹桔树。闪电披着狂发,诗人白色的长衫被风撕成条条碎绮,变成飘然的长髯。"(《诗魂》)如梦,如神话,在形象的倏忽转换和联想的飞速跳跃中,人们感到这是一幅神形兼备的屈子写意图!"思想的瀑布倾泻于你的背后,流成大海。/涛声,一个民族的怒吼。"(《背负》)极其简洁的概括,然而是形象的概括,写出了迅翁"横眉冷对"的性格和不屈的韧性战斗精神。"即使是诗的领土,也有过几度荒凉。而今天,你坐在这里,微笑着,你像一条河。……/长江那样开阔,黄河那样质朴……"(《你是一条河》)艾青的一生,被如此精练地反映出来了。

你喜欢十九岁,我也喜欢十九岁。我们都有过"十九岁",那"留不住的岁月"。它要"登上起飞的舷梯,溶入迷人的空阔"。如今你我都迎来了年过花甲的秋令。将来,可能也会有人对我们低语:"安息吧,老人,夜的墨绒毯铺在地下,人间的风将为你吹来唢呐的悠悠。"(《告别》)……然而您问道:"人类征服死亡的智慧的骑士,科学的骑士,在哪里?"(《死亡》)至今这骑士还没有出现,也许永远不会出现吧? 但人类的精神能够征服死亡。正如莎翁在他的十四行诗中所说的,豢养与装饰肉体是愚蠢的,相反,应该充实灵魂(精神),使灵魂健壮繁茂,"这样,你(精神)就能吃掉吃人的死神,而死神一死,死亡就不会再发生。"

您有一首散文诗《邮筒寂寞》,使我想起了二三十年代的诗人、作家废名(冯文炳)的一首诗《街头》,您的《邮筒寂寞》集中写邮筒的感觉——实际是您对邮筒的感觉,但仍可以看出您对生活的热爱。而废名的《街头》却从"邮筒寂寞"一下子跳到"人类寂寞",在他的眼中,生活是灰色的。我之所以举出你的这首诗来并与废名的诗作比较,是因为我感到,尽管你的作品中也有悲哀,也有惆怅,但总的基调是健康的,是积极向上的,你与那种颓废、厌世、绝望的情绪与色调毫无共同之处。而这,正是我们时代的特点。

1989年8月8日

王笠耘诗集《心花飘向远方》的提示

《心花飘向远方》摆在案头,已经翻阅了几遍。这是笠耘同志亲手赠给我的一本诗集。在成书之前,其中一部分我有幸读过,现在再读,感到更加亲切,而且发现了一些过去读时未曾发现的动人诗情。

我喜欢读诗吟诗,古今中外的一切优秀诗作都喜爱。我信奉老杜的原则:"不薄今人爱古人"。如果问起我对今人作品的态度——"可爱深红爱浅红?"回答是:只要是真诗,不论"深红""浅红"都爱。《心花》这部诗集中有自由诗,现代格律诗和半格律诗,但诗人花大力气的则是借鉴或运用陕北民歌"信天游"形式创造的篇章。这些诗,特别是后者,深深地打动了我的心灵。

李季的《王贵与李香香》已成为中国新诗史上划时代的名作。有人企图否定这部作品,恐怕是徒劳的。一部作品的价值总是由历史来决定,由最公正的时间老人来决定的。民歌风的新诗是否还具有生命力,也该由广大读者来决定。《心花》中的一些民歌风抒情诗和叙事诗所透露出来的浓烈的诗情使我相信,这些作品会有着长久的艺术魅力。

或者说,民歌风新诗只适宜于表现农村题材、风光题材、爱情题材等。这话也许有道理,但恐怕只说对了一半。诚然,《王贵与李香香》、《白兰花》、《胡桃坡》等叙事诗写的是发生在农村的爱情故事,但这些爱情的纠葛是同革命斗争紧密地结合在一起的。《心花》中的民歌风诗篇,如《草原:爱与仇》就描写了本世纪三四十年代内蒙草原上牧民同王爷之间各种你死我活的斗争,通过斗争的主线又表现了草原上多种多样的生活风貌和人物性格。又如,《武侯祠哀思》是一首咏史诗,但诗人不是为咏史而咏史,而是借助于对历史人物的凭吊,抒发自己对当前现实政治的抑扬褒贬。又如,《女皇梦》直接抨击了江青的个人权欲和政治野心,歌颂了人民力量的胜利和历史老人的公正。这些诗都运用了民歌形式,但丝毫无损于诗人的政治抒情——不,毋宁说,诗人正好在这些政治抒情诗里充分发挥了民歌体的特长。请看:"林彪的鬼影王明的魂,/吕后戴起假冠跳出坟。//骑上骡子想骏马,/连党带政她都抓。//吃一夹二眼观三,/夺权夺利夺笔杆。"从这些句子可以看出,诗人游刃有余地运用了"信天游"体裁所擅长的"比""兴"结合的手法,把江青的形象刻画得恰如其分。在这里,形式和内容是统一的。看了《心花》,我有这样的感想:民歌风新诗的表现力还是很大的,它还有尚未被掌握的潜能,值得诗人们去作进一步的开掘。

现在人们很有兴趣谈文艺的民族化问题。当然,我们不能把民族化理解得太狭隘。一些原本是外来的形式,如话剧、自由诗、交响曲、油画等,不应简单地被排斥在民族化的范围之外。这些形式已经在民族的土壤里扎了根,它们已是属于我们民族的艺术形式。古典诗歌和民歌是民族的,自由诗和现代格律诗也是民族的,只要它们表现了民族的思想、感情,运用了民族的语言,符合我国人民的审美要求。当年提倡民歌体,使新诗更接近广大老百姓的审美趣味,这是对的。但有人要把民歌体定于一尊,结果是行不通。近来又有些人排斥民歌体,这也肯定行不通。民歌风新诗所体现出的民族化群众化的情韵风味,是独具一格的,是别种流派风格的新诗所不能替代的(正如别种流派风格的新诗不能由民歌风新诗来替代一样)。《心花》中的民歌风诗篇为我们提供了例证。这些诗篇散发着芬芳的乡土气息,虽有一定规律却绝不单调而是有着丰富多变的节奏,它们蕴含着真实、朴素、深挚而又强烈的思想情愫。这种民歌风新诗确实是"百花齐放"花园中的一朵香花。我想,百花应该斗奇竞妍,也应该互相扶持。我深信,新诗必将从"多元对峙"走向"多元融合"(或者叫"多元互补"、"多元渗透")。民歌风新诗作者应向自由诗和现代格律诗学习,自由诗和现代格律诗诗人是否也能从民歌和民歌风新诗中学到从别处学不到的东西呢?

1990年11月

十四行体找到了儿童诗诗人金波

——序《我们去看海》

　　金波同志的儿童十四行诗集《我们去看海》,我拜读了。非常喜欢！我相信,少年儿童读者读了,也一定非常喜欢。

　　十四行诗这种诗歌体裁最早出现于中世纪欧洲普罗旺斯地区,是流行在民间的一种可以歌唱的小诗,到十三世纪被文人采用。十四世纪意大利出现了十四行代表性诗人。之后这种形式向欧洲各国"扩散",产生了欧洲各种民族语言的十四行诗。接着"传播"到北美洲,南美洲。二十世纪,亚洲的中国诗人引进了这种形式,创造了汉语十四行诗。这标志着十四行已经衍化为世界性的诗歌体裁。十四行诗最初限于歌唱爱情,早期欧洲诗人常常用十四行系列组诗形式倾诉爱情,歌颂爱的忠诚,抒发失恋的痛苦。文艺复兴时期伟大的诗人莎士比亚用这种形式歌唱友谊,并通过它抒发人生的悲欢,展示生命的奥秘。这是一次突破。十七世纪英国诗人弥尔顿用十四行谱写政治抒情诗,抨击王权暴政,歌赞共和理想。这又是一次突破。十九世纪英国诗人济慈用十四行歌赞美与真,形成对污浊政治和人性丑恶的反叛,这是又一次突破。二十世纪中国诗人唐湜把十四行变体熔铸于历史叙事诗的宏伟交响中,这是一次新的尝试。正如中国的"词",早期似乎只适宜于花间派那样抒写婉约柔媚的感情,可苏轼一唱大江东去,就给了词一个新的天地。十四行也曾一度被认为只宜于写爱情,甚至到了19世纪后半期,由于布朗宁夫人伊丽莎白·巴瑞特的《葡萄牙人十四行》的成功,还使很多人囿于这一成见。可是里尔克的《致奥菲斯十四行》的出现,终于改变了人们的观念。事实是,诗人们在寻找十四行,十四行也在寻找诗人。十四行显示:它所能包容的不仅仅是一湾河山,而是主观和客观上的整个宇宙。它所拥抱的,是有着种种才能和抱负的诗人。它之所以长盛不衰,所以能在全世界扎根,占领各种诗歌领域,原因之一就在于它本身所具有的顽强的适应性和蓬勃的生命力。它从一个大陆跃进到另一个大陆,从一种语言突击到另一种语言,不断地发现诗人,追求诗人,征服诗人,塑造诗人,成就诗人,取得一个又一个成果,这,不能不使人为之惊叹。到现在为止,似乎还没有任何一种别的诗歌形式能达到这种"全球化"的态势。这是世界诗歌史上一个很特殊的现象,是值得诗学者和诗史家认真研究的课题。

现在,十四行又捕捉到一位中国诗人,并且宣告它进军儿童诗领地的成功。当然这是一次互动,一次双向的选择,十四行找到了金波,金波发现了十四行。我孤陋寡闻,还没有读到世界上其他国家的儿童十四行诗。如果真的没有,那么,金波的创作在十四行诗史上又是一次世界范围的突破。

我确实很惊异,十四行形式有着如此宽泛的包容性。请看金波的十四行,它们如此自然地、毫不勉强地、水乳交融地接纳和承载了童心、童趣、童真以及少年儿童特有的审美体验。这些诗为我们展现出一幅又一幅儿童眼中的大自然美景,向我们流溢出一片又一片少年心中的乡情、友情和亲情,让我们听到了一曲又一曲充满天真的爱之歌、真善美之歌。谁说十四行只适宜于成人的成熟和深邃?请读金波的十四行,那里有儿童所特有的精神世界。在那里,儿童心理学和儿童美学找到了恰当的诗歌表现形式。这是一次世纪的邂逅,历史的幸会。

金波的诗,是真正的儿童诗。为儿童而写,所以单纯,但绝不单薄。那首歌颂友谊的《常常想起的朋友》,朴实之极,但有力度:"友情是一本读不完的书,/友情是一棵常青树",就是一种格言式的偶句。《走向雨季》写雨中的大自然,种种绿色的景物,归结为记在心中的"一次童年之旅",但不到此为止,而是唱出"人人心中也有一个长大的童年",这便成了点睛之笔,使思想上了一个台阶。《蕉林豪雨》撷取自然现象中的片断,写成的不仅是儿童诗,也是英雄的放歌。《有一片绿叶沉默不语》写一片树叶在大雨中变成帐篷,里面住着一只七星小甲虫,它在欣赏雨中美景!这想象够奇了,更奇的是"那一夜雨声也滴进了"诗人的梦中,诗人"梦见自己变成了一只小甲虫",而诗人正是一个小孩,真是美妙极了!单纯之极,但绝不单薄,给人的遐想是无限的。这些诗中所流露的情绪总是那么平和,谐调,昂扬,但有时也有深沉的东西。《听秋天里蟋蟀的歌》就唱出"蟋蟀的歌像叹息,像断断续续的呻吟",使人感到悲凉,但深沉不等于绝望,那蟋蟀的影子成了"一个潜入深秋的灵魂,/在沉默中等待着春天",显示了生机和亮色。《烛泪》写十三岁生日点燃的十三根红蜡烛,"亮得比花朵更鲜",多么欢腾!但"同学们一一离散","才发现这留下来的烛泪"是"告别童年的纪念",心含惆怅。然而"烛泪记下了今夜无限的甜美","它永远在我的心中闪光",又成为无限美好的回忆。这里包含了悲与喜的辩证交叠,思绪的深化。总之,金波的这些诗,纯而醇,往往给人以深长的遐想。

金波的语言,是经过提炼的汉语,却又相当口语化。他注意到语言的美质和力度。他追求简洁,追求高度的表现力。他对语词的选择很用功夫。《用目光倾听》写妈妈教孩子在听别人讲话时要注视着对方,以示礼貌。诗中说,"我用耳朵,也用目光倾听",用语简洁,但富于表现力。最后,妈妈"慈爱的目光至今仍照耀着我",

回到"目光"这个词，前后呼应，但不是简单的重复，而是使意蕴深化了。《粗瓷碗》写粮食困难的时候，孩子忽然发现妈妈的饭碗变得很小，自己的饭碗变得很大，是换了个大的粗瓷碗。不用说，妈妈宁可挨饿，把粮食省给正在长身体的儿子了。孩子长大后，"至今仍把那个粗瓷碗珍藏，/因为碗里盛着一个爱的海洋"。"海洋"这个字眼在诗中出现的频率很高。出现的次数太多，力量也会减弱。但这里，诗人用了这个词语，在与碗的容量相衬之下，它表现出母爱的无比广大。这个词语于此显示了千钧的力量。

金波诗中多次出现母亲的形象。母爱，往往影响孩子一辈子的人生道路。母爱成为金波儿童诗的主旋律。十四行组诗《献给母亲的花环》用十五首格律严谨、首尾衔接、环环相扣的十四行，写出诗人的心灵独白，歌颂母爱的伟力，成为这部诗集的压卷之作。

金波在这部诗集中，对十四行诗的段式、韵式和节奏处理，作出了不少新的创造。钱光培同志对此作了详细的分析和评述。这也是金波对汉语十四行诗体式的有益探索，是对中国新诗发展的贡献。

我为中国的少年儿童读者感到高兴。他们能读到这么一部富有特色的儿童诗集，是一件幸事！

2003年4月28日，于北京和平里

注意比喻引起的联想

——致孙瑞

谢谢您寄赠大著——诗集《村风》（"齐鲁诗花"袖珍丛书之一）。

拜读了您的这本诗集，觉得您的诗风淳朴、浑厚，充满了芬芳扑面的生活气息。您的灵感来自新的农村，新的农村生活。没有对这些生活的深入了解和认真体会，是写不出这样的诗的。您的诗中的女车工（该是乡镇工厂中的），山乡女歌手，浣衣女，果园工人，小学教师，跳高运动员，牧羊人，以及售书亭，托儿所，敬老院……从一个一个角度反映今天山东农村的新生活，新面貌，新的精神状态，读来感到清新可喜。

您的《林间的小路》只有六行：

林间的小路
用情话铺就

说它长
只有几百米

说它短
走了三载没到头

写一对恋人三年并将继续一辈子(我相信是一辈子!)的爱情生活,都用了林间小路作媒介,而且一"长"一"短",构思巧妙,意味深长。

您写诗很注意构思。除《林间的小路》外,《"两地书"》也以构思见长,"一条墨流成的河……它的源泉是两个心室／永不冰封,永不干涸",这样描写爱情的坚贞,十分新颖。

《诗人》中也有警句,如:

> 在智者眼里
> 你是哲人
> 在庸人眼里
> 你是疯子

这可说是对"诗人"的精彩概括。您说诗人"有一支神笛",在诗人死后,这神笛就在诗人坟头"长成油绿的翠竹",构思也是好的。这"翠竹"体现什么呢？是否以竹象征诗人的刚正不阿？是否竹叶在风中萧萧作响,还在吟诗？而笛原是竹制成。这里笛还原成竹,读来耐人寻味。"您有一支神笛儿"一节与"您有一柄雕刀"一节是对称的,但神笛在末节有呼应(坟头翠竹),雕刀后面不见了。虽然雕刀一节也写得不错,但那意思为"雕塑着美,雕塑着人生和未来",已包括在"笛孔里流出——鲜花、朝露、匕首……"中,因此似可割爱。

《剪枝刀》写果园工人的爱情,写得是好的。但有一句:"一天,他用那把剪枝刀／把一个姑娘的心儿剪去",请再考虑。

"剪不断,理还乱,是离愁。别是一番滋味在心头。"(李煜《相见欢》)这里以剪刀比喻某种心理:想强压离愁别恨的心理。心理状态是抽象的,但李煜把它具象化了,比喻作剪刀,让它"剪"另一种也是抽象的东西:离愁。这是很新颖的比喻。

"碧玉妆成一树高,万条垂下绿丝绦。不知细叶谁裁出,二月春风似剪刀。"(贺知章《咏柳》)这里贺知章以剪刀比喻某种无形的东西:二月里的春风,而让它"剪"的都是有形的东西:初绽的柳叶——细叶。这也是很新颖的比喻。

您的"剪枝刀"却是真有其物,它原是果园工人的工具,工人参军去了,把剪枝刀当做爱情的信物赠给了他的爱人,一个果园女工。而您把这项"道具"又作了个比喻——或者象征,象征那男青年的心。您原想写男青年赢得了他所爱者的心,于是说成那把剪枝刀"把一个姑娘的心儿剪去"。您可能是学习前人以剪刀作比喻。但这样写,将使人联想到"心儿"被"剪"时的剖胸断脉,鲜血淋漓,这是多么可怖的景象,真使人不寒而栗! 对常人尚不可如此,更何况是对所爱的姑娘!"剪"离愁,无此类联想;"剪"柳叶,只能使人联想到裁衣之类(诗中原有"谁裁出"字样),而无可怖的联想。

您这首诗末节有两行是:

> 我用它剪落多少匹晚霞
> 我用它剪出多少缕晨曦

极好。从这两句可以联想到姑娘用爱人所赠的工具——剪枝刀在果园里从事剪枝工作,一天一天从早到晚地在爱情的力量鼓舞下劳动着。这是多么美好的形象! 顺便说,这里用"匹"字状晚霞,说明晚霞似锦;用"缕"字状晨曦,说明晨曦方出时呈丝状的光波。这是美丽绚烂的景象。这两个字用得妙,可见您也是注意炼字的。——总之,这里的两个"剪"比那句"把一个姑娘的心儿剪去"高明得多。

1988年1月4日

乡土诗的美学特色

——孙瑞诗集《爱之河》序

当前是诗歌流派纷呈的时代。既然叫"百花齐放",那就不能"我花开后百花杀"。乡土诗在新时期的奋起,正因为它有了足够的土壤、水分、空气和阳光。

乡土诗有没有严格的定义和界说? 我不大知道。但我觉得它应该根植于中华大地的土壤之中,与中华民族的广大劳动人民(知识分子也是脑力劳动者)同呼吸共命运,休戚相关,哀乐与共。它拥抱现实,熔铸于现实,由现实获致启示,从现实得到升华。

或曰:屈原、李白、杜甫、陆游等,都是乡土诗人。但,"乡土诗人"未必能概括这些大诗人的全部品质。不如说,屈、李、杜、陆等写过一些卓越的乡土诗。

十八世纪末苏格兰杰出的农民诗人彭斯是一位真正的乡土诗人,也是一位进步的、革命的浪漫主义诗歌的先驱。他的诗广泛而深刻地反映了苏格兰农村和整个苏格兰社会的人情世态,反映了他积极的人生态度和自由平等的民主思想。他歌颂男女青年的纯真爱情,歌颂自由战士反侵略反奴役的无畏精神,抨击一切压迫者、权势者的伪善、荒淫和贪酷。他的爱情诗是他诗中的珍品,从中可以看到苏格兰农村青年朴实无华的天真气质。他的民谣风的诗歌充满了乡土气息,同大自然一样纯真,近乎天籁。彭斯的诗值得我们借鉴。

如果说十八世纪的苏格兰可以产生乡土诗人,那么二十世纪的资本主义美国能够产生乡土诗人吗?回答是肯定的。在二十世纪现代派诗歌流行并席卷欧美诗坛的时候,罗伯特·弗罗斯特成为美国当代真正的乡土诗人,而且已经在六十年代初他逝世前成了美国公认的诗坛领袖,无异是美国的"桂冠诗人"。他的诗大都以新英格兰乡村和牧场作背景,写普通人的喜怒哀乐,劳动人民的生活遭际。他把新英格兰的口语加以锤炼,成为他的富于特殊节奏和音乐感的诗歌语言。他的诗乡土气息特别浓厚,常常是对话体诗,平易近人,深入浅出,不着斧凿痕迹而蕴含深邃的哲理。在美国诗坛上,他的声音是独一无二的,是节奏明快而又跌宕、思想清新而又深沉的个性鲜明的乐曲。弗罗斯特的诗值得我们借鉴。

乡土诗只能产生于乡村吗?我想,"故乡"未必一定指农村,"乡愁"所思念的也是生我养我的故土大地,未必一定是乡村。当然,乡村可能占有较大的比重。美国著名诗人桑德堡被称为"工业美国的诗人",但也可以说是一位乡土诗人。他崛起于美国北方大城芝加哥,是芝加哥诗派的巨擘。我想,乡土未必是一个地域概念,更应是一个精神概念、文化概念。桑德堡正如他的前辈大诗人惠特曼那样,始终歌唱美国的城市和乡村,歌唱美国的普通人民群众,歌唱他们的忧愁与欢乐,这使他与美国土地紧紧地连结在一起。他的委婉多姿、昂扬激越的自由诗由他自己朗诵的时候,吸引了千百万美国的普通劳动者。桑德堡的诗值得我们借鉴。

中国应该产生具有中国特色的社会主义的乡土诗。这种乡土诗应该具有八十年代、九十年代社会主义中国的特点。这种诗将继承和借鉴古今中外的乡土诗和非乡土诗,继承和发扬五四以来中国新诗的优秀传统,继承和发扬中国民歌谣曲的优秀传统。当然,借鉴不能代替创造。对外国和古代诗歌的模仿和生搬硬套是

最没有出息的。八十年代、九十年代的中国乡土也已不同于六十
年代、七十年代的中国乡土。八九十年代中国的乡土诗将与新的
时代同步,将与当代的中国劳动人民的心理素质、精神状态紧密结
合。今天中国的乡土诗应当为最广大的中国人民所爱听爱读
爱看。

　　山东青州诗人孙瑞说过这样的话:"我从未追过浪头,赶过时
髦,而是坚持走自己的路,唱自己的歌,在乡土文学这块园地里默
默地耕耘。"他已经用了十几年的工夫从事于乡土诗歌的创作。他
的辛勤劳动取得了应有的收获。

　　孙瑞同志的第一本诗集《村风》中所收的都是乡土诗。诗风淳
朴厚实,生活气息浓厚。现在他的第二本诗集《爱之河》又要问世
了。这本集子里的诗大都仍是乡土诗。诗人首先歌唱的是从他的
故土所见到的大自然。诗人吟唱着"静静的山野",用七弦琴弹拨
着"山韵";"鸟鸣山更幽",诗人笔下的鸟鸣"不绝于耳 / 自树枝上
滴下来 / 自崖壁上滑下来 / 自洞穴里流出来 / 自岩缝里渗出
来"。这里写出了鸟鸣来自大自然的一切角落,而且那"滴""滑"
"流""渗"四个字把山林间的莺啼鸟啭由于来自不同的空间因而发
出各种不同的音响写得历历如绘,曲尽其妙。从这里可以见到诗
人炼字的功夫。诗人还描绘了山林间的各种鸟类,如啄木鸟、麻
雀、鹰隼,称鹰为"宇宙之骄子,鸟类之杰雄";诗人把山村的林带赞
誉为"婷婷玉立的少女群","执剑列阵的勇士们";诗人笔下的垂
柳是温顺的小姑娘:"长高了 / 依然恋着生育自己的大地 / 缕缕
秀发 / 轻拂着母亲的胸口……"诗人为路边的一棵幼小的白杨被
砍伐而义愤填膺:"暗暗地诅咒 / 那个可耻而愚昧的灵魂!"这里体
现了诗人对绿化破坏者的愤怒谴责,也表述了诗人对美好事物的
被毁损而无限惋惜。

诗人生活在青州,工作在青州。青州及其邻县的山川风物都出现在诗人的笔端:云门山,驼山,玲珑山,佛光崖,吕祖洞,万春洞,石人山,五莲山……千姿百态,令人目不暇接。

但诗人更多关注的还是农民的生活。这里描写了山乡敬老院,山村阅览室,村中傍晚唱着小曲的农家,黄昏山路上背着柴捆的樵夫……诗人回忆他的已故的老父——一个淳朴的、劳动一生的农民;诗人歌唱他的妻子——一个不惯住在城市、愿回农村"在田园里洒下最后一滴热汗"的农妇。诗人这样描写新时期中国农村的生活:"农家有了晴朗的日子 / 于是,农妇们 / 把丰收的喜悦 / 拿出来晾晒 / 把多彩的生活 / 拿出来晾晒 / 把甜美的歌声 / 拿出来晾晒 / 从此,农家的日子 / 不再发霉。"诗人接连三次使用了"晾晒"这个词语,不但不见重复,反而表达了农家的日子是如此地充满了空气和阳光,使读者感受到新时期中国农村生活是这样朝气蓬勃,生机盎然。

诗人也是善于构思的。像《列车从你村前驶过》:

> 每当列车从你村前驶过
> 我的爱心和目光便立刻走下车厢
> 拥抱村前喷香的果林
> 亲吻林间欢乐的小河
> 在通往你家门前的幽径上
> 捡拾那支甜柔的情歌
> 无情的列车把我载到千里之外
> 车上的我,只是一只空空的躯壳……

诗中并没有出现抒情主人公所眷恋的那个农村姑娘,但姑娘村前的果林、林间的小河都成了主人公眷恋的对象,他仿佛走到姑娘门前的小径,听到了姑娘唱着的情歌……这些诗句没有一个字直抒"我"对姑娘的爱,但没有一个字不透露了"我"对她的一往情深。诗的重点在最后两行:列车把"我"运到远方,但运去的只是"我"的躯壳。"我"的魂魄到哪儿去了呢?不言自明。这个构思十分巧妙,从这构思中体现出一个农村青年对所爱者的纯真、深挚、热切、坚贞的爱情。

孙瑞同志的有些诗还显得平淡,缺乏深意,缺少诗味,也许是急就章,无暇推敲的缘故。我们不能期望一位诗人所写的每一首诗都是精彩的,但我们期望孙瑞同志能够写出更多的好诗。但愿他能借鉴古今中外的乡土诗和非乡土诗,借鉴古今中外的一切优秀文学作品,从事诗歌创作,这样,我相信,他的乡土诗会写得更好,越写越好。

1990年春,于北京

孙瑞抒情诗的三个特点

——《孙瑞抒情诗百首》序

诗可以有种种分类。一种分法是易懂和难懂。也许有人说：这种分法太简单了。是的，但它总归还是一种分法。关于诗的易懂和难懂，我在"1998迎春北京诗会"上说过一段话：

"提倡诗要让人看得懂，这与肯定真正有内涵、有深意却又难懂的诗不矛盾。提倡诗要让人看得懂，也不等于肯定'白开水'。白开水不是诗。李白的《静夜思》明白易懂，但它的诗味岂不比醇酒还浓吗？"

现在，在我面前，窗明几净，摆着一叠诗稿，这是山东青州诗人孙瑞不久前递到我手中的《孙瑞抒情诗百首》。我认真地阅读他的诗，一首又一首，我的情绪随着他的诗情的流动而流动着，我时而微笑，时而沉思。我感到，孙瑞的诗，正是我前面所说的那种明白易懂却并非"白开水"的诗。要写出这样的诗并不容易。孙瑞的诗好在能用晓畅的语言体现巧妙的构思、深刻的意蕴和真挚的感情。

请看他的赠给妻子的诗《一本厚厚的书》：

看你的装帧就很精美

　　大大方方

　　舒舒展展

读你的开头就很生动
　　像古希腊神话
　　像天方夜谭

读了几章就受益匪浅
　　懂得了善良
　　学会了勤俭

我读,读,读……
　　　从花开读到花落
　　　从青年读到中年

尽管封皮已有了皱褶
尽管边角也有了破损
但我依然手不释卷

一天,我对你说:
你的书好厚好厚
不知何时才能读完

你莞尔一笑:
如果人真有轮回和再世
供你读的还有续篇……

这里没有一点艰深晦涩的字句,但全诗并非"一览无余"的浅薄
之作。

古往今来,诗人们写妻子或献给妻子的诗,不知凡几。唐代大诗人杜甫的《月夜》,是自己为安史叛军所俘、陷在长安时思念远在鄜州的妻子之作。诗中透露了自己在生死未卜的时刻对妻子和儿女的关怀思念和无限深情,被评家称为"五律至此,无忝称圣矣"。英国十七世纪大诗人弥尔顿的十四行诗《梦亡妻》,写于诗人双目失明之后,他未曾亲睹续弦夫人的面貌,却在梦中见到了她。诗中充溢着凄切、纯净而又庄严、崇高的爱的感情。法国十九世纪大诗人雨果的诗《你们来看:孩子们坐成了一个圆圈》,写诗人的妻子在儿女们中间作为母亲所表现出来的亲切慈祥和玉洁冰清的品格。我不厌其详地列举上述诗作,是为了说明:即使有了这些大诗人的作品,孙瑞的这首同类题材诗仍然有独立存在的价值。

《一本厚厚的书》整首诗立足于一个奇特的借喻。把妻比作一本书是一种独创。以这个总的借喻为基础,以"花开"、"花落"喻年龄,以"皱褶"、"破损"喻时序代谢,以"好厚"喻人格内蕴的丰富深沉,最后,以"续篇"喻爱的永恒。全诗七节,从各个方面发出歌赞,循序渐进,秩序井然,时空交错,新陈递嬗,最终以"轮回"、"再世"的假设,隐去了书,出现了人,又回到书,收到画龙点睛之效。"读"就是爱,"读不完"就是爱之深、爱之极、爱之永无休止。真挚的感情寓于巧妙的构思和深刻的意蕴之中,充分体现了这首诗的独特个性。回过头去再看看那些大诗人的同类题材诗作,当然都是杰作,但与孙瑞的这首比,任何一首也不能相互替代。

孙瑞的诗明白易懂,但大都与"浅"无关。这是他的诗的一个特点。

孙瑞的诗还有一个特点,就是常常写得很简短。但简短并非单薄。他的组诗《山里人》和《山乡拾韵》中的诗,每首只有两行,却常常蕴含深意,显出厚度。比如《山娃》:"大山作摇篮／日月是保姆",这里山娃作为大自然之子的特质与品格跃然纸上。比如《石匠》："凿瘦了青山／雕美了人间"，对石匠的劳动和创造作了准确而又美丽的歌赞。《人生短句》组诗中各首，每首也只有两行，都深含着某种哲学意蕴。如《时钟》："为懒汉发出一声声悲叹／给战士奏响一曲曲凯歌"，从一个特殊的视角出发，把"珍惜时间"这个老生常谈唱出了新意。又如《皱纹》："埋葬庸人青春的沟壑／贮存志士智慧的仓库"，从常见的平凡事物入手，对两种相反的人生态度作出了形象的总结。诗人用了功夫，把语言作了高度的浓缩和提炼，所以他的诗能做到短，然而深且厚。

孙瑞的诗的第三个特点，是想象的丰富。他有一首《等待日出》，一看题目，我以为真是写日出的，但看了诗，才发现"受骗"了。(令人惊喜的"受骗"!)诗是这样的："把耳贴在妻的腹上／听到了大海的喧嚣／我焦急地等待／那个辉煌的时刻——／红日喷薄……"原来是写分娩! 可以想象，那"大海的喧嚣"是一种怎样宏丽的胎儿躁动的音乐! 而把婴儿出世比作旭日冒出地平线，确是无比瑰奇的想象。英国伟大的诗人莎士比亚曾以太阳东升、正午时刻和西坠比作人的青年、中年和老年(《十四行诗集》第七首)。孙瑞的这首诗也许受到莎翁的启示，也许完全出于自己的创造。莎翁的诗是对人生历程的艺术概括。而孙瑞写的却是作为父亲在婴儿出生前的奇异感受。这里出现了三个人物：父亲、母亲、即将出世的婴儿，和三者的关系。奇妙的想象托出了父亲的强烈情绪，同时又预示了人或人类之新生的宏伟景观。它与莎翁的那首诗给人的感受是很不一样的。

孙瑞还有一首诗《攀月》："朦胧中／院中的梧桐／依稀变作一架云梯／我攀上月亮／把一首诗挂在桂树上／让天那边的人儿去读／在有月和无月的夜里。"

毛泽东有"我失骄杨君失柳，杨柳轻飏直上重霄九"之句，写烈士的忠魂登上了月宫。孙瑞的这首诗却是写诗人自己攀上了月亮。烈士魂表现为杨花柳絮,飘飏到了九天之上。诗人孙瑞却是在庭院里踏着化为云梯的梧桐树而攀上了月亮。同是登月,而手法各异。如果雷同,就不是想象,想象的本质是创造。更奇的是诗人到了月宫里把一首诗挂在桂树上,让天那边的人去读。天那边何指?也许是西半球?由于地球的自转,住在美洲的朋友可以不经过邮递就读到住在亚洲的诗人的新作?但也不一定指西半球。天那边,到底是什么地方?读者尽可以驰骋自己的想象。"在有月和无月的夜里",是从诗人这边说,还是从天那边的人说?似乎都可以。从这边说,月亮"飞"到天那边去了,所以"无月"。从那边说,月亮也许被乌云遮住了,所以"无月",但诗的光芒却透过乌云放射出来,所以仍能被天那边的人读到。那么这是一首怎样光灿的诗呢?也许我在这里误解了。让读者去想象吧。这里,奇妙的想象不仅给读者以美的感受,还能把读者的想象也开发出来。这就是想象的伟力吧!

孙瑞的诸多诗作中也有一些写得平平,缺乏诗味。但这本诗集是他已出版的三本诗集的选萃加上近作,过去的一些平庸之作被删汰了,因此在总体上看,比较精粹。孙瑞希望我为他的这本书作序,我乐于从命,因欣然命笔,写下我的观感。是为序。

1998 年 6 月 24 日

心灵"新大陆"的进入

——童雪诗集《生命蝴蝶》序

今年5月初,在北京大学语言文学研究所中国新诗研究中心召开的"1991:中国现代诗的命运和前途"学术座谈会上,我作了一个简短的发言。我把中国现代(当代)新诗发展的要点归纳为六条四十八个字,就是:1.继承传统,革新传统;2.引进外国,改造外国;3.立足世界,独树一帜;4.多元融合,百卉争妍;5.拥抱现代,突进现实;6.忠于良知,不说假话。我反对否定一切传统的虚无主义。继承传统是题中应有之义。传统应予发展,可是没有革新就没有发展,所以我强调了"革新"。革新就是否定之否定。我不赞成"走向世界"的提法,因为中国本来是世界的一部分。我觉得要"立足"于世界,而不仅是立足于本国。"多元融合"的提法,是有争议的。我的一篇诗评在某大报纸发表时,其中的"多元融合"提法被删去了。其实,很明显,我的这个提法仅属于艺术范畴,不属于政治范畴。我认为西方现代主义(包括各种流派和风格)的某些表现手法以及他们对现代世界和现代人心理的深层探索精神可以借鉴。借鉴的过程也就是改造的过程。我们传统的现实主义(包括各种流派和风格)绝不能"一言以毙之",而应该加以小心的维护和富有创造性地予以发展。以上两者可以互相交流和补充,发展和前进。故步自封、因循守旧意味着停滞僵化、走向消亡。这六条中,我认为最后两条是重点。诗人如果脱离了时代和人民,背弃了现代意识和现代人的审美要求,诗人如果失去了赤子之心,失去了特有的个性和创新精神,那么诗也就不再存在。"诗言志"和"诗缘情"是一致的。如果故弄玄虚,哗众取宠,那就是制造赝品,应该从诗的王国放逐。

其实这六条并不全是我的创见。"借花献佛",是因为我认为"花"是真善美的体现,"佛"——广大的读者——是我虔敬服务的对象。

刘纪胜同志(笔名童雪)与我原不相识。他把诗稿寄给我看,我给他回信。多次的信函往返之后,我们才见面。我由于结识了一位朴实无华,把自己的精力长期地、无条件地奉献给缪斯的朋友而感到高兴。这样建立起来的友谊,已经经过了十来个春秋。

我目睹了纪胜的诗艺从稚嫩到成熟。他的探索经历了漫长的过程。现在他的诗歌结集即将问世,这标志着他的一个阶段的结束和另一个阶段的开始。

纪胜的诗实践了"拿来主义"。他向古典诗歌和新诗五四传统学习,也向外国学习。他从外国"拿来"的似乎更多一些。但他拿来养料是为了抒写自己的心灵。我觉得他的诗歌特色常常表现在对现代人内心世界的探索,用多种直觉形象象征人生和表现自己的心态。正如里尔克那样,他善于冷静地观察种种事物,经过深思熟虑,然后透视事物的本质特征。他的观察对象甚至包括自己内心的隐秘——他站在一旁审视自己。但他并没有里尔克的那种迷惘、彷徨和苦闷。他始终是清醒的,带有冷隽的机智和当代人触觉的敏锐。有的诗从冷隽中透出对人生的哲理思考。他常常突进一些"未被开垦的处女地"——前人似乎还没有进入过的心灵的"新大陆"。他的诗往往是"无标题音乐",给各种抽象的意绪、心态和感觉赋予了诗的具象。他遣词造句往往不连贯而连贯,不延续而延续,不通达而通达,因与果之间不断地跳跃,这种跳跃有时不止

一步,而是两步、三步,然而跳跃之中却又"藕断丝连"。他的有些诗把读者带入一种难以言说的意境,比如这样一首三行小诗:

> 窗下　有人偷听你的梦
> 但你的烛火　染红了墙壁
> 同时　将他驱走

很耐人咀嚼。有些诗句带有警语性质,比如这样两行:

> 塑造男子的　是女性
> 酿制刚强的　是柔和

这是由思辩蒸馏出的晶体。我喜欢这样一首两行小诗:

> 雨中花　看满天都是泪痕
> 你却忍心隔窗偷看它的美丽

这不仅给人一个美的意境,而且可以触发人们丰富的联想。

如果说纪胜的诗所缺少的是火热的时代气息,那么他的"冷淡盖深挚"(卞之琳语)也正是现代意识的一个侧面。我觉得他的缺点是某些诗写得过于晦涩。艾青说过,把诗写得使人看懂是诗人的责任。我想,这绝不是要作者把淡而无味的"白开水"拿给读者。我想,如果纪胜今天拿出来的是"二锅头",那么他今后拿出来的,一定会是"五粮液"和"茅台"。

在我们面前呈现的,不是一个更为广阔的诗的星空吗!

1991 年 10 月 26 日

对人生的探索与思考

——致郭廓

半年前收到您赠我的大著《心泉奏鸣曲》(中国文联出版公司出版)和您的信(写于1990年12月15日)。这事我一直记在心中。只是复信迟了,请谅。

《心泉奏鸣曲》中的诗,每一首我都认真地读了。我感到,你写诗的态度非常认真严肃,看得出你从构思立意到遣词造句,都是下了功夫的。草率成篇的东西你不拿出来。这是很对的。从这部诗集中,看到了你在泉城、泰岱、黄山、匡庐、青岛、北京、临潼、内蒙、青海、深圳、羊城、厦门等地的游踪,你写下了对祖国山河的颂赞,并通过对景物的感受倾注了你对祖国的热爱,对人生的探索与思考。如《梦笔生花》("……笔架峰就在身旁,却不曾依架搁笔 / 搁笔,就是生命的终止 // 只要笔管与大地母亲的脉络相连 / 便有不竭的灵感,写不完的诗")就不仅是描绘了黄山的一座山峰的奇丽,而是通过对这座山峰的咏叹而赞颂了生生不息的创造力——自然的创作和人的创作,使人得到启发。你写同类题材却善于从不同角度去观察而得到不同的启示,如写黄山飞来石和庐山飞来石,角度就完全不同。从前者,你想到的是归来的游子;从后者,你想到的是飞来的灾难。两首诗给读者的感受也完全异样。你的纪游诗中有些是令人难忘的,如《题崂山石老人》("你日日夜夜 / 在这海边伫立／固执地不肯／离去／终于 石化为／一个亘古不泯的／主题"),通过一块石头,写出了一种至死不渝的坚持和执著的精神;又如《参天树顶的凌霄花》("身居群芳难以企及的高度／难免头晕目眩,难免受宠若惊……／但是,它却不曾忘记／阳光抚爱之恩、雨露滋润之情"),通过古柏顶上长出的一朵花,写出了一种攀登事业成功的高峰而不忘根本的崇高精神境界。咏物、抒情和说理在这些诗里得到了较好的统一。

你的其他题材的诗也有写得较好的,如《一颗富有生机的古莲子》("……虽然曾被岁月的积尘掩埋／埋得越深 越令人怀念／埋得越久 越具有魅力／你一旦被阳光拥抱／便化作令世界瞩目的神奇……"),把一位老书法家比作古莲子开出新花,就是很新颖的想象。《一辆精致的母子车》("……祖国呵,这是你轨道上的两颗同步卫星／在围绕你旋转,围绕你发光!")则是一首礼赞生活美的精致的十四行诗。

你的一些诗中常出现美好的意象。如写广州城里高楼大厦多,不写楼房如何栉比鳞次,却写"幢幢楼峰挤瘦了天空";写济南承受着充足的阳光的照射,不说阳光如何灿烂,而写"激情喷涌的泉城——沐浴着太阳雨",一个"雨"字把情韵点燃起来了。过去也有"日光浴"的说法,"太阳雨"该是从这里化出来的,但却透出了新意:读者可以想象出一条条阳光射线仿佛一条条雨丝,那么,这是一场淋浴了,而太阳正是那莲蓬头。多有意思! 你说张海迪的轮椅的"两个车轮／像浑圆的太阳和月亮",那么这两个轮子会把座舱运载到什么地方去就不言而喻了。多么奇丽辉煌而又多么准确的比喻!

当然,你的有些诗作似乎还可以从思想内涵上挖掘得更深一些。

我同意你说的:"诗是生活彩虹在心灵苍穹的折射,是时代风

雨在心灵回音壁的共鸣。"我想你一定能折射出更绚丽的光,发出
更洪亮的共鸣声。

1991 年 8 月 5 日,于北京

读一本爱情诗稿所想到的

　　咏唱爱情，在世界诗歌史上有着悠久的传统。爱情和婚姻是人类生活的主要内容之一。把爱情作为热烈歌颂的主题，是在人类文艺生活中自然形成的。我国最早的一部诗歌总集《诗经》，在它的精华部分"国风"中，就收入了大量民间的爱情诗，其中许多作品所反映的感情的真挚，所体现的艺术的高超，说明这些作品已成为世界爱情诗宝库中几乎不可企及的高峰。民间创作的爱情诗传统在中国代代相继，《诗经》以后，历经汉乐府到明、清民歌，出现过许多爱情诗杰作。文人创作的恋情诗则与民间情歌形成爱情诗的两个侧面，相互争妍斗辉。爱情诗的文人作者"代有才人出"，其中我特别倾心于唐代的李商隐。他的爱情诗一往情深，缠绵悱恻，放出特有的异彩，可谓古今独步。

　　外国爱情诗之多更是不可胜数。被誉为"第十位缪斯"的希腊女诗人萨福的情诗，意大利诗人彼得拉克的《歌集》，英国莎士比亚的《十四行诗集》，都是世界诗坛上的无价之宝，无一不使我心折。在浩如烟海的外国爱情诗中，有几首是我经常默诵的，例如华兹华斯的《露西抒情诗》(五首)，济慈的《十四行诗：亮星！……》等，它们使我得到了极高的精神营养。

　　一个人对待爱情婚姻的态度正是他人生态度的表现。生活上的朝秦暮楚，同作品的轻薄浮艳之风，恐怕是有紧密联系的。反过来,如果爱之不成,反目成仇,那也绝不是高尚的情操。排除各种横逆,去争取爱的幸福,同样是人生道路上的勇者。用对人生最诚恳的态度甚或用整个生命去写成的爱情诗,它所蕴含的意义往往越出爱情本身的范围。

江边同志写诗多年,而且十分勤奋。我读过他的一些儿童诗和爱情诗,觉得清新可喜。我惊喜于其中不乏优秀之作,有少数几首则达到了较高的境界。我觉得他的这些诗的一个特色是真实。作为读者,我直觉地感到这些诗都是作者真实生活的反映,从"第一次约会"到"告别的时候",似乎都是作者爱情和婚姻生活中悲欢离合、喜怒哀乐的"实录"。当然文学创作不同于"起居注",它允许而且应该插上想象的翅膀。但如果读者从作品中感到虚假,那么诗就不存在了。我还感到,这些爱情诗有一种蕴藉的风格。这里没有"啊呀呀,我要死了!"那样的声嘶力竭,也没有"噫嘻卿卿我我"那样的俗滥卑庸。这里的抒情主体和抒情对象都是普普通通的人,然而使人感到真诚亲切;这里没有叱咤风云的英雄壮举,然而也有美好的情操,善良的愿望。从艺术上看,这些诗的语言大体上是经过推敲的,但没有什么斧凿痕迹。在这些诗中,作者掌握了一种内在的韵律。有的诗用了脚韵,多数诗不用韵,仍然有一种温柔婉转的音乐诉诸读者的听觉。

江边曾对我说过他对诗的理解,他说:"诗总是要通过对真、善、美的歌颂,和对假、恶、丑的挞伐,净化人的心灵,提高人的精神境界,使人们更加热爱生活,并由此推动社会和人类的进步。"他的这种想法同我的想法是一致的。我想,他一定能在诗歌创作中进一步努力实践他的理想,写出更多更好的诗来。

1993年2月

青 松 的 冥 想

——《灵魂的飞鸟》代序

　　"大雪压青松,青松挺且直。欲知松高洁,待到雪化时。"陈毅同志的这首咏松诗,看过一遍就永远记住了。一位来自湘西南僻远农村的青年诗人,偏偏要用"青松"作为自己的笔名。我想,这是有他的缘由的。在一个流行着拜金主义的社会里,要坚持某种理想的追求,如果没有"挺且直"的品格和"高洁"的情操,那么,这种追求就难以持久。我没有想错。李青松正在不懈地追求着一种东西,那就是诗美,诗品,诗格。

　　一个初秋的早晨,这位诗人叩响了我的屋门。初次见面,他没有客套,没有腼腆和拘束,仿佛一见如故地向我倾吐了他的心声。我感到一颗赤诚的、滚烫的心在跳动。那一口邵阳乡音又给我以浓烈的泥土气息。我感到他的农村出生地和高中毕业后在家乡多年务农的生活经历已融化在他的体内,变成了他的血肉的一部分。我感到,他对诗歌的爱,也像他对庄稼的爱一样,强烈而执著。后来我读到他的诗,他写道,他"热爱这株庄稼"——"手中的诗歌",这说明我的感觉不虚。

　　他给我留下了他的一部诗稿——《灵魂的飞鸟》。(从书名看,与他的处女诗集《灵魂的家园》可能是姊妹篇,均由百花文艺出版社出版)这部集子里所收的都是哲理诗。他目前正在主编一种名叫《哲理诗》的刊物，刚出版1993年夏季号，他自己也曾以极大的热情投入哲理诗的写作。世界是万花筒，生活是百宝箱，只要去体会，去感悟，就能从平凡中发现瑰奇，从渺小中发现伟大。我翻阅着他的这部诗稿，我感到，这些萌生于他的故乡、萌生于大自然的哲理小花，记录了一个庄稼人的梦幻，写下了一个青年人的冥想，给人以新鲜的人生启迪和精神暗示。

这里有苦难，但没有颓废；有宁寂，但没有消沉。"破土的尖芽弯腰曲背／不要说他在求饶／他分明是在／与命运抗争。"这使人想起面朝黄土、背驮烈日的庄稼人的性格。"桃花，走出封锁线／回眸嘲笑倒春寒。"你能说，这不是诗人自己的写照吗？也许有人会说，可不要笑得太早了，前途还有多少荆棘，多少崎岖。但，不必过分担心，诗人自己已经作出回答："弱小的溪水哪怕跌落／万丈深渊／也不会停止追寻的／步伐。"

这棵"青松"现有的年轮是二十八圈。这可以是童年，也可以是壮岁。用孩子的眼光观察世界，有时能看到只有老人才能领悟的某种景观。

> 井水，无论看起来
> 多么澄澈明净
> 只要面对太阳
> 就会发现浮尘

多么平凡。然而这是真理；真理总是单纯的。赤橙黄绿青蓝紫……融合起来，就是如太阳一样明朗的白光。

我想说，这部诗集虽然还有"浮尘"，但毕竟是一泓澄澈明净的"井水"。

这些诗都是诗人六年前的作品。他称这些短小的制作是他在

"乡村喂养的幼稚而又丑陋的山雀儿"。现在,诗人已告别了他的故乡,来到首都北京继续他的拼搏生涯。他可能需要休整。但新的环境不会导致他的追求的中断,相反,会给他划一道新的起跑线,他自己说过:

> 一个浪头推上去后
> 必须落下来
> 才会有更高的浪头崛起

是的,对一个时代的弄潮儿来说,他所期待的该是拍天的巨浪;对一个跨世纪的猎手来说,他的目标该是美丽的金凤凰。

1993年9月11日

一道光的利刃

——《李青松六行诗：我之歌》序

　　五年前，一位来自湘西南农村的青年诗人叩响了我的家门。他以他对诗美、诗品和诗格的执著追求打动了我。我为他作于1993年由百花文艺出版社出版的诗集《灵魂的飞鸟》写的代序《青松的冥想》，是我对他的劳动的赞赏，对他的追求的期望。我曾说："对一个时代的弄潮儿来说，他所期待的该是拍天的巨浪。"

　　五年过去了。不时传来他的信息，时而从东北，时而从南方，时而从山村，时而从水乡。有时他飘然而至，踏进我的书房。他的胳臂更加粗壮，他的眼睛更加明亮，尤其是，他的思路更加奔放。

　　现在，我面前摆着一叠新的诗稿：《李青松六行诗：我之歌》。我一首一首地读下去……渐渐地，我感到我正处于一种最大的清醒和最深的梦幻之中，我走进了一个最古老又最新鲜的世界。

　　在"左"毒泛滥的时代，最时行的口号是"狠斗私字一闪念"，因此，"我"这个东西是绝对忌讳的。但是，没有诗人的"我"，便没有诗的抒情，也没有诗的言志，而没有抒情和言志，也就不存在诗。所以"浩劫"十年是一个没有诗的时代（除了地下诗）。拨乱反正以来，诗有过新的辉煌和新的徘徊。而现在，出现在我眼前的《我之歌》，仿佛是一道光的利刃，以无比的亮丽，穿透二十几年前的黑雾，再次宣告了诗的归来。

　　诗人带着浓重泥土气息的邵阳乡音告诉读者："我歌唱的'我',是'自己',但是,请你不要把他看作是一个特指的人,特别不要误会他就是作者本人。……这个'我',不仅是人类,而且是世界万物的代称,天地人神的化身。……"其实,即使没有这样的提醒,你只要把这部诗集读下去,认真地思索,你就会理解这个"我"的内涵,就会掌握这个"我"的本真。

　　十九世纪美国大诗人惠特曼有一首著名的长诗《我自己的歌》(也有人译作《我之歌》),与李青松的这首《我之歌》同名。惠特曼的"我",汪洋恣肆,博大精微,"万物皆备于我"。在这点上,李青松的"我"可以与之相颉颃。惠特曼的"我",是十九世纪工业美国众生相的体现,是资本主义美国式民主的折射,那上面有着一百年前美利坚合众国的深深的烙印。在这点上,李青松的"我"与之大不相同。后者是二十世纪九十年代的产物,不可避免地带有这个时代的印记,但它同时又是超越时代的;它是地地道道中国的,但它又是世界的。这里依然是"青松的冥想",但它已从七年前的堡垒里突围。

　　诗人告诉我,目前他正在京城北郊一个山村里读书,研习哲学和宗教。他似乎要以"面壁十年图破壁"的精神去掌握某种真谛。我想,他不该是摒弃社会实践而沉湎于理念的空想。从他的谈话中我感到这些年来他思想的触角已伸入了社会的许多角落,感到他继续强烈地关注着社会现实和人民的命运。我想他是在一面读书,一面总结自己的实践经验,一面写作。这样也好,这也是一种学习,一种自我进修,一种自我超越的方式。

　　《我之歌》是一次以诗歌方式对宇宙和人生的哲理探索。从这些六行诗中,可以不时见到思想的闪光。

　　　　春雷给大地以苏醒

> 思想给人类以创新
> 春风给小草以青春
> 智慧给聋子以声音
> 春雨给朽木以新生
> 真理给盲人以光明

物象的排比鸣奏着思想的胜利进行曲,使人充实,使人振奋,使人欢跃。这样明丽高昂的音调又可以引发这样的句子:"思想的巨轮碾碎了一个又一个王朝 / 奏响了人民一曲又一曲心声。"这里,"春雷","春风","春雨"都是"我"的同义词。它是激励人民前进,推动历史发展的力量。诗人宣称:"我是预言中幻象的婴儿 / ……对魔鬼发号施令 / 对人民永做牛马。"诗人表白:如果幸福和苦难同时追求他,他这个"我"就会毅然地拒绝幸福,而投奔苦难的怀抱,因为,"在甜蜜中往往沉沦,在风涛中惟有搏击"。诗人进一步唱道:

> 我比生命更坚定
> 世事岂能把我消磨
> 我的灵魂不要安慰
> 我的创伤无需愈合
> 我在无数的伤口上为人活着
> 我在灵魂的阵痛中为神工作

直到"为了人类和天地 / 我时刻准备着献出自己"。从这个"我",可以看到一个"苦行者"的形象,然而他与早期基督教或其他宗教的"苦行僧"迥然不同,他是九十年代中国的,却又是超越时空的"苦行者"。

　　这个"苦行者"形象,这个"我",使我想起文天祥所说的"正气",

想起英国诗人华兹华斯所说"永生的灵智"（eternal mind），更使我想起鲁迅所说的"大心"。这个"大心"，也许就是"杂然赋流形"的气宇，就是"下则为河岳，上则为日星；于人曰浩然，沛乎塞苍冥"的灵台。当我读到下面的这句诗的时候，我证实我有做那些联想的权利：

> 请看太阳从我的掌心升起

这种宏大的景观，这种辉煌的视象所蕴含和扩散的气势和氛围，是无与伦比的。

诗不等于哲学，哲学不等于诗，但诗和哲学是可以凝聚的：

> 夜的脸上，你是否看到了
> 光的刀子划过的伤痕
> 闪亮的刃上，你是否听到
> 鲜血流过的余响
> 黎明呵，你感受到
> 巨枭垂天之翼驮日升起的悲壮吗

这里有奇异的视觉意象，有奇异的听觉意象，还有奇异的第六知觉意象，它们的组合，凝聚成一种惊奇，一种深刻，一种浩瀚，和一种可以在脑子里千回百转的悲悯。

每一首都只有六行，但就在这六行里，可以看到一个世界，一个星空，一个宇宙。这就是"我"。

我衷心祝贺"青松的冥想"插上了"我"的鳍翅，在一个诗歌大海里掀起了拍天的巨浪，在一个新的诗歌王国里自由翱翔。

1998年2月14日，于北京和平里

读李华飞的《雨空》及其他

李华飞先生是年逾八旬的老诗人、老作家。最近拜读他的文集,感到这汇集了他六十年笔耕成绩的两大册书的分量是厚重的。他在诗歌、小说、散文、戏剧、文论等方面都有著述,都做出了贡献。但在我的心目中,他主要的仍是一位诗人。从三十年代到九十年代,他没有停止过歌吟。即使在1957年那场政治风暴中受到不公正待遇之后,甚至在"大革文化命"的巨大的民族灾难中,他也没有放下他的诗笔。他歌颂真善美,抨击假恶丑,向时代和人民献出了一颗赤忱的诗心!

每当我读到他写在五十年代后期和六十年代初的那些诗,我总是禁不住心潮澎湃! 他在《瓢箕》中喊出:"无罪,无罪也要双肩承挑过失。"他在《初上石龙》中写道:"生花的笔难诉沉冤!"这些都是在逆境中发出的愤怒的吼声。他更叫出:"站在石龙山顶向云空呼喊:还我被折断了的翅膀! 物极必反,天道循环?"这些诗句使人感到他是在控诉,也是在预言。在遭受过飞来横逆的许多文艺家中,敢于像他这样发出"天问"式的怒吼的,似不多见。但就在进行"劳动改造"的同时,他又唱道:"你唱,群山也唱;你笑,群山也笑;啊,是群山把我拥抱!"正因为他已把个人的浮沉荣辱置之度外,做到"心底无私天地宽",所以他才有这样坦荡的胸怀。

李华飞所以"心底无私",是因为他心里装着人民群众。在旧社会,他同情下层人民的苦难命运;在新中国,他歌唱人民的新胜利、新生活。他的诗总是在吟唱着人民的喜怒哀乐,人民的幸福和苦难。

我十分赞赏他写在抗日战争胜利前夕的诗《雨空》。这首诗描写的是一个城市贫民的悲惨遭遇。他截取几个生活片段,形象地、简洁地表现了这个受苦人的命运:小贩在雨中卖糖,小贩在雨中晕倒,黄狗在雨中抢走了他叫卖的糖块,小贩的妻子在雨中哭倒在已死的小贩身旁。全诗不长,但描绘精确,意境沉郁,饱含着作者无限深厚的感情。这首诗使我想起了戴望舒的《雨巷》。两诗都写雨,都把人物从头至尾置于雨中。丁香一样结着愁怨的姑娘给人以无限遐想;而行色匆匆挣扎在人世的小贩则给人以无限深思。两诗都具有声韵悠长的音乐美。《雨巷》七节,四十二行,一韵到底。《雨空》也是七节,四十行,却多次转韵。虽然转韵,悠长缓慢的节奏没有改变,同样给人以荡气回肠的感觉。戴望舒唱道:"在雨的哀曲里,消了她的颜色,散了她的芬芳……"李华飞则唱道:"雨滴,泪滴;天啼,地啼;看! 那儿是雨空里、人间挣扎的痕迹。"对象不同,角度不同,意境不同,但给人同样的乐感,具有同样感人肺腑的思想力量和艺术力量。

愿老诗人宝刀不老,诗思常青!

1997年2月

在异国星空下吟唱

——致顾子欣

收到你赠我的尊著诗集《在异国的星空下》已经一个多月。因忙于杂事，未能立即作复，向你致歉！

首先，我向你祝贺：这是一部成功的有特色的诗集。因为：

第一，体现了对各国人民的友谊和爱心。由于你所从事的工作的性质，由于你对你的工作倾注了极大的热情，你便把对各国人民的友好情谊渗入到了你的感情的深层之中。你不仅是外事工作者，还是诗人，要把你的所思所感发而为诗的吟唱。这本诗集中所收的作品无一例外地都与你的外事活动有关，无论是直接的还是间接的，都体现了你作为一名中国人民的使者或一位中国诗人对世界各国人民的友谊与爱，对各国伟大人物、革命领袖、圣哲、诗人、艺术家的尊敬和推崇，对世界上仍然遭受苦难的人民的同情和声援，对侵略行为的强烈仇恨，对各民族文化传统的尊重和赞扬，还有对各国和各民族之间的友谊和相互支援的义举的歌颂。

你的友谊的诗的触须伸向了日本、印度、南非、秘鲁、德国、意大利、波兰、英国、法国、美国、加拿大、黎巴嫩……这些国家的历史和人物的聚光点在你的诗的三棱镜下发出了耀眼的光芒！小小的诗集几乎包容了整个世界！这体现出你的诗心的壮阔。

第二，蕴含着深沉的感情。这些诗篇不是空洞的宣言，而是你用你的心谱写出来的乐章。比如《作客白沙瓦》，记你在巴基斯坦西北边省山民家做客的情景。不知怎的，它使我联想起李白的《宿五松山下荀媪家》。也许两者都有着质朴的语言和纯净的感情，以及 adagio grazioso 的节奏的缘故吧，尽管两者流露的情绪并不相同。你写道："我永远难忘白沙瓦，/ 作客来到牧人家"，开头简单；"地毯上面盘膝而坐，/ 心心相印打开话匣"，语言朴素；"待朋友我们披肝沥胆，/ 对敌人不怕横枪跃马"，多么赤诚的、没有一点矫饰的友谊！这样的诗句，如果没有普通人民之间最真挚的感情是写不出来的。当你踏上一个个友好国家的土地时，你没有忘记去拜访这些国家的伟大人物的故居、陵墓，或者纪念馆。你的诗篇里出现了印度的泰戈尔，巴基斯坦的伊克巴尔，拉丁美洲的玻利瓦尔，菲律宾的黎刹，德国的歌德，丹麦的安徒生……你倾注了对这些杰出人物的爱，而且把他们一个个当做所属国家和民族的代表而致以敬意。

第三，记录了你对新格律诗的探索和实践的足迹。集子里除了个别篇章如《箱根月》等为自由诗外，绝大部分是新格律诗（或者就叫格律诗）。叫"新格律诗"是为了与旧体诗——都是有格律的——相区别）。你的这些格律诗包含了如下因素：1.诗节划分，注意到行数的匀称；2.音顿设置，注意到顿数的大致均齐；3.韵式构成，注意到呼应和变化。有时运用了叠句。这样，你所写的都是严谨的或比较严谨的"全"格律诗，与长期以来流行在我国新诗诗坛上的半格律诗不同。

你还引进了外国格律诗形式，例如把日本俳句改造成汉俳，以及欧洲的十四行诗。这两种形式的引进虽然不是你首创，但你在实践中也有自己的探索。比如十四行诗，你依循了4433或4442的行数构成，你也注意到了以顿作为节奏单位的原则，基本上每行五顿，但也不定死，间或出现四顿或六顿，却不少于四顿或多于六顿

（个别篇以四顿为主，如《三本日记》）；这就做到了大致的均齐。你也注意到了十四行诗的韵式。你写了意大利式（彼得拉克式）十四行诗，如《红色贵族》、《听琴记》等（主要体现在开头两个四行组用抱韵）；你也写了英国式（莎士比亚式）十四行诗，如《唐招提寺》、《贺〈罗摩衍那〉中译本出版》等（三个四行组都是交韵，最后两行为偶句——随韵）。你时常作一些突破，有些诗是意式和英式的混合物，如《读东山魁夷画册》前八行是英式，后六行是意式，如《森德拉尔》前八行是意式，后六行中的末二行是英式。我注意到你还把中国旧体绝句的通常韵式（aaxa——x指不押韵）运用到你的十四行诗创作中去。如《马海德》的韵式是：

<blockquote>

aaxa　bbxb　cxc　dxd

</blockquote>

《神鸢》的韵式是：

<blockquote>

xaxa　bbxb　cdc　ede

</blockquote>

你的十四行诗还有逢单句不押韵、逢双句押韵（即一个四行组的第一行也不押韵，这在我国绝句中也有，但较少）的作法，如《访甘地故居》的前八行。这首诗的韵式是：

<blockquote>

xaxa　xbxb　cxc　dxd

</blockquote>

这样，你对十四行诗的韵式构成就作了多方面新的尝试，使之显出了多样性和丰富性。这些实验是有意义的。

　　你的十四行诗在思想内涵和情绪表达上掌握了"起、承、转、合"的发展关系。这正是十四行诗的主要特征。如《贺曼德拉出狱》，第一个诗节(四行)写这位南非黑人领袖的出狱消息震动了世界(起)，第二个诗节(四行)写囚禁不能扼杀自由，这是对曼德拉被囚和出狱的事件的评论和从中抽出的真理(承)，第三个诗节(三行)回过去写曼德拉在狱中时的心情，身陷囹圄却心连世界人民(转)，最后一个诗节(三行)写英雄迎接地球上种族歧视最后消灭的黎明，与第一个诗节呼应(合)。你作了精心构思，但写得十分熨帖、自然。

你的诗大都明白晓畅，并不晦涩。但你的写作过程恐怕正好印证了这句话：看似平易实艰辛。艰辛，应是惨淡经营。你在立意、构思、形象选择、意象设置等方面都下了苦功夫。比如，在构思上，你选择切入点就很费了力气。《马可·波罗桥传奇》写马可·波罗从威尼斯来到中国元朝活动，架起了中西两地人民友谊的桥梁。但这么一长段历史怎样在短短不足三十行诗中表达？你选择了马可·波罗曾到过的中国芦沟桥石栏上的石狮雕像作为切入点，你写出的第一句是："假如这石狮能有记忆"，这个"假如"立即把一长串回忆从遥远的历史深处推到当今读者的面前。《温伯赫酒店》里写的是歌德常来此饮酒并在此开始构思其巨著《浮士德》的一家酒店，你想通过对酒店的描写来抒发你对歌德和这部巨著的向往之情。你从靡非斯特冲你一笑找到了切入点。看来全不费功夫，因为酒店的招牌上画着靡非斯特的像，你走进酒店必然会与这位魔鬼对面相逢。但抓住这作为全诗的"突破口"，恐怕还是仔细斟酌的结果。诗篇从这里展开了歌德当年在这里的情景，又从彼时跃回到此时，然后是彼时与此时的时空交错。由于切入点选得好，想象就顺理成章地驰骋起来，梦幻与现实也随之而交织起来。《与安徒生夜话》则把安徒生故乡花园里"有一座安徒生铜像"作为切入点，从而展开了一场你和安徒生的对话，写出了他对中国的爱，中国孩子们对他的爱，还奇峰突起地借《皇帝的新衣》鞭笞了我国十年动乱时期的倒行逆施。

你对意象的选择和运用也常常是经过仔细考虑的。在《玻利瓦尔铜像》中,你把这位拉丁美洲英雄的铜像幻化成真人,让他"高擎着联合的大纛,驰过波哥大,／驰过利马,驰过安第斯山岗","甚至两洋彼岸的巍巍群峰／也能听见你激越的、永不停息的马蹄声……"这就把这位民族独立运动领袖反压迫、争自由的精神变为一个横剑跃马的活的形象,并从而深化为一个呼啸万代的意象。在《贺〈罗摩衍那〉中译本出版》中,你把译家季羡林先生比作玄奘,比作哈努曼(印度传说中的神猴,被认为是孙悟空的前身):"于是你像那负笈远游的高僧,朗润园中留下了十年跋涉的足迹";"你又像为觅仙草的哈努曼,终于用手掌托来了整座大山!"季先生在北大一隅花了十年时间译成这部印度古代史诗,相当于玄奘的"十年跋涉"(玄奘离开长安直至回到长安,经历了十七个年头);而这部史诗巨著终于介绍到了中国,仿佛孙悟空搬来了域外的大山。这里,你用了中印两国的历史典故和传说典故。意象高超!你用这来赞扬季先生,赞得自然贴切,意蕴深远,又气势磅礴!

你赋予你的诗以各种色调,有的清淡,有的厚重。试以《跳缅舞》和《亡人街》相比,可以看出前者轻清柔曼,后者沉郁幽邃。我更喜欢后者。

以上只是我的一点粗浅的读后感,谈得是否符合你的创作实际,我不知道。如果说得不对,请你原谅。

1993 年 4 月 5 日,清明

跳出窠臼的山水诗

—— 致晏明

尊著诗集《东娥错那梦幻》，我已经拜读。应该说，拜读了三遍。今年初我接到你的赠书后，即翻阅了一遍，比较匆忙。夏天，我又读了一遍，准备给你写信谈谈读后感。但因为有一些急务，这事被冲了。昨天和今天，我又仔细地重读了这本集子里的每一首诗。

读诗与读小说不同。一般小说往往以情节吸引读者。诗则要求读者的精神合作。尽管小说读者也要与作者共同完成文学创造，但与诗读者比较起来，则后者被要求与诗人共同进行的创造带有更大的主动性。诗读者不同于银幕或荧屏前的观众，而是要付出气力的，要付出想象，付出思维的驰骋、翱翔、喷冒、迸涌……他必须在与诗人一起喜、怒、哀、乐，一起流泪和一起狂欢的同时，进行并完成诗的创造。读你的这部诗集，我有这样的体会。

1987年，你以六十七岁的高龄，冒险登上海拔五千多米的巴颜喀拉山，接着又登上海拔六千余米的长江源头，遍访江源的山山水水，经过了高山缺氧、头痛失眠、体重剧降等严峻的考验，终于写出这一百多首诗来。确如你说的，这部诗集是你用生命换来的。

翻开这部诗集，我就进入了一个奇妙的世界。单看诗题，就感到一种神秘的魅力。你的好多篇诗是以地名作题目的，如《各拉丹冬》，《永恒的姜古迪如》，《唐古拉，自由的元素》，《沱沱河，是风，是鼓》，《东娥错那梦幻》，《通天河，巉岩的涛》，《古浪湾》，《直门达峡》，《登巴颜喀拉山》……我感到，这不是简单的地理概念，这些地名蕴含着深厚的民族文化意蕴和积淀。它们使我想起了杜甫的这些诗题：《发秦州》，《赤谷》，《铁堂峡》，《发同谷县》，《木皮岭》，《白沙渡》，《水会渡》，《飞仙阁》，《龙门阁》，《剑阁》，《成都府》……这些地名不仅记录了杜甫从西北到达四川盆地的千山万水的痛苦跋涉，而且使读者一看便联想到那个时代，那段历史的深层的文化意蕴。你的诗题中的地名有不少是我国少数民族（例如藏族）语言的汉字音译，它们已经融化在以汉民族为主的整个中华民族的文化积淀之中，正如"珠穆朗玛峰"这个名词，已被接受为全民族的骄傲那样，"各拉丹冬"等地名在读者心目中将同样引发出巨大的激情，这种激情将是中华民族伟大凝聚力的体现！我体会，你一连串写了这么多诗题，绝不是堆砌或炫耀地名，而是有深层的追求。

你说你在小学课本里就读到了巴颜喀拉山。我跟你一样。这个山名永远铭刻在我们的脑子里，形成了如你说的：母亲的形象。对长江源头的崇山峻岭的向往，成为我们寤寐思服的追求。我没有你那样幸运，没有获得去长江源头的可欣羡的机会。但我现在读您的诗，就仿佛是同您一起登上了长江源头高山的峰巅，亲临了那里的山山水水，亲历了同你相似的感情的狂涛巨澜！我，同样经历了一次江源的艰苦而又欢乐的跋涉！这跋涉，是你的诗赋予我的机会，也是我作为读者与你一同创造的梦幻，一起构筑的真实。

你的一些诗句，具有异样的魅力。如："嶙峋的悬崖峭壁，／苦苦沉思又默默呐喊"（《沱沱河，是风，是鼓》）；如："我们望着各拉丹冬，／那千仞绝壁的雪峰。／／是老祖母远古的世界，／是世界上最美的苍穹。／／播种的是虔诚与期冀，／收获的是忧戚与贫穷。"（《各拉丹冬之二》）；如："繁星在夜空忧郁闪烁，／海子如繁星在沼泽里降落。"（《东娥错那，雪山的美女》）……这使我想起杜甫的诗句:"畏途随长江,渡口下绝岸。差池上舟楫,杳窕入云汉。"(《白沙渡》)"仰干塞大明,俯入裂厚坤。"(《木皮岭》)"大江动我前,汹若溟渤宽。"(《水会渡》)"清江下龙门,绝壁无尺土。长风驾高浪,浩浩自太古。"(《龙门阁》)杜诗是古今绝唱,他的家国之忧,震撼着百代读者。在他的诗句里,矗立着一个形象:诗人自己。景物通过诗人的眼睛呈现出来,与诗人的忧国之思融合在一起。而你笔下的景物却通过拟人的手法本身就成为一种人格力量:山是老祖母,山是母亲,山是少女,山甚至成为祖国的象征,成为肩负着贫困与痛苦的过去、走向光辉未来的"祖国之神"!

我读着这样的诗句:

> 怎么会?怎么会?爱河奔涌?
> 仿佛,仿佛沱沱河,突然决堤。
>
> 各拉丹冬,我第一次看见你,
> 就为你,为你,为你,着迷……
>
> (《各拉丹冬恋情之一》)

诗行中的短句、疑问句和两个字、三个字的一再重复,体现出一种不可抑止的、无比急切的心情,使我仿佛跟着你一起迫不及待、欢腾、雀跃,要去拥抱这江源之上的高高尖尖的山峰!因此,你的诗中也仍然有你——你这个诗人的形象(如杜诗那样)。"假如,我能重新诞生,/ 我愿诞生在各拉丹冬,…… // 接受冰雪与风暴的洗礼,/ 背负着恒久的苦痛与忧患,/ 我在各拉丹冬又一次诞生……"(《我又一次诞生》)或者:"我曾经苦苦寻觅,/ 由于我太多的失落…… // 我不羡慕旭阳如血的喷薄,/ 我渴望拾回未开的骨朵……"(《我曾经寻觅》)或者:"即使我在你如狂的瀑涛中,/ 被你瀑的情爱所淹没，/沉入深潭，灭顶而无憾！……"(《雪莲飞瀑之二》)或者："当我匍伏在你的脚下，/我噙着泪，喊你一声：母亲！"(《驮着岁月的重负》)……这里，一个至死不渝地追寻着祖国母亲的诗人的形象，一个死亦无怨地要分担母亲的悲痛与苦难、要与母亲一起去发现未来的诗人的形象，突现了出来。这个形象与杜甫不同。杜甫生根在深厚的现实主义的土壤里，而你这个形象带有某种理想成分，梦幻成分，闪耀着浪漫主义色彩。

我随同你一起沉浸到那个梦境中去，我见到了高原群落，见到了仿佛摇曳在童话里的报春花，天湖玫瑰，雪莲，藤萝，点地梅，格桑花，女篓莱花，银连……这些花朵"与阳光一同滑着虹的云梯"；我见到了仿佛出没在天界的子规、白唇鹿、苍鹰、野天鹅、雪豹、乳鸽……这些活物正"冲破蔚蓝的大气层，/挑起一轮又一轮太阳"……你的诗使我仿佛也成了高原生灵的一部分。

我随同你一起沉浸到了那个梦境中去，我见到了高原居民，见到了生活、呼吸在冰之国、雪之乡的人，见到了把生命献给了祖国之神的人。沱沱河边的气象站守卫者自豪于成为"日月星辰的情侣"；一群群粗壮的养路工"如一轮轮倔强的太阳，/融化冰雪，把山路照亮……"为长江第一漂英勇献身的英雄"如强壮足月的躁婴，/从宇宙母腹中传出啼声！"这些诗使我仿佛也成了高原居民中的一个。

诗人要跳出前人的怪圈，也要跳出自我的怪圈。山水诗的历史已经很长久。要跳出窠臼谈何容易！我见到了你的努力，你的拼搏。历史上有多少山水诗的名句："太乙近天都，连山到海隅。白云回望合，青霭入看无。"(王维《终南山》)这里透出宁谧的禅意。"怎么？一条银色的河，/自由地蜿蜒流奔，/过去从没有如许青山/抚慰我的眼睛。/看得见圣玛丽湖水深深，/她是如此地欢欣，/周围的山峰没一座被遗漏，/镜子里全都有倒影。"(华兹华斯《访雅罗河》)这里有自然美给予诗人心灵的愉悦。而在你的笔下，山水具有了刚猛、顽强而又妩媚的性格。我见到这样的画图：

> 沱沱河啊，是风，是鼓，
> 时刻敲响雄浑的进击！
>
> （《沱沱河，是风，是鼓》）

> 冲滩震撼，暗礁嚎哭着，
> 五千米落差雕刻了一亿年。
>
> （《长江，第一漂》）

我看见你画着，雪之谷里"淌着蓝色的血的梦"（《雪之谷》），或者画着，"冰雪处女地""淌着无尽的白色的血"（《伤痕，淌着白色的血》）……

这样刻画山水的性格，我在前人的画图里很少见到。把羌塘高原画成：忍受着暴风雪残暴的刻刀刻出的累累伤痕，淌着白色的血。血有白色的吗？有。这是罕有的山水生命和山水性格意象！这是把高原自然景观同祖国母亲的形象汇合到一起的奇异的创造！这样的山水诗，确是别具一格。

就我的感受力来说，这部诗集中的如下诗篇所构筑的梦境最浓最深，最令人痴迷：

《各拉丹冬之二》、《各拉丹冬恋情之一》、《沱沱河，是风，是鼓》、《沱沱河气象站》、《东娥错那梦幻》、《苍鹰》、《沱沱河沿夜》、《炽烈地爱，一生，一世》、《雀莫错落日》、《驮着岁月的重负》，等等。

我掩卷，回到日常生活中来。但仍觉恍惚，大概我的心魂已失落在东娥错那梦幻里了。

1993 年 11 月 25 日

丁芒诗歌理论的特色与成就

　　我知道丁芒,是在读了他的诗作之后。先读到他的新诗。他的新诗的清新刚健的风格,给了我美好的印象。后来我又读到他的旧体诗词,他运用这种古典形式时所显示的功力和才华,给了我鲜明的印象。但给我以深刻印象的,则是他近年来的散曲和"自由曲"创作。在旧体诗内容创新方面,过去有许多人作过努力,今人聂绀弩更有杰出的成就。但在诗歌艺术形式上作大胆突破,进行探索性尝试的,丁芒表现最为突出。我特别欣赏他在自由曲创作上的勇气。虽然他的实践对当代诗歌创作的影响还不十分明显,但从长远的视角看,我认为,他的实践意义也许可以与本世纪初胡适的《尝试集》相颉颃。

　　我与丁芒兄后来以诗会友。但我真正认识他的全人,是在读了他的诗论之后。他自谦在诗歌理论上"一不是科班出身,二不是学者"。但是,古今中外有价值的理论,无不是经验的分析和提高,实践的总结和升华。丁芒的诗论都是从诗歌创作,特别是当代诗坛纷纭繁复的创作现象中归纳、提炼出来的带有规律性的东西。只有对实践进行概括,而不是发射"空对空",才能造就理论家。这一点,作为诗评家的丁芒提供了有力的例证。

　　丁芒的理论触角伸向诗歌王国的许多领域。他对新诗、旧体诗词、散文诗的思想、艺术的各个方面都作了深入的分析。他对中国诗歌格律的研究、对中国古典诗歌意象艺术传统的剖析、对"诗感"的论证、对"诗的模糊"的审评,都有许多精辟、独到的见解。但是我认为,丁芒诗论的精粹,则在于他对中国当代诗歌领地上两水并流、双峰对峙现象所作的审察、诊断和由此而对中国诗歌前途所作的预测。

中国是一个诗歌大国。她有着几千年的诗歌传统。自五四以来,白话新诗崛起于中国诗坛,使文言化的传统诗歌"靠边站"。七十多年来,新诗始终处于诗坛正宗地位。但是传统的旧体诗词并未绝迹,它在五四以后仍然不绝如缕;新中国成立以来,由于鲁迅旧体诗的广泛传诵和毛泽东诗词的公开发表以及其他原因,旧体诗词重返中华大地,重领诗坛风骚。新时期以来,旧体诗词如春华萌发、江河决口,形成了全国性气候,对新诗的一统天下发出了严重的挑战。一位诗评家告诉我,据省级以上文学刊物投稿者人数统计,当代中国写新诗的有七十万人,而写旧体诗词的有一百四十万人。与此同时,诗社蜂起、诗刊如麻与诗无读者、诗陷低谷的现象同时并存,形成巨大的反差。这种反差再次引起广大诗作者和诗爱者对中国诗歌的走向和前途问题的深切关注。面对这些实实在在存在的诗歌现象,诗评家们谈论得很少。有的诗评家只评新诗,有的诗评家只谈旧体诗,有的诗评家也许出于慎重,还在沉默中继续观察和思考。当然也有一些诗评家对上述现象作过研究。我对这方面情况了解得并不全面。但以我所见到的来说,丁芒的论述给我的印象特别突出:他对上述现象进行了全面、深入、细致的观察、研究、分析,经过深思熟虑,慎重掂量,作出了自己的极富独创性的论列和判断。

丁芒对新诗和旧体诗各具的优势和劣势所作的分析,对我们,至少是我,有很大的启发。举例说,他认为新诗在对于形象艺术的重视、在形象的把握和运用上,已经形成自己的传统。而诗歌传达体系中艺术形象传达体系最为重要,那就决定了新诗必然具有长久的生命力。他又认为,由于我国历代诗人对构成诗歌形式美的诸多元素进行过几千年的实践和探讨,因而旧体诗的形式模式在发挥语言、节奏、韵律以及排列、对称等多种元素的作用方面已达到高度完美的水准。新诗尽管具有自由运用各种体式(形式)的优势,却仍然没有达到运用上述各元素的纯熟完美的程度。我认为这些论点在分析新诗和旧体诗的形象艺术优势和表现形式优势上,切中肯綮,值得诗人们和诗爱者们深思。

丁芒指出,五十年代到七十年代"左"的政治思想对新诗的影响造成了"假大空"泛滥的严重恶果,而新时期以来一部分新诗又走进"三逃避"、"三超越"的怪圈,从而陷入新的危机。而当代旧体诗创作,丁芒认为,正受着定势思维、逆向思维和浅层思维的困扰,只有突破和穿透这三种思维方式的岩层,当代旧体诗才有出路。从上述分析出发,丁芒提出:克服危机以疗救新诗的方法是新诗的民族化道路;摆脱困扰以解放旧体诗的途径则是旧体诗的现代化方向。而二者实现的关键,是诗的大众化。这些论断可谓鞭辟入里,击中要害。

中国诗歌往何处去? 这是近一个世纪以来中国诗人和诗爱者们始终关心的问题。丁芒的自由曲创作正是这种关心所引发的探索性尝试。他不仅用创作实践,而且企图通过理论探讨来回答这个问题。对中国诗的新传统的创造这个问题,他倾注了极大的研究热情。他把探索的目光集中在新旧体诗的接轨工程上。他在这方面的具体论述,我不必重复,读者自可阅读他的文章。我想说的是,他对中国诗歌的前途,有高瞻远瞩的宏观鸟瞰,也有细针密缕的微观剖析:他的论点具有很强的说服力,因而对当前诗歌的创作实践,将会起到应有的导向作用。

丁芒根据当今诗坛上存在着一群既写新诗又做旧体诗的诗人的现象,首先提出了"两栖诗人"的概念,并对"两栖诗人"现象作了具体分析。他自己就是一位典型的"两栖诗人"。最初他是从写旧体诗起步的,后来才写新诗。五十多年来,他写新诗时间久,数量多,超过旧体诗。可情况在不断变化。在他生命的后期,特别是从八十年代到九十年代,他写了大量旧体诗。我看到,近年来他对律诗、绝句、词、散曲等的创作热情大大高涨。他新创的自由曲,与其说是新诗的异化,毋宁说是旧体诗的蜕变。由此可以看出,他对旧体诗的爱是超过新诗的。他自己说过:"毕竟我对古典诗更为钟爱。"又说:"我国古典诗歌美学传统对我一生的诗行为,一直起着奠基作用和主导作用。"然而,在论及中国诗歌的前途时,他完全摆脱了主观意向可能的干扰,明确地表述了他的观点:"中国诗歌必然会沿着新诗的河床前进;新旧体诗绝不可能永远均衡地成为两条平行线发展。"尽管他指出"新旧体诗必须在前进中互相吸收、补充、矫正、融合;当两条水平线交叉之日,就是新旧体诗互相作用最后产生新体诗之时"——这当然是正确的,然而"新体诗"产生的基础,却肯定地是"新诗的河床"而不是旧体诗的车辙。这一论断是经过对诗歌历史和现状的周详审视和对诗歌远景的缜密思索而作出的科学判断,它显示了丁芒严格的治学态度。

丁芒兄将出版他的诗论的新的结集,他希望我能为他的新书写一篇序。我贸然答应了。经过这段时间的试笔,我发现,我来为他的诗论集写序,是不够格的。我只是趁此机会把他的许多有关诗的论文仔细拜读了一遍,我只能说我从中学习到不少东西,得到了不少启示和教益。我想,我要做的只能是,作为读者,我对本书的作者表示深深的谢意。

1995 年 12 月

（此文为《丁芒诗论二集》之首序,曾刊于 1997 年 9 月 25 日《文艺报》,后又作为丁芒《当代诗词学》代序。）

读顾偕的诗《太极》及其他

　　青年诗人顾偕用了七八年时间,像"面壁十年图破壁"那样,创作出了包括《太极》在内的八首长诗。诗人高屋建瓴式地对宇宙、人生、人性、人类社会、灵魂和肉体、个体和群体、理想和信仰、人类和自然、人类的命运等一系列问题进行了深层的思考。《太极》等作品就是这些思考的诗的记录。

　　作为读者,我感到这些诗与我过去所读到的诗歌作品不一样。这些诗具有独特的诗歌语言、独特的诗歌风格和独特的诗歌思维。这三种特质体现在四种两极转化中,即:抽象的具体化和具体的抽象化、宏观的微型化和微观的宏大化、永恒的刹那化和瞬间的永久化、历史的现代化和此岸的彼岸化。两极相互转化的思维脉络构成了诗篇内蕴的浑圆状态,恰像宇宙本身。

　　诗人把各种概念、思想、理念、观点都化作具体的形象或意象来加以表现。如《天空》里有句:"墙垣带着醉意／向游人吹嘘浩劫的神秘／箫乐传来／一群孩子听得满脸皱纹"。突然爆出的"皱纹"这个意象多次出现在诗中。这是个非常具体的画面。"浩劫"的年代使一切人都丧失了童心:这一抽象迅速形成了一个带有动态的图象,使人惊心动魄。另一方面,一切形象、意象、具象又都化为一种寓意、一种概念、一种深层的思绪。《太极》中有句:"一轮红日／它促使你把满脸皱纹的往昔／于扩散的光芒前／慌乱地保存起来／只给你留下一个／儿童在大路上跳跃的印象"。红日、皱纹、光芒、儿童、大路、跳跃，一连串静态的和动态的形象组成跃动的画面，把读者引入对历史的反思和对未来的憧憬中。《天空》里有句："徜徉于水泥大街的生物／并不知道他们的脉管／已出现锈斑"。这里"锈斑"是非常小的微型形象，但它又是一种宏观的抽象，是自然的病态或人类堕落的象征。诗人把梵高爱画向日葵和他由于精神分裂而自割耳朵的事件融入他的诗句："由他自己割下的耳朵／变成了一株／硕大无朋的向日葵"。这里，万能的上帝缩小成为一朵向日葵，向日葵扩大为茫无涯际的宇宙。这种两极转化的思维脉络不仅引发深长的联想，也形成独特的美学意蕴。

读顾偕的诗，往往使人联想到中国古老的《易经》和传说中伏羲氏所画的太极图。《系辞上》说："易有太极，是生两仪，两仪生四象，四象生八卦。"圆形的太极图，它的两极可以互相转换，它是阴阳、天地、日月、男女、矛盾等等的对立面的统一体。八卦的排列次序是：乾、坤、震、巽、坎、离、艮、兑。诗人在《太极》诗中把"乾"作为第一站，却把"坤"放在第八即最后一站。这是诗人自己的设计，给人的感觉是首尾衔接，浑然一体。浑然一体的内部又有矛盾和斗争。这些诗就像是浑然的、平静的火山，其内部则酝酿着思想的炽热岩浆。

有些诗不可能有一种最后的解释。《太极》等关于生命体验、灵魂体验的诗，可以有它的多义性和模糊性。对这些诗可以有不同的理解，但在总体上，这些诗所体现的忧患意识和愤怒情绪却是无例外地可以鲜明地感受到的，在这点上，它们并不模糊。从总体上看，这些诗气魄宏大，质地精微。但在具体章节上，可能意义不明，有晦涩感。这在某种意义上已成为这些诗的风格的一部分。有些比喻、有些象征，作为一种符号，也许过于精深、奥妙，在思路和意象组合上发生断裂和跳跃，加上诗的长度和没有标点符号，增加了阅读理解的难度,好像遇到了密码,需要破译。但仍然给读者一种氛围,一种意境,一种情绪感染。这些诗中有些章节并不晦涩,如《日常状态》第五节就很容易使读者想起历史上荒谬的年代,包括"文化大革命"。但另一些章节就要求读者具备击破原子核那样的本领,去领会其中细微奥妙的所在。如果说这有些像猜谜,那么谜底不止一个。猜谜通常被认为是游戏,但读这些诗绝对不是游戏。诗人用他的心血,用非常严肃的态度进行思考、进行创造,写成了《太极》等长诗,他把这当做非常严肃的事业。读他的诗,也是一件严肃的事情。

文艺作品往往带有娱乐性。有的作品的娱乐性很强,有的作品娱乐性不强。阅读某些文学作品,需要付出辛勤的劳动,才会有所感悟。顾偕的诗属于后一种。它们不是轻歌曼舞,不是轻音乐,倒是近似交响曲或室内乐。但是一旦你有所领悟的话,你将获得精神上的收益。

1996 年 9 月

血的旗和光的旗之歌

——顾偕的长篇政治抒情诗《风展红旗》读后

如果一个人,一位诗人,不怀着对祖国的至诚、对人民的挚爱,是不可能在几个月内,日以继夜地、不知疲倦地写出八千五百行长诗向中国共产党八十岁诞辰献礼的。顾偕的深情厚爱源于他对人性的崇尚,对光明的信赖。这是他的灵感的不竭源泉。

中国共产党由一批献身于改变中国命运和人类命运的伟大事业的志士仁人创建,经过崎岖蜿蜒、惊涛骇浪,经过斗争、牺牲、斗争、前进、反复、前进,走过了漫长而又转瞬即逝的八十年历程,达到了新的辉煌。八十华诞,是中国人民的盛大节日! 诗人用他呕心沥血的结晶,献出了这份沉甸甸的贺礼——向党的贺礼,向祖国的贺礼!

长诗礼赞了党成立前的启蒙者,礼赞了党的创建者和历届卓越的领导者,党的广大党员和英勇战士所创造的历史。这里有编年史式行进的方阵,但没有堆砌和平庸的铺张。诗从特有的视角,通过形象和思辩的交叠、融合,通过具有鲜活生命的语言,瑰丽而沉郁地折射出党史的各个段落和各个侧面。诗人摒弃浮华和藻饰,叩响了历史和实践的回声。

诗要用形象思维。诗人驾驭语言形象的能量不容忽视。在描述中国工农红军从赣南到陕北进行二万五千里长征的段落里,诗人写道:"由壮士们终日湿漉漉的肩头 / ……涌升出了 / 无数童话式的憧憬 / 一种地狱的力量都压不垮的 / ……一路向北敲击着黑暗的 / 粗砺的身躯 / ……都注满了一曲壮美的悲歌 / ……均在以自己的生命 / 雄伟地在为仰望着他们的大地 / 不知疲倦地签名"。读者可以看见流汗的红军战士们肩上升起"憧憬",可以听见穿着草鞋的脚"敲击黑暗"的嗵嗵的声音,可以想象战士们怎样用"生命"的笔墨在"大地"上"签名"。"憧憬"是彩色的气体般的"童话","黑暗"是可以触摸的固体的棺椁,"大地"是寄希望于红军的无数劳动者的眼睛,又是祖国的广袤无垠的白纸。而童话将成为现实,签名则是书写不朽的历史,也是对历史的效忠和宣誓。深刻性寓于意象的流动中:以上几行是典型的例证。

诗要用形象思维。无论剖析,还是歌赞,诗不能脱离自己的语境和叙述规律。自党的十一届三中全会以来,中国进入了新时期。对改革开放的赞颂,是广大人民发自内心的欢呼。诗人采撷了群众的心声,酿制出芳醇的言辞:"红色的城市和村庄 / 以永不退缩的生命力 / 坦然敞开着 / 那标志着社会主义的激情 / 信仰像迷恋高空的鸽群 / 依然在雪白的云朵下飞翔"。这里"社会主义"不是理论术语,而是激荡的物质;这里"信仰"不是抽象思维,而是飞翔的生命。"哦,华灯闪耀着完整的祝福 / 大道明亮地衬映着夜空 / 哦,亿万心灵 / 在以清醒的热爱 / 凝视着他们所有的 / 革新之光 / 磅礴的国歌音符 / 飘满了 / 一个民族强盛的纪元"。这里是巨幅油画,也是巨型雕塑。华灯、大道、群星灿烂的夜空、光……这一切成为新时期祖国山河的象征性聚合。"起来! 不愿做奴隶的人们……"宏大的音波如飞天的花瓣撒满在开创新纪元的伟大民族的巨人般强壮体魄周围。诗的意象叠加把读者的精神引入了宏阔和高昂的境界。

诗人巨大的热情背后深藏着凛然的清醒:"谁都不应回避以往

的／镣铐和锁链／谁都应当品尝一下／那并非完全不复存在的／人类的曲折和苦楚"。"我们的行星很可能／又会乍暖还寒……"人们啊,千万不要放松警惕！但是诗人的笔底又流出如歌的行板："美是我们坚持到今天的信心／无穷无尽的美呵／宛若一个不会结束的节日","盲目迟早会终结","蜜汁将替代沉默"……思绪的行进有如唐代诗人的名句:"江流曲似九回肠",但百转千回,总归是要迎来光芒万丈的朝阳！

　　读这部长篇政治抒情诗,仿佛潜心聆听一部交响曲。从"献辞"、"开篇·辉煌颂"到四个"部"(第一部"种子跃进土壤"、第二部"十月启示录"、第三部"东方太阳"、第四部"另一种前进")和"结幕·未来的故事",我们听到了序曲、四个乐章、终曲。这里,语言是音乐的弹奏、拉奏、吹奏和敲击。弦乐和管乐争鸣,独奏和协奏竞渡。Allegro,Andante 和 Largo 交替出现。线条和色块组成连绵不断的乐句。一串串音符如行云流水,显示着思绪的滚动,意象的纠结和峙立、迸涌和流泻。乐曲的调式兼有高昂和沉郁的品质。它并非无调性音乐。每个章节都有文字标题,整部交响曲都是"无标题音乐",因为它深蕴的内涵已远远超过汉字字面的容量。

　　诗中出现的第二人称"你"和第一人称"我",不是固定的音符,而是不断变换的旋律。"你"可以是读者,"我"也可以是诗人自己。但有时候,或者同时,"你"可以是时代,祖国,党的形象;"我"也可以是历史,公民,人类。甚至,这个第一人称和第二人称也可以是某种概念的具象,或形象的抽象。两个人称有时甚至可以互置或融会。它们或它贯穿全诗,成为形成调式的主音。

　　乐曲有时如大河奔腾,有时若小溪潺湲。每一"部"题下的引语,每一"部"内段落的划分和段落的标题,每个大段落内小段落的分列式(以空行隔开),逗号的特殊使用和行末标点符号的删除,都构成或推动了节奏的缓急、起伏和前进。流畅会转入涩滞,"水泉冷

涩弦凝绝,凝绝不通声暂歇"。霎时冷凝又会转向热烈,"山重水复疑
无路,柳暗花明又一村"。休止符也可能通向压抑在地火下层的愤懑
的爆发。进行曲奏到1966—1976阶段时,抵达了挖掘深度的零点和
剖析力度的沸点。"全面的大扫荡／盲从的快意／无情的狂欢／非理
性的风暴席卷民主的大厦"。惊心动魄!"刽子手在凋零的花园／畅
饮着／思想者的血液／黑暗以其充沛的精力／在为黑暗加冕"。震
魂摄魄! 然而,"道路是曲折的,前途是光明的"。哲人的名言,揭示
了规律。愈是沉痛,愈能幡然醒悟;愈是犀利,愈能弃旧图新。终于,
Cadenza从刀丛剑林中,由万紫千红簇拥着庄严地涌现。

聆听的时候也会感到某些缺憾。过分冗长,有时沉闷或重
复。但常常是:暗淡顿时被闪光照亮,出现一片明媚和晴朗。整部
乐曲所织造的,是深沉、绚烂和宏伟。

当乐曲接近尾声的时候,当"我们一代又一代人／对旗帜的信
赖／对土地艰辛的热爱／在世界漫长的误解中／终于凭借举世赞
叹的成就／证明了／一条道路的先进"的时候,诗人用如下的乐句
勾勒了我们的时代:

> 美丽一旦变为道路
> 时光在我们的创造中
> 则将显得
> 更加年轻

是的。登上八千五百级台阶之后,读者会真切地感到:八十岁
年龄是璀璨青春的标志,围绕在这个标志周围行进的"时光",是年
轻的神。

2001年4月

进去了又出来了

——致毛翰

　　谢谢你送给我的你的诗集《陪你走过这个季节》。这本书吸引了我，先是随意翻阅了几首，觉得不错，便从头看起，一看便放不下，一首一首地看，陆续看了几天，终于把书中的全部诗作都看了，有的诗看了两遍或三遍。

　　诗人孙静轩称赞你的诗具有"东方美"。我有同感。你的诗中的韵致和意蕴是典型的东方的，更恰切地说，是中国的。你受益于中国古典文学，特别是中国古典诗歌的营养。但不给人以陈腐感。给人的是中国式的现代感。对中国的古典，你进去了，然而又出来了。"只进不出"，是要被淹没了的。出来了，但又是进去过的，这便好。

　　不仅文学，我觉得中国的绘画也给了你滋养。跳跃、断裂和空白，也许是从中国绘画的章法中化过来的。

　　我喜欢你的"一剪梅"——一组咏花诗，和"塞鸿秋"——一组咏鸟诗。我也赞赏你的"乌夜啼"（虽然《自杀的八种方式》题目人）。诗题《手枪》与其他带有动词的诗题不协调。《上吊》可改为《投缳》，虽然"文"一点，但可与"圈套"连起来。——这是我妄议，你可以不听的。

　　集句为诗，古已有之。如王安石集子里就有不少。现今文坛老寿星谢冰心不久前在《当代》发表了她从龚自珍集子中搜罗的"集句"诗多首。这大概是中国的"国粹",外国是没有的——至少我这个孤陋寡闻的人不知道。新诗(白话诗)集句之作,我以前没有见过。你说杨牧先生(不知是四川的杨牧兄,还是台湾的杨牧先生?)有过成功的尝试,可惜我未见到。你的集句之作,显示出你在这方面的手腕,透露出你的聪明智慧。但是——尽管你说这"并非游戏笔墨",我也完全相信你此举并非游戏,我却还是觉得这毕竟只能趁"一时兴之所至"而偶一为之。古人对集句诗,虽承认其为"创作"之一种,却不予重视。在论及某诗人作品时,对其集句诗则略而不论。或者,也不以他的集句中的思想作为他的观点。甚至,或认为这只是一种文字游戏。

你的诗,总体来看,柔婉的多了些。这些,我也欣赏。但我更喜欢你的带有犀利锋芒的作品,如《孔雀》。

女诗人王尔碑说,把你和某诗人相提并论是不公平的。我同意她的看法。我希望你今后更加突出你的独特风格,你的诗歌个性!

1996 年 11 月 30 日

忠于良知而又给人美感的诗

——致王一桃

非常高兴读到你《生命的赞歌》这部新著。我觉得你在诗歌创作上实现了一次新的腾跃。

你这部诗集含有三辑诗作,第一辑包括《生命的赞歌》、《和新生代谈人生》、《关于人生的对话》等。《生命的赞歌》是组诗,共五十首,全部写你的小孙儿,写得生气勃勃,跳跃灵动,生活气息扑面而来,美好的憧憬油然而生。无论是写婴儿的诞生,祖孙的感情交流,孙儿的飞速成长,他的不停的运动,哭,玩,做梦,他的未来的希望……都围绕着一个支点:新生者无穷的生命力。这里一首首诗都从不同的、特殊的视角来写婴儿的特征,歌赞生命力的顽强。如第七首《神童与婴儿》:

> 刚一问世就与莫扎特邂逅,/得得马车声可把你乐坏啦!/三岁神童获初生婴儿喝彩,/世界艺坛从未有此轶闻佳话!//不信,请看金色音符一飞扬,/襁褓中两只小手即拚命乱抓!/然后——塞进小嘴反复回味,/化作满脑子的精灵举世惊诧!

初生儿听到"组合音响"里放出的莫扎特音乐后的反应,写得活灵活现,特别是婴儿把"金色音符"一个个抓住塞到嘴里反复回味的"异想天开"的描绘,是诗人灵感的产物;而最后那些"音符"在孩子脑子里化作"精灵",更是神来之笔!

又如第十首《欣赏你"少作"》:

> 摇篮里你一直不停地挥手,/ 是在指挥人间最美好的乐章? / 一抱上身,双眸似镜头在转,/ 将这花啊影啊全摄取珍藏…… // 你的"少作"全在荧光屏挥洒了,/ 恍似彩虹驮着欢乐在飞翔——/ 伴唱的有爸爸、妈妈和奶奶,/ 还有爷爷我,和声来自远方……

这是又一首把婴儿和艺术连结在一起的诗:孩子挥臂乱舞被比作乐队指挥,孩子眼珠转动被视为相机镜头,孩子的一举一动都是创作,主旋律奏鸣的同时还有亲人的伴唱。一连串的喻象把婴儿置于现实世界和想象中的艺术世界的熔接中,产生令人惊喜的效果。我读过不少中外描写婴儿的诗篇,像这样别出心裁的描写,在我的阅读视野中还是少见的。

这部组诗的可贵处还在点明婴儿生命的根本。第四十二首指出:孩子的名字叫"黄华志",这个名字具有深远的寓意。组诗的最后一首唱道:

> 命运注定我这一家永作吉卜赛,/ 就像浮萍随风飘至天南地北——/ 三代侨生的我辗转流落香江,/ 而你,我的第三代,则远生北美…… // 然而我们并非无根的民族,/ 我们有根,而且深扎了五千岁——/ 任季候风将花叶吹到何方,/ 根,却令浪子回家,千秋相会!

这个出生在美国密苏里州的婴儿,有他的"五千年的根",那就是中华大地,炎黄命脉。孩子有这样的祖父,有这样的家教,可以预见,他长大了绝不会忘本！普天下的炎黄子孙读到这里,都该发出欣慰的感叹吧！

二百零四行的长诗《和新生代谈人生》可以说是《生命的赞歌》组诗的姊妹篇。你历数自己的坎坷遭遇,经过"黑色恐怖"、"白色恐怖"、"红色恐怖"、"黄色恐怖"、"灰色恐怖"等一重重闸门,终得摆脱劫难,迎来改革开放的艳阳天,身临一国两制的新天地——你写这些全为了给小孙儿作时代的对比、未来的预测:"此刻啊,小宝贝,/从你磁性的啼声,/我终于顿悟——/生命的呼唤,/跨越时空,/感人化物……/但愿那回音壁,/不断传来/云雀似的欢呼!"孩子有远大的前程,正因为祖国有辉煌的未来！

《关于人生的对话》是又一部组诗,共八首。在这里,你充分阐述了你的生死观、价值观、人生观、宇宙观。第一首是开宗明义的宣言:

> 你说:人,既然斗不过死神/那又何必在世上生生不息/犹如一现的昙花转瞬即逝,/纵使再灿烂也总归沉寂。//我道:正因为难免这一死/人,就应对生,倍加珍惜/就像春茧奉献到最后一丝/蜡炬,尽情燃烧到最后一滴

写得明白晓畅,单纯,透亮。真理本来就是质朴无华的。你的生死观,我完全赞同,因为与我的生死观完全一致。我早年写的诗《生命没有终结》就是我的生死观的表述,我认为生命就是要为人民奉献,这样,生命也就不朽。我的观点与你这首诗中的观点是一致的。这首诗借用了李商隐的"春蚕到死丝方尽,蜡炬成灰泪始干"的诗意,却运用得自然,无雕饰痕迹。

第五首中有这样的诗句:"人生海阔天空各尽其才/只要脚踏实地便能绽出奇迹/鹰在蓝天可以随时呼风唤雨/鱼跃出水平线能吐万道晨曦"!写出人生如万花筒,每个人在各自的岗位上只要努力拼搏都可以对社会做出贡献,这个朴素的思想却以优美的诗句表达出来,最后两句的喻象如绚丽而又灵动的彩绘,令人赏心悦目而又遐想联翩。

最后一首(第八首)指出:"正因为人生快如行草/更应给历史留下几行记忆/正如雁过留声,并将大个'人'字/写在古老而崭新的无边大地"。曾有俗谚说:"雁过留声,人过留名",一度成为追名逐利者的信条。你这首诗却化腐朽为神奇,把雁阵的大写"人"字引入诗中,立即使主题升华到一个庄严的高度。人,应该这样生,才能死而无憾。你说出了生死的真谛!

第三辑中的那首《香港:叹号、问号及其他》,对香港回归,一国两制,港人治港,高度自治,作了尽情的赞美。但你的诗没有一点"社论式"语言,你笔下流出的都是诗的语言。这首诗的力度更表现在你对那些不理解新生事物,仍然抱残守缺的极少数港人的心理分析和谆谆告诫。你指出:对这些人来说,"关键在于/人生字典里有没有/'百年国耻''民族大义'";你指出,对他们来说,"中国,在印象中/是大英博物馆的木乃伊/还是联合国飘扬的五星旗";你更指出,对他们来说,"关键在于/精神偶像是女王陛下/还是十亿个上帝!"真是一针见血,掷地有声!在香港回归、举国欢腾的日子里,颂诗如林,赞歌如潮。这当然是理应如此。但事情总有不同的侧面,伟大的太阳还有黑斑。你这首诗是在热烈歌颂的叹号之后又提出发人深省的问号,体现了你的辩证思考和忧患意识。你对这些人批评得猛,正是对他们爱之深。你的深思熟虑和义正辞严说明了你的爱国主义情操的深化。

在同辑里,《火在烧,光在燃》是写香港的新加坡马来西亚侨友会成立三周年举行联欢会的感受。这首诗回顾了二次大战中马来亚人民抗日军的不可磨灭的战斗功绩。你唱道:"当年火种不灭,光还在燃/征途中,心飞似箭,快步如梭/恍似又听热带雨正打着芭蕉/彷佛又见赤道风把胶叶扫落";这里再现了当年抗日军在行军途中急于消灭日寇的心情和战友情谊。又如这样的诗句:"曾记得很久很久以前,在海外/我们举起抗日红旗并肩战斗/从此半个世纪的日日夜夜,火炬/在战友手中相传——承先,启后";写出了为了独立、自由、民主而凝聚成的战友情代代相传,他们手执的火炬代代不灭,一直燃烧到今天。这里传出了中国、东南亚和全世界炎黄子孙的共同心声。同时,这些诗句实际上也是对当时英国殖民者和新马有关当局对人民抗日军的功绩采取一笔抹杀态度的抗议和批评。

你的诗,语言简洁明快,节奏感强。你的诗都有一定的格律,大体可分为两类。一类是四行一节,每首两节,共八行。如《生命的赞歌》(组诗五十首)、《关于生与死的对话》(组诗八首)、《火在烧,光在燃》(组诗十首),每一首都是采用这种形式。从视觉上给人以均齐感和稳定感。每首诗都用韵,四行一节的韵式是xaxa(x为不押韵),即第二、第四行押尾韵,第一、第三行一般不押韵。这种韵式与中国古典诗歌《诗经》中的许多篇章和唐代以来近体诗(律诗、绝句)的逢偶押韵逢单不押的传统相一致。你的诗节有时也有这样的韵式:aaxa,这正是我国绝句多数采用的韵式。这些,说明你在诗歌用韵上继承并发展了我国古典诗歌的韵式传统。你的另一类是称作"楼梯式"的诗。"楼梯式"是我国诗人借鉴苏俄诗人马雅可夫斯基的分行参差排列并有尾韵的体式而创造的中国新诗的一种形式。在五六十年代出现过一批以此种形式创作的政治抒情诗。你的《和新生代谈人生》、《我的生与死》、《路,就是这样走来的》、《魔棒》、《鸿雁之歌》和《香港:叹号、问号及其他》就是运用这种形式写成的。这种形式的特点是起伏有致,来往跌宕,节奏鲜明,有如进行曲,在几个诗行之末,"噔"的一声唱出一个尾韵,然后是休止符,暂停之后继续吟唱。这种形式宜于抒发强烈的感情。你正是运用了这种形式充分地抒发了你对生命的歌赞和对祖国的深情。

你选择叶韵字十分严格,不受方言发音的干扰,掌握普通话发音很地道,如[zhi][chi][shi][ri][zi][ci][si]叶韵,[ye][yue][lie][qie][que]……叶韵,二者毫不相混,即可见一斑。

1994年10月18日,在北京国际饭店举行的老诗人臧克家文学创作研讨会开幕式上,你我见面,你还为我与诗人邹荻帆合影一张。(荻帆已去世,这张照片成为我永久的纪念!)过了两天,10月20日,在国务院第二招待所举行的臧克家文学创作研讨会闭幕式上,你我再次见面,我听了你的发言。在晚宴上,你高声朗诵了苏轼的词《水调歌头·明月几时有》和《念奴娇·大江东去》。你的朗诵激发了我的吟兴,我用家乡常州调吟诵了臧老的七绝《老黄牛》。这些你可还记得?那次留下的你我合影和全体与会者合影,我保存至今。

1996年7月,你我都到四川参加诗人孙静轩主持的"中国·西岭雪山诗会",16日晚在大邑惠山宾馆"天台"上与你再次见面,18日晨与牛汉和你到宾馆外面大街上观光,你说是观"风物"。这天下午我们转到西岭山庄。19日晚,在山庄里我和牛汉的住房内,蔡其矫、郑敏、曾卓、牛汉、童蔚(郑敏的女儿)、你、我,共聚一堂,畅谈诗歌和其他。大家说到诗不能脱离现实,诗不能虚伪。我说诗要忠于良知,不说假话。郑敏问:形势逼得你非要表态不可怎么办?我说,只好王顾左右而言他。这些,想来你不会忘记。

这次读你的诗,觉得你的诗就是忠于良知的诗,每一句都出自肺腑,没有一句是假话。这正是我们所需要的、人民所需要的、时代所需要的诗!

1999年3月24日

中国群山的诗意发现

——致王一桃

收到尊著《王一桃短诗选》已多时，很高兴。

这本诗集的最显著的特点，就是全写中国的山。全书收诗三十首，诗题有"山"字的就有二十二个，其他则是"峰"，"岭"，"丘"，"坡"，"石"，也都是山。还有"台"。"八达岭"，"雨花台"，"虎丘"，不是山吗？你的笔锋扫过中华大地上许多省份和区域，福建的山，广东的山，广西的山，江苏的山，安徽的山，江西的山，四川的山，云南的山，香港的山，台湾的山，澳门的山……无不在你的笔下呈现出或雄奇，或灵秀，或崔巍，或飘逸的万种风情，千种旖旎。你对祖国山川风物的诗的描绘，体现了你的爱国主义热情的高涨。

你写厦门的万石山，从与别的美景的比较中写出了万石山特殊的自然美："曾赏过花城斗艳的奇花异卉／万石山千石万石也丰神美妙／也听过鼓浪屿争鸣的琴声乐韵／万石山大珠小珠不也仙乐缥缈？"之后你又把漓江水中的卵石拿来相比，赞美万石山上的石如"梦中玛瑙珍珠又纷纷重入怀抱"，如热带花，如寿山石，使你"神魂颠倒"。你写台湾阿里山上的花树，说"还有刚诞生的樱花齐张小目"，这是何等奇妙的光景！你对自然景观，真是体察入微。你紧接着写道："先是月吻，继而云抱，最后星催"，"天地掀开了序幕！"读者也随着你的笔神游到阿里山巅，豁然开朗，胸襟与云涛齐飞！

杜甫写泰山,写出了"荡胸生层云,决眦入归鸟"这样使读者如登半山而心荡神驰的诗句。你却从另一角度,即从地质史的视点,来写泰山的形成:"造化的力量可真神奇而伟大／一边自西北来,一边由东南到／就这样不停地挤,不停地压／终于促你隆起,竖成一惊叹号"!这就让读者把目光投向远古,形成时空交叠、别开生面的壮观,而"惊叹号"的出现,真有画龙点睛、石破天惊之慨!

苏轼到庐山,写出了"不识庐山真面目,只缘身在此山中"的绝句,这是人人心中可能有而笔下却无的哲言,被东坡居士一言道破了。你到庐山,从另一种体悟写出了庐山特有的意蕴:

> 人,行在云海里,化作隐身人
> 谁知反有人情,彼此更关切
> 山,立在雾帐中,变作朦胧诗
> 谁知反有诗意,更耐人咀嚼

人们到庐山,可能都会有这样的感受,但只有你发现了此中的诗意,写出了这样美妙的诗句,蕴含了深刻的自然辩证法和人情辩证法,令人读来惊喜!

你写山,不仅写山的自然风貌,往往从山的美带出了人文的积淀,形成历史感的厚重。比如你写苏州的虎丘,诗中出现了吴王阖闾,相国伍子胥,铸剑匠干将、莫邪夫妇,秦始皇嬴政,吴大帝孙权,书圣王羲之等一系列历史人物。"墓地上有十万人血汗为他洗尘／九泉下有三千宝剑为他捐躯",虎丘这座小山,承受着历史的如此沉重的负荷,令人心惊,令人胆寒!而最后化为"宝剑成谜,墓也成涟漪般的问句",则使作为第三故乡苏州的儿子的我,即使沉入梦中,也难解脱!

你写山,注意力不仅投向古代,更投向现代。你的诗《雨花台》，写了"云光法师讲的经，感动了／佛祖，让天女散花于天上人间"，点明"雨花"名称的历史和神话的渊源。但是你下笔最用力的地方则是揭示雨花台成为二十世纪三四十年代国民党反动派杀害共产党人和革命志士的地方："曾儿何时／这雨花台竟变成刑场／但闻枪声口号并起，一片森严"。你是不满于客观描述，而把殉难和就义神圣化了：

> 烈士以血写下誓言，感染了
>
> 雨花石，如岩浆奔迸火焰冲天
>
> 如今十万忠魂化作高大群雕
>
> 11.7.石柱山呼革命海唱凯旋

这里现实和神话已经结合起来，雨花台顿时化为革命之魂，唱出了一曲响亮的对烈士忠魂的赞歌！

你写八达岭，几乎没有一句写这座山岭的自然风光和景色，却写下了一段不能忘怀的惨痛历史。这首题为《八达岭》的十四行，写于我国当代历史上那个"不堪回首"的时期。但我们又不得不"回首"，因为必须记住历史的教训，使悲剧永不重演。你登上八达岭，见到了伟大的长城，立即想起了"起来，不愿做奴隶的人们，把我们的血肉筑成我们新的长城"这唤起亿万人民奋起抗日的洪亮歌声。但是，这时候正处于把历史颠倒了的特殊时期："曲还在，词却荡然无存／对着长城我却一句也不能哼"《义勇军进行曲》原已由代表人民意志的中国人民政治协商会议法定为中华人民共和国代国歌，然而"文革"的毒焰却把词作者田汉打倒，诬蔑他为"叛徒"，"黑帮"，"牛鬼蛇神"，因而这首昂扬着爱国主义激情的革命歌曲竟被打入冷宫十六年之久！当时，不能唱这首歌的歌词，我们都感到痛苦。而你，写出了当时广大人民的心声：

封建法西斯专制在借尸还魂

红色狂飙席卷着长城内外

茫茫人海到哪去寻失去的知音

读着这首诗,我仿佛又回到了那个漆黑的痛苦的年代!

一桃兄!我想起了1966年10月,那时我还是中国戏剧家协会的干部,而协会的主席、诗人、戏剧家,我的领导者田汉同志,则已被造反派严密控制,每天"示众",接受红卫兵和造反群众的侮辱性批斗。当时我也自身难保,岌岌可危,随时有被揪出批斗的可能。10月2日那天,我由于偶然的机会看到了田老的亲笔书面检讨,这是造反派"勒令"他必须每日交的。田老写道:"昨日听到广播里播放国歌,我心潮起伏,感到,即使做过一些有益的事,党和人民总是不会忘记的。"(大意)当时我真控制不住自己的感情,眼泪哗哗地流了下来。幸而没有被造反派看见。没过多久,我也被揪出,进入"牛棚"了。更可悲可恨的,是田老,田汉同志,这个意志坚定的爱国者和老共产党员,杰出的诗人、戏剧家,现代中国进步戏剧运动的领袖,国歌的词作者,两年后(1968年),就在残酷迫害下死于"四人帮"的缧绁之中。

一桃兄!田汉同志的冤案,早已平反。但你的这首诗,却写出了当年有正义感的、有良知的人们心目中的田汉的精神。党中央为田汉平反是必要的。但在头脑清醒的广大群众心目中,田汉从来就是革命者。你的这首写于当时的诗即可作证。

你写山,总是把祖国的山岳同爱国主义的主题结合在一起。你写香港的太平山,就说:"太平山既是一道百年太平门/又是一座喜庆回归的大牌楼",是"璀璨开放的紫荆,欢笑的明眸"。你写澳门的东望洋山,就说:"当松山挥起史笔在纸上疾书/字里行间跳出多少不平与愤怒";"四百年后松山上点墨成为句号／看东望洋灯塔正照出澳门新路"！这里,港澳的回归被你歌赞得如此灿烂亮丽！你写福州的鼓山,则说:"果真见到了鼓,还听到了鼓声／民族自豪感即受鼓舞而澎湃",并从而联想福建闽侯人,民族英雄林则徐的咏海咏山名句:"海到无边天作岸,山登绝顶我为峰"。于是,你声称:

> "山登绝顶我为峰"——置身于此
> 不禁令我对八闽先辈更加崇拜
> 每提鸦片战争,六百万港人无不
> 同仇敌忾,鼓山的鼓将永播万代

这里文气如水到渠成,诗情如火山喷发,一曲爱国主义的壮歌响彻云霄！

一桃兄！你的这些咏山的诗,全都是十四行诗形式。我爱写十四行诗,没想到你也乐于此种诗形式的创作,我高兴你是同道。你运用这种体裁已经达到熟练的程度,并且已经形成了你自己的一套格式。这里,你的三十首十四行诗,在段式结构上都是"四、四、六",即一首诗以两个四行诗节和一个六行诗节组成。这近似彼得拉克式(或称意大利式)十四行诗。而在韵式方面,你不拘泥于彼得拉克式或莎士比亚式(或称英国式),而是借鉴中国古典诗中律诗的韵式,形成:

> xaxa　xaxa　xaxaxa

这里 x 不押韵,即逢双行押脚韵(前面两个诗节中第二行、第四行押脚韵,后面一个诗节中第二、第四、第六行押脚韵,其余各行不押韵)。而所押的韵,从头到底不换韵,叫做一韵到底。意大利式或英国式十四行诗,每行都押脚韵,中间几次换韵,意大利式一首中用四个韵,英国式一首中用七个韵。你不采用这种韵式,是不是因为感到束缚太紧,规则太严？ 或者韵脚太密,变化太繁？ 而中国古典诗中的律诗,其韵式为:

a(或 x)axaxaxa

这里 x 不押脚韵。首句脚韵可押可不押。而全诗必须一韵到底。你一定觉得这种韵式更适合你写十四行诗,或者更适合中国读者,所以你借鉴了这种韵式,是不是？ 你这种尝试是有意义的。我尊重你的选择。

你在叶韵字的选择上很严格。如《庐山》,以"界""月""节""夜""切""嚼""觉"叶韵,没有一个字出韵。以[ie]包括[ue]为韵母的汉字是相对较窄的韵部。能严格地运用这个韵部,可见你态度的认真。

你在选择叶韵字时,不仅注意到字的韵母相同,有时还注意到平仄的谐调,如《五指山》,以"瓣""伴""站""盼""憾""叹"六字叶韵,而这六个字不仅韵母同,而且声调同,都是去声,即普通话中的第四声,读来铿锵悦耳,得到听觉美感的满足。

关于诗的节奏,你安排为每行或五顿或六顿,基本上呈现均齐美。如:

多谢 | 独秀峰, | 赠我 | 一个 | 读书岩
就在 | 其山麓, | 石桌 | 对日华 | 而摆
                                ——《独秀峰》

这里两行,每行五顿(或五音组),二字顿和三字顿互出,其次序为:

23223

23232

参差中有均齐,整饬中有灵活。

又如:

在云南, | 苍山 | 洱海, | 西双 | 版纳, | 还有
聂耳 | 黎明前 | 指挥的 | 歌, | 我都 | 带走

——《石林》

这里的两行,每行六顿,其中有一字顿(这很少用),二字顿,也有三字顿,其次序为:

322222

233122

参差比较明显,呈波涛跃动之势。

你的诗行节奏还有一行四顿的,但少。主要的是一行五顿。

你对诗的音乐性掌握,从段式、韵式到节奏,都有用心的安排,抑扬顿挫,音乐与诗的内容——或崔巍,或婉娈——相合拍,形成"连山若波涛"或"一览众山小"的情绪流程,给人以听觉的美感愉悦,直诉诸读者的心灵。

你也有些诗在节奏处理上四顿与五顿或六顿配置错杂,于听觉上有不和谐之感。

最后我想谈谈你的《天马山》。我在上海长大,上海是我的第二故乡。你写上海,我读来感到亲切。当我读到"50年代曾被《上

海夜歌》迷住／一口气随公刘上24层大厦"时，我能想象你当时登上旧上海最高建筑物国际饭店的心情。然而更使我动情的是如下的诗句：

> 15颗明珠球体构成整个建筑
> 575光导点令其生辉亮丽如画
> 光谱铿锵有韵，音谱灿然生色
> 望大珠小珠落浦东，普天惊诧

今日上海的标志性建筑东方明珠电视塔，我已登过两次，但没有酝酿出诗句，你的诗等于表达了我登塔的心情。你说："天马山在上海不过是个神话"，"名副其实腾云驾雾的天马／则是人们千年催生的电视塔"。把东方明珠喻为天马，并使这匹如山的天马列入祖国千千万万座嵯峨宏伟的山峰之林，实在是一大奇想！东方明珠是中国现代先锋之旅的代表，祖国的山岳种族中有了她，更显得奇伟鲜丽，生气勃勃，新锐前卫，势不可挡！这样，你的三十首咏山之诗，写出了历史的中国，也写出了明日的中国！你是在履行今日中国诗人的责任！

一桃兄！我本想写一篇关于你的《短诗选》的评论，但我不是评论家。一位年轻朋友说，我若是正而八经地要写文章的话，便文思涩滞，因而我的很多文章用书信形式写成。是的，此刻我也是如此。我觉得给你写信，可以更顺畅地把我读你的十四行诗的观感说出来。于是就写了这封信——可能很累赘，浪费了你的时间。

此信昨夜写到凌晨一时，小睡后起来再写。现在，朝阳正射入窗户，书桌上一片光明。这正合我此时高兴的心情。

2002年11月25日晨

创造更新更美好的生活

——萧汉初《江山得意集》序

2000年4月下旬,我作为全国诗人常德采风团成员,到湖南省常德市进行采风活动,获得了一次极好的学习机会,结识了许多新朋友,其中有一位就是诗人萧汉初先生。他的言谈风度,诗人气质,给我留下了鲜明的印象。

汉初先生于1954年毕业于桃源师范。我的母亲屠时(字成俊)曾于1913年至1914年执教于桃源第二女子师范(即桃源师范前身)。这样,我与汉初先生又多了一层缘分。

在常德我有幸拜读了汉初先生一部诗集的部分诗作,回京后又得窥全豹。这使我进一步了解了汉初先生。

汉初的《江山得意集》是他一生诗歌创作的选集。时间跨度长,从二十世纪五十年代到九十年代,历四十余年。所选作品反映了他在半个世纪的历程中对生活的感受,对人民的热爱,对自然的歌赞,对祖国的忠诚;同时,体现了他对诗美的执著追求。

这部诗集以年代先后分为三辑。第一辑充满了青春气息,对人生的新鲜感;第二辑体现了从青年到中年的走向成熟;第三辑显示出壮年的豪情壮志与潇洒自如。在汉初笔下,出现了泥粉墙的老翁,抽水机站的电工,立夏雨中的农民,捶洗被服的农家女,为诗人推头的理发师,摇纺车的女工,以及山村小学的学生,县立中学的教师……这些人物都来自生活,从他们身上可以闻到扑鼻的生活芳香,可以感到劳动者和劳动者子弟的朴实无华和勤奋诚挚。在他的笔下,出现了芙蓉国的晨夕,楚文化的积淀,出现了中华大地的壮伟秀丽,七千年文明的悠韵遗响。诗人的足迹踏遍了祖国的山山水水,从北国到南疆,都留下了诗的印迹。

这部诗集的一个特点是把新诗和旧体诗词编在一起。作者的新诗深受古典诗词和民歌的影响,甚至可以说是融古典与民谣入新诗,自然而不单调,读来音韵悠扬。这样,新诗和旧体诗词合在一本书内就没有不谐和的感觉。诗集名"江山得意"(得自元好问诗)和三个辑名"荞麦花开"、"朱墨春山"(得自鲁迅诗)、"万景天全"(得自苏轼诗),都是讲究平仄的协调的。于此可见诗人对承袭中国传统诗律的重视。诗人写旧体诗词,有的是严格合律的,如《沁园春·堤上》就是按照这个词牌所规定的格律要求写成。但作者由于诗情奔放,也常常突破格律的限制而不拘泥于平仄的规定,这在古代大诗人中也是常见的现象。另一方面,诗人写新诗,不仅吸收融化古典诗词的韵致,而且不时引入一些传统表现手法。比如《三楠抱石》和《打工者情话》中都自如地运用了对仗。且看这样两个诗节:

> 我是这广场中的方砖,
> 一块一块,平铺到天边;
> 你是这广场上的绿草,
> 一棵一棵,拥翠到无限。

> 你愿我像方砖一样坚实,
> 贴意贴心,琉璃金不换;
> 我愿你似碧草这般柔美,
> 永生永世,芳心长相恋。

　　这两个诗节,每节都是第一行与第三行相对,第二行与第四行相对。这是一种交叉对。这种对仗法古诗中有,如杜甫《哭台州郑司户苏少监》有句:"得罪台州去,时危弃硕儒;移官莲阁后,谷贵殁潜夫。"其第一句与第三句对,第二句与第四句对,名曰扇句对。汉初无疑是把扇句对引入了新诗。再者,汉初的上述两个诗节又各自相互成对。这是把传统的对仗融入了新诗又作了发挥。通过这样的对仗,打工者的爱情被描写得多么美妙纯真!另外,汉初也运用了句内对偶。杜甫的名句:"两个黄鹂鸣翠柳,一行白鹭上青天",不仅句与句对,句内的"黄鹂"与"翠柳"和"白鹭"与"青天"也成对。这叫作当句对。汉初的《索溪留客》中有这样的诗行:

　　　　你伴春离去,望踏秋重来。

　　这就把当句对化入新诗了。通过这个句内的对仗,表达了诗人好客的热忱。尽管在新诗中运用当句对和扇句对的不止一人,我却仍要说,汉初是一位在诗创作上擅于推陈出新者。

　　我们的共和国在五十年内创造了中华民族前所未有的辉煌,但也经历了种种曲折与磨难。诗人并不真的生活在"桃花源"里,但类似"文革"这样的痛苦岁月以及其他阴暗的东西没有出现在他的笔底。难道诗人是要逃避什么吗?半个世纪以来,尽管有过浩劫,存在着腐恶,生活中美好的事物毕竟是主流。我想,诗人也许是要把光明面加以诗化,奉呈给读者,使一度受过创伤的心灵得到抚慰,从而更加勇敢地向丑恶作战,迎接未来。对年轻的读者,更希望他们勇于保卫已有的,创造更新的美好生活。二十一世纪已经来临,愿我们按着诗的节奏,走向祖国更加宏大的辉煌!

　　　　　　　　　　　　　　　　　　2000年5月,于北京

一身清高，最是风景

——序刘建化诗集《西子荷影》

　　1999年7月，应台湾中国诗歌艺术学会的邀请，我率中国作家协会诗人访问团访问台湾，参加两岸女性诗歌学术研讨会，由此结识了文晓村先生等一大批台湾诗人，其中就有刘建化先生。数日来与建化先生交往晤谈，相互认知，称呼也变了，"建化先生"变成了"建化兄"。

　　建化兄的诗作，我读过一些，但不多。建化兄对祖国的深情，他的强烈的祖国之爱，我却有亲身的感受。1999年7月8日在高雄举行的两岸文学座谈会上，建化兄的发言使我永生难忘。他是山东省黄县人，1929年生，他说到两岸开放后回到故乡的经过：他的老母已经去世，他只好带一抔故乡的土回到台湾给自己的儿孙，说："这就是祖国！"说至此，他声泪俱下，全场无不为之动容。后来我写了《宝岛诗踪——十四行诗十四首》在《葡萄园》诗刊第144期发表，其中有一首《爱河浪》，就是写建化兄的：

> 在高雄有条河名叫爱河，
> 两岸的诗人在河畔会合，
> 或慷慨陈词，或引吭高歌，
> 把友情倾吐，把亲情诉说。

你说几年前你回到大陆，
奔波到故乡去寻找老母，
老母已亡故，家宅已荒芜，
你只好装一瓮故乡的泥土——

带到台湾的家中，含着泪
叫儿孙把这土亲一亲，摸一摸，
尝一尝，你说这就是先辈，
就是根，就是永远的祖国！

团圆梦使你止不住痛哭——
爱河浪上涨到沸腾的高度。

我深感这种祖国之爱不仅是建化兄一个人的，而是台湾所有炎黄子孙共有的。建化兄则是突出地表现出来了。

本着这种感情，建化兄已经写并准备写多部诗集，每部赠给一位大陆女诗人。计划写四十部，总名为《诗心吟凤》。这将是一种创举。1999年7月8日高雄两岸文学座谈会上，建化兄对来自祖国大陆的十几位女诗人，带着哭声说道："敬爱的众诗妹啊！你们都是下一代的伟大母亲，而今我以亲恩未报的歉疚心情，视你们如自己的伟大母亲一样，将回馈一颗凝聚的心，对你们的爱，故乡的爱，祖国的爱，创写更多更美的诗篇献上。"他这发自肺腑的话，已把他写数十部诗集的初衷表露无遗了。

顾艳，杭州女诗人，也是1999年7月访台的中国作家协会诗人访问团成员。在此之前，1995年，建化兄与顾艳已在杭州相识。后来建化兄向她索诗，她以诗集《西子荷》相赠，建化兄遂写这部诗集《西子荷影》以赠顾艳。顾艳的诗格体现在《西子荷》一诗中："出污泥而不染 / 一身清高　最是风景"。建化兄的诗格则从《草的启示》中透露出来："一种求生的傲然 / 展现出生命力的强韧 / 在巉岩峭壁的石缝中扎根 / 自峻峭绝崖的际隙里蔓延 / 无畏于凄风的摧残　从不屈服"。刚毅的意志和顽强的生命力正是诗的也是诗人的脊梁。建化兄的诗集《西子荷影》中每一首诗都是对顾艳诗集《西子荷》中各诗篇的回应，仿佛一声声回声和共鸣，但每一声都是真情的涌动和心灵的创造。我读完《西子荷影》，沉浸在诗美的享受中。

　　建化兄嘱写序，我乐于从命。是为序。

2000 年 8 月，于北京

第二人称的魂牵梦萦

——读《涂静怡短诗选》

　　雪莱爱用这样的诗题：To—（《给—》），于是，第二人称便成为诗中的主角。涂静怡似乎没有用过与雪莱同样的诗题，但第二人称却是她的许多诗篇中不断出现的"英雄"——让我把hero"硬译"一次吧！

　　　　雨虽急骤　我心无惧
　　　　因有你同行
　　　　……
　　　　步履虽艰辛　我心如饴
　　　　只因有你扶携

　　　　　　　　　　　　　　　　（《雨伞下》）

　　这里的第二人称是最温暖的依傍，最宁谧的庇所，因为"伞下的世界　恒是安恬如蜜"。

　　　　往日的豪情
　　　　如轻烟一缕

到那时　我愿

……

把一双已干瘪了的手

伸向你　问你

可愿到我心灵的一角

来憩息

（《有一天》）

　　这里，第一人称成为最温暖的依傍，最宁谧的庇所。第一人称和第二人称的位置是可以互换的。因为，"你"中有"我"，"我"中有"你"。或者，如莎士比亚在他的诗中说的，"你这样根深蒂固地生在我心上，/我想，全世界除了你都已经死亡。"（莎士比亚《十四行诗·第一百十三首》）以及"我赞美自己，就是赞美你（我自己）"（同上《第六十三首》），因为，在莎翁心目中，"你"和"我"已经"成为一体"，即是说，第一人称和第二人称可以合二为一。

　　静怡的诗中，有时没有"你"字出现，但第二人称栩栩然存在。比如她的《送行》："留不住的／终究是要走／／……无奈的我　只能／只能把那背影望成／一首小诗／天长地久／日夜／读吟"。汉语的弹性极大，主语省略几乎成了常规。"你"字隐去，但第二人称存在。正如杜甫在《梦李白》中或者说"三夜频梦君，情亲见君意"，一再出现"君"，或者隐去"君"而写成"出门搔白首，若负平生志……"而李白的形象却在读者眼前突现。

　　静怡的诗中，有时第二人称嬗变为第三人称，如《牵系》中的诗句："究竟是什么事／让我如此牵挂？／啊！莫非／莫非是／他那忧郁的／眼神"。不直接地嘱咐或倾诉或祈求，而转为间接的相思或神往或忆念，自言自语，自问自答，渲染出另一种风致。正如莎翁诗中的第二人称也会突然变为第三人称："他的美将在我这些诗句中呈现，/ 诗句将长存，他也将永远新鲜。"（《十四行诗·第六十三首》）于是，乐曲奏起了变调，歌声摇曳多姿。

静怡诗中的第二人称，究竟是谁？是恋人？是亲人？是兄弟？是志同道合者？是同舟共济者？可能是其中之一、之二，或者都是，或者都不是。但是，可以领会的是，这第二人称是一种寄托，一种理想，或者一种信仰，甚至，也许是她的宗教。她笔下的"你"，难道不是上帝吗？然而，这里面既有风光旖旎的缱绻，又有刻骨铭心的创伤："悲苦和无奈 / 随落叶凋零了 / ……错误的抉择 / 一生只能有一次"（《伏笔》）；"我们已错过了昨日 / 不能再误了今朝"（《只要有你》）；"敢问远在天边的白云 / 是谁砍伐了我梦中的树？/ 是谁不让我在叶上题诗？"（《秋笺》）……

然而女诗人是固执的，甚至是顽强的："听我慢慢述说 / 永恒的恋情"（《涓流》）；"惟我的心依然忙碌着 / 犹如一部勤快的织布机 // ……思维是梭 / 是五彩缤纷的丝缕 / 也是一双纤纤　伶俐的手 // ……密密编织的 / ……乃是　一则 / 古老又褪了色的故事 / 故事里有梦 / 梦中有你"（《织梦》）。她承受着长期的、难耐的孤独："我也宁愿守着孤独 / 守着寂寞"（《井》），却不变初衷。静怡的这些诗使人想起李商隐《无题》中的名句，从而把女诗人看成春蚕丝未尽、蜡炬泪难干的意象载体！为了追求一种纯洁，一种崇高，一种神圣，她奋斗，拼搏，坚韧地前行，至死而不渝！

是的，奋斗，拼搏。她的《流星》写出了她的抱负："那年 / 我们都还年轻 / 幻想着自己的生命 / 有一天 / 也能够像天上的流星 // 羡慕那纵身一跃 / 旋即消失的豪情 / 认为　生命的价值 / 不在于久暂 / 只要尽情"。百年人生，在宇宙间只是一瞬，宁可一搏而死，绝不碌碌偷生。这，不就是女诗人的"第二人称"吗？

静怡是古丁先生培育成才的女诗人。她协助古丁创办《秋水》诗刊，在古丁不幸遇难之后，继承古丁的事业，主编《秋水》，已历时二十八年。写诗,编诗,是她的事业,这项崇高的事业,是她生命的居所,是她灵魂翱翔的天空。她主编的《秋水》,已形成自己的风格:风流蕴藉,倜傥婉娈,化繁复为清纯,由嘈杂而宁静;揭人生一角之奥秘,撷宇宙万物于须臾。对《秋水》,静怡倾注了她的心血,托付了她的灵台。她在《诗缘》一诗中说:"因诗所结的缘/愿与诗偕老百年/也不厌倦"。《秋水》啊,也是她的"第二人称"!

静怡的诗,是婉约,是缠绵,有谦逊,有宽容。"不是名花/自然不懂得矜持/我的孤芳/只想 与/阳光 雨露/分享"(《世俗之外》)。但是她并非软弱,并不随波逐流,更非无根之木,无源之水。她的诗《墙》这样说:"屹立于此 凛凛然/不只是挡风 阻雨/或是冷眼旁观一些代沟问题//并非只有平地才能挺立//倘若不厌恶虚伪的贴近/就在心深处/高高地/筑起"。这里体现的是柔中的刚,绵里的针,一种遗世而独立的精神风貌和人格力量。墙,也是女诗人的"第二人称"!

静怡的诗,很多是短诗。诗中有音乐,十分悦耳。"是那放任的云吗?/还是爱哭的小雨?//也曾纵情地挥洒过/生命的彩笔/让生活的画幅/增添缤纷几许?"(《牵系》)这里有鲜明的节奏感。上面所引的开头两行内容上对称,音乐构置上各为三顿,第三至第六行,依次为三顿、两顿、两顿、三顿,节奏成合抱状。无论是精心设计,还是天然自成,这里的音乐是动听的,给人回荡往复,不尽欲言的意蕴。而"雨"与"许"押韵,更给人一种悠扬的旋律感。

静怡的诗,有时也出现韵脚安排,如《灯》:

> 如顽童般
>
> 总喜欢学着
>
> 艺术家的模样
>
> 每晚

把我孤独的形象
剪贴在苍白的
墙
上

全诗八行,用了四个押韵字"样"、"象"、"墙"、"上"。第一个韵脚在第三行出现,第二个韵脚仅隔一行之后即出现,而再隔一行之后连续出现第三、第四个韵脚。韵脚的配置疏密相间,体现出与均齐美相对的另一种美:"参差美"。而"墙""上"二字各占一行,紧挨而形成竖立,给读者从视觉上感到这是被灯光照到墙上的"我孤独的形象",形单影只,茕茕孑立。这是绝妙的一笔。有人爱写一种"图形诗",有写得好的,也有写得不好,滥用图形的。静怡这首诗中只有两个字的"图形",却收到了意外的效果。

静怡的诗,有时甚至运用一些特殊的韵式结构。如:"似今夜的月色／羞羞怯怯　隐隐约约"(《蓦然回首》),其中有不留痕迹的"行内韵"(internal rime)。这里"怯"和"约"的韵母是[ie]和[ue],是押韵的。而把连绵字与行内韵融合在一起,也许是妙手偶得之,但不能不说是李清照词《声声慢》之后的又一次有意义的探索。

静怡的诗,温柔敦厚,怨而不怒,柔中寓刚,隐秀交叠。所以,她诗中的音乐常常是 Andante Cantabile,有时也有 Andantino,有时又是 Adagio。但 Presto 是极少的。总之,说静怡的诗是"间关莺语花底滑,幽咽流泉水下滩",庶几近之。

我与静怡曾会面两次,第一次在北京,1999年6月3日,第二次在台北,同年7月3日,恰好相隔一个月。此后是不断的通信,间或通话。她对诗美的追求,对诗事的虔敬,给我深刻的印象。她为祖国大陆与台湾的诗文化交流作出了不懈的努力。她以诗会友,她的足迹遍天下,因而她的朋友遍天下。从新疆到云南,从辽宁到广东,从澳门到新加坡,从香港到檀香山,从祖国到海外,她不断地"求其友声",总是得到回报。她主持的"秋水"在祖国和世界各地潺潺流淌。在这个意义上,她绝不"孤独"。从我与她建立友谊起,我即成为《秋水》的忠实读者,后来又成为《秋水》的同仁,这都是受到静怡人格感化的结果。我读静怡发表在台湾、大陆各地报刊上的诗,读她赠我的她的诗集《紫色香囊》以及其他诗集,总能从她的诗作中获得精神的愉悦和心灵的感悟。最近我又收到她赠我的《涂静怡短诗选》("中外现代诗名家集萃"工程中"台湾诗丛系列"之一),拜读之余,不能已于言,于是写了这篇随笔式的短文,以就正于静怡及各位方家。

2002 年 8 月 26 日

关于丁力的诗歌作品

——致丁慨然

收到你寄来的《丁力诗文选·A·新诗选》,非常感谢!

我上次误以为《诗词选》选自令尊的全部诗作,其实新诗部分分出 A 卷,这很好。

令尊的新诗选中有不少佳作,力作。尤其是写于"文革"时期的一批诗,记录了那个荒谬时代的各种倒行逆施和作者个人的感受,极为感人!

《被揪》最后两行是庄谐相济、令人哭笑不得的名句。

几个梦,如《梦回故乡劳动》、《午夜梦醒偶成》、《梦参加群众大游行》极为真实。当年我也做过此类梦。由梦而成《戒诗》,记录在思想汇报中抄入梦诗而受一场批斗,结论为"切勿让人知,最好打腹稿",当年的真实心情,历历在目!

《斗私会》押韵押得好。最后两句"把公当私斗,岂非大笑话!"是警句。

《写思想汇报》和《筛沙日查会》,活画出"文革"世态,尤为精彩的是用韵,妙极,神极!"红"平声,"动"、"送"、"痛",均为仄声(去声),读来沉重压抑,与诗的内容吻合,越读越"心痛"!"很累哩"、"开会哩"、"不对哩"、"挨啐哩"、"犯罪哩",押韵字全都是仄声(去声),而十分自然,绝无勉强凑韵之弊,加上语助词"哩",像是地方土话,带有强烈的乡土色彩,更有浓重的幽默感和反讽意味,这是一首杰作!我当年去干校劳动,也有同样的感受,但心情不佳,没有写诗的愿望。令尊在如此逆境中,仍不失诙谐,诗情不减,令人羡慕,也令人敬重!

《冒大风雨叠田埂》透露了作者仁慈的心肠,人道主义精神。

《继先弟来干校看我》、《接吴崇源来信》写出了危难时期真情的可贵。《送柏儿去黑龙江》、《赴"五七"干校与妻告别》、《思杉儿》,写出了可怜天下父母心,淋漓尽致!写出了夫妻本是同命鸟,大难来时相扶持,可感可泣!

《作协会员证被鼠咬伤》,无限凄楚,却并不颓丧。《拉板车运粮》未见得是胆小可哀,而是反讽与自嘲。

总之,《要乐观》!

《俯首吟》替"文革"留下了诗的足迹,是令尊大量诗作中最可珍视的一部分。

令尊佳作甚多,如《与死神对话》等,不及一一谈及。我将继续拜读。

2002 年 12 月 7 日

附:

丁 力 诗 四 首

被 揪

参加运动一载余,

今朝始觉我太愚！
不如去秋揪出好，
免得揪保两拉锯。

去秋有人要揪我，
有人保我未揪出。
揪保两方拉锯战，
拉得我实在不舒服。

揪我的人早被斗，
保我的人也被揪，
我今被揪不算晚，
还有被揪的在后头！

1967年11月24日

写思想汇报

读书要红的，
干活要重的；
思想要活的，
情况要动的；
两天写一次，
按时要送的；
汇报实难写，
写得心痛的！

1968年12月，于黑窝

筛沙日查会

白天筛沙子，

比赛很累哩！

每晚收工时，

还要开会哩！

检查一天活——

有啥不对哩！

发言要积极，

不然挨啐哩！

抓我一句话，

批我"犯罪"哩！

1969 年 12 月 25 日，于向阳湖

斗 私 会

宝书天天读，

思想夜夜查。

私字一闪念，

给它几钉耙！

私字是什么？

与公相混杂，

把公当私斗，

岂非大笑话!

1969 年 10 月 18 日，于牛棚

充满着昂扬、向上的力量

——读桂兴华的朗诵诗《智慧的种子——张江抒怀》

　　长篇朗诵诗《智慧的种子——张江抒怀》读后的总的感觉是：气势恢弘，充满着昂扬、向上的力量，给人以极大的鼓舞。浦东张江是我的旧游之地。1948年末到1949年初，我在张江住过两个月。那时这地方叫"张江栅"，是个乡镇。我住在村子里，度过那个寒冷的冬天。我在土屋里仿佛听到"三大战役"的隆隆炮声和解放军占领北平举行入城式时群众夹道欢呼的声音，心潮澎湃，激动不已。2002年6月，我从浦西乘地铁到浦东去"访旧"，见到的却是一片新天地！ 高科技园区矗立在江滨，璀璨夺目，令人无比振奋，无比激动，甚至超过了"三大战役"的炮声给我的激动！今天读着该诗，仿佛又回到了浦东的那一片新天地里。

　　该诗很好地处理了"虚"与"实"的关系。它没有写张江发展的流水账，没有纠缠于科学技术本身，就是说，没有陷入"实"的泥淖里，而是站在历史的高度，回顾过去，展望未来，把张江的存在和发展，作出诗化的总结。就这样使张江"虚"起来。但这一"虚"招儿，并没有"虚"进理念化的死胡同。作者不是写报纸社论，而是在写诗！作者用一个又一个形象，一群又一群意象，组合成宏伟的乐章。有些抽象的概念，在诗中成了可触可摸的具体的东西。比如，"梦中向往的高度／猛然剔除了／不容存在的低矮"，或"看！一轮最圆,最甜的月亮／正在这片湖边／留下最多的信赖"。这里,"高度"、"低矮"、"信赖"都具体化了,有着明显的质感。又比如,"数字"本来是抽象的,作者却使它形象化了,甚至有了灵魂。"远古的先民／曾经扳着手指数啊／穴居的老农／曾经垒着石块算……／曾经有过多么干涸的年代啊／就像大沙漠漫无边际／数字／只能用来累计／满天的飞沙走石／批斗了多少次／抄家了多少次／……幸亏有了一次／最酣畅的雨／把陈旧的观念／一一清洗……／因为有了你／才有了如此／蓬勃的诗意……"不能再引了,篇幅不够用。我只是想说明,作者把"数字"写活了,通过它,反映了时代的变迁,歌颂了张江的飞速发展,赞扬了张江人奋进的姿态。因而,作者的诗情诗意是通过活生生的形象、通过"实"而表达出来的。可见作者写诗善于掌握"虚"与"实"的辩证关系,做好了"虚"与"实"的结合。

写高科技的发展,很容易写得枯燥。该诗却毫无枯燥的感觉。例如在"这里在悄悄播种"一章里,出现了一个又一个中国的和外国的科学家的形象:李时珍、祖冲之、郭守敬、哥白尼、伽利略、爱因斯坦、爱迪生……作者不是抽象地提到他们,而是把他们放在典型的动作里和鲜活的形象里,让他们透过历史的尘雾,投向今天的中国、今天的浦东,形成古今对话、时空交错的图像,织成锦绣的画面,凸现出从历史深处走来的张江今天的面貌和向明天猛进的身影。"与达尔文对话"一章,写得尤其生动。

桂兴华写的是朗诵诗,懂得怎样抓住朗诵的效果。朗诵诗不能仅仅诉之于读者的视觉,必须诉之于听众的听觉,要使听者明白、听懂,而且要受到感动。作者不用生僻的字词,避开了听觉的绊脚石。作者用的语言十分口语化,使听众容易接受,但又是经过提炼的诗的语言。作者也用"顿"、用韵脚,但不作死的规定,而是随着诗情的起伏,有节律地安排分行、音顿和尾韵,起到回环往复、荡气回肠的效果。"命运之球"一章中,一再重复"进球！进球！"和最后"加油！加油！"的韵式处理,起到调动听者情绪,使之不断昂奋以达到顶点的作用,非常成功。

　　我相信,这首诗会受到朗诵者的欢迎,更会受到听众的欢迎。

2003 年 4 月 2 日

增之一分则太长,减之一分则太短

——致王耀东

两信先后收到。前信收到后本想立即作复,因身体不佳兼有杂务,便拖下来了。曾托来访的王正悦先生向先生转达我的问候。

台湾诗人岳宗先生致先生的信以《大陆诗的得与失》为题发表在《鸢都报》(1991 年 2 月 25 日)上,我已认真阅读。岳宗先生说:"诗的语言越精简,越有诗味。能用一个字表达的意念,绝不用两个字;能用两个字表达完全的,绝不用三个字。许多多余的赘字都要删除。"我完全赞同这个看法。这与鲁迅先生所说要尽量删去可有可无的字的意思相同。(虽然鲁迅是指写小说或文章,但写诗也一样。)不过我觉得也要从另一面说明:必须用两个字才能表达的意思,只用一个字就表达不完全;必须用三个字才能表达清楚的,也不能只用两个字。(岂不闻宋玉说过:"增之一分则太长,减之一分则太短";拜伦也说过,"多一道阴影,少一缕光芒,都会损害那难言的优美"?)决定的因素是内容的要求。臃肿是病态,但丰腴却是美。楚灵王固然以瘦(细腰)为美,盛唐却以肥为美。故不必以清癯为美之惟一标准也。当然,我这说法该不至被误解为主张冗长、芜杂。

当前诗歌语言中的通病为过繁而不是过简。所以岳宗先生强调洗练也是有道理的。

尊作《乡事》，未窥全豹，故难以置喙。但如果排字方面无错，那么原稿四行是一节，修正稿却化为两节（每节两行），这也是拉长了。再，原稿：

> 明月依然是
> 那副样子，姗姗地
> 总是来迟，它无声
> 心却听得真切

作为读者，我感到：这四行中前三行是一个句子（有主谓结构的句，虽然没有句号），后一行是一个句子（也没有用句号）。前一句中的主语是"明月"（以及指明月的"它"），后一句中的主语是"心"。"它无声"指明月姗姗而来时没有声音（或者不说话）。但"心"却听见明月的脚步，而且"听得真切"。这"心"，也许是诗人的心灵？

修正稿是这样的：

> 明月姗姗
> 总来的迟
>
> 无声
> 却听得真切

两节诗是一个句子，主语只有一个即"明月"。"听得真切"应是"明月"的谓语。这就变成：明月走路无声，却自己"听得真切"。她在听什么呢？不知道。或许，由于中文的语法不似欧洲文字的语法那样严谨，中文有一定的"弹性"，这"听得真切"也可不指明月。那么，是指谁呢？无论如何，原稿中的"心"是没有了。原稿中，"听"

的主体不是耳朵(本来就"无声",耳朵要听也听不见)而是"心"。心不是感官,它固然没有听觉,可也没有视觉、味觉、嗅觉和触觉。它有的也许是"第六知觉"。所以这里写的不是一般的通感,而是一种特殊的通感。这正是这节诗的关键所在。

岳宗先生说"诗作重'质'而不重'量'",完全正确。他举出一位美国诗人只留下一首题作《树》的诗而流芳千古,这个例子很恰当。按这位诗人名叫乔伊思·基尔默(Joyce Kilmer),被称作"一首诗诗人"(one poem poet),即以一首诗成名的诗人。这种"一首诗诗人"在中国也有,例如唐代的金昌绪,就以一首《春怨》而扬名百代。而许多诗人写的许多诗都被时间淘汰掉了!(当然也有许多诗人写的大量诗作留传到后世,是因为这些诗都重"质"。)因此桑恒昌先生写诗而"害怕时间"是有道理的——害怕时间的淘汰,因而写诗要重"质"以争取时间的青睐。但先生的《不要怕——答桑恒昌》一诗,似是从另一角度谈写诗,并非认为不必追求诗的质量。先生似是说,只要有"耐力和决心"去攀登诗艺的高峰,那就会使"语言的翅飞起"(这正是重"质"),"我们"就会成为"摘取明珠的人"。而"害怕时间"是没有用的。故我认为先生与桑先生恰是殊途同归。

我的理解不一定对,谨就教于先生。

1991年5月1日

附：

岳宗致王耀东信

耀东先生：

信和两本诗集均收到，谢谢！古人说："以文会友，以友辅仁。"我以为这句话是对的，接到您的诗集，我从头到尾都看完了。既然是朋友，不必客套，我总觉得大陆上的新诗人，普遍来说，写者都不够洗练精简，诗的语言越精简，越有诗味。能用一个字表达的意念，绝不用两个字；能用两个字表达完全的，绝不用三个字。许多多余的赘字都要删除。古代五言诗用二十个字就表达得那样完美，就是我们的借鉴。再者，大陆上一般来说，诗中散文的语言用得太多。意象也不太会运用。意象是运用一种能使人领略的具体抽象概念来表达抽象概念，这是现代诗自艾略特以来，大家一致公认的准则了。就以拙作《归乡》第一段为例：

> 乡思
> 是破裂纸伞
> 总在头顶
> 响着，摇晃
> 浇淋
> 一路的风雨

"乡思"是抽象的概念，却藉着"破裂纸伞"的意象命名人，领略一直在脑子里响着，摇晃着，又像风雨浇淋着的乡思。就像戏剧一样,表演出来,才显得生动;如果看话剧时,但见台上一个人站着说话:"现在男主角从右后方走出来了,女主角从左后方走出来了……"却看不见台上粉墨登场的演员,就不是话剧。同样的,在诗中只见许多描写和形容,诗的味道就淡了,如同一个在台上独白的"话剧",同样的枯燥乏味。

正如您在《故乡的河》结尾所说:"那勃勃跳动的诗情,总在稿纸上躁动。"的确,你是已经将一片真情涌向纸上,但忽略了诗的含蓄性。文学所以称为文学,就在于文学能含蓄地表达一些概念,太直接的表达,就显得粗俗。当然大作也有含蓄的一面,但以拙见认为还要更含蓄一点。

诗人桑恒昌的"怕"是对的。他说:"现在写诗,怕时间。"桑先生领略到时间的可怕,多少诗人经不起时间的考验。唐代诗人何止万千,如今剩下几个经得起时间的考验?诗作重"质",而不重"量"。有一位美国诗人,三十一岁就因参加第一次世界大战阵亡,但他留下一首"树"诗。就因这一首诗而将使他流芳千古!台湾诗坛有一种怪病,就是"自我吹嘘,相互倾轧"。只有好的作品才能传之久远,写得再多,再会吹嘘,如果诗作不佳,总有一天会被时间淘汰的,我以为历史是最好的筛子。杜甫在唐代并没有什么名气,而是后世的人给他"诗圣"之名。美国《白鲸记》的作者梅尔维尔(1841—1912)逝世多年后,因着他的作品优越,才有今天的"文名"。因此大作《不要怕》在历史的认知上就远不及桑恒昌了。我总认为"三担粪土比不上一两黄金"。现代海峡两岸写诗的人都应该有所警觉!不知说得对不对,尚望不要怪我太直率,这也许是山东人在社会上最吃亏的性格。但我认为对你应有所助益。

大作《乡事》。第二段,我在文字上做了些修改(至于表达概念方式的优劣,是无法以您原诗结构来修改的)。随函附上,仅供参考。以我的拙见,您有诗人的本质和天分,若在写作上多下工夫,向"诗质"的方面求进步,成功是指日可得的。

岳宗 敬上

1990 年 12 月 12 日,于菲律宾

附:《乡事》第二段原稿

明月依然是

那副样子,姗姗地

总是来迟,它无声

心却听得真切

修 正 稿

明月姗姗

总来的迟

无声

却听得真切

原载《鸢都报》(潍坊)1991 年 2 月 25 日

关于《讲究修辞艺术》的通信

——致丁国成

顷接《诗刊》1984年第7期,读到第62页上"新诗话"栏中马绪英同志的文章《讲究修辞艺术》。这个题目很好。有些诗作不讲究修辞艺术,致使本来很好的构思受到损害,是很可惜的。诗人不仅要讲究语法,也要讲究修辞,这属于文字基本功。提倡一下,很有必要。

马绪英同志在文章里举例说明了修辞的重要。他摘引了四句诗,然后说:"以上诗句,就语法结构而言,是没有什么毛病的,且有一定诗味。但是,总让人觉得过于平淡、直白、浅露。假若我们动一点小小的手术,讲究一下修辞艺术,将上述诗句中宾语剪去、改换,那么,它就变得不同一般了。"他所举的例子之一是:

> 那曾经扣住她发丝的芬芳星带……

他动的"一点小小的手术",就是剪去并改换宾语,把这句诗改为:

> 那曾经扣住她发丝的芬芳……

这个例子,是从发表在《诗刊》1983年第12期第23页上拙作

《槐花》一诗中摘来的。原诗第九、十行为：

> 女孩终于又回来了，来寻找失物——
> 那曾经扣住她发丝的芬芳星带。

（"星带"后面原是句号，不知马绪英同志摘引时为什么要把句号改为删节号？这一改，给读者的感受是不一样的。）

马绪英同志认为，从修辞艺术上看，这"星带"是多余的，而且它使诗句平淡、直白、浅露了。马绪英同志又认为只要动一个小小的手术，即把"星带"二字剪去，诗句便立刻"变得不同一般了"，他还说，"读者可以自己比较。经过极小的改动，没有歪曲原意，诗句反而给人一种焕然一新的感觉。"他又说，"删去'星带'……也更加耐人寻味了。而且……比原句简练。"

一个作者，发表了作品，如果像石沉大海，毫无反响，那简直是一种惩罚。如果有反响，有批评，作者就会高兴，因为他知道他的作品有读者，有读者的关心，以至修改的建议，这是作者求之不得的。所以我对马绪英同志的批评，首先表示欢迎，并且表示感谢。

但我愿意平等地、友好地同批评家进行商榷。

我那首诗写的是槐花——题目就叫《槐花》。诗写得并不理想，但也是有我自己的设想的。女孩走过槐树下，白色槐花落在她乌黑的头发上。这使人联想起夜空和星星："白色的花朵／轻落到她那闪着柔光的浓发上。／乌绒衬白翎，有如夜空闪星芒。"扣住女孩头发的往往是缎带。女孩回来寻找的失物，即是槐花，我用"星带"（星星织成的白色缎带）来形容槐花。这"星带"也是缩小了的银河。它是一个视觉形象。（马绪英同志也是主张诗要有色彩和形象的。）下面的诗句是："曼长的星带轻挽住大地的绿发；／乌丝被埋在花瓣里；她梦见槐树／沉入了银河。……"这里，把槐花和星星,铺地的槐花和横空的银河,女孩和大地,黑发和夜空,女孩的黑发和大地的绿发等形象和意象联系起来,统一起来,融合起来。这种联想可能是幼稚的,失败的。但总还是一种设想吧!

如果按照马绪英同志的建议,把宾语"剪去、改换",即把这首诗的第十行末二字"星带"剪去,把原为定语的"芬芳"改成了宾语(其词性也从形容词变成了名词),那么,视觉形象没有了,只剩下了嗅觉感受,"寻找"的目的物不再是通过视觉形象体现的槐花,而变成了槐花的属性。当然,芬芳也可以代表槐花,但是,这行诗的本意是要把嗅觉感受和视觉形象结合起来——槐花有香气,槐花又白、又密,像天上的繁星——以体现槐花的特性。许多别的花都可以是芬芳的。而这一剪,就把诗句里的意象剪得支离破碎了。而且这个"星带"是同诗中第七行"星芒"、第十二行"漫长的星带"、第十四行"银河"相呼应、相联系的。把第十行的"星带"剪去,这些呼应和联系也就割断了。整个诗的设想(尽管可能是幼稚的,失败的)也受到了影响。

还有一个形式问题。这首诗是一首严格的十四行诗。把"星带"剪去,这一行就缺少了一个音组(即一顿,也就是闻一多先生首先提出的"音尺",这首十四行诗每行均为汉语五顿);而"带"字是与第十四行末字"败"押韵的(这首十四行诗的韵脚排列式是abba cddc efg gef)。这一剪,这行的末字成了"芳",它就变为与第六、七行的末字"上""芒"押韵而不是与第十四行的末字"败"押韵,这样,韵式就错了;加上第十行少了一顿,这首有一定格律要求的十四行诗便在形式上变成不完整了。——也许有的同志认为不必非这样押韵不可,不必非每行五顿不可。但,我写的可是一种严格的格律诗。那么,既要对它进行评论,是不是也应该考虑一下诗的形式呢?

总之,我认为,修辞艺术必须讲究。我也完全赞成马绪英同志要求的,诗人应该学习和运用多种修辞技巧,使诗作言简意赅,更富有色彩、形象、动感和力度。但在讨论一字一词的得失成败或留或删的时候,不要孤立地就字论字,就词论词,而要从全诗着眼,联系上文下文,考虑作者的整个设想,整个构思,否则就不能击中要害。

这里只是对马绪英同志文章中所举有关拙诗的例子提一点意见。对马绪英同志文章中其他三例,因未曾研究,不敢妄议。

我愿意接受马绪英同志的批评,今后写诗努力避免"平淡、直白、浅露"。但对于他建议的小小手术,我坦率地提出以上商榷意见。

因为你是《诗刊》编委,又是理论编辑,所以就写了这封信给你。如果说错了,请你批评指正。也请马绪英同志批评指正。

1984 年 7 月 20 日

附:

槐　花

清风吹过去,有多少槐花落地,
像雪花,然而落得快,因为分量重。
地上一片白,白得青,白得绿。微风
缓缓吹,吹来一阵阵蜜味的香气。

小女孩走到槐树下,白色的花朵

轻落到她那闪着柔光的浓发上。
乌绒衬白翎,有如夜空闪星芒。
女孩携走了馨香,那花的魂魄。

女孩终于又回来了,来寻找失物——
那曾经扣住她发丝的芬芳星带。
她弯下腰肢,让乌发流水般泻下。

曼长的星带轻挽住大地的绿发;
乌丝被埋在花瓣里;她梦见槐树
沉入了银河。槐花香却永不衰败……

1983年6月

对于诗歌表现形式问题的初步意见

今年一二月间,北京《光明日报》上展开了关于诗歌表现形式问题的讨论,参加讨论的已有竹可羽、林庚、沙鸥、蒲阳诸同志,讨论似乎尚未结束。

先是竹可羽同志在《略谈五七九言》一文中指责了五、七、九言诗。他举了四首五、七、九言诗为例,分析了它们的内容,指出了其中的缺点,并断言说:"不管句子通不通,不管是不是诗,仿佛只要言数一律,行数整齐,就可以算是诗了。"例如在论及"人民有号令,反对战争贩!"的诗句时,竹可羽同志指出"战争贩"不常用,常用的是"战争贩子",这个"子"字是因为五言而省了的,因此不通了。接着,竹可羽同志又批评了对诗行整齐的要求,他说:"单从字数上来讲整齐,许多地方是行不通的。"他举出一些例子说明"硬凑"的不合理,并指出视觉上的整齐与听觉上的整齐不同,例如"联合国的'攻势'"、"美帝国主义的'攻势'"、"麦克阿瑟的'攻势'"三行放在一起,听起来是整齐的,看起来就并不整齐。竹可羽同志认为今天的语言已不同于五、七言时代的语言,"麦克阿瑟"、"布尔什维克"、"中华人民共和国"、"四万万七千五百万"、"奥斯特洛夫斯基"等词要入五、七、九言诗就很困难。于是他下结论说:"由此可知,提倡五、七、九言中,特别是提倡五言诗最没有道理,因为它特别不顾中国语言的发展。"

　　林庚同志在《再谈九言诗》一文中答辩了竹可羽同志的批评。他说,反对格律的中心理论不外两个:一个是"格律会束缚诗",一个是"内容决定形式"。关于"格律会束缚诗",他认为:西洋诗人如普希金,伊萨柯夫斯基,以及中国古代诗人们的诗都不受格律束缚。他说中国古代早已有了"伯成子高"、"司马相如"等四个字的名字,"麦克阿瑟"只是后生之辈,但古诗却并不因为人名有四个字而受"束缚";我国古诗"上山采蘼芜"这首诗中全篇都是"新人"、"故人"、"故夫",而最后一句"新人不如故",如果改为"新人不如故人"反而不成话,可见这并不是因五言而省了一个"人"字。

　　关于"内容决定形式"的问题,林庚同志认为这也不能提出来作为反对格律的理由。他说:"我们结合五、七言这个格律问题,形式当然是指五、七言这一种格式,可是内容呢? 指的是什么? 指封建思想吗? 或者反封建思想吗? 宫廷吗? 或者农民吗?'战士'吗? 或者隐逸吗? 出世吗? 或者入世吗? ……白居易或李商隐的诗,内容一样吗? 却一样是五、七言的形式。隋炀帝与陶渊明的诗,内容一样吗? 却都有同样的形式。……如果内容如一般的指思想感情生活等,那么在'五、七言的时代',各种不同的思想感情生活就都曾经在五、七言形式上出现过;这正说明格律是并不限制内容的,而且也不必随着不同的内容而改变。……"

　　接着,我们又读到了沙鸥同志的《评〈略谈五七九言〉》,他首先认为竹可羽同志仔细分析批评了若干首五、七、九言的诗,对作者和读者都是有助的。但沙鸥同志认为不能因此轻率地得出"认为我们现在诗上应该'回到五、七言的形式上来'的理论却是叫新内容和旧形式永远做亲人"(竹可羽)的结论并从而一笔抹杀了五、七、九言诗形式。因为这样就是"因为白衬衣上染了一滴墨水,就愤而把衬衣扔进火炉里"。

　　沙鸥同志举了两个例子,田间同志的五言诗《在高山旁》和王亚平同志的七言诗《夜歌北京》末节,认为这两首诗是朴素动人的,并不硬凑,是民歌体。沙鸥同志认为田间同志的五言诗《在高山旁》可以证明竹可羽同志所说的"五言诗最没有道理,因为它特别不顾中国语言的发展"的理论是不对的。

沙鸥同志问:什么是中国语言的发展呢? 他引了斯大林同志的话:"至于基本辞汇,那末,它是作为语言辞汇的基础,在整个基础上被保存着和使用着的。"他举了两个例子,"孔雀东南飞"和唐朝民间诗人胡钉铰的一首诗,觉得这些诗虽然是离现在一千或更多年以前的作品,但其中的语言却并不离现在的语言太远,而且读起来还有新鲜的感觉。他又提出用五、七、九言写成的民谣,有些是非常优秀的,因此一笔抹杀五、七、九言的诗形式是不妥当的。

再后来,我们又读到了蒲阳同志的《谈〈再谈九言诗〉》。他首先认为林庚同志所提反对"格律会束缚诗"的理由不充分,并且说林庚同志所举"新人不如故"的例子不恰当,因为"……我记得古文的'故'是一个独立词,当然'故人'也是一个独立词,但今天习惯上还没有把'战争贩'当一个独立词来用"。

关于林庚同志对"内容决定形式"的一段申论,蒲阳同志认为林庚同志是推翻了"内容决定形式"的普遍真理。他说,尽管封建思想,反封建思想……都曾以五、七言形式出现过,但不能说形式不为内容所决定。因为这里有一个问题被忽略了,那就是:"……五、七言这种形式是封建社会产生的文学形式的一种。封建社会没有问题是地主阶级的封建思想占统治地位,另外是反封建的农民思想,虽然同时存在这两种对立的思想,但都是封建社会的内容。……当然这种形式也许偶而可以装进些反封建的内容,但它不能对这种形式起决定作用。"蒲阳同志肯定了五、七言形式是被封建内容所决定的,因此认为"今天历史向前发展了,今天的人民有着跟封建社会统治阶级完全不同的思想感情和丰富的斗争生活,要想把这些内容反映到诗上来,单纯的五、七言,无疑是不能完成这样的使命"。

在叙述了这次论争的基本方面以外,应该补充说明的,就是他们相互间都声明,自己并不禁止对方写任何形式的诗,不过认为自己所主张的一种比较好罢了。

以上,就是这次论争的具体内容。

首先,我们觉得这次讨论是好的:因为它暴露了当前中国新诗创作的迫切问题——表现形式,使我们注意去钻研和创造。同时也可能通过这次讨论,提高我们的诗理论水平,具体地运用在我们的创作上。对于这次讨论我们有卑不足道的初步意见,谨提供给大家参考,希望这次讨论有很好的收获。

一、我们应该肯定中国语言是在发展的。沙鸥同志引斯大林在《论语言学问题》中所说的话来否定中国语言的发展是值得商讨的。斯大林同志的那篇文章主要是为驳斥硬搬马列主义教条到语言学中去、主张所谓语言有阶级性的马尔教授之流的谬论而发的,斯大林同志不曾否定语言的发展。以中国语言来说,"它的文法结构和基本辞汇是许多时代的产物",这是对的,但不可否认地,中国语言的语汇是比过去丰富了,其表现方法是有了变化或更复杂了。例如,今天的语言中因为有许多半音阶的字眼,吸收很多外来语,淘汰很多僵死的辞汇,创造了很多新的语言辞汇;所以我们的语言基本上是有多音节的特性,如果承认活的语言是新诗的重要因素,那末以一种凝固的格式来限制诗的创造,显然是不合逻辑的,像有些半音阶的字如果放在五、七、九言诗中,它在意义上和音节上不会与其他全音阶字眼占同等的重量,但在体积上却占有同等的地位。如:"有的丢了大皮靴,光着两脚好心伤……"这两行诗中的"的"或"着"就是半音阶字眼,然而在这"七言"诗中却占着七分之一的地位,是构成"七言"的形式上与其他字眼平等的一分子。相反的,在古代诗歌中,比如:"儿童不惯见车马,走入芦花深处藏。"尽管它"就好像是今天的话"吧,也不过"像"而已,它每个字眼都是全音阶的,每个字眼都能产生一个饱满的音响。单从这一个例子,也可以看到,五、七言虽然在历史上受过考验,但不一定是今天的社会现实内容所最适于表现的诗歌形式。我们觉得提倡"五、七、九言"是带有复古倾向的。

二、关于"内容决定形式"问题,林庚同志教大家"小心",说"各种不同的思想感情生活就都曾经在五、七言形式上出现过"。我们觉得这种看法是机械的,是形式主义的。我们认为内容与形式的辩证关系是内容与形式中间存有矛盾,这因为形式永远落后于内容的要求,于是后者要突破形式的限制。至于内容的意义不能庸俗地理解为:"战士"呢?"农民"呢?应该认为它是概括与综合一个时代的一个阶级的思想、情感与社会意识。我们同意蒲阳同志的意见,认为五、七言基本上是表现封建社会内容的诗歌形式,今天用它来表现新民主主义社会内容是不够和不适宜的。伊萨柯夫斯基和普希金都有格律是不错的,但伊萨柯夫斯基的格律与普希金的格律不同。为了要表现社会主义社会的新内容,伊萨柯夫斯基是从旧格律的基础上创造了适宜于表现新内容的新格律的。因此提出伊萨柯夫斯基来替五、七言形式的复活辩护,是不恰当的。

格律会束缚诗吗?主张"自由诗"的人认为会的。这里首先存在一个问题:自由诗是不是就是没有格律或散文化的诗?有人说是的,否则为什么还称它为"自由"诗呢?他们还把惠特曼或马雅可夫斯基举出来,引以为反对格律的旗帜。这两位诗人是反对格律的,但所反对的是当时已经成为僵死的形式的格律,而不是反对一切规律。相反的,在惠特曼或马雅可夫斯基的诗中,正充沛着一种气魄宏大、活跃动人、有无限生命力的、自然的律动。由于各国语言的限制,这种规律无法在译文中保存原状,是很可惋惜的。而由于译文之无法传达其音乐性,在我国也很容易起一些不好的影响,例如形式的摹仿。当然,外国也有一些诗人如艾略特等,写过一些在节奏上鸡零狗碎、割裂成繁琐的一片片的"自由诗"的,假如也去摹仿,那自然更等而下之了。因此,单纯的认为自由诗并不需要一定的规律,也是不对的。而今天的一些自由诗,实在只能说是分行的散文而已。

在一次座谈会上,有人指出为什么"自由诗"(散文化的诗)不容易记忆背诵?为什么旧诗词就容易记忆背诵?有人回答说,完全是诗写得好不好的问题,苏联的马雅可夫斯基的诗是自由诗,但照样被千百万人民记忆背诵着。不错,内容是最主要的。但在形式上也有一个问题:马雅可夫斯基的诗,在音乐性上的铿锵悦耳,远非中国现在的一般散文化的诗可及。在《攻克柏林》影片中,女主角随口背诵着马雅可夫斯基的诗,可见苏联人民背诵他们敬爱的诗人的诗句是日常的很自然的事;但在中国,我们就不大听见人背诵过散文化的诗,而民歌是听见人随口哼过的。能够被背诵,必须有它节奏上的条件,马雅可夫斯基的自由诗有这个条件,而中国的散文化的诗没有这个条件。我们不反对写自由诗,但觉得应该促请自由诗人不要把诗降低到散文的地位,而应该把一般语言提炼到诗的语言,赋予它以一定程度的音乐性,这样才能解决被背诵记忆的问题。

在另一座谈会上,也有人提出为什么在诗歌朗诵的时候,民歌体诗总不觉得有劲,而散文化的"自由诗"则觉得有劲?我们觉得:首先,民歌体诗在创作上十分贫乏,尤其由于五、七、九言的限制,没有大量产生优秀作品,不能满足读者的要求。那么,散文化的诗难道有了大量优秀作品了吗?不。不过在诗歌朗诵的具体表现中,由于散文化的诗有着较大的语言容量,就容易获得戏剧的效果。因此,散文化的诗朗诵时的"有劲",主要是由于戏剧效果的缘故。如果能将我们的散文化的"自由诗"的语言更提炼一些,使它的音乐性更加强一些,节奏更明朗一些,内容更凝缩一些,那么,在它被朗诵的时候,它的诗的效果恐将大一些。这是好的,因为,诗的效果是更概括的,更高级的一种文艺形态的效果。

反过来问,五、七、九言诗在朗诵时就有"诗的效果"了吗?也不见得。这恐怕是我们的写民歌体的诗人们还不能从五、七、九言的形式突破之故。但我们要求诗人们从五、七、九言突破,却并不就是去写散文化的"自由诗",这种散文化的"自由诗"是五四时代就已产生了。在戏曲改革工作上,毛主席曾指示过我们"推陈出新",这意思就是说,必须从原有基础上出发,而不是完全丢掉,重新来一套,也不是旧形式的硬搬。一些新的语汇有时的确跑不进五、七、九言诗里去。林庚同志举出"司马相如"、"伯成子高",来证明古时有长长的人名而古诗不因此受到妨碍,但究竟"司马相如"不必经常在古诗中出现;而我们今天的政治讽刺诗中,却经常会碰到"麦克阿瑟"、"美国帝国主义"……沙鸥同志说:"请问:'奥斯特洛夫斯基'这个字,是不是说非入诗不可呢?"这样提法也不尽恰当,因为"中华人民共和国"、"四万万七千五百万"恐怕在诗中不能永远不出现,而如果这诗是五、七、九言,就可能受到一些束缚。因此,我们觉得把讨论仅限于五、七、九言与非五、七、九言两者的优劣上,恐怕是不适当的。我们觉得,应该使今天的五、七、九言诗从固定的程式上突破。事实上,古代有很多优秀的诗篇是打破了一定的限制的,例如古风和乐府及许多古民谣,在形式上就有很大的伸缩性,不像绝句、律诗那样固定。今天有许多民歌,就是十一言甚至十三言。所以五、七、九言恐怕是应该突破的,应该"推陈出新",冲破那种单调平板的节奏,发展为仅以民歌的节奏与音乐性为基础而不限定字数的、在语言和节奏上丰富和扩大起来(但不是庞杂)的一种诗歌形式。

　　这里要附带提及一个问题。林庚同志在《新诗的建行问题》一文中曾说过:"'打破传统'也容易,我们过去有这样的诗;'还是五七言'也容易,我们久已熟悉于这一形式;而今天的问题却是要把它们统一起来。"后来他又发表了《九言诗的五四体》,可惜我们没有见到。但我们猜想,林庚同志可能认为上五下四的九言体就是"把它们统一起来"的尝试和实验。我们完全同意"把它们统一起来",但觉得这个统一并不能在九言上具体实现。因此我们仍把五、七言与九言当做在本质上相类似的诗体,而要求五、七、九言诗在程式上的突破。

　　话已经说得比较明白了,自由诗应该纠正散文化的偏向,首先使它像诗,那就是必须赋予它以一定的音乐性,节奏与和谐,同时提高语言的精练程度;而五、七、九言诗应该突破程式,推陈出新,从原有基础上发展和提高。这两者是可能逐渐接近的。冯至同志在《自由体与歌谣体》一文中也已经指出了这一点。

　　雪峰同志在《对于新诗的意见》(《人民诗歌》二卷一期)中说,将来新诗形式的建立可以假定的有如下的三类:一是加工的自由诗;二是蜕化了的民歌体诗;三是根据人民的口语所创造出的全新的各种格律诗。这是很精确的,但它们之间的关系,我们觉得应该是第一类与第二类的结合与发展而产生第三类。根据事物的发展规律,新形式是不可能凭空产生的,它必须经过扬弃过程,必须是旧形式的蜕化和加工。

　　蒲阳同志认为五、七言形式是被封建内容所决定的,这是可以肯定的。但假使因此有人得出结论:今天的芜杂、庞大而无一定节奏的散文化的"自由诗"是惟一可以表现新民主主义社会内容的诗歌形式,那又将犯错误。新社会内容不可能在五、七、九言中表现得最适当,但也不可能在散文化的诗中表现得很适当,它必须在适宜于表现自己的、有一定的节奏、音乐性和精练的语言的新形式中作适当的表现。

所谓诗歌形式,并不是单指字数。它还包括诗节的结构与长度,全诗的结构与长度,语言的结构和音乐性等等。如果仅就字数多寡来讨论,似乎有点舍本逐末了,同时,前面已提及,在讨论诗歌形式的时候,必须联系到诗歌内容,因为内容与形式是一种形态的辩证关系,而内容又是处于主导作用的地位,形式只是内容所藉以表现的东西。今天我们人民革命斗争的生活内容是无比的丰富,无比的生动活泼多样,无比的深刻动人,为了要表现今天的新民主主义社会的现实,必须有一定的新形式来表现。这种新形式有待于诗人的大胆创造。而这创造不是凭空的,应该是从原有基础上的发展和提高——即散文化的"自由诗"的加工,五、七、九言诗的突破,更进而为两者的统一与结合,成为全新的东西。我们感到,只有依靠诗人们根据新内容的需要而创造出适宜于表现这内容的新形式来,而且这种新形式不止一种,而是丰富多样的,又是为人民大众所批准所喜闻乐见的,这才能解决诗歌形式上的各种问题。

(本文发表于1951年4月1日出版的《人民诗歌》月刊第二卷第二期)

旧体诗词格律管窥

关于旧体诗的声韵改革，最近引起了热烈的讨论。我的意见是：旧体诗革新的首要之点是内容上的"出新"，即要以新的立意，新的构想，新的思维以及新的词汇，新的语言来写旧体诗，否则它的生命力便不能持久。同时，在声韵上也应当革新。这就是必须扬弃平水韵或其他旧韵书，采用今韵。今韵，就是按照国务院公布的汉语拼音方案，凡今天普通话中韵母相同、声调相同的字均可押韵。最近读到钱世明先生的文章《旧体诗用韵刍议》(载《文艺报》今年第 10 期，1995 年 3 月 18 日)，他主张用韵"应该以党和政府推行的普通话标准音为准则"，这点，我赞成，而且，我看多数写旧体诗的诗人是同意的。事实上，鲁迅、郭沫若、毛泽东、赵朴初等诗人写旧体诗，早已突破了平水韵的框框。

但是，我主张以普通话读音为准写旧体诗，不是无条件的。旧体诗格律中有韵律(用韵)和声律(平仄律)以及对仗律等。如果写旧体诗中的近体诗(律诗、绝句、排律，不包括拗体律诗和古绝句)，除韵律、对仗律外，还必须遵守平仄律，否则就不是律绝了。如果觉得平仄律太束缚思想，那么尽可以写古风、歌行体等。如果写律绝，却又主张打破平仄律(个别字破格是可以允许的，但破格的频率必须是很低的)，那岂不自相矛盾？要遵守平仄律，那么按普通话的四个声调来分汉字平仄，是否可行？我认为，除入声字外，基本可行。问题的关键在入声字。

钱世明先生认为,用普通话读写旧体诗,不会"破坏格律"。他举王维《送别》为例:"山中相送罢,日暮掩柴扉。春草明年绿,王孙归不归?"说:"其平仄、押韵,用普通话念,何曾破坏格律?"又举白居易《仇家酒》为例,得出同样的结论,认为"与今声调并无不同"。因此认为"以普通话标准音入律写旧诗,是可行的!"

我们知道,汉语由于历史上长期的音变,入声字在今天的普通话中已经"改换门庭",分别归入普通话的第一声(阴平)、第二声(阳平)、第三声(上声)和第四声(去声)之中。普通话中,入声已经消失。归入第三声和第四声的入声字,仍属仄声。用这样的入声字写读旧体诗,仍当做仄声字用,并无妨碍。但,已归入第一声和第二声的入声字,如果把它当做平声字来用,便发生问题了。钱世明先生所举的例子,如王维《送别》,其中只有两个入声字,即"日"和"绿",在普通话中,这二字变成了去声,却仍是仄声,因此这首诗用普通话念,仍然合律。但这只是问题的一方面。

我们可以举另一些例子,比如柳宗元的《江雪》:"千山鸟飞绝,万径人踪灭。孤舟蓑笠翁,独钓寒江雪。"这是一首押仄韵的五言绝句。第一、二、四句末字"绝"、"灭"、"雪"均押入声韵。这三个字按入声读,这首诗是很和谐悦耳的。但,这三个字在今天普通话中,"绝"读 jué,阳平;"灭"读 miè,去声;"雪"读 xuě,上声。"灭"、"雪"改为去声和上声,仍属仄声,无碍。可是"绝"却成了阳平。于是,平仄混杂了。用普通话读音去吟诵这首诗,那原有的声调的和谐,便变成了不和谐。

词对平仄的要求更为严格。我们来看毛泽东的《满江红·和郭沫若同志》:"小小寰球,有几个苍蝇碰壁。嗡嗡叫,几声凄厉,几声抽泣。蚂蚁缘槐夸大国,蚍蜉撼树谈何易。正西风落叶下长安,飞鸣镝。多少事,从来急;天地转,光阴迫。一万年太久,只争朝夕。

四海翻腾云水怒,五洲震荡风雷激。要扫除一切害人虫,全无敌。"
这是一首有严格的平仄规范、以入声押韵的词。其中九个叶韵字
中八个都是入声字。(只有"易"字除外。"易"一读亦,入声;一读异,
去声。此处作容易解,应读去声。故此处用来押入声韵乃是破
格。)这八个入声字若用普通话读,有的仍是仄声,有的成了平声。
上半阕押了四个韵,用普通话读"壁"(bì)、"泣"(qì),加上"易"
(yì),都是仄声(去声),是和谐的;等到读"镝"(dí),忽然变成阳
平,原有的和谐,顿时被破坏了!下半阕押了五个韵,用普通话读,
是一个仄声:"迫"(pò),四个平声"急"(jí),"夕"(xī),"激"(jī),
"敌"(dí)。也是平仄混杂,破坏了和谐。

以上仅举两例,便可说明,用普通话读音去吟或读旧体诗词,
并不是在任何情况下都不会"破坏格律"的。同样的道理,今人写
旧体诗词时,若把已归入平声的入声字当做平声字入律,必然产生
不和谐。因此我认为,只有把入声字除外,方可按普通话读音区分
汉字平仄入律。

有人愿意用今天普通话的声调作为平仄标准(即第一、二声为
平,第三、四声为仄,不问入声字)来写旧体诗,我尊重他。我认为
这是一种实验,应该允许。但是,我自己写旧体诗,则仍然固守入
声字的原有壁垒。即:入声字已归入普通话第一声(阴平)和第二
声(阳平)的,我仍把它作为仄声(入声)字用而不把它当做平声字
用。如果把它当做平声字用,我的听觉习惯是通不过的,旧体诗中
的音乐美也就被破坏了。在这点上,与我观点相同或近似的诗友
很多。

我同意钱世明先生的话:"目前旧体诗创作,先求质量。"这很
对。但内容与形式应该是统一的。如果内容很好,而音乐性很差,
那就会降低内容的好,也就谈不上高质量。在旧体诗的韵律和平
仄律的革新问题上,可以各抒己见,但还得通过创作实践和读者认

可。而且,"萝卜白菜,各有所爱",在学术探讨和艺术创造上,不宜把个人意见强加于他人。各种说法和做法都可以拿出来"争鸣"和"齐放",最后由历史老人来选择!

1995年3月20日

对旧体诗发展的几点浅见

中国汉文旧体诗到今天仍然保持着旺盛的生命力,这在中国文学史上是一个非常独特的现象。五四时期提倡白话文,反对文言文。于是,小说、散文、戏剧……总体上都成为白话文的一统天下。文言文在这些领域里消失了。惟有诗歌不同。即使在五四时期,白话运动猛烈冲击着文言堡垒的时刻,用文言写的旧体诗词仍然存活于一些文人和非文人的笔下。此风一直绵延到今天。现在,用文言写的散文早已绝迹于文坛,而用文言写的旧体诗词却与用白话写的新诗并存于当代诗坛。这不是一个奇迹吗?

在中国很久以前的古代,文字与语言是同步的。后来,二者逐渐脱离,发展成写出来的文章与当时人说的白话不一样。一直到本世纪初,这种局面再也维持不下去了,于是白话文运动的爆发成为不可避免。文言文退出了历史舞台。然而旧体诗词却至今独家盛行。这是为什么?

我想,重要的原因之一是旧体诗词的音乐美具有顽强的生命力。音乐美来自格律,这包括:音数(字数、句数)的规定,音顿的规定,韵律(韵脚)的规定;旧体诗中的近体诗以及词更有声律(平仄)的严格规定。其中的音乐性是诉之于我们特有的听觉的"民族唱法",是无可替代的。广大读者喜爱它,舍不得它退出历史舞台。白话散文可以替代文言散文。新诗却无法替代旧体诗词。(新诗自然有它的音乐性,但那是另一种音乐性。)总之,广大读者从旧体诗词的音韵中得到一种特殊的听觉愉悦,他们不允许这种愉悦被剥夺。这就是旧体诗词能存活到今天的一个原因。

但是,时代前进了。今人写旧体诗词,如果墨守成规,那么这种诗体也不会有发展。所以旧体诗词革新问题提到了日程上。我以为,旧体诗词革新的首要和根本之点,是"惟陈言之务去"。重复过去千百年来说滥了的"调调儿",是没有出路的。必须有新的立意,新的构想,新的思维,这里所说的新,就是现代性,当代性。今天的诗人应当做时代的弄潮儿。这一点,本文不准备多谈。

革新的另一个方面,是格律上的推陈出新。旧体诗词格律是经过多少代诗人长期探索、实践而总结出来的整套规范,有它的科学性和完整性,不能任意打破。但其中也有"陈"的部分,那就是旧韵书中的一部分规定已随着时代的变迁而成为过时。我觉得今人写旧体诗词用韵还是宽些为好。可以根据国务院公布的现代汉语拼音方案,凡韵母相同,平仄相同的字都可以用来押韵,而不要拘泥于"平水韵"或其他古代韵书。(事实上,鲁迅、郭沫若、毛泽东以及许多现代和当代诗人的旧体诗,早已突破了"平水韵"的樊篱。)即便如此,尺度还可以放宽,举例说,[-in][-en][-un]与[-ing][-eng]可以相押;[-i]与[-ü]可以相押;[zi][ci][si][ri]与[ji][qi][xi]以及以[-i]为韵母的各音再加[er]均可相押,等等。至于有人愿意坚守"平水韵"的规定,那当然可以,也应受到别人的尊重。

关于声律,即平仄律,有人认为也可以打破,这是错误的。如果写古风,歌行体,乐府等,那是只有在有关的句末用韵时讲究平仄,一般句内并无严格的平仄规定。如果写近体诗(五律,七律,五绝,七绝,排律)或词,则必须遵守平仄的规范,否则就不是律绝(不包括拗体律诗和古绝句)或词了。不过这里存在一个问题,就是入声字如何处理。汉字中的入声字,经过长期的音变,到今天的普通话中,已经"改换门庭",分别归入普通话读音的第一声(阴平)、第二声(阳平)、第三声(上声)、第四声(去声)中;普通话中入声已经消失。可是,在中华大地的许多地方(南方的许多地区和北方的个别地区),老百姓的方言中,入声依然存在。今人写旧体诗,对于已归入普通话第三声和第四声的原入声字,虽然它们已改为上声和去声,却仍属仄声,所以尽可以当仄声字用而无碍。可是,归入第一声和第二声的原入声字,改为阴平和阳平了,我们应该把它当做平声字用呢,还是当做仄声字用呢? 对此,有两种主张:1.仍旧当仄声字用;2.按普通话读音,当平声字用。我本人是赞同第一种主张的。对于第二种主张,如果有人愿意这样做,我也予以尊重,因为我认为这只是一种实验。凡实验,都应该允许。

我为什么赞成第一种主张呢? 也许因为我是南方(江苏常州)人,家乡的读音中有入声,从小受母亲的教育,读古诗、词、古文,吟诵时,凡入声字都读入声。我觉得急促如鼓点的入声在汉语的声调中有它特殊的品格,它增强了汉语的音乐感和色彩感。我曾说过:"在诗词的吟诵中,缺少入声就好像一曲交响乐缺少了某种有鲜明特色的音响,好像一幅油画缺少了某种有强烈效果的色彩。这样,我感到某种欠缺。"还说过:"北京语音丧失入声是汉语音乐感的一种削弱。"当然,这是无可奈何的事。可是,我读古诗词或自己写旧体诗(主要是近体)词时,则必经过内心的默吟,默吟时必把入声字读成入声。如果默吟或吟诵时把入声字读成阴平或阳平,我就会感到大大有悖于听觉的和谐,从而大大破坏了律诗、绝句或词的无与伦比的音乐美! 而我认为旧体诗词的音乐性丧失之日,也就是它的生命力穷尽之时。

我知道北方有的学校中的语文老师在教学生诵读旧体诗(特别是近体诗)词时,把已归入第一声和第二声的原入声字读成去声。我认为这是一种可行的办法。有一位先生在论及旧体诗词的音韵时,不赞成这种做法,说:"有人见了入声字,故意念成去声,如'独'念成'杜','局'念成'锯'——这样,错上加错!你念成去声,而去声终不是入声,你念不出入声而以去声念之,乃是错读!"(见《中华诗词》1995年第1期第17页)这种看法有一定的片面性。诚然,如果不分场合,把归入平声的原入声字一律读成去声,自然是错读。但如果限于诵或吟旧体诗中的近体诗或词时,把归入平声的原入声字念成去声,则是部分地保存了该诗词格律的原貌,这有助于领会该诗词的音乐性。今人(只说普通话的,或方言中没有入声的)写旧体诗词时对部分入声字亦可如此读。"你念不出入声而以去声念之",不见得一定是"错上加错"。"去声终不是入声",完全对,但去声与入声毕竟相近,二者都是仄声啊!无论如何,比读平声要接近原诗词的音乐性安排。今人读古诗时,遇到有的字读今音不押韵,便按该字的古音来读,如读杜牧的《山行》:"远上寒山石径斜,白云生处有人家。停车坐爱枫林晚,霜叶红于二月花。"把"斜"字读成古音 xiá 而不读今音 xié,以便与"家"(jiā)、"花"(huā)押韵("斜"在今天南方某些方言中仍读 xiá),这是可以的,并不被指责为"错读"。那么,为了声调的和谐,有人(他们的读音中没有入声)读或写旧体诗词时把一部分入声字读成去声,为什么不可以呢?这里可以举个例子:毛泽东的《七律·和柳亚子先生》中的颔联:"三十一年还旧国,落花时节读华章",其中有六个入声字:"十""一""国""落""节""读"。这两句的平仄规定本应是:"仄仄平平平仄仄,平平仄仄仄平平"。根据一定条件下的"一、三、五不论"原则,这两句实际上的平仄安排为"平仄仄平平仄仄,仄平平仄仄平平",依然符合平仄的相对律和相粘律,十分和谐。但如果把六个入声字都按普通话来念("十"shí,"一"yī,"国"guó,"落"luò,"节"jié,"读"dú,除"落"外都成了平声),则这两句的平仄成了"平平平平平仄平,仄平平平平平平"!必须严格遵守的"二、四、六分明"原则被破坏无遗,连出句的第七个字本应仄的也变成了平,还有什么抑扬和谐可言?可是,如果把这些入声字按去声来读,情况立即变了,这两句又恢复为"平仄仄平平仄仄,仄平平仄仄平平",非常和谐悦耳!这不是挺好吗?——总之,在入声字的运用上,我可能是个"顽固派"!

关于突破格律的问题,我在前面已经说过,格律是不能任意打破的。我认为,今人写旧体诗词,应该尽可能遵守格律;今人写近体诗或词,还必须遵从平仄规范。但我也不主张绝对化。写律诗或绝句时,如果诗情澎湃,不得已而偶尔突破了平仄规范,应该允许。这叫作破格。(当然,破格的频率必须是很低的,否则就不成其为律绝了。)唐代诗人,从初唐到晚唐,包括大诗人李白、杜甫、白居易、杜牧、李商隐等,都有破格之作,而且常常是名篇。关于诗情与格律的矛盾统一问题,我在1994年8月20日致臧克家同志的信中论述了我的观点,该信已发表在《江海诗词》1994年第4期上,这里不再赘述。

关于"新体诗"(这与"新诗"是两个不同的概念),我同意袁第锐先生的意见:"新体诗之创立,乃整个时代之任务,可能须殚一代人或数代人之精力,乃能有成。吾人今日仅可管窥,而无由识其全貌。"(见《中华诗词》1995年第1期第16页)但我认为,将来即使新体诗创建成功,旧体诗仍不会消失。那时,新体诗与旧体诗很可能并行不悖,正如历史上近体诗出现之后,古风与之并行不悖;词出现之后,诗与之并行不悖;曲出现之后,诗、词与之并行不悖;新诗(白话诗)出现之后,旧体诗、词与之并行不悖一样。是的,旧体诗"一万年也打不倒",信哉斯言!

1995年3月10日

突破诗词格律之我见

今人写旧体诗词有诸多局限,虽不能尽破之,但要努力在原有的框架内作可能的突破,不能因循守旧,一成不变。今之(旧体)诗人词人要深谙诗律词律(不能一知半解或不知不解),但又要能进得去出得来,不为其死死捆住手脚。今人作旧体诗词的重要一条是:运用旧形式,而诗中所蕴含的精神必须是今天的、当代的。

关于形式方面,以用韵论,我意不能固守平水韵,须突破之。可参照词韵或今韵(即今日普通话韵母相同之字而又顾及平仄)。但我又不主张完全以今日普通话(北京语音)之四声(阴平、阳平、上、去)分平仄(即前二者为平,后二者为仄),因如此则取消了入声(仄声中重要一员),如此则原入声字之已入阴平、阳平者均变为平声了(举例如"国"原为入声,今在北京语音中变为阳平了;又如"出"原为入声,今在北京语音中变为阴平了等等)。若以此分平仄而为诗,则我的听觉是万难接受的。然而其他如一东二冬、三江七阳、八庚十二侵等,都可通押,不应拘泥。

再如失粘,您举杜牧的《赠别二首》(其一)为例,甚是。此类例子甚多,有许多大诗人的脍炙人口的佳作,常有失粘之处。即以《唐诗三百首》中所收作品而言,即有李白《登金陵凤凰台》、王维《和贾至舍人早朝大明宫之作》、王维《积雨辋川庄作》、杜甫《咏怀古迹》(第二首"摇落深知宋玉悲")、钱起《赠阙下裴舍人》(以上七律)、韦应物《滁州西涧》(七绝)等首。又如崔颢《黄鹤楼》诗前四句不合平仄规律,然而天然浑成,读来未觉有丝毫拗口之处,难道可以妄改吗?严羽《沧浪诗话》誉曰:唐人七言律诗,当以崔颢《黄鹤楼》为第一。严羽不拘泥于平仄,作为诗评家,可谓独具慧眼。

古人连诗仙诗圣都不拘泥,今人反而拘泥,而且有人要硬改别人的诗以"正(动词)格"——然而恰恰造成以"格"害意,岂不怪哉!

1990年8月

田汉：中国诗坛的巨擘

——纪念田汉诞辰一百周年

　　电影界的朋友说：田汉是一座山，有待开发。此言不差。我觉得，田汉不仅是一座山，而是一条山脉，包括多少座宝山，可以说是峰峦起伏，连绵不断，林木茂密，矿藏宏富。其中话剧是一座山，戏曲是一座山，电影是一座山，诗歌也是一座山，都有待我们去开发。

　　田汉一生创作了一千多首诗歌作品，包括新诗、歌词、旧体诗、词。田汉作为歌词作者，特别作为我们共和国国歌《义勇军进行曲》的词作者，已闻名于全世界，是与鲍狄埃同样杰出的世界级歌词大师。但田汉作为五四以来新诗（白话诗）的作者，其诗作除了被收入胡适编的《分类白话诗选》和赵家璧主编、朱自清作序的《中国新文学大系·诗集》（1917—1927）外，以我寡闻，还未见受到新诗界和新诗评论界足够的重视。田汉的早期新诗作品，如发表于1919年的《梅雨》《朦胧的月亮》等，与新诗最早的先行者胡适的《尝试集》（初版于1920年3月）是同步于诗坛的。田汉在1920年写过多篇新诗，如《夜》《春月的下面》《漂泊的舞蹈家》《火》等等，意境新颖，完全不同于旧体诗的格调。应该承认，田汉是我国新诗最早的开创者之一。他作于1920—1922年间的一些新诗，如《黄昏》《初冬之夜》《秋之朝》等，明显受到法国象征派诗歌的影响，但又拒斥了世纪末颓废情绪的感染。更值得一提的是这些作品已经对新诗的格律进行了探索,取得了一定的成果。在这些诗中,田汉的探索范围包括分行(兼及排列方式)、分节、韵式、节奏等四个方面。这是真正新诗的格律或者叫诗的新格律的探索,完全摆脱了旧体诗词格律的影响,即绝非所谓"缠足的放大"。尤其在节奏方面,田汉已经有意识地作了以"顿"(诗句由汉字组成,每个汉字都有声和义。声音分段落就形成节奏。"顿"是节奏的基本单位。如田汉的《东都春雨曲》中有句:"盈盈地 / 含着 / 眼泪",七字包含三顿)作为节奏单位从而安排全诗格律的尝试。应该说,这是这方面的最早的实验。后来闻一多提出"音尺",孙大雨提出"音组",朱光潜提出"诗顿",何其芳提出"音顿",这些在实质上是一个东西,但它早在田汉的新诗作品中已经有过实践。同时,在用韵方面,田汉也有新的创造。早期新诗作者在用韵上突破平仄的束缚,这是一次革命。但后来又有进一步的探索。卞之琳说,平仄安排不属于新诗诗律的组成部分,但属于诗艺范畴,有如双声叠韵等讲究。田汉的早期新诗选择叶韵汉字时不仅注意到韵母的异同,而且注意到声调即平仄的异同,这是一种相当超前的试验。对这一历史事实,似应进行实事求是的研究和分析。

本文准备谈的,却主要是田汉的旧体诗词的创作。

1961年4月,我观看了北京人民艺术剧院演出的田汉早期话剧《名优之死》,极受感动。作为《戏剧报》的常务编委,我认为必须登一篇有分量的评论文章,一时找不到人写,我便自己动笔,连夜赶写了一篇七千多字的剧评:《〈名优之死〉:剧作和演出》。完稿后,我把它送给田老(我们都这样称呼田汉同志,他当时是我的领导——中国戏剧家协会主席、戏剧报社社长,又是剧作者)审阅。他让我过几天去听回音。几天后我去田宅,他极其亲切地对我的文章加以鼓励,并说:"我给你的文章加了一个尾巴,你看行不?"我一看,果然,田老在文章末尾用毛笔蘸墨添写了一段文字:

最后请让我引田汉同志给童超同志写的一首七律来结束这篇短文：

曾为梨园写不平，
管弦繁处鬼人争；
高车又报来杨大，
醇酒真堪哭振声。
敌我未分妍亦丑，
薰莸严辨死犹生。
只缘风雨鸡鸣苦，
终得东方灿烂明。

对田老的这首诗，我极为喜爱。（童超是北京人艺演员，剧中主人公刘振声的饰演者。）这首诗句句是写《名优之死》，但又处处超出乎《名优之死》，尤其是颈联两句，"敌我未分妍亦丑，薰莸严辨死犹生"，前句写剧中人刘凤仙，后句写刘振声，而两句所表达的思想是这样的：一个人不分敌我，甚至认敌为友，那么即便形象很美，其灵魂却是丑陋的，一个人能够严格区别正义与邪恶，那么即使死了，他的精神却是永生的——这就道出了田汉的人生观和价值观，作为一个革命者和为人类理想而奋斗的战士的人生态度和价值取向。这两句诗的对仗工整，用语精练，音调铿锵，我把它抄下来贴在墙上，作为指导我为人处世的格言和座右铭。

我的那篇剧评刊在1961年6月出版的《戏剧报》11、12期合刊上。（三十多年后此文被收入《中国新文艺大系1949—1966评论集》，中国文联出版公司1994年版。）这篇剧评的原稿在"文革"中被抄家时抄走，至今下落不明，想来早已毁掉。如果这篇有田老亲笔添加一首诗的文稿能保留到今天，它必将成为珍贵的现代文物。

　　自此之后,我就爱上了田老的旧体诗词。1962年9月,田老托我带他为周瘦鹃先生写的诗《序周瘦鹃〈拈花集〉七绝四首》到苏州面交周老(那时周瘦鹃与我的父亲同为苏州市政协委员),我趁机把田老的诗抄下来保存。从此,我便萌发了搜集田老旧体诗词的想法,并实行起来。田老也支持我,给我提供了他的一部分诗作。经过四、五年的努力,我搜集了相当数量的田老诗作。开始是为了自己学习和欣赏,后来想到整理出版。我与人民文学出版社诗歌组组长刘岚山达成口头协议,等我搜集到一定数量时,交由"人文"出版单行本。但"文革"一来,我所搜集到的一大摞田老诗作,全部被毁,无限痛惜! 幸而到八十年代初,中国戏剧出版社出版《田汉文集》时,葛一虹、龚啸岚、方育德等同志做了巨大努力,重新搜集田老诗作,其数量远远超过我当年所搜集到的。最近,为纪念田汉诞辰一百周年,河北花山文艺出版社即将出版《田汉全集》,其中有两卷是诗歌,在数量上又比《文集》增加了不少,是很值得高兴的。但是,散在社会上而未能搜集到的,肯定还有很多。

　　我们知道,本世纪初中国五四新文化运动兴起后,旧体诗被白话新诗所替代,退出了诗歌主流的地位。但许多新文学大师仍然写旧体诗,如鲁迅,他的旧体诗达到极高的造诣;郭沫若、茅盾、郁达夫、老舍等都写旧体诗。而田汉在旧体诗词的功夫上,则是一位巨匠。在新文化运动中,柳亚子除外,我最倾心的旧体诗作者是三位,一位是鲁迅,一位是毛泽东,还有一位,就是田汉。他们是我心中的三座丰碑。田汉从小受他舅父易象的教育和熏陶,加上天赋,在旧体诗创作上有着极其深厚的基础。田汉的才情、气度和运用文字、掌握格律的功力,很少有人能与之匹敌。

　　田汉的一千多首旧体诗、词,其思想特色是爱国主义、民主主义、人道主义和社会主义精神的充盈。读田诗,会感受到他爱国情操的激荡澎湃,对普通劳动人民血肉相连的深厚感情和为理想而奋斗的崇高襟怀。田汉诗词的艺术特色是真挚、真诚、真情和真爱的洋溢。他是一个性情中人,一个真正意义上的赤子! 读田诗,无不为他的率真坦荡而动情。他的每字每句都出自肺腑,没有丝毫的伪饰。读其诗如见其人,而这个人是透明的,他的诗心就像是一瓣无影的水晶。

作为读者,我感到田汉的旧体诗词创作历程中有三个高峰。

第一个高峰是1925年为悼念他第一个妻子易漱瑜而写的悼亡诗。原有十首,现在只收集到五首。这些诗声情并茂,表现了至死不渝的忠贞爱情。像这首七律:

> 爷葬枫林女枫子①,
> 两山霜叶一般红。
> 深情此日埋黄土,
> 浩气当年化白虹。
> 自有心肝呕纯爱,
> 可无血泪泣孤忠!
> 从今十载磨词笔,
> 文字当为举世雄。

全诗浑然一体,而颔、颈二联则在严谨的平仄安排和工整的对仗结构中透出生死如一的至爱之情! 末联在情深似海之外再加上志高如山。这样的悼亡诗,在艺术上表现哀悼的深切,能深深地打动我,与唐元稹的七律《遣悲怀》和宋苏轼的词《江城子·乙卯正月三十夜记梦》能打动我一样;晋潘岳的《悼亡诗》缠绵悱恻,动人心魄,

---

① 枫林,即枫林港,易象(田汉的舅父,又是岳父)葬处;枫子,即枫子冲,易漱瑜葬处。

但我觉得田诗更能在意境的宏远上取胜。而且,田诗在时代意蕴的把握和人格力量的体现上,又完全是现代的,远非古人所能比。

第二个高峰是1935年他在上海、南京被国民党反动当局囚禁时所写的狱中诗。共有十来首,几乎都是掷地有声的佳作或杰构。试看七律《入狱》:

> 平生一掬忧时泪,
> 此日从容作楚囚。
> 安用螺纹留十指,
> 早将鸿爪付千秋。
> 娇儿且喜通书字,
> 剧盗何妨共枕头。
> 极目风云天际恶,
> 手扶铁槛不胜愁。

八句写尽了在政治迫害下镇定自若的心态和关注民族命运的忧患意识。收监前须留指印,这里以"螺纹"对"鸿爪",以"十指"对"千秋",强烈的对比反衬出对敌人的极度蔑视和把生死置之度外的恢宏气概。有一夜田汉被提审,在路上遇见难友杜国庠,杜趁黑在田手掌上写"坚决"二字。田汉在词《虞美人·狱中赠伯修》(伯修即杜国庠)中遂有这样的句子:"……由他两鬓添霜雪,此志坚如铁!四郊又是鼓鼙声,我亦懒抛心力作词人。"充分表现出为了国家的安危而准备斗争到底的决心。又如《寄妇》中的句子:"万方暴雨飘风日,一片孤臣孽子心。事到高潮翻觉定,人因患难倍相亲。"非亲历磨难而又志坚如铁者,绝写不出这样的诗句。《第三科问供后》还有这样的句子:"慷慨狱前辞难友,依稀梦里见慈亲……"使人联想到鲁迅的名句:"梦里依稀慈母泪,城头变幻大王旗。"在面临生死考验的时刻,梦见母亲的慈颜,凝成诗句,读来使人泪下。田汉的这些作品都是他忠于党、忠于人民、忠于难友的诗的宣言,可以成为不朽的名篇。田汉被国民党反动当局逮捕一事,是"文革"中"四人帮"诬蔑他为"叛徒"而加以疯狂迫害的一个口实。但历史已经证明了田汉的忠贞不贰、纯洁无瑕,而这些诗更是他的高风亮节的铁证!

第三个高峰是1964年初在华东现代题材话剧会演期间他受到柯庆施、张春桥的恶意轻慢和厚诬后写的愤激诗。如他离开上海到苏州写的七绝《司徒庙古柏》:

> 裂断腰身剩薄皮,
> 新枝依旧翠云垂。
> 司徒庙里精忠柏,
> 暴雨飘风总不移!

司徒庙是东汉光武帝时大司徒邓禹的祠庙,庙内有清、奇、古、怪四株古柏,据称为邓禹手植,已有一千九百余年的树龄。田汉借古柏的傲姿,抒胸中的块垒,写成这首托物言志的杰作,表现了威武不能屈、坚持原则立场的战斗精神,可以说是一首现代的《正气歌》。这三个高峰把田汉的全部诗作贯串起来,突现了他的诗格和人格的统一。

当然,田汉还写了其他许多优秀诗作。我这里特别提他的两首五言古风。他在1948年写的《湘剧感事》,以满腔悲愤记录了多少湘剧艺人在抗日战争期间为了保持中国人的尊严在日寇的屠刀下英勇牺牲的事迹。其中有净角罗裕庭,多演出抗日剧本,在耒阳演出中被日寇捕去,全家在长桥殉国;名丑胡普林,因拒绝替敌人挑担,被敌人用铁铲打落河中淹死;名老生陈绍益,日寇来时逼他牧马,不屈被害。另一首写于1939年的《战场乐府》,刻画了湖南老百姓黎午桥、黎三公、刘庆藩等在日寇杀来时,为国捐躯的壮烈行为。黎午桥已年过七十,一家十一口全部殉国。黎三公的五个女儿,长女十五岁,次女十二岁,三女八岁,四女五岁,五女一岁,为免遭日寇的污辱,由其祖母率领全部投马练塘死难。这两首诗还有一个特色就是田汉对死难者事迹都作了详注。诗的正文和注文形成不可分割的整体。田汉写这些诗不是用笔用墨,而是用泪、用血!他为这些尽忠于中华民族的普通演员和普通老百姓写下了不朽的爱国主义的赞歌!读这些诗,真可以感天地、泣鬼神!这些诗在我的心中掀起万丈波澜,与我读唐代大诗人杜甫的"三吏""三别"时的感受不相上下。

田汉的旧体诗词风格沉雄而兼潇洒,诗艺纯熟而又灵动。他才气横溢,有时仿佛不假思索,一挥而就;或洋洋数十句,"倚马可待"。但他也崇尚"十年磨一剑"的精益求精的精神,常常修改自己的诗作,以求更臻于完美。他常叹"艺到精时鬓已丝",是说别人,也是说自己。

田汉的一千多首旧体诗词,以及大量新诗和歌词,题材广泛,涉及政治、经济、军事、文化、教育、艺术以及爱情、友谊、亲情、自然等各个方面,从宏观到微观,论今说古,健笔凌云。这些诗作以卓越的艺术手段,记录了五四以来半个世纪波澜壮阔的历史,可以当历史来读,是当之无愧的现代"诗史"。过去对田汉的诗歌作品,无论新诗还是旧体诗词,重视不够,学习不够,评论不够,分析研究不够。今天应该加强研究,对这座宝山的富矿进行开发,让广大群众,尤其是年轻人知道,田汉不仅是当年的剧坛领袖、伟大的戏剧家和革命文艺的组织者和领导者,还是一位大诗人。

1998年7月

田汉诗词三首评析

虞美人·狱中赠伯修

艳阳洒遍阶前地，
狱底生春意。
故乡流水绕孤村，
应有幽花数朵最销魂。

由他两鬓添霜雪，
此志坚如铁！
四郊又是鼓鼙声，
我亦懒抛心力作词人。

（1935年2月）

　　1935年2月19日，中共上海中央局遭到敌人的破坏，田汉、阳翰笙、许涤新、林伯修（杜国庠）等被捕。3月6日，上海法租界地方法院开庭审讯，田汉等被引渡至国民党上海公安局。3月18日夜，田汉、林伯修等八人被解往南京宪兵司令部看守所。这首词是作者在上海狱中写赠难友林伯修的。2月，正是春节前后。狱里狱外是两个世界，但春光不能为铁槛所隔。阶前洒春阳，狱底生春意，大地之春牵系着囚人心中之春。遥想故乡春色，流水孤村和幽花隐现,不禁黯然销魂! 对故乡的怀恋和对祖国的忧思,在田汉是分不开的。战争的"鼓鼙声"正从四面八方传来。在北方,东北抗日联军正在与日寇作殊死的搏斗;在南方,中央红军正突破国民党反动军队的围追堵截,进行着震惊世界的万里长征。"中华民族到了最危险的时候!"田汉怎能有悠闲的心情写悠闲的诗词呢? 在严峻的监狱斗争中,田汉以"此志坚如铁"的誓言回答了敌人对他的死亡威胁,重申了他为祖国为人民战斗到底的勇气和决心。这首词中,婉约和豪放得到了和谐的统一,它成了田汉狱中诗词的杰作之一。

悼 聂 耳

一系金陵五月更,
故交零落几吞声。
高歌正待惊天地,
小别何期隔死生!
乡国只今沦巨浸①,
边疆次第坏长城。
英魂应化狂涛返,
重与吾民诉不平。

入狱中朋辈物故者颇多,出狱日忽闻聂耳兄又以学游泳于太平洋羁魂不返,其予吾国音乐、戏剧、电影界之损失,一时殆无法补偿。上海友人有追悼之会,感而写此,不觉泪随笔下也。

(1937年7月)

---

① 当时长江大水。

1935年7月田汉从国民党监狱中被保释出狱（仍被软禁在南京）的第一天，便听到聂耳于7月17日在日本神奈川县藤泽市鹄浩海滨游泳时溺毙的消息，这使他万分震惊。聂耳是田汉的亲密合作者，田汉的许多作品如话剧《回春之曲》中的几首插曲、歌剧《扬子江的暴风雨》以及歌词《开矿歌》《打长江》《毕业歌》及《义勇军进行曲》等，都是聂耳谱曲的。田汉还是聂耳的入党介绍人。聂耳只有二十三岁，正是风华正茂、大有作为之时，怎么一下子就离开人间了呢？田汉的悲痛可以想见，强烈的哀悼之情使他不由得不发而为诗。我们听到，他几乎撕心裂肺地喊出：原以为不过是短期的别离，正等着你再次创作出惊天动地的歌曲，怎么竟生死永隔了呢？田汉对聂耳的悼念与对祖国和人民命运的关注是分不开的。他的目光注视到当年长江发洪水给老百姓带来了无穷的灾难，注视到东北三省沦陷后，热河又被霸占，日寇的侵略魔爪已伸入华北大地。在这个时刻，聂耳怎能离开我们？！田汉要呼号，要呐喊！听！他发出了呼天抢地的叫唤：聂耳啊！回来吧！你的英雄的魂魄应该化作奔腾不羁的狂涛，返回祖国的怀抱，重新为祖国人民发出震撼世界的不平之鸣啊！诗的激情达到了最高潮。我们读到的，是一首悼诗，也是一篇招魂赋。

访太史祠司马迁墓

1961年2月2日夜与武伯纶、毕雨诸同志由铜川来韩城，过郃阳，圆月初上，翌日即访芝川司马坡，瞻仰史公庙貌，无限兴感。5日将归西安，倚装写此，时春雪满野，预兆丰年，复可慰。

剧化龙门竟若何？
一天星月少梁过。

雄才百代犹堪仰，

鸿业千秋总不磨。

清水村中炉火秘，

芝川桥畔血痕多。

传忠倘有如椽笔，

柏岭苍茫望大河。

（1961年2月）

　　司马迁的《史记》被鲁迅誉为"史家之绝唱，无韵之《离骚》"。田汉对司马迁无限敬仰，1937年他为影片《夜半歌声》写的主题歌歌词中就有这样的句子："我愿意学那刑余的史臣，尽写出人间的不平。"到他年过花甲之后，他第一次拜谒黄河之滨的司马迁墓，心中激动不已，于是挥毫题诗，写成这首七律。他称司马迁为历经百代犹为人崇仰的"雄才"，称《史记》为千秋万代永不磨灭的"鸿业"。田汉的目光还从古代驰骋到今朝。司马迁的故乡一带是共产党领导的革命斗争活跃的地方，因而诗中出现了自制革命武器的"炉火"的闪耀，死难烈士的"血痕"长留的印迹。为削平"人间的不平"而进行的事业前赴后继，古今映照。田汉强烈盼望着有一支如椽的大笔把司马迁的事迹写成剧本，搬上舞台，把这位"刑余的史臣"的忠魂传到今天群众的心灵里，以激励今天的革命斗争。诗的最后出现了中华民族的摇篮——黄河的形象，于是那庄严、宏远的乐声永留在读者心中。

1998年7月

"西山红叶好，霜重色愈浓"

——读叶剑英诗词札记

叶帅——我们习惯于这样亲切地称呼敬爱的叶剑英同志，他的诗词集《远望集》出版了，这对爱读叶帅诗词的广大读者来说，是一个喜讯。

《远望集》收入作者已发表过的诗词四十一题共八十一首（有的一题之下包含多首，有的类若组诗）。其中有七言绝句六十六首，占大多数，其他为七言律诗，五言绝句，词。词，用了七种词牌。毛泽东同志曾称誉"剑英善七律"，信哉斯言。其中所收七律仅三首，数量不多。但几乎每首都达到了思想内容和艺术形式的尽可能的统一。毛泽东同志称"善"，可能是着重于指形式，因为信中上文指出："律诗要讲平仄，不讲平仄，即非律诗。"事实上，从平仄对仗叶韵等形式而言，绝句就是截取律诗的四句。因此，善律者大抵善绝。集子里百分之八十的诗是七绝，许多佳作在七绝之中。叶帅的词，气魄恢宏，其成就亦不下于律诗。

集子中的八十一首诗词，从内容上讲，涉及政治、军事、经济、文化、历史、地理、人物……真可谓"观古今于须臾，抚四海于一瞬"（陆机）。但仅仅这样说还不完全。"诗言志"。他的诗所表述的，是无产阶级革命家的志，共产主义战士的志。从他的诗词中，我们不仅看到了诗人的文采风流，而且，更重要的是，看到了战士的宏图远志。

下面,想从几个方面谈一点学习的体会。

一 战 友 之 情

我们的革命,是阶级的事业,群众的事业。在革命前进的途程上结下的战斗情谊,是最可宝贵的深情厚谊。革命总是要流血牺牲的。而战友的牺牲,往往会引起革命者最深切的怀念。

"我失骄杨君失柳,杨柳轻飏直上重霄九。"这是毛泽东同志在深切怀念失去了的战友时,发自内心的崇高的感情的升华。"忍看朋辈成新鬼,怒向刀丛觅小诗。"这是鲁迅先生在深切怀念失去了的战友时,迸发出的战斗的思想的火花。叶剑英同志早岁投身于革命,经历过并且参与领导了我党所领导的多次重大的革命斗争。在半个多世纪的漫长岁月里,叶帅告别了多少战友,送走了多少同志,他怎能抑止自己那汹涌奔腾的感情的波澜,不把这种感情化为言有尽而意无穷的诗句呢!

这个集子的第一首,领衔之作,是《满江红·追悼建国粤军第二师独立营香洲殉难军官士》。香洲兵变,发生在1925年。那时,叶剑英同志任建国粤军第二师参谋长兼新编团团长、独立营营长,驻广东珠海县香洲镇。4月25日,独立营中一小撮反革命分子,乘师长殉难、叶剑英同志东征未归之际,发动反革命兵变,独立营二十五位军官、军士壮烈牺牲。叶剑英同志归来,将反革命分子逮捕正法。然后写了这首慷慨激越的悲歌。"曾记得谈兵虎帐,三春眉月。"革命同志之间,有着如此亲密的友谊,共同的抱负。"夜半枪声连角起,繁英飘尽风流歇。"反革命兵变突起,民族精英,顿成"新鬼"!"到而今堕泪忍成碑,肝肠裂。"对战友的牺牲,真是痛彻心肺!但,"革命党,当流血。看欃枪遍地,剪除军阀"。要完成先烈的遗志,把革命进行到底,实现"革命成功阶级灭"的伟大理想!一曲悲歌,原是一曲壮歌,更唱成一曲战歌!这开宗明义第一首,给整个集子定了一个基调。

集子里收有悼方志敏烈士,怀刘伯坚、赵博生、董振堂、左权、陈广诸战烈,悼罗荣桓同志,纪念王杰同志,题广州暴动烈士张子正同志的诗。这里,有党和国家的领导人,有著名的八路军、人民解放军的将领,有雷锋式的普通战士,诗人对这些为党、为国、为人民献出了生命的英雄豪杰,无不倾诉出沉痛深挚的怀念之情,吟唱出高亢激越的颂赞之歌。"文山去后南朝月,又照秦淮一叶枫。"(《看方志敏同志手书有感》)这是用文天祥(文山)被俘后所写《酹江月·驿中言别友人》词中"伴人无寐,秦淮应是孤月"的名句为典,称颂方志敏烈士是文天祥之后的又一个民族英雄。但方志敏比之于文天祥,又有不同。不同在哪里?时代不同,阶级不同。作者用"一叶枫"来比喻我们敬爱的方志敏烈士。"枫叶如丹照嫩寒"。方志敏烈士不仅是民族的英雄,而且是阶级的英雄,是我们时代的红色英雄!无产阶级英雄的牺牲,更值得我们痛悼;无产阶级革命家的一生,更值得我们学习。"毕生战斗明敌我,侪辈庄严一典型。"(《悼罗荣桓同志》)典型,就是准则,就是学习的榜样。"庄严"的"典型",这是对死者崇高的礼赞,又是对后人恳切的启示。

诗人善于用典故,喜欢用古人来比拟今人。例如在《建军纪念日怀战烈(五首)》中,用战国时在易水边击筑送别荆轲的义士高渐离来比拟刘伯坚烈士,用三国时"豪情未除"的"湖海之士"陈登(元龙)来比拟陈赓同志,等等。这种比拟,也是歌颂的一种手法。"梁上伯坚来击筑,荆卿豪气渐离情。"(红军主力长征后,刘伯坚同志留在南方坚持游击战争。)"平生嫉恶如仇寇,湖海元龙继祖先。"而且把历史和现实联系了起来,说明无产阶级战士是古代英雄人物的继续和发展,而且这种发展是一种质的飞跃:"虎穴坚持神圣业,几人鲜血染红星"——红星,这是中国共产党所领导的工农子弟兵的象征,是中国无产阶级革命事业的象征。而我们的事业所达到的高度,是任何古代英雄创造的业绩所不能也不可能达到的。

在《满江红·悼左权同志》这首词中,诗人用了杜甫《梦李白》诗中的典,十分恰切地表达了诗人对左权同志的怀念是如此的一往情深。但这种友谊又毕竟与杜甫的"故人入我梦,明我长相忆"不同:"风起云飞怀战友,屋梁月落疑颜色。"这"战友"与"故人"是两个不同时代的概念。"敌后坚持,捍卫着自由中国。"这是成为战友的基础。

诗人用同样真挚的感情来对待活着的同志和战友。"细柳营中寂不哗,枪垣炮堵即吾家。"(《刘伯承同志五十寿祝》)用曾经平定吴楚七国之乱,以军纪严明著称的汉朝名将周亚夫(细柳营是周亚夫屯兵处)来比拟刘伯承将军,是对战友的由衷的赞美。"剩有残躯效李牧,雁门关外杀敌回。"(《寄范亭司令》)用战国时击败匈奴的赵国名将李牧来比拟当时我晋绥军区副司令员续范亭同志,也是对战友的崇高的褒奖。"南台山上白云低,人在云中路径迷。可有神工能扫雾,让吾放眼到平西。"(《过五台山》之三)在抗日战争和解放战争时期,北平以西地区是我游击队的根据地。诗人在那戎马倥偬的战争年代,对着平西的游击健儿,写出了这样充满企望的诗句。我们感到,我们的军事领导人叶剑英同志,对于奋战在敌后的解放军游击队员,是抱有多么美好的想象,怀着多么深厚的向往之情和爱护之意啊!

今年4月12日,叶帅在西安写了一首题为《访西安办事处志感》的七绝:

西安捉蒋翻危局,
内战吟成抗日诗。

楼屋依然人半逝，

小窗风雪立多时。

这首诗收在这本集子里，因为诗是按写作年代先后次序排的，所以它放在最后，成为这个集子的殿军。这首七绝，没有写作者如何怀念战友，没有写自己如何感慨万端，没有写西安事变以来我们民族、国家、人民和党的巨大变化，但经过四十多年的沧桑巨变，越来越深挚、越来越浓烈的一种战友之情，却跃然纸上，力透纸背。从这首诗里，读者感受到了诗人对于在震惊中外的西安事变中共同战斗过的诸战友的深切怀念，当然也包括了，而且主要是对我们敬爱的周恩来同志的深切怀念。在七贤庄的屋宇里，"小窗风雪立多时"，千言万语，尽在不言之中。"寂然凝虑，思接千载；悄焉动容，视通万里。"（刘勰）绘画讲究传神，写诗也是如此。而这里，我们就看到了传神之笔。这是把对战友们的千万顷感情的波涛，提炼成为几个字的语言的浓缩体。好像天文学上讲的白矮星，它的中心部分的物质只要樱桃那样大的一块，就有几万吨重。我们的诗人也有制造这种浓缩体的本事，往往用一两句诗就概括了浩茫无尽的思想和感情的海洋！

我想说，作为一个无产阶级战士所具有的同志爱和战友情，是贯串在整个诗集之中的。这个集子以悼念香洲兵变中壮烈牺牲的烈士为序幕，又以怀念西安事变中并肩战斗的战友为尾声，是多么耐人寻味啊。

二　祖 国 之 爱

诗人对战友的深情，是同对祖国的热爱结合在一起的。无数先烈在我们的前头倒下去，新中国在世界的东方站起来。这本集子的另一特点,是随着诗人足迹的移动,描绘了伟大祖国的江山万里图。从黑龙江大兴安岭林区到南海海南岛之南的西冒洲岛海防前线,从甘肃北部的戈壁滩到广东肇庆的七星岩,祖国大地上,处处留下了诗人的足迹,处处留下了诗人亲笔描绘的动人画卷。诗人以饱满的爱国热情,用优美的诗的语言,颂赞了祖国山河的或婉娈多姿,或雄伟壮丽的种种风光景色。这里有"苍苍林海四垂天"的大兴安岭,有"连天芳草见羊群"的内蒙草原,有"戈壁阴成瓜果乡"的河西走廊,有"石乳冰凝玉塑仙"的桂林岩洞,有"万点奇峰千幅画"的阳朔山水,有"南海浮珠历万古"的海南宝岛……的确,许多诗篇说明了:我们的诗人是写景的高手。

"到鹿回头滨海处,红豆离离,占断天涯路。浅水蓝鱼梭样去,教人疑是龙宫女。"这是《蝶恋花·榆林港》的下半阕,诗人用最精简的笔墨,抓住两件最富有特征性的事物,一件植物,一件动物,巧作勾勒,榆林港的南岛风采,立即成为跃动的形象,呼之欲出。"春风漓水客舟轻,夹岸奇峰列送迎。"这是《由桂林舟游阳朔》一诗中的两句。这样挥洒自如的语言,把诗人览景时的愉悦心情同桂林山水的明丽特色结合起来,寓情于景,情景交融,奏出了一支音色优美、节奏轻快的笛曲,使人想起了李白的"两岸猿声啼不住,轻舟已过万重山"的名句。

但是,诗人的笔触并不停留在祖国河山自然美的艺术再现上。"江山如此多娇,引无数英雄竞折腰。"我们的诗人也是如此,面对壮丽的河山,更加激发了他爱国主义的激情。"四顾渺无际,天风吹我衣。听涛起雄心,誓荡扶桑儿。"(《登祝融峰》)这首写于抗战初期的诗,用最朴素的语言表达了诗人誓除日寇、光复祖国的决心。而这种决心,是同以湖南衡山为代表的祖国河山的伟大自然环境所施加于诗人的视觉、听觉和触觉感受及由此而产生的壮美感和庄严感紧密地联系在一起的。

诗人热爱祖国河山,正因为他热爱祖国人民。在许多描写祖国河山的诗篇中,读者看到,处处写的是自然景色,又处处写的是劳动人民。江山是美的,而劳动人民更美。也正因为有勤劳勇敢的中华民族各族人民居住、生息、战斗在这块土地上,而且,今天正在这里建设社会主义,正在改造祖国的万里河山,所以这赤县神州才显得比过去任何时候都更加美丽。"五指峰高人宿露,当年割据红区固。"(《蝶恋花·海南岛》)面对眼前伟美的风光,缅怀过去斗争的艰苦。"海角天涯今异古,丰收处处秧歌鼓。"(同上)社会主义新农村里庆祝丰收的秧歌锣鼓,宣告了苦难的时代的结束。"戈壁滩头建厂房,最新人物最新装。"(《西游杂咏·玉门之一》)"草原城市兴工业,烟突凌霄显异姿。"(《草原纪游》)沸腾的社会主义建设,赋予了祖国原本美丽的河山以更加美丽的"新装"和"异姿"。"一别延安十二年,延安已改旧时颜。"(《重游延安》)革命圣地延安,在社会主义建设的年代,也呈现出与过去不同的崭新的容颜,崭新的丰姿。"天公叹服,地上神仙,长桥飞架,南北东西无阻。"(《长江大桥》)我们的劳动人民能够创造出人间的奇迹,被天公当做"地上神仙"而为之"叹服",这是对"人定胜天"思想的嘹亮赞歌。"大地沉沉睡万年,人民科学变油田。"(《大庆油田》)这首写于1962年的诗,预言了大庆人改造自然、利用自然的伟大胜利之即将到来。"铁手成湖灾戾灭,人工终比化工高。"(《密云水库》)人力终究要胜过造化之工,这最后一句诗概括了诗人对于人和自然之间的关系的马克思主义的认识。这句诗也是对正在从事社会主义建设,使祖国河山更加伟美的劳动人民的高度赞扬。

诗人善于用典。"引得春风度玉关,并非杨柳是青年。英雄一代千秋业,敢说前贤愧后生。"(《西游杂咏·玉门之二》)唐人有"羌笛何须怨杨柳,春风不度玉门关"之句。今天的玉门,早已"旧貌变新颜",处处是春风吹拂,春意盎然。这是何人之功?诗人回答说,不是杨柳出了玉门关,是祖国的青年社会主义建设者把温煦的春风带到了祖国的大西北。他们是英雄,他们所建立的千秋功业,将使古人感到惭愧! 这是诗人活用典故,反其意而用之,以此来歌颂今天祖国崭新风貌的妙笔。

对美丽祖国的歌颂,同对美丽祖国的保卫者的歌颂,汇合成庄严的乐曲。"持枪南岛最南方,苦练勤操固国防,不让敌机敌舰逞,目标发现即消亡。"(《赠西冒洲岛女民兵》)七言四句,朴实无华,但海防前哨女民兵热爱祖国、仇恨敌人、勤学苦练、努力掌握杀敌本领的可爱形象,已呈现在读者面前。

明人评唐刘禹锡诗有云:"其诗气该古今,词总华实,运用似无甚过人,却都惬人意,语语可歌,其才情之最豪者。"叶帅的某些诗篇,特别是他的某些纪游诗,庶几近之。例如:

> 草地鲜花遍地开,
> 姑娘偏喜干枝梅。
> 人人采得花盈把,
> 赠与阿谁任你猜。

这是《草原纪游》十首中的一首。似乎是信手拈来,不费功夫,"却都惬人意,语语可歌",天然浑成,其实是最难的,功力不够,便难达到。"干枝梅"是内蒙草原特有的植物,它未长叶子先开花,好几个月花不掉下来。过去有的报上把"干枝梅"印成"千枝梅",错了。("干"是"乾"的简化字。)这恐怕是不了解这种植物,没有这方面的生活知识所致。诗人到了草原,亲眼见到,才把它熔铸入诗,用来刻画人物。试想,有了这样可爱的、生气勃勃的草原姑娘们,有了她们采撷干枝梅的活跃场面,如见其笑,如闻其声,我们的草原不是更加妩媚、更加生动了吗? 仔细咀嚼,这样"平处见长"的诗作,才更耐吟咏,更有回味。

"国破山河在,城春草木深。"这是古人笔下残破的河山。"江山如画,一时多少豪杰!"不同了,是如画的江山,以及同江山相辉映的英雄人物。但毕竟是古时的江山,和古人心目中更古时代的英雄人物。今天呢?"愿乞画家新意匠,只研朱墨作春山。"这是鲁迅先生对新时代的艺术家们提出的要求。已经有多少文学家艺术家回答了鲁迅先生的这个要求。《远望集》里的许多篇章,对"如此多娇"的祖国江山作了尽情的歌颂,对今朝的"风流人物"作了尽情的歌颂。这些诗篇,不仅是诗人热爱祖国、热爱人民、热爱社会主义,并且要竭尽全力改变祖国人民的命运的感情的强烈抒发,而且,应该说,也是对鲁迅先生四十多年前的殷切期望的一种沉挚的回答。

三 战士之志

为什么对战友如此情深?为什么对社会主义祖国如此热爱?因为诗人本人是一名战士,是一位无产阶级革命家。因此,无论是怀友之作,纪游之篇,题赠之章,都体现了战士之志。而有些篇章,更是直抒胸臆,表述了诗人的哲学观点、理想和政治抱负。

诗人在自己诗国的大门前竖起了一面"爱的大纛",筑起了一座"憎的丰碑"。

"忧患元元忆逝翁"(《远望》),诗人同千百万人民群众一起,追念早已去世的无产阶级革命导师列宁同志。"导师创业垂千古,侪辈跟随愧望尘。"(《八十书怀》)诗人对毛泽东同志发出了由衷的崇敬之情。导师已经离开人间,但"长征接力有来人",他领导中国共产党和中国人民所开创的事业,将千秋万代永世继续下去。"一篇持久重新读,眼底吴钩看不休。"(《重读毛主席〈论持久战〉》)要把我们的事业不断推进,就必须坚持马列主义毛泽东思想的科学体系。诗人对毛泽东同志和毛泽东思想充满了信赖和挚爱之忱。林彪、"四人帮"曾一度采用极左的口号,极力制造现代迷信,假"高举"以篡党,制造偶像崇拜。而我们的诗人则写出了这样的诗句:"万众欢呼毛主席,普通劳者出堤旁。"(《十三陵水库》)不是神,而是普通劳动者。这才是正确的态度。

林彪、"四人帮"的出现,给中国人民带来了巨大的灾难。但是,"铁鸟南飞叛未成,庐山终古显威灵。仓皇北窜埋沙碛,地下应惭汉李陵。"庐山会议(党的九届三中全会)终于挫败了林彪的阴谋,显示出党的巨大威力。接着,诗人又用了一个典故,汉朝李陵的故事。汉将李陵以五千之众,抵匈奴右贤王八万兵之围。李陵且引且战,连斗八日,兵尽粮绝,被俘,遂降匈奴。李陵降敌,纵有千般缘由,也是错误的。但林彪不是战败而降,而是叛党叛国。在这一点上,他比李陵更次。此诗末一句,是对叛徒林彪的诛心之论。

"人民,只有人民,才是创造世界历史的动力。"对人民力量的信赖,对光明终将战胜黑暗的信心,是叶帅诗词中一再强调的思想。"赤道雕弓能射虎,椰林匕首敢屠龙。"(《远望》)这副颈联是对于亚洲、非洲、拉丁美洲广大革命人民敢于同大国霸权主义进行英勇斗争的大力肯定和高度赞扬。"亿万愚公齐破立,五洲权霸共沉沦。"(《八十书怀》)这是又一首七律中的一副颈联,出句是对亿万人民群众奋起进行反霸斗争的宏伟气魄的歌颂,对句则是对大国霸权主义的侵略政策和扩张政策最后必将失败的预言。这副颈联对仗工整,音调铿锵,对比强烈,气势磅礴,艺术地表达了诗人亲亲仇仇、爱憎分明的严正立场。

对人民群众中的先进人物,诗人满怀挚爱之情。对于人民子弟兵中雷锋式的战士,更是爱护有加。对于他们的牺牲,无不痛惜怀念。诗人在《纪念王杰同志》一诗中说:"矢志兴无灭资业,为花欣作落泥红。"这里又用一典：清龚自珍《己亥杂诗》中有句云："落红不是无情物，化作春泥更护花。"这一颇含深意的思想，被诗人借来阐明我们的烈士为人民而死的伟大意义，并且不着痕迹地歌颂了烈士们的革命乐观主义精神，把读者带进了一种崇高的精神境界。

大家知道，叶剑英同志今年已是八十二岁的高龄，但他仍是精力充沛地为国事操劳，革命精神毫不衰退。人们往往把老年称作暮年，把人的晚年比作一天的黄昏。"夕阳无限好，只是近黄昏。"这是晚唐诗人李商隐的名句。李商隐是一个穷愁潦倒、长期受到当时封建统治集团排斥的诗人，因此他的诗作往往带有忧郁的、无可奈何的调子。他只活到四十七岁就死了。而我们的叶帅在进入八十高龄之后，却一反其意，写出了新意新声："老夫喜作黄昏颂，满目青山夕照明。"(《八十书怀》)这是何等气概，又是何等的革命乐观主义精神啊！

"满目青山夕照明"，我体会，是说：通过一个老战士晚年的眼睛，可以看到祖国无限光辉的未来，可以看到人类的共产主义未来。诗人在另一首词《忆秦娥·祝科学大会》里，描绘了到达祖国光辉未来的伟大历程："神州九亿争飞跃，卫星电逝吴刚愕。吴刚愕，九天月揽，五洋鳖捉。"这里，把毛泽东同志笔下曾经出现过的"捧出桂花酒"的吴刚的形象，"可上九天揽月，可下五洋捉鳖"的奇妙想象及其寓意，重新加以组织和糅合，创造出一种无比瑰丽宏伟的景象：社会主义的四个现代化必将在中国的大地上实现。

"神州九亿争飞跃"，这"九亿"之中，也包含着我们的诗人自己。叶帅去年写了一首《绝句》：

> 百年赢得十之八，
> 老骥仍将万里行。

小憩羊城何所遇，

英雄花照一劳人。

这里，又用了一个典。三国时曹操在《步出夏门行》诗的第五章中写道："老骥伏枥，志在千里；烈士暮年，壮心不已。"这成为千古名句，鼓舞着人们摆脱年龄的限制而不断积极进取。叶帅的诗，也是沿用此典以述志。但，请注意，曹操的诗说的是"志在千里"，叶帅的诗却是"将万里行"。这仅只是一字之差吗？本来，汉文里的"百"、"千"、"万"这些数字，在说明数量之多时往往没有实质性的区别，如"百世"、"千秋"、"万代"，都只是形容时间的长久而已。但我觉得，这个"万里行"恐怕是有意这样写的。"千里"改为"万里"，是把语气强调了十倍！叶副主席身为"神州九亿争飞跃"的领导人之一，同时又是这"九亿"中的一员，在"百年赢得十之八"的高龄，宣布仍将和九亿人民一起进行新的"万里"长征，并且永远做一个"劳人"（为国事操劳的普通劳动者）——读到这里，怎能不令人激动。我感到，这是这位老战士的誓词，是这位革命家的人格的诗化。这首《绝句》，从某种意义上说，可以称作诗人战斗的一生的总结，诗人的述志之作的高峰。

叶帅的诗词，内容是异常丰富的。我觉得战友之情，祖国之爱，战士之志这三个命题，只能说明这些诗词的三个方面，很难概括这些诗词所包含的全部丰富的思想内容。

毛泽东同志喜欢梅花，遂有冬梅之咏；朱德同志喜欢兰花，遂有春兰之赞；陈毅同志喜欢松树，遂有青松之颂。叶剑英同志呢，喜欢枫叶，因而枫叶的形象在他的诗中一再出现。叶帅还对出版社搞美术设计的同志表示过这样的意愿：希望以枫叶作为《远望集》封面的图案。所以，《远望集》的封面就是以枫叶为图案而设计的。枫树,落叶乔木,在春夏之时,它的叶子是一片翠绿如碧玉,但到了秋天,经受了风霜的锤炼,"霜叶红于二月花",枫叶就比春天的花朵更加红艳,更加美丽!而且,枫叶是掌状三裂,三大瓣之外,近茎处还有两小瓣,合起来成为五角,作辐射状,因此秋天的枫叶,颇似五角红星。如此则叶帅之喜欢枫叶,恐怕是"良有以也"。我想,叶帅的诗词,也可以枫叶比之。但不是一叶,而是一丛,是一座红枫林。它是战斗的产物,又是美的创造。陈毅同志有《题西山红叶》之诗。北京西山著名的红叶,不是枫叶,而是黄栌叶。但这无妨。西山的黄栌,落叶灌木,叶子也是到了秋天才变成红色的。陈毅同志的诗说:"西山红叶好,霜重色愈浓。"好一个"霜重色愈浓"。叶帅的诗词之所以如此之美,除了技巧的掌握之外,主要因为它是战斗之歌,是战士的心声。没有叶帅的战斗的经历,就没有叶帅的如此优美的诗篇。陈毅同志的诗又说:"书中夹红叶,红叶颜色好。请君隔年看,真红不枯槁。"这个"年",当不是指一年,而是千年万年。我觉得,叶帅的诗词,作为"真红",将以其战斗的风貌,美的丰姿,而永不枯槁,永葆红色,永留人间。它将像五角红星那样,永远鼓舞我们前进。

1979年夏

格律与诗情的和谐与矛盾

——致臧克家

您好！8月15日即收到了您8月14日写给我的信，极为感奋！您提到次日(8月15日)《光明日报》上将发表您的文章《有感于改诗》，要我看看。我赶快提笔写这封回信。

您在文章的开头指出："诗，不论新旧体，可以述志，可以叙事，可以吊古，可以状山川之美，也可以抒男女之情。但，诗之灵魂是一个情字。不论写任何题材，用什么表现手法，如果离开诗人的感情，篇中无我，绝不会动人而引起共鸣的。"这应是公认的不易之理。古人云："诗言志"；又曰："诗缘情"。缘情不必说了，即便言志，也必须带有充沛的感情。如果仅仅以理入诗而没有诗人的感情，便会味同嚼蜡。您接着说："其中，有个重要的问题，这就是格律与感情的和谐与矛盾的问题。"您谈到您"二十年学写旧体诗遇到的难题。这就是铁定的格律与主观情思的冲撞。"——的确，这是写旧体诗中的律诗和绝句(写新格律诗也不免)时常常会遇到的。

最理想的当然是形式与内容的高度统一，诗人的思想感情充分地体现在严谨的格律之中。但这不是任何诗人、任何时候都能做到的。万一做不到，那怎么办？

我同意您的观点："注重抒真情"；"情潮一来，难求合律"，便不

"勉强合之"。我觉得,于格律稍有不合,是一种损失;不能充分抒发真情,更是一种损失。"两利相权取其大,两弊相权取其轻。"这两种损失,加以权衡,破格之弊轻于削减真情之弊,因此宁可破格,也不能有损于诗情之抒发。

有些报刊编辑,未经作者同意,即任意修改别人的作品予以发表,确是使人遗憾的。四年前,我与丁芒同志通讯,对于他提到的有人妄改别人的诗以"正格"的情况,提出了我的意见。我说,"再如失粘(即律诗的颈联与颔联或绝句的二联之间违反平粘平、仄粘仄的相粘律),您举杜牧的《赠别二首》(其一)为例,甚是。此类例子甚多,有许多大诗人的脍炙人口的佳作,常有失粘之处。即以《唐诗三百首》中所收作品而论,即有李白《登金陵凤凰台》、王维《和贾至舍人早朝大明宫之作》、王维《积雨辋川庄作》、杜甫《咏怀古迹》第二首("摇落深知宋玉悲")、钱起《赠阙下裴舍人》、韦应物《滁州西涧》等首。又如崔颢《黄鹤楼》前四句不合平仄规律,然而天然浑成,读来未觉有丝毫拗口之处,难道可以妄改吗?严羽《沧浪诗话》誉曰:唐人七言律诗,当以崔颢《黄鹤楼》为第一。严羽不拘泥于平仄,作为诗评家,可谓独具慧眼。古人连诗仙诗圣都不拘泥,今人反而拘泥,而且要改别人的诗以'正格'——然而恰恰造成以'格'害意,岂不怪哉!"(以上这封信的摘录曾发表于南京《江海诗刊》1990年第8期)

您在文章中说:"历代诗界的大家,格律严谨而作品精美,形式与内容合全其美。但个别突破的地方也有。"您说得对。我可以再找几个例子来为您说的"个别突破"作注脚。

李白《黄鹤楼送孟浩然之广陵》:"故人西辞黄鹤楼,烟花三月下扬州。孤帆远影碧空尽,惟见长江天际流。"按一定条件下的"一三五不论,二四六分明"原则,首句第二字必须是仄声。但李白用了"人"这个平声字!

　　杜甫《三绝句》之一:"无数春笋满林生,柴门密掩断人行。会须上番看成竹,客至从嗔不出迎!"按律,首句应为"仄仄平平仄仄平",而此诗首句为"平仄平仄仄平平",即使"一三五不论",其第四字,第六字也是违律的。

　　杜甫《江畔独步寻花七绝句》之五:"黄师塔前江水东,春光懒困倚微风。桃花一簇开无主,可爱深红爱浅红?"按律第一句第二字须仄,但这里"师"是平声。

　　杜甫《江畔独步寻花七绝句》之六:"黄四娘家花满蹊,千朵万朵压枝低。留连戏蝶时时舞,自在娇莺恰恰啼。"按律第二句第二字须平,但此处"朵"字为仄。难道这些不合平仄的字可以妄改吗?这些杜诗是千锤百炼的佳句,如果为了"正格"而改之,岂非佛头着粪?

　　我想杜甫精于诗律而有时违律,正是由于诗情所需,或者说是由于内容决定。比如"千朵万朵压枝低"这句诗,把春日满树桃花写得如此繁茂绚烂,生机勃发,这与连用两个"朵"字大有关系。试诵"千朵万朵……"多么口语化,多么生动活泼,仿佛随口吟出,有如山歌,可谓天然浑成。怎能以律匡之?

　　有一位先生说,近体诗(律诗,绝句)有一形成过程,在它未定型时,自不可苛求;待到定型后,即不宜破格。此说也不一定合适。今人还可以写五言古诗、七言古诗,还可以写四言诗,为什么写律诗就必须写定型诗?而且,终唐一代,破格的律绝始终没有绝迹。前面提到的李、杜之外,还可举出中唐的白居易,他的《草》:"离离原上草,一岁一枯荣。野火烧不尽,春风吹又生。……"这是五律。其中第三句第四字应平,但用了"不"这个仄(入)声字。再如晚唐的李商隐,他的名诗《登乐游原》:"向晚意不适,驱车登古原。夕阳无限好,只是近黄昏。"这是五绝。按律第一句应为"仄仄平平仄"。但此诗首句却是"仄仄仄仄仄",连续五个仄,第二、四字应平而都用了仄,大大违律了。千百年来,上述二诗脍炙人口,传诵不衰,谁因为不合律而提出异议?

以上这些例子说明,古人并不拘泥。

克家同志!您的旧体诗,有许多篇我十分赞赏,十分喜爱,如《寄陶钝同志》《老黄牛》《抒怀》("自沐朝晖意翁芄")《晚收工》、《有感》("黄金足赤从来少")《贺巴金八十大寿》等,都写得声情并茂,读起来自是一种艺术享受。而这些诗又都合乎平仄规范,作为绝句,并无出格的地方。

您的有些律绝不完全合乎平仄规范,例如《灯花》:"窗外潇潇聆雨声,朦胧榻上睡难成。诗情不似潮有信,夜半灯花几度红。"第三句的"有"字不合平仄。但此诗诗情浓郁,诗意芬芳,诗思巧妙,我极喜欢。这一字不合律,完全可以允许。又如《赠柳倩老友》:"岁晚忽发少年狂,高山大泽斗腿长。铁笔写破千张纸,豪兴无涯诗万行。"此诗写柳倩同志老当益壮的精神状态,写得极为神似,同时透出作者的豪迈气概。但此诗未按绝句的平仄规范来写。然而,这又何妨?请看杜甫《三绝句》之一:"前年渝州杀刺史,今年开州杀刺史。群盗相随剧虎狼,食人更肯留妻子?"也是不合平仄,却仍是绝句。据萧涤非教授说,这种不拘平仄的绝句叫作"古绝句"。(其实南北朝时梁朝徐陵的《玉台新咏》中收辑的汉代歌谣,就题为"古绝句"。)古人既有"古绝句"这一种诗体,今人又何以不能写呢?

再,律诗也可以不按平仄规范来写。杜甫就创立了"拗体律诗"。所谓"拗",就是指不按平仄规范。杜甫的拗律,是在律诗定型之后有意识地突破平仄规范而写的,仍是律诗,如字数、对仗等必须合格,突破的只是平仄规范。杜甫写过拗体的五律,也写过拗体的七律,如《昼梦》:"二月饶睡昏昏然,不独夜短昼分眠。桃花气暖眼自醉,春满日落梦相牵。故乡门巷荆棘底,中原君臣豺虎边。

安得务农息战斗,普天无吏横索钱!"就是一首典型的拗体七律。古人既然可以写不合平仄的拗体,今人又何以不能写呢?

正如茅盾先生读了您的《寄徐迟同志》一诗后说的:"诗以情为主,格律不能限。"这是不易的至理!

您来信中说:"我写旧诗,有个大矛盾。……我是个'中间派'(即'改革派'),既不喜欢只顾典雅而工整,而欠情味的;也不愿作'解放派'(即"新古诗",如范光陵先生那样),可是,有点两难。"克家同志! 您的做"中间派"的想法与我的观点是一致的。我认为写旧体诗应尽可能合律,尽可能做到"形式与内容合全其美",但,万一做不到,那只有让诗情突破格律,而不能让格律捆住诗情! 所以我赞成您说的"情动绳墨外,笔端起波澜"!

我自己写诗就是按照这个原则,虽然成功的很少——这只能怪自己功力不够,不能怪格律或者别的什么客观原因。我也不愿做"解放派"——写"新古诗"。对于写"新古诗"的诗人,我尊重他们的探索。但我自己不写。我觉得"新古诗"虽然摒弃了平仄规范,似乎容易了,其实这样"一空倚傍",更难写好。也许写律绝是走老路,熟门熟路容易些吧。

克家同志! 我觉得您完全可以按您的想法去写,做个"中间派"或"改革派",而不必感到有什么"两难";您说的这个"大矛盾",其实是不难解决的。您赠刘征同志的绝句《永不休》中说:"人生有限情无限,手底柔翰永不休",这不同样该是您"自己的写照"吗?

读了您的《有感于改诗》一文后,知道您的一些诗被某些报刊编辑任意改动了,您很不愉快,这是理所当然的。您的《读田汉同志诗词》:"衔恨吞声不计年,孤灯老眼对遗编。情亲朋辈呼'老大',往事纷纷到目前。"田汉同志当年被好友们亲切地称作"田老大"或"老大",这是熟悉田汉同志的人都知道的。为了合平仄,把您的诗句"情亲朋辈呼'老大'"中的"老"字改了,这说明这位编辑对"老大"这个称呼一无所知!《灯花》第二句"窗外潇潇聆雨声",不知编辑为什么要把"聆"字改为"响"字?这行第五字按律也是可平可仄的("一三五不论"),一定要改为仄,说明这位编辑对绝句的格律规范只知其一,不知其二。您的《有感》:"黄金足赤从来少,白璧无瑕自古稀;魔道分明浓划线,是非不许半毫移。"第四句"是非不许半毫移"一行中有三个平声字,"非"字不能算孤平,这句是合律的,何必非要改为"是非难见半毫移"不可,弄得含含糊糊?您的《微雨插秧》:"横行如线竖行匀,巧手争相试腰身。袅娜翠苗塘半满,斜风细雨助精神。"第二句中"腰"字平声,确是破格,但改为"巧插争相试妙身",真叫人啼笑皆非!这是以"格"害意。《灯花》第三句"诗情不似潮有信"末三字被改为"春潮信",虽合律而意味大减。改词者不知这"潮有信"来自李益的《江南曲》("早知潮有信,嫁与弄潮儿!"),是绝妙的借用啊!

至于把《灯花》最后一句"夜半灯花几度红"的"红"字改为"明"字,则不是平仄问题,而是押韵问题了。这首《灯花》用三个字押韵,即"声"、"成"、"红"。按今天的普通话,前两字的韵母为eng,后一字的韵母为ong,是有些差别的。按"平水韵"(刘渊的《壬子新刊礼部韵略》)则"声"、"成"属下平八庚,"红"属上平一东,同样有些差别。但按《十三辙》,这两个韵母是可以相押的。"明"字的韵母是ing。在《十三辙》里,eng、ing、ong都属庚东(中东辙),都可相押。而那位改词的编辑只认为eng与ing可以相押,不允与ong相押,是拘泥于"平水韵"。他不知道,这一改竟把这首诗的妙处改掉了!

编辑修改稿件是可以的,但必须在公开发表前征得作者的同意。我当了几十年的编辑,懂得这是编辑守则中的重要一条。但现在有些编辑自以为掌握了文章的生杀予夺之权,往往大笔一挥,或删或改,即予发排、付梓。如果他确是高手,还有可说(高手修改也须征得作者同意),然而往往是点金成铁,真使人徒唤奈何!

有一点我想求教的,就是关于您为《杂文报》创刊十周年写的绝句:"杂文非小道,阵地布列兵。炮弹轰鸣重,刀锋见血红。"您说"为了平仄关系",把"重炮"改成了"炮弹"。但事实上"重炮"是两个仄声,"炮弹"也是两个仄声。第三句开头二字应是仄仄,用"重炮"完全合律。所以我不知道为什么要改。倒是第二句第四字应为平,却用了仄声的"列"——当然我认为"列"字不必改,"布列兵",有形象,有气势,很好。稍稍破格,无妨。

克家同志!您已九十高龄,可是从您的信中,我感到您的心仍像青年人一样火热,您仍在倾注全部心力于诗艺的追求,仍在不懈地探索诗歌形式与内容关系的理论与实践问题,这是何等可贵的不服老精神!我要向您的这种精神学习。

今年10月8日,是您的九十华诞。我向您致以衷心的祝贺!我祝您长命百岁!中国历史上年龄超过一百岁的杰出人物不止一个。唐代名医孙思邈就活到一百零二岁。我祝您寿比南山,超过孙思邈,成为中国和世界的第一位百岁诗人!

纸短话长,不尽欲言。

敬颂

合家安吉!

1994年8月18日—8月20日,写了三天

《江海诗词》编者按:臧老来信说,屠岸同志指出的"重炮"与"炮弹"都是仄声,是他偶尔疏忽,应予更正。(此文初次发表于《江海诗词》1994年第4期)

纪游诗的审美价值

——林东海诗集《江河行》序

我少年时,母亲教我读唐诗。一次,于杜子美《蜀相》感受特深,熟背而吟咏之,铭记于心。并为诸葛武侯之功败垂成而不胜叹惋。后读刘梦得《蜀先主庙》,则为全诗对历史的高度概括和对仗的工整精警而折服,尤其对颈联的"爱憎格"击节不已。想到古人寻访历史陈迹或山水胜境,常常留下瑰丽的词章,使历史遗迹增添新的文采,加重了历史的厚重感,或者使自然的伟美景色融合于翰墨的风流韵致,因而更加妩媚多姿。人们途经长江中流险隘西塞山时,便会想起刘梦得的杰作《西塞山怀古》,重温晋武帝命王濬造楼船于益州,沿长江顺流而下,破铁锁而直取吴都建业的故事,从而发出历史兴废的喟叹。人们登临庐山,看到层峦叠瀑的奇光异彩,便会想起李太白在《庐山谣寄卢侍御虚舟》中层出不穷的奇辞丽句,从而对造化所赋予庐山的丘壑林泉之美有了深一层的领会和感悟。使历史感和美感同实物(名胜,古迹)融合无间,深化人们的历史意识,提高人们的审美情趣,激发人们的爱国主义热情,这是一切优秀的纪游诗所能发挥的功能。

有的纪游诗详述诗人之所见所闻所感,如常建的《破山寺后禅院》;有的结合对景物的感受,触景生情,进而升发为哲理的思考,如王之涣的《登鹳雀楼》;有的则是写景与议史结合或并举,如杜牧的《过华清宫》绝句、辛稼轩的《水龙吟·登建康赏心亭》、《永遇乐·京口北固亭怀古》等。但多数则是既写眼前景物又联系个人遭际而发出感喟,如杜子美的《登岳阳楼》,李义山的《乐游原》,前者直言,后者含蓄,而理路则一。"纪游诗"这一称谓不见于古籍,仿佛是近年来才使用的概念。但纪游诗确是中国古典诗词中的一大门类,而其写法又无一定的陈套俗规,各家异彩纷呈,各显特色与风格,可谓蔚为大观,共同丰富了中国古典诗词的宝库。

分类学常常遇到困难。岑参的《与高适薛据登慈恩寺浮屠》作为纪游诗,大概不会有异议。但杜子美的《同诸公登慈恩寺塔》作为纪游诗,恐怕有人会认为不那么妥帖了。因为此作对时代的感叹和对社会的讽刺已上升为诗的主调。虽然诗中不乏绘景状物之句,但景物已熔铸于诗的强烈的主调之中,成了诗人抒忧发愤的燃点。读者只见到诗人忧国忧民的炽烈胸怀,而看不到他的"游兴"之所在。苏东坡的《游金山寺》,人们不会否认其为纪游诗;而同一作者的《题林西壁》,则也许有人会认为归入哲理诗更恰当。然而,纪游诗的内容也可以有不同的层次,不同的重点,从广义上来说,把这些归之于纪游诗,也不能说就贬低了这些诗的价值吧!

外国也有令人难忘的纪游诗。仅举两例。英国十九世纪初叶"湖畔派"大诗人华兹华斯1814年写的《访雅罗河》一诗,描绘了苏格兰境内雅罗河及雅罗河流域的清丽绚烂的自然风貌和诗人对大自然的向往缅怀,成为吟咏自然的诗中杰构。他的同国人,伟大的"摩罗"诗人拜伦于1816年偕雪莱同游瑞士日内瓦湖上的希永堡,归而作长诗《希永的囚徒》,歌颂曾被囚于希永堡内的瑞士爱国者波尼伐。长诗的序诗《希永堡——十四行诗》歌颂波尼伐为自由而战的顽强意志,鞭挞萨伏伊公爵理查三世的专制暴政,成为广泛流传的不朽名篇。这首十四行诗,我看也可以归入广义的纪游诗的范畴之内。无论是雅罗河,无论是希永堡,我都没有到过,但读着华兹华斯和拜伦的这两首诗，就仿佛也到了雅罗河，也到了希永堡，觉得自己已融合于前者所描述的自然风物，受感召于后者所歌颂的自由精神。高山仰止，景行行止，虽不能至，而心向往之。这难道不是纪游诗所作用的力量吗？

中国历史悠久，幅员广大，历史陈迹几乎俯拾即是，自然景观遍及东西南北，名胜古迹吸引着万千游客，也激发着文人写诗的豪兴。再，即令是今事今典，也可以引发游兴也可以入诗。因此，纪游诗在中国特别发达，"良有以也"。

友人林东海因接受编著《诗人李白》画传的任务，于1981年5月至1982年9月间数次出访，追查当年李白、杜甫的行踪（因为同行者还有接受编著《诗人杜甫》画传任务的陈建根同志及其他有关同志），考察了十三个省份的一百多个县市。他在进行考察的同时，以律诗绝句记下了游览的观感，"作为另一形式的历史"。这些律绝，由作者选录了一百五十多首，编成一集，就是本书《江河行》。我觉得，本书正是当代中国作者用旧体诗形式所写的比较"正规"的纪游诗集，与古代诗人所写的纪游诗是一脉相承的。

东海同志在本书的《后记》中说："如能为读者提供点旅游知识，使读者对祖国的这许多名胜古迹引起兴趣和热爱，这些览胜诗的出版，也许不是毫无意义的事。"在这一思想指导之下，东海同志在每首诗的题下都有一篇小序，简述此诗所涉及的史实以及写作的由来，又对诗中提到的典故、掌故等一一加了注释。东海同志曾与史为乐同志合作选注过郭老的纪游诗，出版过一本《郭沫若纪游诗选注》，他们在此书《后记》中说："本书对诗中所涉及的历史、地理、名胜、古迹、风物、掌故、典故……作了较为详细的注释，如果读者有意步诗人的足迹以事旅游，或许可以起点向导的作用。"东海同志自己的《江河行》也大体在这些方面作了注释，以方便读者。从这个意义上说，这部诗集可以当做一册"旅游指南"来看。但如果把它看成仅仅是旅游指南,那就大错了。

东海同志一再宣称:"我不是诗人"。如果从东海主要从事中国古典文学的编辑工作和研究工作来说,写诗确不是他的"正业"。但东海熟谙诗律,属对工整,平仄协调,用事精当,具有写作近体诗的必备条件;而且才思敏捷,于行旅倥偬之中写出如许篇什,却几乎每篇都有较完整的构思和经过琢磨的词章。这样,"不是诗人"的诗能于指导旅游之外,还具有给人以诗美享受的功能。且举《登海会寺挂灯台》一首为例:

> 屏风迭外挂灯台,
> 疑是寻真洞穴开。
> 绝顶凭崖呼太白,
> 满天风雨夹惊雷。

寥寥四句二十八字,却把探奇遇险的情状和心态倾吐无遗,使读者仿佛与作者同临其境,尤其三、四两句,气势恢宏,声如金石,读到此处,不能不为诗句所体现的壮美所动。如果说,有些篇章不免粗糙,那是旅途中"急就章"的痕迹,作者不愿于事后着意华饰之而失其当时率真之貌,我觉得作者也自有他的道理。至于斟酌字句,探讨得失,那当然是可以的,但已不是这篇序文的任务了。

1987 年 8 月 18 日

北京,和平里

读诗札记一则

——读胡征的旧体诗

收到胡征兄自西安寄来的他的旧体诗二十八首。过去只读过他的新诗，未曾读过他的旧体诗，今日第一次读。原来征兄亦熟谙此道。二十八首中，佳句迭出。虽亦有平实之作，但属少数。读罢，诗味犹在口中，诗韵犹在耳际。

颇喜其律诗。《重逢曲》和《梅志新著〈往事如烟〉读后感怀》均为律诗，前者为五律，后者为七律。在这些律诗中，充盈着诗人深厚沉挚的思想感情。

《重逢曲》记诗人与"鲁艺"老同学、诗人戈壁舟劫后重逢的感受。其中"峨眉天下秀，延水故乡情"句，似自"渭北春天树，江东日暮云"化出；又有"落魄惊风雨，狂歌泣鬼神"句则自"笔落惊风雨，诗成泣鬼神"化出。虽有所本，却完全化作自己整篇诗作中的有机构成部分。（而且"化"得活，比如"渭北"两句写的是联系友情的两地，而"峨眉"两句则写的是联系友情的今昔的两地，前者写遥思，后者写重逢。）而"正气冲霄汉，诗潮溢五湖"两句，则于一联十字中简练地刻画出了诗人戈壁舟的人格力量和艺术气魄。胡诗不泥古。"花甲儿童节"句即非古人诗中能觅得者，以此语状"老天真"、"年迈而不失赤子之心"堪称绝妙。而"欲穷沧海路，携手盗青春"句中的"盗"字，乃诗人独创，显出炼字功夫。此字令人想起普罗米

274

修斯盗火之"盗"。总之,《重逢曲》三首中两位诗友的深挚友情可谓跃然纸上。

《梅志新著〈往事如烟〉读后感怀》有副题:"借用胡风先生《怀春室感怀》原韵"。胡风《感怀》乃步鲁迅先生《亥年残秋偶作》韵,故《〈往事如烟〉读后感怀》也是《亥年》诗韵。这四首七律抒写了诗人读胡风夫人回忆录后的汹涌的心潮,实为对胡风先生的悼词和祭文,读来但觉声声血泪,字字肝肠。"秦城难锁星光热,囚室空灵纸墨寒"两句写胡风因于狱中而矢志不移的情操;"苦雨千秋人不老,凄风万里我犹寒"等句于工整的对仗中写胡风的人格,又写诗人与胡风的不渝的友谊,句句出自真情而无一字矫饰。其中第三首还写到绀弩先生与周颖大姊的古道热肠,显示出患难见真情,足证真情是何等的难能可贵。

胡征也擅绝句,大抵为五绝。《常宁宫即景》五首,清新自然,仿佛"清水出芙蓉,天然去雕饰"。《海隅八咏》中亦有佳句。如《自然博物馆》:"入馆访鲸兄,鲸兄伏帐中。抬头千尺岭,疑是潜来峰。"透出幽默和诗人特异的感受,体现了诗人的不可替代的艺术个性。

胡征的这些诗很好地掌握了律诗所要求的格律规范,在这方面他是严谨的。但未见有以词(为格律)害意的地方。个别地方亦有变通。如上面所引句中"潜来峰"可能被认为有"三平足"之病。但"潜"字(平声)不可改,亦不宜改。如改则可能妙处尽失。这说明作者不拘泥于格律。

1991年12月25日夜

一次诗乡的旅行

——《潍坊诗词》代序

　　地处山东省中部的潍坊市(原昌潍地区)是我们伟大祖国的一部分。她是新时期以来改革大潮中对外开放的新兴城市。自1984年开始的一年一度的国际风筝会更使她成为闻名中外的"世界风筝都"。可是,她又是一个具有极其悠久的文化传统的地区。她原是我国东夷古文化的发祥地。直到今天,在她的土地上演出的一代又一代的文采风流使她的传记成为一部彪炳千秋的史书。我们见到,她那从古貌中焕发出来的新颜,是如此的绚丽多姿。

　　我对孔子的故乡十分向往,过去到过山东不下十次,最后一次是1987年访问潍坊市。那次除参加第四届潍坊国际风筝会的活动外,还访问了潍坊市所属的潍城区、青州市、诸城市、安丘县、临朐县等。这次访问使我对潍坊有了较丰富的感性认识。我感到这里的人民勤劳勇敢,爱国热情和生产热情高涨。这里的文化遗产极为丰厚。这里的青年对美好的精神生活的追求十分执著。我了解到:潍坊在历史上产生过不少作家、诗人;我国文学史上有不少著名的大诗人在潍坊留下了光辉的篇章。自五四新文化运动以来,这里又产生过一批杰出的作家和诗人。新中国成立以来,这里继续出现新的文学人才。新时期以来,这里更不断涌出年轻的作家和诗人。在这次访问期间,我就直接接触了这里的一群中青年诗人。他们对缪斯的热烈追求给我留下了难忘的印象。当时我就想：如果把这座"鸢都"同时称作"诗乡"，不也同样名副其实吗！

现在，在我的面前摊开的是一部巨型诗歌作品汇编《潍坊诗词》的校样。这是潍坊市史志办公室编的《潍坊地方志丛书》中的一种。他们编这套丛书的目的是为了回答海内外同胞、侨胞、朋友和各界人士希望了解潍坊、认识潍坊的迫切需要。《潍坊诗词》作为这套丛书中的一种，同样服务于这一宗旨。我觉得，这部书的编者很好地完成了他们的任务。

这部书给人的突出印象是搜集宏富，规模巨大，注释详尽。入选的诗作有八百四十六首。入选的诗人上至公元前五百年的齐国大夫晏婴，下至二十世纪九十年代的青年诗人，凡二百六十九人。其中自春秋至明代七十八人，清代七十八人，民国至新中国成立再至当代一百一十三人，体现了厚今薄古的精神，也反映了这个地区的诗人和有关诗歌产生的真实面貌。全书分为两辑，以本世纪初叶清王朝的覆灭为分界线。所收的诗作大致分为：1.本地人的作品，2.外地人到本地主持或参与地方行政或文化工作、或客居本地、或访问本地时留下的作品，3.外地人所写有关本地的人、事、物的作品这样三大类。后二类中，有文学史上极重要的诗人的作品，如曹植、李白、岑参、柳宗元、范仲淹、欧阳修、苏轼、李清照、陆游的诗词，以及大画家郑板桥的诗。尤其是苏轼的词更是千古名篇。但综观全书，本地诗人的作品则是贯串古今的一条主线。如果说晏婴主要是政治家，他作歌仅是为政治目的而偶一为之的话，那么建安七子之一的徐干应是这个地区历史上第一位有影响的诗人。这条线一直延续到现代杰出的作家和诗人王统照、臧克家，以至当代的一群中青年诗人。读者可以从这部书中看到潍坊这块土地上古往今来诗歌家族的绵延不断，曲折发展，细水长流，蓬勃兴起，更可以看到这个家族的美好前景。

这部书里搜集的诗篇包括各种风格、流派、题材和体裁，有古代的歌、诗、词,也有现代人写的旧体诗词和新诗(现当代人的作品以新诗为主),呈现出百卉争妍的瑰丽景象。这些诗中有歌颂祖国和本地的山河之美的,有赞扬革命斗争传统精神的,有忧时伤事之作,有抒怀遣兴之作,有总结历史之篇,有展望未来之篇,有缅怀斗争历程之章,有颂赞改革开放的当代精神之章,有抒情诗,有政治诗,有哲理诗,有讽刺诗,有爱情诗,有乡土诗……蔚为大观。而爱国主义精神则是贯串全书的主旋律。

我用了大约一星期的时间,克服视力障碍,把七百多页的全部书稿校样翻阅了一遍,我觉得这是一次奇异的"诗乡"之旅。在这次旅行中,我访问了从古至今一批又一批与潍坊结下不解的诗缘的人们。读他们的诗,就好像同他们对坐倾谈一样。从他们那里,我获得了许多教益。在这里,我想特别提一下潍坊的青年诗人群。他们大都出生在五十年代到六十年代。他们的诗作吸取了中国古典诗歌、民歌和"五四"以来中国新诗传统的营养,又从外国诗歌得到借鉴,他们努力铸造自己的"伟词",形成自己独特的风格,显露出一派蓬勃的生机。这个诗人群中还有好几位女诗人。她们的诗作流丽清新,刚柔相济,有的典雅,有的沉郁,有的含蓄,有的纤秾,可谓各具特色,各有千秋。我感到在这群青年诗人面前正展现着一个更为广阔的诗的天地。我相信他们将在中国当代诗坛上扮演重要的角色。读完全书,我仿佛从诗乡的一座座百花园里出来,身上还沾满了缤纷的落英和醉人的芳馨。这次旅行,可以说是一次美的享受,也是一次善的感染,更是一次真的学习。

编者希望我为本书写一篇序。其实,在这本书的面前,我只是一个小学生。既然推辞不得,那就让我写这篇学习笔记吧。请编者和读者批评指正。

1992 年 3 月 28 日

关于《祭黄帝陵》
——给《诗刊》主编杨子敏的信

　　今日收到《诗刊》第7期，读到毛泽东同志的《祭黄帝陵》四言诗和刘征同志的文章《民族振起的雄伟颂歌——初读〈祭黄帝陵〉》，很受鼓舞。此诗原载1937年4月6日延安《新中华报》，长期未被发掘出来，现由《诗刊》重新刊出，你们做了一件有意义的事。

　　这首《祭黄帝陵》原为祭文，实是四言诗。由你刊编者加的题目《祭黄帝陵》，是合适的。这首诗押的韵是有规律的，即逢双句押脚韵，但只押一次即换韵，韵式为xaxaxbxbxcxcxdxd……全诗共五十六句，逢双句有二十八个，押了十四个韵。但发表的此诗第三十三至第三十六句是这样的：

　　　　频年苦斗，备历险夷；
　　　　匈奴未灭，何以为家。

这里"家"应与"夷"押韵，但是不押。根据《诗韵》，"夷"属上平四支，"家"属下平六麻。按今天普通话也不押韵。其实"匈奴未灭，何以家为"已是成语，语出司马迁《史记·霍去病传》。汉武帝要给霍去病盖宅第，霍去病说："匈奴未灭，无以家为也。"武帝更爱他了。后人把"无以家为"一般说成"何以家为"。而"夷"（逸尼切，支韵)和"为"(余嬴切,支韵)却同属上平四支,是押韵的。

我想,毛主席古文根底很深,他这里是整个搬用成语,不可能任意改动。再,毛主席又很讲究格律,格律包括用韵,因此毛主席在这里不会出韵。估计是《新中华报》发表时排字和校对的同志弄错了。似乎"何以为家"更顺口,殊不知这既不合成语原句,又不合韵。故这四句实应为:

> 频年苦斗,备历险夷;
> 匈奴未灭,何以家为。

我想,《诗刊》发表时可能已觉察到此点,也许觉得不宜变动《新中华报》发表时的原貌。但刘征同志文章中说:"此诗采自近日印行的《延安观览》,文字作了校订。"我不知校订内容,但窃以为将"为家"改正为"家为"亦属校订范围。再不,亦可加一注,或者另撰文指出,探讨。以上意见,未知妥否?请予指教。

1992 年 7 月 24 日

二十四日给您的信中提及"匈奴未灭,何以家为"的出处,说"语出司马迁《史记·霍去病传》"。不算错,但如果说得更精确些,应为:"语出司马迁《史记·卫将军骠骑列传》"。(卫将军指大将军卫青,骠骑指骠骑将军霍去病。这篇是二人合传。)

上次信中引文也没错。这里再引全上下文:"天子为治第,令骠骑视之,对曰:'匈奴未灭,无以家为也。'由此上益重爱之。"(这里天子、上均指汉武帝,骠骑指骠骑将军霍去病。)

今天我特意查阅了《史记》,所以再给您写这封信。

1992 年 7 月 28 日

从毛泽东的《七律·长征》改字想起

红军不怕远征难,万水千山只等闲。

五岭逶迤腾细浪,乌蒙磅礴走泥丸。

金沙水拍云崖暖,大渡桥横铁索寒。

更喜岷山千里雪,三军过后尽开颜。

这是毛泽东同志著名的诗《七律·长征》。其中第五句"金沙水拍云崖暖"中的"水"字原为"浪"字。据作者自注:"水拍,改浪拍。这是一位不相识的朋友建议如此改的。他说不要一篇内有两个浪字,是可以的。"所说"一位不相识的朋友",是山西大学历史系教授罗元贞,他于1952年元旦写信给毛泽东,建议改"浪"为"水",被采纳。论者常称赞毛泽东虚怀若谷,从善如流,在诗艺的追求上精益求精。这似已成为定论。

我在四十年代从手抄本读到这首《长征》,非常喜欢,熟读,能背诵。其中第五句一直记住是"金沙浪拍云崖暖",印象深刻。1954年元旦我在中央文化部新年联欢会上表演的节目,是用母亲教我的家乡口音吟诵调吟诵这首诗,其中第五句是"浪拍"而不是"水拍"。1957年《诗刊》创刊号上正式发表此诗,"浪"改为"水",我心中颇不理解(当时还未见到作者自注)。这一改,把我心中这句诗所形成的画面打破了。虽然只改一字,而形象大变。原来的

"浪拍",气势宏伟,"浪"与"云崖"的撞击,充满了动感,这与红军运动作战的气势相吻合。改为"水拍",动感减弱了,气势平缓了,搏击变成了抚摸,战争的气氛也变成了和平的气氛。

说这里的"浪"与第三句的"浪"重复,所以应该改,理由似乎充分。但细想一下,便觉得"五岭逶迤腾细浪"是写在红军战士的眼中雄伟的五岭山脉不过是流动着的细小的水浪,"浪"是山的比喻。而第五句中的"浪"是指金沙江中汹涌的巨浪,是实指。两个"浪"各不相同。因此在读者的我的心理上,似乎并不产生重复感。

古人论诗,确有一首绝句或一首律诗中不宜重复出现同一个字之说(不涉及古风或歌行体)。这有一定的道理,因为字的重复会产生累赘感,在修辞上有损诗美。当然这也不能一概而论而需作具体分析。

有的连绵字为修辞所必需,如杜甫的七律《登高》中颔联:"无边落木萧萧下,不尽长江滚滚来"等即以连绵字作为修辞手段,不仅不损诗美,反而增添韵味。

有的重复用字为诗句构成所必需,如李商隐的七律《锦瑟》首联:"锦瑟无端五十弦,一弦一柱思华年",连用两个"弦"、两个"一",文气连贯,诗意流畅,不可更易。或如苏轼的七绝《题西林壁》:"横看成岭侧成峰,远近高低各不同。不识庐山真面目,只缘身在此山中。"其中"成"、"不"和"山"均两次出现,为文理所必有,不足为病。李白的五绝《静夜思》:"床前明月光,疑是地上霜。举头望明月,低头思故乡。"也是"明月"和"头"迭出。凡此种种,皆顺理成章,自然天成,不但无丝毫累赘之感,但觉文气贯通,诗意益然。至于李商隐的七绝《夜雨寄北》:"君问归期未有期,巴山夜雨涨秋池。何当共剪西窗烛,却话巴山夜雨时。"其中"巴山夜雨"四字两现,却是作者精心构撰,别具匠心之作,读之但喜其情思寓于巧妙之中,而无重床叠架之虞。杜甫的七律《闻官军收河南河北》末联:"即从巴峡穿巫峡,便下襄阳向洛阳!"其中"峡"与"阳"两两重出,却觉得非如此不足以形容归心似箭的迫切心情,作者既刻意求工又天衣无缝,惨淡经营而情见乎辞,既活画出作者的心态,又由句与句的对仗及句内的对仗工整而显出诗的卓绝的对衬之美。此类由字的重复而构成的诗歌审美效果,实乃中国古典诗的精华的一部分。

也有另一种情况。如杜甫的七律《曲江二首》(其二)开头二句:"朝回日日典春衣,每日江头尽醉归。""日"字重复。李商隐的七律《春雨》首联:"帐卧新春白袷衣,白门寥落意多违。""白"字重复。此类例子还可举出多多。这些,既非句法构成所必需,也非有意设置的修辞技法。但诗人们从诗的内容出发,顺其自然,并不回避,可见只要重复得毫不勉强,重复而不使人感到累赘,依然不失为好诗。

我并非主张多用重复字。诗人们很注意避免使用不必要的重复字。白居易的《琵琶行》中有句:"我闻琵琶已叹息,又闻此语重唧唧。""唧唧"即"叹息",作者有意用了两个义同字不同的词语,以避免重复。同诗还有句:"今夜闻君琵琶语,如听仙乐耳暂明。"其中"闻"即"听",但作者用了两个不同的字,也是为了避免重复。可见古代诗人用字的讲究。

毛泽东听了罗元贞的意见,把《长征》第五句中的"浪"改为"水",就避免了字的重复吗?别忘了这首诗的第二句:"万水千山只等闲",其中就有"水"字。这首诗避免了"浪"字的重复,却增加了"水"字的重复。不仅如此,这首诗中还有"军"字的重复:"红军不怕远征难","三军过后尽开颜";还有"山"字的重复和"千"字的重复:"万水千山只等闲","更喜岷山千里雪"。总计一下,这首《长征》中有四个字是两次出现的,它们是:"军","水","千","山"。是不是凡重复的字都要改掉呢？如果这样改，就不是毛泽东的《七律·长征》了。

我觉得，认为一首绝句或一首律诗中应避免同一个字重复出现，有一定的道理。但不能成为一条非遵守不可的定律。

1999 年 3 月 23 日

如见其人，如聆謦欬

——《蓼人诗词集》序

我认识廖有谋兄（笔名蓼人）在九十年代初，因一同参加北京市新闻出版局召集的北京出版物重点选题论证会的讨论和优秀图书评奖委员会的工作而结识，每年有一两次共事以及春节联欢，从此成为好友。有谋兄对医学有很深的造诣，在会上发言，常有精辟的见解和严密的论证。开始时我不知道他还擅诗词，有一次偶然说起，才知道他也精于此道，不仅有创作，而且对音韵的见解与我不谋而合，使我惊喜于多了一位同道。

有谋兄已将自己一生所作旧体诗、词以及少数新诗选编成书，拟付梓出版。我有幸拜读了他选定的全部作品。从他的作品中，可以了解他的为人和为诗。他为人坦诚，热忱，无伪饰，崇真挚；治学严谨，工作认真。他的诗真情洋溢，格律严谨，音韵优美，体现出深厚的功力和卓越的才华。诗如其人，他的诗格和人格是统一的。

有谋兄学诗很早。十三岁即开始写诗。虽然他自称少作幼稚，受古代士大夫诗风的影响，且多模仿痕迹，但他的少作中仍不乏可诵可吟之佳作，如十四岁时写的五古《送晴也从军》，内容是送友人上抗战前线，多慷慨悲歌之声，充满了纯朴的友情和爱国的壮志。这里没有故作多愁之态，只有壮怀激烈之情。年方髫龄即有如此感人之作，十分难得。

有谋兄在二十世纪五十年代至七十年代的作品,反映了那个动荡不安的年代。他在此时期受到过不公正待遇。同时,他的诗作又受到极"左"思潮的影响。这一类作品(如歌颂"大跃进"等),打上了时代的烙印。有谋兄把这些作品收入集子里,我想,也是"立此存照"之意,当有助于警示与反思。不过,就在这个时期,也有清新可喜之作,如作于1965年的《游黄山》十一首中的《黄山》、《游兴》、《莲花峰》诸篇,立意不凡,境界独特,音韵雄浑。在"文革"即将来临的风雨如晦之日,能有如此清幽而兼豪迈之作,说明诗人即使在政治低气压"黑云压城"之际,其天性仍会以诗的形式迸发出来。

有谋兄八十年代至九十年代的诗作,开朗明快,挥洒自如,婉丽多姿,老成练达,似春雨温馨,若秋空澄碧。我尤喜他作于1990年12月的五古《六十述怀》。此诗回顾其人生六十年:"襁褓已凶年,国碎家亦仆。少年知敌仇,投笔思远戍。"这是少年爱国者的形象。"一朝觉真理,百年无反顾。坎坷历泥涂,赤心乃如故。"这是真理追求者的形象。"何由伤暮年?何必叹朝露?施施不为甘,兀兀不为苦。"这是不计个人得失,永远拼搏前进的献身者形象。"百里半九十,馀生将何赴?一息苟尚存,不止景行步。"这是至死不知疲倦的求索者形象。作者追踪了大半生行程的轨迹,为自己画了一幅逼真的肖像。"诗言志","诗缘情"。这里有自叹,有自勉,有自励,有自强,有自许。字字出自肺腑,句句袒露衷肠。读其诗,如见其人,如亲聆謦欬,而馀音绕梁,何止三日?

有谋兄在人生道路上拼搏了七十年,终被病魔夺去了生命。哀哉!临终前嘱我为他的诗词集作序,我强抑悲痛,含泪写了上面这些文字。美国诗人朗费罗有句曰:"人生短暂,艺求久长。"有谋兄的诗词作品,将长留人间。

2000年10月8日

科学家与诗人的统一

——《王术诗文集》序

　　人们常以"多才多艺"形容某些兼擅诗书画，或琴棋书画无所不能的人。但兼擅科学与文艺的学者，历史上不是没有，中国有东汉的科学家兼文学家张衡，意大利有文艺复兴时期的画家、雕塑家兼建筑师、工程师的达·芬奇，等。但这样"多才多艺"的人，颇为罕见。我的交通大学校友王术兄，既是科学家，又是文学家，在我的友人中，是惟一的一位。他1925年生于湖北黄陂，家境贫寒。从十四岁起当了四年学徒，学钳工。十八岁白天上学，晚上还干钳工。二十四岁毕业于上海交大航空工程系。毕业后参加人民解放军空军航空工业建设。三十四岁调到中国科技大学从事教学工作，后升任教授。曾任精密机械系基础教研室主任兼中文教研室主任。他主讲的课程有机械制图、画法几何、金属学、金属工艺学、机械设计等。他出版过《机械制图》等五种科技专著。他的科学论文《难题角》和《盘旋图》在美国专业杂志上发表。六十七岁时（1992年）赴澳大利亚墨尔本参加第五届国际计算机绘图学术会议，发表和宣讲论文《玫瑰曲线》，产生巨大反响，该学会将他新发现的曲线命名为Wang's rose curve（王氏玫瑰线）。

　　王术兄不仅在科技教学、科学研究上有突出贡献，在文学方面也有成就。他是科幻和儿童文学作家，在全国六十四家报刊上发表过文学与科普等作品百余篇,与人合作出版过科幻小说集和童话集。他还写报告文学、散文、杂文,参与编辑出版了《大学语文》。

我觉得王术兄在文学上的主要成就是诗歌创作。他十三岁就开始写诗。一生大约写了一千多首诗,其中有旧体诗词,有新诗。有的公开发表过,有的生前没有发表过。他对旧体诗格律颇有研究,曾把唐诗格律输入电子计算机中。他写旧体诗词,很注重格律,但更注重真情的抒发,而不让格律束缚内容的表达。他写旧体不拘一格,举凡四言、五言、七言、杂言,或律诗、绝句、排律、古风、民谣体、词(长短句)、对联(不算诗,也类乎诗),他都涉猎。他用的主要体裁还是近体(律、绝),佳作也大抵集中在这一体裁中。

王术兄的优秀诗作很多,读这些诗,能感受到诗人坦荡的襟怀与高尚的志趣,还能领略浓郁的诗美。例如他作于1980年的五律《皖南行》:

> 凉透一窗风,车迎五岭松。
> 山奔诗入眼,云变画藏胸。
> 四害遗疮结,百行待竣工。
> 神州经泪洗,旭日更鲜红。

这是"文革"结束、党的十一届三中全会之后诗人借大自然而抒发个人也是全国人民情怀的一首好诗。首二句写进入皖南自然怀抱时的情景,把读者一下子带入开阔舒畅的境地。颔联对仗工整,诗意盎然,把自然、艺术和个人感觉融入一体,是本诗最精彩的两句。颈联写政治环境,说明时代特点。末二句点出主题。"神州"应包括中国的天和中国的地。这"泪"不仅是痛苦的泪,也是欢喜的泪,感奋的泪,痛定思痛,改弦更张,重上征鞍,九亿人的"泪"自是把太阳也洗得更鲜艳了。末句预示着中国的光明前途,一片绚烂,五个字真有千钧之力!

再举一例,他1987年写于厦门的七律《远眺》:

> 风情千种入双筒,海域云疆一望中。
> 阿里山前烟细细,基隆港口雾蒙蒙。
> 半湾水隔思难隔,万世宗同愿亦同。
> 几度木棉红两岸,英雄花奠郑成功。

开头两句写从望远镜中所见,展开了一片空阔:祖国的万里海疆。颔联则写想象中之所见。望远镜固然能望远,实际上是望不到阿里山和基隆港的。但是,前方水天一线之处,就是台湾啊! 这是想象,也是真实。这首诗的核心是颈联,对仗极工,两句中两字,同字同对,可谓巧妙,但绝非文字游戏,而是蕴含着亿万炎黄子孙的共同心声。末二句所写的木棉树,生长于福建、台湾,花红似火,这样写不仅点明地域,而且意蕴深远:木棉又名英雄树,用来祭奠收复台湾的民族英雄,可谓恰到好处。全诗章法严密,用字精当而自然。一片盼望统一大业早日完成的爱国之情,跃然纸上!

王术兄的夫人周达宝女士,是我在人民文学出版社做编辑工作的老同事和好友。王术兄虽是我的校友,但过去未曾交往,我是通过达宝而结识他并成为诗友的。从七十年代到九十年代,我多次出入王家,他们伉俪也到我家,我与王交谈,看他的作品,从而对他的人品和诗品有所了解。他为人诚恳,坦荡,乐观,达观,只讲奉献,不谋私利。他工作勤奋,日以继夜,一心为着祖国和人民。他在极度繁忙的本职工作之外,在科技方面做出突出贡献之外,还能写出一千多篇(首)文学作品,不能不令人惊叹。据达宝讲,"王术从学徒工到教授,还写出大量文学作品,主要靠的是刻苦。"是的。我们不否认有人有天赋的才华,王术兄正是如此。但仅有天赋而无刻苦的精神和毅力，不能出成果。达宝的话，令人信服。

王术兄在他七十一岁那年（1996年）春天，静静地离开我们远去了。达宝悲痛欲绝。他的亲友们也都为之悲伤。我曾对达宝提及王术兄生前所写的诗，达宝说她正有收集整理出版之意。但当时极度的悲痛使达宝不忍面对那些亲笔的手稿。直至最近，达宝才将王术兄的诗文收集整理编辑完毕，我也才得到系统了解王术兄文学作品的机会。我读了这些作品后第一个感觉是"多才多艺"，如本文开头所说，但立即产生第二个反应，我觉得"多才多艺"还不足以概括他的全貌，应该说"科学与诗的统一"才是王术的精神的本质。

达宝嘱我为王术诗文集写序，我义不容辞，执笔于灯下，不知东方之既白。

2000年10月11日

法官诗人的深情吟唱

——寓真诗词读后

姚莹、汤梓顺两位先生编著的《寓真诗词选评》一书使我接近一位当代旧体诗词的作者，诗人寓真。

五四以来，新诗（白话诗）取代旧体诗，成为中国诗坛的主流。但一些新文学大师如鲁迅、郭沫若、郁达夫、老舍、田汉等都仍在写旧体诗，并且取得杰出的成就。政治家、军事家毛泽东、董必武、叶剑英、朱德、陈毅也写出了卓绝的诗词珍品。尽管毛泽东告诫说这种体裁束缚思想，又不易学，不宜在青年中提倡，但自五十年代以来，尤其是改革开放以来，中、青年人写旧体诗词的越来越多。这是一个不可忽视的文学现象，应引起文学理论家、文学史家的注意。过去的现当代文学史著作不涉及旧体诗词，这不是正视现实的态度。

今人的旧体诗词作品，确有不少佳作。但也存在着问题。一是有些诗不讲平仄。所谓"新古体诗"，作为一种实验，可以允许。但我个人对不讲平仄的"律诗"、"绝句"，听觉上是通不过的。一是用韵，有人拘泥于"平水韵"。其实鲁迅、毛泽东、郭沫若、赵朴初都已突破了平水韵。一是入声字问题。有人按今天普通话的四声来分平仄，把普通话中已读成阴平、阳平的入声字当做平声字用。这作为一种实验，可以允许。只是我个人的听觉通不过。更重要的是思想感情问题。有些今人作的旧体诗，感情陈旧，没有时代气息。旧体诗的"旧"只是指形式。如果写出来的诗感情陈旧,那便像假古董,即使声律合格,也不能使今天的读者产生共鸣。

我读寓真的诗词,感到很大的美感愉悦。他年轻时就开始诗词创作,如今已是创作丰硕、卓有成就的中年诗人。他的作品基本上没有上述弊病。他写诗注重格律,讲究平仄,对仗,布局,构思。我没有发现他的律诗有"失粘"、"失对"之病。他的诗词的更为可贵之处在于立意新颖,反映了我们这个时代,道出了当代人的思想、情绪、心态和意志。

寓真的诗在用韵方面基本上按平水韵,但并不拘泥,也有突破。如《登长治老顶山》的第二、四、六、八句押韵用字"浓"(冬韵)、"葱"(东韵)、"踪"(冬韵)、"雄"(东韵)即突破了"一东""二冬"的限制;《昭君墓》中的"人"(真韵)、"今"(侵韵)相押以及《山心》中的"棱"(蒸韵)、"清"(庚韵)相押等等,都突破了平水韵。这种不拘泥的诗韵运用,使诗思少受束缚,却保持了音韵的悠扬。

寓真在入声字的运用上,均按该字原来的声调归属,不因其在今天普通话中改换门庭而变化。如《山宿》第一句第六字"白",是按此字原来的仄(入)声用的。(若按普通话读为阳平,便不合律了。)又如《秋思》第七句第七字"惜",也按其原来的仄(入)声用而不是按普通话读成阴平。我赞成这样的处理。今天许多方言地区仍存在入声。诗人的故乡山西虽属北方语地区,但仍有入声。入声在调节乐感上有不可替代的作用。

寓真诗在对仗上颇下功夫。如他的《秋吟》:

> 久劳案牍夏炎苦,又送年华秋雨侵。
>
> 名利最终如粪土,人生难得是知音。
>
> 晓风残月词中泪,流水高山琴上心。
>
> 反顾凭谁信高洁,自乘骐骥邸芳林。

　　这里颔联与颈联对仗工整而蕴含深永。颔联不仅词性对,而且内涵对,反差强烈,爱憎分明。颈联则对仗中蕴含典故。"晓风残月"是柳永词中名句。柳永有"忍把浮名换了浅斟低唱"句,连宋仁宗都说柳"何用浮名,且去填词"!"流水高山"是俞伯牙所奏曲名,钟子期听曲能心领神会:志在登高山,峨峨兮若泰山!志在流水,洋洋兮若流水。柳永一生潦倒,与上联"名利"相联系,伯牙为友碎琴,与上联"知音"相呼应。这两联寓巧于朴,寓工于真,体现了高洁的情操,旷达的襟怀。

　　写诗讲求炼字。古人炼字的佳话很多,贾岛与韩愈的"推敲"成了至今依然有生命力的词语。寓真的诗,注重炼字的地方不少。如《春游漫咏》:"吕梁春色卷云回,山里桃花蘸雨开。宛转驱车村畔过,伞遮淑女送眸来。"这里"蘸"字生动,"送"字含情,二字突出了诗的韵致。又如:"石屋朝阳待燕临,坡田吮雨好开耕。犁敲黄土如弹键,奏响人间浑厚声。"这里"吮"字使坡田人格化,盼雨的心情(其实是待耕人的心情)被激活。三、四句意象沉凝,"浑厚"二字体现了土地的性格。再如《下山》:"隧深壁峭不暇看,左右争将画幅掀。蓦见春田翻碧浪,太行已下到平原。"一个"掀"字把下山时两侧风光迅速而层出不穷地突入眼帘的情景点得恰到好处。像"吮"、"掀"这等字,在古人诗词中是罕见的。寓真有一首七律《沐雨东山岭》,其最后两句是:"游客摩崖读历史,山头瞰世屹前贤。"整首诗写的是海南岛东山岭的景象。末句写岭上立着李纲雕像。李纲是宋朝大臣,抗金有功,反对妥协,受到投降派的迫害,被贬到海南。诗句凝结了诗人对这位古代爱国者的崇仰之情。写那雕像,用一个"瞰"字写前贤雄视百代的胸襟,一个"屹"字写英雄顶天立地的伟姿。一俯一仰,爱国者的精神风貌跃然纸上。

　　寓真是笔名,诗人本名李玉臻,1942年生,毕业于北京政治学院,现任山西省高级人民法院院长。他是大法官,又是诗人。执法是他的本职,写诗是他的爱好。我国古代以诗取士,为官都能为诗,优秀的诗人往往也是一方的良吏。韦苏州"邑有流亡愧俸钱"成为千古名句。而寓真与前人不同,他是社会主义时代的人民公仆。"诗言志","诗缘情"。寓真的诗词反映了他作为人民公仆的丰富感情和高尚志操。他有一首七律《新院落成》:

> 艰辛何足道三年,崛起如同在瞬间。
> 郊野遥青秋色好,高楼洁白剑光寒。
> 双悬天镜清如水,两臂民情重似山。
> 仰望国徽誓宏愿,鞠躬法治献忠肝。

此诗写新建的法院落成。全诗回荡着人民法官应有的清气、正气、浩气。当今腐败腐蚀着党和国家的肌体,简直可以说,我们正处在存亡绝续的关头!此时此刻,执法者的公正廉洁,刚直不阿,敢于碰硬,对于老百姓来说,无疑是旱季的甘霖。这首诗的好处在于它回答了人民的愿望。颔联中的"秋色好""剑光寒"对仗工整,情景交融,蕴涵深刻。"剑"是古代武器,但它所蓄积的象征意义,不是任何现代武器所能替代的。颈联是个宽对,却语重心长,掷地有金石之声。末二句正面点明主题,仿佛"曲终收拨当心划,四弦一声如裂帛"。这是作者的修改稿。初稿为"若到风熏无讼日,好现汾水倚桥阑"。写美好愿望,馀韵依依,也有情致。

寓真还写有多首词。评析者或认为他的词胜于诗。我则认为二者难分轩轾。因篇幅关系,对他的词,这里就不多说了。

我相信寓真是言行一致、表里如一的法官和诗人。愿他的本职工作取得更大的成绩,愿他的业余爱好绽放更美的花朵!

2001年5月

读《声律启蒙》

　　伟大的五四运动提倡白话文,废止文言文,白话新诗也取代文言旧体诗而占了诗坛正宗的地位。当时报刊不再登或少登旧体诗。但新文学的大师们如鲁迅、郭沫若、田汉、郁达夫、老舍等仍写旧体诗,鲁迅的旧体诗更达到思想和艺术的新高峰。毛泽东的旧体诗词在1957年正式公开发表后,产生了巨大的影响。从本世纪中叶到现在,中国诗坛虽以新诗为主体,但写旧体诗的人依然不少,甚至越来越多,形成了全国性气候。虽然毛泽东指出旧体诗的体裁束缚思想,又不易学,故不宜在青年中提倡,但今天爱写旧体诗的青年大有人在,甚至儿童也有学写的。这是我们不能忽视的文学现象。

　　为什么旧体诗不易学?因为它有严格的格律规范。古风或歌行体有一定的格律要求,律诗和绝句所规定的格律更为严格。现在有些年轻人写旧体诗的热情很高,但往往不注意学会运用格律,所以写出来的名为旧体诗,实际是不合格的。旧体诗的格律包括哪些内容?一是平仄安排,二是韵脚设置,这是两个主要部分。此外还有对仗等要求。毛泽东致陈毅信中说:“律诗要讲平仄,不讲平仄,即非律诗。”至于用韵,旧时写诗要严格依据“平水韵”。所谓“平水韵”,原为金代官韵书。平水是旧平阳府城(今山西临汾)的别名,该韵书刊行于此,故名。此韵书为元、明、清以来作“近体诗”(即律诗、绝句)者用韵的依据,沿用至今。但汉字发音古今有很大变异,今人写旧体诗的,不少人打破了"平水韵"的束缚。比如"平水韵"把一些今天读起来同韵的汉字分属不同的韵部,如"一东"、"二冬"、"三江"、"七阳"等。还有把今天读来已不押韵的字放在一个韵部中,如"九佳"中就有佳、牌、阶等今天不同韵母的字。所以今天有人摆脱"平水韵"的规定是很自然的。鲁迅、郭沫若、毛泽东等人的旧体诗,都突破了"平水韵",可见此"韵"不必拘泥。

《声律启蒙》是清代学人为初学写诗者准备的启蒙读物。它按"平水韵""上平"十五个韵和"下平"十五个韵分为上下两卷,每一韵包括三段文字,每段包括七句,各句均有一定的字数和格式,内容含有平仄、对仗、典故、用韵等,读来琅琅上口,像口诀,易为学童接受。旧时读书人大都要求能写诗,所以从小就要接受声律的训练。从这部书也可看到那时对学童写诗训练要求的严格。

旧体诗中也有以仄声押韵的,如柳宗元的名诗《江雪》:"千山鸟飞绝,万径人踪灭。孤舟蓑笠翁,独钓寒江雪",就是一首仄韵五言绝句。而《声律启蒙》中只以平声韵举例,没有仄声韵的例子。不过,古诗中大都为平韵诗,仄韵诗较少,对初学者启蒙暂不涉及仄韵,也是可以的。

今天的青少年(以及成人)学写旧体诗,首先要多读古典名诗,如李白、杜甫、白居易等大诗人的作品,要多读,能背。俗话说:"熟读唐诗三百首,不会吟诗也会吟",这话是有道理的。当然,内容要出新。格律也是要学的,这方面可以把王力教授的《诗词格律》作为入门书。至于用韵,如果有人愿意严格依据"平水韵",那当然可以自便;否则可以把新出的《诗韵新编》作为依据。这部《声律启蒙》比较陈旧,还包含一些封建性的东西,有些典故过于生僻,对今人写旧体诗用处不大。但这部书多少还能给今人作一些参考。

1999年1月8日

雄浑慷慨《大风歌》

大风起兮云飞扬，
威加海内兮归故乡，
安得猛士兮守四方！

这是刘邦的杰作。秦末农民大起义，群雄并起，嬴秦覆亡，楚汉相争。公元前206年刘邦称汉王。公元前202年，项籍败亡垓下，刘邦称帝。汉高帝刘邦在位七年，为中国历史上第一个长期的、强大的封建王朝——西汉政权奠定了基础。刘邦在他称帝后的第七年（称汉王后的第十二年），也是他在位的最后一年即公元前195年，率部击破淮南王黥布的叛军，黥布逃走，刘邦"令别将追之"，自己回长安。在回归途中，他到了故乡沛（今江苏沛县）。历史家司马迁在《史记·高祖本纪》中有一段描写："高祖还归，过沛，留。置酒沛宫，悉召故人父老子弟纵酒，发沛中儿得百二十人，教之歌。酒酣，高祖击筑，自为歌诗曰：'大风起兮云飞扬，威加海内兮归故乡，安得猛士兮守四方！'令儿皆和习之。高祖乃起舞，慷慨伤怀，泣数行下。谓沛父兄曰：'游子悲故乡。吾虽都关中，万岁后吾魂魄犹乐思沛。且朕自沛公以诛暴逆，遂有天下，其以沛为朕汤沐邑，复其民，世世无有所与（后两句意谓：世世代代豁免本地人民对王朝政府所承担的徭役赋税——引者）。'沛父兄诸母故人日乐饮极欢,道故旧为笑乐。"之后刘邦回到长安,数月后就因病亡故,"崩长乐宫"。司马迁所记述的这一段,详细地说明了《大风歌》的由来。

刘邦是一个雄才大略的封建君主,并不以诗人知名,但这首《大风歌》却因其昂扬慷慨,博大宏浑而在中国诗歌史上占有一席地位。中国封建君主能作诗歌者,不止刘邦一人。西楚霸王项籍(恐怕只能算作反秦起义领袖,作为封建君主,还差一点)的《垓下歌》,为失败英雄缠绵壮烈的生动写照,也是千古传诵的名作。汉武帝刘彻晚年巡幸河东,作《秋风辞》,鲁迅称之为"缠绵流丽,虽词人不能过也"。魏武、魏文、陈思王(曹植虽封陈王,事实上并非君主。但曹氏父子往往并提,这里姑且连而及之),是文学史上著名的曹氏三杰,他们在诗歌上的贡献,其地位当非刘项所能比并。梁武帝模仿当时民歌为诗,也有写得动人的。梁简文帝、梁元帝则以写轻靡的艳情诗知名。其后,唐太宗、唐玄宗都有诗作。南唐二主则是五代时的著名词家,而后主李煜艺术成就尤高,但其所作,则佳者大抵为亡国之君追怀伤感之作。其他封建君主之能诗者,还有宋太祖、明世宗等。作为古代君主的诗歌,刘邦的《大风》恐怕是"始作俑者"。而在表现帝业的恢宏和君王的忧乐方面,《大风》恐怕是无与伦比的。曹操的《短歌行》在探索人生方面,要深沉厚实得多。但就气度的宏远来说,《大风》仍然堪称独步。宋人陈巖肖《庚溪诗话》说:"汉高帝大风歌,不事华藻,而气概远大,真英主也。至武帝秋风辞,言固雄伟,而终有感慨之意,故其末年几至于变。魏武魏文父子横槊赋诗,虽遒壮抑扬,而乏帝王之度。"言之成理。

《大风歌》至今还活在读者的心里。朱德同志于1941年写《赠友人》诗:"北华收复赖群雄,猛士如云唱大风。自信挥戈能退日,河山依旧战旗红。"这首七绝,热情歌颂八路军抗日将士,气概豪迈。诗中"大风"的典故,反其意而用之,自然贴切,读来使人精神振奋。这也说明《大风歌》的持久的生命力。

《大风歌》仅仅三句,二十三个字(比《垓下歌》还要少五个字),为什么历经两千多年,至今仍不失其艺术魅力?这绝非无因。可以说,这首诗概括了产生它的那个时代,凝聚了作者对帝业和故土的感情,总结了刘邦一生的实践和理想。

第一句"大风起兮云飞扬",从自然现象写起,仿佛以兴开篇,却又暗含比喻。写大风和飞云,这既是写自然现象,又是写社会现象。刘邦在十数年之内,入咸阳,降子婴;战垓下,败项籍;此后又俘臧荼,败陈豨,诛韩信,除彭越,灭黥布,击卢绾,消灭了异姓王的割据势力,统一了中国。他的军事行动和政治手腕有如风卷残云,他在全国范围内军事上和政治上的胜利,其势如白云飞扬,大气磅礴。毛泽东同志写军事上的胜利,有"横扫千军如卷席"之句,其气概与"大风"句不相上下。然一为写实,一为象征,是二者不同之处。

第二句"威加海内兮归故乡",承第一句而来。第一句隐含十几年的历史,第二句写的是十几年历史发展的结果:当前的现实。刘邦不仅在军事上取得了全国性的胜利,而且在政治上建立了制度,实施了招贤纳士,压抑商贾,迁徙豪强,轻徭薄税等一系列有利于人民休养生息的政策,初步稳定了西汉政权。刘邦所实施的一些政策,顺应了历史发展的趋势,客观上于人民有利,因而受到了人民的拥护。于是刘邦的威望空前提高。所以说,"威加海内"是写实。正在此时,他回到了自己的故乡。刘邦出身农民,懂得农民的疾苦,同故乡父老子弟有着深厚的感情。他同他们一起喝酒,并召集故乡少年一百二十人,亲自教他们唱歌。在酒酣耳热之际,他自己作了《大风歌》,配以乐,自己敲打一种叫作"筑"的击弦乐器作为伴奏,自己唱了起来,又向一百二十名少年教唱这首歌,叫他们反复练习,同自己一起合唱。唱之不足,他又起而舞蹈,以至感慨万分,流下泪来。刘邦于公元前209年起兵于沛,转战十四年,终于赢得天下,这时达到了他一生事业的顶峰。本该是他最高兴的时候,然而他却"慷慨伤怀,泣数行下",这是为什么呢?十几年来,戎马倥偬,南征北战,统一中原,和亲北敌……他回顾过去,瞻望将来,面对着故乡的父老,怎能不感极而泣呢?俗话说,乐极生悲,喜极而悲。悲和喜是对立的,但又是互相渗透的,常常是悲中有喜,喜中有悲,在一定条件下悲喜是互相转化的。故乡沛是刘邦事业的起点,现在他达到了事业的顶点,又回到了沛,中国人对故土从来就有着极其深沉的眷恋之情,这就触发了刘邦的千种情怀,万端感慨,他发而为歌,气魄恢宏,却又隐隐然有一点悲凉的意味(字面上看不出悲,但整首诗有悲的内蕴),这就是极其自然而且可以理解的了。这里,"海内"和"故乡"是一对矛盾,它们是面和点的关系,是终点和起点的关系,是开展和回归的关系。刘邦此时已贵为天子,做了封建王朝的最高统治者,却对父兄们说,"游子悲故乡",自称"游子",而所谓"悲故乡",就是乡愁,就是因思念故乡而感到悲戚。这说明他不是以皇帝的身份对臣民说话,而是以乡里的身份对父兄说话。他还要把沛作为自己的汤沐邑(皇帝的私邑)。可见他对故乡和故乡人民感情之深。这些情况,都是这一句诗之所以悲乐相生,感人至深的注脚。

　　第三句"安得猛士兮守四方"是承前两句而来。第一句写过去(也是写现在)。第二句写现在(从过去发展而来)。第三句写将来(从现在向将来展望),也是写刘邦的愿望和理想。此时,虽然群雄已经扫灭,海内已经统一,但太子刘盈仁弱,北方匈奴强悍,分封的同姓王又将成为内部的隐患。刘邦感到创业的艰难,更感到守成之不易。因而希望有一批勇猛的将士来守住四方的国土,巩固汉朝的基业。清人沈德潜在他选编的《古诗源》中评《大风歌》说:"思猛士其有悔心乎。"指诛灭韩信、彭越等功臣一事。似乎韩信受戮，刘邦就失去了守土的猛士，因而后悔。但，韩彭固然有功，却都有异心。刘邦杀他们确是心狠手辣，然而这样做有利于结束战乱，实现统一。这客观上也符合人民需要和平的要求。从刘邦的主观上看，我认为他此时也无所谓"悔"。但他是否会想到韩彭这样的猛将呢？他可能想到。助刘邦起兵的功臣如萧何、曹参、周勃等，都是谋臣而不是猛将。而韩彭这样的猛将却又表现出大的野心，他们能为刘邦打天下，却不能为他"守四方"，正在或大有可能乱四方。因此他唱这首歌时所要求的倒确是如韩信这样具有高度军事才能的猛士，但更重要的是这样的猛士必须真正忠于刘汉，真正能为这个王朝"守四方"。他是在向前看，而不是在向后看。他在为他的王朝思谋，也在为他的王朝担忧。这第三句正是作者当时真实心情的写照。

全诗三句，写了过去，现在，未来。过去萌孕着未来，未来发展于过去，而现在则是过去和未来的桥梁，未来和过去的焦点。这三句是不可分割的，它们调和鼎鼐，浑成一体，共同组成这首完整的诗。

这首诗用词质朴，不尚华藻。而诗中出现的都是大的形象，如风，云，海内，故乡，猛士，四方等，形成全诗的宏大气势。而且风是大风，云是飞扬的云，士是猛士，给人以强烈的动感，给人以叱咤风云，气壮山河的感觉。整首诗的核心是一个"威"字。威是名词，却同样给人以动感。风大，云飞，烘托出刘邦的军威和声威；帝业大定而回归故乡，达到威望的高峰；愿得猛士守土，则是为了使刘汉的威权绵延百代。这个威在运动中形成，升高，到顶，又预示着在一定条件下的持续，在另一种条件下的下降。这就是动感。威是抽象的东西，却同海内、故乡、猛士、四方这些具体事物不可分离，血肉相连。可以说，整首诗都是围绕着"威"在咏唱。读着这首诗，读者会想到当时的情景,甚至产生身临其境的感觉。这是华丽的辞藻所不能达到的艺术效果。

全诗三句,每句都押脚韵。押韵的三个字"扬""乡""方",其韵母都是 ang(古音可能读 ong,是否如此,待考,但与今音 ang 不会有大的差别)。这个韵母听来悠扬,昂扬,尤其是平声,更有高亢、宏远的效果。四声的提出,大约在南北朝齐梁时代,但这并不是说这之前的诗人作诗选韵不辨平仄。(不分平仄而只凭韵母而押韵,是五四以来新诗的传统。)《大风》押韵的三个字都是平声字。选用这几个字来押韵,同整首诗的气概和情调相吻合。齐梁之前的诗人非不知平仄,但只限于用韵,尚未构成诗歌声律的格式。(古音有几个声调,待考。有平仄是肯定的。)但《大风》各句平仄的分布也呈交错纷陈的现象。第一句"风""云""飞"等平声字造成高昂的气势;第二句"威""归"等平声字渲染盛大的氛围;而第三句仄声字较多,透露出某种隐忧,调子略显低沉。这种平仄的运用,也是同内容相联系的。

《大风歌》,司马迁称之为"歌诗"。它是歌,可以唱的,是为歌唱而作的,而且可以用乐器伴奏。但它又是诗,具有诗的特质。作为歌,它节奏鲜明,音律铿锵。刘邦当时是怎样唱的,它的曲谱如何,我们无从知晓了。但从诗(歌词)本身可以看出它的节奏来——三句,每句四拍:

> 大风 | 起兮 | 云飞 | 扬,
> 威加 | 海内兮 | 归故 | 乡,
> 安得 | 猛士兮 | 守四 | 方!

这里"兮"字是语助词,据有的学者考证,此字古音读如"啊"。如果把"啊"代替"兮",这首歌的节奏就是这样:

> 大风 | 起啊 | 云飞 | 扬，
> 威加 | 海内啊 | 归故 | 乡，
> 安得 | 猛士啊 | 守四 | 方！

这个语助词"啊"可能是长读(唱)，也可能是短读(轻唱)，因此也可当做垫字。如果把"啊"省去，这首歌的节奏就是这样(要在"起"字后面加一逗号)：

> 大风 | 起，| 云飞 | 扬，
> 威加 | 海内 | 归故 | 乡，
> 安得 | 猛士 | 守四 | 方！

这很像后来的北朝民歌《敕勒歌》的节奏：

> 天苍 | 苍，| 野茫 | 茫，
> 风吹 | 草低 | 见牛 | 羊！

这是一种略有参差而大体上整齐的、有力的节奏，又是一种虽有变化而基本上单纯的、质朴的旋律。这种节律同这首"歌诗"的内容是紧密结合的。

唐人林宽有《歌风台》七绝："蒿棘空存百尺基，酒酣曾唱大风词。莫言马上得天下，自古英雄尽解诗。"好一个"自古英雄尽解诗"！唐末农民起义领袖黄巢的两首《菊花》诗，太平天国天王洪秀全的《述志诗》("手握乾坤杀伐权")，都是述怀言志之作，充满了高昂的反对反动腐朽封建王朝的战斗精神，其内容与《大风歌》是截然不同的，但又都是"英雄解诗"的明证。有人说刘邦作《大风歌》

是"发乎其中而不自知也",有一定的道理。像刘邦、项籍这样的英雄(不论是成功的英雄,还是失败的英雄),他们不是为做诗而做诗,而是"发乎其中",即思想感情到时候自然流露喷涌,不得不发,才做出诗来。这些诗所咏唱的,尽是英雄本色。这正说明他们"解诗"。刘邦不是诗界的英雄,《大风》确是英雄的"歌诗"。明人胡应麟《诗薮》誉《大风歌》为"冠绝千古"之作,当不为过。

1984年春

赵嘏独特的"登楼赋"

独上江楼思渺然,月光如水水如天。

同来望月人何处? 风景依稀似去年。

这是晚唐诗人赵嘏的一首有名的七绝《江楼感旧》。格律严谨而写来天然浑成,朴素淡远,令人读过难忘。

第一、二句要连在一起读。中间的停顿是短暂的。两句回答了六个 W 中的五个 W。请原谅我借用外国字母。所谓六个 W,就是指英文中的 Who(什么人),When(什么时候),Where(什么地方),What(干什么),How(怎样干的),Why(为什么要干)。这是叙事文(诗)的六个要素。这首诗不是叙事诗而是抒情诗,但抒情诗也离不开人和事。这首诗开头两句就回答了五个 W:什么人? 诗人自己;什么时候? 月夜;什么地方? 江边,楼头;干什么? 登楼,观景;怎样干的? 独自一人去的。只剩下一个 W 即为什么要干,留待下面回答。用两句十四个字回答了五个 W 的问题,可谓简洁,凝炼。

这两句仅仅回答了五个 W 的问题吗? 不仅仅是。

这里有人,有物。人:诗人。物:楼,月,水,天。人是有感情的,何况感情丰富的诗人。在诗人的妙笔下,人和物交融,情和景结合的现象发生了。楼,自古以来往往是牵动人情思的地方。王粲写《登楼赋》,寄寓他不满现实,思乡怀旧的情思。杜甫写《登楼》,表述他忧国忧民的忠愤心怀。柳宗元写《登柳州城楼寄漳汀连封四州刺史》,寄托他忧时愤世、无比激动的心情。李商隐写《安定城楼》,抒发他政治上的抱负和胸襟。诸家各有千秋。赵嘏的这首诗也是写登楼,却不同于以上诸家,而有他自己独有的情怀。他独自一人,登上江楼,情"思渺然"。"渺然",应该是浩茫无际的意思。为什么其思"渺然"呢?诗人没有立即正面作答,而是先把登楼后见到的景色呈现在读者面前:"月光如水水如天"。王勃《滕王阁序》中有"秋水共长天一色"的名句。虽然赵嘏写的是月夜之景,王勃写的是白日所见,但都为日月照射下的天光水色,其理路本自相通。天色清朗,透明如水。水平如镜,反映天光。而在夜晚,天上有月,水中亦有月。"月涌大江流"(杜甫句),强调的是动态;"水如天",则偏重于静观;但都是从明月与江水的结合处着笔的。有的版本作"水连天",似较平。它只说明了水天相接的形状,而缺少情致。"月光如水水如天",则充分描写了诗人从楼上见到的景色和气氛:金波泻地,江心抱月,天光、月影、水色三者浑然一体,真不知是江流天上,还是天在江中!这正是夜景的特点。又一句七字之内,竟连用两个"如"字,两个"水"字,颇不多见。写诗一般要避免同一个字或词的重复出现。然而,正如《文心雕龙·炼字》所说的:"诗骚适会,而近世忌同;若两字俱要,则宁在相犯。"有的重复出现,出于作者的匠心,往往能产生特殊的艺术效果。这里的两个"如"字,配合两个"水"字,在描写景物的相互联系与烘托气氛的弥合无间上,起了不容忽视的媒介与纽带作用。这种用法,可以说是平中见奇——或者说,既然月光如水,水又如天,岂不是月光也如天吗?文学非数学,此"如"非彼"如"。一经穿凿,便成滑稽了。

诗人的情思,渺然无际。水天一色,月光的金波充塞天地间,江边月夜的景色,浩瀚无际。主观的无际和客观的无际,合而为一。无限之情与无限之景合而为一。

诗的三、四两句,承一、二句而来。三句波澜顿起,四句转入平缓,而余音不绝。"同来望月人何处?"是设问。"风景依稀似去年。"似回答。由当前的月,想起去年的月;由今日诗人望月,接上去年诗人与"望月人"同来望月;今日之月与去年之月,因两次"望"而联系起来;今日之风景与去年之风景,也因两次"望"而联系起来。但尽管两者相似,而人事已非。今日是一人独望,去年是二人同望。第一句的"独上"与第三句的"同来"相呼应,相对照;去年的幸会衬托出今日的凄清。诗人缅怀故旧,情思渺然。这样,把读者带到了一个景切情挚,思深意远的境界。那么,三、四两句就不仅仅是对那剩下的一个 W 即 Why(为什么要干)作答的问题了。

望月思人,从来有之:"此时相望不相闻,愿逐月华流照君"(张若虚)。因水怀人,从来有之:"所谓伊人,在水一方"(《诗经》)。俯仰天地而及人,从来有之:"海内存知己,天涯若比邻"(王勃)。赵嘏登江楼而望月,因月而水,因水而天,并将三者熔于一炉,都与思念故旧联系起来,又显出另一种特色,而不拘于上述诸家的手法。

回顾首句"思渺然",还有空茫落寞,没有着落的意思。这又与第三句不知去年同来望月的友人今在何处相呼应。哦,如果这友人今天仍能同诗人一起来赏月,那该有多好啊!读到这里,不禁使人想起苏轼的名句:"人有悲欢离合,月有阴晴圆缺,此事古难全。但愿人长久,千里共婵娟!"但赵诗与苏词韵味又各不同。苏词清而丽,赵诗淡而远。赵诗更使人想起这样一句名言:"君子之交淡如水。"

第三句形式是问句,揭示前二句所蕴含的意旨。此句是全诗的核心,是点《江楼感旧》之题,点明主题之句。第四句似答非答,答非所问,然而却是回答得更深更远,是深化主题之句。

"风景依稀似去年",这里的"风景"是实——眼前之景;但又实中有虚：这眼前之景同回忆中的去年之景相似。这里的"去年"，去年之景，是虚——忆中之景；但又以虚拟实：这忆中之景与眼前之景相似。眼前之景中有我无友，去年之景中有我有友。这里，景之虚实之间，人之有无之间，用"依稀"二字联系起来，仿佛产生了电影中"淡入""淡出"或叠影手法所产生的效果：眼前之景，是真？是幻？去年之景，在眼前？在忆中？"依稀"二字，把读者也带到诗人的主观感受中去了。"残宵犹得梦依稀"（李商隐），是明说写梦。"风景依稀似去年"则是说实景，却又仿佛写了梦境一般的幻觉，而这幻觉紧扣着"感旧"。这一句诗，就用了这种虚实相生、有无相间的特殊手法，深化了主题。

至于这位老朋友是谁，去年因何二人同来望月，后来因何分手，诗人再登江楼，是专为怀友而来，还是偶然又到，触景生情，赋此"感旧"……这些问题，诗中未曾回答，也不必回答。这一切，都让读者从诗中所写感旧怀友的浩茫无际之情思去想象吧。一首七绝，四句二十八个字就这样结束了。然而它在读者心中引起的感受和联想，却似余音绕梁，绵邈不绝。言有尽而意无穷，说的不就是这首诗或这一类诗文吗？

读赵嘏的这首《江楼感旧》，总使我联想起另一首唐诗，崔护的《题都城南庄》："去年今日此门中，人面桃花相映红。人面不知何处去，桃花依旧笑东风。"我觉得这两首诗有惊人的相似处，却又各有其独创性。两诗都是七绝；都是由今日回溯到去年，都是睹物思人，物是人非。而所睹之物，一是月亮，一是桃花。所临之地，一在楼上，一在门中。所思之人，都不在眼前，都在回忆之中：一在月光之下，一在桃花之旁。连章法都有相似之处：都在第三句设问（"人面不知何处去"可作为陈述句，亦可作为疑问句），也都在第三句波澜突起，点明主题；又都以第四句之答非所问，似答非答以深化主题。甚至有些词都是相同的，如"何处"二字均出现在第三句；而崔诗之首,赵诗之尾都用了"去年"二字。有些词是相应的,如"望月人"与"人面","风景"与"东风","依稀似"与"依旧笑"等。但两诗又是何等的不同! 一是写友谊,一是写爱情。这是主要之点,是主题的不同。月光水色,何等清邈;人面桃花,何等艳丽!"渺然","依稀",幽静淡远;"相映红","笑东风",挚热浓烈。而前者的淡彩,是为了写今日怀友之情的深挚;后者的重彩,反衬出今日不见所恋少女因而失望之极的衷情。遣词造句,以至章法,都是为不同的主题服务的。然而从这里又可看出:两诗主题之不同中又有相同处:都是写情思,而且写出了情思的无限深挚。在风格上,一则以淡远见长,一则以浓烈取胜,但都达到了高超的美的境界。苏轼诗云:"欲把西湖比西子,淡妆浓抹总相宜。"庶几近之。

再饶舌几句:崔护的《题都城南庄》确是一首杰作,却又与他的恋爱故事(唐代孟棨的《本事诗》中有记载)不可分割。终成眷属的团圆结局,是人民的愿望,无可厚非。但因此,这首诗所体现的言有尽而意无穷的境界,也许会打一点折扣。这可能是谬说,愿就正于方家。

1980年冬

第 二 辑

文　论

文学评奖小议

朋友要我同青少年文学爱好者谈谈如何通往获奖之路的问题。这可是个不好谈的题目啊！

我有一个朋友，他笔耕多年，一心想在一项文学大奖赛中获奖。但终于未能如愿以偿，他有些心灰意懒。我对他说，获奖与否无关紧要，要紧的是你的作品写得好不好。

我认为严肃的评奖活动有利于文学创作的发展，因为评奖的结果可以是反映作品水平高低的一个标准，这自然鼓励了优秀作品的诞生。但我又认为未必每一种评奖结果都是作品水平高低的绝对标准。连著名的国际大奖诺贝尔文学奖也不是无可指摘的：赛珍珠得了奖，托尔斯泰、高尔基、鲁迅却没份。难道写中国人的生活和命运，鲁迅不如赛珍珠吗？

当然，我们不是不要奖。我们可以在严肃的评奖活动中参赛并争取获奖。但是我们应该知道，更可贵的是在广大读者的心目中获奖，在历史和时间的评价中获奖。屈原、李白、杜甫生前并没有获过什么奖，但是文学史和中国以至全世界的读者给了他们最大的褒奖。

一切欺世媚俗、拍马溜须、假大空、无病呻吟、故弄玄虚的作品得不了奖。只有歌颂和体现真善美、揭露和抨击假恶丑的作品才能得到这样崇高的褒奖。

莎士比亚说：

> 真,善,美,就是我全部的主题,
> 真,善,美,变化成不同的辞章;
> 我的创造力就用在这些变化里,
> 三题合一,产生瑰丽的景象。

(《十四行诗》第 105 首)

如果说写出好作品有什么"秘诀"的话,这些诗句就是"秘诀"。

一切能写出这类好作品的作家,他们写作的惟一目的是为了获奖吗? 如果是这样,他们就写不出这样的好作品了。

一切优秀的、伟大的作品都能用深刻的思想和精湛的艺术给读者以启迪,以美的陶冶,甚至提高和净化一个民族以至人类的灵魂。那些可敬的作家们为了此项事业往往奉献出了自己的一切,有时为此而献出了生命。他们不是为了获奖而写作,他们得到最高的褒奖只是写作的自然结果。

不知我这样谈对不对? 也许已经离题万里了,请老朋友小朋友原谅。

1992 年

热情和义愤的喷发

——从《小说论集》谈阎纲的评论风格

　　既然马卡连柯可以把他的小说命名为《教育诗》，那么我似乎也可以给阎纲的某些文学评论文章起一个别名："评论诗"——其实，冯雪峰早就给鲁迅的杂文下了评语，说那是"诗与政论的结合"。不过，诗的领域包罗万象，内容千差万别。阎纲勉力而为的评论和梦寐以求的"评论诗"又是什么呢？我说，那不是周颂，而是国风和小雅；不是宋玉，而是屈原；不是王维、储光羲，而是杜甫、白居易——不是白居易的后期，而是他的前期。从前有的诗人的诗不是被称作"诗史"吗？我读阎纲的文学评论——主要是小说评论，就感到像是在读当代小说史。新中国从五十年代到八十年代小说创作发展中所出现的景象，那一波三折，那几落几起，那死水微澜，那波澜壮阔，那顽固的阻力，那强劲的动力……几乎都反映在阎纲的评论诗的旋律里。

　　多年来读阎纲发表在报刊上的评论就有此感觉，最近读了他的《小说论集》这种感觉就更趋强烈了。

　　　　四年来我国文学的复兴，发展，是我国历史上新的文学运
　　　动，或称新的文学解放运动。这场运动不但区别于文革十年
　　　的阴谋文学，而且不同于十七年的传统文学。……它在阵痛

中诞生,在"神学"与"人学"间进行抉择;它受过重伤,身上带着血污;它在现实主义道路上前行,却不得不暂时停下来同走过的荆棘地告别,不得不蹲下身子裹一裹淌血的伤口。……

我们的文学同我们的政治、人民一样,由噩梦到梦醒,由昏眩到清明,由禁区到解放,由现代迷信的祭品到现代迷信的对立物,经历着痛苦而悲壮的涅槃过程。这是多么富有历史意义的挣脱和解放呵!

以上引自这本集子中《小说在争鸣中前进》一文的片断文字,只是一个例子。请读读吧!这难道仅仅是评论而不是诗吗?这里难道只有逻辑思维而没有形象思维吗?这里难道只有冷静的思考而没有强烈的感情吗?鲁迅所说的"热烈的好恶",不是在这些有如铿锵的诗句般的文字中透露无遗吗?

论贵乎有理,诗贵乎有情。情理结合而后产生斑斓的文采。可惜那种干巴巴的说教,板着面孔讲大道理,"瘪三"式、"开中药铺"式的八股腔曾经泛滥一时,现在也还不能说已经绝迹。我自己就写过味同嚼蜡以至内容错误的评论,这是不能以"遵命文学"(只是借用鲁迅先生发明的这个词儿,而含义则有别)为借口而辞其咎的。因此,我读阎纲的这本评论集,更感到他意发乎中,情见乎词,健笔纵横,挥洒自如的文风是如何地"于我心有戚戚焉"。

阎纲在这本评论集的《后记》中说:"文革前,主要靠按捺不住的热情写文章;文革后,主要靠不可遏止的义愤写文章。"好一个"热情",又好一个"义愤"!而且是"按捺不住","不可遏止"!他在评论有些小说如《乔厂长上任记》等的时候,曾不止一次地借用了司马迁在《太史公自序》中的一句话,说这些作品乃作者"发愤之所为作也"。我说,这句话也同样适用于阎纲自己的评论。愤怒出诗人。信哉斯言。君不见热情加义愤出了诗人气质的评论家吗？阎纲在文革后所写的文章并非没有热情。义愤其实是热情在另一种历史条件下的变形和深化。无宁说，近三四年来阎纲的许多评论文章更加充满了火样的热情！而其转折点，或者说动力，则是党的十一届三中全会的路线。没有三中全会，就没有现在这样新的文学局面的出现，当然也就不会有阎纲今天的评论诗或诗化的评论的出现。

热情，我确实看到了阎纲对小说新成就和小说新作者的出现是如何地欢欣鼓舞，热情洋溢。文革前对《大波》，对《红岩》，对《创业史》等的充满热情的评论，已经令人瞩目。近年来，我们看到他的热情又升到新的高度。《班主任》一出现，阎纲首先站出来为这篇正视现实生活、勇于提出尖锐的社会问题的小说"拍手叫好"，指出它的主旨是"谨防灵魂锈损"。当《灵与肉》呈现在读者面前的时候，阎纲立即喊出："宁夏出了个张贤亮！"指出"张贤亮所操的现实主义无疑是深化了的"。对工人作家蒋子龙，阎纲称赞他"把'工业文学'的现实主义水平大大提高了"。面对着短篇小说佳作滚滚而来，阎纲惊喜地为"短篇小说的突飞猛进之势"而欢呼。当中篇小说异军突起，大显身手之时，阎纲又敏锐地指出："中篇小说的突然活跃，而且如此长足的发展，这种情形在我国社会主义文学史上，恐怕是空前的吧！"称赞这是"千树万树梨花开"的盛况。当长篇小说一时落后而又急起直追之际，阎纲及时呼吁长篇小说"要前进，必须总结经验教训"。热情产生勇气，勇气激发热情。阎纲在评左建明的小说《阴影》时指出，写作和发表这篇作品的同志"都表现了思想解放的勇气"。我想说，评论者敢于从理论上理直气壮地肯定这样一类作品，同样表现了思想解放的勇气。这样的勇气，在阎纲的许多评论中都可以感觉出来。从他的热情，从他的勇气，我们感觉到了一位评论家的历史责任感和一位诗人的时代激情。

勇气和义愤应该说也是一对孪生姊妹。世界上有没有懦夫的正义感这种怪物？胸有义愤而不敢仗义执言，那"义愤"又有什么价值！在阎纲的这本集子里，虽然没有专文，但从许多文章的字里行间，我们感到了他对于"四人帮"的阴谋文学、假道学、伪禁欲、"根本任务论"以至"文艺黑线专政论"、"文艺黑线论"等等，义正辞严地使用了"批判的武器"。例如，他在谈到小说特别是长篇小说中人物典型的塑造时，强调人物的真实性，而"人物要写得真实，必须像生活中的人物一样，表现他们性格的复杂性和流动性"。他之所以一再提到人物、包括正面人物性格的复杂性，是有针对性的。在他犀利的笔锋下，我们不难窥见他对当代文学在一个时期内深受林彪的"天才论"、"四人帮"的"三突出"谬论之害的极度愤慨和他要求消除这些影响、让文学健壮地走上现实主义康庄大道的迫切之情。

义愤，并不仅仅限于对创作方法的探讨中。

在这本集子里，有一篇题作《高尚的圣者和殉道者》的文章，这是为张一弓的中篇小说《犯人李铜钟的故事》受到某些人的不正确批评而进行辩护的评论。文章在分析作品所涉及的道义同法律的矛盾、组织服从和临机应变的矛盾、动公仓、"抢皇粮"和拯民于水火、救民于死亡的矛盾、英雄和罪犯的矛盾的时候，用层层剥笋、步步深入的笔法，以精细严密的逻辑推理，声势夺人的雄辩艺术，俘虏了读者。文章不能说是议论风生，却是"一发而不可收拾"。"死活定于一瞬，一身系得安危，燃烧自己，照亮人民，无异于煮自己的肉给别人吃，真正的舍己为人，这算得什么为'犯人'讴歌？""它拳拳呼唤李铜钟圣洁的亡灵，它殷殷提醒人们记住这历史的一课：'战胜敌人需要付出血的代价，战胜自己的谬误也往往需要付出血的代价。活着的人们啊，争取用较少的代价，换取较多的智慧吧！'"这样的评论，读来真感到一波三折，一泻千里，高屋建瓴,势如破竹！文章引了马克思《〈博士论文〉序》中赞美希腊神话中的英雄普罗米修斯的话"哲学的日历中最高尚的圣者和殉道者",用来比喻共产党人李铜钟,并把马克思的话作为文章的题目,确实有深意存焉。文章已经不太像文学评论,倒有点像政论了。而这样的政论正是从评论者胸膛里喷冒而出的正义感——深广的义愤的熔岩！

阎纲给自己规定了写评论应当遵循的十条,其中第一条是:"自己不被感动的作品,不勉强推荐。"这一条真好！我诚恳希望写评论的同志注意这一点。我还希望增加一句:自己没有认识到作品的坏处(当然,认识允许有一个过程),不勉强批评。如果自己都不感动,不认为好,而勉强推荐,或自己还没有真正认识到作品的缺点错误,就勉强批评,那就是言不由衷,口是心非,也属于瞒和骗之类,还说得上什么热情,称得起什么义愤？字字读来都是假,怎能打动读者的心？

勇气而无卓识那只能是鲁莽。必须同科学精神相结合,热情才能持久。在热烈欢呼小说新成就的同时,阎纲不忘给这些作品冷静地指出不足之处。他论述了《犯人李铜钟的故事》的悲剧力量之所在,同时提醒作者:李铜钟"没有成功为人物典型",而其原因之一"就是忽视了对李铜钟心理活动的深入描写"。阎纲称赞蒋子龙"运笔如椽,各色人等纷至沓来,四时风云舒卷目前",但同时指出"蒋作确有粗陋之处。……缺少特征性的、精彩的艺术细节描写,是产生这种感觉的重要原因","粗犷可能给他带来粗糙,急于改革或许使他按捺不住说教,艺术剪裁上还不像制造精密仪器那样微妙……"这样的评论,我认为就是实事求是,就是科学态度。这样的批评之所以能为小说作者所接受,就因为它出之于赤诚,衡之以客观;也只有这样,才更加显示出评论家对作家的似火热情,殷切期待。

阎纲在论述以"文化大革命"为题材的长篇小说时,既肯定此类作品中有不少取得了可喜的成就,又提出这样的观点:"比起这个题材的海洋,长篇小说表现的不过是几滴水珠。尽管是真实不谬的,但毕竟太少了,太零碎了。""同十年文化大革命的实际情况相比较,我们的长篇小说还失之浅露。"这是不是号召作家以"文革"为题材多多益善地写"暴露文学"呢?我以为不是。本来,揭露是为了总结,回顾是为了前进。但这里不是数量问题而是质量问题,深化问题。1812年的俄法战争产生了托尔斯泰的《战争与和平》。而古今中外历史上无前例的十年文化大革命,至今还未曾产生出与之相适应的史诗式巨著。阎纲把问题放在长篇小说谈中提出,是有道理的,因为这种体裁较能适应这个题材的容量。我们期待史诗的出现,我们期待大师的成长。阎纲正是说出了广大读者的期望。

总结过去是为创造未来,而未来是属于社会主义新人的。阎纲慨乎言之:"我们现在文学作品中新人新事何其少呵!"他提出"好人并不都是新人"。他说:"社会主义新人是具有社会主义觉悟和社会主义道德品质的人,比起一般的好人来,他们接近新的英雄人物。"阎纲呼吁文学作品特别是小说创作中新时期的社会主义新人的涌现,这也是说出了广大读者的期望。阎纲给自己规定的十条中有一条是:"好处说好,坏处说坏;褒不掩过,评不掠美。"从以上所举的例子可以看到,这一条不仅贯彻在他对具体作家和作品的评论里,而且贯彻在他对总的文学现象的探讨里。

说到这里,我还想加一句:"评不加罪,褒不溢美。"这也是科学态度。那种以"莫须有"的罪名或"无限上纲"的绝技把对方一棍子打死的恶霸作风,仍然值得我们警惕!而那种言过其实、"拔高"作品、一片颂扬的文风,也为真正关心文学事业的评论工作者所不取。捧杀和骂杀的现象,均应予以扫荡。阎纲的评论,在我看来,无加罪语,无溢美辞。如果说在褒和评之中尚有掌握得不十分准确之处的话,那是由于认识水平的限制,而这是任何人都难以避免的。

阎纲的评论有时也暴露出弱点来,例如,在他的文章里有时文和质的关系还摆不平。文革以前的某些文章,如1961、1962、1963这三年的中、长篇小说巡礼,就少了一点文采,但作为历史的记录,收入集子里是可以的。文革以后的文章,大大突破了他自己过去的水平,总的看来,内容扎实而又文采斐然。但也有的文章说理和分析不够。例如,《新版〈创业史〉的修改情况》一文,有一节列述了柳青对这部小说中爱情描写的修改,征引了不少被删去了的文字,但为什么删,删得好不好,就没有分析,只有一句:"读者可以进一步研究。"也许这是阎纲有意让读者去思考。但作为读者,就觉得不满足了。又如《高尚的圣者和殉道者》一文,对小说《犯人李铜钟的故事》思想内容的分析,确是深刻而又雄辩。但文章未能从美学的高度对这个悲剧故事的构思和悲剧英雄的塑造进行深入的艺术分析,指出其得失,则是文章的不足处。"质胜文则野,文胜质则史,文质彬彬,然后君子。"我们的目标应该是文和质的完美结合,相得益彰。

我还希望阎纲同志能结合当前文学创作的实际,从理论上切切实实地探讨一下这样一些问题:诸如现实主义,写真实,典型化,"二革",古为今用,洋为中用(包括"引进"现代派、意识流)等等。我认为探讨这些问题如果纯粹从理论到理论,将无助于——至少无大助于创作实践。而阎纲了解创作,熟悉创作,热情关怀创作,因此由这样的评论家来参加这些问题的讨论,定能言之有物,射之有的,会给当前的文学创作实践起一点切实的启发帮助作用。

《小说论集》是阎纲已出版的第四本文学评论著作。这位中年评论家身体病弱,精神顽强。他忙于《文艺报》的编辑工作,但仍力疾撰写评论而不稍懈怠。为了写好评论,他努力读书,读马列主义经典著作,中外古今的文学评论著作,特别是鲁迅的著作,从中吸取营养。他已写下了大约一百多万字的评论文章,但他没有请过创作假,他的评论是利用业余时间写的,有的是在病榻上赶出来的。就这一项,也是他的热情和义愤的一个注脚。从这一点,也可以窥见他为文学评论事业花费了多大的力气。许多文学评论家都在力争突破旧框框,推倒八股调,去陈言,创新腔。这些努力都是可贵的。而阎纲的诗化的评论,不能不说是在文学评论界引起特别注意的一种评论风格。当前,文学评论不太受重视,文学评论家的社会地位不如创作家。这与文学评论本身落后于文学创作有关,而社会的不够重视又反过来影响了文学评论的发展和提高。这似乎成了恶性循环。从文学史看,从曹丕的《典论·论文》,刘勰的《文心雕龙》,到历代的诗话、词话等等,受到何等的重视。事实上,创作离不开评论,正如评论离不开创作一样。今天,文学评论在支持创作、推荐创作、推动创作方面,毕竟起着不可忽视的作用。因此,要提高文学评论的社会地位,这不是排坐次,争席位,而是社会主义文学事业本身发展的需要。但文学评论地位的提高,不能靠呐喊,更不能靠乞求,而要靠"自力更生"。只有文学评论以其自身的逻辑威力和艺术魅力赢得了读者,赢得了社会,文学评论的社会地位才有可能提高。因此,阎纲的诗化评论的出现,他的评论风格的形成,同许多别的评论家的探索和创新一样,不仅是他个人的成败得失的问题,而且也是影响着文学评论的停滞或发展、影响着文学评论的社会地位的大问题。

阎纲曾自嘲地说自己的文学评论可能就是人们所说的"高级广告"。我不同意。因为诗与广告相去何止十万八千里!但,话又说回来,在吸引群众、打动群众这一点上,怕也有一些共同点。那么,我这篇文学评论的评论,似乎也可以称作"中级广告"了。我要

"广"泛地"告"诉读者：我们的文坛上已经出现了一位成熟的、有自己独特风格的文学评论家。然则，我的广告里所说的到底是"美丽的谎言"还是"货真价实，童叟无欺"的大实话呢？那就让实践来检验，让历史来证明吧！

1982 年 7 月

土地一样质朴的风格

——读沙汀的新作《青枫坡》

老作家沙汀同志在"四人帮"被粉碎之后,以七十三岁的高龄,写成了中篇小说《青枫坡》。这部作品,说明了:沙汀同志在受到"四人帮"的十年迫害之后,文学创作的热情不仅没有衰退,反而像喷泉一样重新喷射出来。

《青枫坡》,以地名作书名。用地名作书名的,从来就有。"水浒","红岩"是地名。这些地名,仅仅是地理概念吗? 提起水浒,不只是想到水边,而是在眼前涌现出一批在封建统治下敢于反抗官府压迫的英雄好汉。说到红岩,不只是指重庆的一处地方,而是使人联想到同国民党反动派作英勇斗争、在烈火中永生的一群革命烈士。

"青枫坡",一个普通的地名。书中对这个地方的具体环境,未作详细描写。但"望文生义",这里可能是长满着青枫的坡地。树从泥土里生长,泥土培育了树。青枫坡,充满了土气。

的确,《青枫坡》里讲的,是一个乡土的故事。其中的人物,都是同泥土打交道的人们。如果说《青枫坡》有特色,那就是充满了泥土的气息;如果说《青枫坡》有独到之处,那就是同土地一样质朴的艺术风格。而这,也正是沙汀同志作品一贯的风格。

故事很简单。1958年初,在四川农村,组织在合作社里的农民们,干劲冲天,信心满怀,要改变落后面貌,建设新农村。这是一场斗争。在这场斗争中,青枫坡前锋农业合作社中形形色色的人物,从八十多岁的贫农老汉,到十来岁的红领巾,从党支部书记到青年突击队员,从老主任到妇女队长,还有富裕中农,都出场了。故事从赞成还是反对搞水利建设的矛盾开始,故事的高潮表现在:社员大会上决定,所有超支户必须在春节前归还欠款,而前锋社主任、支部书记邵永春的父亲邵业隆,把自己的超支统统称作"冤枉账",想赖掉。正如另一个干部所说的:"那个老鬼,钱一入库,你用钉耙也耙不出来。"于是,父子之间爆发了一场尖锐的斗争。老头子尽管理亏,却死也不肯还账。结果是永春和自己的妻子商量,把她个人喂养的羊卖了,归还了欠款。这一行动,带动了所有超支户归还欠款,也煞住了个别富裕中农企图搞垮合作社而煽起的阴风。合作社的集体经济更巩固了,社员们满怀信心地在社会主义道路上前进。

没有什么惊天动地的情节,都是普普通通的人和事。但,从这里却可以看到:千百年来匍匐在土地上的中国劳动人民,今天站起来了,他们要改变一穷二白的现状,创造一个新的天地。从这里可以看到:千百年来被大人先生们骂为"穷鬼"、"贱胚"的人,具有多么坚忍不拔的品格,多么高尚远大的理想。书名叫《青枫坡》。青枫,这种乔木,四季常绿,树干高达二十公尺。木质坚实,是优质木材,可用来建造远洋轮船,高楼大厦。这里的贫苦农民们,不正是一群挺立不弯、坚实有用的青枫吗? 他们在困难面前,不是唉声叹气,而是千方百计,勇敢地去战胜它,而且是带着那么乐观的情绪。目前的生产条件还很落后,他们从实际出发,因地制宜,想到了多种蓑草、多植桑树,以增加副业收入。他们开始实行科学养猪,用人工授精法,母猪一窝就生了十五只猪崽,连小学生也在想搞人工授粉。而共产党员们、党的干部们想的,则是田园化,化肥化,机械化,电气化,建设现代化的社会主义新农村。

沙汀同志擅长的是白描手法。这部小说,乍一看来,味道有点淡。但如果你继续看下去,你就会发觉,它是淡中有味,如喝龙井茶。一位同志说:开头我看不下去,但结果看了两遍,它是属于那种"耐看"的书,有回味。应该说,这是高明的白描手法吸引了读者。

作者写人物,不作繁琐的心理描写,不用冗长的外形刻画。简练的笔触,却能使人物栩栩如生。一部大约十二万字的中篇小说中出现了不下六十七八个人物,也许太多了一点。但作者集中笔墨、着力刻画的那些人物,却无一不具有鲜明的个性特征。雷同,在这里是没有市场的。比如,当支书邵永春同他的父亲一笔一笔核对了欠社里的款项之后,永春带笑地望着父亲:"这个超支我们究竟准不准备还啊?"父亲说:"随便写些黑心账也还吗?"一场争辩之后,儿子仍然轻声,语气却很坚定地说:"你不还我还!"父亲暴跳起来:"你去还吧! ——没有钱……卖土地——还有娃娃、老婆! ——你通通卖了拿去还吧! 要想我拿一个钱出来都不行! 我说过多次了,我不是金哥!"最后,儿子和颜悦色地说:"超支的事你不用管了,我还!"但终于不免激动起来:"不过我绝不会卖老婆、娃娃!"这里,笔墨不多,但邵永春克制、耐心而又坚持原则的精神面貌已经跃然纸上;同时那老头子顽强的落后农民意识,自私的根性,蛮横的脾气,也暴露无遗。这里,真使读者如见其人,如闻其声。

作者完全按照生活的逻辑,按照人物的思想和性格逻辑来发展故事。主人公邵永春并没有被写成个小"救世主",他在工作中不是没有缺点,但他一心为公,正确处理个人与集体的关系,就赢得了群众的拥护。这个人物写得那样合情合理。他的父亲自私,蛮不讲理,但作为牲口饲养员,工作做得好,这一点群众没有话说。可是他对归还超支的问题，直到全书结束，思想还没有通，甚至还想跟儿子寻衅。这是人物思想性格自身的逻辑所决定的。火候未到，作者不能把他拔高，也不能因为怕被说成贬低了"英雄形象"（儿子对父亲做了那么多工作，成效不大），就让人物"提前过渡"。

白描手法的一个显著特点是多用人物自己的语言来刻画人物。这也是我国古典小说的特点之一。作者善于选择富有特征的语言来赋予他的人物。有一个老贫农，七十多岁了，当记者要求他讲讲过去和现在的生活对比时，他说："从前么，一个家一背篓就搬走了！现在呢，托毛主席老人家的福：单是铺盖帐子，你一挑总挑不完嘛！"支书还要他讲讲如果不解放他会怎么样，老人说："要不解放，我的骨头早叫汪跛子（按：此人是富农）车成钮扣卖了！"这样的语言，对这一代贫苦农民在新旧社会的不同命运，作了何等形象化的概括！而这种概括，又只能出之于这样的老贫农之口。它既简洁、精练，又符合人物的身份、经历。这就是个性化的语言。

又如，邵继祥要跟文素芳离婚，有一套歪理。他先是抱怨："平常太受气了，就是娘在也没有这样训过我。"然后是批评："不管是男是女，对外人你咋一句话一个哈哈呢？哪个晓得你阴倒搞些啥呀！"文素芳居然马上就答应离婚。几天后，文素芳的母亲来了，向亲家公提出质问："我这个女子究竟做了什么见不得人的事？请你说出来听！只要是事实呢，当着这么多人在这里，我手都不抖一下，就把她捏死！"文素芳开口了："妈！如果他举得出芝麻大一点事实，用不着你老人家动手，梓江又没有盖子哩！"最后邵继祥垂头丧气，缩在屋角，只得表了个态："不离嘛又（就）不离嘛。"这里全是对话。但是三个人物的思想状态，心理活动，以及说话时的神态表情，人物之间的相互关系，都表达出来了。读者可以看到：长期封建社会遗留下来的包袱——大男子主义思想，还背在我们青年一代人身上,但已经是强弩之末了;读者还可以看到:中国劳动妇女在经济上的翻身,导致了她们在政治上、思想上的解放。她们敢于起来同一切束缚她们前进的旧思想作斗争。我们看到了一代新妇女在迅速地成长起来。而读者的所有这些认识,都是通过上述人物的生动语言达到的。

作者笔下出现的是四川的乡土,四川的农民。因而,无论是人物、语言,都带有浓厚的地方色彩。前面说到淡,这里又讲到浓,这不矛盾。淡,是写得朴实。正因为作者摒弃了浓妆艳抹、华而不实的写法,才使乡土风光充分呈现出来,使读者嗅到泥土的浓香。

青枫坡,是一个非常穷的地方。邵永平老汉在跟记者谈到一个外号叫"一角五"的富裕中农时说:"在青枫坡,解放以前,恐怕只有他的老婆不是拐骗来的,花了不少钱和酒肉……"这段话,既指出了"一角五"所处的经济地位,又透露出一般贫苦农民穷到没有钱讨老婆,只好用"拐骗"的手段去娶外地的女子。永平老汉本人就是这样,当他对来访的记者讲到自己为人老实,因此在跟那个富裕中农打交道时总是吃亏的时候,他的老伴忽然跑过来答腔:"你才老实得很!"她转而对记者说:"同志,我是被他骗过来的啊!哄我说有这有那……"这是青枫坡的历史。

今天呢? 当邵继祥表示不再提离婚时,文素芳说:"邵继祥他不离,我现在倒要离了! 不过,这一点我先讲清楚:离婚归离婚,青枫坡我不会离开的! 大家都长得有眼睛,搞水利,搞土地加工,我是流过汗水来的! 老实讲,真也有点舍不得离开! 我想,社里该不会赶我走吧?!"这是青枫坡的现实。

作者善于抓住四川方言中富有特征性的词语。如永平老汉说:"家家有本难念的经啊! 就是我们书记家里,就那么齐心啦? 两爷子、两婆媳还不是'这里不平,那里有人'!"这最后八个字,原不过是随处都有纠葛、摩擦,随时都存在着矛盾的意思,但这样写来,就带上了地方特点。又如,邵业隆老汉说,为了谋生,他早年土工木工都会一点,"就是不会割包剪柳!"这最后四个字,就是当小偷、扒手的意思。这也是川北人的习惯用语。有的时候,就要加个注脚了。比如邵业隆嫌儿媳妇晚上做鞋帮熬油,说了她一句,不料女儿永秀护着嫂子,老汉说:"我知道你们两个是'何一升的何一明'啊!"(这里的"的"是垫字,无意义。)原来这句话里说的是川剧《目连救母》中的两个人物,难兄难弟的意思。一般说来,作者没有用过于生僻的方言土语,用的大都经过了选择,能使读者看出或猜出它的意义。有的如"社员些"(社员们),"六十带了"(六十多岁了),以及用"又"代替"就"和"再",读者一看上下文就明白了。有的字眼,看上去是文言,事实上恰恰是四川一些地方的大白话。比如"展劲"就是"使劲",脚不叫脚,偏偏叫"足"。"水脚"(井里水面的高度)叫"水足","赤脚大仙"叫"赤足大仙"。作者用上这些字眼,就使语言带上了乡土味儿。作者对方言是选择得很精当的。比如邵永春父子冲突时,父亲骂儿子:"你去还(欠款)吧!——没有钱当家仙!"什么是"家仙"? 就是"神主牌","当家仙"就是把神主牌拿到当铺里去。其实解放之后早已取缔了当铺,神主牌嘛,那时老百姓家里也已撤销了,老汉这句话只是句气话而已。但它表现了老汉的旧思想、旧意识,同时又有浓厚的地方色彩。

这部作品的另一艺术特点是精练、简洁。有时到了这样的程度:读者看到后面,需要翻阅前面,仔细琢磨体味,这里写的是什么意思。作者不让读者像坐滑梯那样顺溜地滑下去,而是给读者安排了一条崎岖的山路,让读者去爬坡——青枫坡。但在攀登的过程中,读者看到了这块土地上清丽的风光和旖旎的景色。或者,像吃橄榄果,先是感到涩,但回味是甜的。这不是令人生腻的甜,而是淡淡的甜,清甜,别有风味的甜,带有一种特殊清香的甜。这里也有热火朝天的场景描绘,也有波澜起伏的感情抒写,但总的汇入了一条涓涓的溪流,在大地上流淌。这流水,这土地,是大自然的一部分,是那样质朴。这也就是这本书的风格。

作品"土",首先因为作者"土"。最近沙汀同志发表了一篇文章,题目叫《生活是创作的源泉》。这道理也许是老生常谈了,但它是真理。沙汀同志之所以能写出《青枫坡》这样"土"的作品来,就因为他深入了生活,他太熟悉他的人物了,他跟泥土打了多年的交道,他跟一辈子跟泥土打交道的人们打了多年的交道,而且对他们又有极强的形象记忆。文如其人。"从喷泉里出来的都是水,从血管里出来的都是血。"从满身泥土气息的作家笔下,才能流溢出充满泥土气息的文章,才能出现像土地一样质朴的艺术风格。

1979 年 2 月

关于短篇小说《雕花烟斗》

——致冯骥才

刚刚看完《雕花烟斗》。我怀着激动的心情,立刻给你写这封信。我祝贺你这篇作品的成功!我认为这是一个很大的成功。你的《铺花的歧路》中有些章节不自然,我不太喜欢,当然,整个来说,《铺花的歧路》还是好作品。但《雕花烟斗》,我非常喜欢,请注意,非常!它使我想起了契诃夫的某些短篇。我对于契诃夫并无研究,看他的作品也不多,但他的某些作品,在简短的篇幅中赋予那么多的思想,他的特有的风格,给我的印象很深。《雕花烟斗》不是什么惊心动魄之作,不是什么大悲剧,没有什么悲欢离合,没有什么慷慨激昂,但是奇怪,我读着竟流下了眼泪!这是因为,它揭示了某些深刻的东西,某些能够触动人们心灵的东西。一般化的,公式化的,说假话的,写事件过程的,浮光掠影的,喧嚷的,一本正经的,发表演说似的,抄录社论的……作品看得太多了,看到这样的作品,我从心灵里感到激动,于是触动了我的生理机能之一——泪腺。这难道是生理现象吗?

仅仅是描绘人情冷暖?仅仅是讽刺趋炎附势?不是。我认为,这里有对劳动人民的真正的歌颂,劳动人民心灵的美的展示。这里有一个真理:劳动人民,胼手胝足的劳动人民,不仅是美的创造者——古往今来的建筑艺术、石刻艺术、民间艺术……都是谁创造的？——劳动人民。他们的灵魂，也是美的。这种美，往往是别人，比如说，某些轻视劳动人民的人所缺少的。

在这一点上，完全符合毛泽东同志《在延安文艺座谈会上的讲话》中所指出的，要歌颂新的人即工农兵，这一马克思主义的精神。可贵的是，这一思想是通过这个老花农送花和对雕花烟斗的喜爱这个特殊的、带有特征性的情节体现出来的。而这一情节又带着时代的烙印。唐先生的遭遇是六十年代中期到七十年代中期中国历史上这段奇特的时期所特有的奇特的遭遇，这段遭遇，尽管是正面写了的，事实上却是老花农这个人物的背景，是衬景。唐先生是好人，也是有才能的，有骨气的画家。你称赞他，又贬了他。这种贬，是诛心之论。"四人帮"可以骂几千遍几万遍"臭老九"，那是滑稽戏。脑力劳动者同体力劳动者之间不应该有万里长城，但事实上，这座万里长城并没有拆除尽净。

你的文笔是流畅的，详略得宜，浓淡协调。流畅中有沉郁，清新中有深挚；舒缓中有湍激，平展下有潜流。滚滚的沉雷后面，隐藏着感情的疾风暴雨。你刻画人物，善于抓住一些具体的、形象的细节，而透露出人物的性格特点。老花农从最初拒绝画家赠与烟斗，到后来向画家索赠烟斗，层次写得如此分明、自然。正直，自尊，单纯，质朴，勤劳，对美的追求与执著，这些，在老花农身上已经融为一体。这与老花农的身份——花农，完全吻合，而且具有象征的意义。那盆送给画家的光灿灿的凤尾菊，应该就是老花农的精魂！花农本人就是美的培育者，美的创造者，这也就决定了他是美的真正爱好者，美的知音。而最后，送花人变成了老花农的儿子，也具有象征的意义。劳动人民的美德将要永远被继承下去，并且得到发扬光大。

我还想到，你能写出这样的作品来，恐怕与你的画家身份（我很喜欢你的几张水墨画）也有很大的关系。因为你可能对某些画家,某些知识分子有深刻的了解。

关于外形美与内心美的辩证关系,是一个值得探讨的题目。加西莫多(《巴黎圣母院》)和伊索(巴西作家吉里耶尔美·菲格雷特的戏剧《伊索》)以及钟馗(昆曲《钟馗嫁妹》)这几个形象提供了研究的对象。我的意见觉得不必过分渲染外形之丑。我只是说,不必过分渲染。

记得文革前一家杂志载文教育青年选择对象,说,对象可以分为四类:1. 外形美内心也美,2. 外形丑内心美,3. 外形美内心丑,4. 外形丑内心也丑。这篇文章的作者认为,找第一类的对象当然最好。如找不到,也应找第二类的。第二类与第三类之间,往往容易偏向于第三类,他叫青年们警惕。这种分类法,恐怕是有些机械的。但有一点,还是说出了真理,就是世界上有一种外形丑而内心美的人,这是客观存在。

但是,为什么要在文艺作品中特别强调一个内心美的人具有如此丑的外形呢?可以写他由于劳动,由于一辈子与泥土打交道,由于经受多年的风霜雨露,他的外形受到了影响。但不必写他的鼻子像一个颠倒的惊叹号之类。更不要写他的鼻子在玻璃柜上磨擦发出吱吱的声音,引起读者生理上的不愉快,应该说,这样的写法很不"美"。完全可能,这个人物的长相是丑的,也可以这样写。但,要写得含蓄一些,从这里透露一点辩证法。而不要使人感到作者故意这样写:你说他丑,我偏说他美,硬来。

唐先生雕第一个烟斗的情节,要细写。雕的是什么,怎么雕的,不能简略。

有些地方我在你原稿上用笔改了,或注了意见。可能有写错或者你不同意的,你可以改回来。我未征得你的同意即在你稿上涂鸦,请你原谅。

以上是我个人的意见。可能是错误的,但意见是真诚的,是我心里要说的话。

我紧紧地、紧紧地握你的手,大手。

1979 年 5 月 11 日

"美,美呀!"似是花农的"主旋律",但似乎不像劳动人民的语言。有没有办法换一个更口语化,更像花农说的语言?

又及

《天津日报》编者按:这封信中提到的某些问题,在公开发表的《雕花烟斗》中已经改过了。(此文 1980 年 4 月 24 日《天津日报》发表)

枪 声 的 启 示

—— 读刘兆林的小说《啊，索伦河谷的枪声》

　　《小说选刊》的编者向我推荐《啊，索伦河谷的枪声》，他说："我们发现一篇描写部队思想政治工作的小说，写得很有特色。"我心里暗想：写部队思想政治工作，这是个难题，要写得不干巴，不说教，谈何容易。我抱着试试看的心情，翻开了小说。

　　我立即被吸引住了。一个被军政治部机关精简整编下来的副营级干部冼文弓，主动要求到他原来所在的三连——现在是有名的落后连去当指导员。他会遇到一些什么样的战士？会面对一些什么问题？要解决一些什么矛盾？随着情节的一步步开展，我竟完全沉浸在小说中人物的喜怒哀乐里，时而哑然失笑，时而热泪盈眶。是的，我已经完全忘记了自己。

　　这是一篇极其独特的小说。一提起思想政治工作和政工干部，有些人往往会联想到耍嘴皮子，讲空道理；有些人就怕小说家成了"政工干部"。但这篇小说却独树一帜，大异其趣；它与公式化、概念化、寒臼、套子根本绝缘。它来自生活的深处。不熟悉连队生活，不摸透当代战士的思想脉搏，不深谙今天某些先进政工干部的性格和作风，不可能写出这样独特的作品。我读着它，有时感到这样的描述简直出乎意料之外，细细一想却又觉得它确在情理之中。我读着它，觉得真个像是山重水复，柳暗花明，而且不时异峰突起,半路里杀出个程咬金。读了前一段,猜不到下一段情节如何发展,更不用说看了开头就知道结尾了。其实,出乎意料之外,正在于它异常的独特性;在情理之中,由于它既符合生活的逻辑又符合人物的思想逻辑和性格逻辑。有一本古典小说名叫《拍案惊奇》。而读《枪声》这篇小说则是在"拍案惊奇"之余,又不得不深长思之。

时代不同了,要研究新情况,解决新问题。还用过去那一套带着"左"的印记的方法去做思想政治工作,只会收到负效果。不是说要用一把钥匙去开启一个人的心扉吗?这个比方讲的是精确的针对性,这当然是对的。但比喻总是跛脚的:铁锁固然冰冷,而钥匙也没有温度。冼文弓作为指导员的一大特点是用自己的一颗火热的心去接近并且贴近每一个战士的心。他以符合这个时代的,又是他自己所特有的方法和风格,摸透了每一个战士的思想情绪、心理状态以至他们心底的秘密。从那些被目为"精神不振、阴阳怪气"、把一个班"搞成独立王国"、"在下边搞小动作"等等的战士们的心灵深处,冼文弓发掘出了金子般闪光的东西!而这种发掘本身也是一种金子般闪光的创造性劳动!在今天,只有把思想工作做到这样,才能取得正效果。而对这样的政工干部,这样的社会主义精神文明的建设者,我不由得肃然起敬。我觉得,这个中篇不仅是为政工干部恢复名誉的通知书,而且也应该成为部队和任何部门的政工干部以及其他干部的教科书!

小说的另一特点是丝毫也不回避生活中的矛盾和斗争。可以说,它摒弃了对生活的掩盖、粉饰和装潢。这里的每一个战士都是活生生的当代青年。他们一个也没有获得被时代的烙印遗漏的幸运。他们有的发牢骚,说怪话,他们有缺点,有错误,但又都具有时代的"良心"。有的落后了,有的前进了,应该说,绝大多数前进了。有的战士为了自己的前程狠下心冒充"高干子弟",有的干部为了自己的私利昧良心把车祸的责任推给了下级。但他们最后都作了发自内心的自我批评。这幅画画的是群像，却又是由各具个性特色的一个个形象所构成。那个名叫刘明天的战士，吃"冤枉官司"蹲过监狱，如今把全部心血放在他豢养的一头狍子身上。当那个做过亏心事的连长作出决定并亲自动手要杀死刘明天心爱的狍子给上级做野味时，平时一贯老实巴交的刘明天竟敢对连长发出这样的咆哮："让我再去蹲监狱也行，要我命也行，吃我狍子肉不行！"这简直是一种震撼人心的呼叫！谁又能认为这是军人不服从命令，应该受到谴责呢？该谴责的到底又是谁呢？

令人叫绝的还有一个使人愕然而又喟然的结尾。是结尾，也是点题。一声枪响，刘明天自己把狍子杀了。枪杀狍子，为的是要扒一张狍子皮给本来有腰疼病，又为了保下狍子而去打野味被狗熊抓伤了的指导员冼文弓做护腰或褥垫。要知道，狍子是刘明天的命。但他把"命"献给了他所敬爱的指导员。这说明什么呢？这说明一个政工干部在战士心目中占有的分量！枪声是一个启示。它仿佛神来的一笔，结束了全篇，使主题升华到一个新的高度。

至于作品所涉及的北疆边地的风光，历史陈迹等等，也写得不仅美丽而深厚，而且与人物的思想感情融为一体。但这只是"余事"了。

有不足之处吗？有的。比如那个连长王自委，他的"良心发现"就来得太快，有些简单化。有些地方的描写也显出粗糙的痕迹。然而，这些缺点无论如何也掩不住这篇小说所特有的光芒。

看完全篇，掩卷深思：我们的当代青年在本质上是多么好啊！但如果没有正确的思想政治工作的引导，他们的光放不出来，他们的热发不出来。呵，思想政治工作真是部队的灵魂，也是我们向四化大业进军的一切革命队伍的灵魂呵！但，要做好这项工作，首先自己要有一个高尚的、勇敢的、坚毅的并且是聪慧的灵魂！

看完全篇,掩卷深思:以思想政治工作做题材来写文艺作品,就必定摆脱不了干巴和说教,这是陈旧的、错误的概念!这种看法其实也是另一种顽固的"题材决定论"。君不见,这篇"枪声"就是对这种偏见的有力的一击吗?

看完全篇,心头又涌出一阵喜悦。我为我们的文学队伍中又出现了一位新人刘兆林而激动,而兴奋得不能自已!

1983年11月27日深夜

读《雪庐》的姊妹篇《烟尘》

——致孙颙

我已拜读了您的长篇小说《烟尘》(刊《小说界》1995年第6期)。我非常喜欢它。读完后,我又把你的《雪庐》找出来,重新读了一遍。我觉得这两部小说是"姊妹篇",而后出生的妹妹比先出生的姊姊更为成熟,尽管两者都有其各自的长处。

上海是中国第一大城市,也是亚洲大陆第一大城市。它是中国的一个经济中心和文化中心。你是不是要写以上海为背景的系列小说?哈代写了好几部以英国的威塞克斯乡村为背景的小说,被称作"威塞克斯系列"。我想,上海完全有资格找到她在文学作品中应有的位置。我看过俞天白的《大上海沉没》。我也看过电视连续剧《上海一家人》。但我似乎偏爱你的《雪庐》和《烟尘》。也许因为我从小就在江南和上海长大,我的家庭和我活动的社会圈子接近你这两部小说所描写的人物群,所以我读你的小说时感到分外的亲切。

你的这两部小说所反映的时代,也是我和我的父辈所走过来的时代。从清末到二十世纪九十年代,时间跨度很大,涉及的历史事件也很多。小说中社会生活面波澜壮阔,人物关系网错综复杂,故事情节线交叉纠结。要掌握好不容易。但你把这一切梳理得层次清楚,脉络分明;叙述得井井有条,娓娓动听。

你擅长讲故事。但你同时注重人物性格的刻画。你懂得"情节是性格的历史"。你似乎把这一代和上一二代江南知识分子的性格摸透了。你的故事所以能引人入胜，主要在于你在讲故事的过程中推出了一个又一个栩栩如生的、个性鲜明的人物形象。

方无忌、汪可可、汪雪菲、古亦适、方信人、平三友这些人物，都吸引我，给我以深刻的印象。

汪可可没有什么惊人的行动，看来不过是一个平凡的女青年。但是这个女性的高贵的气质、雍容的仪表、娇美的品貌、脱俗的谈吐，完全能够把读者抓住。你写她的心理活动十分细腻，把她的内心世界呈露在读者面前，使读者感到如见其人，如闻其声。可可是她的姑妈雪菲的翻版，是一个模子里刻出来的人。但看完全书，觉得这两个人物的性格既有共同处，又有不同处，而且是很大的不同。你似乎对中国知识界中不同女性的精神世界有深入的了解。

从你笔下的这些人物对人生的态度、对人际关系的处理方式，以及他们的遭遇和命运来看，我感到，你对人生和宇宙抱着宽容与和解的态度，带着悲天悯人的心态。正如卓别林大师在他的电影喜剧里所体现的"含泪的微笑"那样，在你的小说中，透过种种人间的丑恶，最后出现的毕竟还是人情和人性的温馨。我隐隐听到贝多芬"第九"中席勒诗句的歌吟。

你的笔下似乎没有一般意义上的所谓"反面人物"。

"雪庐"里的林若希、曾铭、若清、廖空、聿修、小季等人物，也给我以较深的印象。

我曾试着比较了一下"雪庐"里廖空与曾逸文的关系和"小村"里汪雪菲与平三友的关系，在对这两双人物的处理上，你的思想的变化是可以看出来的。还有，林若白后来对曾铭的态度和许某一生对汪雪菲的态度，也是可以比较的。从比较中，同样可以看到你的思想的变化。我只是觉得,你变得更加慈蔼了!

两部作品中有名有姓的人物,数量差不多,大抵是十五、六个。但对林金洋和他的后代的描写,笔力似乎有些分散。缺少重点场次,缺少对重点人物的浓墨重彩的勾画。《烟尘》涉及的不只是一个家族,而是"小村"中四个家庭——其中两个家族——几代人的兴衰荣枯。但相对来说,笔力比较集中了,虽然仍觉得有些场面的刻画还可以加大力度。

在构思上,在情节的安排上,在人物命运的设置上,你善于抓悬念,善于在适当的时候抖包袱,或者把谜底放到最后来揭晓。这些都强化了你的小说的可读性。

你的语言是平易的,晓畅的。你的人物的语言基本上是个性化的。对于不太熟悉的人物,你不让他们多讲。你懂得"藏拙"。你笔下的有些人物的"对白",放到舞台上去也很得体,甚至精彩。所以我想,你如果尝试写话剧剧本,成功的希望也很大。

你走的是一条严格的现实主义道路。小说中的一切事态发展都遵循着生活的逻辑,遵循着人物思想和性格的发展的必然。你屏弃了一切主观随意性。因此你的故事具有极大的可信性。这,也强化了作品的可读性。

我想到,你写这两部小说的动力也许是对中国这几代爱国的、正直的、善良的知识分子的挚爱。《烟尘》这个书名似乎体现一种四大皆空的思想。《雪庐》的篇末一大段带有禅意的韵语也似乎体现你对宇宙人生的"洞穿"。但我不"轻信"你的宣言,我还是要看形象透露的思想。我作为读者感到这两部作品所体现的还是人类之爱——祖国之爱和人类之爱。因此,我觉得,我与你的心是相通的。

我读《雪庐》和《烟尘》时,为了帮助记忆和理解,自制了"小村"人物表和"雪庐"人物表,还画了简单的"住房分配图":"小村"的四座"别墅"中各有哪几家居民,"雪庐"的底层、二层和假三层上各住着哪几家人。不怕你笑话,我年纪大了一些,记忆力不如过去,看书有时看到后面就忘了前面。不做一些"辅助"工作,会迷了路。

我一面看,一面在这两本书上圈圈画画,还勾出了一些不通的地方和错别字。也许是笔误,也许是编校者的粗心所致。

1996 年 1 月 3 日

阅读《废都》札记

一、四十万字长篇小说《废都》(北京出版社1993年6月第1版)写的是在西京(西安?)发生的事:"四大文化名人"(作家庄之蝶,画家汪希眠,书法家龚靖元,音乐家阮知非)的遭遇和悲剧性结局。时间似乎是二十世纪八十年代末或九十年代初。

二、作品采用了现实主义和象征主义杂糅的手法。作品所体现的思想相当复杂。书名暗示故事发生在十二朝古都的废墟上。书中人物庄之蝶的岳母睡在棺材里,她的幻视和幻听造成人鬼不分、阴阳合一、古今错位的异象景观,象征着这个古都至今还沉沦在已死的历史中。四个名人所代表的"文化"传统不是在废墟上萌生的新的生机,而是随着历史的流逝而变为腐朽的枯枝。汪希眠因伪造名画而被立案追查;龚靖元因屡次聚众赌博而身陷缧绁;庄之蝶为打赢官司而贿赂市长(把自己的情妇送给市长当儿媳),又乘人之危,低价骗取(等于抢劫)龚靖元的几乎全部珍贵藏画。书中涉及官场的黑暗,黑社会势力的猖獗,迷信活动的复活,吸毒和贩毒的流行,暗娼的泛起,假冒伪劣商品的制造和销售……还有一个收破烂的老头多次唱"谣辞"抨击不合理现象,这些描写带有社会批判色彩。但这些描写都只是衬景,不是作品的主要锋芒所向。作者为挽救"文化"的堕落而提出的处方似乎是借一条老奶牛的"哲学思维"所表述的思想:返归自然。

三、虽说这本书写的是四个文化名人的遭遇,但主要线索是庄之蝶和他周围的女人们的纠葛。书中以大量篇幅描写了庄之蝶周旋于妻子牛月清、情妇唐婉儿、保姆兼情妇柳月、逢场作戏的女子阿灿之间(汪希眠的老婆对庄也怀着不灭的恋情)。这些女子大都是看中庄的名声而自愿委身于他,都自认为能成为庄的性伴侣是最大的幸福!这恐怕是一种 Narcissus libido——的曲折反映。有的论者认为庄之蝶的本意是追求一种超越世俗名利的、有着艺术和美学意味的情爱,他的性观念和性行为使来自乡村小镇的柳月和唐婉儿获得了精神上和肉体上的新生。这说法值得商榷。爱情应是灵与肉的和谐一致。茅盾在一篇小说中谈到爱情的两个阶段或两种模式:灵的冒险和肉的飨宴。庄之蝶的天平向后者大大倾斜了!书中的性描写如此之多,如此之细,如此之露骨而又如此之不堪,再加上在括号里写着"作者删去××××字"(明显仿效《金瓶梅》删节本的做法)的挑逗性"吊胃口",这就形成了本书的一大特色!可以说,没有这些性描写,也就没有《废都》。书中弥漫着的肉欲的气息令人窒息!英国作家劳伦斯的小说《查泰莱夫人的情人》中的性描写是美的(尽管不宜于青少年读者);《废都》中的性描写却是丑的(这对青少年的不良影响就更不言而喻了)。那些对龌龊的细节的刻意追求,真使人感到匪夷所思!曾有评论家评法国画家弗拉戈纳尔的画,说那仿佛是有"窥淫癖"的人从锁孔窥视闺房里见到的景象。然而,与《废都》比,弗拉戈纳尔简直是"圣洁"的了!而庄之蝶和唐婉儿、柳月有什么崇高的精神境界上的共鸣么?也许我是瞎子,我没有见到。

四、有的论者认为庄之蝶与唐婉儿、柳月的恋情是看轻功名,看重感情,有情而至于痴,文联大院里的庄之蝶倒颇似大观园里的贾宝玉。可是在我看来,这说法真是唐突贾宝玉了。警幻仙姑把"意淫"和"皮肤淫滥"作了严格的区分(见《红楼梦》第五回)。庄之

蝶以自己的性观念和性行为表明他属于后者,与贾宝玉怎能同日
而语!

五、书中对龌龊的东西似有特殊的偏爱。比如厕所、粪便……
就写过多次,津津有味地一而再、再而三地重复出现。这是不是一
种嗜痂逐臭的癖好?

六、书中写庄之蝶是"大名人","名声天摇地动",无论达官贵
人、贩夫走卒一听到庄之蝶,就如雷贯耳,崇拜得五体投地。这其
实是一种虚拟。一个有着作家身份的人,可能会得到一些名声,但
不可能有如此大的号召力和社会能量。作者这样写,也许是为了
反衬庄之蝶终于为名声所累,反而走向沉沦。但既然不存在这种
前提,那么由此而引发的后果也变成虚幻的了。

七、生活中的真善美永远是与假恶丑相对立、相斗争而存在
的。不能像过去"舆论一律"时期那样,只准歌颂,不准暴露,只准
写这种题材,不准写那种题材。但既然建立了一个全面反映某大
城市(西京)文化界全貌的框架,却又把城里主要的文化名人都写
成色鬼,财迷,赌徒,骗子,这就有些以偏概全了。这些"文化名人"
到底有多少文化,也极可疑。从这些人的言谈举止和行为来看,他
们大都有浓重的市井气,委琐相,以及江湖气。八十年代和九十年
代的中国大城市生活中有不少阴暗面,但不可能没有半点亮色吧!

八、庄之蝶为一桩侵犯名誉权案的官司所累,也为自己的多次
婚外恋纠纷所累,弄得精疲力竭,万念俱灰。官司打输,老婆分居,
情妇星散。埙声和哀乐陪伴着庄之蝶的"晚年"。他决定放弃写作
(他到底写出过什么好作品,书中并无交代),抛却名声;最后堕落
到依靠吃含有鸦片的面条来求得精神的暂时解脱。四大皆空了。
作者让主人公名叫"庄之蝶",也是出于这个典故:"不知庄周之梦
为蝴蝶欤,蝴蝶之梦为庄周欤?"就是说,现实即虚幻,虚幻即现
实。庄之蝶这个人物所体现的,恐怕只能是"色即是空,空即是

色"。一切都只是一场梦！

九、《废都》的语言，模仿明清话本和小说，有它的艺术特色。但与当代人的口语有距离。因此读后感到书中人物游离于时代。

十、书中有一些精彩的片断，如钟唯贤(《西京杂志》主编)之死，龚靖元之死，老牛之死等，值得仔细品味。

1993 年 10 月 4 日

西部中国的开拓者之歌

——序丰收的长篇报告文学《绿太阳》

丰收同志的《绿太阳》是一部给人鼓舞又促人思考的报告文学。它是对新疆生产建设兵团四十年来屯垦戍边、发展生产、变沙漠为绿洲、为国家做贡献的一曲嘹亮赞歌，它也是关于西部中国广大开拓者自力更生、奋力拼搏、克服种种艰难险阻、在大风大浪中不断成长壮大的一部真实记录。

1986年8月至9月，我和八位作家应当时农牧渔业部部长何康同志和兵团领导的邀请，千里迢迢来到西部中国，访问了我们闻名已久、向往多年的新疆生产建设兵团。我们抱着向英勇创业的兵团人认真学习的心情，先后访问了兵团分布在北疆和南疆的十个农业师中的七个，访问了九个团场，其中有农场，牧场，果园，水库，扬水站，毛纺厂，水泥厂，果脯厂，酒厂，水电厂等。到达了十五个城市（包括兵团人从荒滩上白手起家建立的新城石河子）和广大农、牧、林、渔业区。兵团领导让丰玉生同志（笔名丰收）陪同我们前往。小丰在兵团工作和生活了几十年，对各个团场的情况了如指掌。他一面给我们引路，一面给我们介绍各个团场的创业经过，风土人情，人物掌故，讲来生动活泼，如数家珍。（我和丰收就是从这时起建立了友谊。现在他邀我为他的这部报告文学写序，我乐于从命！）我们所到之处，各级领导和广大职工热情接待了我们。

我们看到了他们的生产劳动和家庭生活,听到了他们掏自肺腑的许多话语。这次踏过天山南北,行程一万几千公里、历时四十天的访问,使我对西部中国军垦事业的历史和现状有了一个初步的了解,也使我对新疆的广大军垦战士留下了难忘的印象,产生了深厚的感情。时间已经过去了六年,但印象没有磨灭,感情没有淡化。似乎随着时间的推移,我愈来愈思念这些开拓者们。

六年不是一段很短的时间。我想着,兵团发生了什么变化?有了什么新的发展? 正在这时,丰收把他的这部报告文学稿放在了我的面前。

翻开书稿,一页一页地读下去。我看到了兵团今天的现实,也看到了它的过去和未来。它使我重温了1986年秋天的那次西部中国之旅,也使我能够从新的角度对兵团人的面貌和心灵作深层的理解。进疆不久脱下军装的解放军战士和后来进疆的上海、天津、武汉等地的知识青年组成的二百三十万(其中少数民族二十万)兵团人开拓了西部中国的大片土地,到今天,已经变二千万亩荒原为绿洲,每年向国家上交七亿斤粮食;兵团的骨干企业奠定了新疆现代工业的基础;兵团作为工农商学兵的统一组织,农林牧副渔的联合企业,经纬万端,百业并举,经历过曲折和磨难,正在蒸蒸日上,欣欣向荣,在二十世纪新时期改革开放的大潮中,兵团的面貌发生了新的巨大变化。在中苏、中蒙、中印、中巴边境,兵团的五十八个农牧团场形成了长二千零十九公里、宽十五公里的边境农场带。"三十万兵团人已成为共和国永不移动的界碑"。兵团人四十年来的甜酸苦辣、喜怒哀乐,他们的泪痕和笑声、呻唤和歌唱,都在共和国进行曲的鼓号声中化为低回昂扬、永不消逝的旋律。在建设有中国特色的社会主义的大道上,我看见兵团人正在以更多更大的奉献谱写着崭新的历史篇章。

所有的创造都是人的创造。在作者笔下,以农二师二十九团为主线,一群栩栩如生的人物形象活跃在古丝绸之路的遗址,"死亡之海"的边缘。他们是创造者。劳动模范宋献银,植树能人侯晋标,造林专家邢开基,拖拉机手朱群林,拾花尖子田增芳,植棉能手陈淑惠,果园工人赵美英,水利专家李希贤,害虫克星蔡耘音,质量检验员赛美英,种子专家刘步峰,幼儿园教师赵玉玲,中学教师杨润军……都以他们毕生的心力创造了财富,创造了生活,创造了文明,创造了历史。作者更以酣畅的笔墨描绘了几个干部:十一连连长许增瑞,五连连长陈和新,特别是二十九团团长王德昌。后者是核心人物,是这部报告文学的灵魂——1986年9月22日我访问二十九团时曾会见过这位团长。他那深邃的目光和亲切的谈吐给我的印象一直保留到今天。然而,只有读了这篇书稿,才得以比较全面地了解这个人。他严于律己、关心他人的品德,他的领导魄力、组织才能,他在调动人的积极性和决定团场命运关键时刻的果决和坚持,他惟实而不惟上的原则立场和远见卓识,都在作者的笔下得到了如实的体现。一个创造者的文学形象诞生了。

作品并不是创业过程的文学图解。作者既写人的欢乐,也写人的痛苦。作者开掘了事物内部对立统一的辩证规律。五十年代山东、湖南、广西、福建等地数万名青年妇女应征进疆这一事件意味着什么?曾经有过这样的描写:兵团的单身汉们如何受到性饥渴的煎熬,有的甚至形成性变态,性暴虐。也曾有过这样的议论:多少妇女被"强迫结婚",这是与自愿原则相违背的包办代替。历史已经为这一事件画下了一个圆的句号。作者既不渲染,也不抱怨,而是从社会学和人类学的角度,高屋建瓴地揭示了婚姻和生殖——作为社会生产力的人的再生产对于西部军垦这一伟大历史创举的代代延续和持久发展具有何等的重要性和必要性。在这个庄严的命题下散发出来的是母性和人性的光辉。她们痛苦,挣扎,斗争。但她们终究是人的女儿,人的妻子,人的母亲……家庭的主心骨,事业的顶梁柱。没有她们,就没有西部中国屯垦戍边的千秋伟业。她们用汗水浇灌了荒原,用乳汁哺育了儿童,用青春创造了家园。奉献就是创造,创造是为了爱,爱父母,爱丈夫,爱子女,爱兵团,爱祖国,爱人类……千姿百态的母性群像画廊使这部报告文学增添了柔美,人性美,崇高美,呈现出异乎寻常的亮色。

作品摒除了粉饰,只让事实说话。这里有丰功伟绩,也有领导的失误,如"一刀切"导致的后果,政治运动遗留的冤案给心灵造成的创伤,生活进程中出现的不公正引起的遗憾……但历史老人有时也会抚平这样那样的坎坷。有的错误得到了总结,有的创伤得到了医治,有的遗憾得到了补偿。人们又站到了新的起跑线上。历史在前进的道路上必然还会遇到新的崎岖。社会只能在痛苦和欢乐、逆境和顺境的交错和递嬗中迂回前进。兵团人经过了千灾百难,成为永不低头的勇者。他们垂垂老矣;他们风华正茂!兵团人的风格多姿多彩,但总起来只有两种:或者是以浪漫主义为先锋的现实主义,或者是以现实主义为殿军的浪漫主义。

作品蕴含着厚重的历史感和敏锐的当代感。从呼图壁县西南雀尔沟康家石门子发现的部落生殖崇拜岩画,到九十年代初吾瓦土地上耸立的春秋剧场、老年迪斯科和时装表演,我们看到这片大地从历史的深处蹒跚地走来,又以坚实的步伐行进在当代的前列。我们还看到,作品的视角并不局限在这片"没有古迹"的戈壁滩上。作者手中拿着双足圆规,一足立在孔雀河边,立在天山南北的绿洲之上,另一足则把它的弧线扫描过整个中国和整个世界。沙漠延伸,森林破坏,草场退化,水源短缺,环境污染,人口爆炸……严重威胁着人类的生存。二十世纪进入了环保时代。现在是本世纪的最后十年,人类的生存环境空前严峻,人类的生存危机空前紧急。兵团人的创造性劳动一开始就把农业和工业的建设同环境的治理和改造结合在一起。古楼兰消亡之谜的揭开,是振聋发聩的警钟！兵团人的当代意识不仅包含着商品意识、信息意识、经营意识，同时包含着人口意识和环境意识。他们认识到，在发展和保护这一对矛盾中如果不能掌握平衡，那么人类愈是进步就愈接近毁灭。兵团人就在这种认识中实践着走向明天。作品所体现的历史感和当代感的交融，宏观和微观的结合，形成了这部报告文学的深度、广度和力度，使它超越了平面性，凸现出立体性。

作品的审美价值和认识作用已经统一在它作为"启示录"的意义中。

世界在前进。中国在前进。兵团在前进。在结束这篇序文的时候，我向前进中的千万兵团开拓者遥致诚挚的敬意和衷心的祝福！

1992年5月24日清晨，于北京和平里

倾听"归来的啼鹃"陈慧瑛

大约在1982年初,郭风同志在通信中告诉我,《厦门日报》副刊要创办"散文诗专页",负责人是陈慧瑛,希望我支持,提供稿件。我随后寄去了几篇散文诗,立即收到了陈慧瑛热情洋溢的信。从此常有信件往来。我们是未谋面而先建立了"神交"。这个"散文诗专页"是1982年3月创办的,自创办以来,她把每期都寄给我看。我觉得这个"专页"不仅为散文诗开辟了新的园地,而且每期都有可观的佳作,办得很有特色。1983年11月9日上海《文汇报》登了一条消息,一开头就说:"《厦门日报》的'散文诗专页'努力反映时代精神,格调清新健康,文笔情真意挚,受到各地作者和读者的好评。"这个评价是公允的。"专页"能办到这样,固然是许多人(包括作者和读者)关心的结果,当然更与陈慧瑛的辛劳分不开。

此后我注意到报刊上时常出现陈慧瑛的散文诗和散文。从她的作品中了解到,她原来是华侨的女儿,出生在新加坡,少年时期随母亲回到她日夜萦念的祖国,在故乡厦门定居。自此她在祖国的大地上经受风霜雨露,沐浴灿烂的阳光。从她的作品中,我感受到一颗海外归来的赤子之心。

1984年10月13日,北京的天气特别好,阳光明亮,空气清新。在海军大院里,举行了中国散文诗学会成立大会。在一大群散文诗作者中,我向人询问陈慧瑛来了没有。柯蓝同志指给我:那位就是！我上前相见。哦，这就是陈慧瑛！她虽是侨生，却穿着朴素，既没有烫头发，也不穿高跟鞋，面色是阳光曝晒下略带黧黑的健康颜色。仿佛是中国的"土生子"，典型的南国女性。初次见面，只是紧紧地握手，一时没有说更多的话。但从这一握手中，我感到她的手既有劳动者粗糙的筋脉，又有握管者细腻的神经。千言万语，压缩在一句"你好！"之中。

大约两个来月以后的一天，陈慧瑛和刘再复两位同志一同到我的办公室来看我。我很高兴。原来他们二位是福建同乡。我和再复曾多次见面，很喜欢他的散文诗。我和慧瑛则是第二次见面，她的朴实、爽朗的言谈使我那小小的办公室里充满了生气。话题自然地转到散文诗上来。我说散文诗似乎不能老是写花前月下，小桥流水，应该有些新东西。慧瑛表示同意，她认为散文诗的题材内容应该向更大的范围开拓，散文诗的形式和风格也应更加多种多样。她指着刘再复说，再复同志的散文诗就在创新，就在突破，他的爱因斯坦礼赞《他的思想像星体在空中运行》不就是很好的例证吗？我赞同她的意见。我说再复同志的这首散文诗虽长而不觉冗长，其中有不少警句，如"向社会献身时，他是以一个人的资格，而不是以一个奴才的资格"，如"献身，多么美丽的字眼呵。然而，只有献身于整个社会，而不是献身于一个人的时候，这个字眼才会灿烂生光"。这些都是使我难忘的警句。我们这样无拘束地交谈着，直到他们告别。临行前，再复同志告诉我，这次小陈是到北京来参加全国新闻先进工作者会议，休会后特地留下来看望朋友的。我才知道，慧瑛因为工作勤奋而又有创造性，当选为全国新闻先进工作者。我向她热烈地祝贺！

现在，我面前摆着一厚叠稿纸和剪报：陈慧瑛的散文诗和散文的结集：《归来的啼鹃》。这是去年她亲自送到我家让我看的。我已经把每一篇都仔细读了，有的读了不止一遍。我应该诚实地说，这些作品尽管在艺术上还有些参差不齐,但每篇都发自作者的肺腑。许多作品,无论是速写,还是彩绘,是状物,还是写人,都贯串着强烈的爱国主义精神。祖国的山川人物,祖国的人情风土,祖国经历的坎坷历程,祖国摆脱困扰重新昂首前进,这些都在作者笔下再现,尽管只是一点一滴,一个侧面,一个角落,也都倾注着作者对祖国的爱,这种爱,是那样深挚,那样热烈,那样恒久,那样执著。

她在《乡情》中说:"我喜欢莱蒙托夫的诗。但是,他的'哪儿爱我们,哪儿便是家乡'的见解,我却一直不敢苟同。我想,哪能呢?月是故乡明,花是故乡好。游子对于故土,犹如儿女对于母亲,那一种神圣的至情,岂是异地的风姿和人情所能取代?"这一段话,发自她的内心深处,也是贯串在她作品中的基本精神。

在她歌唱祖国的篇什中,故乡厦门一带显得特别风姿绰约。鹭岛的三角梅,鼓浪屿的鸡蛋花,闽南的姑娘雨,银城的竹扁担……都是她魂牵梦萦的抒情对象。她也写北国风光,沙漠情思。太行山下,天山山麓,都留下了她的足迹,也都在她的墨迹中留下了或雄奇或美妙的姿影。慧瑛同志的感情是丰富的,她笔下流涌着欢忭,喜悦,愤懑,惆怅,甚至悲哀。但是她从不"多愁善感",颓丧和消沉同她是永远绝缘的。即使是喟叹,也使人清晰地感到,那是健康的嗓音。朴素而又清丽,委婉而又爽朗,是她的嗓音具有的特色。

她的散文诗中,时有带着哲理闪光的警句。例如《素枕》中就有这样的句子:"只有大地,才知道它的山峰的重量;只有你,才知道我的头颅的重量",把"素枕"引为"终生的知己",确是耐人寻味,启人遐想的。

她在散文作品中,能用俭省的笔墨,刻画生动的人物形象。《梅花魂》写她的外祖父,那位侨居海外而心向祖国的爱国老人,其精神面貌历历如绘。《太行妈妈》写作者下放时一位山区老大娘对她的无微不至的关怀,她用充满感情的笔写出了这位老大娘的淳朴善良,忠厚慈爱,也写出了作者对这位太行妈妈永志不忘的怀念。《无名氏》写一个陌路人两次对陷于困境的作者给予无私的援助,却始终未透露姓名而飘然远去。在这还存在着欺骗和狡诈的社会里,这个无名氏是一道人性的闪光!《竹叶三君》写一个与作者共事的山村教师,他那种把对工作、对朋友的火样热情蕴含在恬淡心境里的性格特征,被作者描绘得十分自然而又传神。这一篇也许是这本集子里的压卷之作吧。

慧瑛同志的某些作品还有浅露和平淡的缺点。然而我相信,凭她的勤奋和探索精神,她一定能在散文诗和散文创作上不断取得新的成就。遥望南天,我仿佛看见一位女作家正在陡峭的山路上向云顶岩攀登。我衷心祝她成功!

1987 年 5 月 11 日

珍贵的作家书信
——季涤尘编《文学书事》序

涤尘兄是我的同事和朋友。他是散文编辑家。从七十年代到八十年代,他和我同时供职于人民文学出版社,文学编辑工作把我们紧密地联系在一起,我们建立了深厚的友谊。我信奉一条:编辑不能当作品的判官,只能当作家的朋友。涤尘正是一位被作家们深深信赖的朋友,这是他能出色地完成编辑工作的原因之一。

在几十年的编辑生涯中,涤尘与作家们鱼雁往来,积累了数百封作家们给他的信。现在,到了晚年,他整理这些信札,选出五十位作家的二百十余封信,结集出版。我觉得这是很有意义的事,因为这些信留下了作家与编辑探讨书稿内容的思想交流,可以使读者了解写作的甘苦,编辑的辛劳,成书的不易;因为这些信记录了作家与编辑的诚挚友情,可以使读者体会到作家离不开编辑的帮助,编辑离不开作家的支持,他们的互相关心、团结合作,才使得文学事业得以推进;还因为这些信中不时爆出些思想的火花,也许是公开发表的作品之外的灵感的闪现,使读者得到新的收获。

在这些书信中,作家与编辑探讨如何编书,往往提出真知灼见。如郭风在谈到自己的一本散文选集的编选时说:"宁可少些,但要精些;也要选那些短小的……尽量把那些差的、费解的篇章去掉。"(1978年10月15日郭风致季涤尘)陈荒煤在谈到一本多人散文选集的编选时说:"注意短小精悍,很好,但也不宜强调过分。真有少数好的散文,确有真情、内容,也可选一些。另外,还须注意风格、形式的多样化。"(1988年4月8日陈荒煤致季涤尘)而萧乾在谈到一本散文和报告文学选的编选时,对中国散文提出了自己的看法:"世界文学史上,除诗歌外,中国散文也是最有特色的。在欧洲,散文遗产以英国最为丰富……然而几百年英国散文的成就也远抵不上我们半个清朝。"五四"以后,我国长短篇小说基本上是从外国移植的,然而散文方面,鲁迅、朱自清、冰心、郁达夫等都是继往开来的,而且体裁一向是多样的。"(1978年9月1日萧乾致季涤尘)这些意见不仅有助于编辑工作,也是从总体上对中国散文作出了切中肯綮的评价。

萧乾之外,谈散文的还有好几位作家。铁凝说:"最能磨砺一个作家的语言的,恰是散文。"(1991年9月4日铁凝致季涤尘)菡子说:"散文是一切文学之基础,我国的散文有丰富的珍贵的遗产。"(1980年10月16日菡子致季涤尘)管桦说:"散文在我国历史上,曾为文学之骄子。"(1979年6月6日管桦致季涤尘)梁衡说:"我是主张把散文写成美文的,寄理于形。"(1988年2月23日梁衡致季涤尘)这些话语是作家们写作和研究散文的心得和体会,对读者有启发意义。

由于充分信任,作家们有时会对编辑吐露自己的心曲,如苏叶说:"我家务特繁,心情一直不好,世事家事,似乎无一不叫人心烦,勉强叫自己安贫乐道。贫倒是能安。只是道不知在哪里。"(1990年8月10日苏叶致季涤尘)这正是国家经济转轨时一些知识分子精神状态的真实反映。但也有另一种情况,赵丽宏说:"这几年世风大变,文人在很多人眼里成了穷酸,不过我还是很平静,自得其乐,以不变应万变。"(1994年2月23日赵丽宏致季涤尘)这些内心的倾诉也许不仅会使读者感兴趣,也会对评论家研究作家作品与心理的关系有用处。

从一些书信中,还可以看到作家的可贵品格。菡子说:"上次忘了告诉你,《乡村小曲》原是入了集的,这次又重新编入书中……这一部分不必付予稿酬。"(1981年3月17日菡子致季涤尘)郭风得知自己的一本散文集不能再版时说:"这完全是小而又小的事,我的着眼点,应该是多出一些真正能传世之作,几百年、几千年后,都会出版再出版。"(1986年6月14日郭风致季涤尘)当今的某些作家,正热衷于争名于朝,争利于市。他们对郭风、菡子的这种言行,也许会讥之为陈旧甚至迂腐,但我认为,这些虽然是小事,却体现了一种严于自律、高瞻远瞩的风范,而这恰恰是我们今天应予提倡和弘扬的精神!

有时,还可以从书信中见到振聋的警句。巴金老人说:"几十年来我自吹自擂,说是反封建,事实上却是封建在反我,高老太爷的阴魂在改造我。我必须时时刻刻敲警钟!"这是对时代的批判,对自我的剖析,简短,却是一声呐喊,一语中的,如此深刻而警策!值得多少读者深长思之。

一次,一位朋友说:现在社会上,"言而无信"成风。我请他解释。他说,电话、国内长途日益发达,人们互通信息或交流思想只需对着话筒发言就行,还写什么信!原来是套用成语幽了一默,倒也不无双关,但他的话却引起了我的杞忧。如果电信事业再迅猛发展下去,也许真的会出现"无信"社会,那么,像这本《文学书事》一类的书信集便会成为那个时代的"恐龙化石"了。读者朋友们,你们不觉得这部书的可贵吗?

1999年9月6日

陈肃散文的美学意蕴

　　陈肃同志把他最近自己选编的散文集《绿的回旋》初稿寄给了我,我认真阅读了。这部散文集稿,是他继《毗陵散笔》和《春云秋品》之后的第三部集子。从这部集子可以看出他十六年来散文创作的发展轨迹和总体风貌。

　　回想起来,我和陈肃建立友谊已经十多年了。八十年代初,他在常州主持《翠苑》文学杂志编务时,写信给我约稿,从此我们通信不断。九十年代初,他到北京,来我家做客,我有幸和他商谈。我了解到了他对散文艺术的认真追求。记得我读他送给我的《毗陵散笔》时,我的心情多么兴奋! 我出生在常州,在那里度过童年和少年,对故乡的民情、历史不能说一点不了解。但读了这本书,我才发现自己对故乡竟是这样无知! 这本书给我提供了有益的知识,更使我重新认识了故乡的美。后来我又读了《春云秋品》,我发现陈肃的视野更为扩大,摄入他的镜头的,不仅有祖国各地的风土人情,还有社会的多彩侧面和人生的幽僻角落。后来他不断把新作寄给我看,使我成为他的作品的第一个读者,并把读后感写信告诉他。我们通信的话题也常常是散文这个题目。我不是散文评论家,但我是散文爱好者。我们的友谊也就在书信往来中增进了。

　　陈肃的散文常常给人以丰富的美感愉悦。我感到他的不少作品充盈着乡土美、亲情美、意蕴美。这三者不能割裂。它们或者并存,或者相互依附。为了陈述的方便,我分头谈我的观感。

乡土美:"美不美,故乡水;亲不亲,故乡人。"陈肃最初是以常州散文家的形象出现在读者心目中的。常州有着悠久的历史,从早期的淹城算起,已经经历过两千几百年的沧桑变迁。陈肃用他蘸满感情的笔,描绘出这座城市的历史画卷和现实图景,成为屏条式又是全景式的散文组合系列,使读者看到绚丽缤纷的社会景观和人文胜迹。古代常州,以状元多、文人多知名。一般人不熟悉常州历史上也出过抗敌的勇士、卫国的英雄,不清楚他们在常州演出过守土御敌的战争壮剧。陈肃从尘封的典籍中从事历史的钩沉,发掘出一个个石破天惊的真实的故事,使人读后不仅耳目一新,而且热血沸腾,心潮澎湃。他的散文《岳飞在常州》《五牧之战》《抗元守城的壮歌》和《陈坤书挥舞着战刀——记太平军常州保卫战》等篇,记录了发生在常州城下的几次抗金、抗元和反清战役的经过,赞颂了常州军民可歌可泣的民族气节和高昂的爱国精神。这些篇章语言朴素,描述简洁,但在朴素和简洁中洋溢着壮烈和崇高的情愫。在他的笔下,常州就不仅仅是一座风光旖旎的江南小城了。乡土这个概念本不局限于某个具体的地域。故乡与祖国大地是连在一起的。陈肃说:"人说天堂美,其实天堂在哪里?它就是'生于斯、长于斯'的一片土地。"对!这片土地,对陈肃来说,是常州,是江南,更是祖国!当"怀乡病"同爱国主义合一时,他在散文中构建的乡土美也同壮烈美和崇高美融为一体了。

亲情美:乡土和亲情是一对孪生子。对乡土的眷恋同对亲人的挚爱分不开。陈肃的几篇写父母亲的散文,都以浓郁的亲情美打动了读者的心灵。《鞋》写的是母亲送给儿子的"年货"——鞋。他用层层剥笋的笔法,把深挚的亲情展示给读者。住在农村的父母每年都要给城里的儿子送年货。年货除了团子、鱼、肉之类外,还有母亲亲手做的一双黑布棉鞋,几十年风风雨雨,年年如此。这一笔,使母爱突现了出来。接着写道,几十年来,年货都是由父亲提着从乡下送到城里来的。这样写,父亲的深情也没有漏过。可是今年的年货却由弟弟送来了。原来父母都已年过八十,父亲已经走不动了。但年货是不能不送的。这里,没有一笔不在写亲情。这次年货里依然有一双棉鞋,母亲的形象再次突现。而且这棉鞋"从针线的粗糙上可知是母亲盲眼后的产物"。这一句具有使人心灵颤动的力量。作者回叙说,除了他参军十四年间母亲没有向部队里寄鞋外,他从小到大,参军前,转业后,不知穿过母亲做的多少双鞋。现在,他已有穿不完的鞋,母亲还要做,这是为什么呢?作者转而抒写自己的思索。他带着深情对母亲说:"我完全知道你的心意,你是盼着我每年迈新路吧。"这"新路"设想的出现,使文章进入了较深的层次。如果这样结束,也不错了。但作者情思绵绵,难以收缰。他继续思索:母亲暗示的"新路"究竟是什么?她从未说明。试想,一个从十三岁起就当童养媳,无缘读书,劳碌了一辈子的农村妇女,她能讲出什么高超的理论呢?不,她自有她的深意啊!"这双朴朴拙拙的鞋,似乎有它固有的含义:不要因为生活'洋化'了,就忘了土的;不要因为没有饥寒了,就忘了勤俭。凭着勤快的劳动,清清白白地过日子,这就是一个人要不断走的新路,一直走到羽化归天!"哦,朴素的思想,朴素的真理!母亲对儿子不是溺爱,而是有着完美人格的要求。这里,文章抵达了新的高峰。但是,稍一停顿之后,作者仍不止步。他写道:"然而,恐怕这些都不是。这双鞋只是母亲心中的语言,一种最朴讷、最温柔的语言,于我,实在是只可意会,不可言传的语言,我思索了良久,只意会到一个大写的爱字。"只有一千三百个字的文章,到此才奏出终曲。无法用语言表达的母子深情,用如此简洁、平易的文字表达了出来,使文章中的亲情达到了一个更高更美的境界。我觉得,把这篇散文摆在我国"五四"以来描写亲情的散文名篇如朱自清的《背影》

等旁边,也并不逊色。陈肃的另一篇《伤痕》也是写母子情的,着重写作者幼时因帮助母亲舂米而受伤的一件事。这篇只有八百字,但文章蕴含的亲情同样感人肺腑。

《父亲》写的是作者的父亲——一位农民的勤劳艰苦正直善良的一生。文章选用一些典型的细节,紧扣老父的"爱土癖"。他"为土而喜,为土而悲,为土而健,为土而病",对土地的一往情深在他几乎成了一种宗教的虔诚。这是中国农民的"怪癖",也是中华民族性格的体现。这篇作品没有专写父爱的情节,但整篇作品渗透着儿子对父亲的深沉的爱。

汉语中"亲人"不仅指有血缘关系的人,而"同胞"一词从狭义到广义更是一种飞跃。陈肃的另一些散文描写了人与人之间的美好情意。如《浮桥灯影》写理发师老乔和他的妻子对顾客的关怀、体贴,他们像冬日的炭火,温暖着过路人的心。这里,陈肃把亲情美扩大到世间的人情美。无论亲情美,人情美,在陈肃笔下,都与乡土美水乳交融地合在一起了。

意蕴美:"意犹帅也。"陈肃很注重文章的立意。他常常能从平凡的事或物中发现深意,提炼出某种哲理,从而使作品饱含意蕴之美。如上面提到的《鞋》,就从一双鞋总括出万古常新的母爱的哲学。又如《古窗》,写出了作者从常州建筑物窗户的变化中得到的人生启示。城市在飞速地发展,房屋在拆旧建新。一扇扇古窗被卸除了。作者却从这些窗子中探视到历史的沧桑和生命的递嬗。许多被弃的古窗连作为居民燃料的资格都没有,但一位文管会干部却搜罗它们,以备某一日让人们从这些窗户看到窗子主人——民族精英的人生。作者感到生活是这么富有意趣,一方面努力向前,创造现代的繁华,一方面又要复旧,重建已经破坏的东西。似乎非如此,人的心情不能平衡。他慨叹道:"人既要前进,也要后退;既需要向前,也需要徘徊,需要忧郁,也需要沉思。而古窗正是给现代人提供回顾和沉思的最佳通道,因为,眼是心灵之窗,窗也明鉴着心灵。"这是作者从古窗的启示中提炼出的哲学意蕴,它给人以一种幽静绵邈的美感。

散文《绿的回旋》所抒写的则是从自然的运动中获得的宇宙体验和人生感悟。作者第一次从江南来到塞外,看到了北国风光。他强烈地感到,江南的绿色在漠北消失了。那里只有一片荒山。然而粗犷剽悍的北方使他意识到:沙丘下面蕴藏着的是乌光闪闪的煤炭——高原大力神。当他看到塞北人民正在沙原上建造巨型的水泵,要引大量黄河水来开拓新的绿洲时,作者的思绪奔驰起来:多少万年以前,这里原是一片森林,一片浓绿。由于地壳的变动,绿被埋到地下,经过了长期的坎坷和磨砺,变成了刚猛雄健的煤炭,而煤炭现在梦想的就是绿色,就是绿的回归。绿依然是煤的灵魂。接着,作者的思想来了一次飞跃。他发现宇宙间存在着一种规律性的运动——"旋",它属于大地、星球、自然界,也属人生、人世。作者慨叹道:"谁也逃不脱老子说的'正复为奇'的变幻";又感奋地说,他正是在这个天地的韵律里"感受到一颗现代星辰的闪烁"。文章到此结束了,但它给人的智慧启示和美学意蕴将是无穷的。

英国诗人济慈说:"美即是真,真即是美。"对这句格言,我认为可以这样理解:离开了真,美即消亡。无怪乎散文家袁宏道说:"非从自己胸臆流出,不肯下笔。"我感到从陈肃笔下流出的,大都是出自他的胸臆的真情以及从真情升华的真谛。这是他的作品成为美文的根本原因。

构筑散文美,需要功夫。由于个人气质不同,文章形成的气势也不同。苏轼为文"大抵如行云流水,初无定质,但行于所当行,止于不可不止"。杜甫则"为人性僻耽佳句,语不惊人死不休!"陈肃的散文有时流丽畅达,有时惨淡经营,但总体风貌则近于老杜"颇学阴何苦用心"的"苦用心"三字。陈肃自己说:"信笔而谈的文章,我以为应由德高望重,艺术上炉火纯青的著名作家去写,我等是不够格的。"这是实话。他靠的是苦用心。他自己说:"一篇散文,从生活的诗意到艺术的诗意,要经过几番苦苦思索才能成功。"依靠苦用心去追求散文美,这是他写作成功的"秘诀"。因而有一位评论家称他为"美的追求者",这是有根据的。

他经过苦用心写成的散文,往往凝炼、蕴藉,给人的艺术美感是浓郁的,经得起一再咀嚼、品味。

冰心老人说:"即使是有名的散文作家,他的散文也不是篇篇都好。"这是事实,一部文学史可以作证。陈肃的某些散文,就带有明显的弱点。有时,他的作品给人以拘谨甚至涩滞之感。但我认为,陈肃仍应根据自己的气质和才力去完善自己的风格。我深信,他的凝重而含蓄的散文艺术还将有一个大的发展。

1995 年 9 月

吴冠中散文解悟

人民文学出版社出版的《画外话·吴冠中卷》是我时时翻阅的书。今夏家屋装修，十四个书橱东挪西移，书籍都移了位。《吴冠中卷》竟找不到了，心中惘然若失，只好向朋友刘茵再索取一本。她索性给我送来吴冠中的多篇散文。

为什么我时时翻阅这本书？说来简单：可以冶情悦性，怡倦眼，醒头脑。从这本书，我接触吴冠中，不仅他的画，而且他的文。

苏轼评王维画曰："味摩诘之诗，诗中有画；观摩诘之画，画中有诗。"此乃的评。但王维画面上从不题诗。吴冠中对后人在国画上胡乱题诗深恶痛绝，指责这种做法"泛滥成灾"、"暴露了民族文化的衰颓"。他认为诗与画各有独特的品质，如果绘画的视觉美感中潜隐着意境美，那么诗的语言是不可能替代的。他把在国画上胡乱题诗比作"同床异梦"，"拉郎配"。我听到这说法，如醍醐灌顶。我体会，吴冠中为他的绘画作品写"画外话"随笔，是作为独立的文章撰写，而不是当做绘画的"解说"或"导读"。常见报刊上有"诗配画"栏目。吴冠中的"画外话"似乎也可以称为"文配画"。配偶，是相互平等的实体，不存在主从关系。闻一多认为诗中应该有绘画美，不等于他主张绘画从属于诗。

我读吴冠中的"画外话"，常常感受到一种特有的散文美。如《补天》，短短四百多字，却包容了大的内涵，这里面有造型艺术对

象以人体为主的历史际遇,有对天与人的博大的理解。文革期间,
"艺术中的美神成了妖孽",一句话石破天惊!"九十年代,痛定思
痛",重画人体,此时自然风景与人体已融而为一。忽然又想起了
女娲。女娲补天是用的五色石。但吴冠中抛开神话的细节,认为
女娲一无所有,有的只是一个赤裸裸的身体,因此她用身体补天:
"张开双臂,披垂了浓郁的黑发。张开的双臂与披垂的黑发构成了
大大的十字架。她是耶稣。"一语中的,天人合一,靶心上语言的魅
力光芒四溅!读者完全可以撇开油画《补天》来单独欣赏这篇散
文,从而首肯它的独立的品格。

《都市之夜》是另一个范例。彩墨画表现的是夜都市的楼群。
文章写的则是对夜都市的视觉感受的变迁和递进。作者关注的是
"红灯背后的苦难的人群,享乐的人们,人生的纷乱"。反映在艺术
的整体把握上,则是:"极目层楼,谁主沉浮,顶天立地争春秋";"其
中并无具体而独立的某一座楼,而且也不是香港,不是东京,不是
纽约,不是北京、上海或深圳。"画面上的色块和色点,"是夜之眼,
灯红酒绿的喷发,画面的最强音"!这最强音所高奏的,是作者"所
感到的芸芸众生的挣扎之苦乐"。作者能娴熟地运用色彩、点和线
来营造他的美术世界,但他改用汉字组成的语言来组装他的文学
天地时,也能做到驱遣自如,得心应手。《都市之夜》一文充分表达
了吴冠中主观与客观的交错和碰撞,心在物上的骋驰,悲天悯人的
神思。

吴冠中作画,总是"意匠惨澹经营中"。但表现在画面上,却常
常是喷薄挥洒,有"燋如羿射九日落,矫如群帝骖龙翔"之势。而他
的散文,读来仿佛骑上脱缰的野马,腾骧磊落,随着"意识流"奔泻
而去,却不知随意性中有规律性,"从心所欲,不逾矩。"

吴冠中除《画外话》外,还写了不少单篇散文。如他的《太阳》,
就十分耐读。一开头是:"昨天,小公园里洒满了阳光,孩子们、老

人们,喜洋洋一大群。今天,太阳不见了,阴冷阴冷的冬天,像要下雪了。公园里消失了人群,只有一个人裹着大衣低头独自行走,太阳的消失没有影响他独自行走,似乎他心中本来就没有太阳。"拿给读者的是两幅画:不仅有天气、阳光、阴霾,还有与之相对应的人物、心情,涂满了暖色和冷色,用气候象征心态,用情绪映衬天色。太阳的现或隐与某个人的行走有什么关系? 不能言明,但,这里写出了直觉,写出了感受。是文,也是画。接下来,文气一转:"太阳在人间创造了阴影。没有了阴影,也就看不到光明,有了阴影才认识世界原来是立体的。"这里没有具体的图像,却有物理的抽象,而这物理正与绘画的原理吻合,是画家的视象,也是哲人的视象。作者用文字把这视象呈现给读者,使读者心目为之一震。作者却不止步,而是进一步写下去:"路易十四自称太阳王,但路易十四还是死了,让别人去争太阳王的宝座⋯⋯"这里,文章实现了飞跃,形成了升华,从绘画的抽象,突进到思维的抽象。去争太阳王宝座的"别人"又将得到什么结果呢? 文章从画面到视象再到升华,是跳跃的,也似乎是割裂的,任意落笔的。但仔细体味,其中有人情、物理、世态的内在联系,能令人深长思之。这样的文章,看似"点彩派",实如刘彦和所说:"原始要终,疏条布叶。道味相附,悬绪自接。"

王维是大诗人,大画家。苏轼兼擅诗、词、文、书、画,不愧大师。今人多才多艺者不少,然长于绘事,又能为文者不多。吴冠中是绘画大家,又涉文坛,成为卓尔不群的散文家,令人瞩目。

2002年11月4日

钟声悠悠不绝于耳

——序丁羽《晓庄钟声》

回忆的羽轮滚转着,停在1946年。那是一个沸腾的年代! 两个中国之命运的抟击的火花,燃亮了广大国土上的乡村和城市。在反内战反独裁的革命洪流滚滚向前的时刻,在这一年的7月一个月中,11日,15日,25日,三位民主战士相继倒下的讯息如一声声炸雷响彻中华大地。陶行知先生虽然不是像李公朴、闻一多先生那样死于国民党反动派特务的枪口之下,但正如人们说的,白色恐怖笼罩下的病魔充当了无声手枪的凶恶角色。陶行知对当时国民党的暗杀政策有充分的认识,对自己的命运有充分的预感,他在7月16日所写的最后一封信(致育才学校全体师生)中说:"公朴去了,昨今两天有两方面的朋友向我报告不好的消息。如果消息确实,我会很快地结束我的生命……我提议为民主死了一个就要加紧感召一万人来预补,这死了一个就是一万人上,死了一千个就是一千万人上。"这是大勇者的气魄! 其实,陶行知不惜为民主事业而牺牲的决心早就下定了。正如1933年6月20日鲁迅在参加被国民党特务暗杀致死的杨铨的入殓仪式前,把随身携带的钥匙交给家里人,以示牺牲的决心那样,1945年12月9日陶行知在参加昆明"一二·一"反内战死难烈士公祭前,给他的夫人留下一封信说:"我现在……到长安寺去祭昆明反内战被害烈士,也许我们不能再见面。这样的去是不会有痛苦的,望你不要悲伤……望你参加普及教育运动,完成四万五千万人之启蒙大事,以奠定天下为公之基础。"这与鲁迅的行为何等相似:这是大勇者的气魄!

三位斗士在战斗中相继倒下的訇然巨响,至今回荡在我的心中。他们所完成的业绩在亿万人的心中竖起丰碑。他们,以及千千万万烈士的鲜血染红了共和国的国旗。他们,以及千千万万烈士的精魂化作了新中国成立庆典的礼炮和礼花!

我的父亲、母亲、胞兄都是教师,我自己也曾短期担任过中学教师,因此我对他们三位中的教育家陶行知怀有特殊的感情。他提倡的生活教育、"教学做"合一以及小先生制,在我脑中有深刻的印象。他为教育革命、为中国人民的解放而鞠躬尽瘁死而后已的精神,更为我所崇敬。自从陶先生逝世后,我一直怀有一种愿望,就是进一步了解他,学习他,从他身上汲取力量。新中国成立后,我想,他的思想和精神一定会得到进一步的发扬。但是,1951年对电影《武训传》的批判运动竟使陶先生受到了株连。他的言论,他的著作,介绍他的文章和书籍,一概从眼前消失了。应该说,这是一场历史的误会。君不见,南京晓庄陶行知墓的墓碑上至今还刻着毛泽东的题词:"痛悼伟大的人民教育家"。请看,是"人民教育家",而且是"伟大的"! 这才是对陶行知的公正的评价。

党的十一届三中全会以来,思想界文化界拨乱反正,被誉为"万世师表"(宋庆龄题词)和"孔子之后的孔子"(翦伯赞语)的陶行知的思想和人格的光辉,又重新展现在人们面前。他的著作和关于他的著作,一本又一本地出现。这为了解陶行知、借鉴陶行知提供了新的机会。我为此感到庆幸。

我的同事和老友丁羽同志,年逾古稀,老而弥坚,以顽强的精神,不知疲倦的笔耕,写成了这本书:《晓庄钟声》。虽然书中所反映的仅是陶行知办学历史的一个阶段——晓庄师范,但这是他从事教育革命的重要篇章。从这"一斑"可以约略窥见陶氏教育思想和实践的"全豹"。丁羽的文笔也有陶风,那就是通俗流畅,目的为了普及。陶行知的诗歌就是以通俗化、大众化知名的。在这一点上,丁羽的这本书也继承了陶行知精神。

1998年1月14日

借鉴·生活·思想

在少年时代和青年时代，我接触散文有三次热潮：第一次是读古代散文，我最喜欢王勃、柳宗元、欧阳修、苏轼的。第二次是读英美散文原文，我最喜欢的是华盛顿·欧文、恰尔斯·兰姆和威廉·哈兹里特的。第三次是读鲁迅著作。在这三次热潮中，我努力使自己做到把若干篇特别喜爱的散文从头至尾背诵出来。最初我的母亲培养我吟诵古文和古诗。例如王勃的《滕王阁序》，我到现在还能从头到尾一字不差地背诵出来。后来，英文名篇如哈兹里特的《谈旅行》、兰姆的《梦的儿童：幻想曲》以及鲁迅的《秋夜》等，我都能背出来。背书对我来说不仅不是苦事，反而成了一种乐趣。因为这能使我得到一种"气"。

母亲常说文章有"气"。熟读文章，藏气于胸，就大有助益于自己写作。此事颇灵。气是什么呢？是文章的气势，其实就是文章的风格、精神、气质、韵味。一次，为了写一篇纪念亡友的文章，我事先熟读了韩愈的《祭十二郎文》和欧阳修的《祭石曼卿文》。果然，韩欧的文气感染了我，使我"下笔如有神"。但，也有不灵的时候。何以有的灵有的不灵？关键在于有没有自己切身的感受，而切身的感受来自生活。我同亡友生前同学多年，了解他，对他有深厚的感情。若是缺了这些，读多少古文也不会灵。

借前人的文气这件事，只能理解为类似于借鉴。模仿是可以的,但写不出自己独特的风格。风格不能与思想分开。没有自己对生活的独到见解,则只能模仿。模仿毕竟没有多大出息。

当代散文家最好能大量占有中外散文(以至文学的各种样式)遗产中的精粹,加以融会贯通,变成自己的营养。但更重要的是把自己熔铸到中国的现实中去,这现实包括各族人民当前在广度与深度两个意义上的物质生活与精神世界;而熔铸则包括对今天这个伟大的改革开放时代的深刻理解与哲学思考。只有有了这种熔铸作为基础,再借助于与自己气质相近的前人文气,散文创作才能得到一篑之功,才能展翅翱翔于艺术的太空。

1986年3月5日

关于"现时主义"致《当代》主编的一封信

　　刚拿到《当代》今年第3期,见到《请君批评》专栏,上面登了《关于〈现时主义〉》的"编者按"和赵为民女士的《现时主义——〈当代〉1998年第1期印象》一文。《当代》辟专栏登载读者批评,以引进一股新的风,是好事,是一种自我促进的方法。

　　赵为民女士的《现时主义》一文的总的论点,我因对《当代》今年第一期没有全部细看,故不能置评。但我想,关于现实主义和所谓"现时主义"的问题,可以再进行深入的探讨。现实主义,这是《当代》已故主编秦兆阳同志制定并作为编辑部长期坚持的办刊宗旨。旗帜鲜明地坚持现实主义,又生动灵活地发展现实主义,使作品丰富、深刻、多样,摒除单薄、浮躁、肤浅,这也许是《当代》编辑部正在认真解决的问题。1996年11月《当代》编辑部在福建召开过讨论现实主义问题的座谈会。我想,这样的讨论还可以用多种形式继续进行。

　　我注意到赵为民女士的《现时主义》一文中有这样一段文字:"……而《未庄拾遗》是仿照鲁迅风格写的现代版《阿Q正传》,文字油滑,表面,直承《阿Q正传》的遗风。大作家也不可能是篇篇经典,犯不上亦步亦趋、去进行另一种丢失自我的写作。"

　　这里,用两个形容词把吴又强的中篇小说《未庄拾遗》抹煞,未免太简单了些。但我想着重谈一谈的,是对鲁迅的看法。

近年来出版物上唐突鲁迅、贬低鲁迅的文字出现了不少。但《当代》刊登贬低鲁迅的论调,这在人民文学出版社的出版史上恐怕还是第一次吧?"人文"是《鲁迅全集》的出版者,《当代》登过优秀的报告文学《播鲁迅精神之火》。"人文"和《当代》一贯捍卫和宣扬鲁迅精神,这是众所周知的。我相信,你们绝不愿加入贬抑鲁迅的合唱。

《阿Q正传》是不是鲁迅的代表作?这点历来没有异议。冯雪峰认为散文诗《野草》是鲁迅的最高成就,但他对《阿Q正传》也同样推崇备至。赵女士的文章是把《阿Q正传》当做鲁迅风格的代表的。那么她所认为的"鲁迅风格"是什么呢?她说,"文字油滑,表面"是"直承《阿Q正传》的遗风",那么,很清楚,鲁迅风格就是"油滑,表面"了。这,我还是第一次听到。

鲁迅在《故事新编》的"序言"中对自己的小说《不周山》(即《补天》)有过议论:"……有一个古衣冠的小丈夫,在女娲的两腿之间出现了。这就是从认真陷入了油滑的开端。油滑是创作的大敌,我对于自己很不满。"鲁迅的自我剖析能否成为贬抑《阿Q正传》的根据呢?我认为不能。而且,这也不能成为贬抑《故事新编》的根据。

至于"表面",那就更奇了。剖析国民的劣根性,哀其不幸,怒其不争,意欲疗救之,这还算浅薄,那么,赵女士所需要的是一种怎样的"深刻"呢?

赵女士承认鲁迅是"大作家",说"大作家也不可能是篇篇经典",这话没有错,但她的意思是把《阿Q正传》排斥在经典之外。这,我相信你们是不会同意的。

《当代》编者声称:愿意"引火烧身"。我赞成听取批评,对批评进行分析,接受正确的意见以改进工作。但是把引来的火烧到鲁迅身上,恐怕不是编者的初衷吧?把鲁迅从神龛里搬出来是对的

（把他供在神龛里本来就是对他的歪曲），但向鲁迅身上泼污水是另一回事。

我有点不明白，所以写信向二位主编请教。

1998年7月9日

慢　和　快

　　慢工出细活的对面是快工出粗活。这，应当做具体分析而不能一概而论。有的"文章本天成，妙手偶得之"，有人"文思泉涌"，"出口成章"。可见得快不一定就粗，细不一定就非慢不可。然而，"妙手偶得"的"偶"字很有道理，它说明这只是一种偶然的现象，也就是比较少的现象。而且，这种现象往往和作品的体裁有关。短诗、散文的作者中往往有才思敏捷的，曹子建七步成诗，李太白"下笔千言"，是可能的，却没有听到过编辑同志"倚马"而待长篇小说、长篇叙事诗或多幕剧的稿子的消息。像长篇小说、多幕剧这种需要对现实生活或历史生活作较大的概括，特别是要塑造一系列人物形象的作品，即使"天才"、"快手"也难以一蹴而就的。这不但因为"人之禀才，迟速异分"（刘勰《文心雕龙·神思篇》），而且因为"文之制体，大小殊功"（同上）。抑尤有进者，为什么只有"妙手"才能"偶得"？这个"妙"字很有道理，它说明这虽然是一种偶然现象，却同时又有它的必然性。"妙手"之所以"妙"，因为他读的书多，思想高，眼界广，又对生活进行了长期的观察和研究，在胸中形成了对生活的独特见解；而在某一场合，由某一偶然事件的触发，引起了他的创作冲动，于是乎"偶得之"。看上去他"得来全不费功夫"，其实这是他长期酝酿的结果。写得倒是真快，而这快是以长期的修养和积累作为基础的。

应该承认,比较普遍的现象,大量存在的现象,还是慢工出细活。在相同的条件下,慢工出的活往往要比快工出的活细——好一些。应该要求作家有勤奋的劳动态度,但是不能抛开质量而盲目地要求数量。有些作家几年没有写出一部作品,这要看这些作家究竟是在仔细琢磨他们的作品而作品还暂时没有出世呢,还是以"慢工出细活"为借口而实际上是在躲懒。要区别真的慢工出细活和假的慢工出细活即窝工不出活。如果是前者,那就不要去干涉他们。文艺创作是一种复杂的精神劳动,特别是对生活作巨大概括和创造众多人物形象的作品的创作,更是艰巨的劳动。一个作家在进入创作过程之前,要做细致的准备工作,在进入创作过程之后,更要进行紧张的思维活动。看不到作家的这种创作实际,正如只看见水面上的水鸟优哉游哉,而看不到它的脚在水面下紧张地划动一样。梁斌同志的《红旗谱》,柳青同志的《创业史》,都是经过长期的酝酿和写作过程而完成的优秀作品。能说这些作品的生产不符合多快好省的精神吗?

古人说:"欲速则不达,见小利则大事不成。"(《论语》)这个"欲"字很有道理,它指的不是主观能动性,而是主观主义的要求。当主观要求违反了客观可能性的时候,那么这种主观要求就不可能达到它的目的,不但不能快些,反而要慢些。如果不考虑到不同作家的创作实际,不同题材、体裁作品的创作实际,总之,如果不从文艺生产的客观规律出发,主观主义地一律地要求作家加快写作速度,那只能对文艺创作发生消极的影响。一部作品的生产有如十月怀胎,瓜熟蒂落,早产的婴儿是先天不足、易于夭折的。因此,让我们来议论一下"无欲速,无见小利"(《论语》)这个道理,而其目的正是为了速,为了成大事,也许不是毫无裨益的吧?

1961年5月

现代仓颉徐志摩

英国十九世纪浪漫主义诗人柯勒律治（S.T.Coleridge, 1772—1834）是我喜爱的诗人之一。他有一首题作"Love"（爱）的诗，写一个荒山颓塔边的恋爱故事，充满了中世纪欧洲神秘、梦幻的情调。其诗第二节原文为：

Oft in my waking dreams do I
    Live o'er again that happy hour,
When midway on the mount I lay
    Beside the ruined tower.

这是故事叙述的开始，写主人公（第一人称"我"）所处的地点，主人公当时的心态。我译过这首诗，其第二节为：

我常在清醒的梦幻之中
    重新度过那快乐的时光，
那时我斜倚在半山的路边，
    荒废的古塔之旁。

近见徐志摩很早就译的这首诗，其第二节译文为：

　　我往往神魂惝恍
　　　重新经过那甜美的时间，
　　眭我偃卧在半山
　　　一座败塔之边。

　　徐志摩的这首译诗最初发表在何刊，未考。它被收入台湾传记文学出版社的《徐志摩全集》第一集（第288—298页），后又被转收入湖南人民出版社1989年版《徐志摩译诗集》（第34—38页）。我见到的是后者。我所以要提及此译诗第二节，是因为徐志摩在这里创造了一个汉字："眭"。在湖南人民出版社《徐志摩译诗集》第34页，"眭"字下还有一个注："眭，读若诗，时间的关系代名词。——原注。"这原注是指徐志摩注，还是台湾传记文学出版社编者注？我认为是出自徐，因为注不仅指出其为时间关系代词，还赋予它以读音，恐怕别人难以代庖。总之，这个"眭"字为徐志摩所创造，用来翻译英文when这个时间关系代词，是事实。我缺乏诗人的想像力和创造力，when这个英文字，在我的笔下，只能译为"那时"。而徐能造新字来译，真个是了不得，使我们见到了"大胆妈妈和她的孩子"！刘半农创造出"她"字，以代表女性的第三人称，风行全国，以至全世界，对汉字创新是一大功劳。但刘只是把"他"字灵活处理了一个偏旁，可称为"偏旁换置法"。后人又以类推法创造出"牠"、"妳"、"祂"等字（现在还流行在港、台等地区），是乘刘的馀泽。而徐的创造，却是用"拆字合并法"把"斯"、"時"（"时"的繁体字）两个字拆开，再各取其半，合并而成。请看，"斯"之左半"其"与"時"之右半"寺"，合而成"眭"。同时，徐又赋予此字以读音。按"斯"读［sī］（用汉语拼音，下同），"時"读［shí］，徐取"斯"的声调（汉语普通话第一声即阴平）和"時"的团音（shi，而不是尖音 si），合成［shī］即"诗"字的读音（徐志摩是浙江省海宁县峡石镇人，他的乡音中舌齿音是不分尖团的，即不分 si 与 shi，不分 zi 与 zhi，不分 ci 与 chi。这从他音译人名 Surry 为"石垒"可证。因此，他定"蒔"字的读音时，未必有意识。）岂不奇妙？而汉字"斯時"二字即"此時"（"那時"同），恰合原文 when 的含义。你说巧不巧？还有另一种解释："蒔"是由"其時"二字化成，即用"其"字加"時"的右半"寺"，合成"蒔"。而"其時"也就是"那时"，亦即 when 的原意。这也同样巧妙。然而，汉语里哪有时间关系代词？哪有主句与从句的语法结构？如此，则徐志摩又为中文创造语法规则了！这真是诗人的浪漫主义想象力的一大发挥！

新的汉字不断出现在印刷品中。元素周期表中的"铯"、"氪"等，都是新创的科学名词。有些方言字如"冇"（mǎo）、"孬"（nāo）等，已进入《现代汉语词典》。还有方言字如"嫑"（viáo）也曾见于报刊。语言永远在发展，汉字库不可能把大门关死。但徐志摩创造的"蒔"字，却敌不过刘半农的"她"，只在时间的浪花里闪现了一下，便沉入了遗忘的大海。这大概是与徐公作为文字欧化的急先锋，对汉字的特点和汉语的传统习惯考虑得少了一点有关吧，是不是？有一天，某位学者撰写《汉字发展史》，会提及此事，作为花絮或趣闻，留给后人一点谈助，也未可知？

2002 年 12 月 16 日

第 三 辑

剧　论

田汉的《名优之死》及其演出

　　名优刘振声痛恨自己的女弟子名旦刘凤仙被流氓头子杨大爷引诱腐蚀，同杨大爷正面冲突起来，严厉地斥骂了他，揭露了他的罪恶。丑行演员左宝奎回答杨大爷对刘振声的威胁说："好的玩意儿（艺术）是压不下的！"这句话从长远的历史过程中来看是正确的。但是，在那道高一尺、魔高一丈的斗争形势下，刘振声的艺术也许可以说并没有被"压下"，然而刘振声本人却终于在以杨大爷为代表的社会黑暗势力的打击下，在杨大爷们的倒彩声和辱骂声中，悲愤交集，倒毙在舞台上了。这位坚持着高尚的节操、坚持着对艺术的严肃态度和革新精神，把希望寄托在自己培养的下一代身上而终于失望了的老生演员刘振声，就是田汉同志早期优秀的剧作《名优之死》中的主人公。这部悲剧，三十多年前在上海首次演出的时候，就使观众为之激动；今天在北京演出，仍然使观众为之激动。这说明这部剧作的思想力量和艺术魅力并没有随岁月的推移而消逝，它能够长期抓住观众的心灵。

　　在旧社会，剥削阶级对戏曲演员是又喜爱，又轻蔑；他们一方面对一些"戏子"大捧特捧，一方面又对所谓"倡优隶卒"加以种种歧视和压迫。而"捧"也往往会成为对演员的一种灾难。在大人先生们居心不良的捧场和腐蚀之下，许多演员走上了毁灭的道路。特别是女演员，在她们的面前，设置着重重荆棘和无数的陷阱。在剧坛初露头角,就被官僚军阀恶霸流氓占为己有,从而毁灭了前途的女演员,不知有多少;在反抗中牺牲了生命的,也有不少。这些大人先生们最拿手的本领是以金钱和势力"攻"她们的心,使她们成为剥削者精神上的俘虏。杨大爷对刘凤仙就是采用的这种手段。当时社会上集下流之大成的小报又往往与流氓、反动政权勾结起来,对戏曲演员施展其捧杀和骂杀的伎俩。面对着反动势力所施加的种种压迫,戏曲演员们进行了各式各样的斗争。刘振声就是敢于向敌人作斗争、敢于保卫演员的清白人格的典型人物。刘振声的悲剧深刻地说明了:在旧社会,美好的东西往往要受到摧残,正义往往得不到伸张,这是那个社会的制度所决定的。只有到了今天,真的、善的、美的事物才具备了彻底击败假的、恶的、丑的事物的条件。今天演出《名优之死》的意义,因此也可以说,就在于提醒观众去珍视今天生活中美好的事物,去警惕丑恶事物的残余,并且勇敢地去向这些丑恶事物的残余作斗争。

了解田汉同志生平的人,会告诉你,他对于旧社会戏曲演员的生活,不止是熟悉,而是到了烂熟的程度;他对于他们的遭遇,不止是同情,而是到了痛痒相关的程度。烂熟于心,所以能够得心应手,一气呵成;痛痒相关,所以能够声声肺腑,字字衷肠。《名优之死》的动人处,一在自然,一在深沉。自然来自作者对生活逻辑的掌握,深沉来自作者对生活本质的掌握。自然,所以更显得深沉;深沉,同时促进了自然。

熟悉情况的人会告诉你,过去,戏曲演员倒毙在舞台上的事,发生过不止一次。著名京剧演员刘鸿声晚年贴演双出好戏而座儿不满,他从帘子里瞧了下前台,叹了一口气就倒下了。川剧"圣人"康芷林晚年多病,人家要他演《连营寨》中的陆逊,他说,"演不动了"。但是,人们说广告贴出去了。他勉强登台,演完就倒下了。熟悉情况的人也会告诉你,过去,还发生过演员被台下的某些看客喝倒彩和辱骂以致气死在台上的事情。某地的豪绅地主遗老遗少上园子看戏,叫作"花钱喝倒彩"。他们提着灯笼上园子,不吹灭灯笼,要看上了眼才吹,看不顺眼就走,不是"抽签",而是一走一批,叫作"起堂"。如果还有人要看下去,就要被讥笑为"外行"。据说有一位姓张的老生演员,被邀到上海去,路过某地,被邀做短期演出,恰逢身体不爽,嗓音失润,不少看客大喝倒彩,其中一位走到台前骂他说:"你别再到上海去现眼了!"这位张老板当场呕血,到上海不久就死了。田汉同志在塑造刘振声的形象的时候,除了刘鸿声的故事之外,一定同时综合了许多其他戏曲演员类似的遭遇,特别是一些有良心的艺人在培养下一代上所遭到的使人心灰肠断的挫折。当我们知道了上述这些事实之后,再去看《名优之死》,就会更清楚地了解到这部剧作的社会背景和生活基础。

但是《名优之死》不是照抄生活的作品,不是生活原样的翻版。如果把刘振声的死因和我们知道的一些演员的死因比较一下,就可以看出:刘鸿声、康芷林都是在贫病交迫之下倒在舞台上的,刘振声之死也有贫的原因(一身是债,必须履行与戏园的合同,不得休息),也有病的原因(长期患心脏病,不能受刺激),张老板是气死的,刘振声也被喝倒彩和辱骂;可知刘振声之死,是综合了病、贫、气即生理的、经济的、社会的三种原因而造成的。但追本溯源,造成病、贫的也还是社会原因。拿病来说,刘振声因为凤仙堕落而义愤填膺,大喝威士忌;这样,气加重了病,而病重之后更受不了气,所以最后一气之下竟至不起。刘振声所受的"气",作为社会原因,也与张老板所受的气不同了。这里包含着美好希望的破灭,对邪恶势力的痛恨,这里是被压迫者(刘振声)对压迫者(杨大爷)之间的斗争,这个"气"也可以说是一种阶级压迫的创伤。由此可见,刘振声的形象正是作者对生活的一种概括和提高。

这种概括不是抽象的概括,而是形象的概括。作者的思想是通过形象表达出来的。刘振声是个活的、生动的艺术形象。他的死不是根据某种社会科学原则制造出来，而是按照生活本身的逻辑自然导致的。比如，剧本告诉我们，刘振声虽然曾被坏蛋们恐吓过，说他是共产党，但事实上他并不是共产党员，政治上也不算是鲜明的革命派，他只是忠于自己的艺术，不肯与狐群狗党同流合污而已——他的这种人生态度，以及他的一些独特的脾气秉性，和他最后的死有着密切的关系。如果他不是那种孤傲倔强的性格，那么他即使不满意杨大爷的所作所为，也不会和杨发生正面的冲突，直到牺牲生命。另一方面，如果刘振声真是个共产党员（在那个时代，在国统区，似乎还没有这样的戏曲演员），那么他也可能不以正面冲突的形式去和敌人战斗，更不会被倒彩喝倒。当然，他也可能遭到悲剧的结局，但那将是另一种方式的悲剧结局。恰恰是现在这样的刘振声——这样的性格，这样的觉悟水平，才会产生这样的悲剧。这里有着事物发展的必然性。由这一点可以看出，作者笔下的人物是按照生活本身的逻辑在生活着的。

　　几乎每个人物（刘振声、刘凤仙、刘芸仙、左宝奎）都是按照人物本身的思想逻辑和行动逻辑而生活着的。刘凤仙艺名渐噪，娇气陡增，但是她受到杨大爷的捧和追求，却还没有意识到这是对自己的玩弄和侮辱；凤仙知道师父的所好和所恶，她敬畏师父，但又经不起金钱服饰等的引诱。这些都符合凤仙开始堕落而涉世未深的情况。刘芸仙朴素地反对凤仙跟杨大爷好，骂他们，但她的词儿是简单的：杨大爷是"坏蛋"，凤仙是"大浑蛋"。她为了不使刘振声生气，瞒过了凤仙跟杨大爷出去玩的事实，却没有料到这使她的老师更加伤心。这都是一个童心未泯的少女的幼稚然而可爱的想法和做法。丑行演员左宝奎，是一张滑稽面孔，一副侠义心肠。他痛恨杨大爷的卑鄙和阴险，痛恨凤仙的不长进，但是不对他们进行正面的斗争，只是对他们旁敲侧击、语涉双关地进行讽刺。他貌似恭维,实含鞭挞;他寓贬于褒,寓热骂于冷嘲。到了紧要关头,他也会挺身而出。整天说笑话的人也有板面孔的时候。左宝奎就是这样按照他的人生信条生活着的。

《名优之死》短短的三幕,结构严谨,笔墨俭省。主线是刘振声和杨大爷的冲突,这条线被有层次地安排着;围绕主线,还安排着刘振声和刘凤仙、凤仙和芸仙的冲突,以及芸仙、萧郁兰、左宝奎和杨大爷的冲突,还有凤仙的内心冲突。这些冲突是主线所派生,又是为主线服务的。它们交织了起来,形成了较为宽广的生活画面,同时又使主要的冲突线更为突出。在第一幕的末尾,刘和杨的冲突已经到了一触即发的地步,但是第二幕中却把矛盾引到了刘和凤仙之间以及凤仙、芸仙姊妹二人之间。这不是回避而是迂回,是对主要矛盾的深化。这幕戏中刻画了姊妹两人的性格,同时突出了主要的对立双方的性格。这里我们看到了凤仙的日趋堕落和芸仙的天真未凿,同时看到了杨大爷对凤仙的影响和刘振声对芸仙的影响。第二幕把第一幕的悬崖勒马和第三幕的一泻千里紧紧连结了起来。刘振声从以镜击桌、暂时容忍,到开饮烈酒、狂笑失声,再到痛诋流氓,摔倒敌人,性格发展步步高升,而又纹丝不乱,直到悲剧的高峰。当刘振声从昏厥中醒来,欲痛击杨大爷,终于不支而倒下的时候,主线结束了。但戏不是戛然而止,还有萧郁兰打杨大爷一记耳光的余波;戏也不拖泥带水,幕落在凤仙抚尸痛哭的场面上。

严谨,然而不雕琢;自然,但是不散漫;这就是这部剧作的艺术特色。

北京人民艺术剧院于1957年为纪念话剧运动五十年而上演了这个戏,现在这个戏已成为该院经常上演的保留剧目之一。

导演夏淳同志对这部剧作的处理,强调了正义与邪恶势力的斗争,被压迫者对压迫者的斗争,这就把作品的思想意义突出了。比如,刘振声之死,可以着重描写他的心脏病,把这强调为致死的内因,而把刘振声为凤仙生气以及杨大爷对刘振声侮辱处理成为外因,外因要通过内因起作用,内因是主要的,于是,归根到底刘振声的死还是一种生理现象而已。北京人艺的演出不是这样处理的。他们的演出,既注意到了疾病对人物精神和体力的影响,同时描写了斗争中的失利加重了刘振声的疾病,而又没有去津津有味地刻画心肌衰竭致死的生理痛苦现象。演出从头至尾贯串了刘振声和杨大爷的思想冲突,最后刘振声的死是在剧烈的思想冲突中发生的。我们看到,化装成古代草莽英雄萧恩的刘振声先在台上(后台)昏厥,由演员们扶到后台(台上),刘振声苏醒片刻,而后又倒下。在假死和真死之间的一瞬中,刘振声对杨大爷切齿痛恨地说:"我认得你! 我们唱戏的饶不了你!"这就给了人们一种非常强烈的印象:刘振声是在战斗之中倒下的。又如,导演在处理刘、杨正面冲突的时候,增加了一个动作:杨要去拔手枪,左宝奎把他的手硬按了下去,而刘则凛然不惧。这个动作是导演的创造,它使矛盾斗争更尖锐化,也使刘、左、杨三人的性格更突出。又如,在剧作中,刘振声和刘凤仙是师徒关系。但是,如果有一位思想水平不高的导演要安排一下刘振声对凤仙的暧昧的爱情、追求,并把刘振声的死也牵扯到这方面的纠葛上去,那么他也完全可以从旧社会的师徒关系中去找到他所需要的"生活根据"。现在北京人艺的演出,根本不提这个。这样很好,集中在思想斗争的方面,使刘振声这个人物站得很高。如果刘振声对杨大爷的斗争中含有私欲的成分,那就要大大削弱这个人物的完整,大大降低这个人物的高度。此外,刘振声催凤仙起床练嗓的时候,有"再不起来我就要掀被窝了"的台词,这不够严肃,不符合刘振声这个人物性格,演出时删去了,有助于人物性格的更加完整。

可贵的是,导演把思想性和时代的真实感结合了起来。整个演出使人回到三十多年前的旧中国都市的具体情景中去了,使人沉浸到旧中国一群戏曲演员的生活中去了。为了表演逼真的需要,话剧演员们熟练地掌握了戏曲演员扮戏的技术,解除了观众的担心,使他们很快就信任了角色。总之,人物是真实的,布景、服装、道具也使人感到真实,连第二幕中市声的效果——小贩叫卖赤豆汤的声音也帮助营造了逼真的环境气氛。

我觉得导演对风仙性格中的矛盾(抵抗不住物质的诱惑,又离不开恩师的教导)还掌握得不够充分。我觉得应该使风仙性格的悲剧性得到更深刻的表现。

导演曾对戏的结尾尝试过不同于原作的处理。原作是刘振声死了,刘风仙抚尸痛哭,杨大爷上来拉她同走,她不予理睬,众人怒视杨大爷,他溜下。幕落。导演的不同处理是:杨大爷上来拉风仙同走,风仙犹豫了一下,终于还是跟那坏蛋走了,众人怒目而视,幕落。原作对最后风仙不走,是有一些伏笔的(虽然还不够)。但我觉得导演的新尝试,也有它的好处。只要导演在对风仙这个人物的总设计中有所安排,使她最后终于跟杨走这个行动既出乎人们意料之外,又在情理之中,那么这样的处理未始不能更深刻地揭露那个社会的吃人相,使刘振声之死的悲剧色彩更浓烈,使人们对刘振声更加同情,对杨大爷和他所代表的那个黑暗的社会更加憎恨。(如果让风仙跟人走了,却让芸仙在最后出场,伏在先生身上痛哭,不知效果怎样?)当然,风仙不当场跟杨大爷走并不等于她从此就摆脱了杨的魔爪,有些心存反抗的女演员都逃不出流氓恶霸的手掌,何况风仙并没有割断自己对杨感情上的联系,因此她完全有可能深陷到这个坏蛋的网罗中去。当然也可能不这样(虽然这可能性是不大的),正如当场跟杨走了之后也不是绝对没有觉悟和忏悔的可能一样。不过这是观众想象的问题,不是角色行动的直接效果问题了。田汉同志原作的处理是从爱护角色的善良愿望出发，也应该予以尊重。我觉得两种处理可以并存，让观众去判断哪一种更好。

在演员中，我最喜欢于是之同志扮演的左宝奎和童超同志扮演的刘振声。

看来，于是之对京剧丑行的生活、习惯、趣味等一定用功揣摩了一番，当然，他又对左宝奎这个特定人物作了细致的研究，找到了适当的表现形式，这才能够把这个人物演得如此生龙活虎，而又恰如其分。

田汉同志这部作品中的语言运用是成功的。我觉得特别生动的是左宝奎的语言，它有戏曲丑行的职业特点，又有左宝奎这个人物的性格特点。好的语言要有好的演员来讲，才能相得益彰。于是之在这方面可以说是胜任愉快的。他对杨大爷、刘凤仙说话时的油腔滑调和对刘振声、何景明等说话时的诚恳谦逊，好像是不调和的，其实有着深刻的内在的统一。他当着凤仙的面，对杨大爷说："您昨天怎么不来，您每晚来捧我，昨儿个我为着您演了一出《化子拾金》，您没来，您猜怎么着？我简直演得不得劲儿了。"这其实是一石二鸟，把二人都骂了。当杨大爷对凤仙说了"这也是你的运气好，碰上了我"之后，左宝奎搭讪说："对呀，凤仙儿要不是碰上了杨大爷，这会子恐怕还在那儿当使唤丫头，挨太太的揍呢。"（按：凤仙小时候没爹没娘，给人家当丫头，从主人家逃出来，是刘振声救了她并且培养了她的。）这是对凤仙忘恩负义的诛心之论。于是之同志在讲这些双关语的时候，或则装腔作势，或则假痴假呆，但是，透过表面的诙谐，我们听到了一种鄙视和愤怒的声音。如果演员在念词的时候不能恰当地掌握语调的分寸，那就会或则使人讨厌（过火），或则使人不解（瘟）；而难以获得上述的正确效果。

童超努力掌握了一代名优刘振声的气质。从他那稳重的步伐、深邃的眼神中,从他那凝练有致的语调中,我们看到了一位艺术上修养甚高、生活上刚毅正肃的人物,一位性格上有棱角的人物。他的表演修养和他的主角地位是相称的。第一幕他出场较晚,但作为剧中的主要人物,他一出场就成为舞台的重心。他的眼神不乱,动作不多,但当该用的时候,他也绝不吝啬。他的动作准确,具有鲜明的目的性。例如,第一幕结尾时,他扮好了装(《乌龙院》中的宋江),几乎和杨大爷争吵起来,终于忍耐下去,马上要登场了,走到上场门口,回转身来,从跟包手中取过折扇(道具),略一停顿,帘子挑起了,场面上奏二簧平板的过门,他稳步登场。这里,上场前的停顿只片刻工夫,但它体现着刘振声从演员进入角色、从生活实境进入艺术幻境、从这一代伶工对对头人气愤不满的心情进入一位古代英雄独白"大老爷打罢了退堂鼓,衙前来了宋公明"时候的心情的急剧转变过程。在这片刻的停顿中,他正处于演员和角色的矛盾的尖端中,这位具有高度艺术素养和丰富的舞台实践经验的演员正在努力排除现实生活所给予的强烈影响而进入角色。这一切,都由童超在背对观众的片刻停顿中,体现出来。(这个演出中几次运用了停顿,可以说是导演的成功的手法,它使演员在长时间的停顿中有了充分表现人物心情的机会。因此这个停顿的表演也是演员和导演良好合作的结果。)

童超的表演有层次,有起伏,他善于从发展中去把握人物。比如,剧中刘振声有两次登场(第一次在第一幕末尾,情况如上述;第二次在第三幕接近结尾处),两次登场都在和杨大爷发生冲突之后,因此是有相似之处的。但相似而不相同:时间不同,心情不同,形势不同。最主要的不同是,第二次登场之前,和杨大爷的斗争深化了。而且就在这一刻,刘和杨进行了正面的斗争,登场本身就是去应战,就是去迎接一场严峻的考验。还有,这时候刘振声的心脏病更重了。童超细心地掌握了这些情况。我们看到,他愤怒到极点地斥责杨大爷,声音略带颤抖,一字一字从牙缝里迸发出来;他摔倒杨大爷的时候,几乎浑身都颤抖了起来。但是再上场的时刻到了,他面临着误场的危险!终于,他以极大的冷静控制了自己,几乎没有什么停顿,就排开众人,踉跄登场,好像是冲出上场门去似的。接着是肃静,剧中人屏息凝神,静听台上(幕后)刘振声扮演《打渔杀家》中的萧恩的唱腔和观众的反应。这时,我们感到不祥的预兆,表面的平静中蕴藏着动乱和危机,正是"山雨欲来风满楼"的形势。这两次登场,我们看到了刘振声从隐忍到爆发、从有所顾忌到奋不顾身、从气愤难平到恨不灭此朝食、从开始战斗到最后一次战斗的过程。刘振声的性格、面貌,在这两次登场的变化中被演员表现得笔饱墨酣,叶大子肥。

最后请让我引田汉同志给童超同志写的一首七律来结束这篇短文:

> 曾为梨园写不平,
> 管弦繁处鬼人争;
> 高车又报来杨大,
> 醇酒真堪哭振声。
> 敌我未分妍亦丑,
> 薰莸严辨死犹生。
> 只缘风雨鸡鸣苦,
> 终得东方灿烂明。

1961年5月

曹禺：震撼心灵的戏剧艺术

——"世界文学名著文库"本《曹禺戏剧选》序

　　曹禺，中国现代最杰出的剧作家之一，原名万家宝，祖籍湖北潜江，1910年8月出生于天津。在南开中学、清华大学求学时，接触并钻研了大量中外古今的文学、戏剧名著，参加了业余戏剧团体的演剧实践。在大学的学习结束后，到国立戏剧专科学校任教。抗日战争期间，随剧校迁到大后方，一面教学，一面创作和演出，以戏剧为武器，从事抗日救亡活动。新中国成立后，参与戏剧界、文艺界的领导工作，担任北京人民艺术剧院院长，中国作家协会副主席，中国戏剧家协会主席，中国文学艺术界联合会主席等职。他作为演员和导演，才华横溢，但他对中国戏剧的最大贡献是他的剧本创作。他的主要剧作有：创作于本世纪三十年代的《雷雨》、《日出》、《原野》（被称作曹禺三部曲）；完成于抗日战争时期的《蜕变》、《北京人》、《家》（根据巴金同名小说改编）；以及创作于五十年代到七十年代的《明朗的天》、《胆剑篇》（与梅阡、于是之合作）、《王昭君》。他一生创作的剧本不多，但他以质量取胜，几乎每一部剧作都以巨大的艺术力量打动了读者和观众。本书所收的四部剧作《雷雨》、《日出》、《原野》、《北京人》，是他的十来部剧作中最优秀的、具有世界影响的代表作。

　　中国是一个有着悠久的戏剧文化的文明古国。到本世纪初，中国的剧坛又由于引进了西方话剧形式而被注入了新鲜的血液。中国话剧经过老一辈戏剧家的开拓和经营,展示出生气勃勃的新局面。三十年代曹禺剧作的出现,则标志着中国话剧走向成熟。曹禺剧作是借鉴西方戏剧、根植于中国民族文化传统和五四新文化运动土壤中的璀璨的艺术花朵。

曹禺剧作的突出特点是鲜明的时代性和深刻的现实性。从《雷雨》到《北京人》,我们看到了从本世纪初叶到30年代的旧中国半封建半殖民地社会的各种画面,看到了这个时期城市和农村各阶级、各阶层的众多的人物形象。《雷雨》描写一个带有浓重封建性的资产阶级家庭中两代人之间错综复杂的恩怨纠葛和他们悲惨的命运;《日出》揭示了大都市金钱社会里剥削者、寄生者的众生相和被压迫男女的悲剧性遭遇;《原野》刻画了农村中恶霸地主对农民的残酷掠夺和迫害,展示了农民的顽强反抗和复仇斗争;《北京人》描绘了新时代到来之前一个封建大家庭中各个成员的不同的人生道路,揭示了这个大家庭的不可避免的衰落。从这些剧作中我们可以感受到阶级压迫和阶级反抗的历史现实,可以看到封建地主阶级和买办资产阶级及二者相勾结的社会恶势力的凶残本相和腐朽本质,可以听到时代车轮滚滚前进的声音,预见到新时代的曙光正在逼近。但是曹禺剧作的主题并不仅仅是"暴露封建大家庭的罪恶"或"揭示金钱社会的吃人本质"之类,它们所涵盖的思想要丰富得多。主题的多元性是曹禺剧作内涵丰富的标志。曹禺的剧中人物也不是按照简单的"阶级分析"、用给人物贴"阶级标签"的方法炮制出来的。曹禺凭着他对社会和人的深刻理解和独特发现,运用高超的艺术表现方法,构筑成这些里程碑式的精品。"文学即人学"。这些剧作成功的根本关键,在于作者塑造了一群又一群震撼人心的人物形象。

曹禺塑造的人物大都具有鲜明的个性,独特的品格和丰富的内涵。同样是伪善的封建家长,周朴园的伪善与曾皓的伪善截然不同;同样是抱着美好幻想的青年,周冲的幻想与方达生的幻想大异其趣;焦母和曾思懿都是封建家庭中心狠手辣阴鸷歹毒的主妇,但焦母的手腕与曾思懿的手腕又大不相同! 在同一人物身上,正面因素和负面因素也是多样地同时存在或互相消长的。周萍为了摆脱与繁漪的不正常关系,把一切希望孤注一掷地放在四凤身上,最后导致自身的殒灭。他空虚,忧郁,怯懦,令人厌恶,但他追求新生的努力又令人同情。曾思懿为人奸险,她对愫方的态度令人发指。但她作为这个封建大家庭的长媳,要支撑这个家的局面,又有她的难处。这就在令人痛恨之余,又令人深思。曾文清戒烟无效,独立谋生失败,完全丧失了上进的意志,成了一个"废人"。但他不同流合污,还保留一点心灵的清纯。因此这个人物既遭人鄙视,又叫人惋惜。总之,曹禺绝不把正面人物和反面人物绝对化或类型化。他推出的是人物的独特的个性或性格,是人物特有的气质或教养。更准确地说,他深入剖析了隐藏在外形内的人的灵魂,把人的内心世界展示给人看。周朴园残酷剥削和掠夺煤矿工人(甚至谋财害命),以个人意志统治家庭,把出身贫贱的前妻和次子逐出家门,不问生死,这些都表明他的人性的沦丧。但他对侍萍还保持着忏悔性的怀念,最后终于让长子周萍去认自己的生母,这又表明他还有一点未泯的良知。作者不是要以此来抵消这个人物的伪善。这样写恰恰是增加了这个伪善者内心的复杂性,突出了这个伪善者人格的特殊性。最后他的两个妻子疯癫,两个儿子惨死,一个儿子失踪,他陷入了自己一手造成的大悲剧之中。他既是一个十足的罪魁祸首,又是一个灵魂的巨大痛苦的承受者。这样,作者对制度的抨击就具有高屋建瓴的威力;作者在对人类命运的探索中所发出的悲天悯人的呼号,就能深切地震撼读者和观众的心灵。陈白露摆脱了家庭的羁绊,走向社会,却终于堕落为十里洋场的交际花,实际上的高等妓女,深深地沉湎于纸醉金迷的物质生活而不能自拔。但她过去的男友方达生的到来又唤起了她少女时代有过的憧憬。她敢于冒险保护一个沦落到黑社会的不幸女孩"小东西"。这些又表现了她那迷失了的本性的暂时的回归,表现了她那被扭曲了的心灵中发出的一束人性的闪光。"本我"和"异我"在她身上展开了一场角逐。但是,"竹均"失败了,还给她的还是"陈白露"。她的自戕主要的不见得是由于经济原因,应该说这是"哀莫大于心死"的必然归宿。正是这个人的灵魂的毁灭,揭示了血腥的金钱社会对人性摧残的惨烈!仇虎,一个农民的儿子,他反抗恶霸地主的残酷压迫,向往"黄金铺的好地方",他的心灵是美好的。他立志要报两代人的血海深仇。但他囿于"父债子还"的陈旧观念,在心神交战中手刃了焦阎王的独子——善良怯懦的焦大星;又用"掉包"的方法,假焦母之手,使焦阎王惟一的孙子——还是婴儿的小黑子,惨死于铁杖之下。仇虎以滥杀无辜来实现复仇的夙愿,这就使他陷入了自我谴责的惶惑和痛苦之中,最后竟至精神失常。我们见到了这个具有"原始的力"的农民在进行着一场灵魂的搏斗。仇虎的悲剧,是个人复仇的悲剧,也是个体农民要求反抗又摆脱不掉愚昧落后而陷入命运陷阱的时代的悲剧。愫方是一个为了别人的幸福而宁愿牺牲自己的女性,但她把丰富的感情和美好的愿望寄托在行尸走肉般的曾文清身上,不是太遗憾了吗?但这并没有削弱愫方的心灵美。当有人说愫方爱上文清是傻时,曹禺辩护说:"她不是傻,是她心地晶莹如玉,是她忘了自己。"正是这一点"傻",给愫方增添了悲剧美。作者最后又安排了"天塌了"的情节,使愫方觉醒,跟瑞贞一同出走,去追寻她所憧憬的新的前途。正是愫方的"之"字形心路历程,体现了作者对人的未来的美好希望,也是旧世界将结束、新时代将到来的强烈提示。

　　曹禺剧作中人物形象的丰富性和生动性,不是靠配方、撮合调料制作出来的。这些人物形象所以感人,是因为作者用自己的心灵去发现了他们,去贴近了他们的心灵。这些人物形象中渗透着作者强烈的感情:爱和恨,同情和蔑视,尊敬和怜悯……例如,我们从繁漪身上,可以看到作者滚烫的热泪;我们从愫方身上,可以看到作者含泪的微笑;曹禺还用非凡的手腕设置了两个特异的人物:金八、焦阎王(前者始终没有出场;后者本是个已经死去的人,出现在剧中的只是他的幻影或魂魄。然而这两个人物却控制着两剧整个剧情的进展)。从这两个人物身上,我们看到了作者极大的愤怒和用力最猛的鞭笞。

在曹禺塑造的一系列人物形象中,为数不少的女性形象尤给人以强烈的感染。繁漪、侍萍、鲁四凤、陈白露、翠喜、焦母、焦花氏、曾思懿、愫方、丁大夫、瑞珏、孙美人……一个个立在中国话剧舞台形象的长卷中,放射出异彩。繁漪、陈白露、愫方,已成为中国现代戏剧文学中的典型。繁漪和愫方是作者倾注了全部热情的人物。繁漪尽管是个既有可爱处,又有不可爱处的人物,作者却对她不仅怜悯,而且尊重,赞美,因为她是个敢于反抗、敢于呐喊、敢于夺回自己的人的权利的女性。曹禺称愫方为"秉性高洁的女性",赋予她这样的台词:"把好的送给人家,坏的留给自己。什么可怜的人我们都要帮助,我们不是单靠吃米活着的啊!"这样的人物,不仅体现作者的尊敬和热爱,而且闪着作者的理想的光辉! 有的人物,所占篇幅不多,给人的印象却是永不磨灭的。如三等妓女翠喜,作者是要通过她说明真诚善良的天性在人间地狱里也不会泯灭。至于"小东西"这个形象,则是对"损不足以奉有余"的社会的最强烈的控诉。作者还塑造了一个人类学者的女儿袁圆,用这个天真未凿的人物和她父亲以及"北京人"——修理卡车的工人,来反衬那个封建大家庭所崇奉的道德教条的极端虚伪性。袁圆的象征意义增加了《北京人》的思想厚度。曹禺笔下的多数女性是被压迫者。在半封建半殖民地的旧中国,广大妇女除了在政治上、经济上受压迫外,还受到男权的压迫。要求解放是中国广大妇女的强烈呼声。曹禺虽然没有探索妇女解放问题的明显意识,但他的剧作接触到了当时存在的各种社会问题,包括娼妓制度问题在内的妇女问题尤为突出。事实上,曹禺通过笔下的人物对妇女解放问题进行了艺术探讨。他没有为妇女指出明确的奋斗道路,但这些妇女形象至今仍帮助我们对妇女进一步解放问题进行深入的思考。这些人物的艺术魅力更不因时间的推移而减弱。

曹禺剧作在时间设置、场景安排、人物组合和冲突调度等方面,都做了惨淡经营;他并且在艺术的探索上力图超越自己。他倾心于"三一律",又善于打破"三一律"。他开始于"锁闭式"结构,又发展到"横断面描写"。无论是集中凝聚,还是铺陈挥洒,他都得心应手。他用力于刻画主要人物,却绝不轻易对待次要人物。他把主角和配角组合得严密而自然。《日出》中银行小书记黄省三、银行秘书李石清、银行经理潘月亭三个人物多层次的交错撞击,反复往还,层层迭起,步步下落,安排得令人叫绝!作者仿佛举重若轻,其实是巨匠的功力,达到了惊心动魄的效果。从《雷雨》的热烈紧张、激情爆发,到《北京人》的含蓄蕴藉、炉火纯青,我们看到了曹禺追求戏剧氛围的锲而不舍的努力。

曹禺剧作的语言精彩绝伦。首先,它是来自生活的语言。不同的身份、职业、阶层、性别、年龄、性格、气质,都体现在人物的不同的语言中。人们所称道的语言的"个性化",曹禺是充分地做到了。张乔治和胡四都是混迹洋场、醉生梦死的寄生虫,然而一个是装腔作势的"洋",一个是粗鄙丑恶的"土",二人的语言风格泾渭分明。至于顾八奶奶令人作呕的肉麻当有趣,更是《日出》中语言的一绝!但曹禺的语言又不是生活中本色语言的翻版,它是经过选择、提炼、加工和改造的文学语言。曹禺语言的高明之处在于它能透露人物的内心世界,在刻画人物时做到"传神"。剧本不同于小说,不能直接描述人物的心理活动。曹禺剧作却能成功地通过对白和独白来揭示人物的灵魂。他写的台词后面往往蕴藏着极其丰富的潜台词。例如,《原野》第二幕中焦母试探仇虎,二人展开了一场唇枪舌剑的交锋。双方的语言阴鸷而深沉,蕴含着多少内心的搏斗和杀机,其犀利的程度令人战栗! 又如《北京人》第三幕中有一段对话。对瑞贞的一连串提问,愫方每次只回答一个字:"嗯。"千言万语,浓缩在一字之中。但通过这无比简洁的语言,一个为所爱者牺牲自己的善良心灵跃然而出,一个美的灵魂栩栩呈现。曹禺会写含蓄的语言,也会写爆炸式的语言。《雷雨》第四幕里,繁漪对周冲说:"你不要以为我是你的母亲……她是见了周萍又活了的女人!"这时,一个受到残酷压抑的女性发出了不顾一切的呐喊。这里没有隐藏,没有含蓄,只有惊人的真实,赤裸裸的灵魂的袒露! 繁漪的一声呐喊对在场的周萍、周冲、侍萍、四凤都立即激起不同的巨大心灵反应。由此,引出了全剧的最高潮。在曹禺笔下,各个人物有各自的语言风格,各个剧本有各个剧本的语言风格,但总的说又都是严谨而自然、晓畅而深刻、精而又美。这就是曹禺的语言风格。用这样的语言,这样的构思写出的戏剧,既适宜于演出,又可供阅读。它们赢得了无数观众,又征服了万千读者。

对曹禺剧作的创作方法,评论家们有过不同的看法。有的评论家认为曹禺的几种剧作运用了不同的创作方法。但很多评论家认为曹禺剧作的总体风貌还是现实主义,只是有时也糅入了某些非现实主义的成分。有的评论家称曹禺的现实主义为"诗化现实主义",并指出其特点为"把巨大的热情,化为诗的氛围,化为性格的感情冲突,化为人物心灵的诗"。(田本相:《曹禺的现实主义戏剧艺术及其地位和影响》)这个分析是符合曹禺剧作的实际的。曹禺对现实的剖析是一种独特的、诗意的阐释。他说过,"我写《雷雨》

是在写一首诗。"他在谈《北京人》的创作时又说,"我总觉得现实主义的东西,不可能那么现实。"在他的剧作中,浪漫主义、表现主义、象征主义的某些方法,与现实主义水乳交融地糅合在一起,使他的现实主义在诗的意境中得到深化,从而成为震撼心灵的艺术。

无疑,希腊悲剧、莎士比亚、易卜生、契诃夫、奥尼尔,等等,对曹禺产生过影响。但他学习外国人的长处,为的是把它变为自己的养料,用来更好地表现中国的东西。曹禺剧作同时继承和发展了中国戏剧、文学的优秀传统,吸收了民族文化的精华,成为充分体现中国人的民族心理、民族气质、民族传统,为中国人民喜闻乐见的中国话剧。这里,无论是借鉴外国还是学习前人,都是实行鲁迅所昭示的"拿来主义"。如果说这些剧作是诗,那么它首先是中国诗,同时又是曹禺独创的诗。他的每一篇戏剧诗,都有它的哲理的内核,渗透着作者对"天"和"人"的深刻思考,这种思考又与对中国人民命运的关切结合在一起。

曹禺剧作经过了长时间的考验而始终闪耀着光辉。在舞台上,在读者心中,它们的魅力长盛不衰。它们越过中国的国界,在亚、欧、美各国被翻译出版,搬上舞台,产生了广泛的、越来越大的影响。曹禺在中国文学史和戏剧史上有着举世公认的重要地位。他对世界剧坛也做出了可贵的贡献。曹禺的剧作属于中国,也属于世界;属于今天,也属于未来。

1995年4—5月

人民性,现实主义精神和浪漫
色彩的奇妙结合

——看中南区戏曲演出的几点体会

在第一届全国戏曲观摩演出大会中获奖的中南区戏曲节目,已经在沪上演。这些节目总的说来,内容上包含着强烈的人民性,表演艺术上渗透着现实主义精神。展示在观众面前的,是祖国戏曲艺术的瑰丽多彩的遗产。

这些戏曲的强烈的人民性体现在这样几方面:对劳动人民和劳动本身的热情歌颂,对封建统治阶级的无情讽刺和大胆反抗,对自由幸福生活的热烈追求。楚剧《葛麻》描写了这样一个故事:葛麻在暴发地主马员外家当长工,马员外嫌贫爱富,要将女儿退婚,葛麻运用了一连串的巧妙方法,使马员外失败,成全了马女的婚事;这里地主被表现得昏庸无能,葛麻则很聪明机智。汉剧《宇宙锋》中的哑乳娘(不是像京剧中的哑婢)是赵艳容为了向其奸雄父亲及荒淫皇帝作斗争而装疯的策动者与谋士,她教她以战术,在每一个紧要关头给以有决定意义的指示,在赵女感到困难而动摇时给以继续战斗的勇气,在赵女行将露出破绽时给以巧妙的退兵之计,在赵女一次战斗结束后疲乏困顿时给以亲切的抚慰;哑乳娘在这里是赵女灵魂的主人,没有她,赵女的坚持斗争是不可能的。我们在湖南花鼓戏《刘海砍樵》这个奇想的神话戏中听到人民对劳动的美妙颂赞:小狐狸精一定要嫁给樵哥刘海,刘海说:"我是个穷人,你是晓得的,既是嫁把我,你就不能嫁汉随汉,穿衣吃饭,硬是要做工夫才行。"狐狸说:"这个请你放心。"原来狐狸就是因为爱刘海的劳动而嫁给他的,她说:"我就是喜欢你这个穷人,又勤快,又忠厚。"在这些戏曲中,劳动人民的庄严的自豪感统治了舞台,宣布自己为历史的主人。

对幸福生活的理想和追求特别集中地表现在封建社会中妇女要求解放和对婚姻自主的愿望上。中国戏曲中的恋爱故事中,女的经常表现为恋爱的主动者,白素贞(《白蛇传》)和祝英台(《梁山伯与祝英台》)是最典型的例子。这反映了封建社会中妇女受到了双重压迫——一般的封建压迫之外还有夫权压迫——因而她们对婚姻自主的愿望也更强烈这一客观事实。桂剧《抢伞》中少女王瑞兰在逃难中与母亲失散,遇见一个善良的少年,顿生爱慕之意,就主动设法使少年得到了她的宝钗——定情之物,并且向少年暗示二人的身份:"关津渡口人盘问,只说是亲丈夫带着妻子回家里。"《刘海砍樵》中狐狸对刘海的追求是那么热情、大胆、坦率、坚决和执著! 刘海说:"你这个人倒有味咧,怎么不去嫁给富豪人家子弟,硬要嫁把我这砍樵的? 真是古怪!"狐狸说:"这有什么古怪,我爱嫁就嫁,这还不由我?"这句话概括了封建社会中妇女对婚姻问题的理想。再说常德汉戏《思凡》,它描写一个青年女尼不愿过念经拜佛的空门生涯,而向冷酷的命运勇敢地反抗的故事。她追求生活的真谛,为了决心与所爱的少年结合,她逃下山去。她首先埋怨父母为何把她送入空门,然后表示还俗的决心,说即使"上刀山、下油锅,就任它白儿春,磨儿挨,锯儿解,小尼姑不怕,不怕,真不怕!"她已经不再相信封建统治阶级为了统治人民而编造的迷信谎言,她对未来做着美丽的想象:"生下五个男娃娃,再养两个女娇娥,叫爹爹是他,叫妈妈是我,活活的快煞于我。"这出戏的主题思想是对入世思想的肯定和歌颂,是对宿命论的有力抨击,是求生的呐喊;它同时也反映了妇女对婚姻自主的热烈要求。

我们还见到了两个在夫权社会中被压迫被损害的妇女的形象。一个是湘剧《打猎回书》(《白兔记》中二折)中的李三娘,一个是湘剧《琵琶上路》(《琵琶记》中一折)中的赵五娘。这两个戏都暴露了封建社会中男子的无情寡义,表扬了妇女的坚苦卓绝、勤劳、善良和自我牺牲的精神。《宇宙锋》中的赵艳容是宰相赵高之女,当她夫家被害,本人又将被其父送给皇帝秦二世做妃子时,她就用装疯来向父亲和皇帝作斗争,因此人民把她当做向封建统治者作斗争的典型女性来赞美。

这样丰富的人民性,必须通过适当的艺术手法才能表现出来。中国戏曲的艺术表现手法的传统是现实主义,因为它是人民所创造的。这次中南区戏曲节目在艺术创造上的现实主义精神,深深地打动了观众。

可以这样说,这次演出对艺术上的公式化概念化倾向,是一次严重的打击。这次演出说明了:现实主义是艺术,形式主义是反艺术。现实主义艺术的泉源,惟一的泉源,就是生活,因此生活体验是艺术创造上最基本的因素;但原料不等于成品,缺少了加工,生活不能成为艺术,因此技术在这一点上具有头等重要的意义。有丰富的生活体验而缺少技术,自然不可能把生活生动地表现出来。也有人掌握了技术而没有生活,这就是从程式化走向僵死化的原因。中南区的演出,特别是他们的表演艺术,在这些方面给我们的启发是很大的。

生活与技术,对演员来说,也是二者缺一不可,因此演员的修养非常重要。饰演《宇宙锋》中赵艳容的汉剧演员陈伯华,八岁就入科学艺,经过艰苦的锻炼,掌握了唱、做的精湛表演技术;饰演桂剧《拾玉镯》中孙玉姣的演员尹羲,十一岁开始学戏,初习武小生,后因翻筋斗震伤内脏,放弃武工的锻炼,但她今日演旦角的身段功架,能刚柔得宜,矫健轻捷,是因为她有武功根底的缘故。这里我们可以看出,缺乏基本训练而要成为一个好演员是不可能的。她们又因为善于通过自己的生活体验,揣摹剧中人的生活、性格,于是给我们创造了鲜明突出的真实形象。

陈伯华饰演赵艳容,把一个在反抗中的女子的心理矛盾深刻地表现了出来。她为了坚持正义,不得不装疯,装疯与真疯不同,但又不能装得不像;在父亲面前装疯失败犹可,在皇帝面前装疯失败就有被杀的危险,因此在相府装疯与在金殿装疯性质不同;嘲弄父亲要克服伦理观念上的自谴心理,嘲弄皇帝要尽可能避免杀身之祸;在装疯的过程中,既要表现赵艳容的大胆勇敢,又要表现她的思想斗争……陈伯华掌握了这一切,因此她所演的一切就成为完全可信的。尹羲饰演孙玉姣也是如此。孙玉姣是一个聪明、纯洁、善良、多情的农家少女,她对爱情有着天真的又是热烈的愿望,但是处于封建礼教的舆论包围之下,因此她有所顾忌,但同时坚持爱情。尹羲很好地掌握了这一矛盾心理,把这个在矛盾中发展的可爱性格完整地刻画了出来。她善于运用细节的描写,来突出人物性格;整个《拾玉镯》像一具精镂细刻的手工艺品,射出闪闪的耀眼的光泽。这里举一个细节描写的例子:孙玉姣本来在做针线,如今来了傅朋,她回头去望他,忘了针线,不小心让针扎痛了手指头,傅朋走过来,她受了委屈似的把手指给傅朋看,一抬头,发现前面站的是个陌生男子,脸上的表情是惊恐,然而更多的是喜悦,她立刻缩回手,脸上的表情也立刻改为羞涩、窘急,顾左右而言他,然而基本的感情依然是无限的喜悦。这是完全真实的表演,她通过对剧中人身份、生活和性格的钻研和揣摹,运用卓越的技巧,而把一个封建社会中农家少女的初恋的心情表露无遗了。

细节描写必须抓住中心的、主要的东西,否则就会流于烦琐。

演员陈剑霞已三十岁了,但她在湘剧《打猎回书》中掌握了咬脐郎的性格特点,通过一两个舞蹈身段就把这个十六岁的小将军的稚气的尊严和爱娇表现了出来。他得知打猎中所遇的受苦妇人就是自己的生母时,为了抗议父亲的薄情,就哭闹起来,到这个戏结束时,咬脐郎的感情几经波折,他面向父亲把双手向后一举,这是一个有舞蹈性的动作,意思是要想打他的父亲,他的父亲责备似的"唔"了一声,他两眼向父亲看看,又向母亲(不是生母)看看,于是放手噘嘴,到后堂去了。这一细节,突出地表现了咬脐郎对生母的热爱,对父亲的抗议,也就是对正义的严正不阿的态度;但他同时还只是个小孩子,因此这一切就都必须通过孩童的生活动作来描写出来,他不可能对父亲正面冲突,而用撒娇的方式来抗议则是完全可能的。这是细节,但是是用现实主义的方法从生活中选择和提炼出来的,因此能突出地表现出人物的身份和性格。

中国戏曲艺术的现实主义精神,有很多地方是与浪漫主义的表现手法紧密地结合着的。浪漫主义的特点是丰富美丽的想象,浓烈的色彩,合理的夸张,和大胆奔放的乐观主义气氛。常德汉戏《思凡》中小尼姑下定了下山的决心之后,尼庵两廊的罗汉塑像在她眼中就不再是偶像而是有生命的凡人,她付与每一尊罗汉以出奇的想象,她边舞边唱着:"两廊厢几尊罗汉,一个儿他将眼儿瞧着我,一个儿他将手儿招着我,一个儿手托香腮他想着我,一个儿手攀膝盖他等着我,降龙的恨着我,伏虎的恼着我,长眉大仙愁着我,惟有那布袋罗汉笑呵呵,他笑我光阴,青春错……"而这些想象又是与剧中人的心灵活动紧密扣牢着的:通过偶像的人情化,表达了主题思想——思凡;这里是梦与真的交织,幻想与现实的交织,演员李福祥用强烈的浪漫主义气氛烘托出了小尼姑要求解放的不可抗拒的力量。

应当再提一提湖南花鼓戏《刘海砍樵》。刘海在砍樵时表演了种种劳动的动作:砍柴,捆柴,遇蜂,驱蜂……这一切有节奏的舞蹈是从劳动中提炼出来的,它们表现了劳动的艰苦,和劳动的愉快;这时美丽多情的狐狸精就在刘海背后舞动着两把红扇,重复着刘海的每一个动作,在暗中帮助刘海,减轻他的劳动;这个双人舞充满了美丽幻奇的想象,但同时又是服务于思想内容的:对劳动的热爱和歌颂。当刘海与狐狸结成夫妇一同回家时,二人唱"比古调",刘海喊一声"胡大姐我的妻",狐狸连应两声,狐狸喊一声"刘海哥我的夫",刘海也连应两声,这样的喊和,把热情奔放的乐观主义气氛渲染了出来,二人继续载歌载舞,充分表现了心花怒放的欢乐的情绪,使观众也要随他们一同雀跃,一同手舞足蹈起来;舞台上,爱情和梦幻火一样地燃烧了起来,最后狐狸跳到刘海身上,刘海抱了她回去,使戏达到了最高潮。这一舞蹈化的动作给观众的印象非常强烈,甚至使观众吃惊,一向以为中国人谈恋爱总是躲躲闪闪、感情不外露的人受到了教育:中国劳动人民是这样歌颂自己天真的爱情的。这是卓越的浪漫主义和现实主义的奇妙结合。

这次演出的中南区戏曲节目能获得一定的成就,是与参加第一届全国戏曲观摩演出大会的中南区演出代表团对民族戏曲遗产的整理、改编和审定的工作分不开的。《葛麻》、《刘海砍樵》等戏都经过了"去其糟粕、取其精华"的审改工作,许多节目在表演艺术上也经过了一番提炼或加工;由于去除了垢腻,因而更显出了晶莹的光泽。

这次演出不仅说明了祖国的戏曲遗产是如此瑰丽宏富这一事实,而且说明了毛主席"百花齐放、推陈出新"的戏曲改革方针的完全正确。

当然,我们绝不能在提及接受遗产的同时忽视了创造新戏曲的重要性。《人民日报》社论《正确地对待祖国的戏曲遗产》中说:"我们必须用正确的态度对待自己的戏曲遗产。一方面,应该把传统的优秀剧目和优秀的表演艺术加以整理而继承下来；另一方面必须用极大的努力，组织剧作家、诗人和音乐家，根据毛主席提出的'百花齐放，推陈出新'的方针，在民族戏曲的基础上创造为人民喜闻乐见的、表现力更强的新戏曲。"可见接受遗产的目的之一，就是为了发展新戏曲，因为新戏曲的发展，必须建筑在正确地接受民族戏曲遗产的坚实基础之上。在中南区戏曲演出中，我们看到了丰富灿烂的祖国戏曲遗产的一部分，我们相信：兄弟地区的交流演出，必将大大有助于我们正确接受祖国戏曲遗产的工作，而同时对我们的新戏曲的创造和发展，也将起着积极的推动作用。

1952 年 12 月

孙芋独幕剧《妇女代表》的
语言和人物描写

　　描写我国农村中新型妇女的成长和斗争的话剧《妇女代表》（孙芋作，《剧本》月刊1953年3月号发表），是近来独幕剧创作方面的一个可喜的收获。

　　这个剧本，生动地刻画了今天农村中的新旧矛盾，并且在新旧社会思想的尖锐冲突中，塑造了一个先进的农村妇女的形象。值得注意的是，剧本的主题思想的表述和人物形象的刻画，一般都通过了新鲜活泼的富于生活特征的语言。剧本在语言运用上的这个优点，说明了作者对生活钻研的努力，同时也使这一剧本有了鲜明的民族风格。剧本中所描写的人物都是活生生的中国农民，具有中国农民所特有的思想感情、心理状态和生活习惯；其中的先进人物又具有中国劳动人民优秀品格的传统特点，而这一切主要是通过真实而生动的语言来表达的。

　　剧作者充满了敬佩和同情写出剧本中的女主人公——张桂容。我们从桂容的稳重、朴素而有分寸的语言中，看到了一个今天农村中的新型妇女的人格和品德。桂容——这个二十来岁的东北农村妇女，正如千千万万中国农村妇女一样，过去一向生活在"女子无才便是德"的封建社会中，解放了，农村生活有了巨大的变革，她在新环境里得到了革命的教育，加入了新民主主义青年团，被群众推选为妇女主任和卫生委员。她认识到：

> 不学文化,不参加生产,就是手腕子给人家攥着,那我们
> 还争什么平等？哪儿来的自由？

这样,她的思想和行动必然会受到社会中旧的传统势力的顽强对抗。她的丈夫王江和婆婆王老太太对她进行了干涉和压迫,而桂容始终进行着不妥协的斗争。斗争是尖锐的,同时又是复杂的,不能采取粗暴的方法。桂容在群众中是一个有威信的领导者,但是她在家庭中仍是一个媳妇和妻子,一切不能由她"说了算";因此,她在党、团的教育下,懂得了如何对婆婆和丈夫耐心地进行又团结又斗争的教育工作。在次要的问题上,她可以容忍的时候总是竭力容忍,尽管王江盛气凌人地逼过来,她总是耐心地用"我出去是领着大伙搞副业,学文化,也不是干别的去啦,还能叫我总蹲在家里?"这类话来缓和空气。但是当王江愈来愈不可理喻并骂她"臭不要脸"时,她就不能再一味容忍了:像"我走得正,行得正,一步俩脚窝"这样经过选择的话语就正确地表达了桂容的正义的自卫的心情。等到王江用极端蛮横的态度阻止她出外给牛大婶办理介绍学习新法接生的手续时,桂容就毫不留情地斥责王江:

> 我告诉你！你别不知好歹！你闹了半天我都受啦,你耽
> 误人家正经事我可不答应你！

这段话恰当地描绘了桂容的品质:个人受委屈可以容忍,工作受到阻挠则坚决不答应。在另一个场合,一段简短的对白也突出地刻画了桂容的这种品质:当桂容一再请求婆婆帮助哄孩子以便自己抽空去学文化,而被不耐烦的邻家姑娘翠兰批评为"太好说话"和

让人家"骑在脖子上欺侮"时,桂容严肃地回答说:

> 我不是那种软骨头。……我是个团员,万一吵起来传到
> 外边去,好说不好听,对咱团的名声也不好啊!

这说明桂容在处理问题时并不斤斤计较个人的得失,而是时常考
虑到党、团对群众的影响的。当她与王江的斗争结束后,王江把钱
交给她,要她"当家",说以后由她"说了算"时,桂容郑重地对王
江说:

> 怎么能我"说了算"呢?你当我是想拔尖吗?我不是想拔
> 尖,不是想翻过来像你待我那样,我为家里好,你也为家里好,
> 谁不盼望和和乐乐过日子呢,咱们商量着办不好吗?你也讲
> 讲民主。

这些话语显示出桂容的原则性和宽容大度的品格。我们感到:桂
容的语言具有中国劳动妇女语言的一般特色,但本质上已不同于
旧式农村妇女的语言;在许多场合,她的语言已经具有工作干部的
语汇和风格,而这与桂容的身份和性格是完全相符的。读者和观
众可以体会到:根据今天农村的实际情况和目前历史阶段的具体
要求来看,桂容的思想和行动是先进的;她在斗争中一贯保持着镇
静和果敢,而当斗争结果证明胜利属于她的时候,她不骄不躁,懂
得胜利的真正意义;她不仅能用进步的集体主义思想武装自己,而
且能用这种思想去影响环境,改造环境。她的先进品质是党、团不
断教育培养的结果,同时也体现了中国劳动妇女品格上善良、忠
厚、温柔、坚韧的优秀传统。读者和观众将为这一新型妇女的形象
所感动,所鼓舞,从而增强与落后事物斗争的勇气。这一剧本的积

极意义主要地是通过桂容与封建落后思想的斗争而表达出来的。

其次,我们来看一看剧中的另一个人物——旧式产婆牛大婶。作者只用了有限几段对白,就将这个人物的历史、现状,包括她所处的社会地位和由此而造成的她的性格上的特点,简洁而生动地表露了出来。牛大婶在对桂容的简短的谈话中,暴露出她自己过去生孩子时深受旧式产婆的害处,两个孩子都没有活下来,于是她发了狠,生第三个孩子时不再去找产婆而"自个挺着收拾了",这一下子就传开了,都说牛大婶会接生,十里八里来邀她,于是她就稀里糊涂当上了产婆。在另一次谈话中,她说出:她的一个亲戚有一个医好过痢疾的药方,她去找了来,给村中生病的孩子吃,从此就兼上了江湖医生。这种描写是符合于过去经济上十分落后因而医药卫生条件十分低下的农村中旧式产婆的实际情况的。剧作者笔下的牛大婶的语言,充满了三姑六婆的气息,显得十分流利、尖刻和俚俗,某些俗谚也很恰当,例如当桂容指出她的江湖假药把生病的孩子治坏时,她用"人有旦夕之灾,马有转缰之病"之类的话语来进行公然的诡辩,说什么"我治好了这个病,他又得了那个病了",抵赖自己的过失。当桂容回身去取钱而牛大婶误以为桂容是去取药来交还她的时候,她说:

> 大婶知道你有你的难处:一面是公家,一面是亲戚,你在当间儿"一手托两家",左右为难。……常言说:"交情大于王法",你成全大婶,大婶也一定对得起你。

牛大婶以为桂容已经让步,于是立刻把笑容堆到原来板着的脸上,凑上去讨好。这一段简短的话将牛大婶庸俗、虚伪、狡黠的带有江湖习气的性格,表露无遗。从这段话中,我们看到作者对牛大婶这一人物的锐利的讽刺的锋芒;但是,作者并没有把牛大婶写成一个天生的坏蛋。牛大婶说过这样的话:"反正这药,我知道药不死人",因此她才敢出卖那江湖假药,而不是故意要去害死人(虽然在客观上是害人的),这样的描写是符合这一人物的心理活动状况的。当桂容给她找到出路即介绍她到区上去学习新法接生之后,她充满了感激之情,并立刻"转变",站到桂容一方面来。这时候她并没有真正懂得真理,但是,一方面,切身的利益使她直觉到桂容是对的,另一方面,她从庸俗的报恩观点出发,觉得必须送个"人情"给桂容,因此她居然也用自己还不十分了然的话语来开导顽固的王江——桂容的丈夫。剧作者写着:牛大婶在知道了阻止桂容出去给自己写介绍信的原来是王江之后,就去责问王江:"你不让她管,你就是,你就是……"她想不出适当的话,就看翠兰一眼,翠兰连忙说:"你就是侵犯我们妇女的权利!"牛大婶立刻照样说:"对了,你就是侵犯权利!"这句话说明:牛大婶并不是真与翠兰一样进步了,而是从她个人的地位和处境出发,她开始转变了;这是符合于牛大婶当时的真实心情的。这句话包含着作者对这一人物的强烈讽刺,同时又包含着作者对这一人物的温暖的同情。

再来看一看剧本中的另一旧人物:桂容的婆婆王老太太。她对媳妇桂容和邻家女孩翠兰分别说过两段话:

> (对桂容)你要不好出头露脸,大伙能选你吗?我就不信这屯子里就你这么棵高草!明明是窟窿桥你还要上,什么人都得罪!

> (对翠兰)翠兰呐!……没有你们这帮姑娘老鼓吹,你嫂子当代表也不能这么心盛……

这两段话,由于对象不同,场合不同,因而问题的提法恰恰相反;但其所反映的王老太太的思想实质是同一个东西:对媳妇参加社会活动的深深不满。剧作者笔下的王老太太是这样一个旧式婆母，她想继续维持自己在家庭中的权威，当自己反对媳妇参加社会活动无效时，便希望儿子王江回来"吓唬"一下媳妇，"治"好她，但也仅仅是"吓唬"，她对王江说：

> （低声地）你吓唬吓唬她老实了就行啦，可别再没轻没重地打她呀！你光靠打恐怕也不行呵！你没听说有婚姻法了吗？政府知道了不让呵，兴"打离婚"。

这样的对话，正确地表达了封建残余的旧思想和坚持这种顽固思想的旧人物在今天农村中所处的被动地位。当桂容与王江的冲突剧烈化时，王老太太先是劝媳妇："你就是吃了嘴硬的亏啦，淹死会水的，打死犟嘴的，嘴不让人有啥好处？"而当王江的粗暴行为引起桂容的坚决反抗时，她又埋怨儿子："你这个'现世报'，你连点'火候'都看不出来，……这年头人走了房子地都能走，你二姨那个儿媳妇就是这样走的！闹个人财两空呵！你！你！……"这些对白也都真实地刻画了这位老人在具体环境中的具体心情。及至发现了媳妇对自己的真心关怀以后，她也会感动得流下泪来，或者，在另一个场合，对媳妇作"自我检讨"："妈也有错待你的地方，这是妈老糊涂啦，你别往心里去，以后你该咋的还咋的。"这些话语说明：王老太太并不是（也不可能）一下子认识真理了，而是，她一方面见到了桂容对家庭的实际好处——桂容参加互助组生产活动给家中挣了钱，一方面考虑到假使继续蛮干下去就有"人财两空"的危险，因而改变了对桂容的态度，这样的转变是真实可信的。同时，剧作者能够恰当地利用对白表露人物的内在思想。像"老人古语说得好：男子走州又走县，女子围着锅台转"，以及："我在年青的时候，因为不让份儿也没少挨你爹打，后来我也寻思过味来了：是事就由

着你吧,可倒也净心。"这些话就都是这位老太太的人生观和处世
哲学的表白,读者从这些语言中窥见了这位老人的心灵世界。

翠兰是桂容的邻居,一个年轻的姑娘,她热情,大胆,无所顾
忌,但缺乏社会经验,有时不够老练。剧作者赋予她以明朗的、乐
观的语言来表现她的性格。桂容夫妇吵架时,翠兰来到桂容家中,
在炕上发现了被折断的鞭子,以为是王江用来打桂容时打断的(其
实是桂容从王江手里夺过来自己折断的);因而当王老太太说王江
没有打着桂容时,她不信:

> 老:不信你问问你嫂子。
> 翠:不用问,你看,把这鞭杆子都打两截了。
> 老:那是你嫂子自个撅的。
> 翠:我不信。你说话有偏向。

当王老太太为了讨桂容的好而假意用鞭子打王江时,翠兰并不因
为被打的是王江而同意这样做,相反地她连忙上前拦阻,说:

> 不许打,打人犯法。

这些简短有力的对白把这个可爱的农村少女的性格突现了出来。
像"你说话有偏向"这句话,就描绘出了这个女孩子的强烈正义感
和略带急躁的天真性格。

王江的语言,在这个剧本里是比较一般化的。但有些对白,例
如,当王老太太对儿子说只要"吓唬"一下媳妇就行,不要打她,否
则"兴打离婚"时,王江犹豫、思索之后,又决然地说出的:

> 我趁这阵儿不把她拿下马来,往后更管不了她啦!

这句话,就比较恰当地刻画了这个男权思想极浓厚而又感到自己的权威已处于危险的境地因而不得不赶紧巩固一下自己的地位的农民王江当时的心情。

总的说来,剧本所用的语言的绝大部分是性格化的,它们标志着鲜明的个性:翠兰的语言仅仅属于翠兰,牛大婶的语言仅仅属于牛大婶。桂容与翠兰尽管在思想上是一致的,但她们的语言绝不能因此互相移植;牛大婶与王老太太虽然同属旧式妇女一类,但她俩的语言也是无法混同的。

剧本中除了个别的地方用了冷僻的土语(如"老鸹眼"障子——荆棘,"长洋"——得意,"熊"住——制服住等)外,一般的语言都是从实际生活中选择和提炼出来的口语。我们时常看到有些作者硬把小资产阶级知识分子的腔调塞在劳动人民的嘴里,例如农家姑娘竟会对她的爱人(也是农民)说什么"我就爱你能劳动,劳动是多么高贵!"的话;另外,有些作者到农村或工厂去体验生活的时候,在小本本上搜集了一大堆方言土语,在写作时就把这些方言土语分配给他作品中的人物,而这些语言与人物之间,并无血肉的联系;这样的作者仅仅是要把搜集来的语言作为他作品的装饰,而没有想到如何用语言来表达人物的思想、感情。我们知道,熟悉生活的过程,必定同时是熟悉语言的过程;不熟悉语言,就不可能熟悉生活;同时,不提炼语言,就不可能正确地表现生活,表现活生生的人物;在戏剧(文学)作品中,没有恰当的语言,就没有活生生的人物,而没有活生生的人物,就决定这作品的失败。在《妇女代表》这剧本中,通过语言,我们看到了一个个性格鲜明的人物形象,从这些人物形象和他们的相互关系中,看到了今天农村中新与旧的斗争和农村的未来。《妇女代表》的作者能够在语言的运用上获得一定的成就,我想,首先是他热爱劳动人民、热爱生活,参与了劳

动人民的生活和斗争、长期学习了劳动人民的丰富生动的语言因
而在思想感情上已开始能够与他们打成一片之故。作者懂得了必
须用语言(文学的基本材料)来表现人物的思想、感情、身份、性格；
同时能够将他所熟悉的语言根据人物的思想、性格和行动的要求
进行适当的选择与加工，而不是故意炫示自己对农村语言搜录的
功夫，使自己的作品变成方言土语的垃圾堆。剧作者如果不在人
民的语言上下一番深刻的功夫，要达到艺术描写的真实性是十分
困难的。关于这一点，《妇女代表》的成功也为我们提供了有益的
经验。

1953年6月

吕剧《王定保借当》中两姐妹的形象

"王定保借当"的故事广泛流传在山东、河北及其他地方，许多戏曲剧种中都有这一剧目。这个剧目原本情节较冗长，山东省吕剧团以吕剧的本子为主，吸收了五音戏、茂腔、柳腔、柳琴戏及评剧各本的优点，改编了这个戏，使它朴实、健康。

剧本的最大成功是突出地刻画了张春兰、张秋兰两姐妹的有血有肉的形象。由于这两个人物形象，我国传统戏曲中的女性群像就显得更为绚丽多彩。人民把天真、美丽、勇敢、智慧、正义感、嫉恶如仇、有斗争性等美德都给予这两位少女了。当然，这个戏并不是孤立地写两个人物，而是写出了封建时代人民的力量对恶势力的斗争，肯定了在斗争中的女性的地位，赞美了斗争中的女性的优秀品质。不仅如此，这个戏把斗倒恶霸的业绩归功于两个少女，是古代劳动人民对青春的尽情赞美，对新生力量的充分信赖！这个戏的喜剧的结尾则体现了古代劳动人民的美丽大胆的理想：正义一定会战胜恶势力！这些，都在导演杜民同志和演员钱玉玲同志（饰春兰）、常兰同志（饰秋兰）所塑造的两姐妹的形象中被表达出来了。

让我们来研究一下这两个人物形象所以演得成功的一些原因。

首先，这两个人物所以演得成功是由于演员经过了细致的分析、研究，全面地掌握了人物的精神实质，表现了人物的性格。秋兰的形象是令人难忘的：她十分顽皮，却又那么温柔；她非常秀美，却又带一点儿粗野；她处处"拔尖"，占着三分理就绝不让人；她那么勇敢，在仇人面前毫无惧色；而这一切又与她幼小的年龄完全相符合。春兰由于年龄大一些（十七八岁），比较稳重、端庄，已经懂得了爱情；在跟妹妹闹玩的时候可以让一点步，吃一点亏；在斗争中表现得沉着些、稳健些。我们看到：这两个人物既具有共同的美德，又具有不同的性格特征。这两个人物不是概念的符号而是活生生的人。

在人物形象的刻画上，不仅剧本经过了整理，表演也是经过了整理的。例如对春兰这一人物的处理，就与过去的演法不同。过去姐妹二人到了衙门口，春兰不敢上前与衙役张明答话，却怂恿妹妹上前责问；到了公堂上，春兰不敢说话，把一切都推到妹妹身上，让妹妹去挑重担。这样就损害了春兰的品质，使人感到她懦怯，猥琐。实际上春兰和秋兰应该是同样勇敢的女性，只不过春兰年龄较大，在态度上要比秋兰稳重、矜持些罢了。现在的演法都改过来了：姐妹两人谁也不次于谁，尽管姐姐没有妹妹那么"冲"，但在斗争中两人所起的作用是相等的。在衙门口，秋兰冲撞差役张明是自己上前的，不是由于受了姐姐的怂恿；春兰自己也与张明搭话；在公堂上，春兰有条有理地与李武举对质，进行了尖锐的斗争。这样，春兰这一人物形象丰满地站立起来了。

在人物形象的刻画上，演员善于通过角色的一言一语去挖掘角色的内心世界。这里举两个例子：秋兰在王定保唱出"同学们拉我去赌钱"之后，立刻插进一句道白："你怎么还赌钱哪？"同时用右手向他一摔，这一道白与动作十分有力地刻画了秋兰对赌博这个恶习的无比憎恨；但这里不仅仅是憎恨，正如秋兰接着用大段唱词责备王定保不该赌钱时一样，脸上全是气愤与谴责，但观众感到的绝不是简单的不满与指斥，这里包含着秋兰对表哥与未来姐夫的深切爱护，这是一种"恨铁不成钢"的心情。当秋兰表示愿意到春兰姐姐处设法帮助王定保还赌债时,王定保害怕自己的未婚妻春兰知道了他赌钱要骂他,这时秋兰唱道:"你是谁来她是谁,骂上几句也不相干。"这不是轻飘飘的玩笑话,我们从演员的唱腔中感到在玩笑的下面包含着对赌钱的谴责,似乎秋兰在说:"谁叫你赌钱的? 骂几句也活该!"这样就显出了秋兰思想的深度。又如在衙门口,衙役张明看见两个女孩子在东张西望,便粗声粗气地说:"你们要玩到东边姑子庵里去! 衙门口是是非之地,别在这里胡转转。"秋兰听了,三脚两步走到张明面前问他:"俺姐妹进城来告状,难道说姑子庵里还有官?"演员在这里把角色对张明的不满情绪和她从张明的话中知道了她们找了好久的衙门就在面前而产生的喜悦心情,通过"顶嘴"的形式奇妙地表现出来了。我们在这句话中感到秋兰这个女孩子是多么聪颖、勇敢、不驯!

在人物形象的刻画上,演员善于运用一些细节描写来表现人物的精神品质。例如在夜半奔赴县衙的途中,秋兰由于年纪小,终于有些疲劳了,她"只累得头也昏来眼也酸",在路边坐下了。春兰走过来扶她。这里,演秋兰的演员如果处理得不好就很容易演成在困难面前动摇。现在我们看到秋兰背着姐姐显出万分疲劳的样子,但随即回过头去,在春兰面前毫无倦色。她不愿让姐姐看到她疲劳,不愿使姐姐感到不安。这一处理使观众看到秋兰的身体虽已疲劳;但斗争的意志却是毫不动摇的。

姐妹二人形象的刻画只有到了最后公堂一场才算完成。在这里,戏剧矛盾发展到了顶点(虽然剧本没有把这个高潮充分表现出来),而只有在最尖锐的矛盾和斗争中才能显示出人物的最本质的东西。在前面,我们看到两姐妹在日常生活、恋爱生活等方面的细腻刻画;在这里,我们看到了反对迫害的英勇斗争的集中描写。她们在前面还只是未见过世面的姑娘,在这里就成了斗争中的英雄。我们不仅在前面看到她们的善良、聪明,而且在这里看到她们的机智、大胆。而前面的刻画与后面的描写又是有机地联系着的，日常生活中的优良品性发展为政治斗争中的高贵品质是那么自然，那么令人信服。演员深刻领会了人民在这里发挥的传奇式的浪漫主义想象，在舞台上把两姐妹的思想感情表现得十分逼真，使观众被形象的艺术魅力所深深吸引和感动。

在公堂上，春兰有三大段唱词，前一段是向县官叙述她借给未婚夫王定保去当当还债的包袱里有些什么东西，后两段是与李武举当堂对质，讲出五件衣裳的具体样式，和绣鞋上的详细花样，证明包袱是她家的，使李武举诬告王定保偷他家的包袱，借此陷害王定保，以便强抢春兰的阴谋彻底败露。演员在唱这三段唱词时声调逐渐高亢，斗争也逐步胜利。我们看到她在斗争中的镇静、沉着、坚定。她唱的每一个字都是斩钉截铁地喷出来的，这里包含着必胜的信心。

秋兰在公堂上的表演非常成功地刻画了人物，特别是前后三个动作一次比一次更清晰、鲜明、立体地把人物形象雕塑出来了。她二人一上来都跪在公堂上，秋兰尽管是个大胆的孩子，初次到这陌生的大堂上还是多少有些提心吊胆的。但在回答县官问讯的过程中，特别是说到她们为什么要告李武举时，她逐渐忘记了环境的森严，只让一腔义愤喷发出来了。她唱着："衣裳本是俺家借，他（指李武举）诬良为盗当贼拎，上堂来不问好歹你（指县官）动刑审……"原来朝外跪着的秋兰这时突然挺起上身，向左转，回过头去，在唱到"你动刑审"的地方用左手朝着县官有力地一指。这里表现了秋兰对县官打王定保二十板子的不平与控诉。观众对她在公堂上的"放肆"行为是非常满意的。接着，李武举从右首上场，秋兰正跪在右首，当李武举走上公堂靠近秋兰时，她用右手在地上一扫，跪着的两膝迅速向左首移动，向她姐姐挨紧，她的脸上显示出了对于恶霸的切齿痛恨与极端的蔑视，似乎惟恐这个坏蛋身上发出的臭气会熏着了她,会叫她呕吐!这里她好像在说:"怎么能跟这种人靠近呢!"同时,秋兰的这一动作还包含着另一种意义:敌人上堂来了,面对面的尖锐斗争即将展开,她必须跟她姐姐靠得更紧些,团结得更紧密些,要从姐姐身上汲取力量,也要给姐姐更多的支持。当李武举由于自己的阴谋逐一被揭穿而着急起来,并诬赖她们说:"想这女子与贼人有奸……"的时候,本来是跪着的秋兰一下子就站了起来,愤怒地指着李武举骂道:"你放屁!除非你娘才……"谨慎的春兰连忙拉住她,她才重新跪下。这里显示出秋兰对于加在她姐姐与她自己身上的人格侮辱是绝对不能忍受的。到了实在忍无可忍时,这个十四五岁的小姑娘也会说出一些平时不说的"野"话来,这是强烈的正义感促使她这样做的。这种大胆而勇猛的作风,使人感到她愈加可爱。在这里,形成了全剧中秋兰的形象刻画的顶点,也是这一形象的人民性的发挥的最高峰。这里,秋兰的形象刻画最终地完成了。她的各种美德,通过具体的形象,深深地印在观众的心中了。

这两个人物所以演得成功还由于演员的表演遵循了从生活出发的原则,演员的动作都有生活的根据。让我们从"程式"这个问题上谈一下吧。戏曲中的所谓"程式"原是把现实生活中的动作加以提炼、夸张与集中而成的技巧,但由于某些演员只是墨守成规地搬用这些"程式",它们在戏曲舞台上就往往成为没有生命的简单公式的交待,成了一种"死套子"。但是现在我们看到:演员活用了"程式"。以开门动作为例:秋兰听见有人叩门,以为是爹娘回来了;她问也不问门外是谁就去开门,左手先抵住两扇门,右手迅速拔闩,然后两手开门,各以假定的门轴为圆心,两手像燕子的翅膀那样敏捷地在空中先后画出两道优美的弧线。而这一切又都是做得那么干净、利落,甚至给人一种粗野的感觉。春兰也有开门的动作,却与秋兰的很不相同:她走到了后门口,两脚站稳,即将拔闩,忽而犹豫了一下,最后再用右手的弧形舞姿表示开开了一扇门,而这一动作是那么慢,观众好像听到了门轴在门臼里咿呀作响的声音。原来她迫切盼望着看到阔别三年的未婚夫,而又恐被人笑话,故而表现了犹豫;终于,要劝未婚夫戒赌学好的决心促使她开了门,但究竟有些害臊,不敢把两扇门全打开。就这样,演员忠实于一定时间、地点、条件下的生活的真实,使每一个开门动作都有生活的根据。在这个戏里,两姐妹开门、关门好多次;演员在表演每次动作时都有不同的生活依据,都有具体的感情,这就使这些"程式"动作不同于一切硬搬死套子的形式主义的表演。但同时这些动作又都是戏曲中的"程式"——生活的美化的再现而不是生活的自然形态的翻版。

这个戏在表演上不是没有缺点的。例如,秋兰早已把怒气冲冲地往外走的王定保拉住了,却要等待音乐过门奏完,再慢慢地唱:"急忙上前拉住衣衫。"角色当时的心情是着急、狼狈;而这样一来就破坏了人物的真实情绪,变成一个人在叙述自己的动作了。这里,演员不善于利用过门的时间演戏,而剧本中说唱形式的残余也影响了表演。又如,当秋兰把王定保来借当之事告诉了春兰之后,春兰有一段较长的内心独白的唱词。这时秋兰居然去翻看春兰的嫁衣。事实上这时秋兰必然最关心姐姐对王定保采取什么态度,不可能分心去注意旁的事物,因此这样演法就使演员脱离了角色。又如两姐妹假意怄气那场戏,表演中的某些细节还可加以简练。

饰演这两姐妹的吕剧演员都很年轻。她们是从文工团员转为戏曲演员的(山东省吕剧团的全体成员都是这样)。她们的成就是她们热爱祖国戏曲遗产和勤学苦练的结果。希望她们更深入地掌握戏曲艺术的特殊规律和现实主义的创作方法,使自己在表演艺术上获得更大的成就。

1956年1月

周行小歌剧《海上渔歌》的人物刻画

　　小型歌剧剧本《海上渔歌》(周行作,载《剧本》月刊1954年8月号)的作者选择了现实生活中一个有意义的片断,在有限的篇幅中,相当集中和简练地描写了我国东南沿海渔民在共产党和人民政府领导下与蒋匪武装特务所进行的一场斗争。剧本所表现的斗争内容是尖锐的:一面是解放后翻了身的劳动人民,他们有着很高的爱国热情和阶级觉悟;一面是两个蒋匪特务,他们是背叛祖国、坚决与人民为敌的反革命分子;斗争自始至终是在一个渔汛的夜晚,在汪洋大海上的一只小船上进行的。刚从大陆逃跑,在海上遇险,又被老渔民和他的女儿橄榄救起的两个特务知道:"老百姓个个都变了心,处处向着解放军",因此即使在大海孤舟之上,也必须把自己伪装起来,才能继续进行反革命活动。于是他们就自称是解放军。敌人的策略是:"他们喜欢活菩萨,我们就装二郎神。……"而且"装佛就要点层金,装假就要像个真"。他们竭力把自己的真象隐蔽着,而给人以假象,这是十分毒辣的手法。果然,橄榄就因此上了他们的当,真把他们当解放军看待了。但他们是反革命分子,要进行反革命活动,因此就不可能将真象隐蔽得十分彻底,他们的真面目终于会暴露的。当特务的身份暴露之后,斗争进入了第二阶段,更深化了。老渔民为了保存自己,松懈敌人的戒心,争取时间以便反击,就巧妙地把自己伪装起来,把自己装扮成一个"东风往西,西风往东,看风使舵,顺水推舟"的人。特务伪装的时候,老渔民保持着警惕,终于识破了特务的伪装,随时争取主动;老渔民伪装的时候,特务也是有戒心的,但在特务将信将疑的时候,老渔民已经布置好橄榄逃走。斗争针锋相对地展开而又反复纠缠,步步深入。开始时是敌人伪装,采取以守为攻的策略;接着敌人直接进攻;老渔民立即伪装"中立",采取以守为攻的策略,以击破敌人的直接进攻;斗争进入第三个阶段时,特务与老渔民双方都以真面目进行肉搏战,把戏剧引向了高潮和胜利的结尾。

作者在描写正面人物与反面人物时作了鲜明的对照。特务伪装,老渔民也伪装;老渔民有戒心,特务也有戒心。但特务的伪装是阴险的,其目的是为了进行反革命;老渔民的伪装是机智的,其目的是为了击破反革命。特务的存有戒心说明了敌人的厉害,叫我们不可轻敌;老渔民的存有戒心说明了他的政治嗅觉灵敏,警惕性高,叫我们向他学习。在作者笔下,敌人是机警的,但人民更机警;敌人是厉害的,但人民更厉害;敌人虽隐蔽,终于逃不过人民的眼睛;人民的机智与勇敢终于战胜了敌人的狡猾和阴险。在这种对照的描写中,作者以强烈的憎恨暴露了敌人的丑恶,以高度的热爱歌颂了反特斗争中人民的英雄气概;并且指出了:敌人是不义的,我们是正义的,因此敌人必败,我们必胜——这一颠扑不破的真理。

作者笔下的人物都具有性格特征,都是活生生的。老渔民与橄榄都是正面人物,但二人并不一样;特务老王与海霸子都是反面人物,但二人各有不同。斗争主要集中在老渔民与老王二人身上,而这两个人物又各自配合以另一个人物:在老渔民这方面有他的女儿橄榄,在老王那方面有海霸子。这样,在人物与人物之间就展开了有主次然而又是错综的关系的交织;一个有条不紊却又千变万化的场面呈现在读者和观众的面前了。

老渔民和橄榄都是爱国爱人民的海上劳动者,他们都拥护共产党、解放军,都憎恨反革命分子,在对敌斗争中都非常勇敢。但老渔民是久历风霜饱经世故的人,他有丰富的斗争经验。橄榄是个经验较少的年青一代人,在机智老练这一点上,就显出与自己父亲的差异来。在特务尚未暴露出真面目时,老渔民已经在判断情况,例如从海霸子的谈吐中看出端倪,分析对方为"一半假来一半真"。而橄榄呢,却只是一派天真地去接近对方,敌人露出了马脚,橄榄并不觉察,还批评对方"一脑袋封建思想"。当特务老王问起:"要是万一遇到土匪,怎么防备"时,橄榄会骄傲地说出:"我们有海螺,要是遇见了土匪船,用海螺一吹,这里里外外的炮艇、护洋船都听见了,一听见海螺响,民兵护洋队先来一个包围,他就长了翅膀也飞不掉。"这就暴露了自己的机密,后来终于叫敌人夺去了海螺,并把它踩得粉碎,使老渔民和橄榄处于艰难的境地。老渔民开始以伪装来对敌人作斗争时,橄榄是不解其意的,甚至会紧张地叫起来,要不是老渔民能随机应变,也许因此会露出破绽。但同时,橄榄从未在敌人面前现出恐惧和懦怯,也从未在困难面前丧失勇气和信心。橄榄在父亲授意下终于乘舢板逃走,领了民兵的护洋船来逮住了特务,很明显,没有橄榄的勇敢行动,这次胜利是不能获得的。橄榄的稚气天真更加衬托出了老渔民的老谋深算,从老渔民开朗、大无畏的精神中也可以反过来找到橄榄的勇敢、乐观性格的根源。他二人又有着父女关系,作者以关于嫁妆事的几笔轻描勾画出了老父爱女之深,小女娇态可掬,二人是如此地相依为命。但二人的想法又不一样,老父要为女儿办嫁妆,女儿却不愿意"出门子",要去考渔轮学校,将来当个女驾驶员;这里既显示出老少两代心情上的差异,又说明了这两代人对美好前途的共同向往。平时是相亲相爱的父亲和女儿,一到战斗之中,又是同仇敌忾的同志和战友。他二人有差异点,有共同点,取长补短,相辅相成,最终战胜了敌人，为人民立了功。

在全剧的四个人物中，老渔民是最主要的人物。作者首先刻画了老渔民的善良、正直、见义勇为：他听到远处舢板上有人喊"救命"，而自己船上的鱼网一时拉不上来，他就拿斧子给橄榄，叫她斩断鱼网去救人，因为"大海渔船共患难，救出人命心才安"。但老渔民并不仅仅是一个正直善良的劳动人民，作者还把他描写成一个对敌斗争中的英雄人物，这才使得他更加可爱。老渔民策略地把自己伪装起来时，特务骂他"装疯卖傻"，他故意抱怨特务把"穷打鱼的也当成共产党了"；特务进一步逼问他"刚才干吗鬼鬼祟祟"，他反问特务为什么"一上船，一口说是解放军"；特务要他立即把船摇到蒋匪军盘踞的南陈山去，他回说"这种提着脑袋钻刀山的事可没白干的"；特务忽然抓住了把柄，反问他：既然要钱，为什么方才推辞他们冒充解放军时赔他鱼网的钱，老渔民却异常迅速地反击过去说："那是老总赔我鱼网的钱呵。老总你太小看人了，我要舍不得那张鱼网，干吗要去玩这个命？"在这一段对白中，表现了老渔民在对敌斗争中的沉着、镇定和无比的机智，他以从容不迫的句子一次次击退了敌人的攻势，使敌人无隙可乘，无懈可击，从而保护了自己。当敌人用枪逼着他赶紧摇橹逃往南陈山去时，他的策略是尽量拖延时间，使船不致离大陆过远，以便橄榄与民兵可以追赶上来；因此他把船篷落下，使船行减速。这里有一段比较精彩的描写：特务老王惊慌地对老渔民责问说："咦，你干吗落篷，你想干什么？"老渔民却心中有数地心平气和地说："看天气，怕大风来了，不落篷摇橹，船怕危险。"但是特务是十分狡猾的，海霸子威胁老渔民说："放屁，你这话骗外行骗不了我。来了逆风才落篷下橹，这明明来的是顺风。"于是要打老渔民。老渔民这时一点也不惊慌，反而很机智地回击了他们："慢着，先让我把话说清楚：三十四沙这一带礁石最多，全叫雾遮起来，你看眼前礁石都是模模糊糊的，看不见。要是扯满了篷,撞上礁石,收都收不住。"老渔民故意将船往礁石上一撞。船一颠,老王跌倒,海霸子忙扶住。老渔民趁势严重地劝告他们说:"老总,明礁还来得及躲,你看得见;暗礁叫潮水盖在下面,你看不见。你只能看着水纹,细心细意慢慢地摇。"特务这时只好无可奈何地说:"那就慢慢地摇吧……"这段对话是精彩的,特务的责问来势汹汹,老渔民的回答却慢条斯理,特务的反驳似乎理直气壮,老渔民的回答却使之理屈词穷,特务自称"内行",但在真正的内行面前却只显出了愚昧无知。从这段精彩的对话中可以看出,老渔民不仅对航海知识无比熟悉,而且善于在尖锐的斗智中战胜敌人。作者笔下的老渔民还是一个充满着乐观主义精神的人。当特务以死来威胁他时,他高唱着:"风里浪里生长大,海洋生死我的家,惊涛大浪我洗澡,万丈深渊摸鱼虾。"敌人的任何威胁,在老渔民面前只能受到蔑视。相形之下,两个特务是多么渺小!可以说,老渔民是一个相当成功的正面人物形象。

两个反面人物老王和海霸子都是蒋匪特务,都是站在反革命立场上的反共反人民的匪徒。老王是个受过训练的特务,懂得如何用两面派手法把自己伪装起来,以便进行反革命活动,例如,他知道解放军的纪律,因此当他自称是解放军时,就一定要赔偿人家钱,以此取信于人。而海霸子原是个十足的海盗,不久前才被蒋匪搜罗去,因此不仅没有老王细心,而且不时暴露出海盗的本性而露出马脚来。橄榄提到考渔轮学校的事,老王能够趁机向橄榄进攻:"你是不是青年团员?团员考渔轮容易,也是个政治条件。"当橄榄惭愧地说正在争取入团时,老王就来破坏她与团组织的关系:"啊哟,像你这样的积极分子,进步分子,还不叫你当青年团员?"海霸子却完全没有这一手,他对橄榄说的话是:"咳,像你这样又聪明又漂亮的姑娘,一定能找到好丈夫,保险好吃好穿当太太,还用着操心考渔轮!"他的原意是想"恭维"橄榄,但却暴露了自己的真实面目,果然引起了老渔民的警惕。常常是,老王把自己隐蔽得很好,海霸子由于本性难移,突然一句话露出破绽,老王又赶忙来弥补。老王的反革命策略是尽量隐蔽自己的真面目,海霸子却认为船上只有两个渔民,又无武器,因此不必伪装,他说:"装神装鬼怕什么? 赤手空拳两个人。"这里,两个特务在对策略问题的看法上是有矛盾的。但同时,他们的反革命立场却又完全一致。老王是"队长",他的意见处于支配的地位;而海霸子的某些粗暴行为,也得到老王的支持。一个细心,一个粗心;海霸子企图用辱骂和殴打来打下老渔民的威风,老王却紧紧抓住了老渔民为他们摇橹赶路,因为逃命对他们来说是更重要的;老王的手段比海霸子更阴险狠毒,而海霸子的行径也为老王助势助威。这两个人物,一唱一和,做尽了坏事,但最后还是逃不出人民的巨掌。他们的结局是同样的狼狈:一个举手缴枪投降,缴出"情报、地图、假人民币";一个在海中吃足了水,软成一摊泥,倒在老渔民的脚下。一切坚决与人民为敌的反革命分子,可以从这两个人物的身上看到自己可耻的下场。

这个剧本的作者很好地继承和运用了我国民族戏曲的传统表现手法的优点。整个戏是在海洋上进行的,人物都在一只船上活动。这一题材是很难在受到严格的空间限制的话剧形式中表现出来的。作者所采用的戏曲风格的小型歌剧形式,却将这一题材充分地、自由地表现了出来。这一歌剧不仅适宜于以各种地方戏曲形式演出,而且给予了演员以尽量发挥表演艺术创造的机会。事实上,各地戏曲剧团一年来多次上演了这个戏,获得了一定的成绩。可以肯定,这个歌剧的鲜明的民族风格是观众喜爱的原因之一。

这一剧本的斗争内容是具有很大的现实意义的。目前我国正处在为国家的社会主义工业化和建成社会主义社会的伟大运动中,因此阶级斗争必然更加尖锐化,反革命分子必然要进行破坏活动。但我们是一定能够粉碎敌人的一切阴谋破坏活动的,因为我们有着无比强大的革命力量:我国东南沿海人民在共产党和人民政府的领导与支持下与蒋匪特务作过无数次胜利的斗争,就是一种证明。《海上渔歌》描写了这种斗争,对读者与观众起着不小的教育作用。我们提倡戏剧创作正面描写防奸反特的斗争,这应当说是剧作者们的政治任务之一。《海上渔歌》在这方面所达到的成就,是值得我们欢迎的。

1956年1月

话剧《在康布尔草原上》的演出

观众以很大的兴趣看完了甘肃省话剧团的话剧《在康布尔草原上》的演出。(剧本由该团集体创作,汪钺、姚运焕等执笔,武玉笑导演,白敬中副导演。)新中国成立以来,在舞台上不断地出现了反映我国各兄弟民族的斗争生活的演出,受到了广大观众的欢迎。现在,这个戏的演出又以其思想力量和朴素的艺术风格吸引住了观众。

幕拉开了。观众被带到了祖国西部黄河上游草原地带的美景之前。天上飘着一片片白云,远处蓝天的尽头,隐隐起伏着草山轮廓的弧线。一个藏族的姑娘在辽阔的康布尔草原上唱着动听的恋歌……然而在这美丽平和的图景中,剧烈的斗争正在酝酿着。故事发生在1952年,这时候军事上解放全国大陆的任务早已完成,党和政府正派遣工作组进入草原上藏族人民的各个部落,根据党的民族政策,进行各项工作;而隐蔽在各部落里的美蒋豢养的反革命分子则正在利用历代大汉族主义者在少数民族地区留下的历史影响,千方百计地煽动兄弟民族对汉族的仇恨,以达到破坏共产党和人民政府的阴险目的。于是复杂、尖锐的斗争展开了。在全部斗争的过程中,体现了党的民族政策的光辉胜利。这一胜利的斗争正是构成剧烈的戏剧冲突的基础。

导演紧紧地抓住了几条矛盾的线索:工作组和藏民的矛盾(藏

民对工作组暂时还不够了解），藏民之间（进步分子和落后分子之间，拥护工作组的下层人民和被敌人蒙蔽、利用的头人之间）的矛盾，工作组内部的思想矛盾（组长方振坚持党在少数民族地区工作的"慎重稳进"政策，副组长刘敏岗违反这个政策，急躁冒进，被敌人钻了空子）；导演使这些矛盾都围绕着一个基本矛盾——敌我矛盾而展开。全部矛盾解决的过程，就是我们战胜敌人的过程。这不仅完全符合生活的真实，而且在艺术的处理上也十分集中，使整个演出表现了鲜明的思想性。例如在第二幕中，我们就可以看到导演对矛盾的这种处理方法。由于副组长刘敏岗过早地向藏民群众宣传组织民兵，建立政府，化名道布的匪特罗茂才趁机挑拨，说工作组要取消头人了，引起了焦巴头人的疑惧，已经决定召开的群众大会（工作组向藏民宣传医疗贸易），头人突然宣布不开了；紧接着而来的是一部分藏民群众因为听信了敌人的谣言，纷纷前来向工作组责难，情势愈加恶化了，工作组面临着严重的考验。这里，导演没有为了博取"戏剧效果"而把藏民和工作组的矛盾做不适当的强调和渲染，而是合乎生活逻辑地朴素地处理了这些戏剧冲突；这就避免了把观众的仇恨错误地引向藏民，而把仇恨引向了各兄弟民族的共同敌人——美蒋匪特。

在第四幕中，我们看到了导演在处理复杂场面时也没有迷失方向。工作组的小丁被敌人暗杀受了伤，敌人想以此嫁祸于焦巴头人；紧接着，敌人又在工作组的帐篷旁边暗杀了焦巴头人的儿子勒日加，想以此嫁祸于工作组，以达到离间工作组与头人的目的。焦巴头人果然认为这是工作组借故报复，于是下令将工作组包围，三声枪响，霎时人喊马叫，牛角声透过寂静的旷野，显得格外紧张。焦巴头人喊着："我的孩子的血流到工作组了！"他一再要向工作组组长扑上去，而草原上的老人卡尔泰拍着胸脯向头人保证勒日加不是工作组害的，信任工作组的群众在向头人说理，怀疑工组的群众也在背后纷纷议论,工作组的医生在急救勒日加,工作组组长方振在说服头人,道布却在一旁向头人进一步挑拨……每一个人物都在活动,每一条线索都在进展,而一切都被导演组织在一幅巨大的图画中。在这幅画中,导演没有被剧本表面上的紧张热闹所迷惑,而是紧紧抓住了本质的东西。例如导演对焦巴头人的处理,就是强调了他因儿子被刺而痛苦得那么深,因而他几次要扑向方组长的举动,也能为观众所理解。观众可以看到,形式上是头人与工作组的冲突,实质上是敌我斗争;导演没有让工作组所处的表面上的劣势掩盖住它本质上的优势;敌人暂时还处于"胜利"状态中,但各种迹象已经表明:敌人本质上的劣势已经逐渐显露了。这是最后的斗争,这是我们胜利的前夜。导演所组织的巨大画幅体现了生活的本质,体现了生活的必然的规律。

导演赋予了整个演出以浓烈的生活气息。草原上的自然环境和情调,牧区的特色,草原上的人们的生活习惯,历史传统,性格特征,以至矛盾冲突,都被表现得很鲜明,很富于生活情趣和生活色彩,形成了一种朴素的艺术风格;使观众对祖国的这一部分地区产生热爱,对这里的淳朴的兄弟民族人民产生热爱。

导演的缺点在于,在处理某些场面时速度太快,没有起伏,缺少节奏感,不善于运用间歇和停顿来让演员把细致的感情深入地挖掘出来。例如第三幕,受道布诱骗而误入歧途的才布登由于抢劫科罗塞工作组而受了伤,阿姨(他的母亲)在埋怨他,娜姆错(他的妹妹)在和他争论——妹妹说工作组好,哥哥反对;阿姨支持女儿,才布登在作思想斗争;金巴才郎(娜姆错的爱人)由于道布的陷害,不愿再呆在康布尔草原上,要出走,他向爱人告别,向父亲——卡尔泰爷爷告别……这里是母子之间,母女之间,兄妹之间,父子之间,爱人之间,一连串人物关系的交织,骨肉之情的流露,又是剧烈的争辩,又是悲伤的离别。这里正是这些人感情最细致、最微妙的地方,剧本提供了相当充分、深入挖掘人物关系、人物感情的可能性,但可惜的是不少地方被轻轻放过了。那些在特定环境中特定人物之间思想感情的交流、变化、发展,都表现得缺乏深度和特色。

导演对若干次落幕的设计,可以看出,是有匠心的。例如第一幕第二场,焦巴头人经过了反复的思考,决定把工作组接待进来,当工作组组长刚刚上场,向头人献哈达并问候"牛羊好"的时候,幕落了。处理得干净,有力,把许多意在言外的东西留给观众去思考。但缺点是究竟太快了些,观众的思想准备简直没有。这时候,工作组终于进帐圈了,藏族群众的反映怎样?暗藏在头人身旁的敌人的心情如何?舞台上缺乏应有的暗示。这也就使得幕与幕之间缺少了有机的联系。

在演员们所塑造的一系列人物形象中,使人难忘的是白敬中所饰的卡尔泰爷爷。从抓鱼事件(工作组的小丁抓了一条鱼,卡尔泰爷爷说鱼是神,不能吃,方组长叫小丁把鱼放了),量布事件(在进行贸易的时候,小丁用尺量布,卡尔泰叫按"方"量布,方组长命令今后一切工作都按康布尔草原上的习惯进行),到为工作组说服落后群众,在头人面前为工作组辩护,这一年老的藏族猎人的思想和性格的发展,是那么自然,那么具有说服力。演员不仅掌握了这一人物的外部特点,而且通过舞台动作,表现了他的内在的精神状态。正义感,坦率和豪迈的气质,构成了这个老英雄鲜明的性格特征。他对共产党的态度是经过事实教育之后的衷心拥护和全力支持。当第四幕中焦巴头人由于儿子被害而迁怒于工作组时,我们见到卡尔泰英勇地站起来为工作组辩护:"我拿我这七十岁的老骨头向你作保,害勒日加的不是工作组!"当头人要下令逮捕工作组时,卡尔泰直言无忌地上前劝阻,他向头人宣称:"我爱我们的部落,我尊敬你——头人,我把我的心挖出来给你看,我完全是为了你,为了我们的部落呵!"演员在讲这些话时,充满了内心的激动,使观众见到了一个赤忱的人的心。人物形象的塑造在这里达到了高峰。

除了卡尔泰爷爷之外,舞台上还出现了几个比较成功的藏民形象。才老的戏并不多,但在第二幕那场短短的戏中,演员田野给观众留下了深刻的印象:才老刚在工作组换了货,抱着四五个尨碗,几尺花布和一块茶砖上场,说:"……弄错了吧?我的十斤羊毛,怎么给我换了这么多东西?"他发愣了。是的,这些祖祖辈辈受到"旧官家"——反动统治阶级——欺骗和压榨的老实的牧人,当第一次沐在共产党的阳光中时,是会不相信自己已得的幸福的。但是奇迹毕竟是现实,他由衷地喊出:"这真是佛爷显灵的年月啊!"演员在才老发愣这一细节描写中注入了多么深厚的历史内容!从金巴才郎和娜姆错的爱情的穿插中,我们看到了藏族年青一代人的成长。演员崔林捷对金巴才郎性格上的勇猛、刚烈等特点是恰当地掌握了的。可惜这一对恋人在整个戏的进程中缺乏明确的动作;人物的某些方面被表现出来了,而另一些方面则没有被表现出来,形象就显得单薄了。焦巴头人——部落的统治者,是藏族上层人物的代表,但同时又是一个诚实的、轻信的人。演员李最大刀阔斧地刻画了这一人物从被蒙蔽到觉醒的过程。当他最后痛悔自己的粗疏并扑向他的"吃咒的朋友"道布时,他的感情激动是剧烈的,而观众的感情也在为他的新生而震动!

在工作组方面,马天庆饰演的组长方振是一个基本上成功的正面人物形象。剧作者不止一次地把他放在严重的关头来考验他,演员也正是在这些地方较充分地体现了人物的本质的特征。在他说服落后群众那场戏中,演员把全部精神贯注在角色的行动中,深深地吸引了观众的注意力。我们感到这位共产党员把自己的命运和这些藏族兄弟的命运联结在一起了。在第四幕焦巴头人下令包围工作组那场戏中,演员表现了方振这一正面人物临危不惧、有理有节的气度和品格,表现了他作为一个党的民族工作者的立场和原则性。这一人物形象的缺点在于:除了解释政策、说服别人、布置工作等外,缺少更多方面的表现,特别是属于内在精神方面的东西,表现出来的太少了。这就在一定程度上影响了形象的丰满性。副组长刘敏岗的形象也具有同样的缺点,观众较少看到他的精神世界,例如做出错误决定之前的思想活动过程。虽然如此,这一人物仍然吸引了观众;急躁,莽撞,特别关心群众(显然是片面的)等等特征,演员还是掌握住了的。

在演员方面普遍存在的一个缺点是掌握语言的能力比较弱。语音的准确性,语言的节奏感,都注意得不够;特别是对于通过语言来传达人与人之间思想感情的交流的重要性,演员们的体会是不够深的。因而很多重要的台词滑过去了,观众没有听清楚它们的意义。

凡是看过这个戏的观众,都能深刻体会到:在新中国,兄弟民族间的某些隔阂,往往是各兄弟民族共同的阶级敌人挑拨离间的结果;只要坚决按照共产党的民族政策办事,在共产党和人民政府的领导下,各兄弟民族就能够紧密地巩固地团结起来,共同为建设美好的社会主义而并肩前进。而观众的这种认识,是通过从艺术形象所受到的感染而达到的。这就是这个戏所显示的思想力量。

1956年3月

浅谈戏曲舞台艺术的银幕化

——观影片《宋士杰》、《搜书院》后想到的

　　周信芳的杰作《宋士杰》（京剧，又名《四进士》），马师曾、红线女的名剧《搜书院》（粤剧）最近搬上了银幕。

　　两部影片突出地刻画了两位古代的老英雄。宋士杰这个被革了职的河南信阳道台官署刑房书吏，到了白发苍苍的暮年，还收留了一名素不相识的女子杨素贞，为她鸣冤告状；遇到道台顾读贪赃枉法，徇私舞弊，宋士杰又上告到河南八府巡按毛朋那里，终于平反了冤狱。《搜书院》中的谢宝是海南岛琼台书院的老师，因为海南镇台府的侍婢翠莲不堪虐待，逃到书院，求救于书生张逸民，以致镇台兵围书院，搜捕逃婢，在此万分危急之际，谢宝老师用计放走了翠莲。周信芳扮的宋士杰是一个老于世故、深谙官场三昧的老江湖；马师曾扮的谢宝则是一个深恶趋炎附势、痛恨恶吏贪官、清贫自守、淡泊自甘的老夫子。但老江湖不是老油子，他人老心不老，专爱行侠仗义，打抱不平；老夫子不是迂夫子，他一旦明辨是非，便能临危不惧，遇事从容，急人之难，成人之美。而且二人都那么富有智慧，那么富有乐观主义精神。宋士杰出身市井而非市侩，有机巧而不流于庸俗；谢宝是学者不是冬烘，有睿智却不流于迂阔。这两位见义勇为、当仁不让的英雄，既有共同的美德，又有不同的性格特征。他们的性格也是复杂的：宋士杰最后因为一状告

倒两员封疆大吏,被判发往边外充军,也会发出暮年的哀啼;谢宝在发现书生藏匿丫环之初,也会斥之为淫奢和非礼。但前者终究是拼了老命来坚持正义的,后者毕竟是冒了大险来救人出灾难的。这样,他们的形象才栩栩如生,令人敬爱。

两部影片当然不仅仅表现了这两个人物。《宋士杰》还描写了四位同年登科的进士(毛、田、顾、刘)做了官以后在杨素贞一案中的不同表现;描写了杨素贞等其他人物;整个戏揭露了封建社会中官民之间、官官之间的各种复杂的矛盾。《搜书院》中另一主要人物是红线女扮的丫环翠莲,她的悲惨命运和她进行的斗争是十分值得同情和讴歌的。在揭露社会矛盾、刻画社会生活方面,《宋士杰》显得更深更广;而《搜书院》在情节的单纯,色彩的鲜明方面,就更像一首抒情诗了。

把戏曲搬上银幕,不是一件易事。作为一个观者,我也想来说几句外行话。

先来谈谈影片对于原剧的增损问题。戏曲演出一晚上可以三至四小时,而电影一般不能超过两小时,因此戏曲拍电影就必须将舞台本大大压缩。《宋士杰》把原本前面的十一场戏都略去,代之以几个哑剧镜头,如四进士在双塔寺盟誓,杨素贞被卖,柳林写状等,都是几个镶在花框里的简洁画面,在银幕上交代一过,幕后有人将故事经过用韵语朗诵出来,好像戏的"序幕"那样。这种处理方法,颇见导演的匠心。而正戏一开场,就是宋士杰行走在街衢之上的矍铄形象,这样宋士杰就被突出了。影片还删去了一些与主题无关的过场戏和可有可无的对白,也使主要的东西更加突出了。一公堂、二公堂、三公堂及其他场子的精彩演唱,基本上都被保留了下来。但有些地方未免删得过简了。有些刻画宋士杰的场景也被删了,如宋士杰在道台衙门口跟看堂人耍花招,宋士杰假意赠银给丁旦,宋士杰想到和田伦的二公差开玩笑的独白等等,都是刻画人物性格的细节。也许有人认为这些地方表现了宋士杰的油滑,损害了人物,所以可删。但我觉得这些地方正显出了宋士杰的诙谐可爱,妙趣横生,丰富了人物的精神面貌。何况,评价一个人物还应从他行动的总的倾向上去看才对呢!《搜书院》本来就没有《宋士杰》那么长,所以删节较少。相反的,影片还在开头加了一个琼台书院重阳放学的场面。不过,与其加这个头,不如恢复删去的尾。在舞台演出时,最后有镇台高举道台公文骑马过场,谢宝随后闲步跟上的场面。在受着一定的空间限制的舞台上,观众还看到了谢宝悠然自得、明输暗胜的心情的表现;那么,在不受空间限制的银幕上,观众就更希望看到镇台搜查书院一无所得因而狼狈万状的窘态,更希望听到谢宝老师此时从心底发出的笑声。在结尾处恢复一点,增加一点(不宜过多,只须三、五个简洁的镜头就够了),我想是会更好一些的。

其次,我想谈谈电影与戏曲这两种有着不同规律的艺术如何在戏曲影片中取得和谐一致的问题。中国戏曲不如话剧或西洋歌剧那样受着严格的空间的限制,但在这方面毕竟还不如电影自由;戏曲是用虚拟和假设的方法结合精湛的程式表演来突破时间和空间的限制的,电影却是充分利用了镜头的变换来表现时间和空间的变换的。程式表演决定了戏曲以写意的风格为主,而电影则以写实的风格为主。对全体观众来说,舞台上的戏曲表演具有立体性,它适应观众的各个视点;电影的画面却只能这样:在一个时间单位内只有一个视点,但在时间单位更新的过程中,视点可以不断更换(包括地点、角度、距离的更换)。然而对于每一个别观众来说,剧场观众只能从一个视点去看演出的全部过程,电影观众却可以寸步不移而连续不断地更换视点。因此,电影观众要求不断看到不同的画面,导演也就进行蒙太奇的设计来满足观众的要求。此外,一个是真戏(真的演员在演),一个是影戏,因此观众的情绪和感应也有所不同,等等。这是我所想到的不同处。二者当然有相同点,它们都符合戏剧艺术的普遍规律。否则,戏曲就无法搬上银幕了。但在把戏曲搬上银幕时,由于没有很好地解决二者的矛盾,也出过不少毛病。例如,不了解电影艺术排斥虚拟的表演,就产生了银幕上的演员拿着马鞭绕圈子像是发疯等等的场面;不了解电影艺术以写实风格为主,就硬不让银幕上的龙套增加一点人数,以致使百万雄师变成了三、五名老弱残兵等等;不了解电影观众要求不断地变换视点,就让一个呆镜头"一韵到底"等等。或者,既然电影是写实的,那就加上写实布景,既然戏曲表演是写意的,那就保留演员的虚拟的表演。于是,明明有纺机,演员却在纺空气,明明有水有山,演员却在空挥马鞭。这没有解决矛盾,反而加深了矛盾。令人高兴的是,近年来拍摄的某些戏曲片,已逐步克服了这些缺点。《宋士杰》和《搜书院》尤其得到了值得称赞的成绩。

这两部影片基本上保留了舞台演出的原貌,同时又适应了电影艺术的要求。《宋士杰》舞台演出时是一块"守旧"、一桌两椅解决一切的,而影片中全部设计了布景,有具体的街道、房屋、衙门、城墙等等。《搜书院》原来就有布景设计,影片运用并发展了原设计。至于谢宝坐的轿、镇台骑的马、宋士杰击的鼓……也都用了真的东西。这样有没有妨碍或削弱戏曲表演呢?基本上没有。戏曲表演中有虚拟的部分,也有非虚拟的部分,虚拟击鼓,改为击真鼓,如果击鼓动作因虚拟改为实演而丧失了优美的身段,那当然是可惜的,但这种地方在全剧中终究不多。而表演的非虚拟部分,却可照单全收。这里,只要景设计得好,它和表演并不存在着不可调和的矛盾。在舞台上,有时这种矛盾是难以克服的,因为那个"橡皮舞台"时大时小,时内时外,一会儿在这儿,一会儿又到了那儿,加了布景,就往往消灭了舞台的这一神奇的功能,同时也就限死了演员的神奇创造。电影却不然,它可以叫镜头不断变换,背景也就跟着变换,演员的创造仍然可以发挥。宋士杰一出现时,给观众的印象多么强烈!那条街的背景并没有掩盖人物的形象。周信芳的不少精彩表演,如准备去击鼓鸣冤时的踢腿,二公堂喊冤时的卷袖,准备到按院大人那里去告状时的身段;马师曾扮的谢宝的潇洒的台步,苍劲的水袖;红线女扮的翠莲的收放风筝等优美动作(当然,更重要的是通过这些技巧而刻画出来的人物性格和人物的精神状态),都没有受到妨碍。至于周信芳的铿锵有劲的白口(《宋士杰》中念白极重,唱工较少),红线女的缠绵悱恻的唱腔,那是完全不受影响的,除非录音技术有问题。

当然,戏曲影片里的布景应当和一般影片里的布景有所区别。说它是写实的,是和戏曲舞台相对而言。戏曲表演不尽是虚拟的,却整个的是程式的。为了和程式表演相调和,戏曲影片里的布景必须较一般电影中的布景写意一些,特别是外景。《宋士杰》中街道、衙门口等景的设计及《搜书院》的某些设计,都很简洁,明确,能和表演调和。当然也有值得一提的问题,例如:翠莲被拷打得皮开肉绽,血迹斑斑,或半夜出奔,道路崎岖,而她身上的衣服却总是那么崭新,那么鲜艳。这原是舞台上程式表演所要求的,是美的,搬上银幕,是不能改的。试想改成衣衫褴褛,肮脏不堪,那岂不大煞风景?但问题在于必须统一效果,于是所有房屋家具也都一尘不染,"琼台书院"的匾额油漆未干,一切墙壁都粉刷一新,宋士杰的店房也是方才落成的……这总使人感到有些别扭。

这两部影片是较充分地运用了电影的技巧的。比如宋士杰偷抄田伦致顾读的密信那场戏,导演花了不少心思:有近景,有远景,有正面形象,有侧面形象,有半身像,有全身像,而周信芳的灭烛、翻身、晃须、疾书、抖襟等一系列精湛表演则从各个角度被纪录了下来。又如《搜书院》中镇台夫人拷打翠莲那场戏,也运用了各种不同的镜头,烘托了气氛。又如《宋士杰》中田伦的二公差向宋士杰讨了一只酒坛,把三百两贿赂银子放进坛去,银幕上酒坛未动(其实动了),场景换过,已到了受贿者顾读的家里。这就省了许多戏,而把情节交代得很清楚。这些地方都是舞台上无法表现的。当然我们也有不够满足的地方:翠莲在柴房猛拉房门时,我们希望看一看门外的锁;谢宝对镇台说"加上一个能干的师爷"时,我们希望看一看师爷脸上的表情……这里不由人想起宋士杰抄写密信时插入的二公差酣睡的镜头,它叫观众放心,又叫观众担心,确是导演的高明之处。

是不是电影技巧的运用至多只能做到不妨碍表演?不一定,在个别场合甚至能有助于表演。《宋士杰》中二公堂一场,舞台演出时宋士杰原是侧跪着的,观众虽然不是只见背影,却也见不到正面。周信芳背上有戏是出名的,但这场戏有大段对白,观众只见侧面,究竟不大满足。而影片却不同了:镜头从道台顾读身后拍出,宋士杰跪在堂前,镜头逐渐摇近宋士杰,直到成为宋的半身特写为止;这样,把宋士杰对顾读责问、讥讽、挖苦时那种满腔悲愤而又毫无畏惧的表情和做工突出地传达出来了。

戏曲的美是由一系列因素构成的,服装道具的绚丽多彩是因素之一。因此,如果拍黑白片,就吃亏了。这两部影片是五彩的,戏曲的这一特色就被保存了下来。影片在色彩和光暗上已大大克服了我国初期彩色片技术上的缺点。我觉得,《宋士杰》的主色是紫,显出沉凝深厚的调子;《搜书院》的主色是橙,一派绚烂的南国风光;这就从色彩上显出了两剧的基调。但同时影片的色彩是有配合有变化的,色与光的配合、变化也是丰富多彩的。《搜书院》中书房相见一场,有一帘外摄入的镜头,男衣橙色,女衣淡蓝色,桌上一灯红色,整个画面为一条条的竹帘罩着,温暖而柔和,美极了。当然也有缺点:有说到夕阳西下而天色还像白昼,有在夜晚而光暗不统一(某一镜头光线太亮,其余则非是)等等地方,但这是次要的。

我想,戏曲搬上银幕而不去适应电影艺术的特点是行不通的,是不要观众的做法。这两部影片的成功正是有力的反证。但这并不是说可以完全不顾戏曲艺术的特点,如果那样,观众同样会有意见的。而这两部影片也没有如此粗暴。当然,为了创造出质量更高的戏曲艺术影片,许多复杂的问题还待进一步研究商讨。这些问题是世界其他各国电影艺术界中所没有的(他们可能有别的问题),这一任务是中国电影艺术家们(包括戏曲演员等)特有的光荣任务。因此我们是借鉴少、困难多,必须花更大的劳动,进行更多的创造,才能有所收获的。希望中国戏曲影片在已有成绩的基础上,得到新的、更大的发展。

1957年3月

探《探阴山》

　　《探阴山》原是中央文化部明令停演的剧目,最近有些地方内部演出了这个剧目,并进行了研究讨论。我个人认为这个剧目在做适当修改之后是可以上演的。这里,让我来探一探《探阴山》这个剧目。

　　《探阴山》批判了阳世的县官江万里,批判他的主观主义,官僚主义;又批判了阴间的判官张洪,批判他的利用职权,徇私舞弊。江万里这个形象比较一般化,但张洪的形象却是强烈的。

　　有人反对上演出鬼的戏,说凡是出鬼的戏都是迷信戏——就是说,这些戏都是宣传"生死由命、富贵在天"的宿命论思想的,是消磨人们的斗争意志的。现在,这一论点已经有些站不住脚了,因为有人具体分析了敫桂英、李慧娘鬼魂的形象,认为她们的出现正是符合人民的理想的,正是不甘心屈服于命运的表现。鬼戏是否是迷信戏,应当具体分析,不能一概而论。于是《情探》《红梅阁》出笼了。很好。但似乎只有复仇的鬼魂才得到人们的青睐。《乌盆记》里刘世昌的鬼魂,侥幸也是复仇的,于是久别之后又重登红氍毹上,是个幸运"鬼"。至于别的鬼呢?

　　比如张洪吧,他不是复仇的鬼,不是正面形象,也不是"两面派"的代表(如《画皮》中的恶鬼),然而是反面形象。过去的封建统治阶级为了叫人民从思想上不反抗,就制造了一套阴司地狱、循环报应的"鬼"话来恐吓人民,麻痹人民。但人民会来一个奇妙的"逆来顺受"。你们用阴司的可怕来威吓我们,我们理想中的人物就来"闹地府";你们用阴司的"公正"来麻痹我们,我们就让张洪这个否定形象出在你们那最最"公正"的阎罗殿上!你们说生死簿是决定人们生死的最后判决书,我们说你这个生死簿就是可以胡乱窜改的;你们说好人到了阴间就能得到好报,我们说阴间就有冤狱,请看阴山背后柳金蝉的冤魂!有人说,演出《探阴山》千好万好免不了一个不好,那就是:首先肯定了阴司地狱的存在,因而宣传了循环报应的思想。这说法是有些道理的。但是,另一面,我们也可以这样设想:在封建社会里,人们脑子里早就有了阴司地狱的观念,那么,要动摇这个观念,就必须先在这个观念中来做文章,否则就不能产生较好的效果。我们还可以这样设想:人民的大胆和勇敢就表现在这里:要从阴司地狱的内部来击垮阴司地狱,要从"鬼"话的本身来证明它是"鬼话"!我想:判官张洪这个反面形象的意义首先就在这里。

张洪是鬼判官。但鬼这个东西是不存在于物质世界的。正和神一样,它是人类幻想的产物。圣经说:上帝造人;其实是:人造上帝。基督徒认为上帝的形象和人一样,这就证明了上帝的诞生后于人的诞生,因为人只能按照自己的形象去塑造上帝的形象。鬼,同样是人的形象的延续(如敫桂英)或反映(如《画皮》中的恶鬼)。人类的脑子能进行极端复杂和丰富的思维活动,但反映论说,人脑的即使是最荒诞的幻想也是有一定程度的物质根据的。同样,张洪这个坏蛋,其实是人间恶吏的写照。他这位五殿阎罗的判官,一查生死簿,见上面写着李保害死柳金蝉,而李保是他的外甥,那么,做了堂堂一判官,还救不了外甥一命?提起笔来在生死簿上改成"颜察散谋死表妹柳金蝉",再吩咐油流鬼将柳金蝉的阴魂押在阴山背后,永世不得超生。试问:这种伤天害理,徇私枉法的勾当,不出在人间,出在哪里?由此可见,人民运用张洪这一反面形象,不仅打击了阴曹地府,而且批判了人间世界!

有人反对演鬼戏,理由是:"鬼到底是生活中没有的东西",因此演鬼戏就是"反科学"的。可是,他不知道科学只是不承认鬼存在于物质世界中,却并不否认鬼的观念存在于人的幻想中,更不否认艺术作品中鬼魂的形象和神灵的形象一样是人类某种思想意识的反映。一定的鬼魂形象体现着一定的思想。对鬼戏的取舍不在于客观世界中有没有鬼魂的存在,而在于这个鬼戏所体现的思想是消极的还是积极的。就《探阴山》来说,它的思想的主要部分恰恰是积极的。

有人认为凡是出现神灵的戏就是神话戏,是表现人类的理想的;凡是出鬼的戏都是迷信戏。于是订下了"对神从宽,对鬼从严"的清规,甚至更进一步,立下了舞台上只能"神'出'鬼'没'"的戒律。但这是不行的。问题在于必须具体分析。《探阴山》的全本《普天乐》中有神有鬼,如果按照上面的教条来办,那就很简单:驱鬼留神,万事大吉。不过这样一来,就成了去其精华取其糟粕了。且看《普天乐》中的一位神——月下老人的言行吧:一日,他心血来潮,翻开姻缘簿,口中念念有词道:

> 昔年牛郎织女二星相会之时,攀倒银河边仙李树,那树乃是仙种,被二星伤坏,坠落凡尘,转托人身。上帝又将牛郎织女责贬下凡,在颜柳二家出世,今晚有段冤孽……劫数难逃。

月下老人随即派鹤童、鹿童到下界汴京去走一遭,促成柳金蝉被害一案。于是李保(仙李树)谋财害命,柳金蝉(织女)一命归阴,颜察散(牛郎)屈死抵命,这一切全是冥冥之中事先安排好了的。这位月下老人一出现,整个戏就被罩上了浓厚的宿命论色彩。这里,散播迷信思想毒素的不是鬼,恰恰是神！对于这样的神,我倒主张"从严"办理,应当逐出舞台。至于对张洪这样的鬼,则大可以"从轻"发落,保留在舞台上——当然,我在这里批评了"神'出'鬼'没'"的主张,却并不等于主张"一反其道而行之",来个神"没"鬼"出"。我主张具体分析,分别对待。

有人说,人们常常用"赌鬼"、"酒鬼"、"烟鬼"来形容有不良嗜好的人,可见人们反对鬼,因此鬼戏不能演。那么请问:为什么革命队伍里的"小鬼"是最亲昵的称呼？可见从词汇里去找反对鬼戏的根据是徒劳的。另一些人为鬼辩护,说,鬼大多是人的精魂,因此比之神更带有人气。不过这也不能一概而论。你能说《天仙配》中的七仙女少带人气吗？其实,问题不在于鬼是否全是反面形象和神是否全是正面形象,问题的关键在于:寓于形象中的思想如何。难道说,在描写人的戏剧中就不许"赌鬼"、"酒鬼"、"烟鬼"存在吗？《普天乐》中的月下老人并不是恶煞凶神,但恰恰要不得;同剧中的鬼判张洪并不是什么善良的鬼魂,但恰恰要得！既然舞台上不仅要有正面人物,而且要有反面人物;不仅要有正面"神"物(如《白蛇传》中的南极仙翁),而且要有反面"神"物(如《宝莲灯》中的二郎神);那么,为什么舞台上只许有正面"鬼"物(如李慧娘)而不许有反面"鬼"物(如张洪)呢？

有人举出了具体例子:1956年7月18日宜兴县锡剧团在如东演出《探阴山》,在观众中产生了不良后果,如一位食堂工友拒绝了人们要他注意卫生工作的意见,说:"你们昨晚不是看了《探阴山》了吗？阳寿不绝不会死,没得阳寿再讲卫生也不成功。那个小姐柳金蝉阳寿不绝,死去多少时候,不是又活了吗？人不会错死的。"这个事例是值得我们深思的。

事情常常是失之毫厘,谬以千里的。佛说因果,马克思主义也研究事物发展中原因和结果之间关系的规律;但一个是宿命论,一个是阶级论。善有善报,恶有恶报,这是宿命论的说教;但善人最后必须得到幸福,恶人最后必须受到惩罚,这就是人民的理想和乐观主义精神的体现。《探阴山》中柳金蝉的还阳,是否也可以理解为人民理想中善人的最后胜利呢?我想,除了对善恶的解释往往有根本的不同(如封建统治阶级认为"造反"是恶的,人民认为"起义"是善的等等)以外,就一般的善恶观念来说,问题的关键在于:那个善善恶恶的结果是通过积极的斗争而取得的呢,还是由冥冥之中的超自然力量事先安排好的?这是理想与迷信的分界线,是摆脱命运支配还是服从命运支配的分界线,这是有原则区别的。让我们注意:《普天乐》中有一个重要人物:包拯。他抱着"我不入地狱,谁入地狱"的决心,下到阴曹,彻查了柳金蝉一案,终于让苦主还阳,叫罪魁伏法。要知道,平反冤狱的不是"稽查阳间善恶,执掌生死大权"的阎王判官之流,而是一个人——包青天!人们在"日断阳,夜断阴",万能的包公身上体现了自己无限的理想与希望;人们借包公的形象驳斥了"听天由命"的说教,宣扬了"人定胜天"的真理。我同意这样的说法,在艺术创作中,这里的包公形象是卓越的浪漫主义的创造。那么,让我们来掌握这个"毫厘"吧:删除月下老人的一条线(这条线在剧情结构上原是无关重要的),突出包公的一条线(在剧情上这原是一条主线),此外再做一些细致的整理(如使剧情紧凑,弥补漏洞,删除恐怖形象等等),我们就一定能使《普天乐》这出戏化腐朽为神奇。

我们的某些同志对于"还阳"恐怕仍然有点敬谢不敏的样子。其实这是不必害怕的。西方童话中的白雪公主死后多日,真正爱她的王子来吻了她,她复活了。这故事谁也没有非难过。为什么人们对于柳金蝉的还阳就疾首蹙额呢?人们允许芭蕉扇、金箍棒、神灯之类东西施展无穷的法力,为什么独独不许包公的还魂床一显神通呢?

当然,有些人要从《探阴山》里接受一些消极的东西,那是不可免的。特别是有些人脑子里先就有了宿命论的一套东西,所以就一拍即合。你能担保《情探》的观众中没有一个人得出"恶有恶报"的"结论"吗?《探阴山》的观众中有人在宣传"阳寿有定数"的道理了,我看,岂但"阳寿有定数"而已,他还会得出这样一些"结论"的——譬如:包公查出了生死簿上被判官窜改之处,正是反证了生死簿之终究改动不得;包公铡了判官,正是维护了阴曹法纪的尊严,等等。这里,我认为,就应该从一个作品的总的倾向去看问题了。《探阴山》——《普天乐》(经过整理后)总的倾向是:正义战胜邪恶。它的积极因素是主导的。因此,让它在舞台上出现还是有好处的。至于那些有宿命论观念的人们,主要应依靠科学教育来帮助他们。

然而,我还必须再一次地在这里说明:我并不认为《探阴山》(即使经过了很好的整理)没有消极因素,我甚至认为《情探》、《红梅阁》等其他鬼戏也有消极因素,只是程度不同而已。当我们反对那种使某些有积极意义的鬼戏不能上演的清规戒律时,我们必须避免另一种偏向,那就是把这些鬼戏说成似乎是好极了,没有任何缺点。(那些肯定毒素很大的鬼戏如《滑油山》之类,当然更不待言。)我觉得我们既要看到某些鬼戏的积极性,也要看到它们的局限性。它们是产生在古代的,那时人民没有掌握科学,在现实生活中也看不到前途,于是只有把自己的理想的胜利寄托在幻想的形式中,而这些幻想又离不开时代的局限,因此是与当时统治阶级用来麻痹人民的一套迷信观念纠缠在一起的。我们并不否认演出即使是好的鬼戏也会产生一些副作用,而且副作用的产生并不单单由于形象的恐怖。但我们仍然尊重《探阴山》这一类鬼戏,因为我们除了承认它的积极因素是主导的以外,还认识到它们是古代人民的产物。我们尊重它们,并不是认为它们完美无缺,而是认为不该把它们打入冷宫,不上舞台。作为一种艺术品,它们将是不可企及的东西;也就是说,在今天的时代已经不再有产生鬼戏的基础。假如有人看了某些文章中对敫桂英鬼魂形象的颂赞,因而拍案大叫道:"哦!原来如此。那我也来写一个'刘胡兰活捉大胡子',不就同样'表现了人民的理想',不同样是'浪漫主义的手法'吗?"——那么,我们就不能不说这是"活见鬼"了。

1957 年 3 月

　　附注:《探阴山》是《普天乐》中的第五本。《普天乐》的剧情梗概如下:恶棍李保为了盗得一女子柳金蝉的首饰,将她勒死,事后又不得不将首饰抛弃。柳之表兄兼未婚夫颜察散发现柳尸,又发现首饰,被柳父疑为凶手,县官江万里将颜问成死罪。颜母告至包公处,包公亲赴阴间查问,直探阴山,经油流鬼揭发,查出五殿判官张洪包庇外甥李保,涂改生死簿,嫁祸颜察散,将柳的阴魂押在阴山背后。包公即将李保处死,将判官铡了。而颜柳二人俱还阳,结为夫妇。又,此剧未经文化部开禁,各地不应公开演出。

《革命的一家》

——儿童剧坛的新收获

中国儿童剧院最近上演了新编的儿童剧《革命的一家》,这个话剧是根据陶承同志的革命回忆录《我的一家》改编的。演出获得了成功,全剧洋溢着革命英雄主义气概和革命乐观主义精神,对儿童观众、少年观众以至成人观众,都有教育意义。

这个戏所描写的是1927年我国大革命失败后一个共产主义者家庭向敌人英勇冲击、前仆后继、为革命献身的壮烈事迹。这样的家庭是中国人民反帝反封建革命斗争中无数革命家庭的典型。从这一家人的革命的悲欢离合中,可以看到当时白区地下斗争的英勇和艰苦的斗争场面。今天,我们的孩子们生活在幸福的社会主义时代,正如陶承同志在她的回忆录的开头所说的:"他们既不知道什么叫忧患,也不知道什么叫冻馁,然而这一切,都是他们的祖辈父辈,经过整整一代的浴血斗争,做了无数的牺牲,才争取到的。"因此,把他们的祖辈父辈如何进行浴血战斗的故事、把新中国如何经过无数艰难困苦而缔造出来的过程告诉给新一代,用先辈的革命精神、用烈士们为祖国为人民的解放,勇往直前,舍身忘死的英雄气概和乐观主义精神来教育新一代,不仅十分必要,而且是对孩子们的一种责任。

我们绝不是九斤老太,我们认为新一代一定会比老一代干出更加惊天动地的事业来。但是,对于新一代来说,只有熟悉了先辈的典型,才能更深刻地认识自己一代;只有懂得了历史,才能更好地创造未来。让新一代温习一下先辈的战斗历史,正是为了使他们在今天更努力地学习和工作,使他们为了建设我们的社会主义祖国、为了创造地上乐园——共产主义而更勇敢地献出自己的全部精力。

《革命的一家》正是用先辈的革命精神教育和激励新一代的优秀儿童剧。这是一朵在不太繁茂的儿童文艺园地里新开的、迎风怒放的鲜花。

我们的观众将从戏中看到些什么呢?

人们将从这个戏里看到,他们的先辈们在对敌斗争中是怎样充满着豪迈的革命英雄主义精神的。丈夫牺牲了,妻子更加坚强起来;父亲倒下了,儿子站立了起来。父母子女,整个一家人,为了无产阶级革命事业,为了人民解放,为了人类最美好的理想——共产主义,向敌人冲锋陷阵,奋不顾身。父亲为了掩护同志们安全撤退,自己挺身而出,在跟敌人格斗中饮弹身亡;儿子受尽非刑,拒绝诱降,永远誓忠于无产阶级,永远誓忠于信仰,"虽九死其犹未悔"。他们都是像剧中的主人公在狱中对他的难友所说的那种"叫敌人害怕的人"。父亲留给儿子一首诗:

> 长江滚滚波浪高,
> 英雄人民难折腰。
> 不惜今日为国死,
> 换取来日红旗飘。

这首诗在剧中先后出现三次,形成全剧的主题诗。这是一首把今天飘扬在天安门前的红旗和革命先烈的英雄气概联系起来的诗,是一首对革命英雄主义的崇高的赞歌。人们将从这个剧中看到,他们的先辈们在艰苦的斗争中是如何充满了革命的乐观主义精神的。妻子失去了丈夫,母亲失去了爱子,这是人间的至痛,但是真正的革命者不会被悲哀所击倒,却能化悲痛为力量,不会在悲哀中消沉,却能从悲痛中奋起。在当时那种极艰苦的环境中,革命的乐观主义主要体现在对革命的坚定上面。可以看到,对革命的如磐石般的坚定不移,正是剧中一家人和其他革命者共有的最显著的特点。剧中的主人公在就义之前对敌人说的:"你笑的太早了,留着点儿给我们笑吧!"是从原著中所引的"谁笑到最后,谁就笑得最好"这句话发展来的,这句话可说是全剧的注脚。请听:革命者用来回答诱降者的,是那几乎要震坍监狱的笑声!我们的观众会想:在那样黑暗的年代,先辈们已经是那样地充盈着乐观精神,那么在如此幸福的今天,假如还为微不足道的个人得失而烦恼,那算是一种什么样的风格呢?

小观众也许知道孟母三迁的故事,也许听说过岳母刺字的故事,这些故事中的母亲形象是封建时代"贤母"的形象,有其动人之处,但是,这个《革命的一家》中的妈妈的形象(根据原著中第一人称的形象塑造的),不是更加打动了小观众的心吗?这是远远高过"贤母"形象的我国无数革命妈妈的形象。作为母亲和战士的结合体,她既有对革命的坚决,又有对儿女的慈祥。是她,一肩挑着家庭生计的担子,一肩挑着革命工作的担子;是她,一面抚育了自己的儿女,一面培养了革命的新人。当她披上儿子从苏联带回来的一位苏联妈妈送给她的头巾而微笑的时候,我们觉得这是最美的笑容,这里面蕴藏着对儿子的深爱,对苏联的感谢,以及对革命事业的无限信心……这样的革命妈妈,哪一个小观者不敬她爱她呢?

小观众一定知道刘胡兰的故事,一定知道卓娅的故事,刘胡兰和卓娅的英雄形象在孩子们的心中将是不可磨灭的。而现在,小观众又将从《革命的一家》接触到另一个少年共产党员杨志雄的英雄形象。这个形象是根据原著中欧阳立安的形象塑造的,是当时我国无数少年革命者的典型形象,他和刘胡兰、卓娅并列,也无愧色。他像划破夜空的一颗彗星,用他极其短促的一生,迸发出了无比灿烂的革命火花。

杨志雄——这个早熟的孩子,在十四岁的时候,就为了帮妈妈养家,到长沙码头上去当苦力了,但是他还瞒住了妈妈,因为他知道妈妈疼他,不会同意他去干这样重活的。而今天的十四岁的孩子们,也许正在少年宫里做飞机模型吧。志雄十五岁,在武汉加入了当时秘密的共产主义青年团,他把工人群众团结在自己的周围,给了工头一次大快人心的打击。而今天的十五岁的孩子们,也许正坐在课堂里,睁着大眼睛,听老师讲苏联的第一颗人造太阳系行星吧?志雄十六七岁,已经在上海地下入党,并且迅速地成为党在工人运动中的重要干部,领导罢工斗争,布置工作,指挥作战;十八岁,在监狱中表现了一个共产主义者的最可贵的革命气节,英勇就义。而今天的十七八岁的孩子们,也许正在田野里、工厂中、工地上幸福地劳动吧?或者正坐在安静的图书馆中读着什么小说,也许是陶承同志的《我的一家》吧?是的,让我们来好好地想一想志雄——立安的一生吧,这位英雄的短促的、战斗的、光辉的一生,对我们究竟有什么意义呢?意义在于:它是对我们的一种最严格的鞭策,好像鲁迅的《过客》中所描写的那种永远鸣响在耳边催促人前进的声音。它具有深刻的教育作用,因为它是诉之于孩子们的心灵的。

小观众将从这个戏中看到,这个家中所发生的一切是那么富于革命传奇的色彩。这里,父母子女之间的至性至情根植在无产阶级同志爱的土壤中,同志间相互关怀、团结、友爱等等品质通过天伦关系表现出来。这里,革命工作通过家庭关系取得了有利条件,家庭成员因为干革命工作而更加亲密团结。这里的革命和家庭,同志关系和天伦关系,不是相互矛盾而是相得益彰。这个家确是个家,却又是党的县委机关,爸爸是县委负责人,妈妈是文件保管员,大哥是秘密交通员,二哥是放哨的,小妹是守门的。既是亲属系统,又是组织系统!这个家从长沙到武汉,又从武汉到上海,不是奔走谋生,而是组织调动;不是闯荡江湖,而是转移、撤退、进攻!哥哥关心妹妹的,不仅是生活,而且是政治;父亲留给儿子的,不是财产,而是英雄的品质;儿子等待一位新党员前来接组织关系,等到的新党员原来就是自己的母亲!……这样的家在那个时代以前的封建社会,不可能有;在那个时代以后的社会主义社会,也不会再有(不是说不可能有全家都是革命者的家庭,而是说不可能再有那个时代的地下斗争的生活)。这样富有特殊色彩的革命故事,或者说是富有特殊色彩的家庭故事,对少年儿童将有异乎寻常的吸引力。故事性强,这原是儿童文学的要素之一。中国儿童剧院选择了这个故事,把它搬上舞台,说明他们很有鉴别力。

　　这个戏的改编工作和舞台艺术处理,都是成功的。在改编工作上,做到了忠实于原著,而又不拘泥于原著,为了适应戏剧形式的特殊规律,改编本新添了不少情节,加强了人物的动作,努力去刻画典型。导演的处理和演员的表演,是动人心魄的。小观众看得或则拍手蹬足,或则热泪盈眶。许多场面感人肺腑,有人把这叫做"揪心"的力量,这种力量充分发挥了艺术教育人民的潜移默化的作用。尽管在改编工作和舞台艺术上还有缺点,如某些新添的情节和人物不够真实可信,某些表演还显得粗糙,时代气氛还不够,但是这些个别的缺点并不能掩盖整个剧本和演出的艺术光彩。当我们知道中国儿童剧院正在准备对这个戏作进一步修改加工的时候,我们就更高兴,因为我们相信,这个戏在不久的将来一定会以更完整的面貌出现在观众的面前。

　　《革命的一家》是今年儿童剧坛上的新收获,但是,不能认为,我们的儿童戏剧园地是繁茂的。去年,文艺创作实现了大跃进,但是在儿童文学包括儿童剧的创作方面却不能说是个令人满意的丰年,这说明我们的作家们,还没有很好地尽到自己的责任。这种情况,应当赶快改变。少年儿童是祖国未来的创造者,是建设社会主义和共产主义的接班人,因此,关心少年儿童的精神生活,用英雄人物优秀的道德品质和崇高的共产主义风格去教育少年儿童,应当说,是文艺工作者,特别是儿童文艺工作者不可推诿的责任。让我们来看看孩子们要求精神食粮的渴望的眼光吧! 这会加强我们的责任感。从戏剧角度来说,我们认为,《革命的一家》是优秀的儿童剧,但只有一个《革命的一家》是大大不够的。我们要有更多的优秀儿童剧去满足孩子们的要求。儿童剧的创作和演出首先是儿童剧作家和儿童剧院的任务,但不能认为这只是他们的任务。剧作家、剧院、话剧和戏曲剧团,都应当考虑为儿童服务的问题。一般剧院剧团除了选择适宜儿童看的剧目为儿童演出专场之外,也应当在自己的上演剧目中安排一定比例的儿童剧目,使我们的剧场同时成为用共产主义精神教育新一代的"苗床"。作家们,艺术家们:让我们更好地为少年儿童服务吧! 让儿童戏剧艺术的园地里出现"百花齐放"的繁荣景象吧!

1959 年 2 月

舞台上的《我的一家》

——评话剧《革命的一家》

去年一出版就受到广大读者热烈欢迎的陶承同志的革命回忆录《我的一家》，被中国儿童剧院编成话剧《革命的一家》（集体改编，罗英、赵鸿儒执笔），在首都演出了，这是一个喜讯！

把一部回忆录或传记文学改编成舞台剧，会遇到不少困难。因为这是两种不同的艺术形式，要把一种形式中所包含的内容用另一种形式表达出来，必须经过细致的改造加工的过程，或者说是再创造的过程。一般说来，改编这样的回忆录，应当忠实于原著，又不完全拘泥于原著的细节。为了提高到典型，不必为真人真事所限制；又不应为虚构而虚构，使情节脱离真实的基础。主要之点是，必须充分传达原著的主题思想，表现原著人物的基本的精神面貌。我认为，从《我的一家》到《革命的一家》，正是一个再创造的过程。说话剧是取材于原著的创作也可以，说它是原著的创造性的改编也可以。总之，话剧除了个别缺点，如某些人物和情节不够真实生动之外，基本上是成功的。

原著是通过作者亲身经历的感受来诉之于读者的心灵的。把它搬上舞台，就需要按照戏剧艺术的特点来加以集中，加强动作性。拿原著中欧阳立安的形象来说，他在工人运动中的斗争生活，应当是他生命史中的重要篇章，但在原著中这方面的描写很少，因为这一部分生活原著者没有亲身经历过,就不可能在自传体的回忆录中有详细的描写。话剧改编者一方面运用了原著中有关这方面的哪怕是点滴的材料,加以集中和改造,写出了一些戏,如《生活的熔炉》这场戏就是这样写出来的,它表现了兄弟二人在武汉一个印刷厂中如何同工人群众一起生活和斗争;另一方面又采取一点因由,新创了一些戏,如《罢工》那场戏,其中的情节就是原著中所没有的,却很好地表现了有组织有领导的群众性政治斗争的巨大声势,表现了在斗争最尖锐的时刻挺身而出的英雄人物杨志雄(即立安)。改编者摆脱了原著中具体情节的限制,把志雄放在工人群众之中,放在对敌斗争的前列,总之是放在强烈的革命行动中,这就使志雄的形象在舞台上站立起来了。此外,把原著中父亲的病逝改为父亲为了掩护同志撤退,自己同敌人格斗,英勇牺牲;把母子们在上海的会面处理为儿子接母亲的组织关系等等,都是富有创造性的艺术构思。

这个戏的感染力很大。作为观众之一,我几次不禁热泪盈眶。我注意到周围观众的反应,不论是成人还是儿童,都被剧中人的英雄气概所深深地激动着。有许多场面感人肺腑,使人长久难忘。当父亲倒下去,儿子伏尸痛哭的时候,当母亲亲眼看见了儿子的英勇赴义之后喊出"我的儿子是不会死的!"的时候,观众的心灵被深深地震撼着!然而剧中人的这些悲痛跟一般的丧亲之痛不同,因为他们同时失去了亲人和同志,因此是加倍地沉痛;但也跟一般丧亲之痛不同,因为他们能化悲痛为力量。他们并不沮丧,而是充满着对敌人的愤怒,在革命的道路上继续前进。剧中人也有欢乐,那是反革命统治最黑暗、地下斗争最壮烈时期革命者的欢乐。对母亲来说,和失去音讯的儿子团聚是极大的欢乐,但更大的快乐是因此而重新回到了党的怀抱;对儿子来说,在母子难得会面的斗争环境中见一次母亲,是最高兴的事,可是更高兴的事是:自己等候着的一位前来接组织关系的新党员,原来就是自己的母亲!这个富有戏剧性的会见,成为一家的大喜事。是的,他们的忧和喜来自革命的得失。个人的得失已经引不起他们胸中的波澜了。这些地方,正是这出戏不同于一般的悲欢离合的地方,也正是比之于一般悲欢离合故事更能打动人的地方。

这个戏的所以打动人的另一原因是演员们演得好。演志雄的少年和青年的两位少年演员,成功地刻画了这位英雄人物的善良、坚强、乐观等等优秀品质。演母亲的演员也是称职的。演员们很难说有高度的技巧水平,但是他们的表演有着充沛的革命激情,所以产生了很大的动人力量!导演的处理和音乐的设计也是值得称道的。希望中国儿童剧院对这个戏作进一步的加工,使它成为剧院经常演出的保留剧目之一。

1959 年 1 月

《昭君出塞》和《生死牌》

——两出动人的湖南戏

在首都的一次晚会上看到了湖南戏曲艺术团演出的祁阳高腔《昭君出塞》和湖南益阳花鼓戏《生死牌》，这是两出闪耀着动人的艺术光彩的传统剧。《昭君出塞》曾于1956年来北京演出过，给观众留下了深刻的印象，这次再度来京演出，仍旧保持着当年巨大的艺术魅力。《生死牌》与淮剧《三女抢板》是同一个剧目，故事极为壮烈动人，演出的时候，许多观众被感动得掉下泪来。

《昭君出塞》原是尽人皆知的历史故事。在历史书上王嫱确曾下嫁匈奴呼韩邪单于，起了和解中国境内民族矛盾的作用；但戏曲舞台上的王昭君却是人民理想的人物——由于毛延寿卖国求荣，将昭君图像献与匈奴国王，匈奴兴兵，大举南侵，按图索人，汉帝无能，满朝文武又都贪生怕死，昭君被迫，只得前去和番；但是她为了民族尊严，终于在国境线上投岩而死，舍身报国。这种传说，长期以来流行在广大的民间。在戏曲中这样处理昭君的故事，也可以追溯到元代马致远的杂剧《汉宫秋》。但杂剧本写的主要是汉元帝的凄凉寂寞，不是王昭君的慷慨赴难，里面消极的东西较多。高腔本则着重写出了昭君的家国之恨和民族气节，尽管是悲剧，却有一种激励人的积极力量。祁阳高腔本经过周宪、朱奇平两同志的整理，更突出了昭君的性格，突出了全剧悲壮的爱国主义的主题。

《昭君出塞》全剧不过几千字,却细致地描写了昭君离长安,过玉门,出分关,到匈奴国境这整个的过程,描写了昭君一路上心情的变化,并且通过昭君及另外两个人物,反映了原剧所讽喻的时代的面貌。没有复杂的情节,没有对立的人物形象,却能把人紧紧吸引住,引人进入崇高的精神境界。唱词简练而优美,深刻地表达了主题思想。应当说,这是一个艺术水平和思想水平都相当高的文学本。但是,如果没有同样高的表演艺术技巧,这个戏在舞台上就会暗淡无光。

这个戏的导演和演员,继承了前辈艺人优秀的表演艺术传统,特别是接受了一枝梅先生的直接教导,进行了艰巨的艺术劳动,描绘和塑造了典雅优美的舞台画图和舞台形象。可以说,剧本和表演相得益彰;也可以说,表演使剧本所表现的一切更加丰富和提高了,更加美化了。

演出之所以成功,在于形式和内容的高度结合,在于艺术技巧和主题思想的高度结合,在于全体演员表演上的高度结合。

演员们掌握了十分复杂的技巧。拿昭君(谢美仙饰)来说,她出汉宫,到塞外,这是一个相当长的过程,要经过不少地方,要经历不同的自然环境和社会环境的变换。这里规定了要有銮舆的颠簸,马蹄的奔腾,崎岖的山路,卷地的朔风,南飞的北雁,扑面的惊沙……这一切都是依靠演员用繁重的身段和表情来表达的。可以看出,演员显然克服了不少困难而达到了运用技巧如此娴熟的程度。有的剧种演出此剧,舞蹈身段繁重之极,昭君的人物形象却不那么光彩。其原因恐怕就在于:这些舞蹈没有和生活结合起来,没有和昭君当时的心情以及戏的主题思想很好地结合起来。祁阳高腔此剧中的表演技巧却都服务于主题思想,因而使人物形象发出闪闪的光彩。举例说,昭君两次抬头,目送北雁南飞,几番回首,凝望帝都长安,每个动作都是不同的舞姿,每个舞姿都具有动人的雕塑美;但这种美不是孤立的形式的美,它充分表达了昭君对家乡、祖国和祖国人民的无比深厚的感情。再如剧终的前一刻,昭君"宁作南朝黄泉客,不作他邦掌印人",唱完了"昭君今日舍了身,千年万载,千年万载,羞煞煞汉君臣!"她一甩水袖,咬紧两根翎子下场,这两个动作干净利落,具有鲜明的节奏感;而同样,这些舞蹈不是没有内容的,它们十分恰当而有力地表现了昭君舍身报国、视死如归的决心,也可以说是歌颂昭君爱国思想的画龙点睛的一笔。

昭君是主角,但是如果没有全体演员在同一思想认识下的通力合作,昭君的形象也树立不好。王龙(何少连饰)、马童(王求喜饰)以至宫娥们的表演,都被导演有机地组织到整个演出的画图中来了。昆腔中王龙是丑扮,与昭君相对称,在色调上有他独特的美。但我个人却更喜爱祁阳高腔中俊扮的王龙(祁阳高腔原来的王龙也是丑扮,现在是根据流行在祁阳一带的湖南弹戏的传统演法,把王龙处理为俊扮的),这个人物在加强全剧的悲壮气氛、正面烘托昭君形象方面,起了很好的作用。马童的全部精彩舞蹈也紧密地结合着昭君的表演。舞台上仅仅三个人物,却通过巧妙的安排,由流动到静止,由静止到流动,构成了一个个各自不同又相互联系的图案,而每一个精美绝伦的画面都表达了一定的思想内容。例如,出了分关,几次马失前蹄,其中最后一次是:一声马嘶(用唢呐奏出效果),昭君、王龙顿时俯仰不由己,停步不前,马童倒翻一个跟斗,拉住缰绳。这时候,昭君在中,马童在前右,王龙在后左,各有舞姿,互相结合,构成和谐的画图;而这一切又是为了表达"南马不过北关","慢说是人有思乡之念,就是这马,马也有恋国之情"。这个戏里的四个宫娥,也不同于一般龙套,而是有思想感情的人。到了玉门关,四宫娥跪送昭君,昭君轻轻拂袖,宫娥们暗泣而下。这里表现宫娥们对昭君不幸遭遇的同情。这个例子说明导演的精心构思,不放松任何细节,使每个细节都为突出昭君形象而服务。

　　还有一点应当特别提一提,那就是表演上分寸的掌握。谢美仙同志的表演,不瘟不火,蕴藉含蓄而又淋漓尽致。也可以说,正因为她懂得如何控制感情,懂得掌握表演上的含蓄,所以她才能把人物表演推到悲剧的高峰。这里可以举一个例子:当昭君唱到"天昏昏,地冥冥,黑水源头葬孤魂"的时候,王龙和马童顿时意识到昭君准备殉国,于是他们在极大的悲恸中,向昭君泣拜。昭君挥手叫他们"去吧!"这里是悲剧的顶点,但是昭君这时候不叹息,不哭泣,而且没有表情。我们说,这个姿态看来漠然无情,却把昭君最深沉的感情表现得入木三分。我们看到她站在两国交界之处,回首凝望家乡,像一尊雕像。这使我们想起望夫石来,却又感到昭君的这个形象比望夫石富有更深的社会内容和民族内容。演员恰如其分地掌握了分寸,通过含蓄的表演,使悲剧的高潮有如无声的汐水般陡然涌到。

　　现在再来谈另一个戏:湖南花鼓戏《生死牌》。

　　《生死牌》写的是:衡阳贺总兵的儿子贺三郎在强抢少女王玉环的时候自行失足落水而死;贺总兵是当时奸臣严嵩的党羽,他当即向知县黄伯贤诬告玉环图财害命,勒令处死,否则黄伯贤全家性命难保。黄伯贤发现玉环是自己的救命恩人王志坚之女,决定置生死于度外,叫玉环逃走,玉环却又不愿遗祸于人。这时黄伯贤的女儿秀兰和义女秋萍都愿意前去替死。于是只得在黑房中设生死牌数块,由三个女孩去摸。秀兰抢得了死牌,被押赴刑场替死。正在危急之际,湖南巡按海瑞来到,救了黄王二家,拿下贺总兵问罪。

　　这是一出惊心动魄的大悲剧。剧作者把人物推到矛盾的最尖端,给予人物以最严酷的考验,把人物内心的最深处加以剖析,从而震动着观众的心弦,使观众看到了真正美丽的灵魂。

　　值得注意的是:王志坚是戚继光部下抵抗倭寇的军官,因此黄伯贤父女的行为就不单是从个人报恩出发,而且是为了拯救抗敌将士的后裔,他们行为的正义性就更为突出了。这出戏之所以长期受到群众欢迎,也反映了广大人民对抗敌将士的同情和爱戴的情感。

玉环是个好孩子。当黄伯贤放她逃生的时候,她本来可以回身就走的,但是她不走,她知道自己一走,黄家就要大祸临头。明明自己蒙了不白之冤,但为了使别人免祸,愿意自己去承担一切。

秋萍是个好孩子。她一家丧命于倭寇之手,自己被黄伯贤救下,认为义女。她一心要成全别人,准备用自己的生命,去换取别人的安全。

秀兰是个好孩子。她是怂恿父亲去屈杀好人呢,还是支持父亲去拯救好人呢?如果是前者,她可以安然无恙,她一家也可以安然无恙。如果是后者,一个极大的难题接踵而至:如何从全家遭祸的威胁中解救出来?于是,本来似乎与她无关的事却变成与她生死攸关的大事了。为了救人,她英勇地选择了自我牺牲的道路。

黄伯贤不敢正面与恶势力斗争,是其缺点。但他先是不顾自己的安危,准备放走玉环;后来又决定牺牲自己的女儿,以保全别人;这样,他这个正面人物站立起来了。

从后堂争死到黑房摸牌,再到法场替死,戏的中心人物从王玉环逐渐转移到黄秀兰。秀兰在后堂一场中初露头角,到黑房一场就发射出性格的光芒:她先摸到了生牌,却把它掷掉,再去抢到了死牌。她又悲又喜,喜的是求仁得仁,悲的是即将与亲人永别。让秀兰抢到死牌,是剧作的恰当的安排,试想如果是王玉环或秋萍去死,就无戏可演了。通过秀兰替死,一箭双雕地突出了黄伯贤父女两个人物。生离死别,原是悲痛的事,而这里是亲女由亲父判斩,被亲父押赴刑场,岂不是人间的奇痛至惨?更为惨痛的是,到了永诀的时刻,还不能流露出半点父女之情,因为敌人也在一旁虎视眈眈呀！作者在这里无异用钢刀劈砍了封建统治时代的黑暗和罪恶，同时大大地歌颂了舍己救人的崇高道德。一个黄花闺女，穿了罪衣，绑着跪着，这是舞台上秀兰的形象，但我们感觉到是一位站着的英雄的形象。

这个戏的演出是比较齐整的。演员们能用发自内心的感情赋予角色以生命，贺总兵的暴虐，黄伯贤的内心矛盾，玉环、秋萍、秀兰的纯洁、高尚的情操，都被演员刻画出来了。有些地方，一些细节表演的运用很好地刻画了人物性格。例如黄伯贤即将在斩旗上点朱笔，被绑着跪在地上的秀兰猛回头望向父亲，黄伯贤顿时停下笔来，秀兰膝行到黄伯贤的面前……这里，导演运用舞台调度，把秀兰安排在台右，面向观众，把黄伯贤安排在台中稍后方，使秀兰必须回头才能看到黄伯贤。这样，秀兰回头的动作就和黄伯贤点朱笔的动作紧密配合了起来，观众从秀兰回头和膝行的动作中看到了这位姑娘的丰富的内心独白。

无疑地，这出戏从文学剧本到舞台演出还存在着一些缺陷。例如，剧本方面，在黑暗势力和光明力量的对比上，显然黑暗势力是过于强大了，正面人物自我牺牲气概有余，积极斗争精神不足，这总使人感到有些压抑。最后清官海瑞的出现，也使人感到是外加的，没有和全剧有机地联系起来，所以好人们的得救也显得有些突然。此外还有一些情节上的小漏洞。表演方面，某些地方还有些粗糙。不过这是完全可以改进的。可以相信，这出戏经过进一步的修改加工，一定会成为一出更加完整的好戏。

感谢湖南戏曲艺术团在1959年的新春给我们送来了两出传统好戏，使我们既获得了艺术享受，又受到了思想教育。

1959年1月

戏曲教育的根本任务

我国灿烂的戏曲艺术,是千百年来无数戏曲作家、艺术家代代相传,在继承和创造的过程中积累起来的结晶。继承和创造是艺术发展的两个环节,艺术没有继承,就得从粗到精从头做起;只有继承没有创造,艺术也就不能提高和发展。继承和创造是对立的统一,是互相依赖和互相制约的。创造是它的主导方面,继承是创造的基础,两者不断转化的过程也就是艺术的提高和发展的过程。

继承戏曲艺术遗产和革新创造都是戏曲艺术家毕生的事业。因此,老戏剧家盖叫天说:"活到老,学到老。"作为一个现代的表演艺术家,他要学的当然不止戏曲艺术遗产一门功课,他要学习政治,要努力去掌握马克思主义世界观,要有尽可能丰富的文艺修养和生活知识,还要和人民建立紧密联系等等,这些都是非常重要的。但是如果他没有专业的基础,没有本行的表演技术功底,没有学会本行的传统剧目的表演艺术,那么即使他具备其他各方面的条件,也还不能算是一个够格的戏曲演员。

办戏曲学校,剧院、剧团里附设学馆,剧团里招收学徒,老艺人带徒弟,目的都是培养戏曲演员。既然是培养戏曲演员,那么这些艺术学徒除了必要的政治文化学习以外,他们的专业学习就应当是继承戏曲艺术遗产。戏曲艺术是靠戏曲艺人口传心授代代相传地继承下来的,优秀的表演艺术和技术都保存在老艺人身上,因此继承遗产的惟一法门就是尊师重道、勤修苦练。尊师爱徒是师徒双方的社会责任,不尊师也就不会爱徒,不重道就不可能取得专业基础,尊师重道就是尊重遗产,尊重技术,尊重先辈的艺术创造和艺术经验。要继承先辈的艺术,固然要靠老师肯教,可是更重要的是要靠学生肯学,肯勤修苦练。戏曲演员的本领是从小磨练出来的,他必须从小扎下技术的功底,在青少年时代就学会本行的一二百出戏,打下专业的底子,然后兼收并蓄,在精通本行业务的基础上力求发展,使自己又红又专又博。红是统帅,是方向,不红就不能掌握技术的命运,就会随波逐流,飘泊无定,他的专业才能就不可能巩固地为人民所有,为人民服务,因此也就不可能取得提高和发展的广泛可能性。专和博是对立的统一,鲁迅说过只专不博近谬,只博不专就滥,除专业以外不辨五谷怎么不谬!行行都会行行不精怎么不滥!博是为了专,专而又博才能更专,这也就是周总理说的兼收并蓄和独特风格的统一。

曾经有一个时候,由于缺乏经验,有些从事戏曲教育的同志求博心切,主张全面发展,戏曲学校里的文化课和普通中学的科目没有差别,门门都学,业务学习则不分行当,大家什么都学,一批一批地放在一锅煮,结果物理化学固然学不精,专业技术也学不会。不久戏曲教育就有了"普遍培养、因材施教"的方针,文化课也减去了一些,这较之过去已经前进了一大步。可是普遍培养、因材施教的方针也还存在着缺点。这八个字照字面的解释就是根据学生的条件,分科分行加以普遍培养,它没有明确地解决重点培养的问题。从目前有一些戏曲学校的情况看来,教育工作上的平均主义倾向还相当严重,这是一个值得引起重视的问题。

旧时代里有些戏曲科班,只顾拔尖,不重视普遍训练,虽然培养出几个好演员,但因此牺牲了一大批青年。这是不合理的。反过来只重视普遍培养,不重视重点培养,结果不但培养不出出类拔萃的演员,连一般的技术水平也不会太高。尖端和一般是对立的统一,不对一般做普遍训练、打下深厚基础就出不来尖端,尖端是在一般的基础上冒出来,而被发现的。尖端是标兵,是榜样,不去重点培养尖端、没有尖端的带动,一般的提高和发展也会又慢又差。戏曲艺术是集体的艺术,因此整个艺术集体都要有很好的训练培养,要求每个演员都要具备一定的艺术条件和艺术水平;艺术集体又必须要有尖端,没有尖端的集体就像军队没有统帅,这样的军队不过是乌合之众,是一定要打败仗的。戏曲学校、剧院、剧团附设的学馆,或者老艺人在私淑弟子中间,能够多培养出几个出类拔萃的各种行当的表演艺术家来,那是对祖国戏曲事业的重大贡献,是他们的崇高荣誉! 要做出这样的贡献就必须在贯彻普遍培养、因材施教的同时重视培养尖端,这几年来的事实证明,不这样做是有害无益的。

戏曲教育的另一个重大问题是戏曲教材的问题。有些教育单位在选择戏曲教材方面看来清规戒律也特别多:表现男女相爱悦的题材不能教,戏里出鬼怪的不能教,剧中人娶两个老婆的不能教,跷工、打出手、耍纱帽翅等绝技据说是形式主义的表演也不能教,诸如此类,结果只好教些经过整理的在社会上流行的剧目。可是经过整理的而又适合于教学用的剧目目前并不太多,不敷用,于是只好改。老戏不是不能改,淫荡猥亵的表演为社会所不需要,而且有害艺术学徒的身心健康,这类表演是应当删去的,但戏曲学校的改戏仅仅以此为限也就够了。应当看到戏曲教育单位和表演艺术团体的性质任务不一样,表演艺术团体的上演剧目是用来为群众服务和教育群众的,因此不应当上演于群众于社会有害的剧目,表演艺术团体对遗产要进行选择、整理和加工,要做"推陈出新"的工作,他们从事这一工作,是结合群众进行的,改得不好,群众不同意可以再改,改错了还可以改回来。而教育单位改戏曲教材是孤立地进行的,他们一般的得不到广大群众的监督,因此也就具有特别的危险性,他们把改坏的剧目、唱腔、曲牌、身段动作教给了学生,学生把它带到社会上去,结果群众不同意,那时候要想改回来已经来不及了,因为学生不知道遗产原来的样子。

继承遗产的问题对于昆曲、高腔、徽剧、梆子、青阳腔、弋阳腔、川剧、梨园戏、正字戏、京剧、绍剧、婺剧等古老剧种特别严重,这些剧种和新兴的民间小戏不同,他们的身怀绝技的老艺人已经日趋凋零。这些剧种中年一代的演员都是在国民党统治时期成长起来的,由于反动派对戏曲艺术的摧残和压制,社会的贫困和动荡不安,接受遗产、学习技术的条件很差,因此就一般情况来说,他们在青年时代扎下的技术功底不深,遗产继承得不多,出师后又因为社会风气的关系,那时不重视真才实学,不重视艺术,小时候学会的技术到社会上用不着,于是日渐荒疏。如果目前四五十岁以上的老艺人一旦凋谢,那么我们就会失掉许多遗产,造成不可补偿的损失。对继承遗产的问题,过去我们有个片面的看法,以为只要把剧目记录下来我们就已经牢靠地占有了遗产,其实记录剧目的工作不过是继承遗产的一个重要的方面,另外还有一个重要方面,是继承全部的表演和舞台艺术(如唱工、武工、锣鼓谱及舞台美术等),只有把这个剧目全部的表演艺术继承下来,才算真正继承了这笔遗产。如果只有舞台台本,没有继承它们的表演艺术,那充其量不过是做了一半的继承工作而已。因此当前戏曲教育的迫切任务就是要抢救表演和舞台艺术遗产,特别是技术基础深厚、遗产丰富的剧种更要积极抢救表演和舞台艺术遗产,更要广泛延揽有真才实学的,或者有一技之长的老艺人,给予生活上和工作上的适当照顾,使他们安心传艺授徒,使他们的艺术和绝技得到可靠的继承人。在教材上可以少改,也可以不改,有些剧目思想性方面有毒素,有的剧目由于其他理由不适宜于对公众演出,但它们有独特的表演技术、独特的表演艺术,或者在艺术结构上有特别可取之处,对于这类剧目也必须把它继承下来,它的有用部分将来可以作为创造新剧目的材料。至于古代流传下来的许多绝技,更具有容易丢失不容易继承创造的特点,更应当全部地彻底地把它继承下来。从事戏曲教育的同志应当知道,继承遗产是有时间性的,过一程少一些,再拖延一下,就会损失得更多,而革新创造却有的是时间,来日方长,今后大有可为,既然如此,那又何必争此一朝一夕呢!

艺术教育上另一个重大问题是行当和流派的问题。现在有许多剧种的行当已经不全,许多剧种的花脸、小丑、武旦、老旦、老生、靠把武生等等的人才已经后继乏人,许多民间小戏过去各色行当全备的现在却只剩下了一生一旦,这难道不是一个严重的问题吗?行当一少,剧目的花色品种也随着少下去,艺术风格也日趋单调。老生戏、花脸戏、青衣戏、丑角戏等等也就随着丢失。行当不全也就不能全部地继承遗产,因此行当的问题是个关键性的问题。不单戏曲教育单位要培养各色行当,戏曲剧团里也应当迅速改变这种不正常的艺术现象,应当尽一切可能千方百计地配足行当,使艺术表演团体具有多方面的表现能力,只有这样才能大大地丰富上演剧目,大大地丰富剧目的花色品种,以便从多方面去满足人民群众的需要。

与此相连的还有个继承各种流派的问题。从北京组织程派艺术观摩演出以来,关于艺术流派的问题已经引起了戏曲界的重视。大家知道任何一个剧种,一旦到达成熟阶段,就必然会产生一些艺术流派。如果一个剧种没有艺术流派,那么它的表演艺术就会显得单调和贫乏。艺术流派是艺术家在充分继承艺术遗产的基础上,根据自己的天赋,根据自己的艺术条件和艺术修养,在毕生的艺术实践中锻炼而成的艺术的新品种和新风格,它是创造性的艺术劳动的成果,因此不重视艺术流派也就是不尊重艺术创造。曾经有些人把艺术流派和政治上的宗派主义,社会上的行帮主义混淆起来,所以他们反对流派。任何艺术流派如果发展成为行帮集团,排斥其他流派,那当然是不好的。各种艺术流派相互学习,相互竞赛那就很好。政治上的宗派主义是对集体的破坏,因此必须反对,而艺术的流派不同,它不但使艺术丰富起来,而且对艺术的发展起着促进的作用,有利于艺术的繁荣和发展,因此把艺术流派和政治上的宗派主义混淆起来是极为错误的。我们的戏曲教育单位应当有计划地继承各种流派,做到兼收并蓄,而又使各种流派保持独特风格,并促进他们本身的成长和发展,使各个剧种、各种风格、各种流派百花齐放,这样我们的戏曲事业就会更好地繁荣发展。

戏曲教育以继承艺术遗产为根本的任务是否会培养出一批新的旧艺人、培养出一批新的戏改对象来呢?我们认为这是不会的。首先我们的时代不同,我们的时代已经在根本上铲除了人剥削人的制度,一切产生在这个罪恶制度上的东西,都已经失掉了依附,因此为消除一切旧思想旧作风奠定了巩固的基础。只要我们对艺术学徒加强政治思想教育,加强必要的文化教育,积极培养他们的共产主义世界观和共产主义的道德品质,使他们本身成长起一种抗毒素,加上艺人老师的社会主义觉悟大大提高,对学徒一定会给以正确的指导,这就有可能克服遗产对艺术学徒的消极作用,反过来成为积极的因素,成为他们出师以后革新创造的深厚基础。

戏曲教育是戏曲事业承前启后的重要环节,它的兴衰成败,关系着戏曲事业的兴衰成败,因此它一贯受到党和人民的重视。从事戏曲教育的老艺人和一切教育工作者,由于他们的辛勤努力已经为我们培养了一批出色的接班人,因此得到了人们的赞扬和尊敬。只要我们大家重视这一门工作,善于总结经验,发扬优点,克服缺点,一定会把这一工作做得更好,培养出大批的出类拔萃的戏曲演员来,为祖国的戏曲舞台增光。

1959 年 6 月

响亮的《东进序曲》

在中国人民解放军第二届文艺会演中,我们看到了几个比较优秀的话剧,顾宝璋、所云平作剧,石岩导演,前线话剧团演出的《东进序曲》,就是其中之一。

这个戏的历史背景是:抗战进入了相持阶段,中共中央和毛主席号召全国人民坚持抗战、团结、进步,反对投降、分裂、倒退。剧本所描写的就是在这个时代背景下,1940年我新四军挺进苏北的斗争事迹:新四军挺进纵队正在对日寇进行反扫荡,国民党驻江州的苏鲁皖游击总指挥部却与国民党江苏省政府合谋聚歼我挺纵于桥头地区。挺纵为自卫起见,在攻克日寇据点后,进驻桥头镇。苏鲁皖部竟以武力收复桥头镇为名,准备制造摩擦,挺纵遵循党的指示,在战端未启之时,派代表赴江州谈判,在战端既启之后,又本着"人不犯我,我不犯人;人若犯我,我必犯人"的原则,给来敌以狠狠的打击;直到兵临江州,又以大敌当前,抗日为重,主动停战,使苏鲁皖部放弃了反共投降的阴谋。

这个戏最大的特点是矛盾复杂,冲突尖锐。戏中矛盾的主线在于我新四军方面与国民党苏鲁皖游击总指挥部之间。但是对方阵营中却是十分复杂的:这里有国民党顽固派(蒋介石嫡系)和国民党游击队(即苏鲁皖部,被顽固派目为杂牌军)之间的矛盾,有汉奸与顽固派之间的矛盾,有游击队与汉奸之间的矛盾,他们各各勾心斗角,尔虞我诈,排除异己,扩充实力,或是互相火并,或是互相利用……而游击队内部又有具有民族气节的军人与动摇投降分子之间的斗争,又有我地下党员争取友军起义的斗争……这一切矛盾都环绕着矛盾的主线而展开。在这条主线背后,则是那个时代的主要矛盾,即中华民族与日本侵略者之间的矛盾。它虽然不是戏中的主要矛盾,却是戏中一切矛盾的前提。剧作者面对着如此头绪纷繁的矛盾冲突,进行了去粗存精的工作,把戏剧冲突组织和安排得那么妥帖,使一切情节都围绕着矛盾的主线而展开,层层深入,从而表现出我党我军团结抗日政策的光明磊落,大义凛然。

《东进序曲》选择了富有戏剧性的历史素材,不是把敌我双方的领导人分场来写,而是安排了我新四军挺进纵队政治部主任陈秉光亲赴江州跟国民党苏鲁皖游击总指挥部的高级军官谈判的场面,用四场戏的篇幅来刻画英雄陈秉光同对方进行面对面的斗争,这样,就有可能使戏剧冲突被表现得更为尖锐和更为集中。"出使江州"一场,初步揭开了对方的内部矛盾,描写了陈秉光在苏鲁皖第一纵队司令周明哲家做客时所表现的作为新四军代表的雅量和原则立场;接下去的"舌战群顽"一场,写得腾骧磊落,酣畅淋漓。在这场戏中,陈秉光出现在苏鲁皖游击副总指挥刘大麻子家的宴会上。这是一个万分危险的场合,然而陈秉光尽管不拥有真刀真枪,却拥有舌剑唇枪,拥有真理,他一一驳倒了顽固派、动摇分子等四五人的反共谬论,揭露了汉奸汪精卫代表的真面目,宣传了我党的团结抗日政策,给动摇分子指出了光明的前途。这场戏惊险像"鸿门宴",紧张如"群英会",显示了作者向传统学习的收获以及正面表现巨大冲突的魄力和手腕。

陈秉光的性格被刻画得很鲜明。他一到江州,先到周明哲家去团结争取这位军人,周对他说:"江州天气不好,难道你们一点不知道?"陈秉光回答:"天气我倒不关心,你们这里人气如何?愿向周司令请教。"一开口就显出了他的乐观精神,对危险环境的蔑视以及关心团结的态度。作者善于把人物推到斗争最严酷的场合去考验他,"舌战群顽"一场不用多讲了:在某种意义上说,这比杨子荣智闯威虎山更加惊险,因为这不是化装斗智,而是公开的政治辩论。以"阴谋陷害"一场为例,当陈秉光发现敌人在茶水里放了毒药企图暗害他和他的警卫员之后,他明知身临险境,却丝毫也不惊惶或沮丧,而是立即揭露敌人的阴谋。我们看到,陈秉光对敌人们有劝说,有批评,有痛骂;有时循循善诱,有时慷慨陈词,有时疾言厉色;但是,尽管变化多端,却总是以党的政策为准绳的。纵观全剧,这个人物临危不惧,遇事从容,表现了一个共产党的高级军事指挥员的高贵品质。

戏中另一个成功的人物形象是周明哲。这个旧军人讲义气,重交情,有民族自尊心,不愿跟上司同流合污。但由于旧社会给他的影响太深,他对共产党又认识不清。作者写出了他的性格上的多方面的矛盾,写出了他终于起义的思想斗争过程。周明哲在反共前线不愿打新四军一枪,受到了上司的怀疑,顽固派又阴谋火并,使他无路可投;他的副司令林毅(我地下党员)和他的妹妹周明珠(民先队员)又在一旁策动,这才使他最后走上起义的道路。这一类人物,不仅古代有,现代也有。把他们的形象艺术地概括出来表现在作品中,只要处理得好,就能产生很好的教育作用,而且往往能够显示出作品概括生活的广度。

反面人物中,刘大麻子是描写得比较成功的。这个人物反复无常,一心想在反共战争中捞一把,不想偷鸡不着蚀了一把米。作者比较准确地刻画了这个封建军阀出身的军官的贪婪愚蠢、粗鲁莽撞的性格。苏鲁皖游击总指挥刘世仪是在最后一场才出现的。正当我兵临江州,敌副总指挥刘大麻子像热锅上的蚂蚁那样走投无路的时候,刘世仪突然出现了。这种章法好比山重水复疑无路,柳暗花明又一村。刘世仪这个人物不同于其他反面人物中的任何一个，他有他的主张和作为，但一切又都是从保存个人实力出发，因此这个人物是完全可信的。

导演的处理，有节奏，有起伏，有高潮。"舌战群顽"和"友军起义"形成了先后两大高潮。导演处理得节奏强烈，动作迅速，干净利落。

戏的缺点是表现我军在桥头镇的几场戏比较平，挺纵司令员和参谋长缺少戏剧行动，因而性格不够突出。地下党员林毅的形象也不够鲜明，他的作用也没有很好地被强调出来。

演员都很齐整，搭配很好。演陈秉光、王勇、周明哲、刘大麻子、段泽民的几个演员，都有较好的创造。

1959 年 7 月

话 剧《红 旗 谱》
——气壮山河的革命史诗

　　梁斌同志的杰作《红旗谱》（第一部），自出版以来，受到广大读者的欢迎，已成为一部脍炙人口的名著。河北省话剧团的同志们用很短的时间，把它改编成为话剧上演。上演之后又不断听取专家和群众的意见，进行修改加工。从该团最近来京演出的《红旗谱》来看，这个戏的成就是近年来话剧舞台上的重大收获之一。

　　话剧《红旗谱》运用革命的现实主义和革命的浪漫主义相结合的方法，通过冀中平原上两家农民对地主、官僚进行斗争的历史，以及我国第一次国内革命战争前后广阔的社会生活图景，形象地概括了我国人民（主要是农民）的革命斗争从自发到自觉，从散漫无力的反抗复仇到有组织有领导的阶级斗争的过程，说明了中国劳动人民只有在共产党的领导下才能进行彻底的反帝反封建、争取解放自己的革命斗争这个真理。话剧以编年史式的气魄和宏图，描绘了以朱、严两家祖孙三代为主的革命英雄的谱系，歌颂了他们从十九世纪末叶到二十世纪四十年代这漫长岁月中一系列反压迫、反剥削斗争的宏伟事迹。

　　话剧《红旗谱》忠于原著的精神，又是创造性的改编。它舍弃了原著中关于描写保定二师学潮部分的情节，舍弃了许多次要的细节和人物，并对某些情节做了更改，使人物和情节的线索更加鲜明,更加集中。这些更动,固然是为了适应舞台艺术的一些特殊条件,使这台戏更紧凑,更集中,但是这些更动,并没有影响对原著主题思想的表达。比如,话剧突出了朱老忠这条线(如删去保定二师学潮的情节,就因为在这里朱老忠不是主要人物)就是符合原著的精神的。原著中朱老忠这个人物,体现着中国农民革命从自发到自觉的全部过程,而话剧正是在这一点上着眼的。又如,话剧突出了农民同地主官僚的阶级斗争这条线,这也是符合原著的精神的。从护钟砸钟,到朱老忠回乡后锁井镇上发生的一系列事件,从朱老忠的追求革命、严志和的逐渐觉悟,到党领导群众起来展开轰轰烈烈的反割头税斗争,一根阶级斗争的红线贯串在全剧的始终。观众从强烈的舞台行动中感到中国农村日益尖锐的阶级斗争的脉搏。而描写阶级斗争,从阶级斗争的具体描写中来刻画人物,正是原著的卓越成就之一。话剧不拘泥于原著的细节,而从总的倾向上来把握原著的精神,显示了改编者的高明。

话剧《红旗谱》的演出创造了一群令人信服的人物形象,特别成功的是朱老忠、严志和这两个不同性格的农民形象。朱老忠是叱咤风云的浪漫主义人物,为人热情、侠义、有远见,愿"为朋友两肋插刀"。严志和是一尊现实主义的雕像,勤劳、朴实、淳厚,"扎一锥子不冒血"。扮演名著中的人物,有一层困难,那就是原著中的人物在读者心中已经成形,读者根据自己的经验,以自己的想象,帮助完成人物的创造,每个读者头脑中都有自己心目中的人物的影子。因此,根据名著中的人物形象创造的舞台人物形象,必须具有巨大的说服力,才能符合或超越读者(观众)脑中原有的形象,否则观众不会批准。令人高兴的是,鲁速同志扮演的朱老巩和朱老忠父子俩,十分有力地说服了观众,使观众完全信任了演员的创造。《砸钟、护钟》一场的朱老巩,为了保护四十八村的公产——四十八亩田,出头反对地主冯兰池砸钟灭口的阴谋,那种肝胆照人、义薄云天的英雄气概，被演得如火如荼，慷慨凌厉。朱老忠也被演得有声有色，那种音容笑貌，宛若其人。原著对朱老忠的外形动作有不少具体描写，例如写他说话的时候往往是"铜声响气地"，写他"眼睛放出明亮的光芒"，总是"畅亮地笑着"，这些描写被演员吸收到了表演之中。他那爽朗的笑，特别是那炯炯发光的眼睛，十分传神地透露出他内心的声音。他回乡后与冯兰池见面的那一瞬，嘴角露出一缕笑痕，眼光却像一把利刃，直插入敌人的心坎，这些地方，真是把人物演得一针见血，入木三分。

严志和是一个难于演好的角色，潘波同志的表演在刻画这个人物的淳厚、朴实等方面，也是恰到好处的。当他演到因为儿子运涛被捕，要去援救，不得已而出卖了一家的命根子三亩"宝地"，又跪倒在"宝地"上，呼天抢地地喊出了"爹，我对不起你呀！"的时候，观众无不为人物刻骨铭心的痛苦和仇恨所深深感动！

村里同志扮演的朱老明，也是成功的。这一角色的处理与原著不大相同。原著中的朱老明，为老百姓跟冯兰池打官司"输到底"了，因而卖尽当绝，透不过气来。话剧中的朱老明，同样打输了官司，但是比较开朗，乐观，在精神上对地主恶霸是永不服输的。当他听见运涛参加了北伐军的好消息后，他那瞎了多年的眼睛忽然复明。这是原著所没有的，是话剧的浪漫主义处理。其实话剧中的朱老明，在原著中还是可以找到一些影子的，比如在伍老拔身上。朱大贵曾对伍老拔说过："大叔，人们都跟你叫'乐天派'，可就是。"村里同志正是把人物演成了一个革命的"乐天派"。此外如老祥奶奶、春兰、运涛、大贵等人物，都演得很真实动人。那个"自小儿吃饭黑心，放屁咬牙，拉屎攥拳头的家伙"冯兰池，戏虽不多，给人的印象也是深的。

话剧《红旗谱》的一大特色是在民族风格的创造上，有一定的成就。说这出戏具有民族特色，首先是指它的总的风格，而不仅仅是指个别的处理手法。这出戏中所表现的东西,都具有中华人民的思想、感情、生活、斗争的鲜明特色。中华人民的勤劳、勇敢、智慧以及从来就不甘于受压迫受剥削、从来就要推翻强加于他们头上的反动统治这种顽强的斗争精神,在戏中有着生动的表现。这出戏不仅具有民族特点,而且具有冀中地区浓厚的乡土色彩。地方特色同整个戏的民族特色结合,形成了和谐的整体。

这出戏的整个表现手法也是具有鲜明的民族艺术特色的。原著本来就是民族风格和乡土色彩很浓厚的小说,这一点首先表现在语言上。改编本也在这方面做了努力,语言力求性格化,而且音调铿锵,朗朗上口,节奏鲜明。例如春兰回答运涛要求看看她的巧手的时候,说过一段词儿,那是直接从原著中挪来的:"俺晨挑菜,夜看瓜,春种谷,夏收麻,还能长什么好看的手啊!"这是带有很强的音乐性的语言,有民谣风,随口说来,多么悦耳,又多么切合人物——一位农村的劳动姑娘的身份!又如朱老忠讲述张飞同志领导抢秋故事的一大段白口,也是抑扬顿挫,跌宕多姿,并且富有传奇色彩,是采用的评书写法。至于朱老巩和冯兰池辩理的对白结构,朱老忠领导反割头税挂帅后点将发兵的对白结构,以及"搭架子"的运用等等,就都是传统戏曲编剧手法的运用。然而,运用得很自然,化在其中而不觉其生硬。其实,这个戏在整个编剧方法上,不用严格分幕的形式而用分场的形式,每场十几、二十分钟,这也是近乎戏曲分场的形式,而有别于易卜生以来的欧洲近代戏剧的分幕法的。这种写法给人的感觉是流利自然,一气呵成。

这个戏在表演艺术上进行了卓越的创造,使演出具有明朗、朴素、节奏强烈的民族艺术特色,同文学本上鲜明的民族特色紧密结合了起来。原著有一段关于朱老忠和严志和在保定车站相遇的描写,说到这两位阶级弟兄久别重逢的时候情不自禁地用你一拳我一脚的动作来表示亲热,几乎使旁边的警察误认为他们要打架。

原来这两位农民练过拳脚,懂得武术。这启发了话剧改编者和演员,在戏中充分发挥了人物的这个特点。尽管原著中只说到虎子(老忠)和志和小时候"天天后晌在冯家大场里'打招'(乡村儿童的游戏)",改编者却在第一场中安排了小虎子和小志和在大铜钟前练习武艺以防歹徒砸钟的戏,这就为第三场朱老忠"柳林教子"习武安下了伏线。演员们在这两场中的武打,以及第八场中朱大贵和李德才的对打,最后一场群众和反动政府保安队的对打,都是传统武术和武打的运用。这些武艺,不论是单刀进枪,还是扎花枪,耍三节棍,还是扫堂腿,都演得熟练,有功夫,说明演员是下了功夫的。同时这些武艺都被运用得合理自然,化在戏中,因为河北省当地农民中的确流行着武术锻炼,这样运用更增强了乡土色彩,而且武打都打在该打的地方,同剧情结合得很紧密,没有外加的感觉。

戏曲表演的特点之一是在人物感情最剧烈的时候往往用强烈的夸张的形体动作来表现内心的激荡。如何体现,这是我国民族戏剧艺术所特别讲究的。《红旗谱》在这一点上向戏曲学习,作了成功的实践。踢辫子,是一个突出的例子。朱老巩护钟,同地主恶霸正面冲突了起来,演员提脚一踢,一条辫子绕脖而过,甩到前胸,随手拍胸,上前一步,应声叫道:"我朱老巩就敢!"这一动作近似戏曲中的踢腿,干净利落,斩钉截铁,表现了朱老巩这时候义愤填膺,挺身而出向敌人坚决斗争的勇气和决心,看来的是个天不怕地不怕的男子汉,争到头竟到底的大丈夫!此外如运涛被通知批准入党之后,他喜极而挥舞七节鞭,朱老忠得悉运涛在北伐军中当上了连长,土豪恶霸即将被打倒,一时高兴,打了一个"飞脚",这些强烈的形体动作,都是从戏曲身段和动作中化出来的。

在话剧舞台上如此大胆地运用戏曲身段和动作,还不多见。可贵的是,这些身段和动作是经过改造加工的,已经化在话剧之中,而不再是戏曲中的原样。使人感到,这出戏是具有民族色彩的话剧，并不是"不唱的戏曲"。

话剧如何批判地继承民族传统的东西，早已从议论进入到实践中来了。《红旗谱》的实践证明，话剧要建立和巩固民族风格，必须学习戏曲及民族艺术传统中的其他东西，加以消化和运用。

话剧《红旗谱》不是没有缺点的。例子之一是代表党组织的贾湘农这个人物，刻画得不够有力，形象比较简单，不够丰满。我们相信，缺点可以在不断加工的过程中克服。而且，缺点同成绩比起来，只是十个指头中的一个指头。

1959 年 12 月

几个爱国主义精神高扬的福建戏

在伟大祖国建国十周年的节日里,我们从首都舞台上看到了福建的莆仙戏和闽剧的精彩的献礼演出,感到十分高兴。像莆仙戏《父子恨》那样深刻、彻底地揭露封建礼教的虚伪性和罪恶性的大悲剧,在戏曲舞台上是不多见的。福建的同志们不仅给我们带来了反封建的好戏,也给我们带来了歌颂爱国主义的优秀剧目。福建在历史上原是产生过不少民族英雄并且流传着他们可歌可泣的事迹的地方,今天它又是我人民解放军英勇地守卫着的海防前线,因此,在福建的文艺作品中特别强调了爱国主义精神,是十分自然的事。从这次来京演出的几个福建戏曲中可以看出,爱国主义精神的昂扬,已成为福建戏曲剧目中的鲜明特色之一了。

这里想漫谈一下的,是莆仙戏《三打王英》、闽剧《六离门》和《夫人城》这三个戏(《夫人城》我只看了剧本)。前一个是经过整理的传统剧目,写的是东汉忠良之后王英,因匈奴犯边,中原震动,上山劝说盟兄铫刚一同下山共御外侮的故事。后两个是根据历史故事新创作的剧目:一个写明将洪承畴叛明降清,回家省亲,洪母制"六离门"(意谓洪承畴失节事敌,已到六亲不认,众叛亲离的地步)拒之于门外,并举火自焚以明志的故事;一个写东晋时候前秦苻坚南下攻取襄阳,晋守将朱序阵上被俘,其母韩夫人代掌兵符,统率军民,齐心御敌,人称"夫人城"的故事。这些剧目,不论是民间传说,还是见之于历史记载的故事;不论是传统剧目还是新创作剧目;不论是小型的还是大型的(《夫人城》是大戏,余二者是小戏),都充满了爱国主义的激情,高扬着爱国主义精神。

我们今天的舞台上应当多出现像刘胡兰、安业民这样的共产主义英雄的形象,他们是新人类的楷模,缺少了这样的形象,戏剧舞台上就失去了最灿烂的光彩。因此,表现这些英雄是我们戏剧创作第一位的任务。同时,我们的舞台上也需要出现像王英、洪母、韩夫人这样的人物形象。虽然他们是古代的爱国主义者,但他们对我们今天的观众仍然具有很大的教育意义。我想,不仅在今天,即使到了将来国家机器已经消亡的时候,古代的爱国主义英雄们仍然是教育人们热爱人类、坚持正义、抨击邪恶的一种鼓舞力量。

这三个戏有很多不同之处,而又有相同之处。比如,时代背景不同,一个在东汉,一个在东晋,一个在明末。但是,又都是封建时代,又都是在外敌入侵的时代。又如,时机的安排不同:一个在反侵略战争的准备阶段,描写的是如何动员自己方面一切可以动员的力量,起来保家卫国;一个是在反侵略战争进行过程中,写的是如何运用一切力量和智慧来守土保民;一个是在敌人已经长驱直入、深入中原之后,写的是即使大势已去,仍不失最后的希望,即使已不可为,也要拼一死以明志的原则性态度。又如,戏剧冲突的处理不同:王英面对的是以私仇为重、国仇为轻,不肯下山破虏,然而可以争取的铫刚,他和铫刚之间没有不可调和的敌我矛盾,他们之间的冲突不出内部矛盾的范围。王英全部行动的目的是:对铫刚责以大义,争取下山。洪母面对的却是叛国投敌、沐猴而冠的儿子,虽然是亲骨肉,却已是真敌人,他们之间的矛盾当然不再是内部矛盾而是不折不扣的敌我矛盾了。洪母全部行动的目的是:跟逆子划清界限,伸正气,全名节。韩夫人面对的则是战争中强大的敌手和阴险的内奸,这里当然也是敌我矛盾,但是同洪家母子间亲人仇人的矛盾又有不同。如果说洪母的儿媳还曾幻想过争取丈夫回心转意,那么韩夫人和他的部下就根本不可能存在过任何这一类幻想。韩夫人全部行动的目的是:尽一切力量来守卫国土,抵御敌人。又如,三个戏中的英雄人物也是各有其不同的身份、性格、气质的。王英活泼,洪母严正,韩夫人智慧,而他们这些不同的特征又和他们对祖国的忠贞结合在一起。王英使人油然生爱,洪母令人肃然起敬,一个是可爱中含着可敬,一个是可敬中含着可爱,可敬可爱,都因为他们是为国为民的忠臣义士。一个是男的,两个是女的,男的是好汉,女的是英雄。可以说,这三个戏的不同处和相同处是紧密地结合在一起的,而相同处又通过不同处而充分地显现出来。时代、人物、矛盾等不同的处理,都被相同的主题——一根爱国主义的红线贯串了起来。

从这几个戏中,我们看到了我们的祖先们,如何在大敌压境的时候,捐弃私仇,报效国家;如何在敌人兵临城下的时候,万众一心,矢志抗敌;如何在亲人叛国、挽回无效的时候,举火自焚,以示决绝;这里,一个是大公无私的高贵品质,一个是英勇顽强的斗争精神,一个是绝不妥协的原则立场。从这几个戏中,我们看到了我国古代团结弟兄们一致对外的勇将,在叛臣逆子面前大义凛然的母亲,对入侵的敌寇斗智斗勇的夫人。我们看到,在那张长长的人名单上,除了岳飞、文天祥、梁红玉等等之外,还有多少别的姓名;在那张长长的剧目单上,除了《牛皋扯旨》、《抗金兵》、《花木兰》、《穆桂英》等等之外,还有多少别的剧目!

《三打王英》是经过了很大的加工整理而成的。原剧故事庞杂,头绪纷繁,人物淹没在事件中。王英为了说服铫刚,挨打三次,结果铫刚并没有被说服,三次挨打都落了空。最后是铫刚的妹妹盗了令箭,取得兵权,迫使铫刚不得不下太行山。这就不仅取消了人们对铫刚的一定程度的同情,而且也降低了人们对王英的高度的同情。王英似乎是个傻瓜而不是可爱的人物了。现在删去了枝蔓,删去了不必要的人物,改成王英虽然挨打,终于说服了铫刚,一同下山,共襄义举。这就不仅使剧情简练紧凑,干净利落,而且使王英的性格更加令人生爱,使铫刚也成为一个使人同情的人物,从而突出了戏的爱国主义的主题。

剧作者和整理者成功地刻画了王英和铫刚的性格。原来铫刚因为东汉皇帝杀害忠良,与二十八将的后裔王英等反出洛阳,在白沙滩盟誓永不事汉,如有人提起汉家二字,责打八十大棍。王英是参与这个盟约的,也知道盟主铫刚与汉室有杀父之仇,这个人又是执法如山的。但是匈奴入寇,中原震动,为了救民于水火,他一定要去说服他。于是,一个黑花脸(王英),一个红花脸(铫刚),展开了一场面对面的唇枪舌剑的斗争。但是,作者们的高明在于:这个黑花脸并不是只粗不细,只有鲁莽没有机智;这个红花脸并不是只刚不柔,只讲约法不讲情理。作者们并没有把这两个大花脸"脸谱化"。王英上山,并不开门见山,他先叙手足之情,再谈国家大事。挨打之后,也不怨,也不愤,而是说出一些稀奇古怪的由头来,引起铫刚的疑问,随即把话头引到下山抗敌上去,真是你打你的,我说我的,九死未悔,何况三打!然而妙在不是硬说硬攻,而是三杯落肚,佯醉说梦,转弯抹角,万变不离其宗。不过王英又绝不是那种专用心机的人,当他说"打就打,讨饶不是英雄汉"这类话的时候,他真是傻得可爱。傻和巧在王英身上是统一的。铫刚责打盟弟,却并非不爱盟弟,他为了守约而不得不打他;然而一打之后问伤问痛,再打之后把盏赔罪,三打的时候更加于心不安,意欲中途免打。这些地方都写出了铫刚复杂的内心,为他最后的回心转意提供了充分的根据。

作者们杰出地处理了"三打"。三次都是四十棍,三次都是铫刚下令，王英挨打。这是一再的重复。如果处理得不好，就会使人厌倦。然而高明的作者们和导演演员们完全避免了重复给人带来的累赘感。一打之时，铫刚理直气壮，二打之时，铫刚色厉内荏，三打之时，铫刚其实服输了。下令打的是铫刚，铫刚却越打越被动；挨打的是王英，王英则越挨越主动。引起打的由头，打过之后的话头，三回前后回回不同。一打之后引出个痴人说梦来，王英借梦中铫期马武等先辈的责骂，来打动铫刚；二打之后引出个痛哭流涕来，王英借唇亡齿寒的古训来激励铫刚；三打之后引出个慷慨陈词来，王英责备铫刚："你为了私仇，忘了国恨，这是不忠者，不能继承祖武，乃是不孝者，忍看万民，沦于水火，是为不仁者；不听忠言，责打盟弟，是为不义者！"这一段义正辞严的斥责，终于说服了铫刚，一同下山御敌。在说这段话之前，还有一段精彩的对白：

> 王英：……今日打得好，打得妙，打得真痛快！
>
> 铫刚：这怎么说？
>
> 王英：第一打是为了保我锦绣河山，打得我王英多少光荣；第二打是为了救民于水火，打得我王英何等自豪；第三打是为了顾全你山中诸兄弟，这一打，打得我情至义尽，打得我真痛快，真快活！

这段话无异是对作者们所安排的三打的分析，从中也可以看出：这三打是有变化，有层次，有进展，一环扣一环，一层深一层的。此外导演还安排了铫刚手下的兵将对三打的不同态度——由不关心到同情王英，来烘托剧情的变化，这就使得三打更加不是简单的重复。从一打到三打，是戏剧冲突从低峰到高峰的发展，在这个发展过程中，人物性格和主题思想逐渐得到了充分的表现。

　　这个戏的表演是有特殊的风格和色彩的。引人注目的不仅仅是这个古老剧种的表演动作有些类似提线木偶戏的动作,更引人的是它那种既粗犷又典雅既沉雄又妩媚的表演风格,使人隐约看到古代南戏的影子。游金锁同志扮演的王英,很好地刻画了这个人物又傻又巧又直又弯的可爱性格。薛春九同志饰演的铫刚,也是能够令人信服的。铫刚是红脸,扎靠而又拿扇子,这与京剧不同,看来很别致,有特殊风味。

闽剧著名演员郭西珠同志在《六离门》中扮演的洪母,是成功的塑造。这位有才能的演员最初打动我们是用她塑造的唐蕙仙——《钗头凤》中一个初恋少女的形象。然而这次她饰演的白发苍苍的老太君——洪母,却具有惊人的说服力。

洪母颤巍巍地出场的时候,正是灵堂素白、吊客络绎的时候。大家都以为洪承畴已经在松山尽节,明朝皇帝都御祭十六坛,举国哀痛。然而郭西珠把这位老太君的心情表现得倒很平静,她劝儿媳不必落泪,因为"人生自古谁无死,留取丹心照汗青;畴儿死得其所"。她甚至因为做了忠臣的母亲而感到自豪呢!但是当儿子叛国的消息传来之后,有如晴天霹雳,震得年迈的洪母一时痛彻心肺,这时候,郭西珠同志沉痛的表情十分动人。接下去,站在六离门内同六离门外的儿子见面的一场,更充分刻画了这位老太君亲亲仇仇的复杂心情。她对儿子说:"不必多言,为娘已经与你见过,走吧!"谁知道洪承畴竟拿出大清皇帝赏赐给洪母和洪妻的两件繡褂,要洪母开门迎接。这才再度激起了洪母极度的愤怒,对儿子痛加训斥。洪母训子唱的几段〔宽三眼〕和〔北调〕唱得义正辞严,慷慨凌厉,把洪承畴的投降谬论驳得体无完肤,对苏武、文天祥、史可法的高尚节操加以尽情的歌颂。

郭西珠同志很善于抓住表演中的停顿。停顿不是停止,而是从一个阶段发展到另一个阶段的关键。例如,孙儿问她:"祖母要与爹爹见面,也要开门迎接吗?"洪母喃喃自语:"开门么?……"这时候来了一个较长时间的停顿,然而她目中炯炯有光,思想高度集中,使全场观众鸦雀无声地注视着她的动向。然后她命家院:"速唤木匠前来,在六扇大门之外,加制六扇矮门!"这一停顿,使观众清晰地看到了洪母思想中产生六离门这个与叛臣逆子划清界线的"雷池"必不可少的酝酿过程。最后洪母打发孙儿去投效郑成功之后,又有一个长时间的停顿。她的面部表情似乎有些漠然,但是,从这个漠然的停顿中,观众见到的是最深刻的感情,是一个年迈的老妇人准备最后以身殉国的决心。第一个停顿使洪母从静进入到动,第二个停顿又使她从动进入到静,但是从第一个静到第二个静不是还原,而是深入,不是重复,而是升华,人物的精神面貌,经过二度转折后,跃然在观众的面前。

然而郭西珠同志不以此为满足。她在刻画洪母的途程中,还要作最后的努力。洪母从内室穿戴了凤冠霞帔出来,声言:"我不愿这一块干净土被乱臣贼子践踏,要与此老屋同归于尽,决定举火焚烧!"这时候,可以有几种不同的表情:准备去死,因此可以哀戚;精神状态已经净化,因此可以冷漠。但郭西珠对这二者都不采用。这是有道理的,哀戚可以意味着勉强;冷漠可以意味着无奈。而这都暗示着绝望。她要表现出希望来,因此她面带笑容,欣然就义。当她听见儿媳说愿意追随自己一同就义的时候,她的笑容中更微微透出了安慰的感觉来。这使人感到洪母的自焚绝不是无可奈何地出此下策,而是理智清明的英勇行为,不是消极的反抗,而是积极的抗议。这样的处理使洪母那种视死如归的乐观主义精神被生动地表现了出来,大大地提高了人物的精神境界。

李铭玉同志扮演的洪承畴,基本上把这个卖国求荣的汉奸面貌刻画出来了。作者和演员都没有丑化这个大汉奸,这是正确的。其实,这样的人物越是表现得似乎堂堂正正就越显出他的卑劣来。但是,从剧本到表演,洪承畴这个人物还存在着简单化的缺点。他的复杂的内心活动没有被充分表现出来，这就降低了人物的真实性，因此降低了这个戏应有的动人力量。

关于《夫人城》，因为我没有看过演出，所以这里就不多谈了。

这次福建戏曲演出团来京向建国十周年献礼演出，获得很大的成功。在他们离京的前夕，我将自己对三个福建戏的不成熟不准确的评价发表出来，作为对他们演出成功的祝贺和临别赠言吧。

1959 年 10 月 9 日

为秦腔《赵氏孤儿》辩诬

　　陕西省戏曲赴京演出团第二团演出的秦腔《赵氏孤儿》(马健翎改编,韩盛岫、李文宇导演),以其相当高的思想性与艺术性,感动了首都观众。这是一出规模巨大、气魄宏伟的历史悲剧,尽管人物众多,情节复杂,但演来层层紧扣,一气呵成,紧张处使人透不过气来,动人处叫人流下眼泪;无论从剧本、导演、表演各个方面来看,都达到了相当的高度,如能再提高一步,定将成为今天戏曲舞台上的杰作之一。

　　剧本描写东周晋灵公时大臣屠岸贾杀了上卿赵盾全家三百余口,又要追捕赵家仅存的孤儿,程婴与公孙杵臼商议,一人舍子,一人舍生,救出孤儿,十五年抚养成人,报了大仇。这一故事,很早就见于司马迁的《史记》和刘向的《新序》。元代纪君祥根据这一题材写成著名的杂剧《赵氏孤儿》,这是一部思想上、艺术上都非常高的古典剧作;明代有传奇《八义记》,此后这一故事在舞台上一直上演不衰。直到今天,很多戏曲剧种中仍然保留了这一剧目。京剧《八义图》就是从传奇发展而来的,但很少演全,通常只演《搜孤救孤》一折(四场)。秦腔此剧原有二大本,马健翎同志把它改成三幕十二场,一个晚上演完的节目,使它的主题更突出,矛盾更集中,全剧更加精练。由于基础深厚与改编者的努力,这个改编本基本上是成功的。

　　这个戏,对主持正义的英雄义士尽情歌颂,对屈害忠良的奸佞恶徒切齿痛骂,从一场剧烈的政治斗争——正义与奸邪的斗争中,剧作者表现了自己鲜明的倾向性。从历史上看,赵盾是统治阶级中比较正直的人,由于灵公残忍无道("灵公壮侈,厚敛以雕墙,从台上弹人,观其避丸也。宰夫胹熊蹯不熟,灵公怒,杀宰夫,使妇人持其尸出弃之。"——《史记·赵世家》),赵盾屡次进谏,灵公竟派人去刺杀他;屠岸贾则是个阴谋家,他为了"将作难",借故"杀赵朔、赵同、赵括、赵婴,齐皆灭其族"(《史记·赵世家》)。由此可见,这是一场封建统治阶级内部的斗争,但斗争的两方代表着忠与奸两个对立面,而人民从来就同情忠的一面,反对奸的一面。自从纪君祥的杂剧开始,戏剧舞台上的赵氏孤儿故事中,又富有创造性地安排了这一情节:赵盾的儿媳——晋国公主在宫中生下孤儿之后,被程婴救出宫去,屠岸贾发现孤儿出宫,就贴出榜文:要将晋国所有与孤儿同庚的婴孩,斩尽杀绝。这样一来,从正面人物看,程婴、公孙杵臼等的一切英雄行为,就都不只是为了赵氏一家的后嗣,而且是为了晋国千千万万的儿童;从反面人物看,屠岸贾为了个人私欲,不惜残害广大生灵,他那与人民为敌的可怕的吃人相,也就更加清楚了。正面人物的正义性带有了更深刻的人民性,反面人物的非正义性带有了直接反人民的性质,双方的斗争也就突破了统治阶级内部矛盾的范围而与人民群众的利害关系直接联系了起来。秦腔改编本是保留了这一精华的。

　　但是,对于《赵氏孤儿》的思想性,并不是没有人怀疑过。据说有人批评这个戏宣传了"曲线救国"与"认贼作父",根据是程婴投到了屠岸贾门下,孤儿做了屠岸贾的义子。我们知道,历史上程婴的行为倒是"直线"的,据《史记》载,程婴与孤儿本是避居在山中,十五年后出山的。把程婴与孤儿安排到屠岸贾家中去,是自纪君祥的杂剧开始的。但是这样处理有什么不好呢? 这样处理,一方面使这场斗争的尖锐性、复杂性更突出;一方面使故事情节的发展更合理,逻辑更严密。关于这一情节,秦腔改编本吸收了杂剧、传奇的优点,处理成这样:程婴出首孤儿时对屠岸贾讲:自己本是救孤出宫的医人,只因屠岸贾出榜告民,三日之内不得孤儿即将杀尽全国与孤儿同庚的婴孩,而自己方得一子,与孤儿同庚,为救己子,故而出首。事后屠岸贾收留了程婴,又因自己无子,就认程婴之子(真孤)为义子。程婴这样做乃是出于策略上的考虑,而又安排得天衣无缝,半点破绽也无。首孤后程婴难容于社会,这不是不可能的,因此入屠岸贾府中可以理解成是为了保存自己,积聚力量。如果自己的力量不能成长,敌人的力量就不能消灭,由此可见,"叛卖"是现象,义烈是本质;"投敌"是手段,杀敌是目的。而"曲线救国"论者,却是以"救国"为幌子,为自己的投降作诡辩,口头上是"救国"者,实际上是卖国贼。这与程婴有根本的不同,怎么能混为一谈?至于"认贼作父"云云,那是屠岸贾要认孤儿为义子,非是孤儿要认屠岸贾为义父,何况那时孩子尚在襁褓之中,这个罪名他如何担当得起?程婴同意这样做,也是为了策略上的必要。当程婴一旦挂出画图,对孤儿说明原委之后,孤儿立即报了大仇,这与"认贼作父"的石敬瑭辈根本风马牛不相及。而且作此论者对《潞安州》一剧又将作何评价呢?总之,认为《赵氏孤儿》一剧宣传了"曲线救国"、"认贼作父"的人们,是把现象当做了本质,把手段当做了目的,并因此把正义性当做了非正义性,把香花当做了毒草,其错误是很明显的。

《赵氏孤儿》一剧对戏剧矛盾的处理,也有其独特的手法。开始时,黑暗面笼罩全局,光明面势单力薄。但是当戏一场场演下去的时候,我们看到,使黑暗势力强大,使光明力量弱小的因素,只是暂时起作用的因素,而事业的正义性与非正义性,却是经常起作用的因素。戏剧矛盾从赵盾与晋灵公、屠岸贾的斗争展开,在这一斗争中敌人胜利了。戏剧矛盾进入第二阶段,围绕着搜孤、救孤这两条扭结在一起的线索,展开了卜凤、程婴、公孙杵臼与屠岸贾的斗争。由于敌人的暂时强大,这一斗争在表面上仍以敌人的胜利结束,事实上敌人的这一胜利是假的。正义的一方"投敌",看来似乎矛盾"统一"了,实质上矛盾深化了。随着剧情的推进,又展开了戏剧矛盾的第三阶段:程婴、孤儿、韩厥对屠岸贾的斗争取得了最后的胜利。敌人方面是:胜利——假胜利——失败;正义的方面是:失败——假失败——胜利。总的方面是敌我矛盾,里面还夹着一些正义的一方面的内部矛盾,而这矛盾却又是一种假象。大敌当前,自己人无计互通消息,卜凤以为程婴真的出首孤儿,韩厥以为程婴真的觍颜事敌。这样的矛盾愈剧烈,矛盾双方的内在一致性就愈明显,愈突出。从这里反映出了矛盾的复杂性与尖锐性。作者对矛盾的这种处理最终告诉了观众:敌强我弱只是暂时的现象,只要是属于正义的一方,即使是孱弱的,如程婴和孤儿,终将成长壮大,杀敌报仇,因为这是历史的必然,是任何人也阻挡不了的。这里,我们看到了敌我力量对比变化的铁的规律。

秦腔《赵氏孤儿》在文学上继承了纪君祥的杂剧本,在表演上继承了多少代艺人的精湛创造,因而能够在舞台上塑造出一群古代英雄的形象。作者以最高的褒奖加给自己的英雄人物,赋予这些英雄们以最可贵的理想的光芒。这些人物为了忠良,为了百姓,总之为了正义的伸张,或则见义勇为,杀身成仁,或则含垢忍辱,负重致远,或则赴汤蹈火,义无反顾。赵盾、灵辄、卜凤、公孙杵臼,一个个如奇峰陡起,而程婴又成为众峰中之高峰。他们各有不同的个性,又有共同的特征,那就是:从不考虑个人的得失存亡,甚至戏中对他们的个人或家庭生活都无半点描写,但这些人物却有充分的艺术说服力。拿程婴来说,他一不为名(相反的,在十五年的悠长岁月中,他得到的却是声名狼藉),二不为利(相反的,甚至封建时代认为最后的依靠的后嗣,也因此而绝了),却甘愿冒最大的危险,作最大的牺牲,受最严酷的考验,要是没有坚持正义的顽强精神,他能支持下来并战斗到胜利吗？最可贵的是,直到最后,他没有半点伤感消极的情绪,表现了至死不渝的乐观主义精神。这样刻画人物,是值得今天的作家们学习的。

马蓝鱼同志演的卜凤,李继祖同志演的公孙杵臼,赵毓中同志演的程婴,都相当成功。《考卜凤》、《公孙死节》、《屈打程婴》三场,形成了全剧的三个高潮,一浪推一浪,后浪又比前浪高。导演是用了功夫的。卜凤这一人物,不见于历史的记载,不见于杂剧和传奇,但在北方的一些地方戏的这一剧目中,她是一个光辉的形象。在这次秦腔演出中,卜凤的坚贞不屈,特别是她死难前的义愤和刚烈,被演得如火如荼。她在受刑之余,忽听到程婴前来出首孤儿,就跳过去一口咬住了程婴的臂膀。这一舞台动作本身就异常强烈,而同时它又包含了多么深刻的内容！既表现了卜凤的肝胆忠烈,又表现了程婴的忍辱负重。公孙杵臼是年逾七旬的老人,为救孤儿而牺牲了自己的生命,演员刻画了他视死如归的大无畏气概,和理智清明的精神状态。为了取信于敌人,他必须把伪孤当真孤,而公孙对伪孤(程婴之子惊哥)必然也会有极大的同情之心。演员演的是公孙杵臼的假戏真做,却具有充沛的真情实感。公孙最后死难时,演员用富有强烈节奏感的形体动作——跌撞和抖须,表现了人物至死不屈的气节和情操。

《屈打程婴》一场是秦腔独有的卓越创造。韩厥打程婴,打错了又打对了;程婴挨打,是屈打也是该打,韩厥不打程婴,就不能取信于程婴,也就不能认清程婴;程婴不挨打,就不能认清韩厥,也就不能暴露自己的真心。而韩程的互相了解与合作,是报仇胜利的基础。吃尽千辛万苦的程婴,虽然又吃了一次苦头,但肉体上的痛苦却转化为他精神上巨大喜悦的开始。演员紧紧地掌握了人物这

一特定的精神状态,用极大的激情唱出了这一"尖板":

> 韩大人打得我心欢意满,
> 才知他是忠良并非奸谗,
> 十五年无知音愁眉不展,
> 今日里乌云散见了青天。

这里的"愁眉不展"不是个人得失的阴暗心情,而是在长期孤军作战过程中的苦心孤诣。当程婴说明了原委,韩厥扑上去请求原谅时,导演把戏剧推到了高潮的顶峰,剧作者又安排了两段"代板",使演员尽情抒发人物的内心激动,程婴的崇高的精神面貌完全突现出来了。于是,剧中人、演员、观众一同流下了眼泪。

罗四奎同志演的屠岸贾,也是基本上成功的形象。这一反面人物的凶狠、毒辣、奸险,被生动地表现了出来。演员从反面教员的意义上表现了这一人物形象的思想性。此外,如田德年同志演的赵盾,李应真同志演的公主,蔡志承同志演的赵朔,都是很尽职的。在《观画复仇》这场戏里,李心哲同志演的孤儿,把这个少年郎的天真和正直的性格,表演得很动人。整个演出很整齐,演员合作得也很好。

秦腔《赵氏孤儿》改编本删去了老本中一些不必要的情节,这是完全必要的。但"盘门"一场也被删去,却很可惜。纪君祥的杂剧中,这场戏占了整个第一折的大部分,韩厥由正末扮,是此折的主角,作为把守公主府门的将军,他放走了救孤出宫的程婴,自刎而死。这折戏不仅戏剧性强,思想性也高,作者让韩厥唱出:"忠孝的在市曹中斩首,奸佞的在帅府内安身……"这是作者对当时黑暗的元代统治者的大胆抨击。秦腔老本也有"盘门"一场,但处理方法不同,韩厥未死(后来新君登基,韩厥拜相,与程婴合谋诛奸)。

删去这场，一方面抛弃了一场好戏，同时也影响了剧情的前后连贯。杂剧中屠岸贾发现公主、韩厥二人自杀，才断定孤儿已经出宫，于是贴出榜文，这是合乎逻辑的。秦腔改编本中屠岸贾尚无确凿证据证明孤儿出宫，就贴出榜文，似乎其间缺少了一些什么。如果保留"盘门"一场，并且让韩厥自刎，那么后面的韩厥可以改为另一人（如杂剧中的魏绛）。

秦腔改编本中程婴、公孙杵臼二人的身份，仍是赵氏门客。《史记》中未曾强调程婴是赵氏门客，却明言程婴是赵朔的友人；元杂剧中公孙杵臼是中大夫，"与赵盾原是一殿之臣"。当然，英雄之所以为英雄，不是由他们的身份，而是由他们的行为来决定的。但渲染了他们的门客身份，则很容易被理解为替主报恩；若是从朋友与同僚的角度去描写，那就更令人相信是出于友谊和正义感。据说有的剧种里有《程婴救主》，这剧名首先就不好。秦腔的舞台演出中，程婴初次出场是前来向赵盾通报"韩大人到了"，再加上他的服装，外形，更像是赵家的仆人了。这样强调程婴、公孙杵臼与赵家的主客（食客）甚至主仆关系，只会降低人物形象，降低他们的思想意义。

《观画复仇》是秦腔改编本最后一场戏，其中复仇部分显得太匆忙了些。屠岸贾被杀的时候，他本人还不明白是怎么一回事。我见汉剧与楚剧的《赵氏孤儿》（徐慕云、王照慈编）最后复仇一场中，由公主出来宣布屠岸贾的罪状，再由赵武（孤儿）将屠岸贾处死，这样处理，大快人心。（秦腔本对公主的下落没有交代，也是缺点。）另外，这场戏中对程婴之死的处理，也是值得商榷的。程婴在混战中被屠岸贾刺了一剑，然后与孤儿合力杀死屠岸贾，终于不支而死。演员演得很好，他嘱告孤儿要"爱民如子"，欢呼着"成功了"，大笑三声而亡！演孤儿的伏尸痛哭，也极真切感人。尽管如此，从剧本结构上说，程婴死与不死，丝毫不影响复仇之成功与否。卜凤、公孙杵臼等的死,是事件的必然发展,程婴的死,却是外加的,偶然的事件。前者的死,有重于泰山,后者的死,有轻于鸿毛。《史记》中程婴是在事成之后为了报答赵盾与公孙杵臼而自杀的。这体现了某种道德理想,但刘向就曾批评过:"婴之自杀下报,亦过矣。"如果舞台上这样处理,也难为今天的观众所接受。然而,让程婴在胜利之后毫无必要地死于屠岸贾之手,却太不值得了。这样处理也不尽合我国戏曲的传统精神。必欲让美好的事物毁灭,这是西方悲剧的概念,所以奥菲丽雅一定得死,科黛利雅一定得死。中国的悲剧却不是这样,窦娥非死不可,死后还得复仇;梁祝非死不可,死后还得化蝶。至于可死可不死的好人,那更是要叫他活下去,因为这是人民的愿望。杂剧中程婴不死,传奇中程婴不死,秦腔中的程婴又何必非死不可呢? 尽管很欣赏演员的表演,我还是希望程婴免吃奸贼一剑而得善终的。

1959年11月

说　赵　旺

　　川剧《荷珠配》的主角,与其说是丫环荷珠,不如说是仆人赵旺。有人认为,既然剧名叫《荷珠配》,荷珠应当是主角,现在赵旺喧宾夺主,是作者(改编者)把重点摆错了。这话未免有点迂。《窦娥冤》的主角固然是窦娥,《四进士》的主角却可以不是毛朋、田伦、顾读、刘题而是宋士杰。我想,问题不在于"切题"或"正名",而在于赵旺这个形象在剧中能否成立。

　　对赵旺的形象塑造不是没有争论的。有的同志认为,赵旺一方面不满财主金三官的所作所为,同情并帮助了赵鹏与荷珠,另一方面又死心塌地追随金三官,甚至到了逃难沦为乞丐之后,仍旧舍不得离开主人,后来还把金三官带到赵鹏的状元府中去享富贵,这样的人不但毫无阶级立场,而且连起码的是非观念都缺乏,这样的人有什么好歌颂的呢? 有的同志认为,赵旺自幼鬻身金府,在金三官的威胁欺骗下,虽对主人有所不满,但看不清他的本质,所以还依附于他;直到丹凤县遭到乱兵洗劫,金三官离家逃难的时候,赵旺仍不离开主人,但是最后当他真正认识了金三官的狰狞面目之后,就毅然起来与之作斗争,揭露了他的恶行。因此这样的安排和处理是完全合情合理的,是完全符合赵旺这个人物性格发展的规律的。我不同意前一种意见;对后一种意见,同意其中对人物的分析,但不同意最后的结论。

认为赵旺失掉阶级立场的意见，很容易引申出这样的论点来：赵旺既然失掉了阶级立场，而又被作者当做正面人物来歌颂，那么这个戏不是在宣扬"阶级调和"或资产阶级"人性论"了吗？要弄清这个问题，首先要把形象的思想性和人物的思想区分开来。人物的思想是作者按照生活本身的要求为剧中人所规定的具体的思想感情；形象的思想性则是剧作者通过形象的描绘所表达的思想，也就是作者自己对生活的见解（作者的思想不应该赤裸裸地表达出来，应该通过形象表达出来。因为艺术作品必须通过形象来感染观众，作者直接对观众说教是没有力量的）。作家世界观的进步性或反动性都寓于形象之中，寓于整个作品总的倾向之中，作家的是非褒贬好恶爱憎都应当在形象中得到体现。形象的思想性和人物的思想有时是平衡的，有时是不平衡的，有时是相对立的。我们的剧作家在描绘共产主义英雄的时候，努力提高自己的思想水平，努力缩短自己与英雄之间的距离；我们的剧作家在刻画反面人物的时候，力求站在革命世界观的高度，俯视他笔下那些坏蛋们的罪恶的灵魂，并加以深刻的剖析。我们的剧作家也可以写基本上肯定的正面人物，而在肯定他的优点的同时对他的缺点加以善意的讽刺或批判。《荷珠配》的作者（改编者）写了一个地主家里的仆人赵旺，这个赵旺见书生遭难，就帮助书生，见丫环遭厄，就帮助丫环，这是他的善良正直之处。但是他的主人，财主金三官家遭兵劫，沦为乞丐，赵旺对他也有一定的同情，愿意把讨来的饭与他分食。这也是他的善良之处。其实他反对金三官和另一仆人王兴合谋赶走赵鹏，在他的思想动机之中除了反对嫌贫爱富不守信义和同情书生之外，也还有为了使财主和恶奴日后免遭恶报之意。在他看来，不管是好人坏人，凡是遭到了苦难的，都值得同情。这就是这个特定人物——赵旺的思想水平。我们知道，反动统治阶级总是利用劳动人民的善良性格加以剥削，加以奴役；直到劳动人民再也无法忍受,才被逼上梁山,起而反抗,这是劳动人民的历史悲剧。这样的悲剧直到无产阶级登上政治舞台,在马克思主义光芒照耀下,才得到根本的改变。如果一定要用今天革命群众的阶级立场和阶级觉悟水平去要求赵旺,那必然会搞出一个反历史主义的赵旺来。(怎么可以不去革命而在地主家里当仆人呢?怎么可以到状元府去吃住呢?怎么可以为统治阶级的状元公做媒,把劳动人民的荷珠嫁给他呢?……)也许有人会说,那时候劳动人民中也有比这个赵旺的觉悟水平更高的人,为什么非把赵旺写成这个样子不可?是的,那时候确实有农民革命,我们可以写一个《赵旺起义》。但这是另一个戏,另一个赵旺,与《荷珠配》和《荷珠配》里的赵旺是无干的了。我们确实不反对有一个农民革命的赵旺,也可以有一个对为富不仁的财主态度较硬的赵旺(如《荷珠配》中的荷珠就是这样一个人),当然也不会有人反对可以有一个狗腿子式的赵旺(如《荷珠配》中的另一仆人王兴就是),但是为什么不允许有一个觉悟不那么高,斗争性不那么强,是非观不那么清楚,但经过曲折的道路,得到了经验教训,终于觉悟了的赵旺呢?赵旺是这样一个人:他性格上充满矛盾:既忠于主人,而又不满于主人的恶德恶行。不满于主人,因为他有劳动人民的正义感;仍然忠于主人,因为他要遵守封建道德的"义",他认为这是天经地义、不可动摇的。他的这种思想是封建统治阶级强加在他身上的枷锁。而且他劝阻主人作恶,正是为了主人好,正是他忠于主人的一种表现。恰如谏君往往是忠君的一种表现一样。但是当赵旺最后发现金三官是如此卑劣,如此不义,他才醒悟过来,认清金三官不是人是禽兽,因此他才抛弃掉这个主人。《义责王魁》中的老仆王中不也是如此吗?像赵旺、王中这样的仆人,在封建社会中的确存在过而且为数不少。但问题不仅仅在于生活中有没有这种人,还在于作者对这样的人采取什么态度。作者通过对金三官丑恶性格的进一步揭露,批判了赵旺的"义",歌颂了赵旺最后的觉悟。因此这里是无论如何也扯不到资产阶级"人性论"和"阶级调和论"的宣扬的。形象的思想性高于人物的思想,这在赵旺身上其实是体现得很明显的。赵旺本人即使到了最后也只不过是认清了金三官这个财主个人的恶行。而赵旺这个形象却表现了劳动者的见义勇为、舍己为人的品德,反衬出封建地主剥削农民,欺贫爱富,见空就钻的本性,体现了"费厄泼赖"应该缓行、对落水狗怜悯不得的真理。某种一个框框的主张者的错误就在于:他认为正面人物的思想水平和他所认为的剧作者应有的思想水平这二者之间的关系必须是恒等的关系,因此他不但混淆了正面人物本人的思想和正面人物形象的思想性,而且不许写正面人物的思想由低到高的过程,必须写成一开始就是那样高的水平。这种主张只能促成作品的千篇一律,形象的千人一面。

如此说来,赵旺这个形象和《荷珠配》这个戏不是十全十美了吗? 这里,还得让我们再来具体分析一下。

我觉得,赵旺这个形象的塑造,基本上是成功的。这个丑角扮演的形象,非常富有川剧所独具的喜剧风格,人物的风趣和幽默,使人感到十分亲切。赵旺的语言也富有四川的地方特色,非常丰富生动。这个人物的善良、乐观的性格也使人感到十分可爱。

赵旺有他特有的个性。在任何困难面前,他都不愁眉苦脸。当他沦为乞丐的时候,他唱四句诗道:"崖腔当房屋,月亮当蜡烛,盖的肚皮囊,垫的背脊骨!"这是何等的乐观主义! 他是属于那种"一箪食,一瓢饮,……不改其乐"的人。他和赵鹏对人生的看法就不一样。穷书生赵鹏被岳丈金三官赶出府门之后,衣食无着,告贷无门,就要在柳树下悬枝自尽,他要求"鬼哥"赐他"一条死路",认为这是他惟一的出路。赵旺救下了他,问他:"你不想一下,要好多米才喂到你这么大啊?"赵旺认为自杀是对生命的浪费,是"羞人"的;有了困难,应当设法去克服,一死了之,是懦夫的行径。他不仅批评了赵鹏,而且为他策划一条生路,赠以银两,叫他去买些纸墨笔砚,卖字卖画,先活下去再说。而所赠之银,是金三官收来的租钱,叫赵旺拿回家去的。因此赵旺必然免不了一顿饱打。其实这已是第二次赠银了。这之前,当赵旺得知金三官准备赶走赵鹏的时候,他就与荷珠商量,赠银赵鹏,免他冻饿。而这次所赠的,是他们二人到金府为奴的卖身银子。(赠银之事被王兴窥见,不但银子被抢走,而且金三官诬赵鹏为盗,逐出府门,将授银的荷珠关押起来,准备卖与人贩子。)从这里可以看出赵旺(也包括荷珠)对受迫害者的可贵的同情和帮助以及自我牺牲的精神。在赵旺看来,牺牲自己的利益去帮助别人渡过难关,是他分内的事。这就是他的人生哲学。这样一个人物形象,对观众是有一定的启发作用的。

但是,许多观众在看这个戏的前半部时觉得很好,看到后半部,特别是庙中那一场,就感到不舒服,这是什么缘故呢?我觉得这不是由于那些观众有什么清规戒律,不允许赵旺脑子里有一点封建思想。问题还在于形象本身是否完全合情合理,形象发展的每一步是否都符合人物的思想逻辑和行为逻辑。

这里要弄清一个问题:不能因为这个形象并没有严重的思想缺陷,因此就说它的艺术处理也是十全十美的了;也不能因为这个形象还有某些不够合情合理的地方,因此就说这个戏是一个坏戏。对这个戏,指出其艺术处理上的某些漏洞,和指责它宣扬了什么"阶级调和论",是两回事。我们主张作品的思想性和艺术性的高度结合,但从来就反对艺术性等于思想性或思想性等于艺术性的荒谬公式。

《荷珠配》的后半部有这样的情节:状元赵鹏误认荷珠为未婚妻贞凤小姐,把她接进府去,准备择吉完婚。赵旺讨饭时也与赵鹏相遇,赵鹏引赵旺去见"小姐",而自己偏偏退入后堂。荷珠毫无冒充小姐、想当夫人的企图,但自入状元府第以来,一直不亲自向赵鹏说明身份,偏要赵旺去说。这已经使观众感到纳闷了。赵旺居然又不去说,反而到城隍庙里去为沦为乞丐的金三官献策,要金三官到状元府去认荷珠为女儿,以便衣食有靠。这更使观众难以索解。赵旺未尝拒绝荷珠之托,并且称赞荷珠不趁机向上爬的难能可贵,那就是说,赵旺即使希望荷珠能当上状元夫人,却并不主张荷珠由冒充小姐这个手段来达到当夫人的目的。曾几何时,赵旺变卦了。既然主张金三官去认荷珠为女儿,那当然要荷珠冒充小姐,叫金三官一声"爹爹"。这个,曾被金三官禁闭在粮仓防其逃逸以便卖与人贩子的荷珠干不干?曾将荷珠从粮仓中救出来的赵旺心里应该明白。这时赵旺尽管觉悟不够高,但他终究不是傻子。这样做尽管可以说是出自"善良"的愿望,但明明会"砸锅",一个头脑正常的人是不会去做这样的事的。正直善良的人变为主张弄虚作假的人,不是绝对不可能,但必须具备变的条件和根据。这里赵旺的"变"太突然了,完全违反了人物的思想逻辑和行为逻辑,因此使观众感到虚假,不可信。如果是合乎逻辑的,那么情节的变化即使如巨峰陡起,也在情理之中,令人信服;如果不合逻辑,那么情节的发展即使平淡无奇,也在情理之外,不能令人信服。赵旺的形象在后半部的发展不太合乎逻辑,因此降低了这个形象的感人力量。

《荷珠配》的老本是个充满封建性的糟粕的戏,荷珠蓄意冒充小姐,当上了状元夫人;赵旺以允诺隐瞒荷珠的身份为条件,要挟荷珠给他好处。结局是一夫二妻的"大团圆"。要改好这样一个戏,不用说是有不少困难的。现在剧中的一些漏洞,都与原剧的骨架有关。由于受到全剧结构的限制,有些不合理的地方很难改得更合理一些,因为牵一发就动全体,要改就会使得下面的剧情难以为继。例如,假使改掉赵旺到城隍庙去说服金三官认荷珠为女儿的情节,不仅要牺牲一场暴露金三官丑恶本质的好戏,而且后面金三官欲将女儿贞凤(已嫁富豪黄龙衮又遭遗弃)冒充黄花闺女再嫁给赵鹏而被赵旺揭露的情节,也就是全剧高潮的最后一场戏,也将难以产生。又要合乎生活的逻辑,又不能把原剧完全拆散重新创作,这里有改编者的苦衷。无论如何,改编者对原剧进行了去其糟粕、存其精华的工作,把两个品质恶劣的人改成现在这样两个舍己为人的人,应该说,是花了不少劳动的。提意见的人说说道理容易,往往体会不到作者(改编者)的甘苦,容易讲出一些片面的、不切实际的意见来。我在上面说的,可能就是这种意见。

1961 年 3 月

看晋剧小戏《小宴》《杀宫》《算粮》

看了山西省晋剧(中路梆子)青年演出团演出的三个小戏:《小宴》《杀宫》《算粮》,感到由衷的高兴。想到五年前看丁果仙、牛桂英诸家演出的情况,觉得老艺人们后继有人,更加喜不自胜。

三个戏都是优秀的传统剧目。三国戏在许多戏曲剧种的剧目中占有不小的比例,而五代戏就较少。《汴梁图》及其续集《凤台关》是以后汉、后周宫廷斗争为题材的晋剧长篇历史剧,《杀宫》就是由《汴梁图》中第十八至第二十一场合并整理而成。故事是:太师苏逢吉与其女西宫苏玉娥(后汉帝刘承祐之妃)定计在酒宴上弑君篡位,东宫刘桂莲识破奸谋,劝汉帝不可赴宴,汉帝不听,酒后大醉,苏氏父女方欲动手,刘桂莲遣人赶到,拿住奸人。刘承祐贪恋美色,意欲赦免苏妃,刘桂莲执意除奸,终于手刃西宫。戏从定计诓驾始,到救驾杀宫止,在我们面前展开了一幅色彩斑斓的宫闱喋血图。三个人物:刘桂莲、苏玉娥、刘承祐,在层层进逼、步步高升的戏剧冲突中,一个个神态逼真,性格突出。刘承祐从太师府逃出来,狼狈万状,转眼之下,就为自己的谋杀者去向自己的拯救者讨饶。苏玉娥为了苟全性命,使出了最后的一招:说自己身怀有孕。"有道是,一刀不丧二命。"是真是假? 剧作者没有交代。妙就妙在没有明说,让观众去想去:为什么早不说迟不讲,偏偏在这个时候讲? 而昏君居然信以为真。不,是真信了,还是不问真假,只图借此保全了自己心爱的美人儿再说？剧作者也没有明说，让观众去想去。正在这一刻，刘桂莲的性格突然上升到一个新的高峰：她向汉帝表示，如果他舍不得苏妃的命，那么她自己立刻死在他面前。这一坚持到底的原则立场终于动摇了刘承祐的态度，他不得不宣布任凭东宫去处置西宫的命运，势所必至的结局这才到来。

这戏不是按严格的史实搬演的。史书上的后汉隐帝刘承祐在郭威兵围汴京时亲自率兵迎战，死于乱兵之中，看来至少还有点无谋之勇。但是民间艺术家们全不去理睬这些，他们要刻画的是一个在敌兵围城之际依然贪恋酒色的昏君的典型。民间艺术家们放笔直书，务必淋漓酣畅，尽致而后已。他们大刀阔斧地描绘了几个人物形象，笔力直透纸背；但是粗豪中又见细腻，现实主义的精镂细刻镶嵌在浪漫主义的文采风华之中。刘承祐的昏愦，苏玉娥的险诈，刘桂莲的刚猛，相互撞击，迸发出个性特征的耀眼火花，显示出民间文艺特有的异彩。

《算粮》是另一部民间文艺的杰作。王宝钏名不见经传，但她在民间享有比著名的帝王将相更广泛的声誉。这是因为，她本身就是历代民间艺术家和广大群众共同创造出来的人物。古代的人民群众在王宝钏身上注入了自己的人生观、道德观和美学观。为什么《算粮》这一折如此受到欢迎？因为在这折戏里不仅王宝钏的性格和行为体现了古代人民的某种理想，而且这一切都是通过精妙的戏表达出来的。这里有戏，而且特别足。看戏看戏，无非是看人与人的关系，《算粮》一场，字字是人，句句是戏，无一废人，无一废笔。王允和夫人对宝钏的态度不同，三女儿对父亲和对母亲的态度也不同；苏龙和魏虎对宝钏的态度不同，三姑娘对大姐夫和对二姐夫的态度也不同；金钏银钏对宝钏的态度不同，三妹子对大姐和对二姐的态度也不同；宝钏和平贵二人的心情虽同而心绪又不尽同。这里，夫妻之间有矛盾，姐妹之间有冲突，亲戚之间有斗争。(有的是内部矛盾,有的是敌对矛盾。)这些人物的关系在发展,占上风的在逐渐变为占下风,占下风的在逐渐变为占上风。戏剧讲究"悬念",它的运用却各有巧妙不同,或"明枪"或"暗箭",争着去俘虏观众。有的剧作家把谜底放在袖筒里,到戏快结束的时候才抖出来,使观众如读侦探小说;有的剧作家一开始就把谜底公开给观众。《算粮》的作者属后一类,剧中人除王宝钏外全不知道薛平贵已经安全归来,但观众全知道。大白脸一出场观众就知道他是坏蛋,戏曲脸谱的这种手法似之。向观众揭开了谜底,却使观众不知如何达到谜底,于是他们不得不聚精会神地看下去,这才显出作者的高明来,而我们的民间艺术家就有这样的本事。秘密在于:不仅仅写故事情节,而是在故事情节的发展中写出人物性格来,写出人物之间的关系来。《算粮》之所以受欢迎,就因为剧中人物特别是王宝钏的性格在吸引和诱惑着观众的心。

刻画出性格来,这是一切戏剧作品成功的秘诀。三国故事家喻户晓,三国戏仍然百看不厌。何以故?因为三国戏中人物众多,个性各殊,许多人物已成为不朽的典型。《小宴》中的吕布和貂蝉,就是以其性格的魅力使观众永远感到新鲜的人物。

晋剧青年演员们在塑造这些人物形象的时候,一般都能从人物出发,并且运用他们多年苦练的功夫来表现人物性格。翎子功、椅子功、梢子功、水袖以及唱、念、做、打这些功夫,在我看来,他们都有相当掌握。这是值得鼓励的。

周惠生演吕布,运用了翎子功。翎子功的掌握是要下功夫的。据说系雉尾的金属丝,要有一定的弹性,使翎子既灵动活泼,又能被演员自由驾驭。弹性不够,翎子就做不到窈窕多姿,会显得僵硬涩滞;弹性过大,演员使不上劲,翎子也就要不成了。过去用的是铜丝,现在用钢丝,演员要做到对翎子控制自由,要下更大的功夫。周惠生在老师郭凤英的教导下,勤学苦练,获得了一定的成绩。尤其值得肯定的是：他在导演的指导下开始摆脱了为耍翎子而耍翎子的路子。过去的演法是，王允离座后，吕布一人在场，无所事事，大耍其翎子。现在改为：吕布瞥见屏风后闪现一位美人，心中为之大动，这时演员运用"左转单挑""右转单挑"等翎子功来代表吕布向屏风后东张西望、左窥右探的动作，又运用了"绕梅花"等翎子功，来表现吕布找不到貂蝉时焦灼不安、坐立不宁的心情。可惜的是，现在还遗留着脱离规定情境的纯技术表演的残余。对多余的东西敢于割爱，就会有更好的效果。

冀苹是青年演员中艺龄较长的一位，她在《杀宫》中和萧桂叶分别扮演的刘桂莲和苏玉娥给人以突出的印象。刘虽狠而不悍，苏虽柔而带险，演员们掌握了人物性格的基调，因而使观众对杀气腾腾的刘桂莲始终加以支持，而对哀婉欲绝的苏玉娥到底不予同情。当二人冲突激化的时候，刘一把抓住苏的胸襟，苏咬了刘手一口，脱身而逃，刘追到椅子跟前，从"单跨"到"单立"，再从"双蹬"到"斜卧"，一连四个椅子功动作，把刘桂莲极度激愤的心情强烈地表现了出来。"双蹬"是四个动作中的顶点：她从"单立"的状态突然一跃而起，双足踩定在椅子的左右扶手上，口衔翎子，对跌倒在地的苏妃怒目而视，举剑欲劈，这个威势似乎就要致对方于死地！这些特殊技术的运用，其好处在于都能为表现人物性格的目的服务。原来的演法，刘桂莲之所以要杀苏玉娥，更多的是由于吃醋。这使人想起川剧《郗氏醋》中梁武帝之妻郗氏的凶悍形象来，阳友鹤扮演的这个人物是戏曲舞台上罕有的强烈形象之一，它能够使人终生难忘。现在，郗氏和刘桂莲的不同处在于：前者是妒从心底起，恶向胆边生的典型悍妇，后者则因为经过剧目整理而成为替君王保社稷，为朝廷诛奸佞的贤妃了。虽然如此，以个性的强烈而论，二人差强似之。而椅子功的运用，对于渲染刘桂莲的强烈性格，起了火上加油、雪上加霜的作用。"一台无二戏"，萧桂叶扮的苏玉娥也不弱。刘桂莲一蹬,一踢,苏玉娥蓦地腾起一尺多高,一个"吊毛",跌出几尺之外;刘追,苏逃,苏从椅背"穿洞"而出,刘跃上椅子,做金鸡独立状,亮相。这些地方,两人的动作环环相扣,浪浪相推,如榫之接,如符之合,配合得严丝密缝。萧桂叶的水袖也下了功夫,逃跑时的"单抛水",神色仓惶中的"云手",求救时的"风卷残云",都能和人物心情结合,达到"以形为心役"的效果。

王爱爱的唱功和做功有其特色。她的嗓子宽,嗓音甜润、嘹亮,当得起"悦耳"二字。她的唱腔师承程玉英那有名的"咳咳咳"调,具有一种山西地方特有的委婉多姿的风格。她的表演朴素而动人,追求一种怨而不怒,熔蕴藉与奔放于一炉的调子。1956年我看过牛桂英演的《算粮》,她的王宝钏更为粗犷,"土"气。据说后来牛桂英把王宝钏演成温文尔雅的大家闺秀了,理由是她原是相府千金。其实这个人物是古代人民(主要是农民)的创造,他们按照自己的样子塑造出来的形象,最好是不要去更动它。王爱爱演的王宝钏,特别在《算粮》后半部,更多地保留了传统演法中的"土"气,是完全正确的。王宝钏一上场就情绪饱满,信心十足,向剧中其他人却不向观众掩饰她内心的喜悦。等到她回寒窑去搬薛平贵的时候,这种情绪上升到更强的程度。临行前,她嘱咐丈夫说:"平郎,将你的帽子戴得端端正正的。""再将你的衣服穿得整整齐齐的。""再将你这胡须捋得顺顺当当的。"演员说这些道白的时候,还通过眼神,既表现了对丈夫的深情厚爱,又表现了斗争前从容不迫、好整以暇的心情。到了相府,平贵问:"这里也有你我夫妻的座位?"宝钏答:"老子养儿个个有份,有他们的座位就有你我夫妻的座位。……他们是亲生的,咱们也不是那后娘养的!"她随即给平贵端来一张椅子,拂去尘埃,接着一口气把余灰吹净,头部随着吹灰的动作而转了一个小圈,演来自然清新而饶有风趣,又把人物心中胜券在握的那股劲儿充分表达了出来。词儿充满了"土"气,演员的表演风格也是"土"的,王宝钏这个人物却"土"得美,"土"得可爱。如果去掉了这些"土"气,就等于山西戏的地方色彩的消灭,而这对百花齐放是无妄之灾。

我所以提到上面这几位演员,只是想借他们来说明这次山西省晋剧青年演出团所达到的表演水平,而不是说只有他们几位才演得好。事实上演出团还拥有不少优秀的青年演员,如马玉楼、田桂兰、刘汉银等。他们在教师丁果仙、冀美莲、郭凤英、牛桂英等教导下,艺术水平正在日益提高。同时,这次演出中导演的精心安排、演员们在演出中的合作精神,都是值得称道的。"艺事精时鬓已丝"固然是规律,但"登高自卑,行远自迩",精于艺事的基础要在年轻时奠定,这也是规律。祝晋剧青年演员们发愤砥砺,一日千里!

1961年9月

读歌剧《红色医生》

歌剧《红色医生》(兰州艺术学院实验剧团〔现名甘肃省歌剧团〕集体创作,康尚义、黎群、申英执笔;发表在《红旗手》文艺月刊1960年第7期)的背景是1955年以前的甘南草原。这里有着一眼望不到尽头的草滩,闪着银光的雪山;这里蓝瓦瓦的天上飞飘着白云,滚滚的白龙江跃动着银花似的波澜! 这是藏族人民世世代代放牧和打猎的地方,是一片美丽的河山。但是,藏族人民还生活在奴隶制的野蛮统治下,他们的眼泪就像白龙江水那样流不完,他们的苦难就像草滩那样望不到边。共产党和人民政府为了彻底解除藏族同胞的痛苦,派工作组深入到草原。于是,在进行一系列工作的同时,展开了一系列的斗争。许多可歌可泣的故事产生了。这部歌剧歌颂了工作组里的一位青年医生,他在一系列的斗争中英勇前进,他"用自己的鲜血,维护了党的威信;用自己的皮肉,联结了汉藏兄弟的感情;在那广阔的草原上,撒下了珍珠般的种子;用那光辉的彩霞,写下了共产主义的功勋"。他的名字叫李虹。作者的意思,也许是要把他比喻为一座友谊的桥梁,它把汉藏人民的心联结起来了。

医生李虹进入了草原。他在这里遇到的第一个病人是藏族的孤女才考。她的病不过是普通的流行性感冒,但是反动的喇嘛要把她"煨桑"——就是活活烧死,说是只有这样才能免除瘟疫的蔓延。这不是宗教迷信,这是政治阴谋,因为才考已经吃了李虹的药,敌人怕共产党派去的医生治好了藏民的病,共产党的威信在当地就要更高更广地建立起来。李虹遇到的第二个病人是藏族妇女卓玛,她的手臂被严重地烧伤了。这不是普通的事故,而是敌人阴谋放火烧的,他们要兴风作浪,达到赶走共产党派来的工作组的目的。因为卓玛同情才考,相信共产党,敢于违抗反动喇嘛,他们就烧伤了她,放出谣言说她信佛爷不虔诚,因此遭到惩罚,用这来恐吓牧民。当李虹为她治疗了一个时期而不见显著效果的时候,他们就散布谣言说卓玛要死在共产党医生手里了。当李虹提出送卓玛到兰州去免费医疗时,他们又说卓玛到兰州去一定活不成。当李虹提出植皮疗法(就是把卓玛腿上的好皮割下一块来移植到她手臂上的烧伤处)时,敌人又恐吓卓玛一家人说佛爷预言过,卓玛再去找共产党医生治病,不但手要烂掉,腿也要被割掉。这是一场你死我活的阶级斗争,它的表现形式是争取群众,谁争取到了基本群众,谁就胜利。敌人用阴谋、恐吓、迷信等手段,企图永远控制群众,我们则用全心全意为人民服务的精神,根据民族团结的原则,去影响群众,团结群众。于是,一个回合紧接着一个回合,一场搏斗引起了又一场搏斗。救了才考之后,又要救卓玛。克服了自己的技术障碍,还要克服人家的思想障碍。李虹面临的困难是:不仅要医好人们肉体上的病症,还要医好人们精神上的病症(过去反动统治者长期造成的民族隔阂等等);不仅要战胜病魔对人的侵害,还要战胜政治上的敌人——藏族上层反动分子的阴谋破坏。李虹不断地克服着前进道路上的困难。在党的领导下,他用友谊和正义的行动粉碎了一次次阴谋;通过一系列的医疗工作,进行了一连串的阶级斗争。波涛起伏的斗争势态构成了这部歌剧强烈的戏剧冲突。

全剧六场戏,每场戏都写了针锋相对的敌我斗争。剧作者以开门见山的笔法,在第一场就安排了一个惊心动魄的冲突场面:"煨桑"和反"煨桑"。无父无母的孤女才考得了病,反动的才登喇嘛下令把病人烧死。当天葬的命令如霹雷般下达的时候,李虹出现了。李虹第一次出场,就在这样的场合,自然就给人以强烈的印象。反动的喇嘛还不敢直接和工作组相对抗,因此没有阻挠李虹给病人吃药。但当李虹一走,才考就被抓进寺院。第二场紧接上来:才登借口佛爷的旨意,决定立即将才考当活羊"煨桑",说是否则佛爷就要给草原降灾。在众牧民哀求而小喇嘛们把才考抬起来,正要把她投到煨桑台的火焰中去的千钧一发之际,李虹又出现了。李虹两次出现在煨桑台边,看来有些重复,但又不是完全的重复,他第二次的出现,把敌我矛盾在更深的程度上展示了开来。在这场严峻的斗争中,正面人物和反面人物壁垒分明:李虹在群众通风报信的帮助下来到现场,他和管家、才登喇嘛进行了一场唇枪舌剑的辩论,并且用他那粗壮的胳臂,保卫了孤苦无告的孩子才考。才登喇嘛和管家尽管多么阴险毒辣,毫无人性,但是他们为所欲为的时代已经过去了。在这场斗争中,同时出现了抱有各种不同态度的人物:既有同情才考的命运,敢于挺身而出,为才考请求免死的卓玛,也有害怕卓玛的行为触犯了佛爷,于己不利的卡日图(卓玛的丈夫)和慈仁(卓玛的母亲)。这里,剧作者没有花费另外的篇幅来介绍人物,全剧的重要人物都在这场冲突中基本上被介绍给观众了。

第一个回合暂时结束,第二个回合开始了。敌人并不善罢甘休,他们决心要和工作组、工作组的医生干一场。从第三场到第六场,描写了敌人烧伤卓玛、李虹救治卓玛的斗争。四场戏,每一场都是一次新的搏斗。每一次新的搏斗都体现着阶级斗争的又一次深化。例如,当最后,敌人利用过去长期反动统治造成的汉藏民族隔阂等条件,在藏民中煽动反对共产党的时候,摆在李虹面前的就不仅仅是共产党医生的本事高明不高明,能不能在藏民中建立威信的问题了,而是:共产党(由医生李虹代表)在藏民心目中究竟会不会成为佛爷所预言的,要割断卓玛的腿的魔鬼(如才登喇嘛所说的那样)这样的问题了。这时候,不但卡日图粗暴地拒绝了李虹对卓玛施行植皮疗法的建议,连一向信任李虹的卓玛本人也动摇了。但是,如果李虹退却了,那就等于承认了"佛爷的预言",等于向敌人缴械。如果让藏民相信了敌人那套无耻的欺骗宣传,那么藏民们就不是仅仅不来李虹的帐篷治病,而是要拔出刀子来找工作组"复仇",就要发生流血事件了。这样一来,固然李虹本人首当其冲,但是受害更深的仍将是广大的藏区牧民。在这个紧要关头,一身集中了种种矛盾的李虹,他采取什么态度,就有举足轻重之势。剧作者正是把他的主人公安排在这样的境遇之中,来刻画他的英雄的性格的。当你千方百计地想为群众服务,而某些群众受了敌人的欺骗宣传,暂时还不理解你,甚至在敌人的煽动下对你表示敌意的时候,你对群众抱什么态度?你对党的事业抱什么态度?这时候,一个共产党员的高度原则性和智勇兼备的崇高品质,在李虹身上出现了。

李虹的英雄形象的塑造,在最后一场完成。在这场戏里,已经当了李虹的助手的才考,接受了李虹给她的任务,趁卡日图和慈仁不在家时,去说服了病势沉重的卓玛,把她领到了李虹的帐篷里。才考说,李医生已经有了好药来治她的烧伤,不用在她腿上割皮移植了。当才考扶卓玛躺下,用纱布蒙住了她的眼睛,而白布幔后传来刀剪声的时候,有一段对话:

卓玛:才考,李医生在干什么?
才考:他在取药。
卓玛:取什么药?

才考:(忍住)……取好药。

卓玛:(感激,充满信心地自语)那一定是最好的药。

才考:(感动,自语)最好的药,那是世上最好,最好的药……

卓玛:那——一定要花很多的钱吧?

才考:……

卓玛:才考,你怎么不说话?

才考:是要花很多的钱,花很多很多……(再也忍耐不住)
　　　不! 你就是拿马驮的黄金也换不来的! 卓玛姐姐,
　　　李医生他……(跪倒在床前)

这里,李虹被安置在白布幔后面,没有台词,没有明场的动作,然而他割下自己腿上的皮植到病人身上的英雄行为,通过两位藏族姑娘的富于诗意的对白,被尽情地歌颂了出来。这剧本我读了不止一遍,每读到这里,总被感动得掉泪。这里是一首共产主义风格的赞歌,也是一首汉藏兄弟友谊的赞歌,读了它,会使人感奋激动,使人精神崇高起来。英雄李虹的形象,就在这赞歌声中完成了最后的勾勒。

人们知道,这部歌剧是以英雄的红色医生李贡同志的模范事迹为蓝本的。中共甘肃省委关于追认李贡同志为中共正式党员的决定中写着:"李贡同志在工作中表现了高度的责任感和舍己为人的精神,模范地执行党的民族政策,同藏族人民建立了密切的联系,并且始终保持不断革命的精神和谦虚朴素的作风。……1956年,李贡同志毫不犹豫地割下自己的皮肤,用植皮手术治好了藏族劳动妇女曹加两年未愈的严重烧伤。……"但是剧作者没有受真人真事的局限,而是在李贡同志的模范事迹的基础上进行了加工改制和必要的虚构,这是写好剧本的必要手段。当然,现在的本子在艺术上还是粗糙的,有些地方还可以做进一步的推敲或加工,例如第六场的后半部,卡日图在敌人煽动下寻仇而来,这时候的规定情境,正是各种矛盾(敌我之间,敌人内部,受煽动的藏民群众和工作组之间,受欺骗的群众和觉悟了的群众之间,早觉悟的、晚觉悟的群众和敌人之间,以至夫妻之间,母女之间……的矛盾)总爆发、总解决的时刻。这里正是最有戏可写的地方,也是作为歌剧的剧中人物感情最强烈,正可以大段歌唱以抒发感情的地方。但是剧作者没有抓得紧紧的加以发挥,没有把戏写足,却草草收场了。知道剧作者已经收集了各方面的意见,现在正在修改这个剧本,我希望在不久的将来读到这部歌剧的更完整的本子,看到它的成功的演出。

1962年2月

浅谈几个京剧现代戏的语言艺术

今天，京剧现代戏面对着表现京剧历史上从未表现过的新思想、新生活、新人物的伟大任务，这给京剧作者提出了这样的课题：用怎样的语言来表现这些新事物？在创造新的京剧语言的时候，如何吸收传统京剧语言艺术上好的经验，批判和扬弃传统京剧语言创作经验中的糟粕部分？总之，要怎样才能"自铸"出我们时代京剧舞台上的"伟词"来？

1964年京剧现代戏观摩演出大会上的三十几个剧目，都在语言艺术的创造上做了追求和努力，获得了不同程度的、总的说来又是巨大的成就，使京剧观众呼吸到了浓烈的时代气息。新思想、新生活、新人物，通过语言艺术和舞台艺术创造，以磅礴的气势占领了京剧舞台。这些现代戏在语言艺术创造上所以能获得成就，首先是由于作者们深入生活，向人民的语言学习，从中汲取了养料；其次也是由于作者们批判地吸取了传统经验而又勇于革新创造。

一

这次观摩演出的剧目中，涌现出了大批英雄人物和正面人物，他们的语言鲜明生动，使人物的性格活现在观众面前。像《芦荡火种》中阿庆嫂的语言，《红灯记》中李玉和、李奶奶的语言，《节振国》

中节振国的语言,《六号门》中胡二的语言,《黛诺》中黛诺的语言,都在不同程度上传达了人物的阶级特征和个性特征,传达出了人物的不同的年龄、身份、出身、成分、职业、教养,人物所处的特定环境和与别人的关系。

许多英雄人物的英雄性格,是在尖锐的对敌斗争中成长和显示出来的。这次现代戏观摩演出中,有不少剧目以现代革命斗争历史为题材,这些戏里英雄人物的精神面貌就在剧烈的敌我冲突中展开,许多精彩的语言就在这种场合从人物口中吐露出来。

《芦荡火种》中的阿庆嫂,是抗日战争时期江南地方我党的一名地下联络员,而以沙家浜春来茶馆老板娘的身份在敌人面前公开出现。当阿庆嫂和革命部队、革命群众在一起的时候,她是一位可亲可敬的同志;当她同敌人在一起的时候,她表面上看来是一位圆滑、世故、八面玲珑的茶馆老板娘,实际上是一位在隐蔽的战线上向敌人冲锋陷阵的战士。"智斗"一场中有许多精彩的唱和白,把这位革命战士的机智、老练、勇敢等性格特征,表现了出来。让我们来看看地头蛇、"忠义救国军"参谋长刁德一与阿庆嫂初次相见时描绘这两个人物的内心活动的一段背躬:

> 刁德一:这一个女人不寻常!
>
> 阿庆嫂:刁德一有什么鬼心肠?
>
> 刁德一:她能言善语双眼亮;
>
> 阿庆嫂:他笑里藏奸有锋芒。
>
> 刁德一:她态度不卑又不亢;
>
> 阿庆嫂:他神情不阴又不阳。
>
> 刁德一:她使的什么风,靠的什么港?
>
> 阿庆嫂:他到底姓蒋还姓汪?

背躬是传统戏曲中一种很有力的表现手段,它能在某种程度上起到小说中人物心理描写的作用。这里,背躬用得正是地方,在这个时刻,只有用背躬才能充分展现出人物的思想活动和精神面貌。这里,我们看到了刁德一的居心叵测,更看到了阿庆嫂的灵敏的政治嗅觉;我们看到了刁德一反革命的两副面貌(名为抗日,实则当了汉奸),更看到了阿庆嫂的革命者的双重身份(地下联络员和茶馆老板娘)。这段背躬轮唱的唱词节奏紧,韵脚密,排比严谨,对仗工整,这些特点不仅使这段唱词有了形式上的美,而且烘托出了当时突然紧张的环境气氛,表现了我地下党员在对敌斗争中针锋相对、寸步不让的原则精神。

与阿庆嫂相似的人物是《智取威虎山》里的杨子荣。杨子荣与阿庆嫂这两个人物不仅本质上有共同的地方:都是勇敢、坚贞、机智的革命者,共产党人;而且他们所执行的革命的任务也有相似的地方:都要隐蔽自己作为革命者的真实身份,用另一种社会身份在敌人面前出现,麻痹敌人,以便最后击败和消灭敌人。但是,这两个人物却并不雷同。他们的掩护身份不同、斗争对手不同、斗争场合不同。因此,阿庆嫂和杨子荣的语言既有共同的革命者的风格,又有着不同的生活色彩。阿庆嫂的语言有着江南水乡的明快风格,杨子荣的语言则有着北国山区的豪迈气魄。杨子荣语言的特点,固然表现在:他向座山雕等答话时,掺杂黑话,带有江湖气息和土匪腔调,用以麻痹敌人;但作者绝不在这方面加以不适当的渲染,只是做了必要的交代;相反的,作者所着力刻画的,却是杨子荣的英雄性格:机智大胆、有勇有谋、对敌人毫不留情、对人民无限忠诚。杨子荣的语言有豪迈的一面,也有细致的一面。当土匪栾平上山后,杨子荣有一段独白:

这不是栾平吗?他怎么来了?越狱逃走?宽大释放?是

不是大麻子偷袭夹皮沟,他趁机逃出来的?——他这一来,定然要坏我大事!嗯,不如趁我当值日官,瞒过座山雕,把他毙了吧!(欲追上)不妥,这样一来,会引起座山雕的怀疑。——我先躲一躲?躲不得,我一躲,谁来指挥这百鸡宴的"酒肉兵"啊?——(思索)嗯,座山雕最痛恨被我军俘虏过的人。有了,在栾平身上我就是这一着!

这段独白只用了一百六十个字左右的篇幅,就把杨子荣当时深思熟虑的内心活动全部交代清楚,而且层次分明:从对栾平上山的原因的各种可能性的估计,到面对这一局面自己应当采取什么对策的各种设计,直到从被动转入主动,终于想出高明的一着,人物的思路非常清晰地呈现了出来。这段独白中不少句子很短,短到只有两三个字,这也符合人物当时紧迫的处境。这些短句节奏感强,有起伏,有顿挫,描写了人物从警惕、思考,到最后的下定决心的心理活动过程,刻画了人物临危不乱、急中生智的精神状态。

《红灯记》中的李玉和,同阿庆嫂也有共同点:都是党的地下工作者,都要用社会职业来掩护自己的身份。但是,在同敌人面对面的斗争中,阿庆嫂并没有暴露自己的身份,而李玉和则由于叛徒的出卖,已经知道敌人掌握了哪些情况。李玉和在鸠山家里同鸠山的一场对话,是在剧本所规定的情境中一场精彩的舌战。李玉和的犀利的语言,闪耀出思想的光彩。例如,当鸠山用佛经上"苦海无边,回头是岸"的话来逼迫李玉和投降的时候,李玉和回答说,"我不是佛教徒,可也听说有这样两句话:放下屠刀,立地成佛。"这里显示出一位工人的幽默,也是对鸠山的深刻的讽刺,揭穿了自称佛教信徒的鸠山的伪装。当鸠山用尽种种手段都归失败之后,他只好以严刑和死相威胁:"我干的这一行,你不会不知道,我是专门给进地狱的人,发放通行证的!"李玉和回答道:"我干的这一行,大概你还不知道,我是领了通行证,专去拆你们的地狱的!"这个响当当的回答,从容不迫而又像一柄犀利的匕首,直插鸠山的心窝。似乎是就对方的话题做文章,其实只是利用了对方话里的比喻,而比喻所比的事物变了。这段对白,通过形象鲜明的比喻,刻画出李玉和作为一个阶级的代言人的气度和品格,使我们敬爱的英雄人物进入一个很高的境界。

以上粗略地分析了三个英雄人物在对敌斗争中的语言。这三个人的思想品质、生活经历、时代背景,有许多相同之处,又有许多不同之处。有相同之处,他们的语言中都透露出革命战士的思想感情;有不同之处,他们的语言又各有其不同的生活色彩和性格特征。

二

这次观摩演出中,有不少剧目的编剧者在提高剧本语言的文学性方面花了不少功夫,收到了成效。《芦荡火种》就是一例。这个剧的唱词和念白写得风格清丽,色彩鲜明。这里举一段唱词为例,以见一斑。刁德一盘问阿庆嫂是否对新四军"安排照应更周详"时,阿庆嫂作了回答:

> 垒起七星灶,铜壶煮三江。摆开八仙桌,招待十六方。来的都是客,全凭嘴一张。相逢开口笑,过后不思量。人一走,茶就凉,有什么周详不周详!

这段"西皮流水"用了传统"流水"唱词很少用的五字句,带有明快的江南地方色彩和优美的民谣风格;排比整齐,对仗灵活,给人以悦耳的美感;既是充满了生活气息的口语,又是经过了加工提高的文学语言;同时,它又符合阿庆嫂这个人物的身份和口气。

《红嫂》中有些唱词也写得好。例如,当红嫂在家里忙着给自己所掩护的一位解放军伤员煮鸡汤的时候,她一面劳动,一面唱:

> 续一把蒙山柴,炉火更旺;添一瓢沂河水,情意更长。

这里,沂蒙山区的风光,民间歌谣的韵律,老解放区人民对解放军的深情厚意,都统一在这段风格淳朴而优美的唱词里。这两句唱词不仅点明了故事发生地的地理特点,而且把红嫂的勇敢性格和第三次国内革命战争轰轰烈烈的历史时代衔接了起来,使观众从这里产生更广阔的联想。我觉得这样的唱词具有很高的文学上的概括性。

《红灯记》里李玉和和鸠山有一场对话。鸠山用尽各种方法,最后只得以严刑相威胁,李玉和毫不动摇,鸠山反而装出惋惜的样子:

> 鸠　　山:我劝你早早把头回,免得筋骨碎。
>
> 李玉和:宁可筋骨碎,绝不把头回。
>
> 鸠　　山:宪兵队刑法无情,出生入死!
>
> 李玉和:共产党钢铁意志,视死如归!
>
> 鸠　　山:你就是铁嘴钢牙,我也叫你开口说话!
>
> 李玉和:你就有刀山剑树,我叫你希望成灰!

这是《红灯记》中鸠山家里那场戏对白的"大轴子"。这是三副对子,也可以说是一首由三对偶句组成的一首六行诗,而每一句又分成两个短句。在声调的对仗上,有句中的自对,有句与句的句对。它有些像旧诗中的排律,而押韵的方式又有点像抽去了中间一联的律诗。它不仅有脚韵,还有里韵;它不仅协调了平仄的声调,而且运用了口语中的节奏——顿,来代替旧体诗的固定的字数;在这一点上,又可以说是吸收了民歌和新诗的成分。声调、节奏、韵,都用来刻画人物说话的语气和神色。鸠山的话都是上联,形式上是攻;李玉和的话都是下联,形式上是守。但从内容上看,鸠山已经到了穷途末路,李玉和的每一个回答,都是对鸠山的致命的一击。李玉和具有对鸠山的压倒的优势。从每副对联看,鸠山的上联都只能是仄收,李玉和下联都必须是平收;从每句话本身两个短句的末一个字看,鸠山的话都是先平后仄;李玉和的话都是先仄后平。总之,鸠山是抑,或先扬后抑,李玉和是扬,或先抑后扬。这就收到了一个总的效果:鸠山处在烦躁压抑走投无路的状态,李玉和相反,处在斗志昂扬、革命精神高涨的状态。这是运用文学技巧或者说诗歌上的音韵技巧来烘托人物精神状态的一例。

《黛诺》的语言具有很强的地方色彩和民族色彩。人物语言中吸收运用了云南景颇族民歌、谚语和生活中的语汇、譬喻,融化在京剧的唱词里,显得很贴切自然。像黛诺一个人回到景颇山上时唱的"景颇山上的风……"那一段唱词,就写得情景交融,感情浓郁。

警语是一种带有哲理性的语言,运用得好,能给人以思想上深刻的启发,而且永远不会忘记。这种警语,在这次会演剧目中出现了一些。如:

《革命自有后来人》中李奶奶对铁梅说的:"我们家有个家规,亲人上路,是不许哭的!"

《千万不要忘记》中丁海宽对丁少纯说的:"生活的钥匙,可永远不能丢掉啊!"

《黛诺》中工作队长王达对勒丁说的:"勇敢的猎人,遇着豹子,总是迎上前去,是吧?"

警语要求通过鲜明的形象来说明生活的真理,同时又要求符合说话的人的身份、性格等等。李奶奶的那句话说明了这个真理:要革命,就不能怕牺牲;要完全避免牺牲而取得革命的胜利,不是幻想就是取消革命;虽然有牺牲,但是壮烈的牺牲会为胜利打开道路;因此真正的革命者必然又是革命的乐观主义者。丁海宽的话也就是千万不要忘记阶级斗争这句话的另一种说法,却是由丁少纯丢钥匙的事件引起来的。王达的话说明了在形势到来的时候应当敢于斗争、敢于胜利的真理,却巧妙地借用了景颇族劳动人民的谚语,对于教育勒丁和黛诺,起了很好的作用。

对警语来说,最重要的还是:它所表达的必须是一个正确的思想。好的警语,表达深刻的真理,而又要表达得深入浅出,鲜明、生动、形象。这样的警语,能使人长久地记在心里,成为自己"生活的钥匙"。

三

看来,京剧现代戏的语言在形式上已经做了不少突破。这是生活本身发展的结果。

一是语汇,今天生活中的许多新语汇,已经不能用二二三或三三四的框子来加以限制,它就势必要突破这种框子。一是人的思想感情和风貌,今天的英雄人物、正面人物,已经不是传统的韵白、京白和行当(行当同语言有很大的关系)的规范所能充分体现的了。在舞台上已经出现了这种情况:如阿庆嫂说的京白里糅进了韵白的成分;乌豆(宁夏京剧团)唱的是老生的腔调,说的却是花脸的京白;而高玉倩扮演的李奶奶,在老旦的念白里吸收了诗歌朗诵的调子。

又要突破,又要保持京剧的风格,这需要摸索试验,积累经验,慢慢找出办法来,而且办法一定有许多种。

我们相信,京剧革命现代戏的语言艺术一定会不断提高,获得更大的成就。

1964 年 8 月

托唱·伴唱·盖唱

    戏曲乐队,又名"场面"。从前,乐队人员确是同演员同时出现在舞台的"场面"之上的,现在让到"场面"之下的乐池里去了。不过,这样做法到底好不好呢?

    从山西洪赵县明应王(霍泉水神)庙正殿内元代戏曲壁画《太行散乐忠都秀在此作场》(绘于1324年)中,我们看到,那个流行在太行山一带地方的由忠都秀领衔的戏班中,司鼓、笛、拍板的三位音乐工作者正在舞台上演员的后面、衬幕的前面演奏。可以设想一下,当"忠都秀剧团"演出的时候,观众一定能清晰地听到演员的唱,因为演员是在前面唱,乐队是在后面"托",音乐帮助演员把歌声送向前去,一直送到观众的耳朵里去的。这也许可以叫作"托唱"。从这幅画里可以知道,我国戏曲发展的最早阶段,元杂剧的初期,戏曲乐队就是在台上演员的后面"托唱"的。这个传统延续了几百年。有些同志回忆四五十年前的一些地方戏曲,如湘剧、赣剧、绍剧以至更早的京剧等,乐队也在台上演员后面"托唱"。也许是为了避免分散观众的注意力或其他原因,后来乐队搬到舞台一侧或两侧去了。梅兰芳剧团为了净化舞台,特将乐队置于纱窗之内,使乐队人员可以看到演员的表演,乐队和演员的交流不致被割断,又不使便衣的乐队人员公然出现在舞台上,破坏舞台画面的真实感和完整性。有些剧团演出时虽无纱窗之隔,却让乐队隐在侧幕之内。不管怎样,乐队总还是在台上演区的一旁演奏的。这固然不是"托唱",却可以叫作"伴唱"。

为什么叫"托唱""伴唱"呢?因为乐队的任务只能是托、伴之类的辅助性任务。"唱"才是主要的。唱因为有了伴奏而更生色,乐队因为帮助演员而充分发挥了自己的作用(当然戏曲音乐还有描写环境,烘托表演,制造气氛、音响效果等的作用)。唱和奏是红花和绿叶的关系,叫作相得益彰。但又毕竟只能是绿叶扶红花,红花为主,绿叶为次,否则就不是相得益彰,而是打架了。

然而,现在有不少戏曲剧团,让乐队坐在舞台前面下方的乐池里,或者没有乐池就坐在舞台的前面,演奏一开始,就在观众和演员之间升起一道音乐的高墙,把观众的耳朵和演员的嗓子隔开。乐队在演员之后或之侧,总是让演员更靠近观众一些。而现在是让乐队更靠近观众些。我们的乐队是管、弦、打击乐俱全,音量甚大,贴近观众,观众的耳朵是有些吃不消的。再者,让乐队先声夺人,当然就不是"托唱",也不是"伴唱",而是可以叫作"盖唱"的了!这是歌声淹没在器乐声中,红花淹没在绿叶丛中。观众吃力得很,要拼命去听演员的唱;演员吃力得很,要拼命提高嗓门,企图盖过音乐,把歌唱送到观众耳朵里去。观众吃力的结果可能是下次敬谢不敏;演员吃力的结果是嗓子嘶哑了。"丝不如竹,竹不如肉"是对的,但那是把人声和器乐声置在平等条件下,在"托唱"和"伴唱"的情况下,进行衡量的结果。现在先给乐队以优先条件,再叫演员同整堵音乐墙去竞争,那除非嗓门有炮口那么大,否则必然难以取胜。

为什么近年来流行戏曲乐队呆在乐池里的做法呢?大概是学的歌剧。但这是两种不同的艺术形式,各有其不同的艺术规律,歌剧音乐和戏曲音乐也是按照不同的传统和欣赏习惯设计的,因此大可不必强求一致。而且,歌剧是通过乐队指挥把演员和乐队联系起来。戏曲虽然也有司鼓的在指挥乐队,但同时又是乐队人员直接同演员交流。如果把戏曲乐队搬进乐池,那么乐队演奏怎样跟演员表演合作呢?是否也要让打鼓的站起来当指挥呢?……总之,戏曲明明有自己的传统,为什么那么热衷于效颦呵!我对音乐是外行。但是,为了观众,为了演员,我还是建议剧团领导同志考虑一下,是否可以叫已经搬到乐池或台前的乐队人员,再挪一挪位置,搬回到演区的一侧去?

1959年3月

送客和角色的悲剧

演完戏之后,观众热烈鼓掌,演员出来谢幕,这是双方的一种礼貌,也是加强双方联系的一种方式,使演员和观众都带着一种温暖、亲切的心情回去。但是谢幕也得有个讲究。虽然这时候演员是以演员的身份而不是以角色的身份来谢幕,但是必须注意到不至于由于谢幕而破坏了演员的角色创造在观众脑中造成的印象。因为戏刚刚完,观众刚刚获得了新鲜的印象,这时候这种新鲜的印象是最容易破坏的。所以当我们看到有的大花脸在谢幕时把髯口取下来,让观众看到那一张同半个脸谱十分不调和而且破坏了这个人物性格的光光的嘴巴的时候,我们总是感到不很舒服。几年前看话剧《杨根思》,演杨根思的演员在最后也出来谢幕,他站在演员们的中央,眼睛里仍然燃烧着对敌人的仇恨的烈火,一动也不动地凝视着前方,角色的感情并没有中断。这个谢幕给我很深刻的印象:站在舞台中心的好像并不是正在谢幕的演员,而是为了祖国、为了朝鲜人民、为了世界和平而英勇地和敌人同归于尽的志愿军战斗英雄杨根思的一尊雕像。它使观众带着严肃的心情离开剧场,而且把这个通过戏剧艺术而创造出来的英雄形象更深地铭刻在心头,永志不忘。可以说,这是一次有思想性的谢幕。

可是,自从去年流行演员"送客"以来,观众一方面感谢演员们的极大的热情,同时感到劳演员们的驾,可能影响演员们的健康

（因为演员刚演完戏，往往是一身大汗，"送客"时又不卸装，衣服厚薄不一，户内外气温不一，易于感冒），实在过意不去；除此之外，还感到一点，那就是：往往由于"送客"而把留在观众脑海里的演员创造的人物形象破坏了。一位朋友告诉我，他看某剧团演的《向秀丽》，演得不错，向秀丽为了抢救国家财产舍身的事迹，深深地感动了他，戏演完了，向秀丽的形象深印在他的脑中——正在这时，演员们走下台来，当然是没有卸装的，其中有一个向秀丽，同他握手，向他征求意见，把他送出大门……向秀丽不是已经牺牲了吗？怎么又复活了呢？当然，她是演员，不是向秀丽，这是三岁孩子也知道的。可是，演员创造的形象呢？艺术的幻觉呢？全部像肥皂泡似的"炸"了。

还有更奇妙的事情：演出中间休息的时候，崔莺莺会来给你端茶送水，红娘会来同你闲话家常。红娘那个丫头来乱扯几句也许还无妨，但是崔莺莺那样娇贵的相国小姐却翠袖殷勤捧玉盅，亲自捧茶送给我们，真是太不敢当了。茶是喝了，但是对莺莺的娇气、高贵的形象，刚才在台上费了那么大力气在观众心中造成的幻象，完全破坏了。要知道，那幻象是观众在排队买票的时候，在欣然入场的时候，所憧憬的，所企求的主要的东西，他们把演员在台上给他们造成幻象，看作极大的精神上的享受，他们愿意坐在那里看到唐朝的这位相国小姐怎样同那个张秀才恋爱，而绝不愿有人告诉他这是假的，而现在亲自接谈了这个一千年以前的小姐，意见也征求过了，也握了手，寒暄过，印象全部完蛋了，而这一切只不过是为了那一杯茶水……而且，这样做还会严重地妨碍演员进行艺术创造。演戏要带戏上场，也就是不仅台上要有戏，台后也要有戏，第一次上场前要培养情绪，此后再上场要情绪贯串。如果中间去端茶一回，攀谈几句，再上场来，这个演员的表演质量不降低是不可能的。

演员应该时时记住自己神圣的职责——完成角色的最高任务,通过角色的创造来感动观众。无论如何,这是最主要的。可是偏偏有人不相信这个真理,一定要让演员去担负那不是他们职责范围内的负担,于是好事变成了坏事,由于"送客"而造成了角色的悲剧,这岂是那些热衷于"送客"的剧团始料所及的呢?

1959年5月

昆剧《班昭》观后志感

上海昆剧团新编历史剧《班昭》的演出，为中国古老剧种昆剧的推陈出新、发扬光大，做出了卓越的贡献，必将在中国戏剧发展史上留下痕迹。

一剧之本是剧本，《班昭》演出的成功，首先由于它有一个扎扎实实的剧本作基础。作者罗怀臻从浩瀚的历史典籍里选取东汉女历史学家班昭的事迹作题材，塑造了中国古代女学者坚毅不拔、追求人生真谛的艺术形象。史书上记载的班昭事迹较为简略，剧作者能采取一点因由，放笔构建，虽非一空依傍，却已自铸伟词。古往今来，恐怕没有纯粹为历史而历史的历史剧。这部《班昭》也是"借他人酒杯，浇自己块垒"。上海昆剧团自称《班昭》是"剧作家的夫子自道，也是昆剧艺术家的自我演绎"，但作者所表达的并非个人的哀乐，而是有责任感的当代知识分子共有的悲欢、忧虑和焦灼。作品呈现出富有深沉沧桑感的历史画面，同时又鸣奏着当今这个时代新的旋律。《班昭》的主旋律是高扬人文精神，它歌赞人性之光，生命的真谛真、善、美。此剧演出以来，人们纷纷议论"班昭精神"。"班昭精神"是什么？我以为班昭精神体现在她的三个苦恋中：对事业的苦恋，对真情的苦恋，对人生境界的苦恋。作者通过三个苦恋折射了中国当代知识分子的痛苦和彷徨，从而呼唤人文精神的来归。当今的世界，由于物欲泛化，因而世风日下，道德滑坡,善恶颠倒,是非混淆,真假不辨,正邪难分。今天是一个人文精神沦落的时代,也因此,今天又是一个召唤人文精神的时代。处在这样一个时代,文艺家应该有什么作品?我们听到了一片嘈杂,所谓颠覆传统,颠覆崇高,颠覆理想,颠覆英雄的"先锋"、"前卫"甚嚣尘上;同时,无聊的、低级的、媚俗的文艺"快餐"、艺术赝品泛滥成灾。所谓先进文化,其中科技是双刃剑,如果缺少了人文的平衡,它就会向危险的一侧倾斜。缺少了人文的平衡,作为"万物之灵长"的人类就会面临着丧失精神家园、陷入物欲深渊的危险。面对这一切,许多有良知的文艺家正在作出种种努力,就在此时,《班昭》的演出仿佛撞响了时代的洪钟。

2001年5月,联合国教科文组织向世界宣布中国昆剧已列入"人类口头遗产和非物质遗产代表作"名单。此刻,《班昭》正在公演,它直奔主题,以宣扬非物质的,却与物质文明相互制约、相得益彰的人文精神为己任,恐怕不是巧合,而是一种历史的必然。

《班昭》的演出,在艺术的完整性追求上所取得的效果令人惊异。剧作、导演、表演、音乐、舞蹈设计、舞台美术等的协作,达到水乳交融的程度。整个演出虚实结合,详略得宜,宏观调控和微观展示配置恰当,该略的点到为止,该详的精雕细刻,它使人想到白石大师绘制的花鸟虫鱼,写意和工笔并存,泼墨和勾勒交错,却浑然一体,天衣无缝。有些戏曲传统剧目,情节进展迟滞,节奏太慢,不适应今天的观众。《班昭》却无此弊,没有冷涩、沉闷,而是从头至尾,一气呵成。

导演杨小青发挥了才华,显示了功力。她所追求的不仅是交待情节的清晰流畅和层次井然,而更是人物性格的鲜明性和独特性,通过人物揭示人文精神的震撼力。全剧只有六个人物,几乎每个人物都有立体感,却又主次分明。舞台调度显示出强烈的节奏感。导演擅长于运用停顿来创造舞台氛围。第四场班昭与马续感情交流时的几次停顿,令人荡气回肠。全剧结尾时,七十一岁的老妇班昭完成了续写《汉书》的使命,在夕阳的温煦照临下安然睡去,垂下了如霜似雪的白头。人物依然坐着,没有倒下,而她的头却"耷"着。导演运用大停顿来描画宁静的死亡之到来,把这个古代伟大女性形象推向极致,把观众引向永恒的沉思。观众接受了这个意味深长的处理,没有人起立,似乎着了魔,只是静静地等待着迟迟落下的帷幕,导演完满地写下了一个句号。

昆剧唱腔曲牌极多,《班昭》的音乐设计者却善于精选,几乎每个曲牌都能恰如其分地切合角色的思绪和情态。如〔折桂令〕表达焦灼的情绪和如焚的忧心;〔山坡羊〕唱出凄凉惆怅,慌乱迷茫的心曲;〔醋葫芦〕三拍(古琴曲)透露人物陷入误区时内心矛盾、自我谴责的复杂心情。这些唱腔既与剧情、人物的内心活动相契合,又婉变动听,扣人心弦,给人以美的享受。

此剧舞蹈设计十分卓越,它以优美的肢体语言——灵动的舞蹈语言塑造人物的内心世界。例如第四场班昭与马续分别时的演唱,是唱与舞的结合,心与形的统一,情与景的交融。音乐烘托出一段段双人舞,动与静交叠,时与空互换,成双的飞天和成对的石刻,连绵而成难舍难分的回环咏叹。这样的舞蹈设计对人物的塑造功不可没。

舞台美术设计给人以深刻印象。幕一拉开,舞台正中就是一堵有裂缝的石墙,上面刻着一个"史"字,是隶书。这个字直扣主题:此剧是写历史家的历史剧。而隶书又与汉代碑刻紧紧联系起来。剧情一场场进行,人物就在石墙的开合间从历史中进进出出。服装造型设计既不泥古,也不媚俗,却给人以深沉的历史感,它给人的美感是古典的。舞台上安排了两组女性石人群,仿佛代替了"龙套"的上下场,具有很强的装饰性,她们或站,或蹲,或走,或转身,使人想到东汉的砖雕,把观众带到了一千几百年前那个历史时期的浓烈氛围中。弥漫在剧场中的弦乐与打击乐交替出现，融会着历史的情韵和时代的气息。灯光的强弱、色调、聚焦，以及舞台板块的移动和升降，都融入整体创造中，成为演出不可分割的部分。

演员的唱、做、念、舞都遵循着刻画人物和深化主题的要求而进行。班昭的饰演者张静娴取得了突出的成功。开始时是十四岁少女，依次是三十岁、五十岁、七十岁，直到七十一岁终老，演员很好地掌握了角色每个年龄段的外部特征和内在变化。班昭历经兄长班固的死亡，丈夫曹寿的失足和自尽，师兄马续的出走，书稿遭受火烧等一连串巨大打击，但她克服一个个艰难险阻，终于完成了《汉书》的撰写，同时完成了一个庄严的人格的创造。中年演员饰演少女和老妇多么不易！演员克服了心理上和形体上的种种障碍，把班昭演得栩栩如生。然则昆剧舞台上的班昭不仅是外形生动的人物，而且是有着深刻内涵和哲理意蕴的人文形象，这样才真正体现《班昭》的意义。其他人物，如蔡正仁饰演的马续，缪斌饰演的班固，何澍饰演的曹寿，谷好好饰演的傻姐，吴双饰演的范伦，都很成功。他们的表演水平整齐，配合默契，共同完成了"一台戏"的创造。

剧本的框架固实，结构严密，构想深刻，人物丰满。略感缺憾的是第五场，班昭中年时在皇家书院，居玉堂，衣华服，疲于应酬而疏于著书，她走上了曹寿曾经陷入的歧途。这一设计与她的性格、她的本色稍有牴牾。她的家庭教养、人生经历、思想脉络，似乎都不大可能使她在富贵荣华与清贫高洁之间有所彷徨，哪怕是刹那。历史上的班昭曾受到宫廷的款待，但在优裕的面前，也许只有老庄能使她暂离事业的拼搏。否则这个人物就浅了。这一点仅是笔者不成熟的浅见，谨提出与作者商榷。《班昭》的语言（唱词和道白）简洁、明快、通俗，易为观众接受，这是一大优点。但推敲不够，文采不足。传统昆曲唱词的特点是雅。因为太雅,便难以走向大众。那么新编昆剧是否不要雅?恐怕不是。做到雅俗共赏岂不更好?新编戏曲剧本要做到既有文采又明白易懂,并不是不可能的,问题是要下苦功。田汉的《白蛇传》、《谢瑶环》就是榜样。

　　衷心祝贺《班昭》演出成功,祝贺她荣获中国戏曲学会奖。希望上海昆剧团不断攀登新的艺术高峰。

2002年6月

后　　记

　　我几乎没有学过文艺理论。但是,不知道是由于什么原因,也许是由于一种不可抗的力,我不由自主地写下了四五十万字的文艺评论,历时半个多世纪。回顾这方面的经历,自己不禁哑然!

　　我是个诗歌爱好者。对诗,只有朴素的、不加修饰的、发自内心的喜爱。对古今中外的诗歌理论,并无系统的学习和研究。但有时不自量力,也会发表一点浅陋的见解,日积月累,就有了一些反响。要求写序或评析文章的朋友慢慢地多了起来。我总是不愿拂逆朋友们的良好愿望。但有一条原则却是坚持的:不说违心的话。如果我称赞了哪一位朋友的作品,甚至把话说得太饱和了些,那也是出自我的真实的感受。另外,对作品的缺点,只要我见到了,我总是要提的。指出缺点,也出于至诚。有一部分是与朋友的通信,谈到文艺,评析作品,或者发表了出去,便成了书信形式的文艺评论。还有一部分,算不得评论,只能算文字资料。

　　我从五十岁开始到人民文学出版社工作,这个岗位使我接触到许多作家和大量文学作品。或由于责任感,或由于工作需要,或出于自己的"心血来潮",我陆续写了一些评论文学作品的文章。离休以后,十多年来,继续写这方面的文章,多数是关于诗歌的,主要是我所关注的文学作品集中在诗歌方面。很难说有什么好的见解,但我也不认为这些东西都是"空对空"导弹。从这里再回溯到五十岁以前,有二十多年时间(文革前),我工作在戏剧评论岗位上。先是做上海文艺处和后来华东文化部戏曲改进处主办的《戏曲报》的编辑,后来参加中国戏剧家协会主办的《戏剧报》的创刊和编辑部的领导工作。这个岗位使我不得不撰写大量剧评、评论员文章、社论、戏剧随笔等。尽管我在中学读书时曾梦想当演员,当剧作家,但到今天已八十岁时我对戏剧艺术的玄奥依然是"门外汉"!这些评论文章,有一种说法,叫作"职务作品"。"职务作品"往往是干巴巴的,有的甚至是可怕的"官样文章"。但,我不否认,其中有一些倾注了我的心血,也倾注了我的感情!比如,1961年5月我写评论田汉《名优之死》剧作和演出的文章,就是热情高涨,全身心投入,熬了一个通宵,当黎明爬上窗棂的时候,我完稿了,一阵咳嗽,吐了一口鲜血!

有的文章在实际工作中起了一点作用。比如,1959年陕西省秦腔赴京演出团带来了秦腔剧目《赵氏孤儿》,但不敢公演,因为此剧在当地受到某些权威的批评,所以只能内部演出,征求意见。我写文章坦率地陈述了我的观点,正面批驳了那些错误意见,为这出戏脱去了"认贼作父"、"曲线救国"两顶大帽子,肯定这是一出好戏。这样,此剧公开演出了。北京市京剧团还改编成京剧演出。陕西省有关方面把这篇文章作为"学习材料"印发给剧团的演员等参考。还出了一则传闻。有人告诉我:我用的笔名"屠岸"引起了一位演员的疑问:这作者是什么人?是屠岸贾(《赵氏孤儿》中的主要反面人物)的后代吗?为什么屠岸贾派他的后代来写"翻案文章"?!其实,我开始用"屠岸"做笔名时,只为了学鲁迅,用母亲的姓做我笔名的姓(姓屠名岸,不把"屠岸"作为复姓),并没有读过秦腔所本的纪君祥的那出著名元代杂剧,也根本不知道古代有个大奸臣名叫屠岸贾!

离开戏剧评论工作岗位三十六年之后,居然"重操旧业",2002

年5月我受上海昆剧团的邀请,赴沪观看了他们演出的新编历史剧《班昭》,大受感动,于是写了一篇剧评。这准是我的剧评写作生涯的"回光返照"了!

这本文集,是我半个世纪以来文艺评论写作的一次检阅。经过了删汰。有些文章观点早已陈旧,或者论点肤浅,没有价值,或者是面目可憎的"官样文章",一概不收。有的,仍留有那个时代的痕迹,作为史料,也许还有用处,收入。经过选择,留下一百一十一篇文字,约三十七万字。分三辑:Ⅰ诗论、Ⅱ文论、Ⅲ剧论。诗论包括对新诗的评论和对旧体诗词的评论。文论包括对评论的评论和对小说、散文、报告文学的评论。剧论包括对话剧和戏曲的剧作、表演、导演的评论。这些文章的最后结集出版,我想,其意义,惟一的意义,只能是"立此存照"。

收入本书的文章,大都在报刊上发表过。发表这些文章的报刊有:《人民日报》、《光明日报》、《解放日报》、《文汇报》、《天津日报》、《文艺报》、《戏剧报》、《剧本》月刊、《诗刊》、《星星诗刊》、《人民诗歌》、《中华诗词》、《江海诗词》、《扬子江》诗刊、《葡萄园》诗刊、《秋水》诗刊、《文汇月刊》、《新国风诗刊》、《华夏诗报》、《黄河诗报》、《小说月刊》、《随笔》、《读书》、《书与人》、《开卷》、《中华文学选刊》、《当代》、《新华文摘》等。每篇末注明写作日期,不一一注明最初登载的报刊。

还有两点说明:《戏曲教育的根本任务》一文,原刊于《戏剧报》1959年第12期(6月30日出版),作为该刊"社论"发表。《对于诗歌表现形式问题的初步意见》一文,原刊于1951年4月1日出版的《人民诗歌》第2卷第2期。文章由我独立撰写。发表时署名为:劳辛、张白山、柳倩、屠岸、洛雨、沙金、林宏、任钧、史卫斯、田地;屠岸执笔。这是协商决定,也是我同意的。《人民诗歌》是当时上海诗歌工作者联谊会主办的诗歌刊物,署名的十位诗人和诗评家均为上海诗歌工作者联谊会成员。

　　最后还要说几句也许并非多余的话：这部书稿由老友季涤尘兄批阅、整理、删汰、调节、补充而编成。我不能说这部书毫无价值，如果这样说，那就太委屈了涤尘兄的热情和辛劳了。还有，本书的责任编辑王培元同志和杜丽同志，为这本书的面世，花费了不少心血，我向他们表示衷心的感谢！

2003 年 7 月

屠岸诗文集

第七卷

*

霜降文存

人民文学出版社

本 卷 说 明

　　本卷收入《霜降文存》，是作者 2004 年以后至 2010 年所作散文、评论、随笔的结集，后附早年发表的文章六篇，2011 年萱荫阁印制。

　　作品原则上按照初刊原貌收入，对个别与其他作品集重收的文章，根据情况进行了调整，只收入一个作品集中，以避免重复。在本集中，《萱荫阁沧桑》已收入《夜灯红处课儿诗》，《吴冠中散文解悟》已收入《诗论·文论·剧论》，本卷不再收入。

　　作者对收入本卷的作品有少量修改。

　　作品在收入本卷时都进行了校勘，改正了初刊中的错漏。

　　对作品及注释均按体例进行了编辑整理。

目　　录

霜　降　文　存

第八辑　少作留痕——镜子照影

霜 降 文 存

第 一 辑

人类不灭诗歌不亡

常州吟诵,千秋文脉

2008年6月14日,我国第三个文化遗产日,国务院公布第二批国家非物质文化遗产名录,"常州吟诵"名列其中。6月16日,《常州日报》介绍国家级"非遗"常州入选项目,对常州吟诵作如下介绍:

> 吟诵古典的诗词文章,是历史悠久的民间艺术。有史料可据的"吴吟"(包括常州吟诵)始于战国时代。吟诵艺术属"小众文化",标志着民族文化的最高水准,具有文学、音乐、语言等多学科的科学研究价值。常州吟诵植根于常州,运用常州方言进行吟诵,它的文化底蕴深厚,代表性传人赵元任、周有光、屠岸等均为我国文化界知名人士,钱璱之等传人均出自儒学名门。吟诵内容丰富、风格多样,形成了高水平的吟诵群体,为各地所罕见。此外,常州吟诵较多、较好地体现出唐诗宋词等古典文学作品的声韵美和节奏美,抑扬顿挫格外分明。

常州吟诵被列入国家级"非遗",出乎我的意外。(早些年常州吟诵被列入江苏省省级"非遗",我以为已经"到顶"了。)本人被称作常州吟诵的代表性传人之一,更出意外。现在,擅长吟诵的常州籍八十岁以上老人还有一些,目前他们也在做着吟诵传授的工作,但毕竟很少了。

1983年6月,我写过一篇文章《吟诵的回忆》(发表于天津百花出的《万叶散文丛书·丹》,后被多种散文选本收入),谈我母亲(屠时)教我吟诵诗文的经过和我对吟诵的理解与感受。我说:"母亲给予我的一切之中,最使我的心灵震颤的,是她那抑扬顿挫、喜悦或忧伤、凄怆或激越的诗文吟诵的音乐。"如今,常州吟诵列入国家级"非遗",使我再次回顾母亲对我的吟诵教导和我与吟诵的不解之缘。

我母亲之能吟诵,源于她从小所受的吟诵教育。教她吟诵的老师有两位,主要是她的伯父、我的大舅公屠寄(常州人称外公为舅公,称外公的哥哥为大舅公);另一位是她的母亲、我的外婆朱文。屠寄(1856—1921),字敬山,近代史学家,诗人。光绪进士,历任翰林院庶吉士,京师大学堂教习等职。追随孙中山,辛亥革命后任武进县(常州)第一任民政长(县长)。后受聘于蔡元培,任国史馆总纂。长于史地学,好诗词骈文。积数十年劳绩,成《蒙兀儿史记》一百六十卷。著作尚有《黑龙江驿程日记》、《结一宧诗》、《结一宧骈文》等。母亲说,她幼时常跟在伯父身边,二人或搀或扶,被伯父昵称为"我的活拐杖"。及十来岁,还常坐在伯父膝上,聆听教诲,聆听吟诵。外婆朱文原是大舅公屠寄开蒙学馆的得意女弟子,后被说作弟妇。母亲说,她也听过别的常州读书人的吟诵,屠寄的吟诵和他们的吟诵基本相同,说明是同一源流。但,又不完全相同,一地的吟诵有一个大致相同的格式,而常州吟诵是中国各地吟诵中的一种。诗有不同的体裁,如四言,五言,七言,绝句,律诗,歌行体,古风等,词更有多种词牌。作常州吟诵时,不同体裁的诗词又各有不尽相同的格式。即使同为律诗或绝句,也有仄起和平起的区别(以首句第二字或仄或平为准)。"玉露凋伤枫树林"是仄起七律。"瞿塘峡口曲江头"是平起七律。仄起与平起在吟诵时也有

区别,前者先抑后扬,后者先扬后抑再扬。但无论何种诗体,吟诵
都没有固定的曲谱。所以吟诵有一个特点,即吟者可以自由发挥,
或者说允许某种随意性。但有限度。说不同,则此人吟与彼人吟
不太同,即使同一人吟同一首诗,此时吟与彼时吟也不尽同;说同,
则凡是常州吟诵,一听就是一种气韵,一种风格,与其他地方吟诵
(如无锡吟诵,福州吟诵等)是不同的。话又说回来,中国各地的吟
诵也有其总体风格或者普遍规律,可以合称之为"中华吟诵"。

　　我在上海交通大学求学时,曾做过恩师唐庆诒教授的"伴读"。
他因双目失明,需要助手为他朗读报刊和书籍。他为报答我的服
务,教我学古诗文。他曾用他的父亲唐文治(交大老校长,国学大
师)传授给他的无锡吟诵调吟诵唐诗给我听,至今犹有记忆。①无
锡与常州是邻县,方言相近。无锡吟诵与常州吟诵风格近似,但仔
细品味又有很大不同。

　　母亲说,她学吟诵,不全是由伯父耳提面命,至少一半是耳熟
能详,听得多了,自己也就会了。这一点,我深有体会,我自己能吟
诵古诗也是一半听母亲吟诵而听会的。

　　母亲说,她的伯父嘱咐她,吟时一定要咬字准确。用的自然是
常州方言读音。有的字,如果用普通话(那时叫"国语")读,是不押
韵的。如陈子昂的《登幽州台歌》:"前不见古人,后不见来者。念
天地之悠悠,独怆然而涕下。"其中"者"读 zhě ,"下"读 xià,不押
韵。但如果用常州音,"者"读$[tsa^{45}]$,"下"读$[ia^{24}]$,都以$[a]$为韵
母,都是平声(一个阴平,一个阳平),是押韵的,音韵铿锵,声调悦
耳! 又如刘禹锡的《乌衣巷》:"朱雀桥边野草花,乌衣巷口夕阳

---

①　据秦德祥先生告知:唐文治先生的老师吴汝纶是安徽桐城人,因而"唐调"可
　　能原是用桐城方言吟诵的音调。唐文治先生改用其家乡江苏太仓方言吟诵,
　　其子唐庆诒先生的吟诵亦当如此。因而唐氏父子的吟诵也许不是"无锡吟诵
　　调",而是"桐城吟诵调"。待考。

斜。旧时王谢堂前燕,飞入寻常百姓家。"如果用普通话,"斜"读成xié ,"家"读成jiā,不押韵。用常州音,"斜"读成[ziɑ²¹³],"家"读成[tçiɑ⁵⁵],押韵了。贺知章的《回乡偶书》:"少小离家老大回,乡音未改鬓毛衰。儿童相见不相识,笑问客从何处来。"用普通话,"回"读huí ,"衰"读cuī ,"来"读lái,不押韵。用常州音,"回"读[uæɪ²¹³],"衰"读[ts'uæɪ⁵⁵],"来"读[læɪ²¹³],押韵了。可见常州方言中保留了一些古音,用常州吟诵调吟诵某些古诗,更接近古时的吟诵,音韵更和谐。不过,常州音中也有某些变异。比如,杜牧的《泊秦淮》:"烟笼寒水月笼沙,夜泊秦淮近酒家。商女不知亡国恨,隔江犹唱后庭花。"按常州音,"沙"读[so⁵⁵],"家"读[tçiɑ⁵⁵],"花"读[xo⁵⁵],不押韵。但常州音中有些字有两种读音,一是书香读音,一是乡土读音。(有的地方称文白,土白。)"家"读[tçiɑ⁵⁵],是书香读音,还可以读作[ko⁵⁵],是乡土读音。《泊秦淮》用乡土读音吟诵,便押韵了。又如李益的《江南曲》:"嫁得瞿塘贾,朝朝误妾期。早知潮有信,嫁与弄潮儿。"这里"儿"字普通话读作ér,常州话也读作[ɚ²¹³],是书香读音,但还可读作[ɳi²¹³],是乡土读音。(常州话"儿子"作[ɳi²¹³][tsəʔ⁵⁵])按乡土读音,"儿"[ɳi]就跟"期"[tç'i]押韵了。母亲说,什么字用书香读音,什么字用乡土读音,要凭听觉的敏感,有选择地运用在吟诵中。

常州音中的某些变异,也会造成不谐调。有小部分押韵字,用常州音读就不押韵。如 ou 韵字,在常州音中,一部分保留 ou 韵,一部分变为 ei 韵。且看李白《登金陵凤凰台》:"凤凰台上凤凰游,凤去台空江自流。吴宫花草埋幽径,晋代衣冠成古丘。三山半落青天外,二水中分白鹭洲。总为浮云能蔽日,长安不见使人愁。"用常州音,"游"读[iɤɯ²¹³],"流"读[leɪ²¹³],"丘"读[tç'iɤɯ⁵⁵],"洲"读[tseɪ⁵⁵],"愁"读[zeɪ²¹³]。韵母分别为[ɤɯ]和[eɪ],不押韵了。遇到这种情况,怎么办? 母亲说,宁可不押韵,也要用常州音。因为只有如此,常州吟诵才有它独特的风味。如果在常州音中夹一些普通话读音,那么虽然押了韵,却不是纯粹的常州风味了,听起来会有夹生饭的感觉。

母亲说,她伯父吟诵时,注重入声字的发音。我听母亲吟诵,也注意到她的入声字发音。如王之涣的《登鹳雀楼》:"白日依山尽,黄河入海流,欲穷千里目,更上一层楼。"这首诗四句二十个字,其中有入声字六个,即"白""日""入""欲""目""一"。这些入声字分布在四句中,第一句两个,第二句一个,第三句两个,第四句一个。仿佛精心安排,其实自然形成。入声字在三个仄声(上声,去声,入声)中有着独特的地位。入声短促,急切,强烈,如乐手击鼓枹,雷公打霹雳。入声使诗文的吟诵如乐曲增添了节奏的强度,如绘画突出了闪电的亮色。在语音的变化发展进程中,今天的普通话里入声消失了:原入声字一部分变成了平声,一部分变成了上声和去声。用普通话朗诵(不是吟诵)古诗文,没有入声,这对我的听觉来说,是一种缺失。用常州音吟诵古诗文,保留了入声,它像出土文物,应当倍加珍惜。入声由于具有突击式的节奏感,有的入声字即使韵母不同,也可用来押韵。如李白《玉阶怨》:"玉阶生白露,夜久侵罗袜。却下水晶帘,玲珑望秋月。"这里"袜"和"月"在古代韵书里,同属"月韵",但在今天的普通话里,"袜"读 wà,"月"读 yuè,是不押韵的。在常州话里,"袜"读[maʔ²³],"月"读[yəʔ²³]。在常州吟诵中,这两个字不同韵母,却同是入声,因此依然押韵,听起来仿佛欲说还休,婉娈多姿,繁丝急管,直扣心弦。

关于入声字在一首诗中出现的情况,我曾做过一些考察。有的诗每句都有入声字,有的诗不是。整首诗没有一个入声字的,几乎没有。有的诗入声字在各句中分布均匀。王湾的五言律诗《次北固山下》,如果把入声字框出,用线联结,会呈现出有趣的波浪线形:

次北固山下　王湾

　　这首诗中每句都有入声字，且每句只有一个，不多不少。而入声字在句中所处的位置，由上到下，由下到上，呈一个W字母形。这是一种很有趣的现象，值得音韵学家作深入的研究。只有用保留入声字发音的吟诵调吟诵，才能体现出入声的这种微妙处。如果用没有入声的普通话朗诵，这种特殊的音韵美便不存在了。

　　入声字发音急促，所占的时间很短。但由于声韵的需要，在常州吟诵中，对入声字往往有一种特殊的处理方法，即在入声字发音完毕，稍停后，加发一个"延续音"，或者说，在休止符之后加一个尾音，叫做"断续吟"。这大多发生在入声字处于诗句末尾时。如"潮平两岸阔"，入声字"阔"发音急促，很快完毕，稍作停顿后，继续发"厄"音一会儿；"乡书何处达"，入声字"达"发音完毕，稍作停顿后，继续发"啊"音一会儿，以达到神完气足的地步。有时诗句中间的入声字也可酌情作"断续吟"处理，但很罕有。有的以入声押韵的诗，更须掌握好"断续吟"的处理，请看柳宗元的《江雪》：

独钓寒江雪△　孤舟蓑笠翁　万径人踪灭△　千山鸟飞绝△　江雪　柳宗元

有框者入声字,加△者作"断续吟"处理。这里"笠""独"不作"断续吟"处理,"绝""灭""雪"均须作"断续吟"处理。由于"断续吟"中间有一个短促的休止符,入声字的魅力便显现出来。

在母亲的启蒙下,我探究了"吟"的本义。从古籍中,可以见到与"吟"相类的字词,如"歌""唱""咏""叹""哦""诵""念"等等。"吟"本来有鸣、叫的意思,如猿吟、虫吟等。"吟蛩"是蟋蟀的别名。李白有诗句"莺吟绿树低"。"吟",还是一种弹琴的指法,如"吟猱"。"吟",又是叹息的意思,如"呻吟"。又有呼号的意思,如"吟啸"。总之,"吟"与有节奏的声音有关。而诗歌,是人在感情勃发时用有节奏的语言发声的产物。母亲曾教我《礼记·乐记》中的记载:"歌之为言也,长言之也。说(悦)之故言之,言之不足故长言之;长言之不足故嗟叹之;嗟叹之不足,不知手之舞之足之蹈之也。"这里说明了诗歌与舞蹈的起源。诗为什么要吟?是为了感情的抒发。不"长言"(舒徐地咏唱),不"嗟叹",诗难以产生。"长言""嗟叹"应该就是"吟"的初始形态。而"手舞足蹈",从诗歌独立开去,形成为一种兄弟艺术:舞蹈。《尚书·舜典》里说:"诗言志,歌永言,声依永,律和声。""永"通"咏",一说"永"即"长言"。从这些经典论述,我们可以慢慢地体味"吟"的起源,发展,变化。

李白有句:"长歌吟松风,曲尽河星稀。"可能指舒徐的吟咏与松涛声融合在一起。杜甫有句:"陶冶性灵存底物,新诗改罢自长吟。"杜甫写诗很苦,是要修改的,他不是说过"语不惊人死不休"吗?改完后还要用曼长的调子一再吟诵,仔细地自我品味。李商隐有句:"愿书万本诵万遍,口角流沫右手胝。"说他要把韩愈所撰平淮西碑几万遍地诵读。杜牧有句:"商女不知亡国恨,隔江犹唱后庭花。"指歌女歌唱陈后主的《玉树后庭花》曲。从这些,可以体会:唱,要依据一定曲谱的旋律与节奏。歌,相当于唱,有时又类同于吟。吟,要依据一定的吟诵(如常州吟诵)的风格与节奏。诵,则依据所诵诗文语言的节奏。这四者有区别,有时又交叉或类同。所以我们能见到这些词语:"歌吟","吟咏","吟唱","吟哦","吟诵"等。这些词语的含义有某种不确定性,但又离不开一定的规范。这些词语由两个汉字组成,其中必有一个"吟"字,这个字是核心。或者说,"吟诵"是吟咏与诵读的结合,也可通。要说明的是,吟诵之诵,与今天流行的朗诵不同。

现今有一些作曲家为古典诗歌或今人的旧体诗词谱曲,有时也吸收一些吟诵的因素,由演员歌唱。这些新谱的歌曲有的也很优美。但这种歌唱跟吟诵不是一回事。

关于"诵",古代的诵与今天的普通话朗诵是不同的。用方言也可以朗诵。我在北京大学中文系语音乐律实验室做录音时,一首诗分三个层次:一,普通话朗诵;二,常州话朗诵;三,常州吟诵调吟诵。三者有区别有联系,形成体系。有人说,朗诵是从西方输入的,源于舶来品话剧。也不尽然。中国戏曲中有"千金念白四两唱"的谚语,京剧念白有韵白、京白、方言白等多种念法,与话剧的对白、独白不同。应该承认,戏曲念白,特别是京白,也是朗诵的一个源头。

吟诵不仅可施之于古诗词,也可施之于古文。吟诵韩愈的《祭十二郎文》,可以诵到声泪俱下。而骈体文的吟诵,更能突显此种文体中音乐的对称美和均齐美。如骆宾王的《讨武曌檄》,王勃的《滕王阁序》,吟诵起来,可做到音调铿锵,气韵俱足。

由于"吟"与诗的关系密切,"吟"逐渐演变为一种诗体的名称,如《梁甫吟》,《白头吟》,《游子吟》,《秦妇吟》等。"吟"又成为诗的代称,如"吟社"即诗社,"吟坛"即诗坛,"吟友"即诗友,"吟客"即骚客,"吟笺"即诗稿,"吟榻"即吟诗坐卧之榻,如此等等。唐代诗人齐己有一首《经贾岛旧居诗》,其中有句:"若有吟魂在,应随夜魄归。"这里"吟魂"指诗人的鬼魂,或者诗化的精灵,这个"吟魂",令人惊,令人叹,令人无限遐思,令人心悸神驰!

"吟"又演变为诗词创作。《庄子·德充符》:"倚树而吟",指的是做诗。白居易《闲吟》:"唯有诗魔降未得,每逢风月一闲吟。"指的也是做诗。鲁迅《为了忘却的纪念》一文中的诗:"吟罢低眉无写处,月光如水照缁衣。"说的是做诗,在口中吟成,没有地方容他写下来。毛泽东说他的六首词是"在马背上哼成的。""哼",即吟,说他的这些词是在骑马行军途中吟成的。这一"哼",也使人想起龚自珍的诗句"吟鞭东指即天涯"。

我自己也做一些旧体诗,必先在心中默吟,然后写下来。有时在乘公共汽车时也可默吟成诗,或者在步行时默吟成诗。做新诗,可在心中酝酿构思,但要成句,必须手中有笔面前有纸。可见,吟,也是古人做诗填词或今人做旧体诗词的一种创作方式。

吟诵,又是读书方式。这里读书不是指一般的阅读,而是古诗文的学习。母亲教我古诗文,嘱咐必须出声吟诵。我体会,只有通过出声的吟诵,才能对古诗文的内涵有深入的了解和领悟。

吟诵,不仅要注意咬字吐音,更要注意呼吸运气,一首诗的吟诵,句与句之间要有间歇,句中顿与顿也要分明。平声顿与仄声顿不同,前者长后者短。如"风急天高猿啸哀"一句,"急"字后为短顿,"高"字后为长顿,"啸"字后短顿,"哀"字后长顿,比"高"更长。间歇与顿不能硬性规定几分几秒。这里要强调感情的投入,感情投入的前提是对所吟诗内涵的理解。吟得酣畅淋漓,出神入化,是吟者与所吟诗在感情上高度契合的结果。由于诗的内涵不同,吟者的感情不同,会出现一种现象:同一种诗体在同一个吟调的框架内吟诵,而效果迥异。如李商隐《登乐游原》与卢纶《塞下曲》,同是五绝,但前者伤感,后者尚武,因而吟起来,前者沉郁,后者高昂。我听母亲吟杜甫的《客至》和《登高》,均为七律,作者是同一人,但前者和谐欣慰,后者激越悲凉,效果各异。

常州吟诵,必须用常州话的常州读音。现在由于交通发达和广播电视的普及,普通话的推广取得极大成效。但带来的副作用是方言的衰微。现在常州的青年学生、少年儿童,都讲一口流利的普通话,即使在家里跟父母谈话也不大用常州音。不是不用,是不会或不大会了。原以为城里如此,乡村不这样,后来了解到,江南农村逐步现代化,农村孩子也普遍地讲普通话。可能偏僻的地方保留方言多一些。为了常州吟诵与其他地方吟诵的传承,有关文化当局应该采取措施,为此提供必要的条件:保存方言。

1958年初,我听过周恩来总理就汉语拼音方案公布而做的报告。他说,推广普通话是必要的,但不是要消灭方言。他提倡干部到地方去要学习方言,这样才能与群众打成一片。周总理的主张使我想起政府提倡京剧和地方戏曲的“百花齐放”政策。如果方言消失,地方戏曲也将消亡,这是不能接受的!对吟诵艺术来说,似也应采取“百花齐放”政策。为了达到各地吟诵艺术的有效保存,首先要保护各地方言。

吟诵,可施行于古诗文,也可施于今人所写的旧体诗、词或文。鲁迅、郁达夫、田汉、聂绀弩的旧体诗,可用常州吟诵调吟诵。这类诗词的吟诵,要注意的是:是否注入了现代、当代的思想感情。如果把“惯于长夜过春时”吟成“怅卧新春白袷衣”的味道,那就失败了。

吟诵,是否可以施行于新诗(白话诗)?去年(2008)10月18日,我在洛夫诗歌创作研讨会上试着用常州吟诵调吟诵了洛夫的新诗《水墨微笑》,效果如何,让别人去说。新诗既然可以用中国传统的书法艺术来书写(今年在北京朝阳区文化馆举行过“书法写新诗展和座谈会”),那么新诗似也可以用吟诵调来吟诵。这是一种尝试,一种创造,要由吟者自由发挥,进行探索。

吟诵是研读古诗文的一种学习方式。吟诵也是欣赏古诗文的

一种审美方式。吟诵，又是吟者发掘和完善古诗文声韵美的一种
艺术创作方式。在书房里，在林荫下，在晨曦中，在月光下，吟诵诗
文，是陶冶性情，提高情操，达到心灵愉悦、精神净化的一种自我修
养方式。吟诵，还是古诗文除竹简、帛书、纸书、印刷之外的一种传
播承续方式。吟诵，自己听，给家人听，给朋友听，给愿意听的人们
听，都可行。为了传承，研究，提倡，在一定的群众场合吟诵，也应
该。吟诵，宜于小范围内演示，不宜于大庭广众中演出。更须警惕
用来炒作，异化为商业行为。那样做，必定变味。

今天，我们正在西安参加第二届中国诗歌节。在这次诗歌论
坛上，请允许我用常州吟诵调吟诵两首杜甫作于长安的诗。公元
756年，杜甫为安禄山叛军所获，身陷长安。《月夜》是杜甫于长安
思念在鄜州的妻子儿女之作，《春望》是杜甫目睹长安为叛军占领
后国破家亡有感而作。这次诗歌节的口号是"盛世中国，诗意长
安"。吟诵这两首诗，也许能起一些"兴，观，群，怨"的作用。

〔下面吟了杜甫的《月夜》和《春望》。〕

（据 2009 年 5 月 26 日在西安第二届中国诗歌节诗歌论坛上的发言
整理，有增补。）

诗乃是人类灵魂的声音

莎士比亚说,人,是宇宙的精华,万物之灵长。中国古语说,人为万物之灵。那么,性善性恶的诊断,如何理解? 到底是人性善,还是人性恶? 人性善,我同意。人性恶,我无力反驳。善与恶的斗争,我以为,将与人类发展史相始终。但我深信,人类本性中的"善"的因素在增长,而这种"善"的释放,诗歌是最佳的通道。

中国古语说:诗言志。又说,诗缘情。志,是高尚的志;情,是真诚的情。如若不言志,不缘情,诗即成为喑哑,而诗的喑哑,将标志着人类生命的终止。

志,情,都是精神的内蕴和外化。唯其如此,诗乃成为人类灵魂的声音。

人类,是大自然之子。所有的人,其志,其情,都是相通的。人类受到巴别通天塔引起的天谴,造成世界各民族之间语言的鸿沟。翻译家以仁慈之心,努力填没鸿沟,有如普罗米修斯把火送给人间,把他民族美好的心声传送给本民族,把本民族美好的心声传送给他民族。译家所以能从事劳作,是由于他深谙且能运用两种或更多种民族语言的转换,但根本的原因在于:全世界各民族人民,他们的志,他们的情,都是相通的。

人类是一家。诗,把各民族的心连系起来,诗,把全人类的心连系起来。如果没有但丁、莎士比亚,没有歌德、济慈,这个世界是不可思议的。如果没有屈原、李白、杜甫,这个世界是不可想象的。一个和谐社会的建立,不能离开诗歌;一个和谐世界的形成,往往凭借诗歌。

科学是双刃剑,物质文明愈发达,不意味着人类愈幸福。如果物质文明不与精神文明同步,繁荣和兴旺会走向衰败和凋零。诗,是精神文明的核心!诗,是假恶丑的克星!诗韵不绝,人类不灭。诗之拥有者有福了!只要诗歌的美妙音乐在全球流荡,人类就充满希望!

愿真善美永存!愿诗歌永存!

愿人类永远诗意地栖居在地球上。

2005 年 10 月

诗 歌 常 新

（不是论文，即兴发言）

　　诗歌是人类灵魂的声音。人性中最崇高、善良、美好的品质，由诗歌表达出来。中国是诗歌大国。汉语是世界上被最多的人口使用的语言。汉语诗歌广泛地产生并流传于亚洲大陆、台湾、香港、澳门及欧、美、非、澳洲各地。汉语诗歌渊源流长。"五四"以来的汉语白话诗被称为"新诗"，以区别于文言文的旧体诗。至今它已有九十年的历史。但是，诗之新，自古而然，何止九十年生命。离开了新，诗的生命便会萎蔫。从诗经到楚辞，是创新，从汉魏六朝诗到唐诗，是创新，从唐诗到宋词，从宋词到元曲，无不是创新。从旧体诗到新诗，更是创新。这就是一部中国诗歌史。陈词滥调，必被历史筛去。当今有些人也许为了一鸣惊人，名垂诗史，提出颠覆传统，颠覆崇高，颠覆英雄，颠覆语言等奇谈怪论。他们恐怕是走进了误区！要创新就要求变，这没错。但有一条原则：万变不离其宗。这个宗，就是真、善、美。离开了这三者，诗将不诗，诗将消亡。

　　我们高兴地看到当今诗坛上，不少老诗人坚持创作，佳作迭出；中青年诗人中人才辈出，有的早已蜚声诗界，有的不断崭露头角，他们写了不少真诗，好诗。这些诗，是对非诗、伪诗、口水诗、快餐诗、垃圾诗的有力回应。

　　谈到诗，我联想到：汉语诗不等于中国诗。蒙古语诗、藏语诗、彝族语诗,等等,应该包括在中国诗的概念之内。《江格尔》、《格萨尔》、《阿诗玛》等以及用少数民族语言写的唱的诗作,都是中国诗的组成部分。它们也都应该传承、发展、弘扬。

话又说回来,汉语诗是中国诗的主要部分。以"五四"为界,之前为古代汉语诗(包括近代),之后为现代汉语诗。现代汉语诗长期以来以新诗(白话诗)为主流。但现代人写的古典汉语诗或称旧体诗(文言诗)依然占据着它的地位。新诗以自由体为主流,但新格律体,与自由体几乎同时诞生,现已渐成气候。诗与散文结合而成"美丽的混血儿"散文诗,也是一枝独秀。这是以形式言。以内容言,各种风格并存,思想多元,流派纷呈。中国诗歌现在是百花齐放的局面。

中国诗歌在不断创新中成长发展。中国诗歌把真、善、美的声音传遍亚洲大地,海峡两岸,远扬海外。这诗抒发真情实感,关注国难民生,心系人类命运,充满悲悯情怀,弘扬人间大爱! 中国诗歌,生机勃勃。——一说中国诗歌处于低谷,处于边缘化状态,也是事实。但事实正在改变。中国新诗,或者说,中国诗歌,它的辉煌时代即将到来。有许多事实可以说明这一点。火山静止到一定的时候,会爆发。我盼望着中国诗歌的火山在二十一世纪的某个时候喷冒出浓烈的岩浆!

诗歌是一个民族的心音。如果失去了诗,一个民族就有沉沦的危险。

诗歌是人类灵魂的声音。

人心常新,因此诗歌常新。

诗歌常新,人类的生命常新。

诗歌常新,人类的希望永存。

2009年5月

诗歌圣殿的朝圣者

—— 和首师大师生的一次对话

2003年10月14日,诗人屠岸和首都师范大学文学院及中国诗歌研究中心的研究生进行了一次对话。对话由首都师范大学文学院教授、诗歌理论家吴思敬主持。参加对话的有博士后王珂,博士孟泽、张大为、杨志学、伍明春、荣光启、霍俊明、张立群,硕士生刘玮(女)、俞菁慧(女)和该校诗社社长宋晓冬(女)。

吴思敬:今天我们非常荣幸地邀请到我国著名诗人、诗歌翻译家、编辑家屠岸老师与我们座谈。大家可以同屠岸老师交流有关诗歌理论和创作上的问题,同他进行一次学术层次上的对话。我们是不是先请屠岸老师将他在诗歌创作方面的大致经历向大家作一下简单介绍。

屠岸:谈起诗歌,我并没有与生俱来的天赋,但确是从小结缘。幼时的我就很喜欢听民谣山歌,三四年级开始背诵唐诗宋词,以后又习古文,读《滕王阁序》《归去来辞》等讲究平仄或有韵的骈体文。但我始终感觉自己对诗歌的兴趣更大一些。除了这种对韵律天然的亲近感外,母亲对我的教育是极重要的。她不但常常用我们常州的古吟诵调吟咏诗词,还对我严格要求:她在书中夹上写有数字的纸条,我诵过一遍就抽出一个数字,直至纸条被全部抽出。在这种耳濡目染和严格训练中,古典诗歌在我心中留下了深深的烙印。

1936年我考入上海中学,初一时写出了我的第一首诗《北风》。初二我得了一场伤寒,在养病期间写了一首五律,恰巧被母亲发现了。在我的惴惴不安中,母亲只是很有深意地一笑并且为我做了修改。在母亲的默许下,我走上了诗歌写作的路程;从此,只要是诗歌的殿堂,我就是那里的一名朝圣者。

吴思敬:这正印证了郭沫若说过的一句话:凡优秀的诗人,必有一位卓越的母亲。

屠岸:与英文诗的接触主要得益于我的表兄奚祖权,他当时就读于上海光华大学英文系,正是他那里的《牛津英国诗选》和《英诗金库》激发了我对英文诗的浓厚兴趣。表兄的老师周其勋是一位外国文学根底极厚的教授,他的讲义让我对英文诗有了更深刻的理解。这些因素使我与英国诗结下了不解之缘。

我的第一个创作高潮期是在1941年至1943年。1943年住在江苏吕城时,面对鲜活的自然界,我的创作才思被激发出来,写下了大量诗歌。1945年我奔赴解放区,遵从组织安排返回上海。带着《在延安文艺座谈会上的讲话》等,我冒着风险通过了伪军的关卡并将这些珍贵的文件分发给文友。第二年我加入了中共地下党组织,遵从《讲话》精神也写了不少作品。但这些作品都没有保留价值。

五六十年代,我受到当时"左"的文艺思潮的影响,很少写诗。1956年、1962年这两年,政治气候稍稍宽松,我写了不多几首诗。1962年下半年起,我又不能写诗了。"文革"期间,我只写了三首旧体诗,更多的时候是在背诵济慈等人的诗。直到七十年代末我才又一次听到诗神的敲门声,写了一批反思"文革"的作品。从五十年代到七十年代这二十多年时间基本是我创作的荒漠期。

我的第二个创作高潮期是从七十年代末到八十年代中期。这正值我思想的解放期,大量的吟咏景物的诗和政治隐喻诗都在这个时期喷薄而出。

我的第三个创作高潮期则是从九十年代中期开始直至二十一世纪初,我找到了在吕城时的那种感觉,再次进入写作的痴迷状态,只是更增添了几分理性。

以上就是我的大致创作经历。

吴思敬:刚才屠岸老师清晰地向我们讲述了他的成长和创作历程。下面大家就可以根据自己在创作和理论研究中所遇到的问题向屠岸老师请教。

张立群:屠岸老师,您早年的诗歌好像受古典诗歌的影响较深,请问您是怎样评价自己的早年诗作和这种影响的?

屠岸:我从小受教于母亲,她常常吟诗又教我学习、背诵唐诗宋词,在耳濡目染和严格要求的双重作用下,古典诗歌在我心中留下了深深的烙印,这种影响是无形的、潜在的、溶进血肉的,有时甚至是无意识的。

卞之琳的《鱼目集》、《汉园集》中所体现的 classical restraint,即"古典的抑制",对我的影响很大。除卞之琳外,还有一位不很出名的诗人我也必须提及,他就是吴汶。吴汶是一位很有才华而且淡泊名利、不求闻达的优秀诗人。他于 1935 年留学日本,抗战爆发后毅然回国,在家乡浙江办起了一所学校,收留各地流亡学生,直到抗战胜利。五十年代初他在华东文化部当过一段时期文物处的干部,后又回到家乡继续执教,"文革"结束后不久去世。我与吴汶的神交源于他在 1935 年出版的诗集《菱塘岸》。这本诗集由当时任复旦大学教授的谢六逸作序,收有诗歌 27 首。我非常喜欢他的诗,先后买过平装、精装两个版本,但都在"文革"时毁掉了。与吴汶的第一次也是唯一一次见面在 1951 年,当时我在华东文化部工作,居然在干部签到簿上见到了吴汶的名字。第二天我就等在签到处,终于我们得以见面。我们还约好一起探讨诗歌,但因为当时政治运动频繁,我们没能如愿。后来听说他在"肃反"运动中受到了冲击,我一直没能与他取得联系,直到"文革"后他打听到我的地址才又通了几封信,但不久他就过世了。我早期的诗歌是很受他的影响的。他的诗歌就具有这种 classical restraint。这和卞之琳先生是相似的。鲁迅在《两地书》中曾谈到"我以为感情正烈的时候,不宜作诗,否则锋芒太露,能将'诗美'杀掉。"卞先生也说过他自己是"冷血动物",因为他善于冷却、淘洗自己的感情,使情绪更加凝练,变得宁静淡泊。吴汶的诗歌就极好地体现了这个特点。他的诗歌传达着一种三十年代没落的小康人家特有的情绪。吴汶正是一位能不断沉淀、提炼诗情并体味、静观感情的诗人。谢六逸说他具有"新感觉主义",我认为除此之外,他更是 classical restraint 的一个范例。正是这种古典的抑制深深地吸引了我。这就是我为什么深爱卞之琳和吴汶的原因。

我对自己早期诗歌的评价是,还比较幼稚,但在浅薄中又有某种真挚,或许这就是所谓的稚气美吧。我是不悔少作,不改少作的。

杨志学:屠岸老师,您既创作新诗,又擅长旧体诗的写作,请问您是否有意寻求过这两者的沟通,您又是怎样令它们交融为一个血脉的?

屠岸:我认为自己并没有有意寻求过它们的沟通。如果说在无意间自然地接触到这个问题那是有可能的,比如说在诗歌的对称美方面。

对于如何交融传统与现代诗歌的问题,"五四"时期的文人学者就已作过考虑。鲁迅说:"诗须有形式,要易记、易懂、易唱、动听……我以为内容且不必说，新诗先要有节调，押大致相近的韵，给大家容易记，又顺口，唱得出来。可惜中国的新诗……没有节调，没有韵，它唱不下来，唱不下来，就记不住，记不住，就不能在人们的脑子里将旧诗挤出，占了它的地位。"而闻一多也早就提出诗歌在"三美"即绘画美、音乐美和建筑美上的建设，这些都是针对诗歌形式所作的讨论。我觉得一定形式上的新旧沟通是必要的，比如新诗在绘画美和音乐美上对旧诗的借鉴。但一定要避免表层的模仿和形式的置换，我们更应该做的是将古典与现代的精神进行焊接。

古典诗歌无论是古风还是律诗和绝句都讲求平仄、押韵，并在字数上有限制。这种形式是经过长期锤炼而化为肌质的，相同于绘画中所讲的"笔墨"。"笔墨"在绘画上是指各种各样的技巧方法，但又不仅仅是单纯的技法的堆积，而是一种文化积淀、文化精粹、文化精神和人格体现。如果新诗仅仅做到平仄和谐、押韵恰当、字数合规入矩，但是没有内在的精神，这就是表层的模仿和形式的置换。所以新诗与古诗的传承主要地应该定位在精神的焊接上，调和鼎鼐、熔铸一炉，在灵魂的高度传承和展示。

在美术界，吴冠中曾提出"笔墨等于零"的口号，要求绘画只讲灵感；在持反对意见的张仃的书房里有这样一副对联："少陵笔墨无形画，韩干丹青不语诗"。诗画如何相通呢？我认为只要新诗抛弃对古典的表层的模仿和形式的置换，而与传统进行精神的融会，意蕴的续接，就可以做到"笔墨传承"。

王珂：屠岸老师，我觉得当我们把外国诗和古典诗作为一种资源时，它们对于我们就是难得的文化积累，但到了实践创作的时候它们的影响仿佛又是"弊大于利"的。请问您作为一位学贯中西的老诗人是怎样处理这个关系的？

屠岸：其实我自己在这个问题上确实也产生过一些小矛盾。

如果说这里有负面影响的话,我以为就是它们时常会让我感到眼高手低,让我感到无法超越前人的成就,让我在创作中畏缩却步。但同时也有正面影响,因为它们能让我意识到天外有天,能扩大我的视野、引发我的联想、激发我的幻想、提升我诗歌的境界、引导我的梦想超越原有的范围,成为我灵感、才思、诗情的催动力。

我们应该扩大这种正面影响而降低负面因素对创作的制约。

我认为用来克服负面影响的方法之一就是运用济慈提出的negative capability。我把它译作"客体感受力"。客体感受力就是强调我们要保持一种新鲜的感觉,使我们每天醒来都能发现一个别样新鲜的太阳。我认为一个诗人要保持旺盛的创作力,他就要带着新鲜的目光看待、审视、观察这个熟悉的世界,就要有客体感受力,就要抛弃旧有物而全身心地拥抱新鲜事物,让它们成为吟咏的对象,达到真正的物我合一。只有不断从客体中发现新鲜并用诗的语言表达出来,诗情才不会枯竭。这样,即便是古典诗歌、外国名诗这些典范也不会把你压倒。

曾经有人问我,诗最重要的东西是什么?我觉得就是新意。诺贝尔奖得主——爱尔兰诗人希尼(Seamus Heaney)说一首好诗就是要给读者一个"惊喜"。惊喜来自哪里?就要做到像艾略特所说的抛弃原来的自我,投入新鲜中去。这和济慈的"客体感受力"是异曲同工的。杜甫不也曾经讲过"为人性僻耽佳句,语不惊人死不休"吗?韩愈也主张"唯陈言之务去"。他们都在强调惊喜与新鲜,避忌重复自己、重复别人,这就要求我们具有将熟识事物陌生化的能力,需要我们具有客体感受力。当然在旧中求新不能脱离传统的基本的"真、善、美"的轨道,如果为新而新,就会走火入魔,就会反崇高、反英雄、反传统、反美、反语言……走向极端。真理往前多走一步就是谬误,新颖往前多走一步就是荒诞。济慈在他的神话史诗《海披里安》里写一位老女神放弃宝座让位给另一位年轻的神就是"为了一种新生的美"。他认为新生事物最有力量。他把新生事物与美联系在一起,这是他的思想的核心部分。negative capability就是放弃旧的自我,与新的事物、新的情绪合一。所以我说,一首成功的诗不可缺少的就是"新"。

张大为:屠岸老师,请问您将negative capability译作"客体感受力"的学理依据是什么?我从字面意义上并没有发现这样翻译的根据呀。

屠岸:这个诗学概念是由济慈提出的,译法上也不只一种。就我所知主要有以下几种:

"反面的能力"、"消极感受力"、"否定自我的能力"、"消极能力"、"天然接受力"等。这些译法,从字面看,都有道理,英语negative一词,意义并不复杂,就是负面的、反面的、否定的,消极的等意思。capability是能力、才能、技能、性能、耐受力、潜能等的意思。所以,译成"消极感受力"等都没有错。只有"天然感受力"是一种意译,这出自周珏良先生。

济慈在1817年给他的两个弟弟的信中提出这个概念。他在信中与弟弟探讨诗艺时说:"在思想上我弄清了一些问题,使我忽然感到是什么品质能使人在文学上有所成就的。莎士比亚就高度地具有这种品质,我指的是negative capability。就是说,这种能力禁得起不安、迷惘、怀疑,而不使人烦躁地要去弄清事实,找出道理。"让我们来仔细地体会一下济慈所要表达的意思:不安、迷惘、怀疑,都是主观精神状态。弄清事实,找出道理,也是出于主观的理性要求。济慈似乎认为这些由诗人主体引起的情绪和愿望不利于诗人进行诗歌创作。一个成功的诗人应有的品质就是能够不受这些情绪和愿望的干扰。让我们再来看看济慈于1818年10月27日给他的朋友伍德豪斯的信中所说的话:"一位诗人在生活中是最少诗意的,因为他没有一个自己——他不断地要去成为别的什么——太阳,月亮,大海。作为感情动物的男人和女人都是有诗意的,都是有不变的特点的——诗人可没有,没有自己……"请注意,济慈在这里说的是一个成功的诗人"没有自己,因为他要不断地成为别的事物",例如太阳、月亮、大海等等,而且能够立刻成为这些事物,比如当他写作《海披里安》时,他能"在一刹那间进入萨士恩或阿普斯的性格"。这两位是济慈的神话史诗中的人物。"没有自己"就是相对地否定主体,成为别的事物或别的人物,也就是融入客体。negative 这个词,我认为可以理解为主体的反面,即客体。这里的客体,具体说来就是指诗歌吟咏的对象,包括事物、人物、景象、境界等等。因此我理解的 negative capability 就是诗人把自己原有的一切抛开,全身心地投入到客体即吟咏的对象中去,形成物我合一,从而进入创作实践。由此,我把它译作"客体感受力"。

为什么济慈在提出 negative capability 时首先指出莎士比亚具有这种品质?我以为这可能与莎士比亚塑造无数戏剧人物有关。济慈或许认为莎士比亚"能够就在一刹那进入"他的戏剧人物的性格,能够不断地成为别的人物。唯其如此,许多成功的戏剧人物才能产生。萧伯纳说:"难道你还不知道像我和莎士比亚这种人是没有灵魂的吗?我们了解一切灵魂,一切信念,而且能把它们写到戏剧里去,因为这对我们来说是完全客观的;我们自己却没有灵魂。"这里所谓"没有灵魂",包含着萧的幽默。但是从萧,也可以体会济慈。艾略特说过:诗不是放纵情绪,而是避却情绪;诗不是表达个性,而是避却个性。不过只有那些有个性、有情绪的人才懂得需要避却个性、避却情绪的道理。戏剧固然不同于诗歌,但作为文艺,其创作规律是有共同点的。negative 虽然有否定主体也即否定自己的含义,但它指的仅仅是抛开自己固有的定势。如果不抛开这个定势便不可能融入客体。事实上,物我合一之后,"我"并没有消亡,而是得到了升华成为新我。注意,这当中还有属于主体、属于诗人的 capability 在起作用,所以我觉得这种变化不是消极的,在某种意义上反倒是积极的。为此,我不采用"消极感受力"、"否定自我的能力"等译法。"客体感受力"似乎可以较好地体现物我合一的诗歌创作状态。

我认为"客体感受力"也可以运用到文学翻译中。我的意思是说,译者要处于"忘我"的状态,全身心地沉浸到原作者的情绪和精神(客体)中去,深切感受原作的一切魅力,把那些闪光的意象、灵动的音乐、明快或深沉的色调、深邃的内涵、隽永的意蕴、优美的梦幻般的境界,都化为译者自己的神经的感知、自己的血肉、自己的呼吸和脉搏,然后进入翻译实践。否则,即使译出来的文字每句都没有字面上的错误,原作的精神还是跑掉了。

济慈没有撰写过系统的理论著作,他的关于诗歌的理论都发表在他给亲友的书信中。济慈才思敏捷,写诗常常是一挥而就,或者边写边改;他写信更是信笔写下,往往思想先于文字,文字赶不上思想。他曾在给弟弟的信中说:"我想到哪里就写到哪里,简直没有什么次序和方法。"他常在信中说诗,谈写诗的方法、原则和体会,也谈哲学、宗教。他的关于诗歌概念的形成似乎与他写诗一样,凭灵感得之。灵感袭来,他形诸文字,概念也形成了。他思维过于敏捷,概念急速形成,又急速发展、急速变化。所以同一个问题,他先这样看,过一会儿又会那样看。比如他说过"诗人没有自己"的话,但他又说:"心志乃是神圣品质的火花,可能有千百万。但是它们必须具有自我意识,每个人都感到有自我的存在,这才真有灵魂。"这样,济慈的理论是否有矛盾?不是。"客体感受力"是一种物我合一的"力",这种"力"既"没有自己"又"必须有自我意识","这才真有灵魂"。

孟泽:您既进行英语诗歌的创作,同时又写白话新诗,而且还习惯用常州古调吟古诗。我听说一个人只能用一种语言写作,就如同一个人只能有一个母亲。那么您有没有因为感到英语创作无法避免的"隔"而更倾向于用家乡话来写作呢?

屠岸：其实写英语诗是我在大学时的一种尝试。当时写出的英语诗半通不通。后来又陆续写了一些,还在上海一个英语刊物《密勒氏评论报》担任特约撰稿人,供给该报我用英语翻译的冯至的《招魂》、杜运燮的《被遗弃在路上的死老总》以及我自己用英语写的《解放了的农民之歌》等。解放后该刊停办,而我就停止了英语诗的写作。

常州古调是我在吟诵或默吟古诗时必须用的,是为了更好地读出韵律。如果写旧体诗我当然是用文言文。写旧体诗我是否也会犯"主题先行"的毛病? 比如一位诗友去世,我想到要写一首悼念诗。这不是"主题先行"吗? 但立刻想到的问题是必须构思,这就逼着自己去思考,往往首先获得的是中间两联,然后再补前后句。但是我也决不硬写,如果构思不成,便放弃。我始终认为诗是自然流出的,笔下流情方是诗。如果有好的构思也不会放弃,我会抓住并深入下去。

在创作新诗时我还是用普通话思维并写出,灵感突袭我时必须用普通话记录,所以我的身边常备纸笔。我的诗歌不常用典,我多用形象和意象,语言上也是尽量口语化,但决不流于"油滑",而是一种口语与书面语的融合。

我并不是像泰戈尔、林语堂等人那样用英语和本国语两种文字进行创作,我也没有他们那样的本领。

荣光启：济慈好像是您特别钟爱的诗人,是什么样的机缘使您发现和选择了济慈?

屠岸：我最喜欢莎士比亚和济慈这两个外国诗人。喜欢济慈一方面是因为他的身世与我早年的遭遇很相似:济慈在二十二岁时得了肺病,二十五岁就去世了。而我在二十二岁时也得了肺病,休学在家,还必须卧床。当时没有特效药,我感到自己也要像济慈一样早夭了,所以就将济慈视为我的冥中知己。我与他似乎跨越了时空的隔绝,在生命与诗情上相遇。

另一方面,济慈的思想与我的价值观也十分相近。他的作品表现出的是"纯美",是用美来对抗丑,他对人世的爱就体现在对美的歌颂上,他认为新生的东西是有力量的,因为它拥有美。"真即是美,美即是真"是他的名言。

1945年实行"灯火管制"时,我和表兄一起读莎士比亚、济慈的诗歌。"文革"时我在静海团泊洼"五七"干校感到非常苦闷,就和妻子背诵济慈的《夜莺颂》、《秋颂》。在"文革"中,我失去了所有的书籍,但心中能背诵的诗文,比如济慈的诗,是抄不走的,心中的刻印永远也抹不掉。

济慈和他的诗歌在不同的时期都给了我精神的力量和支持。直到现在我仍然能清晰地背诵或记住他的一部分作品。

霍俊明:您的诗歌写作是否有一个基本主题或是存在着一种基本的关怀呢?

屠岸:我要首先说明的是我不认同主题先行。我在创作过程中是随诗兴走、随思想走、随感觉走、随情绪走,是一种行云流水般的过程。当然诗歌的写作总会在作者思想的轨道中运行,与人的价值观密切联系。正如鲁迅所说过的,水管里流出的一定是水,血管里流出的一定是血。所以虽是野马也不能脱缰。我认为孔孟之道的精粹是"仁者爱人",是一种博爱。我的世界观受到的是孔孟的这种影响,就是"爱"的影响。

我爱母亲、爱家庭、爱亲友、爱同胞、爱祖国、爱整个人类、爱真理。这与马克思主义是相接近的,因此也成为我二十二岁入党的一个原因。我的第一首诗《北风》也是在这种爱的动力下写出的。当时我住在上海萨坡赛路,冬令时见到在路边寒冷的北风中冻毙的"路倒尸",我受到很大的震动,记下了这段悲惨的见闻:"北风呼呼 / 如狼似虎 / 寒月惨淡 / 野有饿莩"

当然我也有恨,恨一切丑恶、虚伪的事,恨人民的敌人、民族的敌人,实际上这也是爱的延伸,爱的扩大。

如果说我的诗有一种基本主题,我认为就是爱,诗歌创作必须体现爱,必须敢于说真话、写真情,要敢爱、敢恨、敢于歌颂、敢于抨击。

吴思敬:我曾和郑敏先生做过一次关于新诗传统问题的讨论,后来陆续又有很多诗人、理论家对此提出自己的见解,不知您对这个问题是怎么看的?

屠岸:这个讨论我也有所了解,这个问题我也想过,但不成熟。

首先什么是传统呢? 我觉得有四个因素构成了传统。第一,传统应是一个社会因素。第二,这个社会因素有它特殊的品格,即有别于其他传统,如社会传统、道德传统、民族传统等的品格。第三,这个传统必须是世代相传、生生不息,在很长一个时期延续下来,而非一个短期的现象。第四,这个传统必须有变化有发展而不是僵死的,但又不能离开它的根基。

中国新诗是否具有这四个条件呢?

首先,新诗是一种社会现象,不是个体的现象。它是文学现象、文化现象,是一种社会因素。

第三,它是否代代相传、生生不息呢? 新诗从诞生至今已经有八九十年的历史,历经数代。如今它的生命力依然旺盛,更不会在短期内消失。

第四,新诗也是有变化有发展的。最早从胡适《尝试集》倡导白话诗开始,新诗"要怎么写就怎么写",不加以限制。到后来俞平伯、周作人等对此产生质疑,要求写出诗歌的味道。发展到闻一多他提出了"三美"的理论,要求诗歌具有绘画美、音乐美和建筑美。

艾青主张诗歌要有散文美。从流派上讲，"新月"、"现代"、"象征"、"七月"、"九叶"、"朦胧"等等各领风骚。这说明新诗有变化有发展，但它又始终没有离开它的根基。新诗的根基就是用汉语白话进行写作，来述志、表情、达意。新诗不能也没有丢掉这个根基。

现在回头来说第二个因素，新诗是否具有它特殊的品格？我认为新诗有它特殊的品格，但是不稳定。新诗的特殊品格表现在语言上，新诗语言与旧体诗不同。古诗或今人写的旧体诗使用文言作为工具，新诗则使用白话。无论是口语、书面语，还是口语与书面语的融合，它都必须是经过提炼的白话。运用汉语普通话就是新诗典型的特殊品格。但在将这种语言变为诗的过程中，它又是不稳定的。这使我想起美术界吴冠中和张仃的关于"笔墨等于零"的讨论。张仃认为中国传统绘画中的"笔墨"是宝。"笔墨"不等于笔和墨的简单相加，它蕴含着一种文化，一种传统，一种人文精神，一种人格力量。它既是功夫又不等于功夫。任何艺术都需要"十年磨一剑"。京剧、国画、油画、交响曲、书法……哪一种不需要基本功呢？诗歌也不例外。要写旧体诗，就必须懂得掌握平仄，懂得用韵，要炼字炼意，这同样需要基本功。外国的格律诗也是如此，要讲节奏、音步、韵式。可是新诗却没有这些要求，只要能说话就能写，人人都可以写。这是新诗的优点也是它的缺点、弱点。当然我不是说写新诗的诗人都没有基本功，我们看艾青的诗，他的语言非常有力度，极具散文美，这需要非常深厚的基本功。但我感觉这种苦练基本功的现象如今在诗作者中并不普遍。

诗还有它的思想传统。诗言志；诗缘情；兴、观、群、怨；思无邪。这些是古诗的传统。新诗继承了这个传统，又有发展，那就是"五四"精神，科学与民主，自由、平等、博爱。这些是新诗的思想传统。但这个传统今天受到了挑战。歌颂真善美被认为落伍。一些人提出反崇高，反英雄，反美……因此，新诗的思想传统现在也处于不稳定状态。

郑敏先生提出新诗是否具有传统还是个问题,她甚至指出了有些写诗者是"半诗盲"的现象。有人因此误认为郑敏先生是在贬低、否定新诗,我不同意这看法。郑敏先生写了一辈子新诗,将感情甚至生命都投入到了新诗中去,她是向新诗殿堂虔诚进香的朝圣者。我认为郑敏先生的考虑正体现了她对于新诗的爱护,是用那种方式指出新诗若想成为一种真正成熟的艺术还需要更深厚的功底,是针对当代诗坛上的这种浮躁风气、针对新诗的品格尚未稳定的状态、针对当下良莠不齐的诗歌作品而产生的对新诗的担心、对新诗未来命运的忧虑。我是这样来体会郑敏先生的苦心的。

我个人,还是认为新诗已经有了它的传统,只是它的特殊品格处于不稳定状态,这方面需要不断探求、不断摸索、不断前进。

孟泽:有些诗人习惯于对自己以前的作品进行修改,我想请问您,您在五六十年代是真的没有创作,还是现在看来认为感觉不对? 如果您的确未进行创作又是什么原因? 是因为自己当时社会工作过多没有时间,还是确实没有感觉状态呢?

屠岸:我在那时是写过一些诗的,只是与政治气候有关。1962年上半年由于政治气氛较宽,文艺上还在讲要为更广大的人民群众服务,我写过几首——《月》《车过秦岭》《牵牛花》,很快在《文汇报》上发表了。我当时还很有写作的情绪和感觉。这年秋天由于肺病复发回到苏州疗养,突然在报栏中看到了"阶级斗争要天天讲,月月讲,年年讲"的指示,我的诗情一霎时全部消失了。我当时并没有觉悟到"以阶级斗争为纲"是错误的,只是实在不知道怎样下笔去写。我也不是不敢写。如果我真有清醒的政治敏感性,我或许会偷偷写,然后再把作品烧掉。仅有的例外是在干校时写的三首旧体诗,由于是发牢骚表达个人对"文革"的感受,只能写给自己看,直到1985年才得以发表。

伍明春：您是怎样看待"新诗只有内容，没有形式"这种说法的？

屠岸：自由诗本身是对于过去形式的一种反叛，但它本身到底有没有形式呢？外国有一种说法：Formlessness is itself a form，无形式本身就是一种形式。这是为自由诗辩护。这种看法可以存在，但我认为无形式不能完全替代有形式的诗歌。美国现在是自由诗的天下，但仍然有很多人非常爱好格律诗。现在中国的诗坛是以自由诗为主，但也是自由诗与新格律诗并存的时代。此外，既写新诗又写旧体诗的两栖诗人也不在少数。我认为新格律体的生命力是长久的，不会被自由诗完全吞没。另外，新诗和旧体诗两种诗体会在未来相互融合、互相渗透，当然始终还是沿着新诗的河床发展下去。我认为我们应该在自由诗的形式上做些规范，鲁迅不早已提出这个问题了吗？散漫的形式还是需要收敛的，这会令新诗具有更旺盛的生命力。

话又说回来，我同意无形式也是一种形式，或许我们没有一个总体的形式，但每首诗歌一旦被创作出来就一定具有它独特的形式，新诗只有内容没有形式是不可思议的。

宋晓冬：您所欣赏的当代诗人有哪些？您对他们作何评价呢？

屠岸：卞之琳、冯至、艾青、吴汶、北岛、舒婷都是我欣赏的诗人。在我所欣赏的当代诗人中我想提一下昌耀。我认为昌耀是大西北的灵魂，他永远离不开激情，但他并不是每一首诗都充斥着激情。他的激情常常是经过过滤、沉淀而嬗变成为一种生命和历史的异质，闪耀着灵魂的光点，成为他精神的摇曳。我感到当代诗人中真正能体现negative capability的不多。昌耀是一个。他已经与大西北的自然和人拥抱在一起，融化合一了。所以他诗歌的语言可以净化为一种汉字的神奇。现在，昌耀已经越来越为当代中国诗坛所重视，我认为他的影响今后决不会消失，可能越来越大。

我还想提另一位当代也是现代的诗人牛汉。牛汉也是 negative capability 的掌握者。他常常以物的化身出现在诗歌中,他时而是一颗早熟的枣子,时而化为一株被砍伐的枫树,或者是笼中的华南虎,是一根鹰的羽毛。这一切,这种种,升华为生命的飞扬,这生命是不朽的,是永生不息、代代相传的。

我还喜爱绿原的沉思、深刻;郑敏的灵异、明慧。

俞菁慧:对于西方现代主义以来的诗歌您有怎样的关怀与评价? 它们对于您有哪些方面的影响?

屠岸:我在四十年代翻译并发表过波德莱尔的《枭鸟》、艾略特的《早晨在窗前》、里尔克的《静寂的时候》以及詹姆斯·斯蒂芬斯的许多诗,大都登在当年的《文汇报》上。

我很喜欢叶芝的诗。我曾译过他的十几首诗,如《有一天我老了》《湖中小岛茵尼斯弗里》《驶向拜占庭》等。他的作品早期属于浪漫主义,后期则是象征主义与现实主义的融合。是从虚幻朦胧转为明朗厚实,是深蕴的哲理内涵与爱尔兰民族性格的交融。

我对里尔克也有所接触。他的诗神秘深邃,主题呈现多元化,具有深厚的可挖掘性。历史上对他的评价是大起大落的,他的诗曾经被认为是"反人民"的,"连他用民歌调写的诗也不是人民的"。二次大战前后,他的作品又被肯定为同情人民,特别是同情劳动人民。中国的评论家对他也有不同的评价基调:有人说他是"充满孤独、感伤、焦虑、愤怒的世纪末情绪和虚无主义思想",但也有人说:"里尔克深化了对人生的探索和追求,力图为人类开拓一个光明的前景。"绿原则认为:"里尔克……永生都放射着穿透时空的日益高远的光辉,就一些篇什的艺术深度而论,真可称之为惊风雨而泣鬼神。"

至于西方现代主义对于我诗歌创作的影响,我早期的诗作《灰镜的折射》《舞姿的消失》是受到了现代派的影响。但早期西方现代派对我的影响并不深。在晚期的"梦诗"中则渗透着现代主义精神，它们是梦幻的、意象叠加的、情绪跳跃和意识断裂的诗篇。

刘玮：您既是诗人，又是翻译家，既从事诗歌写作又搞翻译，这两者对您来说是一种什么关系？

屠岸：我认为它们是相辅相成的关系。只有诗人才能译出好诗，这当然是一种极而言之的说法，但这在某种程度上也是有道理的，因为诗人具有创作经验，他们因此就善于体会原作者的创作情绪，感受其中的细微的变化。戴望舒、卞之琳、梁宗岱就都是诗人译诗的成功范例。另外，优秀的翻译家也是能够写诗的，吴钧陶、钱春绮就是典型代表。同样的，不是诗人的翻译家也可以译出成功的作品，比如鲁迅就成功地翻译过雪莱的《寄西风之歌》。杨德豫翻译的拜伦和华兹华斯的诗，达到了译诗艺术的高峰。他是一位具有诗人气质的诗歌翻译家。

茅盾说过："翻译只能是重述，原作的种种好处，翻译不可能全部体现。"这说法我以为是公允的。约翰逊（Johnson）说："诗歌是不能翻译的，可以精确地翻译的是历史书、科学书，……诗的美只能在原作中保留，不可能在任何其他的语言中保留。"这就有些偏颇了。至于鲍斯威尔（Boswell）说的"译诗只能是拙劣的模仿"，以及雪莱说的"译诗是白费力气"就太绝对了。这些否认译诗功能的理论虽都有一定的道理，但有很大的片面性。的确，诗歌语言的功能往往是灵异的，即便是在同一种语言环境下也不一定能够获致诗的全部意蕴，更何况是跨越了不同民族语言的界限呢。但是，翻译作为一种文学实践也绝不是被动的。对一个既是译者又是作者的人来说，翻译可以促进创作。翻译与纯粹的阅读不同，由于译者必须进入原作的灵魂，翻译时的独特感受也会令创作时的眼界更加开阔，正所谓，他山之石可以攻玉。译者要想成功地翻译出一部文学作品，我认为他一定要具有"客体感受力"，拥抱原作，与作者灵魂相沟通,实现译者与原作者的合一,实现两种语言的撞击与交融。

翻译是整个人类进步的动力之一。以中国为例,如果没有翻译,就没有佛教的传入,而今佛教禅学已经渗入到中华文化的血液中,成为其不可分割的部分;如果没有翻译,就没有"十月革命一声炮响,给我们送来了马克思列宁主义",就不会有中国共产党的诞生,就不会有新中国,就不会有社会主义;没有翻译就没有五四运动,就不会有新文化,当然也就不会有新诗。这样,国家就只能永远闭关锁国,没落下去。人类如果不打破巴别塔的天谴,就不可能有民族间的互通和交流。没有交流就没有发展,也就断绝了进步,失去了人类的生命线。经济上是如此,政治上是如此,文化上也是如此。

吴思敬:屠岸老师翻译十四行诗、写十四行诗,成就卓著。而且我们注意到中国现当代许多诗人也与屠岸老师一样,都被十四行这个西方的诗歌体式吸引并创作出无数优秀的诗篇。然而,同样在诗体上探寻的,如闻一多的"豆腐干诗"、林庚的"九言诗"、何其芳的新格律诗等却没有蔚为大观并流传下来。是什么原因令十四行诗可以流行甚广甚久呢?

屠岸:关于十四行诗在中国扎根的问题,我也早有考虑,但尚未形成科学准确的理论性的答案,仅在此简单谈谈我的一些看法。

十四行诗的广泛流传并不是中国的独特现象,十四行诗最早诞生于法、意的边境地区,本来也是一种民间形式,为人们传诵歌唱,后来被文人采用。第一个有影响的十四行诗人是意大利的彼得拉克。以后十四行诗不仅在印欧语系中的法、英、德、西班牙等国流传,更跨越到了汉藏语系中的中国与日本等国。除了在地域上的普及外,十四行诗也折服了诸多文学家,但丁、莎士比亚、弥尔顿、华兹华斯、济慈、波德莱尔、歌德、海涅、普希金、米斯特拉尔、阿斯图里亚斯、聂鲁达都用十四行诗展现他们的才华。

十四行诗有这么顽强的生命力,这恰恰与中国的律诗相近。它们在大致的规律上是有相似之处的,比如都讲押韵,都有"起、承、转、合"这个框架。七言律诗全诗八句,每句七字,正好是奇偶相称;十四行诗中十四行是双数,七个对句又形成一个单数,也是奇偶相称的。而且我认为十四行诗在行数上是比较合适的,太长则冗,太短则干瘪,由于文言凝练,使用八句,作为律诗很恰当;而相对自由的白话选用十四行就是恰到好处了,当然其他的长调或短章中也有很多好诗。

这以上的几点或许可以对十四行诗在中国流传的研究提供一些参考吧。

张大为:对于十四行诗您写的多,译的也多,您为什么如此钟情于十四行诗呢?

屠岸:因为我对韵律有一种天然的亲和感,在旧体诗的写作上就大都写律诗、绝句。闻一多讲过要戴着镣铐跳舞,我认为这个镣铐如果戴得长久了就会不翼而飞,不会令我感到束缚,反而让我在"跳舞"、"走路"时更加入规入矩;如果丧失了这个镣铐,我反倒难以把握创作了。老诗人吴钧陶就提出过"镣铐"的比喻不太妥当,应该说是按着"节拍"跳舞,节拍会令舞姿更加优美,我对此是深以为然的。

旧体诗拥有节拍,我们在欣赏朗诵具有散文美的自由诗如艾青的《北方》、《大堰河——我的保姆》时也能体会出它们特有的节拍,英文诗歌如惠特曼的自由诗同样呈现出如海浪般涌动的节拍。

但我更喜欢格律体的十四行诗,一方面因为它有格律有韵式,另一方面我觉得它有一种 classical restraint,即"古典的抑制"。尽管十四行诗有着严格的格律规范,但实际上它提供给我们的是极广阔的展示天地,在这里我们可以悲壮也同样可以哀感,只要我们了解、熟悉、掌握了这个"框框"就可以获得最大的自由。这种在不自由中获取的自由,在规范中提炼出的自由,往往是真正意义上的自由。

我就是要在这个框框中做文章,寻找自己的财富,做格律的主人而不是它的奴隶。

荣光启:曾经有一个比喻说,诗歌是献给少数人的事业,我以为这个说法用来比喻十四行诗在中国的命运也是贴切的。从上个世纪二十年代开始,十四行诗还是比较边缘的形式,您也曾经说过由于十四行诗形式的严谨,它会束缚思想,我认为无论它是否是一件合适的容器它始终是作为表达思想的手段而存在的。但是在现代的语境下,人的体验是有深度、复杂的,凸现了差异感。您认为这些是否对十四行诗形成了一种挑战?您对十四行诗在中国的命运又持什么样的态度呢?

屠岸:我认为束缚总是相对的。一方面它是一种束缚,另一方面它又会激发作者炼字炼意。诗人如果要在一定限度内发挥他的能量,语言就必须要浓缩,要有张力;内容则要凝练,有意蕴,这也是内容对形式的反向要求。现在有许多诗人在青睐十四行诗的同时又感到它过于束缚,就只写十四个诗行,我们可以把这些诗视为十四行诗的一种变体。虽然它们已经不是纯粹的十四行诗了,但我们也是可以让它们存在和自由发展。

基于以上情况我认为,在短期内,十四行诗不可能成为普遍被采用的形式,成为主流诗体。但还是会有一定数量的诗人投入到十四行诗的写作中,这种诗体也不会在短期内灭亡,它会在中国有长久的生命力。

张立群:我曾经认为十四行诗在内容上就是歌颂爱情的,形式上写够十四行就可以了。但后来发现并非如此简单。屠岸老师您可否谈谈您是如何界定十四行诗的?

屠岸:我认为十四行诗的界定应该有宽、严两种标准。1984年我和钱光培讨论此事时,我采用的是严标准,他用的是宽标准。

我觉得还是宽严相济好一些。因为如果我们过于强调规范上的严谨，就会因此失掉许多真诗、好诗。

选集一般是可以看出编选者的标准、定位的。钱光培选编的《中国十四行诗选》于1990年出版，当时就已经产生了是否选取那些不很规范的十四行诗的问题。由我作序，许霆、鲁德俊选编的《中国十四行体诗选》在1995年出版，卞之琳先生还做了为该书起名的一字之师；为了与钱光培的选本区分开来，他提出多加一个"体"字的建议。这个选本从宽容、团结、多收好诗的角度出发，收录了许多"变体"的十四行诗，体现了标准的宽泛性。

所以从严格意义上讲，十四行诗应该具有它独特的形式规范和内容上的相应要求，但如果以宽泛的标准进行判断，只要是有十四行诗的基本样式和感觉就可以被接纳到该体式中来。

王珂：那么如果我们用它的原英文名称的音译"商籁"的话，是不是就可以避免现在这种形式上的简单模仿呢？

屠岸：这也有可能。十四行诗这个名词的意大利文应该是sonetto，英文是sonnet，所以如果从音译角度讲，应该是"索内"更准确些。"十四行诗"这个译名的好处就在于让人一目了然地清楚该诗体的形式，尤其是行数上的特点：十五行、十三行都不是"十四行诗"。但其实莎士比亚就写过只有十二行的十四行诗，而英国诗人霍普金斯写的《斑驳的美》只有十行半，他自己称之为"切短的十四行"，瓦尔特·泰勒也将它收入到《英国十四行诗》中，可见这种行数上并不规范的诗作也能被列为"十四行诗"。钱光培曾将卞之琳先生的一篇作品选入《中国十四行诗选》中，但卞先生说那是一首自由诗，只是恰好写了十四个诗行而已。这样看来，"十四行诗"的译名不但会让人们误解这种诗体只是注重行数上的限定，同时对于将那些超出或不足十四个诗行的作品也归入该体，无法从其诗体名称上作出清晰的解释。

"十四行"、"商籁"的翻译都是闻一多提出的,他先称这种诗体为"十四行诗",然而在改用了"商籁"之后就不再使用"十四行诗"的说法了,或许闻一多已经注意到了这个问题吧。"商籁"这个译法是很有中国味道的,"商"是中国古代的五音"宫、商、角、徵、羽"之一,而"籁"是音乐、声音的意思,很好地体现了这种诗体音乐上的特色。还有一些其他译法,如施颖洲先生的"声籁"、陈明远的"颂内"等等。

但是,"十四行诗"这个名词是流传已久了,大家也已经习以为常了。只是我们自己心里,应该清楚这种诗体不仅在行数上有限定,韵式、节律、思想结构上也有其特点,决不能简单地望文生义。

孟泽:当我第一次见到"商籁"这个名称时,我就认为它在写作内容上是有限定的,一定要写"天籁之音"。

屠岸:在内容方面,十四行诗也是不断发展的。最早的十四行诗的确是歌颂爱情的,并在民间传唱,被文人采用后相当一段时间仍然以爱情题材为主,文人诗写作的集大成者彼得拉克的《歌集》以及但丁的《新生》都是讴歌爱情的。从莎士比亚开始十四行诗在内容上有了突破,开始歌颂友谊、离别、人生,发展到弥尔顿那里,政治因素又被加入进来,浪漫主义时期的十四行诗既写政治又写爱情、友谊、社会、生活。流传至现在,它更是包罗万象。十四行诗的发展很像我国的"词",从民间走入文人,从可吟可唱到乐谱失传,从花间派的温婉爱情到豪放派的热血爱国。当然十四行诗也不是万能诗体,什么都可以写。不同的情绪、事件、感悟都有它相适宜的表现方式,十四行诗也只是我们可以使用的形式之一。

(刘 玮 整理)

从阅读和吟诵,谈入声字的设置

编辑约我写一篇谈阅读的短文,我贸然答应了。等到交稿日期逼近,我才感到不好下笔。古往今来论读书的文章汗牛充栋,我能谈出什么新意?但一言既出,驷马难追,且硬着头皮写吧。

最早的阅读并非出于自觉。小学生时期,母亲教我读古诗、古文,并教我用家乡常州的古吟诵调吟诵。渐渐养成习惯。后来自己主动找书阅读,所读大都还是中国古诗文。稍长,才接触到"五四"以来的新文学作品,第一个抓住我的是冰心,后来是鲁迅、茅盾、巴金。上大学后,受表兄影响,沉湎于英美诗歌的阅读。这倒都出于自觉——个人爱好。从此,数十年来,阅读成为我终生不可戒除的嗜好。我的读物曾一度偏重于社会科学方向,有一个时期热衷于读马克思主义的著作,后来,文、史、哲方面都有所涉猎,但以文,特别是诗歌为主。

再后来,我的阅读几乎无计划,只管拿来就读。但并非一律"开卷"有益,有些书翻阅几页之后便觉味同嚼蜡,或味道不对,便放下了。有的书则反复阅读,甚至百读不厌,所以还是有选择的。标准是什么?真!凡是感情真切、思想真纯、艺术真好的,就得到我的真爱。极爱的篇章,多读,终至能背诵。汉语诗,英语诗,我最爱的,便能择善而背诵之。"文革"期间,下干校,处于文化沙漠中,我的心中默默背诵莎士比亚的诗、济慈的诗,作为自己的精神支柱,使自己有了继续活下去的勇气。

中国古代诗歌,我可以用普通话背诵,但更要用常州吟诵调吟诵。对我来说,"吟"才能充分领会原诗的韵味。母亲,故乡——母嗓,乡音,与诗结合,已形成我心中永远挥之不去的情结。

现在,我每天早上醒来后,每天晚上入睡前,必在心中默吟古诗文,数十年来,已成"瘾"习。一首诗,一篇文章,背(吟)了几十遍,几百遍,自然而然地,会在脑子里反复地进行考量,加以分析,分析它的思路,它的谋篇、构思、布局、警句、音韵、格律。每有所得,"便欣然忘食"。

我总是用常州乡音吟诵,而常州乡音中有入声(入声在现今的普通话中早已消失),于是我便对诗中的入声字进行考察,比较,分析。我始终感到,普通话中失去入声是汉语发展过程中音乐性的一大损失。渐渐地,我意识到古诗中入声字是如何设置的,意识到入声字的分布态势,入声字出现的频率及其变化。我发现,有的古诗各篇中入声字的设置方案(不管是有意识的还是自然形成的)是非常严谨的,这种精心的安排往往使诗的音乐性突现如峰谷绵延、波涛起伏,婉转而铿锵,修长而邈远。

唐代诗人王湾的五言律诗《次北固山下》,全诗八句,每句五字,每句中都不多不少有一个入声字,全诗共八个入声字,占字数的五分之一,分布均匀,而它在句中的位置或上,或中,或下,依次形成波浪起伏状。下面引录此诗,其中的入声字加框连线:

次北固山下

王湾

看这首诗里入声字的设置,是不是有规律可循?这里入声字在全诗中的进程,形成字母 W 形,使人想起杜甫描述他的两个小女儿穿着破旧衣服的诗句:"海图拆波涛,旧绣移曲折。"还可以再看另一首唐诗,张祜的五言绝句《何满子》:

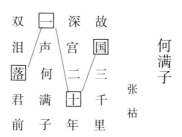

这首诗共四句,也是每句一个入声字,用线连起来,便是现出一个斜倚的字母 N 形,或者横卧的字母 S 形。下面不妨再多分析几首古诗:

这首诗中第二、三、四句中的入声字都在同一个位置上,连成一条平线,因而这首诗的入声字连线形成了一支平放的勺子状。

李白的诗,往往一句中有两个入声字:

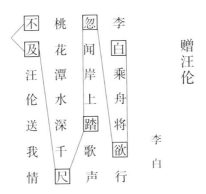

赠汪伦

李白

李白乘舟将欲行
忽闻岸上踏歌声
桃花潭水深千尺
不及汪伦送我情

《赠汪伦》的入声字连线状如飘带形字母 W；《陌上赠美人》的入声字连线状如字母 M 或两个驼峰。杜甫诗也有一句中有两个入声字的，如：

咏怀古迹五首之五

杜甫

诸葛大名垂宇宙
宗臣遗像肃清高
三分割据纡筹策
万古云霄一羽毛
伯仲之间见伊吕
指挥若定失萧曹
运移汉祚终难复
志决身歼军务劳

这首诗中入声字的连线使我想起了岑参的诗句"连山若波涛，奔走似朝东"。

我在想，古诗中入声字的设置，到底有没有一种规律的存在？可否对此作进一步的探讨研究？能不能找出杜甫运用入声字的规律？或者李白的？是有意识的安排还是顺其自然的结果？诗人之间有什么不同？诗中入声字和平声字是什么关系？入声字和其他仄声字（上声和去声）是什么关系？入声字在诗的音乐构成中究竟起什么作用？……我在天亮前躺在床上默吟古诗后，常常沉入这样一些冥想。我晚年的日子，常常在这种冥想中打发过去。

2006 年 2 月

与西班牙朋友们谈中国诗歌

——2007年10月13日在西班牙巴塞罗那"亚洲之家"的讲演

西班牙和中国是友好国家。中华人民共和国和西班牙于1973年3月9日建交。我们两国始终保持着良好的关系,两国之间的文化交流非常频繁。西班牙有着悠久的文化传统。她的文学是举世公认的辉煌的文学,她极大地吸引了中国读者。

中国是一个具有五千年历史的文明古国。中国是一个诗歌大国。从公元前十一世纪到六世纪的诗歌总集《诗经》开始,中国有着悠长的诗歌发展历史。战国时代的伟大诗人屈原,三国时代的大诗人曹植,东晋时期的大诗人陶渊明,都是中国文学史上的灿烂星辰。今天我想着重谈一谈中国的唐代诗歌和现代诗歌。唐代(618—907)是中国历史上一个重要的朝代。唐代经济发展,国力强盛,文化艺术空前繁荣。而唐代诗歌标志着中国古代文学发展的一个极为重要的阶段,呈现出百花齐放的繁荣景象,它代表着中国古代诗歌的最高成就。

唐诗现存五万多首,这些诗广泛而深刻地反映了当时的社会生活,诗歌题材得到前所未有的开拓。唐代是一个诗人辈出的时代。唐代诗歌总系《全唐诗》收录的诗出自两千多家。李白、杜甫、白居易等都是拥有世界声誉的大诗人。另外,影响深远的大家,也不下二十余人;在文学史上有一定地位的诗人,也有百人之多。唐诗的各种艺术风格竞艳争辉,诗歌体裁完备,形成了万紫千红的奇观。唐诗是中国文化遗产中最珍贵的部分之一。

唐代诗歌的发展,可分为四个时期,即初唐、盛唐、中唐、晚唐。这种分法不一定十分严谨,但大致可以窥见唐诗发展的轮廓。初唐可以看作唐诗的序曲,它嘹亮,清新,充满朝气,标志着一个伟大的诗歌时代已经到来。这个时期的代表性诗人有四位,他们是王勃、杨炯、卢照邻、骆宾王,被称为"初唐四杰"。唐代大诗人杜甫有诗论及他们:

> 王杨卢骆当时体,轻薄为文哂未休。
> 尔曹身与名俱灭,不废江河万古流。

杜甫严正地批评了当时一些"轻薄"文人对"四杰"的讥讽与贬抑,确定了"四杰"在文学史上不可动摇的地位。

这里引一首王勃的诗,以见"初唐"的风格:

杜少甫之任蜀州

> 城阙辅三秦,风烟望五津。
> 与君离别意,同是宦游人。
> 海内存知己,天涯若比邻。
> 无为在歧路,儿女共沾巾!

译成中国今天的白话就是:

> 在三秦拱卫宫城的京都,
> 我远眺五津朦胧的风光。

跟你倾诉着离情和别意，

彼此都同样活动在官场。

只要在世间有一个知己，

远在天涯，也像近邻一样。

我们不要在分手的路口，

像青年男女般眼泪汪汪。

（钱春绮 今译）

这首诗的英译是：

County Subprefect Du Appointed to Leave for Shuzhou

The walls and turrets guard our capital region;

O'er the remote five Ferries there mists are rolling.

To see you off I think it a thousand of pities;

We roam since both we have the official duties.

A bosom friend is a near neighbor forever,

Whether you go to the earth end or wherever.

So act not like the young things parting with their dears

At the crossway, and wetting their kerchief with tears.

（吴钧陶 英译）

这首诗里的"海内存知己，天涯若比邻"已成为传世名句，这两句包容的宽厚和胸襟的广阔，体现出一个大时代的曙光初照。

盛唐标志着唐诗发展到高峰，气魄恢弘、气象万千的盛唐气象在此时表现得最充分。这一时期的代表性诗人有王维、王昌龄、高适、岑参，尤其是被称为"诗仙"的李白和被称为"诗圣"的杜甫。755年，唐朝发生"安史之乱"，社会动荡。这成为盛唐与中唐的分界线,杜甫实际上横跨了这两个时期。

王维号称"诗佛"。他的诗宁静淡远,深蕴禅意。这里举他的一首五绝:

竹 里 馆

独坐幽篁里,弹琴复长啸。
深林人不知,明月来相照。

译成白话,可以是

我在幽深的竹林里独自静坐,
我弹着弦琴,又放声吟唱。
幽深的竹林里没有人知道我,
只有皎洁的月光照在我身上。

(张秋红 今译)

译成英文可以是这样:

Amid the Bamboos

Alone I sit in the bamboo forest quiet,
And play a zither and whistle loud and long.
Remote from the rest of men.Who knows my riot
Except the Moon who lights me all along!

(王宝童 英译)

王维的这首诗洗净了尘世的欢乐与哀愁,进入灵魂翱翔的高超境界,成为一种真正"自由"的精神状态。

李白是闻名中外的伟大浪漫诗人。他的诗表达了他对封建权贵的蔑视和遗世而独立的傲岸精神,对腐败现象的抨击,他对民间疾苦充满同情,对祖国无比热爱。他尽情赞美祖国壮丽的河山,无限向往精神的自由。他的诗风雄奇豪放,想象瑰奇宏富,语言奔放自然,音律铿锵而充满活力。因为篇幅关系,这里只录一首他的七绝:

下 江 陵

朝辞白帝彩云间,千里江陵一日还。
两岸猿声啼不住,轻舟已过万重山。

白话译文是:

清早,我告别耸立在彩云之中的白帝城,
回江陵,顺水一千里只用了一天的路程。
长江两岸的猿猴发出的啼声还没停,
轻捷的小船已穿过千万重高山峻岭!

(屠 岸 今译)

这首诗的英译是这样的:

Leaving The White Emperor Town at Dawn
for Jiangling Town

At dawn I leave the white Emperor Town with the sun dyeing clouds,
And travel a thousand li within a day to Jiangling Town.
With the monkeys'ceaseless whines on the river banks aloud,
Swiftly leaving a myriad mountains behind, my boat drifts down.

(屠笛、屠岸 英译)

这首小诗写诗人因获罪被判流放,在流放途中遇到赦免的命令,返回故地时的欢欣心情,全诗一气呵成,其自由雀跃之情,跃然纸上!

杜甫是与李白齐名的伟大诗人,他的诗被称为"诗史",他是用诗歌留下那个时代历史的史家。他又被称作诗坛的"圣人"。他的诗作大都产生在安史之乱前后,他以悲天悯人的博大胸怀关注人民的苦难,反映现实的严峻,控诉社会的不公。他把社会现实与个人遭际紧密结合,达到思想内容与艺术形式的高度统一。他成功地掌握了诗歌的各种体裁和形式,并加以完善,在艺术上达到高度完美的境界。

这里介绍他的一首七律:

闻官军收河南河北

剑外忽传收蓟北,初闻涕泪满衣裳。
却看妻子愁何在,漫卷诗书喜欲狂。
白日放歌须纵酒,青春作伴好还乡。
即从巴峡穿巫峡,便下襄阳向洛阳。

这首诗的白话文译文如下:

剑门外忽然传来消息:
　官军收复了蓟北!
一听到,喜泪夺眶而出,
　洒满了我的衣裳。
回头看,我妻的满面愁容
　顷刻间已无踪无影;

我卷起诗书,手舞足蹈,
　高兴得几乎要发狂!
白日青天下,我放声高歌,
　喝酒再不用限量,
明媚的春光伴我们上路,
　一家人要回归故乡!
快甩下巴峡,冲出巫峡,
　过襄阳,直奔向洛阳!

（屠　岸　今译）

这首诗的英译是这样的:

Upon the News of the Recapture of Henan and Hebei
by the Imperial Armies

Word came from the North:recovered was many a town,
When I first hear the news,I let my tears wet my gown;
I turn to look my wife:old sorrows are found no more.
Rolling up verse books we are wild with joy in roar.
Let's sing and drink to our hearts' content on this fine day,
Accompanied by spring we'll soon be on homeward way.
From Gorge Ba through Gorge Wu our sails will quickly fly,
Straight to Luoyang we shall go after Xiangyang is passed by.

（辜正坤　英译）

　　在安史之乱期间,杜甫避居在四川。当他听到政府军收复了北方被叛军占据的大片土地时,欣欣鼓舞,准备举家回乡。这首诗写下了他当时的第一感觉。诗中狂喜的心情溢于言表,富有强烈的感染力。全诗韵律严谨,对仗工整,然而同时又自然流畅,仿佛浑然天成,无斧凿痕迹,令人惊叹。杜甫的诗,大都渗透着悲悯情怀,这首诗却浓墨重彩地写了自己的欢情洋溢,在他的作品里是罕见的。这首诗在艺术上臻于至高的境地,为千古绝唱之一。

白居易是中唐诗歌的代表性诗人,李白、杜甫之后,就数他了。这三人组成唐代的三大诗歌丰碑。白居易的诗歌主张是:"文章合为时而著,歌诗合为事而作。"他的《新乐府》《秦中吟》广泛反映了中唐时期社会生活各个方面的重大问题,着重描绘了现实的黑暗和人民的痛苦,揭露宦官的跋扈和豪门贵族的穷奢极侈,对被压迫的劳动人民给以深切的同情。他的《长恨歌》《琵琶行》是唐诗中的长篇杰作,古代叙事诗的典范。他的语言明白晓畅,流利自然,能使"老妪皆懂"。但"看似平易,其实精纯"(赵翼语)。

由于篇幅关系,这里只能介绍白居易的一首五律,这是他早年的作品。

草

离离原上草,一岁一枯荣。
野火烧不尽,春风吹又生。
远芳侵古道,晴翠接荒城。
又送王孙去,萋萋满别情。

白话译文是这样:

原野上晃动着纷扰的青草,
一年里便经历了繁荣与枯凋。
野火不能把草儿连根烧掉,
春风一吹又重新长出嫩苗。

远处的芳草侵蚀了古旧的道路，
阳光下绿色向荒城铺展开去。
又一次我送你踏上新的征途，
青草也满怀着依依惜别的情愫。

（吴钧陶　今译）

这首诗的英译是这样的：

Grasses

On plateau the grasses are thick and tall;

Living a yearly life, they rise and fall.

The prairie fire cannot burn them to nought,

And spring winds will wake them anew, no doubt.

Afar, they eat away the ancient tracks,

And meet the forlorn town with greenish flakes.

Again I see you off somewhere to rove,

Also the grasses are full of sorely love.

（吴钧陶　英译）

现在让我们来欣赏一下李商隐的作品。在晚唐诗人中，李商隐与杜牧齐名，被称为"小李杜"（以别于李白、杜甫），又与温庭筠齐名，被称为"温李"。但李商隐的成就远远高于温庭筠，其风格也与杜牧不同。李商隐的政治诗、咏史诗在他的作品中占有相当的比重，成就很高。但他的抒情诗，尤其是"无题"诗，体现了他的最高成就。他的诗，风格独特，情致深蕴是其根本特征。他常常避免作正面抒情，而是借助于景物来烘托情思，把艺术构思锻炼得千回万转，一波三折。下面这首七律《锦瑟》，是他不朽的咏物之作：

锦　瑟

锦瑟无端五十弦，一弦一柱思华年。
庄生晓梦迷蝴蝶，望帝春心托杜鹃。
沧海月明珠有泪，蓝田日暖玉生烟。
此情可待成追忆，只是当时已惘然。

译成白话是这样的：

锦瑟不知为什么缘故竟有五十根弦，
这繁音促节使我忆华年而感慨万端。
我宛如庄周黎明时做了一场蝴蝶梦，
又像望帝把美好的追求寄托于杜鹃。
我仿佛被弃于沧海的明珠月下有泪，
又像土中的美玉迎着太阳依旧生烟。
这种情怀岂待今日追忆才感到悲痛？
早在当时就已经使我觉得无限惘然。

（张秋江　今译）

这首诗的英译如下：

The Zither

A zither with reasons unknown has fifty strings;
Eash string and fret recall to me my bygone springs.
Puzzles as felt by Zhuang Zhou from his dream of butterfly;
Sadness as aired out by King Wang's soul in cuckoo's cry.
Tears shed on the moon-lit sea like mermaids' pearls

And the sun at Lantian warming the jade till smoke curls.

All these feelings will forever be cherished by me,

But in the past I felt only Perplexity.

（曹炳衡 英译）

　　这首诗仿佛织锦绣字，镶嵌典故，针线细密，造成绮丽而又朦胧的诗歌意象，难于索解，而又意蕴深邃，成为千古诗谜。后人有"一篇锦瑟解人难"之叹，但千百年来读者又被它诱惑，对它迷恋。李商隐也有字词明朗的诗作，但含意并不浅露，总能发人深思。例如：

登 乐 游 原

向晚意不适，　驱车登古原。
夕阳无限好，　只是近黄昏。

译成白话，可以是这样：

傍晚时候，我心绪黯然，
便赶着马车登上古老的乐游原。
夕阳灿烂，无限美好，哦，
只是因为接近了黄昏时刻！

（佚　名 今译）

这首诗的英译是这样的：

Climbing Pleasure Plateau

Towards dusk I feel ill at ease;

I drive to the plateau hard by.

The twilight scene has great splendour.

Only, dark night is drawing nigh.

（曹炳衡 英译）

　　这首诗的后面两句,可以理解为美好的夕阳光已接近消亡所以诗人感到惋惜,也可以理解为阳光之所以如此美好正因为到了黄昏时刻。它象征着唐皇朝已经到了它的晚期,一个辉煌朝代即将终结,这是一首颂歌兼挽歌。

　　中国古诗有吟诵的传统。王维有句:"即此羡闲逸,怅然吟式微。"李白有诗句:"长歌吟松风,曲尽河星稀。"我的母亲在我小的时候就教我用常州古调吟诵古诗。这里我吟一下李商隐的《登乐游原》(吟)。

　　唐代诗歌是中国古代诗歌的顶峰。唐之后的宋代,出现了"词"这一诗歌形式的高峰期。宋词的代表性作家有大诗人苏轼、辛弃疾、李清照等多人。如果说唐代是中国古代诗歌的黄金时期,那么宋代可以说是中国古代诗歌的白银时期。宋之后的元代,又出现"曲"(或者叫"散曲")这一诗歌形式。唐诗、宋词、元曲是中国古代诗歌的鼎足而三。元之后的明代、清代,也出现过高启、黄景仁、龚自珍等重要诗人,但唐宋时期诗歌的辉煌已不再现。

　　接下去我谈一谈中国的新诗。1919年中国爆发了五四新文化运动,提出了科学和民主的口号。在语言文字方面,推行了废止文言文,实行白话文的改革。新诗于1917年诞生。今年是中国新诗诞生九十周年。文言是一种僵化的书白语,白话是人民群众的口头语。新诗废止文言文,运用白话文。旧体诗有着严格的格律要求。新诗打破旧体的格律,运用一种较为自由的节奏和乐感。在某种意义上,新诗也可以说是一种从外国引进的形式,但它的全部内涵则根植于中国民族文化的本土之中。新诗的诞生是中国诗歌史上的一次革命。

九十年来,中国经历了国内革命战争,反对外国侵略的民族解放战争,新中国的建立,历次政治运动和社会改革的风云变化。中国新诗在这一段历史长河中,与中国人民共命运,它经历了一条曲折发展的道路,有辉煌,有沉寂,有坚守,有异化,有各种流派的争奇斗胜,有不同理论导向的撞击和交融。新诗就这样在不断的起伏中向前行进。当前中国新诗遇到了新的挑战,诗坛上出现"双轨"现象,真诗和伪诗在进行着无声的斗争。我们期望在新的领域真善美终究会战胜假恶丑。中国新诗史上记载着一大批杰出和伟大的诗人,如郭沫若、闻一多、徐志摩、艾青、臧克家、冯至、卞之琳、穆旦、郑敏、绿原、牛汉等。他们如灿烂的群星,闪耀在中国诗界的天空。由于时间关系,这里只能介绍一位诗人:艾青。艾青热爱祖国,热爱人类,他歌唱民族解放和人民自由,追求光明的理想,弘扬人性的回归。艾青是中国新诗的一面旗帜,他的新作的伟大意义随着时间的推移被越来越多的中国群众所认识。这里介绍他的一首诗:

太　　阳

从远古的墓茔

从黑暗的年代

从人类死亡之流的那边

震惊沉睡的山脉

若火轮飞旋于沙丘之上

太阳向我滚来……

它以难掩的光芒

使生命呼吸

使高树繁枝向它舞蹈

使河流带着狂歌奔向它去

当它来时,我听见

冬蛰的虫蛹转动于地下

群众在旷场上高声说话

城市从远方

用电力与钢铁召唤它

于是我的心胸

被火焰之手撕开

陈腐的灵魂

搁弃在河畔

我乃有对于人类再生之确信

这首诗的英译是这样的:

The Sun

From the graves of the ancient past,

From the ages of darkness,

From this death stream of humanity,

Awakening mountains from their slumber,

Like a wheel of fire over the sand dunes

The sun rolls on towards me ……

With invincible rays

It gives breath to life,

Making the branches of trees dance towards it,

Making the rivers rush forward with song.

When it comes I can hear

The sleeping insects turning underground,

The people talking loudly in the squares,

The cities beckoning it from the distance

With electricity and steel.

Then my breast

Is torn open by the hands of fire,

My rotten soul

Gets discarded by the river,

And I gain faith once more

In the resurgence of humanity.

（欧阳桢等　英译）

  艾青的这首《太阳》表达人类弃旧迎新的勇毅和生生不息的伟力,意蕴深沉而悲壮,具有撼动心灵的艺术力量。关于中国新诗,就讲这些吧。

  我于2001年9月来访过巴塞罗那。这个城市给予我非常美好的印象。高蒂的建筑,毕加索、米罗和达利的绘画使这座城市的灵魂高昂而不朽。我曾写有一首纪念这座城市的十四行诗,现在我读一下这首诗,作为这次讲座的结束语:

波谲云诡的美都:巴塞罗那

地中海海风猛吹岸边的棕榈叶,

高柱顶端的哥伦布摇摇欲坠。

真人化装造型艺术家在大街

向投币者鞠躬,藐视海风的逞威。

圣家族教堂高耸又流淌,滴落;

桂尔花园欢笑为童话的瑰奇;

米拉公寓旋转着水藻的斑驳;

流体建筑在海风下沉没又浮起。

巴塞罗那! 你引起世界的注视,

不是因为奥运会提高了知名度。

是安东尼·高蒂,异想天开的建筑师,

把你打扮成波谲云诡的美都!

我在塔顶上向全城投去一瞥:

"艺术的想象力可以向无穷飞跃!"

这首诗的英译如下:

BARCELONA: A BEWILDERINGLY CHANGEABLE
CITY OF BEAUTIFULNESS AND CHARM

Winds from the Mediterranean sway the palm tree by sea shore,

Columbus on the top of the high column is rocked tottering.

An action artist disguising himself as a statue stands at the
road side,

Bows to those who throw money to him, dispising the sea wind's
violence.

Saint Family Church towers to the sky and flows down in drops.

Guell Garden laughs with the dazzling resplendence of a fairy tale.

Mira Apartment turns in the motley and stain of algae.

Liquid buildings under the sea wind rise and fall, drown and emerge.

BARCELONA! you arrouse the attention of the whole world
Not because of your great popularity from the Olympic Games
But of that great whimsical and fanciful architect Antony Gaudi
Who made up you a bewilderingly changeable city of beauti-
fulness and charm!

I, standing at the top of the tower, get a bird's- eye view of the
whole city:
"The imagination of art could soar into infinity and through eternity!"

2007 年 10 月 13 日

天人合一，世界大同

　　华兹华斯（Wordsworth）看到湖边一大片野生的黄水仙，感到十分愉悦，他"望着，望着，而极少领悟／这景象给了我怎样的财富"。后来，他"时常倚卧在榻上／愁思冥想，或惘然若失，／水仙就照亮我内心的眼睛，／这是孤独时欢乐的极致；／于是我的心就充满愉快，／和水仙一同舞蹈了起来"。这是自然界的影像映入诗人眼睛里，诗人心中产生与自然交融，导致极度愉悦的现象。诗人清晰地意识到"这是孤独时欢乐的极致"。陶渊明闲居在家，"偶有名酒，无夕不饮。顾影独饮，忽焉复醉。既醉之后，辄题数句自娱。"他题的诗句是："采菊东篱下，悠然见南山；山气日夕佳，飞鸟相与还；此中有真意，欲辨已忘言。"他感到了处在自然的怀抱中，产生一种"悠然"的心境。他发现人与自然的默契中有一种"真意"存在着，但要辨析它，便忘却怎样言说了。正如庄子说的："得鱼而忘筌"，"得意而忘言"。陶渊明的境界，比华兹华斯的高了一层。

　　杜甫称赏"江山如有待，花柳更无私"。他心目中的自然是"野润烟光薄，沙暄日色迟"，一片宁静安谧，宇宙是无边的和凝。但仍表述了主观感受："客愁全为减，舍此复何之。"

　　济慈（Keats）写《秋颂》，只写"雾霭的季节，果实圆熟的时令，／你跟催熟万类的太阳是密友；／同他合谋着怎样使藤蔓有幸／

挂住累累果实绕屋檐攀走……"济慈把秋比作坐在粮仓地板上的老人,让头发在扬谷的风中轻飘;或者酣睡在收割了一半的犁沟里;又变为头顶穗囊的拾穗人,跨过清澈的溪水;或者在榨汁机旁耐心地观察果浆一滴一滴地流下来……济慈没用一个字写诗人的主观感受。这正是济慈创立的诗学概念"客体感受力"作用的真切体现。诗人抛却原有的一切个人思维定势,使咏者(主体)和被咏者(客体)拥抱在一起,形成灵魂的互动,物我的融化。我们从济慈的诗中体会到了人与自然的和谐。

中国早期哲学家说:"人定胜天"或"人强胜天"以及"人众胜天"。后来西方哲学家说:"人必能征服自然,前提是必须服从自然。"加上了条件,是进步。但目的依然是征服自然。我们更重视中国古代哲学精粹的核心:"天人合一"。董仲舒说:"天人之际,合而为一。"程颢说得更彻底:"天人本无二,不必言合。"这是人与自然之和谐的最高境界。中国诗歌自古至今没有脱离这一思想,从屈原的"九歌"到艾青的"光的赞歌",无不如此。

中国古代的"天人感应"说,只要除去其迷信的和神秘的色彩,即是一种宏大的宇宙精神的表现。这种精神同样体现在诗歌中。杜甫说:"好雨知时节,当春乃发生;随风潜入夜,润物细无声。"是一个例子。李白说:"众鸟高飞尽,孤云独去闲;相看两不厌,只有敬亭山。"是一个例子。艾青说:"即使我们死后尸骨都腐烂了 / 也要变成磷火在荒野中燃烧",是又一个例子。我们可以从古今中外许多诗人的诗作中感受到这种宇宙精神的熠熠闪耀!

当前,人类面临着自己唯一家园将要被自己的愚蠢所毁灭的巨大危险。人类正从灵魂深处发出诗的激情。请听人类灵魂的声音,永葆人与自然的和谐!

中国古代儒家经典《礼记》提出"大同"概念。直到康有为、孙中山,都追求大同。人类世世代代追求大同。到今天,人已觉悟:

人与人的和谐如果不跟人与自然的和谐相结合,大同是达不到的。天人合一,才是大同世界!让我们用诗歌纯化人类的心灵,走向天人合一,世界大同!

（为首届青海湖国际诗歌节而作）

2007年8月,西宁

关于中国新诗"中生代"命名的思考

　　九十年前,《新青年》杂志发表第一首白话诗,标志着中国新诗的诞生。今年是中国新诗诞生九十周年。今天我们开会,会名叫"两岸中生代诗学高层论坛暨简政珍作品研讨会",这是2007年开春以来在中国举行的第一个引起重大关注的诗歌讨论会。从九十年看中生代,或者从中生代看九十年,都引发我们回顾历史,审视现在,瞻望将来,从沉甸甸的历史沧桑中爆出对中国诗歌新的辉煌到来的希望之火花。

　　"中生代"这个命名最初出现在台湾的诗歌界,后来大陆也出现了这个命名。与它同时或先后出现的还有"新生代"、"第三代"、"中间代"等名称。"中生代"和"中间代"是同义词还是有所不同,我缺少研究,看来是大体重合的。也许用"中间代"名称的人是想避免借用地质年代的专用名词。但两者都用了"中"这个字和"代"这个词,所以给人二者很少区别的感觉。关于"中生代"这个命名,已经有很多朋友作了探讨和梳理。有人认为中生代"主要是指二十世纪六十年代出生而又不同于'新生代'的尚未有共同指称意义的诗人"。有人认为中生代指"出生于 六十年代后期及少数出生于七十年代的诗人"。有人把中生代上溯到1950年代出生的诗人。有人更进一步,认为"1940年代末到1970年代初出生,特别是差一两年的诗人"也可以考虑进去。这样,对中生代就产生狭义的和广义的两种认知。如果按广义的理解,中生代就涵盖了1940年代后期到1970年代初期出生的诗人。曾有人把可以归属到中生代的诗人们列出了名单,面及中国大陆、香港、澳门和台湾。名单中有的诗人出生于1940年代后期,如傅天虹、北岛;有的出生于1950年代,如简政珍;有的出生于1970年代初期。这样,中生代诗人的年龄差距在四分之一个世纪之间。

这样一个年龄段的诗人群,能不能聚集在中生代这个名号的麾下? 他们有什么个性和共性? 有没有共同的写作径路和审美取向?

在中国和世界的文学史上,总是要用一些名词来指称某些诗人群诗歌现象。有的冠以朝代名,有的概括于一种诗风或思潮。冠以朝代名的,中国有唐诗、宋词、元曲等;英国有伊丽莎白时代诗歌,维多利亚时代诗歌,乔治时期诗歌等。以诗风或概括时代思潮为名的,外国有文艺复兴诗歌,玄学派诗歌,新古典主义诗歌,浪漫主义诗歌等。有一些名称来自诗歌社团或诗歌刊物,这与流派关系密切,如法国的"七星诗社"诗人群,英国的"先拉斐尔兄弟会"诗人群;中国则有"沉钟"、"新月"、"七月"等诗人群。以朝代命名的,往往产生于时间的定点透视。以诗风命名的,往往产生于时间的散点透视。浪漫主义固然指英国十九世纪初叶的诗人如华兹华斯、拜伦、雪莱、济慈等,但也可以指更早的文艺复兴时期的某些诗人或十九世纪后期的某些诗人。还有一些称谓如左翼诗人,右翼诗人,革命诗人,格律派诗人,自由体诗人等,则产生于时间的零点透视。一个概念总有它所指称的范围。有时,在一个时期内有一个以上的名称并起。现代主义诗歌和乔治诗歌都出现在二十世纪初叶的英国,但二者的内涵不同。这就是两种诗歌写作或两种不同风格诗人群并存的现象。有时以朝代为标志的诗歌时期还有更细的划分,如唐代诗歌还可分为初唐、盛唐、中唐、晚唐。

这里,我们见到了"中"字。中唐,前有盛唐,后有晚唐。地质学名词"中生代",前有古生代,后有新生代。欧洲历史上有"中世纪",它的前面是古希腊、罗马文化时期,它的后面是古典文化复兴即史称"文艺复兴"时期。它也指介于古代奴隶制和近代资本主义萌芽之间的那个时期。那么,我们现在提出的"中生代"又怎样呢?

对中生代的说法现在尚未有定论。我个人认为,就中国大陆的诗歌生态而言,中生代可指极左意识形态掌控下诗歌严重失语时期与诗歌"双轨制"出现时期之间的这个时间段的诗人群,它大约存在于二十世纪七十年代末到九十年代末,其间大约二十年。

地质学名词"中生代",是指地质年代的第四个代,约开始于二亿三千万年前,结束于六千七百万年前。它的时间跨度大约一亿六千万年。欧洲史上的中世纪,还有一种说法是:它开始于公元476年西罗马帝国灭亡,止于1640年英国资产阶级革命,其时间跨度为一千一百年。唐代诗歌中的中唐,有人定为五十几年,有人定为近一百年。那么,我们的"中生代"呢?是不是只有二十年光景?比较短,它与地质学名词中生代不成比例。

名词的出现,有时形成悖论。一说:"'中生代'是相对于二十年前提出的'新生代'而言。"或说:"中生代应属于'新生代后期诗人'。"此说认为中国新诗的中生代晚于新生代,这与地质学名词恰巧倒了一个个儿。

"新"能永远新吗?"现代"能永远现代吗?"今体"或"近体"也早已成为"远古"的东西了。四年前我写过一篇文章《关于"汉语诗"的命名》,其中提到,律诗和绝句这种严格的古典格律诗形成是到初唐时期逐渐成熟并固定下来的,当时人称之为"今体诗"或"近体诗"。这种名称到了二十一世纪的今天还有人偶尔使用,却常被误解。这个诞生于一千几百年前的诗体,虽然今天还有很多人用它写诗,但它怎么还是"今体",还怎么"近"法?欧美的现代主义诗歌,诞生于十九世纪末二十世纪初。如今,一百年已经过去,它依然"现代"吗?为了区别它,它之后的诗歌只好称作"后现代",之后又有"后后现代",是否还会有"后后后后……现代"?!"五四"新文化运动兴起,产生新文学,以区别于传统的旧文学。1917年出现第一首白话诗,叫"新诗"。那时,当然新。九十年过去了,还新?时间在推移,新衣变旧衣,新闻成旧闻。但,人类史上有一个名词:新石器时代,以百万年计,这个名称不会变,可以永远新下去。它是一个已经取得全球共识的名称。而现今毕竟不是远古时代了。我们眼前是一个日新月异、瞬息万变的时代。我们确定一个命名,要考虑到科学性,要与时俱进。是不是也可以把目光放远一点,设想一下一百年后或一千年后人们看到这个名称时还会产生怎样的联想?

俄罗斯诗歌界在苏联解体前后出现一个名词:白银时代。它指十九世纪末二十世纪初,1917年十月革命前,活跃在诗坛上的俄罗斯象征派诗人群。这些诗人被其后的苏联主流意识形态所贬抑、排斥和抛弃。其代表诗人有巴尔蒙特、吉皮乌斯等。今天一些俄罗斯诗人和诗评家重新发现上述这些诗人非凡的价值,认为他们的艺术成就直追十九世纪的伟大诗人普希金、莱蒙托夫。如果把普希金时期称作黄金时代的话,那么他们就可称作白银时代,也就是仅仅稍逊于普希金,却也可以与之一比高下了。白银时代这个命名,显示出命名者的聪慧。放在历史的坐标上,它既有回顾性,又有前瞻性,能引起人们深沉的历史思索。其实,这两个名称也不是俄罗斯人的首创。早在古罗马,公元前三十年代到前一十年代,出现了维吉尔、贺拉斯、奥维德等大诗人以及梯布卢斯、普罗佩提乌斯等诗人,真可谓群星灿烂,史称罗马诗歌的黄金时代。此后的百余年,公元18年至133年,史称罗马诗歌的白银时代,此时期的诗人有西利乌斯、斯塔提乌斯、瓦莱里乌斯等,其光芒已逊于黄金时代。白银时代后,罗马诗歌趋于衰落。

我们的中生代,开始于朦胧诗。"朦胧诗"这个名称的诞生,是长期极左意识形态掌控下群众及作家的诗歌意识被彻底剥夺的标志。其实,所谓"朦胧诗"的代表性诗人,如北岛、舒婷,他们的诗何尝"朦胧"? 直接导致"朦胧诗"名称诞生的杜运燮的诗《秋》更与"朦胧"风马牛。"朦胧诗"是个名不符实的名称,它是一个历史扭曲的印记。然而,它的实质却是一次历史性的崛起,是诗性的自我觉醒、自我恢复和自我重新定位。可以肯定,"朦胧诗"是中生代对中国新诗的第一个巨大贡献。在这次崛起之后,中生代继续前行,蓬勃发展,不断扩大自由度,越来越迈向多元化。中生代的总体特点是否可以说成以下几点:

一、非意识形态化。在大陆,摒除极左枷锁,拒绝假大空,反叛瞒和骗。诗歌觉醒,实现自我解放,也是自我回归。但不是原地踏步,是回归到新的层面上。可以说是一定意义上的"文艺复兴"。

二、发现自我。这是指诗人。在左的教条统治时期,只允许写"大我",不允许写"小我"即自我。自我被长期封堵。在此环境下,有的诗人只好私底下写"地下诗"。以食指为代表的"知青"诗人群是如此,"单干"的诗人灰娃也是如此。这一情况到中生代浮出水面而开始改变。发现自我,也就是重新发现自我。也就是像莎士比亚那样,像李白、杜甫那样,他们的诗中有一个活生生的"我",一个人性的"我"。去年10月15日在北京的一次诗歌讨论会上,老诗人牛汉发言时说到某诗人和他的一次对话,某诗人对牛汉说:你写的只是小我,我(某诗人自称)写的是大我。牛汉说:我写的我,是小我,但这个小我是有思想的,有理想的,有信仰的,有灵魂的,是人,真正的、有血有肉的人。你那个大我是什么? 是空洞无物,无血无肉,没有理想没有信仰的空壳子,不是人! 牛汉应属于"老生代"(如果可以有这个名称的话),但他在中生代出现之后继续写诗。他的这一席话代表了中生代诗歌写作中的自我意识。

三、诗歌审美的多元化。从西方东渡的各种诗歌审美观在中国新诗的写作和评论中互相影响,互相撞击;中国传统的多种诗歌审美观在中国新诗写作和评论中得到传承、过滤和发展;中西诗歌审美的多元碰撞、交错和多元融合。

四、内宇宙和外宇宙的渗透和统一。诗人向内心世界不断地掘进和开拓,诗人向外部世界不断地掘进和开拓,二者撞击、交锋、统一。反思和干预轮替。关心个人(自我)和关注社会(人群)及关注自然(环境)同步,同步迈上新台阶。诗人的社会责任感和历史使命感同步,同步迈进新时期。新的诗歌景观随时代而展开。

五、迎接挑战。从1990年代以来,有些诗人(不属于中生代范围)走私人化偏锋,逐渐在诗歌丛林里迷失方向。有人呼吁颠覆崇高,颠覆英雄,颠覆传统,抛弃真善美。有人扯起诗歌"垃圾运动"的旗帜,喊出"崇低"的口号。这些诗人实行三化:去崇高化,极端私人化,走向边缘化。他们的私人化与前面提到的"发现自我"不能混同,二者有严格的区别。一些诗评家为极端私人化和崇低写作进行理论上的鼓吹。他们对中生代形成包围态势。诗歌生态恶化的警钟敲响!中生代面对严重的挑战,他们应该应战,准备突围。

以上不是总结或概括,只是对中生代进行思考的"随笔"。

当今中国诗坛呈现出"双轨制"现象,即一方面老诗人坚持继续创作,中青年诗人勤奋写诗,青年诗人人才辈出,优秀诗作不断涌现;一方面平庸作品泛滥,低劣和卑琐的作品似乎成为"时髦",诗歌生态进一步恶化。这种"双轨制"现象是中国诗歌史上从未有过的异象。这种现象令人喜忧参半。在高兴地看到大量好诗出现的同时,不免忧心忡忡。我们竭诚祈盼这种状况的改变,竭诚要求突围,竭诚呼唤中国诗歌生态的良性再生。这个良性再生的依靠力量,就是中国海峡两岸四地中生代的中坚诗人,他们是一支重大的力量。振兴中国诗歌的任务承担者、突围的劲旅,"舍我其谁"?同时当然也依靠当今不断涌现的两岸四地优秀的青年诗人,他们是突围劲旅的重要组成部分。这些青年诗人,能否称作"新生代"?

"中"之后是"新",岂不顺理成章?但,似乎已有"新生代"命名在二十年前。名词使用的混乱必须避免。几十年或几百年之后,"新"也会变成旧或古。"正名"的任务,让给文学史家或诗歌史家去担当吧。一个历史名称的成立,往往是历史筛选的结果,其中自有史学家的功劳。我要说的是,中生代诗人和青年诗人,是中国诗歌振兴的依托,是中国诗歌能重铸辉煌的希望!

清代诗人和学者赵翼有一首《论诗》七绝:

> 李杜诗篇万口传,
> 至今已觉不新鲜。
> 江山代有才人出,
> 各领风骚数百年。

我写了一首七绝《仿赵翼,反其意而用之》,现录下以结束本文吧:

> 李杜诗篇万口传,
> 至今依旧觉新鲜。
> 江山代有才人出,
> 共铸辉煌亿兆年!

2007年3月6日

随笔一则谈诗

2004年9月11日,参加"首师大中国新诗研究中心"召集的"中国现代诗建设方略座谈会",出席者二十多人。叶维廉、郑敏、牛汉、孙玉石等的发言给我启示甚多。他们对中国新诗的历史和现状作了学理分析,不时说出精湛的见解。只是对"建设方略"还少有具体设想,这也难。我不懂理论,更没有理论。我只能谈"感觉"。中国新诗已经经历了近百年的历史,历经平坦与崎岖,荒芜与繁荣。有人说如今新诗已跌入低谷,有人认为它已经死亡。我承认新诗面临某种危机。但这只是一个方面。它还有另一个方面:充满生机。这表现在:全国出版的诗刊,包括民间诗刊,数量巨大。青年诗人大批涌现,佼佼者不断露尖。诗歌活动如诗人节、端午节集会、诗笔会、诗朗诵会、诗歌评奖等等,在中华大地上方兴未艾,波澜迭起。"中坤杯·首届艾青诗歌奖"于9月16日举行颁奖典礼,获奖的六位诗人中有三位是青年诗人:苗强,冉冉,郭新民。他们的诗作探索人生和宇宙的奥秘,关怀人类的命运,追求诗艺的完美,显示出卓越的才华。苗强刚刚辞世,令人痛惜,但他的诗预示着中国现代诗的未来。诗,是人类灵魂的声音。科技猛进,电脑崛起,数字革命,信息爆炸……确实冲击着传统诗歌王国。但是只要人类不灭,人的灵魂不迷失,诗的生命就不会枯萎,不会摧折。中国是一个诗歌大国。只要中国人的心脏还在跳动,那么诗的节律就不会休止。在"1998年迎春北京诗会"上我说过："二十一世纪将是一个诗的世纪,中国诗歌必将走出低谷,必将扫荡阴霾:诗的火山总有一天会爆发。无数诗人、诗评家、诗爱者的共同努力,会迎来新的诗世纪、诗的新时代。"现在,二十一世纪已经到来。诗歌振兴的日子远了吗?"新的诗世纪、诗的新时代"离我们更远了吗?不。我认为是近了。我正等待着诗的熔岩从火山口喷薄而出,流遍中华大地。

诗是不死的。诗歌万岁!

2004年9月

人类不灭,诗歌不亡

——贺《诗刊》诞生五十周年

今年是中国新诗诞生九十周年,今年又是《诗刊》诞生五十周年,中国诗歌双喜临门。九十年中的五十年,占了一半还多。尽管《诗刊》在上世纪六十至七十年代中断了十来年,那是历史的遗憾。无论如何,《诗刊》具有五十年的生命历程,成为中国的生命最长的诗歌刊物之一,也是世界上生命最长的诗歌刊物之一。

《诗刊》创刊于1957年的春天,那时正逢中央"百花齐放、百家争鸣"方针提出之后不久,《诗刊》的出版受到广大群众的热爱,各地出现人人争说《诗刊》的热潮。蒙《诗刊》编辑部的关爱,就在她创刊的这一年,我的诗作在上面发表了。《鲜花与纸花》不算优秀,但主题是歌赞艺术的多样化。很遗憾,《诗刊》也受到当时政治运动的冲击。就在这一年,我写了错误地批判孙家琇教授的文章,在《诗刊》发表。这成为我终身的遗憾。上世纪七十年代末《诗刊》复刊以来到现在的三十年间,她不断发表我的诗作和诗评。我十分感谢她对我的厚爱。

《诗刊》被称为"国刊",当之无愧。她肩负着继承中国几千年诗歌优秀传统和发展中国诗歌、把诗引向健康、兴旺、繁荣的无限广阔的前途之重任。我们庆贺《诗刊》五十岁诞辰,正因为我们深切关注中国诗歌的命运。

　　自上世纪九十年代以来,中国新诗处于被逐渐边缘化的状态。近年来,诗歌生态进一步恶化。有的诗人为中国新诗写"悼词";有的公开打出"垃圾运动"的旗号。中国诗歌到底怎么了?我们发现,当今两种现象并存:一方面,一些老诗人坚守创作岗位,一些中青年诗人勤奋劳作,青年诗人人才辈出,优秀诗作不断涌现。另一方面,平庸之作泛滥,拙劣和下流的作品以"时尚"自居,诗歌恶搞现象一时成为社会关注的焦点。这种"双轨制"是中国诗歌史上过去未曾有过的异象。这种现象令人一则以喜,一则以忧。我们竭诚希望这种现状的改变,竭诚祈盼诗歌生态的良性再生。

　　颠覆崇高、颠覆英雄、颠覆传统是短视行为,是没有前途的。诗歌必须创新,从《诗经》到"五四"白话诗,中国诗歌在不断创新中。不仅形式,内涵也随时代而更新。但万变不离其宗。这个"宗"就是真、善、美。真善美就是崇高。喊出"崇低"口号的人,不是无知,就是放逐良知。我们呼吁诗人责任感的回归,诗人人格的回归,诗人人性的回归,诗歌审美的回归。当前出现的许多优秀诗作,体现了诗人的社会责任感,对民间疾苦的关切,对丑陋腐恶的鞭笞,对崇高和美丽的歌赞。为什么不对已经涌现还将不断涌现的优秀诗作大声叫好,让全社会都知道中国诗歌的优秀传统没有断绝? 为什么不让全社会都知道中国诗歌的火山总有一天会爆发,中国诗歌的新的辉煌总有一天会到来?!

　　为诗写"悼词"是徒劳的。真善美是人性的本质特征。人性善,我信服。人性恶,我驳不倒。但性善与性恶在互斗。我相信,善终究要占上风。人类不死,人性不灭。人性不灭,诗歌不亡。只要人类存在,为诗写"悼词"就是无稽之谈。有人说我盲目乐观,我不承认。因为我有充分的理由可以驳倒对方。

　　为了中国诗歌的前途,为了中国诗歌的新的辉煌的到来,我们寄厚望于我们的"国刊"——《诗刊》。她负有重大的责任。她一定会把振兴诗歌的重担挑起来,她本来在挑着。她一定不会辜负广大群众的爱护和期待。谓予不信,请拭目以待! 在今天这个喜庆的日子里,让我们对《诗刊》致以衷心的祝福和深切的感谢!

2007 年 1 月 23 日

客体感受力

英国十九世纪诗人济慈提出一个著名的诗学概念Negative Capability。有人译作"反面能力"、"消极感受力"、"否定自我的能力"。我译作"客体感受力"。我认为它的精义就是诗人要始终保持新鲜的感觉,每天醒来都发现一个新鲜的太阳、新鲜的世界:诗人必须带着新鲜的眼光去看待、审视、观察这个熟悉的社会、熟悉的世界,这就要掌握"客体感受力",抛弃一切旧有事物,全身心地拥抱吟咏对象,从"旧"中看出"新"。物我合一,就能发现过去未曾发现的东西。只有不断从客体中发现新鲜并用新鲜的语言表达出来,诗的创造力才永远不会枯竭。

Negative一词是"消极的"、"反面的"意思。译作"消极能力""反面能力"字面上无错。济慈原意是写诗时要排除"不安""迷惘""怀疑"以及"弄清事实""找出道理"这些主观精神状态和主观推理要求,不受这些东西的干扰,把自己变成"太阳""月亮""大海"等客观事物即吟咏对象,然后才能忘我地进行创作实践。

不妨对照王国维的观点:"无我之境,以物观物,故不知何者为我,何者为物。"他说的就是"意境两忘,物我一体"的境界。再看,英国二十世纪诗人艾略特有过这样的见解:"诗不是放纵情绪,而是避却情绪;诗不是表达个性,而是避却个性。"他提出impersonality(非个性化)概念。这些,与济慈的"客体感受力"何其相似乃尔!

或问:negaitve原意是"否定""反面",何以译成"客体"? 须知,这个概念是针对诗人即写诗的主体而言的,而主体的反面即客体。尽管济慈说过"诗人没有自我",他却没有"否定自我"。如果连自己都否定了,那又如何感受,哪里还有capability即"能力"、"感受力"呢? 所以我不赞成把这个概念说成是"消极"的,至于说成是"反面"的,就更不好理解。

爱尔兰诗人希尼说,一首好诗就是给人一个"惊喜"。杜甫说:"语不惊人死不休。"韩愈说:"唯陈言之务去。"这就要摒弃重复别人,重复自己,也就是要达到"陌生化"效果。如何达到? 我觉得,重要的途径就是掌握"客体感受力"。

诗人! 把你原有的一切"定势思维""定势感觉"抛去吧,全身心地投入客体,感受客体,拥抱客体,物我合一,像莎士比亚那样,"施展绝技从旧词出新意",从客体这个矿藏中挖掘出无穷无尽的新鲜来。

原载《诗刊·卷首语》

喜爱济慈·认识济慈·翻译济慈

　　我从青年时起爱上了英国文学,尤其是诗歌。在英国诗人中,我最爱莎士比亚,济慈(John Keats,1795—1821)。我爱济慈,与他的生平遭际有关。他二十二岁得肺病,我也在二十二岁得肺病。他二十五岁去世,我当时也自以为不久于人世,于是把他引为异国异代的冥中知己。济慈遭遇到贫困的煎熬,疾病的折磨,婚姻的无望,恋诗情结的困扰,那样年轻就离开人世,但他始终没有陷入绝望,他不是悲观主义者,他的诗歌创作直到最后都体现出青春的光芒。这一切,使我对他一往情深。但,使我完全折服的,是他的诗作本身。他的"诗龄"仅仅五年,却写出了那么多辉耀千秋的名篇,他所创造的不朽的诗美,使我的灵魂震撼,使我不由自主地、心悦诚服地,成了他的精神俘虏!

　　喜爱济慈,不等于认识济慈。由于喜爱,必然要求进一步认识。我留意到对济慈的评价。1907年鲁迅在《摩罗诗力说》中推崇"摩罗诗人"(摩罗即撒旦,"摩罗诗人"指反抗旧社会旧秩序的诗人)之首"裴伦"(即拜伦),捎带提到济慈,说:"契支(即济慈)虽亦蒙摩罗诗人之名,而与裴伦别派,故不述于此。"1981年版的《鲁迅全集》对此有一条注:"济慈的作品具有民主主义精神,受到拜伦、雪莱的肯定和赞扬。但他有'纯艺术'的、唯美主义的倾向,所以说与拜伦不属一派。"这个注,指出济慈"具有民主主义精神",似乎是解释了为什么济慈"蒙摩罗诗人之名"。注指出了鲁迅没有指出的济慈诗歌的"民主"意识,似乎是一个进步。因为长期以来,济慈被目为只是一位逃避政治的"纯艺术"的唯美主义的(甚至是颓废主义的官能享受的)先驱诗人。扭转这一看法的,在我接触到的有限文献中,首先是前苏联的阿尼克斯特,他在1953年出版的《英国文学史》中指出:济慈"对英国贵族资产阶级社会的丑恶本质的抗议,使济慈和拜伦、雪莱的革命浪漫主义颇为接近"。1957年,中国翻译家查良铮(穆旦)在他的《济慈诗选·译者序》中指出:"绝非如资产阶级批评家把他说成的那样——一个纯艺术形式的大师,一个'为艺术而艺术'的典范和享乐主义颓废派的先导。这种说法,无异抹煞了济慈作品中深挚的社会热情,无视诗人对于自私自利的、窒息人的心灵的贵族资产阶级社会的抗议。"查良铮的观点,一直延伸到今天,依然没有过时。《鲁迅全集》的那个注,也是由此而来的。那么,在济慈的本国,文学批评界对济慈是怎样评论的呢? 为了认识济慈,我们还需回顾一下英国对济慈诗歌批评的历史。

济慈生前,1818年,受到英国保守派评论家(例如洛克哈特)的恶意批评,甚至人身攻击。他们的论点主要是:"济慈属于政治上的伦敦佬派和艺术上的伦敦佬派。"所谓伦敦佬就是指政治上激进、艺术上远离古典风格、生活上贫寒、具有平民意识的诗人和政治家。针对这些保守批评家的谩骂和攻击,济慈的朋友们(例如雷诺兹)起而为济慈辩护,他们的论点是:济慈诗歌具有异乎寻常的幻美特质,诗艺卓绝,表明济慈写诗并没有政治目的,他是远离政治的纯艺术诗人。此后的评论家也都着眼于济慈的审美追求,从艺术分析进行论述。从此,济慈作为英国浪漫派中的唯美主义先驱诗人的形象而长久定位于文学史,这一形象一直延续了近乎两个世纪。二十世纪初,曾有人注意到济慈诗歌中的政治倾向,如他的叙事诗《伊萨贝拉》中个别章节描写了工人的悲惨生活,爱尔兰大作家萧伯纳就评论说这样的描写等于是马克思在《资本论》中论述的资本剥削的形象化。但这种评价很快就被人们遗忘。二十世纪上半叶的英国"新批评派"从济慈诗歌的"文本"出发,断言济慈是"浪漫主义诗人中最成功地逃避了政治干预之不纯洁性的诗人"。这种论点统治了英国评论界几十年。直到二十世纪七十年代末,这种批评才开始有了转向。以杰罗姆·麦克冈为代表的一批批评家,从历史分析的观点出发,肯定了政治、社会、历史等因素对济慈诗歌的影响。许多批评家从政治、社会现实、意识形态方面分析济慈诗歌,深入探究了济慈诗歌对社会和政治的关注,对人生、人类和世界的思考。总之,从七十年代末到现在,济慈诗歌批评和研究进入了新历史主义批评的时期。新历史主义批评肯定:法国大革命的民主思想,工人群众与资本家的阶级敌对状态,中产阶级对保守派压制民主的不满,他们对改革的要求,经济危机、战争带来的繁重的捐税,等等,都与济慈的思想和他的诗歌创作有紧密的联系;济慈具有鲜明的民主思想和很强的政治意识,这从他的书信中可以明显地看出,同时体现在他的诗歌创作中。这种批评,现在在英国论坛上占压倒优势,简直已经成为济慈诗歌批评的唯一话语。济慈诗歌批评中的唯美论和纯粹形式主义批评现在已经销声匿迹,至少目前看不到任何卷土重来的迹象。——回顾近二百年的这段历史,我们看到这样发人深思的现象:最初,保守的批评家攻击济慈的"激进"政治;善意的批评家为济慈辩护,说,济慈的价值在艺术,不在政治;之后又一批善意的批评家说:不对,济慈的价值在政治,仅仅在进步的政治。看来,关于"政治标准第一"还是"艺术标准第一"的争论,并不是中国专有的现象。

到底应该如何认识济慈?如果仔细审视济慈的诗歌作品和他的书信,结合他所处的那段历史,我们可以悟出,济慈在受到保守派批评家的攻击之后并没有从政治上后退。他曾说,他对自己要求的苛刻程度比论敌的攻击有过之无不及。济慈经过深思,悟到了文艺创作的某些规律性的东西,即政治的声音在诗歌中必须是潜隐的表达,政治只有渗透在意识的深处,渗透在潜意识中,渗透在诗歌意象的血肉里面,这样的诗歌作品,才能从深层次上震撼人的心灵。济慈提出"客体感受力"(negative capability)的概念,体现他对理性与感性之关系的深层思考,是与他的这种感悟紧密相连的。所以,我们从济慈后期的作品中可以看到,政治意识和民主精神已转化为更加宽广的人文精神的追求,这种追求与诗人的诗歌审美追求水乳交融地糅合在一起。这更使我领会到了济慈诗歌艺术的高超,更增加我对它的喜爱程度。

由于喜爱济慈,我情不自禁地着手翻译济慈,在上个世纪四十年代就开始了。我感到翻译济慈是一种愉悦。但后来中断了三十多年。八十年代,我重新提起译笔。九十年代初,任吉生同志(当时是人民文学出版社外国文学编辑室主任)邀我译《济慈诗选》,作为"人文"社"世界文学名著文库"的一种列入出版计划。我非常愉快地应允了,因为这本来是我早就想做的。但要真正有系统地翻译介绍济慈,仅凭爱不行,还必须凭认识。在下笔之前或同时,必须考虑译什么,即确定选目。选目的确定,依靠对济慈的认识。一本《济慈诗选》,应该包括济慈所有重要的作品,舍弃他的次要作品。我的考虑是这样的:首先,他的最重要的代表作,六首《颂》诗,必须全收。这六首诗是济慈塑造的诗美的高峰,也是他对丑恶社会现实的否定和对民主精神的崇奉在诗艺中的最高体现。如《夜莺颂》,就浸透了一种对现实社会深沉的反叛精神。又如《秋颂》,写于1819年9月,正是八万多英国工人在曼彻斯特举行要求改革和要求民主政治的声势浩大的群众集会,遭到政府暴力镇压,死伤四百余人,造成震动英国内外的"皮特鲁惨案"之后一个月。在此期间济慈在写给亲友的信中一再反映他对这一惨案的关注,表明他坚持民主政治的主张。这一立场在《秋颂》中表现为某种精神的升华,体现为对自然的向往、对崇高的审美情致的向往和对政治民主的向往的和谐统一,从而纯化为一种人文精神。这使得《秋颂》成为济慈诗歌中政治与艺术和谐统一的完美典型。同样的人文精神折射为对希腊古典文化宁静的沉淀的崇奉,反映在《希腊古瓮颂》中。这首颂诗中提炼出来的箴言"美即是真,真即是美"成为济慈美学的经典表述。其他几首颂诗,也各有其不朽的价值。因此,这六首《颂》,济慈诗歌的精粹,作为第一辑,列在书的卷首。其次,济慈的十四行诗,特别是早期所作,常常直接反映政治事件,表露政治态度。其中有写于拿破仑战争结束、呼吁欧洲自由的《咏和平》;有歌唱民族解放、颂赞波兰民族解放运动领袖的《致柯斯丘什科》;有蔑视权势、抨击权贵、歌赞自由精神的《写于李·亨特先生出狱之日》等。更多的十四行诗则浸染着反对暴虐、压迫,或者崇尚善良、正义、纯真的精神。济慈一生写了六十一首十四行诗,其中绝大多数是艺术精品,这使济慈成为英国浪漫派诗人中两个十四行高手之一(另一个是华兹华斯)。我的译本选入济慈的十四行诗五十五首,列为第二辑。济慈写过不少抒情诗,爱情诗,歌谣等。他有一首四百多行的抒情长诗《睡与诗》,值得格外重视。济慈在诗中说到他在"花神和牧神之国"里已经凭幻想找到种种欢乐,而现在他"必须抛开这些,去追寻更崇高的生活,去发现人类心灵深处的痛苦和撞击"。这首诗倾注了济慈的理想——通过诗,达到更深层次的人类同情心和对自然奥秘和人生奥秘的更加热切的探索。这首诗是济慈的诗的宣言,自当收入。有些诗作,如《冷酷的妖女》,通过以中世纪为背景的骑士故事,用歌谣形式,艺术地、曲折地反映、控诉人生的苦难,是济慈诗歌中风格特异的精品之一,理应收入。还有一些作品,不见得有明确的政治社会背景或内涵,但是,或者歌颂纯真的爱情,友谊,或者描画天真的童心,幻想,等等,各有其艺术魅力,也应收入。这一部分,集结为第三辑。济慈写了三首长篇叙事诗:《伊萨贝拉》五百多行;《拉米亚》七百多行,最短的《圣亚尼节前夕》也有三百七十多行。三首诗都写得精彩绝伦,尤其是《圣亚尼节前夕》,这三首中的佼佼者,更是英国诗歌中爱情叙事诗的巅峰之作。此诗写中世纪一对倾心相爱的恋人冲破黑暗暴力的控制,奔向风雪呼号的自由之路的故事,美丽动人,达到诗艺精湛的最高境界。其中的政治则潜隐、渗透在戏剧性情节的发展和人物的思想和行动之中。这三首叙事诗合为第四辑。济慈还有两首重磅的"拳头"作品,即以希腊神话故事为题材的四千多行长诗《恩弟米安》和八百多行长诗《海披里安》。《恩弟米安》受到论敌的恶意攻击,成为文学史上的一个事件,此诗作为历史见证,即不能忽视。何况,它体现着诗人对理想女性的向往和超凡脱俗的完美幸福的追求,是济慈诗歌中极富特色的一部力作。《海披里安》虽然是未完成的作品,却是济慈探索诗艺途程中一次意义重大的实验。其中老海神的话,"美的就该是最有力量的,这是永恒的法则",阐明了济慈对自己的美学原则的坚定信念。这两首诗合为第五辑,成为全书的殿军。为此,整个译本共五辑,收入诗歌八十三篇(其中长诗六篇),共约一万二千行。

在九十年代初,我花了三年时间,译成《济慈诗选》,1997年由人民文学出版社出版。我的诗歌翻译原则是:神形兼备,即既要保持原作的"神":风格、意境;也要尽量体现原作的"形":体式、格律、音韵。我认为:诗歌的内容与形式是统一的,是互相依存又互相制约的,是不能割裂的,因此把原作转换为另一种语言时,只有传达两者,才能传达原貌;否则,就不符合翻译的根本原则:信(忠实)。在英诗汉译方面,我遵循"以顿代步,韵式依原诗"亦即卞之琳先生称之为"亦步亦趋"的原则,力求达到一丝不苟,尽可能完美的程度。这里的难度固然在传"形",却更在于"兼",即如何运用译入语达到"神形兼备",在"形"中传出原作的风格和神韵。对原作不喜爱,不能译;对原作无认识,也不能译。有喜爱,有认识,而要译好,还缺少些东西。喜爱,是感性;认识,是理性。二者叠加,还要更上一层楼才行,那就是:感性→理性→悟性。悟性,就是心灵的契合,或曰神交。济慈的诗艺是精微与天然的奇妙结合,他的诗既精致而又无雕饰,稍不留心,便会被粗糙的译手碰碎。只有通过"悟性"去接近诗人的灵魂,译事才能成功。悟性,是译者与作者灵魂拥抱、合一的结果。译者要潜入作者的灵魂中去,以诗人的心态去深切体验作者的创作情绪和创作经验。这时候,真可以把济慈从创作中总结出来的"客体感受力"移用到译事中来:就是说,译者要处于"忘我"状态,全身心地沉浸到原创者的情绪和精神(客体)之中,把那些闪光的意象、灵动的音乐、明快或深沉的色调、深邃的内涵、隽永的意蕴、优美的梦幻般的境界,都化为译者自己神经的感知、自己的血肉和呼吸、自己的脉搏,然后进入翻译实践。否则,译出来的东西即使每句都没有字面上的错误,济慈的灵魂却跑掉了!我不能说,我的《济慈诗选》译本就是这样实践的结果,但我的翻译确是如此努力实践的尝试过程。

　　2001年8月至10月,我趁着应邀赴英国诺丁汉大学讲学(讲题是《诗歌与诗歌翻译》)的机会,游历了英、法、意大利、西班牙。我的访问重点有:伦敦济慈故居,罗马济慈临终故居和济慈墓。在欧洲,我感到济慈在文学上的地位在不断提高。英国维多利亚朝大诗人丁尼生推崇济慈为英国十九世纪最杰出的诗人。二十世纪英国现代派大诗人艾略特也特别推崇济慈,认为他是接近现代风格的杰出诗人。余光中先生曾说:"一百多年来,济慈的声誉与日俱增,如今且远在浪漫派诸人之上。"在意大利,济慈的声誉亦如日中天。我访问罗马济慈临终故居博物馆时,见到展柜里有一段代表馆方的文告式文字,题目叫《拜伦、雪莱和济慈在意大利的声望》，文中说："拜伦上个世纪（十九世纪）在意大利享有巨大的声誉。……雪莱在意大利的声誉少逊于拜伦，来得也迟些。……济慈当年在意大利既没有得到爱国者的称赞，也没有得到诗人们的尊敬。但是今天，在意大利，济慈已被认为是上述三位诗人中之最伟大者。欧仁尼奥·蒙塔莱（1896—1981，意大利诗人，现代意大利诗坛泰斗，1975年诺贝尔文学奖得主）把济慈列入'至高无上的'诗人之中。"济慈生前有过一个愿望：让自己进入诗歌史上"最伟大的人的行列"。这个愿望已经实现。我早年有过一个愿望，要为中国读者译介这位伟大诗人的作品，这个愿望也已初步实现。在伦敦，当我把我的《济慈诗选》译本郑重地赠给济慈故居管理处的工作人员时，一位女士热情地接受这本书，表示感谢，并说将把它妥善地保存在济慈故居书库中。我不无自豪地告诉她：这个《济慈诗选》中文译本刚刚获得中国第二届鲁迅文学奖文学翻译彩虹奖，不日即将颁奖（我访问伦敦济慈故居在2001年9月18日，第二届鲁迅文学奖颁奖典礼于同年9月22日在浙江绍兴鲁迅故乡举行，我让儿子代我去领奖）。那位女士眼睛一亮，说：我们将会珍视这个译本。当我告别济慈故居时，我想：我的译本虽然被收进了济慈故居书库，但这译本中肯定还有缺点、错误、不足；所以，今后会有更好的译本来替代，正如诗人绿原说的，一种文学翻译好比是长途接力赛跑中的一段。那么，我这一程过后，必定会有下一位译家来接力。虽然我的译本是必朽的，但是，济慈是不朽的，翻译济慈的事业是不朽的。于是，我笑了。

2003年8月30日

从秋到冬·朝顶诗神缪斯

——致陆士虎

　　士虎老弟：我们没有见过面，只是多次通信，又通过长途电话进行过多次交谈。不知怎么的，我总从你的口音中感到一种亲切，一种坦诚，一种信任，也可以说是一种灵魂的沟通。我非常珍惜这种友谊。

　　你想了解我这次出国访欧的一些情况——当你一听到我在欧洲访问济慈故居、墓地而同时在国内绍兴正在颁发鲁迅文学奖（《济慈诗选》获奖）时，你觉得是一种难得的巧合，让我暂停讲话，要去拿笔记下我的口述，说要写一篇散文。我很感动，说：让我写封信告诉你吧。这封信就这样开始了。

　　我于8月14日乘中国国际航空公司的客机离开北京飞抵伦敦，我的小女儿章燕来接我，又乘长途公共汽车到诺丁汉，入睡时已是深夜。8月下旬到9月上旬，偕小女访问了法国、意大利、西班牙的四个城市。9月和10月间，访问了伦敦，苏格兰各地和英格兰湖区。最后访问了剑桥。

　　我这次访英，是由于诺丁汉大学文化研究与批评理论研究生院院长麦戈克教授（Professor Bernard McGuirk）的邀请，才办成赴英签证。他邀我前往该校进行一次讲学活动。10月3日，我在诺丁汉大学威洛比教学大楼会议室作学术报告《诗歌与诗歌翻译》，报告毕，与会的教授、学者、翻译家、诗歌研究生和博士生对我的报告进行了讨论和提问,我作了回答和阐释。这次学术报告会由麦戈克教授主持,是该研究生院年度系列学术报告会之一。我的报告探讨了诗歌翻译的可行性与不可行性问题,"归化"和"外化"问题,作者风格与译者风格的矛盾统一问题,阐述并探讨了严复提出的翻译三原则"信、达、雅"的内涵和外延问题,并将孙大雨首创、卞之琳发展并进一步完善的英语格律诗汉译原则"以顿代步、韵式依原诗"首次介绍给英国学界,同时探讨了英诗汉译和汉诗英译中的各种问题,有许多地方是结合自己的翻译实践经验谈的。在列举中国古典诗歌英译中错误的例子时,听众间发出阵阵轻轻的笑声,说明他们听得很投入。

会上,大卫·默瑞博士(Dr David Murray,诺丁汉大学高级讲师——按:英国没有"副教授"这一职称)说:"中国诗歌中的视象很重要,与西方诗歌不同。但你的诗歌翻译和你的报告所关注的似乎更注重声音和韵律以及诗的形式。不知你对诗歌中的意象和视象是怎样看的?"

巴西女教授艾尔斯·维埃拉(Professor Else Vieira)——她是巴西明纳斯·戈莱斯联合大学翻译与翻译理论研究生教学大纲规划室主任——说:"你的讲话中提到翻译的三原则信、达、雅,你特别强调了翻译应当表现出原作的风格之美,对此我十分赞同。具体说,你是怎样在翻译中传达这种美的呢?"

麦克唐纳·达里博士(Dr Macdonald Daly,诺丁汉大学高级讲师,文化研究与批评理论研究生院研究室主任)说:"你的讲话中提到莎士比亚全集在中国有五种译本,弥尔顿的《失乐园》在中国有四种译本,这使我吃惊,同时也感到一种不平衡,即英美文学译介到中国的多,而中国诗歌与文学作品译介到英国来的少。不知你对这种不平衡是怎么看的,你的讲话中提到诗歌翻译要反复领会诗歌的原意并注重传达原诗的音韵和形式美,这是否意味着诗歌翻译者必须是一位诗人,诗译者和诗人间是什么关系?"

琪恩·安德鲁斯博士(Dr Jean Andrews,女,诺丁汉大学西班牙与拉丁美洲研究室研究员,翻译家)说:"我同意你讲话中提到的诗歌翻译中对风格美的表现。同时我要说,你的讲话本身就是一种美的表现。你的翻译注重对诗歌音韵的表达,而你的讲话本身就表现了很鲜明的音韵美。你的朗读对英语的声音、音乐性、韵律等掌握得如此娴熟,令我吃惊。"

菲亚农·英姆斯小姐(Miss Phiannon Imms,诺丁汉大学美国研究生院)说:"你对语言的掌握有一种天然的才能,你是否还懂别的语言?"

这时,我做了概括的回答和阐释,我说:"好的诗歌必须有突出的音韵美,中国古典诗歌就是如此。我认为诗歌翻译中极为重要的一条就是表达这种美。音韵美与风格美是不可分割的。同时,诗中的音乐美与绘画美是统一的,诗的意象和诗的音乐常常融合在一起。image(意象)这个概念似乎并不是美国意象派诗人庞德(Ezra Pound,1885—1972)所首先提出。中国南北朝时期的文学理论家刘勰(约公元五——六世纪)就在他的巨著《文心雕龙》中提出了'意象'这个概念。意象应该是意思和形象的融合。诗歌翻译要重视意象,同时重视音韵,把二者紧密结合起来。怎样在翻译中传达原作风格之美,这要靠译者深切体会原作者的创作情绪,通过译者和作者两个心灵的拥抱和融合。在翻译过程中,要殚精竭虑寻找对应的表达方式和语言,如严复所说的:一名之立,旬月踟蹰。我在翻译过程中备尝甘苦,苦到极点,终于找到了适当的表现方式,适当的词语,我就欣喜若狂,得到极大的欢乐。要反复领会诗作的原意并传达其音韵和形式之美,最好是由诗人来做这项工作,因为他能体会原诗作者的创作情绪,但具有诗人气质的翻译家也能做到这一点。我学的外语主要是英语,并对英语语音学感兴趣。非常感谢琪恩和菲亚农对我的讲话的赞誉。我在大学里学的第二外语是法语,我还学过俄语、日语,但这些已经全部忘光了!"

麦戈克教授说:"在西班牙等国家,人们至今保留了背诵诗歌的传统。有一次我在西班牙乘火车,旁边坐着一对年轻的恋人。夜深人静时,男青年紧紧搂着姑娘,低语着什么。我原以为他在对他的恋人诉说着甜蜜的情话,但仔细一听,发现他在给她背诵洛尔加(西班牙诗人,Garcia Lorca,1898—1936)的诗,大段大段地背诵。屠岸,你在讲话中提到莎士比亚和英国的以及中国的古典诗歌,它们与当代诗歌的关系是不能割断的。文化的总量中不能没有传统的东西。我的祖母已经九十多岁了,她现在还能背诵莎士比亚戏剧中的独白。有时我跟她打电话,她就在电话中跟我背诵莎士比亚戏剧中的独白。请问屠岸:这种对传统的记忆在你的生活中和诗歌翻译中是否很重要?"

我说:"我一生都在背诵诗歌。我小的时候,母亲教我读唐代诗歌和其他中国古典诗歌,到现在我都没有忘记。我常常在心里默诵中国古诗而入睡,这使我睡得安宁。我现在还在教我的女儿读古诗,也教我的外孙女和外孙读古诗。至于翻译,我对我所译的英国诗歌中的一些精品如莎士比亚的一部分十四行诗,华兹华斯的一些抒情诗,济慈的几首颂诗,我都能背诵。这大大有益于我对这些诗的翻译。"

大卫·默瑞说:"现在有些学校里教学生诗歌只是在做一件事,就是文字的释义。学生把老师讲的对诗的释义都记下来。他们并不是用感觉、通过情绪体会去学习诗歌。"

麦戈克说:"默瑞的意思是:诗的学习应该抛弃释义,而该是将身心投入诗中,用心灵去感受诗歌。请问屠岸:你觉得你心目中的诗歌处于什么地位,起什么作用?"

我说:"我认为诗歌的作用应该是净化一个民族以至人类的灵

魂,使人向善,使人高尚,使人的精神得到升华。"

麦戈克说:"你曾讲到你曾一度终止诗歌翻译,那是在'文化大革命'中吗?"

我说:"是的。那时我们中的许多知识分子受到冲击,被送到五七干校去劳动。诗歌翻译和创作当然是不可能进行了。"

麦戈克说:"如果说那时你们都不读书,我不大相信。但,那时候你们读些什么呢?"

我说:"那时外国文学作品是不允许读的,除非偷偷地读。当时中国的文学作品大都受到'左'的思想影响,很概念化,教条化,小说中的人物形象也很苍白,空洞。"

麦戈克问:"那时你的脑子里还在背着诗歌吗?"

我说:"我在五七干校常常是背诵着济慈的《夜莺颂》《希腊古瓮颂》入睡的。"

麦戈克问:"现在中国的知识分子情况怎样?"

我说:"自由多了!"

巴西女教授维埃拉说:"作为文学翻译家我们大多数现在都比较苦恼,因为翻译作品的读者太少。而你讲到你翻译的《莎士比亚十四行诗集》再版了十几次,发行量达到五十万册! 有这么多读者你感觉怎样? 读者都是一些什么人? 你的译著也在国外发行吗?"

我说:"有这么多读者我当然感到欣慰。'文化大革命'时许多好书被禁止了,但我后来知道我译的莎翁十四行诗有许多手抄本在知识青年中流行,一直到国境线上,我很感动。'文革'结束,我的译本很快就再版。读者群众都是青年学生和诗歌爱好者。中国读者对莎翁和外国古典文学作品的热情是很高的。我的译著没有在外国出版,但在香港和台湾有发行。"

以上所写是根据我女儿的记录和自己的回忆,会有不完全准确的地方(没有录音)。此外,讨论中还涉及古典诗歌与当代诗歌的异同,对传统的继承和筛选,没有"遗忘"(这是英国学者爱用的一个术语或概念)就没有创造和产生;诗的内涵的多义性(当代诗歌有多义性,传统诗歌也有多义性),多层次,不确定性,可懂性和不可懂性等等问题,还谈到英国当代诗歌读者少,大学生喜欢诗歌的少,愿意研究诗歌的学生也少等现象。

这次学术报告会从下午7时开到10时,中间用半小时吃自助餐。会上气氛良好而热烈。

过了一天,10月5日,我收到了麦戈克教授给我的一封信,信如下:

> 亲爱的屠岸:
>
> 前天星期三晚上,在诺丁汉大学举行了由你主讲的学术报告和讨论会,我代表全体有幸参加这次会的同事们向你写这封信。你的学术报告内容缜密,令人难忘。我们都认为由你的报告引发的讨论是我们记忆中最成功的讨论之一。
>
> 可以肯定,你将始终在我们的记忆中占有位置,而且,如果还有机会,你将再次成为我们中间一位受敬重的合作者。
>
> 你的诚挚的
> 伯纳·麦戈克

士虎老弟:我得再告诉你一下事情的起因。我的小女儿章燕(北师大副教授,硕士生导师,专业是英美诗歌和文论)获得了国家教委的留学生奖学金,成了诺丁汉大学的访问学者。访学时间一年,今年1月去,明年1月回国。章燕要为我译的《英国历代诗歌选》写序,向麦戈克教授了解有关资料,麦戈克问有什么用,她讲了,麦戈克了解到我的情况,于是向我发出了邀请。事情的经过就是这样。

说实话,我参加这次会,心情还是有些紧张的。讲稿是早就准备好了,开会前,麦戈克已把我的讲稿打印多份,分送给每位与会者。所以我讲时他们都对照着文字听。我对英语发音和朗读很有把握。我在初中时曾就读于上海的一所"牛津英语夜校"实习英语。教我们的是一位英国老太太,教的是纯粹的英国音。我读大学时对英语语音感兴趣,学习了周由廑先生所著《英语语音学入门》。三十年代和四十年代我在上海经常看美国和英国的原版电影,对美国发音和英国发音有所了解。我在英语发音和朗读上用过一些功。所以这次读讲稿,我觉得还是成功的。但我有先天的弱点,我在大学学的不是英语专业,又没有在英语环境(如英国、美国、加拿大、澳大利亚等)中生活过,缺乏听和说的实践,因此我的听力和口语很差。我在1962到1963年因患肺结核注射了大半年国产链霉素针剂,耳朵的功能受到一定的破坏,听中国人讲话也有些吃力,何况英语!再者,在英国,也有各地的人,大都带有口音,有人有苏格兰口音,有人有爱尔兰口音,诺丁汉人跟伦敦人口音也不同,连伦敦西区和东区人们的发音也不全一样(正如上海浦西人和浦东人发音有异)。我听起来就更加吃力了。这次"逼上梁山",很怕出洋相。原想让女儿当口译,但在现场气氛中不可能插入"中介",必须随时应对,所以她没有作口译,只好由我临场发挥,简直捉襟见肘,幸而还没有大出洋相,就那么应付过去了。

士虎老弟:下面让我谈谈有关济慈的事吧。

在小女儿陪同下,我于9月18日访问了济慈故居(伦敦),8月30日访问了济慈临终住所纪念馆和墓地(罗马)。

关于济慈,你可以从我寄给你的《济慈诗选》及所附"济慈年表"和我写的"前言"中了解一点。济慈是我最喜爱的诗人之一。我在读大学时就倾心于他。他二十二岁时得了肺病,我也是二十二岁时得了肺病。他二十五岁即死去。我也曾自忖过只能活到二十五岁。(解放前生活贫困,肺病特效药还没有产生。我的同窗好友年纪轻轻即死于肺病,我自以为也不能免。)济慈迷于诗,我也迷于诗。于是我把他当作超越时空的冥中知己(不把他当作古人,而是当作朋友)。当然,他是大诗人,我只是渺小的诗爱者,不能相比。"文革"浩劫中,我在干校劳动,是济慈的诗成为我继续活下去的精神支柱之一。那时这类洋书在我家中已经绝迹。1966年红卫兵冲击私人住宅时造成许多惨剧,我不得不把大批英文原版书撕去封面封底称斤(每斤2分)卖掉以免祸及家中老人。但济慈的诗我能背诵,这是任何造反派都拿不走的。我译济慈的诗,始于四十年代。到了九十年代初,任吉生女士(当时任人民文学出版社外国文学编辑室主任)约我翻译济慈,我花了三年时间,译出济慈的几乎全部重要作品,这才有了1997年初版的《济慈诗选》。

这里还要讲一个小故事。1999年新闻出版署主办第九届国家图书奖工作时,评委会副主任委员季羡林先生特别提出将《济慈诗选》列入初评入选书目(事先《济慈诗选》没有上报,是季先生见到书后提出的)。但复评时落选了。

今年,正巧在我访问济慈故居的差不多同时,在绍兴与鲁迅诞辰一百二十周年纪念活动相结合举行了鲁迅文学奖(第二届)的颁奖大会。此时我不在国内,根据作家协会的通知,我的儿子蒋宇平代我到绍兴去领了奖。据方平告诉我,《济慈诗选》是全票通过,按照票多少排名次,它排在鲁迅文学奖七个奖项之一文学翻译彩虹奖的第一名。鲁迅是我最敬佩的现代中国伟大的作家、思想家。这次奖以鲁迅命名,对我是极大的荣誉。——但,我也没有太激动,对我来说,荣誉不是最重要的,最重要的是奉献,是把尽可能好的译作奉献给亲爱的读者。能写好诗,译好诗,奉献给读者,这比什么都重要。

伦敦的济慈故居位于这个大城市的西北部汉普斯泰德区,现在也是较繁华的镇,在济慈当时还是偏僻的郊区乡村,附近是丛林和草地。济慈在这里住过一个不太长的时期。1818年12月,济慈的弟弟汤姆死于肺结核,他的好友布朗把他接到自己家中同住,这就是现在的济慈故居。济慈一度离开此宅,后又住入,直到1820年9月他赴意大利为止,不到两年时间。在这里,他写出了他的最主要的作品:六首《颂》,《圣亚尼节前夕》,《海披里安》等。

今年9月18日上午我和女儿刚访问了伦敦西敏寺,特别流连于那里的"诗人角"——其中莎士比亚塑像的上方就有一块纪念济慈的圆石板。下午便与女儿赶到汉普斯泰德济慈故居访问。(这已是第二次来,9月17日来过一次,恰逢星期一不开放。)这个地方原名"温特沃斯宅",现名"济慈故居",又名"济慈林舍"。房屋所在的街道也命名为"济慈林舍路",路对面是圣约翰教堂。地方很幽静。故居是一幢独立的两层楼建筑,楼上楼下共有六间房间,当年住三家人家。还有地下室,包括厨房、贮藏室等。房屋坐落在一个不大的花园中。屋墙是白色的,在绿色的树木和草坪中显得格外清幽。楼上有济慈的卧室,楼下有济慈的起居室。室内的一些家具有些是原物,有些则是按当时的原貌仿制的。玻璃框里陈列着他的手稿,初版诗集等珍贵文物。济慈的代表作《夜莺颂》,在这里诞生。据布朗在给友人的信中说,1819年春天,这里前院绿地上有棵李树,李树上有一只夜莺的巢。济慈听见了夜莺的歌声,感到一种宁静和持久的愉悦。一天早晨,济慈从早餐桌旁端起一把椅子,放到院子里绿地上李树下,坐了两三个小时。布朗说,当济慈回到屋子里时,他见到济慈手里有几张小纸片,他什么也没说,就把纸片塞在书堆后面。这就是《夜莺颂》的原稿,是布朗把纸片捡起保存了下来,流传到了今朝。今天,故居前院还有一棵李树,但不是当年的,是后人新植的了。我在这棵树下徘徊良久。

布朗曾把"温特沃斯宅"的部分房间出租给狄尔克一家和布劳恩太太一家。布劳恩太太是个寡妇,有一个女儿芳妮,十八岁。济慈认识了芳妮,一见钟情,坠入爱河。济慈的一些著名的爱情诗就是写给她的。他们于1819年订婚。济慈曾一度离开温特沃斯宅,住到他的另一位好友利·亨特家中。亨特粗心大意误拆了芳妮给济慈的信,济慈不高兴而离去,回到温特沃斯宅。此时济慈的肺病已日趋严重,芳妮和她的母亲悉心照料济慈。这是济慈在英国度过的最后一个多月的时间,也是他一生中最温馨的一段时间。但病情未见好转。医生认为伦敦的冬季不利于济慈,劝他到温暖的南方过冬。济慈只好听从医嘱,前往意大利,那是在1820年9月。陪同前去的是济慈的好友、画家塞文。济慈与芳妮这一别,就是永诀。当次年2月济慈逝世的消息传到伦敦时,芳妮受到极大的打击,悲恸欲绝,面上光彩尽失,头发变色。她为济慈穿丧服四年(一说六年),之后,又守了八年独身生活。一位朋友在书信中说到芳妮当时的情况:"济慈与之相爱并准备结婚的,是一位美貌的少女,现在她正憔悴得骨瘦如柴,我相信不久她会随济慈而去。"芳妮在给济慈妹妹的信中说:"他(济慈)的朋友们都已从这次巨大打击中缓过来了,他们以为我也会缓过来,但我可以告诉你,我没有,而且永远也不会。"芳妮到三十三岁时才与林登结婚。她活到六十五岁,而济慈赠给她的订婚戒指她一直戴在手上,直到死。现在济慈故居楼上有芳妮卧室,其中就陈列着那枚订婚戒指。

在这之前,8月30日,我和女儿到罗马,访问了三圣山下的另一故居。这是一座三层楼的意大利民宅,坐落在罗马市中心西班牙广场上,广场上广阔的台阶之上是名胜地三圣山。济慈于1820年9月由塞文陪同从伦敦乘船赴意大利,11月抵达罗马,住在这里。他的病曾一度好转,但12月大咯血,病情急剧恶化。次年2月23日,病逝于此。这个故居现在称作"济慈、雪莱纪念馆"。十九世纪末,这座房屋面临被拆毁的危险。意大利的济慈、雪莱纪念协会购买了这座房屋,并建成了"济慈、雪莱纪念馆"。事实上雪莱并未曾住在这里,但雪莱在罗马住过。这里陈列着济慈和雪莱(还包括拜伦)的许多有关文物,所以用了这么个名称。济慈和塞文当年住在这座民居的三层楼上,从小阳台可以看到三圣山建筑。在济慈死亡的住室里,床已不存在,改为书桌,玻璃柜,陈列着济慈手稿和诗集初版本。据介绍,济慈死后,床和所有家具都被付之一炬,因为那时人们怕这些东西会传染疾病。济慈最后的日子过得非常痛苦,不是害怕死亡,而是精神折磨。他一再要求塞文把一种名叫"劳丹酊"的药给他,这是一种强烈的麻醉剂,能致人于死。他想自杀。他对塞文说:"既然我必死无疑,那么我只是想把你解脱出来,使你不至于长期服侍我,眼睁睁地见我死。死亡可能迟迟到来,我知道这会使你由于缺乏经济来源而陷于困境,你的前程也会因此破灭。我已经使你停止了绘画,那么既然我必有一死,为什么不现在就死?我决定吞服劳丹酊,使迟迟来到的死亡早日到来,同时把你解放出来。"这使塞文大惊。塞文好言安慰他,又把药藏起,最后交给了医生。济慈因不能如愿而发怒,哀求,甚至大怒。最后才慢慢平静下来。医生一天来看他几次,济慈因消瘦而眼睛显得很大,淡褐色愈来愈明显,他的眼睛射出一种非人间的光彩。他用这双眼睛望着医生,用一种带有深沉悲怆的声音问:"我这 Posthumous 生命还能维持多久?"Posthumous 是"死后的"。他认为自己实际上已经死了。最后,塞文在给布朗的信中说:"他已经去世了——他在最恬静的心境中死去——他似乎入睡了(23 日星期五)四时半死神来临……'塞文——塞——抱我起来,我正在死——我要死得安恬——不要害怕——感谢上帝,它[死]来了'——我用双臂把他抱起,痰在他的喉咙里好像沸水一样——这状况延续到夜里十一时,他渐渐沉入死亡——如此宁静,我还以为他在熟睡。"

　　济慈索求劳丹酊时对塞文说的话令我万分感动,从中可窥见济慈的人格。我读塞文给布朗的信时竟湿润了眼睛。

济慈死后,葬在罗马新教徒公墓。同日下午,我和女儿找到济慈墓地,向他凭吊。济慈墓和塞文墓并立在草地上。济慈墓碑上刻有浮雕,是一只古希腊里拉琴,应该有八根弦,但四根已断,只留下四根,意味着诗人的天才未发挥净尽即被死亡掐断。碑上遵济慈的遗愿不刻他的姓名,只刻着他自定的铭文:"用水书写其姓名的人在此长眠。"(另一种译法是:"姓名写在水上的人在此长眠。")济慈的生死之交塞文的墓紧挨着济慈墓,墓碑上刻着画板和画笔,表明他的画家身份。碑上的文字是:"约瑟夫·塞文,约翰·济慈的挚友和临终伴侣,他亲眼见到济慈列入不朽的英国诗人之中。"塞文后来在意大利作画,任职,享年八十五岁。二人墓上绿草如茵,济慈墓上还有人放置着一卷手写诗篇。后人因济慈墓碑上没有姓名,便在附近墙上立了一块纪念石牌,上面刻着济慈的侧面浮雕像,四周有桂枝花环环绕。像下刻着四行诗,译如下:

> 济慈! 假如你的美名是"用水写成",
> 那么每一滴都是从哀悼者颊上流下——
> 这是神圣的颂辞。英雄们通过杀伐
> 立丰功而追求这样的颂辞却往往无效。
> 安息吧! 墓铭如此淡泊何损于荣耀!

这块石牌不知何人所立。想来是出于济慈的崇拜者。四句诗也说出了所有热爱济慈的人的心声。

在英国浪漫主义六大诗人中,人们常常把济慈和拜伦、雪莱并提,并且排位在后。的确,过去拜伦、雪莱对世界的影响比济慈大。鲁迅在1907年写的论文《摩罗诗力说》中特别推崇拜伦,把他列为"摩罗诗人"之首。("摩罗"即反抗者,叛逆者,指反抗旧世界、旧秩序者。)拜伦晚年支援希腊独立,摆脱土耳其统治,倾其家产,亲赴希腊,组织"拜伦旅",竟以身殉。当时中国处于半封建半殖民地地位,中国人民要求独立、自强、民主、自由,所以鲁迅推崇拜伦有深刻的历史背景。鲁迅也推崇雪莱,雪莱曾被马克思誉为"真正的革命家"。而济慈过去曾被目为唯美主义者,而唯美主义在一个时期内是贬义词,因为它就是为艺术而艺术,就是漠视国家、社会、人民。其实这是对济慈的误解。济慈在他的诗作中歌颂民族独立,反对专制压迫,渗透民主精神。但他的民主精神并不都体现在具体的政治事件的描述中。他的民主倾向同他的诗歌美学统一在一起。他所歌颂的美,是一种政治倾向的审美折射。

在罗马济慈故居的陈列物的描述中,有一段代表当今诗歌评论动向的文字,译如下:

> 拜伦上个世纪(十九世纪)在意大利享有巨大声誉。他与意大利"调和者"集团和烧炭党人的接触保证了他在意大利爱国者中间享受荣誉,获得成功。……雪莱在意大利的声誉稍逊于拜伦,来得也迟些。……济慈当年在意大利没有得到爱国者的称赞也没有得到诗人们的尊敬。但是今天,在意大利,济慈已被认为是上述三位诗人中之最伟大者。欧仁尼奥·蒙塔莱把济慈列入"至高无上的诗人"之中。

(按:蒙塔莱是现代意大利诗人,被称为意大利二十世纪最伟大的诗人,1971年诺贝尔文学奖得主。)

我有个习惯,就是爱画速写。在罗马三圣山下济慈故居,济慈墓,伦敦济慈故居,我都画了好几幅速写。只是水平低,只能自己留作纪念。

还有一件巧事:8月30日在罗马济慈故居访问时,遇到纪念馆工作人员,一位年约三十多岁的女士,讲一口流利的英语,态度和蔼,有问必答。我原以为她是意大利人。9月18日我访问伦敦济慈故居时,又见到这位女士,原来她是英国人,在两个济慈故居轮流工作,这回是回到英国了。我们一见面,好似熟人似的。我把我译的《济慈诗选》交给她,作为我给济慈故居纪念馆的赠品。她高兴地接受了,询问我译了济慈的哪些作品,我一一回答了。她说,她将把这个中文译本收藏在济慈故居的书库中。

士虎老弟:这封信开始写时,是在11月上旬(大约是11月5日),因工作和杂事干扰,写写停停,到今天已经是11月26日,写了二十几天时间。总算快完了,松了一口气。信因为是断断续续写的,一定会有零乱、芜杂、重复、语气不连贯等毛病。

我原是应你的要求,为你提供资料的。不觉一动笔便收不住,写了这么一大篇流水账,也算是这次欧洲之行的一份记录吧,可以立此存照。你想以我这次欧行访济慈故居和《济慈诗选》获鲁迅文学奖同时发生为题材写一篇散文,我尊重你的想法。我不提任何要求。但有一点,请不要把我写得过分,要客观,不要过誉。我是个平凡的人,请还我以我的本来面目。如果下笔以后觉得不好写,不写也可以,不要强求。

开始写此信时,天气温和,户外树叶还是绿的。信写完时,气温大降,西北风敲窗怒吼,树叶枯萎,大半被风卷落。我想起济慈的《秋颂》:"雾霭的季节,果实圆熟的时令",也想起他的一首十四行诗:"刺骨的寒风阵阵,在林中回旋,低鸣,树叶一片片枯萎,凋零。"从秋到冬,我写了这么一封信。这信从"果实圆熟的时令"开始,到"刺骨的寒风阵阵"结束。现在小雪已过,愿你在大雪之前收到它。能给你这么一封长信,说明我们有缘分。

祝健康,愉快!

2001年11月26日　夜写毕

坚持真善美是服从真理

——《国际汉语诗歌》发刊词

  中国新诗的现状,为广大诗爱者所关注。曾有人扯起"诗歌垃圾运动"的破旗;也有人声称新诗已死,为它写"悼词"。有人声称要颠覆崇高、颠覆英雄、颠覆传统,为新诗打开一条"新路"。有人提出"写下半身"的口号,认为这才是诗的"出口"。因这些,诗爱者深感诗的危机。另一方面,网络诗大军崛起,尽管不乏好诗,但梨花体盛行,口水诗泛滥。甚至出现网络"诗歌生成器",说只要提供三种花、两个动词、一个对象,就能"智能"生成一首诗! 这些,更增加了诗爱者的忧虑。

  诗的生命离不开创新。为求得诗史上的一席地位而创新,也许无可非议。但创新不能离开底线,否则就会走到事情的反面,就会从诗变成非诗、伪诗。诗史认定的是真诗。其底线就是真、善、美。非真、非善、非美,就是假、恶、丑。非此即彼。后者在诗歌的殿堂里没有位置!

  从诗经、楚辞到汉魏六朝诗,从唐诗、宋词到元曲,从文言诗到白话诗,从民歌到文人诗,都是创新。从古典主义到浪漫主义,从现实主义到超现实主义,从象征主义到现代主义,从未来主义到后现代主义,都是创新。然而,中外历代诗歌的创新,都没有离开底线。即便《恶之花》,反映的是丑恶,体现的是诗美。

或者说，真善美是老生常谈，听厌了。不对！坚持真善美是服从真理。真理是永远说不厌也听不厌的。

本刊站在现代汉语诗歌的基本立场，高扬真善美的旗帜，愿为中国新诗的创新、发展和弘扬，贡献一份微薄的力量。我们主张各种题材、体裁、流派的共存和共进。我们赞成竞争，不赞成一花独放。曾经有过"知识分子写作"与"民间写作"的争论，论争未始无益。但双方的诗歌作品似无根本性的区别。抢旗帜是无意义的。我们赞成流派的论争，只要坚持底线，展示善意。

诗歌，是人类灵魂的声音。由于巴别塔引起的天谴，不同民族运用着不同的语言。但是人类共同具有七情六欲，这就从根本上决定了不同民族间心灵的相通，其桥梁即是被鲁迅誉为文化普罗米修斯的翻译者。本刊自应有沟通中外诗歌的天然职能。

诗歌，是人类灵魂的声音。人类不亡，诗歌不灭。诗歌生命的延续，凭借创新。

缪斯万岁！

2010 年 11 月

文言诗和白话诗

我国有两个诗歌团体,一个叫中华诗词学会,一个叫中国诗歌学会。2010年5月31日,中华诗词学会召开第三次全国会员代表大会,我被邀在开幕式上代表中国诗歌学会致辞,我祝大会取得成功,并贺这两个兄弟团体的团结合作。

中国诗歌学会的成员主要是白话诗诗人,兼及文言诗诗人。中华诗词学会的成员主要是文言诗诗人,兼及白话诗诗人。我把旧体诗称作文言诗,把新诗称作白话诗,是从语言文字的体式上着眼。

1919年启动的"五四"新文化运动召唤德先生(民主)和赛先生(科学),掀起波澜壮阔的思想文化革命。"五四"同时进行的白话文运动大获全胜。打倒孔家店过激,孔子是打不倒的,当然要批判地继承他。文言文写作却终究被白话文写作所取代。两个时代,呈现出泾渭分明的态势。今天,谁还用文言文写小说、散文、杂文、报告文学、评论、理论著作? 以至公文、报章社论、时评、新闻报道? 没有!(唯一例外是钱锺书)今天谁还像林琴南那样用文言文翻译外国的文学作品? 没有。在这些领域,白话文已经一统天下。这是五四运动一手所造成。——至于白话文中吸收文言文的有益成分,是事实,但不能因此抹去两种文体的根本区别。

那么,在诗歌领域呢?"五四"以来,白话诗(新诗)应运而起,形成压倒的优势。一时间,文言诗(旧体诗)销声匿迹。然而,新文学大作家鲁迅、茅盾、郭沫若、田汉、郁达夫、老舍等,无不爱写文言诗,或暗中执笔,或公开发表,尽管不事张扬,事实上写作的劲头很足。新中国成立以来,革命元勋们毛泽东、朱德、董必武、叶剑英、陈毅等发表他们所写的大量文言诗。改革开放以来,文言诗园地更如雨后春笋,文言诗作者大批涌现,形成与白话诗分庭抗礼的局面。当下的诗坛,是白话诗与文言诗双峰并崎、双水分流的气象。

在文言诗作者中,我最倾心的是聂绀弩。他身处极左政治运动造成的艰危困厄之中,仿佛逆来顺受,实则直面冷凝,笔耕不辍,以杂文入诗,嬉笑怒骂,皆成文章。他严守格律,遣词造句,如将军指挥若定,纵横驰骋,使人一新耳目,惊喜莫名,而讽世刺时,调侃抨击,力透纸背,入木千分。聂诗是现代文言诗的一座难以逾越的高峰。我有一首七绝呈聂老,曰:诗坛怪杰唱新歌,启后空前越劫波;炼狱天空唯一笑,人间不觉泪痕多。

古人写的诗叫古诗。今人用古代语言(文言)和古诗格律写的诗可以叫旧体诗。毛泽东称之为"旧诗",我以为不妥。白话诗也可以思想陈旧,文言诗也可以思想新锐。所以我认为称它"旧体诗",着眼于"体",比较恰当。"新诗"(白话诗)这个名词沿用已久,也有人称它"新体诗",但不流行。我认为名词可以约定俗成。

古文即文言文是古代人的语文。《诗经》、《楚辞》可能是以北方(秦、魏、齐、郑等)和南方(楚)当时的方言写成或吟成。古文发展、沿用到后来,历经汉魏六朝、隋唐宋元明清,终致失去口头语的鲜明活力,只存在于书面,成为文言。文言文难懂,一般群众不懂。白话文代替文言文而兴起,源自民歌与明清话本及小说,到"五四"而形成划时代的大潮。这,有它历史的、社会的、文化的原因。白话诗成为中国诗歌的主流,同样有它历史的、社会的、文化的原因。

文言文已经死亡了吗?奇怪!只能说文言文失去了大半壁江

山,死了一大半。因为,它还在诗歌领域里存活着,那就是文言诗的顽强存在!

中国文言诗的发展,在世界文化史上可能也是一个特殊的现象。试想,在英国,或者英语国家,还有人用《贝奥武甫》的古英语写诗吗?或者用乔叟《坎特伯雷故事》的中古英语写诗吗?大概没有。法国今天还有人用《罗兰之歌》的中世纪法语写诗吗?当代意大利人有用拉丁文写诗的吗?大概没有。其他国家的当代诗人有没有用他们国家的古代语言写诗的?我孤陋寡闻,不知道。只是,从未听说过。

由此看来,汉语中的文言文,即古汉语,有一种顽强的生命力。它偏枯而偏荣,至今没有死亡。这一现象,值得我国的语言学家、文学家、诗歌理论家、文化史学家、心理学家、社会学家们认真研究,探索;也值得外国的汉学家们认真研究,仔细探索。

研究什么?研究一种语言文字,已有几千年历史,已经死亡,又没有死亡,还有一线生机,不绝如缕,但只存活于诗歌中,与它自己的后裔即新生的白话文,并存于世。这种语言的内核里蕴藏着一些什么因子?这些因子何以能穿透死亡的铁窗,附着在诗歌的躯体里,继续着绿色的生命历程?为什么在汉语今天的语境里,只有诗歌能包容它而散文和其他文学体裁不能?诗歌里有着怎样一种肌质能与古汉语相契合?这种肌质为什么散文和其他文学体裁不具备?

我想到,文言诗的创作与欣赏,跟吟诵有着密切的关系,这是不是文言诗生命之火不熄的原因之一?古诗的创作,往往通过"吟":屈原"行吟泽畔",陶渊明"长吟掩柴门,聊为陇亩民",李白"长歌吟松风,曲尽河星稀",杜甫"新诗改罢自长吟",陆游"未废一长吟",龚自珍"吟鞭东指即天涯"……"五四"以来现代人写文言诗也往往如此,如鲁迅:"吟罢低眉无写处,月光如水照缁衣"。我受教于家母,学会了"常州吟诵"。家母屠时受教于她的伯父、我的大舅公屠寄,他是诗人兼历史学家。常州吟诵可溯源于战国时代的"吴吟",迄今已有两千多年的历史。全国各地有多种以方言为基础的吟诵,其调各有不同的特色,又有共同的风格,可以统称之为"中华吟诵"。2008年6月国务院公布的第二批国家级非物质文化遗产名录中,常州吟诵赫然在焉,成为迄今为止唯一被列入国家级"非遗"的吟诵调。赵元任、周有光、我,被列为常州吟诵的代表性传人。赵元任已故去,周有光,我的表兄,今年一百〇五岁。为了传承,我被邀在北京大学中文系语音乐律实验室做过多次常州吟诵的录音录像工作,以保存资料。外国有没有吟诵?日本有汉诗吟诵,日本的汉诗吟诵社团遍地开花,这与日本自古以来接受中国的汉文化及日本语文中始终保留大量汉字、日本诗人有撰写汉诗的传统这样的文化背景有着密切的关系。其他国家呢?欧洲古代有"吟游诗人"(minstrel),荷马即著名的一例。但到今天,这种吟风早已失传。今天有的则是用他们今天的读音朗诵他们国家的古诗。我听过英国著名演员考尔门(Ronald Colman)朗诵的莎士比亚十四行诗,也是一种艺术,但朗诵不是"吟"。我国的吟诵,在世界诗歌史上也是一种特殊的现象。但自1949年以来,它被当作封建落后的东西摒弃了。改革开放以来,它才逐渐重新受到关注,直到常州吟诵被列为国家级非物质文化遗产。这是值得庆幸的。

我觉得,吟诵的传承和推广对今天文言诗的创作和发展会起到推动作用,成为文言诗生命之火不熄的助燃剂之一。毛泽东说过,"旧诗"不宜在青年中提倡,但事实上今天有不少年轻人对写作文言诗有兴趣,他们往往学会吟诵,把吟诵作为一种创作方式,写出了优秀的文言诗,这是可喜的现象。

白话诗是否也可以"吟"?不久前北京举行过书法写新诗展,小提琴协奏曲《梁祝》可以有越剧味,张仃的绘画可以是"城隍庙加毕加索"。那么"吟"白话诗也不失为一种尝试。我曾在一次诗会上吟了洛夫的一首白话诗,洛夫在旁,微笑接纳。效果如何,只好听旁人评判。

文言诗和白话诗发展到今天,要注意两种现象:一是文言诗创作中的"三应"(应制诗,应酬诗,应景诗)泛滥,假古董成灾;另一是白话诗创作中有人提倡"三颠覆"(颠覆崇高,颠覆英雄,颠覆诗美),有人举起"诗歌垃圾运动"旗帜,把诗引入误区。只有克服这些逆流,文言诗和白话诗才能全面健康地发展。

双峰并峙,双水分流的现象会不会长期存在?估计会的。但长期不等于永久。丁芒设想,这两种诗体将来会互相渗透,互相融合,及至发展成一种更加新颖的诗体,但它始终会沿着新诗(白话诗)的河床前进。我以为丁芒的设想有一定的道理。

诗是人类灵魂的声音。人类不死,诗歌不亡!

2010年12月27日

《当代诗坛》卷头语九篇[①]

36期

一个多世纪以来,中外诗歌交流一直没有中断,而且愈来愈频繁。但,从来都是"进口"多于"出口"。这种"入超"现象,愈演愈烈。提起莎翁大名,中国青年中知之者甚众。拜伦、普希金……在中国也声名远播。2001年我应邀赴英讲学,接触到一些英国朋友,他们知道李白,却不知道闻一多、艾青、臧克家……

这种状况,已受到关注。朋友们认为,随着中国国力的增强,这种状况应予扭转。

问题在于语言。中文(汉语)虽然其使用人数占世界第一,却未能如英语那样成为世界性通用语。这严重阻碍了中国诗向世界的传播。因此,把中国诗(特别是现代诗)译成英语,是当前要务。中国现代诗中的优秀之作与世界名诗相比,毫不逊色。只要有好的译文,走向国际便有了通道。

诗不能译的理论有其合理的一面,但,看历史事实,诗歌翻译是不能废也废不掉的! 如果没有翻译,李白、莎士比亚能走向世界

[①] 作者于2003年《当代诗坛》36期起与傅天虹共同担任该刊主编,到2009年该刊51·52期为止。此后改任该刊名誉主编。在任主编期间,撰写"卷头语"九篇,其中四篇为与傅天虹共同执笔。

吗?问题的关键在于:要有好的译本。

本刊是汉、英双语刊,因为我们要把优秀的中国诗(现代的为主,也包括古代的)推向全球。为此,我们要精心选用优秀的中国诗,又要组织好的或比较好的英译。这是我们的愿望,也是我们努力的目标。困难是不小的,但我们下定决心,要去克服它。

对于我们的工作,请读者公判,也请读者帮助。

2003年11月

38·39期

什么是"经典"?就文学范畴来说,它必须是具有深厚传统、高度艺术权威和广泛影响的名著。它是历史形成的,得到广大读者认可的,历久弥新的文学杰作。诗歌经典,就应该是这样一类诗歌作品。近来有些出版者把"经典"的桂冠奉送给某些一般性作品,以抬高其地位,这使读者感到困惑。有人感叹说:"经典"贬值了!

本刊的"特别推荐"栏,力求推出真正经典诗人的真正经典作品。最近几期,我们努力这样做。第35期推出牛汉、周梦蝶;第36期推出卞之琳、王辛笛、余光中;第37期推出臧克家、蔡其矫、彭邦桢。即使是已有定评的经典诗人,他们的作品也是有层次的。我们力求选用他们的最佳作品或最有代表性的作品。只要有可能,我们就请他们自己选诗,比如牛汉、王辛笛、周梦蝶等。本刊是汉英双语刊,所刊载的有些经典诗人的诗,不仅自己选出,而且自己译成英文,如卞之琳、余光中。我们这样做,目的是为了把中国新诗中最优美、最精粹的作品奉献给中国和世界的读者,并且给中国和世界的文学史留下恒久的印记。

本期(38·39期合刊)"特别推荐"栏推出艾青、冰心的短诗选和郑敏的十四行组诗《诗人与死》，都是经过精选的诗歌经典。这些诗的英译也经过认真的推敲。荷兰汉学家汉乐逸的论文《二十世纪九十年代的中国十四行诗：郑敏的〈诗人与死〉》是一部很有分量的理论力作。

本刊的"实力方阵"栏推出的诗作，也有一部分达到了"经典"的水平。

本刊同样关注中青年诗人。他们之中不断出现新的生力军。中国诗的未来属于他们。本刊为他们提供了尽可能充分的园地。他们踏着前人的足迹走来，开创诗的新天地。诗歌经典的宝库永远不会封顶。新一代诗人的作品将经过时间的筛选，沉淀出新的经典。

诗坛的圣火，将一代又一代地燃烧下去，永远不会停熄。

本刊愿意成为这一圣火接力棒的传递者。

2004年9月23日

40·41期

中国现代诗从"五四"到现在，已经经历了八十余年的历史。在此期间一批杰出的诗人崛起，许多诗歌经典作品涌现。汉语现代诗诞生和流传的地方不限于中国大陆，也包括台湾、香港、澳门和世界各地。为了扩大中国现代诗在全世界的影响，为了促进中外诗坛的沟通和了解，为了以诗存史，正本清源，体现中国现代诗的价值和历史尊严，"中外现代诗名家集萃"诗学丛书这项宏大工程，至今已出版了三百八十余部诗集，它们已经受到国内外诗坛、文坛和文化界的广泛关注，在中国和世界产生了积极的影响。

　　华中师范大学的黄曼君教授在对此项诗歌工程的推荐语中指出："本名家集萃选出三百部付梓出版是件大事,是让我们回到了经典,领略经典的原初语境,既是历史'在场'的再现,又能清除现在一些研究的迷雾,经典本身显现出的力量将是无穷的。"黄教授目光炯炯,语语中的。这三百八十余部诗集不都能称得上"经典",但其中经典的比重是高的。黄教授指出它"能清除现在一些研究的迷雾",是有针对性的,极有见地,这样的评语,也是对此项工程之从事者的有力督促和推动。

　　此项工程已推出的三百八十余部诗集,全部以汉英双语形式面世。诗评家吕进教授指出:此项工程"以双语形式出版,这是中国新诗诞生八十余年来的首次"。中国新诗的外文译本,曾出版过多种;以双语形式出版的中国诗刊,过去有过,现在也有。这些出版物都对中国诗的传播做出了可贵的贡献。但以双语形式有计划地出版三百八十余部单行本诗集,确是历史上的"首次"。因为是开创性的工作,所以需要披荆斩棘,克服千难万险。因为是开拓性的工作,所以免不了存在缺点、错误、不足。但是,此项工程的从事者有信心、决心把工作做得更好。比如英译工作,现在就比刚开始时有了进步。此项工程的从事者们将继续虚心听取批评意见,不断改进工作,可以相信,工程的质量将会逐步提高。这项工程已经进行了五年,但从长远的观点来看,还仅仅是个开端。它需要一代又一代愿意为中国现代诗做出奉献的人们来从事。这,好似一场火炬接力赛,其目标也许是奥林匹斯山的峰巅,也许,山外还有青山,永远引导人们不息地前进!

　　《当代诗坛》与《中外现代诗名家集萃》的各个系列有着兄弟般的血缘关系。如本刊"特别推荐"栏上发表的著名诗人的精选作品,有许多已转为"夕照诗丛"中的"短诗选"。《当代诗坛》愿意成为"集萃"的马前卒,也甘心做它的后援队。我们正行进在路上,我们的努力不会停止。

2005年初春

42期

中国现代汉语诗已有八十余年历史,经历了荣与枯,丰与窳,沉沦与崛起,迂回与进击。它已接近百年,有待小结,以利新的开拓与创造。

《当代诗坛》自1987年9月创刊,到现在,经过了十八年岁月,出到第42期。它经历过曲折的痛苦,获得过成功的喜悦。沟通,是本刊的宗旨。在沿着既定方向前进的时候,我们为自己提出三项任务。

一、团结。中国现代汉语诗诗人和诗作诞生在中国大陆、台湾、香港、澳门以及海外的世界各地。他们和他们创作的汉语诗包含各种哲学倾向和思想意识,包含各种风格、形式、流派、题材、体裁。我们主张在热爱祖国、歌赞人性、弘扬正义、关怀人类的旗帜下,所有的现代汉语诗人团结起来。让我们摒弃一切门户之见、宗派情绪、小圈子主义和文人相轻的陋习,为了一个目标,继承和发扬中国古典诗歌的优良传统,振兴和发展中国现代汉语诗,把它推向新的百花争妍的辉煌,我们携手前进,并肩奋斗。

二、抢救。如果"抢救"的提法有些过分,那就提"保存"。中国现代汉语诗为世界文学提供了不少杰出的诗人,大量经典作品和优秀作品。而诗歌作品真正的价值存于文本,离开文本,一切都是空谈。这些文本正在散佚中。为了充实世界文学宝库的库藏,我们有责任抢救或保存(包括整理,英译)中国现代汉语诗的各种优秀文本。

三、突围。当前,中国现代汉语诗潜流汩汩;主流低迷。在商

潮和拜金主义的催动下,娱乐文化、消闲文化、快餐文化以至文化
垃圾包围诗歌。反传统、反崇高、反英雄、反优美、反诗语等种种思
潮对诗歌进行猛烈地侵蚀。平庸化,烦琐堆砌,泛散文化,抒情放
逐,都在"先锋"的旗帜下堂而皇之进占缪斯的圣殿。诗歌如果表
现出对祖国的挚爱,对人性灭绝的痛恨,对优美情操的歌赞,对人
类的悲悯情怀,往往受到嘲笑。如今,中国现代汉语诗危机四伏,
处于极不正常的受围剿的状态。对于中国现代汉语诗所面临的困
境该如何应对?我们认为反僵化、反教条完全正确。但不能从一个
极端走向另外一个极端。目前,全力抢救保存优秀诗作和宝贵史
料已是当务之急,我们必须为中国现代汉语诗保留一块净土,加强
团结,努力创作,争取突破重围,杀出一条血路,开辟一条康庄大
道!

诗人们!诗评家们!诗爱者们! 愿我们共勉,愿我们共同努力!

2005年夏

43·44期

中国新诗——或者叫现代汉语诗,包括海外华人的汉语新
诗——的历史,如果以《新青年》杂志发表白话诗作为开端的话,那
么始于1917年;如果以第一本白话诗集的出版作为开端的话,那
么始于1920年。明年,2007年,可以说是中国现代汉语诗诞生九
十周年。我们将以对诗的虔诚、对诗的尊崇、对诗的感恩、对诗的
奉献之情,来纪念这个伟大的九十华诞!

历史是人民创造的,诗史是民间歌手、诗人和读者创造的。现
代汉语诗史是现代汉语诗人、歌手的作品和他们的读者创造的。
一部史书,如果仅仅是史实的堆砌,那只能是资料库。一部史书,
如果缺乏足够的史料,那将受制于视野的褊狭。为了史家写好现

代汉语诗史,史料的完备十分重要。本刊上期(第42期)《卷头语》中为自己提出的三项任务中有一项是"抢救"或者叫"保存"。这就是要抢救或保存现代汉语诗大量作品(包括经典作品和优秀作品)的文本。

唐代殷璠选编的唐代开元、天宝年间诗歌作品选集《河岳英灵集》,是一个有审美原则的、优秀的选本,但恰恰缺失了大诗人杜甫。如果据这个选本来写这一段诗史,那将成为"遗憾的艺术"。

本刊与"中外现代诗名家集萃"的各个系列有着兄弟般的血缘关系。本刊发表的作品,有的已收入其中一个系列《夕照诗丛》。从2004年起,《夕照诗丛》已出版十几位诗人的汉英双语《短诗选》,他们是:灰娃、蔡其矫、晏明、艾青、严阵、莫洛、冰心、卞之琳、冯至、杨山、胡风、郑敏、胡昭、杜谷、莫文征、公刘、覃子豪、吴钧陶等。这套诗丛的编辑出版工作将继续努力进行,"夕照"是"集萃"多个系列中的一个。从其名称也可以看出,它收集的目标是老诗人,包括健在者和已故者。

历史和现时是两个概念,二者的界线是清楚的。但今天的现在到了明天就成为过去。此刻的现时到了下刻就成为历史。不断成长的青年诗人正一代又一代地涌现。他们也写出了优秀的、以至杰出的作品! 本刊和"集萃"为保存历史的记录,对青年诗人作品的文本十分重视,为他们提供了、还将提供充分的园地。因为他们代表着现代汉语诗的未来,本期就郑重推出了"中原诗阵"专辑和粤、湘、赣地区二十四位青年诗人作品组成的"红三角"诗丛专辑。

让我们以勤奋的工作和满怀的信心,来迎接2007年这个庄严的时刻!

2006年夏

45·46期

本刊《当代诗坛》创刊于1987年9月15日。光阴荏苒。今天迎来了自己的19岁生日。过去的十九年并不风平浪静，这本刊物经过了太多的磨难。1991年9月，正如诗人洛夫给本刊四周岁生日贺辞中所言："在这物欲横流、精神生活枯竭，庸俗的次文化取代了精致文化的世代，诗人创办一份诗刊不仅需要虽千万人而吾往矣的勇气，更需要虽九死而不悔的傻劲。"时间又过去了十五年，洛夫所说的环境没有改变，我们所处的地位没有改变，他的话没有过时。《当代诗坛》的同仁们，就凭着一股精神力量，一份对诗的执着，对诗的虔诚和尊崇，坚持着自己的事业，完成着自己的使命。我们克服了种种困难，把这本刊物的集稿、编辑、出版、发行工作不断地推向前进。我们团结了中国两岸四地和海外的老、中、青年诗人，尤其是他们中的精英，共同把刊物办得尽可能好一些。我们力图使我们的团结面不断扩大，刊物的质量不断提高。

从本期起，北京师范大学珠海分校国际华文文学研究所和台湾亚洲大学文理学院开始协办本刊，并对刊物的开本作出革新，同时，所有中文排印都由繁体字改为简体字。本期"特别推荐"栏目推出了冰心与杰曼两位中外诗人的诗选。"实力方阵"栏目推出了著名台湾诗人、学者简政珍等四位诗人的力作。这里特别提一下青年女诗人屏子的诗。她把注意力较多地投向当代中国的劳动人民，她的《父亲，我们坐在餐桌前等你》以矿难为题材，表现出她的可贵的悲悯情怀。诗中描写遇难矿工的子女等待父亲归来的情景，体现了呐喊之后的冷峻，血泪之后的沉静，取得了震撼人心的艺术效果。关心民瘼，关怀民生，关注人民的命运，本是中国几千年诗歌和"五四"以来新诗的优秀传统。我们不希望这种传统被颠覆,我们看到这种传统的延续和发扬而感到高兴。本期的"古诗英译"推出北京大学辜正坤教授英译的"元散曲选译"。

本刊与"中外现代诗名家集萃"的各个系列有着兄弟般的血缘关系。在明年——2007年中国新诗诞生九十周年的欢庆日子里,我们将完成上述"集萃"之五百部汉英双语诗集的出版工程。在这之后,我们将再接再厉,在2007至2017的十年中,再出版五百部汉英双语诗集,使这一诗学工程取得更大的成果。我们将拿出一千部汉英双语诗集来奉献给中国新诗诞生一百周年的伟大节日! 这一千部诗集必将铺成一道中国新诗的辉煌史迹。

屠岸 傅天虹

2006年秋

47·48期

2007年3月9日至11日,在广东珠海举行了"两岸中生代诗学高层论坛暨简政珍诗歌作品研讨会",会议由北师大珠海分校国际华文文学发展研究所、首都师大中国诗歌研究中心和当代诗学会联合主办,由西南大学中国新诗研究中心、台湾亚洲大学文理学院、暨南大学现代文学研究中心、珠海作家协会、韶关五月诗社等单位协办。与会代表来自两岸四地四十余所大学及科研机构,会上,学者和诗人们对"中生代"命名问题以及与"中生代"有关联的诗学问题进行了热烈的、深入的探讨,对简政珍的诗歌作品进行了学术研究和讨论。

代际划分是文学史叙述的必要课题。任何文学(诗歌)现象的出现都有它的代际基础。在这之前,对中国当代新诗的代际现象出现过"中生代"、"新生气"、"第三代"、"中间代"等不同命名。这些命名的出现都是为了准确地划分不同世代的诗歌现象及认识这种诗歌现象与其他诗歌现象之间的区别与差异,为文学(诗歌)史的准确叙说提供依据。在上述各种命名中,"中生代"的命名似乎已获得多数诗人与学者的共识。它是指出生于二十世纪四十年代后期到七十年代初期的中国大陆、台湾、香港、澳门的诗人群体。他们的年龄差距在四分之一世纪之间。这些诗人是活跃在中国两岸四地当代诗坛的中坚力量。

孔子说:"名不正则言不顺,言不顺则事不成。"我们研讨"中生代"的命名,是为了探求历史言说的接近准确性,但无意获取话语霸权,也不谋求整齐划一,这原是不可能的。老子说:"名可名,非常名。"就是说,在"名"与"实"之间不可能划恒等号。我们的目的只是求取这种命名探讨的推进。

这次研讨会成果丰硕,高质量的论文就提交了四十多篇。本期集中推出一个专辑,既是为了促进当代诗学研究和新诗创作的交流发展,也是为了纪念中国新诗诞生九十周年,同时,也为纪念本刊创办二十周年。因篇幅关系,未能刊出的论文稿将陆续刊出。

屠岸　傅天虹

2007年6月

49·50期

2008年5月4日至6日,澳门大学隆重举办了"第二届当代诗学论坛暨张默作品研讨会",会议由澳门中国比较文学学会、澳门大学中文系、北京大学中国新诗研究所、首都师范大学中国诗歌研究中心、暨南大学现代文学研究中心、北京师范大学珠海分校国际华文文学发展研究所,当代诗学会联合主办,协办单位是西南大学中国新诗研究所、台湾中央大学文学院、台北《文讯》杂志社、鹤山二十一世纪国际论坛以及韶关五月诗社。这是一次高规格的纯学术性会议。

此次会议的选题设计本着宏观与微观、抽象与具体相结合的原则,以面及点,突破人为地划分中国现当代文学与台港澳文学乃至海外华文文学的学科格局,邀集两岸四地分别来自这三个传统研究领域的著名学者,研讨"汉语新文学"概念的可能性,并以台湾前行代诗人及这一代诗人的代表张默的创作为标本,论证"汉语新文学"与"汉语新诗"概念的有效性。还就第一届当代诗学论坛提出的汉语新诗的断代问题进行回溯性探讨。

为了配合会议的召开,近一年来,在"当代诗学论坛机制"和北京师范大学珠海分校的联合策划下,在两岸四地诸多学者和诗人的支持下,编印了《汉语新诗90年名作赏析》与《汉语新诗名篇鉴赏辞典》(台湾卷)两本书。此外,还编印了台湾前行代诗人张默先生的新诗精选本和评论集。精选本《张默诗选》出版后,在诗坛和学术界引起强烈反响。本刊将有关的二十八篇评论结辑推出,以飨读者。

本期的"特别推荐"栏目推出了老诗人苏金伞的专辑,另外推出了英译汉名诗多家。因稿挤,另有不少来稿未能排上或临时抽下,容当下期推出。

屠岸　傅天虹

2008 年 5 月

51·52期

由中华人民共和国文化部、中国作家协会和陕西省人民政府共同主办,西安市人民政府承办的第二届中国诗歌节,于 2009 年 5

月23日至28日在著名的历史文化名城西安隆重举行。本刊主编诗人屠岸、诗人傅天虹和副主编诗人张诗剑应邀出席大会,与诗友及各界人士进行了广泛的交流。

中国是诗的国度,具有悠久的诗歌传统,在数千年中华文明发展过程中,汉语诗歌最早引领文坛,一直扮演着极为重要的角色,它以典雅的形式、优美的语言和充实的内容,成为教化启蒙和文化传承的重要手段,对民族精神的培育具有巨大的价值和深远的意义。第二届中国诗歌节的成功举办,说明诗歌在中国至今仍拥有极其广泛的群众基础和社会根底,是中华文化的重要标志。

本刊创立已二十二年,一直在默默地推动汉语新诗的交流和发展。尤其是"当代诗学论坛机制"成立至今已逾两年,在同仁们的努力下,已成功举办了两届诗学论坛,第三届论坛正在策划之中。另外,"当代诗学论坛机制"在文本建构方面,也取得了重要成就。

尤其值得一提的是即将推出的《两岸四地中生代诗选》。这部诗选的几位主编酝酿多年,精心地选择同一个年龄段、分布在中国四个地区的有代表性的诗人,这些诗人以各自独特的写作方式形成自己的风格,把他们的代表性作品精编成册,予以出版,这可以说是诗歌界的一大盛举。本期发表了"当代诗学论坛机制"召集人谢冕教授和本刊名誉社长洛夫先生分别为这本诗选写的序文,请诗友们细读。

祝贺"第二届青海湖国际诗歌节"将于2009年8月上旬,在具有得天独厚的自然、人文、历史资源的西宁市举办。祝贺"第十二届国际诗人笔会"将于8月中旬,在占尽天时地利、富有地区特色的广东惠州市举办。

本期"特别推荐"栏目展出诗人徐志摩、林徽因等诗人的中英对照诗作。"诗创作"栏目也不乏精品。"古诗今译"一栏刊出了上海翻译协会黄福海先生的英译力作《孔雀东南飞》。请大家一一品赏。

屠岸　傅天虹

2009 年 7 月 30 日

第 二 辑

悲欣交集

芳草地梦回

北京城朝阳门外有一块地方,名叫"芳草地"。一听到它,就会想起诗句"天涯何处无芳草",或歌词"芳草碧连天"等。二十世纪五十年代,中国文学艺术界联合会所属的几个文艺协会剧协、音协、曲协等在芳草地建有一个宿舍区,一律平房,齐齐整整,以"院"为单位,每院有房六间,一个大天井,可容三户居住。院院相连,成排成行,中有通道,连绵约五十多个"院",不能说蔚为大观,也算得小有规模。

作为中国戏剧家协会的干部,我于1956年1月从东四四条搬到芳草地中国文联宿舍,直到1961年4月迁到和平里为止,在芳草地住了五年零四个月。从此,芳草地在我的心中成了一种永久的纪念地。

五十年代的北京,从旧中国解放不久,许多地方保留着老北京的痕迹。芳草地东邻东大桥,南近日坛,北接三里屯,西傍东岳庙。宿舍周围有坟冢累累,杂树丛丛,土岗兀兀,泥路弯弯。1955年,经历了反胡风的政治风暴和肃反运动。我因与胡风有过仅仅一次交往,曾经在集会上朗诵过绿原的诗,又在受胡风影响的刊物上发表过作品而受严格审查,被撤销了党内职务并停止组织生活。幸而最后组织上宣布我可以解脱。所以,我是带着松了一口气的心情来到芳草地的。我感到这里环境虽然有点荒凉,但是境界开阔,气氛宁谧,比之于城内的繁杂和喧嚣,这里安静得多。早晨起来,可以听到鸟鸣啁啾,下班回家,可以站在泥丘上远眺夕阳西坠。年幼的女儿小建从远处奔来投入我怀抱的情景至今历历在目。当然,安静中也蕴含着秘密的骚动。当时我担任《戏剧报》常务编委和编辑部主任,有时把编辑部搬到家里,在家中审稿,改稿,定稿,画板样,送印刷厂,和同事们亲密合作,屋子里灯火彻夜通明。1956年我和同志们工作的劲头较大。田汉同志那时是剧协主席,《戏剧报》社社长,是我的领导。他的两篇掷地有声的文章《为演员的青春请命》和《切实关心和改善艺人的生活》,就是经过我手,在芳草地编发的,登在这一年的《戏剧报》上。当时我哪里知道这两篇文章十年之后会成为导致田汉同志死于非命的"罪证"之一!这一年浙江省昆剧团演出的《十五贯》在北京和全国打响,《戏剧报》为此发表社论《反对戏曲工作中的过于执》(常务编委伊兵撰稿),也是我在芳草地签发的。当时我同样没有估计到十年之后这篇文章会成为造反派大字报万箭齐发的靶子之一,伊兵同志在严酷迫害下早于田汉两个月撒手人间!

无论如何,1956年的芳草地,还是安静的。我的儿子宇平,诞生在这年9月,给家里添了许多温馨。我的许多同事,好友,都在芳草地静静地、勤奋地思考着,研究着,撰写着,工作着。正如一位女作家说的,"工作着是美丽的!"《戏剧报》常务编委戴不凡,戏剧评论家,原在浙江杭州工作,写了一篇批评田汉所编《金钵记》(《白蛇传》前身)的文章投给《人民日报》,刊登了。田汉同志不仅欢迎别人对他的批评,而且求贤若渴,特地通过组织把戴不凡从浙江调到了剧协。戴不凡与我是隔壁邻居,他的许多理论著作也产生于芳草地,我与他不时有着学术方面的互助。他家中收藏着几架子的线装书,我收藏的却大都是英文原版书,于我当时的工作无大助。我写为秦腔《赵氏孤儿》辩诬的评论文章,需要一些参考资料,便从戴不凡的书架上觅得。《剧本》月刊编辑部主任李诃也是芳草地的住户。那时他正酝酿写一篇关于田汉剧作的长篇专论,与我商讨如何进行艺术分析。哪里料想到在第二年(1957年)的政治风暴中,他会成为一个"阴谋"小集团的为首者被戴上右派的帽子,连降三级,从此丧失了一切发言权,在十年浩劫期间猝死于牛棚之中!——我,作为"棚友",把突然晕厥倒地的他用板车载着护送到隆福医院,随即听到医生宣布他的心脏已经停止跳动!《戏剧报》常务编委张真,戏曲评论家,也曾是芳草地的短期住户。他的"有鬼无害论"比廖沫沙的要早至少十年。五十年代初,他就撰文反对有的戏曲剧团把《李慧娘》中的鬼魂改为人。是他第一个站出来声称李慧娘的鬼魂形象是人民愿望的体现,不能以迷信视之。也是他,第一个出来为《玉堂春》辩护,反对某些论者把王金龙贬为无耻的嫖客。他从而被誉为"敢为天下先"的剧评家。正因此,在十年浩劫中他受到了猛烈的挞伐。他的一部分评论著作产生在芳草地。有一次他到周围散步,经过西侧的琉璃牌坊和那条名叫神路街的路,回来后写了一首诗,其中一联是:"地名芳草泥塘烂,路号神街野鬼多。"我说,这两句太凄凉了,是否可以改为:"地名芳草春光烂,路号神街灵气多。"(张真的"烂"是"破烂"的"烂",我的"烂"是"灿烂"的"烂"。)现在看来,这确实是妄改!

　　我在芳草地居住的第一年,1956年,是心情比较愉快的一年。这一年5月份,我被选为剧协的唯一代表,参加全国文化先进工作者会议和全国先进生产者会议。受到毛泽东、刘少奇、周恩来、朱德等领导人的接见。中共八大第一次会议宣布疾风暴雨式的阶级斗争已经结束,这使我心中由反胡风运动留下的阴影逐渐淡出。这年初,毛泽东主席宣布实行"百花齐放、百家争鸣"方针。中宣部长陆定一专门写文章阐述"双百"的意义,指出做文艺工作有独立思考的自由。这使我心情非常舒畅,工作干劲大大增强。我在四十年代初开始,养成写诗的习惯,1949年后,诗的灵感却完全枯竭了。可是在1956年诗情忽而涌出，写了两首诗，其中一首的题目就叫《芳草地远望》，写出了当时芳草地给我的真实感受和我作为芳草地的居民所怀抱的希望。

愉快和舒畅的心情随着1956年的结束而成为过去。1957年反右运动把我和其他芳草地居民们投入了一场政治大风暴。我由于在文联墙报上发表文章提出刊物编辑的领导人应由内行来担任，经过选举产生，反对党组织指定，以及其他言论，受到严厉批评。由于"错误"严重，书面检讨写了一遍又一遍。我的妻子章妙英陪着我在芳草地宿舍里熬夜，为未能阻拦我把有"错误"观点的文章发出去而追悔不已。1958年正月，我被下放到怀来县从事惩罚性的劳动以改造思想。但我头上的德莫克里斯剑还悬在那里，不知道什么时候会飞下来。我随时准备回到单位去接受新的批判。5月，我心力交瘁，回京治病。等着我的是又一轮批判。直到这年秋天某日，支部书记李之华通过章妙英告诉我："屠岸是个好同志，有错误，改了就好。"这一天，我才睡了一个囫囵觉，觉得芳草地的草仿佛飘出了一点"芳香"之气。

但是，这种感觉也只是昙花一现。我随即想到，《戏剧报》和《剧本》月刊两个编辑部，有多少同志被打成了右派！数一下人名吧：唐湜，陈朗，戴再民，阮文涛，张郁，方轸文，李诃，杜高，容为曜……他们之中有些人所以被划为右派，是因为在《戏剧报》上发表了他们写的文章或报道，而这些文章或报道的发表，是经过常务编委张颖和我批准的。《戏剧报》在上海的特约通讯员汪培的报道《上海戏曲演员的意见》一文，是我约的稿也是我发的稿，汪培为此被上海市文化局划为右派，而我却躲过了这一劫！更严重的是，汪培原要把这篇报道送上海市文化局审查，是我写信给他，让他不要送审，以免旷日持久。汪培成为右派，与写文章发表不送审有关。啊，对此，我能安心吗？失眠症时断时续。芳草地之夜啊，芳草地之夜！窗外的白杨站在寒风中，发出萧萧的鸣响，长久地、长久地伴着我度过失眠的夜晚。

我的同事和诗友唐湜，才华横溢，既擅写诗，又懂戏曲，1954年由李诃介绍，通过人事部门调到《戏剧报》。他与我同住芳草地。1938年他十八岁，血气方刚，向往革命，奔赴延安，中途被国民党逮捕，关押在西安集中营，与李诃成为同狱难友。1955年肃反中他和李诃都受到审查。1957年春党号召鸣放以帮助党整风时他对党提出合理意见，这使他遭了大祸。1958年5月我从怀来县回京治病时，才听到：这年4月，唐湜被定为极右分子，开除公职，已由公安部门押送到黑龙江劳改。他的家属则遣返原籍浙江温州。芳草地宿舍中的唐湜住宅，已成为空巢，暂时无人居住。秋风萧瑟，星月疏朗，我独步走过唐湜旧宅，不觉悲从中来。忽想起清初顾贞观为挚友吴兆骞犯事发配宁古塔而写的千古绝唱《金缕曲》二首。"季子平安否？……"但立即自责：我是党员，党发动的政治运动是正确的，必要的，我怎么能有这样的思想？……但是，但是……诗人唐湜真的是反党吗？……回到家中，窗外的白杨萧萧，又伴我度过一个不眠之夜。（2003年11月我赴温州参加著名"九叶派"诗人唐湜诗歌创作研讨会，他已八十三岁高龄，行动不便。我与他重逢，一时激动得泪如雨下！）

1959年至1961年是寒冷的年岁。由"大跃进"造成的大饥馑席卷中华大地，芳草地怎能幸免！每晨赶到办公地点文联食堂去喝一碗粥，稍晚一点便没有供应了，挨饿也没有办法。每晚下班回到芳草地，女儿小建胸前挂着屋门的钥匙，在宿舍门口的冷风中迎接我和她的妈妈。机关里制作"小球藻"，说它可以抵粮食，每日下午喝一杯"小球藻"汤说是可以增加热量。但这其实是自欺欺人的荒诞剧。下班回到芳草地，往往饿得晕眩，一把搂住了小建。但是，一位在外地的右派同事要求救济时，妻还是同意我把粮票寄去。不能眼睁睁看着人家饿死啊！在晚饭桌上，女儿小建往往把碗里少得可怜的食物匀一些给她的弟弟宇平。做父亲的我却不能，因为还要审稿熬夜啊！我从心里感到，女儿是与我和妻共过患难的孩子！芳草地，哪里能闻到一点饭菜的芳香啊？芳草地，真是一块寒荒之地！在这里，我终于得了浮肿病。最后导致全身浮肿，肺结核复发，病灶形成空洞，不得不于1963年春住院动手术，切掉威胁着我生命的右侧病肺一叶。这已是离开芳草地一年之后的事。尽管离开了它，但它的寒冷的阴影依然长期伴随着我的神经——这也是一种纪念！

据说，芳草地在解放前曾是处决犯人（包括政治犯）的刑场。张真的诗句"路号神街野鬼多"不是没有根据的。我妄改为"路号神街灵气多"也是根据同一事实，只是从另一角度着笔罢了。我也曾写过一首诗，把芳草地的白杨树歌颂为烈士英魂的化身。此诗已佚。1961年我家搬离芳草地之后，没有再去过。但它是我心中的一块永久的纪念地。"文化大革命"十年过去了，庆祝粉碎"四人帮"的锣鼓敲过了，改革开放至今也已二十五年了。中国发生了翻天覆地的巨变。但我没有忘记芳草地，我还时常想起它。每当我背诵陶渊明的《桃花源记》，诵到"芳草鲜美，落英缤纷……"时，更会想到它。连接着想到的，是秦观的词《八六子》："倚危亭，恨如芳草，萋萋铲尽还生。"哦，芳草地！它现在怎样了？早已"旧貌换新颜"了吧？哦，还有，芳草地的地下居民们，那些"野鬼"或"灵气"的载体们，你们怎么样了？你们还记得伴我度过失眠之夜吗？如今，你们听到新的腐恶了吗？你们看到新的辉煌了吗？我想啊，你们的忧愁和喜悦恐怕是无止境的，正如我的忧愁和喜悦一样，"忧端齐终南，澒洞不可掇。"……

2004年4月2日

悲欣交集——我的初高中岁月

　　1936年7月父亲陪我到上海去考江苏省立上海中学。我考完回常州后，不抱希望。因为上海中学是很有名的学校，投考的人多，极不容易考上。半个月后，同学拿着《申报》来给我看，上面有我的名字，我被录取了。

　　上海中学的校长是郑通和，字西谷（1898—1985）。他毕生从事教育事业，以八十七岁高龄在台湾逝世。上海中学前身是龙门书院。郑西谷投入极大精力，把此校改造成江南中学四大名校之首（另三所是常州中学、苏州中学和扬州中学）。

　　上海中学校址在郊区吴家巷，是寄宿学校。我们进餐都是分食制，一人一份。早餐时，在菜单上挑中午、下午的菜。午餐、晚餐时桌上已放好所选的菜。每人有自己的碗，都是到景德镇去定做的，碗底下有自己的名字，若打坏了，只能换一个没有名字的碗，所以要非常小心。学校的宿舍初中生住西一斋、西二斋，高中生住东一斋、东二斋。一间房里安排四张床，住四个学生。中间有一张桌子，晚自习在宿舍里做作业。有一天，我草率地做完作业，开始画电影海报。宿舍每间房门上有个玻璃窗，以便舍监检查时看得到寝室里的情况。听到舍监来了，有个同学说你画画不行，但我已经来不及收起来了。舍监开门进来看到我在画，没有批评我，还说你画你画。他又问，是不是美术教师给的作业？我说不是，我解释了我们自己（其实是我和表兄说要开办电影公司，是游戏）要画海报，是一部电影的广告，电影名叫《古庙呻吟》。他说好，让我继续画。这位老师名叫王禹图，教史地，做舍监是兼职。我的海报画好了，拿回家去挂在墙上。海报上有古庙，有佛像。大人看了哈哈笑，说我们会闹。

1936年12月12日发生西安事变，同学们突然哄闹起来，说蒋介石被扣了。我立刻到阅览室去看报纸。我专门到阅览室查看报纸有两次，一次是鲁迅逝世，一次是西安事变。阅览室有报纸和刊物。那时，我对蒋介石一方面有崇拜，一方面也认为他有不好的地方，有矛盾。学校里有个老师姓周，每月都要买航空奖券想发财，但从未中奖。他讲课时每当讲到"蒋委员长"，总要立正，同学们对他都反感。有一次同学们串联起来，等他一提起"蒋委员长"，全班刷地站起来立正，把他吓了一跳。

1936年12月，我在上海中学读完初一上学期，回故乡常州度寒假。我母校觅渡桥小学的美术教师吕步池（荷生）先生忽然到我家，邀我参加曹禺剧本《雷雨》的演出，饰剧中的二少爷周冲。他说《雷雨》在1934年发表后，引起了国内演剧界和观众的注意。常州的话剧爱好者们不甘落后，准备演出此剧。他说服了我的母亲。戏排了将近一个月，到1937年1月下旬。2月3日起，在常州市中心地区乾元市场旁的乾元剧场连续公演三天。

1937年6月末，我从上海回常州过暑假。7月7日"卢沟桥事变"爆发了。8月3日，父亲从上海回常州，带回一部威斯汀豪斯牌的收音机，因此我跟母亲等每晚听中央电台报告时事。收音机本来是预备给祖母听着消遣的，但抗战爆发后电台大都停止了娱乐节目的播音。

时局一天比一天紧张。火车不通了，我无法返回上海，读书成了问题。省立常州中学因为人数太少，不开初一初二借读生班，最后我到县立常中报了名。但10月13日，日本飞机大举轰炸常州，车站附近死了百余人。轰炸时，祖母静坐着诵佛经，我们伏在地上。第二天，日机又轰炸电厂等地。常州城内居民，纷纷逃到乡下去。我们一家也于15日半夜动身离开常州城到常州乡下前黄。

前黄距常州城不过十几里，不时传来轰隆隆的轰炸声。听见炸弹爆裂的声音很高，据说是重磅炸弹。我们在前黄待了半个多月，终于还是回常州，这时省立常州中学接收借读生了，我就去借读。一有空袭警报，大家便进学校的地下防空洞，但读了没几天，便准备逃难了。

敌机的轰炸使我母亲下决心全家乘船到湖南去。姑母不愿意远行，祖母也不走，母亲决定带哥哥、我和妹妹离开常州。我们只雇到了一条船。但船主被轰炸吓着了，自己出了三十块大洋，叫一只小火轮把船拖到了镇江。我们只好改乘火车。我们大小行李九件，箱子都用板扎起来。那时已近黄昏，叫黄包车都很难，因为所有的车子都被拉去作军事运输了。终于找到了黄包车，我们乘黄包车前往火车站。还没有到火车站，就遇到空袭警报。黄包车夫要去躲警报，我们只好躲在街角月光照不到的地方，坐在自己的行李上。我见到一阵灰色军装的士兵走过，听说是广西的部队，要开赴抗日前线的。他们年纪很小，比我大不了几岁。我心中涌起波澜：佩服他们勇敢、爱国，也为他们个人的命运担忧，更为自己不能赴国难而惭愧。

火车离开常州时，我的心里很难受，觉得要与故乡长期分别了。11月16日早晨到镇江，下了车过天桥时我才看清了我们坐的那辆露天火车，上面几乎全是士兵，车板上铺着稻草，有几节根本没有车厢，就是一块板，只有我们那一节载有难民。

在镇江我们登上了"瑞和"号轮船。我们付了四个人的铺位钱，但只有船员机房里的两张鸽子式的铺，还没有船票。"瑞和"轮是外国公司的轮船，我们的铺是茶房让出来的，茶房也是乘机敲竹杠，只说包送到汉口。在船上，吃饭几乎是抢，厕所也不容易找到，行李和人挤在一起，茶房还不断地再加进人来。到汉口前，我和哥哥合作画了一张写生画，记下了船上机房里的情景。

到了汉口，我们每天买《扫荡报》，看战讯，打听常州的消息。同时等着去湖北新堤（现在叫洪湖市）的船。母亲决定去新堤，因为那里的生活便宜，有亲戚可以照应。

在没有到达新堤之前，以为新堤是一个很美好的地方，这是地名给我的感觉。到了以后，觉得这地方十分闭塞、落后。比如，这里有一个"禁止缠足委员会"，使我一惊！

汉口的报纸隔一天到新堤，大家总是争先恐后地抢着看。知道常州已在11月底沦陷了。十多天后，听说芜湖沦陷了，有人说日军即将占领九江，进攻武汉。一天，父亲回到新堤，说日军已经逼近九江，武汉恐怕也保不住了，还说日军在南京屠杀壮男数万！令人惊心！

跟我家一起到新堤的亲戚，准备去四川，我家也曾考虑去四川。但最终还是决定回上海，因为我们的根子在上海、常州一带。我和我哥哥还有个到原校继续求学的问题。我们准备从武汉坐火车到广州，乘轮船到香港，再由香港乘海轮回上海。

12月23日晚，我们从新堤乘火轮"武安"号，于次日到武汉，住进了隆安客栈。第二天一早，父亲带着我和哥哥到武昌粤汉铁路总站去打听到广州的火车。在武昌码头，看见了许多抗战标语和漫画，全民族总动员，抗战的气氛浓极了。我在江边看到《扫荡报》上说日军在南京屠杀"壮男十万"，十分震惊！（后来知道，这个数字是远远不够的。当时的信息还不十分全面。）我跟哥哥去看了一下黄鹤楼，看见有部队在那里休息。我们带了一张晚报回旅店，看到报载日军在南海的兵舰调动频繁，有进犯广州的企图。尽管如此，我们还是在 12 月 28 日,坐上火车,离开武昌去广州。

我们上的是二等车厢,但房间早被人抢去了。祖母只好睡在凳上,我跟哥哥挤在两截车厢的连接处。因为缺乏服务人员,橘子皮、糖果皮等垃圾在车厢里堆成了小山。厕所里到处是粪便,连马桶圈上都是。

车过株洲后,父亲旁边有人下了车,我终于有了座位。我发现桌上有两本别人遗留下来的文摘和杂志。我取来阅读,其中有一篇鲁迅的《说胡须》,读了,很有趣味。

第三天早上,我们的火车在一个小站停下来不走了。大家都担心起来,虽然还没有遇到空袭,但能看见被炸的铁路。是有空袭吗?还是广州沦陷了?后来火车往后倒,倒进了山洞,停下。原来是为了躲避空袭。午后,火车继续赶路。

1938 年元旦清晨,我们到了广州。我们住在泰安客栈。入夜的广州,霓虹灯闪烁,很繁华,戏院的灯尤其明亮。我们客栈附近,就有一家影院。第二天,我跟哥哥去游跨越珠江的海珠桥。

我们坐上“佛山”号轮船告别广州,到了香港,住进与广州泰安客栈联号的平安旅店。我们在香港只住了三个晚上。香港留给我繁华的印象。到了晚上,香港山上繁华的住宅区,灯火灿烂。但从旅店阳台望下去,弄堂里原来是一个鸦片窝,许多人躺在那里吸大烟。这个印象极深刻。傍晚与母亲出去买东西,回旅馆时在沿街的一个摊子旁吃晚饭,坐在马路边的木板上,一碗汤就放在马路上,我们哪里管那么多,只顾吃。母亲却认为不太成体统,一口饭也咽不下。

1 月 6 日,离开香港,乘苏州号轮船赴上海。船上很脏很挤。买了船票,不买床位还不能占位置。这个床就是帆布床,这个所谓的位置,不过是找一块空地。我们一家人要在一起,根本不可能。我和哥哥,还有一个同行人(原是亲戚家的男佣)在一起,各自抱着自己的帆布床,找到能躺下的地方躺下来就不错了,哪怕脚都伸不直。

我晕船昏睡了一天一夜。1月9日清晨,到了厦门,吃了母亲在厦门港买的橘子才好一些。这时,来了两个海关检查员,虽然我们不在厦门上岸,可他们偏要检查行李。行李多的要一件件打开,麻烦就多了。一位检查员在检查一只皮箱时,发现了一只表,便放进自己的包里,有的箱子里有钞票,也是被没收了。旅客恳求的眼光,一点也不起作用。检查到我们的箱子时,父亲掏出两块钱给他,检查员还是叫打开来,父亲又摸出一块钱给他,他才走开了。

1938年1月11日早晨,我们见到了黄浦江两岸的破墙断壁,头上也飞来了日本飞机,它飞了三圈,好像是示威。我想到祖国的大片河山,沦于日寇铁蹄下,心中顿时充满了悲愤。我们坐的船苏州号,挂的是英国旗。想到我们在外国轮船的掩护下,感到耻辱。暗下决心,努力读书,将来报效国家。

苏州号停靠在外滩。我们担心日本人要检查行李,结果没有。我们上了岸,立刻雇了人力车到萨坡赛路226号姨母家。表哥看见我们,还以为是在做梦。

我曾把这段经历记录在本子里。我给这段笔记起了个名字:《漂流记》。

1938年初逃难到了上海后,我补习了功课,去投考光华大学附中和东吴大学附中,前者录取,后者落选。我打听到上海中学仍然开课。上海中学在吴家巷的校址已经被日本侵略者占领了,上中借用法租界的上海美专一部分教室上课。于是我去投考上海中学初二下学期。2月11日下午,我到上中看新生榜,我的名字竟排在初二下的第二个,我真是惊出望外,因为考试时觉得考得并不好,没有想到竟被录取了。随即去报名上课。

"八一三"事变后,我缺课整整一学期,对英文、数学感到很隔膜,跟不上。但此时级长朱义耀来找我一道创办课室墙报《烽火》半月刊,我极感兴趣,立刻答应。3月15日,我们出了创刊号,我画了两手高举抗日火炬图作为封面。直到6月14日,出《烽火》第八期临别号。为办这份刊物,有时候整天都忙着:我要画封面,写文章,组织稿件,写编者按等等。最后一期赶出来后,第二天,6月15日大考完毕,学年也结束了。

这个学期,我数学和英语两门主课不及格。但是,英语老师对我好。这位老师叫陆福遐。英语课举行背诵比赛,我获第一名,陆福遐老师奖励我一瓶地球牌墨水。老师送奖给学生,是对我的极大鼓励,我很感谢他。陆福遐老师恨铁不成钢,对我有点失望,他希望我的英语学得好些。

最后还是没有留在上海中学,英文是主课,不该不及格。何况还有一门数学不及格。那个时候,成绩报告单要寄给家长。父亲看了只说我不用功。父亲说,虽然一个学期没有上学,但是你用功的话,60分是能拿到的。我也承认不用功,心野,喜欢办墙报,看闲书。——半年中我常到东新书局、商务印书馆购书或站着看书,也到霞飞路的其他书店去看书。

7月中旬,报考大同附中,虽然被录取了,但没有上几天课,我便得了伤寒症。1938年11月、12月在家待了两个多月。病中,母亲照顾我,还教我读唐诗、古文。我也试作一点旧诗,由母亲修改成篇。如:

> 作客在沪滨,悠悠岁月更。病躯神未复,书卷已成尘。亲老犹奔走,家亡空泪零。读书须努力,转眼岁时新。

我的伤寒病好了后,也不想再进大同附中了,因为我感到那里课堂秩序太乱。1939年春,省立常州中学在上海复校招生。(常州沦陷于日寇,在那里不能开学。)我去应试,很幸运,被录取了。校址先在爱多亚路,后搬到卡得路,借用国强中学的部分校舍来开班。我在常州中学沪校从初三读到高中毕业。

高中毕业时,是1942年夏天。那时日军已占领上海英法租界。学校改名为"常生学社",用这个含混的名称以应付日伪。

高中时,我的数理化很差,国文、英文好一些。高二作文比赛,我得第二。作文题目叫《论生于忧患,死于安乐》,规定两个小时完成。我构思用了一个小时,第二个小时开始写。我想跟别人写得不一样,文章构思,用正反合的逻辑关系写出来。得第一名的是一篇文言文。我觉得我那篇更有思想。用文言文,我也会写。那个同学,少一点思想。有一个老师说,你的思想好,但那个得第一的同学文言功力更深。

我从小学起就喜欢绘画,一直到老年,也喜欢。长期以来,我有个习惯,出差不带照相机,用速写把所见的画下来。

初一年级时,有一个绘画比赛,分初中和高中两个赛区,每个学生都可以参加。我画了一张风景画,成绩压倒初二初三的同学,得第一名。

高中时,有一次,在教室里办自己的画展。我模仿法国后期印象派的画来作画。因为没有钱去买油画颜料和画布,只好用宣纸、毛笔和水彩画颜料。我拿到学校给同学看,同学们用绳子斜穿在教室里,把我的画全挂了起来。董志新老师来上课,问是谁画的,我说,是我画的。他笑笑,没有说什么,开始上课。他对我很爱护,毕业前那一年,有一次上课时我模仿曹禺写剧本,董老师发现了。他慢慢走到我跟前,一边讲课,一边给我使眼色,我立即停下写作。他没有直接批评我,没有当场把我拎出来,我很感谢他。当时董志新是校长,也是英文老师。

从小学四年级起,我开始写日记,是用毛笔写小楷,从右到左,竖写在毛边纸上,订成簿子。我上初中一年级时,改用钢笔写日记,从左到右横写在当时购买的一种练习本上,1938年至1939年,我连续写了两年的日记。1940年,我在常州中学读高一下学期和高二上学期时,天天写日记,一年三百六十五天,从未间断。在南京路大新公司(后来改为中国百货公司)的一层楼里,有一种业务:装合订本,硬封面,可以烫金。我就去把那一年的日记拿去做成一本书的样子,封面烫金,命名为《1940年叔牟日记》。叔牟是我那时的笔名,是我的父亲给我起的。

受母亲的影响,我从小也喜欢音乐。我把学校里教给我的歌曲都唱给母亲听。我对莫扎特的室内乐,贝多芬的交响曲,舒伯特的歌曲,李斯特的交响诗,柏辽兹的标题音乐,威尔第的歌剧,门德尔松的无词歌……几乎都喜爱得如醉如痴。那一段时期,上海每星期都有音乐会,由工部局交响乐队演奏,阿里戈·富阿指挥。我只要能买到门票,就必去听。穷学生常常是兰心大戏院(工部局乐队的演出据点)的座上客。除听音乐会外,就是听留声机放音乐唱片。经常同三五好友组织唱片音乐会。也在自己家中听唱片。

由于喜欢音乐,我高中毕业后,去投考了国立上海音乐专科学校作曲系,结果却是名落孙山。我母亲对我说:你缺乏音乐的神经。对于你来说,学音乐不如学诗,写诗不如译诗;诗是极难学的,但是音乐比诗难上一百倍!

从1938年上初中,到1942年考进大学,我还喜欢看电影、话剧。1937年秋到1941年12月,上海孤岛时期,话剧蓬勃发展,有一批进步的话剧工作者在那里活动,像上海剧艺社,像黄佐临领导的苦干剧团等。还有费穆领导的话剧团,演《秋海棠》。我只要有零用钱,都买票去看。当时进步的青年学生都喜欢看话剧。我看过《天国春秋》、《李秀成之死》、《海国英雄》(编剧是魏如晦,即阿英,魏如晦是阿英的笔名),还看过写反清女英雄的《葛嫩娘》,写郑成功的《明末遗恨》等。李健吾化名改编法国戏剧,黄佐临导演一些进步的戏,如把高尔基的《底层》改编成《夜店》,还有石挥演的《大雷雨》等,我都喜欢看。

那时,上海放电影的地方叫大戏院,像辣斐大戏院;演京戏的地方叫舞台,如天蟾大舞台。头轮电影的票价最昂贵,《乱世佳人》我就是攒了多时零用钱买票看的头轮。最初放映外国电影都是原版。后来有点字幕,再后来可以加一点钱,买译意风,看电影的时候,把译意风套在耳朵上听同声中文翻译。快解放时,才有少量的华语配音片。

看中国电影,头轮在金城大戏院。我爱看的有《十字街头》、《马路天使》、《夜半歌声》等。《马路天使》我看了三遍。抗战前期,放映宣扬爱国的电影《木兰从军》,陈云裳演花木兰,演得好,我很喜欢看,跟我的表哥一起去看了好几遍。我们与放映此片的沪光大戏院的服务员几乎成了朋友。电影《天伦》,描写孤儿院的生活,充满人道主义精神,我在小学时就知道。这是个有字幕的默片。有一次我看到九星大戏院的广告,要重放《天伦》,我就逃课去看。我一边看,一边流泪。影片歌曲《天伦歌》,郎毓秀唱,"老吾老以及人之老,幼吾幼以及人之幼……"直叩我的心弦。直到今天,想起那旋律,还会泪流满面。

看美国电影比看中国电影多,因为美国电影品种多,数量也多。我喜欢看文学名著改编的电影。曾跟我在常州一起演戏的大朋友费定,有一次跟我聊天,教我看电影要有选择。他说可以看文艺片,要知道原著在文学史上的地位,大腿片(歌舞片)没有什么意思。费定参加过一些电影的配角演出。

我看过根据莎士比亚喜剧改编的电影《仲夏夜之梦》,还看根据莎士比亚悲剧《罗密欧与朱丽叶》改编的电影《铸情》,根据狄更斯小说改编的《双城记》,根据马克·吐温小说改编的《汤姆沙耶历险记》等等。

　　我也喜欢历史片。《倾国倾城》是写埃及克莉奥帕特拉女王的。还有《十字军东征记》，这部电影是在上海英租界卡尔登大戏院上映，全是英语对白。我很喜欢演主角的演员威尔柯克逊，曾专门注意过他，关注他的命运，因为他演英雄形象太好了。

　　由于喜欢电影和话剧，我还想当演员。有一次，我到演话剧的辣斐剧场后台找到演李秀成的演员严俊。我说，你演得好，我也想当演员。他说，要考国语，如"石"、"舌"、"十"、"日"、"入"这几个字的国语发音，你能分辨吗？（这几个字的上海音、常州音是一样的。）我试着说了一下，他听了后说，你学好了再来。

　　由于迷电影，我和表哥自己弄幻灯搞电影，画了画，用手电筒和白布像演皮影似的在我们的阁楼上放映。1937年至1938年，我们作为游戏成立了电影公司，叫"尖头电影公司"。还有电影公司的片头曲，是我作词，我表哥作曲，叫《尖头歌》。我们"出品"了影片《古庙呻吟》，故事受当时的电影《夜半歌声》的影响，编得有点诡异。

　　我对诗歌的爱好，主要是受母亲的影响。十四岁时，我瞒着母亲写出第一首五言律诗。出乎意外，受到母亲的鼓励。读高三时，又不顾功课，沉湎于写半通不通的英文诗。那时真是进入了一种无限热切的痴迷状态。写诗要讲究格律。我殚精竭虑，要去掌握好平仄和韵脚。曾听说有傻子行路撞在电线杆上的笑话，但我自己确确实实有两次在走路时撞在树干上，都因为心中正在想怎样找一个合乎平仄的汉字或者找一个押韵的英文字。

　　一天，我正在理发馆里理发，心中默诵着英诗，突然领悟一句济慈的诗的意义，我兴奋得从椅子上站立起来，大呼"好诗！"正在为我理发的师傅惊得目瞪口呆。后来这事传开去，我得了个绰号"尤里卡"。（古希腊学者阿基米德在浴缸里悟得测定物体的体积和重量关系的方法,奔到大街上高呼"尤里卡!"意即"我知道了!")

高中毕业后第二年的夏天,我借住在我的哥哥的同学沈大哥家,在江苏吕城农村。这是我一生中最沉迷于写诗的苦乐的一个时期。一个多月的时间里,我写了六十几首抒情、写景的新诗(白话诗)。这些诗的写作,受吴汶的诗的影响很深。我白天在田间、地头、河边、坟旁观察,领会,与农民交谈,体验他们的情愫,咀嚼自己的感受。晚上就在豆灯光下,麻布帐里,构思,默诵,书写,涂改,流着泪誊抄。有时通宵达旦。一次在半夜里,自己朗诵新作,当诵到"天地坛起火了……"这句时,我的大嗓门把睡在隔壁的沈大哥惊醒了,他以为天地坛(乡间祭祀天和地的小庙宇)真的着火了,没来得及穿衣服就跑到我的屋里来问是怎么回事。等弄清了事实,他与我相视大笑!从此他不再叫我的名字,叫我"诗呆子"。

我的中学时代正处于抗日战争期间。上海曾是前线,但很快成了"孤岛"(周围是沦陷区。上海有英、法租界,日军不能进入)。在这个特殊环境中,我和我的同学们大都热血沸腾,怀着报效祖国的志愿。同时也发展着个人的爱好和才能。我钟情于文学、诗歌,也在这时奠定了基础。

幼 稚 无 妨

　　曾卓有一首诗《遥望》："当我年轻的时候 / 在生活的海洋中,偶尔抬头 / 遥望六十岁,像遥望 / 一个远在异国的港口 / 经历了狂风暴雨,惊涛骇浪 / 而今我到达了,有时回头 / 遥望我年轻的时候,像遥望 / 迷失在烟雾中的故乡。"我读到这首诗时,刚刚年过六十。当时的感觉与诗人的十分相似。现在又过了二十年,再遥望自己年轻的时候,很奇怪,那"迷失在烟雾中的故乡"反而轮廓清晰了许多。那里有青少年的喜悦,悲伤,欢乐和烦恼,其中的种种细节,像放电影似的从"烟雾"中一幕一幕地呈现出来。我从小培养的对文学、诗歌的爱好,是母亲对我的恩赐。母亲的音容笑貌,母亲吟诵古诗古文的音调和嗓音,那特殊的节律和音色,她的慈祥,耐心,"夜灯红处课儿诗"的种种情景,都透过"烟雾"——在我的视觉和听觉中再现。

　　我读小学四五年级时,母亲每夜教我古诗文,课本是《古文观止》、《唐诗三百首》,后来又加上《唐诗评注读本》和《古文辞类纂》。她先详细讲解文本,一句句地讲述内容,然后分析结构、风格、气韵。她让我跟着她用常州古吟诵调吟诵,诗可吟,文可诵。她诵一句我跟一句,直到吟诵全篇。她制成纸条,上面写数字,夹在书中。她让我诵书,诵一遍抽出纸条一截,出现一个数字,直到纸条上出现"50",说明我已诵过五十遍,才算告一段落。开始时我觉得很苦,时间久了,便能从吟诵中得到快乐。有些重要文章,母亲指定我诵读百十来遍,直到能滚瓜烂熟地背诵为止。(有些古文,如王勃的《滕王阁序》等,我如今到了八十岁,依然能"倒背如流"!)母亲常常提到文章的"气",她说每篇古文都有它的"气",读一篇文章若不能掌握它的"气",便不能得其精粹。这种文章的"气",我常于读得烂熟到能背诵时感觉到。接下来便是母亲教我作文。我在学校里的作文,母亲都要再检查一遍,给我以指点,她的批评常常比学校里国文老师说的深刻。母亲也偶尔出题目让我做文章。她原是常州女子师范学校第一届毕业生,曾在北京、沈阳、常州、宜兴、湖南桃源当过老师,教过国文、音乐、绘画、体育。她生了我——第二个儿子后,便停止了社会工作而专管家务,这样,我的哥哥和我,便成了她的学生。她教我作文,有一个做法是学校里国文老师从未用过的,便是:让我先诵读一篇她指定的古文,读几十遍,然后按她出的作文题下笔为文。而这篇古文跟我做的作文必有某种关联。母亲说,这叫做"借气"。果然,我诵读几十遍之后,趁热打铁,写起文章来,真觉得"下笔如有神"!何以故?是我借到了"气"!

我渐渐地把注意力转移到阅读新文学作品上来,鲁迅、茅盾、郭沫若、巴金,以及艾青、卞之琳等大家的作品,大量地进入我的视野。这种阅读,有时日以继夜,如醉如痴。在新文学浪潮的冲击下,我开始了白话新诗、散文诗和散文的习作。母亲虽然是从旧营垒里走出来的,但她受过"五四"新文化运动的熏陶,思想绝不封闭。我自小生长在"书香门第",但个性并没有受到封建家庭常有的压抑。这与父亲和母亲的开明作风有关。(父亲留学日本,是建筑工程师和建筑学教授。)母亲对我的课余文学创作,不但没有制止,反而采取鼓励和严格要求的态度。我的诗文习作,也是在这种自由的环境氛围中进行。我的第一首诗,第一篇散文,都是在母亲的雨露滋润下,在她的潜移默化力量的推动下,产生出来的。

朋友刘茵要我谈谈我的那些"少作"。我说,"少作"是有的,但是极为幼稚。她说:"幼稚无妨。"那么,就谈谈吧。首先,我不悔少作。像模像样的成年人,哪个不是从襁褓和摇篮里"爬"过来的?有时,把少作和成年人作品比较,还发现后者缺少了一点天然和率真。英国诗人华兹华斯说:"儿童乃是成人的父亲。"因为儿童接近天国——大自然。也许只有到了耄耋之年,才有可能实现童心的回归。我家乡常州人惯说"老合小",指出老人和小孩的同一性、"返老还童"的规律性。何以故?因为老人又重新接近了天国——大自然。

我最早的一篇作品是散文诗《夜会》,写于1940年10月26日。那时我十六岁,在上海读高二。诗中写的是我在一天夜晚经过一个花园去参加一次集会。没有正面写集会,而是写园中的所见、所感、所思。这个花园,其实是当年法租界的法国公园,最早叫顾家宅花园。抗日战争胜利后,租界收回,这个园也改名为复兴公园。这篇散文诗,写到园门口的司阍、我的书包,写到"目光"在星空里遨游,写到书包的离心力造成草地的倾斜,以及"潮湿"的幻觉……诗中的人物只有"我"一个人,一个孩子,但经历了奇异灯光的照明,经历了万籁俱寂的宁静,经历了山呼海啸般大地的旋转和劈面袭击,经历了倒映着星空的溪水的抚慰……没有说教,没有主题思想,有的只是感觉,只是梦幻般的云水流程。写完后没有立即发表。那时上海处于敌伪统治时期,我拒绝向敌伪报刊投稿。抗战胜利后,1945年秋天,这篇散文诗才在诗友何溶主编的文艺期刊《麦籽》一卷三期上发表。

我的另一篇少作也是散文诗,题目叫《姊姊》,写于1944年。那时我二十岁,读大二。这篇东西在心中酝酿已久,在一个夜晚,一口气写成。诗中写一个在江边的古镇中发生的故事,说比我大一个月的表姊,吃了一种名叫"胭脂菌"的美味植物,导致她生命的耗竭和死亡。故事是虚构的,但那个古镇和姊姊这个人物却有原型。1937年卢沟桥事变爆发,全面抗战由此开始。那时我十三岁。这年深秋,我跟随家人从家乡江苏常州逃难到湖北新堤。新堤西靠洪湖,东傍长江,今天叫洪湖市。诗中的古镇就是新堤。我有一个姑母,终身未嫁,成为我父亲家中的成员。诗中我姑母的女儿,我的"姊姊",用我家邻居一个名叫"阿赋"的小姑娘做模特儿。诗中写到的教堂,教堂院子里墙上的青苔,大船,穿蒲鞋的老人,都是实有的。"胭脂菌"的美丽和它的魔力,是根据民间传说而作的诗化的描写。阿赋,是我童年游戏时的女伴。抗战爆发前一年她家已从我家邻宅搬走,但我一直思念她。数年后,从无可考查的传闻中听说她已失踪,或者死亡。总之凶多吉少。于是我带着悲凉的心情,把她写进了这篇散文诗里。她的年龄,她的绯红的双颊、大而亮的眼睛,她的固执、坚持、大胆,同时又胆怯、缠住我不放……等,都是她原有的,我把这些性格特点都放到一个虚构的故事里去了。这篇散文诗写成后,我放在抽屉里,不拿它向敌伪报刊投稿。抗战胜利后,我才把它投给在上海发行的《东南日报》。我留下了这篇散文诗发表时的剪报,但没有记下发表的日期。我记得大约是1945年秋冬。

这两篇东西发表后,我拿给母亲看。她很认真地看了,说:"功力不够。"又微笑着说:"有希望。"她对儿子总是抱着希望的,只是,我总怕会使她失望……

我认为散文的灵魂是真实。有人写散文,讲一个一眼就能看出是虚构的故事,对我就失去了吸引力。我写散文,对虚构有一种自然的抵制。但散文诗的灵魂是幻想,为了追求幻想,可以真诚地采用包括虚构在内的各种手段。我的这两篇少作,就是我最早的散文诗习作。它们从"迷失在烟雾中的故乡"浮现出来,脸上堆满了幼稚。不过,幼稚的作品有时也会有一种"稚气美",往往是成年人努力追求而不易得到的。既然刘茵认为"幼稚无妨",还可以再发表一次,那就遵命吧。

2004 年 5 月 17 日

我一辈子是个编辑
——答记者唐不遇问

问：屠岸先生，您很早就是一名编辑，您的编辑生涯是从什么时候开始的？

答：做正式的编辑，是在1949年5月上海解放之后。当时上海有一份《人民文化报》，是夏衍创办的。这报上有多种副刊，有一种"人民戏剧"，一星期出一次，一次一个整版。我受命编这个副刊。这份报纸办了一年就停办了。1950年2月，我参与创办《戏曲报》。那时我在上海市军管会文艺处工作，这年5月，调到华东文化部做戏曲改革工作。这份《戏曲报》是月刊，我担任编辑。1953年我调到北京中华全国戏剧工作者协会（后改名中国戏剧家协会），做《剧本》月刊的编辑。1954年《戏剧报》创刊，我做编辑，一直到1962年。从1962年到1966年"文革"爆发为止，我在剧协戏剧研究室，做内部刊物《外国戏剧资料》的编辑工作。

问："文革"之后，您的职业有什么变迁？

答：是在"文革"期间变的。1973年，我从五七干校回到北京，那时有一个分配组，完全根据他们的需要对回城的干部进行分配工作，并不征求本人的意见。

问：他们把你分配到哪里？

答：分配到人民文学出版社。但这是歪打正着。我曾跟朋友们说,不是有一种说法叫"天上不会掉下馅饼来"吗?我就捡到了天上掉下来的馅饼。因为我非常喜欢到人民文学出版社去,一直就想去。

问:他们为什么把你分配到人民文学出版社去呢?你了解吗?

答:他们就缺一个编辑部主任,需要有人赶快把工作做起来。我当过《戏剧报》编辑部主任,他们要填补上这个相当的职位,就把我调去了。人民文学出版社内有好几个编辑部,其中一个叫现代文学编辑部,我就被分配到这个编辑部。它实际上是编1949年以后中国文学作品的当代文学编辑部。后来人文社的各个编辑部都改称为编辑室。

问:那为什么叫现代文学编辑部呢?

答:那时候名称不太规范。编1919年"五四"到1949年为止的新文学作品的,叫"五四"文学编辑部,编1949年新中国成立以后的文学作品的叫现代文学编辑部。到了八十年代,才把前者改名为现代文学编辑室,后者改名为当代文学编辑室。

问:你当编辑部主任后,做了哪些工作?

答:组织、编辑、出版了一批新的小说、散文、诗歌作品。那时也做了一些不太好的事情,但这也没有办法。我们要从来稿中发现好的苗子,加以培养。往往有这样的情况,来稿很有生活气息,但不能出版。因为那时的主流意识形态是"四人帮"的文学观:一定要以阶级斗争为纲,要写两个阶级的斗争或者两条路线的斗争;同时,主要的正面人物必须是高、大、全的,就是江青讲的"三突出",即在所有人物中要突出正面人物,在所有正面人物中要突出英雄人物,在所有英雄人物中要突出主要英雄人物。你只能按照这样的要求去让作者修改,修改到符合要求了,才能出版。

问:这情况的改变是在什么时候?

答:是在1978年党的十一届三中全会以后。其实1976年10

月粉碎"四人帮"后我们就开始要动了,但是不可能一下子就改变,还得慢慢地、慢慢地改变。

问:那时候你的职务是什么?

答:那时我是现代文学编辑部主任。我担任人文社副总编辑是在1979年6月。1983年,我担任总编辑,直到1986年。

关于中长篇小说作者座谈会

问:那时你对当代文学心里有没有一个想法? 1978年还是刘心武的《班主任》等伤痕文学发表的时候,这对你有没有触动?

答:有着极大的触动。当时我还不是副总编辑,但我是党委委员。1979年1月我在党委会上提出一个建议,召集小说家开一个专门的座谈会,谈文学写作的发展方向。当时的社长是严文井,兼总编辑;做副社长兼副总编辑的是韦君宜。他们接受了我的意见,过了两天就跟我说,他们研究好了,决定开这个座谈会。这个会全称叫"中长篇小说部分作者座谈会"。

问:这个座谈会是什么时候开的?

答:紧接着党的十一届三中全会,1979年2月6日至13日。

问:这个会对当时人民文学出版社的工作观念有没有改变?

答:有一个极大的转变,就是思想解放。我们被"文革"中的主流意识形态所束缚的思想全部解放了。

问:这个会邀请了哪些小说家,你还记得吗?

答:当时一些有影响的小说家都参加了,还包括一些中青年小说家。他们中有王蒙、刘心武、宗璞、谌容、林斤澜、蒋子龙、冯骥才、陆文夫、焦祖尧、杨佩瑾、黎汝清、周健明、敖德斯尔、陈国凯等等,以及上海的作家竹林、叶辛、孙颙等。还有一些部队作家。这个会我们专门请了胡耀邦同志来做报告,还有周扬同志也来做了报告。特别是请了茅公,茅盾同志来做指示。茅公已经八十三岁,走路走不利索了,扶着他来的。

问：茅公在会上说了什么？

答：是这样的，有三部小说作品，一部是冯骥才的《铺花的歧路》，写"文革"；一部是竹林的《生活的路》写"文革"中知青下乡的遭遇；一部是孙颙的《冬》，冬的象征就是"文革"。这些作品到了我们编辑部，编辑们有两种意见，一种意见认为不能出版，因为都是写"文革"，没有正面肯定，而是带有批判性的。一种意见认为可以用。我认为不能再回避"文革"中负面的东西。严文井、韦君宜也是持肯定的态度。既然这些作品有争议，那么我们就请茅公来判断。我们把这三部小说的内容写成故事梗概送给茅公看一看，请他来判断这样的书能不能出。结果茅公在大会上说，他看了这三篇故事，觉得完全可以，没问题，看你怎么写，只要写好了，就可以出版。这对于我们出版社，是极大的鼓舞。对那三位作者来说，更是巨大的支持和鼓舞。当时冯骥才还没有成名，后来就成为有很大影响的重要作家了。竹林、孙颙也是如此。孙颙现在是上海作协党组书记、副主席。竹林也成为一位有影响的女作家。他们的这三部作品，当时带有"爆炸性"，而茅公予以肯定，这不仅影响了三位作家和一个出版社，而是影响了此后长期的文风。

问：在这个座谈会召开前，"伤痕文学"已经出现了，为什么你们还那么敏感呢？

答：虽然《班主任》等已经发表，但只有一部分人是觉悟得早的，大部分群众的惰性还没有消除，因此需要采取一种社会行动，比如开那么一个大会，并且请茅公来参加，请茅公来发表意见，这样就带有权威的性质了，这样文学创作的思想解放就会更加畅通而较少阻力了。

问：就是有一种权威的声音，在背后支撑着。从这个会开始，人民文学出版社才扭转观念，做了很多真正促进文学发展的事情，是吗？

答:对！应该说这个中长篇小说部分作者座谈会的主要领导人是严文井和韦君宜。严文井思想非常解放,他对一些新的思想、新的探索总是采取鼓励的态度。韦君宜也是如此。这次会她忙得厉害,像耀邦同志和茅公,都是她去请的。

问:这三部小说出版了是吧？

答:出版了。出版后影响很大,竹林和孙颙的两部小说在上海南京路新华书店出售时,读者购书排了长队。冯骥才的小说发表后,收到许多读者来信。

问:这证明群众对好作品是非常渴望的,只是在"文革"时因为意识形态的控制而不敢表露。到了八十年代,又有大量代表新思潮的先锋文学作品出版。1983年你担任人民文学出版社总编辑前后,还做了哪些文学出版规划？

答:我们每年都有出版规划。首先,每年第四季度要召开几次选题会,让编辑们了解作家动向。我们在当代文学方面设立小说南组、小说北组、诗歌散文组、理论评论组、少儿文学组等五个组。出版社不能坐等来稿,必须主动出击。我们经常派编辑们到全国各地去了解情况,登门拜访作家们,获得他们写作的信息,和他们交换意见,建立联系。八十年代我们出版了《芙蓉镇》、《将军吟》等作品,都是批判"文革"的,影响很大。另外,必须提一下的,还有一项巨大的工程,就是出版台湾省作家的作品。1949年起大陆与台湾隔绝三十多年。日本投降后,台湾回归祖国。但1945年到1949年间台湾与大陆的文学交流也很少。如果上溯到甲午战争后清廷把台湾割让给日本起,台湾与大陆的文学联系中断了大半个世纪。七十年代末,两岸形势开始有了变化。我们抓住时机,1979年出版《台湾小说选》,之后又连续出版《台湾诗选》、《台湾散文特写选》,这类选本和台湾作家的个人作品不断推出,这是一次破冰之举,打破了大半个世纪台湾与祖国大陆文学之间的坚冰,在全国产生了巨大的影响。之后，全国各地出版社不断出版台湾作家的作品，形成全国性热潮，而带头者是人文社。

问：当时你们出版的影响比较大的作品还有哪些？

答：当时影响比较大的还有不少，比如《围城》。这本书的出版要归功于我们小说组的资深老编辑江秉祥同志。1979年，他对我说，钱锺书的小说《围城》可不可以考虑出版？我说完全可以考虑啊，但是要看一看书。《围城》的第一次出版在1946年的上海，那时我在上海知道这本书，但我还没有看过。于是他就去找，可是连钱锺书自己也没有，图书馆里也找不到。江秉祥设法从上海调来一本，封面都破了。我看了，说绝对可以出。那时我有个权力，叫终审权，我只要在发稿单上签署意见，签个名，就可以发了。1983年，《围城》终于由人文社出版。这真可以说是历经波折。苏联曾有个学者说《围城》被封堵了三十几年。这下子它重见天日了。

问：这本书出版后的情形怎么样？

答：出版的销售量开始时还不是很大，但也是不错的，印数有好几万册吧——那时的一些名著都是起印十几万甚至几十万册。这本书虽然起印几万册，却是很快就销光，因此不断地再印。真正出现"《围城》热"还是在九十年代初电视连续剧《围城》播出后。出版社大量重印此书。不过这时候已经挡不住铺天盖地的盗版书了。评论界开始时对这本书也没有多少声音，后来慢慢地声音多起来。

问：出书后，钱锺书很高兴吧？

答：他非常高兴。出书后很多人去访问他，要他谈谈这本书，他说他自己没有什么可谈的，他说："你们去找人文社的江秉祥。"使《围城》重新获得生命的人是这本书的责任编辑江秉祥。他后来当了人文社的副社长。

关于编辑原则

问：人民文学出版社在中国出版界举足轻重。在八十年代，你作为副总编辑和总编辑,对中国当代文学的复兴和发展有没有一种使命感?

答:不是我一个人,而是我们整个领导集体,甚至可以说我们出版社的全体职工,都有一种使命感。我们都觉得担子非常重。七十年代到八十年代初,挑担子的领头人是严文井和韦君宜。我当总编辑的时候,韦君宜是社长。但她说她年纪大了,所余的时间不多了,她要把时间用在写作上。于是她跟我订了个口头的"君子协定",她不参加社务会议,不过问日常工作。但有些重要问题我还是要向她请教的。她不能完全退下来。我在社党委担任书记,韦君宜退出党委,连党委委员也不当。我们请一位非常善良能干的同志王业康来当副社长,抓行政管理。另外还有副社长江秉祥,副总编辑绿原、李曙光、张伯海。我们的班子是很团结的。我提出一个原则:团结。要把我们的文学出版事业办好,我们的全体职工必须团结一致,为出版事业贡献力量。而要我们的全体职工团结,前提是领导班子必须团结。领导班子不团结,下面就是一盘散沙。领导班子的团结,首先在办社方针上思想一致,拧成一股绳。相互间可以有不同意见,但要摆在桌面上,进行讨论,达成一致。绝对不允许背后踢一脚。不同意见也可以保留,但执行起来一定要少数服从多数。这些我们这个领导班子做到了。

问:人民文学出版社当时最重要的编辑方针和指导思想是什么?

答:党的文艺方针是我们遵循的总方针,那就是百花齐放,百家争鸣;古为今用,洋为中用;为人民服务,为社会主义服务。不是把这些当作教条,而是要把这些原则贯彻到实际工作中去。具体到编辑工作上,那么我们最重要的原则就是注重书稿的质量。我们坚决杜绝人情稿,关系稿,唯一有发言权的就是质量。我们都有一种警惕感:如果出了质量次的书,就等于砸了"人文社"的牌子!

有的原稿,我们觉得比较好,但还不够好,我们就请作者修改,一直修改到被认为好为止。我们社里特别安排几间房子,作为"作家招待所",专门招待作家住下来,修改稿件。早中晚吃饭有食堂供应。许多作家住过,冯骥才就住过好一阵子,他一面改稿,一面作画,房间内墙上挂满了风景画。前面讲过,人文社有现代、当代、外国、古典等几个文学编辑室,还有《当代》《新文学史料》《文学故事报》《中华文学选刊》等几个期刊的编辑室,我们都予以重视。但有一个重中之重,那就是当代文学。对古代文学和外国文学,当然重视,但仅仅这样是不行的,这是吃老本。不创新,文学的生命之水就要枯竭。所以必须向当代文学倾斜。而在当代文学中,还有一个重中之重,那就是长篇小说。因为长篇小说最能充分地反映波澜壮阔的时代。这是我们的一个重要的指导思想。

关于编辑和作者的关系,我们也有一个重要的指导思想,那就是编辑和作者应该是朋友,编辑绝对不能做判官。编辑和作者交朋友,要以心换心,这样作者就会把作品交给出版社。韦君宜曾经提出一个口号,"作家是我们的衣食父母",在"文革"中,被批判得一塌糊涂,韦君宜因此患上精神分裂症。事实上,这个口号并不是说我们当编辑的要向作家卑躬屈膝,"就靠你们吃饭"了,不是这个意思。广大读者要求作家拿出优秀作品,出版社要靠优秀作品来维持自己的生命,来完成自己的使命。一部稿子,不行,可以退稿,但是要把道理讲清楚,使作者心服口服。那时我们就是这样的指导思想,也是这样做的。

在处理书稿的工作上,有一条纪律:编辑不能在原稿上擅自改动文字。发现有问题,应当提出,方法是在原稿上贴条子,把意见写在条子上。作者看了条子,接受意见,就自己修改。如果不接受,那也不勉强。事实上许多作家是接受意见的,尽管不是百分之百。有一次,蒋路同志(外国文学编辑室副主任)对我说,傅雷先生是文学翻译的大家,但我们在他的手稿上贴了很多条子,有好些是他接受了的。如果有可能把那些贴满条子的原稿公开展览一下,就可以看出作为无名英雄的编辑们费了多少心血!蒋路说得很对。蒋路本人是一位优秀的翻译家,但他把一生的大部分时间和精力花费在做编辑工作上了。既然不准编辑在原稿上擅自改动,那么违反了纪律怎么办?违反了纪律的,就要受到批评或处分。告诉你一个故事:著名作家孙犁有一篇小说,描写白洋淀抗日游击战的,写到妇女们送丈夫去打鬼子,丈夫离了家,妻子仍思念着丈夫,孙犁用了一个成语:"藕断丝连"。做责任编辑的杨立平认为不妥,把文改为"牵肠挂肚"。她没有通知孙犁。书出来后,孙犁大为不满,认为"藕断丝连"是美的,"牵肠挂肚"不美。杨立平的改动是有道理的,但因为她违反了纪律,所以还是受到了批评。

问:当时你们是更注重老作家,还是注重发现新人?

答:杜甫有一句诗:"不薄今人爱古人。"我们套用一下,叫:不薄老人重新人。对老作家一定要重视,我们都登门拜访。"文革"结束前,我拜访过好多老作家,比如到四川去,拜访了沙汀、艾芜、马识途等,那时他们受冲击还没有完全解脱,没有最后落实政策,只是政治氛围已经开始宽松了。他们感动得掉了眼泪,说出版社的同志们还来看我。后来沙汀、马识途都把他们新完稿的小说交给我们出版了。我们还有一条原则,我们文学事业的希望在青年作家身上,对青年作家我们非常重视。在我们的视野中出现了有苗头年轻作者,我们一定抓住不放。关于青年作家,我前面谈到了冯骥才、竹林、孙颙。当然不止这几位。

问:有没有一个重点的青年作家名单?

答:有,每个编辑室都有一个名单,应该说,每一名编辑都有一个联系名单,这个名单还要不断增加。编辑们要到全国各地去跑,去了解情况,发现苗子。

关于《鲁迅全集》

问：除了当代文学，对《围城》之类现代文学的发掘有没有作为一个重点？

答：我们有一套计划，叫"原作重印"，如重印徐志摩的《志摩的诗》《猛虎集》，重印郭沫若的《女神》等等。封面都重新设计。另一些则是再版。现代文学中最主要的是《鲁迅全集》，我们花的力气最大。

问：《鲁迅全集》是哪一年出版的？

答：《鲁迅全集》有好几个版本。人民文学出版社出了三个版本，一个是 1956 年开始出，到 1958 年出全的；第二个是 1978 年开始出，到 1981 年出全的；第三个是 2005 年出的。第一个版本的注释受到周扬的干扰。如鲁迅的文章《答徐懋庸并关于抗日统一战线问题》，批评了周扬他们——"四条汉子"。这篇文章的注释在周扬的干预下说鲁迅的这篇文章是由冯雪峰起草的，其中塞进了冯的观点，把冯雪峰当"替罪羊"。"文革"结束后，这些错误必须改正，要重新注释，于是要出修订本。修订本，上面指定由秦牧、冯牧主持。他们工作了一阵，坚持工作到底的还是人文社的一批鲁迅研究专家，如杨霁云、林辰、孙用等。杨霁云早年就是鲁迅生前的朋友，鲁迅的《集外集》就是他编的。林辰有专著《鲁迅述林》《鲁迅传》等。孙用是鲁迅的学生和朋友。当年孙用译的裴多菲长诗《勇敢的约翰》就是鲁迅设法给他出版的。这是第二个版本，1981 年出全。最近一个版本，2005 年出版，是人文社出的第三个版本。它收集鲁迅著作最全，对注释作了全面的修订，改正了第二版注释中的许多错误和不妥处。这三个版本的《鲁迅全集》，都不收鲁迅的译著。人文社另外单独出版《鲁迅译文集》。远在人文社成立前的 1938 年，即鲁迅逝世后的第二年，在上海出版过一种《鲁迅全集》，实际上不太全，也没有注释，但收入了鲁迅的翻译作品。1971

年,人文社曾经翻印这部《全集》,为什么要翻印? 那时"文革"中,为了应付对外交流,又不能出1956年版,所以只好印1938年版。如果把这次翻印也算上,那么人文社出的《鲁迅全集》有四种版本。

关于《金瓶梅》

问:当时古典文学的出版情况怎样?

答:"文革"中,古典文学作品也不出了。"文革"前,我们出版一套"中国古典文学读本丛书",从《诗经》《楚辞》经先秦、汉魏六朝、唐、宋、元、明到清朝的所有经典文学作品,文学史上有定评的作品,都包括在内。"文革"结束后,重新推出,增加新的选题。

问:"文革"中做了什么事呢?

答:搞"批林批孔",搞"评法批儒",搞"毛主席评《水浒》"。这些东西,"文革"的烙印很深。

问:影响最大的还是中国古典小说四大名著吧?

答:影响最大的是《红楼梦》;而《水浒传》《三国演义》《西游记》的影响也不能低估。但,还有一部影响巨大的《金瓶梅词话》。四大名著有定评,是毫无疑问的。而《金瓶梅》的文学价值虽然得到有识之士的公认,却长期不能公开出版。1957年人文社曾出过《金瓶梅》线装本,根据北京图书馆所藏明万历间刊本影印。这是毛泽东指示要出的。但这部书里有露骨的性描写,不能公开发行,只能内部发行,只卖给一定级别的干部,比如我在剧协时就知道剧协主席田汉、书记处书记们,有资格买。他们领到一张购书券,就可以到王府井一个内部发行门市部去购买。那时我的级别不够,没有资格买。到了新时期,1985年,我和韦君宜及古典文学编辑室的同志们商量后,决定公开出版《金瓶梅》,但仍不同于普通书籍,而要作一些特殊处理,主要是两条:一、做一些删节;二、印数有限制。删节,就是把露骨的性描写删掉。但如果要把所有有关性的文字都删掉,是做不到的,删干净了也就不成书了。但不删的话,就不能公开发行。我跟具体做删节的编辑说,你不要伤筋动骨,看起来太刺眼的就删掉,上下文情节和语气要连贯。

问:《金瓶梅》出版后反响怎样?

答:非常强烈。顾客盈门。一天收到许多封信和电话,要买这本书。但这本书是限量发行,第一版只印了一万册,所以都应付不过来。过了几年后才再版。

问:有没有批判的声音?

答:肯定有。那时还没有电脑。但舆论上有,说你们是国家出版社,怎么出这样的肮脏东西?后来我们就放风说,最初是毛主席叫我们印的。

关于《莎士比亚全集》和外国文学

问:当时人民文学出版社的外国文学出版情况怎样?影响比较大的作品是什么?

答:影响比较大的有很多,举例说吧,有《莎士比亚全集》,这个译著以朱生豪翻译的莎剧为主。朱生豪把他的全部生命都放在译莎事业上了。他1944年三十二岁就去世了,临终前说,如果早知道自己一病不起的话,拼了命也要把剩下的几个剧本翻译完毕。莎士比亚的剧本,据学者研究,那时都认为是三十七个。朱生豪译出了三十一个半。四十年代初,朱生豪在《中美日报》当编辑,这是当时上海孤岛时期主张抗日的报纸。1941年12月7日太平洋战争爆发,日本侵略者进入上海英租界,把一切抗日的报纸封掉。朱生豪从报馆后门仓皇出逃,丢失了所有有关莎士比亚的书籍和参考资料,他翻译的莎剧手稿也丢了。后来他回到故乡浙江嘉兴,在极端贫困的条件下,凭他的毅力和智慧,翻译莎剧。朱生豪非常有悟性,非常聪明,在理解原著和掌握中文以及运用翻译技巧方面具有很高的水平和极大的潜能。还有,就是极端的勤奋和崇高的奉献精神。他只有很少的参考书,却能把莎士比亚的剧作翻译到这样的水平,实在不容易,翻译界的人士和广大读者都非常敬佩他、感谢他。但毕竟因为资料的限制,加上他的早逝,因而来不及整理修订,所以免不了有一些漏译,以至误译,这完全可以理解,绝对不能因此去责备这么一位伟大的翻译家。我不吝惜用"伟大"二字。我认为朱生豪是以生命殉译莎事业的译界英雄和圣徒!但是,人文社作为国家出版社,要出莎士比亚的书,就要尽量减少误译,补上漏译。于是我们请了一些专家对朱生豪的译文进行修订,修订的原则是绝对不能破坏朱生豪的风格,只要把漏译的补上,把误译的改正过来。另外,把朱生豪没有来得及译出的六个莎剧补译出来,署上译者名字。人文社1954年出版的一套《莎士比亚戏剧集》(不全),就是朱生豪的译作的修订本。"文革"以前,就决定要出《莎士比亚全集》,而且基本上要完工了,但"文革"一来,就搁浅了。到了1979年,党的十一届三中全会以后,我们就把《莎士比亚全集》推了出来。

问:人文社在八十年代有没有关注外国的先锋文学?

答:在我之前的几届领导班子里,有一位主管外国文学的副总编辑孙绳武。与我同时的一届领导班子里,主管外国文学的副总编辑是绿原。外国文学编辑室主任是卢永福,副主任是蒋路,他们都是非常优秀的外国文学编辑家。孙绳武懂俄语和英语,翻译过俄语诗歌和理论著作。绿原懂英语和德语等多种外语,译过歌德的诗剧《浮士德》和里尔克的诗。蒋路翻译过车尔尼雪夫斯基的《怎么办》、屠格涅夫的《文学回忆录》等著作。卢永福翻译过大量普希金的诗。但他们的主要才华表现在编辑工作上,他们对外国文学可以说了若指掌,不仅知道过去,对外国当代文学的动向也都心中有数。这个编辑室联系了一大批翻译家。由于孙绳武等人的影响力,许多翻译家愿意把译稿送到人文社来。人文社的编辑们,包括一些老编辑,思想并不僵化,能鉴别优劣,对外国文学中一些先锋的作品,采取包容态度。他们总是警惕自己,不要故步自封,对外国文学中一些新鲜的东西,也要列入出版计划中。我们出过整套"外国现代文学名著丛书",这个"现代"就是modern,是包括当代的。

问:你刚才提到的孙绳武、蒋路、卢永福三位,都是注重俄罗斯和苏联文学的,是吗?

答:是。人文社成立于1951年,那时是中苏蜜月时期,苏联是我们的老大哥,我国在政治上"一边倒",我们在文学上也跟着"一边倒"。那时英语文学不吃香,但也不绝对排斥。因为那时苏联对欧洲其他国家及美洲国家的古典文学还比较尊重,所以这类作品还能出版。人文社在五十、六十年代俄语文学编辑人数比较多,那是时代所造成的。但其他语种的编辑也不是没有,改革开放以来,人文社的外国文学编辑室增加了新生力量,英语文学编辑就有好几位。

问:你对中国当代文学出版事业有没有一个总的前瞻?

答:我们都把希望寄托在年轻人身上。关于流派问题,我认为还是要按毛泽东提出的:百花齐放,百家争鸣。虽然毛泽东后来又把自己的话修改了,说百家争鸣说到底就是两家,一家是无产阶级,一家是资产阶级,而资产阶级的东西是毒草。但是,我们所要遵循的原则是真正的双百方针,我们按照党的十一届三中全会的精神,不再把"以阶级斗争为纲"作为我们的指导原则。我们取舍作品,主要看质量。是思想质量还是艺术质量?二者并重。毛泽东《在延安文艺座谈会上的讲话》里有这样一段话:"任何阶级社会中的任何阶级,总是以政治标准放在第一位,以艺术标准放在第二位。"可是在我心里,总认为,两者能高度结合最好,不过更重要的是作品的艺术质量。一部作品,如果艺术上很差,也就谈不上思想性,谈不上政治意义了。

我离休已经二十二年,对中国当代文学出版事业接触得少了,更谈不上有什么总的前瞻。我只是感到,中国当代文学有了很大的繁荣和发展,优秀的作品不断涌现。当然也有令人忧虑的方面,那就是次品太多。比如小说,据说一年有上千部出版,许多是垃圾。这说明有些出版社缺少精品意识。不过,我对中国文学出版事业仍然抱乐观态度。我认为将来必定会有鲁迅那样伟大的作家出世,我们要善于等待。

问:你有好几个身份,如诗人、翻译家、编辑家等,你自己最重视哪个?

答:我认为"诗人"的称号太崇高,所以在我的名片上印的是:诗爱者,诗作者,诗译者。不过,应该说,我一辈子是个编辑。我最早在学校里就编过墙报。初中二年级上学时,我编墙报《烽火》,贴在课室墙上,写"请各界批评"。一位老师就笑着对我说:"各界?你要什么界啊? 政界? 军界? 商界?"读大学的后期,跟诗友们编印油印诗刊《野火》。1949年5月,我被聘为上海一家美国进步人士鲍威尔主办的英文周刊《密勒氏评论报》的特约编辑。后来我做了几十年的戏剧评论编辑和文学编辑,这在前面已经说过了。我热爱编辑工作,总是全力以赴。现在我仍然是编辑。从2003年起,我和傅天虹共同担任《当代诗坛》刊物的主编,已出十二期(从第35期到46期),同时还担任银河出版社出的"中外现代诗名家集萃"的编审工作,我主编的《夕照诗丛》(英汉双语)已推出十七种。我的业余爱好,依然是诗歌创作,诗歌翻译和诗歌评论。

2006年12月11日

于广东省珠海市荷包岛

回顾在"人文"的岁月

1973年1月9日，我从河北省静海县团泊洼文化部五七干校奉调回京，等待分配。当时从干校回京的人员，大致有文化组（于会泳的那个）、出版口两个去处。我不愿去文化组写作组（就是后来的"初澜"班子），因为我当时已意识到，奉命写大批判文章是一件可怕的事。15日，文化部分配组通知我到人民文学出版社报到，我喜出望外。当时没有过分激动，现在回想起来，这真是天上掉下了馅饼。在那个时代，组织决定高于一切，自己没有选择工作的权利。1953年我从华东文化部被调到中国剧协，剧协办公处与人民文学出版社是前后楼邻居。1954年我在文化部病号食堂结识了"人文"的劳季芳同志，从她那里了解到"人文"的一些情况，特别是冯雪峰同志的工作作风和领导作风，我对这个出版社很向往。但我知道剧协是不会放人的，所以也不作任何非分之想。到了七十年代，这个希望之果竟于无意中得之，怎不令人高兴！人生道路上的这一转折，影响了我的后半生几十年。

我到了"人文"，既高兴也不安。因为我是半路出家，干文学出版是新手。但我又是幸运的，"人文"领导人严文井、韦君宜、楼适夷、孙绳武等，他们的经验和作风，对我起着导向作用。"人文"的一批老编辑王笠耘、龙世辉、牛汉、伍孟昌、蒋路、绿原等同样是我学习的榜样。在这个集体里，我始终把学习和工作统一起来。对我来说,工作就是学习。我在"人文"干了十五年,从1973年到1987年。离休以后列名于咨询机构,到现在已经二十八年。在这段岁月里,我感谢组织给了我学习的机会,锻炼的机会,考验的机会,给了我鼓励和鞭策,敦促我进行探索、策划、思考,让我和同事们、著译者们、读者们一同兴奋,一同忧思,一同喜悦……我想,这个过程还会继续下去,直到我的生命终结。

我在"人文"工作时,参加或主持过很多次座谈会、研讨会、学术讨论会等。给我印象最深的是1979年2月"人文"召开的部分中长篇小说作者座谈会。1978年那场关于检验真理标准问题的大讨论,使广大干部和群众打开了思想的枷锁,我是其中的一个。在此前后,已有突破"文革"禁锢的文学作品在报刊上发表,如刘心武的《班主任》,卢新华的《伤痕》等。党的十一届三中全会公报的发表,更敲响了新时期的晨钟。我和小说北组的张木兰同志谈起在当时大背景下文学创作的动向,觉得有必要召集作家们座谈创作问题,以活跃思想,明确方向,推进创作。 1979年1月18日,在"人文"党委会上,我提出建议:由我社召开中长篇小说作者座谈会。这个建议引起党委委员们的兴趣,他们中有人赞成,有人未表态。1月22日,韦君宜同志找到我,告诉我:经过她和严文井、周游等同志商量后,决定采纳建议,召开部分中长篇小说作者座谈会。随即,成立工作班子,全社动员起来,李曙光、孟伟哉、张庚午等同志们积极投入工作。经过紧张的筹备,座谈会于2月6日至13日在北京友谊宾馆举行。中央和各省、市、区及部队都有作者参加。王蒙、陆文夫、谌容、冯骥才、黎汝清、孙颙、王祖玲、杨佩瑾、敖德斯尔、宗璞、秦牧、刘心武、陈国凯、焦祖尧、高缨、周健明、朱春雨、冯牧、陈荒煤、秦兆阳、林斤澜等作家、评论家们都来了,包括当时的老、中、青三代,可谓盛况空前。为开好这次会而奔走最勤、操心最多的是君宜同志。她不仅与文井同志等安排日程,组织引导,还偕同曙光同志亲自分别去找胡耀邦、茅盾、周扬等同志,请他们到大会作了报告。耀邦同志的报告讲了国际国内形势,党在当前的方针政策,深刻阐述党的十一届三中全会精神,使大家的思路更加开阔。茅公已经八十三岁高龄,亲临会场讲话,对当前文学创作如何进行发表指导性意见。他看了我们送上的冯骥才《铺花的歧路》、王祖玲(竹林)《娟娟啊娟娟》(后改名《生活的路》)、孙颙《冬》三部当时有争议的小说初稿的内容梗概,对三部小说作了充分的肯定,并且从思想到艺术作了具体的指导。坐在会议大厅里的作者与主席台上的茅公对话,当场交流思想,场面极为热烈。座谈会开了八天,围绕着如何在文学创作上拨乱反正展开讨论,形成了思想大解放、情绪大振奋的高潮。

经过几夜的艰苦思考,2月9日,我在大组会上作了一次发言。我以个人体会的方式,对"文革"进行了分析与质疑,指出"中央文革小组"的建立违反组织原则;打倒"走资派"混淆两类不同性质的矛盾;"夺权"破坏宪法;"破四旧"导致"四旧"大泛滥……现在需要学习,以分清真马克思主义与假马克思主义;需要梳理思想,正本清源。我体会到实践是检验真理的唯一标准这一原则适用于一切方面,包括文学创作。文学作品也必须经受实践的检验。我在发言的后半部分对沙汀同志的中篇小说《青枫坡》的艺术作了分析,认为有示范意义。我讲的时候情绪兴奋又激动,这在我是少有的。事后君宜同志对我说:"有的作家说你在会上投了一枚重磅炸弹!"我问:"我的发言有没有说错的地方?"君宜说:"这次会的气氛你还没感觉到?谁说错了准会群起而攻之!"君宜同志在闭幕式上对这次会作了总结。《人民日报》、新华社、《光明日报》《文艺报》等新闻单位和文学报刊对这次会作了报道。这次会被公认为是一次废除"紧箍咒"的会,在全国文学界掀起了巨大的波涛,产生了深远的影响。这次会对"人文"此后的编辑出版工作打开了一条新路。"人文"主办的大型文学刊物《当代》也于此时应运而生。

小说南组老编辑江秉祥同志,在座谈会气氛感染下,想到了钱锺书先生的小说《围城》。这部书初版于1947年,解放后无人提及。苏联舆论说《围城》被埋没了三十年。小说写的是抗战时的人和事,但没有抗日主题。江秉祥提出重印这本书,无人反应,他找到我。我想了一下,认为可以考虑。冯至的《十四行集》出版于1942年,没有抗战主题,但它是新诗史上的丰碑。我对秉祥同志说:你去找钱先生。秉祥去了,但钱先生自己已没有这本书,"人文"资料室也没有,最后从上海找到了一本已有些破旧的上海晨光图书公司的版本来。我把书读了一遍,觉得真好。我当即签字发稿,1980年出版。这步棋走对了。我和秉祥及同志们都体会到,考虑重印什么书,也要从思想桎梏中解放出来。

在座谈会气氛的感染下,编辑同志们突破禁区,在1979年编辑出版了《台湾小说选》,1980年出版了《台湾诗选》《台湾散文特写选》,为在大陆出版优秀的台湾文学作品开了个头。与此同时,"人文"推出了美国华人作家於梨华、聂华苓和加拿大华人作家刘敦仁的小说,这在新中国也是首例。

在座谈会气氛的推动下,编辑部的同志们大力组织新的文学创作,尤其是小说创作。一部部优秀作品出版了。"人文"版的长篇小说在茅盾文学奖等国家级奖项中占有较大的份额,是编辑部同志们和全社各部门同志们共同努力的结果。

我在"人文"工作时总的说来是很愉快的。我感谢领导的信任,全社同志们的信任。我参与其中的那一届领导班子,始终能团结合作,我与每个成员(曙光、业康、绿原、伯海、秉祥等同志)都能以诚相待,和衷共济,回想起来令人欣慰。但在我工作的十几年中,也有过遗憾和惭愧。我说过错话,做过错事。比如,在"文革"结束前那几年,组织稿件,与作者谈提纲,商讨修改等,都以"阶级斗争为纲"作为指导思想,常常让作者在作品中贯穿两个阶级或两条路线的斗争。作者为了出书,便服从编辑意图,以致有些富有生活气息的小说初稿,经过一改再改,改成干巴巴的骗人的虚假故事。当时真是那么愚蠢吗?也不完全是。但在那个风声鹤唳的时候,稍一不慎,便会大祸临头。《园丁之歌》和《三上桃峰》挨批就像杀鸡给猴看。因此即便违心,也得硬着头皮去做。扪心自问,我是怯懦的。这里有多少沉痛的教训可以汲取!

还有一件使我感到惭愧的事:我被委以重任担任总编辑、党委书记,却只能跟跟跄跄地挑起了重担。有人能守成又能开创。我缺少开创的魄力和才干。那时,还处于计划经济后期,还没有正式启动向市场经济转型,我却已感到力不胜任,主要是自己在出版经营管理方面毫无经验。不懂可以学。我本来就把工作当学习。只是,对我这个书生气十足的人来说,经营管理是个新事物,学好它难度很大。(后来疾病更阻止了我。)所幸我们这个领导班子是团结的。王业康同志等的经营管理才能起了作用。十几年过去了,使人欣慰的是,现在"人文"有了一套新的、年轻、得力的领导班子,他们正带领全社职工团结奋进,创造着新的可喜的业绩。

今天,在"人文"五十岁诞辰的日子里,我特别怀念"人文"的创建者冯雪峰同志。我年轻时从鲁迅的著作中知道了冯雪峰的名字。四十年代我读了雪峰同志在上饶集中营里写的《真实之歌》、《灵山歌》及其他作品,对他产生了钦佩之情。1950年初我在上海市军管会文艺处编《戏曲报》,向他约稿,他应约亲自送稿给我,我和他面谈过一次。他朴素的装束和亲切的言谈给了我深刻的印象。1973年又见过他一面,那是在春末的一个日子,他风尘仆仆地来到社里,与同志们亲切地握手交谈,就像跟家人团聚一样。我是新来的,他也与我握手。我说:"雪峰同志,你还认识我吗?"他微笑着点点头。我感到他的手掌很热,这温度似乎保持到了现在。

我与雪峰同志没有深交,但他的精神,他的人格力量,始终是我所崇敬的。他的坎坷的遭遇和他创业的艰难,伴随着他的诗句,常常萦绕在我心头。"我们望得见灵山,一座不屈的山!""灵山,伟大的不屈者的美姿!"这是雪峰同志的诗句,也是他人格的写照。1979年11月17日"人文"为雪峰同志举行隆重的追悼会,我为他题的挽联是:"铁骨铮铮,何惧飞来霜雪","丹心耿耿,巍然屹立群峰"。此刻,在我们欢庆建社五十年的时候,我仿佛见到他像屹立在群山之中的高山那样俯视着我们,用雪光烛照着我们,但,他同时又在我们中间,我们是一座山,"人文"是一座山。我听见了他的歌声:"一座不屈的山! 我们这代人的姿影。一个悲哀和一个圣迹,然而一个号召,和一个标记!"我设想,在下一个社庆日,在"人文"新楼的草坪上,将有一尊冯雪峰的铜像如山一样屹立着,一代代"人文"人在他的感召下前进。

2001 年 3 月

答"作家人生十问"

《湘泉之友》恢复出版,极好! 向你们祝贺。

阅《湘泉之友》今年第三期(2005年7月1日出版),见阎纲兄《答"作家人生十问"》,精邃深刻,为我所不及。亦起效颦之想,遂有下列答问。

问:你成功的经验和秘诀是什么?

答:有失败的经验,无成功的秘诀。世界上有没有"秘诀"这种东西,我怀疑。朝着目标,一往无前,成败在所不计。

问:你最喜欢读什么书?

答:喜读的甚多,即使"最"一级的也多。姑举数例:《杜诗镜铨》,《鲁迅全集》,《莎士比亚全集》,《济慈诗全集》。

问:你最大的嗜好是什么?

答:每日入睡前及醒后在床上,心中默吟楚辞唐诗宋词,用家乡常州古吟诵调,撷出其中所有入声字,默计入声字在各句和全诗中的位置与数量及其形成的曲线图像。

问:你最大的烦恼是什么?

答:被剥夺思考的能力和写作的习惯。

问:你是怎样看待金钱和名利的?

答:由于职业病(当了一辈子编辑)作怪,我先纠错。这个问题中"金钱"与"名利"的"利"重复。建议改"名利"为"名气"或去掉

"金钱和"三字。窃以为:行得正,自得好名;行不正,恶名难消。求或避何益?能得正常的衣食住行即足,多余的金钱,不强求。我行我素,名利于我何有哉!

问:你是如何处理周围人际关系的?

答:(1)发生矛盾时,转换思维角度,站在对方立场上想一想,也许,化干戈为玉帛。(2)道不同,不相为谋。(3)敬鬼神而远之。

问:你向往什么样的生活?

答:家庭和睦,社会和谐。有一角书房,供我阅读、写作、翻译、睡眠到终老。

问:你喜欢和什么样的异性相处?

答:能互爱,即:能相互有心灵的沟通、理解,事业上的支持,原则问题上的一致。她绝非没有个性、没有独立的人格、没有自己的价值取向。

问:你最喜欢的座右铭是什么?

答:从小母亲教我的两句:胆欲大而心欲细,智欲圆而行欲方。

问:请你对想成名的人说几句话。

答:请允许我从英国诗人济慈的《咏名声(一)》里引几行诗奉送给想成名的人:

> 名声,像个任性的姑娘,对那些
> 奴颜婢膝的求爱者不动感情,
> 但是粗心的男孩她倒不拒绝
> 却更倾倒于满不在乎的心灵;
> ……
> 请向她潇洒地鞠一躬,说声再见;
> 这样,她要是愿意,会跟在你后面。

济慈还有一首《咏名声(二)》,其最后两行是:

> 为什么,人要美誉便软磨硬求,
> 信奉邪教,不再想得到拯救?

我想,咱们大家都该离邪教远一点。

2005年10月

年龄可以老,心态不能老

——答《书简》问

1.您为什么取"屠岸"这个笔名,寓意何在?

我用"屠岸"作笔名始于1945年,后来它成为我的正式用名。当时我学的鲁迅,周树人的母亲姓鲁名瑞,他即用母亲的姓作自己笔名的姓。我的母亲姓屠名时,我也想用"屠"作我的笔名的姓。我也爱单名,即一个字的名。想不出好的,便查《辞源》的"屠"字条,发现有"屠岸"一条,是古代的复姓。我喜欢"岸"字,有"傲岸"的意思,便决定用"屠岸"做笔名,是姓屠名岸,不是如司徒、欧阳那样只是复姓。这一用就用了一辈子。

2.您的书房为何取名"萱荫阁"?

萱草是慈母的代表。我母亲的画室名"萱荫阁",为的是纪念她的母亲——我的外祖母。我沿用母亲的"萱荫阁"作为我的书房或工作室的名称,这不是僭用,这是为了纪念我的母亲。是她,把我引上了爱好文学的道路。

3.您经常回复朋友和社会上的来信吗?请谈谈您对书信文化的看法。

我确是经常回复朋友和社会上的来信,几乎是有信必复,如果拖延了一些时日,便觉耽误了事情,或者不礼貌。现在年龄渐大,对回复信件依然一如既往。不回信,简直是藐视对方,怎么可以呢？有时实在精力不够，便用电话回答。但多数情况还是写回信。我不用伊妹儿。曾购电脑一架，用了一些时候，眼睛不能适应，而且酸痛不已，于是决定放弃，所以至今仍是电脑盲。古往今来，书信是一种文学样式，其内容可以是一件小事，也可以纵论天下、纵论宇宙、纵论人生。其特点是有如耳提面命，或亲聆教诲，或对口交谈，使人倍感亲切。司马迁《报任安书》，约翰逊致切斯特费尔德勋爵书，鲁迅与许广平《两地书》，均系世界上书信文学的珍品，有的甚至堪称伟大，是任何其他样式的文学作品所不可替代的。李陵答苏武书非常动人，但出于后人伪托，只能当小说（虚构作品）看，不是真正的书信文学。

4.您认为生命中最大的乐趣是什么？

读万卷书，行万里路。

"最大的乐趣"——最大，很难说。读书和旅行可以说是我"最大的乐趣"之一或二，而不是唯一。与挚友通信，作心灵的交流，也是我"最大的乐趣"，这里，"乐趣"这个词，我觉得还不是最恰切。这种交流应该是一种"愉悦"，一种"恬适"，一种"怡然"。

5.面对喧嚣的社会，您是如何保持童真的？

年龄可以老，心态不能老。对我来说，我的心态不是不能老，是不会老。经常与上帝对话，聆听上帝的声音。我的上帝是万物的创造者，是大自然。上帝的声音，即儿童的声音，只有儿童，是上帝的赤子。与上帝对话，即与儿童对话。经常与儿童对话，自己也成为儿童。保持童真，无法刻意达到。一切顺其自然。

6.除了写作和读书，您还有哪些休闲方式？

听音乐。贝多芬、莫扎特、舒伯特、柏辽兹、柴可夫斯基、德彪西，都是我的导师。把听他们的音乐说成"休闲"也不是不可以，但我觉得这不仅是"休闲"，更是朝圣，是求得灵魂的净化。

旅行。可以亲历中国和世界历史遗迹的浓厚积淀，可以亲近祖国和世界的自然壮观和它的博大精深,可以因此而感悟哲学的启示、人生的真谛。把旅行说成"休闲"也不是不可以,但我觉得这不仅是"休闲",更是一种"天路历程"。

7.你认为最有效的读书方法是什么?

马克思主义的经典著作,我读得不多,也读了一些。有时感到枯燥难懂,此时要下定决心,"啃"下去,决不要半途而废,到后来必定会柳暗花明,进入豁然开朗的光明境界。坚持,是读书获益之本。对文学经典,阅读时要全身心投入,如畅游大海,如潜入梦境。要达到与大师对话的境界,才能真正悟出经典的三昧。对一般书籍,须经过选择。有些书稍加涉猎,便觉缺少魅力,即可弃置一旁。对货真价实的经典,除非不读,否则切忌浅尝辄止。

8.您认为一个人的生活阅历和阅读经验哪个对写作更重要?

生活阅历和阅读经验对写作都重要。按其重要性来讲,不分轩轾。但,生活是源,书本是流。书本也是前人或他人以生活酿制的。缺少生活阅历,不可能写出作品来。但又决不能小视阅读经验。因为,我们已经不是原始时代的地球居民了。割断传统的企图不仅狂妄,而且荒谬。缺少生活,就处于真空。不进行阅读,也处于某种真空。真空中人,能写什么呢?

9.请谈谈您的家庭好吗?作为家长您是如何教育子女的?

一般家庭中,总说是父严母慈。旧时以"家严"称自己的父亲,以"家慈"称自己的母亲。我家相反。对子女,我"慈",我的妻"严"。这样,互为补充,相辅相成。

以身作则,身教重于言教,这是我治家的原则。

诗教,原是我国的优秀传统。我家现在每周或每隔一段时间举行一次"晨笛家庭诗会",在会上谈诗、论诗、背诗、吟诗,古今中外的大诗人、名诗人或无名诗人的作品,都是诗会中吟咏议论的对象。参加者有我,我的两个女儿、女婿,一个儿子,两个孙女,一个外孙。我们每个人都欣然参加,定计划,而且预先做好准备。这种文化传统的熏陶,对下一代和第三代的成长,起着重大的作用。我妻已于七年前(1998年)病故。她如还在,必然欣然参加。

一个爱诗亦即爱真善美的孩子,不可想象会走上人生堕落的歧路。

10.假如时光可以倒流,您将如何选择?

我对语言学有极大的兴趣,曾想当个语言学家。我对绘画有兴趣,曾想投考美专。我对音乐有兴趣,1942年高中毕业后,曾投考上海音专,但名落孙山。我对植物有兴趣,曾想当个植物学家。但是,归根到底,我的最爱还是诗。

如果时光可以倒流,我的选择依然是做一个诗爱者,诗作者,诗译者。诗,是我的生命。诗,是人类灵魂的声音。人类如果没有诗,就会堕落。一个民族如果没有诗,就会衰亡。上帝命定我永远是一名缪斯的信徒。

2005年

真 诚 的 合 作

我从1950年起就做文艺刊物的编辑工作，一直到"文革"爆发。1973年起又到人民文学出版社做出版工作，直到1987年离休。我深深体会到编辑和作家合作的重要。韦君宜同志主持人文社工作时，曾提出"作家是我们的衣食父母"的说法。她的意思是要求编辑尊重作家、支持作家、协助作家、信任作家。我在"人文"工作时，常常勉励自己和同事们。我说：我们和作家的关系，只能是朋友，决不能是"判官"。只有对供稿者待之以真诚，他们才会信任出版社，把自己的心血结晶交给出版社。

有一些编辑，自己并不是不能写文学作品，但为了一个崇高的目的，把大半生奉献给了文学出版事业。老编辑许显卿，曾把自己的生活积累作为素材赠送给了一位作者。老编辑王笠耘，曾在一次座谈会上说：我们一辈子为他人作嫁衣，无怨无悔，只希望退休之后，在我们的晚年，如果还有精力的话，为自己缝制一件寿衣。闻者无不动容。许、王他们都是人文社极其优秀的编辑，他们的体会是：一定要做作家们的朋友、挚友、诤友。由于他们以及与他们作风相同的编辑们的努力，出版社赢得了一批又一批作家和译家的信任。

我也写一点东西，译一些东西，因此我也对一些出版社的作风有自己的感受。听有些作家说，他们曾领受过某些出版社的冷淡态度。但是,我却感受到许多出版社的热情。如上海译文出版社,中国青年出版社,中国对外翻译出版公司,湖北教育出版社,花山文艺出版社,湖南少年儿童出版社,重庆出版社,中国国际广播出版社等,都使我感到温暖。他们热情而认真地对待我,对待我给他们提供的书稿。今年,译林出版社出版了我编译的《英国历代诗歌选》上、下两卷。他们待我以真诚,按常规,编辑发稿要做到"齐、清、定",即如果稿件尚不齐全、稿件书写或打印不清楚、作品尚未最后定稿,便不能发稿,因为这样会引起排校的麻烦,影响工作的进程。而我的《英国历代诗歌选》发稿以后,已经见到了校样,我又因故抽去了一些诗,增加了一些诗,有些译文又有改动。我之所以如此,是为了精益求精,使书稿尽可能保持较高的质量,这既是对读者负责,也是为出版社着想,勿使出版社的产品有过多的瑕疵。但事先没有做到"齐、清、定",有我的一份责任。而"译林"的责任编辑林逸(李景端)先生不烦不恼,他不辞辛劳,对书稿认真审阅,发现问题即提出来与我商榷,并先后校对了四次,使我十分感动。再说,这部书稿原与"译林"订有出版合同。我因妻子亡故,心情受创,未能按期交稿。合同作废,责任在我。《英国历代诗歌选》这样的书,可能是常销书。出这类书,至少在短期内是要赔钱的。出版社既要创造社会效益,也要创造经济效益,没有前者,出版社没有存在的意义,没有后者,出版社没有生存的可能。一个出版社,并没有必须承担为某书的出版而赔本的义务。但是,作为译者的我,又不甘心自己数十年心血的结晶"不见天日",于是我主动提出,可由我给出版社付一定费用而使书出版。若干年来,作者自己掏钱出书的现象已普遍存在,所以我也想到了这一着。但"译林"的朋友们经过研究,还是决定出版此书,不用我付费,待出版后用若干册书代替稿酬。我欣然同意,事情就这样定了。《英国历代诗歌选》上、下卷终于在今年1月由"译林"出版。我六十年来的英诗翻译和编选的成果终于和读者见面了。没有出版社的合作,这一梦想是不能实现的。这套书的出版,"译林"是花了力气的,责编认真负责,设计、用纸、印制均属上乘。出版社给了我此书一百套,我很高兴。我感到,这是一次真诚的合作。

著译者离开出版社,他们的劳动成果不可能产生社会效益,出版社离开著译者,他们的事业便成了无源泉之水。二者的合作,是出版文化发展的前提。然而,缺乏真诚,合作便没有基础。我作为编辑与曾是出版社负责人,又作为作家和译家,对此深有体会。所以,我要高呼一声:真诚的合作,乌拉!

2007 年 9 月 27 日

笔 名 随 忆

　　说起笔名，这还要先从本名谈起。我小时候，母亲告诉我：我的大名被定为"蒋镦"。这个"镦"字，胡盲切，音横，意思是钟声。只有《康熙字典》上有这个字。我的小名叫"阿钟"。这个"镦"字既代表钟声，我本该喜欢。但我很早就知道上海有一个青红帮流氓头子名叫黄金荣，而"镦"正是"金"和"荣"二字合成的，所以我非常讨厌它，根本不用它。母亲又告诉我，"璧厚"是我的字；后来就用作我的学名。这个"璧"是"辟"下一个"玉"字，是蔺相如"完璧归赵"的"璧"。父母为我起这个名，意思是希望我成为一块美玉吧，但我可能辜负了他们的厚望。姑且把这作为一种鞭策吧。这个名字后来常常被人错写或错印成"壁厚"。这是"辟"下一个"土"的"壁"。这似乎也不坏，能做一面挡风避雨、防贼拒盗的厚墙，不也很好吗？我也可以把它当作一种策励。

　　我最敬佩的作家是鲁迅。我知道这是周树人的笔名，他的母亲姓鲁，鲁迅的"鲁"由此而来。我仿效鲁迅，也想用母亲的姓做自己笔名的姓，我母亲姓屠，屠氏是江苏常州的诗书之家。我该叫屠什么呢？查《辞源》的"屠"字条。屠户、屠宰、屠门、屠肆、屠贩……都不行。屠苏，草名兼酒名，王安石有诗《元日》曰："爆竹声中一岁除，春风送暖入屠苏；千门万户曈曈日，总把新桃换旧符。"屠苏可以作为选项。但我从不饮酒。忽见"屠岸"，解释是："复姓。晋有屠岸贾，见

《史记》。"屠岸贾何许人也？我没有去查《史记》，更没有读过元代纪君祥的杂剧《赵氏孤儿》，不知道屠岸贾是古代晋国的一个大奸臣。我看中的是这个"岸"字，表示我对反动派的"傲岸"态度。这样，我给自己取了个笔名：屠岸，姓屠名岸，不是复姓。就这么定了。

我最早发表作品于1941年，在"孤岛"上海的《中美日报》副刊《集纳》上，用的笔名是"牧儿"。那时写的东西太幼稚，只是中学生的习作。太平洋战争爆发，日本侵略军进入上海英、法租界，"孤岛"时期结束，宣传抗日的报纸都被封杀。我拒绝向敌伪报刊投稿，直到日本投降为止。

我向《文汇报》副刊《笔会》投稿，受到该刊主编唐弢先生的关爱，1946至1947年连续发表了我的诗、评论、译诗多篇。《文汇报》被国民党政府勒令停刊后，我改向《大公报》副刊《星期文艺》投稿，受到该刊主编章靳以先生的提携，连续发表我的评论文章。我把唐、章二位视作我的恩师（可惜的是他们给我的多封信函都在"文革"中毁掉了）。在这两份报纸上发表诗文，我都用屠岸做笔名。渐渐地，我把屠岸作为我的正式用名。从五十年代到现在，我的居民户口簿上，"姓名"栏里是"屠岸"，"曾用名"栏里是"蒋壁厚"。是"壁"，不是"璧"。这是派出所办事员打的字。他可能不知道"壁"之外还有"璧"，也可能是粗心，没有看清楚我的笔迹。只是，由于上面说过的原因，我也不去更正。

关于这个名字，还有一件事可以说一说。1959年陕西省戏曲赴京演出团带了一个戏到北京来，就是马健翎改编、韩盛轴等导演的秦腔《赵氏孤儿》。但他们不敢公演，只是在文艺界内部演出，征求意见。因为这戏在陕西被一些人批评为宣扬了"曲线救国"、"认贼作父"。他们对这出戏在北京会受至什么评价，心中没底。内部演出后，受到北京戏剧界人士的充分肯定。我以屠岸笔名撰写了《评秦腔〈赵氏孤儿〉》，在《戏剧报》发表，公开为它辩诬，把所谓"曲线救国"、"认贼作父"两顶帽子扔到了爪哇海里，指出这是一出好戏。于是秦腔《赵氏孤儿》在京公演,取得了极大的成功。事后,陕西省有关方面把我这篇文章收在作为学习材料的小册子里,发给剧团的演员等作参考。1961年12月,我出差到西安,有人告诉我说,我的笔名"屠岸"引起了一位演员的疑问:这位作者是什么人?是屠岸贾(《赵氏孤儿》里的主要反面人物)的后人吗?为什么由他来写"平反"文章?……我只好当作新闻,笑而听之。

常常有人问我:"你的名字叫屠岸,包含什么意思?是不是'放下屠刀,立地成佛'和'苦海无边,回头是岸'的意思?"我说:"第一,我从来没有拿起过屠刀,所以谈不上放下。第二,我从来没想过成佛。第三,如果我经历过苦难,那对我是一种锻炼,可以磨砺我的意志。第四,我从未做过昧良心的事,所以不存在'回头'问题。倒是要朝着'彼岸'泅渡,不断地向前,向前。能否到达,听其自然。"

我还用过其他笔名,如:碧鸥(与璧厚谐音,碧空里翱翔着海鸥,我向往这种自由天地);叔牟(父亲给我定了"牟"字,表示对释迦牟尼救世思想的尊崇);张志镳(原是我大学时期最为志同道合的同窗好友的名字,他英年早逝,我借用此名以纪念他);巢令平(原是我小学和中学时期最亲密的同窗学友,他也是英年早逝,我借用此名以纪念他);杜芳(杜与屠谐音;芳与方同音,方谷绣是我爱人的笔名)、花刬、赵任远、邹幼盒、李通由、P.H.、SOM,等等。还可能有一些,已经记不起了。

虽然我的正式用名是屠岸,但我的子女没有一个姓屠的——这原本是他们祖母娘家的姓。根据1950年颁布的中华人民共和国第一部婚姻法,子女可以从父姓,也可以从母姓。我和妻章妙英约定:生儿从父姓,生女从母姓。于是,我的两个女儿姓章,儿子姓蒋。我的同事、好友、戏剧评论家张真,一脸严肃(!)地说:"屠岸,我在你家发现了一个母系中心社会。"

2006年5月18日

在西安过节

五月下旬的西安之行,十分愉快。第二届中国诗歌节选在西安举行,是明智之举。节日标志性语言"盛世中国,诗意长安",颇具深意。小学生书法写唐诗现场展示、诗社及合唱团及学生诵诗唱诗,以及诗人学者诗歌论坛,组成"诗满长安"红五月群众诗歌运动,"曲江流饮""雁塔题名"等古韵新承做法,实在使人感到千秋文脉,永续不衰。话剧《李白》、秦腔剧《杜甫》的演出,使人想起韩愈的名句"李杜文章在,光焰万丈长"。这光焰照到今日,也将照到明天;是西安的骄傲,也是中国的骄傲。这次诗歌节,使诗歌深入到各街区,各部门,各阶层,尤其是渗透到幼小者心灵之中,令人神往。在广场举行的书法展示,群孩伏地执笔悬肘挥毫,那么虔敬,那么真诚,那么专注,使我心中突发激情,不可抑止地三次涌出热泪!我真想热烈拥抱那些孩子们,太可爱,太可敬,太可感!感什么?感恩!感恩书法,感恩诗歌,感恩文化传承!"近泪无干土",我洒不尽感恩之泪!

闭幕式在临潼华清宫遗址广场傍晚举行。是时也,"天接云涛连海雾,星河欲转千帆舞。"告别宴会,金盘玉樽,"劝客驼蹄羹,霜橙压香橘。"深谢主人茗味厚。华清宫是中国诗歌中经常出现的形象。杜甫名句即出此:"凌晨过骊山,御榻在嵽嵲。……朱门酒肉臭,路有冻死骨。"今人也有以此为题者,聂绀弩《华清池》曰:"少女玩过又赐死,居然多情圣天子。长生殿同长恨歌,不及华清一勺水。华清池水今尚温,书已封建鬼道理。我见华清感更深,中有马嵬陈玄礼。"聂的感慨,我深有同感。主持人组织助兴节目,有歌,有舞,有发表感言,"诗人兴会更无前"。我亦被邀,心想:说什么呢?脑际忽涌出杜牧七绝《过华清宫》,乃登台用常州吟调吟了如下诗句:"长安回望绣成堆,山顶千门次第开。一骑红尘妃子笑,无人知是荔枝来。"一阵稀朗的掌声送我下台。耳边忽隐隐涌起:"舞榭歌台,风流总被、雨打风吹去……"

闭幕式文艺演出是大型情景音乐歌舞剧《长恨歌》,不是剧院演出,而是以夜空为天幕,以骊山为背景,以华清池为舞台,在旷野山水间,运用现代声、光、电等一系列科技手段,通过目迷五色的道具,绚烂缤纷的服装,婉娈多姿的舞蹈,演出白居易诗《长恨歌》的故事。舞台在水中起落,宫殿从波涛中升降,人物从空中翔止,演员在水边出没,繁星万点在骊山上明灭,其中有七颗特别炫亮,成斗状。歌声自音箱溢出,充塞大野。突然,炮火连天,烟焰熏人,观者面如火灼,安史乱起……王羲之曰:"极视听之娱",观此演出,庶几近之。唐代诗歌,如果只有抒情短章而无《长恨歌》这类长篇巨制,将是缺憾。陈鸿《长恨歌传》曰:"乐天因为长恨歌,意者不但感其事,亦欲惩尤物,窒乱阶,垂于将来者也。"但白居易写着写着,忘了"惩尤物,窒乱阶"(惩尤物弄错了对象,罪不在贵妃,祸首是玄宗!),终于写成了歌赞爱情的千古绝唱!郑畋《马嵬坡》竟称颂李隆基"终是圣明天子事,景阳宫井又何人",岂不荒唐!鲁迅曾计划写李杨故事,原拟安排玄宗厌倦了贵妃,在危急关头,乘机让人牵去缢死拉倒。事过境迁,皇帝想起当年的恩爱,又生悔意。但鲁迅到西安走了一遭,见到一片破败景象,写作的愿望随之消失。杜甫在《北征》中写道:"桓桓陈将军,仗钺奋忠烈。"赞玄礼,极有见地。我最赞赏的还是聂绀弩。夜气徐来,已有寒意。《长恨歌》演出近尾声,李杨二人凌空而起,飞向仙境。然而歌声仍不断重复"天长地久有时尽,此恨绵绵无绝期",爱侣已双双成仙,登上极乐世界,又何"恨"之有？而且"长恨"？白诗只说"在天愿作比翼鸟,在地愿为连理枝",表达愿望而已。而演出则必须出之以形象,虽称梦境,而观众所见是实人。于是"长恨"落了空。退场时,有媒体采访,要我谈观感。我说,历史上李杨结合是丑事。玉环原为寿王妃,玄宗是夺媳。白诗"天生丽质难自弃,一朝选在君王侧",把真事隐去,是"为尊者讳"吧。李商隐不客气:"龙池赐酒敞云屏,羯鼓声高众乐停。夜半宴归宫漏永,薛王沉醉寿王醒。"微言大义！至于"六宫粉黛""佳丽三千",更不必提。但也不必苛责白乐天,他笔下的李杨,已经离开历史人物,成为爱情的符号了。经过千百年积淀,历史隐遁,爱情出线,真实淡去,诗歌在场。在"一夜情"泛滥,"一杯水"盛行的时代,演出此剧,歌颂坚贞不渝,赞美生死相约,还是有一定意义的。我贺演出成功,白傅不朽,唐诗不朽,诗歌不朽。中国诗歌节以此作句号,亦可称圆满。

2009 年 5 月

送哥哥远行

　　蒋孟厚是我的哥哥。父亲蒋骥(字子展)、母亲屠时(字成俊)生我们兄妹三人,我是老二(原名蒋璧厚),还有一个妹妹蒋文厚。祖父是常州农村杂货铺"朝奉"(售货员),二十六岁病逝。祖母含辛茹苦把父亲养大,靠为人做针线和洗衣供父亲上学,考上公费留学日本,学土木工程和建筑学。父亲回国后,当过四洮铁路工程师,大夏大学教授,中华职业学校土木科主任,苏南工业专科学校教务主任。母亲出身于书香门第,擅诗、书、画。父亲主张科学救国,哥哥遂了父亲的愿,学了土、建。我因数理化成绩差,学了管理。

　　由于家庭的文化熏陶,我们兄妹三人懂得如何"孝",如何"悌",什么"兄弟阋于墙"这类事,对我们来说是不可思议的。父母对我们总是循循善诱,从来没有打过或骂过一字,似乎一骂,就脏了他们的口。这样,我们兄妹之间也就从来没有争吵过。

　　我和哥哥有过一生中唯一的一次争吵。那是我读小学四年级,哥哥读中学初一时。一天晚上,我们借到了一本故事书,二人争着要先看,把书抢来抢去一直抢到灶间,哥哥力气大,把书抢走了。我只好生气,回到卧室睡了。第二天醒来,发现那本书放在我的枕边。原来哥哥抢到书后,便懊悔了,把书还给我,见我睡着了,没有叫醒我。小时候跟哥哥下棋。他走错一着,想悔棋,我便嚷:

"不许悔棋!"他也就缩手。我也有走错的时候,便悔棋;哥哥不让,我就嚷:"你是哥哥,要让弟弟!"他便笑笑,让了,于是我老赢。

哥哥比我大三岁,但好像大人似的照顾我。他教我骑车,教我画画,带我去看电影。他别出心裁地对母亲说:"看一本书要花两天,看一场电影只花两小时,省时多了,让我们省出时间多做功课吧!"就骗得母亲的钱,上电影院。

他在画画方面是个"天才"。最初他是照石印的《三国演义》连环画本,临摹关公、张飞、刘备、赵云。接着又变着法儿画岳飞、岳云、金兀术。后来因为看了家中订阅的《科学画报》,便创作"科学"连环画《死光大战》。他叫我和他合作,先是他画轮廓,我涂阴面,后来叫我也参加创作,他设想了故事,敌我双方如何布阵,如何开战,如何决胜负,画了厚厚的一本钢笔连环画。我们当作宝贝藏起来。可惜我们从常州移居上海,那本画丢了。

我读高一、他读大一时,我们又沉迷于木刻。那时我们最敬佩鲁迅,知道鲁迅提倡木刻,培养木刻家,看到麦绥莱勒的木刻《一个人的受难》,非常有兴趣。哥哥说:"我们何不自己来试试?"我开始胆怯,觉得这木刻非同小可,没有老师怎么能行? 哥哥说,有决心就行。他去买了木板、木刻刀(那时上海有专门店铺出售),又买了油墨和印机,便在阁楼上15W电灯光下干起来。先在木板上起草,然后用刀刻。一次不行,再来一次。他干得带劲,我也被他带动起来。父母亲不禁止。经过多次努力,一幅幅木刻作品在阁楼上刻成,印出来。哥哥说:"去投稿!"把印出的木刻投到《正言报》,有的被退回来,但居然也有被刊登的。我有一幅登了出来,这对我们鼓励有多大啊!

哥哥画人物最拿手,他的线条准确,笔致老到。我则擅长风景画,用水彩,晕染得法。他总是鼓励我:"你的水彩比我强!"有一次我画了一张钢笔风景画,他联系人把这幅画送到法国小学的一个画展展出，得到好评。

在高中时，我的数学成绩一塌糊涂。哥哥说："不能不管了！"他教我大代数。那时，用的教科书是英文的，叫 High Algebra。他给我补习，教我"或然率"一章，那时的"或然率"，现在叫概率，即 Probability。他教我时心平气和，娓娓道来，条分缕析，引人入胜。他的教法竟使我茅塞顿开，不仅如此，还使我爱上了这个或然率，觉得解题有无穷的乐趣。由于哥哥的帮助，我的数学竟得了高分。

1948 年，我出版第一本译诗集——惠特曼的《鼓声》。那时正逢金元券贬值，物价飞涨。是哥哥出钱买了纸（我的未婚妻也出了钱），付了印刷费。他和我商量用一个虚构的出版社，想来想去，用了"青铜出版社"这个名义。他还制作了一幅木刻，作为这个出版社的标志，印在封底。刻的是一支箭射中了一头野牛，给人一种力和跃动的感觉，我很欣赏。

1950 年我出版我的第二本译著《莎士比亚十四行诗集》，他为这本书作了莎士比亚的画像、莎翁当年的保护人骚桑普顿伯爵的画像和十四行诗插图八幅。他用了个笔名：孟石。他的插图有的幽默，有的寓意深刻。比如有一首莎士比亚致他情人黑肤女郎的诗，插图画了两只黑色图案形状的猴子；有一首诗写时间能摧毁一切而不能摧毁诗，插图是银河系和恐龙化石。

我曾半开玩笑地对哥哥说：将来我们合作，当兄弟作家，比如德国的格林兄弟，或者中国的苏轼、苏辙。他笑笑说："你别狂了！我当不了作家。"我说："那也不一定。不过，我相信，你决不会当曹丕！"

1947 年，《鲁迅三十年集》（除翻译作品外的鲁迅全部著作）出版。我正卧病在床。想买一套，但没有钱。我写了一封信给在蚌埠工作的哥哥，提到《圣经》里该隐杀弟弟亚伯和新旧《唐书》中李世民杀兄建成、弟元吉的事，大加抨击，然后歌颂我们常州城的奠基人吴季札(又称延陵季子)谦让君位给哥哥的美德。最后才告诉他《鲁迅三十年集》出版了。我够"狡猾"的,哥哥非常聪明,立即把书款寄来,满足了我的愿望。

哥哥和我从小生活在一起,大学毕业后各分东西。 1953年春节,我和爱人从上海到苏州省亲。后接到调令要到北京工作,于3月15日再到苏州向父母告别。恰好孟厚从哈尔滨回苏州,一家团聚,欢情洋溢。母亲有一首诗记叙这次团圆。诗的题注是:"一九五三年农历元旦次儿屠岸偕媳妙英由沪来苏度岁,继奉派赴北京工作,屠岸于三月十五日又来话别。适长儿孟厚亦自哈尔滨归,欢聚一堂,感而赋此。"诗是这样的:

> 一别韶光三十天,重来恰喜弟昆连。
> 春风细雨行踪速,寒夜明灯兴致添。
> 国事家常谈任意,吟诗读画尽消闲。
> 十年无此天伦乐,此别应知又几年!

在这个亲子之爱、手足之情的温馨之夜,母亲的诗永久留在我的美好记忆之中。

孟厚是长子,所以家中一些重要事务,总是他主动承担。妹妹文厚是1948年入党的地下党员,1949年4月26日在家中被国民党淞沪警备司令部逮捕。5月27日解放军神速解放上海,狱吏弃守自逃,政治犯们自己打开牢门出狱。妹妹回来,全家喜庆;但妹妹因受刺激太重,不久患精神分裂症。父母为治妹妹的病费尽了后半生的心血,但妹妹的病时好时坏,始终未曾彻底治愈。在帮助妹妹摆脱病魔的努力中,我虽然也出过力,但很少,出力最多的除母亲、父亲外,就是哥哥了。哥哥从西安请了专家到苏州为妹妹动了手术,但效果不佳。父亲去世后,哥哥把妹妹安排在河南农村治病,是为了免除母亲的过分辛苦。母亲去世前后,哥哥又把妹妹接到西安精神病疗养院,直到妹妹于1981年病逝。其间都是哥哥在关心她,我远在北京,未能尽兄长之责,至今感到遗憾。

哥哥的学习精神使我非常感动。他到晚年还能学习运用电脑于建筑学,使我惊叹。我的小女儿章燕学英美文学,接触到德里达的哲学"解构主义"。那一年哥哥到北京来,住在我家,知道姪女学过"解构",便要她介绍这门哲学的内容。燕儿讲,他便认真作笔记,一面记一面提问,让燕儿解答。这种见新事物就学的热情真是少有。他学习旧体诗的劲头也使我佩服,他过去未学过旧体诗写作,到晚年却为写诗费尽心力,多次向我询问平仄律、相对律和相粘律以及用韵如何掌握。他给我的最后一封信写于2002年2月28日,说到交通大学土木系1943级友的诗歌作品将编成《扬华集》出版,其中也有他的作品。他知道我有几篇关于旧体诗的论文,希望我复印给他,以作参考。遗憾的是,我见到这封信时,是我到西安向他作遗体告别回到北京以后。这封信我将保存作永久的纪念。

3月4日嫂子给我电话泣告孟厚逝世的消息,我觉得如响雷震耳。5日,我即偕儿子宇平飞抵西安,为哥哥送行。6日,我到殡仪馆见到了哥哥的遗容,他面目安详,状若酣睡。我控制不住感情,扑向他身上,亲吻他的面颊,呼喊:"哥哥! 哥哥!"不觉泪如泉涌。

哥哥家门前堆满了各单位、各亲友送的花圈,他的灵堂两侧的挽联是茂义兄撰的:"建筑教育桃李满天下"、"道德文章典范垂后人"。这是对他一生的准确评价。凡来吊唁的亲友,无一不说孟厚是好人。我也送了一副挽联:"菁莪乐育喜看桃李满天下"、"手足深情无愧芝兰立玉庭"。我看哥哥的遗像,他微笑着,那含有深意的笑容和神态,仿佛仍在与我探讨诗歌创作规律,或者谈论绘画艺术技法。我回首八十年的兄弟深情,在心中酝酿出了一首七律:

送哥哥远行

悄然仙驾赴西瀛,回首依依伴笑行。

桃李无言蹊自远,青松举目鹤来鸣。

窗前奋笔形犹在,坛上为师壁有声。

永忆当年昆季好,芝兰玉树满芳庭。

我用毛笔蘸墨在宣纸上写下这首诗,挂在他的灵前。按陕西地方的风俗,在亡人"头七"之日,要把死者所爱之物拿到殡仪馆"烧"掉。我这首诗连同哥哥的衣物一起"烧"了(但留下了照片),也许能直达他的在天之灵。安息吧,哥哥!

2002年5月2日

"上帝把我给忘了……"

——记周有光大哥

　　有光大哥生于1906年1月13日,这天是阴历乙巳年(蛇年)十二月十九日。如果按实龄算,到今年(2007年)1月13日他满一百○一岁。但如果按中国传统的阴历虚龄算,他一出生就是一岁,过了二十二天,到1906年1月25日(阴历丙午年元旦)就是两岁。如此推算下去,到2006年1月29日(阴历丙戌年正月初一)他已是一百○二岁。2007年2月18日(阴历丁亥年元旦)他该一百○三岁了!

　　今年1月6日,我提前一周带着两个外孙女去有光大哥家为他祝寿,这样做已是多年的惯例。他家在朝阳门内南小街一胡同内。叩门,保姆开门,有光迎出,把我们迎入他的书房。他满面笑容,神采焕发。我把带去的花篮呈献给他。篮上系着两条红绸带,我已用金粉写上字,上款是:"有光大哥一百○二岁大寿志庆",下款是:"愚表弟屠岸率建宇燕海霖露笛同贺"。我高声说:"祝大哥百二大寿!"他笑着看了花篮和绸带上的字,道了一声谢谢之后,第一句话是:"上帝把我给忘了……不叫我回去!"我和两个孩子听了都哈哈大笑,孩子们说:"周爷爷好福气呀!"有光又看看我和我的两个外孙女,含笑说:"你是三世同堂。"我说:"你是四世同堂。"因为他已有重外孙。他笑说:"不,我是四世同球!"原来他的孙女和重外孙现居美国,他隔天就用"伊妹儿"和他们通讯。

周有光是我的表嫂(表哥屠模的夫人)周慧兼的弟弟。屠、周两姓都是江苏常州的望族。屠模是我母亲屠时的侄儿。我们两家过从甚密,亲如一家。俗话说,"一表三千里"。所以《红灯记》里铁梅可以唱:"我家的表叔数不清"。我却对外孙女说,我和有光大哥是"一表五十米",因为我原来工作的单位人民文学出版社和有光住的中国语言文字工作委员会(原中国文字改革委员会)宿舍楼只隔了一道墙!

有光为我从书架上取出一本书:语文出版社2006年11月第1版周有光著《语言文字学的新探索》,在扉页上他写下:"屠岸弟指正周有光2007-01-06时年102岁"。我已记不清这是他赠我的第几本书了。过去的且不说,就最近几年,几乎每年都有他的新书出版,每逢我去向他祝贺寿诞时,他总是有书赠我。如去年(2006年)1月14日他赠我他的《见闻随笔》(新世界出版社2006年1月第1版);前年(2005年)1月9日他赠我他的《百岁新稿》(三联书店2005年1月版)。有光到现在为止到底出版了多少种著作?《见闻随笔》书末附有"周有光著作单行本目录",是三十一种。但这个统计并不完全。作为语言文字专家,他是汉语拼音方案的主要设计者,他所著有关中国语言文字、汉字改革、汉语拼音、世界各国文字研究等学术专著,在国内外产生了巨大影响。他穷大半生精力,于九十三岁时完成并出版的《比较文字学初探》(语文出版社1998年11月第1版),具有重大的学术开创意义,是中国第一部比较文字学专著,已成为中国著名大学的教材和有关学科的补充读物。有光早年就读于上海圣约翰大学和光华大学。上世纪四十年代中期由新华银行派驻美国纽约和英国伦敦。建国后他任上海复旦大学经济学教授。所以他撰写的书中有一部分是关于经济学和金融学的著作。他曾告诉我,他研究语言文字是出于爱好。五十年代中国文字改革委员会成立,他被聘为委员,定居北京。汉语拼音方案完成后,他本想回复旦任教,但被挽留了。幸亏这一挽留,同时挽救了他的政治生命。因为他的经济学思想与沈志远教授的十分相同,而沈志远在1957年被打成"右派",后来被迫害致死。有光如果回复旦,那就逃不过同样的命运。有光的著作中也有关于语文知识的普及读物。更使人感兴趣的是他和夫人张允和合著的散文集《多情人不老》(江苏文艺出版社1998年9月第1版)。所谓"合著",其实是各写各的,书的正反面互为封面,允和的文章横排,书页向左翻;有光的文章竖排,书页向右翻,可谓别开生面。他们所写的,都是回忆人和事的散文,感情饱满,文采斐然。

我还保存着允和大姐赠我的她的一本自传性散文集《最后的闺秀》(三联书店1999年6月第1版)。扉页上写着:"璧厚弟存念 允和2001—02—16"(我本名蒋璧厚)。允和赠我此书时大声笑着说:"我成为九十岁的文坛新秀啦!"这本书中还夹着一个小纸袋,里面有一个纽扣,纸袋上有字:"屠岸老表弟:帽子找到没有?扣子是你的吗?允和2001—03—08"。原来我去拜访他们后,回家发现丢了帽子。现在这个小纸袋也成为永久的纪念了。

当年允和大姐跟我讲卞之琳先生年轻时追求她的四妹充和未成的故事和沈从文先生追求她的三妹兆和成功的故事。当沈从文求婚得到张家姐妹父母同意时,允和给沈从文发了一个电报,只有一个字:"允"。双关!允和讲到这里,便得意地大笑起来。她曾和俞平伯先生等组织北京昆曲研习社,六十年代初我在当时中国文联礼堂观看过允和的昆曲演出,她演《出猎》中的咬脐郎,扮相、唱腔、表演俱臻佳妙。允和还擅写旧体诗,功力深厚。应该说,她给我印象最深的还是她的开朗、乐观、豪爽的性格。每到有光家,就听见屋子里充满允和的笑声。我在日记中写过:"允和大姐,乐天性格,如此高龄,又有四十年心脏病史,却一片天真,热情如火,笑声朗朗,是个百岁女孩!"可惜允和已于2002年8月14日带着她的

笑声去了天国,享年九十二岁。我为她写了一副挽联:

　　　　允和大姐仙逝

　　　红氍毹上昆曲悠扬不是艺人胜似艺人

　　　　举目寿星光耀日

　　　银烛灯前文辞卓拔未炫才女力超才女

　　　　抬头健笔意凌云

　　　　　　　　　愚表弟屠岸泣拜

　　我把挽联送到有光大哥家。有光对我详述了允和病逝的经过。此时有光九十七岁,虽然遭逢剧痛,心态渐趋宁静。他称赏我写的挽联中"胜似艺人""力超才女"的文字,使我感到有光对允和的才华的高度首肯和赞赏。接着他说,不开追悼会,也不举行遗体告别仪式,因为生死是自然规律。一位外国哲人说过,人的死亡是给后来人腾出生存空间。所以我们要以平静的心态对待这件事。我深深感到,有光大哥已经把人的生死参透了,所以能达到这样的境界。

　　自从允和辞世到现在,已过去了五年。再往前追忆,记得1946年3月10日,在上海,我到亚尔培路昌厚新村四号去向姻伯母(有光的母亲)拜寿,告别时我说:"耀平哥(有光本名周耀平)你别送了。"他还是送我出大门口。那时我二十二岁,有光三十九岁。他仪表堂堂,倜傥潇洒,而又风流儒雅。半个世纪又十一年过去了。今天,我见他依然容光焕发,神采奕奕,腰骨直,脚步稳,仅耳朵稍有点重听,但不用助听器仍能与人自由交谈,没有半点老迈之态,衰惫之容。这真是个奇迹! 难怪他要说:"上帝把我给忘了!"

　　有光至今日仍勤于笔耕——不,按有光的说法,是"指耕",他每日用电脑写作。今天他给了我他写的三篇文章的打印稿,其中一篇题目叫《丁亥春节的祝愿》。我立即拜读。文章开头说:"公历2007年2月18日,夏历丁亥年正月初一,炎黄子孙周有光,敬焚天香三炷,忆往思来,默祷上苍。"接着写道,他烧三炷香:"第一炷香,祝愿丁亥年是一个与时俱进的好年份。""从'阶级斗争一抓就灵'到'不问姓社姓资',是历史跃进的伟大一步。""与时俱进不仅是我国之必须,也是世界各国之必须。"接着是:"第二炷香,祝愿丁亥年是个和谐共处的好年份。和谐共处不仅是一国国内稳定的原则,也是全世界的国际和平原则。"说得太好了! 再往下看:"不要忘记,第二次世界大战是在许多人认为二次大战不可能发生的麻痹中突然发生的。为了预防十年或三十年后可能发生第三次世界大战,今天就要认真灭火于未燃!"多么及时的警钟呵! 振聋发聩! 再看下面:"第三炷香,祝愿丁亥年是一个知识上升的好年份。""生在信息时代,知识成为第一需要。""信息化的财产是知识。""比尔·盖茨以知识为资本,他是'知本家',不是'资本家'。"我看着看着,觉得文章越写越精彩:"个人有智障,集体也有智障。个人智障来自教育陈腐,集体智障来自传统原始。袁世凯不能逾越帝王思想的智障。苏联领导人不能逾越沙皇制度的智障。中国现代化进程艰难,背景是两千年封建。迎头赶上,只有依靠教育,提高知识。"最后他呼吁:"破除迷信,破除教条,革新教育,独立思考,使知识水平年年提升。"远见卓识,情见乎辞。何等恳切,何等诚挚,何等精彩!

沉默。我不禁喟然,不禁欣然,不禁恍然。一百〇二岁! 这样的老人! 他最关心的是什么?"上帝把我给忘了。"但是,他永远不会忘记这个"上帝"创造的人间世界! 时至今日,他日夜关心的依然是祖国的安全,民族的振兴,社会的进步,人民的幸福,世界的和谐啊! 读完全篇,我,不禁热泪盈眶。

2007年1月30日

从北京之美说到陈占祥

　　2009年12月2日贵刊"笔会"上登徐小斌的文章《上海北京之美丽比拼》,写得不错。我在上世纪三十年代至五十年代居住在上海近二十年,五十年代调到北京,居住至今。我对上海、北京两地的"美丽"颇有体会,与徐小斌所写的,亦有同感。

　　徐小斌文章中说到北京城的建筑,说:"北京城的建筑,其实本来是极讲究的:以天安门为核心,北有德胜门,南有永定门,一条中轴线贯下来,便是龙脉所系……"不准确。德胜门不在中轴线上,而是在中轴线以西,与在中轴线以东的安定门相对称。中轴线北有钟楼,往南则依次是鼓楼、地安门、景山、紫禁城、天安门、正阳门(前门)、永定门,直到永定门外大街。钟楼以北则是北辰路。这就是中轴线。德胜门偏西,在历史上是有名的城门。明正统十四年(公元1449年)北方少数民族瓦拉首领也先率部入侵,英宗被俘,是为土木之变,于谦率军民进行京师保卫战,激战于德胜门外,也先败走,北京得以保全。德胜门也由此名声大振。

　　徐小斌文章还说:"我真的理解梁思成的那一片苦心和被拒绝后的号啕了！假如当初政府能够采纳他的建议,在保护古城完整的前提下再建一个新北京,那又是什么成色？恐怕北京的旅游业增长十倍二十倍也打不住吧?!"

　　徐小斌的意见是对的。1950年2月,梁思成和陈占祥联合上书《关于中央人民政府行政中心区位置的建议》,史称"梁陈方案"。当时最高领导人听从了苏联专家的错误建议,否定了"梁陈方案"。北京古建筑未毁于战火,却毁于建设。1949年争取傅作义起义,使北平得以和平解放,北京古城得以免受炮火摧毁,是正确的选择。然而否定"梁陈方案",把北京这个所谓"消费城市"变为"生产城市",使北京古城毁于建设,则是历史一大遗憾! 如果按"梁陈方案"去做,不仅仅是北京的旅游增长几十倍的问题,而是保存了一个独一无二、不可再生的东方中国古代城市建筑的杰出典范。北京城建筑不仅属于中国,也属于世界,是人类文化的无价瑰宝! 可惜,毁了!

制定"梁陈方案"时,梁思成已是著名建筑学家,四十九岁。陈占祥是三十四岁的年轻城市规划专家。上世纪四十年代,陈占祥在英国伦敦大学获博士学位。1949年,他放弃被邀到香港去做城市规划的机会,留在新中国。由于"梁陈方案",他在1957年被打成右派,沉沦二十多年。梁思成被保护过关。这是建筑文化的悲剧,也是中国的悲剧!

现在中国建设部中国建筑文化中心大厅里摆放着四尊青铜塑像,以纪念中国建筑领域里具有开拓性的四位代表人物。他们是:铁路建筑师詹天佑、建筑师梁思成、杨廷宝、规划师陈占祥。美国建筑师称陈占祥为中国英雄。

关于"梁陈方案"的经过及北京城的历史,有王军撰写的《城记》一书,详记其事。关于陈占祥的一生,则有他的女儿陈愉庆撰写的纪实文学作品《多少往事烟雨中——我的父亲陈占祥》,已在《当代》2009年第二、第三期连载完毕,即将由人民文学出版社出单行本。

陈占祥是我妻章妙英的舅舅,所以也是我的舅舅,浙江奉化人,1916年生于上海,2001年3月逝世于北京。

2009年12月

美奂美轮八卦村

成则为王,败则为寇——这是中国几千年封建社会的历史。但是,不以成败论英雄,却也是中国的传统。项羽失败了,司马迁还给他一个"本纪"传主的地位。诸葛亮呢,伐魏不成,统一天下的愿望落空,依然赢得"出师未捷身先死,长使英雄泪满襟"的美名。历史是人民写的;历史也是英雄、义士、哲人、良吏写的。诸葛亮为了实现他的价值观而"鞠躬尽瘁,死而后已",这对于后人是一种永远的昭示。今天我们怀念他,早已把他恢复汉祚的思想过滤干净。但他的"静以修身,俭以养德"的志操,依然在熏陶着无数后人。

人们知道孔子的后代——衍圣公,奉祀官,长期居在山东曲阜,却少有人知道诸葛亮的后代长期居住在浙江兰溪。最近有机会到兰溪一游,不意有了令我惊奇的发现:那里有一个诸葛八卦村!祖籍山东琅琊阳都的诸葛孔明,其后代却在浙江落了户。据记载,晋武帝有感于朝野上下交口称赞诸葛武侯忠贞不二治国有方,乃擢用其孙诸葛京为江州刺史。其后,京之子孙历仕晋、隋、唐诸朝。十四世孙诸葛涧在五代后周时因避中原战乱,携眷入浙,宦游山阴(绍兴)而后任寿昌县令,卒于寿昌,是为浙江诸葛氏之始祖。其后人,亮第二十七世孙诸葛大狮于元代中期觅得兰溪高隆之地,以重金购得,亲自规划,营建新居房舍,使村落布局吻合九宫八卦图意。明朝中叶,子孙繁衍,经济富裕,屋舍增多,村落扩大。及至清代,人丁兴旺,村落规模更加宏广。清末民初,各居民区形成,而总体格局始终未变。二十世纪五十年代,人民政府号召居民进行治理整修,整个村庄更加美轮美奂。

我和朋友们乘车抵达村口。抬眼眺望,但见村落处于八座小山环抱之中,小山似八卦的八个方位,形成外八卦。进入村中,见广厦峙立,屋舍俨然,巷道交错,八方呼应。到达村落中心,见一水塘名钟池,绿水荡漾,静影澄碧,整个水池呈阴阳鱼形太极图状。水边晾晒芥菜。一村姑告诉我:此菜晒干后,切成细条,可制成霉干菜,为浙江特产。沿池有药铺多家。一老者告诉我:诸葛氏医药世家遍及大江南北,子弟为官者亦多,大抵为一方良吏。按诸葛有祖训曰:"不为良相,便为良医。"良有以也。钟池四周,八条小巷向外辐射,形成内八卦村。巷极狭,两侧高墙,白垩黑檐,神秘而无阴森之感,深邃而有幽远之美。人在巷中,难辨方向。虽云曲径通幽,却似纵横盘陀路,幸有导游引领,得以走出迷宫。

村内房厦以明清古建筑为主,现有保存完好的民居及厅堂二百余处。青砖,灰瓦,马头墙,肥梁,胖柱,小闺房,形成中国古村落典范。两座最令人注目的建筑物为丞相祠堂和大公堂,规格高,型制别致。前者门匾上署"丞相祠堂"四个大字,似觉理所当然,其实是借用杜甫七律《蜀相》的开头四字。正殿匾上书"名垂宇宙",取自杜诗"诸葛大名垂宇宙";右匾上书"伯仲伊吕",取自杜诗"伯仲之间见伊吕";左匾上书"宗仰云霄",源于杜诗"万古云霄一羽毛";另一处匾上书"管乐有才",取自李商隐诗"管乐有才真不忝"。这些匾额,充盈着诗人对诸葛的钦仰之情,文采斐然,造成浓烈的文化氛围。祠堂建筑古朴庄严,高昂肃然而无压抑感。

村居民宅上屡见春联,如:

村呈八卦祥云起，客似三春喜雨来。

出师表著君臣节，诫子书传天地心。

承诸联葛姓诸葛，有孔则明乃孔明。

我问一位村民：这些春联都是本地人撰写的吗？答云是。这些春联，形式与内容俱佳，书法不俗，字句合乎平仄对仗。出自村民之手，说明了诸葛后裔的文化水平。

留在我心中印象最深的还有刻在大公堂里的"诫子书"。这是诸葛亮五十四岁时写给他的八岁儿子诸葛瞻的，也是诸葛后人长久遵从的祖训。"非澹泊无以明志，非宁静无以致远"，这不仅成为诸葛氏家族的格言，也成为我中华一切怀抱理想的有志者的操守准则。它与"鞠躬尽瘁，死而后已"一道，成为诸葛氏留给中华民族的最宝贵的精神遗产。

这个历史悠久、保存完好、结构精美、文化底蕴极为深厚，至今仍居住着诸葛氏后人的古村落，于上个世纪九十年代被人从遗忘中发现，为之惊叹不已，誉之为"八卦奇村，华夏一绝"。1996年，国务院批准把它列为全国重点文物保护单位。这是值得庆幸的！我希望有条件的中华儿女都能来此一游，不仅增长见识，也能增长智慧，更可增长涵养。

登车告别诸葛八卦村，脑子里忽然涌出一副对联，仿佛也想厕身于这村中民居的门上：

良医良相千秋业，

美奂美轮八卦村！

2004年5月19日

第 三 辑

从心所欲不逾矩

从心所欲不逾矩

——评郑敏对于诗歌格律的论析

郑敏先生创作的诗篇,很多是自由诗作品。如她的名作《金黄的稻束》、《流血的令箭荷花》等,都是不受格律约束的诗。因此,她给人的印象似乎是一位自由诗诗人。

但是,人们也许还没有注意到郑敏对格律的重视。似乎,越到晚年,她越重视格律。她对诗的格律有着非常特出的见解,1999年,她在《郑敏诗选·序》中说:"对于一个真正的诗人,'不自由'永远是创作的必要前提。"所谓"不自由",就是格律规范。她认为格律是真正的诗人进行创作的"必要前提"。请注意"真正的诗人"的提法。我感到,把格律放到如此重要的地位上,这在中国现代诗人中是极为少见的。郑敏的诗歌理论与她的诗歌创作几乎同步。她早年创作的十四行诗,除了段式结构、诗行数有规定外,几乎类似于自由诗。而她晚年的十四行诗,往往增加了格律因子,比如运用了韵式,甚至顿数。由于她在创作实践中越来越深地融入与格律的亲和力,她对格律之内在驱动力的认识也越来越明确而深刻。这使她在理论上对格律作出了前人未曾作出过的判断,从而使诗歌格律的理论剖析达到了新的高度。

郑敏关于格律的理论贡献在于她运用辩证思维,跳出"内容决定形式"的思维定式,指出形式对于内容的反作用。闻一多曾说过,诗有格律就像舞者戴着镣铐跳舞。镣铐对于舞者能起什么作用,读者可以发挥想象。我曾说过:"写严谨的十四行诗在开始的时候确是'戴着镣铐',但等到运用纯熟时,'镣铐'会自然地不翼而飞,变成一种'自由',诗人可以'舞'得更得心应手,潇洒美妙。"这是我对格律的理解。但是恐怕依旧没有触及根本。我还曾说过:格律规范"向作者提出了作品必须凝练、精致、思想浓缩和语言俭省的要求。……一首有严格的格律规范的短短的十四行诗,往往能包含深邃的思想和浓烈的感情,往往能体现出饱满的诗美,这不能不说也与形式对内容所起的反作用有关。"(见《汉语十四行体诗的诞生与发展》)这样的论析,稍稍接近了问题的实质,但依然是浅层次的理解。郑敏的分析,比我的论析远远深入一步,可以说是一种经典的论述,她说:"形式的不自由往往迫使诗人越过普通的思路,进入一个更幽深隐蔽的记忆的深谷,来寻找所需的内容,这样就打断了单弦的逻辑推理式的思维,而在无意识的海底挖掘出久被自己遗忘了的一些感受和感情沉淀。诗的格律可以助你,迫使你打开自己灵魂深处的粮仓。"这里,郑敏把格律同潜意识联系起来,认为格律是推开单弦的逻辑推理式思维的膂力,是挖掘潜意识海底世界感情沉淀物的手掌,是开启灵魂深处粮仓大门的电钮。她两次使用了"迫使"这个词儿,用来说明格律对诗人所起的强制作用,而这种强制不能理解为一种勉强,而应体会为从必然王国到达自由王国的通道。郑敏进一步解释说:"格律如同一个要求十分严格的艺术导师,不让学生在创造上偷懒,就便。格律不断地对你提出要求,在你的创作中成为一个监督的第三者。"我认为,郑敏的以上论述应该被视作一切诗歌格律之运用的理论总结。在格律这个艺术导师的监督下,真诗才能产生。她说:"流畅、恰当、异彩等品质只有在满足格律的条件下才会诞生,诗的深度也因此增加了。"她反复论析说:"诗的格律使诗人只有在克服不自由的设障后才真正放出能量,而不是信手拈来。"她作出一个非常高明的比喻说:"没有'高度'的跳高还有什么挑战和破纪录的喜悦呢。"这个"跳高"的比喻和闻一多的"戴着镣铐跳舞"的比喻在诗歌理论史上前后辉映,相得益彰。而我认为,郑敏的比喻更切中肯綮,直达要害。

但是,这里是否也产生一种悖论,即:既然只有在格律规范下才能产生真诗,那么,作为格律诗之对立物的自由诗,就不能产生真诗了? 对此,郑敏自有她的阐述,她在作了"跳高"的比喻之后说:"只是自由诗的标杆是隐形的,也是更难跃过的,因此常被一些艺术感不强的作者和读者忽视了;而格律诗却是明显的挑战,迫使你更难忽视和藏拙。"这里,郑敏的论析是真正卓越的辩证思维! 自由诗作为一种跳高运动,其标杆是隐形的,并不是不存在。而且,这种隐形的标杆是比有形的标杆更难越过的,可惜常常被忽视了! 这种"隐形标杆"是什么? 应该说它就是自由诗的音乐性,它的内在节奏,以及它作为诗所必须具备的与内容紧密联系的形式上的各种品质。艾青提倡"诗的散文美",并且指出散文美绝非散文化。我想,这种"散文美"与"隐形标杆"有某种类似,或者"异曲同工"。西方自由诗崛起后,有论者为之辩护,说:"无形式本身即一种形式。"(Formlessness is itself a form)这是因为,作为格律诗之对立物的自由诗,它没有"形式"。但这"无形式"是相对的而非绝对的。相对的"无形式",实即一种"隐形的形式",也就是"隐形的标杆"。要越过它比超过有形的标杆更难。但它又有弱点,就是:易于被忽视,易于藏拙。这就是郑敏的辩证法。可以说,她把"格律"这个东西剖析得淋漓尽致了。

那么,作为诗人,郑敏以写自由诗为主还是以写格律诗为主? 这难以下断语,这种判断也没有多少意义。但我作为读者,却在郑敏的自由诗中读到了格律,在她的格律诗中读到了"自由"。不妨以她晚年的诗《记忆的云片》组诗为例作一点分析。这组诗中的第一首《儿童的智慧》，是四个诗节，每节四行，各节的韵式均为交韵：abab、cdcd、efef、ghgh。每行有顿数。所用的叶韵字比较灵活，轻音字（如"寂寞的"中的"的"）与重音字（如"箫笛"的"笛"）可以相押。有时"跨行"（enjambment），在行末中断而语气未断处的字，也可入韵。每行的顿数只有大致的规定，有的四顿，有的五顿，有的六顿。但不少于四顿，不多于六顿，仍有一定的制约。请看这个诗节：

> 生命｜不喜欢｜自以为｜聪明的｜成人
> 它偏爱｜那如｜洁白的｜玉石的｜儿童
> 他们的｜心灵｜有幽谷｜似的｜纯真
> 神的｜智慧｜还弥留｜在他们｜墨黑的｜双瞳

这里的韵式：abab，是严谨的交韵。而且"人"[rén]、"真"[zhēn]都以 en 入韵，不与 eng 或 ong 混同，同时都属平声，一个阳平，一个阴平。再，"童"[tóng]、"瞳"[tóng]，两字同音，都是阳平，但不是同字。音韵可谓铿锵和谐。而顿数，前面三行均各为五顿，最后一行为六顿。顿，按汉语的语气和语法构成自然划分，有二字顿，有三字顿。也有五字顿，则又自然分为两个顿。（如"有幽谷似的"可分为"有幽谷"一顿，"似的"一顿。）二字顿与三字顿交错排列，如最后一行即是：二二三三三二。这样，均齐美与参差美相结合，既有节律，又不单调。是格律诗，却又渗入了一些"自由"。从郑敏的这些晚年诗作里，我感到一种"从心所欲不逾矩"的境界。"从心所欲"即自由，"矩"即格律。她戴着镣铐跳舞，镣铐已不翼而飞。她做跳高运动，稳稳地跃过了标杆，而这个标杆是若隐若现的。郑敏的这些实践成果，为读者打开了灵魂深处的粮仓，体现出无比的深邃与丰盈,给我们准备了精神的盛宴。中国诗歌经典的宝库是永不封顶的,我们欣喜于郑敏的诗歌作品为这个宝库增添了珍贵的新库藏。

2004 年 5 月

灵魂遨游的踪迹

——序《灰娃的诗》

　　灰娃的诗具有高度的独创性。在她的诗里,见不到多年来中国新诗的习惯语汇、习惯语法和常见的"调调儿"。它是常规的突破。

　　没有一般女性诗人的心态和情调。阳刚之气和阴柔之气并存,而以阳刚为主。从根本上说,仍是"这一个"女性的阳刚。

　　北方的雄奇与南方的缠绵并存,以前者为主。这种雄奇又根植于"这一个"女性的执著与坚韧中。

　　一面心灵的镜子。极端的真率,极端的真挚,极端的勇锐。是一种新的个性化语言的爆破。是灵魂冒险、灵魂遨游的记录。

　　使人想起英国的布莱克(Blake)、美国的狄金森(Dickinson)、中国的李贺。

以上是1997年10月21日灰娃诗集《山鬼故家》研讨会上我的书面发言,我因故未能出席,由刘福春在会上宣读。

　　十一年过去了。我多次重读灰娃的诗,她的诗依然强烈地震撼着我。我感到,她的诗似乎越来越新鲜。那鲜活的、灵动的、超凡脱俗的、闪烁而又具有强烈穿透力的诗语之光,刺透我的心肺！

灰娃1927年生于陕西农村。十二岁到延安,在儿童艺术学园学习和工作。抗战胜利后到第二野战军转晋冀鲁豫解放区。在她的记忆中,故乡是神秘质朴的自然幽境,延安是温馨和谐的人间社会。但,上世纪四十年代末她进入大城市以来,人际关系的变递,政治风雨的频繁,她感到格格不入,极端地不适应。两种生活风格形成对峙。最后她陷入精神分裂的异常状态。革命的摇篮,培育的是驯服工具,还是叛逆性格？历史辩证法常常留下反讽的记录。从宝塔山的烈火中飞跃而出的是一只新生的凤凰,她的心灵是永远自由的翱翔！她追求的,她服膺的,永远是不羁和解放,她投入的,永远是大爱、大悲和大悯！

法国思想家狄德罗说:"什么时代产生诗？那是在经历了大灾难和大忧患之后,当困乏的人们开始喘息的时候。那时,想象力被伤心惨目的景象所激动,就会描绘出那些后来未曾亲身经历的人们所不认识的事物。"灰娃的诗验证了这一论述。她的《童声》组诗就是这类诗作的代表;从《己巳年九月十二日》到《童声飘逝》,正是"想象力被伤心惨目的景象所激动"结晶而成的血泪篇章。"迷彩服快速移动"、在"全球闻名的大街"、"初夏夜晚"、"枪弹洞穿"……构成一系列意象。接着,"课本和歌页"、"散发乳香浑身虎气"、"鲜血从明洁嘹亮的太阳穴喷射"、"童声飘逝",从这组叠折而起的意象群中,诗人发出了正义的呐喊和悲愤的控诉,呼天抢地,感天动地,撼天拔地！

灰娃曾是精神分裂症患者。但,病到最重时,蜕变为精神最健全的人！只有精神最健康的人才能吟出如此强烈关注世态人情的诗篇！灰娃常常是梦游人,常常处于梦境般迷离惝恍的状态。但,梦到最深时,反而成为芸芸众生中最清醒的人！只有心智最清醒的人,才能唱出如此针锋相对抨击丑恶的浩歌！

　　人原是生生不息的大自然的一部分。灰娃写有许多反映大自然的诗篇,如《大漠行》《大屏障》《太行记事》等。这些诗篇大都是大自然在诗人心象上的投影。诗人的心被伤心惨目的世态所烤炙,在激动情绪的冲击下,想象力龙腾虎跃,使各种具象经过过滤或升华,实现嬗变和换形。于是,流泻出一组组异乎寻常的诗歌意象,如:"整个风库沙原／窃议着一场哗变……"如:"代代尸骨站起来／拼杀声逃亡声凋零声喟叹声／狠狠抽击大地……"当诗人的笔锋触及抗击日军兽行的山里人时,抗日英雄们的精魂从大自然的怀抱中出现:"永远永远／在山风中闪耀",这些精魂撞击诗人的神经,一一幻化为"呼啸的山风","穿透前生与现世的边缘／在阴阳界限升沉回旋……"诗人激情的狂放奔涌,终致痛不欲生,超越生死界线,到达真与梦的合一,"岁月沧桑变得模糊／今生前世被勾销焚尽"。这就是灰娃的诗,这就是"聊乘化以归尽"的境界!

　　灰娃眷恋故土,因为她生于斯长于斯的乡土是大自然的一部分。她的《野土九章》组诗再现了故乡的自然风貌、历史沉积、乡俗民风、人情世故、生老病死、节庆悲欢。在这些怀乡诗中,一山一水,一草一花,无不具有鲜活的生命。宁静的白昼里,大气中会隐约飘出圣乐。钻天杨精神抖擞,天风逗它哗哗鸣响。合欢托举着红霞,成为披戴着婚纱的新娘……而村舍雄鸡的楼船形象出现,使这只家禽的生命变得更加庄严和尊贵。灰娃描写乡俗,深入到民族民间的深厚底蕴。少女出嫁时的穿戴、花轿、礼仪、事无巨细,——美妙地呈现,毫无繁琐之感,但见文化传统是如此深远而蕴藉!连男孩的名字、女孩的名字都有历史和生活的印痕!似乎,灰娃对大自然和故乡人的感应,不止通过五种知觉,而是有第六知觉,第七、第八……这种感觉,能从文字中隐隐透出。

　　这里不能不提到,灰娃在描写故土时,以无限深沉的感恩之情,勾画出了母亲的形象。母亲"在棉田摘花,在场上扬谷／在井边洗菜,在灶头烧饭",经历过灾荒饥馑,战祸恐怖,在反动政府发动内战的黑夜,母亲"手握菜刀屏住气息／挡住抓丁的士兵",让儿子翻过后墙逃走……每个细节都生动鲜明,含意丰厚。从年纪轻轻一直到白发苍苍,母亲的形象饱满、纯净,如大地一般厚实、美丽而崇高!灰娃写道:"妈妈何以竟天女一般巧思妙想／又如此温馨明媚?我寻思定是／有一个魔幻小精灵在她心里。"这是做小女儿的神奇猜测,美妙想象!母亲是大自然的产儿,母亲与神秘的大自然必然有着千丝万缕割不断的联系。

这时,涉及某些神秘的东西,如前世今生,吉凶预兆,亡魂游荡,尸骨站起,猫精出没等。我以为,这些与迷信无关。弗洛伊德发现人的潜意识,这是一项重大的科研成果,对人类认识自己有巨大意义。灰娃诗中的某些神秘事物,源于人的下意识或潜意识。西方有一种文学流派叫超现实主义,与人的潜意识有关,灰娃的诗不能定位于超现实主义,但某些部分有超现实色彩。

谈到文艺流派,灰娃在她的评张仃绘画的文章中写道:"画家气质有两类:思维型和表现型。前者注重生活印象,表达离不开客观;后者常要突破,表达主观,不受生活和传统束缚。思维型,美术史家归为现实主义,写实;表现型,归为浪漫主义,写意。"拿这段分析来印证灰娃自己,那么,她的诗可以说偏于表现型。但与英国十九世纪浪漫主义不同,也与上世纪五十年代中国有人提倡的革命浪漫主义不同。如果说与英国浪漫主义还有一点联系的话,那也仅仅是她的神秘色彩与布莱克有某些相似点。她也没有同中国的诗歌传统割裂,例如,可以从她的诗中看到李贺的影子。

让我们回到灰娃对大自然的描写。她写过夏季的暴雨,暴雨下的树木花草"那铺天盖地绿的世界亢奋不安的骚动",写过"新的生机挣脱自己肢体的声响,何等惊诧,何等骇异啊"!这里,诗人的听觉已超越常规的灵敏度。她写有一次听到清风扬起琴声时,"我俯瞰下界血色背景／一排排刑具依然挂在墙上……"这里,诗人的视觉已超过常规的灵敏度。她写乡村墓地,眼前涌现"一座颤抖着神光鬼火的灵殿","幽灵们走出地府,在阴阳交界处去赴亲友的约会,取回他们的馈赠……"这里,诗人的知觉已超过常规的灵敏度。这些诗句说明灰娃作品的某些神异色彩,这种色彩加重了诗作的深邃度和沉重感。

灰娃的诗歌有很多写于"文革"中,特别是七十年代初期。那时她处于中年。近年来她新作不断。她八十岁时写的诗《烟花时节》《月流有声》等,依然令人惊异!她并不重复自己,不可能产生复制品。她在超越自己。《烟花时节》写"一对精灵"在树丛里、在水上、在花间飞翔,这"一对精灵"又幻成诗人的"我的精灵",最后成为诗人自己即"我"。诗人"影"与"我"合一,"儿时"和现实重叠,"前世"和今世交错,"梦乡"和现实撞击。诗人即"我"在"七彩光线里面飞","在雪青的明媚里飞",美得令人颤抖!诗中构建的种种美的意象,是她过去的诗中未曾出现过的。《月流有声》也写儿童时代,写"婴儿睡中的笑","幼鸽翻飞","心与一片流云一同行进"。同样美得令人颤栗!诗创制的美的意境,意味着与荒谬和丑恶的彻底决裂!

今年,2008年,八十一岁高龄的灰娃因病住院。正逢汶川大地震。病中的灰娃关注着国家人民的重大灾变。她在病床上写了两首有关地震的诗。《国旗为谁而降》写5月19日14时28分全国降半旗为死难者志哀。她依然不采用多数抗震诗的写实笔法。诗开始时,她写"祖国的创伤不幸腐蚀成的""我心的皱纹"。祖国的创伤不幸,恐怕不仅指地震灾害,也指一切人为的灾害。这灾害腐蚀成的诗人"心的皱纹",孙女奏出的琴声也不能抚平!诗人年深日久的忧愤,形成"淤血","堵住了心口"。但是此刻,有谁在心口"装上了弦索／悄然发出均衡熨帖的奏鸣／恍惚听见孙女儿指尖溢出／流水琮琮玲玲……"顿时,凄美奇异的幻象出现:"仿佛充满灵感／融化着的花瓣纷纷坠落",诗人"透过深藏的泪水",看见"整个世纪的伤恸"被"兰的哀音紫的雾氛缭绕着／氤氲着……"这一切纷纭幻美的意象因何而呈现? 最后点出主题:"我们的国旗／缓缓下降"……从这样的角度,用这样的心感,来写全国降半旗,何等新颖,何等庄严,真令人心灵颤动! 而且此举与整个世纪郁积的丑陋,创伤,悲恸联系起来,形成对比,更令人思潮澎湃,心荡神驰!又是一首杰作! 另一首为五·一二大地震而作的《用柔软坚硬的笔触》,视角也十分独特。诗中的第二人称"你"是一位地震遇难者,在突发的死神来临之前,还在考虑儿子的学费,住房的费用,与父母官的争执。生活艰难啊! 而最后,"你用残损的肢体支撑起劣质水泥"! 诗人含泪问道:"彼岸的路可好走? 日子可顺? ／……对此岸的留恋遗愿仍放不下?"九曲往还,荡气回肠! 灰娃的神思不仅关注到救死扶伤,保护人的生存权,而且飞跃到维护庄严的人权。这首诗是这样结束的:"中国已呼出:／让中国孩子免于失学的恐惧! ／让中国人居有其所,敞亮结实! ／让中国人——／成为公民／尊严! 高贵!"这样,这首诗歌就达到了一般抗震题材诗所没有达到的高度。

　　灰娃的诗歌语言极其新颖。她的诗语创新根植于汉字汉语本身的弹性或模糊性。比如词性的转换灵活,本是汉语的一大特色,灰娃就善于发掘汉字自身隐含的各种可能性。她有这样的诗句:"这儿你脚前／碧绿层层波着荡着涌着……"这里名词"波"用作动词,与"荡""涌"并列,使人感到何等鲜活啊! 有时,词性没有变,但词放置的位置却异乎常规,如有这样的句子:"寻找偃息的旗／我踏遍岩石和遗忘……""岩石"是具体名词,"遗忘"是抽象名词,一实一虚,这里两者并置,同时作为"踏遍"的宾语,这就在读者心中产生了突兀的、异乎寻常的效果。有时,词作为修饰语,与被修饰的词的关系越出常规。如说:一个精灵俯冲时掠过了"青色的憧憬",或者:母亲人格的"神韵葱茏",即是显例。"憧憬"、"神韵"都是抽象的东西,都用表示颜色和表示生机旺盛的定语去修饰它们,以实状虚,这就产生异常的鲜活感,赋予所咏之物以新的生命力。

灰娃挖掘汉字的潜力,真下功夫。比如色彩形容词"蓝",她就创造了"冰蓝"、"宝石蓝"等多种词语。蓝色本来不是一成不变的,它可以随着不同事物、不同情绪而千变万化。灰娃写道:"月亮啊,女王! 冰蓝幽寂。"一个"冰蓝"就把月亮的晶莹寒冷的色泽描写出来了。灰娃又写道:"天顶发出的琴音"是"冰蓝冰蓝"的,这就使原属于听觉的琴音(实际上它并不存在)具有了诉诸视觉(蓝)和触觉(冰)的属性,仿佛它真的来自"高处不胜寒"的天国。灰娃写道:"有一位农妇,月蓝布褂在仲春田野蓝濛濛的空气中闪映素静的美。"农妇身上的布褂子是"月蓝"色的,看上去多么洁净清亮! 而田野里的空气是"蓝濛濛"的,有颜色,而且给人湿润的感觉,使读者有如置身现场。灰娃写午间的村庄,说村中弥漫着一种静谧,忽而提到"击出的光明亮扎实,在蓝汪汪静深背景上"。"光"被击出,而背景则是"蓝汪汪"的! 村景成了一片水灵!"三点水"偏旁,汉字的象形特质被调动了起来。灰娃写秋天的原野,说"忧郁的蓝幽幽的温柔渐渐扩散,湮没大地溶染万物"。温柔是一种感觉,是非物质的,它在原野上扩散开来,竟有一种"蓝幽幽"的属性。"蓝幽幽"似乎难以从视觉中找到,恐怕只能从情绪中找到。当它与"忧郁的"并置时,读者也许可以领悟到这种"温柔"的感伤味道了。(顺便提及:英语 blue 是蓝,又是忧郁。灰娃这里似是与这个英文字巧合了。)然而这种感伤中,义隐含着一丝甜蜜。从上面的例子中,可以看到灰娃对色彩的感觉何等敏锐,何等细微! 而且她摸透了色彩与人的心态、人的情绪的密切关系。令人惊喜的是她能运用汉语字词把她的感悟表达出来。

灰娃还善于改造一些汉语字词。她写两只老黄牛,称之为"一对牲灵"。"牲灵"该是从"生灵"中脱胎出来的。后者指人。那么牛呢?牛是牲畜,于是"牲灵"自然地诞生了。又如她写道:"妈妈安祥从容……"规范词是"安详"。写成"安祥",是否错了?不见得。妈妈的神态不仅"安静",而且含有"祥和"的气氛。用"安祥"未必不合适。灰娃写历史沧桑时,用了"兵慌马乱"四个字。规范的成语是"兵荒马乱"。写成"兵慌马乱"是否错了?可以斟酌。用"慌"描写战争年代生活的慌乱不安定,是否也可以呢?——灰娃的诗语创新,当然不仅仅表现在一字一词上。她的创新突出地表现在意象的营建和语境的烘托上。这方面值得诗论家作深入的分析。

灰娃无意做诗人,无意中成为中国新诗史上最杰出的诗人之一。

灰娃无意夺桂冠,无意中那闪耀着灵光的青枝绿叶出现在她的额前。

灰娃无意作斗争,无意中把当年主流意识形态的话语霸权打得个落花流水。

灰娃无意建构诗学,无意中抵达了诗歌美学最深层的底蕴。

灰娃无意于抨击荒谬,无意中击穿了极端的横暴、丑陋和戕贼。

灰娃无意于自居为创新者,无意中成为诗语创新的最勇锐的先锋。

无意,即不刻意。不刻意,即自由。灰娃的灵魂始终渴求着自由。她的灵魂在宇宙间遨游。她升天入地,"上穷碧落下黄泉",永远的不拘不羁,永远的自由自在,真正的"得大自在"。

灰娃的诗,就是她自由灵魂遨游的踪迹。

2008 年 8 月

从深沉回归率真

——序《叶维廉诗选》

叶维廉先生以诗歌理论家知名。他的理论著作多部在中国大陆、香港、台湾及海外发行,产生了广泛的影响。他多次到大陆讲学。大陆文化界、教育界、诗歌界以及诗歌爱好者中许多人知道诗歌理论家叶维廉,但不太知道作为诗人的叶维廉。中外文学史上一身兼二任(诗论家、诗人)者不少。英国有科尔律治,济慈(主要是书信上的理论家),艾略特等;现代中国有闻一多,卞之琳,唐湜等。叶维廉是这一串名单中的一名新锐。他在比较诗学上的研究成就是历史性的贡献。然而作为文学园地里的辛勤耕者,叶维廉还是一位卓越的诗人。本书即是明证。

本书收入叶维廉早期、中期、近期的优选诗作八十四首(章),包括他各个时期的代表作和重要作品。从本书可以看到诗人从二十世纪五十年代到二十一世纪初的创作历程,看到他惨淡经营和艰苦跋涉的足迹和心态。

叶维廉被视为现代主义诗人。现代主义,在西方,同样在中国,是一个复杂的概念,它与时代(西方从十九世纪后期到二十世纪中期,在中国则更往后延续)有着紧密的联系。如果说叶维廉诗歌作品的总体风格是现代主义的,那么它的主要特征就是二十世纪中国知识分子的文化情结和世纪焦虑。

　　叶维廉对中西文化都有深入的浸淫。"五四"以来、特别是大陆自1949年以来中国传统文化的断裂促成诗人的忧患意识，一种永远挥之不去的情结。这种情结以纷繁纠结的状态呈现在他的诗作中，尤其在他早期诗作中，形成他诗歌的一大特色。《赋格》《降临》《愁渡》是其代表。诗人写这些诗时是二十几岁、三十来岁的青年。这里看不到风流潇洒或狂飙突进，看到的是一群群纷纭的意象，体现着郁结的交错和焦虑的层叠。它们不唱小夜曲，而是鸣奏交响乐。没有悠扬，有的是沉毅、深邃和郁悒。意象和意象间仿佛没有逻辑联系，但只是常规逻辑的放逐，隐形逻辑忽明忽灭。诗人遵循着"剔除叙述性"原则，但他的诗中存在着"隐形陈述"。没有明面的陈述，故事的陈述在背后闪烁；没有"情节"的链接，而有"氛围"的链接；没有"场景"的延续，却有"意绪"的延续。读完这些诗，叩击读者心灵的是诗人的忧患意识和悲悯情怀。

　　或者以为现代主义是只关心"内宇宙"而放弃社会关注的自我宣泄。是，有些诗人是在走极端私人化的道路，但不能以此概括现代主义。叶维廉的"内在"与"外在"是沟通的，所以也是统一的。他以他特有的诗风关注着社会、民生、历史。这里仅举数例即可见一斑。在他中期的诗作中，有着对大陆"知青"命运的关注(《梦与醒——一个知青的自白》)，对"盲流"生活的牵挂(《朝辞白帝》)，对十年动乱造成的后果的忧虑……他的《出关入关有感》提问："大海是界线吗？"联系到海峡两岸人为的阻隔所引起的无奈与困惑。他的笔调冷峻，但不是冷漠，是一腔义愤，如沉默的火山。诗人对环境问题的关切，更是他诗中常见的"母题"(motif)。每到一处，就有今昔对比。写《初登黄鹤楼》，便想到李白《送孟浩然之广陵》，想到"唐代三月的长江／没有煤烟污染的烟／没有尘垢的春天的花／而且当时的蓝天／绝对透明清澈"。写《牛渚怀李白》，便想到"青天无片云"已成为过去，而今天的现实是"云涌如墨江泻若雷"，"火烧万里水淹千城"。写《窑洞居》则驰骋想象,联系到屈原和莎士比亚,而陕北老百姓与之"遥不可及",依然"在泥土里成长 / …… / 在泥土里死"。固然,他们的命运终有一天要改变。有一首《拉车的女子》,直面现实,写今日中国一个妇女的劳动者形象,又旁及祖孙三代。"同样的汗滴 / 同样的带子割入她的肩膀"。使人想起了臧克家的诗《老马》。诗人六十岁时访问阿拉斯加后写了《冰河兴》,从冰清玉洁的冰河如何养育了人类世界写起,写到人类物欲膨胀,污染江河湖海,造成"天烧地裂山崩海缺"的地球危象,人类由于自己的愚蠢贪欲而使自己濒临毁灭的边缘。这首诗体现了诗人对历史走向和人类命运的终极关怀,具有极大的震撼力。

从叶维廉的诗作中,可以真切地感到诗人心中和笔下中外文化深沉的积淀。诗人曾说过自己写诗受到中国现代诗人闻一多、臧克家、冯至、艾青、卞之琳、梁文星(即吴兴华)等的影响或启示。他谈到自己早年一首未发表的诗("酒/在夜中")直接模仿艾青的诗《手推车》的空间对位形式。同时,还可以看到,他的诗作中隐含着中国古代诗歌的意蕴和神韵。有些诗作直接引入了古人的诗句,有些诗则常常引起对古诗和外国诗的联想。他曾写过一首诗《嫦娥》。中国文人写嫦娥故事的可谓多矣。我们会想到李商隐,鲁迅,毛泽东……但叶维廉的《嫦娥》却极度特异,"那么美好的千年万年的黑色"着实令人惊异。而"坐在青荧的弧形的槛上""缓缓地爬着千转的阑干",使我立即想起了但丁·罗塞蒂(Dante Gabriel Rossetti, 1828—1882)的诗《登上天堂的女郎》(The Blessed Damorzel)。而这,又串联出爱伦·坡(Edgar Allan Poe, 1809—1849)的诗《乌鸦》(The Raven)。前者为后者所激发,人间向往着天上(《乌鸦》),反过来,天上想望着人间(《登上天堂的女郎》)。而叶维廉的《嫦娥》,则是"天波开坼,她持着盛放着花的树降下,……花树降下……"一直到一茎花枝接种到诗人体内那郁结的根。从天上,人间,直到诗人的内心。这与那两位英美诗人的诗相似又迥异。叶维廉的诗《松鸟的传说》,写"一只冻寂的鸟/一棵凝结的松","鸟鸣裹在冰雪的春心里/松涛伏在记忆的果核中",写"鸟狂",写"羽祭",写到"祝福一切飞腾的翅翼","祝福一切拍动的羽毛",直到"旋晨曦为舞/拂万物为歌","祝福一切飞腾的生命""冲云浪""入凌霄"……这使我想起莎士比亚的诗《凤凰与斑鸠》(The Phoenix and the Turtle),其中的诗句:"让歌声最亮的鸟儿栖上/那株孤独的阿拉伯树梢","凤凰和斑鸠在火中翱翔,/融为一体而飞离尘世……"最终达到:"美,真,圣洁的情操,/单纯之中蕴含的崇高/已化为灰烬,火灭烟消。"两诗都以鸟和树为象征,写了生和死,净化与升华,一个是烟祭,一个是火祭,两者都达到极限和再生,大悲悯和大欢喜。我感到,莎士比亚和叶维廉在这两首诗中存在着一种心灵的感应。叶维廉还有一首诗《逸》,其中出现秋雨和一行白鹭,使人想起威廉斯(William Carlos Williams, 1883—1963)的诗《红色独轮手推车》(The Red Wheelbarrow)中雨水和小鸡的形象。《逸》结尾处写到"如轮而来的/玄裳缟衣"则直接源于苏轼的《后赤壁赋》。叶维廉接受前人的影响或启示,有显性的,有隐性的。从他的许多诗中,可以感到有一张影影绰绰的网,这网把古今中外多少诗情诗意无形地熔铸入他自己的歌吟中。

叶维廉的诗语言,是经过精心的运作而成。中国传统文字——汉字和汉语,具有特殊的美质和无比的丰富性。汉文字的"模糊性"是它的一大特色。模糊性也可以叫作弹性,它与"分析语"的属性迥异,不能用西方的语法来规范它。它没有时式(tense),时常摒除主语,或者放弃人称。它似与自然浑然一体。我们经常从古诗中看到,汉字包含着如此丰富的"象",组成"蒙太奇"。但在"五四"以后的一些白话诗中,"象"往往缺失。叶维廉努力求索,试图改变这一状况。他对汉字的表达功能孜孜以求,想充分发挥汉语体现"象"的潜能。放逐逻辑,突显意象。说是"意象叠加",但不是简单的加法,叠加体现钩连,维系,承重,融汇,渗透,其中有隐性逻辑。焦虑,惶惑,郁结,由汉字组成的意象群做出精微、冷峻的表述。美国诗人康明斯(E.E.Cummings,1894—1962)有一首无法翻译的诗:

L(a

l(a

le
af
fa
ll

s)
one
l
iness

　　如果取消分行,把这些字母连写,就是:

　　l(a leaf falls)oneliness 括号内的"a leaf falls"是"一片叶子落下"。括号外连起来的"loneliness"是"寂寞"。康明斯是在追求英文字的字母散装与组合给视觉造成的图像(竖排宛若一叶飘坠)诉诸情绪的效果。叶维廉也许由此类诗得到启发。但汉字不宜用"拆字法"。诗人的努力在于汉字的运作上选择什么,舍弃什么,构架什么;注意形、声、意的交叉和化合。例如他的《岁末切片》,其第

二段后两节是这样的:

每天早晨

血脉

压迫着

琉璃的神经

欲破未

破欲断未

断

叶

裂

霹

雳

    注意诗人如何分行。上节第五、六行以"未"字止,第七行为一个字"断"。这里有声和意的藕断丝连。下节四个字,一字一行,读时一字一顿,形成刀削斧劈的气势,而"叶"与"裂"叶韵,"霹"与"雳"叶韵,四个字都是入声(在现今的普通话中都是去声),给人斩钉截铁的感觉。这两节总共十一行的听觉效果是小提琴断奏(staccato),有轻清,有断续,有决绝;有象的移动,有声的蜿蜒,有情的爆破;汉字的声音能量获得释放。诗人还有一首诗《演变》("演出试验作品"),出现三个声音同时朗读:声音一,声音二,声音三,一绺一绺地。一个声音象征宇宙,一个声音象征历史,一个声音象征生命。三个层面,三个序次。三者叠加,产生特异的效果。可以看出,诗人在追求着汉文字潜能的深度发挥。

    诗人对汉字功能的挖掘还体现在字词的创新营造上。比如

"溪石擪奏"（《箫孔里的流泉》），"擪"这个字一般字典里查不到，它读如"叶"（yè），是以指按捺的意思。诗人用"擪奏"这个词（也许有古籍根据），恰当地描摹出岩石伏在溪水上，状若按捺溪琴奏出乐曲。又如"湿漓洪亮的钟声"（《世纪末重见塞纳河》），写周围是"淋漓欲滴"的"美树"，是"如瓣瓣露珠闪烁的花"，而钟声"趁着浪涌而来"。于是诗人创造了一个词："湿漓"。"漓"字原义为薄，如"浇漓"。在古籍中，曾是人名，也是姓。现在通常见到的，它是广西一条江的名称。它一般只见于"淋漓"这个词，作流滴貌解。作为象形文字，汉字有它的"特异功能"。三点水的偏旁，给人强烈的视觉暗示：水！"淋漓""潮湿""流滴"这些字词都是三点水。诗人把"湿"和"漓"结合，构成一个词，用来形容来自巴黎圣母院的钟声，便给人以异常的新鲜感。诗人还有类似的用法，如"漓漓滴滴的愁城"（《湘江橘子洲》）。诗人此类新创的词不少，例如还有"空芜"（不是"空无"——《字的死亡》），"颜彩"（颜色+色彩——《北海道层云峡的秋天》），"空噩"（空茫+凶险？——《早安，台北》），"驰航"（驰骋+航行——《岁末切片》）等等。诗人还有一种试验，即是词性移用，如"鸟群最后的一浪闹声"（《雨后的紫花树》），是把名词"浪"当作量词用了。又如"一群灰鸽子……／咕咕咕咕地／呢喃着你的我的生命"（《泰晤士河，静静地流吧》），是把名词或不及物动词"呢喃"当作及物动词用了，可以直接作用于宾语"你的我的生命"。这应该也是一种创新。有时，诗人把两个名词结合，成为一个意象，如"焰蝶"（《松鸟的传说》）——"一场突发的大火／把记忆烧成／焰蝶"，使人想到大火中飞舞如蝴蝶的灰烬，而它又是火焰本身，因为那是诗人的"记忆"化成。这个词也是卓异的创造。

诗人在答采访者问时提到美国诗人庞德（Ezra Pound，1885—1972）的话："诗人的责任是净化该民族的言语。"我的理解，净化就是筛选，就是提炼。诗人由此谈到自己提炼语言的努力。创新不是凭空虚拟,而是推陈出新。故创新也是一种提炼。诗人在语言建构和运营上的探索,取得了成功,也会遭遇失败。他的所有这些努力,都是经验,可贵的财富。

从童年到老年,人不断成长,逐渐成熟。诗人同样如此。叶维廉的诗歌创作经历了各个阶段,从单纯走向复杂,从童稚走向历练,从青春走向沉郁。此刻诗人叶维廉已到古稀之年,他的诗作渐趋炉火纯青。回过头去看他早年的作品,如写于二十岁时的《生日礼赞》,又是何等的天真,清新,真率,谐和!"南风,自然的呼吸 / 芦苇,音乐的姿体 / 群山,大地的胸脯 / 城市,人类的婴孩 / 河流,你我的腰带"。对佳偶的赞辞,是一片青葱,一片灿烂,是遍地春色,遍地阳光!宇宙是一个圆,人生也是一个圆。诗歌,往往也是一个圆。卞之琳写有《圆宝盒》:"你看我的圆宝盒 / 跟了我的船顺流 / 而行了,虽然舱里人 / 永远在蓝天的怀抱里⋯⋯"从本书的最后两首诗中,我们听到了这样的声音:"我震荡 / 我平静 / 我悠然跃入纯然的超越"(《平静的震荡》);或者,"我们可以再一次 / 兴奋地等待春天的发生 / 再一次 / 幻儿那样 / 雀跃于新花新叶的初放"(《温城无处不飞花》)。让我们把这些诗同《生日礼赞》一起来阅读,赞美吧!诗人本来是赤子,大自然之子。诗人从老年回归到了少年。这正是诗人的本色;这正是诗歌的本色。

2008 年 1 月 9 日夜

说不尽的卞之琳

——序汉乐逸的《发现卞之琳：一位
西方学者的探索之旅》

1979年1月14日至17日连续四天，诗刊社在北京召开大型座谈会，探讨中国新诗的过去和未来。胡乔木做报告，强调"五四"以来新诗的成就，指出新诗坛产生了公认的大诗人，他当场举出四位：冰心、郭沫若、冯至、卞之琳。当时，除郭沫若已故去外，其他三位都在座。胡乔木的报告强调新诗的成就，是有原因的。此前不久，毛泽东于1965年6月致陈毅的信公开发表，其中说到"用白话写诗，几十年来，迄无成功"。此说一出，在新诗界产生极大的思想震动。胡乔木的报告没有点明，但听者无不心知肚明：胡乔木是要为新诗"恢复名誉"。就在这次会场休息期间，我作为晚辈与卞之琳先生交谈，提及胡乔木报告中举出四位"大诗人"中有卞先生，当时卞先生没有表态。然而，后来——我已记不清哪一天，卞之琳在他家中对我也对其他人说过："我称不上是 major poet，只能是 minor poet。"英文 major poet 是"大诗人"（或"主要诗人"），minor poet 是"次要诗人"。卞之琳认为自己只能是次要诗人，这是他的谦虚，还是他的客观态度？诗史家和诗论家也可以见仁见智。比如就整个唐代诗歌来说，恐怕只有李白、杜甫、白居易可称作大诗人，杜牧、李商隐只能称次要诗人。但就晚唐时段来说，小李杜也是大诗人。或者，另一种看法可能是,即就整个唐代诗歌来说,小李杜也可以是大诗人。或许,定排行榜,争座次,没有什么意义。然而,确定一位诗人在诗史上的地位,既是对他在诗歌活动上的成就深入研究的结果,也是对他在诗歌活动上承前启后的作用做进一步探讨的契机。

卞之琳对自己是客观的,也是严肃的。《诗刊》在上世纪九十年代曾设立一项专栏:"中国新诗经典",约请卞之琳"加盟"。卞之琳拒绝了,他认为不能把自己的诗作任意拔高到"经典"(是他认为这个专栏中已被列为"经典"的他人作品够不上经典,故而不屑与之为伍,还是认为自己的作品够不上经典,待考)。在诗歌翻译工作上,卞之琳称杨德豫的英诗汉译已达到"译诗艺术的成年",对有些英诗汉译,卞之琳说"我不如杨德豫"。但如果认为卞之琳是个"谦谦君子",那就错了。上世纪七十年代末,卞之琳自己选定的诗集《雕虫纪历》在人民文学出版社出版,之后不久,作家方殷在《文艺报》发表文章批评说,有人谦称自己的诗是"雕虫小技",但"雕虫"总要"雕"出个"虫"来呀,你这个"虫"在哪里呢?卞之琳知道了,说:"他看不见,那是他的眼睛瞎了!"这句话非常厉害,是他亲口对我说的,我颇吃惊。卞之琳的严肃和自尊,给了我极深的印象。有一句谚语:"人不可以有傲气,但不可以无傲骨!"我觉得卞之琳正是一位无傲气而有傲骨的非凡歌者。

或者,major poet也可以指一个时代的"主流诗人"。确实,卞之琳不是"主流诗人"。但是,他并没有脱离时代,毋宁说,他是超越了时代,他的超前意识烛照着后世。中国新诗史如果没有卞之琳这类不趋时、不媚俗、坚持自己美学追求的诗人们,将会显得苍白。

一次,卞之琳先生与我谈及莎士比亚。那时他正在撰写《莎士比亚悲剧论痕》。他说,有一句说法,叫"说不尽的莎士比亚",真没错。我说,中国人也说,说不尽的曹雪芹,与此相同。后来我常常想,"说不尽"的何止这两位,还有很多很多。卞之琳其实也是"说不尽"的。卞之琳在世及逝世后的长时期中,我总感觉到,对卞之琳的研究很不够,他的著译是一座宝藏,这宝藏的光芒还深挂在时间的尘埃里。因此,当我读到荷兰学者汉乐逸(Lloyd Haft)的著作《发现卞之琳:一位西方学者的探索之旅》时,我深感喜悦。卞之琳是可以不断被"发现"的。而汉乐逸在"发现卞之琳"的旅途上,迈出了有力的一大步。《发现卞之琳:一位西方学者的探索之旅》的特点是史论结合,繁简得宜,语言精粹,逻辑严密;有如评传,但无某些评传的繁琐考证之弊。该书详细评析了卞之琳的诗歌创作、诗歌理论、文学翻译、翻译理论;以文本为经,历史为纬。有一些以文学家为传主的纪实作品,偏重史实,忽略文本;或者反过来,囿于文本,疏离背景。汉乐逸不偏废二者,为读者提供了全面了解卞之琳文学成就的通道。第三章和第五章是全书的两个亮点。前者对卞之琳的战前诗作进行了整体研究,分析了卞之琳诗形式的基本特征,突出论证了卞之琳诗节奏单位"顿"的重要意义;分析了卞诗意象的象征内涵;指出了卞诗意象的三个来源:西方象征派诗歌、中国古诗传统、中国佛道哲学。后者详细回顾了五十年代由新民歌运动引起的关于新诗形式(联系内容)的一场持久论战,使读者仿佛置身论战现场,明悉这场论战中卞之琳的观点由简约到完整的发展过程;而作者汉乐逸的倾向性在客观述评中自然流露。全书前后呼应,明确卞之琳早期作品和晚期作品表达了同样的主题和思想但方式有不同,表述有迂回、思路有发展。该书还摒除术语的堆砌和理路的玄奥,深入浅出,引人入胜。

本书的原著由英文写成,汉译者李永毅先生译笔流畅、准确、清新,使本书的可读性大为增强。

对卞之琳的"发现"还没有"观止"。但这部论著,在"发现卞之琳"的途程上,应该说具有里程碑的意义。

2010年5月于北京萱荫阁

张默诗歌的创新意识

张默,今年七十七岁,作为诗人,他的创作力依然旺盛。他的六十多年的诗歌创作历程积累了一座个人写作经验的仓库。他经历了现代主义的洗染,包括超现实主义——又不同于西方超现实主义,提出"现代诗归宗"口号,由西化而回归,由绚烂到平淡,由纷繁复杂到明朗澄澈。他的一生是一条"诗路历程",在不断探索,不断克服,不断胜出,不断前行中,走出一条自己的创新之路。台湾诗友们称他为"诗坛的火车头",固然由于他主持《创世纪》诗刊工作的奋斗不息,我认为也符合他诗歌创新的永不止步。

张默诗作的视野广阔,放眼祖国,扫视全球,上下五千年,纵横八万里。从老子到贝多芬,从兵马俑到凯旋门,都是他吟咏的目的物;大可以把宇宙托起,小可以为稻粒造像,从中都汲出哲思。看似冷峻,内蕴炽热。一唱三叹、回环往复的人文关怀和悲悯意识,始终挥之不去。正是这种人性化追求中的创新意识,造就了诗人张默。

张默从日常中创新,从陈旧中创新,从历史中创新,从沉淀中创新,孜孜以求,锲而不舍,"无孔不入"。他有一首诗《我在宽大的方块字里奔走》,就从方块汉字里发现鲜活的诗意。汉字在人类文字史上占有独特的地位,它与拼音文字相比较而显出无与伦比的品格。它本身的文化内蕴具有异常的特殊性和丰富性。张默从中挖出了"诗"！他把汉字书写的笔画建构与人的肢体各部分相联系。他从汉字偏旁的造型中发现大自然，从"木"发现森林，从"三点水"发现江河湖海，从"火"发现烟焰火域，从"草"发现苍莽草原……大千世界都在汉字中留下积淀。张默坦言："不论日月水火／不论皿目矛矢／……它们统统挡不住我的法眼……"最后归结到："点、撇、钩、捺、横、直／……难道由于在下的一举手一投足／它们就要逃之夭夭吗？"在张默眼里，汉字不是符号，而是一个个活的东西，有生命的精灵。亿万年的"纵"和亿兆里的"横"都在这些小生命中留下积淀。张默的这首诗，是把汉字的深层底蕴发掘出来给人看了，人们惊呼：新！

又如他的诗《五官初绘》，这首诗里他把人的鼻、嘴、耳、眼、眉用简约的三至五行诗"初绘"出来。对每一个"官"，或予以拟人化，或予以形象化，各有个性，各有风格，各有特质。总是用最精练的语言状描这个"官"的性格特征。如绘"耳"："即使是一根绣花针，偶然坠落地面／她也不慌不忙，一个箭步／把它抓个正着。"这里，耳朵的"一个箭步"写听觉神经。简直是神来之笔！我们自身的器官，每日使用，时时感应，习以为常，所以被忘却了的，张默却从其中发现了常人没有发现的气质、风骨、才情和灵性。人们读到了，惊呼：新！

张默诗歌创作的历程长，产品的数量多。读了他的诗作，要说的话可以有很多。但时间不允许。我最后只想谈一下他的《无为诗帖》。张默在2000年，他七十岁的时候，返回他的故乡，安徽无为，一个江南的鱼米之乡，他度过"不知天高地厚"的童年的地方，探望亲戚、乡人、故乡的山山水水，住了近半个月。之后，《无为诗帖》产生了。它包含十二首短诗。游子返乡，种种心态和情思，反映在这些诗中。写到蓑衣、水车、插秧、摆渡、鱼鹰、背篓……写到老爷爷急骤的咳嗽，老奶奶手里玩着水瓢……一回又一回的访旧，一次又一次的怀旧,一阵又一阵的恋旧,究竟是童年印象的还潮,是今日视听的记录,还是新鲜的观照和陈旧的铭勒二者的叠加?《鱼鹰,打捞河水》中鱼鹰的形象,"兀立船首,神情傲岸","只是一贯目不转睛的、盯着 / 盯着,舷边阵阵游鱼的嬉逐……"逼真的神态,活灵的形影,是童年留下不磨的印象,又是此日当时鲜活的视觉,旧与新合而为一。《土地庙·矮矮的灯海》中"乡里的孩子们 / ……捏捏泥巴,吹吹香火,滚滚铁环 / 迎着一对笑嘻嘻的老公婆……"是记忆中六十年前的游戏伴儿,还是今天目击的村童和村姑?二者已不可分,旧与新合而为一。《蓑衣,脚趾读着》里,诗人用"眼睛 / 顶着 / 脑壳 / 饮着 / 手掌 / 想着 / 脚趾 / 读着 / 那一段徜徉田野素朴如画的日子 / 令我幼小的心扉,全然桃花般开放……"此刻,诗人用脚趾阅读着六十年前如画的日子,是一种怎样的况味?这种"阅读"使"幼小的心扉"如桃花般开放了。是今天诗人使过去自己孩提时的心扉开放?还是诗人过去的童年使诗人今天的心扉开放?今天,年届古稀的诗人,依然拥有一扇"幼小的心扉"吗?是,今天诗人的心扉依然"幼小",因为诗人永远拥有一颗赤子之心。今天和过去已无法分隔,老年和童年已水乳交融,旧与新合而为一。

诗题《无为诗帖》,指出故乡地名,又铭记老庄哲学,二者掺合,体悟诗人的执着和达观。帖,是小片诗笺,又是书画范本。诗人无意于教人临摹,典型的意义隐含其中。

张默人生跋涉七十几年;张默诗路跋涉六十几年。诗笔一支,已到达从心所欲不逾矩。诗意盎然,诗心与童心合而为一。由是之故,诗人总是在不断创新、出新、更新、布新。诗人心中拥有一个永远新鲜的宇宙。我感到,这就是诗人张默的境界。

2008 年 5 月 2 日

从野草到恒星

——序《傅天虹诗存》

　　傅天虹从少年时代起,就把自己奉献给了诗神缪斯。数十年来,他把弘扬诗歌精神当作自己的神圣天职。作为缪斯崇奉者,他组织诗歌,团结诗歌,保存诗歌,编辑诗歌,出版诗歌,宣扬诗歌,鼓吹诗歌。他活跃在两岸四地,成为汉语现代诗延伸和发展的重要领军人物之一,为弘扬中国新诗而倾其全力,成就了有目共睹的、规模巨大的业绩。但是,我们没有忘记,傅天虹还是一位坚持创作数十年的优秀诗人。虽然近年来他比较低调,但他的诗歌写作潜流依然在坚定地、持续不断地汩汩流淌。献给缪斯祭坛的贡品,既有服务,又有创作,这才是完整的礼拜。傅天虹对此有充分的自信,也有充分的自尊。

　　对傅天虹的诗歌创作,已有多位诗人和诗歌理论家作出评析和论断。他们发表了不少真知灼见。我缺乏理论高度,既不能提纲挈领,也不会条分缕析。但作为读者,却也有不能已于言者。

　　傅天虹写诗已有四十多年历史。他的全部诗作如果按编年方式排列起来,就是一部自传。说是自传,并不降低它的文学品位。或者说,是一部诗的自传。何以这样说?因为天虹全部诗作的一个基本点,就是:真。真实的经历,真实的际遇,真实的思索,真实的情感,真实的遐思,真实的梦想……"不知有父",脱离母怀,木工浪迹,春梦金陵,闯荡香江,诗歌情结,四地沉吟……——在他的诗中呈现。比如他的诗《朦胧的眼睛》,写他和母亲的亲子之情,字字泪血,至性至情,全部出于确实存在的真实。小说可以虚构,诗不能。诗与真是孪生姊妹。天虹深谙这一诗的三昧。读天虹的诗,犹如进入了他的灵肉之门。

天虹从小失去父母的呵护。在"文革"中,他拜老木匠为师,成为瓦木工建筑队的一员,流浪谋生,足迹踏遍祖国十几个省、区。他社会地位卑微,这反而养成了他桀骜不驯、特立独行的性格。在长期的磨炼中,他懂得了不倨傲,不张扬,韬光养晦,不求脱颖而出。在他身上,自律与尊严相统一。横逆飞来,坎坷遍地,他从容应对,每每化险为夷。在人生的战场上,并非每战都要冲锋陷阵。有时候,也许韧性更重要,正如鲁迅所主张的:坚持堑壕的战斗。天虹的这样性格,和他性格的几个侧面,都在他的作品中得到了诗意的反映。

天虹的诗中,经常出现草的意象。他在题作《野草》的诗中唱道:"它们获得的养分,不多, / 它们遭受的践踏,不少!"然而——

> 受苦受难,它们从不计较,
> 仍把活力输送到每片叶梢,
> 用芽,传播春天的信息,
> 用实,迎接金秋的来到。

天虹的咏物诗,大都含有寓意。草的性格中,就有作者自己的影子。他的《萌》、《根》,都是《野草》的姊妹篇。"祖国,请相信, / 我会成萌! / 青枝竞发的大地上 / 会投下我的倩影!"在诗人的自况诗里,信心永不泯。

信心来自哪里?他在《野草》中唱道:"是火,都想把它烧掉, /

是风,都想把它刮倒;/只有大地对它十分怜悯,/紧紧护卫在自己的怀抱。"他还有一首《我是一蓬根》,其中有这样的句子:"请莫要吃力地寻找我的身影,/我是一蓬潜行的根,/我活在广袤的地层下,/把一个绿色的家族支撑。"信心来自大地,力量来自广袤的地层。诗人从小失去了父爱,失去了母爱。但,正如希腊神话中的英雄安泰,他的无穷膂力来自大地。天虹有大地做父亲,有大地做母亲,而大地和祖国合二而一,成为同一个意象。

天虹处境卑微,但卑微者并不是卑屈者。他有一首诗《跪石羊》,对一双跪石羊(原物在南京雨花台附近)说:"为什么至今还僵硬地跪着?/多少年了,难道还没有受够折磨?/快起来吧,春天到了!/快起来吧,唱一支春天的歌!"

诗人遭受过打击,折磨,但苦难正好锻造意志,灾厄正好淬砺筋骨。他自况为《荷花》:"不以出身黑暗/而畏缩//以春的亮丽和/强劲/让湖面/开放出/你的姓名"。在《心迹》一诗中,他又唱道:

> 哪怕坠落暗无天日的地狱,
> 意志绝不会在逆境中陈腐;
> 只能炼出我的火眼金睛,
> 只能锻成我的钢筋铁骨!

毕竟,苦难是深重的。在天虹的诗作中,经常出现的一个意象,是泪水:

"你激动了,/激动的是情,是心。/顿时化作泪雨倾盆/扑回大地的怀抱……"

"你看我写诗/眼角/总有泪花晶莹……"

　　"注入心中的 / 是一个苦涩的海 / 她不愿意 / 交给泪痕
去 / 重述"

　　"蜡烛的泪 / 不能尽现今天的脸色……"

　　"流泪的云 / 总在涂抹那些晴朗的日子……"

　　"岩石是风干的泪滴……"

　　"泪水变硬 / 花枝不显妩媚 / 都有了宗教的虔诚……"

　　"秋 / 在一颗露珠里流泪 / 终于笑红了 / 满山枫叶"

　　"……那个被美化的'维纳斯' / 一直在哭 / 已经流不出
泪珠"

　　"太阳流下了泪水 / 都是金子……"

　　"黄昏被雾漂白 / 山谷的花径 / 又埋下了 / 一条泪河"

　　"这座天空 / 实在太灰白了 / 沉重的压力 / 泪在迸射"

　　"是诗人最后一颗泪 / 照亮了 / 小岛夕阳"

　　"三峡……浑浑浊浊 / 也许浑浊才能藏起一些真实 / 藏
起 / 一些泪"

　　"郑板桥……彻悟的泪 / 化作倾盆大雨"

　　"迎客松……泪的分泌 / 流露出满腹心事"

　　这里不厌其详地引录了许多含泪的诗句,是为了呈露天虹笔
下泪的"众生相"。人间有喜泪,有悲泪。天虹的泪,大多是痛苦导
致的泪。试看那些泪的意象,千姿百态,千变万化,古人在流泪,今
人在流泪,植物在流泪,动物在流泪,季节在流泪,时间在流泪。泪
有重量,泪有声音:"一颗泪砰然落下 / 整个大地 / 都有悠远的回
声!"其实,所有这些泪,都是从诗人心中流出。但,诗人并没有沉
沦于泪水中。诗人心中的泪,不是水。请看他的诗《信念》:

　　　　祖国呵,如果爱你的心

被曲解,被冤情折磨,

再坚强的男子

也会流下泪颗。

但流泪

并不一定是软弱,

纵横的热泪

也许是一把液态的火。

烧掉的是迟疑,

蒸腾的是振作。

诗人有不渝的信念:

大地,一定会了解我!

这首诗在这里引全了,因为它集中地、精练地表达了诗人人生观的核心部分。把眼泪比作液态的火,是一种想象的飞跃,精神的升腾,梦幻的创造。泪——液态的火,烧掉了彷徨,烧出了振奋,千回百转,又回到了起点:信心永不泯,因为有来自大地母亲的永不枯竭的力量!

天虹的人生目标固然是自我完成,但不等于独善其身,倒是与兼济天下相一致。他的诗歌抨击社会不公,歌赞人间正义,这与他追求个人自由、个性解放是统一的。他有一首《磨光工人之歌》:"磨光车间里 / 天旋转地旋转 / 旋转的天地 / 旋转在急速旋转的 / 磨光机的辘辘里 / 旋转成一枚枚眩晕的港币……"这些诗句使人想起英国诗人胡德(Thomas Hood)的《衬衫之歌》中缝衣妇的辛劳,或想起另一位英国诗人布朗宁夫人(Elizabeth B.Browning)的诗《孩子们的哭声》中童工的悲惨处境。天虹的控诉,如柳叶刀对准了社会不公的包装。诗人的良知与工人的命运联结在一起。

诗人的胸襟,不囿于一时一地。屈原有《天问》,天虹有《问

天》。天虹说,他"很想知道天宇发生的事情":"我是地球的儿子 /
地球是一颗星 / 我也是一颗星 / 我有权利打听"。然而,红日刺痛
了他的眼睛,月亮也盯住他,正在监听。"看来宇宙也不安宁……"
他琢磨着,"那划破夜幕的流星 / 一定是背叛天庭……"伊甸园里
有撒旦,天宇中有流星。天虹的思维,从微观跃向宏观,从尘世遥
看宇宙。安德烈夫有一部小说,写兄弟二人,最终,一个抬头望天,
倾心于研究天文,一个面向大地,献身于改造社会。二人分道扬
镳。天虹不是。他的"问天",不是出世,而是更高层次的入世,是
举目和俯首的汇合。野草可以是一条银河,诗人可以是一颗恒
星。虹的两端,扎根于大地,但它横空出世,向天宇诉说不朽。这
该就是天虹的诗意襟怀,就是他作为一个缪斯崇奉者的精神世界!

　　天虹嘱我为他的诗集写序。我虽笔力不逮,但不敢违命。爰
以微薄,恭疏短引。幸天虹兄及读者诸君亮鉴。

2009 年 3 月 30 日

北京和平里萱荫阁

诗美愉悦的输送者

——序唐湜纪念文集《一叶的怀念》

　　这是一部纪念诗人唐湜的文集。

　　唐洛中——唐湜的女儿，是一位孝女。她对自己的父亲怀着真挚的感恩和虔敬。她努力促成了这本书的出版。她亲自撰写了《回忆我父亲》的文章，表达了她对父亲的深爱和纯孝。唐湜是我数十年的诗友和兄长。洛中邀我为这本书写序，我义不容辞。但由于事先已安排好了我的第三次欧洲之行的日程，所以我只好在欧行归来之后动笔，这就推迟了写作的日期。我只担心辜负了洛中的重托和影响了本书出版的日期。

　　这本书选入了唐湜辞世后他的诗友、他的研究者和他的赞美者所撰写的纪念文章和诗。这些文章无不充盈着对唐湜的深沉的怀念之情；这些文章也对唐湜的为人、为诗做出了历史的评价。老诗人莫洛是与唐湜结交七十余年的老友。他的文章不仅感情醇厚，而且对唐湜的一生做了概括的描述，他称赞唐湜的"人格的清纯，精神的热烈，意志的坚毅和思想的丰厚"，可谓语语中的。与唐湜同为"九叶"诗人的王辛笛的女儿王圣思的文章，称唐湜为"叔"，详细回顾了唐湜和辛笛以及其他"九叶"诗人当年合作创办诗刊和进行诗歌创作的历程，记下了历史的印迹，表达了她对这位诗"叔"的敬重和怀念。

文集中包含若干篇对唐湜作品进行理论分析的文章。谢冕对唐湜的诗和诗论做出全面的评价;巫小黎对唐湜的叙事诗进行了细致的分析;吴思敬对唐湜的诗论、骆寒超对唐湜上世纪四十年代的诗学追求做出深入的论断。这些都是本书中的重量级文章。它们不仅追怀唐湜,而且给予了唐湜在中国现代诗史上的定位。

唐湜的成就不仅在于诗,而且在于诗论。有的论者甚至认为唐湜在诗论上的贡献大于诗的贡献。我则认为他的诗歌成果和诗论成果是双璧,不分轩轾。英国现代主义诗人艾略特既是诗人,又是诗歌理论家。英国浪漫主义诗人济慈不仅给世界诗史提供了杰出的诗作,也奉献了诗歌理论上的创新思维。只是济慈无意撰写理论著作,他的闪光的诗论都散见在他给亲友的书信中,而济慈书信的价值与他的诗歌价值几乎同等。唐湜在这两方面的贡献,与这两位英国诗人庶几近之。

上月下旬,我正在奥地利首都维也纳,雨中专访莫扎特(1756—1791)雕像。那两天我遍找伟大音乐家的纪念地,冒雨寻访了舒伯特、贝多芬、施特劳斯的铜像,以及维也纳音乐厅。这些铜像各具风采,引起我种种遐思。在莫扎特像前留影时,我忽然想起了诗人唐湜。莫扎特一生为困穷所扰,活到三十五岁即逝。这位音乐的伟大天才长期生活在困厄和苦难中,但他留给世人的杰出乐曲却充满了青春的活力、美丽的阳光和圣洁的欢乐!唐湜不也是如此吗?他一生在政治迫害与经济拮据中挣扎,但他的诗作留给后人的却不是诉苦和抱怨,而是优美,崇高,纯洁和愉悦。贝多芬把自己对命运的搏斗表现在他的"第五"中,给人以震撼!唐湜把自己对命运的搏斗化为诗美,令人销魂!济慈说:"美的事物是一种永恒的愉悦。"唐湜就是奉献诗美的愉悦输送者。唐湜(1920—2005)活到八十五岁,他的生命历程长于莫扎特,也长于贝多芬。这是他的不幸,因为他承受苦难的时间长于那两位音乐家。这是他的幸运,因为他施展才华的时间也长于那两位音乐家。

唐湜已经远行,但他留给我们的诗美(包括创作美和理论美)却是永恒的。人们在对他怀念不已的时候,同时沉浸在他的诗美给人的精神飨宴中。这本纪念文集证实了这一点。

2007 年 11 月 14 日

"偶入红尘里，诗戏结为盟"

——读郭汉城同志诗词手稿

郭汉城同志是当代著名戏曲理论家、戏曲剧作家、戏曲史学家。他在中国戏曲和戏曲史研究方面所取得的成果，对推动当前戏曲事业的改革和发展，起着举足轻重的作用。汉城同志同时又是一位杰出的诗人和词人，他在旧体诗和词的创作上获致的业绩，同样令人瞩目。

二十世纪五十年代至六十年代，笔者任职于中国戏剧家协会，因而有缘结识任职于中国戏曲研究院的汉城同志。他的亲切的待人风格和严谨的工作态度给我留下了深刻印象。"文革"期间，他和我同在文化部静海五七干校，我读到他的诗词作品，敬佩他在立意和遣词造句方面一丝不苟的精神。我曾把自己不成熟的词作《沁园春》给他看，向他求教。他做了认真的指点。他长我六岁，在我心目中，他是同志兼师长。（现在常见称某某人为"亦师亦友"，庶几近之。在当年，"同志"是普遍的也是庄严的称呼。）

这次汉城同志把他的《淡渍诗词钞》给我看，并嘱写序。这是对我的信任。我自忖未必能胜任，但总觉得不能辜负重托。我把这部手稿从头到底读了不止一遍。

汉城同志的诗词作品，意趣多元，题材广泛，他热爱祖国，胸怀世界。国际国内的许多重大事件，常常在他的笔下得到热切的反映。如中国实行改革开放这一重大政策转变,前苏联共产党退出历史舞台,日本右翼政要参拜靖国神社,"台独"势力嚣张,香港回归祖国怀抱……这些事件在他的诗词中都有曲折的或正面的表述。汉城同志的目光既注视当前的现实,又投向悠长的历史。季札挂剑,西施入吴,昭君出塞,汉武帝兴巫蛊之狱,陈后主败亡胭脂井……都在他的笔底波澜之中,涌现出一句句烛古鉴今的语句。他在咏史的同时,不忘探究历史的真实性,还历史以本来面目。如《潘杨湖》一诗即以公正的态度评说北宋初期抗辽战争中杨业与潘美的功过。至于近代与现代的重要历史人物,如林则徐、关天培、秋瑾、瞿秋白、鲁迅等,更在他的笔下放射出熠熠的人格光辉。

汉城同志咏史,追求一种新的切入点,不落前人窠臼。如写王嫱,不写"千载琵琶作胡语",却写她入宫之前:"巴歌楚语小家姝,去也长安泪似珠。滴入清清溪水里,随船泛作桃花鱼。"这是个异常鲜活的视角:泪珠化为鱼的意象会长久存留在人们的记忆里。

在汉城同志的视野里,纵的是数千年中外历史,横的是祖国大地、全球山川。他遨游的足迹踏遍祖国的东西南北,有时也延伸到遥远的国外。每到一地,几乎都有记游的诗作。如《过夔门》、《登泰山》、《游秦淮河》、《雨中游西湖》、《游石林》、《洞庭吟》以及《多瑙河之歌》等等,多少琳琅美句,鸣响在读者的我的耳畔。汉城同志写景,往往赋予景物以生命。如《壶口》:"黄河西泻挟雷霆,直下三门劈晋秦。万浪奔腾壶口入,仰天大笑出河津!"这里,黄河被拟为一狂放的壮汉,仰天大笑直奔海洋而去。仰天大笑这一意象,于壶口瀑布极为贴切。四句诗,把黄河的气势和威力写得如此传神,如此精彩,令人叫绝。

汉城同志咏戏曲的诗词,是他全部创作的重要部分。京剧《白蛇传》、昆剧《钗头凤》、白剧《望夫云》、京剧《李慧娘》、赣剧《邯郸梦》、昆剧《桃花扇》等,都成为他吟咏的对象。他总是抓住所咏戏

曲的主旨和艺术特色加以描述。如："重重郁怒裹深仇，飞渡长江
一叶舟。一蹙蛾眉千仞浪，纷纷都扑上山头！"四句二十八字，把白
素贞为救许仙作水漫金山一战，写得如此淋漓酣畅，神完气足！又
如《观胡芝风演〈李慧娘〉》七律：

> 平江碧水映芙蓉，濯色清尘上苑容。
> 一脉情同晴水洁，半闲血染杜鹃红。
> 眉堆幽恨肠教断，火迸回风鬼亦雄。
> 莫讶氍毹多怨厉，人间似道有余风。

诗中李慧娘的清纯无瑕与贾似道的阴狠残毒形成强烈的对
照！平仄谐调，对仗工整。"一脉"、"半闲"（贾似道堂名）可谓工对，
而正邪、黑白、美丑由此而出！全诗铿锵激越，于急管繁弦中，一腔
正气直上云霄。结末两句，犹盛世危言，直是长鸣的警钟！

汉城同志似乎对南宋题材多有关注。他还有首《观昆剧〈钗头
凤〉赠郑拾风》，也是七律：

> 凤折钗头事已哀，那堪回首入歌台。
> 秋风水调飞温玉，明月钱塘有劫灰。
> 报国无门头竟白，惊鸿逝影梦难回。
> 座中尽是青衫客，唱到伤心泪满腮。

爱国诗人陆务观壮志难酬，"胡未灭，鬓先秋"的悲壮情怀，和
他迫于母命，与唐琬离异，"东风恶，欢情薄"的婚姻悲剧，是这位南
宋诗人人生道路上的两大情结。昆剧《钗头凤》着重写的是后者。
但汉城同志的这首诗则概括了陆游的一生。颈联两句，是全诗的
核心，把放翁的两大情结连在一起，和盘托出。整首诗凝练沉郁，

情胜词亦胜。结尾处用白居易典,点明观众身份,是写实,然而浪漫的伤感情调,洋溢于字里行间。

我尤其喜欢汉城同志的人生感悟之作。1989年他七十二岁时写有《述怀》一诗,是五言古风,共八十六句。历述身世,早年投奔革命,中年以后历经种种"左"祸的劫难,直到晚年进入新时期,反映正负两方面的感受。诗句如"左势终难挽,'文革'成浩劫。举国皆欲狂,四凶虎添翼",是概括的描述;而"牛棚遍地起,骨肉成仇敌。童稚也唾面,忍辱只默默",则是受冲击者切身的感受,非亲历者不能写此。及至"祸福常相倚,正负永相结。谦逊能知过,骄满必自溢",则含有数十年政治生活的反思内涵,语重心长,字字沉痛。最后道出"人民是根本,民主不可缺",恰似画龙点睛,一语中的。全诗一气呵成,发人深省。

2001年汉城同志写《金缕曲·八五自寿》词一首。"办得芳园人待到,及早安排归务。""小巷黄昏听急步,便巫山白日消重雾。情脉脉,意千缕。"人生暮年,感情得到净化,却依然词意缠绵,音韵玎琮。是否已经看破了红尘?非也。2006年汉城同志写了两首《白日苦短行》。第一首开头就写:"偶入红尘里,诗戏结为盟。"崇奉缪斯(诗歌与戏剧),成为他终生的朝顶。第二首写他不喜住闹市,择居远郊外。梦山之行,也是人生之路:"踽踽行,心不惊。路险隘,谷幽深。"面临山岩、树木、落瀑、沉雷、黑影、冷月、老猿、长藤……"秋风天外来过客,纷纷红叶俱鸣琴。"是游踪实写,还是人生缩影?下面忽然出现如许诗句:"醒来得意仰天笑,百叠忧患能多少?"该是历经坎坷之后最终的省悟。"世间万物谁占尽?一得会心即有情。"依然是智者本色,诗人风骨!汉城同志写此诗时,已届九十高龄。诗中无丝毫衰歇之气,只有丰沛的精神和洒脱的气度。

说到洒脱,汉城同志还有诙谐与幽默的心性。《大将军和二将军》(写汉武帝封树)和《邯郸学步》(写寿陵余子的匍匐而归)是这方面的代表作。

汉城同志综览宇宙之大，其悲悯情怀，遍及万物，不放过一只小鸟。他有一首五言古风《鸟殇》。写的是一只受伤的小鸟，剥啄叩窗求援，诗人开窗迎入："多因玩童暴，见人犹觳觫。到此不速客，举家齐忙碌。为其洗伤痛，为其觅颗粟。"但仅仅过了一个大风猛刮的寒夜，"晨起径往视，已在笼中殁。"惊变之余，叩问苍天："一夜成永别，是谁主离合？若说无缘分，何以入我室？若说有缘分，无乃太倏忽！"低回吟咏，一唱三唱："未曾养伤好，放汝归林泽；未曾听鸣叫，一舒我心郁。"唯有寄情于梦之幻境，瞩望于鸟之魂魄："但愿梦飞远，翅影带寒日。但愿扶摇上，长唳穿云窟。"小孙子将鸟埋葬于屋侧，"亦将我心词，聊以代刻石。"最终，诗人从小鸟之死念及生灵的荣枯，万类的存亡，体悟到某种情缘的永恒："劳生亦有涯，未必情随没。送行何须泪，为君歌大觉。"从一只小鸟的悼歌，我们看到了诗人的仁爱心地，博大胸怀。

汉城同志能词，能诗，诗有五言、七言、杂言，有近体、古风、歌行、民歌。他是掌握体裁的多面手。对平仄律、对仗律的掌握，他功力深厚。入声在当今普通话中已消失，原入声字已改换门庭，分别归入普通话的四声之中。但入声在今日许多方言中依然存在。汉城同志坚持入声，常以入声字叶韵。在普通话中已改为平声的入声字，他决不作平声用。这是他的一条不能踏破的底线。对此我深表赞同。用韵方面，他不拘泥于平水韵，这是声韵运作上的与时俱进。汉城同志出生于浙江萧山，我籍江苏常州，他与我是江浙大同乡。我们的乡音中鼻音不分前后，即 ing 与 in 不分（均作 in），eng 与 en 不分（均作 en）。汉城同志在选择鼻音字叶韵时亦按乡音处理。如七律《在汤显祖墓前》，将"情"（qing）、"鸣"（ming）与"魂"（hun）、"寻"（xun）、"痕"（hen）相押。我认为如此安排不足诟病，只是带有方言色彩而已。

纵览汉城同志的这部诗词手稿,对于我,是一次诗歌王国的巡礼,一次语言艺术的求学。为答汉城同志的嘱托,写了上面这些文字。只能是一篇粗浅的学习札记,不敢言序。

2008 年 7 月 30 日

烈火中复活的诗人戏剧家——鲁煤

鲁煤与我共事二十年，邻居已五十年，交友近六十年。我对鲁煤依然了解不深。但也略知一二。

我初识鲁煤是在见到他本人之前。上世纪四十年代我在胡风主编的杂志《希望》上看到他的诗。五十年代初我在上海观看了鲁煤执笔创作的话剧《红旗歌》的演出。1953年我调到北京中国剧协，才见到他本人，成为剧协的同事。他与我共同经历了反胡风、反右派、反右倾、"文革"等历次政治运动。1955年5月，风暴袭来，可怕的黑棍打来，一下子把他打入十八层地狱！他被定为"胡风反革命集团"分子，政治生命被扼杀！"文革"中造反派把他升格为"胡风反革命集团"骨干分子，被"群众监督，劳动改造"，剥夺了一切公民权利，沦为社会最底层的政治贱民，他的生活陷入深重的苦难。

在几乎绝望的深渊里，鲁煤的内心始终没有屈服，他无比顽强，他的精神世界里永远燃烧着一把烈火。胡风冤案平反，新时期开始，鲁煤重新拿起铁笔，他的诗歌、报告文学、影视作品、革命回忆录接连问世。像一只凤凰，从烈火中跃出，成为新的神鸟，再度放声高歌，发出向生活冲刺的锐鸣！

从四十年代到五十年代，两种文艺思潮进行着殊死搏击。其代表人物是胡风和周扬。实际上这场斗争的掌控者是党的最高领袖。奇特的是鲁煤受到胡风和周扬双方的赏识、器重和扶植。胡风称鲁煤为"小天才"。当《红旗歌》受到萧殷、蔡天心的教条主义式错误批评后，周扬亲自出马，撰写长文，为这部剧作辩护，称赞它为新中国第一部反映工人生活的优秀剧作。胡风赞赏鲁煤的诗，可以理解。但鲁煤为实践《在延安文艺座谈会上的讲话》的指导原则而执笔写成的《红旗歌》，胡风同样持肯定的态度。胡风后来在狱中撰写的诗《怀鲁煤》有句："剧意抒矛盾，青春急向新，求新心待放，疾伪口难争"，表明对《红旗歌》追求创新的赞扬，对它受到错误批判的愤慨。其原因，我认为在于《红旗歌》本质上与胡风所主张的写真实原则相吻合。鲁煤并非为了图解事先确定的主题而到工人中去寻找生活素材。这个剧本中工人们的思想面貌，他们的矛盾斗争、喜怒哀乐，都渗透着执笔者的思想感情。戏剧主题从生活中自然提炼出来。在这一点上，周扬与胡风并不是南辕北辙。胡风历经牢狱之灾，直到生命终点，不改初衷。周扬晚年探讨人道主义和异化问题，寻求"左"祸发生的哲学根源。这说明周扬与胡风的殊途同归。而鲁煤，则是这两种思潮的象征性接合点。

鲁煤六十多年的诗歌创作经历了高亢——喑哑——沉雄的进程。沉雄与消沉无缘。从高亢到沉雄，是螺旋形升腾。喑哑是被迫，也是蓄势。晚年诗作更成熟，却依然锋芒毕露。义愤达到顶点，会化为冷嘲，冷嘲即变形为幽默。鲁煤早年常用的关键词是：火、火种、光、星、春天、种子……他是自觉的"扑火者"，志愿的"爆破手"。他1946年写的《一条小河的三部曲》中有句："我是一条小河……唱着反抗和爆动的歌"。这里"爆动"是不是"暴动"的误写？不是。"爆动"是杜撰，也是创新。他总是喜欢用一些感情强烈、语气极端的字词，但毫不做作，并非刻意。如说宇宙"口蜜腹剑，嘴甜心毒"，或说婴儿"是一颗炸弹——炸弹会长大，炸弹会爆炸……"之类。在他的晚年，这一类字词，往往由极而言之，走向炉火纯青，化为幽默。2001年他写《家具的回答》，把澡盆、马桶、脸盆架、门把手、书柜门都拟人化,写他们"扩张"、"膨胀"、"抢地盘",对他"搧耳光",把他"摔倒地"……原来这些突兀的细节是为了反衬诗人自己的衰老:"岁月,偷走了你的风流倜傥、龙腾虎跃……"但这首诗的诗眼,却在家具的自白:"亲爱的主人,莫把我们冤枉了 / ……我们永远是你的驯服工具 / 绝不发动文化大革命 / 实施造反、夺权、起义"。醉翁之意不在酒。老诗人笔下的诙谐,蕴含着犀利的芒刺,挥洒的幽默,射出了猛烈的投枪!

二十世纪中国史,绕不开一个核心人物。鲁煤1949年写的歌词《新儿童》中有句:"毛主席,是太阳,共产党领导得解放。"1949年10月1日写的诗《在石家庄工厂》中有句:"欢天喜地干杯吧——祝福亲爱的毛主席。"1951年写的歌词《毛主席,您就在淮河上》中唱道:"毛主席,您就在淮河上 / 您帮我们掌舵,帮我们拉纤 / 帮我们扬帆,帮我们摇桨。"1977年10月,毛泽东逝世一周年,鲁煤写诗《去看望毛主席》,写当他到达毛主席纪念堂时,"悲痛的心跳突然加剧 / 快扬手抹去满眶热泪"。进门后"毛主席含笑向我们致意 / ……他轻声说道:/ 跟着新的党中央 / 革命到底!"这时新的党中央,正处在执行"两个凡是"的华国锋和主张改革开放的邓小平相互较量的时期。但如果仔细阅读鲁煤的全部诗作,就会发现他是十分清醒的。对毛泽东的伟绩进行歌赞,理所当然。对毛泽东的严重错误所造成的危害,鲁煤并非麻木不仁。写于1986年至1990年的《劫后回眸交响诗》中,鲁煤回顾了共和国文字狱第一大案胡风事件的前因后果,以斩钉截铁的语言进行历史的论断。他严正地拒绝了"集团"的耻辱称号:"是他! 把我们组织在一起……""他组织的,我不接受!"诗人心目中的"他",有一个发展过程:"我是他的崇拜者,追随者和党员 / 向世界青年歌唱他:我们革命青年的父亲",然而曾几何时,"他,独断专行,判我为敌 / 二十五年专政镇压……"当冤案平反后胡风夫人梅志"竟按人家既定的名册请客／这岂不是中了圈套"？以至有人举杯"建议大家共同祭奠冤魂"时，诗人只"机械地随众人酹酒祭地／但几乎完全无动于衷"！这令人惊诧！诗人不是刚刚宣称"我逆来顺受／但内心中，从未诚服"吗？怎么会对难友无动于衷呢？噢！"株连家族，老少都罹凶害／黄夜搜查，单人监禁，'逼供信'／残酷的侮辱、批斗下，我早已作好／随时被拉去杀头的精神准备／以免届时舍不下亲人而号啕痛哭——／生与死呵，我早已麻木不仁"！悲愤到极点，就没有眼泪；痛苦到顶端，就变为麻木。说自己"无动于衷"，正是极而言之。最后，又从巅峰迂回："此刻，我心中块垒已化解／既然御笔钦点我们是同案犯／这不啻同榜登科结成'同年'／我们理应结交'同年'情谊"。从麻木缓解，化为幽默。幽默中仍含反讽：一个"御"字，一个"钦"字，封建专制体制的总代表——皇帝的形象，浮出水面，从"父亲"到"皇帝"，完成画龙点睛之笔。后者不仅指胡风一案，应该说，反右派、反右倾、大饥饿、"文革"，都包含在内了。臧否褒贬，笔力千钧。感情起伏，波澜壮阔，思绪升沉，风起云涌。

《神州第一瀑布颂》诗篇是鲁煤晚年的力作，写于1991年，作者已年近古稀。黄果树是中国第一大瀑布，鲁煤用如椽大笔，把它拟人化，写成永不屈服，永远追求真理的人格之象征。诗中不断涌现作者一贯喜用的感情强烈、语气极端的字词。"你是勇敢／明知跌入深渊／粉身碎骨／自我爆炸／难能生还／但——／你自信：／置诸死地而后生／你自信：死里求生／死里逃生／死里有生／誓作困兽犹斗／不怕惨败／必能大胜！"激情的狂涛一浪高过一浪："你是雷霆……／抗议天道不公／喝令群山、峡谷、礁岩／给你让路……"峰回路转，石破天惊，黄果树从第二人称变为第一人称："我要到遥远的地方去：／到三千米落差的下界去……／走出落后、褊狭的今天／走向发达、广阔的明天……"诗人把最高最强的赞美词送给黄果树，称它为"大勇""大智""至刚""至柔""至美"

"至善"……但黄果树根本不注意诗人的献诗,"只顾凌空跳崖／喷射云雾／爆发雷霆／夺取他前进的路!!"最后用了两个惊叹号,因为一个不够。读罢全诗,回味这个瀑布藐视一切艰难险阻,排除万难,夺路前进的形象,我不得不说,这是诗人鲁煤的自画像,其中有他的自省、自怜,也有他的自许、自强和自豪。

鲁煤晚年的另一重要作品是胡风《狱中诗·怀鲁煤》的"意译"。胡风在狱中写了十首五言律诗"怀鲁煤",格律严谨,感情真挚,意境沉郁,对鲁煤的人生遭际、为人风格和艺术成就做出全面评价。诗中抒写了鲁煤在极"左"桎梏下创作的困境,表达了前辈对晚辈的无限同情与关爱,对压制和扼杀的无奈和愤慨。鲁煤为了使一般读者了解胡风这组诗的背景,对它进行了一番他自称的"意译"。这种意译不同于一般的"今译"(把文言译成白话),而是当事人对恩师诗作的"诗意阐释"。译作本身与原作一样,是诗。鲁煤做的,是二度创作。他凭借胡风的视角,也根据自己的估量,重塑了自己的形象,出于坦荡,出于至诚! 试看胡风原作第一首:

> 语脆飘轻笑,初逢胜旧亲;
> 颜和如着色,目秀似含声;
> 学画尊风格,求诗辨假真;
> 水清还火亮,皎皎少年心。

鲁煤"意译"为:

> 语言清脆,飘动着轻盈的笑意
> 初次相识,就觉得比故旧还亲
> 容颜和悦,像一幅彩画
> 双眼秀美,蕴含着声音

学习作画,尊重画派的风格

探索写诗,全力分辨假诗或真品

呵,水一样清澈,火一样亮丽

一片洁白、赤诚的少年之心

    这首是鲁煤的少年画像,但也可以说是他的终身画像。鲁煤2005年对胡风《怀鲁煤》说过这样的感言:"近十年来每读此诗,都被恩师对我的深切了解和挚爱亲情所震撼,难抑热泪欲流。……令我惊诧的是,连我自己都不会体会和表现得如此符合我的实情!"可以看出,鲁煤的"意译",倾注了无限感恩,也倾注了重新认识自己的强烈情愫。这十首根据胡风原作的"意译"之作,也是鲁煤的另外十幅自画像。把它们列入鲁煤诗歌创作的系列之中(而不是作为"附录"收入他的诗歌卷),应该是顺理成章的事吧。

2010年9月3日

"呼痛"的诗的记录

——序沈泽宜《西塞娜十四行》

　　明窗,乱几。堆满无章的书籍文稿的桌面中间有一小块"空地",上面有一摞诗稿突兀而立:沈泽宜君从他的故乡浙江湖州寄来的诗稿,总题叫《西塞娜十四行》,下面有一行字:"她是一个中国女孩子的名字,她居住在西塞山前的广漠水陆地区。"我把诗稿从头到尾看了两三遍,又作了六页稿纸的阅读札记,目的是使诗稿的内容在我脑中的印象深刻一点。

　　这是一部十四行系列组诗,共计一百二十首。它的总主题是爱情,但又不限于爱情。关于"西塞娜"这个名字,泽宜在给我的信中说:"西塞娜"是一个"呼告语"。什么叫"呼告语"? 看完诗集后便会明白。泽宜又说:"西塞取古代湖州诗人张志和的词中'西塞山前白鹭飞'的山名,作为复姓;'娜'来自《聊斋志异》中《琼娜》一篇中一个狐女的名字,琼娜深为我所向往与敬重。"这样,这个名字的来历便清楚了。

　　十四行诗(sonnet)形式最早诞生于法国南部与意大利接壤的普罗旺斯地区的民间,原是一种歌谣小诗。后来被文人采用作为一种诗体。这与中国唐宋间"词"这种诗歌形式的产生极为相似。第一个有影响的十四行诗人是十四世纪意大利的彼得拉克,他的《歌集》收三百多首十四行诗,都是抒发诗人对他年轻时所倾心的少女劳拉的爱。十四行形式后来扩散到欧洲各国。文艺复兴时期英国十四行诗人辈出。斯宾塞的《爱情小诗》由八十八首十四行诗组成,是对他的未婚妻波伊尔倾诉爱情。锡德尼的《爱星人与星》收入一百〇八首十四行诗,描写一青年男子受一美貌女子诱惑,爱上了她,经历了种种内心矛盾。当时,以爱情为题材的十四行系列组诗在英国风起云涌,成为一时风尚。直到莎士比亚十四行系列组诗一百五十四首出现,才一改旧观,把歌颂友谊置于主导地位。之后,十七世纪弥尔顿给十四行诗引入政治;十九世纪济慈把十四行诗献给美神。维多利亚时期布朗宁夫人的《葡萄牙人十四行诗》四十四首抒写她对他的爱人、后来的丈夫——诗人布朗宁的爱。十四行诗又回归爱情主题,但作者变成了女性。之后,十四行诗形式逐步扩散到了全世界。

　　从历史上看,十四行系列组诗常常以爱情为主题或题材,沈泽宜的《西塞娜十四行》则是十四行形式东渡中国之后我所见到的第一部爱情十四行系列。但它又与上述各系列不尽相同。上述各系列,或是男子抒发与自己初恋少女的爱,或者记述与自己深爱的男子——丈夫的深情。而泽宜诗中的人物,据他自称,是他的"梦中少女",一个虚构的,或者想象中的人物,也是他的"呼告"对象。说虚构,却又不绝对。因为泽宜说过:"凡我所敬佩的女性,诗中也时见鸿影。"可见西塞娜也有原型,但不止一个。

　　泽宜塑造的西塞娜形象,千变万化,却又岿然不动。她是少女,很美,这没错。但她有时是羞涩的才女,有时是豪爽的女侠,或像狂飙般怒发冲冠,或像荷莲和菖蒲般玉洁冰清。她的身份时时在变,一会儿是乡村女教师,一会儿是青年女诗人;刚才是浣衣姑娘,现在是游泳健将;昨天是公主,今天是女裁缝。她是诗人深深爱恋的少女,但忽然又是诗人的母亲,或者妹妹,或者姐姐,或者女儿;有时她以攻读大学时的同学身份出现;而最终,她成了诗人崇拜的观音和圣母,或二者的合一。诗中西塞娜的比喻是活跃的。
"你从蒹葭苍苍中走出 / 先到巫山,再到洛浦…… / 传说中在水一
方的女孩 / 始终隔着一条河……"从《诗经》到宋玉,又到曹植,都
隐含在这些诗句中。"西塞娜像山獐子那样好动 / 浑身上下都充满
了野性",使人想起英国湖畔诗人华兹华斯笔下那"像小鹿一般会
游戏,会欢喜得发疯般跳过草地"的少女露西。而当诗人写到"保
罗和弗朗采斯加,永恒地 / 被地狱的大风东抛西掷",以此作为他
和西塞娜"最可羡慕的命运"时,意大利诗人但丁悲天悯人的性格
渗入到诗句的深层内涵之中。总之,西塞娜多变,万变不离其宗。
她始终是诗人的"梦中少女",诗人心中的尊神;她纯洁,坚定,灵
动,忠贞,这些属性永远不会变。她永远是诗人的期盼、向往、归
宿、希望的星辰、"灵魂的故乡"。

　　这"灵魂的故乡"在中国。西塞娜终归是中国的,是中国南方
的,是中国江南水乡的。"西塞娜的手是粗糙的…… / 她用这手摸
穷孩子的头 / 用这手擦汗,在山泉边洗衣……"这个农家姑娘养
殖、缝纫、播种、收获。尽管诗人这样写:"阿波罗以黄金的手指 /
揭开大地新娘的面纱,轻轻地吻她 / 如同我吻你一样",但西塞娜
依然是中国女子,她用凤仙花染红指甲,把那罕草斜插在鬓角上,
温柔缠绵得像洁白的丝一样,诗人写道:"真实得几乎呼之欲出 /
又如梦幻般缥缈虚无 / 擦肩而过蓦然回首 / 一声娇呼已不知在何
处。"仍然是李商隐的"来是空言去绝踪",或者辛弃疾的"众里寻他
千百度"。

　　但西塞娜又不完全是中国传统的罗敷。诗人写道,他见到寻
找了一辈子的塔,来不及停车,待回到原处,"那座塔已梦幻般消
失",而塔的原址站牌下"一个女孩拉住我叫老师 / 我想了半天也
想不起她是谁"。西塞娜在诗人的极度相思中走向存在的反面,成
为记忆的空白。另一次,"一位女诗人新近死了 / ……人寰之上到

底有没有神祇／为什么要如此苛待一个女孩？……西塞娜，为什么死去的总是你？"在诗人的极度渴望中，西塞娜由"有"变成"无"。有时还会出现"变形记"：西塞娜变成一只失散多年的有着人的眼睛的小鸟，诗人守望了一生等待她的归来："飞越了几度夕阳几度关山／上苍垂怜，你无数次避开了／诱惑的网罟和致命的铅弹／能从此留下吗？我的小鸟！"不久她又变成一棵有灵魂的树："可惜你只是树，而不是人／你了无牵挂地在崖顶生长／没有哪条路能通向你的座前／……二十七年弹指间过去／如今我早已回归故乡了／你，洁白洁白的苹果树／是否依然在河对岸的悬崖上？"诗人凭借超现实主义的构想寄托了他的一往情深和义无反顾。而超现实主义的源头往往是希腊神话。西塞娜成为一只鸟——这灵感是否来自宙斯和勒达的相互倒置呢？

沈泽宜是1957年那个不寻常的春天北京大学校园里第一个起来贴大字报的大学生，也就因此而被戴上了荆冠，时间长达二十二年。他的坎坷和颠踬在这些十四行中得到了反映。"二十二年，没有哪只舞台对我开放／我只能面对沧江和峭壁／让歌声在高山和流水间碰撞！"或者，"鹰唳和虎啸早就听不见了／我们像虫一样在地上爬着／被权势惊吓，为生计奔波／为一斤白菜讨价还价……"民族的命运受到深切的关注："这里的女孩……温柔缠绵……／难道这美丽的胸脯／仍将一代代喂养贫穷和愚昧？"这不由得让人想起英国诗人拜伦《唐璜》中《哀希腊》之歌里的名句："我凝视容光焕发的丽妹；／想起来，我不禁热泪难抑：／她们的乳房都得喂养奴隶！"时代的风烟在泽宜的诗中继续翻腾不息："竹篱笆被水泥墙代替／脸皮也不妨跟着变厚……／这一切不去说它也罢／何时才能换一种有意味的活法？"诗人回顾自己的大半生："我从来就没有过中年／直接由少年跳进老年／中年被扔进库中冷藏／守库人至今还没有发还……"1979年，诗人头上的那顶荆冠终于被摘下了。但他依旧是孑然一身,直至今天。他对我坦然相告:"泽宜一生多难,迄未成婚。爱情对我来说只是一种永恒的渴望,即或有时两心相通,也短暂得如同闪电,陡增凄凉味耳。"但诗人对生活的信心依然没有丧失,诗人对理想的祈愿始终在执着地进行:"所有的拯救之手都已收回 / 但最后那只是否正在伸过来? ……西塞娜,但愿你是人而不是梦幻 / 如同闪电照亮大地山川!"如此,西塞娜之对于沈泽宜,怕不是《洛神赋》里的宓妃,倒真像《神曲》里的贝阿特丽齐,或者《圣经》里的马利亚。这应该是一种信仰的坚持,何止是爱情的追踪呢?

泽宜的这些十四行,在艺术处理上也自有他的做法。在韵式安排上他不拘泥于彼得拉克式还是莎士比亚式,而是传承中国古典格律诗的押韵法,即逢偶句在句末押韵,称交韵。另外最后两行押韵。xaxa,xbxb,xcxc,dd.(这里 x 不押韵)。也有很多篇是不押韵的。在诗节分段处理上,他遵循莎士比亚的方式:4442(四行作为一个诗节,四个诗节之后,最后两行一个诗节,一共十四行)。但仍然不拘一格,在分段处理上,他还有多种,如:5423,545,3434,554,5252,644,68,752,3344 等等,不断地花样翻新,但始终不离十四行(个别两首是十三行,可视之为破格之作)。诗行长短无硬性规定,有的一行长至二十个字,有的一行短至八个字。以语气或语意单位为顿,一行的顿数大多为四顿、五顿或六顿。少于四顿或多于六顿的较少。这显出泽宜在十四行格律处理上的灵活性和多样性。

我更赞赏的是泽宜用十四行形式描绘乡土风情的高超手段。我看到了多幅美丽的乡土风情画。为了节省篇幅,我原不想多引原作。但这里我忍不住了,且全引这样一首诗:

> 菖蒲和麝香的少女,水边的少女

当你从砑步拾级而下,所有的鱼都来朝拜
一如伯利恒的香客,它们亲昵地咬你的指头
那葱根似的指头,此刻正在飞快地洗涤
青菜、碗碟,和胖嘟嘟的萝卜
呵,上帝,但愿那样的水永远清澈

栀子花和月桂的少女,眸子明亮的少女
你把乌油油的辫子随意地撂到背后
我的心也哗的一声翻了过去,才发觉
我正站在桥上朝一群鸭子痴痴地凝望
它们拍动翅膀嘎嘎地叫着
被你的水花赶开,又讨好似的游聚拢来

红枫叶和晚香玉的少女,柴门边的少女
你拈花微笑,目送一对归鸦朝山那边的竹林飞去

这里有动物:鱼,鸭子,鸟;有植物:菖蒲,栀子花,月桂,红枫,晚香玉,竹子;青菜,萝卜;有物:柴门,河水,桥,山;有人:眸子明亮的少女,第一人称的诗人"我"。这一切被诗人艺术地组装成一幅充满活泼生机和青春气息,充满乡土情趣和天人和谐的优美图画,所有的笔触如条条轮辐集合到一个焦点:少女——这首诗的主人公。诗人擅长用细节来烘托人物,如鱼儿啃少女的手指,还用"亲昵地"这个温馨的副词,这细节使人感到谐趣盎然;下面,鱼群被少女拨弄的水花赶开后,却又讨好地游聚拢来,注意"讨好"二字,巧妙地体现出人与自然界的和谐相处。少女把辫子随意地撂到背后,少女拈花微笑,目送一对归鸦飞向竹林,这两个细节显出少女的活泼神态和怡然天性。"拈花"这个动作使少女的朴素中带有一

份潜在的禅思。归鸦不是一群而是"一对",这里又蕴含着某种寓意。而第一人称"我",站在桥上凝望这一切,进入了"痴痴"的也就是忘我的状态。整幅动态的图画把观者(读者)带到一个恬和生动的江南水乡美境之中,使人久久不愿离开。

十四行形式登陆中国之后,出现过几度炫亮。其中冯至的《十四行集》二十七首(1942年)以哲理的缜密和人生探索的精深震撼诗坛。冯至与里尔克通过十四行诗进行了神交。唐湜的《海陵王》由九十五首十四行诗组成(1980年),构建为一部史诗式作品,描绘了中国十二世纪一场民族鏖战中骁勇桀骜的枭雄式历史人物,借鉴了莎士比亚的悲剧。现在,沈泽宜的《西塞娜十四行》似乎呼应了斯宾塞和布朗宁夫人,但又摆脱了前人的窠臼,有着自己特立独行的诗法个性。《西塞娜十四行》是梦与真共鸣、理想与现实焊接、幻影与本相交错、个人的阴晴圆缺与人世的悲欢离合相熔铸的一部交响曲!它涓涓流淌,澎湃激荡,千回百转,奔向海洋。它的主旋律是爱情,它的变奏是命运,它的华彩乐段是圣母颂!

泽宜的这部诗集中有一首《深夜我被呼痛声惊醒》,写有一次他的女友在杜鹃花盛开的山道边高举着两枚并蒂的红叶向他走来,问道:春天里怎么会有秋天?他把两枚红叶夹在一本书中。多少年过去了。一天深夜,诗人被呼痛声惊醒,他循声去寻找这声音,原来它来自夹在书中的那两枚红叶。"我合上书本想重新入梦／那红叶又在连连呼痛了……"呼痛,何止是呼痛,欢乐的呼声也是在呼痛!我要说,整部《西塞娜十四行》就是这"呼痛"的诗的记录。

2007年1月15日

乘着首席诗神阿波罗的"金马车"行进

——《金马车诗文库》总序

被誉为"国刊"的《诗刊》社,在定期出版期刊之外,郑重推出"金马车"诗库丛书,以个人专集形式展示中国新诗的一部分新收获。已经出版的作品已产生良好的社会影响。这些最新出版的作品估计也会得到读者的喜爱,收到预期的效果。

这套诗集的十位作者,有的已经在诗界跋涉多年,有的还是缪斯神庙里新的献祭者。但他们无一不是虔诚的香客。他们中有矿业主,教师,文化局干部,国税干部,新闻工作者,宣传部长,纪检干部,文学编辑等……他们中没有专业诗人,但他们对诗歌创作的热情投入,使他们在缪斯面前做一名诗的崇奉者和实践者而——可以说,毫无愧色。

中国新诗已经走过了八十多年的路程,经历了暴雨泥泞和惠风艳阳,目前仍在崎岖中披荆斩棘。现在,它处于脆弱的生态环境中。有人说新诗处于"低谷",有人说新诗"气息奄奄",甚至有人认为它已经"寿终正寝",为它写了"悼词"。有人把这一切归罪于诗作者,有人说诗歌编辑不能辞其咎。我不否认新诗的处境相当困顿。也不认为诗人们和诗歌编辑们毫无责任,而把原因仅仅归之于社会转型期文化大环境的变异。但我同时感到中国现代诗的新生命正在母胎中躁动,它正在期盼着迎接新的曙光。老诗人和中年诗人在继续奋斗。更不能漠视的是青年诗人,他们的创作潜力正在默默地迸涌。他们中有人一方面浸淫于中国三千年古典诗歌的深厚积淀,同时为诗歌创新进行着不懈的探索。他们的努力有时令人惊异。1998年北京迎春诗会上我说:"中国诗坛正在地层下酝酿着新的爆发。到了下一个世纪,说不定在哪一年代,这座火山就会喷出大火烈焰,震撼人间大地。"我不是算命先生,但我这种想法并非没有根据。现在已进入二十一世纪的第四年,许多诗歌现象都说明:对中国新诗的前途,没有理由悲观。

当前诗歌界似乎应该抓两件事:一是加强中国新诗的理论建设。老诗人郑敏教授提出的关于中国新诗是否已经形成自己的传统的问题,正在推动中国新诗创作与评论的诗学探讨,这将有助于新诗创作实践的发展。一是加强新诗创作队伍的建设,为诗人们——包括老中青,特别是青年诗人——提供广阔的园地,使新诗在百卉争妍的原野上得到足够的土壤,改善新诗的生态环境,使之接受充沛的雨露和阳光,从而实现其新的拔节式的突进。

我觉得,《诗刊》社正在做着推进新诗发展的工作。我阅读了"金马车"诗文库中的作品,感到《诗刊》社做的工作是扎实的。这里十位诗人,各有特色,各有风格,各有不同的追求。这里有对自然的特殊感受,有对人生的个人感悟,有对异域的新异视角,有对历史的独特思索。有的诗人更多地汲取古典诗歌的营养,把传统精神融入新创的血肉中;有的诗人在诗艺营建上付出更多的劳动,试图实现新的突破、撷取新的建构。这一切都是可喜的,都应该受到鼓励。我深信,他们在行进中会不断克服自身的不足,一步一步登上新的台阶。自然,"金马车"只是诗歌大军中的一个班。但是,听一听那辚辚的轮声吧!我们会感受到这是整个千军万马的进行曲中的一串坚实的音符!

诗人们,乘着首席诗神阿波罗的"金马车"行进! 一路撒下诗美的花瓣,用以纯化一个民族以至人类的灵魂! 在阿波罗的阳光照耀下,驶向诗的新时代!

2003 年 12 月 24 日

民族与人性的诗歌光辉

——序《中国当代十家民族诗人诗选》

中国是一个统一的多民族国家,除汉族外,还有五十五个少数民族,它们共同组成伟大的中华民族,共同创造了灿烂的中华文化。文学是中华文化的重要组成部分。少数民族的民间文学丰富多彩,神话故事源远流长,民族史诗宏伟壮丽。他们的作家文学也有着悠久的历史。自古至今,民族作家、民族诗人人才辈出,群星灿烂。他们或用本民族语文进行创作,或用汉语进行创作,同样创造出辉煌的文学成果。"五四"以来,少数民族作家、诗人与时代同步,在他们的作品中,充盈着反帝、反封建和爱国主义激情。少数民族作家与汉族作家共同谱写着光辉的中华文学史。"江山代有才人出",在历代闪射着耀眼光芒的作家、诗人名单中,许多少数民族作家、诗人名列其中。例如,古代有耶律楚材(契丹)、萨都剌(回)、元好问(鲜卑)、蒲松龄(回)、纳兰性德(满)、曹雪芹(先世原是汉族,后为满洲正白旗"包衣"人,被认为满族)等等;现当代有老舍(满)、沈从文(苗)、萧乾(蒙古)、陆地(壮)、牛汉(蒙古)等。他们的名字各自放射出独特的异彩,与汉族大作家、大诗人一同流芳百世,辉耀千秋。

我国各少数民族有着悠久的诗歌传统。好些民族被称作"歌的民族"。他们当中的不少歌手和作家用文字保存了大量民歌和民族史诗、长篇叙事诗。他们当中又有不少诗人进行诗歌创作。——当今中国新诗界出现"双轨"现象：一方面，老、中、青三代诗人继续努力创作，优秀诗歌不断涌现；另一方面，有些人走入诗歌误区，号召颠覆崇高，颠覆英雄，颠覆传统，颠覆语言，提倡"诗歌垃圾运动""下半身写作"等。在当代新诗诗人队伍中，少数民族诗人是一支生气勃勃的生力军。他们之中不少人抵制诗的堕落，坚守真善美的底线；在弘扬本民族特色的同时，把视野拓展到整个国家，整个中华民族，以至全人类。在他们身上，同样寄托着中国新诗的希望！

本书收入十位少数民族诗人用汉语(阿尔泰除外)撰写的诗歌作品。他们分属彝族、白族、撒拉族、蒙古族、回族、藏族、朝鲜族、满族、苗族。吉狄马加的诗歌浸染着彝族人民的血肉，渗透着彝族人民的灵魂，体现着民族的生死情结，升华着人类的寻根和人间的悲悯。晓雪始终缅怀着故土的爱情，故土生活的恬静与和谐。阿尔丁夫·翼人以自己的诗魂拥抱黄土地，使诗不朽，使土地不朽。舒洁深情咏叹群山的悠远和北方道路的迂回，惦念着别离与重逢，歌赞着人间最伟大的奇迹。木斧永远做着故乡的梦，把重建故土作为自己终生的梦想。列美平措把逶迤的情思深深投注到那拉岗的炊烟和七湖的圣光中，使自己和读者的心绪得到净化。阿尔泰呼唤自己的诗歌醒来，迎接最美好的黎明。南永前的图腾诗，通过对水、火、土、月以及各种动物的吟咏，把原始和现代结合起来，把民族和人类融合起来，体现诗人对历史和未来的深深思索。娜夜的诗让女性特有的细致体现在对母爱的依恋中。何小竹摒弃刻意，笔随意走，从随意中寻求意义。十位诗人各有特色，共同组成一幅五彩缤纷的织锦，闪耀着民族之光，人性之光。

我们热切地期望，从这些诗人中，从当代和未来的少数民族诗人中，会产生不逊于甚至超过上述古代大作家、大诗人水平的人物,为少数民族文学,为中华文学的璀璨星河,增添新的光辉。

在"双轨"现象还没有完全消除的今天,本书的出版将给中国诗坛的天平加上正面的、有益的砝码。本书编者邀我写序,我欣然命笔,写了上面这些话。

2010年8月2日,北京

伟大的戏剧家和诗人莎士比亚[①]
——《莎士比亚全集》新版前言

　　摆在我们面前的是一位巨人的作品全集。说他是巨人,不仅因为他曾经有过一个辉煌的时代,有过一生不平凡的经历,曾经创作过伟大的作品,还因为他那个时代的光晕仍然照耀着今天的人们,他那不凡的经历仍然在吸引着当代的人们,他那伟大的作品仍然给今人和后世提供着永不枯竭的精神源泉。四百年以前,他是一位杰出的戏剧家、诗人、演员、剧团掌门人;四百年间,他是戏剧舞台上的一个灵魂,是文学文本中的一种精神,是一代又一代文学家、批评家、翻译家、导演和演员们心中追逐的一道光芒,一种思想,一个境界;而今天,他不仅出现在剧院、图书馆、课堂、研究所,他还是银幕和荧屏背后的一个存在,甚至是一件衬衣上的肖像,一个商标上的符号。他的一句台词可能是一部小说的书名,一句诗可能出现在电影或电视中,甚至他剧作中人物的一句台词会成为人们的口头禅。很难想象,在未来的岁月中,他还能是什么,还能怎样出现在后人的眼中和心中,还能如何影响一代又一代人的生活和灵魂。但可以肯定的是,在变化万千的身影中,在闪耀千秋的光晕后,他永不消亡。他就是威廉·莎士比亚(William

---

①　本篇为作者与女儿章燕合著。

Shakespeare, 1564—1616)。

一、莎士比亚在爱汶河畔斯特拉福镇的生活

　　四百多年前一个春光明媚的日子里,在英国中部一个小镇的一户家境殷实的人家,一个孩子诞生了。他就是莎士比亚。四百多年来,人们感叹,关于莎士比亚的生平,能知道的太少了,该说的也已经说尽。是啊,这不能不说是莎士比亚研究中的一件憾事。然而,这一有限的生平资料在给后人带来无限惋惜的同时,也给人们提供了猜测、想象和研究莎士比亚生平和作品的巨大空间。从这个意义上说,这种有限的资料反而成为一种机缘,一件幸事。否则,后人对莎士比亚的兴趣和研究或许反而会受到一定的限制。不过,根据当时的历史条件,目前莎学研究者所掌握的莎士比亚生平资料比起他同时代的其他剧作家和诗人来(本·琼生除外)还是较为丰富的。因此,现有的资料应该能够为我们认识这位巨人提供一定的线索。

　　莎士比亚出生的斯特拉福镇,当时是一座热热闹闹的商业小城,坐落在美丽幽静的爱汶河旁,它给这位未来的剧作家和诗人提供了两种信息和选择:一是作为剧作家和诗人的浪漫情怀,二是在经济方面的经营头脑。他的父亲约翰·莎士比亚是镇上的手套商,后来经营羊毛业。1557年,约翰·莎士比亚与邻村一个富有的农场主的女儿玛丽·阿登结婚。此后,他在当地的市政部门担任要职。1568年,他任当地的镇长和法官。莎士比亚的童年时代,家中的境遇在当地是相当优裕的。1564年4月26日,莎士比亚在镇上的圣三一教堂受洗,根据当时的习惯,婴儿出生后第三天在教堂

受洗,因此,后人推测他的生日是4月23日。家中八个孩子中有五个长大成人,莎士比亚是老三,长子。他有一个比他小十六岁的小弟弟埃德蒙,很小就显露出艺术天才,曾与莎士比亚一同去伦敦,当过演员,也许在莎士比亚的剧团里当过童伶,不幸的是埃德蒙在二十七岁时就去世了。

莎士比亚的受教育问题一直受到人们的关注。人们惊叹,这位作家下笔能纵横古今,其剧中人物能驰骋于古典拉丁文和英文间,而他本人却没有受过大学教育,他是如何掌握古典文学、语言、历史、文化的知识的?关于他小时候的求学经历目前没有留下可靠的记载,但是可以肯定,莎士比亚小时候进过镇上的国王新学校读书。这是一所管理严格的文法学校。莎士比亚在这里的学习经历无疑影响了他后来的戏剧和诗歌创作。学校所教授的课程已无法查证,但根据伊丽莎白女王时代文法学校的普遍情况,可以推断出学生们在这里的学习情况。学校只收男生,一般在校年龄是八岁至十五岁。对这些男孩子来说,这里的学习需要一种长久的忍耐和艰苦的磨炼。从早上六点钟开始上课,课程漫长,节假日很少。所学内容主要是拉丁文。莎士比亚剧作《温莎的风流娘儿们》中描写过一个叫威廉的小男孩在文法学校学习的情况,可以看作是莎士比亚小时在校学习的缩影。课程一般分为四个阶段。学生入校后先学习拉丁文的朗读,发音必须清晰,语调必须准确。然后,要学习语法,如拉丁文复杂的变位等。此后进入文本学习的阶段,要读大量的古典文学作品,如伊索寓言,维吉尔(Virgil)和奥维德(Ovid)的诗歌,西塞罗(Cicero)的书信,特伦斯(Terence)和普劳特斯(Plautus)的戏剧等。最后一个阶段是学习拉丁文和英文的互译,练习用拉丁文写作,比如模仿某个人物的口吻给别人写信,写演讲辞、宣言等。在莎士比亚剧作《裘力斯·凯撒》中,安东尼那段著名的长篇演讲应该与莎士比亚少年时代的写作练习有关。有时,学生们还用拉丁文排演古典戏剧中的一些片段。剧作家本·琼生(Ben Jonson,1572—1637)在赞扬莎士比亚才华的同时曾对莎士比亚在古典拉丁文和希腊文方面的知识欠缺表示惋惜,但所谓欠缺是和本·琼生的满腹经纶相比,如果和今人相比,莎士比亚在伊丽莎白女王时代文法学校所打下的扎实功底足以比得上今天英国一个古典专业毕业的大学生了。

　　莎士比亚应该在1579年他十五岁左右时离开了学校。他没有上大学,原因恐怕主要是家庭经济上的变故。在他离开文法学校的前两年,他父亲就已经不去市政厅开会了,所付的税金也比原来应付的要少,种种迹象表明他家陷入了经济困境。不久,他父亲就变卖田产,抵押房屋。1585年至1587年间,当地的法院曾因负债问题对他父亲有过几次指控。此时家中需要莎士比亚这个长子的帮助,当然更没有力量让他继续上学深造。1582年11月,莎士比亚十八岁时和邻村一位年长他八岁的女子安·哈撒威(Anne Hathaway,1556—1623)结婚,此时女方已经怀有三个月的身孕。婚礼在斯特拉福镇边上一个村子里举行。六个月之后,他们的长女苏珊娜出生。1585年2月,他们有了一对孪生儿女,儿子哈姆内特和女儿朱迪斯。二十一岁的莎士比亚已经是三个孩子的父亲,养家糊口的重担已落在他的肩上。不幸的是哈姆内特在十一岁时就夭折了。他当时事业上蒸蒸日上,但丧子对他是很大的打击。

　　1585年至1592年之间的七年是莎士比亚生平中的空白,研究者叹息地称之为"失落的年代"。有学者对他这七年的生活做出了种种猜测:出海、参军、当律师,等等。二十世纪晚期还有学者认为他在兰开夏郡的一个天主教家庭中当用人。不过,令研究者感到最可信的说法是莎士比亚早年曾在家乡的学校里当教师。这一说法出自1681年约翰·奥布瑞(John Aubrey)的记载,他是莎士比亚当年一位同事的儿子。

莎士比亚大概在 1585 年至 1591 年间某个时候来到伦敦。我们不知道他去伦敦的具体时间和目的,但他前往伦敦谋职应该和他谋求家庭经济的好转有很大关系。十七世纪晚期有一种传说,说莎士比亚年轻好动,从事偷猎,触犯了法律,为躲避惩罚,他被迫出走,远离家乡。这个传说被莎士比亚第一篇传记作者尼古拉斯·罗(Nicholas Rowe,1674—1718)写进他的传记中,流传很广。但今天的学者大多把它视作一个故事,并不真信。从十六世纪九十年代初至 1613 年莎士比亚返回家乡这二十多年间,莎士比亚主要在伦敦发展他的戏剧事业,但他与家乡的联系仍然是密切的。事业上的成功使他和家人的经济状况有了极大好转。一系列资料都有明确的文件记载,可以看出他期待家中经济状况好转的心情和他实际的作为。1596 年,他父亲已经可以申请家徽,这是当时有地位的家庭身份的标志;1597 年,莎士比亚花六十英镑购置了当时镇上的第二大住宅"新居";1602 年,他付费三百二十英镑购置了斯特拉福镇北部一百零七英亩可耕田,当年又购得镇上教堂街的一处房屋;1605 年,他投资四百四十英镑购买当地的高息"十一税",每年可得六十英镑利息;1613 年,他花一百四十英镑购置了伦敦黑修士地区的一处房屋。这一切都说明,他的戏剧事业给他带来了巨大的财富,他父辈时代家中的经济窘况得到了彻底的改变。然而,这些实际的物质财富跟他留给人们的精神财富相比又能持续多久呢?1614 年和 1615 年他就陷入了土地纠纷。1616 年 4 月 23 日(与他的生日同一天),伟大的戏剧家和诗人莎士比亚辞世,享年五十二岁,遗体安葬在斯特拉福镇的圣三一教堂里(出生时也在此教堂受洗)。至此,这位巨人的一生画上了一个完整的句号。他在遗嘱中声明:财产的大部分留给大女儿苏珊娜。苏珊娜于 1649 年去世。她的女儿、莎士比亚的外孙女伊丽莎白于 1670 年去世,她是人们所知的唯一与莎士比亚有血缘关系的后裔。此后,有关莎士比亚个人生活的资料即告结束。莎士比亚夫人安·哈撒威于1623年去世,这年《莎士比亚全集》第一对开本出版,但哈撒威没来得及见到它的问世。"新居"于1759年坍塌,现在是一片绿草如茵的空地,供游人凭吊。而莎士比亚的戏剧和诗歌作品这一巨大的精神财富则永久不衰地留在了世间,随着时间的推移,不断焕发出新的活力,常变常新,成为后人取之不尽的创作源泉,用之不竭的精神积淀,永久地光耀人间。

二、莎士比亚的戏剧事业和诗歌创作

莎士比亚于1585年到十六世纪九十年代这个"失落的年代"来到伦敦,具体是何时,是只身来到伦敦还是跟随剧团来到伦敦,是如何当上剧团里的演员的,日后又是何时开始戏剧创作的,这一切都是一个谜。

莎士比亚少年时,家乡曾有巡回演出的剧团来演出过。十六世纪八十年代,当时最成功的剧团女王剧团(Queene's Men)曾经几度到斯特拉福镇演出。可以推测,当时年少的莎士比亚看过剧团的演出,并被这些演出所深深吸引。曾有传说,1587年,女王剧团的一位主要演员在进入斯特拉福镇之前几天的一场决斗中被杀,莎士比亚曾代替他出演戏中的角色,但这多属猜测。不过,莎士比亚对女王剧团的演出肯定是熟悉的。他可能与剧团中的演员有接触,他们中的一些人后来成为斯特兰奇勋爵剧团(Lord Strange's Men,即德比勋爵剧团 Lord Derby's Men)的成员,这些演员后来又成为莎士比亚的同事。1592年3月,莎士比亚的历史剧《亨利六世》上篇曾由该剧团在"玫瑰剧场"(Rose Theatre)上演。那时,莎士比亚早期的戏剧还曾由从斯特兰奇勋爵剧团衍生出来的存在时间很短的朋布鲁克伯爵剧团(Earl of Pembroke's Men)演出过。因此,人们推测,莎士比亚演剧生涯的初期可能与这两个剧团的关系比较密切。

也有学者认为,莎士比亚在他演剧生涯的早期可能为多个剧团服务,他所创作的戏剧也曾由多个剧团上演。1594年,莎士比亚的早期悲剧《泰特斯·安德洛尼克斯》曾由萨塞克斯伯爵剧团(Lord Sussex's Men)上演。同年6月,此剧曾由海军大臣剧团(Admiral's Men)和宫廷大臣剧团(Lord Chamberlain's Men)上演。也就是从此时起,莎士比亚开始长期为宫廷大臣剧团服务,成为这个新组成的剧团的重要成员。当时的演员和编剧往往同时为多个剧团服务,而莎士比亚从1594年开始专心致志地为这一个宫廷大臣剧团工作了近二十年;他当过演员,成为编剧,后来做了剧团的负责人和股东之一,从1594年起一直到他1613年结束戏剧生涯回到家乡。

关于莎士比亚进入剧团之前或进入剧团初期做过什么工作,有些传记作家认为,他可能在正式进入剧团之前做过马夫,或在刚进入剧团时做过杂役,但这些都尚无确切记载。已掌握的明确记载是莎士比亚当过演员。根据1616年本·琼生的戏剧对开本,莎士比亚的名字在本·琼生1598年的戏剧《人人有脾气》和1603年戏剧《瑟加努斯的衰亡》的演员表中出现,表明莎士比亚在本·琼生的戏剧中出演过。1623年出版的《莎士比亚全集》第一对开本的演员表中他列在第一位。此后,据十七世纪晚期的传统说法,他还在《哈姆莱特》中扮演过鬼魂,在《皆大欢喜》中饰演过亚当这一角色。

莎士比亚从事戏剧创作大约从十六世纪九十年代初期开始,甚至还要更早。很多莎剧的创作时间难以确定,只能从后来的剧本出版时间和上演的时间去推测。有些剧本的创作时间可以从一些社会事件或剧作语言风格、表现方式等方面去推断。关于莎剧创作时间的研究在不断推进,但一些研究的结果有时又被推翻,尤其是莎士比亚早期的戏剧更难认定其准确的创作时间。因此,很多莎士比亚的创作年表至今仍存在不统一的情况。现存最早的莎士比亚戏剧是喜剧《维洛那二绅士》和《驯悍记》,历史剧《亨利六世》上、中、下三篇,古典悲剧《泰特斯·安德洛尼克斯》。他早期的创作多与别人合作,比如他与纳什(Thomas Nashe, 1567—1601)合作创作了《亨利六世》上篇,与皮尔(George Peele, 1556—1596)合作创作了《泰特斯·安德洛尼克斯》。这一时期,他还与人合作创作了《爱德华三世》,合作者不详,此剧未收入第一对开本中。此外,《亨利六世》中篇和下篇中似乎也有他人的笔迹。

1592年,莎士比亚在戏剧创作上已经崭露头角,引起了同行的注意,甚至是嫉妒和攻击。当时戏剧舞台上活跃的编剧大多毕业于牛津、剑桥等高等学府,被称作"大学才子"。这些人看不起出身平凡、且未受过大学教育的莎士比亚。在剧作家格林(Robert Greene, 1558—1592)临终前写的小册子《千万悔恨换来一点才智》(*Groats Worth of Wit*)的篇末有一段话提醒同行们提防"那只新抖起来的乌鸦",这乌鸦"借我们的羽毛来打扮自己,在戏子的外皮底下包藏着一颗虎狼的心,以为自己能叽里呱啦地写出一手素体诗,比得上你们中最出色的一位","还狂妄地幻想着能独自震撼(Shake-scene)这个国家的舞台"。(原文为 Mention of an "upstart crow" who "suppose he is as well able to bombast out a blank verse as the best of you" and who "is in his own conceit the only Shake-scene in a country'" suggests rivalry.)格林的文字中有意新造了一个词 Shake-scene,用来影射 Shakespeare(莎士比亚)。令他始料不及的是,他那原本充满嘲弄与讥讽的提醒却成为后人了解莎士比亚当时在戏剧方面之成就的一个重要依据。它说明,莎士比亚此时已经是戏剧创作界的新锐,成为"大学才子"剧作家的竞争对手,他的才华很有可能超过这些"才子",统领当时英国的戏剧舞台。

格林对莎士比亚在戏剧创作方面的预测没有错,而莎士比亚接下来两年的诗歌创作却出乎这些文人才子的预想。1592年,伦敦爆发了严重的瘟疫,为防止疾病的传播,从1592年6月至1594年5月,伦敦几乎关闭了所有的剧院。这对在戏剧创作方面刚刚出头的莎士比亚是个不小的打击,他不得不离开戏剧。但是,离开剧院对他来说却是另一个机缘的开始。他涉足诗坛,成功地写出两部长篇叙事诗,成为风靡一时的著名诗人。1593年春,他的《维纳斯与阿都尼》面世,由莎士比亚家乡的朋友菲尔兹出版。次年5月,他的《鲁克丽丝受辱记》出版。两部诗作均以华丽的献词献给莎士比亚的庇护人、年轻的南安普顿伯爵。诗作的出版在年轻人中引起轰动。《维纳斯与阿都尼》成为当时的畅销书,伦敦和牛津、剑桥大学的时髦青年对其爱不释手。这部诗作在莎士比亚在世时再版了九次,在他逝世后的二十年间,又再版了六次。《鲁克丽丝受辱记》在他生前再版了六次,他逝世后二十年间再版了两次。莎士比亚生前出版的戏剧作品都没有经过他自己的校订,甚至出版人根本没有经过他的同意就擅自出版了盗版的莎剧作品。但这两部诗作却是莎士比亚亲自精心校订制作的精品,出版质量很高。他因这两部诗作而在当时获得了极高的声誉,有力地回敬了瞧不起他的文人作家对他的讥讽。或许因为这两部叙事诗的成功,莎士比亚在这一时期也开始了十四行诗的创作,但全部十四行诗一百五十四首的出版则要等到十几年之后的1609年。就诗的质量来说,莎士比亚十四行诗的价值远远超过了上述两部叙事诗,成为与他的重要戏剧作品并驾的力作。

莎士比亚终究放不下他终生热爱的戏剧事业。1594年,瘟疫减退,剧院开始解禁,他即回到了剧场,再次投身到戏剧创作中去。原先的不少剧团都解散了。戏剧解禁之后活跃的剧团主要有两个：海军大臣剧团和宫廷大臣剧团。从这一时期开始，莎士比亚的戏剧事业一步步走向辉煌的高峰。宫廷大臣剧团由著名演员詹姆士·伯贝奇（James Burbage）和他的儿子理查·伯贝奇（Richard Burbage）组建，实行股份制。莎士比亚是这个剧团的入股人之一，剧团有他的股份，他可以参与剧团票房收入的分红。他在剧团作为演员也参加演出，但主要任务是编剧，每年写两到三个剧本供剧团上演。宫廷大臣剧团集中了当时戏剧界的强大阵容：悲剧演员伯贝奇、喜剧演员坎普（Kemp）和编剧莎士比亚。很快宫廷大臣剧团就成为当时最优秀的剧团。

如果说1594年剧场关闭之前的几年是莎士比亚开始尝试戏剧创作、崭露头角的时期，那么1594年之后的五年则是他的戏剧创作走向成熟的黄金时期。他写作喜剧更加得心应手，而悲剧和历史剧则开辟了新的写作方式和风格。1597年之前，宫廷大臣剧团主要是在"剧场"演出。这是著名悲剧演员詹姆士·伯贝奇于1576年在泰晤士河以北的伦敦郊区建造的第一家供专业剧团演出的剧场，其名称就叫"剧场"（The Theatre）。它的建筑对当时戏剧业的发展具有划时代的意义。莎士比亚这几年创作的戏剧主要在"剧场"上演，其中有《罗密欧与朱丽叶》《爱的徒劳》《仲夏夜之梦》《约翰王》《威尼斯商人》《理查二世》《亨利四世》《亨利五世》等。1598年，剑桥大学毕业的批评家米尔斯（Francis Meres）在他的《才子宝典》（Wit's Treasury）中赞扬了莎士比亚这一时期的戏剧，尤其对莎士比亚能够熟练地写作两种类型的戏剧予以称赞。他说："普劳特斯和塞内加是用拉丁文创作喜剧和悲剧的高手，而说起用英文创作，莎士比亚在悲剧和喜剧两个方面都做得最为出色。"值得一提的是，米尔斯文中除了赞扬《维纳斯与阿都尼》和《鲁克丽丝受辱记》之外，还提到莎士比亚"在私人朋友之间流传的甜美的十四行诗"。这表明，一些莎士比亚十四行诗此时已经以手稿形式在朋友中间流传开来。米尔斯还提到一出戏《爱的收获》，但该剧最终下落不明。

1597年，"剧场"的租期已满，宫廷大臣剧团可能到"帷幕剧场"（The Curtain Theatre）演出，直到1599年泰晤士河南岸的"环球剧场"（The Globe Theatre）竣工落成。莎士比亚的四大悲剧均在"环球"上演。十六世纪末，莎士比亚的喜剧进一步完善，作品有《无事生非》、《皆大欢喜》、《温莎的风流娘儿们》、《第十二夜》等。而《亨利五世》则达到了他历史剧创作的顶峰。此后他转入悲剧的创作，写出了《裘力斯·凯撒》、《哈姆莱特》、《奥瑟罗》（又译《奥赛罗》），迎来了世纪转折之后他悲剧创作的全盛期。

1603年，伊丽莎白女王逝世，国王詹姆士一世继位，宫廷大臣剧团随即更名为"国王剧团"（King's Men）。原来剧团实行股份制，改为国王剧团之后直接受国王庇护。5月19日，剧团获得皇家特许证。1604年5月，举行新王入伦敦的列队仪式，剧团的主要负责人被赐予红布做衣服欢迎新王，以示他们是国王的仆从。此后的十三年间，剧团进宫演出的次数比其他所有剧团进宫演出次数的总和还要多。仅从1604年11月初至1605年10月底这一年的时间里，国王剧团就有十一出戏剧进宫演出，其中七部剧出自莎士比亚之手。与此同时，剧团仍在环球剧场上演大量剧目。这一时期莎士比亚创作的多为悲剧，而喜剧也有一些灰暗的色调，失去了早期喜剧明朗欢快的气息。他每年作品的产量似乎也比前一时期有所减少。重要剧作有《一报还一报》、《雅典的泰门》、《李尔王》、《麦克白》、《安东尼与克莉奥佩特拉》、《泰尔亲王配力克里斯》、《科利奥兰纳斯》等。

环球剧场地处潮湿阴冷地带，冬令时节十分寒冷。1608年，宫廷大臣剧团租下了规模较小的私人室内剧院"黑修士剧院"（Black Frias Theatre）。夏季的演出仍在环球剧场，而冬季则多在黑修士剧院演出。此时,莎士比亚似乎意识到自己的创作已进入晚期,他开始与人合作写戏。《雅典的泰门》中可能有米德尔顿(Thomas Middleton)的手笔,威尔金斯(George Wilkins)与他一起完成了他晚期的成功之作《泰尔亲王配力克里斯》。而此一时期,他最成功的合作者是比他年轻十五岁的剧作家弗莱彻(John Fletcher, 1579—1625)。他们共同完成了《卡迪尼奥》、《亨利八世》、《两位贵亲戚》等戏。《卡迪尼奥》在1613年5月20日之前曾由国王剧团上演,在一份1653年的文件中被认为出自莎士比亚和弗莱彻之手笔。但此剧目前已经遗失。这一时期,莎士比亚最重要的诗歌作品《十四行诗》于1609年出版,奠定了他不仅是英国最伟大的戏剧家,也是英国最重要的诗人的地位。

三、莎士比亚时代的戏剧业

十六世纪是英国戏剧发展的全盛时期。莎士比亚的戏剧能够在这一时期出现、成长并走向辉煌,与当时的时代氛围和戏剧业的繁荣有密切关系。当时英国涌现出了一大批有才华的剧作家。剧团从单个或散见的民间剧团发展到多个有规模的专业剧团;剧场从旅店、酒馆的场院发展到供专业剧团演出的剧场、剧院;演出从非专业的戏剧活动发展到专业水平极高的戏剧演出。这些都为莎士比亚伟大戏剧的出场和成熟创造了不可或缺的条件。而莎士比亚的戏剧创作又进一步推动了当时英国戏剧的蓬勃发展和繁荣昌盛,二者相辅相成、相互依赖、相互促进。

十六世纪早期,英国戏剧的发展比较缓慢,演出的主要是宗教剧,戏中说教意味比较浓厚。十六世纪中叶,英国戏剧开始走向世俗化。莎士比亚少年时正赶上英国戏剧发生大的转折,戏剧的世俗化和生活化逐步取代了早期的宗教内容;剧团的演出也十分活跃,巡回演出的剧团出现在英国各地,戏剧开始繁盛起来。莎士比亚的时代可以说是戏剧创作群星璀璨的时代,涌现出了一大批有影响的剧作家。这些剧作家中有些是文人,如"大学才子"群,他们擅长写宫廷剧,古典剧。如莎士比亚前代和同代的李利(John Lyly,1554—1606)擅长写宫廷喜剧,格林擅长写浪漫喜剧;悲剧方面的剧作家有基德(Thomas Kyd,1558—1594)、马洛(Christopher Marlowe,1564—1593)等。本·琼生是莎士比亚的一个强有力的竞争者,是他同行中的知音。有些剧作家则更多地接触社会,熟悉世俗生活,如比莎士比亚略晚的德克(Thomas Dekker,1570—1632),他擅长写世俗喜剧;还有擅长写讽刺剧的马斯顿(John Marston,1575—1634)。年轻一代剧作家中有些成为莎士比亚晚期剧作的合作者,如弗莱彻。莎士比亚熟悉生活,又善于向古典剧作家、他前代的文人和同时代的剧作家学习,吸收他们的长处来丰富和完善自己的戏剧创作。正是这一批灿烂的群星与莎士比亚一同将这个时代的戏剧推向了英国戏剧以至世界戏剧的高峰。

十六世纪早期的剧团规模比较小,一般三五个人就可以组成一个流动的戏班巡回演出。十六世纪中叶随着戏剧业的兴盛,剧团的规模逐渐扩大。这些剧团往往需要寻求贵族的庇护。十六世纪八十年代最有影响的剧团是女王剧团。此后出现了莱斯特伯爵剧团,斯特兰奇勋爵剧团,朋布鲁克伯爵剧团,萨塞克斯伯爵剧团等等。1594年之后,最有影响的是海军大臣剧团和宫廷大臣剧团。后者的主要经营者是詹姆士·伯贝奇。剧团实行股份制,早期有八个持股人,在莎士比亚创作的晚期,这个剧团有十二个持股人,剧团的财产由持股人共享,利润分红。此外,剧团还有雇佣人员,如提词人、次要演员、舞台管理员、服装管理员、奏乐人、收费员等等,剧团每周付给他们酬金。剧团还临时雇用剧本抄写员,把台词分别抄写给各个需要这些台词的演员。童伶的酬金分别由持股人分派。

莎士比亚时代的剧场对当时的戏剧创作起到很大的推动作用。早期的戏剧演出多在不固定的露天场所进行，比如在车站或小旅店的院子里，也有在室内的演出，一般是在学校、学院的大厅或显赫人家的厅堂中进行，演出地点往往不固定。1576年，伦敦建造了第一家供专业剧团演戏的固定公共演出剧场，这就是詹姆士·伯贝奇和他的一位姻亲建造的"剧场"（The Theatre）。伯贝奇看到了当时戏剧发展的大好前景，以及经营剧场可观的经济利益，于是决定建造这座在英国戏剧史上具有划时代意义的"剧场"，它标志着当时英国戏剧业开始走上真正的专业化道路。"剧场"坐落在伦敦郊区，泰晤士河以北的芬斯伯里地区，场地租期二十一年。它有自己的票房收入，有自己的剧团，有自己的上演剧目，有较为固定的观众群。此后，帷幕剧场落成。1587年，伦敦泰晤士河南岸出现了玫瑰剧场，它成为后来海军大臣剧团时常演出的场所。1595年，天鹅剧场（The Swan Theatre）建成。1599年，莎士比亚的宫廷大臣剧团的固定演出场所"剧场"场地租用期满之后，环球剧场在泰晤士河南岸落成，以代替"剧场"。环球剧场的建成对莎士比亚的戏剧创作意义重大，极大地激发和推动了他的创作热情，他为这一剧场的落成写出了《皆大欢喜》、《亨利五世》、《裘力斯·凯撒》、《哈姆莱特》等一系列剧作。而他此后创作的大多数剧作，包括其四大悲剧，均在环球剧场上演。"环球"这个名字意味着整个世界就是一个大舞台，而世间人人都是这个大舞台上的演员，其意义非同寻常。不幸的是，1613年，在演出《亨利八世》一剧炮火齐鸣的情节时，操作人员不慎点着了剧场的顶棚，引起火灾，环球剧场遂付之一炬。1600年之后，又有幸运剧场、红牛剧场、希望剧场等相继建成。这些公共露天剧场一般容纳观众的数量相当可观，能一次接待两三千人，由此可见当时戏剧演出的红火热闹场面。公共的室内剧院在十七世纪开始逐步建立起来，但室内剧院规模较小，一般容纳六百至八百观众。室内剧院里观看演出的条件比露天剧场要好一些，票价也贵不少。露天剧场的站票当时是一个便士，室内剧院是坐着看戏，票价是六个便士。莎士比亚晚期的戏剧曾在室内的黑修士剧院上演。然而，公共露天剧场的演出更能激发莎士比亚的创作激情，他最优秀的剧作都在公共露天剧场上演。

公共露天剧场的具体设计目前只能根据一些记载和有限的剧场草图来推断。1989年，考古人员曾对玫瑰剧场旧址进行挖掘，所展现的当年玫瑰剧场的部分情况为今人了解当时的公共剧场提供了线索。可以看出，当时的玫瑰剧场舞台比较宽敞，但并不高，舞台呈梯形，舞台后部有三个出口，演员可以从出口上场或下场。环球剧场因被焚毁，今天很难再现它的原貌。可喜的是人们还可以看到一幅天鹅剧场的草图，这是现存的唯一一幅当时公共剧场的草图，它为我们了解那时的公共剧场提供了直观的形象。那时公共露天剧场的大致设计应该是类似的。

据记载，环球剧场内部直径约一百英尺，高三十六英尺，能容纳三千左右的观众。舞台前是一块空地，买站票的观众可以在这里站着看演出，站席能容纳大约八百观众。在剧场的外墙与这块站席的空场之间有一个大约十二英尺宽的地方，置有三排阶梯式长条凳座位，是观众的座席，几乎环绕剧场，可容纳两千多观众。座席上方有顶棚。演员从舞台后方的门中进场，一般有两个门，一边一个。舞台的后方一般还有一个洞穴，可用作卧室、藏身处、睡觉处等。阶梯座席的二层观众席上某处可连接舞台的后方，此处可用作阳台、演讲台等。这个舞台二层楼的上面还可以有一个窗子或台子，表示最高处。舞台前面上方二层的高处有一个遮棚，由两根柱子支撑。这个棚子可以在天气不好的时候遮风挡雨，也可以根据演出的需要在这里制造雷声，或放烟火制造闪电。从此处还可以把演员放下到舞台上。舞台的地板上有一处可以打开,当作墓穴。后台有更衣间,奏乐处等。一个奏乐师一般会演奏几种乐器。

与我们今天剧院中舞台不同的是,那时公共露天剧场的舞台是伸展在观众中间的,舞台和观众并不分隔,而是融为一体。舞台上也没有帷幕,所谓第四堵墙根本不存在。后来的剧场都将观众和演员分开,演员在舞台上表演,观众在观众席观看,演员和观众被分成两个部分。莎士比亚时代的剧场是环形的,观众甚至伸展到舞台的后面,舞台在观众当中。现在的剧场都要打灯光,演员在亮处,观众在暗处。而莎士比亚时代戏剧演出在白天,在露天剧场,所以不用灯光照明,剧中的黑夜可用一盏灯来指示。因此,演员和观众融合为一。人们也许会想象当年站着观看莎剧演出的观众文化层次不高,看戏时也许有说有笑,或边吃边唱边看。而实际上,那时观众看戏大都全神贯注,目不转睛,静静地观看,跟着剧中人物的情绪走。

莎剧中大型的实物道具不多,只有几件,但服装一般比较讲究。演员的表演有时要讲象征法,一个姿态、一个手势都可以带有象征意味,流露出比较明显的表演痕迹。这是因为舞台环境能制造的幻觉效果比较弱,需要演员通过表演来唤起观众的想象。这有点像中国的京剧,观众要通过演员的表演来想象那些不在眼前出现的情景和事件。可以说,莎士比亚时代的剧场是他最好的合作者,剧场的简单甚至是一种优势。

莎士比亚时代的戏剧演出对演员的演技要求相当高。专业剧团一般由十二至十五个成人演员和三至五个童伶组成。剧团的主要演员是招揽观众的重要招牌。他们需要有超强的记忆力和表演才能。一般排一出新戏只有两周的时间,而同时,剧团还在上演其他剧目。演员们要在这么短的时间里背下所演人物的全部台词,还要理解人物,掌握性格,处理各个角色之间的相互协调,这对演员的能力是很大的挑战。早期的民间剧团往往只有很少的演员,三五个人就搭起一个戏班,一个演员在一出戏中要演几个角色,编剧要根据演员的人数和他们的能力来编戏。专业剧团的演员人数多了,但一个演员在一出戏中一般也要演两三个角色。莎士比亚的戏剧,尤其是历史剧和悲剧,总是人物众多,并且有大段独白式台词,人物关系也十分复杂。演这些戏中的角色,演员要有很好的功夫,不仅要记忆力好,能朗诵大段的台词,还得掌握人物的心理,表现人物的性格。莎士比亚的剧团中,头牌演员伯贝奇就是一位出色的性格演员,饰演了莎剧中的许多重要人物,如理查三世、罗密欧、奥瑟罗、李尔王等。优秀演员当时很受尊重,甚至在国外都很有名气。

当时戏中的女性角色都由尚未发育成熟的男孩子或十分年轻的男演员来演。这些童伶大都受到过成人专业演员的培训。十六世纪的欧洲禁止女性在公共场所上台演戏,这种情况在英国尤为突出。观众对这种情况总是按习惯予以接受。但由于女性角色由男孩来演,编剧往往要顾及演员的情况,莎士比亚笔下常常设计女扮男装的剧情,这样,男孩表演起来就游刃有余了。当然这并不意味着可以不注重演技,演员得让观众意识到这是一个"真"的女人假扮的男人。这些小男演员有的是非常出色的。想象一下,麦克白夫人、克莉奥佩特拉这样的角色要让一个男孩子来演,如何了得!不仅如此,小演员还得会唱歌、跳舞、舞剑、表演身段等等。莎士比亚对表演应该有发言权,他本人就是演员,他为演员写戏,要了解每一个演员的特长和优势,发挥他们的潜力,他和演员是亲密的合作者。

四、莎士比亚作品的出版

四百多年以来,莎士比亚的作品能被一代代读者阅读,由一代代导演和演员搬上舞台,予以解释,加以改造,这主要依靠莎士比亚作品的出版。只有将这些作品整理、编辑、印刷出来,后人才有可能接触到这些无比精美优秀杰出的作品。因此,出版这些作品,是使莎士比亚流传万古的功不可没的大事业。

莎士比亚写戏的目的是为了给剧团上演,他本人没有出版剧本的意愿和打算。他每年为剧团写出两到三个剧本,写完之后,剧本由剧团的演员排练、演出,这个剧本便是属于剧团的集体产品了,而不算是剧作家个人的私有物。况且,一个戏最终的演出往往和剧作家的原本有不小的距离。这有点像今天美国好莱坞的电影业:观众看重的是导演和演员,而编剧对一部电影所起的作用似乎总不如导演和演员。在莎士比亚时代,观众看重的是演员和戏本身,剧作者只是这个剧团中的一员。剧作家写戏的目的是为了观众看戏听戏,不是为了读者去阅读剧作的文本。剧作家写剧本给剧团演出,剧团一般不会将剧本的手稿卖给出版商去出版,除非剧团急需钱用。此外,剧团如果将剧本手稿卖给出版商,一般只能得到一次费用,出版商买下手稿后初版、再版时都不再给剧团和剧作家支付报酬。因此,剧作家在当时不会想到去出版自己的剧作。一些学术单位也不收出版的剧本。1612年,有人坚持牛津大学图书馆要保持其学术的纯洁性,拒收这些被视为"渣滓"的"无聊"剧作。

莎士比亚的手稿绝大多数已经遗失,唯一现存的莎剧手稿是1844年出版的《托马斯·莫尔爵士之书》中的一部分,莎士比亚参与了该剧的写作,为第四撰稿人,在手稿中以"Hand D"出现。研究人员视其为莎学研究中的珍品。在莎士比亚生前,他的不少剧作曾以单行本的形式出版,有些单行本是根据他的手稿排印的,有些则根据演出用的脚本,还有的是根据演员甚至观众的记忆拼凑而成。但是,无论是怎样出版的,它们都没有经过莎士比亚的亲自授权或校订。这些单行本均以四开本形式印行,大都印刷质量差,编校质量参差不齐,有些还有一定的可靠性,有些却并不可靠,甚至错误百出。1598年之前出版的莎士比亚剧作的四开本都没有印上作者姓名,一些版本上只有印刷商的名字或标明由哪个剧团演出过这出戏。

莎士比亚的名字最早出现在1598年出版的四开本剧作《爱的徒劳》上。但是,书名页上只印着"由莎士比亚新修改和增补",对莎士比亚的著作权显然并不关注。1608年出版的《李尔王》四开本上明确地印上了作者莎士比亚的大名,但作品的印制差。这只能说明莎士比亚的名字在当时已经可以招徕读者了,出版商将会因为印上莎士比亚的大名而销售更多的书,赚到更多的钱,而并不说明莎士比亚本人对这部作品的出版花费了什么心血。莎士比亚对出版自己的剧作没有兴趣,且对别人盗印的粗制滥造的版本采取听之任之的态度。相反他对自己的两部叙事诗的出版做了精心校订,出版质量很高。早期出版的四开本剧作,质量参差,差异很大,有些被认为低劣,有些则被学者认为可以接受。一些剧作不仅出版了一个四开本,而且有两个甚至两个以上的四开本;有些后来的四开本对先前错误百出的版本进行了修订,被认为有一定的价值。四开本大多是莎士比亚在世时出版者根据当时的演出脚本来编辑出版的,因此保留了很多对演出具有指导意义的提示,从中可以看出剧本对演出的具体要求。

1623年是莎士比亚戏剧出版史上的一个重要时间。莎士比亚生前一起工作的同事和好友海明斯(John Heminges)和康戴尔(Henry Condell)主持编辑、校订了莎士比亚戏剧全集的第一对开本,于这一年出版。其完整的书名是《威廉·莎士比亚的喜剧、历史剧和悲剧》。第一对开本的出现标志着莎士比亚作品出版和研究的重要转折。它将莎士比亚的剧作从单纯的戏剧脚本转变为文学文本的经典,使得莎剧能够流芳千古,永不磨灭。这项工作功不可没,价值巨大。1616年,戏剧家本·琼生出版了由他亲自校订的他的戏剧集对开本。在英国,这是剧作家首次自己编辑校订出版的剧作对开本,它使人们认识到剧作家的重要作用和独立地位,是肯定剧作家身份的一件了不起的大事。这可能引发了莎士比亚的两位亲密朋友为纪念莎士比亚这位"可敬的朋友"而出版他的戏剧作品全集的想法。全集由他们主持编辑,由爱德华·勃朗特和伊萨克·贾加德出版。他们从海明斯和康戴尔处获得了莎剧此前未出版过的作品的授权,又从已出版过莎剧四开本的出版商处购得这些作品的版权,然后对莎剧作品进行全面审阅、校订。他们对此前出版的四开本中的低劣本予以摒弃,对一些比较可靠的四开本加以对比和吸收,对个别较好的四开本基本上做了重印。应该说,第一对开本的出版在一定程度上受到了四开本的影响。四开本的存在对第一对开本的校订是起到积极作用的。大量的校订、编辑工作历时多年,印刷从1622年开始,经过二十一个月的艰辛劳作,这一对开本终于面世。它避免了原先四开本中的错误和篡改,成为莎士比亚剧作的第一个权威版本。此前以对开本形式印制的书籍多为神学书、历史书及经典作家的选集或全集,因此,莎剧以对开本形式面世,这本身就表明了莎剧已被认作文学经典的事实。书出版后几个月,牛津大学图书馆就接受了这部作品,盖上了牛津大学图书馆藏书的印章。可以说,第一对开本的出版标志着莎士比亚研究的重要文学转向。此后的莎剧一方面仍作为戏剧脚本不断被后人演出、改编,另一方面,莎剧又作为文学作品一再被后人阅读、评论、研究。两者从1623年起产生了分流。

第一对开本共收入三十六部莎剧,其中有十八部以前未曾出版过,如果没有这个对开本,这十八部莎剧可能永远遗失。对开本中还包括一个献词,以及海明斯和康戴尔的一封信以说明这部书的权威性,另有一组序言诗、由马丁·多罗肖特刻制的书名页和一幅经典莎翁肖像。第一对开本中未收入的莎剧有《爱德华三世》、《泰尔亲王配力克里斯》《卡迪尼奥》和《两位贵亲戚》,之所以未收入这些剧作可能是编者考虑到这几部剧作是莎士比亚与别人合作写成的。目前,《卡迪尼奥》已经失传。第一对开本初版之后,又再版了三次,分别在1632年、1663年和1685年。

任何作品的出版都不可能没有错误。对开本中也存在一定的混乱和疏漏之处。特别是在戏剧脚本和文学文本哪个更接近莎士比亚原作的问题上,学者们存在一定的争议,此后的莎剧出版物也在这方面存疑。一些学者希望顾全不同版本的特点和长处,因此,由于版本的不同而出现了同一莎剧的不同文本。2005年牛津版莎剧全集收入了两个版本的《李尔王》,其中一个是1608年的四开本《李尔王》,另一个是1623年的对开本《李尔王》。这样,读者可以更清晰地了解不同版本的莎剧。

十八世纪之后,莎剧的出版走了两条路:一是根据对开本的文学文本,一是根据四开本的供演出的版本。1709年尼古拉斯·罗的《莎士比亚作品修订版》出版。十九世纪开始出版了多种不同的莎剧版本,有价格便宜的畅销版本,有供妇女和孩子阅读的版本等。二十世纪的莎剧版本更加多样化,有专供学生阅读的版本,有大众化的畅销版本,有供专业人员使用的演出版本,有供研究者使用的早期版本重印本等等。

莎士比亚的作品被翻译成多种文字,有的翻译成为经典之作,如雨果翻译的法语版莎剧,史莱格尔翻译的德语版莎剧,帕斯捷尔纳克翻译的俄语版莎剧以及马尔夏尔翻译的俄语版莎士比亚十四行诗等。而莎剧和莎诗今天在世界各地仍有层出不穷的新译本问世。

五、莎士比亚之后的莎士比亚

四百多年来,莎士比亚的作品在后人的不断演绎、解读、演出、评论和研究中一代代流传下来,经久不衰,不断焕发出新的耀眼的光芒。正如莎士比亚同时代的著名剧作家本·琼生在莎剧全集第一对开本的序诗中所说:"他不囿于一代,而照临万世。"这是对莎士比亚极为恰切的评价。然而,莎士比亚之所以能够在后人的传承中永远焕发出活力,首先源自莎士比亚作品的时代精神。按照本·琼生的话来说,莎士比亚是"时代的灵魂"。他首先属于他那个时代,他的戏剧是他那个时代的缩影,是那个时代的灵魂。也正因如此,莎士比亚才能够走出那个时代的局限,走向未来。可以说,他的作品所体现出来的当下性和永久性是相辅相成的。

莎士比亚的剧作有不少是从旧戏剧、编年史和小说改编而成。他笔下的历史人物众多而繁富。然而,所有莎士比亚的戏剧,无论是关于英国的历史事件,还是欧洲的古代故事,或是古希腊、古罗马的历史人物,他们都在与莎士比亚那个时代的人们进行对话。他的戏剧反映的是现世的生活,充满时代的气息。历史剧中有当代的寓意,古代的人物身上有着当代的特征。观众来看戏,看的是古代的故事,想的却是他们身边的人和事。莎剧的特点就是在他那个时代表现出很强的当代意识。而这种当代意识在莎士比亚身后的几百年以来一直延续至今。每个时代演出的莎剧都能突现那个时代的特征,都能凝聚那个时代的精神。在这四百多年的历史进程中,莎剧随着时代的演进被不断改编,不断衍化,不断出新就说明了这一点。

1642年后伦敦关闭了所有的剧场,直到1660年王政复辟之后才开放。此时的剧场规模较小,是有闲阶层的娱乐场所,观众人数也较少,莎剧为适应剧场演出需要往往被改编,特别是莎剧语言中的比喻、夸张的词句等被改掉不少,使得莎剧台词更符合当时观众认同的所谓"规范的"语言。改编的幅度有时相当大,甚至成为一种新编的莎剧。在当时一些剧作家的作品中也可隐约见到莎剧的影子,如德莱顿(John Dryden,1631—1700)和戴文南特(William D'avenant,1606—1668)的《魔法岛》就是类似《暴风雨》的一种改编版。而德莱顿于1678年写作的《一切为了爱情》则被认作是《安东尼和克莉奥佩特拉》的改编版。十八世纪演出的莎剧一般也都有删节或被改编,留下了那个时代的痕迹。当时著名的莎剧演员加里克(David Garrick,1717—1779)为莎剧的演出增添了不少光彩。十九世纪的莎剧演出曾过多地注重舞台效果,影响了莎剧中精神质性的表现。这种状况直到十九世纪晚期才得到改变。其时,美国的莎剧演出开始形成其独特的传统。十九世纪由莎剧改编的作品呈现出多种形式,如音乐作品和歌剧等。哈姆莱特这个人物的一些经历或性格特征曾隐约地出现在歌德的小说《威廉·麦斯特的学习时代》(1795)、狄更斯的小说《远大前程》(1860—1861)和契诃夫的戏剧《海鸥》(1896)中。

二十世纪以来,莎剧的演出更为国际化和规范化。1932年英国建立了莎士比亚纪念剧院;1961年英国皇家莎士比亚剧团成立,他们定期在英国和世界各地巡回演出。二十世纪早期的电影默片时代有不少改编的莎剧默片,在英、法、美、德、意等国家十分流行,戏剧的语言用视觉形象来替代,非常具有创造性。有声片的出现更带来了莎剧改编的电影业的繁荣。1957年,日本导演黑泽明导演了根据《麦克白》改编的电影《溅血的御座》;1984年,《李尔王》又激发他导演了电影《乱》。俄罗斯导演科津采夫导演了电影《哈姆莱特》,1970年又导演了电影《李尔王》,都产生了很大的影响。此外,在音乐剧方面,则有根据《驯悍记》改编的《凯特吻我》(1948),根据《罗密欧与朱丽叶》改编的《西区故事》(1957)等。

二十世纪出现了一批非常优秀的莎剧演员,他们创造了一系列令人难忘的莎剧人物形象,如英国演员劳伦斯·奥利维尔(Laurence Olivier)饰演的亨利五世(1944)、哈姆莱特(1948)、理查三世(1955)等;还有奥森·威尔斯(Orson Welles)饰演的麦克白(1948)、奥赛罗(1952)等。黑人演员保罗·罗伯逊(Paul Robeson)是扮演莎剧人物的第一位黑人演员,演技出色。他在三十年代就开始扮演奥赛罗。1943年至1945年,他主演的《奥赛罗》在纽约百老汇上演,备受欢迎,长盛不衰,创造了直至2009年为止百老汇连演莎剧的最长时间纪录。

在小说方面,《李尔王》激发美国小说家、普利策奖得主简·斯麦利(Jane Smiley)创作了小说《一千亩》。印度女作家苏妮蒂·南乔希(Suniti Namjoshi)则从《暴风雨》中获得灵感创作了诗歌《凯力班的快照》(1984)。又一位英国女作家玛丽娜·瓦纳(Marina Warner)也受到《暴风雨》的启发创作了小说《靛蓝》。

莎士比亚研究和评论也异常活跃。莎士比亚评论第一人是纽卡斯尔公爵夫人——诗人、戏剧家、评论家玛格丽特·卡文蒂什(Margaret Cavendish,1623—1673),她于1664年所写的评论,开创了由专业作家研究评论莎士比亚作品的传统。此后德莱顿、约翰逊(Samuel Johnson,1709—1784)、哈兹列特(William Hazlitt,1778—1830)、柯勒律治(Samuel T. Coleridge,1772—1834)、艾略特(Thomas S. Eliot,1888—1965)等人,都成为影响广泛和深远的莎评家。今天的莎评多由专门的研究人员来做,莎评呈现出专业化和多样化的结合,丰富多彩。据美国出版的《莎士比亚研究季刊》统计,目前每年出版的有关《李尔王》的各类研究文章、翻译及其他出版物就有二百余种,而有关《哈姆莱特》的则约有四百种。

人们从语言、文学、戏剧、文化等各个方面来探讨和研究莎士比亚，从各种理论视角来观照、解读并重新阐释莎士比亚的作品。

六、莎士比亚在中国

莎士比亚开始传入中国，已到了十九世纪。1839年林则徐在广东主持禁烟时组织人辑译《四洲志》，其中提到英国四位文学家，第一位即是"沙士比阿"（莎士比亚），称其"工诗文，富著述"。这可能是莎士比亚首次受到中国人的关注。1843年魏源受林则徐委托编撰出版《海国图志》，其中照录了《四洲志》中有关莎士比亚的记述。十九世纪四十年代，中国早期留美学生容闳"夙好古文，兼嗜英国文艺""尤好莎士比亚"，这可能是最早喜读莎士比亚作品的中国人。1856年，传教士慕维廉（William Muirhead）的译著《大英国志》在上海出版，其中提到"舍克斯毕"（莎士比亚）。早期阅读过莎士比亚作品的还有辜鸿铭。清末外交官郭嵩焘在1877年日记中记叙了他在英国见到莎剧的版本。十九世纪末二十世纪初，莎士比亚的名字通过英美传教士频繁地传到中国来。

清末思想界代表人物严复、梁启超都在其著译中谈到莎士比亚。中文译名"莎士比亚"即为梁启超首创。1907年至1908年，伟大的思想家和文学家鲁迅先生在他的启蒙文章中论及莎士比亚，鲁迅把莎士比亚看作健全人性的精神战士，希望中国也能出现莎士比亚这样的精神战士来发出民族的声音。

早期介绍莎士比亚剧作的内容，是通过英国兰姆姐弟（Mary and Charles Lamb）的莎剧故事之中文文言译本《澥外奇谭》（1903，无译者署名）和林纾、魏易的文言译本《吟边燕语》（1904）。后来，二十世纪五十年代，萧乾的兰姆姐弟《莎士比亚戏剧故事集》（改写莎剧二十个）白话文译本出版（1956）。再后来，由中国学者编撰的

《莎士比亚戏剧故事全集》（土生、冼宁、肇星、武专主编；改写莎剧三十九个）出版（2002）。

莎剧的正规文本汉语白话翻译始于田汉（1898—1968）的《哈孟雷特》（1921）和《罗密欧与朱丽叶》（1924）。田汉是莎剧汉译事业的开创者。紧接田汉之后的译莎学者便多起来。

必须郑重提起的是莎剧译家朱生豪（1912—1944）。他历经日本侵略的苦难、贫穷和疾病的折磨，只活了三十二岁。但他以惊人的毅力和顽强的意志，克服种种艰难险阻，译出莎剧三十一部半，终因恶疾缠身，回天无力，未能译完余下的莎剧，成为千古遗恨。他付出了毕生的精力，终竟成为播莎翁文明之火的普罗米修斯，成为译莎事业的英雄和圣徒。朱译莎剧，据他自称，务必做到"在最大可能之范围内保持原作之神韵，必不得已而求其次，亦必以明白晓畅之字句，忠实传达原文之意趣"。评论者认为，"朱译似行云流水，即晦塞处也无迟重之笔"。朱译莎剧文辞优美畅达，人物性格鲜明，已成为广大读者所珍爱的艺术瑰宝。朱译莎剧二十七部于1947年出版问世，在社会上引起强烈反响。新中国成立后，更受到重视，1954年朱译莎剧三十一部以《莎士比亚戏剧集》名义出版。1978年人民文学出版社出版以朱生豪为主要译者的《莎士比亚全集》，收入朱译莎剧三十一部，朱未能译出的六部莎剧分别由方平、方重、章益、杨周翰译出，莎士比亚的诗歌作品也全部译出收入。这是中国首次出版外国作家作品的全集。本书即是这套全集重印的新版。

虞尔昌（1904—1984）见到1947年出版的朱生豪所译二十七部莎剧，十分敬佩，但以不全为憾，于是补译了朱生豪未曾来得及译出的六部及1947年版中没有的四部共十部莎剧。1957年，朱生豪、虞尔昌合译的《莎士比亚戏剧全集》在台北出版。这是中译本莎翁《戏剧全集》第一次问世。

梁实秋(1902—1987)是中国迄今为止唯一一位个人独立完成莎剧莎诗汉译工程的翻译家。1936年梁译莎剧开始出版。其后历时三十七年,他译完莎士比亚的包括戏剧和诗歌的全部作品。二十世纪六十年代梁译《莎士比亚全集》在台北出版。梁译附有详尽的注释和说明,学术含量较高。

曹未风(1911—1963)是有计划翻译莎翁全集的译家。但他只翻译出版了十四部莎剧。五十二岁时病逝,未能完成夙愿。

曹禺(1910—1996)以诗体译出的《柔密欧与幽丽叶》(1944),是莎剧译本的典范之一,适宜于演出,又适宜于阅读和朗诵。

莎剧的重要译者还有孙大雨(1905—1997)、卞之琳(1910—2000)等。孙大雨译莎首创以汉语"音组"代原作音步的译法。他翻译的《黎琊王》(即《李尔王》)出版于1948年。他译的《莎士比亚四大悲剧》出版于1995年。卞之琳把孙大雨开创的译法加以完善,建立"以顿代步、等行翻译"法。卞译《哈姆雷特》于1956年出版,被誉为《哈姆莱特》最优秀的中文译本。英语片《王子复仇记》(《哈姆莱特》)的华语配音全部采用卞之琳的译本,获得巨大成功。卞译《莎士比亚悲剧四种》于1988年出版。莎翁剧作台词中很大一部分是用素体诗(blank verse)写出,所以也可称作诗剧。孙大雨、卞之琳的"音组"译法和"以顿代步、等行翻译"法,都是对原作中的素体诗的翻译而言。孙大雨、卞之琳开创了莎剧的诗体译法,可谓开一代译风。此前的朱生豪译本则是散文译本。

方平(1921—2007)是另一位重要的成绩卓著的莎剧莎诗翻译家。他译的莎诗《维纳斯与阿董尼》于1954年问世。此后不断有莎剧译本出版。1979年出版《莎士比亚喜剧五种》。2000年方平主编主译的《新莎士比亚全集》出版,其中二十五部莎剧由方平译出,另外十四部莎剧由阮坤、吴兴华、汪义群、覃学岚、屠岸、张冲等译出。

莎士比亚的两篇叙事诗的译者有杨德豫、张谷若等;莎士比亚十四行诗的译者有梁宗岱、屠岸等。莎剧的译者还有戴望舒、顾仲彝、林同济、绿原、孙法理等。莎剧至今仍不断有新译本出现。

莎剧翻译由剧情故事介绍到剧作文本翻译,由散文译本到诗体译本,由供阅读的译本到兼供演出的译本,呈现步步进展的态势。翻译家们各展才华,各显风格,各领风骚,使莎剧的中文译作展示异彩纷呈的局面。

莎士比亚的戏剧登临中国舞台,最初是在二十世纪初叶,以文明戏形式演出。文明戏不同于中国的传统戏曲如京剧等,它是从戏曲到话剧之间的过渡形式。它没有剧本,只靠一张叙述故事梗概的幕表,没有固定的台词,只注明若干根据剧情发展非说不可的话,其余的台词全由演员即兴发挥,演员就根据这样的幕表登台表演。据记载,最早上演的莎剧是在1902年:在上海圣约翰书院,演出《肉券》(《威尼斯商人》)。那一时期,主持上演文明戏莎剧的戏剧家有汪笑侬、陆镜若、郑正秋、汪优游等。1915年,袁世凯复辟帝制,民鸣社演出《窃国贼》(《麦克白》),演员顾无为在舞台上大骂皇帝,对袁世凯冷嘲热讽,受到观众的热烈响应。袁世凯恼羞成怒,以"煽动民心,扰乱治安"为名,逮捕顾无为,判处死刑。幸而袁世凯在全国人民声讨下很快垮台,顾无为才幸免于难。

从二十世纪二十年代开始,话剧运动在中国崛起。莎剧首先在学校以汉语话剧形式与观众见面。三十年代,抗日战争时期及其后,莎剧以话剧形式不断演出。《威尼斯商人》《罗密欧与朱丽叶》《哈姆莱特》《奥赛罗》等著名莎剧,一一搬上舞台,受到观众的热烈欢迎。这期间涌现出的著名莎剧导演有焦菊隐、余上沅、黄佐临等。1937年春章泯导演的《罗密欧与朱丽叶》在上海公演,赵丹饰罗密欧,俞佩珊饰朱丽叶,是一次影响深远的成功演出。抗战时期的1942年,焦菊隐导演的《哈姆莱特》在大后方演出。这是这出悲剧在中国的首演,演员是国立剧专的学生。演出强调复仇意识,鼓励国人抗击日本侵略者,影响巨大。1949年新中国成立后,话剧得到空前蓬勃的发展,莎剧演出几度形成高潮。"文革"结束后的八十年代初,先后有十几部莎剧搬上舞台。

1986年4月,在北京、上海两地同时举行首届中国莎士比亚戏剧节。在这届戏剧节期间,上演了二十五台莎剧,包括莎翁的十六部剧作。参演团体二十三个,参演人数一千九百多人,公演八十七场,观众八万五千人次。国内外学者专家三千人参加,举行学术报告会二十九场。与此同时,天津市及广东、辽宁、陕西、江苏、安徽等省也先后公演了莎剧。参加这届戏剧节活动的国际莎士比亚协会主席、英国伯明翰大学教授勃洛克班克盛赞中国莎士比亚戏剧节的举办成功,惊呼莎士比亚的春天来到了中国!说这样盛大的莎剧演出在世界上也是罕见的!

1994年又举行"上海国际莎士比亚戏剧节"。这是继首届中国莎士比亚戏剧节之后莎剧演出的又一盛举。这次戏剧节的特点是国际性、创新性、多样性。正式参加演出的莎剧有九台,其中中国的六台,外国(英、德等)的三台。哈尔滨歌剧院演出的大型歌剧《特洛伊罗斯与克瑞西达》,是中国舞台上第一部莎剧歌剧,也在亚洲首开莎剧改编歌剧之先河。演出气魄宏大,效果独特,歌音卓异,扣人心弦,获得巨大成功。

中国莎剧演出从文明戏进步到话剧形式后,又扩展到歌剧形式,芭蕾舞剧形式,广播连续剧形式,以及中国传统戏曲(包括京剧、昆剧、黄梅戏、豫剧、庐剧、丝弦戏、婺剧、东江戏等)形式。1994年"上海国际莎士比亚戏剧节"上,上海越剧院明月剧团演出《王子复仇记》(《哈姆莱特》),赵志刚饰演王子。此剧突出了"越味",演出优美、流畅,在莎剧戏曲化方面创造了成功的经验。

演出受到新老越剧观众的喜爱。2005年上海京剧院的京剧《王子复仇记》赴哈姆莱特王子的故乡丹麦演出,获得巨大成功。丹麦观众用如雷的掌声表达他们的赞赏,他们激动地说,"很东方,也很莎士比亚!"丹麦媒体前所未有地给予京剧《王子复仇记》以"五星"的评价。这次活动开创了中国莎剧走出国门登上外国舞台的历史。

在莎翁作品不断翻译出版,莎剧纷纷搬上舞台的时候,中国多所大专院校设立莎剧研究课程,莎学研究机构和团体纷纷成立,对莎剧莎诗的研究探讨逐步深入,学术报告会不断举行,论文不断发表,专著不断问世,莎学研究刊物定期出版。《莎士比亚辞典》《莎士比亚简明词典》《莎士比亚大辞典》等多种莎学工具书出版。涌现出一批学养深厚、成果卓著的莎学专家,如卞之琳、孙家琇、林同济、戴镏铃、张君川、刘炳善、王佐良、李赋宁、张泗洋、赵澧、贺祥麟、陈嘉、索天章、阮珅、杨周翰、陈瘦竹、裘克安、辜正坤、孟宪强、郑土生等,他们都有学术含量高的专著或专论问世。

四百年以来莎士比亚和他的戏剧以及诗歌作品长久地活在人们的心中。这种永恒的艺术魅力之最关键的本质在于莎士比亚作品抓住了普遍的人性,表现了时代精神。而且,每个时代的人们都有其对莎士比亚作品的各自不同的解读。人性的本质在每个时代都表现出不同的面貌和特征,因而,解读莎士比亚作品也就永远都是未完成的。未完成的莎士比亚导致了我们未完成的解读。今天我们再版莎士比亚作品的全集,仍然是为了在未完成中去了解莎士比亚,阅读莎士比亚,品味莎士比亚,阐释莎士比亚,并与莎士比亚和他的作品一同走向下一个莎士比亚作品变异的新的起点。

屠岸　章燕
2010年1月

第 四 辑

人性之光的喷涌

人性之光灿烂地喷涌而出

——序小山《天香·圣经中的女人》

她站在麦田里,麦秆齐胸口 / 金色的晨光拥抱她全身 / 她像是被太阳迷恋的女郎 / 赢得了多少炽热的亲吻。

在她的颊上,秋的红晕 / 熟透了,一朵羞赧怯怯地 / 在她晒黑的脸上开放 / 仿佛红玫瑰长在麦田里。

鬈发垂挂在眼睛的周边 / 那发丝,乌黑得没法形容 / 长长的睫毛掩映着明眸 / 眸子里一片亮光在涌动。

那草帽,带着遮阳的帽檐 / 给发下前额投一层阴翳 / 多么甜美的女子呵 / 她站在麦堆中间赞美着上帝:

"若说我可以收割,你只许 / 拾穗,这不是上天的意思 / 把麦穗放下,过来吧,分享我的收获和我的家室。"

这是英国十九世纪诗人托玛斯·胡德(Thomas Hood,1799—1845)的一首诗,题目叫《路得》,我刚把它译出来。诗中的主人公路得,是《圣经》中的人物,她为养活丧子的婆母,在波阿斯的麦田里拾穗。波阿斯出于同情和义务,娶路得为妻。路得是善良和孝顺的典范。胡德的这首诗赞扬了她的纯洁美丽;最后一节诗的第一人称是波阿斯,他正在对路得说话,这样写出了他的好意和美

297

德①。这首诗单纯而凝练,揭示了路得和波阿斯两个人物的美好本性。

小山有一篇散文《路得篇——拾穗》,描述了路得生命历程中的坎坷和幸福,她的无私,她的奉献,她和波阿斯身体力行的爱的精神。小山写道:"这位单纯的女子,行走的每一步,都让自己的柔弱服从最高的利益,而自己处于舍己的温顺。"这平凡的语言,含有深意。小山写道:"面对贫穷,路得是坚强的;面对困境,路得是勤劳的;面对富贵,路得是自尊的。"这是对路得品行的概括,语言精粹,颇似格言。这篇散文的思路延展开去,由路得而联系到米勒的油画、哈代的小说,直到作者个人的经历,浮想联翩、纵横开合,抒写着作者对人性的思考。比之于胡德的那首小诗,小山的这篇散文内涵更深广,韵味更厚实,能引起读者更多的沉思。

基督教经典《圣经》是西方文学取之不尽用之不竭的题材来源和思想凭借之一。以《圣经》人物为描写对象的西方文学(以及绘画、雕塑、音乐、戏剧)作品,可谓汗牛充栋。上述胡德的诗,只是沧海一粟。中国作家写的涉及《圣经》的作品,我孤陋寡闻,所知甚少。诗人绿原的诗《重读〈圣经〉》,对出现在二十世纪中国之中世纪式黑暗的批评,其力度之强,使我震撼!而小山这部《〈圣经〉中的女人》,从《圣经》所涉及的众多女性中选出十七位做对象,写出十五篇散文,形成系列,结集出版。这在中国当代文学中,是一个罕见的现象。

小山在这部书中,倾注了她的丰富的想象。《圣经》里的人物,有详有略,但大体只是呈现轮廓。小山在原有的人物框架上,骋驰想象,使人物生动而丰满。细节不是硬贴上去的,而是根据生活的

---

① 这首诗的前四个诗节,可以是人们眼中的路得,也可以是波阿斯的口气,写出了他所见到的路得。

逻辑,认真用笔,使人物有血有肉地活起来。耶弗他的女儿,在《圣经》中连名字都没有,文字很少。在小山笔下,她因父亲对神的许愿而成为燔祭的牺牲——其过程,有了精细的刻画。她第一个从家中奔出,穿着盛装,拿着铃鼓,跳着舞,欢迎凯旋的父亲。就在这一刻,这个美丽姑娘的厄运注定了!女儿,父亲,事态的经过,人物心理的变化,一一在笔端流出,悲剧和历史使命感同时突现。小山描述的利百加,她给远道而来的亚伯拉罕家的老仆人喝水,给骆驼喝水,一两个细节就突出了人物的善良温和的本性。她成为以撒的妻,获得幸福,是她的天性使然,这一点被写得很充分。小山笔下的马利亚,开始时是一个可亲可爱可尊敬的村姑,后来是一个有血有肉有灵魂的母亲。关于怀孕和分娩,只有曾经有过如此经历的母亲,才能有此体会,才能写得如此真切。在马厩里产下耶稣的描写,每个细节的真实性,使读者仿佛亲临于两千多年前的伯利恒!耶稣幼时常跟在父亲木匠约瑟的身前身后,竟闻惯了木料和墨线的气味,喜欢看刨花的飞舞……如此逼真的细节刻画,没有现实生活的推断是写不出来的,而这种推断源于充沛的想象力。美国作家马克·吐温笔下的夏娃,是古今糅合的现象,正如鲁迅所指出的:"叙述里夹着讥评,形成那时的美国姑娘,而作者以为是一切女性的肖像"(鲁迅为李兰译《夏娃日记》写的小引),这是马克·吐温施展幽默的"纯熟的手腕"所致,与鲁迅的《故事新篇》异曲而同工。相比之下,那种基于现实的想象,更显出小山笔致的特色。

　　小山在这部书中,发挥了她的道德批判。对各个人物,并不仅仅是叙说故事。几乎每篇散文都是夹叙夹议,在议论中阐述了作者的价值观,幸福观,生死观。这里的议论不是理念的堆砌,不是面目可憎的说教,而是诗的语言的流泻。善与恶,泾渭分明。圣母玛利亚是"光明的玫瑰",索取施洗约翰的头颅的沙乐美是"花朵的骷髅"。这里的评判充满辩证法。比如,对于用阴谋手段出卖力士参孙的大利亚,小山说她"既是参孙士师命运的克星,又是把英雄推到悲剧的巅峰,使其英雄的命运很快变得极有价值的女人"。在描述利百加的幸福时,小山从反面来证明正面:"假如不是因为自己而带来战争、暴力、灾难,我就感到幸福。""假如自己遭逢不幸,但我的痛苦不使别人也痛苦,我就感到幸福。"在叙述到以斯帖揭露哈曼的阴谋并诛杀听命于哈曼的亚押人时,小山既肯定以斯帖行为的正义性,又指出过分使用暴力的危害性:"杀人色变!那些妇女,那些孩子,那些老人……血流成河!""千年之后,越来越多的人觉悟到暴力之恶。"小山从她的辩证思维中透出宽广的悲悯情怀,这种情怀在这部书中贯彻始终。

小山在这部书中,抒发了自己的人生感悟。分布在各篇中的评析和论断,总是带着个人抒情的诗意的光彩。在写路得的那篇结尾处,作者写到自己受到命运的打击,疲惫不堪,回到故乡,看到寒风中辽阔的土地,她忽然发现,"荒凉的大地上,并非一无所有……泥土本身在散发一种微光","泥土并没有被冻死,我们完全可以感受到它那深沉的呼吸"!于是她呼吁心灵:"对匍匐在大地上的生灵致以敬意吧。"这里体现了作者心智的顿悟,灵魂的净化。小山所写的《歌中的雅歌》,充盈着人的生命的体验。这是一篇评价爱情、论析爱情、歌赞爱情的阿佛洛狄忒颂。其中每一句都踏在作者自己的心路历程上。"相爱的道路,没有一路平坦的,不仅有考验,即使是爱情本身,也常常三回九转,有荆棘和悬崖。""渴盼爱情,一个人会前所未有地激动起来,她的眼光像教堂的彩色玻璃,反射事物那么七彩斑斓,她前所未有地敏感,仿佛一切天籁都在启示。"这里引得多了,但我忍不住再引几句:"让自己的生命接受爱情的洗浴吧,不论你怎样蒙尘疲惫,爱情会使你真正变得光洁,如同重生,你的心从而一下子崭新!"这样的语句,太美丽了,也太精粹了!全部汩汩地从作者心底里流出来。

　　小山在这部书中，充分展示了女性的人性美。《圣经》中的女子，她们的身份，教养，性格，品质，所属的民族，各不相同。在有些女子身上，神性和人性契合在一起。小山总是能够挖掘出她们身上普遍存在的人性的内蕴，加以显扬。例如，在《利百加篇》里，她把利百加的本色归结为三点：善良，温柔，聪明。她认为利百加的这些本色是从母胎里带来的，"一切都发乎自然而然"。她把利百加的美说成是从眼睛、嘴角、额头透露出来的"心灵之光"，这种美不决定于五官身段，而是"无形之形，如同微风之于树木，波光之于溪水"。这种美在女性身上的人格体现即是妻性和妻性的自然延伸与升华：母性。在《抹大拉的马利亚篇》里，小山舍弃了《圣经》中耶稣从抹大拉的马利亚身上驱除了七个恶鬼、治好了她的疾病的情节，强调了她对耶稣的信仰，写她"由感恩而及挚爱"的过程。她跟随耶稣，朝夕相处，从而掀动了她内心深处的感情。小山指出"耶稣是上帝之子，但在人间，他也是一个伟男子，可以唤起她对他的一往情深"；"她的爱，是发自灵魂深处的力量，这力量是极大的尊敬，也是前所未有的爱情。"由信仰而及爱情，从这里，人性之光灿烂地喷涌而出。

　　在《圣母玛利亚篇》中，小山没有回避神性和人性在玛利亚身上的冲突，特别是在对待既是她的儿子又是上帝之子耶稣的态度上，如何处理好母子关系和人神关系，马利亚有时会处于困惑中。小山的笔触所强调的是马利亚的母性，是她灵魂深处的人性的一面。耶稣一而再、再而三地说些莫名其妙的话，仿佛否定他是马利亚的儿子。而马利亚总是像世上所有的母亲那样去理解儿子的所作所为，去支持儿子完成他特殊的使命。当耶稣被钉在十字架上，即将受刑而死时，马利亚始终跟随在旁边，小山写道，这时候"马利亚渴盼时间凝住，哪怕像个巨大的琥珀，把儿子留驻在固体的时间里，可以让她想看见就能够看见。她怕极了流动的时间一下子把

儿子带走,带到她不能去的地方,从此她的生命只能在思念中枯
萎。她的心在恳求!"这个把时间变为"琥珀"的意象,是小山的绚
丽一笔。这个意象完成了马利亚的人性——母性的营建。

小山写《圣经》中的女人,对她们的各种属性进行描述,从取材
到构思,无不做了选择、扬弃、伸展。她舍弃了所有负面的东西。
通过这些女子的图像,小山同时对自己的人生道路用诗语做了反
思。每一篇都有她自己的影子。

这是一本十分独特的散文集,又是一本有着丰满的精神贮藏
的书。

2006年9月30日写于北京

一名中国军人的爱与愤

——序《向明诗存》

向明是军人，向明是诗人。我们见到向明作为军人的不凡气概，也感到向明作为诗人的澎湃激情。两者在他身上得到了和谐统一。作为军旅诗人，他歌赞雷达兵，伞兵，水兵，铁道兵，海防哨兵，雪山哨兵，探照灯兵……舒展他宽广的襟怀，赤诚的心胸。诗人八达岭上对长城放歌："千百年来挺身把侵略的烽烟阻挡／你不愧是伟大民族的不朽脊梁；／我愿做钢铁长城的一块不锈钢砖，／用胸膛卫护满海鱼歌，遍地稻香……"诗人的形象，军人的形象，凝结成一段英姿，雕像般在祖国大地上迎风屹立！

陶渊明能吐出"精卫衔微木，将以填沧海，刑天舞干戚，猛志固常在"这样的刚毅，也能吟出"愿在丝而为履，附素足以周旋，悲行止之有节，恐委弃于床前"如此的缠绵。认定陶渊明浑身都是静穆并不全面。同样，不要以为向明只有豪情而没有柔情。我们看到，向明是一位写作爱情诗的高手。

有一种观点认为，写灵已过时，只有写肉是当时。于是有"下半身"写作冒出来。这是一种认知的误区。爱包含性，但性不等于爱。灵与肉的统一是人性的永恒契合点。在这方面，向明承受着传统的雨露，但又是创新的勇者。他有一首《禁果》："谁说幸福的记忆是短暂的？／生命之树深深烙印／那诱人的夏夜／我俩／偷尝禁果／一半儿神秘　一半儿甜蜜／／虽然失去了天国　失去了／乐园失去了／上帝的宠爱……／／拥有你就拥有了整个世界。"爱情使人失去了上帝恩宠,却使人拥有了一切,因为,爱是灵肉之门。诗的重点在第二节,高潮在第三节(仅一行)。全诗一气呵成,直击主题,人性高扬,爆出灵的闪光。这是一首灵肉和谐的颂歌。向明还有一首《天堂·地狱》:

> 纵然　天堂里
>
> 充满光明　欢乐　幸福
>
> 如果你不在那里居住
>
> 对我还有什么价值
>
> 简直是不值一顾
>
> 纵然　地狱里
>
> 充满黑暗　苦难　凶险
>
> 如果你说:进去看看
>
> 我将含笑挽着你的胳膊
>
> 去踏遍火海刀山

　　茅盾说过,爱情有两种,一是肉的飨宴,一是灵的冒险。——然则,真的爱情,是欢乐中的痛苦,是痛苦中的欢乐,因为爱情是人生最严酷的考验。莎士比亚指出"生气丧失在带来耻辱的消耗里,是情欲在行动",感叹"没人懂怎样去躲开这座引人入地狱的天堂"。莎翁祈盼人们逃脱肉的地狱。向明则反其意而用之,呼唤去地狱里闯一闯,这是灵的地狱,应该去这里经受黑暗、苦难、凶险的锻打。因为只有这样,爱情才能经过淬火而成为纯钢!

　　向明的爱情诗,并不仅仅表达爱情观,而且常常凸显爱情的真,爱情的美,给人以高度的美感愉悦。他写初恋,写童年朦胧的爱,如《她说》、《初吻》等诗篇,给人以纯净之美的体验。有一首《痴情的幻想》,以希腊神话中匹格马利恩(Pygmalion)的故事为"一点因由"而敷衍成篇。匹格马利恩是古代的一名国王,痴迷于雕塑艺术,狂热地爱上了自己雕刻的一尊女像,感动了神,使雕像成了一名活生生的少女,投入他的怀抱。向明的诗借助这一题旨,仿佛是写单恋的疯狂,实则歌赞了爱情的伟力——真情达到巅峰,精诚所至,金石为开!诗人以力透纸背的笔锋,勾画出灵与肉的转化与拥抱,使之达到了美的极致!

向明的爱情诗题材多样,涉及面广泛。比如,他也写爱的背叛。有一首《昨夜星辰》,其中有句:"负心的人 如一颗流星 / 从我忧伤的心空悄悄滑落",几笔勾勒出失恋者的悒郁与无奈。这里没有撕心裂肺的怨艾,然而流溢而出的一抹淡淡的凄楚之美,却沁人肺腑。

向明善于作象征的运营。《莲之舞蹈》是咏物,更是歌赞爱情。"我 旋舞于蓝玻璃的舞池 / 不惜 一瓣瓣褪尽红衣 / 献给你 / 这毫无掩饰的 / 灵魂"。鲁迅《莲蓬人》中有句"扫除腻粉呈风骨,褪却红衣学淡妆"是写人格,向明的莲舞则是写爱情,写莲与夏的爱情。诗人通过莲的太阳浴和月光浴、莲的忘我的舞蹈、莲的片片落瓣……这一系列意象的并置,把"净植"象征为爱的毫无保留的赤诚和整个灵魂的奉献。可谓别出心裁,深思独具。

向明写了大量旅游诗或山水诗。称旅游诗也许不全面,因为他所吟咏的还包括他求学的地方和居住的地方。称山水诗可能不够贴切,因为他描述的不仅是山水,也有人文景观。这些诗可视作他的军旅诗的延伸或姐妹篇。他在这些诗中所倾注的爱国主义情愫与他的军人襟怀是互为表里的。祖国的一山一水,一人一事,都可以成为他吟咏的对象。这里有阳关风物,敦煌舞姿,扬州春梦,秦淮短笛……向明在落笔抒写这些诗篇的时候,往往从独特的视觉观察自然之美或人文之美,从景物中提炼出禀赋和性格,或者把风情和人格结合起来。比如这首《桂林的人》:

> 用正直的山做脊梁
> 每一个男子汉
> 都是 一座
> 伟岸的
> 独秀峰
>
> 以清纯的水为灵魂
> 每一个大姑娘
> 都是 一条
> 深情的
> 相思江

这里,人和景已融为一体。你说它写的是化为山水之灵魂的人,可以;你说它写的是伟男靓女之人格魅力的景,何尝不可。

如果说向明的诗只包括军旅诗、爱情诗和旅游诗三大板块,那不全面。他还写了其他类型的诗,比如,政治抒情诗。向明娴熟于现代汉语的构筑,也能充分掌握好古典格律诗的营建。他有一首七言绝句《颂张志新》:

> 群魔乱舞谁能抗?
> 勇士居然是女郎。
> 正义弓催真理箭,
> 冲天豪气射天狼。

省却了悲惨命运的控诉,突出了烈士英勇无畏精神的歌赞。遣词恰切,用典适当。没有调动平仄、指挥声律的功力,写不出来。没有对女英雄的深切尊崇和对浩劫制造者的强烈批判意识,写不出来。虽然只有二十八字,却力敌千钧。

向明还有一首诗《朝日祭》,这个题目就令人警悚!诗有三节,其第三节是:

> 一粒罪恶与凄厉
> 将共和国红扑扑的良心
> 击穿成血霞横流的创口
> 生命在早晨八九点钟
> 陨落为国殇

字句将己巳蛇年五月初一那场卷地而起雨点如麻的黑色风波,作了诗的定性。"一粒","红扑扑的良心","血霞横流","创口","早晨八九点钟"(的太阳)(人们记得这话出于谁人之口),"陨落","国殇",一个意象接着一个意象层出,摒除了论说和概念的逻辑推理,全用意象的并置和叠加,然而,问题的本质昭然若揭,一腔正义,喷薄而出!

向明以六十多年的时间与精力为缪斯做奉献,成果累累。今年他已届八十高龄。他将出版带有总结性的《向明诗存》,嘱我写序。感谢信任,爱书如上。

2008年3—6月

木斧为诗人们画像

——序《一百五十个诗人的画像》

诗人木斧,按中国传统的算法,今年已届八十高龄。但他人老心不老,依然笔耕不歇。他热爱写诗,已出版过多本诗集。我读过他的《瞳仁与光线》、《车到低谷》、《木斧诗选》、《书信集》等作品。他还写过短篇和长篇小说、理论批评著作。木斧又是个酷爱京剧表演艺术的演员,工丑角、老生。我读过一本名为《百丑图》的书,是木斧的戏、诗、文合集。从这本书中我看到,他扮演过蒋干、赵高、金松、贾桂、崇公道、程雪雁(反串)、杨延辉、薛平贵等角色。我理解,木斧是善于为人物塑像的,这些人物在舞台上出现,就是他塑造的一个一个像。

木斧又善于为诗人们塑像。他的《书信集》就是一部用诗歌为诗人们塑像——或者叫画像——的书。这本书里收入了他为七十二位诗人塑的像。现在,木斧又大大拓展了他的画布——或者说诗笺,为更多的诗人画了像。他将出版一本题为《一百五十个诗人的画像》的诗集。

木斧的这些诗,每首都有诗题和副题。诗题各不同,副题则都是“给——”即给某诗人。这个“给——”的用法,恐怕源自外国。如英国诗人Landor(兰多)就有一首诗“To Robert Browning”(《给罗伯特·布朗宁》)(按:这个布朗宁恰恰正是一位诗人!)这些以

"给——"为诗题或副题的诗,都是作者(诗人)对对方(诗人)说的话,所以对方都是第二人称。木斧的这些诗,也是这样,比如他的《月琴手——给沙马鸟子》,其中的第二人称"你",就是沙马鸟子。

中国古代没有以"给——"为诗题或副题的诗。但内容相似的诗是有的。如杜甫的《梦李白》二首,诗中的第二人称"君"即李白。①

木斧为诗人画像,有的是全身像。比如《霹雳的诗——给绿原》,把绿原的诗歌风格、内容、为人品格及人生历程都表达出来了。又如《虎姿——给牛汉》,也是如此。牛汉有一首名诗《华南虎》。木斧把华南虎比作牛汉本人,牛汉的外形、内涵、气质、风格都表达出来了。这使我想起李白的五律《赠孟浩然》,短短的五言八句,把孟浩然的形和神勾画得分明。木斧为诗人画像,有的是半身像,或侧面像,有的甚至只画一只手,如《手掌——给辛笛》。但一斑可窥全豹:通过掌纹,寻求诗人的全貌,"我要从你手掌地图上追根溯源"。这也使我想起另一些古诗,如刘长卿的《送灵澈》,这首诗只给诗僧画了个"荷笠带斜阳"的半身侧面像,而意蕴悠远的诗僧神态全出。木斧绘制的诗人像,有的奔放、热烈,如绿原;有的温存、悲愤,如曾卓;有的忧伤、内敛,如流沙河……还有的带有一点象征性情节,如陈敬容,木斧说,"我说大姐,你等一等 / 让我陪你一起走 / 连正眼也不看那个字!"挺突了这位女诗人永远的青春。

用诗给诗人画像,虽说受者都是第二人称,却也有例外。《多刺的玫瑰——给田间》中的田间,被安排为第一人称:"我将宣告我的经历 / 一个战斗者的一生!"全诗是田间洪亮的自白。

---

① 中国古诗中有《寄——》为题的很多,如杜甫有《寄韩谏议注》,韦应物有《寄李儋元锡》,李商隐有《寄令狐郎中》等;还有《赠——》,如王维有《赠郭给事》,李白有《赠孟浩然》,杜甫《赠卫八处士》等等,这些诗题与《给——》本质上相同。

给诗人画像，也有"移花接木"的，如《改名——给圣野》。这首诗写的是圣野给木斧改名，木斧自我定位。这也是一幅诗人画像，但画的不是圣野，是木斧。

给诗人画像，被画的诗人也有狭义的和广义的之分。巴金，是我们敬爱的小说家，散文家，却也进入了木斧的诗人画像系列：《雪的礼赞——给巴金》。这首诗不用工笔，而用写意，把巴金画作一座雪山，这座雪山，不写它的寒冷，而写它的"纯洁"。巴金的身心纯洁，纯即真，洁即善，纯而又洁即美。这里，巴金也是诗人；或者，广义的诗人；或者，本质上是诗人："一生都在追求纯净的世界 / 一生都讲真话 / 一生都在清白中度过 / 就连朴质的文字也洁白无瑕 / 没有卖弄技巧的成分"。

又如《我和胡子伯伯——给严文井》，严文井是儿童文学作家，小说家，他没有写过诗。但他本质上是诗人。

木斧，正如他塑造舞台人物形象那样，绘制了一大批诗人的画像，但后者没有一个是"丑"，而都是美丽、端庄、严肃、沉雄的"生"，"旦"，"净"。

我把木斧的《百丑图》中的戏照数了一下，发现他塑造的京剧舞台人物形象，有五十个左右。这数字不小。但他绘制的诗人画像，却有一百五十个！是他的舞台人物的三倍！而且，舞台人物是根据原有脚本进行的二度创造（说演员是二度创造，并不贬低表演艺术，表演者的创造天地是广阔的），而诗人画像却都是原创作品。

用诗歌为诗人画像，外国有，中国古代有。但像木斧那样集中笔力为一百五十位诗人画像，则恐怕是空前的。如果不是空前的，也是极为罕见的。

2010年9月11日

于北京，萱荫阁，灯下

为了一个和谐的世界

——序顾子欣《旅欧诗文集》

顾子欣是位外交官诗人。他常年驻外从事外事工作。十多年前，他出版了诗集《在异国的星空下》，这是一部歌唱中国与外国人民友谊的诗歌集子。它体现了诗人对各国人民的友谊与爱心。现在，子欣已经从外事工作岗位上退下来，但他的诗文创作没有停止，他不可能从这个岗位上退休。最近，他整理和创作了几十篇诗歌和散文，集结成一本诗文集，他把这部文稿送来给我，希望我为他写点什么。我认真拜读了这些诗文，我被深深地吸引了。我感到，这本集子是他在欧洲各国接触到的人和事的诗的记录，是用诗笔美化了的异国风情，它与一般应景的旅游诗文不同，也不是他在外事工作之余游山玩水的流水账。它有些近似美国十九世纪作家华盛顿·欧文的《见闻札记》，但子欣文中所蕴含的国际主义精神和全球化时代的人类和谐意识却是欧文所不具备的。

子欣的这部诗文集给人的第一个印象是这些诗文中深蕴着人类历史长河中文化的积淀，竖立着多少人类文化巨人的高大身影。他歌咏的对象有各国历代文化巨人的故居、家乡、遗址、墓地、纪念馆。他的诗笔接触到了但丁、乔叟、莎士比亚、弥尔顿、卢梭、伏尔泰、贝多芬、莫扎特、狄更斯、勃朗特姐妹、牛顿、爱因斯坦、高迪、毕加索……诗人从这些巨人身上获致启示，萌生感悟，产生共鸣,诞生诗意。这些文化巨人各自属于自己的民族、国家,却同时是属于世界的,因此也是属于我们中国的。正如屈原、李白、杜甫、曹雪芹、鲁迅,他们也同样属于世界一样。子欣在《告别伏尔泰小镇》一诗中写到伏尔泰铜像的底座上刻着《中国孤儿》作为他的主要作品之一,而这部作品是伏尔泰根据中国元代剧作家纪君祥的杂剧《赵氏孤儿》改写而成。由此说明各民族的文化遗产是全人类的共同财富,也是和谐世界构成的不可或缺的精神要素。这个思想,成为这部诗文集的高昂的主旋律。

这部诗文集给人的第二个印象是它不断地揭示着世界上的不和谐因素,我们必须削弱或消除它们。《日内瓦的三脚椅》是一首有典型意义的诗。它写瑞士日内瓦万国宫(联合国欧洲办事处)广场上的一个三只脚木椅的雕塑。诗人说:"它四无倚托,又常被风雨摇撼/但它不正是人类命运的象征?/今日的世界何曾有片刻平安?"诗人发出感喟:"想想吧:我们整天奔忙在家园里/待何时修补这倾斜的三脚的木椅?"追求和谐,前提是消除不和谐因素。这成了这部诗文集的思想总纲。

诗人思古而不忘现实。他总是从过去联想到今天。在《庞贝古城》中,诗人写到公元79年维苏威火山爆发,繁华的庞贝城毁于一旦。有人认为庞贝被毁是庞贝人骄奢淫逸而遭到天报,诗人不相信所谓天报,却把笔锋指向今天:"我们自毁家园,拼命地糟蹋/窥彼思己,怎能不魄动心惊?"诗人联想到当今人类污染环境,破坏自己生存的唯一家园,使自己面临空前的生存危机,诗人同时联想到人类至今没有摆脱战争、贫困、饥饿、恐怖……从而发出一声呐喊,敲响一阵警钟!诗人的呼吁,能不令人悚然而惊,幡然而悟吗?!

在《夜眺维苏威火山》中,诗人写到现在维苏威火山上仍有人家居住,然后说:"其实,人类都住在美丽的火山边/乘地球冒风险在星际悠悠航行。"请看,具有毁灭性威力的火山是"美丽的",人类的前途是"冒风险"的,却在星际"悠悠"地航行!这里提出的就不仅是环保问题,而且是人类往何处去的问题,人类的终极命运问题。世界各国、各民族如果不齐心协力,共创和谐,那怎么能抑制"美丽的"火山爆发,怎能避免整个世界变成庞贝呢?

这部诗文集给人的第三个印象是它宣叙着现今世界上真善美与假恶丑的并存与互斗。比如,《斜塔的意识流》把比萨斜塔比作一个病态的美女,这是一首有特殊风格的诗,富有浓烈的象征意义。诗中以第一人称的口吻出现斜塔的形象:"我本是个如花似玉的女子 / 可天生有病,站不直,身子向前歪 / ……我老了,我腰肌劳损,疼痛难忍 / ……但究竟有谁,在何时,能治愈我的病?"这个病态美女正是现今世界的象征。人类是美的,但有时又是丑的,人类的美有时是健康美,有时又是病态美。人类的病是已入膏肓?还是尚有可救?何时能治愈?这个问题长久地困扰着诗人。这里体现了诗人无限的悲悯情怀。

不消除专制和暴虐,不发扬民主和法制,就达不到人类和谐。《柏林焚书处》一诗狠狠地鞭笞了希特勒的暴行,揭露纳粹焚书是"为了一个思想的统治,为了日夜把领袖歌唱"。诗人指出,这类暴行在人类历史上长期存在,如"中古教会的火刑架","古老东方的焚书坑儒"以及"延续到近代的冲天火光",连绵不绝。诗人问道:"这火焰是否已经熄灭?"谁能准确地回答这个问题呢?

《安妮之家》是另一首令人读来回肠荡气的诗。上世纪四十年代初犹太少女为了躲避纳粹的追捕而藏身在一个小阁楼里,两年间她写了几十万字的日记,但最终还是没有逃出盖世太保的魔掌,被杀害在集中营里,死时年仅十五岁。如今她的日记在全世界传播,她藏身的阁楼成了安妮博物馆。诗人访问了这个博物馆,于是,诗诞生了:"本来,她会长得更高 / 本来,她会做妻子,做母亲 /

并成为一名让人倾慕的女作家／但德国警察闯了进来／于是，一个少女／一个天才／一株未及开放的美丽的豆蔻／被扼杀在冰冷的伤寒肆虐的集中营里"。诗人的满腔悲愤，化为冰似的冷静，使得悲愤更加深广。诗人向一切有良知的人发问："谁愿意自己在十五岁／就成为一尊铜像／谁希望把童年陈列在博物馆／永远不再生长？"这是一个何等沉重的提问！人啊，不要回避这个问题。回答吧！人类能否保证，这一类惨绝人寰的悲剧永不重演？

诗人在歌赞历史上有争议的法国英雄拿破仑时，也没有收敛针砭现实的笔锋。在《滑铁卢古战场》中，诗人唱道："英雄多演悲剧，英雄常有缺陷／但，当他在滑铁卢交出他的佩剑／那剑上未沾有自己将领的鲜血／那剑刃从不识阴谋和暗算"！拿破仑是失败的英雄，这些诗句却使我们想起了成功的英雄。赵匡胤"杯酒释兵权"毕竟比斯大林大杀所谓"人民公敌"多了一点人性。为了今天的人类所追求的世界和谐，但愿各国的为政者能远离"阴谋和暗算"！

这部诗文集给人的第四个印象是它的抒情性，它的诗美和散文美。这些诗篇中蕴含着有一定深度的思想和政治，但不是硬贴上去的，而是从抑扬顿挫的抒情中流泻出来。诗人不仅写愤怒，悲怆，也写柔情与梦幻。《蓝色多瑙河》唱出了对这条欧洲名河的赞歌。温柔，轻盈，悠扬，却又隐含着一点忧郁。读这首诗仿佛听约翰·施特劳斯的乐曲。而诗人用奇幻的笔触描绘的西班牙名都巴塞罗那，一下子把读者带进了建筑大师高迪所精心营建的"梦幻之城"。这座海滨城市的至今尚未完成的中心建筑神圣家族教堂，被诗人写成："好像森林又像鸟笼／让上帝像小鸟住在其中"。是造物创造艺术，还是艺术包容造物？这两句点睛之笔，成了巴塞罗那的微缩胶卷，也正是它的精神肖像。

更奇的是《巴黎圣母院》。诗人把这座著名的教堂建筑称之为一部"石头的雄伟交响乐章",诗人写道:"石头们活跃起来 / 无数音符在你周围回荡";"千万只石犬、石鸟、石龙、石蟒 / 在怒视、狞笑,在攀缘、跳梁"。诗人要突出的是"天使与魔鬼仍在教堂里对峙 / 在神圣的乐章中交响"……诗句的节奏快速,旋律在碰撞,内含和形式紧密胶合,形成震荡的乐感。它告诉人们:善与恶的斗争是恒久的,永远不会休止。这是从一个独特的角度来写巴黎圣母院,是一种具有某种异质的强烈的诗歌抒情。

这部诗文集还给人一个印象,就是鲜明的创作个性。这些诗的形式大都是传统的,如十四行体,如四行一节或六行一节逢双押韵的格律体,以及汉俳等。虽然形式是传统的,内容却是新颖的。诗人摒弃陈旧和雷同。子欣的诗《锡雍古堡》与十九世纪英国诗人拜伦的《咏锡雍》同是十四行体,但子欣的凄美的吟咏大不同于拜伦的向上帝的控诉。又如子欣的《罗马大斗技场》与艾青的《古罗马的大斗技场》,两诗题材相同,连题目都一样,但风格迥异。艾青的宏观鸟瞰与子欣的微观透视形成对照。后者写道:"我走出斗技场,却见化装角斗士 / 邀游人照相,新娘特对此留影 / 我难释迷惘……"这是异常独特的视角,从一个细节显示强烈的反讽,使读者陷入古与今、善与恶、生与死等诸多问题的深思。这正是子欣的特色。

这本集子中的多篇散文也有很强的可读性。很多篇章抒写了异国的文化传统、风俗民情和自然景色,写出了中国人民和欧洲各国人民的友好情谊。这些散文含有浓郁的抒情性,蕴藉,优雅,有时又充盈着智慧和幽默。读了他的诗,再读他的散文,就能比较全面地领会这位外交官诗人文学创作的典雅风格。而这种风格的核心就是两个字:和谐。

2006 年 11 月于北京

永不凋零的绿叶

——序彭小梅诗集《潮湿的星期六》

    彭小梅的诗,我读过多少篇?二十年前,我收到她寄给我的一束诗稿,即赞赏她的真率和执着。后来不断读到她的新作,感受到她诗中透露出的人的命运。她的生命体验蕴含于她笔下的诗的意识流。她的父亲彭柏山(曾任新四军高级将领、华东文化部副部长、上海市委宣传部部长),被诬打成"胡风反革命集团"成员,在"文革"中死于红卫兵令人发指的暴行;她挚爱的男友,一位杰出的诗人,在二十八岁时突然病亡。家庭的灾难和个人的不幸笼罩在她头上,加上生计的艰难,求职的不易,她的"精神奴役的创伤"达到深重,使她的身心濒临崩溃;但只是"濒临",她没有垮。她找到了自我拯救的方式:写诗! 诗是希望,诗是福音,诗是光明,诗是生命! 诗是可以托付一生的精神家园。

    诗穷而后工。愤怒出诗人。坎坷的人生,造就了一位诗人——彭小梅。

    小梅的诗,看上去形式独特。往往是长行和短行相间隔,长行长于一般人的诗作,短行短于一般人的诗作。一个诗行之中时常插入斜杠,切断语气,形成突兀。诗节与诗节之间有间隔,但上一节末行的语气未断,连续于下一节的首行,形成"藕断丝连"。西方诗中有一种"跨行"(enjambment)手法,小梅不仅"跨行",常

常是"跨节"。小梅用标点也很特殊,她的标点或有或无,有时标
点用分行来留痕——或句号或分号或逗号或顿号以至破折号,常
被省略而语气连接。另一方面,她又常在一行之中用逗号或分号
甚至句号。看来无规则,无程序,再看下去,便能从标点使用和诗
行排列的表面随意性中感觉到,她的诗体现出人生的重要侧面:
无序,无奈,无定向;人生道路的崎岖和坎坷。"跨节"正是生命历
程大起大落的象征。试看她的《守望者》:"他眺望""金色的麦
穗"是跨节,"他是 / 人类的""代表"是跨节;"而哪一次 / 使他成
功""或是失败",又是跨节。这些跨节暗示了命运的跳跃,时空的
错位。正如她诗中说的:"他知道 / 等到麦子 / 成熟,他就会倒在
时间的镰刀下 / 毫无意义 / 是世界选择了他;还是他选择了世
界 / 没有人 / 能说清楚……"

　　莎士比亚称,人,是"宇宙的精华,万物的灵长"。而波斯诗人
奥马尔·哈亚姆说,人"来到这世界,不知道是何缘故, / 也不知来
自何方,如流水无辜; / 再离开世界,如轻风吹过荒原, / 更不知道
呵,我还要去向何处。"小梅笔下的守望者,则是莎翁和这位波斯诗
人二者的谐和。

　　小梅的语言是精练的,也是独特的。她的语言常常体现陌生
化,这在她的诗作中随处可见。小梅也用别人常用的成语。《刻骨
铭心》中有这样的句子:

　　　　忘不了刻骨铭心的青春岁月;真想
　　　　循着你的
　　　　微笑溘然而逝……
　　　　……
　　　　昨天不会逝去,定格在我们的花容月貌中
　　　　曾经拥有的

> 甜蜜,使我欣喜若狂,又使我垂头丧气
>
> 在孤独里
>
> 我厮守着不为人知的海誓山盟,永不更改
>
> ……

这里有"刻骨铭心",有"花容月貌",还有"海誓山盟"。是陈词滥调吗?从诗的底蕴里透出的极端的真率,极端的真诚,极端的真切,极端的真情——一往无前、生死相约的爱情,把人震住!那些原本陈旧的成语,被"点石成金"了!这首诗写出了什么叫"刻骨铭心"。

但是,如果把彭小梅认作一个绝望的女人,那就错了。《刻骨铭心》的最后两行是:"……让我们在永恒的伤痛中/拥抱黎明"。她在2008年写的《致冬天》里说:

> ……生命绝不会屈服于死亡
>
> 青春
>
> 绝不会屈服于冬天,当风声摇曳着狼一样嗥叫
>
> 我们
>
> 也稳如泰山,摘一片永不凋零的绿叶在手中
>
> ……

彭小梅对待生命的态度不同于海子,也不会像叶赛宁或者马雅柯夫斯基,或者,茨维塔耶娃,像他们那样主动地拥抱死亡,由此寻求解脱或新生。毋宁说,小梅会像阿赫玛托娃那样,执着于与生命同步,把一生奉献给缪斯。小梅寄希望于一片永不凋零的绿叶,像济慈那样,使她的诗句如绿叶那样自然地、不断自然地长出来。她将和她的相伴者一起,"在永恒的伤痛中/拥抱黎明"。她的黎

明,将从奥林匹斯山升起。我们将看到她走向赫立峄山,看到她啜饮希波克里涅泉水①,得到诗灵的哺育而永生。

2009 年 12 月 6 日

---

① 在古希腊神话中,赫立峄山的希波克里涅泉是缪斯女神的坐骑佩加索斯以蹄踏出来的,后人常以此泉形容诗人的灵感。

把诗的万支金箭洒向人间

——王妍丁《在唐诗的故乡》序

　　初识王妍丁,在云南,已是上世纪九十年代的事了。在楚雄彝族自治州的一座山上,密叶重遮,我在山下,忽听到一个清脆的嗓音呼叫我,如云雀的歌音,冲破层叠如绿云的密叶泻下来。我知道,那是王妍丁。我称她为"阳光少女",更确切地说,该是个"阳光歌手"。她的云雀之歌犹如阳光的金箭,从山顶穿林而射向大地。后来,我为《王妍丁短诗选》的英译做译审,又在我为银河出版社"人文诗丛"担任主编时,收入了《王妍丁世纪诗选》,正是看准了她诗歌的阳光般的丽质。她作为一名"阳光歌手",在我的心中定位了。

　　其实,妍丁的家庭身世是不幸的。五十年代,她的父亲遭受运动风暴的袭击,背负着政治贱民的十字架,倒在了骷髅地。她的母亲在悲痛中也离世了。目前她唯一的亲人是哥哥。她在给哥哥的诗中说:"在顿失星光的夜晚 / 你用刚成年的双肩扛起日月 / 依着你的坚实和温热长大…… / 我的枝藤和你的脉搏 / 都紧紧相连"。在哥哥的呵护下,她冲破逆境,多处求学,北南拼搏,几度沉浮。虽然历经艰难,她的歌声始终把希望的阳光捧给每一位听者,如此执着,如此沉稳,犹如济慈在《亮星! ……》中的"坚持",是因为她有一种恒久的依恋,那就是对缪斯的崇奉,而诗,只能是"洒向人间都是'爱'"。

这次,妍丁把她的又一部诗稿捧来给我,希望我看一看。诗稿摊开在我的面前。她为这个集子取名为《在唐诗的故乡》。这部诗集分三卷,卷一,名"让我写下爱";卷二,名"玉兰花开在灿烂的地方";卷三,名"渡我过去"。我不能为每一卷说出它的主旨。我只是从第一卷听到祖国之歌,从第二卷听到自然之音,从第三卷感到爱情之热。而每一卷,都是阳光之赞。

妍丁的爱情诗,或宁静温馨,或奔放昂奋,总归是一往情深,"爱"无反顾。即使是缠绵悱恻,字里行间也充满着开朗和明慧。无论是《墨绿色玉镯》,还是《我可以说话给你听么》,都非常温润美丽。有一首《爱到高处》,其中有这样两节:

> 我是一个很自恋的人
> 却愿意为你一次次
> 燃烧
> 爱到高处
> 我走不下那个
> 至真至美的祭坛
>
> 有时候我真想祈求上帝
> 把我化为水
> 让你每天饮我
> 把我化作风
> 让我每天都能吻到你的额头

自恋不是贬词。爱自己,是尊重自己,尊重自己才能爱他人。爱,是一座神圣的祭坛,为了向真和美奉献。化为水,化为风,是为了向所爱者奉献。自恋不是自私。妍丁要求跟爱人呼吸在一起，搏跳在一起，仍然是奉献。"哪怕我就是死了／也让我化作一朵花儿的蕊／芬芳他在世的／点点光阴"。这里"芬芳"是及物动词，表达"呼吸在一起"和搏跳在一起的永恒性质。

妍丁有一首《等我老了》，又有一首《如果老了》，都是写相爱者到老年时的生态观。诗题使人想起爱尔兰诗人叶芝的《有一天你老了》，但意趣不同。叶芝是失恋者，不，单恋者。妍丁不是。妍丁的这两首诗，倒有点像苏格兰诗人彭斯的《约翰·安德森，我爱》。彭斯说，"你我一同度过了／许多欢快的岁月／如今咱俩要跟跄下山了／让我们搀扶着下来／然后一同长眠在山脚下。"妍丁说：

> 等我老了……
> 那就让我
> 留住一点年轻吧
> 生命的花蕊
> 再迟一点衰落
> 好让我精心照顾
> 我爱的人的
> 晚年

两相比较，妍丁更胜一筹。彭斯是一片宁静安谧，妍丁则是情更深，意更切，一唱三叹，回环往复，诗情仿佛"江流曲似九回肠"，袅袅不绝。

妍丁胸襟广阔。她的心，突显祖国之爱，涵盖人类之爱。"我能为你做些什么——祖国？""艳阳高照在十月的头顶／我剧烈跳动的心脏／就像那颗炽热的太阳／不　我比太阳热／祖国　如果你需要我"。是宣告，是誓词，为祖国而一往无前。妍丁的爱，遍及工农,遍及天灾人祸的受众。她以温厚的笔姿记述了"一个打工仔"返乡时的述说,给予美好的祈盼。她以最深切的同情关注着"我的几十号兄弟 / 还埋在 500 米深的底层 / 发出最后的呻吟",以最强烈的愤怒指斥"黑矿主跑了"! 她以切肤的深痛,记录着"5·12"当天"那些可爱的小书包 / 一个都没有回家",声称"汶川,我将永远 / 和你在一起"!

　　妍丁的诗笔,融及上帝所创造的万物。无论植物、动物,都在她的笔下新生。她为"北方缺的是桂树"而遗憾。她赞扬以果实"拯救过千万代饥荒"的桑树;称颂那棵修了"千万年才修成一粒草籽"的菩提树。在她笔下,胡杨成为"一根挂了一亿三千万年的手杖";梨花变作"美丽端庄的淑女"亭亭玉立在林边。到了情人节,"连棚户区的小巷里 / 一夜间 / 也长满了出世的玫瑰"。她歌赞"遍地开花"的玉米、大豆和高粱。最奇的是妍丁推崇稻米。她"发誓 / 不再浪费一粒米",她要"让芳香的米粒 / 纯洁 / 我越来越挑剔的胃肠"。这里,"纯洁"是及物动词。稻米所"纯洁"的,何止是胃肠,更是人的精神! 请看,妍丁宣称:她还"必须让自己的行走 / 努力长出 / 大地的思想 / 长出粮食的饱满和朴素"。我的阅读范围很窄,不知道,是否还有另一位诗人,用充满睿智的语言,歌颂过稻米。

　　妍丁的诗笔,也没有放过飞禽走兽以及昆虫。她告诉我们:"黑熊恼恨过第二场雪";虎、豹、狐狸们聪明反被聪明误。而夜莺,蝴蝶,蜜蜂,蚕,以及青蛙,蚯蚓……都在妍丁的笔下展示出它们生命的美丽。在题为《一只等待飞翔的鹰》的诗里,蚂蚁和鹰以对称的地位出现。"走失的蚂蚁 / 在记忆的小桥边点亮了 / 所有的灯盏",当落叶盖住了蚂蚁和一切声响,"天地归于静寂"时,"只有鹰的目光 / 像闪耀的星星"。渺小与伟岸,岑寂与昂扬,对比强烈。然而,"记忆的小桥边","所有的灯盏"依然亮着。

妍丁的《记一次空难》是一首奇特的诗！一架双引擎的美国飞机在空中和两只飞鸟相遇,两只鸟和一只引擎轰然爆炸,驾驶员凭着另一只引擎安全降落。诗人写道:"大鸟上的乘客都生还了/机长避免了一次星条旗半垂/……当人的惊恐变为欢乐/只有小小的鸟群仍在哀鸣/它们是真正的无辜……"更令人深思的笔触是:"鸟不是人类的朋友吗?/人是发誓要保护鸟类的/却伪装成鸟的模样/并且正向着光的速度/占据鸟的阵地"!结论是:"为什么不赶快签订一个协定呢?/因为给别人带来不幸/自己也必将遭到不幸"。这里,"伪装"不一定惊世骇俗,"订一个协定"也算不得异想天开。诗人的联想已超越这"一次空难"。中国古老的哲学思维,天人合一,何时请回来呢?

妍丁的诗中,多次出现羊的形象:她爱羊。在一首诗里,她述说自己带着一支巨大的画笔,在人生失意的许多缝隙里,画羊。在一首诗里,她宣告"阳光迟早要点亮黑暗,如同那些自食其力的羊"那样。在一首诗里,她讲上帝要动物们投票选举产生森林之王,由于虎豹等弄巧成拙,羊得票最多。但羊"跪辞不受"。她说,"羊没有成为大王/羊却成了我心目中的王者",因为羊的"诚实本身代表着一种善良"。真,是核心;它的内涵是善,外延是美。妍丁崇善,所以她总是在给真善美圣火添加香油。妍丁的这首题为《善良》的诗,使人想起英国诗人布莱克的诗《羔羊》。布莱克唱道:"他的名字跟你一样,/因为他称自己为羔羊,/他是既善良又和蔼,/他成了一个小小孩。"诗中的"他"指耶稣,也即上帝,也即造物主,也即大自然。妍丁的诗与之有共同点。她爱羊,正是她爱大自然的天性使然,也是她爱真善美的诗性表露。

妍丁在《我知道有的地方的冬天》一诗中提到一位诗人的名句:

我始终记着
"冬天已经到来
春天还会远吗?"
我的血于是热得发烫
诗人已逝去200年
他的诗可以再绵延2000年。

　　这位诗人是英国的雪莱。中文"冬天到了,春天还会远么?"是鲁迅的译笔!妍丁因这句诗而热血沸腾,祝祷这句诗具有恒久的生命力。妍丁心仪雪莱的这个名句,正好印证了她曾经设想过的自己的书名《冬至或者立春》。这是叫人,也叫自己,进行选择。但妍丁还有一首诗,题为《冬至以及立春》,她已经扬弃选择,变为双拥,这比雪莱更进一步。妍丁,你不是说过吗?"人人都怀有一个春／像花一般美丽／我像花／我要永远开着!"春是阳光的季节,冬,也是。感觉告诉我们:冬天的阳光最温暖,它是驱逐一切冰雪和风暴的春阳的前驱。阳光是使冬和春双赢的使者。妍丁,你作为"阳光歌手",放开你的嗓子吧,把你蘸满爱汁的诗句如万枝金箭般,洒向人间!

2009年9月27日北京

用爱心写出真诚明亮的诗歌

——序《屏子的诗》

2005年10月下旬，我在安徽省马鞍山市参加首届中国诗歌节的活动。27日，青年女诗人屏子从南京赶到马鞍山，与我会面。这之前，她和我通过信，当她知道我在马鞍山时，便特意赶来。她和我一同访问了采石矶太白楼和长江边传说中李白捞月沉江处，游览了朱然（三国时东吴大将）墓园及其他名胜。一路上，她热情洋溢，对我谈了她的身世，谈了她对诗的追求，以及诗歌创作给她的生活带来的巨大影响。我默默地听着。她对诗的执着使我感动。回北京后，她仍不断地给我寄诗来。今年7月22日，她因事到北京，来我家中再次与我晤谈。她依然热情洋溢，用她特有的语速谈诗，谈生活。我发现她对诗不仅倾心，还有韧性。她留下一大叠诗稿而去。

摆在我面前的是屏子的一部诗集稿。其中的每一篇我都认真地阅读了。从她的作品中我真切地感到她对诗的虔诚。把诗当作游戏、发泄，或者消遣，都是不能认可的态度。对缪斯，应该有敬畏之心，有感恩之心，有奉献之心，这样才能有灵光的垂顾和灵感的亲和。屏子把诗当作终生事业来对待，这促成了她的勤奋，她的拼搏，她的创造力的生生不已。于是，好诗诞生了。

屏子的诗，贯穿着一个大写的"爱"字。她的诗语言明朗，风格清新,思想健康,看似浅显,却蕴含着深邃。她的爱情诗隽永,蕴藉、娴静、婉和,一往情深,往往在漫柔缱绻中透出勇毅和坚贞。《我抱着你的外衣》中把"外衣"当作芭蕉叶,当作谷穗,当作布帆,那里面包容着春天、原野、整个人生的风雨沧桑,诗意层层递进,最后让自己的脸贴在外衣上,"如初升红日般激动 / 又似一轮满月般安详",达到高潮,构思独特。《我像向日葵一样的爱你》中,对象是太阳,自己是向日葵,而太阳的本性、葵花的特质,全都形象地反射为爱的真和爱的美,给人以淳朴的带有乡土气息的审美愉悦,摆脱了窠臼。爱情是永恒的主题。中国早在西周就有《诗经·国风》,欧洲早在古希腊就有萨福,成为东西方爱情诗的滥觞。千百年来,无数人写了无数首爱情诗。爱情诗要写出新意,真不容易。屏子在这方面努力做到不落俗套。她的《这座城市和我有关》通过城市中各种事物与诗人的"有关"与"无关",写出了诗人心目中爱情的特殊韵味,平中见奇,不同凡响。《我是骑着大象回来的》写诗人把大象当礼物送给爱人,大象瘦成小象,延伸到给小象一个配偶。这首诗把爱情写得如此奇特而新鲜,而且,从诙谐中透出象征的深意,真是别出心裁,大显异趣。

　　屏子不仅歌赞爱情,也歌赞亲情。她笔下的母爱、父爱,真切而感人。《一条路》直追孟郊的《游子吟》,其中的"丝"虽然没有出现,却存在于暗示中,是新颖的意象。《妈妈,你的手怎么啦》充盈着女儿和母亲间割不断的爱的联系,直白然而情深。屏子也写自己作为母亲对儿子的爱,《我的大脑袋的儿子》由大脑袋联想到小蝌蚪,再跳跃到青蛙王子,而失去的小尾巴变成了作者笔下的标点。意象来自生活,充满佳趣,而幽默中潜隐着一点辛酸。这首诗不是写承受母爱,而是写倾注母爱,是另一个角度的母爱,因而独特。《看父亲砌墙》写父亲用瓦刀抹去多余的混凝土,"就像我用橡皮擦去错字",竖起了砌墙工人父亲的劳动者形象,写到结尾时说,面对父亲砌成的墙,就好像面对父亲的胸膛,于是,"我潦草的字体情不自禁地端正起来",亲切感和庄严感油然而生,这个结尾可以说是神来之笔!

屏子的爱心扩展着,关注未来,也关注过去。《怀念二小放牛郎》对这个为国牺牲的抗日小英雄,既有满怀的爱,更有满腔的敬,整首诗有力度也有深度;屏子的爱更关注故乡,关注故乡的劳动者。没有亲身体验过农业劳动,恐怕写不出《汗水》《故乡的麦子》《仰望镰刀》这样歌颂劳动的诗。她的诗的触角延伸到城市,延伸到瓦工、送水工、卖西瓜的老汉、石雕匠、造鞋工、摆地摊者……一直到矿难频发时的煤矿工家庭。

《父亲,我们坐在餐桌前等你》是一首震撼人心的诗!矿工已经遇难,但他的孩子们还在餐桌前等他回来。"父亲,我们在等你回家/你将从黑夜里分离出来/你只有眼睛里是白的/还有咧开嘴笑出一口白牙"。诗人敏锐地抓住煤矿工一身煤黑的特点,用强烈的黑白对比,从孩子们的口吻中说出矿工善良的心性:"父亲,你的米是黑的你把矿里打工称作种地/你像爱米一样爱着煤/像爱煤一样爱着你的儿女"。然而,悲剧不可避免了!"父亲,如果真的挽留不住你/我们将扯一匹白布铺在你的脚下/你走了太多的黑路啊/如今,愿你越走越敞亮/走到东方既白,走进天堂"。白布铺路这个奇特的意象,几乎使读者痛不欲生!诗人的吟咏回环往复,九曲回肠:"父亲,我跪下了/风把煤尘吹进我的眼里/你的煤尘永远的煤尘/乌云一样的煤尘/黑风暴一样的煤尘/熟悉的煤尘陌生的煤尘/令我倍感亲切又无比憎恨的煤尘啊……"叠句不断,如一浪推一浪,一阵又一阵地加强着感情的力!"父亲,现在我们渴望你的胡子和煤渣/将我们的小脸扎得疼一些再疼一些/我们要用小手箍紧你/抱着你,亲着你,蹭着你/手黑了脸黑了衣服黑了/这是你给我们的奖赏……"无泪的痛哭,无言的悲怆,无穷的思念,归结到:"父亲,我们依然坐在餐桌前等你……"戛然而止,而心,永远地沉坠。人间的至情,在这里淋漓尽致了;世上的至痛,在这里达到顶峰了。呐喊之后的冷峻,血泪之后的沉默!这首诗使人想起《诗经》里的《蓼莪》:"无父何怙,无母何恃……欲报之德,昊天罔极!"但前者的悲剧性超过了后者。这首诗使人想起了英国诗人拉金的矿难诗《爆炸》,但前者控诉的烈度胜过了后者的冷淡盖深挚。这首诗还使人想起奥地利诗人策兰的诗《死亡赋格曲》,两者都以黑白对比强烈控诉了现实的惨酷。前者写矿难令人心灵震颤,后者写纳粹集中营令人不寒而栗。两者异曲而同工。

中国诗歌从来有"兴,观,群,怨"的传统,从屈原到艾青,诗人们永远把祖国和人民的命运同诗歌紧密结合起来。但是,当前中国诗歌界存在着一种私人化、卑俗化的严重倾向,一些人写诗肆意颠覆传统、颠覆崇高。他们远离民瘼,无视民生。屏子的以矿难为题材的诗是对这种潮流的有力回答。她的作品说明,诗需要人民,人民需要诗。《父亲,我们坐在餐桌前等你》自发表以来,受到广大读者欢迎,即是证明。

爱,是屏子写诗的起点。她的道路漫长,应该是没有预期的终点的。屏子在她给我的一封信中说:"我坚持用心灵写作。我要写出真诚、明亮的诗歌,这是我毕生的追求。我绝不哗众取宠,迎合某些所谓的潮流。"对她的这种态度,我极为赞赏。愿她沿着这条诗路继续走下去,走向新境界,一往无前!

2006年11月2日

喊出底层群众的呼声

——序《王学忠诗歌鉴赏》

    王学忠作为工人诗人，出现在中国诗坛。上世纪五十年代到七十年代，中国诗坛上出现过工人诗人，如黄声笑、李学鳌等。他们的诗大都是新社会工人阶级的颂歌，充满了豪言壮语。这是那个时代主流意识形态指导下的产物。王学忠不同。他曾是全民所有制企业的工人，在国企改革过程中下岗，下岗后干过三轮车夫等多种职业，备受生活的煎熬和痛苦。他的诗也是时代的产物，但时代不同了，他的诗与上述那种豪言壮语完全不同。

    王学忠来自社会底层。文件上说"工人阶级是领导阶级"，"工人阶级领导一切"。但现实中的工人，他们的生活，却呈现纷繁复杂的状态。既是"领导阶级"，又是"弱势群体"，这一悖论如何理解？只有现实能够回答。王学忠的诗反映了下岗工人的生存现状，他们的辛酸、苦难、挣扎和希冀。他不是以旁观者的身份来描写工人，而是作为一个工人来抒写自己亲身的经历、亲身的感受，所以能给人特别真切、实在的感觉。这正是他的诗的特色。

    当今的工人诗人们已经登上并活跃在中国的诗坛。从许多诗歌刊物上可以看到工人诗人的作品不断发表，受到舆论的关注。最近我还看到许强等主编的《中国打工诗歌精选（1985—2005）》由珠海出版社推出。这种出版物可能不止一种。可以看出，中国的民工诗人已以群体的姿态出现。中国新诗近年来出现"双轨"现象。一些诗人写诗过于私人化,泡沫诗、庸俗诗泛滥。与此同时,中青年诗人人才辈出,优秀诗作不断涌现。真诗在与伪诗的拼搏中成长。诗人的社会责任感和历史使命感再次提到日程上来。中国新诗在曲折的道路上前进。民工诗人群的出现之所以受到重视,正是因为他们的诗作贴近现实,贴近民生,喊出底层群众的呼声,同那些极端私人化的诗歌形成了对照,对那些庸俗的诗歌泡沫形成了冲击。王学忠正是这个民工诗人群中具有实力的一员。

王学忠的一些重要诗作,如《中国民工》、《国企妈妈》、《呼唤铁人》、《真的,那不是泪》等篇,涉及重大主题。国企改革要不要进行? 回答是肯定的,改革的成果是显著的。但如何改革,改革带来的新的矛盾,新的问题,必须直面。"执政为民"的方针绝对正确,但人民要求落到实处。王学忠的作品正是这个重大问题的诗化表达。然而他不是就这个问题进行概念化的推理。诗必须是形象思维。他注重形象的构建,通过形象展示思想。例如他的诗《轮胎》,写轮胎永远在与尘埃相接的底层旋转,与冰雪为伴,与风雨为伴,走过沟沟坎坎,天苍苍,路漫漫,伤痕斑斑,鞭影映在心间,(有鞭影,当是指有橡胶轮胎的牲口拉的大车),直到生命的终点。这里,无一不是写轮胎,又无一不是写民工。这首诗通过轮胎的形象,提出一个问题:民工的命运何时能改变?

王学忠的诗,题材不限于工人。他的视野广阔。国家,社会,人生的各种形态,都在他的笔底出现。有的诗是正面陈述,有的诗是托物言志。有抒情诗,有讽刺诗。有成人诗,有儿童诗。但总是从一个中国工人的视角出发。比如《唱给驻村队员的歌》,抨击了公款吃喝的丑恶;《群众呼声》呼吁干群关系、官民关系正常化,要求"利为民所谋"的落实。《水龙头》和《戴锁的鹦鹉》是姐妹篇,对"防民之口甚于防川"和"舆论一律"现象进行自己的考量,令人深思。他的一些写儿童的诗如《小鸟》、《小灰鼠》、《羊肉串儿》等,写出了儿童的天真无邪,儿童对生命的天然关切,对善恶的直观感知,就不仅仅是一般的儿童情趣了。

王学忠的诗,在艺术上作了探索和追求,对语言进行了提炼。他写的大都是半格律诗,有时用韵,做到了有音乐性,能悦耳。有的诗在段式结构上用功,做了安排,讲究对称、参差和均齐,富有"建筑美"。但也有些诗语言上不够精练,在艺术上还嫌粗糙。我想,王学忠写诗是开了一个好头,他还有漫长的路要走。更成熟,更优美,更有力的诗句正在等着他呢。

2008 年 1 月 12 日

于北京

七十一岁人是年轻小伙子

——致李清联

　　您来过电话,又寄来诗稿,使我回想起1973年你我的交谊。那年春,我们同车(可能是新乡上车?)到洛阳。我住在"洛阳东方红拖拉机厂"招待所,还曾到您府上拜访。后来您又到京住在"人文"出版社整理洛拖工人诗稿,最后出了一本《我为祖国造铁牛》。

　　您寄来的诗六十六首,我已一一拜读。我觉得其中有不少好诗,有少量诗较差,因此可再精选一次。我在您的诗稿每篇题目旁作了一个记号,√为可用,？为可删,或为可再斟酌,但这只是个人意见,很可能不合适,所以这只是供您参考,不要把它当作"定论"。何况,本非定论。

　　您的诗中常包含一种老年人成熟的智慧,这种智慧常常蕴藏在能引起人会心微笑的幽默中。比如《梦》,写梦中两个老人过桥相撞,白发的老人"跌倒就摔碎了"。您用"摔碎"两个字极为新奇,却又饱含酸楚,而酸楚又以轻松的态度表出。不是刻意为之,而哲理自出。《太行山的猴子》写人与猴子相处久了,人会忘记自己是个人,您警告人不能退却,"不能一退,二退,三退……倒退到猴子",语言和平,却包含深意。《牡丹篇》写老花匠眼睛失明却能用手分辨各种牡丹花,指出他失明然而看得见,而"有些有眼睛的倒是瞎子",虽然直白,也说出了世态的某种本质。我喜欢《阳光老男孩》

这首,阳光老男孩和少男少女玩起了街舞,这是何等美丽的想象!中间忽然插入两行:"雪白的头发呀／好一朵雪莲花!"男孩,然而"老",加上"雪"、"白"、"头发",再加上"雪莲花!"雪莲花和少男少女一起,在街上跳舞! 多么奇妙的意象群! 又是流动的,不是静止的。更奇的是最后一节:招来围观的人群和警察。焦点在警察的出现。警察是维持秩序的人,那么,是阳光老男孩和少男少女扰乱了秩序? 是警察也忘了执行公务而被这场奇异的街舞所吸引?(我还要指出您用字简明,"街舞"只两个字,足够!)您给读者的想象余地、思维空间真够大的。

您出生于1934年,今年该是七十一岁。接近老龄了。你有好多篇诗写老人生活,如《老头与蚂蚁》,《玩蚂蚁上树》,可能其中的老人就是你自己。《老地方》《老照片》也都是写老人的心境,老人的愿望。但你绝没有颓丧的感情。《老马梦见阎王遣小鬼来下请帖》活现出一种从容,一种幽默,却又深深地体现出生命之顽强,一个敢与命运抗衡的性格跃然纸上。

《梦·羿射九日》真是一首好诗! 这里也不乏幽默,但藏在一片忐忑之中。已经醒了,还担心梦中的后羿把第十个太阳射杀了,使世界失去光明。诗人悲天悯人的心怀,以近乎荒诞派的手法表现出来,使读者于惊异中感受到血的温度。

有些诗不是写你自己,是写别的老人,如《老渔夫》,老渔夫展开双臂像张开海的翅膀,是一幅巨大的形象。《那个人》,写机器老了可以回炉,重新铸成新的机器,开机器的人老死了,再也不能回来,但诗人又见到了那个老工人,在原地,是死而复生? 是他的后代? 也许是另一个人? 这里,有一种深深的庄严感,联系到生命,世界,宇宙,此岸,彼岸,生生不息……绵延不绝的哲学意蕴。

说到哲学意蕴,您的诗里随处可见。比如《闺女》,闺女勉勉强强嫁给了"一只眼",一只眼本来是看不顺眼的,但做了夫妻,看久了,也就看顺眼了。这首诗的题材可能是从生活中来的,但它表达了一个有普遍性的真理。正常和反常,属于历史范畴。习惯不习惯,也属于历史范畴。比如,现在来看个人迷信,觉得那是反常的,但在上个世纪六七十年代,觉得那是最正常不过的!十六世纪末,欧洲宗教裁判所认为日心说是邪说,看不顺眼,所以把布鲁诺处以火刑,后来,世人才逐渐明白,地心说不科学,必然要被日心说替代。您的这首诗给人以警示:《闺女》看她的"一只眼"丈夫看顺眼了,可以理解,但不能像"闺女"那样,看"两只眼"的正常人反而"别扭"呵!您的诗还有一个突出的特点,乡土味。如《一个被历史尘封的故事:嫂子》,如果没有对乡土生活的积累和对乡土生活的反思,是写不出来的。这首诗不仅乡土味极浓,而且负载着厚重的历史感。那个时代,生活,乡村,城市,习俗,制度,婚姻观,思想冲突,妇女问题,人的命运……都写出来了。好像一篇小说,而结束的悲剧写"嫂子"惨烈地死于日寇的纵火,又是一笔历史血债!整首诗是一抹历史的痕迹,令人叹惋,令人悲愤,令人三思。您的有些诗接触到了当代的历史。如《谷雨前的告别》,写荒漠将建成开发区,历史沧桑,新旧交替,新陈代谢。乱岗将成为新的闹市区,"历史在这里聚焦"。这首诗有较重的分量,记录了一次历史的蜕变。

您是真正爱诗的,是真正的诗人!正如《老马与螃蟹》中"老马把蟹壳按碎了/螃蟹还是横行",您上世纪九十年代因车祸伤脑,搁笔多年,但近年又顽强地恢复创作,"还是横行"!这才有了这么多好诗!

从现在的观点看,七十一岁人是年轻小伙子!您的面前还有长长的路!您还可以大有作为!您的创作生命还有三十年、四十年……我有一位表兄周有光,今年整一百岁,依然精神矍铄,每日用电脑写作,是语言文字学者,已出版专著四十余种,今年他送了我一本他的新著,三联版《百岁新稿》,他是学者,也是贤者。那么,让我们,我——和您,都"见贤思齐"吧!

您当过电工,修炉工,当过宣传干事,编辑,这些经历都是您的财富。您还能写出更多更好的诗来!

2005 年 7 月 12 日

带着微笑看待世界

——序李清联《阳光老男孩诗抄》

　　我和"阳光男孩"（那时他还没有"老"）结识于1973年春天。那时我是人民文学出版社的编辑，我到河南洛阳去联系工作，组织稿件，在洛阳拖拉机厂和工人作者们开座谈会，李清联是工人诗人，参加了座谈，做了记录。后来，李清联参加创作和编辑的一本"洛拖"工人诗集《我为祖国造铁牛》由人民文学出版社出版。我和李清联建立了友谊，到现在已长达三十五年。

　　清联受过高等教育，极其爱好文学，长期坚持诗歌创作，已出版诗集六种，成果丰硕。最近他又把他的《阳光老男孩诗抄》稿子给我，使我有幸在它出版之前就读到它，从阅读中得到愉悦和启迪。

　　清联作为工人诗人，其诗作与过去颇负盛名的工人诗人黄声笑、李学鳌的诗作不同。豪言壮语是上世纪五六十年代的特殊产物，清联的诗没有一点虚张声势的东西，其突出的特点是：真！真实而又真诚。

　　清联出生在农村，长期在工厂工作，这使他的诗歌语言非常朴素，并带有泥土的气息。他的诗不是土话的堆砌，而是经过提炼的劳动人民的口语。有时出现一些方言，如"她看得更纳劲了"、"黑操着脸"等，加强了生活的鲜活味。他用语节省，很少铺张。如《二大娘》一诗,写了一个农村妇女的一生和她七个子女的命运,是上世纪中国农村贫困艰辛的时代印记,只用了二十一行诗,不到三百字,没有多余的赘语。他的诗按语言的节奏分节、分行,不拘音顿,不押尾韵,却透露着一种自然的节律,读来有一种内在的音乐感。

我想强调李清联诗歌的生活气息。他的诗,无论叙事、抒情,都不是书斋里凭空想出来的东西。不仅生活气息浓郁,而且时代色彩鲜明。如《伏牛山老人》一诗,写一位老农民不适应新时期的物质生活,有许多从生到死的细节刻画,读来如闻其声,如见其人。又如《山区"圣人"》这首诗,写边远山区的一位小学校长兼班主任又兼教师,通过桩桩具体事情的描述,突出了这位教师把一生奉献给山乡教育事业的崇高精神,仿佛把读者引进了那座山区小学的生活环境中。又如《释放在肚子里的闷气》这首诗,描写"三叔"反对火葬的倔劲儿,把一个老农在时代变迁过程中产生的心理不平衡和某些基层干部的简单化作风鲜活地呈现在读者面前。这一切都来自真实的生活。

清联的有些诗,写某种事件,或某种状态,看似平铺直叙,甚或平淡无奇,但往往有出人意外的东西出现。如他的《阳光老男孩》:

重阳节那天
阳光老男孩
和几个少男少女
玩起了快乐的街舞
雪白的头发呀
好一朵美丽的雪莲花

招来了围观的人群
和警察

最后一行"警察"的突然出现,把欢乐与和谐引入了沉思和反诘。是美丽的雪莲花吸引了群众,连警察也被感染了？还是老男孩的自由奔放行为受到了监视？是老男孩的青春活力吸引和征服了行为规范的监视者和主宰者？老男孩和少男少女受到了鼓励,还是受到了谴责？读后令人深思:秩序和自由是互不相容的,这二者应共处在一个统一体内？或者,规律和突破是不是循环往复,又层层递升,以至于无穷的？

清联有一首诗《站牌》,写公共汽车站上的牌子:"站牌站在那里,微笑着／看着一些人上车／一些人下车／向东去了／向西去了／向南去了／向北去了／／站牌站在那里,微笑着／看来去的人匆匆忙忙／它不上车／也不坐车／也不开车"。初一看,似乎"不知所云",说了等于没说。再读几遍,便觉得要笑,要品出点什么东西来。"站牌"这个主人公,是旁观者,还是主宰者？它本是指示牌,乘客上车,下车,走向东、南、西、北,都凭借它的指示。它不上车,不坐车,不开车。它不是执行者,不是实践者,不是行为者。但这里的一切行动,一切实践,一切行为,都凭借它的指引。但它一动也不动。这个"站牌"的"站",是双关语。它既是车站的站,又是站立的站。它在车站上永远站立着。它的唯一行为就是"站"。它"无为而治",它"指挥若定"。它对一切都是"胸有成竹"？或是"胸中无数"？它"微笑着",始终"微笑着"。它是"众"以外的独立体,又与"众"有着不可分割的联系,联系的纽带不就是这"微笑"吗？它是如来？还是老聃？还是耶和华？也许,什么也不是,只是一具"站牌"。

由"站牌",可以联想到清联的另外两首诗:《七个桥墩》和《探望老烟囱》。站牌,桥墩,烟囱,都是被拟人化了的形体。三者有共同点,又有不同点。"七个桥墩是七条汉子／七个桥墩稳稳当当地站着／让千万吨重的桥梁压在身上／让桥上赶路的人来来往往／让桥上穿梭的车辆／飞驰而过……／飞驰而过"。这些"汉子"支撑着社会，支撑着人间，是支柱，是脊梁，是阿特拉斯(Atlas)。而烟囱呢，"烟囱也会倒下的，它知道／世上没有不倒翁／烟囱现在还没有倒下／那是它在站最后一班岗"。这个"哨兵"把一生献给了事业，直到生命的最后一刻，依然不离开它的岗位。站牌是"热"眼旁观的智者；桥墩是承受"天降大任"的"斯人"；烟囱是"鞠躬尽瘁"的卫士。这些诗透露着清联的世界观的一个个侧面。

清联有一首诗《钉子》：

> 钉子不是自己
> 钉在木板里的
> 是钉钉子的人
> 把它钉进去的
> 钉钉子的人
> 一定有什么原因
> 他只是没说
>
> 钉子并不知道
> 它所负的使命
> 钉子只知道自己
> 被囚禁在木板里
>
> 钉子要想出来
> 钉子不能自拔

又是一首"不知所云"的诗，仿佛等于说了没说！但再读几遍，便会想开去了,想到人,想到自己,朋友,社会……几乎所有的人,都是"钉子",每个人都是被遗传基因、家庭、社会,教育、机遇、命运……这些"钉钉子的人""钉在木板里"。人们总是或者根本不明白、或者自以为明白自己"所负的使命",但是到头来却发现自己原来并不明白。最可悲的是一旦自己有所明白,想要改变自己"被钉在木板里"的处境时,却总是无能为力,"不能自拔"。那么,"钉钉子的人"会不会把"钉子"拔出来呢? 也许会? 但谁能断定那些"钉钉子的人"没有被另外的"钉钉子的人""钉在木板里"? 可是,别以为清联是宿命论者。大家知道,贝多芬是抗争命运的强者,他的"第五交响曲"鼓舞了多少人! 那么,清联还有一首诗:《一棵玉兰树倒了》:他写一棵玉兰树"不知是被风吹的 / 还是淘气孩子推的 / 总之,它倒在地上 / 可怜巴巴的,叶子正在卷曲"。诗人"立即把它扶起来"。接着又写道:"我也是一棵老树 / 迟早有一天也会倒下的 / 我相信有人会把我扶起"。不是"钉钉子的人"而是"有人",诗人相信,会把"钉子"拔出木板。诗人接着又写到"万一没人看见或没人扶我 // 我就自己把自己扶起来 / 而玉兰树不会"。这里,诗人"我",正是如贝多芬般的强者,这样的人是国家、民族或者人类的希望,他不是"钉子"而是"我"。他也不是玉兰树,玉兰树无力自救,但"有人"会把它扶起。——清联的好些诗,就是这样似乎"不知所云",但只要仔细看下去,它们的"云"便逐渐显现。

自强意识和悲悯情怀是清联诗作中充盈着的两种互相交流的思想。清联在《滑竿轿夫》里,写了滑竿轿夫艰辛的劳动和微薄收入,说"我不知道如何安慰这些苦力 / ……我常常为此失眠 / 久久不能安睡"。这些诗句是沉重的,表达了诗人对普通劳动者的同情和沉痛的忧思。诗人的同情,不仅及于今人,还及于古人。他的诗《海祭》,写到古代沉船在今天被打捞,"打捞出珍贵的钧瓷 / 和万历年间的青花碗 / 却没有打捞出千千万万 / 我华夏同胞的冤魂 // 那

些无辜者的尸体／早已腐烂成沉积物／海水在极深极深的暗
处／抚摸着不归者的伤痕"。从无损的青花瓷,联想到已变成沉积
物的人的尸体,诗思的延伸,使诗意更显深邃。这些正是诗人悲天
悯人的胸怀的展现。清联的同情心还不限于关怀人类,而且及于
人类以外。他的诗《牛哥》对即将被宰的老牛给予了沉痛到无言的
悲悯。他的诗《冬天是羊最难捱的日子》里说:"遇上连续的大暴风
雪／羊的日子就更悲惨了／／许多羊就会在这时候死去／灵魂被
驱赶到不情愿去的天国／／和……羊群遭受同样厄运的还有／鹰
鸶、驼鸟、牦牛、狐兔／以及一切软弱者"。读清联的这些诗,总使
我想起杜甫的两句:"忧端齐终南,澒洞不可掇"!

清联的诗朴素,直率,但并不是没有对诗艺的追求,甚至惨淡
经营。比如他的《海螺》一诗,写海螺"身子非常娇嫩",但它造的
"房子"却"坚如钢铁";海螺"貌似弱者",但它营造的居室却"美似
大理石／上面有许多壁画／纹络美极,构思奇极",诗人说,"海螺
的房子是怎样造的／海螺知道／我不知道"。对那些美极奇极的
壁画,"我想打开它的秘密／我没有钥匙"。海螺的艺术功夫高超,
为诗人所不可企及。海螺极其珍惜自己的艺术成果,它"走到哪里
／就把房子带到那里／直到生命止息"。这里,清联所营造的是一种
象征手法。他用这种手法,点明海螺是艺术高手,而且是艺术殉道
者! 他经营得得心应手,他对艺术的珍爱达到了痴迷地步。又如
他的诗《挖田鼠洞》,先写从洞里发现田鼠偷窃的花生这么多,"我
们没有料到";次写发现田鼠已经被蛇吞吃了,"田鼠没有料到";最
后是挖洞人把蛇打死了,"蛇没有料到"。三个"没有料到"写事情
的发展,层层递进,事事相因。构思严密,文思迂回,有一种均衡之
美。这使我想起苏格兰诗人彭斯的诗《致田鼠》。彭斯认为田鼠偷
窃的不过是一点点麦穗,为了活命,可以原谅,而自己一锄砸下去
捣毁了鼠窝,使田鼠仓皇逃离,挨冻挨饿,反觉不忍。彭斯的笔锋

又转,说田鼠的苦恼不过一时,而人回顾过去,全是悲惨,瞻望未来,毫无希望,人类的悲苦是恒久的。清联的视角与彭斯不同,清联的笔下,人不过失去几颗花生,而且又重新获得了,而田鼠和蛇都在生存资源的争夺中失去了生命。那么,人就永远是胜利者吗? 人与自然的关系,究竟应如何掌握? 清联通过诗艺的营造,向读者提出了一个值得深思的问题。

清联有一首诗《凝望》:

> 我常常痴立窗前
> 我说窗子是我房子的眼睛
> 我是我窗子的眼珠子
>
> 我的身子不由自主地前倾
> 穿过五月开花的石榴树
> 穿过无花果密匝匝的枝叶
> 我的心向远处飞去
>
> 远山的云朵将我高高抬起
> 漫游在广阔的天地之间
> 我感到无比的轻盈
> 我的两肋好像生了翅膀
>
> 我忘记了左边的墙
> 我忘记了右边的墙
> 也忘记了后边的墙
> 以及门上锈蚀的锁

我在普天之下飞翔
我的心野了
它硬是不肯归巢,我的身子
凝固成前倾的雕像

不妨分析一下。第一节中有三个层次:"房子","窗子","我"。"窗子"是"房子的眼睛","我"是"窗子的眼珠子",层次分明,意象新鲜。既然有窗子,那么世界就分成两半:窗里和窗外。第二诗节写道,"我的身子不由自主地前倾",这里"前倾"是关键词,"我"身处于窗内,但渴望去窗外,所以"前倾"。"我"穿过石榴树,穿过无花果的枝叶……"我的心向远处飞去"。向远处飞的是"我的心"还是"我的身"? 第三诗节写"远山的云朵将我高高抬起","我感到无比的轻盈"……这里的"我"是"我的心"还是"我的身"? 两肋好像生了翅膀,那该是"我的身"? 漫游在广阔的天地间,似乎是"我的心"? 第四诗节说,"我"忘记了左边的墙,右边的墙,后边的墙,处于一种遗忘自身处境的心境,最后说忘记了"门上锈蚀的锁",点明自身处境是囚笼,锁已生锈,说明自身被囚已经很久很久。这里的"我"是"我的身"。第五诗节,"我在普天之下飞翔",明确道出:"我的心野了""不肯归巢"。为什么不肯? 原来这个"巢"不是温暖的家,而是牢笼。这里,"我的身""前倾","我的心"飞出窗外,不是在一山一水,而是在"普天之下"飞翔!"普天之下"就是整个人间、整个宇宙。这里的"我"既是"身"又是"心",既是动,又是静,既是物质,又是精神,是静中之动,动中之静,最后凝固成一尊"雕像",但它的姿态是"前倾"的。这首诗塑造了一个"身"与"心"合一、动与静交汇、肉体与灵魂融合的意象,写足了自由与禁锢的矛盾,戒律与解放的碰撞,网罗与突破的对峙,寄希望于精神的永远不羁之游! 这首诗标志着清联诗艺的成熟。

　　李清联由于我在本文开头所引的诗篇,而得到了"阳光老男孩"的雅号。这雅号正好点明他的诗的三个特征:一,阳光:明朗,开放,热烈,坦诚;二,孩:天真,直率,纯粹,稚气;三,老:不是老气横秋,而是姜还是老的辣,由于经验积累,故而艺术老练,由于阅历丰富,故而看透了世态人情,遨游于人生、宇宙。三者合一,最后归于微笑。为什么读清联的诗常常会感到诙谐? 比如,读他的《按太阳》,看到老马(就是诗人自己)要留住日光,就"试图按住院里那片阳光",但"按了几次都没按住",使我想起了夸父和鲁阳,但老马哪儿有夸父和鲁阳的严肃劲儿? 老马的劲儿,似乎不宜叫幽默,hu-mour这个词往往与世故连在一起,而清联不是。所以我选了"诙谐"这个词。之所以如此,就因为他始终带着微笑——有时是含泪的微笑——看待世界。

2008 年 10 月 28 日

郭新民的诗：人性的大胆释放

郭新民的诗集《花开的姿势》（中国青年出版社 2002 年 10 月版）中的诗篇，歌唱了爱情，友谊，探索了人生，自然。这些诗篇，有的感情细腻，有的激情奔放，有的热情如火。诗人直抒胸臆，毫无矫饰。这里有愉悦，有狂欢，有悲愁，也有痛苦。他时常品尝"甜蜜与忧伤"；有时感到"难以言状的悲怆"；他有时会"甜甜地思考"，有时又会"锁魂，锁魂，锁魂"，说那是"一幕喜剧中最精彩的表演"。郭新民在诗篇中提示了人性的方方面面，敞开了心灵的大门，把灵魂赤裸裸地裸露出来了。

这部诗集中占大量篇幅的是爱情诗。爱情本来是诗歌的不朽的主题。从萨福到《诗经》，从莎士比亚到鲁迅，爱情文学从人类的远古走来，向无穷的未来延伸。或者说，这个主题已经写滥了。不，是恒久常新的，看你怎样表现。作为读者，我总是能从郭新民的爱情诗中获得新鲜的感悟。比如以诗题作书名的那首《花开的姿势》，写两个灵魂从相遇到相爱的迅疾过程，提示那"与生俱来的惊骇"和"刻骨铭心的瞬间"，确是抓住了爱情的电击核心。诗里爱情的铸造又是有层次的，从"五月的夜色很美"到"花开的姿势很美"，经历了灵的冒险，抵达了心的和谐。是古老的主题，却是现代的情愫，一派新鲜！又如那首《只想看你一眼》，写诗人对不能接近的所爱者的一往情深：

> 不一定走入你的眼睛
> 不一定贴近你的面颊
> 不一定握着你的纤手
> 不一定感受你的温度
>
> 只想看你一眼
> 什么角度都行
> 看一眼
> 就足够了

诗人放弃了眼睛、面颊、纤手、体温。但是,实际上这些感性要素都包容在灵性的"看一眼"中了。物质是第一性的,精神是第二性的。但精神的力量往往是不可战胜的。爱情属于肉体,又属于灵魂,二者不可分割。这首诗里,前者是虚,后者是实。虚实相生,整首诗成了灵肉之门!

在泛爱成为时尚的当代,重申一种似乎古老的爱情观,也许被认为陈腐。但是,这样的诗句:

> 一生被许多人喜爱
> 也许非常幸运
> 一生被一个人爱彻底
> 那就是幸运中的幸运

却体现出一种顽强的执着。我认为,诗人如此坚持,正是他的可爱和可贵之处。

在诗人笔下,爱情的磁场是草原,树林,花圃,或者是山,是海。在诗人的歌声中,爱情的载体总是自然,或自然的一隅,或自然的断层。这也许因为,爱情是人的最原始的本能,又是精神的最崇高的升华,它来自大自然。当爱情还原为自然的一部分,在自然的语境中萌生时,爱情就显得无比的美丽,无比的富有诗意。

郭新民的爱情诗题材广泛,涉及初恋,热恋,失恋,分手,也包括婚姻。《夫妻战争》一诗把家庭生活中的急风暴雨和多云转晴作了诗意的发挥,导向别有一番滋味的情致。

郭新民的诗也抒写友谊,抒写各种人生况味。《独行无极》写失去朋友后的孤寂,写孤独中对母亲的思念。那种荒原上刻骨的悲凉,那种但愿卖火柴小女孩为他点亮马灯的盼望,正是人生中遇到巨大挫折时特有的感觉。《伫立绝壁》写一个人面临某种严重的转折关头,需要做生死抉择时刻的哲学思考,使人警醒,叫人动魄!《惑》写到理想失落时的惶惑和迷惘,联系到权欲的可怕与残忍,反映出作者官场生活中可能接触到的一个侧面,发人深省!《鸟巢》反映诗人对人生各种不同际遇的嗟叹和无奈,对命运和机缘的审察和凝视,给人启示。《林中拾翠》通过一次森林的漫游提示人和自然的相互拒斥和相互吸引,二者的矛盾性和同一性,童年和成年在自然语境中的交叠和互生,令人深思。这一类诗篇体现诗人挖掘人生底蕴的深度和广度。

郭新民的诗,在形式上大抵为自由诗,舒畅中有曲折,流泻中有迂回。但也有半格律诗,如《白蝴蝶》,全诗五个诗节,每节四行,除个别诗节外,每诗节第二行与第四行押脚韵,体现略有参差的均齐美,声调悦耳。《林中拾翠》的韵律更为悠扬,全诗十一个诗节,各诗节行数不等,逢偶的诗行押脚韵,诗节之间不转韵,全诗一韵到底,都押an韵。叶韵字的选择毫无凑韵之弊,几乎都出于天籁。而全诗最后一个应该叶an韵的字却用了不叶的ie,这一出格,打破了单一,完成了缺陷之美。

郭新民的诗,运用了各种修辞技巧,如意象并置,意象叠加,词性转换,通感,跳跃,断裂等。《我和你》一诗,包含三组并列的喻象:锁和钥匙、鸽和鸽哨、船和桅帆——比喻"我"和"你"相互依存、不可分离的亲密关系。它们依次出现,如宝塔层层相加、达到顶端,产生水到渠成的效果。诗人善于把抽象具象化,变不可捉摸为可以捉摸。如这样的诗句:"难以言状的悲怆像蚂蟥般蜂拥而至",把抽象的"悲怆"具象化为"蜂拥而至的蚂蟥"。在"期望盈盈地流/心泉明媚而清澈"的诗句里,抽象的"期望"变成一种流动的液体。"但愿手里/握着你的微笑"这诗句里,视觉形象成为可以"在手里握着"的固体物,一种触觉形象。"草叶上沾满湿漉漉的呢喃"这诗句里,鸟鸣声"呢喃"这个听觉形象转换成潮湿的触觉形象。"樱唇可以分泌柔情/赤心能够酝酿真诚"这诗句里,只能意会的"柔情"和"真诚"转化为可以分泌的液体和多年酿制成的酒浆。诗人的这些修辞手法都服从于一个总体原则:诗是要讲形象思维的,不讲形象思维就不是诗。

诗人对形式、体式、技巧的择取和运用,都服务于所要表达的内涵。郭新民的诗,总的说,是一种人性的大胆释放。他运用各种手段,以促进这种释放的完全实现。

《花开的姿势·后记》应受到格外的重视。它是诗人的自白,也是诗人的宣言。这里所有的理论和观点都通过炽热的诗的语言表达出来。这篇后记是对承袭封建因子和遗传专制细胞的行尸走肉发出的战斗檄文。它高擎人性解放的大旗,昭示诗歌向人性、向人生、向灵魂突进的标的和真谛。郭新民作为一名中共长治市委的领导干部,能使繁重的行政工作同对缪斯的崇奉和祭献并行不悖甚而使二者结合起来,是难能可贵的。这位具有诗人气质、诗人身份的人民公仆,必能使他为人民的服务带有无限美好的、群众赞不绝口的诗意。

2004年5月28日

读骆英的《都市流浪集》

城市,沿着人类发展史,在旷野上逐个涌现。从游牧到定居,从农耕到电气化,城市记录着人类前进的步伐。城市为人类所创建,又给人类以束缚。人类的进步,少不了城市的推动,摆不脱城市的羁绊。古往今来,反映城市的文学作品,汗牛充栋。中国古代有《两都赋》(班固),《二京赋》(张衡),其后的《三都赋》(左思)更产生"洛阳纸贵"的轰动效应。柳永的词《望海潮》("东南形胜")描写宋代城市钱塘(杭州)的繁华,竟然加强了金主完颜亮意欲侵吞南宋的野心。当然,这些作品所描绘的,是古代城市的风貌。"参差十万人家",已经了不起了。那么现代城市呢?诗人郭小川的《厦门风姿》、公刘的《上海夜歌》对二十世纪中叶的中国城市发出了由衷的欢呼。区区十万人家不在话下。这里是:"灯的峪谷,灯的河流,灯的山,六百万人民写下了壮丽的诗篇!"

二十一世纪初叶的今天,我听到了一位当代诗人关于都市(大城市)的另一种吟咏。我指的是骆英的《都市流浪集》(作家出版社2005年1月第1版)。这是跟上面提到的咏叹完全不同的声音。经过四分之一世纪改革开放的中国都市,是巨大财富的堆栈,是繁荣经济的枢纽,是尖端科技的基地,是全球流通的要道。但城市在迅速膨胀,迅速畸变,迅速转型。一系列社会问题在城市积聚,发酵,霉变。真与假,美与丑,善与恶,形成都市交响曲。骆英的这部诗集给人的印象是:诗人不是在审美,而是在审丑。对城市进行审丑,郭沫若早年做过。发表在1921年的《上海印象》中有这样的诗句:"游闲的尸,淫嚣的肉,长的男袍,短的女袖,满目都是骷髅,满街都是灵枢,乱闯,乱走……"而骆英的审丑,进一步运用了意象叠加的手法,更使人触目惊心:

> 这拥挤的车辆像蟑螂在城市扫荡
> 一条条马路像黑蛇在飞扬
> ……
> 那闪烁的警灯像哭喊
> 像疯狂窜行的老鼠般慌张
>
> (《城市蟑螂》)

在骆英的城市诗里,出现了多次动物喻象,如"蟑螂"、"蛇"、"老鼠"、"猩猩"、"狗"、"羊"、"鱼"、"蝉蛹"、"猫"、"章鱼"等等。这些"丑"的形象加在人身上说明人的卑微、鄙陋、委琐、渺小,因为人已成为城市的奴隶。骆英揭示:城市是人创建的,人反过来成了它的奴隶。这种可怕的逆转,是一种规律,人几乎无法避免它的残酷性。作为城市的奴隶,人被剥夺了灵性,成为扫荡着城市的大群蟑螂(《城市蟑螂》),哭喊着窜行的老鼠(同上),在楼层下奔走的蝼蚁(《渺小的感觉》),或者被圈养的猩猩(《生存》),怀春的狗(《都市流浪之歌·15》),夜行的猫(《男与女》),被卷上路面的章鱼(《像桥》)等等。"人为万物之灵",在这里彻底消失在嫌恶的唾沫中。城市的丑在骆英笔下更上升为恶:

> 高楼
> 是谋杀者

一次次肢解生命
这水泥的坚硬让我痛恨
我厌恶这高楼森林般茂密
风早被肢解得无声无息
……
谋杀与被谋杀
谋生与被谋生
网络般潜行在都市的底层

（《都市流浪之歌·5》）

　　惠特曼笔下的城市是亢奋的,他这样写纽约:"旗帜跃出了,从教堂的尖顶,从一切公共建筑和仓库上","我们的蜂房倾注出了千万群众,在黎明。"桑德堡笔下的城市是精力充沛的,他这样写芝加哥:"暴风雨般的、强壮的、喧嚣的城市,宽肩膀们的城市,""他的手腕上跳动的是人民的脉搏,他的肋骨里跳动的是人民的心脏,笑着!"而骆英笔下的城市却完全是另一种姿态。这里有摇头丸,有下半身文学,有美女作家,有二奶,有当代都市光怪陆离、五彩缤纷的一切,它们使人眼花缭乱,头晕目眩,心摇神疲,魂不附体。诗人唱道:

我曾经思考过死亡
一百次地想结束流浪
为生存而生存的日子让人耻笑
不敢逃离的都市让人迷茫
……
我被这都市紧紧圈禁
所有的得到都令我悔恨

　　　所有的死亡都令我心动

　　　　　　　　　　　　　　（《都市流浪之歌·16》）

　　诗人用一行诗做出总结："这都市的路都像通向坟场"（《都市流浪之歌·26》）。但是，沦为奴隶的人不甘心被自己手创的城市"谋杀"，他要反抗。诗人呐喊："都市啊，我要用诗诅咒你的荒唐！"（《都市流浪之歌·27》）于是展开了一场又一场"巷战"："我的心早已为自己哭泣／哭泣我孤独地与城市抗争"（《都市流浪之歌·11》），"我知道我的歌声将使你们惊恐／就像你们的嘈杂会使我心慌"（《都市流浪之歌·12》）。而"巷战"是不可避免的："这城市与城市的谋杀你无法躲藏／这高楼与高楼的残忍你无法退让"（《都市流浪之歌·13》）。诗人宣称：这几乎是现代人命定的悲剧！

　　骆英的城市诗里充满了"惊恐"、"慌张"、"惶恐"、"恐惧"、"吃惊"、"失魂"、"谋害"、"腐烂"、"腥臭"、"肮脏"、"龌龊"、"狗屎般的生存"等字样。这正是诗人在审丑，诗人就在这审丑中摸索城市的性格，挖掘城市的底蕴，探求城市的魂魄。这些字眼成为城市幽魂的写照。

　　也许可以把骆英跟波德莱尔做比较。波德莱尔笔下的巴黎处于这样的状态："放荡之徒的恐怖，狂隐修士的希望；／天空！它就是罩在大锅上的黑盖子，／锅里烹煮着看不清的众多的人类。"（《恶之花·盖子》）骆英笔下的城市则是："没有一缕灯光的逃逸／因为这楼群就像天网／楼群中你无法赤足而行／这水泥会使你的心凄凉……"（《夜城》）因为"谁的心灵不像是疯狂／谁的生存不像是流浪／谁的笑容不像是伪装／谁的梦乡不像是逃亡……"于是"我曾经思考过死亡"（《都市流浪之歌·16》）。"黑盖子"下面的"大锅"和"没有一缕灯光"的"天网"何其相似乃尔！读者可以感到：波德莱尔的"烹煮"没有结束，骆英的"巷战"也未有穷期。

既然没有战胜的希望,诗人只有逃避。"午夜了,想给远方的童年写信","谁在梦中呢喃,恰似那童年的乡音"(《午夜家信》)。是逃逸? 是出路?"那儿时的苦难竟也会令人神往","这庭院的玫瑰正在红遍,哪一朵能有我家乡的沙枣花香","一把小提琴正把思乡曲奏响"(《生存者》)。诗人的思路似乎是回归童年,回归故乡,回归农村,回归自然。但这不可能是出路。社会行进的步伐不会停止,更不会倒退。美国哥伦比亚大学地球研究所的科学家3月8日公布一项新报告显示:全球城市化速度惊人,地球陆地面积的3%左右已被城市占据,未来,全球绝大多数人口有可能都居住在城市里。那么,骆英的城市诗恰好给我们提出了一个令人思考的问题:我们该如何使城市与自然相和谐,而乡村则如何现代化。中国古代哲人的命题:天人合一。这是最大的智慧啊!

骆英善于掌握诗的节奏和用韵。他的诗作有长,有短;诗行也有长,有短,但总在一定规范之内。从节奏上看,他的诗行长的有六顿,短的只一顿。他善于把握诗的抑扬顿挫。他非常喜欢用脚韵,有时一首诗一韵到底,而且韵脚极密。如《看见枫叶》一诗,全诗八行,有五行押脚韵:aax ax ax a;和首句也押韵的律诗一样。《抽屉》一诗,全诗十六行,一韵到底,十一行押脚韵,用韵的频率更高。骆英的城市诗,其调子是压抑的、是悒郁的,也许用仄声韵较好。比如《火鹤与雨》一诗,用"际"、"避"、"壁"这类仄声作为叶韵字,感觉合适。但更多的情况不是这样。骆英最喜欢用的是ang韵,是平声中最高昂和悠扬的音。请看这首题作《柳絮》的诗:

柳絮抱成了团还是柳絮
台阶被遮漫得似雪似霜
女士的轻踩并不让我感动
柳絮就像我破贱的思想

> 环绕的小湖肯定会有一层涌浪
>
> 为心而哭像眼被柳絮弄脏
>
> 轻柔得像我无法被把握
>
> 散乱得像我无法不慌张
>
> 飘荡着像被城市遗弃的内脏
>
> 无声地滚动在下水道旁

全诗十行，一韵到底，押了七个脚韵，其中四个平声，三个在双数行末，一个在单数行末；三个仄声，只有一个是在双数行末。似乎作者做了精心安排。为什么用高昂和悠扬的音来表达这首诗中忧郁和压抑的心绪呢？也许是：物极必反。压抑到了极点，便产生反弹。这不是烘托，而是反衬。也许，只有用如此昂扬的韵律才能把惘然和无奈的心之"巷战"渲染到极致！

谢冕把这部诗集概括为"现代城市生活的一部诗化小词典"。张同吾把这部诗集说成"是以诗人的良知感悟生命，表明他对人类命运的终极关怀"。他们的概括高屋建瓴，切中肯綮！我不会概括，只会说感觉。我觉得这部诗集是对当代都市的"形象的抽象、抽象的形象"。因为它扫描的不是北京或上海，不是伦敦或洛杉矶，而是二十一世纪大都会的多侧面状貌。我还觉得这部诗集是对当代都市的"心象之具象、具象之心象"。因为它不是评析，不是论文，而是关于二十一世纪都市的一连串意象的排列和组合，而这都是通过诗人的"心"之感受和折光而完成。也因此，它是大写意和小工笔的结合，也是印象主义和新浪漫主义的统一。作为反映当代人心目中的大都市的诗篇，它是异乎寻常地独特的。

2005年3月

读冉冉的诗集《空隙之地》

土家族女诗人冉冉从重庆给我寄来她的诗集《空隙之地》,我愉快地阅读了。感到这是一部渗透着诗人的呼吸和脉搏的协奏曲,也是一支对自己故乡水土的永恒怀念的颂歌。这里有激情的燃烧,也有沉思的流浪,有记忆中的光与影,有幻觉中的彩斑和线条。正如作者在"对谈录"中认可的:这部诗集的特点是静谧,自然,质朴,甚至笨拙。冉冉说,"静谧是一种专注状态",是一种"内心的澄明……它的真义并非无声,而是充耳不闻,开目无视,心无旁骛。"我感到,这种境界与英国诗人济慈所创立的诗学概念"客体感受力"(negative capability)不谋而合,或者有异曲同工之处。总之,这部诗集所体现的是诗人关于忘我的、生命的原生状态的深层体验。

我高兴地看到,《空隙之地》荣获"中坤杯·首届艾青诗歌奖"。今年9月16日举行这个奖项的颁奖典礼,在对《空隙之地》的颁奖词中这样说:从这部诗集里可以感到,有一种"文化和哲理凝聚而成的神启般的光芒,在她的生命深处潜藏"。这说法是对诗歌作品最高的赞语。它未必适用于冉冉的所有的作品。但就《空隙之地》中一部分体现"客体感受力"从而达到很高境界的诗作来说,承受这种赞语是当之无愧的。

2004年10月7日

诗人绿岛和他的诗集《飞翔的鱼》

　　诗人胡世田为什么以"绿岛"作他的笔名？他把自己定位为"一个将叛逆进行到底的诗人，一个崇尚野性与猛士的诗人"，从这里可以得到信息。

　　读绿岛的诗，会感受到后浪推前浪的"叛逆"气息。他所背叛的，是"鬼魅时代"，是"没有戴面罩的魔鬼们"，是"黑即白，白即黑"的年月，是"发霉的史书"和"肮脏的人世"。他对假、恶、丑的抨击是如此顽强而亢奋，放纵着狂悖的"野性"，成为一名不折不扣向魑魅魍魉冲锋陷阵的"猛士"。他的战斗冲动往往来自一种原始的力。他的诗歌的关键词是"生命"、"死亡"，常用的词是"时间"、"土地"、"阳光"、"梦"等等。他诗中常常涉及宇宙、人生、历史与现实这些大的概念。由这些概念引发的思考，突现出诗人的"叛逆"性格。他在诗中创造的意象，奇特精警，层出不穷，反复叠加，纷乱有序。这些意象全都服务于提示与剖析。他对丑和恶的抨击是犀利而深刻的，如他在《鬼城》一诗中写道：

　　　　鬼们都穿上了笔挺的西装
　　　　站在一个台子上
　　　　气宇轩昂地轮奸着真理

广场上鬼们用人的话语

争吵着什么

利刃在阳光下微笑着

切割着稚嫩的阳光

这里,抽象概念都转化为具体形象。"真理"成为受辱的女性,"罪恶"成为切割"阳光"的"利刃"。所有的腐恶都披着伪装,"笔挺的西装","气宇轩昂",用"人的话语"说话,"微笑着"。这样,魔鬼的"画皮"一层层呈示出来,令人不寒而栗!

绿岛喜欢用的一个意象是:"鱼"。这本诗集的名称就叫《飞翔的鱼》。绿岛把诗人海子比作"超低空飞翔的鱼",他也常常把诗人,或者把自己,说成是从海里爬上岸的"鱼"。他写有一首诗,题目叫《身世的变迁——鱼祭》。我们都知道"从猿到人"的提法,来自进化论。但追索远古,生物的进化是从海洋中的单细胞原生动物开始,然后是脊椎动物,鱼,发展到两栖动物,陆地上的爬行动物……所以也可以说是"从鱼到人"。人的天性中因此有兽性——动物性,包括鱼性。绿岛的这首诗中说:"漏网之鱼没有身世 / 或许有身世的人 / 依然在不停地编网。"这里的人和鱼是二而一的,人的盲目性使他们类似蚕在作茧。在绿岛看来,到现在为止,至少,自由是可望而不可即的。这似乎透露出绿岛的悲观思维。但,也不尽然。他在另一首诗《天堂的鱼》里说:"爬上岸之后 / 我还是变成了一尾 / 自由自在的鱼 / 欢畅地游进了 / 我为我精心设置的 / 那张网的天堂。"在宇宙万物间,没有绝对的自由,只有相对的自由。太阳系的移动,九大行星的飞转,银河系的盘旋,都依着一定的法则进行。准确地掌握了法则,就是获得了最大的自由。这就是绿岛诗中的"网的天堂"。也就是"飞翔的鱼"。一切谬误,荒诞,倒行逆施,灭绝人性,违背天理,一切极恶大罪,都是背离了法则。

绿岛的"叛逆",恰恰是对法则的皈依。他的长诗《幻觉死亡》,是一份历史批判书,也是一份现实剖示书。这里有刻骨铭心的记忆,也有呕心沥血的解析。这里,1966年以来的重大历史事件和光怪陆离的生活现实一一呈现于刺刀见红的诗笔下。读者见到了背离法则形成的大混沌。

绿岛疾恶如仇,愤世嫉俗。但,正如前面已经提示过,不要误以为他是个彻底的悲观者。即使像托马斯·哈代那样的悲观主义作家,也写过《暗处的歌鸫》这样一首诗,对未来的世纪怀着"神圣的希冀"。绿岛在用全力抨击一切腐恶的时候,号召人们"拥抱第一道鲜嫩的阳光/走过山川大地/走过森林海洋/走过每一个至爱的心灵"!他宣告:"我们放飞生命的翅膀/站在审美复合的土壤/引吭高歌/我们放飞一万年的梦想"!(《引吭高歌》)从这些诗句,我们看到了绿岛乐观的心态,高昂的气概。而迎接阳光,首先是要付出的。因此他说:"闻鸡起舞的日子/沐第一缕春风/让我们种植沉甸甸的使命"。(同上)绿岛爱用"种植"这个词,例如,他"种植"过"渴望","播耕"过"思绪","种植"过"一段痉挛的时光"……这次,他要"种植"的,是"使命",而且是"沉甸甸的"!抨击假、恶、丑和弘扬真、善、美,是一种互动,一种统一。二者不可缺一。而这,就是真正的诗人的"使命"。没有使命感的诗人是没有灵魂的。现在回到本文开头说的话,胡世田为什么以"绿岛"作笔名?当今,整个世界被污染了,自然生态和人文生态都被破坏了。诗人把自己定位为绿色岛屿,以抗击全球的污染,保存一块纯净的土地,而且要它扩而大之。试问绿岛,不是吗?

2006年4月17日

读李萌的诗和散文诗

　　李萌,首先是一位革命者。她很早就参加革命工作,成为共产党员。她当过舞蹈演员,为革命舞蹈;她当过编辑、记者,为革命从事新闻工作和编辑工作。她经历过六十多年政治风雨和社会动荡的锻炼和考验。但是,她主要是一位诗人。写诗虽然不是她的职业,但,是她倾注了生命的事业。诗评家阿红这样描绘李萌:她"是个热情、开朗、坦诚,又敏感、细腻、争强好胜的女性;是个事业型、而且决心一下,所向披靡的女性"。阿红的评价是恰切的。有着这样一种个性的女性,作为革命者,当能勇挑重担,披荆斩棘,建功立业。那么作为诗人呢? 从她已经出版的几本诗集和散文诗集来看,她也表现出勇敢、明朗、开放、进取而且敏锐。她写诗不回避现实,却更多浪漫的气息;她不忘记过去,却更多地瞩望未来;她痛斥黑暗,却更多地近接阳光。阿红说她"没有书生气、闺秀气",是这样。她是一位现代女性,也是一位现代诗人。现代诗人也有多种,她属于既不颠覆传统、又不墨守成规的那一种。

　　她的吟咏对象范围不是很广阔,但也是多样的。她歌唱山河风光,自然之美;歌唱祖国,歌赞时代,关注人生,关注社会;她歌唱亲情,歌赞爱情;她抨击丑恶,颂扬善良;她常常内省,时时反思,亲近哲学,追求理想。

　　她的诗风,或缠绵,或奔放。奔放是主要的,缠绵也不与她绝缘。在她,这两者交互作用,互为表里。她有一首诗,题作《少女和太阳——当我十七岁》,可说是她自己的形象写照:"那热那光／那喷出火焰若龙的我／那情那爱／那温柔缠绵若羊的我／那哭那笑／那倔强若牛的我／七情六欲／甜酸苦辣／画出一轮／喷射着火焰／和光芒的／太阳"。是十七岁少女,但,今天的李萌,依然如此!以太阳自比,有何不可?"四人帮"倒台后,流行着一行诗:"太阳,谁也不能垄断!"李萌以太阳自比,正是她的真性情的自然表现。

李萌的诗作中,以爱情为题材的占有不小的分量。她的爱情诗具有真诚、热烈、大胆的特点。这三者中,真诚是根本。爱情诗而缺乏真诚,那就失去了灵魂。李萌有一首《爱的等待》:"爱　是等待／是　花和叶的等待／是　水和火的等待／是　日和月的等待",这是第一个诗节。第一行为纲,其他三行排比,花和叶,水和火,日和月,形象叠加,造成蓄势。"爱　是等待／是　心和心的等待／是　情和情的等待／是　血和血的等待",这是第二个诗节。仍是第一行为纲,其他三行排比:已从花和叶、水和火、日和月这些客观形象转化为心和心、情和情、血和血这些主观的意和象。从平和进入沸腾,从静止进入搏击。爱,是等待——这是个哲学命题。而爱的等待,不能摆脱心力的撞击、灵魂的搏斗。不经过如此水滴石穿、石破天惊的等待,爱不可能从此岸抵达彼岸。接着,这首诗还有最后一个诗节:

　　啊,我爱
　　等待千百年　等待千百年
　　也许爱情之花
　　在墓畔盛开

千回百转,荡气回肠!爱是谜,谜底终究会揭开!抱柱信,望夫石,尾生,梁祝,罗密欧与朱丽叶,万语千言,海枯石烂⋯⋯归结为两行:"也许爱情之花/在墓畔盛开"!不重复别人,不重复自己,用新的语言,塑造爱的至死不渝。这确实是诗!

李萌的散文诗中,包含一些更成熟的作品。这些作品,不是浮光掠影的速写,而往往是经过深沉思考的哲性语言。她有一首散文诗《门》。这扇门,是人生道路、人际况味、人间机遇、人的命运的象征和标识。这扇门,是对人的意志的拷问,对人的精神的淬炼。"许多门敞开着,你找不到进门的路;许多门紧闭着,你却找到了一把开门的'万能钥匙'⋯⋯""你站在门外,认为进了门就一路畅通了。可不知道进了门以后,里面还有许多门挡着,如不把这些门打开,你只能站在门外观望。⋯⋯""进门不易,出门更难。有的门像无形的枷锁,会锁住你的手脚。当你明白了本不该进此门,却为时已晚⋯⋯"读着这些句子,我们感到,如果没有丰富的人生阅历,是写不出来的。这里蕴含着笑,也流淌着泪;尝味到甜,也尝味到苦。这类作品标志着作者的成熟。

李萌的有些诗写得比较匆忙,少了一点推敲提炼功夫。古人做诗讲究炼字、炼句,今人写新诗也应有同样的要求。李萌已离休,但她仍笔耕不辍,这是非常难得的。我相信她一定能精益求精,写出更有韵味、更耐咀嚼的好诗和好散文诗来。

2005 年 10 月 2 日

第 五 辑

不灭的生命之火

梦的执着追求者

——析胡风的短诗《旅途》

　　这是一首四节二十二行的短诗,题目《旅途》。诗中写一位旅行者,在徘徊,跋涉。时间是从薄暮到黑夜,地点是在荒野的路上。这位旅人以第一人称"我"出现,形象从朦胧到鲜明。

　　"我"和"梦"紧密联系着。从第一节到第四节,每节第一行都写梦,第一节:"我抱着褪色的梦";第二节:"我背着褪色的梦";第三节:"我倚着褪色的梦";第四节:"我靠着褪色的梦"。梦,始终是"褪色的"。先是"抱"在胸前徘徊,之后是"背"在背上前行,然后是斜"倚"着它望月,最后是背"靠"着它睡去。"我"拥有一个理想的梦,然而,它已经褪色了。尽管如此,"我"始终不放弃它,仍然要抱着它背着它倚着它靠着它。我和梦一同听空中掠过的凄清的雁鸣,一同面对逶迤的松树林,一同凝望迷蒙的月色,一同聆听隐约的柝声,一同睡去,一同醒来,一同拥抱无边的黑夜。这位人生道路上的旅人,"我",经历着各种坎坷与崎岖、凄惶与无奈,幽明与黑暗,却始终依偎着这个"梦",尽管它已经是褪了色的。

　　人生正处在"荒野的路上",正颠簸在"无际的寒茫"中,正徘徊在"浩漫的黑影"里,正苏醒在"月儿已归,四周已黑"的夜幕下。然而,那个梦,依然是"我"的伴侣,"我"的依靠,"我"的寄托。尽管,它已经是褪了色的。

"黑夜",成了"我"的"好友"。"我"要拥抱黑夜,因为"我"始终拥有梦,因为这是个没有失去梦的黑夜。"我"所梦的是什么?那就是"众生都被祝福"。这是黑夜里永远的追索,永远的向往,永远的执着!

这首诗,使人想起鲁迅的《过客》。过客的耳边始终有一个声音在催他前进。

这是胡风写于早年的一首短诗,但,难道不是一种预示,不是他整个一生的写照吗?

四个诗节,结构严谨,用字精当,意蕴深厚。在胡风的全部作品中,这首诗似乎没有受到太大的重视。但我想它的价值不会随时光的流逝而被埋葬。它将长存。

2008年4月5日

附:

旅　　途

胡　风

我抱着褪色的梦,
徘徊在荒野的路上;
空中掠过凄清的雁声,
四面是无际的寒茫——
我知道这就是暮了。

我背着褪色的梦，
在暮色寒茫里前进；
前面是逶迤的松林，
前面是浩漫的黑影——
我就颓然地坐下了。

我倚着褪色的梦，
在萋萋的衰草里；
望着迷蒙的月影，
听着隐约的柝声——
我默想众生都被祝福了。

我靠着褪色的梦，
昏昏地睡去了；
醒来时，
月儿已归，
四周已黑——
呵,拥抱吧，
我的好友,黑夜!

生命之火永不熄灭

——析成幼殊的诗《小雏菊》

　　这首诗是写诗人与小雏菊的问答。

　　古往今来,咏花咏树咏植物的诗不知凡几。从屈原的颂橘到林逋的赞梅,我们看到,诗人歌赞花树其实也是在称颂人的品格。陶渊明唱"采菊东篱下,悠然见南山",把菊作为人品高洁的象征。杜甫赞古柏:"落落盘踞虽得地,冥冥孤高多烈风。扶持自是神明力,正直元因造化工。"归结到"志士仁人莫怨嗟,古来材大难为用"!杜甫在描绘古柏孤高的同时,嗟叹了个人壮志难酬的郁结。而成幼殊的这首《小雏菊》,虽也是咏植物,但似乎只是就花说花。

　　在《小雏菊》里,诗人问,雏菊答。诗人与花树问答,在古诗词中有过。如辛弃疾的《西江月·遣兴》中有句:"昨夜松边醉倒,问松我醉何如?只疑松动要来扶,以手推松曰去!"只是这里的答没有说话只有动作,且是诗人"只疑"的结果。《小雏菊》里的雏菊则是拟人化为一个可爱的小姑娘了。辛词写诗人醉后与松交流的印象,以此体现诗人不能实现报国壮志而万般无奈的心态。成幼殊的这首诗却摆脱了前人的窠臼,写出了特有的新意。

　　诗人与雏菊间有三问三答。诗人见菊,说,久不见,你又来了。菊答:你上次见的是去年,我的双亲。诗人:这多可悲!生命一去不回?菊答:双亲付与我生命的火,你看,我来了。诗人:那么到明年永远不再有你了！菊答：生命之火代代传，只要它燃烧，那我也没完。一个回合，两个回合，三个回合；一起又一伏，一伏又一起；层层递进，步步深入。每到转折，柳暗花明；峰回路转，豁然开朗。最后归结到：大自然付与万物以生命，生命之火不灭，大自然的精魂传之永恒！

这首诗似乎只写自然？果真只是就花说花？未必。人也是自然的一部分，诗同时指出了人的生命的永恒性。诗表达一个真理：个体与群体不可分，空间与时间不可分，个人与民族、人类不可分。死亡是个体的消灭，又是全体延续的链接。如何对待生与死，应该有透视宇宙规律的眼光和心胸。人类不灭，希望长存。生生不息，是我们永不消退的信念。

2008 年 4 月 15 日

附：

小 雏 菊

成 幼 殊

"花架旁的小雏菊，
您的笑涡儿多美！
久不见，
又随了春来归？"

"哦,虽是一般的微笑,
今年却不同去年,
那是我的双亲哩,
早已长眠!"

"我的小雏菊哟,
这多可悲!
生命原是如此么——
一去不复回?"

"噢,别忧,
双亲付与我生命的火,
春风将它吹燃,
看,一朵又一朵!"

"可是,小傻花儿,
想明春,迎着风的,
又将换了,
永不会再是你!"

"不! 生命的火炬,
代代相传;
且燃得它辉煌,
那我也没完!"

1943 年 2 月 16 日

抗击黑暗的最后支持者

——析穆旦的诗《停电之后》

上世纪六七十年代,北京、天津这些城市也许由于电力供应不足,电力公司对居民用电常常实行拉闸停电的措施。穆旦的诗《停电之后》可能是由此引起的。

这首诗写了三个环境,或者三种光景,或者三个境界。一是光明的白昼,二是黑夜来临,三是停电之后。白天有太阳照亮一切。黑夜来了,怎么办? 可以打开电灯。突然停电了,怎么办? 可以点起小小的蜡烛。

太阳"最好",永远为人们所憧憬。黑夜里,只要有电灯照明,"工作照常进行"。即使停电,有蜡烛光,便"继续工作毫不气馁"。光明消失了,有办法。黑暗再度袭来,依然有办法! 无论环境多么困难,打击多么突然,诗人的努力不会终止,诗人的勇气不会受挫。

诗人在阳光下,一个境界;在电炬下,又一个境界;在蜡烛旁,再一个境界。即使"美好的世界从此消灭失踪",诗人的追求决不止步。"黑暗击败一切",但有例外,那就是诗人。

第二天,诗人看到小小的蜡台还摆在桌子上,蜡烛"不但耗尽了油,而且残流的泪挂在两旁"。诗人回想,整个黑夜里,"许多阵风"还要靠蜡烛来"抵挡"。此刻蜡台已成为"小小坟场"。诗人对蜡烛充满了"感激"之情,默默地追念着它,对它表示了"敬"意。

蜡烛是诗人抗击黑暗的最后的支持者、引导者、鼓舞者、勉励者。为了给诗人照明,蜡烛含泪耗尽了自己。它不但奋力击退黑暗,还要抵挡一阵又一阵的风,因为只有这样才能继续发出光来。这小小的蜡烛,正是引导诗人抗击黑暗、走向光明的天使,虽然她为此而殒灭了自己。

诗人穆旦生前遭遇坎坷,病逝于1977年,享年仅五十九岁,令人惋惜。但他毕竟活到"文革"结束之后,虽然没有看到改革开放。这首诗写于1976年10月。此时他可能已听到"四人帮"被粉碎的消息,也可能还没有听到。但这首诗写出了"对太阳加倍地憧憬"的心态,写出了"次日睁开眼,白日更辉煌"的欢欣,从而预示了一个新的时代的到来。

2008年4月6日

附:

停 电 之 后

穆 旦

太阳最好,但是它下沉了,
拧开电灯,工作照常进行。
我们还以为从此驱走夜,
暗暗感谢我们的文明。
可是突然,黑暗击败一切,

美好的世界从此消失灭踪。
但我点起小小的蜡烛，
把我的室内又照得通明：
继续工作也毫不气馁，
只是对太阳加倍地憧憬。

次日睁开眼，白日更辉煌，
小小的蜡台还摆在桌上。
我细看它，不但耗尽了油，
而且残流的泪挂在两旁：
这时我才想起，原来一夜间，
有许多阵风都要它抵挡。
于是我感激地把它拿开，
默念这可敬的小小坟场。

超越一切荣辱的历史巨人

——析灰娃的诗《过司马迁墓》

　　灰娃是在延安的革命摇篮里度过她的童年的。但是长大后随着革命的胜利而进入大城市，她逐渐变得与主流意识形态非常不适应。直到"文化大革命"，她的精神濒临崩溃的边缘。她以诗歌写作来拯救自己。她的特立独行的天性使她在精神上与屈原、司马迁同行。她的诗歌创作表现出是与当时处于统治地位的话语模式实行了决裂。

　　灰娃吟唱过这样的诗句："听那汨罗江水低吟《离骚》《九歌》/ 缅怀屈子虽死无悔情怀"；而这首《过司马迁墓》则是与上面引过的《端午的信息》处于同一条起跑线上。

　　诗中的司马迁，胡须凌乱头发暗淡，穿着麻布衣袍，亲切深厚就像一位老农。老农对灰娃说，他"住在这黄土岗上挺好"，语言如此朴实！而他手中擎着一盏灯，迎着风，发出亮光。他的灯照亮了历史！形象随即树立起来了。灰娃没有停止在对司马迁人物本身的描述上。她把笔触投向一群星星，"星子们就在耳旁"，在司马迁耳旁，也在灰娃耳旁，星子们"飘飘摇摇在蓝色气层 / 一面穿梭一面谈今说古"。蓝色气层托举着一群精灵，这群星子，既是文学家，也是史学家！它们在为司马迁导航？还是在与他做伴？还是在做他的随从？

接着在诗中出现的是鸟雀,古树,闪电和惊雷!这些意象一个又一个护卫着并且雕塑着一座陵墓,陵墓在历史的古原上巍然屹立!

灰娃的笔又回到司马迁本人:头发里"凝聚两道电流／穿透悲欢荣辱／超越赞颂";司马迁"宽的额厚的胸／黄河和大野的气息／从那里穿过"。一个"穿透",一个"穿过"。眼如雷电,额如大波,胸如大地。主体穿透客体,客体穿过主体。这位伟大的史学家和文学家胸怀宽广厚实有如黄河与大野,他的精神境界超越了一切褒贬和荣辱,一切尘世的悲哀和欢乐,一尊巨像矗立在天地间,至于永恒。

田汉有一首七律《访太史祠司马迁墓》,诗曰:"剧化龙门竟若何? 一天星月少梁过。雄才百代犹堪仰,鸿业千秋总不磨。清水村中炉火秘,芝川桥畔血痕多。传忠倘有如椽笔,柏岭苍茫望大河。"这首旧体诗与灰娃的上述新诗,形成了咏司马迁的诗坛双璧,将会长留在读者的心中。

2008 年 4 月 16 日

附:

过 司 马 迁 墓

灰 娃

起风了 司马迁手中

擎着一盏灯

穿着麻布衣袍

凌乱的胡须暗淡的发里

凝聚两道电流

穿透悲欢荣辱

超越赞颂

他告诉我

住在这黄土岗上挺好

亲切浑厚像一位老农

我仔细听

这高高的黄土岗上

星子们就在耳旁

飘飘摇摇在蓝色气层

一面穿梭一面谈今说古

南来北往群鸟

土崖上筑窝

飞绕陵墓古树

翠柏枝头山雀吟唱

一道闪电

曳着低沉的雷声

我看见司马迁

宽的额厚的胸

黄河和大野的气息

从那儿穿过

爱，以火山阐释

　　爱情是诗歌的永恒主题。中国古代第一部诗歌总集的第一首就是写"窈窕淑女，君子好逑"的。写爱情，可以用赋，用比，用兴。我们常常从诗里看到爱情和水的联袂。"关关雎鸠，在河之洲"，爱的象征，在水中。"所谓伊人，在水一方"，爱的理想，在水中。裴多菲唱道："我愿意是急流……／只要我的爱人／是一条小鱼，／在我的浪花中／快乐地游来游去"。爱的欢悦，在水中。

　　那么火呢？诗人们往往把火凝缩成灯火，或烛火。"蜡烛有心还惜别，替人垂泪到天明。"爱的离别是那么难舍难分！"春蚕到死丝方尽，蜡炬成灰泪始干。"爱的信念，是那样刻骨铭心！莎士比亚说："爱是永不游移的灯塔光／它正视暴风，绝不被风暴摇撼！"爱的信心，是那样生死不渝！也有直接写火的，萨福唱道："听到你的笑声，／噬人的热情是火焰，烧遍了我的全身，／我眼前一片漆黑，耳朵里雷响，／头脑轰鸣……"爱的触击，如烈焰焚身，是那样炽热凶猛！

　　小山的诗《火山是怎样爱》具有独特的品格。诗人不写水，不写火。她写火山。她把水和火的意象，融于同一首诗中。爆发如火，静默又如凝固的"水"。水是流动的，火是跃动的，火山却是静止的。在小山笔下，火山不是比，不是兴。火山是诗人自己的化身。然则火山又是爱的理想,爱的象征;火山既是爱的实体,又是爱的幻化。

这座火山,静中有动,沉默中饱含呐喊。这座火山,动中有静,火焰爆窜凝缩为心语。"我愿一万年沉默着／绵亘成巍峨庄重的山岭",是死火山? 是活火山?"为了激情深藏／任凭树木翁郁,野兽狂奔"。爱的内涵丰盛繁茂,爱的纠葛腾跃驰骋。一切都是经验,一切都在行进。

奇妙的是:"我的心脏／是一颗冷却的五彩矿石",冷却了吗?色彩斑斓,正在炫示。而"另一颗宝石就在我心脏的旁边／两颗心喁喁私语。"另一颗心(宝石!)永藏在诗人化身的火山里,与诗人的心紧挨着。冷却了吗?"冰块里有热流／岩石里有龙卷风"。爱是过去时? 也是现在时! 两颗心在私语,回忆着爱的爆发,爱的奔流,爱的交融。私语如水浪,似嵌在腰部的河流中;私语如火花,已凝结在岩石的固态里。是回顾? 是赓续? 是遥瞻? 龙卷风掀天撼地!

读到火山,想起海涅的诗《宣告》。海涅用芦管在海滩上写"阿格涅斯,我爱你!"字迹被海浪冲灭。海涅随即从挪威森林里拔下最高的枞树,把枞树"浸在埃特纳山的熊熊的火口里,／而用这蘸满火焰的斗笔／在黑暗的天幕上写着火字:／阿格涅斯,我爱你!"海涅是用火山的火(熔岩)来写出自己最强烈的爱。而小山呢,她自己就仿佛是一座火山。海涅借助于火山:小山幻化为火山。一个是突发式爆裂:天幕上的火字,每夜都燃烧不熄。一个是蕴藉而深沉:翁郁和狂奔,绵亘一万年,化为私语而传之永远。

附：

火山是怎样爱

小 山

冰块里有热流

岩石里有龙卷风

我愿一万年沉默着

绵亘成巍峨庄重的山岭

为了激情深藏

任凭树木蓊郁，野兽狂奔

我的心脏

是一颗冷却的五彩矿石

河流嵌在腰部

火焰凝结在固态里

另一颗宝石就在我心脏的旁边

两颗心喁喁私语

——回忆爆发时的热烈交融

——回忆奔流时忘情的歌唱

奇崛中蕴含深邃,淋漓中触击顿悟

——论北塔的诗性思考

当前中国诗歌出现"双轨"现象。一方面,诗歌生态恶化,平庸之作成吨出笼,下流作品公然以"时尚"自居,垃圾"诗"、泡沫"诗"和"口水诗"泛滥成灾。有人竟扯起诗歌"垃圾运动"的旗号。另一方面,老诗人锲而不舍,坚守创作岗位;中青年诗人人才辈出,优秀的诗作不断涌现,"中生代"诗人成为当今诗坛的中坚力量。这种"双轨"现象是中国诗歌史上未曾有过的异象。好诗和劣诗的斗争,真诗和伪诗的较量,正在被边缘化的中国诗坛上悄悄地进行。"悄悄"中蕴藏着如火如荼的热烈和火爆。胜负将逐渐分明。中生代诗人正在支撑着中国诗歌的生命线,诗歌生态的良性再生必然逐步呈现。

北塔是当今"中生代"诗人中之佼佼者,是一位虔诚的缪斯追随者。说他虔诚,因为他把诗歌当作事业,当作追求,当作灵魂的栖所。他认定写诗是一种历史的选择。他曾说:"我确实绝望于我们所有的努力都只是在时间中挣扎。然而诗歌要我在绝望中继续努力,选择诗歌就是选择这种宿命……只有诗人还认为存在着超越历史时间的可能性。"这是北塔的自白,也是他的誓言。

北塔诗歌的特质不能用简单的语言来表明。他自己强调"对历史的还原其实只是对历史的体验"。在他的笔下,历史,或者一切存在,得到了还原,或者,得到了诗的再现。诗的再现,不是表层的、浮面的、形式的转换。这里有咏者与所咏者的合抱,这里有主体对客体的选择、改造、净化和升华,有想象的奔驰,有精神的飞升。

北塔说,"几千吨知识不如一克智慧"。他是不是服膺"知性写作"? 否。他说:"'生而知之'者再愚笨也是聪明的,'学而知之'者再聪明也是愚笨的。"他心目中的智慧不是知识。从北塔的诗作中,可以读到他对存在的领悟、对时间的思考、对人生的感慨和对生死的参透,而这些却从生命体验、灵魂互通出发,让真和美贯穿其中。正如济慈在阐述他的诗学概念"客体感受力"时说的:一个大诗人"不是烦躁地要弄清事实,找出道理",而是要使"美感超过他的一切考虑,或者不如说,消灭其他一切考虑"。

北塔认为,写作的抱负是还原历史,而还原历史同时又是对写作的局限。所幸诗人没有陷入孤立的泥淖,他觉悟到"在时间里失去的,必将在时间里收回"。这一点对理解北塔非常重要。

北塔在构思、语言运作、喻象设置诸方面苦心孤诣,但无凿痕。深思熟虑而趋于炉火纯青。有的是奇思妙想,但不导向炫耀,因为他懂得"绮丽不足珍",在瑰玮纷繁、意象叠加的下面,隐藏着的是深沉宏大的思索,因为他明白:"或看翡翠兰苕上,未掣鲸鱼碧海中!"

北塔的语言可称精练,但并非磨光。有时给人以粗糙感。语言的棱角源于智慧有锋刃,生活有崎岖,思维有芒刺。一旦磨光,就失去了光。

北塔营造的意象,往往粗放与精微杂陈。存在之物看来也许精致,但经过了过滤,经过了折射,造成了变形。不是生活被扭曲,恰恰是形象的抽象,或抽象的形象,渗出了生活的本质、历史的精髓。

北塔的第一部诗集名叫《正在锈蚀的时针》,将出的这第二部诗集名叫《石头里的琼浆》。这两个书名提示作者的诗性思考和终极关怀,那就是对宇宙即无穷空间和无限时间的感悟。北塔写作勤奋,产量不薄,但他筛选严谨;从第一部到第二部,我觉得,他的诗艺更精湛了,他的思考更深入了。"一万年才生长一米! / 一小时就看完无穷岁月! / 被变幻莫测的云层诱使着 / 老态龙钟的时间流出一滴!"奇崛中蕴含深邃,淋漓中触击顿悟。这就是北塔的已经成熟的风格。

笔者今年八十四岁了,始终警惕着落伍与朽蚀。不为趋时,而是保持新锐。北塔是我已经交往十四年的朋友。我从许多中青年朋友身上汲取力量,北塔是其中我所器重的一个。我觉得自己年轻了,觉得我的诗之灵感也会因此而长久地保持鲜活。

2007 年 6 月 14 日

精神文明家园的恪守者

——序郑成美诗集《山野清风》

郑成美是一位典型的农民诗人。她从事了数十年农业劳动，如今依然在春播夏耘，秋收冬藏。年过半百，她终于把多年来侍奉缪斯的心愿付诸实践，开始动笔。由于家境贫困，她连中学都没有上过，但她阅读过劳动实践这本大书，钻研过天地自然这本典籍。当她迷上写诗后，她也曾如饥似渴地啃过若干文学和诗歌名著，但没有师傅传授，全靠自学。凭着天赋的悟性和不懈的勤奋，以及"语不惊人死不休"的韧性，她创作了五百多首新诗和旧体诗词。我阅读了她给我看的全部诗稿。循着她的诗路历程，我看到她的行迹，怎样从农村田野走到诗歌殿堂。我发现她从蹒跚到稳健，逐步踏出火花与闪光。我不能抑止自己阅读到好诗而激动、而喜悦的心情。

郑成美写诗，其灵感来自生活，她的劳动实践，乡土亲情，以及与大自然的心灵沟通。首先触动我的，是她的极为质朴、无比丰盈的感情，包括她对父亲母亲、儿子女儿、叔伯姑舅、街坊邻里的爱，对山河旷野、春秋时序、风雨雷电以及一花一草、一虫一鸟的情。她写过许多表达强烈亲情的诗，单是写父亲的就有五首。在《父亲永远活着》这首诗中，表达了诗人对已故父亲的生死不渝的依恋："常听人说，那是驾鹤西去／也有人说，那是去了黄泉／可我不知

道西去有多远／黄泉有多深",随即转过笔锋,写道:

> 父亲,不管您走得多深多远
>
> 却走不出我的视线
>
> 无论我眼睁眼闭,都能看见
>
> 您在那片黄土地上弯腰劳作
>
> 您在田里掀起的碧波金浪
>
> 仍然在滚滚向前……

这里亲情扎根在劳动中、土地上,血缘关系浸润在农耕的汗水中,渗透在泥土的呼吸里。她还有一首《难忘母亲的艰辛》,写她幼时睡梦中常常被父母亲磨豆腐的声音唤醒,出现母亲抱着磨棒弯腰行走的形象,细节来自生活的真实,温煦的亲情交织在劳动的磨声中。这样的诗句,不可能由虚构得来。

农民是田野的耕作者、催生者、收获者,或是守护神。郑成美的诗作中有很多是描绘田野风情的篇章。田野是她最熟识的朋友,也是她珍爱的大自然的一部分。她摹写田野的方方面面,总能做到挥洒自如,得心应手。且看她那首《秋天的田野》,描绘出一连串秋的形象:"玉米抱金,稻穗揣银／大豆又把铜铃摇响／亘古而新鲜的谷香在田野上飘荡……"随后是野菊,飞鸟,劳动者。诗人把秋的氛围和意绪具象化,说"秋天的田野／挤满了成熟与希望",说"空灵的秋韵,萦绕着正在劳作的人们",说她在回家的路上看见野菊,自己"心里就长出一朵盛开的野菊／和她们一起摇曳着秋光"。这里,秋的精魂潜隐在大自然的每个子民中,蕴含在诗人心头的沉醉和喜悦中。诗人进而写道,象征秋的野菊"在贫瘠的沟边,路旁／绽放出陶渊明的气韵,黄巢的遐想",这样,诗人笔下的秋,把当今和古代联结了起来,把视象和诗意联结了起来,显示出诗人视野的宏阔,襟怀的旷邈。于是,我们读到了意境高远的田园诗。

郑成美写事状物,常常能深入事物的内里,从中发掘深思。比如,她有一首《一片耸立的白骨》,写一群罹病的白杨,病得很重,然而"会走的医生没有来 / 会飞的医生也没有来 / 它们悲吟着病已渐入膏肓 / 眼睛绝望地凝视着天空"。这些白杨因何绝望?原来,"它们是在担心 / 再也托不住鸟巢 / 再也举不起云雨 / 再也挽不住狂风"!它们因不能再护卫弱者,不能再协助他者,不能再阻挡施暴者而感到绝望。因此——

> 它们在痛苦的挣扎中
> 化成一片耸立的白骨
> 我每次从它们身边走过
> 都会不寒而栗
> 我看见它们用干枯的手臂
> 把苍穹捅出一个黑洞。

这里,白骨是令人惊悚的形象,白骨把苍天戳出一个黑窟窿,更是使人震撼的意象。这些白杨绝望然而始终不屈,虽然死了还要进行报复,它们成了绝望的抗议者的碑林。这个意象的出现,使全诗提升到哲思的高度。

郑成美善于提升思想。她常常超越客观描述,进行深思。她思考人生,思考时间,思考空间,思考历史与现实,思考生与死的问题。她有一首《生与死的距离》,说某人死了,"据说是昨晚8点死的 / 这说明她7点还活着 / 生与死的距离,只有一小时之隔"。诗人思索下去:"具体点说,她如果7点59分还活着 / 生与死的距离,只有一分钟之隔 / 更具体点说:7点59分59秒她还活着 / 生与死的距离,只有一秒钟之隔"。这样的思考,有什么意义呢?然而她继续思考下去:"如果按河流计算,只是由此岸到彼岸／生与死的距离,只有一河之隔／／如果按文字计算,由阳到阴／生与死的距离,只有一字之隔"。最后,图穷见匕首:"如果按人的心计算,很难得出准确的数字／也许生与死根本没有距离"。诗人在这首诗里,表述了一个哲学命题,即反叛了王羲之的名言"一生死为虚诞,齐彭殇为妄作"。

但郑成美并不是虚无主义者。她只是在追求本真,企图从生与死的表象中求本真,从宇宙万物中求本真。她在《我羡慕海滩上的一粒沙子》中说,沙子"没有复杂思想,肮脏灵魂／只等待着海水一次次地冲刷／一天一翻新,一天一本真"。真是,一花一世界,一叶一如来。在一花一叶或一粒沙子中,可以体现出宇宙的本真。而生与死,也是宇宙本真正反变形的体现,在这正与反之间,是既有距离,又没有距离的。

诗人对本真的追求,与她对善和美的追求相一致。这种追求,往往由想象前导。想象可以从联想开始,或进入遐想,以至幻想。诗人有一首《乘中巴客车出行》,写她与众多乘客挤在一辆面包车里出行,发现乘客们形色各异,她忽然联想到一群蚂蚁,蚂蚁不仅长得一模一样,而且步调一致,在暴雨来临前,一起搬家,一起挡路,一起与天抗衡。诗人心中涌起了疑问:为什么人和蚂蚁不同?想了半天,她终于找到了答案:"那些黑乎乎的小家伙／它们的心,肯定长得一样,／而人的心,却有天壤之别"。她这样写人的心:

> 有大的、小的、斜的、正的
> 有明的、暗的、浓的、淡的
> 有黑的、灰的、红的、白的
> 有善的、恶的、丑的、美的

> 有比干七窍的、有黛玉八窍的
> 有一窍的、两窍的
> 还有一窍不通的

答案有了,新的困惑又生出来,为什么人心有斜(邪)的、暗的、黑的、恶的、丑的……? 能不能把这些心改过来? 此时诗人也许见到阳光透过车窗照进车内,她顿时振起想象的翅膀,异想天开,一幅幻景随即出现:

> 我正在冥思苦想时
> 太阳,不知何时从地平线跳出
> 一路拼命地追赶这车人
> 他莫非看透了我的心思
> 想把这车人的心
> 每一颗都照得一样明丽

阳光可以照亮人面、人身,但也可以照亮人心,把所有人的心都照得明亮,美丽。这是幻象,它通过诗人的灵魂而呈现,成为理想的昭示。这里表达了诗人对善和美的追求之执着,使这首诗抵达了另一种哲思的高度。

郑成美能写出这样一些优秀的诗篇,是她对缪斯坚持不懈的追求之结果。对诗艺的追求也是艰苦的劳动。她在《为什么写诗》里说:"自己是个双重的农民","白天,在田里把庄稼播种成垄 / 夜间,在纸上把汉字播种成行 / 昼夜为它们施肥、浇水、耘耥 / 天天期盼它们茁壮成长"。把写诗和种地并提,正是农民诗人特有的心理感应。这样的比拟,新鲜而恰切。农与工是相连的,诗人又进一步把自己比作工人,说"有时候,觉得自己更像个修理工匠 / 常将一些弯曲的字行／和凹凸不平的语句／用斧子砍，锤子敲……／砍下的木屑飘飞如落英／铁锤子敲出一大堆叮当"。诗人记下了写诗的甘苦，好诗是修改出来的，没有辛苦的推敲，否定之否定，出不了新意，达不到精彩。叮当的响声里，透出渐入佳境的喜悦。正如耕耘的节奏中，见到新苗破土的兴奋。当她的丈夫问她：写诗又不能挣钱，到底有什么用？她给予了明确的回答：那是诗神缪斯的指引：

> 她是自四周青山绿水间
>
> 绚丽而生的女神
>
> 吸天地之精华，集日月之光辉
>
> 不亢不卑，揣满怀纯洁
>
> 成为人类精神文明的家园
>
> 我写诗不是为了挣钱
>
> 只是想恪守这个家园

写诗没有功利目的，只是为了一个崇高的愿望：恪守人类精神文明家园，为这座艺苑栽一株草，添一朵花，增一分美，如是而已。这个答案，是回应她的家人，也是回应所有的读者。

郑成美的诗路历程并没有到此为止。不，她还只是刚刚开始。而我，作为读者，也作为诗友，却从她的诗歌创作中意识到：在民间，在农民中，工人中，在底层群众中，蕴藏着多么丰富的、可以说无穷无尽的诗歌矿藏！中国诗歌的生机在这里，我们应该保护它，扶助它，浇灌它，珍爱它。让我们祝愿民间诗歌的嫩芽成长为蓬勃的绿丛，幼枝成长为参天的大树，嘉木成长为浩瀚的森林！这正是郑成美诗作给予我们的一个启示。

2009 年 4 月 16 日

听方祖岐将军畅吟神州

一个偶然的机会,有幸拜读了方祖岐将军的旧体诗词集《畅吟神州》。方祖岐,一位叱咤风云的高级将领,从军半个多世纪,但在业余时间,却以极大的热情,从事中国旧体诗词的研究与写作。这本集子,就是他多年创作实践的成果。对这种诗词,他只称"中国古典诗词"或"格律诗词",不称"旧体"或"旧诗词"。毛泽东于1957年1月12日致臧克家等的信中说:"诗当然应以新诗为主体,旧诗可以写一些,但不宜在青年中提倡……"于是"新诗""旧诗"的名称便流行开来。但,对这种称谓,依然有人质疑。因为,"新诗""旧诗"所区别的只是形式或体式,或所用的语言文字(文言或白话),而非关内容。(所以我习惯用"旧体诗"名称,以表明只关"体"。)但是,文言诗思想可以新,白话诗思想也可以旧。可见,用"新""旧"字样来框定诗的性质,似有未妥。方祖岐不用"旧诗"名称,"良有以也"。他的诗观里有这样的内容:弘扬中华古典诗词独特的艺术形式,推陈出新,古为今用;要从现实生活实践中去开拓古韵新风,寻找创作源泉。他正是这样进行创作实践的,因此他的诗词作品中充满了新气象,充满了当今的时代氛围。对这样的诗词作品,不称之为"旧诗",确有充分的理由。

方祖岐的这本诗词集,内容涉及政治、经济、军事、历史、文化等许多方面。他到过祖国的许多地方,从漠北到岭南,从东海到西疆,无不留下了他的游踪,同时留下了他的吟咏。这些诗词,不仅描绘了祖国江山的自然之美,人文之美,而且突出了改革开放后中华大地的伟丽新貌。如他的词《沁园春·潮》中有这样的句子:"东方独领风骚,汇四海蛟鲸弄巨涛。望高楼蠹日,晨光偏早;水天共映,浩海桅飘。飞渡流云,迎风送客,多少滩头又架桥。长吟啸,有心潮荡激,欲上重霄!"可以看出,中华大地已经"旧貌变新颜",诗人对祖国的新貌,做了宏观的描绘,气度恢宏,而宏观描绘中又有具体形象,如"高楼"、"桅"、"桥"都使人联想到新时期祖国建设中的新事物,而"日"、"晨光"、"水"、"天"、"重霄"等,都是巨大的自然景象,作为背景,与那些新事物融合在一起,形成一种非凡的气魄,伟美的境界,这种气魄和境界直接从诗人的胸臆中喷薄而出,使读者受到极大的感染,使读者的精神极大地振奋起来!不仅这一首,他的许多诗词作品都能产生类似的效果。

方祖岐是写景的能手。他的词《飞雪满群山·阿尔泰山行》,把位于新疆北部中、俄、哈、蒙边界的阿尔泰山的自然风貌,用简洁鲜明的词句,淋漓尽致地表现出来。"深湖水碧,翔浮嬉鹜,簇簇红柳摇晴","冰川远泻,蓝溪近绕,云霞映水鲜澄……"这里有近景,有远景;有俯视,有仰视;有宏观,有微观。中国传统诗词讲究炼字、炼句。诗人深谙此道。"翔"、"嬉"、"摇"这些字眼,都经过了锤炼。比如"摇晴",即可仔细品味,这里不仅是客观描摹,而且有主观抒情。"远泻"、"近绕",不仅对称,而且动中有静,静中有动,体现出绘画中的层次和气韵。苏轼评王维"诗中有画,画中有诗"。方祖岐的一些写景诗,庶几近之。

方祖岐的诗词,掌握格律很严谨。格律的基本要素为平仄的谐调。毛泽东致陈毅信中说:"律诗要讲平仄,不讲平仄,即非律诗。"至于词,更如此。方祖岐写诗填词,对平仄一丝不苟。统观《畅吟神州》中的作品,不合平仄的字几乎不见。凡有破格的地方,坚守一定条件下的"一三五不论,二四六分明"原则。格律的另一要素为押韵。关于韵,今人写旧体诗是否要严格按照"平水韵"的规定?有些人固守这一规范,不越雷池一步。但时代在前进,汉字的读音在不断变迁。鲁迅、毛泽东等大家写诗都已突破"平水韵"的藩篱,而以今音入韵。方祖岐在这方面也随潮流而与时俱进,绝不拘泥。仅举一例:他的七律《坝上看地形》,用韵即上平声"三江"与下平声"七阳"韵目混合使用,不仅不妨碍诗情的抒发,而且拓宽入韵字的范围,使字的使用更趋自由。格律的又一要素为对仗。方祖岐对此也十分重视,十分用力。他的诗词中常用宽对,但也有工对。如七律《小三峡》的颈联"悬棺万仞藏崖穴,栈道千盘绕岭村",七律《赞马王堆出土奇珍》的颈联"罗衣轻薄胜蝉翼,帛画斑斓荡楚魂",都是数字对数字,名词对名词,动词对动词,形容词对形容词,而且这些字词中蕴含意象,抒发诗情,成为工对佳联。

从方祖岐的诗词中,可以见到他开阔的襟怀。他的词《踏莎行·醉翁亭》中有句:"漫凭淡泊对人生,劝君莫让空名累",点明了他旷达的人生观。又如他的词《浪淘沙·北京故宫》中有句:"权重位高犹淡泊,自在从容。"进一步阐明了他正确对待"权"、"位"的态度,无论对自己,对别人,都一样,只有"淡泊",才能"从容"。这是继承了诸葛亮《诫子书》中"非淡泊无以明志,非宁静无以致远"的思想境界。"淡泊",绝不是消极避世,而是一种和凝,一种平静,一种稳定,一种蕴蓄,一种力量。这是一种积极的力量。这种力量必须经过长期的修养锻炼才能得到。

具有淡泊心态的诗人,才能站得高,看得远。方祖岐的词《水调歌头·中秋有感 次苏轼词韵》中有句:"我愿邀君同去,直上重霄深处,忘却碧空寒。俯首赏星海,灿烂是人间。"诗人驰骋无限的遐想,邀请九百多年前的大诗人苏轼,同游广寒宫。登天的幻想,本来源自苏轼,但方祖岐此刻的意态,却与当年的苏轼不同。苏轼

"又恐琼楼玉宇,高处不胜寒",而方祖岐则反其意而用之:"忘却碧空寒",却从高处俯瞰人间,只见一片灿烂——当然是指中国。诗人欢呼:"今宵秋好玉轮圆",更放声高吟:"放眼东西南北,难忘苍生宏愿,好梦总能全。难得花前月,海内共婵娟。"想到了全国最广大的各族人民,他们的共同愿望。这首词写于2001年10月1日,正是我们共和国建立五十二周年纪念日,举国欢庆的盛大节日。从这首词可以充分看到诗人的胸襟和抱负,这与那位古代的诗人相比,确是又一番不可同日而语的景象了。

2004 年 4 月

田禾喊出来的故乡

——读田禾的诗集《喊故乡》

田禾的诗集《喊故乡》，给人惊喜。爱尔兰诗人希尼说，一首好诗就是给人一个惊喜。田禾的诗正应了这句话。

故乡，是古往今来诗人们经常吟唱的对象。古人唱，今人唱，人人唱。听得久了，会产生审美疲劳。田禾说："别人唱故乡，我不会唱／我只能写，写不出来，就喊／喊我的故乡……"故乡能"喊"出来吗？这似乎有违常情。但田禾喊了，而且他"用心喊，用笔喊，用我的破嗓子喊／只有喊出声，喊出泪，喊出血／故乡才能听见我颤抖的声音"！有违常情，于是呈现独特。这样的喊，是田禾独有的，他喊出了真性情，真感觉，真悟真知，真梦真醒，真的撕心裂肺、呼天抢地，真的缠绵缱绻，荡气回肠！田禾对着太阳喊，对着山脉、河流、村庄……喊，"让那些流水、庄稼、炊烟以及爱情／都变作我永远的回声"，于是，惊喜油然而生。

一部诗集中九十首诗，几乎每首都是对故乡和故乡人民的"喊"。田禾喊出了故乡的品格、秉性、气质和精神；喊出了故乡的白天黑夜、春夏秋冬，父老乡亲、妇女儿童；喊出了故乡的柔肠九曲、仪态万方！喊出了故乡的质朴到佝偻、高贵地挺立的灵魂！

故乡的面貌在变，又没变。改革开放给农村吹来了新风。田禾的故乡还保留了那么多的贫困和苦难。四阿婆的儿子得胃癌死了,女儿疯了,四阿婆也死了……父亲咳嗽从春到夏,从秋到冬,最后是一口血痰,淹没了他。表弟三十七岁,在车祸中丧生。黑皮媳妇等待着到城里打工的黑皮回来,但黑皮再也回不来了,是一次施工事故带走了他的生命。小亮的二爹昨天得肺癌死了。煤黑子是矿难的幸存者,"有人时喊他几声 / 无人时喊他几声 / 他答应了,知道他还活着"。田禾没写一个字涉及政治,但字字句句都使读者想到国民经济的增长怎样才能惠及农村。

"喊"似乎悖于常理,可是田禾的诗又常常陷于常情。《路过民工食堂》《夜晚的工地》全是纯粹的场景素描,看不出艺术加工。"石头, / 拒绝流动 / 在山坡上堆积,屹立"。石头是有重量的固体,当然不会流动,这还用说吗?"风往低处吹,山谷填满了风, / 人走不到的地方,风都过去了"。人到不了的地方,风自然能到,这还用说吗?"再看槐花,我知道这是今年开的 / 去年的槐花都谢了"。去年的槐花当然开不到今年,这还用说吗? 这样地一再陷于常情,形成了田禾诗的一种特色。看似平淡,平淡中蕴涵着真实,惊人的真实。"一粒谷子。播进泥土,它是一颗种子。 / 脱掉外壳,煮熟了又叫米饭"。完全是大白话!"一粒谷子。农民叫它命根子。 / 皇帝把它叫成粮草。总理叫它粮食"。太简单了!"一粒谷子。把它叫汗水或苦难。 / 更把它叫一个日子。"太简单了,简单得像真理一样! 这大概就是田禾的逻辑:或悖于常理,或陷于常情,却从中翻出异乎寻常的"真"!

是大白话? 是"我手写我口"? 然而,还是见到了田禾的"炼字"。"我看见家门前的夜 / 被风吹得比秋还薄了"。谁见过"夜"的厚度? 谁又比较过"夜"与"秋"的厚薄? 艾青有一首诗《透明的夜》,田禾的夜大概也是透明的,被风吹得比秋的蝉翼还薄。田禾炼出一个"薄"字,准确地表述了他的夜的个性。"潮水般涌动的油菜花 / 从村庄的山坡上淌下来……""河西岸的麦子 / 刚长出绿

色,就在流淌……"人们常用"麦浪""稻波"一类词。田禾却炼出了
"淌"字,用以形容油菜花和麦子在风中呈现的丰腴和动态。济慈
《秋颂》中有句:"夏季已从黏稠的蜂巢里溢出"。田禾的"淌"与济
慈的"溢"异曲同工。"淌"只有凭读者去体味,才能品出它的味道。

　　大白话,还用得着技巧吗? 田禾运用的比喻之贴切,令人印象
深刻。"父亲的咳嗽是一根钢锯 / 锯着他的身体 / 锯着他钢铁般的
骨头 / 也锯着我们儿女们的心 / 直到锯完生命的最后一截"。钢
锯这个比喻,刻画了疾病的痛苦和父亲一生的粗粝、严峻、崎岖,撼
动人心。"小时候 / 乳名是奶奶冬天里 / 烤得烫手的红薯","是外
婆的糖葫芦","是父亲揣在心里的微笑","母亲喊着乳名 / 送我上
路……乳名像疼痛 / 母亲一触摸就哭"。一系列比喻从诗人心头
汩汩流出,把乳名的色、香、味全都烘烤出来,叫读者看得见,闻得
出,摸得着,一个牵动多少乡情的、土得几乎掉渣的农村娃子陡然
出现。

　　喊故乡也喊出了萌生于故乡的爱情。一个女孩名叫桃,一个
女孩名叫兰,一个女孩名叫杏。都是故乡的花! 浓浓的乡土味从
她们身上散发出来。"杏 / 是母亲家中的一根衣杆 / 是父亲地里的
一把镰刀 / 是村人寡淡的日子中的 / 味",是"那个叫大牛的小伙
子 / 心里的痛"! 为什么痛?"桃 / 最初开放的那一点红 / 就是
我的心跳",然而,桃红孕育的爱情"不得开花,就被桃的母亲 / 连
根拔掉……"村旁的那条小河"告诉我,她是纯洁的",然而如今"桃
已不在"。不在? 是去了远方还是离了人世? 留下悬念。整整八
年,"八年,我还走在路上,在回家的路上。 / 兰 / 我不停地喊着你
的名字"……是喜剧? 是悲剧?"一天就过去了 / ……留下月亮 /
把它还给爱情 // 我熬夜的妹妹 / 用夜色洗澡 / 她的皮肤一点也
不黑"。这首《一天》透出一点亮,但它恰恰是"夜色"衬托出来的。
田禾的爱情诗如此素淡,素淡到寡味,正如咀嚼白米饭,到最后品

出甘甜来。

在中国诗歌出现"双轨"现象的今天,田禾的乡土诗静静地站在诗林中。伪诗和真诗相互拼搏的无声战斗在进行着。田禾不声不响,站成真诗队伍中的一支劲旅。缪斯将嘉许他。中国的诗爱者将投以惊喜的目光。

2007 年 7 月 15 日

苦恋者的长歌和短歌

——致白桦

收到您寄赠的尊著《长歌和短歌》，非常感谢！

拿到书后，翻到目录页，见到《从秋瑾到林昭》，立即拜读。我原不知道这首诗，只是从目录上见到题目，立即被吸引，翻到109页，读此诗第一行"除非让我死"即被抓住，一口气读下去，直到结束。中间几度停顿，把警句一读再读，读时心潮澎湃，血液汹涌，不能自已！读毕，又翻回去再读有些章节，难以释卷。

我深切感到，《从秋瑾到林昭》将在中国新诗史——不，中国诗史——上，占据重要地位。作为一名读者，如果他的血还有一点热度，如果他的心还有一点红色，那么他读这首诗时，就不可能不流泪，不可能不思考，不可能不自省！

《从秋瑾到林昭》所代表的是中国知识分子——中国人的最高良知，是人类灵魂的最终颤动！就这首诗所达到的思想高度和艺术深度而言，它抵达到一个几乎空前的水平——我是指这一类诗。《小草在歌唱》与之相比，也略逊一筹，虽然它也是一首感人的好诗。

张志新、遇罗克、王辛酉、林昭、马正秀……将排列成光辉的人物长廊，永垂青史。他们每一位都应有一座诗碑，可惜还没有做到"每一位"。而您，为其中的一位立了诗碑。

我曾于2002年应绍兴市千石诗林筹建处的邀约,写了一首咏秋瑾的七绝,被他们刻在石上,置于该诗林中。诗曰:

> 秋雨秋风愁煞人,
> 鉴湖豪气贯青云。
> 夏瑜坟上花环泣,
> 荷戟彷徨一泪痕。

我的《秋雨吟》和我为悼念马正秀而写的《迟到的悼歌》,跟您的《从秋瑾到林昭》不能比。我站得没有您高,想得没有您深,应该说,远远不如! 我生于1923年,比您大七岁,但我自知,仍然幼稚,浅薄。

对《从秋瑾到林昭》,我还有许多读后感,但时间不允许我多写了。

王明韵先生为您颁发2008年《诗歌月刊》年度诗歌奖,就是奖这首诗,说明他有眼光,有胆识。他为您的这本诗集写的序《苦恋者的长歌和短歌》,也是一篇好文章。

中国新诗当前出现"双轨"现象。颠覆英雄,颠覆崇高,甚至颠覆语言,成为时尚。下半身写作,口水诗,垃圾诗,不断冒出来。另一方面,弘扬正气,崇奉义举,充满悲悯情怀的好诗,也时有出现。《从秋瑾到林昭》是当前诗坛上出现的一首闪耀着炫目的思想光芒和艺术特色的难得的杰作! 是中国新诗的脊梁之作! 有这样的诗作,中国新诗不会消亡! 这样的诗作,使我们听到了中国新诗振兴的先声!

再说一声谢谢,不是一般礼貌性的致谢,是对拯救诗歌弘扬诗歌者的敬辞。

2009年10月19日

爱的三昧　情的哲学

——致祁人

不久前收到您寄来的"祁人八十年代情诗选十三首"、"祁人九十年代情诗选十首"及"祁人2000年后情诗七首"。已拜读。

您的爱情诗写初恋,写婚姻,写爱情的千般旖旎,万种风情,写出了爱的三昧,情的哲学。爱情是最古老的诗歌主题,《诗经》的第一首《关雎》就是爱情诗,彼得拉克的《歌集》,但丁的《新生》,莎士比亚《十四行诗集》都写了爱情。中国和世界诗歌宝库中,爱情诗浩如烟海。今天的诗人写爱情诗,怎样才能不重复别人,跳出窠臼,写出新意呢?

当今中国诗歌处于"双轨"现象时期。一方面是平庸之作、媚俗之作、低劣之作、下流之作泛滥成灾,一方面是优秀之作、真诚之作、崇尚真善美之作不断涌现。您的情诗属于后者。关于爱情题材,有些诗作不是写爱,而是写性,性不是禁区,可以写,爱包括性,但性不等于爱。"下半身"写作不可取,因为它往往走入了误区。您的诗歌赞颂了爱的忠贞,爱的坚定,爱的纯洁,爱的高尚,这是对那些俗滥之作的有力反击!认为爱的忠贞这一主题已经过时、已经老化的观点是一种短视的眼光。只要读读您的这些诗,便可觉察到上述观点的谬误。

我很喜欢您的《春》、《给你》。"多年后,当我从远方归来/在茫茫人海中/即使你认不出我风干的模样/也会看见我不变的心肝"。这样的诗句,出人意表,然而,给人一个惊喜。"高山陷落的时候/你不会陷落/群山之中/你是最高的山峰/山峰之上/你是唯一的风景",然后是"大海枯竭的时候"——"生命终止的时候","你"和"我"处于何种状态,层层递进,逼近巅峰。最后是"你的容颜/可以一天天老去/但在我心中/你总是四季为春/在我生命的草坪上/繁衍为绿"。这些似乎都是"老生常谈",但给人耳目一新的感觉。彭斯有这样的名句:"我将永远爱你啊,亲爱的,/直到海洋枯干。/一直到我所有的海洋枯干啊,/到阳光熔化了岩石;/我仍然永远的爱你啊,亲爱的,/只要生命不消逝。"莎士比亚有这样的名句:"爱不是时间的玩偶,虽然红颜/到头来总不被时间的镰刀遗漏;/爱决不跟随短促的韶光改变,/就到灭亡的边缘,也不低头。"中国古代有这样一首无名氏的《菩萨蛮》词:"枕前发尽千般愿:要休且待青山烂,水面上秤锤浮,直待黄河彻底枯。白日参辰现,北斗回南面——休即未能休,且待三更见日头!"这些都是千古绝唱,读这些诗永远有新鲜感。然而,再读上面我所引用您的诗句,并没有重复滥俗的感觉。这正是您创新成功之处。

您有一首《遗书》,写到"倘若终有一天,假如我死去/我的爱人啊,你不要悲伤也不要哭泣/请从这一首诗中走下来/将这些诗句,抛向空中/让我的灵魂随你轻轻起舞……"这使我想起莎士比亚十四行诗第32首:"如果我活够了年岁,让粗鄙的死/把黄土盖上我骨头,而你还健康,/并且,你偶尔又重新翻阅我的诗——/你已故爱友的粗糙潦草的诗行,/请拿你当代更好的诗句来比较;/尽管每一句都胜过我的作品,/保存我的吧,为我的爱,论技巧——/我不如更加幸福的诗人高明。"您的诗嘱咐爱人:"请从这一首诗中走下来",是奇想;让爱人把你的诗句抛向空中,让你的灵魂随爱人轻轻起舞,也是奇想。您的诗还写到,让爱人带着你的诗,犹如带着你的身体,风雨兼程,赶回你的故乡那间你出生的小屋,再让她默念这首诗,读那些句子,再把这些文字一个一个撕碎,埋进故乡的土地,像埋进你的身体那样。这也是奇想。这些,都是莎翁那首诗里看不到的。莎翁那首诗的题旨是另一种,你的这首诗的题旨是你自己的,可以说是别出心裁,用一种特殊的表达方式,歌颂了爱的崇高和永恒,有着独特的动人处。

您的诗《最美》,是在情人节写给妻子的。正式标明给妻子的诗,这是唯一的一首。内容是夫妻生活的诗,这也是唯一的一首。要从柴米油盐和锅碗瓢盆里发现诗意,并不容易。而您发现了,不是发现了"泰国辣椒,澳洲龙虾",而是从"人间百味"中"发现"了爱情。人们说"婚姻是爱情的坟墓",或者把婚姻比作"围城",企图突围而出。而您不是,您恰恰相反。"你留给自己碗里的 / 叫做甜蜜 / 你放在我碗里的 / 叫做爱情",多么美好的诗句!"这个日子 / 坐在我对面的这个女人 / 在我的眼里 / 最——美!"俗语说:愿天下有情人终成眷属。您把这首《最美》当作这三组爱情诗的殿军,唱出Finale,恐怕也有深意存焉。

您要我"点评",我没能写出文章,就在这封信里把我的读后感告诉您吧。

2007 年 7 月 19 日

给你的信昨日写完,还未发出。觉得还有话要说,我指的是你的诗《和田玉——献给母亲与新娘》。

此诗开始时写诗人穿越帕米尔高原,看见一只和田玉,非常像母亲的眼睛,这"一只"似乎有点特别。一块玉,一般用"块"。往下看,明白了,"一只"是指一只玉镯,诗人用来献给母亲的。说那玉像母亲的眼睛,说玉镯朴素,像无言的诗句,绽开在母亲的手心,都是美好的想象。

接下去的是，母亲将玉镯戴在一个女孩的手腕上。由于温润的玉镯辉映着母亲的笑颜，开放在诗人的眼前，于是女孩成了诗人的新娘。"为什么叫作新娘？"诗人说，是母亲将全部的爱变作妻子的模样，从此陪伴在诗人身旁。这"变作妻子的模样"最令人惊喜，这一句是整首诗的"诗眼"。把母爱和妻爱（包括夫爱）写得如此温暖美丽，真是难得。

2007年7月20日晨

10月19日我在赴欧洲的飞机上，忽然又想起你的诗《和田玉》。关于这首诗，我在给你的信中已提及。但不知怎的，在空中我又想起它，于是在随身带的本子上写下了我的联想。

我的手记大约这样：

祁人的《和田玉》使我想起一些文学作品中的婆媳关系。《焦仲卿妻》（"孔雀东南飞"）中的焦仲卿母与焦仲卿妻兰芝；曹禺《原野》里的焦母与焦花氏（金子）；曹禺《北京人》里的曾思懿与瑞贞；陆游《钗头凤》和《沈园二首》中的作者本人的母亲和他的发妻唐婉的关系。陆游的词和诗是文学作品，但与前者不同的是，陆母与唐婉是历史上真实存在的，不是虚构人物。《和田玉》是对这些传统作品的一次反叛！

俗话说，千年的媳妇熬成婆！千年，是夸张，也是真实。备受压迫，心理变态，地位转变，人性异化，恶婆婆迫害儿媳，是真实的历史，也是真实的现实。

"三日入厨下，洗手作羹汤。"似乎是祥和的开端。"未谙姑食性，先遣小姑尝。"随即产生悬念。不知道"姑"会不会满意？新媳妇未来的命运如何？

光绪不是慈禧所生，但有些类似母子关系。珍妃被慈禧下令投井而死。已不是家庭矛盾，而是急剧激化了的政治矛盾。

举案齐眉只涉及梁鸿和孟光,这里没有婆母。

《和田玉》是把母爱与妻爱联系在一起,结合在一起,熔铸在一起,是奇想,也是创意。我孤陋寡闻,读书极少。我没有见过古今中外文学作品中有如《和田玉》这样写婆媳关系的。

写母爱的作品有多少?《游子吟》是杰作!

写妻爱的作品有多少?《月夜》("今夜鄜州月")是杰作!

有谁见过写母爱与妻爱交织传承的作品? 别人我不知道,我没有见过,除了《和田玉》。

2007年11月29日

附:

和 田 玉
——献给母亲与新娘

祁 人

当我穿越帕米尔高原
看见一只普通的和田玉
是那么地像母亲的眼睛
她的纯粹、内蕴和温润
令我怀想起遥远的故乡
想起故乡的天空下
那一丝母亲的牵挂

今生，我无法变成一棵树
在故乡永远站立在母亲身旁
当我走出南疆的戈壁与沙漠
为母亲献上这一只玉镯
朴素的玉石，如无言的诗句
就绽开在母亲的手心

如今，母亲将玉镯
戴在一个女孩的手腕
温润的玉镯辉映着母亲的笑颜
一圈圈地开放在我的眼前
戴玉镯的女孩
成了我的新娘

为什么叫作新娘？
新娘啊，是母亲将全部的爱
变作妻子的模样
从此陪伴在我的身旁

读王学仲的海外记游诗

    王学仲先生在美术、书法、教育、旧体诗词创作等方面都有高的造诣。除此之外,他写的新诗也有一定的品位。这使我得到一个印象:王学仲是一位多才多艺的诗人艺术家。

    王学仲写过许多记游诗。我拜读了他的诗集《三只眼睛看世界》和《王学仲短诗选》。在他的诗篇里,伦敦、巴黎、罗马、梵蒂冈、佛罗伦萨、维也纳、日内瓦、卢森堡、布鲁塞尔、慕尼黑、圣彼得堡⋯⋯一一出现。诗人写异国城市风情,往往能通过一两个景点的聚焦,把城市的特色突现出来。比如卢森堡"大峡谷":"也许是朱庇特挥动神剑／把首都一劈为二／谷上是首都的广场／房屋鳞次栉比沉入了谷底"(《卢森堡大峡谷》),一下子把卢森堡这座城市的整体状貌抓住,使它突现在读者面前。又如威尼斯:"好一条水上的小巷／好一片舢板的胡同／掬水便是一条游鱼／浪花就是四季的歌声"(《威尼斯水城(二)》),非常俭省的几个诗句就把这座水上名城的景观勾勒得栩栩如生。他的有的记游诗重点在刻画城市的现代特色。比如伦敦,长期以来给人们的印象是天色灰蒙,浓雾笼罩,故有"雾都"之称。但伦敦雾并非自古皆然,它是工业化空气污染的后果。二次大战结束后,英国政府大力推行环保政策,整治污染。经过长期努力,泰晤士河变清了,伦敦雾消散了。诗人于是写了一首题为《伦敦没有雾》的诗："伦敦没有雾……／世界大都市吸引不同人种／讲着不同的语言／都在潜心默语／为什么伦敦没有雾"。诗人不做解释，却更引起我们对这座城市目前的生存状态进行思考。他的有的记游诗，则侧重于对历史的反思。

王学仲记游诗中的城市，丰富多样，千姿百态。它们既时尚，又古老。诗人常常把名城放在历史的定位上，使它们在传统的彩练中闪射光芒。写维也纳，首先出现的是音乐家施特劳斯："难道，音乐是你的名字吗？／不是，音乐的名字应该叫维也纳。／请看那满街满巷的演奏者，／要说维也纳也不该是音乐的名字，／他的名字叫施特劳斯。／多么醉人的圆舞曲啊！"（《维也纳施特劳斯雕像》）维也纳是伟大音乐家的摇篮，是欧洲音乐发展史的见证，诗人说，音乐的名字应该叫维也纳，应该叫施特劳斯，这是对维也纳最好的赞颂。写荷兰，怎能遗漏画家伦勃朗？"伦勃朗在林中小憩／永恒的逆光笼罩在背后……"（《荷兰风车》）写巴黎不该忘记拿破仑："拿破仑一世留下大手笔，／他挥笔写下了'军队光荣'。／香榭丽舍大道上的人流不息，／如同凯旋门下不熄的火焰。"但这次诗人不停留在历史的返照上，历史的光环渐渐消隐，诗人思考着现在和未来：好战的人终于过去了，"如今是取胜的足球队在凯旋门下穿行，／让它变成和平竞赛之门吧！"（《凯旋门》）和平和发展，是当今人类生活面临的两大主题，是目前时代的最强音，这，在王学仲的诗中得到了回响。

诗人一唱三叹，迂回行进。历史和现实在他笔下交织撞击，迸出思想的火花。罗马和梵蒂冈的辉煌促使诗人回顾："我看到恺撒的霸权／尼禄王的残暴……／奴隶、勇士，人和野兽的竞技／惶恐铸造了那些辉煌的砌块／却再也看不到奴隶的血与汗……／残杀筑成的罗马／千万人凭吊着乱葬岗"（《我踏上了罗马》），历史是如此残酷无情，历史又如此不可思议："那些被驱赶被鞭笞的奴隶／

竟然建造出这些辉煌的奇迹!"(《罗马许愿池》)到底这些名城的文化遗存能给诗人以什么启示? 诗人被一切残暴的非人性的留痕所激怒:"我随着信徒们朝拜,/我产生了亵渎神灵的妄想,/我就是要下地狱的人。"(《到梵蒂冈"朝圣"》)但是,愤激之情和极而言之的抒忿的背后,还是要跟绝望拉开距离:"将帅的凯歌与战死者的白骨,/同样进入思念者的梦乡,/结扎成一个梦的花环。"(《罗马许愿池》)。

我更欣赏诗人的欧洲五河联唱。塞纳河,美因河,莱茵河,多瑙河,阿诺河,在诗人笔下,像五位美人响应缪斯的招呼,一一出现。塞纳河如"一股涌动的波,一片袅娜的烟"(《游艇泛在塞纳河上》),美因河"是幽歌而不是呼号"(《美因河的秋风》),面对多瑙河,诗人看到"贝多芬的背影和教堂的尖塔,/划在五线谱上的狂飙,/把蔚蓝的长河拉长着,缩短着,/是他们激越的潮起潮落"(《烟絮喷在多瑙河上》)。而莱茵河给诗人的视觉是一种霎那间的定格:"一片秋叶落入了水面"(《霎那莱茵河上》)。凝望着流经佛罗伦萨的阿诺河,诗人心头涌起了文艺复兴的历史积淀,于是视这条河为"欧洲人用智慧泼下来的琼浆",是它"唤起了中世纪沉睡后的苏醒"(《佛罗伦萨哟,阿诺河》)。五位美人,窈窕婉娈,温淑娴静,包容着丰富的历史内涵和艺术底蕴,展示着从古到今永不凋萎的美质丽姿,从一个侧面传递出整个欧洲的人文信息。欧洲有阿尔卑斯的高峻,亚平宁的雄伟,但也有莱茵的梦幻,多瑙的迷茫,这才是欧洲的全部内容。

王学仲的记游诗,有时还体悟出某种人生情境或况味。他写比萨斜塔,说:世界上直立的塔多着呢,可就是没有多少人去看,"于是便有了俯身攀谈的倩影 / 接待万国的游客"(《比萨斜塔》)。真是奇妙的笔触! 比萨斜塔是为了俯身接近人类,这才永远"拒绝了正直",发射出不可抗拒的亲和力! 这样抒写比萨斜塔,非常独特！诗人在日内瓦湖上看到一个椅子雕塑,而它缺了一条腿,是雕塑家有意雕成这样的,诗人写道:"是警示世界上还有地雷／还是唤醒对残疾者的援助?"(《日内瓦湖》)诗人带着一双洞察世情的眼睛,游遍欧洲各国,终于发出慨叹:"他们能把文明变成谎话／又和睦又恶斗就是他们永恒的游戏规则",最后忽然转过笔锋,抛出又一个幽默和狡黠:"他们不应再探出一个美洲大陆／把美丽的梦送给了别人"(《你看到过欧洲吗?》),这样,所有的欧洲记游诗就戛然而止。

我拜读了王学仲的这些记游诗,仿佛跟他一起访问了欧洲的许多名城古都、山脉河流,沉浸在他的诗情画意中,思考着历史和现实的交叠,真善和假恶的撞击,美与丑的交锋,从而得到了一次审美的享受和思想的交流。

2005 年 6 月 10 日

意识流的诗意表达

——读齐菲的诗集《隐蔽的沙滩》

　　爱尔兰诗人谢默斯·希尼说过,一首好诗就是一个惊喜。齐菲的诗,就具有这样的品质。

　　齐菲的诗,一个诗题,几个诗节。看上去,往往"文不对题",再看下去,"藕断丝连"。比如那首《燃烧的冰》,全诗无一处提到"燃烧",虽然"冰"是有的。然而一万年过去,冰里那颗"心"永远不安分,最后在众人的眼里成为一道"多美的流星",便与开头"我在云上／飞了一千年"接合了。又比如《湖底的地球》,地球在哪里? 或《隐蔽的沙滩》,沙滩在哪里? 慢慢咀嚼吧。"我"正从湖水下面伸出头来看夕阳下沉,还有"你",还有"他"……串联起来,大约构成了并不出现的"地球"。而沙滩,本来是"隐蔽的",只是到最后,"潮水跟着星星奔向海岸",沙滩终于露出一点身影,而"仙女的郁金香"在上面凋谢了。

　　杜甫说曹霸画玉花骢,是"惨淡经营"。不少人写诗也是惨淡经营。齐菲写诗是否也是如此? 她有一首《春夜细雨》,诗末有自注:"看一道高考作文题,十分钟写就,很仓促。"至少这一首没有惨淡经营吧? 这首急就章是否粗率潦草? 杜甫有一首《春夜喜雨》,齐菲这首题目只换了一个字。杜甫是写实,齐菲却用了象征手法(不是象征主义),把细雨比作仙女的"心事":仙女"细细筛着自己的心事",这些"心事"发出"沙拉,沙拉"的声响,丁丁冬冬地掉进了小溪,噼噼啪啪地敲打着树叶,于是,细雨来了。是仙女,却又是她的"倒影",或"幻影",这个"影""滑着优雅的舞步","弯下腰亲吻小草","扬手一挥"就挥出了密密层层星星般闪烁的"晶莹剔透",润湿着大地的"水雾"便这样"腾起",于是"每一寸泥土,都听到了动人的弦音",随即"风也静静地流","花也悄悄地开"。杜甫明说"喜"于雨,齐菲不明说,然而她笔下的仙女把"人间离别的哀愁"以及"嘴边失意的感叹"都"细细地筛过"。这些哀愁,这些感叹,也就是"心事",被筛下来,洒到地上,随之消失于无形。留下的,也许是些许温存。在齐菲的诗里,微言大义是没有的。一切都是感悟,一切都是灵视。然而"随风潜入夜,润物细无声"的境界,用有别于古典的现代语言,用有别于诗圣的童话化意象,予以呈现。

齐菲的诗,有时似乎体现一种悖论。《窗口》这首诗,写"两个世界""隔了一个窗口"。有墙才有窗,有屋才有墙。可这里,两边都是敞开的,怎么有"窗口"?"口"在哪里?诗人说,"因为有窗口,他们彼此向往"。是窗口促成了"向往"。有一天,那空虚的、或者抽象的"窗口"打开了,于是"两边的光交汇了","两边的空气融合了……"也许,正是这种异想,成全了这首诗。

齐菲有一首《黑夜思》。李白有《静夜思》。齐菲的诗题也只改了一个字。李白写"床前明月光",齐菲也写月光:"我的灵魂……/站在天地之间,看同一个月亮"。整首诗写的就是光,"光让我疲惫","光刺伤我的眼睛","在光下我表演","在光上我静默"……第一人称"我"和第三人称"它"其实是一体,"它"就是"我的灵魂",也就是"我的骄傲的,自卑的心"。整篇的"光"反衬着夜的"黑",从诗行到诗行,流淌着诗人在无声寂静中种种的"思"。在这思绪纷繁的黑夜里,她"隔着透明的玻璃窗/看里面的自己……"寻找自己的"心"。这是不是另一种形态的"低头思故乡"?

《黑夜思》里到处是光。齐菲还有一首诗,可算是它的姐妹篇,题目就叫《光》。诗中出现"星光","阳光",钻石的"光",更有"目光",被冬风冻结的"忧伤",在春夜零时复苏,化作螺旋状的"星光",化作传说中宝藏发出的"光芒"。不为人知的"彷徨"物化了,成为"多少人的目光"的异化物。埋藏在心中的"钻"大口呼吸,慌乱地寻找"阳光",找不到,便自己"发光"——顿时,"像针一般的光芒撕裂缠绕的黑色",汇成一束束"强烈的力量":"破茧而出"! 全诗四个诗节,每节都以韵母ang押韵,用"光"字作尾韵的就达五次:这个ang韵声调高亢,情绪昂扬,用来体现光的亮度是合适的。但奇的是最后一节最后一行最后一个字是"出"! 全诗整齐的ang韵却以这个不和谐音作结,而且是个入声(普通话中平声),音调急促、爆破,如一声撕裂黑暗的霹雳! 不知是作者有意设计,还是无心为之。一个"出"字使全诗戛然而止,尽显突兀。读到此,会感到惊异。惊异,是惊喜的孪生兄弟。

齐菲是描述自然的高手。她爱写秋季,有一首《秋的乐章》。这使人想起英国诗人济慈的《秋颂》。《秋颂》最后一节描述秋天里各种虫鸣、羊鸣、鸟鸣,通过这些声籁体现秋的品格。齐菲则把秋天的原野、秋树、秋林、秋叶、秋风,都化为一个个、一组组音符。一叶而知秋。"漫山遍野的音符之叶……敲击着大地之鼓 / 奏响了动人心魄的交响乐"。切入点与济慈不同,而秋的风格同样充分地表现出来。

关于风,宋玉有《风赋》,齐菲有《风痕》。她写道:"有一小滴露水 / 从叶尖尖滑下",触动了叶间缕缕阳光的弦,空气中飘散的微波使阳光原野蠢蠢欲动,这时,"轻轻的,叮的一声 / 风已开始策划舞步"。正如宋玉说的:"风生于地,起于青蘋之末"。但齐菲的状物更加细致,更加形象。齐菲的"风",提起长裙,划开柳帘,穿过花丛,越过沟堑,她的裙裾旋转于绿茵上,她的长袖飞飘过白云间,由下而上，由上而下，使片片绿叶窒息，让朵朵玫瑰倾倒，随后变为丝丝拈花的细流……突然由形变声，化作一曲"挺拔的高音"，舒畅了河流的身段，使原野舞乱了绿发，叫阳关漂洗了银弦，旋转而迂回，最后，一转身，越过山脉，消逝于云霄间。于是，"一切又悄然平静／风过无痕"。宋玉说："夫风者，天地之气，溥畅而至，不择贵贱高下而加焉。"齐菲不做任何理性说明，她一律出之以形象，用形象说明一切。而形象，源于诗人的想象。她的想象正如狂飙的飞腾，云霓的旋舞，一发而不可收。齐菲的"风"，已经人格化，温柔敦厚，扶梳万物。《庄子·齐物论》中说："大块噫气，其名为风，是唯无作，作则万窍怒口号。"齐菲的风则非是，而是另一种行止，另一种风格。

齐菲年轻，还是个学生。她的诗，有时显得稚嫩，但不是幼稚：稚嫩中蕴含智慧，透露灵性。她的诗，有的呈现成熟，但不是陈旧。成熟中包孕率真，渗出新颖。她的诗，有的属于异类，往往发现未被发现的诗素。她的诗，时时忘我，忘我意味着与所咏之物的合一，这与济慈的诗学概念"客体感受力"（negative capability）暗合。或许，稚嫩不如说生嫩。生，是翠的，青的，脆的，不熟，更是不俗，因而往往爆出惊喜。她的诗，放逐惨淡经营，笔随心走，想到哪里，写到哪里，但不是粗率任意。她诗中的意象，不是挤出来的，是流出来的，或者，涌出来的。她心灵手巧。因之，她的诗，仿佛乔伊斯的小说，无以名之，名之曰：意识流的诗意表达。

2009 年 10 月 28 日

古典和现代的诗意交融

——序老墨刘咏阁的诗集《心远之殇》

2009年开始了。新年里,拜读刘咏阁的诗作,是一件愉快的事。咏阁是我表兄周有光（104岁老人）的忘年交。我还读到有光大哥在2008年12月为刘咏阁的诗集写的序,这增加了我读刘咏阁诗的兴趣。

咏阁既写新诗（白话诗）,也写旧体诗（文言诗）,按丁芒的说法,是"两栖诗人"。有光大哥称他的新诗为现代诗,称他的旧体诗为格律诗,这有一定的理由。（我觉得称旧体诗为古典格律诗更为准确,因为新诗中如闻一多的《死水》、冯至的《十四行集》等也是格律诗,可称为现代格律诗,以与古典格律诗相区别。）有光说:"读咏阁的现代诗就让我感觉到了民族音韵的传统,还有意境也明显是传统与现代思维方式融合的结果。"有光的评析十分到位,可谓切中肯綮。

我还注意到有光的话:"咏阁身上那种传统和现代既凸现又融合的东西,是最有趣味的。"

我同意这看法。这里我补充一句:咏阁的旧体诗和词（即古典格律诗,或传统诗）中又时时蕴含着现代思维,在这些诗词中,现代性在古典形式下处于隐性存在的状态。

咏阁的旧体诗词在格律、体式、韵律方面都遵循着严格的规范。五言、七言、绝句、律诗,以及各种词牌名命名的词,都是循规蹈矩之作。然而,体式均服从于内涵。试读他的词《卜算子·戊子春节》:

> 风伫聚星云,
> 梅俏逐寒影。
> 乐看烟花溢满瞳,
> 勾画长欢景。
> 垒罢紫晶坛,
> 又筑桃源境。
> 岁落年更笑语凝,
> 已告屠苏罄。

这是一首严格按照词律填就的《卜算子》。上下两阕,字数各为五五七五,平仄定点不移,韵式固守。仄韵,而又上声与上声押(影 ying 与景 jing),去声与去声押(境 jing 与罄 qing),是锦上添花,十分讲究。而这首短调的活泼灵动的风格与春节欢快的心情紧密吻合,配以梅花、屠苏酒、烟花等时令"道具"以及紫晶坛、桃花源等想象事物,把节日气氛渲染出来。"乐看烟花溢满瞳",可谓神来之笔。不说烟花(春天的美景,也包括燃放的焰火)映入眼帘,而说烟花溢出瞳孔(却又是"看"的结果),这是一种带有现代色彩的逆向思维。这类思维方式在咏阁诗中不止一见。咏阁的这类诗体式上循规蹈矩,在思维上不断突破长期以来的陈言与定势。

咏阁是画家,他的旧体诗词中有很大一部分是题画诗。这些诗的特点是紧扣画意,不拘泥于画面具象,而是从画面探入,做更深更广的开掘。我很欣赏他的一些题画诗。例如他的《题画·数点留红缀晚秋》:

荷塘翠色自飘游,数点留红缀晚秋。

岸柳抽丝戏圆日,清波弦动诱归鸥。

花残不怪四时短,藕断羞言九月愁。

歌漾忽闻采莲女,水天共寂涌扁舟。

诗中的荷、柳、波、花、藕等应该都是画中所有之物。诗一一赋予了它们以生命,使之时时处于动态,甚至使它们有思想情感。"戏"、"诱"、"不怪"、"羞言"突现了这些事物的情愫和性格。诗不仅对仗工整,还讲究炼字,例如"缀晚秋"之"缀","涌扁舟"之"涌",都是经过锤炼而入选的字,不可移易。若换了别的字,味道就可能不一样了。全诗把潜隐在画面之下的深层意蕴,一派活泼泼的生机,和盘托出。而最后两句,又从静止的画境中绽放出悠扬的嗓音,荷塘的幽静中涌出一叶扁舟,舟上采莲女的歌唱打破了万籁无声的水天岑寂!诗篇到这里戛然而止,其所显现的意境将绵延无穷。

苏轼称王维诗中有画,画中有诗。咏阁的题画诗与所题之画,庶几近之。然而,也不止于题画诗。如《七律·过巫峡》就是诗中有画的绝好例证。其颈联"墨云闲去会神女,绿水兴回见凤冠"。使人想起杜甫《秋兴》中的句子:"波漂菰米沉云黑,露冷莲房坠粉红。"我曾说八世纪中国唐代杜甫这样的诗句是空前的和超前的,仿佛十九世纪法国莫奈的印象派绘画,而上面所引咏阁的诗句,也引起我同样的联想。

咏阁的旧体诗中的现代意识,也不仅表现在他的题画诗中。他的七律《咏人体速写》,虽然未标明题画,"馨香漾满桃花艳,锦色融消菡藕奇,喏嚅红唇哑问,轻撩乌发捻新疑"这样的笔触在中国古代诗歌中是找不到的,类似的意绪也许可以从雷诺阿的浴女画作中感受到。这里,古色古香和现代意识融合无间了。

说到法国画,我又想到咏阁的现代诗《日行巴黎》和《懒散的午后》。如下的诗句使我的心怦怦跳动:"罗丹到死也没有去除加莱义民的脚铐","我淌着泪读出了莫奈在日出时和光的游戏"……或者"我抱着一扎叫不上名来的啤酒 / 懒散地仰坐在路边酒吧的 / 椅子里发呆……"从这里,我们看到的是巴黎的无奈,法国的无奈,或者是欧洲的无奈。早已不是十九世纪,而是现代,不,是当代,更是二十一世纪的今天。欧洲的辉煌已成为过去。或者它的辉煌还在。但,那是"渡头余落日,墟里上孤烟"。欧洲也许在酝酿着新的辉煌,但何时到来,只能"等待戈多"!咏阁的这两首诗,抓住了欧洲灵魂的"现在时"。

咏阁的《那样,你就成了这海的女人》,是另一首充盈着现代审美意识的诗,诗中的第二人称是一种象征,体现着动与静的交叠,轻与重的轮替,海与陆的对话。这里有海鸟的追风,海浪的放纵,星月的静卧,精灵的嬉戏,而绯红的欢愉和碧蓝的安宁形成鲜明的对照。这一切,使我心头涌起2007年秋天我在西班牙巴塞罗那海滨面对地中海的蓝波享受天光水色的全部回忆。

咏阁还有一首诗,题目叫《心远之殇》,大约有五百行之多。诗中映射出一个现代知识分子的心灵历险和精神遨游。他上天入地,穿越时空,拷问历史,叩击未来。他与屈原、庄周、陶潜、李白擦肩而过,又跟梵高、蒙克、达里、弗洛伊德携手同行。他闯入桃园仙境,跨过海市蜃楼,把梦幻揽入怀中,把现实推出云外。他带着古人的面具,审问现实的命案,他在最后的吟游中唱出如下的诗句:

> 自由的纯粹中,饱含洁净与正义
> 净土,蓝天,以及去掉了
> 所有着意和做作的暖风

任灵魂的色彩涂抹在脸颊,头仰着
我亲历了仁智邂逅胸怀的震撼
……
我,丢下了行囊拉扯着尚能行走的躯体
归隐清风

　　我体会,这也许就是一个现代知识分子的归巢,或者,就是诗人最终的涅槃。这里,正是咏阁诗歌中现代性的显性存在。

2009 年 1 月 8 日

去陈言　出新意

——序《云水有无间——游默诗联选》

游默老友,我与他在中国戏剧家协会共事十六年,经历了历次政治运动和"文化大革命",一同下五七干校。在干校,有一次,在炎热的夏天,我与他一起在田边管理和看守水泵,住在临时席棚内。到了半夜,让水泵暂时休息。突然,我听到一种从未听到过的声音仿佛蚕在吐丝,仿佛蛋壳被幼雏啄破……我问:什么声音?游默说,是庄稼在拔节!哦!庄稼拔节,是新的生命在涌动!是不是:大劫难即将结束,新时期的曙光即将出现? 由此而浩荡感激,心弦震动。此情此景,至今印象长留,铭心刻骨。这段记忆,成为我与游默友谊的定格。

我知道游默学写旧体诗词,是在1961年12月由组织上安排我与他一同出差到陕西、甘肃、四川去了解戏剧创作演出情况时。一路上他有吟作。回京后,他把他的诗作给我看。他称我"亦师亦友","友"是确实的,"师"则不敢当。我和他只是一同切磋琢磨,探求诗艺。后来在干校,也有一些唱和。

这次游默把《云水有无间——游默诗联选》书稿给我看,并希望我写一篇序。老友所请,义不容辞,我欣然接受。游默近几年积累,经过筛选而保存下来的诗作已有二百二十一首,楹联一百三十副(另外,他前几年出版的《徜徉戏林艺海》里还收辑了二百多首诗和二十多副楹联），确是收获丰盈，成绩斐然。我以愉悦的心情，拜读了这部书稿中的全部作品。总的印象是：情辞并茂，身心双健（身指形式，心指内容），风格清雅，语言凝练，格律严谨，音韵铿锵。游默游默，你的名字游默——游是运动，默是静止，一是有规律的动，一是有深度的静，一是外张，一是内敛，竟如此贴切地表达了你的人格和诗格！你的诗，正是游和默的统一。

游默的诗作，分为七辑。每辑中均有佳作。我觉得"嘤鸣联谊""感事抒怀"两辑中佳作更多。怎样才是佳作？首要在创新。

当今写旧体诗（文言诗）的人比写新诗（白话诗）的人多。有一种统计是：前者约一百万，后者约六十万。但在如此庞大的旧体诗作者队伍中流行着一种通病：陈腐。不少旧体诗是假冒古人，伪装风雅，陈词滥调，套语连篇。韩愈早就说过：唯陈言之务去。但是这个病至今流行着。旧体酬酢之作中，往往陈言更多。莎士比亚说要"从旧词出新意"，这对今天中国的旧体诗作者也适用。陈言之所以可厌，是因为假。新意之所以可喜，是因为真。

游默的诗作中之佳者，清新刚健，诗意盎然，流露出充沛的真情。如他的五言律诗《次韵和鼎山兄赠诗并谢家乡诸学长》：

> 雨过喜临轩，温馨在世间。
> 霞光投客旅，高义浸窗缘。
> 否泰原含序，阴晴自必然。
> 中秋云雾散，举首望婵娟。

全诗贯穿着友情与乡情的无限真挚。颔联和颈联，新意迭出。"否泰""阴晴"，不仅指自然，更指人生，社会。从人际关系发展中析出事物变化的规律。末联中出现"云雾""婵娟"，给人以自然景色的美好憧憬，同时体现出某种象征和寓意。读此诗，一扫陈腐之气。

又如《读青岛吟友来函感赋》七言绝句：

> 鹰翔崂岭上云霄,俯视波涛拍栈桥。
> 鱼跃鸢飞天海阔,胸旌随浪顺风飘。

这里没有任何应酬词句,全写青岛地方的山海风情,却不囿于自然的客观存在,而是借"鹰翔""鱼跃"抒写自己的"胸旌",仿佛诗人的心灵在天地间作逍遥之游。这使人想起两句著名的唐诗:"海阔凭鱼跃,天高任鸟飞。"游默是化用,非硬搬,成为作者的精神写照,读之令人耳目一新。

游默的一些追怀、述怀之作,其佳者多由于出自真情。如五言律诗《回乡》:

> 沧桑卅六春,返里稻畦新。
> 深岭闻闽语,痴情觅旧津。
> 横云遮远岫,细雨湿微尘。
> 几度寻乡曲,南音倍觉亲。

诗中似乎并无特异之处,所写皆人之常情。但"闻闽语""觅旧津""寻乡曲"写出了离乡三十六年时的心情和行为,何等真切! 何等真率! 人之常情,因为真实,依然给人以新鲜感。(闽,仄声,此出应平,破格而已,瑕不掩瑜。)

游默的咏物诗,往往能从所咏之物的本性中发现某种内蕴。如《题刘鸿翎绘凌霄花图》七言绝句:

> 瓣红叶茂绿茵前,不屑依篱惹蝶怜。

莫道花柔藤细弱,他时笑傲上云天。

凌霄花的长相和姿态,人们并不陌生。但游默从中发掘出它"笑傲上云天"的志趣,便使诗包孕了某种哲思,达到了一定的深度。

游默还写出这样的诗,屏除实物作为吟咏对象,突出一种抽象的意识或感觉。比如他有一首七言绝句《悟》:

潜流欲动报春知,蛰伏经冬待醒时。
心窍一朝驱薄雾,天开灵锁马飞驰。

这首诗的特点在于,作者把抽象与具象结合起来,产生一种异乎寻常的知觉效果。诗中的"潜流""心窍""灵锁"这些词语,是抽象的还是具象的?"流""窍""锁"是具象的,"潜""心""灵"是抽象的,二者融合了。而薄雾驱散,骏马飞驰又是寓抽象于具象,化心感于视觉。整首诗不过四句,却写透了"悟"这种现象出现时豁然开朗、石破天惊般的精神境界。似乎玄妙,却又精确地描述了"悟"的心态。

游默在语言文字的运用上,往往惨淡经营,煞费苦心。试举一例:七言律诗《陪亲友游天坛》:

北往南来万里心,闽山黑水有甘霖。
殿旁厚意留霞影,城外纯情对柏森。
永定门前思永定,回音壁下响回音。
轻衫汗透春归去,径曲园幽草木深。

此诗颈联连续出现"永定"和"回音",重复得巧妙。须知北京天坛挨近永定门,回音壁则是天坛公园内的重要景点。而"永定"恰恰又是游默的故乡,福建省永定县!"响回音"则与"陪亲友游天坛"相呼应,是寻友的召唤,故乡的回音!而且,这两句平仄完全合律。这不是文字游戏。文字游戏使人莞尔一笑,过后便觉空虚。此诗不是。这两句恰恰与诗的主题严密吻合。这使人想起文天祥的名诗《过零丁洋》中的颈联:"惶恐滩头说惶恐,零丁洋里叹零丁。"惶恐滩与零丁洋是文天祥亲身经历的地方的实名,而惶恐、零丁又是文天祥当时真实心情的写照。巧得出奇,又使读者感动得泪下。游默是否从这位民族英雄的不朽诗篇获得了启发?

这部诗集中也有一些平平之作。但,即使是大诗人的作品集,这种情况也是难免的。

纸短话长,暂写至此。在结束本文的时候,我又想起我与游默在干校那个夏夜听庄稼拔节声音的情景。庄稼拔节是新的生命的涌动,也是新的思想的闪光。游默与我,都已到了老年。但我想,我们的诗思不会枯竭。一首好诗,就是一个鲜活的生命,它永远真实,永远新鲜。我愿与老友游默共勉,让我们胸中的诗思禾苗在每个早晨拔节,迎接新鲜的太阳,诞生新的诗章!

2008 年 10 月 22 日

用"磨刀背"的精神打造《优势》
——谈田海的哲理诗《优势》

古往今来,大诗人的作品都有哲学底蕴。即使是抒情诗也是如此。莎士比亚的十四行诗具有很深刻的哲学底蕴,他的关于友谊、关于爱情的诗篇中的辩证的观点,让人深思并长期地思考。有一种说法,说不尽的《红楼梦》,说不尽的鲁迅,莎士比亚也是说不尽的。有哲学底蕴的古代大诗人的诗作还有很多。屈原的《离骚》、《九歌》,陶渊明、杜甫和李白的许多作品都是。但它们一般都是以抒情诗、政治抒情诗的形式呈现,让人品味。

但也有诗是以哲理诗的名义出现,历史上有,数量不多,成功的也不多。田海的哲理长诗《优势》的"优势"二字,就是一个抽象概念,他公开亮明《优势》是哲理诗,而不是抒情诗,这和上述有哲学底蕴的抒情诗作又有区别。

有一句俗话叫"磨刀背"。刀是要磨刃,你怎么去磨刀背呢?要把刀背磨成刀刃,这是很难的。田海给自己出了一道难题,要"磨刀背",把刀背磨成锋利的刀刃。他做了一件很有意义的工作。田海写过一些抒情或叙事的短诗和长诗,写诗应该是他的优势;田海又擅长哲学思考,理性思维也应该是他的优势。但这两个东西——哲学思考是属于逻辑思维,诗歌创作要进行形象思维,两种思维一般来说是不相容的。要把它们结合起来,就是磨刀背的工作。

让人惊喜的是,田海把刀背磨成了刀刃。《优势》这部诗集,我从头到尾一口气通读下来,又反反复复看了多遍,觉得它是一个有价值的创造,带有实验性质的创造,给中国诗歌发展增添了一种新的景观。像这样直接用哲理写成的诗,我以前还没有读过。闻一多有一首诗《剑匣》,是叙事诗,它里面有哲理,它以叙事的方式阐述一个深刻的道理。田海的《优势》就是讲道理,讲哲理,它是诗吗?基本上做到了是诗。它是一个新的现象,它很难。有的地方就做得比较完美,比如第五章下篇之三,讲发挥优势应该看准客观情况,吻合客观规律,不符合客观规律就难以发挥优势。它讲道理,不是干巴巴的,而是用形象来讲的:"还得解读最重要的秘诀/大千世界什么最紧缺/能否到赤道推销羽绒服/能否到南北极出售冰雪"。赤道和南北极都是位置,羽绒服和冰雪都是物质,用形象说明哲学道理,发挥优势就要符合客观规律,这就是诗化的哲理,哲理的诗。当然也有一些地方还有概念化的东西,比如"自我削弱,主体当力求避免"这一类句子就诗味不够。写哲理诗有很多经验教训值得总结和提升。

关于诗歌形式问题,有人认为新诗就只是自由体,格律诗就只是古典诗中的律诗和绝句,这是一种误解。闻一多、徐志摩、何其芳都有过格律的追求,《死水》就是严格的新格律诗,十四行诗也是格律体,是引进外国形式用中文来写。在当前新格律诗处于低潮、大家都不注重的情况下,还是有一部分诗人在不断孜孜以求地探索创造中国的新格律诗,田海的《优势》中所运用和显示的注重节奏变化,三顿、四顿,或者五顿、六顿交互使用的句式,参差不齐,抑扬顿挫的韵律设置,就使这部诗有了明朗的节奏感,也就消除了可能出现的单调感。这是一种有益的尝试。

田海在《优势》的《后记》中运用他的优势理念分析中国新诗的

"优势"和"劣势"及其转化,也很有见地。马克思主义的唯物观,认为物质是第一位的,物质决定精神,存在决定意识。但是在一定条件下,精神有主观能动性,意识又可以反作用于存在。田海认为,只要我们能够认识并发挥优势,是可以辩证地改变新诗被边缘化的低谷状况的。田海有几点思考很有意义。他说:"防止自我削弱,也是创造诗歌优势所必须的。事实上,一些诗人是在自觉不自觉地削弱着诗歌的优势,比如急功近利的浮躁情绪,比如褒己贬人的圈子主义,比如远离现实、远离人民的孤芳自赏,比如一些败坏诗歌声誉、败坏读者口味的文字游戏,比如一些期刊重关系、重名家胜过重好诗的倾向,就是在削弱诗歌优势。"用优势理念来思考诗歌的优势,这也是一种思考,值得我们认真想一想。

我们肯定田海诗歌创作的"磨刀背"精神。我们期待田海创作更多更好的诗歌作品。

2007 年 9 月 10 日,北京

愿为缪斯奉献一生

——致李淑华信六封(1995.9—2008.5)

今年1月份收到你的来信。迟复为歉!

你在信中说:"二十五岁的我也算是经过了人生的坎坷与魔难;但一种自始至终发自内心的不屈向上的精神,注定了我,我越来越珍惜生活,珍惜人生。创作是我一生的追求。……在人生的道路上,我要做一位不凡之女。"

我很赞赏你这段话中所表露出来的你的人生态度。人总是要有所追求的,当然是向上的、进取的、积极的追求。那种颓废的,消沉的,或无所事事的人生态度,为我们所不取。但愿你在人生拼搏的道路上不断前进。

你那段话,我是照抄的。你写了错别字,如"磨难"写成了"魔难";有的地方不太通顺,如"一种……不屈向上的精神,注定了我",意思虽然明白,但用语不太准确。

写诗,有时为了突出某种意蕴或氛围,故意用不规范的语言。这在一定程度上可以允许,但决不可滥。平时表达思想,还是要用规范的语言。

你的诗《渴望生活》含有一种原始的力,使人感到生命的躁动和不息的追求,富有粗犷美。

你的诗《拥抱生活》,感情深挚而专注,发出了灵魂颤动的声音。

你的诗《展望生活》,平坦中有崎岖,浅中有深。(印错了一个字:"颤粟"应为"颤栗"。)

希望你多读书,多学习,多向社会学习,多在生活中磨炼,多思考,多探索。写出更好的诗来!

我是一个平凡的人。我的话,仅供参考。

1995.9.9

来信及附来的剪报复印件(你的文章《我的作家梦》)都收到了。

你在艰苦的条件下努力学习写作,取得了成绩,很不容易啊。我为你高兴。

当作家是很艰苦的,要有恒久的毅力,要有责任感,使命感。你前面的道路还很长,要有充分的思想准备。

还要学习,向社会学习,向榜样学习。要学文化。你的信上还有写错的字,比如鞭策的"鞭",你写成了"儂"。

祝你不断取得成绩!

1998.11.20

寄你一本我的诗集,请你批评。

希望你写诗保持清新的风格,永远不要丢弃泥土气息,永远做普通人的朋友。

愿你写诗取得更大成绩,写得更深沉,更优美,更值得品味,更经得起咀嚼。

我们写作,是为人民而写。我们写作,是为了歌颂真、善、美,抨击假、恶、丑。

诗是人类灵魂的声音。诗人的使命,是用诗美纯化一个民族、以至人类的灵魂。

2004.1.5

你的信，我已收到多日。

我非常高兴，你又成长了，取得了新的成绩。我读了你寄来的许多复印件，这里有你的诗作，有你的自传性散文《我的作家梦》，有姜建国、张维芳的文章《穿过袅袅炊烟——读李淑华其诗其人》。我对你的了解深了一层。

你高考落榜，为了让弟妹上学，自己当了农民。但你始终做着作家梦，而且用行动来实践自己的理想。你冲破了重重阻力，利用业余时间学习，写作，终于迎来了你的文学春天。你花了大力气，工夫不负有心人，你的努力有了回报，你的创作得到了社会的承认。我为你高兴，真是非常高兴！

你的诗，散文，我看了，很好。你的文笔流畅，而且充满感情。这是可贵的。无论为诗，为文，如果没有真情实感，那是没有力量的，也是没有价值的。你的诗之所以能得到读者的喜欢，我想，就因为你在诗中倾注了真情。这里有你对土地的爱，对祖国的爱，对乡亲的爱，对同胞的爱，都发自你的内心。

我想，你应该坚持"真"。巴金老人告诉我们，要说真话。这看来简单的三个字，可够我们受用一辈子。

让我们永远不要脱离生我养我的故土，培育我们长大成人的乡亲，父老，祖国同胞。让我们永远拥抱生活，突进现实，跟时代同步，与人民共生死同命运。让我们把整个生命融入我们的创作中去。让我们永远不背叛我们的良知。我愿与你共勉啊，淑华同志！

你现在还年轻。正是风华正茂！你的前程远大。但是，还要看到：不会永远是风平浪静。要做好充分的准备：迎接可能来到的任何狂风恶浪，任何艰难险阻。

你没有上过高等学府,你在文学创作上取得成绩是靠自学。这点,连我也敬佩。但,也要看到,由于你没有经过严格的训练,你还缺乏应有的基本功。比如,关于文字,关于词汇,关于语法、修辞,这些方面你还应补课。从你给我的信中,就发现了错别字。如"和谒可亲的语言……""谒"字错了,应是"蔼";"我的毅志是坚强的","毅志"错了,应是"意志";"我会坚定不毅地走下去","不毅"错了,应是"不移"。从这些地方,说明你还得加强文字基本功的训练。这是基础呵,一定要有扎实的基础,才能建筑起美观的房屋。我愿你是一位卓越的建筑师!

我不知道,你现在阅读些什么。古今中外的名著,你读过多少? 人民文学出版社近期出版的一套《语文新课标必读丛书》,可以一读。它是供中学生读的,其实,我也爱读。

下次再谈吧,祝春节快乐! 你全家幸福!

2004.1.5

你的诗稿我看了一部分。

你的诗的特点,是乡土风味。这也是你的优点。你的较好的诗都是农村题材的,或者以农村为背景的,如《农家女诗人》、《静守村庄》、《在玉米地拔草的老农》等。你的写作方向,应该是乡土诗。你应该坚守这块阵地。这是你的根!

趋时髦,赶浪头,我想你不会。这样做没有出路。

如果想在诗歌创作上取得成就,还得努力学习。首先要有运用语言文字的基本功,在这个基本功的基础上,进一步培养文学表现力。缺了这一步,就很难再前进。这是起码的要求,有了这,再谈其他。

2004.10.7

你 4 月 6 日的信和附在信中的诗稿及其他材料我早已收到。由于忙着履行我对别人承诺的工作以及 5·12 汶川大地震后参加几次救援灾区人民的文艺活动，所以给你复信迟了。

你的信写到你的人生经历和怎样走上诗歌创作的道路。我理解你。你艰苦自学，凭自己不懈的努力，在诗歌创作上取得了成绩，是我真诚地赞赏的。我相信你会在这条道路上继续走下去，取得新的成绩。

学习，是毕生的功课。我今年已经八十五岁了，但我依然时刻在学习。我们要从书本中学习，也要向社会、向人生学习。周恩来总理说过，要活到老，学习到老。这是我们大家遵奉的格言。

你的一些写农村生活题材的诗，就是你学习社会、学习人生之后的产物。

学习书本，也是非常必要的。你说了你读过的一些文学名著。我看到了你提起的那些书。这很好，但不够，要加强这方面的阅读。不仅外国的，还有中国的，毋宁说，中国的文学名著更重要。四大古典小说名著不用说了。诗经、楚辞、汉魏六朝诗歌、唐诗、宋词、元曲，都是必读的经典。缺了这些书籍的浸染，做一个诗人是不完全的。当然，外国的大师们也应当亲近，但丁、莎士比亚、塞万提斯、安徒生、雪莱、济慈、普希金……都不宜放过。读经典，就好比和大师对话，聆听他们的心声，也相当于接受他们的引导。这样，我们会大大开阔我们的视野，提高我们的思想，纯化我们的精神。这样，才能促进我们的创作。

我还得补充：对中国"五四"以来的新文学，决不能忽视，尤其是鲁迅的著作，该是我们的必读书。

你谈到学习中学语文课本，这是好主意。中学语文课本上所选的都是一些经典的作品，如古代散文，古诗，也有现代作品。最近我辅导我的外孙学习语文，他是初二的学生，他的语文课本里就有一些极好的古散文,如范仲淹的《岳阳楼记》,欧阳修的《醉翁亭记》,柳宗元的《小石潭记》,吴均的《与宋元思书》等,我都教他背出来,默写出来,这对他一辈子都有好处。这些文章也是我年轻的时候学过、背过、默诵过,至今不忘,一辈子受用不尽。这种方法,你也不妨试试。

阅读的方法,还有一条,就是要泛读和精读相结合,既要广泛涉猎,又要精读一部分经典。可读的书籍极多,不可能什么都精读。但也不要反过来,任何书籍都浅尝辄止。什么书精读,那要有人指导,也要自己拿主意,选定最佳的文学经典,又是自己最喜爱的文本。

你这次给我寄来的诗稿中,有些写得不错,如《我以一棵树的姿势向你致敬》,《一位从小城市穿行而过的诗人》,《借一首诗歌面向爱情》等。我感到这次你寄来的诗,写得比过去的要深刻,写出了你对人生较深的体验,说明了你的进步。

也有一些问题。如《打马归来的日子》中,第二人称"你",是"女儿国里的苦行者",是"美人鱼",那么应该是女性。但是最后两行是:"打马归来的日子 / 何时做你美的新娘",就使人糊涂了,既然"我"问:"何时做你美丽的新娘",那么这个"你"必是男性无疑。这不使人迷惑不解吗? 是否排印有错?

又如,《我是一棵树》里有一句:"让每一条枝干擎起时代的重托",似可斟酌。"重托"怎样"擎起"呢? 恐怕应该是"担起","托起生命的希望"是可以的。"担起时代的重托",作为排句,并列起来,站得住。托起是树枝向上的姿势,担起才是粗壮树干的承受状态,互为补充,你说是吗?

对语法修辞,不可过于苛求,过苛便会流于死板,但也不可完全不顾。

《春天啊,你快快地向我跑来吧》这首诗,写出了你对春天的向往,也就是你对生命、对青春、对蓬勃的朝气和向上的力量的向往,感情强烈,节奏强劲,透露出健康明朗的气息。遣词用字构句方面还有粗糙处。如,"春天啊,你快快向我跑来吧",那是作者在对"春天"说话,"春天"就是"你"。但接着第二行是"让我化作春天里的一只燕子",似乎这"春天里"的"春天"是另一个事物。为什么不是"让我化作你的一只燕子"呢?下面好几行都有"春天",就都有口气上的不顺。把"珍珠"比作燕子衔的泥,把"筋骨"比作燕子筑巢用的小树枝,似觉勉强。不加注,读者也不明白,会觉得突兀。"精灵"指什么?不明白。把燕巢说成是"金光闪闪的宫殿",也觉不妥。鸟巢是非常朴素的,唯其朴素,所以可爱,而且可贵。它和豪华、奢靡没有共通之处。

王耀东,山东诗人,我和他有过关于诗艺的通信,见过面。你的诗集请他写序,是非常合适的。

我为你题一句话:"愿追随诗神缪斯,为她奉献,一生无悔。"写于另纸,附上。

信就到这里吧。

今天是汶川大地震后第十三天。愿死者安息,生者坚强。中国人民永远不屈,中华民族始终屹立!

与你共勉!

2008.5.25

一草一木的情结

——致王贤友

　　孙肖平先生对我谈起您,他十分赞赏您的散文诗。后我又收到您赠我的两本您撰写的散文诗集《脚板的行歌》和《野火与柔情》,谢谢您!

　　您这两本书我都读了。这里说一点粗浅的意见:

　　您的散文诗,视野广阔,纵的方面,往往透视历史;横的方面,反映广袤的祖国大地,城市和乡村。您的笔墨给读者输送强烈的爱国主义情愫。有的篇章,给人以深邃的历史感;有的篇章,给人以鲜活的现实感;或者二者结合在一起。您始终挥之不去的情结是故乡,故乡的山水,一草一木;故乡的亲人,男女老幼……毋宁说,故乡就是祖国的缩影。浓浓的亲情把读者带到一片乡思、乡愁、乡土之恋的温馨之中。

　　您也写了以爱情为题材的篇章,描画了动人心弦的执着和缠绵。

　　您的语言,经过推敲和选择,达到了精练。很少多余的话。由于俭省,往往使读者感到读一遍不够,读两遍也不够,必须多读几遍才能体会到其中的美和意义。您追求语言的陌生化。您总是设法摒弃"常规",避免重复别人,也避免重复自己。您常常给人以"惊喜"。比如:"无法切割的雨声,在拔节"。雨声(不是雨)属于听觉,却如禾苗(属于视觉的具象物),在拔节。这是富于诗意暗示的想象。

您理解写诗要作形象思维。您在作品中有选择地采摘了许多具体的形象。写乡村,就出现水车,乌篷船,铁匠铺,牵牛人,村姑……也有现代的搅拌机,钢筋混凝土……因此您笔下的乡村不是模糊的或笼统的概念,而是一片片鲜活和亮丽。

刘彦和说:"独照之匠,窥意象而运斤。"他把蕴含诗意的形象称作"意象"。您营建意象,时出新意。如:"铁匠的儿子,讲述锤的故事,举锤示范时,铁锤的锈竟层层脱落……"铁锈会层层脱落,令人遐思。

如果有什么不足的话,那么我感到,某些篇章精致有余,天然不足。艺术的最高境界是天然浑成,这是任何刻意求成的手法所达不到的。以上几点是个人感觉,未见得正确。

您立志于民俗文化的研究,这极好! 当前,民俗文化面临消失的危险,急需抢救。从事这方面的搜集整理和研究,是值得赞扬的大好事! 只是,我以为,在从事民俗学探讨之余,适当进行文学创作,写一点散文诗,也是可以的。这二者未见得水火不相容。毋宁说,二者可以相辅相成。未知尊意如何?

专此布达,顺颂

撰祺!

2010 年 7 月 14 日于北京和平里

读《河,是时间的故乡》

——致王幅明

您寄赠的由您主编的《河,是时间的故乡——河南散文诗选》一书,我收到已多时。非常感谢!

这本厚达五百九十六页的书,我已翻阅多次,从中获得许多美的享受和哲思的启示。

您的序文《在河南散文诗的长廊里漫步》,对河南籍散文诗作家的散文诗作品做了介绍,既有宏观的评述,又有对具体作家作品的分析,使读者对河南散文诗的诞生、发展概貌有一个清晰的了解。您的评述客观而公正。其中也有对您自己作品的评述。我想起了赵家璧主编的《中国新文学大系》中《小说二集》的分卷主编鲁迅在序文中也有对自己的短篇小说的评述,客观公正。您的做法承续了鲁迅的作风。

我在阅读这本书时,又拿出您主编的2007年出版的《中国散文诗90年》上、下册来,翻阅比较。我觉得这两部书可以说是姐妹篇,是您对中国散文诗坛做出的两项重大贡献。

我发现同一作家在这两部书中出现时,所选的篇目不尽相同。这似乎说明您,在主编"河南"时,在选什么不选什么上又用了一番心思,力图做到精益求精吧。

您的散文诗作品,语言朴素、内蕴深邃,时有警句,发人深省。

您给予散文诗的命名"美丽的混血儿",我始终赞赏。似乎有人批评这个说法,认为贬低了散文诗。我认为"混血儿"说法并不贬低散文诗。我赞同散文诗与散文、诗是平起平坐的文体。但混血儿不是贬义词。混血儿有时更健美,而近亲繁殖倒会产生萎弱的儿童。我当然不是贬低诗与散文。

祝健康快乐! 全家幸福!

2010 年 8 月 30 日

两岸诗人共同燃起圣火

——萨仁图娅《梦圆日月潭》序

萨仁图娅,我的诗友,写成了一本书《梦圆日月潭》。她以满腔的热情与诚挚,把书稿寄给了我。我仔细地拜读了她的这部书稿,我一面读,一面沉浸到回忆之中。这样伴随着回忆的阅读,使我心潮澎湃,血液沸腾。

1999年7月,我受中国作家协会委托,担任团长,率领中国大陆诗人代表团到台湾,参加"两岸女性诗歌学术研讨会"。副团长是赵遐秋,团员有傅天琳、萨仁图娅(蒙古族)、李小雨、李琦、陆萍、娜夜(满族)、梅卓(藏族)、巴莫曲布嫫(彝族)、樊洛平、吕进、杨克、向前,全团共十五人,其中女诗人、女诗评家占十二人,与这次研讨会的主题相适应。女诗人中四人是少数民族。整个代表团具有中华民族由多民族组成的代表性。萨仁图娅是蒙古族诗人的代表。这次研讨会的主办者是台湾中国诗歌艺术学会,我们是受他们的邀请而赴会的。研讨会于7月4日在台北举行,开得非常成功。大陆和台湾的诗人、诗评家对两岸女性诗歌(尤其是少数民族诗歌)的内涵、特质、现状和前途进行了研究讨论,作了有说服力的论证和阐发,给中国新诗的创造和发展提供了有益的启示。在这次活动中,我们会见了八十五岁高龄的老诗人钟鼎文先生,与台湾中国诗歌艺术学会名誉理事长、诗人文晓村先生,理事长、诗人兼画家王禄松先生，常务监事、诗人刘建化先生，秘书长、诗人金筑先生，以及诗人罗门、蓉子、涂静怡、庄云惠、台客、瘦云王牌、岳宗、秦岳等女士和先生们结下了深厚的诗谊。我们和台湾诗友们一起，参观游览了台北故宫博物院、日月潭风景区、彰化民族文化村、阿里山原始森林、嘉义吴凤庙、高雄澄清湖、海洋奇珍园、中兴塔、科学工艺博物馆、西子湾海滩等地。7月9日，参加了高雄市文艺协会为我们到来而举行的"两岸文化座谈会"，会见了作家周啸虹先生、诗人司马青山先生等。在台湾的九个日日夜夜里，无论在会场上，在山水之间，在舟车行进途中，在促膝交谈间，无处不充盈着两岸亲人的手足情、同胞谊。海峡之水永远隔不断根连根的骨肉之情和血脉联系。强烈的爱国感情在每个诗友心头汹涌，共同期盼着祖国的早日统一。这次台湾之行，是两岸诗人在诗神祭坛上共同燃起的一股圣火，是两岸炎黄子孙为统一大合唱增添的嘹亮音符！——这一切，都在萨仁图娅的这部书里以抒情的方式和诗意的笔触一一记录了下来。

萨仁图娅作为蒙古族女诗人、女作家，笔力刚健清新，文字铿锵有力，富有蒙古族雄强豪迈的气概，又不乏女性特有的温柔和细腻。在这部书里，她从宏观的角度描述了这次台湾之行（包括其他年份台湾诗人访问大陆之行）的全过程，又从各个侧面细致地记述了各种见闻和所思所感。在她的笔下，台北的夜景，日月潭的浩淼烟波，阿里山的森林风貌，吴凤庙里"杀身成仁，舍生取义"的浩然正气……在稿纸上一一再现。更可贵的，是她的一篇篇人物特写：庄云惠、涂静怡、文晓村、邱淑嫦、墨人、王禄松、麦穗，这些诗人、作家、画家、摄影家，一个又一个地，栩栩如生地，出现在读者的面前。这些人物素描，除个别的外，篇幅都不长，但都突出了人物的主要事迹和主要的性格特征。萨仁图娅善于抓住细节来刻画人物。如她写文晓村有一次在梦中回到祖国大陆的大草原上，不禁高声朗诵《敕勒歌》:"天苍苍,野茫茫,风吹草低见牛羊!"惊醒了同室的正在睡眠的钟鼎文。这个细节突现了文晓村思乡感情的强烈,真正的"魂牵梦萦"! 又如,她写诗人瘦云王牌,这个名字是怎样产生的? 诗人原名王志濂,出生地叫"王牌垸",那是湖北的一个小山村。1946年,他刚十六岁,代替二哥出来当兵,因二哥新婚。原以为几年之后就可回乡,想不到,一别就是五十多年,有家归不得,有母无法探望,直到母亲辞世,留下终身遗憾。为纪念故乡,改名王牌。又知道了王牌垸在"文革"动乱中被铲平,三棵千年古树被连根拔起,做了柴薪。他父母双亡,深感自己无枝可栖,成了一片瘦瘦的薄云,所以又在名字上加"瘦云"二字。这样,萨仁图娅就以这位诗友的名字作为切入点,把他的身世、遭遇、恋土情结等等和盘托出。同时透露了两岸历史和政治的巨大时代背景。萨仁图娅还几次提到,台湾诗友指给她看,说:"这就是相思树。"这是盛产在台湾的树种。敏感的萨仁图娅立即把"相思"和"乡思"联系起来,这不仅是谐音,也是两千几百万台湾同胞的共同心音。这些,就是萨仁图娅的文笔。

中国大陆是诗歌之乡,台湾是诗歌之岛,二者同属一个泱泱的诗歌大国。海峡不能使台湾从中国分割出去,任何力量都不能把台湾从中国分割出去。萨仁图娅的这部书,再次证明了这一点。

2006年4月4日

希望的火光　疗伤的香膏

——致郑玲

　　今天看《诗刊》2010年第3期上半月刊,头条作品是你的诗《病中随想》。我读了三遍。我一面读,一面想象你写此诗的状态和心情。

　　风湿病给予你的痛苦,我既了解又不了解。读了这首诗,我增加了一点了解。"在病中似真似幻／总看见神灵出没……"我仿佛看见你斜倚在床头,而你的头顶上,神灵们时隐时现,而你,时而蹙额,时而微笑,笔——时或苦笑,时或欣慰地含笑……

　　你身处斗室,行动受阻,而你的思维如野马脱缰,驰骋于大地上空,翱翔于宇宙之间。真正的诗人,其精神永远是自由的。

　　"英雄精神从前是上帝／如今已沦为物欲的奴隶",这使你的目光一度茫然消失。但,峰回路转,"目光　毕竟是一种情怀／情怀总是与博大相连接的／情怀有它自己的门／敞开门　是诗性的世界"。你几度升沉,但永远不踩踏底线!

　　当疼痛暂时缓解时,"那最感动我们人性的辉光／首先照亮了我的记忆",于是,宏伟的画面便在你的泪光中出现:祖国! 如一座巨大丰饶的铁矿,吸引雷雨:天灾频仍——民众受到使命的牵引,"拉着时代的大车负重前进……"

　　你永不孤独!

心情豁然开朗:"存在的意义是为了相互存在／有能力的爱心／才是我们应该拥有的宝藏……"信念和依托,"是希望的火光 是疗伤的香膏"!

不要说"我早就不相信我的诗／能催生更美好的生活"。诗不能提供物质的涌流,但是诗能使生活更美好,因为诗,你的诗,对别人永远是"希望的火光"和"疗伤的香膏"!

你的诗在作见证:"在今天 到处都有／适合做主人的人／到处都有／代表我们去和命运谈判的人"。做一种"见证",也就是承担一种历史的使命,或者,承担一种责任。

存在着"物欲的奴隶",但"到处都有适合做主人的人"。看到这一点,就是"安慰",是"自豪",就是看到"希望的火光 疗伤的香膏"。

我看到你从轮椅上站起,魔鬼从你的头顶退去;神,从云帐中升起。

疼痛也许会再次袭来,但我听到了你舒缓的呼吸,看到了你眼角闪着的一丝泪光。我心颤动……

你的诗,不是写出来的,而是从心腔里流出来的。又流到我心里,流到千万读者心里……

谢谢你,我尊敬的诗友,永葆良知的诗人,郑玲! 真正的诗人,郑玲!

2010 年 3 月 20 日

既是历史，又是文学

白头著述留青史

——序张颖《文坛风云亲历记》

上世纪五十年代到六十年代,张颖同志担任中国戏剧家协会书记处书记、《戏剧报》常务编委时,她是我的领导和同事。今年(2010年)2月24日,当年中国剧协的十六位同事为贺张颖同志"米寿"(八十八岁)而聚集在她家中,祝她健康长寿。事先六十九岁的"小妹"刘莲丽同志嘱我写一首贺诗,我遵嘱写好,在这次集会时用我家乡常州吟诵调(常州吟诵已列入国务院公布的国家级非物质文化遗产名录)吟了这首诗。诗如下:

贺张颖同志米寿

延水清波涤紫尘,英灵风骨铸诗魂。

折冲樽俎思喉舌,臧否黜陟论古今。

永忆慈躬抚弱幼,难忘赤手挡乌云。

白头著述留青史,华诞齐祈北斗尊。

虽然是受到刘莲丽的鼓动而写成,但这首诗全发自我的内心。我不赞成也不会写"溢美"之词。张颖同志十五岁即从广东奔至革命摇篮延安,沐浴延河水,参加中国共产党领导的抗日战争和革命战争。十七岁从延安被派到重庆,做《新华日报》记者、中共南方局文委秘书,在周恩来副主席身边工作,也可称作周恩来秘书。她接触大量文化界的人和事。新中国成立后,从天津市委宣传部调到中国文联下中国戏剧家协会做戏剧评论和组织领导工作。六十年代初调到外交部,任外交部新闻司副司长、西欧司副司长,后出使加拿大任大使馆政务参赞,又随章文晋大使到美国,作为大使夫人参与外交活动。她为人正义坚强,身经百战,坚贞灵活,绝不随波逐流、见风使舵,在历次政治运动和外交斗争中,坚持正义,捍卫原则,扶助弱幼,抗击逆流。她对共事的同志们满怀热情,肝胆相照,对年轻的同志们慈祥和蔼,循循善诱。我这首七律第二句称她"英灵"(犹英才,唐王维有句"圣代无隐者,英灵尽来归",本此。)并非过誉。诗中颔联写她的外交活动和主持戏剧评论工作。颈联写她对同志们的关爱和在政治运动及外交斗争中的立场和姿态。第七句指她晚年的著述。她有《外交风云亲历记》《走在西花厅的小路上》等著作问世。现在,这部《文坛风云亲历记》,她的又一部重要著作,又将出版。

在这部著作中,张颖同志记述了她所经历的历史事件,她所接触或长期共事的政治人物及文化艺术界的许多人和事,内容丰硕,富有珍贵的史料价值,而文笔流畅,又有很强的可读性和文学鉴赏性。其中涉及的人物有一大批,首先是我们敬爱的周恩来总理、陈毅副总理,还有郭沫若、田汉、老舍、夏衍、阳翰笙、胡风、吴祖光、叶以群、陈荒煤、曹禺、陈白尘、张光年、林默涵、葛一虹、金山、孙维世、阿甲、沈西蒙、舒绣文、白杨、秦怡、郑君里、冯乃超、李凌、杨露曦、冯白鲁等等,时间从作者出生到二十一世纪初叶,跨度越八十多年,可谓风云浩荡,波澜壮阔,读者可以看到一幅历史绘画的斑斓长卷。

这本书中所写的,都是客观真实的记述,但又不是纯粹的客观,其中蕴含着作者的悲和喜、微笑和眼泪,她的分明的爱憎,热烈的好恶。

这本书中的有些纪事,如关于中共南方局文委的工作,带有工

作总结的性质,富于历史认知的价值。书中所述雾重庆的文艺斗
争,作者对抗战时期国统区戏剧运动的详述,立场鲜明,立论公允,
态度客观,也带有总结性质。有些纪事,对若干历史事件说明真
相,纠正误传,起到澄明历史的作用。四十年代重庆时期对夏衍剧
作《芳草天涯》的批评,张颖认为是"左"的、过火的批判,不利于团
结革命作家,不符合党的文艺政策。八十年代南京一位作家写的
《田汉传》,说1957年吴祖光被划为右派,是田汉一手所为。张颖
根据事实和她的判断,予以否定,还田汉一个清白。这些都体现了
张颖的公正和胆识,体现了她对历史负责的严肃态度。

在张颖笔下,许多历史人物出现时,有不少细节描写。如周恩
来同志1941年在重庆,有一次他让张颖写一篇评论夏衍剧作《愁城
记》演出的文章。她觉得不好写,动笔两三次都没有写成,决定放弃
了。恩来同志不高兴了,说了她几句,张颖感到委屈,转身要走,此
时恩来同志一拍桌子,大怒,说:"怎么这样没规矩? 这是领导在给
你说话呢!"又说:"你有没有组织纪律? 任务可以随便不完成
吗? ……这是责任,今天晚上就写出来,明天见报。"张颖含泪回到
自己的办公室,反思良久,终于认真写稿。一会儿,她回头见到恩来
同志正站在她背后,关心她的情绪,温和地问她写得怎样了。她感
动得泪流满面,终于完成了任务。张颖说,事情已经过去六十多年,
但她对此事记忆犹新,而且永远不会忘记。这仅是一个细节,但这个
细节却透露出伟人周恩来性格的一个方面,既坚持原则,又重视人
情;既严格要求,又慰勉有加。这样,伟人周恩来的形象就立体起
来。像这样的细节,不是亲身经历、有切身感受的人,是写不出来的。

张颖笔下的"红岩人",也就是抗战时期重庆八路军办事处在
周恩来同志领导和关心下的一群普通党员和革命青年,他们的工
作和生活,写得异常具体生动。卢瑾、丁洪、陈志诚等,这些年轻
人,他们的生活,工作,爱情,婚姻,叙述得十分详细,富有人情味。

曾有人误解，认为革命阵营内没有人情，这是不对的。革命阵营内，也有革命人的人情味。张颖对这些人的记述，充满人情的描写，但紧密结合着那个环境、那个时代和那个社会。如这些年轻人身上体现的革命纪律性和个人情感的矛盾，是时代所特有的。他们的悲剧，也是那个时代的悲剧。甚至连打蚊子、患疟疾这些细节，都带有那个时代的印痕。这一类纪事，也都具有历史认知的价值。

张颖的一些纪事，涉及历史大案，总结惨痛教训，令人痛定思痛，得出自己的结论。1955年5月开始的反胡风运动中，张颖由组织指定参加清查工作最底层的小组。她写道，林默涵（中宣部副部长，反胡风运动领导五人小组成员，五人中还有张光年、刘白羽等）交给张颖任务：翻阅从那些所谓"胡风骨干分子"家中抄来的私人信件和笔记本，要她从中找出反动思想和反革命内容。她心中疑惑，却不能不服从。（1954年9月刚公布新中国第一个宪法，明确规定公民有通信自由，这些突然袭击式的抄家，没收个人信件，明显违反宪法！张颖心中疑惑，我想也不排除这一点。）关于绿原这个人，张颖虽未曾见过，但她知道这位诗人。当年张颖与地下共产党员冯白鲁有单线联系，冯白鲁与绿原是好友，他们一起办《诗垦地》刊物。绿原要求职，注意到"中美合作所"培训班在招生。冯白鲁向张颖反映说，不知"中美合作所"是什么性质的组织，不知能不能去报考或参加。张颖立即告诉冯白鲁："中美合作所"是个特务组织，千万不能去！她嘱咐冯白鲁，叫他告诉绿原千万不能去！所以绿原根本没有去。张颖在翻阅胡风、绿原的来往信件中，也发现胡风告诫绿原不要去"中美合作所"。但这之后不久，张颖看到上面整理出来的胡风集团第一批材料，其中有一项惊人的内容：说绿原参加过当年国民党办的"中美合作所"培训班，是个美蒋特务！并说绿原是受到胡风的鼓动而去的。张颖大感奇怪，十分激动，立即找到林默涵，说这个结论不符合事实，因为她本人亲历过这件事，可以作证。可是，在听了张颖的陈述几天之后,林默涵对她说:已经把材料送到高层领导,不可能取回来改了,只能如此。张颖哑然。

旋即《人民日报》公布所谓"胡风反革命集团"的三批材料,编者按把绿原定性为"中美合作所"的美蒋特务。白纸黑字,赫然在目!(后来知道这编者按是"御笔",是"金口玉言"。)

记得1955年肃反运动中,伟大领袖毛泽东主席批示各级干部必须阅读《聊斋志异》中的《胭脂》等篇,以警惕办错案件。1956年浙江的黄源等同志根据毛主席指示精神改编演出昆剧《十五贯》,来京演出,毛主席看了两遍,对况钟刀下留人,纠正冤狱,十分赞赏。毛主席曾指示:在肃反工作中,不放过一个敌人,不冤枉一个好人。这真是英明的决策!

但是,主持反胡风运动中的一些领导人已经明明知道绿原不是美蒋特务,却偏说"不可能改了,只能如此",这是党的作风吗?这是毛主席指示的"实事求是"的精神吗?

诗人绿原入狱七年,蒙冤二十五年!

我曾经以为掌握反胡风运动的领导人事先误解了胡风与绿原的来往信件,是判断错误。现在明白了,不是。(而且,他们把所谓"密信"任意摘录,掐头去尾,断章取义,为"我"所用!)张颖的亲身经历,揭出了这个事实,其分量有千钧之重!

多么沉重的历史,多么深痛的教训!

总的说来,这部《文坛风云亲历记》,是史实,是文学。而且是独一无二的史实,独一无二的文学。为什么说是"独一无二"?因为是"亲历"。"亲历",无人可替代。也正因此,它就特别珍贵,特别值得一读,特别值得收藏。读者可以从中收获的,不仅是多方的见闻、丰硕的知识,而且可以得到多少历史的教训,多少人生的启示!

2010年4月2日

张仃的焦墨山水

——在张仃艺术成就展研讨会上的发言

　　我不是画家也不是美术理论家,按理我没有资格在这里发言。但我是张仃先生作品的观赏者、崇尚者或者说崇拜者。过去与张仃先生个人没有接触,后来与张仃夫人灰娃大姐结为诗友,从而接近张仃先生。现在我尊敬张仃先生称他为张老。作为一个美术爱好者,我想谈一点观感。我在上世纪三十年代就看到过张老的漫画,非常喜欢,那时我还是个中学生。解放后我也知道张老在壁画和装饰方面有巨大的成就。到了他的晚年,我更欣赏他的山水,主要是焦墨山水。我国有一句成语叫"惜墨如金",张老则是"惜水如金"。他的焦墨并不是没有水,有水但是惜水如金。中国画讲求晕、染、皴,那是水墨画。我从张老的画里也同样看到有晕、染、皴,但他是焦墨的晕、染、皴,有很强的力度,并且有勾勒。他的焦墨山水是清楚中有模糊,混沌中有清晰。这个模糊用一个中国字来讲就是"烟"。李白的《春夜宴桃李园序》中有句:"况阳春召我以烟景,大块假我以文章",这里有"烟";李白诗《黄鹤楼送孟浩然之广陵》中有句:"故人西辞黄鹤楼,烟花三月下扬州",其中有"烟"。中国古诗文中有烟字,在烟里有诗、有音乐、有生命。我觉得诗是人类灵魂的声音,音乐也是人类灵魂的声音。诗是通过文字表达人类的灵魂,音乐是通过声音来表达人类的灵魂。张老的焦墨山水中既有诗又有音乐,他表达的正是他的灵魂的声音。他的画里有生命,有人格力量,有很深的生命体验。我是一个诗作者,也读一些古今中外大诗人的作品。能够称作大诗人的人,他不但艺术上要卓拔,而且其作品还必须有独特的哲学内涵,没有哲学内涵,成不了大师。莎士比亚也好,歌德也好,或者中国的杜甫也好,李商隐也好,都如此。张仃成为一代美术大师,就因为他的作品有哲学内涵,我觉得这哲学内涵就是对生命和对自然的体悟,也就是中国古代哲学的核心思想:"天人合一。"张老的山水画给我们的感觉完全是中国传统的,但又有充分的创新。张老既反对民族虚无主义又反对民族保守主义,这跟张老的另一个说法"城隍庙加毕加索"的观念是一致的,这充分体现在他的绘画作品上面。我欣赏灰娃大姐的诗歌作品,她的诗我认为具有非常杰出的民族风和乡土风,是诗中有画,正如张老的画是画中有诗。苏东坡说王维是"诗中有画","画中有诗"。我觉得张老和灰娃大姐正好是互补,合起来就是一个王维。我记得张老家里墙上有一副对联:"少陵笔墨无形画,韩干丹青不语诗。"让我联想到一个关于"笔墨等于零"的论争。吴冠中先生也是我敬重的大画家,他的观点,我觉得也不无道理。但是我更赞赏张老在"笔墨"问题上的观点,他认为笔墨不仅仅是艺术技巧,中国的笔墨也是文化,笔墨本身是有生命、有灵魂的。如果把笔墨仅仅看作技术,实际上是把中国画里的笔墨这种精粹的东西降低了。笔墨里体现人格。张老在他的绘画作品里,在他的书法作品里,都蕴含着他的人格魅力。柳公权觐见皇帝的时候,皇帝问他书法之道,颜真卿说了一句话:"心正则笔正。"我觉得这句话奉送给张老最恰当不过了。

2005 年 4 月 27 日,北京

既是历史，又是文学

——陆士虎《江南豪门》序

陆士虎的纪实文学著作《江南豪门》即将出版了。这是一部以清末民初浙江省湖州市南浔镇丝商世家望族百年沧桑为题材的历史故事。上世纪五十年代到七十年代，原本还被称为"民族资产阶级"的工商业者，逐渐在人为的"阶级斗争"毒焰中沦为被横扫出局的"牛鬼蛇神"，他们的先辈自然也难逃"妖魔化"的命运，或者被踢到"遗忘"的历史角落。剩余价值学说发现了资本剥削的实质，为无产阶级革命提供了理论武器。但它不承认运筹帷幄、开拓创新、经营管理也是劳动，也产生价值。只有等到改革开放的春风吹遍中华大地，发展国民经济成为举国一致的要求时，历史上曾为民族工商业的兴起和繁荣做出过贡献的人们才重新受到重视。他们的兴衰沉浮，他们的经验教训，对今天的为政者和企业家，是一笔可资借鉴的精神财富。今天，徽商、晋商、浙商等走过的道路，进入了影视和文学的视野。《江南豪门》就在这样的时代背景前应运而生。

南浔素有"丝绸之府，鱼米之乡，文化之邦"的美称。浙江是江南丝绸文化的发祥地，浙江的湖州便是丝绸的源头。南浔的辑里丝，更是湖丝之最。上海开埠后，南浔丝商率先进入十里洋场，在全国生丝出口贸易中占据举足轻重的地位。这些丝商，通称"四象八牛七十二小金狗"，是中国近代最大的丝商群体。南浔镇上以

"四象八牛"为代表的世家望族坎坷的创业历程和由盛到衰的发展变化,以及这些家庭中杰出人物的风尘遭际,应该留下文字的记录。这一任务,历史地落到了陆士虎的肩上。他很好地回应了时代的呼求,填补了文本的空白,《江南豪门》就是他及格的答卷。

陆士虎掌握了大量史料,经过精心的构思和慎重的剪裁,把事件化为娓娓动听的情节;他"以史为据,以人为本",写出了不同人物不同的个性和风格。这部《江南豪门》既是历史,又是文学。它是历史写作和文学写作相结合的成功尝试。文学允许虚构,史书必须忠于史实。二者可以统一吗?司马迁被称为伟大的历史家和伟大的文学家。鲁迅称《史记》为"史家之绝唱,无韵之离骚"。我无意把《江南豪门》和《史记》相比,二者无可比性,因为不处在同一个平台上。我只想说明,历史写作和文学写作是可以结合的。陆士虎为此做了努力。他语重心长地说:"我不敢轻易地放纵自己的思维,我老老实实地检索笔下的每一句话,努力抵挡来自文学虚构的诱惑。"他的努力是艰苦的,对此,我感动,也更尊重。实践的结果最有说服力,《江南豪门》的生动性和鲜明性,它的可读性和引人入胜的力量,正是它的作者惨淡经营有效的证明。

当前,中国改革开放已经超过四分之一个世纪,中国经济有了突飞猛进的发展,这已是全世界瞩目的事实。但与此同时,许多丑恶现象也纷纷出现:腐败堕落,商业贿赂,权钱交易,假冒伪劣,道德滑坡,人格失语……严重制约着我们国家前进的步伐。《江南豪门》所描述的南浔丝商,他们成功的经验,失败的教训,恰好是一面能给予今天中国社会以极大启迪的镜子。南浔丝商们志存高远,恪守诚信,注重品牌(质量信誉),回报社会,这些,不值得今天的从业者深思吗?南浔丝商的后辈中有人目光短浅,腐化沦落,终至灭亡,也是对今人敲响的振聋的警钟!丝商的兴衰,有历史的、社会的原因,但不排除个人的主观因素。《江南豪门》作为一本读物,不仅给人以阅读的愉悦,也给人以思想的警示。

　　让我们翻开这本书的《引子》看一看,其中写道:南浔丝商的故事,是一笔"珍贵的财富",其内涵就是"开明,开放,开拓"的精神。作者说,这种精神"源自中华民族精神的传承和弘扬"。我深以为是。这本书恰好做了传承和弘扬这种精神的工作。因是之故,我愉快地接受此书作者的邀约,写了这篇序。

2006 年 8 月 24 日

生命的延展,裂变和互通

——李云枫画集《巴别塔图腾》序

上帝——造物主,创造生命,创造万物。动物有生命,植物有生命,矿物和一切非生物也有生命。虽然,那是另一种形态的生命。宇宙学家说,"大爆炸"辐射出无数个恒星和行星;地质学家说,寒武纪"大爆炸"引发了复杂的生命。无论是宇宙学家,还是地质学家,都无法证明上帝的存在,也无法证明上帝的不存在。但是,没有任何人能证明造物主的不存在。正是他,创造了一切生物和非生物的生命。

仿生学Bionics这个名词来源于希腊文Bion,其含意是生命的单位,或独立单一的有机体。仿生学所研究和模拟的是自然界生物各种各样的特异质地和本领,如生物本身的特殊结构,各种器官的功能,体内的物理和化学过程,能量的供给,信息的加工,记忆的传递等,以便将这些优异的性能移植到科学技术中去。有一种艺术与仿生学有某种类似,即分析生物的功能,解构生物的组织。它的目的是发现生命的奥秘。

李云枫是一位青年画家,他与我建立忘年交已有十年历史。在这个长的过程中,我观察他绘画发展的历程。他的绘画作品《往生烟痕》挂在我书房的墙上已有多年。他探索过人的灵魂的过去和未来。他笔下的荷叶包围月亮,月亮裹住荷花,成为一只眼睛:

灵魂的窗户。它依傍着过去,凝视着未来。近年来,云枫的画风又有新的变化,他用画笔分析生物的功能,解构生物的组织。在他的画笔下,动物和植物是相生相克的,人和生物是相互转化的。人是万物之灵,但人也是万物中的一种。人的脖颈上长的可以是头,也可以是花。从根须或根块上延展的可以是芽叶,也可以是肢体。人和植物一样,永远离不开土壤,永远离不开空气。云枫笔下的花,从凭借月亮的护佑转为被黑浪所簇拥,而黑浪是一种语言,一种音波;花朵在黑浪的喷涌中爆发为灵魂的呐喊。从这些画面,我看到了云枫的大痛苦,也看到了他的大欢喜。云枫在这种大痛苦和大欢喜中不断奔逸,求得释放。

云枫的近作大都为黑白画。是黑白的工笔画,但从构思上看,又是大写意。黑白是彩色所难以替代的。但是,把赤橙黄绿青蓝紫各色颜料混合起来,搅和起来,便是黑色。把赤橙黄绿青蓝紫各色涂在转盘上一转,便成白色。白炽的太阳光经过棱镜便分析成赤橙黄绿青蓝紫。国画家作水墨画,说:墨分五色。云枫的黑白画,企图穷尽宇宙生命颜色的千变万化。事实上,世界无非乾和坤,阴和阳,日和夜,生与死,正与负。黑与白正如太极图的两极,它代表了上帝和撒旦,神与魔,男与女,新与旧……囊括了世间万物,又释放出世间万物。板块,线条,直线,曲线,显示或勾勒出有机生命和无机生命的千姿万态,一切生命的延续和终结、静止和颤动、沉默和呼号。云枫透过自己灵魂的窗户,放眼观察万类生命的恒定与变异,企图通过画笔来阐释生命的延展、裂变和互通,以破译生命所依附的灵魂的密码。

云枫为此而创造的一系列图像,给人以一种颤栗的美,那是一种美的震撼。对于梦魇的形象转换,我首肯;有些,我非常喜欢,但不是每一幅都喜欢。肢体断裂和肌肤破损的透视,以牺牲优美为代价,达到增加视觉的爆破式强烈刺激的效果,造成心灵的悸动。

它随之而引起的是对生命和生命所依附的灵魂之梦幻般的思考，但这里放逐了温柔与和谐。

对于云枫为探索而做的一切努力，我予以尊重。云枫为追求而承受的痛苦与折磨，我理解。允许探求，允许创新，允许踏进前人未曾踏进的境地，这是我们应该遵循的准则（也许不仅仅是允许，还应是鼓励）。但还要加上两个允许：允许受挫折，允许再前进，而且攀上更高的阶梯。

2003 年 12 月 28 日

何 闲 之 有

——序子聪《开卷闲话五编》

中国第一圣人孔子,述而不作,留下一部《春秋》。我们中国是世界上少有的重视历史的国家,历代政府有史官设置,"在齐太史简,在晋董狐笔",成为千古典范。司马迁宁受宫刑而不死,为了完成《史记》。然而除正史之外,稗官野史站在非官方立场,记录下历史的多侧面现象,起到或补充不足,或纠正舛误的作用。陈寿《三国志》因有裴松之注而大为增色。民初国史馆编撰《清史稿》,立场偏颇,史料不足。当今国家组织专家修《清史》,投入大量人力物力。从这一点,也可见国家对史的重视。这正是中华传统的继续和发扬。

南京凤凰读书俱乐部推出《开卷》,是笔者爱读的优秀民间刊物,从它可以读到许多有关文、史、哲、经的好文章。文,不仅指文学艺术,应指文化,包括社会科学与自然科学。作者们似已形成一支队伍,其中有老、有中、有青,而老者居多。不少篇章文笔潇洒,思维敏捷,或对问题论析深刻,或为文史留下辙迹。每期均有一栏目:子聪的"开有益斋闲话"。初读,只觉无非流水账。渐渐读出味道来。《鲁迅日记》初读,觉得仅胜于"起居注"。多读,才发现它是研究鲁迅的必备文献;并为一册之遗失而怅然者久之。"开有益斋闲话"固然是"流水账",但其中包含着多少"干货",君可知否?

　　"开有益斋闲话"里,即以近两年而言,有纪事、有书函、有日志、有新闻。即使每年的新年贺卡发送者名单,也饶有趣味,可以看到文化界人对一份民刊的关注和喜爱。作家和诗人的行踪,书刊和文集的问世,画展书展的举行,国内国际的文讯……无不包容。我爱读学人通信。于光远2007年12月8日信,贺新年,于老是时已九十二岁高龄,信中谈及他因病住院,以及出院回家后的生活,包括细节,生动详实,读之令人感动。可贵的是,事情有连续性。2008年12月于老又有信函,称自己"已是奔九十四岁的人了,能有这样的状态,我和家人还算满意"。作为读者,我感到欣慰。于老又说:"我会坚持自己一以贯之的不悲观、不放弃的精神状态,尽量维持相对高水平的生活质量。"这就不仅令人欣慰,更增加了人们对于老的敬意。"闲话"总是及时发布文人辞世的消息,如彭燕郊、方平、金隄、戈革、谷林、陈乐民……生老病死,自然规律,不可抗拒。而"闲话"提醒的,是他们留下的文化遗产,将长久地造福于社会,我们应倍加珍惜。"闲话"还发布赵家璧女儿忆父、吴奔星儿子整理父亲遗稿等情节。木斧称,方平不仅是莎翁诗与剧的译家,比较文学研究家,还是诗人,而后者常常被人遗忘了。提醒得好。彭燕郊辞世后,陈子善撰文提及彭曾把自己仅存的一套毛边本《彭燕郊诗文集》相赠,令人感动。吴岳添信中写到张丹丹希望收集她父亲彭燕郊的信函,令人关注。

　　2008年6月29日在南京召开《开卷》出版百期座谈会,同年7月13日在北京又召开《开卷》出版百期座谈会。后者我应邀参加。此次出席者四十余人,发言热烈,共同祝愿《开卷》继续发行,为中国文化事业添新砖,加新瓦。一同出席者陈乐民先生当时音容,犹在脑际,不幸他鹤驾西归,令人欷歔!

　　当今是信息爆炸时代,每天所见所闻,充塞耳目,其中有大量垃圾。然而"开有益斋闲话",我每期必读,因为它有选择、有范围、有重点、有导向。我认为它是一角学界信息的窗口,若干人文历史的留痕。鲁迅杂文,有时在题目上加"闲话"二字。然则鲁迅杂文,洵可列入"经国之大业,不朽之盛事"。开有益斋标榜"有益",良有以也。

闲话闲话,何闲之有?

2009 年 8 月 1 日于北京萱荫阁

《怀来县戏曲志》序

　　我小时候接受的启蒙教育是母亲教我的中国古典诗文。少年时开始接触"五四"以来的新文学；青年时又开始接触英美文学。对于中国的戏曲艺术，所知甚少。只记得小时候曾在故乡江苏常州看过一次"滩黄"的帐篷演出。"滩黄"是常州、无锡一带的地方戏，后被称作"常锡戏"，最后定名为"锡剧"。1949年上海解放后，我由组织上安排到上海市军管会文艺处剧艺室当干事。这个剧艺室是专门管理京剧和地方戏曲改革工作的机构。1950年我又被调到华东文化部戏曲改进处，1953年调到北京中国戏剧家协会，先后在《剧本》月刊和《戏剧报》当编辑，长期工作在戏剧（包括话剧、新歌剧、戏曲等）评论工作岗位上。这样，我逐渐接近中国民族传统艺术之一的奇葩：戏曲。1950年我作为华东代表团成员之一参加在北京召开的全国戏曲工作会议，亲耳聆听了周恩来总理的演讲。1951年中央人民政府政务院总理周恩来发布"关于戏曲改革工作的指示"，我和同事们认真学习、努力贯彻。1952年，我在上海观看了中南戏曲团的演出，汉剧、湘剧、楚剧、花鼓戏的表演，使我感受到那种摄人心魄的艺术魅力，我完全被俘虏，进一步觉悟到，把戏曲说成是什么"封建糟粕""落后艺术"是何等荒谬！由于工作关系，我也接近了许多戏曲艺人，他们中不少人不愧为戏曲艺术家。他们对艺术的执着，对观众的虔诚，对事业的奉献精神，一句话,他们的"戏德",也常常使我感动不已。

但是在旧中国,戏曲艺人是不幸的。旧社会把人分成若干等级,名曰"三教九流"。"三教"为儒、释、道。"九流"又分"上九流"、"中九流"、"下九流"。"下九流"指"倡、优、隶、卒"。"优",就是戏曲艺人。旧社会还有一种说法:"三子不登堂"。"三子"指婊子、花子、戏子。这三种人不能登大雅之堂。还有一种说法:"三子不入祠"。戏曲艺人死后不能进入家族祠堂接受子孙的祭祀。可见那时候戏曲艺人的社会地位是何等低下啊!

上个世纪六十年代初,我观看了北京人民艺术剧院演出的田汉先生的名剧《名优之死》,受到深切的感染。这出话剧通过精湛的构思和表演告诉我们:在旧社会,剥削阶级对戏曲演员是又喜爱,又轻蔑;他们一方面对一些"戏子"大捧特捧,一方面又对他们加以种种歧视和压迫。他们的"喜爱",实际是玩弄。历史告诉我们,自古以来,优伶就没有受到真正人格的尊重。只有在新中国成立之后,这种情况才得到了根本的改变。在新政权的领导下,戏曲演员的社会地位空前提高了,戏曲剧目和表演艺术经过"推陈出新"的改造,迸发出更加灿烂的光辉。中国戏曲不仅在国内获得了新生,而且在国际上赢得了前所未有的广泛声誉。

上世纪五十年代,成立了全国性的中国戏曲研究院。戏曲史、戏曲剧目、戏曲文本、戏曲表演、戏曲音乐、戏曲流派等各个领域的资料收集、整理、记录、录音、研究、革新等各项工作有计划、有步骤地进行。"文革"中,这些工作中断了十年。"文革"结束后,文化部文艺研究院把这些工作继续做下去,取得了卓有成效的业绩。这是历史赋予我们这一代人的任务。

新时期以来,影视作品(特别是电视)占领了大部分文娱市场。京剧、昆剧和各种地方戏曲,逐渐被边缘化。戏曲,特别是地方戏,有被遗忘和失传的危险。还有一些演出单位以"创新"之名行破坏传统戏曲之实。因此,"抢救"已成为迫在眉睫的紧急任务。而"抢救"的内容之一是编写各个地方的"戏曲志"。

1958年,我从中国戏剧家协会下放到河北省怀来县进行劳动以改造思想。从此我与怀来县的乡亲们和干部同志们结下不解之缘。最近我看到怀来县文化局的张玉生同志编写的《怀来县戏曲志》,感到非常高兴,同时也非常激动——应该说,被其中写到的旧日戏曲艺人的命运及传奇般的梨园旧事所感动。我在上世纪七十年代被调离戏剧工作岗位,到文学出版部门工作。八十年代末,我办了离休手续。与戏曲疏离了三十多年之后,读到这部戏曲志,我仿佛回到了当年欣赏戏曲、评论戏曲的历史氛围中。

这部《戏曲志》,考证有据,采访忠实可信,体例规范而有创意。地方戏曲在一个地区的流布与形成,与该地区的历史沿革、风俗民情、方言语音、文化传承、民众的欣赏习惯,以至地理位置、交通条件、气候变迁等,都有密切的关系。这部志书全面系统地记录了戏曲艺术活动在怀来县的形成、发展、兴盛、衰落、繁荣、变化的史实,同时,通过戏曲的变迁,反映了怀来县在各个历史时期的社会面貌和重大事件。书中收集的材料,方面极广。例如第十七章收录了怀来县沙城、北袁营、二堡子、狼山等十五处戏台的"题壁",可见编写者视野之广,工作之细。"大事年表"始于清康熙十三年(1674),止于2005年,时间跨度大,可见编写者用力之勤。我可以负责任地说,这是一部很有价值的地方戏曲志。

张玉生同志花费了二十年时间和大量精力完成了这部志书的编写。他的这项工作受到了有关方面的重视和赞扬。他希望我为这部志书写一篇序。由于我与怀来的缘分,也由于我与戏曲的缘分(虽然我并不真懂戏曲),我不能推却。于是,我写了以上这些话。

2006年5月2日

雅俗共赏的语言风格

——评戴晓彤改编的莎剧《李尔王》丝弦戏唱词

莎士比亚的戏剧，是诗剧，原文是用素体诗写成的。特别是他的几出名剧的中心道白，如《哈姆雷特》中的生死独白、《李尔王》中的雷电颂、《罗密欧与朱丽叶》中的爱情对白等等，都是举世闻名脍炙人口的著名诗篇。如何把世界上最精美的诗篇化成中国优秀的戏曲唱词呢？这无疑是戏曲改编演出莎剧的一大难题，亦是对改编者戏剧文学水平的挑战。从上个世纪初期川剧、越剧首次改编演出莎剧后，戏曲演出莎剧的活动方兴未艾。十几个剧种上演了近百个根据莎翁话剧改编的戏曲。1994年9月在上海举行的"莎士比亚在中国"国际研讨会上，我应邀参加了由大会组织的丝弦戏《李尔王》的录像观摩并亲耳聆听了主演张鹤林先生的现场清唱，继而我又在《大舞台》（1996年第5期）上看到了戴晓彤先生改编的《李尔王》丝弦戏文学剧本，十分惊喜地发现这正是中国优秀的戏曲唱词。

诗情与剧情的交融

戏曲唱词不好写。因为它既是诗，要有诗词节奏与韵味，又是"戏"，要有规定情境和行为、动作。脱离规定情境的唱词，若写得过虚,则易使全剧节奏拖沓、情节涣散;若写得过实,则显得呆板、乏味、太水、没色彩,缺乏艺术感染力。只有将诗情与剧情有机地结合为一体,才是上乘之作。丝弦戏《李尔王》的唱词努力做到了这一点。

且看开篇,第一句:"乌云翻雷电闪天昏地暗,"虽是内唱,却把规定情境、人物所处的暴风雨环境一语道出。紧接着出唱的是"李尔王我遭大难、衣不整、皓发乱,奔走荒原步蹒跚,倾盆雨浇得我骨冷身寒"。配合着李尔王披头散发、顶风冒雨的奔走"程式",充分体现了戏曲唱词的舞台性和动作性。唱、做合一,纳入了戏曲表演之中。造成李尔王"骨冷身寒"的不仅仅是外部环境、自然界的暴风骤雨,更是社会原因、人际因素造成的窘境。"大公主拆御桥将我驱赶,二公主锁城门拒我入关。"显示了戏曲唱词的叙事功能。简练的两句唱,便把已经发生的两场戏概括出来了。接着剧中人便从外部世界的遭遇转入了心理层次的感叹:"可叹我为人父一国之主,现如今国难投家也难还!"主人公从自然界肉体感应,逆境所造成的"骨冷身寒"已转化、进入世态炎凉对其心灵的刺激与折磨,陷入了"心冷、神伤"的精神炼狱中了。舞台上的难民过场及其伴唱"猛然见众灾民妻离子散,更哪堪饿殍遍野生灵涂炭",把眼前的情景与心理沟通连成了一体,发出了"天责、地谴"和自责、自谴进而要"将邪恶荡尽洗遍、把刁顽一举全歼"的呐喊与"把世上罪孽全审判、讨一个公道明白在人间"的誓言。唱罢,李尔王仰天长啸的独白与狂乱,完全进入癫疯(最糊涂亦是最明白)状态中了,人物的内心冲突达到了高峰。情景交融亦是诗歌的典型特征。至此强烈的戏剧性与诗的意境与抒情功能紧密结合,亦诗、亦戏,达到了水乳交融的程度。所以这段唱词,可以称得上是融诗情与剧情于一身的戏曲唱词。

雅俗共赏的风格

　　莎士比亚的戏剧,有很强的民间性。他的剧作,吸取了大量的民间艺术的营养。《李尔王》,就是根据在欧洲广为流传的一个民间故事改编的。它有"俗"的一面,但又以人文主义的精神,从人性的角度挖掘升华文学的内涵,因而具有雅俗共赏的特点。丝弦戏《李尔王》忠于原作的风貌,充分发挥了中国戏曲起源于民间,艺术上泼辣、生动,生活气息浓烈的特点和诗词歌赋曲中"雅"的一面,深入浅出地诠释了莎翁这一名剧,在风格上取得了和谐一致、相得益彰的艺术效果。这一特色,在全剧开场就得到了充分体现。"臣服九州位至尊"的老王,"人到暮年思退隐"欲把"江山交于后来人",这本来是很正常的心理,但却要子女"当众表忠贞",然后要根据口头表示"爱"的程度分配国土,便有些荒唐和民间故事色彩。而三个女儿的不同"表态"(演唱)更加深了这一"戏剧性"的艺术效果。大公主唱:"我的爱好比茫茫草原宽又广,我的爱好比湛湛蓝天无边无际无法量。"二公主则唱:"我爱您,胜过古往今来孝廉女;我爱您,超过人间万物世无双;倘若是,父王失去我的爱呀,唉——,鸟不飞、水不淌、草不发芽树不长,没有欢歌笑语和花香,日月星辰也无光呵!"而三公主则唱:"违心的话儿我不愿讲,我只能按我的本分爱父王。山有多高就多高,水有多长就多长。诚实的人儿心坦荡,不多不少不夸张。"以山河天地、日月星辰作比喻是中国老百姓的习俗,也是中国民间文学——民歌中常用的"比兴"手法,亦是中国戏曲唱词为了求得简练、通畅、夸张所习见的特长。而当李尔王受骗,上当落难之后,"失去了衮龙袍这才发现,我原是两脚兽丑陋不堪",发出了"老天爷我与你无仇无怨,为什么你将我摧残?为什么亲生女口蜜腹剑?翻手云、覆手雨、假作真美作丑、恶欺良善、是非不辨、乾坤颠倒,孽海汹汹起波澜"的呼喊。莎翁原作的深刻主题是"权力欲的膨胀使人性变丑、变恶",如剧中大公主、二公主的表现,以及李尔王在权力顶峰时的昏聩、暴虐、武断、专横,充分说明了这点。而当李尔王丧失权力饱经忧患后,又人性归善;当然,这是通过痛苦的反思才产生的蜕变。李尔王在"跪步问天问地"后,接唱:"不怨恨天爷爷降我灾难,不怨恨地公公把我摧残。只恨我性愚钝养痈遗患,坑国家害百姓受我株连。越思想越惭愧悔之已晚,恨不得毁自身祭奠苍天!"继而李尔王才能在精神的国度里把世界上的罪孽加以审判,讨一个公道的人间世界! 剧中人物的转变揭示了人文主义的深刻主题。而所有这一切,又是通过深入浅出的故事情节和戏曲唱词表达出来的。大俗大雅、随俗化雅、雅俗共赏的艺术风格,在这段中国戏曲唱词中得到了充分体现。

唱词的语言特色

丝弦戏《李尔王》的戏曲唱词,十分悦耳。借景抒情、情景交融之处,诗化的语言见出文学之功底。"雷电颂"中"心头火飞云端与电齐闪,胸中怨与狂飚齐把浪翻,切齿恨与霹雳响成一片,夺眶泪漫天洒化作雨帘",是流动的诗、斑斓的画、心灵的呐喊与大自然风声雨声的立体交响,写得声情并茂,有声有色。词语的对仗与音节也十分合拍,丝丝入扣。读到这里,便感到了音乐的旋律。最后,李尔王发出的怒吼:"我是风、我是雨、我是雷电,我是鬼、我是神、我是大仙,我要把世上罪孽全审判,讨一个公道明白在人间!"使人想起了"五四"以来优秀的诗歌,想到了郭沫若《女神》中"天狗""凤凰涅槃"的诗句。这段唱词,既有新诗韵味,又有戏曲唱词的抒情特点,酣畅淋漓,意境壮阔,气势磅礴。凸现了人物的形象与性格。

全剧结尾时,李尔王抱起已死的三公主,如泣如诉地吟唱与倾心倾情地赞美,使我们看到了李尔王肉体的生命结束了,但纯净的心灵复苏了,与真善美的化身三公主一同奔往天国而去。这里,作者不是把戏剧语言仅仅停留在字斟句酌、精雕细刻上,而是追求一种中国书画大写意的境界:既传神又隽永、深沉、悠扬,手法十分新颖、优美,显示了中国戏曲唱词的浪漫主义色彩。

丝弦戏改编的莎剧《李尔王》是成功的。

1996 年 10 月

一部丁玲的真实传记著作

——序杨桂欣著《中华奇女子——作家丁玲》

1986年3月4日10时45分,丁玲同志走完了八十二年光辉的人生旅程,和我们永别了!

丁玲同志是我国杰出的无产阶级革命文艺战士,国内外享有盛誉的作家和社会活动家,中国共产党的优秀党员,中华人民的好女儿。我们怀着极其沉痛的心情,深切悼念这位为中国革命和中国革命文化事业艰苦奋斗了一生的、久经考验的革命文学家!

以上是1986年3月16日新华通讯社发布的《丁玲同志生平》的开头两段。这里引了这两段文字,是因为这两段文字是对丁玲一生的"定性"和终极评价。这个结论是经过千回百折、无数艰难阻碍而最终得出的。

丁玲离开我们已经二十年了。二十年来,中国发生了巨大变化,中国文坛和读书界也发生了巨大变化。但不论这变化有多大,广大读者对丁玲的热情始终不减。丁玲去世后,丁玲的著作不断再版。河北人民出版社出版了十二卷本的《丁玲全集》。不少丁玲著作的单行本和选本不断出现。研究丁玲的专著如雨后春笋般地问世。有人统计,每年至少有一本发行。单篇研究文章发表的更多。在丁玲去世后的第一个十年中,就出版了四种丁玲的传记,即:《风雨人生·丁玲传》,《中国现代作家传记丛书·丁玲传》,《在男人的世界里·丁玲传》,《丁玲外传》。在丁玲去世后的第二个十年里,又出版了多少种丁玲传记,我没有统计。但我知道杨桂欣就撰写并出版了四种关于丁玲的传记性著作,即:《丁玲评传》,《我所知道的暮年丁玲》,《丁玲与周扬的恩怨》,《情爱丁玲——惊世女子骇俗恋》。(这里必须说明:杨桂欣是一位严肃的文学评论家和丁玲研究专家,那些带有浓厚的商业广告气味的书名和某些宣传用语,不是出于他的本意。)现在,杨桂欣的第五部关于丁玲的传记性著作又已杀青,它就是本书:《中华奇女子——作家丁玲》。

目前是市场经济时代。出版社决定一本书的出版,不能不考虑它的市场效应和经济效益。如果丁玲已经在广大读者心目中消失,那么丁玲传记一部又一部地出版,就是不可思议的事。为什么丁玲能长久地吸引广大读者的眼球? 答案只能从那些认真撰写的丁玲传记中去寻找。杨桂欣的有关丁玲的传记性著作称得上是"认真撰写"的。(我没有贬低其他丁玲传记的意思。)从中不难找出答案来。

前面说过,杨桂欣已撰写了五部关于丁玲的传记性著作。前面的四部,是以丁玲的写作生涯和生平经历的一个方面或一个阶段为重点进行论述。本书则是作者对丁玲一生历史进行探究和梳理的总结性著作。它的分量比较重。

丁玲,是在中国现代当代文学史上有重大影响的作家,她的文学著作有着恒久的生命力。丁玲,又是一位革命者,爱国者,社会活动家。本文开头所引《丁玲同志生平》中说丁玲走过的是"八十二年光辉的人生旅程"。总的来说,当然是辉煌的。然而这八十二年中,大家知道,却有二十几年的逆风恶浪,以及早年的困厄,晚年的坎坷。然而她为了信仰,为了理想,对命运从不低头,始终抗争。她的生命律动有如贝多芬"第五"中的主旋律,在世间不绝地震荡,形成一种闪耀在地平线上的人格魅力。因此,漫长的逆境自然也是"八十二年光辉的人生旅程"的组成部分。杨桂欣的这部著作,把丁玲的这种人格魅力充分地呈现在读者的面前。

本书有两个特点:

一、客观性。传记文学的生命在于真实。臆想和虚构是传记文学的死敌。只要有任何不忠于事实的论述,传记文学的生命就终结了。杨桂欣撰写本书,为了真实,花费了大量时间和精力,收集到大量的有关资料,有选择地用于本书。桂欣还有另一个优势,那就是从丁玲复出的1979年开始,他就和丁玲本人和丁玲的丈夫陈明进行接触,此后有着长期密切的来往,后来又在丁玲领导下从事《中国》文学杂志的编辑工作,直到丁玲去世;丁玲去世后杨桂欣仍与陈明保持着长久的联系。由此,桂欣掌握了不少第一手资料。有许多感性的资料,比一些印在纸上的文字资料更鲜活,更有生命力,因而更有史料价值。这些资料经过筛选,用于本书中。如果说本书"无一字无来历,无一事无根据",我觉得也不算过分。

二、公正性。公正的基础是客观。客观也可以产生冷漠。杨桂欣却在客观的前提下体现公正。以事实为依据,以道德为准绳,表达鲜明的是非,热烈的好恶。一腔正义,情见乎辞!褒,贬,闪射出史笔的锋芒。然而,并不是写抒情诗,并不是浪漫的呐喊。情,诞生于严格的史实。把事实一件件摆出来,把来龙去脉细细地写出来,是非明确了,好恶呈现了。情,喷涌而出。读者,信服!

以上两条,是史学的基本要素。本书具备这两个特点,证明本书作者是一个合格的传记作家。

本书的最后部分有作者对"奇女子"的分析。桂欣认为丁玲作为"奇女子",其"奇"在于她不认同"士可杀不可辱"的古训,她认为应该"忍辱负重",在逆境中求得清白,面对横逆,追求人生的真谛。这是堑壕战,是韧性战斗。事实上这样做比一死了之难得多。我们并不否定屈原的沉江,老舍的投湖。他们用死来反叛污浊的政治,是惊天地泣鬼神的。但是,丁玲的艰难地活着进行积极的抗争,却是她的人格魅力的核心所在,应该说,具有另一种非凡的意义。桂欣对这一点的论述,是本书的"点睛"之笔。

桂欣曾与我同事多年。对他的为人和他的才华以及他的治学态度,我是有所了解的。这次他希望我为这本书写序,我虽然觉得我对传主了解不多,所以不够格,但还是应命了。我是带着学习的心情读完这本书的原稿的。我努力撰写,于是有了上面这些文字。

2006 年 12 月 3 日

读万卷书，行万里路

——序涂静怡游记《世界是一本大书》

  诗人、诗歌编辑家、《秋水》主编涂静怡，又是一位旅行家。她的足迹不仅踏遍中华大地，而且到过世界上的五大洲，四十几个国家。她的旅游经历令人欣羡，更使人高兴的是她写了多少万字的游记。旅游文学，自古有之，读静怡的游记，使我想起郦道元的《水经注》，书中呈现的山川景物、自然风光，令人向往。更令人难忘的，还有《徐霞客游记》，是地理著作，又是优美的散文佳品，其规模比《水经注》更大，内容更丰富。徐霞客的书寓情于景，情景交融，其笔法比郦道元更使人印象深刻。静怡游记之所以使我想起这两部古代著作，正由于她的笔致也以情景交融为特点。

  静怡撰写游记，不是事无巨细，一概罗列，她有所取舍，取舍有方，详略得宜。对文明古国，她重视历史沿革、文化传统，比如游希腊，就简述了希腊的历史存在，神话存在，人文存在，但笔墨简练，绝不冗赘，读来眉目清楚，条理明晰。她在写到雅典巴特农神殿时，交代了神殿的建立，历代统治者对它的使用，及最后的被毁。若没有这一背景的介绍，则阅读下面的文字，随同作者一起作希腊神游，便会感到脉络不清，源头不明。然而静怡对神殿历史的表述，仅用了约一百个汉字，何等简洁！而在描述雅典的多所博物馆时，则不吝惜笔墨，将希腊古代遗迹的精华，用文字呈现在读者面前,使读者有如身临其境,目睹其物,从而得到与作者同样真切的感受。

静怡重视人文积淀,并不轻视自然景观,她"不薄今人爱古人",二者曾不偏废。她在记述欧洲之游时,就用很多笔墨描绘那里多彩的自然现象,例如北欧北极圈内的特异景色就在她的笔下熠熠生辉:"欧洲最后一块原始保留区"——拉普兰(Lapland),"圣诞老人村"的所在地,在芬兰的北端,那里的风光令人神往!挪威北部马吉奥雅岛极北的北角(North Cape),那里夏天的"永昼"和冬天的"永夜"现象,更令人魂牵梦萦!这使我想起李清照词"薄雾浓云愁永昼"以及杜甫诗"永夜角声悲自语",却与北欧"北角"的两个"永"不是一回事!李、杜的"永"令人愁肠百结,而挪威的两个"永"却引起如王勃的兴叹:"天高地迥,觉宇宙之无穷;兴尽悲来,识盈虚之有数!"静怡的文笔,把我带到一种清醒的梦幻世界。

静怡把游记当文学作品来写,是传承了徐霞客的传统。她用汉语抒情状物,细心经营,却无刻意为之的痕迹。我欣赏她描述新疆高昌故城的文字:

> 漫步于古老的高昌故城,街场市巷,寺院官邸,残迹宛然。清楚的格局,不由得使人想起当年的盛景:那窄袖棉衫,眉贴花钿的酒肆少女;那挽弓披甲,孔武雄壮的赳赳武士;那头戴乌纱,来去匆匆的高官将帅;那高鼻深目,仆仆风尘的胡客商贾,仿佛依次从遥远的典籍一一跳到眼前;还有那每逢佛家胜日,群僧云集,香火缭绕,响彻全城的号角之声,仿佛依然余音袅袅,不绝如缕。

一段多么美的文字!我也曾于二十多年前游历过高昌故城,也曾在那里有过思故叹古的情怀,但不如静怡能从断垣残壁中想象出如此真切如此生动的"当年盛景"! 人物,服饰,神态,风习,礼仪,独行,群集……一一在笔底呈现。惊人的想象,惊人的真实;文笔简洁,包容丰硕;文字素淡,再现辉煌;寓繁华于质朴,蕴绮丽于单纯。读完之后,又会如王羲之叹息一声:"后之视今,亦犹今之视昔,悲夫!"静怡不动声色,而言外之意,跃然纸上。

古人提出过一个达人的行为准则:读万卷书,行万里路。我的理解:读书实即中外古今之遨游;行路,乃是读古今中外之书本。九年前,我和女儿游历英国、法国、意大利、西班牙……我称之为"负笈欧罗巴",静怡说:"世界是一本大书,旅行是阅读。"在这一点上,我和静怡的认识是一致的。世界这本大书,永远没有最后一页,我们将阅读它,直到终老。而这本游记,正是静怡勤奋用功的读书札记的一部分。静怡嘱我为她的这本游记写序,我不能违命,遂有此作。

2009 年 2 月 24 日于北京和平里

孙肖平的报告文学
《物换星移几度秋》读后

　　《北京文学》2006年第7期上登载了孙肖平的报告文学《物换星移几度秋》,副题是"王宗敏和他的水电十一局团队"。我读了,受到很大的震动!

　　这篇作品反映的是"中国水利水电第十一工程局"(其前身是"三门峡工程局")几十年来为中国的水利水电事业和援助亚洲、非洲、拉丁美洲友好国家的水利水电事业而艰苦拼搏、排除万难、取得一个又一个杰出成就的光辉历程。中心人物是局长王宗敏,在他周围是与他共同奋斗的一整个团队。

　　给我印象深刻的是这个团队的五个特点:

　　一、继承和发扬了中华民族的、中国革命传统中的不怕苦、不怕死、排除万难、争取胜利的崇高精神。在中国革命战争的年代,出现过具有这种精神的无数英雄人物。现在,到了社会主义建设时代,尤其到了改革开放的新时代,这种精神是否还要保持?是!回答是肯定的。这种精神不仅没有过时,还应该高度发扬!水电十一局团队就是大大发扬了这种精神的一个群体。改革开放以来,市场经济代替了计划经济,在社会上滋生了"一切向钱看"的消极倾向。在一部分人的心中,艰苦奋斗的精神被抛弃了。人们追求物质生活水平的提高,这无可厚非。但是,不要忘记,中国人民总体来说生活水平提高了,是因为中国的经济上去了,而中国经济的腾飞,与一大批建设者的吃苦耐劳、殚精竭虑、拼搏奋斗是分不开的! 其中就有卓越的水电十一局团队这支队伍。

二、实行经营管理的观念改变,适应新的要求,与时代共同前进。王宗敏和他的同事们所以能打开局面,取得杰出成就,关键在于观念更新。如果摆脱不掉计划经济时期的陈旧观念,事业不可能前进,只能遭致失败。王宗敏等在领导这个团队时进行了多项改革。他们重视职工代表大会的职权。他们能团结大多数,共同前进。他们懂得企业的领导干部不是传统意义上的"官",而是善于做生意的经理人。这点非常重要。

三、重视企业文化建设。十一局的员工都认识到:企业文化是他们的命根子,他们明确了"传承大禹,奋进不息"的企业精神,"诚实守信,创造一流"的经营宗旨,"热爱祖国,忠诚企业,集体奋斗,争创业绩"的员工理念,确定了"做强、发展、回报社会"的企业目标。随着形势的发展,他们又提出了"人性化管理"和"精细化管理"的理论。这些,成为他们前进的思想动力、行为准则和理论基础。

四、勤俭节约,不浪费点滴;同时关心员工生活,解决员工困难,提高他们的物质待遇。二者并举,不予偏废。他们以周恩来总理为榜样,把每一个员工都当作自己的亲人。这样,整个团队就能团结得像一个人一样,他们的力量将是无穷的,能够克服一切困难,向胜利进军。

五、在与外商合作和援外建设工程中,他们善于运用法律武器,进行有利、有理、有节的斗争,取得互利双赢的成就。他们恪尽职责,排除种种困难,为友好国家服务,赢得国际声誉,为中国的和平外交做出贡献。

有了以上这五个特点,这个团队能取得巨大成功就不奇怪了。这样的团队,应该是我国各路建设大军的榜样。我想,具有这样特点的企业团队,不止他们一个。但他们作为企业团队中的佼佼者,是无可怀疑的。这篇报告文学作品,可以成为我国许多企业团队的学习资料。

这篇报告文学反映的虽然只是水电十一局一个单位,但这个团队历史长,活动面广,先进事迹多,要写得全面周密而又有声有色是很不容易的。报告文学有一个基本点,就是必须忠实于客观事实,不允许虚构。报告文学的力量就在于真实。这篇报告文学中所叙述的,全是事实,没有一件事没有根据。所以,它具有极大的动人力量!

报告文学也是文学。由于不允许虚构,一些报告文学作者就感到受到了束缚。这篇报告文学作品虽然不能展开想象的翅膀,但它依然有可读性,依然能抓住读者。例如,王宗敏这个人物就给人以鲜明的印象,他与绑匪搏斗的场面生动具体,人物的性格特征也在与匪徒周旋的场面中凸显了出来。

2006年6月30日

从青翠到金黄

——致遆哲锋

　　您的诗,我看了若干首,觉得不错,有的诗有思想,有感情,有艺术。如《生死印》,就是一首好诗。

　　作为诗集名的那首诗《秋日的枫》,我很喜欢。写秋的诗,中国有,外国也有。刘彻有《秋风辞》。杜甫有《秋兴八首》。刘禹锡有《秋问》。济慈有《秋颂》。简宁斯有《初秋之歌》。要写得不落前人窠臼,不容易。您的《秋日的枫》,把焦点集中在枫树,自有特色。而主旨定格在季节的转换,物候的轮回的规律,更见深邃。您没有重复别人,重复前人,而是有自己的创造。您的这首诗音韵和谐,乐律铿锵,读来朗朗上口,悠扬悦耳。全诗四个诗节,每节六行,而这六行又分为首尾各二行长,中间二行短(末节除外),逢偶句押韵(中间或除外),韵脚用悠长的ang音,设计精美、音律熨帖、温暖而协调,显示秋的丰足与惬意,却又隐含着某种肃杀。这首诗最后一个诗节的最后两行,是短行,与前面三个诗节的设计不同,这也可以是均齐中有变化。但"红"字与前面的"唱"不押韵。似是一种缺失,但这样安排当然也可以,不必强求。

　　我倒有一个未必恰当的建议,就是在这一诗节末再加一行:"从青翠到金黄"。这样,这一诗节就成为:

秋是季节转动的车轮

枫是物候醒目的晚唱

一种必然

一种规律

从无到有

从绿到红

从青翠到金黄

最后一行的最后一个字"黄",与第二行的"唱"押韵,也与前面三个诗节的"阳"、"张"、"庄"、"强"、"旁"、"访"各字押韵。这些押韵字多数是平声,只有"访"、"唱"不是平声,如果最后用"黄",又恢复为平声,便与全诗的韵律协调起来了。又,前三个诗节都是六行,结构上是匀称的。这第四个诗节变成七行,多出了一行,是否破坏了匀称?可能。但这是最后一个诗节,作为殿军,有一点变化也是可以的,而且这一行是较长的一行,与其他较长的诗行配合起来,可起到一种稳定感。

当然,我这仅仅是一种建议,未必恰当,您可以不采用。

您写诗勤奋,成绩明显,十分可喜。

愿您继续努力,写出更多更好的诗来。

今天是2009年元旦,祝您:新年快乐!

又,枫叶从夏到秋,是从绿到红。但我也见到许多枫叶变成金黄色,也有一些枫叶最后是红黄兼有,或从红变黄,而那种黄,闪闪有光,是一种金黄。所以我"妄"加的那一行写成"从青翠到金黄",仍没有离开枫树。

2009年1月1日于北京

总结不等于终结

——致王大民

不久前收到您寄赠我的您的三本著作：花山文艺出版社今年出版的《回望集：祖国给我理想·歌曲卷》，《回望集：其实，这也很好·音乐文学卷》，《回望集：词林寻径及其他·文论卷》。三卷著作，加起来有九百八十二页，分量够重的。我由于参与周巍峙同志主编的《田汉全集》的编辑工作，认识了您。您作为《田汉全集》的责任编辑，作风非常认真踏实，给了我很深的印象，也由此您和我结下了深厚的友谊。逐渐地，我也知道了您还是一位著名的歌词作家。这次我手捧了您的三卷著作，并且认真拜读了这三本书，使我对您的了解又深了一层。

您谦称自己不是诗人。鲁迅的学生和战友、诗人冯雪峰对"诗人"这个称号特别尊重。据牛汉兄对我讲，冯雪峰说过，"诗"与"人"结合才叫"诗人"。为什么写散文的、写小说的只能叫"散文家""小说家"？只有真正的人，写出真正的诗的，方配称"诗人"。我对"诗人"这个称号是尊重的，甚至是敬畏的。我在名片上只印上"诗爱者，诗作者，诗译者"，不敢自称"诗人"。在这点上，也许您跟我有着相同的心态。

但，您不否认自己是"词人"吧？"词人"这个名词不被人常用。曾有人把古代词的作者称作"词人"，如李煜、李清照、苏轼、辛弃疾等。我这里说的"词人"是指现代当代歌词的作者,如刘半农、田汉、光未然、乔羽等。您作为词人,应是属于这一群。

您把您的诗歌、歌词、小歌剧、小戏曲收入一卷,名之为《音乐文学卷》,您对"音乐文学"这个概念作了解释。"音乐文学"这个名词恐怕由来已久了吧?您还是河北省音乐文学学会的副会长。但对我来说,这个名词还是很新鲜的。我读到了您对歌词为什么是音乐文学之一种的阐释。您说:"歌词有别于诗歌的特点就是它的音乐性即可唱性。"您又说:"歌词就是能唱的诗。"您的论断是准确的。您在《音乐文学卷》中《词林寻径》一辑中收入多篇论析歌词的文章,大都是您的经验之谈,不乏真知灼见。您谈到歌词的文学性,歌词的音乐性,歌词的含蓄美,歌词必须有情,可以说都是您创作的总结。您把歌词的音乐性明确为就是可唱性,您说得很严谨。因为诗也有音乐性,只是,发展到今天,诗已不存在可唱性了。古代诗与歌是不分的。《诗经》的大部分是民间歌谣,《国风》就是当时各国的土乐。《乐府》原是当时政府的专门机构从民间收集的民歌。词本来也是民间的歌曲,有各种曲谱,后来文人拿来进行创作,必须依曲谱写歌词,叫作"填词"。可惜那些曲谱都失传了(那时没有留声机,更无录音机),只留下了词牌名如"清平乐"、"蝶恋花"等等。欧洲的十四行体诗,原来也是流行在法国南部与意大利接壤处的普罗旺斯地区的一种民间歌谣,后来这种形式被文人拿过去进行诗歌创作,第一位有影响的十四行大诗人是意大利的彼得拉克,后来又产生了影响更大的十四行大诗人莎士比亚。十四行体诗已扩散到世界的五大洲,包括中国。"诗歌"这个名词,有时也叫"歌诗"。有时这两个名词的含义略有不同。司马迁称刘邦的《大风歌》为"歌诗"。说来说去,诗,诗歌,歌诗,歌,词(唐诗宋词的词)、词(今天歌曲中的词,亦即歌词),都是同根同种的"音乐文学"的品种。

　　我上面说到,诗(或诗歌)也有音乐性,这分两方面来说。先说古诗。我母亲教我读唐诗宋词,必须要"吟"。用的是"常州古诗吟诵调"。这种调由我的大舅公(外公的哥哥)教我的母亲,又由我的母亲教给了我。似乎全国各地都有各地的古吟调,常州调只是其中的一种。最近我故乡江苏常州的一些热心朋友把我和另一些老人的古诗吟诵进行了录音和录像和理论阐述,进行申报,这种"常州古诗吟调"已被江苏省政府批准为省级口头和非物质文化遗产。那些朋友们还在做进一步的收集整理工作,准备向国务院申请,希望能列入国家级口头和非物质文化遗产。这恐怕很难。但这种收集整理工作是很有意义的。这种古诗吟诵调已面临失传的危险,现在要做的首先是抢救,然后是有人继承。这种吟诵调,除古诗词外,也可用于今人所写的旧体诗词,如鲁迅、田汉、毛泽东等所写的此类作品。还有,这种常州吟诵调,必须用常州方言来咬字吐音,才能保证它特有的乡土味和古韵味。我教我的女儿这种吟诵调,她们出生在北京,不会说常州话,所以我只能让她们在吟时用普通话咬字吐音,这是不得已而为之。但毕竟可以保存那个"调"。常州古诗吟诵调的调子经过音乐工作者的努力,大部分已经用五线谱记录整理出来。中国文联出版社已经出版了一部名叫《常州古诗吟诵调》的书。

　　再说新诗。这里所说的新诗是指"五四"新文化运动以来成为诗坛主流的白话诗(也可称为"现代汉语诗"。古诗词和今人所写的旧体诗词用的是文言,即古汉语,新诗用的是白话,即现代汉语)。从胡适的第一首诗发表于《新青年》(1917年)以来,新诗已有九十年的历史。新诗的形式又分为自由体,半格律体,格律体(为了与古典格律体相区别,可称之为新格律体或现代格律体)。自由体当前占新诗的主导地位。即便是自由体,新诗也不应该是分行的散文。分行的散文不是诗。新诗也应该有音乐性。您说歌词的音乐性就是可唱性。那么新诗的音乐性主要表现为节奏感，或者叫内在的节律。无论自由体还是现代格律体，都应该如此。请读艾青的《大堰河——我的褓姆》，这是一首自由体诗，其中的节奏非常明显，而且强烈。艾青提倡"诗的散文美"，我认为，这"散文美"区别于"散文化"的特点之一就是它的音乐性——节奏感。无论自由体还是现代格律体（如闻一多的《死水》，冯至的《十四行》等），它们的节奏都体现在汉语语气和"音顿"（或简单地称为"顿"）的安排和调节上。优秀的诗朗诵者能把这种节奏感恰当地表达出来。但，不能故意强调，一经"刻意"，便失去了自然。新诗的音乐性还可以（大部分如此）从阅读亦即默诵时由读者的内心感觉到。我指的是优秀的新诗。这种音乐感有时明显，有时不明显；有时是外在的，有时是内在的。有些人认为，新诗很容易写，这是一种误解。有人写诗带有很大的随意性，甚至胡写乱涂，不知所云，内容不必说，音乐性更不配讲了。

您写了不少新诗和歌词，我大部分都拜读了。您的诗很像歌词，如押韵，对称，顿的处理，节的安排，以及语言简练，有时用复句等，这些跟歌词很接近。您的诗，在内容和题材选择上，贴近下层，歌颂工人和农民的劳动、生活、爱情，给人以健康、向上的力量。您的诗，表达了您的人生观、价值观。我很喜欢您的诗《其实，这也很好》。您把这首诗的诗题用作一卷书的书名，说明您自己也喜欢这首诗吧。这首诗共三节，每节一对意象：第一节说，若不能做大树，就做小草；第二节说，若不能做巨轮，就做竹篙；第三节说，若不能做千里钢轨，就做一块石料。三节连接起来：小草给荒漠添绿色，竹篙把希望之舟撑到彼岸，石料为铺平千里路基献身。于是，一个崇高的思想涌现出来：一个人的能力有大小，但只要为理想献出自己的一切，他就是一个纯粹的人。全诗不是用干巴巴的概念化语言而是用生动的意象体现出一种价值观。这是一首好诗。如果有作曲家为它谱曲,它也是一首好的歌词。

邓小平同志在1979年10月中国文学艺术工作者第四次代表大会的祝词中,不再提"文艺为政治服务"的口号,这是正确的。(后来的口号是"文艺为人民服务,为社会主义服务"。)因为"为政治服务"的口号容易误导文艺工作者为具体的政策、一个时期的中心工作任务以至错误的政治路线服务。但有人因此而产生误解,认为文艺必须脱离政治,才能实现创作自由。这是不对的。政治是关系到亿万人民群众的大事,文艺怎么能脱离它呢?您的有些诗带有很强的政治性,但不是标语口号或报纸社论,不是纯粹的概念铺陈。我赞赏您的《观点不变》这首歌颂张志新烈士的诗,这首诗显示出对错误的政治路线进行批判的力度。我写过两首歌颂张志新烈士的诗:《嘱咐》和《喉之歌》。我们还读过雷抒雁的诗《小草在歌唱》。大家知道,同一题材的作品最怕立意重复。您的这首诗的可贵处在于立意与别人的不同。您抓住张志新在死刑即将执行时依然宣称"我的观点不变"这一情节,反复讴歌,写出了"党的忠贞女儿用生命维护了党的尊严"这一伟举,用斩钉截铁的笔触突出了这一行为的庄严性、崇高性和伟大性。您是从一个与别人的着眼点不同的视角抓住了诗的主题。这就体现了这首诗的独特性,它的政治性通过这种独特性而表达了出来。

您的有些诗,体现了某种人生哲理,令人深思。比如《咏物诗》中的《镜子》《灯丝》《钻石》等,都是含有哲理的好诗。以镜子为题材的诗,不少人都写过。艾青的诗《镜子》,称赞"它最爱真实,决不隐瞒缺点""它忠于寻找它的人,谁都从它发现自己"。我写过散文诗《镜子》,着眼于镜子所反映的事物都是反的,左反为右,上反为下,东反为西,广袤反缩为方寸之中,这就不同于别人的视角。而您的《镜子》,立意与艾青的那首相似,都是写镜子"从不掩饰,从不歪曲"。艾青说"有人躲避它,因为它直率","甚至会有人,恨不得把它打碎"。这个"有人"要打碎镜子是为了掩盖自己的丑恶。臧克家有一首七言绝句《抒怀》："自沐朝晖意蓊茏,休凭白发便呼翁。狂来欲碎玻璃镜,还我青春火样红。"都是写要打碎镜子,但艾青和臧克家的立意完全不同。您的那首诗中也写出镜子可能"会惹恼伪君子,被一怒之下摔成粉碎"。这就与艾青的诗雷同了。但,艾青写到"恨不得把它打碎"就戛然而止,留下余地让读者去思索。您却穷追不舍,说镜子被伪君子摔碎后的"每一块碎片仍然宣告:观点不变,问心无愧"! 镜子已成为无数碎片,而"每一块"碎片齐声发出誓言,是何等力量,令人惊,令人悚,令人敬,令人佩! 您这样写,就从镜子原有的命题延伸了:为了真理,粉身碎骨在所不辞! 任你把我磨成粉,烧成灰,我的信仰依旧! 要跟李商隐做反面文章:"春蚕到死丝方尽,蜡炬成灰泪不干!"也使人想起了于谦的《石灰吟》:"粉骨碎身全不怕,要留清白在人间!"这正是宣称"观点不变"的张志新烈士的精神。我感到,您的《镜子》是从艾青的《镜子》化出,但又不囿于艾青的原意,而是使思想得到了拓展,实现了升华。这就是您的创造。

您还有不少佳作。比如《冲刺》,第一行"我把每个清晨视为新生",我很欣赏。这与我长期以来形成的思想吻合。我在论及英国诗人济慈的诗学概念"客体感受力"(Negative Capability)时,曾联系自己,认为要让自己全身心地拥抱吟咏对象(客体),要对客体保持永久的新鲜感。太阳已有亿万斯年的生命,但它绝不是陈旧的,每天早晨醒来,我看见的又是一轮新鲜无比的太阳。这样,每天清晨就是一次诗歌创作的新生。我涉及的是诗创作。您谈的应该是整个生命。您说:"我要让每一秒钟留下记忆,使每一分钟变得丰盛……"因此您的思想更加开阔和丰硕。

又如《惰性》,您在这首诗里解剖了自己。鲁迅善于解剖自己,巴金也如此。解剖自己,是一种勇敢。在这首诗里,您把自己性格中的弱点拿出来"示众",也是"警己"。而把"惰性"人格化,把"征服""窥探""勾结"等动词加诸"惰性"身上,体现出自嘲的诙谐和警世的幽默,则令人读后不觉莞尔而笑,领会到人与时间的关系中蕴含的某种深意。岳飞的《满江红》词中有句:"莫等闲白了少年头,空悲切!"英国作家卡莱尔有一首诗《今天》,其最后一节是:"又一个蔚蓝的晴天随黎明来到:想想,你可愿让它白白地溜掉?"这些诗句说的是同一个道理。您的诗也是以珍惜时间为主题,却从嘲讽自己的"惰性"这个角度出发,给人以耳目一新之感。再仔细品味,这首诗给予读者的还不仅仅是珍惜时间的启示,它还有更宽广的思想涵盖面。这就是您的创造。

您的《O₂ H₂O》也引起了我的注意。这首诗使我想起了法国十九世纪诗人兰波的诗《元音》,它一开头就说,"A黑,E白,I红,U绿,O蓝:元音们,有一天我要泄露你们隐秘的起源",接着他对每一个元音作出神秘的定性,如"I,殷红地吐出的血,美丽的朱唇边,在怒火中或忏悔的醉态中的笑容";又如"O,至上的号角,充满奇异刺耳的音波,天体和天使们穿越其间的静默……"兰波写元音,用拉丁字母来表示。您写的是化学元素氧的符号和水的分子式,也用拉丁字母来表示。兰波是象征派大诗人,超现实主义先驱。他的这首诗以非理性的神秘主义闻名。您的那首诗中也有象征,如说O"像汉字的一个'枣',无正无负……"因为氧是看不见摸不着的,像是O(零,即圆)。接着您说它"像无形的'救生圈',挽救了多少生命"。O是圆形的圈,形状正像救生圈。而人要靠氧才能活命,离开了这个似乎是"零"的O,人的生命就要丧失。这是理性的分析,大异于兰波的非理性写作。这也是象征的深化,但与兰波的神秘主义无关。由此,可以见到您的创造。

您的诗作中,也有一些写得一般化的,或者平淡的作品。当然我们不能要求一个人写诗写得每一篇都精彩。英国大诗人华兹华斯的诗全集有十大卷,真正的精品集中起来则不到一卷,但这不妨碍他仍是英国文学史上的大诗人。

我读您的诗作,读到很多颂歌。的确,我们的国家现在欣欣向荣,经济建设突飞猛进,人民生活改善,应该大声歌颂。您的歌颂性作品,如歌词《祖国给我理想》,铿锵有力,充满阳光。又如歌词《几年不进山窝窝》,比前者更好,因为具体生动,生活气息浓厚,有山妹子这个活生生的人物,而且用了来自生活的鲜活的语言。但是我还要说,现在我们的国家还存在着不少亟待解决的严重问题值得我们关注。相对来说,您的诗少了一些对这方面的牵挂,少了一些悲悯情怀。

您今年出版了这三大卷诗、词、文集,似乎是对自己从事文学的一个总结。但我想,总结不等于终结。您今年只是过了花甲,今后您还有很长一段路要走,您还可以写出更多、更好的作品来。我这样衷心地祝愿您!

2006 年 12 月 22 日

"一夕蓉城——蜀道难?"

——致李易

　　《蜀道难?》拜读再三。这确是一首有味道的好诗,甚为难得。利用标点符号出新意,这也是旧体诗写作中的突破。若不用标点,末句如无此破折号且缀以问号,则将是"一夕蓉城蜀道难",读之将不明作者何意矣。故旧体诗中亦应讲求新式标点之运用。又,四句,句句精练,一句一层意思,一步升一级,一直到最后的问句,意境豁然。虽是问句,却无丝毫可疑之处!又,炼字亦见功夫。"凌"字用得好。火车飞驰,跨越剑门,真有凌空而下之感。首句就是开门见山,单刀直入,而又出语惊人,把读者带到了惊险的蜀道。但又是今天而非李白时代的蜀道。第二句是一组动的形象,而"共"是其核心的一环,它将飞奔的火龙、怒吼的湍水、激荡的云烟,连接在一起,组合在一起,形成了一个生气勃勃的壮观场面。第三句更为佳胜。凡是乘过京成线火车的人,都能体会到隧道光线的变化。就其两端而言,入洞则日月之光灭而灯光明亮,出洞则相反,而有时隧道是在半山腰,一边有一座座涵洞可通山外,当列车驰过时,又是一"明"一"灭",再随着隧道灯距的变化而又似"明"似"灭";故此处的"明灭"可以说是一语三关,绝顶妙用。且又有别于杜诗《北征》中"旌旗晚明灭"之"明灭",亦不同于李白《梦游天姥吟留别》中"云霞明灭或可睹"之"明灭",这

489

里的动感更强于第二句。末句则使人想起"千里江陵一日还"之
结语,但又能化出,能活用,能发新意,歌颂了新社会,歌颂了工人
阶级,歌颂了人类科技的进步,却又不着痕迹,则更是难得!人们
常为李白"地崩山摧壮士死,然后天梯石栈相勾连"所描写之栈道
修筑者受苦之剧烈与其气魄之宏伟而感叹不已。然此诗却只是轻
轻一问:"一夕蓉城——蜀道难?"举重若轻,千钧之力,仿佛于无意
中出之。奇!

　　总之,这首诗我十分喜欢。我对于第三句"明灭"的解释,
似乎还是太死太实,其实这里的"明灭",尚有更宽广的联想可
寻……

　　请谅!请批改。

1981年5月24日

附:

李易复信摘要

　　——多承指教和鼓励,惭愧,谢。按,"隧穿明灭",如再试作联
想,则有凌字造势于先,其字蓄景中坚,而后一穿到底,仿佛李广一
箭入石有超乎常力者在。是则直觉似有一种冲力、隧道、陵谷乎、
光线、时空之高速运转乃至于瞬间互换,令人触目惊心,应接不暇,
宛若进入了一个山河突变,昼夜竞至,亦昏亦醒,古今错置,似有若
无之境界,其中又好像有一点难以名状的道理。然亦未知果如何
耶。

蜀　道　难

李　易

——自京乘京成直达特快列车,经冀、豫、陕、陇而入蜀,跨嘉陵江,历剑门山,凡逾一夕而至。昔闻唐贤李太白有"蜀道之难,难于上青天"之叹而陆畅又有"蜀道易,易于履平地"之说,余亦不知其果难果易也。故志以存之。

北客初来凌剑关,[①]
火龙湍水共云烟。
隧穿明灭谷陵改,
一夕蓉城——蜀道难?

---

① 四川广元剑门山横亘百余公里,起伏若利剑。峭壁中断处相峙如门,故名剑门关。地扼川陕咽喉要道。杜甫《剑门》诗:"惟天有设险,剑门天下壮。连山抱西南,石角皆北向。……一夫怒临关,百万未可傍。"

"青歌赛"的画外音

——致郝铭鉴

大著《心中要有块石头》，已翻阅一遍。未能每篇都读，但也读了不少。

我关注《情寄编林四十秋——答〈新民周刊〉特约记者孙欢》、《咬天下该咬之错——答校对学家周奇》、《"咬嚼派"与大文化——致余秋雨的公开信》。这几篇，都是好文章，醒脑，益智。

对余秋雨、金文明两位先生，我都尊敬。二位都是学者。金有一本书，书名叫什么"石破天惊逗秋雨"。是用的李贺的句子吗？其实，何必呢！金也可以大度一些。但金指出的，都是实质性的问题，要驳，是驳不倒的。

前不久，看电视，现场直播青歌赛。歌手不但要唱，还要经过综合素质（文化）考试。余是评委。余秋雨对歌手说：请看屏幕。屏幕上出现两句诗："忽如一夜春风来，千树万树梨花开。"余评委问歌手：这两句诗写的是什么季节的情景？歌手沉吟了一会儿，说："冬季。"余评委说："对，完全正确！"——是吗？这位歌手也许读过岑参的《白雪歌送武判官归》，也许没有读过，但她很聪明，可能这样想：诗句中明明有"春风"，为什么还问写的什么季节，这一定是个"陷阱"。又一想：该是写雪景的吧，那么，下雪必定是冬天了！于是答："冬季。"这么聪明，果然得到了余秋雨评委的肯定。

但，这首诗，即岑参《白雪歌送武判官归》的开头四句是："北风卷地白草折，胡天八月即飞雪。忽如一夜春风来，千树万树梨花开。"这"胡天八月"难道是冬天吗？无论是"胡天"（大西北）还是中原，用的该是同一个历法。八月，农历八月，阳历该是九月。什么季节？夏末，或是初秋。与冬天，还是相当的远吧！总之，不是冬季。

看电视时，有人鼓动我打电话到央视直播现场，指出余评委的错误。我没有打。这不算什么，这只是临场的失误，或者是疏忽，与学问、学识无关。

但这个小小的插曲也反映一个问题，即使大学者，也不能避免错误。

您的致余秋雨的公开信，写得好，我完全赞成！你写得有理，有利，有节。说服力强！

对余，我仍然认为他有学问，有文才，也有口才。他的散文，我喜欢看。

但我为余惋惜。他那为自己强辩的文章和一头撞去不认错的态度，活生生地把自己给贬低了。可惜！人贵有自知之明。余少了这一点"明"。他以为死不认错并反咬一口为自己争得了面子，恰恰相反，把自己的面子丢了。俗话云：群众的眼睛是雪亮的。余先生却让"意气"蒙住了自己的眼睛。余的失态，群众看在眼里。

我赞成你的主张："学者争论包括文字争论，理应心平气和，服从真理而不是迁就面子。论战文章，尽可锋芒毕露，但不应意气用事，不应夹枪带棒，人身攻击。大文人要有大气度。即使谈不到一块，也应求同存异，尊重对手。我是主张'和为贵'的。"你这几句话，说得非常好。我们应大大提倡这种为真理而争而不作意气之争的论战风格。主张和为贵,我与你同。

你与余秋雨是三十多年的老友。但为了真理,为了辨明真相,你还是站出来,写了这封公开信,说明了你的勇气和为真理一搏的严正态度,令人尊敬。

2010年7月

英国儿童文学读物发展概貌

——致小山

　　你问起《一个孩子的诗园》之前英国儿童文学的起源及发展，我查了一下《牛津英国文学指南》及其他材料，了解到英国儿童文学读物的发展概貌，让我告诉你。

　　早在十五世纪的英国，就出现"礼貌读物"，《巴比的书》(Babee's Books)，教导孩子们在行为举止上要有礼貌，懂规矩。至于非礼貌读物，那么要到十六世纪，如伊索寓言，传说故事之类，其实是成人读物兼顾儿童。直到十七世纪，才出现专门为儿童写的书。但，此时出的故事书如詹姆士·简韦(James Janeway)的《孩子们的纪念品》(1671)则完全是道德说教。此时孩子们喜欢读班扬(Bunyan)的《天路历程》(1678—1684)，笛福(Defoe)的《鲁宾孙漂流记》(1716)，斯威夫特(Swift)的《格列佛游记》(1726)以及其他成人读物。直到十八世纪，在洛克(Locke)和卢梭(Rousseau)的思想影响下，儿童教育开始变得人性化，于是出现了一批能使儿童阅读得快乐的书籍。1745年，约翰·纽伯利(John Newbery，1713—1767)开设了一家专售儿童书籍的书店，是一项创举。他自己也写了不少谜语、寓言、故事的书出售。从1740年起，托玛斯·波尔曼(Thomas Boreman)出版一套引人注目的小型书，书名却叫《巨型传说故事丛书》。此时，认字母、歌谣、童话等的小本书大量出版，不少道德说教书也问世,如托玛斯·戴(Thomas Day,1748—1789)的《斯坦福与默顿的故事》(1783—1789),玛丽亚·埃纪沃斯(Maria Edgeworth,1768—1840)的《道德故事》(1801),发行量都很大。随着瑞士作家魏斯(Johann David Wyss,1743—1818)的《瑞士人罗宾孙一家》(用德文写成)的英译本出版(1812—1813)以及玛丽·舍伍德夫人(Mrs Mary Martha Sherwood,1775—1851)的《费厄恰尔德家史》的出版(1818),对儿童读物的质量要求明确地提到日程上来。儿童读物逐渐形成类别,如冒险故事,家庭长篇故事,动物故事,幻想故事等等。德国格林兄弟(Jacob Ludwig Carl Grimm,1785—1863;Wilhelm Carl Grimm,1786—1859)的《德国通俗故事》的出版(1823)和丹麦伟大童话作家安徒生(Hans Christian Anderson,1805—1875)的童话故事的出版(1846),出现了长期的争论:儿童该不该阅读童话。这事现在看来很奇怪,当时却是事实。大作家萨克雷(William Makepeace Thackeray,1811—1863)写了一本《玫瑰与指环》(1855),温和地讽刺了流行的童话故事。但童话依然受到孩子们的欢迎。著名作家王尔德(Oscar F.O.W.Wilde,1854—1900)为他的儿子写的《快乐王子及其他故事》出版(1888),产生广泛影响。十九世纪四十年代到五十年代,为男孩写的冒险故事大量出版,这类书的作者有马尔亚特(Marryat),巴兰汀(Ballantyne),亨蒂(Henty)等。此时出版的有学校故事,如托玛斯·休斯(Thomas Hughes)的《托姆·布朗的学校生活》(1857),法拉尔(F.W.Farrar)的《埃里克,一点一点地》(1868),杨格(C.M.Yonge)的《雏菊链》(1856);还有美国作家露伊莎·阿尔考特(Louisa M.Alcott,1832—1888)的小说《小妇人》以及塞维尔(A.Sewell)的动物故事《黑色美》(1877)。十九世纪后期,许多不朽的儿童文学经典问世,如金斯利(Charles Kingsley,1819—1875)的《水孩》(1863);卡洛尔(Lewis Carroll,即 Charles Lutwidge Dodgson,1832—1898)的《爱丽丝漫游奇境记》(1865)(这部童话经典产生世界影响);玛丽·莫尔斯沃斯夫人(Mary Louisa Stewart Molesworth,1839—1921)的《织锦房》(1879);杰弗里斯(Richard Jefferies,1848—1887)的《贝维斯,一个男孩的故事》(1882)等。十九世纪后半期新浪漫主义代表作家斯蒂文森(Robert Louis Stevenson,1850—1894)的《宝岛》(1883)是第一部没有道德说教、产生巨大影响的冒险小说。之后,弗兰西丝·伯内特(Frances E.Hodgson Burnett,1849—1924)的小说《小勋爵》(1886)出版,获得巨大成功;紧接着,斯蒂文森的《诱拐》(1886)和《卡特里俄拿》(1893)出笼。十九世纪后期到二十世纪初期和中期问世的作品还有:赫加德(Sir Henry Rider Haggard,1856—1925)的《所罗门王的宝藏》(1885);鲁德亚德·吉卜林(Rudyard Kipling,1865—1936)的《丛林丛书》(1894—1895);伊狄丝·内斯毕(Edith Nesbit,1858—1924)的《宝藏探求者故事》(1899)、《新的宝藏探求者》(1904)、《五个儿童和它》(1902)、《凤凰和地毯》(1904)、《铁道儿童》(1906)、《魔法城堡》(1907)等。海伦·班纳(Helen Banner)推出她的附有生动插图的系列丛书,第一本叫《小黑人桑波》(1899)。海伦·贝阿特丽丝·珀特(Helen Beatrix Potter,1866—1943)推出了插图本《白兔彼得的故事》(1902)。班纳和珀特的作品使得儿童读物的文字和图画同等重要。社会上对儿童小说的需求量激增,催生了一批质量不高的出版物,但也出现了一批好作品,如吉卜林的《扑克山上的帕克》(1906);格兰汉姆(Kenneth Grahame,1859—1932)的《杨柳风》(1908);弗兰西丝·伯内特的《秘密花园》(1911);休·洛富汀(Hugh Lofting,1886—1947)的《铎里特尔博士丛书》,其第一部出现于1920;伊丽诺·法杰恩(Eleanor Farjeon,1881—1965)的《苹果园里的马丁·皮品》(1921);米尔恩(A.A.Milne,1882—1956)的《小熊温尼普》(1926);阿特里(Alison Uttley,1884—1976)的《小灰兔》系列,其第一本出现于1929;阮桑姆(Arthur M.Ransome，1884—1967)的《燕子和蜂鸟》系列，其第一部出现于1930；斯特里特弗尔德(Noel Streatfield，1895—　)的《芭蕾舞鞋》(1936)。托尔凯因(John R.Tolkien，1892—1973)推出《习惯》(1937)及《指环主》三卷(1954—1955)，重新激活了幻想小说的传统。

二十世纪五十年代，儿童小说的出版成为一项热门产业，随之出现许多导读和书评以及奖项。奖项有纽伯利奖(Newbery Medal)，卡内基奖(Carnegie Medal)，伊利诺·法杰恩奖(Eleanor Farjeon Medal)等。凯特·格林纳威奖(Kate Greenaway Medal)是专门颁给插图作者的。此时，为少年写的作品和给成人看的作品被严格区分开来；为男孩写的和为女孩写的作品也开始有了鲜明的区别。此时，某些受欢迎的作品被指责为含有种族偏见，例如洛富汀(Lofting)和班纳曼(Bannerman)的作品。于是一些儿童读物作家和出版家提高了对出版物中种族偏见和性别歧视认识的敏感度。冒险故事和校园故事受欢迎的程度有些消退。高水平的幻想故事多起来，这方面的作家有刘易斯(Clive S.Lewis，1896—1963)，加纳(Alan Garner，1934—　)，皮亚斯(Philippa Pearce，1920—　)等等。还应该提到的是露丝玛丽·萨特克立甫(Rosemary Sutcliff，1920—　)和里昂·茄费尔德(Leon Garfield，1921—　)的历史小说和尼娜·波登(Nina Bawden，1925—　)的日常生活小说。

儿童诗歌写作的历史稍短一些。十六世纪的学习指南如《英语格律手册》即是用诗句写成。艾萨克·瓦慈(Isaae Watts，1674—1748)被目为英国第一位儿童诗诗人，他的音韵悦耳的诗歌作品如《儿童敬神之歌》从1715年起便非常流行。与此同时，人们收集出版许多儿歌和童谣，受到欢迎。安·泰勒(Ann Taylor，1782—1866)和简·泰勒(Jane Taylor，1783—1824)合作出版《童心新诗集》，被译成德语、荷兰语、俄语，流传全世界，仅在英国即出了五十版，后又合作出版《幼儿歌谣集》(1806),其中收入英语儿童诗中最有名的一首《星》,随后又出版《童心赞美诗集》(1810)。威廉·罗斯柯(William Roscoe,1753—1831)推出《蝴蝶的舞会和蝈蝈的宴会》(1805),成为儿童文学经典,引起大批模仿者。维多利亚时期大诗人罗伯特·布朗宁(Robert Browning,1812—1889)发表《哈默林的花衣吹笛人》(1842)。爱德华·里亚(Edwrd Lear,1812—1888)出版《胡诌歌》(1842),与道德说教彻底决裂,后又连续发表诗歌作品,成为儿童诗歌中异军突起的"异类"。克里斯蒂娜·罗塞蒂(Christina G.Rossetti,1830—1894)发表《小妖精集市》(1862),成为长篇童话叙事诗的杰作。斯蒂文森推出《一个孩子的诗园》(1885),成为誉满全球的儿童诗歌经典。在二十世纪,创作儿童诗歌的知名诗人还有贝洛克(Hilaire Belloc,1870—1953),德·拉·梅尔(Walter De La Mare,1873—1956),米尔恩(A.A.Milne),格雷夫斯(Robert Graves,1895—1985),泰德·休斯(Ted Hughes,1930—1998),考斯利(Charles Causley,1917—)等人。

关于当代英国儿童文学的情况,因手头资料少,所知不多。以上限于英国的儿童文学。美国的没有涉及,除阿尔考特。有的作品是成人文学,也可归入儿童文学,如马克·吐温(Mark Twain,1835—1910)的《汤姆沙耶历险记》和《哈克伯利芬历险记》等就属于此类。不及一一细述。这些资料,聊供参考。

2010年10月31日

第 七 辑

无愧无私天地宽

怀念巴老，永记《随想录》

　　10月16日，我在上海，孙颙（上海作家协会党组书记）告诉我：巴老病危。我心头一震！17日，中国文坛巨擘、文学巨匠巴金同志逝世。举国志哀！我按计划于21日回到北京，来不及参加巴老的遗体告别式，遗憾！当天接受《文艺报》记者采访。22日《文艺报》发表作家们悼念巴老的谈话，其中有："诗人屠岸说：巴金老人是我心中的一座巨碑。我将和千千万万读者一样，永远怀念他。巴金把整个一生奉献给了文学事业。《巴金全集》和《巴金译文全集》是他留给我们的最大精神财富。我想，巴金的全部思想的精髓，也许可以凝结在他的两句话中：'讲真话'，'生命的意义在于奉献'。巴金的文学遗产超过一千万字，我们不可能全部记住。但如果我们牢牢地记住了这两句话，那么，也许我们就抓住了巴金精神的核心。"22日，我在中国现代文学馆举行的国际汉语诗歌协会新闻发布会上，以会长身份动议：全体与会者起立，为我们敬爱的巴金同志逝世默哀。24日，我到中国现代文学馆巴金同志灵堂向巴老遗像行三鞠躬礼，并题字以寄托哀思。11月23日，我参加了中国作家协会主办的"巴金同志追思会"。巴老的形象，言谈，教诲，始终萦绕在我的心中，甚至在梦里也出现巴老亲切慈祥的目光。

　　我在小学高年级和初中当学生时，就开始阅读巴金的小说。我在大学里参加进步的学生运动、走上革命的道路，是社会现实的教育和进步书刊对我起了引导作用,其中就有巴金的小说《家》。巴金不是中共党员,但我知道,许多青年参加共产党,是巴金小说影响了他们。巴金是以他的一部又一部小说如《灭亡》《新生》、《爱情的三部曲》《家》《春》《秋》《憩园》《第四病室》《寒夜》等,建立起他在读者中的声望,奠定了他在中国文坛的崇高地位的。这些小说都写于他的前半生。"文革"之后,巴老没有再写小说。但是,没有复出的巴金,是不完整的巴金。巴金的伟大人格力量,最突出地表现在"文革"结束之后。他的自我解剖和历史反思,对我,对广大读者,起到了振聋发聩的作用。而这,集中地表现在他晚年的杰作《随想录》里。

1993年6月26日,我和章世鸿(《人民日报》记者)到巴老家中向他预祝九十大寿。那是位于上海武康路的一处住宅。巴老坐在有玻璃长窗的走廊里,身穿白色短袖衫,灿烂的阳光透过窗外的树叶照射到他身上。他面色健康,精神矍铄,思维敏捷。另有三位客人在座。大家一起舒畅地交谈着。当谈到巴老的《随想录》时,巴老笑着说:"这本书原答应给'三联',后来被他们三个人抢去了。"客人问是哪三人,巴老说:"一个是韦君宜,一个是他(指指我),一个是季涤尘。"说着,巴老又笑了。

回想起来,那也不算"抢",这是巴老幽默了。当年"人文"和"三联"作为兄弟出版社,关系很好,经过协商,各出各的版本。我记得在阅稿(我不敢称"审稿")过程中使我印象深刻的是巴老提出了"讲真话",在十年浩劫的阴影还未完全退去、假话废话套话骗人的话还在漫天飞舞的时候,这一声呐喊真是何等地动人心魄呵!这部书出版后社会反响如此强烈,连当时作为出版者的我们也觉得不曾料到。巴老提出"讲真话",并不是专门要求别人,他首先是恳切地、真实地、痛彻肺腑地解剖自己。巴老说,要把心交给读者。他自己真正做到了这一点。一位日本朋友对巴老说:"您批评了自己,我是头一次听见人这样讲。别人都是把责任推给'四人帮'。"这样讲真话实在意义重大,这是一次新的启蒙,新的觉醒。后来韦君宜写《思痛录》,许多人著书写文章进行自我解剖和反省,都是由于巴老的《随想录》开了先河。巴老提出"讲真话"的意义,也不仅仅局限于对"文革"的反思,它是对今人和后人的长远的启示,是立身处世做人的基本原则,这句话具有恒久的价值。

写到这里,我想起了一件与这本书有关的事。1993年12月,中国最高级别的图书奖项"国家图书奖"第一届评奖工作启动。我被主办者中华人民共和国新闻出版署聘为评委会委员,参加文学组工作。评委会副主任兼文学组召集人是季羡林先生。文学组评委还有张炯、谢冕、柳鸣九、袁行霈、叶麟鎏。这个组的任务是进行复评。评奖工作第一阶段是初评,只有通过初评而入围的图书,才能进入复评。文学组对初评入围的文学书进行审读,经过讨论,协商,投票,选出文学类书籍十四种(包括提名奖候选书)以参加终评。复评是关键。这十四种书中有《随想录》,排名第二,在《管锥编》之后。这一天是1993年12月29日,开会地点是北京亮马桥路二十一世纪饭店。上午复评通过的书籍名单出炉,下午就要进行终评。午休时,我睡不着,反复思考着一个问题:《随想录》和《管锥编》,作为文学书籍,哪一部对读者的影响更大? 更能影响人的灵魂? 我对钱钟书先生不仅佩服,而且尊敬。他的杰出的学术成就,举世公认,无可挑剔。但是,《随想录》的思想力量,触动人们灵魂的力量,教人如何做个真正的人的力量,又是何等强大? 它是不可替代的!《管锥编》突现出一位超群的学者,而《随想录》体现的是一个伟大的人格! 想到这里,我决心要把书的排名次序改一改。下午大会开始前,我分别找了季羡林、张炯、谢冕等所有文学组的评委,建议把复评通过的书目开头两部的次序颠倒一下,并充分陈述了我的理由。季老被我说服,表示同意。其他评委也都不持异议。按评奖规则,终评须经全体评委(包括其他各组如社科组、科技组、艺术组、少儿组、民族组、教育组、辞书组的评委)用无记名投票方式进行。这天下午,全体评委参加的大会开始。张炯代表文学组向大会介绍文学组评审经过,并把复评结果宣布:第一部是《随想录》,第二部是《管锥编》……大会经过讨论,进行终评选举。全体评委共六十六名。选举结果,《随想录》得六十六票,《管锥编》得六十五票,《莎士比亚全集》(译本)得六十四票,《罗摩衍那》(译本)得六十三票,《新时期中篇小说名作丛书》得六十票。共五部作品登上第一届国家图书奖文学类获奖书名单(另有国家图书奖荣誉奖授予《鲁迅全集》,以及国家图书奖提名奖若干)。大会在热烈的掌声中结束。不久,评奖结果向全社会公布。1994年1月30日,第一届国家图书奖颁奖大会在人民大会堂举行。

终评的结果使大家都满意。巴老获得过许多奖,许多国际荣誉。他绝不会计较获奖与否,更不会计较名次(其实国家图书奖并不分名次,只是公布时总有排名先后,是按得票多少排列)。但这个奖项,代表着公众的承认,人民的承认,国家的承认。而且,从投票结果来看,《随想录》是文学类书籍中唯一获得全票的书,它受到全体评委的拥护。这绝不是偶然的。因为,这是一部说真话的大书,它已深入人心,有着伟大的力量。

巴老已经离开了我们。但他的人格力量永远不会离开我们,他的讲真话的大书永远不会离开我们。这样,巴老也永远不会离开我们。

2005年11月24日

关于曹禺先生的记忆

我和曹禺先生虽无深交,但有过一些接触。他比我大十三岁,是我的前辈。因为我曾演过周冲,正逢话剧百年,便有人邀我写回忆文章。这就勾起了我记忆中的一些片断。

《雷雨》在常州的演出

1936年12月,我在江苏省立上海中学读完初一上学期,回故乡常州度寒假。我母校觅渡桥小学的美术教师吕步池(荷生)先生忽然到我家,邀我参加曹禺剧本《雷雨》的演出,饰剧中的二少爷周冲。他说《雷雨》在1934年发表后,引起了国内演剧界和观众的注意。常州的话剧爱好者们不甘落后,准备演出此剧。他说服了我的母亲。剧本规定周冲十七岁,而我那时只有十三岁。吕先生说找不到合适的人,一定要我上。第二天我到城北一所学校里,在一间当作临时排演场的大屋里见到了许多参加演出的大朋友。他们是准备饰周朴园的沈菊人,也是一位教师;饰周萍的费定,他曾在电影《风云儿女》《逃亡》中当演员;饰鲁侍萍的Y女士;饰繁漪的S女士;饰鲁大海的沈慕云。吕步池饰鲁贵。沈菊人、费定、吕步池联合起来成立三人导演团。导演们给了我一本《雷雨》,让我读几段台词。他们一听我的国语发音,便说:行! 我说我太小了。吕先生说:这是演戏,你把周冲的神态演出来就是成功。

第二天,又来了一位陈馀袅,她愿意演四凤。这是一个十八九岁的女学生,性格活泼而温柔,但柔中有刚。我叫她"陈姐姐"。在讨论剧本的构思和演出风格时,吕先生说,现在社会上有一种舆论,说《雷雨》是一出"乱伦"戏,我们不能同意。我问:什么叫"乱伦"? 沈先生说:小孩子别问了。陈姐说:让小孩来演戏,又不让人家问,是什么道理? 乱伦就是指戏中长子和后母谈恋爱,同母异父的兄妹谈恋爱。我说,我明白了;但为什么又说不能同意这是乱伦戏? 陈姐随即发表精彩见解:这出戏不是玩赏乱伦,而是揭露黑暗,她说:我们要领会剧本作者曹禺的原意,这是出揭露专制家庭罪恶的大悲剧,目的是要冲破家庭专制,冲破社会黑暗。又说:要理解繁漪在周朴园压迫下的苦闷,她是个勇敢的女子,不要把她演成个"伤风败俗"的坏女人。我听着觉得非常新鲜。

讨论之后立即开始排戏。在戏中,四凤和周冲有几场同台戏。陈姐时常纠正我的台词语调和动作,好像她是导演似的。她叫我"小弟"。在第三幕里周冲到杏花巷十号鲁贵家,跟四凤有一段较长的对白。周冲对四凤说:"我从来没有把你当作底下人,你是我的凤姐姐,你是我的引路人……"接着说:"我想,我是在一个冬天的早上,非常明亮的天空,……在无边的海上……哦,有一条轻得像海燕的小帆船……我们坐在船头,望着前面,那就是我们的世界。"陈姐说,你说这段台词时,要像朗诵诗歌那样,投入真诚的感情,你要知道,曹禺在写诗啊! 她又说,曹禺的这个剧本写的是诗和现实的冲突。我觉得她讲得真是有道理。

紧张的排戏一天接着一天。一次,谈到S女士近来情绪不佳,我忽然冒出一句:"她一定失恋了!"顿时引起一阵笑声。"失恋"一词出自一个十三岁男孩之口在那时是有些滑稽的。陈姐说:"小弟将来肯定是个多情男子!"说得我脸红了。

戏排了将近一个月。到1937年1月下旬，已经接洽好了演出场所：常州市中心地区乾元市场旁的乾元剧场。决定在2月3日首演，连演三天。《常州日报》记者采访了导演团，第二天报上登出了《雷雨》即将由武进青年励志剧社公演的消息。在介绍演员名单时，没有提及饰鲁侍萍的Y女士，也没有提及饰鲁大海的沈慕云和饰周冲的蒋璧厚（就是我）。Y女士一气之下宣布罢演。导演们慌作一团，束手无策。陈馀枭自告奋勇，登门劝说，终于把Y女士请了回来。沈慕云也为此事生气，把我拉到一个小酒店去喝闷酒，似乎要我也同他一起耍点小脾气。我有点蒙。陈馀枭知道了，说：小弟，你不要跟着瞎闹，这是一个演出群体，要团结一致才能演出成功。我说：我本来就一点事儿也没有啊！

《雷雨》连演了三个晚上，演员，管灯光、道具等的人都很努力。做音响效果的人在后台把一张大的薄铁皮一边钉在地板上，需要雷鸣效果时，用手提着铁皮的另一边拼命抖动，铁皮就发出极似打雷的轰轰隆隆声。有观众反映说，曹禺的雷雨震动了常州城！演出场场满座，群众反应强烈。我的母亲也去观看了演出，表示赞赏。通过这次演戏，我和同台的演员们结下了亲切的友谊。他们中有的是我的老师，有的成了我的哥哥或姐姐。按剧情规定，故事发生在夏季，周冲穿夏季服装白衬衫短裤，手拿网球拍。虽然演出时是冬天，但我那时年轻，穿夏装也不觉得冷。回到后台，只要四凤也下场了，陈姐就立刻把棉袄披到我身上，直说"别冻坏了！"每次演出完毕，卸装后，吕先生和别的演员就护送我回家。最后一次是陈馀枭送我回家。因为剧中有台词"你是我的凤姐姐"，所以我后来改口称她"凤姐姐"。她对我母亲很有礼貌，称"伯母"。临别时她嘱咐我用功读书，将来也许能当一名好演员。母亲送她走后，笑着问我："你是不是跟这位陈小姐谈恋爱了？"我忙说："没有啊，我还不懂什么是恋爱。"母亲说："我不反对自由恋爱，但你现在年纪太小,不要早恋,不要分心。"我忙说:"嗯,嗯。"

半年后,全面抗日战争爆发,举家逃难。我和吕先生、"凤姐姐"从此断绝音信。

在北戴河与曹禺为邻

1953年4月,我从华东文化部奉调到北京,在以田汉为主席的中国剧协做编辑工作。1954年我参加创办《戏剧报》,田汉是《戏剧报》社社长。这一年观看了北京人民艺术剧院郑榕、朱琳、于是之、胡宗温等演出的《雷雨》,这是这个话剧在新中国的首次演出。我和陈刚合作用"安冈"的笔名写了一篇剧评,在《戏剧报》上发表。在剧协工作期间,我有机会接触到剧协副主席曹禺。1963年,医生为我做了切除病肺的手术。这年8月,组织上安排我到北戴河疗养两周,而我的隔壁邻居就是曹禺。

曹禺为人和蔼亲切,没有一丁点儿大作家的架子。我听说他正在写以王昭君为题材的剧本。当我试探性地提及此事时,他微笑而不言,似说"无可奉告",但也不否认。我就识趣而不再问。陪我一同去北戴河的我的十岁女儿小建和曹禺的女儿万方成了好朋友,她们常常一起玩耍。一次在剧场观看京剧《陈三两爬堂》和《挡马》的演出,小建信口开河,对演员品头论足,坐在一边的曹禺笑说:有其父必有其女,小建是个小小剧评家!一次放映越剧电影《红楼梦》,小建去看了,回来时我发现她哭红了两眼。而我当时患一种"洁癖",我不看任何由《红楼梦》改编的电影或戏剧,为了使曹雪芹原著留在我脑中的印象不被破坏。曹禺对我的行为温和地说:你不去看一看,怎么知道它破坏了曹雪芹的原著? 其实,你心里有一个林黛玉,别人心里也有他的林黛玉。不妨看一下王文娟的林黛玉,未必会破坏你心里的林黛玉。

　　在北戴河,我有机会坐在面临大海的招待所走廊里的椅子上,与曹禺相对闲谈。一次,我对他说,我演过《雷雨》里的周冲。他说,周冲在《雷雨》里不是主要角色,但演他很难演好。我说,是不是周冲这个人物介于少年和成年之间,心地纯真,充满幻想,但世界观尚未定型,既有儿童特点,又有诗人气质,处于急剧变化的年龄段,他和方达生以及袁圆有共同点而又各自大不相同,所以很难把握? 曹禺含笑点头。在一次谈到写剧本如何塑造人物形象时,曹禺说,写戏必须要能抓住那"玩意儿",抓不住"玩意儿",什么都白搭。我说,您写出过那么些杰出的剧本,塑造过那么多活生生的人物,您该是个抓"玩意儿"的能手! 您说的"玩意儿",该是情节的精彩处或语言的闪光点,是可以突出人物形象的"招儿",对不对? 曹禺说,对,但"招儿"不是孤立的。我说,凭您的经验,现在抓"玩意儿"该是不成问题的? 曹禺说,难哪! 现在真难哪! 他长长地叹了一口气,不再说什么。

　　对曹禺慨叹写戏难,我当时并不太理解。只觉得曹禺不熟悉工农兵,要写工农兵,当然难。但如果是写历史人物,又有何难?《胆剑篇》不是还挺好吗? 直到"文革"结束后,观看了北京人艺演出曹老的新作《王昭君》,我才逐渐有一点明白。再后来,九十年代中期,我在《诗刊》上读到曹老写于晚年的一首诗《如果》,我才有了更多的感悟。从这首诗,可以看到曹禺当时不仅写戏难,做人也是何等的难! 那首诗是这样的:

> 如果大家戴着盔甲说话,
> 我怎能亮了我的心。
> 如果我的心也戴着盔甲,
> 火热的人怎敢与我接近?
> 我愿死一万次,再不要终身

这样存有戒心。

访晚年曹禺

上世纪九十年代中,人民文学出版社推出"世界文学名著文库"系列丛书,决定收入《曹禺戏剧选》,编辑部让我为这本书写"前言"。我用心地写了五千多字后,提出去探望病中的曹禺,请他审阅通过后再付印。于是在1995年4月19日,我和"人文"社的编辑张小鼎、郭娟一起,来到北京医院。那时曹禺已是八十五岁的高龄老人。

到曹禺同志病室时,他已起身,坐在轮椅上,身穿素淡色衣裤,面色甚红润,但表情有些漠然。张小鼎附在他耳旁大声介绍我和责编郭娟。郭说:"您不认识我?我来过,看望过您。您还在送给我的书上签过名。"我附在曹老耳边说:"1963年在北戴河休养,您是我的邻居。那时您正在写《王昭君》。"曹老略有所忆,喃喃地说:"那时候,在北戴河休养……李玉茹也在……"我说:"不是,是1963年夏天,同您在一起的是万方。我的女儿章建也去了,跟万方一起玩。"曹老仿佛记起来了,点头称是。郭娟把我写的"前言"复印件送到他手里,他紧紧拿着稿子(我注意到他拿得很紧),说:"哪里用得着我审阅,不必了……"张小鼎说:"不急,任何时候看都可以,放着也可以。"曹老说:"屠岸这个名字很熟的……"

我把我译的《莎士比亚十四行诗集》和我的《屠岸十四行诗》各一本送给曹老,说:"您不必费神看,只留作纪念吧。"曹老拿着这两本书,说道:"我一定学习……"他又指着《屠岸十四行诗》说:"用中文写十四行诗,这是你的创造?是很难写的。"我说,"我不是第一个,早先写中文十四行诗的有闻一多,孙大雨,朱湘,还有冯至……"曹老频频点头。

怕他累了,我们向他告辞。他坚持让护士把他从轮椅上"拉"起来,他缓步送我们到病房门口,跟我们一一握手道别,还说:"谢谢你们来看我,你来,是我的光荣……"我回头挥手两次,曹老才进房。

这次会见,有喜剧色彩。当他说"一定学习"时,我说"哪能呢",(如果他指的是学习莎翁十四行诗,那我不好说什么,如果是学习我的译文或我的诗,那我如何担当得起?)当他说"你来,是我的光荣"时,我说"哪能这么说"。曹老绝不虚伪,他是一片真诚,他越真诚,我越觉得"啼笑皆非"(不恭!),所以我说这次会见有"喜剧色彩"。

后来我从郭娟口中得知,曹老对我写的那篇"前言"没有提出任何修改意见,只是说:"好,好。"在这篇"前言"中,我指出:"三十年代曹禺的出现,标志着中国话剧走向成熟。曹禺剧作是借鉴西方戏剧、根植于中国民族文化传统和'五四'新文化传统土壤中的璀璨的艺术花朵。""如果说这些剧作是诗,那么它们首先是中国诗,同时又是曹禺独创之诗。他的每一篇戏剧诗,都有它的哲理的内核,渗透着作者对'天'和'人'的深刻思考,这种思考又与对中国人民命运的关切结合在一起。""曹禺的剧作属于中国,也属于世界;属于今天,也属于未来。"

《曹禺戏剧选》于1997年11月出版。可惜这时,曹老已经辞世十一个月了,憾!

2007 年

三副挽联和一首挽诗

——悼严文井同志

严文井同志以九十高龄辞世。这消息在数小时内即传到我耳朵里。震惊和悲哀同时袭击了我。文井同志是著名的作家和出版家。我、我的子女和孙辈是他作品的热情读者。在他担任人民文学出版社社长兼总编辑期间,我曾在他领导下工作了近十年,也曾做过他的书的责任编辑。我从他那里获得过许多教益。一年前我带着外孙女去拜望他,他已年近九十,依然那么和蔼、热情、智慧,跟我们交谈多时,还送给我们他的新版作品集。怎么一下子他就飘然而去了呢?我陷入了沉思。他走了,但我坚信,他留给我们的精神遗产将是永存的。他的文学作品,一篇篇地在我脑子里浮现出来。我似乎沉入了他所创造的人物和情节的梦境中。

顷刻,我接到任务:撰写两副挽联,以便在文井同志遗体告别式举行时挂在礼堂上,一副挂在遗像两侧,一副挂在礼堂大门两旁。我从惝恍中醒来,脑子转入挽联的构思中。经过酝酿,终于写出初稿。

一副是:

驰骋笔阵,童话散文小说,篇篇溢彩,众口齐赞运椽手
播撒墨香,古典浪漫现代,字字流芬,万方同谢送书人

上联写他作为作家,下联写他作为文学书籍的出版家。作为作家,他写了多种文学形式的作品,包括评论、序跋等,但他最有影响的作品是童话、寓言。人民文学出版社出版的书籍,包括古今中外各种文学样式的著作。其出版方针是古为今用,洋为中用;不薄古人爱今人;出精品。文井同志作为社长,受到广大读者的感谢。

另一副是:

胡子伯伯,写童话高手,和蔼推诚,为成人少儿,播种真善美
南风爷爷,说故事大家,通灵幽默,越山川草木,鼓吹精气神

重点写他作为儿童文学作家的风貌、品格和实绩。他写有童话名篇《南南和胡子伯伯》和《南风的话》,我借用它们,以象征它们的作者。他的童话,是为儿童写的,也是为成人写的。真正优秀的童话,儿童看了能记住一辈子,他们成人以后,会从反刍中得到更深的体会和教益。

这两副挽联,我并不满意,平仄对仗上有缺点。功力不够,时间不够。就这样吧,交了上去。我觉得还该用自己的名义写一副挽联。想了一会儿,拿起笔来又写了一副:

文井社长千古
小溪流歌唱,下次开船港,夕照红霞山寺暮
听低音变奏,我仍在路上,黎明赤子忆阳光

晚　屠岸拜挽

我是回忆着文井同志的一篇篇童话和散文而写下这副挽联的:《小溪流的歌》(他的童话名篇,原是篇名,因用作书名而更名声

远扬),《下次开船港》(他的主要代表作,"重量级"童话作品),《山寺暮》,《一个低音变奏——和希梅内斯的〈小银和我〉》(那头西班牙小毛驴,已成为一种永远的温柔),《我仍在路上》(他写于十年前的短文,"我的心是柔和的"成为他的标志性自白),《阳光的记忆》("阳光令一切和平,美丽",这是他永恒的祈愿)。意犹未尽,还没有把情愫释放完。于是,又有了这首七律:

人间天上一飞鸿——痛悼老社长严文井同志

> 文锦字秀出纯真,悯地悲天赤子情。
> 鲁艺奔云增胆识,人文飞浪驾长风。
> 童心争逐千溪唱,慧眼长驱百卉鸣。
> 生死因缘真善美,人间天上一鲲鹏!

首句第二字"锦"仄声,不合律。但,不改了。严文井原名严文锦,自 1935 年发表作品用"严文井"名字后,就以它为正式名字,用了一辈子。他确实是一口"文井",从其中像涌泉似的不断涌出文学作品来。他的作品那么优秀,使人感到他真是个"锦心绣口"的人。1938 年文井同志到达延安,在鲁迅艺术文学院任职,这成为他人生道路上的转折点。1961 年起他担任人文社社长,一直到他离休为止。他永远葆有一颗童心,这使他永远年轻,也使他的精神永远自由。如今他走了,在另一个世界,他依然是自由的——他的灵魂就是永远自由的驰骋。

2005 年 7 月 31 日

严文井谈人性

7月20日,电讯传来:严文井同志以九十高龄,病逝于北京协和医院。心头一震!啊,又一颗文坛亮星陨落,灿烂的光芒划过长空,消逝在永恒的碧落中!

我认识文井同志在上世纪五十年代。那时他在中国作家协会担任领导职务,我在中国戏剧家协会做编辑工作,同在文联大楼上班,因此时常见面,我和他也有过几次关于儿童文学的交谈。1973年年初,我从静海五七干校奉调人民文学出版社,恰恰同时,文井同志从咸宁五七干校调回人民文学出版社任社长兼总编辑。这样我有缘在他的领导下工作了近十年。在此期间,我和他有过不知多少次工作上的接触,听他谈过多少次关于文学、特别是儿童文学的谈话。我感到他待人亲切、和蔼、坦诚,谈吐幽默,充满智慧。他还不时给我某些警句或格言,比如有一次他赠我以《列子》里的四句话:"天有所短,地有所长;圣有所否,物有所通。"他说这四句话精彩极了,既益智,又醒脑,值得仔细咀嚼。应该说,我时时从他那里得到教益。但,使我印象深刻、永远不会忘记的是一次他关于人性的谈话。

1980年4月,我到文井同志家里,和他商讨人文社拟出版儿童文学刊物《朝花》的编辑方针。文井同志语重心长地指出:不要老是灌输"阶级教育"了。而且,"四人帮"的"阶级教育"到底是哪个阶级的教育？是无产阶级的？还是封建阶级的？他话锋一转,说,应该对少年儿童讲讲人性和人道主义。他说,人道主义的旗帜为什么奉送给资产阶级？讲人道主义,就是要弘扬人性。人性的对立面是兽性和神性。他说,如果否定人性,势必肯定兽性和神性。不久前看到一群孩子,为了取乐,把一窝小猫打死了。母猫不干,也被打死! 这是非人性。"文革"初期,一些十三四岁的女学生,戴着"红卫兵"袖箍,极其凶狠,打死了不少女老师! 这是非人性! 文井同志还现身说法,说有一次他的幼小的女儿发脾气,号哭不止,愈哭愈凶,他开始忍耐,终于爆发,把孩子狠狠地揍了一顿。他说,这也是非人性。文井同志又说,兽,也不都是兽性的。他在五七干校时,见到几位"五七战士"嘴馋了,便宰了一条母狗,以狗肉解馋。那母狗生的三只小狗饿了。"五七战士"们可怜小狗,给小狗一盆饭,为了"优待",在饭里拌了一点母狗肉。他们以为小狗一定爱吃。哪知小狗到饭盆边一嗅,掉头就走。三只小狗,只只如此。哦,有人想:是小狗不吃妈妈的肉？不是。狗不吃一切狗的肉,同类不相食,是它们的天性。也别以为狼那么凶残,会吃同类的狼的肉。有一篇小说写一群饿狼,其中一只死了,立刻被其他狼撕食到精光。这是不正确的。兽并不都是兽性的。那么人呢？翻阅一下历史,几乎每朝每代都有人吃人的记载。鲁迅在《狂人日记》里写人吃人,是象征,也是写实。人并不都是人性的。人面对不吃狗肉的狗,是不是该感到惭愧呢？文井同志说,鲁迅爱老鼠,似乎有点特别。其实,他是同情弱小。同情弱小有什么不好？同情心,恻隐之心,是人性的重要部分。那一群为取乐而虐杀小猫的孩子们,如果他们的这种性情继续发展下去,那么他们将会变成残酷的人,残忍的人,残暴的人。如果他们当上了支部书记或者厂长之类,那将是非常可怕的事! 所以,我们要教育孩子们勇敢,也要教育孩子们富有同情心。要让孩子们懂得:恃强凌弱,欺侮幼小,是最可耻的！文井同志概括地说：残暴的人在战场上未必勇敢,可能往往是怯懦的;富有同情心的人在战场上未必怯懦,可能往往是勇敢的！

文井同志也谈了神性。他说,神性跟宗教教义有联系。它往往教人迷信,教人愚昧。我国实行宗教信仰自由的政策。但我们不赞成用教条束缚人性。几千年来,人民吃了迷信的亏。"文化大革命"中,人民又吃了现代迷信的亏。现在,许多地方发生宗教狂热现象。有的地方人们把革命领袖当作神灵供奉,向领袖像烧香叩头,求卦问卜。真是奇怪的现象！现代迷信阴魂不散啊！我们也不要这样的神性。还是让我们的儿童文学刊物上多一点人性吧！

文井同志的这次谈话,后来我时常记起,反复咀嚼,从中获得教益。我感到,文井同志创作的童话,其主旋律往往就是人性的弘扬。他自己实践着自己的主张。我认为他这一席话不仅关系到一个儿童文学刊物的编辑方针,也不仅关系到文学作品的创作导向,实际上是对儿童、成人、所有的人如何做人的启示。后来,我根据他的这次谈话,写成一首十四行诗：

狗 道
——一位前辈如是说

一条母狗被宰了,制成了美味。
食客们怜悯小狗,给它们一盆饭,
在饭里拌了点母狗肉,以示优惠;
好心人满以为小狗会狼吞虎咽——

小狗到饭盆边一嗅就掉头走开;
三只小狗,每一只都拒绝抚慰。
对于无知的行善者,这大出意外;

谁知道,狗也有狗道,也有所不为。

狗并不都是兽性的。正如文明人
不都是人性的。哦,伟大的人类!
不要为取乐而虐杀小猫,孩子们!
人吃人的历史给人类添多少光辉?

心地善良,上战场未必不勇敢;
残暴成性,往往在屠刀前丧胆!

诗题下面一行字中"前辈",就是敬爱的严文井同志。

2005年7月25日

无愧无私天地宽

——悼韦君宜同志

著名女作家、编辑家、出版家韦君宜同志远行了。这消息本在意料之中，但一旦闻悉，仍不能抑止悲痛涕泣。她住院已多年，今年1月26日在协和医院辞世。2月1日，到八宝山革命公墓礼堂为她送行。灵堂肃穆，哀乐萦回。我向她深深三鞠躬，作最后的告别，致最后的敬意。灵堂上挂着多副挽联，邵燕祥兄的是："已经痛定犹思痛，曾是身危不顾身。"林文山、曾彦修的是："一身正气唯叹牺牲良心，上下求索更能痛定思痛。"这都是对她一生为人的概括。我的挽联是："一心一意一园丁，大彻大悟大勇者。"上联写敬业，下联写人格。

君宜同志原是富贵人家的"小姐"，清华大学学生，但眼看日寇侵略，东北沦亡，民族危机深重，即投入救亡活动，毅然放弃留学美国的机会，在"一二·九"运动中锻炼成长。"七七"事变后奔赴抗日战线，先在湖北从事党的地下工作，后赴革命圣地延安，从事宣传工作。新中国成立后，继续在党的宣传战线、青年工作战线、文学出版战线奋斗不息，做出了有目共睹的成绩。同时她又是一位成绩卓著的作家。但是，她在延安"抢救"运动中受到冲击，1957年反右运动中险些成为右派，在"文革"中被诬为"走资派"、黑帮，历经苦难。她的小说、散文都含有自己亲身经历的成分。多年来她一直进行着痛苦的反思、自省。在病危之际,她把自己的思考写成书,出版,成为留给后人的宝贵的精神遗产。

我与君宜同志初识于1958年,在河北省怀来县。1957年她在中国作家协会主编《文艺学习》惹祸,受到党内处分;我在中国戏剧家协会负责《戏剧报》惹祸,受到严厉批判,在运动中打了个擦边球。所以次年都下放劳动。君宜的大名我早已闻知。在农村初遇,我把她当老延安、老大姐看待。她谈话不多,从不谈自己,有时生硬、冷峻。但多次接触后,我感到她是个暖壶——外冷内热。在一次县委招待所的谈话中,她知道了我挨批的事,就用老解放区一个著名话剧的剧名赠我:"把眼光放远点"。

1966年"文革"开始,8月,红卫兵风暴席卷大地。剧协一位新来的女大学生杨国环到人民文学出版社去参观了批斗黑帮大会。她回来告诉我:革命群众狠批狠斗"走资派"韦君宜,并喝令她记录造反派对她的揭发批判。她拿了笔,在纸上写着。但她写的竟是:"亲爱的党啊,你难道不要你的女儿了吗?——党的女儿!"这激起了造反派的极大愤怒,骂她"死不悔改"。小杨说到此处,笑了一下,说:韦君宜有神经病。而我此刻只觉得五雷轰顶,心中滴血,热泪盈眶。我不敢在人前泄露我的内心秘密,只好躲到另室,掩面痛哭了一场。不久,我也被揪出,列入了黑帮队伍。同时我听说韦君宜真的得了精神病。

1973年初,我从河北静海五七干校奉调回京,被分配到人民文学出版社工作。不久韦君宜也从湖北咸宁五七干校被调回人文社恢复原职。从此我在她的领导下工作了近十四年。但开始时是在"文革"后期,文学出版工作举步维艰,明明暗暗的斗争持续不断,君宜在困难中蹒跚前进。

党的十一届三中全会公报发表后,1979年1月我在人文社党委会上建议召开小说创作座谈会,以解放思想,明确方向,推进创作。社领导韦君宜与另两位社领导严文井、周游商量后,立即采纳建议,由人文社主办的部分中长篇小说作者座谈会于 2 月 6 日至 13 日在京举行。文井、君宜是这次会的灵魂,尤其是君宜,她奔走最勤,操心最多。座谈会开得异常成功,在全国文学界产生巨大影响,对新时期文学创作起到了推动作用。

新时期开始后,身为人文社总编辑的韦君宜为编辑出版工作日夜操劳,几乎到了废寝忘食的地步。为了缓解"文革"造成的书荒,她主持集中重印出版了中外文学名著近五十种,引起巨大反响,成为新时期文学复兴的先声。她大力支持大型文学期刊《当代》的出版,为作家提供重要园地。在她主持下,《新文学史料》季刊问世。她不辞辛劳,到各地调查研究,访问作者,组织书稿,热情帮助修改加工。作家王蒙、冯骥才、谌容、竹林、莫应丰、孙颙等都受到她的关怀和帮助。莫应丰的小说《将军吟》、张洁的小说《沉重的翅膀》就是在君宜的推动下修改重版,获得了茅盾文学奖。与此同时,她以业余时间勤奋写作,出版了长篇小说《母与子》,中篇小说《洗礼》,小说集《女人集》、《老干部别传》、《旧梦重温》,散文集《似水流年》、《海上繁华梦》、《故园情》等。她的重要作品都写成于她生命的最后二十年。

1985 年 12 月韦君宜辞去人文社社长职务,但不久,1986 年 4 月突患脑溢血,右半身偏瘫。我赶到协和医院探望,她已不能说话。医生判定她只能再活几个月,嘱家人准备后事。但君宜却顽强地与病魔拼搏,奇迹般地活了下来。以后又摔伤,致右臂骨折,骨盆震裂。1989 年又患脑血栓。她养病期间,我多次到她家探望,见她已恢复到能开口说话,扶着助步器走路,练习用左手写字。她思维敏捷,记忆力极强。在病中她奋力写出了长篇小说《露沙的路》和回忆录《思痛录》。这两部作品是她在生命的最后岁月发出的灿烂光辉,尤其是后者,产生了巨大的社会影响。她以"生命不息,奋斗不止"的精神和深入反思、自我解剖、无私无愧的作风给予后人以深刻的启示,受到广大读者的敬重和爱戴。

君宜在《思痛录》及其他作品中多次提到"抢救"、反胡风、反右、"文革"等政治运动中的受害者,对自己亲历的历史进行审视,许多人的悲惨遭遇使她夜不能寐。党的十一届三中全会以后,中央对"胡风反革命集团"冤案逐步、彻底平反,认为反右派运动严重扩大化,指出"文化大革命"必须彻底否定。君宜认为历史的教训必须永志不忘,健忘不能制止悲剧重演。同时她不断剖析自己,把自己的困惑、盲从、做违心事、犯错误及造成的后果和盘托出,把灵魂深处的东西暴露在光天化日之下,昭告世人:以此为鉴。这需要何等的勇气,何等巨大的精神力量!君宜写过:"我从少年起立志参加革命,立志变革旧世界,难道是为了这个?为了出卖人格以求取自己'过关'?如果这样,我何必在这个地方挣一点嗟来食?我不会听从父母之命远游美国,去当美籍华人学者?参加革命之后,竟使我时时面临是否还要做一个正直的人的选择。这使我对于'革命'的伤心远过于为个人命运的伤心。"有人抓住这些话批评君宜,说她失悔自己当年没有到外国去当白华,因参加革命而坐失良机。但只要是思维正常的人都一眼就能看出,君宜的话是愤激之辞,她不是为自己,而是为革命受到挫折而伤心。君宜还写过:"我在反右运动中也干了一些违背良心、亦即违背党性的事。我甚至写过违心之论的文章。""我悲痛失望,同时下决心不这样干,情愿同罪,决不卖友。""他说,'我觉得他是好人,他没有反党呀。'我听了这话,不由得心里一惊,到底我比他老奸巨猾得多,心想,说这种话,不得了!""更应该惭愧、没脸见人的是我自己……这是干什么?是不是帮同祸国殃民?""现在我干这些,在当编辑,编造这些谎话,诬陷我的同学、朋友和同志,以帮助作者胡说八道作为我的'任务'。清夜扪心,我能不惭愧、不忏悔吗?""所有这些老的、中的、少的,所受的一切委屈,都归之于'四人帮',这够了吗? 我看是不够。"我不避繁琐地抄录这些文字,是要说明君宜的自我剖析是如此坦荡。她认为"文革"造成的后果不能把责任全归于"四人帮",那么还有谁应负责呢? 这是不言自明的,但我感到,君宜没有把自己排除在外。君宜拷问良心,痛定思痛,大彻大悟,正是为了惩前毖后,希望人们都做到光明磊落,在党的领导下生活和工作得更舒畅,更幸福,更有希望,更好地实现自己的志愿。她这位在1936年5月就加入中国共产党的老党员,在被诬为黑帮而挨批斗时称自己为"党的女儿",是的,她至死也是"党的女儿",她有这样一颗赤诚坦荡忠勇的心,足以证明她不愧为党的好女儿!

我为君宜同志写了一首悼诗,现录下以结束本文:

> 早岁哪知世事艰,奔来圣地气如山。
> 英姿飒爽昂霜雪,意态从容斗敌顽。
> 道路崎岖多岈崿,心潮澎湃几洄澜。
> 病危思痛求真理,无愧无私天地宽。

2002年2月26日

"我本质上是个诗人"

——怀念提携后进的唐弢先生

《文汇报》创刊七十周年了！这样的时节，我最怀念的是我的恩师——唐弢先生。我在中学读书时就听到过鲁迅对唐弢说"你写文章，我替你挨骂"的话，对唐弢的杂文非常佩服。1938年第一部《鲁迅全集》出版，我在表兄家中看到，知道其中包含着唐弢的大量编校劳动。1945年日本投降后，上海吕班路霞飞路口生活书店开张，一片崭新气象，店里陈列着各种进步书刊，吸引着大批青年读者。我在那里买到新出的进步刊物《周报》，极为喜爱。此刊乃唐弢与柯灵主编。就这样，唐弢这个名字深印在我的心里。

在后来的岁月中，我阅读了唐弢的许多著作。我敬佩他这位鲁迅研究专家，杰出的杂文、散文、随笔和时评作家，更是有名的藏书大家。他的《晦庵书话》是我爱读的好书。他爱书成癖，爱书变痴，不治家产，唯知买书。他费尽心血，在敌伪时期甚至冒着被捕的危险收集的书籍，包括晚清和民国初年的出版物，特别是"五四"以来的新文学书刊，多数已绝版，成为极端珍贵的历史文物。唐弢于1992年去世后，他的夫人沈絜云按丈夫的遗愿，把所藏四万余册珍贵书刊捐赠给中国现代文学馆，大大丰富了馆藏。巴金老人说："有了唐弢文库，中国现代文学馆的藏书就有了一半！"唐弢对中国文学事业的贡献是无人能替代的。

　　但在我心目中,唐弢更是一位鼓励后进不遗余力的文学编辑家。我走进文坛,唐弢先生的提携是一大助力。1946年,《文汇报》在上海恢复出版发行,我是热心的读者,尤其爱读它的副刊"笔会"。我从友人处得悉"笔会"主编是唐弢,便决心投稿一试,哪知一试便中! 1946年10月,我还是不满二十三岁的大学生,初生之犊,不知天高地厚,写信给唐弢说,最近读到袁水拍先生的译诗集《我的心呀在高原》,觉得他译苏格兰诗人彭斯(R.Burns)的诗固然不错,但韵味不足。我自认为还可以译得更好些,所以把我的译文奉上,请先生裁夺,云云。也曾想过,我这个无名小卒,未必能获得大编辑(其实唐弢那时也只有三十三岁)的青睐。使我惊喜的是,没过多久,当年11月6日"笔会"上刊登了我译的彭斯的诗《我的心在高原》。——当时我的朋友朱镜清(即桑桐,后任上海音乐学院院长,上海音乐家协会主席,音乐理论家和作曲家)见到了这首译诗,立即把它谱成歌曲。他的这首歌曲有中国东方的抒情和咏叹味,我喜爱它胜过《外国名歌一百首》中同词的歌曲。2001年我访英时,在彭斯故乡苏格兰首府爱丁堡向我的女儿唱了这首歌。这是后话。

　　由于这首译诗的发表,我投稿的勇气大增。唐弢也许出于爱护幼苗,对我这个他素不相识的后生十分关爱。"笔会"上接连发表我的译诗、诗作和评论文章。单单1946年11月一个月内,就发表了我的译诗六首,除彭斯的那首外,还有:奥地利诗人里尔克(R.M. Rilke)的《静寂的时候》(8日),英国诗人麦克里(John McCrae)的《在弗兰特的旷野》(11日),德国诗人布尔克(Karl Bulke)的《有一个古城》(12日),爱尔兰诗人斯蒂芬斯(James Stephens)的《憎恨》(16日),英国诗人吉布逊(W.W.Gibson)的《遗言》和《回》(29日)。如此高密度的发表,对我的鼓励之巨大,可想而知。接下去12月份,又发表我的译诗三首:法国诗人波德莱尔(Charles Baudelaire)

的《猫头鹰们》(10日)，英国诗人希曼斯夫人(F.D.Hemans)的《卡色并可》(12日)，俄罗斯诗人尼基丁(I.S.Nikitin)的《村中的一夜》(16日)。

《猫头鹰们》发表前后，"笔会"上还发表了戴望舒、陈敬容译的波德莱尔的诗。这在当时引起一些人的争议。有人批评说波德莱尔是颓废诗人，不应介绍。我的好友左弦也善意地劝我不要译波德莱尔。我带着疑问向唐弢去信求教。他回信说波德莱尔在文学史上的地位重要，对他的思想倾向可以分析评论，但不宜封闭对他诗作的翻译介绍。这使我心中有了底。不久我买到戴望舒译波德莱尔的《恶之华掇英》，这是一本在翻译艺术上达到很高境界的著作，使我对波德莱尔怯步，从此我不再译这位诗人的诗。

唐弢在信中还鼓励我说，可译一些有积极思想内容的诗，于是我有了另一些译作。1947年，"笔会"上发表了我译的普希金的诗《冬天的路》(用方谷绣笔名，2月3日)和《寄西伯利亚》(2月11日)。当时中国人民面临着光明和黑暗两个命运的斗争，大批共产党人和革命志士被逮捕关押在监狱中。我译《寄西伯利亚》，意在借用普希金对受难中的十二月党人的鼓动，传达中国老百姓对受难的中国革命者的关怀。唐弢很快把它发表出来，当时产生了积极的影响。之后我又译了英国诗人布朗宁(R.Browning)的《"阿索兰多"的跋诗》，这首诗的主旨是积极、奋发、战斗、向上，人活着应如此，人死后在另一个世界也应如此。(它会使人联想到陈毅《梅岭三章》中"此去泉台招旧部，旌旗十万斩阎罗"的诗句。)唐弢也把它发表了(4月26日)。

"笔会"还发表我创作的两首诗:《生命没有终结》(1947年1月10日)，《我相信》(同年3月7日)。前者的主题是为革命奋斗和牺牲，后者是控诉反动政府捕杀革命者。这是我早年诗作中产生过积极影响的两首。还有一篇评论《谈闻一多与辜勒律己》，是与曹未风教授进行论辩,发表在"笔会"5月5日。二十天后,即1947年5月25日,《文汇报》被当局勒令停止发行。这样,我与唐弢和"笔会"的联系也暂时中断。

回顾从1946年11月到1947年5月这六个月中,唐弢发表我的作品十六次,平均每月2.7次,这个频率不可谓不高。同时我与唐弢通信若干次。有一次,我年轻无知,写信给他催问我的一篇稿子何故迟迟不见报,他回信说:"先生投稿之初不是说,如果稿件不够水准,就丢入字纸篓里好了。你不是健忘的人吧!"我一回想,当初果然有过这个表达。我惭愧了。但没过几天,那稿件见报了。唐弢带有幽默的宽容大度,使我印象深刻,终生不忘。十分可惜的是,我保存的唐弢给我的信约有四封,后来全部毁于"文革"。

我和唐弢第一次见面在1949年上海解放之后,在威海卫路上海市军管会文艺处(解放前的"新生活俱乐部"原址)的一次集会上。我见到签名簿上有"唐弢"二字,立即找到了他本人。原来是个圆圆的面庞、中等身材、一脸和善的中年人。那时他三十七岁。在我眼中,他确是我的恩师。按当时习惯,我冲口而出的是:"唐弢同志!我终于见到你了。"握手。他的手劲很大。我说了两年前我向"笔会"投稿的事,感谢他的提携。他是浙江镇海人,一口宁波话。我们都是江浙人,我感到亲切。但不多时集会开始,而我们的交谈就中止了。

1950年春,大区成立。我从上海市文艺处被调到华东军政委员会文化部,在戏曲改进处(后合并到艺术处)任副科长。不久,我又见到了唐弢。他已被任命为华东文化部文物处副处长,同时他任复旦大学中文系教授,两处兼顾。有两件事他给我印象深刻:一是他对文物处正处长、文物老专家徐森玉特别尊重。一是1951年"三反"(反贪污、反浪费、反官僚主义)运动中,有一位处长大拍桌子,使文物处的一个干部吓出一身汗,交代了贪污问题。唐弢提出不同意见,认为审查案情不能靠拍桌子,而要靠认真的调查研究和细致的思想工作。从这点可以看出他的思想作风。当年我是华东文化部党支部委员。1952年唐弢向支部提出入党要求,把申请书交给了我,由我转交党组织。党支部曾讨论了他的入党问题。1956年收到唐弢来信,告诉我他已被接纳为中共预备党员。那时我已奉调北京好几年了。我非常高兴,写信向他祝贺。

五十年代末,唐弢也调到北京,在中国科学院哲学社会科学部文学研究所任研究员。那时我在中国戏剧家协会,与他接触的机会甚少。"文革"开始,更是互相隔绝。1972年秋,我从文化部静海五七干校回京探亲,专程到建外永安南里七楼唐弢家拜望他。他有严重的心脏病,曾因心肌梗塞住院治疗。此时他面色苍白,身体消瘦,但精神状态依然顽健。久别重逢,有恍如隔世之感。我们说了干校生活和对时事的感受,谈到了林彪出逃,在温都尔汗机毁人亡,以及美国总统尼克松访华等事。唐弢忽然说,你译的莎士比亚十四行诗有手抄本在知青中偷偷流传着。你今后对诗歌翻译还有兴趣吗?我说,我早年译诗受到了您的鼓励,但现在被造反派狠批为贩卖"洋、名、古"。唐弢说,中美关系解冻后,对英美文学的介绍可能会出现新局面;何况,英美也有进步文学和革命文学。我说,在干校的文化荒漠中,我用默默背诵莎士比亚和济慈的诗来缓解受压抑的情绪,取得一些精神慰藉,这"不足为外人道也";对诗歌,我还是倾心的,但今后能否再拿起译笔,我心中一点底儿也没有!唐弢说,我从事过多种职业,但可以坦诚地对你说,我认为自己本质上是一个诗人。人的精神境界如果不是诗的,那他的生命将是抱憾的悲剧!我真没有想到,在"文革"还未结束时,唐弢还关心我的译诗工作,还和我谈诗和人生!我特别记住他说自己本质上是一个诗人这句话,这使我对他有了更深一层的了解。后来,我与他仍有通信,1985年他听说我患心脏病,特地写信嘱咐我注意事项,告诫我大解时千万不要使劲。他又赠我新出的"三联"版《唐弢杂文随笔集》。但是1972年秋的这次相聚,是我和他最后一次晤谈。那天他送我到他家门口,殷殷嘱咐我保重身体,将来还可以好好工作,现在能活下去就是胜利。此时阳光照到他的脸上,他的脸显得更苍白了。他的头发在风中飘动。他表情慈和,他的宁波口音亲切地响在我的耳畔。这一形象长久地留在我的记忆中。

2007年10月

梦中再谒庆诒师

清晨醒来,记得梦中见到庆诒老师,他身穿白布衫,戴墨镜,端坐书斋,听我为他朗读一篇英文报纸的评论。窗外蝉鸣阵阵,室内是平缓的朗读声,却依然是一片宁静……

唐庆诒先生是我读交通大学时的英语教师。那还是上世纪四十年代的事。同学们都知道,庆诒师是江苏无锡人,是德高望重的交大老校长唐文治先生的儿子,美国哥伦比亚大学硕士,学贯中西的教授。一天,庆诒师被人扶到教室门口,他身穿灰色长袍,戴墨镜,跨进教室,站到讲台前。此时,全体同学肃然起立。庆诒师开言:"同学们,请坐下,从现在起,我来教你们英语,我不能板书,只能口授……"言未毕,同学们爆出热烈的掌声。从此,庆诒师每周给我们上两节课,全用英语讲授。他一般不发讲义,而是指定教材,让我们自己去觅得。比如英国作家狄更斯的小说《大卫·科伯斐尔》英文版,就是他指定的读本。这类书在当时上海书铺里不难找到。他讲课不是死板的灌输,常常是启发性的引导。比如,他说,你们读这本书,当然是要学好英文,但还要理解作品,从书中人物的遭遇去了解英国社会,比如英国的司法腐败。他讲课生动活泼,引人入胜,比如他说,这本书里,大卫的继父叫谋得斯东(Murdstone),是个残酷的人,在他的压迫下,大卫的母亲早亡。"谋得"跟"谋杀"(murder)谐音,而"斯东"(stone)是石头,暗指此人是个铁石心肠的谋杀者。又说,大卫的第一个妻子叫朵拉(Dora),漂亮可爱,但什么事也不懂。朵拉跟洋娃娃(doll)谐音,暗指她和洋娃娃差不多,中看不中用。大卫的第二个妻子叫安妮(Agnes),非常美丽,有一颗高尚的心。安妮跟安琪儿(angel)读音相近,暗指她简直是一位天使。曹雪芹用字常常以谐音寓深意,狄更斯似乎也是此中高手! 这样讲解使同学们听得非常开心。有一次,庆诒师一到课堂,二话没说,就向全班同学高声背诵了一首英文诗:英国浪漫派湖畔诗人柯尔律治的名作 Kubla Khan(《忽必烈汗》),然后讲解这首诗产生的背景。原来诗人刚把方才梦中见到的东方幻景用不假思索的诗句记录下来,不意被来客打断,待客人走后,一切都忘了,因而这首诗成了一首未完成的杰作。庆诒师背诵时,声调时而沉郁,时而高昂,抑扬顿挫,极富乐感。他要求学生把这首诗背诵下来。我照他的嘱咐做了,直到今天(我已八十三岁)依然能把它背诵如流。庆诒师对学生要求很严格,他说,你们学英文要做到能听能说能读能写能译,要做到脑子里不用中文而用英文思考问题。他不但讲课精彩,而且对学生平等、和蔼、亲切,所以受到了同学们的十分的尊敬和爱戴。

一次,庆诒师嘱我到他家去一趟。我如约来到霞飞路(今淮海中路)上方花园师宅。他对我说:"我因目盲,不能阅读。所以请你来,为我朗读中文和英文的书、报、刊,每周一二次,可以吗?"我知道庆诒师是看中了我的国语(现在叫普通话)和英语发音准确流利,功课也好,所以要我来帮他解决阅读问题。我喜出望外,因为这是一个接近庆诒师又能为他服务的难得的好机会。我说:"为先生读书报,是我最愿意做的!"接着,他谈到他双目失明的经过。三十年代初,他在无锡、上海执教,因劳累过度,目力日衰,虽多方求医,最后赴奥地利经名医做手术治疗,终于回天乏术,双目失明,时为1934年,他三十七岁时。此事对他精神上打击极大,但他以巨大的毅力,克服困难,终于顽强地继续奋斗在教育岗位上,培养出一批又一批青年学子。他以左丘明和弥尔顿为榜样。他说:"贝多芬失聪而成为大音乐家,弥尔顿失明而成为大诗人。我也不能向命运低头啊!"这增加了我对他的尊敬。此后四五年间,我每周登门一二次,风雨无阻,为他朗读他需要了解或进一步熟悉的文学经典以及新闻报道之类。朗读时,遇到我不认识的字、不懂得的文句,庆诒师随时指点,解惑,或指导我查阅参考书。因此这种"伴读"本身就是往往优于教室听课的一种学习。后来我又为他查找资料,整理他的文稿,中文则手抄,英文则打字。这也是极好的学习。我师从他真是得益匪浅啊!

师生间相互更熟悉了,我便向他建议:"我给先生推荐一些读物好吗?"回答说:"好啊!"我感到庆诒师国学根基极其深厚,但因目盲而来不及多读新文学作品,于是我为他朗读鲁迅杂文,他听得很感兴趣。一次我读一篇鲁迅杂文,说孔子周游列国,道路崎岖,车子颠簸得厉害,所以孔子晚年得的病是胃下垂。庆诒师听了哈哈大笑!

庆诒师说:"你为我读书报,我给你一点回报吧!"于是他教我古文和古诗。他家藏书极丰。他让我把线装书《瀛奎律髓》《杜诗镜铨》等找出来,从中选出若干篇教我。一次,他教我读杜甫的"三吏""三别"。我自幼得母亲教古诗,对杜甫诗非常尊崇,但没有读过"三吏""三别"。庆诒师教我说,这六首诗表明杜甫的忠君和爱国是一致的,也体现了儒家的仁者爱人和民重君轻的思想。经他指点,我对杜诗又有了深一层的理解。庆诒师对中国古诗,熟谙于心,能背诵数百首,且深察其旨。他曾编有一部《古今诗选》,收入自汉代以来诗人四十家,诗五百余首,是一个加惠于学子的优秀选本。他又深谙古诗的吟诵,曾应电台之邀讲解古诗吟诵之法。

我在师宅诵读书报,师母俞庆棠时常给我送来绿豆汤润嗓,她对我也十分关怀爱护。我知道师母早年与庆诒师都留学美国，后来师母成为国内著名的社会教育家。庆诒师有一次来了兴致，对我这个他喜爱的学生没有顾忌地说："我叫唐庆诒，她叫俞庆棠，Tang Ching Yi——Yi Ching Tang，听起来好像是一个旋转乾坤！"我因尊卑有序，不敢放声笑，只能微笑——微笑他看不见，但他必能感觉到。在交谈中，庆诒师知道我母亲也能诗并且教我读诗做诗，便把自己写的诗若干首背给我听，我当即记了下来，如《赠许君由风》《寄闵畴》等。庆诒师告诉我：他三十多岁时，与夫人庆棠同游镇江招隐寺，隐约见丛林外长江奔流，庆棠忽得一句："一角长江树外流"。她告诉了丈夫。庆诒沉吟一下，说："树字当改云字。"夫人笑着点头。庆诒师便写了两首诗，其一为："招隐亭前携手游，半晴半雨满山秋。感君惠我新诗句，一角长江云外流。"

1949年10月，中华人民共和国成立。庆棠师母被任命为中央人民政府教育部社会教育司司长。因积劳成疾，于同年十二月在北京突患脑溢血逝世。周恩来总理亲临吊唁，马叙伦部长主持公祭。我闻讯赶到师宅吊唁。庆诒师紧握我手，默然无语。他戴着墨镜，我看不见他眼中的泪。但从他的手，我感到他的心在滴血。后来，我读到庆诒师撰于1950年的《俞庆棠夫人传》，读到"综观庆棠一生，其心固结于国家，其教思广被于大众，其姓名事迹将永著史乘，传之后世。人生到此，夫复何憾？独余感岁月之奄忽，悲逝者之如斯，霜鬓瞀目，情何以堪？呜呼！"我不禁泫然泪下。

1986年6月，庆诒师以八十八岁高龄病逝沪上。我因病未能回沪参加追悼会，深以为憾。我读了追悼会主持者的悼词和庆诒师的长女孝纯代表家属所致的答词，对庆诒师增加了了解。他是一位爱国的、进步的、为文化教育事业奉献了一生的杰出学者、教授、教育家。他早年留学美国时，即以一个中国学生的身份获得了威斯康辛州各大学校际英语演说比赛的第一名，获得了美国十二个州的大学英语演说比赛的第二名。1917年参加美国州际大学英语演说比赛的演说辞,是他自己撰写的,我受庆诒师之子孝宣的邀约,把它译成中文,以便收入庆诒文集。它的题目是《文明的周期性运转》,文中指出:"中国需要两样东西,即泰西科学和国民精神。"这是一个年仅十九岁的中国青年在美国的演说,那时还是民国六年! 能有这样的远见卓识,实在难能可贵。庆诒师是交大的骄傲,也是中国教育界的骄傲。而我能遇到这样一位恩师,也是我一生之幸。

2006年4月

深切怀念黄源同志

　　黄源同志以九十七岁高龄永远离开了我们。我心中永远怀念他。

　　我第一次见到黄源同志是在1949年7月中的一天。这年5月27日,上海解放。一个多月后,我被组织上指定到上海市军管会文艺处报到。我被安排在剧艺室做戏曲改革工作。文艺处处长是夏衍,副处长是黄源、陆万美,后来又添了黄佐临。夏衍身兼数职,平时不到文艺处来。工作担子落在黄源、陆万美身上,实际上由黄源全面负责。1950年春,大区成立。黄源被任命为华东军政委员会文化部副部长。正部长是陈望道,但只是隔一段时间到部里象征性地上一次班,他是复旦大学校长,复旦是他的基地。华东文化部还有一位副部长金仲华,平时也不经常到部里上班,他主要工作在《新闻日报》。黄源实际上对部里的工作全面负责。原上海市文艺处的干部们一分为二,一部分留在上海,进入上海市文化局;一部分到华东,进入华东文化部。我被调到华东文化部,在戏曲改进处(后来并入艺术处)任副科长、科长。1951年,我的爱人章妙英通过组织调到华东文化部,担任黄源副部长的机要秘书,直到1952年黄源同志从华东文化部调到华东局宣传部为止。在这期间,我在黄源同志领导下工作了三年多。

　　说我是在他领导下,没错,但中间还隔了一层:我是个小小的科长,上面还有处长,再上面才是部长。但因为黄源同志毫无官架子,接近下级,又因为章妙英每日在他身边工作,所以我和他接触的机会比较多。他对我的教育和关怀,我终生不忘。

我知道黄源的名字很早。由于喜爱文艺,很小就接触到鲁迅和新文学。初一时,鲁迅逝世。我虽然还不太懂事,但已经受到震撼,我从当时出版的刊物上看到鲁迅出殡的情形,为鲁迅抬棺的青年作家中就有黄源。黄源负责的《译文》杂志也是我少年时关注的刊物。在上海市文艺处,最初接近他本人,便带着崇敬的心情,因为他是鲁迅的学生和战友。那时他穿着新四军的军装,是解放军进城时的装束。他身瘦而神足,两只眼睛炯炯发光,常常在工作人员间奔走忙碌,有时召开大会发表讲话,好像永远不知道疲倦。他的"浙江官话",有些山东来的同志说听不懂,而我完全能听懂,而且感到亲切。我还曾为山东籍的同志们做过口头翻译。作为文艺处的负责人,他努力贯彻党的文艺工作方针。在他的策划下,剧艺室主任伊兵和副主任刘厚生组织上海地方戏曲研究班,把上海的戏曲艺人组织起来专门学习党的文艺政策。这为上海的戏曲改革工作奠定了基础。他经常接见来访者。他特别重视工人业余戏剧活动和歌咏活动,曾多次向这方面的来访者阐释党的指导思想。我有一个表兄奚祖权,毕业于光华大学,又学声乐,曾在八仙桥青年会开过男高音独唱音乐会,我做过他的"报幕人"。上海解放后,他想再开音乐会,希望得到组织上的支持。我把这件事告诉了黄源同志。当时我有些忐忑,觉得这么一件小事,似乎不该麻烦文艺处的负责人。没想到黄源同志说:"你让他来找我,我跟他谈谈。"于是我让表兄去找他。表兄回来后说:黄处长非常热情,先是了解了他的要求,然后循循善诱地讲了文艺为工农兵服务的道理,建议他到工人群众中去参加歌咏活动。说可以到文艺处音乐室直接找章枚同志。他表示他不反对开个人独唱音乐会,也不反对唱外国古典名曲,但现在是群众革命情绪高涨的时代,还是多唱革命的、群众性强的歌曲为好。还问:你以为怎样?表兄说,这位处长没有一点架子,非常和蔼可亲。我想黄源同志对一位素不相识的文艺青年谈话,花了几乎半小时工夫,加以引导。这说明他对贯彻党的文艺方针的工作做得十分细致,也说明他作为一名党的文艺领导人对待群众的态度是如何热情诚恳。

黄源同志贯彻党的文艺方针政策十分坚决。1950年初春,上海市文艺处决定编辑出版宣传戏曲改革方针的刊物《戏曲报》,伊兵、刘厚生负主要责任,我做具体工作。当时我给上海的许多作家、文艺家写信征求稿件,对有的作家则登门拜访,请求供稿。冯雪峰同志谢绝我去他府上,而是自己把写好的稿件送到文艺处,交到我手上。我看了他的手稿,是一篇论中国戏曲艺术价值的文章,他认为戏曲有极高的艺术价值,但它所表现的内容有许多封建的意识,已经不适应时代的要求,但不能破坏它,必须把它好好地保护起来,办法就是放到博物馆里。我把这篇文章送给领导,并且附上我的意见:可以发表,可以讨论。但最后黄源同志表态:不发表。后来我明白了,他做出不发表的决定,一是维护党的戏曲改革的政策,二是保护老战友冯雪峰同志。这对我是一次极好的教育。我当时的想法是:"五四"以来文艺问题一直有论争的传统,真理愈辩愈明。鲁迅和创造社的论争剧烈,但最终双方还是战友。我不懂得,此时已是解放以后,"百家争鸣"的方针还没有提出来,党的方针政策是不宜于讨论的。如果有持反对意见的文章发表,对作者在政治上不利。从这件事情上我看到黄源同志对战友的爱护。

黄源同志对工作极端认真负责。现在提出"勤政",我觉得黄源同志就是勤政的模范。华东文化部下设艺术处、戏曲改进处、文物处、科普处、人事处、行政处,部的下属单位有京剧院、越剧院、音工团、新旅文工团、黄金大戏院……管辖的范围包括华东地区的上海、江苏、浙江、福建、安徽、江西、山东六省一市的文化工作。黄源同志后来说,他过去是搞文学、搞翻译、做编辑工作的,要领导这么大一个摊子,这么多部门,毫无经验,只能摸索着前进,虽然感到吃力,也只能前进,一面工作一面积累经验、总结经验。他从未退缩过,为工作日夜操劳。章妙英告诉我:黄副部长有一次为了决定送哪几部戏曲到北京去向中央领导作汇报演出,几经斟酌,彻夜未眠。1951年,三野(中国人民解放军第三野战军)在南京举行文艺会演,黄源同志通过伊兵处长找到我,说"给你一个美差",让我和另一位非党同志代表部里到南京去参观这次会演。临行前,黄源同志当面交给我一封他给这次会演的亲笔祝贺信,同时嘱咐我注意事项,我记得有这样的话:要诚恳地认真地向部队文艺工作者学习,要把华东文化部对三野文艺工作者的兄弟情谊带到,要把他们对我们的情谊带回来,要在观看每次演出后进行小组讨论(华东文化部派去的同志和上海市文化局派去的同志合在一起成立观摩小组),做记录,会演结束时要做出观摩学习的书面总结。(这些,我们后来都做了,书面总结是我执笔的。)我把信带到南京,在会演开幕式上向全体与会者朗读,全场报以长久的热烈的掌声。这件事给我的印象是:黄源同志工作极其认真,临行时的嘱咐非常细致;黄源同志对三野的领导人和文艺工作者充满同志谊、战友情,他的信写得既亲切又庄重。黄源同志在三野工作多年,深受三野战友们的尊重和爱戴。

黄源同志对原则问题决不马虎,对已定的纪律绝对遵守。有一次,在"逸园"举行群众大会。黄源同志赴会,但忘了带入场券,被门卫挡住。司机同志说:他是黄部长。门卫说:不管谁,没有入场券就不能入场。黄源同志干着急,却并不发火。直到又有会议组织工作者出来做了证明,门卫才同意放入,并向黄源同志道歉。

黄源同志说:你不用道歉,你做得对,应该表扬!

黄源同志崇尚节俭,生活朴素,一身清白,两袖清风。现在我们常提"廉政",而在新中国成立之初,干部廉洁,似乎不存在廉政问题。其实不然。1951年中央提出反贪污、反浪费、反官僚主义,是有针对性的。我觉得黄源同志可以称得上是"廉政"的典范。有一件极小的事情即可见一斑。作为副部长,他每天都是徒步上班,徒步回家。组织上给部里配备一辆小汽车,有司机,但他只用于外出开会或其他公务。后来,由于工作太繁忙,他上下班也乘坐这辆汽车。没几天,部里有同志在专设的意见箱里投书,对此事提出批评。黄源同志在部里召开的大会上宣读了那封信,并表示:从今天起上下班不再乘坐汽车。他说到做到。有的同志私底下说:黄副部长不必那么认真。黄源同志听到后,对秘书章妙英说:做人不能不认真,做共产党员更不能不认真。

黄源同志还有一件小事,对我印象较深。1952年春节,华东文化部机关干部举行联欢晚会。负责举办晚会的行政干部为了增加欢乐气氛,请了一个杂技团来会场表演助兴,杂技表演很精彩。但有一个节目,我看了感到非常不安。那是一个六七岁的小女孩做高空翻跟头的惊险动作。事后我通过章妙英找到黄副部长,我说,我看了这个节目,觉得对这个小女孩太残酷了,太不人道了,让这么小的孩子来做这么难、这么危险的表演,供我们这些干部和党员娱乐,我们的同情心哪里去了? 这样的孩子就该在幼儿园、在小学里学习、游戏,怎么能剥夺他们学习游戏的权利? 怎么能让他们去做这样危险的表演?鲁迅呼吁"救救孩子",这呼声今天不是还在我们耳边响着吗? 黄源同志当即表示,同意我的观点,并表示要嘱咐做具体工作的同志今后不再邀请杂技团来部里做这样的表演。但黄源同志说:我们现在不能用行政命令的方式禁止这样的演出,这些民间表演团体有一个生存问题,活下去的问题。现在人民政府还没财力把他们的生活全包下来。只要他们不犯法,演员没有受到人身伤害,我们就不能去干预,现在我们还没有一项保护儿童的法律。我们只能通过舆论和劝说去影响他们。黄源同志继续说:我们新中国成立不久,旧社会的痕迹不可能很快消除,童工现象,儿童在饥寒中死亡现象,虐待儿童甚至虐杀儿童的现象依然存在。党中央、中央人民政府政务院、全国妇联等,必定会关心这件事,拿出办法来。儿童是祖国的未来,是国家的根本,对他们的命运,党决不会漠不关心。我们应该相信,这个问题最终会得到解决。

黄源同志对他领导下的同志,不仅思想上引导,生活上也关心。1951年春,我经医生检查,肺结核病已经痊愈,于是征得章妙英的同意,准备结婚。我们都是党员,按惯例,此事我们向党组织作了汇报。黄源同志得悉后,把我找到他的办公室,章妙英作为他的机要秘书,也在一旁。黄源同志和蔼地对我们说:你们结为志同道合的终身伴侣,是一件大喜事,我向你们祝贺。但是,你(妙英)患过肺病,养了一年多才好了。你(屠岸)也患肺病,刚刚痊愈。我建议你们推迟婚期,半年以后,屠岸再去医院检查一次,病情没有反复,健康得到巩固后,再结婚,怎么样?这是为了你们的健康,请你们考虑。我和妙英听了,当即表示同意,并向他深深致谢。我们心里想:黄副部长对我们好像是父亲那样关怀。半年后,我到医院检查,肺病没有复发。于是,我们选中11月7日十月革命节这一天,举行婚礼。所谓婚礼,并没有任何仪式,只是事先到婚姻登记处做了登记,领了结婚证。11月7日(1951)那天是星期三,我们照常上班。部里的一些同志包括司机都说要用公家的小汽车送我们回家,说一生只有这一次,不要推辞了,妙英却坚持谢绝。此事传到黄源同志耳里,他说:妙英同志做得对。那天晚上,黄源同志亲自到淡水路我们家中,参加我和妙英的喜宴,说了许多热情祝贺和鼓励的话。他还登上阁楼,参观了我们那间窄小的"洞房"。我点燃了两支从南京路香烛店买来的大红烛,烛上用银粉写了一副喜联:"庆祝十月革命,建立革命家庭。"黄源同志看后表示赞赏。他说了一席话:共产党员并不是清教徒,也不是禁欲主义者。爱情,婚姻,繁衍后代,这是人的自然要求,共产党员并不例外。在阶级斗争激烈、革命战争进行的时候,共产党员处在斗争的漩涡中,也不是必须抛弃家庭。但在革命和家庭发生矛盾时,真正的共产党员总是革命第一,家庭第二。现在全国解放了,两者的矛盾似乎不存在了,其实不是。现在抗美援朝战争正在进行,不是就有许多志愿军战士告别家庭,奔赴朝鲜前线吗? 去年抗美援朝开始,你(屠岸,那时妙英还未调到华东文化部)是第一批报名参战的,只是为了工作需要,也考虑到你肺病还未彻底治愈,组织上没有批准你的请求。今后这种情况仍然可能发生。我希望你们保持这种革命第一的志气,这才不辜负你们庆祝十月革命的本意,不违背你们建立革命家庭的愿望。

1953年,妙英和我先后被调到北京工作。我到了中国戏剧家协会。 1956年,黄源同志在浙江主持改编演出的昆剧《十五贯》到北京公演,在全国打响。那时我在《戏剧报》任常务编委,发表了由伊兵同志执笔的社论《反对戏曲工作中的过于执》,我也发表短文《学习〈十五贯〉》加以推广。但是,1957年,听到黄源同志在浙江省委文教部和省文化局领导岗位上被打成"右派"的消息,我和妙英都非常吃惊,当时完全不能理解,以后长时期也不能理解。1960年我代表剧协参加第三届全国文学艺术界联合会代表大会(简称文代会),知道黄源同志也来了,我心想他一定已经"摘帽"了。会议期间,在西苑大礼堂的楼上,我见到了黄源同志,冲口而出的仍是"黄副部长,你好!"多年不见,黄源依然清癯,但精神极好,并无丝毫颓丧气息。那次文代会的主题是"反修",从"反修"原可联系到"反右"。我虽然极想知道他被划为"右派"的原因,但在当时的气氛中,我过去又只是他的部下的部下,无从启齿,只能问一些饮食起居的事。他却对我关怀备至,问了我在反胡风运动和反右派运动中的处境,更特别关心章妙英在政治运动中的处境和健康状况。他好像没有经历过巨大变故似的,对我和妙英的态度一如既往。

之后是"文革"十年浩劫,彼此不通音讯。党的十一届三中全会之后,全国几十万"右派"的问题得到了改正。黄源同志几次到北京来,有一次我打听到他住在楼适夷同志家中,便专程去看他。二十年阔别重逢,劫后再见,真有恍如隔世之感!黄源同志感慨万端,依然热情和蔼,与过去不差分毫。此次晤面,因彼此都忙,未及细谈,匆匆告别。1986年3月,黄源同志到北京参加冯雪峰同志逝世十周年纪念座谈会,3月7日的开幕式上,我见到了他,听到了他在会上的讲话。闭幕式后,我专程到他住的房间向他问候。3月22日,我到黄寺总政宿舍(他的儿子黄明明住处)见黄源同志,并用车把他接到我和平里的家中,妙英热情迎接他。妙英和他分别已经三十四年,心中有说不尽的感慨和兴奋!此时他已到了八十高龄,我们改口称他"黄老"。妙英包饺子作午餐招待了他。黄老谈了许多对过去的回顾和对未来的展望、个人的命运和国家的命运。他说,我们这些人到晚年要过两个关,一是政治生命关,算是经过大风大浪,但仍然要警惕,要保持晚节,二是肉体生命关,怎样去见马克思,如果一头栽倒,立即去马克思那里报到,那算运气,要避免瘫卧病床多年像徐平羽同志那样,那是个人痛苦,家人也痛苦,但是,这件事个人无法选择。而保持晚节,个人主观上努力是可以做到的。黄老更关心国家、人民。他说,中国从民主革命到社会主义革命,只有几十年,太短了。欧洲的资产阶级民主革命就进行了几百年。我们在这样短的时期内要完成并且超越人家几百年的任务,怎能不发生混乱?黄老又说,在陕北边区时期,一位党外人士李鼎铭先生提出精兵简政的建议,毛主席非常重视,立即采纳。但是建国以后,党外人士或党内人士的合理意见,只要不合自己心意的,统统听不进去,无论是马寅初先生还是彭德怀同志,一概排斥,那就不得了了。黄老和我们谈着谈着,都寄希望于新时期政治的清明。

我和黄老再次相逢是在1994年9月。我到上海参加1994年上海国际莎士比亚戏剧节和学术报告会。9月20日在上海戏剧学院影视厅举行第一次会议,主持会议的就是中国莎士比亚研究会副会长黄源老人(会长是曹禺)。他依然身体健朗,精神矍铄,我和他重逢,心中十分欣喜。这天中午散会后,黄老紧握我手,说"请你吃饭"。于是步行到延安中路文艺宾馆,到他房间里小坐。黄老脚步轻健,意态从容。他的儿子黄明明低声告诉我:黄老曾患肠癌,已做手术切除成功,未做化疗放疗,本人不知道。我深感庆幸,这真是一个奇迹,也是黄老生命力顽强的表现。黄老邀我和他的另两位客人到餐厅吃午餐,席间谈了不少关于莎士比亚戏剧的演出和研究的有关情况。饭后,他与我合影留念。

我和黄老最后一次见面是1994年9月30日在杭州。这天下午,黄老的夫人巴一熔同志派车把黄老从医院接出,中途到紫云饭店把我接上,一同到葛岭黄老家。车停,我们下车,还要步行上山。黄老上山,未见喘息,腿脚非常硬朗。进入黄老住宅,在他的朴素而文化气息浓郁的客厅里,我们畅谈了一下午。

黄老跟我详谈了昆剧《十五贯》的整理演出经过。他说,1955年搞肃反运动,毛主席提出不放过一个敌人,也不冤枉一个好人,并圈出五篇《聊斋》故事让各级领导干部阅读,其中有一篇《胭脂》就是针对审判错误的。实事求是,反对主观主义,本是党一贯倡导的思想。那时黄老和张骏祥同志一起观看了浙江省昆曲老艺人的

《十五贯》旧本的演出，即萌生了改编它的想法。随后即成立了黄源（省委文教部副部长，省文化局局长）、郑伯永（省委文教部文艺处处长）、陈静（越剧编导）三人小组，对《十五贯》进行改编。主意由黄出，郑也有好点子，陈执笔。戏的主题定为反对主观武断、唯心主义，提倡实事求是、唯物主义。旧本中，过于执与况钟是不见面的，改编本增加了"踏勘"一场戏，使过和况的两种指导思想针锋相对地出现在舞台上。演出成功。到北京，毛主席两次观看了演出。从此这出戏轰动京城，轰动全国。黄老谈话时还特别指出，此剧旧本中过于执的形象是被丑化了的。郑伯永说，不能丑化他，过于执不是有意做坏事，他是思想认识问题。我们党内有不少干部，主观上并不是要做坏事，但思想认识上主观武断，因而做了错事。把过于执演成一个刚愎自用的清官，教育意义更大。改编本吸收了郑伯永的意见，这样，剧本的思想性就更深刻。黄老讲这番话，说明他对别人的功劳，决不忘记，永远尊重。

黄老谈了1957年浙江省的反右运动。他说，他主持改编《十五贯》时，得到了浙江省委常委、省长沙文汉的支持。但他不知道省委内部有矛盾。以省委书记江华为首的一批同志认为党的方针就是要文艺为生产、为当前中心工作服务。他们批评说把民间歌舞加以整理提高就脱离了党的方针。他们认为《十五贯》演的是古人的事。他们要的是标语口号式的东西。老作家宋云彬说了一句"文联只是个文工团！"便被打成了"右派"。黄老说，他跟江华同志没有任何个人恩怨，只是江华认定黄源执行的文艺方针错了，于是定黄源为"右派"。其实，在执行党的文艺方针上谁对谁错，是一目了然的。但运动的领导权在他们手里，在这种情况下，谁也无能为力，连陈毅同志也帮不了他黄源的忙。黄老说，他成为"右派"后，被下放到农村。他没有怨气，极其冷静地对待严酷的现实。黄老说，厄运倒反而使他接近了基层，接近了群众，使他更了解了民情。这一席话,使我对黄老的为人又有了进一步的了解。他不计个人恩怨,坚持原则的立场,使我深受教益。

黄老一再问及章妙英的情况,关心她的身体健康。

这天晚上,巴一熔同志请我和他们一家人共进晚餐。一熔同志说:菜都是小保姆烧的,只有白斩鸡是买的。她给我斟了红葡萄酒。新鲜芦笋,色鲜绿,味美而且脆嫩,且有防癌功效。栗子烤肉,酥软可口,熏鱼鲜美,丝瓜蛋花汤清淡宜人,白米饭香气四溢。这是我在黄老家中唯一的一次进餐,也是我难得的一次美餐,它充分体现了黄老、一熔同志对我的同志情谊。如此温馨的记忆,将永远留在我的脑中。

1998年4月12日,曾任黄老机要秘书的我的妻子章妙英同志病逝于北京。黄老、一熔同志接到讣告后,专门给我来信,给予慰问。黄老在信中说:年轻的人反而先走了,令他悲痛不已。其实,妙英终年已七十三岁,但在黄老心中,她永远是年轻人。

如今,黄老也离开了这个世界,我深深地祝愿他安息。

黄源同志作为坚强的革命文学家、翻译家、编辑家和卓越的革命文艺工作领导人的突出形象,将永远留在我心中,永远留在后来者的心目中。

2005年5月

臧克家的精神遗产

"一代诗人百龄乘鹤归去,万方草木翘首送灵同悲。"臧克家同志永远离开我们而去了!但他留在我手上的热,传到了我心上,永远不会离去。我第一次见到克家同志是在上个世纪五十年代一个诗歌朗诵会上,他与我握手,非常有力,他手上的热度很高,这热度把他火热的心和我的心沟通了!后来每次见面,他都把心中的热通过握手传到我的心中。他比我年长十八岁,但他的手劲比我大,有时甚至把我的手握痛了。但这种"痛",是心灵相互撞击的火花,随着"痛"而来的,是席卷全身的热浪。

早在上个世纪四十年代,我就读到克家同志的诗作。他的诗集《烙印》、《运河》、《泥土的歌》中的抒情诗,以其思想的深刻和诗艺的精湛,把我抓住。他的长篇叙事诗《古树的花朵》、《感情的野马》等,也都富有现实主义的力度,有些章节使我折服。他的长诗《自己的写照》写他第一次国内革命战争(北伐)时期精神冒险的坎坷经历,反映了那个伟大的时代。他还写讽刺诗,取得成功。说克家是一位与祖国人民同呼吸共命运的杰出歌者,那是无可争辩的。七十年代,我读到他的旧体诗集《忆向阳》,其中的佳作使我获得丰富的诗美享受。他不仅写诗,他在散文、小说以及文艺评论写作方面的贡献也不可小视。我同意有一位评论家说的,克家是"被诗名掩了文名的优秀散文家"。克家的创作历程几乎贯穿了整个二十世纪,他的一生见证了中国新诗发生和发展的全过程。说他是中国现代现实主义文学巨匠当不为过。他在诗歌内涵的挖掘和诗艺磨炼的追求上所做的种种努力,影响了几代中国诗人和作家,鼓舞和激励了无数读者。我常常把艾青同志和克家同志列在一起,觉得他们在中国现代诗坛上形成了双峰并峙、双水分流的奇观。任何文学史家都无法绕过这两位大诗人!九十年代有一次我见到克家同志,在交谈中我说到:我非常喜欢他早期的那首新诗《老马》和他晚年的一首旧体诗七言绝句《老牛》。我说:"您被称作农民诗人,因为您最喜爱农民的质朴和坚强,这两首诗正好印证了您对农民的深切同情和赞美。"我说:"鲁迅先生'甘为孺子牛',您笔下的老牛也体现了您自己生命不息、奋斗不止的精神。"这时,克家同志兴奋起来,情不自禁地朗诵了他的这首诗:

> 块块荒田水和泥,
> 深耕细作走东西。
> 老牛亦解韶光贵,
> 不待扬鞭自奋蹄。

　　他那带着山东诸城乡音的嗓子洪亮有力,抑扬顿挫的乐感非常强烈,他朗诵时还挥动了手臂,加强了诗的节奏感。他说:"这首诗传播得很远,国外许多华人都在传诵它,可惜传抄有误,常常抄错了字句。"他说他希望他的《臧克家旧体诗稿》能发行到海外去。我说:"这首诗的精彩处在第三第四句。抄错的往往是第三句,因此纠正版本的错误很重要。"我又说:"《老马》中的老马'总得叫大车装个够,它横竖不说一句话,——眼里飘来一道鞭影,它抬起头望望前面。'那是旧中国受压迫人民的形象。而'老牛亦解韶光贵,不待扬鞭自奋蹄',则是已经消灭了阶级压迫的新中国公民的形象,也是您的又一幅'自己的写照',是吗?"克家同志笑着表示赞同。

1993年深秋,克家同志在给我的信中示我以他新写的一首短诗:

> 我,
> 一团火。
> 灼人,
> 也将自焚。

只有短短的四行,十个字,非常精练,却经得起仔细咀嚼。我觉得这首诗是克家的第三首"自己的写照",把他的人格精神突现出来了。从他第一次与我握手起,我就感到他热情似火,那股热力把我灼"痛"了。他的心似水晶般透明,又似火焰般炽烈。赤忱,坦诚,是他性格上最显著的特征。他对我诗歌创作的坦率批评、鼓励和殷切的期望,使我终生难忘。他对晚辈诗人的爱护和扶植,对青年诗歌爱好者的关心,对弱势群体的同情和帮助,为人题字、写序、写评论,帮助失学青年继续求学,出席各种会议——耗费了他大量时间和精力。但他的社会责任感非常强烈,因而他心甘情愿地付出这一切。如果说,他的人格力量往往掩盖了他的诗艺成就这种说法有些偏颇的话,那么,至少可以说,他的人格体现在他的诗艺里,他的诗艺反映了他的人格;他的人格和诗艺二者同样高超。

克家同志在世时,即使到了晚年,我当面或写信总是称"克家同志",不称"臧老",因为我不觉得他"老",他九十多岁时焕发出的热情完全可与小伙子相比。但在他逝世后我在送到他灵前的花篮的缎带上写的却是:"世界第一人百龄诗翁臧老千古!"这可能是我第一次称他为"臧老"。我对克家夫人郑曼说:"我称克家同志为

'世界第一人',是因为全世界从古到今还没有另一位诗人活到百岁,按中国传统习惯算法,过了猴年春节,克家同志就是一百岁了。但是,当然,臧老之所以可敬可爱,不仅因为他高龄,主要在于他的人格和诗艺(煌煌十二卷《全集》),这两样是他留给后人的最宝贵的精神遗产。让我们好好地爱护之,学习之,发扬之。这才是对他最好的纪念。"

2004 年 2 月 11 日

一道永不褪色的彩虹

——深切悼念葛一虹同志

2005年4月末,讣告传来:"中国共产党的优秀党员,著名戏剧理论家葛一虹同志因病于4月26日逝世,享年九十三岁。"我的脑子仿佛受到重锤的一击! 又一颗文艺界的星辰陨落了。

我知道一虹同志的名字很早。抗日战争胜利后,我在上海,就读到他和戈宝权合编的《高尔基画传》和《普希金画传》。这是两本图文并茂、内容充实的精彩的书,使我爱不释手。当时我还读到他四十年代初在大后方参加文艺"民族形式"问题论争而写的不少文章,他提出文艺工作者要寻求"中国作风和中国气派的民族形式",当时给我耳目一新的感觉。后来又接触到他主持的天下图书公司出版的许多进步书籍。这样,他的名字就深印进了我的脑中。

我认识一虹同志是在我从华东文化部调到中国戏剧家协会之后。1953年底,一虹同志受命负责筹备《戏剧报》的编辑出版事宜,我也被安排到《戏剧报》编辑部,这样,我就在他的领导下工作了三年。六十年代初,剧协成立戏剧研究室,一虹同志任主任。我于1963年被任命为该室副主任,这样,我作为他的助手一直工作到"文化大革命"爆发。"文革"中,我和他一同蹲"牛棚",一同下五七干校,先后七年。从1953年到1973年,我和一虹同志共事二十年,其中六七年时间我和他虽不在一个小单位里,但在剧协这个大单位里。

我对一虹同志了解不深。但因多年共事，对他多少有一些了解。我感到一虹同志对人民热爱，对祖国忠诚，对戏剧事业鞠躬尽瘁。当然，这是所有知道他的人的共识。他的为人，使我印象深刻的，首先是他的敬业精神。《戏剧报》创刊之初，人手很少，编辑部只有五六个人。社长田汉同志虽然关心这份刊物，但他太忙，难得到编辑部来具体指导工作。主编张庚同志，是挂名的。一虹同志作为编委，是实际上的主编。他既负起全面领导的责任，又做具体的组稿、编辑工作，全身心地投入。他主持确定编辑方针，订立年度组稿计划。他审阅、修改稿件，甚至自己动手设计安排版面。有时需要代表编辑部写一篇告读者的文章，他义不容辞，亲自动手，而且征求大家的意见，然后一遍一遍地修改，直到满意为止。他日以继夜地工作，经常干到深夜。我有时因急事，晚上十二点打电话到他家，十拿十稳，准能打通，因为他还在灯下伏案工作。他的这种敬业精神，在编辑部起到了楷模作用。编辑同志们工作再忙，也心甘情愿，从不叫苦叫累。

一虹同志的为人，使我印象深刻的，还有他的平等待人、平易近人、关心别人的作风。我曾多次到东单草厂胡同他家中谈工作，他和他的夫人总是热情接待，言词亲切。在编辑部里，从不曾见到他颐指气使发号施令，也不曾听见他疾言厉色批评指摘。他和同志们之间，只有心平气和的探讨和商榷。有一回，他请编辑部的同志们到苏联展览馆莫斯科餐厅去吃了一次西餐，说是工作太忙了，让大家松弛一下。说明他懂得怎样调节生活，活跃气氛。他对编辑部的年轻同志的成长十分关怀。他有意培养我(当时三十岁)和陈刚同志(更年轻)写剧评，让我们合作，连续写了对话剧《钢铁运输线》(黄悌作剧)、《非这样生活不可》(苏联剧作家索弗洛诺夫作剧)、《雷雨》(曹禺名剧，新中国成立后首次搬上舞台)的三篇评论文章，依次在《戏剧报》上发表。他说：我们要约请社会上有实力的剧评家为《戏剧报》撰稿,也要在我们的编辑部里培养出自己的剧评家。当时他对成名成"家"并不忌讳。至于我后来终于没能成为剧评家,那是我自己的事。

一虹同志的为人,使我印象深刻的,还有一个方面,也许更重要,就是他坚持正确的工作方向。《戏剧报》是剧协主办的刊物,也就是它的喉舌。文艺不能脱离政治,因此掌握好刊物的政治方向很重要。但是,怎样体现正确的政治方向? 一虹同志主持这个刊物时,并不只抓政治性的社论、发表政治宣言,他主张戏剧为人民服务,必须通过艺术。没有好的艺术,怎样为人民服务? 所以在选题设置上,他十分关注戏剧艺术的理论传播、经验交流、学术探讨、艺术分析,如苏联导演斯坦尼斯拉夫斯基体系的学习、借鉴、传承,当前戏剧演出的艺术评论等。我曾在他的支持下帮助川剧演员曾荣华(《评雪辨踪》中饰吕蒙正)把他口述的表演经验整理成文章发表。一虹同志主持下的《戏剧报》的风格,当时并不是没有人持异议,无非是突出政治不够,贯彻党的为工农兵服务的方针不鲜明之类。但一虹同志在岗位上始终坚持他的办刊方针,我觉得他做到这一点是不容易的。

一虹同志主持戏剧研究室工作时,把主要精力放在介绍当代外国戏剧的内部刊物上。从五十年代到六十年代,中国文艺界与外国文艺的交流越来越少。反帝反修的口号使中国文艺工作者把西方文艺和苏联文艺都看成洪水猛兽。中国文艺工作者变成了聋子和瞎子。为了给中国戏剧工作者打开一扇面向国外的小窗子,剧协戏剧研究室在田汉主席的支持下,在一虹同志的具体领导下,出版了内部发行的刊物《外国戏剧资料》。同时出版了一些内部发行的外国剧本,这些剧本被称作"黄皮书",因为这类书不用美术编辑做封面装帧设计,一律用黄颜色的纸作封面、书脊和封底。剧协的一批懂外文的同志被调到戏剧研究室,他们中有懂俄文的陈继遵、赵鼎真、汤芾之、蔡时济,懂法文的萧曼,懂日文的陈北鸥,一虹同志懂英文,我也懂一点英文。我们订购了许多外文文艺、戏剧的书、报、刊,从中选择、翻译、编译了许多外国戏剧的动态、信息、评论以及各种文字材料,连同剧照及有关图片,发表在《外国戏剧资料》上。它不能公开发行,只能在戏剧界一定范围内流通。它仿佛给极端闭塞的中国戏剧工作者一点可以透透气的狭小空间,使他们看到了天外还有天。当然,那时这类材料都必须打上"供批判"的印记,否则,即使在内部也不能发行。但毕竟使人开了眼界,比如荒诞派戏剧、爱尔兰作家贝克特的《等待戈多》,法国作家尤尼斯库的《秃头歌女》等,许多人就是从这本内部刊物上第一次接触到。当时一虹同志和我们是顶着被指责为"放毒"的压力而万分谨慎地从事这项工作的。这本刊物出版了八期,"文革"开始便停刊了。唯一的一扇通向外部世界戏剧艺术的小窗关闭了,一关就是十三年!"文革"中,一虹同志和我以及戏剧研究室的部分同志被"勒令"蹲在"牛棚"中。为了表示要检查过去的工作,找出其中的错误,以便作自我批评,一虹同志和我便把《外国戏剧资料》各期找来翻阅,佯作检查,其实是在铁桶一样的禁锢中寻找一点缓解。但是,没两天,造反派便指责说:"你们过去放毒,现在还要吸毒?!"他们下令禁止翻阅,没收了所有的《外国戏剧资料》。我记得,当时一虹同志对我做了一个无可奈何的苦笑。

一虹同志的为人,还有一点使我印象深刻的,就是他在立身处世上决不随波逐流,不为个人目的而随意跟风、说违心的话。一虹同志1933年就在上海参加了中国左翼戏剧家联盟,接受马克思主义,靠拢共产党。但他长期不是共产党员。从五十年代到六十年代,他始终不渝地申请加入共产党,但一直没有如愿。他经历了历次政治运动。在运动中,他坚持实事求是,从不见风使舵,随波逐流。在批判会上,他很少发言,甚至不发言。这样,一些善于跟风的人就把他看作不积极、不紧跟,总是跟党保持着距离,甚至有些所谓"右",不竖红旗竖白旗。事实上,无论在平时还是在运动中,一虹同志从不整人。他决不为了表现自己进步而损害别人。在运动高潮期,大字报铺天盖地的形势下,一虹同志没有给别人贴过一张大字报!倒是我,在别人的要求下,于1966年8月,在一张给葛一虹贴的大字报上签了名。这张大字报无端指责他是"反动资本家"。这是我的不可原谅的错误,也是使我永久愧疚的耻辱。1967年我和一虹同志一同蹲在"牛棚"里,我曾为此向他当面道歉。还有一件事也使我印象深刻。大概是1968年,在"牛棚"里,一位"棚友"从街上购得一张"革命小报"(当时许多机关、团体的革命造反派出版"革命小报",内容是揭发"走资派"、"反动学术权威",批判"封、资、修"等。造反派自编自印自己上街兜售。剧协造反派就出版过《戏剧战报》)拿到"牛棚"里来,那上面登载着狠批苏联作家萧洛霍夫的所谓"修正主义"小说《一个人的遭遇》的文章,同时把这篇小说作为"靶子"附在这份小报上,是另加的附页。当时李超、蔡时济、戴不凡、张真、贺敬之等都看了,大家沉默不语,谁也不知道谁心里想什么。我久闻《一个人的遭遇》的大名,却未能一睹原作,这次看了,说实话,我被作品的艺术魅力和悲天悯人的情怀所深深感动了。但我只能把这种感受深藏在心里。一虹同志也看了这篇小说,却在无人注意时低声对我说:"这是苏联文学中的好作品。这份小报刊登批判文章倒也罢了,可是,他们把原作也作为附录登出来,不知是什么意思?"我听了不觉一惊,竟说不出话来。少顷,我和他相视一笑,这样,我把我的心思也传递给他了。从此,我更理解一虹同志是个绝不说假话的人。这,赢得了我们的尊敬。一虹同志1933年因参加左翼戏剧活动而被国民党反动派逮捕入狱。"文革"中,凡是曾被反动派逮捕过的,开始时几乎无一例外地被打成"叛徒"。一虹同志面对造反派气势汹汹的审查,镇定自若,如实反映,不说一句假话。1972年在干校,领导运动的军宣队终于宣布:葛一虹被捕后没有做任何丧失原则的事。还了他一个彻底的清白。一虹同志在反动派面前坚持原则,保持气节,这也赢得了我和许多同志的尊敬。

一虹同志在"文革"结束后,已到晚年,终于成为一名中国共产党党员,遂了他几十年的心愿。当我听到这个消息时,我向他表示衷心的祝贺!

一虹同志晚年更加意气风发,力疾奉公,担任中国艺术研究院外国文艺研究所所长和话剧研究所所长职务,研究成果累累。我虽不和他在同一个单位,但他的工作成果,我亲眼见到,极为钦佩。他主编并参与撰稿的《中国话剧通史》填补了中国戏剧史的一块重要空白,为广大戏剧工作者激赏。他主编十六卷本《田汉文集》,带领一批同志在十分困难的条件下收集整理出版了戏剧前辈田汉的多数重要著作,为保存田汉的珍贵的文学、戏剧遗产,做出了重要贡献。上世纪九十年代末,我参与编辑《田汉全集》的工作,深深感到,有了《田汉文集》作基础,《田汉全集》的工程进展顺利得多。

5月3日,我到葛府,奔向灵堂,向一虹同志的遗像行三鞠躬礼,向他的儿子葛小钢和其他亲属表示深切的慰问。我在留言簿上写下了两句挽词:

为戏剧事业,鞠躬尽瘁;
求艺术真谛,奋斗终生!

我心中默念:一虹同志真是一道挂在中国艺术天空上的彩虹,它永远不会从人们的记忆中褪色!

2005年7月20日

贺 诗 与 挽 诗

——怀念诗人辛笛

晚九时,韦泱诗友从上海来电话,告知辛笛老人今晨"走了"。九十二岁的诗翁,终于走完了人生的道路,重新投入大自然的怀抱。我感到突然,又感到必然。我呆立良久。我没有流泪,但我的心里,泪水在不断地流滴、流滴……

上世纪四十年代,在上海求学和教书的时候,就读到辛笛的诗。他的诗中美的意蕴与朦胧而又富有深意的哲思,使我十分喜爱。他能把中国古典诗词的抒情意趣与西方现代主义诗歌浓缩、清朗、硬实的格调相结合,给人们带来新鲜而独特的审美感受。作为"九叶"诗派的成员,他是最年长者,也是这个诗派的主要代表。现在他离开我们走了,但是他留给我们的诗歌遗产将是我们永远的财富,他对中国诗坛所做的贡献,对后人将是不尽的启示。

上个世纪八十年代,我主持人民文学出版社工作的时候,曾亲自签发了《辛笛诗稿》,使这本书在1983年正式出版。九十年代,我曾几次登门拜访辛笛先生。他的温文儒雅、和蔼可亲的形象以及他对诗歌艺术的精辟谈吐,给我留下深刻的印象。

2002年10月4日,我在上海,到上海图书馆参观了"诗人辛笛创作生涯六十年展",收获甚丰。辛笛出生于1912年12月2日,这一年正好是他九十大寿。晚上,我写了一首七律:《贺辛笛诗翁九十寿》。10月5日,我和诗友吴钧陶、韦泱登门拜访辛笛老人,蒙他热情接待,并赠我以他新出的旧体诗集《听水吟集》。我和他谈得很高兴。我谈到2001年我访问苏格兰爱丁堡的许多见闻,他尤其感兴趣。因为这正是他早年负笈求学并与当时不少英国诗人结交的地方。我把我写的祝寿诗呈给他,他面露笑容,表示感谢。诗是这样的:

贺辛笛诗翁九十寿

九秩诗翁九叶冠,
雄辞丽句动江关。
早年负笈爱丁堡,
晚岁高吟扬子边。
大浪蓝鲸敢吞吐,
惠风翠羽任飞旋。
缪斯伫立云端笑,
又见毫锋劈巨澜!

2003年10月我又到上海,11月1日,参加了"辛笛诗歌创作七十年研讨会"。辛笛老人以九十二岁(按中国传统算法)的高龄亲自出席了会议。在会上,我用家乡常州的古调吟诵了《贺辛笛诗翁九十寿》,并与女儿章燕联合发言:《读辛笛诗歌给我们的启示》。

2003年11月22日,由中国现代文学馆、中国诗歌学会、人民文学出版社等单位发起,召开了对我的诗歌创作和翻译的研讨会,万万没有想到的是收到了辛笛老人亲笔写的贺辞:"祝贺屠岸先生诗歌创作研讨会圆满成功!辛笛,二〇〇三年十一月十九日,时年九十有二(印章)"。我的激动心情,难以用语言形容。他的字迹清晰、寓秀美于刚劲之中。这份贺辞我将保存作永久的纪念。

如今,辛笛老人走了。他的作品《手掌集》、《珠贝集》、《辛笛诗稿》、《娜嬛偶拾》、《听水吟集》以及他的女儿王圣思所著《智慧是用水写成的——辛笛传》都摆在我的面前。灯光下,我思潮起伏,不能自已。终于,脑子里涌出一句又一句,又一首七律形成了:

哀辛笛诗翁仙逝

电传万里破云埃,
手握听筒心发呆。
一代诗豪登假去,
百家歌哭望门来。
拳拳手掌摩千佛,①
汩汩水泉漫九垓。②
入得娜嬛任采猎,③
河边听水且徘徊。④

辛笛诗翁啊,愿您安息! ——愿您在天帝的图书馆里任意阅览,愿您在银河之畔,任意徜徉,任意逍遥!

2004 年 1 月 9 日

---

① 辛笛著诗集《手掌集》,星群出版社 1948 年版。
② 辛笛著《辛笛诗稿》(人民文学出版社 1983 年版)中收有"泉水篇"诗三首。
③ 娜嬛,中国神话中天帝藏书的地方。辛笛著书评散文集《娜嬛偶拾》,上海教育出版社 1998 年版。
④ 河,指银河。辛笛著旧体诗集《听水吟集》,香港翰墨轩出版公司 2002 年版。"听水"取"子在川上曰,逝者如斯夫,不舍昼夜"意。

师友绿原追思

2009年9月29日上午，我得到消息：绿原兄在当天凌晨一时十分病逝于北京军区总医院。脑子受到猛烈一击，心潮起伏，不能自已！此前我虽两次准备去医院探望，都被他的夫人罗惠大姐婉谢，说要避免交叉感染。我深知罗惠是为我的健康，为我好。但毕竟失去了最后晤面的机会。这天下午，我亲赴绿原家向罗惠大姐进行慰问。我写了一副挽联带去：

> 译笔长挥歌德里尔克
> 诗思并驾艾青闻一多

罗惠说：评价太高了。我说：是高，但不是过高，是应该这样高。绿原在诗歌创作上的成就不次于这两位大诗人，绿原的爱国热忱、正义感、疾恶如仇的品格，跟这两位大诗人无分轩轾。我在绿原遗像前鞠躬，鞠完三个，觉得不够，再鞠……连续鞠了九个躬。罗惠连说：好了好了。我的眼泪已夺眶而出。

我对罗惠谈起我最初怎样认识绿原。1945年抗日战争胜利后，我在上海和一群诗友们组织"野火诗歌会"，我们这群"火"友对胡风主编的《希望》杂志上发表的诗歌作品非常赞赏，阿垅、鲁藜……都吸引我们，而我们最倾心的是绿原。他的政治抒情诗，外似冷峻,内蕴炽烈,激情似火,意志如铁,同我们那时的政治情绪完全吻合。他的诗是当时国统区有正义感的广大青年群众强烈政治情绪的凝聚、提炼和喷发,是具有浓厚诗质的政治宣言。我又买到一本绿原最初的诗集《童话》,发现这是一部纯粹的"天真之歌"。童话和政治抒情,风格不同,内容各异,但二者有内在的联系。原来他具有如此纯真的童心,所以他能写出烈火真金般的政治抒情之作。我和诗友们对绿原激赏不已,在"野火"诗会上多次朗诵了绿原的匕首和投枪。绿原成了我的诗歌偶像!

1946年2月14日,上海地下党主持的刊物《时代学生》编辑部在八仙桥青年礼堂举行读者文艺晚会,在会上我作了诗歌朗诵。我选了绿原的《给天真的乐观主义者们》。这首诗一开头就说:"群众们,可爱的读者们,我站在你们面前冷淡地读这首诗。"我在台上朗诵着,仿佛我就是诗人绿原,在"冷淡地"朗诵自己的诗。抗日战争末期大后方城市中的一切丑陋和腐恶暴露出来了! 真善美和假恶丑的严重斗争揭幕了!

> 呼吸在战争下的中国人民,有多少个愉快,有多少个凄惶?
>
> 多少人在白昼的思维里,在夜晚的梦幻里,进行着组织"罪恶"和解散"真理"?
>
> …………

激动和愤怒达到极点,便化为"冷淡"。听众被定位为"天真的乐观主义者们"。诗人提醒那些对反动派抱有幻想的人们提高警惕。然而,诗人自己原本是"天真的乐观主义者"。他正是从"童话"中、从"天真之歌"中走来的真相提示者和罪恶抗议者。我天真地朗诵了这首诗。我的朗诵水平不高。但我听到了听众的反响,他们天真地惊愕了,震动了!"绿原? 他是谁?"

我对罗惠大姐说,我认识到绿原的热情和正义感同样渗入了他的翻译作品中。1947年12月,我在上海《大公报》上发表《译诗杂谈(二)》,指出绿原译美国诗人桑德堡的诗《给萧斯塔可维契的信》,把"原作中可厌的语调一变而为庄严的节奏",说"我们从这首译诗中所听到的,已不是桑德堡而是中国人民向新社会的灵魂的表达者——作曲家萧斯塔可维契的欢呼了"。绿原的这首译诗是又一首"天真之歌"。

我对罗惠说,新中国成立后,我依然关注着绿原。1953年,我惊喜地从一本刊物上读到绿原的新作《沿着中南海的红墙走》。我捧着这首诗,独自朗诵着"是那里面有一颗伟大的心脏,/是那颗伟大的心脏和我的心脏相连,/是我每次经过这一带,/我的心像喷泉一样,/涌出了神圣的火星,/我的脚步不能不很慢很轻。……"我朗诵着,激动得几乎颤抖起来。两个"天真的乐观主义者"又一次联手高唱起"天真之歌"来。

历史老人真幽默,仅仅两年之后,"那颗伟大的心脏",就一棍子把绿原打入十八层地狱!

1955年5月《人民日报》连续公布了三批所谓"胡风反革命集团"的"密信",编者按语指出绿原是中美合作所的国民党特务。这对我如五雷轰顶! 我的偶像原来是"敌人"? 党中央的喉舌,《人民日报》的按语,能不信吗?(更不用说后来了解到这些按语出于谁人之手了。)我百思不得其解,却又必须"理解"。这个"敌人"何以能写出如此天真的诗来? 这样的"天真之歌"能伪装出来吗? 不可能! 但是,不能不可能! 对党的信仰如磐石,对领袖的信仰如钢铁! 在我所在的单位中国戏剧家协会的政治运动交心会上,我痛哭流涕,说自己太天真了,太乐观了,曾经被反革命的绿原所蒙骗,竟在公开的集会上朗诵过《给天真的乐观主义者们》。运动领导者见我表现异样,神情反常,立即提高警惕,随后对我宣布:撤销党小组长职务,停止组织生活,听候审查!以田汉为书记的中国剧协党组对我进行了大半年的内查外调,态度客观,最后宣布我可以解脱,但认为我受胡风、绿原思想影响太深,反省不够,还须继续检讨。一场风波暂时告一段落。痛定思痛,我想,我真的是一名"天真的乐观主义者"吗?

然而,我日夜期待的胡风、绿原等的反革命确证,都始终不见公布。我又想,恐怕不能太天真了。怀疑逐渐产生。

1973年1月我从文化部静海五七干校回京,奉调人民文学出版社。这次"乱点鸳鸯谱"式的人事安排,对我是歪打正着,正中下怀。更奇的是1978年我在萧乾家里与绿原不期而遇。原来他就在人文社所属编译所工作。第一次见面,他很低调。我因突然邂逅,一时也木讷寡言。他面上刻满了岁月的沧桑和苦难的印痕,但使我惊奇的是他内蕴的天真依然隐约可见。

一个偶然的机会,我读到绿原写于1970年的诗《重读〈圣经〉》。在史无前例的浩劫期间,他的书籍都被抄走了,却漏下一本《圣经》,疏星淡月,在囚牢般的"牛棚"里,他读起了这本他曾经读过的书。他开始了"地下写作",用诗句记下了他的滚滚思潮。历史的审视和现实的感悟相重叠,古人的心性和今人的品格相比照,诗人抑止不住思绪的奔涌,心潮的激荡:

> 我当然佩服罗马总督彼拉多:
> 尽管他嘲笑"真理几文钱一斤?"
> 尽管他不得已才处决了耶稣,
> 他却敢于宣布"他是无罪的人!"

> 我甚至同情那倒楣的犹大,

> 须知他向长老退还了三十两血银，
>
> 最后还勇于悄悄自缢以谢天下，
>
> 只因他愧对十字架巨大的阴影……

诗人"读着读着，再也读不下去，再读便会进一步堕入迷津……"因为诗人想到了"文革"的时代风情：

> 今天，耶稣不止钉一回十字架，
>
> 今天，彼拉多决不会为耶稣讲情，
>
> 今天，玛丽娅·马格黛莲注定永远蒙羞，
>
> 今天，犹大决不会想到自尽。

人妖颠倒的本相揭示出来，假恶丑的实质暴露无遗。"'到了这里，一切希望都要放弃。'／无论如何，人贵有一点精神。／我始终信奉无神论，／对我开恩的上帝——只能是人民。"寄希望于人民，而不是神仙皇帝。读到这里，我"顿悟"般感到：这才是痛彻心肺的天真，超越极限的乐观！

历史老人又发挥他的幽然，这次是施展到我的身上。1980年12月29日下午，人民文学出版社召开党员大会，我主持。(当时我担任副总编辑，党委委员。)我宣布：绿原同志的胡风案平反，撤销对绿原的一切不实的指控，恢复绿原党籍。当时我内心激动，血液奔流，手足俱热，但外表镇静。我又说："书面决定将在全社大会上宣读。同志们，看，今天绿原同志坐在我们中间！"胡风案发以后，绿原是没有资格出席党的会议的。这次党员大会开始时，大家还没有注意到绿原也出席了。当我讲到绿原而称"同志"时，大家还有些惊异。我鼓起掌来，大家跟上来，掌声从稀疏变为热烈，最后变成一阵暴风雨。我不知道绿原当时的心情如何，我只看到他端

坐在党员群众中,两眼发光,神情淡定。然而,他内心的激动和感触能掩盖得了吗?我想,他终究是个"天真的乐观主义者"!

世间的事情,真难逆料。也许是历史老人又一次施展他的幽默吧。1983年我出任人民文学出版社总编辑,绿原任副总编辑。这事之前酝酿新一届领导班子的时候,我向老领导韦君宜同志建议,让绿原担任副总编辑。

偶像变"敌人","敌人"变助手。亲密的合作把我们紧紧联系在一起。他负责外国文学编辑出版工作,发挥了他高度的聪明才智。我们共同商量方针大计,也一起研讨具体书稿。他对事业的认真,工作的勤奋,给我以突出的印象。

我们离休后,依然保持着不断往来,他的诗作,译著,理论著作,不断发表和出版。

我们之间不断有书信往来。2007年7月14日,他有一信给我,其中有这样的话:

屠岸兄:

你4月6日大札收读。

我感觉您不仅身体和精神都好,而且记忆力也未衰退,许多事还记得很清楚。……

关于焦虑症和抑郁病,我没有直接经历过,但听有关研究人员说,在人生的旅途中,人的心理难免会留下某些"结",例如以往"左"的政治运动给人造成的后遗症。这些"结",在一定条件下可能会重新浮现,继续影响人的精神健康。

1955年胡风一案涉及两千多人,虽然最后戴帽子的大大少于关了一年半载便被解脱的人数,但所谓解脱者,在心理上其实已经受到了伤害(当然戴帽子的就更不用说了)。您的病症出现于运动中,1985年您再次患病,虽然这时社会上没有运动,但胡风一案在1980年尚未彻底平反,随着1985年胡风去世,社会上还出现各种说法,您的病也许与这一环境有关。几年后,该案经过二次、三次平反,您的心理也就随之逐渐康复了,这是很自然的。

专家认为,从保健的角度讲,人们应当学习遗忘,忘记负面的记忆、不快的记忆,不让它们"卷土重来",方能在生活中轻松地开辟前进的道路。尤其晚间须避免用脑,最好不进行忆旧,不然容易失眠。

从上世纪二十年代,能走到今天,是很不容易的,让我们平静地过好今后的每一天吧。祝愿您身心双健。……

话题没有离开1955年的那场政治灾难。我聆听着他的殷殷嘱咐,每一个字都是温煦,每一句话都是慰藉。

绿原于我,虽说一度成为助手,但不等于我比他高明。他在诗歌创作、文学翻译、学术研究方面的成就,远远高于我。他所受的炼狱之苦,也远远超过我。我感念他为我的译著《英美著名儿童诗一百首》写书评,为我编、选、译的《英国历代诗歌选》写序。这两篇文字也是对我的鞭策和鼓励。我始终视他为师友,是友,更是师。

绿原早期的童话式抒情诗,后来的激情澎湃的政治抒情诗,受难时期的沉思诗,后期探索宇宙人生的哲思诗,达到诗歌创作的高超境界。他的诗在中国大陆、香港、台湾,在海外,产生了巨大的影响。他的散文,他的学术著作,也取得了极大的成功。

绿原早年在复旦大学学习英文,因胡风一案被囚于秦城监狱七年,在狱中他自学德语。他精通英语、德语,懂得俄语、法语、拉丁语。他在人文社审读朱光潜的德文译著时提出详细意见,使朱教授大为惊异。他的治学毅力,令人敬服。他的译著歌德的《浮士德》,《里尔克诗选》,莎士比亚的《爱德华三世》、《两位贵亲戚》等,在翻译界和读书界获得广泛好评。

绿原著作等身。2007年武汉出版社出版了《绿原文集》六卷：第一卷诗甲编，第二卷诗乙编，第三卷怀人·自述，第四卷怀人（续）·序跋·诗文论，第五卷外国文学评论及其他，第六卷译著·书信·年表。这六卷文集只是收入了他的主要的著译，他还有许多著译也是有价值的，限于篇幅，未能收入。煌煌六卷，都是传世之作。

绿原对工作极端认真。他为人谦虚，低调，最不喜欢张扬。在原则问题上，他决不让步。他的诗集《另一支歌》获第三届全国优秀诗歌奖。他译的《浮士德》获第一届鲁迅文学奖文学翻译彩虹奖。他珍惜荣誉，但从不炫耀。他的著译特别是他的诗歌，将长留人间，给一代又一代人以心灵的滋养，将永垂不朽！

我与绿原的相识、相遇，是常中之奇，奇中之幸。人的生老病死，是自然规律，不可抗拒。我在林边伫立，仰望白云，心中只有默默祝祷。

2007年绿原与我约定："让我们平静地过好今后的每一天。"我谨守这个约定。如今，他已经平静地走完了他的人生旅程，去了天国，那真正的天真之国，乐观之乡。我谨以最高的虔诚，为他祝祷，愿他的诗魂在缪斯所居的赫立峃山上作永远的遨游！

2009年10月

平生豪富是诗才

——痛悼诗友唐湜

1月28日晚,从温州来的电波急递信息:诗人唐湜已于当天下午三时辞世! 我头脑里仿佛一声霹雳,受到巨拳的一击! 半晌,才反应过来:又一位卓越的现代诗人离开我们而去。"九叶"飘零,其中的七叶已飞向天国。

唐湜与我,是五年同事、五十年诗友。1954年,我和他同时任职于中国戏剧家协会《戏剧报》编辑部。在1957年的政治风暴中他受到了猛烈的冲击。1958年5月,我从下放劳动的地方河北省怀来县回京治病同时接受又一轮批判,听到唐湜已被"发配"到黑龙江北大荒去劳改了。从此,我与他不可能再有通信来往,但关于他的信息我依然关注。劳改终止后,他被遣返故乡温州,长期靠艰苦的体力劳动维持一家生计。过了二十二年后,"文革"结束,"四人帮"粉碎,他的"右派"问题得到了改正,我和他才在北京重逢。当时真有恍如隔世之感。他把他写的诗稿给我看了。我发现,他写下了大量的十四行诗、抒情诗、长篇历史叙事诗、童话故事诗……我感到十分惊奇:他在逆境中竟能长期坚持对诗神的祭献,他的诗歌创作续了又断,断了又续,即便在史无前例的浩劫时期,也没有终止,这种对缪斯的极端忠诚,引起了我深长的思索。更使我惊奇的是,他处于如此艰难的困厄之境,而所写的诗歌作品里,却常常充盈着对生活的热爱,对美好事物的向往,对真善美的弘扬,对民间传说中坚贞爱情的赞美,对历史上民族战争中英雄人物的歌颂,以及对诗友的缅怀,对幻美的追踪……甚至时时有欢乐,处处有阳光!我想了很久。想来想去,我只能作这样的判断:不管他是有意识还是无意识,他实际上是以诗美的凝华来对应现实的丑陋,以对缪斯的忠诚来藐视命运的拨弄,以精神的高昂来抗议人间的不公!他的人格是正直的,但他的申诉却是通过诗美的追踪向人世发出的一道折射!他的所有的痛苦、悲凄、怨愤、焦虑和郁结,都经历了过滤,发生了嬗变,进行了纯化,因而升华为欢乐、温煦、缱绻、梦幻、宏伟和壮烈!他作为美的宗教的信徒,超脱了命运赐给的苦难,实现了灵魂的飞升!

我终于感到,唐湜写下的诗,可以说都是通过折光和透析而形成的自传,抒情诗是如此,叙事诗也是如此。他的全部诗作,可以看作是他颠沛跋涉的一生的心史。他的所有的遭际和反应都以另一种形式保留了下来。唐湜的两部诗集,经过我手,在人民文学出版社推出;一部诗集,经过我的推荐,在燕山出版社出版。最后,在我的不懈推动下,唐湜的诗歌总集《唐湜诗卷》上、下两大册于2003年9月由人民文学出版社出版。我为它写了序。在序中我引了莎士比亚的名剧《暴风雨》中小精灵爱丽儿的歌:"他的一切都没有腐朽,只是遭受了大海的变易,化成了富丽新奇的东西。"我以这首歌象征唐湜的诗歌创作,并指出这就是"唐湜现象"的终极含义。

2003年11月4日,在温州师范学院举行唐湜诗歌创作座谈会。我和牛汉、吴思敬、邵燕祥、杨匡汉、刘士杰等诗友刚刚参加过"九叶"诗人、九十一岁高龄的辛笛诗歌创作七十年研讨会,又乘飞机从上海赶到温州。同为"九叶"诗人的唐湜,也已八十三岁高龄,疾病缠身,不能行走,乘轮椅由人扶着到达会场。他一出现,整个会场沸腾了,爆出了如雷的掌声。会上发言踊跃,气氛热烈,充分肯定了唐湜诗歌创作的成果和他对中国现代诗所做的贡献。我发言到激动时,不禁热泪泉涌,哽咽不成声。晚上,温州师范的学生,热情的董徐萱和张垒,陪我一同到唐宅,访问了我的五十年老友唐湜和他的夫人。当我和他执手相拥时,我又一次热泪盈眶!我们回顾过去,瞻望未来,谈了约一个小时。对多病的他,我不宜久留,以免使他疲劳,于是告辞。不想这一握别竟是永诀!

此刻,回忆着唐湜的为人、为诗、我们的友谊,我夜不能寐。积习又使我从沉默中抬起头来,写下了这首七律。我把它录下,作为本文的结束语吧:

痛悼诗友唐湜

一声霹雳电传来,
瓯水凝流雁荡呆。
廿载沉冤唯一笑,
平生豪富是诗才!
困穷宁弃千钧笔?
锦绣堆成百尺台。
毅魄已随云鹤去,
梦中犹见几徘徊。

2005 年 2 月

为师友郭风送行

淡泊文章浑漫与，
自由魂魄任翱翔。
风清月白谁堪比，
笛韵笙歌泊故乡。
榕树凝眉辞玉帝，
气根俯首念羲皇。
从今尽拂嚣尘去，
且待挽星捉太阳。

小山从福州电告我：郭风先生已于1月3日凌晨2时45分病逝于福建省立医院。我心头一震，惘然若失。脑子平静之后，构想了一副挽联，打电话告诉小山，请她设法写在白纸上，挂在郭风灵前。之后，我又写了一首为郭风送行的七律，如上。去年（2009年）10月3日，我专程从北京到福州探望郭风，不意竟成永诀。

我的挽联是：

秋声潇飒爱抚一头避雨的豹
春雨连绵慈溉万朵普通的花

572

横批是：风清月白

郭风生于农历丁巳年12月17日（公元1918年1月29日），属蛇，出生地是福建省莆田县（现已改为市）。六岁入私塾，三年后转入小学、中学，后至福建省立师范中文系深造。历任中学教员、报刊编辑。新中国成立后，长期在福建省文联、省作协工作，历任省文联副主席兼秘书长、省作协主席、《福建文学》主编。晚年任省文联和省作协名誉主席。郭风是中国现代和当代的散文和散文诗大家，著名儿童文学作家。他出版的作品有30余部，略提几部：《避雨的豹》《叶笛集》《笙歌》《你是普通的花》《红菇们的旅行》《汗颜斋文札》。可以说是著作等身。

"秋声"是郭风结发妻子的名字，他们一生恩爱。秋声已先于郭风辞世。

我曾问过郭风他笔名的来源。郭风本名郭嘉桂，年轻时爱上文学，写作投稿。他告诉我：二十二岁时想取一笔名，当时他住在一所古老的宅院里，抬头见到一副楹联，其中有"风清月白"字样，他就随手写下"郭风"二字，作为笔名，从此这个名字伴随了他一生。他说，当时也没有深思，就那样定了，似乎得了什么启示。我说，偶然中有必然。风清月白，正是郭风人格和文格的写照。

郭风和我的友谊，始于1978年。这年秋天我作为人民文学出版社的编辑，到福建联系作家，组织稿件，结识了郭风，成为莫逆。从这一年起，他每年送我樟州水仙，连续二十九年不间断，直到他病重住院。我曾有多首咏水仙诗赠郭风。如写于2002年的《致谢郭风兄赠水仙历二十五年》七律：

品茶闽海犹昨日，

> 京国重逢执手亲。
> 二十五年云过眼，
> 年年仙杖叩帘门。
> 凌波窈窕牵霞绮，
> 入室蹁跹伴梦魂。
> 如水真情天地阔，
> 三千里路缩芳邻。

三千里路指北京与福州相距1631公里，合3262华里，天涯咫尺！

郭风热爱儿童，热爱自然，热爱祖国，热爱生活。他亲近祖国的山川文物，亲近生灵万类。他常以动物植物为题材，与儿童对话。他的散文和散文诗，恬然淡定，宁静致远，涉及历史、生活、文化、人物，娓娓道来，不刻意，不矫饰，于不经意中透出深邃的哲思，洋溢和谐的理趣。郭风为人谦和，志存高远，善待他人，严以律己，在涉及名望与地位时他坚守不与人争的原则（但并非放弃原则立场），这一点在文学界也广为人知。

我诗中提到榕树，不仅因郭风曾主编过《榕树文学丛刊》，而且我觉得榕树正是郭风的象征。我在福建到处见到榕树，壮健沉稳，从泥土中长出，而它的无数条气根，又从上向下垂挂，扑向泥土。泥土就是祖国，泥土就是人民。郭风从人民中来，一生为人民写作，回到人民中。我诗中写到"辞玉帝"、"念羲皇"，因为我想到了陶渊明。《归去来辞》中有句"富贵非吾愿，帝乡不可期"；《与子俨等疏》中有句"常言五六月中，北窗下卧，遇凉风暂止，自谓是羲皇上人"。我觉得郭风的人品多处与陶相似。《五柳先生传》中有句"闲静少言，不慕荣利"，"忘怀得失，从此自终"，似乎就是郭风的形象。陶所向往的"无怀氏之民""葛天氏之民"以及"羲皇上人"，固然与今天的时代气氛不合，但在摒弃名缰利索、拒斥拜金主义上，郭与陶自有契合处。

郭风大哥,如今去了另一个世界。他的灵魂可以和孩子们一起"搀星捉太阳",游戏在他所迷恋的童话王国中,做一个永远的儿童!

2010 年 1 月

永别了,张真

2008年8月27日,张真以九十一岁高龄辞世。

张真,何许人也? 今天的读者以至文艺界的朋友知道张真的,已不多了。但他在上世纪五六十年代的戏剧界,几乎无人不知。

张真曾担任《戏剧报》的领导工作。更重要的,他是一位杰出的戏曲评论家。我和他在中国戏剧家协会共事十多年,深知他的为人和他在戏剧工作岗位上的卓越贡献。

上世纪五十年代,评论界"左"风甚炽。张真往往力排众议,发表精辟言论,保存了不少戏曲精粹。举例说,对京剧《玉堂春》,颇多非议,认为纨绔公子嫖娼,又封建又无聊,这个戏应予否定。张真撰文说,公子有的是,青楼女有的是,但有哪一个是真情实意、忠贞不二的? 他对王金龙和苏三作了细致的分析。文章发表,一鸣惊艺界! 这个戏和一批戏保住了。又如,舆论认为舞台上出现鬼魂即是迷信。马健翎改编的秦腔《游西湖》(即《红梅阁》),便把李慧娘的鬼魂改为活人。张真撰文评析,认为这样一改,戏的情节变为不可理解,戏的主题也受到影响。他说,李慧娘的鬼魂形象不是迷信,而是人民群众的愿望以幻想的形式出现。人民要求李慧娘向贾似道复仇,人民要求李慧娘与裴生结合,但事实上不可能,于是让鬼魂形象登场。这正是一种理想主义! 文章发表,二鸣惊天下。又一出戏和一批戏保存下来了。"有鬼无害论"实肇始于张真,廖沫沙是后来者。康生抓住孟超(昆剧《李慧娘》作者)大整而特整。吴晗不幸,廖沫沙不幸,孟超不幸! 江青没有追本溯源,张真逃过了一劫!

张真笔锋犀利,为人谦和。他待人接物极为诚挚。我送他三个词:真挚,真率,真诚。他原名天璞,天然是真,璞玉也是真。他漠视名利,淡泊自甘。他是党员,但在历次"左"的政治运动中,表现消极。他从不在批判会上发言,也不写任何革命大批判文章。在"文化大革命"中,大字报铺天盖地,而他自始至终没有写过一张大字报,无论是批判别人,为自己辩护,或者自我批判,他一概不写。他当然受到冲击,被押进牛棚,但他泰然处之,而且长期称病在家。造反派也拿他没有办法。

当年要求干部政治好、业务好,称"又红又专",鼓励人走"红专道路"。张真才华出众,却淡漠政治,被目为"白专道路"的典型。有人说,不对呀,他还是党员呢。于是说他走的是"灰专道路"。他本人对此一笑置之。

有一次,《戏剧报》主编伊兵与同事们谈话,他眼看张真,唱了一句京剧《空城计》中诸葛亮的唱词"我本是,卧龙岗,散淡的人",说:"你们看,我指的是谁?"大家颔首微笑。说张真是"散淡的人",形容恰切。把张真比作诸葛亮,也可以,是说他才华横溢——虽然不是治国平天下的才华。

张真平时谈笑风生,出语幽默,谐趣盎然。但他又有另一面:憎爱分明,疾恶如仇。他常常把一腔义愤表达在他业余写作的旧体诗词中。

张真晚年,有一次应中国电影家协会之邀去看电影,在休息厅里,他很低调地坐在一隅。著名电影导演谢晋走上前,向张真鞠一躬,请他坐在贵宾席。旁人问,这位是谁? 谢晋说,这位是张真同志,是我在江安国立剧专时的老师。这一流传在影剧界部分人中的细节,突显了两个人物的作风和性格。

张真1942年在四川江安国立剧专任讲师,受到学生欢迎。他写了历史剧《长恨歌》、儿童剧《小英雄》、歌剧《牧童与村女》。1947
年参加祖国剧社,写了历史传说剧《嫦娥》,1948年在北平公演。
1950年调入中央戏剧学院研究室,后转入文化部艺术局剧目组,
编选《京剧丛刊》《评剧丛刊》。 1956年调入中国戏剧家协会,任
《戏剧报》常务编委(相当于副主编)、《剧本》月刊副主编。他出版
的著作有文集《戏曲人物散论》、剧评集《古为今用及其他》,晚年出
《张真戏曲评论集》。后者的出版,遇到不少周折,一度搁浅。张真
满不在乎。最后终于出版了,我去看望他,问起来,他才告诉我,送
了我一本。他几乎忘了。

2008年8月30日,我到东方医院向他的遗体告别。三鞠躬
时,不禁悲泪盈眶。我送了他两副挽联,一副是:

> 不慕荣利　胸中自有憎爱
> 忘怀得失　而今俯仰乾坤

横批是"现代五柳"。联中两句采自《五柳先生传》。我认为他
是今天的陶渊明。可以见到,他是如何的"不合时宜"呵! 这是我
对他为人风格的评价。

另一副是:

> 刺将军悯学子毫锋横扫长安雾
> 评金龙说慧娘彩笔敢为天下先

这是我对他所作诗文价值的评价。

张真,老友,挚友,至友! 愿您走好! 愿您在天国里俯仰乾坤,
作永远的逍遥之游!

2008年9月

麦秆与他的《兔和猫》

　　木刻爱好者郭辉找到我家，让我看一本书：《兔和猫》，鲁迅原著，麦秆木刻，教育出版社1949年12月再版，定价2元（基价），56开本。内收麦秆根据鲁迅的《兔和猫》故事情节创作的连环画木刻三十幅，书末有麦秆的《后记》，写于1949年10月18日，卷首有我的《给孩子们（代序）》，写于鲁迅先生逝世十三周年纪念日之夜（1949年10月19日）。我和郭辉本不认识。他说他购得此书后，见到"代序"是我写的，就打听到了我的住址来看我。我很高兴，又见到了这本已在我眼前消失了半个多世纪的书。我仔细翻阅它，它是用普通的报纸印成的，到现在已经过去了五十七年，纸张已泛黄、变脆。从版权页上看，这是第二版。那么还有第一版，应当是我写"代序"后不久的1949年10月内出版的。初版之后一个月即出第二版，说明此书在当时受到了读者的欢迎。按当时连环画小人书的发行情况看，初版印数不会太少。那时书的版权页上不印书的印数，但估计初版当在3000册以上。12月份即再版，说明3000册在一个月内已销售一空。郭辉说，他偶然见到此书，立即买下，因为他觉得这种书已经成为稀有的文物，他非常珍视它。他说他找我的目的是希望我就此写一篇回忆性的文章在报上发表。我感谢他的好意，愿意一试。

　　上世纪四十年代初，我是上海交通大学学生。我家附近辣斐德路(现为复兴中路)上有一家旧书铺名为"古今书店",我是那里的常客。1943年夏,我进入上海美术专科学校暑期培训班学习绘画。古今书店的青年店主王兴堂,笔名麦秆,是上海美专的学生。我们交上了朋友。随着友谊与日俱进,我们常常彻夜长谈,从历史到现实,从艺术到人生,从经济到政治,从国内到国际,无不涉及,十分投机。一次他对我说:"你的言谈举止跟我的一位好友L及其相像。跟你交友就像跟L相处一样。"我问他这位L是何等样人,真实的姓名是什么。他长叹不答。后来麦秆告诉我:L已经死了,死得那么惨,那么不名誉,却是百分之百的冤枉!那是在四十年代初,在苏北解放区,他被革命队伍里"左"倾路线的同志们当作"托派",受迫害而死!我听后也为此不胜唏嘘!从此,由于我和L面貌和神态的相似,麦秆视我与其他朋友不同,我们的友谊又进了一步。

麦秆于1921年出生于山东省招远县玉甲村,九岁随家人闯关东到了东北,"九一八"事变后随家人流亡到上海。1940年进入刘海粟创办的上海美术专科学校学习,同时进行秘密的抗日活动。他十九岁那年,出于爱国激情,创作了木刻《日寇暴行》,为此被上海法租界巡捕房逮捕入狱。出狱后,1942年,投奔新四军,在苏北解放区,又被"左"倾路线的同志当作"托派集团"分子横加批斗。之后又三次被日本侵略军逮捕,屡遭牢狱之灾。但是他的爱国热情和革命意志丝毫不受影响,斗志更为旺盛。他回上海后,继续经营旧书业,开办古今书店,这既是他的谋生手段,也是他从事革命文化活动的一种掩护手段。麦秆投入木刻创作,是受鲁迅先生倡导进步木刻运动的影响。我是鲁迅崇拜者。因此我和麦秆有着说不尽的共同语言。我们的个人交往越来越密切。他结婚时,我做了他的男傧相;我与他的妻妹,十七岁的高中生,有过一段刻骨铭心的初恋经历。这段经历伴随着我和麦秆的深挚友谊,成为我魂牵梦萦终生难忘的记忆。

抗日战争胜利后,为抵制反动美术家协会的控制,麦秆与丁聪、吴作人、郁风、刘开渠等人于1946年组织成立上海美术家协会,他担任常务理事。这个协会的成员不时在麦秆家里碰头,但麦秆并不沉湎于担任什么职位,他说,作为一名美术家,必须靠作品说话。我见到他全身心投入创作劳动,真个是日夜兼程,废寝忘食!他在艺术上突飞猛进,一幅幅作品在他的腕底诞生!

麦秆的木刻作品不断在报刊上发表,在展览会上展出。《饥饿之挣扎》、《老师的早餐》、《当妈妈在教书时》、《报童》、《苏联红军的夜晚》、《喂鸡》、《收稻》、《压场》、《耕田》等陆续问世。《南京万人冢》、《放回来的爸爸》发表,产生强烈反响。后者刻画了一位爱国志士从狱中回家,已被挖去双眼,蒙上白布,面对恐惧的儿子,整个画面突现出极端的悲愤和强烈的控诉!此作传入日本后,日本工会复印30万份,作为反战招贴画,在1950年东京劳动节60万人反战游行队伍中张贴和展示。

在艺术方面,麦秆日趋成熟。我非常佩服他的木刻刀法和线条设置、明暗处理,具有很强的力度和浓郁的"木味",这种风格特别适合于表现变革的激情、压迫的反抗和对崇高理想的弘扬。我有时也对他的创作设计提供参考意见,他很乐于接受。1948年,我翻译的美国诗人惠特曼的诗集《鼓声》即将出版。在美国南北战争时,惠特曼站在拥护北方政府和林肯总统方面,反对维护蓄奴制的南方政府。这一鲜明立场渗透在他的诗里。我翻译出版惠特曼的诗集暗含着支持中国北方延安和西柏坡政权、反对南方的南京政府的寓意。事前,我请麦秆细读我的大量译稿,帮我选出52首诗,这就是《鼓声》的篇目。然后我请麦秆为此书配制木刻,他满口答应。我便和他共同设计为哪些诗篇作插图,怎样构思,表现什么,突出什么。确定之后,他以极快的速度完成了六幅木刻。用于封面和卷首的惠特曼头像是麦秆的杰作之一,它深刻表现了这位美国伟大的民主诗人的精神面貌,那种深沉、睿智和奔放的性格在麦秆的刀锋下展露无余。为惠特曼的诗《向军旗致敬的黑种妇人》所作的木刻插图,画了一位黑奴老妇人,她正在向南北战争中北军的军旗致敬,她面现惊诧、喜悦和感慨;画面上又出现一个黑人小女孩的形象,她正在白人奴隶贩子的追逐下逃跑,这是老妇人回忆自己幼年被抓的情景。这幅木刻无论是构思、构图以及形象刻画,都充分显示了麦秆的艺术功力。其他几幅,如为《双鹰的嬉戏》所作插图,也属于麦秆杰出的作品。《鼓声》出版于1948年秋,受到读者的喜爱。

　　1949年新中国成立,那时我在上海市军管会文艺处做戏剧工作。麦秆还没有固定职业,仍全身心投入木刻创作中。他当然也要考虑生计问题。我曾鼓励他为孩子们创作连环画,因为这种小人书销路较好,能较快地获得报酬。我们有过一次长谈,谈到木刻艺术的倡导者鲁迅和为"连环画"正名的鲁迅。忽然想到,何不为鲁迅小说做木刻插图?或,何不根据鲁迅小说创作木刻连环画?麦秆有一位朋友田青,也建议麦秆根据鲁迅小说做木刻连环画。麦秆说,这主意好极了!几天内,田青、麦秆和我翻阅了鲁迅的许多小说,最后,选定了《呐喊》中的《兔和猫》。《呐喊》是小说集,鲁迅的重要的小说作品收在其中。《兔和猫》是名篇,其实它不太像小说,严格说来是散文,或者是介乎小说和散文之间的作品。我们觉得,《阿Q正传》《药》这类小说,内容复杂,情节曲折,含义深刻,若改编成连环画,不易掌握好,也不易为小读者理解。《兔和猫》情节单纯,写的是动物的故事,改编为连环画,较易掌握,也容易为小读者接受。于是,就干起来。麦秆的木刻创作进度不慢。他深入理解原著,揣摩原著中兔、狗、猫的形象和寓意,并发挥自己的想象,创作了30幅木刻。整部作品的构成是麦秆设计的,我也在一旁做了一点协助。每幅木刻有简略的文字说明,以贯串全部故事的进展。文字由田青起草,最后由我润色。那时没有什么送请审查的麻烦,工作完成后,即将画稿交出版社付印。

这30幅木刻,总体水平很高,有几幅特别精彩。第8幅是:"黑猫得意洋洋地说,哈哈,现在大概是狗要把兔子留给我吃了!"鲁迅原著只写三太太不许狗去咬兔子,没有写猫的心理活动。这幅是麦秆的创意。画中猫蹲着,左前爪按在肚子前,右前爪捋着自己的胡须,一副得意洋洋的姿态,活灵活现,猫的胡须作黑白两个层次的处理,猫这种动物的特点表现突出,构图稳定,黑白对比鲜明,木味强烈。这是一幅非常成功的猫图。又如第21图,背景是兔子洞,三只小白兔正在等待妈妈回来,可是黑黑的背景上出现了猫的贼亮的眼睛和白色的胡须,可怕啊!黑猫入侵兔洞吃掉幼兔的情节,在鲁迅原著中没有正面描写,是"暗场"处理。麦秆即把"镜头"放到洞底,对准洞口,让幼兔和黑猫同时呈现。这是麦秆的又一个创意。猫眼和猫须只用了简单的几刀来表现,一只可怕的黑猫便活现出来,给读者一种恐怖的感觉。白兔的白和黑猫的黑正好形成抗衡,这是运用了木刻的黑白特点,使光明与黑暗的较量油然而生。麦秆还创作了两幅鲁迅向小朋友们讲故事的木刻画,置于这本书的首尾。第一图中鲁迅坐在小凳上,对围坐在面前的小孩们娓娓讲述故事。末尾图中鲁迅已讲完了故事,站了起来,用手抚摸着一个孩子的肩膀,慈祥地告别孩子们。这两幅木刻增添了戏剧性,丰富了麦秆的鲁迅木刻像。麦秆刻的鲁迅像,凭我的记忆,有十幅之多,但大部分是头像,只有这两幅是全身像,而且是在一群孩子们中间。

30幅木刻完成后,麦秆邀我为此书写一篇序。我的《给孩子们(代序)》就这样诞生了。我在"代序"中说:"鲁迅先生是最富有正义感的,他同情和平纯洁的小白兔,反对阴险残忍的猫。《兔和猫》不是一个平常的故事，它告诉我们：应该保卫和平无辜的生命——小白兔，反对阴险残忍的侵略者——猫！"

1949年冬麦秆参加了中国人民解放军第二野战部队，告别上海，开赴大西南，从事文化宣传工作。五十年代初，他复员，受聘于天津美术学院，任教授；但厄运接着来到：1957年他被打成"右派"；"文革"中他受到进一步的迫害。从五十年代到七十年代，他被剥夺了木刻刀和画笔二十三年！他的"右派"问题改正之后，他已到了接近耳顺之年。他为了挽回失去的岁月，奋不顾身地全力投入绘画事业！他遍历名山大川，把祖国的自然风光收入画幅；他深入边疆村寨，把少数民族的风俗人情摄入笔底……

麦秆以深厚的生活基础和丰富的创作经验进行创作，不拘泥于定法，挥洒自如，开拓创新，造型生动，笔致遒劲，笔力凌厉，色彩绚烂。由于他的创作奔放自由，逸兴遄飞，美术界称誉他为"激情画派"。他晚年为天津机场、老干部活动中心、青少年活动中心、边防检查所等绘制大幅壁画和油画，全部为义务劳动，分文不取。他说："画有价，情无价！"为人民群众作画，是他最大的幸福。他的艺术活动涉及版画、油画、国画、水彩、雕塑、瓷画、陶艺、根雕等等，在各个领域都取得了令人瞩目的成就。他的画作被中国、法国、日本等多家美术馆收藏，被国内外多种美术作品集和大型画册选入。

2002年12月5日，麦秆走完了他的人生历程，享年八十二岁。

我的面前放着一本郭辉拿来给我看的《兔和猫》，我看着麦秆的木刻，思念着麦秆的为人。斯人已去，斯物犹存。古希腊哲学家希波克拉底说："时光在飞逝，而艺术永存。"麦秆已随时光的飞逝而离开了我们，但他留给我们的艺术作品，将永存于世间。

痛哭诗友文晓村

顷得台客兄电告,惊悉晓村兄于25日病逝台北,晴天霹雳,使我泪如雨下,泣不可抑。我与晓村以诗会友,结成至交,已逾十载。今年八月复相会于青海湖畔,音容笑貌,仿佛昨日。何期须臾之间,人天两隔耶? 我生于1923年。晓村生于1928年。我痴长于晓村五岁。不意晓村竟先我而去,呜呼痛哉! 泪眼模糊,爰作七律一首,奉呈于晓村之灵前:

> 北韩冰雪经生死,①
> 绿岛笼囚浴凤凰;②
> 河洛少年担国运,③
> 台湾诗笔仰天罡。④
> 葡萄园立三原则,⑤

---

① 文晓村作为志愿军战士,于抗美援朝战争第五次战役中,弹尽粮绝,突围未成,隐居于深山老林,历经严寒酷暑,以野菜充饥,冰霜解渴。为保持中国人之气节,不当汉奸,死不投降。

② 1954年3月,晓村被美军押解台湾。因所谓"思想问题",被台湾当局视为异端,招致在新店大崎脚与绿岛接二连三"感训"、"再感训",只差未被投入大海。

③ 1944年日军侵占豫西,年仅十六之文晓村,热血沸腾,赤脚日行八十里,奔赴抗日游击队,成为少年队员。河洛指黄河与洛水,晓村故乡河南偃师,位于河洛间。

④ 天罡,北斗星。

⑤ 晓村于1962年起任台湾《葡萄园》诗刊总编辑,倡导诗歌"健康、明朗、中国"三原则,影响至巨。

海峡风吹两岸簧;①
高士幽魂惟木讷,②
小灯一盏正归航。③

---

① 自上世纪九十年代以来,晓村不断奔走于海峡两岸间,致力于台湾与大陆诗
歌文化交流活动,厥功甚伟。
② 晓村著有名诗《木讷的灵魂》。
③ 晓村著有名诗《一盏小灯》。

深切的怀念
——纪念上海市文联成立六十周年

上海是我的第二故乡。我出生在常州,幼时曾随父母到上海,后回常州上小学,小学毕业后考入江苏省立上海中学(今上海市上海中学)。从此,我长期住在了上海。

我喜爱文艺,始于上海。我发表的第一首诗、第一篇散文、第一首译诗,都是在上海的报刊上。1946年2月,我在上海秘密加入中国共产党。1949年5月上海解放,7月,从解放区来的文艺工作者和原在国统区的文艺工作者在上海举行"大会师",我参加了这次活动。当时,我与大家一起高唱"解放区的天是明朗的天"、欢呼"共产党万岁"的情景,至今历历在目。

1950年7月上海市文联成立,我参加了成立大会,聆听了夏衍同志的主报告。还听了陈毅市长四个小时的形势报告,心情异常振奋,从此上海的文艺工作者们有了自己的家,那种欢欣鼓舞的心情,难以用语言来表述。

我印象中最为深刻的是解放初期上海文艺工作者们互相帮助、互相鼓励、精诚团结的浓烈气氛。我在上海市军管会文艺处剧艺室工作,受命编辑《人民文化报》的副刊《人民戏剧》,稿件由叶以群同志终审。我每周要到上海中苏友好协会叶以群同志那里送稿,次日取稿。每次他总是和蔼可亲地接待我,给我鼓励和支持。

从1950年春节开始,我在黄源、伊兵同志的领导下负责编辑出版期刊《戏曲报》,得到了上海文艺界朋友们的大力支持。我译《莎士比亚十四行诗集》,是在胡风先生的鼓励下最终完成的,又在刘北汜同志的推荐下得以在1950年由上海文化工作社出版。我的译著《诗歌工作在苏联》也是在文艺界朋友们鼓励下完成的,并于1951年由华东人民出版社出版。 1950年到1952年,我参与组织了上海诗歌工作者联谊会,这个组织也是在市文联和市作协领导下开展活动的。我和诗联的劳辛、沙金、任钧等人通力合作,编辑出版了期刊《人民诗歌》。

1950年,我从市军管会文艺处调到华东文化部。当年10月,我参加了以周信芳同志为团长的华东代表团,赴京出席全国戏曲工作会议。会上,代表团成员听取了周恩来总理的形势报告,心情振奋;同时听取了田汉同志的戏曲工作报告,认真学习,虚心探讨,积极建言。

1952年,我和华东文化部所属新安旅行团的张拓同志去安徽合肥观摩戏曲演出,发现严凤英主演的黄梅戏《天仙配》有很高的艺术水平。回沪以后,我和张拓打报告给华东文化部领导,建议调演。时任华东局宣传部副部长的黄源同志和华东文化部副部长彭柏山同志十分重视,经研究后批准调《天仙配》到上海公演,一炮打响。《天仙配》此后又被搬上银幕,由石挥导演,轰动全国。当时,像这样的调演活动很多,有的是华东文化部举办,有的是在市文化局和市文联的协助下进行的。那时的文艺工作者工作用心,待人至诚,大家十分团结,取得了显著的成绩。

1953年我奉调北京,与上海文艺界的许多朋友始终保持着联系,关注他们的活动。每次想到他们,我的心中总是充满了亲切感。 只是后来的事态发展令人悲伤。石挥在反右运动中自杀身亡。黄源被打成右派,沉沦二十几年。在"文革"中,彭柏山被活活打死。叶以群自杀身亡。严凤英自杀身亡。周信芳被迫害致死。田汉死于囚禁之中。伊兵被迫害致死。胡风的遭遇,更为文艺界所知悉。在纪念上海市文联成立六十周年之际,我们深切怀念这些同志们,并衷心希望这样的悲剧永不重演。

2010年春

第 八 辑

少作留痕——镜子照影

译 诗 杂 谈 （一）

当年张若谷连被一嘘的资格都没有。可是这反而害得他日后跋扈，非得王任叔来收拾不可了。所以，如果游刃有余，那么对张若谷之流嘘这么一嘘，是多少有点益处的。

至于忽然想到了李岳南先生，倒是近来的事。

去年一个下午，看完了李岳南先生的译诗集《小夜曲》。李先生在他的另一本创作诗集《午夜的诗祭》里说过："当你要给诗穿上件美丽的外衣时，不要忘掉给予他一个美丽的灵魂。"而《小夜曲》中的诗，虽然选得杂乱无章，虽然是从梁遇春先生的《英国诗歌选》中剽窃而来，至少那些诗的原作是可以算"有美的灵魂"的罢，可惜李先生把它们严重地侮辱了一番，然后将书本的装潢弄得十分媚人，这，大概就是所谓"给穿上件美丽的外衣"了。

北新自修英文丛刊之一的梁遇春先生的《英国诗歌选》（1931年北新书局版），是英汉对照，虽然是用散文译出，译笔却自有独到的地方。选诗标准，虽大体根据英国派尔格雷夫的《诗选》（Palgrave's *Golden Treasury*），但在现代诗的选择上却有独到的目光；编排也根据年代次序。卷首并附有梁先生写的《谈英国诗歌》的序言，相当扼要简明，确是初学英国诗歌者的一本好书。（虽然也不免几处小错，如济慈（Keats）的《希腊皿颂》中就有译错的地方。①然而梁先生殁后多年,居然有人利用英汉对照的便利,把《英国诗歌选》做蓝本而作"造书的艺术"(语见厄尔文W.Irving《附掌录》)了。《小夜曲》避重就轻,从《谈英国诗歌》造出了一篇反而草率粗劣的《英国诗歌的递嬗》,放在卷首,散文翻译改成了分行,把编排次序搅乱了一通,而目录里又不注明作者姓名,古民谣放在近代作家的作品之后,使读者糊涂一下;另外添了一二篇从《高中英文读本》里译出来的,以及苏曼殊曾经选过的,乃蔚为大观,加上毫无鉴赏能力的"云远兄"的"鼓励",便出而问世了。

不错,鲁迅先生说过,翻译不是订婚,而且"非有复译不可",那么李先生的"复译",自然理直气壮。鲁迅先生还加上一句:"倘使后来的译者自己觉得可以译的更好……"于是我们就懂得,李先生原来觉得自己可以译得更好。但我们发觉李先生连初中程度的英文文法还没有弄清楚,他把指"火焰"(flames)的"它们"(因为"火焰"是用的复数they)译作"人们",把名词"壮丽"当作形容词"辉煌的",把形容词"野狂的"(wild)当作名词"旷地",把古式第二人称的连接动词(linking verb)"是"(art)当作名词"艺术品",把"常常"(oft)译成"离开这里"(误看作off),把"包围"译成"打捞"……以及因此而牵连出来的一切笑话和其他错误,为不多浪费笔墨,也不一一赘述了,因为这已经足够说明。至于文句欠佳,即涉及"达""雅",以后再谈。而我们的结论呢,是:《小夜曲》似乎并非"非有不可"的"复译"。

于是想到了中国的译诗界。

李唯建有一本《英国近代诗歌选译》(中华书局版),一路看下

---

① 济慈的《希腊瓯颂》(Ode on a Grecian Urn)第二诗节第四行原文为"Pipe to the spirit ditties of no tone",乃诗人对古瓯(皿)所说的话:"吹吧,对心灵吹奏出无音的歌调。"这里原文中的 to the spirit(对心灵)是插入的片语,如果照常例排列,应为"Pipe ditties of no tone to the spirit"。但是梁遇春没有看出,以为 spirit 是形容词,形容 ditties 的,于是译作"心调",而整个这一行也就译成"吹出无音的心调"了。但不知梁先生如何理解那个 to?

去,倒挺不错,我尤爱阿诺尔德(M.Arnold)的一首《杜佛海峡》,经他这么一译,神采奕奕,妙不可言。但李唯建把糟粕也一同放了进去,当他交给我们吉伯龄(R.Kipling)的最有名的帝国主义精神之最高表现的那首《颂诗》(Recessional)时,他完全慌乱了,他译错了十一处地方,还把其中最难解的一个诗节删去。纵白踪译华滋华斯(Wordsworth)的《水仙》时把银河译成"乳色的道路",固然已有鲁迅先生对赵景深译柴霍甫小说中相同的指责,但我以为"乳色的道路"正保存了原文的"暗喻"之妙。胡适之译林赛夫人(Lady Lindsay)的《老洛宾格来》时把"丈夫"(goodman)硬译成"好人儿"。胡仲持在他所译的马西的《世界文学史话》中把勃朗宁夫人(E.B.Browning)的十四行诗译成了十三行。方然译雪莱(Shelley)的《解放了的普罗米修斯》时把"哀哉!"(Ah me!)硬译成"呵,我!"邹获帆译蒲宁的《亚麻》时把坐在坟墓上的死神老太婆放到了路上,把坟墓"萨伏"凭空改成了少女的名字"莎菲亚",并且让她坐在坟墓上。朱湘的《番石榴集》(商务印书馆版)有一个惊人的目录,一看内容却就叫人摇头:比如济慈的一首《圣亚尼节之夕》,题目就译错(应该是"前夕"①),而每一节中都可以找出一个至四五个错误来;又如奥马克耶(Omar Khayyam)的《鲁拜集》,他拣选了其中最难解的几首译出一团糟给中国的读者,鲜明的例子就是《禁宴月份》的英文波斯音译被他硬译成一个市场的专有名词。但我猜想,《番石榴集》恐怕是朱湘生前的未定稿,好事者在他死后拿来出版了,所以是可以原谅的。高寒先生译惠特曼诗集《大路之歌》1947年读书出版社版,单以其中《开拓者哟!》一诗而论,即已错误连篇,比如作为新大陆上的人的惠特曼问旧大陆上的人是否倦了,"在海

---

① 济慈这首诗的原题为 The Eve of St. Agnes。Eve 自然是"夕",但也是"前夕"。比如 New Year's Eve 就不是"新年之夕"而是"大除夕"。济慈的这首诗的题目应该译为《圣亚尼节前夕》。

洋的那边?"高寒先生译成"……对于海外很倦怠了吗?"把"别的土地上的穿着尸衣的诗人们"译成"包裹着异地的尸衣",把"附近"(nigh)译成"夜"(误看作 night)……不一而足。即以郭沫若先生的学力来译《鲁拜集》(1930年光华书局版),并经"闻君"(不知道是否一多先生?)校正,也不免有译错的地方,比如这样的一句:"但愿荒漠能呈现一闪泉水……"因为原诗由于语气与韵脚关系而颠倒排列的缘故,郭先生就没有看清楚而译成了"但只愿那'有流泉的荒漠'……"这,真要如林语堂叹"甚矣乎译事之难也"了。至于译音,我也有很多可以饶舌的地方:韩侍桁把蓝姆(Lamb)译成"蓝伯",把"董·旺"(Don Juan)译成"董·荃",袁水拍把德莱顿(或德赖伊顿)(Dryden)译成"德里顿"……但译音终究是没有多大关系的,主要还在于初步的"信",而后问其"达""雅"。——我们把"信"解作在意义上译得没有错误;"达"解作通畅易解;"雅"解作与原作精神吻合或竟有译者的创造性。

袁水拍译彭斯(Burns),做到了"达","雅"还不够。(见1947年星群出版社版《我的心呀,在高原》)①戴望舒译波德莱尔

---

① 彭斯有一首诗《一朵红红的玫瑰》,其第三诗节末行原文为"While the sand o' life shall run"(o'=of),大意谓:"只要当生命之沙不断奔流的时候"。袁水拍可能想:"生命之沙"是什么东西呢? 大概是路上的沙土,于是把这一行译成"直到生命的路程走完"。这整个诗节,按袁水拍的译文,是这样的:

> 直到所有的海洋枯干,我的心爱,
> 直到岩石在太阳下腐烂;
> 我要一直爱你,我的心爱,
> 直到生命的路程走完。

这前两行正如中国人的说法:海枯石烂,此情不渝。为什么说海枯石烂? 就因为海不会枯,石不易烂。而末行的译文,等于说"我爱你到死"即死后就不爱你了。但是,诗人死后,海仍未枯,石还未烂。这就产生了矛盾。问题在于"生命之沙"不是"生命的路程"。While…run也不是"直到……走完"。袁先生也许会说:我这"生命的路程"中的生命不是狭义的,而是广义的。不过,恐怕袁先生没有弄清那个"沙"究竟是什么东西。古代,钟表尚(接下页)

（Baudlaire），只有几首，如《那赤心的女仆》（这首译诗可惜初次发表在不妥当的地方②）"达"而又"雅"，而且保存原作的格律，可谓上品；但他拘泥于保存原作格律，有几首，如《枭鸟》，就不知所云，首先不"达"。周煦良译霍斯曼（Housman），"雅"则"雅"矣，但有时把徐志摩的油滑放进了霍斯曼的忧郁，格格不入。梁宗岱译梵乐希（Valery）的《水仙辞》，放上一大堆自以为绮丽的辞藻，把梵乐希的古典的幽美变成了妓女脸上的脂粉。……

这些都是随手拈来的例子，而且我的阅读范围也很小。但总之，中国的译诗界，单从翻译的技术方面来看，还存在着很多问题，是真的。至于选择的标准，介绍的缓急——比如不久以前就有人讨论过波德莱尔应该零售还是应该批发，或根本该不该介绍——以及"只有诗人才能翻译诗"等问题，只得慢慢再谈了。

原载1947年11月12日　上海《大公报》

（此文都是当时的观点，有的正确，有的错误，也有幼稚和狂妄。不加改动，以存原貌。作者2010年12月注。）

（接上页）未发明，我国有"夜漏"，用以计时。外国有一种"沙漏"，用以计时，即是两个玻璃球连结起来如葫芦，联结处的腰部极细，球内贮细沙，沙从上球流入下球，需时若干，流完后将葫芦倒置，沙又从上球流入下球，所需之时间相等，于是得以计时。"生活之沙"即指此种细沙，也就是指时间。因此那诗的最后一行的意思就是："我 始终爱你，只要时间不终止。"这样，矛盾不存在了，而且诗的意义还有发展，因为即使海枯了石烂了，时间还不会终止。附带说明，彭斯时代，钟表早已发明，他这样写是有意"好古"吧。

②　不妥当的地方指当年上海出版的敌伪报纸《新申报》。

（以上注释据当年手稿补。）

译 诗 杂 谈（二）

　　我看到梵高（Van Gogh）的一幅播种者的画，那粗犷狂放的作风，使我确信它是梵高自己的作品。但一看标题，是临摹米叶（Milet）的《播种者》的，这才使我恍然忆起米叶的原作来。但我为什么不能一开始就认出来呢？因为，梵高的这幅画除轮廓构图外，并不曾留下一丝米叶的影子。相同的例子在音乐上更普遍：一件作品，比如悲多芬的 D 大调小提琴协奏曲（Beethoven's Violin Concerto in D major）吧，萨拉萨推（Sarasate）奏来使人血液沸腾，伊萨伊（Ysaye）奏来催眠了听众，克莱斯勒（Kreisler）奏来使人神往于一种清醒的声音底华彩中。——实在，每一个演奏家，都有他对于作品的独特的表现法。

　　我的联想，于是跃进了文学上的翻译——尤其是诗歌的翻译的领域：不论译者如何努力地忠于原作，他的译作与原作之间必然地有距离。这距离是基于译者与作者在意识上的距离，也就是生活上的距离。

　　英国在十六世纪末十七世纪初有一位体面的乡绅德鲁蒙先生（William Drumond of Hawthornden），他发表了很多诗，一时赢得了"大诗人"的称号。直到二十世纪初，才有一位卡斯纳（Kastner）教授发现了他原来是一个可耻的剽窃家，他的十四行诗中至少有四分之三是从法国和意大利的诗人那儿偷译过来的，而他自己从来没有承认过。这一发现之所以这样迟,倒不完全是学术界的疏忽,而是:德鲁蒙的"诗"虽然是从别人那儿偷过来的,但无论如何,已经是德鲁蒙"译"过的东西了,于是读者的眼睛便被蒙蔽了三百年。

再举个有名的例罢:那单纯、真实、朴质,然而堂皇、伟大的荷马史诗,一到假古典主义者普卜(Pope)的手里,便被译成了绮丽、夸张、做作、充满了宫廷艺术的繁琐气息的排偶堆砌了。只有在生活上,因此也在意识上,和法国颓废诗人魏伦(Verlaine)非常相近的英国诗人道生(Dowson)才能把魏伦的诗译成另一种文字的真正颓废主义的诗。

因此,市侩徐志摩即使要"唯美",也唯美不出什么来,要"颓废",也颓废不出什么来。不论他怎样介绍波德莱尔(Baudelaire)、翻译济慈(Keats),到头来还是一个市侩。半殖民地的文化商人傅东华尽管一会儿译虎德(Hood),一会儿译密尔顿(Milton),总跳不出俚俗的圈子。代表英国十七世纪的革命的资产阶级的密尔顿,把他那时代的清教精神结晶而为伟大的《失乐园》。然而这庄严坚贞的史诗被傅东华用表达我们半封建半殖民地落后民众的意识形态的小调形式翻译过来了,这不伦不类是令人啼笑皆非的。英国产业革命后,手工业遇到了空前的厄运,封建制度末期的一部分小康的手工业者遂逐渐沦入无产阶级,英国十九世纪的人民诗人虎德就唱出了他的《布衫之歌》,为伦敦的缝衣妇的悲惨的命运向世界做凄切的控诉;可是这沉痛的呼声不幸又为傅东华的小调形式所强奸了。

那么,如果译者并不和作者属于同一社会阶层或阶级,如果译者根本没有和作者相同的生活(其实这倒正是一般情形),是不是他就不能做翻译工作了呢?绝不!即使在创作上,鲁迅先生也曾说过:

作者写出创作来,对于其中的事情,虽然不必亲经过,最好是经历过。诘难者问:那么,写杀人最好是自己杀过人,写妓女还得去卖淫么?答曰:不然。我所谓经历,是所遇,所见,所闻,并不一定是所作……

——《鲁迅全集》第六卷第二二四页

那么翻译自然就更可放宽了,译一篇写杀人和妓女的作品,就更不必亲自去杀人和卖淫,原作中所写,也不一定必须是译者之"所遇,所见,所闻"。但,要译得好,译者必须有和作者在精神上的沟通,也就是说,译者必须能深切体验作者的创作情绪,虽然这"体验"是从生活的深度而不是广度上出发的。所谓"只有诗人才能译诗",大概也就是这一条的另一种说法罢。这帮助我们理解为什么袁水拍译霍斯曼(Housman)并不比他译阿拉贡(Aragon)更坏。

当译者用全身心拥抱原作的时候,更当译者的主观精神征服了原作的时候,他可以产生与原作同样成功或更胜于原作的译作。波德莱尔是这样地译了坡(Poe),西蒙斯(Symons)是这样地译了波德莱尔,费支吉罗(Fitzgerald)是这样地译了峨默客耶(Omar Khayyam),而且有一个更辉煌的成绩。

可是在中国,我们难于找到这样的例子。而在我所找到的极少数的这样的例子中的一个,是诗人绿原所译桑德堡(Sandburg)的《给萧斯塔可维契(Dmitri Shostakovich)的信》。卡尔所说诗歌不容于资本主义的话,在美国有了有力的证实。即使是工农出身,诗人桑德堡并不能脱去趣味的卖弄和迎合,使真正的诗歌正常地苗长。只有当美国和全世界进步人民携手作反法西斯的战争的时候,也就是当美国在最进步的时候,桑德堡才唱出了真正代表美国人民的歌声,那最辉煌的例子,就是《给萧斯塔可维契的信》。但这首诗终究是桑德堡写的,读起来总觉得它还带有市侩语调,如果把它和世界上最进步的人民的歌声比较起来,依然有着相当的距离。而这距离,终于被绿原的翻译消除了。在绿原的译文中,那原作中的可厌的语调一变而为庄严的节奏。我们在这首译诗中所听见的,已不是桑德堡而是中国人民向新社会的灵魂的表达者——作曲家萧斯塔可维契的欢呼了。

另一个例子,是鲁迅先生所译雪莱(Shelley)的《寄西风之歌》。这首诗附在鲁迅先生所译厨川白村的《苦闷的象征》一书中,虽然鲁迅先生在该书《引言》中说,在英文方面得到了许季黻(即寿裳)君的许多帮助,但这首译诗是由鲁迅先生执笔并订定是没有疑问的。可惜厨川白村在书中没有完全引录它,所以鲁迅先生也没有把它完全译出,但这首诗的被引录的最末一节也就是最精彩的一节是被译出了:

> 在宇宙上驰出我的死的思想去,
> 如干枯的树叶,来鼓舞新的诞生!
> 而且,仗这诗的咒文,
> 从不灭的炉中,撒出灰和火星似的
> 向人间撒出我的许多言语!
> 经过了我的口唇,向不醒的世界
> 去作预言的喇叭罢! 啊,风呵,
> 如果冬天到了,春天还会远么?
>
> ——《鲁迅全集》第十三卷第一○三页

雪莱的这首诗,中文译者极多,但我从没有读到别人所译的能像读鲁迅先生所译的那样被感动。读《寄西风之歌》的原作时,我们但觉这英国十九世纪初叶的空想的社会主义者的短命诗人即使在用暴风雨一般的诗节预言一个新社会的来到的时候,也仍然脱

不掉他那"爱丽儿"（Ariel）式的浪漫空灵的气质；然而一旦从鲁迅
先生的手中滤过来之后，就变得着实，雄健，深沉了。译文中没有
一处不"信"，也没有一个多余的字；它并不拘泥于依原作的押韵法
押韵，然而我们听到了一种更宏浑的音乐。这是译诗的奇迹，也是
鲁迅先生的现实主义拥抱了雪莱的浪漫主义后所产生的光芒四射
的结晶物；虽然，鲁迅先生自己也许并没有意识到这一点。

最后我于是想到：去年某报副刊上有人提议命令博学的周逆
作人在狱中翻译古希腊诗歌以赎其罪，实在是荒唐之至的。我问：
叫一只狗来说人话，行吗？

原载 1947 年 12 月　上海《大公报》

（此文均为当时的观点，有的正确，有的错误，也有幼稚和狂妄。不
加改动，以存原貌。作者 2010 年 12 月注。）

谈闻一多与辜勒律己

　　曹未风先生在四月十日《文汇报·笔会》上发表的文学杂谈之一的《辜勒律己与闻一多》文中把闻一多先生比作英国的辜勒律己（S.T.Coleridge），其出发点是辜勒律己培养了十九世纪英国的浪漫文学，闻一多则培养了中国的现代文学，曹先生说：

　　"大凡一种文学运动的成长过程，不只需要良好的作品，也还需要坚定的领导人物，……在英国十九世纪浪漫主义文学运动里，我们有辜勒律己，没有他，英国十九世纪浪漫文学是绝不会那样灿烂的……"

　　"在中国的现代文学运动里，我们则有闻一多……"

　　是的，一个文学运动的成长，固然是决定于社会，但相对说来，个人的领导也是不可忽略的因素；不过，把十九世纪英国浪漫主义文学运动的"领导"地位给予辜勒律己之是否适当，我们已经有些怀疑——因为，拜仑（Byron）虽然领导了十九世纪的欧洲浪漫主义文学运动，在英国本国实在找不出一个适当的领导来，辜勒律己对于英国浪漫主义文学的贡献并非独一无二的——而中国现代文学运动的领导，则明明有鲁迅先生的地位在。固然，曹先生所指者是闻一多在新月诗派中所起的作用，但新月诗派根本是中国政治低潮时期的买办文学，并且也不曾对中国现代文学起过什么决定性的领导作用。

　　然而有趣的,是把闻一多比之于辜勒律己。这两位诗人究竟
在哪一点上相同呢? 我想,如果把其中之一的思想过程倒置过来,
那么,两位诗人倒是大体相同的。

　　要了解这两位诗人,必须了解他们的时代。辜勒律己所处的,
正是在卢骚(Rousseau),福录特尔(Voltaire),旋风一样的夏多勃里
安(Chateaubriand)和跟着爆发在1789年的法国大革命的时代。"人
权宣言"的发表,使欧洲向一个新的纪元翘首,法国的工农阶级与
布尔乔亚成立了联合阵线,向封建制度喊出了反抗的口号,雅谷宾
主义蔓延了欧洲大陆,革命获得了国外的普遍同情,普卜(A.Pope)
在英国最后的古典主义的壁垒宣告崩溃,欧洲的浪漫主义文学便
应运而生。年轻的辜勒律己,本来就有到美洲去建立他称之为乌
托邦的空想,这时当然不会沉默,在他的《法兰西———一首短诗》一
诗中,他向一切自由的并将永远自由的云,海涛,森林,太阳和天空
召唤,然后宣言道:

> 不论你们在什么地方,给我作证明:
> 我是用多么深的崇敬永远爱着
> 那最神圣的自由底精神的。

他还喊道:

> 难道只有法兰西能踢走一个暴君?
> 只有她能够夸耀在你自由底保护之下?

　　显然,他的同情是放在革命者一方面的,在这样轰轰烈烈的日
子里,本来是敏感的诗人的脉搏不会不跟时代合拍。

　　然而反观我国的闻一多呢,却完全不同了。作为诗人的闻一

多之出现在中国现代文坛上的时候,正是1926年中国大革命的前
后。先是民族革命的辛亥革命,然后是普罗列塔利亚和民族布尔
乔亚联合阵线的反帝反封建的大革命,接着是布尔乔亚获得政权,
中途妥协,出卖革命,中国的半封建半殖民地的命运遂得以延长。
这时期反映在文学上的,先是以《新青年》杂志为中心的白话文运
动——"五四",然后是以创造社为中心的浪漫主义——"五卅",接
着是大革命的失败,买办阶级的新风花雪月主义的新月诗派乘势
抬头,其他零零碎碎的什么颓废主义,象征主义,民族主义以及面
孔变得很严正的"第三种人"也顺便跋扈,而纵观这一时期的文学
上的主流,则为以鲁迅先生为中心的现实主义。闻一多这时作为
新月诗派的健将出现在文坛上了。当诗人郭沫若写了"女神",颂
赞了"匪徒",歌唱了惠特曼,参加了大革命以至于流亡海外的时
候,当现实主义者的巨人鲁迅先生用诗与政论的结合体的杂文(雪
峰语)作为短枪向人民的敌人投去的时候,诗人闻一多在标榜"为
艺术而艺术",他歌唱"死水",把"一沟绝望的死水"说得富丽矞皇,
他歌唱芝加哥的公园秋色,他歌唱维纳斯的肉体美……在一首题
作《剑匣》的较长的诗中,他说:

> 在生命底大激战中,
> 我曾是一名盖世的骁将。
> 然而当他一旦走到四面楚歌的末路时,
> ……我有这绝岛作堡垒,
> 可以永远驻扎我败退的心兵。

这逃避现实的"绝岛",就是艺术。他在这绝岛上,用海树珊瑚,含
胎的老蚌,奇怪的彩石,玛瑙,玫瑰玉,蓝琉璃……精心地镶在他的
剑匣上,他"根据每个梦的蓝本","镶成各种光怪陆离的图画",他

日以继夜地工作着,直到"大功告成",于是他不转睛地赏看着自己的作品,沉入自我陶醉的欢喜的极致里:

> 哦! 我看到肺脏忘了呼吸,
> 血液忘了流驶,
> 看到眼睛忘了看了。
> 哦! 我自杀了!
> 我用自制的剑匣自杀了!
> 哦哦! 我的大功告成了!

　　是的,他的大功告成了,就是说,他的艺术至上主义完成了。

　　我们再回到辜勒律己和他的时代,看是什么情形:先是法国的资产阶级反叛了革命,和贵族共同联结国外的封建势力向法兰西共和国进攻。而英国的资产阶级在首相毕脱(W.Pitt)的领导之下也开始对国内的自由思想采取严厉的措置了,接着是对法国的战争,"爱祖国"的口号被提了起来。这时的辜勒律己呢,和华滋华斯(Wordsworth)和塞西(R.Southey)一样,叛变了。他对祖国的主子们谄媚道:

> 在我的灵魂里,没有一个情感和具形
> 不是从我们的祖国借来的。

或者是这样的称呼英国:

> 世界上的希望全在你一身。

　　在《献给自由的十四行诗》中,他又对滑铁卢之战极尽夸赞之能事……当他的同国的两位更伟大的诗人预言家,拜伦和雪莱(Shelley),被这他所颂赞的祖国放逐了的时候,辜勒律己尽管建立了有价值的文艺批评和开拓了现代内省心理学,但在总的方面说来,他终究逐渐变成资产阶级统治者的强有力的辩论人了。

回顾我国的闻一多呢,他却在抗日战争的过程中接受了现实的教训而进步了。这时期,是日本帝国主义向中国人民的疯狂大进攻,中国人民的空前大团结,向侵略者反击。而闻一多在周作人投伪,胡适之做官的时候,变成了民主的堡垒,加入民盟,参加实际工作,成了一个勇敢的真正的战士。他完全否定了他过去的艺术见解,他抛掉了陈梦家,赞扬田间,称田间的诗为鼓的声音,他说他以前之参加新月诗派,把鲁迅当作敌人是他终生的遗憾,他说他誓将向鲁迅学习,他拒绝美国大学的讲学的聘请,说中国需要他……直到抗战惨胜,中国的买办阶级们出卖人民的胜利成果而与美帝国主义合谋向中国人民进攻的时候,闻一多的民主的号召的声音响彻了全国,也因此而遭到了卑劣的手段的暗杀了。

从这里的比较来看,区别是明显的:辜勒律己是从法国大革命的阵营中逃出来向获得了政权的英国资产阶级投降,闻一多是从中国的封建买办的反动统治阶级的阵营中走出来向革命的人民握手。曹未风先生不从社会的递嬗去比较这两位诗人的思想变迁,单从共同作为一种文学运动的领导者这一可疑的事实上硬拉他们在一起,恐怕是不很自然的吧?

历史是残酷的,因此,其教训也是切实的。我们可以忽略历史,历史可决不会忽略我们呵。

原载1947年4月11日　上海《文汇报》

论"眼不见为净"主义

如果是一个疏忽的母亲在她的"忤逆"的女儿跟情人私奔之后忿忿然地说:"这种女儿跟在身边也惹气,还不如滚了好,眼不见为净!"则万不可信她为真正的"眼不见为净"主义者,因为,明显地,她说这话的时候是在她女儿溜掉了以后;所以,她只是利用那句话来使自己有面子或只是表示出她的带有点愤懑的自暴自弃而已。

而真正的"眼不见为净"主义者,必须在行动的方式上是积极的,勇敢的。他必须在一见社会上或人与人的关系间任何卑鄙,无耻,惨酷,残忍的景象或事实时立刻积极地,勇敢地闭上了他们的眼睛。

然而,耻莫大焉。原来在这行动的方式的大勇之下,那行动的本质正决定了他乃是一个大懦怯者,大消极者。而这勇敢与懦怯或积极与消极在程度上是成正比例的。

不过还有一种人,见了任何不堪的事实,并不感到异样;不但依然睁着眼,或竟不免还有欣赏的心情,或者,自己根本就是那些事实的制造者之一。这种人,我们无以名之,名之曰"它们"。

真正的"眼不见为净"主义者较"它们"为进步,这进步与改良平剧演出时之不允便衣茶房提壶登场及不允后台的西装职员在前台走进走出是差不多的。

然而只有"真的猛士"才不被淘汰。虽然他与"它们"有着同样不闭眼睛的态度,但若解释"真的猛士"为止乎"敢于正视淋漓的鲜血,敢于直面惨淡的人生"的人,是断章取义,错误的。他在行动的方式上与"眼不见为净"主义者同样或更勇敢,而其行动的方向是与之绝对相反的,后者是勇于立刻闭眼,而前者是在"正视","直面"之后勇于立刻挣扎,奋斗,改革,并且创造——这,其实也就是"真的猛士"与"它们"在不闭眼的"相同"之下的大"不同"。

只有"真的猛士"是有前途的。

原载1946年　上海《时代日报》

说　死

中国人是以"身体发肤,受之父母,不敢毁伤"为教训的,但又因为始终不曾发明木乃伊的药料,致令死后只得喂给蛆虫,这时到底还算不算"毁伤",是可以不问的了。然而又说,"战阵无勇非孝也",那么最好是沙场上奋勇非凡,却有一种神力,使身体不受丝毫损伤,于是做定了"孝子"。可是这又良难,因为义和拳"匪"虽曾自称刀枪不入,结果却是白白送死。所以这真使有志为"孝子"者心灰意懒了,但如果他听了对于战死沙场者的颂赞而误以为中国人不要"孝"了,却又大大失算,因为他于是被人称为迂腐。

乐正子春述曾子闻诸夫子之说云:"天之所生,地之所养,无人为大。父母全而生之,子全而归之,可谓孝矣。不亏其体,不辱其身,可谓全矣。"然而病死床上,发肤没有毁伤,就是"全而归之"了吗?假如你去称他的体重,就可以知道他实在已经是一个皮囊,远不如"马革裹尸"的结实了,其中不是烂得精光的肺,就是肿大了两倍的心,似乎也并不见得怎样"不亏其体"。所以马援就要选择后一种死法了。但一旦病菌小姐爱上了你,则你无论有多大的志愿,也只好遗恨以终:济慈即使忽而雄心勃发,要跟拜仑去从军,也逃不了终于给肺结核杀死在罗马的命运;而且即使拜仑,也并不是跟裴多斐一样的死在敌人的枪尖下的,虽然他参加了希腊的独立革命,却是出师未捷身先死,病殁在军中的。

那么这就是宿命的悲剧了？那也并不。首先，你以为徐志摩的"挟飞仙以遨游"或李太白的"抱明月而长终"是富于"诗意"的了，但倘使有谁敢描述一下从飞机残骸里拖出来的焦头烂额的尸首或河里捞上来的全身肿胀的浮尸，就要被骂为"俗不堪耐"，只是事实终究是事实，不论你是怎样死的，最后都是一样。其次，我以为专门在死的方式上斤斤计较，实在也大可不必。死，还有它的更大的意义，不过"泰山""鸿毛"的论调却不能称为允当，因为罗斯福的死与希特勒的死(？)恐怕都可以歪说是"有重于泰山"的罢，但前者虽使美国独占资本的势力迅速抬头，后者却加速了纳粹德国的崩溃。

至于自杀呢，那么你是可以选择它的方式的了。芥川龙之介在自杀前作种种周详的研究、选择和准备，简直把自杀当作艺术来处理，但仰药总不免派头太小之讥，即使是玛牙考夫斯基，也仍然是在房间里下功夫，远没有在华龙岩上跃崖的滕村操来得放逸而悲壮。然而自杀究竟是不足训的，虽然鲁迅先生说，"自杀其实是不很容易，绝没有我们不预备自杀的人们所藐视的那么轻而易举的。倘有谁以为容易么，那么，你倒试试看！"但这话是对"凡有谁自杀了现在总要受一通强毅的评论家的呵斥"而发的，所以，我还是劝大家不要试。

要是被处死刑呢？那么绞刑架比断头台森严，卫生丸比无声手枪嘹亮，凌迟、腰斩、大劈，没有剥皮来得"浑身清凉"。当然，死囚是没有选择的权利的，但高尔基说，"如果我注定要在火里烧死，或是在湖海里淹死，——那末，我竭力愿意选择第一个死法——总是比较有趣些。"不论高尔基的"有趣"的意思是什么，我们总觉得死在热烈的红色的火焰里比之于死在冰冷的灰色的湖海里到底是一种较为"伟美的壮观"。

死后，一般人是希望有一个墓，也有人以为死了就算了，尸体随便怎样处置都可以。然而柔石,白莽,胡也频……的血肉给龙华的桃花准备下肥沃的土壤,只增加了少爷小姐们春游的豪兴罢了,死者们是不能瞑目的,虽然也因此向世界证明了中国的统治者的凶残,不能算是百分之百的白死。鲁迅先生说,"假使我的血肉该喂动物,我情愿喂狮虎鹰隼,却一点儿也不给癞皮狗们吃,养肥了狮虎鹰隼,他们在天空,岩角,大漠,丛莽里是伟美的壮观,捕来放在动物园里,打死制成标本,也令人看了神旺,消去鄙吝的心。但养肥了一群癞皮狗,只会乱钻,乱叫,可多么讨厌!"是的,先生的躯壳虽然算是埋葬在虹桥公墓里,但先生数十年来用生命换来的工作成果,却遗留下来给我们年轻的一代滋养着,谁说我们将来不是狮虎鹰隼呢!

原载1947年6月　上海《联合晚报》

贺　　辞

恭喜我们的纪德先生！

见报载斯得哥尔摩的评判员，今年决定了赏纪德一笔钱，接着，又在报章杂志上看到，东也纪德，西也纪德，引得我颇感有趣，乃决定来凑趣，曰：鲁迅先生在《又论"第三种人"》一文中曾经肯定地说"不可以说纪德是'第三种人'"，因为那时——1936年——纪德曾在法国革命文艺家协会中发表拥护苏联的演说，证实了戴望舒称纪德为"第三种人"的说法为荒谬不经。而不旋踵，纪德从"苏联归来"，把他对"昨日之友"的诽谤与诬蔑让法西斯政客来喝彩了。这时的纪德，自然更不是"第三种人"，因为"第三种人"其实并不存在。本来，他对苏联的拥护是从布尔乔亚的个人主义出发的，他不满于布尔乔亚社会的腐化与堕落，于是有对社会主义社会的向往和憧憬。然而这只在幻想中存在，一碰到真正的社会主义社会，就粉碎了。

今年他得了赏钱之后，发表《我的感想》云："……无论左翼也好，右翼也好，他们都主张使他们的威胁异己的力量，愈趋于坚强。为了实行他们的主张，似乎不惜行使残忍的暴力。如此看来，那么我们的文化，总之，凡我们最心爱的，我们为了它而生存着的，予我们以人生价值的，这一切都已濒于没落的危境，我不得不为此寒心。"（见《大公报》《文艺》栏载朱定裕译纪德《我的感想》）这副维护西欧文化的苦心样子,倒是悲天悯人得赚人热泪的。但我们且不谈纪德所谓"我们的文化"在今日早已成为布尔乔亚的堕落的文化,我们只要问:究竟是谁在"威胁异己……为了实行他们的主张,似乎不惜行使残忍的暴力"呢?事实是摆明的,不过纪德先生大概有目疾,同时,他的被"批评家"们所称颂的"良心"又不允许他说出老实话来。但,当然,他也不会说"威胁异己……不惜行使残忍的暴力"的只是"左翼"的,因为这太露骨了,只有那种笼统的说法,才"收效最宏";这于是证明了外国也有相当于自称为"第三种人"的伎俩,而其实"第三种人"并不存在。

到了这里,我们不得不想到他的另一个更伟大的同国人——大勇者罗曼罗兰了。和纪德一样,他也是出身于小布尔乔亚,但他在1935年赴苏联与高尔基会晤后所发表的纪念文字,即更加证明了他乃是普罗列塔利亚真正的友军。我想,罗曼罗兰对纪德从"苏联归来"的评语是深切的,也是悲愤的,那就是:"丧尽天良!"现在,伟人不寿,只有让"西欧文化的代表者"(!)拿赏钱的事件来"轰动文坛"了。

原载1947年12月20日　上海《时代日报》

(此文是当时的观点,不加改动以存原貌。作者2010年12月注。)

编 余 小 识

　　《诗爱者的自白——屠岸的散文和散文诗》出版于1999年11月;《诗论·文论·剧论——屠岸文艺评论集》出版于2004年1月。两书的出版距今已有十一年和七年。这些年来,又写了一些评论和散文,其中一部分是为他人的著作写的序或前言,还有一些评论或随笔,是书信形式。算来也有一百十余篇了,为防散失,把这些文章集中起来,加以编定,再印成一本书,名曰《霜降文存》。这些文章按内容大致分为八辑:辑一·人类不灭,诗歌不亡;辑二·悲欣交集;辑三·从心所欲不逾矩;辑四·人性之光的喷涌;辑五·不灭的生命之火;辑六·既是历史,又是文学;辑七·无愧无私天地宽;辑八·少作留痕——镜子照影。

　　辑一是诗论诗观;辑二是人生的道路,在人生道路的回顾中,忆及亲人和朋友,记忆深刻的有胞兄蒋孟厚,表兄周有光。

　　辑三至辑五都是对老中青三代诗人和作家之诗作、诗论及其他作品的评述、随感、论析。关注到的有诗人胡风、卞之琳、郑敏、灰娃、穆旦、成幼殊、叶维廉、张默、傅天虹、郭汉城、唐湜、吉狄马加、晓雪、向明、鲁煤、王幅明、沈泽宜、木斧、顾子欣、小山、彭小梅、王妍丁、屏子、李清联、郭新民、王学忠、骆英、冉冉、萨仁图娅、绿岛、北塔、郑成美、方祖歧、田禾、王学仲、阿尔丁夫·翼人、舒洁、南永前、娜夜、阿尔泰、列美平措、齐菲、刘咏阁、田海、白桦、祁人、涂静怡、游黙、王大民、李易、邃哲锋、李萌、王贤友、李淑华,作家张颖、陆士虎、子聪、刘北汜、戴晓彤、杨桂欣、孙肖平,画家张仃、吴冠中、李云枫。

辑七是悼念师和友的文章。我永远怀念那些已经离开了这个世界的、我所尊敬的或者有过亲密接触的人们:巴金、曹禺、田汉、叶以群、伊兵、黄源、彭柏山、臧克家、唐庆诒、唐弢、葛一虹、辛笛、绿原、唐湜、郭风、张真、麦秆、文晓村、吴强、周信芳、严凤英……这些文章寄托了我的不尽的哀思。

辑八收入六篇文章,与上述各辑的近年作品不同,这六篇都是上世纪四十年代的少作。有人声称"不悔少作",他们有充足的理由。我对这些少作,悔也不悔?这些少作,有的狂妄幼稚,有的观点错误。对某些译家的批判,有的击中要害,有的主观臆断。1947年法国作家纪德获诺贝尔文学奖,我借机攻击他的《访苏归来》,用词轻率而尖刻,这是那个时代的产物。是非曲直,今天早已明鉴。对少作"悔",没有任何用处。历史的存在,"悔"无法更改。我把这些文章收入此集当作镜子,不加改动,立此存照。

2010 年 12 月 18 日

屠岸诗文集

第八卷

* 生正逢时 屠岸自述

* 漂流记

人民文学出版社

本 卷 说 明

本卷收入《生正逢时 屠岸自述》和《漂流记》。卷末附录作者年谱。

《生正逢时 屠岸自述》是作者的口述自传,何启治、李晋西记录整理,2010年4月由三联书店出版。

《漂流记》是抗日战争初期作者与家人为避战乱的逃难实录,2015年2月由北方文艺出版社出版。

以上作品收入本卷时,作者对文字做了少量修改,对年谱进行了增补修订。

原书的文字、配图均按照本书体例做了编辑整理。

目　　录

生正逢时　屠岸自述

漂 流 记

生正逢时　屠岸自述

第一章　童　　年

（1923年11月——1930年8月）

童年在我记忆里一直是很美好的

1923年阴历的十月十五，阳历的11月22日，我出生在江苏常州官保巷外公家。后来回到父亲家，常州庙西巷三十六号。我的大名被定为“蒋鑅”。这个“鑅”字，胡盲切，音横，意思是钟声，只有《康熙字典》上有这个字。我的小名叫“阿钟”。这个“鑅”字既代表钟声，我本该喜欢。但上小学后知道上海青红帮流氓头子名叫黄金荣，而“鑅”正是“金”和“荣”二字合成的，所以非常讨厌它，根本不用它。“璧厚”是我的字，后来就用作我的学名。这个“璧”是蔺相如“完璧归赵”的“璧”，父亲为我起这个名，是希望我成为一块美玉。这个字后来常常被人错写或错印成“壁”，至今我也不去改正，做一面厚重坚固的墙，保家卫国，也不错。“屠岸”是1946年我发表作品时用的笔名，结果成为伴随我大半辈子的正式名字。

出生后，我一直在常州生活。我三岁时姑母老说我像洋娃娃。1928年父亲从吉林四平回到常州，准备接母亲和我或哥哥去四平，最后宣布带我去，我很高兴。我父亲当时在东北四洮铁路上工作。为什么母亲要去四平呢，因为母亲被一个亲戚怀疑窝藏共产党。

我们先坐火车到上海。去上海时,第一次听到火车的鸣笛,那尖声给幼小的我留下极深的记忆。从上海坐轮船到青岛,从青岛乘轮船到大连,又坐火车到四平。那时我大概是六岁,已经有一些记忆。在四平,我人还小,够不着书桌,父亲专门请木匠给我做了一张高凳子,让我坐在上面伏案练毛笔字。我开始是描红,再练颜字体。

我父亲给我买过一种能鸣叫的虫,两只虫都是青色的。大概是蝈蝈儿。有一天,我发现一只趴在另一只身上,上面那只把下面那只吃了一半,我很害怕。我父亲说这是自然界现象。我说扔掉,扔掉,我对残酷的东西从小不接受。

我父亲的同事抽烟,我父亲有时带回来一些洋片给我收集。洋片就是香烟盒子里的画片。画片里有"三国"人物,"水浒"人物。我想收齐,但家里没有人抽烟,我始终没有收齐。其实香烟公司就没有印齐过,是为了要你去买,当然不可能让人收齐。有一张画片是画古代妃子被残酷地挖去眼睛的,还在滴血。我说不要!不要!我父亲说,好,把它撕掉。

我和母亲到四平住了不到一年。早春去,冬天回来。回来后在上海待了一年。这年我七岁。那时姨父是上海航政局局长,有公用的小汽车。我很喜欢小汽车,觉得汽油好闻。我还跟姨妈到共舞台看京戏,连台本戏连日接演的整本大戏。我们在前几排,一边看戏,一边看到热毛巾在头上扔来扔去。那时看戏,茶房把热水里绞出来的毛巾扔给远处的另外一个茶房,那个茶房就递给需要的看客,用来擦脸擦手。我拿到的毛巾很热,发烫,印象很深。戏台上有布景,演《西游记》之类,还会换布景,有水、波浪、山峦出现。

我住在上海有点水土不服,腿上长了水疱。母亲听说爱多亚路上有外科,医生汪葆珍是良医,带着我去找,找来找去找不到。

母亲说再找找,最后我看到了"汪葆珍大医师诊所"那几个字,我居然认识。妈妈说,阿钟你的眼睛真尖。医生给我外用药,没几天就好了。

马路上的汽车很多,母亲说马路如虎口,让我两边看,等到车少的时候穿过马路。我感觉到上海跟常州不一样,常州很安静。

童年在我记忆里一直是很美好的。回常州后,我开始上学。除了父母的爱,在学校里也受到重视,我活得很自在。我在公园里逗鹦鹉,到太平寺攀登七层高的文笔塔,进天宁寺大雄宝殿去看如来佛像,还去城郊远足,访问苏东坡的洗砚池……无忧无虑。

祖父、祖母及姑母

祖 父、祖 母

我祖父蒋德鹏是常州南郊农村杂货铺的售货员,当时叫"朝奉",社会地位很低,没有田地,但他是一个艺术爱好者,会弹奏许多乐器,结交了许多文人。他二十六岁病逝,留下一笔"财富"。装"财富"的长箱子我见过,有两米来长一米宽,里边装有绘画,有从日本运过来的,还有裱好的字画。祖父留下的这些东西,抗战时被日寇烧光了。祖父去世前,我祖母请了野郎中。当时有诊所的医生叫郎中,没有诊所的医生叫野郎中。这位野郎中开了一服药,有一味药是重石膏,祖父吃下去后就一命呜呼了。祖父留给我祖母的,一个儿子,即我的父亲,一个女儿,即我的姑母。

我祖母年轻时很苦,替别人洗衣服,做针线活,供父亲上学。为了省灯油,做针线时只用一根灯芯,视力渐渐不行了。我的父亲曾带她到上海看眼病,医生说已经没有用了。我上初中时,祖母基本上双目失明。每次我从上海回家,她都要把我拉得很近来端详我。她1948年去世。

我祖母喜欢听我讲外边的事。我们跟她说学校的事,她听;我们看电影,她也要听我们讲电影故事。有个电影叫《桃源艳迹》,是写虚构的香格里拉的事。祖母拉着我让我讲里边的恋爱故事。电影里有这样一个情节:有个女孩子很漂亮,但她一离开香格里拉,脸部就变成老太婆了,说明香格里拉几乎是仙境。这也是电影的一种手法,当时觉得很新奇。像这样一些情节讲给我祖母听,她也感兴趣。她说,有这个地方我们去好不好?

我祖父的三弟蒋德元有一次打抱不平,被人打死,死时才十九岁。我是抵嗣给三爷爷德元的。

姑　　母

我姑母叫蒋范,字云娥。我和哥哥、妹妹称姑母为"叔叔",我们家用男性称呼。

姑母一辈子未嫁。她高不成,低不就,最后一辈子跟着我父亲,成为我们家庭中亲密的一员。我家七口人:祖母、爸爸、妈妈、姑母、哥哥、我、妹妹。

姑母对我非常好。我小时候,有一段时间,父母都在上海,我跟姑母睡一张床。我最喜欢吃她为我做的青菜炒肉丁。

有一次我偷吃家里的饼干,饼干是可以吃的,但吃多了,不好好吃饭。为了我好,姑母把饼干藏起来了。她说你吃太多了,不行。我拿了一把有长杆的大扫把要去打她,她一把抢过去,说,你造反啦! 我说,我要饼干,我要饼干! 她只好又让我吃了两块。

有一次我玩刀片,她说很锋利,不让我玩。我趁她不在的时候,在桌上的纸上划,一划,纸分开了。我想,纸能分开,那布怎么样?我拿到床上,划枕巾,结果枕巾也分成了两半。后来我姑母发现,问我知不知道是谁干的,我说不知道。她说她知道,是鬼。她

说是鬼半夜拿个刀来划成两半
的。我只是笑。

小时候，我吃饭常做鬼脸，
但在学校里还是好学生。在家
里无法无天的，造反。在学校就
听话，环境不一样，表现不一样。
我小学快毕业时生了病，腹痛，
姑母照顾我，用鸡蛋清和面糊在
肚子上治好了，这个记忆很深。

姑母性格有点怪，看男孩
子女孩子在一起就不喜欢，女
孩子的旗袍开衩高，被风吹起
来后，她也不喜欢。我母亲跟
她相处得很好，有时也吵，但都
是小事。有一次，我的妹妹到
男同学家玩，回来被姑母骂。
妹妹哭，我妈妈问起，知道姑母

屠寄（1856—1921）五十七岁
时。字敬山，号结一宧主人。光绪进
士，民国时国史馆总纂，史学家，诗
人。是屠岸的大舅公（外公的长兄）

说不能到男同学家玩，两个人吵起来。姑母画工笔花卉达到一定
水平。1963年2月我父亲去世，姑母在11月因肠出血跟她的哥
哥去了，享年七十岁。去世前一直是我母亲照顾她。

心血写成《蒙兀儿史记》的大舅公屠寄和外祖父一家

我的外婆叫朱文，我的外公叫屠亮。他们的媒人是我的大舅
公，也就是外公的哥哥屠寄。常州人把外公叫舅公，把外公的哥哥
叫大舅公。

大舅公屠寄是个大学者。《辞海》上的屠寄条这样说：近代史学

家,字敬山,号结一宦主人,江苏武进人。光绪进士,历任翰林院庶吉士、京师大学堂正教习等职。在广雅书局时,曾与缪荃孙同校《宋会要》稿本。辛亥革命后,任国史馆总纂。长于史地之学,好诗词骈文,尤专于蒙古史。积数十年精力,采集旧籍及外文史料,成《蒙兀儿史记》一百六十卷(内有缺卷),纠正了《元史》很多错误,对西北地理沿革,考证尤为周详。

屠家是常州临川里一户没落的书香门第,家风极正。大舅公生于咸丰六年(1856年),1921年去世。六岁玩时拾到一木鱼,拿回家敲玩时被其父听见。其父知道屠寄得木鱼的经过,很生气地说,别人的东西怎么可以随便拾回家?况且当下谋生不容易,如果那个人是靠敲木鱼念经为生,你不是断绝了别人的生路吗?父子俩在原地守了三天,没有等到失主,只好放下木鱼回家。

经过清代科举考试,由秀才,经举人,大舅公三十七岁成为进士,跻身晚清官场。但他的官却越做越小。光绪二十年为工部主事(正五品),光绪三十一年,调任浙江淳安知县,成了七品芝麻官。幸好他豁达大度,埋头钻入当时史学界关注的热门课题——元史研究。他几乎用毕生心血写成《蒙兀儿史记》一百六十卷,深受中外史学家推重。

外公屠亮读书不如大舅公,自知仕途无望,转而从商,是个成功的商人。在常州修造铁路时,赚了不少钱。大舅公没有田产,外公为大舅公购置了十余亩地。

大舅公早年办学馆时收一女弟子,也就是我的外婆朱文。不办学馆后,大舅公很惋惜聪明的朱文没有机缘继续深造,便把她说给自己的弟弟屠亮,也就是我的外公。外公也很喜欢外婆,但因为外婆生了两个孩子都是女儿,我的外公急于要儿子,先后娶了两个姨太太,但两个姨太太也只生了三个女儿。朱文失宠后,郁郁寡欢,不久就去世了。

大舅公有挽联送我外婆：

生也有涯死也无涯爱女果愿托我乎此后提携当努力
衣不如新人不如旧吾弟非无真情者从此恩怨两相忘

上联中"爱女"指我的母亲。

大舅公很爱我的母亲，我母亲十一二岁时，还让她坐在他的膝盖上，他教她诗词古文。母亲能用常州吟诵调吟诵诗词古文，就是从大舅公学得的。

1911 年(辛亥)武昌起义时，屠寄在常州第五中学，跟儿子元博日夜议事，准备响应。清廷死党恽祖祺派兵包围五中，要擒拿屠寄父子。屠寄深夜逾墙走，跌落于天宁寺菜园，伤腿，晕厥。众僧提灯来视，见是住持好友，乃抬入寺内，延医诊治，渐愈。辛亥革命，全国响应，清帝逊位，民国成立。屠寄出任常州民政长(即县长)。后因袁世凯专权，辞去。

大舅屠元博留学日本，加入同盟会。回国后立志教育事业，兴办第五中学(后改名常州中学)，成为江南名校。后赴北京任民国国会议员。常州中学培养出的学子中，成为中科院和工程院院士的人数之多，令人惊异。今日常中校园内竖立着常中创建者屠元博的纪念碑。

我父母的结合是我大舅屠元博的主张。我父亲从日本回来后，大舅把堂妹说给我父亲，我的父亲就娶了他的恩师的堂妹，即我的母亲。

主张科技救国的父亲

我父亲名蒋骥，字子展，生于壬辰(1892 年)阴历正月十四。

摄于 1956 年，上海　上左—章永鑫（岳父）、二蒋骥（父亲）　下左—屠时（母亲）、二章建（长女）、三王彩霞（岳母）

三岁丧父，随母冯氏归居舅家。父亲先读私塾，十三岁考入武阳公学。校长是维新派，每逢排班，必振臂高呼："撼山易，撼岳家军难！"父亲深受爱国主义教育。毕业后考入江苏省立第五中学。父亲因家贫，发愤图强，各科成绩，包括体育都得高分，获总成绩第一名，得以免费上学，也深得校长屠元博的器重和厚爱。1913 年经屠校长推荐，公费东渡日本，考入东京高等工业学校（后名东京工业大学）建筑科，学土木工程和建筑学。1918 年以优良成绩毕业，同年回国。先到湖南沅江任湖田测绘主任，后到北京。1937 年抗日战争爆发，父亲坚持在上海教育界供职，并与他人合作成立建筑事务所，惨淡经营。抗战胜利后到苏州。我父亲曾与瞿秋白同学。我们家就在冠英小学旁，与瞿家祠堂是隔壁。如今，瞿家祠堂已改为瞿秋白纪念馆。我父亲讲过一些有关瞿秋白的事迹。父亲给我的教育是做一个正直、爱国的人。

　　我有一个表姨,我母亲的一个远房表妹,叫刘竹如。敌伪时代,她当了常州伪政府的女警察头子。她到我家来,我父亲不见她,在书房里不出来。我小时候,她常来,对我很好,给我糖吃。后来我知道她给日本人做事,她来我家,我也不叫她了。解放后,在镇反运动中被枪毙了。她当时有一个观点,以为我不认罪,就不会判我,便死不认罪。后来看到不行,只好认罪,可已经来不及了。她有劣迹,有民愤,当场执行死刑。我父亲有个同事说应该有法律手续,有审判程序,不应该用群众运动的办法来镇压反革命。我父亲却不太同意。父亲说,反正这个刘竹如是该死的,父亲说杀了汉奸好。

　　父亲学土木,但喜欢中国文化。我们家里有二十四史,父亲经常阅读。他跟我哥哥和我说过这样的话:一部二十四史,就是一部强盗史。历史上的政治和军事斗争很残酷。父亲说,我们也是身处乱世,但我们做人要清正。父亲很佩服季札。我们家大门上有一副春联:"延陵世泽,让国家风。"我们在春节前都要贴这副春联。这副联是称赞季札的。季札是春秋晚期吴王寿梦的第四子,寿梦要立他为君,他不受王位,三次让位给他的兄长。他被封于延陵(常州古称),成为常州的奠基人。他虽不当国君,却为吴国做了许多事。

　　我们一家人最先住在常州庙西巷三十六号,房子是祖上留下来的。老房子旁边有一块空地,我祖母一心想建一个新楼,我父亲就花七千多元,盖了一幢二层共二十间的房子。那时一元买一担米。大门开在另一个方向,门牌是茅司徒巷十一号。新房的楼上有个藏书楼,有书,也有乐器,有箫、笙、扬琴。新房有园子,有一种植物叫天竹子,会开红色的花,还有一种植物叫千年云,还有枣树。园子里有石凳、假山。我跟我哥哥常在石凳上跳来跳去,奶奶说太危险了。那时我八岁了。新房子盖好后不到六年,日本侵略军一把火烧了这幢房子,烧光了。解放后,父亲表示愿意把地皮捐给国家,按政策叫政府无偿征用。二十世纪五十年代初就征用了。现在它成为我母校操场的一部分。

我父亲爱看线装书,还看从日本带回来的工程技术方面的书。我们家祖上经历过太平天国"长毛"的战乱。我的祖母一说到"长毛"就害怕。父亲没有说反清不对,也没有说太平天国不对。他常看《曾文正公家书》,好几卷。他教育我们要廉洁清正,守身如玉。那时我投稿给报刊,发表创作的诗、翻译的诗,我父亲也看我发表的作品,但他说,你老给"报屁股"投稿没有多大的出息,还是要科技救国。

我的父亲当时存了几万块钱,准备将来送我和哥哥到美国去留学。抗战爆发后,货币贬值,我们也去不成了。

1962年我生病,回到苏州休养。那时父亲已从苏南工专建筑系教授岗位上退下来。我跟父亲谈到时局,他对"反右"和"大跃进"不赞成。我跟父亲有过辩论。他说"多快好省"其实做不到。他说他的同事当中很多好人,一下子被打成了右派,而且政治运动中批评人的方式是侮辱人的,他不理解,不能接受。有人鼓励他参加民盟。我说爸爸你最好参加共产党。他最后什么党派也没有参加,也许他一直在考虑中。

1963年初,有太阳的一天,七十一岁的父亲带着我患有精神分裂症的妹妹到苏州的大公园散步。那时,我妹妹的病好一些了。公园离父亲广福里的家不到十分钟的路。公园里有个茶座,因为天气比较早,茶座的生意较冷清,有很多空座,我父亲和妹妹坐在藤椅上休息。营业员来问,喝茶吗?我父亲说,不喝,借坐一下。不一会儿,另一个营业员出来对父亲说:口袋里没有钞票,就不要揩油。我父亲没有说话,拉起妹妹就走,太伤自尊心了。可没有走几步,突然倒下,再也没有醒过来。父亲就这样因脑溢血去世了。

父亲平生主张科技救国。常言科学不昌明不足以言国家之振兴,而科学之昌明,首在科学之人才的培育。父亲逝世前数月,曾对我说,我老了,你们要竭尽全力,为人民服务,为祖国的富强昌盛出力,能这样,就不负我的厚望了。

这就是我父亲的遗言。

我母亲是个了不起的女子

母亲屠时,字成俊,生于癸巳(1893年)阴历十二月初九(已到公元1894年1月)。

我母亲是个了不起的女子,擅诗、书、画、音乐。幼时就学于私塾刘先生,后就学于另一塾师,姓史,是爱国七君子之一的史良的父亲,又长年受到她的伯父屠寄的培育和熏陶。1912年,她从常州女子师范毕业后,在常州、宜兴教书。1913年又到湖南桃源教书。她教国文、历史、地理、美术、音乐、体育,什么都能教。(上世纪九十年代我还到过我母亲教书的桃源去看过。)母亲到桃源去,要从常州乘火车到上海,转乘轮船到武汉,再乘船到长沙,换乘民船到常德,再从常德搭民船到桃源。当年,她只有二十岁,带了一个女工同行。她在湖南桃源待了一年。她回故乡时,有一天在船上,一搬运工威胁她说要把她的一只很重的皮箱扔到水里去,除非给五块钱。她笑着说:你扔好了,那不是一箱银元,只是一箱书。

我母亲回常州,教了一年书。我外婆去世后,1914年,她到北京教书,在北京待了八年多。母亲和父亲在北京结婚,1920年我大哥出生在北京。1923年,母亲回常州生了我,仍在常州男师范、女师范两校教书。大革命时期,她参加妇女协会的工作,常帮助一些妇女解除封建婚约。因为倾向共产党,她受到一些人的暗中盯视,只好逃离常州。她离开了常州,也就暂时离开了险恶的政治环境。

1927年,上海发生"四一二"反革命政变,她做了一件事。她在宜兴教书时,有一个她很欣赏的女学生叫沈琴华。沈琴华的丈夫叫杨锡类,当时是共产党员,国共第一次合作时,任武进县的公安局局长。反革命政变时,杨锡类走投无路,沈琴华求助于我母亲,我母亲就把杨锡类藏在家中后院的一个厢房里。我父亲当时不在常州,家里有我、祖母和姑母,她们知道危险,但我母亲说服了她的婆婆和小姑子。家里每天给杨锡类送东西吃,外人一点也不知道,滴水不漏,一共待了两周。最后我母亲找到一只船,亲自把杨锡类送到庙沿河边的船上。那时汪精卫在武汉还未公开反共,所以可以逃到武汉去。后来我们家跟杨家一直有往来。

摄于1936年11月28日(阴历十月十五),屠岸与表兄奚祖权同一天生日。屠岸刚满十三岁,身穿童子军服装,是上海中学初一学生　左起:屠岸、屠时(母亲)、蒋骥(父亲)、屠格(姨母)、奚祖权(表兄)

　　我的姨母屠格,字逸俊,嫁给奚定谟。姨父奚定谟留学英国,学海军,是萨镇冰(清朝时北洋海军提督,民国时北洋政府海军总长)的部下,当过舰长,当过海关监督。后来到上海当官。抗战时有人动员他当汉奸,被骂了出来。

　　母亲性格坚强,却又充满了母爱。她在亲戚中威望很高。抗战时我们一家逃难到上海,住在姨母家,姨母家发生矛盾,让我母亲去,问题便可解决。

　　母亲的老师,我们叫太老师,名萧屋泉,湖南人,中国近现代国画家,画山水画。《中国美术家辞典》上有他的词条。母亲和姨母,是他的大弟子,也是他最得意的两个学生。我母亲跟她的老师和同学在1944年深秋于上海的宁波同乡会展厅开过师生画展。

　　我的母亲佩服常州人黄景仁,清代的一位诗人,三十四岁去世,一生潦倒。我也很喜欢他的《两当轩集》,“两当轩”是他的住地名,也是他的诗集名。

　　我们家,靠父亲谋职为生,而照顾、教育我们兄妹的,主要是母亲,虽然我们家也雇有女佣。我觉得我的一生,特别是我对文学艺术的爱好,主要是母亲的影响。

　　1934、1935年,我读小学四五年级的时候,每晚,母亲教我读《古文观止》。她先是详解文章的内容,然后自己吟诵几遍,叫我跟着她诵读。她规定我读三十遍,我就不能只读二十九遍。我那时对于《郑伯克段于鄢》之类的文章,实在不感兴趣,要我诵读三十遍,就眼泪汪汪了。但是稍后,当教我读《滕王阁序》或者《为徐敬业讨武曌檄》的时候,我就不感到那么枯燥了,原因是:我仿佛从这类文章中听到了音乐,而这音乐是母亲的示范吟诵给予我的。母亲的吟诵严肃而又自然,她吟诵时从不摇头晃脑,或者把尾音拖得特别长。我愿意按照母亲教的调子去完成吟诵若干遍的任务。我好像是在唱歌,对文章的内容则“不求甚解”,只是觉得能够从吟诵中得到乐趣。

先是诵读文章,后来就是吟诵诗歌。不久,母亲教我读《唐诗三百首》和《唐诗评注读本》。从张九龄的《感遇》开始,一首一首地教。我听到了母亲吟诵诗,这真是一种更加动人的音乐!她是按照她的老师教的调子吟的。吟起来,抑扬有序,疾徐有致,都按一定的法度。而字的发音,则按家乡常州的读音——应该说是家乡读书人读书时的发音,有极少数字与口语发音不同。母亲要我按照她的调子吟诵唐诗,并且要达到背熟的程度。对母亲的这个要求,我很乐意地接受了。吟唐诗,对我来说就像唱山歌一样。

1938年秋天,我十四岁时生了一场大病——伤寒症。在高烧的昏迷过去之后,我第一眼看到的是母亲充满至爱和焦虑的眼睛。她日夜守候在我的身边。后来我身体略有恢复,她的心情也稍微放松一点,伴随着她眼睛中宽慰的神态而来的,是从她口中缓缓流出的音乐。她吟诵唐诗和宋词给我听,用这来驱遣病魔带给她儿子的烦躁和郁闷。

我清楚地记得,母亲吟诵杜甫的《春望》,"国破山河在,城春草木深……"这样的诗句怎样地流进了我的心田,怎样地冲击着我的心胸。杜甫的家国之痛同当时抗日战争的时代情绪紧紧地联结在一起。由于我们一家的遭遇,这首诗更引起了我们的共鸣。而这种共鸣,通过这种吟诵表达出来。吟诵使我想起了传统戏曲的各种"调"或"板"。各种"调"或"板"都有它所善于表达的某种感情,但同样的"调"或"板"也往往可以表达不同唱词中不同的感情。演员在演唱时虽用同一种"调"或"板",却能够体现出不同的感情色彩。母亲吟诗,对于七律、七绝、五律、五绝、七古、五古,都能吟出不同的调,而总的风格则又是统一的。她吟七律,用一种调,但对不同的诗篇能做出不同的处理,对不同诗篇中的字、词、句,她能根据内容的需要而在吟的时候做出自然的调整。我记得母亲吟杜甫的《蜀相》和吟同是杜甫的《闻官军收河南河北》,其声调、情绪和节奏各异,因而在我的心里所产生的感情的回响也是各不相同的。

吟诗和吟词又不完全一样。我的母亲也极爱吟词。不同的词牌有不同的调。本来词跟音乐有着极为密切的关系,词原是配乐的,只是后来逐渐与音乐分离了,成为诗的别一体裁。母亲吟词当然不可能是根据古代词的乐谱,那已经失传了,然而她吟词表现出了词在音乐上的丰富变化。我至今记得母亲吟诵李后主的《浪淘沙》、《虞美人》,或岳飞的《满江红》的情景。她吟词较之于吟诗似乎更接近于歌唱,而李后主的"不堪回首"和岳飞的"壮怀激烈"这两种完全不同的感情,都能通过吟诵淋漓尽致地表达出来。母亲吟词时那婉转、深沉而又富于情绪变化的歌唱,往往使我思潮澎湃,或心痛神迷,有时竟至于泣下而不自觉。我在少年时代从母亲的吟诵中所感受到的心灵的震颤,直到今天,还常常能够在我的心中再现。

母亲很爱我,她在我小学五年级的时候打过我,是唯一的一次。因为什么呢? 抽烟。我们家备了烟,招待客人,香烟是美丽牌的。我们家从老到小,不抽烟。我看见客人点烟,烟从鼻子里出来,觉得很好玩,也就想学学。我拿一根香烟凑着火盆点着,一抽,结果呛住了。母亲在楼上听见后,下来打了我一耳光,我赶紧逃,逃到楼上,母亲用打被子的竹条打我屁股,是在秋天,穿夹裤。最后闹到邻居跑来相劝。母亲直叹气,掉眼泪,说:阿钟,我为什么要打你,我要让你记住,一辈子,到死都不要抽一口烟! 我一直记住母亲的话,一辈子,到现在我也不抽烟。我家没有一个抽烟的。

1962 年,我患肺结核病转趋严重,医生建议我到南方疗养一个时期。我暂时离开北京的家,在中秋节的那一天,回到了鬓发苍苍的母亲身边。这时我已三十八岁,母亲已六十八岁了。但在母亲的眼睛里,儿子永远是孩子。第二天一早,母亲兴奋地对我说,昨天夜里我写了一首五律！她即时吟诵起来。她的吟诵充满了真挚的感情,尤其当她吟颔联和颈联的时候,我感到从她的嗓音中放射出了一种特异的感情色彩。

母亲晚年住在西安我哥哥家里。1975 年,八十二岁高龄的母亲病重住院。我赶到西安,和哥哥轮流陪侍母亲,通宵守候。母亲喃喃地说,她遗憾没有坚持教书,病好后一定到中学去执教,一定！再后来,她知道自己已病入膏肓,临终时说:"不要开追悼会,不用奏哀乐。哀乐,在我的心里……"这是我听到母亲说的最后一句话。

第二章　小学、初中、高中

（1930年9月——1942年8月）

余宗英老师——不可代替的人生领航人

我读小学一年级，进的是"女西校"，这个学校也收男生。到二年级时，母亲把我转到庙沿河畔的冠英小学，后改名为觅渡桥小学，从此我就在这所小学里读到毕业。觅渡桥小学，也是瞿秋白就读过的小学。我功课很好，小学三年级时被选为游艺股股长。五年级时，我是学生自治会主席，常开会，一周内要做什么事都要有安排。开会时首先要背孙总理遗嘱，还要唱国民党党歌，每次都这样。

常州人说国语（现在叫普通话），一些字发音不准。学校专门请了一个北京教师来，开国语训练班，教四年级学生。我学国语进步快，注音字母一学就会，觉得不难，所以，学校演说比赛我常得奖。

一次，武进县（即常州）教育局举办全县小学生国语演说竞赛。我被选拔出来代表觅渡桥小学去参加竞赛。演说内容是当局规定的：宣传蒋介石国民党政府当时提倡的"新生活运动"。余宗英老师起草演说词，其中少不了要讲"礼义廉耻，国之四维"之类的话。我记得，演说词中涉及"耻"时，提到了不要忘记"五九"国耻（指袁世凯与日本签订秘密卖国条约"二十一条"），不要忘记"九一八"国耻。我们的级任老师（现在叫班主任）余宗英，教我们要爱自

1935年,屠岸(蒋璧厚)十一岁

己的国家,这给我们心里种下了爱国主义的种子。比赛前,余老师一再叫我放松,自然,让我表达情感,不要想名次,要想着演说的内容,要有饱满的感情,用"心"去演讲。我记得,我穿着童子军服,听到点我的名字,上台还有点紧张,但开讲后就不紧张了。听了别人的演讲,觉得自己应该是前三名,但等了一个多钟头,评委宣布名单,根本没有我的名字。回学校后,余老师问我怎么样,我说失败了,很沮丧。下午学校突然响起鞭炮声,同学跑来告诉我,我是演讲冠军,叫我到老师办公室去领奖状。我看到余老师在奖状上写什么,原来发奖的人把我的名字"蒋璧厚"写成"蒋璧原"了,余老师正在将"原"字改成"厚"字。余老师还告诉我,校长表扬我了,说我为学校争了光。余老师还说,演讲是为了宣传爱国,得了冠军是好的,但现在不是放鞭炮的时候。

在我所敬爱的四位级任老师中,给我影响最大的就是三、四年级级任老师余宗英先生——那时学生一般称呼教师为"先生"。她三十岁左右,衣着朴素淡雅,是我少年时心目中的严父兼慈母,又是自己的亲父母所不可代替的人生领航人。

有一次,余老师在课堂上对学生们说,你们有机会走过大街的时候,可以到甘棠桥附近,去看看钟楼上刻着的四个大字。钟楼,是那时常州城里最高的建筑物。我曾在钟楼下走过,仰头望去,那只报时的大钟高不可攀!可那上面还刻着什么字呢?于是我下课后特意去看,果然有四个巨大的字,字迹连飞带舞,我不认识。几天后,余老师对我们说,钟楼上那四个字是"还我河山",是宋朝民族英雄岳飞的笔迹!随即她讲了"还我河山"是什么意思。

一次,余老师向我们提问:东北四省是哪四省?那时日军侵占的除辽宁、吉林、黑龙江三省外,又加上了热河省。余老师发现一个姓李的学生在偷看闲书,就喊他的名字,叫他回答问题。那孩子是班上出名的留级生,他既不站起来也不回答问题。余老师把问题又说了一遍,他摇摇头。余老师叫他把闲书交出来。他不交。老师走到他的座位旁,把书拿过来一看,竟是一本淫秽图书。老师顿时大怒,把那书撕得粉碎。那孩子出言不逊。老师喝令他"出去",他不动,老师忍无可忍,把那孩子拖出了课室门外。

2002年9月28日,屠岸在母校常州市觅渡桥小学宗英电脑室,墙上照片为余宗英老师像

包括我在内的全班同学都受到了极大的震动。但后来很快得知:余老师到那学生家里去了三次,访问那做小本生意的家长,苦口婆心地开导那孩子,终于使那位同学回心转意,开始慢慢学好了。

余老师邀我和几个同学到她家里去做客。她家住在迎春桥旁的一条街上。屋子里收拾得清洁整齐。后门临河。她热情接待我们。她给我们一个玻璃镜筒,让我们通过镜筒看一张张照片,这样,照片上的人物和风景都变成立体的形象了。其中有好几张是"一·二八"淞沪抗战的照片。我们看到墙上挂着一幅年轻军人的相片,问这是什么人。老师说,他是我弟弟,是十九路军军官,在民国二十一年(1932年)淞沪抗战中受了重伤。她含泪带笑地说:"我就有这一个亲人。不,你们也是我的亲人。"余老师没有结婚,同校的女教师吴良仪老师曾对我说过,余宗英不准备结婚,她要把一生献给教育事业。

我读完四年级,要升五年级了。我和同学们非常希望余老师继续担任我们的级任老师,但这个愿望没能实现。而且,余老师从此不再来学校教书了。她不是要把一生都献给教育事业吗?我很纳闷。她又传出话来,叫我们不要到她家去看望她。我更不解。一次冒昧登门,敲了半天,一位女佣模样的人出来,很客气地回说:"余先生不在家。"我徘徊在迎春桥上,天渐渐暗下来。只见余老师家后窗里透出幽微的灯烛亮光,在河水里映出闪亮的倒影,那一条条光波一直荡漾在我心底深处。

1936年,我考入江苏省立上海中学。在上海上学,我鼓起勇气给余老师写了信。使我非常高兴的是,我收到了老师的回信,也是唯一的一封。信一开头就说:这信是用清洁的信纸和消毒过的手写的。信末说:希望你努力读书,锻炼身体,将来报效祖国!我明白,老师得了严重的肺病。她不让学生去看望她正是为了避免传染。我的泪水滴到了信纸上。

1937年暑假,我回到常州,在逃难前夕,我从吴良仪老师处打听到余老师已经迁居到四川重庆,并得到了余老师的地址。这地址我至今还记得:重庆双栀子水沟二号。因为后来我曾多次去信,把地址都记熟了。但始终没有收到回信。多少年以后,从家乡传来了令人悲痛的消息:余宗英老师已在抗战期间与世长辞了。

1992年8月,我应《常州日报》之约,撰写了《魂魄长留觅渡桥》,怀念余宗英老师。文中提及余宗英的弟弟余纪忠,他1932年参加淞沪会战,现在已是纵横台湾新闻界半个世纪的报业巨子。余纪忠看了我的文章,念及姐姐一生为教育事业鞠躬尽瘁,因而捐资成立常州市华英文教基金会。2002年9月,我重返母校,在余宗英老师遗像前三鞠躬,不禁热泪盈眶。

十三岁演《雷雨》中的周冲

1936年7月,父亲陪我到上海去考江苏省立上海中学。我考完回常州后,不抱希望。因为上海中学是很有名的学校,投考的人多,极不容易考上。半个月后,同学拿着《申报》来给我看,上面有我的名字,我被录取了。

父亲非常高兴。他在上海,也看到了报上公布的名单,来信表扬我一番。我的姑母很高兴,说阿钟有出息。我的祖母不认字,却对我说:"你中状元了吧?"我说不是状元。她说不是状元,那么有一大批,几十个人,也是进士哩。

上海中学是寄宿学校。我们进餐都是分食制,一人一份。早餐时,在菜单上挑中午、下午的菜。每人有自己的碗,都是到景德镇去定做的,碗底下有自己的名字,打坏后,只能换一个没有名字的碗,所以要非常小心。学校的宿舍初中生住西一斋、西二斋,高中生住东一斋、东二斋。一间房里安排四张床,住四个学生。中间有一张桌子,晚自习在宿舍里做作业。有一天,我草率地做完作业,开始画电影海报。影片名是我杜撰的,叫《古庙呻吟》。宿舍每间房门上有个玻璃窗,以便舍监检查时看得到寝室里的情况。听到舍监来了,有个同学说你画画不行,但我已经来不及收起来了。舍监开门进来看到我在画,没有批评我,还说你画你画。他又问,是不是美术教师给你的作业?我说不是,我解释了我们自己(其实是我和表兄说要开办电影公司,是游戏)要画海报,是一部电影的广告。他说好,让我继续画。这位老师名叫王禹图,教史地,做舍监是兼职。我的海报画好了,拿回家去挂在墙上。海报上有古庙,有佛像。大人看了哈哈笑,说我们会闹。

1936 年 12 月 12 日发生"西安事变",同学们突然哄闹起来,说蒋介石被扣了。我立刻到阅览室去看报纸。我到阅览室查看报纸有两次,一次是鲁迅逝世,一次是"西安事变"。阅览室有报纸和刊物。那时,我对蒋介石一方面有崇拜,一方面也认为他有不好的地方,有矛盾。学校里有个老师姓周,每月都要买航空奖券想发财,但从未中奖。他讲课时每当讲到蒋介石,总要立正,同学们对他都反感。有一次同学们串联起来,等他一提起"蒋委员长",全班刷地站起来立正,把他吓了一跳。

1936 年 12 月,我在上海中学读完初一上学期,回故乡常州度寒假。母校觅渡桥小学的美术教师吕步池先生忽然到我家,邀我参加曹禺剧本《雷雨》的演出,饰剧中的二少爷周冲。他说《雷雨》在 1934 年发表后,引起了国内演剧界和观众的注意。常州的话剧爱好者们有个组织叫青年励志剧社,不甘落后,准备演出此剧。他说服了我的母亲。剧本规定周冲十七岁,而我那时只有十三岁。吕先生说找不到合适的人,一定要我上。第二天我到城北一所学校里,在一间当做临时排演场的大屋里见到了许多参加演出的大朋友。导演们给了我一本《雷雨》，让我读几段台词。他们一听我的国语发音，便说，行！我说我太小了。吕先生说，这是演戏，你把周冲的神态演出来就是成功。

第二天，又来了一位陈馀枭，她愿意演四凤。这是一个十八九岁的女学生，性格活泼而温柔，但柔中有刚。我叫她"陈姐姐"。在讨论剧本的构思和演出风格时，吕先生说，现在社会上有一种舆论，说《雷雨》是一出"乱伦"戏，我们不能同意。我问，什么叫"乱伦"哪？沈先生说，小孩子别问了。陈姐说，让小孩来演戏，又不让人家问，是什么道理？乱伦就是指戏中长子和后母谈恋爱，同母异父的兄妹谈恋爱。我说，我明白了。但为什么又说不能同意这是乱伦戏？陈姐随即发表精彩见解：这出戏不是玩赏乱伦，而是揭露黑暗。她说，我们要领会剧本作者曹禺的原意，这是一出揭露专制家庭罪恶的大悲剧，目的是要冲破家庭专制，冲破社会黑暗。又说，要理解繁漪在周朴园压迫下的苦闷，她是个勇敢的女子，不要把她演成个"伤风败俗"的坏女人。我听着觉得非常新鲜。

紧张的排戏一天接着一天。一次，谈到S女士近来情绪不佳，我忽然冒出一句："她一定失恋了！"顿时引起一阵笑声。"失恋"一词出自一个十三岁男孩之口在那时是有些滑稽的。陈姐说，小弟将来肯定是个多情男子！说得我脸红了。

1937年2月，《雷雨》在常州乾元剧场公演三天。半年后，抗日战争全面爆发，举家逃难，我和吕先生、"陈姐姐"从此音信断绝。

逃难：火车离开常州时，我心里很难受，
觉得要与故乡永别了

1937年夏，从上海回常州准备过暑假的我，突然被7月7日的"卢沟桥事变"怔住了。父亲从上海回常州，带回一部五灯牌的

1939年,常州中学同学合影 左起:张志白、屠岸、严开礼

收音机,因此我跟母亲每晚等着听中央电台报告时事。收音机本来是预备给祖母消遣的,但各电台都停止了娱乐节目的播音。

我的同学丁元生回常州,说上海已经进入了战争状态,火车也停运了。我每天到冠英母校去看望吕步池老师,再就是到丁元生家谈时局。

读书成了问题。省立常州中学因为人数太少,不开初一初二班,最后我到县立常中报了名。但日本飞机大举轰炸常州,轰炸时,祖母静坐着诵佛经,我们趴在地上。常州城内居民,大多数已经逃到乡下,我们一家也离开常州城,避难到常州乡下前黄杨锡类家。

杨锡类家的后边就有一条小河,我还在那小河边学钓鱼。我第一次到农村,觉得很新鲜,风景很美。

前黄距常州城不过十几里,听见炸弹爆裂的声音很高,据说是重磅炸弹。10月底上海大场失守的消息传来。母亲带着妹妹一同回城收拾东西,准备日军来时逃离常州。我在前黄阅读,除了杨锡类借给我的《科学大纲》外,还有一本《锡类自述》,有几十万字。杨锡类被关在杭州反省院,待了大约十年,他没有出卖党组织,在反省院里写《锡类自述》。抗战爆发,国共第二次合作,他刚被放出来。（全国解放后，杨锡类是江苏省文史馆的馆员。）看了《锡类自述》，我了解了共产党是怎么一回事。那时我是初中生。

在前黄待了半个多月，我们和祖母坐上哥哥和姑母极不容易雇到的船回常州城。母亲雇来修建防空洞的是泥水匠，没有专门技术，地下室渗出了许多水，有三四尺深。我们淘出水后，放了一张长板凳，有日机来轰炸时，人就站到地下室的长凳子上。

省立常州中学允许借读了，我去借读。一有空袭警报，便进学校的地下防空洞，差不多没有一课可以上全的。学校的地下防空洞里，没有积水，很坚固，是一队工兵造的，说是可以挡得住五百磅的炸弹。

敌机的轰炸使我母亲下决心全家乘船到湖南去。姑母不愿意远行，祖母也不走，母亲决定带哥哥、我和妹妹离开常州。我们只预订了一条船。但还没有上，船主被轰炸吓着，自己出了三十块大洋，叫一只小火轮把船拖到了镇江。我们只好改乘火车。我们大小行李九件，箱子都用板扎起来。那时叫黄包车都很难，因为所有的车子都被拉去做军事运输了。终于找到了黄包车，我们乘黄包车前往火车站。还没有到火车站，就遇到空袭警报。黄包车夫都要去躲警报，我们只好躲在街角月光照不到的地方，坐在自己的行李上。

在火车站的月台上，等了一辆又一辆的火车，都是军车，难民不能上。天快亮了，天一亮，敌机就会来，大家商定如果五点钟还没有火车来，便回去。正当我们准备返回的时候，突然听见有人叫，来了，来了。但又听说要过天桥，只好蜂拥而上。人挤得水泄不通，拼命似的过天桥。到了对面的站台上，空袭警报突然响起来了，站上的灯全部熄灭。乱哄哄的空气中，如有恐怖的巨掌在每个人心头摇撼着，我和母亲发现失去了一只皮箱。天亮后，仍没有见有能上的火车来。我们一家，哥哥在火车站守行李，母亲带着妹妹跟着黄包车拉运行李，我一个人拿着两件小行李，先行回家了。没有料到母亲回到火车站后,火车却真来了,哥哥已经上了车,还带上了行李。但母亲考虑到我已经回家,便让哥哥先去镇江,我们第二天再去会合。

第二天晚上再到火车站,又遇到几次空袭。母亲、妹妹和我都挤上了火车,但敌机又来了,大家只有下了火车。后来,我和妹妹终于挤上火车,母亲却被一个士兵踢了下去。母亲说,对不起,救救性命。那士兵说,前线成千成万的人在死,你们有什么死不了的!母亲最后还是挤上了火车。那是露天铁皮车厢,原是货车。我们在火车上等着从南京方向来的火车头。没有火车头,火车开不动。虽然在夜里,警报一直没有断,比白天还多。但我们不能下去了,要死要活都随便了。这时,下起了雨,不到十分钟,我的呢大衣全湿了,但却放下心来了,因为下雨,估计敌机就不会来了。

火车离开常州时,我的心里很难受,觉得要与故乡永别了。11 月 16 日早晨到镇江,下了车过天桥时我才看清了我们坐的那辆露天火车,上面几乎全是士兵,车板上铺着稻草,有几节根本没有车厢,就是一块板,只有我们那一节载有难民。

我们在镇江与哥哥会合后,晚上登上了瑞和轮。我们付了三个人的铺位钱,但只有船员机房里的两张铺。瑞和轮是外国人的轮船。在船上,吃饭几乎是抢,厕所也不容易找到,行李和人挤在一起,茶房还不断地再加进人来。到汉口前,我和哥哥合作画了一张写生画,记下了船上机房里的情景。

11 月 17 日晚,瑞和轮起锚。四天后到了汉口。我负责押着小箱子和铺盖,脚夫走得极快,我只好小跑,才能跟上。

我们每天买《扫荡报》,看战讯,打听常州的消息。同时等着去湖北新堤的船。母亲决定去新堤,因为那里的生活费便宜,也有亲戚可以照应。我们在汉口,为了省钱,不轻易坐黄包车。我们听说常州城内满街是死尸,非常担心祖母和姑姑。一天,母亲突然接到电话,说祖母和姑姑,还有父亲,全到了汉口。祖母和姑姑坐船到镇江,然后坐上了英国人的隆和轮,虽然当时英国人用冷水和开水浇阻争抢着上船的人,但祖母和姑姑都是女性,还是被准许上了船。父亲是从上海辗转到了镇江,在旅店听说有张船票到汉口,便上了船,在船上喜出望外地碰上了祖母和姑姑。

离开在汉口住的中和旅馆时,我们几家亲戚一共乘着十五部黄包车赴码头,连开红绿灯的警察也感到奇怪。我们一家人和许多逃难的亲戚,十多个人,会在了一起。登上开往新堤的船,我们都挤在底舱,甲板上坐了许多壮丁,双手被捆,有警察看着。

在没有到达之前,以为新堤是一个很美好的地方,但是到了以后,觉得这地方的文明程度还比不上不久前到过的常州乡下前黄镇。这里街上铺着高低不平的石条和泥,满街是白猪,卫生条件很差,还有个禁止缠足委员会。我们住在福泰客栈。新堤通行的货币还没有统一,大城市通用的铜板这里不能用,前清的硬币倒能用。因为挨着长江,鲜鱼倒很便宜,我们便每天都吃鱼。

我们一天的生活,不外乎睡觉、吃饭、逛街,哥哥还读一点英文。汉口的报纸隔一天到新堤,大家总是争先恐后地看。常州沦陷了,芜湖沦陷了……有人说日军即将占领九江,进攻武汉,还说日军在南京屠杀壮男不计其数!

跟我家一起到新堤的亲戚,准备去四川,我家也曾考虑去。但经过慎重思考,我们还是决定回上海,因为我们的根子还在上海、常州一带。我和哥哥还有个到原校继续求学的问题。我们准备从武汉坐火车到广州,再乘轮船到香港,再由香港乘海轮回到上海。

12 月 23 日晚,我们从新堤乘上火轮武安号,于次日到武汉,住进了隆安客栈。第二天一早,父亲带着我和哥哥到武昌粤汉铁路总站去打听到广州的火车。在武昌码头,看见了许多抗战标语和漫画,全民族总动员,抗战的气氛浓极了。我们在 12 月 28 日坐上火车,离开了武昌。

我们上的是二等车厢,但房间早被人抢去了。祖母只有睡在凳上,我跟哥哥挤在两节车厢的连接处。因为缺乏服务员,橘子皮、糖果皮在车厢里堆成了小山。厕所里到处是粪,连马桶圈上都是。

车过株洲后,父亲旁边有人下车,我终于有了座位。我发现桌上有两本别人遗留下来的文摘和其他杂志。我取来读,其中有一篇鲁迅的《说胡须》,很有趣味。

1938年元旦清晨,我们到了广州,住在泰安客栈。入夜的广州,霓虹灯闪烁,很繁华,戏院的灯尤其明亮。我们客栈附近,就有一家影院,在放粤语片《锦绣山河》。第二天,我跟哥哥去游跨越珠江的海珠桥。第三天,我们坐上佛山号轮船告别广州,到了香港,住进与广州泰安客栈联号的平安旅店。

我们在香港只住了三个晚上。香港留给我繁华的印象。到了晚上,香港山上繁华的住宅区,灯火灿烂,美不胜收。但有一点奇怪,原以为香港既为英国统治的地方,应该有许多英国人,但却没有见着半个,还不如在上海见得多。傍晚与母亲出去买东西,回旅馆时在沿街的一个摊子旁吃晚饭,坐在马路边的木板上,一碗汤就放在马路上,我们哪里管那么多,只顾吃,母亲却认为不太成体统,一口饭也咽不下。

1月6日,离开香港,乘苏州号轮船赴上海。船上很脏很挤。买了船票,不买床位还不能占位置。这个床就是帆布床,这个所谓的位置,不过是找一块空地。我们一家人要在一起,根本不可能。我和哥哥,还有一个同行人(原是亲戚家的男佣)在一起,各自抱着自己的帆布床,找到能躺下的地方躺下来就不错了,哪怕脚都伸不直。

我晕船昏睡了一天一夜。1月9日清晨,到了厦门,吃了母亲在厦门港买的橘子才好一些。这时,来了两个海关检查员,虽然我们不在厦门上岸,可他们偏要检查行李。一位检查员在检查一只皮箱时,发现了一只表,便放进自己的包里,有的箱子里有钞票,也被没收了。旅客恳求的眼光,一点也不起作用。检查到我们的箱子时,父亲掏出两块钱给他,检查员还是叫打开来,父亲又摸出一块钱给他,他才走开了。

1938年1月11日早晨,我们到了上海外滩,日本飞机在我们头上飞了三圈,好像是示威。我们坐的苏州号,挂的是英国旗。上了岸,我们立刻雇了人力车到萨坡赛路二二六号姨母家。表哥看见我们,还以为是在做梦。

这次逃难,从常州绕道到上海,经过两个月时间。我曾把这段经历记录在本子里。我还给这段笔记起了个名字,叫《漂流记》。

《漂流记》,"文革"中第一次抄家时没有被抄走,漏了网。第二次抄家时,还是没有被抄走,得以保存到今天。

继续在上海中学上课

1938年初逃难到了上海后,我补习了功课,去投考光华大学附中和东吴大学附中,前者录取,后者落选。

我打听到上海中学仍然开课。上海中学在吴家巷的校址已经被日本人占领了,上中借用法租界的上海美专一部分教室上课。于是我去投考上海中学初二下。2月11日下午,我到上中看新生榜,我的名字竟排在初二下的第二个,我真是惊喜交加,因为考试时觉得考得并不好,没有想到却被录取了。

"八一三"事变后,我缺课一学期,对英文、数学感到很隔膜,跟不上。此时级长朱义耀来找我一道创办课室墙报《烽火》半月刊,我极感兴趣,立刻答应。3月15日,我们出了创刊号,我画了两手高举火炬图作为封面。4月5日,出第二期;4月16日,出第三期,是摄影专号,请国文老师蔡先生题词。5月16日,出版第六期,还请蔡先生题词。6月6日,出第七期。6月14日,出《烽火》第八期临别号。为办这份刊物,有时候整天都忙着:我要画封面,写文章,组织稿件,写编者按,等等。最后一期赶出来后,第二天,大考完毕,学年也结束了。

这个学期,我数学和英语两门主课不及格。但是,英语老师对我好。这个老师叫陆福遐。英语课举行背诵比赛,我获第一名,陆老师奖励我一瓶墨水,一瓶地球牌墨水。礼轻情义重,老师送奖给学生,是对我的极大鼓励,我很感谢他。陆福遐老师恨铁不成钢,对我有点失望,他希望我的英语学得好。有一次,办《烽火》,我写了编后,说我们办的刊物"请各界批评指教"。陆福遐老师看了,说,你的"各界"是什么界,是商界、军界,还是政界?我是小孩子,其实不懂什么"各界",说的是套话。他讽刺我,我知道他不满意。

最后还是没有留在上海中学,英文是主课,不该不及格。何况还有一门数学不及格。那个时候,成绩报告单要寄给家长。父亲看了只说我不用功。父亲说,虽然一个学期没有上学,但是你用功的话,六十分是能拿到的。我也承认不用功,心野,喜欢办墙报,看闲书。常到东新书局、商务印书馆购书或站着看书,也到霞飞路的其他书店去看书。

我天天看报,有重要的还要记在日记里。刚放暑假,到菜市路上海中学暑期学校报名,又到吕班路麦赛尔蒂罗路口牛津英语补习学校报名。7月中旬,报考大同附中,虽然被录取了,但没有上两天课,我便得了伤寒症。

1938年11月、12月在家待了两个多月。病中,母亲照顾我,还教我唐诗,古文。我也试作一点旧诗,如:

作客在沪滨,悠悠岁月更。病躯神未复,书卷已成尘。亲老犹奔走,家亡空泪零。读书须努力,转眼岁时新。

高中：作文比赛得第二

我的伤寒病完全好了后，也不想再进大同附中了，因为我感到那里课堂秩序太乱。1939年春，省立常州中学在上海复校招生。常州中学，也是我父亲的母校，是我的大舅屠元博创建的。为了投考这所中学，父亲带我到新开张的西门路乐来照相馆去拍了照。

很幸运，我被录取了。校址先在爱多亚路，后搬到卡得路，借用国强中学的部分校舍来开班。我在常州中学沪校从初三一直读到高中毕业。

我的数理化很差，国文、英文好一些。高二作文比赛，我得第二。作文题目叫《论生于忧患，死于安乐》，规定两个小时完成。我构思用了一个小时，第二个小时开始写。我想跟别人写得不一样，文章构思，用正反合的逻辑关系写出来。得第一的是一篇文言文，我觉得我那篇更有思想。用文言文，我也会写。那个同学，少一点思想。有一个老师说，你的思想好，但那个得第一的同学功力更深。

有一次，我在教室里办自己的画展。董志新老师来上课，问是谁画的，我说，是我画的。他笑笑，没有说什么，开始上课。他对我很爱护，毕业前那一年，有一次上课时我模仿曹禺写剧本，他发现了。他慢慢走到我跟前，一边讲课，一边给我使眼色，我立即停下写作。他

屠岸十四岁，为报考常州中学而拍的照。印四张三英寸的，花了五角钱

没有直接批评我,没有当场把我拎出来,我很感谢他。当时董志新是校长,也是英文老师。

高中毕业时,日军已占领上海英法租界。学校改名为"常中学社",以应付日伪。

中学阶段,我有两位好同学。一位叫丁元生,我们小学在同一个学校,他比我高两班,像哥哥一样关照我。我考入上海中学后,我初一,他初三,来往很多。后来我们走了两条路,他参加了国民党,是公开的;我参加了共产党,是秘密的。我们在政治上没有共同语言。他准备结婚的时候,让我帮他挑,一个是家乡的王小姐,比较土,但贤惠;另外一个是洋派,圣约翰大学的孙小姐,活泼有学问。我让他自己拿主意,最后他选了王小姐,我应邀出席了他的婚礼。主持婚礼的人是国民党上海市党部主任方治。参加这样的婚礼,我很感叹,我们完全分道扬镳了,但是我们私人的友谊还在。后来他参加中国民航,任汕头公司的地区分部经理。解放前夕,两航(中央航和中国航)起义,我看国民党起义名单中没有他的名字,知道他是到台湾去了。

1939年,常州中学同学合影 上左起:巢裸德、李德馨 下左起:舒光巽、孟祖勋、屠岸

还有另外一个好同学,舒光巽,他参加了国民党的空军,做后勤工作,解放前到了台湾。临

别的时候,他来跟我告别,对国事很担心。那个时候我已经是共产党员了。没有时间细谈,我也不可能把我的情况告诉他,匆匆把他送走了。

1999年有个两岸女性诗歌研讨会,中国作家协会让我任团长带队前往。我到台湾后,打听丁元生和舒光巽的下落,都没有结果。

喜欢话剧、电影

我在中学、大学求学期间,业余爱好是看电影、话剧。1937年11月到1941年12月,上海孤岛时期,话剧蓬勃发展,有一批进步的话剧家在那里惨淡经营,像上海剧艺社,像黄佐临领导的苦干剧团,还有费穆领导的话剧团。我只要有零用钱,都买票去看。当时许多进步的青年学生都喜欢看话剧。我看过《天国春秋》、《李秀成之死》、《海国英雄》、《明末遗恨》、《夜店》、《大雷雨》等。

那时,放电影的地方叫大戏院,像金城大戏院;演京戏的叫舞台,如共舞台、天蟾大舞台。头轮电影的票价最昂贵,《乱世佳人》我就是看的头轮。最初外国电影都是原版,后来有点字幕,再后来有译意风,可以加一点钱,看电影的时候,把译意风套在耳朵上听同声中文翻译。快解放时,才有少量的华语配音。

有些电影,我特别喜欢,看的次数也多。《马路天使》我看了三遍,《天伦》看了好几次,有一次看到九星大戏院的广告,要重放这部有字幕的默片,我就逃课去看。我一边看,一边流泪。

《木兰从军》,也看了好几遍。主角是从香港请来的演员陈云裳,成了我的偶像。我一直关注陈云裳的生活,后来看小报,有人说陈云裳被张善琨霸占,我气得捶桌子。但后来又说是误传,她最后嫁给了一个医生,是个放射科的专家,我很高兴。

我也喜欢电影插曲。《天伦》歌,我还能唱:"人皆有父,翳我独无,人皆有母,奚我独无……"

看美国电影比看中国电影多,因为美国电影品种多,放映的也多。我的偶像影星是一个少女,狄安娜·窦苹。她演的每部电影,我都去看,像《丹凤朝阳》我看了九遍,1977年在北京内部放映,我又看了一遍,所以应该说一共看了十遍。

当时跟我一起演戏的大朋友费定,有一次跟我聊天,叫我看电影要有选择。他举例说比如文艺片,要知道原著在文学史上的地位,大腿片(歌舞片)没有什么意思。费定参加过一些电影的配角演出。

我看过莎士比亚的《仲夏夜之梦》、《罗密欧与朱丽叶》、《王子复仇记》等。我也喜欢历史片。《倾国倾城》是写埃及克里奥帕特拉女王的,还有《十字军东征记》,这部电影是在上海英租界一个小马路里卡尔登大戏院上映,全是英语对白。

《双城记》给我的印象极深。特别是最后,卡尔登为了友谊,代替露西的丈夫达尼上了断头台的那个镜头,我一辈子忘不了。

我还想当演员。有一次,我到演话剧的辣斐剧场后台找到演李秀成的演员严俊。我说你演得好,我也想当演员。他说要考国语,如上海音相同的"石"、"舌"、"人"、"日"这几个字的国语发音,你能分辨吗? 我试着说了一下,他听了后说,你学好了再来。

我跟表哥奚祖权,表弟奚祖纲、奚祖圻,加上我的哥哥蒋孟厚是少年时期非常要好的朋友,每天离不开的玩伴。爱好相同,一起看电影,一起听音乐,一起看话剧,一起讨论。

一次,表姐奚慕权建议同住一楼的两家人定期集会谈文化戏剧。一次,我谈我构思的一部小说。谈到鲁迅,大家对《阿Q正传》发表看法。我父亲说好,说深刻;我二姐说不能理解,说鲁迅把中国人写成那样,不理解。

由于迷电影,我们自己弄幻灯搞电影,画了画,像演皮影似的在我们的阁楼上放。1936还是1937年,作为游戏我们成立了电影公司,叫"尖头电影公司"。还有电影公司的片头曲,是我作词,我表哥作曲的,叫《尖头歌》。我们假想出品了影片《古庙呻吟》,受当时的电影《夜半歌声》的影响,编得有点诡异。

爱 上 写 日 记

1933年上小学四年级,我已开始写日记了,到1936年小学毕业,我已写了三年。那时记日记,是用毛笔写小楷,从右到左,竖写在毛边纸上,订成本子。1936年冬,我从上海中学回到故乡家中度寒假,当我寻找小学阶段的那些日记时,发现日记已不翼而飞,被姑母当做废纸引火用了。

1936年9月至1937年7月,我上初中一年级时,改用钢笔写日记,从左到右横写在当时购买的一种练习本上。1937年6月,我回常州度假,7月,抗日战争爆发。后来,"八一三"淞沪抗战进行,多事之秋,心情不定,我的日记中断。1938年至1939年,我连续写了两年的日记。虽然由于局势动荡不安,记得简略不全面,但总算留下了一些可资回忆的资料。1940年,我在常州中学读高一下学期和高二上学期,由于局势相对稳定,所以便天天写日记。在南京路大新公司(后来改为中国百货公司)的一层楼里,有一种业务:装合订本,可以烫金。我就去把那一年的日记拿去做成一本书的样子。封面烫金,命名为《一九四○年叔牟日记》。

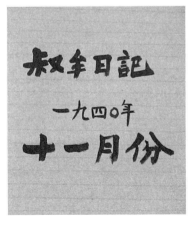

叔牟日记

叔牟是我那时的笔名,是我的父亲给我起的。古代老大叫伯,老二叫仲,老三叫叔,老四叫季。我是老二,怎么叫叔呢?原来叔季指衰颓的时世。那时国难当头,父亲觉得要学释迦牟尼普度众生那样担起拯救百姓的责任,所以给我起了这个名字。

1941年,我感到日记写得过于详细,没什么必要,而且费时太多,影响学习,于是写起了简化日记。这样的日记已经散失。

1942年至1946年,我在上海交通大学学习期间,日记时断时续,如今大部分也已散失。但其中的1945年,从元旦开始,我写起了"百新日记"(是百新书店出的一种日记本,故有此名),一直写到12月7日,至今保存,完整无缺。

1946年2月,我加入了中国共产党的地下组织,不再写日记。1949年10月中华人民共和国成立后,由于工作太忙,我也没有坚持写日记。

1956年,毛泽东发出了"百花齐放,百家争鸣"的号召,中宣部部长陆定一撰文宣传这个政策,提出文艺工作者有创作自由和理论自由,我大受鼓舞,恢复了写日记。谁知到了1957年,"反右"风暴席卷全国,我又停止了写日记。

1962年,我肺病复发,遵照医生嘱咐到苏州家中养病,其间,我又写了大量日记。这年10月,毛泽东又提出"阶级斗争要年年讲,月月讲,天天讲",党的八届十中全会公报一公布,我又停止了日记写作。

1966年,"文革"爆发。1967年1月,我被定为"三反分子"、"黑帮"、"走资派"、"反革命",被造反派揪出批斗并投入牛棚。当时,造反派审问我,要求我交代、反省"三反"罪行,并被抄家两次,早年的日记全被抄走。由于过去的许多事情的细节年代久远,难以想起,因而无法为自己辩护。我想,今后的事情呢?为了应付造反派的反复提审,我又坚持写日记,以保存记忆。但最大的痛苦,最深的悲愤,却因为当时环境的制约而不能写在日记之中。从1966 年到1970 年,四年之间,尽管所记不全,但总算留下了一点儿。

从1971 年到现在,三十多年间,我坚持天天写日记。养成写日记的习惯以后,一天不写日记,便觉得是一种失落甚至失职。再后来,日记变成了我的"档案"。

今天能这样回忆自己的一生,几十本日记,成了最好的帮手。

我虽然不再唱歌,却变为音乐的迷恋者

我九岁那年暑假里,在自家屋子的阁楼上,发现了一堆盖满灰尘的乐器:一支笙,一架扬琴,两支箫。我用手帕把乐器上的尘埃拭去,那笙便露出光泽来。十几根竹管形成长短不一的笙管,上有音窗,下有摁孔,装在一个木制的圆形笙斗里。我把嘴凑到吹口上一吹一吸,笙簧便发出和谐温柔的音响来,震荡在阁顶下。我惊喜不已!可惜扬琴和箫已经破损。我急忙下楼找到母亲,缠住她问个究竟。母亲说,那是她从武进女子师范学校毕业以后,在湖南桃源教音乐的时候买的。我奔上阁楼,取下笙来,恳求母亲吹一曲。她终于为我吹奏了一曲《苏武牧羊》。顿时,一种孤凄然而坚毅的曲调缭绕在空中。庄严而激越的笙的旋律使我浸入了一种忘情的境界。

自从知道母亲懂得音乐后,我把学校里教给我的歌曲都唱给母亲听。她一一加以检查和指导。由于得到了双重教导,我在小学五、六年级时是音乐优秀生。我常常哼自己瞎编的歌。老师对我天赋的嗓音和歌唱的能力夸赞不已。但是到了初中一年级,在一次音乐考试——上台独唱《湖上春行》时,突然发生的"倒嗓"击垮了我。老师听我艰难地唱到一半,便停止伴奏,挥手叫我下台去。他发了一点慈悲,给了我六十分!我掉了泪。

母亲知道了这事，说，真正的音乐是从心里流出来的。即使嗓子出了毛病，只要用心灵去贴近旋律，唱出的歌声还是会叫听的人流泪！又说："倒嗓是上帝不公。如果我是你们的音乐老师，绝不偏袒儿子，但我要给你至少九十分！"

我虽然不再唱歌，却逐渐变为歌的钟爱者，音乐的迷恋者。那时候我对京剧不感兴趣，不懂，可我母亲会唱昆曲。我对京剧反感。我父亲也对京剧反感。我母亲年轻时唱昆曲，我父亲也不反对。我对莫扎特的室内乐、贝多芬的交响曲、舒伯特的歌曲、李斯特的交响诗、柏辽兹的标题音乐、威尔第的歌剧、门德尔松的无词歌……几乎都如醉如痴。那一段时期，上海每星期都有音乐会，由工部局交响乐队演奏，阿里戈·富阿指挥。我只要能买到门票，就必去听。穷学生常常是兰心大戏院的座上客。除听音乐会外，就是听留声机放音乐唱片。经常同三五好友组织唱片音乐会，也在自己家中听唱片。

但当我高中毕业后准备去投考国立上海音乐专科学校作曲系时，从来对我百依百顺的母亲却大不以为然。她对我说，我缺乏音乐的神经。对于我来说，学音乐不如学诗，写诗不如译诗。我问为什么，她说："当你还是孩子的时候，音乐在你的心里。你现在成人了，你的轮廓逐渐显现。我看见你的心，它已经离开了音乐的天国。"我问，难道诗的天国就容易攀登吗？母亲说，诗是极难学的，但是音乐比诗难上一百倍！这次我竟然不听她的忠告，冒冒失失地去音专报名应试了，结果却是名落孙山！母亲说，此时无声胜有声，对于我来说，奏无声的乐曲更好。

有一个大学同学许振乾，他自己拉胡琴，因为爱好音乐，我们结成了比别的同学更近的关系。我们常在他家听古典音乐唱片。我家里唱片不多，他收集的唱片有两大箱。我们特别喜欢克莱斯勒作曲的小提琴曲《牧童谣》，还喜欢贝多芬，喜欢听《月光曲》和他的九个交响曲,特别是第六交响曲。每到星期六,我就到他家里,有时也听他拉胡琴。他家在徐家汇孝友里18号,他住在楼上,现在这房子已经拆掉了。"文革"开始,他珍藏的大量唱片被当做"四旧",他上缴了。但抑郁成病,1966年深秋,他病故了。

五十年代初,我从上海调到北京,个人保存的许多唱片失落了。我想重建"家业",在东安市场旧货摊上陆续买了一些旧唱片,其中有我最喜欢的贝多芬的《命运》、柴可夫斯基的《悲怆》、舒曼的《梦幻》等。但是,后来一次次政治运动的无情冲击,终于把我的音乐氛围摧垮。我几乎同音乐断绝来往了。"文革"一来,一堆唱片全毁了。

绘画,成了我一辈子的爱好和习惯

我六岁时,随父母离开江苏常州,到吉林四平街居住。一天早晨醒来,我看见母亲正在伏案作画。宣纸上出现云霓、彩霞、万里长空、万顷波涛、雄伟的船只。母亲画完了,在上面题字:乘长风破万里浪。她说这幅画是专门画了送给我的。我那时小,不懂得画。但记得我随父母从上海乘轮船过黄海到达大连时,见过海上日出,这幅画唤起了我的记忆。我能从画面上获得一种美感愉悦,对这幅画爱不释手。

小学里教美术的老师叫吕步池,他非常喜欢我,我常在他的宿舍里画画。有一次,当时的常州要办一次儿童画展览,他给我请了假,不上课了,在觅渡桥小学的图书馆里指导我画画。吕先生让我画一系列的画,教我构图、设色等。最后画了有二十多幅,大都是风景画,在常州的大公园里展出。这件事给我的鼓励很大,我更加喜欢画画了。

我读小学三年级时,母亲给我看一本画册,说这是她的一个学生从《东方杂志》和一些日本杂志上剪下的几十幅画页,装订而成。这些画页大都是用道林纸彩印的世界名画,如拉斐尔的《圣母》、库尔贝的《石匠》等。我翻看时,特别喜欢一幅画,英国画家透纳(Turner,1775—1851)的《战舰》。画面上浩瀚的大气和含雾的阳光把我引进一个无限空明的世界,再次唤起我对海的记忆。我奇怪,这幅画与母亲送我的《乘长风破万里浪》很相似,便去问母亲。母亲说,她画时心中便存着透纳。她说,透纳的风景油画有中国水墨画飞动空灵的特色,所以她试着用毛笔和宣纸来表达透纳的风格。她说,家里还藏有一幅临摹透纳的《战舰》的画,便拉我一同去寻找。

母亲从我祖父留给我们的长方形木箱里找到了画。她让我拿着画轴,她把画展开,正是透纳的《战舰》!天空、落日、海水和舰只都用毛笔勾画和晕染在绢上。比起那张小小的印刷品来,这幅画画面大得多,色彩也鲜明得多。母亲说,这是我爷爷的一位画家朋友根据日本印刷品临摹下来的。母亲又从木箱里找出同一画家临摹和创作的几幅风景画给我看。我对这些画产生了强烈的兴趣,并且幻想将来当一个专画风景的画家。

我做小学生和中学生时,非常喜欢画风景画。有一回我从前黄镇乘船回常州城,一路上经过一座座桥梁,有吴黄寺桥、聚湖桥、张桥、社桥……这些桥造型美观,各呈不同的风姿。我画下了很多速写。高中时,因为没有钱去买油画颜料,我通过水彩或水墨对透纳的风格进行了模仿,我拿到学校给同学看,同学们用绳子斜穿教室,把我的画全挂了起来。

1943年7月,我是交通大学一年级的学生,暑假中有两个月的时间,我专门到上海美专的暑期班学画。教水彩画的老师叫潘思同,是一个有名的水彩画家。教素描的老师叫吴联英,是一个青年教师。有一次吴联英说带我们去见刘海粟。刘海粟住在离我家很近的地方。我们进屋,听说刘海粟在睡觉,我们就在客厅里等,吴联英拿了许多刘海粟从国外带回来的画册和画幅给我们看。最好的是德国印刷的画幅，有一种立体感，印刷的精美使我吃惊。尤其使我惊异的是那幅我熟悉的透纳的油画《战舰》。虽然跟我以前见到的从杂志上剪下的那张同是印刷品，但这幅气魄大得多，效果大不一样。我看到布纹纸如画布，上面布满了凌厉的和柔和的笔触，颜料的挥洒和组合所形成的画面的崎岖和平坦。我感觉这仿佛就是一幅真的油画！与祖父的朋友临摹的那幅绢画相比，也有很大的不同：绢画有一种明丽秀媚的风格，与这幅印刷品所显示的博大苍茫似乎也不是一路。我倒真想看一看这幅画的真迹！

我们准备走的时候，刘海粟来了，说了一句，同学们好！他是从卧室里出来的，没有戴帽子，给我留下的是一个长者的印象。1944年他开画展，我去看了。虽然有人视他为自大狂，但他创建美专，用

1942年，上海美术专科学校同学聚会　左第一人站者为屠岸

模特儿,都是对中国美术的大贡献。另外,他还是我母亲的老师。当时刘海粟在常州女子师范教美术,我母亲是那里的学生。我曾跟母亲谈刘海粟的画,我说刘海粟把国画的东西糅到西画里,把水墨的精髓糅到油画中去,有创造性。母亲同意我的看法。

1984年我六十一岁那年秋天,作为副团长,我协助团长王子野率领中国出版代表团访问英国。在伦敦的最后一天,我谢绝了所有的好意邀约,利用仅有的空隙,前往特拉法尔加广场正面的英国国家画廊,去参观我渴慕已久的名画。进入画廊展室,只见名作如林,目不暇接。从达·芬奇到毕加索,惊人的画太多了!这使我狂喜又使我紧张。由于时间不够,只好匆匆浏览,因而满心遗憾。突然,透纳的《战舰》出现了!画面上的阳光、霞彩、玻璃般透明的大气、无限寥廓的空间、夕照下变成云的白帆、舰旁汽艇上烟囱里喷出的如火的红色烟焰……这一切映入了我的眼帘,一种超常的美感愉悦袭击我整个身心,我,惘然若失。这是我幼年时见到的黄海日出,还是我飞越多佛尔海峡时见到的北海朝霞?画面展示的是无比清醒的真实,又是无限深沉的梦幻,一种巨大的生命的搏动潜入我的心灵,使我震颤,使我神飞魄动,灵魂出窍……同行的王子野同志见我神思恍惚,问我,怎么了?我似乎从梦中醒来,答非所问地说,真迹的魅力,绝非印刷品所能企及!他听了,似有所悟,对我点了点头。

从英国归来,我永远停止了风景画的业余创作。我对母亲的遗像说:长风破浪会有时,直挂云帆济沧海。李白的预言是会实现的,但那将是另一个生命周期的事了。

第三章　大　学

（1942 年 9 月——1946 年 5 月）

考入上海交通大学

高中毕业后,我考了三个大学。一个是上海音乐专科学校,一个是上海交通大学,一个是光华大学。音专没考上。

我先考进光华大学中文系。上了学,中文系的老师赵景深说,你们来学中文,考考你们,中国最早的文学作品是什么？班上没有同学举手。我举手说,北方是《诗经》,南方是《楚辞》,老师说我回答得对。

上海交通大学发榜后,父亲跟我说:"上海交通大学师资力量强,你学文虽好,但你做不了鲁迅,救不了国,你还是去交大吧。"我是孝顺听话的,就去了。光华大学通情达理,退了学费。交通大学不收学费,但也有一些问题。

当时,交通大学作为国立大学,经费来自国民政府。抗战期间,国民政府从南京迁到重庆。1941 年 12 月日本发动太平洋战争,日军进入上海租界,从重庆方面来的经费就断绝了。没有经费,交通大学改名为私立南洋大学。但半年不到,难以为继,唐文治、黎照寰等校董最后商量,是不是接受伪政府的少量经费。但是,有条件,不教日文、政治,不军训。伪政府同意,但名称恢复为国立交通大学。我们心里则把"国立"理解为抗日的国民政府（重庆方面）。我们家里商量了，如果教日文、政治，有军训，我就转学，结果没有。一直没有，跟原来一样。

在大学，我遵父命学铁道管理，学了三年半，因病辍学，没有毕业。但在这期间，我经历了人生的重大转折。我从一个热血青年走向革命，最终成为一名共产党员。

野火诗歌会及《野火》

我在高中的时候有一个同学，很要好，叫缪鹏。高中毕业后，我进交通大学，他进圣约翰大学。我写的诗，编成集子《木鱼集》，他看了感兴趣。他说有个约大同学叫成幼殊，给她看看好吗？我同意。成幼殊看了我的诗很感兴趣。缪鹏又说，成幼殊也有诗集，叫《追踪集》，想不想看？我说想看，于是缪鹏把成幼殊的诗集借来给了我。我一看，感到成幼殊是一个优秀诗人，我自认为她的诗才超过我，于是我说想见见她。成幼殊欢迎我去。1945年的春天，我到善钟路浦行新村成幼殊家去。第一次她不在家，因为那时没有电话，是撞着去的，成幼殊的母亲在。第二次她在，一见如故，我们共同语言太多，于是频繁往来。成幼殊1924年生，是成舍我的女儿。成舍我是个大报人。后来担任人大副委员长的成思危是成舍我的儿子，成幼殊的弟弟，这个关系我是后来才知道的。

我认识成幼殊时，她已经是共产党员，当时她在党的地下组织中做交通工作。她经常来往于上海与苏北解放区之间。有一阵我曾想跟她到苏北去，但没有成功，因为她经常走的一条交通线受阻了。

抗战胜利后，成幼殊住到安和寺路，是两层楼别墅，有园子，有竹篱笆，漆着黑漆，有大客厅，离上海的闹市区远，距交通大学比较近。这个地方就成为一群青年人活动的地方。解放后,成幼殊当了《南方日报》的记者,后来到了外交部。成幼殊的《追踪集》,她自己没有留底。我曾经把其中的十几首抄在我的本子上。"文革"时我的本子没有被抄走,但她大量的早年的诗都没有了。幸而成幼殊有个大学同学,叫侯克华,保存着当年成幼殊自己抄写的全部诗稿。我鼓励成幼殊出诗集,我说:"你的诗写得非常好,你的诗集出来后,中国的新诗史要重写!"她的这本诗集出版后,得了第三届鲁迅文学奖的诗歌奖。

我通过成幼殊,认识了上海圣约翰大学的其他同学。如何溶、周求真、陈鲁直、吴宗锡、葛克俭、潘惠慈等。潘惠慈的哥哥潘有声是胡蝶的丈夫。胡蝶是当时的电影皇后。她曾被军统特务头子戴笠霸占。戴笠死于空难后,她回到丈夫家,破镜重圆。胡蝶与戴笠同居,是被迫,非自愿。

我的女友章妙英,圣约翰大学学生,后来成为我的妻子,也参

2005年6月27日,屠岸与成幼殊(右)在深圳 第三届鲁迅文学奖颁奖典礼上

加了我们的集会。震旦大学学生卢世光,参加了我们的活动。震旦大学是法国人办的。卢世光的法语很好,他翻译过雨果的诗。

潘惠慈为人好,像大姐姐一样。她不写诗,但她懂诗。她的家也是我们活动的地方。此外,周求真金陵东路的家,还有我的家,都是我们活动的场所。如果到我的家,就在三层楼的阁楼上活动。

我们讨论诗歌的倾向性问题,认为需要革命的诗歌,要走大众化的道路,也要学习进步的外国诗歌,如苏联革命诗人马雅可夫斯基,英国积极浪漫主义诗人雪莱、拜伦等。但是宣言归宣言,我还是喜欢莎士比亚、济慈。鲁迅说济慈不属于摩罗诗人。摩罗是什么?就是撒旦,是反抗旧社会旧秩序的人。但鲁迅并没有否定济慈。鲁迅特别推崇拜伦、雪莱。拜伦反对民族压迫,为援助希腊独立而献出了生命。雪莱被马克思称为革命家。我们还朗诵诗歌。主要是朗诵艾青的诗,其次就是七月派诗人,绿原的、阿垅的诗。

2003年11月22日,"野火"伙伴们晚年重聚　左起:成幼殊、陈鲁直、屠岸、卢世光

我们还用英文朗诵雪莱、济慈的诗。

1943年,上海交通大学同学合影 后左一屠岸,二董庆煌;前左二陈祖楫

我们一群人本来可算是一个诗歌社团,后来想办一个刊物。成幼殊说,刊名叫《野火》,好不好？大家同意。"野火",即我们是在野的、民间的,但我们是一团火,要把旧世界烧掉,建立新世界。既然有了刊物,我们团体的名称也统一了,叫野火诗歌会。

《野火》是油印的诗刊,1945年冬天至1947年秋天,一年多的时间,一共出了三期。1945年底开始准备,1946年春天出版了第一期,1946年的下半年,出版第二期;1947年下半年出版第三期。

刻蜡版的是卢世光。有一部分原是我刻的,他不太满意,重刻了。我们推举卢世光做野火诗歌会的主席。陈鲁直(笔名谢庸)是我们的理论家。他写了谈诗歌大众化问题的文章。除了登创作的诗外,也登了翻译作品,如马雅可夫斯基的诗《我们的进军》。

第一期出来后,成幼殊在一次集会上送给了郭沫若。第二天(1946年6月7日),郭沫若就给她回信了。郭沫若说：

　　你昨晚送给我的《野火》第一期,我今早起来,从头至尾,一字不漏地读了一遍,读后的快感逼着我赶快来写这封信给你。
　　你们的《献辞》和谢庸的《也谈大众化》,意识都很正确。……

郭沫若在信中称赞了一些诗。其中有我的《初来者》和《自己不敢说话的时候》,说是好诗。《初来者》最后说:"请你们热烈地拥抱我们。"郭沫若在信中说:"我真想把你们当成兄弟姐妹一样,热烈地拥抱。"这是对我们的鼓舞。

有一次我们请来了美学家蔡仪,蔡仪是从重庆来的,由成幼殊跟他联系。蔡仪来给我们介绍大后方的文学活动。我也到蔡仪家去过,把我的诗给他看。

《野火》办到1947年秋天。为什么停刊了呢?因为当时政治环境恶化了,组织上安排成幼殊和陈鲁直转移到了香港。他们走了,其他人太忙,没有时间搞了。

在交通大学学习期间,我和同窗好友董庆煊发起成立了一个学生业余组织"南洋诗文社",正式成立时间是1944年1月,在冯润椿家里。他的父亲是民立中学的校长,他的家就在中学校园内,我们借这个中学的会议室开会。我们请唐庆诒老师做名誉社长。参加的同学有十来个人。

我给唐庆诒老师伴读,他教我古诗文

唐庆诒先生是我读交通大学时的英语教师,美国哥伦比亚大学硕士,学贯中西的教授,江苏无锡人。他父亲是交大老校长唐文治先生。一天,他被人扶到教室门口,他身穿灰色长袍,戴墨镜,跨进教室,站到讲台前。此时,全体同学肃然起立。庆诒师说:"同学们,从现在起,我来教你们英语,我不能板书,只能口授……"同学们爆出热烈的掌声。从此,庆诒师每周给我们上两节课,全用英语讲授。他一般不发讲义,而是给我们指定教材,让我们自己去找。比如英国作家狄更斯的小说《大卫·科波菲尔》英文版。这类书在当时上海书铺里不难找到。他讲课不是死板的灌输，常常是启发性的引导。比如，他说，你们读这本书，当然是要学好英文，但还要理解作品，从这个孤儿的遭遇去了解英国社会，比如英国的司法腐败。他讲课生动活泼，引人入胜，比如他说，这本书里，大卫的继父叫谋得斯东（Murdstone），是个残酷的人，在他的压迫下，大卫的母亲早亡。"谋得"跟"谋杀"（murder）谐音，而"斯东"（stone）是石头，暗指此人是个铁石心肠的谋杀者。又说，大卫的第一个妻子叫朵拉（Dora），漂亮可爱，但什么事也不懂。朵拉跟洋娃娃（doll）谐音，暗指她和洋娃娃差不多，中看不中用。大卫的第二个妻子叫安妮（Agnes），非常美丽，有一颗高尚的心。安妮跟安琪儿（angel）读音相近，暗指她简直是一位天使。曹雪芹用字常常以谐音寓深意。狄更斯似乎也是此中高手！这样讲解使同学们听得非常开心。有一次，庆诒师一到课堂，二话没说，就向全班同学高声背诵了一首英文诗：英国浪漫派湖畔诗人柯勒律治的名作 *Kubla Khan*（《忽必烈汗》），然后讲解这首诗产生的背景。原来诗人刚把方才梦中见到的东方幻景用不假思索的诗句记录下来，不意被来客打断。待客人走后，一切都忘了，因而这首诗成了一首未完成的杰作。庆诒师背诵时，声调时而沉郁，时而高昂，抑扬顿挫，极富乐感。他要求学生把这首诗背诵下来。我照他的嘱咐做了，直到今天我依然能背诵。庆诒师对学生要求很严格，他说，你们学英文要做到能听能说能读能写能译，要做到脑子里不用中文而用英文思考问题。

　　一天，庆诒师嘱我到他家去一趟。我如约到了霞飞路（今淮海中路）上方花园他的家。他对我说："我因目盲，不能阅读。所以请你来，为我朗读中文和英文的书、报、刊，每周一两次，可以吗？"我知道庆诒师是看中了我的国语和英语发音准确流利，功课也好，所以要我来帮他解决阅读问题。我喜出望外，因为这是一个接近庆诒师又能为他服务的难得的好机会。我说,为先生读书报,是我最愿意做的!

这天,他谈了他双目失明的经过。三十年代初,他在无锡、上海执教,因劳累过度,目力日衰,虽多方求医,最后赴奥地利经名医做手术治疗,终于回天乏术,双目失明,时为1934年,他三十七岁。此事对他精神上打击极大,但他以巨大的毅力,克服困难,终于顽强地继续奋斗在教育岗位上。他还向我讲了左丘明和弥尔顿的例子。他说:"贝多芬失聪而成为大音乐家,弥尔顿失明而成为大诗人。我也不能向命运低头啊!"这增加了我对他的尊敬。此后四五年间,我每周登门一两次,风雨无阻,为他朗读他需要了解或进一步熟悉的文学经典以及新闻报道之类。朗读时,遇到我不认识的字、不懂得的文句,庆诒师随时指点、解惑,或指导我查阅参考书。因此这种"伴读"本身往往就是优于教室听课的一种学习方式。后来我又为他查找资料,整理他的文稿,中文则手抄,英文则打字。这也是极好的学习,使我得益匪浅。

我们熟悉了之后,我便向他建议:"我给先生推荐一些读物好吗?"他回答说:"好啊!"我感到庆诒师国学根基极其深厚,但因目盲而来不及多读新文学作品,于是我为他朗读鲁迅杂文,他听得很感兴趣。一次我读一篇鲁迅杂文,说孔子周游列国,道路崎岖,车子颠簸得厉害,所以孔子晚年得的病是胃下垂。庆诒师听了哈哈大笑!笑过后,他说鲁迅此文分析"中庸"很深刻。

一天,庆诒师说:"你为我读书报,我给你一点回报吧!"于是他教我古文和古诗。他家藏书极丰。他让我把线装书《瀛奎律髓》、《杜诗镜铨》等找出来,从中选出若干篇教我。一次,他教我读杜甫的"三吏"、"三别"。我自幼得母亲教古诗,对杜甫诗非常尊崇,但没有读过"三吏"、"三别"。庆诒师教我说,这六首诗表明杜甫的忠君和爱国是一致的,也体现了儒家的仁者爱人和民重君轻的思想。经他指点,我对杜诗又有了深一层的理解。庆诒师对中国古诗,熟谙于心,能背诵数百首,且深察其旨。他曾编有一部《古今诗选》,收入自汉代以来诗人四十家,诗五百余首,是一个加惠于学子的优秀选本。他又深谙古诗的吟诵,曾应电台之邀讲解古诗吟诵之法。这方面我也从他那里获得过教益。

我在师宅诵读书报,师母俞庆棠时常给我送来绿豆汤润嗓,她对我也十分关怀爱护。我知道师母早年与庆诒师都留学美国,后来师母成为国内著名的社会教育家。庆诒师有一次来了兴致,对我这个他喜爱的学生没有顾忌地说:"我叫唐庆诒,她叫俞庆棠,Tang Ching Yi—Yi Ching Tang,听起来好像是一个人旋转乾坤!"我因尊卑有序,不敢放声笑,只能微笑,微笑他看不见,但他必能感觉到。在交谈中,庆诒师知道我母亲也能诗并且教我读诗作诗,便把他自己写的诗若干首背给我听,我当即记了下来。

中华人民共和国成立,庆棠师母被任命为中央人民政府教育部社会教育司司长。因积劳成疾,于当年(1949 年)12 月在北京突患脑溢血逝世。周恩来总理亲临吊唁,马叙伦部长主持公祭。我闻讯赶到师宅吊唁。庆诒师紧握我手,默然无语。他戴着墨镜,我看不见他眼中的泪。但从他的手,我感到他的心在滴血。

我于 1953 年从上海奉调北京。离沪前我到师宅向庆诒师话别。到京后回沪次数很少,但每次回沪,必登师门拜谒。最后一次拜谒是在 1978 年冬。1986 年 6 月,庆诒师以八十八岁高龄病逝沪上。我因病未能回沪参加追悼会,深以为憾。我从我的学生沈筠蓉(庆诒师的长子孝宣之妻)处获悉追悼会情况和庆诒师的死后哀荣。我读到了追悼会主持者的悼词和庆诒师的长女孝纯代表家属所致的答词。我对庆诒师增加了了解。他是一位爱国的、进步的、为文化教育事业奉献了一生的杰出学者、教授、教育家。他早年留学美国时,即以一个中国学生的身份,获得了威斯康辛州各大学校际英语演说比赛的第一名,获得了美国十二个州的大学英语演说比赛的第二名,为中国人民赢得了荣誉。他在 1917 年参加美国州际大学英语演说比赛的英文演说词,是他自己撰写的,我受庆诒师之子孝宣的邀约,把它译成中文,以便收入庆诒文集。这篇演说词的题目叫《文明的周期性运转》。文中在对中国政治、经济、文化作了分析之后,指出:"中国需要两样东西,即泰西科学和国民精神。泰西科学是为了促进经济繁荣,国民精神是为了推进政治上的统一。新的教育必须传播科学文化,推行职业训练。它必须使我国人民有能力在世界市场上进行竞争。文学艺术必须引出平民精神。……"我译完了这篇演说词,不觉感叹不已。这是一个年仅十九岁的中国青年在美国的演说,那时是民国六年,而其中的观点,有许多卓识,有的似乎已经成了一种预言。我深信,庆诒师如果不失明,他必定会对我们的国家做出更加巨大的贡献!

麦秆:宣称"画有价,情无价"的画家

自从"珍珠港"事变爆发后,日本侵略军进占了上海英法租界,我在惨淡的时代风云的笼罩下,过着穷学生的生活。在我家附近辣斐德路(现在的复兴中路)上,有一只专卖旧书的"古今书店"。店主王老板是山东人,和他的儿子一起照管着这个只有一个门面的狭小的铺子,靠这种小本经营维持着艰难的生计。店里的各种文学书籍十分吸引我,我成了这里的常客。虽然我来这里往往只是为了看书而不买书,却始终受到他们父子的热情接待。日子一久,我和那位青年店主竟成了熟人。

一个风雪交加的冬晚,我又在古今书店里坐了很久。在书架上,我忽然发现了一个纯白色的书脊,仔细一看,是莎士比亚十四行诗集的原文版,拿下来翻阅,发现这是一本精美的书。我一页又

一页地翻,真是爱不释手。我家里有一本牛津版的莎翁全集,那里面也收有全部十四行诗,但字排得紧,又无详注,整本书像一块大砖头,哪有这本书精致可爱呢?

于是我向青年店主询问这本书的售价。

青年含笑说出了一个吓人的数字:两千 C.R.B("中央储备银行"伪币)!

我以为他是当真要这个价,只好默默地把书放回书架上,走了。

事后,我心中老惦记着这本书,怕一旦被别人买去,我和它就永诀了。几天后,我又不由自主地来到了古今书店。我的目光立即投向书架,在原处,我发现那个白色的书脊在各种杂色书脊中变得格外显眼。我深感庆幸,把书取下,又认真翻看起来。

青年店主一声不响,只是在旁含笑观察着我的一举一动。最后,我竟冒昧地向他提出:"借给我一星期,好吗?"

我立刻得到爽快的回答:当然可以!

我带着感激的心情,怀揣宝书,回到家中。我把它翻了一遍又一遍。但我无论如何也筹不到两千元伪币。我更不能向经济拮据的父母亲开口。这样,一星期很快便过去了。

我如期来到古今书店。青年含笑迎接我。我不无遗憾地把这本心爱的书还给他,并且没有忘记道谢。

青年含笑接过书,随即从上衣口袋里取出一支自来水笔,把那书翻开,就在扉页上写字。我正纳闷,他已写完,把书交到我手中。我仔细一看,他写的是:

赠给璧厚吾友

麦　秆

一九四三年十二月

我一时怔住了。半天,我才说,你们也不宽裕……

青年含笑说:书归爱书人,书得其所!

他就是我的朋友王兴堂——后来的著名木刻家、美术家麦秆。

由于有了这本书,我把莎士比亚十四行诗翻译成中文的愿望得以实现。我和麦秆的友谊与日俱进,常常彻夜长谈,十分投机。一次他对我说:"你的言谈举止跟我的一位好友L极其相像。跟你交友就像跟L相处一样。"我问他这位L是何等样人,真实的姓名是什么。他长叹不答。后来麦秆告诉我,L已经死了,死得那么惨、那么不名誉,却是百分之百的冤枉!那是在四十年代初,在苏北解放区,他被革命队伍里执行左倾路线的人当做"托派",受迫害而死!我听后也很感慨。从此,由于面貌和神态与L相似,麦秆视我与其他朋友不同,我们的友谊又进了一步。

麦秆1921年出生于山东省招远县玉甲村,九岁随家人闯关东,到了东北。"九一八"后又随家人流亡到上海。1940年进入刘海粟创办的上海美术专科学校学习,同时进行秘密的抗日活动。他十九岁那年出于爱国激情,创作了木刻《日寇暴行》,为此被上海法租界巡捕房逮捕入狱。出狱后,1942年,投奔新四军,在苏北解放区,又被左倾路线的人当做"托派集团"分子横加批斗。之后又三次被日本侵略军逮捕,屡遭牢狱之灾。但是他的爱国热情和革命意志丝毫不受影响,斗志更为旺盛。他回上海后,继续经营旧书业,开办古今书店,这既是他的谋生手段,也是他从事革命文化活动的一种掩护。

抗日战争胜利后,为抵制反动美术家协会的控制,麦秆与丁聪、吴作人、郁风、刘开渠等人于1946年组织成立上海美术家协会,担任常务理事。这个协会的成员不时在麦秆家里碰头。麦秆并不沉湎于担任什么职位。他说,作为一名美术家,必须靠作品说话。

麦秆的木刻作品不断在报刊上发表，在展览会上展出。1948年，我翻译的美国诗人惠特曼的诗集《鼓声》即将出版。事前，我请麦秆细读我的大量译稿，帮我选出五十二首诗，这就是《鼓声》的篇目。然后我请麦秆为此书配制木刻，他满口答应。他以极快的速度完成了六幅木刻。用于封面和卷首的惠特曼头像是麦秆的杰作之一，它深刻表现了这位美国伟大的民主诗人的精神面貌，那种深沉、睿智、勇毅和奔放的性格在麦秆的刀锋下展露无遗。

新中国成立，我在上海市军管会文艺处做戏剧工作，麦秆还没有固定职业，仍全身心投入木刻创作中。他当然也要考虑生计问题。我曾鼓励他为孩子们创作连环画，因为这种小人书销路较好，能较快地获得报酬。我们有过一次长谈，谈到木刻艺术的倡导者鲁迅和为"连环画"正名的鲁迅。忽然想到，何不为鲁迅小说做木刻插图！或者，何不根据鲁迅小说创作木刻连环画！麦秆有一位朋友田青，也建议麦秆根据鲁迅小说做木刻连环画。麦秆说，这主意好极了！几天内，田青、麦秆和我翻阅了鲁迅的许多小说，最后，选定了《呐喊》中的《兔和猫》。

三十幅木刻完成后，麦秆邀我为此书写一篇序，他自己写了《后记》。教育出版社（上海福州路540号）1949年12月又再版过此书。

1949年冬麦秆参加了中国人民解放军第二野战军部队，告别了上海，开赴大西南，从事文化宣传工作。他在五十年代初复员，受聘于天津美术学院，任教授。但厄运接着来到，1957年他被打成"右派"，"文革"中他受到进一步的迫害。他的"右派"问题改正之后，他已接近耳顺之年。他为了挽回失去的岁月，奋不顾身地全力投入绘画事业！由于他的创作奔放自由，逸兴遄飞，美术界称誉他为"激情画派"。他晚年为天津机场、老干部活动中心、青少年活动中心、边防检查站等地方绘制大幅壁画和油画,全部为义务劳动,分文不取。他说:"画有价,情无价!"

董申生:刻骨铭心的初恋

麦秆比我大两岁,王麦秆跟恋人董闽生1945年4月举行婚礼,希望我做伴郎,我很乐意。婚礼在震旦大学旁的柏多罗教堂内举行,离我家很近。那天,我在家里把最好的衣服——我的西装穿上,还穿上新皮鞋。新娘子的伴娘是她的妹妹,叫董申生,只有十七岁。婚礼进行时,下午的阳光从教堂彩窗外射进来,照到她的脸上,我第一次看到一种圣洁的光彩。她的睫毛是有生命的。我伴着新郎,她伴着新娘,一起走到牧师前。我被她深深吸引了,不,不仅仅是吸引,是被震撼了。我真是一见钟情。当天在古今书店喝喜酒,大家敬酒。敬酒就是非要喝不可,我不会喝,弄得很狼狈。我悄悄把酒吐在手绢上。这个小动作只被董申生一个人看见了。事先我写了一首诗《佩鹿角的新郎》,作为结婚礼物送给麦秆,我是带着一种幻想来写的,把新郎当成长了角的鹿。麦秆把诗给他的小姨子董申生看,申生当时没有说什么,但我从她的眼神里看到了她的好感。

麦秆的妻子董闽生有意让我跟她妹妹交朋友,让我到她家去。她家在白尔部路(后改名顺昌路)"渔村"四号,离我家不远,大概走十多分钟就能到。我成了他们家的常客,名义是教她和她的弟弟英文,实际上是看董申生。她生在上海,所以叫申生。

交往的时间稍长了,我给董申生取了个名字,叫茜子。茜,是一种草,子,是女孩的意思,我觉得这个名字很美,她接受了。我跟董申生的恋爱关系只存在了大半年的光景,1945年4月认识,1945年的秋冬就结束了。真是一场美丽的梦。但是,初恋的感觉影响了我一生。为什么我感觉到人生是一个美好的存在,人是宇宙间一种美的结晶,跟这场恋爱有关系。

有一次,我买了音乐会的票,约她到兰心大戏院听音乐。兰心大戏院是个非常讲究的音乐厅,我提前到场,坐在位置上。右边是空位,是给申生的。快开演的时候,我有点焦急,前奏快开始时,看见申生从左边门像个白色的天使一样飘进来。是一道闪光!我们那晚听的是柏辽兹的《幻想交响曲》,我特别喜欢这个乐曲。其中第三个乐章是死亡进行曲,它象征着至死不渝的爱情。我沉醉在音乐里,而我身旁坐着的就是我的天使!幸福感使我晕眩——我感到一种至死不渝的爱情。这次相会,始终留在我的记忆中——她穿着一身白,飘进来。我看到白色,就那么一秒钟,一道白色的闪光,知道是她了。后来我写了一首诗,题目叫《幻想交响》,就是写的这一幕。

申生的头上始终有个发结,是淡红色的,近乎白。我到她家去,有一两次,在门外院子里窗前看到里边一个少女在阅读。她低着头,我看到发结散出异样的光彩。她在看我的日记,在日记中我写我的爱慕。我在窗外看她怎么看我的日记,我看到她独自在笑,觉得那笑像蒙娜丽莎一样,我一生都不会忘记。

不会说"我爱你",我怎么表达感情呢,我写在日记里,把日记给她看。她把我的日记还给我,我发现日记里夹有她的一个条子:"我不爱你了"。我很失落,第二天我问她是什么意思,她说,不知道。我把条子给她看,她笑笑把它撕了后扔了。她是说的反话。

我日记里的这一部分后来不存在了。那是在我结婚之后,一天,我的妻子妙英睡在床上了,我还在书桌前。她问我在干什么,我说,我在看我过去的日记。她让我拿过去给她看。我说你别看,她还是让我拿过去。她看了,不高兴了,虽然她没有说什么。我后来还是把那几页撕掉了,免得再有纠纷。那时董申生已经去了台湾,而我在上海。

在董家的灯光下猜谜的情形也使我难忘。董申生把我支到院子里,她跟她的妈妈商量好谜面后,让我进去。她的谜语我总能猜着。我猜着后,她就给我一粒赤豆,那是算作红豆的。当然不能吃,只是一种表示、一种奖赏。

半个多世纪后的1998年,我特意到上海去看了当年申生的家。那里住着麦秆和闽生的女儿一家。我仿佛做梦一般回到了当年和申生共同度过的岁月。我拍下了许多照片。

有一次,我写了一个条子给她:"我想拥抱你,亲吻你一下。"条子是封在信封里的,散步时我交给她,让她回家看。但第二天见面时我就不敢吻她了。真是一种遗憾,到今年我八十五岁了,还感到是一种遗憾,没有拥抱没有亲吻,当时的青年就是这样的。也许不都是这样,但我是这样,她也是这样。第一次约她散步,第一次牵上手了,很想吻一下她的手,但当她发现我想吻她的手时,她很快就把手抽回去了,所以连手我也没有吻过。然而她的手泽、她的发香,永远刻在我的心里。

我和申生经常在月光下牵着手在马路上走,转一大圈,转到复兴公园。我们不进公园,在公园墙外走,转到马斯南路(现在叫思南路),再转到辣斐德路,常常转到十点钟过后。她的脚踝和小腿也非常美,总爱穿一双白色的凉鞋,不穿袜子。散步时,我在路边等她,每当月亮上升的时候,只要看到街角出现白色凉鞋,就知道她来了。她还爱穿白色裙子,当时还没有连衣裙,是半截裙。她的上衣上有颗红色心形纽扣。她的上衣也是白色的,胸前只有一颗纽扣。

她父亲的事,也是在转马路时谈的。她十四岁的时候,别人说她父亲出事了。她急急忙忙跑到出事地点去,看到父亲倒在马路上血泊中,她当时几乎昏倒了。她讲的时候,我没有见过她流眼泪。她讲到她父亲时声音里有种激动、悲哀、颤抖,我能感到,但没有抽泣。如果有眼泪,黑夜里也看不见。

在我去苏北解放区之前,有一次到已经荒废的花园去玩。那原是一家医院,在上海的南市。麦秆认识那里的人。我们四个人一起去了:麦秆夫妇,我和申生。我和申生坐在园里一棵松树下,我发现她的头发上有条虫子,她的头发是乌黑的,发着一丝一丝的光,一条淡红的发结扣住了她的乌发。那条虫子似欲侵犯发结,使人感到存在一种威胁。我叫她别动,左手扶着她的肩,右手轻轻地把那条虫子取下来。她抬起头来看到我把虫子放在草丛里,她说声谢谢。我看到她的眼光和我的眼睛触碰,产生一种互动、一种感应。还有一次,我约她到南市的文庙里去玩。文庙是崇祀孔子的庙堂,庙堂里有水池,池中有的石头高低不平。我走在前面,她跟在我后面踏石行进,她走到中间,石头在晃,我过去要扶她,她已经跨过来了。我没有扶住她,她也没有倒在我的怀里。我为什么害怕身体上的接触呢?大概是怕唐突了她吧。我后来专门写了首诗《轻烟》,写我们的这次活动。这也成为我一辈子的遗憾。当时为什么没有过去一把抱住她?

2000年我到上海,我在内心的驱动下,专门到文庙去怀旧,回来后写了一首诗《文庙》。诗中有句"汉白玉栏杆隐藏着绰约鬓鬟,廊柱引导着裸踝疾走",就是申生的形影。

为什么我今天仍有刻骨铭心的感觉呢?因为和申生的初恋让我第一次感觉到女性的美。外表与内心有时是分离的,有时是统一的,但在申生是统一的。她长得非常漂亮,是一种纯粹的美、真情的美,但不是那种浪漫的类型。她的形象在我心里永远不会消失。她的面容、身形一直伴随着我。她在我的记忆中永远是最美丽的。她并不仅美在外表,内心的善也打动我。她对母亲是孝顺的,已经失去父亲,母亲失去了丈夫,做女儿的对母亲分外体贴。

她对弟妹是爱护的。后来她不追求升学,挑起养家的职业担子,为家庭劳累。她对残酷的政治斗争不能忍受,我能感觉到她的哀怨、无助、无奈。我最后还是理解她。我要走革命的道路,她不可能跟我走一条道。

1945年8月初我到苏北解放区去,她不愿意我去。我说我要去看看解放区到底怎么样,以便决定我此后是否永远跟共产党走。她说你要去,我阻止不了。她是虔诚的天主教徒,她认识我的时候,送给我《圣经》,我呢,给她讲革命道理,给她看毛泽东著作。她不反共,但对这些也不感兴趣。因为她的父亲在政治斗争中被暗杀,所以她害怕将来跟我结合后,也会有同样的后果。他父亲是在什么样的斗争中死的这件事,他们家人不太讲,申生的妹妹龙生也讲得不多,八九年前才告诉我,说她父亲1941年被国民党蓝衣社暗杀,死时四十多岁。他父亲在上海法租界工董局当法文翻译,思想进步,倾向共产党。在复杂的社会纠纷中,也许得罪了什么人,被诬为汉奸而杀死。龙生认为她父亲是被国民党与敌伪合谋暗杀。

我从苏北回来后,申生开始与我拉开距离。与跟我向往的革命比起来,我与她的感情就显得次要了。裴多菲的诗:"生命诚可贵,爱情价更高。若为自由故,两者皆可抛。"我和申生分手是那个时代造成的,也是一种无奈。

最后她叫他弟弟把我借给她的一个打字机还给我。他的弟弟给我时说:"二姐请你到我们家去玩。"我去了,她却不在。1945年夏天,她从天主堂街一所中学高中毕业。后来,在1945年12月,她到了台湾。她的舅父在台北电力公司当总工程师,去台湾是为了谋职。她自学会计,在他舅父的电力公司当会计。后来,她舅父被蒋介石认定与共产党有联系,被判死刑,枪毙了。她的父亲跟她的舅父,都是在政治斗争中被杀的,所以她对政治斗争退避三舍。

　　我和申生最后一次见面是在古今书店。1945年秋天,我跟麦秆正谈书的事,她来了。我们没有说话,因为已经确定分手了。她身穿一件黄颜色的夹大衣,薄衣领,站在书店门口。阳光在她身后,照着她飘动的头发,发梢是金黄色的,她被裹在一种圣洁的金光中。我看到她眼中宁静、宽宏的光,也包含着无奈、惋惜。我觉得她像一幅圣母像。她的睫毛上跳动着生命。她没有进书店来,她微笑着说"再见",就走了。这个再见也就是永别。

　　申生去台湾后,我有一种失落感,虽然慢慢淡下来了,但还是有一种失落感。2005年得知她去世,我记下了八个大字:申生辞世,晴天霹雳。

　　我有麦秆用炭笔画的申生的素描,那仿佛一幅圣母马利亚像。我始终保存着,妙英也知道。"文革"中第一次抄家时没被抄走。但第二次抄家前,我自己把它先撕掉了。我不愿意它落到造反派的手里。我心里本想保存她圣洁的容颜,但红卫兵的凶焰使我销毁了它。现在有点懊悔,心想也许不会被抄走,也许抄走后会还给我?但是假如红卫兵问我她是什么人,我不愿意撒谎。

　　申生结婚后,生了四个女儿。第一个丈夫对她不好。八十年代,她的第一个丈夫死在麻将桌上。她的第二个丈夫,对她好一点,但很快就因病去世。细节我不太清楚,大陆与台湾隔绝,也没有任何通信。一直到我妻子1998年去世后,我才跟她恢复通信。她的晚年是在美国度过的,一个人在美国南加州的一个养老院里,2005年10月病逝。

　　妙英临终前跟申生的妹妹龙生讲,她走后希望我跟申生结合,希望我有一个黄昏恋。我做了准备,如果与申生结婚,我愿意放弃写作,不再翻译,和她做伴度过晚年。我跟孩子们也说了,他们表示理解和同意。但我不能到美国去,我的亲友、我的根在大陆;可是申生不愿意回来,她认为在那里已经习惯,回来后换一个环境,她不愿意。

她在美国给我的信上说:"世界上还有一个最关心我的人,就是你。"她的信我都留着。

我们没有通过电话。我到美国是在1980年,那时她还没有去美国。所以,我的记忆永远定格在那遥远的年代:1945年,我二十一岁,她十七岁。她的声音,她的容貌,她的一切,从1945年起,一直伴随我,到我八十五岁,再往后,终我一生,永远刻骨铭心。

第四章　青年党员

（1945 年 8 月——1949 年 5 月）

地下党外围组织活动

我小学时就知道共产党。母亲的学生沈琴华常到我家来,我知道她有共产党的背景。1937 年秋天,我们到沈琴华和她的丈夫杨锡类家。杨锡类给我看他的自传,我知道了共产党主张抗日。杨锡类的经历使我了解到政治斗争很激烈。"西安事变"后,我对共产党有了更多的认识。我爱读左翼作家的作品,鲁迅、巴金、萧军、萧红的作品,都表现了对蒋介石政权的不满,向往光明,暗示只有延安才有光明。我参加同学们的进步活动,跟几个诗友办起了野火诗歌社。

野火诗歌社的重要成员成幼殊,介绍我参加了《时代学生》的编辑和发行工作。《时代学生》是党的外围刊物,读者主要是学生。1945 年秋冬,《时代学生》举行活动,地点之一是上海的八仙桥基督教青年会大楼。

1946 年 2 月 14 日,《时代学生》举行读者文艺晚会,在八仙桥青年会礼堂。礼堂有普通的电影院那么大,整个大厅都坐满了人。有人主持,请了三个名人来演讲。我们请他们来演讲,受到热烈欢迎。一位是沈志远,进步经济学家,民主人士,同情学生运动,反对内战。他 1957 年被打成右派,后被迫害致死。第二位是吴祖光。吴祖光当时被称为戏剧神童。他是来支持学生民主运动的。第三位是林汉达,作家,民主人士。

演讲后有文艺节目,小提琴独奏及其他的乐器演奏,歌咏,还有诗朗诵。朗诵者是我,我朗诵了一首诗:《给天真的乐观主义者们》。这首诗发表在胡风主编的《希望》杂志上,作者是绿原。我和我周围的朋友,赞赏胡风的文艺思想,喜欢《希望》上发表的诗,像阿垅、冀汸等的诗作。尤其绿原,他是我们的偶像。绿原的这首诗是对那些对国民党抱有幻想的人的一种提醒。当年朗诵这首诗,是我自己选的。这次朗诵不太成功,因为诗太长了,我也不懂朗诵艺术,只觉得绿原的这首诗是进步的革命的诗歌,有激情。如果截取其中的一部分来朗诵可能会好一些。1981年人文社要出《白色花》,主编是绿原和牛汉。当时诗歌组的组长复审,说有几首诗可以不要,包括我朗诵过的《给天真的乐观主义者们》。我问为什么不要,他说这首诗不是绿原最好的作品。我说这首诗是他的代表作之一,应该收进去。绿原本人也是这样看的。后来收进去了。

还有一次活动很重要,1946年1月13日,在上海玉佛寺举行纪念昆明"一二·一"惨案的群众大集会和反对内战大游行。

1945年12月1日,国民党当局在昆明制造了震惊中外的"一二·一"惨案。于再、李鲁连、张华昌、潘琰四名师生被害。于再是中共党员,他的胞妹于庚梅住在上海。她打算在玉佛寺做一次佛事,来祭奠她的哥哥于再。中共上海地下党组织决定借此机会举行一次全市性公祭于再烈士的活动,发动学生、教师、工人等各界参加。交大学生在学生自治会组织下参加了这一次斗争。

1946年1月13日上午,上海各界一万多人,其中学生约占三分之二,汇集玉佛寺,隆重公祭于再烈士。公祭会一致通过上海学生致蒋介石和政治协商会议的电报,提出立即成立民主联合政府、重选国民大会代表等八项要求。全场唱起挽歌《安息吧,死难的同学》,这首歌很快传遍上海。这首歌的词作者是金沙,即成幼殊,曲作者是魏淇。魏淇本名钱春海,是成幼殊的同学。我们曾在他的家里进行过诗歌活动。"文革"中,钱春海病逝于干校。

大会结束后,群众高呼"我们要用游行来纪念死者"。一万余人的队伍冲破警察的阻挠,在雄壮的《义勇军进行曲》中开始示威游行。游行队伍高举"纪念死难师生"的白布横幅和"民主万岁"、"人民不死"两面大旗,沿戈登路(今江宁路)转到静安寺路(今南京西路)向外滩进发,沿途写标语,发快报,广为宣传。下午四时,队伍到达外滩公园广场解散。

我参加了这次活动的全过程。游行的路上,我一边走,一边用粉笔在马路上写:争民主,反内战! 美国佬滚回去! 游行到西藏路口大新百货公司喊口号的时候,我看见有人举起写着英语的牌子:我们是加拿大人。美国兵在上海给大家的印象极坏。美军的吉普车横冲直撞。有个统计数字,在美国汽车轮胎下丧生的人有两千多人。还有美军和妓女在吉普车上搂搂抱抱,给人印象极坏。1945 年 12 月 14 日,美国总统特使马歇尔来华调停国共内战,在上海登陆时,党组织动员学生列队到码头上去欢迎,投请愿书,要马歇尔公平调停中国内战。

妙英和我妹妹也参加了 1 月 13 日的活动。游行的当天晚上我就写了一首诗《行列》,歌赞这次游行是"人子向真理的召唤"。这诗后来收入我的诗集里。这活动后,我加快了参加共产党的步伐。

我还参加了反甄别活动。抗日战争胜利后,蒋介石政府把在日本占领期间,接受伪政府经费的上海六所大学都定为"伪大学",不承认这些大学学生的学籍。只有通过了甄审,才给学籍。国民党这样做是一种政治手腕,想除掉一批进步学生。六所大学的学生,先上书给教育部长朱家骅,申请取消甄审,后又向蒋介石请愿。同学们到蒋介石官邸伫立一夜,要求蒋介石接见。蒋介石原说同意在阳台上接见,后来从后门溜走了。同学们很气愤。最后上街游行,喊"人民无伪,学生无伪"的口号。很多报纸支持学生,我们还争取社会公众人物,希望他们来支持我们,给朱家骅施加压力。国民党教育部只好把六个大学合在一起,叫"临时大学"。1945 年成立临时大学补习班。我们学校的名字变了,但上课还跟过去一样。国民党当局最后决定进行一次政治考试,考"三民主义"。当时共产党的学委做了决定,斗争要有理、有利、有节,不硬顶。我们搞了一个"标准"答案,发给学生,应付考试。最后上海交大、上海商学院、上海音专等所有六个大学的学生,统统通过,拿到了学籍和文凭。

我在 1946 年 5 月患肺病,吐血,没有参加"临大"的政治考试,所以没有取得毕业证书。当时家里经济情况不好,我不去读书了。

解放区之行后入党

1945 年 8 月,我到了解放区。那时已对共产党有好感,但解放区到底怎么样,想去看看。我与表弟奚祖纲介绍的一位朋友,也姓奚,但不是亲戚,一同去解放区。1945 年 8 月 10 日,我们由上海乘火车到镇江,第二天乘轮渡过长江到六圩。天气热,口渴,还买了金瓜吃。然后步行到扬州,天暗了,不能出城了,住在妙英的弟弟章世鸿的住处,在扬州城里太傅街的一个宅院里。当时"二战"还没有结束,盟军来轰炸日军占领下的上海,也死了一些中国老百姓。妙英家,除了妙英留守上海外,她的弟弟、小妹和母亲为躲避轰炸都到了扬州。章世鸿陪我们去看了瘦西湖,到茶社喝茶。这个茶社叫扬社。恰好中国旅行剧社在扬州演话剧。我们在扬社的后院,看见中国旅行剧社的社长唐槐秋正躺在床上抽大烟,旁边还有演员龚家秾、邵华等。唐槐秋是中国话剧史上的重要人物,他组织了中国旅行剧社,在全国各地演出过许多话剧。我们回到章世鸿的住处,又见到默片时代的导演任彭年,武侠片明星邬丽珠等,在高谈阔论。夜里,躺在竹床上睡觉。后来我写了一首诗《夜憩》,就是写这一夜的。

8月13日,我和奚君出扬州城西门,走向解放区。我们已经想好,遇见守城门的伪军怎么对答。结果没有人问。我们一直步行,到了苏北路西解放区的一个村里。奚找到已经联系好的一个党组织的负责人,我们向他讲了我们的情况。奚已经是党员。那个党的负责人批评了奚,说他不应该在扬州多待一天,还在茶社喝茶。最后我们说要参加新四军。他问我具体想做什么,我说我还不是共产党员,但我信仰共产主义,想参加文工团,我会写歌词。这位党的负责人还是叫我们回去,说形势需要我们回到上海,有工作等我们做。还说,解放区的许多同志都将回到上海,迎接新四军解放上海(解放上海的计划后来推迟)。我和奚只好到河塘里洗澡,在打谷子的场上,睡在一块门板上过夜,旁边点着除蚊草。我写有《野沐》、《守待》和《待旦》几首诗记下这次解放区之行的感受。次日回扬州,再过江到镇江,连夜乘火车回到上海。我从解放区带回了许多党的文件,放在我的提包里。有《论联合政府》、《新民主主义论》、《在延安文艺座谈会上的讲话》等。《在延安文艺座谈会上的讲话》有个封面,封面上标题为《文艺问题》,其他书封面上的书名也是改了的。上火车的时候要检查行李,排队挤得不得了,伪军挥鞭子抽打乘车人,我挨了两鞭。挨了两鞭不算什么,我担心我的箱子里有共产党的文件。我观察到有个人塞钞票给伪军,伪军就不检查他的行李,我也把钞票塞给伪军,他就不查我的提包了。日军站在一边监视,看到了塞钞票的全过程,我想他们是一起分赃的。上了火车，挤得连站都站不稳，人摞人叠罗汉似的，我的肩上也是人，差点没被挤死。空气污浊极了，我把头伸到车窗外，一直吹到了上海。当时苏联已经出兵，形势急转直下，但日本人还在挣扎。到了上海，大睡了一天才缓过气来。

1945年8月15日，日本宣布无条件投降。促使日本投降的近因是什么，当时《申报》上有给读者的测验，说打中国古代人的名字，来影射日本投降的导因。一说是屈原——迫于原子弹的压力而屈服，一说是苏武——由于苏联出兵东北消灭日本关东军。倾向共产党的说是后者，倾向国民党的说是前者。我们是倾向共产党的，我同意是苏武。但后米又有一说法，是华佗。佗与拖同音，说如果没有中国军队在中国战场拖住几百万日军，日本不可能投降。此说一出，我认为：太对了！

当时我已经感觉到有的同学、朋友是共产党员，觉得我落后了。一些同学，我猜想他们是共产党员。朋友里，像成幼殊，她在操办《时代学生》，肯定是，我隐约感到我的恋人妙英也是党员。我思考了自己的思想倾向和政治立场，终于下决心加入共产党。1946年1月，我通过表弟奚祖纲，送上了我的入党申请书。我知道他是党员，虽然他没有明说。他说党现在要发展组织，你可以写申请，但这由你自己决定。申请书交上去后，他说过一个星期后会有人来找你，有暗号。一个星期后，没有人来。我催问他，他说你去找张友石，张友石是奚祖纲的同学。我找到张友石家，他说，收到了，已经交给党组织了，很快就会批准。我说，听说要宣誓，我什么时候进行宣誓？他说会有人找你。1946年2月10号前后，交大同学沈讴通知我第二天在家等她。第二天，她找到我的家里，上海淡水路268号。她说党已经批准你为候补党员了，候补期是半年，今后是由我来联系，或者由另外的人联系，联系时有暗号。

当时我兴奋得不得了，终于入党了！这种兴奋的心情只有亲历者才能体会。我对党的内部斗争一点不知道，觉得共产党一片光明。那个时候，能加入共产党，就是最大的幸福。我有写日记的习惯，但这事不能写。在我家的三楼有两间房，前边大间，我和父母同住，后边小间，我表妹住，我叫这个房静林室（我表妹外号静林）。就在静林室里，沈讴给我讲了党组织批准我入党的事。我问要不要宣誓，但房子里没有党旗，沈讴说在心里宣誓是一样的，不一定要那个形式。

后来跟我联系的人是交大的一个女同学。当时我们的任务是发展组织，争取群众，用群众能接受的语言宣传党的政策，适当隐蔽，保存实力。我们地下党要配合前方的战争，不要做无谓的牺牲。还有一条很重要，要进行气节教育。万一被捕，坚持气节。宁可牺牲，不能叛党。当时我们估计，五年内解放全国。

我入党时是属于上海党的学运部，给我的任务是联系三个同学，争取发展他们为党员。当时在一个同学的家里组织读书会，学习党的文件。文件是我从解放区带来的《新民主主义论》，也有别的同学从其他同学处得到的文件。此外学习的有艾思奇的《大众哲学》，斯诺的《西行漫记》（即《红星照耀中国》）等。我们没有学《在延安文艺座谈会上的讲话》，因为是搞学运的，没有来得及学。马列的著作是下一步了。我自己啃列宁的《唯物主义和经验批判主义》，没有啃懂。

经过我的工作，汤树屏入了党。我是他的入党介绍人。他交大毕业后，一直在铁道部门工作，解放后当了铁道部部长滕代远的秘书，离休以后，任铁道学会的会长。

我2月入党，5月病了，组织上让我养病，活动不能参加。同学们常来看我，把学校里的情况告诉我。5月20日，知道同学要上街游行，反饥饿、反内战、反迫害。我坚决要去，那时我还在吐血，组织上不同意，我就偷偷上街去看。国民党警察逮捕学生，我都看到了,满腔悲愤!

我患肺结核时,没有特效药。特效药链霉素是解放后才有。当时以为青霉素可以治,其实不能治。青霉素市场上有卖,但非常紧俏。我在报上看到,一个女孩子为了买青霉素,排队昏倒了。四明医院有一个女医生,很同情我,给我开药,还给我一些免费的奶粉和罐头食品。奶粉和罐头食品是联合国救济总署送给中国的剩余物资。我拿回家,想到这是不是嗟来之食,于是我问党的联系人,可不可以吃?虽然我拿到的是联合国的,但也是从美国来的救济。他说可以用。他说,你身体有病,可以吃,是为了恢复健康,为党工作。医生开的药是葡萄糖钙注射剂,每星期注射两次,为了补钙和补充葡萄糖。需要自己出钱。

我好了一些后,1947 年,组织上把我转到党的文艺部门工作。我一直等人来接头,左等右等,终于有人来了。可是,却没有接头暗号。有人来家敲门,说找姓蒋的朋友。这人穿灰色的衣服,职业青年的样子。我问了找谁,他说找蒋望厚。我想不是我,我问他是不是找我的妹妹蒋文厚,因为"文"和"望"读音相近。他说不是,他要找的朋友是男的。我说了我的名字蒋璧厚。他说不对,一定弄错了,走了。就在听到楼下的门关上的那一刻,我冲下楼去,那人已经出了弄堂了。我追上去,问他要找的人有没有别的名字,他说有,叫屠岸,我说我就是。我们接上了头,但他说,今天不谈工作,他要我在约定的日期到吕班路与霞飞路口的东新书店门口等,说有人来接头,有暗号。

到了那天,我和联系人接上了头。我不能问他的名字,也不能问他的住处,我们在马路上一边走,一边谈文艺问题。后来我知道了他的名字,他常在报纸上发文章。我说有个叫项伊的人写的文章跟你的观点一样,你是不是项伊呀?他就笑笑,不说话。其实我这样问他是违反纪律的。几十年后我才知道他叫陆钦仪,项伊是他的笔名。陆钦仪解放后曾任北京市教育局局长，我们现在还有联系。

陆钦仪跟我讲文艺界很复杂，我们的工作是做社会调查，包括一些民间的调查；收集情报，写成书面材料，如通过熟人了解文艺界的活动、动向；占领阵地。我们写稿，争取在公开的报纸杂志上发表，尽可能地占领地盘。他提出让我到上海南边棚户区调查。我问怎么去，他说会有人来接头。

后来跟我联系的人换了，叫郭明。他有严重的肺结核，病稍好一点，就出来工作。我跟他的关系比较密切后，知道了他的名字、他的家，尽管这违反纪律，但那个时候已经不那么严格了。我到他家，他给我看了他的藏书，他没有多少藏书，他说他没有钱买书，但他喜欢文艺。他有好几本剪报，我翻看时，他剪贴了我发表的诗和文章。郭明1951年去世。当时他是华东文化部戏改处编审科的科长，我是副科长。

我曾写了两三份浦东情况调查交给郭明。去哪家调查，预先讲好了，由郭明告诉我。调查什么呢，浦东居民的生活和教育，我去过两三次，但感觉并不受欢迎，因为我是一个学生，不是他们那个阶层的，也没有跟他们一起生活过，所以听不到什么心里话。他们说的只是表面的情况。

有段时间，郭明说现在风声紧，我们要隐蔽。我就到浦东一个朋友家里住了一个月左右。从1948年的12月到1949年的1月，我的母亲跟我一起住。我按时回上海跟郭明联系，郭明说要换人来跟我接头了，那是1949年的春天。

我给很多报纸投稿，抢占阵地。《文汇报》不算抢占阵地，《文汇报》副刊《笔会》主编唐弢也是左翼作家。《大公报》副刊《星期文艺》的主编章靳以，也是左翼作家。我去抢占的，一个是《申报》，一个是《东南日报》，还有一个是《联合报》。《联合报》好像是中间派。《申报》发了我最早翻译的几十首莎士比亚十四行诗。《东南日报》登了我翻译的大量惠特曼的诗,还连载了我的《书楣涂鸦录》,主要是我的读书笔记,以及对一些书的编校错误的纠正,有一定的趣味性。

解放前夕,党组织派王世桢跟我联系。他要我做电影界情况的调查。他已经做了调查,有了许多资料,我们就在他家做分类编写电影界人和事的卡片,给党在上海解放后开展工作提供参考。我们做了两个多星期,我每天去半天。那时,我靠教书来维持生活。王世桢解放后在电影局工作,后来是《上海电影》杂志的主编。1962年他要我离开剧协到上海电影局去,我考虑了一下,还是没有去。他晚年致力于写电影剧本,现在跟我还有联系。

我的地下工作经历没有轰轰烈烈。有没有危险?有,但我还没有遇到特务盯梢的事情。

上海解放前那几天,因为妹妹被捕,我住到同学许振乾家。那一夜,郊区炮声不断,1949年5月26号,我从许振乾家里出来,走到胶州路,准备到妙英家去。我在衡山路看到解放军不入民宅,睡在路边,有的解放军正从人行道上起来,说明他们一夜睡在人行道上。我到妙英家时,才知道曾有特务来敲诈,被她的父亲拒绝,妙英也不能住在家里,住到她亲戚家了。我跟妙英通了电话,大家高兴得不得了。当时苏州河那边还有炮声。

解放军有从城西边进来的,有从城北边进来的,最后在5月27日解放上海全境。27日我回到淡水路自己的家里。

第五章　译笔初试

背英诗,"淘"原版英语书

我学英语从学英诗开始。还没有学语法,就先学背英诗。我读高二时,表兄奚祖权进了光华大学英文系。他的课本《英国文学作品选读》和《英国文学史》,都成了我的读物。我把一百多首英诗的题目抄在纸上,贴在墙上,然后用羽毛针远远地掷过去,看针扎到纸上的哪一题,便把那首诗找来研读。经过两年多时间,把一百多首英诗都研读了一遍,然后选出我特别喜欢的诗篇,朗读几十遍、几百遍,直到烂熟能背诵为止。

在四十年代初期,我还在旧书市"淘"原版英语书。

1941 年 12 月 7 号,日本发动太平洋战争,日本人进入上海英租界和法租界,"孤岛"不再存在。"孤岛"是指在日占沦陷区的包围中的英法租界。有人说张爱玲是孤岛作家,其实她发表作品时孤岛已经不存在了。日本人把美国和英国侨民抓起来,他们家中的藏书流入旧书市场,当时上海有许多旧书摊和旧书铺,我所有的零用钱都买了书。抗战胜利后,美国人到了上海,他们有许多文学小书流入书摊,是美国政府给当兵的人发的战时袖珍本,能放在口袋里。我的《惠特曼诗集》就是这样的口袋书。当然,我还有大开本的《惠特曼全集》。我还从旧书铺购得了大量狄更斯小说和莎士比亚剧作的原版书。五十年代初我奉调北京时把这些书运到了北京。这些书,"文革"中处理了。一个女同事的公公家被抄,红卫兵发现有许多外文书,说她公公里通外国,打死了她公公,所以我把原版书卖给了废品处理站,收购废品的人把精装的书皮撕掉,当废纸称斤论价,二分钱一斤。虽然心痛,也不后悔,那时,只有先保护自己。

"孤岛"时期的上海,我是爱"淘"旧书的青年。有一次,在一家旧书店里见到了一本斯蒂文森的诗集《一个孩子的诗园》(英文版),爱不释手,倾囊购归。这是一本薄薄的洋装书,暗绿色的封面和封底,已经很陈旧,一翻开来,里面的书页呈淡黄色,还有一种不太好闻的霉味。但当我细读其中的诗时,我被深深地吸引住了。

首先抓住我的是那首《被子的大地》。这首诗所描写的恰好是我幼小时有过的经历。一种极其亲切的回忆被唤醒了。由于这一首的引诱,我贪婪地阅读着整个诗集《一个孩子的诗园》。

我的英文读物就是这样来的。我学英语比较早,从小学六年级到大学一二年级都有英语课。大二学了第二外语——法语。我还跟母亲朋友的儿子学法语。我教他英语,他教我法语。那时,父亲教我日文,我恨日本人,不喜欢。父亲讲道理,说要知己知彼。学日语只有一小段时间。我还学习俄语,我对俄国文学很向往,对普希金、莱蒙托夫、托尔斯泰、马雅可夫斯基很崇拜。那时已经参加了共产党,向往苏联,所以积极学俄语。抗战胜利后,参加俄文夜校学了一段时间。教我们的老师是顾用中先生,后来我自学。妙英也教了我好几年俄语。解放后到剧协,跟蔡时济学了一些时候。这几种语言因为长期不使用,忘记了,但也引起了我对其他语种诗歌的注意。

最早翻译的诗是斯蒂文森的《安魂诗》

由于爱好，我开始了诗歌翻译。

最早翻译的是一首英国诗，斯蒂文森（R.L.Stevenson）的《安魂诗》。1940年11月20日日记里记下了这首翻译的诗。我用两种方式翻，一种是五言十二句，一种是七言八句，押的韵也不太严格。这首译诗后来重新译成语体新格律诗，收到我的《英国历代诗歌选》中。

那时中学课本里的课文选的都是英国文学中的精品，跟英国、美国的中学英语课本的水平是同等的，有莎士比亚的剧本如《威尼斯商人》、狄更斯的小说如《老古玩店》选段、兰姆的散文如《梦中孩子》等，这些都是英国文学中高端的东西。这些课文，培养了我对英国文学的浓厚兴趣。

1946年看了郭沫若的《沫若译诗集》，觉得他有开拓性，但他的文字我不太喜欢。后来发现他有错译，郭沫若翻译的《鲁拜集》，原著是波斯诗人奥马尔·哈亚姆所作，英国诗人菲茨杰拉德译成英文，这部英译是扬名世界的带有创造性的译著。郭沫若根据菲茨杰拉德的英译译成中文。我对照英文，发现郭译有些地方译得不准确，有些地方译得不正确。二十世纪五十年代，人民文学出版社再版《鲁拜集》，没有修改，我就专门写了一封信，指出郭译有错。我不知道郭的地址，便把信寄给了人文社编辑部。过了一阵子，我在长安大戏院看戏，见到坐在我前边一排的郭老，我上前跟他说，我有一信，郭老您收到没有？我的意见怎么样？他说，收到了，对我很和气。但他不太赞同我的意见，说"酡"的意思就是脸有点红的意思，我好像还没有了解。他误解了我，以为我不懂"酡"字。我说："'酡'这个字我懂。那首诗的原意是夜莺唱着'来酒'叫蔷薇花喝酒,自己把面颊变红,并不是如您译的夜莺唱歌把蔷薇的脸儿唱酡。"他还是笑笑,没有肯定我的批评。过了不久,我收到人文社的信,拆开一看,是郭老写在人文社编辑给他的信上的批语。郭老用毛笔写道:"我承认屠岸同志的英文程度比我高,但菲茨杰拉德是意译,既然他是意译,那我也就不改了。"

我那时太认真,太较真儿。1946年郭沫若给我们《野火》写过一封信,觉得他对我们很热情,是可以亲近的。后来,特别是到了"文革",觉得他跟风跟得太紧。七十年代他出版了《李白与杜甫》,观点太偏颇了,缺乏科学态度。

1946年,我的译诗稿主要投向《文汇报》副刊《笔会》,编者唐弢对我好。《文汇报》被国民党查封后,我给《大公报》投稿。《大公报》副刊《星期文艺》的编者是章靳以。我向他投了三篇文章,章靳以都发表了,时间在1947年底至1948年1月:第一篇《译诗杂谈》(一),第二篇《译诗杂谈》(二),第三篇《论介绍惠特曼》。

《译诗杂谈》(一),是针对李岳南的。他出了一本翻译的诗歌集《小夜曲》,许多地方译错了。他这本书的来源是另外两本书,有一点照搬的嫌疑。当时我狠批他,一点不留情面。也批了其他名家,包括李唯建、胡适、郭沫若、朱湘、袁水拍、高寒(楚图南)等。在《译诗杂谈》(二)中,批了徐志摩、傅东华。我那时是初生之犊,目空一切,用词尖刻。有的地方我批得没有道理,说徐志摩是市侩。他的某些诗有公子哥儿的味道,但跟市侩是两回事儿。傅东华是有贡献的翻译家,他用的语言我不喜欢,我批他是商人,也是批错了。还批了周作人,当时有人说,周作人虽然是汉奸,但有学问,可以让他翻译希腊的文学作品。我说不对,不能"让狗来说人话"。他是汉奸,这点我至今也不原谅,但未尝不可以让他做翻译。

《译诗杂谈》(二)中肯定了两位译家,一位是绿原,认为他翻译的美国诗人桑德堡的诗《给萧斯塔可维奇的一封信》极好,译文中体现出"庄严的节奏"。另一位是鲁迅,鲁迅译雪莱的《寄西风之歌》,"如果冬天到了,春天还会远吗"是最有名的句子。鲁迅为什么要翻译这首诗?他翻译日本厨川白村的《苦闷的象征》一书,其中有《寄西风之歌》即《西风颂》的最后八行,他也就翻译出来了。鲁迅的翻译没有押韵,非常鲁迅化。我称赞这几行译诗是"鲁迅先生的现实主义拥抱了雪莱的浪漫主义后所产生的光芒四射的结晶物"。

我当时是有点傻。我的性格有两方面,其中一方面是稚气、狂妄。后来,狂妄的方面被磨掉了。

那年我见了曹辛之,诗人,后来列为九叶派诗人之一。他当时用的笔名是杭约赫,负责编《诗创造》。我到他家里送稿子。他看过我的文章,说我是胡风派。我说我连胡风都没有见过。他说我的笔太厉害。他有批评我的意思,曹辛之在解放后成为著名的书籍装帧设计家。

那时我做家庭教师。妙英原在房福安家当家庭教师,教他的一子一女。后来我接替了妙英的家教工作。房福安是英文刊物《密勒氏评论报》发行部主任。房福安发现我的英文好,便推荐我到编辑部去。我去了,主编接待我,用英语交谈了一阵,让我做特约编辑和特约撰稿人,我的原名蒋璧厚以英文 Chiang Pi-hou 登在刊物的卷首"特约编辑"名单中。我给《密勒氏评论报》做了几件事:给他们用英文译出了师陀的小说《贺文龙的手稿》、冯至的诗《招魂》、杜运燮的诗《被遗弃路旁的死老总》,提供了我自己用英文写的诗《解放了的中国农民之歌》,我还推荐了麦秆的木刻作品,登了四五幅。我在房福安家从 1948 年教到 1951 年。那个时候通货膨胀,每次拿钱都是一捆一捆的钞票。

四十年代中期我开始翻译莎士比亚十四行诗。一开始翻,就被这些十四行诗的艺术所征服。本来想写悼诗纪念大学同学张志镵,没有写出来,决定译出莎士比亚十四行诗来纪念他。因为莎士比亚的这部诗集是歌颂友谊的。开始时遇到一些困难,麦秆送我一种原文单行本,里边有详细注释,但还是有一些问题解决不了。我从表兄屠模处借来日本著名翻译家坪内逍遥的日文译本,还是不太懂。因为我的日文半通不通。有时候问我父亲,但他的解释还是不能解决最难解的问题。莎士比亚十四行诗第十六首中有一处看上去语法不通,我百思不得其解。最后想了一个办法,写了一封信向当时复旦大学教授葛传椝请教。他是英语专家,编过字典,出版过关于英国语言方面的著作。我写信只是试试,以为这个大教授不一定会有回信,但很快就收到他的回信。他告诉我,我认为那个不通的语法结构有一个专门的名称,叫 anacoluthon（安纳可流松）,他没有说出标准的中文译名。他解释说,这种语言现象是语法结构前后不一致,是结构的转移(后来译作"错格")。我恍然大悟。后来,有些问题慢慢解决了。但到了 1948 年,觉得翻译莎士比亚十四行诗跟当时的革命形势不太相符,就放下了。1950 年3 月,见到胡风,他的一席话,使我把译莎工作重新拾起。

1948 年11 月,我的第一本翻译诗集《鼓声》自费出版了。我原已准备好出一本自己创作的诗集,但朋友们说这些诗小资情调浓厚,不符合当时的革命形势。于是我改变主意,选译了惠特曼歌颂美国南北战争时北方的诗。惠特曼非常崇敬北方联邦政府的林肯总统,曾写下《啊,船长,我的船长》等诗。这船长就是指林肯总统。最后南方联盟失败。我的用意是支持北方。当时北方显然是指延安和西柏坡。南方是指国民党南京政府。我是用隐晦的方式来表明自己的政治态度。

我译的《莎士比亚十四行诗集》,1950 年10 月由上海文化工作社出版。我在卷首安排一专页,上面印着"译献已故的金鹿火同志"十个字。"金鹿火"合起来就是"镵"字,表明我对挚友张志镵的怀念。上海文化工作社是个私营出版社,是刘北汜让我把译稿交给该社老板韦秋琛的。第一版,韦老板给很少的钱。1951年"三反五反"运动("三反"是反贪污、反浪费、反官僚主义;"五反"是反行贿、反偷税漏税、反盗窃国家资财、反偷工减料、反盗窃国家经济情报)中,韦老板手下的人来信告诉我说,韦老板印了两千册,只给了你一半的稿费。后来我看到韦老板,他连说对不起,说这是我们商人的坏习惯,我很快会补给你。韦老板拖了两年,1953年,韦老板把欠的稿费给了我。他后来去了宁夏,失去了联系。我跟刘北汜还有联系,"文革"后他在北京故宫博物院主编《紫禁城》杂志。

唐弢:鼓励后进不遗余力的文学编辑家

我在中学读书时,就听到过鲁迅说唐弢"你写文章,我替你挨骂"这样的话,对唐弢的杂文非常佩服。1938年第一部《鲁迅全集》出版,我在表兄家中看到,知道其中包含着唐弢的大量编校劳动。1945年日本投降后,上海霞飞路口生活书店开张,一片崭新气象,店里陈列着各种进步书刊,吸引着大批青年读者。我在那里买到新出的进步刊物《周报》,极为喜爱。此刊是唐弢与柯灵主编。就这样,唐弢这个名字深印在我的心里。

在后来的岁月中,我阅读了唐弢的许多著作。我敬佩他这位鲁迅研究专家,杰出的杂文、散文、随笔和时评作家,更是有名的藏书大家。他的《晦庵书话》里有许多我爱读的好书。他爱书成癖,爱书成痴,不治家产,只知买书。他费尽心血,在敌伪时期甚至冒着被捕的危险收集的书籍,包括晚清和民国初年的出版物,特别是"五四"以来的新文学书刊,多数已绝版,成为极端珍贵的历史文物。唐弢1992年去世后,他的夫人沈絜云按丈夫的遗愿,把所藏四万余册珍贵书刊捐赠给中国现代文学馆,大大丰富了馆藏。巴金老人说:"有了唐弢文库,中国现代文学馆的藏书就有了一半!"
唐弢对中国文学事业的贡献是无人能替代的。

　　但在我的心目中,唐弢更是一位鼓励后进不遗余力的文学编
辑家。我走进文坛,唐弢先生的提携是一大助力。

　　1946 年,《文汇报》在上海出版发行,我是热心的读者,尤其爱
读它的副刊《笔会》。我从友人处得知《笔会》主编是唐弢,便决心
投稿一试,哪知一试便中! 1946 年 10 月,我还是不满二十三岁的
大学生,初生之犊,不知天高地厚,写信给唐弢说,最近读到袁水拍
先生的译诗集《我的心呀在高原》,觉得他译苏格兰诗人彭斯
(R.Burns)的诗固然不错,但韵味不足。我自认为还可以译得更好
些,所以把我的译文奉上,请先生裁夺,云云。也曾想过,我这个无名
小卒,未必能获得大编辑(其实唐弢那时也只有三十三岁)的青睐。

　　但这首译诗很快发表了,这使我投稿的勇气大增。唐弢也许
出于爱护幼苗,对我这个素不相识的后生十分关爱。《笔会》上接连
发表我的译诗、诗作和评论文章。单单 1946 年 11 月一个月内,就
发表了我的六首译诗,除彭斯的那首外,还有奥地利诗人里尔克
(R.M.Rilke)的《静寂的时候》,英国诗人麦克里(John McCrae)的
《在弗兰特的旷野》,德国诗人布尔克(Karl Bulke)的《有一个古
城》,爱尔兰诗人斯蒂芬斯(James Stephens)的《憎恨》,英国诗人
吉布逊(W.W.Gibson)的《遗言》和《回》。如此高密度的发表,对我
的鼓励之巨大,可想而知。接下去 12 月份,又发表我的三首译诗:
法国诗人波德莱尔(Charles Baudelaire)的《猫头鹰们》,英国诗人
希曼斯夫人(F.D.Hemans)的《卡色并可》,俄罗斯诗人尼基丁(I.S.
Nikitin)的《村中的一夜》。

　　《猫头鹰们》发表前后,《笔会》上还发表了戴望舒、陈敬容译的
波德莱尔的诗。这在当时引起了一些人的争议。有人批评说波德
莱尔是颓废诗人,不应介绍。我的好友左弦也善意地劝我不要译

波德莱尔。我带着疑问向唐弢去信求教。他回信说,波德莱尔在文学史上地位重要,对他的思想倾向可以分析评论,但不宜封闭对他诗作的翻译介绍。这使我心中有了底。不久我买到戴望舒译波德莱尔的《〈恶之华〉掇英》,这是一本在翻译艺术上达到很高境界的译作,使我对波德莱尔却步,从此我不再译这位诗人的诗。

　　唐弢在信中还鼓励我说,也可译一些有积极思想内容的诗,于是我有了另一些译作。1947 年,《笔会》上发表了我译的普希金的诗《冬天的路》(用笔名方谷绣)和《寄西伯利亚》。当时中国人民面临着光明和黑暗两个命运的斗争,大批共产党人和革命志士被逮捕关押在监狱中。我译《寄西伯利亚》,意在借用普希金对受难中十二月党人的鼓励,传达中国老百姓对受难的中国革命者的关怀,激励他们对胜利的信心。唐弢很快把它发表出来,当时产生了积极的影响。之后我又译了英国诗人布朗宁(R.Browning)的《〈阿索兰多〉的跋诗》,这首诗的主旨是积极、奋发、战斗、向上,人活着应如此,人死后在另一个世界也应如此。(它会使人联想到陈毅《梅岭三章》中"此去泉台招旧部,旌旗十万斩阎罗"的诗句。)唐弢也把它发表了。

　　《笔会》还发表我创作的两首诗:《生命没有终结》、《我相信》。前者的主题是为革命奋斗、牺牲;后者是控诉反动政府捕杀革命者,这些在当时都产生过积极的影响。还有一篇评论《谈闻一多与辜勒律己》,是与曹未风教授进行论辩,发表在《笔会》上。二十天后,即 1947 年 5 月 25 日,《文汇报》被当局勒令停止发行。这样,我与唐弢和《笔会》的联系也暂时中断了。

　　回顾从 1946 年 11 月到 1947 年 5 月这六个月中,唐弢发表我的作品十五次,这个频率不可谓不高。同时我与唐弢通信若干次。有一次,我年轻无知,写信催问他我的一篇稿子何故迟迟不见报。他回信说,先生投稿之初不是说,如果稿件不够水准,就丢入字纸篓里好了,你不是健忘的人吧!我一回想,当初果然有过这个表态。我惭愧了。但没过几天,那稿件见报了。唐弢带有幽默的宽容大度,使我印象深刻,终生不忘。十分可惜的是,我保存的唐弢当年给我的四封信,后来全部毁于"文革"。

我和唐弢第一次见面在1949年上海解放之后,在威海卫路上海市军管会文艺处的一次集会上。我见到签名簿上"唐弢"二字,立即找到了他本人。原来是个圆圆的面庞、中等身材、一脸和善的中年人,那时他三十七岁。在我眼中,他确是我的恩师。按当时习惯,我冲口而出的是:"唐弢同志!我终于见到你了。"握手。他的手劲很大。我谈了两年前我向《笔会》投稿的事,感谢他的提携。他是浙江镇海人,一口宁波口音。我们都是江浙人,我感到亲切。

1950年春,大区成立。我从上海市文艺处被调到华东军政委员会文化部,在戏曲改进处(后合并到艺术处)任副科长。不久,我又见到了唐弢。他已被任命为华东文化部文物处副处长,同时担任复旦大学中文系教授,两处兼顾。有两件事他给我印象深刻:一是他对文物处处长、文物老专家徐森玉特别尊重。一是1951年"三反"运动中,有一位处长大拍桌子,使文物处的一个干部吓出一身汗,交代了贪污问题。唐弢提出不同意见,认为审查案情不能靠拍桌子,而要靠认真的调查研究和细致的思想工作。从这点可以看出他的思想作风。

那时,我是华东文化部党支部委员。1952年唐弢向支部提出入党要求,把申请书交给了我,由我转交党组织,支委会上做过认真的讨论。1953年4月我奉调到北京,仍关心唐弢的入党问题。1956年我收到唐弢来信,告诉我他已被接纳为中共预备党员了。我非常高兴,写信向他祝贺。

二十世纪五十年代末,唐弢调到北京,在中国科学院哲学社会科学部(后来的中国社会科学院)文学研究所任研究员。那时我在中国戏剧家协会,与他接触的机会很少。"文革"开始,更是互相隔绝。

1972年秋,我从文化部静海五七干校回京探亲,专程到建外永安南里七楼唐弢家拜望他。他有严重的心脏病,曾因心肌梗塞住院治疗。此时他面色苍白,身体消瘦,但精神状态依然很好。久别重逢,有恍如隔世之感。我们谈了干校生活和对时事的感受,谈到了林彪出逃,在温都尔汗机毁人亡,以及美国总统尼克松访华等事。唐弢忽然说:"你译的莎士比亚十四行诗手抄本在知青中偷偷流传着。你今后对诗歌翻译还有兴趣吗?"我说:"我早年译诗受到了您的鼓励,但现在被造反派狠批为贩卖'洋、名、古'。"唐弢说:"中美关系解冻后,对英美文学的介绍可能会出现新局面。何况,英美也有进步文学和革命文学。"我说:"在干校的文化荒漠中,我用默默背诵莎士比亚和济慈的诗来缓解受压抑的情绪,取得一些精神慰藉,这,'不足为外人道也'。对诗歌,我还是倾心的,但今后是否再拿起译笔,我心中一点底儿也没有!"谈着谈着,唐弢说:"我从事过多种职业,但可以坦诚地对你说,我认为自己本质上是一个诗人。人的精神境界如果不是诗的,那他的生命将是抱憾的悲剧!"

我真没有想到,在"文革"还未结束时,唐弢还关心我的译诗工作,还和我谈诗和人生!我特别记住他说自己本质上是一个诗人这句话,这使我对他有了更深一层的了解。

那天他送我到他家门口,殷殷嘱咐我保重身体,将来还可以为党为人民工作,现在能活下去就是胜利。此时阳光照到他的脸上,他的脸显得更苍白了。他的头发在风中飘动。他表情慈和,他的宁波口音亲切地响在我的耳畔,这一形象长久地留在我的记忆中。

1978年5月,在文联全委会扩大会议上,我又见到了唐弢。唐弢说心肌梗塞已经发生过两次。因为开会人多,没有深谈。1979年1月,在《诗刊》的一次集会上,又见到唐弢,他说心肌梗塞症严重,准备请假休养。后来,我与他仍有通信。1985 年,他听说我患心脏病,特地写信嘱咐我注意事项,如何对待心脏病,用什么药物,告诫我大解时千万不要使劲。他写得很细,写了两张纸。他又赠我新出的"三联"版《唐弢杂文随笔集》。他的信我都保留着。对有恩于我的人,我永远不会忘记。

第六章　与戏剧结缘

（1949年5月——1972年12月）

后来我慢慢体会到,黄源是为了保护冯雪峰

上海解放后,我被分配到上海军事管制委员会文艺处。办公地点在威海卫路,原名叫新生活俱乐部的地方。这地方曾是国民党的一个活动场所。文艺处的处长是夏衍,副处长有好几个,能记住的有黄源、陆万美、黄佐临。黄佐临是著名话剧导演,文艺处地下室里有他的办公室,但他不常来,一周来一次。

文艺处有好几个室,有文学室、美术室、音乐室、戏剧室(管话剧)、剧艺室(管戏曲)等。我一心想到文学室去。文学室有两个干部,一是萧岱,一是吴越。但组织上把我安排在剧艺室工作。剧艺室主任最初是姜椿芳,很快换了伊兵,副主任是刘厚生。剧艺室是文艺处最大的室,有二十多个干部,室下分几个股。戏曲种类多,京剧、越剧、沪剧、锡剧、淮剧等,还包括曲艺,如评弹、相声等,都要有专人分头去联系。

在正式办公前,剧艺室专门办了一个戏曲班,把著名的戏曲演员集中起来,由干部给他们讲课,让他们接受共产党的文艺思想。伊兵是班主任,吴小佩是副班主任。这个班借用一所学校的教室上课、学习、讨论,花费了一个多月的时间。支部生活就在操场上

进行。吴小佩对伊兵的倾盆大雨式的政治灌输方法有意见。但研究班时间短,很快就结束了。干部们回到文艺处剧艺室,开始正式办公。其间我还到劳军救灾办公室去工作过几天,领导我的就是姜椿芳,之后我回到剧艺室。那时,工作就是天天去看戏,联系剧团,执行"三改"。"三改"是党的戏曲改革政策,即改人、改戏、改制。按当时的说法,改人,就是要把艺人的世界观改造成先进的世界观;改戏,是把封建的、落后的戏曲,改造成健康的或者进步的戏曲;改制,就是将剧团内部机制民主化,打倒戏霸,废除封建剥削,要艺人们自己经营管理。关于"三改",党指示我们要新文艺工作者和艺人"同审同改",干部要"依靠艺人"。

室里没有给我分配联系的剧团,而让我做了一个戏剧研究股的副股长,股长是钱英郁。研究股草创伊始,千头万绪,也没有研究出什么成果。第二年即1950年初,文艺处决定要创办一个刊物,名叫《戏曲报》(其实不是报,是刊物)。这个刊物于2月出创刊号,主编是伊兵,我是编辑。我的任务是组织稿件,首先找文化名人来谈戏曲改革。我联系一些作家和演员。一是登门拜访,一是写信约稿。

我按预约于3月初到胡风家,向他约稿,但他不肯写。他不看戏曲,只支持话剧。他问我在干什么。我说我在翻译莎士比亚的十四行诗,他鼓励我完成这项翻译工作。

我跟冯雪峰的联系在这一年的2、3月间。我写信给他约稿,并说,我要去拜访他。他回信说,你不要来,我来。几天后,他到文艺处来了,淡色的长袍,布鞋,没戴帽子。他拿出一篇文章,说供我们在刊物上发表。我给他介绍剧艺室和刊物的情况。他走时,我一直把他送到大门口。当时我们办公的地方即文艺处很宽敞,是两层楼,进大门,有花园。我们经过花园,出了大门。因为他来的时候,我没有在大门口接,他走,我一定要把他送到大门口。

我把冯雪峰的文章送给了伊兵,伊兵送给了黄源,不知道黄

源是不是给了夏衍。总之,伊兵的回答是黄源说不发表。冯雪峰
文章的观点是这样:中国的旧戏是精美的艺术品,但只适合反映
旧时代的生活和旧的思想,不适应反映新时代的生活和新的思
想。应该爱护它,出于对它的爱护,应该把它放到博物馆去,而不
是改造它。改造它,就是破坏它。

后来我慢慢体会到,黄源是为了保护冯雪峰,才不让冯的文章
发表。我原想:"五四"以来的传统是对问题可以商讨争论,鲁迅和
郭沫若、成仿吾,可以互相批评,但仍然是一条战线上的人,都是左
翼作家,所以当时对不发表冯雪峰的文章不以为然。我认为有不
同意见,可以展开讨论,不是说真理愈辩愈明吗?伊兵说:"你不
懂。公开发表后,是要挨批的,会说冯雪峰对抗党的戏曲改革政
策。"后来我用挂号信,把雪峰的稿件退还给了他。

这两件事,印象很深,一个是没有写稿,却鼓励我翻译莎士比
亚;一个是写了稿,没有被采用。

总理的话极大地鼓舞了我们

1950 年大区成立,东北、华北、华东、中南、西南,一共五大
区。大区军政委员会下设好多部,教育部、财政部等等。我在华东
军政委员会文化部戏曲改进处当副科长。华东文化部部长是陈望
道,常务副部长是黄源。陈望道实际上是挂名的。

1950 年 11 月,中央文化部在北京召开全国戏曲工作会议,我
是华东代表团的成员,团长是周信芳,副团长是伊兵。这是我第一
次到北京,母亲特别为我做了棉袍子、棉裤,淡灰色的。

在旧社会,达官贵人和富豪劣绅既喜欢戏曲又侮辱艺人,演员
的社会地位极低。新中国成立后,戏曲艺人的地位空前提高,成了
国家的主人,他们兴高采烈地参加了会议。在会上,周扬、田汉等

1950年11月,在北京参加全国戏曲工作会议时,屠岸(中)与中国戏曲学校学生合影

做报告,阐述党的戏曲改革方针。田汉呼吁创建爱国主义的人民新戏曲。新成立的戏曲学校的十来个小学生,穿黑色的校服,到会上来服务,给大会带来一股蓬勃的新生力量。周总理接见全体代表是会议进程中的一件大事。地点在北京饭店旧楼的宴会厅。那天只被告知说有领导人来参加,也不知道是谁,突然听到掌声四起,看到周恩来进入大厅。我一直注意前方的主席台,以为周总理会到那儿去,但等了好久,主席台上不见人。原来周总理是一桌一桌地跟每个人握手。厅内摆着几十桌啊。他握手的时候,眼睛是看着你的,手是热而有劲的。握到我旁边刘厚生的手时,刘厚生说,周总理你还认识我吗?周总理说,怎么不认识,你不是刘厚生吗?抗战时,刘厚生在大后方搞话剧运动的时候,见过周总理。总理跟所有人握过手后,才走上主席台。

那时,正是抗美援朝战争第一个战役结束的时候,周总理的讲话给我留下很深的印象。他举着两个拳头从胸口伸出,说,敌人原想包抄我们,却被我们反包抄。他收回右拳,猛地往前一伸,说,我们一个拳头就把敌人击倒了。总理的话极大地鼓舞了我们。会议期间,全体与会者还和北京文艺界人士一起进行了一次抗美援朝大游行示威，队伍浩浩荡荡地走过天安门，走在最前面的是丁玲。

创办《戏剧报》

我1953年4月调到北京。在华东《戏曲报》工作时，我是个普通编辑。到北京开全国戏曲工作会，需要印名片，伊兵叫我印上副主编，这样方便约稿。这样我成了《戏曲报》的副主编。事实上我调来北京前是个科长。

我新的工作单位，当时还是两块牌子，一是文化部艺术局，一是中华全国戏剧工作者协会。二者实际上是一个部门。1953年9月的第二次文代会我也参加了，会后中华全国戏剧工作者协会才改名中国戏剧家协会，并且从艺术局独立出来。

我到剧协《剧本》月刊做编辑，一次退稿，我写了封长信，还推荐了几本书，并把信交给当时的同事李诃。一两个月后从侧面了解到，李诃压了我那封信，另外写了一封。后来我看别人的退稿信，才知道我的问题在哪里：我那封信，太热情，写得太详细，写了七八张稿纸，言多必失。但年终总结时，李诃还表扬了我。

1953年底，我参加了创办《戏剧报》（月刊）的工作。此刊1954年初正式出版发行，戏剧报社社长是田汉，主编是张庚。《戏剧报》上有这两个人的名字，实际上他们都不管事，管事的人是葛一虹。葛一虹负全责，是没有名义的主编。我和陈刚，是葛一虹的主要助手，做编辑工作。葛一虹不是党员，上边始终觉得要有一个党员来领导。1955年张光年调来张颖，抗战时她在重庆做过周恩来的秘书。张颖讲话，很谦虚，又很热情，跟同志们相处亲切和蔼。张颖来的时候，也没有说担任什么职务，但实际上是刊物负责人。

1956年4月剧协开了一次理事会。会上对《戏剧报》的组织机构做了调整,不设主编;任命张颖、伊兵、刘沧浪、屠岸四人为常务编委。伊兵是 1955 年 4 月调来的。虽然四个人都是常务编委,但编辑部的人都把张颖当成主编。她有丰富的战斗经验,她又是剧协党组成员,我们都尊重她,有重要的事都请示她。她很讲民主,熟悉掌握文艺政策,对同志们有亲和力,所以威望很高。

我的党小组长职务被免了

我在五十年代经受了两次风暴。一次是反胡风,一次是反右派。

1955 年 5 月,《人民日报》公布所谓"胡风反革命集团"的材料,一场疾风暴雨式的政治运动展开。组织上开始查我的所谓胡风问题,撤销了我的党小组长职务,停止了我的党组织生活。张颖安慰我,让我相信党。我做了好几次检查,许多人在会上批我,她对我的态度不一样。我们在一个办公室,别人冷言冷语,她没有把我放在另册看待,说,你的问题一定会查清楚。最后,1955 年深秋,她对我说,派人到上海等地调查了,你的问题已经查清楚,你不是胡风分子,你还是一个好同志,但你受了胡风思想的影响,要清理一下。我又写了长篇的思想检查汇报,终于得到解脱,恢复了党小组长职务和组织生活。第二年,我被任命为《戏剧报》常务编委兼编辑部主任。这件事,我估计张颖起了推动作用。

1956 年"五一"前夕,全国先进生产者代表会议在北京举行,会场在崇文门外北京体育馆。各行各业选代表,名额有限制,剧协只有一名。剧协干部大会进行讨论、选举。张郁提名我,张颖同意,说了我的优点。没有人提其他人,最后表决,全体通过。我是文化部门的人,先参加文化部召开的全国文化先进工作者代表会议,然后转入全国先进生产者代表会议。

这次大会的总精神是各条战线都要全力投入社会主义建设。党的号召就是命令。开会中有一天,安排各部门的代表分批去中南海跟中央领导人照相留念。轮到文化部门,我们鱼贯而入,四层平台排好了,我们听从指挥,除少数老同志坐在第一排领导人两旁外,都站到后面的平台上。我穿的是很合身的淡灰色夹上衣,站在第二排中间。毛泽东、刘少奇、周恩来、朱德等领导人出现,向大家招手说"同志们好",就座。我稍俯身就见到领导人坐在我前面那一排的中间,心中充满了幸福感。很快拍完,领导人又招手走了。后来拿到了照片,"文革"中还保存着。因为"文革"我写检讨,说我曾受到毛的接见,但做了许多违背他的事,应该反省,等等。检讨拿到工宣队那里,工宣队说我没有资格提毛泽东接见。后来,我没把这张照片当回事,现在也找不到了。

反右,我觉得是田汉和伊兵保护我过了关

1957 年初,《戏剧报》常务编委刘沧浪被调到四川做专业编剧。1957 年上半年,《戏剧报》的事由张颖和我两个人轮流负责,我们事事商量。

1957 年初,党中央号召鸣放,我们紧跟。我为《戏剧报》写了社论《开放剧目,提倡竞赛》,张颖写了社论《大胆揭露矛盾,贯彻百家争鸣》。这个标题中的"大胆"二字,是我建议的,张颖原来用的是"敢于"。我说"大胆"是号召,"敢于"只是陈述。张颖同意了。这篇社论比我写的那篇重要,是《戏剧报》纲领性的文章。发表后不久,受到猛烈批评。我也受到批评,但没有张颖受到的那样猛烈。这篇社论有两点比较突出:一是说,要等毒草充分生长后再锄。批评者说这等于鼓励放毒。二是文章中有一句话:"在理论方面是一片空白。"好多人说,我们做了一些工作,怎么是一片空白?

鸣放期间，剧协为了响应党的号召，召开了几次座谈会，《戏剧报》请人写文章，包括吴祖光。我们派记者到上海、武汉等地，把当地鸣放的情况反映到《戏剧报》上，但很快，鸣放转入了反右，事情起了变化。许多人一股热情给党提意见，现在反过来反右，给党提意见的人都受到了批判。张颖想不通，给周总理写了一封信。这件事传到了剧协党组。有一天，我到细管胡同田汉家里找开会的张颖，谈工作，我不知道他们在那里开的是党组会，我是撞到的。我去的时候，正碰上他们暂时休会。其他人在屋里，只见到张颖在院子里徘徊。我估计是党组里的人在批判她。我见她情绪不好，没谈工作就走了。当时批张颖，是说她不相信她所在的党组织，说她去告状。

我们的记者把北京和外地的鸣放内容写成报道在《戏剧报》上发表。后来这批记者和编辑都被划为右派。唐湜没有到外地，就在北京，采访了三位老艺人：雷喜福、孙玉堃、侯喜瑞，写了三篇访问记。他比较客观地写了戏曲界的老艺人对党提的意见。这三篇文章成为他的主要罪状，他被划为右派。

《戏剧报》的编辑（也是记者）张郁、戴再民、阮文涛、陈朗，都被划为右派。唐湜和阮文涛被开除公职，由公安部门押送到黑龙江农场去劳改。

右派处分六个等级，最严重的是开除公职，到黑龙江去劳改。

《剧本》月刊的李诃被划为右派后，由于他的一条腿有残疾，被留在机关里降级使用。李诃1961年摘帽，是我在会上宣布的。我说，欢迎李诃同志回到人民队伍里。那时剧协的其他右派都不在机关了。

容为曜，从上海戏剧学院毕业到剧协《剧本》月刊编辑部做编辑。他写了一个独幕剧，表现一位党员领导干部对非党干部有点压制,非党干部受到不公平的对待。就因为这个,他被打成右派。

我是被保护过关的。我盘算了一下,我的言论比某些右派还严重。文联墙报编者约我供稿,我写了一篇,被采用了。我说许多党员干部对戏曲不懂行,往往随便否定一个演出,随便枪毙一个剧目。这种粗暴作风是错误的。文艺刊物的领导人应该懂文艺。我强调领导要懂行,领导应该由选举产生,由上级党委批准。这个言论受到猛烈的批判。

上海的汪培,是上海解放初期我在文艺处的同事,他后来是上海文化局的干部。我觉得他为人不错,约他当了《戏剧报》的特约记者。我写信,让汪培写上海戏曲界鸣放的报道。他写了报道文章,揭露剧团的矛盾。他来信说文章已经写好,要送上海文化局审查。我怕迁延时日,便回信说不用送审,直接寄给我,《戏剧报》也是党领导的。稿子寄来后,我和张颖看了,没有送剧协党组看,发表了。结果汪培被打成右派。

我给汪培的信转到剧协,我也受到严厉批评,说我无组织无纪律,凌驾于党组织之上。

汪培的文章非常客观,都是演员们说什么,他记什么,没有添加他作为记者自己的观点。但上海文化局领导说,标题就是你的观点。汪培的文章标题是《上海戏曲演员的意见》。文中分段小标题是:"只有锦上添花,没有雪中送炭","艺人在艺术上不能当家做主","新老国营的待遇悬殊"等。真是有口难辩呀!

过去的账是没法还的。1982年,我陪美国作家代表团访问西安、南京、杭州,最后一站到上海。我专门找到汪培向他道歉。我说当年的事,我很不安,他被打了右派,我反而没有被打成右派,很对不起。汪培说,这些事早已经过去了,这些运动中的问题,应该是发动和领导运动的人的指导思想有问题,我们都是受害者。他的大度使我感佩。现在他是上海周信芳艺术研究会的特别顾问。

鸣放期间,我发表过好几篇文章,文章中的观点后来受到了批判。在当时的情况下,要把我打成右派是轻而易举的。但是我没有被打成右派。我觉得那是剧协党组,主要是田汉和伊兵,保护我过了关。

下放劳动和焦虑症

我一直在写检查。我非常敬重的一位领导同志在全剧协干部会上宣布,想不到屠岸有这么多错误。组织上决定让我下放到农村去劳动。1958年1月我到离北京不远的河北省怀来县土木乡劳动,同时挂职为乡党委副书记。每天的劳动强度都比较大,对于我这种在城市里长大的人来说,体力劳动是很好的锻炼,但我在心理上承受不了随时可能会被唤回北京接受批判的压力。

我上大学到快毕业的时候,生了肺结核病。当时人们对肺病都谈虎色变。我小学里最好的老师、大学里最好的同学和我母亲的一个妹妹,都是生肺病死的,而我活过来了。一个原因是,我的妻子、当时还是女友的妙英知道我病重后,不但不疏远我,还向我表明了心迹,但更重要的是,我有了信仰——我在发现肺病之前参加了共产党,我的生命已不属于我自己,全部都交给党和国家民族了。爱情和信仰支撑我活了下来。

可是反右的炮轰中我成了"反党"的人。当时好多人被打成右派,但我心里并不相信他们是反党的。我想不通。下乡后,心情一直紧张,极端痛苦、惶恐、失眠。我的肺病复发了。到了5月份,我回京检查,医生开了假条,我便留在北京。剧协通知我回到机关再做检查。我在会上做了尽可能深刻的检查,但依然没有通过。事实上,没有人会在会上说你的检查很好,可以通过了。如果有人这样说,就会被视为温情主义甚至右倾。

有半年的时间，我惶惶不可终日。经常睡不着觉，吃完安眠药之后才能睡一到两个小时，内心慌乱，完全不能静下心来，讲话讲着讲着就发愣。

我去医院看病的时候，才发现得抑郁症的人多得不得了。病友们见了面就互相询问睡眠情况如何。那时抑

1958年初春，在河北省怀来县土木乡下放劳动处
左起：章妙英、屠岸、刘乃崇、蒋健兰，均为剧协同事

郁症还叫"神经官能症"，安眠药的名字叫"利眠宁"。医生对我说情绪要平稳，有些事情不要去想。他说得对，但要真正做到并不容易。

最后是李之华说了一句话救了我。1958年秋天，妙英找到伊兵，说屠岸想跟你谈谈思想。伊兵说他忙，暂时没有时间。妙英找到剧协支部书记李之华。李之华说，你回去跟屠岸讲，屠岸是个好同志，有错误，改了就好。妙英回来跟我说，就这一句话，我的病就好了。这个病很奇怪。我觉得我这个人是比较脆弱。

1959至1961年是寒冷的年岁。由"大跃进"造成的大饥馑席卷中华大地。我每天早晨赶到办公地点文联食堂去喝一碗粥，稍晚一点便没有了，饿肚子也没有办法。每晚下班回到住处芳草地，七岁的女儿章建胸前挂着屋门的钥匙，在宿舍门口的冷风中瑟缩

地迎接我和她的妈妈。机关里制作"小球藻",说它可以顶粮食,每日下午喝一杯"小球藻"汤,说是可以增加热量。但这其实是自欺欺人的荒诞剧。下班回家后往往饿得晕眩,一把搂住了小建。但是,一位在外地的右派同事请求救济时,妙英还是同意我把粮票寄去了。不能眼睁睁看着人家饿死啊! 在晚饭桌上,女儿章建往往把碗里少得可怜的食物匀一些给她四岁的弟弟蒋宇平。做父亲的我却不能,因为还要熬夜审稿啊! 我从心里感到,女儿是与我和妻子共渡难关的好孩子!

我终于得了浮肿病。最后导致全身浮肿,肺结核复发,病灶形成空洞,不得不在1963年春住院动手术,切掉威胁着我生命的右侧一叶病肺。

1959年9月,隐隐感到中央出了问题,但是听到风声,说是文件先不传达,要等国庆以后。我问伊兵出了什么问题,伊兵说彭德怀老总出了问题,中央高层领导中发生剧烈的分歧和斗争。当时正值国庆十周年大典,要欢欢喜喜过完国庆后再开始政治运动。我和伊兵聊了一阵,讨论《戏剧报》的封面用什么,我建议用京剧《将相和》剧照。伊兵同意,终于用了。我们真是天真,登个"将相和",就能起作用? 不过,也算表达了我们希望中央团结的愿望吧。

国庆后,传达中央文件,号召大家坦白自己有没有右倾思想,还要求揭发其他人。剧协总务科的李凤森,家在东北,探亲回来跟妙英讲到农村大饥饿的情况。对李凤森告诉她的情况,妙英一句也没有揭发。后来,李凤森专门到我家来,虽然没有正面说什么,但我们知道他是来表示感谢的。

从《戏剧报》到戏剧研究室

反右期间,常务编委伊兵为《戏剧报》写了一篇评论,是以本刊编辑部的名义发表的，文章标题叫《我们对整风期间所犯主要错误的初步检查》，发表在 1957 年 7 月底出版的第十四期《戏剧报》上。这篇文章猛烈批判了鸣放时期本刊的办刊方针，批判了张颖写的社论《大胆揭露矛盾，贯彻百家争鸣》，也批判了唐湜的文章、我的文章等等，是作为《戏剧报》的自我检查发表的。反右后，《戏剧报》编辑部领导改组，改为主编制，按周扬的意思，伊兵当主编，另设三个常务编委：张真、戴不凡、屠岸，编辑部主任还是我兼。张颖被调任《剧本》月刊主编。

　　1960 年至 1961 年，文艺界掀起一阵反修的风。周扬提出来要批文艺界的修正主义。周扬指示要批评北影编剧岳野，还点了张庚、赵寻的名。岳野是写《同甘共苦》剧本的作者，张庚是戏曲研究院副院长，赵寻 1958 年从剧协调到武汉钢铁厂，写剧本。赵寻在武汉写了个剧本《还乡记》，是一个红军战士回到家乡后的经历，似乎渲染了战争的苦难，有悲剧的味道，而没有发扬昂扬的战斗精神。岳野的剧本《同甘共苦》写人情、人性，共产党员的感情生活。张庚认为传统戏中的忠孝节义思想今天还有用。周扬说，这些人都可以批嘛。伊兵很积极地要执行周扬的指示，任务下来后，我也写文章，跟着上面的精神去批判了赵寻、岳野。我还写了一篇《英雄的时代不需要懦夫的哲学》，点名批判了赵寻、岳野、张庚。批判看似雄辩，其实是强词夺理。

　　"文革"后，我都分别向他们当面道歉。撞见岳野是在北京八宝山的一个遗体告别会上。"文革"那么多年，我根本认不出他来了。看见一个人在签名簿上写"岳野"，我一把抓住他的手，说："你是岳野同志吧？我是屠岸。过去我曾错误地批判过你，现在向你诚恳地道歉！"岳野说："你的文章确实很厉害，'文革'中造反派批我，就是照着你那文章的观点来批我的。"1979 年 10 月至 11 月召开的第四次文代会上，我向张庚当面道歉。他却忘了，问有这样的

二十世纪六十年代初,摄于中国文联和剧协门口

事吗。1952年,他带一个小组到上海来调查上海戏曲情况。我当时是华东文化部艺术处戏剧科科长,参加了调查工作。张庚曾经批评我说华东文化部艺术处对上海戏曲了解情况少,工作做得不好。张庚对人比较严格,但有长者作风。"文革"期间他和我同在一个干校。我见到他时总感到歉疚。等到我向他当面道歉时,他却什么也不记得了。我的心就只好悬着了。

1962年,赵寻从武汉调回来,成了剧协党组的负责人。他回来后,伊兵被调到南京做江苏省文联副主席,我被调离《戏剧报》,到剧协戏剧研究室任副主任。"文革"结束后,赵寻任剧协党组书记,要我回剧协,但我已在人民文学出版社工作得很顺利,便婉谢了。

1962年至"文革",我在戏剧研究室,葛一虹是主任,我是副主任。剧协的一批懂外文的同志被调到戏剧研究室,他们中有懂俄文的陈继遵、赵鼎真、汤茀之、蔡时济,懂法文的萧曼,懂日文的陈北鸥。葛一虹懂英文,我也懂英文。我们订购了许多外国文艺、戏剧的书、报、刊,从中选择、翻译、编译了许多外国戏剧的动态、信息、评论以及各种文字材料,连同剧照及有关图片,发表在我们编印的内部刊物《外国戏剧资料》上。从五十年代到六十年代,中国文艺界与外国文艺界的交流越来越少,反帝反修的口号使中国文艺工作者把西方文艺和苏联文艺都看成洪水猛兽,中国文艺工作者变成了聋子和瞎子。我们的《外国戏剧资料》总算是给中国戏剧工作者打开了一扇面向国外的小窗子。出它的目的,是要让被封闭的中国戏剧工作者,了解一些外国的戏剧情况,做信息介绍,供批判参考。当时只寄给一些有关的艺术领导机构、团体、研究单位。一共出了十七期。现在看来,出这个刊物体现了田汉、葛一虹等的远大目光和超前意识。

除了《外国戏剧资料》,戏剧研究室还编印了一批外国戏剧的译本。因为不用美术编辑做封面装帧设计,一律用黄颜色的纸做封面、书脊和封底,这批书被称做"黄皮书"。"黄皮书"不能公开发行,只能在戏剧界一定范围内发行。它们仿佛给极端闭塞的中国戏剧工作者一点可以透透气的狭小空间,使他们看到了天外还有天。当然,那时这类材料都必须打上"供批判"的印记,否则即使在内部也不能发行。但毕竟使人开了眼界,比如荒诞派戏剧,爱尔兰作家贝克特的《等待戈多》、法国作家尤涅斯库的《秃头歌女》等,许多人都是第一次接触到。当时我们是顶着被指责为"放毒"的压力而万分谨慎地从事这项工作的。

到"文革"时,造反派让我们这些"牛鬼蛇神"检查自己放了什么毒,于是允许我们看《外国戏剧资料》以便回顾。我们都暗自高兴,因为每天在牛棚里都只能看毛选,很枯燥。后来,进驻剧协的工宣队发现我们把这份内刊看得津津有味,说:"你们过去放毒,现在还要吸毒?!"又全部收走了。

造反派要我们每天写检查,写一张纸两张纸,都是套话、废话。有一天,工宣队说不用写了。有人问,是不是今天不写,隔天写?工宣队说,不是,从今以后不用写了,不要浪费纸张。我们一下子轻松了。

但是,我仍然不轻松。因为,紧箍咒并没有从头上撤除。毛泽东1963年12月和1964年7月对文学艺术工作的两个批示,就是紧箍咒。毛泽东还批评文化部是"帝王将相部"、"才子佳人部"、"外国死人部"。毛更批评《戏剧报》是"牛鬼蛇神报"。这些都是紧箍咒,尤其是直接批评《戏剧报》,对我如大棒猛打在脑上,令人惊心动魄,惶惶然不可终日。虽有"腹诽",谁敢表露真实想法?我在造反派"勒令"下,写了无数次关于《戏剧报》放"毒"的检讨,而且没有一次听到造反派说"可以了"的话。

第七章　难以忘怀的同事

张颖:"文革"时和我同蹲一个牛棚

张颖离开《戏剧报》后,改任《剧本》月刊主编。有一次我去她的办公室看她,她说:"1957年我给周总理写信,不是去告状。告什么状? 我是不理解反右运动,想请总理开导开导我。"我知道张颖抗战初期毕业于延安鲁迅艺术文学院,1939年到重庆当过周恩来的秘书(正式说法是中共南方局文委秘书)。我说当时不明白反右是怎么一回事,但我觉得《文艺报》的人比我们清楚,他们联名批评萧乾,说明他们觉悟得早。当时《文艺报》有一名主编、三名副主编,其中之一是萧乾。张颖说我太天真,萧乾和别人的思想没有根本区别。等到形势一变,萧乾就被踢出去了,成了替罪羊。

反右后,张颖生了一场大病,住在北京医院很长一段时间,头不能转,一转就昏。我专程去看望她。因为她有病,没有多谈。1962年我生肺病,张颖专门到我家里来看望我。1964年,她调到外交部了。她的丈夫章文晋是外交部亚洲司司长。"文革"期间,造反派把她揪回剧协批斗。(其实是张颖自动回剧协参加运动。)我们在一个牛棚,牛棚曾是我们的办公室,白天集中的时候,就在那里"蹲"。我跟张颖于1969年4月被造反派初步解放,可以回到群众

1956年，北京西郊，远足　左起:章文晋、章文晋与张颖的儿子、张颖、
屠岸

中去,张颖回了外交部。我在1972年才被彻底解放。

"文革"中,张颖是外交部新闻司司长,接待过一位美国女作家维克特。当时维克特的目的是来找江青,进行采访,写 *Comrade Chiang Ch'ing*(《江青同志》),此书后来在国外出版。维克特走后,张颖又犯病了,是老毛病,脑袋不能转动,一转还是头昏。我到她家里去看她,一进去,有人来说她病了,不能接待。我说:"你去说屠岸来看她,试一试。"结果让我进去了。我见她躺在床上,身上盖着白被子,脸色苍白,清癯,但眼睛依然有神。我说我很担心你接待维克特,要跟江青打交道,怕你陷进去。她说,所有的活动情况,都跟周总理汇报了。我听了,一块石头落下,放心了。

张颖编写了一本书,是关于周恩来与文艺界人士交往的记述。张颖还写过一本讲她在美国当大使夫人时的事,叫《外交风云亲历记》,2005 年出版。她的文笔清新流畅,感情丰富,繁简得宜,可读性极强。更可贵的是她留下了真实的历史,真正的第一手材料,这是无人能替代的。

伊兵:在迫害中活活憋死

1998 年,我参加《田汉全集》编辑工作,主编是周巍峙。他是文联主席,当过文化部副部长。在一次编委会上,周巍峙讲:"在历次政治运动中,表现积极的人分两种,一种是认识问题,一种是品质问题。我在反右时也积极过,批评了舞蹈家协会主席吴晓邦,认为他组织成立天马舞蹈团是错误的。运动结束时他的主席职务去掉了,成了副主席。后来,我见到吴晓邦,就向他道歉。我可能道歉的次数多了,吴晓邦的夫人见面就说,你这次别再道歉了。"

在"文革"前政治运动中伊兵也是一贯积极的。我觉得他是思想上紧跟党组织的人,上级怎么说,他就怎么做,而且总往左的方面靠。我认为伊兵不是品质问题,主要还是认识问题。

伊兵跟周扬的关系比较近,可能缘于 1951—1952 年的华东文化部进行"三反"运动时的一件事。当时,副部长彭柏山认定伊兵的文章《戏改工作中两条路线的斗争》(上海解放初期在《人民文化报》上发表)有错误,伊兵下不了台。伊兵把文章送给周扬看,周扬认为没有错误,为伊兵解了围。伊兵一再声称周扬是他的"救命王菩萨"。

1957 年吴祖光被打成戏剧界最大的右派。之前鸣放时,《戏剧报》发表了他两篇文章,后一篇原是他在文联座谈会上的一个发言记录,被找了出来。发言记录中有这样的字句:"组织制度是愚蠢的。趁早别领导艺术工作。"发表时,田汉引了后一句话,在前面加一个"党"字,作为文章的题目——《党"趁早别领导艺术工作"》。吴祖光这篇文章是讲党的组织权威太大,个人的主观能动性被抹杀。而上级的意见往往是错的,所以他反对这样的组织领导制度。《戏剧报》把它当做毒草发表。田汉把吴的一句话加上"党"字作为题目,这是田汉的主动行为,还是受别人影响而为,我不知道。但有一点是清楚的,定吴祖光为右派者,不是田汉,我的判断是周扬。我从当时伊兵的话中推出这一点。伊兵说,周扬很着急,没法向中央交代,因为戏剧界当时抓出的都是小右派,没有代表人物。吴祖光被批判后,伊兵说,周扬同志松了一口气。

伊兵认为,周扬同志是比日丹诺夫更高的马列主义文艺理论家。1960 年 8 月 4 日,周扬在中国戏剧家协会第二次全国代表大会闭幕式上讲话。伊兵对事先没有准备好录音大为懊丧。有一次周扬夸奖伊兵说他可以当一辈子《戏剧报》主编,将来胡子白了,给他戴一个大勋章!伊兵很高兴,在编辑们面前夸耀。

1962 年,伊兵被中宣部从剧协调到江苏,当江苏省文联副主席。临行前,伊兵坚持要见林默涵,林默涵接见了伊兵。伊兵对我说,这次他心服口服了。

1963 年 1 月,伊兵调往南京,行前田汉给伊兵赠诗一首:

> 岭头曾见暖枝开,惜不同探邓尉梅。
> 自是江南春色好,奇花端赖细栽培。

伊兵被调走的原因,是他任《戏剧报》主编时发表了许多左的批判文章,伤害了一些不应伤害的人。所以田汉诗中有"奇花端赖细栽培",含有劝勉之意。伊兵得到田老的诗,非常高兴。

1964 年,伊兵以江苏省代表团成员身份来北京参加全国京剧革命现代戏观摩演出会。一天晚上,他来看我,谈起现代戏问题。他认为现代戏的"现代"概念,还是遵周扬、林默涵的提法,从"五四"算起为好。因此他对柯庆施提出的"写十三年"不以为然。伊兵在1957年、1959年初主张过现代剧目就是反映社会主义现实生活的剧目，不久林默涵提出"现代"这个概念要从"五四"算起，不能把反映社会主义现

1996年12月，屠岸与吴祖光（右）在中国作家协会第五次全国代表大会期间

实生活的要求强加于作家。伊兵就放弃自己原来的主张，接受了林默涵的主张。

　　伊兵最后死得很惨。1956年秋天，他协助周信芳带上海京剧团访问苏联，演出《十五贯》。苏联气候冷，从苏联回来后，他肺病大发作，此后他一直处在疾病的折磨中。调到南京后，他长期缠绵于疾病。"文革"时，他已病得很厉害，肺气管扩张、肺结核、肺心病、哮喘，都有。"文革"中，1967年剧协的造反派把他从南京揪回剧协，批斗他，有人打他耳光。当时我在"牛棚"，没有亲见，是妙英告诉我的。他被揪回北京后，先住在和平里剧协的宿舍里，他妻子章亚白来照顾他。后来南京方面把章亚白催了回去，和平里剧协的房子也被收回，他被造反派转移到剧协一间办公室居住。看管他的造反派叫韦启玄，觉得晚上跟他同住一个房间不好，便搬到旁边一间办公室去。第二天，九点钟过了还不见动静，门怎么敲也敲不开，最后把门撞开，才发现他躺在地板上，已经停止呼吸了。是哮喘病发作，在床上挣扎着，倒在地上，可说是活活憋死的。他的这个病，如果有人在身边，立刻送医院，是有救的。他去世的这一天

是1968年10月4日,享年五十二岁。

伊兵从南京被揪回剧协后,曾写了封申诉信给戚本禹。他通过妙英把信给我看,要我签名,我不签。他太天真,以为戚本禹能解救他。有一天,我在隆福医院碰到他,因为没有熟人在旁,我们有对话。他说有许多问题要说清楚。我说现在不是讲道理的时候。他说还是想上书,写了信,要送到"中央文革"去。但不久,戚本禹就倒了。伊兵的信转到了剧协造反派手中,他因此又挨了重重的批斗。

1976年1月我出差到南京,找到伊兵的妻子章亚白。她说,南京方面在1972年为伊兵开了追悼会。她拿出照片给我看,追悼会上有许多人送的挽联,很隆重。我还看到了伊兵墓的照片。墓碑上刻着伊兵的生平及职务,职务中有一项是中国剧协书记处书记、副秘书长。那时还在"文革"期间,南京方面做得比较有人情味。

葛一虹:历次政治运动中没有给别人
贴过一张大字报

我知道葛一虹的名字很早。抗日战争胜利后,我在上海,就读到他和戈宝权合编的《高尔基画传》和《普希金画传》。这是两本图文并茂、内容充实的书,我爱不释手。当时我还读到他四十年代初在大后方参加文艺"民族形式"问题论争而写的不少文章。他提出文艺工作者要寻求"中国作风和中国气派的民族形式",给我耳目一新的感觉。后来又接触到他主持的天下图书公司出版的许多进步书籍。这样,他的名字就深印进了我的脑中。

我认识葛一虹是在我从华东文化部调到中国戏剧家协会之后。1953年底,葛一虹受命负责筹备《戏剧报》的编辑出版事宜,我也被安排到《戏剧报》编辑部,这样我就在他的领导下工作了三年。六十年代初,剧协成立戏剧研究室,葛一虹任主任。我于1962年被任命为该室副主任,作为他的助手一直工作到文化大革命爆发。"文革"中,我和他一同蹲牛棚,一同下五七干校,前后七年。从1953年到1973年,我和葛一虹共事二十年,其中六七年时间我和他虽不在一个小单位里,但在剧协这个大单位里。

《戏剧报》创刊之初,人手很少,编辑只有五六个人。社长田汉虽然关心这份刊物,但他太忙,难得到编辑部来具体指导工作。葛一虹作为编委,是实际上的主编。他既负起全面领导的责任,又做具体的组稿、编辑工作。他主持确定编辑方针,订立年度组稿计划。他审阅、修改稿件,甚至自己动手设计安排版面。

我曾多次到葛一虹东单草厂胡同家中谈工作,他和夫人总是热情接待,言词亲切。在编辑部里,从不曾见到他颐指气使发号施令,也不曾听见他疾言厉色批评指摘。他和同志们之间,只有心平气和的探讨和商榷。有一回,他请编辑部的同志们到北京展览馆莫斯科餐厅去吃了一次西餐,说是工作太忙了,让大家松弛一下。说明他懂得怎样调节生活,活跃气氛。他对编辑部年轻同志的成长十分关怀。他有意培养我(当时三十岁)和陈刚(更年轻)写剧评,让我们合作,连续写了对三部话剧的评论文章,依次在《戏剧报》上发表。他说,我们要约请社会上有实力的剧评家为《戏剧报》撰稿,也要在我们的编辑部里培养出自己的剧评家。当时他对成名成"家"并不忌讳。至于我后来终于没能成为剧评家,那是我自己的事。

《戏剧报》是剧协主办的刊物,也就是它的喉舌。文艺不能脱离政治,因此掌握好刊物的政治方向很重要。但是,怎样体现正确的政治方向?葛一虹主持这个刊物时,并不只抓政治性的社论、发表政治宣言,他主张戏剧为人民服务,必须通过艺术。葛一虹主持下的《戏剧报》的风格,当时并不是没有人持异议,无非是突出政治不够,贯彻党的为工农兵服务的方针不鲜明之类。但葛一虹在岗位上始终坚持他的办刊方针,我觉得他做到这一点是不容易的。

葛一虹在立身处世上,绝不随波逐流,不为个人目的而随意跟风或说违心的话。葛一虹1933年就在上海参加了中国左翼戏剧家联盟,接受马克思主义,靠拢共产党,但他长期不是共产党员。从五十年代到六十年代,他始终不渝地申请加入共产党,一直没有如愿。他经历了历次政治运动,在运动中,他从不见风使舵,随波逐流。在批判会上,他很少发言,甚至不发言。无论在平时还是在运动中,葛一虹从不整人。他绝不为了表现自己进步而损害别人。在运动的高潮期,大字报铺天盖地的形势下,葛一虹没有给别人贴过一张大字报!倒是我,在别人的要求下,于1966年8月在一张给葛一虹贴的大字报上签了名。这张大字报无端指责他是"反动资本家"。这是我的不可原谅的错误,也是使我永久愧疚的耻辱。1967年,我和葛一虹一同蹲在牛棚里,我曾为此向他当面道歉。

还有一件事,我印象也很深刻。大概是1968年,在牛棚里,一位"棚友"从街上购得一张"革命小报"。"革命小报"是"文革"期间许多机关、团体的造反派出版的报纸,内容是揭发"走资派"、"反动学术权威",批判"封、资、修"等等。造反派自编自印自己上街兜售。剧协造反派就出版过《戏剧战报》。那位"棚友"买来的"革命小报"上登载着狠批苏联作家肖洛霍夫的所谓"修正主义"小说《一个人的遭遇》的文章,同时把这篇小说作为"靶子"附在小报上,是另加的附页。这份小报立即在牛棚里传阅开来。当时李超、蔡时济、戴不凡、张真、贺敬之等都看了,大家沉默不语,谁也不知道谁心里想什么。我久闻《一个人的遭遇》的大名,却未能一睹原作,这次看了,说实话,我被作品的艺术魅力和悲天悯人的情怀所深深感动了,但我只能把这种感受深藏在心里。葛一虹也看了这篇小说,却在无人注意时低声对我说,这是苏联文学中的好作品。这份小报刊登批判文章倒也罢了,可是,他们把原作也作为附录登出来,不知是什么意思?我听了不觉一惊,竟说不出话来。少顷,我和他相视一笑,这样,我把我的心思也传递给他了。从此,我更理解葛一虹是个绝不说假话的人。

葛一虹1933年因参加左翼戏剧活动而被国民党反动派逮捕入狱。"文革"中,凡是曾被反动派逮捕过的,开始时几乎无一例外地被打成"叛徒"。葛一虹面对造反派气势汹汹的审查,镇定自若,如实反映,不说一句假话。1972年在干校,领导运动的军宣队终于宣布,葛一虹被捕后没有做任何丧失原则的事,还了他一个彻底的清白。

葛一虹在"文革"结束后,已到晚年,终于成为一名中国共产党的党员,遂了他几十年的心愿。

唐湜:"廿载沉冤唯一笑,平生豪富是诗才"

唐湜,才华横溢,既擅写诗,又懂戏曲,为"九叶派"诗人。1954年由李伺介绍,通过人事部门调到《戏剧报》。从1954年到1958年,我们是同事,也是诗友。而且他与我同住芳草地,还是邻居。

1955年,他和李伺都受到审查,因为他们都曾坐过国民党的牢。1938年他才十八岁,血气方刚,向往革命,跟几个朋友到延安去,由于叛徒告发,被国民党逮捕,关押在西安集中营一年多,与李伺成为同狱难友。他不是党员,不存在叛党的问题。肃反中就说他思想上有问题,算他的账。

1957年4月,唐湜被定为极右分子,开除公职,由公安部门押送到黑龙江劳改。他的家属则遣返原籍浙江温州。1958年5月,我从下放劳动的地方(河北省怀来县)回京治病时,才知道这一切。芳草地宿舍中的唐湜住宅,已成为空巢。我独步走过唐湜旧宅,不觉悲从中来。忽想起清初顾贞观为挚友吴兆骞犯事发配宁古塔而写的千古绝唱《金缕曲》二首:"季子平安否?……"但立即自责,我是党员,党发动的政治运动是正确的、必要的,我怎么能有这样的思想?但是,但是……诗人唐湜真的是反党吗?……回到家中,窗外白杨萧萧,又伴我度过一个不眠之夜。

对唐湜,我总觉得内疚,因为定他为极右的那三篇文章,都是我发的。但我又觉得反右是毛泽东发动的运动,是对的,所以很矛盾,很痛苦。

唐湜到北大荒后,我与他不可能再有通信来往,但关于他的信息,我依然关注。三年困难时期,他几乎饿死。劳改终止后,他被遣返回原籍温州,长期靠艰苦的体力劳动维持一家生计。过了二十二年后,"文革"结束,他的右派问题得到了改正,我和他才在北京和平里重逢。我见他布衣破鞋,一脸憔悴,回顾平生,恍如隔世。他并不诉苦,只是约略说了他苦难的遭遇。我听了不觉潸然泪下,他反而以平常的心态对待一切不幸。但是,当他说起写诗的事时,他眼睛里顿时射出光来。

他把他写的诗稿给我看了。我发现,他写下了大量的十四行诗、抒情诗、长篇历史叙事诗、童话故事诗……我感到十分惊奇:他在逆境中竟能长期坚持写诗,他的诗歌创作续了又断,断了又续,即便在"史无前例"的浩劫时期,也没有终止。唐湜写于这个时期的一首十四行诗《忘忧草》,最后一节是这样的:

> 当我拿梦幻的眼眸去凝望
> 悲痛的无底涡流,啜饮着
> 那一片淳美、澄澈的光芒,

我就仿佛在向美神献祭呢，

拿自己的苦难向她献礼，

叫深湛的忧郁化作一片美！

　　这应该是唐湜当时的精神写照和内心独白。苦难和悲愤成了
供奉在美神祭坛上的牺牲，深沉的忧患意识化为美丽透明的灵
光。唐湜回应了时代，又超越了时代；摆脱了时代奴隶的枷锁，踏
上了时代前驱的风轮。

　　唐湜的大量重要诗歌创作，都完成于十年浩劫期间，也是他处
于困厄中的时候。他的作品里，常常充盈着对生活的热爱，对美好
事物的向往，对真善美的弘扬，对民间传说中坚贞爱情的赞美，对
历史上民族战争、英雄人物的歌颂，以及对诗友的缅怀……甚至时
时有欢乐，处处有阳光。不管他是有意识还是无意识，他实际上是
以诗歌的美来对应现实的丑，以对缪斯的忠诚来藐视命运的捉弄，
以精神的高昂来抗议人间的不公，他的人格是正直的，但他的申

2003年11月4日，在温州唐湜家中　　左起：屠岸、唐湜、唐湜夫人

诉,却是通过诗美的追踪向人世发出的一道折射！他作为美的宗教的信徒,超脱了命运赐给的苦难,实现了灵魂的飞升。

我觉得,唐湜写下的诗,可以说是通过折光和透析而形成的自传。他的全部的诗作,可以看做是他颠沛跋踬的一生的心史。他的所有的遭遇和反应,都以另一种形式保留了下来。

唐湜的两部诗集,经过我的手,在人文社出版,另一部诗集,经过我的推荐,在燕山出版社出版。最后,在我的不懈推动下,他的诗歌总集《唐湜诗卷》上下两大册,于2003年9月由人文社出版。我写了序,引用了莎士比亚名剧《暴风雨》中小精灵爱丽儿的歌:"他的一切都没有腐朽,只是遭受了人海的变易,化成了富丽新奇的东西。"我以这首歌象征唐湜的诗歌创作,并指出这就是"唐湜现象"的终极含义。

2003年11月我赴温州参加著名"九叶派"诗人唐湜诗歌创作研讨会,此时他已八十三岁高龄,行动不便,乘轮椅由人扶着到达会场。我与他重逢,一时激动得泪如雨下！晚上,我又到他的家,看望了他和他的夫人。当我和他执手相拥时,我又一次热泪盈眶。我们谈了约一个小时。对多病的他,我不宜久留,以免使他疲劳。没有想到这一握别竟是永诀！

2005年1月28日晚,我得到他逝世的消息,仿佛巨棒一击,夜不能寐,写下了悲悼他的七律:

痛悼诗人唐湜

一声霹雳电传来,瓯水凝流雁荡呆。
廿载沉冤唯一笑,平生豪富是诗才！
困穷宁弃千钧笔？锦绣堆成百尺台。
毅魄已随云鹤去,梦中犹见几徘徊。

　　"人生不相见,动如参与商","访旧半为鬼,惊呼热中肠!"明明知道,诞生—发展—消亡,这是自然规律,任何人无法抗拒。但正如韦应物诗中说的"居闲始自遣,临感忽难收",碰到坎儿上,心中还是不能释然。

张真:"毫锋横扫长安雾,彩笔敢为天下先"

　　张真是我在剧协的同事、老友。张真、戴不凡和我是《戏剧报》的三个常务编委,我们从五十年代到六十年代共事过十多年。"文革"中又一起进牛棚,下干校。1961年末,为准备次年3月的广州会议,剧协派干部到各省去调查戏剧创作情况。赴西北西南一路,原定张真前往,但他知道我想去——我和张真同室办公,一天,他听见我叹息一声,知道我感到空气太沉闷,想出去走走——就把出差的机会让给了我。这样,我有机会去西安、兰州、成都。

　　张真是一位杰出的戏剧评论家。上世纪五十年代,评论家中

1971年夏,屠岸与张真(右),于文化部静海五七干校

"左"风很厉害。张真往往力排众议,发表精辟言论,保存了不少戏曲精华。对京剧《玉堂春》,颇多非议,认为纨绔公子嫖娼,既封建又无聊,这出戏应予否定。张真写文章说,公子有的是,青楼女有的是,但有几个是真情实爱、忠贞到底的?他对王金龙和苏三做了细致的分析和评价。文章发表,一鸣惊艺界!这个戏和一批戏保住了。又如,舆论认为舞台上出现鬼魂就是迷信,便把李慧娘的鬼魂改为活人。张真写文章评析,认为这样一改,戏的情节变得不可理解,戏的主题也受到影响。他说,李慧娘的鬼魂形象不是迷信,而是人民群众的愿望以幻想的形式出现。人民要求李慧娘向奸相贾似道复仇,人民要求李慧娘与裴生结合,但事实是李慧娘已被贾似道杀害了,怎么办?于是以鬼魂的形象登场。这正是一种理想主义!文章发表,二鸣惊天下!又一出戏和一批戏被保存下来了。"有鬼无害论"实肇始于张真,廖沫沙是后来者。康生抓住孟超(昆剧《李慧娘》的作者)大整而特整。孟超不幸,廖沫沙不幸!江青没有追本溯源,张真无意中逃过了一劫。

张真的文章,总是娓娓道来,但内涵尖锐。他笔锋犀利,为人谦和,待人接物,极为诚挚。我送他三个词:真挚、真率、真诚。他原名张天璞,天然是真,璞玉也是真。他漠视名利,淡泊自甘。他是党员,但在历次"左"的政治运动中,表现消极。他不在批判会上发言,也不写任何大批判文章。在"文革"中,大字报铺天盖地,而他自始至终,不写大字报,无论是揭批别人,还是为自己辩护,或是自我检讨,他一概不写。造反派定他为"反动学术权威",把他押进牛棚,但他泰然处之,而且长期称病在家。剧协的造反派也拿他没有办法。

当年要求干部政治好,业务好,称又红又专,鼓励人走红专道路。张真才华出众,却淡漠于政治运动,被当做"白专道路"的典型。有人说,不对呀,他还是党员呢!于是说他走的是"灰专道路"。他本人对此一笑置之。

有一次,《戏剧报》主编伊兵跟同事们说话,他眼看着张真,唱了一句京剧《空城计》中诸葛亮的唱词:"我本是,卧龙岗,散淡的人。"然后说:"你们看,我指的是谁?"大家点头微笑。说张真是"散淡的人",形容恰切。把张真比做诸葛亮,也可以,是说他才华横溢,虽然不是治国平天下的才华。

有一次,张真应邀到电影家协会去聚会,看电影。他很低调,坐在大厅一隅,不声不响。谢晋走上前,向张真深深鞠了一躬,把他请到贵宾座上。旁人惊奇,谢晋说:"这位同志叫张真,是我的老师。"原来张真1942年曾在四川江安国立剧专担任过讲师,受到学生的欢迎。谢晋此时已是大名鼎鼎的导演,却不忘师恩。张真当年在讲坛上诲人不倦,施恩泽于年轻学子,为培养戏剧电影人才,尽心尽力。谢晋的这一鞠躬,反映出两个人的品德,也反映了一个时代。

张真平时谈笑风生,出语幽默。但他又有另一面:憎爱分明,疾恶如仇。他常把他的一腔义愤表达在他业余写作的旧体诗词中。

2008年8月27日,张真以九十一岁高龄,无疾而终。我到东方医院向他做最后的告别。我送了他两副挽联,一副是:"不慕荣利胸中自有憎爱;忘怀得失而今俯仰乾坤。"横批是"现代五柳"。另一副是:"刺将军悯学子毫锋横扫长安雾;评金龙说慧娘彩笔敢为天下先。"

第八章　荒唐岁月

死亡对于我来说,是亲切的、甜蜜的

我被揪出来是 1967 年 1 月。一个叫"尽朝晖"的剧协造反派组织在细管胡同贴出大字报,说我是"漏网右派"、"三反分子",应该放到"牛鬼蛇神"或"黑帮"中去,我便进了牛棚。牛棚门口有红卫兵贴的对联:"庙小妖风盛,池浅王八多。"

我本来是共产党员,一下子突然变成在牛棚里的"三反分子",每天都要"早请示,晚汇报",汇报我今天背了多少毛泽东著作,还要写思想汇报。写汇报时用蓝色复写纸复写一份留个底,不然将来都不知道自己写了些什么。

写下的汇报,有的是自己真的认为错了,有不少却是违心的话。我说自己错了,甚至是有罪的。毛泽东说过,一个人只问动机,不问效果,等于医生只顾开药方,病人吃死了多少他是不管的。意思是,有的人做事情动机是好的,但效果可能不好。我就是用这个来说服自己承认我错了。

牛棚里有李超、风子、刘厚生、李之华、葛一虹、赵寻、张真、戴不凡,还有从外交部揪回来的张颖,从《人民日报》揪回来的贺敬之等。张真是个散淡的人,不紧张,一张大字报都不写,也很少做自我批评。李之华经过延安整风,别人批判他,他什么都承认。他知道运动的规律,到最后会落实政策。批斗我的时候,我的内心却是充满着痛苦和不安的,我没有李之华的经验,也没有他那样沉着冷静。我没有做的事,我怎么能承认呢?

早期可以回家,后期集中住在剧协的办公楼,男一间,女一间,全是通铺,军宣队每天来检查。我带着安眠用的安定,有时候要吃。一些同事一直都能睡。戴不凡和我一样也是《戏剧报》的常务编委,他学问很好,是戏曲方面的专家。他和我的命运差不多,比我还多一顶"反动学术权威"的帽子。我们睡在一个通铺上,一到晚上,他倒头便睡,鼾声如雷,让我非常羡慕,但也被他的鼾声吵得更加睡不着。

虽然住在一个大房子里,我们却不能互相交流思想情况,两个人窃窃私语是万万不可的,因为其他人会向造反派汇报,有人写思想汇报不光汇报自己的思想,还要揭发别人的思想言论。有时我看到有些人神态不对,也不便问,只有周末才能回到家中和妙英交流。

一天半夜,军宣队叫全体起床,不能带任何东西,让我们在另外一间房子里待了半个小时。回去后,一些人的书不见了。我发现,一小瓶安定被抄走了。

许多同事,本来友好相处,同志相称,这时候一个个面目冷峻,如同陌路,甚或恶语相向,血口喷人。奇怪,整个世界变了!只有邻居杜震的妻子陈紫烨对我热情相助,仿佛冰雪世界里的一盆炭火,使我终生不忘。杜震当时是剧协副秘书长。他和他的妻子陈紫烨是参加过长征、爬过雪山的老干部。他们胸中充满着同志爱。我们家的保姆王大妈也对我热情关怀,我们一家人永远感激她。

我的女儿、儿子,被同学称做"狗崽子",因为是"黑帮子女"。在学校受歧视,被扔石头。我们家在院子里晾的衣服、鞋子被人扯掉,不是偷,是整黑帮的家。

《剧本》月刊编辑部主任李诃是我住芳草地时的邻居。1956年,他准备写一篇关于田汉剧作的长篇专论,与我商讨如何进行艺术分析。哪里料想到1957年,他会成为一个"阴谋"小集团的为首者,被戴上右派的帽子,连降三级,从此丧失了一切发言权。"文革"时,我们在同一个牛棚。一天,他突然晕厥倒地,我把他用板车载着护送到隆福医院。医生检查后,宣布他的心脏已经停止了跳动! 后来我知道,"炮轰"我的第一张大字报,是他策划而由另一位姓王的人起草的。

虽然被列入牛鬼蛇神,仍是共产党员,所以我按时交党费,而且数量增加,把工资的大部分都交了党费。一次在批斗刘厚生时,造反派斥责刘多交党费说,谁要你的臭钱! 我听到,心凉了半截!

"文革"中,我没有受过肉体的伤害,我觉得那还能承受,但不能接受精神虐杀。精神虐待的痛苦远远超过了皮肉之苦。那时候我想要舍弃生命,是为了告别痛苦,想到死神时我会有甜蜜的感觉。其实也是爱自己,只是我不能抛下我的孩子。我没有抗争的想法,只想解脱。那个时候,我还依恋生命的,但活着太痛苦了。

第一次被抄家是在1967年1月,造反派把我的日记抄走了,还有我翻译的诗稿。日记没有还给我。当时造反派命令我们把抽屉打开,他们把我给妙英的信搜出,准备抄走,还要抄妙英给我的信。妙英把这些信一把抱回,说这些都是她的,不是屠岸的。妙英属于群众,她的东西不能抄。等抄家的人走后,妙英一把火烧掉了信。所以,我和她的通信,现在没有一封留下。我曾经跟妙英说过:"我要给你写一封世界上最长的信,我每天写日记,把每天的日记当做信的一段,这样写一辈子,留下来,就成为一封特别长的信了。"所以我给她的信实际上是我多年的日记。

第一次被抄家以后,我有自杀的想法。我没有什么壮烈感,以死来抗争什么的,只迫于精神压力太大。那时候你若自杀,不会有人同情你,只会给你更大的责难,说你是"自绝于人民"。但我遭受的精神侮辱太厉害了,人格扫地以尽。那时,死亡对于我来说是亲切的,我想要去追求它。

一天晚上,我跟妙英说,活不下去了。她也感觉活不下去了。我们估计苦难没有尽头,有右派的榜样,没有希望。1967年的秋天,1968年的春天,时间有一两个月,我们想了很多方案,跳楼吧,形象不好;开煤气灶,有一个麻烦,会伤到孩子,孩子也活不成。我又看了护城河,投河?也不行,水太浅。

最终我选择了上吊。绳子挂起来了,就在和平里我自己的家里。我已经把脖子伸到绳套里试了试,但我最终没有死,因为我看到我四岁的女儿、我最宠爱的小女儿章燕看着我。她不知道我是在寻死觅活,她看着我的眼神里充满了依恋,我感到她很爱我,我不能走,不能让她当孤儿。我不能去追逐甜蜜,我还要继续忍受苦难。

章燕还记得,说那天抄家,你脸色煞白,我叫你爸爸,你也不理我。我知道,那是我不想活了。

第二次抄家是1968年,那时"公安六条"已经公布,但还是来抄。第二次抄时,没有第一次那么痛苦,只觉得前途茫茫。那时候思想上没有否定"文革",毛主席怎么会错呢?妙英还说过这样的话,最后还有人来救我们,是谁呢,是毛泽东。这就是当时的思想状态。

1968年的一天,我在文联大楼(现在的商务印书馆)的食堂里吃午饭,突然听到院子里发出一声很闷的声响,外面嚷嚷起来,人群都围了上去。我也跑过去看,原来是一个作家协会新吸收来的干部跳楼了。他叫朱学逵,是一个烈士的儿子。那一天作家协会的造反派批斗了他,结束之后,他从五楼的厕所里跳了下来,没有流血,但据说内脏全部破裂,送到医院之后很快就宣布死亡。我感到震撼!

他被斗的原因是他在一本《毛主席诗词》上做了批注,结果被人揭发了。大字报把他的批注都公布了出来。其实他的批注都是对毛主席诗词的称赞,只是说其中有两首平平,没有警句,并没有说毛主席的坏话。批斗非常猛烈,有人对他说:"你等着,马上就把你送公安局去。"他想不开,会一结束,人就从五楼上跳了下来。我看了那些大字报,感到更大的震撼!这样的批注,就要付出生命的代价?!令人毛骨悚然!

那时,常常发生这些可怕的事情。怎么办?只能忍受,咬紧牙关忍受。1968 年之后,看到被关进牛棚的人铺天盖地,我想,关牛棚也不过如此吧!便也能睡得着觉了。

1969 年 4 月,进驻剧协的军宣队通知我进行思想检查。我做了两次,接受群众的狂风暴雨式"上纲上线"的批判。4 月 7 日,我做第一次检查。4 月 8 日,造反派负责人,一位姓石名敬野的同志对我做概括性批判,说:"屠岸在 1956 、1957 年所犯罪行性质非常严重,所发表的反动言论是大量的、系统的。原因不是偶然的。你的言论是右派性质、修正主义性质、反党反社会主义性质。你发表的毒草,一为民请命,向党进攻;二攻击戏曲改革,矛头指向无产阶级专政;三维护宗法制度,攻击人民政府;四支持右派言行,向右派投降;五煽动右派分子汪培向党进攻。另外,你在《戏剧报》积极执行文艺黑线,参与制定向党进攻的'鸣放'方针,放出大批毒草。再,你只检查说自己是驯服工具、奴隶主义,不行!你只检查自己信奉自由、平等、博爱,是阶级斗争熄灭论,不行!你反对蒋介石,是怎么反的?陈伯达同志讲,有些人是浸透了资产阶级灵魂的知识分子。你是这样的人。你这个不折不扣的资产阶级知识分子是怎样走向政治上的反动的？你必须好好检查。你对自己那一套东西，不是痛恨，还有点自我欣赏！你读过几本洋、名、古的东西，有什么了不起？你文章越写越反动，你还自我欣赏！你思想根子挖得很不够。你不揭开你的盖子，过不去！你首先要端正态度！"

4月12日，我做第二次检查。群众再次对我进行批判。最后石敬野同志做结论性发言，首先朗读毛主席语录，然后朗读"屠岸的综合材料"，列举我的姓名、原名、性别、年龄、民族、家庭出身等，然后列举主要罪行共五条，又列举右倾罪行三条。然后说屠岸也做过一些有益的工作，如写过反修的以及歌颂三面红旗的文章。结论是屠岸十几年来忠实执行贯彻文艺黑线，犯有严重错误和罪行，跟田汉等只是工作上的关系，性质有所不同。按照党的政策，对可划（右派）可不划的，不划，因此还是可救的，对屠岸实行解脱，下放劳动，但还须送上级批准。（大概是由军宣队批准。后来没有说不批准，就是批准了。）之后军宣队领导姓夏的同志，做了一次类似训话的发言，散会。这样，算对我落实了政策。我想：总算有这一天了，心中有一种舒解的感觉，也有一丝悲凉。这里我把当时对我的所谓"上纲上线"的批判录下，是"立此存照"，也可见到"文革"的一道风景。

干 校 点 滴

1969年9月，军宣队宣布，我们必须在国庆前夕离开北京下放，但中间放几天探亲假，我和妙英赶了三四天到苏州和上海去看望母亲和岳父母。为什么非要赶在"十一"之前呢？后来知道是林彪发布了"第一个号令"，要让各单位的干部和有问题的人统统限期离开北京。

9月底，坐火车到河北省怀来县沙城。怀来县老城沉到了官厅水库里,县委、县政府移到了沙城。中国文联各协会下去,剧协在土木乡,这也是我 1958 年下放的那个乡。到土木乡没几天,就是"十一"了。9 月 30 日我们在土木乡举行庆祝国庆游行。我们到了土木,寻访土木之变的遗迹,看到一所寺庙,名叫显忠祠,里边原有纪念明朝在土木之变中殉难的全体军官的牌位。但现在的许多牌位,却跟明朝一点关系都没有。我问了,牌位立的是抗日战争和抗美援朝战争中牺牲的当地军民。

1969 年深秋,从土木乡迁到宋家营。这时农业的田间劳动已基本停止。我们的任务是挖防空洞以及"备战"。劳动强度很大。1970 年元旦后,剧协又一次迁移,转到河北省宝坻县,分住在几个村里。我住的村叫北清沟。夏天,发大水,我和几个同志一起乘坐拖拉机去抗洪,我站在拖斗里。因为路滑坡陡,拖拉机翻倒到河里。那条河虽然不深,却能淹死人。我掉到河里,几度挣扎,不知道怎么就爬上了岸。如果车斗倒过来把我罩住,就麻烦了。回家换了衣服,继续前去抗洪。晚上开会学习毛泽东思想,那是每天晚上的例行公事。有人问,你掉到水里,是不是想到毛主席的语录,下定决心,不怕牺牲……我说没有,我说当时什么都没有想,只是挣扎着往岸上爬。有人说,那你活学活用毛泽东思想还不够。

1970 年的春节,是在宝坻县过的,叫"过革命化的春节",不回家,自己包饺子。春节三天,都在地里帮助老乡拉犁,不是牛拉犁,是人拉犁。呼出来的气就是一团团白色的雾,看到的是白茫茫一片大地,真干净! 虽然苦,但心情还比较好,比在牛棚里好,因为已经和革命群众在一起了。春天的劳动,是刨高粱茬。我干得非常带劲,进度竟能赶上强劳力,觉得每刨出一株高粱茬就是出了一口恶气。夏天,我参加种棉花的劳动,这项劳动要锄草而不伤苗,得非常细心才行。但还没收获,又搬家了。

1970 年 9 月,干校再次迁移,从宝坻搬到静海县的团泊洼。

静海县那时属河北省,后来归到天津了。干校正式挂牌,名叫"文化部静海五七干校"。剧协、美协、音协、影协、摄影学会、中国戏曲研究院、电影研究所等的同志们都到了这里,成了"五七"学员。我们劳动的地方,跟劳改农场和右派农场连在一起。劳动时,能看到穿着囚服的劳改犯,还有荷枪实弹的岗哨。右派农场的右派,穿的衣服跟我们一样。

我们是五连,由剧协与美协的人组成。我们先住在一个大厅里,男女分开。后来打土坯盖房子。我的工作是打土坯,运砖瓦。校部请了县里的建筑工来指导盖房,到冬天,盖房任务全部完成。建成的房分两种,一种是夫妻房,一种是单身房,单身房也是两个人一间。我跟妙英有一间房,冬天有炉子,自己生火,食堂打饭。白天劳动,晚上经常开会学习,汇报思想。

有了自己的住房,即可"躲进小楼成一统,管他冬夏与春秋"。晚上看书。准许带的书,有毛选、马列著作、鲁迅著作。读鲁迅没有禁区,是一大自由。我爱诗,手中却没有古今中外的诗集。但我心中有,于是与妻子一同默吟杜甫、李商隐,或者默诵莎士比亚、济慈。造反派可以抄走书籍,但抄不走我心中的书。虽然关门闭户,仍恐隔墙有耳,所以仍是默吟默诵。如此一统,可奈我何?

在干校,虽然思想上仍受压抑,但劳动确能舒张筋络,开放襟怀,暂时把烦恼抛到九霄云外。收割高粱时,上有蓝天,下有大地,左手将高粱一大把抓住,右手挥动长镰,从根部把高粱切割,大把高粱应声倒地。高粱穗红色如火,我曾有诗句:"长镰挥舞,一大片火林倒下。"割高粱动作幅度大,虽汗流浃背,而身心痛快。割时,心中默诵济慈诗《秋颂》(*To Autumn*)。把切割动作和诗行节奏结合起来。割完后,是用手镰把高粱穗从秆上"扞"下(老乡把割穗头称作"扞")。这项劳作,动作幅度小,须细心谨慎为之。一面默诵济慈诗,一面"扞"穗,节奏舒缓,心态平和。无论是配合割还是

"扦"，诗只能在心里默诵。如果出声，旁人会问：怎么啦？或说，神经病！甚或说，阶级斗争新动向来了！所以只能"噤若寒蝉"，自得其乐。

第二年开春，军宣队说要种水稻。但那里是盐碱地，根本不适合种水稻。军宣队的王政委说那就抽水压碱，还是坚持要种。用了两万元，投入多少劳动力，结果颗粒无收。这个王政委没有一点歉意，还满不在乎地说，我们失败了，等于交了学费。我干过插秧，长时间弯腰蹲在水田里，很累人的活儿，但我坚持下来了，经受了锻炼。

后期，成立校部，调我去做记录，给军宣队领导起草发言稿。半年、一年，军宣队要总结，也要我起草。调到校部的，还有方杰。后来军宣队让方杰和我负责校部办公室的日常行政事务。校部下属的还有一个医务室，医务室里四五个医生给全干校的学员看病。

在干校展开一场批斗"五一六"的运动，很残酷，常常是车轮战。我是做记录的。"五一六"分子分别在连部被审讯、批判。有的"五一六"，熬不过，违心地"乱咬"别人，过后又翻供。我当时有一种预感，"五一六"像"三反分子"一样，最后是要被解放的。当时抓

1971年冬，文化部静海五七干校学员们合影　前排蹲者左第一人为屠岸

"五一六"是根据毛泽东在姚文元的《评陶铸的两本书》一文中加的一段话,说有一个"五一六",是一个反革命组织。最后查无实据,松了绑,所有的"五一六"全都一风吹了。

各连有食堂,后期伙食有改善。我一个星期帮厨一次。由于参加体力劳动,我食量增大,早上就能吃两个窝头。

1972年"斗私批修",我做了两次思想检查,最后通过,恢复了党的组织生活。从1969年4月初步解放,到1972年7月才彻底解放。

军宣队让妙英参加种菜班的劳动。因为她体弱,这是轻劳动。种菜班里还有三个人:美协的蔡若虹、华君武、王朝闻。本来,蔡若虹是主席,后两人是副主席,"文革"中受到冲击。他们都还没有最后落实政策,还在受监管。人们用三人的姓的谐音称这个种菜班叫"菜花王"。军宣队要妙英汇报他们三个人的言行。妙英对我说了,她从来不汇报。她跟他们的感情好,处得很宽松。

在干校有探亲假。一次,交通有故障,为了跟儿子和小女儿团聚一天,我和妙英赤足蹚水,从北清沟步行几十里赶到一个小站,乘上火车,赶回北京。

在干校,不知道什么时候毕业。大家都表态:党指向哪儿,就奔向哪儿。但两三年后有了变化。1971年有一批人先回到北京。我1972年12月回北京,妙英因为有病,比我早一个月回北京,等待分配。1973年1月接到通知:妙英到出版口(后来发展成新闻出版总署)工作,我到了人民文学出版社工作。

张志新式的女英雄马正秀

1958年,我因反右下放后病了,精神上压力也大,犯了抑郁症。妙英对赵光远说,请他星期天来陪陪我。赵光远是戏剧出版社的编辑,重庆人,曾参加过抗美援朝战争。他与妻子马正秀从小是青梅竹马。从反右到"文革",我们两家人交往十年。"文革"前,他们一家住在王府大街大鹁鸽胡同一间简陋的屋子内。赵光远与马正秀到我当时的芳草地家中来过多次,我与妙英也到赵家去过几次。妙英很喜欢马正秀。她为人纯真、善良、朴实,是穷苦人家的女儿。马正秀给我的印象是热情而不狂放,外表柔弱,内心刚强。她对儿童有一种天然的喜爱和亲和力。她长得很美,一种纯朴无华的美,一种青春勃发的美。

马正秀是幼儿师范毕业的,到北京后当了自然博物馆的讲解员。"文革"时,造反派写打倒谁谁谁,只要是打倒某位领袖或老师的,她就把"打倒"擦掉,在后面加上"万岁"。最突出的是,她把"打倒刘少奇"改为"刘少奇万岁"。她于1967年9月16日被捕。在狱中,要她认罪,她不认。她不像我们——我们许多人,认错,以求减轻"罪责"。她在狱中受尽磨难,但她昂首不屈。最后在公审大会上要她认罪,她不认,造反派的两个彪形大汉对她拳脚相加,抓着她的头撞墙,百般折磨她,她还是不认,最后被定为"现行反革命",宣判死刑,立即执行。她殉难的日子是1970年1月27日。这些情况是后来人文社的余维馨告诉我的。余维馨在1969年奉命参加了那次宣判会。余维馨说,这是什么无产阶级专政?这种造反派是封建法西斯专政!马正秀的遭遇,与坚持真理、反对"文革"而被造反派处死的女英雄张志新如出一辙。她们的人格光辉永不消逝!

赵光远于1969年3月15日跳楼身亡,这跟马正秀有关。赵光远的"罪名"是他与华蓥山游击队(本来是革命队伍,在"文革"中被说成是"反革命"队伍)有关,说他的社会关系危险,他本人可疑。赵光远曾任孟超的剧本《李慧娘》的责编。1961年,戏剧出版社合并到人文社,成为人文社一个编辑室,孟超任人文社副总编辑

摄于二十世纪六十年代初　上左:赵光远;上右:马正秀;中坐者:赵光远的母亲　左下:赵光远和马正秀的女儿赵晓华

兼戏剧编辑室主任,赵光远在戏剧编辑室当编辑。"文革"开始后孟超成了大黑帮,被关在牛棚里,造反派叫赵光远去"看管"他。赵光远心里会是什么滋味,可想而知。赵光远跳楼自杀的时候,马正秀正在狱中。赵是在极度不安、惶恐和绝望中自杀的。

诗人刘岚山从我口中知道了马正秀的事迹,他很积极地访问了马正秀的女儿赵晓华,《一家人》这首诗写的是马正秀一家人。我一面读一面流泪,想控制也控制不住。我伏在床上,眼泪浸湿了枕巾。我用一条毛巾擦泪,擦干了又流出来,心潮澎湃,无法平静!我把自己的软弱同马正秀的刚强相比,我感到惭愧,无地自容!我无法理解她的抗恶的力量从何而来!是什么样的力量使她进行殊死的斗争,把祖国的命运和重任担在自己的肩上,最后付出了生命?应该是对真理的信仰,对真理追求的执着,除了这些,还能做别的什么解释呢?

第九章　几位领军文艺家

田汉——"壮绝神州戏剧兵"

第一次见田汉,是 1953 年 4 月,在田汉的办公室,东四头条的一间房里。那时他是文化部艺术局局长,中华全国戏剧工作者协会(后改称中国戏剧家协会)主席。他的办公室很朴素,有一张桌子,有个书架。我说:"田老,我来向你报到。"在戏剧界,人们叫他田老大,很少人叫他田局长,我们叫他田老。

我提到我的表哥屠模(字伯范),他在日本留学时,跟田汉一起搞过话剧运动。他说:"是是,在日本留学,演出时,我还给他拉大幕哩。我们要你表哥搞话剧,他却去搞化学。我知道,他有一个狗的鼻子。"我表哥是搞香料的,以此为职业,鼻子特别灵。

1956 年,田汉有两篇文章是我发在《戏剧报》上的:《必须切实关心并改善艺人的生活》、《为演员的青春请命》。后来有人认为这两篇文章,足够让田汉做右派了,但田汉没有被定为右派,只是被批得很厉害,说他是"无轨电车"。

田汉当剧协党组书记,跟其他的党组书记不同。有人说他是办事凭兴之所至,口无遮拦,浪漫主义。在党组里起作用的,是伊兵、孙福田,之后是赵寻。

田汉有一篇文章,评湖南戏《三女抢板》。戏中,姐妹三人,在一件冤案中这一个都要替另一个去死。田汉文章里提到,说毛主席看了这个戏后讲,这就是共产主义精神。文章已经付排,伊兵看校样时发现问题,说这是个古代戏,毛主席看戏时即兴说了那样的话,没有公开发表,不是定论。于是请田汉当场修改,田汉不大懂得党的内外有别原则,所以被称做"无轨电车"。

1957年,豫剧演员陈素贞到北京演出,田汉对她很关爱。一天,田汉突然看到报纸上公布,河北省把刚调来的陈素贞定为右派。田汉立即拟了一份电报,准备给河北省领导,请求不要把陈素贞划成右派。这个电报稿被伊兵看到,伊兵当即把电报扣下,说不能发出去,河北省已经定了,不可能改变,你田老去说情,说不定你也会陷进去,说你包庇右派。伊兵这样做是为了保护田汉,田汉才没有把电报发出。陈素贞的右派问题后来在党的十一届三中全会后才得到改正。

田汉是个爱才的人。戴不凡还在《浙江日报》工作时,写了一篇评论田汉《金钵记》(后改为《白蛇传》)的文章,《人民日报》刊登了。田汉看后,虽然是批评自己的,但觉得戴不凡有才,于是通过组织把他调来北京剧协工作。戴不凡是学者,对中国古典戏曲有很深的研究。戴不凡写过关于《红楼梦》的文章,在红学界也有一定的影响。

1959年国庆后传达中央文件,批彭德怀,要求联系本单位来批,看谁有右倾思想。中宣部指示剧协党组批田汉,连续批了好几天。一天,在剧协三楼一个会议室(剧协重要的会都在那儿开),我看到田汉在那儿掉泪。我问,田老你什么事伤心呀?他说,毛主席不吃肉了。他为了这件事掉眼泪。那时经济困难时期已经开始。田汉只说了这么一句,没有再说什么。接着,他静静地听取会上人们对他的批评。

田汉早时的名剧《名优之死》,五十年代末、六十年代初在北京人艺演出。《戏剧报》要有一篇评论的文章,没有组到,我就自己写了。写的过程当中,我到田汉家去访问过。他穿人民装,不戴帽子,头发不多,很和蔼亲切,给我讲了剧本创作的经过。说《名优之死》中的主角刘振声有原型,就是四十六岁倒毙在舞台上的刘鸿升。他对戏曲演员在旧社会受的苦了解很深。他可能想在我写的文章上写点什么,拿了一支圆珠笔,笔写不出字来,丢了,又拿了一支,还是写不出字来。他说这些笔质量不过关,把那支笔放在桌上,又拿了第三支。笔筒里有很多圆珠笔,他说是别人送的,可这些国产的笔质量都太差。我看到他家里架子上有好多唐三彩,问是出土的吗?他说:"我哪有那么大的本事,都是仿制品。"他还请我吃糖果。我说,田老你也吃吧。他说:"你还不知道,我有糖尿病。"

《田汉的〈名优之死〉及其演出》,这篇评论我用了两天加上一个晚上的时间,到清晨完稿时,吐了一口血。

我把文章送给田老,他让我放下,第二天去取。我第二天去,他认为文章很好,说他只在最后加了一小段作为结束,那是他送给北京人艺演刘振声的演员童超的诗:

> 曾为梨园写不平,管弦繁处鬼人争。
> 高车又报来杨大,醇酒真堪哭振声。
> 故我未分妍亦丑,薰莸严辨死犹生。
> 只缘风雨鸡鸣苦,终得东方灿烂明。

我在"文革"中被批,造反派就用上了这首诗。我解释说是田汉加上去的。一位姓徐名潮的女造反派质问我,为何同意让田汉加上这首诗?我说它控诉旧社会,寄希望于新中国,最后两句能说明。徐同志怒斥我,她说"风雨鸡鸣苦"指的是共产党领导下的新中国;"终得东方灿烂明"是希望蒋介石反攻大陆成功!我听了,不能当面反驳,但心想:你真的这样认为吗?卑鄙!

1963年,顾工给中宣部陆定一部长写了一封信,揭露剧协迎春晚会的"资产阶级作风"问题。1963年12月毛泽东在一份材料上批示:"各种艺术形式——戏剧、曲艺、音乐、美术、舞蹈、电影、诗和文学等等,问题不少,人数很多,社会主义改造在许多部门中,至今收效甚微。许多部门至今还是'死人'统治着。"批示下达后,各协会做检查,自我批评。这是第一个批示。各协会把自我检查结果送上去之后,毛泽东又在一个协会的检查结果上写了批示,这就是1964年7月的第二个批示,批示说这些协会已经跌到了像匈牙利裴多菲俱乐部那种团体的边缘。(裴多菲俱乐部是匈牙利一个知识分子团体,被称为"反革命组织",1956年匈牙利事变时起了很大的作用。)两个批示下来,各协会都要学习检查。

第一个批示下来,剧协的同志们到西山八大处一处文联休养所学习检查了好几天。检查的重点在田汉,大家和风细雨地对他进行了批评。但毛泽东不满意,要重新来。各协会要抓典型。美协抓了王朝闻,剧协再次整风,重点批田汉。中宣部文艺处派苏一平来坐镇。苏一平是经过延安锻炼的老同志,人却比较温和。这时还不像"文革"时期那样骂人,虽然上纲上线,却只坐在那儿讲。当时命令我参加,我把田汉的文章摘录下来,写在卡片上。虽然讲道理,但讲的其实是歪理。1964年的秋天,有一次批判会完了后,田汉站起来走到我身边,拍着我的肩膀说:"孺子可教也。"我问他是什么意思,他说:"别人批我都是口说无凭,你做了卡片有根有据,你还认真。"

1966年的8月上旬,"文革"已经开始,剧协领导运动的人已经换成了刘亚明。刘亚明是组织上调来当剧协秘书长的。刘亚明组织了一次对田汉的批判会。这时运动的火药味更浓了,我已经感觉到自己很危险。但刘亚明把我列为发言人之一。我意识到，刘亚明是想拉我一把，把我放到革命群众中去，但又觉得这个发言很难做。我没有办法，还得做。我的发言是批田汉在外事活动中的"无轨电车"行为，鸡蛋里挑骨头。当时，我脑子里也有疑问，到底田汉该不该批斗？

1962—1963 年，田汉的秘书黎之彦有眼病要全休，妙英代替他做秘书时，小女儿章燕出生不久，妙英有时先抱到田汉住处放在传达室（那时田汉多数时间在家里工作），下班才抱她回来。田汉非常喜欢章燕，说这孩子太可爱了，有时抱一抱。田汉问妙英经济上有没有困难，还伸手到口袋里摸钱。妙英说，没有。我当时生病在家。田老可能想到妙英家里有病人，又添了孩子，所以想帮助她。田老是个热心肠！后来妙英了解到田汉有一段时间很郁闷。因为中宣部又提起他 1935 年被捕的事，调查他有没有叛变的问题。这个问题本来早就解决了，但这时中宣部又提起，是不是有新的情况？田汉的心情特别坏。这事只有妙英知道。田汉是不是叛徒？这个问题没有弄清楚。"文革"开始后，他的儿子贴大字报说他是叛徒。但是，我这次去批判他，不是批判他的叛徒问题。

这次批田汉的会在文联礼堂召开，很多人发言，都有发言稿。文化部副部长刘芝明坐在第一排。他对我说，你们剧协这次批判会搞得好。但他在不久后也被揪出来，被狠斗。1968 年，刘芝明在造反派的严重迫害下身心交瘁，突然病亡。

这次批斗田汉，我的心情非常复杂，因为看到了田汉下跪。一位当年是"孩子剧团"成员的女演员，在批斗会上指责说田汉把"孩子剧团"从大西南带到东北，送给了国民党，是对这些孩子们的政治陷害。抗战时期，在大后方有个抗日的"孩子剧团"，抗战胜利后，为了生存，田汉千方百计设法把他们送到东北，使他们存活下来。这位演员是歪曲事实，但当时会上的听众反应异常强烈。舞蹈协会的一位姓周的同志站起来声色俱厉地叫田汉"跪下"！田汉不下跪，全场人都站起来，说："跪下！跪下！"于是，田汉扑通一声跪下了，他的面色灰白，漠然无表情，依然挺胸，像一块僵直的石头。

我当时心里很不是滋味，觉得田汉就是有罪，怎么就要下跪呢？我对田汉始终有负罪的心情。

我还参加过以集体名义撰写批判田汉的文章。上级让我起草，有一个月的时间住在颐和园剧协租用的房里写。有个厅，吃饭什么都在那儿。没写成，回剧协后继续写。从1965年春到秋冬。我那时在戏剧研究室编《外国戏剧资料》，又写批田汉的文章。写了一年，写得很痛苦，因为是"强扭的瓜"，讲不通的道理偏要讲"通"，改来改去，始终无法定稿。其间，也有他人来参加写作，最后把草稿送给理论权威何其芳，请他修改。他不改，只提了意见。最后，送给中宣部副部长林默涵，他有本事，做了大的删改，总算把逻辑顺起来了，把本来讲不通的，似乎讲"通"了。最后以"田汉的戏剧主张为谁服务"为名发表，这个标题也是林默涵定下来的。文章发在《戏剧报》1966年4月那一期，署名是"本刊编辑部"。这期出了，《戏剧报》也就办不下去了，从此停了，"文革"开始了。

1966年，我还没有被揪出来，还在革命群众队伍中时，看到过田汉的书面交代。除了示众，田汉每天还要写思想汇报。这年国庆节，田汉写："我听到了国歌的声音，心里还感觉到安慰，但我希望同志们注意安全。"他挨打挨得很厉害。田汉写那些字是颤抖的，根本不像他的手迹，他原是书法家呀！那时，田汉还有专车，司机是李光华，此人很好，每天不管多晚，都等着接田汉回家，还说这次田老遭罪了。有一次，红卫兵用铁丝把田汉捆在椅子背后，用鞭子打。我看见打他的是个女孩，初中生。那个时候北京有"东纠"（东城区纠察队）、"西纠"（西城区纠察队），都是红卫兵组织。这两个"纠"里的女红卫兵非常厉害。

　　1966 年 12 月，田汉被红卫兵抓走。后来听说由北京卫戍区
"监护"了。"监护"就是入监牢。他被折磨得很惨。后期，他被囚在
一所医院里。他跟阳翰笙住楼上楼下。阳翰笙说，监管田汉的人
很残暴，田汉有糖尿病，有时候把尿洒到了尿盆外边，那个监管员
毫无人性地逼田汉趴在地上喝下去。1968 年，田汉在残酷迫害中
死去。死前他写歌颂毛泽东的诗，这成为他的绝笔。

　　田汉含冤去世，我没有机会当面向他道歉。2001 年，在《田汉
全集》编辑工作完成之后，我曾给田汉基金会的邓兴器回过一封
信，他们把这封信登了出来。信中讲了我参与编辑《田汉全集》工
作时做了几件事情，并说："我提及这些事，是说明我由于做了一些
本应该做的小事而稍感安慰。对田老，我是有愧的。在 1964 、
1966 年，我曾奉命参加了对田老的批判会。田老反而表扬我说
'孺子可教'，只因为我做了卡片，批判时引用了田老文章里的原
话。但那些批判，都是讲的歪理。每念及此，我即痛悔惭愧流泪不
止。为'全集'做了些许工作，何能赎我之罪于万一！"

　　田汉写旧体诗有极深厚的功力。他的舅父易象教他写旧体
诗，为他打下了坚实的基础。田汉写旧体诗有时沉吟半日，有时不
假思索，一挥而就。但他也仔细，他的口袋里装有一部《诗韵全
璧》，袖珍本。他说有时候别人请他题诗，他仓促上阵，怕用字不合
诗韵，随身带着《诗韵全璧》就方便多了。田汉是人大代表，在各地
视察时亲笔题赠的诗比较多。六十年代，他的秘书黎之彦曾随时
抄存过。我也做了一些搜集工作，1962 年 9 月，我到苏州去养病，
田汉托我把他为周瘦鹃《拈花集》题的几首诗代交给周。周是早年
著名的鸳鸯蝴蝶派作家，也翻译过大量外国小说。六十年代，周瘦
鹃和我父亲同为苏州市政协委员。我拜访了周瘦鹃，把田老的诗
交到他手里。由此，我对田老的旧体诗产生了兴趣，并且开始做收
集田老旧体诗词的工作，见到一首抄一首，送给田汉审定。我有一

大沓他的旧体诗的抄稿,"文革"中被抄,再没有还给我。

为订正田汉诗作的一些字词,1998 年 5 月 5 日,我曾到田老的长子田海男家去过。田海男给我看了田老一部分诗的手迹,见到田老 1957 年 5 月写的《哭家伦》(按:盛家伦是音乐家,声乐艺术家)三首,用毛笔写在宣纸上,行草,字迹挺秀刚劲,从笔锋可以见到当时田老心情的激动和哀恸的深切,是书法艺术的极致,也是诗歌艺术的高峰。田老在手稿上有改动,原诗是墨写,而改动的字是朱笔,殷红的横竖撇捺在黑色墨痕间如火焰燃烧,仿佛赤焰生烟,彤云成梦。阅此手迹,真是一种诗书美的高度艺术享受!田海男还给我看了田老 1948 年 6 月的日记,田老用工整的蝇头小楷书写的他创作的诗《湘剧感事》,内容是湘剧演员在抗日战争期间或殉国,或病殒的经过。诗是五言古风,共六十四句。不分行。字迹挺秀,刚中寓柔。从书法中看到田老的悲愤,对烈士的崇敬心情。又看挂在田海男客厅中田老的书法,是田老写自己的诗《邓尉探梅》、《安宁温泉得句》,遒劲潇洒,力透纸背。田海男热情豪爽,待人坦诚。有人说田老"人也可交,胸无城府"。我对田海男也有此印象。

1979 年 4 月 25 日下午,八宝山开田汉的追悼会,妙英跟我一起去。主持人廖承志,茅盾致悼词。送花圈的有华国锋、陈云、邓小平等。田老的遗体已不知所终,骨灰盒里放的是田老的一副眼镜和他的著作《关汉卿》剧本。这一天,我想了许多,想田老《关汉卿》写的是古代的悲剧,《名优之死》写的是半封建半殖民地时代的悲剧,而田老本人的遭遇,是社会主义时代的悲剧,但他的悲剧,比他剧中的人物更悲更惨。当时我有这样的认识,我们时代的悲剧可以由社会主义时代本身来纠正,而过去的时代,只能靠革命。虽然如此,我们时代的悲剧绝不允许重演!

这天晚上我写了一首悼念田老的诗:

痛悼田汉同志

一生战斗爱憎明,壮绝神州戏剧兵。

猛击乱钟惊世梦,高歌血肉筑长城。

何期二度来杨大,孰令万人哭汉卿?

悲剧倘然重演出,天荒地老两无声!

(注:第二句是借用田汉《庆祝西南剧展兼悼剧人殉国者》诗中句。
"乱钟",田汉剧作名。第四句指《义勇军进行曲》。杨大即杨大爷,田汉
《名优之死》中的地方恶霸,迫害名优致死。"汉卿",指田汉剧作《关汉
卿》。)

张光年调我到剧协,考验我的能力

我从华东调到北京剧协,是张光年通过司空谷了解我的情况,
下的调令。1953 年 4 月,我向文化部艺术局(当时剧协和艺术局合
署办公)报到后,跟李河、司空谷一道去张光年家里拜访他。张光年
是剧协的党组书记。当时田汉是艺术局局长、剧协主席。张光年是
艺术局副局长,但张光年的权力比田汉大。我们上午 9、10 点去,他
在床上接见我们。当时觉得他架子大,后来知道他有病,理解了。
他问我情况,说,你在华东《戏曲报》工作过,到《剧本》月刊工作肯定
有经验,好好工作吧。他还关心我的住房问题。给我的印象是不像
田汉那么热情洋溢,但工作态度严肃认真,也给人以温暖。

《剧本》发表的剧本,如果是优秀的,要配发一篇评论。《妇女代
表》是东北作家孙芋的优秀独幕剧,发表后张光年点名要我写评
论,他当时实际上是《剧本》的主编。我写了一篇五千字的文章《孙
芋独幕剧〈妇女代表〉的语言和人物描写》,给张光年看了,他说很
好,用语分寸恰当,可用。这文章一字未改,在《剧本》月刊登出

了。我知道是张光年在考验我。

1954 年,剧协的党组书记仍是张光年,办《戏剧报》,也是田汉和张光年共同的设想,当然得到了中宣部的批准。张光年为《戏剧报》费了很多心力。他说话不多,但贯彻党的方针很坚决。《文艺报》压制两个小人物批俞平伯的问题出来后,《戏剧报》编辑部开过两次会,自查是不是有问题。我们查了一下,没有,张光年也不追究。但他指示《戏剧报》发短评表态。

1955 年张光年到中国作家协会,一直参加胡风问题处理的高层决策,经常不在作协办公室工作,而在公安部工作。那段时间他和《戏剧报》很少往来。

后来张光年一直在中国作协担任领导工作。六十年代初,张光年在作协办一个讲座,讲解《文心雕龙》,文联大楼里的同志可以自由去听。我去听过几次,觉得他讲得好,特别是《神思篇》。有一次,张光年讲课时讲到六朝,问大家知不知道六朝指什么。作协的一位同志答得不完全,坐在我旁边的剧协的刘乃崇回答对了。张光年便说,还是剧协的同志行啊。

1984 年 2 月 3 日(年初二)上午,人文社的几个领导,韦君宜、我、李曙光到崇文门高干楼张光年家里去拜年。韦君宜问他身体好不好。张光年说上午精神还好,到下午就不行了。"本应完全退出工作岗位了,但一时还不成。中国作协第四次代表大会年底之前总应该开吧!我维持到这次会为止,之后就要完全退出来了,让年轻人多干一点嘛!"李曙光说:"你说的年轻人也不年轻了,唐因已经五十九了。"我说:"唐达成、谢永旺年轻。"张光年说:"谢永旺也五十了。"我回忆当年喜欢唱《黄河大合唱》的情景。《黄河大合唱》的歌词,是他写的,用笔名光未然。张光年一听很高兴,说一个人一辈子做了很多事,其中一些是错了,但应该把好的留下来,给后人一个交代。

李曙光说希望他编一本自己的诗集，交给我们社出版。我说这是我们人文社的意思。张光年说："是要编一本。一个人一辈子，不能总是只留下错误，总要留下一点东西吧。四川人民出版社李致找过我多次，我答应编一本诗选，只因抽不出时间，到现在还没有编出来。过去的东西，要选一选，有一部分是要淘汰的。"

李曙光告诉他《阿细人的歌》准备再版。张光年说："1956 年苏联出了俄译本，包括《阿细的先基》(旧名)、《阿诗玛》和一个彝族的传说三部作品。他们却一直没有送给我。一次遇见黄永玉，我请他为《阿细人的歌》画四幅插图，时间不限，一年两年之内吧。他把书拿去了，现在正等待他的回音。"

这次谈到他写的诗，我注意到他认为他写这些诗，是做对了的事，但什么是他做错的事，他没说。张光年在生前就把一部分日记在《新文学史料》上发表，但我还没有看到他说自己做错的事。比如他参与了处理胡风一案的领导工作，我想他是会反思的。

"腾空的天马"吴晓邦和他的爱妻盛婕

吴晓邦是中国舞蹈家协会主席。虽然我们不在一个单位工作，但因为是邻居，楼上楼下，彼此关心，来往不少。

在牛棚时，参加文联一次陪斗。我们陪斗的人在会场两边站着，在台上挨斗的是吴晓邦。斗他的原因是他失踪了一天。造反派问他到哪里去了。他说到颐和园去了，一直到了万寿山顶上。他觉得牛棚太闷了，要去呼吸新鲜空气。造反派要他下跪，他不跪，就按他。他是学过功夫的，刚把他按下去，不到一分钟，他就噔的一声挺立起来。造反派骂他是"三反分子"。他大声回答："我不是三反分子"，用手指着造反派大声说："你才是三反分子！"结果又被按下去，他又挺起来。造反派为了不影响批斗，只好让他站着。

造反派问他为什么包庇他的妻子盛婕(盛婕是舞协秘书长),他好久不回答,造反派一再逼问,他最后愤怒地说:"我爱她!"有群众要上台去打他,主持人说,散会。

吴晓邦的妻子盛婕,是清末邮传部尚书盛宣怀的后人,和我是江苏常州同乡。原是舞蹈演员,"文革"中挨斗时依然服装整洁,还化妆。"文革"时,楼道里的邻居老太太骂她死不悔改,她依然故我,照样洒香水。她曾被剃阴阳头,去扫大街,她还是化妆。我不知道舞蹈界有没有人写吴晓邦传。如果写,吴晓邦在"文革"中的表现应该是重重的一笔。我陪斗那次,印象深刻,那种人格的力量一直感染着我。

1957年"反右",吴晓邦由舞协主席变成了副主席。他挨批,理由是他组织了"天马舞蹈团",脱离了党的领导。舞蹈家协会人不多,五六十个,没有一个打成右派。当时盛婕是舞协反右运动的领导成员。后来我跟盛婕谈过。她说他们的上级是阳翰笙,阳翰笙是文联党总支书记、文联副主席兼秘书长,实权派。盛婕还是顶住压力,对阳翰笙说舞协就是没有一个右派。最后阳翰笙说:"好吧,我去向上面说明。"所以最后舞协没有一个右派。这在新中国政治运动史上是极为罕见的。盛婕了不起!阳翰笙也不简单!"文革"中,其他协会的人说,这对夫妻反右时没有整舞协的人,现在却被舞协的人整。

"文革"时,造反派斗盛婕,除了斗她反右时不划一个右派,使许多该划右派的人都漏网了之外,还逼她交代一件事,斗了她好几天。要她交代什么呢?要她承认说过"我们快要饿死了"这句话,说这是污蔑大跃进的。她怎么也想不起来,最后造反派便拿出了她写给吴晓邦的信,只剩一页,另一页丢了。信上有这样的字迹:……快饿死了,快来想办法。因为另一页丢了,看不出上下文。盛婕看到信才突然想起来,脱口就说,那是他们家的虎皮鹦鹉快饿死了。"文革"时分两派,没有斗盛婕的另一派听了哈哈大笑,弄得斗她的那一派只好让她"滚下去"。"文革"中,人已经疯了,也表演了许多闹剧。

吴晓邦晚年在家画画,写字。他画国画,我到他家去谈过画画。因为我母亲是国画家,我懂一点粗浅的画理。他平时很温和,每天早上都在院子里做肢体活动。我透过窗子看见他,问他练的是不是太极拳,他说是从自己的舞蹈里提炼出来的动作。有一阵,不见他练了,我就到他家里去看他。他说体力不行了,在家里练。盛婕给他端来一碗汤。盛婕说每天做一次参汤,在微波炉里做的。我不知道微波炉是什么,去看了才知道。吴晓邦送我一本他写的舞蹈理论书,他说,你不懂舞蹈,把我的书当做一种纪念吧。

1995 年 7 月 9 号,吴晓邦去世。我和妙英、章燕到二楼吴晓邦家去吊唁。灵堂里有放大的吴晓邦黑白照片,右边写的是"一位艺术巨匠",左边写的是"中国舞坛宗师",横批是"吴晓邦同志千古"。前边花圈簇拥,两个儿子、儿媳,都在。盛婕告诉我,8 号下午在协和医院去世,八十九岁,按中国的传统计算法是九十岁。

1995 年 7 月 18 日,有小雨,我在家门口乘舞蹈家协会的车,到八宝山第一告别室跟吴晓邦告别。治丧小组主席是曹禺,副主席是高占祥。灵堂里挂着吴晓邦青年时的照片,很精神。还摆满了许多单位和亲友送的花圈。盛婕泪流满面。

吴晓邦过世后,我有一首十四行诗《腾空的天马》纪念他,最后两句是:"啊,向未来,披一身青霞,舞人已化作腾空的天马。"

吴晓邦骨子里有"天马"的自由,也有"天马"的力量。

黄源:对我和妙英关怀备至

我知道黄源的名字很早。由于喜爱文艺,很小就接触到鲁迅和新文学。1936年10月,鲁迅逝世时,我虽然还不太懂事,但已经受到震撼。我从当时出版的刊物上看到鲁迅出殡的情形,为鲁迅抬棺的青年作家中就有黄源。黄源负责的《译文》杂志也是我少年时关注的刊物。

我第一次见到黄源是在1949年7月中的一天,在上海市文艺处。他穿着新四军的军装,是解放军进城时的装束。他身瘦而神足,两只眼睛炯炯发光。最初接近他本人,便带着崇敬的心情,因为他是鲁迅的学生和战友。

文艺处处长是夏衍。夏衍身兼数职,平时不到文艺处来。工作担子落在副处长黄源、陆万美身上,实际上由黄源全面负责。1950年春,大区成立。黄源被任命为华东军政委员会文化部副部长。部长是陈望道,但只是隔一段时间到部里象征性地上一次班,他是复旦大学校长,复旦是他的基地。华东文化部还有一位副部长金仲华,平时也不经常到部里上班,他的主要工作在《新闻日报》。黄源实际上全面负责部里的工作。原上海市文艺处的干部们一分为二,一部分留在上海,进入上海市文化局;一部分到华东,进入华东文化部。我被调到华东文化部,在戏曲改进处任副科长、科长。1950年秋,妙英通过组织调到华东文化部,担任黄源副部长的机要秘书,直到1952年黄源从华东文化部调到华东局宣传部为止。在这期间,我在黄源领导下工作了三年左右。

说我是在他领导下,没错,但中间还隔了一层:我是个科长,上面还有处长,再上面才是部长。但因为黄源毫无官架子,接近下级,又因为妙英每日在他身边工作,所以我和他接触的机会比较多。他对我的教育和关怀,我终生不忘。

黄源的"浙江官话",有些山东来的人说听不懂,而我完全能听懂,而且感到亲切。我还曾为山东籍的同事做过口头翻译。

华东文化部管辖的范围包括华东地区的上海以及江苏、浙江、福建、安徽、江西、山东六省。黄源后来说,他过去是搞文学、搞翻译、做编辑工作的,要领导这么大一个摊子,这么多部门,毫无经验。只能摸索着前进,虽然感到吃力,也只能前进,一面工作一面积累经验、总结经验。他从未退缩过,只为工作日夜操劳。妙英告诉我:黄副部长有一次为了决定送哪几部戏曲到北京去向中央领导做汇报演出,几经斟酌,彻夜未眠。1951 年,三野(中国人民解放军第三野战军)在南京举行文艺会演,黄源通过处长找到我说给我一个美差,让我和另一非党同志代表部里到南京去参观这次会演。临行前,黄源当面交给我一封他给这次会演的亲笔祝贺信,同时嘱咐我注意事项。这件事给我的印象是:黄源工作极其认真。

黄源对原则问题绝不马虎,对已定的纪律绝对遵守。有一次,在逸园举行群众大会,黄源赴会,但忘了带入场券,被门卫挡住。司机说他是黄部长。门卫说,不管谁,没有入场券就不能入场。黄源干着急,却并不发火。直到又有会议组织工作者出来做了证明,门卫才同意放入,并向黄源道歉。黄源说:"你不用道歉,你做得对,应该表扬!"

1994 年 9 月 20 日,黄源(左)与屠岸在上海国际莎士比亚戏剧节暨国际莎士比亚学术研讨会上

黄源还有一件小事,给我印象较深。1952 年春节,华东文化部机关干部举行联欢晚会。负责举办晚会的行政干部请了一个杂技团来会场表演助兴。有一个节目,我看了感到非常不安。那是一个六七岁的小女孩做高空翻跟头的惊险动作。事后我通过妙英找到黄源。我说看了这个节目,觉得对这个小女孩太残酷了,太不人道了。黄源当即表示,同意我的观点,并表示要嘱咐做具体工作的人今后不再邀请杂技团来部里做这样的表演。黄源还说,这些儿童面临的生存问题,国家一定会制定出保护儿童的法律,并且强调,对他们的命运,党绝不会漠不关心。

1956 年,黄源在浙江主持改编的昆剧《十五贯》到北京公演,进而在全国打响。那时我在《戏剧报》任常务编委,发表了由伊兵执笔的社论《反对戏曲工作中的过于执》,我也发表短文《学习〈十五贯〉》加以推广。但是,1957 年,听到黄源在浙江省委文教部和省文化局领导岗位上被打成"右派"的消息,我和妙英都非常吃惊,当时完全不能理解,以后长时期也不能理解。1960 年我作为剧协代表参加中国文学艺术界联合会第三次全国代表大会(简称文代会),知道黄源也来了,我心想他一定已经"摘帽"了。会议期间,在西苑大礼堂的楼上,我见到了黄源,冲口而出的仍是"黄副部长,你好!"多年不见,黄源依然清癯,但精神极好,并无丝毫颓丧气息。我虽然极想知道他被划为"右派"的原因,但在那时的政治气氛中,我过去又只是他的部下的部下,无从启齿,只能问一些饮食起居的事。他却对我关怀备至,问了我在反胡风和反右运动中的处境,更特别关心妙英在政治运动中的情况和健康状况。他好像没有经历过巨大变故似的,对我和妙英的态度一如既往。我后来知道,那时他还没有"摘帽"。

之后是"文革"十年浩劫,彼此不通音讯。

1986 年 3 月,黄源到北京参加冯雪峰逝世十周年纪念座谈

会。在开幕式上,我见到了他,听到了他在会上的讲话。3 月 18
日,我和妙英到黄源儿子家里看望黄源,在院子里碰见他,我们称
他"黄副部长"。他亲手挽着妙英进入客厅。谈到 7 号在政协礼堂
参加雪峰的会,胡乔木说雪峰对他是不信任的,他到解放区的时
候,还派人跟他一道,分明是监视他。黄源说:"1936 年雪峰从陕
北到上海,是党中央的一个特派员,对上海的党组织要有一个了解
过程,而且上海地下党组织两次被破坏,对任何人都不可能轻易信
任。对此乔木应该理解。他在会上抛出这个材料,会产生什么影
响呢?"黄源又分析了周扬与雪峰的关系,以及他们不同的道路和
结果。

1993 年,黄源有这样一封信给我们:

妙英、屠岸老友:

一熔嘱笔致意。

信和书都收到,非常高兴。

妙英出去远游,我和一熔现在已没有这种福气了。现在
我真想要一个秘书做帮手,却是不可得。在部里,我和屠岸接
触不多。在部里,我也常看戏,但主意不多,在学习。没有华
东这段工作,搞不出新编《十五贯》。

现在想起来,真可笑。主观上坚定地在搞社会主义,但社
会主义究竟是怎样模式,不像(对付)敌顽(日本鬼子和蒋介
石)那么清楚。妙英看我终日忙忙的,怕还同情我。

你们二位是我至今还来往的老战友,屠岸写译的东西,凡
是我看到的,都看的,而且暗自喜欢,是我一生得意的朋友。

我回顾一生,最得意的两件事。

一、鲁迅先生肯定我代他编的《译文》,对我做了公开的评
价。(比我有才华的有的是,他欢喜我的是老实可靠。)

二、毛主席、周总理(刘少奇也是)肯定我主持新编的《十五贯》。(把老舍改编的京剧《十五贯》比下去了,是马连良主演的。)

一生中得到鲁迅和毛主席前后一致肯定的,我还想不起什么人来。鲁迅肯定的瞿秋白、冯雪峰、萧军等,毛未肯定,只有沈雁冰差不多。后来毛喜欢周扬,鲁不喜欢。

我们相处,正是我的《十五贯》准备阶段,你们对我的好感,大概也看我是一个老实肯干的兄长吧。

去年住医院10月,今年在家一切正常。但去山下湖边散步,已要人陪伴了。

一熔也已七十有五,身体精神还不如我,浑身小病。

谈了知心话,有空望多来信。

你译的十四行诗,我当细细品味。祝好。

老友　河清
93年9月2日下午

我和黄老最后一次见面是1994年9月30日在杭州。这天下午,坐在他家客厅的竹沙发上,客厅外有小花园,有梅花,有竹。客厅里挂着舒同写的对联,茅盾写的字。我们畅谈了一下午。

黄老跟我详谈了昆剧《十五贯》的整理演出经过。他说,1955年搞肃反运动,毛主席提出不放过一个敌人,也不冤枉一个好人,并圈出五篇《聊斋》故事,让各级领导干部阅读,其中有一篇《胭脂》就是针对审判错误的。实事求是,反对主观主义,本是党一贯倡导的思想。那时黄老和张骏祥一起观看了浙江省昆曲老艺人的《十五贯》旧本的演出,即萌生了改编它的想法。随后即成立了黄源(省委文教部副部长、省文化局局长)、郑伯永(省委文教部文艺处处长)、陈静(越剧编导)三人小组,对《十五贯》进行改编。主意由黄出,郑也有好点子,陈执笔。戏的主题定为反对主观武断、唯心主义,提倡实事求是、唯物主义。旧本中,过于执与况钟是不见面的,改编本增加了"踏勘"一场戏,使过和况的两种指导思想针锋相对地出现在舞台上。演出成功。到北京,毛主席两次观看了演出。从此这出戏轰动京城,轰动全国。后来此戏的京剧版由周信芳、伊兵带领到苏联去访问演出,是周恩来批示的。

黄老谈话时还特别指出,此剧旧本中过于执的形象是被丑化了的。郑伯永说,不能丑化他,过于执不是有意做坏事,他是思想认识问题。我们党内有不少干部,主观上并不是要做坏事,但思想认识上主观武断,因而做了错事。把过于执演成一个刚愎自用的清官,教育意义更大。改编本吸收了郑伯永的意见,这样,剧本的思想性就更深刻。黄老讲这番话,是对别人的尊重,后来剧本出版后有一笔稿费,而郑伯永已经去世,黄老便把一部分稿费给了郑伯永的妻子。他对别人的功劳,绝不忘记。

黄老谈了1957年浙江省的反右运动。他主持改编《十五贯》时,得到了浙江省委常委、省长沙文汉的支持。但他不知道省委内部有矛盾。《十五贯》被毛和周肯定,但他还被打成了右派。以省委书记江华为首的一批人,认为党的方针就是要文艺为生产、为当前中心工作服务。他们认为《十五贯》演的是古人的事,而他们要的是标语口号式的东西。老作家宋云彬说了一句"文联只是个文工团"便被打成了右派。黄老说,他跟江华没有任何个人恩怨。只是江华认定黄源执行的文艺方针错了,于是定黄源为右派。其实,在执行党的文艺方针上谁对谁错,是一目了然的。但运动的领导权在他手里,在这种情况下,谁也无能为力。黄源在新四军时是陈毅的部下,此时连陈毅也帮不了他的忙。

"文革"后,江华曾经找到黄源谈话,表示歉意。江华是老革命,对革命是有过贡献的。

黄老说,他成为右派后,被下放到农村。他没有怨气。他极其冷静地对待严酷的现实。黄老说,厄运倒反而使他接近了基层,接近了群众,使他更了解了民情。

2002年1月4日,得知黄源于1月2日逝世,享年九十七岁。我感到十分悲痛。黄老是个好人,对人热情、亲切、真诚。他从不整人,只有被人整。他对划他为右派的当年的省委书记江华不存在个人仇恨。他说,那是他认识上的局限。黄老还是一个如此宽厚的人!

我觉得黄源一生做了不少事,但正如他自己说的,他在历史上能留下痕迹的有两件事,一是在鲁迅指导下编辑出版《译文》杂志,及跟鲁迅的友谊;二是从组织改编直到演出《十五贯》。有这两件事,他的一生就有意义了。

曹禺:慨叹写戏难的大戏剧家

1963年,医生为我做了切除病肺的手术。这年8月,组织上安排我到北戴河疗养两周,而我的隔壁邻居就是曹禺。

曹禺为人和蔼亲切,没有一丁点儿大作家的架子。因为我听说他正在写以王昭君为题材的剧本,便试探性地向他提及此事。他微笑而不言,似说"无可奉告",但也不否认。我就识趣而不再问。我十岁的女儿章建陪我一同去北戴河,她和曹禺的女儿万方成了玩伴,常常一起玩耍。一次在剧场观看京剧《陈三两爬堂》和《挡马》,章建信口开河,对演员品头论足,坐在一边的曹禺笑说:"有其父必有其女,章建是个小小剧评家!"一次放映越剧电影《红楼梦》,章建去看了,回来时我发现她哭红了两眼。而我当时患一种"洁癖",不看任何由《红楼梦》改编的电影或戏剧,为的是不让曹雪芹原著留在我脑中的印象被破坏。曹禺对我的行为温和地说:

"你不去看一看,怎么知道它破坏了曹雪芹的原著呢? 其实,你心里有一个林黛玉,别人心里也有他的林黛玉。不妨看一下王文娟的林黛玉,未必会破坏你心里的林黛玉。"

在北戴河,我有机会坐在面朝大海的招待所走廊里的椅子上,与曹禺相对闲谈。一次,我对他说,我演过《雷雨》里的周冲。他说周冲在《雷雨》里不是主要角色,但演他很难演好。在一次谈到写剧本如何塑造人物形象时,曹禺说,写戏必须要能抓住那"玩意儿",抓不住"玩意儿",什么都白搭。我说:"您写出过那么些杰出的剧本,塑造过那么多活生生的人物,您该是个抓'玩意儿'的能手! 您说的'玩意儿',该是情节的精彩处或语言的闪光点,是可以突出人物形象的'招儿',对不对?"曹禺说对,但"招儿"不是孤立的。我说凭您的经验,现在抓"玩意儿"该是不成问题的。曹禺说,难哪! 现在真难哪! 他长长地叹了一口气,不再说什么。

对曹禺慨叹写戏难,我当时并不太理解。只觉得曹禺不熟悉工农兵,要写工农兵,当然难。但如果是写历史人物,又有何难?《胆剑篇》不是还挺好吗? 直到"文革"结束后,我才逐渐有一点明白:在一定的政治氛围中他为什么写不出东西来。

1979 年 1 月,在《诗刊》举行的大型报告会上,遇见曹禺。我问曹禺还认识我吗。他说:"怎么不认识,在北戴河是邻居嘛。"我说,那个时候,你在写《王昭君》,我早就想读,十二年后才如愿。我拿到那一期《人民文学》,一口气就看完了,真好,但是演起来恐怕太长。他说:"那是,我只愿给读者阅读。"我说,莎士比亚的剧本,演的时候也是要压缩的。他说:"对,《哈姆雷特》演出时只演一半,有时只演四分之一。"

《王昭君》出来后,我看了演出,有点失望。

上世纪九十年代中,人民文学出版社推出"世界文学名著文库"系列丛书,决定收入《曹禺戏剧选》,编辑部让我为这本书写"前

1995年4月19日,屠岸在北京医院访病中的曹禺(右)

言"。我用心地写了五千多字后,提出去探望病中的曹禺,请他审阅通过后再付印。于是在 1995 年 4 月 19 日,我和人文社的编辑一起,来到北京医院。那时他已是八十五岁的高龄老人。

我把我译的《莎士比亚十四行诗集》和我的《屠岸十四行诗》各一本送给曹老,说:"您不必费神看,只留做纪念吧。"曹老拿着这两本书,说道:"我一定学习……"他又指着《屠岸十四行诗》说:"用中文写十四行诗,这是你的创造?是很难写的。"我说我不是第一个,早先写中文十四行诗的有闻一多、孙大雨、朱湘,还有冯至……曹老频频点头。

怕他累了,我们向他告辞。他坚持让护士把他从轮椅上"拉"起来,缓步送我们到病房门口,跟我们一一握手道别,还说:"谢谢你们来看我,你来,是我的光荣……"我回头挥手两次,曹老才进房。

　　这次会见,有喜剧色彩。当他说"一定学习"时,我说:"哪能呢!"如果他指的是学习莎翁十四行诗,那我不好说什么,如果是学习我的译文或我的诗,那我如何担当得起? 当他说"你来,是我的光荣"时,我说:"哪能这么说!"曹老绝不虚伪,他是一片真诚,他越真诚,我越觉得"啼笑皆非"(不恭!),所以我说这次会见有"喜剧色彩"。

　　《曹禺戏剧选》于1997年11月出版。可惜这时,曹老已经辞世十一个月了。

第十章　初到人文社

（1973 年 1 月——1979 年 12 月）

有人说,屠岸放爆了一颗炸弹

1973 年 1 月中旬,我被通知到人民文学出版社报到。我去后,人事处的人让我到现代文学编辑部。我说喜欢诗歌,想到诗歌组。他说你到部里,不到组里。过了几天,通知我到现代文学部做副主任,说没有主任,三个副主任里我排第一。现代文学编辑部党支部成立的时候,张××是支部书记。这年春节,我跟张××说我们二人一起到现代部的同事家里去贺年。他同意了。第一天看了两家同事,但他忽然不和我同去了。——后来才知道,他听有人说屠岸是"黑线人物",而他是来"掺沙子"的,不能同流合污,所以不去。"四人帮"被粉碎后,上级出版局决定,所有来"掺沙子"的,一律回原单位。张××回去了。（"文革"中有一种说法:知识分子成堆的地方如黏土板结,是水泼不进,针插不进的"王国",因此要掺进沙子,使之松动。"沙子"往往是外单位如部队来的革命造反派。）

1978 年,关于实践是检验真理的唯一标准的讨论在全国产生巨大影响。12 月,党的十一届三中全会召开。1979 年初,我和社里的另外一个编辑讨论过文学创作要解放思想的问题。1979 年 1 月,我作为党委委员,在党委会上提出建议,召开一个小说作家座谈会,谈文学创作的发展导向。过了几天,韦君宜来找我,说她跟严文井讲了,同意我的建议,决定要开这个会。

2月6日至13日,共开了六天,叫"部分中长篇小说作者座谈会"。当时有影响的小说作家很多都参加了,如王蒙、刘心武、谌容、蒋子龙、冯骥才、宗璞、焦祖尧、陆文夫、敖德斯尔、林斤澜、叶辛、陈国凯等,还有上海的茹志鹃、竹林、孙颙也来了。孙颙跟我有点亲戚关系,他的名字常常被叫错成孙禺(yú),他说别人都这样叫。"颙"应该读"yóng"。

会上,非常自由,对什么都可以提出讨论,思想解放了,刘心武的《班主任》已经发表。当时争论最大的是孙颙的《冬》、冯骥才的《铺花的歧路》和竹林的《生活的路》,这三部小说在我们编辑部有两种相反的意见。最后决定,写出内容梗概,由韦君宜送给茅盾过目。茅盾已经八十三岁了,乘轮椅,扶着他来到会场,和大家见面,讲话指导。茅公说,这三部小说内容都可以,没有问题。这个会在全国引起极大的反响。

在会上,我发了一炮。当时我对"文革"有反思。当时胆子大,对"文革"的种种倒行逆施,发表了我的看法。如我说,1967年"一月风暴"夺权,是对党组织的大破坏,是大违宪。中央文革小组凌驾于党中央之上,摧毁了党的组织原则。把大批忠诚的老干部打下去,把阴谋家和叛徒扶上高位,是对毛泽东《正确处理两类不同性质的矛盾》的大颠倒、大破坏。实践已证明这是一场浩劫,还宣称要进行多次,七八年来一次,是对毛早年宣称的实践是检验真理的唯一标准的彻底否定,等等。这些看法,现在看来都一般。但在1979年初,敢这样说的人还不多。后来韦君宜告诉我,有人说,屠岸放爆了一颗炸弹。

1975年,我到四川联系作家,拜访了三个人:马识途、沙汀、艾芜。我访马识途是在医院里。他看见我,很高兴,也很兴奋。我到艾芜家去看他,他很温和,看到我们也很热情,但不像沙汀那样,他比较内敛。沙汀是奔放型的人,很兴奋,他从房间里出来,走路都有一种跳跃的感觉。当时去看他们,他们还没有完全落实政策。

沙汀到北京来了。《文艺报》约我写评论沙汀《青枫坡》的文章。1979年2月3日,我到干面胡同访问他。长篇小说《青枫坡》是沙汀1977年写成的初稿,1978年修改完成。沙汀把当时记载小说素材的小本子给我看,全是蝇头小字。他说1958年,他在川北三台县深入生活,住了一个月,这本札记是在三台时写的,"文革"中没有弄丢。他的《青枫坡》全靠这个小本子来构思。他写小说时,心情比较好,这样的心情也反映在小说中了。他又给我看另外一本札记,记的是大跃进时期的共产风、浮夸风、瞎指挥给群众造成的危害。最早基层干部对这种错误做法是抵制的。沙汀本来想写,又不敢写,怕否定总路线、大跃进、人民公社"三面红旗"。如果说假话,来歌颂"三面红旗",他又不愿意。我说,只能按实践是检验真理的唯一标准这个原则来办事,文学创作也是这样。现在已经为彭德怀恢复名誉,为什么不能按事实本来面目来写呢?他说对。我又请教他小说中一些方言问题。他一一做了解答。我们谈到生活积累的重要。他说《人民文学》每年收到稿件,短篇小说是散文的十倍。初学写作的人,认为小说可以随便编。最后他提醒我写评论他小说的文章要克制,不要说过分的话。我说我一定会实事求是。

1980年1月5日上午我又去访问沙汀。沙汀说一些问题不能简单化,不能图痛快。比如1959年,毛主席反对浮夸风,给全国农村生产队长一封信,一竿子插到底,但在四川受到抵制。基层先见到文件,都很高兴,过了一阵,又通知说,毛主席的信是给全国范围的,四川的情况特殊,不适用,不准传达。1959年庐山会议后,四川省委书记李井泉回到四川,把彭德怀给毛主席的信印发给干部们,让讨论。他故意不把毛主席对彭德怀的批评告诉大家,于是许多干部表了态。李井泉说好,立刻把毛主席对彭德怀的批评公布,于是四川好多干部挨了李井泉的整。这是一个阴谋。沙汀说,四川在三年困难时期非正常死亡人数是四百万。他说,有人说还不止这个数字。因此四川人对李井泉的意见极大。沙汀说,现在有"干预生活"的提法,是把作家放在人民之上。他主张提批评与自我批评,不要提干预生活。他认为歌颂与暴露是不能分割的。对人民不能讲暴露,但可以批评。又说,写真实一定要有前提,标准是看怎么对人民有利。

打倒"四人帮"后中国文联和作协的两个会

1978 年 5 月 27 日,中国文联在八里沟西苑大旅社召开全委会扩大会议,林默涵主持,茅盾致开幕词。其间遇到好些人。华君武,还是顽皮儿童的样子。他向妙英问好。妙英在干校时跟他在菜班里劳动过,他没有忘记"战友"。

我到《红日》的作者吴强的房间与他交谈,他给我吃一种很甜的柑子。我问他在写什么,他说要把一部长篇小说写完。这部小说,"文革"抄家时被抄走,丢掉了十三万字,归还给他二十多万字。他准备完成后在上海文艺社出版。明年他准备写新四军抗战题材的小说,着重刻画陈毅,表现陈毅跟项英的斗争。这是陈毅精力最旺盛的时期。吴强说他在军事科学院看了许多宝贵的资料,包括当时刘少奇发的电报稿等。吴强说人文社有两位编辑访问过他,盛情难却,如果这部小说完成,将交给人文社出版。他将找黄山这样清静的地方去写,每天两千字。他还谈到陈山,陈山和他都是从第三野战军转业到地方的。他跟陈山在华东文化部曾一起工作过。陈山因为陷入"四人帮"的贼船,那时正在被审查。

　　吴强还带我去见钟望阳,钟望阳已经是白发老人。1953年初,我和钟望阳有过一段工作上的接触。这次,钟望阳对我讲了"文革"时的遭遇。"文革"初期,钟望阳是上海音乐学院的党委书记,张春桥要调于会泳到北京,钟望阳反映说于会泳政治上有问题。于会泳到中央后,钟望阳被打成潘杨(潘汉年、杨帆)死党。(解放初,陈毅是上海市长,潘汉年是副市长,杨帆是公安局长。)钟望阳被关在上海音乐学院地下室六年,精神和肉体受到极度的摧残,放出来时,腿脚完全残废。地下室冬天寒冷彻骨,阴风从地下来。夏天很热,地下室用棉被堵着窗子,温度四十度以上,造反派不让他跟外边接触。

　　钟望阳感叹地说,国民党时代,虽然知道什么是法西斯统治,但知道得不深,在"四人帮"残酷迫害下,才比较深地了解了什么是法西斯。

　　吴强讲,"文革"他受审期间,被关在少年罪犯教养所,但时时被揪回本单位,被拳打脚踢。在教养所,也不是安全的,有时听到喊"毛主席万岁",就知道正在发生什么事了;有时候听到"我是20年代入党的,你们想做什么?"也知道一点情况了。我又问伙食,吴强说很差。钟望阳说自己每次是几分钱的一碟菜。

　　1979年1月14日,我一早去参加《诗刊》举行的大型报告会。我的耳朵不太灵,为了听清楚,我坐到前边。左面是沙汀,右面是陈荒煤,对面是徐迟、冰心、曹禺。

　　严辰主持这个报告会,周扬讲了话,但主要是胡乔木讲话,做总报告。胡乔木说,新诗是有成绩的,新诗产生了不少大诗人,如冰心、冯至、郭沫若、卞之琳。那时郭沫若已经去世。胡乔木说,毛主席对新诗是注意过的,有过兴趣的,曾经称赞过冯雪峰的《湖畔》。新诗发展不能抛开自己的传统,不能从零开始。胡乔木实际上是针对1965年7月21日毛泽东给陈毅的信公开发表后在新诗界产生的反响、引起的问题来解释的。毛在致陈的信中说："用白话写诗,几十年来,迄无成功。"胡乔木没有提毛的信。但这四天会,胡乔木的报告,诗人们的发言,就把大家看了毛泽东给陈毅的信后的困惑解除了。

散会的时候,我跟卞之琳谈了几句话。我说胡乔木讲话提到"五四"以后新诗是有成就的。新诗坛出了几个大诗人,举了四个大诗人,其中一个就是你。我问起他的《十年诗抄》,他说已经交给范用,说在香港出版,香港出书快。国内你们人文社要出,可以再谈。后来人文社出的是卞之琳自选的诗集《雕虫纪历》。

座谈会接连开了四天。艾青的发言很幽默,听众不时发出笑声。但是他的幽默中饱含的不是笑料,而是血和泪。人到了极度悲愤的时候,不哭了,反而笑了。艾青的笑容,比声泪俱下的控诉还深沉。

第十一章　第四次文代会

周扬:我这个人,做文艺工作时间长,欠的债也多

1979 年 10 至 11 月召开第四次文代会。这是打倒"四人帮"后的第一次文代会,很重要。10 月 29 日,开党员大会,主席台上就座的是胡耀邦、周扬、夏衍、傅钟、林默涵。

周扬讲话,强调要开成一个民主的会,一个团结的会。还说三十年、十年、三年,问题很多。讲到自己时,他说:"我这个人,做文艺工作时间长,欠的债也多。不能因为我们挨过'四人帮'的整,我们过去的错误就不存在了。我们过去是整过人的。当然性质不同,'四人帮'是阴谋陷害,是反革命;我们过去是思想认识不对头。耀邦同志讲了话,不是说不许大家批评我们。如果党外同志要算旧账,那我们不采取压制的政策。'四人帮'说我是叛徒特务,我说我是修正主义行不行? 不行! 就非要是叛徒特务不可。经过了十年锻炼了。所以,不是不要批评,我欢迎同志们的批评。大家携起手来,团结一致,这对国内国外,都会有影响。无论如何要搞好民主团结。不怕有争论,但不要过多地争论个别的问题……"

11 月 1 日下午大会在人大会堂正式开始。全体起立,阳翰笙说,"为被林彪、'四人帮'迫害逝世和身后遭受诬陷的作家、艺术家

们致哀",大家默哀三分钟。然后是周扬做报告:《继往开来,繁荣社会主义新时期的文艺》。周扬读了开头和结尾;中间绝大部分由一位不知是广播员,还是话剧演员的人代读。

有的省代表团提出,如不让他们为胡风辩护,就退出会场。一说他们要求胡风参加大会,否则他们退出会场。

"写作品比较麻烦,打棍子比较容易上去"

小组会比较多,我挑几次说说。

第一次小组会,讨论周扬做的报告。我所在的组——中直文学第三组由韦君宜主持。

对报告提的好作品里没有《哥德巴赫猜想》,大家有意见。

袁鹰:报告比初稿好得多了,特别注意对三年来文艺作品的评价,是令人满意的。关于解放思想那段,也是对的。这是方针问题。这比多提少提一部作品重要得多。我也赞成要提《哥德巴赫猜想》。我认为三年来的散文作品应该提一下,在"报告文学"前面加上"散文"部分就可以了。

艾青:徐迟的《猜想》为什么不提? 不要怕,该说的就说嘛! 也许"四人帮"遇到大赦,放出来? 反正那时我们也不在了。有人一听说什么风,就把自己的文章赶快要回来。我跟田间聊了一下。不过当了小官,乌纱帽比真理可爱一点。真理是抽象的,空洞的;红旗牌是具体的,座位也是具体的。文艺界要有一点法制。有许多事要办。我原来以为这次会就是举举手,打钢印,然后再成立一个官僚机构。

对报告中提到的运动,大家议论比较多。

吕剑谈到,对1957年反右派斗争,说得太轻松了,仅仅是伤害了不少同志? 伤害够吗? 不是为我个人说话。

李何林说，对十七年，正确的东西是主要的。对错误缺点，报告谈了，但不具体。

逯斐讲，报告中对1957年反右斗争，只说伤害了不少同志，是太轻了一点。株连、家破人亡的很多。要分析一下，为什么产生这现象。

艾青也是谈整人的问题，说群众团体，如果会员不合格，只能开除。但又是批斗，又是下放。作为党员，最多开除出党。党、群众团体，不能代替政法机关。"四人帮"总结了多年的经验，"于今为烈"。有一个人问我，"四人帮"只不过统治了十年，你总不能说是被"四人帮"害的吧？我说，我是1958年戴帽的，而1958年姚文元就打我了。……我们的演习，从延安就开始了。我们反封建还反得远远不够。总之，这个报告比第一次的稿子提高了很多。但如何巩固住，贯彻下去，还有很多很多工作要做。一下子把积下的事都办好，不可能的。实践—检验—实践—检验。至少现在总比原来好得多了。……追悼的名单，远远不够。最好专门搞一本，附上照片。也要查一查，是否都是被迫害死的？也有打人的。不是凡是那时死的都是被迫害而死的。

除了周扬的报告，大家也谈了许多其他的事。小组会，大家谈得随便。

丁玲提到一件事：有人写信反映，李希凡、蓝翎到《文艺报》去，《文艺报》主编冯雪峰送他们出门，上车，付了车钱。不知怎么一下子毛主席指斥《文艺报》压制新生力量，压制小人物，不清楚。

艾青感慨道：我七十，她（丁玲）七十五，你（楼适夷）七十五，他（李何林）七十六。他最不怕。白朗，我去看她，问："认得我吗？"答："咋不认得？"问："你怎么不说话？"答："死了再说。"

丁玲说：白朗，我去看了她一下。

艾青对丁玲说：我不敢去看她。应该我去看你，我是挂在你的名下的。我只是为你说过一句话,我说有一批人是挨整的,有一批人是整人的……

丁玲说:我去看了你一次。但又有人说,丁玲、艾青又搞串联了。

艾青说:我们搞串联,没有搞打砸抢吧？……香港有人称我"统战明星"。我是在三个反党集团中穿针引线。一是丁陈反党集团,一是江丰反党集团,一是吴祖光的"二流堂"。三个集团都平反了,那么我也算没有问题了吧！……你(吕剑)没有真吃苦头。你长住在小雅宝胡同,"金屋藏娇"(骄)。……"俱往矣!"我最喜欢这三个字:俱往矣。……我去会场里一看,到处是"白毛女"。时间太长了,"四人帮"不倒,不知到何年何月。判刑还有个刑期。

林林插话道:外国人问,中国党是有经验的,中国人民是勇敢的,为什么让"四人帮"搞了十年？你怎么回答？说有历史根源,几千年的封建统治,文字狱。这样回答,外国人还比较满意。外国人说,"文革"不是三七开,是七三开。他还给我们留了三分。……我们的社会主义法制在哪里？一个人忽然不见了,几十年不见了。杀人犯判徒刑,也有刑满的时候。你(艾青)又没有杀人。

艾青答:说你是用软刀子杀人！

林林说:你也没有用软刀子杀人。人一下子不见了。

吴伯箫谈到作家间的关系,说:报告四十九页讲要保护作家、艺术家的创造性劳动,读到这里也是掌声热烈。谁来保护？柳青临终前说,我是被人打死的,因为他们忌妒我。我的作品是打不倒的。何其芳临终前说,不准某某人参加他的追悼会。此人到处做报告,骂何其芳是什么老权威……孟超临终前对他的女儿说,有人害我。他还不敢指名。实际是康生。康生鼓动孟超写《李慧娘》,然后抢起棍子把孟超打死。因为孟了解康的底细。我们不要文人相轻,要互相帮助。我和楼适夷同志爬峨眉山,我说要互相帮扶着上山。

楼适夷说：我们互相标榜。互相标榜也许不对，但要互相帮助，不要互相妒忌。你写了好作品，我高兴。谁写了好作品，你不要妒忌，你最好拿出作品来。

艾青又发感慨：写作品比较麻烦，打棍子比较容易上去。

李何林接着谈团结问题，说上一次报告稿没有提，这次报告提了宗派主义、教条主义。第六页。对形成教条主义、宗派主义的原因，讲得还是对的。很早就有人搞鲁迅。三十年代，形成宗派，搞鲁迅。在根据地，就搞接近过鲁迅的青年作家。解放后，还是搞鲁迅。鲁迅接近的，一个胡风成了反革命，一个冯雪峰成了右派。直到今天还是搞鲁迅，说在鲁迅研究中把鲁迅"神化"，这是变相搞鲁迅。这个集团势力不小。这样搞下去不得人心。这样搞下去要想团结，那是假的，团结不了。

冯至的发言比较长，他讲了几个问题。第一个，阻力问题。他说："阻力，无处不在。我同意艾青同志的意见，封建的东西，是有传统的。一些作品出来了，受到抵制。叶文福的诗《将军，你不能这样做》，受抵制；刘宾雁的报告文学《人妖之间》，受到黑龙江抵制；张志新同志的事揭出了，一些公安干部就抵制，甚至说不干了。而知识分子被诬蔑为臭老九，被打下去，二十几年了，知识分子不能抵制。为什么？因为那些人有权，而知识分子没有权。周扬报告是鼓舞人的。"

第二个，幼苗问题。他说："对青年人的看法，应一分为二。有一些青年是在思考。他们脑子里有许多政治，考虑的是中国的前途。一次理发时，见到一位理发师与一位电工，都是青年人，谈文艺问题，很有水平。我问，你们这里一定有不少人才？他说，我们这里埋没了不少人才。在农村，遇到一群青年，他们说爱看书。我问：爱看什么书？答：逻辑学。使我惊奇。问：为什么看逻辑学的书？答：要清理脑子，搞清什么是正确的，什么是不正确的。还有的青年，搞摄影很有水平，但得不到支持。只有一架破照相机。一位德国人说：'你们把一切罪过都推到"四人帮"身上，我们不把一切都推到希特勒身上。我们有许多人捧希特勒，使他上台，这些人是有责任的。'"

艾青插话：把一切罪过都加在"四人帮"身上，是最方便的办法。"四人帮"前面还有一个林彪呢！德国人，老子说希特勒如何如何，儿子问：那么你们呢？

冯至讲的第三个问题是外国文学问题。他说，周扬报告中对外国文学作品的翻译出版一字不提，是不合适的。一阵子，全部都当做毒草。一阵子，读者连夜排长队抢购。这是不正常的，应该提一下。

有一次小组会，丁玲谈到一位朝鲜族的作家金学田（音）的事。丁玲说："他抗战时从朝鲜到中国，参加中国的抗日战争，受伤被俘，日本人不给及时治疗，本来只需锯去一只小腿，后来不得不将整条大腿锯掉。抗战胜利后，交换俘虏，到了我方。后送回朝鲜。朝鲜战争爆发，朝鲜政府又把他送到中国。我曾负责照顾他的生活。他曾把《太阳照在桑干河上》译成朝鲜文。"文化大革命"中，被专政机关逮捕，理由是他写了一本书，未曾出版的书，里面提出了七条意见，被认为是恶毒攻击。后来，七条里的六条已经被证明是正确的了，如他认为要反对搞个人迷信等。还有一条，也许再过些时候也会被证明是正确的。但现在他在被专政着。我托金哲同志带话，请他的孩子把他全家的照片给我一份。照片来了，但没有金学田的，因为他已被折磨得不成样子了，瘦得太厉害了，他不愿把照片给我看，怕我伤心。这样的人，作协是否可以给一点力所能及的帮助？"

一天，小组会讨论作家协会章程和作协理事候选人名单。谈到中国作家协会要加强与世界各国作家的联系时,艾青说,应说明是会员作家可与外国作家联系,否则只是协会出面,会员个人不能与外国作家联系,一联系就成了"里通外国"了。

丁玲:"给我们稍微地,留一条路"

这是丁玲11月8日上午的大会发言。我全记下来了,包括中间的插话,都很精彩。丁玲是这样说的:

> 对不起,我没有讲稿。我对李季同志说,如果我不来讲,不来对这个大会表示一点支持,似乎不妥。年纪老了,但老人的聪明,还没有学到。我没有讲稿,也没有条条框框,啰啰唆唆的东西可能多了,我自己注意一点,少讲些就是了。又可能讲错,走火,那就要请同志们原谅。因为我可能看错。我离开文艺界二十多年了,是一个世纪的五分之一。我是从乡下来的。我首先要讲的是什么?
>
> 我首先要讲的是:我感谢党。如果没有现在党的英明领导,华主席、叶剑英、邓小平、李先念、陈副主席,还有王震同志、胡耀邦同志……如果没有他们,我不可能有今天,我就从世界上消失了。我住在木樨地,九重天上,同志们愿意,可以去参观。我还可以发表作品。我过去完全不能梦想到。周总理逝世后,我觉得没有希望了,将来也许有希望,但我等不到了。现在终于等到了。
>
> 写吧! 我吃了人民的小米,我要还账,写一点为人民的作品。现在我有如此好的条件,我要写。
>
> 第二,我还要感谢党。如果没有党对我长期的教育,对我的希望——我上了那么多的党课,也就没有今天。刘少奇讲

的那句话:"一个共产党员,要经得起冤枉。"尽管刘少奇被打倒了(自述者按:刘少奇的平反追悼大会是后来1980年4月17日举行的),我还是记住了这句话。毛主席讲过,共产党员要能上能下。我为什么不能当个农民?当个工人?百分之八十的人民是农民,把我放在农工之中,我就做一个农工的螺丝钉。这是一。二、我没有办法。我写检讨,我犯了罪,我反了毛主席,但我仍认为自己是共产党员。我像林冲那样,武松那样,是脸上刺了字的。走到哪里,低着头,人家要看看你的,看看你这个大右派,这个大叛徒。那你就看吧!过去看过,那是作为大作家。现在再看吧!你总要一看,再看,再看看,我要让人们看,我要像一个共产党员那样做。熬过了二十多年。要走到光明中去。许多读者写信给我,问我是怎么走过来的。一位女青年,对世界悲观极了,想自杀,但又怕被当成叛徒,连累父母。她问我:"你是怎么熬过来的?"许多外国人也这样问我。我说:"很简单,我相信党,相信群众,相信时间,相信历史。"我有这样一个信念,我用这个信念来战胜历史。於梨华(华裔女作家)一定要见我,中调部要我见她,我见了,只说了一两句话。那天说,俱往矣!一切都过去了。我不愿说个人的恩怨。不是一个人把你打倒的,不是哪一个人非要把我打倒不可。这是一个社会问题。有许多事我不讲。我女儿今天来了,我说许多事我不跟她讲。讲什么呢?

我要讲好的方面。二十年过去了,写的东西抄家抄走了。二十年劳动,喂鸡,除草,打扫卫生,做了,受到了表扬,得了锦标。但到底算不了什么。我见到了刘绍棠。我说你好,你年轻,你如果二十年在上面,你写不出什么东西,但二十年你下去了,你了解了生活,与人民的心融在一起,你就能够写出好的东西了。我可以吹牛了:我满腹文章。但是,我没有时间了。有人说,你可以写,五年。五年,不会再多了。从上面朝下看,雾蒙蒙的。躺在地上朝上看,倒可以看清楚,所以我有的可写。

回到了北京,许多搞政治的朋友,给我以忠告:你不要写文章。开文代会,开幕时你去一次,以后就不要去了。不要会朋友,最不可以的是会见记者,否则你还会倒霉的,现在的社会比你过去接触到的更复杂。你和陈明老老实实住下来。有人说,看破红尘吧!关在小屋子里自己修行吧!我有时也听了这些话,我深居简出,我不拜访人。上面的同志,下面的同志,都很忙,只有我是闲人。但我也去看几个人,一是张天翼,我与他是三十年代认识的,是他把我从南京接出来的。二是周立波,虽然过去并不熟。但他是作家,是正派人,不如在他活着的时候去见一面。三是白朗。我原是爱哭的人,后来变成不大会流泪的人了,但这次又有点冲动了。七年了,七年,白朗不说话,对丈夫也不说话,要说就是"死了死了"。她曾与巴金同志一起去过朝鲜,当过妇女代表。

这次大会,我想,为什么不来学习学习?许多人说我落后了,你的思想僵化了,你的文章中有不少标签,你要学习。所以我就来学习,来表示对大会的拥护。许多人忙着筹备大会的工作,为了那个报告,忙碌。

我听到了这些话,这给了我以希望。我对中国总是充满了希望。有人说今天的青年人不进步,只关心个人小家庭……我说,年轻人有希望,即使穿喇叭裤也没有关系,那好看嘛,有色彩的嘛,有什么关系?二十年代,人家穿旗袍,我就穿裙子。年轻人穿裙子。穿旗袍上车都不方便。有什么关系?

一个美国华侨,在中国坐了十五年牢。但他现在要回国,还说中国好。我问他,世界上到底哪里有希望?他说中国最有希望。中国现在在动，有动，就有希望。要求民主，要求解放，要冲破禁区，杀头不怕，割喉管不怕，这就有希望。美国有什么好？工人也有汽车，工人生活也不怎么差。生活提高了，思想贫乏，没有理想。吸毒，吸大烟，抽大麻，自杀，集体自杀。集体自杀，我们不能理解。二十世纪，科学那么发达，还相信另外有一个极乐世界。他说中国最有希望。我听了很高兴，正合我意。

但我又觉得我们文艺界，渺茫得很，病得深。我从1927年写作到现在，一共五十二年。在国民党时代，我坐了牢，我的书被禁止，从1933年起被禁止。一直到全国解放，我的书才见天日。

那么在我们自己的国家，工农当主人的时代，我也坐了牢，坐了五年牢。许多读者问我要书，我没有书。国民党说我的书是红的，要禁止。那么在我们自己的党领导下的地方，我的书被禁，是白的？

年轻人对我说："我不知道你是什么人，只知道你是个坏蛋。前几日报上登了你的名字，我知道你出来了，大赦出狱，战犯也有大赦，当政协委员。直到《人民文学》登了你的《杜晚香》，我好奇，我看了，看了一遍，两遍，三遍。我想，这样爱人民、爱祖国的文章，能是右派写的吗？我的脑子里才彻底替你平了反！"我听了很感动。文化大革命中被打倒的，都是好人。在座的，百分之九十，在劫难逃，靠边，下干校。那么1957年、1958年被打倒的人，是不是有坏人？那一天，李季同志讲，作协划的右派，都不是右派。但情况又不一样。被"四人帮"打倒的人，人民认为他是香的。因为你不投靠"四人帮"。你这个人是香的。但是1957年、1958年被打倒的人，是臭的，因为是被我们自己人、被党所打倒的，批倒批臭，所以尽管你现在发表文章,当了政协委员,人们仍然认为你是臭的。报告里说:1957年过去了,伤害了不应该伤害的人。

这时刘宾雁插话说,报告里讲,有些是不该批而批错了,有些是该批而批得重了些。

那么,哪些人是该批而批重了的?我就怀疑,我是不是应该挨批,仅仅批得重了些的那种人?刘绍棠,我见到了对他的结论,说是批错了。我比刘绍棠稍稍有一点名。还有艾青。是不是把我们的名字也提一提?这样,不是我一个人,许多人会满意。

我也得讲点真话。人说你身体很好,我说很好很好。这里面就有假话。许多年轻人说,不怕不怕,再被打成右派也不怕。那么我就怕?有一个人,叫李之琏,他住在我楼上。他因为替我辩护,被打成右派。我该去看看他。我去黄山,看到有一对小夫妇,在那里修行,那是最自私的人。我难道一点感触都没有?是个没有灵魂的人?不。我也得来讲点真话。我说,我总想搞清楚,我们文艺界吃了亏,不只我个人吃亏。我从二十几岁到七十几岁,我总想搞清楚,我们文艺界吃亏到底吃在什么地方?孔罗荪说,吃点封建的亏。我说具体些。他说,大姐,你别考我了。我说,再想想,我也想想。现在封建的东西还很多。相信菩萨。我从十五岁起就反封建,现在我七十五岁了,还要反封建。反什么封建?反文艺界的宗派主义!如果不反掉这个东西,那么团结,双方如何如何……讲得再好也不行。不戴帽子,还有其他巧妙的方法。我们可以"俱往矣",但年轻人来日方长。

我们的文艺要在世界上起作用。我只看了几个香港片、几个美国片,说老实话,水平很低。我们的人喜欢看那种片子,我很难受。一个朋友,我问他现在日本文艺怎样。我只知道小林多喜二。他说日本文艺不高。我说,《望乡》不错。他说,那是旧片子,是六十年代的,演员也死了。我说,苏联文学曾经赶上去过,现在苏联文艺我不了解。我们的年轻文艺有希望。但是,要挖根,刨根,要把这个东西去掉:宗派主义。

　　小集团不叫宗派主义。李何林讲过多次了。我与李何林本不认识。有人说,李何林是好人,只是迂了一点。我也不知他迂在什么地方。他说,二十年代就有宗派。几个人熟,志趣相投,一起搞一点东西,文学研究会。这不叫宗派主义。几个人可以搞个小读书会。为什么不可以?这就叫小集团?陈涌跑到冯雪峰那里说,搞个同人刊物吧,就成了大罪。为什么不可以?我曾跟艾青在东总布胡同讲过,我们俩搞一个刊物好吧,要有特色的。我搞小说你搞诗。他说算了。也只有我们两人知道。现在每个省都有月刊、期刊。如果你那刊物有特色,我可以照你的特色写文章。你又没有,那么为什么我一定要给你写,不给他写?你办出特色来。所以我认为,可以自由一点,这不算宗派主义。二十年代末,创造社围攻鲁迅,鲁迅唇枪舌剑,写文章,那也不算什么。凭文章来说服人。那时,只要《语丝》出版,我虽穷总是要买。还用五块钱去入股。什么时候这个派就成了个可怕的东西?一帮人。赵匡胤,开始出来,不要紧,后来当了皇帝,就不一样了。江青讲得最直爽:权,权,权,有了权就什么都有了。在农村,两个人讲:有了什么最好?一个说有了钱好。一个说,还是有了权好,有了权就有钱,就有一切。那么是否任何人都想要权?不是。许多老作家是不要权的。我就不想要权。那年我对巴金同志讲过:我爱一个人,不许我嫁他,而要我嫁给另一个人。我哭了。是说，我爱搞创作，不爱搞行政工作。那年我准备开完大会就回去。周扬同志跟我谈话，要我留下来搞行政工作。他说得很诚恳，说："现在许多人不愿搞行政，没有人搞，还是你来搞吧。"我到了中宣部文艺处。乔木同志跟我谈话，说支持我搞创作，但要我搞一下行政。一搞搞了九年多，办公桌也没有。严文井同志可以证明。我去上班就在办公桌旁边站一会儿。但是，要知道有人喜欢来搞，他要这个东西，就要用这个东西。上次会上有人讲，有大观园里弄权的人，你不愿意，人家正愿意。你要退，他要进，慢慢地，就形成了一种极可怕的东西。历史上也就是如此。打小报告，天天放风。我在那里写文章，坐在被告席上，他却在打小报告。人，要表里一致。最讨厌的是今天这样讲，明天那样讲。下次文代会我能否来讲，不知道。我还来不来讲一讲？有人讲，某某打报告，三言两语，讲人家的私生活，也是小报告。1955年作协党组给中央的一个关于丁陈反党集团的报告，我认为那是个小报告，应该撤回，还未撤回。1957年作协党组扩大会上有人说，那报告上说经过了党组的讨论，而事实上没有经过党组讨论。没有经过党组讨论，怎么能说是党组的报告？中央批了，于是开全国性的会了。我不知道，我在写小说。陈明参加了党组会，知道情况，回家来。我说我写了一篇小说，你看看。他说，你不要写了，你去了解一下情况。有人说了，这个报告是残酷斗争，无情打击。也有人说，主观主义肯定有，宗派主义有没有，可以讨论。反正会上大部分人都信了，是右派。

我想，我们以后别再发生这类事情了。这是一个吧！

我讲得太多了，有人在看表。

这时，有人鼓掌。有人说，希望你讲下去！

丁玲接着讲：

　　有人讲到这个问题了，而且讲得很好，很扼要。我只想补充你们的意见，讲痛快一点。我傻一点，我就再说几句傻话吧！再讲一个例子，讲派。一个外国记者，写过一篇文章，说延安就有宗派，一派是鲁艺，一派是文抗。说文抗派以我为头子，还有艾青、萧军。那天艾青说他是独立大队。萧军，那是个英雄，他能以我为首？哼！鲁艺有一派？我相信贺敬之不是一派。在延安时贺敬之就把诗给艾青看，艾青很欣赏。到了北京，我找的是李季、贺敬之两位年轻诗人。我不认为我有派。但有人说我有派。那么，我说，可以自己修正修正。延安有一个鲁艺，有一个文抗。《解放日报》上发表的作品，以鲁艺学生的最多。文抗我也不大去。大家可以回想回想，修改修改，多听听意见，不要只听那些接近你的人的话。那些人会是有目的的。不要上当吧。我也想，我这话有没有用？还是讲一讲。还有一点希望，在什么地方，什么时候，把我们几个人，艾青、冯雪峰、我——不说冤——我就是冤——就说是错吧！公开地说一下，给我们开一个恩，对二十多年在群众中造成的坏印象——给我们稍微地，留一条路！(鼓掌)

酝酿选举作协的理事

　　一天下午开大会，是关于选举作协理事的，执行主席是艾青。蒋子龙、刘绍棠发言后，艾青说，我趁这个机会说几句话。有人说，你不发言，意味着对大会不支持。不得了。我对大会是支持的，每天都来开会。周扬同志的报告、初稿，我在上面写了几句话：思想不纯，文风不正。不敢大胆肯定应该肯定的，不敢大胆否定应该否定的。遮遮掩掩,欲盖弥彰。有同志看了,要把它留下。我说不行,是不是又会把它作为我的罪证?现在周扬同志的报告经过了修改,比原来的有了很大改进。……

艾青说,选举理事,直接无记名投票好了。

艾青的意思是不必推出候选人,但后来他没有坚持这个意见。

葛洛说,有些同志两边挂,曹禺同志是剧协的,但很关心作协的会,为什么开会不通知他?

艾青说,曹禺同志的名字可以多出现一次,多好!有些人就喜欢自己的名字多出现几次。名单学!这个名单学里,还得加一个右派名单。这个右派名单还没有足额,请你也来吧!一上名单,就是二十年!……

1961年摘了我的帽子,登在报上的,和被大赦的人的名字一起登了的。可是到了1964年,机关办事的人写了批语:此人尚未摘帽。那么,是否以后还会有批语:此人尚未改正?

有人又提到作家的安全感问题,艾青说,有一条给司机看的标语,叫"一慢二看三通过"。这很好。我们也一样。这三句话很精练。

这次文代会,在大会上发言的人不少。秦兆阳发言说,我们既要现实主义,也要浪漫主义。现实主义是艰苦的道路,浪漫主义也是艰苦的道路。1956年提出现实主义。1957年被打下去,1958年大跃进,浪漫主义大发展。人民挨饿,遭大难。1961、1962年又提出现实主义,后又被狠打下去。到"文革",又大提浪漫主义,人民受到一场大灾难、大浩劫。近三年,又提出现实主义。三起两落,浪漫主义就要不得,就是极左路线的代表吗?不是,是理解错了。看文学史,美丑、真假、是非、爱憎的矛盾发展到极其尖锐的程度,以致可以不顾细节的真实性,就形成浪漫主义。而我们的有些浪漫主义则是脱离了现实。

萧军发言,讲了他的人生观、人生目的:为中国的独立而奋斗,为中华民族的解放、为中国人民的彻底翻身而奋斗。

吴强发言,强调文艺界的团结,认为应当采取这样的办法,即自己欠别人的账,主动还;别人欠自己的账,不去讨。他说他自己挨过整,也整过别人。比如在五十年代他也写过批判丁玲的《三八节有感》的文章,因此在这次大会上公开向丁玲道歉。

吴强的这一行动受到大会的热烈欢迎。其实吴强批丁玲是"遵命文学",没有什么影响。但他在大会上公开道歉,应该成为某些狠打过人者的表率。

周扬:"四人帮"把我们的队伍打烂了,许多人死了,我们必须团结

11月11日,周扬大会发言,不是报告,自始至终他讲,讲了一些具体的人与事。他的讲话有好几次被掌声打断。他说:

> 作协的同志要我来讲一讲。会我没有参加。开幕的那天我参加了。大会的方针无非是两条:一民主,一团结。这是全党的方针。全党要团结起来搞四化。按这两条来看,作协的这次会是开得好的,(鼓掌)发扬了民主。其他协会的人跑来听作协的会。大家希望发扬民主。发扬民主不是一件容易的事。头一条就是让大家说话。能否把心里全部的话讲出来? 只能让同志们尽量讲出来。能否讲得完全正确? 那不可能。旧账不要纠缠。不是不要讲,不讲是不可能的。反右到现在,二十年嘛! 不管他有没有缺点错误,把他搞成右派、反革命、叛徒特务……他心里不平,不平则鸣。这次会是兴风作浪? 不是。这反映了大家渴望民主。至于会上有些话偏激些、尖锐些,那是

可以理解的。人的性格不一。有人不讲,有人讲。讲,是正常的。有些偏激的意见,是有益的。我认为这个会是开得好的。

有些同志,还是不敢讲话,特别怕讲了之后回去挨整。我说,胡耀邦同志也是这样的意见:这次会上讲了话的,绝不许给穿小鞋。即使讲了不妥当的话,也不要紧,无非偏激一些,刺耳一些。要发扬这个空气。以后也应该如此。既然允许人家讲话,那只许讲正确的话,是不行的。没有不同的意见,那是很危险的;有不同的意见,即使有错误的意见,那不危险。不是所有的意见都是正确的,要采取引导的办法。会开得好,我想大多数同志会这样看。

现在对民主还很不习惯。中国几千年封建社会,又经过林彪、"四人帮"的法西斯封建统治,民主要争取,民主不能恩赐,只能靠人民起来当家做主。要争取民主,要斗争,但有一个怎么斗争、怎么反官僚主义的问题。我是赞成反官僚主义的,但不能因反官僚主义而煽动大家来反现在的领导。现在的领导是好的,搞四化,提倡民主、法制,平反了大量冤假错案,得到了全国人民的拥护。问题很多,阴暗面还是不少。但对现在的领导,还是要拥护。对党员来讲,争民主,反官僚主义,确有一个如何争、如何反的问题。用极端的方法来搞,会把事情搞坏。必须用一种正确的方法,必须要听党的领导,讲组织原则,讲纪律。过去就有官僚主义,但没有后来这样严重。这是林彪、"四人帮"造成的。几千年封建社会的影响。用文艺反官僚主义,揭黑暗,是应该的。但站在什么立场,用什么方法,要考虑。官僚主义是错误,用无政府主义来反,是以错误反错误,那反不了。

文艺是舆论工具中最有影响的。从长远看,文艺比报纸更厉害。应该看到文艺的力量——灵魂工程师,是培养人类灵魂的。要培养社会主义新人,提高人民的精神境界,促进社会主义社会的进一步完善。文艺为政治服务,不是为具体的政治任务服务,培养社会主义新人,就是为政治服务。英雄人物要写,其他人物也要写。一个作品即使写的都是反面人物也可以,但它的效果应是培养新人,提高人们的精神境界。

《骗子》(沙叶新写的话剧)这样的戏,有人提出,希望演一下。戏我没有看,剧本我也没有看过。看过剧本的人认为效果不好。如果把上海的戏调来,那要经过上海市委。至于说北京排了,那么金山认为效果不好。代表们看一下,观摩一下,干预一下,我认为完全可以。至于该不该公演,那要考虑。戏院、文化部、中宣部都该考虑。

团结问题。一定要搞团结!因为"四人帮"已经把我们的队伍打烂了,许多人死了,我们必须团结。现在有个好条件,因为被"四人帮"一整,我们的队伍反而团结了。家庭被拆散之后,成员反而更亲密了。但同时也要看到派性的严重恶果。我这个人还是很幸运的,一开始就被关起来,出来得很晚。1975年出来,不让与群众接触,这有一个好处,没有陷入派性中去。现在搞团结,面对一个最大的问题:派性。陈云同志讲,不解决派性问题,我们这个党很危险。不是一个统一的党,是若干个派了。我是在早期参加左翼运动的。除社会上的派性外,还有文艺界的宗派主义问题。这次会上三十年代的同志也有三十几个。这是否也有一本账呢?原来我报告中有一段提到三十年代的事,后来同志们说不要提,这不是你个人的报告,不要你做检讨。我说"国防文学"和"民族革命战争的大众文学"两个口号之争中的错误,我也不能代表当时所有的人。确实我不能代表。欧阳山赞成我的观点。其他国防文学派的同志却不赞成我的观点。我认为,那时肯定有教条主义、宗派主义。三十年代有这个东西。马克思、恩格斯不止一次讲过教条主义、宗派主义的问题,这二者相关联。毛主席讲王明路线,说有教条主义的人,必定搞宗派。林彪搞什么早请示晚汇报,跳"忠"字舞,很可笑。林彪、"四人帮"登峰造极,搞迷信。教条主义、宗派主义是早期马克思主义运动中有的。毛主席把两个词连起来:教条宗派。我也有这个错误的。将来中宣部、文研所,应该对三十年代的论争做出较正确的估价。这个问题不应在这个会上来说。三十年代的人,七十多岁了,趁我们还没有死,大家来说一下。中央来主持,说一下。在延安时期,毛主席从来没有跟我说过那个口号的问题。这个问题今天不说了,但我在这里说明一下,要弄清楚的。三十年代,不仅上海,还有北平……有教条、宗派。比如巴金这样的同志,就没有吸收进来,有关门主义。将来要专门讨论一下这个问题。

胡风问题。这个问题牵涉很大。胡风一案,是由公安部处理的。将来由中央来对胡风问题做结论。现在胡风参加了四川省政协,向中央写了报告。将来,实事求是,由中央来做结论。

还有些党内问题,如刘少奇、瞿秋白、李立三,恐怕都要由中央来明确。本来瞿秋白不成问题的,但不行,要批斗瞿秋白。瞿早已死了,就斗瞿的夫人杨之华,我去陪斗。李立三是路线错误,瞿秋白也有路线错误。李立三路线,时间很短。七大选为中央委员,他自己都很奇怪。"文革"中自杀了,又没有恢复名誉。就因为一个俄国老婆,就是里通外国?刘少奇,是大问题,应当由中央来做结论。但至少,三顶帽子——叛徒、内奸、工贼,是站不住的。党要讲实事求是。什么时机?大概不会很久,要恢复名誉。"中央文革"中的人,有一个好的吗?没有一个好的嘛!(鼓掌)康生在延安时搞抢救运动,我也执行了他的路线。我一再向同志们道歉,"文革"前,我与康生的关系很密切。我与陈伯达关系的密切程度甚至超过了我与陆定一同志的关系。不做结论,许多问题就搞不清楚。主席的功过,关系到党和国家的大事,这些问题如不进一步解决,安定团结是困难的。小平同志提出,组织路线不解决,许多事都无法解决。相当多一部分干部,不属于"帮派体系",但思想作风是"四人帮"那一套。他们是"四人帮"时上台的,是既得利益者(鼓掌)。他们不肯放弃利益,所以许多地方,组织部、宣传部,还有不少这样的人,思想僵化。为什么僵化?有一个利益问题。讲一下这个大的背景,有必要。

从 1957 年以来,我这个人,很多时候,搞宣传、文化工作,犯了不少错误。我最不喜欢写回忆录,从三十年代到延安,到建国后的十七年,我是一贯制,错误多,缺点多。文联,我挂了一个副主席的名,但这次一切筹备工作,我没有参与。直到 9 月初,才来了一下。过去我的错误很多,来不及一一讲。

两件事我说一下。一、丁陈反党集团;二、丁玲右派问题。作协党组织已向中宣部写了报告,对这件事要平反。

我有没有责任、错误?有。并不是丁玲同志的观点作风不能批评,但可以在党内批评,不应该定为反党集团,那是错的。我在这里向丁玲同志、陈企霞同志,表示道歉(全场鼓掌)。我对不起他们。陈企霞同志敢于讲话,在作协顶撞过我,他的意见不一定对,但敢讲,是好心。我向他道歉。但我说一下,没有小报告,一切都是在中央领导下搞的,但我不推诿。我们有责任,因为反映情况就不准确。汪东兴还称同志。纪登奎,问题很大,在河南。"你要批我,我都有来头:来自主席。"我反对这一条。主席有错,你省委就没有责任?我一样,有责任。写了报告,这报告就不对。没有造谣,但看法不对,有左倾情绪。有左倾情绪就不可能看得正确。到1956年,作协已经感到反党集团不能成立,邵荃麟同志就提过了,但反右来了。绝大多数都搞错了,把丁玲划成右派。我写了一篇文章《文艺战线上的一场大辩论》,这文章还要在我的文集中收进去。加了一点说明,为了保持历史的真实面貌。"周扬黑话集"("文革"中造反派收集印行的),几毛钱一本,做了好事。把这篇文章保留下来了。

我不仅要向丁、陈道歉,还要向更多的同志道歉,包括冯雪峰、陈涌、秦兆阳、罗烽、白朗……我在这里再向这些同志认真诚恳地道歉。

至于理论上的问题,可以讨论,今后还可以讨论。把思想问题当做政治问题来搞,是个严重的问题,今后绝不能再这样搞。今后坚持这一条,不要扣帽子。讨论总会有不同观点。有一位同志就不同意说把学术问题与政治问题分开,怎么分? 不可能分。陆定一同志说,正因为难分,所以一定要分。第一,不要搞运动。一部作品,《人民日报》一批,作者就不得了了,压力大得不得了。《乔厂长上任记》,《天津日报》一批,形成了压力。我是肯定这个作品的。还有,我那篇"大辩论"中还提到了刘宾雁的《在桥梁工地上》,还提到刘绍棠,也是不对的,向你们道歉。至于作品有没有缺点,那是另一回事,可以讨论,可以批评,也可以反批评。

这时,萧军插话说,周扬同志! 敢于自己认错的是勇敢的人,不敢承认错误的是怯懦的人!

有茅盾同志、巴金同志,还有很多同志,来搞作协,我相信作协的工作一定会搞好。团结好。我就讲到这里吧。(热烈鼓掌)

周扬讲话完后,刘白羽讲了几句。他说,从1944年起,我一直在文艺界做组织工作,其中犯过许多错误。四十年代犯过右的错误,受过毛主席的批评,写过自我批评的文章。解放后,我又犯错误,"左"的错误。凡是受过我打击的同志,我向你们道歉。我是想搞创作的,但不知怎么七搞八搞,做了行政工作。我愿意和同志们一起,作为一个小卒,把工作做好。

"我们都是幸存者,能活下来见到面就是幸福"

有一天开会,在前厅遇到流泽(1949年上海解放后在上海军管会文艺处的同事)。在"文革"期间,他备受折磨。1979年他担任上海市黄浦区文化局局长。谈及居鸿源(解放前在党的外围组织中的共事者),曾两次被捕蹲监狱。一次在1955年,蹲监两年;一次在"文革"期间,又蹲监两年。后来查明他根本无问题,1979

上海解放后上海市军管会文艺处的同事经过"文革"浩劫,1979年11月到北京参加第四次文代会时到北海公园重聚留影　左起:英郁、吴宗锡、流泽、屠岸、何慢

年担任黄浦区文化局副局长。与流泽说起上海军管会文艺处时期的许多人后来的遭遇。流泽说,经过十几年的动乱,更加想念解放初期短暂时间亲密合作的人,总感到有无限的亲切感。还说,我们都是幸存者,能活下来见到面就是幸福,可惜伊兵不在了。

有一天在基建工程兵礼堂看电影,遇见高洪波。他那时在《文艺报》编辑部做编辑工作,之前曾在云南当兵十年。他说,在云南边防哨所里,一次见到了一本《莎士比亚十四行诗集》。已经被翻得破烂不堪了。那时是1975、1976年,这类书只能偷偷看。他把大半本书用手抄下来了。他问,是你译的吗?我说,可能是。因为我还没有见过别人译的莎士比亚十四行诗出过单行本。《莎士比亚全集》里有梁宗岱译的十四行诗,但未见过单行本。高洪波说,我背几句你听听,看是不是你的译本:"四十个冬天将围攻你的额角,将在你美的领域里掘深沟浅槽……"我说,对了,是我的译本。

我那时还没有重新拾起翻译,但自己的翻译作品在"文革"中还有人这么喜欢,心里还是感到欣慰。

这次文代会期间和之后,我参加了两个追悼会。

1979年11月17日,参加冯雪峰追悼会。

头一天晚上,在西苑礼堂开的第四次文代会快结束,韦君宜拉我到严文井住的房间去让我代写丁玲和陈明悼念冯雪峰的挽联。严文井那天没有来,门没有锁,桌上放着笔和纸。我先写我自己的挽联做练习。楼适夷曾看到我的挽联,说"仍然"不好。于是我改成"巍然",他说改得好。我用毛笔蘸墨写在白纸上:

雪峰同志千古

　　铁骨铮铮何惧飞来霜雪
　　丹心耿耿巍然屹立群峰

　　　　　　　　　晚　屠岸　敬挽

我写得并不太满意，上联的字更差。我的书法只是小学生水平。接着用毛笔写丁玲和陈明送的挽联：

悼念雪峰同志
　　生为人杰捍卫党的旗帜
　　死犹鬼雄笔扫尘世妖狐

　　　　　　　　　　　丁　玲

　　　　　　　　　　　陈　明

冯雪峰的追悼会，胡愈之主持，朱穆之致悼词，礼堂里挂着许多挽联和挽诗。我的挽联挂在大厅里，左边是丁玲、陈明的，右边是韦君宜的。好多人送了挽联，如汪静之、楼适夷、唐弢、赖少其等。我拿出本子抄了一些挽联。正在抄的时候，忽听得有人说，嘿，你看萧三的，像辣椒。

雪峰同志千古
　　尊崇一个忠诚正直的人
　　鄙视所有阴险毒辣的鬼

　　　　　　　　　　萧三　敬挽

看了后我想，也许是骂"四人帮"，是否还包括其他人？

在这之前，萧三在文代会有个大会发言，当萧三走上台时，全场掌声雷动。服务员扶他到座位上，他颤巍巍地坐在那里。面对话筒，他刚讲了一句话——我被剥夺了同大家见面的权利，今天又见面了！——就喉头哽咽，泣不成声了。此时记者们争相拍照。突然他支撑着身子，站了起来，欲言又止，老泪纵横，全场安静极了。萧三说,我被林彪、"四人帮"迫害,被他们那个"顾问"(康生)迫害,从七十岁起被投入监狱,到七十七岁才放出来,出来后还要每月写一份思想汇报。毛主席对我的事批道:"证据不足,应当释放。"主席不知道我已经出狱。我编的《革命烈士诗抄》不能出,要出也不能写上我的名字;我译的《国际歌》也不能写上我的名字。我被剥夺了各种权利!现在好了,我要歌颂今天。我写了一首七律。萧三当场朗诵,又博得了热烈的掌声。

第二个追悼会是 1979 年 11 月 18 日周立波的。巴金主持,周扬致悼词,周扬几次因哽咽而停顿。

第十二章　受命挑重担

（1980 年 1 月——1987 年 11 月）

我可以跳单人舞，但如果是满台灯光，我就晕了

1981 年 4 月 17 日下午，到韦君宜家，韦君宜跟我谈社领导班子的问题。那时（从 1979 年起）我是副总编辑。韦君宜说她已经六十四岁了，出版局同意给她两年创作假，但要她找到人接替，做第一副总编辑。她说经过跟领导多次协商，让我来挑这个重担。

在这之前，我们有三个副总编辑：我、李曙光、孟伟哉。三个人轮流做常务副总编辑的工作。

我说不行，力辞。我不是从我个人角度考虑，是从工作考虑，我说这样的人选，我是不称职的。我还打了一个比方，在舞台上跳舞时，灯照着我，我可以跳单人舞，但如果是满台灯光，我就晕了，我没有能力做导演来指挥全局。一定要让我牵头，就会给事业带来损失。

韦君宜说：“比起我 1960 年到社里的时候，条件好多了。我是从团系统来的，对文学编辑一点不懂。文井同志又不上班。我就去找周扬，说绝对干不了。周扬说，不会就学。我说这个事太偶然了。周扬说，‘世界上就有许多偶然的事，我当副部长也是偶然的。’没法子，赶鸭子上架也要干，这样就干下来了。”最后，韦君宜

还给我提了一条意见,要多参加一些社会活动。我说,担任常务副总编辑的事,我再考虑一下。

回家想了多时,没有办法,只有接受组织的安排。我打电话给韦君宜,说接受担任常务副总编辑,管全盘,但还是说这样的安排是不合适的。

1983 年当总编辑,4 月,新闻出版局宋木文到人文社来宣布了,并说正式的任命由中组部下达。最后给我任命书的是国务院,盖的赵紫阳的章。收到任命书时已经是 10 月份了。

我当了总编辑,又兼党委书记。韦君宜的社长是挂名的。我在社务会上公开讲,要团结。我说可以当面辩论,不要在背后议论。我们这一届的班子是团结合作的。前一届是三驾马车——严文井、韦君宜、孟奚,三个领导人不团结。我们这一届的领导班子一定要讲团结。

人文社的总编辑,这个"官"不好当,必须小心谨慎,诚惶诚恐以防触雷——政治失误。因政治而惊心,也因政治而违心。现在已经到了二十一世纪,时代已变,体制已更迭,政治依然是一道门槛。现在出版社领导整日忧心的是利润是否到位,两个效益是否能双赢。

我的焦虑症及自我疗救的方法

刚退下来后,身体不太好,焦虑症和抑郁症比较严重。我的肺病在 1963 年切除一叶右肺后,再也没有犯过,而焦虑症和抑郁症,却一直困扰着我。病根在 1957 年反右,"文革"期间又犯了。1985 年犯焦虑症没有任何政治原因,估计是过度疲劳引起的。另外,人文社的一些矛盾、一些事情,弄得心力交瘁,失眠、焦虑。吃安定片,开始有效,后来无效。几乎每夜噩梦,噩梦仍然是"文革",醒来大汗,心脏剧烈跳动。有时担心,这样周而复始,不知脑筋何时崩溃,于是想到要自救。

　　1971 年在干校时,也默诵古诗和外国诗,但是有意识用这样的方法对付焦虑症是 1980 年。1980 年参加中国出版代表团访问美国,回来时经过日本,在日本东京停留了一周。从日本的机场到中国大使馆有一段路,使馆派车到机场来接,车内有汽油味,路上我觉得头昏,心跳加快,便闭着眼睛,心中默诵起华兹华斯的诗 *The Solitary Reaper*(《孤独的割禾女》)来。我小时候就会背这首诗。诗中写诗人听到割禾少女的动人歌声,走到山冈上,心中还怀着那歌声。我默诵着,随着头脑中苏格兰高地的升起,少女形象的出现,悲凉的歌声飘扬起来。背英诗有两种方法:一种是有意识地按节奏背;还有一种是自然地背,不强求节奏。我先按第一种背,你看她,远方高原的女孩……然后按第二种背,一遍又一遍。背了十几遍,心脏跳动恢复正常了,脉搏转趋平稳,我也睁开了眼睛。到了大使馆,一切好了。

　　还有一次,晚上偶然睡着了,醒后回忆:睡前默吟白居易的《琵琶行》。我沉浸于"天涯沦落人"故事的氛围和意境里,无意中进入了久违的梦乡。从此我就时常通过默吟召唤睡神,恢复心灵的安宁。

　　我还有一个习惯,入睡前,一面背古诗,一面看诗中的入声字是如何分布的。如唐代诗人王湾的《次北固山下》,五言律诗,共八句,每句一个入声字。入声字在句中的位置,靠前、靠中、靠后,连缀起来,成波浪形:

次北固山下

王 湾

客路青山下，
行舟绿水前。
潮平两岸阔，
风正一帆悬。
海日生残夜，
江春入旧年。
乡书何处达，
归雁洛阳边。

　　我想着，古人用入声字是不是有规律？我就这样思考，琢磨，慢慢入睡了。我不背新诗，新诗不好背。背中国古诗或者外国诗，把思绪净化，沉入到诗的韵味里，最后进入梦乡。

　　失眠，找西医看过，中医也看过，但彻底治愈失眠还不行。吟诗比较有效，但不是每次都有效。不过，晚上入睡前默默吟诗的习惯，保持到现在。

第十三章　文坛的前辈和朋友

夏衍到晚年记忆力始终没有衰退

我与夏衍的交往都是因为工作。1984年2月3日下午,大年初二,我们人文社的几个人对一些老作家去做例行的拜访。第三站是夏衍。车开到朝内北小街六十四号门口,夏公的女儿把我们迎入客室。夏公拄着拐杖出迎,宾主入座。我说,上海解放后,我就是您的部下。那时我在上海文艺处,处长是夏衍。夏衍说,那时文艺处实际负责人是黄源、陆万美。

谈到写回忆录的事,夏公说他正在写自传式的回忆录,从小时候回忆起,重点放在"左联"十年——1927到1937年。他说,"左联"分前期、后期,分界线应在1932年"一·二八"淞沪抗战。这之前,指导思想基本是"左"的,这之后,情况有了改善。那时上海地下党受到严重破坏。我们被封锁消息,连党的"六大"召开也不知道。左联十年,我是从头到尾知道情况的,有的人前期不知道,周扬就是从日本回来后才知道,有的人后期不知道,如田汉被捕后,对左联的情况就不知道了。我经过了全过程,所以一定要写。

夏公又说,有些人写的回忆录是不可靠的。他举了一些例子。李曙光对夏公说,希望他将左联十年的回忆录交给我们的《新

189

文学史料》发表。夏公说,已经在人民出版社出的《人物》杂志上连载,左联十年是其中一部分。我们也不好勉强了。

韦君宜说,《史料》上即将发表胡风的回忆录。

一年后,我跟韦君宜、李曙光又去拜访夏衍。我们到正厅,夏公拄着拐杖从里间迎接我们。他的身体和精神状态跟我们去年看他时一样,他的记忆力始终没有衰退。他说他八十五岁了,跟冰心同岁,冰心比他大二十天。我问田老与他谁大,夏公说,田老比他大两岁。我说周扬不到八十,身体不如夏公。夏公说,周扬的病,跟批"精神污染"有关系,主要是他那篇文章《关于马克思主义的几个理论问题的探讨》,第一次他用这篇文章在中央党校做报告时受到极大欢迎,被认为好得不得了,结果"反精神污染"运动来了,周扬仍然挨了批。

夏公的屋里有横的长窗,阳光充足。我说,你给我们那篇稿子,因为怕引起争论,没有在《新文学史料》上用,你可能对我们有意见吧?夏公说,后来在《文学评论》上发表了,不是招来很多意见吗?李曙光说,希望夏公仍能为"史料"写稿。

晚年的周扬爱流泪

我跟周扬个人接触不多。1953年,我带华东民间音乐舞蹈代表团来北京参加汇报演出,住在棉花胡同中央戏剧学院。我写了封信给周扬,表示希望能到《译文》去。周扬来看望演员,我找到他。周扬说,已经把我的信转交给文化部人事司陈司长。后来我找到陈司长,他跟我说,剧协看重我,他们需要我,张光年特别点名,要我去,而《译文》没有要进人。

周扬记忆力好。"文革"结束后在一次会上握手,他还说:"你是屠岸,你喜欢搞翻译。"

我在人文社,有两次例行的拜访。

1984年2月3日,大年初二,跟韦君宜、李曙光拜访老作家,第二站是周扬。车开进四川饭店所在的绒线胡同里的安耳胡同,进入一个院落。李曙光说,此处曾是黄炎培的住宅。过天井,见周扬在餐室早餐,打了招呼,丁秘书带我们进入阅览室。室内各种杂志、书籍整理得井井有条。很快,我们被引到客厅。周扬、苏灵扬夫妇出来,互祝新年佳节。周扬一看见我,就说:"你是搞外国文学翻译的呀!"

周扬面有润色,看上去精神很好,只是腿因跌过一跤,不大灵便。李曙光说,《周扬文集》已发稿。

1985年春节去看周扬,周扬不在家,住院了。我们坐在南屋里等,不久被请到北室正厅,苏灵扬来了。韦君宜问,周扬同志怎么样?苏灵扬说是脑微血管阻塞,造成了语言障碍,听觉是好的,但说不出话。老朋友去看他,他的面目表情漠然,问他知不知是谁,他就点点头。但握住他的手,他就紧紧握住你的手,一种特殊的感情表达方式。感情也变得脆弱了。电视里出现周总理,他就流泪,流得那么多,护士不得不把电视关了。出现毛主席,他也要流泪。韦君宜说,他知道这次作代会的情况吗?苏灵扬说,都跟他讲了,他想去参加,但身体不行。他说,最遗憾的是没有跟作家们见面。过去他到一个地方,就要求跟那里的作家见面,是非见不可的。苏灵扬说,住院前,他不知道休息,让他听音乐,他不听;院里的花开了,他也不看。有一次,我说他伏案太久了,他听了,只好到院子里转一转,又回到书桌旁。

周扬的一生,如何评价?我没有研究。他紧跟毛泽东,在文艺领导岗位上以极左的姿态出现,犯过许多错误,伤害过许多人。"文革"中他自己也蹲了多年监狱。"文革"结束后,他主动向被他整过的人道歉,我认为是好的,仍有人认为他道歉不彻底,或者虚伪。

我不了解周扬人际关系的细节,无法做出判断。周扬晚年在王元化、王若水、顾骧帮助下写出并发表文章《关于马克思主义的几个理论问题的探讨》,提出人道主义和异化问题,企图对"文革"现象进行反思,说明他有审视历史的勇气和站在理论的高度来总结"文革"经验的远见卓识。这是他一生历史上值得肯定的浓重的一笔。遗憾的是,这又招来了大棒,并使他从此一病不起。

阳翰笙很和蔼,能体贴人

"文革"中蹲牛棚期间,我每天打扫厕所后,要定时把剧协的废纸送到文联后院一个焚烧炉里去。几乎每次都要碰到阳翰笙。焚烧炉只有一个,大楼里的废纸都送到那里去烧。管炉子的是阳翰笙,他穿着灰扑扑的干部服装,从外表看,一点精神也没有。一次,我看到他情绪特别坏,问他怎么回事。他说,刚开过会回来,疲劳。我想是批斗他的会。阳翰笙是文联秘书长,我和他交往不多。但他给我的印象是很和蔼,能体贴人。1963年在北戴河疗养时,我曾去拜访他,有过交流。我谈起1960到1963年,我写文章批评了一些人,很内疚。他说他年轻时也很"左",他说年轻人都有这样一个认识过程。他要我放下包袱。

1964年7月,在北京展览馆中国京剧现代戏汇报演出的闭幕式上,康生讲话,大批三个戏:一个是阳翰笙的电影《北国江南》,一个是田汉的《谢瑶环》,一个是孟超的《李慧娘》。康生说:"你们看到了吗?《北国江南》还在王府井贴广告。那是什么戏呀,写这个戏的人是瞎了眼的共产党员!"《北国江南》里有一个农村的老大娘,双目失明,是共产党员,康生借题发挥。阳翰笙在主席台上,就坐在康生的旁边。我很吃惊。主席台和我的距离比较远,我看不清阳翰笙的表情。我想,他当时一定感到五雷轰顶吧!

　　"文革"后,作为人文社的人,我每到春节都要去拜访老作家。1984年,大年初二,车开到新街口外大街,找到了翰老所住的大楼。翰老见到我们,非常热情,对我说:"好久没有见到你了。"我说:"1963年在北戴河休养时见面,交谈,还记得吗?"翰老说:"记得记得。"我说:"后来就是在'文革'期间,在牛棚里,每天下午四点打扫楼道,把废纸倒到后院垃圾箱去火化,那时候总要碰面。"翰老说:"对呀! 后来听方殷说你去了文学出版社。"

　　我们希望他多写些回忆录,在《史料》上登载。他说,是要写的。告别的时候,他坚持送我们到门口。

　　阳翰老是我尊重的作家和文艺领导人。他给我印象深刻的是他的作品:电影《万家灯火》和话剧《天国春秋》。

胡风:"披荆斩棘寻芳草,沥血呕心铸恨诗"

　　1950年初,我在上海文艺处编刚创刊的《戏曲报》,要找一些文化名人来谈戏曲。3月2日我到雷米路胡风家向他约稿,胡风衣着很随便,穿一件灰色长袍接见我,但态度很热情。我说明来意,胡风说他不看京剧,支持新戏剧,但不一定写文章。他从报刊上见过我的文章,知道我,他反过来问我在干什么。我说我在翻译莎士比亚的十四行诗。胡风问我翻译完打算拿到哪儿出版。我感到当时正是革命激情高涨的时候,莎士比亚十四行诗跟当时的时代气氛不合拍。所以说不能出版,只能作为一个文献放在那儿。胡风说:"你这个观点不对。莎士比亚的诗是影响人类灵魂的,对今天和明天的读者都有用。"胡风谈话很亲切,我感到是一位文艺理论家对后进的关怀与鼓励,也使我对莎士比亚的十四行诗有了更正确的认识。回家后我努力把剩下的全部译出,这年11月,《莎士比亚十四行诗集》译本出了第一版,我寄了一本给胡风。

1955年胡风案公布时,我受到极大的震惊! 当时对《人民日报》公布的一切我都深信不疑,而我此前对胡风是非常敬重的,所以我承受不了这一巨变。从这个时期开始,我患上了抑郁症。

"文革"后,1985年3月26日,我跟韦君宜一起到西三环北路十二号参加中国现代文学馆开馆典礼。在休息室,第二次见到了胡风。我去跟胡风握手致意,旁边一位女同志,可能是他的亲戚,对他说这是人文社的屠岸,你的书就是他给出版的。《胡风评论集》虽然我过问过,但出力的是该书的责编、终审人。

我早年阅读鲁迅和左翼作家的著作,知道了胡风。在我心目中,胡风和冯雪峰是鲁迅的两个重要的学生和战友。我信服胡风的文艺理论。新中国成立,胡风的长诗《时间开始了》发表。我认为那是对共和国最崇高、最美的礼赞。胡风在逆境中表现出的勇毅和顽强不屈的精神,令我钦佩。他二十四岁时所作的短诗《旅途》,不大为人所知,但这是一种预示,可以说是他悲苦一生的写照。他在二十五年的铁窗生涯中,呕心沥血,写下《狱中诗草》,成为他人格力量的诗的纪念碑。他步鲁迅《为了忘却的记念》中《无题》诗诗韵的一系列七律,是惊人的杰作! 如《一九五六年春某日》:"囚房无计度春时,往事纷来似乱丝。为射骄阳曾铸剑,因攻纸虎又摇旗。披荆斩棘寻芳草,沥血呕心铸恨诗! 廿载心花成镜影,春光荡漾上囚衣。"令人惊叹!

巴金思想的精髓:"讲真话", "生命的意义在于奉献"

1978年11月我到上海,21日到武康路巴金先生家拜访。这是"文革"结束后我第一次访巴老。他非常热情,对人文社多有期待。他说正致力于翻译赫尔岑的《往事与随想》,他说这部回忆录探索真理、追求光明,对今天中国的读者会有极大的意义。我问他何时能译完,请他交人文社出版。他说进展很慢,因为干扰太多。我建议他找一个清静的地方闭门谢客,全力从事翻译。他叹气说,做不到。

1980 年 3 月,我和韦君宜、季涤尘到国务院第一招待所访问巴老。我们知道巴老将完成他的《随想录》,便提出希望巴老把它交给人文社出版。巴老同意了,我们很高兴! 我心想,这可能是一部与赫尔岑《往事与随想》媲美的巨著。当时还没有看到,只是这么猜度。后来读到原稿,才明白它的巨大价值。

1981 年 12 月,我和人文社同事到北新桥三条华侨饭店访问巴老,巴老的女儿李小林也在。谈到出版界的情况,他说书出得慢,不便催。他说有人对书有意见,但我们应该尊重作者的意见。他的文章在《收获》发表时,全文登载,但在香港《大公报》上登载时,提到"文革"的部分被删去了。他给胡乔木写信,说删节是可以,但应该事先跟作者打招呼。

1985 年 3 月 26 日,中国现代文学馆举行开馆典礼。开会时,胡乔木讲话后,巴老讲话。巴老说:"我担心我是个病人,说话有气无力。我很高兴,文学馆今天开馆。我们十亿人的大国,应该有一个文学馆。文学馆应该从小到大。中国现代文学是一股强大的力量。我有病,又老,日子不多了,但只要活着,还要努力。希望大家出人、出力,把文学馆办好。将来不仅办一个,还可以办两三个。我很高兴。谢谢大家。"

1993 年 6 月,我和妙英的弟弟、《人民日报》记者章世鸿一起去拜访巴老。巴老仍住在上海武康路 113 号,院子还是老样子,沿墙栽着棕榈。巴老坐在玻璃长窗的走廊里,身穿白色短袖衫,灿烂的阳光透过窗外的树叶照射到他身上。我坐下时,先向巴老问好,巴老说,老朋友了!

1993年6月26日，巴金（左）与屠岸在上海武康路巴金寓所

　　我说，最近报载，巴老建议建造现代文学馆新馆，已得到江泽民总书记批准，这是大好事！巴老说，原馆址在北京万寿寺，那是借用，有时限的，现已到期。这一下子建新馆的事算落实了。看样子，巴老心里很高兴。

　　我提到巴老建议成立"文革"博物馆的事。我说，此事虽然一时办不成，但这是广大人民群众的愿望，将来总有一天会实现的。

　　章世鸿对巴老说："您主张建立'文革'博物馆很有必要。'文革'这样的东西绝对不可以重来。"又说"六四"以后《人民日报》内部人事大换班，思想大"整顿"，直到去年形势才又慢慢地转过来。

　　由"文革"时死人无数、草菅人命说到人道主义问题。我说巴老《随想录》中有一篇文章说这个问题，巴老认为某人的文章指出非人道的根源在于封建关系是有见地的。我说，中国几千年封建社会遗留下来的封建观念至今未解决，反有愈演愈烈之势。大家都有同感。

我说,巴老《随想录》中还有一篇文章谈1985年初作协第四次代表大会的事。有人欢呼文学的春天真正来了。当时巴老就说,真正的春天来到,还是要看作品,即看实践。我说,但愿文学的春天能真正来到。

提到巴老的《随想录》,巴老用左肘碰碰我,说,是被你们三个人抢去的,这书本来是给"三联"的。巴老说的三人,是指韦君宜、我和季涤尘。回想起来,那也不算"抢",这是巴老幽默了。当年"人文"和"三联"作为兄弟出版社,关系很好,经过协商,各出各的版本。

巴老提出的"讲真话",让我印象深刻。十年浩劫的阴影还未完全退去,假话、废话、空话、套话、骗人的话还在漫天飞舞,这一声呐喊真是何等动人心魄呵!这部书出版后社会反响如此强烈,是我们始料未及的。巴老提出"讲真话",并不是专门要求别人,他首先是恳切地、真实地、痛彻肺腑地解剖自己。这样讲真话实在意义重大,这是一次新的启蒙、新的觉醒。后来韦君宜写《思痛录》,许多人著书写文章进行类似的自我解剖和反省,都是由于巴老的《随想录》开了先河。巴老提出"讲真话"的意义,也不仅限于对"文革"的反思,它是对今人和后人的长远的启示,是立身处世做人的基本原则,这句话具有恒久的价值。

我谈到树基(即王仰晨)正全力以赴在进行《巴金全集》的编辑出版工作。巴老非得亲自看全集的校样不可,真是认真。巴老说,这是没法改的习惯。

2005年10月17日,巴老逝世。我来不及参加巴老的遗体告别仪式,遗憾!巴金全部思想的精髓,也许可以凝结在他的两句话中:"讲真话","生命的意义在于奉献"。巴金的文学遗产超过一千万字,我们不可能全部记住。但如果我们牢牢地记住了这两句话,那么,也许我们就抓住了巴金精神的核心。

楚图南和我关于介绍惠特曼的一次论战

1985 年 4 月 23 日,楚图南通过他的秘书打电话约我见面。交谈中,他热诚希望人文社在精神文明建设中发挥力量。谈到他翻译的《草叶集选》,李野光补译后将由人文社出版。楚老说,希望《草叶集》原有的后记仍然能附在新的译本后边。他拿出解放前的两本散文集:《旅程日记》和《刁斗集》,笔名都是高寒,希望我看看,复印几十份给他。我谈到1948 年 1 月在上海《大公报》副刊《星期文艺》上发表的文章《论介绍惠特曼》。当时楚图南用笔名高寒出了一本他译的惠特曼诗集《大路之歌》,有他写的序,对惠特曼做了介绍。他说惠特曼是绝不为自己的社会阶级所限制的"革命诗人"、"人民诗人"、"未来的诗人"。我抓住这一点,写文章指出惠特曼的进步性有一定的"限度",认为高寒的观点是"超阶级论"。还引了鲁迅的话来支持我的论点。楚图南随即在1948 年 5 月出版的《文讯》杂志第八卷第五期上发表文章《关于介绍惠特曼》,全面反驳了我的观点。当时《大公报》副刊《星期文艺》的主编章靳以告诫我要"冷静对待"。我没有再写文章进行论战,但1948 年 11 月我出版我译的惠特曼诗集《鼓声》,把那篇有点偏激的文章附在书后边。

现在再看,我那时的观点有点片面,楚图南的观点更客观。这次会面我把现在的看法对楚老讲了。楚老说,如果把我和他的两篇文章的观点综合起来,对惠特曼的看法就比较全面了。

我称冰心"同志"时,她没有吃惊,
虽然那时都是"黑帮"

"文革"期间,我跟冰心有过简短的一次交谈。"文革"前,我没有见过她。冰心在中国作家协会有职务,但她不是驻会作家,从来不上班。"文革"期间,作协的造反派把她揪回作协。有一阵子,我每天都看到一位六十多岁的老太太,穿的是灰色的人民装,跟我们一起排队在食堂打饭。后来我知道她是冰心。有一天,她跟我坐在同一个饭桌,饭桌是圆的,四五个人,旁边还有人,不能交谈。只剩下我们两个时,我说,你是冰心同志吧?她点点头问,你是谁?我说是屠岸。我对她讲了小时候的一件事。我说,小学五年级,级任张春生来家看生病的我,临走时,送了一个礼物,用报纸包着,是你的《寄小读者》。我被吸引住了,很喜欢《寄小读者》,印象深刻。我以后看了你其他的作品,还是很喜欢。我说,我不会忘记这件事。她回答,哦,好好。她问我在做什么,我说在《戏剧报》做编委。没有多谈。最后,她说,我们在这个运动里,都要"好自为之"。我们没有握手。但我称她"同志"时,她没有吃惊,虽然我们那时都是黑帮,黑帮是不能称"同志"的。

"文革"后,1984 年,我与韦君宜、李曙光一同探访冰心。新楼门口有"谢绝……"字样,但我们却受到了热情的接待。冰心请我们到客厅坐下,君宜称她"大姐"。

我见到客厅挂着一幅中堂,是吴作人画的熊猫。两旁是一副对联,是梁启超写的:

> 冰心女士集定庵句索书
> 　　世事沧桑心事定
> 　　胸中海岳梦中飞
>
> 　　　　　　乙丑闰浴佛日梁启超

我指着对联说,这是龚自珍的诗的集句,又是梁启超的字,很珍贵。冰心说,那是我 1925 年在美国的时候,托我的表兄刘放园请人写这副对联,表哥就托了梁启超,其实那时候我并不认识梁启超。这副对联藏在箱底。"文革"中被保存了下来,万幸。

我说,龚诗好。但集句集得巧,集得好。这"胸中海岳"是指在异乡的人对祖国的怀念了。她说,对,怀念的全是胶东、烟台。曙光说,您对福建也有感情,有人引您为福建同乡。她说,其实我在福建的时间极短。我说,您在书中写到灯塔,当是烟台的灯塔了。她说,对的,就是烟台的灯塔。灯塔的守卫者是很苦的,每天要派人送食物去。那是在芝罘岛上。曙光说,您小时候上过芝罘岛吗?她说,哪能呢!曙光说自己是胶东黄县人,就讲到烟台、威海。她说,威海很安静,但刘公岛没有到过。

君宜说,我们这一辈人都受过您的作品的熏陶。冰心说,《寄小读者》中那些信原本都是家信,写的时候并不打算发表的。都是写给弟弟的,他们都不是儿童了,都是十五六岁的大孩子了。因为北京有一个《晨报》,有人把这些信要去,发表了,这才集成了一本《寄小读者》。

墙上还有一张《儿童文学》杂志送给冰心老人的画,画上是一个穿着红兜肚的小男孩手捧一个大寿桃,上款是:冰心同志八十大寿;下款是:1980 年 10 月《儿童文学》。

1984 年,冰心八十四岁,除行动稍不方便外,精神极好,记忆清晰,谈吐明快,可以说没有什么老态。

丁玲:"两部作品没有写成,我就是欠了债"

1979 年 12 月 26 日下午访问丁玲,同去的有人文社的两个人,还有一个美国女青年饶玫(Madeline Ross),她在上海复旦大学教课又听课,二十二岁,研究丁玲的。女青年是美国人,但丁玲把她当成中国小女孩,说话的方式像母亲一样:耳提面命,你该怎么样怎么样。我感到了丁玲的人类意识。

1984年2月3日,大年初二,和韦君宜、李曙光一起去看望丁玲。到木樨地22号楼,陈明、丁玲迎接我们。丁玲说:"我欠了你们的债(两千元预支稿费),总要还。我就是想赶快把早就想写的长篇写出来,但许多杂事,摆不脱。《妇女杂志》说,'三八节'来了,要我写一篇。《湘江文学》改版了,要我写一篇。岳阳楼重修,湖南省委决定,要我写一篇。我说,最好让我只写我想写的。我不只是欠你们的债,还欠读者的债,不,我还欠那些人物的债。那些人,在患难中支持过我的人,多少年来,萦绕在我的脑子里,始终鲜活,永不能忘。我不能不把他们写出来。我想躲开北京,到什么地方去写,或者就到农村去,到我的人物中间去。我今年八十了,这个愿望一定要实现。还有,就是要写回忆录。这两个愿望实现之后,我就可以走了,就没有遗憾了。那些零零星星的文章,都可以不写。要是只写这些文章,而那个长篇和那个回忆录没有写成,我就是欠了债。我就不想走……"

交谈间,我说:"去年你寄赠我一本书,你的《我的生平与创作》,四川出版的。几个月后我写过一封信给你。"陈明说,她早忘了,越是近来的事越忘得快,过去的事记得一清二楚。丁玲说:"叶老(圣陶)身体好,九十多岁的人了,还去参加许多活动。他觉得能去一下也是为社会做了力所能及的事。叶老告诉别人长寿的秘诀,就是对周围的事不去过问,不去判断谁是谁非,不去寻烦恼。……"丁玲虽已八十高龄,但口齿清楚,谈锋极健,滔滔不绝。陈明满面红光,一头黑发,像个精力充沛的中年人。告辞时,我们祝她的创作计划早日实现。

1985年2月21日,大年初二,再访丁玲。丁玲问,《中国》创刊号看到没有?韦君宜说看了,我说还没有。陈明立刻给我和李曙光各一本《中国》。丁玲说:"这个刊物得到你们人文社的大力支持,好几个人来帮我们,校对也仔细。"我问:"这杂志封面上'中国'两个字,是鲁迅的手迹吗?"她说是的。筹办《中国》时,她七十八岁。

李季私下对我说,"三结合"是昙花一现的东西,不会有生命力

1973年初我到人文社报到。那时李季在人文社第三组。所谓第三组是计划中要出版的《人民文学》杂志的编辑组,由李季负责。此事后来未成。我与李季多次交谈,谈及诗歌创作。1973年10月21日参加出版局组织的赴沪学习小组到上海学习上海出版工作经验,11月7日回京,组长是李季。在上海住在锦江饭店,我和他同住一室。一次在郊区七宝镇访问《虹南作战史》"三结合"写作组,说是"取经"。李季私下对我说,"三结合"是昙花一现的东西,不会有生命力。所谓"三结合"就是写小说时领导出思想,群众出生活,作家出技巧。这是一种荒谬的"创作方法"。《虹南作战史》就是这样产生的废品。有人当面赞扬《王贵与李香香》,李季表现出真诚的谦虚。但当有人把《王贵与李香香》和阮章竞的《漳河水》、张志民的《死不着》、王致远的《胡桃坡》相提并论时,李季表示《胡桃坡》不能与前三种并列,说明他并非没有自己的标准。但他又曾对我说,他不能躺在《王贵与李香香》上吃老本。他已经长期深入石油工人生活,跟石油工人建立了深厚感情,还要努力写出反映石油战线的自己满意的诗作来。

1980年3月8日,李季突然病逝,年仅五十七岁。这对我无异于晴天霹雳! 3月19日,到八宝山向李季遗体告别。周扬主持追悼会,刘白羽致悼词。我看到李季安卧在鲜花丛中,身穿石油工人服,头旁放着一顶石油工人戴的头盔。据说这是遵照他的遗愿。

我为李季写的挽联是："辞赋属人民彩笔昔曾干气象;檄文讨鬼魅毫锋今又指阎罗。"

冯牧谈"文革"和清查"三种人"

1984 年,年初二,与韦君宜、李曙光一起拜访冯牧。冯牧同我们谈话,话题集中在整党和清查"三种人"的事情上。"文革"结束后清查的"三种人",即"文革"中追随林彪、江青反革命集团造反起家的人,帮派思想严重的人,打砸抢分子。冯牧说,有一种说法,说每个单位都有"三种人",这不对。他说,作协的造反派里不能说有"三种人"。胡德培当司令,批《朱德传》,有错误,但这个同志本质上还是好的。谢明清原是专门对付我的专案组负责人,但没有过火行为。这要从当时的历史条件去看。尹某某这个人不大好。还有一个马某某,现在在某出版社,这个人冷酷无情,一点人道主义也没有。我的父亲病重,来了急电,他不准假。后来又来急电,病逝。马仍不准假。我说,总要回去办理火化呀。他不理。最后还是军宣队,湖北省军区的,说了话,才放人。有一两个人打人厉害,而且往死里打。"文革"后,我们没有要他,现在在某单位。总的说来,作协的造反派没有闹得太出格。几个大乱的单位是人大、学部、北大。学部自杀的人就有二三十人。作协只有一个朱学逵跳了楼。

彭柏山:坚持真理,昂首不屈

1952 年 2 月,彭柏山被任命为华东军政委员会文化部副部长,接替黄源的职务。黄源奉调到华东局宣传部。妙英由组织安排担任彭柏山的机要秘书。

彭柏山1910年出生于湖南茶陵贫农家庭。早年投奔革命。上世纪三十年代初在湘鄂西区工作,参加游击战争。后到上海,写作以苏区斗争为题材的小说。不久被国民党逮捕入狱。受到胡风和鲁迅的帮助。抗日战争开始,柏山获释。不久被派赴新四军,逐渐成长为一名优秀的军事指挥员。解放战争时期,参加指挥过多次重要战役。1950年被任命为中国人民解放军第三野战军第二十四军副政治委员、政治部主任。

彭柏山到任后,给华东和上海的干部们做报告,讲文艺方针政策。他的演讲生动而热情,受到听众的欢迎。他讲部队作战的经历最能打动人。他说到知识分子参军后,在打仗行军中,敌人的子弹嗖嗖地飞过去,居然回过头去看。"你看什么!子弹飞过头顶了,你回过头去看得见吗?"引起阵阵笑声。他有一个观点,文艺作品的提高和普及不是矛盾的,而是一致的,越是提高的,越能普及。他举例说,《红楼梦》最提高,所以最普及。莎士比亚的戏剧也如此。我和妙英听后议论,认为彭副部长的观点有一定的道理,但不是普遍真理,比如杜甫《秋兴八首》,是最高的,但不能在大众中普及。昆曲最雅,但在普及方面就不如京剧。

彭柏山说华东文化部此前在方针上有偏颇,过分重视戏曲而不重视话剧和新歌剧,这使得落后的东西挤掉了先进的东西。我和妙英都觉得未必。我感到彭对戏曲的观点同冯雪峰和胡风的观点相一致。

一次,彭柏山处理了一件事,部里的三个处长有意见。他们是行政处处长董一博、艺术处副处长伊兵,还有一个处级干部陈山。但他们感到彭的态度过于严峻,因此不敢前去陈述。在犹豫间,他们找到我,要我这个科长去转达。我心中好笑,欣然应命。我把他们的意见当面转告彭副部长。彭并没有发火,而是冷静地听取了意见,对事情做了调整。

一天,彭柏山看见报纸上登载着舒芜的文章《致路翎同志的公开信》,很不高兴,把报纸摔在桌子上。妙英问他怎么回事。他半晌没说话,后来说了一句:你看舒芜在说什么!

妙英的办公桌在彭的办公桌对面,她发现彭的桌上有一本书,刚出版的,彭的小说集《三个时期的侧影》。彭自己不时翻阅这本书,似乎很重视也很珍视这部作品,可以看出他自己对文学创作的倾心和专注。有一次我到他的办公室见到这本书,翻阅了一下,其中有短篇《崖边》,这是30年代在上海发表的第一篇反映苏区斗争生活的小说,曾受到胡风的重视和推荐。小说在《作品》上发表后,茅盾曾写文章称赞。彭柏山还把发表这小说的《作品》寄给鲁迅,给鲁迅写了信,鲁迅日记(1934年7月6日)上有记载。彭重视这本集子,不是没有原因的。

1953年春,妙英和我先后奉调北京。从此没有再见过彭柏山。这一年,彭柏山调任上海市委宣传部部长。

1955年,反胡风运动恶浪掀起。彭柏山从此陷入厄运,直到"文革"中被造反派迫害致死。我听到这消息时已是"文革"结束之后。"文革"中被迫害致死的人太多太多了!初听到这消息时,不知其详,简直有些麻木不仁!后来从柏山夫人朱微明口中听到了细节,简直惨不忍闻,惊心动魄!而柏山坚持真理、昂首不屈的形象,又使我万分钦佩,以至泣不可抑。

1979年,复出的周扬把彭柏山的长篇小说稿《战争与人民》交到人民文学出版社韦君宜手里。这部书稿是彭柏山在遭受困厄、历尽险巇的艰难处境中撰写而成,书稿本身也历经审查、抄家、没收等种种折磨而得以幸存。那时没有复印机。柏山夫人朱微明用手把这部三十四万字的小说抄了十份,怕再丢失呀!朱微明让女儿彭小莲把稿子送给了周扬。韦君宜把书稿交给我看。韦君宜说,听新四军的同志说,彭柏山有叛徒问题,所以此书现在不能出。当我要出差到上海时,君宜交给我一个任务:向上海作协副主席吴强了解彭柏山的政治历史问题。吴强曾是三野二十四军政治部的负责人,是彭的战友和部下。彭任华东文化部副部长时,吴强任艺术处处长,仍是彭的同事和部下。吴强后来写了长篇《红日》,是非常成功的作品。我到上海后找到了吴强,吴强说,彭柏山曾被定为胡风分子,现在胡风一案看来不能成立。但彭柏山在国民党监狱里有叛变问题,是叛徒啊!我问,有证据吗?吴强说,证据确凿。我要他写书面证明,他说他不是彭柏山专案组成员,不能写。我问专案组的人在哪里,他说已经解散。我不得要领,回京后只好向君宜作口头汇报。

韦君宜是个冷面热肠人。她立即写信给陈其五,请他证明彭的历史。陈是韦在大学时代的同学。此时陈已恢复工作,任上海市委宣传部副部长。陈其五得信后,立即写出书面证明,说明彭柏山在国民党监狱中没有任何叛变问题,还了彭柏山一个彻底的清白!

《战争与人民》终于在1982年秋天出版了。书稿由韦君宜批准,经过我手发出。我们了解到,1958年此书初稿写出后,柏山把它送到上海市委宣传部审查。审查结果说:小说中的两个主角(季刚和丁秀芬)有小资产阶级情调,被否定了。柏山为了出书,只好动手修改。如今虽然出版,但几乎很少有人阅读它。王元化曾十分遗憾地说,柏山不该这么写,应该写人,写人的性格、人的感情。但,不这样写,在当时的情势下,能指望出版吗?柏山写此书还有一个原因,即为了纪念在战争中牺牲了生命的战友。耐心读一下,此书毕竟文通字顺,有序地展开情节,记录了一场伟大的战争。我对它只能怀着虔敬的心情,不忍心贬抑。

由于出版这部书,我和柏山的夫人朱微明、女儿彭小莲成了朋友。她们知道妙英当过柏山的秘书,所以对我有一种亲近感。我在90年代多次回上海探亲访友,必到巨鹿路拜访朱微明。我和朱长期通信,至今还保留着她的数十封信。在交往之初,我对她说起1955年反胡风运动中,我写过一篇文章,题目是《胡风分子彭柏山向戏剧战线的进攻》,发表在《戏剧报》1955年7月号上。文章题目所用的令人憎厌的词语是当时政治运动中广泛流行的文风。事情是这样的:1951年5月,我作为华东文化部派出的观摩团成员,到南京参观华东军区暨第三野战军文艺体育大检阅,其中有二十四军文工团演出的独幕话剧《出征之前》,描写抗美援朝战争开始时,一个解放军营级干部新婚不久,却将奉命开赴前线。他的妻子和母亲都舍不得他走,企图阻拦,甚至啼哭。最后那营级干部在无奈中踏上征途。这出戏的剧本作者就是二十四军副政委彭柏山。看过演出后,观摩团的人都表示不满。我也感到此剧情绪太低沉,不是"雄赳赳,气昂昂,跨过鸭绿江"的气氛。大检阅结束后,观摩团集体讨论,由我执笔的书面总结中,也把这层意见写了进去。反

1996年4月16日,访病中的彭柏山夫人朱微明　左起:屠岸、朱微明、章妙英

胡风运动开始后,伊兵策动我就这件事以及柏山的某些言论写了这篇文章。文章伤害了柏山。此时柏山已经不在了,我只好向朱微明表示我的歉意。朱微明说,我理解,你与章××不同,章的文章是诬陷。你只是在政治运动中随大流,而且,不表态也不行啊。我说,我现在有点明白了,柏山写这出戏,是着重写人性,写人的感情。人性中有高尚的东西,也有软弱的东西。戏中分别的场面是有些凄凉,但剧中人最后还是克服了悲伤,把战士送上了前线。朱微明说:《战争与人民》送审后,上面的意见也是说有小资情调,柏山只好修改,改来改去,把人情味都改掉了。

有一次,朱微明在巨鹿路寓所接待我和妙英。当时她患严重的类风湿关节炎,手掌已变形。她对我们说,彭柏山的事,可以说是"御案"。她说,反胡风运动开始后,上海市委石西民到北京向中央汇报工作,毛泽东接见了他。石西民说上海没有发现胡风分子,毛泽东很不高兴,说,不是有个彭柏山吗?石西民没有话说,只能执行。下令逮捕彭柏山的,是上海市委书记,那个"毛主席的好学生"柯庆施。决定开除彭柏山党籍的,也是这位被毛泽东称为"柯老"的人。

朱微明说,彭柏山有一位好朋友——皮定均。皮曾是三野二十四军军长,而柏山是二十四军副政委。柏山从部队调到华东文化部时,定均就说柏山真糊涂,怎么到那个人事复杂的地方去?胡风事件出来后,皮定均说,如果柏山留在部队里,他皮定均一定会保护他。王元化说过,皮与彭是战场上同生死、共存亡的友谊啊!1960年,柏山被流放到西宁青海师范学院当图书管理员,正逢三年困难时期,几乎饿死。皮定均时任福州军区副司令员,拉了彭一把,通过组织把彭调到厦门大学,在中文系任教。1961年12月彭到厦门报到,在厦门的将近四年中,彭虽然也遇到不少麻烦,处境日趋险恶,但总的说心情比较愉快。他培养了一批学生成为作家,其中就有刘再复和陈慧瑛。1965 年 10 月,教育部下令调彭到郑州河南农学院,事出突然,这个调令连福建省委都不知道。1968 年 4 月 3 日,在"文革"的红色恐怖中,柏山被造反派打死！他的遗言是:"如蒙将我的长篇小说《战争与人民》(手稿)发还给我的家属,我死也瞑目。"听到这里,我和妙英紧握朱微明的手,禁不住热泪滚落。

朱微明谈到,柏山被打成"胡风分子"后,家族中人也受到牵累。不仅妻儿,还累及兄弟。柏山的大哥彭开斋被定为"坏分子"三年困难时期饿死。他是个老实的农民。柏山的二哥彭象斋被开除党籍,撤销乡长职务,定为"坏分子"。朱微明说的时候,并不像在诉冤,她很冷静,只是应我和妙英的要求而介绍情况。

朱微明说,1980 年 6 月 28 日,上海市委书记陈国栋主持召开了彭柏山平反追悼会。陈国栋是柏山在新四军的好朋友。1983 年 10 月 31 日,时任上海市委宣传部部长的王元化,亲自为彭柏山的骨灰盒加盖了党旗。王元化也是柏山的好朋友,事情总算有了一个结局。

朱微明没有只字谈及她自己,但我们从彭小莲口中得知,"文革"中朱微明背着"胡风反革命分子彭柏山的臭老婆"的十字架,被上影厂的造反派毒打成重伤,几乎打死。幸有好心的医生救治,保住了一条命。她在上影厂担任俄语翻译,也有译著出版。"文革"结束后她数年奔走,促成了彭柏山的平反。1996 年 12 月 12 日她病逝于上海。

彭柏山和朱微明于 1941 年结婚,他们生有五个子女。我认识他们最小的两个女儿:老四彭小梅,老五彭小莲。彭小梅有诗歌才华,她的现代诗有独特风格,我曾推荐给刊物发表。彭小莲是一位卓越的电影导演,其电影作品曾多次获奖。但我认为她的纪实作品,写她的父母和父辈一代人的悲剧的《他们的岁月》,将是一部传世的力作,会有长久的生命力。

王元化:"谁的命也不要遵,要独立思考"

我对王元化很敬佩,他是一个真正治学的人,但不是学院派、学究型的人,而是一个极有贡献的大学者。王元化当过中共上海市委宣传部部长,像他这样有学术水平的,有学问的,就是中央的宣传部部长也少。1983 年,周扬的《关于马克思主义的几个理论问题的探讨》这篇文章,起草人有王若水、王元化、顾骧。

王元化是研究莎士比亚、《文心雕龙》以及黑格尔哲学的专家,书法也好。1955 年受到冲击,被当做胡风分子受到审查。

彭柏山的女儿彭小莲跟王元化有联系,彭柏山跟王元化是"同案犯",彭柏山"文革"中被打死。"文革"后九十年代中,我通过小莲第一次见到王元化。以后每到上海,都要去拜访他。我没有到过王元化家,每次见他都在高安路衡山宾馆的一间房。这间房是上海市委专门给王元化的工作室。

1998 年 10 月的一天,我和彭小莲去看王元化。王元化指着我对小莲说,他长得像纪德。又对我说:你真像纪德! 我看到过纪德的照片,真像!

元化谈到莎士比亚,说莎士比亚确实是天才,只进过"文法学校",知识怎么会那么丰富? 莎士比亚的剧本,可能是《爱德华三世》,其中有一个人物,能把植物的性能等讲得头头是道。谈到巴尔扎克,说他日以继夜地写,脑子里有那么多东西泻出来,真不可思议。虽然只活到五十一岁,却留下了几十卷的全集。谈到鲁迅,王元化说,他对鲁迅有一些想法。鲁迅,当然是"五四"以来中国伟大的思想家,但也有些现象是可以探讨的。毛泽东对鲁迅,是有利用的一面,但不仅仅是,还有共同的一面,那就是斗争哲学。鲁迅绝不主张宽容。到临死的时候,按"新派"是要饶恕敌人的,鲁迅说,"我的论敌,可谓多矣",但鲁迅仔细想了一想,说最后决定"一个也不宽恕"。

我问,《论费厄泼赖应该缓行》是否也属这样的思想?

王元化说,正是这样的思想。鲁迅对论敌的态度,也是必欲置之死地,一棍子打死,没有讨论的余地。他反对宽容。王元化说,鲁迅说他写的是"遵命文学",遵的是革命先驱者的命,而不是拿刀的权势者的命。尽管是"遵"革命先驱者的"命",也不行,这个"命"是不能"遵"的。一遵就遵出了问题。鲁迅批"第三种人",就是遵第三国际的命。斯大林的理论:中间派比敌人更危险。鲁迅就是遵了这个命! 这思想来源于列宁、斯大林。所谓彻底革命,革命到底。这有历史的、时代的原因。鲁迅经过了戊戌变法、洋务运动、辛亥革命……一次次都失败了,便认为需要一次彻底革命,这样才能解决问题。毛泽东的《在延安文艺座谈会上的讲话》的主旨是什么? 最近又读了,我认为是屁股坐在哪一边的问题。毛认为要把屁股坐过来,就是要端正立场,改变态度,用改造思想的方法来改变立场,就是要先决定爱谁恨谁,拥护谁反对谁,然后采取行动。"五四"的负面影响之一就是"意图伦理",先确定什么是真理什么是错误,而不是通过实践去探求真理。

我说,文艺方面的"主题先行"论是否有相似之处?

王元化说,可以说有些相似。我们的思想改造运动,很厉害的,却是来源于卢梭。卢梭主张自由平等博爱,是伟大的思想。但他的《社会契约论》,主张改造人性,则是很可怕的。他认为人的本性是善良的,长大以后就有了罪恶,所以要把人群封闭起来,去掉其罪恶,不许反对,必须进行强制性改造。他认为这是使人类臻于完美的境地的手段。

我说,希特勒认为雅利安人是最佳人种,要把全世界变成雅利

安人的世界,除去一切所谓劣等人种。是不是也与卢梭的主张
有关?

王元化说,希特勒认为他的人种优劣说是正确的,所以可以采
取任何手段,可以实行对犹太人的种族灭绝政策! 这非常可怕。

我说,1980 年我访美时,听到有的美国人把中国的“文化大革
命”和纳粹相提并论,当时觉得很突然。我们也说“四人帮”是法西
斯作风。但“文革”和纳粹是不同的。

王元化说,毛泽东是诗人,激情一来,不顾一切。

我说,毛有名言:和尚打伞,无法无天。却又推崇法家。

王元化说,鲁迅的激进思想来源于章太炎,章太炎特别称崇秦
始皇。毛和鲁迅都崇奉秦始皇,这是他们的共同点。毛说焚书坑
儒只不过杀了四百六十个儒生,我们整了反革命的知识分子,数字
超过一百倍! 秦何止只杀四百六十个儒生,可以看看秦的酷刑苛
法! 鲁迅还肯定韩非。韩非这个法家之严酷,是非常可怕的。鲁
迅的《汉文学史纲要》,突出李斯而贬抑贾谊,是大错! 李斯在文学
上无甚贡献。贬贾谊,超出常规。

我说,大概是不喜欢《过秦论》。

王元化说,不错,他不喜欢贾谊把秦始皇的过错说得那么有根
有据,头头是道。章太炎是情绪型的人,文章是情绪型的文章。一
篇剪辫子的文章,何等痛快淋漓! 但说好即一切皆好,说坏就不问
其余。……“遵命文学”是不对的,谁的命也不要遵,要独立思考!
要自由地思想,去探求真理。

我说,当年我们都信奉思想改造。听西方人说我们的思想改
造运动是“洗脑”,很反感。其实,现代迷信把我们的思想都“改造”
了,也就是巴金说的“喝了迷魂汤”。

我对王元化说,听君一席谈,胜读十年书。这不是套话。王元
化说,他是爱读书的,但要读一本书,必须做笔记,必须思考,写下

所得。如果不思考，不写笔记，那就等于没有读。所以我读书很费时间。对于我来说，泛读等于不读。

王元化说，对卢梭，要认真研究，要研究他的思想。西方有人批评卢梭，说他生活不检点，有几个私生子。这就有点像美国现在闹的克林顿绯闻，没有意思了。

谈到胡乔木，王元化认为胡乔木有苦衷，也极厉害。王元化参加起草的周扬的文章《关于马克思主义的几个理论问题的探讨》，胡乔木抓住大做文章，是很厉害的。我提及人民出版社在胡乔木授意下出版了西方古典理论著作，胡乔木反而大加指责。王元化说，这事曾彦修对他讲过。我提及季羡林对胡乔木的评价，认为胡乔木有天真的一面，但当了党的官儿，就不同了，在胡乔木身上真诚和官气时常处于矛盾之中。王元化不反对这个看法。

我到上海去看王元化，也有到医院的，有一次我和内弟、《人民日报》记者章世鸿到瑞金医院去看他。他请我和章世鸿喝茶、吃饼干。他谈到他与王若水的通信，探讨学术问题。他把给王若水的信的复印件收入一本书中，此书即将出版。他要章世鸿去北京见到王若水的夫人冯媛时代他问好。2005年王元化因白内障开刀，我去看他，他坐在椅子上，戴着眼镜，鼻前有管，输着氧。王元化长我三岁，他羡慕我八十二岁还四处走动，行走自如。我问他张可的情况。他说，张可住在医院，病情极度恶化，回天乏术。他每周去探望一次。他赠我珍贵的礼物——《清园书屋笔札》。王元化送我好多书。只要他有新书出来，就会送给我。王元化的《思辨随笔》已印了四版，一共四万册，连书摊上也摆出了这本书，书摊上出售理论著作，不是别人的，是王元化的，这是很少有的现象。

无论在宾馆，还是在医院，他都穿普通衣服，有时候穿睡衣。但无论穿什么，都是一副学者样。

2003年10月28日，屠岸与王元化（右）在上海衡山路王元化工作室

我在北京，跟王元化通信，或者打电话进行交流，王元化的风格仍是无所不谈，很随便。

有一次，2002年11月，王元化来电话，说收到我的信和我《倾听人类灵魂的声音》一书。他说，眼睛不好，但看了我的几篇文章。他说喜欢我的文风，平和地谈论，很舒缓。他认为当时有些人的文章，文风不好，不自然，他不喜欢。他说我这样的书应该有书评推荐，可惜他眼睛不好，不能写。我问到他的健康状况，没有想到他说是前列腺癌。他说到治疗前景时，语调开朗，似乎充满信心。

2003年，王元化在电话里谈到苏州人朱树送给他的一套书，有点英国兰姆的味道，把莎士比亚戏剧写成一个个故事。他以为是我的推荐，我说不是。他问，兰姆写莎士比亚故事的那本书名是什么，我说是 *Tales from Shakespeare, Designed for the Use of Young Persons*（直译应为《为青年人编写的莎士比亚戏剧故事集》），林琴南用文言翻译，书名《吟边燕语》。萧乾五十年代用白话翻译了，叫

《莎士比亚戏剧故事集》。最近郑土生、李肇星，还有另外两位一起，编写了一套《莎士比亚戏剧故事全集》，这不是翻译，是中国人根据原著，编写成故事。他说朱树送来的正是这一种。这套书是江泽民题的书名。我知道郑土生和李肇星是同学，李肇星请江泽民题签，虽然书上没有标明题者，但元化认出来了。

2004年1月，王元化收到我的信和我推荐的成幼殊的诗集《幸存的一粟》。他说，成的诗挺有激情，但他谦称不懂诗（不可能！）不能多所评论。他有眼疾，不能久看，但已经阅读了该书的三分之二！他说，书中所记，那一段历史的经历，他不仅有同感，而且相通；不仅相通，而且与他自己的经历相似。我问，你看了《幸存的一粟》，有什么观感？他说，我不懂诗，只是觉得，写了当时热血青年的感受，青春、欢乐，有激情，是好的。但，作为回顾，后来写的，应该不仅如此，还应从反思的角度，写出更深的东西。

我八十岁时，王元化来电话向我祝贺。我谈到读他《记我的三次反思历程》的感受。他说此文是为即将由上海古籍出版社出版的他的《思辨录》写的序。这本书收入了他的多篇文章，全书六百多页，时间跨度大，读者一时也许弄不清他的思想脉络，所以写了序。他的这篇序，是请曼青笔录的，曼青是一位老太太，不是学哲学的，他必须逐字逐句订正，搞得很费劲儿。他说上海"孤岛"时期，有一股从后方传来读名著的风气，问我是否受到影响。我说："这个时期，我在读中学，从初中到高中，思想很幼稚，还没有受到读名著风气的影响。我参加秘密读书会是在抗战胜利前夕。读过一些经典，如列宁的《唯物主义与经验批判主义》，但并没有弄懂，连一知半解也谈不上。"

2006年8月，收到王元化来信。从信封上的字看，不是由别人代笔，是他亲笔写的。他寄来一方道林纸，上面印着他写于这年8月的短文《送别张可》。2007年，我们也通过电话，相互问候身体,谈谈自己正在做的事情等等。

王元化研究成果很多,学贯中西,他已经是一个通人了。但他的整个思想是为现实服务的。他的思想精髓,可以用他自己的这段话来概括:

> 人文精神不能转化为生产力,更不能直接产生经济效益,但一个社会如果缺乏由人文精神培育的责任伦理,公民意识,职业道德,敬业精神,形成精神世界的偏枯,使人的素质越来越低下,那么这个社会纵使消费发达,物品繁茂,也不能算是一个文明社会,而且最终必将一天天衰败下去。

孙家琇:命运跟她开了一个悲惨的玩笑

1957 年作协《诗刊》编辑部的编辑吴视来找我,给我看一份打印材料,是孙家琇在鸣放期间提出的意见。孙家琇引了我翻译的莎士比亚十四行诗第六十六首,用来形容中央戏剧学院的混乱情况。莎士比亚这首诗讲了当时英国社会的黑暗现象。我跟吴视是在上海解放后成立的上海诗歌工作者联谊会上认识的,他叫我写文章批孙家琇。我同意了,写了篇《莎士比亚的照妖镜》。我跟孙家琇不认识,从来没有来往过,我一看她用我的译文,批评戏剧学院那么混乱,就凭这一点,写了批她的文章。

孙家琇是中央戏剧学院的教授,留美归国的学者,莎士比亚研究的权威之一。"文革"后关于莎士比亚的研究和演出多起来。1986 年第一届中国莎士比亚戏剧节期间,我见到孙家琇。我谈到我写的那篇文章,说我做了很对不起她的事。"你写的?我都忘记了。"她说:"那是在运动中,你绝对不要在意。我读过你翻译的莎翁十四行诗,觉得你翻得很好。"我说你看到的是初版本,有许多错误。后来我把经过修订的版本送给她。她在那次戏剧节的学术会上有一次发言,特别赞扬了我翻译的莎士比亚十四行诗。

后来我们的来往多一些,互相送书,成了很好的朋友。孙家琇2002年1月去世,1月11日,我去参加追思会。我做了五分钟的发言,我说:

> 1957年反右中我写《莎士比亚的照妖镜》批孙家琇,"文革"后我写信、口头多次向孙先生认错,谢罪,而她从不计较,她说这是历史的误会,不由个人负责,反而多次赞扬我译的莎翁十四行诗。此事始终围绕莎翁十四行诗,由它引起,又由它发展。从这里看到孙先生的形象。我再次向孙先生的在天之灵认错,谢罪,并愿那种"引蛇出洞"、把"阴谋"说成"阳谋"的民族大悲剧永不重演!

追思会结束前,由孙家琇的女儿讲话。她含泪诉说了她母亲被错划为右派一事和她的父母亲对此事的平静心态,及一家由此遭受的厄运。孙家琇的女儿以优异成绩考入医大,却因孙家琇的关系而不能入学。尤其惊人的是,她女儿披露了这件事实:1957年鸣放时有人写了大字报,引莎翁十四行诗第六十六首来形容中央戏剧学院,要求孙家琇先生签名。孙家琇说学院没有那么坏,拒绝签字。但第二天大字报贴出,孙家琇的名字却赫然在目!

命运就这样跟孙家琇开了一个悲惨的玩笑。而我的批判文章不但立论错误,而且根本是无的放矢!我更感到愧悔不已!

第十四章　人文社谈笑有鸿儒

严文井：参透宇宙人生的大悟者

我认识严文井是二十世纪五十年代。那时他在中国作家协会担任领导职务,搞外事工作,我在中国戏剧家协会做编辑工作,同在文联大楼上班,因此时常见面。1973年正月,我从静海五七干校返京,奉调人民文学出版社。两三天后,严文井从咸宁五七干校调回人民文学出版社,1973年9月,被正式任命为社长兼总编辑,我到他的办公室看他。他说,你也来了,只做了简短的谈话。

这年的6月,到京郊农村帮助农民抢收。休息的时候,我问他贵乡在哪儿,他回答湖北。我说,呵,天上九头鸟,地下湖北佬。他说,难道屈原、闻一多、曹禺都是? 我说都是,王昭君也是。他把我逼到这个份上了,我只有硬着头皮这样说。我还说中国古代称九州,还有《诗经》中的第一首诗:"关关雎鸠","九"通"鸠"。所以"九"又是一个爱情数。我说九头鸟古书上似乎称"苍鹱",是不祥的怪鸟。我不这么认为,我觉得这种鸟不是有九个头的鸟,而是"九"字领头的鸟。严文井听着,笑笑,没有再反驳我。

七十年代中期,编辑部收到一位海外华侨写的小说,我看了,觉得还可以。严文井说他也看看,我送去了。过几天,我跟责编江秉祥去,严文井问,你们觉得这部小说水平怎么样？江秉祥说可以,我也说可以,意思是可以出版。他说,你们是吃请了吧？我说,你认为你有这样的部下吗？我们只认为,争取和团结这位海外华侨,可以出版。严文井说好吧,可以出版。

有一次谈到儿童文学,我说很赞赏他写的那些作品。他说："我解放后只写儿童文学了,我以前是写小说的。我告诉你吧,儿童文学可以避祸,现实和历史的小说都不行。"我说,你真聪明。他说："我这么'聪明',还是要被打倒。"

1979年上半年,他把我叫去,说,你大概早看出一件奇怪事,一个编辑部的副主任,提到副总编辑,一个主任,还是主任。我说,这有什么奇怪的。他说的主任是我,副主任是李曙光。我说李曙光是红小鬼出身,入党比我早。他当副总编辑,我尊重他。职位我是从来不争的,随便。他说,你的任命也快了。

1983年春,文井不怎么来上班,但一些事韦君宜还要跟他商量。那年开始评职称,有名额限制,韦君宜找我们,我、孟伟哉、李曙光三个人谈话。那时我已经是总编辑了,虽然委任状到秋天才来,但已经上任。韦君宜说,你们三个领导干部,希望这一届让一让,像龙世辉、王笠耘都应该评上编审,韦君宜还举了一些副编审。我们三个人说没有问题。韦君宜说,她是跟严文井商量后跟我们谈的。我没有写申请,孟、李也没写申请。过了几天,君宜又叫我们去,说严文井的意见是要凭实力评,要公平地评,不提让不让了。我们回去了。我仍然没有申请,孟伟哉、李曙光申请了。宣布职称的会,我没有参加,因为没有我的事。他们四个都评上了正编审。那天我心安理得,一点委屈也没有。心里也没有一点波动。这是真实的情况。李易开完会后到我办公室,说惊奇惊奇。我问什么惊奇,他说你是不是装傻。他不了解我。我的正编审职称评上比他们晚三年,是1986年。我没赶头班车,有一个好处。

没评上正高和副高职称的人,来找我发牢骚,我做说服工作,就处于有利地位了。

严文井也自负。有一次我们谈儿童文学作家。我说你有灵气,其他的作家,张天翼、金近也不错。文井提及某儿童文学老作家,说,此人少了一点灵气。"你知道为什么?他太笨。"这是他的原话。

严文井1979年12月因脑血栓住院。这月18日下午我到友谊医院高干病房十三号看他。他说危险已经过去,但医生说,还会再来,一次比一次严重。

1980年2月29日上午,严文井找我去,把阎纯德给他的信给我看。阎纯德是写散文的,在一个大学教书。信里说,香港有人非常急切地要找到严文井的《一个人的烦恼》。这部小说是严文井在延安时写的,当时给周扬等人看过,被肯定。周扬带给周恩来,1944年在重庆出版了,书前有茅盾写的序,但事先严文井不知道。小说写知识分子的软弱动摇,但有正义感,值得同情。香港那个人编词典要写严文井的条目,介绍的稿子是用英文写的,严文井要我看一下,我发现里边有拼写错误。

严文井谈了他创作这本书的思想及创作倾向,还给我看他第一次印成书的散文集《山寺暮》。他的原意是三个字中间有圆点,即《山·寺·暮》,但书上没有标点,介绍他的英文稿里,就变成了"山上庙的傍晚"。严文井说,这样解释也可以接受。他让我解决小说《一个人的烦恼》的复印问题。那时复印机少。他留我吃午饭,他的第二任妻子康志强也在。吃完饭后继续聊天,他谈到一些青年编辑缺乏知识的问题,他说他有一个童话,写乌鸦从猫那里把老鼠抢走,编辑却把乌鸦改成了老鹰。而乌鸦抢老鼠是他亲眼见过的。这次还谈到冰心刊发在《朝花》杂志上的文章,编辑把北京改为北平,编辑改错了。1928年,北京改为北平,日本人来后,又把北平改为北京。抗战胜利后，北京又改为北平。新中国成立后，北平再改为北京。

我有一次对严文井说，有人把童话（以及其他儿童文学作品）的写作讥为"小儿科"。有些作家耻于写童话而改写成人文学，以免"小儿科"之讥。我认为"小儿科"之说暴露出两个无知，一是对医学无知，一是对文学无知。小儿科医生的医术绝不应低于其他科医生，小儿科医疗的难度有时大于其他科。文学体裁无高下之分，安徒生是伟大的作家，正如莎士比亚是伟大的作家一样。严文井同意我的看法。

1980 年 3 月 13 日下午，到严文井家谈工作、聊天，到六点半才走。严文井说："陈毅元帅说过，'我要读毛主席的著作，我们要读毛主席的著作，毛主席也要读毛主席的著作'。"

1980 年 4 月，我到严文井家里，和他商讨人文社拟出版儿童文学刊物《朝花》的编辑方针。他语重心长地指出：不要老是灌输"阶级教育"了。而且，"四人帮"的"阶级教育"到底是哪个阶级的教育？是无产阶级的，还是封建阶级的？他话锋一转，说应该对少年儿童讲讲人性和人道主义。他说，人道主义的旗帜为什么奉送给资产阶级？讲人道主义，就是要弘扬人性。人性的对立面是兽性和神性。他说，如果否定人性，势必肯定兽性和神性。不久前看到一群孩子，为了取乐，把一窝小猫打死了。母猫不干，也被打死！这是非人性。"文革"初，一些十三四岁的女学生，戴着"红卫兵"袖箍，极其凶狠，打死了不少女老师！这是非人性！文井还现身说法，有一次，他幼小的女儿发脾气，号哭不止，愈哭愈凶，他开始忍耐，终于爆发，把孩子狠狠地揍了一顿。他说，这也是非人性。文井又说，兽，也不都是兽性的。他在五七干校时，见到几位"五七战士"嘴馋了，便宰了一条母狗，以狗肉解馋。那母狗生的三只小狗饿了。"五七战士"们可怜小狗，给小狗一盆饭，为了"优待"，在饭里拌了一点母狗肉。他们以为小狗一定爱吃。哪知小狗到饭盆边一嗅，掉头就走。三只小狗，只只如此。哦，有人想，是小狗不吃妈妈的肉？不是。狗不吃一切狗的肉，同类不相食，是它们的天性。也别以为狼那么凶残，会吃同类的肉。有一篇小说写一群饿狼，其中一只死了，立刻被其他狼撕食到精光。这是不正确的。兽并不都是兽性的。那么人呢？翻阅一下历史，几乎每朝每代都有人吃人的记载。鲁迅在《狂人日记》里写到人吃人，是象征，也是写实。人并不都是人性的。人面对不吃狗肉的狗，是不是该感到惭愧呢？文井说，鲁迅爱老鼠，似乎有点特别。其实，他是同情弱小。同情弱小有什么不好？同情心、恻隐之心，是人性的重要部分。那一群为取乐而虐杀小猫的孩子们，如果他们的这种性情继续发展下去，那么他们将会变成残酷的人、残忍的人、残暴的人。如果他们当上了支部书记或者厂长之类，那将是非常可怕的事！所以，我们要教育孩子们勇敢，也要教育孩子们富有同情心。要让孩子们懂得：恃强凌弱，欺侮幼小，是最可耻的！文井概括地说，残暴的人在战场上未必勇敢，可能往往是怯懦的；富有同情心的人在战场上未必怯懦，可能往往是勇敢的！

文井也谈了神性。他说，神性跟宗教教义有联系。它往往教人迷信，教人愚昧。我国实行宗教信仰自由的政策，但我们不赞成用教条束缚人性。几千年来，人民吃了迷信的亏。"文化大革命"中，人民又吃了现代迷信的亏。现在，许多地方发生宗教狂热现象。有的地方人们把革命领袖当做神灵供奉，向领袖像顶礼膜拜，求卦问卜。真是奇怪的现象！现代迷信阴魂不散啊！我们也不要这样的神性。还是让我们的儿童文学刊物上多一点人性吧！

我常到他家谈工作，一次谈到古代小说，有关性的。他突然问，同性恋的英文名怎么说？我说，是homosexuality。他说这是男性同性恋吧，还有女性同性恋，是另一个英文词。我说homosexuality 男女通用。女性同性恋有一个专用词：lesbianism 。这个词来源于爱琴海东部希腊岛屿 Lesbos（莱斯博斯岛）。古希腊女诗人萨福，专写爱情诗的，名气很大。她和一群女孩子住在这岛上，都是同性恋人。这座岛也被称为女同性恋之岛。文井听了，点头表示满意。他谈到《金瓶梅》，说那是五十年代毛主席指示要出的影印本。我说我知道，那时按我的级别我没有资格买。他说出版社还存有一点。我没有说我要买，"三反"运动中我在华东文化部看过。那时白天晚上参加运动。华东文委副主任徐平羽找到华东文化部副部长黄源，想脱手卖掉他自己家里传下来的《金瓶梅》。黄源把这部书留在办公室。当时我是"三反"运动办公室干部，这个办公室就在部长办公室里，于是我就翻了翻这部书，知道是怎么一回事。文井说他家里有，是他父亲的，锁在柜子里，小的时候好奇，撬开看了。那时小，因为时间紧，就把其中的性描写挑着看完了，其他都来不及看。他说："你看，我有没有变成西门庆？"意思是看书跟行为没有关系。他又说，你还不知道，还有比《金瓶梅》更厉害的书，他也看过，他举了《肉蒲团》。他谈了一阵，说了两句让我记忆深刻的话：我们要反对性压抑和性禁锢，也要反对性放纵和性泛滥。性解放和性泛滥不是一回事。把性解放理解为反对性禁锢是对的，把性解放理解为性放纵是错的。

1986 年 12 月 21 日，我听人文社的同事季涤尘说严文井颈部生了囊肿，打电话给严文井问他病情如何。他说是良性的，没问题。严文井告诉我，他最近在看一些书，研究"我是什么"的问题。他说他是到六十五岁以后才有这方面的感受的，六十五岁以后才想到要研究这个问题。我说我小时看丰子恺的文章，谈到他有一天躺在床上看帐子顶，想到天花板，想到屋脊，想到邻屋，想到世界、想到地球、天体，于是想到这一切为什么存在，人为什么而活着。他去问别人，所有的人都说他是疯子。后来他终于找到了答案:在佛学中。我说我小时也曾想到这个问题——我为什么是我?我为什么不是我的哥哥,也不是我的妹妹?我是一个物质的存在,这是父母给我的,但我又有思维能力,这也是父母给我的?我为什么不能感受别人所感受的?总之,我为什么是我?但想了一阵子,无法解决,也就不去想它了。后来接受了马克思主义。严文井说:你想过这个问题,说明你从小就有一点悟性。我说千万不敢当,悟性是你的属性,悟性与我之间有一个绝缘体。

1996 年 5 月 22 日下午,我和妙英到红庙北里文化部宿舍看严文井。多年未见,他显得有些老态了。八十一岁,白眉毛,白胡子,下巴颏上的白胡子还很长。他走路只能迈小步子,像是挪动两只脚。我说:"文井同志!作家协会曾为你八十岁生日开了个祝寿会。我对作协有意见,他们不通知我参加。今天我来补课,向你祝寿。你身体好吗?"文井坐下来说,去年病了一场,很厉害,突发腰腿疼痛,原因是骨质疏松,引起骨质增生,上医院也治不好。一位亲戚给了一个中医偏方,配了药,有奇效,吃好了,但走路还是不如从前了。文井停了一会儿说,这下子我们可以谈谈了。我们谈了很多。

> 严:我们已经多年不见,幸而我还活着。这次见面,不容易,也是见一次就少一次了。所以有些话一定要说,不说就没有机会了。人文社的老同志,冯雪峰不必说了,秦兆阳、周游已经先走了。楼适夷常住院,韦君宜也常住院,不能动弹。只有萧乾很活跃,活得洒脱,因为他看得透,情绪稳定,心情好,所以活得长,已经八十六岁。秦兆阳就比较压抑,心里总有点不畅,走了!在《人民文学》编辑部时,秦兆阳去向上面周扬反映说严文井在这里不合适。后来我离开了,老秦为此一直对我抱愧。我倒好,我愿意离开这是非之地,去搞创作。路翎的

《洼地上的战役》，是我发的。刘宾雁的《在桥梁工地上》等篇，都是刘白羽发的。但"反右"一来，老秦成了替罪羊！他（刘白羽）没事。他有本事。金蝉脱壳！孟奚（人文社副社长，已离休）还是老样子，一次打电话来，滔滔不绝地说着，我插不下嘴，他说完就把电话挂了。哈哈！

　　（军代表）张凤岗整我的时候，你也说过"我们对严文井同志有意见"，表示你也是"革命"的，可以理解。我并不是算什么账。（军代表）孙玉俊，人是好人，可以肯定。但是他不懂文学，不知道中国有一部小说《三国演义》。我抓古典，让韦君宜抓现代。她吃苦，我是比较轻松的。只有一次，批《水浒》。姚文元传达毛主席指示，点名要我们去。恰恰我没有接到电话，有人还为我可惜——能见到姚文元，机会难得呀！结果孙玉俊去了。他回来，根据他的记录，原原本本传达下来。当时蒙在鼓里，一点也不知道内幕。主席只对北师院的一个叫芦荻的女教师——他的"侍读"，零零碎碎讲了关于《水浒》的一些话。姚文元见了，如获至宝，整理了出来。那时我们哪里知道"四人帮"搞这个活动是要打倒周总理？我分管古典，为这事着实烦恼了一阵子。要出《水浒》，姚文元下令，要写序。谁来写？我终于想到了"梁效"。于是去请，倒是答应了，但姚文元不同意署"梁效"的名。你看，姚文元很厉害！不过批《水浒》只是一场小战役，也没成什么气候。"好就好在投降"，什么意思！《水浒》还是金圣叹砍了后半的七十回本好。我就不喜欢一百二十回本。宋江是投降派？什么叫投降派？——当时的这些情况，你知道吗？

　　我：一点也不知道。

　　严：今天我讲了，你知道了。如果不讲，以后也没有机会讲了。孙玉俊听说已经瘫痪在床上了。那时候派来的穿军装的除张凤岗、孙玉俊外,还有龙汉山。1977年把军宣队请走,是一锅端,全部请,只留下了一位:龙汉山,到了诗刊社。龙汉山是老实人。厉害的"左"派,还有小说南组的那位姓张的——叫什么?

我:张忠魁(另一位张姓的人),不是军人,是团中央来的,是来掺沙子的。还有小说北组的徐某……

严:徐光是个妙人儿。"四人帮"粉碎,军宣队请走,这时徐光见到我便哈着腰称我"首长"。

我大笑:真的么?

严:他以为称我一声"首长",我就会高兴的。他这样度我的腹!王洁玉也是很"左"的。不过后来我病了的时候,她陪我去看一位医生。这样,抵消了,感情上平衡了。当时诗歌散文组还有一位,也姓张,很胖,患有高血压的,已经作古,张什么?

我:张庚午。他是个好人。

严:对。王致远的时代,七十年代初期,出了些什么书?组织工人写作组,拼凑,一本又一本地出。后来什么也没有留下来。那一段时期出的书,能留下来的太少了,也不过是《柳文指要》等几部。

我:《柳文指要》也不是人文出的。

严文井讲的王致远时代,也就是指"文革"后期,不懂编辑业务来"掺沙子"的人说了算。那时,我跟何湘初有个矛盾。行政上我是副主任。何湘初离社时的组织鉴定他自己写了。我认为不能自己写,把他的一句话改了改。他要恢复。他告到严文井那里去。严文井对我说,现在叫"送瘟神",你就顺着他好了。于是我在他自己写的组织鉴定上签了字。

严：那时出的书，除《柳文指要》外，人文出了一本郭老的《李白与杜甫》。

我：书中的观点我不敢苟同。他是扬李抑杜的，抑得没有道理。

严：这本书的观点，很奇特。我在延安的时候，有一次毛主席在窑洞里跟我谈话，谈了他对李白、杜甫的看法，如说李白有道家气，杜甫像个小地主等。不知郭沫若怎么会知道的。《李白与杜甫》这本书里的观点，许多是毛主席的！后来，何其芳从牛棚里放出来后来访问我，我谈了毛对我讲的那些关于李白、杜甫的观点，何其芳做了记录。后来他写成一篇《毛泽东之歌》，收进了我讲的毛的观点，现在已经收在《何其芳文集》里了。——至于我个人，我还是喜欢李白更甚于喜欢杜甫。

我：我跟你相反，我喜欢李白，但更喜欢杜甫。

严：你可以保留你的喜好。不要因为毛主席不太喜欢杜甫就不敢喜欢杜甫……

我：怎么会呢！

严：李白的天马行空毕竟更可爱。

我：李白我也是喜欢的。

严：你知道我们社印的大字本吗？限印多少本。是老人家要印的，他晚年视力大降，只能看大字本。印成后，除老人家要一本外，再送给名单上指定的人。出版社留一本，做样书。印了些黄色笑话！《笑林广记》之类。我离开的时候，把所有的大字本统统交给了发行部范保华存档，免得以后检查，说不清。

话题转到"文革"。文井讲他在"文革"时从厕所里掏出死婴，让我一辈子都难忘记。

严:你这个人,我了解。你不过软弱一点。只是你在"文革"中,在剧协,有一次我感到你的形象不佳。造反派批刘芝明,(按:刘是文化部副部长,"文革"中成了走资派、黑帮。)你也跟在后面,手拿小红书,摇着,混在造反派里面。你何必呢?那时你只是个普通群众。

我:我想自保。你不想吗?

严:哪里保得住?

我:我还有更糟的形象呢,我批判过田老,奉命批判。

严:我参加过一次田汉批判会,是听众,有人叫他跪下。他,国歌的作者,不得不跪下,就那么跪下了。我觉得不忍!田汉对人民是有贡献的……

我:贡献巨大!

严:田汉那次挨斗,有一个男子批判他,说他跟国民党的一个当官的一起唱戏,其实那是一种周旋,应付。

我:没错。田老被监护起来,最后被迫害致死。他有糖尿病……死得很惨。

严:"文革"中惨的事情太多了。——作协的牛棚在哪里,你知道吗?

我:不就是文联大楼的四楼吗?我见到张光年被圈在那儿。

严:还有,在顶银胡同。文联大楼四楼,我去那儿打扫了几年厕所。1966年末、1967年初,大楼被占,我们被赶出来。回来后,我打扫厕所,什么脏东西都有,月经纸、死娃娃……

我:那时全国出现"革命大串联"。那些串联的人把文联大楼占了,住了几十天。那时我也成了"黑帮"。剧协的人回到大楼后,我被造反派勒令打扫办公室和厕所。什么脏东西都有,点心盒、臭袜子、草垫子、裤衩,还有吃剩的食物、香烟、空酒瓶……厕所墙上和抽水马桶间门上涂写了不少乌七八糟的东西,许多文字歪歪斜斜,都是些挑起性欲的淫猥的文字和图画,我们去擦洗……

严:这些人就在那里搞"革命大串联",干什么"革命"！就是在那里性交,乱交,生下私孩子、死孩子,便扔在马桶里。我用手,用胳膊,到茅坑(抽水马桶)里去掏,因为被堵塞了,只好用手去掏,掏出了月经纸,还掏出了死孩子,一经掏通了,满地满池的粪水就一下子呼噜噜流下去了。顾不得一身臭！

我:我打扫厕所打扫了两年半,不过没有用手连胳膊去掏过茅坑。

严:我算是副部级干部。"文革"前担任过作协党组副书记。后来,这个副部级没有了。作协不管。没有人承认。无所谓,一旦走了,骨头变成灰,风一吹,飘得无影无踪,那个副部级能在空中飘洒几时？哈哈！

文井一边说,右手在半空中比画着,好像风正吹着空中的骨灰。严文井的笑声、比画的动作,给我留下了极深的印象。听人文社老干处的干部说,人文社最后仅为文井争取到一个副部级的医疗待遇,不是整个副部级待遇。但他没有充分利用这个医疗待遇,因为他极少上医院,有病也不去。

严文井谈到他访问日本。

严:我被提名,是周总理用铅笔批的,还要王、张、江、姚一阅。他们倒也没有阻拦,只是姚文元批了"此人政治情况不清楚",指我。王致远(人文社编辑,"文革"中造反起家,掌握人文社部分权力)不知道这是总理指示的,他反对我出访日本。××是个二愣子,她也反对。总理是有心安排对日本的工作,那时刚与日本建交,要逐步展开民间外交。王致远不知道总理批,要是知道了,未必反对。我不计较。到机场去迎接廖承志访日归来,谁去?我提名王致远,绝对不能提我自己。总理批示:要去过日本的同志去。社里只有我一个人去过日本,当然是要我去。但王致远的名字也没有抹掉,结果是我和他两个人去了。这内情,王致远并不知道。现在他也作古了。——访日归来,所有日本朋友赠送的礼物,我都汇报,该上交的全都上交。我对你们(对妙英)有时不够冷静,你们也太抠了……

妙英:我们严格执行制度呀!

严:×××拿了日本人送的照相机,就没有上交。(×××是当时一位局级负责人的妻子。)

妙英:她没有汇报,我们不知道。

严:她是在日本接受馈赠,你们又没有同去日本,当然不知道。不过,隐瞒不报也够大胆的!同去的还有别人,比如翻译,万一捅了出来,那岂不被动?其实那照相机,现在看来没有什么了不起。可当时日本人送的时候,吹得天花乱坠,说什么全世界也就这么几架,珍贵得不得了,这样也就更煽动了某人的胆子了。

1999年5月31日,人文社专家委员会在人文社四楼会议室开成立大会,严文井来了,还讲了话。他从《中国老年报》上提醒有些老干部用自己的医疗证为老婆、邻居取药的事谈起,说自己不大上医院,更不大上药房。讲到王利器(人文社老编辑,古典文学专家)的家属撰文说王利器被划为右派,是严某的责任。他说,他不认识王利器,见过但没有交往。反右时他严文井不在人文社,在作协。丁玲、陈企霞被划右派,有他的账。王利器的账没有他的份。有份的,他认,不赖账;没份的,他不认。讲到他和胡风的关系,他

2003年9月3日,屠岸与严文井(右)在严文井家里

在《人民文学》时曾有信给胡风,是约稿。路翎的《洼地上的战役》、《初雪》等是经他手发出的。所以要他写批判文章,他写不出。文井说:"韦君宜写了《思痛录》,广东的一位编辑要我也写回忆录,我想来想去,不好写,就谢绝了。"

在严文井晚年,有人敦促他赶快出版他的文学作品全集。他说,不急。人问,你还等什么? 文井说,按照天文学、地质学、哲学的预测,地球是终归要毁灭的。在地球毁灭前夕,人类要做星球移民。在这次大移民中,人类的文学瑰宝,如莎士比亚的戏剧,托尔斯泰的小说,李白、杜甫的诗,曹雪芹的《红楼梦》……将会随同人类一起转移。但是,不会轮到《严文井全集》。我急什么?

严文井真的没有为自己编全集。

聂绀弩:"炼狱天堂唯一笑,人间不觉泪痕多"

1982年1月21日下午,与人文社杜维沫去看社里的老同志,先看了楼适夷,楼适夷又跟我们一起,到劲松新区访问聂绀弩。那天正是绀弩七十九岁的生日,家中宾客盈门,有一位是钟敬文。杜维沫把我介绍给绀弩。绀弩第一句话就说,为什么你要用一个坏人的姓做你的名字?我笑笑说,姓这个姓的,历史上只有一个坏人,难道姓这个姓的都是坏人不成?谈到聂老的诗,楼老说:"绀弩的旧体诗内容全是新的。我是文艺界的勤杂工,绀弩才是才子。"绀弩说:"我算什么才子,年轻人,二十岁才叫才子,我已经八十了。"楼适夷说:"你是老才子。"我插了一句:"又写小说,又写杂文,又写旧体诗,你还写过不少新诗,你是才子。"绀弩说:"胡风说我写的新诗不像诗,我就不写新诗了。"杜维沫说,聂老的小说出版了。聂老说:"我写小说是失败的,因为我不会虚构,我都是写的事实。"

绀弩的妻子周颖给我们讲,绀弩在饭馆里骂江青被判刑,现在身体不行,写作只能躺在床上进行。

1983年2月7日,阴历腊月二十五,将过年,下午带了水果去慰问聂绀弩。他靠在床上问我是何人。我附在他耳边说我叫屠岸,来过两次了。他说,我最近看到你的一首诗。聂夫人端给我一杯茶,给司机一杯。我说聂老的《散宜生诗》是别具一格、独树一帜的好诗,"真是前无古人"。周颖说,"不能说后无来者。"我说,聂老的旧体诗颇像他的杂文,嬉笑怒骂皆成文章,是杂文风格诗!周颖赞成我的说法。我说聂老的诗完全是旧体诗的格律,内容却是全新的。接着谈到胡乔木提出要给《散宜生诗》作注的事。聂老说,朱正很细心,可以请他来注。我说注释不宜烦琐,应要言不烦。因聂诗中有典故,不仅有古典,还有今典、洋典,还有个人与友人的交往等,读者不知道。只应注出读者不知道的事实,以助读者了解。不宜对诗的含意做解释,以免限制读者的理解和领会。聂老说他原不主张注,但乔木说要注。我认为,读者对一些诗不明所以,因此还是注一下好。聂老说他这诗又不是青年必读书,而且写旧体诗,毛主席说不宜在青年中提倡。我说,不提倡青年写,但青年可以读,所以注还是必要。聂老说:"旧体诗要合乎格律,不易做。今日青年不懂平仄,你跟他讲了半天,他也不懂。我小时候学平仄,听老师讲了一回,就明白了。"我问周颖,聂老家乡何处?周说是湖北。我说,那地方方言中有入声。今日北京语言中没有入声,所以北京人往往把入声字当平声字用,那就错了。

周颖问我年龄,我说六十。周颖说:"你太年轻了,真是好年纪!"此时,周七十五,聂八十,在他们眼里,六十是少年。周颖说,聂六十时正在北大荒劳改,她去看他,见他干着很苦很重的活,人格被侮辱,任何人都可以骂他、踢他。也没有人知道他是什么样的人。说到这里,周说不下去了。

后来朱正为绀弩的旧体诗作了注,但聂老又不愿意了。朱正给我讲,聂老不要注今典(有关当代的人和事),主要是因为涉及人际关系。

我跟聂绀弩的直接交往不多,通信也不多。他给我写过两封信,其中一封是这样:

屠岸同志,你好!

你曾说要为我出一本新诗集,是么?开国时,我曾出版过一本《元旦》,(在香港)知者极少。我手边现有的一册是向社资料室借来的。看了看,自谓是尽情歌颂了新中国的诞生的,里面的几首曾合为一首,题作"山呼",发表于开国时的《光明日报》。诗不好,但是很热情,因此很愿意重印(就《元旦》本)。但有几点小意见:

一、须将《绀弩散文》中的《一九四九、四、二一夜》一篇歌颂渡江的文章附在后面。或改题为渡江,是我写的热情散文最自信的一篇。

二、《元旦》内有《答谢》一节：一、赠克列姆宫红旗，二、赠毛主席，三、赠先烈。我想将此题取消，只剩赠先烈，改为"人民英雄纪念碑前"。因克列姆恐与目前国策有关。而赠毛主席一节，我受了许多气，先后被李××、严×、贾×等人指为"侮辱毛"，是"思想问题"，要写"检讨"，另一篇散文《毛××先生与鱼肝油丸》在文化大革命中被认为反动证据，出狱后曾有一文说毛草书为一绝，也有人写信来骂我胡说。因此我想若留此不知更有何种麻烦，不如删之干脆。

以上如得你同意，咱们就印。似还拿得出去，只是单薄些，有几首正托人找中，如找得可补入。

…………

敬候德音。

此致敬礼！

聂绀弩　上 5.9.1983

聂老信来后，我很重视。但觉得《元旦》分量轻，最好聂老能补入其他诗作（白话诗），或者用新写的诗作增补。但聂老年事已高，不可能有新作，此事没做成。

绀弩赠我他的《散宜生诗》，封面上有题字："屠岸同志　聂绀弩赠 1982.12.16"。1983 年 3 月 4 日，我写了一首七言绝句《读〈散宜生诗〉呈聂绀弩先生》：

诗坛怪杰唱新歌，启后空前越劫波。

炼狱天堂唯一笑，人间不觉泪痕多。

我寄了给他。"新歌"不是一般意义上的"新"，这种"新"，令人惊异，令人惊奇，令人惊叹，令人惊绝！所以称之为"怪杰"，不是贬词,是惊愕之余的赞词!"劫波"是佛家语,鲁迅曾用在《题三义塔》诗中。绀弩身受的劫波,令人难以想象!

1986年4月7日,我到八宝山参加聂绀弩的遗体告别仪式。绀弩身上覆盖着白布,像一座小山,脚是弯的。回来时跟严文井乘一辆车,我说聂老整容没整好。司机张连武说,没法整好,停止呼吸的时候没人在旁边,没人把他的腿放平,把下巴合上,把头放平,时间过了,就僵硬了。文井说,身子是蜷的,头颈是弯的。我加了一句,嘴巴是开的。文井说,这个形象我永远不会忘记。

我想这正是聂绀弩的形象。他的腿不会放平,因为他的心不平;他的头颈不会直,因为他看世态不可能直着看;他的嘴巴没有合上,是因为他还有话要说,说不出来。所以整成这个容,是天意。

楼适夷:"生无所息,老有可为"

1982年1月21日下午,偕杜维沫去看人文社里的老同志,先到楼适夷家。他正要出门到人文社去。他家里太乱,人文社新三楼给他留有一间办公室,他每天去写作。我谈起他前几天送给我的《牵牛花》,译笔优美。他说这本湖南人民出版社出的书,是"文革"时靠边没有事干时翻译的。这位日本作家的散文清淡幽远,他很喜欢。

1985年8月13日下午两点半,楼适夷来到我家。他已经八十一岁,专程来谈编《鲁迅杂感》续集和"鲁迅丛刊"的事情。我说续集的事,已经跟现代文学编辑室陈早春商定,原则上同意出版;丛刊的事,还有待商量。楼老同时也是来看我,他听说我病了,打听到我是住在一层楼才来的,如果是四层楼就不来了。他说他的心脏很好,但肺气肿厉害。这天谈了一个小时。

我从社领导岗位上退下来后,去看过楼适夷多次。楼老的家在团结湖。1993年3月,去过一次,9月23日又去。这次,他能下床了。他在客厅里坐下,说他的左耳不好,右耳还行,让我坐在他右边。他拿出他的作品目录,第一份是小说,里边有一篇《盐场》。我问道:"您有一个电影剧本,也叫《盐场》,是不是根据这篇改的?"他说,我写了电影剧本,但不懂电影的技巧,是由郑伯奇改为分镜头剧本,由大明星胡蝶来主演的,女主角也是郑伯奇加进去的。我问楼老看过那电影吗,他说没有看过,到现在也没有看过。因为那时他在南京监狱里,看守所的所长看了,说很好。出监狱后,电影没有再放过。再后来就被禁演了,不是因为内容反蒋,而是因为编剧是他这个左翼作家。楼老说:"我的小说不重情节,不像小说,像散文,但是有人物。那时我很穷,是靠卖文为生。有一次拿到一百块稿费,那时一百块很值钱,可以过好一阵子。雪峰见我有稿费,就来拿几块钱。我的《第三时期》(小说集)里有几篇作品,不是我的,是雪峰的,他不署名,是为了拿几块钱的稿费。"

我说:"你和雪峰是文章不分家,像鲁迅和瞿秋白那样。"楼老说,那时雪峰写小说,也投给鸳鸯蝴蝶派周瘦鹃的《礼拜六》。登了六篇,这些现在都不要了。他还写过一个中篇,觉得不好,也不要了。

楼老家客厅里挂的是丰子恺给他的画,漫画似的国画。还挂有沈尹默送给他的字,是一首杜甫的诗,都是珍品。他说,有人说丰子恺的这幅画值九万元,他不以为然。我说今年6月在上海参观一次国画拍卖,第一幅就是丰子恺的《一轮红日东方涌》,开拍价二万四千港元,最后以十一万港元成交。

楼老让我参观他的卧室,说又脏又乱,不要见笑。床靠墙那边,放着庞大的氧气瓶,桌上的书稿零乱。墙上挂着一幅字:"生无所息"。他说,他晚年座右铭是八个字:"生无所息,老有可为。"

楼老赠我两本书:他的散文集,三联版的《话雨录》,以及多人集《野草诗词选》。野草诗社是改革开放后成立的。楼老曾当过野草诗社的社长,现在让张报当。张报资格很老,经历非常复杂,早期去苏联,斯大林肃反扩大到他那里,他被流放到北极圈。他写过一本"革命回忆录",但楼老说,说是革命回忆录,倒像是恋爱回忆录。楼老说:"他到野草诗社时,许多大官都来了。他说到大官家里开会,我不去,我也不当诗社的社长了。拿钱印书,还包销,换来登几首诗,何必呢,我不干。有一次,公安局打电话问我,问写的字润格多少,我莫名其妙,我从来不卖字。公安局的人又问,是否给某某人写过字。我想了想,说,那倒是有的。事情明白了,原来有个人把我的字拿去卖,骗钱,被抓了。"

楼老还讲到他受骗上当的事。有个青年来他家,说是傅雷家的亲戚,说得有鼻子有眼,留下来管吃管住,后来才知道是骗子。我说鲁迅也被骗过。楼老说,是,君子可欺以其方。

我提到这年6月到上海访问巴老。楼老说:"巴老提出讲真话是好的,但他也不能做到把所有的真话都讲出来。我说只要不说假话,就不错了。"楼老说,冰心说,到2000年,中国可能变成文化沙漠,冰心敢说她的真实想法。

1995年10月5日,我跟妙英到协和医院去看楼老。楼老要起床,被我们制止了。楼老斜着身子靠在床上。我谈到最近看到的一篇文章,提到某省出版社想出新的《鲁迅全集》,黄源和史莽联合写了一篇文章,登在一个内部刊物上,提出要警惕歪曲鲁迅。北京研究鲁迅的机构召开座谈会,讨论此事。楼老说,人文的《鲁迅全集》注释有不少错误,出新版,要解决两个问题,一个是提高,一个是普及。楼老已经九十岁,除掉了假牙,发音就不清楚,但精神甚好。楼老夫人黄炜说,楼老想回家,但楼老肺部疾患严重。我对黄炜说,楼老过冬最好在医院。关于《鲁迅全集》,后来新闻出版局做出决定,鲁迅著作是国家财富,只授权人文社独家出版。

八十年代初,楼老曾说,他只是打杂的。他曾送我一本他的《适夷诗存》,给我的时候,右手食指在脸上划几下,是表示惭愧可羞的意思。但楼老是有才华的。孟超逝世后,楼老写的挽联是:"人而鬼也鞭尸三百假似道;死犹生乎悲歌一曲李慧娘。"孟超的代表作《李慧娘》,反面人物是贾似道。对联中的"假"跟"贾"谐音,这个"假似道"指康生。楼老挽联中"人"、"鬼"、"死"、"生"的对仗极为精彩。这副挽联,显示出楼老敏捷的才思和分明的爱憎。

萧乾、文洁若与我:大城市两端的一线联系

2005 年 1 月 29 日,我到王府井新华书店参加"纪念萧乾诞辰95 周年暨《萧乾译作全集》出版座谈会"。中央文史馆的一个人告诉我,萧乾、文洁若合译的《尤利西斯》的稿费全捐给了文史馆。陆建德说外文所的图书资料中有许多英国文学原著的好版本,都是萧乾捐的。座谈会结束后,一行人被送到建内大街北京市政协大

楼内部餐厅用午餐。文洁若这年七十八岁,她说她要活到一百岁。大家频频举杯,向她祝贺。吃完饭,她让服务员打包。一盘鱼,已经吃得只剩下骨头了,百分之八十的鱼肉都没有了。桌上

1981年5月21日,屠岸与萧乾(右)在天坛公园南门

有人建议她不要了,她却异常坚决,命令服务员:打包! 她一个人生活,不用保姆,自己采购,自己做饭、洗衣。她说,打包带回去的食物,放在冰箱里不会坏。有人说,放在冰箱里不能保质。她根本不听,说"一粥一饭,当思来处不易;半丝半缕,恒念物力维艰"。

1995 年 10 月 27 日晚上,同事林东海的儿子送来东西,一是萧乾在河北教育出版社出的书《人生采访》,扉页有题字:"90 年代再版的 40 年代的拙著,呈请屠岸兄指正。萧乾,1995 年 10 月"。真是太客气了。二是杂志《世纪》1995 年 9、10 月号。这份杂志是中央文史馆和上海市文史馆联合主办的,编委会主任是冰心和萧乾。这期杂志的头条是文洁若的文章:《日本休想赖账》。文洁若还在目录页上写着:"屠岸同志留念,洁若。1995 年 10 月 16 日。"又注有一条:"我们把《尤利西斯》的稿费捐给这个杂志。"

萧乾和文洁若捐给中国现代文学馆几万块钱。他们把《尤利西斯》的稿费捐了,还宣称,后人翻译要参阅或借用他们的《尤利西斯》译文,拿去用好了。

我跟萧乾 1946 年开始通信,那时我在上海,跟他还不认识。我买到一本萧乾编的《英国版画集》,觉得很新鲜,因为过去只看到苏联的版画,便写信寄到出版社。我没有想到很快收到萧乾的回信,说收到出版社转的信很高兴,因为他知道读者的反应了。这封信一直保留到"文革"。

我和萧乾真的见面是在 1977 年,华侨作家方方要见萧乾,我陪方方去萧乾家。萧乾家当时在天坛南门,我们还一起照了相。

八十年代初,萧乾每年都来我家贺春节,我请他不要劳驾了,他说他随便来看看我,因为我住的这个地方,还有几个他要看的人。有一次他来找我,他译易卜生的名剧《培尔·金特》,里边有像诗那样分行的歌词,请我帮着翻译。我说我试着译出来可以供他参考。他亲自来取。他最后给我讲,没有用,因为风格不一样。他说抱歉,我说没关系。1983年2月6日,萧乾通知我,去看《培尔·金特》的连排,中央戏剧学院派车来接。《培尔·金特》由萧乾翻成中文后,中央戏剧学院把它搬上舞台。演出开始前,萧乾送给我一个纸口袋,说里边放着榴莲糕,还有一瓶小小的威士忌。这是他们夫妇上月从新加坡回来时带来的礼物。榴莲我没有吃过。吃过榴莲糕以后,发现纸袋里有一封短信:

屠岸同志:

　　说明一下这个怪水果:榴莲。

　　味道不太顺,但它是南洋最有代表性的水果,是作为南洋客能否留在南洋的一种考验。吃得下即可留;否则迟早得离去。如今做成了糕,因原水果易腐,且味比这还要怪。您试试看吧。

萧　乾

1982年7月,我和人文社的几位同事到烟台度假。我跟萧乾住一屋,出版社约萧乾翻译英国小说家曼斯菲尔德的短篇小说集,他没有工夫。他知道我的女儿章燕在北师大学英语,喜欢曼斯菲尔德的作品,说让章燕来译。我说章燕还是大二的学生,恐怕功力不够。他说没有关系,琢磨琢磨总是能译。回京后我给章燕讲了,章燕译了两篇,寄给萧乾审阅。萧乾对章燕很关爱,写了信给我,又专门写了信给章燕给予指点。我们很感谢。

1982年我和方谷绣(妙英的笔名)合译的英国斯蒂文森儿童诗集《一个孩子的诗园》出版,我给萧乾送去一本。立即收到他的回信,信中说:"病榻上得您新译《一个孩子的诗园》,喜甚感甚。这样以童心为题材的诗,是稀有的品种,经你和方谷绣同志移植过来,功德无量。我更欣赏的,是你为此译本所写的序——相对而

言,可以说是篇'长'序,追述了你二十世纪四十年来同这本诗集的
因缘以及在这漫长的岁月中你对每首诗在各个不同时期的玩
味。……我认为这一做法在翻译界有提倡一下的必要。"同时萧乾
还提出选编一本《童心诗选》的建议。我即于同年11月9日给他
回了信,赞同他的建议。从1994年到2004年,我陆续编译出版了
《英美著名儿童诗一百首》、《英美儿童诗精品选》三种和《英美著名
少儿诗选》六册。这些工作应该说也是萧乾的鼓励所促成。

1990年7月我病了,在中日友好医院住了一个月。查不出病
因,出院后写信告诉萧乾。他说:"我们住在这个城市的两头(东
北—西南),又都是病号,只能遥遥默默相互祝福。闻兄已排除任
何恶性疾病,甚喜,希望多多保重。"他告诉我他的身体情况及创作
情况,说他在写回忆录,最后问我:"兄计划如何? 在健康允许下,
动动笔还是莫大的快乐。"

我跟萧乾的通信,有几十封,有谈翻译的,也有谈其他事的,有
时候,写得简单,像是便条。这封信,可能是他给我的最后一封,我
感到亲切,他的打算、他的健康状况都讲了,而且对写作的事也有
共同语言。我们的友谊很珍贵。我们有年龄差别(他比我年长十
三岁),但长期在一个单位工作(他担任中央文史馆馆长前,在人文
社任顾问),他关心我,也关心我的女儿的成长。

绿原:诗人和翻译家,苦难和成就都远超过我

在上世纪四十年代读大学时,我和"野火"诗友们从《希望》杂
志上读到绿原的诗,非常喜欢,在心目中把他当做诗歌偶像。抗战
胜利后,1955年"胡风"案发,从《人民日报》发表的材料和按语(后
来知道是毛泽东所写)中得知,绿原是中美合作所的特务,对此深
信不疑,心里非常震惊。虽然二十多年后,知道完完全全是错案、

冤案,但这样的震惊曾长期影响着我。在"反胡风"运动中,我受审查,被撤销党小组长职务,停止组织生活。最终组织上宣布可以解脱。随着年月的流逝,对"胡风集团案"的怀疑逐渐产生。一直在等待宣布胡风、绿原等是国民党特务的确凿证据,始终不见。隐约听说绿原已出狱,给予工作。1973年分配组"乱点鸳鸯谱",把我调到人文社,歪打正着,正中下怀,不意与绿原同属一个单位。

1978年,我到萧乾家去,在楼梯上碰到绿原,相视半秒,点了一下头,擦肩而过。因为我在人文社里看到过这个面孔,有点像,不能肯定。那时萧乾和绿原住在天坛公园南门附近。见到萧乾后,我说,碰到一个人,我描述了一下,萧乾说是绿原。他不大愿意与人接触。

1979年10月到八宝山参加孟超追悼会,从八宝山回来时,跟绿原同车。绿原说,你还可以翻译诗歌,尽管译诗很难。绿原谈到美国诗人桑德堡,说大可介绍。诗歌翻译还有许多空白。绿原生于1922年,比我大一岁。

1980年8月29日,下午开党员大会,我主持,宣布绿原的胡风案平反,撤销对绿原的一切不实的指控,恢复绿原党籍。

八十年代初,酝酿我当人文社总编辑时,我跟韦君宜讲,可由绿原当副总编辑,主管外国文学这方面。1983年我出任总编辑,绿原任副总编辑,成为我的主要助手之一。在此任期内,我与他合作得非常愉快。

1985年,我因病在家休养。10月1日国庆节,他来看我,送来苹果。他谈起他访问西德的一些情况,建议我到外地走走,说这样对我的病体有好处。我说,我已经到过安定医院就诊,医生说我是老年抑郁症。绿原好像不大以为然。我又讲到1946年初,我在上海《时代学生》读者文艺晚会上朗诵他的诗《给天真的乐观主义者们》,以及1955年"反胡风"运动中我受审查的经过。他也谈到胡风一案在历史上的影响和波及面。他说四川有一位叫冯异的，1984 年才从牢里放出来。绿原在牢里待了七年，徐放在牢里待了十年。1965 年审判胡风一案时只判胡风、阿垅两个人，只有他们两个是判了刑的，其余的"胡风分子"叫"不予起诉"，但都已经关了好几年了。

1986 年 1 月 15 日，在胡风追悼会上，我看到一副挽联，是绿原、牛汉挽胡风的。我抄在纸片上，回来记在日记上。这副挽联非常有价值。胡风的两个弟子，或者说七月派的两个大诗人，用聂绀弩的诗凑成挽联来悼念胡风。挽联如下：

以耳耶诗句足　　敬悼　　胡风同志
　　海上伏蜿 西蜀蒙尘 哀莫大于心不死
　　桂林听诗 渝郊避法 名曾羞与鬼争光

　　　　　　　　　绿原　牛汉　鞠躬

2007 年的春天，我偶尔翻到记胡风追悼会的日记，回忆起当时我参加追悼会的情景。但看这则挽联，有些似懂非懂。我写了一封信给绿原，绿原回信，是用打字机打的，落款是手写。有这封信，才完全明白了。信说：

屠岸兄：

　　承垂询胡风追悼会上一则挽联事，现就记忆所及，奉告如下：

　　（1）"耳耶"是聂绀弩的笔名之一。"以耳耶诗句足"，是说以聂绀弩的两句诗，凑成一副对联。

　　（2）聂句全文为《血压三首》之三："尔身虽在尔头亡，老作刑天梦一场。哀莫大于心不死，名曾羞与鬼争光。余生岂更毛锥误,世事难同血压商。三十万言书说甚,为何力疾又周扬?"

　　(3)"海上伏蚓",指胡风在上海的寓所"蚓楼";"西蜀蒙尘",指胡风出狱后曾被遣送成都。

　　(4)"桂林听诗",指胡风抗战期间流亡桂林,住《诗创作》主编胡危舟处,曾将临时寓所称为"听诗斋";"渝郊避法",指胡风抗战期间在郭沫若治下"文化委员会"任委员时,住重庆郊区赖家桥,称其寓所为"避法村"。

　　顺颂撰安!

绿　　原　2007.5.20

　　我译的《英国历代诗歌选》出版前,译林出版社希望有个名人写序,我已出过多种著译,从不请人写序,似乎为人写序,总要称赞几句。我不主张勉强别人称赞。但这次译林很坚持。我问他们绿原行不行,说可以。2005年3月一天,我带着外孙女张宜露,一起去拜访住在东八里庄的绿原。

　　我对绿原说,请先看我已写好的给你的信。绿原耳朵听觉渐不灵,听人说话有困难。我的信上提出:"一、不写长序,不用对译文作细致分析,写短序;二、不要表扬,如果批评,我更乐于接受;三、交稿时间不强求,当然快些好,最迟不超过7、8月份;四、完全自愿,不勉强。"他读了我的信,明白我请他为我的《英国历代诗歌选》写序的事。我又把此书的目录、章燕的序、我的"译者后记"给他,以做参考。我仍表示,不勉强。他说,我即按照你信上所说的写吧。

　　我觉得绿原明显老态了,我对若琴说,你父亲太辛苦,他的一生太坎坷,过去受的苦,肯定影响了他的健康,我也不愿多说了。其实,给他以巨大打击的还有,几年前在北太平庄过路天桥上,歹徒为抢手机把他的小儿子打死了。这件从天而降的大祸使他一下

1998年11月14日,张家港诗会期间,在长江船上,背景为江阴长江大桥工程　左起:曾卓、屠岸、绿原

子衰老了。但我不能提,免得再引起他的悲痛。

2007年8月29日,我到中国现代文学馆参加《绿原文集》出版座谈会。

在座谈会上我有个发言,提及绿原写于1953年的诗《沿着中南海的红墙走》,其中有句:"那里面有一颗伟大的心脏,是那颗伟大的心脏和我的心脏相连……"历史老人真幽默,两年以后,"那颗伟大的心脏"就把绿原一下子打入十八层地狱,沉沦二十五年!

我与绿原现在的交流主要是通信。他的耳朵不太好,打电话不方便。最近还有一封信:

　　屠岸兄:

　　　　您4月6日的大札收读。

　　　　我感觉您不仅身体和精神都好,而且记忆力并无衰退,许多事还记得很清楚。我就不是这样,不仅近事容易忘,连应当记得的往事也往往记得不那么清楚了,可能这就是衰老的表现之一吧。

关于焦虑症和抑郁症,我没有直接经历过,但听有关研究人员说,在人生的旅途中,人的心理难免会留下某些"结",例如以往"左"的政治运动给人造成的后遗症。这些"结",在一定的条件下可能会重新浮现,继续影响人的精神健康。

1955年胡风一案涉及两千多人,虽然最后戴帽子的大大少于关了一年半载便被解脱的人数,但所谓解脱者,在心理上其实已经受到了伤害(当然戴帽子的就更不用说了)。您的病症出现于运动中,1985年您再次患病,虽然这时社会上没有运动,但胡风一案在1980年尚未彻底平反,随着1985年胡风去世,社会上还出现各种说法,您的病也许与这一环境有关。几年后,该案经过二次、三次平反,您的心理也就随之逐渐康复了,这是很自然的。

专家认为,从保健的角度讲,人们应当学习遗忘;忘记负面的记忆、不快的记忆,不让它们"卷土重来",方能在生活中轻松地开辟前进的道路。尤其晚间须避免用脑,最好不进行忆旧,不然容易失眠。

从上世纪20年代,能走到今天,是很不容易的,让我们平静地过好今后的每一天吧。祝愿您身心双健。信未发,又收到《一个孩子的诗园》,这里顺笔致谢了。

绿　原　2007年4月14日

绿原,最早是我的诗歌偶像,后来成为我的"敌人",再后来成为我的助手,最后成为"淡如水"的"君子之交",直到现在。这是冥冥之中上帝的安排吧!

奇遇,常事。常中之奇,奇中之常。我始终把绿原当成我的兄长看。他在诗歌创作、文学翻译、学术研究上的成就,远远超过我;他所受的炼狱之苦,也远甚于我。

韦君宜半身不遂写出传世之作,成为大勇者

1958 年 1 月我下放到怀来县,认识了韦君宜。韦君宜在中国作家协会主编《文艺学习》惹祸,受到党内处分,下放到怀来县。韦君宜的大名我早就知道,在怀来县,我把她当老延安、老大姐看待。她谈话不多,从不谈自己,有时生硬、冷峻。但多次接触后,我感到她是个外冷内热的人。在一次县委招待所的谈话中,她知道了我挨批的事,用老解放区一个著名话剧的剧名赠我:"把眼光放远点。"

1966 年 8 月,人文社的造反派召开对韦君宜的批斗会。剧协的杨国环去参加了,回来告诉我,造反派要韦君宜记下对她的揭发批判,她在纸上写着,写的竟是:"亲爱的党啊,你难道不要你的女儿了吗?——党的女儿!"这激起造反派的极大愤怒,骂她"死不悔改"。杨国环说,韦君宜有神经病。当时我只觉得五雷轰顶,心中滴血,热泪盈眶。我不敢在人前泄露我的内心,只好躲到另外一间屋子,痛哭一场。不久,我听说韦君宜真的得了精神病。

1973 年,我被调到人文社,我在韦君宜领导下工作了近十四年。韦君宜始终让我有一种亲切感。

韦君宜的作风,给我留下四点深刻印象。一、她对萌芽的青年作家的培植,尽心尽力。她只要发现苗子,就一定抓住不放,不断灌溉。比如竹林,写了一本小说《生活的路》,君宜抓到底,直到出书。竹林在工作和生活上遇到困难,后来上海郊区一位乡村中学的校长收留了她,提供了住处。君宜专程前去看她,并对那位校长深深鞠了一躬,说:"谢谢你们,我代表文艺界谢谢你们。虽然条件

不太好,但你们支持了一个青年作者。我们文艺界有些同志,应该对此感到脸红。"二、对已有成就的作家,也是倾心相助。张洁的长篇小说《沉重的翅膀》,就是在君宜的无微不至的关心和帮助下,修改成功,最后获得茅盾文学奖的。三、对老作家,尽一切力量,团结,尊重,争取合作。在她任上,每年春节,她都要带领人文社的编辑,逐个拜访老作家,关心他们的生活、工作和写作,并且约稿。四、对她的同事和部下,严格要求,热情帮助。总之,她把自己的全部时间和精力,奉献给了新中国的文学出版事业。

韦君宜对我,除了工作上的领导外,也关心我的个人写作。1983 年 7 月,在承德度假时,她看了我的旧体诗词《萱荫阁诗抄》手稿,她一一做了批示。对此,我始终心怀感激。

1984 年 2 月 3 日,我和君宜一起去拜望老作家,上下午连轴转。中午在君宜家吃午餐。君宜说,安徽籍保姆休假去了,菜肴是她的女儿杨团和女婿李久源做的。菜有香酥鸡、奶油白菜心、鱼香肉丝、炖鸭子、沙拉、菜花、松花蛋。还喝了葡萄酒。我曾在君宜家因谈工作到了时间而吃便饭,往往是很简朴的。这次如此丰盛,是逢过春节,也是她一家热情好客的表现。访问老作家结束后,韦君宜在车上谈自己的感受。君宜说,谢冰心年龄最高,而身体很好。其次是夏公,也八十四了,精神也好,记忆力仍然很强,只是"文革"中腿被打折,腿不灵便。周扬、阳翰老都不到八十。张光年更小一些,身体反不如冰心。陈荒煤七十一,精神似乎也没有老人们好。年纪大了,不能少了活动、少了锻炼。我不要小车接送,不完全由于免得别人说我,更为的是要走路,要运动。现在无论冬夏,每天早晨出外跑步,身体倒始终不错。

1985 年我患病,韦君宜到我家看我,建议我做一些事情。如买菜,做饭,练书法、气功,总之使脑子想的有所转移。她说旅行好,会感到世界很大,有新鲜感。我说,有人说,对疾病要生死置之度外。她说老庄哲学消极,对人生还是要采取积极的态度。总之,要闯上去,奋力自救,药物只是辅助手段。她耐心等我的回答,等了半天。最后我说谢谢你,照你的方法去做,她才告辞。

1986 年 4 月,江秉祥告诉我,韦君宜突发脑溢血。我立刻跟李曙光去协和医院看她。韦君宜睁着眼,鼻子插着氧气管。我向她点头,她也点点头,随即闭上眼睛。我们到休息室听医生介绍情况,医生说还没有脱离危险期。韦君宜的脑溢血,后来又犯过一次。

1995 年 10 月 5 日,我们又去看了韦君宜。我到她的床边问好,她张口说话,我听不清。后来仔细琢磨,可能是说见一次少一次,将是永别了。我说你会好起来的,这是违心的话。离去后跟护士交谈,护士说现在对她治疗没有价值。我的心沉下去了。

1997 年 2 月 5 日阴历小年夜,我跟社里的四位同志一起到协和看韦君宜,她的女儿杨团在。韦君宜精神很好,嗓音响亮,但口齿不清,由杨团"翻译"。君宜神志清楚,关心人文社的经济效益。

2002 年 1 月 26 日,韦君宜在协和医院辞世。消息传来,虽在意料之中,仍抑制不住悲痛落泪。2 月 1 日,到八宝山革命公墓为她送行。灵堂肃穆,哀乐萦回。我向她深深三鞠躬,致最后的敬意,作最后的告别。邵燕祥的挽联是:"已经痛定犹思痛,曾是身危不顾身。"我也有一副挽联:"一心一意一园丁,大彻大悟大勇者。"但因为匆忙,未来得及送到灵堂挂起来。回家后,我经过酝酿,写了一首悼念君宜的七律:

> 早岁哪知世事艰,奔来圣地气如山。
> 英姿飒爽昂霜雪,意态从容斗敌顽。
> 道路崎岖多岈峉,心潮澎湃几洄澜。
> 病危思痛求真理,无愧无私天地宽。

之后我又以《无愧无私天地宽》为题写了一篇悼念文章,在《文汇报》发表。

2003年9月30日,我到京郊昌平县凤凰山陵园,参加"韦君宜、杨述墓碑揭幕仪式"。杨述是韦君宜的丈夫,早年献身革命,参加中共,率母亲弟妹,全家入党。历任党内重要职务。"乃以忠介,而遭闵凶,于十年浩劫中备罹酷刑,又受污名。""文革"后恢复名誉,但身已伤残,不久去世。君宜有一篇悼文,题《蜡炬成灰》,读之令人泪下。

我作简短的墓前演说,特别指出韦君宜晚年在病榻上力疾写成的《思痛录》和《露沙的路》,代表了中国知识分子、中国人的良心!

2008年4月10日,我到政协礼堂参加湖北省建始县召开的"韦君宜纪念馆筹建座谈会"。会上我有一发言,我说,君宜故乡建始县的领导人决定建立韦君宜纪念馆是有远见卓识的。她的一生,可作为青少年教育的教材,纪念馆可成为青少年教育基地。我着重谈了她最后的著作《思痛录》。我说,君宜在这部书中的自我剖析是如此真诚,如此坦荡!她认为"文革"造成的恶果不能把责任全归于"四人帮",那么还有谁应负责任呢?这是不言自明的。但我感到,君宜没把自己排除在外。君宜拷问良心,痛定思痛,大彻大悟,正是为了惩前毖后,防止悲剧的重演。她希望人们都做到光明磊落,在党的正确领导下生活和工作得更舒畅,更有希望,更好地实现自己的志愿。君宜有许多优点值得我们学习,我认为最值得我们学习的是她的善于反思,她的赤诚和坦荡,她的无私的襟怀!

牛汉:不屈的脊梁,质朴的诗风

我最初是在1954年从人文社的劳季芳口中听说牛汉。她带着尊重和赞赏的口气说到牛汉和他的诗。从这时开始我注意到牛汉的诗风,我把他和阿垅、绿原等放在一起看待。1955年反胡风运动开始,我从揭发材料中多次见到牛汉的名字。1973年我奉调到人文社工作。大约在1975年我在人文社阅览室见到一位身材高大的同志在埋头工作,见我来,与我打招呼。我请问他尊姓大名,他说:"牛汀。"(这个"汀"字应读tīng,但社里人人叫他牛丁dīng,他自己也称牛丁。)我说,原来是你。从此认识了。但交谈不多。1978年,牛汉到《新文学史料》工作,由于工作关系,我们的接触多起来。再后来,我们交谈的内容渐渐涉及文学、诗歌。

1985年,我的抑郁症犯了。1986年8月,农垦部长何康邀请作家们去新疆,妙英听说牛汉也去,就请牛汉照顾我。我们同岁,他比我大一个月,对我很关心。

牛汉比我先一天到达乌鲁木齐。我乘飞机到达时,牛汉到机场来接我。我们一起访问了北疆和南疆,到生产建设兵团的许多垦区进行调查、采访。一路上,可能是为了照顾我,他和我几乎总住在一室。

旅途中,牛汉说了许多让我印象深刻的话。一天,在沙漠中看到水一样的东西,我说像海波。他说,你再仔细看看,这是沙浪,不是水浪。我再看,果然如他说的。在吐鲁番我们看星星。他说,你看,天高不高?我说,天总是高的。他说,我们这里看的天,是地球上看到的最高的天。原来,吐鲁番,尤其是那里的艾丁湖,是地球上最低的地方。据此,这里与天的距离最远。

在北疆看赛里木湖,那是我们在那里的最后一天。阳光在湖上移动,有云,时时变化,变得凄美。牛汉说,湖水在变,变得悲哀了,在向我们告别。

我们乘飞机从乌鲁木齐到喀什,看到飞机外的云和山。牛汉说,山跟云很像,山是不动的云。我接着他的话说,不动的云是云,动的云是山,他说,你这个说法更好。

在南疆,有一次在夜里,听到牛汉大叫。醒后我问他,是不是做梦?他说是手压在胸口上了。他讲了他精神上受过的创伤,讲了他常常梦游。有一次他说,旅行在外,就像梦游一样。

他说到新疆收获大,一定要写诗。

返京时,火车到兰州站,他变得沉默了。兰州对牛汉有特别的意义。他的第一首诗,就发表在兰州。我觉得他对兰州有依恋。火车离开兰州站后,他对我说,他性格中有母亲的刚烈的东西。旁边有人跟他谈话,他说:我解放前坐过牢,解放后也坐过牢,毛主席他老人家关心我。

我跟牛汉的交往,更多的是在交流读诗、写诗及共同参加一些诗歌活动上。1986 年一同访问新疆时,我曾说,你的诗看起来很平易,但仔细看,一遍、两遍、三遍,内涵深厚。我的诗,水平不高,不如你。但他却说,你有你的风格,你的十四行诗,是可以的,你有你那个题材的特点和手法。但你不属于学院派,你有四十年代参加学生运动的经历,因此你还有另外一种诗,另外一种气质。

1996 年 1 月,牛汉打电话来,说到我在新疆《绿洲》上发表的那组十四行诗,表现出一种宁静的气氛。他问,这组诗是不是你写年轻时的爱情的?我说对。他说他一辈子没有写过一首爱情诗。我知道他受的苦,他心中很少甜蜜。

1999 年 5 月我和牛汉一同去云南访问。在飞机上,牛汉说他正在编《中华人民共和国五十年文学名作文库》的"新诗卷",卞之琳主编,牛汉副主编。卞老年龄大了,责任在他肩上。他说,入选的五分之四的诗人只能一人选一首。最多的一人三首,如艾青。他选了我的一首《白芙蓉》,他说这首诗"就是好"。我说,你选我一首,我很满意。对于自己的作品能否入选,我并不是不在乎,是在乎的,但不是太在乎。太在乎就会烦恼,我不烦恼。

2002 年 6 月 24 日，他打来电话，说见到了《诗刊》6 月下半月刊上《诗人的青年时代》栏，认为章燕的文章《诗美的执著追求者》写得很好，把我早年的诗歌创作的脉络说清楚了。又说，同时登载的我的短诗《凶黑的夜》，他读时震动。一个"火"字给人以突兀感，是一种撞击！他说刚收到刊物，见到这一栏，所以马上给我打电话。牛汉，一个性情中人！

2003 年 3 月 21 日，在一个有食指、邵燕祥等人参加的诗朗诵会上，牛汉说，他收到了我寄给他的《屠岸短诗选》，说写得精致。又说他很惭愧，诗写得粗糙。我不怀疑牛汉的真诚。但他应该明白，他的朴素，他的诗中的生命体验，是我达不到的！

2003 年 4 月 17 日，我接到牛汉的电话，说收到了章燕的文章《牛汉诗歌中生命体验的潜质》，说文章写得很精练，不错。又说，"生命体验"不仅只存于他这样的诗人，别人，比如你屠岸的诗中也有。我说他的诗中的生命体验与别人的不同。牛汉说他的诗粗糙，并说卞之琳曾批评他的诗，说写得散。所以他写了一篇悼念卞老的诗，写得紧凑，是要使卞老高兴高兴。我说他的诗的特质是朴素。卞老的诗是惨淡经营的，自称"雕虫"，人称他"微雕大师"。牛汉的诗不是雕出来，而是流，或涌出来的，但也经过了提炼，没有一个多余的字。

第一个讲我是学者型诗人的，是牛汉。1988 年 4 月他就这么对我讲。我觉得我不够。另外，诗人的称号，我也觉得我不够。冯雪峰说过，诗和人连在一起，才叫诗人。这是个庄严的称呼。我同意雪峰讲的。我还不够这个称号。有的时候要写个人简介，只好用诗人这个称呼。牛汉信中对我的评价，明显是过誉。但他是出于真诚。他不是恭维，恭维我不喜欢。

1988 年，牛汉在《新文学史料》当主编，给我一封信。信中举了一些例子，谈了抢救史料的重要性、迫切性后，对我讲："屠兄，我们事实上也成为'老家伙'了,有些值得回忆的人与事也应及早写写。在此我向你约稿,1.写自己的传略,如不愿自撰,请人写;2.回忆文艺界的一些大作家、大事件。有空有情绪时就写一些。我也在暗暗地写这方面的文字。"

此后,我们这种朋友间的交流一直继续着。有时通过书信,有时通电话,有时是面对面倾心的交流。

到了1992年7月27日,他又给我来了一封坦露心扉的信:

屠岸吾兄:

　　我也十分想念你!只要回忆起1986年那次新疆之行,就想起我们朝夕相处的五十天,许多有情趣的细节,都没有淡忘,真应当写几篇散文(题目都已想好了十几个)。这两三年,我闲得苦,练习写写散文,我看重散文的"散"的境界。这几十年的紧绷绷的生活,需要真正松散一下。写一些之后,才晓得像我这么一个人想要从过去的规范了我的人生的躯壳中解脱出来,是多么地困难,只能把僵硬的骨骼稍稍松动一会儿。这已经十分令人高兴了。聂绀弩老兄晚年自号散宜生是很有意思的。其实他的一生在我看已经够散的了,他仍然觉得很不自在。他到七十开外之后,才尝到一点清净的滋味。我在香山卧佛寺见到一块匾额:得大自在,四个字。我对绀弩说了我对这四个字的体会。我说得与德同义。他说何必一定扯上那个人为的德字,得就是得,自自然然的一个人生境界。去年我到过一回黄河口,看到了入海时的黄河,它平静得令人吃惊,几乎没有波浪与声音。因为它融汇了千百条河流,经历了一切艰险,之后,才获得了最后的(也是新生的)伟大的境界。聂绀弩是一条大河。你与我都是一条小小的河。我这么看,是不是有点自我欣赏,或许我们只是一条浅浅的溪流而已。胡写一通,博兄一笑。

…………

得大自在谈何容易！如果说,绀弩是一条大河,牛汉是一条小河,那我恐怕真的只是一条小溪。但我绝不会满足于是一条小溪,我还将努力。

1998年7月,在人文社组织我们在北戴河疗养期间,我与牛汉又有比较多心灵深处的交流。我们谈到艾青,谈到好几位当代诗人。牛汉还讲到一个事件,1950年,上级领导找他谈话说,准备派他到苏联去学习,专学保卫工作,而且说这是终身职业。牛汉考虑过后,婉言辞谢了。成仿吾知道牛汉拒绝了做保卫工作,所以特别提醒他注意一些事。牛汉一辈子感谢他。牛汉说,这件事他很少对人讲,许多朋友都不知道他有这一段遭遇。

我说,我非常赞赏你的散文,那是一种性灵的抒发。“文章本天成,妙手偶得之”。要做是做不出来的。

我跟牛汉共同参加了许多诗歌的活动,但没有想到有一次,竟然是我成了给他颁奖的人。我也没有想到,他回敬我的动作,让我止不住流了泪。

2004年6月22日,这天是端阳,8时半到中国现代文学馆,参加“首届新诗界国际诗歌奖颁奖典礼”。唐晓渡给我一个“突然袭击”。说,本来讲好蔡其矫作为老诗人讲话,今天蔡其矫没有来,要屠岸临时作为老诗人讲几句。我即变成鸭子被赶上架,讲了五分钟。然后是颁奖仪式开始。唐晓渡又给我一个“突然袭击”,说:请谢冕和屠岸给牛汉授奖。于是谢冕拿证书,我拿奖杯上台,授给牛汉。我为了祝贺,给牛汉右颊一个致敬的吻。牛汉忽然抱住我,还用右手抚摸了一下我的头顶！

当时我不禁涌出热泪。我不知为什么！回到座位上时,依然

2004年6月22日,中国现代文学馆,屠岸与牛汉(右)在"新诗界国际诗歌奖"颁奖会上

掩饰不住流泪。当天晚上,成幼殊在电话里说:有意思! 牛汉把你当小孩子。

我不知道牛汉是不是像成幼殊说的那样,把我当成"小孩子",我只感到在我们的交往中,我们都是敞开心胸的。

2001年5月30日晚,我与牛汉通电话。我问他对周作人附逆如何看法。他说:绝不可原谅,这是大节。牛汉又说,周也做过一些好事,如送李大钊女儿李星华到解放区,保护北大校产等,但不能掩盖其大节。我说,也许是脚踏两条船,为自己留一条后路。牛汉认为很可能。牛汉谈到舒芜,说舒芜叛卖朋友,是大节,不可原谅! 多少人被陷害了!

牛汉很早对我讲过,把长城作为中华民族的象征,他不赞同。他认为,长城是把中国内外分开了,不是把民族团结起来的东西。2006年开作代会,给每位代表发一个长城纪念章。我问牛汉怎么看,他说,过去的看法没有变,但现在可以把长城当做中华民族的一道伤痕。

第十五章　结缘莎翁和济慈

我译诗,最初由于爱好,后来带有使命感

早年搞翻译是兴趣使然。鲁迅说翻译家就是普罗米修斯,就是把火传给人类,是传播文明火种的人。鲁迅把翻译的重点放在介绍弱小国家民族的文学上。鲁迅对拜伦很重视,认为拜伦支持被压迫民族的解放和独立,是一面伟大的旗帜。鲁迅也推崇雪莱,曾把雪莱的《寄西风之歌》部分译成中文。我翻译英语诗歌,最初由于爱好,后来也带有使命感。解放后,五十年代工作忙,没有时间翻译。我把四十年代翻译的诗稿,一共有四大本,小部分请人代抄,大部分由我自己誊抄,1955 年,送到《译文》杂志,请他们选用。《译文》原是鲁迅三十年代创办,黄源受鲁迅之托接手办,后来停刊。五十年代恢复《译文》,后改名为《世界文学》。大约半年后,《译文》把我的译稿全部退还,并附有一封信,说翻译得不够好,选的诗也不好,是从英美资产阶级的选本中,胡乱选出来的。这位编辑用苏联的观点批评我选译的诗,又建议我翻译革命作品。后来我翻译了保加利亚的革命诗人的诗,他们用了。

"文革"结束后,又开始恢复翻译。在人文社当副总编辑和总编辑时,人文社外文编辑室出了《外国诗》丛刊,一期一期地出。绿原约稿,我每期都供稿,用业余的时间翻译。

八十年代中期后,翻译得比较多。同时编了一些书。人文社外文编辑室要出一套"外国名诗"系列,是袖珍本,我参与了编辑。后来又参与编辑了人文社外文编辑室组织的一套书——《佳作丛书》。其中有《莎士比亚抒情诗选》《美国诗选》《迷人的春光》(英国诗选)。这几本里,有卞之琳等翻译的作品,也收入了我翻译的作品。

人文社外国文学编辑室主任任吉生约我翻译济慈。我答应下来。我向往的英国诗人有三个:济慈、莎士比亚、弥尔顿。

我花了三年时间,译成《济慈诗选》,1997年由人民文学出版社出版。《夜莺颂》这首诗,我年轻时译过,但译稿早已丢失。现在的译文是八十年代初译的。译时,我注意到以顿代步和韵式依原诗这些格律规范,这是我一贯遵从的译诗原则。但我认为真正要译好一首诗,只有通过译者与作者心灵的沟通,灵魂的拥抱,两者的合一。我是努力这样去追求的。

济慈的诗,四十年代看到,非常喜欢;后来再看,有一种顿悟感,跟我内心完全融合。后来背诵济慈的诗成为很自然的事,走路的时候也默背。在"文革"期间,尤其在五七干校劳动时,在精神压抑和思想苦闷时,便暗自背诵济慈的《夜莺颂》《希腊古瓮颂》。济慈的《夜莺颂》原文是我年轻时特别喜爱的诗,百读不厌,能从头到尾一口气背诵出来。在"文革"中最暗淡的时期,济慈的诗美成了我的精神支柱,使我获得了继续面对生活的勇气。所有的书被抄走了,但心中镌刻的诗是抄不走的,这些诗我现在依然能背诵,而且永远不会忘记。

为什么我对济慈特别有感觉?济慈只活了二十五岁。他二十二岁得了肺结核,我也在二十二岁得了肺结核,这在当时是可怕的病,没有特效药,我感到自己也要像济慈一样早夭了。所以我把济慈当做异国异代的冥中知己,好像超越了时空在生命和诗情上相遇。我觉得他是我一个冥冥中的朋友，有一种朋友的感觉。

2001年9月18日，屠岸在伦敦济慈故居园内。济慈的《夜莺颂》即写作于此园

更重要的是，济慈的思想与我的价值观十分相近。他的作品表现出纯美，用美来对抗丑，他对人世的爱就体现在对美的歌颂上。他认为新生的东西是有力量的，因为它拥有美。"真即是美，美即是真"是他的名言。

2001年，我和女儿章燕从英国伦敦到达意大利罗马，寻访到西班牙广场，那里有个济慈雪莱纪念馆，我们进去了。这地方其实是济慈的临终故居。雪莱并没有到过这里。但这里收进了济慈和雪莱的文物，所以有这个馆名。1821年济慈在这个房间里去世。他病得厉害，跟死神靠近，最后在他朋友的怀抱中去世。此前他的脾气一度很坏，把吃的东西扔到窗子外边。我看到窗子，想到他扔东西时是多么痛苦！我在那个房间看了许久。我感觉到一种震撼的力量。之后又到他的墓地去看他，那是罗马郊外的新教徒公墓。那种感受很难说清楚。我觉得我是到了我一辈子想到的地方。我痴迷于济慈时还不到二十岁，此刻我已经七十八岁了。我觉得济慈是一个很高的形象，我是一个小兵。但我和他灵魂相遇了。从罗马回到伦敦，又寻访到他的故居，在伦敦北郊。我在院子里看到引发他写《夜莺颂》的李树。这棵李树在院子里草地上。原树已死,这是后人植的。当年济慈就在这株李树下听见夜莺的鸣叫,于是写成了千古名诗《夜莺颂》。我在那树旁徘徊良久,心里默诵着《夜莺颂》,有一种迷离惆怅的感觉。

济慈,有理论方面的贡献,但没有专著,是他在书信中发表他对诗学的思考。他的书信,包括给未婚妻的情书,后来被发表,受到某些文人的批评,说他的情书太过露,缺乏教养。现在英国文学史家把他的书信与诗当做同等价值的文学遗产来对待。他的书信不好翻译,文字语法都比较随意,跳跃性大,思想如潮水般涌来,写到后面,有时候把前边忘记掉了。但其中蕴含的思想极为丰富。

1995 年 10 月 30 日济慈诞辰二百周年纪念座谈会,是中国翻译工作者协会文艺翻译委员会与人文社联合召开的。

我用原文朗诵《希腊古瓮颂》。我本来只想朗诵一两节,但朗诵开了,就不能停止,情绪起来后,"行于所当行,止于不可不止",就把全诗五节五十行全朗诵完。我朗诵时有与诗拥抱的感觉。我朗诵时,大家非常专注。

我发言,讲到济慈受疾病、贫穷、无希望的婚恋的折磨,又陷于恋诗情结、追求诗艺的锲而不舍的拼搏中时,激动得哽咽起来,泪溢眼眶,几乎讲不下去。

《济慈诗选》1997 年出版后,有很多的反应。但我感觉到有遗憾,发现有错别字,也有翻译上的差错。出书,是"遗憾的艺术"。电影演员常说,他们的艺术是遗憾的艺术,因为拍成电影就不能更改了,所以他们愿意去演话剧。今天演砸了,明天改过来。书上有了错,没法改。再版时可以改,但初版的几千册已经流传到社会上了。

诗,特别是外国现代派的一些诗,有些地方不能用逻辑来解释,有多重含意。但翻译时要从中文中找到对应,不容易。只好勉强译出。从这一点上说,翻译也是遗憾的艺术。

创作凭灵感，译诗凭悟性

我曾写过两篇文章:《"信达雅"与"真善美"——关于文学翻译答南京大学许钧教授问》,《横看成岭侧成峰——关于诗歌翻译答香港〈诗双月刊〉王伟明先生问》,谈翻译方面的体会。总结出了两句:写诗凭灵感,译诗凭悟性。

济慈诗歌理论的核心是 negative capability 。对之有各种翻译,我翻成"客体感受力"。它是诗歌创作的概念。即诗人要掌握客体感受力,才能写出好诗来。我把它移用到诗歌翻译上。简单地说,就是抛弃自己原来的思维定式,与要表现的对象拥抱,成为一种无我之境,灵魂与歌颂对象融为一体。翻译的时候,拥抱原著的作者和作品文本,然后再把它翻译成中文。先把原诗读熟,短诗争取背诵。济慈的六首颂,三首我能背:《夜莺颂》、《希腊古瓮颂》、《秋颂》。现在每天也背诵,走在马路上也背。

拥抱原诗,是指精神上的共振、融合,把原作者的东西化为自己的。重要的是体会诗人的创作情绪。我好像把自己变成济慈那样,用另外一种语言表达出来。有的时候,翻译不成功,非常困惑,总要千方百计找到表述方式,包括字词,特别是用于押韵的字词,最后达到了,就像追求爱人一样,终于追到了,是一种精神狂欢。

济慈的《夜莺颂》里第六节第四行,查良铮这样译:

> 我在黑暗里倾听:呵,多少次
> 　我几乎爱上了静谧的死亡,
> 我在诗思里用尽了好的言辞,
> 　求他把我的一息散入空茫;
> 而现在,哦,死更是多么富丽:

在午夜里溘然魂离人间，

当你正倾泻着你的心怀

发出这般的狂喜！

你仍将歌唱，但我却不再听见——

你的葬歌只能唱给泥草一块。

我这样翻译：

我在黑暗里谛听着：已经多少次

几乎堕入了死神安谧的爱情，

我用深思的诗韵唤他的名字，

请他把我这口气化入空明；

此刻啊，无上的幸福是停止呼吸，

趁这午夜，安详地向人世告别，

而你啊，正在把你的精魂倾吐，

如此地心醉神迷！

你永远唱着，我已经失去听觉——

你唱安魂歌，我已经变成一堆土。

关于air，一般来说是"空气"，查良铮翻译成"空茫"，朱维之翻成"空中"，都不错，都可以，我翻成"空明"。

"化入"，我觉得这个"化"字很重要，是另外一个境界。"空明"来自苏轼的《前赤壁赋》。这首赋从小我母亲教我，能背。

苏轼这里的"空明"，并不是指空气，而是指映着月光的长江水。我把它移过来运用，不是指月亮照着水，但也不仅是空气，而是一种境界。原来英文中air，是指空气，又解作一种调子、一种风度，它是一个多义词。所以，我认为济慈的这个词不仅仅是"空茫","济慈让死神把他带到另外一个地方,带到另外一个境界,那里是"空",我加了一个"明","空明",是另外一个境界了。这是济慈所追求的光明世界,那里没有痛苦,没有人间的一切烦恼。所以,air 不是空气,不是天空,不是空茫。这样,我从文本去体会济慈的创作情绪,他用英语表达,我用中文译过来。这就是跟原作者和原作品的拥抱,也是灵魂上的契合。

"空明"这个词是经过思索得来的,苦思冥想,终于,突然发现了这个词,有种电击的感觉。追求到达那个点的时候,有点神助,处于电击状态。

翻译其他诗人的诗,我也力求去追寻我希望达到的"拥抱",但又不失去翻译的原则。

拜伦的一首诗,以第一行的前半作题目,即是 She Walks In Beauty。怎么译呢? 她行走在美中? 有这样的说法吗? 英文 beauty 是抽象名词,但英文可以说 in beauty,中文却不能说"在美中"。中文"在美中"变成不顺,生硬,莫名其妙。

于是,查良铮译为"她行走在美的华彩中",杨德豫译为"她走在美的光影里"。

查、杨译得都好。二位的译法相同,都把抽象的"美"化为具体的"美的华彩"和"美的光影",都不失为好译法。

我译这首诗,要跳出他们二位译法的老圈子。我将"她"和"美"的关系变一下,"她"原被"美"包裹着,我使"她"变为主动。我的译文是:"她走着,洒一路姣美。"

在查良铮和杨德豫的译文中,"她"处于静态,但"她"又在"走",这"走"是动态,"在美的华彩(光影)里"说明"她"浑身都是美,而她又在"走",那么,"美"随着她的行走而移动,也就是"她"把"美"带到她走过的地方。这样,主动就从被动中产生了。我译为"她走着,洒一路姣美"就不是毫无根据了。"洒"字,体现出她的优雅、潇洒,不仅表现她的形貌,也体现她的性情、人格。这译法跳出了前人译法的窠臼,实现了自己的创造性。这译法不拘泥于原文的字法和句法,是一种活译,但仍然坚守了"信"的原则。

翻译不是"订婚",鲁迅说"非有复译不可"

1950年出版的《莎士比亚十四行诗集》,1964年修订后给了上海。"文革"后,上海译文出版社通知我,他们在仓库里发现了经过我修订的"莎翁十四行诗集"译文原稿,准备出版。1981年,书出版了。翻译莎士比亚十四行诗,我是严格按照卞之琳先生的原则来译的。

关于复译,我这样看:别人翻过的,我也可以再翻。鲁迅提出"非有复译不可"(复译也叫重译),认为别人翻过的作品应该有人再翻译,使译作进步。五十年代初,出版总署有个刊物《翻译通报》,登载谁准备翻什么的消息,说是为了避免浪费,别人就不要翻了。但这样就堵住了别人翻得更好的路子。当年复译的很少。总之要明确,翻译不是"订婚"。谁宣布将要译什么了,别人就不能碰?

2007年我译的《英国历代诗歌选》出版。对英国历代诗歌的选译,想法早就有,四十年代中期看到郭沫若的《沫若译诗集》,觉得他有开拓,但也有不足处,当时就想,我也可以出一本。这愿望在六十年后实现了。《英国历代诗歌选》的出版是我一生心愿的实现。此书共收入英国一百五十五位诗人的五百八十三首诗,时间跨度是从十六世纪到二十世纪末。这四五百年间英国诗坛上的重要诗人,力求没有遗漏地都予以收入。

2001年,女儿章燕到英国诺丁汉大学做访问学者。我请她为我这部译诗集写一篇序,她为此先收集有关资料。该校理论批评研究生院院长麦戈克教授得悉她在收集资料,便问她准备写什么论文。她说是为父亲写译诗集的序。麦戈克于是邀请我到诺丁汉大学去进行一次讲学活动。这样就在同年 10 月 3 日,我在诺丁汉大学做了一次学术讲演,题目是 *A Talk about Poetry and Its Translation*(《关于诗歌和诗歌翻译》)。我在讲演中介绍了英诗汉译中"以顿代步,韵式依原诗"的译法,这是孙大雨首创、卞之琳完善的原则。恐怕这是第一次向英国学界朋友介绍这种译法。讲完后,与在座的学者们进行了学术交流。我在英国期间,有机会到图书馆看书,在女儿的帮助下,找到许多过去中国读者不熟悉的英国诗歌,尤其是女性诗人的作品。回国后我把找到的英诗作品进行了选择、翻译,充实到我译的《英国历代诗歌选》中去。这些作品中有好些是第一次介绍给中国读者。这也是这本书的一点特色。

对翻译者之间的批评,我持支持的态度。不仅支持,而且提倡。我觉得翻译工作的进步,要靠正确的批评。

第十六章　翻译界往来多才俊

卞之琳：不愧为中国大诗人和翻译家

四十年代我在大学求学时，读到卞先生的《汉园集》、《鱼目集》、《慰劳信集》等，对他的精湛诗艺极为赞赏。

我跟卞先生认识是在 1961 或者 1962 年。那时我曾有个想法，希望把我翻译的《莎士比亚十四行诗集》，从上海文艺出版社转到人民文学出版社出版。我去见了人文社的一位负责人，我把修改后的译稿给他，说想转到人文社出版。他说可以考虑。他跟社科院外文所的卞之琳联系，请卞之琳看看我的译稿。卞之琳看了，通过这位编辑告诉我，有些意见可以交流，我便到了卞先生家。卞先生是有棱角的，但对晚辈非常和蔼。他专门翻译了莎士比亚十四行诗第一首给了我，作为样本，说照他这样翻译。他还讲了"顿"的安排。我翻译的莎士比亚十四行诗，也运用了"顿"，但不规范。卞先生给我做样本的那首译稿，"文革"时丢失了，他的全集中也没有收入，很可惜。

"文革"前夕，我通过卞先生的一张纸条，到当时的中科院学部（现在叫中国社会科学院）外国文学研究所的资料室，借了英文版《莎士比亚全集集注本》中关于十四行诗的一卷，看了有很大的帮助。我根据这本书，把每首的"译解"做了调整。加"译解"，这在一般的翻译诗歌中很少见,所以有人喜欢。

跟卞先生交谈后,进一步了解了莎士比亚十四行诗的内含。1964年我全面修订莎翁十四行诗完毕,专门写了一篇《译后记》。此文比较长,有三四万字。我把《译后记》交给卞先生,请他审阅,他愉快地接受了。

"文革"十年,我和卞老相互隔绝达十余年之久。1977年10月10日,我忽然接到卞先生电话,便亲往卞先生家。劫后重逢,欣喜万分又感慨万端。谈话从下午3点到5点多。我们谈到诗歌创作的问题。他说,土改的时候,他在苏州专区、浙江富阳这两个地方,他写了一些诗,电台广播了他的一首诗,老舍在一次会上批评了他,他搁笔了。另一次是在建国之初,他出过一本诗集《翻一个浪头》,读者看不懂。他搁笔了。这本诗集里的诗,卞之琳是带有一点实验性质。我也表达了意见。看到这本诗集时,我还在上海。我跟上海诗歌工作者联谊会的诗友们谈起这本书,大家对这本诗集里的诗不太满意。卞之琳又讲,周总理去世后,他写过四首旧体诗。怀念周总理的旧体诗,难写,其中一首发表在当时社科院的黑板报上。北京市公安局把黑板报上的诗文作者当成追查对象,说这里的许多人,人没有去(天安门悼念周总理),心去了。

卞之琳的工作主要是做研究,翻译是其次。粉碎"四人帮"后,他准备把莎士比亚研究抓紧做,并且把莎士比亚的《里亚王》翻译完。他不说"李尔王",他说他发的是英国音,"李尔王"是按美国发音翻译的,他要坚持英国发音,读成"里亚王"。《里亚王》译完后,再翻译莎士比亚的其他悲剧,方法还是用以顿代步的方法。又说到北大的教授吴兴华和方平的莎剧译本,认为都不错。

卞之琳还谈到"文革"中的事,说自己的检查写得十分认真,也打扫过一年左右的厕所,后来就下干校了。1974年整党的时候,还是十分认真,第一次检查后就获解放。做了一个时期的逍遥派。1974年批林批孔的时候,还成为会议的召集人。两派吵得厉害时,他就宣布散会。但他说,"文革"中也挨过整,作为知识分子,逃不掉的。

他谈到抗战时期经过沙汀的介绍,与何其芳一起从大后方到解放区延安,住了一个月。他是作为民主人士去的,何其芳则是留在延安了。他谈到编何其芳的诗文集,应该收入他早期的作品,如此方才可见何其芳的全貌。他说,何其芳早期的诗,虽然有情绪暗淡的,却表现了不满当时现实的一面,跟粉饰太平不一样。

卞之琳说在"文革"时,他损失了一些东西,但有一些东西没有被抄走。他从书架顶上拿下我写的《〈莎士比亚十四行诗集〉译后记》,掸去上面的灰,还给了我。我问他审查没有,他说没有问题。我把这篇后记附在了书中。修订后的《莎士比亚十四行诗集》于1981年出版。

从这天后,我跟卞老的交往多起来。

1978年12月31日,虽然是星期天,我在上班。卞老突然来访。他说他的诗集《雕虫纪历》已经编好,写了篇长序,已经交给范用由香港出版。谈起人文社出的《莎士比亚全集》,他说朱生豪的译本在通俗化、普及化方面有巨大贡献,但是译文不符合原文的地方还有很多。大学中文系教师教外国文学,只用译本,往往要上当。外国文学的教师,最好能读原文。如果根据译文来研究外国文学,写论文,是不可靠的。社科院外文所要编译一套外国文学理论丛书,或者叫丛刊,材料很多,但是如果根据这些文学理论的译文来研究外国文学,是不行的。问题就在于译文与原文的精神有出入。

1979年2月3日,我到卞老家去,谈到他的《雕虫纪历》诗集如何出版。他说人文社五四组已经有人跟他联系。他谈莎士比亚作品的翻译,认为人文社出版的《莎士比亚全集》中,张谷若翻译的《维纳斯与阿都尼》长篇叙事诗,恶俗不堪。他这个用词很厉害。我也有同感,但不用这个词。卞先生说梁宗岱翻译的莎士比亚十四行诗,有他的可取之处,但还有缺憾,比如限死每行十二个字,把自己限制住了。我说莎士比亚十四行诗的每一行,是抑扬格,五音步,十个音节。这样算,应该每行十个汉字,但是如果是十个,束缚就更大了。卞先生说,人文社出的莎翁全集中十四行诗用梁宗岱的译文,是朱光潜的意思。人文社外编室的人去征求朱光潜的意见。朱光潜是搞美学的,对英国文学并不内行,对莎士比亚的翻译也不内行。

1979 年 5 月 8 日,卞老到人文社来。我在开会,我离开会议陪他到办公室。他对《雕虫纪历》诗集里有悼念周总理的旧体诗不满意,考虑再三后决定抽掉。他说,他写的关于毛主席的一首诗,还有一首关于朱总司令的诗,那都是抗战时在延安见了面后写的新诗。而周恩来,只是听过他的报告。他又说,他希望书排版时,一行排一行,不要转行(回行);需要转行,也要让读者知道。"二战"时美国出的战时袖珍本诗集,回行没有缩格,让人读不明白。回行时候要缩一定的字数,不要齐版面排。《雕虫纪历》,可以说是卞老已有的全部诗作的总结。从 1930 年到 1958 年他写的诗,他选编后收到这本集子里。后来我写了《精微与冷隽的闪光——读卞之琳诗集〈雕虫纪历〉》一文,发表在《诗刊》,后来收到我的文集里。卞老八十岁的时候,袁可嘉编了《卞之琳与诗艺术》一书,收入了这篇文章。

他说要写悼念闻一多的文章,其中谈到诗歌格律问题,要提到我,向我核对我对顿与轻重音的看法。卞老说美国有一教授,研究中国新诗的格律,从大量材料中进行综合、比较,有成果。卞老又说,跨行(enjambment)在中国古典诗中也是有的。他还举了一个例子:"蓦然回首,那人却在——灯火阑珊处",其中后一句不应该点断。我说对,有人在句中用顿号,这样用,语气停顿,但语意并不断。即:蓦然回首,那人却在、灯火阑珊处。这个顿号,不是逗号(comma),顿号这个标点符号英文中是没有的。我又说,中国古诗中有跨行,但没有行中断句。

1979年6月9日,在人文社见到卞老,谈到他的诗集《雕虫纪历》。书中有他自己译成英文的十一首诗。卞之琳说有一位外国译者,翻译他的诗翻得不好,还有错误。译者是英国的二三流诗人。所以他要自己翻译,他的意思是要纠正那个不好的翻译。他跟我谈到中文诗译成英文的问题。谈到一位英国人翻译《诗经》,糟极了。另一位詹姆士·雷格译《诗经》译得好一点,但硬套英国的格律,也有问题。他认为亚瑟·维利译得好一些。他对庞德的翻译评价高,说庞德虽然不懂中文(庞德从日文译本转译中国诗),但翻译的中国古诗大有诗味,译得好。

1980年1月7日下午到卞之琳先生家,从3点半谈到5点钟。卞之琳提到童怀周编的《天安门诗抄》,旧体诗成了正统,新诗成了旁门了。毛主席给陈毅的信上说,新诗几十年来,迄无成功。毛主席的话产生了影响,旧体诗泛滥。卞之琳说,毛主席对旧的东西太熟悉,新东西不怎么看,外国的也不怎么看,说新诗迄无成功,就把新诗一棍子打掉了。这是不能说服人的。

卞之琳说,《天安门诗抄》内容是好的,但旧体多,许多是荒腔走板,多数不合格律。写旧体诗至少要知道两个要素:节奏和用韵。卞先生说,平仄还是要讲究的。林语堂自己写的书翻译成中文,书名《瞬息京华》,平仄安排就很好。港人改译成《京华烟云》,四个字都是平声,就平了。如果改成《京华的烟云》,自然的顿就出来了。卞之琳的《雕虫纪历》,本来是《雕虫纪程》,但他改成"历",这样就讲平仄了。这是讲书名,写新诗是否都要求讲平仄?恐怕不现实。

《雕虫纪历》出版后,作家方殷撰文在《文艺报》发表,不指名地批评这本诗集,说虽然此书谦称"雕虫小技",但总得雕出个"虫"啊,"虫"在哪里?卞老得悉后,对我说,那是他眼睛瞎了,看不见。但卞老没有写文章反驳。

在八十年代初,《读书》(1982 年第 3 期)发表了卞之琳的文章《译诗艺术的成年》。文章中讲,中国的诗歌翻译已经进入成年。他提出三个译者作为成年的标志,一个是我,一个是杨德豫,一个是飞白(飞白是指他的译诗理论)。他讲了三个人的成绩是翻译界许多人努力的结果。这是对的,因为整体水平提高,三个人翻译时有所借鉴学习,所以这也是大家的贡献。上世纪九十年代,卞先生在一篇论译诗对中国新诗影响之得失的文章中,提及我译莎翁十四行诗和写《屠岸十四行诗》的相互关系,语多鼓励,这也使我终生难忘。

八十年代,与卞老的交往多是我到他家去,但 1986 年有一天晚饭后,竟然接到他的电话。我问,你是在家里打电话吗?他说,"文革"前家里有电话。但现在不是官,他们不给装,这里真是成了黑线了。我想,他可能在邻居家打的电话。他说收到我的贺年卡了。他讲到参加莎士比亚戏剧节演出的开幕式,说都是官员和演员的讲话,很不适应,后来把他的讲话取消了,谢天谢地。谈到戏剧节的那些戏,他说:"我们演的都是假洋鬼子,我只准备看《璨玡王》(《李尔王》的另一种译名),孙家琇改编的,这是我必看的。"

1997年2月10日,卞之琳(左)与屠岸在卞寓

1987 年 3 月的一天,到干面胡同去看卞先生。卞先生已显老态,行动不如以前利索了。他说年纪过了七十五就不行了,心脏不好,"文革"中被整,整出了冠心病。他这年已七十七周岁。他说 12 月将应邀到香港参加一个翻译工作研讨会,他是文学翻译的主讲人,现在正在准备论文,题目大概是"翻译诗对中国现代诗的功过"。现代诗指新诗,不是现代派诗。他大略介绍了论文的内容,认为现在新诗中大量流行的"半格律诗",即不讲顿,不讲句子长短,有时押韵,押韵又不整齐,无一定规律,这就是翻译诗造成的后果。

我讲到莎翁十四行诗在大陆已有三种译本,即梁宗岱译本、杨熙龄译本和我的译本。台湾地区有两种译本,即梁实秋译本、虞尔昌译本。菲律宾有一种,即施颖洲译本。卞不知道台湾地区和菲律宾的这三种译本情况,我也都未看过,只是从施颖洲的文章中略知一二。当我略作介绍后,卞说施译每行十字太拘束了。

谈到这年 1、2 月合刊《人民文学》上的《亮出你的舌苔,或空空荡荡》,卞先生极为不满,并且认为这期刊物上,有的小说和一些诗也不好。

1987 年 4 月 29 日,女儿章燕跟我一道去为卞老送文章。卞老为我和章燕泡了两杯安徽来的新茶。卞老谈到老翻译家 Y 先生。有一次在南斯拉夫举行的某个国际性文学讨论会上,Y 发言说,美国惠特曼的散文诗和俄国马雅可夫斯基的自由诗对中国新诗有极大的影响,听众立刻发出嗡嗡声。Y 以为自己的发言引起了重视,其实是犯了常识性的错误,下面议论开了。惠特曼的诗是自由诗(free verse)而不是散文诗(prose poem),马雅可夫斯基的诗是格律诗的一种,被中国人称作"楼梯式"。卞老说另一位学者 W 先生对英国文学有很高修养,但竟然不懂汉语的音组(或顿)。卞老说,这两个人是他的老朋友,但"吾爱吾师,吾更爱真理"也可以改为"吾爱吾友,吾更爱真理"。卞老又说起有一个人在他家看到我赠他的《萱荫阁诗抄》和《屠岸十四行诗》，认为我的旧体诗写得平平，而十四行诗却写得有特色。

1995年，卞老的妻子青林去世，我没有去。6月14号晚上卞老打电话来说，青林已经在6月1日病故。他打电话给我，就是要我不要到他家里，他很疲劳。我说过一阵子去看他。他说要事先打电话。我问他女儿的情况，他说还好，挺过来了。

卞老年纪渐大，九十年代后半期，我上门的次数不多了，大都是信件、电话往来。1997年2月6日，我收到卞老的信，信上说，"年来自己译作整理迄未就绪，不相干的外来干扰偏多，应接不暇。行动不便，不下楼，也杜门谢客。……去年香港《诗双月刊》一再索稿，秋后凑成了一首意式十四行变体小诗。赶不上时代可想而知，但不废标点则是我执意坚持的。"他说的诗就是《午夜遥听街车环行》。信上最后说："手抖幸恕潦草。""潦草"是谦辞，他的字迹十分工整认真，但"手抖"是确实的，从字迹能看出来。可以想见他的高龄，八十七岁！

卞之琳是有棱角的。李金发是20年代写象征派诗的诗人，他在中国诗歌史上也有地位。但卞之琳对李金发翻译的法国象征派诗歌给予否定，说李没有弄懂，总是译错。

关于英诗汉译中的以顿代步方法，是谁发明的？是孙大雨首创的。他在1948年出版他译的莎士比亚悲剧《璅珰王》中，用了此法。莎剧台词是无韵体诗，或者叫素体诗。每行五步。孙译用汉语的顿来代替英语的步。顿也可以叫音组，汉语一般是二字一音组或三字一音组。孙大雨说，卞之琳抢夺了他的发明权。卞之琳说，孙大雨疯了？他卞之琳从来没有说这是他发明的。确实，我见过卞先生在文章中不止一次提到孙大雨首创了这种方法。卞在所译莎剧的"译本说明"中说："译者(卞自称)首先受益于师辈孙大雨以'音组'律译莎士比亚诗剧的启发。"我认为，以顿代步方法的首创者是孙大雨，以顿代步方法的完善者是卞之琳。举例说，孙译每行五顿做到了,但有时候行数要涨出来。比如原来十行,孙译会变成十二或十三行。卞译不会,原作是几行,译作也几行,不多不少。卞称此法叫"以顿代步,亦步亦趋"。卞的翻译更加讲究。

卞之琳在诗歌创作、诗歌翻译上取得杰出成就,成为一代宗师。袁可嘉称卞为"国宝级"人物,他的人格和风范永远是后来者学习的榜样。我以曾是他的一名学生而深感荣幸。他的文学成果将作为中华文化的一部分而永留人间。

杨德豫:在现当代英诗汉译的翻译家中,
他首屈一指

在英国诗歌翻译家中,我最佩服的是我的老师卞之琳,其次就是杨德豫了。他的一些翻译,水平比我高。他不写诗,但他有诗人的气质。他是国学大家杨树达的儿子,有家学渊源。鲁迅曾有文章提到过杨树达。杨德豫翻译诗歌是按卞之琳的原则,以顿代步,韵式依原诗,等行。按照这个方式译诗的人,有杨德豫、江枫、方平、黄杲炘等,我也是。黄杲炘自己要求更严格,有字数的限制。

把英文诗翻成当代白话,成就最高的是杨德豫。他很低调,从不张扬,非常谦虚,但原则问题决不让步。他也不大写理论文章讲自己的观点,只写过一两篇,把自己的观点说明就不再写了。他从来不去批评别人,伤害别人。他遭遇过不幸。1957年被打成右派,在洞庭湖劳动,把身体累垮了。平反后五十多岁才结婚,现在已经停笔。年龄比我小几岁。他平反后重新开始发表译作。"文革"前他有翻译诗集《朗费罗诗选》出版。朗费罗是美国文学史上惠特曼之前的一个重要的诗人。杨德豫的翻译相当不错,还译过莎士比亚的《鲁克丽斯受辱记》,收在人文版《莎士比亚全集》里。

"文革"后,他出版的第一部译著是《拜伦抒情诗七十首》。他

主要翻译莎士比亚、华兹华斯、拜伦、柯勒律治的诗。他对英国浪漫派情有独钟。他翻译的这几个诗人的作品,是英诗汉译的高峰,到现在还没有人超过他。

我跟杨德豫认识在"文革"后,七十年代末。八十年代初,我收到他送给我的《拜伦抒情诗七十首》,我一看就觉得好,可以跟卞之琳的译作媲美,有些甚至还超过了卞之琳。我称他兄,德豫兄,他称我先生,屠岸先生。他落款,必落上"后学杨德豫"。我说你不要用"后学"称呼自己,他说一定要。现在我们比较亲近了,他给我来信,还坚持自称"后学"。直到去年,2007年底,我收到他的贺年卡,没有"后学"了。我觉得很好。但此后,他又"依然故我"。

我们见面是在1989年5月,在石家庄开的一个诗歌翻译研讨会上,一见如故。在回京的火车上,谈得很投机。1989年前,他有一本华兹华斯诗集的译本《湖畔诗魂》,将由人文社出版。我已经从工作岗位上退下来了。他一定要我来写序。我恰恰病了,他说

1998年4月23日,屠岸与杨德豫(右)

可以等。我说请女儿章燕起草,我来修改,他说可以,但要把我的名字署上。最后署了我和章燕两个人的名字。

杨德豫是一个非常有内涵的人,一般在会上不大讲话,书生形象,外表文静,内心刚强。他到过我和平里家中,那是1998年4月23日。我把我的卧室中的书和杂物搬到北房,把卧室整理一番,又在两沙发间的茶几铺上桌布,摆上鲜花,迎接杨德豫。下午五时半,杨德豫到。我请他在卧室兼书房内坐,清茶一杯。杨德豫外貌未见太老,虽然他这年已六十九岁。

杨德豫说,他到我家前一天,到北大去拜访他在大学时的老师赵诏熊。赵诏熊已九十三岁高龄,但身体仍很好,耳不聋眼不花。赵诏熊记忆力极强,早年留学哈佛,对英国文学造诣很深。一次有学生问赵诏熊一个英国文学上的细节,赵诏熊不假思索即指出:你去查德赖登(Dryden)著作第几章第几节。杨德豫说,赵诏熊在新中国成立时四十四岁,正是一个人的黄金岁月,但一次又一次的政治运动到来,知识分子受到压抑、歧视,赵诏熊陷于没完没了的"改造"之中,又整日忙于为学生批改作业,没有写论文,也没有专著,所以在学术界知名度不高。赵诏熊的弟弟赵访熊,是科学家,活到八十七岁,也是高龄了,但先于其兄亡故。他还去拜访了卞之琳先生。卞老头脑清晰,与他谈了一个多小时。但卞老的手颤抖得厉害,已不大能书写。卞老还有不少著作需整理,他的回忆录,如回忆冯文炳,回忆李健吾……只能口述,但没有助手。卞老的女儿曾为此事向社科院有关领导反映,希望能派一个秘书给卞老,但院方没有回音。为此卞老很焦急,又无可奈何。杨德豫认为对卞老的精神财富是一个抢救的问题,但我们着急也没有用。

杨德豫说,他大学未毕业即参军。几个同学一起参军,都把名字改了,都改为姓江。他的名字叫江声。1957年鸣放,党号召向党提意见。杨那时正在编一个军内的内部报纸,稿子要送审,上面

的"长"字号人都要动手改,有时改得不通,有时改坏了。杨德豫提
了意见,说改动处百分之八十是改好了的,约百分之二十改坏了。
由此,还由于他在会上的没有顾忌的发言,他终于被定为"反党",划
成"右派"。此前,他已为人文社译了《朗费罗诗选》,人文社还约他
译另两种英语诗歌。但还未开译,已戴上"右派"帽子。杨德豫老老
实实把情况向人文社反映。人文社即与杨所在部队——广州军区
联系。部队回函:"右派"不得出书。人文社又去函部队,提出另两
本还未开译,就取消稿约,《朗费罗诗选》已译成,按规定,可以换一
个名字出版。部队回函,仍不同意,但留了一个尾巴:你们如果一定
要出,一切后果由你们负责。人文社因有文件为据,心中有数,决定
出。杨德豫便改名,改成自己原来的姓名:杨德豫,于是《朗费罗诗
选》就这样出版了。1962 年杨德豫"摘帽"。那时他已脱离部队,到
了地方一农场宣传部编报。此时人文社又约他译莎翁的《鲁克丽斯
受辱记》,仍用杨德豫名。直到"文革"结束,"四人帮"粉碎,"右派"
问题改正,杨德豫便正式恢复本名。杨是湖南人,"右派"问题改正
后,他一直在湖南文艺出版社工作。

　　杨德豫说今后不拟再翻译了,封笔了。我说你还可以翻,他说
身体不行了,没有精力了,主要是心脏病。真可惜。如此说来,
1998 年他得第一届鲁迅文学奖文学翻译奖,而且按票数他是第一
名,这成了他一生事业的顶峰。

　　对杨德豫,我是不吝惜称赞的词语的,因为他值。在现当代把
英文诗翻译成中文诗的人中,他首屈一指。他翻译的量不多,面不
广,但精益求精。他是译诗天才,也可称为译诗圣手。

方平和我:不打不成交的两条"好汉"

　　我和方平的结识,是由于一次笔墨交锋。1950 年,我译的《莎

士比亚十四行诗集》出版,在译后记里提到所见到的一些零散的莎翁十四行诗的汉译,其中有方平译的两首,指出其中的不妥处。1951年,董秋斯(当年出版总署主办的刊物《翻译通报》的主编,我1950年11月在北京拜访过他,并把我译的《莎士比亚十四行诗集》送给他)给我转来一篇方平写的文章,对我的这个译本提出批评,语气很严峻,指出我翻译上的多处错误。董秋斯是我的前辈,但对我很尊重,问我方平文章可不可以发表。我那时刚刚涉足社会,一看到批评文章就有些紧张,于是写信给方平说:"你的文章不要在刊物上发表行吗?我的书马上就要再版了,把你的文章附在我的书后面,同时我把错译的地方改过来,并向你表示感谢,行吗?"方平不同意,我只好同意他公开发表,但对他说,你的批评大部分都对,但有两三个地方错了,你最好把它们删除后再发表。结果《翻译通报》上发表出来的就是他批评得全对的文章。有人说,你真傻,干吗要让他改过来,

2002年10月3日,方平(左)与屠岸

你可以借此反驳他,说他的文章也有错。但我没有那么做。我经过内心的剧烈斗争,终于说服了自己,应该"闻过则喜"。他批评了我,我把错误改正了,书稿质量提高了,是好事,应该感谢他!

九十年代,有一次在北京大学召开翻译研讨会,会上提到翻译批评问题。我发言,主张大力开展批评,以改进翻译质量。我举例说,方平曾批评过我,使我改正了误译。方平说,批评应该提倡,但态度要好。早年批评屠岸时态度不好,不足为训。我说,批评不会使人对立,处理得好,批评者和被批评者会成为好友。我和方平就是这样。

世间的事情,有时候真的会那么巧!方平批评我后不久便进入文化工作社,我的《莎士比亚十四行诗集》再版的时候,方平成了这本书的责任编辑,连续几十年各次再版均是如此。方平担任我译的《莎士比亚十四行诗集》责任编辑的时段,工作非常认真,提出许多非常好的意见,使得这个译本不断改进,精益求精。他主编《新莎士比亚全集》时,邀我翻译了莎士比亚的历史剧《约翰王》和长篇叙事诗《鲁克丽斯失贞记》(由我和女儿章燕合译)及莎翁的其他诗篇《恋女的怨诉》等三篇。他对我的译文同样提意见,经过讨论修改后定稿。

方平对我译的《济慈诗选》,也曾字斟句酌地提过不少意见。如我译的《秋颂》里,有这样的文字:"秋背负着穗囊,抬起头颅不晃摇。"方平指出,原文 leaden head 是指头顶着穗囊,不是肩负。再版时我就改成"头上稳稳地顶着穗囊不晃摇"。这一类的批评研讨,切磋琢磨,有过很多次。也有我对他的译文提过一些意见而他诚恳接受的。

莎士比亚的不朽悲剧《哈姆雷特》中最有名的台词是第三幕王子的独白,独白的第一句已成为世界名言,即 To be, or not to be: that is the question。《哈姆雷特》中译本有多种,这句独白也有多种译法。朱生豪译为："生存还是毁灭，这是个值得考虑的问题。"卞之琳译为："活下去还是不活，这是个问题。"林同济译为："存在，还是毁灭，就这问题了。"梁实秋译为："死后还是存在，还是不存在——这是问题。"方平面对这么多的译法，他能译成怎样的句子呢？他译的是："活着好还是死了好，这是难题啊。"我最欣赏的是卞之琳的译文。但对方平的译文，也认为好。我曾和方平谈过，认为梁实秋的译文，与一般人的理解不同，不是生还是死，而是死后存在不存在的问题，很特殊。又谈到朱生豪的译文，加上"值得考虑的"几个字，似是多余，但在演出时，可以加强听众的印象，未尝不是好处。我对方平说："你的译文，好在用了'难题'一词，你的译文跳出了重复的怪圈，而且准确，因为哈姆雷特深沉地思考着的，正是一个难以解决的哲学问题，用'难题'一词，虽然只有两个字，却切合了王子的心情和这段独白所蕴含的深意。"

我和方平不但没有成为笔墨官司双方的"仇敌"，反而成了非常好的朋友。有人这样说："俗话说，好汉不打不成交。你和方平就是这样两条'好汉'！"

黄杲炘：眼睛有视力障碍，但翻译工作没有停止

黄杲炘是一位非常勤奋的翻译家和翻译理论家，他翻译了英国和美国的诗歌，出版了多种译著，在诗歌翻译理论上也有很大贡献。最近出版的《柔巴依集》(据菲茨杰拉德的《欧玛尔·哈亚姆之柔巴依集》英译，再译成中文)和《秀发遭劫记》(蒲柏著)，显示黄杲炘的英诗汉译功夫更加成熟。最近出版的他的《英诗汉译学》，是他翻译理论上的一大成果。他的翻译原则也是"以顿代步，韵式依原诗"，但还要加一条：规定汉字的字数，所以他的译诗原则是"兼顾译诗诗行顿数与字数"。他认为这样译出的诗更具有图形性和

建筑美,能更清楚地反映出原诗的格律。但由于两种语言太大的差异,他还是留有余地的。原诗一行五步十音节,他译成中文(汉语)五顿十二字。就是说,十音节的对应物不是十个汉字而是十二个汉字。这种译法是由梁宗岱开始的。如果更严格地要求,把一行十音节译成十个汉字,那几乎无法下笔。施颖洲做过尝试,但并不成功。就我来说,我只能做到"以顿代步",不能做到每行限制十二个字(十个字更不用说)。我觉得那样太受束缚,无法施展这种翻译的语言转换术。

我认识黄杲炘首先是通过阅读他的译著,和他本人结交是通过吴钧陶。

黄杲炘大学学的是土木工程,"文革"中没有事干,跟他的弟弟一起,两个人学习英国诗歌翻译。"文革"后,他把自己的译稿投到上海译文出版社,后来被译文社调去当了编辑。他现在已经退休,但翻译工作没有停止。

黄杲炘两眼有视力障碍,只有很窄的视域可以看见前方,看不见两边。他上下班都由夫人接送,他上街也必须由夫人陪着。我每次到上海都要去看他,他也来看我。我们交谈翻译问题,十分投机。我每次见到他,都要问他的眼睛,要他保护好。他说:"我的眼睛是要保护,但适当地用,也是保护,要保持一定的度。"我说那你一定要掌握好度。我们通电话,我第一句话也是问他的眼睛。

吴钧陶:在苦难中熬过来的诗人兼翻译家

吴钧陶,生过多种病,骨结核,腿受损,切除了一个肾。八十年代,他寄赠一本他的杜甫诗英译给我。我觉得译得好,写信给他,说了我的评价。他把我的信给一个刊物发表了,这样建立了我们

2002年5月31日,屠岸与吴钧陶(右)在吴宅

的友谊。他没有受过正规高等教育,在病床上自学成才。50年代,巴金知道他的情况,把他吸收到当年的平明出版社,后来合并到新文艺出版社里去。"文革"后他在上海译文出版社工作,最后做到编审。他翻译了鲁迅诗,中译英;杜甫诗,中译英。他还主编了一本《唐诗三百首》,包括三种文本:一是中文原文,一是今译,就是用白话文把唐诗翻成新诗的形式,另一就是英文译文。这是个多人翻译集,但大部分是他译的,另外他还出版了多种文学翻译著作(英译中)。

吴钧陶是诗人,出过两本诗集,《剪影》和《幻影》。他的诗清淡而有内蕴,含义很深。虽然打成右派,他在苦难当中熬过来,生性乐观,有幽默感。他比我小一点,已过八十岁。他身体不好,还在继续写作和翻译。

王佐良:英国诗歌研究家、翻译家

对王佐良,许多人都称他为佐良公,是尊敬他的意思。王佐良曾经是北京外国语大学的副校长,这个大学下面有个外国文学研究所,王佐良是所长,研究所有刊物《外国文学》,他是主编。

　　我跟王佐良有一些来往,主要是开会见面,还有他向我约稿多次。我们有信件往来。有一次他来信,要我从自己已经出版了的莎士比亚十四行诗中选一部分再每首加一篇评析文字送给他。莎士比亚一共有一百五十四首十四行诗,我每首都有一些论述。我选了其中的十四首,加了有新观点的评析,寄给他,他发了。九十年代他过世后,他生前约的稿,我也告诉后任的主编,寄去,也都发了。

　　王佐良的主要贡献在英国诗歌研究上。他的主要著作有《英国诗史》《英国浪漫主义诗歌史》。十九世纪英国浪漫主义在英国文学史上是一个重要的阶段,一个高峰。到了维多利亚时期,也产生重要诗人,但高峰开始下降。十九世纪末,现代派开始,又有新的开端。王佐良的翻译也是有成就的。他译了《彭斯诗选》《英国诗选》等,《英国诗选》是多人集,他是主要译者。他还翻译培根随笔,用文言文,译得极其好,水平很高。

　　王佐良是一个大学者。有一次作家协会开理事会,大家都讲中国文学,独他讲英国文学。他温文尔雅,侃侃而谈,也很关心年轻人。他编的英国诗选里,选入了一些不太有名的译者的译作。一个已经去世了的被打成右派的人,一生坎坷,在翻译界并不是很有名,王佐良收了他的许多译作进去。这位译者名叫吕千飞。

袁可嘉:现代主义诗歌理论家和翻译家

　　袁可嘉是九叶派诗人之一,但到现在,袁可嘉还没有出过一本个人诗集。他说他奉行少而精的原则。他的贡献在英国诗歌研究方面,特别对英国现代派诗的研究比较深入,贡献大。他有

袁可嘉(左)与屠岸,摄于2004年10月4日

论英国现代派诗的著作。晚年,他希望在人文社出一本他的书,大部分是他的理论文章,也有一些诗,他找到我,我为他和人文社联系,最后书出了。书名叫《半个世纪的脚印》,书很厚,有四五百页。

他在诗歌翻译上也有贡献,主要是翻译彭斯和叶芝的诗,文笔清新流畅。

穆旦:感叹诗很难写的诗人、翻译家

1954年,穆旦到北京来见他的朋友唐湜。唐湜是我在《戏剧报》的同事。他说,穆旦从天津来了,要不要见?我说见!那次见面是在办公室里,没有畅谈,只谈了当时诗歌界的情况。他有点郁闷。他学的是英美和俄罗斯文学,他写诗受西方现代派影响极大。五十年代,左的思想主导,作品要反映工农兵,歌颂工农兵,歌颂共产党。他说:"现在没有写东西,难于下笔。我觉得我写不出诗来了,诗很难写。"我们只见过这一次面。

穆旦曾是西南联大的学生。抗日战争时期他曾在国民党远征军中做过美军的翻译。战争后期,穆旦九死一生逃到印度,这段历史他一般都不大讲,因为很惨。"二战"后他到美国留学,回国后,在天津南开大学教书。这段历史,在肃反时成为他的罪状,他被定为"历史反革命",取消了发表作品的权利,也就是说,他不能以"穆旦"这个诗歌界都知道的名字发表作品了。2005 年,在天津南开大学开他的作品研讨会时,有人说南开大学出了穆旦,是南开大学的光荣;也有人反过来说,穆旦的遭遇,是南开大学的耻辱。因为在南开肃反后,他的厄运就开始了。自此之后,穆旦把所有的时间都放在翻译上。他在美国学的是俄语、俄国文学,在西南联大学的是英语,所以俄语、英语他都精通。在不能进行创作的二十多年时间里,他翻译俄语和英语两种语言的诗歌,数量比他的诗歌创作多得多。他对中国的诗歌翻译事业是有很大贡献的。俄文方面,普希金等许多俄罗斯诗人的诗都是他译的;英文方面,从拜伦、雪莱、济慈,一直到现代,包括艾略特,他都翻译。他的翻译,语言精粹、凝练,诗意深沉,与他的创作有类似之处。他的重要的代表作是拜伦的《唐璜》译本。

一次,我跟卞之琳谈到中国的诗歌翻译,问他《读书》上发表的他的《译诗艺术的成年》那篇文章,为什么没有提到穆旦。卞老说穆旦译得很好,但有不够的地方,没有以顿代步,这是卞之琳的原则。他还把穆旦译的诗拿出来,指着一行说,词句稍稍调整一下,就跟拜伦原来的音节相近了。拜伦的《唐璜》中每行是五步,翻译时中文稍稍调整一下就是五顿了。

季羡林曾讲,翻译一点缺点没有是不可能的。穆旦译的诗,也有对原文理解有错而译错的,例如,他译的雪莱的一首诗——《给——》("音乐,虽然消失了和声"),就有译错的地方。

穆旦1977 年去世,1988 年在北京召开一个穆旦逝世十周年纪念会,是他的夫人和北京诗歌界的朋友举办的。在会上我朗诵过一首诗,题目是《你,举起了旗!》写得匆忙,但,是一个纪念,后来收到我的诗集里了。人文社1987年要编一套袖珍本外国诗歌,邀我编了一本雪莱的《爱的哲学》。我全部选自穆旦的《雪莱诗选》。《给——》那首诗,有译错的地方,我征得他夫人同意,稍微改了一下。

穆旦翻译的书,全是用他的原名查良铮发表的。作为一个翻译家,读者都知道查良铮。我编的这本《爱的哲学》,也用他的本名查良铮。但诗歌翻译界当然知道查良铮就是穆旦。

第十七章　我的家庭及亲友

我和妙英：春蚕到死丝难尽,蜡炬成灰泪不干

妙英出身商人家庭。我认识妙英是在认识董申生之前,1945年的1月或者2月。章妙英是圣约翰大学英文系的学生。圣约翰大学是个教会学校,人说它是贵族学校,有钱的孩子才能进去。但也不尽然,也有家境差的孩子考了进去,只是学费比较贵。重要的是,这个大学里的学生参加共产党的多,成了共产党的重要基地。在这一点上,和交通大学差不多。

第一次见面,只觉得她比较矮,有点发育不全。后来知道她十四岁时得过伤寒,从此再没有长个儿。她穿的是蓝色旗袍,外边披的是翻皮黄褐色大衣。我穿的是一般的学生装。我觉得她谈吐不俗,是一个非常有魅力的女孩。我们没有谈政治,就谈一般学习上的事情。这次见面后没有确定什么,但开始了联系。一个星期后,我应邀到她家胶州路一三四弄二十一号去,她母亲和外婆在,很热情,请吃红枣汤。我们从客厅到外边的小花圃去聊天。她问我读什么,我说鲁迅。她眼睛一下亮了。我说读了《且介亭杂文》和二集,她说她读了《呐喊》,杂文不太懂。我们有了共同语言。

1946年年初,申生已经到台湾去了,我跟妙英的来往就多了。1946年的5月,我们一起到苏州去,她表姐家的祖上在苏州。我

章妙英　1953年秋摄于北京天坛

们在灵岩山玩的时候,看到一个公墓,叫绣谷。后来我给她取了一个笔名——方谷绣。"方"表明她行为端正,"谷绣"就是这座公墓名颠倒一下。这个笔名她使用了终生。就在绣谷边上交流感情的时候,我们的关系明朗了,没有什么语言,完全是靠双方的一种眼神。

　　回到上海后,我患肺病吐血,医生嘱咐我必须卧床休息。我只能待在家里,不能上学。妙英不怕传染,每天都来看我,后来隔一段时间来。一次,她明确表示,我们要一块生活。她不说"我爱你",只说我们不会分离了这类话。她说,"我是你的"时,我说,"我也是你的。我永远是你的,你也永远是我的"。我们的关系就这样定了。我给她讲了我爱过董申生,但我和董申生的感情已经过去了。我还把麦秆画董申生的画像给她看。她说董申生漂亮,我说她是有魅力。

　　当时中国治疗肺结核,除了休息,就是注射葡萄糖钙。我每周到广慈医院注射两次。医院内有大草坪,妙英来陪我。注射完后我们躺在草坪上一起谈话,在那里背英文诗,我情不自禁地拥抱她吻她。

最后谈婚论嫁,她提出三个条件:第一,要等到共产党取得全国胜利;第二,我们经济上要独立;第三,要我的病完全好,恢复健康。所以从我们1945年认识到1951年结婚,一共经过了七年。中间她也生了肺病,我说是我传染给她的。她说有可能,但不怨我。

妙英入党比我早,在1945年8月初,是抗战时期入党的党员。有一次,我们一起走在路上,她问我对革命要不要献身?我说要。她问:"你觉得你是不是还差点什么?"我明白她的意思,我还应该入党。我说我已经解决了。那时,党员之间也是不能互相暴露身份的。后来她通过组织了解到我也是党员,组织上同意她跟我恋爱与结婚。

妙英当时在地下党的教育部门,做群众工作,发展党员。有个活动的据点,在上海八仙桥基督教青年会。地下党组织以社团的名义做群众工作,叫"育思社",后来改为"读者团契"。它有许多活动,有歌咏班、戏剧班、英语班、读书班等。妙英那时是个群众活动的领袖人物。团契里的人,不论年龄大小,都叫她"妙英姐"。我回顾她的一生,就是这段时间最辉煌。她骑着自行车,到处跑,联系工作,进行鼓动,发展党员。1947年,局势危险,党组织为了保存力量,决定把"读者团契"的活动停了。由于参加党的工作繁重,而圣约翰大学英文系的课业太多,妙英便从英文系转到教育系,因为后者课业轻一些。最后她从教育系毕业,拿到了学士学位。

1948年妙英从约大毕业后到一家公司写字楼工作。一个星期后,就不去了。因为要她做"花瓶",她不干。党组织也同意了。她做过一段时间的家庭教师。后来她到省吾中学教书,这是个党的力量比较强的中学,有支部,她是支委。她教了一年多的书,教英文、国文。一年多后上海就解放了。

1951 年 11 月 7 日,屠岸与章妙英新婚之夜

　　上海解放时,妙英被发现有肺结核,党组织叫她休息,她不愿意,但党组织坚持,她只有服从。她的弟弟章世鸿在南京《新华日报》工作。1949 年 9 月,章世鸿要姐姐去南京疗养。那时南京玄武湖边有好多房子招租,妙英就去了。妙英到了那边,跟我有通信。这年的 10 月 1 日,中华人民共和国成立。10 月份的一个周末,我请了一天假。那时只有星期天能休息,我星期六到南京,第二天要赶回上海,星期一照常上班。在南京时间短,那两天的饭是请一位保姆来做的。晚上,我和她交谈,主要谈祖国前途,充满美好憧憬。两人的感情也加深了。我睡地铺,她睡床。我睡得很好。

　　我们按正常的恋人关系来往。但我比较木,没有想到谈婚事。有一天,她的弟弟世鸿从南京回到上海,到我家来问我对他姐姐到底怎么样。原来妙英怀疑我对婚姻是否坚定。我说,从来不存在这个问题。章世鸿问:"那为什么你不提出结婚?"我说我哥哥还没有结婚,我妹妹有病,家里有一大堆事,我不愿先办自己的事。但我和妙英终会结婚,这没有问题。后来我跟父母说了自己的打算。我妈妈说:"傻孩子,成熟一个解决一个,你已经二十七岁,当然可以结婚。"我这才正式到妙英家去求婚了。但她反而不急了。我当时跟华东文化部的常务副部长黄源汇报,妙英跟我同是华东文化部党支部的委员,她又是黄源的机要秘书。黄源说,你们两个的病才好,还是养一养。我们同意了,半年后结了婚。

结婚在1951年11月7日,这天是苏联的10月革命节,我们选定的日子。我在当时的《解放日报》上登了一则启事:"屠岸与章妙英结婚,遍告亲友。"她的小弟通过《解放日报》看到了消息。

我专门到香烛店买了一对大蜡烛,用金粉在红烛上手书对联:"庆祝十月革命,建立革命家庭",放在新房的桌子上。新房在淡水路住房的三层楼之上加盖的小阁楼上。两边都请了亲友吃喜酒,在她家请了三桌,我家是一桌。黄源也来了。

解放后,妙英先给黄源当机要秘书,后来给彭柏山当机要秘书。她只会埋头干工作,从来不争地位待遇。她说她没有领导才能,但她其实是有的。她只是不善于在大会上讲话,不会做政治报告。妙英1953年到国家计委总支办公室工作,1955年调到剧协外委会,一直做到下干校。从干校回来后,

章妙英与屠岸,摄于五十年代

调到出版口（新闻出版总署前身），也从事外事工作。做外事工作的，都有出国的机会，她没有。不是没有机会，都有一个理由：她的身体不太好，但实际上都是她让了。她的同事当了副部长。她一直是一个普通干部，对此，她从无怨言，心态平衡。到1998年她去世后，给了一个处级待遇。

妙英没有学过唱歌，但嗓音很美，彭柏山曾表扬过她：你的嗓音很好。妙英有一个本事，有人打电话来找彭柏山，彭在外面开会，妙英总能千方百计把他找到。彭表扬过她，说她的电话跟踪力很强，责任心也很强。一次彭柏山丢失了一个文件，怎么找也找不到，很着急，最后妙英在沙发垫子后面找到了。彭因而松了一口气。

1962年12月，妙英送我到通县结核病防治医院去切除一叶病肺，最后要她签字。医生说开胸切肺有一定的风险，大约是千分之一到千分之二的死亡率。我对妙英说，没有别的要求，如果我是那千分之一二，我的遗愿就是要求你要把女儿、儿子培养成共产主义者。妙英说保证做到。那时我们的思想就是这样。1963年2月动手术当天她就来了，守候在手术室门外。切肺后，重病房也不让家属陪，都是医生护士做护理。妙英隔三岔五来看我，鼓励我。因为我切除的是右肺上叶，所以每天要高举右手，举得越高越好，然后弯过头部，触摸左肩。我压着痛，伸过手，摸到左肩。有些人怕痛，不练，结果一辈子一只手只能平举，不能高举。

"文革"时我受到冲击，进入了牛棚。妙英没有参加任何一派造反派，还算革命群众。这样我的消息就还算灵通。剧协外委会的干部有妙英、邹荻帆的妻子史春芳，后又调来复旦大学英语系毕业的冯孝豪。我们跟冯孝豪的关系很好。造反派第二次来我家抄家，就是她预先给妙英通了消息的。

妙英是一个做事十分认真的人。1983年10月12日听新闻广播，外交部抗议越南当局武装挑衅。当天《光明日报》上登载我外交部交给越南驻华使馆一份备忘录,其中有这样的字句:"……这就更进一步暴露了越南当局玩弄所谓'停火'的花招完全是虚伪的。"说"花招"是"虚伪"的,那就不是花招,而是真停火。这成了一个政治性语病! 下午,妙英用公用电话打给外交部新闻司,对备忘录的病句提请注意。接电话的人说,这个事我们不管,让妙英转打给亚洲司。妙英说我是公用电话,排队的人多,请你转告。对方说,再花四分钱打一个。妙英有点生气,心想难道我是舍不得花四分钱吗? 但对方挂了电话。妙英给外交部亚洲司打了,对方态度好一点了,表示感谢。最后对方问是谁,妙英说,我也做过外事工作,现在是一个离休干部。

妙英在华东文化部当彭柏山秘书的时候,有一天,彭柏山看到报纸上舒芜"起义"的文章,不以为然,这影响了妙英。1955 年,《人民日报》公布所谓"胡风反革命集团"的三批材料。第一批就是舒芜主动交出的"密信"。因为当时我们的认识就那样,也觉得胡风有一点问题。对党中央和《人民日报》是绝对信任的。但也有一点小小的"腹诽"。1954 年刚刚公布的中华人民共和国宪法不是规定人民有通信自由吗? 因而对舒芜有看法。胡风的问题平反后,谈起舒芜,更加不齿。1987 年夏天,作家协会组织会员和家属到北戴河作家之家度假。吃饭时,同桌有一个人谈笑风生,妙英也跟他搭腔。吃完饭,妙英问我那人是谁,我说是舒芜,妙英从此就不理他了。我们觉得舒芜没有守住做人的基本道德准则。

妙英特别称赞赵匡胤的杯酒释兵权。赵匡胤还给前朝后周皇帝的家族以特权优待。妙英最痛恨刘邦、吕雉、朱元璋的大杀功臣。妙英也反对秦始皇,说他焚书坑儒,太残暴。

1981 年 6 月 18 日,妙英在日坛医院动手术,是切除甲状腺癌。我写了两首诗。1984 年 12 月,她又动了第二次手术。这时肿瘤医院已经搬到龙潭湖,我陪了她几天。她动手术后仍在沉睡中,我在她床边守候了一夜。直到第二天清晨,我看见她重新睁开

1993年6月24日,章妙英与屠岸在上海外滩

了眼睛,生命之光又在她眼中闪烁。这一年她已经接近六十岁了,但在我眼中,她似乎仍是我初次见她时的二十岁少女!

1981年妙英第一次动手术之后在家休养,太闲空了。我就建议她做翻译来打发时光。我提起斯蒂文森的儿童诗集《一个孩子的诗园》,她也有印象。我就到社科院外文所资料室借,她看了非常喜欢,愿意翻译。妙英译出初稿,我修改,最后讨论定稿。后来我又跟妙英合作翻译英文诗,零散的篇目,《英美著名儿童诗一百首》、《英美儿童诗精品选》中都有一些。

妙英晚年爱写旧体诗。《早岁》:"早岁识君诗,清新如其人。嫁人还嫁诗?白首犹未明!"这是写给我的一首五言诗,我永远铭记她的垂爱。她还填词——《江城子·悼亡妻》,是借我的口气来"戏拟"的,落款是1982年2月10日。

妙英过世后,我根据她的遗愿,把她的诗作收集起来,成一本书,名叫《云水楼诗抄》。这仅是一本打印的书,并未正式出版。其中共收选短诗、词八十余首。"云水楼"也是我建议,她生前同意用的。我们的用意是,云和水,既是无常,又是永恒。宇宙和人生,都是动与静的结合,但终归是在变之中。云水,就体现了这个意思。同时,云水也是自然的象征。我和她都爱大自然,都沉醉在自然之美中,这是我们永远的向往。云水,也是自然美的体现。

1995 年 11 月 4 日,妙英看到申生的妹妹给我的信,信中说到申生的坎坷遭遇。妙英深表同情,说申生是红颜薄命,欢迎申生到家里来,她包饺子给申生吃。她病重时,没有跟我讲,只对申生的妹妹讲,说,我死后把你的二姐(已寡居)跟屠岸联结起来。妙英逝世后,申生的妹妹才告诉我。

1997 年,妙英发现淋巴癌,于 1998 年 4 月 12 日去世。妙英病重及快结束她的生命的时候,我在日记里写过这样两句:"春蚕到死丝难尽,蜡炬成灰泪不干。"我把李商隐的名句改了两个字。细推物理,不通,但在我的心里是通的。

妙英去世那天早上,她的哼哼声让我觉得她非常痛苦。我的心被揪紧了! 女儿章燕说,没有知觉,不会感到痛苦,医生是这样说的。我心如刀绞,但又无可奈何。我拼命说服自己:她已没有知觉,没有痛苦的感觉。我渐趋麻木……忽而眼眶里涌出了泪水,但我又控制住,不让它流下来……

妙英的头发依然是黑色的,我用小剪刀铰下妙英的少量头发。我坐到她的右侧,在她的额上吻了一下,又在她的左颊上吻了一下。剪发和吻额吻颊都是我的单独行动,别人都没有见到。其他人都不在病房内。我把头发藏在书包里。

回到家,我把妙英的头发放在我的日记本里,妙英去世后,我写下:

A lock of hair from my dear wife.

妙英去世时,我呆坐在椅上。忽而胸中有强烈的冲动,想抱住她恸哭,但,另一种力量使我把自己控制住了……我回到家,蒙着被子,痛哭了一场。

1998年4月14日,在八宝山与妙英最后告别,当我一个人跟妙英待着的时候,我吻她的额、颊,泪水洒在她的脸上。我哭吻她的额、颊,那额、颊是冰冷的,这是一种感觉,同时又有一种感觉,感到那额、颊火烫,在燃烧……然而,她是那么安详、那么坦然、那么平静、那么超然……

我最后决定把骨灰盒接到家里。这样我觉得安心,好像她依然和我、和子女、孙辈在一起。1998年,我母亲逝世已二十三年,骨灰还在我家中。每年清明节,把母亲的骨灰盒放置桌上,全家人,向我的父母亲三鞠躬。妙英走后,每年在她的忌日,要摆上她喜欢吃的,要家人和我一起向她鞠躬致礼。在妙英的生日,我们要给她做冥寿。

2001年11月7日,是我跟妙英的金婚纪念日,我中午出门,想买一束鲜花以置之妙英的遗像前,但都没有见到花店。我想到妙英爱吃苹果,我在水果摊上买了一个苹果。下午,我把苹果削去皮,切成片,放在碟子里,供在妙英遗像前。又找出两根短的红烛(没有长的),置于两只小碟的背面,一左一右,放在妙英的遗像前。把火柴一划,点亮了两支红烛。此时天色已暗,电灯不开,室内顿起一种温馨的气氛。女儿章建说要向妈妈鞠躬,我说不用,这是你爸爸妈妈的金婚纪念,鞠躬不合适。就这样点亮红烛,供上苹果,默默纪念我们的金婚!

那一天,我在日记中写道:

回想起1951年我和妙英在上海结婚的日子,不觉油然,凄然,怆然。那天我到南京路去买了一对红烛。店员问我在烛上写什么字,我说:写一副对联:"庆祝十月革命,建立革命家庭"。店员就让我用专用的毛笔蘸着金色汁液在烛上写下这两句。我高高兴兴地拿回淡水路家中。当晚,就在阁楼上,点上红烛,度过我俩的新婚之夜。我们关了电灯,让烛光照着低矮的阁楼四壁。那时妙英二十六岁,我二十七岁。红烛的光照在她的脸上,我看到她——新娘,脸上泛起羞涩的红光。小窗外繁星闪烁,远处是上海当时的最高建筑,上面亮着霓虹灯组成的五个大字:毛主席万岁! 我们感到幸福。真的,感到有毛主席领导,有共产党领导,我们国家欣欣向荣,人民翻身做主人,真是幸福! 个人小家庭也是幸福的,但这个幸福必须服从于整个国家、全体人民的共同幸福。那时候根本不可能想到会有胡风大冤案,五十万右派,"大跃进",大饥馑,更不可能想到使几亿人遭受空前浩劫的"文革"! 不可能想到,所以幸福! 那个红烛闪光的洞房新婚之夜,永远深藏在我幸福的记忆之中。

我这一生只爱过两个女子,一个是申生,虽然没有结合,但她永远是我心中的圣女。一个是妙英,做了一辈子夫妻,她是我的孟光。我们婚姻生活是幸福的,婚姻关系是牢固的。我们是一辈子白头偕老的夫妻。我做编辑工作,我写诗译诗,把一生奉献给缪斯,全部获得了妻子的支持。如果我有一点成绩的话,那一半的功劳归于她。

心智有千万只眼睛,心灵只有一只

1953 年 8 月 1 日,大女儿章建出生。我取的名字是屠珊。我跟妙英事前说好了,生男孩姓蒋,生女孩姓章。刚公布的中华人民共和国婚姻法规定:子女可从父姓,亦可从母姓。妙英说,是建军节生的,所以叫建。这就确定了。

1963年10月,在北海公园　左起:章建(长女)、屠岸、蒋宇平(儿子)

章建是大女儿,我们的掌上明珠,她学龄前,送到作家协会的幼儿园,园长是延安来的康奶奶。当时幼儿园的阿姨,对她不够关注,她回家来,我感觉她不大爱说话了。过了不久,情况大变,原来是幼儿园的阿姨发现了:这个孩子如此聪明,如此懂事。小建也变得非常开朗活泼了。

"文革"爆发,章建正上小学六年级,次年上初中。她被当做"修正主义苗子",又是"黑五类子女",受到歧视,在班上被孤立。这在她心上留下阴影。

那时,剧协的造反派出版一种小报,叫《戏剧战报》,批的都是戏剧界的大人物。报纸要推销,由革命群众上大街去卖。妙英把小报交给章建,让她去街上兜售。章建碰到一个人,那个人说你等着,我帮你卖,章建太善良了,最容易轻信,让那人把报纸都拿走了。章建等了半天,没有等到,结果知道是被骗了。

1969年,章建十六岁,初中毕业,到黑龙江生产建设兵团去,任务是屯垦戍边,实际是个农场。她干过好多活,如挑水、劈柴、扛包、割豆等。1973年我们想办法让她转到内地插队,她到了河南插队,做农机厂的翻砂工。这是一般只有男人才干的非常重的劳动。后来作为工农兵学员被推荐到许昌师范学校学习中文,毕业

1969年夏,章建赴黑龙江前　前排左起:章燕(小女儿)、王大妈(保姆)、蒋宇平(儿子)　后排左起:章妙英、章建(大女儿)、屠岸

后教了两年书。七十年代末,章建到了郑州,经人介绍,进入一家杂志社做编辑。1992年底才调回北京。

　　章建工作了没几年就病了,1999年退休,和我生活在一起,照顾我的饮食起居。

　　我常想,大女儿也是"文革"的受害者,如果不发生"文革",她会上大学,受到正规教育,更好地发挥她的聪明才智。

　　2000年,章建患脑瘤,瘤是良性的,但压迫视神经,使左眼失明。医生动手术摘除了瘤,但无法使左眼复明。从此她失去了一只眼睛的视力。

　　2006年8月1日,章建五十三岁的生日,我写了给她的生日贺卡,抄了我译的波狄伦的诗《黑夜有千万只眼睛》,诗的第二段是:"心智有千万只眼睛,/心灵只有一只;/而全生命的光辉淡去／在爱情告终时。"（这个"爱情"，原文 Love，也可以指泛爱、人类爱。）我写了以下的话：

> 亲爱的建儿：
>
> 　　送你一首诗，抄如左，希望你喜欢。
>
> 　　有一只眼睛的人有福了，因为那是心灵的眼睛。
>
> 　　祝你生日快乐！
>
> 　　趁此机会，感谢你对我无微不至的关怀照顾，使我在失去你的母亲后仍然过着充实而幸福的生活。
>
> 父　亲
> 2006.8.1.

章建说，她流泪了。她说，今后一定要保护好这唯一的一只眼睛，否则，她就不能尽心照顾我了。女儿啊！保护好你唯一的眼睛，是为了保护好你的心灵之光。不能仅仅为了照顾你的父亲啊！

愿你是个新生的婴儿

1956 年 9 月 26 日儿子蒋宇平出生。后来儿子叫我为他起一个号，我起了，屠空。产他时妙英有点难产，胎位不正。隆福医院的医生问我，保大人还是保孩子？我说两个都要保。医生说如果要二者选一呢，我仍说都保。我父亲给孙子取名叫蒋宇平，意思是在这孩子的有生之年实现全世界的永久和平。妙英产后又得乳腺炎。我父母在苏州请了奶妈，我们便把宇平送到苏州，待了不到两年。奶妈叫管静珍。我对儿子说，要记住奶妈的名字，你是吃她的奶长大的。后来到苏州去打听，没有找到管静珍。

　　我父亲去世时,我正在通县刚动完肺叶切除手术。妙英怕我悲伤过度,没告诉我。她带着儿子宇平赶到苏州去奔丧。一直到夏天,宇平无意中透露消息,我才知道父亲去世。平时儿子爱哭,妙英不喜欢。但在我父亲办丧事过程中,亲戚都哭,妙英也哭了,儿子却不哭。妙英问他怎么不哭,儿子说,妈妈不喜欢我哭。

　　1977年恢复高考,儿子考进上海的一所大学,学了四年。毕业后,分到北京远郊的一个研究所。九十年代初,他进入航天部门工作。妙英病重,照顾她的都是儿子。他是男孩,能跑来跑去。

　　我们家每个人生日,全家都要参加祝贺。2006年9月,儿子五十岁生日。在给他的贺卡上,我抄了一首胡德的诗《路

　　1956年10月　前排左起:屠时(母亲)抱孙子宇平,蒋骥(父亲),蒋范(姑母)抱侄孙女章建　后排左起:管静珍(宇平乳母)、屠岸、章妙英

《得》，然后写：

宇平我儿：

上帝把你送到我家，你成了我和你母亲的儿子。五十年了，五十年是时间长河中的一瞬，但对包括我们这个家庭在内的许多家庭来说，这都是极不平凡的半个世纪啊！你，你的姐姐，你的妹妹，同你母亲，一同经历了大饥馑，大恐怖，也目睹了枪杀和无辜者的流血。这使我们增长了一点认识，稍稍懂得了一点人和动物的区别。让我们好自为之。

在你五十岁的生日，作为父亲，我第一次为你认真地祝福！（以前也有过，记得1998年9月我在上海向你打过生日祝福的电报。但，这次应该更认真！）祝你在平凡的工作和生活中走向不平凡的心灵朝圣。五十岁不是人生的中途，而应是发现自我的人生新起步。愿你是个新生的婴儿，蹒跚地走向天真又明亮的天路历程。

我还以最大的诚挚，祝愿你做一个Boaz（波阿斯），让上帝赐给你一个Ruth（路得）！上面这首诗，是我昨天译出的，赠给你，愿它是

1961年冬，屠岸抱着儿子蒋宇平

一个征兆,愿你喜欢它!

　　生日快乐!

父　亲

2006.9.23 在你生日前三天

在这份生日贺卡的背面,我又写下一段话:

　　这贺卡是你姐姐买来,我挑选的。仔细一看,上面除了中文"生日快乐"外,还有英文 For a special friend 字样。这,也好。父子是朋友,道出了某种真理,尤其是 special 一词,说明不是一般意义上的朋友。我强烈反对"三纲",什么"父为子纲"! 我认为家庭中父亲的"一言堂"是反民主、扼杀人性的专制,很可怕。父慈子孝,平等相待,互重人格,就是"特殊的朋友"。你说是吗?

补写给宇平　父亲　2006.9.23

　　第二天,周日,我午睡后醒来,看见已经到家的宇平。他紧紧拥抱我,久久不放。他吻我的前额,这是生平第一次。宇平幼时,我每星期抱着他上公共汽车,送他到作协幼儿园。但过去没有这样地吻过。

　　2007 年,宇平陪我到西班牙参加活动,对我的照顾,无微不至。我想到妙英。如果妙英健在,那该有多好!

睿是聪明,绚是美丽

　　章燕生于 1962 年 4 月 23 日,跟莎士比亚诞辰同一天。她出生第二天,我到派出所去报户口,一时想不起好的名字,便报

303

了"章燕"。这个燕是北京的古名，读 yān，阴平。不是燕子的燕，那读 yàn，去声。但后来都读 yàn 了。因为用"燕"做名字的人多，我请我母亲重新为她起名。最后母亲为小孙女取名睿绚。大家觉得好，睿是聪明，绚是美丽。但终于没有用，因为这两个字不通俗，怕幼儿园老师读错她的名字。所以还是用了章燕。章燕平时不爱哭。她出生的那天，我还在睡梦中，突然听到楼上有人叫我听电话，是楼上的盛婕。当时她家有电话。医生通知我去签字。我赶到妇产医院，签字，同意让妙英做剖腹产。那时我担任中国戏剧家协会《戏剧报》编辑部主任，时常要主持会议，工作太忙。我去看她的次数不多，我对妻子有一种歉疚的心情。

妙英再患乳腺炎，没有奶。我多方奔走，总算订到了一份牛奶。由于量不够，给章燕加吃橘子汁，结果食物中毒，送到医院，经过抢救，转危为安。病重的时候，她也不哭，很安静。章燕三四岁的时候，有问必答。说话简明，不啰唆。章燕基本上是不哭的。1966 年"文革"开始的秋天，章建说去附近中央乐团看大字报，

2001 年 8 月 3 日，章燕与屠岸在罗马济慈临终故居纪念馆门前

大家一起去。不久章燕却不见了,妙英和我赶紧去追寻,一直追到和平里的南边,她在马路边上站着,两只眼睛里有眼泪,但是没有哭出来。我们把她一把抱住,她的眼泪流了下来。

1976年唐山地震,我出差在东北,妙英带着章燕到上海躲地震,1977年回北京。她回来后,我发现她的英语语法不好,我花了一段时间帮她补习英语语法,还补习英语发音。

章燕高中毕业后,准备考大学。我们请了妙英的朋友李勤为章燕辅导英语。他教章燕如何应对口试,非常有效。后来章燕考取了北京师范大学。每年过春节,我都要给李勤发贺年卡,章燕要去看望他。我说凡是对我们有恩的人,我们都要记着。

章燕北师大本科毕业后,在地质管理干部学院教公共英语。后来考上硕士生。工作了一段时间,又考上博士生。硕士和博士生导师都是郑敏。章燕后来调到母校北师大教书。她2001年到英国诺丁汉大学当访问学者。这年我应邀到诺丁汉大学讲学,我趁机和女儿一同游历了英国、法国、意大利和西班牙,收获很大,也很开心。2007年《英国历代诗歌选》出版,序是章燕写的。现在章燕是北师大外文学院教授。

有时候我想,假如我1957年打成右派,这个孩子不会有。这孩子给我们这个家庭带来的幸福感很大。章燕对她母亲有特别的作用。妙英比我个性强,家庭中非原则的问题上,我是顺着她的,但有时候也有争执,只要章燕一来,妙英怒气全消。妙英说这孩子是一帖灵药。

章燕出生后,我们请了王大妈做家庭保姆。她年纪比较大,五十多岁了。我们跟王大妈有很深的感情,把她当成自己的家人看待。"文革"中我受到冲击时,王大妈竭力保护我们一家人,特别是孩子们。我和妙英下干校三年半,家中的事全交给王大妈,两个孩子也由她来带领(大女儿去了东北兵团),她全心全意照顾我们一家。王大妈回乡后,我和妙英让章燕和宇平几次到她家乡去看望她。老人现在已经过世了。

"晨笛"家庭诗会及常州吟诵

家 庭 诗 会

章燕的儿子叫沈晨笛,是章燕起的名字。我用"晨笛"来命名我们家的诗会。2002 年 12 月,我一提出召开家庭诗会,大家都赞同。2003 年 1 月 1 日开始第一次,最初没有什么系统,是从中国古典诗歌开始的。大家自由谈,对中国古典诗词的解析、朗诵、吟

2005 年 7 月　前排左起:章建(大女儿)、屠岸、蒋宇平(儿子)　后排左起:章燕(小女儿)、张宜露(外孙女)、沈晨笛(外孙)、沈文海(章燕的丈夫)、张宜霖(外孙女)

诵和欣赏。

我们家本来有一个读诗的传统。妙英在世时,我们共同读诗,她对唐代元稹的《遣悲怀》三首很喜欢。这三首诗是诗人悼念妻子韦丛的,感情深。妙英很喜欢,读这诗要流泪,特别是最后一首。后来了解了历史,元稹丧妻两年后纳妾。虽然这在那个时代看来正常,但妙英对那三首诗的感情就淡了。我们还读陆游的《钗头凤》和《沈园二首》。妙英生病的时候,读杜甫的《月夜》,我为她吟诵。

章建小时候,我给她吟诗。后来章建的双胞胎女儿,我的两个外孙女,我也教她们读诗、背诗。她们小学三四年级住在我家里,睡高低床。我几乎每天跟她们讲诗,教她们背诗。我教她们背白居易的《钱塘湖春行》、岳飞的《满江红》,不但背诵,而且都是有曲谱,可以唱的。还有民歌《木兰辞》,也是可以唱的。

1985 年我患抑郁症,白天情绪抑郁,焦虑,但下午 4、5 点至晚上 10 点前,没有任何抑郁的症状,像正常人一样。那时每天傍晚我跟章燕散步,从秋天到初冬。她上大学了,我教她英国诗歌,也教她唐诗。杜甫的《秋兴八首》,就是那时教她的。一天教一首。这八首诗是中国古典诗歌的高峰。

2001 年我跟章燕到欧洲,在英国、法国、意大利、西班牙,跑了好几个城市。一路上也常给她讲中国古典诗,而她给我讲德里达的解构主义哲学。

晨笛家庭诗会,开始时每周举行一次,后来间隔的时间长些。至今没有中断。诗会上分析、朗诵古今中外的诗。后来章燕的丈夫沈文海提出,是不是系统一点,从中国新诗开始,以人物为单元来谈。于是我们的家庭诗会就从胡适开始,然后鲁迅、徐志摩、闻一多、朱湘、戴望舒、李金发、艾青、田间、臧克家、陈辉……最近的一次,2008 年 1 月,讲的是济慈的《夜莺颂》。

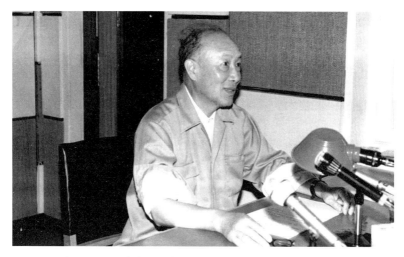

1991年6月25日,中央人民广播电台录音室,屠岸用常州吟诵调吟诵古诗

我们家还有一些其他的聚会。2001年6月1日,在我卧室举行儿童节"烛光晚会"。熄灯,燃蜡烛四支。小外孙沈晨笛、外孙女张宜霖、张宜露和我四人参加。放贝多芬的《田园交响曲》。朗诵诗歌,唱歌,讲故事。

我的常州吟诵调吟诵几乎是家庭诗会不可少的节目。我想让孩子们更多地接受。

常州吟诵,千秋文脉

我母亲的吟诵,是她的老师教会她的。她的老师又是谁呢?有三位,一位是她的伯父(我的大舅公)屠寄。一位是她的母亲(我的外祖母)朱文。还有一位,是她的启蒙老师,姓史,是爱国七君子之一史良女士的父亲。母亲从他们那里学会了常州吟诵调,能纯熟地加以掌握、运用,又把它传授给了她的儿子——我。我是否再把它传授给我的子女呢?在他们的童年和少年时期,还是历次"左"的政治运动和"文化大革命"进行的时期。在那种政治空气中,我不可能教他们用常州吟诵诵吟古诗文。而且,他们都出生在北京,不会说常州方言,而这种吟诵如果不用常州方言,那是会走味的。我也曾偶尔教大女儿吟几首唐诗,但她没学会常州方言发音。从我的家庭系统来说,我成为这种吟诵的最后一代传承者,传到我这里,便成为"绝响"。我为此感到遗憾,但又无可奈何。

2008 年 6 月,常州吟诵被国务院宣布为国家级非物质文化遗产之一,列入第二批国家级非物质文化遗产名录。关于常州吟诵,2008 年 6 月 16 日《常州日报》介绍说:"吟诵古典诗词文章,是历史悠久的民间艺术,有史料可据的'吴吟'(包括常州吟诵)始于战国时代。吟诵艺术属'小众文化',标志着民族文化的最高水准,具有文学、音乐、语言学等多学科的科学研究价值。常州吟诵根植于常州,运用常州方言进行吟诵,它文化底蕴深厚,代表性传人赵元任、周有光、屠岸等均为我国文化界知名人物;钱璱之等传人均出自儒学名门。吟诵内容丰富,风格多样,形成了高水平的吟诵群体,为各地所罕见;此外,常州吟诵较多、较好地体现出唐诗宋词等古典文学作品的声韵美和节奏美,抑扬顿挫格外分明。"《常州日报》所说的"常州吟诵代表性传人"三名,不知是谁定的。

国家对非物质文化遗产如此重视,我感到高兴。自己作为常州吟诵的传人,深感责任重大。现在我的儿子蒋宇平在为我作常州吟诵的录音,但每次录得不多。这项吟诵,已濒临失传。因此我想这是一项很重要的工作。但对如何传授给下一代,值得研究。

手足情深:"永忆当年昆季好,芝兰玉树满芳庭"

蒋孟厚是我的哥哥,小名阿荣。1957 年,他争取公费到苏联建筑科学院留学,取得了副博士学位。苏联没有硕士一项,我国教育部规定留学苏联的副博士即为博士。他回来后,先在陕西工业大学水利系当教授,后来到西安交通大学建筑系当教授。

由于家庭的文化熏陶,我们兄妹三人懂得如何"孝",如何"悌";什么"兄弟阋于墙"这类事,对我们来说是不可思议的。父母对我们总是循循善诱,从来没有打过或骂过一字,似乎一骂,就脏了他们的口。这样,我们兄妹之间几乎可以说从来没有争吵过。

哥哥比我大三岁,但好像大人似的照顾我。他教我骑车,教我画画,带我去看电影。他在画画方面是个"天才"。最初他是照石印的《三国演义》连环画本,临摹关公、张飞、刘备、赵云。接着又变着法儿画岳飞、岳云、金兀术。后来因为看了家中订阅的《科学画报》,便创作"科学"连环画《死光大战》,画了厚厚的一本钢笔连环画。我们当做宝贝藏起来。可惜我们从常州移居上海,那本画册丢了。

我读高一、他读大一时,我们又沉迷于木刻。那时我们最敬佩鲁迅,知道鲁迅提倡木刻,培养木刻家,看到麦绥莱勒(Masereel)的

1980年8月,长兄蒋孟厚(左)与屠岸

木刻《一个人的受难》，非常有兴趣。哥哥去买了木板、木刻刀（那时上海有专门店铺出售），又买了油墨和印机，便在阁楼上十五瓦电灯光下干起来。先在木板上起草，然后用刀刻。经过多次努力，一幅幅木刻作品在阁楼上刻成，印出来。我们把印出的木刻投到《正言报》，有的被退回来，但居然也有被刊登的。我有一幅《丛林战士》登了出来。

1950 年出版我的第二本译著《莎士比亚十四行诗集》，哥哥为这本书作了莎士比亚的画像，莎翁当年的保护人骚桑普顿伯爵的画像和十四行诗插图八幅。他用了个笔名：孟石。他的插图有的幽默，有的寓意深刻。1947 年，《鲁迅三十年集》（除翻译作品外的鲁迅全部著作）出版。我正卧病在床。想买一套，但没有钱。我写了一封信给在蚌埠工作的哥哥，提到《圣经》里该隐杀弟弟亚伯和新旧《唐书》中李世民杀兄建成、弟元吉的事，大加抨击，然后歌颂我们常州城的奠基人季札（又称延陵季子）谦让君位给哥哥的美德。最后才告诉他《鲁迅三十年集》出版了。我够"狡猾"的，哥哥非常聪明，立即把书款寄来，满足了我的愿望。

哥哥是长子，所以家中一些重要事务，总是他主动承担。妹妹患精神病后，我虽然也出过力，但很少，出力最多的除母亲、父亲外，就是哥哥了。

2002 年 3 月 4 日嫂子给我电话泣告哥哥逝世的消息，我觉得如响雷震耳。我偕儿子宇平飞抵西安，为哥哥送行。我到殡仪馆见到了哥哥的遗容，他面目安详，状若酣睡。我控制不住感情，扑在他身上，亲吻他的面颊，呼喊"哥哥！哥哥！"不觉泪如泉涌。

我送了一副挽联："菁我乐育喜看桃李满天下，手足深情无愧芝兰立玉庭"。我回首八十年的兄弟深情，写了一首七律：《送哥哥远行》："悄然仙驾赴西瀛，回首依依伴笑行。桃李无言蹊自远，青

松举目鹤来鸣。窗前奋笔形犹在,坛上为师壁有声。永忆当年昆
季好,芝兰玉树满芳庭。"我这首诗连同哥哥的衣物一起烧了,也许
能直达他的在天之灵。

想起妹妹,我就忍不住流泪

　　我的妹妹蒋文厚,小名叫阿珑,比我小六岁。我非常喜欢她,
她非常可爱。她叫我哥哥大哥哥,叫我,不叫二哥哥,也不叫小哥
哥,叫我"细哥哥"。细,就是小的意思。她小时候,我常带她去城
墙边空地上玩。她上中学时能歌善舞,喜欢画画,但跟我一样,数
理化不行。她没有上普通高中,读的是上海中华工商学校,一个职
业学校。1948 年,她跟我讲同学中的各种活动。他们学校地下党
很活跃,有同学问她有没有参加进步活动的愿望。她问我共产党
是怎么回事,我便给她讲共产党的宗旨,共产党要建立新中国。她
很想加入共产党,我说你要自愿,别人不能强迫你。她想了一天一夜,一夜未睡,第二天跟我说,想清楚了,申请入党。

　　她的申请被批准,半年后转正,被选为学校党支部宣传委员。他们学校里国民党的三青团活动很厉害,三青团是公开的,共产党是地下,但两个阵营的人阵线分明。我妹妹做工作时不知道保护自己,暴露了自己的政治色彩,终于在 1949 年 4 月 26 日被逮捕。这天国民党淞沪警备司令部实施

屠岸的妹妹蒋文厚

大逮捕，我和妹妹住在家里的阁楼上。我在睡梦中，一批国民党特务上了四楼，打开我的房门，喝令我起来，但一看我是男的，不是他们要抓的目标，那三个特务就一下子跳过半截木板墙，跳到隔壁我妹妹房里去了。跟我妹妹一起住的还有一个女同学，姓陈，两个人都被抓走了。我妹妹身上原有文件，但她灵敏地撕掉了。临走前特务也看了我的房，看到我翻译的惠特曼的诗集一大摞，翻了半天，不懂是什么书，抄了两本走了。我急得一身汗，因为桌上一本里夹有一封朱镜清即桑桐从新四军苏北解放区来的信，写了解放区的情况。幸而这一本没有被抄走。

妹妹被抓后，当时党组织积极进行了援救，但没有成功。我和哥哥去沪西关押处门前看过，没法看到。后来妹妹及其他政治犯被转移到沪北上海商学院里关押。1949 年 5 月 27 日上海解放那天，狱吏弃守自逃，政治犯们自己打开牢门出狱。

妹妹跑回家是在中午。我在家，听到有人敲门，我从三楼下到后门口，一看是妹妹，一把抱住，相拥痛哭。那真是九死一生！本来他们那批政治犯是要被枪毙的，因为解放军解放上海迅速，国民党来不及动手，都跑掉了。我哭，妹妹也哭。现在想起这一幕，我就忍不住流泪。

妹妹讲了讲情况，但没有讲怎样受刑，怕我伤心。她一下子长大了，她太懂事了。后来从缴获的国民党的文件中知道，当局已下令要把他们杀得一个不留。同一个时期被逮捕的交通大学两个学生史霄雯、穆汉祥被秘密枪杀了，现在上海交通大学校园内还竖立着这两位烈士的纪念碑。

妹妹出狱后，恢复上学。毕业后，1951 年，被分配到上海市劳动局工作。不久，发现患上了精神分裂症。1969 年，林彪一号令下来，我们要去五七干校了。军宣队说行前可探一次家，我到苏州看了父母，也到医院看了妹妹。妹妹看到我，说，细哥哥，你来了。

我向院长了解情况,院长说有许多人外调,要从我妹妹身上找证明。"文革"时期,凡曾被捕过的人都被怀疑为叛徒,所以各单位的造反派组织派人到处去进行调查,叫外调。院长告诉我,从他了解的情况中知道,当时被抓的师生是受了一些刑的,我妹妹是受了电刑。我听了,又大吃一惊!我妹妹从来没有对家里人说过受刑的事,只是说她是受过苦的。妹妹被抓的时间不长,一个月,但我感到那一个月就像生活在地狱里一样。

1975 年,我哥哥把妹妹送到河南禹县农村,跟普通的农民住在一起,当时叫家庭疗养病床。当年,我在人文社,到河南组稿,去看了她。她看见我,认识我,还跟过去一样说,细哥可,你来了。她的行为还是病态的。我带去了糖果,带去了鞋。鞋她穿了,糖吃了几粒,剩下的,撒到了尿盆里。农村里的孩子捞起来就吃。这些孩子从未吃过糖啊!我见到妹妹的样子,无法控制我的悲伤,我的心里在滴血!

哥哥最后把妹妹接到西安,住到精神病疗养院。我去过西安一次,因为是工作关系去的,一直忙,没有再去看。每次见妹妹都很难过。1981 年春天,妹妹患肠癌去世,活到五十二岁。后事都是我哥哥办的,我没有去。至今想来,还有愧感。1995 年,我曾经写了一首关于妹妹的诗:《灵魂的变奏》。想起妹妹,我就忍不住流泪。

学富五车的百岁老人周有光和他的夫人张允和

周有光是我的表嫂(我的表哥屠模的夫人)周慧兼的弟弟,生于 1906 年 1 月 13 日。屠、周两姓都是江苏常州的望族。屠模是我母亲屠时的侄儿。我们两家过从甚密,亲如一家。周有光的妻子张允和,是沈从文妻子张兆和的姐姐。因是同一辈分的亲戚,我称他们"大哥"、"大姐"。周有光有一次还这样问我,你是我的长辈吧？我说,不是,是小弟。

1946年3月10日,在上海,我到亚尔培路昌厚新村四号去向姻伯母,即有光的母亲拜寿。告别时我说,耀平哥(有光本名周耀平)你别送了。他还是送我出大门口。那时我二十二岁,他三十九岁。他仪表堂堂,倜傥潇洒,而又风流儒雅。

周有光在北京的家最早在沙滩,"文革"前,我与妙英到他家拜访过。他1982年搬到朝阳门内南小街一胡同内,是中国语言文字工作委员会(原中国文字改革委员会)宿舍,离人文社只是一墙之隔。所以,我常去他家。常州人有句俗语:"一表三千里",是说表亲可以是很远的远亲。我说我和有光大哥是"一表五十米",离得这么近呵！

有光曾告诉我,他研究语言文字是出于爱好。有一次,我把湖南人民出版社1989年版《徐志摩译诗集》带了去,请有光看徐志摩译柯勒律治(Coleridge)的诗《爱》(Love)的第二节,其中徐志摩把When译成"斠",有光很感兴趣,把徐的译诗抄下来。有光说,这种自创的汉字,公开印出来的很少,也可能有人造字,但不一定能见天日。

每次到有光家,他对我总是极为热忱,都要留我吃饭。2001年2月我去他家,周有光九十六岁,张允和九十二岁,但从外貌看,二位也只像六七十岁人。允和拿出通讯录,翻开一页,是屠姓亲戚的地址,上面有屠岸、章妙英的地址,缺电话,我填上了。她问起妙英,我说已故去。二位叹息。

允和赠我三本书,周有光送我一本书,并说另一本,要等再版后送我。不久,我收到了这本书。除了扉页上有题字"屠岸大哥指正　周有光　2001-2-23",还附有一封短信:

屠岸大哥：

　　驾临小谈,屋内欣快!

　　我还只看了您的译诗的一小部分,就钦佩得五体投地!我要慢慢看,每天看一小部分,细细咀嚼。

　　这里送上拙作《比较文字学初探》,请指正。这本书已经作为北京两所大学的教材。这是一个国内的缺门学科。

　　敬祝

健康、快乐!

周有光

2001-2-23

　　信全是电脑打字,而在打字的"周有光"三字上面又加了一个手迹签名。"五体投地"体现出他的幽默。"请指正"则暗含着诙谐。称我为"大哥",更奇! 他比我大十七岁。从这本《比较文字学初探》就可见到这位老人学富五车,我望尘莫及。而他自己说这门学问是大海,这本"初探"则"是一个观望大海的人在海边留下的足迹"。学然后知不足。学问越多的人越谦虚。

　　有一次,允和说,怎么屠岸那么久不来了?"你这个老表应当经常来,我们好好聊聊。有许多话要跟你讲。"2001 年 3 月一天,我早餐后出门到他家。允和大姐起身了,见了我即热情洋溢,要我吃早饭。我说已吃过,她拉我到卧室,说:"不要紧的,你进来!"此时有光大哥还睡在被窝里。允和把他唤醒,他急忙起来,穿衣,下床。对我说:"你的译诗极好,我每天看一点。可补养精神。"

　　允和大姐给我印象最深的还是她的开朗、乐观、豪爽的性格。每到有光家,就听见屋子里充满允和的笑声。允和大姐曾跟我讲卞之琳先生年轻时追求她的四妹充和未成,而沈从文先生追求她的三妹兆和成功的故事。当沈从文求婚得到张家姐妹父母同意时，允和给沈从文发了一个电报，只有一个字："允。"双关！允和讲到这里，便得意地大笑起来。

允和逝世时，有光九十七岁，虽然遭逢剧痛，心态却渐趋宁静。他说一位外国哲人说过，人的死亡是给后来人腾出生存空间，所以我们要以平静的心态对待这件事。

有一次，他谈到他复旦大学的同事、被打成右派的沈志远时说，"当时我蒙在鼓里，事后才逐渐明白，毛主席是不要经济学的，他只要斗争，只要主观能动性。他把经济学压制了。毛主席讨厌社会学，把社会学也压制了。"我说还有心理学。

谈到政治生活中的一些反常情况时，我说我有个朋友名叫张真的，写了一首诗，可以录下让他看看。

我在桌子的右边，他在桌子的左边。但经过白内障摘除手术之后，他的目力极好。我刚写完最后一句，他便爆出响亮的笑声。他并没有把我写的那张纸拿过去看，而且他看到的字是倒的。笑过一遍，接着又笑，而且仍然是大笑！这样"惊天动地"的大笑之后，还有不断的"余笑"，哪儿像个九十八岁的老人，简直是个小青年！其实他的笑声中含有悲凉。

2005 年 4 月 19 日，我去看有光，见他正在电脑前工作。他热情非凡，让我稍等一分钟，他关了电脑就来跟我聊天，聊了一个多小时，我告辞时，请他写一句格言，他立刻用钢笔写：历史进退，匹夫有责。

我说，这是从顾炎武的"国家兴亡，匹夫有责"变化出来的。有光说，顾亭林只提到一个国家，我们的眼光应该放大些，要关注到整个人类。

2006 年，他送我他的新书《学思集》，并题字。这本书卷首印着两行字："学而不思则盲，思而不学则聋。"有光说，我把《论语》上的两句话改了两个字，原来的那两个字一般人不认识，哈哈！（按：

原文是"学而不思则罔,思而不学则殆"。)

2007年1月6日,我提前一周带着两个外孙女去有光大哥家为他祝寿,这样做已是多年的惯例。有时带儿子,有时带女儿,有时带外孙女。有光满面笑容,神采焕发。我把带去的花篮呈献给他。花篮上系着两条红绸带,我已用金粉写上字,上款是:"有光大哥一百〇二岁大寿志庆",下款是:"愚表弟屠岸率建宇燕海霖露笛同贺"。我高声说:"祝大哥百二大寿!"他笑着看了花篮和绸带上的字,道了一声谢谢之后,第一句话是:"上帝把我给忘了……不叫我回去!"有光看看我和我的两个外孙女,含笑说:"你是三世同堂。"我说:"你是四世同堂。"因为他已有重外孙。他笑说:"不,我是四世同球!"原来他的孙女和重外孙现居美国,他隔天就用"伊妹儿"和她们通信。

有光曾说,他九十岁以前感觉与六十岁时一样,精力充沛。过了九十之后才觉得体力差了。我问过他有什么病,如高血压冠心

2007年1月6日,周有光(左)与屠岸亲切交谈中

病等,他说没有,能吃能睡能工作(在电脑前),只有耳朵稍聋。因此不能出门,出门要麻烦别人,更不能出国了。航空公司对八十岁以上老人不给人寿保险。

只要我到人文社去,就顺便要去看有光。他一百〇三岁了,依然容光焕发、神采奕奕,腰骨直、脚步稳,仅耳朵稍有点重听,但不用助听器仍能与人自由交谈,没有半点老迈之态、衰惫之容。这真是个奇迹! 难怪他要说,"上帝把我给忘了!"

陈占祥:"梁陈方案垂千古,娘舅片言抵万金"

陈占祥是妙英的舅舅,所以我也叫他舅舅(宁波人叫"娘舅"),他是英国的建筑学博士,有资格在英国、美国、香港开建筑事务所。他不太了解共产党。上海刚解放时,1949 年 5 月 27 日,他开门,看到解放军不入民宅,睡在马路上。他很同情解放军,让夫人煮了一锅粥给解放军,解放军一口也不喝。他问为什么,解放军回答,是毛主席教导我们的,有三大纪律八项注意,不拿群众一针一线。他一听,居然有这样好的部队,共产党真了不起。他很感动,觉得有这样好的党,中国有希望了,他就把去香港的机票撕了。他本来准备去香港开事务所的。后来梁思成打电报让他到北京来合作搞一个北京城市规划。这就是"梁陈方案"。这个方案内容很丰富,主要一点就是不要动北京老城,在北京的西郊建一个新北京。1957 年,《人民日报》准备了版面要批评梁思成,周恩来提出来不批。但陈占祥是年轻人,没有梁思成那样的出身(梁启超之子)和社会影响,被打成右派。二十多年后才改正。

舅舅跟我讲,他个人的不幸遭遇是次要的,可惜的是北京搞成这样,真是个悲剧。当年解放北京,一定要让国民党的傅作义起义,就是为了避免战火破坏,保护北京城。但我们拿过来后,自己却把它破坏了。

妙英辞世,我不敢惊动舅舅,过年时打电话问候他,他还能接电话,但只能发出"嗯,嗯"之声,说不成话了。

2001 年 4 月,舅舅逝世。4 月 6 日在八宝山举行遗体告别式。我因为有事,不能前往。头天晚上,写了两副挽联,由儿子宇平将挽联和花篮上用的带子连夜送至慧钧(妙英的表妹)家。其中一副挽联是:

沉痛悼念占祥舅舅并舅母

梁陈方案垂千古

娘舅片言抵万金

甥 妙英 屠岸 敬挽

第十八章　我的诗歌创作

"诗呆子"的痴迷状态

"春酒熟时留客醉,夜灯红处课儿书。"这是老画家萧屋泉写的对联,挂在我儿时家中的书房里。对联称颂我母亲持家有方。下联写的是实事,那是母亲每晚教我唐诗的情景。我对诗的爱好,就从这时开始养成。母亲教我用家乡常州吟诵调吟诵古诗。从此我读古典诗词必吟,不吟便不能读。如果环境不宜于出声,就在心中默吟。小学四五年级,母亲教我读《唐诗三百首》和《唐诗评注读本》。读李白的诗《下终南山过斛斯山人宿置酒》,诗中写到李白从山上下来,看到月亮跟他一起走,进入田家山庄,一条幽径,两边有绿色的竹子引着他走,一路上青萝碰着他的衣服。我跟父亲说,把家后门口弄堂里的粪缸移走,两边种上竹子,栽上青萝,我们就可以像李白那样,走在竹子中,让青萝碰到我们了。父亲说,你说得好,但是我们没有这样的条件。又说,你有对诗歌的感悟,将来也许可以学文。但现在我们国家搞文,没有出路。

我的第一首诗《北风》写在 1936 年的冬天:"北风呼呼,如狼如虎;星月惨淡,野有饿殍。"当时住在上海萨坡赛路姨母家。冬天出门,就看到冻毙在街头的乞丐,因而写了这首诗,这是我第一次写诗。

1938年秋天,我十四岁,大病初愈的时候,在母亲吟诵音乐的感召下,我开始偷偷地作起旧体诗来。那是一种极为艰苦而又有乐趣的劳作或游戏,要把胸中激发出来的思想或情绪用诗句表达出来,要把一个一个字连缀成句,要照顾到平仄、韵脚、句式、对仗等等,这对于我这样一个不满十五岁的孩子来说是极难的。写出初稿后,我不敢拿给母亲看,怕她责备我不务正业——大病已经把我初中三年级的功课耽误得太多了。但是,有一天竟被母亲发现了。出乎我意料的是,她不但没有责备我,反而仔细审阅,指出在构思、立意、炼字、炼句、平仄、韵脚、对仗等方面的缺点和错误。她还拿起笔来,认真地做了批改。这给了我极大的鼓励。我的爱胡乱作诗的习惯,就是从这时候开始养成的。

读高三时,我又不顾功课,沉湎于写半通不通的英文诗。那时真是进入了一种无限热切的痴迷状态。写诗要讲究格律。我殚精竭虑,要去掌握好平仄和韵脚。

曾听说有傻子行路撞在电线杆上的笑话。但我自己确确实实有两次在走路时撞在树干上,都因为心中正在想怎样找一个合乎平仄的汉字或者找一个押韵的英文字。

一天,我正在理发馆里理发。心中默诵着英诗。突然领悟一句济慈的诗的意义,我兴奋得从椅子上站立起来,大呼"好诗"!正在为我理发的师傅惊得目瞪口呆。后来这事传开去,我得了个绰号"尤里卡"。古希腊学者阿基米德在浴缸里悟得测定物体的体积和重量关系的方法,奔到大街上高呼"尤里卡",意即"我知道了"。

我遵从父命考进了上海交通大学,学铁道管理。一次经济地理考试,事前我一无准备,试卷到手,一看傻了眼。百无聊赖,忘乎所以,竟在试卷背面默写了一首豪斯曼(A.E.Housman)的诗"Loveliest of Trees"(《最可爱的树》)的原文。写完后才发觉不对头,但又不好撕掉试卷,只好硬着头皮交上去。结果遭到冯教授的训斥:你还要把今后的五十年光阴浪费在观赏樱花上吗？然而这次训斥也终究未能使我醒悟过来,我的爱诗癖已经病入膏肓了。

四十年代初,我开始写新诗(白话诗)。1941年至1944年有一个高潮。

十九岁那年夏天,我借住在我哥哥的同学沈大哥家,在江苏吕城农村(吕城是沪宁线上一个小镇,三国时吴国大将吕蒙练兵的地方)。沈大哥在镇外开米店,米店也是他的家。我就住在米店里面的一间屋子里。我有一个本子,上面画了当时住的地方,乡村风物,包括米店,我跟哥哥在蜡烛光下下棋的样子也画下来了。在吕城,是我一生中最沉迷于写诗的苦乐的一个时期。一个多月的时间里,我写了六十几首抒情、写景的新诗。我白天在田间、地头、河边、坟旁观察,领会,与农民交谈,体验他们的情愫,咀嚼自己的感受。晚上就在豆油灯光下、麻布帐里,构思,默诵,书写,涂改,流着泪誊抄。有时通宵达旦。一次在半夜里,自己朗诵新作,当诵到"天地坛起火了……"这句时,我的大嗓门把睡在隔壁的沈大哥惊醒了,他以为天地坛(乡间祭祀天和地的小庙宇)真的着火了,没来得及穿衣服就跑到我的屋里来问是怎么回事。等弄清了事实,他与我相视大笑！从此他不再叫我的名字,叫我"诗呆子"。

1943年1月我到大学同学张志镰的家乡嘉定县度寒假,写了不少诗。接着,这年8、9月,我在吕城,写了大量的诗,成为一个高潮。这些诗的一多半,"文革"时失掉了,留下的收在《夜灯红处课儿诗》里,作为一辑,二三十首。

当时写诗,受到吴汶的影响。吴汶是三十年代复旦大学的学生。1935年吴汶到日本留学,抗战爆发后毅然回国,在家乡浙江办流亡学生的学校,他当校长,直到抗战胜利。吴汶是一位很有才华而且淡泊名利、不求闻达的优秀诗人。吴汶的诗歌传达着一种三十年代乡镇知识分子特有的情绪。吴汶是一位能不断沉淀、体味、静观感情的诗人。

吴汶只出了一本诗集:《菱塘岸》,不到三十首诗。四十年代我在旧书摊上买到,是平装的,后来看到有软精装的,又买了一本,这两本都在"文革"时毁了。这本诗集1935年出版。有当时复旦大学教授谢六逸写的序。1951年,我曾跟吴汶有过一次简短的相遇。那时我在华东文化部戏改处工作,有一天看到部的签到簿上有"吴汶"的名字,第二天我等着,等到他来。我问他是不是写《菱塘岸》的人,他说是,我便说了我喜欢他的诗,在他的影响下,也写了诗。因为要上班,没有多谈,约着以后有时间再谈。以后政治运动开始,再也没有遇到他。他只在华东文化部当过一段时间文物处的干部,后又回到家乡继续执教。"文革"后,他来信,问我手头还有没有他的诗集。我回话说全在"文革"中毁了。不久,他去世了。他的女儿写信告诉我上海图书馆有《菱塘岸》,她抄了下来。他女儿不会写诗,不分行,连着抄。后来我托人到上海图书馆影印下来,现在只有影印本。

1943年写诗,进入痴迷状态,后来写诗也有投入,但没那样的痴迷。当时写有一首《打谷场上》,写到一个年轻的新四军,被日本侵略军抓住,杀死了。这是真事,我听一个老农讲的。听到最后,真觉得心如刀刺!于是写了这首诗。当时写从农村得到的感受,整夜不睡,有时候一边写,一边还要朗诵。如写《天地坛》,我想象日本人要来,放一把火把这个庙烧了。有时候写着写着就流泪。

这段时间写的诗,有人喜欢,有人不喜欢。唐湜很直接说不喜欢,说太简单。左弦喜欢,成幼殊也喜欢。成幼殊看了后,问我怎么有那么多乡村的材料。我告诉她我一个暑假都住在乡下。这段时间写的诗,后来有两个人写评论,一个是顾子欣,也是诗人,早期生活在上海浦东农村;一个是张同吾,他们比较肯定。

1943年8月，江苏吕城，与哥哥下棋　当时自画的速写

当时,我十分喜欢艾青的诗。我在麦秆的书店里看到艾青的诗集《大堰河——我的保姆》和《北方》,受到震撼。吴汶给我的是意境美,艾青给我以深沉的忧郁感,忧国忧民、跟国家的命运联系起来的感受。看到《我爱这土地》《火把》,激动人心。给我印象最深的还有《吹号者》,号角里"夹带着纤细的血丝"这个意象我记得特别深刻。但要我用艾青的风格写,不容易。我写《初来者》,就是模仿他的风格写的,其他一些,不太成功。

冯至早年的《帷幔》、《蚕马》我很喜欢。但我不善于写这样的叙事诗。后来冯至的《十四行集》,那种深沉的哲思,触动我的灵魂,给我以深刻的影响。

卞之琳的诗,我喜欢。当年他有一本诗集:《鱼目集》。卞之琳说自己是鱼目,其实他是珍珠。他的诗就像橄榄,越看越有意思,最后品出味来。他有中西文化的底蕴。如《断章》,只有四行,意义却很深。

何其芳的《刻意集》,第一首诗《脚步》,成幼殊能背,我也喜欢。《画梦录》散文集,跟《刻意集》风格差不多,很美,我也很喜欢。但后来觉得过于绮丽。他的散文《还乡日记》,跟他的诗不一样。后来更喜欢艾青、卞之琳。

艾青写有放开的诗,冯至与卞之琳,都是内敛的。艾青的《火把》、《大堰河——我的保姆》就是放开的诗。冯至与卞之琳的诗,没有一个字是多余的。何其芳到了延安后,写的诗跟过去的不一样了,比较自然,但我觉得诗意不浓。

1945年跟一批诗友结成野火诗歌会,活动不到三年。我们都是地下党员,心里明白,没有横的组织联系。党的任务来了后,诗就是次要的。

1948年秋天,我的哥哥,还有妙英鼓励我出一本诗集。我把诗收集起来,给一些朋友看了。麦秆的朋友建议慢一点出,说这时候正是革命情绪高涨的时代,你的小资产阶级情调不合适。我已经买了纸,最后改成出翻译的诗。我选的是惠特曼的诗,诗集名为《鼓声》。

第二个创作高潮

1962年春天,政治空气略有宽松,我写了几首短诗,比较浅的东西,但《文汇报》很快发表了。这年秋天,阶级斗争的弦又绷紧了。从此直到"文革"结束,我再也写不出诗来。

"文革"时写过歌颂毛主席的诗,贴在干校墙报上,是应景。私下写过三首词,是对"文革"不满的情绪的发泄。

我的第一本诗集是旧体诗集《萱荫阁诗抄》。"萱荫阁"是我母亲书房的名字,母亲为了纪念她的母亲即我的外婆,用这个名称。我为了纪念母亲,把我的书房也叫"萱荫阁"。

1982年在北戴河度假,有个创作小高潮。在北戴河,每天都看到一株白芙蓉。一天,发现它歪了,仔细看,原来是一个花蜘蛛在结网,把白芙蓉跟一株紫薇连起来。我生气,抬手把蛛丝扯掉,白芙蓉就站直了,有了尊严。于是,便有了《白芙蓉》。

在北戴河海边看到海浪,一浪一浪,涨起来,盖住了礁石。《礁石》就从这里来。这首诗表现爱的泛滥,爱太多,被爱者就不见了。艾青也写过礁石,把礁石写得很坚强,有一种人格力量。我把礁石比作婴儿。同样一个对象,可以有不同的联想。

在八十年代初期,写了一批关于植物的诗。和平里小花园里有许多树,夏天是一片碧绿,有一棵却是赭色的,甚至有些红,那是一株枯败的松树。但给我的感觉,它不是灭亡,而是一团火,便有了《枯松》。另外还有《金银花》等诗,还有咏物诗。1981年妙英患甲状腺癌动了手术,我有三首写医院的诗。

从七十年代末到八十年代中期,正值思想大解放期。我的大量吟咏景物诗和政治隐喻诗都在这个时期喷薄而出。这可算做我的第二个创作高潮。

我的第三个创作高潮期则是从九十年代中期开始直至二十一世纪初。其中某些时候我找到了早年在吕城写诗时的那种感觉,再次进入写作的痴迷状态,只是更增添了几分理性。

第三本诗集是《哑歌人的自白》,人文社1990年出版,莫文征当责编。其中有多首十四行诗。

《深秋有如初春》,2003年由人文社出版。收入十多年来的新作,包括十四行诗。写这批诗,除少数例外,没有出现像1943年那样的痴迷状态,写得比较清醒。

其中有一首是全身心投入的,就是《迟到的悼歌》。悼念我的朋友,"文革"中被诬为"现行反革命"枪决的马正秀烈士。写这首悼诗时,一张张纸都泪湿了。

有一些诗,当时就写成。有一些则是先把诗的构思写下来,再慢慢整合。《济慈墓前的哀思》,是从济慈墓地出来,回到宾馆当晚就写成的。给章燕看,她觉得可以。1980年访问美国,都有诗留下来。访问台湾地区时,每次出游回来都有一首十四行诗。我有个习惯,床头有纸笔,入睡前出现诗思,就把想到的句子记下来,次日再整合。我有经验,不记下来,第二天就没有了。牛汉讲,语言本身有生命。我有体会,写到一定的时候,就跟着语言走。反过来想,那生命本是隐藏在自己内心的东西,开放后,带出来了,它不是心灵以外的东西。

内心是个矿藏,弗洛伊德发现人的潜意识,是个大贡献。人内心有好多潜在的东西,自己没有意识到。诗语的电击有时跟理性构思不一样。语言的生命会牵动你,让你挖掘。语言本身会跳跃,有时候会歌唱。虽然语言会引领你,但你没电击般的顿悟也不行。

也有这样的情况：开始写的时候似乎顺畅，写着写着，最后跟原来想的完全不一样。人的脑子是一个内宇宙，跟外宇宙相通。牛汉跟贺敬之有过大我与小我的争论。我觉得小我就是内宇宙，大我应该是内宇宙与外宇宙的结合。如果把大我跟小我分开，也就是内外宇宙相隔绝了。这样，大我也不会有生命。只写大我，就只会有口号；如果只写小我，那会极端私人化。古往今来，大诗人内外宇宙是相通的。里尔克是那个时代的缩影。艾略特是用一个很个人的方式，来反映他的时代。

写诗，不是你想怎么去打开一条通道，而是你的世界观的自然反映。比如我写《迟到的悼歌》，就是对"文革"的痛心疾首。又比如《白芙蓉》，表达了一种对强制、限制人自由的反抗。我让白芙蓉站直，不依附任何东西。

从1943年开始，我的世界观有了明显的变化：人一定要活得有意义。野火诗歌会的伙伴们也讨论过这个问题。我们觉得人是一个悲剧，Man is mortal。人是必死的。既然人是必死的，那就有两种人生态度：一是及时行乐；另一是进行革命斗争，不怕死，反正要死的，为了人类的解放，可以牺牲生命。我们把这一种人生态度称为积极的悲壮主义。我的世界观就是这样逐步形成的。

这样的世界观，会自然地渗进诗歌创作中。《打谷场上》是这样产生的。又如《树的哲学》，是对理想与现实的辩证关系的思考，也是对"文革"的反思。是无意中从脑子里浮现出来的诗思。这首《树的哲学》，被许多诗选选入。

内外关系，由世界观决定。孔子讲泛爱众，讲仁者爱人。我小时候很受孔子思想的影响。为了爱人，可以牺牲自己，解放人类。我的世界观在四十年代形成。经过"文革"，再进行反思，重新觉悟。共产主义是什么？是人所想象的东西，到底是什么，只能走一步,看一步。我们国家的政治体制改革,步子太慢。我们总是要一步一步走向民主。

有一次北塔问我,你写诗,总的指导思想是什么?我说是一个字,爱。很多人都这样说,我这个爱字是老生常谈,我也不怕别人说我是重复别人。爱什么,小的范围是爱父母,爱亲人,爱子女,爱老师,爱朋友,大的范围,是爱祖国,爱人类。《论语》给我的影响很深,"己所不欲,勿施于人","泛爱众"……这跟法国大革命时提出的博爱相一致。我年轻时尊崇的就是爱,爱祖国,爱亲人,爱人民,爱人类。

毛泽东《在延安文艺座谈会上的讲话》中说:"至于所谓'人类之爱',自从人类分化成为阶级以后,就没有这种统一的爱……"我的理解是:既然马克思主义说要解放全人类,那么它的基础,或者出发点,就是人类之爱。我们主张人类之爱,当然不是要爱希特勒、东条英机,或者现在的恐怖组织,他们是反人类的。不能这样简单、机械地来理解人类之爱。事实上,我们国家的一些做法,也含有人类之爱的因素,如在战争中优待俘虏,改造战犯,把末代皇帝溥仪改造成公民等。没有这种大爱的胸怀,这样做是不可能的。

北塔说,你的诗和散文中,经常写到女儿、外孙女,似是挥之不去的主题。我说:是,我爱她们。

创作方法,我信奉济慈提出的概念,"客体感受力",英文是negative capability,意思是把主观的定式思维抛开,与吟咏对象拥抱,物我合一。有一篇文章,题目叫《诗歌圣殿的朝圣者》,是我与首都师范大学吴思敬、荣光启、王珂、霍俊明等师生的关于诗学的对话录,2006年发表。我谈了济慈的美学概念客体感受力,对它的理解、运用。并由此谈到当今诗坛有人提出垃圾运动,颠覆美,颠覆崇高,颠覆英雄,这虽然不是一个主流,但是有势力。还有人提出颠覆语言,更是奇怪。我认为这些都是走不通的路。现在是一种"双轨"现象,一方面是泡沫诗、伪诗、非诗泛滥成灾,另一方面是老诗人坚守创作岗位,中青年诗人人才辈出,佳作不断涌现。真诗与伪诗在斗争,我相信正面的东西一定会成为主流。清代赵翼有诗:"李杜诗篇万口传,至今已觉不新鲜。江山代有才人出,各领风骚数百年。"要创新,这没有错。但不能为了创新而来一个特别怪异的东西,这个路是行不通的。创新是要变革,但我认为万变不离其宗,宗就是真善美。

我自己对写作是投入的。我一生在追求真诗。我写的新格律诗,用顿、押韵。偶尔讲求平仄。卞之琳说新诗没法用平仄,如果也讲究平仄,即是锦上添花。我的诗《光市》,为莎士比亚式十四行诗;《渔村 4 号》为十四行诗变格,押韵的字讲究平仄。这是把声调(平仄)与韵式结合以形成一种格律的尝试。写《渔村 4 号》时,感情全部投入,仿佛做了一场梦……夜里十二时,已熄灯上床,又起身开灯修改,不下三次。

第十九章　诗界师友

冯至:被鲁迅誉为中国最优秀的抒情诗人

我年轻时就喜欢冯至。我最喜欢《北游及其他》,以及后来的《十四行诗集》。他有长篇叙事诗《帷幔》、《蚕马》,读来令人荡气回肠。他的十四行诗把深沉的哲学思考浓缩在里边,有深邃的内涵。鲁迅说过:冯至是中国最优秀的抒情诗人。

我第一次见到冯至,是在五十年代末作协的一次诗人集会上,地点在北京南河沿欧美同学会。他给我的印象,是一位温和亲切、内蕴深厚的学者兼诗人。但与冯至接触较多是在"文革"结束之后。

1982 年,我给他寄我译的莎士比亚《十四行诗集》及复印的1949 年 5 月 28 日上海英文周刊《密勒氏评论报》的资料,上面登载着我用英文译的冯至的《招魂》一诗。他回信表示感谢,并对我译的莎翁《十四行诗集》做了评价,给我很大的鼓励。

1986 年 1 月在北太平庄远望楼,作家协会举办中国新诗集第二届评奖活动,评的是 1983 年、1984 年出的诗集。评委有艾青、臧克家、冯至、李瑛、邹荻帆、我等。我跟冯至有一次谈话。我谈到我青年时读他的诗。他说他写诗,是一阵一阵的,写十四行,是在西南联大。我提到解放后他写的一首诗,《韩波砍柴》。他说自己

1986年1月30日,北京,远望楼,第二届全国优秀新诗奖评委会全体合影　前排左起:邹荻帆、冯至、臧克家、艾青、徐迟、公木、严辰、朱子奇　后排左起:杨牧、杨子敏、邵燕祥、屠岸、李瑛、晓雪、李元洛、白航、朱先树、谢冕、吴家瑾

写诗反映新社会、新时代,不那么得心应手。我还谈到他在五十年代由人文社出的《杜甫传》,读了印象极深。我说粉碎"四人帮"后出的这本书,纸张差,装订也不好。

　　我跟他谈到郭沫若的《李白与杜甫》,冯至评论说,这部著作的观点太荒唐。郭沫若说李白喝酒是为了接近人民,说杜甫有三重茅的草房,是地主,说把南村群童当强盗,这些论点都很可笑。冯至说了这么一句:让街上的野孩子到你郭府上捣乱一下,你的反应怎么样? 还说郭沫若在晚年,不准别人对他的学术有反对意见,有点霸道。

　　谈到这次参与评奖的诗人中有好几个人被划成"右派"及胡风分子时,我说由于他们生活上的坎坷,他们的诗就凝重,诗穷而后工吧。冯至说有道理。他对高干子弟的胡作非为有看法。说这些高干,装作不知道,老百姓可是非常反感。

我跟冯至交往通信一直到他的老年。我们始终以"同志"相称。1990年3月19日,他给我回信:

> 屠岸同志:
>
> 　　我衷心感谢您2月25日的来信,我读后既感动又惭愧。人们常说"马齿徒增",言外之意是无所成就,我的"马齿"早已被医生拔尽,更谈不上成就与否了。从前写文章或闲读,常不假思索地说,歌德、雨果都享有高龄,不知不觉,我现在的岁数已超过他们的"高龄"了。可以想象,这该是怎样一种滋味!

冯老同时寄赠我一本1989年出版的他的诗文集《立斜阳集》。我注意到其中有一篇文章对陆游的诗《送芮国器司业(其二)》十分赞赏。陆游诗是:"往岁淮边虏未归,诸生合疏论危机。人材衰靡方当虑,士气峥嵘未可非。万事不如公论久,诸贤莫与众心违。还朝此段宜先及,岂独遗经赖发挥。"此诗作于宋孝宗乾道六年(1170年)春。诗中追念六年前爆发的一次规模巨大的太学生爱国运动。陆游希望芮国器当国子监司业,要把带领学生发扬此种爱国精神当做首要任务。冯老的文章写于1989年6月那场政治风波之后,把他忧国忧民的爱国情怀表露无遗。

1993年2月21日,我接到朋友杨子敏的电话,得悉冯至老人病重。但这天刮大风,我怕感冒,没有立即赶赴医院。这成为我一大遗恨。23日,我打算去看冯老,方知冯老因患肺癌已于22日下午2时10分与世长辞!

3月2日,我到八宝山参加冯至先生遗体告别仪式。冯老学贯中西,博古通今,又是诗人,又是学者。由于他在文学界、学术界有着崇高的威望,所以那天去告别的人特别多,老中青都有,足见冯老的朋友、学生之多,联系的社会面之广。冯老仰卧在灵堂中央,面目如生,四周布满花圈。我向冯老深深三鞠躬,不觉泪水盈眶。

艾青:"我的信念,像光一样坚强"

1980年3月21日跟人文社的一位编辑一起,到西经路北纬旅馆访诗人艾青。当时艾青还没有自己的住房,或者住的地方不方便,总之是作协安排他住进了北纬旅馆,高瑛也在。我和艾青已见过多次。这次见面,他很热情,跟我握手,他的手很热。我们随便交谈。我问他家乡在哪儿,他说,浙江金华。我说,"我是江苏常州人,我们是江浙人。"他说,"常州,我在那里待过。1936年我从苏州监狱出来后,在武进(常州)女子师范教书,教美术与国文。"我说我的母亲是武进女子师范第一届毕业生。他说,"我教书时,教国文的老先生,秀才出身,是地方上有名的人物,年纪很大了。他教课时,女学生恶作剧,把他的衣服偷偷解开,他一站起来,衣服都松开了。"艾青用常州话学老先生说:"调皮,调皮。"我说,你这正是常州口音。艾青说,"我上课之前,他们没有把名单给我看,有个姓我不认识。我问怎么读,她们大笑。我说,我又不是《康熙字典》,又不是《百家姓》,你们笑什么? 我讲国文,把学生都吸引过来了。我讲莫泊桑、普希金,不讲中国古文。"

去之前,我曾给艾青写过信。高瑛听说我就是屠岸,把我的信拿来给艾青看。我信上说,他的《历史的尊严》一诗最后一行,"一场浩劫",改成"史无前例"更好。艾青看信后说好,下次发的时候改一改。我这次访问,是想把艾青的《诗论》拿到人文社来出。他提了几点要求:8月底出版、纸张、版式等,我都答应,他就当着我们的面,让高瑛打电话,把稿子从另外一个社拿出来给人文社出版。

1983 年 3 月 25 日,到总参第一招待所,参加中国作协文学评奖活动授奖大会活动的一部分:得奖作者与编辑、文学界人士座谈会。艾青在会上有个发言,我很感兴趣。他讲他怎么走上写诗的道路。他说:"我没有学问,没有上过大学。有人说我留过学,我到法国去不是留学,是流浪。我翻译维尔哈伦的诗是靠字典。我原来是画画的,回国后被抓进了监狱,不能画了,就开始写诗。我发表的第一首诗是在丁玲主编的《北斗》上,当时不知道主编是谁。后来丁玲对我说起,才知道。丁玲为什么会注意我呢?因为丁玲姓蒋,原来叫蒋冰之,我也姓蒋,原来叫蒋海澄。"他又说:"我离开了诗,就不能生活。这次新诗评奖,我也是评委,评委中有臧克家、冯至,他们过去骂过我,我怕他们不投我的票,于是我投了自己一票。结果票出来,是全票。所以我是以小人之心,度君子之腹。"

艾青的《归来的歌》参加评奖,得了全票。

艾青坦白的发言,博得了大家的笑声。他接着讲。他们骂过他,但那是过去的事。他指着墙上说,都是"俱往矣"。墙上毛主席的词《沁园春·雪》中就有这一句。突然他说,毛主席的字歪歪扭扭的,不知好在哪里。高瑛在他的身后,笑着说,你不要扯远了,毛主席的书法跟你的诗有什么关系?

1992 年 4 月 27 日,星期一上午,我带着女儿章燕、女婿文海到东四·十三条艾青家拜访艾青。一位中年女子来开门,把我们引进会客室,说,里面正有客人,请稍候。但高瑛立即前来,说:"新华社记者正在拍照,你来得正好!"

我问艾老身体。高瑛代答,还行,能走几步路。

我说:"您的《常州》那首诗写的是我小学六年级下学期时的常州,死气沉沉,到处是小便处,阿莫尼亚气味充斥在空气里,还有抬

1992年4月27日,在艾青寓所访艾青夫妇　左起:屠岸、艾青、高瑛

　　轿子的,像是在清朝。这不假。但那时常州也有革命的一面。早期共产党人、革命烈士瞿秋白、张太雷、恽代英都是常州人。"

　　艾老说:"我是从常州被赶走的。有人在报上造谣说我名为法国留学生,却跟女学生跳舞作乐。我那时候根本不会跳舞,跳舞是我到延安去之后学会的。抗战初期,我到了广西。桂系当官的要我去做官,我不干。有人要我去主编一个报纸的副刊。那副刊是什么东西! 是公共厕所,随便什么人都可以去拉屎的!"

　　不知怎的,话题一转,艾老突然说:"武则天这个人了不起,她把李世民的后代都杀了!"又问,"哪里有武则天的传记? 我倒想看看,看她同江青有什么不同。"

　　我说,林语堂有一本《武则天传》,是小说,人文社出版,我可以找出来给他送来。我说,武则天有两次被搬上话剧舞台。第一次是1937年,宋之的写的《武则天》在上海卡尔登戏院上演,英茵饰武则天。第二次是郭沫若写的《武则天》,六十年代初由北京人艺在首都剧场演出。

艾老问,郭沫若写的?郭沫若写的东西不可靠!艾老听觉已有些迟钝,有时需高瑛把我的话高声重述。但他思路敏捷,随想随说,如天马行空,没有定规。

艾老说:"有一次一位外国朋友问我,××犯了那么多错误,怎么还会当选为文联主席。我说你不知道中国的选举是怎么回事……"高瑛打断他的话,你又说了!但高瑛立即代他把话说了出来,说,选举是内定的。后来,转换了话题。

我谈起《绿洲笔记》,这是艾青的纪实文学作品,里边有两篇写得很感人,一篇是《输血记》,一篇是《救马记》,特别是《救马记》。

艾老说,都是真事。高瑛说,写的是在新疆的那段生活。我说,王震同志保护了艾老。

高瑛说:"是的。在黑龙江密山,在新疆,王震是很照顾我们的。在密山,王震向战士们动员垦荒时说,有一位大诗人,你们知道吗?叫艾青!是我的朋友!……那时艾青已经是右派。在'文革'前,我们在新疆生活得还是很不错的。'文革'期间生活得很惨。他(艾)跟王震总要拉开一点距离。王震邀他去,邀了几次,他才去一次。他不愿跟大官靠得太近。他跟×××不同。"

艾老静听着,未说什么,没有异议。

我们起身告辞。回家路上,章燕说,艾老住的小院很不错,会客室和正厅之间有一条走廊,上面有玻璃屋顶,阳光充足。我说,艾老刚从新疆回北京时还是够惨的。后来作协暂时安排他在北纬旅馆栖身,之后又住到北京火车站附近的丰收胡同。丰收胡同要拆迁,才搬到这里来。就居住条件说,也是历经坎坷,到晚年才得到这样的条件。

1993年11月5日,我到东四·十三条去访问艾青。我带去了毛笔、墨汁、砚台、宣纸,也带去了钢笔、稿纸、短笺。请艾老给我题字,以留作纪念。我想如果艾老能写毛笔字最好,如不能,写钢笔字亦可。这一年,艾老八十三岁。

高瑛说不用我带去的东西,她什么都有。她端来一杯刚沏的茶,放在茶几上。又拿出一方毯,铺在艾老前的小桌上。再拿出一个瓷碟,倒出墨,拿出一叠宣纸。高瑛问我希望艾青写什么字,我说,艾老的《光的赞歌》中有名句:"然而我们的信念／像光一样坚强——／经过了多少浩劫之后／穿过了漫长的黑夜／人类的前途无限光明,永远光明。"是否写:"我的信念像光一样坚强"。高瑛说,不成,字太多了。最后,艾青给我写了"诗言志",还写了高瑛让他写的"神"。一共写了七张,高瑛让我挑,我挑了五张,高瑛说:"你真贪。"

高瑛说,艾青的脑子开过刀,脑子不行了,字形都忘了。今天写了这么多,也难为他了。又说她是他的"奴隶",为他服务,侍候他的起居饮食及一切杂事。每天工作忙得很少休息。一个晚上只能睡四五个小时,不过,还这么胖。我奇怪怎么只能睡那么少的时间。我说:"艾青是国宝,也靠你对他的帮助,没有你,艾老也没有今天。"高瑛说:"你说国宝,谁承认?"我说:"即使有人不承认,群众承认啊!"

艾老说,沈尹默的字很好,给他写了一幅,有几十个字。艾老让高瑛去拿给我看,高瑛说在柜子底下,取出来不方便。艾老说:"我想要沈尹默的字,就让文怀沙去要。文怀沙要的时候,沈尹默问是谁要,文怀沙说自己要,沈就不写了。文怀沙没有办法,说是别人要,沈尹默又问是谁,文怀沙说是一位诗人;又问是哪一位,文怀沙说是艾青。沈尹默就写了。"

走之前,我征得高瑛的同意,到艾老卧室和书房里看了看。书柜上还有线装书。

我走到艾老身旁,向他告别,握他的手。他的手很热,握得很紧。小桌上放着我刚送的书。我说,请您指教。艾老说:"你送我书,我是看的,但指教,我谢绝。阅读是一种愉快,'指教'是一种负担呀!"艾老仍不失他特有的幽默。

艾青客厅里挂有黄永玉的画,就是那张"黑画":猫头鹰,睁一只眼,闭一只眼。

1996年5月5日早,牛汉电话告知我,艾老逝世!我一直在等讣告和遗体告别通知,最后知道不发讣告,小范围内举行遗体告别仪式。1996年5月9日,我到东四·十三条的艾青家,门敞开着,一女青年引我到正厅,这里布置了灵堂。艾老的半身塑像供在中央,四周有鲜花簇拥着。墙上挂满挽联、挽幛、挽诗。女青年说,室内有客,正在讨论摄像问题,要我去灵堂稍等。我望着艾老塑像,感到哀痛。我向艾老塑像鞠躬,鞠到第三个,觉得没有鞠够,便连续鞠下去,一直鞠了九个躬,才停止。不是封建大礼三跪九叩首,而是因为九代表多,代表无数。

见到高瑛后,高瑛让我坐在沙发上,她说我们收到了你的信。我说:"我写完信就到上海去了。5月4日回京,当晚我给你挂电话,你不在,接电话的是一位姓全的女同志,她说艾老在医院,你也在医院。第二天,我正想去协和,牛汉来电话,告诉我艾老去世的消息。太遗憾了,没有见上一面。……"高瑛说了艾青抢救的经过。我说,你辛苦了!高瑛说:"是辛苦了,辛苦了几十年。人总要有个归宿,现在他走了,我也解脱了。"我说,艾老的后半生全靠你,如果没有你,艾老活不到今天。艾老走了,他的诗歌、诗论和其他著作,是永垂不朽的!高瑛说:"你总是这样评价他。"我说,这是实话。艾老的著作就是引导我前进的力量……谈着,我不禁潸然泪下。高瑛递给我擦泪纸,并一再叮嘱,你也是高龄人了,千万保重!

回到灵堂,我再次向艾老雕像鞠躬,鞠到第三个,仍觉没有把我的意思表达尽，便又继续鞠下去。高瑛抓住我的胳臂，说，好了，好了。但我仍鞠了九个躬，才停止。高瑛送我到大门口，说要找车子送我。我托词，还要到街上购买东西，不必用车子。回和平里，哀思，长萦在心头……

1999 年 6 月，看完程光炜的《艾青传》后，对艾青有了更多的理解。对艾青的诗，我是极其佩服的。对他的几度婚变，过去略有所闻，但不知其详。看他的传记，才知道了某些细节。1999 年 6 月 27 日，牛汉电话告诉我他家的电话号码改了。他问我在干什么，我说在看程光炜写的《艾青传》。牛汉说这部传记写得还算不错。我谈到艾青的几次婚变问题。牛汉说，高瑛曾对他说，艾青的几个妻子中，张竹如是很好的。我想，高瑛能如此说，必有切实的根据，同时也显出高瑛的气度。

艾青逝世后，我跟高瑛仍有往来。一次，高瑛在接到我的信后回电话说："艾老在世时你最后一次到我家，艾老给你用毛笔题字，写了一张又一张，一点也不烦，就因为是为你写。你还这样记着艾老，还这样关心我……"

2002 年 4 月 30 日与高瑛通话。我谈到艾老的诗《酒》。高瑛说："艾青说过，俄国人爱喝酒，说今天天气阴湿，要喝，驱寒；今天天气晴朗，要喝，庆祝；今天发愁，要喝；今天高兴，更要喝。在新疆时，生活费每月四十五元，不够生存，把东西都卖了。一只洗衣盆，也卖了，因为有泉水，整日流，可在泉水中洗衣，不用盆了。但水太冷，不懂，从此种下关节炎。艾青要喝酒，就从那四十五元中拿出一部分，买白酒。二锅头一类的，只准一天喝一次，一次一两。他要喝两次，不准。钱不够，也有害健康。那时艾青痛苦到极点，不想活。一次我发现电灯不见了，我很警惕，马上查看。见灯头放在床边。艾青想自杀。他说，实在活不下去了，但想到你和孩子，我又不敢死。我对他说，无论怎样也要活下去，活下去就是胜利。'文革'结束后,我帮助他戒烟戒酒。酒不是戒绝,烟要戒绝。我与一位医生'串通',让他对艾青讲:抽烟有三部曲,第一部气管炎,第二部肺气肿,第三部肺心病。艾青被说服,戒了烟。艾青戒烟是我长期作斗争的结果。"

艾青已经离开这个世界。这是中国诗坛的巨大损失。自从中国新诗诞生以来,将近一个世纪。中国新诗的诗人们如夏夜的星空,群星灿烂。如果让我指出哪一颗最大、最亮,只准指一颗,那么我衡量再三,认定一颗,他的名字叫艾青!

臧克家:"一团火,灼人,也将自焚"

我第一次见到臧克家是在上个世纪五十年代一次诗歌朗诵会上,他跟我握手,非常有力,他手上的热度很高,这热度把他火热的心和我的心沟通了!后来每次见面,他都把心中的热通过握手传到我心中。他比我年长十八岁,但他的手劲比我大,有时甚至把我的手握痛了。不过这种"痛",是心灵相互撞击的火花,随着"痛"而来的,是席卷全身的感情热浪。

早在上个世纪四十年代,我读到臧克家的诗。他为悼念鲁迅而写的诗《有的人》,几乎家喻户晓。说他是一位与祖国人民同呼吸共命运的杰出的时代歌手,那是无可争辩的。他的创作历程几乎贯穿了整个二十世纪,他的一生见证了中国新诗发生和发展至今的全过程。说他是中国现代现实主义文学巨匠当不为过。我常常把艾青和臧克家列在一起,觉得他们在中国现代诗坛上形成了双峰并峙、二水分流的奇观,正如李白和杜甫成为唐诗的双子星座那样。任何文学史家写中国现代文学史都无法绕过这两位大诗人!

九十年代有一次我见到臧克家,我告诉他,我非常喜欢他早年的一首新诗《老马》和他晚年的一首旧体诗七言绝句《老黄牛》。我讲了对这两首诗的认识。臧克家兴奋起来,情不自禁地朗诵了《老黄牛》。他那带着山东诸城乡音的嗓音洪亮有力,抑扬顿挫的乐感非常强烈。他一面朗诵一面挥动手臂,加强了节奏感。他说,这首诗传播得很远,海外许多华人都在传诵它,可惜往往传抄有误,印错了字句。

1993 年深秋,臧克家在给我的信中示我以他新写的一首短诗:

> 我,一团火。
> 灼人,
> 亦将自焚。

只有短短的三行,十个字,非常精练,却经得起仔细咀嚼。我觉得这首诗是臧克家的第三首"自己的写照",把他的人格精神突现出来了。

1995 年 10 月 5 日下午,我跟妙英一起到协和医院看望臧克家。臧克家躺在床上,非要起床,怎么劝也不听。他坐在沙发上跟我说话。他说我们不常见面,但他常想起我。他正想把最近发的诗抄下来给我寄去。他夫人郑曼便拿来 9 月 19 日的《光明日报》,给我看登在上面的臧克家的《近作两首》。第一首是:"老来病院半为家,苦药天天代绿茶;榻上谁云销浩气,飞腾意马到无涯。"第二首是贺端木蕻良老友诞辰。我一看,觉得第一首好。臧老说,一位姓陶的朋友说,苦药应该是苦酒,无涯应该是天涯,他怕是排印错了。我说,苦药没错,与病院呼应;无涯也不能改,天涯是有涯的,而意马飞腾是无涯的。臧老说:"对! 我从不喝酒。我躺在床上,想象飞驰,可以海阔天空,上天入地,所以是无涯啊!"

我说,请让我用母亲教我的常州吟诵调来吟一遍你这首诗。我吟的时候充满了感情,脑子里出现了一匹上天入地的意马。臧老听到了很高兴,脸上露出兴奋的笑容。

1996年3月29日,儿子说接到郑曼从医院打来电话,我回过去,听到郑曼嗓音一亮,就放心了,因为郑曼是夜里打电话来的。郑曼说臧克家病情转稳定,想出院回家了。他躺在床上,想老朋友,叫郑曼打电话,想跟我聊几句。这时臧老的嗓音从电话里传来,仍然是那么热情、坦诚。他说:"我很想念你。"我说:"我也想念你。"他说:"你不但写诗认真、严谨,而且为人好,人品好。"我说:"我感谢你的鼓励,过奖了。"他说:"不是过奖,我真是这样感觉的。最近你又发表了一组诗,不记得是什么刊物了。"我说是新疆的刊物《绿洲》。他说,"对了,是《绿洲》。你的诗写得严谨、认真,诗风跟人是一样的。"他已经九十一岁,但心底仍然像年轻人那样火热。

1997年2月5日,我又到协和去看望臧克家老人。臧老一见我,就呼"屠岸同志",紧握我的手。他显得疲劳,但两眼有神,仿佛渴求友谊。他一说话,他夫人郑曼立刻制止。我说,我非常思念臧老。臧老躺在床上立刻说也想念我。郑曼阻止他说话。我说臧老你不能激动。告别的时候,他握着我的手不放,好像有话要说,要我多留一会儿。他实在太衰弱了。

1999年3月13日,头天约好去看臧克家,我准时到达晨光街臧宅。客厅布置雅洁,有长沙发、茶几,几上摆着盆花,有点像美人蕉。沙发右侧有一高藤椅。郑曼让我坐在沙发上,说臧克家腰部有病,须坐高椅。郑曼说:"克家早就在等你了!"

臧克家从卧室起身,经过走廊,由郑曼扶着,进入客厅。我起身迎接,他脸上笑容可掬,伸出手来,把我的手紧紧握住,用山东口音说,我想念你,想念你呀!他的手仍很有力,但很凉。我认为,这倒恰恰是健康的标志。相比之下，我的手很热。我说，我也非常想念你！

臧老坐在高椅上，我坐在沙发上，说："您脸色很好，比我上次在医院里见你时要好得多！克家同志已是九十五高龄，还能起坐行走，说话，头脑清晰，真让人高兴！一定能活过一百岁！"

臧老说："人说文坛有三老，三老里面，最近冰心走了，对我刺激很大。"文坛三老是指冰心、巴金、臧克家。郑曼说，冰心去世，本想瞒着他，但怎么瞒得住？报纸上登，电台广播，他不能不知道。臧老又说，巴金也不好。郑曼说，巴金住在华东医院，已切开喉管以通呼吸，很痛苦，生命也很危险。臧老脸上现出悲苦的模样，我无法用言语去安慰他。

为转移他的注意力，我拿出我的译作《济慈诗选》，双手捧给臧老，并翻开扉页，指着上面题的字"克家、郑曼同志教正　屠岸敬赠　1999年3月（印鉴）"说，我称你们二位为"同志"，因为觉得这个称呼合适。本应称"臧老"、"郑老"，但称"同志"已习惯，而且觉得亲切，所以仍用这个称呼。郑曼说，这个称呼很好。臧老说，志同道合，都爱诗。

臧老看了书名，不假思索便说："我学过《夜莺歌》，是闻一多教我们的，还讲了夜莺的歌声如何美妙，如何自远而近，自近而远……"他一见济慈的名字，立即想起《夜莺歌》，可见思维仍很敏捷。他说，那时教英国文学的有梁实秋、闻一多。我问，梁实秋也教济慈吗？臧老说，梁实秋教莎士比亚。他兼管图书资料室。一本牛津版莎士比亚，没有注释的，大洋六十元……我说，那是山东大学吧，还在青岛？臧老说，那时还不叫山东大学，叫国立青岛大学。经费是韩复榘拿出来的。

臧老回忆起他的第一本诗集《烙印》出版的情况，说是自费出版，他没钱，是朋友帮忙，北平的卞之琳、李广田、邓广铭一人掏二十块大洋,还有一个亲戚,也帮一点忙,才出版了《烙印》。出来就受到了广泛的注意。郑曼说,那是1933年,接着开明书店就正式出版了。臧老说:"我到现在还感谢卞之琳他们。邓广铭去世,我伤心得不得了,好像半边天塌了!"郑曼说,他一定要写悼念文章,但又拿不动笔,最后由他口述,我记录整理,写成了一篇文章……我说,李广田也去了,去得更早……臧老长长地叹了一口气。没想到臧老带着愉快的心情回忆起《烙印》的初版,却引起了对已故朋友伤心的怀念。

话题转到臧老现在的住房。他说,赵堂子胡同的房子要改造,没地方住,就到这里来借住。整个公寓住的都是副部级以上的高干,刘白羽就住在这里……

郑曼说,这房子本来是借的,翟泰丰、张锴为此事奔波了一阵,总算住下来了。翟泰丰说,别管借不借,您老住下去就是了。这房子身子骨很结实,房间宽敞,层高较高,空气通畅。

臧老又说,某某部长住在这里,某某部长也住在这里。我说:"你的邻居都是行政领导干部,可能功在国家,但我所倾心的还是老诗人。"臧老没听清,郑曼在他耳边高声重复了我的话。臧老说,他们是首长,但有很多是我的读者。我说,这就是诗的威力!

臧老说,"最近准备出一本旧体诗集,把过去的旧体诗作品集中起来,印得好些。我的旧体诗有时候不注意平仄,就是对平仄要求不严格……"我说,这个问题我和您有过通信,谈论过。诗情激荡,有时可以冲破格律。臧老说,对的,要格律服从诗情。

我说,古代大诗人也常有破格的好诗,李白、杜甫都有。李白《送孟浩然之广陵》七绝"故人西辞黄鹤楼,烟花三月下扬州。孤帆远影碧空尽,唯见长江天际流",第一句第二字应仄而平,破格了。

我说，他的旧体诗中有些我很喜欢，又提到他的那首咏老黄牛的诗。臧老又说起他的诗《抒怀》，并背诵了一遍："自沐朝晖意蓊茏，休凭白发便呼翁。狂来欲碎玻璃镜，还我青春火样红。"臧老背诵时颇有得意的神情，这得意也是可以理解的。

我对郑曼说，原想请臧老写几个字留作纪念，我拿出一张白纸，心想请他用钢笔随写几句即可。哪知郑曼说，要用宣纸毛笔写。我说，今天不能再打扰了。

1999 年 3 月的一天，收到臧老给我的信和字。信封上"晨光街 10 号臧寄"，是郑曼的笔迹。里边有一幅字，是臧老手书，宣纸上用毛笔写着：

　　博于学　精于诗
　　忠于友　益我多
　　　屠岸诗友

　　　　　　　　　　　　　臧克家　九九年春
　　　　　　　　　　　　　　时年九十又四

还有一信，用钢笔写在中国作家协会的信纸上：

屠岸诗友：
　　我以十二字为你写照，字，不足道也。
　　找我写字多多，今天一次只还两份债。望少示人，要我写字友朋甚多，故此多谢了。
　　握手！

　　　　　　　　　　克　　家　99.3.21 床上灯下
　　　　　　郑曼问好！(这四字是郑曼笔迹)

我大喜过望,立即打电话给郑曼,表达我的感激之情。

臧老虽九四高龄,而毛笔字还写得圆润妩媚,柔中寓刚,完全没有衰老之气,令人惊叹!他的信,用钢笔写的,也仍是过去的风格,手一点也不颤。近乎奇迹!

臧老的信,我十分珍视,都收藏着。1999年4月22日,我又收到臧老的信,用毛笔写在一页中国作家协会信纸上:

屠岸诗友:

　　长函四五页反复读了好几遍

　　信封上大红圈套一个大红圈

克　　家　99年4月

信是竖写的两行,每行十二字,字数相等,"遍"与"圈"押韵,是两句诗,或者是一副对联,虽然对仗不工整。我在4月16日写、发出的信,会引起老人如此重视,而且又亲笔回信,出于我的意外。"大红圈"是重视,也是表扬。我十分珍视老人的鼓励和厚爱。

2002年11月19日,我收到臧老的回信。信上画有波浪线和着重点符号。除日期和"郑曼问候"字样可能是郑曼笔迹外,全信出自臧老之手,很珍贵。我除了收藏好外,还抄录在了日记上:

屠岸诗友:

　　你的来信,给我带来生气。

　　你是诗人,专家。人品高尚,为我所看重。我们见面时少,但心中常有。

　　不论做人,作文,深刻到底,言必有重。泛泛的东西,不到你的笔下。

我年近百岁,无能为矣!

常言:"长寿非福",是有理的。

众多好友,先我而去,内心重,量太重,负担不了。

身体情况,还可以,事事依人,其苦可知。

有时也写点小文以自娱,但提笔忘字,奈何?!

握手!

克　家

2002.11.17上午

郑曼问候

不久,11月23日一早,我带着外孙女,提着花篮,到晨光街臧老家贺臧老九十九寿辰。臧克家诗翁由女儿苏伊及女婿扶出卧室,来到客厅。我们热烈握手。臧老坐在高高的藤椅上。他面色

2002年11月23日,屠岸与臧克家(右)在臧寓

健康,红润略带紫,让我坐在他身旁沙发上,他的右手紧握我的右手。九十八周岁,虚龄九十九岁老人,手依然有力。一股热流通过手传入我的心脏。

臧老朗声吟出一句诗:"顶着寒风故人来",把手高扬。我让臧老看花篮,又把红绸拿到他面前,让他看上面的金字。我说,我带来的两个女孩是我的外孙女,是孪生姐妹。

臧老说,见到你高兴。郑曼说,克家一般已不见客。如有人来,也只在卧室床上见一见。今天因为是我,所以专门出卧室,到客厅来见我。郑曼说,"他准备见你,就非常兴奋。昨天一直惦记着。凌晨一点钟,他就叫我起来,说要穿衣。问他为什么,他说要见屠岸。我说还早呢,离十点钟还有十个钟头。"

臧老说,"我有好朋友,你是一个。还有好朋友刘征。"他指着墙上的一幅字,说,那就是刘征写的。他说,"还有一个好朋友,程光锐。"郑曼,臧老和程光锐、刘征合出过诗集《友声集》。

臧老忽扬手高声朗诵:"长桥卧波,不是秦宫。""长桥卧波"是杜牧《阿房宫赋》中的句子。苏伊说,爸爸吟的是程光锐咏出土文物铜奔马的诗,意为铜奔马原产于秦代,见过阿房宫,埋在地里几千年,一旦出土,见到今天的风光,于是说出"长桥卧波,不是秦宫"。

臧老又扬臂,再次高诵"长桥卧波,不是秦宫!"中气极足,根本不像百岁"衰"翁。只是他的山东诸城口音很重,有的字音听不懂,须郑曼或苏伊解释。

臧老指指四面的墙壁,说,那上面挂的都是名人的字。我起身去看,果然,右壁上挂的是这些人的字:冰心、郭沫若、茅盾、老舍、刘海粟(一个大大的"寿"字)、叶圣陶、王统照、朱自清;靠窗的是:吴作人(画)、刘征(画及字);左壁上是:张光年、沈从文、俞平伯、唐弢、端木蕻良、某(郑伯农的岳父,没有落款);窗对面墙上是:张爱萍以及翟泰丰的两幅。

臧老逝世是在 2004 年 2 月 5 日。2 月 7 日一早起来,我就用毛笔将挽联写在宣纸上,送到臧宅:

一代诗翁百龄乘鹤归去
万方草木翘首送灵同悲

甲申元夕晚　屠岸　泣拜

从第一次和臧老握手起,我就感到他热情似火,那股热力把我灼"痛"了。他的心似水晶般透明,又似火焰般炽烈。赤忱,坦诚,是他性格上最显著的特征。他对我诗歌创作的坦率批评、鼓励和殷切的期望,使我终生难忘。他对晚辈诗人的爱护和扶植,对青年诗歌爱好者的关心,对弱势群体的同情和帮助,为人题字、题词、写序、写评论,帮助失学青年继续求学,出席各种会议……耗费了他大量时间和精力。但他的社会责任感非常强,因而他心甘情愿地付出这一切。如果说,他的人格力量往往掩盖了他的诗艺成就这种说法有些偏颇的话,那么,至少可以说,他的人格体现在他的诗艺里,他的诗艺反映了他的人格;他的人格和诗艺二者同样高超。他的人格和诗艺(十二卷《全集》),这两样,是他留给后人的最宝贵的精神遗产。

邵燕祥:时代的良心、
正直知识分子的代表、思想者

邵燕祥,1933 年生,浙江萧山人,比我年轻十岁,却是我所敬重的诗友。或者,亦师亦友。

上世纪七十年代末的某一天,我应邹荻帆之约到虎坊桥诗刊社去送稿,在编辑部见到一位年轻人(其实已是四十五六岁人),互通姓名,才知道他就是邵燕祥。一见如故。我说,早就读过你的《贾桂香》、《中国的道路呼唤着汽车》等。他说读过我译的莎翁十四行诗。他目光炯炯,神采奕奕。自此结下了友谊。

1995 年 10 月 13 日参加《随笔》杂志社来北京举行答谢作家的宴会,我对邵燕祥讲,他那篇《假充外行》非常妙。他说是刺贺敬之和刘征的。贺敬之已写不出政治抒情诗,便改写新古诗,完全失败。而刘征却写文章来分析贺敬之诗如何好。刘征是懂古诗的,假充外行。我说,我跟你的看法一样,但我不会写文章去得罪人。邵燕祥说,得罪就得罪吧。

许多年后,一次开会,刘征也来了。我看到他们握手。我问邵燕祥,刘征不生气?邵燕祥说,不生气,我们是老朋友。

1984 年 12 月,在京西宾馆开第四次作代会,丁玲突然发言说,邵燕祥怎么写出那种文章来?说得很厉害。邵燕祥写文章认为,农民花一千元吃一餐饭,不是公款吃喝,是他们的自由。邵燕祥的观点是可以讨论的。丁玲批评说是鼓励浪费。丁玲用了过分犀利的语言。过了一阵,邵燕祥写来信,附一首诗,也很厉害:

> 一声呵斥出西厅,
> 唾玉喷珠已血腥。
> 我亦曾经沧海客,
> 文章虽贱骨非轻!

邵燕祥后来也不回避,把这首诗收到自己的诗集里。但他没有注释。我知道这是针对丁玲的。

2003 年 4 月 19 日,到廊坊参加牛汉创作研讨会,我跟邵燕祥住一个房间,他让我睡里边的床;出门总是让我先走,他在后面关

2005 年 7 月 28 日, 邵燕祥(左)与屠岸

门,进门前总是他去叫服务员开门,用电梯也是让我先进先出。

我跟邵燕祥提到京西宾馆一事。他说:"你还记得?"我说当时我在场。邵燕祥说,"我不在场。丁玲误以为我是周扬线上的人,其实我不是。"

开牛汉作品研讨会那天,也是吴祖光遗体告别日。邵燕祥说,他考虑了一下,觉得逝者已去,还是到廊坊来参加生者的会好。

邵燕祥说他与吴祖光是北平中法大学同学,不同班。1957 年同被错划为右派。我请他给我写下他悼念吴祖光的七律作纪念。我开玩笑说,你的"墨宝""真迹",我死后,留给后人,很值钱,而且价值会越来越大。燕祥写了给我:

满怀忧患满头霜,大丈夫谁吴祖光。
堪佩立言兼立德,忝居同案胜同窗。

心无旁骛争民主,生正逢时忆国殇。

风雨凄其从此去,令人长记二流堂。

悼吴祖光录奉屠岸诗家存念

邵燕祥 癸未年谷雨前夕于廊坊

　　吴祖光是我的常州同乡。我佩服他直言敢谏,急公好义,为此他一生吃尽苦头,却终不悔改。硬骨头,好样的!邵燕祥在牛汉诗歌研讨会上发言说,牛汉是硬汉,而他则是软弱的。这是邵燕祥谦虚。2006年4月8日,在南开大学召开的"穆旦诗歌学术研讨会"上,轮到邵燕祥朗诵诗,他说:"我要朗诵自己写的诗,朗诵完毕后请不要鼓掌,因为这样的诗不应该鼓掌。"他朗诵的第一首写的是在巴黎遇见的卖身求生的中国下岗女工;第二首写的是有人在网上发议论,网上的东西都是"虚拟"的,但此人被抓。燕祥诗的最后一句说:"监狱不是虚拟的。"燕祥也是个直言者,敢言者,自称"言责自负",也是个硬骨头,好样的。

　　2007年4月21日,"邵燕祥诗歌创作研讨会"在廊坊师院文学院四楼会议室举行。朱先树提到当年邵燕祥任《诗刊》副主编的一些事。如邵燕祥嘱咐其"下属"办什么事,即使在隔壁屋里,也不口头讲而是写条子。在1989年"六四"事件后,邵燕祥竟自请处分。最后是"投票表决",不赞成给邵处分的占了多数。邵燕祥补充:"是不赞成给予处分的票数和弃权的票数加起来超过了主张给予处分的票数。"坐在我左侧的牛汉对我说,邹静之告诉牛汉,当时邹荻帆、张志民都不赞成给邵燕祥处分。

　　我发言说,在年龄上,我比燕祥大十岁。但我始终把他当做我的师友来看待。他的诗和杂文散文达到了很高的水平,都有了杰出的成就。他是我们时代的良心,是当代中国正直的知识分子的典型代表。我的妻子生前非常喜欢燕祥的杂文,她的枕边放着燕祥的杂文集,她离开这个世界已九年,而燕祥的杂文集还放在枕头边。我读燕祥的杂文和诗,是把它们当做一面面镜子,从这些镜子中,我照见了自己的"浅"。从燕祥的杂文和诗,可以看到燕祥思想的敏锐、犀利、深刻、切中时弊。燕祥是善于思想的作家。能否称他为思想家? 也许作为思想家,需要有思想体系,要能影响一整个时代。称他为思想家也许过高了? 那么可以称他为"思想者"。罗丹有雕塑"思想者"。并不是任何能思想的人都能被称为思想者的,而燕祥,至少是"思想者"。

邵燕祥说,他有点出乎意料,"对我说的好话太多了,好像在对我致悼词,其实我还未到盖棺论定的时候。(他含笑而说,带有自嘲意味,故无唐突发言者之感。)有人问我,你自认为哪些诗写得最好。我不学时髦,说什么自己最满意的作品还没有写出来。我已到这般年龄,自忖以后也未见得能写出更好的诗来。大家认为《五十弦》还可以,那也就是了。一些朋友说我早慧,少年成名。其实,在新中国成立之初,一些老诗人忽然换了一个新环境,一时还适应不过来,诗就少了,他们处在一个适应过程中。即如屠岸,也要从原来的轨道上下来,换车……"

我插话:"那时我也想紧跟,但是跟不上,不知道如何下笔,写不出。"

邵燕祥说,"所以,那时候的我,正好填补了这一块空白。有人认为我的杂文比诗好。我自己倒是把诗看得更重些。我写杂文,是针对现实。鲁迅曾说,希望自己的杂文速朽,因为他的杂文是针砭时弊。他希望时弊早日消去,他的杂文也就失去作用,故曰'速朽'。其实鲁迅那时的时弊,今日仍有。鲁迅的杂文是不朽的。我写杂文,总是写得匆忙,因为也是针对时弊。1989 年政治风波中,我请求处分,缘于我坚持不改变观点以求饶恕。……"最后邵向大家表示感谢。

在静园餐厅午餐。燕祥感谢我赠他"墨宝",我说,我的毛笔字只是小学生水平,甚至不如有些小学生的书法作品。燕祥又调侃说,"这次,我既是婚礼上的新郎,又是葬礼上的逝者。"我说,"不对,你是寿宴上的寿星!"

我与邵燕祥现在主要是书信往来。前一阵,我收到他的一封信。信中谈到小说与诗歌。"我每想到中国在整个一个时代的苦难,以及种种现状,便觉现在的诗歌,总体上不如小说,能有点'分量'。大量小说中虽有许多迎合市场的媚俗之作,但还是有敢于面对惨淡人生之作。诗歌无须面对市场,本应该是自由的吟唱与倾诉,却让人感到许多年轻诗人浪费了这份自由,他们甚至对不起自己(他们的物质生活和精神生活远不是快乐而自由的)。"

吴越:革命者·囚徒·诗人

吴越是1931年参加共产党的老党员,抗日战争初期从事民运和武装斗争,1939年调到新四军。"皖南事变"中被俘成为国民党上饶集中营的囚徒。1942年,吴越参加茅家岭暴动,越狱后,在武夷山中辗转八个月,夜宿林莽,饥食野草,濒临绝境,最后才找到了福建省委。我知道吴越,是在1946年《文汇报》上见到他的诗作。1949年上海解放后,我在上海市军管会文艺处剧艺室工作,他在文艺处文学室工作,从此认识。后来我奉调到了北京,他调到了哈尔滨。

在1998年11月的一次诗会上,哈尔滨的一位女诗人对我说,吴越应该得到极大的荣誉,但他几乎什么也没有得到。这位女诗人曾问吴越,你做出了那么大的贡献,怎么没有什么要求?吴越说:"当年一起战斗的战友都牺牲了,他们把生命都献出来了,我还活着,我还要求什么?"听到这话时,我热泪夺眶而出。吴越的诗十

2003年10月12日,门头沟张仃画寓举行诗画集会　左起:张仃、屠岸、灰娃、陈鲁直、成幼殊、牛汉

分感人,却不受重视。我读他的一些诗,会想起惠特曼,想起冯雪峰,想起艾青。

我1997年曾给他写过一封长信,这封信以《用生命谱写的诗章》为题在《诗刊》发表,后来收到我的评论集里了。我在信中谈了我读他诗的感受。"我听到了血泪的控诉,看到了生死的搏击,感到了至死不渝的忠贞!""革命者不屈的气节被写得这样新颖而美丽,我在别处还没有读到过。"

灰娃与张仃:"少陵笔墨无形画,韩干丹青不语诗"

1997年灰娃的诗集《山鬼故家》出版,举行出版座谈。我接到邀请,但因妻病不能出席,便写了一个发言提纲,由刘福春在会上宣读。灰娃知道了我的态度。从此我结识了灰娃,有了往来。

2001年11月8日下午,画家冷冰川来,用出租车接我到红庙北里灰娃家。这天灰娃谈的话题很多。与灰娃交谈,她热情坦诚,直抒胸臆,从不隐藏自己的观点。

谈到人性问题,她说,有的人本来好好的,怎么会变得那么坏?她认为人的本性中有善因子,也有恶因子。恶因子占了上风,善因子就被压,人就变坏了。谈到政治,灰娃说,延安时期,一切都好,人人纯朴善良,一切为人民。而现在,情况不同了,一些官员腐败现象触目惊心。灰娃小时候在延安儿童艺术学园待过。延安抢救运动时,灰娃还是个小孩,延安抢救运动中的负面东西,灰娃没有看到,她太小了。谈到市场经济,灰娃认为,经济大发展是好事。但物欲横流,物质的东西多了,浪费现象严重。当年在延安,物质匮乏,她在延河里捡到一支半截的牙刷柄,宝贝得不得了。那种喜悦,是无价的。现在,这种喜悦不存在了。谈到人与自然的和谐共处,灰娃说,这是一种古朴的传统,人与自然的和谐共处是最可贵的。灰娃谈到民间的一些东西,说,民间风俗,民间艺术,纯朴自然,若不加保护,将被破坏殆尽。

我认识灰娃是通过她的诗,她的诗集《山鬼故家》是具有特殊艺术魅力的杰出作品。她比我小几岁,但我称她大姐,是对她的尊敬。灰娃的先生,张仃,我称他张老,也是对他的尊敬。上个世纪三十年代时,我就看到过张老的漫画作品。他后来从事的装饰美术、中国水墨画创作,我也欣赏。但他最打动我的是他晚年创作的焦墨山水……张老的画,不仅有生命,有人格力量,还有哲学内涵。……张老的焦墨山水画所蕴含的哲学内核,就是中国古代哲学的一个核心思想:天人合一。唐代大书法家颜真卿一次受皇帝召见,被问及书法之道。颜答道:心正则笔正。用此语赠给张老,太恰当不过了。

我们几个诗人,几乎每隔一二年都要到张仃、灰娃门头沟的家(别墅)聚会一次。别墅墙上挂着一副对联:少陵笔墨无形画,韩干

丹青不语诗。2007 年 5 月 30 日，牛汉、成幼殊、陈鲁直、谢冕、王
鲁湘、胥继红、李兆忠等又聚在一起。我用普通话朗诵了灰娃
2006 年秋写的新诗。灰娃谈到她少年时在延安的生活。当时接
触到的一批大人朋友，如萧军、艾青等，都对她关怀备至。她在温
馨和谐的环境中生活和工作，非常愉快。进城后，政治运动一个接
一个，情况大变。当年流行的歌曲《热血》在延安也唱，里面有"我
们为着博爱平等自由，愿付任何的代价"。后来说"博爱平等自由"
是资产阶级的口号，是反动的。整彭德怀时，把彭德怀赞成博爱平
等自由说成是他的一大罪状！简直是颠倒是非！

　　我随即唱了田汉词、冼星海谱曲的歌曲《热血》，讲了这首歌在
《夜半歌声》中以戏中戏演出时的歌曲出现。

　　灰娃接着说，"歌词中有'黑暗快要收了，光明已经射到古罗马
的城头！'我感到当时延安是一片光明。但后来发觉，到了文化大
革命，仍是黑暗。"

　　灰娃谈起她在延安的经历，在战争环境中的经历，生动具体。
她的记忆力非常好，有许多动人的细节。我说："灰娃大姐，你一定
要把你的经历记下来，形成文字，或者先用录音机录下来，然后慢慢
整理成文字，否则太可惜了。"灰娃说，太忙了，张老的事全压在她
身上，抽不出空。我觉得，要抽出空做，做一点算一点，积少成多。

　　灰娃的诗具有高度的独创性。在她的诗里，见不到多年来中
国新诗的习惯语汇、习惯语法和常见的"调调儿"。它是常规的突
破——没有一般女性诗人的心态和情调。阳刚之气和阴柔之气并
存，而以阳刚为主。仍是"这一个"女性的阳刚——北方的雄奇与
南方的缠绵并存，以前者为主。这种雄奇又根植于"这一个"女性
的执着与坚韧中——一面心灵的镜子。极端的真率，极端的真挚，
极端的勇锐。是一种新的个性化语言的爆破，是灵魂冒险、灵魂遨
游的诗的记录。

郑敏：从她的诗中读到格律，从她的格律中读到自由

我的小女儿章燕在北京师范大学读研究生时，郑敏是她的导师。但在这之前，我已经认识了诗人郑敏。1988 年中国作协举办第三届新诗评奖，我作为评委，曾和评委冯至先生讨论过郑敏的诗集《寻觅集》。我认为应当给奖。冯老说，郑敏是我的学生。但，只为诗，不为别的，我投她一票。在颁奖会上，我见到了郑敏的温和的笑容。

1996 年，我和郑敏等诗友参加四川西岭雪山诗会，谈了许多。郑敏有一种紧迫感。她对我说，她有一部文论，准备交清华大学出版社。郑敏说，今后的时间不多了，把有限的时间用来写诗，还是用来写文论呢？我说，两者都可以搞。郑敏说，看来也只好交叉进行了。

1996 年 7 月 21 日，四川成都，西岭雪山诗会期间诗友合影　左起：牛汉、曾卓、蔡其矫、郑敏、屠岸

1998 年 7 月 9 日,她打电话找章燕,章燕不在,跟我讲了半天。她说新诗的语言是一个大问题。到现在,语言的音乐性问题没有解决。新诗如何继承传统诗词的音乐性,值得探讨。她说,先锋派的诗要好好研究,这一派中活跃的人有王家新、西川、孙文波、翟永明,而唐晓渡是他们的理论家。她说,现在美国的先锋派理论到底在说些什么,她也要去了解一下。美国当代诗歌中提出的"语言诗"是文字游戏,不足取。我说,新诗的语言问题是要研讨一下,事实上艾青、牛汉的自由诗,很朴实,但正如艾青说的,讲究的是散文美,不是散文化。他们的诗歌语言,经过提炼,有一种内在的音乐美,应加以研究、总结,这对年轻的诗作者会有导向作用。我提到这年《诗刊》第 7 期上登的"名家经典·郑敏诗选"。我说,读你的诗不是消闲,是要花劳动的,要费力气,然后才会有所得。她说,"早年在西南联大时写的诗,读来并不费劲,得到了当时青年人的喜欢。后来写的蕴含的东西就多了些、深了些,不是一看就明白的了……牛汉的诗歌成就已经超过了艾青。牛汉是一个很特殊的诗人,别人绝对写不出他那样的诗。"

1999 年 4 月,有一次跟郑敏通电话,对当代青年诗人,"第三代"或"后新诗潮"或"先锋"诗人,都谈了看法,也谈到当代的一些诗歌评论家。我说,有人把当代诗人分成三种:"辫子军"、"洋务派"、"民间社团"。郑敏说,那么咱们都是"辫子军"了。她对当时一些青年诗人形成派别,各自有一套人马,"一条龙",有人写理论文章,有人写诗,有人出刊物,有南方的,有北方的,说自己一伙好,说"异己"者坏,她不以为然。她说,咱们还是干自己的吧。

2004 年 5 月 15 日,"郑敏诗歌创作与诗歌理论研讨会"在首都师范大学举行。我的发言题为《从心所欲不逾矩》,集中分析了郑敏诗歌的节奏和律动。会议开得很成功。人不算多,但内容紧凑,充实,学术性较高。午餐时,郑敏对我说:"你对格律问题是比较敏感的。汉语白话诗如何掌握格律？平仄不能用了,似乎找不到出路。"我说,汉语还要发展,就现在的汉语来看,韵式可以解决,节奏只能讲顿。除此之外似乎没有别的出路。汉语将来发展成什么样,也许将来会另有出路。

郑敏与我有一些通信。下面是 2007 年 4 月她给我的一封信。她还是电脑打字,手书签名。

> 屠岸先生:
>
> 《英国历代诗歌选》上下册已收到,十分感谢。巨著两册,可称英诗译著的金字塔。一时还来不及仔细拜读,偶翻阅到 Robert Browning(注:罗伯特·布朗宁)的"Home-Thoughts From Abroad"(注:《海外思乡》)发现您的译文居然能保持原韵(ababccdd eefgfghhiijj),实为难能可贵! 目前新诗如何能在语言与形式审美(包括音乐性)方面提高是一大难点。我自己很希望在这方面能找到一些汉语白话方面与古典诗词平仄相似的规律,以增强新诗的音乐性。新诗由于只用白话,已失去极大数量的字词,因此形成语言贫乏这一难以克服的短处,使它无法与古典诗词在诗歌语言的丰富和音乐性上达到相似的高度,十分令人遗憾。……中国新诗又已经到了必须有所突破的时候了! 祝春安!
>
> 郑　敏

我作为读者,在郑敏的自由诗中读到了格律,在她的格律诗中读到了"自由"。……从郑敏的晚年诗作里,我感到一种"从心所欲不逾矩"的境界。"从心所欲"即自由,"矩"即格律。她戴着镣铐跳舞,镣铐已不翼而飞。她做跳高运动,稳稳地跃过了标杆,而这个标杆是若隐若现的。郑敏的这些实践成果,为读者打开了灵魂深处的粮仓,体现出无比的深邃与丰盈,给我们准备了精神的盛宴。

尾声　继续向前,绝不回头,绝不气馁

　　我已是八十五岁的老人。在我的头上,有阳光,也有阴霾。回顾自己的一生,我想起吴祖光写的四个字。有人说吴祖光一生坎坷,生不逢时。吴祖光拿起笔来写下"生正逢时"。试想:一个人能经历抗日战争、解放战争、新中国成立、历次政治运动、大跃进、大饥荒、文化大革命、改革开放,生活经历如此丰富,岂不是生正逢时? 不是指我个人,是这一代知识分子,一代人。古代诗人恐怕没有经历这样多、这样长期的坎坷。当然,两者没有可比性。但可以肯定,这一代知识分子所遭受的苦难和感到的困惑,是空前的。历练使人智慧,但我仍然不够聪明。一方面,天性愚钝;一方面,迷信没有完全消除。严文井晚年写有一篇文章《我仍在路上》,其中说:"我仅存一个愿望,我要在达到我的终点前多懂得一点真相,多听见一些真诚的声音。"我越来越感到我和文井老有共鸣。经历如此丰富,真相依然若现若隐。

　　回顾一生,虽然在运动中浮沉,但是坚持着良知的底线。说过错话,做过错事,有的是主观上还认为是对的,有的则是违心的。但总的方面、大的方面,对得起自己的良知。

　　做过错事,比如参加对田汉的批判。首先是奉命行事,但这不能辞其咎。当时自己也有认识上的误区,比如,怀疑田汉被捕后变节。连他的儿子也批他的父亲是叛徒。有了这一层,似乎就可以为自己批判田汉找到了心理上的避风港。但仅仅是怀疑,也不能消除不安。顺大流吧。拒绝命令,在批田中拒绝发言,就把自己和田汉的命运捆在一根绳上了。这是那个时代,那个极左的急风暴雨时代的现实。我不是要打倒别人,为了自己往上爬。这对我是不可思议的。但总之,批田汉有违心的成分,这是不能原谅自己的。

我有过孤独,我觉得孤立无援,即沉沦,任何亲人似乎都无法援手……那是处于政治运动中的惶惑和恐惧。我是软弱的,但有韧性,就像钢条是弯的,压力去掉,会弹回来,有一定的韧性。我的政治信仰被强奸了,觉得痛苦,但到时候也会自我调节。

我的家庭有个传统,和为贵,我的父母和睦相处,只有小矛盾。

跟哥哥,也只在儿时有一次小争吵。这个和的传统也传到下一代。我的三个孩子,对我,对他们的母亲,都很好。相互之间也好。我的第三代,对我,对他们的长辈,也非常好。这是我的幸福。家庭的和睦是传统。我每天早上七点半到八点起来,早饭大女儿做好,中午晚上也如此。我的时间,我都可以安排做自己的事。这是上帝给的,也是女儿、儿子、外孙女给的。如果说有烦恼,是大爱引起的忧患。

似乎到了这把年纪,才真切地感到:一天只有二十四小时!而且还要睡觉、吃饭……剩下的时间那么少,而且不经用。鲁迅晚年有"赶快做"的想法,这,我早就有了,如今更是!但我又不善于抓时间,往往把时间浪费于应付"门市"。

现在我的时间一般分为四块:早上起床记日记;上午翻译,或者写作。下午也是翻译或者写作,读书或读报刊。晚上是写信。我有个习惯,有来信,必复信,否则不礼貌。

每天晚上大体在十一时半到十二时熄灯,躺在床上,心中默诵

2004 年 5 月 30 日　章燕摄

古诗。如杜甫的《北征》、《秋兴》八首，或白居易的《琵琶行》、《长恨歌》，或者默诵莎士比亚、济慈等的英文诗。这种默诵能立即缓解工作的紧张，随即沉入睡乡。

有人说我的家庭是教育世家。母亲是教师，父亲是教授，哥哥也是教授。我曾在上海民立中学、齐鲁中学做过代课老师。家庭教师做过三家，房福安家，一个做五金生意的老板家，一个黄金荣的账房家。那时我大学还没有毕业，家里困难，要出去挣钱。妙英毕业于圣约翰大学教育系，曾在上海省吾中学教过书，那是解放前由党的地下组织掌握的学校。我的大女儿曾在河南鸠山大学当过教师。现在我的小女儿是北京师范大学教授。是这个传统。

我对教育的问题比较关心，报上有关教育的好文章，我都介绍给孩子们看。

对我有恩的人，我不会忘记，我有能力帮助别人的，我就帮。对田汉，我负疚，无法补偿。1957 年我没被划成右派，可能是田老保了我，还有伊兵，不能忘记他们。另外还有一些人，对我们家有恩,也不能忘记。我的大女儿与儿子的奶妈也不能忘记,要记住她们的名字。那些教育过我的人,小学老师余宗英、吕步池,中学老师董志新、吕梅生,不能忘记,还有大学老师唐庆诒,他教我古文,他的气质、他的人格都对我有影响,不能忘记。

父母,对我有养育之恩,尤其母亲,我不能忘记。

报刊编辑方面,唐弢、章靳以,对我关心、提携,与我有通信,鼓励我。我不能忘记。

严文井、韦君宜对我的评价和信任,我感激,不是为提拔我担任什么职务。一个人能被肯定和认识,也是一种幸福。不能忘记。

我最看不起忘恩负义的人。比如舒芜,是痛恨的。绿原有一篇关于舒芜的文章,写得很尖锐。舒芜是卖友求荣。为了自己的私利牺牲别人,最可耻。但我觉得还有个根的问题,"反胡风运动"的根在上面。

我有时不能抵住压力,维护真理。但我并不是怕死的人,抗美援朝时,我第一个报名。虽然没有批准我去,但如果上了前线,我绝不会做逃兵。

我去鲁迅博物馆看过三次,发现他们在介绍周作人时没有提到他是个大汉奸。我向他们提过意见,不知现在改过没有。周作人曾在 1929 年 5 月写过《日本人的好意》一文,文中说:"日本人劝我中国的'同胞'要'苟全性命',趁早养成上等奴才,高级顺民,以供驱使,免得将来学那'不逞鲜人'的坏样,辜负帝国教养之恩……"但十年之后,他摇身一变,成为地道的"上等奴才"、"高级顺民"以报答"帝国教养之恩"了。不但是"奴才"和"顺民",还做了大官——汪伪国民政府委员,伪华北政务委员会委员、常委,兼教育总署督办,伪中华民国新民青少年团中央统监部副总监。大官,就是比"奴才"和"顺民"更胜一筹的帮凶。还有张爱玲,她的确有文学才华,但她没有爱国情操。她要是有一点点民族意识,就不会爱上大汉奸胡兰成。比她高尚的女作家很多,像萧红、丁玲、冰心、林徽因等。现在把张爱玲捧得那么高,真奇怪! 作为中国人、中国作家,张爱玲是有缺陷的。

有人说,周作人看错了时局。元、清,即蒙古族、满族,都成了中华民族的一员。日本的大和族,是不是也会成为中国的统治者,最后成为中华民族的一员? 这种看法是没有道理的。清朝统治了中国近三百年。但洪承畴依然是汉奸,史可法依然是民族英雄! 历史在前进,但每个历史阶段的阶段性不能否定,像岳飞抗金,文天祥抗元,他们永远是我们的民族英雄,就是鲁迅讲的民族的脊梁。

我对坚持真理牺牲个人利益,甚至是牺牲生命的人,是很崇拜的,包括一些科学家,如布鲁诺。在政治上,我敬佩坚持真理的人,像张志新、林昭、王申酉、马正秀等。跟他们比,我像灰尘一样渺小。

总的来讲,我的一生是幸福的。虽然有苦难,跟牛汉比,那算不了什么,如果跟马正秀比,更说不上了。

我遇到许多好人,我还有好多朋友,老年朋友,中年朋友,年轻朋友。没有年轻的朋友,我要老上二十岁。洪子诚、刘登翰在合著的《中国当代新诗史》修订本中说:"屠岸是执著的'美'的不懈追求者;细心且有耐性地去发现事物中的美、圣洁、欢愉。直到晚年,屠岸的诗也仍保持着年轻的心态,一种不做作的诚挚的童心。"他们说得对,到我八十五岁的现在,我仍然感到自己的心态是年轻的。

身体上的老化,对精神有影响,但还有另外一方面,精神有相对性,有能动作用。拿我来讲,我走路不如以前,过去一出门,走很快,现在三五快步,就气喘,只好放慢。我来了一点阿Q,心想,我走得慢了,总比蜗牛快,总比蚂蚁快。这也许就是一种儿童心态。

刘海粟晚年有个记者采访他,问他近一百岁时的感受,他说,"老小"、"老小"。这个记者解释说,"老小"是上海方言,"老"是经常,非常之意。老小意思就是很小、很年轻之意。他这个解释是不对的。这个"老小"是常州话,不是上海话,我是常州人,知道一个"和"字被吃掉了,应该是"老和小"。这里的"小"指小孩,意思是老年和小孩子一样,走路摇摇晃晃,牙没有了,说话不清楚,但保持一颗童心。所以刘海粟快一百岁了,精神不会老。老和小有同等的心态和体悟。虽然肉体老化,如果还天真烂漫,就不会感觉到老。我和刘海粟有同感,常州人说的"老小"在我心中常驻。

济慈的客体感受力,我还把它运用到翻译和生活中,每天早上看见的太阳,是最新的,也是最旧的。我完全可以做一个婴儿。写诗,要有新鲜感,没有新鲜感就没有诗。

我的精神寄托是诗歌。诗歌是我一生的追求,诗歌是我的希望。但有几十年,被隔绝,在干校的时期,是靠背诵古诗和外国诗歌活下去的。我写诗,是为了表达我真实的感情。我最讨嫌虚假。一生献给诗歌,没有后悔过。我不是天才,但我勤奋。我没有加入任何宗教,但诗是我的宗教,或者说艺术是我的宗教。

追求某一种境界,要经历痛苦,没有痛苦,就追求不到。追求某种境界的时候,有前进,有后退,有痛苦,也有快乐。最终的境界是达不到的。写诗往往达不到你想要的境界。虽然没有达到终极,但自己比较满意,就留下来。有些追求不到的,不满意,就不要了,把稿子撕掉了。

写诗除了抒发自己的感情外,还有一种使命感,觉得我写的东西,必须是给读者带来好的影响,要写真善美,不要把坏的东西给读者。追求美的东西要花心血,写作的过程是痛苦与快乐融合在一起的。这跟说教不是一回事。我反对说教。

我感觉到写诗的冲动,始终存在,没有退潮。现在,激情的诗少,沉思的诗多。不是永远不再有激情,有时候有思想的火花。激情是做不出来的。有时候是一种温情,水到渠成。硬去索取,是不行的,思路到那里会慢慢出现。

有时候已经上床入睡,但思维未断,忽然觉得有用,立刻起床开灯把所思记下备忘。这成为诗的材料。很辛苦! 但也是大快乐! 每有所得,几乎狂叫出声,手舞足蹈,一点也没有耄耋老人应有的"规矩"!

虽然写了一辈子的诗,但是觉得自己还不够"诗人"这个称号。诗人,是天地间最珍贵或者最尊贵的称呼。我在自己的名片上印着三个"头衔":诗爱者,诗作者,诗译者。我不敢自称"诗人"。我觉得自己还缺一点什么。

我年轻时体弱多病,被许多人看做是活不长的"病块头"。但我活在世上的年月,已经超过了我的祖父、祖母、父亲、母亲、姑母、哥哥、妹妹、妻子,而且看样子还不像马上要去见上帝的样子。真的是上帝错爱了! 奇怪的是,我并没有暮年颓唐的心绪,我每天想的是赶快做,我每天做的是赶快写。我还有许多许多计划中的事要做,我还要向前行,我不能放下我的笔,我不能停下我的步。"我仍在路上",我不如文井老,不如他那样大彻大悟。但不是没有一点悟。而且还有一点疯,那就是:继续向前,一头撞去! 绝不回头,绝不气馁!

"聊乘化以归尽,乐夫天命复奚疑",这是陶渊明《归去来辞》中的句子。

> 这样的人:从不回身后退,只知挺胸前进,
> 从不怀疑阴云会散开,
> 从不梦想黑暗会胜利,即使正义暂时被击败,
> 仍认为我们倒下为着站起,受挫为着战斗得更好,

睡觉为着醒来。

……

叫他前进,胸在前,背在后,各在其应在的地方,
"奋斗而茁长!"喊"快——继续战斗,在彼世跟在此世
永远一个样!"

这是英国十九世纪诗人布朗宁在《〈阿索兰多〉的跋诗》中的句子。

我信奉陶渊明。

我也追踪布朗宁。

朝顶诗神缪斯,一生无怨无悔。

2009年8月定稿

后 记（一）

屠岸为什么是"独一无二"的？

何 启 治

我为什么说，在领导过我的几位社领导中，屠岸的"品德和贡献"是"独一无二"的呢？要回答这个问题，还得从头说起。

和李晋西合作完成《我仍在苦苦跋涉：牛汉自述》书稿的整理编撰之后，第二个访问对象就是诗人、翻译家、戏剧评论家、编辑家屠岸，他当然也是我的老领导。

记得我在电话中提出希望的时候，并不敢指望他会立即答应，所以主动建议他考虑一下再答复，我说一周之后再和他联系。然而，不到一个礼拜，也不待我打电话给他，屠岸同志就主动打电话给我，说他有写自传或回忆录的想法，但由于活动太多和其他文字工作太忙，一直没法着手，现在就由他讲述并提供相关的作品、日记和其他资料，由李晋西和我做记录、整理和编撰成书的工作吧。至于采访的方式，他说不必采用"牛汉模式"，不用到中国作协的创作基地去，因为他有慢性肾功能衰竭这种病，不能吃富含蛋白质的食品，正餐必须吃一盘糊糊状的"维思多主食粉"（俗称"麦淀粉"，去掉面筋，不含蛋白质），所以采访只能到他家里去。至于我和李晋西中午吃饭的问题，他说不要到外面餐馆去吃——他请了会做南方口味菜肴的保姆，午饭桌上加两双筷子就是了。

事情就这样确定下来。从 2007 年 11 月起，我和李晋西每周以周末为主,大约有两三天到他家去采访他。其他几天,则让彼此处理一些紧急的事务或做一些必要的准备,当然也是为了顾及张弛有度,毕竟他和我都是老人了。

这样,到了 2008 年的春天,由李晋西整理成初稿,经我通读、校改过的"屠岸自述"初稿便交由屠岸做或补充、或删节、或订正的工作。就在这个时候,2008 年 3 月 24 日的晚上,我给屠岸同志写了一封信,其中说:"从去年 11 月我和李晋西为做你的'自述'而专访你以来,……我们不断增进、深化了对你的了解。我原来就知道,在领导过我的几位社领导中,你是谦谦君子,以儒雅著称。而现在,我从你自述的几十年的历史中,很具体地知道,你的学识、修养以及在诗创作和翻译等方面的成就都是不同凡响的。你的品德和贡献,起码在我认识的领导人中,是独一无二的,因而也是特别令人感动和敬佩的。"

2008 年 5 月 10 日,屠岸同志在把我给他的信的复印件应我之请寄给我的同时,回信给我说:"我又看了一遍您给我的这封信。越看越觉得惭愧。您信中对我的评价,我也觉得是担当不起的。说'品德和贡献''独一无二',这'独一无二'如何理解,我想了一下,如果说有个人特色,这无可非议——但这样理解,任何人都是'独一无二'的。如果理解为任何别人都不如我,不如我的'品德和贡献',那我绝对承受不起!这绝不是谦虚。……"

其实我在信里写下那几句话时,只是凭个人的印象和感觉,并没有像屠岸同志在回信时那么认真、严谨地推敲过。但经他这么一分析,我倒真的要好好想一想,我为什么会说,屠岸同志在领导过我的几位社领导中,其"品德和贡献","是独一无二的,因而也是特别令人感动和敬佩"的呢?

人民文学出版社的同事知道,领导过我的几位社领导,即社长、总编辑和《当代》杂志主编,先后有严文井、韦君宜、秦兆阳、屠岸、孟伟哉、陈早春、聂震宁、刘玉山等人。正像大家所了解的,他们参加革命有先后,在文学创作和理论修养,在编辑工作乃至行政领导和组织工作等方面,都可以说各有建树。那么,屠岸的"品德和贡献",哪些地方比起他们会显得"独一无二"呢?

首先,我想应该是指他在文学艺术的造诣和著译作品的成就方面。屠岸是当之无愧的诗人、作家、戏剧评论家、翻译家和学者型的编辑家。他还爱好话剧、电影、绘画和书法。他的包括《屠岸十四行诗》和《济慈诗选》在内的洋洋数百万言的著译作品,可谓著作等身,其涵盖面之广,学问之深,确实是独一无二的;就其交游而言,在诗歌界、戏剧界、翻译界、出版界和其他各界朋友之多,其亲和力之大,恐怕也是独一无二的。

其次,在看重亲情,创建和谐、亲密的家人关系,以及在继承、发扬传统伦理道德的优长方面,他也堪称楷模。其中突出的事例是他们家从 2003 年元旦开始坚持多年定期举行的"晨笛家庭诗会"。"晨笛"是屠岸外孙的名字,屠岸用来命名他们家的诗会。在周末或节假日举办家庭诗会由屠岸于 2002 年年底提出,家人一致赞同。开头由朗读、分析中国古典诗歌开始,渐及古今中外的诗歌名作,后来由女婿提出,是不是系统一点,便从中国新诗开始,以诗人为单元来谈。这就从胡适开始,而后是鲁迅、徐志摩、郁达夫、朱湘、戴望舒、李金发,抗战时的艾青、田间、臧克家、鲁藜、陈辉等等,一个人主讲,然后朗诵诗人的代表作。到 2005 年的"五一"晚上,是第四十次家庭诗会,主题是鲁迅与诗。儿子宇平读鲁迅小传,屠岸讲鲁迅的旧体诗、新诗、散文诗、新打油诗,外孙女张宜露朗读了《我的失恋》。2008 年 1 月的一次,讲的是济慈的《夜莺颂》。真是亲情浓浓,其乐融融,与会者无论男女长幼,都各有收获。这样的家庭聚会,何止是在我认识的社领导中,就是在我知道的同事、亲友之中,也是绝无仅有、"独一无二"的呀!

第三,是在对待爱情、友情方面。董申生,是屠岸的初恋女友,后来她去了台湾,最后去美国,而屠岸对她的爱情可谓终生不渝;妻子章妙英,他们之间的爱情和夫妻之情,是"春蚕到死丝难尽,蜡炬成灰泪不干";屠岸和成幼殊、陈鲁直、卢世光等在四十年代成立野火诗歌会,以诗会友,他们的友谊持续了六十多年,至今仍有虽不定期却还比较经常的聚会,读诗论艺,热情不减当年。这就是屠岸在对待爱情、友情方面的几个突出的事例。他在回顾自己一生的爱情生活时,坦然地说:"我一生只爱过两个女子,一个是申生,虽然没有结合,但她永远是我心中的圣女。一个是妙英,做了一辈子夫妻,她是我的孟光。我们的婚姻生活是幸福的,婚姻关系是牢固的。我们是一辈子白头偕老的夫妻。"在文艺、文化界,有几个人可以像屠岸这样心地坦荡地说呢?!

当然,屠岸并不是无可挑剔的完人。(世上哪里有完人?)就工作而言,他自己说:"我可以跳单人舞,但如果是满台灯光,我就晕了。"……好了,不再罗列了,还是让有兴趣的读者自己去阅读,去感受、去领悟吧。读屠岸,你会读到真实的、波澜壮阔或者波谲云诡的时代,会读到一个百折不挠真诚坦荡、比较纯粹的文化人的人生故事。你肯定会受益匪浅,从中获得启迪和心灵的净化。

呵,屠岸,我视为亦师亦友的老领导,你值得我好好学习的,何止是上面提到的这一些呢。你虽非完人,却确实相当完美,完美得我不得不掏出心里话来对你说,我"不敢说能像你那样待人处世,或者说'虽不能至,心向往之',也许能更准确地表达我的一种心情"吧。(2008 年 3 月 24 日夜致屠岸信)

亲爱的读者,你在用心阅读《生正逢时——屠岸自述》之后,能理解或在某种程度上认同我的见解吗?

2009 年 3 月 24 日夜

后 记（二）

温 暖 之 旅

李 晋 西

屠岸先生是我非常尊重的一位老师。尽管迟了许多年，2007年11月，我终于见到了他。何启治先生和我到他家去落实具体的采访时间、地点。第一次见面谈得不多，我拿走了事先请他准备的他的著作。

从11月23日到12月23日，周六、周日，我背着电脑，带着录音笔，到屠岸先生家。上午9点左右开始，12点左右结束，下午2点左右开始，6点左右结束，进行了十一天半的录音采访。何启治先生因为有事，后期采访没有去。

屠岸先生的口述，有些是根据他的日记来讲的。所以，从2008年1月起，我的采访就变成了读他的日记及书信。从他少年时的《漂流记》，到他2007年11月的部分日记、书信，恐怕有上百万字。有些是在我的请求下他给我的。我希望更多地了解屠岸先生，以便使这本书更能贴近屠岸先生的高度。我达不到屠岸先生的高度，但我希望至少能让读者看到，在整理材料的过程中不减损重要的部分。我非常感谢屠岸先生对我的信任，无论是他的日记，还是书信，都给了我学习的机会。

在屠岸先生的口述、日记、书信、著作的基础上，我整理出一部分，交给何启治先生编辑后，再交屠岸先生订正，前后共三十多万字。受丛书篇幅所限,我曾跟屠岸先生商量删一些内容。但是,他要么说,那些都是有史料价值的,要么说,那些人比他更重要,如果因为篇幅太长,他选择删去谈自己的部分。我说过好几次同样的话:一本屠岸自述,不说二分之一,也有三分之一的篇幅"让"给了别人,他没有一次松口。他总是微笑着、坚持着,温文尔雅。

屠岸先生订正后陆续返还到我手里的稿子,又多了两万字,是他增写的他认为比自己重要的人物。此外,每页都有十几处的修改,包括一些错别字。有些地方他完全是重新写过。他要求美,把他认为不美的,都改正了。

此外,屠岸先生还做了一件让我不太满意的事。他把别人对他的一些非常实事求是的评价删掉了。比如他删去了郑敏给他的信中对他的《英国历代诗歌选》评语:"您的成果一定会大大推动中国新诗的研究和创作。"而他对别人的比较尖锐的评语,却修改得没有了棱角,委婉多了。我发现,订正稿上有一些未被擦尽的不是屠岸先生的字迹,原来是他女儿章燕、儿子蒋宇平的。儿子的意见是,别人说自己好的话,不要出现在自己的书里;女儿的意见是,批评别人的话不要说得太重。我争了几次,屠岸先生说:"他们提的意见对。"我只有叹气:这不是性格决定命运,是性格决定书!

在录音采访阶段,屠岸先生坚持中午饭必须在他家吃。有一次,我一边吃饭,一边对屠岸先生说:"我觉得是文化'害'了你。"他笑而不答。这种最初的感觉,一直没有改变。

屠岸先生的内心是有棱角的,但是他表现出来的,却是"中庸"。所以,每个跟他打交道的人都非常舒服、惬意。他对人非常周到,处处替别人着想。他怕我改录稿子太辛苦,坚持让我拿到外边请人改录,还垫付上钱。在整个采访过程中,我一提他是翻译家,他总会找机会谈其他的翻译家。他为人低调,不争名利,一句话,太绅士了。我非常同意他的一位年轻朋友对他说过的一句话:

"是你的美德耽误了自己。"

屠岸先生在谈到未来的打算时曾说:"继续向前,一头撞去!绝不气馁,绝不回头!"我把这句话中的"一头撞去!"去掉,作了"尾声"的小标题。我相信,在屠岸先生"中庸"的叙述中,读者一定能读到深藏在文字下面"一头撞去"的决然。牛汉先生在给屠岸先生的信里曾说:"黄河入海时的平静,是在经历了一切艰险才获得的伟大境界。"不知我能否这样理解:今天屠岸先生的"中庸",是经历了无数决然后的"仙风道骨"?

2008 年 11 月中旬,经由屠岸先生订正的稿子交到三联书店。三联书店评价很高,认为整部书稿很厚实,体现出屠岸先生的风格。但希望忍痛割爱作些删节,使篇幅不太长,书价不太高。

这次,屠岸老师不再"强调"什么了,说相信我。经过一番同样让我感到心痛的删节后,有了读者看到的这部书。

在读屠岸先生日记时,我曾几次流泪。"爱"是屠岸先生这棵大树深入到中国文化中的最深的根。我希望这部书,能传达出这份感动。

最后,我要感谢三联书店一直关心此书的李昕及其他编辑。我还要感谢屠岸家人在我采访和整理过程中对我的照顾。每每想起他们,我的心里就涌动着亲切和温暖。

2009 年 4 月

附 录

我 的 父 亲

章　建

　　父亲是一个非常温和的人,性情儒雅、谦和,对我们充满了慈爱。我是家中的第一个孩子,父亲对我更是疼爱有加。小时候,我对很多事情都充满好奇,遇到不明白的问题我都要找到父亲,打破砂锅璺到底。父亲无论多忙,都会放下手头的工作,耐心地回答我的问题,给我幼小脆弱的心很多温暖。在我的童年和少年时代,父亲教给我很多诗词,比如岳飞的《满江红》、北朝民歌《木兰辞》、杜甫的《茅屋为秋风所破歌》等,使我在中国古典诗词方面受到不少熏陶。

　　"文化大革命"来了。我记得父亲当时一遍遍地写检查,总是过不了关,心情很差。1969 年我初中毕业,我去了兵团,父亲去了干校,1992 年底我才返回北京。那时对父亲更多的是思念和牵挂。1999 年初我退休了,从此和父亲在一起生活,至今已经十年。这十年当中我才真正了解了父亲。这一方面是因为我年龄的增长,另一方面,因为一起生活,我进一步了解了父亲的为人,父亲的工作,父亲的情感和父亲的生活状态。

　　父亲热爱文学事业。他总是说,从干校回来,组织上把他分配到人民文学出版社,是上苍的恩赐。如果分配到当年于会咏主持的文化组写作班子,那就糟糕了。在人文社,父亲工作非常努力,全心全意。父亲在人文社当总编辑的年代正是粉碎"四人帮"后出版工作百废待兴的年代。那段时间,他非常辛苦,每天上班,早出晚归。他不仅有大量的审稿工作,还要安排出版规划,订立制度,调节各个编辑室之间的关系,编辑人员中有思想问题也找他谈。他常常忙得吃不上午饭,经常吃凉饭。有时候我们晚上八点还等不上他回家,就先吃晚饭了。父亲常常晚上9、10点钟才回来,回家后他有时劳累得不想说话,我们甚至一个星期都听不到他说一句话。当他1986年退下来时我们全家举杯庆贺。据说父亲当总编辑兼党委书记的那一届领导班子很团结,工作效率很高,出版了大量优秀作品,同时也发现和扶持了很多人才。

父亲是个廉洁自律的人。他不用公车为自己办私事。父亲退下来的几年,他私人用稿纸都是花钱买社里的稿纸。父亲的住房面积至今没有达标。我们家现在住的还是四十八年前文联分给我们的82.8平米的老房子。人文社给过我父亲一间16.8平米的平房,是承租的。我建议父亲向社里申请把平房换成一居室的楼房。父亲说,"现在社里的事业要发展,吸收大学毕业生到社里来工作没有房子就会不安心,社里的房子现在很紧张,咱们就不提了。"我们的住房面积不大,但他总是心态平和,高高兴兴。对父亲来说,家里只要有他酷爱的书籍,他就满足了。父亲的卧室里早已"书满为患",也是他工作的地方,可称作"寝办合一"。父亲有一首《斗室铭》,很有意思:"室不在大,有书则香。人不在名,唯德可仰。斯是斗室,唯吾独享。隶篆依次立,水墨笼三墙。谈笑有知己,往来无大亨(读沪音hāng)。可以阅莎士,听萧邦。无声色犬马之累,无追名逐利之忙。京都老虎尾,海上缘缘堂。竖子云:彼此彼此!"(注:鲁迅在北京的故居有一间加盖的小屋,名"老虎尾巴",鲁迅在那里居住写作;丰子恺的故居名"缘缘堂"。)

父亲是共产党员,但受儒家思想影响很深,而我们家的气氛更多的是老子的"无为而治"。父亲从来不对我们和我们的下一代进行简单的说教。他很少"耳提面命"。他是重身教不重言教。和父亲在一起生活,我感到心情非常自由。父亲在生活上是简朴的,无论吃什么,穿什么,他都没有意见。我的两个女儿非常爱她们的外公(她们叫他爷爷),他们之间几乎没有代沟。孩子们有了思想问题,感情上的苦恼,都去找爷爷倾诉。我父亲无论多忙都要放下手头的工作,耐心地和孩子们交谈,倾听她们的心声,有时一谈就是两个小时。父亲对我说:"说教是没有用的,孩子们的路要自己走,要自己去体会,才能成长。"孩子们有了假期要出去旅游,父亲总是非常支持,说:"一个人不仅要'读万卷书',还要'行万里路',这样才能长见识,增才干。"这就是父亲的教育思想。父亲对我充满了关爱。我有时身体欠佳,不能起来做早饭,父亲总是过来安慰我说,"你好好躺着,早饭很简单,我自己来。"我的眼睛不好,平时不能看书看报,但有时免不了要被书报吸引。这时父亲总是对我说:"你要注意保护眼睛,不要看了。"因为疾病的困扰,我的心情有时不好,而和父亲在一起生活时间长了,他的宁静、宽容、安详、温和时时潜移默化地影响着我,使我的性格也逐渐平和了许多,心情变得愉快起来。我五十三岁生日那天,父亲送给我一张生日贺卡,上面写着:"亲爱的建儿,送你一首诗,……希望你喜欢。有一只眼的人有福了,因为那是心灵的眼睛。祝你生日快乐!趁此机会,感谢你对我无微不至的关怀和照顾,使我在失去你的母亲后仍然过着充实而幸福的生活。父亲"。诗是父亲译的英国诗人波狄伦的八行短诗:

黑夜有千万只眼睛

> 黑夜有千万只眼睛,
>
> 白天只有一只;
>
> 而灿烂世界的光辉啊,

随夕阳而消逝。

心智有千万只眼睛，

心灵只有一只；

而全部生命的光辉淡去

在爱情告终时。

看着父亲的贺卡，我流了眼泪。

父亲常说做人要懂得感恩。他说："凡是帮助过我们的人，我们永远不要忘记。""文革"期间，所有的邻居都疏远了我们，只有紫烨阿姨热心地安慰、鼓励我父亲。现在，每年父亲都要给紫烨阿姨和杜震伯伯寄贺卡或通话问候。我调动工作是一位老同志帮了忙。我父亲也是每年都给他寄贺卡表示问候和感谢。

父亲更是个重感情的人。他和母亲因为追求共同的革命理想而结识、相恋并最终结合在一起。母亲在世时，他们十分恩爱。我还清楚地记得"文革"前父亲和母亲俩人总是携手一起去上班，剧协的同志善意地开玩笑称他们为"模范夫妻"。父亲身处逆境的日子里，母亲和父亲相濡以沫，共渡难关。母亲走后，父亲的同事、朋友和亲戚几次给他介绍对象，希望他晚年有一个伴儿，但都被他婉言谢绝了。父亲说过："除非董申生回来，我会考虑与她结合，其他的人一概不考虑。"董申生是父亲的初恋女友，晚年寡居美国。2005年她在南加州去世，这对我父亲震动很大。

父亲为人的一个特点是宽容。他说，子张问孔子怎样才是仁，孔子回答了五个字：恭、宽、信、敏、惠。也就是：恭敬、宽厚、信实、勤敏、慈惠。这就是仁。我觉得这也是父亲努力去做的，特别是宽厚。在父亲身上，没有文人相轻的毛病。父亲从不轻率地贬低别人，抬高自己。他对我谈起他的同学、同事、朋友等，总是赞美之词多，批评的话少。即便对于有争议的人，父亲也是在肯定其优点之后,指出其不足。但对于卖国的汉奸、卖友求荣的小人,父亲从不假以辞色。父亲认可不以人废言和不以言废人,但反对人与言混同。父亲对"文革"中伤害过自己的人,总是既往不咎,仍然以同事或朋友相待。他说,问题的根子在"文革",从某种意义上说,这些人也是受害者。父亲虽然总是与人为善,但也有严词拒绝别人要求的时候。一次,他的一位朋友说,有人要出诗集,想请父亲作序,序已写好,只要父亲署上名字,便可送上一笔可观的酬金,然后发表。这种做法现在社会上很流行。但父亲坚定地说:不行!这件事使我看到,父亲在原则问题上是绝不迁就的。

父亲今年已八十六岁高龄,但他思维敏捷,头脑清楚,精神矍铄。他的长寿法宝有三条:一是生活规律;二是从不生气;三是勤于动脑。他现在每天工作七小时以上,比年轻人还投入。我怕他累着,劝他歇歇,他总是说,"工作就是休息。"这几年找他写序,写评论,甚至写书法题词的人很多,还有很多人来信求教。父亲对那些勤奋上进的作者几乎是有求必应,来者不拒。他说,"我与倨傲是绝缘的。"一次,父亲调侃地说,"过去有人说,有子万事足,无官一身轻,要我说,有书万事足,无债(文债)一身轻。"我真的希望父亲没有"文债"。这两年,随着年岁越来越大,他懂得了辞谢,稍微减了一点"文债",但完全没有"文债",恐怕也不可能。父亲离休以后的二十年来,还默默地做了大量工作,那就是对为数不少的文学晚辈、文学新人、文学探索者给予支持、扶助、鼓励。他在担任《当代诗坛》主编期间,为保存和发展中国新诗及将中国新诗推向世界做了不少工作。他年事已高,却异常忙碌,他说:"做我喜欢的工作,有益健康。"

和父亲在一起生活,我常常和他探讨历史和现实、宇宙和人生。二十一世纪来临,我对父亲说,"二十一世纪来临了,世界应该比二十世纪更加进步,为什么还有那么多的恐怖活动、灾难、战争？"父亲说："把理想社会看成是绝对美好，没有矛盾，那就是乌托邦，是不存在的。人从兽变来，所以人的一半是天使，一半是野兽。人的天性中有善也有恶。人类是既聪明又愚蠢的。有错才有对，有坏才有好。善与恶的斗争永不休止，但应该有信心，在曲折前进的道路上，善会逐渐占上风。"我喜欢历史。前些年，社会上有一种认识，说改朝换代是一种社会的进步，因此也无所谓民族英雄了。岳飞不是民族英雄，秦桧不是坏人，洪承畴也成了识时务的俊杰了。我和父亲探讨这样的观点。父亲说，"看问题不能离开历史的阶段性，就是要坚持历史主义，否则就会陷入历史虚无主义。如果因为秦朝统一中国是进步，就要否定屈原的爱国（楚），那不是太荒谬了吗？蒙古族、满族已成为中华民族的组成部分，但抗金的岳飞、抗元的文天祥、抗清的史可法仍是令人永远敬仰的民族英雄，而秦桧、吴三桂、洪承畴仍是不折不扣的汉奸！"我常这样和父亲探讨文学、政治、历史、战争、人性、婚姻、情感，总能畅所欲言。这样的交谈使我对世界有了比较客观的认识，我感到十分受益。

父亲的心态非常年轻。他热爱大自然，喜欢植物。每年春天我家门前的几十棵树都开了花，他总要拉我一起去散步，使我也认识了很多花草树木。每天晚上看电视，我发现父亲除了看新闻以外，还爱看军事和体育类的节目，比如排球、体操、冰上芭蕾、乒乓球等。还有一些艺术大赛节目父亲也非常有兴趣。青歌赛、小提琴、钢琴大赛的演播他都爱看。此外，他还很爱看老电影。父亲不因循守旧，他能与时俱进，修正自己的观点。以前他只喜欢古典音乐和民族音乐，不喜欢流行歌曲。我说，"爸爸，流行歌曲中也有很多旋律优美、歌词优雅的。"父亲逐渐同意我的观点。父亲只要有机会，就会出门去游览、参观。北京的各大建筑，博物馆，比如"鸟巢"、"鸟蛋"、"水立方"，电影博物馆，袁崇焕纪念馆，文天祥纪念馆等等，他都参观了。除了西藏、贵州、宁夏，父亲跑遍了全国各省、市、区,包括港、澳、台。我因为视力受限制,不大出门,因此我非常羡慕父亲。和父亲聊天,我说,"爸,这辈子您当了诗人,下辈子您还想当什么呢?"父亲回答:"如果有来世,下辈子我要当植物学家,或者,画家。"我说:"如果下辈子变动物呢?"父亲说:"当一只小鸟。"

父亲对文字有着异常的敏感。父亲常常说,我的职业是编辑,所以有"职业病"。他经常发现并指出电视和报纸上的错别字和广播里念错的字。在饭桌上我们边吃边聊,常常谈起错别字和翻译中错得令人捧腹的字词。父亲希望我们国家的文字纯洁、优美、准确。父亲说自己虽然一辈子跟文字打交道,仍然有写错读错的时候。他有一次把"郦食其"读成 Li Shiqi。他的同事朱盛昌纠正他说,应该读 Li Yiji。这已是几十年前的事了,但父亲常常说起这事,说朱盛昌是他的"二字师"。有一次他忽然发现"殷"字有两读,原来"殷红"的"殷"不读 yīn,而要读 yān。他说,真的学无止境,活到老学到老,一点也不错!

若干年前,港台地区和大陆个别人剽窃父亲的译作和将他的译著出盗版书。父亲的态度是:随他去。我对父亲说:"您也不能不维权啊。"父亲说:"我没有时间和精力。"去年发生了一件剽窃父亲译作的事情,在我的鼓励下,也在人文社版权处的交涉下,父亲终于为自己维了一次权。

父亲常对我说,我的祖母对他有两句格言的教诲:"胆欲大而心欲细,智欲圆而行欲方。"我感到父亲是努力按照这个教诲去做的。他常说,这两句格言包含了彻底的辩证哲学:胆欲大而心欲细,相当于战略上藐视,战术上重视;智欲圆而行欲方,相当于原则性与灵活性相结合。他说鲁迅主张痛打落水狗,就是坚持原则性;鲁迅不主张硬拼,主张讲究策略的堑壕战,就是运用灵活性。

父亲的儒家思想对我很有影响。他常谈起他的做人原则,如:

不迁怒,不贰过;已所不欲,勿施于人;不以善小而不为,不以恶小而为之。他是这样说的,也是这样做的。父亲的言行感染了我。父亲的话我常记在心,当情绪波动或心情不畅,有时说话不慎,伤害了别人时,我常常想起这些道理,并努力克服改正。我觉得自己的心胸比过去开阔了,对人对事更加宽容了。前几年,艾青夫人高瑛女士来我家,第一句话就对我说,"你有一个好父亲。"是的,我有一个好父亲,一个慈父。和父亲在一起生活,我感到很幸福。

父亲一生中经历了一系列重大历史事件,但无论时代风云如何变幻,父亲那颗崇奉诗神缪斯的心没有变,他赞扬真善美,追求真理的心没有变,这种精神在他的一生中贯彻始终。这本书的书名叫《生正逢时》,也就是亦正亦反,亦庄亦谐,可作辩证的理解。我愿意永远伴随我的父亲,共度人生。

2009 年 3 月

父亲——一个内心丰富的人

蒋 宇 平

一

据说因为父母忙于工作,又因母亲生我后即患乳腺炎,不能哺育我,我出生后很快就被送到苏州奶奶家。回到北京父母身边时,正值父亲在"反右"后期下放到河北怀来县土木乡接受思想改造。等我对父亲有明确记忆时,我已经在上作家协会的幼儿园了。1961年我们一家搬到了和平里新宅,当时和平里还没通公交车,每逢周一父亲会牵着我的手,走上一段长长的路,送我去幼儿园。记得每次到幼儿园,父亲总掏出三五分钱交到幼儿园康奶奶手中,嘱咐奶奶随便在哪一天别忘了给我买一支冰棒,在那个年代能够吃一支冰棒,对孩子来说也是一件最美的事儿。那会儿父亲身体不好,现在还隐约记得他那种慈祥、清癯的样子。

我读小学一二年级时,国家度过了三年的人祸天灾,虽然报纸广播开始"阶级斗争要天天讲、月月讲、年年讲",但还没有爆发"文革",我们小孩子在无忧无虑中生活。父亲偶尔会带着姐姐和我到附近的田野里去,那里有嫩绿的麦苗、清澈的小河,记得在一块麦田里还有背驮石碑的赑屃,父亲会带上速写本坐在土坡上画速写,教姐姐画速写,还给我们讲过王八驮石碑的故事。在那段时间,父

母用父亲翻译《莎士比亚十四行诗集》的稿费买了钢琴,请钢琴教
育家赵启雄先生教姐姐学琴,父亲从小喜欢音乐,也希望从小培养
姐姐的音乐素养。他还常给孩子们讲故事。记得家里有一部中国
青年出版社出的《革命烈士诗抄》,里面有叶挺将军的诗,也有陈然
烈士留在渣滓洞的诗,父亲母亲给我们讲这些烈士,也读他们的
诗。父亲还买了吴晗先生主编的历史小丛书以及《十万个为什么》
和许多科普小册子,这些书后来都成了我的启蒙读物。那时,在我
们孩子的眼中,父亲无所不知无所不晓。姐姐曾说,最好把爸爸变
成个小玩偶,放在口袋里,有什么问题就拎出来问一问,所有问题
都解决了。

　　二十多年后,姐姐有了一对双胞胎女儿,父亲又把爱倾注到可
爱的外孙女霖霖、露露身上。每天晚上,无论父亲多忙,他都要到
孩子的床前,亲吻孩子的额头,和孩子说说话,给她们讲意大利作
家亚米契斯《爱的教育》中动听的故事。霖霖上小学时,每天早上
父亲都牵着霖霖的手送她去学校,下午把她接回家,傍晚抽出时间
教她英文。晚上,爷孙俩在一起背诵唐诗宋词,有时屋里关了灯,
霖霖钻在被窝里,父亲坐在床头教霖霖背诵李白、杜甫的诗,辛弃
疾、李煜的词,也教霖霖吟《木兰辞》和岳飞的《满江红》。至今,两
个外孙女对她们的爷爷(她们从小就管姥爷叫爷爷)最亲,别人的
话可以不听,但爷爷的话她们绝对服从。

　　父亲一生喜欢孩子和小动物,对孩子们永远充满了爱。即使
孩子们已经长大成人,父亲给予最多的还是慈爱和关怀。父亲的
幼年生活沉浸在他的母亲(我的奶奶)的爱流里,母亲对他的人生
产生过巨大的影响,这也是父亲如此疼爱孩子的一个原因。也许
正因为父亲心中充满了对孩子的爱,所以才写出了《礁石》《瞳孔》
这样的诗,才在最繁忙的工作之余和我的母亲一同翻译了英国作
家斯蒂文森的著名儿童诗集《一个孩子的诗园》。

二

父亲几乎没有严厉批评过他的孩子,但是对我也有几次例外。

我在两岁以前是在苏州奶奶家吃一位乡下来的奶妈的奶长大的,虽然我对这位哺育过我的奶妈不曾有任何印象,但父亲要我永远记住她的名字——管静珍。父亲说"你是吃着她的奶长大的"。父亲曾不止一次地突然向我问起奶妈的名字。也许是两岁的孩子不会有什么记忆,也许是时间太遥远,反正有过我一时想不起来的时候,父亲对我大为不满,少见地严肃批评我,要我懂得什么叫感恩,要我记住有恩于我们家的人。这件事给我很深的印象,至今不能忘怀。

1982 年我大学毕业后,分配到一家位于延庆山区的研究院。一次为赶火车,顺路搭乘了一小段父亲的汽车,因为着急下车没有打招呼就急急忙忙跑向地铁站。等到下一次从郊区回家,父亲、母亲非常严肃地要开一次家庭会议,"主题"是教育刚刚大学毕业的儿子要懂得尊敬每一个人。父亲、母亲质问我为什么没有向司机师傅道谢,为什么那么不懂礼貌。母亲还告诉我公家的车本就不该让你搭乘,因为怕我赶不上火车才同意搭车,但我应该懂得尊重司机师傅,懂得做人的道理。这件事让我受益匪浅,也让我一辈子记住要尊重他人。

父亲对朋友、对同事、对并不认识的诗歌爱好者,都充满了真诚、尊重、理解和宽容,并且给我们这些孩子做出了榜样。他对朋友真诚相待,所以他的朋友既有耄耋老者,也有二三十岁的青年人,既有大批文化人,也有许多文化圈外的普通百姓。他曾多年给家里请来的保姆补习文化,他也以宽容的心态对待曾伤害过他的人。1999 年台湾发生"9·21"大地震时,父亲惦念着台湾诗歌界的友人,寝食难安,直到与台湾联系上,得知朋友们平安后,他才放下心来。

<h1 style="text-align:center">三</h1>

1963 年 10 月,父亲把我送到小学,亲手交给杨老师。那以后不到三年就开始了一场全国范围的大浩劫,父亲再也无法指导我的学业,他先是进了牛棚,然后去了干校,等他回到北京工作时,我很快就去了农村插队。1977 年,我从农村考取了上海的一所大学,再以后我去了延庆山区的国防科研单位。直到九十年代回到北京城后,才有更多的机会与父亲一起生活,也对父亲有了更多的了解。

在我的学业和事业方面,父亲主张自己的路要自己走,父亲并不过多地过问。因为我选择的是理工科专业,父亲不能像对待妹妹那样提供指导和帮助。当年父亲是在我的爷爷督促下,考取他并不喜欢的上海交大铁道管理专业,最后他还是放弃了所学专业转向喜爱的文学。爷爷在二十世纪初曾抱着科学救国的思想留学日本,还曾为伯父和父亲留学美国积攒了资金,但因战乱以及儿子投身革命而没有实现送子出国留学的愿望。可能是受自己经历的影响,所以父亲没有过问我的专业选择和职业设计。不过,多年后,在我的工作遇到不顺时,父亲曾表示对我的学业关心得少了,可是已没有机会再帮助我,似有遗憾之意。

在父亲的三个孩子中,只有妹妹选择了英国语言文学专业,得到父亲在事业上的指点。父亲曾说,自己是一只三脚猫,一只脚是诗歌创作,一只脚是英诗翻译,还有一只脚是文学评论。我们三个孩子只有妹妹抓住了爸爸的一只脚。当我们说起无法继承父亲的事业时,父亲总是微笑地鼓励我们做自己喜欢的事,按自己的人生轨迹去生活。父亲从不要求我们"功成名就",只是要求我们做对国家有用的普通人,做生活快乐的人,这就是他对孩子们的全部希望。父亲一生坎坷,经历了"文革"时期心灵的巨大痛苦,几乎触到了死神之手,历经磨难后的父亲铸就了一颗慈悲之心,平淡、谦逊、低调已经成为父亲处世的一种心境。对于孩子们,他把孩子的生活幸福看得比成就事业更重要。父亲不止一次地提到严文井伯伯讲的话,"名利,一风吹了"。

随着年事增高,父亲对我们的生活和工作关心得更细致,每次我回父亲家,他再忙也要抽出一点时间和我聊聊天,他会耐心听我讲工作中的烦心事和高兴事,也会和我聊天南海北、国内国际大小事。虽然每周他的儿辈、孙辈都要回家,可每次离家时他都要一个个地送出门,还要特别拥抱小外孙,特别是母亲去世后,不管春夏秋冬父亲坚持送我们出门,有时还要目送我们离开很远。

四

父亲一生与诗歌结缘,诗歌创作和翻译早已融入了他的生命之中。当他面临心灵的痛苦和病痛折磨时,靠默诵杜甫、李白和莎士比亚、济慈的诗来抚慰内心的伤痛,诗歌成了他心中最大的安慰。母亲在世时曾半开玩笑地说,在父亲心中"死人比活人重要,洋人比家人重要",母亲所说的"死人"指的是杜甫、李白、李商隐、辛弃疾这些中国古代大诗人,"洋人"指的是莎士比亚、济慈、惠特曼这样的外国大诗人。在新中国成立后的二十多年时间里,由于政治气候不允许哪怕一丁点儿的创作自由,父亲不得不放下诗歌创作的笔,我现在也无法想象那时父亲是一种什么样的心境。在很长时间里,他从没有对我们提起他早期的诗歌创作。实际上,1978 年改革开放之前,我从没有读过父亲的诗,甚至不知道他还是个诗人。在上海上大学期间,才在报纸上第一次读到父亲的诗,直到他出版《屠岸十四行诗》和《哑歌人的自白》,我才对父亲创作的诗歌有了一些了解,并且非常喜爱其中的一些作品。

父亲对诗歌的迷恋有时让人觉得神奇。2007年我陪父亲访问欧洲,在奥地利维也纳,八十四岁的父亲患了严重的感冒,他不得不改变在德国柏林的参观计划,放弃了去西班牙马德里参观普拉多美术馆的愿望。无论我还是他在西班牙的朋友,所有人都担心他是否还能按计划在西班牙巴塞罗那"亚洲之家"做关于中国诗歌的演讲。在演讲前的几天,他一直是萎靡不振的样子,他走上演讲台时我和他的朋友们都捏了一把汗。演讲一开始,他一扫病态,好像瞬间换了一个人,他优美的吟诵和生动的演讲一下子吸引了台下所有的听众,在随后与听众的交流互动中,他思维敏捷,对答潇洒自如,诙谐幽默,回答了不同听众提出的问题,完全看不出这是一位八十四岁患病的老人。主办方巴塞罗那"亚洲之家"负责人布恩诺先生说,老先生精彩的演讲吸引了听众,这么多听众没有一个中途退场,这在"亚洲之家"是非常罕见的。可他哪里知道,两个小时前,父亲完全是病怏怏的状态。对于父亲演讲的成功,西班牙的朋友认为,这一是因为随着中欧关系的发展越来越多的西班牙人开始关心中国文化,还有一点是父亲的讲演精彩和吟诗的美妙(当然还要感谢巴塞罗那大学东语系主任周敏康先生和他的研究生范一鸣女士的同声翻译)。

父亲自己创作诗歌,也希望自己的后辈懂得欣赏好诗,有更高的人生境界。六十年代初,记得在一个电闪雷鸣的晚上,父亲、母亲和姐姐围坐在一起,你一句我一句地"凑出"了一首打油诗。母亲先说"乌云布满天",父亲说"大雨在眼前",母亲又说"打雷又闪电",正上小学的姐姐补上最后一句"战士直向前"。后来,姐姐把他们的"创作"过程记在了她的日记里。四十年后,在父亲的建议下,我们的家庭又开始举办家庭诗会。每个周末全家聚集一堂,用两个小时左右的时间来共同欣赏古诗和新诗,每周由一名家庭成员做准备,为全家介绍一位或两位作者的著名作品。这样的家庭诗会一直持续了很长时间,遗憾的是母亲再也不能参加这样的诗会了。

2006年后,我开始为父亲录制他用家乡常州吟诵调吟的古诗词,已先后录制了几百首。父亲的诗词吟诵保留了古诗文的古典音韵美,十分好听,但这种古诗词吟诵已经接近失传,父亲正在为保留这份遗产做努力。2008年,常州古诗词吟诵被列为国家级非物质文化遗产。这年冬天,在首都师范大学和北京大学的安排下,他开始每周进行一次录音,每次父亲都做认真的准备。他的心愿就是让祖国的这项宝贵文化遗产得到传承,让孩子们学会诗词吟诵。

父亲爱诗歌,也特别喜欢欣赏古典音乐、美术作品和各种植物,凡是真、善、美的事物他都喜欢。父亲在四十年代曾报考上海音专,他对古典音乐有特别的喜爱,对莫扎特、贝多芬、德沃夏克和柴科夫斯基等大师的作品如数家珍。在年轻时他曾喜欢海菲兹的小提琴作品,八十年代他的抽屉里一直收藏着以色列小提琴家伊扎克·帕尔曼的一整套录音带,不时取出来聆听。我还记得1976年刚刚粉碎"四人帮"时,我们一家曾在一个停电的晚上,黑着灯围坐在一台半导体收音机旁听作曲家辛沪光写的交响诗《嘎达梅林》。那天晚上父亲给我们讲了许多关于音乐的故事。2007年10月在维也纳,已经有些感冒的父亲一定要我陪着去敬拜莫扎特、贝多芬的墓地,他希望距离他敬仰一辈子的音乐大师们更近一些。这几乎成了父亲访问维也纳的第一要务,游览多瑙河、参观美泉宫和大教堂都退而居其次。在维也纳,我陪他去了维也纳爱乐乐团演出新年音乐会的金色大厅,他高兴不已。因为没有时间也没有票(那天大厅门口的海报是美国指挥家和音乐家伯恩斯坦的《西区故事》),我们只能在金色大厅外围转了几圈。尽管如此,父亲还是十分满足。除了诗歌,听古典音乐可能是父亲最喜爱和最重要的艺术享受。

五

父亲是一个内心丰富的人,也是一个内心坚韧的人。父亲与母亲一生感情甚笃,母亲去世时,我们担心父亲承受不了,但父亲从没有在子女面前落过泪。

父亲当我的面落泪有两次给我深刻印象,一次是提到他的老友诗人唐湜先生时落泪,一次是回忆老领导田汉先生时落泪。父亲和唐湜先生相识了几十年,一次谈起唐湜先生被打成右派,发配北大荒,靠繁重的体力劳动勉强维持一家生计时,父亲说唐湜沦落到社会的最底层,但他在逆境中从没放弃对诗歌的追求,笔耕不辍,写下了《海陵王》《幻美之旅》等歌颂真、善、美的作品,用美好来代替苦难,用对真、善、美的追求代替怨诉。父亲为老友悲惨遭遇和执着的精神感动得落泪。再有一次是父亲回忆田汉先生时伤心落泪,那一次父亲谈到有一年田老从家乡湖南回到北京,在会上讲到乡下农民没有饭吃、穿不暖衣裳时,当着大家的面忍不住失声痛哭,父亲就坐在现场。随后父亲又回忆起1964年他奉上级之命在会上对田老作批判发言。他收集了田老的言论,做了卡片摘录,然后批判,虽然讲的仍是上纲上线的歪理,但不是凭记忆作的即兴式发言。批判会后田老对父亲非但没有责备,而且说父亲"孺子可教"。父亲为田老忧国忧民之心而落泪,更为自己违心地批判田老而愧悔落泪。

持续不断的政治运动特别是"文革"给父亲带来的心灵伤痛,

让父亲很长时间都难以摆脱,这也促使父亲对人性对历史进行深入的思考,而在他的诗歌里更多地出现那种对真、善、美的歌颂,写出更深刻并带有哲理的诗歌。父亲推崇巴金先生的《随想录》,"文革"后父亲也将巴老提出的"讲真话"作为自己信守的行为准则。

在2003年召开的"屠岸诗歌创作研讨会"上,著名诗人牛汉曾说过一段话,大概的意思是,由于父亲内心的丰富和压抑,也由于他对祖国和人民的命运的担忧,导致父亲患上了抑郁症,我觉得牛汉先生是了解我父亲的。

六

父亲是一位诗人,也是生活在现实社会中的一个普普通通的人。我感觉父亲在"文革"之后一直没有停止对历史的反思和对社会的思考,没有停止对新思想、新理论的学习,也没有停止诗歌创作上的探索。八十六岁的父亲依然像年轻人那样勤奋,现在他每天工作读书的时间仍达七八个小时。父亲从六十年代开始写日记和工作札记,几十年没有中断,已有数百本之多,至今仍一天不停。我从没有感到父亲的心态变老,他还那样喜欢接受新事物,和年轻诗人及晚辈交朋友,每年到全国其他地方和诗友、译友们聚会交流诗艺。

父亲曾说,他有机会从事了自己最爱的职业,有一个美满家庭,所以他的一生是幸福的。我这个做儿子的为有这样一个慈祥的父亲而感到幸运,也为他感到幸福而幸福着。

亲爱的老爸,祝您的心永远年轻。

2009年4月

爸爸的爱与诗

章　燕

　　从小,爸爸在我的心目中就是温和而宁静的,脸上带着微笑,从不发火。"严父"这个词很难用在他的身上。上小学的时候我曾经写过一篇作文,题目叫《我的爸爸东郭先生》。那时候,很多小人书上都画这个故事。在阶级斗争月月讲、天天讲的日子里,东郭先生的故事被人们用来教育孩子不能敌我不分、好坏不分。东郭先生心地过于仁慈,以至于对心肠狠毒的狼毫无察觉,他好心救了狼,却差点让自己送了命。我那时并不觉得用东郭先生来比喻我的爸爸有什么不好,也不觉得爸爸是好坏不分的人。只是冥冥中觉得,爸爸和东郭先生有很多相似处,比如他们出门都怕踩到蚂蚁,都不愿意伤害小动物,或任何动物,不像赵简子那样非要拉开弓箭去打猎,去追杀狼。在我幼小的心里,爸爸心中的爱心一点也不糊涂,更不虚假,而是真真切切的。这篇作文我改了写,写了改,可总是写不好。或许是因为,我实在没有办法把受嘲笑的东郭先生和这样一来也会受人笑话,甚至受到批判的爸爸连在一起。心地善良,充满仁爱,怎么会落得如此结果呢? 我怎么也想不通!
　　爸爸小的时候家里养过猫。小猫和他很亲。白天小猫围着他转,晚上他把小猫搂在被窝里和他一起睡觉。后来给小猫洗澡,洗澡水里放了杀寄生虫的药,小猫洗澡后舔毛,死了。他伤心地哭了很多天。不过这只是听他说,直到去年,我的外甥女露露带回和平里一只小猫,和爸爸生活了有半年的时间,他和小猫的亲近,那种彼此的相通才叫我们真正领教了。小猫叫闹闹,那个闹劲儿就别提了,上蹿下跳,尤其是"人来疯",谁也管不了它。但是,只要爸一出现,它就乖乖地一点也不闹了,爸爸在桌前读书写文章,闹闹卧在桌前的窗台上,一声不响,要么盯着爸爸看书写字,要么面向窗外欣赏风景,好像它也受到爸爸一颗诗心的感染,想着要怎样才能超凡脱俗,走入化境了。爸时不时微笑着,轻轻拍拍它的头,捋捋它的毛,闹闹则冲着爸"喵喵"地叫着,一动不动,乖巧得不得了,着实叫我们吃惊不小。

　　和平里家门前有一个院子。我小的时候那里种着许多树,有一种树一到春天就开很漂亮的粉色的花,一团一团绒绒毛毛的,远远望过去,像一簇簇火焰,我们叫它绒花树,整整一排,有十株。那时候,到了春天,爸爸就常常和我们一起到院子里面去看这一株株婆娑摇曳的树,一朵朵美丽的花。有时,刮过一阵风,满地铺落着缤纷的绒花,他小心地把这些花拾起来,放到家里的窗台上,又从中捡出一两朵轻轻地夹在日记本里。他的日记本里有很多花,还有很多叶子,大多数我都叫不上名字。不过,它们的旁边都有花名或树名,是爸爸写在边上的,有些边上还有他画的那些植物的画。那些花和叶子的标本大多已经干枯了,脆脆的,不能碰,它们用胶水粘着,后来用透明胶条粘着,有的直接夹在本子里。这些标本有一种凝固了的、淡淡的色彩。爸爸告诉我说,绒花树还有一个名字,叫合欢。我真喜欢这个名字,让我从心里涌出一种暖意,叫我永远也忘不掉。后来,门前院子里的树全被砍掉了,说是要改造院子,种新的树。那一阵,爸爸总是默默地望着院子里横七竖八的树干树枝,面色凝重,不说什么,有时叹口气。我则为那些合欢伤心,从此,我再也没有在别的什么地方看到那样整整一排火焰一样的花。不久,院子里栽上了新的树和花。花和树的品种更多了。还铺上了平整的砖地,爸爸经常沿着院子里的小路兜圈。他每天没什么其他运动,就是在院子里散步。他看花、看草、看树,看那上面的每一片叶子,看它们的色彩,它们的纹路,它们的形状,它们的质地,还有那上面的蜜蜂、蛛网、露水。有一次,我和伙伴们正在院子里玩得欢实,爸爸正绕着他的圈,忽然,他急呼我过去看他的新发现。原来,在两棵柏树中间有一片蜘蛛网,在夕阳的映照下闪闪发亮。他两眼放光,异常兴奋,我则懵懵懂懂,不知其中有何乐趣。然而,不久,我就在他的诗里发现了所有这些植物,还有那一首《美丽的网》。我们家附近有一个小花园,有一段时间,爸爸身体不好,他每天都要去那里散步。在花丛中,在树荫下,在淡淡的清香里,在浓郁的色彩间,我陪伴着他,或仰望夜的星空,或脚踏杂草,一同领略古诗的意境,英诗的音韵。那里的每一种植物他都很熟悉,有几十种,他都能叫出它们的名字,碰到他自己也不了解的植物,他便找园林工人问,或者回家去查阅各种书籍。我想,若是命运给了他另一种安排,他一定是个植物学家。

　　爸爸很爱我们。我小的时候,经常骑在他的脖子上,让他把我从这个屋驮到那个屋,不把三个屋子转个遍我是不肯罢休的。爸爸的个子并不高,但那个时候我觉得他高大极了,他一把我驮起来,我的头就能碰到房间的门框上,我得低下头,弯着身子才能通过房门,像钻一个个的门洞。我钻够了他才把我放下来。那时,看到他整天都坐在桌子前,不知那里有什么好处,便在他工作的时候悄悄爬上他坐的椅子,在他的身后,看他在做什么。这时候,他总是微笑着,轻轻地转过身来,用手摸摸我的头或者是脸,再用整个臂膀把我搂住,说:"爸爸在工作。"我想工作是很需要一个人安静地去做的,于是就说,"好吧。"乖乖地,我就自己从椅子上爬下来了。他微笑着看着我爬下来,看着我自己到一边去玩,然后才转回身去工作。每天晚上在我上床睡觉闭上眼睛之前，爸爸总是会来到我的跟前，轻轻地伏下身子，把他的嘴唇贴在我的额前，或是我的脸颊上，温和的眼睛一直看着我，一闪一闪的，很亮。有时候，爸爸工作忙，很晚才回家，我要一直等着他，等他回来亲了我，我才能睡着。不过也有些时候，没等上，就这样期待着，慢慢地睡着了。我不记得到了多大，这样的抚慰才结束，但是他柔和的目光、温情的微笑，我是永远不会忘记的。虽然我那时还说不清楚这是怎样的感觉，但，是我的一个期待。直到今天，我仍然很依恋他的微笑、他的声音。那里面有一种支撑我一生的东西。

爸爸的生活里总是有诗陪伴，他对诗的热爱也感染了我。人这一生往往有许多偶然和不定的因素，生活的道路总是曲曲折折，甚至出人意料。但是，我的生活道路却仿佛在冥冥中就已经被安排好了，说起来，这多半来自爸爸的教诲。不过，在很多时候，爸爸不仅仅在言辞上给我以指导，更多的是在用他的心和他的热情在感召我，从我很小的时候一直到现在。记得还是在刚上小学的时候，听着姐姐哥哥们自"创"的应时"诗歌"也会跟着乱哼哼起来。有一次，我不知不觉中哼了几句"儿歌"，被爸爸听到了。他看着我，问："你喜欢诗歌吗？"我那时并不知道什么是真正的诗，只是喜欢读小人书，于是，便直截了当地回答："不喜欢！"爸爸又问："为什么？"我说："诗歌太短了，没有故事，没意思。"我这话说得很愣。爸爸听了我的话，有一会儿没有吱声，后来，他只是"哦"了一声，就再也没有说什么了。但是，他那似有些失落的神情和那一声有些异样的应答却一直印在了我的心中，至今印象深刻。我隐隐地感到我让爸爸失望了，而我从来就不是一个肯轻易让别人失望的孩子。或许就是从那个时候开始，我内心中有了一种难以察觉的期待，期待着有一天诗真的能牵动我的心。后来，爸爸有时在饭后，有时在和我一起等汽车的时候给我讲一些诗词。他一句一句地讲,是讲给我听的,但是,我觉得他也是在讲给自己听。他讲得很仔细,每个词、每个字、每个音、每个调,他都一件一件地讲出来,很起劲儿,一讲起来就忘记了时间。妈妈有时候在旁边听着,说,"哎呀,你一下子讲了这么多,小妹怎么能听得懂,记得住呢?"爸爸这才打住话头,看着我笑,问我,"你听懂了吗?"我也笑了,说:"爸爸,你讲吧!你讲吧!"其实,我是半懂不懂,但是,我很喜欢听。有些时候,不是喜欢听那些诗,而是喜欢听他讲。爸爸讲诗,很投入。他的眼睛看着前面,头微微地向上抬起,眼睛里放着光,很有神采。这时,他仿佛已经进入了诗的境界,化到另一个国度里面去了。那里有一个神灵在牵引着他、诱导着他。在我听来,他的声音很近、很近,但有时又离我很远、很远。小时候我生病发烧,有时候是爸爸陪我去医院看病。有一阵,我被查出心脏有些问题。妈妈很紧张,生怕我真的有先天性心脏病,到医院去她最怕医生给我下什么结论,她受不了。于是,每次上医院做检查,都是爸爸陪我去。一路上我偎依在他的身边,他则给我讲诗词。声音和语调我都记得。有时,他的语调是那么平静、和缓,有时,是那么激越、昂扬。有几次,他教给我唱岳飞的《满江红》,声音不高,但很有力量,很厚实,很重、很沉。还有几次,他给我吟诵古诗,我以前从没有听过,感觉很特别。那时,我完全不懂什么吟诵,也不懂常州话,但印象极深,那种抑扬顿挫的音调,时而铿锵,时而婉转,我至今不能忘怀。当时,爸爸工作十分繁忙,并没有多少时间能够和我在一起,也不可能有闲暇时间来辅导我的功课,更不用说教我诗了。生病很难受,上医院看病也很不情愿,但是,这却使我另有所得,有时候,倒巴不得能多生两次病,使我有机会和他在一起。有爸爸的诗,有他温和的微笑和轻柔的声音,即使生病,我也觉得心里很安稳,很充实……渐渐地,我在不自觉中也被一个神灵给裹挟走了。直至今天,我也不能说我迷恋诗,更不敢奢望去写诗,自认为根本没有诗才。可是,我的工作和生活都或多或少地走向了诗。这不能不说是一件奇怪的事情。但是,我知道,我喜欢诗是因为我喜欢听爸爸讲诗。只有在他读诗、讲诗的神情和声音里我才开始并逐渐懂得了诗。

2001年我和爸爸来到了欧洲,我们一起游览了这个充满了艺术和诗歌的地方。在罗马那曾经喧嚣的大斗兽场中,在巴黎雄伟的埃菲尔铁塔上,在佛罗伦萨寂静的阿诺河畔,在温馨静谧的伦敦济慈故居,在英国风景如画的美丽湖区,在巴塞罗那白帆点点的海滨……一路上,爸爸仍旧给我讲诗。他讲了许多许多,从英美诗到欧洲各国的诗,从我们的古典诗到现当代的新诗。我还是像儿时那样静静地听着,听着,仿佛我和他,我们一起来到了那个神奇的诗的王国。

爸爸的爱给了我一生的幸福,爸爸的诗引领了我一生的追求。

2008年12月

漂 流 记

一九三七——一九三八

叔 牟

《漂流记》新版序

　　这本小书,是抗日战争初期1937至1938年笔者与家人逃难避祸经过的文字纪录。写作过程已在《〈漂流记〉:一点说明》中说明。

　　中国人民抗日战争是一场伟大的正义的战争,是为保卫中华民族、保卫人类尊严、抵制并击退日本侵略暴行的伟大人民战争。日本帝国主义在中国进行的战争是残暴的侵略战争,是逆历史潮流而动的、反人类的反动战争。日军肆意屠杀和平的中国人民,强奸中国妇女,抢劫中国人民的血汗财产,烧毁中国百姓的房屋和城市建设。日本充分暴露了他们兽性的、非人的凶残本性。当年英国曼彻斯特的记者田伯烈(H.J.Timperley)来华采访后于1938年出版的《外国人目睹的日军暴行》一书中以客观公正的态度向世界公布称,"发觉事态之惨,殊出人意料",一千八百万难民"被埋葬在黑暗与风暴之中",日本侵华乃是世界"现代史上最黑暗的一页"。最近中国吉林省新发掘出日本侵华军来不及销毁的档案,是日军侵华过程中自己写下的记录,内容涉及实施南京大屠杀、强制性奴隶("慰安妇")、向731部队"特别移送"人员以供做活体试验、残酷奴役劳工等伤天害理、骇人听闻的罪行。这批档案相当于日军的"自供状",为他们的罪行提供了原始证据,可谓铁证如山。

　　笔者当年还是个十三四岁的少年,初中二年级学生,在日本侵略军迫近家乡江苏常州时,随家人逃难,一路上记下了所见所闻,文笔幼稚,但难得的是,所记的都是真实。虽然没有直接的战场经历,但所写的一草一木都是真实。若非亲身经历,不可能这样写出。它排斥了任何虚构与渲染,因此,它也就是历史。

它原是一本记事簿,是为了自己回忆时有个依据,从没有想到要正式出版。现在,北方文艺出版社决定出版这本小书,实在出乎我的意料。

为了使读者获得更多认知,除了保留原有的插图外,还增加了若干图片和文字说明,以及一幅逃难行踪路线图。

感谢北方文艺出版社的好意和责任编辑安璐女士的辛劳,感谢所有愿意翻阅这本小书的亲爱的读者。

屠　岸

2014 年 8 月 13 日

《漂流记》:一点说明

　　这本《漂流记》写于1937年至1938年,记的是当时我与全家逃难的经过。1937年"七七"卢沟桥事变爆发,全国抗日战争开始。同年,"八一三"日军进攻上海,淞沪抗战爆发。我原在上海中学求学,此时正返回故乡常州度暑假。日本侵略军沿京沪(今沪宁)线向南京方向进攻,迫近无锡、常州。当时我十三岁,是初中二年级学生。我随家人从常州逃到镇江,再逃到武汉、新堤(今洪湖市),后又经粤汉铁路到广州,经香港,乘轮船于1938年1月返回上海,住在法租界姨母家。其时上海已经沦陷于日军,但英、法租界日军不得进入,故称"孤岛"。我在逃难期间,一路记下所见所闻所历,途中时写时辍。到上海后,作追记补充,完成于1939年6月,其时我已十五岁。原稿用自来水笔(今称钢笔)写于一练习本上,附有插图若干,均为途中我和家兄孟厚(荣哥)的写生之作。这个本子除缺失十二页外,至今保存完好。今日略作整理,作一本小书,约十二万字,打印成册,复印若干份,以赠亲友。所谓整理,仅改正错别字,补正漏字,将某些学校或机构的简称改为全称(怕读者不明),此外将繁体字改为简体字,增加了两条注释和一项"附录"(《漂流记》中的人物)。当时稚拙的文风和童年的幼稚想法,一概保留,以存原貌。书名《漂流记》曾想改为《逃难记》,现决定不改。当年手稿上写了个笔名:叔牟,也保留。

屠　岸

2013年5月13日

《漂流记》逃难路线示意图

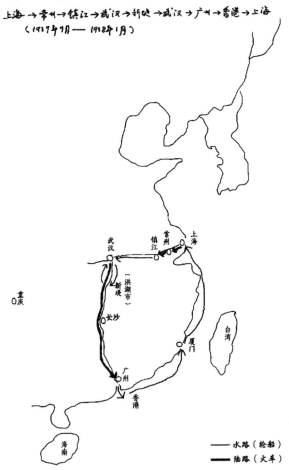

第一章　归故乡常州之后

　　刚欣然地从上海回故乡常州家中准备过暑假的我,突然被七月七日(民国二十六年,公元一九三七年)卢沟桥事变怔住了! 接着北平、天津相继沦陷的消息,犹如不绝的雷声,传了过来,当时是多么的惊讶! 对于时事的注意,似乎成了一种瘾癖。

　　八月三日,父亲从上海回常州,并带来了一具五灯的收音机,因此我跟母亲等每晚听中央电台报告时事。它本来是预备给祖母消遣的,如今各电台均停止娱乐播音,却有了一个特殊的用途。

　　荣哥自镇江军训回来(七月卅日),住不了几天,便在八月六日同父亲到上海去了。

　　时局一日紧张一日,八月七日同学丁元生君回常州,据他说上海的形势已入战争状态。果然,八月十三日晚间,沪战轰然爆发,京沪火车向上海去的一段亦停止运客。我们唯一的慰藉是前线胜利的消息。此外,我到母校觅渡桥小学去看望美术老师吕荷生先生,或赴西直街丁元生家谈天,以消磨闷热的暑日。

　　九月十七日的上午,父亲和荣哥从上海回来了,这是我所万想不到的,原来他们绕道苏嘉(苏州—嘉兴)铁路,吃了千辛万苦,才到常州,其目的是荣哥要回常州中学读书。

　　我的读书问题,曾与元生商量多次,上海中学当然无法可去,而上海中学又不寄借读证来,无法可想。及后,借读证寄来了两张,便设法向省立常州中学商量借读办法,孰知省常中之初一、初二不开班,因为人数太少。我便只得报名县立中学,交了学费准备去借读。但我不幸足上生疮,不能行走,遂请了数日假。适此时省常中因应学生之要求,初一、初二开班了,我便带痛去上课。县中的学费只退了半数。在常中数日后邂逅上海中学同学张燮元君,他一见我,立刻说:"上中已开课了,我们快些去吧!"

我当然惊奇,并且怀疑。惊奇的是上中怎样会开课,怀疑的是去上海的路途已断,说要去上海不是他一厢情愿;但张君却很镇静地拿出了一张报纸,是上中招生广告,借校址于上海法租界上海美术专科学校教室。至于去上海的路,张君说本可以转苏嘉铁路,而今尚有长途汽车可直达上海法租界南洋桥。我被他一说,心中跃跃欲试,忙找丁元生告诉了他,但他并不表示如何赞同,我的勇气突然为之一蹶。归家告诉母亲,也得不到同意,父亲也复去上海了。此心只得坠下,眼望着张君得意洋洋地走向汽车站。

我仍天天到常中去借读,那功课真使我感到百般无聊。尤其使我焦虑的,便是足疾的病势加重。医师屠友梅舅舅说:必须告假休息,方能获愈。因此,我的学业又中止了,每日百无聊赖,只阅读些书籍,以度乏味的日子,而足疾竟无完好的希望,每日到屠友梅处医治,必用剪刀、钳子之类,令人痛苦之至。

天有不测风云,人有旦夕祸福。不料在十月十三日下午,敌机竟大举轰炸武邑[1],当我们平生第一次经历这惨祸,吓得魂不附体,平卧在地上,静听着远近的机声,祷告着祸不要降临在自己头

---

① 武邑即常州,今称武进县。

上。祖母静坐着在诵佛经,我们只是窒息地卧着,只要听到"轰"的一声,脑中便印了一个不可名状的印象,不知要伤害了多少生命和财产。我惭愧自己是那样地怯弱,但我想在第一次受惊的人,有哪几个是泰然的? 不过,在受惊之中,更加强了对日寇之憎恨!

这次的轰炸,就在火车站附近死了百余名老百姓,真是绝对不能预料的事。

第二章　前黄之行

十三日敌机首次举犯武邑,次日又轰炸戚墅堰①龙头房②、电灯厂。常州城内居民,许多已逃到乡间。我们饱受惊吓,自不能坐以待毙,并且祖母在堂,更应负保安之责,便决定逃难到前黄③去。

十四日晚间雇好三部黄包车,十五日早晨二时半动身,乘黄包车出发,去者有祖母、母亲、荣哥、我及珑妹,尚留姑母在家中照料。当时尚在黑夜,荣哥是骑自由车④跟在我们的后面,途中亦不时听见飞机嗡嗡之声。及到前黄,天刚放明,⑤杨锡类先生等出来迎接我们进屋。此地空气清新,风景幽雅,晚间居住于"新园"。荣哥于次日回常州读书。我每日环游其间,精神为之振作不少,而足疾亦因此而愈,喜不自胜。

但不幸之我,大腿上又生了一个"块",疼痛难忍,杨先生请人弄了一种老鸦眼睛草敷了两次,没有效力。

一天上午,杨先生送来了一张话剧的门票,原来是常州宣传抗战的话剧团到此公演,地点在前黄公学。我因为腿上有病,不便行

---

① 戚墅堰离常州约十余里,为一热闹之市镇,沿京沪路。
② 龙头即火车头,龙头房即火车龙头之库。
③ 前黄在常州之南三十六里,是乡村的一个镇,农产颇丰富。
④ 那时自行车又叫自由车,脚踏车。
⑤ 请参阅后面的作文《二十六年十月十五日》。

走,不方便去。但又听说:演员中有许多跟我熟悉的,便一心想去见面。下午,扶了母亲的肩,在烈日下的田垄上,步行到了街镇上,路过一家药店,便进去预备购些六神丸,以便吃了可治腿上的"块"。但店内有一位医生杨鹤声大夫,他给我开了一服药,并定制了一个瑙纱麝香膏药,答应看完了戏回来取。我又扶了母亲走到前黄公学,前门不开。又拐到后门,买了两张票(原来一张票还给杨先生了)进了操场,是露天的,又无座位,母亲同了我进后席化妆室,见了许多昔日友朋,如费定,如沈慕云,正谈论间,通门已闭,母亲上前请守门者一放,不获答应,便请求费定①等人疏通亦未成功,只得出前门转到后门,与一老翁借到凳角而坐着。戏演了三幕,我们便回来。经过药店取了膏药敷上患处,拐到"新园",天已灰暗了。

新园门口的花圃(叔牟画)

---

① 费定乃武进青年励志剧社重要成员,曾在《风云儿女》、《逃亡》等影片中当过演员。廿六年二月三日我因参演《雷雨》与沈慕云同时认识。

真幸运极了,用了药我腿上的"块"因此逐渐消散了。

我身体自由,精神焕发,每天钓钓鱼,划划船,有时在树林深处写生,有时在清流河岸伴游。一时对于国事,近乎不注意的状态,这在过后想来,是很觉惭愧的。

有时觉得有兴趣,便做几篇文章,兹将十月十五日追记一篇,录于下面:

二十六年十月十五日

炸弹的轰声,早已把全城的民众,吓得东跑西散,我们为着年老的祖母,便决定于十五日早晨,动身到前黄去。

半夜里时钟刚敲着两下,而隔夜已雇好的黄包车夫却已来敲了两次大门催行。我们当然也不会甜蜜地睡觉,自然相继地起身了。待祖母起身后,便胡乱地吃了一点点心,预备上车。夜气很冷,我们每人加了一件呢大衣,才比较暖了一些,已雇好的三部黄包车,早已在门前了。祖母在前,我在中间,母亲和珑妹在后面。荣哥是骑自由车跟随的。我们在家里明亮的灯光中,倒也不觉得什么,至多不过稍觉冷一点罢了,待一出了家门,黑暗的空气,便突然围在我们的四周,阴风也常吹入我的颈项里,我才感到这是"夜"啊!当我们与守家的姑母告别后,我们由车夫拉着车子的行列,也在黑暗中蠕动了!

祖母坐的一部车子下,点着一盏灯,虽然它的光明部分只像萤火虫的发光体那么小,但我们还须靠它的引导。这灯光一路把一个滚动着的车轮的影子很活跃地射在两旁人家的墙壁上,这影子永远跟着我们。看!那一根根清晰的辐,一转一转不停地向前滚着。然而呵!它在这黑暗的墙壁上究竟是空虚的,它需要黑暗来保护它这一点光明,更大的光明来时,它也眼见得要被销蚀了。

当我们过大街时,见几个夜巡警,用手电筒向我们照射。有几家店铺在排门缝中透出灯光来,我想他们或许也在预备逃难了吧?

车到广化门时,守门的人很叽咕了些时候,因为规矩是非到五点钟不开城门的。我心中倒有些着急了,后来给了几毛钱,才放我们过去。过广化桥时,在桥顶上望见东方有一点点白色,但真正只有一线,一下桥马上就不见了。

有几家人家已起来工作了,都燃了豆油灯,什么麻糕店哩、豆腐店哩,我想早的人家真早啊!

渐渐地,我们的行列已进入了乡间。车轮在一条公路上转动着,风也大了,使我常常打寒噤,手也自然地插进袖子里去了,头上有帽子,还不甚要紧,惟有足冻得很痛。

不知在什么时候,轧轧的飞机声,震动了我们的心弦。荣哥忙叫车夫将那一盏车灯吹熄了;于是,我们是全埋葬在黑暗中了。

车轮的震动声中,田野里树叶的摇曳声中,那机声是更大了,我坐的一部车子,车夫首先拉进了一条小泥路里,我一跳而下车,后面两部也停下了。我进入一条沟里,这沟好像是战壕,并没有水,泥是松的。母亲等也进到路旁,惟祖母仍坐在车上,不能下来。

我仰首望天,满是闪烁着的星。在众星之间,又看见了四颗较大而较亮的星,我正在怀疑,忽见那四颗东西在微微地向前移动,但动得极慢极慢。这才使我恍然大悟似的明白这就是四只飞机上的灯。正要报告大家,荣哥却也觉察了,说:

"飞机点有灯的,都是我们中国的飞机。敌机不敢点灯的,它防我们的高射炮。"

我们才又把虚惊的心神恢复过来,坐上车子,重新开始我们的行程。

平滑的公路,虽在乡间,却比城里的道路好得多,又没有别的车子来撞。虽然有时遇着一两部独轮车,但它们并不妨碍我们的行进,不像城里街上那样的拥挤。所以我们的车子非常平稳,尤其是荣哥的自由车更自由了。

眼前见的，只是一片黑魆魆的东西。天是高得不可想象，深蓝色中也有些深淡的区别，那是在圆形的太空中间，模模糊糊地好像有一条黑带环抱着。四周散布着点点的小的光明。这些大的一片，好像一双合在大地上的碗；又似乎是一只巨魔之手，笼罩着这块还未重遇光明的、柔弱的大地，这块载着酣睡的人们、埋葬着万物的大地。

最使我注意的，是那优美的大自然的音乐灌输入我的耳鼓。那也是夜之音乐，每入夜晚，她便奏起了！平时我常在入睡之前，到院子里去听一下，而今天才听得彻底了。那好像是各种音乐的综合声调，各种乐器的综合奏演：秋虫的振翅鸣声，呼呼的风声，树叶的窸窣之声，以及夜之一切的声韵。是一片调和的，没有参差的，和平的音调。夜好像被它衬得更静，更优美，更和平了。更使我觉得离奇的，便是在车上的我，每经过那竖立在路旁的电杆的时候，便听见一种很悦耳的美音，ang——待车子过了，又慢慢地消失。因此，每当我将要经过那电杆之前，便预先侧耳倾听，过了，又期待着下面一根的到来。这到底是什么声音呢？后探知这是长途电话的电杆，那声音大概是电线里发出来的，这声音直到我听了好久，似乎厌了吧，才放弃它。虽然，声音还是很要好地钻入我的耳鼓。车过湖塘桥站的时候，天还很黑，那好像是个很简陋的汽车站，有一两盏豆光的灯火。

时常看见在前面有三两个黑影，待到身旁，都是推独轮车上城的乡佬，他们还一路闲谈着。我又想，他们这样早上城，既刻苦耐劳，又冒着敌机轰炸之险，真可佩服！

东方的灰白处，渐渐发白，变成鱼肚色的一条，天空的灰色，像铅一样。阴风好似加冷似的向我们吹。荣哥却很热，独个子骑了自由车向前直驶而去。

无边鱼肚白色的一条，益发亮了，周围混着一片云，似乎凝结了一堆堆蓝色的、白色的层云。在这层云雾中间,藏着一条金龙似的亮的发光体,慢慢地闪耀着,闪耀着……我的四周,已稍为明亮些了,只见两旁都是一片金黄色的稻田,有的稻已被割下捆着,有的还竖起了那丰满的穗。那硕大的谷捆,告诉我们今年的收成很丰硕。

东方更加光显了,一层云雾也渐渐地散了。地平线下透出了微微的红光,红光的上面有一层粉红色的异常柔滑的软腻的彩带,是被红光反照得这般美丽的。她像是飘带似的蜿蜒着的一条,异常轻软地腾在半空,等待着血红的太阳出山。

车已过南夏墅站①,天也快要全明了。路旁遇着两三牧童,有的坐在牛背上,有的牵着牛。他们见了我们的行列,都注目而望,直到看不见而止。渐渐地又看见了老农夫们在田里劳作了。他们见了我们,也都注目望着。有几位还问:

"你们城里来的吗?"

"城里太平否?"

三个车夫便高声地回答。

还有一个在稻田里的小孩见了我们,便大声嚷着唤他的爹妈来看。

东方的美云也增加了,地平线上的红光非常之强,红光之上有一道金色的棉花似的积云,再上是黄而红的淡云,及紫色波纹似的一条云霞带子、彩霞带子。除此以外,天空已减轻了铅色,是较明朗的青蓝色。不过在西方的地平线上还带着沉重的铅色。

金黄色的稻田里时常飞着一种鸟儿,羽毛带白带黑,飞东跳西,很是活泼。不过叫的声音很单调。这就是普通称之为喜鹊的鸟。还有其它各种鸟儿,在这拂晓清晨,显得异常活跃。

---

① 昔日母校觅渡桥小学的老师胡达人先生,现在南夏墅公学教书,胡先生在觅小时,与我感情甚好。

火焰似的血红的太阳,已经露出了它的面目,周围的云雾似乎全都被映成了通红的火山,万物都受到那伟大有力的光芒照射而欣欣地滋长——祝福!

我们望着那炽热的火焰,血红的金轮,都默默地赞叹它的伟大,光明,美丽及神圣。

黄包车还是不断地赶路,三个车夫都汗流浃背,我很替他们叫苦,也为他们替我们服务而感激,而在他们自己却似乎一点都不介意,只顾跑着。

当太阳已高悬于上空的时候,我们的目的地——前黄,也已到达了,车子停在一个挂着"前黄蚕桑改良区"牌子的门前。荣哥的自由车也在这里出现了,人大概到村里接洽去了。母亲给车夫们付了他们应得的车钱,便和他们告别。他们拉着空车回城去了。我不能走路,便与祖母雇了两部独轮车,由车夫推到村上去。一路上乡村风景很是幽雅,空气很清新,来到一座别墅式的房屋,曰"新园",那里树木茂盛,鸟声悦耳,真是个乐园啊!我忽然想到自己就要居住在这个乐园似的乡村内,不觉失声笑了!真的,乡村生活在我还是第一遭呢!

路上巧遇迎接我们的杨锡类先生,他的身体很高,是很会笑的人,见了我们打招呼后便嘿嘿地笑了起来。荣哥在他背后,还同来了三四个人,大概都是来迎接我们的。他便又到大门口,去迎接付完车资的母亲,及珑妹。

独轮车过了一个大村,便又进第二个村子,狗儿见了我们便汪汪地大吠起来,我们的车子在杨先生家门口停下,狗儿一见我们下车,倒摇头摆尾也不咬了。

村童们见了我们,都聚拢来看着,又不敢太近。有的三三两两的在交头接耳私议着。沈先生(即杨师母,杨先生的妻子,名沈琴华,原是母亲的学生。因为她是本地的保长,所以大家这样称呼她)是产母,可惜那个婴儿已夭折了。现在杨先生和她只有两个女儿,一个叫来笋,一个叫来宁,都在前黄公学读书。产母沈先生头上裹了白布,出来迎接。母亲等也到了,便一同进屋去。

杨先生家后门外,便是一条清静的小河,河畔有许多垂柳,我们便在绿荫之下,放下了钓竿。悠悠的流水,倒映着垂柳的细枝,飘动着,成了一条绸带。熏风吹拂着我们的胸襟,使我们陶醉了。举起竿来,饵倒光了,鱼一条也不上钩。杨先生说:

"钓鱼要有法门,初钓也难到手,而况用饭米粒,毫无用处。最好有蚯蚓,我家来笋(他的大女儿),一次总能钓到七八条……"

我钓不成功,便回屋了。不久吃了午饭。

在午后,太阳正热烈地照射于大地,我坐在一张小木凳上,倚着一棵古老的大树,远处有农人们在劳作。地是一块块砖铺的大片平地,这就是农人们所讲的"场",这场的上面,也不均齐地长着好几株大树,树的枝叶蓬松地伸展着,给场上的劳动者遮荫。我的右面有一条小泥路,可通向稻田。右前,远近散布着草屋,及深淡的树木,高下相间。最远处是一丛竹林,苍翠得可爱。天边浮着白云,飞着鹊儿,看着这园林,感到非常优美。

右边的小泥路上,一个老头儿不断地把一担担稻米挑到场上,由两个女子来"打稻",其中一个眼睛是瞎的。他们的工作,一直没有中止。在村上,就是八九岁的小孩子,也都有工作,打大豆啦,扫地啦,驱赶啄稻吃的鸡和鸟啦……忙得很,又勤恳得很。

傍晚我的足又加重病势,我们的居所已指定在"新园"。我很欣喜,便拐到那边,新园的门口,有一个花圃,有松柏、白杨等树,很像"别墅",其实是从前的一所小学校。里面的房屋也很简陋。不过总有了安身之处,也满足了。母亲在指定的一间房内已把床铺安排妥当,我便横倒在床上。

我倾听着外面农夫们肩挑稻谷时吭唷吭唷的喊声,那是劳动

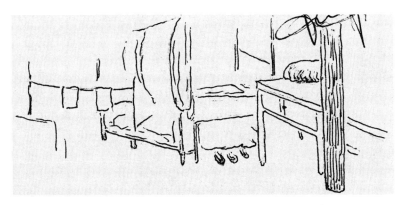

我们的居室（前黄新园小学的办公室，现已改为卧室）（叔牟画）

的歌声！远远的还听见打稻的声音。没有多久，便有淅淅沥沥的雨下了起来，天色也逐渐暗下去了。我苦着不能走出去看看，只听着渐渐在远处消失的吭唷吭唷的喊声。突然喊声又起了，似乎很急；我疑心天晴了，然而事实告诉我说天正在下雨……

"ang"！房门开了，母亲、杨先生等来了一大批人，冷清的房间里突然热闹起来，空气也温和了。谈论之间，方知农人们在抢稻，惟恐稻被雨淋湿了要发霉。农人们真勤劳啊！我又赞叹了。

一间尚宽的房间，右角搁上两张木架子床，床前搁两张桌子，荣哥这晚便睡在桌上。靠右面窗前又搁一张桌子。这一间房共有三扇窗，空气尚能流通。桌子、椅子倒各有五张，还算舒适。

这时夜已降临了，屋外的雨不停地下着，幽暗微明的洋烛照着我们进了晚餐，我便急于要睡。足上痛的地方请杨先生托一个老头儿弄了一种老鸦眼睛草根敷在上面，据说会发散的。

我便在这生疏的异乡，甜蜜地倚在睡魔的怀抱中了。——愿明天足疾痊愈吧！

——叔牟于十月

在新园内,除了我家外,还有两家人家,陈家和缪家。陈家有一个孩子叫顿元的,生了病,很可怜。我又做了一篇琐碎集成的散文,取名为《无罪的犯人》。

无 罪 的 犯 人

"新园"的天井里起了闹声,许多小孩都围聚了起来。母亲先伸长了脖子,视线射出了窗外,同时又不满足地跑了出去。我也跟了出去。只见陈伯母的躯体弯着,用棉花在一个小孩的头上揩,不一会儿那棉花上已染了红色。那孩子的头伸在陈伯母的肚子上,穿了一件旧的褪了色的紫的夹袍,坐在稻草堆上,让他母亲揩他头上的血。陈伯母站起了,对我母亲说:

"他一直睡在房里,闹着要外面来外面来,今天太阳和暖,便抱他到外面来晒晒太阳,坐在稻草上,哪知他说要躺下去,把那段老木头当枕头,很不当心地躺下去,碰在老木的节枝上……"

我回头一看,那是一根截下的老树杆,杆上的节枝很多,倚在一个古青的石台之旁。

"头上碰破了皮,出血……"

母亲连忙回房去取了玉树神油来,与他敷了些在创口,陈伯母再把一块毛巾在他头上扎了起来,才完事。

不看不注意也罢。待我目光注视到那个已抬起了的孩子的脸上的时候,几乎吓我一跳!几天住在这里,许多活泼的孩子的脸大都已熟了,而这个孩子却没有见过一面。使我害怕的,是那孩子的骨瘦的脸!那样子跟老鼠的脸差不多,尖的下巴,突出的颧骨,深陷的眼珠,都充分地表现着他"瘦"的程度。尤其是他的嘴唇上,节节疤疤地生满了干疮,有的地方出了血,已凝成了紫色的固体。两个鼻孔下也满是红的紫的,不知是血还是鼻涕之类。颧骨的旁边,皮肤已凹了进去,并起了皱纹,一条细骨很明显地架着薄皮突出着。全脸又是一种青灰色的成分,没有一些血色——这些都是几乎吓我一跳的原因。陈伯母又把玉树神油给他敷了一些在大腿的上部及股部,那些皮肤完全是灰色,不像人类的皮肤,而且那皮上都起了一种皮屑。据陈伯母说,这大腿上及股上的疮,谓之"困疮",是困的时候太多的缘故。啊哟!我又认为是新闻。

我扫兴地踱回房中。觉得这孩子病得太厉害了。他的"瘦"的程度,加之他的静,他的一言不发,实令人可怜而可惧。

太阳欣然地照射于大地。一个瘦的小孩,周身围着棉被,坐在靠背椅上受日光浴。枯焦的脸,不时转动着。深陷的眼睛很小,无力地睁开着。常常用五支骨的手来剥嘴唇上的干疮,被他母亲见了,便连忙阻止。

他的饮食,唯一延续生命的饮食,是每日几碗汤似的糊粥。大家吃的时候,他才吃。有时饿着,便加一次点心。吃的时候,是由他的母亲或阿姨——缪师母用汤匙一匙一匙地送进他的口中。所谓菜,是他们到田里取来的"甜菜",每吃几匙粥,便吃一筷甜菜,而菜渣还要吐在一张预备好的草纸上。

一天中午,厅上的椅子上坐着一个头上扎着白巾的病孩。这孩子的旁边又坐着一位老太婆,她是陪伴她的外孙的。

这位老太婆,眼睛大概半失明了,足上有风湿,走路是拐着的;说话时又含糊不清,做着手势。我终日见她坐在她外孙旁边,而从没有听见他们讲一句话。只是坐着坐着……

饭后,我的母亲和沈先生都到了这厅上。谈论之间,无意地谈到了这个孩子,陈伯母说:

"本来是寒热,伤寒,后来请医生,都说是湿瘟,湿瘟,药一吃错,弄得大不行。最后只得换医生看,才退了热。但是瘦得不像样,也不敢给他多吃……"

病孩顿元和他的外婆、妹妹(叔车画)

我又知道这孩子才十一岁,在新坊桥小学读书,四年级。曾经留过级的。

商量的结果,决定将他送到镇上张春芳①医室去调理调理。便由他母亲驮在背上而去。

母亲暗下对我说:

"天天吃口糊糊粥,真是挨挨命的。我想无论如何要好好调理,吃点有滋养的东西。你们从前生病之后,不知吃了多少滋补品,华福麦乳精呀,代乳粉呀,葡萄糖呀,果子盐呀……就是现在还每天吃华福麦乳精和果子盐。这个孩子,若不好好调理,一定不会健康的。"

天已经暗下了,大地上起了灰色的迷雾。病孩伏在他母亲的背上,已经回到了新园的厅上。母亲赶快奔过去问讯,我也跟着过去。陈伯母快捷地说:

"郎中说就要吃西洋参,是清补的。又说热虽然退了,而内中

---

① 春芳先生是镇上有名的医师。本是中医,后研究西医,但不精。

还有虚热。他的指头又肿大,也给了些药。我想西洋参到什么地方去弄？时局又如此……"

母亲便介绍她用华福麦乳精,也是很好的调养品。然而,也要到城里去买。况且城里市面全无,不知买到买不到。母亲写了一封信给荣哥说,代购华福麦乳精半磅,在星期六下午带来。

飕飕的风吹树叶声,使我感到大自然的情趣。吱吱的鸟鸣,又促我想到活泼自由的情感。那是在新园的门口,花圃中间。然而使我注意的,是一种"哼"的声音,而且哼了好久了。我似乎呆住了。良久,又不介意地跑开,对于这隐约不清的哼声,大概也忘了吧。但是,待我回到门口时,那声音又使我注意了,我不知道这声音是发出于何处,听了一会,便决心不管怎样地跑进里面去。突然那声音是大而清楚了,我立刻猜想到这声音是那病孩所发出的,我心中生了莫明之感……

干涩而枯燥的喊声,呼吸迫促间迸出的喊声,无力的、悲哀的,永远没有变更的声调:

"ang——要甜肉吃……ang——要甜肉吃……ang——要甜肉吃……ang——"

我走到厅上,一个在椅子上的小孩,头伏在臂上,那声音就是在他口中所发出。他的外婆也似乎没有办法地坐在旁边。四周的小朋友——病孩的弟妹,都欣然地在说笑玩耍。我怜悯他吧？我嫌恶他吧？我都不知道！我所知道的,是我的面部不好看,是皱起了眉头。

我终究不明白他要吃的"甜肉"是什么。难道真要吃肉了？后来他阿姨说,是要的"甜菜"。我以为要吃甜菜也用不到喊整个半天。但他却还要继续喊下去呢。

他们听了这种哼,认为太"烦",太"戳耳朵",便想法制止。这孩子平日最怕他父亲。于是他的严父便走来说:

"你们大家都走开,我来陪他！"

他的"你们大家",其实是对他岳母所说,那老太婆便拐进房里。那严父便站在病孩的面前,发扬了"严"的精神。啊哟!真是灵不灵,当场试验,果然那哼的声音断绝了。

小保姆红英送饭来,说:

"沈先生说,陈家的小佬大概吭不用了哩①,不晓得到底怎么?"

我想这也未必。母亲的话很对:

"这孩子若不好好调理,那才恐怕有意外。"

我对母亲说:

"我看他食欲非常旺盛,前两天闹着要吃要吃,看看他似乎……"

我没有适当的话语结束,便摇了两下头,皱了一下眉。

"他喊是烦躁的缘故,最好有点消遣才好。"母亲说。

"他的外婆不会讲故事,那他们也应该安慰安慰他。否则给他本书看看。"我说。

"看书顶伤神,又坏眼睛。阿荣就是病后看书,现在弄成近视。"母亲说。

"那末……有什么法子?"我似乎没有了捉摸。

"唉!"母亲也叹了一口气。

突然我们又听见那孩子的喊声了,依然是那般枯涩、无力。

"又在喊了!"我又补上一句。

"ang——要饭吃……ang——要饭吃……ang——"

什么,甜肉之后又要饭了?红英奔出去了。

厅上的方桌四周,坐满了小朋友、大人们,是在融融乐乐地吃午饭。对于这个病孩的喊声,仿佛没有听见。

---

① "小佬"乃常州言语,即"小孩"义。"吭不用"亦常州话,意即活不成。

大家没有注意的结果,是那孩子竟站了起来,摇摇拐拐地挨到桌边来了!这当然是出于意外的事,陈伯母回头见他儿子的手竟伸出来抓桌上的食物,这才慌忙地站起来,口中大声的:

"该死哩……"

一把抱起像小猪似的掷到椅子上。

"哇——"!

我想这也是必然的。而且这哭声是他用了全身之力。我满想看到这哭声有什么代价,来了!他们认为"刺耳朵"的哭声的代价是予以脱掉一双鞋子。但这根本对"止哭"是非但毫无效验,却还增加了他的高和锐,增加了"刺耳"的成分。我想他的那位灵验的严父为什么不再发扬他的"严"的精神了呢?

原来那严父到镇上赌场中去了。这次是他的母亲和阿姨去执行看守、监视的职务了。然而这两位菩萨,竟拿着饭碗在他面前吃给他看。于是这预备抓饭的手又上来了,这手的伸上来,非同小可!他母亲动怒了。

"该死哩!你现在只好吃糊粥,薄粥都勿好吃,怎么可吃饭?吃了下去吐勿出咯!……要死的!这样不懂道理,真是该死哩!真混账之极!……"

无济于事的一场骂终于结束。至于骂的对象,当然是仍旧在哼着。哼着。他们没有办法,索性不睬,省得麻烦。这真是"最好之良策","最好之良策"。

在大家吃完饭之后,陈伯母便在灶间盛了一碗糊粥来,叫他的女儿——病孩的妹妹,到房里拿了一碗甜菜来,这病孩见了甜菜,便伸手去取。陈伯母忙说:

"不要给他!不要给他!他要拿手抓的!"

于是他的妹妹便站得远一些,他手伸不到的地方,而且脸上还起了一种嘲笑的态度,和胜利的骄傲。

　　然后陈伯母便给他吃粥,他头摇来摇去不要吃粥,还坚持着"要饭吃",但是这转,摇头,不过摇转了几下,便马上屈服,吃糊粥了。如此,知道他的不吃,不过是他怯弱的示威而已。哪里是真的不吃呢?

　　我一笑便走开了。

　　暗的房间,屋顶又高。房底有一张旧的八仙台,是两位老太婆的食桌。沿两壁搁了三张木架子床,没有蚊帐,有两扇高窗,上面都挂满了稻草和植物的种子,还有些洋铁罐之类的东西,满是灰尘。外面的阳光是不能从这种窗子射进来的。地是泥地,堆着许多瓦器如缸、罐及木盆。这便是那病孩整天整夜睡着的一间房间。

　　最近又新进了一位病人,一个十四岁的女孩,是病孩的姊姊。

　　这房内起了厉声的叫唤。不是他的外婆所能管的。因为这病孩手中所拿的鞋子,给他的妹妹看见了。这惯听大人命令的小女孩,起来便抢夺那双鞋子,他哪里肯放,死命抓住,口中连喊:

　　"娘娘给我的! 娘娘给我的! 要你管……唉! 娘娘……"

　　他的健康有力的妹妹,当然是获得胜利的。鞋子夺了下来。虽然平时跟她很和睦的哥哥在狂哭,她却冷笑了两声,马上又狠起脸孔,恶声地自语,又像警告他的哥哥:

　　"告诉诺! 一定告诉! 一定告诉!"

　　一面说,一面便走出了房门。至于到底有没有去告诉给大人,我并没有注意,所以不知道。

　　不过这位妹妹的"告诉"的威胁当然也没有效果的。因为即使告诉了母亲或阿姨,至多不过骂几声,因此他才放心胆大地号哭了:

　　"啊……"悲哀而凄恻。

　　也是病人的姊姊,在另一张床上咆哮了! 大声嘶喊:

　　"你这该死的!再哭? 不告诉爸爸打死你! 勿晓得一日到夜叫,又勿死!"似乎是烦躁得抑制不住,只好爆发了。

　　荣哥星期六来了,没有接到信,所以也没有购华福麦乳精。后来母亲到常州去带了半磅来。那天张春芳医生到新园来给我打清血针,又给王寿生先生打治疗肺病的针的时候,陈伯母便带问他儿子可吃华福麦乳精否,张医生说:

"这种西药(其实并不是药)我倒没有见识,不十分明了。而总之,吃西洋参是清补的。"

陈伯母又怀疑,我母亲为之解说总吃不坏的。陈伯母方才小心翼翼地每天给他吃半匙。我想分量太少,也不会有多大益处的吧?

最近陈伯母上城去了,是为了办理雇船到他们的故乡高邮去。孩子们便都在阿姨的管束下生活了。尤其是那病孩喊着:

"娘娘!①娘娘!来呀!"我最觉不忍。

但我又有什么办法呢?

陈伯母回来了,船已弄妥,不过他们要先到常州城里,然后再乘船到高邮去。今天他们收拾行李,预备今晚到镇上码头搭班船上城。至于缪家,还要住下去。

在傍晚,陈家大大小小出发了,我站在新园门口的石台上,望着他们的行列,走动着的行列。十四岁的女孩由她的父亲搀着走;那病孩伏在送他们的阿姨的肩上,望着后面。

远了,远了……在金黄的稻田中露出半个身子蠕动着……终至不见了。

一种凄恻的喊声,可怕的影子,也随着在新园内永远地消失了……

民国廿六年十一月一日
脱稿于前黄镇新园信用供给合作社。

叔　牟

---

① "娘娘",常州话,即妈妈。

　　我把它写完了,不过不得不提一句:我在这篇文章中对孩子父母的描写也许过火了一点,父母对子女之爱,是永远不能否认的。

　　城内不时遭日机轰炸,母亲回城去办理建造地下室的事。后又下乡一次,取了银行的存折及一些首饰回城。因为十月底大场失守的消息传来,母亲预备到城里收拾东西,以备敌人攻过来可以全家向西逃难。珑妹也回城了,所以留在前黄的,只有我和祖母两人。一日三餐是由杨先生家烧好派人送来,不用自己动手。我向杨先生借了许多书籍阅读,《科学大纲》等很有滋味。还有一本杨先生的自传手稿,名曰《雪楼自传》,是他在狱中写的,洋洋数十万言,读了,从此认识杨先生的为人。

　　有时与祖母互相讲故事,有时写点杂感回忆,生活倒还觉安闲。但是不时听见城内日机轰炸声,此间离城有三十六里,听见炸弹爆裂声很高,据说是重磅炸弹。此处乡间,消息迟缓,不知现在形势如何,心中很有些焦虑。

　　十一月初连日阴雨连绵,乡间道路泥泞,我终日闷在家里,不能出游。有兴即与杨先生或来笋姐谈天,或与祖母讲"一文钱"的故事。新园的厅上来了一架轧稻的机器,我又天天赶着去看他们工作。

　　三日之晚,我与祖母都已睡了,灯也熄了。突然房门嘭嘭嘭嘭地有人敲起来,那门本没有门闩,用椅子堆起顶住了的。外面的人便把门推起来,椅子倒了。我急忙爬起,喊:

　　"谁呀?谁呀?"

　　心中非常惊惧。还好,是荣哥的声音。他手中提了一盏灯笼,后面还跟了"叔叔",就是姑母,我们都这样称呼她。他们身上满是污泥。原来他们坐了一只船来前黄接我们回城去的。船老板是江北人,不认得水路,划错了路,总算到前黄,天早已昏黑。幸而在镇上借得一盏灯笼,但乡间道路泥滑,又都是田垄,一路走来,天昏地黑,又弄错几条路,总算摸到新园,已经大吃一顿苦头。二人忙点了煤油灯,打水濯足后入睡。

次日早晨,令舟子把船开到小寺桥旁,我们匆匆进了早餐,便要下船。那时杨先生正在生病,只有沈先生和他家的女佣红英来帮我们收拾。并且送给我们一餐午饭的菜米。在九时便下船,那时细雨迷蒙,船板上都湿了,舟子拔锚开船,渐渐地离开了小寺桥。只见来送我们的沈先生独自在迷雾中,树阴中,消失了。

天气阴沉得很,下着较大的雨了,不过两岸的景物却极优美。我呆呆地望着在迷蒙中的远近前黄乡,默默地对她作最后分别的注目礼。

刚刚病愈的我,本不宜坐船的。这次不得已上了船,不到一小时,忽然头昏起来,晕船了!"叔叔"(姑母)便把铺盖打开,铺在船头——舱里尽是甘蔗,不能进去。船是从江北来卖甘蔗的,原本已被封去做战时运输工作。我们和轮业公会会长陈季良商量后他帮我们雇来的。别的船都封去了,休想雇到。——让我和祖母睡了下来。我午饭也没有吃,只是躺着。心中想呕,又呕不出,只得睡。睡又睡不着,痛苦极了。

荣哥在船头专做写生的工作,看见了桥梁或特别的船只,一齐收进一册写生簿。

我躺着一直未入睡,心中也并不感到和适。天已渐暗,船尚未进城,只开到塘河。我起来一望塘河宽阔若江,心中倒不禁为之一畅。逐渐地,天已全黑了,船进民丰桥,经民丰纱厂,进广化桥……奈何船老板是江北人,不认识常州水路,东问西问,才得跟了另一只船往水关开来,哪知到了水关,早已关了,不准通行。这使我们焦急了,商议结果:只得将船开到对岸码头,将祖母扶上岸去,我也上岸,雇了一部黄包车,祖母坐车,由我跟着走到家。母亲已睡了,

从前黄到常州的翁井塘家之船(舱口之写生：两手护眼的是我，方格布盖脸的是祖母，后面是翁井塘和他的儿子)(孟厚画)

急忙出来开门，付了车资。进来不一会儿，"叔叔"同荣哥也来了，我们便吃了一餐热闹的晚饭。

母亲又说：

"今日你父亲从上海来电报说：明日由上海放五部祥生汽车来接我们全家到上海去。但只好少带行李，因为人多车少的缘故。但我不知道你们今晚会回来，便回一个电报去说：勿放车来。"

我们听了，觉得父亲突如其来之至！又觉得错过机会，太可惜了！

第三章　逃　难　前

　　防敌机突袭的地下室,已经完成于我家庭园中间。共费大洋五十元。但因为这是普通泥水匠造的,没有专门技术,以致地底渗出许多水上来,竟有三四尺之深,我们努力排出水后,姑且搁了长板凳,人立在凳上,还可以。

　　我又到省常中去借读了,丁元生也在那边。一有了空袭警报,便下课,进地下室。差不多没有一课可以上全的。这里的地下室,

常州中学地下室入口处(叔牟画)

是从前的一队工兵驻扎在这里时给他们造的,可以挡得住五十磅的炸弹,地下也没有水,很坚固。

母亲到邮局寄快信,见湘铭在打电报。仔细一看,原来是湘铭代在奔牛的详姨打到湖北新堤修姨处的电报,十分之长。母亲便抄下了地址,回来写一封信给详姨说:

"你们如果西行,我们必定相伴……"

此后敌机又常来轰炸,我们因为惯了,惰性作用,似乎麻痹了神经,对于轰炸声,减少了恐怖感。

一日去访丁元生兄,他说:

"我的两个哥哥已安安稳稳地到了上海了。是乘的公共汽车,万无一失。因为那汽车全身泥土色,飞机不易看出。又有正副司机,及两名警察。有几个座位买几张票,不是乱抢的。而且总是两三部同行,若一部遇到了危险,第二部可载乘客至附近车站,再开一部出来。所以即使有何意外,亦不是绝对危险的。"

元生也预备到上海去了,我也很想同去。回来告诉母亲,母亲说要荣哥同去,还要请一个大人陪着,才放心。但荣哥不肯去,因为常中已宣告迁址宜兴,他一心要到宜兴去,所以当日这问题没有能够解决。

次日探知省常中迁址至宜兴的深山内,交通甚为危险,并且消息隔膜,邮件不通,荣哥才放弃了去宜兴的念头。丁元生来商量,决定由我们先到上海去,元生在去上海的汽车站上认识人,便请他先去购车票。

母亲心中还不十分放心,要想有一个大人伴着。那时恰巧听说王寿生先生——他是坐了十年监狱的共产党,干事很勤,思想激烈,是前黄杨先生的老友——由杨先生介绍于薛迪功先生的武宜汽车公司中做事。现在王先生要到上海去取他母亲的寒衣,我们想请他同去。我和荣哥到了武宜汽车公司讯问,说王先生已于日

常州中学大操场（叔车画）

前去上海了。我们失望归来。丁元生于下午来说：

"这边汽车奉军政部命令（非交通部，因公路多运输军需品），已于昨日停开，因为最近松江沦陷，截断了路线，无法可施。"

上海去不成功。但元生讲宜兴也绝对不愿去。而荣哥似乎又恢复了上宜兴的念头。

母亲等待详姨的回音，心焦极了。

一日荣哥回来说：宜兴决定不去了。因为他的同学章育中预备到湖南去。同时又有一位昔日同学张泰吾，也要到湖南去。所以，我们也决定到湖南去好了。商定一同乘火车到镇江，然后乘轮船到汉口，再乘火车或轮船到长沙。现在只有此路尚通，其它毫无办法。而母亲以为最好有船到镇江，免得乘火车危险。但所有船只，均已被封，只好乘火车。三家都已商定，各自收拾东西。我家楼上楼下，都翻得杂乱之极。

　　但祖母不能乘火车,"叔叔"又不肯抛家远行。所以预备到湖南去的,只有我们兄妹三人及母亲。祖母和"叔叔"暂时留家中,以后有机会再说。

　　深夜,有敲门声,一开门原来是元生兄。他不知怎么预备到宜兴去了,匆匆地来说一声,明天就动身。母亲要他同到湖南去,他拒绝了,与我握手而别。

　　十三日下午,章育中来我家说:已雇到一只民船。但不十分大,章家一家人上去了不得再添人,幸经再四说情,可将我们四人装入。至于泰吾仁兄,似乎不能顾及了。母亲虽以为好,但对于泰吾很过意不去,商量好久,有两全之策:即母亲、我及珑妹搭章育中之船,荣哥跟着泰吾家乘火车。但母亲又不放心,只好作罢。

　　决定十四日下午五时上船,十五日晨拂晓开船。

　　十四日上午,母亲命我和荣哥到厚生铁厂去提款,经理不在,提款不成。回家见三姨刘竹如——陈季良之妻正在和母亲讲得起劲,原来她家也预备到汉口去,跟母亲商量,她准备和祖母及"叔叔"等待下一批出发。母亲又叫我和荣哥到厚生铁厂经理奚九如先生家去问问,奚经理说过几天把款送来。荣又到章育中家去,我回家把情况告知母亲。

　　忽见王寿生先生在收拾书籍,还有缪师母的女儿也在。我很奇怪王先生怎么上海去了又已回来了?问了他,才知道他的汽车到了苏州,上面已下令不准通行,他是在苏州乘火车回常州的。

　　母亲又命我往新街巷致远里探望四舅舅屠公覆,问问他是否也预备远行。孰知四舅舅全家都避在北弋桥乡下,只剩寿官表兄在家。我与他谈了一会,知道他们不预备远逃,因为他家人太多的缘故。忽然电话铃响了,是舅舅屠友梅打来的,友梅舅舅一家要逃到李家桥去。我又在这里抄下了长沙二舅舅屠仲仁家的地址,及新堤屠仲方表兄家的地址,告别了寿官哥回来。

母亲在武进交通银行周敏之先生——彼即我家楼上之房客——处商请他汇一千元到汉口,后因我回来告诉母亲说二舅舅及其家眷皆在长沙,母亲又一个起劲叫我到交通银行去与周先生说明将款汇到长沙。到了交行,周先生说要拿图章来,我又回家拿了图章去盖过印。归途遇见觅渡桥小学女教师吴良仪先生,她对我说,昔日我崇敬的老师余宗英先生已到四川,并给了我她的地址:

重庆双桅子水沟2号。

午后,详姨屠详芝来了!那时我家尚未收拾妥当,正在赶紧收拾,因为马上就要下船了。详姨既来,母亲抽出工夫来接待。她到今日才来,因为她一直在李家住的。——她最近与李抱宏先生结婚。而我们的信是寄往她自己家里,她一直没有回家,最近回去见了信,才赶上城来。母亲和她商量的结果是:由详姨去雇船,同了祖母和"叔叔"西行。我们先走。

这时突然防空了,不一会,机声已轧轧甚响。我们都避入地下室。但听得飞机旋转了一下,便轰轰地投下了几枚炸弹,那声音特别响亮,我疑心在附近投下了炸弹。约有十余枚响,敌机又旋了一转而飞去,已是四点钟模样。详姨也回去了。

邻人渐传消息来说,是炸的西门怀德桥,而桥未炸着,却炸坏了五只船,死了好些船家人。因为近日有火药自怀德桥运到前线去,汉奸报告了敌方,敌机来炸。但运输火药子弹的船,已于日前开走了。

荣哥听说被轰炸的是西门怀德桥,便着急了。因为章育中家的船,就是停在那里的。于是连忙到章家去问讯。去了一个很长的时间,一直不回来。正在急等的时候,忽然四姨婆——陈季良的母亲来了,说是他们不预备到汉口去了,因为离家太远,又是大目标,必定要遭轰炸,所以不去。而预备到杨巷去,在溧水附近,那里有某人造了一所新大屋,给他们住。叫我们如果要去,可在明日回音。四姨婆还同了一个男子来的,说完急急而去。

当时我们也并不顾及此事了,只等荣哥回来。直到九时余,荣哥才满头大汗地回来了,原来那只船,因为被炸弹声吓慌,竟自己出了三十块大洋,叫一只小火轮拖到镇江去了。无法,荣哥到火车站去打听,说今晚十二时有一班客车到镇江去,我们便约了章家,在十二时之前集合到火车站,决定乘火车去。

形势十分紧张,箱子都用板扎起来,大小行李有九件,托对门长喜子——中医吴紫绥的车夫,叫了五部黄包车。那时黄包车真难雇到,因为所有的车子都被封了去,用作运输军火,或运送伤兵。有些车夫躲在家里,不敢出来。所以这几部车子叫到,花了九牛二虎之力,每部出了八九毛。时在黑夜,我们连同行李乘上这几部黄包车,便徐徐地向火车站行进了。王寿生先生骑了自由车送我们。我和荣哥合坐一部——是长喜子拉的。经过东横街口的时候,便到章育中家一弯,他们还没有雇到黄包车,说一雇到就来。我们仍旧上车前进,到博爱门的时候,见有几部空黄包车在回程,我急忙叫荣哥下去告诉章家,叫他们就乘这黄包车来,荣哥即跳下车子飞奔而去……

我们渐渐地近火车站了,只见远远的灯火很明亮。不到数分钟工夫,就到火车站口了。忽见火车站的灯火全皆熄灭,许许多多的兵士如蚁一般,逃出站外。我们的车子仿佛被围在兵堆中,好容易到了车站,车夫不管三七二十一将车停在途中,讨车资,母亲胡乱地付了一付,请王先生和长喜子慢走——原来防空了,放了空袭警报,我们都吓得心头乱跳。王先生说:

"现在月光明亮,我们都对着月光,恐给敌机一个目标,最好将行李搬到那边去。"

于是王先生和长喜子将行李统统搬到栅栏那边。我又同王先生去看火车站地下室,都简陋而污秽。只好坐在行李上等章家和荣哥来。又恐怕他们已来了，于是同王先生到站上喊了一周，没有。解除警报了，王先生和长喜子也都回去了。

等了好久，荣哥及章育中一家来了。他们的行李大大小小有四十件之多，我们只有九件，其它的还留在家中。

在站上又发现了张泰吾君，真巧极。张家有三四个人，即张泰吾兄妹三人，及他们的母亲。不过泰吾的哥哥是不去的，是来送他们的。

章育中的父亲章先生，非常和气，一天到晚笑着的。他还有一位三弟，是同来送行的。

站上的兵士真是多极了，来来去去的黑影。后来有一队兵出站，队伍真长极了，大概是广西军。有的兵只有我这样的年纪。

车站上的电灯亮了之后，便雇脚夫将行李搬到站台上，花了六元大洋。于是，我们便在站台上等火车了。章先生又去购火车票了。

这一晚，我永远不会忘记，火车等不到，焦急、恐怖，充满了我们的胸腔。

四周是黑暗的，一盏幽暗的灯，在北风中是模糊的晕光，照着站台上疏疏落落的难民。月亮从明亮到暗淡，精神从兴奋到疲倦。然而强的刺激是很有力的，我竟整夜没有合眼。一部火车开来了，人们都嘈杂起来，但是站长室内传出的消息说这是运兵车，难民不准上去。我们便都感到失望。但是我们还期待着运客的火车来。许许多多的兵士都陆续上车，我的脑中，只有那嚓嚓嚓嚓的不停止的脚步声。

一会儿，那部兵车开走了。在对面龙头房里，有一部起重机在起一个损坏了的龙头，烘烘的火光，轧轧的声音，也给我一个深刻的印象。

挤在站长室里的人是多极了，问的人七嘴八舌，答的人茫无头绪,最后拒绝回答。我几次在站长室门口张望,然而所得的结果,都是莫明其妙!

没有多久,又有一部火车开进了,而且是和客车一式的样子,这次的哗动是厉害了,人们都提了箱子预备挤上那以为是客车的火车,但使人感到头痛的站长室又传出说这部还是兵车,而且不开赴镇江。我们绝对失望了!而且时间问题是天一亮敌机就要来的,如何办呢?商议决定到五点钟还没有客车来,便回家去吧。于是,我们便死等,有人说要这部车子开掉了才有客车来,但这使人失望的车子,竟一动也不动。

荣哥的表上已过四点了,我们绝望的程度,也已达到了顶点。母亲对行李感到麻烦,便叫荣和我到站外去雇黄包车来装行李回去。我们沿公路出站,只见两旁全是兵士;在黑暗中,哪儿雇得到黄包车,半天一部也没有,只得回原处。忽见一个分轨夫说:

"客车来格哩!快点……"

这话简直是平地一声雷似的!我飞奔到站台上,见母亲等已在准备行动了。但说要过天桥才能搭上火车,平时乘到上海方面的车子要过天桥,到南京去的不要过,现在战争时期完全两样了!人们各自拿了自己的小件,过天桥去。人挤得水泄不通,拼着命才挤过天桥;母亲又叫我挤回来,对章先生的三弟说,请他将行李雇脚夫搬。我说完后再挤过去。

所有的人都挤到对面站台上之后,却说警报来了!防空了!站上的电灯全皆熄灭,人们都骚动起来,乱哄哄的空气中,如有着恐怖的巨掌在每人心头摇撼着。我和母亲发现失去了一只皮箱,我便到各处去跑喊荣哥,没有喊到。母亲说还是站在原处不要动吧。

直到天已黎明了,没法,仍走过了天桥,回来。荣哥找到了母亲和我,他没有拿皮箱。失去了一只皮箱!唉!

　　至终没有看见任何客车。母亲决定回家去,便同了我和珑妹提了小件出站。到中途母亲又命我回车站去告诉荣哥说,叫他看守好行李,我回去叫黄包车来拖。但荣哥说章家预备乘火车去,火车快来了。我因为未见火车,决定还是雇黄包车回家。

　　我和母亲走到东横街时,见到几部空黄包车。母亲便叫了一部车子同了珑妹到火车站去拖行李。我提了两件行李,疲乏已极,也雇到一部黄包车,回到家中。

　　祖母等见我回来,非常惊奇,我把昨夜情形略述一遍,便和衣横倒在床上,休息疲乏的身体,没有一歇工夫,便入梦乡了。

第四章　风雨夜程

我醒了，不知是什么时辰，家人说，我睡着的时候，又有敌机来轰炸的。我没有听见。

但是，我又发现了下面一段事实：

当母亲和珑妹坐了人力车到车站时，火车已被兵士封去，母亲从车轮下钻到站台，见章家人、荣哥、张泰吾等都已上了另一部火车，所有的行李都已上了车。荣哥见了母亲，就说：

"快上来吧！快点！"

但母亲因为我已回来，怕把我漏掉，只好说下次再来，让荣先押行李到镇江去。因为章先生弄到了"护照"，到了镇江可免检查行李之麻烦。母亲和珑妹这才回到家中。

张泰吾也是一人押着行李到镇江去的。他母亲与吴家的三太商量说是无论如何可有一部汽车包送到镇江，母亲才放了心，静待消息。但到午后还没有眉目，母亲便请王先生到前北岸吴镜之家去问问看，王先生去问了也毫无结果。后泰吾的阿哥来我家说，不论私家车，公共汽车，一律被封。他说决定今天再到火车站去乘火车，每天总有一班客车，昨天兵多，今天可能兵少，可以早开。他说完就去。

母亲又请王先生到西门陈季良家去说，不论多少钱雇一只小火轮到镇江去可否。

天暗了,我又跟母亲预备到前北岸去望张泰吾的母亲,中途因防空折回。见我家来了许多亲戚,他们随后即辞去。留五姑姑预备为我们守家。

房客周敏之的家眷及吴紫绶家也要到镇江去,屋中又忙乱起来。

王先生回来说:"小火轮无论如何雇不到,他们正预备到杨巷去,若你们要去,务请从速,因一点钟即要开船的。"

母亲谓既然如此,那么就请祖母和"叔叔"到杨巷去吧。祖母已入睡了,连忙起来。"叔叔"也忙收拾箱子,准备去杨巷。

但是,我们和周敏之家——吴紫绶家又不去了——这许多人和行李,黄包车只雇到三部,只得由祖母先坐着到西门陈家去,由平安跟着,再原车回来拖行李。我、母亲、珑妹三人先坐了一部黄包车到火车站去,周家慢慢再来。

三个人挤在一部黄包车上,进行着向火车站去的路程。心中是那么的彷徨,事实是那么的没有保障。在车子经过工兵筑路纪念塔之后,便进入那全部炸毁了的新丰街了。这也是意料中事,防空警报来了! 前面闪着兵士的影子,他们四散倒卧。我们的黄包车进了一条小街,下车,付了车资,车夫拖了空车回去了。我们便向街底走去。那里有许多人家,但是没有一个人住在里面。我们走进一家屋中,那房屋已炸坏了一部分,有几个难民在里面。飞机的声音由远而近。我们随即卧倒下来,那机声给于我们的恐怖是何等深刻? 我们都窒息地卧着,等待着死神的降临……屋内像是没有人,那机声大得可怕,转来转去的不走,街后的狗一直吠着不停,真讨厌。飞机去了,母亲和难民们谈了一会话。又同了我和珑到街口去探望了几次,但飞机声又大了,只好仍旧回来,伏在地上。在黑暗的空气中,每人连呼吸声都不敢大些。

恐怖的飞机声终于逐渐逝去了,没有给于我们一个致命伤。

我们也毕竟走出了那条街,虽然几次的探望都没有成功。解除警报还没有响,母亲因为与泰吾的母亲约好,恐怕她在站上焦急,便匆匆地带了我和珑妹到火车站上,今天的情形大不同了! 站上简直可说没有人,只有几个伤兵。静得非常。月光又较昨天更暗淡,现着凄惨的寒光。

母亲命我去找泰吾的母亲,我在冷清的站上寻了一遍,没有。便到站台上去,看见铁轨上停着一部露顶的铁棚兵车,有许多人在挤上去。我问旁边一位老婆婆:

"婆婆,这车是去哪里的?"

"是开到镇江去的呵! 你们好上车的,我挤不上去呀!"

我连忙赶回叫母亲、珑妹去上这部车子。母亲也不说什么话,赶到站台上,我先挤上去,再抱珑上来,然后母亲再爬上来,车厢里有难民、有兵,人是挤得堆成山,立足都不稳。

刚站稳了,便发现敌机来了,并且放起照明弹来了! 远远的一道光,在飞机上冒了一道烟,便熄灭了……接着那轧轧的机声渐渐响起来,我们心中又惶悚不已。一部分人已跳下火车,我也不由自主地跳了下去,母亲和珑妹也跳下车,茫无头绪地避入那火车站公园的假山上,那里很潮湿,离站台极近,这里怎么安全? 这不过是自己骗自己罢了。

没一会儿,敌机去了,我们再想回到那火车上,却是更难了! 车门口满是兵,我用了全身所有之力,总算吊上车厢的铁柄,上了车,珑妹由母亲抱起了塞进来。这时恰巧一个兵过来了,母亲正预备上车,给他一脚踢下去,母亲再三说对不起,救救性命,那兵说:

"前线成千上万的人在死,你们有什么死不了的?"

后来母亲拼全力总算挤了上来,但是一项绒帽也丢了。

在如此的夜里,警报一直没有断,比白天更多。轧轧的机声,时远时近。我们是绝对不下车了,除非此车不开。至于飞机投弹,死就死,活就活,反正是这么心中一横,倒也没有什么了。但这死等不开的火车,却使人加了一层焦虑。

轧轧的机声中,天忽然下雨了。我们对下雨有一点欢迎,因为我们以为雨可以赶走敌机。但是那机声却格外响,到底这边已经是战区了。雨愈下愈大,没有十分钟,我的衣服全湿了,幸而是呢大衣,不致立刻湿到内衣。头上也戴了呢绒帽,不要紧。母亲和珑妹已被挤到另一个角落,不知她们要紧否。

火车还是不开。心焦极。

铁的车厢,被雨淋湿了,在幽暗的路灯下反射出一点点斑斓亮晶的小光。一个人影子徐徐射到火车厢上,影子后面又有一点光跟随动荡着,这是一个分轨夫的影子,他手里提了一盏灯。

车厢里有人大声问:

"喂!什么时候开车呵?喂!……什……"

"龙头都没有。要等南京的车子开来才开这部车子。南京的车子不知今晚能不能赶到。"

我们一半希望,一半失望地静静地等待着,等着南京开来的火车。

有一家人是到丹阳去的,等到这时还不开,便下车去了。又有许多人下车,车厢中已较宽松一些。

车厢中极脏,又是潮湿的。有些人用油布遮着辟雨。

一个极长的时间之后,我们渴望已久的南京来的火车,毕竟进站了。于是我们又急望着自己的火车快些开出站去。二十分钟都过去了,我们似乎又起了疑惑,怎么又出了毛病吗?但心中尽管急,又不能自己开车,只有死等!!

我撩起大衣,坐在车厢的铁地板上。突然前面一声:

"嘭!"

我的身子也随之一震。

"龙头接上了!!"有人本能地喊了起来。

我心中突然宽松起来,一种长久酝酿着的恐怖心理,束缚着我整日整夜的恐怖,似乎得到了释放;一口几乎窒息的闷着的气,在胸中发泄了出来——火车开了!

在仿佛催眠曲似的车轮在轨道上的滚动声中,火车在看不出东南西北的田野中飞奔了。那永远不断的狂风,在每一个人的头上威胁着,威胁着……

别矣常州!我伸长了头颈望着将要与它长别或永别的故乡,在几盏混沌模糊的灯光中,车棚外显得异常的沉寂。但是我不知道是一种什么力量抓着我的心灵,使我对常州异常之畏避。仿佛那表面沉寂的城市中,隐藏着许多秘密的黑影,在活动,在蠕蠕地活动……一个将沦为战区的旧城,是多么的使人们心理转变得快,我对它表示惜别,又感到它将来命运的悲哀,虽然我对于离开常州的"正面观"是愿意的——综错复杂的观念在我的脑中旋转着。眼前是一片墨黑的无边无垠茫茫的田野,有时路轨旁飞过一根绿的信号灯,或是一根倒垂的扬旗。催眠曲似的车轮声,永无变更的重滞的车轮声;呼呼的富有威胁性的风声;以及"夜之音乐"综合了输入我的耳朵,成了一支大自然的"送别歌"。

不知什么时候,我终于入睡了。这车子每节是用铁索连系的,到站停车,两节相撞时"嘭"的一声,把我惊醒,是丹阳了! 丹阳站上也是黝暗的,只有朦胧的几盏灯,显得异常惨淡。我昂着头望前面,只见龙头里面的灯或炉光照耀着冒出的极浓的白烟,异常光彩夺目。突然前面"嘭"过来了,我知道不对,急忙去扶车壁,早已"嘭"的一声,我身子几乎摔了一跤,幸而后面有一个铺盖,坐在上面,没有什么要紧。车又在飞奔了。

将近镇江的时候,东方已起了鱼肚色,天色在雨雾阴霾中展开淡薄的光明了。长蛇似的火车蜿蜒地进入山丘中,这种风光我是第一次见到。在晓风中,我昂然地抬起了头,向前面望着。我心中想起了自己已进入了安全地界,我很想笑,不过没有笑。在车厢中下意识地踱了两步,又伏在车棚上看风光。

母亲正坐在藤篮上,她自己的一件绒衣却披在珑妹身上。母亲知道大家饿了,便拿出家中带来的酥饼给我和珑妹吃,也给身边同车的难民分吃。我愈吃愈觉得饿,一连吃了好几个。

天已渐亮了,雨也细了。车过镇江站没有停,直向镇江西站进发,沿途的风景很好看,许多高山丛林,是我第一次在火车上见到的。虽然我曾经过的沪杭甬铁路两旁也有许多山,却是很平凡的。车进山洞了,突然一座城门似的向后一退,眼前全黑了,车轮的转动声变得特别隆隆响,几分钟之后,才出洞,恢复常态。

这山洞过后,没有多久,便在一个站上停下了。

"镇江西站到了!"许多人这么喊着。

第五章　风尘中的省会——镇江

镇江西站上有一种不可抑制的朝气,这是十一月十六日的早晨。

醒了一下头脑,一骨碌跳下车厢,跟着其他难民越过天桥。在天桥上,俯视下面,我们的那部火车,载的全是服装非常破烂的兵士,车板上面铺了稻草,有的几节,根本没有车厢,就是一块板,只有我们一节有难民。我们过了天桥,便到站上,有一个收票的人来说:

"车票呢?"

我心一跳,假痴假呆地提了小箱子走过去,母亲携了珑妹也一句话不说溜了过来,后面一个女人却提高了嗓子:

"我们都是难民,饭都吃不饱,还有什么车票?"

这样许多人都混了进来,那个收票子的人,一无办法,只好瞪眼。

到了检查行李处把一只小箱子和一只藤篮给查了一下,立刻就过去了。忽见一个人拿了五洲旅馆——这五洲旅馆是前夜荣哥走的时候说明住入的——的牌子在人群中钻来钻去,我连忙提醒母亲,母亲便唤了他来,那人说:

"有两个少爷在旅馆中着急死了,章先生昨天又走了,你们……就是……?"

我们也猜不定，便拿了他的牌子。雇了一部黄包车乘着到五洲旅馆去。

镇江的风光，使我意外地对它发生好感。宽阔的马路，两旁碧绿的树木，清静的别墅式的屋子，在这有薄雾细雨的早晨！

走了约半点钟，便到了迎江大马路五洲大旅馆的门口。一停车，便见荣哥和张泰吾已在门口，他们好像很兴奋。但泰吾见他的母亲没有来，便不行了，他的性情是很躁急的，一是受了昨日章育中家自顾自先走的刺激，昨日一夜提心吊胆的望我们来，而今天泰吾的母亲仍旧没有来，又是一个刺激，他真要发怒了。但或许还有希望吧，幸而他没有发作起来。

我们进了房，吃了几块饼，还不够饱，又到外面馆子里吃了一碗面，买了一包包子，带回来预备上船去吃。回到旅馆，我脱去了湿透的大衣，身上虽感到一些冷，但是觉得轻松了许多。

母亲和荣哥到中国旅行社打长途电话到常州交通银行的周敏之先生处，说明昨晚的情形，并说今日此时等你们来，而周先生说他的家眷跟吴紫绶家到乡下去了，便把电话一搁走了。母亲心中很焦急，因为我们的钱都放在交行，与他做了冤家，颇危险。但一无办法。我又忽见昨日失去的小皮箱已被荣找到了。

疲乏已极的我，照例和衣睡了。睡得异常酣。这一觉一直睡到下午三时多。

醒来后，知道船票的钱都付了，是章老先生——章育中父亲的三弟，他明日还要回常州去——和旅馆里的老周去办理的。事情妥当之后，母亲忙拟好电报打到湖北新堤去：

"湖北新堤西桥巷三号屠仲方　顷于十七日瑞和轮到汉乞接　屠成俊"

随后整理行李。张泰吾的脸色是苍白了，他那十几件行李的钥匙都在他母亲身上，自己又没有一个铜板，幸而楼上有他的亲戚——即觅渡桥小学的钱轶群家,我见了钱颂鲁,知道他们要到江西庐山牯岭去——否则他那小小的肚肠,包不住要急断的。

我的心中似乎对泰吾表示惭愧,母亲也是同样的意思,但逃难时有时连自己的骨肉都顾不全啊!

天黑后,五洲旅馆的门口灯火明亮地出现着许多活动的人形,我们的行李都搬出来了,那位买办式的老周,面孔红润,在前后忙着唤脚夫,没有一会儿,脚夫来了好几个,都用特有的技能把箱子很简便地扎了起来,我负责押了一担行李到码头去。

在夜的灯火辉煌的马路上,我们的行列是先后地行进了,在湿的宽阔的马路上约走了二十分钟的时候,便都到达了镇江的普济码头。大江在前,一根根的桅杆排列在江面上。凛冽的江风很不客气地在每一件东西身上作猛烈的打击;马路上的沙尘附和着它在地上跳几个旋身舞之后,便刮刺刺地跳进人们的眼睛或是颈项内了。我的眼眯成一线,望着宽阔的江面,及烁烁的渔火,江面在黑暗中是静的,远远似乎罩了一层灰色的迷网,呈现着富有诗意的长江夜色。

我们的行李,都被搬下码头,在没有一丝光亮的黑暗中,我们跟随着脚夫在曲折高低的回廊似的码头上走着。走到一个地方,脚夫把行李放下,喊来了一只小船,叫划子,原来还要把行李搬上划子划到轮船边去。那划子在大江上,简直如蚂蚁一点,尤其在江浪中,含有万分的危险。

回廊似的长码头,两旁都是栏杆,没有开放的地方。箱子等都从栏的上面搬过去,母亲、我、珑妹先后小心翼翼地从栏杆空隙处钻了过去,上了划子。船家婆的两支桨便划动起来了,但当我们发现荣哥跟他押的行李还没有上来,便大声喊船家婆停下,她似乎没有听见,划子在江面打了好几个旋转之后,在另一个码头上载上了两位旅客,又回到原处,把荣哥、老周及行李载了上来。

黑暗的江面上有一只很不惹人注意的小划子,慢得仿佛是在偷偷地向前行进了。

第六章　浩渺的长江

　　我的头伸出划子舱外，只见刚才的码头处，一片灯火点点地闪烁着。同时在每个亮点下的水面上，起了一条绉的银波，微微地摇摆荡着。再望着它的对方，完全是一片灰色的迷茫，苍苍地，这灰色中，蕴藏着伟大的长江，包含着滔滔汩汩浩浩渺渺的亚细亚第一大水——长江的一切。那和平地用灰色来表示一切的"造物者"，我极端地佩服他崇高伟大的艺术！神圣的艺术的艺术！

　　江面上发现了几只轮船，都灯火明亮地停泊在那里。我几次以为它就是瑞和轮，一：因为船家婆几次说快到了，快到了；二：时间差不多过了半个钟点，还有，这么大的轮船，似乎有"是瑞和轮"的可能性。

　　又划了一个很长的时间之后，真正的瑞和轮的灯火，才由远而近，由近而在眼前了。划子先靠近趸船。我们都要越过好几条趸船，才能进轮船。我们押着行李，跟了那红脸大胖子老周，走过了三四条铁皮小船，到了一只较大的宝和号趸船，再过跳板，才上了瑞和轮的边廊。一股浓烈的"阿摩尼亚"气很不客气地窜进我怯弱的鼻管，这是瑞和轮给我的第一个印象。

　　我们又跟着老周进舱了，在明亮的电灯下，许多流氓似的水手在搓麻将、喝酒猜拳，尤其使我感到心悸的，是每一个水手、茶房，他们的面孔尤其是他们的面部表情，是多么的可怕恶辣！同时，一种热烘烘的空气,包围在我的四周,一种说不出的酸臭,侵入我的鼻腔。满目又是醍醐浪漫阴刁凶狠的人脸。我感觉到自己已进入了世界中的黑暗网。这是瑞和轮给我的第二个印象。

老周领我们到了铺位前,突然几个茶房一围上来,因为我们是定的一个铺位,买两张票,一个茶房把我们的人数一点,便险恶地嘿嘿冷笑,说:

"怎么?四个人?"

老周似乎表示歉意,红胖的脸上,显出了笑容,接着又咯咯地笑了两下,把粗硬的手在那茶房的背上拍了两下,便像是要求似的说:

"喂!老朋友!这,帮帮忙啦,哈哈……"

老周瞥见对方不快活的神情,呆了半天。忽然回过头来,目光四下旋转,最后毕竟将那视线射在我身上,我却莫明其妙,老周的厚嘴唇拆开了:

"这,小把戏啰!哈哈!"

突然的:

"小把戏啊?小把戏啊?……小把戏啰?小把戏啊?……小把戏,小把戏……把戏……小……把……小……把戏……小……?"

我忽然感到极度局促,脸上一阵热一阵冷,头不自主地低了下来。但我又忽然想到这种怯弱的行为,在大庭广众之间,很羞。便又决心地把头昂起,这又令人难堪了,一个瘦小的小眼湖南佬,锐利阴险的目光正射在我脸上。我心中一怔,正想装些假痴假呆的神气,那湖南佬却对我会意地一笑,我心中犹似被射了一箭……

我又忽然注意到,缩在铺内的母亲很怯弱地在求老周:

"帮帮忙!帮帮忙!"

声音似乎发抖了。我心中又是一酸,我从没有听见母亲说出这种悲哀的声音,我感到一种说不出的力量在压我的心,在用力地

瑞和轮火舱（民国二十六年十一月二十日于瑞和轮火舱中写生）（孟厚与叔牟合作画）

压着我的心，我脑中含糊地混沌地隐约地听见湖南佬的阴笑的骂声，接着又是一片好似对骂的叽叽咕咕，湖南佬的声音是最高了，我似乎失去了知觉，几乎昏厥了。

最后买三张票，定两张铺。平常买了票不要再出钱定铺，而现在完全是敲竹杠性质。这舱原是在船头里，中央有一个抛锚的机器，两旁都是铺，我们的铺在左边。本来这些铺都是水手自己住的一种鸽棚，现在他们让出来租给旅客住，钱向自己荷包内塞。我们的三张票，始终没有到手，因为船票要到船主外国人那里去拿，现在他们把票钱自己拿去，只口中说包送到汉口，至于洋人来查的时候，他们自有对付办法。我们的茶房，就是那湖南佬丁家俚老丁。我们的行李除了一只藤包外，都交给他放到一个货舱里。事妥后，我们便把被子铺在鸽棚内。此种鸽棚共有三层，我们定的两个，一个在下层，母亲和珑妹睡；一个在中层，我和荣哥睡。

啊哟！我惊奇了！铺内竟有无数臭虫、瘪虱、蟑螂，无意中手一摸，无数的小动物都触着我的手指，我连忙将手缩回来，已有许多虫落进我的颈项内！这舱内因为永远见不到阳光，所以产生了许多这类东西。

我和荣哥都感到铺的窄狭，挤得不能够舒服地呼吸。但睡魔的来临谁也不能拒绝，我们便在没家中床上舒适的地方，迷糊地入睡了。但是，不知什么道理，一夜竟没有好好地入睡。每一惊醒的时候，嘻嘻哈哈搓麻将吃酒的声音便突然地跳进我刚有听觉的耳朵！

船中很有许多人的面孔似乎熟识，或像我所熟识的人，真奇怪。有一个对他手下的水手很凶的光浪头，面孔极似耀青——常州冯家村上之亲戚。丁家俚远看又极像发怒时的张泰吾。有一人像吕荷生先生。一个受了伤的常熟后方医院院长像吴紫绥；他的佣人像沈慕云。还有许多人记不清了——真希奇之极！

当夜船并没有启航,天明,我和荣哥起身后,便到船边走廊上去赏识第一次见到的长江,真是伟大无比。不过有一点使我感到不满的,是这长江的水是土黄色。我记得我幼时跟父亲乘轮从上海赴大连时,在宽阔的甲板上站着父亲和我,我小小的眼中看到的是茫茫的伟大的绿色的海水,那在我现在的观念中,似乎比这黄土色的长江水,要有意思得多呢!

我们走回舱来,这舱里的铺位在昨日就已宣告客满,而现在看到的真是琳琅满目:地上,箱子上,铺边,楼梯上,楼梯下,都有人把席、被子铺了起来,自己睡在那上面。同时还有许多落后者,正在匆匆地搬进来。这些茶房收的一笔钱倒的确可观了,我这样地惊叹着!

忽见丁家俚气喘地奔进舱内,四面望了一下,便又匆匆地跑到我们这里来,定了一下神,又沉思了片刻,便似乎毅然地张起了一张嘴,脸上仍现着烦恼的样子,对母亲:

"对不起!请你出来,搬到那边一只铺上去……呃……"

母亲很怒,皱了眉正想办法回话,丁家俚又抢着说:

"不是别的,因为那家人家有小孩儿,有小孩儿,不便爬上爬下的,呃,呃,实在对不起!……"

丁家俚脸上没有一丝笑容,额上的皱纹又加了几条,渗出了一粒粒的汗珠,他顺手在额上将汗一刮,向地上一洒,似乎在等待母亲的回答。

母亲不知怎么的,大概是想到人家的确有小孩子,便说:

"好好好好!"

母亲下了床,丁家俚脸上起了一个狞笑,随即迅速地将母亲的被子搬到我们的前面一个铺位内,胡乱放了一下,便飞奔出去了。

没一会,丁家俚便领了一班人来了,人真多,一片喧哗,铺被呀,讲价钱呀,忙这样忙那样,还有许多嚷着的小孩在玩,我感到头痛,便又走出去看江景。

回来时,水手们在吃午饭了,我忽然想起买票时说明供给茶饭,以为他们吃完了再开饭给旅客,肚子倒确实有些饿了。

但是,等他们吃完之后,却一点动静都没有。闹的人当然不只我一个,但一阵空吵之后,丁家俚一个冷笑,阴刁地对大家一瞥,眉也皱了起来,便说:

"船开了吗? 要等船开了,我们才供给茶饭!"

说完就走。

后面桌上坐着这舱里的头脑人物,他从没有开过口,这回又是那副吃人相。但似乎有一丝得意的从未有过的微笑,流露于那白多黑少的邪视着旅客的眼睛下。一只右手托了头颅,中指与食指间夹了一支雪茄,有时便提过来吸一口,吐出一种令人欲呕的烟气。

回头过去,见许多饿肚的旅客正在大嚼其面包。同时又见母亲在从小贩那里购得好几块面包,我当然也要大嚼一番了。

疲倦似乎很容易上我的身,既然没事,便又爬上鸽棚,似睡似醒地来度过这很不容易过的日子。

突然,我听见张泰吾的声音,便直跳着竖起身来。张泰吾也来跟我打了招呼,我睡眼惺忪地问他怎么会来,原来昨天他的母亲跟妹妹就是乘我们后面一部客运火车从常州到镇江的。吴镜元家也来了,还在镇江。他们等待德和轮,住大菜间。

现在泰吾等是住在楼上的甲板栏杆旁,尽吃西北风。但他们船票倒是有的。

十一月十七晚十二时,瑞和轮毕竟在众声催促之下,拔锚开船了。开船时我正睡着,突然巨声:

"轧轧轧轧……"

惊醒了浓睡中的我,我醒了一下,对这种机器声感到好奇,便伸出头去观看，只见舱的中央的机器在转动了。一个年纪很老的水手在操作。许多极粗大的铁链被机器从一个洞里抽了进来，舱内迷漫着烟雾，忽然铃声一响，是甲板上水手发出的信号，老司机便把机器上的铁棒一掀，机器立刻停止转动。没一会，铃又一响，老司机把铁棒一拨，机器又转动起来，这么好几次之后，作了一个长时间的转动，最后那粗铁链上见了红色和白色，许多水手都奔去站在铁链的两旁，机器停了，随即反转起来，两旁的水手便将铁链搬出洞外，在铁链上重新见到红色和白色时，司机便用一个大铁杵将机器撞了三四下，发出了红色的火星，机器顿时停止转动。瑞和轮开始在长江中乘风破浪地前进了。我心头一松，便很快地入睡了。

第二天早晨，我一醒就起身到边廊去看长江风光，又较昨日多开眼界了，我一枝秃笔不能形容其万一。

时间一点点地过去。船上供给的米饭是硬得无可形容，据说是烧饭不加水的。但是饭还是来一桶空一桶，抢得不可开交。我平时总吃两碗，现在忽然增加饭量，竟吃了三四碗之多，还是白饭。菜是简单无味，至多两种。而肚子似乎饿得非常之快。

却有一件事不行了，只进"货"不出"货"不是生意经，荣领我去的厕所，第一次赏识，一些"货"也没有排出。后来那交通要道的边廊上堆满了行李，连走过去都不可能。幸而在舱中遇到一位常州同乡刘兰，他指点了楼上一间厕所，抽水马桶洋草纸，很清洁。我去了，第一次没有排出干结大便。我三个不相信又去尝试了几次，总算不辜负了我的勇气，终于排出了几块硬屎粒。最后一次，被茶房发觉，我并不是大菜间内的客人，被撵了出来，我心中又怒又羞，看见厕所门上写着一行英文"gentlemen only"，只得走出来。原来一位戴黑眼镜的绅士等了半天，拿茶房出气，茶房找到我，嘿！

单单我们的舱里，就发现了许多同乡，刘兰刚从之江大学毕业,到镇江女子师范同他妹妹一起到汉口去,自己还要到广州去做事。又有一位朱先生,是常州大资本家,一家有八位,连同女婿来的。他们在舱内非常挥霍,显然是来迟了,否则还不是官舱,大菜间吗?还有几位是荣哥县中教师张立三先生的家眷,及音乐教师黄晓三(似乎不是常州人,但说常州话)先生。

杨佛康是个极顽皮的小孩,他一家就是住在我们下面的铺内。而他母亲却与荣哥谈湖南教育的事。有一位被炸伤的后方医院院长,在舱内很受别人的敬重和慰问。

船过南京(没有靠埠)、芜湖、九江,立刻可到汉口了。在舱内忽来了三个武装军人,都是中央军校毕业的。其中有一个年龄大的少校,见了我们态度非常和气。谈了好久,才走出舱去。

二十一日的早晨,有许多人已把铺盖扎打起来了。舱内渐渐紊乱了起来。母亲是主张镇静的,所以我们的铺盖,等大多数人家打好后,从容地打。

昨日的那位少校又来了,与母亲谈了好久,并且介绍他的一位朋友(就在我们铺位的隔壁一铺)到汉口时照应我们,母亲表示非常感激。但我们看那位朋友,并无热心表示,心中不禁为之一冷。

最后我们的铺盖也由丁家俚打了起来,酒钱给他两块大洋,他叽叽咕咕,表示非常不高兴的样子。

许多旅馆招待也不知如何而来了,那少校的朋友是要到泰来栈去的,我们却决定和张泰吾家一同住中和旅馆。

时间一分分地过去,终于快到汉口了。母亲命我到船的边廊上去望着看,码头上如果见了仲方表兄,就引他进来。

我走到船沿,远看着汉口风光,许多高楼大厦,呈现着伟大的建筑美。

船徐徐地靠岸了,舱内发出了轧轧轧轧的抛锚声,码头上的脚夫拼命拉着从船上甩下的铁丝绞绳,套在一个铁墩上。船一靠岸,码头上的人上船，船上的人上岸，船楼上也架了梯，交通起来了。但我目中的人——仲方表兄却寻了几十遍也没有。只得失望地走进舱来，舱里已经一空，走去了许多人。母亲见我没有遇见仲方，便命令荣哥去找中和旅馆的招待陈金山。陈金山是老头儿，自己拉拢了许多生意，却没有脚夫来挑行李，被一个奸相红眼佬打了好几个嘴巴，那红眼佬极坏，是到四川重庆去的旅客。最后陈金山总算叫到两个脚夫，让一个挑我们的铺盖和小箱子，叫我先押着走，母亲和荣哥还要同丁家俚到货舱里去取大箱子。

我负责押着行李，跟着脚夫出了瑞和轮。脚夫走得极快，我跟不上便跑起来。码头是一条极长的木桥，长江的水已经退了。

"在汉口了！"我叫着。忽见脚夫走得远了，连忙提起腿跑上去……

第七章　大都会中之彷徨者

"钟!"我忙回头,见荣哥在唤我。他追来给我一串钥匙,说若要检查行李,便开给他们看。但后来并未检查。

走到了江汉关的前面,伟大呵! 河街与江汉路的交叉点,马路之宽阔,从未见过。新式的建筑,幽静的树木,是罕见的。但随即转了江汉关的左湾,进了河街下段,房屋是比较差了,街路也是石板所铺,不是柏油的;这颇有点杭州风光。尤其到了中和旅馆,很使我失望,原来是个并不十分好的旅馆,固然也不见得过于下等。门口就与镇江的五洲旅馆差得多。我们的行李都堆在门口的衖堂里,我在静静地等待母亲等到来。好久,忽然发见张泰吾的母亲和妹妹已在客厅里,泰吾还没有来。我们又等了许多时候,不耐烦了,我便走出去望望,还不见来,又进去。却见母亲和荣哥已在与泰吾及他母亲讲话,我心中奇怪之至。

腹中饥饿,泰吾一家出去吃饭了。母亲把行李交给茶房之后,便同了我们向门外西面走去。那里饭店林立,我们过了好几爿想进去,后终于进入其中的一家,店伙计招待我们里面去坐,忽见张泰吾家三人也在里面! 希奇! 湖北的菜,多少总放些辣的,我们都声明不要放辣,但烧出来的东西就不知什么味儿,淡不淡来咸不咸,肉圆子像腐烂的,总之,全不合江苏人胃口,怪不道人家都说江苏人是舒服惯了的。

　　回到旅馆,便住进了三十七号房间,铺也打开了。我暂时休息了一下,便同了荣哥到江汉路一转,回来突然牙痛,痛得天昏地黑,到了晚上,叫茶房购了一瓶立止牙痛水,用上也没有多大的功效,后来便昏昏入睡了。

　　第二天牙痛才好了。这次我对牙痛表示非常恐畏!

　　这天我和荣哥在瑞和轮上完成了一张瑞和轮火舱的写生,住进中和旅馆后又完成了旅馆内房间的透视图,以留纪念。

　　忽然发觉早一脚走的章育中家也在这中和旅馆内。荣哥和泰吾去看望了好几次。育中在汉口有亲戚,白天都在亲戚家,到晚上回旅馆睡觉。我每天晚上只见章先生一副嘻哈脸。

　　报纸上的消息,使人头痛,尤其是《扫荡报》,据载敌军已占领吴县,逼近无锡。张泰吾一副愁面孔,似乎绝望已到极顶。

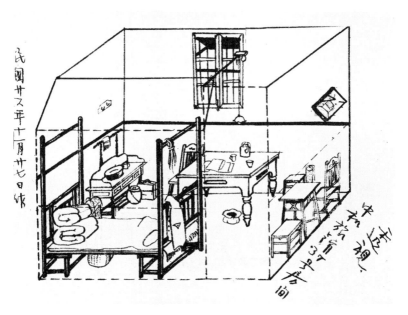

中和旅馆三十七号房间透视(孟厚画)

第三天的上午,我们闩好的门突然有敲门声:

"笃!笃!笃!"

我们当时莫明其妙,怎么有人来找我们?待门一开,却见一个戴黑边眼镜的同了一位少年走进来了。仔细一看,原来就是仲方表兄!母亲喜得跳起来,仲方堆了一脸笑容,又很疲乏地说:

"汉口所有大小旅馆通通寻过,三弟——即他同来之少年——也跟我跑,嘿嘿!总算找到,不虚此行!"

我想他倒真有点本领了!

母亲忙去叫菜,并命荣哥去买了三包干点。

仲方这次来汉口,误了上码头时刻,故大吃其苦头。但还有一个人——慧兼,是我的大表嫂,也从芜湖乘宝和轮要来汉口了,当

中和旅馆三十七号房间内(孟厚画)

然也要去接她。至于到新堤去的船,平时隔日有一班,现在因国府移驻重庆,船都调去运输了,所以要隔好几日才有一班,而且无一定日期,要打听到才有。仲方来交谈到天晚才离去。

母亲因为听说新堤生活程度低,才决心到新堤去。但有一千元大洋从常州汇到长沙,现在既不到长沙去,那一千元仍要改汇汉口,但我们到汉口交通银行去一问,说不可以,因为汇票上写的是"留交",必须本人去拿,不能汇来汇去的。然而母亲并没有因此而改变到新堤去的念头。恰巧章育中家到长沙去了,母亲便托他到长沙去交通银行问问款子到底汇到没有,因为恐怕周敏之拆烂污。

每天在旅馆内等待到新堤去的船。陈金山一直说没有船。母亲又挂念祖母和"叔叔"不知到杨巷否,父亲又在上海"老定心",心中焦灼之极。我和荣哥抱乐观态度,因为悲哀是徒然的,便常常劝慰母亲。母亲有一次又像开玩笑又像正经地说:

"这真是'旅馆叹凄凉'啊!"

《扫荡报》的消息是令人惊骇的! 无锡开始血战!

第五日的上午,张泰吾家与别人合雇一只小火轮去长沙了,抛下了我们。

我们探得这天德和轮到汉口了,便到码头上去,希望碰到两个同乡,但等了半天,一个也没有。后来总算碰到一个老太婆及小女孩,据她说常州东、西横街、大街都被轰炸几乎烧光了。我们慢慢地走近趸船,从德和轮上下来的人多极了。忽见一个人,是泰吾的阿哥,荣哥见了,忙对他说泰吾等快要走了,泰吾的阿哥听了连忙飞跑回去拿行李,又把行李放在码头上请我看守,荣哥便同他去找泰吾等。我便和母亲、珑妹在码头上看守行李。一个很长的时间之后,忽见奚九如伯伯——厚生铁厂的老经理——和他的女儿来了,他见了母亲,便说道:

"你是不是来接子展的?"(子展是我父亲蒋骥的字。)

母亲说他在上海,并不是来接他的。只是来望望,恐怕详芝会同了祖母等来。但九如伯伯说:

"我在镇江碰见子展的,他意思中似乎仍预备回上海教书。你们老太太和二小姐大约到乡下去了。"

我们听了,大为惊奇。母亲还要问,他说:

"到交通路生成里可大棉布号来。"

我们等荣哥还不来,又闻父亲既已到镇江,怎么还回上海去教书,岂不发痴? 怒而急……

最后荣同了泰吾的阿哥来拿了箱子去,他还说常州城内满街是死尸。

饭馆内母亲将荣哥骂一顿。

饭后连忙找到交通路生成里可大棉布号,母亲去讲话;我跟荣哥转到生活书局、中华书局等去参观。并购一本《未来大战中的国际间谍战》看看。我们慢慢地走回中和旅馆,仲方表兄已等了大半天,说:

"有一只船要到新堤去的,票子已打电话去买了,快些快些准备!"

于是,捆铺盖,整行李,算账,付酒钱……急忙雇四部黄包车,"顿登顿登"拉到湖北省航业局一号码头,一看船已开了! 仲方去问了三遍,船确已开了! 唉! 只好拉回,想换住到一个湘汉客栈去,但仲方去探知这是一个黑店,我们仍回中和旅馆,嘘!

使人纳闷之极,父亲回上海,祖母等失踪,船误期,常州城将失陷,以及我牙痛……!

无聊之至! 只有荣哥同我去逛汉口的马路,附近的路差不多都走熟了,银行邮局等都认识了。有一次不知瞎走到什么路,经过一个市政府似的公署,里面有个花园,我们便随便进去玩,见有许多好玩的喷水池。后又在一十字街头看见一尊孙中山先生的塑像,这里还贴了许多抗战的标语。有一次在洞庭街上见到一个洞庭村住宅区,原来有父亲一个姓陆的朋友住在里面,母亲去看望了一次。一天,逛到一个地方,极像在上海的大世界游乐场……

逛马路只顾逛,心中总不十分自在:我们住的旅馆每天要付三块钱,我们没有生财之道,钱总有用完的时候,这似乎又是一层笼罩在我们心头的恐怖。

我们每天起身就把铺盖扎好,恐怕今天再误船期,茶房进来打脸水的时候,看见这情形一定奇怪。

母亲又买了许多吃的东西,预备到新堤后,送送亲戚。

廿五日的晚上,荣哥买了几本《飞鹰》摄影杂志,被母亲骂了一顿。

廿六日的早晨,我们一早起来,便照例将铺盖打好,出去吃早饭,买《扫荡报》,报上说是敌兵已打到无锡周径巷。

回到旅馆,颓然坐下,没有半句话可说。又下意识地站起来,把门环弄了两下,又颓然坐下。忽然我灵机一触,便在箱内抽出了那篇在船上未完成的稿子,把文章一口气写完。

塑 像 的 末 日①

战争状态布满在龙门镇,天空中飘荡着疑云,大地上飞扬着沙尘,农家逃难的驴车之轮在滚动中,给人类遗弃了的塑像在默默地站着。

弓形的阴德桥之旁,站着一尊高大崔巍的塑像,面目是雄伟的,四肢是有力的,金发长三尺,红袍长一丈。大的风使他散乱的头发飘拂着,大的风使他的巨袍拂到他的后脑。他回忆着往日的情景,往日他金碧辉煌的躯体,往日优雅美丽的环境。

---

① 本篇系回想前黄时之景,塑像为虚构之物。本稿后来于1938年抄贴发表于上海中学墙报《烽火》半月刊时修改过。

当他初出世的时候,落日金黄的光线照射到他的脸上、身上;归鸟的黑影在他脸上、身上移过。他没有动,水漾的目光注视着西方,严肃的躯体威严地屹立着。

他的下面是悠悠的绿水,是流动自如的悠悠的绿水。河流图案似的波纹里,蕴藏着岸上树木花草之倒影,是那么的天真、自然,没有真情实景的拘束、刻板。鹅鸭在水面上云游,鱼虾在水下面嬉戏,一切都是自然的反映,没有一点虚伪,没有丝毫谲诈——塑像是爱水的。

他的上面是伟大的天空,蓝色的,崇高的,洁净无疵的天空。那上面有时飘浮着辉煌璀璨的云霞,变幻无尽层出不穷的云霞;有时飞翔着天真自由的鸟雀,有翠鸟、白头翁、喜鹊……它们是蓝纸上的黑点,是绿水上的浮萍,有的平展着躯体,有的振动着翅膀,有的唱着玲珑的歌曲,有的谈着呢喃的情话;这些,都是大自然的起点,大自然的枢纽,大自然的主体。——塑像是爱天空的。

他的四周是清洁新鲜的空气,是茫茫无际的金黄色的田野,这里藏着农夫的血汗,牛儿的辛勤,是人类唯一的生命线——"稻"的颜色、光泽。光明的黄色前立着,和平的绿色做后盾,含有叶绿素的植物,星罗棋布地散在周围,那是美的,艺术的,成功的点缀。——塑像是爱这稻田的。

他的后面是东方,沉重的铅色困住了的东方。远处有崔山屹立,那是个似雾似云的蓝色馒头。光明是需要期待了。

他的前面是火团似的太阳,煊红的光线,铧晔于西天——玛瑙翡翠钻石白玉,姿态玲珑地环抱着一轮巨大绯红的火球,峥嵘璀璨,金碧辉煌。变幻百出的霞云,或似跃马,或似飞龙;熔熔若炉火,清明如水晶……循环下降的落日,渐渐宣告沉沦,躲避在墨黑的树丛后,作最后的奋斗。的确,是更红了,红得不能以世界上所有的红色来表示。然而,毕竟是回光返照,在不久的一刹那,终究在青灰色的地平线下沉落了……暮色渐重了,全镇各处先后起了炊烟,弥漫在灰色的大地,袅袅上了深蓝的苍穹。——塑像是爱这些景象的。

当然,当他初出世的时候,他的环境是非常美丽的!

但是现在呢?战神降临于龙门镇,阴霾的战云疑布在灰色的天空,阴风中夹了毛雨,飘打着塑像的风雨剥蚀毫无光彩的躯体,又使他数根散乱的头发急急地飘忽着。呵!这是一种威胁呵!虽然现在也是傍晚,但西方是灰色。他水漾的目光注视着失却了光明的西方,黑暗的西方,他希望西方能光明,但事实是绝对不能的。

他又遥望着农家最后一部往崔山去逃难的驴车走远了,消失在尘霾中。在模糊中,在黑暗气氛的包围中,他不知为了什么,要咆哮了,他的身体要爆炸了!矛盾,孤独,在他泥塑木雕的心灵中综错复杂地交织着!在他失却了光漾的眼珠中,仿佛跳出了两颗巨大的泪珠……

藉了一阵狂风的力,在一刹那之间,塑像的躯体在无形中消失了。同时,在临全镇之上的弓形的阴德桥之下,发出了一声响声:

"拍通!"

在黑暗中,借着一只难船的豆灯光,可以隐约见到河面上一圈圈的水浪,大约数分钟后,水面又平静了。

崇高的阴德桥似乎在黑暗中悲悼着,桥洞下落着滴滴的泪珠。

黑暗的战神驱逐了一切反动分子,在龙门镇平静安全地行进着——

民国廿六年十一月廿六日
脱稿于汉口河街下段七十号中和客栈
——叔牟
(廿七年五月十八日修改完成)

当我完成了这篇文章,细细回味的时候,忽见门帘一动,闪进一个人来,是荣。他喘着气,急忙将我手中的册子抢去,拔出钢笔在封底上写了几个字:

"铭新街鼎丰里117。"

我心中知有什么变故,急忙问荣哥什么事,他惊喜地大声说:

"祖母和'叔叔'等都到汉口了,我是抄下他们的地址,快下楼来!……快……"说着飞奔出去。

我还问:

"母亲呢?"

早已一阵楼梯声过耳了。

我手忙脚乱,高声喊,"茶房,把门锁了!"一股脑儿滚到楼下,见母亲站在电话旁,她面部表情的更换使我感到惊奇。我气促地问:

喜讯一来(在中和旅馆从电话中听到祖母等已经到的喜讯,左母亲,右荣哥即孟厚在听电话。)(叔牟画)

"到底怎么……一回……事?"

母亲的动作异样,精神兴奋地说:

"刚才仲方打电话来说,你祖母等都到汉口了,在什么一条铭新街……快去望望看!"

我们到汉口后平时从不坐车子,除非特别事故,今天,总算坐了黄包车去,我和母亲合坐一部,那车夫还不肯拉呢!

我心跳得很利害,不知事情到底怎样。但总不会使我失望吧!我这样想着,心中好像开了一朵灿烂的花,光辉的蓓蕾正在怒放着。

第八章　巧　　遇

不能挽回的时间一分一分地过去,黄包车拉到什么一个新丰里,这不对呵! 连忙叫他再拉,摸了半天,转过了一个小学校,就到铭新街鼎丰里了。母亲说:

"你看你看! 那门口站着的谁?"

仔细一看,啊哟! 非同小可! 是——详姨!

连忙下车。详姨也说:

"所有的人都来了!"

最使我兴奋的,是父亲也来了。我和母亲合坐一部的车子的车夫在叽咕,父亲便添他五个铜子。

我们进了屋,人是多极了,称呼都来不及。

我见了"叔叔",便问她怎么会来,她原原本本告诉了我,我暂且简记在下面:

十一月十六日,即我们乘火车到镇江的那一天,祖母本预备同了刘、陈两家到杨巷去,但因黄包车缺乏,便先请祖母乘车并由平安跟着到了刘家,想原车再回来拉"叔叔",黄包车却在城门口被兵封去。祖母到了刘家,两位亲母固然很表热心,但三姨刘竹如却表示非常厌恶,因为我母亲没有同去,便表示不能带我祖母去。祖母当然很知趣,说既然如此,便不去好了。但要请借宿一晚,三姨说:

"不行不行! 我们要锁门!"

祖母便被送到后门木匠店内坐了一夜。"叔叔"在家一直没有去,天亮后祖母才回家。但祖母回家后,又得悉刘家当日仍未去杨巷,他们的船也没有了,以后即不知如何了。

周敏之先生当夜同了家眷到火车站冒雨寻找我们,电筒四射,终究没有找到。回去说了,害得祖母和"叔叔"急煞,以为我们失踪。次日周师母及小孩被对门吴紫绶拉到乡下去住,周先生在银行内有工作是不能走的,也不知他的家眷到什么地方去的。

详姨自从那日到我家以后,回去便开始出行的准备工作。收拾行李,打电报……在我们到镇江的那天晚上,详姨叫湘铭(保姆莲芬的丈夫)到奔牛把大舅婆(详姨的母亲)接上城来,又与她(详姨)的丈夫李抱宏到源大城酱园内商借豆船运人到镇江。一有船,马上通知"叔叔",叫"叔叔"立刻雇黄包车乘到春庭桥下船。"叔叔"照办。有好多人,除船主外,有大舅婆,祖母,太姻伯母(抱宏的母亲),"叔叔",详姨,姨夫李抱宏,湘铭,莲芬等人都上了船。十七日天色微明,船起程,进行力求迅速。午后抵达奔牛,大舅婆上岸去取物,停船于岸旁。两次有伤兵上船,令船老板开船,"叔叔"在舱内急死,幸而莲芬说,这船开回城的,兵才走去。大舅婆去取了东西,并带了她的一个内侄女来上了船,她名芸芳,小名叫阿娣。但她虽然同来了,她家里的人还在奔牛,不知遭遇如何。船数日后始抵达镇江,沿途见尽战时情形。到镇江后,先由详姨、姨夫二人上岸看情景,太姻伯母因为船停的地方不适当,便下令将船开到一个有石码头的地方。但因此害得详姨二人找,急死,喊破喉咙,总算找到。付船主七十块钱。他们上岸到东南旅馆住下,那只船立刻被兵封去,船主求李先生帮忙,但有什么办法?当夜他们探得有隆和轮开往汉口,镇江形势亦已进入战时状态,便连夜把人和四十余件行李运到隆和轮上,购通舱票,定三张铺,才比较安定一些。

周敏之先生不知怎么也来了。隆和轮将开,而周敏之他们银行内所有公文要件还都在岸上。船主英国人用冷水及沸水浇岸上的人，不准上船，因为船载重过量，要沉没了。但英人不知怎样的却允许女人上船，因此丈夫妻子分散的不知多少，还有乘机抢劫的人也不知多少。周先生在船上急得半死，后来不知怎样才去取了公文要件来。

父亲本在上海，见报载无锡沦陷，心中急得不得了，拍急电到常州叫我们到湖南去。但家中人都走了，电报并没有收到。父亲也不知我们到底收到没收到，便从上海到南通，又经泰县、扬州，到镇江，住五洲旅馆。父亲本拟到常州去同我们一起出来，但探得去常州的路已不通，心中极为焦急。遇奚九如伯伯，便说或者回上海去教书。后回到旅馆，得悉镇江所有旅馆自明日起一律停止营业，让伤兵及驻军来住。父亲糊里糊涂，身上只剩下了三十只老洋，没有办法，预备次日回上海。哪知半夜里睡在床上，茶房来敲门说有一只船到汉口的，这里有一张票子，要不要？父亲因闻九如伯说，母亲和我们已到汉口，便随随便便付了钱，买了票，次日便上了隆和轮。哪知到了通舱，铺位已被别人抢去，便和茶房大闹起来。原来祖母等也在这个舱内，祖母派湘铭去买香肠，遇见了父亲，于是，母子在船上相会，喜出望外。

隆和轮在廿六日上午到达汉口，仲方本预备到码头上去探望迎接大表嫂慧兼的，却接到了我祖母等一批人。慧兼还要在下一班乘宝和轮来汉口。仲方跟了他们到了抱宏的一个朋友家中（即铭新街鼎丰里117），便连忙打电话到中和旅馆我们处，我们便都来了。

详姨的丈夫李抱宏真能干，所有事情办得妥妥帖帖，毫不拖泥带水，人是真可谓精明强干了。我素以为他是英俊的青年。可是这次听仲方表兄介绍后，见了面，真不信那个人就是李抱宏。面貌生得太差，真可惜。而且鼻端尖而下钩，尤其令人发生恶感。

大舅婆是个很慈祥的老人，很喜欢小孩子。

太姻伯母是典型的旧式家庭中的老太太，成天捧了水烟筒，咕噜咕噜地吸着。爱管闲事，用着顽固的意见谈着别人的事。

我忽然在门口见一女孩，面目熟极，她站着不走，又似乎在招呼我，我突然忆起她就是我从前小学里的同学余季兰，我趋前也招呼了她，她说她家就住在隔壁，谈了一会才去。

时已入午，要进餐了。我扶了祖母跟着大家到一家面店去，开了两桌。我们吃完了，回到鼎丰里，便叫湘铭、莲芬、平安去吃。湘铭正在发怒，气呼呼而去。

晚，祖母等睡在鼎丰里，父亲同我们回中和旅馆去睡。我和荣哥去吃晚饭，叫的是蛋炒饭，硬得如石子。我又牙痛，回来请父亲带回一瓶止立牙痛水[1]，擦点在牙齿上，未见效，就寝。

次日——十一月廿七日早晨，我们吃了早饭，又到铭新街鼎丰里去。他们在收拾行李。我跟荣哥信步出门，不意竟走到平汉铁路汉口循礼门车站，一路上是煤油及汽油味，车站十分简陋，并没有京沪铁路车站的考究。待我们慢慢踱回鼎丰里时，他们正预备出发。他们打听到有一只船要到新堤去，叫福汉号什么的。

四十余件行李——我们在中和旅馆的行李也搬来，都扎好了，保姆平安前前后后雇了十五部黄包车来，把人、行李一一都装上去，花了一个很长的时间，前照后应，仿佛摆了一个长长的阵势，在马路上形成一大行列，开始出发。连开红绿灯的警员也表示奇怪了。我是坐在第一部，马路转弯的时候，我回头可以数车子的数目，十五部，真是奇观。

大行列到湖北省航业局四号码头，正要停下，见江中之福汉号

---

[1]　上次是立止牙痛水，这次看来看去是颠倒的止立牙痛水，奇怪！——大概是骗人的，冒牌而又不担责任。

新堤班轮船一冒烟开走。我以为完了，心中不禁大恚，谁知道黄包车夫急起直追，一直追到一号码头才停止，那只小火轮也在这码头停下，我们才放心下车。

给车夫的车钱还未付，四周的脚夫们一哄围拢过来，要抢搬行李，父亲竭力叱骂制止，在人堆忙乱中付了车钱，脚夫们又嘈杂地围拢来要搬行李，父亲虽然叱止，然而一无办法。只得高声地大喊：

"你们的牌子？那末！"

其中一个人像头子的从人声中钻出来说：

"这块这块！"

他从袋里掏出一块铜牌来递给父亲，父亲取来放在内衣袋里，便将行李数了好几遍，件数的确不错，才交给脚夫们搬运到小火轮福汉号上去。

仲方表兄忽然对着前面点头微笑，同时又飞奔过去，父亲等也嚷着说：

"慧兼来了！慧兼来了！"

我回过头去，见仲方同了一个身材较矮戴黑眼镜的女人走来，她就是慧兼，另外还有三四个天真活泼的小孩跟着在后面走来。慧兼叫这个叫那个的，她刚乘宝和轮到汉口。

母亲和珑妹已上船去了。

父亲、荣哥及详姨等，决定留在汉口办事，乘下班船再到新堤来。周敏之已将武进交通银行迁到汉口交通银行，父亲须去接洽。

又等了一会，我们便开始上船去。

第九章　小火轮中

我和荣哥负责扶着祖母挤进了第一层铁栅,这是买票的地方,人挤得如山如海。我们又拼命挤出了第二重铁栅,下面便是数十级的码头。祖母很小心地扶在我们两人的肩上走下码头,到了下面,再踏上趸船。人多极,都嘈杂地活动着。火轮和趸船间有一点距离,祖母很小心地坐到地下,再跨过去。总算到火轮上了。行李真多,脚夫们在忙碌着。母亲、"叔叔"、珑妹都已在火轮上了。

没一会儿,大舅婆、莲芬等人都来了。父亲、荣哥等和我们分别上去了。我们的行李,都给脚夫们搬来,又搬进船底的货舱里。

在这只船上的我们一伙人,有:大舅婆、祖母、母亲、"叔叔"、仲方、慧兼、珑妹、慧兼的孩子、我、莲芬、芸芳、平安等十余人。仲方已于数日前写信到新堤请"寄爹"(即修姨屠修元,是大舅婆的大女儿,详姨的姐姐。"寄爹"是我个人对她专有的称呼,因我小时候即"寄"给了她,做她的干儿子)在我们到新堤时到码头上来接。

火轮还没有开,我们都坐在船沿,地位不适宜,便又引祖母到楼上去。谁知到了楼上,人却极为拥挤。幸见莲芬已在船艄弄到几张长凳,我们从人堆中挤到了那里,吃了一些饼干。

忽听见有人在演讲,非常起劲。仔细一看,原来是一个"十字油"的广告员,在兜揽生意。好一会才离开。

火轮开了。

船沿江停了好几次码头,停的时候以放汽笛为号。我在船上坐着没趣味,常跑下楼去玩。

午饭的时候到了,我们都下楼吃饭。台子是木架子搁的,很小,要舒服些只好坐四个人。我们特地叫了两样菜,味道倒还算不错,不像瑞和轮上的菜。

下午,我到灶间去参观。那灶间设在船的最后一部分,灶都是电灶,有一只炭炉。电是船上发电机供给,所以船一停就没有电了。那里地方很经济,门外放一只小水缸,用的是江水,但江水泥浊,所以要用明矾澄清。那些厨子的经验很丰富,明矾用的时候不会太多。他们用一根有底的空心竹筒,在底梢又挖了一个小洞,把几块明矾投入筒内,但并不会滚出洞外。要澄清浊水时,便把这个竹筒在水中旋转,数十转后便取出,水中旋着波浪,渐渐停止后,水中的泥质便都沉淀在缸底了。缸旁放了许多嫩青的白菜,都是在汉口搬上来的。

上楼,和阿娣(芸芳)一起在栏杆上欣赏长江的风光。好像比在瑞和轮上所见的长江有趣些。有一处地方的山被炸药炸开了,在筑公路,很有趣。还有一处地方的山势甚险峻,在半山有凸出的一条狭路。一个渔翁在撒网,样子很危险。

日落了,在江中现出了极美丽的金黄光线。

仲方去接洽弄到了铺,在船底的舱内。本来也是水手睡的,现在让出来了。铺只有两三个,小得不下于瑞和轮之鸽棚。舱内异常黑暗,空气又很阴冷,因为在舱底,四周都是江水的缘故。我们的舱,通了机器间,不过不能走过去的。

先扶了祖母进舱,母亲在铺内铺了被子,给祖母睡。我们铺的对面,是慧兼和她孩子睡的铺。大舅婆在另一个铺内。其他的人,都坐在小凳上、地上。矮桌上放了一把茶壶,水手倒了茶给我们喝。

天暗了,舱内尤其黑暗,又肮脏。只有船的机器马达声一直不停地传过来。那运动着的机器,水手每隔数分钟便要加入一种白色、浓厚的油,减少它的摩擦。机器间内似乎弥漫了一种烟气,东西都不能看得十分清楚。司机的水手每隔一个时间,便把炉门打开,一种血紫般的光线便射在每个人、物的一面,水手把大铁铲铲了一大铲煤投进炉内,红色的光线穿过了浓烈弥漫着的水蒸气射到了每个物体上,但司机随即将炉门关上:

"邦!"

舱内突然黑暗了,只有一盏豆光的煤油灯在壁上摇动着,发出了微弱的光线。

慧兼与仲方的谈话,一直没有停止。

慧兼的孩子,都是操着北平话,我因此非常欢喜他们。我想,到了新堤后,应该跟他们谈谈话,或是做一点游戏。

母亲和慧兼讲话时,祖母醒了,便让我到铺内去睡一睡,铺真小,头一直歪在一边,极不舒服,但后来终于入睡了。

不知什么时候,我醒了。母亲说:

"让祖母来睡吧!"

我便爬出铺外,加了一件大衣。忽然发觉那机器间内一切都静止了,没有一点声音,似乎水手们都睡了。

仲方说:"现在这小火轮停在一个码头上,要明晨开船。在黑暗中,船不便航行。"

船舱口不时卷进一二阵尖锐的阴风,令人瑟缩。

一盏挂在墙上的煤油灯也停止动荡了,静静地挂在那里。

"叔叔"一直没有好好地睡,坐在楼梯下打盹。

在黑暗中,我见到甲板上的长凳上坐着许多壮丁,被警员监视着。并且那些人的手上都系着绳索。听说是"拉夫"的。我心一沉……

警员带了一班青年壮丁不知在什么时候走了。我戴上帽子，到甲板上去望望。首先来的便是凛冽的阴风吹入了我的颈内，我却振作了精神向前走去。模糊中只见满甲板上睡着横七竖八的人，有的还发出了鼾声。我又独自跨到码头前的趸船上，遥望着天空，全是灰色，月、星一颗都见不到。岸上也都是迷糊的灰色，好像有一座山，或是土丘在码头的上面。趸船的舱内有一点灯光，里面好像有警察等人在谈话。木墙上贴了一张湖北省航业局的布告，说的什么也不记得了。

回到舱内，只是坐着。

天黎明了，舱口的风似乎更尖厉了。

水手们从不知什么地方爬起来了，惺忪着眼，摸到了油罐，倒了一些在一只碗内，用棒用力地调和着，是机器油。

天渐渐亮了。

一个水手在炉中加煤，生起火来。炉内发出了劈啪的声音，熊熊的火光反照在每人脸上，跳动着；同时在舱内又渐渐袭进一层热气。

水手们都已起身了，有的在扫地，有的在整理物件。睡在甲板上的乘客，也都陆续地起身了，有一两个人在漱口，有的在整理被褥……船中仿佛已经从沉寂的死神手掌中恢复了过来。渐渐地活动而忙碌了。

不知从什么地方传来了一声鸡啼。真有说不出的诗意啊！

本来灰色的江面上，已呈现着一条血红的光线，在东方闪耀着。大风吹拂着我的衣服，我感到一种清快的感觉。我觉得有一种新的生气和蓬勃的朝气在我心中活跃着。这种活跃是绝对不能抵制的。

那火球般的太阳，渐渐地在金色的龙鳞中探出来，东方是一片火光，并且在逐渐蔓延开来……尤其是这一片红光全部反照在江水里,天是平的,水却是皱动的,一静一动,伟大呀! 那是熔铁的点滴,雷电的交流,是生命的火花,光明的烈焰,黄金与血的结晶!

祖母等都到甲板上来了,舱内打起铺盖来。

船已在这美丽的早晨,在长江中行进了。

我们又任意吃了一点早餐,坐着。

太阳渐渐地上升,射出了它所有的光线。江面上滚着一亮一亮的银波,祖母对我说:

"钟! 你看那水里一亮一亮的好像几千万只银元在流过去!"

"真的!"我回答。

机器间内的热气极重,每经过那门口便觉得里面有火似的空气,水手们在里面工作,耐力真大。

我发见一个十三四岁的小孩,全身非常肮脏,常常和大的水手戏耍,但结果总是被大人欺侮。他的工作很多,扫地,揩桌椅,洗菜……还有机器间内炉中剩下的煤渣①,也都是他出空的。出煤渣时,用一个做在舱口的溜子②吊了一桶桶在舱内铲入的煤渣到甲板上,再倾入江水里。那煤渣大概是还保存了一点热度,所以倾入江水的时候,便冒出了浓烈的热气,不过它立刻就远离我们了。——因为我们的船在很快地前进。

船停靠了几次码头,有的是没有石级的码头,是一只大的趸船划到停在江中的火轮旁,载了乘客去。

不知哪一个码头上上来了一个新娘,好多人来看。后来到了另一个码头,许多小划子船来抢乘客,那新娘子跟了一班人下了一只小船,在江中颠簸地摇到岸上去,看来是有一点危险的。

中午,我们吃了一点东西,船快要到达新堤了。

---

① 即烧过的煤。

② 溜子,在物理学上称之谓"滑轮"。

仲方说:"新堤这个地方总还算有煤油塔的,你们看吗?快要来了!"

我们正在收拾包裹,听了他的话,便走到船栏旁去看,只见一个很大的煤油塔,慢慢地过来,又慢慢地向后退去。

我们的船已渐渐靠近岸边,不在江心了。

隔了一会,忽然听见船上的汽笛长鸣了二声:

"呜!""呜——"!

"到了到了!"

船中突然忙乱地叫唤起来,有的人已把行李扛在肩上了。

船在江中掉转了头,便慢慢地停靠在一个码头上。这就是新堤了①。那码头从下面望上去之高,接客的人数之多,实在有一点可怕。这一个印象对于我很不好。但我不能十分计较了,在忙乱中,我向码头上找"寄爹"。

---

① 新堤,即后来的洪湖市。

第十章　大镇——新堤

"寄爹!"

我找着她了,这样喊着,她也笑着答应我。她穿了天蓝色的长袍,旁边还同了一个女人,原来这人就是二嫂(仲方的妻子),第一次见面,由寄爹介绍了一番。

忽听见"叔叔"喊:"钟!"

我奔回去,"叔叔"令我扶祖母上岸去。码头共有六十多级,石皮铺得七翘八裂,很不容易走,祖母在中途很需要休息,但码头上人很多,只好一口气爬到码头的上面,才有了一个较长的休息时间。

下面船舱里的行李都在吊出来,仲方等忙碌着。过了一个相当长的时间之后,我们便要向旅馆进发了。

慧兼等都上来了。

我赶回去问仲方:"什么旅馆?"

"诺! 诺! 喂! 刚才一个人呢? ——诺! 跟他去好了! 叫——福泰栈!"

我又赶上来,见一个小伙子已领了慧兼等在前面了,我急扶了祖母跟上去。

在我没有到新堤以前,以为"新堤"一定是一个很"新"的地方,"堤"又好像是西子湖里的"苏堤",有好的道路,整齐的树林……后在汉口听仲方说它是一个"死乡下",就使我对它的想象含糊了。现在,已经见了它的真面目,但大大使我失望,因为"死乡下"至少较前黄总不会再坏,但现在所见的这个地方,虽有街镇——据说还是大镇——却没有前黄的优美,新鲜,而是龌龊,不整齐……给我的印象坏劣。

街上铺的是歪斜高低的石条,及烂泥。满街任跑着肮脏的猪,没有人会阻拦。有的地上晒着干饭,跳着鸡、犬……房屋大都古旧,不整齐。街,在一瞥间,是绝对的杂乱,肮脏,潮湿的……

我们跟随引路者走着。转弯,上石级……这里因为是挑水者到江边及返回的必经之道,所以极其潮湿。再进了一条小街,倒比较清洁一点了,引路的人说:

新堤彭家巷福泰号栈大门(叔牟画)

"到了!"

从窄狭的街口望进去,见里面横在两旁墙壁上有一块玻璃牌子,写着:

"福泰号栈"。

到了门口,跨下石阶,屋内地很低。门口是一个厨房,过了一个小天井,便到了一个厅上,两旁有两间房间。厅前又有一个大天井,其四周有三四个房间。再除了一层楼三四个房间之外,便没有另外的房屋了。这地方像一家人家,并不像一个旅馆。

我们被引入了天井对面的四十号房间——其实他们的房间并无四十间——,就有一股霉、油气味扑来,很难闻。行李陆续搬进来了,"叔叔"打开被褥铺在床上,给祖母睡。

"寄爹"来了,她跟大舅婆住在厅的左旁房间内。我进去玩,"寄爹"说:

"这里的地质和我们那边不同。这里靠江,地质、气候都潮湿,我来这里已生了几个月湿气①了。"

我想:我倒不要在这里生湿气,怪讨厌的东西。

回到自己的房内。

乐平是慧兼的一个活泼的儿子,跑到我们房内来看看,但他一进来,就皱眉,说:

"唔! 这儿有一股油味儿! 我们那边没有。"他们是住在天井旁的厢房内的。

母亲来了。

傍晚,仲方同了一位高壮的汉子到我们房内介绍给母亲。这人是仲方的连襟,新堤商界巨头。我们这里住的并不是普通的客栈,是"号栈",号栈的性质,是联合几个熟识的客商到新堤来做生

---

① "湿气"者,某种疥疮之俗称也。

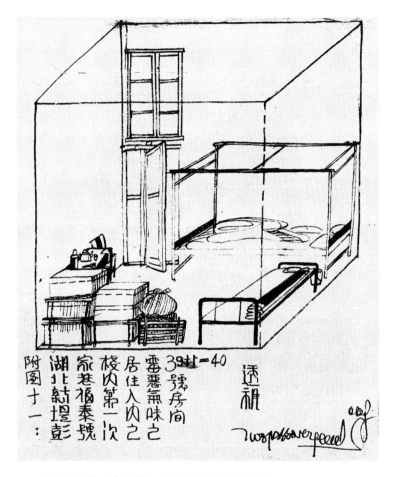

新堤彭家巷福泰号栈四十号房间透视（孟厚画）

意时住的,好像公寓一般。那末我们怎样进来的呢？就是全靠
那人的帮助,由此可见他在市面上的一股势力。他的尊姓大名
是——杨裕三。

母亲把在汉口所购的礼物送过去。

天暗了。

吃晚饭,开两桌。菜是特别嘱咐不准烧辣的。但总觉得是异

味,不过倒比在汉口时吃的合我胃口。

　　饭后,揩脸,濯足,入眠。

　　过了几天,在新堤我们住处附近的街道上巡行,渐渐地熟悉了。

　　十一月三十日下午,我们到码头上去迎接父亲。因为探得今天是船期。果然远远一只火轮驶近来,是和丰号。它渐渐驶近我们,终于靠了码头,下船的人极拥挤。最后人空了,我们走到船上去,见父亲,荣哥,太姻伯母三人都来了。将行李搬到岸上去,并引导他们到旅馆中。

　　湘铭也一道来了,他是一个倔强的二爷。

　　因为我们安全逃出战区,到了这里,一定有神灵佑着,所以"叔叔",大舅婆等商量应择日到当地的庙里去烧烧香,以谢神祇。

　　我和湘铭逛街的结果,发现了许多好玩的地方。重要的有辖神庙、基督教堂……新堤这地方庙庵林立,但大多数破墙残壁,没有和尚在内。惟辖神庙鹤立鸡群,其香火之盛,实属罕见。由栈内茶房的推荐,我们便决定到辖神庙去领教。

　　隔夜已买了香烛等一大篮,预备明天烧香之用。

　　到了那天的上午,我们都穿了长衫,大队开始向辖神庙出发。

　　由街的一端走到另一端,也就是由热闹的市场渐渐到冷落的小道。辖神庙坐在一个冷落的所在。门口并不像一个大庙宇,在上面挂一块竖匾:

　　"辖神庙"。

　　进门就是一个院子,中央有一只鼎似的古香炉,后面接着便是三个殿,但都很小,而且建筑粗糙,古陋不堪。可是不要看不起,烧香的人委实不少呢。灯烛点得像夜班马戏团里的烛火那样,烧的香弥漫得满屋子烟雾迷离,屋顶的梁、砖,早经熏得漆黑,而发紫光了。

辖神庙（叔牟画）

满墙壁挂了匾额，殿前有大匾额：

"护国佑民""显应江湖""名扬四海"……

之外，里面墙上的小匾额多得数不清，有大有小，或红或绿，亦新亦旧，都是一般善男信女所捐的。

这里正中堂堂高坐的菩萨，尊称：

"黑帝帝"。

面目果然漆黑，不过不知是为香烟熏黑，还是生来就黑的。据当地一般人说，他是这里再灵没有的神明了。你们看他的庙宇建筑不神气，没有卖相，然而烧香的人依然能保持它的常率。

我们的烛点上不久，便给一个人取下了。这人是院中的服务人，因为蜡烛插客满而还有来的，我们的烛遂为之挤出，并为他揩油。

"叔叔"求签，把两块木片掷掷，抽根竹签，二张签书又是要钱，我想和尚们靠黑菩萨的收入倒真可观。"叔叔"求的签一张是我和荣的学业，另一张是父亲的"差使"①，据黑帝帝说都很有希望。

湘铭也求了一个"问职"签，也是"好"。

我偕荣哥放爆竹，以为助兴。

我们是远道来客，因而受到特别优待：一个佝偻老僧，引我们到殿后瞻仰。过了观音斋，是一个广台，台下有荷花池。可惜现在所见的，是一片泥沼。过池而望，是后街，遥见他寺的黄墙，旖旎旗旌，自其间出。我们玩毕，告别老者，回寓。烧香的一举，就算告终了。

数日后，父亲又同了母亲乘轮赴汉口，去办待办理之事。

慧兼不知什么缘故，同了她的孩子搬到楼上去住。厢房内空了，因此我和荣哥两人就搬进去住。这里客栈的规矩，并不是以开房间多少为算账依据，而是有几个人算几多钱的。

厢房内有大床一张——没有帐子，木板的。梳妆台一张，不过我们也就当它是书桌了。还有一张木板炕，湘铭睡的。室内挂有好几副对联，都是大人物写的，如戴传贤，林森，不知是真的还是假造的。

慧兼有四个孩子，大的叫乐平，八九岁的男孩子。非常活泼，又有礼貌。圆脸，笑的时候尤其觉得他天真。第二个是女孩子，乐勤，虽然她欠活泼一点，但仍可见到她一种纯洁无邪的灵性，无论是笑，是怒，都是她所富有特种灵性的表现。第三个男孩子乐新年纪不上五六岁，人倒挺调皮。他的每一个动作，每一个表情，都十足地含有一种幽默的。他身材矮胖，头颅硕大，眼睛、眉毛、鼻子、嘴巴无一样不是生得滑稽的。因此他的一举一动，都是诙谐发松，富有幽默。但他的动作是"绝对自然主义"的，在他这个年龄，即使

① "职业"之俗称。

要矫揉作态,亦未有其能。所以"自然"是绝对的了,但是与调皮是无关的。荣哥对乐新尤其觉得他有特别的幽默处,当荣细细地看着静止时的乐新,他也觉察了,便调皮地学着仔细看荣哥,荣哥笑了,他也笑了,拍小手。慧兼的第四个孩子,是乐玫,女孩子,还在襁褓中,性极静默,从未像普通幼童因小事而嚎啕过。他们都是生在北方,所以全都操着北方话,怪纯粹的,不像南方人用国语演讲,真有些"南腔北调",固然不是没有例外。他们都称我:

"二叔!"

我也用着学来的北方话常常和他们扯谈,很觉得有趣。

他们有时学常州话,因为慧兼对他们说的就是常州话,所以他们除了全部听懂以外,更有一颗野心要学学了。他们用常州话唱的一支歌是"大头歌",不知是自编——恐怕没有这能力——的呢,还是书上看来的,总之这歌对乐新很适合。乐新自己摇摇头唱起来了,别人渐渐和着:

　　大头! 大头!

　　下雨不愁。

　　人家有伞

　　我有大头!

　　大头! 大头! ……

要当他是常州话,常州人根本听不懂。"北腔南调"真是毫无疑义。但这是天真的流露,没有什么可以抨击的!

此外,我跟荣哥对同室的湘铭感情日笃,因为接近的时间太多之故。虽然他是仆人,但他的个性很强。他不愿无故而受别人对他睥睨的态度,所以常常有同人家斗气的事。不过我与荣哥倒和他讲得很投机。我们三人因为没有规定的工作,便常常出门观新堤的风光,最初是只从我们附近的市街一端到另一端,便是辖神庙等处。那里又有一个地方,门口类似人家的祠堂,而挂满了机关的牌子,如民众阅报室,第几团伤兵等,尤其奇怪的是其中一块牌子上写着"沔阳县禁止缠足委员会第几支会"。我倒不明白,他们用什么方法去禁止缠足,内地的不开通的事真多。我们的逛街范围逐渐扩大,有一次我和湘铭二人信步出门,不走旧途的街道而沿着我们上码头的江边前进,沿途有石皮的道路。靠江的一边因为江水渐落,所以有一片很广阔的沙滩,沙土非常软松,许多人在那里工作着。滩岸浅水边泊着无数的帆船,由近到远一望无际。我们沿滩走去,见许多建在滩上的房屋,好像水阁似的用木架高高地撑支着。据说这地方每年春天,江水涨得很高,所以房屋不能造得低矮。我们渐走渐远,有些房屋的位置也逐渐杂乱,沙泥愈形软烂,走路很要留心。有一处沙滩上尽堆着木材,江面上也浮余着无数木排。因为道路逐渐梗塞不便,就弯进一条小路,但并不在市街上面,而是在市街与江边之间。地段极荒凉,有许多无人耕种的水田,我们便在一条高于水田的垄道上缓行着。这路的一边是水田,另一边也是荒墟似的地方,过了这废墟便是市街的后屋了。我们行走着的路旁有碧绿的青草,也有电杆。忽然在远处树林中发见了一座楼阁玲珑的庙宇,心中很是高兴。便从土路转下一道石级路,过了水田到对岸,又踏着满是青草的坟茔到了那庙的关着的侧门前,再绕到山门口,门前是一片广场。庙门已破陋不堪,惟上面的金字匾还看得出,写着:

"金刚殿"。

进门有四大金刚的塑像,也已破旧。庙里住着许多伤兵,所以我们没有再进去。我们方才远看这金刚殿倒很雄壮美丽,但到了这里一看,却是一个破庙。在广场,可以看见不远处的煤油塔(并不是在船上所见的那个)竖立在树丛之中。我们没有去,原道回来。在刚才交叉路的地方,转入另一条土路,途经一所东岳庙,没有半个和尚,破败得几成瓦砾之场。几个转折,在一堵高墙下行进着。后见前面的街口有一座堡垒似的城垣,出了街一看,是一座炮台,一丈见方,用砖砌成,四面有步枪孔和机关枪孔,战争时兵士可以躲在里面由枪孔向外发射枪弹。台高有数丈,顶上还有一小木室,大约是指挥官的房子。现在这炮台已陈旧不堪,墙上刷着许多广告。旁边草地上,还有一尊小铁炮,炮筒里全是蛛网。沿土路旁又有一铁铸的独角兽,样子很像蹲着的牛,我两手攀着它的两只耳朵,由它的后腿爬到背上,最后两脚站在它头上的独角和两耳之间,伸直了身体。只见后面是一片荒墟野冢,近处的小池沼里,有许多人在赤着足捕鱼,他们捕鱼的方法,是先把鱼种撒在有范围的池里,待它们长大了,便用水车将池水汲干,于是鱼虾等物只需在污泥中摸取了。我们玩了好一会,才再始返途。我们不走原道,只是向着旅馆的方向走,过了一个香塔小庙之后,却奇怪了,原来这条路和街市上的路是同一条,我们又经过辖神庙、汪氏宗祠、基督教堂等转入市镇,然后回到旅馆。

荣哥听了我游历的报告,也要去瞻仰瞻仰,便和我于次日从市街一直走过去,途中又到基督教堂内参观,里面还有中小学。游过炮台以后,就转向金刚殿,伤兵极多,有伤兵正在捎着猪去宰杀。我们又去看煤油塔,塔的四周有高围墙,不能进去。墙前有一块砖铺的平地,好像码头似的,因为它就造在长江边上。回来的路径,沿着江边走,并不是不通,不过转折多,路烂滑一些罢了。

天天出门远游,无处不想去发现些什么。见了破墙残壁的野寺,或乱草丛生的高冢,见了清溪,或发见了可通的路径,都如获至宝一般。我们的足迹渐渐伸入镇内平民住宅区,那里小道纵横,房屋杂乱,有时竟会转来转去摸了好半天才走出来。每日回到住处,又大讲特讲,惹得无事可做的太姻伯母也要去走走了。我们四人从彭家巷——即福泰号栈门口的小街——的底端走出,向垂直于市街的一条路一直走去,起初也有相当热闹,不过走得远了,地段就荒了,房屋稀少,只有荒草野寺,就是有几所像样些的庙宇如南岳行宫、龙王庙什么的,里面又都住了伤兵,我们没法进去。

路上碰见一个老头儿,湘铭走前问道:

"请问老先生,这路可通往哪儿的?"

"喔!是乡下了。没有人家的。"

于是我们只得回头,仍旧到了热闹区域。

有人提议到河边去,因为我们虽然已去过一次,而太姻伯母没有去过。于是大家开始寻找一条通向河边的小街,最后在闹市的中段寻到。街极阴湿,两旁墙壁上满是碧苔,路也泞滑不已。河岸有不整齐的石级码头,许多妇女在洗衣服。河面异常宽阔,很像故乡的那条塘河,河水又非常清澈,没有波纹,可以见底。我们遥望对岸远处苍翠的树木,很想找一顶桥走到那边去游一下。恰巧这码头有渡船,我们花了几个铜子,便乘渡船向对岸划进了。在河心望着四周的风景,尤觉开怀,河水清得可看见河底的水草。到了对岸,进一个城关似的门,在街上一转便到了一个关帝庙前。里面好像有和尚,也有人烧香,不过地方很小,又很阴暗,所以一无好玩。又遇见一所小学校。除此之外,没有什么新发现。在普通街道、郊野一行之后,我们便回来了,但路倒走了不少呢。

在逃难期间,倒大大地游玩,跋涉虽劳苦,而乐趣亦自有其在。但我们对于国事并未忘怀,汉口的报纸隔日到新堤,总是争先恐后地看。可恨!常州已于十一月底失陷了!

第十一章　异乡的生活

上次"叔叔"、"寄爹"等参加杨裕三先生的盛宴,说是鱼圆(丸)烧得最好吃,在江苏从未吃过。讲起鱼圆,本是新堤的一种特色菜。新堤靠长江,渔业极为发达,所以新堤人对于制鱼类食物,也特具超技。我们在栈内吃饭,鱼每天都有,尤以鳜鱼为多,味道也很不错。市上的鱼行里,我们可以看见成千上万的咸鱼,一股浓腥刺鼻。鱼市上的鱼大都新鲜活跳,几尺长的大鱼是不足为奇的。价钱也相当便宜,所以吃鱼很是合算。

讲到鱼,又想到肉,我第一天到新堤的印象便是见满街跑着的猪。新堤的猪都是白毛的,黑毛猪很少见到;但白毛猪的尾巴总是黑的,白尾猪更是少见。这里的居民,差不多每家都畜猪。所以猪并不十分贵,而肉又很肥。

除了鱼肉之外,菜中常用的还有野鸭和雁。有人说野鸭就是雁,有人说雁为大者,野鸭为小者,我不曾研究过,所以不得而知。在江苏从没有雁吃,就是有了,价钱总是贵得可以。而在湖北,常有雁类飞过,所以猎人猎下的雁和野鸭在新堤市上也是大宗的食品。不过雁都是用枪打下的,枪孔处的肉有毒,所以烧雁的厨子若是手续不干净,吃了很不卫生。我们栈内有一位贩雁的商人,运来了十数桶雁,他们一桶桶打开上盐时,只见都是血肉淋漓的东西,骇得大舅婆和太姻伯母从此吃饭不下雁肉碗的筷。

这里新堤的币制还没有统一,法币当然是流通了,而我们通用的铜板在这里却不能用。他们还是用的大铜板,而大铜板还有两种:一种可当两个铜板用,另一种可当五个铜板用;均须用国票兑换。我们在汉口留下的铜板都没处用,只好将来有机会再带回汉口去用了。新堤这地方在湖北,币制还不完全统一,再到内地,币制恐怕还要紊乱呢。这里的一般人,很不开通,有听说一生没有见过火车的,铜板用的还是清朝铜板,街上简直看不到一个穿西装的人,还有禁止缠足委员会等机关设立。社会的守旧情况,可见一斑。平民倒大都老实诚恳,而滑头滑脑的人是比较少见。

大嫂慧兼本住在旅馆楼上,现在由仲方表兄接到新堤西桥巷二号自己家里去住。她的三个孩子却常到旅馆里来玩。乐平每日白天虽然玩得起劲,但是晚上就总是哭,因为思念他的在天津的爸爸啦!

那天慧兼同了她的三个孩子到旅馆来玩,珑妹加入他们的游戏,他们称珑妹:

"小姑姑"。

这位小姑姑同他们很费力地讲着南腔北调的官话,真是滑稽。

乐勤和乐新到我们房里来了,这时我、荣哥和湘铭都在,见了他们自然非常欢迎。恰巧这时来了一个卖花生的小伙子,我们便买了一些花生款待。调皮的乐新吃了还不够,嚷着再买,湘铭便从袋里掏出了一毛发亮的硬币,一面对熟识的卖花生者挤一下眼,意思要同乐新开个玩笑,看看小滑头怎样儿。乐新拿了一毛法币去,递给卖花生的,说:

"要买一毛钱花生米儿……"

卖花生的不给,暗里把钱还给了湘铭。湘铭向乐新讨钱,而乐新向卖花生的讨花生,卖花生的一溜烟跑掉了。乐新无法应付,湘铭还说要告诉他的妈妈,结果弄得不欢而散。但这孩子到底是无邪的,第二天仍旧谈笑依旧,我们也不再对他提及这事了。

我们一天的生活,不外乎睡觉吃饭逛街开话匣子。荣哥说,把功课荒废了,也不是事儿。便从箱子里抽出一本"英文最常用四千字表"和一本袖珍小字典来,这本"英文最常用四千字表"里的四千个英文字,若能熟记,则对于阅读英文书籍极有帮助,所以荣哥预备在这上面用一点功,由我担任翻字典求释义和考查他成绩的工作,一方面也可以带把温习温习。

几天阴雨,街道泥烂得无法可逛,只好闷在房里查字典上的生字。报纸上的消息见了要心跳,敌军直入南京,又打到芜湖了!

天天同湘铭到码头上去打听船的消息,祖母的指课卜得非常之灵,说不来就不来,虽然母亲在汉口来信说不日就要回来了。

毕竟在一天午后,我们在旅馆里听见了火轮的汽笛声,荣哥、湘铭和我以及其他许多人"登顿登顿"赶到码头上去。父亲母亲及详姨等人都乘火轮来了,一大批人到了旅馆。母亲的小藤包里带来了许多东西,如橘子、手电筒及小搪瓷碟等物。吃晚饭时,详姨令开二桌,因为人增多了的缘故。一时非常热闹,而菜中又有一种生萝卜片,有一些辣而味极美。但荣哥说:

"辣的东西很败胃,而且又具有一种'嗜好品'的性质,会上瘾,吃惯了不吃便不够刺激,还是少吃一些好。"

我虽然很爱吃,但听了荣哥的话也就少吃了些。

当夜我和荣哥搬到楼上去住,因为下面的房间住不下人了。湘铭也上楼住入一小房内,我们就住入上次慧兼的房。床好像是炕,在墙壁上。最妙的是壁上挂着四联单条,上面写的是:

"绝代有佳人,幽居在空谷……"杜甫的诗句。

心想,慧兼见了不知作何感想①。

---

① 慧兼因其丈夫伯范娶了二夫人蔡玉雯,故离津来此也。

新堤福泰号栈楼上第一次住入之房间（孟厚画）

　　母亲说，预备在汉口法租界租屋去住。因为住在新堤音讯不通，银行的迁动又是隔膜，所以不预备再住下去。李抱宏在汉口赁了一所房子，说是和我们合赁，已付了十块定洋。但母亲一想：抱宏这人过分精明，和我们性格不同，一定不能长久过共同生活，而这所房子的租费又很昂贵，所以马上还给抱宏五块钱，以免有所后患。居住问题容后再考虑。

　　祖母和"叔叔"从常州到汉口的旅费都由详姨垫付，所以父亲母亲在汉口同抱宏和祥芝算了账。算法是这样的：详姨把所有的用费哪怕半个铜板只要是在逃难期内支出的，都记入了账簿，共有若干元。点点人数有若干名，用来一除，每人用去若干元。我家三人，祖母、"叔叔"、平安占三份钱，如数付出。但又有"抑尤有进者"了，是湘铭的路费也由我们负担。因为母亲在常州曾对详姨说过，带了湘铭走,祖母在沿途须由湘铭照应,即如码头上驮上驮下等事,旅费我们来付。但详姨虽带出湘铭,而并未告诉他这个约定底细,所以湘铭沿途也并未十分照应祖母。我们出了他的路费,他自己还闷在鼓里!

夜已深了,湘铭房内的煤油灯已旋暗,人也睡了,荣和我在他门上轻轻地敲了两下,便挨身进去,仍把门关上了。湘铭睡眼惺忪,爬起来问道:

"什么事?什么事?"

荣哥把煤油灯旋亮了,与他稍谈了三两句之后,便轻轻地问他道:

"你可知道你的路费是谁出的?"

"是太太(即大舅婆)家出的呀!"

说了一些转弯的话之后,荣哥很庄重地说:

"是我们出的。"

"什么?什么?那不可能!……"

湘铭大为惊讶,并且不能置信,经我们一番解释了之后,他坚决地说:

"明天一定要去问二小姐(详姨)!一定一定!"

虽然我劝他不必再去多事,以致弄成僵局,但他却无论如何要去问一下才甘心。

次日这事终于被大舅婆知道了,她老人家极为震怒。湘铭去问了一下,知道事情确是如此,因此亦忿忿然,并问详姨说:

"你们把所有的账统统记下,那末我为蒋家老太太(我祖母)买了一块钱香肠,你们也吃的,可曾记账扣算没有?"

详姨说:"那倒没有。"

湘铭说得紫头赤颈地出来。

详姨奉大舅婆命令,把钱来还给母亲,母亲当然不会接受,于是钱推来推去,事情愈弄愈"鸭屎臭",最后我们当然仍旧没有接受。

那天,我们跟了母亲到仲方家去拜访,他们竭诚招待。房子在西桥巷,路很近,在市街一转弯就到。大门对着新堤商会。进门有一长方形天井,其角落里有一小木房子,好像夜巡警的岗室,进去一看,是厕所。天井里有青苔,走路须小心滑跌。这青苔据说是每年水涨时江水渗过地面而生的。从天井旁的一扇门里进去,便是一个砖铺地的厅,或称中堂,挂着一些字画,摆着茶儿。厅的两侧有房间,左面的房间是仲方等住的;右面的房间便是这里的房东张大婆的房。——"大婆"是新堤地方的尊称。仲方的房间光线很充足,他吃的食物也很"现代化",在这古旧的新堤倒是少见的新家庭。后面是"寄爹"睡的房间,她是美术家,所以室内装饰也很富于艺术。慧兼住在另一间房内。仲方有两个孩子,大的叫阿英,小的叫阿真,年纪都尚小。我们又被邀到张大婆的房内去参观,则是一片古董货的气息。母亲与令德(仲方妻,我称她二嫂)等谈话时,我去和"寄爹"聊天,回家时我又向"寄爹"借了数本《生活摄影画报》回旅馆翻阅。

父母亲对于我们的居处问题,已考虑多次。本想到汉口租界去住,但一时不易实行。而现在住在新堤旅馆里又决非长久之计,便想暂且在新堤赁屋住一阵子。于是我整天同了仲方、慧兼等跑巷头,想看到一所合适的房屋,但一切都是旧陋的,最后在一条有扫荡报新堤运销处的街上,看上了一所房子,但并没有仲方的房子好,因为光线不足,所以还没有决定赁它。

我与荣哥又因茶房之要求搬入隔壁的房内居住。

房内挂着一副对联:

"比于石崇咄嗟可辨,如逢诸葛淡泊自甘。"

又有四联单条,写的是"君不见黄河之水天上来……"李白的诗句。

每日无聊之极,只有无意思之嬉戏,或在楼厅的木炕上伏看一张中华民国全图。一日荣哥在满是尘埃的楼面后部发见了一块活落地板,用力把它撬开,一看,通着下面的小厅(在饭厅的对面)。惹得小孩子们大开玩兴,把皮球抛上抛下。但这事颇有危险性,后遂被大人禁止。

十二月七八日间,父亲为母亲汇在长沙的一千元大洋牵挂,决定亲自到长沙一行,以办理清楚。荣哥也要去,一方面可给父亲接接手,另一方面则他自己要借此机会去看望章育中。至于到长沙去的路程,本应先到武昌,然后乘粤汉铁路火车前往,今听栈内有人言:可以先到岳阳,由岳阳乘火车到长沙,既近又方便。在新堤不远处有一码头曰老官庙,那里有火轮班开往岳阳。父亲决定就走此路。

十二月十一日午后,我写了一封给重庆双桅子水沟二号余宗

旅居前室(孟厚画)

英先生的信,大意为请余老师关照,熟人多方便,以期我们将来可以入川等语。父亲日前亦曾写信给四川某友请求一职位。

十二日上午,父亲和荣哥打点行装就道。我去寄航空快信给余老师,从张街的邮政局转堤街(即市街街名)回来,到江边码头上去一望,见无人。回到旅馆,听说父亲和荣哥已乘小舟出发了。

谁知事情没有如此便当,傍晚时父亲和荣哥仍旧倒车回来,只看了一天乡村小学的情形。荣哥去长沙梦不成,而父亲却不能久待。十三日恰有一班轮船开往汉口,父亲便同了详姨及姨夫抱宏到汉口去了。

母亲和珑妹也搬到我们房内居住,有两张床,倒不十分见挤。

慧兼同了她孩子来,与母亲说:

"兰姑①!孩子们每天野得不了,我请你帮忙,每天上午叫他们到你这里来上功课!"

母亲答应了,于是每天有一班小学生到我们房里来上课。读的书是他们原来在学校中用的书籍。珑妹也一同上课。不过这所学校不久就解散了。我却天天为荣哥查字典流汗。

荣哥有拉链一条,每日做拉力运动,可以促肌肉发达。这拉链我们名之谓"扩胸器",钢的,有弹性。上次在汉口又购了一条绿色牛皮筋加上去。湘铭见了,便上来拉着试力,并且又立刻去请旅馆内若干茶房来拉。还以为不够,最后拿了"扩胸器"到堤街鱼市前,会同若干茶房来,他当众表演,引得许多人围观,而以为荣耀了。

新堤有发电厂一所(我们却没有找到),所以也有电灯的装置。但装电灯的人家很少,除了一部分在热闹区的店铺外,其余的人家均点煤油灯及煤气灯。我们的旅馆在热闹区,所以有电灯设备。荣哥便想将"叔叔"从常州带来的收音机取出,设法通电试验

---

① 母亲屠时小名"阿兰"。

收音。他把收音机搬到楼上,许多茶房七手八脚,少见多怪地来愈帮愈忙;将一盏电灯的灯泡摘除,由灯头通电到收音机里去,收音机内的五盏灯泡倒是亮了,但一无声音。原来这里电厂里的电压和我们常州的不同,所以试验不成,完毕甘心。

上次向"寄爹"借的《生活画报》已看完。荣哥在卖花生米的店里发见了旧英文报纸,是良好的英语读物,于是向那店里大量购买! 价钱相当贵,却不能计较了,购回来大看特看。后我又向"寄爹"借了上下册《说岳全传》来看,成天浸在小说里,人不胜有些头脑昏涨。几天的工夫也在昏头昏脑中无形地度过去了。

第十二章　新　　居

　　芜湖又失陷了！议论纷纷，有人说敌军可立刻进攻九江，占领武汉，又有人说到了芜湖则无力再进。仲方表兄则深信武汉不会在短期间内沦陷。但一般人总以为中国有些吃不住了，其实哪里！

　　不过新堤却在恐怖中！街头巷尾都是在窃窃私议着某一件事。什么？说是新堤全镇的伤兵有若干的数目，有枪械若干的数目，准备反动，实行抢掠。镇上很有人担着极大的心。然而这事并未证实，所以我想，恐怕是某些人的谣言用以惑众的吧。

　　天气逐渐转寒，开箱取棉衣，做棉鞋忙了"叔叔"和母亲。

　　父亲已到汉口办事去了，我们没有立刻行动的必要，所以母亲预备搬到上次看中的房子里去住。那房子还须要收拾干净，才可以住人，所以我、荣哥及平安等跟着母亲先到那房子里去望望看。我们从西桥巷出去，走上一片漫野的荒地，过了流水石级，由零星的茅屋小弄穿过，到了一条有扫荡报新堤运销处的街。道路是石板的，很是白净，似乎是给强烈的北风吹得如此干净的。景象显得异常冷清和萧条，行人也很稀少。两旁都是中流人家的房屋，大多数已古旧不堪。在一座刷着大字保甲规则的墙的对面，有一家阔排门的人家。我们便从这门走进去，光线很暗淡，见有人在做制造竹筷及切纸的工作。那是一间土地乌黑的古屋，屋内陈设非常杂乱，地上又横着婴儿的摇篮。再进去，地方愈加凌乱，堆满旧货，门后有一张破旧的圆桌,这是他们的食堂。再过了一间空屋,便进入一个天井,不十分大,用小砖铺成。地上东一摊西一摊的,是洗衣服倒下的肥皂水。青苔又特别的厚。两旁还有破陋的小室。过了天井是一堵黄色的,又像是粉红色的墙。进了这墙的一重圆门,便到一小天井,接着就是正厅了。这厅的上面还有黄色的又像粉红色墙的楼子,那天我们来赁屋的时候,说是上面楼上的房子比下面的好,可惜早一天给人家捷足先登了。这里的厅比较干净而且像样,长窗以内便是大方罗砖铺的地,两旁置着茶几单靠,中堂有方桌及天然几,上面放着佛龛及瓷瓶等物,壁上悬着古字书,非常雅气。厅的左面是房东人家的房间,右面便是我们赁的房间了。房门开着,须从厅后由后房门进去。我们共赁二间房,即前房与后房,中间用板壁隔开,房租每月六元,先付一月。前房靠天井有上下两扇窗,窗前有两张铁皮桌子,可以借给我们用。靠小院子又有

新居前室写生(叔牟画)

一块小方格窗,但光线总是黝暗得很。后房只有一扇窗,所以更加黑暗了。房子已非常之旧,尘埃很多,地板有些已损坏了。我们既然来了,便开始收拾起来。

这屋子的后面,有一石皮块接到厨房。石皮两旁有低陷处,积贮了许多发绿的水。我想:这或许是每年长江水涨时水升过地面而积下的,他们这些懒骨头成年不汲出去。厨房很大,但前面没有墙,以致在厨房内工作的人须吃尽西北风。厨房后面有墙,并有一门可通后园。后园有围墙,墙内无绿树,只有若干的晒衣竹竿及黄草。墙外便是漫无边际的旷野,围墙左面有一小门可以通外面。母亲说这处地方倒可以来做运动场。

托人去买了长凳和铺板。母亲又在市上买了若干用具,如碗筷等物。又请仲方去请杨裕三购制锅灶水缸等物,据说请他去购买可以便宜一些,即便不便宜,亦不会吃亏。

从箱子中取出若干被褥,拿到新赁的屋子里,铺在新购的铺板上,成了两张简单的床。我和荣哥又搬了些书籍文具及其它物件到这里,预备在这里居住了。但祖母年事已高,不便来此度不规则的生活,"叔叔"因服侍祖母,不能离开她,所以祖母和"叔叔"仍旧住在旅馆内,因为原来的房间有霉气,所以搬入了上次我和荣哥及湘铭合住的厢房内居住。母亲、荣哥、我及珑妹四人,搬到赁的屋子里去居住。

十二月十七日,便是我们搬到赁屋去住的日子。那天傍晚,我独自到那屋里去,见母亲、荣哥及珑妹都已在那里。听说这里有一位老先生,刚才与荣哥谈国家大事,联英美或联苏俄的说了一大堆,母亲说这老头的意思是想荣哥去从他学习就是了。晚上我们到旅馆内吃晚饭后,便辞别祖母及大舅婆等人回新居睡觉。从明日即十八日起,我们开始自己烧饭或买饭吃,不再吃旅馆内的饭了,账将来再算。第一天住新居,颇觉新鲜。点着新购的煤油灯,

新居的晚上(倚在床上的背影是我,被窝中的女性是母亲,母亲一侧是珑妹,戴眼镜看书的是孟厚)(叔牟画)

俗称洋灯,坐在铺板床上的被子里看书。这样的洋灯,我幼时在家乡旧屋里用过的,自从九岁搬进父亲在常州新建的房屋内居住后,便一直用电灯了。今日又用起洋灯来,很有些说不出的滋味。

这古屋内一到夜晚,便可能听到一种音乐。在对面院子的楼上,有一间房间。我们站在下面可以看见那房间的屋顶上,满挂小旗子,或者在屋内墙上还有孙中山先生的遗像也未可知。就是在那个所在,聚集了若干青年,每天晚上点了那暗淡的洋灯,在一位老先生的监督之下,捧了"死"书,口中发出了"嗯嗯嗯嗯"的声音,就是那"音乐"了。这老师便是同荣哥讲国家大事的老头,据说他自己本是某处人,辞家别妻来新堤行商不得发财,便异想天开,竟开班授课,孰知这项"生意"倒不错,便一直做下去,已有数年历史,且已数年未归家了。他的一班学生的读书调,特别难听,既不是喊卖菜,又不像唱江北戏,只是捧着书摇头摆尾地"嗯"。闻之令人难过,不易入眠。我想在这种年头,不求新知识,还是尽读死书,难道还想考秀才去不成?入夜以来,除了这种音乐,楼上还有不断的胡琴声,大约有人学唱戏。这古屋真有些稀奇古怪了。

每日起身,跟母亲信步出门,有时到江边买几个麻团当早饭,有时在堤街与西桥巷口的一家店里买一碗汤圆充饥。然后到旅馆看望祖母和"叔叔",祖母有时剩下了粥,我们便再吃一些。午饭有时不吃,有时到堤街南端的饭馆内吃硬饭,菜是特别之极,尤其以粉蒸肉更为难咽。傍晚时的晚饭,有几次在旅馆附近彭家巷口吃了一碗馄饨就算了。一天的工夫,就在家里与旅馆两处走动中度过。

有一日早晨,母亲命我到厨房内去淘水,见那里有新行灶及水缸等物。回来问了母亲,知道那些东西都是我们请杨裕三去购置的,共花去了二十元大洋。母亲在请他去购买的第二天,忽想暂时还是不必购买,我们还是买饭吃便利,便请仲方去请杨裕三不要购买了,但仲方说不行,因为杨裕三有些脾气,嘿!

一天晚上,我们从旅馆中玩毕,预备归家,即从旅馆门口走出去,已是一阵阴风在黝黑的彭家巷口吹入了我们的颈项,我们瑟缩着身体向弄口走着。前面是有灯光的浴室或理发室,给黑暗的弄口一点照明。我们走下了弄口的不整齐的石级,便向右弯转,走在高低潮湿的石板路上。这里的几家馄饨店还有一两盏灯火。地面上一块石板已松了,人走过去便要"空通"地发出响声,溅出许多污水来,弄得不好还要溅上衣裤。走到这条街的尽头处,店家总是早关排门的。若没有几盏卖糯饼担子的小灯火,行走就非有电筒不可。天气更是寒冷,夜市也愈见冷落。

我们逐渐在黑暗中到了西桥巷口。弄的狂风,大得从未有过,突然袭来,向我们飞卷,我们屏住了呼吸,顶着脸上身上受到的打击,出了城门似的圆洞,过了有公共尿缸的石阶,风才比较小一点。因为刚才是巷口,群风所聚之处,是为"竹龙风",故特别的大。月色照着白石路,愈觉得凄寒。过了仲方家和新堤商会(据旅馆茶房说这里面有一具收音机)的冰冷的黑影,便转入了一条无一丝光线的弄。犹如瞎子摸壁,睁了眼不如闭了眼,又没有带电筒,月光也不知被什么东西遮住了。

总算摸出了弄,接着便是那满是墓葬的旷野。风阴冷得恐怖,枯树的瘦影森森地撼动着。漫边的野草飘抖得没有止时。死一般静寂的小河水里浮满了秽物,深深地倒映着怪树的骨枝,漠然地摇曳着鬼影!月色惨淡,河流上高低曲折的石板路,被月色照成惨淡的白色,而更发着青色。四野里除了风声,静得无一杂音。

我们手紧携着手,头几乎缩到衣领里去,慢步地蹀过凄冷的石级,曲折地过了河流,到了另一块土地。灰色苍茫中坐落着零星的茅屋,糊模的视线,见不到几点豆灯光。

在万籁俱寂的空气中,我们突然听到了一种恐怖的声音——铛锣声!从远处传来,闻之不禁毛骨悚然!那本是一种洪亮的声音,但传到这里,那余音令人有些害怕,在夜里听到了铛锣声,总觉得有些恐怖的,不知什么缘故!我忽想到仲方在汉口与我们讲新堤情形时,曾说新堤这地方也算有一家戏院。但我自从到新堤以后,说书场倒见过许多,而说书者的话听不懂,至于戏院则始终没有见过。这铛锣声恐怕就是那戏院内传出的吧?

我轻轻地对荣哥说着铛锣声的事。

我们渐次走着,铛锣声也渐渐消去了。但是当我们走到一座小野庙前而弯到那条有扫荡报新堤运销处的冷静落寞的街道上时,那具有特种恐怖性的铛锣声,突然从冷静的空气中发抖地惊动了我们的耳神经,每人全身的汗毛没有一根不直竖起来!紧张的情绪令我们赶快找自己的家门,在黑暗中摸到一扇门,正想敲,一看又不是!连忙再寻,前前后后地摸不到,又没有带手电筒。在黑夜与紧张中,没有一个人敢叫……

想到白天房东对我们说过,出进走旁边一扇侧门,到深夜还开着,中间的排门一到晚上就要关上的。我们现在哪里还看得出正门与侧门,摸到门已好了,推推这扇不开,推推那扇又不开,只得举手敲起来。在静夜中听到自己的敲门声也有些惊意。门简直打了半天,还疑心自己不要打错。最后才总算听到里面女人的尖声:"哪个?"

我们答应了之后,里面有人来开,原来开的是旁边一扇侧门,假使她不开,我们也可以推进去的。到了里面,仿佛得了归宿,一颗忐忑的心,方才着落。

我们家里后园,有一小门可通到外面的野郊。我们每日必去散步。开出后门,是一块高墩,低处有水潭,垃圾堆中草木丛生。高高低低的泥路可通到一处小石路,这小石路可通至小野庙而转到那条有扫荡报新堤运销处的街。那小石路头有一角围墙,里面满是树木,从墙内伸出了许多树枝及黄叶,不禁使我想到那首有名的诗:"春色满园关不住,一枝红杏出墙来。"可惜现在是冬日,不能在这里见到红杏了。

从右面走出去,没有墙壁等阻物,那是一片不可收拾的灰色的荒田,泥土烂得很松,又有许多污水,垄道很长,走路极为不易。过了这荒田,是一片坟冢高墟,但风景倒不坏。下了墟,便是平整地了。那里有一条极其曲折的小河,几处小土坝可通到对岸去。对岸右首,有一村人家,鸡犬茅屋,也很入画。此外即一望无际,只有青天与草地。从高墟向左慢行着,便可到达见南殿。殿内极荒凉,门内有二三条倒伏着的船。里殿内绿草丛生,鼓和钟都极大,想来从前这里一定也大热闹过一番的。庙门前是一片广场,常有警员在操练。新堤的警察局就在我家门前的那条街上,若由家门口向右一直走,便可走到警察局。如果再走过去,可由一条有邮政局的街转到堤街。有一次我们在见南殿旁看警员操兵,看厌了,因为地方野大,就任意在草地上躺躺,沿坟墩跑跑,毫不拘束。忽遇到一群白驴子,大为欣赏,我走到其中一只身旁,还不要紧,走到它尾后,它抬腿就踢,几乎被它踢一脚。又有一次我们走过那空场,见有人在练习骑自由车,我也很想去骑一下。但家中的一部自由车已由王寿生君取走了。联想到一只望远镜亦给他取去,名义上是借,实则何时归还?

过了见南殿前的广场,便是两个大池塘,中间有石板路隔开,池旁通了小河,风景非常优美。有一次那里大举捕鱼,许多人在踏水车。将一池内的水汲入另一个池内,一直汲了好几天,最后池内干涸,捕鱼便容易了。

从见南殿再向左去,便可由荒野的路走到上次去过的炮台。在炮台旁也足以俯视而看见见南殿,并且似乎近得很呢。有一次我和荣哥在那里遥见一点黑色的建筑物耸出于地平线,便决心向它走去,想目睹那到底是什么东西,哪知荒地不易走,尤其有水流断路,只得退回了。

我们每天下午,总要开后门出去玩玩,散步在那一大片满是坟冢的地方。当太阳落山时,那黄金色的光线,照耀着一大块郊野,我倚墩斜靠,夕照下朗读,或高低远近,拔草追逐,游兴真是无穷。荣哥特为这地方名之谓“连墩头”。慧兼也常同她的小孩来游玩。

除了在这里游玩,也到别处去。煤油塔是常去的,塔后有树木阴森的地方,幽静得很。有二人在锯树。荣哥见了煤油塔,便有哲语说:

“到这里见了煤油塔,便不胜有‘又来之感’,说不出的‘又来之感’。”

我只有点头,心中固然也有一种感,但不知是不是就是他的“又来之感”,所以无法开论。

在游玩间还有一次与湘铭大辩“鱼牛重出”事件,战得舌敝唇焦。最后仍无胜负揭晓。①

　　除了游玩，我又有一些小工作。便是开始写我的"逃难追记"②，因为我以为到了这里，或已是我长时间的归宿，所以预备写到住入这新居后便完止。我和荣哥各自写文章看书，不是用电灯，那末煤油灯的油必易用完，因而同了荣哥在黑夜几次出门，在附近冷落小肆内购买数铜子的煤油。

　　一日清晨，沿途在寒气中和母亲读一封从四川父亲的朋友李骑寄来的信，说父亲若能到四川，则必可设法弄一职位，又四川生活程度如何等语。我的老师余宗英先生，则尚未有回信给我收到。

　　十二月二十日，我们请湘铭买了一条青鱼，不十分便宜，鱼又是死的，预备自己烧了吃晚饭。傍晚的时候，我和荣哥在后房开始操作。在母亲的指导和帮助下，把鱼弄得很干净。刮鱼鳞，洗内脏等事，荣哥尤为起劲，在我尚是初次试验剖鱼呢。弄好以后，便用红泥小火炉烧起来。正在弄得兴高采烈的时候，忽然平安来报告说：我父亲回来了！母亲听了立刻就到旅馆去，剩下我和荣哥两人，点了灯"做世界"，天已暗了。

　　一个长时间之后，母亲回来了，我们正在大嚼破胆有苦味的鱼，形势突然大变！说父亲并未到长沙去，交通银行由粤汉路去广州而迁上海，周敏之皆同吴紫绶两家，均已乘车离汉赴沪了。并谓我们决不能久留此地，必想法他去。又战事问题，敌军已近九江，

---

　　① 据湘云：吾国文字乃古孔夫子所创造，有"鱼牛重出"事为证：本鱼字为牛字，观鱼字之头有两角，下有四足，中有耕田之田，岂非牛字？而牛字实为鱼字，观其字形则已像鱼矣。又重字本为出字，因重字为千里两字合成，千里为出，故也。而出字本为重字，因出字为两山字合成，双山为重，非重字乎？因孔老夫子造后令徒弟发出此四字时，一时疏忽颠倒，遂成千古之误。盖其徒之发，"一躬三千里"，无法收回矣。余与荣哥则深以吾国文字实系黄帝时代之仓颉首创，孔子虽为至圣，而并未造字。因与湘大起舌战。

　　② 本书自开端起至第三章，除《二十六年十月十五日》及《无罪的犯人》外，皆此时作。

武汉朝不保夕！南京屠杀壮男多少万！

我听了，急要知道底细，便独自冒黑跑到旅馆，父亲正在灯光明亮的厢房中。我进去问了父亲，知道敌军尚未到达九江，只到马当山，距九江尚有一段路程，我们这里的形势尚不算十分紧张。又我方已经把马当山口的长江封锁了，所以轮船不通下游。父亲回来后还未吃晚饭，预备到我们的新居吃晚饭后睡觉。

我同了父亲回新居去，父亲有手电筒，走路还不十分看不见。但到了自家门口却不认识了，电筒照了半天也没有照出门牌，最后总算找到，推门进去，母亲已准备了晚餐，我们大家进了一餐苦鱼当菜的晚饭。

晚饭后，一直讨论着今后行动的方针，但向任何方向进行，必须先到汉口。向上海去的路程，可由武昌乘粤汉路火车到广州，再由广州乘轮船到香港，由香港可乘海轮直达上海。但近来敌人屡窥广州，企图登陆，所以这条路是很危险的，而且铁路线上又有空袭之虑。另有一法，较为迅速而安全，就是从汉口乘民用的飞机直达香港，但旅费贵而机票也购不到，故这法不能用。入川问题，更为渺茫，一方面是难民过分拥挤，另一方面是我们到了四川是举目无亲，生活如何解决？我们兄弟的读书问题又更加麻烦，所以入川一事似乎难以考虑。总之以先到汉口观风为前提。谈论了很长的一段时间，最后才进入梦乡了。

第二天，我们仍旧搬入福泰号栈内居住，我和荣哥等睡在厢房，其他人住入有霉气的房间。搬了过来，可便利于准备回汉。新居内的锅行马灶，都遗留在那里，当然不能携走的啰。

栈内有一个小红眼的老客商，见了珑妹总是高兴，并且要去抚她，"叔叔"说：这位老头儿一定是没有儿女的。

我因为不久将要离开新堤，便决定作一次最后冒险巡游。下午，天不十分晴明，但我决定不顾一切，独自一人起程。从新居后门出发,过了连墩头,跨越小河,向那遥远的小野庙行去,经过了绿色的叶田,和土黄的道路,遇着两三乡人,风景够美。到了小野庙,便向左,在漫天无际的草地上奔跑。接着在一条高高的土路上行走着。路下有一条小河流着。经过了原野上的一所茅屋,便天昏地黑地向前跑着。一面走路一面仰着头,看天上飞翔回转的鸟,极为有趣。于是我仰卧在地上望着那一大群鸟雀,因为高,看不出是何种鸟类,但不是麻雀之类的小东西。只见它们一群在高空飞翔,转来回去的总不离开一个圆心,一直到最后才飞远去。

天似乎更阴了,并且有一些细雨,但我仍向前走去。雨不久就停止了。

荒坟高下,小道纵横,枯树摇枝,野草丛生。在那两坟相对的下面,斜卧着读书,真是无限的适意之境。

河流回转,田地成方,九十度角的泥道,菜园的篱笆,是田家的好景,乡村的美境。

渐走渐远,路已多方分歧,水流亦综错交叉,路不时为之隔断。我各处寻找有什么路可通到另一块土墩上去,结果找到一条土坝,我欣然地走过去,却发现它在河心是中断了的,虽只隔开三四尺光景,跳远本领倒没这么大,而且近水的土坝又非常烂滑,只得再觅出路。曲折转弯,找到了好几处土坝,但都是同一情形。

最后总算见到一条土坝,河中隔断的程度只有一二尺的样子,只得冒险壮胆,跳了过去。脚已没入烂泥水中,幸而是穿的皮鞋,不大要紧。要是布鞋,那还不给你洗个黑脚吗?

又各处玩了一会,路几乎不认识了,我才预备把这最后一次的出游结束,开始归途,仍旧沿着原路,小心不要走错,天已渐晚。

回到了家里,见房屋空空如旧,新居已不得谓之新,我们将与它永诀了。

那日晚上,父亲在旅馆内四十号房间门口喊我回去取一只遗留的尿罐头,但电筒不知为何没有,便向旅馆内茶房商借灯笼,小天井里有风,点灯笼颇不容易,好一会才点着,由我提着,后面跟了平安,从旅馆门口出发。

天时已入隆冬,严寒的黑夜,冷气骤袭了我的身体,那盏"风中之烛"的灯笼在尖锐的西北风下每秒钟都有熄灭的危险。

照例的经过堤街,每家店铺都已关了门,找不到一丝较强的光线。行进着向前走。照例转向西桥巷。狂风劈面袭来,我急忙掩护着我们的光明的领导者——灯笼,但一阵猛烈的飓风卷着沙尘袭过来,小灯笼支援不住了,几下一明一灭的挣扎后,终于熄灭,而将我们埋葬在黑暗与风暴之中。

低着头,屏住气,前侧了身体,还想勉强继续路程。狂风中平安屡次取出携来的火柴试点那灯笼,但结果都是无济于事。

虽然鼓着勇气走着,但到了那小巷时,黑暗中两旁想象幕里有碧苔的墙壁高压着我们的恐怖心理,在根本看不见道路,只望着眼前的黑窟窿的当儿,我不愿再与所谓"新居"有一面之缘,随即踏上了回头之路。

空劳往返(孟厚画)

第十三章 返 道

　　长江的水已大落,码头长出了好多级。遥望着对岸,土地日渐高起,成了一片片的调和而柔滑的云状土。

　　因为江水浅的缘故,小火轮不能直驶到码头,停在离码头数里的地方,乘客下船后须转乘小船划到新堤的市镇上来。上次父亲就是这样来的。

新堤江滩(孟厚、叔牟画)

我们预备回汉口,而大舅婆,太姻伯母、湘铭等也准备回汉口,因为长居死城的新堤,总非善策。惟仲方表兄与慧兼大嫂两家尚欲暂居新堤,待有机会再出来。慧兼见了母亲,总是不胜欷歔。

数天打听船期,收拾行李,一等到有船,即可出发。

终于在十二月廿三日有了一只小火轮,我们便决定乘这小火轮到汉口去。上午已将行李统统扎好,大家穿好了出行的衣服,我穿的是呢大衣。准备下午雇小划子到火轮上去。大舅婆那边四十件行李也都扎好了,真是忙煞。

午后,荣哥和我商量,乘未出发之前的最后机会,作新堤环行写生一次以留纪念。我俩便从旅馆出来,行进到江边。居高临下,荣哥便取出写生册,绘了一幅江滩的鸟瞰图草稿,由我加工完成("新堤江滩")。一路沿江行走着,我又作杂视线图一幅("新堤所见")。

渐渐转入江边与市街的中间,荣哥又以遥远的市街屋顶及耸出屋背的炮台及东岳行宫的屋脊等作写生题材,隔着水田作了一幅图画("新堤街后")。随即向

新堤所见(叔牟画)

新堤街后(孟厚画)

金刚殿行进,到了一个有诸多猪猡在泥潭里滚的地方停下,因为从
这里向金刚殿取景很适当,我便作了一幅金刚殿的写生图("金刚
殿")。然后行至炮台。那里铁独角兽旁有一个老乞丐在求乞。我
们先作了一幅小钢炮图,然后荣哥走下路旁低处,作了一幅炮台和
铁独角兽及老乞丐的写生图("炮台、独角兽和老乞丐")。

　　完成以后,我们便转入堤街,到了辖神庙里。若不来写生倒不
注意,一心来写生而见了那大殿屋上的装饰,真有些骇人。因为它
过于复杂了,要写生将它绘好真不是容易的事。而荣哥到底老手,
写生时处理得非常得当。笔画不见复杂,而画自能达意。完成了
辖神庙的写生,便一路归来。本想作一幅市街写生图,但因为街上
人多不便,就没有作。回来时,已不早了。

　　旅馆内正在大忙,这边在搬箱子,那边在跟老板算账,本请杨裕三和令德来算账的,但他们说有事,只由仲方来帮忙。他们——父亲、母亲、仲方、老板等——在账房内打算盘、数钱、付钱。据说这栈内本不供给早饭的,我们到这里来,开早饭不加费,因为杨裕三的介绍而特别优待。

　　大家忙着奔来赶去,唤来若干脚夫搬箱子到码头上去。我先押了一担去,停在江边的一个小码头上——这并不是轮船码头,等有人来看守了,我又回去押第二担。哪知挑夫在大打架,喊骂声震动耳鼓,原来他们在抢挑行李。由旁人极力调解,总算停止打架,行李不曾被夺破。

　　在夕阳西照的江滩上,脚夫和旅客正来来往往地奔走着。水畔光滑的石级,因为人走过而摇动,下面的江水便漾漾地抖动着。

金刚殿(叔牟画)

在江边的船林中,有两只船是我们所雇的。一艘是大的帆船,可多载些东西,一艘是小划子,不能多放行李。我们的箱子便先装到这小船上,由我和荣哥看守。

忽发现了一张旧报纸,上面有载着秋虫音乐会和日本之"放屁熄烛火的比赛大会"等事。荣哥戴了父亲的礼帽坐在船头的箱子上看那报,我想以荣哥为对象绘一幅写生图,但绘得不好,于是便与荣哥交换职务,让我戴了父亲的礼帽,坐在船头用手撑了下巴看报,荣哥用他的故技绘成了一张极美的图画。

小船上又装上了一两件东西,旁边的大船上还刚搬上了几件行李。大舅婆远远地走来。江面上已有了一层薄雾笼罩着。

舟子取起了划桨,在水中荡起来,四周起了涟漪漾洄的水波,桨又在旁边的大船身上刮着,发生了杠杆作用,船身逐渐驶出了船

炮台、独角兽和老乞丐(孟厚画)

江边船群(我戴了父亲的礼帽坐在船头的箱子上看报)(孟厚画)

林,船上的我和荣哥也同时离开了码头,虽不在江心,但四面已全都是水,一片滔滔的水波。

沿着船林外边徐徐地进行着,江边的景物慢慢地向后退着,那些地方我都很熟识,但由这种角度望去,更觉得美,新鲜,有时简直不认识那地方了。

遥望着向它进行的煤油塔,那里天边是炫红的夕阳,紫色的,红色的,黄金色的霞光,像仙子的腰带,悬于地平线与天空的边际,映着已近黑暗的江面,虽然还想挣扎,而事实只有逐渐减少它的光明,终于成一线了。煤油塔的黑暗的影子躲在树叶的黑影之后,成了一线霞光上的黑斑。

船行进虽慢,终究过了煤油塔,岸上的景物逐渐冷落,也没有船停泊在岸了。

新堤码头处的灯火已燃起了,一线的霞光已消减了,天地已黑暗,宇宙也已沉默了!

回首张望着那新堤市街口的灯火,在远处闪耀着,本来是看得清楚的,逐渐远了,小了,又逐渐模糊了。时间一分一秒地过去,我们对它的距离也一尺一寸地增加。那最后的一刻,是灯火的小亮点,为夜气所吞灭。荣哥说:"别矣新堤! 不要错过那最后的视线!"

我和荣哥换了位置,他躺在舱口,我斜卧在船头,倚着旧箱子,看着那在光明中逐渐消失的新堤。我要哭,我也要笑,我心中有隐隐的创痛,我的动态不能自主,我的情感不能抵制,大概永别已开始了,怎能没有一缕离恨呢? 不满一月的羁旅,造成了我对它密切的关系,现在一刀而断,惟有惆怅而已,肚里的叫唤,怎敢惊动寂静的新堤?

在黑暗中别离了常州,又在黑暗中别离了新堤,人生只是如此茫然地行走吗? 造成了许多悲哀,向着永久失败的路上走去吗?

江风吹刮着面庞,吹着衣服,我只得握紧了拳头,缩着颈项。

灏灏的万里沧江,送着远客向他们迷茫的归宿。

天黑得异常,月亮又为乌云所遮,一直没有出现。我们只有向那阔大得茫然不可思议的江心,空射着电筒,一道寒光中,可以见到我们口中吐出的热气。

划桨声不断地响着,是寂静中的音乐。江水下流了,掀起了波澜,船是逆行的,所以船头撞击奔湍,发出了啪啪的声音。

不时有小船在我们的船旁行过,对面而来的船是顺水而下的,很快。和我们同一方向航行的船,便可见它的船头撞着波浪而掀起,听见船头落下时底板击到水面发出拍拍的声音。

有时我们的船滞于沙泥,舟子把桨用力划着,船头和船尾掉了好几个身,转了好一会儿才得重新行进。

江岸本是平广的沙滩,而今渐渐成了高峻的厚壁了。仰首望着那黝暗的高堤上,蠕蠕地行走着两三行人的小影,和几个亮点的手电筒。

行驶了一个极长的时间之后,我和荣哥发觉在我们船旁又有一只空船在同行着。同时,我们船上的舟子突然和人讲起话来了,空船的舟子也应声附和着。在水声中,他们的谈论声显然是很高的。

我的脚轻轻地踢了一下荣哥,荣哥拿去了我手中的电筒说:

"不要射电筒……"

突然我们的船停止行进了,旁边的那只船也同时停下来,桨声也没有了。谈论声还是继续着。接着又发出了其它琐碎的声音。我看着那两个黑影闪动着,我们的舟子跳到那浮在水上的空船上,而空船上的舟子却跳到我们的船上来。随即那空船掉了头,开始顺水地归程了。

我们的船,随即由新人划起了桨!我和荣哥的情绪紧张了,心中疑惑不定,在新堤常有恶闻流传,我看着旁边那不值钱的箱子,恐惧着不要罹祸!

和荣哥低语着一会,最后以为镇静为要,若真有意外,应眼捷手快,见机而行。

一个长时间的静默,似乎等待着什么。

望见江心的小岛,在一片汪洋中,模糊里竖立着数十排桅杆。

那江岸高高低低地退过去,终于在一个地方,船入潴,少顷,又到一处,那里急湍奔流,重重山丘的黑影高出了普通的江岸,船颠簸地驶了过去。那里是岸路的中断处。这次出发前,祖母本想乘车由陆路走,因为路有中断处,所以没有乘车。

我们等得已不耐烦,大胆问船夫:

"还有多少路程?"

但我们听不懂船夫的话,大体看上来,马上就到还是不行的吧。

望见前面有灯火,我电筒的光线便射过去,等我们的船行到那里,才知道那不过是一群大的帆船罢了。舱内点了儿盏不十分亮的豆油灯,支离的光线照耀着两三个角落。

遥遥的路程,又使我们增加了疑惑。后面的祖母等人所乘的大船,情形又不知如何。遥隔着为此的大江,要呼而无应。

五六里的路程之后,发现了停泊在岸旁的一只火轮,我以为就是目的地了,用电筒照射着。火轮上的警员好像指着这边说什么话,我们的舟子并不停船,真奇了。我把电筒射到警员身上,警员大声骂着,荣哥急忙说:

"快收下你的电筒!"

我连忙收了下来,原来那警员叫我不要射电筒。接着是我们的船离开了那火轮。我心中大为失望,怎么还不到呢?

幸而没有多时,舟子指着前面的火轮说快到了,一场虚惊才告结束。①

好像听见湘铭的喊声,隐约地从远处传来了,虽然我不能立刻相信,但一会儿又听见喊声了。不错不错,是后面的大船来了! 怎么这样近了? 其实我们自己以为孤独的时候,他们早已在我们后面了。我兴致勃发,提高了嗓子喊着,高声惊破了冷静的空气,向那边传过去,那边又有回音了! 呀,呼而得应了!

---

① 关于这一段经历,我后来于一九三八年秋写了一首七言诗记其事:
树黮霞红煤塔藏,寒江日暮客船航。
新堤今去街灯远,天黑路遥无月光。
逆水降帆潮涌急,风吹浪溅湿襟裳。
山形桅影频频退,舟子交班暗里忙。

我们的目的地——火轮船,是停泊在江心,不是靠岸的。

我们可以看见它的轮廓逐渐显现了。我们的呼应更清楚。原来他们船上有风帆,今夜的路程虽然是逆水行舟,却是顺风而下。我们的小船上没有帆,所以会给后面的大船追上。

和大船一同向火轮行进了,大船的帆已落了。结果还是他们先到火轮,泊在右面入口处,我们的小船后到,泊在大船的旁边。火轮的栅门开了,里面光线很微弱。

大船上已有人爬上火轮,我和荣哥也攀吊着铁栅,跨上了轮船。回头看,自己乘的船泊在大船之旁,小得可怜。搬箱子的人在船上行动,船身便摇荡不稳。没有东西在上了,小船便在水上汆来汆去。

祖母等人陆续上火轮了,然后又上行李,点件数,下船舱。下面两只大小不等的船和轮船的边沿上,人的黑影来来去去闪动着,人声嘈杂着。

行李上完以后,两只船先后回去了。

跟着母亲上火轮的楼舱,茶房打开了一间舱房的门。室角有柜,中央是铁皮地板,母亲说这房间就是我们事前所订的。行李放妥之后,人陆续上楼了,在那室内一盏煤油灯下安顿起来,柜子上地板上尽铺了被褥,还挤得紧紧的。

我悄悄地下楼,见船板上搭了些帆布篷,湘铭正在与人高谈阔论,篷里只有一盏光很弱的灯挂着。

船旁的铁栅已关了,那是一条条清楚的黑影。我过去近伏在铁栅上面,望着那烟波浩渺的长江,和那隐约不清的船帆,时隐时现的远处的灯火。

我见了荣哥,他同我走到左面的铁栅处张望。那里有一只贩卖食物的小船,泊在船栏下面,在做生意。船主点着明亮的灯,照着他的货物,可由雇客随意拣取购买。船主是一个老头儿,还带着

一个小孩子,生意还算不十分清淡。荣哥说:

"肚子倒确是有些饿了,买点东西充饥好吗?"

我点点头,表示同意。因为我的肚子也有些饿了。荣哥便问那小伙子煮蛋的价钱,从铁栅的空档里互递了两个煮蛋和钱币,我和荣哥各自取了一个鸡蛋嚼着,后来又吃了一些饼。

应该睡觉的时间到了,我和荣哥、湘铭等都上楼睡觉了。室内柜上地上挤满了人,我和荣哥都睡在地上。待人都安静之后,湘铭便把挂在壁上的煤油灯旋暗了,但还剩一线火心。

寂静的时候,忽有人推门进来,说要在这里借住他的生病的女人,但因为室内无空隙处之故,只好拒绝。

室内的人有大舅婆、太姻伯母、祖母、父亲、母亲、"叔叔"、"寄爹"、荣哥、我、珑妹、湘铭、莲芬、平安等十三人。人们都已很疲乏,所以很快入睡了。

次日——念三日——早晨,明亮的光线已由窗口射进了全室,"寄爹"喊着说:

"啊哟! 早晨太阳的光线多美啊!"

我问道:"寄爹! 船在航行了吗?"

"已在航行了。"

我们一个个起身,把被褥收拾起来。

我的视线射出了窗外,那斑斓的晨曦之光,辉耀于东方,下面移动着滚滚波涛,一望无际。

开门出去观光,外面风大极,仍旧退入室内。

一个人来开门,大约预备到里面来占些位置,见如此拥挤,口中大声的:

"啊哟!"

一会儿第二个人又开门,又大喊:

"啊哟!"

两人都喊了"啊哟"而退出去,莲芬失声大笑说:

"这里的人都是啊哟人,哈哈哈哈……!"

吃了一些东西充饥。

几个警员进来缠扰不清,不管房间是否订过,在室内搁了若干长凳,让一些警员和旅客来坐。我们自然不会不允许。

风较缓一些,便和荣哥到舱外面栏杆边看江水,又谈论着这地方的方言问题。

见到船身上有两个铜铸的字"武安",知道这只轮船叫做武安号。

船板上供人坐的一排排长凳都空着,只有靠近梯口处有一些人坐着。我独自在那里奔跑着,又在船尾处登上了一个较高的台,数次攀着那根铁杆子踏在船栏上面,眺望着那浩浩的江水,俯视着船底下排出的白浪。

每到一个码头,荣哥便打听地名,写上小册。他又在石嘴山地方,绘了一幅写生。不懂得画理的湘铭,在荣哥的画完成之后,说这山上这里又有房子,那里又有十字架的教堂,怎么没有画出来。画面如此小,山上的房子如何画得出?但荣哥不愿麻烦,便顺了他的心,在图上画了两座小房子。

天已渐暗,船过了金口,下一个码头就是汉口了。

船上的灯亮了。

有一家人从金口上船,也是到汉口去的,据说也是逃难来此,小孩子很多。

天已暗了许久,应该到汉口了。

荣哥所录下的地名,可抄在下面:

新堤、太平口、陆溪口、宝塔洲、龙口、何家洲、嘉鱼、燕子窝、牌州、窑头沟、大嘴、金口、汉口。

远远的一点光辉,在黑暗中闪烁着。是武汉了!愈来愈近,那

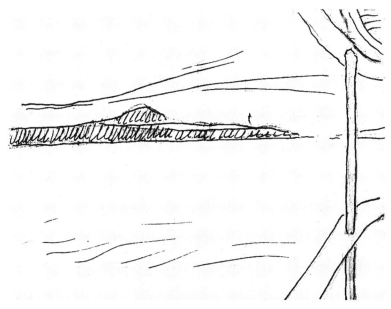

石嘴山（孟厚画）

一点一点连成一片焕然的灯光,煜煜炯炯地从都市里发出,照耀着
大江的一角。

船到埠了,在江心掉头,靠上汉口湖北省航业局码头。那里大
轮群集,小轮林立,汽烟弥漫,灯光闪动,人声喧嚷,又杂夹着机器
马达之声。

我只伏在栏杆上望着武昌的万家灯火。

回到舱室内,一盏明亮的灯,见行李都已搬到楼下去了,只剩
不几件不重要的东西和几个人在室内。父亲等也下楼去了。

大舅婆心焦地说,详芝怎么还不来接? 因为事前曾拍电报叫
他们来接的。

忽有尖声:"二小姐!"

是莲芬的唤声,"叔叔"以为唤自己,答应了一声,原来不是唤

"叔叔"的,是唤来迎接我们的详姨的。于是大家急忙携了剩下的行李下楼。楼下人们扛行李的扛行李,拿物件的拿物件,父亲正在点行李数目给挑夫,详姨和抱宏都在那里,抱宏对父亲说:

"南京日军屠杀壮男多少万,形势极坏,宜速离汉口为宜。"

这事我早已知道了。

行李交代完了,便跨过许多其他船只的甲板,穿过船林,上岸,又上数十级的石级,到了码头的上面。行李都在那里了,寒风肆威之下,雇了好几部黄包车,乘着,到隆安客栈去。

黄包车从大街转到小巷,到了黄陂街一个小弄的角落里,在一个客栈——隆安客栈门口停下。这门口的样子看上去不像旅栈,我还以为是人家的住宅呢。我们进了门。这栈房也是号栈,和新堤福泰栈是联号。父亲等前次在汉口就住在这里。

开了房间,吃了晚饭之后,便把两天劳顿的躯体躺在床上休息了。

第十四章　奔走在武汉

十二月廿四日上午，八九时光景，荣哥和我跟着父亲到武昌去。我们大概准备回沪，要回沪先要乘粤汉铁路火车到广州，所以要到武昌粤汉铁路总站去问讯。

先在汉口的渡江码头处购了三张票，然后乘火轮渡江过去。轮船大小不亚于武安轮。数分钟后，到武昌码头了。码头极高，人又多，并且满布着抗战标语和漫画，"拥护蒋委员长抗战到底！……"一望之下，民族抗战的气势盛极了。

缓步上数十级石阶，见那从江水中伸出的人造峭壁，雄伟得像堡垒。那上面便是久仰的黄鹤楼了。

我们到了马路上，便转右向黄鹤楼走去。踏上那高阔的石级，胸中充满了庄严的感觉。到了那石级一半转弯的地方，有小型石塔一座立于树丛之中，有些像北平北海的白塔，它的后面便是那浪涛滚滚的江水背景。我屡次请荣哥写生，但他拒绝了。

再向上去，石柱上有对联一副，刻着：

"爽气西来云雾扫开天地憾，

大江东去波涛洗净古今愁。"

这副对联很有气势。但"雾"怎么能扫开"憾"？恐怕只能增加"憾"吧。不过，单一个"云"字就不成节奏了。

进门过了一块平地，便是黄鹤楼了。可惜这黄鹤楼已不是古黄鹤楼,而是新建的不中不西的有些洋式的茶楼而已。到里面走一遭,也没有多大意义。

仍向前行进着,见到照相店很多,有古黄鹤楼的照片贴出来,比现在的雄壮得多。又见到若干军队在憩息。

再走过去,有一块地方放置着已倒塌的古黄鹤楼的塔顶,以为是古迹的陈列。①

"我们大家都是同乡,不必客气!"

然后我们便回来了。

我们忙着将箱子等物件收拾好,预备明日一早起程。

大舅婆及"寄爹"等人正静待着到四川去的船票。

"寄爹"对母亲说:"你们到上海去,由我带钟到四川去吧!"

但母亲因为亲属远离,诸多不便。生活费手续又太麻烦。而最大的原因是我的读书问题,上海可入原校,便只得婉辞拒绝了。

晚饭后,抱宏到我们房间里来,说:"你们没有到过广东,广东人说话与我们大不同,所以应该有一些小小的准备才行。"

抱宏曾在广东当过几年大学教授,广东语当然是说得很流利

---

① 以下原稿缺失了六页,后面又缺失了六页,都是作者自己撕掉的。为什么?因为后面六页里面记载着一些情节:我们买到了粤汉铁路从武昌到广州的火车票,一家人便乘火车到广州去。在火车上,遇见一个青年,名叫王焰生。据他自称,他是湖南人,他父亲是个种田人,家中有若干田亩,自家种不过来,就请人来帮着耕种。一九二五到一九二七年大革命时期,他家被共产党认定是地主。他们一家人都被杀死,只逃出了他和他妹妹两个人。他为了报仇,考上了武昌军校,立志当一名军人,要杀共产党。这次乘火车,是向校方请了假,回湖南去探望他的妹妹的。我本来只知道国民党杀共产党,这次听到共产党杀地主,是第一次听到。《漂流记》是事无巨细、有闻必录的记事作品,所以王焰生的事也详细记了下来。到了"文化大革命",忽然想起这件事,怕被抄家发现我竟然写下这种犯有"立场错误"的记事,便把后面的六页撕掉销毁了。因原稿簿子纸张前后牵连,所以连带着把前面这几页也撕掉了。后来我被红卫兵造反派两次抄家,《漂流记》也被抄了去。我庆幸及早撕去了这几页!"文革"结束后,我的一些"抄家物资"包括《漂流记》终于被发还给了我。

了,我们不妨领教。

"你们下车可雇人力车到新亚酒店去。至于新亚酒店,广东人读为'申倭走殿',叫黄包车就这么叫法好了。到了旅店便可没有问题。"

抱宏说完便出去了。

睡觉之前,买了一张晚报。据载敌军在南海又积极活动,兵舰的调动极忙,横琴岛已被敌军占领,有犯粤企图。

第十五章　铁道线上——粤汉铁路

　　一年之末了！十二月二十八的拂晓，气候严寒，灰色的天空笼罩下之大武汉，被那狂驰的北风扫荡着每一个角落。

　　在隆安号栈中的我们，都已从梦中醒来，忙着打铺盖，吃早饭。父亲和旅馆主人办妥手续后，立刻就要准备出发。

　　黄陂街的小巷的一个角落里——就是隆安号栈的门口，停了数部黄包车，我们的行李和人一一上车之后，便向来送行的"寄爹"等人告别。

　　车子到了汉口码头停下，付车资，购渡江轮船票。

　　码头处没有人，非常冷清。

　　祖母行动不便，父亲正找人把老太太驮下去。我便和湘铭两人先下码头。我手中提着一只箱子，湘铭背上背了一个铺盖，经过木板的长码头而到了趸船上。我只注意着自己的东西，不注意湘铭把铺盖向哪里一放，只听见他口中喊着要去驮祖母，就跑过去。当我奔出趸船回头时，祖母已由父亲雇了一个汉子驮来了，接着后面又连续地来了许多人。

　　一只渡轮已由武昌开到了这里，我高声地喊他们快些上渡轮，但"叔叔"等人还在后面，行李已一件件地由莲芬及湘铭等人装到轮船上去了，而人还没有到齐。我赶忙奔回趸船，只见莲芬已在船上守着行李，湘铭还想搬一只箱子过去。趸船上的警员开始关铁栅了,"叔叔"一口气赶到趸船,和警员挣扎着到了栅外,又被警员一把拖回。我们已可听见那只渡轮的机器声,并且见到它逐渐脱离趸船了。

望着那只在江心渐消失的渡轮,本没有什么可遗憾之处,因为不到数分钟便可乘第二只渡轮。不过那船上有许多行李,莲芬一人到了武昌怎么拿上岸呢?有人以为到了那边一定会叫脚夫搬上去的,又以为她没有钱怎么雇脚夫呢?况且只有她一个人,行李说不定给脚夫偷了去?……

时间不肯等人,我们上了第二只渡轮,这里剩下的行李虽然点来点去,但不知道那边有几件,所以无从计算是否有丢失的。

到了武昌,见莲芬在码头上等待,行李也都上岸了,她说她将行李用绳子一捆,肩上扛一担,两手提若干,这样地上岸的。我们一到武昌见了莲芬,喜出望外,以为没有出乱子,连点行李件数的工作也忘记了。

天下着微雨,怪阴的。父亲又雇人驮祖母上那壁直的高数十级的石阶,我们各自提了行李登码头,其它笨重的行李又雇脚夫搬上去。人在雨点下奔走着,衣服和帽子都有点微湿,口中呼出的气浓烈地向上飞跃。

毛雨最惹人讨厌,虽然比大雨要小一点,而空气仍是阴凄凄的,不像下大雨那么爽快。

人和行李皆已在码头上集合了,又忙着雇黄包车。一部当然不够,我们在风雨中赶前赶后吆喝着。

马路对面的汽车间里驶出了一辆汽车,和其它汽车交叉行驶起来,一阵"苏苏"的声音后,车轮底下飞溅出无数的污水。

黄包车若干部都唤来了,我们过马路到了那边和车夫讲价钱,一面嫌多,一面嫌少。车子刚才不够,现在又嫌多,一边抢装行李,一边抢装人。我上了一部车子,又被撵了下来。过了好一会儿,才和母亲合坐一部黄包车行进。只有平安一人是跟车子步行的。

在车中觉得气候极冷,手也有些僵了,如果吃饭的话,手一定不会把筷子抓得很利索了。

在中途,我们见到雪花了。一点点的白色的雪花,起初是少量的,慢慢地下降,到后来增多起来,雪花纷乱飞来了。

到武昌总站时,正是风雪交加的时候。地下泥泞不堪。人站在水洼中看守着行李,父亲到站台上去望火车。

风声,雨丝,雪片中望着那来去不绝的士兵和情绪紧张的乘客。

父亲的影子渐近了我们,他高声叫我们过去,我们各自提了负责的行李奔到那边,父亲指着前面一节火车车厢说:

"上去,上去……"

我们找着了车厢的门,里面已有若干乘客,同时也有两三乘客在上车。我看清了车厢上写着"二等"两个字,便放心地跨上车去。母亲和"叔叔"等也都上车了。我一到里面,便好像进入大火炉。里面的情形是,座位和桌子还不算坏,所以印象不至于像瑞和轮的船舱那样。

玻璃窗上厚厚地遮上一层水蒸气的幕,有些地方已化成了水滴下来。我可以透过窗子,模糊地看见父亲等人在赶着前来上车,他们刚在站上将行李处置好——"结"行李。

父亲上了车后,又立刻离开这节车厢。他回来时,只听见他说:

"车厢房间没有了!早被人家抢走了!"

"怎么?……为什么?……你买票时那人说一定有……怎的他们这……为什……?"大家听见了,聚集拢来七嘴八舌,都有些愤慨。

父亲说:"事已如此,现在绝无办法,房间早被人家占去了。"

"那末祖母如何睡觉呢？"

"就只可以睡在这凳子上了。"

凳子上？这真是无奈了！非常时期到底非常，手脚慢一点就要弄出事情来。但反过来一想，国家在患难之中，将士在前方浴血抗战，有车可乘已是万幸，既然没有办法，那只有一声不响地各自找着各自的地盘坐下了。

荣哥和我，湘铭、莲芬、平安等五人，挤不进藤椅的座位，只得跑到这节车厢的末端，那厕所门前的一块小地方，坐在红漆的小板凳上。门外便是这节车厢和另一节车厢的连接处。假使在车子开动的时候任意跑去逛，那末跌落下去的危险性是很大的。

窗外的风雪中，有儿童的叫喊卖报声。

父亲等在那旁边点起行李来，发觉少了一只铺盖，里面并卷有小皮箱一只，箱内有墨水、铅笔、颜料及母亲的眼镜等物，我们去帮同找寻，但东找西找找不到。湘铭到站上寻了一周也是没有。但他提议说到站上去打电话到汉口武昌两渡轮码头问询，可是时间怎能容许？立刻就要开车了。

站上响了钟声，接着便是火车头的汽笛声，火车开动了，车轮先在铁轨上作迟慢的摩擦声。我们向武汉告别了。站上人很少，更看不见有送行人挥着的手帕，只有那雨丝和雪片在飞舞。那逐渐加快的轮声锵锵之中，只见武昌站的最后一根木栅在窗外越过了我的视线。

没多久，我们可望见窗外秀美的山峦和明亮的湖水，并且在那里有许多新式的洋房，父亲说这大概就是武汉大学。

我的思潮随车轮转变，突然想到在汉口码头我同了湘铭在木板道上行走时，清楚地看见他背上扛了一只铺盖，到了趸船上就不知他丢在什么地方而奔回去，我们到了武昌又没有查，对了！这铺盖一定是他丢掉的了！我急忙去找湘铭问他，他正在那边讨论这

件事,我奔过去高声地问:

"喂!喂!我看见你在码头上扛的那铺盖,你放在什么地方才回去的?……"

"不!不!我没有那箱子,不!我没拿铺盖……那是……"湘铭说。我听了有些愤怒,他素来是我的好友,怎么现在抵赖起来了?于是对他高声说:

"我明明看见你扛的,怎么……"

"不是……那是她在船上……"他用极高的声音盖住我的话。

"我的的确确看见你在码头上……"我天生不甘屈服。

"对你说不是!那失掉的是莲芬在船上的……"他的声音更高,架势是在骂我了。

我更愤怒,当众宣布当时的情形,因为当时只有我一个人在旁,是我亲眼看见的。他现在的抵赖委实造成我极大的愤怒,于是我更不能示弱,又高声地:

"我亲眼看见你……"

我的话没说完一句,他咆哮了!涨红了脸,提高了嗓子压我的话:

"不是!说不是还要……"他一面说一面便走回自己的座位。

我心中极为不快,好像一块石头压在心头拿不出来,因为他阻止我说话。我气闷中踌躇了一会,决定还要对他弄个明白,便跑到他那里用了很大气力发表我的意见,可是每次都给他的高声阻止。我心中愈弄愈怒,他简直骂起我来了:

"还是荣少爷好!你怎么如此瞎缠?我跟了屠李二位老太太从镇江到汉口管理四十余件行李,半件都没有遗失,难道这次我会如此糊涂?"

我完全失败了!如果再争论下去,无疑地更是瞎缠了!我心中受到极大的委曲,我好像被人欺骗了,被人侮辱了,我奔出了门外,望着脚下滑过的枕木,听着那永不变更的重滞的车轮声,我没有地方发泄我的愤怒,我像小孩子似的哭了……

我竭力使我不发出哭泣的声音,我拭我的眼泪。荣哥走来了,对我低低地说:

"你何必同他争论,你应该明白你现在的身份,不能再像少爷的样子了啊!"①

上午,我们的火车到长沙了。长沙的车站比较大一点,但非常陈旧。那位军人王焰生,告别我们,要下车了,他还以为我们是到湘潭的,临行时说:大家在湖南,将来或许还有碰面的机会。我看着他跳下车去,心中有一种说不出的感觉。

火车离站时,我们可以看到长沙的风光。铁道似乎造在街道上似的,我们看见两旁有许多住屋和店铺。渐渐地,火车行进在山峦之中了。

父亲唤我到那边去,说刚才有位乘客下车去了,有了空位置,我便移到那边去;荣哥等人还在原处。

我的座旁,一位是九江人,预备到了广州,转澳门到香港去。一位上海口音的青年,到衡阳去的。坐在父亲座旁的,是一位说北方话的青年,本在津浦路上当职员,现在因战争发生,留职停薪,也和我们一样要到上海去。我没有事做,便和他谈谈话,用聊天来消遣。

午过株洲。

我的一个小册子,在荣哥那里,因为他要用它写生。我睡了一晚,把要记的地名遗忘了,记地名的工作因而停顿。

傍晚,我在父亲的桌子上发现了两本别人遗下的《文摘》和其

① 此处缺失原稿六页。原因已于前面缺失六页处的注释中写明。原稿写在一本用棉线装订的道林纸簿子上,稿页前后相连,撕去此处六页,连带扯去了前面的六页。

它杂志，便取过来阅看，有一篇鲁迅的《说胡须》，很感兴趣。

晚上，车到衡阳。从只有几盏灯的光线下望见那潮湿的站上，堆得像山一样的货物；那地下支离的水迹倒映着几盏支离琐碎的灯的亮点。但当我一放开了那长久收缩着的视线时，便见到那伟大的重重高山模糊的黑影，包围着整个衡阳站，那是多么伟大而雄壮啊！

那位上海口音的青年下车了，但他发现失去了一只皮箱，赶上赶下地寻找着，仍是没有，据说里面的留声机等物价值数百元之多，比我们失去的铺盖贵重得多了。

小除夕——三十日——的中午，车子过郴县。

火车穿过不少长长的山洞，次数之多，也算不清了。在京沪路上视为希奇的穿山洞，这里是家常便饭了。

一路见南岳衡山山峰之连绵不断：崇山峻岭，怪石嶙峋，花果奇异，树木萧森，峥嵘的悬崖，崎岖的山道，岚烟混沌，弥漫于高峰之下，溪流淙淙，锦鳞游泳，涟漪平躺于碎玉或玲珑的白石之上。这些，都是在粤汉铁路上特有的视觉享受，将令我永远不会忘记。

中途的一个站上，和许多人一起跳下去玩，并且在火车头旁观看。

下午，过砰石。已在广东边界了。砰石站的后面，有千仞绝壁矗立着，崔巍而嵌崟，好像那绝壁上面还有一条条纹路，是我所仅见的。

三天的工夫，一直未遇到空袭的惊吓，可是我们却看到了以前铁路被炸的遗迹。在隔了一条河见到了以前炸毁的一段旧铁道及轰倒的火车头。无疑我们所乘火车下面的一段铁道是新铺建的了。

那地方的风景又逐渐美丽起来，碧绿和深绿的树木和花草和没有止境的无穷的浓阴，高高低低浓浓厚厚地布满于重重叠叠的

火车内望出去之田野（叔车画）

峰峦之上，布满在碧绿澄清的溪涧之旁。起初我还以为那条碧绿的溪水不过在铁道下数尺的地方罢了。但待我看到两个人在浅水中曳木筏到浓阴深森的树叶洞里去的时候，才发觉那条溪水和我们的铁道高下相隔着一个很大的距离，因为我见那两个人简直像蟋蟀那么小。

凡在旅途中，我有一个困难，便是大解不通。火车里在实在忍不住的时候，只得硬着头皮进那极其污秽的厕所。本来二等车的厕所是很清洁的，可现在是非常时期，无人收拾，弄得满地是粪，马桶圈上也是粪，我没法，只得多用掉几张草纸。

车厢中，因缺乏服务员，也是极肮脏的。橘子皮糖果纸，在座位底下堆积成山了，脚就在那上面行走，最坏的便是橘子皮腐烂的臭气。幸而在某次火车停在一个站上的时候，平安去弄了一把扫帚把所有垃圾污物扫出车外，乘客无一不表示感谢。

我独自到三等车厢看了一下，那里比二等车厢更糟。

祖母和车厢中的一个常州同乡攀谈起来了，那是一位三四十岁的女人。她说自己的儿子现在尚在宜兴或其它地方。她的儿子本在省立常州中学读书,常中迁宜兴时,她的儿子不愿去,但她却强迫儿子去。而在她儿子去后不几天,即因时局不对而自己同了别人逃离常州了,所以她的儿子至今无消息。祖母闻此事极为感叹。

半夜里,火车停在一个小站上。停了好久,又开进站来一部火车,是国际列车。不行了,我们的火车本在国际列车之前,现在被车站当局故意捺慢,说不定要给国际列车先行了。事实果然不出我之所料,国际列车先行了。

一会儿的瞌睡,醒来见火车一动也不动,便把头伸出窗外探望,却见前面的火车头正由另一轨道行到车尾去。不久火车便开动了,好像方向不对,是的,怎么开倒车了吗?我还不信,用力注视看那窗外的景物,是反方向的,火车是在退后的啊!困难来了!困难来了!事情没有理想的那么容易。到底什么事,我们全不知道,难道前面轨道不通了吗?有空袭吗?敌军在广东登陆了吗?那末国际列车又为什么可以行进呢?这里没有报纸,一切无从得知。看吧!看它拖我们回武昌去!全车的乘客大多在发怒了。我却继续我的睡眠。

大除夕——十二月三十一日的早晨,我发觉我们的火车停在一小站上。

好久没有动静,令人气闷之极。一会儿,火车开动了!啊!原来又是倒行的,因为车头还没有掉到前面去。但火车行得很慢,没有多大工夫,便开进了一个山洞,车厢内顿时黑暗起来,待车头和车尾全部进了山洞之后,火车便停下了。不错,在汉口时我曾见报载铁道上火车在敌机空袭时避难的宝地是山洞;大概刚才站上有空袭警报,所以车子开到这里来的。

大衣袋里的一个沃古林眼药水盒子装的樟脑粉——预备牙痛用的——倒翻了出来,以致各处都是樟脑味儿。

中午,火车仍开回到原站,但火车头并不掉到前面去,火车也不再开动。

肚子饿了,预备吃的面包早已吃光了。有许多人下车到站上去找食物,我也在窗口购了一些东西充饥,荣哥却跟了一大批人到附近的小镇上去吃饭。

荣哥的离开火车我们并没有太注意,可是火车开动了!我非常着急!幸而事情还不过分糟糕,火车仍是开进山洞。不过心中不知回站时荣哥在不在那里,仍急了整个下午。

午后,大概敌机已经远去,我们的火车又慢慢地开出了山洞,停在原来的小站上。大批的乘客早在那里等待了,见车子一到,便一个个地上车来,荣哥也在其中。他上来了见我们刚从焦急转到安定的态度,便说:

"不要紧!我们有一大批人同去,其中有一人是这火车的列车长,所以放心胆大了。"

我们又问他什么地方去吃了些什么,他说吃的是米饭,那地方也算有街市而房屋之低矮街路之狭小和常州的前黄比起来,前黄是天堂了。

我们看见火车头已从车尾处绕了大圈子掉到前面了,总算定下心来。不久站上的口笛响了,火车开始行进了。

傍晚,车过乐昌。

在那晚霞出岫的当儿,火车奔驰于原野,我的头伸出窗外,瞻仰着广东的风光,尤其引起我兴趣的便是那好像长蛇蜿蜒的公路。

天未黑前,车过曲江。曲江站比较考究些,火车还经过铁桥。

天黑了,见许多运输汽车的两盏灯,远远地蠕动着。

午夜,车过英德,但并没有经过英德市镇,车站在英德附近的小镇上。

车过军田。

广东边地所见（叔牟画）

似乎风平浪静了，行进是没有问题了，可是不行！火车停在一个小站上，不开动，原来又是在等待国际列车，国际列车有好多部，我们统统让它们先行。国际列车进了站一直没有停，不过行驶得稍慢一点，只见一个穿大衣的人手中持了一具路签，奔到国际列车车头，给了火车司机，立刻那部列车加速了，离开车站了。

一部国际列车先行了，我们后行也无妨，可是事情并不是如此简单，据一位青年——也是乘客之一，曾在津浦路上做职员——说：路签已给国际列车先拿到，那末我们这部车子，必须要等国际列车到了下一站，由那边站长发了路签给这边站长，——发路签类似打电报——这边站长将路签给了我们火车的司机，我们的车才可行驶。

料想起来，国际列车可早到达下一站了，而我们的火车一动也不动，只看见龙头在冒烟。

乘客一批批到站上去问讯,得知那边还没发路签,其它一无理由。

我们的那位青年发表意见了,他说我们这部车子没有路签也可以开,本来用路签的意义是避免两车相撞,现在只要我们的车子开出站后,这里的站长在未接到本车到达下一站之讯息时不发路签给那边的站长,那末那边一定不能开车子过来,当然不会发生两车相撞的事了。——除了那边也以此法放行火车过来。——这办法虽然大家一致赞同,可是火车司机却不立刻开车,因为若无路签而开车,即有极重大的罪责,最后由这里的站长及本车列车长和全体乘客作保,于是我们的火车才得以浩浩荡荡地开出站去!

哪知不久就是广州小站,天已黎明。

火车再行了一个不十分长的时间,天际已亮了,并且立刻就要到广州了。我们互相提醒着当心各自的行李,荣哥及湘铭等人也集合到这边来了,各人收拾用具,穿上大衣,准备下车了。当火车渐渐停下来,车轮下发出了放气声的时候,我意识到这一次逃难途中的粤汉长途,总算告了一个段落。

第十六章　珠江之畔

中华民国二十七年(公元一九三八年)元旦的清晨,六时,我们将我们的躯体和灵魂长驱到了南国的都会——广州。

在似乎有烟波——或者就是火车轮下放出的汽——的广州总站下了车,顾前顾后地照料着,提醒不要遗失行李或走失人,总算到了休息处,找了个长凳坐下。观察了一下,好像广州总站的建筑较其他火车站宏伟些。

父亲去接洽,取出行李后,遇到了泰安栈的招待员,那人会说一些不十分纯粹的上海话,我们还能听懂。我们就不一定到那华贵的新亚酒店去。

到了广州站外的马路上,本想雇一部汽车,卒为节俭起见,雇了若干部黄包车,乘上,连同行李,行进于第一次涉足的广州马路——长堤。

时间尚早,马路上行人不多。气候温和,虽在冬季早晨,也并不觉得寒冷,跟武汉相比是大不相同了。这里的三两行人,足着木屐,身穿单薄的短衣裤。想到在车子上身裹重装的自己,不觉有些好笑。

间或驶过一两部汽车,并且看见了一部绿色的新亚酒店的专车。

这里的建筑不下于上海,尤其是那数十层楼的大厦——爱群大酒楼矗立云霄,固然赛不过上海的国际大饭店,但也不见得过分示弱。

从各方面观察下来,广州的形势并不大惊小怪地严重,并不像敌人即将登陆的岌岌可危的样子。

到了泰安栈门口,我们相继下车。把行李交给泰安栈房,交代清楚以后,便跟着招待员上楼,开了七号房间。房内有两张床,一张方桌和一张梳妆台。我们的肚子早已饿到背皮,立刻叫了几碗面来吃,哪知面硬得像铁丝,还说是鸡敷面,到底广东人胃口强。

广州的币制,不很统一,我们用法币付款,他会找给你广洋。广洋一元价值较法币一元稍小,合算起来极麻烦。虽然如此,但法币的通行还不发生困难。而据说到了香港,则非换港币使用不可了。

上午有空袭警报,飞机声轧轧轧轧地远远近近不消逝,渐闻高射炮声,轰轰轰!震动了全市。而我们旅馆对面的泥水匠照样在造屋,起重机声也不停止,街上店铺照样在营业,路人举头张望,一点不慌乱,广东人之胆大和镇静,可见一斑。况且,广州已经被轰炸过了。在如此情境之下,我们也一些不怕了。

放了解除空袭警报后,湘铭去买了一大批甘蔗来:价钱便宜,东西又美,一毛钱就可以买一大捆,非常适口,汁水又多。一次不够,荣哥又去买了许多回来,我们大嚼,嘴都吃毛了。

中午同了父亲、母亲、荣哥等到外面去吃饭。祖母不便行动,留"叔叔"伴祖母在栈内,我们带了饭皿出去,带食物回来,给她们吃。

出门向左就遥见海珠桥的远影。慢慢踱去,到了虎标永安堂,又到陈壁光铜像下面,抬头瞻仰了一番。

还没到海珠桥,就找到一家馆子。房子极小,是一条五尺阔的长巷似的屋子,两旁墙壁上都糊满了白纸,每隔数步即放着一张小桌及若干凳子。我们在其中一张空桌旁坐下。这里看样子倒还整洁。我们向侍者要了几碗刚才在门口见到了被它吸引的潮州鱼皮饺。味道倒很不错，可惜东西只有一小碗。只得另外再要了些别的食物来充饥。我们吃完后便捎了若干鱼皮饺回栈去给祖母及"叔叔"吃。

在火车上大解不畅，已成了干结。幸而这里厕所很清洁，使我的肠子通顺了。

湘铭和莲芬的房间离我们处不远，里面堆满了一桌子的甘蔗。

没有事做，就到广州市街随便逛逛，见到广州的特菜"龙虎斗"。这菜是蛇肉和猫肉合烧的，固然可怕，倒是别开生面，可是价钱很贵，我们舍不得花钱尝一下。同时也有蛇肉单烧的。荣哥数次想尝异味，卒因价格太贵未成。这里水果很多，价格是相当便宜的，又有烧虫摊子沿街摆着，我走过见到，以为那是玩具，一只只蚱蜢、螳螂等虫类，烧得油光闪烁。后来见有人买了吃的，我不能不引以为奇。

广州有电车轨道，但没有电车行驶。据说是某主席到任广州后，从事公共事业，但电车轨道刚铺好，该主席即被调到别处任职，后任者没有继续做这事，故广州迄今有电车轨道而无电车行驶。

广州入夜后的霓虹灯市很繁华，戏院门口的灯尤其亮得令人注目，我们客栈临近就是一爿影院，正在公映粤语片《锦绣山河》。

傍晚跟父亲等到一条较冷落的街道上的一家破碗馆子内吃了晚饭，广东菜很别调。

第二天——民国廿七年一月二日——我们不客气要游珠江上著名的海珠大桥了，因为一月三日就将动身到香港去，不游便没有机会了。早餐后，便出门向海珠桥走去，望着那一条条的铁桥栏，渐渐离我们近了，最后终于到了眼前。人非常拥挤，菜担子又特别多，汽车也来往不绝。一步步上阶级，到了那海珠桥之上，见它的确伟大,两旁有铁栏拦着,桥顶有铁板盖着,"海珠桥"三红字大匾在桥的两边挂着,桥两边斜坡处各有一所白色的房屋,大概是起桥时指挥操作的机关室。桥上分人行道和汽车道两部分,用大铁杆隔着。我们向桥下的珠江俯视,只见无数船舶,星罗棋布地聚集在这条浩渺的大水之上。

下桥时,不是走原来的阶级。原来的阶级本是在中途添造的。我们依着汽车大道走下去,这条道为平衡于桥梁之故,较街地高出一部分,渐渐和街地相符合。那高出的道路之下便是房屋,设计得真经济呀。

仍绕原途回去。回头观看那桥时,恰巧见它分开来,是用电力将桥的两部分像起重似的吊起来,让下面珠江上有高桅的轮船通过。当桥的两部分分离时,遥见有一个人冒险从一部分跳到另一部分,真危险啊!本来桥分开前须由负责人禁止桥上之行人车轮通行,等到一物不留,将铁门关好后,才可起桥。这次显然事情没有办周到。

在一家较上等的圆形大理石台子的饭店吃午饭,其实饭菜反不如小饭店的好,而价钱却贵了不少。

午后父亲购了两只烧熟的虫回来,大家都不敢吃。我不怕,偏要尝尝,吃了,味道还不坏,似乎和蟹有些相同。

船票已购好,决定明天早上出发。

在昨日晚上去过的破碗饭店内吃了晚饭,便回旅馆早些睡觉以备明日起早。八岁的珑妹怕自己明日不醒,对母亲说:

"明日我如果不醒,一定要喊醒我;还不醒,便高声喊;再不醒,那末搔搔我的脚底就行了。"

一月三日早晨五时,我们都早早起身,珑妹当然也醒了。简单的早餐后,跟旅馆办妥手续,便使人去雇黄包车。

户外天色尚完全在黑暗中,似乎很阴霾。我们告别了泰安栈,乘上了黄包车,在无一行人的街道上行进了。暗淡的路灯,还没有熄灭。车子在某一个地方停下,说是到码头了。我也看不清楚,似乎不十分像码头,因为满是房屋,见不到江面。车子既然停下,我们无话可讲,付了车资,坐在铺盖上。据说这里确是码头,非到规定时间不开铁栅,我们只有等天亮了。

天下雨了,虽然是毛雨,地下却潮湿起来,荣哥穿了布鞋,要找橡皮套鞋穿,找来找去找不到,再一想,原来给平安在旅馆中放到天台上去晒的,没有收回来。想再回去取,恐怕来不及,只得放弃。

天渐渐亮了,人愈来愈多,总算开门了,但挤得水泄不通。祖母等要争先过去是休想。但我们总算在人潮汹涌中挤过去,赶上了香港班轮佛山号,行李也百般麻烦地搬到了轮船上。祖母在人潮减退后,由父亲扶上了轮船。

但是又有麻烦了,在通舱的底层,钻下去,把从铺盖中取出的被子赶紧在铺位上铺起来,既要与别人争夺铺位,又要顾自己已占铺位不被别人抢去,结果将被子弄得脏极。

荣哥又从箱子上爬到上层去,因为下层已挤不下了。他在上层遇到一位广东人,荣哥不懂广东话,那人不会说国语或上海话,结果他们用英语讲得极起劲。

佛山号在行进中。

午饭时坐在舱的边沿上吃了一碗干饭。

下午徘徊在楼舱的栏杆边,在官舱之旁。望着珠江的涛浪,过了虎门,又看到南海的绿水,比土黄色的长江要清得多了,尤其水浪碰着船壁卷起的白沫,有无限之美。下楼后,知道父亲找我好久了。

四点钟时,船已快到香港。果然,我望着那伸出在海面的小岛了。那里似乎繁荣得很,全部形状约呈紫色的一座小山。它渐渐靠近我们,我们的船也终于到埠了。船内起了哄声。

第十七章　南海一小岛——香港

在香港的喧嚷的码头旁,我们的佛山轮抛锚了。船上的乘客陆续上岸,舱内空了好多。我们持着镇静的态度,等大部分人上岸后,才提着行李上岸去。有个旅馆招待员请我们到平安旅馆去,香港的平安旅馆与广州泰安栈是联号。

仍旧由黄包车拉到了平安旅馆,离开码头不远,就在沿海第一道市街上面。

到了楼上的一间房间内,有两床二桌,较泰安栈的房间要大些,所以湘铭等不愿另开房间,只要在地上铺了被褥就可以睡的。但见台上有一块章程牌子,说明这房间限住三个人,每日五元。我们没有顾得这许多,旅馆方面也没有派人来交涉,我们以为就可以马马虎虎过去了。

到香港后立刻要办的事便是将国币的一部分换了港币,否则是很不方便的。

然后便出门去观赏香港风光,我们足迹所到之处还都限于沿海的第一道市街,没有上山去。在十字路口向后面望去,只见紫色山头,在糊模之烟云中,今天的天气不十分好,是阴天。

香港的电车、公共汽车往来不绝,交通比广州繁忙。据说还有爬山电车可直达山顶,假使有机会,总想去尝试一下呢。

当下便在一爿店里购了两块钱的蔗糖,真便宜,一元可以买到十斤,广东是甘蔗的出产地啊。又购了两筒鹰牌炼乳,预备带到上海去,四角半一筒,这价钱在现在上海是不会有的。

第二天上午,我和荣哥便随着父亲连同湘铭到山上去游玩。从垂直于海岸线的市街向上走去,第二道市街是整洁的公司洋房,再上去便渐次变化了,饭店小摊沿街摆满,第四、五道市街便要登五六层的石级才到,这里有菜市啦,卤咸鱼场啦,不久便要走斜马路了,要登高了,进入幽静的住宅区了。马路极斜,有石级的倒不成问题,就是走在滑溜的柏油路上真要当心。这路原因为有汽车上下,不可不筑,至于给人行走的石级当然不会没有,只是我们不认识路,没有办法找到。

每至一层,父亲总说不要再上去了,但我和荣哥还要上去。结果一层一层地爬上去,每层游玩四五分钟。最后终于到了一层较空阔的平台上,那里恰巧有一个可以扶栏望海的地方,我们遥望对岸,见到九龙的烟尘,南海的天际,滔滔的大水,都在眼前了。

再想登高,时间与力气双方不答应,只好转另一条路下山去,可以再多看一些。但是在向下倾斜的柏油路上行走,更非留意不可。

有一点奇怪,以为香港既为英国统治的地方,必有很多英国人,但是这里却半个外国人都没有遇见,无论什么地方都没有见到,在上海反而有很多的外国人。

不论早饭、午饭、晚饭,都在旅馆外面吃,时间没有一定。傍晚我们和母亲出去买东西,回来时一同在沿街的一个摊子旁吃饭,坐在马路边的木板上,一碗汤就放在马路上。我们哪里管得许多,只顾大嚼。母亲认为太不成体统,一口饭也咽不下。

在旅馆里,我找到了浴室,就在厕所隔壁,据说洗一次浴要付相当代价的。晚上我又独自上楼,一直到了屋顶上,并没有人来阻止我。在屋顶的平台上,清风徐来,夜气很冷,正想下楼,但回首一瞥,突然飞来一幕奇景,令人惊奇而呆住了! 原来香港山上繁华的住宅区,到了晚上发出了万点灯光,璀璨炫耀,一片辉煌! 更应着天空中的月亮,灼烁塞天地,美不胜收,仿佛进入了另一个世界。

不久打听到六日晚上有一只太古轮船苏州号开往上海去,父亲便托旅店主人去为我们购船票。

五日上午,我和荣哥跟着父亲到壁打街去。我们从前有一家房客,现在在香港壁打街西门子洋行任职,我们要去访问一下。沿途问东问西,总算找到了壁打街,要找西门子洋行又是问题,最后被我发现:一座洋房门口有铜牌子数十块,其中有一块是"西门子洋行"。其它什么公司什么办事处不可胜数,我们不管它。我们进门乘电梯到了西门子洋行的门口,从毛玻璃门推进去,里面有许多人在办公。我们站在像柜台似的东西之外,看来看去找不到像蒋雪村样的人。其实分别的时间长久了,早已认不出来了。幸而另一个职员走过来打招呼,请出蒋雪村君来。他好像已不认得我们了,父亲对他说了许多话,他似乎也莫名其妙,只知道我们是常州人而已。他也是常州人,我们互相讲常州话。但当他看见了我之后,才恍然大悟似的记忆起来了。我们家原曾是他家的房东啊!

雪村先生是一个极诚恳模样的中年人,身上穿了件灰白色的布长衫,态度仍是那么和蔼,只是面貌又老了一些。他在西门子洋行中任职已有好多年的历史,不是他那沉着的为人,哪里会有今日?

当父亲将我们的经历略述了一遍之后,他也不禁叹了一口气,似乎有无限的感慨。

我们不能影响他太多的工作时间,只得抄下他的住宅地址,匆匆告别了。

回家得悉托旅店主人所购船票已购得,是通舱的。我们决定明日离开香港。

下午父亲专程再到雪村先生家中拜访。傍晚雪村先生和他的夫人毛太太又一同到平安旅店来回访我们,并且带了一个小宝贝青儿来。真奇怪,青儿已经长这么大了,在常州的时候,还抱着吃奶呢。

雪村先生的长子大介在九龙一所学校读书,他的女儿慧和乐在香港的学校里求学,还没有放学,所以没有同来。

谈了好一会儿,雪村先生因事先离去,毛太太不久也告别了。

晚上,跟旅店算账。船票的钱是早已付过了,而房间费却起了很大的争执。本来第一天进房间就看见章程上写本房间限住三人,每日五元,旅店既无人来交涉,以为可以通融,现在却看到所以然了。那位两撇小胡子戴眼镜的胖子账房,因为我们房内有十个人,超出原则规定七人,每人每日以四毛钱算,共二元八角,加上原则定价五元,每天要七元八角,共住三天,以二十三元四角计,还算是客气的。我们哪里肯答允,先是父亲向那个胖子苦心解释,说我们是难民,大家是中国人,应该互助。但那位账房先生却现出绝不变更初衷的样子,父亲虽一次、二次、三次而至四次地解释,他却连眼都不看一看,真是铁石心肠,最后竟咕噜叽哩地骂起人来了。湘铭不是能忍耐的人,几句话讲得不对,早已怒发冲冠,大声骂账房为"狗"。我心中以为讲条件不要紧,相骂或许不太好。岂知那位胖子的涵养功夫超群,一点不生气,但也丝毫不减价。湘铭愈骂愈怒,继而肆意大骂,面孔发成红色,旅店内许多客人都出来看相骂,形势有些渐趋紧张之势。

湘铭在后面加劲了骂声,父亲在前面问那胖子:

"你是不是中国人?"

胖子一声不响,父亲便掏出船票来说:

"好,那末请你去退回这船票,我们可以永远住在这里!"

胖子又是不睬,船票买了是不可以退回去的。湘铭赶来把手

指点着胖子的鼻尖,恨不得打他耳光,口中大骂:

"你这强盗! 贼! 强盗! 强盗! 强盗! 奸贼! 奸商……"

父亲没有办法的当儿,正有一个难民样子的妇人和她的女儿在旅店和茶房起了争执,茶房猛烈地夺取女孩手中的包裹,女孩哭喊着,妇人也像发狂似的拉开茶房,但茶房仍拼命抢夺,女孩的哭声打断了湘铭的骂声。父亲上前一把抓住茶房衣襟,大声地问:"你在干什么?"

那茶房一望之下,置之不理,仍是猛烈地抢夺女孩的包裹,父亲面色变成铁青,命令似的向大家喊:"你们喊救命! 遇到强盗了!"

又向湘铭:"你到外面去叫警察!"

"救命! 救命!"

胖子脸色突然一变,当湘铭奔到旅店门口时,铁栅门迅速地被关了起来。

茶房停止抢夺女孩的包裹,溜到别处去了。

于是父亲走进柜台里去,胖子叫另外一个人出面,将价格稍捺低一些。

"怎么? 十八元还不行吗?"父亲说。

那人摇摇头。

"那么你的意思仍是不减……"

"不! 不! ……二十二元也已不能再减……"

父亲便又取出船票来说:"那么只得请你去退回这东西了。"

于是那人再减了一些,最后父亲不愿再麻烦,付给他二十元,并且说明明天由旅店包送人和行李上苏州号轮船,他们同意,一场风波才告结束。

父亲回到楼上房间里,说:

"要不是这样一个红面一个白面干一下,哪里肯减半个铜子儿,嘿嘿!"

第十八章　天涯畅言

一月六日的早晨,我们离开了平安旅店,在海岸边的码头上徘徊着。

平安旅店的茶房负责将行李运到码头上,我们跟了他东一个码头西一个码头跑着,小船还是找不到。后来在一个伸出海岸边的阔码头上停下来。一只小划子船承接了我们的行李,划向苏州号轮去。

茶房叫我们在码头上等待,他一人径自跑开。当我们正等得不耐烦的时候,他来了,并且指着前面开来的一只汽船说:

"你们乘这只汽船到轮船上去!"

汽船靠近码头,我们上了船,汽船开动,我们离开香港了。

绿色的海波,在我们的四周荡漾,我凝望那座渐远的紫色的山。

汽船到了大轮船苏州号旁,早已有许多先到的船,我们只好排了队慢慢地依次上船。好容易挨到我们,一个个上扶梯,那梯子好像已用了很多年月而发软了,尤其当祖母上扶梯的时候,我更加有些胆寒。还好,我们都一一平安地登上了轮船。

父亲吩咐我们在甲板上休息一下,他去检查行李。我们便倚在栏上,望着那些忙碌的脚夫的活动,只是海风太疯狂,我有一些吃不住。

　　甲板上人们往来得太忙碌了,一台大的起重机正在把货物一箱一箱地吊进货舱;搬运货物的人又在一件一件地接下货物掷到货舱里。乘客们来来去去,搬行李,叫喊;又不知哪里来的一大班小贩,在高喊着招揽顾客。

　　我们看见这船的缆绳系在海中许多铁墩上面,据说这铁墩是一直深入海底的。

　　父亲在船艄上叫喊我们,我们便由铁质的扶梯爬上船艄,那里好像是一个面积很大的高台,四面围着铁栏,顶上也有一条条的铁架,必要时可撑帆布。这地方可以左望香港,右眺九龙,观看那蔚蓝的天空和碧绿的海涛。我们可以静心地欣赏。父亲说我们就要在这里安顿下来。

　　行李已放在右面栏旁,我们连忙把铺盖打开,取出被褥,就在这里铺了起来。这是抢地盘,不能慢一点。这里已经有不少捷足先登者的帆布床搁着,我们手脚虽快,还是吃亏的。

　　马马虎虎布置就绪以后,我下楼到甲板上去玩,见到货物还在搬运着,汽船、划子船源源不绝衔尾而来,人愈来愈多且愈挤。时间已近中午了。

　　我上上下下走着,荣哥和湘铭不知到什么地方去了,我吃了一些干点心当午饭。

　　有人喊我到货舱去占位置,我有些奇怪,急忙下楼赶到货舱口,见货舱里面很空旷。上面起重机吊进去的货物一直到船底,上层只有数十堆麻袋放在那里。猛见角落里有两三个人在,就是荣哥和湘铭等人,我便急于要下舱去。舱口有垂得笔直的一圈圈铁圈连续成的扶梯,必须反转身体,用手扶住,用脚踏下去。它一直通到舱底。底舱也开着,接受起重机吊下的货物。我这样爬到上层货舱,跑到荣哥那里,选择一个位置躺了下来。

　　仰望着朝天的方形舱口,庆幸这里还有阳光射进来,起重机不时轧轧轧轧地吊进了一大堆货物,又轧轧轧轧地把货物吊下底舱。我们这层的舱壁两旁,有圆形的大窗洞①,脚夫打开了左面的一扇,一看出去,外面就是海平面,窗口旁正泊着一只运面粉的货船,那船上搁起一条光滑的跳板,由圆窗洞伸进我们的货舱,一袋袋的面粉便由那条跳板滑进舱来,这里又有脚夫接着,把面粉堆积起来。面粉布袋上的字说明是美国货。面粉由布袋装着,装卸时面粉飞扬起来,这种消耗是很大的,但补救的办法在哪里呢?

不久右面也开启了一扇圆窗洞,脚夫们又忙着搬进一箱一箱像是啤酒似的东西。我无聊得很,爬起来走动走动,恰巧右面圆窗洞口的人走了,我便走出洞外,在船栏上张望,一脚跨过去,踏上了一群浮在海面上的空划子船中的一只,船上没有舟子。我回头看我们的轮船,只见眼前横着一条黑色的巨壁,这就是苏州轮的外船壁,一眼望去,那圆形窗洞一个个排列过去,好像一串珠子,和上面的一根根船栏恰好成了一个对照。起重机吊的东西在我头上轧轧地过去。我仍回到舱中去休息。

但是事情很不顺利,我们好好地坐在被子上,突然来了一位水手,对我们说,这里是货舱,要堆东西,不能供旅客居住。我们只得离开了。

又爬上船艄去,见人挤得满极了。到了父亲那边,看见了两张帆布床,原来是父亲买的。虽有船票,不买床还不能占有位置,只得买,六块钱一张,又是被敲了一下子竹杠。

第二次刚玩够了爬上船艄,人早已挤得水泄不通,总算左挤右挤到了我们占的所在,见帆布床已经折起来搁在一边,而在船板上铺起地铺来。原因是帆布床经不起人轻轻一坐,一张早已裂开了,这似乎又是意外的事。

---

① 或许就是门,或即使称它为门也未尝不可。

我吸了一口气，天色已渐渐灰暗。开了一筒广州搞来的五尾鱼，嚼了一块面包后，便和衣钻进地铺上的被窝里。

半夜两点钟，船开始航行了，听说荣哥和湘铭睡在甲板上，没有上船艄。

船艄上没有电灯，一入夜便黑暗起来。船已远离香港，在海浪中颠簸不已。

起初还不觉得，渐渐颠簸得使我有些头晕，但是又不十分显著，似乎一半醒着一半睡着，又常受惊吓。

梦极浓，模糊间突然惊醒，眼前一片漆黑，脑涨得厉害，心悸也厉害。海风夹着水点卷进被窝里，脚紧压着被角，提防被子随风飘去。阴风刮过身子，被子哪里有用。脸上盖上一层水，耳朵里只听见一种呼呼之声。

船顶上铁杆扎着的帆布，不知哪里脱了一只钉。风愈刮愈大，一部分帆布哗哗哗哗地飘动起来。我们三面受袭了。

又是一阵狂风把我惊醒，感觉附近的帆布篷起了一条裂缝，那裂缝时时刻刻扩展开来。只听得一阵风啸之后，便是"哗"的一声撕裂声。那裂缝一直从右端伸入左端，整个帆布篷便裂成两块了。

裂缝处不挨着铁杆，风把两片帆布狠狠地卷起来，不一会儿，便有一条条帆布的碎片落到我们身旁，大部分碎片飘到海中去了。

当我再醒来时，已是第二天了。风停了，青天碧海，恐怖的时间过去了。但是当我一坐起来时，一阵剧烈的头晕逼我仍然躺下去，一点气力也没有，头贴在枕上，只觉得船身还是在猛烈地摇摆。胸中好像有什么东西要突围而出。我努力镇定着自己。

水手送来一桶又一桶饭，我哪里吃得下，只是闷着头睡觉，睡又睡不着。只觉得头晕。

一个光棍样子的人，从他的地盘上走到外面去，满地是被褥地铺，所以行动极困难。他到了我们这里，却想贪便利一脚跨过祖母的被铺,结果踏脏了被面是小事,而是在祖母的脑门上猛烈地触碰一脚,祖母惊恐地喊了一声。父亲跳起来争论是非,理由当然是他不足,但他非但不道歉,反而骂起父亲来,跟他一起的一帮人也都应声而起,什么下流污秽的骂句都会出口!我们只好自认晦气,何必跟这种下流坏子斗嘴呢?

船的颠簸一刻也没有停止,我的头晕哪里会好。祖母虽然吃了一些小痛苦,而与晕船一事却丝毫不搭界,照常喝汤吃饭,这真是令人羡慕,连父亲也有些不适呢。

这天夜里的景象真有些骇人,我常被锐风惊醒,风较昨夜的更大,船顶的帆布统统被卷去。仰首看天,一片乌黑。岂知没了顶篷,雨点就飘落下来。我没有听见别人叫喊,疑心是风刮来的水花,幸而后来没有再来,我又在模糊中睡去。

八日上午,船震荡得剧烈,正在风浪最大的台湾海峡中航行。我变得病人似的,第一次呕吐出黄水,弄湿了一大块被子。后来在一个饭罐里吐出了许多绿水,不吃东西还要吐。加上头晕,弄得一些气力也没有了。

我知道,这不是生病,是晕船,晕船没有多大关系,只要船一停,便可立刻恢复原状的;也许只要风浪小些,船不摇得厉害就可逐渐减少痛苦。听说航行四十小时即可到厦门,那么今天下午就可到达,我耐着性子等吧。

果然在下午四五点钟的时候,汽笛声不断高鸣,有一部分人已收拾起行李来。

船的速度已锐减,我渐渐不觉得头晕了。

船徐徐地进港,我们船艄上一个绞缆的机器旁站着两名水手,他们发着话,水手将铁丝绞成的粗缆抛到码头上,有人把它套上了铁墩,船便停泊下来了。水手们忙着架吊桥,搁跳板。人来人往,一片喧哗之声。

父亲对我说:整日睡着不好,应该下面去走走,我也想去找荣哥,便爬起来,下楼到甲板上去。一见情形与前大不相同了,巨大的货舱口盖上了木板,上面铺了被褥,早已成为一些人的床铺了。荣哥和湘铭睡在前端。这些地方和我们睡的地方,一是舱口,一是船艄,平时哪里有人睡呢? 荣哥占的地方还十分不适。据说他也吐了一次黄水,湘铭还好。我想晕船的人一定是很多的。

厦门的橘子实在便宜。这里的橘子称为"福橘"①。味甘美,果硕大,两三分钱一只的已很可口,可同广州的甘蔗媲美。实际讲来,这里吃一只福橘,好像在家里吃一颗梅子差不多。母亲买了三块钱橘子,预备带到上海去送亲戚,提出两篓作沿途解渴用。我们可以放开吃了。

晚上,我们睡的那个艄棚里走进来了两个海关检查员。我们虽然不在厦门上岸,而行李他们却偏要检查的。艄棚里没有灯光,检查员的电筒便东射西射。行李少的要打开,行李多的也要一件一件打开。一位检查员在兜底翻检旅客的一只皮箱,发现一只表,便取出放进自己的口袋里。一会见在别的箱子里发现一沓钞票,又是没收。旅客恳求的眼光,和他不屑一瞥的眼光。

忽然嘭嘭地敲起我们的箱子来,高声地:"谁的东西?"

父亲走过去承认,检查员说:"快打开来!"

父亲到皮夹里掏出两块钱递给那个检查员,检查员迟疑了一会,又:"打开来呀!"

父亲又摸出了一块钱连同两块钱一总放到那人的手里,那人才走开了。

我们在通舱里弄到了一个位置,祖母便到通舱里去睡了,虽然很挤,总可少受些风浪。

_____

① 福建所产的橘子称为福橘,厦门属福建省。

不久我也被喊到通舱里去,我从甲板末端一个洞口走下黑窄的扶梯,便到了通舱。人挤得较艄棚上更厉害,空气是一股闷热,几盏电灯,乌烟瘴气。这地方原也是水手的住处,和上次在长江中瑞和轮上我们住的地方差不多,不过这是船尾那是船头罢了。现在这里也是水手让出来,但地方还不够,所以有些人又挤到船艄上去了。我在这里看见了祖母,她正睡在一张帆布床上。但我找来找去找不到还有什么空位置给我睡。后来才知道祖母床底下铺了一条被子,便是我的住处了。我钻了下去,身体还不能伸直,头和腰只能弓曲着。四周地上都是果皮,一股恶臭。但我只有忍耐,只想着到了上海以后,便可安心求学了。

九日清晨六时开船,离开厦门。

我终日闷在床底下,低着头,曲着腰,并且终日吃橘子。

我的头旁,堆满了人家扔下的臭橘子,橘皮和一大堆的痰,发出了混合的异臭。有时上面抛下了一瓣烂橘子,一直滚道我的被子上。上面床上有一个女人,恐怕是生了肺病,一分钟要咳嗽数回,咳一回就吐许多痰,吐在我旁边,唾沫常常溅到我的脸上。祖母爱吃的一瓦缸腐乳,搁在地上,上面已盖满了痰涕。小孩子的排泄物,因为船震荡的缘故,也会滚到我的身边来。……幸而我不晕船。船已出台湾海峡,进入东海了,东海风浪小,所以船摇摆得不厉害,我也不头晕。只是头弯着,腰曲着,在垃圾里生活着。

十日上午,父亲到通舱里来,喊我到甲板上去透透空气。我便爬起来。头颈酸极了,我舒展一下腰,然后向扶梯走上去。一出舱口,完全是清气,蔚蓝的天空上几朵白云,一望无际的海水,和光明的太阳!在通舱里永远见不到阳光,是会真的令人生病的。

我去看荣哥,他真舒服,斜倚着在看报。湘铭拿一张报,指给我报上一个电影院的广告,放映的是中日战争实地拍摄的影片,内中有一段为"肉搏常州",湘铭认为没有在香港时去看,实在是遗憾的事。

这天我一直在甲板上玩,与前两天完全变成两个人了,精神似乎完全恢复了。可惜没有到船艄上去看望母亲和"叔叔"。

中午,在海中远处看见了陆地和许多小舟和村落,听说是舟山群岛。

船过宁波不停,一直开向吴淞去,大概明日早晨就可到达上海了。

荣哥在下午叫了一碗蛋炒饭吃,钱和饭都在一扇铁门脚下的一条小缝隙中作交换,门不开,也见不到厨子①的面。蛋炒饭味道倒还不错,我也叫了一碗吃。

一到傍晚,情形就变了,海潮澎湃作声,风浪又掀动起来。我到船上来以后一直没有大解,由荣哥指示,到一间厕所里去,蹲着、蹲着,身子随船一摇一晃,哪里解得出,险些要摔下去,只好出来。一位老太婆,身上披了一些稻草取暖,躺在厕所外面的前廊里。那地方恰巧是风头紧的地方,她呻吟着,在生病呢,面孔早已不像人样了,但是稻草还是被风吹得一根根地向海里飞去。……

天渐渐暗了下来,风更大了,甲板上常有海水溅上来。

夜已来临,只得重新钻到通舱里祖母的床脚底下去度过这最后的一晚了。

十一日的早晨,天还没有亮,人都醒了。

我独自到甲板上去。天色很暗,荣哥也在起身收拾了。风很大,有些阴气,船正在长江口前行进,不一会就要进吴淞口。

我站在栏旁向远处的一座灯塔望着,无疑的,我的好奇心被它吸引了。一明一灭,一明一灭,红光一亮,黄光三亮,这是信号?我虽然不懂,但在如此茫茫的大水中见了这么的一道金光,谁会不惊

---

① 他们喊厨子为"邦得利"。

喜呢？

再回到通舱，见床铺都折好取去了，空旷得很。而我睡的地方的一堆橘子皮、痰等物，还依然存在。奇怪得很，别处都没有污物，独有我那里一大堆，现在连看一下也觉得恶心，当时睡在旁边不知怎样过的！

母亲和"叔叔"也到下面来了，我已有数日不见她们。

天渐渐亮了。

我又跑到船艄上去，那里也变成很空旷了。这时轮船已入吴淞口，在黄浦江行进。一股晓气，和猎猎大风，包围在我们的四周。仰首望去，见那粗壮的桅杆上悬了一面英国的米字国旗，我们见了，不免感慨系之。

天已大亮，黄浦江两岸的破墙残壁，看得清清楚楚，而且满目皆是。江中常见一艇艇的汽船载着衣衫褴褛的工人往工厂里去。

俄而在浦东地平线上起了两个黑点，斜着向上飞起，像是飞机，果然渐渐听见机声了，它直向我们这边飞来，一直到了江面上，在我们的头上嗡嗡地旋转了三下，然后转回去。没有一歇儿，又飞来了一队飞机，在我们头上转了好几转才返回。这样好几次后才绝迹。我们知道那是日本飞机，它的意思是示威吗？

渐见江中轮船多了，有些在行驶，有些停泊在那里，都是日本的商船。又渐渐地见了军舰，有一只白色的军舰，上面有三个烟囱，听说就是日本的指挥船出云舰。

再回头看船艄上，见一个水手抓了一筒机油加给那个绞缆机器，天气很冷，他的手似乎有点僵，呵出的热气浓烈地向上飞着。我身上虽然穿了那件一路上一直穿的黄呢大衣——还有些樟脑味儿，还觉得寒气彻骨不能支，便下楼到通舱里歇着。

回到甲板上，见旅客们都聚集在那里，准备上岸了。父亲母亲设法将艄棚上的行李搬到了甲板上，祖母也由我们扶着出了通舱，在甲板上的行李上坐着。

八点钟了。我已远远地看见了上海外滩上的那些大厦,便忙奔到船艄上去观光了。没有听见汽笛声,船行驶得慢了,我们接近了外滩。绞缆的机器轧轧地响了起来,一个外国人在指示一个水手开动机器。船好像在江心停了下来,其实还在行驶,不过很慢了,在船上的人不易觉得。

我伏在左面栏上,望着上海外滩的风景,那和平神,沙逊大厦,江海关。江海关全座大厦包在芦扉和竹竿中,在修造。

忽然发觉我们的船在离开外滩,什么原因呢?我跑到甲板上去问,回答是这船不靠外滩了,靠到浦东码头去。

不一会,果然在浦东抛起锚来。我担心日本人要检查行李,结果没有。

轮船旁停泊了很多汽船和小船,可以载人或把行李送到外滩去。我们很镇静,等大部分人散去以后,将行李搬到浦东码头上,待祖母和母亲等人到齐以后,便叫了一艘小船来,将行李统统装了上去,人也一个一个地上船去,船看上去很小,但装了这许多东西还没什么要紧,舟子便慢慢地荡起桨来。

越过了一艘巨型法国兵舰,便到江心了。我回头看苏州轮,那黑色的船身和红色的栏和桅,已分得不十分清楚。上面似乎人已走空,它在远离我们,和我们分别了。

到了外滩,我们一个个上岸去,又搬行李上岸。最后一个是祖母,她上岸是很费力的,这时忽然来了一个高大的、流氓样子的壮汉,背了祖母上岸。父亲给了他两毛钱,他非常高兴。

立刻雇黄包车到萨坡赛路姨母家去。几辆黄包车载着我们人和行李奔向法租界,没有一会便到了。第一个出来开门的是姚老妈子,她见了我们,喜得跳起来,忙喊大家出来,一面给我们搬行李进屋。表兄权哥正在许先生那里学算学,听见了我的声音,忙赶出

来,喜得话也说不出来了,他拉我到楼梯口说:

"到三楼去! 祖铭哥还没有起身,快去喊他出来"。

权哥仍要去学算学,等一会再细谈。我便一口气奔到三楼,见铭哥还睡在床上,我扭醒了他,他睡眼惺忪间认出是我,也惊喜交集了。他忙着问我一路的情形,我哪里讲得完,便决定将我逃难的情形都写出来。

我又忆起了故乡常州,虽然上海离开常州很近,却一点常州消息也没有。

翻到了荣哥近日的日记,虽很简略,倒可以作我记事的参考,且看他今天的日记吧:

"晨八时乘太古苏州轮抵达,泊浦东,乘小舟过江。行李未检查。乘人力车安然到寓。一次长途旅行,遂告结束。"

我想,因战争而引起的飘零生涯,果真结束了吗? 自己回答说:

"上海不是理想中的桃源啊!"

即使有了桃源,也不是我们应该去的地方。那么,为什么要到上海来呢? 我一时竟忘记了答案。忽然听见父亲命我到上海中学去询问询问,这才使我恍然大悟了。

后　　序

　　我之要写作本书,在逃难前就已萌生了一路记载的计划。但是途中诸多不便,哪里有机会给你记载呢?到了新堤的"新居"里,以为奔走天涯可以告一段,便动笔写起来,可是刚写了一个开头,即写到在常州第一次赴火车站的事,又要返回武汉去了,笔只得搁起来,一本簿子也塞到箱子里去。

　　长驱到沪,初数日继续写作,但不久忙着投考学校,渐渐疏忽下来。一九三八年春天来了,我在省立上海中学读书,因为少上了一学期课程,程度不够,功课一忙,写作的事又由断续而至中止了。那时还只写到在汉口赴新堤时登上福汉轮的阶段。有一次在祖铭哥的床边一张桌子上决定发奋写作,岂知写不到数行字又搁了起来。不日那房间因七姨来居住,搬动了几张台桌,我那本簿子,遂不知去向了。

　　我失掉了它,写作本已心灰意懒,加上在上中学习成绩不好,更是无暇顾及这事了。暑假来临,我去投考大同附中,不意被录取。而那本失去的簿子也在二楼食桌的抽屉内发现,早已破残不堪。但是我却因此定下了一个计划:到书橱里抽出一本册子,那册子是在上海中学求学时所购,预备用来写作的,现已搁在那里许多时候了,拍去上面的灰尘,出现一本簇新的册子。我预备把原来簿子上已写好的文字统统抄到这本册子上来。原来簿子上的文字,都是信手写来,没有推敲,总有不妥之处,现在决定修改了再誊写到新册子上去。抄完以后,再继续写作下去,仍是先起草稿,自己修改后再誊写上去。并且预备再把逃难时期所作的单篇文章及代替摄影的写生画放进去,这样可以完美和整齐些。这工作我立刻实行起来。不幸又生了胃病,还好,我的工作在病愈后立刻继续下去。但不久大同附中开学了,我的工作,又停顿下来。

我虽然努力抽些时间来写作,可是刚写到新堤的开端,我生起伤寒症来了。写作完全停顿。整整卧床两个月,大同附中的大考也没有去应试,我也不想再进大同附中了,因为它校风不好。在寒假内身体才算完全复原。于是赶紧写作,总算完成了在新堤的记载和回到武汉后的记载。在新堤的二十天,时间虽短,处理实在不易,共分三章,花了一个较长的时间起草,修改则更麻烦,有好几段东西是前后移动修改、数度斟酌的,幸而最后终于完成了。

一九三九年春(民国二十八年),江苏省立常州中学在沪复校招生,我去应考,幸被录取。在常中求学的第一个月内仍是努力写作,一口气写到香港。中间粤汉铁路车中一章,因为忘记了许多事实,几乎使我变成一个"考古学家",各处搜集相关的材料,多次和荣哥回忆讨论,又去访问湘铭,终于写作完成了,我心中非常高兴。

在常州中学第一次月考后,不知什么缘故,写作又停顿下来。停顿的时间,一直延续到最近,即一九三九年的初夏。等到我在常中初中部毕业后,才重新取出这本册子来,发誓写完这部纪实作品。但事情不巧,七月十日是上海中学招生考试的日期,我想去试一下,不能不准备功课。于是我决定,把这本《漂流记》赶紧写完,腾出时间来准备功课。加紧写作的结果,是没有到六月底便大功告成了。

回头看这本册子,是我第一次长篇写作的尝试,但没有给别人阅读的价值,更不是文学作品。但它对我却又是莫大的安慰:当我完成它的时候,心里好像有了一个寄托,而且等到将来翻阅它的时候,能使我追忆过去的事情,是极有趣味和极快乐的。所以我在内容方面,切求真实,毫不伪饰。如果其中有不真实的地方,对我将来的回忆,不是要打折扣吗? 所以荣哥问我:

"你这作品是有深刻用意的文字呢,还是忠实的叙事文?"

我毫不迟疑地回答道:

"忠实的记叙文!"

叔牟于上海

一九三九年六月二十七日晨

附 录

《漂流记》中的人物

蒋冯氏:名讳不详。祖母。

蒋　骥:字子展,小名宝鑫。父亲。

屠　时:字成俊,小名阿兰。屠寄之弟屠亮之次女,母亲。

蒋　范:字云娥,蒋骥之妹。姑母。我和荣哥习惯称她"叔叔"。

蒋孟厚:小名阿荣。哥哥。我称他荣哥。

蒋璧厚:小名阿钟(鐘,非鍾)。笔名叔牟,屠岸。《漂流记》作者,我。

蒋文厚:小名阿珑。妹妹。

屠　寄:讳庚,字敬山。历史学家,民国初年常州第一任民政长(县
　　　　长)。屠亮之兄。我的大舅公(即外公的哥哥)。

屠　亮:字寅仲,屠寄胞弟。我的外公,按常州人称舅公。

屠元博:屠寄之长子。常州中学创办人。民初国会议员。大舅。

屠某氏:屠寄第三任夫人。屠修元、屠详芝之母。大舅婆。

屠　格:屠亮之长女。屠时(母亲)之姐。姨母。

屠修元:屠寄之女。屠时之堂妹。修姨。我更多地称她"寄爹",因
　　　　从小"寄"给了她,成为她的"寄子"(干儿子)。

承纪元:屠修元的丈夫。姨夫。

屠详芝:屠寄之女,屠修元之妹。详姨。

李抱宏:屠详芝的丈夫。姨夫。

李某氏:李抱宏之母。我称她太姻伯母。

屠　模:字伯范。屠寄之孙,屠元博之子,屠时之侄。表兄。

周慧兼:屠模之妻。表嫂。

周有光:周慧兼之弟。表兄。

屠乐平:屠模与周慧兼之长子。侄儿。

屠乐勤:屠模与周慧兼之长女。侄女。

屠乐新:屠模与周慧兼之次子,外号大头。侄儿。

屠乐玫:屠模与周慧兼之次女。侄女。

蔡玉雯:屠模之二夫人。被称作"蔡姑娘"。

屠式珽:屠模与蔡玉雯之子。侄儿。

屠仲方:屠寄之孙,屠元博之次子,屠模之弟。表兄。

令　德:屠仲方之妻。表嫂。

屠阿英:屠仲方之长子。侄儿。

屠阿真:屠仲方之次子。侄儿。

杨裕三:屠仲方之连襟。湖北新堤商界巨头。

屠孝密:字仲仁,屠寄之次子,屠元博之二弟。二舅。

屠孝宓:字公覆,屠寄之四子,屠元博之四弟。四舅。

屠子寿:小名寿官。屠公覆之子。表兄。

屠友梅:医师,屠时(母亲)之堂兄。舅舅。

屠志俊:屠寄之弟屠亮之五女,屠时(母亲)同父异母之妹,张月秋
　　　　之妻。姨。

芸　芳:小名阿娣。屠某氏(大舅婆)的内侄女。

刘竹如:陈季良之妻,屠时之表妹。三姨。

陈季良:刘竹如的丈夫。常州轮(船)业公会会长。姨夫。

陈某氏:陈季良之母,刘竹如之婆母。四姨婆。

平　安:蒋骥(父亲)家的保姆。

湘　铭:屠某氏(大舅婆)家的男佣。

莲　芬:湘铭之妻。保姆。

姚老妈子:屠格(姨母)家的保姆。

红　英:杨锡类家的保姆。

沈琴华:屠时(母亲)的女学生。世交。

杨锡类:沈琴华的丈夫。世交。

杨来笋:杨锡类之长女。来笋姐。

杨来宁:杨锡类之次女。来宁姐。

王寿生:杨锡类之难友。朋友。

丁元生:觅渡桥小学和上海中学同学。好友。

余季兰:觅渡桥小学女同学。前后桌同学。

余宗英:觅渡桥小学女教师。余先生,恩师。

吴良仪:觅渡桥小学女教师。吴先生。

吕步池:又名吕荷生,觅渡桥小学美术教师。吕先生。(当年称呼
　　　　"先生",不流行称"老师"。)

胡达人:觅渡桥小学教师。胡先生。

费　定:电影与话剧演员。曾与我合演话剧《雷雨》。朋友。

沈慕云:同上。

周敏之:银行职员。蒋骥家房客。

吴紫绶:医师。蒋骥家对门邻居。

长喜子:吴紫绶医师的车夫。

杨鹤声:医师。在前黄镇上行医。

张春芳:医师。在前黄乡间行医。

陈顿元:前黄镇避难时邻居病孩儿。

老　周:镇江五洲旅馆的茶房。

丁家俚:瑞和轮上茶房。

杨佛康:瑞和轮上旅客之男孩。

刘　兰:瑞和轮上相遇之旅客。

王焰生:粤汉铁路火车上相遇的军校学生。

陈金山:中和旅馆招待员。

章育中:蒋孟厚(哥哥)的同学。

章先生:章育中之父。

张泰吾:蒋孟厚的同学。

李　骑:蒋骥(父亲)的朋友,在四川。

奚祖权:屠格(姨母)之长子。表兄。

奚祖铭:奚祖权之堂兄。表兄。

奚九如:远亲。厚生铁厂经理。

蒋雪村:西门子洋行职员。曾是蒋骥家房客。

毛太太:蒋雪村夫人。

蒋大介:蒋雪村之子。

蒋　慧:蒋雪村之长女。

蒋　乐:蒋雪村之次女。

蒋青儿:蒋雪村之三女。

某:平安旅店的账房先生。

屠 岸 年 谱

1923 年

　　11 月 22 日(农历癸亥年十月十五日),诞生于江苏常州官保巷,后移居庙西巷。学名蒋璧厚。

1930 年

　　在常州女西校上小学,后转入觅渡桥小学。

1932 年

　　母亲开始教读古文、唐诗、宋词。

1936 年

　　8 月,考入江苏省立上海中学。

　　冬,写第一首诗习作《北风》。

1937 年

　　11 月,举家逃难。

1938 年

　　1 月,从广州到香港,乘轮船返上海。继续在上海中学求学。

　　秋,写出第一首古典格律诗习作《客愁》。

1939 年

　　2 月,转学到江苏省立常州中学(沪校)求学。

1940 年

　　秋,翻译第一首诗:英国罗伯特·斯蒂文森的《安魂诗》。

1941 年

10 月, 在上海《中美日报》副刊《集纳》上第一次发表作品: 散文诗《美丽的故园》;第一次发表译诗: 美国诗人爱伦·坡的《安娜贝丽》。

11 月 28 日, 在《集纳》上第一次发表新诗《被遗忘了的铜像》。均用笔名牧儿。

12 月, 太平洋战争爆发后, 拒绝向敌伪报刊投稿, 直至日本投降。

1942 年

8 月, 考入上海交通大学, 学铁道管理。

1943 年

8 月, 在江苏吕城。写诗《中元节》、《夜渔》、《八月》、《打谷场上》等六十余首, 全身心投入。

是年底, 与同学董庆煊、毕华珠等在交大成立"南洋诗文社", 聘请唐庆诒教授为名誉社长。

1945 年

8 月, 赴苏北解放区。遵一位党的负责人之嘱返上海做迎接解放工作。参加地下党外围组织。(解放上海事, 被推迟。)

冬, 与诗友成幼殊、卢世光、陈鲁直、吴宗锡、何溶、周求真、章妙英、潘惠慈、葛克俭等成立"野火诗歌会"。

1946 年

1 月, 写诗《给——》(后改题《梦幻曲》), 在 3 月 15 日出版的《绿诗岛》诗刊发表。用屠岸笔名, 自此沿用至今。

2 月, 参加中国共产党(地下)为候补党员, 半年后转为正式党员。写诗《喉舌》。

6 月, 与野火诗歌会伙伴们共同编印的油印诗刊《野火》第一期出版, 收入诗作《初来者》(署名叔牟)、《自己不能说话的时候》

（署名李通由）。

10 月，译苏格兰诗人彭斯的诗《我的心啊在高原》在《文汇报》副刊《笔会》上发表。此后直至 1947 年 4 月，连续发表所译英国诗人希曼斯夫人、布朗宁、爱尔兰诗人斯蒂芬斯、法国诗人波德莱尔、奥地利诗人里尔克、俄罗斯诗人普希金等的诗作。

是年写诗《行列》、《生命没有终结》、《我相信》等。

1947 年

11 月—12 月，评论《译诗杂谈》(一)、(二)在上海《大公报》副刊《星期文艺》上发表。

12 月，写诗《城楼图铭》。

1948 年

1 月，与高寒(楚图南)论争的文章《论介绍惠特曼》在《大公报》发表。

11 月，译著惠特曼诗集《鼓声》以青铜出版社名义自费出版。

1949 年

5 月，迎接上海解放。在英文周刊《密勒氏评论报》(*China Weekly Review*)上发表英译冯至诗《招魂》、杜运燮诗《被遗弃在路旁的死老总》、屠岸英语诗 *Song of a Liberated Farmer* (《解放了的农民之歌》)。

6 月，被聘任《密勒氏评论报》特约编辑(Contributing editor)。

7 月，参加上海市军管会文艺处工作，任剧艺室干事。

9 月，为迎接中华人民共和国成立而写的诗《光辉的一页》在《解放日报》发表。

1950 年

2 月，参与筹备、编辑、出版《戏曲报》的工作。

3 月，访胡风。

5 月，奉调华东军政委员会文化部任副科长。次年转艺术处，任科长。

11 月,译著《莎士比亚十四行诗集》(第一个中文全译本)由上海文化工作社出版。

1951 年

5 月,《诗歌工作在苏联》(法捷耶夫等著,屠岸编译)由华东人民出版社出版。

11 月 7 日,与章妙英结婚。

1953 年

4 月,奉调北京中华全国戏剧工作者协会(后改称中国戏剧家协会),任《剧本》月刊编辑。

8 月,长女章建出生。

1954 年

1 月,中国剧协主办的《戏剧报》创刊,任编辑。

1955 年

5 月,"反胡风"运动开始。受审查,被撤销党小组长职务,停止组织生活。年底解脱。

1956 年

4 月,任《戏剧报》常务编委。

5 月,参加全国先进文化工作者代表大会和全国先进生产者代表大会。

9 月,儿子蒋宇平出生。

是年,加入中国作家协会;加入中国戏剧家协会。

1957 年

春,与张颖先后主持《戏剧报》编务。

夏,"反右"运动开始,受到猛烈冲击,严厉批判。

1958 年

1 月,下放河北省怀来县农村,进行劳动锻炼、思想改造,挂职土木乡党委副书记。5 月因病返京。

2 月,译著南斯拉夫剧作家纽西奇的讽刺喜剧《大臣夫人》由中国戏剧出版社出版。

1960 年

7 月,参加第三次文代会。

1962 年

4 月,次女章燕出生。

是年,初访卞之琳,登门求教。

1963 年

2 月,因患肺结核病,在通县北京结核病防治所附属医院接受肺叶切除手术。

夏,调中国戏剧家协会戏剧研究室,任副主任。

1964 年

是年直到"文革"爆发,参加内部刊物《外国戏剧资料》的编辑出版工作。

1965 年

奉命参与写作批判田汉的文章《田汉的戏剧主张为谁服务?》,成为终身遗憾。

1966 年

"文化大革命"爆发。受造反派大字报冲击。

1967 年

1 月,被革命造反派勒令进牛棚。

1969 年

9 月,下文化部"五七干校"。

1970 年

春,写诗《似海平原》,词《清平乐·有幸》、《清平乐·皱眉》。

1971 年

11 月,得悉林彪出逃,写诗《闻变》。

1973 年

1 月,从干校返京。奉调人民文学出版社,任现代文学编辑部副主任,后任主任。同时任人民文学出版社党委委员。

1976 年

1 月 8 日,周恩来总理逝世,写词《虞美人·星陨》悼总理。

1978 年

11 月 21 日,在上海,访巴金。

1979 年

6 月,任人民文学出版社副总编辑。

7 月,写诗《喉之歌》悼张志新。写诗《忆怀来》。

11 月,参加第四次文代会和作协第三次代表大会。

1980 年

10 月,参加以王子野为团长的中国出版代表团访问美国出版界。

1981 年

4 月,任人民文学出版社常务副总编辑。

5 月,译著《莎士比亚十四行诗集》修订本由上海译文出版社出新一版。

是年写诗《白芙蓉》、《礁石》、《树的哲学》、《文豹》等。

1982 年

2 月,撰文《时代激情的冲击波——读二十人集〈白色花〉》。

7 月,撰文《热情和义愤的喷发——从〈小说论集〉谈阎纲的评论风格》。

斯蒂文森儿童诗集《一个孩子的诗园》(屠岸、方谷绣译)由人民文学出版社出版。

1983 年

10 月,任人民文学出版社总编辑,任期到 1986 年 6 月,因病卸任。同期任人民文学出版社党委书记。

1984 年

10 月至 11 月,作为副团长,协助团长王子野率中国出版代表团访问英国出版界。初访莎士比亚故乡爱汶河畔斯特拉福镇。

创作一批访英诗作。

1985 年

1 月,在中国作家协会第四次全国代表大会上当选作协第四届理事会理事。

2 月,《萱荫阁诗抄》由山西人民出版社出版。

是年写诗《惠风榆柳》、《千里晴空》等;写散文诗《奇异的音乐》、《走廊》、《镜子》等。

1986 年

1 月,任中国作协第二届全国优秀新诗(诗集)奖评委会委员。

4 月,参加中国莎士比亚戏剧节(北京演区)观摩活动,并在学术讨论会上发言。

8 月—9 月,受农垦部邀请,偕牛汉等访新疆生产建设兵团。

9 月,诗集《屠岸十四行诗》由花城出版社出版。

是年写诗《新月和残月》、《乌鲁木齐》、《喀什》、《吐鲁番》及散文诗若干。

1987 年

1 月,答诗刊社《未名诗人》记者问。

5 月,惠特曼诗集《我在梦里梦见》(屠岸、楚图南译)由人民文学出版社出版。

11 月,从人民文学出版社离休。

是年写诗《心感》、《素馨花》、《轻烟》等。

1988 年

4 月,参加中国作协举办的第三届全国优秀新诗(诗集)评奖活动,任评委会委员。

12 月,《莎士比亚抒情诗选》(屠岸、卞之琳等译)由人民文学出版社出版。

《我听见亚美利加在歌唱——美国诗选》(屠岸、袁可嘉、杨德豫等译)由人民文学出版社出版。

1989 年

1 月,《迷人的春光——英国抒情诗选》(卞之琳、屠岸、杨德豫等译)由人民文学出版社出版。

5 月,在石家庄,参加全国第一届英语诗歌翻译研讨会。

夏,写诗《自度曲·狂梦》。

1990 年

8 月,诗集《哑歌人的自白》由人民文学出版社出版。

《中国新文学大系 1937—1949·诗卷》(孙党伯编选,臧克家序)由上海文艺出版社出版。收入屠岸诗《给——》。

是年写诗《哑谜》、《巨宅》、《离合》等。

1991 年

5 月,参加北京大学中国语言文学研究所召开的"1991 年中国现代诗的命运及前途"研讨会,屠岸发言提出中国新诗展望四十八字。

是年写诗《梦蝶》、《梧州鸿爪》、《秋晨》等。

1992 年

4 月 27 日,访艾青。

10 月,参加在北京举行的第二届全国英语诗歌翻译研讨会。

译著《莎士比亚十四行诗一百首》(英汉对照本)由中国对外翻译出版公司出版。

是年,德国雷克拉姆出版社斯图加特1992年版《当代中国抒情诗》(德汉对照)收入屠岸的《白芙蓉》。

是年写散文诗《棕榈蟋蟀》、《九华街》、《五花海》等。

1993 年

6月,上海武康路,访巴金。

11月—12月,受聘于新闻出版署,任第一届国家图书奖评委会文学组评委。

是年写诗《日光岩》、《相思树》、《青屿夜》。写散文诗《紫罂粟花》。

1994 年

1月,译著《莎士比亚十四行诗一百首》(英汉对照,繁体字本)由商务印书馆(香港)有限公司出版。

5月,译著《英美著名儿童诗一百首》(英汉对照)由中国对外翻译出版公司出版。

9月,在上海,参加"1994上海国际莎士比亚戏剧节"活动,做《莎士比亚十四行诗的戏剧色彩》报告。

11月,参加在北京举行的第三届全国英语诗歌翻译研讨会。

1995 年

4月19日,访曹禺于北京医院。

10月,出席"济慈诞辰200周年纪念座谈会",做中心发言《英国杰出的浪漫主义诗人济慈》。

是年写诗《耳语》、《腾空的天马》、《蓝田路上》、《灵魂的变奏》等。

1996 年

7月,当选为中国诗歌学会副会长。

10月,《中国百年文学经典文库·诗歌卷》(谢冕主编)由海天出版社出版。收入屠岸诗《梦幻曲》。

12 月,出席中国作协理事会;参加第五次中国作协全国代表大会,被推举为作协全国委员会名誉委员。

1997 年

译著《英美儿童诗歌精品选》(三种)由湖南少年儿童出版社出版。

10 月,受聘于中国作家协会,任鲁迅文学奖文学翻译彩虹奖第一届评选委员会副主任委员。

11 月,译著《济慈诗选》由人民文学出版社出版。

《中国新文学大系 1949—1976·诗卷》(邹荻帆、谢冕主编)由上海文艺出版社出版,收入屠岸诗作《牵牛花》、《月》。

《中国百年诗歌选》(谢冕编选)由山东文艺出版社出版,收入屠岸诗《梦幻曲》。

1998 年

4 月 12 日,妻章妙英病逝。

9 月,首次访王元化。

辑录章妙英所作诗词,打印成册,书名《云水楼诗抄》,复印多本,分赠亲友。

是年写诗《今昔》、《亭子间》、《渔村 4 号》、《菜市路一角》、《心绞痛》、《纪念坊》、《使者》。

1999 年

撰文《"信达雅"与"真善美"——关于文学翻译答南京大学许均教授问》。

《中国当代诗选》(陈超编)由河北教育出版社出版,收入屠岸诗《哑谜》、《幽峡》、《梦蝶》、《秋晨》。

7 月,任团长率"中国作家协会诗人访问团"访问台湾。

《中华人民共和国五十年文学名作文库·诗歌卷》(主编卞之琳、副主编牛汉)由作家出版社出版,收入屠岸诗《白芙蓉》。

《1949—1999 中国当代文学精选·诗歌卷》(谢冕主编)由北京十月文艺出版社出版。收入屠岸诗《访杜甫草堂》、《大观楼断想》、《月》、《牵牛花》、《登景山万春亭》、《刘公岛》、《烟雨楼》、《上帝阁》。

11 月,《诗爱者的自白——屠岸的散文和散文诗》由人民文学出版社出版。

12 月,写诗《迟到的悼歌》,悼张志新式女英雄马正秀。

《20 世纪汉语诗选》分卷本(姜耕玉选编)由上海教育出版社出版,收入屠岸诗《生命没有终结》、《我相信》等十三首。

是年,参加《田汉全集》编辑工作,任副主编。

是年,写诗《黑太阳从西天升起》、《宽街高耸的灰楼》等。

2000 年

《新莎士比亚全集》(方平主编)由河北教育出版社出版,收入屠岸译历史剧《约翰王》、十四行诗集,屠岸、屠笛译叙事长诗《鲁克丽丝失贞记》、《恋女的怨诉》、《热情的朝圣者》、《凤凰与斑鸠》。

9 月,撰文《像树叶生长那样自然——序成幼殊诗集〈幸存的一粟〉》。

12 月,撰文《师生情谊四十年——悼卞之琳先生》,写诗《雪冬》悼卞之琳。参加卞之琳追思学术研讨会。

是年写诗《深圳组曲》、《茅屋为秋风所破》、《风雨忆萱堂》、《上帝的诞生》等;撰文《莎士比亚十四行诗的悲剧意蕴》、《莎士比亚十四行诗的节奏》等。

2001 年

3 月,答《扬子江》诗刊问。

7 月,译著《哈默林的花衣吹笛人》英汉对照本(包括布朗宁的《花衣吹笛人》、克·罗塞蒂的《小妖精集市》、斯蒂文森的《一个孩子的诗园》)由中国少年儿童出版社出版。

8 月、9 月、10 月,游历英国、法国、意大利、西班牙。

9 月,第二届鲁迅文学奖颁奖典礼在绍兴举行,《济慈诗选》译本获奖。

10 月 3 日,应麦戈克(McGuirk)教授之邀在英国诺丁汉大学做学术报告 *A Talk about Poetry and Poetry Translation*(《诗歌与诗歌翻译》)。

10 月,参加新闻出版署主办的第五届国家图书奖评选工作,任文学组评委。

12 月,参加第七次文代会,第六次作代会,被推举为作协全委会名誉委员。

是年写诗《节令乡歌》(组诗)、访欧诗十六首等。

2002 年

1 月,访臧克家。

5 月,《倾听人类灵魂的声音》(学术随笔、评论集)由湖北教育出版社出版。

是年写诗《张光年同志追思》、《秋雨吟》、《申城二题》等。

2003 年

1 月,《深秋有如初春——屠岸诗选》由人民文学出版社出版。

7 月,《外国诗歌经典 100 篇》(屠岸、章燕选编)由人民文学出版社出版。

9 月,《当代诗坛》诗刊第三十五期出版,从本期起屠岸与傅天虹共同担任主编。

10 月,在金华参加第九届国际诗人笔会。访艾青故居。

11 月 1 日,在上海参加辛笛诗歌创作七十年研讨会,发言。3 日,在温州参加唐湜诗歌创作座谈会,发言。

11 月 22 日,"屠岸诗歌创作与翻译研讨会"举行。

《屠岸短诗选》(中英对照)由银河出版社出版。

是年,任"中外现代诗名家集萃"系列之一"夕照诗丛"主编。

2004 年

1 月,《诗论·文论·剧论——屠岸文艺评论集》由人民文学出版社出版。

4 月,《英美著名少儿诗选》六种(章燕、屠岸编译)由湖北教育出版社出版。

5 月,参加郑敏诗歌创作与诗歌理论研讨会,发表论文《从心所欲不逾矩——评郑敏对诗歌格律的论析》。

10 月,被中国作家协会聘为第三届鲁迅文学奖全国优秀诗歌奖评选委员会主任委员。

11 月,被中国翻译工作者协会列入文学艺术资深翻译家名单。

2005 年

1 月,写诗《悼诗友唐湜》。

2 月,撰文《平生豪富是诗才——痛悼诗人唐湜》。

3 月,中国汉俳学会成立,任副会长。

5 月 15 日,参加绿原诗歌创作研讨会,发言。

6 月,在深圳,参加第三届鲁迅文学奖颁奖典礼。

8 月,外国爱情诗选《我愿意是急流》(屠岸、章燕选编)由人民文学出版社出版。

2006 年

8 月,诗集《夜灯红处课儿诗》由花山文艺出版社出版。

9 月,为小山著《天香——〈圣经〉中的女人》作序,该书由北方文艺出版社于 2007 年 6 月出版。

10 月 8 日,受聘为中国散文诗学会名誉副会长。

12 月,写诗《夜宿听涛楼》。

2007 年

1月,译著《英国历代诗歌选》上、下册由译林出版社出版。

在珠海,参加"两岸中生代诗学高层论坛暨简政珍作品研讨会",在论坛做关于"中生代"命名的发言。

《英语诗歌精选读本》汉英双语版(屠岸、章燕选编,屠岸译)由中国国际广播出版社出版。

10月,赴欧洲,10月19日,应西班牙外交部"亚洲之家"的邀请,在巴塞罗那"亚洲之家"讲演,题为《与西班牙朋友们谈中国诗歌》。游历奥地利维也纳、德国柏林。

11月,参加在北京举行的"纪念中国散文诗九十年颁奖会暨散文诗研讨会",作为评委代表致辞。

是年写诗《小山,正向我走来》。撰文《奇崛中蕴含深邃,淋漓中触击顿悟——序北塔诗集〈石头里的琼浆〉》。

2008 年

1月,撰文《从深沉回归率真——序〈叶维廉诗选〉》,此书由人民文学出版社于2008年3月出版。

3月,译著《夜莺与古瓮——济慈诗歌精粹》插图本由人民文学出版社出版。

5月12日,汶川大地震。写抗震诗《阿特拉斯的脊梁》、《堰塞湖》、《播鼓镇》等。

6月,国务院公布第二批国家级非物质文化遗产名录,"常州吟诵"名列其中。《常州日报》公布的"常州吟诵"代表性传承人为:赵元任、周有光、屠岸。

7月,写诗《众鸟齐鸣》,迎北京奥运。

12月,在北京大学中文系语音乐律实验室做常州吟诵调吟诵唐代诗歌的录音录像,存作研究、传承、教育的音像资料。

12月31日,中央电视台播出"新年新诗会"专题节目,推出"2009年度诗歌人物:屠岸"。

2009 年

1月，到北京大学中文系语音乐律实验室作"常州吟诵"录音录像。

2月，写诗《金牛赞——己丑即兴》，撰文《读万卷书，行万里路——序涂静怡游记》。

5月16日，在清华大学出席《灰娃的诗》研讨会，做发言。

5月23日—29日，在西安参加第二届中国诗歌节。

6月，撰文《常州吟诵·千秋文脉》。

7月17日，在人民大会堂参加"纪念中国文学艺术界联合会成立60周年大会"。接受中国作家协会颁发的"从事文学创作六十年荣誉证书"。

9月，撰文《我一辈子是个编辑》。

9月17日，在首都师范大学参加"中国吟诵界庆祝新中国成立60周年"系列活动，做关于常州吟诵的发言。

9月30日，在首都师范大学参加"袁可嘉诗歌创作暨诗歌理论研讨会"，做发言。

11月2日，出席"绿原同志追思会"，做发言。

11月12日，参加"第二届中坤国际诗歌奖颁奖典礼"。

11月，写诗二首《寿山石瑞兽吟》、《独占鳌头田黄石》。

11月，撰文悼念绿原《天真之友·乐观之师》；撰文评陈愉庆著《多少往事烟雨中》。

2010 年

1月，郭风逝世。写悼郭风的挽联，七律《送郭风大哥》。写诗《女像轮回》、《全球的主题》、《上海·洛杉矶》、《时神》。

1月24日，参加"中国语文现代化学会吟诵分会"成立大会。介绍常州吟诵。

4月9日—10日，在杭州参加《骆寒超诗学文集》首发式暨骆寒超诗学理论研讨会。

5月,写诗《绝妙好球——题莫迪洛漫画〈无题〉》,为荷兰学者汉乐逸(Loydt Haft)所著《发现卞之琳—— 一位西方学者的探索之旅》写序《卞之琳研究的里程碑著作》。

5月23日—25日,在河北师范大学外国语学院讲座,讲莎士比亚十四行诗及其汉译。

5月31日,参加中华诗词学会第三次全国代表大会开幕式。

6月20日—7月10日,在上海。写诗《古今书店》、《淮海路·夜》、《青果巷》、《沉默》。访友。

6月30日,在上海图书馆出席"屠岸手稿捐赠仪式暨诗文吟诵欣赏会"。

7月10日,参加"北京师范大学中国当代新诗研究中心成立仪式"会议。

7月,写诗《灯塔》、《溪源宫中秋》、《餐室》、《平湖秋月》。

8月,撰文《深切怀念曹禺先生》。写诗《外白渡桥》、《跨海大桥》、《正定大悲阁》、《最后的审判》。翻译美国20世纪现代诗多首。

9月12日,参加"北京大学中国诗歌研究院"成立大会暨"古典与现代"研讨会。

9月22日—25日,青海西宁。参加诗人嘉宾中秋晚会。参加"中国当代杰出民族诗人诗歌奖颁奖典礼"。参观贵德国家地质公园,贵德黄河奇石花苑。访青海省循化县(撒拉族自治县)。

10月,写诗《汉字碑》、《芳草地野史》。

11月20日,"屠岸诗歌创作研讨会"在首都师范大学举行。

11月25日,在中国现代文学馆参加"巴金冰心世纪友情展"开幕式。

11月29日,在清华大学参加"跋涉与梦游·《牛汉诗文集》出版座谈会"。做发言。

12月2日，在中国外文局参加"中国翻译协会2010年颁发'翻译文化终身成就奖'暨资深翻译家表彰大会"。获"翻译文化终身成就奖"。

2011年

1月—3月，写儿童诗多首。

2月15日，在中国作家协会出席《生正逢时——屠岸自述》研讨会，中国作协和三联书店主办。

3月28日，在人民大会堂出席"人民文学出版社建社六十周年庆祝大会"，发表了热情洋溢的演讲。

4月，写诗《蜗牛看我》、《长巷行》、《神之盒》、《指甲剪》。

5月3日—4日，在常州。访母校觅渡桥小学、常州高级中学，出席座谈。

5月，写诗《听双双弹奏〈云雀〉》、《你的眼睛是笑的双星》，撰文《石堆导致梦魇——读吉狄马加诗〈嘉那嘛呢石上的星空〉》。

7月，撰写《名城风韵尽收眼底》，写诗《狗急跳墙》、《刚烈鸟》、《大眼睛盯梢》，七律《哭乃崇》、《吊桑桐》。

8月8日—12日，参加第三届青海湖国际诗歌节活动。在高峰论坛演讲，题为《翻译于人类的过去、现在和未来》。

8月，写诗《一颗巧克力》、《拥抱太阳》、《拣脚走》、《胶囊塑料板》、《树上的森林》、《皎皎猫》。

9月7日，参加"中华诗词研究院揭牌仪式暨诗词研究座谈会"，做发言。

10月30日，出席"首届中国古体诗词创作学习论坛"，做发言。

11月12日，参加"2011中国版协年会、第四届中国版权产业颁奖典礼"，被授予"中国版权产业风云人物"奖。

11 月 21 日—25 日,出席"中国作家协会第 11 次全国代表大会",做发言。

12 月,撰文《春节·凄美的记忆》,写诗《永生》。

2012 年

1 月,写诗《石榴》、《焦虑》。

3 月 23 日,中国译协拍摄的文化纪录片《翻译人生·第一辑屠岸》在央视首播。

4 月 25 日,出席"中国诗歌学会第三次全国代表大会"。

5 月,写七律《曾卓十年祭》及怀念曾卓的文章。

6 月 28 日,出席《郑敏文集》首发式暨郑敏诗歌创作七十周年座谈会,做发言。

7 月,撰文《元上都赞歌》、《光未然不朽!》。

7 月 24 日,出席《秋水》创刊四十周年北京纪念会。做发言。

8 月,翻译休姆的诗《秋》,弗林特的诗《树》。为李吉庆的著作《装帧艺术集》写序。写诗《飞射美人鱼》。

8 月 17 日—23 日,山西省。访五台山,乔家大院,晋祠,尧庙;观壶口瀑布;访洪洞县,大槐树寻根祭祖园;访山西省博物馆。

9 月 3 日,参加"中美当代诗歌研讨对话"。

9 月,花城出版社出版新版惠特曼诗集《鼓声》。

11 月,写诗《贵德万塔山》、《塔尔寺》、《唐卡家族》,改定《步出夏门行长调 漳河第一漂 赠成亮》,写毕《鹿回头》。

11 月 20 日,出席"屠岸先生九旬华诞暨屠岸译《英语现代主义诗选》新书发布会",北塔主持。

12 月,《房子》由明天出版社出版。《莎士比亚十四行诗》、《济慈诗选》(英汉双语)由外研社出版。《奇异的音乐》由深圳海天出版社出版。译伊丽莎白·巴瑞特·布朗宁的《葡萄牙人十四行诗》多首。

2013 年

1 月 12 日，出席"翻译与现代汉诗发展暨《诗苑译林》再版座谈会"，做发言。

1 月 23 日，杨德豫病亡，写挽联："译诗圣手文采飞扬信达雅·盗火能神人间挥洒美善真"。

2 月，撰文《永别了，译诗圣手杨德豫》。

4 月 15 日，在中国艺术研究院参加"纪念葛一虹先生诞辰 100 周年暨〈葛一虹文集〉出版研讨会"，做发言。

4 月 20 日，在北京大学参加"中国外国文学学会莎士比亚分会"（又称"中国外国文学学会莎士比亚研究会"）成立大会，做发言。被聘为作协第八届全委会名誉委员。

5 月，写《浣溪沙·接挚友来函》、《五月随想》七绝十五首，《秋水三题赠静怡》：《一、望秋水》《二、赞秋水》《三、梦秋水》。撰写《诗的牵手：艾青与高瑛》序。

6 月，写诗《贺世光九十大寿》、《贺幼殊九十大寿》、《贺宗锡九十大寿》、《贺鲁直九十大寿》、《忆周求真》、《悼何溶》、《怀剑瑛》。

7 月 1 日，《晚晴》2013 年第 4 期刊登《永别了，译诗圣手杨德豫》。

10 月 10 日，到八宝山向牛汉遗体告别。撰文《牛汉的诗魂，永远在升腾》。

11 月 29 日，出席"牛汉诗人追思会"做发言。

2014 年

2 月—3 月，写诗《马年打油八章》、《马年打油续篇八章》。

4 月 19 日，偕燕到国家图书馆，出席"莎士比亚诞辰 450 周年暨莎翁十四行诗讲座"，外研社主办。

4 月，写诗《马年打油再续十章呈世光》。

4 月 29 日—5 月 4 日 在常州，访觅渡桥小学母校，省常中母校,常中图书馆;瞻仰屠元博纪念碑,瞿秋白、张太雷雕像,屠寄铜像等。

4月10日,在中国现代文学馆出席《边写边画——六位作家速写展》。

6月12日,孙绳武同志逝世,写挽联。13日,到八宝山向孙绳武同志遗体告别。7月 8日 撰文《您创造的精神财富将永留人间——深切悼念孙绳武同志》。

6月,修改补充定稿《甲午马年杂咏》二十二首。

10月2日—8日,在上海,访友。捐赠手稿给上海图书馆。

11月,为金波的儿童诗写点评;为金波的儿童诗集写序。

11月10日,到成幼殊家,悼念陈鲁直,送上挽联,并慰问成幼殊。

12月,写《忆江南——常州好》十三篇。《幻想交响曲——屠岸十四行诗240首》由雅园出版公司出版。